OSCAR WILDE
SÄMTLICHE WERKE

Das Bildnis des Dorian Gray

Die Vorrede

Der Künstler ist der Schöpfer schöner Dinge.

Die Kunst offenbaren und den Künstler verbergen ist das Ziel der Kunst.

Ein Kritiker ist, wer es versteht, seinen Eindruck von schönen Dingen in eine andere Form oder in ein neues Material zu übertragen.

Die höchste wie die niedrigste Form der Kritik ist stets eine Art Autobiographie.

Wer in schönen Dingen einen häßlichen Sinn erblickt, ist verdorben, ohne zu bezaubern. Dieses ist ein Fehler.

Wer in schönen Dingen einen schönen Sinn entdeckt, hat Kultur. Für ihn steht zu hoffen.

Das sind die Auserwählten, denen schöne Dinge nichts denn Schönheit bedeuten.

Es gibt keine moralischen oder unmoralischen Bücher. Bücher sind gut oder schlecht geschrieben. Das ist alles.

Die Abneigung des neunzehnten Jahrhunderts gegen den Realismus ist die Wut Calibans, der sein eigenes Gesicht im Spiegel sieht.

Die Abneigung des neunzehnten Jahrhunderts gegen die Romantik ist die Wut Calibans, der sein eigenes Gesicht nicht im Spiegel sieht.

Das moralische Leben der Menschheit ist ein Teil des Stoffs für den Künstler, aber die Moralität der Kunst besteht in vollkommener Handhabung eines unvollkommenen Mittels.

Kein Künstler will etwas beweisen. Selbst Wahres läßt sich beweisen.

Kein Künstler hat ethische Sympathien. Eine ethische Sympathie ist beim Künstler unverzeihliche Manieriertheit des Stils.

Gedanke und Sprache sind dem Künstler Werkzeuge einer Kunst.

Laster und Tugend sind dem Künstler Materialien seiner Kunst.

Vom Standpunkt der Form ist die Kunst des Musikers der Inbegriff aller Künste. Vom Standpunkt des Gefühls ist die Kunst des Schauspielers die preisenswerteste.

Alle Kunst ist zugleich Oberfläche und Symbol.

Wer unter die Oberfläche dringt, tut es auf eigene Gefahr.

Wer das Symbol liest, tut es auf eigene Gefahr.

Es ist der Betrachter und nicht das Leben, den die Kunst in Wahrheit spiegelt.

Verschiedenheit des Urteils über ein Kunstwerk zeigen, daß es neu, vielfältig und lebensfähig ist.

Wenn Kritiker sich streiten, ist der Künstler mit sich im Einklang.

Wir können jemandem verzeihen, daß er etwas Nützliches tut, solange er es nicht bewundert. Die einzige Entschuldigung, etwas Zweckfreies zu tun, ist, daß man es maßlos bewundert.

Alle Kunst ist völlig zweckfrei.

Erzählungen

Inhalt

OSCAR WILDE

SÄMTLICHE WERKE

MAGNUS VERLAG

Ins Deutsche übertragen von
Birgit Neuwald-Morton,
H: C. Hoppe und A. Schall

ISBN 3-88400-054-3

Erstes Kapitel

Das Atelier war erfüllt von schwerem Rosengeruch, und wenn der leichte Sommerwind durch die Bäume des Gartens strich, drang durch die offene Tür der intensive Duft des Flieders oder der feinere Hauch des blühenden Rotdorns.

Aus seiner Ecke, wo er auf einem Diwan aus persischen Satteldecken lag und, wie es seine Gewohnheit war, unzählige Zigaretten rauchte, konnte Lord Henry Wotton gerade noch den Schimmer des honigsüßen und honigfarbenen Goldregens sehen, dessen zitternde Zweige kaum die Last ihrer flammenden Schönheit zu tragen vermochten. Hie und da huschten die phantastischen Schatten fliegender Vögel über die langen seidenen Vorhänge, die vor das große Fenster gezogen waren und flüchtig wie japanische Bilder wirkten; er dachte an die blassen Jadegesichter der Maler, die durch eine Kunst, die notwendig nur unbeweglich sein kann, den Eindruck von Schnelligkeit und Bewegung hervorzubringen suchen. Das tiefe Summen der Bienen, die zwischen dem hohen, ungemähten Gras dahinflogen oder mit steter Beharrlichkeit um die schwärzlichen Staubfäden des Geißblatts kreisten, machte die Stille noch eindringlicher, und das dumpfe Brausen Londons glich dem Baßton einer fernen Orgel.

In der Mitte des Raums stand auf einer senkrechten Staffelei das lebensgroße Bild eines jungen Manns von außerordentlicher Schönheit, und davor saß in geringer Entfernung Basil Hallward, der Künstler, dessen plötzliches Verschwinden vor einigen Jahren so viel Aufsehen erregt und Anlaß zu den seltsamsten Vermutungen gegeben hatte.

Als er die einnehmende und anmutige Gestalt betrachtete, die er durch seine Kunst so trefflich wiedergegeben hatte, flog ein Lächeln der Zufriedenheit über seine Züge und schien dort zögernd zu verweilen. Plötzlich aber fuhr er auf, schloß die Augen und preßte seine Finger auf die Lider, als suche er, einen sonderbaren Traum in seinem Kopf einzuschließen, aus dem zu erwachen er Angst hatte.

»Es ist dein bestes Werk, Basil, das beste, das du je gemacht hast«, sagte Lord Henry gleichmütig, »du mußt es nächstes Jahr in die Grosvenor-Galerie schicken. Die Akademie ist zu groß und zu vulgär. Da bleibt nur die Grosvenor-Galerie.«

»Ich glaube, ich werde es nirgendwohin schicken«, antwortete er und warf dabei in jener merkwürdigen Art den Kopf zurück, über die seine Freunde in Oxford so oft gelacht hatten. »Nein! Ich will es überhaupt nicht weggeben.«

Lord Henry zog die Augenbrauen in die Höhe und sah ihn durch die dünnen blauen Rauchringe, die in phantastischen Wirbeln von seiner schweren, opiumhaltigen Zigarette aufstiegen, erstaunt an.

»Nirgends hinschicken? Ja, warum denn nicht, mein Lieber? Hast du irgendeinen vernünftigen Grund dafür? Ihr Maler seid wirklich sonderbare Käuze! Um alles in der Welt versucht ihr euch Ruhm zu schaffen. Ist es euch aber gelungen, so setzt ihr alles daran, ihn wieder von euch zu werfen. Das ist töricht, denn es gibt eines, das schlimmer ist, als im Gerede zu sein, nämlich das, daß keiner über einen redet. Solch ein Porträt würde dich weit über alle Jungen in England stellen, und es würde die Alten eifersüchtig machen, soweit alte Leute überhaupt einer Regung fähig sind.«

»Ich weiß, du wirst über mich lachen«, antwortete er, »aber ich kann es wirklich nicht ausstellen. Ich habe zu viel von mir selbst offengelegt.«

Lord Henry streckte sich auf dem Diwan aus und schüttelte sich vor Lachen.

»Ja, ich wußte, daß du lachen würdest, aber es stimmt trotzdem.«

»Zu viel von dir selbst! Ich schwöre dir, Basil, ich hätte nie gedacht, daß du so eitel bist; und ich kann wirklich keine Ähnlichkeit entdecken zwischen dir mit deinem harten, strengen Gesicht und deinem kohlschwarzen Haar und diesem jungen Adonis, der aussieht, als wäre er von Elfenbein und Rosenblättern. Nein, mein lieber Basil, er ist ein Narziß, und du – nun, natürlich hast du ein geistvolles Gesicht und alles, was dazu gehört. Aber Schönheit – wirkliche Schönheit hört auf, wo geistiger Ausdruck beginnt. Geist ist an sich schon eine Übersteigerung und zerstört die Harmonie jedes Gesichts. Sobald man sich hinsetzt, um zu denken, wird man ganz Nase oder ganz Stirn oder sonst etwas Abscheuliches. Sieh dir nur die erfolgreichen Leute in irgendeinem gelehrten Beruf an. Sie sind alle häßlich. Ausgenommen natürlich die Diener der Kirche. Aber dafür denken sie nicht. Ein Bischof sagt als Achtzigjähriger noch genau dasselbe, was man ihm als Achtzehnjährigem beigebracht hat, und deshalb sieht er unverändert entzückend aus. Dein geheimnisvoller junger Freund, dessen Namen du mir nie genannt hast, dessen Bild mich aber wirklich bezaubert, denkt sicher nie. Dessen bin ich ganz gewiß. Er ist ein hirnloses, schönes Geschöpf, wie wir es immer im Winter um uns haben sollten, wenn es keine Blumen zum Betrachten gibt, und im Sommer, wenn wir etwas brauchen, unseren Geist zu kühlen. Täusche dich nicht, Basil, du siehst ihm nicht im geringsten ähnlich.«

»Du verstehst mich nicht, Harry, natürlich seh' ich ihm nicht ähnlich. Das weiß ich so gut wie du. Zudem wäre es mir gar nicht recht, wenn ich ihm ähnlich sähe. Du zuckst die Achseln? Ich sage die Wahrheit. Es schwebt ein Verhängnis über jeder physischen und geistigen Auszeichnung, jenes Verhängnis, das die schwankenden Schritte der Könige durch die Geschichte verfolgt. Es ist besser, nicht anders zu sein als seine Mitmenschen. Die Häßlichen und die Dummen haben es am besten auf dieser Welt. Sie können bequem dasitzen und dem Spiel zuschauen. Wenn sie auch vom Sieg nichts wissen, so bleibt ihnen auch das Wissen der Niederlage erspart. Sie leben, wie wir alle leben sollten, ungestört, gleichmütig und ohne Unrast. Sie bringen weder Verderben über andere, noch geschieht es ihnen von fremder Hand. Dein Rang und dein Reichtum, Harry; mein Geist, so wie er beschaffen ist, mein Ruhm, was er auch wert sein mag; Dorian Grays Schönheit – wir werden alle für das büßen, was uns die Götter verliehen, schrecklich büßen.«

»Dorian Gray? So heißt er?« fragte Lord Henry und schritt dabei durch das Atelier auf Basil Hallward zu.

»Ja, so heißt er. Ich hatte nicht die Absicht, es dir zu sagen.«

»Aber warum denn nicht?«

»Oh, ich kann dir das nicht erklären. Wenn ich jemand sehr gern habe, verrate ich niemandem seinen Namen. Es käme mir vor, als gäbe ich einen Teil von ihm preis. Du weißt, wie ich das Geheimnisvolle liebe. Es ist das einzige, was unserer heutigen Generation das Leben wunderbar oder geheimnisträchtig machen kann. Das Gewöhnlichste wird reizvoll, wenn man es verbirgt. Wenn ich London verlasse, sage ich niemand, wohin ich gehe. Täte ich's, verdürbe ich mir das ganze Vergnügen. Vielleicht ist es töricht, aber mir scheint, es trägt ein gut Teil Romantik in unser Leben. Du wirst mich für furchtbar albern halten, nicht wahr?«

»Durchaus nicht«, antwortete Lord Henry und legte ihm dabei die Hand auf die Schulter, »durchaus nicht, mein lieber Basil. Du hast wohl vergessen, daß ich verheiratet bin und der einzige Reiz der Ehe darin liegt, daß sie ein Leben der Täuschung für beide Teile unumgänglich macht. Ich weiß nie, wo meine Frau ist, und meine Frau weiß nie, was ich tue. Wenn wir uns begegnen – und zuweilen begegnen wir uns, wenn wir miteinander eingeladen sind oder zum Herzog aufs Land fahren –, dann erzählen wir uns die absurdesten Geschichten mit ernstem Gesicht. Meine Frau versteht das glänzend – wirklich besser als ich. Sie verwickelt sich nie in Widersprüche, ich dagegen stets. Aber wenn sie mich einmal ertappt, macht sie mir weiter keine Szene. Ich wünschte manchmal, sie täte es; aber sie lacht mich bloß aus.«

»Mir mißfällt die Art, wie du über deine Ehe sprichst, Harry«, sagte Basil Hallward, indem er seine Hand abschüttelte und auf die Gartentür zutrat. »Ich glaube, du bist in Wirklichkeit ein guter Gatte und schämst dich nur deiner Tugenden. Du bist ein sonderbarer Mensch. Du sagst nie etwas Moralisches und tust nie etwas Amoralisches. Dein Zynismus ist nichts als reine Pose.«

»Natürlich zu sein ist nichts als Pose, und sie ist die verärgendste Pose, die ich kenne«, rief Lord Henry lachend; und die beiden jungen Männer gingen zusammen in den Garten hinaus, und eine Weile sprach keiner ein Wort. Sonnenschein flimmerte über die Gräser und vergoldete die Idylle.

Nach einer Pause zog Lord Henry seine Uhr.

»Ich fürchte, ich muß weg, Basil«, sagte er leise, »aber ehe ich gehe, bestehe ich darauf, daß du mir die Frage beantwortest, die ich vorhin an dich gerichtet habe.«

»Welche Frage?« sagte Basil Hallward und starrte vor sich auf den Boden.

»Das weißt du sehr gut.«

»Nein, wirklich nicht, Harry.«

»Nun, ich will sie wiederholen. Ich möchte, daß du mir erklärst, warum du Dorian Grays Bild nicht ausstellen willst. Ich möchte den Grund wissen.«

»Ich habe dir den wahren Grund genannt.«

»Oh, nein. Du sagtest, weil zu viel von dir selbst in dem Bild steckte. Das ist doch albern.«

»Harry«, sagte Basil Hallward und sah ihm offen ins Gesicht, weil er seiner Gedanken ganz sicher war, »jedes Bild, das mit Empfindung gemalt ist, ist ein Porträt des Künstlers, nicht des Modells. Der Gemalte ist nur der Anlaß, die Gelegenheit. Der Maler enthüllt nicht ihn, sondern sich selbst auf der farbigen Fläche. Der Grund, warum ich dies Bild nicht ausstellen will, ist, daß ich fürchte, ich habe darin das Geheimnis meiner eigenen Seele gezeigt.«

Lord Henry lachte. »Und das wäre?« fragte er.

»Das will ich dir sagen«, sagte Hallward; und ein Ausdruck der Verlegenheit trat dabei in sein Gesicht.

»Ich bin voller Erwartung, Basil«, sagte sein Gefährte leise und sah ihn an.

»Oh, eigentlich ist da wenig zu erzählen, Harry«, antwortete der junge Maler; »und ich fürchte zudem, du wirst es kaum verstehen. Vielleicht wirst du mir nicht einmal glauben.«

Lord Henry lächelte, beugte sich nieder, pflückte ein rosablättriges Gänseblümchen im Gras und betrachtete es.

»Ich glaube sicher, ich werde es verstehen«, erwiderte er, während er aufmerksam auf die kleine goldene, weißgefiederte Sonne blickte, »und ich kann alles glauben, wenn es nur einigermaßen unglaublich ist.«

Der Wind streifte ein paar Blüten von den Bäumen, und die schweren Sterntrauben des Flieders wiegten sich hin und her in der sanften Luft. Eine Grille begann zu zirpen, und eine lange, dünne Libelle mit braunen Gazeflügeln schwirrte vorüber. Lord Henry hatte das Gefühl, als höre er Basil Hallwards Herz schlagen, und er wartete voller Erregung auf das, was nun kommen würde.

»Es ist in der Tat unglaublich«, wiederholte Hallward in fast bitterem Ton. »Die Geschichte trug sich folgendermaßen zu. Vor zwei Monaten ging ich auf einen der großen Empfänge bei Lady Brandon. Du weißt, von Zeit zu Zeit müssen wir armen Maler uns in Gesellschaft zeigen, um die Herrschaften daran zu erinnern, daß wir keine Wilden sind. Im Abendanzug mit weißer Binde, sagtest du mir einmal, kann jeder, selbst ein Börsenmakler, den Ruf erlangen, zivilisiert auszusehen.

Nun, als ich ungefähr zehn Minuten im Saal war und mit gräßlich aufgeputzten Witwen und langweiligen Mitgliedern der Akademie redete, spürte ich plötzlich, daß mich jemand ansah. Ich drehte mich halb um, und da sah ich Dorian Gray zum erstenmal. Als unsere Augen sich trafen, fühlte ich, wie ich blaß wurde. Ein sonderbares Gefühl des Erschreckens überkam mich. Ich stand jemandem gegenüber, dessen Persönlichkeit so faszinierend wirkte, daß sie, wenn ich nachgab, mein ganzes Selbst, meine ganze Seele, ja, meine Kunst aufsaugen würde. Ich wünschte keinen Einfluß von außen auf mein Leben. Du weißt selbst, Harry, wie unabhängig ich von Natur aus bin. Mein Vater hatte mich für die militärische Laufbahn bestimmt. Ich bestand auf Oxford. Dann wollte er mich dazu bringen, Jura zu studieren. Aber noch ehe ich an einem halben Dutzend Dinners teilgenommen hatte, gab ich die Juristerei auf und beschloß, Maler zu werden. Ich bin immer mein eigener Herr gewesen, oder jedenfalls solange wenigstens, bis ich Dorian Gray traf. Dann – aber ich weiß nicht, wie ich es dir klarmachen soll. Irgend etwas schien mir zu sagen, daß ich am Rand einer schrecklichen Krise meines Lebens stehe. Ich hatte ein seltsames Vorgefühl, daß das Schicksal einzigartige Freuden und einzigartige Leiden für mich bereithielt. Ich wußte, in dem Augenblick, in dem ich zu Dorian sprach, würde ich ihm verfallen, und daß ich darum nicht mit ihm sprechen dürfte. Ich schauerte und wollte gerade den Raum verlassen. Nicht das Gewissen trieb mich, es war Feigheit. Ich will nicht beschönigen, daß ich zu entkommen suchte.«

»Gewissen und Feigheit sind in Wirklichkeit dasselbe, Basil. Gewissen ist nur der Name der Firma. Nichts weiter.«

»Das glaube ich nicht, Harry. Aber was auch der Grund war – und vielleicht war es Stolz, denn ich war sehr stolz –, jedenfalls strebte ich zur Tür. Dort lief ich natürlich Lady Brandon in die Arme. ›Sie wollen doch nicht schon gehen, Mr. Hallward?‹ kreischte sie. Du kennst ja ihre schrille, entsetzliche Stimme.«

»Ja, ja; sie ist ein Pfau in allem, außer der Schönheit«, sagte Lord Henry, indem er das Gänseblümchen zwischen seinen langen, nervösen Fingern zerpflückte.

»Ich konnte sie nicht loswerden. Sie schleppte mich zu Hoheiten und Leuten mit Sternen und Orden und ältlichen Damen mit gewaltigen Diademen und Papageienschnäbeln. Sie nannte mich ständig ihren teuersten Freund. Ich hatte sie vorher erst ein einziges Mal gesehen, aber sie hatte es sich in den Kopf gesetzt, mich zu ihrem Gesellschaftslöwen zu machen. Ich glaube, irgendein Bild von mir hatte gerade großen Erfolg gehabt, oder man hatte wenigstens in den Zeitungen darüber gesprochen; und das ist wohl im neunzehnten Jahrhundert bereits beginnende Unsterblichkeit. Plötzlich stand ich dem jungen Mann gegenüber, der mich so seltsam erregt hatte. Wir standen ganz nahe beieinander, berührten uns fast. Unsere Augen begegneten sich wieder. Es war unbedacht von mir, aber ich bat Lady Brandon, mich ihm vorzustellen. Vielleicht war es im Grund doch nicht so unbedacht. Es war einfach unvermeidlich. Wir hätten auch ohne Vorstellung miteinander gesprochen. Dessen bin ich gewiß. Auch Dorian sagte es mir später. Auch er fühlte, daß es Schicksal war, uns kennenzulernen.«

»Und wie hat Lady Brandon diesen wunderbaren jungen Mann beschrieben? Ich weiß, sie gibt stets ein *précis* aller ihrer Gäste. Ich erinnere mich, wie sie mich zu einem bulligen, rotgesichtigen alten Herrn führte, der über und über mit Orden und Bändern behängt war, und wie sie, so daß das jedermann im Raum hat hören können, tuschelte: ›Sir XY – Sie wissen schon – Grenze von Afghanistan – russische Intrigen. Äußerst erfolgreicher Mann – Frau durch einen Elefanten ums Leben gekommen – ganz und gar untröstlich – wird eine wunderschöne amerikanische Witwe heiraten – tut jeder heutzutage – haßt Mr. Gladstone – sammelt Käfer. Fragen Sie ihn einmal, was er über Schouvaloff denkt.‹

Ich bin einfach geflohen. Ich ziehe es vor, selbst die Leute kennenzulernen, wie sie sind. Aber Lady Brandon behandelt ihre Gäste wie ein Auktionär seine Stücke. Entweder sie deckt sie mit ihren Erklärungen vollkommen ein oder erzählt einem alles über sie, nur nicht, was man wissen möchte. Aber was sagte sie über Dorian Gray?«

»Oh, so etwas wie ›reizender Junge – die gute Mutter und ich ganz unzertrennlich – verlobt, hat den gleichen Mann geheiratet – ich meine, noch am gleichen Tag – was für einen Unsinn ich rede! Ganz vergessen, was er so treibt – fürchte, gar nichts – o doch, spielt Klavier – oder Geige, lieber Mr. Gray?‹ Wir mußten beide lachen und waren sofort Freunde.«

»Lachen ist wirklich kein schlechter Anfang für eine Freundschaft und bei weitem ihr bestes Ende«, sagte Lord Henry, wobei er ein zweites Gänseblümchen zerpflückte.

Hallward stützte sein Gesicht in die Hände.

»Du verstehst nicht, was Freundschaft ist, Harry«, sagte er ganz leise, »und auch nicht, was Feindschaft ist. Du magst jeden gern, und das heißt mit anderen Worten: dir ist jeder gleichgültig.«

»Wie ungerecht du bist!« rief Lord Henry, schob seinen Hut zurück und sah zu den kleinen Wolken auf, die wie Strähnen glänzender Seide über den Türkisdom des Sommerhimmels trieben. »Ja, schrecklich ungerecht. Ich mache große Unterschiede zwischen den Menschen. Ich wähle meine Freunde nach ihrem Aussehen, meine Bekannten aufgrund ihres Charakters und meine Feinde wegen ihrer Klugheit.

Ein Mann kann in der Wahl seiner Feinde gar nicht aufmerksam genug sein. Ich habe keinen, der ein Dummkopf wäre. Alle sind Leute von geistigem Vermögen, und darum schätzen sie mich auch alle. Ist das sehr eitel? Ich glaube, es ist ziemlich eitel.«

»Das glaube ich auch, Harry. Aber nach deiner Einteilung zähle ich folglich nur zu den Bekannten.«

»Mein lieber Basil, du bist mir mehr als nur ein Bekannter.«

»Und weit weniger als ein Freund. Eine Art Bruder vermutlich?«

»Ach, die Brüder! Ich mache mir nicht viel aus Brüdern. Mein älterer Bruder will nicht sterben, und meinen jüngeren Brüdern fällt offenbar nichts Besseres ein.«

»Harry!« rief Hallward mißbilligend aus.

»Lieber Junge, das war nicht ganz ernst gemeint. Aber ich kann mir nicht helfen, ich hasse meine Verwandten. Vielleicht liegt es daran, daß wir andere Leute nicht leiden können, wenn sie die gleichen Fehler haben wie wir. Ich verstehe durchaus die Wut der englischen Demokraten gegen das, was sie die Laster der oberen Klassen nennen. Sie fühlen, daß Trunksucht, Dummheit und Unsittlichkeit ihre Privilegien sind und daß, wenn unsereins einen Esel aus sich macht, er an ihren Vorrechten kratzt. Als der arme Southwark seinen Scheidungsprozeß hatte, war ihre Entrüstung geradezu eindrucksvoll. Und doch glaube ich nicht, daß auch nur zehn Prozent der Unterschicht ein einwandfreies Leben führt.«

»Ich billige nicht ein einziges Wort von all dem, was du sagst, und was mehr ist, ich bin sicher, daß auch du es nicht tust.«

Lord Henry strich sich den braunen Spitzbart und schlug mit seinem quastenverzierten Rohrstock an die Spitze seines Lackstiefels. »Wie englisch du bist, Basil. Wenn man einem echten Engländer eine Idee vorträgt – was stets voreilig ist –, denkt er nie daran, zu untersuchen, ob die Idee richtig oder falsch ist. Für ihn ist einzig wichtig, ob man selbst an sie glaubt. Nun hat aber der Wert einer Idee nichts mit der Wahrhaftigkeit dessen zu schaffen, der sie ausdrückt. Ja, es ist sogar wahrscheinlich, daß eine Idee um so intellektueller ist, je unaufrichtiger der Mensch selbst ist; denn sie wird in diesem Fall um so weniger von seinen Bedürfnissen, seinen Wünschen oder seinen Vorurteilen getrübt sein. Doch ich will weder Politik noch Soziologie, noch Metaphysik mit dir betreiben. Mir sind Menschen lieber als Prinzipien und Menschen ohne Prinzipien teurer als sonst irgend etwas. Erzähle mir mehr von Dorian Gray. Wie oft siehst du ihn?«

»Jeden Tag. Ich wäre nicht glücklich, wenn ich ihn nicht täglich sähe. Freilich sind es mitunter nur wenige Augenblicke. Aber schon ein paar Augenblicke mit einem Menschen, dem man huldigt, sind kostbar.«

»Aber huldigst du ihm denn?«

»Ja.«

»Wie sonderbar! Ich dachte, du würdest dich nie um etwas anderes kümmern als um deine Malerei – deine Kunst wollte ich besser sagen?«

»Er ist jetzt meine Kunst. Ich glaube zuweilen, Harry, es gibt nur zwei wichtige Epochen der Weltgeschichte. Die eine ist das Auftreten eines neuen Mediums in der Kunst, und die zweite ist das Auftreten einer neuen Persönlichkeit für die Kunst. Was für die Venezianer die Erfindung der Ölmalerei war, das war das Gesicht des Antinous für die spätgriechische Plastik. Und für mich wird das eines Tages das Gesicht Dorian Grays sein. Nicht nur, daß ich ihn male, zeichne, modelliere. Natürlich habe ich all das getan. Aber er ist viel mehr für mich als das. Ich will dir nicht erzählen, ich sei unzufrieden mit dem, was ich aus ihm gemacht habe, oder seine Schönheit sei solcher Art, daß die Kunst sie nicht ausdrücken kann. Es gibt nichts, was die Kunst nicht ausdrücken könnte, und ich weiß, daß das, was ich gemacht habe, seit ich Dorian Gray traf, gute Arbeit ist, die beste meines Lebens.

Aber seltsamerweise – ich weiß nicht, ob du mich verstehen wirst – hat seine Persönlichkeit mir eine gänzlich neue Art der Kunst, einen neuen Stil offenbart. Ich sehe jetzt die Dinge anders, ich empfinde sie ganz anders als früher. Ich kann jetzt in einer Weise Leben neu schaffen, die mir bisher verborgen war.

›Ein Formentraum in Tagen der Gedanken‹ –:

wer hat das gesagt? Ich habe es vergessen; aber es drückt genau das aus, was Dorian Gray mir ist. Die bloße Gegenwart dieses Jungen, denn er ist wenig mehr als ein Junge, obschon er über zwanzig ist –, seine bloße Gegenwart – ah, ich möchte wissen, ob du empfinden kannst, was mir das alles bedeutet?

Unbewußt bestimmt er für mich die Linien einer neuen Schule, die in sich zugleich die ganze Leidenschaft des romantischen Geistes und alle Vollkommenheit des griechischen Geistes enthalten soll. Gleichklang von Körper und Seele, wie viel ist das doch! Wir haben in unserem Irrsinn beides getrennt und haben einen Realismus gefunden, der gemein, und eine Idealität, die hohl ist. Harry, Harry, wenn du wüßtest, was mir Dorian Gray bedeutet! Du erinnerst dich jener Landschaft, für die Agnew mir einen so unerhörten Preis bot, von der ich mich aber nicht trennen wollte. Sie gehört zum Besten, was ich je geschaffen habe. Und warum? Weil Dorian Gray neben mir saß, als ich malte. Zum erstenmal fühlte ich das Wunder, nach dem ich immer gestrebt hatte.«

»Basil, das ist ja außergewöhnlich! Ich muß Dorian Gray kennenlernen.«

Hallward stand vom Stuhl auf und ging im Garten auf und ab. Nach einiger Zeit kam er zurück.

»Das begreifst du nicht, Harry«, sagte er, »Dorian Gray ist für mich nur ein Motiv meiner Kunst. Er ist nie mehr in meiner Arbeit gegenwärtig, als wenn sie sein Abbild nicht enthält. Er ist einfach Anregung zu meinem neuen Stil, wie ich bereits sagte. Ich sehe ihn in den Schwingungen gewisser Linien, in der Lieblichkeit und Zartheit gewisser Farben. Das ist alles.«

»Und warum willst du dann sein Bild nicht ausstellen?«

»Weil ich den ausgefallensten Romantizismus hineingemalt habe, obwohl ich nie gewagt habe, ihm etwas davon zu sagen. Er weiß nichts davon. Er soll nie etwas darüber erfahren. Aber die Welt könnte es erraten. Und – vor törichten, gierigen Augen will ich meine Seele nicht entblößen. Ich will mein Herz nicht unter ihr Mikroskop legen. Es ist zu viel von mir in dem Bild, zu viel von mir!«

»Dichter schaffen sich nicht so viel Skrupel wie du. Sie wissen, wie nützlich die Leidenschaft für den Absatz ihrer Bücher ist. Ein gebrochenes Herz bringt es heutzutage zu vielen Auflagen.«

»Ich verabscheue sie deswegen. Ein Künstler sollte Schönes schaffen, aber von seinem eigenen Leben nichts hineinmengen. Wir leben in einer Zeit, wo Menschen Kunst behandeln, als sei sie eine Art Autobiographie. Wir haben den abstrakten Sinn für die Schönheit verloren. Eines Tages werde ich der Welt zeigen, was es damit auf sich hat; und darum soll sie mein Bildnis des Dorian Gray niemals erblicken.«

»Ich glaube, du irrst, Basil, aber ich will nicht mit dir streiten. Nur Dummköpfe streiten. Doch sage mir, liebt dich Dorian Gray sehr?«

Hallward überlegte einen Augenblick.

»Er hat mich sehr gern«, antwortete er nach einer Weile; »ich weiß, er hat mich gern. Natürlich schmeichle ich ihm fürchterlich. Es macht mir ein eigenartiges Vergnügen, ihm Dinge zu sagen, von denen ich weiß, daß ich sie bereuen werde. Ich begebe mich meiner. In der Regel ist er reizend zu mir, und wir gehen Arm in Arm nach Hause, oder wir sitzen im Atelier und reden von tausend Dingen. Hin und wieder ist er schrecklich oberflächlich und scheint geradezu Vergnügen daran zu finden, mich zu quälen. Dann fühle ich, Harry, daß ich meine Seele jemandem ausgeliefert habe, der sie behandelt wie eine Blume, die man ins Knopfloch steckt, ein bißchen Dekoration, seine Eitelkeit zu befriedigen, ein vorübergehender Schmuck für einen kurzen Sommertag.«

»Im Sommer, Basil, pflegen die Tage länger zu verweilen, vielleicht wirst du seiner eher müde als er deiner. Es ist traurig, darüber nachzudenken, aber Genie währt länger als Schönheit. Das erklärt die Tatsache, daß wir uns so viel Mühe geben, übergebildet zu sein. In dem unerbittlichen Kampf ums Dasein brauchen wir etwas, was dauert, und so füllen wir unseren Geist mit Tand und Talmi, in der törichten Hoffnung, unseren Platz zu behaupten. Der mit nüchternen Fakten vollgestopfte Mensch – das ist das Ideal unserer Zeit. Und die Seele eines solchen gründlich informierten Menschen ist etwas Ungeheuerliches. Sie ist wie ein Ramschladen voll verstaubter Unmöglichkeiten, in dem alles über Wert geschätzt wird. Immerhin glaube ich, du wirst seiner zuerst müde werden. Eines Tages wirst du Gray ansehen, und du wirst finden, er sei ein wenig verzeichnet, oder seine Farben werden dir mißfallen oder irgend etwas Ähnliches. Du wirst ihm dann im Herzen bittere Vorwürfe machen und allen Ernstes denken, daß er sich dir gegenüber sehr schlecht benommen hat. Wenn er dich wieder besucht, wirst du vollkommen kalt und gleichgültig gegen ihn sein. Das ist traurig, denn es wird dich verändern. Das Schlimmste an einer Romanze ist, daß sie einen am Ende so völlig unromantisch zurückläßt.«

»Harry, sprich nicht so! Solange ich lebe, wird die Person Dorian Grays Macht über mich haben. Du kannst nicht fühlen, was ich fühle. Du bist zu wankelmütig.«

»Ach, mein lieber Basil, gerade darum kann ich es fühlen. Wer treu ist, kennt nur die triviale Seite der Liebe. Von der ihr eigenen Tragik wissen nur die Treulosen.«

Lord Henry entzündete ein zierliches Feuerzeug und begann mit so selbstbewußter und selbstzufriedener Miene eine Zigarette zu rauchen, als ob er den Sinn des Lebens in einem einzigen Satz zusammengefaßt hätte.

Im Efeu raschelten streitende Spatzen, und blaue Wolkenschatten glitten wie Schwalben über das Gras. Wie schön war es in diesem Garten! Und wie entzückend waren die Gefühle anderer Menschen – viel entzückender als ihre Gedanken, so schien es ihm. Die eigene Seele und die Leidenschaften seiner Freunde – das waren die Dinge, die dem Leben seinen Zauber gaben. Er dachte mit Vergnügen an das öde Frühstück, das er versäumt hatte, weil er so lange bei Basil Hallward geblieben war. Wäre er zu seiner Tante gegangen, so hätte er dort sicherlich Lord

Goodbody getroffen, und die ganze Unterhaltung hätte sich um die Armenspeisung gedreht und die Notwendigkeit von Musterheimen. Wie erfreulich, all dem entgangen zu sein! Beim Gedanken an seine Tante kam ihm eine Erinnerung. Er wandte sich Hallward zu und sagte:

»Mein Lieber, jetzt fällt mir's ein.«

»Was denn, Harry?«

»Wo ich den Namen Dorian Gray gehört habe.«

»Und wo war das?« fragte Hallward unter leichtem Stirnrunzeln.

»Sieh mich nicht so böse an, Basil. Es war bei meiner Tante, Lady Agatha. Sie sagte mir, sie habe einen wundervollen jungen Mann entdeckt, der ihr im East-End helfen wolle, und er heiße Dorian Gray. Ich muß zugeben, daß sie mir nie von seinem Äußeren erzählt hat. Frauen verstehen die Schönheit nicht zu würdigen, wenigstens anständige Frauen nicht. Sie sagte mir, er sei sehr ernst und hätte einen liebenswerten Charakter. Ich stellte mir schon eine Kreatur mit Brille, dünnem Haar, schrecklichen Sommersprossen und riesigen Füßen vor. Ich wünschte, ich hätte vorher gewußt, daß es sich um deinen Freund handelte.«

»Ich bin froh, daß du es nicht wußtest, Harry.«

»Warum?«

»Weil ich nicht möchte, daß du ihn kennenlernst.«

»Du willst nicht, daß ich ihn kennenlerne?«

»Nein.«

»Mr. Dorian Gray ist im Atelier, Sir«, sagte der Diener, der soeben in den Garten hinaustrat.

»Nun mußt du mich vorstellen«, rief Lord Henry lachend.

Basil Hallward wandte sich an seinen Diener, der blinzelnd in der Sonne stand.

»Bitten Sie Mr. Gray zu warten, Parker. Ich komme gleich.«

Der Diener verneigte sich und ging.

Dann sah er Lord Henry an.

»Dorian Gray ist mein liebster Freund«, sagte er. »Er ist von Natur schlicht und liebenswürdig. Deine Tante hatte recht in allem, was sie von ihm sagte. Verdirb ihn mir nicht. Versuche nicht, Einfluß auf ihn zu gewinnen. Dein Einfluß würde ihn verderben. Die Welt ist so groß, und sie beherbergt so viele wunderbare Geschöpfe. Nimm mir darum nicht den einzigen Menschen, der mir das Leben lebenswert macht und der meiner Kunst ihren höchsten Reiz verleiht. Denk daran, Harry, ich vertraue auf dich.«

Er sprach sehr langsam, und es war, als ob sich die Worte gegen seinen Willen von ihm lösten.

»Welchen Unsinn du redest!« sagte Lord Henry lächelnd, und indem er Hallwards Arm nahm, zog er ihn fast ins Haus.

Zweites Kapitel

Beim Eintreten sahen sie Dorian Gray. Er saß mit dem Rücken zu ihnen am Klavier und blätterte in einem Band von Schumanns ›Waldszenen‹.

»Das mußt du mir leihen, Basil«, rief er, »ich möchte sie lernen. Sie sind einfach entzückend.«

»Das hängt ganz davon ab, wie du mir heute sitzen wirst, Dorian.«

»Oh, ich hab das Sitzen satt, und mir liegt gar nichts an einem lebensgroßen Bild von mir«, antwortete der junge Mann und schwang sich voller Übermut und Eigensinn auf dem Klavierstuhl herum. Als er Lord Henry erblickte, errötete er leicht und sprang auf:

»Verzeihung, Basil, aber ich wußte nicht, daß du Besuch hattest.«

»Lord Henry Wotton, Dorian, ein alter Freund von Oxford her. Ich habe ihm gerade erzählt, was für ein prachtvolles Modell du bist, und nun hast du mir alles verdorben.«

»Das Vergnügen, Sie kennenzulernen, haben Sie nicht verdorben, Mr. Gray«, sagte Lord Henry, wobei er einen Schritt näher trat und ihm die Hand reichte. »Meine Tante hat oft von Ihnen erzählt. Sie sind einer ihrer Lieblinge, und ich fürchte, Sie sind auch eines ihrer Opfer.«

»Momentan stehe ich auf Lady Agathas schwarzer Liste«, antwortete Dorian mit einem gespielten Ausdruck von Reue. »Ich hatte ihr versprochen, sie am letzten Dienstag zu ihrem Klub in Whitechapel zu begleiten, und dann habe ich es einfach vergessen. Wir hätten dort zusammen vierhändig spielen sollen – drei Stücke, wenn ich mich recht erinnere. Ich weiß nicht, was sie mir darauf sagen wird. Ich habe zuviel Angst, sie zu besuchen.«

»Oh, ich werde Sie mit meiner Tante versöhnen. Sie ist Ihnen sehr geneigt, und ich glaube nicht, daß Ihre Abwesenheit viel bewirkt hat. Die Zuhörer haben wahrscheinlich gemeint, es handle sich um ein Duo. Wenn Tante Agatha sich ans Klavier setzt, macht sie Lärm für zwei.«

»Das ist wenig schmeichelhaft für sie und kaum ein Kompliment für mich«, antwortete Dorian lachend.

Lord Henry sah ihn an. Ja, er war wirklich hübsch mit seinen feingeschnittenen dunkelroten Lippen, seinen offenen, blauen Augen, seinem gewellten goldblonden Haar. In seinem Gesicht lag etwas, was einem sofort Zutrauen einflößte, alle Offenheit und alle leidenschaftliche Reinheit der Jugend lag darin. Man fühlte, daß er bisher von der Welt unberührt war. Kein Wunder, daß Basil Hallward ihn vergötterte. Er war dafür geschaffen, vergöttert zu werden.

»Sie sind viel zu hübsch, um sich in Wohltätigkeit zu ergehen, Mr. Gray, viel zu charmant.« Lord Henry warf sich auf den Diwan und öffnete sein Zigarettenetui.

Hallward hatte inzwischen seine Farben gemischt und seine Pinsel hergerichtet. Er sah aus, als quäle ihn etwas, und als er Lord Henrys letzte Bemerkung hörte, sah er ihn an, zögerte einen Augenblick und sagte dann:

»Harry, ich möchte das Bild heute fertigmalen. Würdest du es mir sehr übelnehmen, wenn ich dich bitte, jetzt zu gehn?«

Lord Henry lächelte und blickte auf Dorian Gray.

»Soll ich gehen, Mr. Gray?« fragte er.

»Bitte nicht, Lord Henry! Basil ist heute wieder einmal schlechter Laune, und dann kann ich ihn nicht ausstehen. Außerdem müssen Sie mir sagen, warum ich nicht in Wohltätigkeit aufgehen sollte.«

»Ich glaube nicht, daß ich Ihnen das sagen werde, Mr. Gray. Es ist ein so ödes Thema, daß man in der Tat ernsthaft darüber reden müßte. Aber nun werde ich sicher nicht fortgehen, da Sie mich bitten zu bleiben. Du bist doch nicht wirklich böse, Basil? Du hast mir oft gesagt, es sei dir sogar recht, wenn dein Modell mit jemandem plaudern kann.«

Hallward biß sich auf die Lippen. »Wenn Dorian es wünscht, mußt du natürlich bleiben. Dorians Launen sind für jedermann Gesetz, außer für ihn selbst.«

Lord Henry griff nach Hut und Handschuhen. »Du drängst mich, Basil, aber ich fürchte, ich muß gehen. Ich bin im Orleansklub verabredet – auf Wiedersehen, Mr. Gray. Besuchen Sie mich doch einmal nachmittags in der Curzon Street. Gegen fünf Uhr bin ich fast immer zu Hause. Schreiben Sie mir vorher, ehe Sie kommen. Es täte mir leid, wenn Sie mich verfehlten.«

»Basil«, rief Dorian Gray, »wenn Lord Henry geht, gehe ich auch. Du sprichst nie ein Wort, wenn du malst, und es ist schrecklich langweilig, auf einem Podium zu stehen und dabei ständig ein freundliches Gesicht aufzusetzen. Bitte ihn, zu bleiben. Ich bestehe darauf.«

»Bleib da, Harry, Dorian und auch mir zuliebe«, sagte Hallward, ohne den Blick von seinem Bild zu wenden. »Er hat ganz recht, ich spreche nie, während ich arbeite, und höre auch nicht zu. Es muß furchtbar langweilig für meine unglücklichen Modelle sein. Wenn ich mich anstrenge, sehe ich das vollkommen ein. Ich bitte dich, bleib.«

»Und was wird aus meiner Verabredung im Orleansklub?«

Hallward lachte.

»Das wird wohl kein Problem sein. Setz dich wieder hin, Harry. – Und du, Dorian, stell dich auf das Podium und halt dich möglichst still. Kümmere dich nicht darum, was Lord Henry sagt. Er übt auf alle seine Freunde einen schlechten Einfluß aus, mich natürlich ausgenommen.«

Dorian stieg mit der Miene eines geschundenen griechischen Helden auf das Podium und verzog sein Gesicht in Unmut in Richtung zu Lord Henry, der ihm außerordentlich gut gefiel. Er war ganz anders als Hallward. Sie bildeten einen bestrickenden Gegensatz. Auch hatte er eine so angenehme Stimme. Nach einer kleinen Weile sagte Dorian zu ihm: »Üben sie wirklich einen so schlimmen Einfluß aus, Lord Henry, wie Basil behauptet?«

»Es gibt keinen guten Einfluß, Mr. Gray. Jeder Einfluß ist unmoralisch – unmoralisch vom wissenschaftlichen Standpunkt aus.«

»Und warum?«

»Weil jemand zu beeinflussen bedeutet, ihm eine fremde Seele zu geben. Er denkt nicht mehr seine eigenen Gedanken, er wird nicht mehr von seinen eigenen Leidenschaften verzehrt. Seine Tugenden gehören gar nicht mehr ihm. Selbst seine Sünden – wenn es so etwas wie Sünden gibt – sind nur entliehen. Er wird zum Echo eines anderen, zum Darsteller einer Rolle, die nicht für ihn geschrieben ist. Das Ziel des Lebens ist Selbstverwirklichung. Unser Selbst zu verwirklichen, dazu sind wir hier. Heutzutage fürchten sich die Menschen vor sich selbst. Sie haben die höchste Pflicht vergessen, die Pflicht, die sie sich selber schulden. Natürlich ist man wohltätig. Man speist die Hungernden und kleidet die Bettler. Aber die eigene Seele darbt und ist nackt. Der Mut ist unserer Rasse verlorengegangen. Vielleicht haben wir ihn nie besessen. Die Furcht vor der Gesellschaft, auf der die Moral sich aufbaut, die Furcht vor Gott, die das Geheimnis der Religion ist – diese beiden Gewalten beherrschen uns. Und dennoch ...«

»Sei so nett und dreh den Kopf ein wenig nach rechts, Dorian, sei ein guter Junge«, sagte Hallward, der ganz in seine Arbeit vertieft war und nur wahrnahm, daß im Gesicht des Jungen ein Ausdruck lag, den er darin nie zuvor gesehen hatte.

»Und dennoch«, fuhr Lord Henry mit seiner leisen, melodischen Stimme und der anmutigen Handbewegung fort, die so charakteristisch für ihn war und die ihm schon in Eton eigentümlich war, »dennoch glaube ich, wenn auch nur ein Mensch sein Leben voll und ganz auslebte, jedem Gefühl Form, jedem Gedanken Ausdruck, jedem Traum Wirklichkeit verliehe – ich glaube, es würde ein so frischer Antrieb zur Freude in die Welt fließen, daß wir alles Krankhafte des Mittelalters vergessen müßten und zurückkehrten zum hellenischen Ideal – vielleicht sogar zu etwas Schönerem, Reicherem als dem hellenischen Ideal. Aber selbst der Tapferste unter uns fürchtet sich vor sich selbst. Die Selbstverstümmelung des Wilden lebt schaurig fort in der Selbstverleugnung, die unser Leben zerstört. Wir werden bestraft für unsere Entsagungen. Jeder Trieb, den wir ersticken, brütet in unserer Seele ein Gift aus, an dem wir zugrunde gehen. Der Körper sündigt einmal, und dann ist seine Sünde abgetan, denn die Handlung ist eine Art der Reinigung. Nichts bleibt zurück als die Erinnerung an eine Lust oder die Wollust der Reue. Der einzige Weg, eine Versuchung loszuwerden, ist, ihr nachzugeben. Widerstehen Sie ihr, und Ihre Seele wird krank vor Sehnsucht nach dem, was sie sich selbst versagt hat, vor Begierde nach dem, was ihre widernatürlichen Gesetze widernatürlich und ungesetzlich machten. Man hat gesagt, die größten Geschehnisse der Welt ereigneten sich im Gehirn. Im Gehirn und nur im Gehirn geschehen auch die größten Sünden der Welt. Sie, Mr. Gray, Sie selbst in Ihrer unberührten Jugend, haben Leidenschaften gehabt, die Sie mit Schrecken erfüllten, Gedanken, die Ihnen Furcht einflößten, Träume am Tag und in der Nacht, deren bloße Erinnerung Ihnen die Schamröte ins Gesicht treiben könnte ...«

»Hören Sie auf!« flüsterte Dorian Gray. »Hören Sie auf! Sie verwirren mich. Ich weiß nicht, was ich sagen soll. Es gibt eine Antwort, aber ich kann die Worte nicht finden. Sprechen Sie nicht. Lassen Sie mich nachdenken oder besser, lassen Sie mich versuchen, nicht nachzudenken.«

Fast zehn Minuten stand er bewegungslos da mit halbgeöffneten Lippen und seltsam glänzenden Augen. Er war sich dumpf bewußt, daß völlig neue Einflüsse in ihm am Werk waren, und es schien ihm, als kämen sie ganz aus seinem eigenen Inneren. Die wenigen Worte, die Basils Freund zu ihm gesprochen hatte – zweifelsohne nur leicht hingeworfene Worte, voller willkürlicher Paradoxe –, hatten gleichwohl in ihm eine geheime Saite berührt, die nie zuvor angeschlagen worden war, die er aber nun schwingen und sonderbar tönen fühlte.

So hatte ihn nur die Musik erregt. Sie hatte ihn manches Mal aufgewühlt. Aber Musik spricht nicht in Worten. Nicht eine neue Welt, ein neues Chaos schafft sie in uns. Aber Worte! Bloße Worte! Wie schrecklich sie waren! Wie klar und lebendig und grausam! Ihnen konnte man sich nicht entziehen. Und doch, welch tiefer Zauber in ihnen lag! Es schien, als könnten sie formlosen Dingen körperhafte Form verleihen und eine eigene Musik enthalten, süß wie die der Viola oder der Laute. Bloße Worte! Gab es Wirklicheres als Worte?

Ja. In seiner Knabenzeit hatte es Dinge gegeben, die er nicht verstand. Jetzt verstand er sie. Das Leben bekam plötzlich flammende Farben für ihn. Es schien ihm, als sei er im Feuer gewandelt. Warum hatte er es bisher nicht gewußt?

Lord Henry beobachtete ihn mit seinem wissenden Lächeln. Er erriet mit sicherem psychologischem Instinkt, wann er nicht reden durfte. Er fühlte das heftigste Interesse. Er war erstaunt über den unerwarteten Eindruck, den seine Worte gemacht hatten. Er erinnerte sich eines Buchs, das er mit sechzehn Jahren gelesen und das ihm vieles entschleierte, was er bis dahin nicht gekannt hatte, und er hätte gern gewußt, ob Dorian Gray dieselbe Erfahrung durchmache. Er hatte nur einen Pfeil in die Luft geschossen. Hatte er das Herz getroffen? Wie faszinierend dieser Junge war!

Hallward arbeitete mit seinem wunderbar kühnen Pinselstrich weiter, der die wahre Feinheit und vollendete Feinfühligkeit hatte, die nur aus der Kraft erwachsen. Er hatte das Schweigen nicht bemerkt.

»Basil, ich habe keine Lust mehr, zu stehen«, rief Dorian Gray plötzlich. »Ich muß mich in den Garten setzen, die Luft hier ist zum Ersticken.«

»Das tut mir wirklich leid, mein Lieber. Wenn ich male, kann ich an nichts sonst denken. Aber du warst nie besser, ganz ruhig bist du Modell gestanden, und ich habe endlich den Ausdruck herausgearbeitet, den ich immer gesucht habe – die halboffenen Lippen und den Glanz in den Augen. Ich weiß nicht, was Harry mit dir gesprochen hat, auf jeden Fall hat er den wundervollsten Ausdruck bei dir bewerkstelligt. Vermutlich hat er dir Komplimente gemacht. Darin ist er Meister, aber leider meint er es nicht ernst. Du darfst ihm kein Wort glauben.«

»Nein, er hat mir keine Komplimente gemacht. Und vielleicht glaube ich ihm eben deshalb kein einziges Wort von alldem, was er gesagt hat.«

»Sie wissen, daß Sie doch alles glauben«, sagte Lord Henry und sah ihn träumerisch mit schweren Lidern an. »Ich gehe mit Ihnen in den Garten, es ist schrecklich heiß im Atelier. – Basil, laß etwas Kaltes zu trinken bringen, vielleicht etwas mit Erdbeeren drin.«

»Sehr gern, Harry. Drück auf die Klingel, und wenn Parker kommt, will ich es ihm sagen. Ich muß den Hintergrund noch fertigmalen und komme dann später nach. Aber halte Dorian nicht zu lange fest. Ich bin niemals besser in Stimmung zum Malen gewesen als heute. Dies wird mein Meisterwerk. Es ist jetzt schon mein Meisterwerk.«

Lord Henry ging in den Garten hinaus und fand Dorian Gray, der sein Gesicht in den großen kühlen Fliederblüten vergrub und ihren Duft so fieberhaft einsog, als trinke er Wein. Er trat nahe an ihn heran und legte ihm die Hand auf die Schulter.

»Wie richtig«, sagte er leise. »Nur die Sinne können die Seele heilen, wie nur die Seele die Sinne heilen kann.«

Der junge Mann schrak auf und trat zurück. Er war barhäuptig, und die Blätter hatten seine widerspenstigen Locken zerwühlt und all ihre goldenen Fäden verwirrt. Etwas wie Furcht lag in seinem Blick, wie bei einem plötzlich Erwachenden. Seine feingeschnittenen Nasenflügel zitterten, und ein versteckter Nerv ließ seine scharlachroten Lippen erzittern.

»Ja«, fuhr Lord Henry fort, »das ist eines der großen Geheimnisse des Lebens – die Seele durch die Sinne und die Sinne durch die Seele zu heilen. Sie sind ein wundervolles Geschöpf. Sie wissen mehr, als Sie zu wissen glauben, und doch wissen Sie weniger, als Sie wissen sollten.«

Dorian Gray zog die Stirn zusammen und wandte den Kopf ab. Es zog ihn wider seinen Willen zu dem hochgewachsenen, gutaussehenden jungen Mann, der neben ihm stand. Sein romantisches olivfarbenes Gesicht mit dem etwas verlebten Ausdruck interessierte ihn. In seiner leisen, gleichmütigen Stimme lag etwas Bestrickendes. Selbst die kühlen weißen, blumengleichen Hände hatten einen seltsamen Reiz. Sie begleiteten seine Worte wie Musik und bewegten sich, als hätten sie ihre eigene Sprache. Aber er fürchtete sich vor ihm und schämte sich zugleich seiner Furcht. Warum mußte ein Fremder kommen, um ihm die eigene Seele zu offenbaren. Er kannte Basil Hallward seit Monaten, aber ihre Freundschaft hatte ihn nie verändert. Plötzlich war jemand in sein Leben getreten, der ihm die Geheimnisse des Lebens zu entschleiern schien. Und doch – wovor sollte er sich fürchten. Er war kein Schuljunge oder Mädchen! Es war einfach absurd, sich zu fürchten.

»Kommen Sie, wir setzen uns in den Schatten«, sagte Lord Henry. »Parker hat uns etwas zu trinken gebracht. Wenn Sie weiter in dieser Glut stehenbleiben, werden Sie sich die Haut verderben, und Basil wird Sie nicht mehr malen. Sie dürfen sich keinen Sonnenbrand holen. Das würde Ihnen nicht stehen.«

»Was liegt denn daran«, rief Dorian lachend und ließ sich am Ende des Gartens auf eine Bank nieder.

»Ihnen sollte alles daran liegen, Mr. Gray.«

»Und warum?«

»Weil Sie noch so wundervoll jung sind und weil Jugend das einzige ist, was im Leben Wert hat.«

»Ich bin hier anderer Auffassung, Lord Henry.«

»Nein, jetzt noch nicht. Aber eines Tages, wenn Sie alt und runzlig und häßlich geworden sind, wenn der Gedanke Ihre Stirn mit seinen Furchen gezeichnet und die Leidenschaft Ihre Lippen mit schrecklichem Feuer verzehrt hat, dann werden Sie es fühlen, und Sie werden es furchtbar fühlen. Jetzt gehen Sie hin, wohin Sie wollen, Sie bezaubern die Welt. Aber wird das immer so bleiben? – Sie haben ein wundervoll schönes Gesicht, Mr. Gray. Ziehen Sie nicht die Stirn kraus. Es ist wahr. Und Schönheit ist eine Form des Genies – ja mehr als Genie, denn sie bedarf keiner Erklärung. Sie gehört zu den großen Dingen in der Welt, wie der Sonnenschein, wie der Frühling oder der Widerschein einer silbernen Sichel auf dunklen Wassern, die wir den Mond nennen. Sie läßt sich nicht anfechten. Sie hat ein göttliches Recht auf Allmacht. Sie macht die zu Fürsten, die sie besitzen. Sie lächeln? Ach, wenn Sie sie erst verloren haben, werden Sie nicht mehr lächeln.

Die Menschen sagen wohl, die Schönheit sei etwas Äußerliches. Mag sein. Aber gewiß ist sie nicht so äußerlich wie das Denken. Für mich ist die Schönheit das Wunder der Wunder. Nur Niedere urteilen nicht nach dem Äußeren. Das wahre Geheimnis der Welt liegt im Sichtbaren, nicht im Unsichtbaren.

Ja, Mr. Gray, Ihnen waren die Götter wohlgeneigt. Aber was die Götter schenken, das nehmen sie bald zurück. Sie haben nur wenige Jahre, um wirklich zu leben. Wenn Ihre Jugend Sie verläßt, dann wird auch Ihre Schönheit schwinden, und plötzlich werden Sie entdecken, daß keine Triumphe mehr auf Sie warten, es sei denn, Sie geben sich mit jenen billigen Siegen zufrieden, die Ihnen die Erinnerung Ihrer Vergangenheit noch bitterer machen wird als die Niederlagen. Jeder Monat, der dahingeht, führt Sie etwas Schrecklichem näher. Die Zeit ist eifersüchtig und kämpft gegen Ihre Lilien und Rosen. Sie werden bleich werden und hohlwangig und Ihre Augen stumpf. Sie werden unsäglich leiden. – Ach, nutzen Sie Ihre Jugend, solange Sie sie besitzen. Vergeuden Sie nicht das Gold Ihrer Tage, hören Sie nicht auf die Langweiligen, versuchen Sie nicht, hoffnungslos Verfehltes wiedergutzumachen. Werfen Sie Ihr Leben nicht weg für die Törichten, die Niedrigen, den Pöbel, das sind falsche Ziele und Ideale unserer Zeit. Leben Sie! Leben Sie das herrliche Leben, das in Ihnen ist! Versagen Sie sich nichts! Suchen Sie stets neue Reize. Fürchten Sie nichts. Ein neuer Hedonismus, das ist es, was unser Jahrhundert braucht. Sie könnten sein Symbol sein. Sie können alles wagen. Die Welt gehört Ihnen einen Frühling lang.

Als ich Sie zuerst traf, habe ich gesehen, daß Sie nicht ahnten, wer Sie eigentlich sind, wer Sie sein könnten. Ich sah so viel in Ihnen, was mich bezauberte, daß ich mich gezwungen fühlte, Ihnen etwas von Ihnen zu erzählen. Ich dachte daran, wie bedauernswert es wäre, wenn Sie sich verschwenden; denn Ihre Jugend währt ja nur so kurze Zeit – so kurze Zeit

Die Blumen auf den Fluren welken dahin, aber sie blühen wieder. Der Goldregen wird im nächsten Jahr ebenso leuchten wie heute. In einem Monat hat die Klematis purpurne Sterne, und Jahr um Jahr wird die grüne Nacht ihrer Blätter purpurne Sterne bergen. Aber die Jugend kehrt nie mehr zurück. Der Puls der Freude, der in uns Zwanzigjährigen pocht, wird träge. Unsere Glieder versagen, die Sinne stumpfen ab. Wir entarten zu gräßlichen Fratzen, gequält von Erinnerungen an Leidenschaften, die wir uns versagten, und an erlesene Versuchungen, denen wir nicht nachzugeben wagten. Jugend! Jugend! Es gibt nichts in der Welt außer Jugend!«

Dorian Gray hörte zu, staunend und mit weit geöffneten Augen. Der Fliederzweig fiel aus seiner Hand auf den Kies. Eine Biene kam und umflog einen Augenblick lang summend den Zweig. Dann kletterte sie über das violette Blütengewirr. Er beobachtete sie mit jener seltsamen Aufmerksamkeit für kleine Dinge, die wir zu zeigen versuchen, wenn uns Dinge von größerer Bedeutung erschrecken oder wenn uns ein neues Gefühl erregt, für das wir keinen Ausdruck zu finden vermögen, oder wenn ein furchtbarer Gedanke unsere Vorstellung lähmt und uns bezwingen will. Nach einer Weile flog die Biene fort. Er sah sie in den gefleckten Kelch einer Winde kriechen. Die Blüte schien zu erbeben und schwankte dann leise hin und her.

Plötzlich erschien Hallward in der Tür des Ateliers und machte ihnen heftige Zeichen, hereinzukommen. Sie sahen sich an und lächelten.

»Ich warte«, rief Hallward. »Kommt herein. Das Licht ist ausgezeichnet. Ihr könnt eure Gläser ja mitbringen.«

Sie standen auf und schlenderten zusammen den Weg hinunter. Zwei grünweiße Schmetterlinge flatterten an ihnen vorbei, und in dem Birnbaum am Ende des Gartens fing eine Drossel zu singen an.

»Sie freuen sich, daß Sie mir begegnet sind, Mr. Gray«, sagte Lord Henry und sah ihn an.

»Ja, jetzt bin ich froh darüber. Ich weiß nicht, ob ich mich immer freuen werde.«

»Immer! Ein unerträgliches Wort. Mich schaudert, wenn ich es höre. Die Frauen gebrauchen es so gern. Sie verderben jedes Abenteuer, indem sie versuchen, ihm ewige Dauer zu verleihen. Noch dazu ist es ein sinnloses Wort. Der einzige Unterschied zwischen einer Laune und lebenslanger Leidenschaft ist, daß die Laune ein wenig länger dauert.«

Als sie ins Atelier traten, legte Dorian Gray seine Hand auf Lord Henrys Arm. »Dann soll unsere Freundschaft eine Laune sein«, sagte er leise und errötete über seine Kühnheit, dann stieg er auf das Podium und nahm seine Stellung wieder ein.

Lord Henry warf sich in einen bequemen Rohrsessel und beobachtete ihn. Das Hin- und Herfahren des Pinsels auf der Leinwand war der einzige Ton, der die Stille unterbrach, außer wenn Hallward dann und wann zurücktrat, um seine Arbeit aus der Entfernung zu betrachten. In den schrägen Sonnenstrahlen, die durch die offene Tür strömten, tanzten goldene Stäubchen. Der schwere Duft der Rosen hing über allem.

Etwa eine Viertelstunde später hörte Hallward zu malen auf, sah Dorian Gray lange an und dann das Bild, wobei er lächelnd am Pinselstiel kaute.

»Es ist fertig«, rief er schließlich, beugte sich nach vorn und schrieb in dünnen, roten Buchstaben seinen Namen in die linke untere Ecke der Leinwand.

Lord Henry kam herüber und betrachtete das Bild. Es war in der Tat ein herrliches Kunstwerk und auch ein herrliches Porträt.

»Mein Lieber«, sagte er, »meinen herzlichsten Glückwunsch. – Mr. Gray, kommen Sie und sehen Sie selbst.«

Der junge Mann fuhr auf, wie aus einem Traum erwacht. »Ist es wirklich fertig?« flüsterte er und stieg vom Podest.

»Ganz fertig«, sagte Hallward, »und du hast heute ausgezeichnet gestanden. Ich bin dir sehr dankbar.«

»Das ist ganz mein Verdienst«, warf Lord Henry dazwischen. »Nicht wahr, Mr. Gray?«

Dorian gab keine Antwort, sondern trat lässig vor das Bild. Als er es sah, machte er einen Schritt zurück und errötete vor Freude, so sehr gefiel er sich selbst. Ein Ausdruck der Freude kam in seine Augen, als hätte er sich zum ersten Male erkannt. Er stand regungslos und staunend da, und er hörte nur undeutlich, daß Hallward zu ihm sprach, aber den Sinn der Worte erfaßte er nicht. Die Empfindung seiner eigenen Schönheit überkam ihn wie eine Offenbarung. Nie zuvor hatte er sie gespürt. Basil Hallwards Komplimente hatte er nur für charmante Übertreibungen der Freundschaft gehalten. Er hatte sie angehört, über sie gelacht, sie vergessen. Sein Wesen hatten sie nicht beeinflußt. Dann war Lord Henry mit seinem seltsamen Hymnus auf die Jugend gekommen, mit seiner schrecklichen Warnung vor ihrer Vergänglichkeit. Das hatte ihn aufgerüttelt, und nun, da er sich dem Abbild seiner eigenen Schönheit gegenübersah, durchflutete ihn die volle Wahrheit des Gesagten. Ja, eines Tages würde sein Gesicht runzlig und welk, seine Augen trübe und glanzlos, die Anmut seiner Gestalt gebrochen und entstellt sein. Das Rot würde von seinen Lippen schwinden und das Gold aus seinen Haaren bleichen. Das Leben, das seine Seele schaffen sollte, würde seinen Körper verderben. Würdelos, abstoßend und aufgedunsen würde er werden.

Bei diesem Gedanken durchdrang ihn ein scharfer Schmerz wie ein Messerstich und ließ jede Faser seines Wesens erzittern. Seine Augen wurden dunkel wie Amethyste, und ein Tränenschleier zog darin auf. Es war ihm, als hätte sich eine eisige Hand auf sein Herz gelegt.

»Gefällt es dir nicht?« rief Hallward endlich, ein wenig gereizt durch das Schweigen des Jungen, das er sich nicht erklären konnte.

»Natürlich gefällt es ihm«, sagte Lord Henry, »wem sollte es nicht gefallen? Es ist eines der größten Schöpfungen der modernen Kunst. Ich gebe dir, was du verlangst; ich muß das Bild haben.«

»Es gehört nicht mir, Harry.«

»Wem denn?«

»Dorian natürlich.«

»Der Glückliche.«

»Wie traurig das ist!« flüsterte Dorian Gray, dessen Augen noch immer auf sein eigenes Bild gerichtet waren. »Wie traurig das ist. Ich soll alt werden, häßlich und widerwärtig. Aber dies Bild wird ewig jung bleiben. Nie wird es älter werden, als es heute, an diesem Junitag, ist ... Wenn es doch umgekehrt wäre! Wenn ich ewig jung bliebe und das Bild altern würde! Dafür gäbe ich alles! Ja, es gibt nichts in der ganzen Welt, das ich nicht dafür hingäbe! Ja, sogar meine Seele gäbe ich dafür hin!«

»An einem solchen Tausch würde dir wohl nichts liegen, Basil«, rief Lord Henry lachend. »Er würde dir ziemlich schwerfallen.«

»Ich würde mich energisch sträuben, Harry.«

Dorian Gray wandte sich um und sah ihn an. »Ja, das glaube ich, Basil. Du liebst deine Kunst mehr als deine Freunde. Ich bin dir nicht mehr als eine patinierte Bronzestatue. Vielleicht nicht einmal soviel.«

Hallward sah ihn entsetzt an. So zu sprechen, war nicht Dorians Art. Was war geschehen? Er schien beinahe zornig. Sein Gesicht hatte sich gerötet, und seine Wangen brannten.

»Ja«, fuhr er fort, »ich bin dir weniger als dein elfenbeinerner Hermes oder dein silberner Faun. Sie wirst du immer gern haben. Wie lange wirst du mich gern haben? Wohl bis ich meine ersten Runzeln habe. Jetzt weiß ich es, wenn man seine Schönheit einbüßt, was sie auch sei, dann hat man alles verloren. Dein Bild hat mich das gelehrt. Lord Henry hat vollkommen recht. Die Jugend ist das einzige auf der Welt, das Wert besitzt. Wenn ich entdecke, daß ich alt werde, dann töte ich mich.«

Hallward wurde bleich und ergriff seine Hand. »Dorian, Dorian«, rief er aus, »sag so etwas nicht. Ich habe nie einen Freund gehabt wie dich, und ich werde nie einen zweiten finden. Bist du denn eifersüchtig auf leblose Dinge? – Der du doch um vieles schöner bist als all dies!«

»Ich bin eifersüchtig auf alles, dessen Schönheit nicht vergeht. Ich bin eifersüchtig auf das Porträt, das du von mir gemalt hast. Warum soll es wahren können, was ich verlieren muß? Jeder Augenblick, der verfliegt, nimmt mir etwas weg und gibt es ihm. Oh, wenn es doch umgekehrt wäre. Könnte das Bild sich verändern, und ich ewig derselbe bleiben! Warum hast du es gemalt? Es wird mich eines Tages verhöhnen – grausam verhöhnen!« Heiße Tränen traten ihm in die Augen; er zog seine Hand zurück, warf sich auf den Diwan und vergrub sein Gesicht in den Kissen, als bete er.

»Das ist dein Werk, Harry«, sagte Hallward bitter.

»Mein Werk?«

»Jawohl, und das weißt du genau.«

Lord Henry zuckte die Schultern. »Dies ist der wahre Dorian Gray – weiter nichts«, entgegnete er.

»Das ist nicht wahr.«

»Wenn er es nicht ist, was habe ich damit zu schaffen?«

»Du hättest gehen sollen, als ich dich darum bat.«

»Ich blieb auf deine Bitte.«

»Harry, ich kann nicht mit meinen beiden besten Freunden zu gleicher Zeit streiten, aber laßt es euch gesagt sein, ihr habt mich dazu gebracht, daß ich das schönste Bild, das mir je gelungen ist, hasse. Ich werde es vernichten. Was ist es mehr als Leinwand und Farbe. Es soll nicht in unser Leben eingreifen und es uns verderben.«

Dorian Gray richtete seinen goldblonden Kopf aus den Kissen auf und sah ihn mit blassem Gesicht und tränenfeuchten Augen an, als er zu dem Maltisch aus Kiefernholz hinüberging, der unter dem hohen, verhangenen Atelierfenster stand. Was suchte er dort? Seine Finger wühlten unter dem Haufen von Zinntuben und trockenen Pinseln, als wollten sie etwas Bestimmtes finden. Ja, es war das lange Palettenmesser mit der dünnen Schneide aus biegsamem Stahl. Endlich fand er es. Er wollte die Leinwand zerfetzen.

Mit einem erstickten Schluchzen sprang Dorian vom Diwan auf, stürzte auf Hallward zu, entriß ihm das Messer und schleuderte es in den äußersten Winkel des Ateliers. Er zitterte vor Erregung. »Tu das nicht, Basil«, rief er, »tu's nicht, es wäre Mord!«

»Es freut mich, daß du schließlich meine Arbeit doch noch würdigst, Dorian«, sagte Hallward kalt, nachdem er sich von seinem Erstaunen erholt hatte. »Ich hätte es nie für möglich gehalten.«

»Würdigen? Ich liebe das Bild, Basil. Es ist ein Teil meines Selbst. Das fühle ich.«

»Schön, sobald du trocken bist, sollst du gefirnißt und gerahmt werden. Dann schicke ich dich in deine Wohnung. Dort kannst du mit dir tun, was du willst.« Und er ging durch das Atelier und läutete nach dem Tee. »Du bleibst doch zum Tee, Dorian? Und du auch, Harry? Tee ist der einzige einfache Genuß, der uns geblieben ist, nicht wahr, oder verschmähst du solche einfachen Genüsse?«

»Ich habe nichts für einfache Genüsse übrig, diese letzte Zuflucht schwieriger Menschen«, sagte Lord Henry, »und ich mag keine Szenen, es sei denn auf der Bühne. Was für seltsame Menschen ihr beide seid! Ich möchte wissen, wer den Menschen als vernünftiges Tier definiert hat. Es war die voreiligste Definition, die je gemacht wurde. Der Mensch ist vielerlei, aber alles andere als vernünftig. Ich bin übrigens ziemlich froh darüber. Trotzdem wäre es mir lieber, ihr hättet euch nicht über das Bild gezankt. Du solltest es lieber mir geben, Basil. Dieser törichte Junge will es ja gar nicht wirklich haben, aber ich will es.«

»Wenn du es irgend jemandem anderen gibst, Basil, verzeihe ich das dir nie!« rief Dorian Gray. »Und ich erlaube niemandem, mich einen törichten Jungen zu nennen.«

»Du weißt, das Bild gehört dir, Dorian. Ich habe es dir geschenkt, ehe es überhaupt gemalt wurde.«

»Und Sie wissen auch, daß Sie ein wenig töricht waren, Mr. Gray. Sie haben doch im Ernst nichts dagegen einzuwenden, wenn man Sie einen Jungen nennt.«

»Heute morgen hätte ich sehr viel dagegen gehabt, Lord Henry.«

»Ach, heute morgen! Seitdem haben Sie aber gelebt.«

Es wurde an die Tür geklopft, und der Butler trat mit einem vollen Teetablett herein und setzte es auf einem kleinen japanischen Tischchen nieder. Das Klirren von Tassen und Löffeln war zu hören und das Summen eines georgischen Samowars. Ein junger Diener brachte zwei runde chinesische Schalen. Dorian Gray trat heran und schenkte den Tee ein. Die beiden anderen kamen langsam nach, um den Inhalt der Schalen zu besehen.

»Laßt uns heute abend ins Theater gehen«, sagte Lord Henry. »Irgendwo wird bestimmt etwas los sein. Ich habe zwar versprochen, bei White zu speisen, aber es ist nur ein alter Freund, und ich kann ihm also ein Telegramm schicken, daß ich krank oder durch eine spätere Verabredung verhindert bin. Ich finde, das wäre eine ganz hübsche Entschuldigung; sie würde so überraschend unschuldig klingen.«

»Es ist so lästig, sich den Frack anzuziehen«, brummte Hallward. »Und wenn man ihn anhat, sieht man abscheulich aus.«

»Ja«, antwortete Lord Henry versonnen, »die Kleidung unserer Zeit ist abscheulich. Sie ist so düster, so deprimierend. Die Sünde ist das einzig Farbige im heutigen Leben geblieben.«

»Du solltest solche Dinge wirklich nicht vor Dorian sagen, Harry.«

»Vor welchem Dorian, vor dem, der uns den Tee einschenkt, oder vor dem auf dem Bild?«

»Vor beiden nicht.«

»Ich würde Sie gern ins Theater begleiten, Lord Henry«, sagte der Junge.

»Dann kommen Sie doch; und du kommst auch mit, Basil, nicht wahr?«

»Ich kann wirklich nicht, ich möchte lieber nicht. Ich habe noch eine Menge zu tun.«

»Gut, dann gehen wir beide allein, Mr. Gray.«

»Mit großer Freude.«

Basil Hallward biß sich auf die Lippen und trat mit der Tasse in der Hand vor das Bild. »Ich bleibe mit dem wahren Dorian hier«, sagte er traurig.

»Ist das der wahre Dorian?« rief das Urbild des Porträts und trat zu ihm. »Sehe ich wirklich so aus?«

»Ja, du siehst genauso aus.«

»Wie herrlich, Basil!«

»Wenigstens gleichst du ihm in der äußeren Erscheinung. Aber es wird sich niemals verändern«, sagte Hallward. »Das ist schon etwas.«

»Was für ein Wesen die Leute um die Treue machen!« sagte Lord Henry wie zu sich selbst. »Und dabei ist sie doch nur eine Frage der Physiologie. Mit unserem Willen hat sie nichts zu schaffen. Entweder ist sie eine unglückliche Veranlagung oder eine lästige Folge des Temperaments. Junge Leute möchten treu sein und können's nicht; die Alten möchten treulos sein und können's nicht: Das ist alles, was man darüber sagen kann.«

»Geh heute abend nicht ins Theater, Dorian«, sagte Hallward. »Bleib zum Abendessen bei mir!«

»Ich kann wirklich nicht.«

»Und warum nicht?«

»Weil ich Lord Henry versprochen habe, mit ihm hinzugehen.«

»Er wird dich nicht lieber mögen, wenn du dein Versprechen hältst. Seine eigenen bricht er immer. Ich bitte dich, nicht zu gehen.«

Dorian Gray schüttelte lachend den Kopf.

»Ich bitte dich sehr.«

Der Junge zögerte und sah zu Lord Henry hinüber, der am Teetisch saß und den beiden belustigt zusah.

»Ich muß gehen, Basil«, antwortete er.

»Gut«, sagte Hallward, trat an den Tisch und setzte seine Tasse auf das Tablett. »Es ist schon spät, und da ihr euch umziehen müßt, dürft ihr keine Zeit verlieren. Auf Wiedersehen, Harry. Auf Wiedersehen, Dorian. Komm bald wieder! Komm morgen!«

»Bestimmt.«

»Du vergißt es auch sicher nicht?«

»Aber natürlich nicht.«

»Und ... Harry!

»Ja, Basil?«

»Vergiß nicht, worum ich dich heute morgen gebeten habe, als wir im Garten saßen.«

»Ich habe es vergessen.«

»Ich verlasse mich auf dich.«

»Ich wollte, ich könnte mich auf mich selber verlassen«, sagte Lord Henry lachend. »Kommen Sie, Mr. Gray, mein Wagen wartet schon draußen, und ich kann Sie vor Ihrer Wohnung absetzen. – Auf Wiedersehen, Basil. Es war ein interessanter Nachmittag.«

Als sich die Tür hinter ihnen geschlossen hatte, warf sich Hallward auf den Diwan, und ein schmerzlicher Ausdruck trat in sein Gesicht.

Drittes Kapitel

Am nächsten Tag, gegen halb eins, schlenderte Lord Henry Wotton von der Curzon Street zum Albany hinunter, um seinem Onkel einen Besuch zu machen. Lord Fermor war ein fröhlicher, wenn auch etwas rauhbeiniger alter Junggeselle, den die Außenwelt einen Egoisten nannte, weil sie keinen besonderen Nutzen aus ihm ziehen konnte. Die Gesellschaft hingegen hielt ihn für freigebig, da er die Leute, die ihn amüsierten, zu füttern pflegte. Sein Vater war Gesandter in Madrid gewesen, als Isabella noch jung und Prim noch nicht vorhanden war, hatte sich jedoch in einer Laune vom diplomatischen Dienst zurückgezogen, weil er sich nämlich ärgerte, daß man ihm nicht den Gesandtenposten in Paris angeboten hatte, für den er sich durch seine Geburt, seinen Gleichmut, das gute Englisch seiner Depeschen und durch seine maßlose Vergnügungssucht vollauf legitimiert glaubte. Der Sohn, der seines Vaters Sekretär gewesen war, hatte zugleich mit seinem Chef den Abschied genommen, was man damals für etwas unüberlegt hielt, und als er einige Monate später das Erbe antrat, befaßte er sich mit dem ernsten Studium der großen aristokratischen Kunst des Nichtstuns. Er besaß zwei ansehnliche Häuser in der Stadt, zog es jedoch vor, möbliert zu wohnen, weil das weniger Unruhe mit sich brachte und er zumeist im Klub speiste. Er beschäftigte sich ein wenig mit dem Betrieb seiner Kohlengruben in den Midlandgrafschaften, wobei er den Makel der industriellen Betätigung mit dem

Hinweis von sich abschüttelte, daß der einzige Vorteil, Kohlengruben zu besitzen, der sei, daß sie einem Gentleman ermöglichten, in seinem Kamin Holz zu brennen. Politisch war er ein Tory, außer wenn die Torys am Ruder waren; während dieser Zeit schalt er sie eine Bande von Radikalen. Er war ein Held für seinen Kammerdiener, der ihn drangsalierte, und ein Schrecken für die meisten seiner Verwandten, die er seinerseits drangsalierte. Nur England konnte ihn hervorgebracht haben, und er sagte immerfort, das Land käme auf den Hund. Seine Grundsätze waren veraltet, aber zugunsten seiner Vorurteile ließ sich vieles anführen.

Als Lord Henry ins Zimmer trat, fand er seinen Onkel in einer rauhen Jägerjoppe, mit einer mäßigen Zigarre, knurrend über der ›Times‹ sitzen. »Nun, Harry«, sagte er, »was treibt dich so früh heraus? Ich meinte, ihr Dandys ständet nie vor zwei Uhr auf und würdet nie vor fünf Uhr sichtbar.«

»Reine Familienliebe, sei dessen sicher, Onkel George. Ich möchte etwas von dir haben.«

»Vermutlich Geld«, sagte Lord Fermor und zog ein saures Gesicht. »Na, setz dich und sag mir alles. Die jungen Leute von heute glauben, Geld sei alles.«

»Ja«, murmelte Lord Henry, indem er die Blume in seinem Knopfloch feststeckte, »und wenn sie älter werden, wissen sie es. Aber ich brauche kein Geld. Nur Leute, die ihre Rechnungen bezahlen, brauchen Geld, Onkel George, und ich bezahle meine nie. Kredit ist das Vermögen der jüngeren Söhne, und man lebt herrlich davon. Übrigens kaufe ich immer bei Dartmoors Lieferanten und werde infolgedessen niemals gemahnt. Was ich brauche, ist eine Auskunft: keine nützliche, natürlich; eine ganz zwecklose Auskunft.«

»Nun, was in einem englischen Blaubuch steht, das kann ich dir sagen, obwohl die Burschen heutzutage eine Menge Unsinn zusammenschreiben. Als ich noch Diplomat war, standen die Dinge viel besser. Aber ich höre, man muß jetzt eine Prüfung machen, um zugelassen zu werden. Was kann man da erwarten? Prüfungen, mein Lieber, sind barer Humbug vom Anfang bis zum Ende. Wenn jemand ein Gentleman ist, so weiß er genug; und wenn er kein Gentleman ist, so mag er noch soviel wissen: er wird nicht besser dadurch.«

»Mr. Dorian Gray hat nichts mit Blaubüchern zu tun, Onkel George«, sagte Lord Henry nachlässig.

»Mr. Dorian Gray? Wer ist das?« fragte Lord Fermor, indem er seine buschigen weißen Augenbrauen zusammenzog.

»Das gerade möchte ich von dir erfahren, Onkel George. Oder besser gesagt, wer er ist, das weiß ich. Er ist der Enkel des letzten Lord Kelso. Seine Mutter war eine Devereux – Lady Margaret Devereux. Ich möchte, daß du mir etwas von seiner Mutter erzählst. Wer war sie? Wen heiratete sie? Du hast zu deiner Zeit nahezu jedermann gekannt, vielleicht kanntest du sie ebenfalls. Ich interessiere mich im Augenblick sehr für Mr. Gray. Ich habe ihn gerade erst kennengelernt.«

»Kelsos Enkel!« wiederholte der alte Herr. »Kelsos Enkel ...! Natürlich ... Ich kannte seine Mutter genau. Ich glaube, ich war bei ihrer Taufe. Sie war ein außerordentlich schönes Mädchen, die Margaret Devereux, und sie machte alle Leute toll, als sie mit einem bettelarmen jungen Burschen davonging, der nicht einmal einen Namen hatte, mein Lieber, einem Subalternoffizier bei einem Infanterieregiment oder dergleichen. Jawohl. Ich erinnere mich der ganzen Sache, als sei sie gestern geschehen. Der arme Kerl wurde bei einem Duell in Spa getötet, ein paar Monate nach der Hochzeit. Es war eine ekelhafte Geschichte. Ein Gerede kam auf, Kelso habe irgendeinen schuftigen Abenteurer, einen belgischen Kerl, gemietet, der seinen Schwiegersohn öffentlich beleidigen sollte – er soll ihn dafür bezahlt haben, mein Lieber, bezahlt, und der Kerl hat dann seinen Mann abgestochen wie eine Taube. Die Geschichte wurde vertuscht, aber, tja, Kelso mußte eine Zeitlang im Klub sein Kotelett allein essen. Er brachte seine Tochter wieder zurück, hörte ich, aber sie hat nie wieder mit ihm gesprochen. O ja, das war eine schlimme Sache. Das Mädchen starb dann auch, kaum ein Jahr später. Also einen Sohn hat sie zurückgelassen? Wenn er seiner Mutter ähnelt, muß er recht gut aussehen.«

»Er sieht recht gut aus«, stimmte Lord Henry bei.

»Hoffentlich kommt er in gute Hände«, fuhr der alte Mann fort. »Es muß ein Haufen Geld auf ihn warten, wenn Kelso ordentlich für ihn gesorgt hat. Seine Mutter war auch vermögend. Die Herrschaft Selby fiel ihr durch ihren Großvater zu. Ihr Großvater haßte Kelso, hielt ihn für einen niedrigen Hund. Was er auch war. Kam er da mal nach Madrid, als ich dort war. Pfui Deubel, hab' ich mich seinetwegen geschämt. Die Königin fragte mich mehrmals nach dem adligen englischen Herrn, der immer mit den Kutschern um das Fahrgeld handele. Man machte eine richtige Geschichte daraus. Ich wagte einen ganzen Monat nicht, mich bei Hofe zu zeigen. Hoffentlich hat er seinen Enkel besser behandelt als die Kutscher.«

»Ich weiß es nicht«, erwiderte Lord Henry. Er schien ein wenig zu überlegen und fuhr fort: »Ich vermute jedoch, daß der Junge ganz gut daran ist. Er ist noch nicht volljährig. Selby hat er, das weiß ich. Er erzählte es mir. Und ... seine Mutter war also sehr schön?«

»Margaret Devereux war eines der lieblichsten Geschöpfe, das ich je sah, Harry. Was in aller Welt sie zu dem trieb, was sie getan hat, habe ich nie verstehen können. Sie hätte heiraten können, wen sie nur wollte. Carlington war wahnsinnig versessen auf sie. Sie war aber romantisch. Alle Frauen aus dieser Familie waren so. Die Männer waren traurige Kerle, aber – zum Donnerwetter! – die Frauen waren wunderbar. Carlington lag auf den Knien vor ihr. Hat's mir selbst erzählt. Sie lachte ihn aus, und dabei gab es damals in London kein einziges Mädchen, das nicht hinter ihm her gewesen wäre. Übrigens, Harry, da wir nun schon einmal von Mißheiraten sprechen, was ist das für ein Humbug, den mir dein Vater von Dartmoor erzählt: er will eine Amerikanerin heiraten? Sind ihm die englischen Mädchen nicht gut genug?«

»Es ist eben jetzt Mode, Amerikanerinnen zu heiraten, Onkel George.«

»Ich halte auf englische Frauen gegen die ganze Welt, Harry«, sagte Lord Fermor und schlug mit der Faust auf den Tisch.

»Die Wetten stehen für die Amerikanerinnen.«

»Sie halten nicht durch, habe ich gehört«, murrte der Onkel.

»Ein langes Rennen erschöpft sie, aber beim Steeplechase sind sie kapital. Sie nehmen die Dinge im Fluge. Ich glaube nicht, daß Dartmoor eine Chance hat.«

»Wie ist ihre Familie?« brummte der alte Herr. »Hat sie überhaupt eine?«

Lord Henry schüttelte den Kopf. »Amerikanische Mädchen verstehen sich ebenso darauf, ihre Eltern zu verbergen, wie englische Frauen ihre Vergangenheit«, sagte er und stand auf, um fortzugehen.

»Also vermutlich Schweinepacker.«

»Hoffentlich, Onkel George, in Dartmoors Interesse. Ich habe sagen hören, Schweinepacker sei nach der Politik in Amerika der lukrativste Beruf.«

»Ist sie hübsch?«

»Sie benimmt sich, als wäre sie schön. Die meisten Amerikanerinnen tun das. Es ist das Geheimnis ihres Reizes.«

»Warum können diese Amerikanerinnen nicht bei sich zu Hause bleiben? Sie erzählen uns immer, dort sei das Paradies für Frauen.«

»Das ist es auch. Und das ist der Grund, weshalb sie so außerordentlich versessen darauf sind, hinauszukommen«, sagte Lord Henry. »Leb wohl, Onkel George. Ich komme zu spät zum Lunch, wenn ich noch länger bleibe. Ich danke dir für die Auskunft, die ich haben wollte. Ich möchte immer gern von meinen neuen Freunden alles und von meinen alten nichts wissen.«

»Wohin gehst zu zum Lunch, Harry?«

»Zu Tante Agatha. Ich habe mich mit Mr. Gray dort angesagt. Er ist ihr neuester Protégé.«

»Hm. Sag deiner Tante Agatha, Harry, sie solle mich nicht mehr mit ihrem Wohltätigkeitskram quälen. Ich habe es satt. Das gute Frauenzimmer glaubt wahrhaftig, ich habe nichts weiter zu tun, als für ihre albernen Schrullen Schecks auszuschreiben.«

»Schön, Onkel George. Ich will es ihr sagen, aber nützen wird es nichts. Wohltätigkeitsfanatikern kommt jedes Gefühl für Menschlichkeit abhanden. Das ist ihr hervorstechender Charakterzug.«

Der alte Herr knurrte beifällig und klingelte nach dem Diener. Lord Henry ging unter den niedrigen Arkaden zur Burlington Street und lenkte dann seine Schritte in die Richtung des Berkeley Square.

Das also war die Geschichte der Eltern Dorian Grays. Sie war ihm nur in großen Zügen erzählt worden, hatte ihn jedoch erschüttert, denn sie mutete ihn seltsam und fast neuartig romantisch an. Eine schöne Frau, die alles für eine wahnsinnige Leidenschaft aufs Spiel setzte. Ein paar wilde Wochen des Glücks, jäh abgeschnitten durch ein abscheuliches, heimtückisches Verbrechen. Monate stummen Todeskampfs, und dann ein Kind, geboren im Leid. Die Mutter dahingerafft vom Tod, der Knabe der Einsamkeit und der Tyrannei eines alten, lieblosen Mannes überlassen. Ja, es war ein interessanter Hintergrund. Er gab dem Knaben Relief, machte ihn noch vollkommener, als er ohnehin war. Hinter allem Auserlesenen in der Welt stand etwas Tragisches. Welten müssen in Aufruhr sein, damit die kleinste Blume blühen kann … Und wie entzückend war er am Abend zuvor gewesen, als er mit erregten Augen, die Lippen vor erschrockener Freude halb geöffnet, ihm im Klub gegenüber saß und die roten Lampenschirme das erwachende Wunder seines Gesichts in einen weicheren Ton getaucht hatten. Mit ihm sprechen war wie auf einer köstlichen Geige spielen.

Er gab jedem Druck und jedem Erzittern des Bogens nach … Es lag etwas Schreckliches darin, Einflüsse zu erproben. Etwas, das in Bann schlug. Nichts kam dem gleich. Seine Seele in eine anmutige Form zu gießen und sie einen Augenblick darin verweilen zu lassen; seine eigenen Gedanken im Echo zurückzubekommen, bereichert um all die Melodien von Leidenschaft und Jugend, sein Temperament in ein anderes zu versenken, als sei es ein feinstes Fluidum oder ein seltsamer Duft; es lag eine wahre Lust darin, vielleicht die am meisten befriedigende Lust, die uns in einem so beschränkten und vulgären Zeitalter übriggelassen ist; einem Zeitalter, das in seinen Genüssen so grob und in seinen Begierden so maßlos gemein ist … Er war ein wundervoller Typus, dieser junge Mensch, den er durch einen so seltsamen Zufall in Basils Atelier kennengelernt hatte, oder er konnte jedenfalls zu einem wundervollen Typus geformt werden. Alle Anmut und weiße Reinheit des Knaben waren sein, und jene Schönheit, welche uns die alten griechischen Marmorbilder bewahrt haben. Nichts gab es, was man nicht aus ihm machen konnte. Man konnte einen Titanen aus ihm machen oder ein Spielzeug. Wie traurig, daß solcher Schönheit bestimmt war zu verwelken! Wie traurig, daß es kein Mittel gab, sie davor zu bewahren! – Und Basil! Wie interessant war er doch in psychologischer Beziehung! Der neue künstlerische Stil, die frische Art, das Leben anzuschauen, die ihm eigenartigerweise durch die bloße körperliche Nähe eines Menschen suggeriert wurden, der von alledem nichts wußte; der geheime Geist, der im dunklen Waldland haust und ungesehen über das offene Feld dahinschreitet und sich plötzlich enthüllt, dryadenhaft und furchtlos, weil in der Seele, die seiner begehrt, jener seltsame hellseherische Blick erwacht war, dem allein das Wunderbare sich entschleiert; die bloßen Gestalten und Linien der Dinge, die durch ihn dann plötzlich feiner werden und eine Art symbolischen Wertes gewinnen, als seien sie selbst nur Urbilder einer anderen und vollkommeneren Form, deren Schatten sie hinüber in die Wirklichkeit trugen; wie seltsam war das alles! War es nicht Platon, jener Künstler des Gedankens, der es zuerst erkannt hatte? War es nicht Buonarroti, der es in den farbigen Marmor einer Sonettenfolge gemeißelt hatte? Doch für unser Jahrhundert war es etwas Fremdes … Ja, er wollte versuchen, Dorian Gray das zu sein, was der Knabe ohne sein Wissen dem Maler war, der das wundervolle Bildnis geschaffen hatte. Er wollte versuchen, ihn zu beherrschen – zur Hälfte hatte er es ja schon getan. Er wollte diesen wundervollen Geist zu seinem eigenen machen. Es lag etwas Faszinierendes in diesem Sproß aus Liebe und Tod.

Plötzlich blieb er stehen und musterte die Häuser. Er entdeckte, daß er bereits an dem seiner Tante vorbeigegangen war, und kehrte um, wobei er über sich selbst lächelte. Als er in die etwas düstere Halle eintrat, sagte ihm der Diener, die Herrschaften seien schon zu Tisch gegangen. Er gab Hut und Stock ab und ging in das Speisezimmer.

»Spät wie immer, Harry«, rief seine Tante kopfschüttelnd.

Er erfand eine harmlose Entschuldigung, nahm Platz auf einem unbesetzten Stuhl in ihrer Nähe und schaute um sich, um zu sehen, wer noch da war. Dorian verbeugte sich scheu vom Ende des Tisches her; ein freudiges Rot stahl sich dabei in sein Gesicht. Gegenüber saß die Herzogin von Harley, eine Dame von bewunderungswürdig gutem Charakter und Temperament, die jeder, der sie kannte, gern mochte und die jene umfänglichen architektonischen Proportionen aufwies, welche bei Frauen, die nicht Herzoginnen sind, von den zeitgenössischen Geschichtsschreibern als Beleibtheit bezeichnet werden. Neben ihr, zu ihrer Rechten, saß Sir Thomas Burdon, Parlamentsmitglied und Radikaler. Im öffentlichen Leben lief er seinem Parteiführer nach, im privaten jedoch den besten Köchen; gemäß einer weisen und wohlbekannten Regel speiste er aber mit den Torys und dachte mit den Liberalen. Den Platz zu ihrer Linken nahm Mr. Erskine of Treadley ein, ein alter, äußerst charmanter und kultivierter Herr, der allerdings der schlechten Gewohnheit verfallen war, zu schweigen; denn er hatte, wie er einmal

Lady Agatha erklärte, alles, was er zu sagen hatte, schon vor seinem dreißigsten Lebensjahr gesagt. Seine Nachbarin war Mrs. Vandeleur, eine der ältesten Freundinnen seiner Tante, eine wahre Heilige unter den Frauen, aber so schrecklich liederlich, daß sie einen stets an ein schlechtgebundenes Gesangbuch erinnerte. Zu seinem Glück saß auf ihrer anderen Seite Lord Faudel, eine sehr intelligente Mittelmäßigkeit in mittleren Jahren, kahl wie eine ministerielle Erklärung im Unterhaus, mit dem sie sich in jener intensiven, ernsten Weise unterhielt, die, wie er selbst einmal bemerkte, der einzige unverzeihliche Fehler ist, in den alle guten Menschen verfallen und den keiner von ihnen jemals völlig vermeidet.

»Wir sprechen gerade über den armen Dartmoor, Lord Henry«, rief die Herzogin, indem sie ihm über den Tisch hinüber vergnügt zunickte. »Glauben Sie wirklich, daß er diese berückende junge Person heiraten wird?«

»Ich glaube, sie hat es sich fest vorgenommen, ihm einen Antrag zu machen, Herzogin.«

»Wie schrecklich!« rief Lady Agatha aus. »Man sollte etwas dagegen tun.«

»Ich hörte aus ganz ausgezeichneter Quelle, daß ihr Vater in Amerika einen Kurzwarenladen hat«, sagte Sir Thomas Burdon mit hochmütiger Miene.

»Mein Onkel vermutete schon eine Schweinepackerei, Sir Thomas.«

»Kurzwaren! Was ist das, amerikanische Kurzwaren?« fragte die Herzogin und erhob verwundert ihre großen Hände und betonte jedes Wort.

»Amerikanische Romane«, erwiderte Lord Henry und nahm sich eine Wachtel.

Die Herzogin machte ein verdutztes Gesicht.

»Achten Sie nicht auf ihn, meine Liebe«, flüsterte Lady Agatha. »Er meint nie, was er sagt.«

»Als Amerika entdeckt wurde«, sagte der radikale Abgeordnete und begann einige langweilige Tatsachen von sich zu geben. Wie alle Leute, die einen Gegenstand zu erschöpfen streben, erschöpfte er seine Zuhörer.

Die Herzogin seufzte und machte von ihrem Vorrecht Gebrauch, unterbrechen zu dürfen. »Ich möchte, bei Gott, es wäre überhaupt nicht entdeckt worden!« rief sie aus. »Wirklich, unsere Mädchen haben heutzutage gar keine Aussichten mehr. Das ist höchst unfair.«

»Vielleicht ist Amerika im Grunde gar nicht entdeckt worden«, sagte Mr. Erskine, »ich möchte sagen, man hat es einfach aufgefunden.«

»Oh! Aber ich habe Proben seiner Bewohnerinnen gesehen«, antwortete die Herzogin zerstreut. »Ich muß zugeben, daß die meisten ausnehmend hübsch sind. Und außerdem ziehen sie sich sehr gut an. Sie beziehen ihre Garderobe aus Paris. Ich wollte, ich könnte mir das auch leisten.«

»Man sagt: wenn gute Amerikaner sterben, gehen sie nach Paris«, gluckste Sir Thomas, der über einen ganzen Kleiderschrank voll abgelegter Witze verfügte.

»Ach, nein! Und wohin gehen schlechte Amerikaner, wenn sie sterben?« fragte die Herzogin.

»Sie gehen nach Amerika«, murmelte Lord Henry.

Sir Thomas runzelte die Stirn. »Ich fürchte, Ihr Neffe ist sehr voreingenommen gegen das große Land«, sagte er zu Lady Agatha. »Ich habe es ganz bereist, in Eisenbahnwagen, die mir von den Direktoren zur Verfügung gestellt wurden. Sie sind in solchen Fällen außerordentlich liebenswürdig. Seien Sie sicher, daß solche Reisen sehr erzieherisch wirken.«

»Aber müssen wir wirklich Chikago sehen, um erzogen zu werden?« fragte Mr. Erskine kläglich. »Ich fühle mich der Reise nicht gewachsen.«

Sir Thomas winkte mit der Hand. »Mr. Erskine of Treadley hat die Welt in seinen Bücherregalen. Wir Männer der Praxis wollen die Dinge sehen, nicht lesen. Die Amerikaner sind ein höchst interessantes Volk. Sie sind absolute Vernunftmenschen. Ich halte das für ihren wesentlichsten Charakterzug. Ja, Mr. Erskine, absolute Vernunftmenschen. Seien Sie sicher: Bei den Amerikanern gibt es keinen Unsinn.«

»Wie schrecklich!« rief Lord Henry aus. »Ich kann rohe Gewalt vertragen, allein rohe Vernunft ist mir ganz unausstehlich. Sie ist unvornehm. Sie rangiert tief unter dem Geist.«

»Ich verstehe Sie nicht«, sagte Sir Thomas und wurde rot.

»Aber ich, Lord Henry«, murmelte Mr. Erskine lächelnd.

»Paradoxe sind ja an und für sich ganz schön …«, begann der Baronet aufs neue.

»War das paradox?« fragte Mr. Erskine. »Ich habe es nicht dafür gehalten. Aber vielleicht war es paradox. Nun, der Weg des Paradoxen ist der Weg der Wahrheit. Um Geschmack an der

Wirklichkeit zu bekommen, müssen wir sie auf dem Seile tanzen sehen. Wenn die Wahrheiten zu Akrobaten werden, können wir sie beurteilen.«

»Um des Himmels willen!« sagte Lady Agatha. »Was ihr Männer doch disputiert! Ich verstehe ganz bestimmt kein Wort von all dem. Oh, Harry, mit dir bin ich ganz böse. Warum versuchst du, unseren netten Mr. Dorian Gray vom East-End abzubringen? Und dabei wäre er ganz sicher unschätzbar für uns. Die Leute würden sein Spiel so gern haben.«

»Ich will aber, daß er für mich spielt«, rief Lord Henry, lächelte, sah zum Ende der Tafel und empfing als Antwort einen leuchtenden Blick.

»Aber in Whitechapel sind alle so unglücklich«, fuhr Lady Agatha fort.

»Ich kann mit allen Sympathie haben, nur nicht mit den Leuten dort«, sagte Lord Henry. »Ich kann dafür keine Sympathie aufbringen. Es ist zu häßlich, zu niederdrückend. Es liegt etwas furchtbar Krankhaftes in dem modernen Mitgefühl mit dem Schmerz. Man sollte Gefühl haben für das Farbige, das Schöne, das Freudige im Leben. Je weniger über das Traurige im Leben gesagt wird, desto besser.«

»Und dennoch ist East-End ein sehr wichtiges Problem«, bemerkte Sir Thomas mit ernstem Kopfschütteln.

»Gewiß«, antwortete der junge Lord. »Es ist das Problem der Sklaverei, und wir versuchen es zu lösen, indem wir die Sklaven amüsieren.«

Der Politiker blickte ihn streng an. »Welche Änderung schlagen Sie da vor?« fragte er.

Lord Henry lachte. »Ich wünsche gar nicht, daß sich in England etwas ändert, abgesehen vom Wetter«, antwortete er. »Ich begnüge mich vollständig mit philosophischer Betrachtung. Da aber das neunzehnte Jahrhundert seiner übermäßigen Ausgaben an Mitgefühl wegen Bankrott gemacht hat, möchte ich vorschlagen, daß man an die Wissenschaft appelliert, damit diese die Dinge wieder in Ordnung bringt. Der Vorteil der Gefühle liegt darin, daß sie uns auf Abwege führen, und der Vorteil der Wissenschaft darin, daß sie mit Gefühlen nichts zu tun hat.«

»Aber es liegt doch eine so schwere Verantwortung auf uns«, warf schüchtern Mrs. Vandeleur ein.

»Eine furchtbar schwere«, echote Lady Agatha.

Lord Henry sah zu Mr. Erskine hinüber. »Die Menschheit nimmt sich viel zu ernst. Das ist die der Welt eigentümliche Sünde. Hätte der Höhlenmensch das Lachen gekannt, so würde die Weltgeschichte einen anderen Verlauf genommen haben.«

»Da geben Sie mir wirklich einen großen Trost«, zwitscherte die Herzogin. »Ich habe bisher stets ein Gefühl der Schuld gehabt, wenn ich Ihre liebe Tante besuchte, denn ich habe nicht das geringste Interesse am East-End. In Zukunft werde ich ihr ohne Erröten ins Auge schauen können.«

»Erröten steht einem sehr gut, Herzogin«, bemerkte Lord Henry.

»Nur wenn man jung ist«, antwortete sie. »Wenn eine alte Frau wie ich rot wird, dann ist das ein schlechtes Zeichen. Ach, ich wollte, Sie könnten mir sagen, wie man wieder jung wird.«

Er dachte einen Augenblick nach. »Können Sie sich irgendeines großen Fehlers entsinnen, den Sie in jungen Tagen begangen haben, Herzogin?« fragte er und blickte sie fest über den Tisch hinüber an.

»An sehr viele, fürchte ich«, rief sie.

»Dann begehen Sie sie noch einmal«, sagte er ernst. »Um seine Jugend zurückzubekommen, braucht man nur seine Torheiten zu wiederholen.«

»Eine entzückende Theorie!« rief sie aus. »Ich muß sie in die Praxis umsetzen.«

»Eine gefährliche Theorie!« kam es von Sir Thomas' dünnen Lippen. Lady Agatha schüttelte den Kopf, aber es amüsierte sie dennoch. Mr. Erskine horchte auf.

»Ja«, fuhr Lord Henry fort, »das ist eines der großen Geheimnisse des Daseins. Heutzutage sterben die meisten Leute an einer Art schleichendem Common sense, und erst, wenn es zu spät ist, entdecken sie, daß das einzige, was wir nie bereuen, unsere Sünden sind.«

Ein Lachen lief um die Tafel.

Er spielte mit dem Gedanken und wurde übermütig; er warf ihn in die Luft und kehrte ihn um; er ließ ihn mittels der Phantasie irisieren und beflügelte ihn mit Paradoxen. Sodann erhob er das Lob der Tollheit zur Philosophie, und die Philosophie selbst wurde jung und gab sich der wilden Musik des Genusses hin; sie trug – es war wie eine Vision – ein weinbeflecktes Gewand und einen Efeukranz; sie tanzte wie eine Bacchantin über die Hügel des Lebens und verhöhnte den plumpen Silen, weil er nüchtern war. Facta flohen vor ihr wie das erschreckte Wild des Waldes. Ihre weißen Füße stampften in der großen Kelter, an der der weise Omar sitzt, bis der siedende Saft der Trauben in Wogen purpurnen Schaumes um ihre nackten Glieder sprang oder in rotem Gischt über die schwarzen, triefenden, hängenden Wände des Fasses rann. Es war eine außerordentliche Improvisation. Er fühlte, daß die Augen Dorian Grays an ihm hingen, und das Bewußtsein, daß sich unter seinen Zuhörern einer befand, dessen Gemüt er zu bezaubern wünschte, schien seinem Witz Schärfe und seiner Einbildungskraft Farbe zu verleihen. Er war glänzend, phantastisch, zügellos. Er reizte seine Zuhörer, ganz aus sich herauszugehen, und sie folgten lachend seiner Pfeife. Dorian Gray wandte den Blick nicht von ihm; er saß da wie unter einem Bann, Lächeln auf Lächeln huschte über seine Lippen, und ein immer tieferes Staunen glomm in seinen dunklen Augen auf.

Schließlich betrat im Gewande der Gegenwart die Wirklichkeit das Zimmer, in Gestalt eines Dieners, welcher der Herzogin meldete, daß ihr Wagen warte. Sie rang in komischer Verzweiflung die Hände. »Wie ärgerlich!« rief sie. »Nun muß ich gehen. Ich muß meinen Gatten vom Klub abholen und ihn zu irgendeiner albernen Sitzung bei Willis begleiten, wo er präsidieren soll. Wenn ich zu spät komme, wird er sicher wütend, und ich könnte in dem Hut, den ich heute aufhabe, keine Szene vertragen. Er ist zu gebrechlich. Ein rauhes Wort würde ihn ruinieren. Nein, ich muß fort, liebe Agatha. Auf Wiedersehen, Lord Henry. Sie sind ganz entzückend und schrecklich demoralisierend. Ich weiß gar nicht, was ich zu Ihren Ansichten sagen soll. Sie müssen einmal abends zu uns kommen und mit uns speisen. Dienstag? Sind Sie Dienstag frei?«

»Um Ihretwillen würde ich jedem andern absagen, Herzogin«, sagte Lord Henry und verbeugte sich.

»Ah! Das ist sehr nett und sehr unrecht von Ihnen«, rief sie, »aber denken Sie daran und kommen Sie.« Damit rauschte sie aus dem Zimmer, begleitet von Lady Agatha und den übrigen Damen.

Als Lord Henry wieder Platz genommen hatte, kam Mr. Erskine herüber, rückte seinen Stuhl nahe zu ihm hin und legte die Hand auf seinen Arm.

»Sie reden Bücher beiseite«, sagte er, »warum schreiben Sie keine?«

»Ich lese Bücher viel zu gern, Mr. Erskine, als daß mir daran läge, welche zu schreiben. Gewiß, ich möchte schon einen Roman schreiben, der köstlich wäre wie ein persischer Teppich und auch ebenso unwirklich. Aber es gibt in England kein literarisches Publikum, ausgenommen für Zeitungen, Elementarbücher und Konversationslexika. Von allen Völkern der Erde haben die Engländer am wenigsten Sinn für die Schönheit der Literatur.«

»Ich fürchte, Sie haben recht«, antwortete Mr. Erskine, »Ich habe früher literarischen Ehrgeiz gehabt, aber ich habe ihn schon lange aufgegeben. Und nun, mein lieber junger Freund, wenn ich Sie so nennen darf, möchte ich Sie fragen, ob Sie wirklich all das glauben, was Sie uns bei Tisch gesagt haben?«

»Ich habe ganz vergessen, was ich gesagt habe«, lächelte Lord Henry. »War es sehr schlimm?«

»In der Tat, sehr schlimm. Wirklich, ich halte Sie für sehr gefährlich, und wenn unserer guten Herzogin etwas zustößt, so werden Sie uns allen als der gelten, der in erster Linie dafür verantwortlich ist. Aber ich möchte mich gern einmal mit Ihnen über das Leben unterhalten. Die Generation, mit der ich geboren wurde, war langweilig. Wenn Sie Londons einmal müde sind, dann kommen Sie doch hinaus nach Treadley und setzen Sie mir bei einem herrlichen Burgunder, den zu besitzen ich glücklich genug bin, Ihre Philosophie des Genusses auseinander.«

»Ich werde entzückt sein. Ein Besuch in Treadley bedeutet eine große Auszeichnung. Es hat einen vollkommenen Wirt und eine vollkommene Bibliothek.«

»Erst durch Sie wird es ganz vollkommen sein«, antwortete der alte Herr mit einer höflichen Verbeugung. »Und jetzt muß ich mich von Ihrer ausgezeichneten Tante verabschieden. Ich muß ins Athenäum. Zu dieser Stunde schlafen wir dort alle.«

»Sie alle, Mr. Erskine?«

»Ja, vierzig in vierzig Fauteuils. Wir üben uns für eine englische Akademie.«

Lord Henry lachte und stand auf. »Ich gehe in den Park«, sagte er.

Als er durch die Tür schritt, berührte Dorian Gray ihn am Arm. »Erlaube mir, mitzukommen«, flüsterte er.

»Aber ich dachte, du hättest Basil Hallward versprochen, ihn zu besuchen«, erwiderte Lord Henry.

»Ich möchte lieber mit dir kommen; ja, ich fühle, daß ich mit dir kommen muß. Bitte erlaube es. Und versprich mir, die ganze Zeit mit mir zu reden? Niemand kann so wundervoll sprechen wie du.«

»Oh! Ich habe für heute wohl genug gesprochen«, sagte Lord Henry lächelnd. »Jetzt tut mir not, das Leben anzuschauen. Du kannst mit mir kommen und gleichfalls schauen, wenn du willst.«

Viertes Kapitel

Einen Monat später saß Dorian Gray eines Nachmittags in einem luxuriösen Armsessel der kleinen Bibliothek in Lord Henrys Haus in Mayfair. Es war in seiner Art ein entzückender Raum mit hoher Wandverkleidung aus olivgrün gebeiztem Eichenholz mit gelbgetöntem Fries und einer reichverzierten Stuckdecke. Auf dem weichen, dicken Teppich lagen Perserbrücken mit langen seidenen Fransen. Auf einem zierlichen Tischchen aus Atlasholz stand eine Statuette von Clodion, und daneben lag ein Band der »Cent Nouvelles«, mit einem Einband von Clovis Eve für Margarete von Valois, der die Prägung der goldenen Gänseblümchen trug, die die Königin sich als Wappenzeichen erwählt hatte. Einige große blaue chinesische Vasen, mit bunten Tulpen gefüllt, waren auf dem Kaminsims aufgestellt, und durch die kleinen bleigefaßten Scheiben des Fensters drang das aprikosenfarbene Licht eines Londoner Sommertags.

Lord Henry war noch nicht da. Er kam prinzipiell zu spät, denn es war sein Grundsatz, Pünktlichkeit sei der Dieb der Zeit. Der junge Mann war daher ziemlich verdrossen, während er nervös in den Seiten einer kostbar illustrierten Ausgabe der »Manon Lescaut« blätterte, die er in einem der Bücherregale gefunden hatte. Das abgemessene, eintönige Ticken der Louis-XIV.-Uhr störte ihn. Seine Unruhe und Gereiztheit wurden immer größer, und er fühlte sich gekränkt. Ein- oder zweimal dachte er schon daran, sich zu entfernen.

Endlich hörte er draußen Schritte, und die Tür ging auf.

»Wie spät du kommst, Harry«, sagte er leise.

»Leider ist es nicht Harry«, antwortete eine Frauenstimme.

Er fuhr rasch herum und sprang auf. »Ich bitte um Verzeihung! Ich dachte ...«

»Sie dachten, es wäre mein Mann. Es ist leider nur seine Frau. Sie müssen mir erlauben, mich selbst vorzustellen. Ich kenne Sie ganz genau von Ihren Fotografien, ich glaube, mein Mann besitzt mindestens siebzehn davon.«

»Sind es wirklich siebzehn, Lady Henry?«

»Nun, dann achtzehn. Und ich sah Sie neulich abends mit ihm zusammen in der Oper.« Sie lachte nervös, während sie sprach, und musterte ihn mit ihren schwimmenden Vergißmeinnichtaugen. Sie war eine merkwürdige Frau. Ihre Kleider sahen immer so aus, als seien sie in Wut entworfen und im Sturm angezogen worden. Sie war immer in jemanden verliebt, und da ihre Leidenschaft nie erwidert wurde, hatte sie alle ihre Illusionen behalten. Sie versuchte, malerisch auszusehen, und wirkte statt dessen unordentlich. Sie hieß Victoria und war eine leidenschaftliche Kirchgängerin.

»Das war im ›Lohengrin‹, glaube ich, Lady Henry?«

»Ja, es war in meinem lieben ›Lohengrin‹. Ich liebe Wagners Musik mehr als jede andere. Sie ist so laut, daß man die ganze Zeit reden kann, ohne daß andere einen verstehen. Das ist doch sehr vorteilhaft, nicht wahr, Mr. Gray?«

Von ihren dünnen Lippen kam wieder das fahrige Lachen, und ihre Finger begannen mit einem langen Papiermesser zu spielen. Dorian lächelte und schüttelte den Kopf: »Ich fürchte, ich bin nicht Ihrer Meinung, Lady Henry. Ich rede nie während der Musik – wenigstens nicht bei guter Musik. Wenn man schlechte Musik hört, ist man allerdings verpflichtet, sie mit Gespräch zu übertönen.«

»Ach, das ist eine von Harrys Ansichten, nicht wahr, Mr. Gray? Aber Sie dürfen nicht von mir denken, daß ich gute Musik nicht mag. Ich liebe sie, aber ich fürchte mich vor ihr. Sie macht mich zu romantisch. Ich habe geradezu geschwärmt für Pianisten – manchmal für zwei zu gleicher Zeit. Ich weiß nicht, was sie an sich haben. Vielleicht kommt das daher, daß sie Ausländer sind. Das sind sie doch alle, oder? Selbst wenn sie in England geboren sind, werden sie nach einiger Zeit Ausländer, nicht wahr? Das ist geschickt von ihnen und eine Verbeugung vor der Kunst. Das macht sie ganz kosmopolitisch, hab' ich recht? Sie sind nie auf meinen Gesellschaften gewesen, Mr. Gray. Sie müssen einmal kommen. Orchideen kann ich mir nicht leisten, aber ich scheue keinen Aufwand mit Ausländern. Sie geben den Räumen so etwas Malerisches. Aber da kommt Harry! – Harry, ich wollte dich etwas fragen, ich habe vergessen, was es war – und ich traf Mr. Gray hier. Wir haben so reizend über Musik geplaudert. Wir haben genau dieselben Ansichten. Nein; ich glaube, unsere Standpunkte sind ganz verschieden. Aber er war reizend. Ich bin so froh, ihn kennengelernt zu haben.«

»Ich bin entzückt, meine Liebe, ganz entzückt«, sagte Lord Henry und zog seine dunklen, halbmondförmigen Brauen in die Höhe, während er beide mit einem spöttischen Lächeln ansah. –

»Verzeih, Dorian, daß ich so spät komme. Ich ging in die Wardour Street, um mir einen alten Brokat anzusehen, und mußte stundenlang darum handeln. Heutzutage kennen die Leute von allem den Preis, aber von nichts den Wert.«

»Ich fürchte, ich muß gehen«, rief Lady Henry und unterbrach ein verlegenes Schweigen mit ihrem plötzlichen, törichten Lachen. »Ich habe versprochen, mit der Herzogin auszufahren. – Auf Wiedersehen, Mr. Gray. – Auf Wiedersehen, Harry. Du wirst vermutlich auswärts speisen? Ich auch. Vielleicht sehe ich dich bei Lady Thombury.«

»Höchstwahrscheinlich, meine Liebe«, sagte Lord Henry, als er die Tür hinter ihr schloß. Sie war aus dem Zimmer geschwirrt wie ein Paradiesvogel, den der Regen durchnäßt hat, und hinterließ einen leichten Duft von Frangipani. Lord Henry gab Dorian Gray die Hand, zündete sich eine Zigarette an und warf sich aufs Sofa.

»Heirate nie eine Frau mit strohblonden Haaren, Dorian«, sagte er nach einigen Zügen.

»Weshalb, Harry?«

»Weil sie so sentimental sind.«

»Aber ich liebe nun einmal sentimentale Leute.«

»Heirate überhaupt nicht, Dorian. Die Männer heiraten, weil sie müde sind, die Frauen aus Neugierde: Beide werden enttäuscht.«

»Ich glaube nicht, daß ich heiraten werde, Harry, ich bin zu sehr verliebt. Das ist einer deiner Aphorismen. Ich setze ihn in die Praxis um, wie alles, was du mir sagst.«

»In wen bist du verliebt?« fragte Lord Henry nach einer Weile.

»In eine Schauspielerin«, sagte Dorian Gray errötend.

Lord Henry zuckte die Schultern. »Das ist wohl ein ziemlich gewöhnliches Debut«, sagte er leise.

»Du würdest nicht so reden, wenn du sie gesehen hättest, Harry.«

»Wer ist sie?«

»Sie heißt Sibyl Vane.«

»Nie von ihr gehört.«

»Das hat niemand. Aber man wird eines Tages von ihr hören. Sie ist ein Genie.«

»Mein lieber Junge, keine Frau ist ein Genie: Die Frauen sind ein dekoratives Geschlecht. Sie haben nie etwas zu sagen, aber sie sagen es mit Charme. Die Frau verkörpert den Triumph der Materie über den Geist, wie der Mann den Triumph des Geistes über die Moral verkörpert. Es gibt im Grund nur zwei Arten von Frauen, häßliche und geschminkte. Häßliche Frauen sind sehr nützlich. Wenn du dir einen achtbaren Ruf verschaffen willst, brauchst du sie nur zum Souper auszuführen. Die anderen Frauen sind entzückend. Sie begehen nur einen Fehler. Sie schminken sich, um jung auszusehen. Unsere Großmütter schminkten sich, um zu verführen und zu glänzen. Rouge und Esprit gingen Hand in Hand. Damit ist es jetzt vorbei. Solange es eine Frau fertigbringt, zehn Jahre jünger auszusehen als ihre Tochter, ist sie ganz zufrieden. Was die Unterhaltung betrifft, so gibt es in London nur fünf Frauen, mit denen sich zu unterhalten lohnt, und zwei von ihnen kann man in anständiger Gesellschaft nicht zulassen. Aber erzähle mir lieber von deinem Genie. Wie lange kennst du sie?«

»Ungefähr drei Wochen. Nicht ganz. Ungefähr zwei Wochen und zwei Tage.«

»Und wo hast du sie kennengelernt?«

»Ich will's dir erzählen, Harry, aber du darfst nicht so gefühllos sein. Schließlich wäre es nie geschehen, wenn ich dich nicht kennengelernt hätte. Du hast mich mit dem heftigen Verlangen erfüllt, alles vom Leben kennenzulernen. Noch tagelang nach unserer ersten Begegnung schien etwas in meinen Adern zu pochen. Wenn ich durch den Park lief oder den Piccadilly hinunterschlenderte, sah ich jeden, der mir begegnete, an, und hätte aus einer tollen Neugier wissen mögen, welch ein Leben er führt. Manche faszinierten mich. Andere erfüllten mich mit Schrekken. Es lag ein erlesenes Gift in der Luft. Es erregte mich, und ich hatte großes Verlangen nach Sensationen.

Schließlich, eines Abends um sieben, ging ich aus, irgendein Abenteuer zu suchen. Ich fühlte, daß dieses graue, ungeheure London, in dem wir leben, mit seinen Myriaden von Menschen, seinen glänzenden Sündern und seinen schmutzigen Sünden, wie du es einmal ausgedrückt hast, für mich etwas bereithalten müsse. Ich malte mir tausenderlei Dinge aus. Das bloße Gefühl der Gefahr versetzte mich in einen Taumel. Mir fiel ein, was du mir an jenem wundervollen Abend gesagt hast, als wir das erste Mal zusammen dinierten: Das giftige Geheimnis des Lebens liegt in der Suche nach Schönheit. Ich weiß nicht, was ich erwartete, aber ich ging hinaus und wanderte in den Ostbezirk. Bald verlor ich meinen Weg in einem Gewirr schmutziger Straßen und finsterer, baumloser Plätze. Gegen halb neun kam ich an ein kleines drittklassiges Theater mit großen flackernden Gasflammen und marktschreierischen Theaterzetteln. Ein widerwärtiger Jude stand in dem unglaublichsten Rock, den ich je gesehen habe, am Eingang und rauchte eine billige Zigarre. Er hatte schmierige Ringellocken, und ein riesiger Diamant glänzte mitten auf seiner schmutzigen Hemdbrust. ›Nehmen Sie eine Loge, Mylord?‹ sagte er, als er mich sah, und zog mit einer Gebärde grandioser Unterwürfigkeit den Hut. Er hatte etwas an sich, das mich amüsierte, Harry. Er war so ein Monstrum! Du wirst mich auslachen, ich weiß, aber ich ging wirklich hinein und bezahlte eine volle Guinee für die Proszeniumsloge. Bis heute kann ich mir nicht erklären, warum ich es tat; und doch, wenn ich es nicht getan hätte! – Mein lieber Harry, wenn ich es nicht getan hätte, ich hätte die größte Romanze meines Lebens versäumt. Ich sehe, du lachst. Das ist häßlich von dir!«

»Ich lache nicht, Dorian; zumindest nicht über dich. Aber du solltest nicht sagen, die größte Romanze deines Lebens. Du sollst sagen, die erste Romanze deines Lebens. Du wirst immer geliebt werden, und du wirst immer in die Liebe verliebt sein. Eine grande passion ist das Privileg der Leute, die müßig sind. Das ist das einzige, wozu die nicht arbeitenden Klassen eines Landes gut sind. Fürchte dich nicht, es warten besondere Dinge auf dich. Dies ist erst der Anfang.«

»Hältst du mich für so oberflächlich?« rief Dorian Gray.

»Nein, ich halte dich für so tief.«

»Wie meinst du das?«

»Mein lieber Junge, die Menschen, die nur einmal in ihrem Leben lieben, sind die wahrhaft Oberflächlichen. Was sie ihre Loyalität und Treue nennen, nenne ich die erschlaffende Wirkung der Gewohnheit oder ihren Mangel an Phantasie. Treue ist für das Gefühlsleben, was Konsequenz für das Leben des Intellekts ist – nämlich das Eingeständnis der eigenen Mängel. Aber ich will dich nicht unterbrechen, erzähle weiter.«

»Ich saß also in einer scheußlichen, kleinen Privatloge, und ein billiger Theatervorhang starrte mir ins Gesicht. Hinter der Portiere verborgen, konnte ich das ganze Haus überschauen. Es war ein Flimmerkasten, lauter Kupidos und Füllhörner, wie ein kitschiger Hochzeitskuchen. Galerie und Parterre waren einigermaßen besetzt, aber die beiden vorderen Parkettreihen waren ganz leer, und es saß kaum jemand auf dem Platz, den sie wahrscheinlich Rang nennen. Frauen gingen mit Orangen und Ingwerbier herum, und eine Unmenge Nüsse wurden verzehrt.«

»Es muß also genauso gewesen sein wie zur Blütezeit des englischen Dramas.«

»Genauso, nehme ich an, wirklich abscheulich. Ich fing schon an zu überlegen, was ich um Himmels willen tun sollte, als mein Blick auf den Theaterzettel fiel. Was meinst du wohl, was sie spielten, Harry?«

»Wahrscheinlich ›Das idiotische Knäbchen oder Blöde aber unbescholten‹. Unsere Väter hatten eine Vorliebe für solche Stücke, wenn ich nicht irre. Je länger ich lebe, Dorian, um so deutlicher fühle ich, daß alles, was für unsere Väter gut genug war, für uns nicht mehr gut genug ist. In der Kunst wie in der Politik, ›Jes grand-peres ont toujours tort‹.«

»Dieses Stück war gut genug für uns, Harry, es war ›Romeo und Julia‹. Ich muß gestehen, ich war ziemlich entsetzt bei dem Gedanken, daß ich Shakespeare in einem so elenden Loch von Theater gespielt sehen sollte. Und doch war ich irgendwie interessiert. Auf alle Fälle wollte ich den ersten Akt abwarten. Das Orchester war schauerlich, ein junger Jude vor einem verstimmten Klavier dirigierte es, aber endlich wurde der Vorhang aufgezogen, und das Stück begann. Romeo war ein feister, älterer Mann mit geschwärzten Augenbrauen, heiserer Tragödenstimme und einer Figur wie ein Bierfaß. Mercutio war fast ebenso schlimm. Er wurde von einem Komiker dargestellt, der eigene Witze einflocht und mit dem Parterre auf vertrautem Fuße stand. Beide waren sie ebenso grotesk wie die Dekoration, und die sah aus, als stamme sie aus einem Tingeltangel von vor fünfzig Jahren.

Aber Julia!

Harry, stelle dir ein Mädchen von kaum siebzehn Jahren vor, mit einem kleinen Blumengesicht, einem schmalen griechischen Kopf, umrahmt von einer Fülle dunkelbrauner Locken, mit Augen wie veilchenblaue Quellen der Leidenschaft und Lippen wie Rosenblätter. Sie ist das entzückendste Geschöpf, das ich je in meinem Leben gesehen habe. Du sagtest einmal, daß Pathos dich kalt läßt, aber Schönheit, bloße Schönheit dich zu Tränen rührt. Ich sage dir, Harry, ich konnte dieses Mädchen kaum sehen, weil sich ein Tränenschleier über meine Augen legte. Und ihre Stimme – ich habe noch nie eine solche Stimme gehört. Zuerst war sie sehr leise, mit tiefen melodischen Tönen, die einzeln ins Ohr zu dringen schienen. Dann wurde sie etwas lauter und klang wie eine Flöte oder eine Oboe. In der Gartenszene hatte sie all die bebende Verzückung, die man vor Sonnenaufgang hört, wenn die Nachtigallen schlagen. Später kamen Augenblicke, in denen sie die ungestüme Leidenschaft der Violinen hatte. Du weißt, wie eine Stimme erregen kann. Deine Stimme und die von Sibyl Vane werde ich nie vergessen. Wenn ich die Augen schließe, höre ich sie, und beide sagen mir etwas anderes. Ich weiß nicht, welcher ich folgen soll. Warum sollte ich sie nicht lieben? Harry, ich liebe sie. Sie bedeutet mir alles im Leben. Jeden Abend gehe ich hin, nur um sie spielen zu sehen. Einen Abend ist sie Rosalinde, am nächsten Abend Imogen. Ich habe sie sterben sehen in einem finsteren italienischen Grabgewölbe, wo sie das Gift von den Lippen des Geliebten saugt. Ich habe sie durch den Ardennerwald streifen sehen, als hübscher Knabe verkleidet, mit Hose, Wams und prächtigem Barett. Sie ist wahnsinnig gewesen und vor einen schuldigen König hingetreten und gab ihm Rauten zu tragen und bittere Kräuter zu kosten. Sie war unschuldig, und die schwarzen Hände der Eifersucht haben ihren Nacken wie ein Schilfrohr zerbrochen. Ich habe sie in jeder Epoche und jedem Kostüm gesehen. Gewöhnliche Frauen bewegen nie unsere Phantasie. Sie sind auf ihr Zeitalter beschränkt. Kein Zauber vermag sie zu verwandeln. Man kennt ihr Inneres so leicht wie ihre Hüte. Man trifft sie überall. In ihnen ist kein Geheimnis. Morgens reiten sie im Park, und nachmittags treffen sie sich in Teegesellschaften. Sie haben ihr stereotypes Lächeln und ihre eleganten Gesten. Sie sind vollkommen durchschaubar. Aber eine Schauspielerin! Wie anders ist eine Schauspielerin! Warum hast du mir nicht gesagt, daß das einzige Wesen, das wert ist, geliebt zu werden, eine Schauspielerin ist?«

»Weil ich so viele von ihnen geliebt habe, Dorian.«

»O ja, schreckliche Mädchen mit gefärbtem Haar und geschminkten Gesichtern.«

»Lästere nicht über gefärbtes Haar und ein geschminktes Gesicht. Zuweilen liegt darin ein eigentümlicher Reiz.«

»Ich wünschte, ich hätte dir nicht von Sibyl Vane erzählt.«

»Du hättest gar nicht anders können, Dorian. Dein ganzes Leben lang wirst du mir alles erzählen, was du tust.«

»Ja, Harry, das glaube ich auch. Ich muß dir alles erzählen. Du hast eine sonderbare Macht über mich. Wenn ich je ein Verbrechen beginge, käme ich, um es dir zu beichten. Du würdest mich verstehen.«

»Menschen wie du – eigenwillige Sonnenstrahlen des Lebens – begehen keine Verbrechen, Dorian. Trotzdem danke ich dir für die Schmeichelei. Und nun sage mir – sei so gut, gib mir die Streichhölzer, danke –, wie sind deine Beziehungen zu Sibyl Vane nun wirklich?«

Dorian Gray sprang auf, seine Wangen waren gerötet, seine Augen flammten: »Harry, Sibyl Vane ist mir heilig!«

»Nur heilige Dinge sind wert, daß man an ihnen rührt, Dorian«, sagte Lord Henry mit einem unerwarteten Anflug von Pathos in seiner Stimme. »Aber warum nimmst du mir die Frage übel? Ich glaube, eines Tages wird sie dir angehören. Wenn man verliebt ist, täuscht man anfangs immer sich selbst und später die anderen. Das nennt die Welt dann eine Romanze. Du hast sie aber doch näher kennengelernt, nehme ich an?«

»Natürlich habe ich sie näher kennengelernt. Den ersten Abend, als ich im Theater war, kam der widerliche alte Jude nach der Vorstellung zu mir in die Loge und bot mir an, mich hinter die Bühne zu führen und mich ihr vorzustellen. Ich war wütend über ihn und sagte, Julia sei seit Jahrhunderten tot, und ihr Leichnam läge in einer Marmorgruft in Verona. Aus seinem verblüfften Blick schloß ich, daß er dachte, ich hätte zuviel Champagner getrunken.«

»Das wundert mich weiter gar nicht.«

»Mich auch nicht. Dann fragte er, ob ich für irgendeine Zeitung schriebe. Ich entgegnete, daß ich sie nicht einmal läse. Er schien darüber furchtbar enttäuscht zu sein und vertraute mir an, daß alle Theaterkritiker sich gegen ihn verschworen hätten und daß alle Kritiker käuflich seien.«

»In diesem Punkt hat er wahrscheinlich ganz recht. Noch dazu sind die meisten wohlfeil zu haben.«

»Trotzdem meinte er wohl, daß sie über seine Mittel gingen. Inzwischen wurden die Lampen im Theater gelöscht, und ich mußte gehen. Ich sollte noch einige Zigarren probieren, die er mir sehr empfahl. Ich lehnte ab. Am nächsten Abend war ich natürlich wieder im Theater. Als er mich sah, verneigte er sich tief und versicherte mir, ich sei ein Mäzen der Kunst. Er war ein aufdringlicher Kerl, aber er hatte eine ungewöhnliche Leidenschaft für Shakespeare. Er erzählte mir einmal mit stolzer Miene, seine drei Bankrotte habe er einzig und allein dem Dichter zu verdanken, den er nur ›den Barden‹ nannte. Er hielt das offensichtlich für eine Auszeichnung.«

»Es war eine Auszeichnung, mein lieber Dorian – eine große Auszeichnung. Aber wann hast du zum erstenmal mit Miß Sibyl Vane gesprochen?«

»Am dritten Abend. Sie hatte die Rosalinde gespielt. Ich konnte nicht anders, ich mußte einfach hinter die Bühne gehen. Ich hatte ihr Blumen zugeworfen, und sie hatte mich angesehen; zumindest nahm ich das an. Der alte Jude war hartnäckig. Er bestand darauf, mich hinter die Kulissen zu führen, und so gab ich nach. War es nicht sonderbar, daß ich sie eigentlich gar nicht kennenlernen wollte?«

»Nein; ich finde nicht.«

»Und warum nicht, Harry?

»Das werde ich dir ein andermal sagen. Jetzt erzähle mir etwas mehr von dem Mädchen.«

»Von Sibyl? Oh, sie war so scheu und so zart. Sie hat etwas von einem Kind. Ihre Augen weiteten sich in naivem Erstaunen, als ich ihr sagte, was ich von ihrem Spiel hielt, und sie schien sich ihrer eigenen Macht nicht bewußt zu sein. Ich glaube, wir waren beide ziemlich aufgeregt. Der alte Jude stand grinsend an der Tür der elenden Garderobe und erging sich in blumenreichen Äußerungen über uns beide, während wir uns wie Kinder ansahen. Er hörte nicht auf, mich ›Mylord‹ zu nennen, und ich mußte Sibyl versichern, daß ich nichts dergleichen wäre. Sie sagte einfach: ›Sie sehen weit eher wie ein Prinz aus.‹«

»Auf mein Wort, Dorian, Miß Sibyl versteht Komplimente zu machen.«

»Du begreifst sie nicht, Harry. Sie sieht mich nur als Gestalt in einem Stück. Sie weiß nichts vom Leben. Sie lebt mit ihrer Mutter, einer verwelkten, müden Frau, die am ersten Abend die Lady Capulet in einer Art karminrotem Toilettenmantel gespielt hat und die den Eindruck erweckt, als hätte sie bessere Tage gesehen.«

»Ich kenne diesen Anblick, er macht immer melancholisch.«

»Der Jude wollte mir ihre Lebensgeschichte erzählen, doch ich sagte, sie interessiere mich nicht.«

»Das war gut so. Die Tragödien anderer haben immer etwas Erniedrigendes an sich.«

»Mir liegt einzig und allein an Sibyl. Was geht es mich an, woher sie kommt? Von ihrem kleinen Kopf bis zu den kleinen Füßen ist sie einfach göttlich. Jeden Abend meines Lebens werde ich hingehen, um sie spielen zu sehen, und an jedem Abend ist sie wundervoller.«

»Das ist wohl auch der Grund, warum du am Abend nicht mehr mit mir speist. Ich dachte mir schon, daß du eine geheime Romanze haben müßtest. Du hast sie; aber es ist nicht ganz, was ich erwartet habe.«

»Mein lieber Harry, wir sehen uns jeden Tag entweder zum Lunch oder zum Souper, und ich bin mehrere Male mit dir in der Oper gewesen.«

»Du kommst immer schrecklich spät.«

»Kann sein, ich kann mir nicht versagen, Sibyl spielen zu sehen, wenn auch nur einen Akt. Mich hungert nach ihrer Gegenwart. Und wenn ich an die herrliche Seele denke, die in dem kleinen Elfenbeinkörper verborgen ist, erfüllt mich Scheu.«

»Aber heute abend kannst du doch mit mir essen, Dorian?«

Er schüttelte den Kopf. »Heute abend ist sie Imogen. Und morgen abend wird sie Julia sein.«

»Und wann ist sie Sibyl Vane?«

»Niemals.«

»Meine herzlichsten Glückwünsche.«

»Wie böse du bist. Sie verkörpert alle großen Heldinnen in einer Person. Sie ist mehr als ein Einzelwesen. Du lachst, aber ich sage dir, sie hat Genie. Ich liebe sie, und ich möchte von ihr geliebt werden. Du, der du alle Geheimnisse des Lebens kennst, sage mir, wie ich Sibyl Vane bezaubern kann, daß sie mich liebt! Ich möchte Romeo eifersüchtig machen. Ich will, daß die toten Liebespaare der ganzen Welt unser Lachen hören und traurig werden. Ich will, daß ein Hauch unserer Leidenschaft ihren Staub zu Bewußtsein bringt, ihre Asche zu Schmerz erweckt. Mein Gott, Harry, wie ich sie anbete!« Er ging im Zimmer auf und ab, während er sprach. Hektische Röte brannte auf seinen Wangen. Er war furchtbar erregt.

Lord Henry beobachtete ihn mit dem verfeinerten Gefühl der Genugtuung. Wie anders er jetzt war, nicht mehr der scheue, erschrockene Junge, den er in Basil Hallwards Atelier kennengelernt hatte! Sein Wesen hatte sich wie eine Blume entfaltet, trug Blüten wie scharlachrote Flammen. Aus ihrem geheimen Versteck war eine Seele ausgeschlüpft, und die Begierde hatte sich ihr zugesellt.

»Und was wirst du tun?« fragte Lord Henry schließlich.

»Ich möchte, daß du und Basil an einem Abend mit mir kommt, um sie spielen zu sehen. Ich habe nicht die leiseste Angst vor dem Ergebnis. Ihr werdet nicht anders können als zugeben, daß sie über Genie verfügt. Dann müssen wir sie aus den Händen des Juden befreien. Sie ist auf drei Jahre verpflichtet, zumindest noch zwei Jahre und acht Monate von jetzt an. Natürlich werde ich ihm etwas zahlen müssen. Wenn alles in Ordnung ist, werde ich im West-End ein Theater mieten und sie groß herausbringen. Sie wird alle anderen ebenso verzaubern wie mich.«

»Das ist unmöglich, mein lieber Junge!«

»Doch, sie wird es, sie hat nicht nur Kunst, höchsten Kunstinstinkt, sie hat auch Persönlichkeit; und du hast mir oft gesagt, Persönlichkeiten, nicht Prinzipien bewegten die Welt.«

»Also, an welchem Abend wollen wir hingehen?«

»Laß mich überlegen. Heute ist Dienstag. Sagen wir morgen. Morgen abend spielt sie die Julia.«

»Gut. Um acht Uhr im Bristol; und ich werde Basil mitbringen.«

»Nicht um acht, Harry, bitte. Um halb sieben. Wir müssen dort sein, ehe der Vorhang aufgeht. Ihr müßt sie im ersten Akt sehen, wenn sie Romeo begegnet.«

»Um halb sieben! Was für eine Zeit! Das wird ja wie eine Teegesellschaft mit kaltem Büfett oder wie die Lektüre eines unserer englischen Romane sein. Kein anständiger Mensch geht vor sieben Uhr zum Dinner. Aber wie du willst. Wirst du inzwischen Basil treffen? Oder soll ich ihm schreiben?«

»Ach, der gute Basil! Ich habe ihn seit einer Woche nicht mehr gesehen. Es ist eigentlich ungezogen von mir, er hat mir mein Bild in einem prachtvollen Rahmen geschickt, den er eigens dafür entworfen hat, und obwohl ich ein wenig eifersüchtig auf das Bild bin, weil es einen ganzen Monat jünger ist als ich, muß ich zugeben, daß es mich entzückt. Vielleicht schreibst du ihm lieber. Ich möchte ihn nicht allein sehen. Er sagt mir Dinge, die mir lästig sind. Er gibt mir gute Ratschläge.«

Lord Henry lächelte. »Die Menschen geben nur zu gerne weg, was sie selbst am meisten brauchen. Ich nenne das die Tiefe der Großzügigkeit.«

»Du willst doch nicht etwa sagen, daß Basil irgendeine Leidenschaft oder ein Abenteuer hat?«

»Ich weiß nicht, ob er eine Leidenschaft hat, aber Abenteuer hat er sicherlich«, sagte Lord Henry mit einem belustigten Blick. »Hat er dir das nie verraten?«

»Nie. Ich muß ihn danach fragen. Es überrascht mich, das zu hören. Er ist der beste Mensch der Welt, aber er scheint mir doch ein ganz klein wenig Philister zu sein. Seit ich dich kenne, Harry, hege ich diese Meinung.«

»Mein lieber Junge, Basil überträgt alles, was an ihm bezaubert, in seine Kunst. Die Folge ist, daß ihm nichts fürs Leben bleibt als seine Vorurteile, seine Prinzipien und sein sogenannter gesunder Menschenverstand. Die einzigen Künstler, die ich kenne und die durch ihre Persönlichkeit bezaubern, sind schlechte Künstler. Gute Künstler legen alles in ihre Kunst und sind als Personen folglich völlig uninteressant. Ein großer Dichter, ein wirklich großer Dichter, ist das unpoetischste Wesen der Welt. Aber unbedeutende Dichter faszinieren durchaus. Je schlechter ihre Reime sind, desto pittoresker sehen sie aus. Die bloße Tatsache, daß jemand einen Band mittelmäßiger Sonette veröffentlicht hat, macht ihn einfach unwiderstehlich. Er lebt die Poesie, die er nicht schreiben kann. Die anderen schreiben die Poesie, die sie nicht zu leben wagen.«

»Ist das wirklich so, Harry?« sagte Dorian Gray, indem er aus einem großen Flakon mit goldenem Verschluß, der auf dem Tisch stand, etwas Parfüm auf sein Taschentuch tropfte. »Es wird wohl so sein, wenn du es sagst. Und nun muß ich gehen. Imogen wartet auf mich. Vergiß es nicht morgen. Adieu.«

Als er das Zimmer verlassen hatte, sanken Lord Henry die schweren Augenlider herab, und er begann nachzudenken. Gewiß hatten ihn wenige Menschen so sehr fasziniert wie Dorian Gray, und doch verursachte ihm des Jungen wahnsinnige Liebe zu jemand anderem nicht den leisesten Stich der Kränkung oder der Eifersucht. Er freute sich darüber. Er wurde ein um so interessanteres Problem. Die Methoden der Naturwissenschaft hatten ihn schon immer angezogen, aber das Objekt ihrer Forschung war ihm trivial und belanglos erschienen. So hatte er angefangen, sich selbst zu vivisezieren, und kam schließlich darauf, es mit anderen zu versuchen. Das menschliche Leben – das war das einzige, was zu erforschen wichtig war. Damit verglichen, war alles andere bedeutungslos. Freilich, wer das Leben in seinem Schmelztiegel aus Schmerzen und Lust beobachten wollte, der durfte vor seinem Gesicht keine gläserne Maske tragen noch die Schwefeldämpfe daran hindern, das Gehirn zu verwirren und die Phantasie mit monströsen Ausgeburten und wirren Träumen zu vergiften. Es gab Erkrankungen, denen man sich unterziehen mußte, um ihre Wirkungen zu erkennen. Und doch, welch köstlicher Preis einem dadurch zuteil wurde! Wie wunderbar einem die Welt erschien! Die merkwürdige, strenge Logik der Leidenschaft zu ergründen und das aufregende, farbige Leben des Geistes zu beobachten, wo sie sich trafen und wo sie sich trennten, wo sie eins wurden und an welchem Punkt sie auseinanderstrebten –, darin lag ein tiefer Genuß. Was spielte der Preis für eine Rolle? Für Sensationen war kein Preis hoch genug.

Er war sich bewußt – und dieser Gedanke ließ seine braunen Achataugen freudig aufleuchten –, daß durch gewisse Worte von ihm, wohllautende Worte, sorgfältig betont gesprochen, Dorian Grays Seele diesem unschuldigen Mädchen sich zugewandt hatte und sich in Anbetung vor ihr neigte. Der Junge war zum großen Teil seine Schöpfung. Er hatte ihn frühreif gemacht. Das war schon etwas. Gewöhnliche Menschen warteten, bis das Leben ihnen seine Geheimnisse erschloß, aber den wenigen, den Auserwählten, wurden die Geheimnisse offenbart, ehe der Schleier weggezogen war. Zuweilen war das die Wirkung der Kunst, und vor allem der Dichtkunst, die sich unmittelbar mit den Leidenschaften und dem reinen Geist beschäftigt. Aber dann und wann nahm eine komplizierte Persönlichkeit den Platz ein und erfüllte die Aufgabe der Kunst, war auf ihre Weise selbst ein Kunstwerk, denn auch das Leben hat seine großen Meisterwerke wie die Dichtkunst, die Bildhauerei oder die Malerei.

Ja, der Junge war frühreif. Er erntete die Früchte, während es noch Frühling war. Er besaß den Schwung und die Leidenschaftlichkeit der Jugend und wurde sich doch schon seiner selbst bewußt. Es war ein Genuß, ihn zu betrachten. Mit seinem schönen Gesicht und seiner schönen Seele war er dafür geschaffen, bewundert zu werden. Was lag daran, wie das alles endete oder enden mußte. Er war wie eine der anmutigen Gestalten in einer Prozession oder einem Schauspiel, deren Freuden uns unendlich fern erscheinen, deren Leiden aber unseren Sinn für Schönheit erregen und deren Wunden wie rote Rosen sind.

Seele und Körper, Körper und Seele – wie geheimnisvoll sie waren. Da gab es etwas Animalisches in der Seele, und der Körper hatte seine Augenblicke der Vergeistigung. Die Sinne können sich verfeinern, und der Geist kann tief sinken. Wer vermag zu sagen, wo das fleischliche Verlangen endet oder das seelische beginnt? Wie oberflächlich waren die willkürlichen Definitionen der gewöhnlichen Psychologen! Und doch wie schwierig, sich zwischen den Ansprüchen der verschiedenen Schulen zu entscheiden! War die Seele ein Schatten, der im Haus der Sünde wohnt? Oder war wirklich der Körper in der Seele eingeschlossen, wie Giordano Bruno annahm? Die Trennung des Geists von der Materie ist ein Geheimnis, und die Vereinigung des Geists mit der Materie ist gleichfalls ein Geheimnis.

Er begann darüber nachzudenken, ob es je gelingen würde, die Psychologie zu einer so exakten Wissenschaft zu machen, daß sich uns jeder kleinste Lebensquell offenbart. Bis jetzt verstanden wir uns selbst immer falsch, und selten verstanden wir die anderen. Die Erfahrung hatte keinen ethischen Wert. Sie war der Name unserer Irrtümer. Die Moralisten haben sie in der Regel als eine Art Warnung angesehen, sie maßen ihr eine gewisse sittliche Wirkung für die Bildung des Charakters bei und priesen sie als ein Mittel, das uns lehre, was wir tun und was wir unterlassen sollen. Aber es lag keine bewegende Kraft in der Erfahrung. Sie war sowenig wirksame Ursache wie das Gewissen. Alles, was sie in Wahrheit bewies, war einzig, daß unsere Zukunft sein würde wie unsere Vergangenheit und daß wir die Sünde, die wir einmal mit Ekel begingen, oft und mit Genuß wieder begehen würden.

Es war ihm klar, daß die experimentelle Methode die einzige war, die eine wissenschaftliche Analyse der Leidenschaften möglich machte. Und sicher war Dorian Gray ein Objekt, wie für ihn geschaffen, das reiche und fruchtbare Ergebnisse zu versprechen schien. Seine plötzliche wahnsinnige Liebe zu Sibyl Vane war ein psychologisches Phänomen von großem Interesse. Zweifellos war viel Neugier dabei im Spiel, Neugier und das Verlangen nach neuen Erfahrungen. Dennoch war es keine einfache, sondern eine sehr komplizierte Leidenschaft. Was in ihr von den rein sinnlichen Instinkten der Jugend lag, das war durch die Arbeit der Phantasie umgeformt, verwandelt in etwas, das dem Jungen selbst von aller Sinnlichkeit entfernt schien, und eben darum war es noch gefährlicher. Gerade die Leidenschaften, über deren Ursprung wir uns täuschen, üben eine tyrannische Herrschaft über uns aus. Unsere schwächsten Triebe sind jene, deren wir uns bewußt sind. Es geschah oft, wenn wir mit anderen zu experimentieren glaubten, daß wir in Wahrheit mit uns selbst experimentieren.

Während Lord Henry in solchen Träumen versunken dasaß, klopfte es an der Tür; sein Diener trat ein und erinnerte ihn, daß es Zeit sei, sich zum Essen umzukleiden. Er stand auf und sah auf die Straße hinab. Der Sonnenuntergang hatte die oberen Fenster der gegenüberliegenden Häuser in scharlachrotes Gold getaucht. Die Scheiben glühten wie Platten von erhitztem Metall. Der Himmel darüber war wie eine welke Rose. Er dachte an Dorian Grays junges loderndes Leben und fragte sich im stillen, wie das alles enden würde.

Als er gegen halb eins wieder nach Hause kam, sah er ein Telegramm auf dem Tisch in der Halle liegen. Er öffnete es und sah, daß es von Dorian kam. Er machte ihm darin die Mitteilung, daß er sich mit Sibyl Vane verlobt hatte.

Fünftes Kapitel

»Ich nehme an, du hast die Neuigkeit schon gehört, Basil?« sagte Lord Henry am folgenden Abend, als Hallward in einen kleinen Salon im Hotel Bristol eintrat, wo für drei zum Dinner gedeckt war.

»Nein, Harry«, antwortete Hallward und gab Hut und Mantel dem Kellner, der sie mit einer Verbeugung entgegennahm. »Was ist los, hoffentlich nichts Politisches? Das interessiert mich nicht. Im Unterhaus sitzt kaum jemand, der verdiente, gemalt zu werden; obwohl viele ein wenig Tünche nötig hätten.«

»Dorian Gray hat sich verlobt«, sagte Lord Henry und beobachtete ihn, während er sprach.

Hallward wurde leichenblaß, und ein seltsames Glimmen trat für einen Moment in seine Augen, ehe es einem Ausdruck der Trostlosigkeit wich. »Dorian verlobt!« rief er. »Unmöglich!«

»Es ist wirklich wahr.«

»Mit wem?«

»Mit irgendeiner kleinen Schauspielerin, oder so.«

»Das kann ich nicht glauben. Dorian ist viel zu feinfühlig.«

»Dorian ist viel zu klug, um nicht hin und wieder eine Dummheit zu begehen, mein lieber Basil.«

»Heiraten ist kaum etwas, das man hin und wieder tun kann, Harry«, sagte Hallward lächelnd.

»Außer in Amerika. Aber ich habe nicht gesagt, er ist verheiratet, ich sagte, er hat sich verlobt. Das ist ein großer Unterschied. Ich erinnere mich deutlich, verheiratet zu sein, aber ich erinnere mich durchaus nicht, je verlobt gewesen zu sein. Ich glaube fast, ich war nie verlobt.«

»Aber denk doch an Dorians Herkunft, seine Stellung und seinen Reichtum. Es wäre absurd, wenn er so tief unter seinem Stand heiraten würde.«

»Wenn du willst, daß er dieses Mädchen heiratet, dann sag ihm das, Basil. Dann tut er es bestimmt. Wenn ein Mann eine Torheit begeht, so geschieht es immer aus den edelsten Motiven.«

»Ich hoffe, das Mädchen ist unverdorben. Ich möchte Dorian nicht an irgendein gemeines Geschöpf gebunden sehen, das seinem Charakter Schaden zufügt und seinen Geist zerstört.«

»Oh, sie ist nicht nur unverdorben – sie ist schön«, sagte Lord Henry leise, indem er an einem Glas Wermut mit Orange Bitter nippte. »Dorian sagt, sie ist schön; und in diesen Dingen irrt er sich selten. Dein Bild von ihm hat sein Urteil über die äußere Erscheinung anderer rasch geschärft. Unter anderem hat es auch diese bestechende Wirkung gehabt. Wir sollen sie heute abend sehen, wenn der Junge seine Verabredung nicht vergißt.«

»Aber billigst du es denn, Harry?« fragte Hallward, indem er auf und ab ging und sich auf die Lippen biß. »Du kannst es doch unmöglich billigen. Das Ganze ist eine törichte Verblendung.«

»Ich billige und mißbillige nie mehr etwas. Das ist eine lächerliche Haltung dem Leben gegenüber. Wir sind nicht auf der Welt, um unseren moralischen Vorurteilen Luft zu verschaffen. Ich kümmere mich nie darum, was die gewöhnlichen Leute sagen, und mische mich niemals ein in das, was charmante Leute tun. Wenn jemand mich fesselt, mag er tun, was er will, es bleibt für mich ein vollkommener Genuß. Dorian Gray verliebt sich in ein schönes Mädchen, das Shakespeare spielt, und will sie heiraten. Warum nicht? Wenn er Messalina heiratete, wäre er darum nicht minder interessant? Du weißt, ich bin kein Verfechter des heiligen Stands der Ehe. Der wirkliche Nachteil der Ehe ist der, daß sie uns selbstlos macht. Und selbstlose Menschen sind fade. Es fehlt ihnen an Eigenständigkeit. Allerdings gibt es Charaktere, die durch die Ehe komplizierter werden. Sie bewahren ihren Egoismus und gewinnen viele neue Ichs hinzu. Sie sind gezwungen, mehr als ein Leben zu führen. Sie organisieren sich höher. Außerdem ist jede Erfahrung wertvoll, und was man auch gegen die Ehe einwenden kann, eine Erfahrung ist sie gewiß. Ich hoffe, daß Dorian Gray dieses Mädchen heiraten wird, sie sechs Monate lang leidenschaftlich anbetet und dann plötzlich von einer anderen fasziniert ist. Es wäre wunderbar, ihn zu studieren.«

»Du meinst kein einziges Wort im Ernst, Harry; das weißt du genau. Wenn Dorian Grays Leben zerstört würde, niemandem würde es mehr leid tun als dir. Du bist viel besser, als du dich darstellst.«

Lord Henry lachte. »Der Grund, weshalb wir so gut von anderen denken, ist, daß wir alle für uns selber fürchten. Die Wurzel des Optimismus ist die nackte Furcht. Wir halten uns für großmütig, weil wir unserem Nachbarn jene Tugenden zuschreiben, aus denen wir für uns wahrscheinlich einen Vorteil ziehen können. Wir schmeicheln dem Bankier, damit wir unser Konto überziehen können, und finden gute Eigenschaften im Räuber, weil wir hoffen, daß er unsere Taschen verschonen wird. Mir ist es ernst mit jedem Wort. Ich habe die größte Verachtung für den Optimismus. Und was das zerstörte Leben anbetrifft: Kein Leben ist zerstört, es sei denn, sein Wachstum wäre gebremst. Wenn du das Wesen eines Menschen verderben willst, brauchst du's nur umzuformen. Aber hier ist Dorian selbst. Er wird dir mehr sagen können als ich.«

»Mein lieber Harry, mein lieber Basil, ihr müßt mir beide gratulieren!« sagte der junge Mann, indem er sein seidengefüttertes Abendcape abwarf und seinen beiden Freunden die Hand schüttelte. »Ich bin nie so glücklich gewesen. Natürlich kommt es ganz unerwartet; alle wahren Freuden kommen unerwartet. Und doch scheint es mir, als hätte ich mein ganzes Leben lang nichts anderes gewollt als dies.«

Er war vor Aufregung und Freude errötet und sah wunderschön aus.

»Ich hoffe, du wirst immer sehr glücklich sein, Dorian«, sagte Hallward, »aber ich verzeihe dir nicht ganz, daß du mir nichts von deiner Verlobung gesagt hast. Harry hast du es wissen lassen.«

»Und ich verzeihe dir nicht, daß du zu spät zum Essen kommst«, unterbrach ihn Lord Henry lächelnd, während er dem Jungen die Hand auf die Schulter legte. »Kommt, wir wollen uns setzen und probieren, was der neue Küchenchef hier kann, und dann wirst du uns erzählen, wie es dazu gekommen ist.«

»Es gibt wirklich nicht viel zu erzählen«, rief Dorian, als sie sich an den kleinen runden Tisch setzten. »Was geschehen ist, war einfach dies: Als ich gestern abend von dir fortgegangen war, Harry, aß ich etwas in dem komischen kleinen italienischen Restaurant in der Rupert Street, das du mir gezeigt hast, und ging dann ins Theater. Sibyl spielte die Rosalinde. Natürlich war die Szenerie scheußlich und der Orlando lächerlich. Aber Sibyl! Ihr hättet sie sehen sollen! Sie war einfach wundervoll, als sie in ihrem Knabenanzug auftrat. Sie trug ein moosgrünes Samtwams mit zimtfarbenen Ärmeln, eine enganliegende, braune, kreuzweise geschnürte Kniehose, ein zierliches grünes Barett mit einer Falkenfeder, von einer Agraffe gehalten, und einen dunkelrot gefütterten Mantel. Nie war sie mir bezaubernder erschienen. Sie hatte die zarte Anmut eines Tanagrafigürchens, das in deinem Atelier steht, Basil. Ihr Haar umrahmte ihr Gesicht wie dunkle Blätter eine blasse Rose. Und ihr Spiel – nun, ihr werdet sie heute abend sehen. Sie ist einfach eine geborene Künstlerin. Ich saß vollkommen verzaubert in der schmutzigen Loge. Ich vergaß, daß ich in London im neunzehnten Jahrhundert war. Ich war mit meiner Geliebten in einem Wald, den nie jemand gesehen hat. Nach der Vorstellung ging ich hinter die Bühne und sprach mit ihr. Als wir beieinander saßen, stieg plötzlich ein Ausdruck in ihre Augen, den ich nie zuvor an ihr bemerkt hatte. Meine Lippen näherten sich ihren. Wir küßten uns. Ich kann euch nicht beschreiben, was ich in diesem Augenblick empfand. Mir schien, als hätte sich mein ganzes Leben in einen vollkommenen Augenblick rosenfarbener Freude verdichtet. Sie zitterte am ganzen Körper und bebte wie eine weiße Narzisse. Dann warf sie sich auf die Knie und küßte meine Hände. Ich fühle wohl, ich sollte euch das alles nicht erzählen, aber ich kann nicht anders. Natürlich ist unsere Verlobung tiefstes Geheimnis. Sie hat es nicht einmal ihrer Mutter gesagt. Ich weiß nicht, was mein Vormund dazu sagen wird. Lord Radley wird sicher wütend sein. Das ist mir aber egal. In knapp einem Jahr bin ich volljährig, und dann kann ich tun, was ich will. Habe ich nicht recht getan, Basil, meine Liebe in der Poesie zu suchen und meine Frau in Shakespeares Dramen zu finden? Lippen, die Shakespeare das Sprechen gelehrt hat, haben mir ihr Geheimnis ins Ohr geflüstert. Rosalinds Arme haben mich umschlungen, und ich küßte Julia auf den Mund.«

»Ja, Dorian, ich glaube, du hattest recht«, sagte Hallward langsam.

»Hast du sie heute schon gesehen?« fragte Lord Henry.

Dorian Gray schüttelte den Kopf.

»Ich habe sie im Ardennerwald verlassen und werde sie in einem Garten in Verona wiederfinden.«

Lord Henry schlürfte nachdenklich seinen Champagner. Einige Augenblicke später fragte er Dorian: »In welchem besonderen Augenblick entschlüpfte dir das Wort Heirat, Dorian? Und was antwortete sie darauf? Vielleicht hast du das alles vergessen.«

»Mein lieber Harry, ich habe es nicht als geschäftliche Transaktion aufgefaßt und habe auch keinen förmlichen Antrag gemacht. Ich sagte ihr, daß ich sie liebe, und sie sagte, sie sei nicht wert, meine Frau zu sein. Nicht wert! Und dabei ist mir die ganze Welt nichts im Vergleich zu ihr.«

»Frauen sind wunderbar praktisch«, sagte Lord Henry vor sich hin – »viel praktischer als wir. In solchen Situationen vergessen wir oft, von Heirat zu reden, aber sie erinnern uns stets daran.«

Hallward legte die Hand auf seinen Arm. »Nicht doch, Harry. Du hast Dorian gekränkt. Er ist nicht wie andere Menschen. Er würde nie jemand unglücklich machen. Er ist zu feinfühlig dazu.«

Lord Henry sah über den Tisch. »Dorian ist nie böse auf mich«, gab er zur Antwort. »Ich habe aus dem besten Grund gefragt, aus dem einzigen Grund, der Fragen entschuldigt – einfach aus purer Neugier heraus. Nach meiner Theorie sind es immer die Frauen, die uns einen Antrag machen, und nicht wir den Frauen, natürlich mit Ausnahme des Mittelstandes. Aber der Mittelstand ist schließlich nicht modern.«

Dorian Gray lachte und schüttelte den Kopf. »Du bist einfach unverbesserlich, Harry; aber ich bin dir nicht böse. Man kann dir nichts übelnehmen. Wenn du Sibyl Vane siehst, wirst du fühlen, daß der Mann, der ihr Leid zufügen könnte, eine herzlose Bestie wäre. Ich verstehe nicht, wie man ein Wesen, das man liebt, in Schande zu bringen vermag. Ich liebe Sibyl Vane. Ich möchte sie auf ein goldenes Piedestal erheben und sehen, wie die Welt der Frau, die mein ist, huldigt. Was ist die Ehe? Ein unwiderrufliches Gelübde. Darum machst du dich darüber lustig. Ach, du sollst darüber nicht spotten.

Ich will ein unwiderrufliches Gelübde ablegen. Ihr Vertrauen macht mich treu, ihr Glaube macht mich gut. Wenn ich bei ihr bin, bereue ich alles, was du mich gelehrt hast. Ich werde anders, als du mich gekannt hast. Ich bin verwandelt, die bloße Berührung von Sibyl Vanes Hand läßt mich dich und all deine falschen, faszinierenden, giftigen, verlockenden Theorien vergessen.«

»Und die wären …?« fragte Lord Henry und nahm sich etwas Salat.

»Oh, deine Theorien über das Leben, deine Theorien über die Liebe, deine Theorien über den Genuß. All deine Theorien überhaupt, Harry.«

»Der Genuß ist das einzige, was einer Theorie wert ist«, antwortete er mit seiner langsamen, melodischen Stimme. »Aber ich fürchte, ich kann meine Theorie gar nicht für meine eigene ausgeben. Sie gehört der Natur, nicht mir. Genuß ist der Prüfstein der Natur, ihr Zeichen der Billigung. Wenn wir glücklich sind, sind wir immer gut, aber wenn wir gut sind, sind wir nicht immer glücklich.«

»Ach! Aber was verstehst du unter gut?« rief Basil Hallward.

»Ja«, echote Dorian, lehnte sich in seinen Stuhl zurück und blickte über die schweren Blüten purpurner Schwertlilien, die in der Mitte des Tisches standen, zu Lord Henry hinüber, »was verstehst du unter gut, Harry?«

»Gut sein heißt: mit sich selbst im Einklang sein«, erwiderte er in ruhigem, überlegenem Ton und berührte den dünnen Stiel seines Glases mit seinen blassen, feingliedrigen Fingern. »Das Gezwungensein, mit anderen übereinzustimmen, heißt Dissonanz. Das eigene Leben, darauf kommt es an. Was das Leben unserer Nachbarn betrifft: nun, wenn man ein Schelm oder Puritaner sein will, dann braucht man sich nur mit seinen moralischen Ansichten vor ihnen aufzublähen, ohne daß sie einen im Grunde etwas angehen. Außerdem hat der Individualismus wirklich das höhere Ziel. Die moderne Sittlichkeit besteht darin, daß man die Maßstäbe seiner Zeit annimmt. Ich bin der Meinung, daß jeder kultivierte Mensch, der die Maßstäbe seiner Zeit annimmt, damit so etwas wie die gröbste Immoralität begeht.«

»Aber sicherlich, Harry, hat man doch, wenn man nur für sich selbst lebt, einen schrecklichen Preis dafür zu bezahlen?« warf der Maler ein.

»Ja, wir müssen heutzutage alles überteuer bezahlen. Ich glaube, die wahre Tragödie der Armut ist, daß sie keinen anderen Ausweg hat als die Selbstverleugnung. Schöne Sünden sind wie alle schönen Dinge ein Privileg der Reichen.«

»Man muß mit anderer Münze zahlen als mit Geld.«

»Wie denn, Basil?«

»Oh, ich meine mit Gewissensbissen, mit Schmerzen, mit … nun, mit dem Gefühl der Erniedrigung.«

Lord Henry zuckte die Achseln. »Mein lieber Freund, mittelalterliche Kunst ist bezaubernd, aber mittelalterliche Gefühle sind unmodern. In Geschichten kann man sie natürlich gebrauchen. Denn die einzigen Dinge, die man in Geschichten erwarten kann, sind solche, die in der Wirklichkeit außer Kurs gesetzt sind. Glauben Sie mir, kein kultivierter Mensch bedauert je einen Genuß, und kein unkultivierter Mensch weiß je, was Genuß ist.«

»Ich weiß, was Genuß ist«, rief Dorian Gray. »Jemand anbeten, ist Genuß.«

»Es ist sicherlich besser, als angebetet zu werden«, antwortete Lord Henry und spielte mit einigen Früchten. »Angebetet zu werden, ist etwas Ärgerliches. Die Frauen behandeln uns genauso, wie die Menschheit ihre Götter behandelt. Sie beten uns an und drangsalieren uns immerfort, etwas für sie zu tun.«

»Ich würde sagen: alles, was sie von uns verlangen, haben sie uns erst gegeben«, flüsterte Dorian ernst. »Sie schaffen die Liebe in uns. Sie haben ein Recht darauf, sie zurückzuverlangen.«

»Das ist durchaus wahr, Dorian«, rief Hallward aus.

»Niemals ist etwas durchaus wahr«, sagte Lord Henry.

»Dieses ist es dennoch«, unterbrach ihn Dorian. »Sie müssen zugeben, Harry, daß die Männer von den Frauen das wahre Gold ihres Lebens erhalten.«

»Vielleicht«, seufzte er, »aber unfehlbar verlangen sie es dann in sehr kleiner Münze wieder zurück. Das ist das Lästige dabei. Die Frauen, so sagt ein geistreicher Franzose, flößen uns das Verlangen ein, Meisterwerke zu schaffen, und stets hindern sie uns daran, sie auszuführen.«

»Harry, du bist schrecklich! Ich weiß nicht, warum ich dich mag.«

»Ach, Dorian, du wirst mich immer mögen«, sagte Lord Henry.

»Wollt ihr Kaffee? – Ober, bringen Sie Kaffee und fine Champagne und Zigaretten. Nein: keine Zigaretten; ich habe selber welche. – Basil, du solltest keine Zigarren rauchen. Nimm eine Zigarette. Die Zigarette ist das vollendete Beispiel eines vollkommenen Genusses. Sie ist köstlich und läßt einen unbefriedigt. Was kann man mehr verlangen? – Ja, Dorian, du wirst mich immer recht gern haben. Ich bin für dich die Verkörperung all der Sünden, die zu begehen du nicht den Mut hattest.«

»Welchen Unsinn du redest, Harry!« rief Dorian und zündete seine Zigarette an einem feuerspeienden Silberdrachen an, den der Kellner auf den Tisch gestellt hatte. »Laßt uns ins Theater gehen. Wenn ihr Sibyl seht, werdet ihr ein neues Lebensideal haben. Sie wird euch etwas offenbaren, was ihr bislang nicht gekannt habt.«

»Ich habe alles kennengelernt«, sagte Lord Henry mit einem müden Ausdruck in den Augen, »aber ich bin immer zu einem neuen Gefühl bereit. Nur fürchte ich, daß es für mich so etwas nicht mehr gibt. Immerhin, vielleicht wird mich dein wunderbares Mädchen fesseln. Ich liebe die Schauspielkunst. Sie ist so viel wirklicher als das Leben. Laßt uns jetzt gehen. Dorian, du kommst mit mir, es tut mir leid, Basil, aber in meinem Wagen ist nur Platz für zwei. Komm in einer Droschke hinterher.«

Sie standen auf, zogen ihre Mäntel an und tranken ihren Mokka im Stehen. Hallward war schweigsam und in Gedanken versunken. Ein dunkles Vorgefühl war in ihm. Er konnte diese Heirat nicht ertragen, und doch schien sie ihm besser als vieles andere zu sein, was hätte geschehen können. Ein paar Minuten später gingen sie alle hinunter. Er fuhr allein, wie verabredet, und starrte auf die blinkenden Lichter des kleinen Coupés vor ihm. Ein seltsames Gefühl eines Verlusts überwältigte ihn. Er fühlte, daß ihm Dorian Gray nie mehr sein würde, was er ihm einmal gewesen war.

Das Leben war zwischen sie beide getreten. Es wurde ihm dunkel vor den Augen, und die belebten, grellen Straßen verschwammen. Als die Droschke vor dem Theater hielt, fühlte er sich um Jahre gealtert.

Sechstes Kapitel

Aus irgendeinem Grund war das Theater an diesem Abend voll besetzt, und der dicke jüdische Direktor, der sie am Eingang mit einem schmierigen, zitternden Lächeln empfing, strahlte von einem Ohr zum anderen und zeigte ein öliges, wieseliges Lächeln. Er begleitete sie mit beflissener Unterwürfigkeit zu ihrer Loge, während er mit seinen fetten ringgeschmückten Händen gestikulierte und laut auf sie einredete. Dorian Gray verabscheute ihn mehr als je. Ihm war, als sei er gekommen, Miranda zu besuchen, und Caliban sei ihm anstatt ihrer entgegengetreten. Lord Henry hingegen fand beinahe Gefallen an ihm. Wenigstens behauptete er es und bestand darauf, ihm die Hand zu schütteln, und versicherte, er sei stolz, einen Mann kennenzulernen, der ein wirkliches Genie entdeckt habe und mit Shakespeare Bankrott gemacht habe. Hallward belustigte sich damit, die Gesichter im Parterre zu betrachten. Die Hitze war drückend, und der Kronleuchter flammte wie eine ungeheure Dahlie mit Blütenblättern aus gelbem Feuer. Die jungen Leute auf der Galerie hatten ihre Röcke und Westen ausgezogen und über die Brüstung gehängt. Sie redeten miteinander quer durchs Theater und teilten ihre Orangen mit den aufgetakelten Mädchen, die neben ihnen saßen. Frauen lachten unten im Parterre; ihre Stimmen klangen widerwärtig schrill und kreischend. Vom Büfett her kam das Geräusch von knallenden Korken.

»Welch ein Ort, seine Göttin zu finden!« sagte Lord Henry.

»Ja«, antwortete Dorian Gray. »Hier habe ich sie gefunden, und sie ist erhabener als alles Lebendige. Wenn sie spielt, werdet ihr alles vergessen. Diese gewöhnlichen Leute mit ihren groben Gesichtern und ihren brutalen Gesten sind ganz verändert, wenn sie auf der Bühne ist. Sie sitzen stumm da und folgen ihr, sie weinen und lachen, wie sie es will. Sie läßt sie schwingen wie eine Violine. Sie entzündet ihre Phantasie, und man fühlt, daß sie vom gleichen Fleisch und Blut sind wie wir selbst.«

»Oh, das wiederum hoffe ich nicht!« sagte Lord Henry leise, der die Zuschauer auf der Galerie durch sein Opernglas betrachtete.

»Hör nicht auf ihn, Dorian«, sagte Hallward. »Ich verstehe, was du sagen willst, und ich glaube an dieses Mädchen. Wen du liebst, der muß wundervoll sein, und jedes Mädchen, das so wirkt, wie du es beschreibst, muß schön und makellos sein. Seine Zeit zu vergeistigen – das lohnt. Wenn dieses Mädchen denen eine Seele geben kann, die ohne sie gelebt haben, wenn sie den Sinn für Schönheit bei denen erwecken kann, deren Leben gewöhnlich und abstoßend war, wenn sie sie ihrer Selbstsucht entreißen und ihnen Tränen für Leiden geben kann, die nicht die ihren sind, so ist sie all deiner Anbetung wert, ist der Anbetung der ganzen Welt wert. Diese Heirat ist ganz richtig. Ich dachte zuerst nicht so, aber jetzt gebe ich es zu. Gott hat Sibyl Vane für dich geschaffen. Ohne sie wärst du unvollkommen gewesen.«

»Ich danke dir, Basil«, antwortete Dorian Gray und drückte ihm die Hand. »Ich wußte, du würdest mich verstehen. Harry ist so zynisch, er erschreckt mich. – Doch da beginnt das Orchester. – Es ist ganz fürchterlich, aber es dauert nur fünf Minuten. Dann hebt sich der Vorhang, und du wirst das Mädchen sehen, dem ich mein ganzes Leben schenken will, dem ich alles geweiht habe, was gut in mir ist.«

Eine Viertelstunde später betrat Sibyl Vane unter einem wahren Beifallssturm die Bühne. Ja, sie war in der Tat hinreißend schön – eines der hinreißendsten Geschöpfe, dachte Lord Henry, die er je gesehen hatte. Sie hatte etwas von einem Reh in ihrer scheuen Anmut und dem schüchternen Blick. Eine leichte Röte wie der Schatten einer Rose in einem Silberspiegel huschte über ihre Wangen, als sie in das volle, begeisterte Haus sah. Sie trat ein paar Schritte zurück, und ihre Lippen schienen zu beben. Basil Hallward sprang auf und applaudierte. Dorian Gray saß bewegungslos wie im Traum und sah sie an. Lord Henry betrachtete sie durch sein Opernglas und flüsterte: »Entzückend; entzückend!«

Man spielte die Szene in der Halle von Capulets Haus, und Romeo war in seinem Pilgergewand mit Mercutio und seinen Freunden eingetreten. Die Musik spielte, so gut es ging, ein paar Takte, und der Tanz begann. Mitten unter den unbeholfenen, schäbig gekleideten Schauspielern bewegte sich Sibyl Vane wie ein Wesen aus einer schöneren Welt. Ihr Körper wiegte sich im Tanz hin und her, wie eine Blume im Wasser sich wiegt. Ihre Halslinie war wie eine schlanke Wasserlilie geschwungen. Ihre Hände waren wie aus kühlem Elfenbein.

Doch sie wirkte seltsam teilnahmslos. Sie verriet kein Zeichen der Freude, als ihre Augen auf Romeo fielen. Die wenigen Worte, die sie zu sprechen hatte –

Nein, Pilger, lege nichts der Hand zuschulden
Für ihren sittsam andachtsvollen Gruß;
Der Heil'gen Rechte darf Berührung dulden,
Und Hand in Hand ist frommer Waller Kuß –

mit dem kurzen Dialog, der folgt, sprach sie völlig gekünstelt. Die Stimme war vorzüglich, aber die Intonation war vollkommen falsch. Ihre Klangfarbe war unecht. Sie nahm dem Vers alles Leben. Sie machte die Leidenschaft unwahr.

Dorian Gray erblaßte, als er sie so erlebte. Keiner seiner Freunde wagte, ihn anzusprechen. Sie schien ihnen ganz talentlos zu sein. Sie waren furchtbar enttäuscht.

Aber sie fühlten, daß der Prüfstein für jede Julia die Balkonszene im zweiten Akt ist. Darauf warteten sie. Versagte sie darin, war nichts an ihr.

Sie sah wundervoll aus, als sie ins Mondlicht hinaustrat. Das konnte man nicht leugnen. Das Gezwungene ihres Spiels war unerträglich, und es wurde immer schlimmer. Sie übertrieb alles, was sie zu sagen hatte. Die herrliche Stelle –

Du weißt, die Nacht verschleiert mein Gesicht,
Sonst färbte ein Erröten meine Wangen
Um das, was du mich vorhin sagen hörtest –

sprach sie mit der pedantischen Artikulierung eines Schulmädchens, das bei einem mittelmäßigen Schauspiellehrer Unterricht genommen hatte. Als sie sich über den Balkon neigte und zu den wunderschönen Versen kam –

Obwohl ich dein mich freue
Freu' ich mich nicht des Bundes dieser Nacht.
Er ist zu rasch, zu unbedacht, zu plötzlich,
Gleicht allzu sehr dem Blitz, der nicht mehr ist
Noch eh man sagen kann: es blitzt. – Schlaf süß!
Des Sommers warmer Hauch kann diese Knospe
Der Liebe wohl zur schönen Blum' entfalten,
Bis wir das nächste Mal uns wiedersehn –

sprach sie die Worte, als hätten sie keinen Sinn für sie. Es war nicht Lampenfieber. Weit davon entfernt, schien sie ganz ruhig zu sein. Es war einfach schlechte Schauspielkunst. Es war eine völlige Pleite.

Selbst die gewöhnlichen, ungebildeten Zuschauer im Parterre und auf der Galerie verloren das Interesse an dem Stück. Die Leute wurden unruhig und fingen an, laut zu sprechen und zu pfeifen. Der jüdische Direktor, der im Hintergrund stand, stampfte und fluchte vor Wut. Der einzige Mensch, der davon unberührt blieb, war das Mädchen selbst.

Als der zweite Akt zu Ende war, brach ein entrüstetes Pfeifkonzert los, und Lord Henry stand auf und zog seinen Mantel an. »Sie ist wirklich wunderschön, Dorian«, sagte er, »aber sie kann nicht spielen. Kommt, gehen wir.«

»Ich will das Stück bis zu Ende sehen«, antwortete Dorian Gray bitter. »Es tut mir furchtbar leid, daß ich euch einen Abend verdorben habe, Harry. Ich bitte euch beide um Entschuldigung.«

»Mein lieber Dorian, ich glaube, Miß Vane war indisponiert«, unterbrach ihn Hallward. »Wir wollen ein andermal wiederkommen.«

»Ich wünschte, sie wäre es«, erwiderte er. »Mir erscheint sie nur gefühllos und kalt. Sie ist vollständig verändert. Gestern abend war sie eine große Künstlerin. Heute abend ist sie nur eine mittelmäßige Schauspielerin.«

»Sprich nicht so über jemand, den du liebst, Dorian. Liebe ist wunderbarer als die Kunst.«

»Es sind beide nur Formen der Nachahmung«, murmelte Lord Henry. »Aber bitte, laßt uns gehen. Dorian, du darfst nicht länger hierbleiben. Es wirkt demoralisierend, schlechtes Theater zu sehen. Außerdem glaube ich, wirst du nicht wollen, daß deine Frau Theater spielt. Was macht es also, wenn sie Julia wie eine Holzpuppe spielt. Sie ist wirklich bezaubernd, und wenn sie vom Leben genauso wenig versteht wie vom Theaterspielen, wird sie ein köstliches Experiment sein. Es gibt nur zwei Arten von Menschen, die wirklich faszinieren – nämlich solche, die absolut alles wissen, und jene, die absolut nichts wissen. Um Himmels willen, mein Lieber, mach kein so tragisches Gesicht. Das Geheimnis, jung zu bleiben, liegt darin, niemals Gefühlen nachzugeben, die einem schlecht bekommen. Komm mit Basil und mir in den Klub. Wir wollen Zigaretten rauchen und auf die Schönheit Sibyl Vanes trinken. Sie ist schön. Was verlangst du mehr?«

»Bitte, geh, Harry«, rief der Junge. »Ich will allein sein. – Basil, du bist nicht böse, wenn ich dich auch bitte, zu gehen? Seht ihr denn nicht, daß mir das Herz bricht?« Heiße Tränen traten ihm in die Augen. Seine Lippen zitterten, er drehte sich mit einer heftigen Bewegung zur Wand und bedeckte das Gesicht mit seinen Händen.

»Laß uns gehen, Basil«, sagte Lord Henry mit einer seltsamen Weichheit in der Stimme; und die beiden jungen Männer gingen zusammen hinaus.

Ein paar Augenblicke später flammten die Rampenlichter auf, und der Vorhang hob sich zum dritten Akt. Dorian Gray kehrte auf seinen Platz zurück. Er sah bleich und stolz und gleichgültig aus. Das Spiel schleppte sich weiter und schien endlos. Die Hälfte des Publikums ging, trampelte mit schweren Stiefeln und lachte. Die ganze Vorstellung war eine Katastrophe. Der letzte Akt wurde vor fast leeren Reihen gespielt.

Sobald es zu Ende war, stürzte Dorian Gray hinter die Bühne in die Garderobe. Das Mädchen stand allein da, einen Ausdruck des Triumphs im Gesicht. In ihren Augen leuchtete ein tiefes Feuer. Ein Strahlen ging von ihr aus. Ihre geöffneten Lippen lächelten über ein Geheimnis, um das sie nur allein wußte.

Als er eintrat, sah sie ihn an, und ein Ausdruck unendlicher Freude kam über sie. »Wie schlecht habe ich heute abend gespielt, Dorian!« rief sie.

»Schrecklich«, antwortete er und sah sie voller Verwirrung an, »schrecklich! Es war entsetzlich. Bist du krank? Du ahnst nicht, wie es war. Du ahnst nicht, wie ich gelitten habe.«

Das Mädchen lächelte. »Dorian«, antwortete sie mit einer Innigkeit, als wäre sein Name süßer als Honig für die roten Blüten ihrer Lippen –, »Dorian, du solltest mich verstanden haben. Aber jetzt verstehst du, nicht wahr?«

»Was verstehen?« rief er zornig.

»Warum ich heute abend so schlecht gespielt habe. Warum ich immer schlecht spielen werde. Warum ich nie mehr gut spielen werde.«

Er zuckte mit den Schultern. »Du bist krank, vermute ich. Wenn du krank bist, solltest du nicht spielen. Du machst dich lächerlich. Meine Freunde waren äußerst betroffen. Ich ebenfalls.«

Sie schien ihn nicht zu hören. Sie war verwandelt vor Freude. Eine Ekstase des Glücks beherrschte sie.

»Dorian, Dorian«, rief sie aus. »Bevor ich dich kannte, war Spielen die einzige Wirklichkeit meines Lebens. Ich lebte nur für das Theater. Ich hielt alles für wahr. An einem Abend war ich Rosalinde, an einem anderen Portia. Beatrices Freude war meine Freude, und Cordelias Leiden waren meine Leiden. Ich glaubte alles. Die gewöhnlichen Menschen, die mit mir spielten, schienen mir wie Götter. Die Kulissenlandschaft war meine Welt. Ich kannte nichts als Schatten und hielt sie für die Wirklichkeit. Da kamst du, mein schöner Geliebter, und befreitest meine Seele aus ihrem Gefängnis. Du hast mir vor Augen geführt, was Wirklichkeit ist. Heute abend durchschaute ich zum erstenmal in meinem Leben die Leere, die Täuschung, das Alberne des leeren Prunks, in dem ich immer gespielt hatte. Heute abend wurde ich mir zum erstenmal bewußt, daß Romeo häßlich und alt und geschminkt war, das Mondlicht im Garten künstlich, die Szenerie falsch und daß die Worte, die ich zu sprechen hatte, unwirklich waren, nicht meine Worte, nicht, was ich hätte sagen wollen. Du hast mir etwas Höheres geschenkt, etwas, von dem die Kunst nur ein Abglanz ist. Durch dich habe ich verstanden, was Liebe wirklich ist. Mein Geliebter, mein Geliebter! Mein Prinz! Ich bin das Schattenleben leid. Du bist mir mehr, als alle Kunst mir jemals sein kann. Was habe ich mit den Puppen in einem Schauspiel zu tun? Als ich heute abend auftrat, konnte ich nicht verstehen, wie es kam, daß all das von mir gewichen war. Plötzlich dämmerte es mir, was es bedeutete. Diese Erkenntnis war wundervoll. Ich hörte sie zischen, und ich lächelte. Was konnten sie von der Liebe wissen? Nimm mich mit, Dorian – nimm mich mit dir, wo wir ganz allein sein können. Ich hasse die Bühne. Ich könnte eine Leidenschaft spielen, die ich nicht fühle, aber eine zu spielen, die wie Feuer in mir brennt, kann ich nicht spielen. Dorian, Dorian, verstehst du jetzt, was es alles bedeutet? Selbst wenn ich es könnte, es wäre Entweihung für mich, Liebe zu spielen, während ich in Wahrheit liebe. Du hast mir die Augen geöffnet.«

Er warf sich auf das Sofa und wandte sein Gesicht ab. »Du hast meine Liebe getötet«, murmelte er.

Sie sah ihn erstaunt an und lachte. Er antwortete nicht. Sie trat auf ihn zu und fuhr ihm mit den Fingern durch sein volles Haar. Sie kniete vor ihm und küßte seine Hände. Er zog sie unwillig zurück – ihn schauerte.

Dann sprang er auf und ging zur Tür. »Ja«, rief er aus, »du hast meine Liebe getötet. Sonst hast du meine Phantasie beflügelt, jetzt erregst du nicht einmal meine Neugier. Du rufst einfach keine Wirkung mehr hervor. Ich liebte dich, weil du wunderbar warst, weil du Genie und Geist hattest, weil du die Träume großer Dichter verwirklicht hast und den Schatten der Kunst Gestalt und Inhalt verliehen hast. Das alles hast du weggeworfen. Du bist hohl und dumm. Mein Gott, wie verrückt von mir, dich zu lieben! Welch ein Narr bin ich gewesen! Jetzt bedeutest du mir nichts mehr. Ich will dich nie wiedersehen. Ich will nie wieder an dich denken. Ich will deinen Namen nie mehr aussprechen. Du weißt nicht, was du mir einmal bedeutet hast. Ja, einmal ... Oh, ich ertrage den Gedanken daran nicht. Ich wünschte, ich hätte dich nie gesehen! Du hast den Roman meines Lebens zerstört. Wie wenig kannst du von der Liebe wissen, wenn du sagst, sie vernichte deine Kunst. Was bist du ohne deine Kunst? Nichts. Ich hätte dich berühmt und groß gemacht. Die Welt wäre dir zu Füßen gelegen, und du hättest mir angehört. Was bist du jetzt? Eine drittklassige Schauspielerin mit einem hübschen Gesicht.«

Das Mädchen erbleichte, sie erbebte. Sie rang ihre Hände, und ihre Stimme schien in der Kehle steckenzubleiben. »Das ist nicht dein Ernst, Dorian?« flüsterte sie. »Du spielst mir etwas vor.«

»Spielen! Das überlasse ich dir. Du kannst es ja so gut«, entgegnete er bitter.

Sie erhob sich von ihren Knien und trat mit einem kummervollen Ausdruck auf ihn zu. Sie legte die Hand auf seinen Arm und sah ihm in die Augen. Er stieß sie zurück. »Rühr mich nicht an!« rief er.

Ein leises Stöhnen brach aus ihr hervor, und sie warf sich vor ihm auf den Fußboden und lag da wie eine zertretene Blume. »Dorian, Dorian, verlaß mich nicht!« stammelte sie. »Ich bereue so sehr, daß ich nicht gut gespielt habe. Ich dachte immer nur an dich. Aber ich will es versuchen – ja, ich will es versuchen. Die Liebe kam so plötzlich über mich. Ich glaube, ich hätte nie davon gewußt, wenn du mich nicht geküßt hättest – wenn wir uns nicht geküßt hätten. Küß mich wieder, Liebster. Verlaß mich nicht. Ich könnte es nicht ertragen. Kannst du mir den heutigen Abend nicht verzeihen? Ich will angestrengt arbeiten und versuchen, besser zu werden. Sei nicht grausam zu mir, denn ich liebe dich mehr als irgend etwas in der Welt. Es ist doch nur einmal, daß ich dir nicht gefallen habe. Aber du hast ganz recht, Dorian. Ich hätte mich mehr als Künstlerin zeigen müssen. Es war dumm von mir; und doch konnte ich nicht anders. Oh, verlaß mich nicht, verlaß mich nicht.«

Ein heftiger Weinkrampf schüttelte sie. Sie kauerte am Boden wie ein verwundetes Tier, und Dorian Gray sah mit seinen schönen Augen auf sie hinunter, und seine feingeschnittenen Lippen verzogen sich vor Verachtung. Es ist immer etwas Lächerliches um die Gefühle der Menschen, die man aufgehört hat zu lieben. Sibyl Vane erschien ihm lächerlich melodramatisch. Ihre Tränen und ihr Schluchzen fielen ihm lästig.

»Ich gehe«, sagte er schließlich mit ruhiger, klarer Stimme. »Ich möchte nicht unfreundlich sein, aber ich kann dich nicht wiedersehen. Du hast mich enttäuscht.«

Sie weinte still und antwortete nicht, aber sie kroch näher zu ihm hin. Ihre kleinen Hände tasteten blind um sich, als würden sie ihn suchen. Er drehte sich auf dem Absatz und verließ den Raum. Wenige Minuten später hatte er das Theater verlassen. Wohin er ging, bemerkte er kaum. Er erinnerte sich, daß er durch schlecht beleuchtete Straßen wanderte, mit engen, dunklen Durchgängen, und an verkommenen Häusern vorbei. Weiber mit heiseren Stimmen und schrillem Lachen hatten ihn angerufen. Betrunkene torkelten fluchend vorbei und brabbelten völlig vertiert vor sich hin. Er sah mißgestaltete Kinder auf Türschwellen und hörte Schreie und Verwünschungen aus finsteren Hinterhöfen.

Als der Morgen anbrach, fand er sich nahe von Covent Garden. Die Dunkelheit schwand, und von sanften Flammenfingern erhellt, färbte sich der Himmel zu einem perlmuttenen Dom. Große Karren, mit nickenden Lilien beladen, rumpelten langsam die öde, gekehrte Straße hinab. Die Luft war schwer vom Duft der Blumen, und ihre Schönheit schien ihm Linderung für seinen Schmerz zu verschaffen. Er folgte ihnen bis zum Markt und sah zu, wie die Wagen entladen wurden. Ein Händler in weißem Kittel bot ihm Kirschen an. Er dankte ihm und wunderte sich, warum er kein Geld dafür annehmen wollte, und begann zerstreut, sie zu essen. Sie waren um Mitternacht gepflückt und von der Kühle des Mondes durchdrungen. Lange Reihen von Burschen zogen mit Körben voll gestreifter Tulpen und gelben und roten Rosen an ihm vorbei und eilten zwischen den großen blaßgrünen Bergen von Gemüse hindurch. In der Halle, unter den grauen, sonnengebleichten Pfeilern, lungerte eine Schar von zerlumpten Mädchen, die auf das Ende der Auktion warteten. Andere wiederum drängten sich durch die Türen der belebten Frühcafés. Nach einer Weile rief er eine Droschke herbei und fuhr nach Hause. Der Himmel war jetzt wie reiner Opal, und die Dächer der Häuser leuchteten silbern dagegen.

Als er zu Hause ankam, brannten noch die Leuchter in der getäfelten Empfangshalle zu ebener Erde. Wie dünne, blauflammige Blütenblätter sahen die drei Gasflammen aus, umrahmt von einem weißen, feurigen Rand. – Er drehte sie aus und ging durch die Bibliothek auf die Tür seines Schlafzimmers zu, das er erst vor kurzem mit seinem frisch geweckten Sinn für Luxus mit Renaissancegobelins hatte ausstatten lassen. Als er durch die Tür seines Schlafzimmers ging, fiel sein Blick auf das Bild, das Basil Hallward von ihm gemalt hatte. Er fuhr erstaunt zurück, und dann trat er näher und prüfte es. In dem trüben, gedämpften Licht, das durch die cremefarbenen Seidenvorhänge fiel, erschien ihm sein Gesicht ein wenig verändert. Der Ausdruck war anders. Man hätte sagen können, daß ein Zug von Grausamkeit um den Mund lag. Es war höchst seltsam.

Er wandte sich um, ging ans Fenster und zog den Vorhang auf. Helles Licht flutete herein und jagte die phantastischen Schatten in dunkle Winkel, wo sie erschauernd liegenblieben. Aber der seltsame Ausdruck, den er auf dem Gesicht des Bildes bemerkt hatte, blieb, ja schien sich sogar verstärkt zu haben. Das zitternde, grelle Sonnenlicht zeigte ihm die grausamen Linien um den Mund so deutlich, als würde er nach einer furchtbaren Tat in einen Spiegel sehen.

Er erschrak, und er nahm vom Tisch einen ovalen Spiegel, den elfenbeinerne Amoretten hielten, ein Geschenk von Lord Henry; hastig blickte er hinein. Nicht eine dieser Linien verunstaltete seine roten Lippen. Was bedeutete das?

Er rieb sich die Augen, trat dicht vor das Bild und untersuchte es von neuem. An dem Gemalten selbst waren keine Anzeichen einer Veränderung zu entdecken, und doch gab es keinen Zweifel, daß der ganze Ausdruck sich gewandelt hatte. Es war keine bloße Einbildung von ihm. Die Sache war entsetzlich deutlich.

Er warf sich in einen Stuhl und begann nachzudenken. Plötzlich blitzte in ihm auf, was er an dem Tag, als das Bild von Basil fertiggemalt wurde, im Atelier gesagt hatte. Ja, er erinnerte sich deutlich. Er hatte den irrwitzigen Wunsch ausgesprochen, daß er selbst möge jung bleiben und das Bild altern; daß seine eigene Schönheit unberührt bleiben und das Gesicht auf der Leinwand die Last seiner Leidenschaften und seiner Sünden tragen solle; daß das Porträt von den Linien des Leidens und den Gedanken gezeichnet werde und er den zarten Hauch und die Frische seiner Jugend, die ihm soeben bewußt geworden war, behalte.

War denn sein Wunsch in Erfüllung gegangen?

Solche Dinge gab es doch nicht.

Schon der Gedanke allein war ungeheuerlich. Und doch, da hing das Bild vor ihm mit dem grausamen Zug um den Mund.

Grausamkeit! War er grausam gewesen? Es war die Schuld des Mädchens, nicht seine. Er hatte von ihr als von einer großen Künstlerin geträumt, hatte ihr seine Liebe gegeben, weil er sie für groß hielt. Aber dann hatte sie ihn enttäuscht. Sie war leer und unwürdig gewesen. Und doch überkam ihn ein Gefühl unendlichen Mitleids, als er daran dachte, wie sie zu seinen Füßen lag und schluchzte. Er erinnerte sich, mit welcher Gefühllosigkeit er sie betrachtet hatte. Warum war er so geschaffen? Warum war ihm eine solche Seele gegeben? Aber auch er hatte gelitten. Im Verlauf der drei schrecklichen Stunden, die das Spiel gedauert hatte, hatte er Jahrhunderte des Leidens durchlebt – ja Ewigkeiten der Qual. Sein Leben war gewiß das ihre wert. Sie hatte ihn für einen Augenblick vernichtet, wenn er sie fürs Leben verwundet hatte. Außerdem waren Frauen besser geeignet, Leiden zu ertragen, als Männer. Sie lebten von ihren Gefühlen. Sie dachten nur an ihre Gefühle. Wenn sie sich einen Geliebten nahmen, so hauptsächlich, um jemanden zu haben, dem sie Szenen machen konnten.

Das hatte ihm Lord Henry gesagt, und Lord Henry kannte die Frauen. Warum sollte er sich wegen Sibyl Vane aufregen? Sie bedeutete ihm jetzt nichts mehr.

Doch was war mit dem Bild?

Was sollte er davon halten?

Es barg das Geheimnis seines Lebens und verriet seine Geschichte. Es hatte ihn gelehrt, seine eigene Schönheit zu lieben. Würde es ihn lehren, seine eigene Seele zu verabscheuen? Würde er es wieder ansehen?

Nein; es war nur eine Täuschung verwirrter Sinne. Die schreckliche Nacht, die er durchlebt hatte, ließ ihre Schatten zurück. Plötzlich war sein Gehirn von jenem kleinen scharlachroten Fleck befallen, der Menschen wahnsinnig macht. Das Bild hatte sich nicht verändert. Es war blanker Unsinn, es nur zu denken.

Und doch sah es ihn mit seinem schönen entstellten Gesicht und seinem grausamen Lächeln an. Sein helles Haar glänzte im Sonnenlicht. Die blauen Augen begegneten seinen eigenen. Ein Gefühl grenzenlosen Mitleids, nicht mit sich selbst, sondern mit dem Konterfei, überkam ihn. Es war schon verändert und würde sich noch mehr verändern. Sein Gold würde zu Grau werden. Seine roten und weißen Rosen würden hinwelken. Für jede Sünde, die er beging, würde ein Makel aufscheinen und seine Schönheit trüben.

Aber er wollte nicht sündigen.

Das Bildnis, verändert oder unverändert, sollte für ihn das sichtbare Zeichen seines Gewissens sein.

Er wollte der Versuchung widerstehen.

Er wollte Lord Henry nicht wiedersehen, wollte keinesfalls mehr auf jene subtilen, vergifteten Ansichten hören, die in Basil Hallwards Garten zum erstenmal die Leidenschaft für unmögliche Dinge in ihm entfacht hatten. Er wollte zu Sybil Vane zurückkehren, Abbitte leisten, sie heiraten, versuchen, sie wieder zu lieben.

Ja, es war seine Pflicht, das zu tun.

Sie mußte mehr gelitten haben als er. Armes Kind!

Er war selbstsüchtig und grausam gegen sie gewesen.

Der Zauber, den sie auf ihn ausgeübt hatte, würde wiederkehren. Sie würden glücklich zusammen sein. Ihr beider Leben würde schön und rein werden.

Er stand von seinem Stuhl auf und zog einen großen Wandschirm vor das Bild, ihn schauderte, als er hinsah. »Wie widerlich!« sagte er leise vor sich hin, ging zur Fenstertür und öffnete sie. Als er auf den Rasen hinaustrat, atmete er tief ein. Die frische Morgenluft schien all seine Bedrücktheit zu verscheuchen. Er dachte nur an Sybil Vane. Ein schwaches Echo der Liebe kehrte zurück. Er wiederholte ihren Namen immer und immer wieder. Die Vögel, die im taufeuchten Garten sangen, schienen den Blumen von ihr zu erzählen.

Siebtes Kapitel

Mittag war längst vorüber, als er erwachte. Sein Diener war mehrmals auf Fußspitzen ins Zimmer geschlichen, um zu sehen, ob er sich rühre, und hatte sich gewundert, weshalb sein junger Herr so spät noch schlafe. Endlich schellte er, und Victor trat leise herein mit einer Tasse Tee und einem Stoß Briefe auf einem kleinen Tablett voll Sèvres-Porzellan und zog die olivgrünen Atlasvorhänge mit dem blauschimmernden Futter zurück, die vor den drei großen Fenstern hingen.

»Haben Sie heute morgen gut geschlafen, Sir?« fragte er lächelnd.

»Wieviel Uhr ist es, Victor?« fragte Dorian Gray schläfrig.

»Viertel nach eins, Sir.«

Wie spät es war! Er richtete sich auf, trank etwas Tee und sah seine Post durch. Ein Brief kam von Lord Henry und war heute morgen von einem Boten gebracht worden. Er zögerte einen Augenblick und legte ihn aus der Hand. Die anderen öffnete er zerstreut. Sie enthielten das übliche: eine Menge Karten, Dinnereinladungen, Karten zu Privatveranstaltungen, Programme von Wohltätigkeitskonzerten und ähnliches mehr, mit denen junge Leute der Gesellschaft während der Saison jeden Morgen überschüttet werden. Es war eine ziemlich hohe Rechnung für eine silberne Toilettengarnitur im Louis-XV.-Stil darunter, die er seinem Vormund noch nicht zu schicken gewagt hatte, weil dieser sehr altmodisch war und nicht begriff, daß in unserer Zeit nur die entbehrlichen Dinge wahrhaft unentbehrlich sind; schließlich waren da noch sehr höfliche Angebote von Kredithaien aus der Jermyn Street, die ihm jede beliebige Summe zu mäßigen Zinsen vorzustrecken antrugen.

Nach ungefähr zehn Minuten stand er auf, warf sich in einen eleganten Morgenmantel aus besticktem Kaschmir und ging in das onyxgekachelte Badezimmer. Das kühle Wasser erfrischte ihn nach seinem langen Schlaf. Es schien, als hätte er alles vergessen, was er durchgemacht hatte. Ein dunkles Gefühl, daß er in einer seltsamen Tragödie eine Rolle gespielt habe, überkam ihn ein- oder zweimal, aber die Unwirklichkeit eines Traums überdeckte alles.

Sobald er angekleidet war, ging er in die Bibliothek und setzte sich zu einem leichten französischen Frühstück, das auf einem kleinen runden Tisch am offenen Fenster für ihn gedeckt worden war. Es war ein herrlicher Tag. Die warme Luft war erfüllt von Wohlgerüchen. Eine Biene flog herein und summte um die blaue Drachenschale, die mit gelben Teerosen gefüllt war. Er fühlte sich vollkommen glücklich.

Plötzlich fiel sein Blick auf den Wandschirm, den er vor das Porträt gestellt hatte, und er schreckte zusammen.

»Zu kalt, Sir?« fragte sein Diener, der ihm eine Omelette servierte. »Soll ich das Fenster schließen!«

Dorian schüttelte den Kopf. »Mir ist nicht kalt«, murmelte er. War es wahr? Hatte sich das Bild wirklich verändert? Oder war es nur seine Einbildung, die ihm einen bösen Zug vorgespiegelt hatte, wo ein Zug der Freude war? Eine bemalte Leinwand konnte sich doch nicht verändern? Es war absurd. Eines Tages würde es eine Geschichte für Basil abgeben. Er würde darüber lächeln. Und doch, wie frisch war seine Erinnerung an das Ganze! Zuerst im unsicheren Zwielicht und dann in der hellen Morgensonne hatte er den Zug von Grausamkeit, der auf den verzerrten Lippen lag, gesehen. Er fürchtete sich fast davor, daß der Diener hinausgehen könnte. Er wußte, wenn er allein war, würde er das Bild betrachten müssen. Er fürchtete die Gewißheit. Als der Bedienstete Kaffee und Zigaretten gebracht hatte und sich anschickte, zu gehen, fühlte er das plötzliche Verlangen, ihm zu sagen, daß er bleiben solle. Als die Tür sich hinter ihm schloß, rief er ihn zurück. Der Diener erwartete weitere Anweisungen. Dorian sah ihn einen Augenblick an. »Ich bin für niemanden zu sprechen, Victor«, sagte er. Der Mann verbeugte sich und ging.

Er stand vom Tisch auf, zündete eine Zigarette an und warf sich auf einen kissenbedeckten Diwan, der dem Wandschirm gegenüber stand. Es war ein alter Wandschirm aus goldgepunztem spanischem Leder, in das ein ziemlich überladenes Louis-XIV.-Muster gepreßt war. Er betrachtete ihn neugierig und sann darüber nach, ob er schon einmal das Geheimnis eines Menschenlebens verborgen habe. Sollte er ihn überhaupt zur Seite schieben? Warum ihn nicht einfach dort stehenlassen? Was nützte es ihm, die Gewißheit? Sollte es wahr sein, war es schrecklich. War es nicht wahr, weshalb sich dann beunruhigen? Aber wenn nun durch ein Verhängnis oder einen Zufall fremde Augen es erspähten und die schreckliche Verwandlung entdeckten? Was sollte er nur tun, wenn Basil Hallward käme und sein Werk sehen wollte. Er würde es sicherlich tun. Nein, die Sache mußte untersucht werden, und zwar sofort. Alles andere wäre besser als diese fürchterliche Ungewißheit.

Er stand auf und sperrte beide Türen ab. Zumindest würde er allein sein, wenn er die Maske seiner Schande erblickte. Er zog den Wandschirm zur Seite und sah sich selbst von Angesicht zu Angesicht. Es war nicht zu bestreiten. Das Bild hatte sich verändert.

Später erinnerte er sich oft, und jedesmal mit leichter Verwunderung, wie er das Bild zuerst mit einem beinahe wissenschaftlichen Interesse betrachtete. Daß eine solche Verwandlung vor sich gegangen sein sollte, erschien ihm unfaßbar. Und doch war es eine Tatsache. Gab es eine geheime Verwandtschaft zwischen den Atomen, die Form und Farbe auf der Leinwand angenommen hatten, und seiner Seele? War es möglich, daß sie an den Tag brachten, was diese Seele dachte? Daß sie verwirklichten, was diese Seele träumte? Oder gab es andere, noch furchtbarere Ursachen? Ihn schauderte, und er hatte Angst; er ging zu dem Diwan zurück, legte sich darauf und starrte, geschüttelt von Grauen, auf das Bild. Etwas freilich, das fühlte er, hatte es für ihn getan. Es hatte ihm zum Bewußtsein gebracht, wie ungerecht, wie grausam er gegen Sibyl Vane gewesen war. Es war nicht zu spät, alles wiedergutzumachen. Noch konnte sie seine Frau werden. Seine unwahre und selbstsüchtige Liebe würde einer höheren Leidenschaft weichen, und das Bild, das Basil Hallward von ihm gemalt hatte, sollte für ihn ein Führer durchs Leben, sollte ihm das sein, was Heiligkeit für den einen, Gewissen den anderen und Gottesfurcht für uns alle ist. Es gab Opiate gegen die Reue, Suchtgifte, die das moralische Gefühl einschläfern konnten. Aber hier war ein Symbol der Erniedrigung durch die Sünde. Hier war ein immer gegenwärtiges Zeichen des Verderbens, das Menschen über ihre Seele bringen.

Es schlug drei, vier und halb fünf Uhr, aber er rührte sich nicht. Er versuchte, den roten Faden des Lebens zu fassen und ihn in ein Muster zu verweben; seinen Weg zu finden durch die blutigen Wirren der Leidenschaft, die er durchirrte. Er wußte weder, was er tun noch denken sollte. Endlich ging er an den Tisch und schrieb einen leidenschaftlichen Brief an das Mädchen, das er geliebt hatte, flehte sie um Verzeihung an und beschuldigte sich des Wahnsinns. Er bedeckte Seite um Seite mit heftigen Worten der Trauer und des Schmerzes. Er schwelgte in Selbstbeschuldigungen. Wenn wir uns selbst anklagen, fühlen wir, daß kein anderer außer uns selbst das Recht hat, uns anzuklagen. Die Beichte, nicht der Priester, gewährt uns Absolution. Als Dorian Gray den Brief beendet hatte, fühlte er, daß ihm vergeben worden sei.

Plötzlich klopfte es an die Tür, und er hörte draußen Lord Henrys Stimme. »Dorian, mein Lieber, ich muß mit dir sprechen. Mach auf. Ich kann nicht zugeben, daß du dich so einsperrst.«

Er antwortete anfangs nicht, sondern blieb ganz still. Das Klopfen wiederholte sich und wurde lauter. Ja, es war besser, Lord Henry hereinzubitten und ihm zu erklären, daß er ein neues Leben beginnen wollte, mit ihm zu streiten, wenn notwendig, sich von ihm zu trennen, falls unvermeidlich. Er sprang auf, zog hastig den Wandschirm vor das Bild und öffnete die Tür.

»Es tut mir alles so leid, mein lieber Junge«, sagte Lord Henry, als er eintrat. »Aber du darfst nicht grübeln.«

»Du sprichst von Sibyl Vane?« fragte Dorian.

»Ja, natürlich«, antwortete Lord Henry und ließ sich in einen Sessel fallen, worauf er langsam seine Handschuhe auszog. »Es ist furchtbar, aber es war nicht deine Schuld. Sag mir, hast du sie nach der Vorstellung noch gesehen?«

»Ja.«

»Das hatte ich erwartet. Hast du eine Szene gemacht?«

»Ich war brutal, Harry – entsetzlich brutal. Aber jetzt ist alles gut. Was geschehen ist, tut mir nicht leid. Ich habe gelernt, mich dadurch selbst besser zu sehen.«

»Ach, Dorian, ich bin so froh, daß du es so nimmst. Ich fürchtete, ich würde dich in Selbstanklagen versunken finden, und du würdest deine schönen Locken raufen.«

»Das habe ich alles durchgemacht«, sagte Dorian lächelnd und schüttelte den Kopf. »Jetzt bin ich ganz glücklich. Vor allem weiß ich, was Gewissen ist. Es ist nicht das, was du mir gesagt hast. Es ist das Göttliche in uns. Spotte nicht, Harry – wenigstens nicht vor mir. Ich will gut sein. Ich kann den Gedanken nicht ertragen, daß meine Seele häßlich ist.«

»Eine blendende artistische Grundlage der Moral, Dorian! Ich gratuliere. Aber womit willst du beginnen?«

»Indem ich Sibyl Vane heirate.«

»Sibyl Vane heiraten?« rief Lord Henry, stand auf und sah ihn voller Entsetzen an. »Aber mein lieber Dorian.«

»Ja, Harry, ich weiß, was du sagen willst. Etwas Zynisches über die Ehe. Sag es nicht. Sage mir nie mehr solche Dinge. Vor zwei Tagen bat ich Sibyl, mich zu heiraten. Ich werde mein Wort nicht brechen. Sie soll meine Frau werden!«

»Deine Frau! Dorian! – Hast du denn meinen Brief nicht bekommen? Ich schrieb dir heute morgen und sandte das Billett durch meinen Diener her.«

»Deinen Brief? O ja, ich erinnere mich. Ich habe ihn noch nicht gelesen, Harry. Ich fürchtete, daß etwas drinsteht, was mir nicht gefallen könnte!«

Lord Henry ging erst im Raum auf und ab, dann setzte er sich neben Dorian Gray, nahm seine beiden Hände und hielt sie fest. »Dorian«, sagte er, »mein Brief – erschrick nicht – sollte dir sagen, daß Sibyl Vane tot ist.«

Ein Schrei des Schmerzes brach von den Lippen des jungen Mannes, er sprang auf und entzog seine Hände Lord Henrys Griff. »Tot! Sibyl tot! Das ist nicht wahr! Das ist eine üble Lüge! Wie kannst du es wagen ...«

»Es ist wahr, Dorian«, sagte Lord Henry ernst. »Es steht bereits in allen Morgenblättern. Ich schrieb dir, du solltest niemanden empfangen, bis ich käme. Es wird natürlich eine Untersuchung stattfinden, und du darfst nicht hineingezogen werden. Solche Geschichten machen in Paris einen Mann interessant. Aber in London haben die Leute zu viele Vorurteile. Hier sollte sein Debüt nie ein Skandal sein. Den sollte man sich fürs Alter aufsparen, um im Gespräch zu bleiben. Ich nehme an, im Theater kennen sie deinen Namen nicht. In diesem Fall ist alles in Ordnung. Hat dich irgend jemand in ihre Garderobe gehen sehen? Das ist ein wichtiger Punkt!«

Dorian antwortete eine Weile nicht. Er war vor Schreck gelähmt. Endlich stammelte er mit erstickter Stimme: »Harry, du sagtest – Untersuchung? Was meinst du damit? Hat Sibyl ...? Oh Harry, ich ertrage das nicht! Aber mache es kurz. Auf der Stelle, sag's mir alles!«

»Ganz sicher war es kein Unfall, Dorian, obwohl es der Öffentlichkeit so dargestellt werden muß. Als sie mit ihrer Mutter gegen halb eins das Theater verließ, sagte sie, sie hätte oben etwas vergessen. Man wartete auf sie, aber sie kam nicht wieder herunter. Schließlich fand man sie tot auf dem Fußboden ihrer Garderobe. Sie hatte aus Versehen etwas geschluckt, irgend etwas Scheußliches, das man im Theater benutzt. Ich weiß nicht, es war entweder Blausäure oder Bleiweiß. Ich nehme an, es war Blausäure, denn sie scheint sofort tot gewesen zu sein.«

»Harry, ach Harry, das ist ja grauenhaft.«

»Es ist natürlich sehr tragisch, aber du darfst dich nicht in diese Affäre verwickeln lassen. Im Standard stand, daß sie siebzehn Jahre alt war. Ich hätte sie für noch jünger gehalten. Sie sah so kindlich aus und schien so wenig vom Theaterspielen zu verstehen. Du darfst dir das nicht so zu Herzen nehmen. Komm, wir wollen zusammen essen, und nachher gehen wir in die Oper. Die Patti singt heute, und alle Welt wird da sein. Du kannst in die Loge meiner Schwester kommen. Sie bringt einige bezaubernde Frauen mit.«

»Ich habe also Sibyl Vane gemordet«, sagte Dorian Gray halb zu sich selbst, »so gewiß gemordet, als hätte ich ihr den zarten Hals mit einem Messer durchschnitten. Aber die Rosen blühen darum nicht weniger herrlich. Die Vögel singen noch genauso fröhlich in meinem Garten. Und heute abend soll ich mit dir soupieren und anschließend in die Oper gehen und schließlich noch irgendwohin zum Mitternachtsdinner. Wie dramatisch doch das Leben ist! Wenn ich das alles in einem Buch gelesen hätte, Harry, ich glaube, ich hätte geweint. Jetzt, da es wirklich geschehen ist und mir geschehen ist, scheint es mir fast zu wunderbar, um Tränen zu vergießen. Hier ist der erste leidenschaftliche Liebesbrief. Seltsam, daß mein erster Liebesbrief an ein totes Mädchen gerichtet ist. Ich möchte gerne wissen, ob sie fühlen können, diese bleichen, stillen Menschen, die wir Tote nennen. Sibyl! Kann sie fühlen, erkennen oder hören? Ach Harry, wie habe ich sie geliebt! Mir scheint es Jahre her zu sein. Sie war mir alles. Dann dieser schreckliche Abend – war es wirklich erst gestern? –, als sie so schlecht spielte und mir fast das Herz brach. Sie hat mir alles erklärt. Es war furchtbar gefühlvoll. Aber mich hat es nicht im mindesten bewegt. Ich wollte gar zu ihr zurückkehren. Dann geschah etwas, was mich entsetzte. Ich kann dir nicht sagen, was, aber es war grauenhaft. Ich fühlte, daß ich unrecht getan hatte. Und jetzt ist sie tot. Mein Gott! Mein Gott! Harry, was soll ich tun? Du kennst nicht die Gefahr, in der ich mich befinde, und es gibt nichts, was mich stützen könnte. Sie hatte kein Recht, sich zu töten. Es war selbstsüchtig von ihr.«

Lord Henry rauchte eine Zigarette an, zog genußvoll den aromatischen Rauch ein und wandte sich dann mit wissendem Lächeln an den verstörten Jungen.

»Mein lieber Dorian, eine Frau vermag einen Mann immer nur dadurch zu verwandeln, daß sie ihn so beharrlich quält, bis er jedes Interesse am Leben verliert. Hättest du dieses Mädchen geheiratet, wärst du sicher unglücklich geworden. Natürlich hättest du sie freundlich behandelt. Man kann immer freundlich sein zu jemand, aus dem man sich nichts mehr macht. Aber sie hätte bald herausgefunden, daß sie dir vollkommen gleichgültig gewesen wäre. Und wenn eine Frau das herausgefunden hat, zieht sie sich entweder nachlässig an, oder sie trägt die elegantesten Hüte, die der Gatte einer anderen zu bezahlen hat. Ich rede gar nicht erst von der Mesalliance, aber ich versichere dir, die Sache wäre in jedem Fall schlecht ausgegangen.«

»Dies glaube ich beinahe auch«, murmelte der Junge, indem er im Zimmer auf und ab ging. »Aber ich hielt es für meine Pflicht. Es ist nicht meine Schuld, daß diese schreckliche Tragödie mich daran gehindert hat, das Rechte zu tun. Ich erinnere mich, daß du einmal sagtest, daß über allen guten Vorsätzen ein Verhängnis schwebe, sie würden stets zu spät gefaßt. Auf den meinen trifft das sicher zu.«

»Gute Vorsätze sind nutzlose Versuche, in wissenschaftliche Gesetze einzugreifen. Ihr Ursprung ist pure Eitelkeit. Ihr Ergebnis ist gleich Null. Sie verschaffen zuweilen den Schwachen den Luxus jener unfruchtbaren Empfindungen, die einen gewissen Reiz für sie besitzen. Das ist alles, was man zu ihren Gunsten sagen kann. Stärkere Naturen verzichten lieber auf diese Selbsttäuschung.«

»Harry«, sagte Dorian und setzte sich neben ihn, »wie kommt es, daß ich diese Tragödie nicht so empfinde, wie ich möchte? Ich glaube nicht, daß ich herzlos bin, oder meinst du das?«

»Du hast zuviel törichte Dinge in den letzten Tagen begangen, als daß du dich so nennen dürftest, Dorian«, antwortete Lord Henry mit einnehmendem, melancholischem Lächeln. Dorian zog die Stirn kraus. »Diese Erklärung behagt mir nicht, Harry«, erwiderte er, »aber ich bin froh, daß du mich nicht für herzlos hältst. Ich bin's bestimmt nicht. Ich weiß ganz sicher, daß ich's nicht bin. Und doch muß ich zugeben, daß mich dies Ereignis nicht so berührt, wie es sollte. Es scheint mir einfach das wunderbare Ende eines wundervollen Stücks zu sein. Es hat die schreckliche Schönheit der klassischen Tragödie, einer Tragödie, in der ich eine Rolle spielte, ohne jedoch selbst darin verwundet worden zu sein.«

»Das ist ein interessantes Problem«, sagte Lord Henry, dem es einen hohen Genuß verschaffte, mit dem unbewußten Egoismus Dorians zu spielen, »ein äußerst interessantes Problem. Ich denke, die Erklärung dafür ist folgende:

Es geschieht oft, daß die wahren Tragödien im Leben so unkünstlerisch ablaufen, daß sie uns durch ihre rohe Gewalt, durch absolute Zusammenhanglosigkeit und ihre gespenstische Sinnlosigkeit, durch den vollständigen Mangel jeglichen Stils verletzen. Sie wirken auf uns, wie das Gemeine wirkt. Sie machen auf uns den Eindruck nackter, brutaler Gewalt, und wir lehnen uns dagegen auf. Manchmal jedoch trifft eine Tragödie auf unser Leben, die künstlerische Elemente von Schönheit enthält. Sind diese Elemente echt, so rührt das Ganze nur an unserem Sinn für das Dramatische. Plötzlich entdecken wir, daß wir nicht mehr Akteure, sondern Zuschauer sind. Oder aber wir sind beides. Wir beobachten uns, und das bloße Wunder des Schauspiels fesselt uns. In diesem Fall, was ist da wirklich geschehen? Jemand hat aus Liebe zu dir Selbstmord begangen. Ich wollte, mir wäre eine solche Erfahrung zuteil geworden. Ich wäre für den Rest meines Lebens in die Liebe verliebt gewesen. Die Menschen, die mich angebetet haben – es waren nicht sehr viele, aber immerhin einige – haben immer ihr Weiterleben betrieben, auch wenn ich schon längst nichts mehr für sie empfand und sie nichts mehr für mich. Sie sind dick und langweilig geworden, und wenn ich sie noch treffe, schwelgen sie sofort in Erinnerungen. Immer dieses gräßliche Gedächtnis der Frauen! Schauderhaft! Und welch geistigen Stillstand es offenbart! Man sollte die Farbe des Lebens auf sich wirken lassen, aber nie Einzelheiten zurückzurufen versuchen. Einzelheiten sind stets vulgär.

Einmal trug ich eine ganze Saison lang nur Veilchen, als Trauer um eine Romanze, die nicht sterben wollte. Schließlich starb sie doch. Ich weiß nicht mehr genau, woran. Ich glaube, an ihrem Vorschlag, eine Welt für mich zu opfern. Das ist immer ein furchtbarer Augenblick. Es erfüllt einen mit dem Schrecken der Ewigkeit. Nun – würdest du's für möglich halten? – Vor einer Woche saß ich während des Dinners bei Lady Hampshire neben der betreffenden Dame, und sie bestand darauf, die ganze Geschichte noch einmal durchzukauen, die Vergangenheit aufzuwühlen und in die Zukunft zu bohren. Ich hatte meine Romanze unter Klatschmohn begraben. Sie zerrte sie wieder hervor und versicherte mir, ich hätte ihr Leben zerstört. Ich muß zugeben, daß sie einen gewaltigen Appetit entwickelte, und so fühlte ich mich nicht beunruhigt. Aber wie wenig Geschmack sie bewies! Der einzige Reiz der Vergangenheit ist, daß sie vergangen ist. Aber Frauen wissen nie, wann der Vorhang gefallen ist. Sie verlangen immer einen weiteren Akt, und gerade wenn jedes Interesse an dem Stück erloschen ist, schlagen sie vor, es weiterzuspielen. Wenn man ihnen den Willen ließe, so hätte jede Komödie einen tragischen Schluß, und jede Tragödie würde in einer Farce enden. Sie sind bezaubernd künstlich, aber sie haben keinerlei Sinn für Kunst. Du hast mehr Glück gehabt als ich. Ich versichere dir, Dorian, nicht eine einzige Frau, die ich gekannt habe, hätte für mich getan, was Sibyl Vane für dich tat. Gewöhnliche Frauen trösten sich immer. Manche entwickeln eine Vorliebe für sentimentale Farben. Traue nie einer Frau, die Mauve trägt, wie alt sie auch sei, und nie einer Frau über fünfunddreißig, die es mit rosa Schleifchen hat. Es bedeutet immer eine Vergangenheit. Andere wiederum finden ihren Trost darin, plötzlich die guten Eigenschaften ihres Ehemanns herauszustreichen. Sie renommieren mit ihrem ehelichen Glück, als wäre es die verworfenste Sünde. Andere trösten sich mit Religion. Ihre Geheimnisse haben alle Reize eines Flirts, sagte mir einmal eine Frau; und das verstehe ich recht gut. Zudem schmeichelt uns nichts so sehr, als wenn man uns sagt, wir seien Sünder. Es gibt mannigfache Tröstungen, die die Frauen im heutigen Leben finden. Dabei habe ich noch nicht einmal die wichtigste angeführt.«

»Und die wäre, Harry?« fragte Dorian Gray gleichgültig.

»Oh, die übliche. Einer anderen Frau den Liebhaber wegzunehmen, wenn man den seinen verloren hat. In der guten Gesellschaft gibt das jeder Frau neuen Auftrieb. Aber wirklich, Dorian, wie anders muß Sibyl Vane gewesen sein als all die Frauen, die man sonst so trifft! In ihrem Tod liegt für mich etwas durchaus Schönes. Ich bin froh, in einem Jahrhundert zu leben, in dem solche Wunder geschehen. Sie geben einem den Glauben an die Wirklichkeit der Dinge wieder, aus denen wir ein reines Gesellschaftsspiel gemacht haben, wie Romantik, Leidenschaft und Liebe.«

»Ich war furchtbar grausam ihr gegenüber. Das vergißt du.«

»Ich glaube, Frauen schätzen Grausamkeit höher als alles andere. Sie haben wundervoll einfache Instinkte. Wir haben sie emanzipiert, aber sie bleiben immer noch Sklavinnen, die nach ihrem Herrn lechzen. Sie lieben es, beherrscht zu werden. Ich bin sicher, du warst großartig. Ich habe dich noch nie wirklich zornig gesehen, aber ich kann mir vorstellen, wie herrlich du in einem solchen Augenblick aussiehst. Und schließlich hast du mir vorgestern etwas gesagt, was mir nur ein phantastischer Einfall schien, aber jetzt sehe ich, daß es wahr gewesen ist, und es erklärt alles.«

»Was war das?«

»Du sagtest mir, daß Sibyl Vane für dich alle Heldinnen der Poesie verkörpert – daß sie heute Desdemona sei und morgen Ophelia; daß sie als Julia sterbe und als Imogen zum Leben erwache.«

»Jetzt wird sie nie mehr zum Leben erwachen«, flüsterte der junge Mann und vergrub sein Gesicht in den Händen.

»Nein, sie wird nie mehr zum Leben erwachen. Sie hat ihre letzte Rolle gespielt. Aber du mußt an den einsamen Tod in dieser schäbigen Garderobe denken wie an das seltsam düstere Fragment einer Tragödie aus der Zeit König Jakobs, wie an eine wundervolle Szene von Webster, Ford oder Cyril Tourneur. Das Mädchen hat nie wirklich gelebt, darum ist sie auch nie wirklich gestorben. Für dich wenigstens war sie immer ein Traum, ein Phantom, das durch Shakespeares Stücke flatterte und sie herrlicher machte durch seine Gegenwart, ein Instrument, durch das Shakespeares Musik reicher und freudiger erklang. Im Augenblick, da sie an das wirkliche Leben rührte, zerstörte sie es, und es zerstörte sie, und sie trat von der Bühne ab. Trauere um Ophelia, wenn du willst. Streu Asche auf dein Haupt, da Cordelia erdrosselt ward; fluche dem Himmel, weil Brabantios Tochter starb. Aber verschwende nicht deine Tränen um Sibyl Vane. Sie war unwirklicher als jene.«

Es entstand Schweigen. Der Abend hüllte das Zimmer in Dunkel. Geräuschlos, auf silbernen Füßen, glitten die Schatten vom Garten herein. Die Farben der Gegenstände verblaßten langsam.

Nach einer Weile blickte Dorian Gray auf. »Du hast mich mir selber erklärt«, flüsterte er erleichtert. »Ich habe all das gefühlt, was du gesagt hast, aber ich fürchtete mich davor und konnte es mir nicht erklären. Wie gut du mich kennst! Aber wir wollen von all dem nicht mehr sprechen. Es war eine wunderbare Erfahrung. Weiter nichts. Ich möchte wissen, ob das Leben noch einmal etwas so Wunderbares für mich bereit hält.«

»Das Leben hält alles für dich bereit, Dorian. Es gibt nichts, was du mit deiner Schönheit nicht erreichen könntest.«

»Aber stell dir vor, wenn ich nun alt und grau und runzlig werde, Harry? Was geschieht dann?«

»Nun, dann ...«, erwiderte Lord Henry und stand auf, um zu gehen, »dann, mein lieber Dorian, würdest du um deine Siege kämpfen müssen. Jetzt bringt man sie dir entgegen. Nein, du mußt deine Schönheit behalten. Wir leben in einer Zeit, die zu viel liest, um weise, und zu viel denkt, um schön zu sein. Wir können dich nicht entbehren. Aber nun ist es besser, wenn du dich umkleidest und mit in den Klub fährst. Wir kommen ohnehin schon zu spät.«

»Ich glaube, ich werde dich erst später in der Oper treffen, Harry. Ich fühle mich zu müde, um zu essen. Welche Nummer hat die Loge deiner Schwester?«

»Siebenundzwanzig, glaube ich. Im ersten Rang. Ihr Name steht an der Tür. Schade, daß du nicht mit zum Essen kommst.«

»Ich bin zu abgespannt«, sagte Dorian matt. »Aber ich bin dir dankbar für alles, was du mir gesagt hast. Du bist doch mein bester Freund. Niemand hat mich je so verstanden wie du.«

»Wir stehen erst am Anfang unserer Freundschaft, Dorian«, antwortete Lord Henry und schüttelte ihm die Hand. »Ich hoffe, ich werde dich vor halb zehn sehen. Vergiß nicht: die Patti singt heute abend.«

Als er die Tür hinter sich schloß, griff Dorian Gray nach der Glocke, und ein paar Minuten später kam Victor mit den Lampen und ließ die Vorhänge herunter. Er wartete ungeduldig, bis er ging. Ihm schien, als ob sich der Mann endlos Zeit zu allem nähme.

Sobald er draußen war, stürzte er zu dem Wandschirm und zog ihn zur Seite. Nein; das Bild hatte sich nicht weiter verändert. Es hatte die Nachricht von Sibyl Vanes Tod empfangen, ehe er selbst davon wußte. Es hatte Kenntnis von den Ereignissen des Lebens, wenn sie geschahen. Der böse Zug von Grausamkeit, der die feinen Linien des Mundes verzerrte, war ohne Zweifel in dem Augenblick erschienen, als das Mädchen das Gift genommen hatte. Oder war es gleichgültig gegenüber den Tatsachen? Hielt es nur fest, was in seiner Seele vorging? Er fragte sich und hoffte, daß eines Tages die Verwandlung vor seinen Augen geschähe – und doch schauderte ihm davor.

Die arme Sibyl! Welche Romanze! Sie hatte so oft den Tod auf der Bühne dargestellt, und nun hatte sie dieser Tod selbst ereilt und mit sich genommen. Wie hatte sie jene furchtbare letzte Szene gespielt? Hatte sie ihn verflucht, als sie starb? Nein; sie war aus Liebe zu ihm gestorben. Und von nun an sollte ihm die Liebe ein Sakrament sein. Sie hatte für alles gebüßt durch das Opfer ihres Lebens. Er wollte nicht mehr daran denken, was er um ihretwillen durchgemacht hatte an jenem schrecklichen Abend im Theater. Wenn er an sie dachte, würde sie ihm weiter nur als wunderbare tragische Gestalt erscheinen, welche die Liebe als höchste Wirklichkeit verkörpert hatte. Eine wunderbar tragische Gestalt? Tränen kamen ihm in die Augen, als er sich an ihre Kinderblicke erinnerte, an ihre gewinnende, phantasievolle Art und die scheue, zitternde Anmut. Er wischte hastig die Tränen fort und blickte wieder auf das Bild.

Er fühlte, daß die Zeit der Entscheidung gekommen war. Oder war seine Wahl schon getroffen? Ja, das Leben hatte für ihn entschieden – das Leben und seine brennende Neugier auf das Leben. Ewige Jugend, taumelnde Leidenschaft, heimliche Genüsse, wilde Freuden und wildere Sünden – all das wartete auf ihn. Das Bildnis mußte die Last seiner Schande tragen; so lautete die Entscheidung.

Ein Gefühl des Schmerzes überkam ihn, als er an die Entweihung dachte, die das schöne Bildnis auf der Leinwand erwartete. Einmal hatte er in kindlicher Nachahmung des Narziß die gemalten Lippen, die ihn jetzt so grausam anlächelten, geküßt oder doch so getan, als ob er sie küsse. Morgen für Morgen hatte er in Verwunderung über seine Schönheit vor dem Bild gesessen und sich beinah in sie verliebt, wie ihm zuweilen schien. Sollte es sich nun mit jeder Laune, der er nachgab, verändern? Sollte er zu etwas Häßlichem, Eklem werden, das man in einem verschlossenen Raum verstecken mußte, fern dem Licht der Sonne, das so oft das wogende Wunder seines Haars in glänzenderem Gold aufleuchten ließ? Welch ein Jammer! Welch ein Jammer!

Einen Augenblick dachte er daran, zu beten, damit die grausige Beziehung zwischen ihm und dem Bild aufhören möge.

Es hatte sich als Antwort auf ein Gebet verwandelt; vielleicht würde es als Antwort auf ein Gebet unverändert bleiben. Und dennoch – wer um dies Leben wußte, würde er die Möglichkeit, ewig jung zu bleiben, aufgeben, so phantastisch diese Möglichkeit schien, so verhängnisvoll die Folgen auch sein mochten? Außerdem, stand es wirklich in seiner Macht? War es wirklich das Gebet, das die Wandlung hervorgerufen hatte? Gab es nicht doch noch eine ausgefallene wissenschaftliche Erklärung dafür? Wenn der Gedanke einen lebenden Organismus beeinflussen konnte, konnte er dann nicht vielleicht auch auf tote, anorganische Dinge wirken? Ja, konnten nicht ohne Gedanken oder bewußte Wünsche die außerhalb unserer Person liegenden Dinge im Einklang mit unseren Launen und Leidenschaften erzittern, indem ein Atom das andere in heimlicher Liebe oder in seltsamer Affinität beeinflußte? Wenn das Bild sich ändern mußte, so mochte es sich ändern. Warum sich zu tief darauf einlassen?

Denn es müßte sogar ein Genuß sein, es zu beobachten. Er würde imstande sein, seinem Geist in die geheimsten Schlupfwinkel zu folgen. Dieses Bildnis würde einen magischen Spiegel für ihn abgeben. Wie es ihm seinen Körper offenbart hatte, würde es ihm nun seine Seele offenbaren. Und wenn der Winter über das Bild kam, würde er noch dort stehen, wo der Frühling an der Schwelle zum Sommer zittert. Wenn das Blut aus seinen Wangen wich und eine kreidige Maske mit leeren Augen zurückließ – würde er den Glanz der Jugend bewahren. Nicht eine Blüte seiner Schönheit sollte welken. Nicht ein Pulsschlag seines Lebens matter werden. Wie die Götter der Griechen würde er stark, behende und froh sein. Was ging es ihn an, was mit dem gemalten Abbild auf der Leinwand geschah? Er würde sicher sein. Darauf allein kam es an.

Er zog den Wandschirm wieder an seinen vorigen Platz und lächelte dabei. Dann ging er in sein Schlafzimmer, wo der Diener schon auf ihn wartete. Eine Stunde später war er in der Oper, und Lord Henry lehnte sich über seinen Stuhl.

Achtes Kapitel

Als er am nächsten Morgen beim Frühstück saß, trat Basil Hallward ein.

»Ich bin so froh, daß ich dich endlich treffe, Dorian«, sagte er ernst. »Ich war gestern abend hier, und man sagte mir, du seist in der Oper. Ich wußte natürlich, daß das unmöglich war. Aber ich wünschte, du hättest hinterlassen, wo du wirklich hingegangen bist. Ich habe einen schrecklichen Abend verbracht und fürchtete beinahe, eine Tragödie würde auf die andere folgen. Ich finde, du hättest mir telegrafieren können, als du davon hörtest. Ich habe es ganz zufällig in einer Abendausgabe des *Globe* gelesen, die mir im Klub in die Hände fiel. Ich kam sofort her und war ganz unglücklich, daß ich dich nicht antraf. Ich kann dir gar nicht sagen, wie mir die ganze Sache zu Herzen geht. Ich kann dir nachfühlen, wie du leidest. Aber wo warst du? Hast du die Mutter des Mädchens aufgesucht? Einen Augenblick habe ich daran gedacht, dir dorthin nachzufahren. Die Adresse stand in der Zeitung. Irgendwo in der Euston Road, nicht wahr? Aber ich wollte mich bei einem Schmerz nicht aufdrängen, den ich doch nicht lindern konnte. Die arme Frau! In was für einer Verfassung muß sie sein! Und noch dazu ihr einziges Kind! Was hat sie zu all dem gesagt?«

»Mein lieber Basil, wie soll ich das wissen?« sagte Dorian leise und trank etwas blaßgelben Wein aus einem zarten, venezianischen Glas. Er sah höchst gelangweilt aus. »Ich war in der Oper. Du hättest auch hinkommen sollen. Ich habe Lady Gwendolyn, Harrys Schwester, kennengelernt. Wir waren in ihrer Loge. Sie ist äußerst charmant; und die Patti sang göttlich. Sprich nicht von diesen unangenehmen Dingen. Etwas, worüber man nicht spricht, ist gar nicht geschehen. Es ist einfach der Ausdruck, wie Harry sagt, der den Dingen Realität verleiht. Erzähl mir von dir und was du gerade malst.«

»Du bist in die Oper gegangen?« sagte Hallward sehr langsam und mit verhaltenem Schmerz in der Stimme. »Du bist in die Oper gegangen, während Sibyl Vane tot in irgendeiner verkommenen Mietwohnung lag? Du kannst mir von anderen Frauen erzählen und daß die Patti göttlich gesungen hat, wo das Mädchen, das du geliebt hast, noch nicht einmal die Ruhe des Grabs gefunden hat? Berücksichtige doch, welchen Schrecken ihr kleiner weißer Körper ausgeliefert ist!«

»Hör auf, Basil! Ich will das nicht hören!« rief Dorian und sprang auf. »Du darfst nicht davon reden. Was geschehen ist, ist geschehen. Was vergangen ist, ist vergangen.«

»Nennst du gestern Vergangenheit?«

»Was hat die tatsächlich verstrichene Zeit damit zu tun? Nur oberflächliche Menschen brauchen Jahre, um sich von einem Gefühl zu befreien. Jemand, der Herr über sich selbst ist, kann ein Leid so schnell überwinden, wie er neues Vergnügen erfinden kann. Ich will mich nicht der Willkür meiner Gefühle preisgeben. Ich will sie benutzen, genießen und beherrschen.«

»Dorian, das ist entsetzlich! Irgend etwas hat dich vollkommen verändert. Du siehst noch genauso aus wie der wunderschöne Junge, der jeden Tag in mein Atelier kam, um für sein Bild zu sitzen. Aber damals warst du einfach, natürlich und liebevoll. Du warst das unverdorbenste Geschöpf der Welt. Ich weiß nicht, was jetzt über dich gekommen ist. Du sprichst, als hättest du kein Herz, kein Mitgefühl mehr. Das ist alles Harrys Einfluß. Ich weiß das mit Bestimmtheit.«

Der junge Mann errötete, trat ans Fenster und sah eine Weile in den grünen, flimmernden Garten hinaus. »Ich verdanke Harry sehr, sehr viel, Basil«, sagte er schließlich, »mehr, als ich dir verdanke. Du hast mir nur die Eitelkeit beigebracht.«

»Nun, ich bin gestraft dafür, Dorian – oder werde eines Tages gestraft«, sagte der Maler traurig.

»Ich weiß nicht, was du meinst, Basil«, rief Dorian und drehte sich um. »Ich weiß nicht, was du willst. Was willst du denn von mir?«

»Ich will den Dorian Gray, den ich gekannt habe.«

»Basil«, sagte der junge Mann, ging auf ihn zu und legte ihm die Hand auf die Schulter, »du bist zu spät dran. Gestern, als ich hörte, daß Sibyl Vane sich getötet hat –«

»Sich getötet! Großer Gott! Ist das sicher?« rief Hallward und sah ihn mit einem Ausdruck des Entsetzens an.

»Mein lieber Basil! Du glaubst doch nicht, daß es ein gewöhnlicher Unfall war? Natürlich hat sie sich getötet! Es ist eine der großen, romantischen Tragödien unserer Zeit. In der Regel führen Schauspieler das alltäglichste Leben …«

»O Gott, wie fürchterlich«, flüsterte Hallward und vergrub sein Gesicht in den Händen.

»Aber, Basil, da gibt es nichts Fürchterliches; sie sind gute Ehemänner oder treue Frauen oder sonst etwas Langweiliges. Du weißt, was ich meine – Mittelstandstugend und all dergleichen. Wie anders war Sibyl! Sie durchlebte ihre unvergleichliche Tragödie. Sie ist immer eine Heldin gewesen. An ihrem letzten Abend, als du sie gesehen hast, spielte sie schlecht, weil sie die Wirklichkeit der Liebe kennengelernt hatte. Als sie ihre Unwirklichkeit erkannte, starb sie, wie Julia gestorben wäre. Sie war wieder in das Reich der Kunst zurückgekehrt. Sie hat etwas von einer Märtyrerin. Ihr Tod hat all die pathetische Vergeblichkeit des Märtyrerhaften, all seine verschwendete Schönheit. Aber wie ich schon sagte, du darfst nicht denken, daß ich nicht gelitten habe. Wenn du gestern in einem bestimmten Augenblick gekommen wärst – um halb sechs vielleicht oder um Viertel vor sechs –, so hättest du mich in Trauer gefunden. Selbst Harry, der hier war, der mir die Nachricht brachte, hatte keine Ahnung davon, was ich wirklich durchgemacht habe. Ich litt unsäglich, dann ging es vorüber. Ich kann ein Gefühl nicht wiederholen. Das kann niemand, nur die Sentimentalen. Und du bist furchtbar ungerecht, Basil. Du kommst, um mich zu trösten. Das ist lieb von dir. Du findest mich getröstet, und das macht dich wütend. Typisch für einen mitfühlenden Menschen! Du erinnerst mich an eine Geschichte, die mir Harry von einem gewissen Philanthropen erzählt hat, der zwanzig Jahre seines Lebens damit verbrachte, irgendein Unrecht abzuschaffen oder die Abänderung eines ungerechten Gesetzes durchzusetzen – ich habe vergessen, worum es sich da handelte. Schließlich hatte er Erfolg damit, und nichts war größer als seine Enttäuschung. Er hatte nun nämlich überhaupt nichts mehr zu tun, starb fast vor Langeweile und wurde ein überzeugter Misanthrop. Und außerdem, mein lieber alter Basil, wenn du mich wirklich trösten willst, so lehre mich lieber, das Geschehnis zu vergessen oder es vom rein Künstlerischen her zu betrachten. War es nicht Gautier, der über ›la consolation des arts‹ geschrieben hat? Ich erinnere mich, daß ich einmal einen kleinen Band in deinem Atelier fand und auf diesen wundervollen Satz stieß. Weißt du, ich bin nicht wie jener junge Mann, von dem du mir erzähltest, als wir zusammen nach Marlow fuhren, der zu sagen pflegte, gelber Atlas könne ihn über alles Elend des Lebens trösten. Ich liebe schöne Dinge, die man berührt und die man anfassen kann. Alten Brokat, grüne Bronzen, Lackarbeiten, geschnitztes Elfenbein, eine schöne Umgebung, Luxus, Prunk –, das kann einem viel geben. Aber das künstlerische Temperament, das sie erzeugen oder zumindest entwickeln, ist mir noch wichtiger. Der Zuschauer seines eigenen Lebens werden, sagt Harry, das heißt dem Leiden des Lebens entrinnen. Ich weiß, du wunderst dich, daß ich so mit dir rede. Du hast noch nicht begriffen, daß ich reifer geworden bin. Ich war ein Schuljunge, als du mich kennenlerntest. Jetzt bin ich ein Mann. Ich habe neue Leidenschaften, neue Gedanken, neue Auffassungen. Ich bin anders, aber du darfst mich deswegen nicht weniger mögen. Ich bin verwandelt, aber du mußt immer mein Freund bleiben. Natürlich habe ich Harry sehr gern. Aber ich weiß, du bist besser als er. Du bist nicht stärker – du fürchtest dich zu sehr vor dem Leben –, aber du bist besser. Und wie glücklich wir zusammen waren.

Verlaß mich nicht, Basil, und zerstreite dich nicht mit mir. Ich bin, der ich bin. Das läßt sich nicht weiter ändern.«

Hallward fühlte sich seltsam bewegt. Der Junge war ihm unendlich lieb, und seine Persönlichkeit war zum großen Wendepunkt in seiner Kunst geworden. Er konnte den Gedanken nicht ertragen, ihm länger Vorwürfe zu machen. Vielleicht war seine Gleichgültigkeit nur eine vorübergehende Laune. Es war so viel Gutes in ihm und so viel Edles.

»Gut, Dorian«, sagte er endlich mit einem traurigen Lächeln. »Von nun an will ich nicht mehr mit dir über dieses schreckliche Ereignis sprechen. Ich hoffe nur, daß dein Name im Zusammenhang damit nicht genannt wird. Die Untersuchung findet heute nachmittag statt. Haben sie dich vorgeladen?«

Dorian schüttelte den Kopf, und ein ärgerlicher Ausdruck ging über sein Gesicht, als er das Wort »Untersuchung« hörte. In all diesen Dingen lag etwas Rohes und Gemeines. »Sie kennen meinen Namen nicht«, erwiderte er.

»Aber sie hat ihn doch gekannt?«

»Nur meinen Vornamen, aber ich bin sicher, daß sie ihn vor niemandem erwähnt hat. Sie sagte mir einmal, daß sie alle so neugierig wären zu erfahren, wer ich sei, und daß sie ihnen immer nur antwortete, ich hieße der Märchenprinz. Es war süß von ihr. Du mußt eine Zeichnung von ihr machen, Basil. Ich möchte etwas mehr von ihr haben als nur die Erinnerung an ein paar Küsse und abgerissene, leidenschaftliche Worte.«

»Ich will es versuchen, Dorian, wenn ich dir damit eine Freude mache. Aber du mußt zu mir kommen und mir wieder sitzen. Ohne dich komme ich nicht weiter.«

»Ich kann dir nie wieder sitzen, Basil. Das ist unmöglich!« rief Dorian und schrak zurück.

Hallward starrte ihn an. »Mein lieber Junge, welch ein Unsinn! Willst du damit sagen, daß dir mein Bild nicht gefällt? Wo ist es? Warum hast du den Wandschirm vorgeschoben? Laß es mich ansehen. Es ist das beste Bild, das ich je gemalt habe. Nimm den Wandschirm weg, Dorian. Es ist einfach abscheulich von deinem Diener, daß er mein Werk so versteckt. Schon als ich hereinkam, fühlte ich, daß das Zimmer irgendwie verändert war.«

»Mein Diener hat nichts damit zu tun, Basil. Du glaubst doch nicht, daß ich ihn in meinem Zimmer Veränderungen vornehmen lasse? Er arrangiert höchstens einmal die Blumenbuketts für mich, das ist alles. Nein; ich habe es selbst getan. Das Licht war zu grell für das Bild.«

»Zu grell? Das glaubst du doch selbst nicht, mein lieber Junge. Der Platz ist genau richtig dafür. Laß es mich sehen.« Und Hallward ging auf die Zimmerecke zu.

Ein Angstschrei brach von Dorian Grays Lippen, und er warf sich zwischen Hallward und den Wandschirm. »Basil«, sagte er sehr blaß, »du darfst es nicht sehen. Ich will es nicht.«

»Meine eigene Arbeit nicht sehen? Das ist nicht dein Ernst. Warum sollte ich es nicht ansehen?« rief Hallward lachend.

»Wenn du versuchst, es zu sehen, Basil, auf mein Ehrenwort, rede ich nie mehr in meinem Leben mit dir. Es ist mir völlig ernst damit. Ich gebe dir keine Erklärung, und du darfst auch keine verlangen. Aber denk daran, wenn du diesen Wandschirm berührst, ist alles aus zwischen uns.«

Hallward war wie vom Donner gerührt. Er sah Dorian sprachlos an. So hatte er ihn nie zuvor gesehen. Der Junge war blaß vor Zorn. Seine Hände waren geballt, und seine Augen sprühten wie blaues Feuer. Er zitterte am ganzen Körper.

»Dorian!«

»Sag nichts!«

»Aber was ist denn geschehen? Natürlich werde ich es nicht anschauen, wenn du nicht willst«, sagte er ziemlich kühl, wandte sich um und ging zum Fenster. »Aber wirklich, es ist doch reichlich absurd, daß ich mein eigenes Bild nicht sehen soll, da ich es doch im Herbst in Paris ausstellen werde. Ich werde es wahrscheinlich zuvor noch einmal firnissen müssen, so daß ich es doch eines Tages sehen muß, warum also nicht heute?«

»Ausstellen? Du willst es ausstellen?« rief Dorian Gray, und eine nie gekannte Angst überfiel ihn. Sollte sein Geheimnis vor der Welt preisgegeben werden? Sollten die Leute das Geheimnis seines Lebens begaffen? Das war nicht möglich. Es mußte sofort etwas geschehen, er wußte nur noch nicht, was.

»Ja; ich denke, du wirst nichts dagegen haben. Georges Petit stellt meine besten Bilder für eine Sonderausstellung in der Rue de Sèze zusammen, die in der ersten Oktoberwoche eröffnet wird. Das Bild wird nur einen Monat drüben sein. Ich denke, du könntest es leicht so lange entbehren. Bestimmt wirst du sogar verreist sein. Aber wenn du es immer hinter einem Wandschirm versteckst, kann dir nicht sehr viel daran gelegen sein.«

Dorian Gray strich sich mit der Hand über die Stirn. Schweißperlen standen darauf. »Vor einem Monat hast du mir gesagt, daß du es niemals ausstellen willst«, sagte er. »Warum hast du dich anders entschieden? Menschen wie du, die immer behaupten, konsequent zu sein, haben ebenso viele Launen wie andere auch. Der einzige Unterschied ist, daß eure Launen ziemlich sinnlos sind. Du kannst nicht vergessen haben, daß du mir feierlich versichert hast, nichts auf der Welt könnte dich bewegen, das Bild auf eine Ausstellung zu schicken. Zu Harry hast du das gleiche gesagt.« Er hielt plötzlich inne, und ein Gedanke blitzte in seinen Augen auf. Er erinnerte sich, wie ihm Lord Henry einmal halb ernsthaft und halb im Scherz gesagt hatte: »Wenn du dir einmal eine interessante Viertelstunde verschaffen willst, laß dir von Basil erzählen, warum er dein Bild nicht ausstellen will. Mir hat er es gesagt, und es war für mich eine Offenbarung.« Ja, wahrscheinlich hatte auch Basil sein Geheimnis. Er wollte ihn fragen und ihn auf die Probe stellen.

»Basil«, sagte er, trat ganz nahe an ihn heran und sah ihm dabei gerade ins Gesicht, »wir haben beide ein Geheimnis. Laß mich deins wissen, und dann will ich dir meins erzählen. Warum hattest du dich geweigert, mein Bild auszustellen?«

Hallward zuckte wider Willen zusammen. »Dorian, wenn ich dir das sage, würdest du mich vielleicht weniger gern haben als jetzt und bestimmt würdest du über mich lachen. Ich könnte weder das eine noch das andere ertragen. Wenn du wünschst, daß ich dein Bild nie wieder ansehe, will ich mich damit abfinden. Ich kann dich ja immer betrachten. Wenn du verlangst, daß mein bestes Werk der Welt verborgen bleibt, so lassen wir es eben. Deine Freundschaft ist mir mehr wert als Ruhm und Ehren.«

»Nein, Basil, du mußt es mir sagen«, entgegnete Dorian Gray leise, »ich denke, ich habe ein Recht darauf, es zu erfahren.« Seine Angst war verschwunden und hatte der Neugier Platz gemacht. Er war jetzt entschlossen, hinter Basil Hallwards Geheimnis zu kommen.

»Setzen wir uns, Dorian«, sagte Hallward blaß und gequält. »Setzen wir uns. Beantworte mir erst eine Frage. Ist dir etwas an dem Bild aufgefallen, das dir merkwürdig erscheint? Etwas, das du wahrscheinlich nicht gleich bemerkt hast, aber das sich dir plötzlich offenbart hat?«

»Basil«, rief der junge Mann, umklammerte die Armlehnen seines Stuhls mit zitternden Händen und sah ihn mit aufgerissenen, entsetzten Augen an.

»Ich sehe, du hast es bemerkt. Sage jetzt nichts. Warte, bis du hörst, was ich zu sagen habe. Es ist wahr, daß ich dich leidenschaftlicher verehrt habe, als dies unter Freunden üblich ist. Ich weiß nicht, warum, aber ich habe nie eine Frau geliebt. Vielleicht, weil ich nie Zeit dazu hatte. Wahrscheinlich hat Harry recht, daß eine *grande passion* das Vorrecht jener ist, die nichts tun, und das ist stete Gewohnheit der müßigen Gesellschaft eines Landes. Von dem Augenblick an, als ich dich traf, hatte deine Persönlichkeit einen ganz außerordentlichen Einfluß auf mich. Ich gebe zu, daß ich dich wahnsinnig, maßlos, wie von Sinnen angebetet habe. Ich war eifersüchtig auf jeden, mit dem du sprachst. Ich wollte dich ganz für mich allein haben. Ich war nur glücklich, wenn ich mit dir zusammen war. Wenn ich von dir getrennt war, bliebst du gegenwärtig in meiner Kunst. Es war alles falsch und töricht und ist es noch immer. Natürlich habe ich mir dir gegenüber niemals etwas davon anmerken lassen. Das wäre unmöglich gewesen. Du hättest es nicht verstanden; ich habe es selbst nicht verstanden. Eines Tages beschloß ich, ein herrliches Bild von dir zu malen. Es sollte mein Meisterwerk werden. Es ist mein Meisterwerk. Und während ich daran arbeitete, schien mir jeder Tupfer und jede Farbschicht mein Geheimnis zu verraten. Ich fürchtete, daß die Welt meine abgöttische Anbetung entdecken könnte. Ich fühlte, Dorian, daß ich zuviel preisgegeben hatte. Und so faßte ich damals den Entschluß, das Bild nie auszustellen. Du warst enttäuscht; aber du wußtest ja nicht, was es für mich bedeutete. Harry, dem ich davon erzählte, lachte mich aus. Aber ich nahm es ihm nicht übel. Als das Bild fertig war, und ich allein vor ihm saß, wußte ich, daß ich recht hatte. Nach ein paar Tagen wurde das Bild abgeholt, und sobald ich von der bedrückenden Bezauberung seiner Gegenwart befreit war, schien es mir töricht, daß ich mehr darin gesehen hätte als deine Schönheit und daß ich malen kann. Noch jetzt halte ich es für einen Irrtum, zu glauben, daß Leidenschaft, die man während des Schaffens empfindet, jemals im Geschaffenen zum Ausdruck kommt. Kunst ist weitaus abstrakter, als wir vermeinen. Form und Farbe sagen uns nur etwas über Form und Farbe – das ist alles. Mir scheint oft, daß die Kunst den Künstler weit mehr verbirgt als ihn enthüllt. Als ich dann das Angebot aus Paris erhielt, beschloß ich, dein Bildnis zum Mittelpunkt der Ausstellung zu machen. Es kam mir nie in den Sinn, du könntest dich weigern. Ich sehe ein, daß du recht hast, das Bild darf nicht ausgestellt werden. Sei mir nicht böse, Dorian, daß ich dir dies gestanden habe. Wie ich schon Harry sagte: du bist geschaffen, um angebetet zu werden.«

Dorian Gray holte tief Atem. Die Farbe kehrte in seine Wangen zurück, und ein Lächeln spielte um seine Lippen. Die Gefahr war vorüber. Für den Augenblick war er sicher. Doch er empfand ein unendliches Mitleid für den jungen Mann, der ihm eben die sonderbare Beichte abgelegt hatte. Er fragte sich, ob er selbst jemals von der Persönlichkeit eines Freundes so beherrscht werden könnte. Lord Henry besaß den Reiz, sehr gefährlich zu sein. Doch das war schon alles. Er war zu klug und zu zynisch, um wahrhaft liebenswert zu sein. Würde es je einen Menschen geben, den er abgöttisch verehren könnte? War dies etwas, das das Leben für ihn bereithielt?

»Es ist nicht zu fassen, Dorian«, sagte Hallward, »daß du das in dem Bild gesehen hast. Hast du es wirklich gesehen?«

»Natürlich.«

»Dann erlaube mir doch, es jetzt anzusehen?«

Dorian schüttelte den Kopf. »Verlange das nicht von mir, Basil. Ich kann dich unmöglich das Bild betrachten lassen.«

»Aber doch später einmal?«

»Nie!«

»Gut, vielleicht hast du recht. Und nun leb wohl, Dorian. Du bist der einzige Mensch in meinem Leben, den ich wirklich geliebt habe. Ich glaube nicht, daß ich dich oft wiedersehen werde. Du ahnst ja gar nicht, was es mich an Überwindung kostete, dir all das zu sagen.«

»Mein lieber Basil«, rief Dorian in sichtlicher Erregung, »was hast du mir denn schon gesagt? Doch nichts weiter, als daß du mich etwas zuviel bewundert hast? Das ist nicht einmal ein Kompliment.«

»Es war nicht als Kompliment beabsichtigt, es war ein Bekenntnis.«

»Ein sehr enttäuschendes.«

»Was hast du denn erwartet, Dorian? Du hast doch sonst nichts an dem Bild bemerkt, oder? War denn sonst noch etwas zu sehen?«

»Nein, sonst nichts. Warum fragst du? Aber du darfst nicht davon sprechen, daß du mich nicht wiedersehen wirst, oder etwas in der Richtung. Wir beide sind Freunde, Basil, und müssen es auch bleiben.«

»Du hast ja Harry als Freund«, sagte Hallward traurig.

»Ach, Harry!« rief Dorian mit leisem Lachen. »Harry verbringt die Tage damit, Unglaubliches zu sagen, und die Abende, Unwahrscheinliches zu tun. Das ist genau das Leben, das ich führen möchte. Aber ich weiß bestimmt, daß ich gewiß nicht zu Harry gehen würde, wenn ich in Schwierigkeiten wäre. Ich käme lieber zu dir, Basil.«

»Aber du willst mir nicht mehr sitzen?«

»Unmöglich!«

»Du zerstörst mein Leben als Künstler durch diese Weigerung. Kein Mensch begegnet zweimal seinem Ideal. Wenige nur treffen eines.«

»Ich kann es dir nicht erklären, Basil, aber ich kann dir nie wieder sitzen. Ich werde zum Tee zu dir kommen. Das ist genauso hübsch.«

»Gewiß mehr für dich, fürchte ich«, murmelte Hallward bekümmert. »Und nun leb wohl. Wie schade, daß du mich das Bild nicht noch einmal sehen läßt. Aber daran läßt sich nun nichts ändern. Ich verstehe dein Gefühl dabei ganz gut.«

Als er das Zimmer verlassen hatte, lächelte Dorian Gray vor sich hin. Armer Basil! Wie wenig er doch von dem wahren Grund wußte. Und wie seltsam es doch war, daß er sein eigenes Geheimnis nicht hatte preisgeben müssen, sondern fast unbemerkt seinem Freund dessen Geheimnis entlockt hatte! Wieviel erklärte ihm diese seltsame Beichte! Basils sonderbare Eifersuchtsanfälle, seine ungestüme Hingabe, seine übertriebenen Lobeshymnen –, jetzt verstand er alles, und es tat ihm weh. Er sah etwas Tragisches in einer Freundschaft, die so von Romantik gefärbt war. Seufzend griff er zur Glocke. Das Bild mußte um jeden Preis versteckt werden. Er konnte sich der Gefahr einer Entdeckung nicht noch einmal aussetzen. Es war geradezu Wahnsinn von ihm, daß er das Schreckliche auch nur eine Stunde lang in einem Zimmer gelassen hatte, zu dem all seine Freunde Zutritt hatten.

Neuntes Kapitel

Als sein Diener eintrat, sah er ihn fest an und überlegte, ob er vielleicht versucht hatte, hinter den Wandschirm zu sehen. Der schien gleichgültig und wartete auf seine Anweisungen. Dorian zündete sich eine Zigarette an, ging zum Spiegel hinüber und blickte hinein. Er konnte Victors Gesicht genau beobachten. Es war die ausdruckslose Maske der Servilität. Trotzdem hielt er es für das beste, auf der Hut zu bleiben.

Sehr gelassen trug er ihm auf, er solle der Haushälterin sagen, daß er sie zu sprechen wünsche, und dann solle er zum Rahmenmacher gehen, damit er gleich zwei Leute herüberschicke. Als der Mann das Zimmer verließ, schien es ihm, als ob er in die Richtung des Wandschirms blickte. Oder war es bloße Einbildung?

Nach ein paar Minuten eilte Mrs. Leaf, eine liebenswürdige alte Dame in einem schwarzen Seidenkleid und altmodischen Zwirnhandschuhen an den runzeligen Händen, ins Zimmer.

»Nun, Master Dorian«, sagte sie, »was kann ich für Sie tun? Ich bitte um Verzeihung, Sir« – hier folgte ein Knicks –, »ich dürfte Sie nicht mehr Master nennen. Aber, Gott segne Sie, Sir, ich habe Sie schon als ganz kleinen Jungen gekannt, und Sie haben der alten Leaf damals manchen Streich gespielt. Nicht, daß Sie nicht immer ein braves Kind gewesen wären, Sir, aber Jungen sind Jungen, und Konfitüre ist stets eine Versuchung, wenn man jung ist, nicht wahr, Sir?«

Er lachte. »Sie sollen mich stets Master Dorian nennen, Mrs. Leaf. Ich bin Ihnen sehr böse, wenn Sie's nicht tun. Und ich versichere Ihnen, daß ich Marmelade noch genauso gerne mag wie früher. Nur bekomme ich nie welche angeboten, wenn ich zum Tee geladen bin. Ach ja, ich möchte den Schlüssel zum alten Studienzimmer.«

»Das alte Studienzimmer, Master Dorian? Oh, das ist völlig verstaubt. Ich muß erst saubermachen und es dann aufräumen lassen. So können Sie nicht hinauf, Master Dorian. Wirklich nicht.«

»Ich will es nicht aufgeräumt haben, Leaf. Ich will nur den Schlüssel.«

»Aber Master Dorian, Sie werden sich mit Spinnweben beschmutzen, wenn Sie hineingehen. Es ist seit fast fünf Jahren nicht mehr benutzt worden – seit Seine Lordschaft starb.«

Bei der Erwähnung seines Großvaters fuhr er zusammen. Er hatte ihn in schlechter Erinnerung. »Das schadet nichts«, entgegnete er. »Ich will nur den Schlüssel.«

»Hier ist der Schlüssel, Master Dorian«, sagte die alte Frau, indem sie mit zittrigen Fingern den Schlüsselbund durchsuchte. »Hier ist der Schlüssel. Ich werde ihn sofort vom Ring losmachen. Aber Sie wollen doch nicht dort oben wohnen, Master Dorian, wo Sie es hier so schön bequem haben?«

»Nein, Leaf, das will ich nicht. Ich möchte den Raum nur ansehen und vielleicht etwas dort abstellen – sonst nichts. Danke, Leaf. Ich hoffe, Ihr Rheumatismus ist besser. Und denken Sie daran, mir Marmelade zum Frühstück heraufzuschicken.«

Als sich die Tür geschlossen hatte, steckte Dorian den Schlüssel in die Tasche und sah sich im Zimmer um. Sein Blick fiel auf eine große purpurrote Atlasdecke mit schwerer Goldstickerei, ein kostbares Stück venezianischer Arbeit des späten siebzehnten Jahrhunderts, das sein Großvater aus einem Kloster bei Bologna mitgebracht hatte. Ja, diese Decke war geeignet, das schreckliche Ding zu verhüllen. Sie hatte vielleicht oft als Bahrtuch für die Toten gedient. Nun sollte sie etwas zudecken, das einer Verwesung überantwortet wurde, schlimmer als die Verwesung durch den Tod – etwas, das Schrecken gebar und doch nicht starb. Was die Würmer dem Leichnam antun, das würden die Sünden dem Konterfei auf der Leinwand zufügen. Sie würden seine Schönheit zerstören und seine Anmut vernichten. Sie würden es besudeln und schänden. Und doch würde es weiterleben. Es würde immer am Leben bleiben.

Ihn schauderte, und einen Augenblick lang bereute er, daß er Basil den wahren Grund nicht genannt hatte, weshalb er das Bild verbergen wollte. Basil hätte ihm geholfen, Lord Henrys Einfluß zu widerstehen und dem weitaus giftigeren seiner eigenen Natur. Die tiefe Zuneigung, die er ihm entgegenbrachte – es war wirkliche Liebe – enthielt etwas Edles und Geistiges. Es war nicht nur jene physische Bewunderung der Schönheit, die aus den Sinnen geboren ist und stirbt, wenn die Sinne müde werden. Es war eine Liebe, wie Michelangelo sie gekannt hatte und Montaigne und Winckelmann und Shakespeare. Ja, Basil hätte ihn retten können. Aber jetzt war es zu spät. Die Vergangenheit konnte man immer aufheben. Reue, Ableugnung oder Vergeßlichkeit vermochten es. Aber die Zukunft war unvermeidlich. Es waren Leidenschaften in ihm, die ihren furchtbaren Ausweg finden, Träume, die den Schatten ihres Unheils wirklich machen würden.

Er nahm die schwere Purpurdecke vom Diwan und trat damit hinter den Wandschirm. War das Gesicht auf der Leinwand böser als zuvor? Es schien ihm unverändert; und doch war sein Abscheu heftiger geworden. Das goldene Haar, die blauen Augen, das Rosenrot der Lippen – nichts fehlte. Nur der Ausdruck war verändert. Er war furchtbar in seiner Grausamkeit. Verglichen damit, was an Vorwurf oder Tadel darin sichtbar wurde, wie milde waren Basils Vorwürfe Sibyl Vane betreffend – wie schal und unwesentlich! Seine eigene Seele sah ihn von der Leinwand an und lud ihn vor Gericht. Ein schmerzlicher Blick kam in seine Augen, und er warf das prächtige Tuch über das Bild. In diesem Augenblick klopfte es. Er trat hinter dem Schirm hervor, als sein Diener die Tür öffnete.

»Die Leute sind da, Monsieur.«

Er fühlte, daß er den Mann sogleich von hier entfernen mußte. Er durfte nicht wissen, wohin das Bild geschafft wurde. Er hatte etwas Lauerndes und aufmerksame, verschlagene Augen. Er setzte sich an den Schreibtisch und schrieb hastig ein Billett an Lord Henry, in dem er diesen bat, ihm etwas zu lesen zu schicken, und erinnerte auch daran, daß sie sich am Abend um Viertel nach acht verabredet hatten.

»Warten Sie auf die Antwort«, sagte er, als er ihm das Billett gab, »und schicken Sie jetzt die Leute herein.«

Zwei oder drei Minuten später klopfte es von neuem, und der berühmte Rahmentischler aus der South Audley Street, Mr. Ashton selbst, trat mit einem ziemlich grobknochigen, jungen Gehilfen ein. Mr. Ashton war ein kleiner Mann von blühender Gesichtsfarbe und mit einem roten Backenbart, dessen Bewunderung für die Kunst beträchtlich gedämpft worden war durch die chronische Zahlungsunfähigkeit der Künstler, mit denen er zu tun hatte. In der Regel verließ er niemals sein Geschäft. Er wartete, daß die Leute zu ihm kamen. Aber für Dorian Gray machte er immer eine Ausnahme. Dorian hatte etwas an sich, das jedermann bezauberte. Ihn allein zu sehen war schon eine Freude an sich.

»Womit kann ich dienen, Mr. Gray?« fragte er und rieb seine dicken, sommersprossigen Hände. »Ich dachte, ich komme einmal selbst herüber. Ich habe gerade ein Prachtstück von Rahmen da. Auf einer Auktion erstanden. Altflorentinisch. Kommt aus Fonthill, glaube ich. Wunderbar geeignet für etwas Religiöses, Mr. Gray.«

»Es tut mir leid, daß Sie sich selbst herbemüht haben, Mr. Ashton. Ich werde bestimmt vorbeikommen und mir den Rahmen ansehen – obwohl ich mich nicht sehr für Religiöses interessiere –, für heute wollte ich nur gern ein Bild nach oben in die Mansarde getragen haben. Es ist ziemlich schwer, und ich dachte, ein paar Ihrer Leute könnten mir dabei helfen.«

»Nicht der Mühe wert, Mr. Gray. Ich bin entzückt, Ihnen zu Diensten zu stehen. Wo ist das Kunstwerk, Sir?«

»Hier«, erwiderte Dorian und schob den Wandschirm zur Seite. »Können Sie's mit der Decke hinaufbringen, so wie es ist? Ich möchte nicht, daß es unterwegs beschädigt wird.«

»Das geht schon, Sir«, sagte der Rahmentischler gutgelaunt und hakte mit Hilfe seines Gesellen die langen Messingketten aus, an denen das Bild befestigt war. »So, und wohin nun damit, Mr. Gray?«

»Ich werde Ihnen den Weg zeigen, Mr. Ashton, wenn Sie mir bitte folgen wollen. Oder vielleicht gehen Sie besser voraus. Es tut mir leid, aber es ist ganz oben. Wir wollen die Haupttreppe nehmen, sie ist breiter.« Er hielt ihnen die Tür auf, sie schritten durch die Halle und begannen dann die Treppe hinaufzusteigen. Der kostbare Rahmen hatte das Bild sehr sperrig gemacht, und ab und zu legte Dorian mit Hand an trotz der ehrerbietigen Proteste Mr. Ashtons, der die instinktive Abneigung des Handwerkers zeigte, wenn er einen Gentleman etwas Nützliches tun sah.

»Doch ganz schön schwer, Sir«, keuchte der kleine Mann, als sie den letzten Treppenabsatz erreichten. Und er trocknete sich die glänzende Stirn.

»Eine schreckliche Last«, sagte Dorian leise, als er die Tür des Zimmers aufschloß, in dem das Geheimnis seines Lebens streng bewahrt und seine Seele vor den Augen der Menschen verborgen werden sollte.

Er hatte das Zimmer seit Jahren nicht mehr betreten – seit er als Kind darin gespielt und es später, als er größer wurde, als Studierzimmer benutzt hatte. Es war ein großer Raum von harmonischen Maßen, den der verstorbene Lord Sherard für seinen Enkel hatte eigens ausbauen lassen; vielleicht weil er kinderlos war und auch aus anderen Gründen hatte er ihn immer gehaßt und gewünscht, ihn von sich fernzuhalten. Er schien Dorian kaum verändert.

Aber im ganzen Haus gab es keinen besseren Ort, der vor spähenden Augen so sicher war. Er hatte den Schlüssel, und niemand außer ihm allein konnte hier eintreten. Unter dem purpurnen Tuch konnte das gemalte Antlitz tierisch, aufgedunsen und vulgär werden. Was schadete es. Niemand konnte es sehen. Er selbst würde es nicht sehen. Warum sollte er die gräßliche Verwüstung seiner Seele beobachten? Er bewahrte seine Jugend – das war genug. Und dann, konnte sich sein Charakter nicht zum Vorteil wandeln? Es gab keinen Grund, weshalb die Zukunft so schändlich sein sollte. Eine Liebe konnte ihm begegnen, ihn läutern und ihn vor Sünden bewahren, die sich schon in Geist und Körper regten – jene seltsamen, geheimen Sünden, deren Verschwiegenheit sie so erlesen und betörend machte. Vielleicht würde eines Tages der grausame Zug um den roten Mund verschwinden, und dann könnte er der Welt Basil Hallwards Meisterwerk zeigen.

Nein, das war unmöglich. Das Bildnis alterte von Stunde zu Stunde, von Woche zu Woche. Mochte es vielleicht der Häßlichkeit der Sünde entgehen, der Häßlichkeit des Alters entging es gewiß nicht. Die Wangen würden einfallen oder erschlaffen. Runzeln würden sich um die stumpfen Augen bilden und sie verunstalten. Das Haar würde seinen Glanz verlieren, der Mund würde klaffen oder einfallen, lächerlich, ja boshaft, wie Münder alter Männer wirken. Der Hals würde Falten werfen, die Hände gichtig und blaugeädert, der Körper gebeugt werden. Das Bild mußte verborgen werden.

»Bringen Sie es bitte herein, Mr. Ashton«, sagte er düster, während er sich umwandte. »Ich möchte es nicht aufgehängt haben. Lehnen Sie es einfach an die Wand. Ich danke Ihnen für Ihre Bemühungen.«

»Darf man das Kunstwerk betrachten, Sir?«

Dorian erschrak. »Es würde Sie nicht interessieren, Mr. Ashton«, sagte er und sah den Mann durchdringend an. Er wußte, daß er sich auf ihn stürzen und ihn zu Boden schlagen würde, wenn er es wagte, die prunkvolle Decke hochzuheben, die das Geheimnis seines Lebens verbarg. »Ich werde Sie nicht länger aufhalten. Ich danke Ihnen.«

»Keine Ursache, Mr. Gray, keine Ursache. Stets zu Diensten, Sir.« Und Mr. Ashton stieg wieder mit schwerem Schritt die Treppe hinab, gefolgt von dem Gehilfen, der sich mit einem Ausdruck scheuer Bewunderung in seinem groben, unregelmäßigen Gesicht nach Dorian umsah. Er hatte nie einen schöneren Menschen gesehen.

Als der Lärm ihrer Schritte verklungen war, schloß Dorian die Tür und steckte den Schlüssel in die Tasche. Endlich fühlte er sich sicher. Niemand würde je das Entsetzliche sehen. Kein anderes Auge außer seinem würde je seiner Schande begegnen.

Als er wieder in die Bibliothek kam, sah er, daß es kurz nach fünf und der Tee bereits serviert war. Auf einem kleinen Tisch aus dunklem, intarsiertem Holz, einem Geschenk von Lady Radley, der Frau seines Vormunds, die den letzten Winter in Kairo verbracht hatte, lag ein Billett von Lord Henry und daneben ein in gelbes Papier gebundenes Buch, dessen Einband abgegriffen und dessen Ecken leicht beschmutzt waren. Die Nachmittagsausgabe der »St. James' Gazette« lag auf dem Teetablett. Victor war also zurückgekehrt. Er hätte wissen mögen, ob er den Männern in der Halle begegnet war, als sie das Haus verließen, und sie über den Zweck ihres Besuchs ausgehorcht hatte. Bestimmt würde er das Bild vermissen – hatte es ohne Zweifel schon vermißt, als er das Teetischchen deckte. Er hatte den Schirm nicht an seinen Platz zurückgestellt, und an der Wand war die leere Stelle sichtbar. Dorian suchte Gründe für sein Verhalten zu finden. Vielleicht würde er ihn eines Nachts dabei ertappen, wie er die Treppe hinaufschlich, um die Tür des Zimmers gewaltsam zu öffnen. Es war schrecklich, einen Spion im Haus zu haben. Er hatte von Leuten gehört, die ihr ganzes Leben lang von einem Diener erpreßt worden waren, der einen Brief gelesen, eine Unterhaltung belauscht, eine Karte mit einer kompromittierenden Adresse vom Boden aufgehoben oder unter einem Kissen eine welke Blume oder ein Stückchen zerknitterte Spitze gefunden hatte.

Seufzend goß er sich Tee ein und las Lord Henrys Billett. Es stand nur darin, daß er ihm die Zeitung schickte und ein Buch, das ihn interessieren könnte, und daß er um Viertel nach acht im Klub sein würde. Lustlos überflog er die Zeitung. Auf Seite fünf fand er eine rot unterstrichene Stelle folgenden Inhalts:

»Leichenschau an Schauspielerin. – Heute morgen wurde durch den Leichenbeschauer, Mr. Danby, in der Bell Tavern, Hoxton Road, die Leichenschau an Sibyl Vane vorgenommen, einer jungen Schauspielerin, die zuletzt am Royal Theatre, Holborn, engagiert war. Es wurde auf Tod durch Unglücksfall erkannt. Reges Mitgefühl erweckte die Mutter der Verstorbenen, die bei ihrer Vernehmung und während der Aussage des Amtsarztes Dr. Birrel, der die Obduktion vorgenommen hatte, völlig fassungslos war.«

Leichter Unmut überkam ihn, er zerriß die Zeitung, lief durchs Zimmer und warf die beiden Hälften in einen vergoldeten Papierkorb. Wie häßlich das alles war! Und wie aufdringlich real die Dinge durch Häßlichkeit wurden! Er ärgerte sich ein wenig über Lord Henry, der ihm den Bericht geschickt hatte. Jedenfalls war es töricht von ihm, ihn rot anzustreichen. Victor hätte ihn lesen können. Dazu verstand der Mann immer noch genug Englisch.

Vielleicht hatte er ihn gelesen und begonnen, etwas zu argwöhnen. Aber was hieß das schon? Was hatte Dorian Gray mit dem Tod von Sibyl Vane zu tun? Es war nichts zu befürchten. Dorian Gray hatte sie nicht getötet.

Sein Blick fiel auf das gelbe Buch, das Lord Henry ihm geschickt hatte. Was konnte es wohl enthalten? Er trat an das kleine perlmuttfarbene achteckige Tischchen, das ihm immer wie das Werk seltener ägyptischer Bienen erschien, die ihre Waben aus Silber bauen; er griff nach dem Buch, warf sich in einen Sessel und begann darin zu blättern. Nach einer Weile vergaß er seine Umgebung. Es war das merkwürdigste Buch, das er je gelesen hatte. Die Sünden der Welt schienen in erlesenen Gewändern zum zarten Klang der Flöten wie eine stumme Prozession an ihm vorüberzuziehen. Dinge, die er dunkel geträumt hatte, wurden plötzlich Wirklichkeit. Dinge, die er nie geträumt hatte, offenbarten sich ihm langsam.

Es war ein Roman ohne Handlung um eine einzige Figur; er war nichts als eine psychologische Studie über einen jungen Pariser, der danach trachtete, im neunzehnten Jahrhundert alle Leidenschaften und Denkweisen der vergangenen Jahrhunderte, außer seinem eigenen, zu erleben; er wollte in sich gleichsam alle Zustände, die der Weltgeist je durchlaufen hatte, zusammenfassen, indem er jene Entsagungen, die die Menschen albernerweise Tugenden nennen, um ihrer Künstlichkeit willen ebenso sehr liebte wie die natürlichen Rebellionen, die die Weisen heute noch als Sünde bezeichnen. Der Stil des Buches war jene seltsam überladene Ausdrucksweise, lebendig und dunkel zugleich, voll von Argot und Archaismen, von technischen Ausdrükken und sorgfältigen Umschreibungen, durch die sich einige der besten Werke der französischen Symbolisten auszeichnen. Es waren Metaphern darin, fremdartig wie Orchideen und ebenso zart in ihrer Farbe. Der Sinnenrausch wurde in den Begriffen mystischer Philosophie geschildert. Man wußte bisweilen kaum, ob man die geistigen Ekstasen eines Heiligen aus dem Mittelalter oder die morbiden Konfessionen eines modernen Roués las. Es war ein Buch voll sanften Gifts. Der schwere Duft von Weihrauch schien den Seiten zu entschweben und das Gehirn zu umnebeln. Schon die Kadenz der Sätze allein, die subtile Monotonie ihrer Melodie, die doch so reich war an kunstvollen Wiederholungen und fortschreitenden Bewegungen, bewirkte in dem jungen Mann, als er Seite für Seite atemlos überflog, eine bestimmte Art zu träumen, ja einen Zwang zu träumen, der ihn den sinkenden Tag und die fallenden Schatten vergessen ließen.

Wolkenlos, von einem einsamen Stern durchstrahlt, glühte ein kupfergrüner Himmel durch das Fenster. Er las in diesem Dämmerlicht weiter, bis er nichts mehr lesen konnte. Dann, nachdem ihn sein Diener mehrmals auf die späte Uhrzeit aufmerksam gemacht hatte, stand er auf, ging ins Nebenzimmer, legte das Buch auf das kleine Florentiner Nachttischchen und begann, sich zum Abendessen umzukleiden.

Es war fast schon neun Uhr, als er den Klub betrat, wo er Lord Henry allein und sehr gelangweilt im Lesezimmer antraf.

»Es tut mir furchtbar leid, Harry«, rief er, »aber es ist wirklich deine eigene Schuld. Das Buch, das du mir zukommen hast lassen, hat mich so fasziniert, daß ich darüber die Zeit völlig vergaß.«

»Ich dachte mir, daß es dir gefallen würde«, erwiderte sein Freund und erhob sich.

»Ich sagte nicht, daß es mir gefällt, Harry. Ich sagte, es fesselt mich. Das ist ein großer Unterschied.«

»Ah, wenn du das entdeckt hast, hast du große Fortschritte gemacht«, erwiderte Lord Henry leise mit wissendem Lächeln. »Komm, gehen wir zum Essen hinüber. Es ist schrecklich spät, und ich fürchte, der Champagner wird bereits zu kühl sein.«

Zehntes Kapitel

Jahrelang konnte Dorian Gray sich von dem Einfluß dieses Buches nicht befreien. Oder vielleicht wäre es zutreffender, zu sagen, daß er nie den Versuch machte, sich davon zu befreien. Er besorgte sich aus Paris nicht weniger als fünf Exemplare der Erstausgabe und ließ sie in verschiedenen Farben binden, so daß sie zu seinen Stimmungen und den wechselnden Seelenzuständen paßten, über die er bisweilen jede Herrschaft verloren zu haben schien. Der Held, der wundervolle junge Mann aus Paris, in dem sich romantischer und wissenschaftlicher Geist so eigenartig vermischten, wurde für ihn zu einer Art Vorbild. Und wirklich schien es ihm, als ob das ganze Buch die Geschichte seines eigenen Lebens enthielte, die geschrieben war, noch ehe er sie selbst durchlebt hatte.

In einer Beziehung jedenfalls war er glücklicher als der phantastische Held des Buches. Er kannte nie – und hatte auch niemals Ursache dazu – die etwas groteske Furcht vor Spiegeln, polierten Metallflächen und unbewegtem Wasser, die den jungen Franzosen so früh im Leben befiel und durch den jähen Verfall seiner Schönheit entstanden war, die so außerordentlich gewesen sein mußte. Mit einer fast grausamen Freude – und vielleicht liegt in jeder Freude wie sicher in jedem Genuß Grausamkeit – pflegte er den zweiten Teil des Buchs zu lesen, mit der wirklich tragischen, wenn auch ein wenig übertriebenen Beschreibung des Leids und der Verzweiflung eines Menschen, der das verloren hatte, was ihm an anderen und in der Welt am teuersten war.

Denn die knabenhafte Schönheit, die Basil Hallward und außer ihm so viele andere bezaubert hatte, schien ihn nie zu verlassen. Selbst diejenigen, die die schlimmsten Gerüchte über ihn gehört hatten, denn von Zeit zu Zeit liefen sonderbare Gerüchte über seinen Lebensstil in London um und wurden zum Gespräch in den Klubs, konnten nichts Tadelnswertes über ihn glauben, wenn sie ihn sahen. Er sah immer aus wie ein Mensch, der unbefleckt von dem Schmutz der Welt geblieben war. Männer, die gemeine Reden führten, schwiegen, wenn Dorian Gray den Raum betrat. Es lag etwas in der Reinheit seines Gesichts, das diese Schwätzer zurechtwies. Schon seine bloße Gegenwart schien sie an die Unschuld zu erinnern, die sie beschmutzten. Sie staunten darüber, daß jemand, der so reizend und anmutig war, dem Schmutz dieses niederträchtigen und sinnlichen Zeitalters entgehen konnte.

Er hingegen, wenn er von einer jener geheimnisvollen und langen Abwesenheiten heimkehrte, die zu solch seltsamen Vermutungen unter seinen Freunden oder denen, die es zu sein glaubten, Anlaß gaben, pflegte zu dem verschlossenen Zimmer hinaufzuschleichen, öffnete die Tür mit dem Schlüssel, den er immer bei sich trug, und stellte sich mit einem Spiegel vor das Bild, das Basil Hallward von ihm gemalt hatte, und sah bald in das böse und alternde Gesicht auf der Leinwand, bald auf das schöne, jugendliche Gesicht, das ihm aus dem Spiegel entgegenlächelte. Der klar ersichtliche Gegensatz steigerte seinen Genuß. Er verliebte sich mehr und mehr in seine eigene Schönheit und interessierte sich mehr und mehr für den Zersetzungsprozeß seiner Seele. Er untersuchte mit peinlicher Sorgfalt und bisweilen mit gierigem und schrecklichem Entzücken die häßlichen Linien, die die gefurchte Stirn und den vollen, sinnlichen Mund verunstalteten; und er fragte sich, was verabscheuenswerter sei, die Zeichen der Sünde oder die des Alters. Er hielt seine weißen Finger neben die rohen, geschwollenen auf dem Bild und lächelte. Er verhöhnte den verunstalteten Körper und die verfallenen Glieder.

Aber es gab Augenblicke, in denen er nachts schlaflos in seinem von erlesenen Düften erfüllten Zimmer lag oder in dem schmutzigen Hinterzimmer der kleinen verrufenen Kneipe unten an den Docks, wo er unter falschem Namen zu verkehren pflegte, in denen er an die Verderbnis, die er über seine Seele gebracht hatte, mit einem Mitgefühl dachte, das um so peinigender war, weil es aus reiner Selbstsucht kam. Aber solche Augenblicke waren selten.

Jene Neugier auf das Leben, die Lord Henry vor vielen Jahren in ihm erweckt hatte, als sie zusammen im Garten ihres Malerfreundes saßen, schien mit der Befriedigung zu wachsen. Je mehr er wußte, um so mehr begehrte er zu wissen. Er hatte einen wahnsinnigen Lebenshunger, der desto rasender wurde, je mehr er ihm nachgab.

Und doch war er keinesfalls rücksichtslos, wenigstens nicht in seinen gesellschaftlichen Beziehungen. Ein- oder zweimal im Monat im Winter und jeden Mittwochabend während der Saison, öffnete er der Welt sein schönes Haus und lud die berühmtesten Musiker seiner Zeit zu sich, um die anderen Gäste mit den Wundern ihrer Kunst zu entzücken. Seine kleinen Dinners, bei deren Arrangement ihm Lord Henry stets half, waren ebenso sehr wegen der sorgfältigen Auswahl und Sitzordnung der Eingeladenen berühmt wie für den erlesenen Geschmack in der Tafeldekoration mit ihrer phantasievoll abgestimmten Anordnung von exotischen Blumen, gestickten Tüchern und altem Gold- und Silbergeschirr. In der Tat, viele, besonders unter den jungen Leuten, sahen oder vermeinten in Dorian Gray die Verwirklichung eines Typus zu sehen, von dem sie oft in Eton oder Oxford geträumt hatten; eines Typus, in dem sich die wahre Kultur des Gelehrten mit aller Anmut und Vornehmheit und vollendeten Form eines Mannes von Welt verband. Ihnen schien es, als ob er zu jenen gehöre, von denen Dante sagt: »Sie suchen sich durch die Anbetung der Schönheit zu vervollkommnen.« Wie Gautier gehörte er zu denen, für die die »sichtbare Welt existierte«.

Und sicherlich war für ihn das Leben die erste, die größte der Künste, für die alle anderen nur Vorstufen zu bilden schienen. Die Mode, durch die das wirklich Phantastische für einen Augenblick Allgemeingut wird, und das Dandytum, welches in seiner Art ein Versuch ist, die absolute Modernität der Schönheit zu bezeugen, sie übten natürlich ihren Zauber auf ihn aus. Seine Art, sich zu kleiden, und die persönlichen Stile, die er von Zeit zu Zeit kreierte, beeinflußten auffallend die eleganten jungen Leute der Mayfair-Bälle und die Gäste der Pall-Mall-Klubs, die ihn in allem nachahmten, was er tat, und versuchten, den spielerischen Charme seiner anmutigen, leichtsinnigen Extravaganzen nachzuahmen.

Er nahm wohl nur allzu bereitwillig die Stellung an, die sich ihm sofort, als er mündig war, anbot, und fand sogar ein subtiles Vergnügen in der Vorstellung, daß er für das London seiner Tage wirklich das werden könne, was für das kaiserliche Rom Neros einst der Verfasser des »Satyrikon« gewesen war; aber im Grunde seines Herzens wollte er mehr sein als ein bloßer »arbiter elegantiarum«, den man über das Tragen eines Schmuckes, den Knoten einer Halsbinde oder die Haltung eines Stocks befragte. Er suchte eine neue Lebensform zu entwickeln, die eine vernünftige Philosophie und ihre festen Prinzipien und ihre höchste Verwirklichung in der Vergeistigung der Sinne finden sollte.

Den Sinnen verfallen sein, ist nur zu oft und mit einer gewissen Berechtigung verdammt worden, denn der Mensch hat eine instinktive Angst vor Trieben und Empfindungen, die stärker als er selbst erscheinen, und von denen er weiß, daß er sie mit weniger hochorganisierten Lebewesen teilt. Dorian Gray jedenfalls erschien es so, daß man die wahre Natur der Sinne niemals verstanden hatte und daß sie wild und tierisch geblieben waren, nur weil die Welt versucht hatte, sie durch Aushungern zu bändigen und durch schmerzhaften Verzicht abzutöten, statt danach zu trachten, sie in Elemente einer neuen Geistigkeit zu verwandeln, deren bezeichnendes Merkmal ein empfindsamer Sinn für die Schönheit sein sollte. Wenn er zurückblickte auf den Weg des Menschen durch die Geschichte, verfolgte ihn das Gefühl eines Verlusts. Wieviel war geopfert worden! Und doch nahezu vergeblich! Es hatte wahnsinnige, durch reinen Willen erzwungene Verzichte gegeben, ungeheuerliche Formen der Selbstbestrafung und der Selbstverleugnung, deren Ursprung Angst und deren Ergebnis Erniedrigung war, schrecklicher als die eingebildete Erniedrigung, der sie in ihrer Unwissenheit entgehen wollten. Die Natur in ihrer wundervollen Ironie treibt den Anachoreten in die Wüste zu Weiden der wilden Tiere, und gibt dem Einsiedler die Tiere des Feldes zu Gefährten.

Ja, es mußte kommen, wie es Lord Henry prophezeit hatte: ein neuer Hedonismus mußte kommen, der das Leben neu gestalten und es vor jenem finsteren, häßlichen Puritanismus retten sollte, das in unseren Tagen seine sonderbare Wiedererweckung erlebt. Gewiß sollte dieser Hedonismus sich des Intellekts bedienen; aber niemals durfte er eine Theorie oder ein System annehmen, das die Aufopferung einer leidenschaftlichen Erfahrung erforderte. In der Tat war sein Ziel die Erfahrung selbst und nicht die Früchte der Erfahrung, mochten sie nun auch süß oder bitter sein. Er sollte die Askese ausschließen, die die Sinne tötet, auch die gemeine Verworfenheit, die sie abstumpft. Er sollte die Menschen lehren, sich zu konzentrieren auf die Augenblicke des Lebens, das selbst nur ein Augenblick ist.

Jeder ist vielleicht schon einmal im Morgengrauen erwacht, sei es nach einer traumlosen Nacht, die uns beinahe den Tod lieben ließ, oder nach einer jener Nächte des Schreckens und der teuflischen Lüste, wenn durch die Kammern des Gehirns Phantome jagen, grauenhafter noch als die Wirklichkeit selbst und voll von jenem zappelnden Leben, das in allem Grotesken lauert und das auch der Gotik ihre dauernde Lebenskraft verleiht; denn diese Kunst, so möchte man meinen, ist vor allem die Kunst derer, deren Seelen von der Krankheit des Traums verstört sind. Lautlos greifen weiße Finger durch die Vorhänge, und sie scheinen zu beben. Schwarze, unheimliche Schatten kriechen in die Zimmerecken und bleiben dort kauern. Draußen ist das Rascheln der Vögel in den Zweigen oder die Schritte der Menschen vernehmbar, die zur Arbeit gehen, oder das Seufzen und Stöhnen des Winds, der von den Hügeln weht und um das schweigende Haus streicht, als fürchte er, die Schläfer zu wecken. Schleier auf Schleier hebt sich der zarte Nebel, und nach und nach gewinnen die Dinge Form und Farbe zurück, und wir sehen die Welt aus der Dämmerung emportauchen in ihrer vertrauten Gestalt. Die blinden Wandspiegel erlangen ihre reflektierende Kraft wieder. Die Lichter stehen noch am gleichen Ort, und neben ihnen liegt das aufgeschlagene Buch, in dem wir gelesen haben, oder die auf Draht geflochtene Blume, die wir auf dem Ball trugen, oder der Brief, den wir zu lesen fürchten oder den wir zu oft gelesen haben. Nichts erscheint uns verändert. Aus den unwirklichen Schatten der Nacht tritt das wirkliche Leben, das wir kannten, hervor. Wir müssen es aufnehmen, wo wir es fallenließen, und ein bedrückendes Gefühl für die Notwendigkeit überfällt uns, ewig in dem gleichen, ermüdenden Kreislauf stereotyper Gewohnheiten unsere Kraft zu verbrauchen; oder vielleicht auch eine wilde Sehnsucht, unsere Augen möchten sich eines Morgens über einer Welt öffnen, die in der Dunkelheit zu unserem Entzücken neu geschaffen wäre, einer Welt, in der die Dinge neue Farben und Formen hätten und verwandelt wären oder andere Geheimnisse bergen würden, einer Welt, in der das Vergangene wenig oder gar keinen Platz einnehmen dürfte oder doch wenigstens in keiner bewußten Form der Verpflichtung oder Reue fortlebte, da doch selbst die Erinnerung an die Freude ihre Bitterkeit hat und die Erinnerung an den Genuß ihren Schmerz.

Die Erschaffung solcher Welten hielt Dorian Gray für den wahren Inhalt oder für eine der wahren Aufgaben des Lebens. Auf seiner Suche nach Sensationen, die neu und köstlich sein und jenes Element des Fremdartigen besitzen sollten, das zum Wesen der Romantik gehört, folgte er oft Gedankengängen, die, wie er wußte, seiner Natur fremd waren, und gab sich ihren feinen Einflüssen hin; aber hatte er dann sozusagen ihre Farbe aufgenommen und seine geistige Neugier gestillt, so gab er sie mit jener merkwürdigen Gleichgültigkeit auf, die mit einer wahren Glut des Temperaments nicht unvereinbar ist und, nach der Meinung mancher modernen Psychologen, sie oftmals bedingt.

Einmal ging das Gerücht, er wolle zum römisch-katholischen Glauben übertreten. Tatsächlich hatte der katholische Ritus stets große Anziehung auf ihn ausgeübt. Das tägliche Opfer, wahrlich schrecklicher als alle Opfer der Antike, erregte ihn ebenso sehr durch seinen hochmütigen Verzicht auf alle sinnliche Augenscheinlichkeit wie durch die primitive Einfachheit seiner Elemente und das unvergängliche Pathos der menschlichen Tragödie, die es zu symbolisieren suchte. Er liebte es, auf den kalten Marmorplatten niederzuknien und dem Priester zuzusehen, der in seinem steifen, prunkvollen Ornat langsam und mit weißen Händen den Vorhang des Tabernakels beiseitezieht und die juwelengeschmückte, laternenförmige Monstranz mit jener bleichen Hostie emporhebt, die man bisweilen für das wahre »panis caelestis«, das Brot der Engel, halten möchte; oder wie er, in die Gewänder der Passion Christi gekleidet, die Hostie über dem Kelch bricht und sich um seiner Sünden willen an die Brust schlägt. Die schwelenden Weihrauchfässer, die ernste Knaben in Spitzen und Scharlach wie große, goldene Blüten durch die Lüfte schwangen, übten einen tiefen Zauber auf ihn aus. Wenn er hinausging, blickte er voller Neugier auf die schwarzen Beichtstühle und sehnte sich, in ihrem dunklen Schatten zu sitzen und den Männern und Frauen zu lauschen, die durch das Gitter die Geschichten ihres Lebens flüstern.

Aber nie verfiel er dem Irrtum, seine geistige Entwicklung durch die förmliche Annahme irgendeines Bekenntnisses oder eines Systems zu hemmen oder auch als ein Haus zum Wohnen anzusehen, das nur als Herberge taugt, um eine Nacht darin zu verweilen oder nur ein paar Stunden der Nacht, wenn kein Stern am Himmel steht und der Mond von den Wolken verdeckt wird. Der Mystizismus, der die betörende Macht besitzt, uns die gewöhnlichsten Dinge in ein neues Licht zu tauchen, und die feine Antinomie, die ihm immer beigegeben scheint, fesselten ihn für eine Saison. Eine weitere Saison lang neigte er zu den materialistischen Lehren des deutschen Darwinismus und fand einen seltsamen Reiz darin, die Gedanken und Leidenschaften des Menschen bis auf eine perlgroße Zelle im Gehirn oder einen weißen Nerv im Körper zurückzuführen, fasziniert von der Vorstellung der absoluten Abhängigkeit des Geistes von bestimmten materiellen Bedingungen. Aber wie schon gesagt, keine Existenztheorie schien ihm von irgendwelcher Bedeutung, verglichen mit dem Leben selbst. Er war sich dessen bewußt, wie unfruchtbar jede intellektuelle Spekulation ist, wenn sie vom Handeln und Experimentieren losgelöst bleibt. Er erkannte, daß die Sinne nicht weniger als die Seele ihre Geheimnisse zu enthüllen hatten.

Und so verlegte er sich auf das Studium der Wohlgerüche und der Geheimnisse ihrer Herstellung, destillierte ätherische Öle und verbrannte duftendes Harz aus dem Orient. Er erkannte, daß es keine Gemütsstimmung gibt, die nicht ihr Widerspiel im Leben der Sinne hat, und er wollte ihre wahren Beziehungen ergründen, wollte herausfinden, was im Harz des Weihrauchs die mystische Stimmung, was im Ambra die Leidenschaften aufwühlt, warum der Veilchenduft die Erinnerung an vergangene Romanzen weckt, Moschus das Gehirn verwirrt, der Tschampak die Phantasie befleckt; und er versuchte, eine eigene Psychologie der Düfte zu entwickeln und die verschiedenen Wirkungen süß riechender Wurzeln, betäubender Blüten, aromatischen Balsams und dunkler, duftender Hölzer zu bestimmen; die Wirkung der Narde, die krank macht, der Hovenie, die den Menschen in den Wahnsinn treibt, und der Aloe, von der es heißt, daß sie die Schwermut der Seele löst.

Zu einer anderen Zeit widmete er sich ganz der Musik, und in einem langen Saal mit zinnoberroter und goldener Decke und holzgetäfelten olivgrünen Lackwänden veranstaltete er ausgefallene Konzerte, in denen Zigeunermädchen unbändige, verhexte Klänge aus kleinen Zithern lockten oder ernste Tunesier in gelben Umhängen die straffen Saiten fremdartiger Lauten zupften, während grinsende Neger eintönig kupferne Trommeln schlugen, oder mit Turbanen bekleidete Inder, die auf roten Strohmatten saßen, lange Rohr- und Messingpfeifen bliesen und Kobras und Hornvipern verzauberten. Die schroffen Intervalle und harten Dissonanzen der fremdartigen Musik hielten ihn bisweilen in ihrem Bann, wenn Schuberts Anmut, Chopins süße Melancholie und selbst Beethovens herbe Harmonien unbeachtet an sein Ohr drangen. Aus allen Teilen der Welt sammelte er die merkwürdigsten Instrumente, die sich finden ließen, aus den Gräbern untergegangener Völker oder bei den wenigen wilden Stämmen, die die Berührung mit der westlichen Zivilisation überlebt haben, und er liebte es, sie in die Hand zu nehmen und zu versuchen. Er besaß das geheimnisvolle *Juruparis* der Rio-Negro-Indianer, das Frauen nicht ansehen und das selbst die jungen Männer erst zu Gesicht bekommen dürfen, wenn sie gefastet und sich gegeißelt haben, und die Keramikgefäße der Peruaner, die den schrillen Schrei von Vögeln nachahmen; Flöten aus Menschenknochen, wie sie Alfonso de Ovalle in Chile hörte, und die klingenden grünen Steine, die man in der Nähe von Cuzco findet und die einen Ton von unvergleichlicher Süße hervorbringen. Er hatte bemalte, mit Kieselsteinen gefüllte Kürbisflaschen, die beim Schütteln rasselten; die lange Zinke der Mexikaner, in die der Spieler nicht hineinbläst, sondern durch die er die Luft einzieht; die rauhe *Ture* der Amazonasstämme, welche die Wachen blasen, die den ganzen Tag in den Bäumen hocken, und die, wie es heißt, drei Meilen weit zu hören ist; das *Teponaztli* mit seinen beiden vibrierenden Zungen aus Holz, das mit Stöcken geschlagen wird, auf die man zähflüssigen Gummi streicht; die *Yotl*-Glocken der Azteken, die wie Trauben gebündelt werden; und eine große zylindrische Trommel, mit der Haut von Riesenschlangen bespannt, ähnlich wie jene, die Bernal Diaz vorfand, als er mit Cortez den mexikanischen Tempel betrat, und deren unheimlich wehklagenden Ton er uns so lebhaft beschreibt. Das Phantastische dieser Instrumente zog ihn an, und er empfand eigenartigen Genuß bei dem Gedanken, daß die Kunst wie die Natur ihre Ungeheuer hat, Dinge von tierischer Gestalt und gräßlicher Stimme. Aber nach einiger Zeit wurde er all dessen überdrüssig und saß wieder in seiner Loge in der Oper, allein oder mit Lord Henry, und lauschte verzückt dem »Tannhäuser«, und erblickte in der Ouvertüre dieses großen Kunstwerks eine Darstellung seiner eigenen Seelentragödie.

Bei einer anderen Gelegenheit begann er, sich mit Edelsteinen zu befassen, und erschien auf einem Kostümball als Anne de Joyeuse, Admiral von Frankreich, in einer Robe, mit fünfhundertsechzig Perlen bestickt. Er verbrachte oft einen ganzen Tag damit, die Steine, die er gesammelt hatte, in ihren Kästchen neu zu ordnen: den olivgrünen Chrysoberyll, der im Lampenlicht rot wird, den Cymophan mit seinen drahtähnlichen Silberlinien, den pistazienfarbenen Peridot, rosarote und weingelbe Topase, Karfunkel aus feurigem Scharlach mit zitternden, vierstrahligen Sternchen, flammenrote Zimtsteine, orangefarbene und violette Spinelle und Amethyste mit ihren wechselnden Schichten von Rubin und Saphir. Er liebte das rote Gold des Sonnensteins und des Mondsteins perlfarbene Weiße und den gebrochenen Regenbogen des milchigen Opals. Aus Amsterdam verschaffte er sich drei Smaragde von ungewöhnlicher Größe und Farbpracht, und er besaß einen Türkis *de la vieille roche,* der den Neid aller Kenner erregte.

Er fand auch wunderbare Geschichten über Edelsteine. In Alfonsos »Clericalis Disciplina« wurde eine Schlange mit Augen aus echten Hyacinthsteinen erwähnt, und in der romantischen Geschichte Alexanders, des Eroberers von Emathia, wurde erzählt, er habe im Jordantal Schlangen gefunden, denen Smaragdketten auf dem Rücken wuchsen. Im Gehirn des Drachen, erzählt uns Philostratos, sei ein Edelstein, und man könne das Ungeheuer in magischen Schlaf versetzen und erschlagen, wenn man »ihm goldene Buchstaben und ein scharlachrotes Gewand vorhielte«. Nach der Meinung des großen Alchimisten Pierre de Boniface macht der Diamant einen Menschen unsichtbar, und der indische Achat verleiht ihm die Kunst der Rede. Der Karneol beschwichtigt den Zorn, der Hyacinth ruft Schlaf hervor, und der Amethyst vertreibt den Weindunst. Der Granat verjagt die Dämonen, und der Hydropicus raubt dem Mond das Licht. Der Selenit nimmt mit dem Mond ab und zu, und der Melokeus, der den Dieb verrät, trübt sich nur, wenn er mit dem Blut junger Ziegen in Berührung kommt. Leonardus Camillus hatte einen weißen Stein gesehen, der dem Gehirn einer frisch getöteten Kröte entnommen war und ein sicheres Mittel gegen Vergiftung ist. Der Bezoar, den man im Herzen des arabischen Hirsches findet, ist ein Zaubermittel gegen die Pest. In den Nestern arabischer Vögel lagen Aspilaten, die, nach Demokrit, den Träger vor jeder Feuergefahr schützen.

Der König von Ceylon ritt bei seiner Krönung mit einem großen Rubin in der Hand durch seine Hauptstadt. Die Palasttore von dem Priesterkönig Johannes waren »aus Karneol gefertigt und mit dem Horn der Hornviper verziert, damit niemand Gift hineintragen konnte«. Auf dem Giebel standen »zwei goldene Äpfel, die zwei Karfunkelsteine enthielten«, so daß das Gold bei Tage schien und die Karfunkelsteine bei Nacht. In Lodges seltsamem Roman »Eine amerikanische Perle« heißt es, daß im Zimmer der Königin »alle edlen Frauen der Welt als Silberstatuen zu sehen waren, wie sie durch glatte Spiegel aus Chrysolithen, Karfunkeln, Saphiren und grünen Smaragden schauen«. Marco Polo hatte beobachtet, wie die Einwohner Zipangus ihren Toten rosenfarbene Perlen in den Mund steckten. Ein Seeungeheuer war in die Perle verliebt, die ein Taucher ihm raubte und dem König Perozes brachte; es erschlug den Dieb und trauerte sieben Monde um seinen Verlust. Als die Hunnen den König in die große Grube lockten, warf er die Perle fort – so erzählt Procopius –, und sie wurde auch nie wiedergefunden, obgleich später Kaiser Anastasias fünfhundert Goldtalente dafür bot. Der König von Malabar hatte einem Venezianer einen Rosenkranz aus hundertundvier Perlen gezeigt, von denen jede einem Gott geweiht war, den er verehrte.

Als der Sohn Alexanders VI., der Herzog von Valentinois, Ludwig XII. von Frankreich besuchte, war sein Roß, wie Brantôme berichtet, mit goldenen Blättern behangen, und an seinem Barett trug er eine Doppelreihe von Rubinen, die ein strahlendes Licht verbreiteten. Karl von England ritt in Steigbügeln, die mit dreihunderteinundzwanzig Diamanten besetzt waren. Richard II. trug ein Gewand, das auf dreißigtausend feine Mark Silber geschätzt wurde und das von Balasrubinen bedeckt war. Hall beschreibt Heinrich VIII., wie er vor seiner Krönung zum

Tower ritt: er trug »einen golddurchwirkten Rock, die Brust mit Diamanten und anderen Edelsteinen bestickt, und eine schwere Kette aus roten Spinellen um den Hals«. Die Günstlinge Jakobs I. trugen Ohrringe aus Smaragden, die in Goldfiligran gefaßt waren. Edward II. schenkte Piers Gaveston eine rotgoldene Rüstung, mit Hyacinthsteinen verziert, eine Kette aus goldenen Rosen, in die Türkise eingelassen waren, und einen perlenbesetzten Helm. Heinrich II. trug Handschuhe, die bis zum Ellbogen hinauf bestickt waren, und besaß einen Handschuh für die Falkenjagd, auf dem zwölf Rubine und zweiundfünfzig große Perlen glänzten. Der Herzogshut Karls des Kühnen, des letzten Herzogs von Burgund, war mit Saphiren besetzt und mit birnenförmigen Perlen behangen.

Wie erlesen doch das Leben einst war! Wie glanzvoll in seiner Pracht und seinem Schmuck! Allein zu lesen über den Luxus der Vergangenheit war ein Genuß.

Darauf wandte er seine Aufmerksamkeit Stickereien und Gobelins zu, die in den kalten Räumen der nördlichen Völker Europas die Stelle der Fresken einnahmen. Als er sich in dieses Studium vertiefte – und er besaß die Fähigkeit, sich ganz einer Sache zu widmen, die ihn im Augenblick beschäftigte –, wurde er beinahe von Trauer ergriffen bei dem Gedanken an den Verfall, den die Zeit über schöne und wunderbare Dinge bringt. Er wenigstens war ihm entgangen. Sommer folgte auf Sommer, und die gelben Jonquillen blühten und starben viele Male, und Nächte des Grauens wiederholten die Geschichte ihrer Schmach – aber er blieb unverändert. Kein Winter zerstörte sein Gesicht oder befleckte seine blumengleiche Unschuld. Wie anders war es mit stofflichen Dingen! Was geschah ihnen? Wo war das große krokusfarbene Gewand, auf dem die Götter mit den Giganten kämpften und das für Athene gewebt worden war? Wo war das gewaltige Velarium, das Nero über das Kolosseum zu Rom spannen ließ, auf dem der sternenbesäte Himmel abgebildet war und Apollo auf einem Wagen, der seine weißen Rosse mit goldenen Zügeln lenkt. Er wollte die seltsamen Tafeltücher sehen, die die Sonnenkönige anfertigen ließen und auf denen all die Leckerbissen und Wildspeisen eingewebt waren, die man sich zu einem Festmahl wünschen konnte; das Leichentuch von König Hilperich mit seinen dreihundert goldenen Bienen; die phantastischen Gewänder, die die Entrüstung des Bischofs von Pontus erregten und von »Löwen, Panthern, Bären, Hunden, Wäldern, Felsen, Jägern belebt waren – kurz von allem, was ein Maler aus der Natur kopieren kann«; und das Gewand, das Karl von Orleans einst trug, auf dessen Ärmeln die Verse eines Liedes gestickt waren, das anfing »Madame, je suis tout joyeux«, deren Noten in Goldfäden und vier Perlen gestickt waren. Er las über das Gemach, das im Schloß zu Reims für die Königin Johanna von Burgund ausgeschmückt worden war, mit »dreizehnhunderteinundzwanzig gestickten Papageien, die das Wappen des Königs trugen, und fünfhundertundeinundsechzig Schmetterlingen, auf deren Flügeln das Wappen der Königin zu sehen war, und all dies in Gold ausgeführt«. Katharina von Medici hatte sich ein Trauerbett aus schwarzem Samt machen lassen, mit Mondsicheln und Sonnen überstäubt. Die Vorhänge waren aus Damast mit Blattgewinden und Girlanden auf Gold- und Silbergrund, und am Rand mit Perlenstickerei eingefaßt, und es stand in einem Raum, der einen Buchstabenfries aus geschorenem schwarzem Samt auf Silberstoff mit dem Wahlspruch der Königin hatte. Ludwig XIV. hatte in seinen Wohngemächern goldgestickte Karyatiden. Das Prunkbett des Johann Sobieski, König von Polen, war aus Smyrnabrokat, in Türkisen mit Suren aus dem Koran bestickt. Die Tragpfosten waren aus vergoldetem Silber, schön getrieben und reich besetzt mit Medaillons aus Emaille und Edelsteinen. Es war bei der Belagerung von Wien im türkischen Lager erbeutet worden, und die Fahne Mohammeds hatte unter seinem Baldachin gestanden.

Und so sammelte er ein Jahr lang die kostbarsten Muster der Webkunst und Stickerei; er verschaffte sich zarten Musselin aus Delhi, mit Palmetten aus Goldfaden und irisierenden Käferflügeln benäht; Dakka-Gaze, die im Orient wegen ihrer Transparenz »gewebte Luft«, »rinnendes Wasser« und »Abendtau« genannt wird; mit fremdartigen Figuren geschmückte Stoffe aus Java; kunstvolle gelbe chinesische Tapeten; in lohfarbenen Atlas oder glänzendblaue Seide gebundene Bücher, die mit Königslilien, Vögeln und Bildern geschmückt waren; durchbrochene Schleier aus ungarischer Spitze; sizilianische Brokate und steifen, spanischen Samt; mit goldenen Ecken bestickte Tücher aus Georgien; und japanische Foukousas mit ihrem grüngetönten Gold und ihren wundervollen, buntgefiederten Vögeln.

Er hatte auch eine besondere Leidenschaft für kirchliche Gewänder wie für alles, was mit dem Gottesdienst zusammenhing. In den langen Truhen aus Zedernholz, die die westliche Galerie seines Hauses säumten, hatte er viele seltene und schöne Stücke von dem eigentlichen Gewand der »Braut Christi« aufbewahrt, die Purpur und Juwelen und feines Linnen tragen muß, um den bleichen, abgezehrten Körper zu verhüllen, der gemartert ist von Leiden, die sie sucht, und von Wunden gezeichnet, die sie sich selbst zufügt. Er hatte ein prunkvolles Meßgewand aus karminroter Seide und goldgewirktem Damast, bestickt mit einem sich wiederholenden Muster aus goldenen Granatäpfeln, die auf sechsblättrigen, stilisierten Blütenblättern saßen und zu beiden Seiten von einem Pinienzapfenmotiv aus Staubperlen eingefaßt war. Die Borten waren in Felder geteilt und enthielten Darstellungen aus dem Leben der Jungfrau, und die Krönung der Jungfrau war in farbiger Seide auf der Kapuze abgebildet. Dies war eine italienische Arbeit aus dem fünfzehnten Jahrhundert. Ein anderes Meßgewand war aus grünem Samt, mit herzförmig angeordneten Akanthusblättern bestickt, aus denen sich langstielige weiße Blüten entfalteten, deren Einzelheiten mit Silberfäden und farbigen Kristallen ausgeführt waren. Auf die Spange war mit feinen Stichen erhaben der Kopf eines Seraphs genäht. Die Borten waren aus roter und goldener Seide in fortlaufenden Muster gewebt und besetzt mit den Medaillons von vielen Heiligen und Märtyrern, unter ihnen das des Heiligen Sebastian. Er besaß auch Meßgewänder aus bernsteinfarbener und blauer Seide, aus Goldbrokat und aus gelbseidenem Damast und Goldtuch, mit Darstellungen der Passion und Kreuzigung Christi, mit Löwen und Pfauen und anderen Emblemen bestickt. Dalmatiken aus weißer Seide und rosa Seidendamast, mit Tulpen, Rittersporn und Königslilien verziert, Altardecken aus zinnoberrotem Samt und blauem Linnen; und viele Meßdecken, Kelchschleier und Schweißtücher. In den mystischen Handlungen, denen diese Dinge dienten, lag etwas, das seine Phantasie beflügelte.

Denn diese Sachen und alles, was er in seinem schönen Haus sammelte, waren für ihn nur ein Mittel, um zu vergessen; Möglichkeiten, durch die er einen Sommer lang der Furcht entfliehen konnte, die ihn manchmal fast überwältigte. An die Wand des einsamen, verschlossenen Raumes, in dem so viele Tage seiner Kindheit dahingegangen waren, hatte er mit eigener Hand das schreckliche Bild gehängt, dessen veränderte Züge ihm den wahren Absturz seines Lebens zeigten, und davor das purpurrote Tuch als Vorhang drapiert. Wochenlang ging er nicht dorthin und verdrängte es, und sein Herz wurde wieder leicht, sein wundervoller Übermut, seine leidenschaftliche Lust am bloßen Dasein kehrten wieder.

Dann wieder schlich er sich eines Nachts aus dem Haus und ging in eine schaurige Gegend bei Blue Gate Fields und blieb dort tagelang, bis es ihn forttrieb. Wenn er zurückkam, saß er vor dem Bild, manchmal voller Haß gegen sich und seine wirkliche Gestalt, und ein andermal in hochmütiger Empörung, die den halben Reiz der Sünde ausmacht, und lächelte mit geheimer Genugtuung dem mißgestalteten Spiegelbild zu, das die wüste Last tragen mußte, die ihm eigentlich bestimmt war.

Nach ein paar Jahren ertrug er es nicht mehr, England längere Zeit fern zu bleiben, und gab die Villa auf, die er in Trouville mit Lord Henry geteilt hatte, und ebenso das kleine, von weißen Mauern umschlossene Haus in Algier, wo er mehr als einmal den Winter verbracht hatte. Er hielt es nicht mehr aus, von dem Bild getrennt zu sein, das so sehr ein Teil seines Lebens geworden war, und er befürchtete auch, jemand könnte sich während seiner Abwesenheit Zutritt zu dem Raum verschafft haben trotz der schweren Riegel und Schlösser, die er an der Tür hatte anbringen lassen.

Er war ganz sicher, daß niemandem etwas auffallen würde. Wohl hatte das Bild noch immer in der Verkommenheit und Häßlichkeit des Gesichts eine deutliche Ähnlichkeit mit ihm bewahrt; aber was konnte man daraus schließen? Er würde jeden auslachen, der es wagte, eine Anspielung zu machen. Er hatte es nicht gemalt. Was ging es ihn an, wie gemein und schändlich es wirkte? Selbst wenn er es jemandem erklärte, würde man ihm glauben?

Und doch hatte er Angst. Oftmals, wenn er in seinem großen Landhaus in Nottinghamshire war und die eleganten jungen Leute seines Standes unterhielt, die hauptsächlich seine Gesellschaft ausmachten, und wenn er die Grafschaft durch den üppigen Luxus und den prunkvollen Glanz seines Lebensstils in Erstaunen setzte, verließ er plötzlich seine Gäste und eilte in die Stadt zurück, um zu sehen, ob die Tür nicht offen war und das Bild an seinem Platz hing. Und wenn es gestohlen wäre? Allein der Gedanke daran erfüllte ihn mit kaltem Entsetzen.

Dann würde die Welt sein Geheimnis erfahren. Vielleicht argwöhnte die Welt es schon. Denn wie er viele bezauberte, so gab es nicht wenige, die ihm mißtrauten. Er wurde beinahe in einem West-End-Klub nicht zugelassen, obwohl ihn Geburt und gesellschaftliche Stellung selbstverständlich zur Mitgliedschaft berechtigt hätten, und bei einer anderen Gelegenheit, als ihn ein Freund ins Rauchzimmer des Churchill-Klubs mitnahm, standen der Herzog von Berwick und ein anderer Herr unmißverständlich auf und gingen hinaus.

Seltsame Gerüchte waren über ihn im Umlauf, nachdem er sein fünfundzwanzigstes Jahr vollendet hatte. Es hieß, er sei im Streit mit fremden Matrosen in einer verrufenen Kneipe in einem entlegenen Teil von Whitechapel gesehen worden und er verkehre mit Dieben und Falschmünzern und kenne die Geheimnisse ihres Gewerbes. Sein extravagantes Verschwinden wurde bekannt, und wenn er danach wieder in Gesellschaft erschien, tuschelte man untereinander in den Ecken oder ging mit einem höhnischen Seitenblick an ihm vorbei oder sah ihm kalt und forschend ins Gesicht, als wolle man sein Geheimnis ergründen.

Von solchen Anmaßungen und versuchter Nichtachtung nahm er natürlich keine Notiz, und in den Augen der meisten Leute waren seine offene, liebenswürdige Art, sein bezauberndes, jungenhaftes Lächeln und die unzerstörbare jugendliche Anmut, die nicht zu schwinden schien, an sich eine hinreichende Antwort auf die Verleumdungen, die über ihn umliefen. Immerhin bemerkte man, daß jene, die am intimsten mit ihm gewesen waren, ihn nach einiger Zeit zu meiden schienen. Von all seinen Freunden oder sogenannten Freunden war Lord Henry Wotton der einzige, der ihm die Freundschaft hielt. Frauen, die ihn leidenschaftlich geliebt hatten und um seinetwillen die Gesellschaft herausgefordert und die Konvention verachtet hatten, sah man vor Scham und Schrecken erbleichen, wenn Dorian Gray ins Zimmer trat.

Diese Skandale, die man sich über ihn zuraunte, erhöhten für viele noch seinen fremden und gefährlichen Charme. Sein großer Reichtum gewährte ihm einiges an Sicherheit. Die Gesellschaft, die zivilisierte Gesellschaft wenigstens, glaubt niemals gern etwas zum Nachteil derer, die reich und faszinierend zugleich sind. Sie fühlt instinktiv, daß Manieren wichtiger sind als Moral, und in ihren Augen ist die höchste Ehrbarkeit weit weniger wert als der Besitz eines guten Küchenchefs. Und es ist wirklich ein schwacher Trost, wenn einem erzählt wird, daß der Mann, der bei einem schlechten Dinner und erbärmlichen Wein aufgetischt hat, ein einwandfreies Privatleben führe. Selbst die Kardinaltugenden können nicht für kalt gewordene *entrées* entschädigen, wie Lord Henry gelegentlich eines Gesprächs zu diesem Thema bemerkte; und vieles spricht für seine Ansicht. Denn die Regeln der guten Gesellschaft sind die gleichen wie die Regeln der Kunst oder sollten es wenigstens sein. Die Form ist das Wesentliche. Sie sollten die Würde einer Zeremonie haben und auch ihre Unwirklichkeit; sie sollten die Unaufrichtigkeit eines romantischen Spiels mit dem Witz und der Schönheit verbinden, die solche Spiele zum Genuß macht. Ist Unaufrichtigkeit etwas so Schlimmes? Ich glaube nicht. Sie ist nur ein Mittel, unsere Persönlichkeit zu vervielfältigen.

Das wenigstens war Dorian Grays Meinung. Er wunderte sich über die oberflächliche Psychologie jener, die das Ego im Menschen als etwas Einfaches, Beständiges, Verläßliches und Einheitliches auffassen. Für ihn war der Mensch ein Wesen mit Myriaden Leben und Myriaden Gefühlen, ein komplexes, vielfältiges Geschöpf, das in sich heimliche Vermächtnisse des Denkens und der Leidenschaft trug und dessen Fleisch von monströsen Krankheiten der Toten vergiftet war.

Er liebte es, durch die gespenstische kalte Ahnengalerie seines Landsitzes zu schlendern und die unterschiedlichsten Bilder jener zu betrachten, deren Blut in seinen Adern floß. Da war Philip Herbert, den Francis Osborne in seinen »Memoiren über die Regierung der Königin Elisabeth und König Jakobs« als Jüngling beschrieb, »der vom ganzen Hof umschmeichelt wegen seines schönen Gesichts wurde, das er nicht lange behielt«.

Führte er wohl zuweilen das Leben des jungen Herbert?

War ein geheimnisvoller Giftkeim von Körper zu Körper gewandert, bis er in seinen eigenen gelangte?

War es ein dunkles Gefühl von jener verlorenen Anmut, das ihn plötzlich und nahezu grundlos in Basil Hallwards Atelier den ungeheuerlichen Wunsch aussprechen ließ, der sein Leben so verändert hatte?

Hier, in einem goldgestickten, roten Wams, dem juwelengeschmückten Waffenrock, mit goldgesäumter Krause und Manschetten, stand Sir Anthony Sherard, die schwarzglänzende Rüstung zu seinen Füßen.

Was war sein Vermächtnis?

Hatte der Geliebte der Giovanna di Napoli ihm ein Erbteil der Sünde und Schmach hinterlassen?

Waren seine eigenen Handlungen nichts als die Träume, die der Tote nicht gewagt hatte auszuleben?

Hier lächelte von der verblassenden Leinwand Lady Elisabeth Devereux in ihrer durchsichtigen Haube, dem Perlenmieder und den roten Schlitzärmeln. In ihrer rechten Hand hielt sie eine Blume, und ihre Linke umfaßte ein emailliertes Halsband aus weißen und Damaszenerrosen. Auf einem Tisch neben ihr lagen eine Mandoline und ein Apfel. Auf ihren kleinen, spitzen Schuhen saßen große grüne Rosetten. Er kannte ihr Leben und die seltsamen Geschichten, die über ihre Liebhaber erzählt wurden.

Hatte er etwas von ihrem Naturell geerbt?

Diese ovalen Augen mit den schweren Lidern schienen ihn neugierig anzusehen. Und George Willoughby mit seinem gepuderten Haar und seinen phantastischen Schönheitspflästerchen? Das dunkle Gesicht war voller Schwermut, und Überdruß schien die sinnlichen Lippen zu entstellen. Feine Spitzenmanschetten fielen über die mageren gelblichen Hände, die mit Ringen so überladen waren. Er war ein Don Juan des achtzehnten Jahrhunderts und in seiner Jugend ein enger Freund Lord Ferrars gewesen. Und der zweite Lord Beckenham, Herr auf Sherard, der Freund des Prinzregenten in seiner wüstesten Zeit und einer der Zeugen der heimlichen Heirat mit Mrs. Fitzherbert? Wie stolz und hübsch er aussah mit seinen kastanienbraunen Locken und seiner herausfordernden Haltung! Welche Leidenschaften hatte er ihm vererbt? Die Welt hatte ihn für verrucht gehalten. Er hatte die Orgien im Carlton House angeführt und in Szene gesetzt. Der Stern des Hosenbandordens strahlte auf seiner Brust. Neben ihm hing das Bild seiner Gemahlin, einer bleichen, dünnlippigen Dame in Schwarz. Auch ihr Blut floß in seinen Adern.

Wie seltsam doch dies alles war!

Aber man hatte auch Vorgänger in der Literatur, nicht nur in seinem eigenen Geschlecht, und viele von ihnen standen einem vielleicht näher in ihrer Wesensart, in ihrem Temperament, und übten ganz sicher einen Einfluß aus, dessen man sich deutlicher bewußt war. Es gab Zeiten, da es Dorian Gray schien, als wäre die Weltgeschichte nur ein Bericht seines eigenen Lebens, nicht wie er es handelnd und erleidend gelebt hatte, sondern wie seine Phantasie es ihm schuf, und sein Gehirn und seine Leidenschaften es verlangten. Er fühlte, daß er sie alle gekannt hatte, jene seltsamen Gestalten, die auf der Bühne der Welt standen und die Sünde so großartig und das Böse so überaus herrlich machten. Ihm war, als sei ihr Leben auf geheimnisvolle Weise sein eigenes gewesen.

Auch der Held des gefährlichen Buches, das solchen Einfluß auf sein Leben gewann, hatte dies merkwürdige Gefühl gekannt. In einem Kapitel erzählt er, wie er mit Lorbeer bekränzt, damit ihn der Blitz nicht treffe, als Tiberius in einem Garten auf Capri gesessen und die schändlichen Bücher von *Elephantis* gelesen hatte, während um ihn Zwerge und Pfauen stolzierten und der Flötenspieler den Weihrauchschwinger neckte; wie er als Caligula mit den grünröckigen Pferdeknechten in ihren Ställen Gelage abgehalten und mit einem Renner, der ein juwelengeschmücktes Stirnband trug, aus einer Elfenbeinkrippe gegessen hatte; wie er sich als Domitian durch einen Flur aus Marmorspiegeln geschlichen und mit irren Augen nach dem Blitzen eines Dolchs umgesehen, der seine Tage enden sollte; er, der an jener Langeweile, jenem *taedium vitae,* litt, das alle befällt, denen das Leben keinen Wunsch versagt; und wie er durch einen klaren Smaragd auf das blutige Gemetzel im Zirkusrund schaute und sich danach in einer mit Purpur und Perlen besetzten Sänfte von silberbeschlagenen Maultieren durch die Granatapfelstraße zum »Domus Aurea« tragen ließ und im Vorbeiziehen hörte, wie das Volk Nero Caesar schrie; und wie er als Elagaba, sein Gesicht geschminkt, den Rocken unter Spinnerinnen gedreht und den Mond von Karthago holen hat lassen, um ihn der Sonne mystisch zu vermählen,

Immer wieder las Dorian dieses phantastische Kapitel und das anschließende, worin der Held die schaurigen Szenen auf den Gobelins beschreibt, die er sich nach Entwürfen von Gustave Moreau weben ließ und auf denen die verderbten, schönen Gestalten jener dargestellt waren, die Laster, Überdruß und Blutgier zu Scheusalen oder Wahnsinnigen gemacht hatten: Filippo,

Herzog von Mailand, der seine Frau erschlug und ihre Lippen mit einem scharlachroten Gift bestrich, damit sich ihr Geliebter beim Abschiedskuß ebenfalls den entsetzlichsten Tod holen sollte; der Venezianer Pietro Barbi, als Paul II. bekannt, der sich in seiner Eitelkeit den Beinamen »Formosus« gab und dessen Tiara im Wert von zweihunderttausend Gulden um den Preis einer schrecklichen Sünde erkauft war; Gian Maria Visconti, der mit Hetzhunden auf Menschenjagd ging und dessen zerfetzter Leichnam von einer Dirne, die ihn liebte, mit Rosen bedeckt wurde; Borgia auf seinem weißen Roß, neben ihm reitet Fratricida, und sein Mantel ist besudelt vom Blut des Perotto; Pietro Riario, der junge Kardinal-Erzbischof von Florenz, der Sohn und Liebling Sixtus IV., dessen Schönheit nur noch von seinen Ausschweifungen übertroffen wurde und der Leonora von Aragon in einem Zelt aus weißer und zinnoberroter Seide empfing, das voll von Nymphen und Zentauren war, und der einen Knaben vergoldete, daß er ihr als Ganymed oder Hylas die Speisen beim Feste vorlege; Ezzelino, dessen Schwermut nur der Anblick des Todes heilte und der nach rotem Blut dürstete wie andere nach rotem Wein – den man den Sohn des Teufels nannte und einen, der seinen Vater beim Würfeln betrog, als er mit ihm um die eigene Seele spielte; Giambattista Cibo, der aus Hohn den Namen Innozenz annahm und in dessen erschlaffte Adern ein jüdischer Arzt das Blut von drei Jünglingen einspritzte; Sigismondo Malatesta, der Geliebte der Isotta und Herr von Rimini, der »in effigie« als Feind Gottes und der Menschen in Rom verbrannt wurde, der Polyssena mit einem Tuch erdrosselte, Ginevra d'Este in einem Smaragdbecher Gift reichte und einer schändlichen Leidenschaft zu Ehren einen heidnischen Tempel für seine christlichen Untertanen errichtete; und Karl VI., der seines Bruders Weib so wahnsinnig liebte, daß eine Aussätzige ihn vor dem Wahnsinn warnte, der über ihn kommen würde, und der nur durch sarazenische Spielkarten beruhigt werden konnte, auf die die Bilder von Liebe, Tod und Wahnsinn gemalt waren; und in seinem enganliegenden Wams, der juwelengeschmückten Kappe und den akanthusgleichen Locken Grifonetto Baglione, der Astorre mit seiner Braut erschlug und Simonetto mit seinem Pagen, und dessen Schönheit so groß war, daß, als er sterbend auf der Piazza in Perugia aufgebahrt lag, alle, die ihn gehaßt hatten, weinen mußten, und Atalanta, die ihn verflucht hatte, ihn segnete.

Über all jenen lag eine furchtbare Faszination. Er sah sie bei Nacht, und am Tage verwirrten sie seine Phantasie. Die Renaissance kannte geheimnisvolle Arten zu vergiften – durch einen Helm oder eine brennende Fackel, einen bestickten Handschuh oder einen juwelenbesetzten Fächer, durch eine vergoldete Bisamkugel oder eine Bernsteinkette. Dorian Gray war durch ein Buch vergiftet worden. Es gab Augenblicke, in denen er das Böse nur als ein Mittel ansah, um seine Vorstellung vom Schönen verwirklichen zu können.

Elftes Kapitel

Es war am neunten November, dem Vorabend seines achtunddreißigsten Geburtstages, wie er sich später oft erinnerte.

Er ging gegen elf Uhr von Lord Henry, bei dem er gespeist hatte, nach Hause, und war in einen schweren Pelz gehüllt, denn es war kalt und neblig. An der Ecke Grosvenor Square und South Adley Street überholte ihn im Nebel ein Mann, der rasch ausschritt und den Kragen seines grauen Ulsters hochgeschlagen hatte. Er trug eine Reisetasche in der Hand. Dorian erkannte ihn. Es war Basil Hallward. Ein seltsames Gefühl der Furcht, das er sich nicht erklären konnte, überkam ihn. Er tat, als hätte er ihn nicht erkannt, und ging langsam in der Richtung seines Hauses weiter.

Aber Hallward hatte ihn gesehen. Dorian hörte, wie er auf dem Bürgersteig stehenblieb und ihm dann nacheilte. Wenige Augenblicke später legte er ihm die Hand auf den Arm.

»Dorian! Welch ein Glück! Ich habe seit neun Uhr in deiner Bibliothek auf dich gewartet. Schließlich tat mir dein Diener leid, der müde war, und ich sagte ihm, er solle zu Bett gehen, als er mich hinausließ. Ich fahre mit dem Zug um Mitternacht nach Paris, und ich wollte dich vor meiner Abreise unbedingt noch einmal sehen. Ich dachte, daß du es seist oder zumindest dein Pelzmantel, als du an mir vorbeikamst. Aber ich war nicht ganz sicher. Hast du mich denn nicht erkannt?«

»Mein lieber Basil, in diesem Nebel? Ich kann nicht einmal den Grosvenor Square erkennen.

Ich glaube, mein Haus muß hier irgendwo sein, aber ich bin mir dessen keineswegs sicher. Es tut mir leid, daß du wegfährst, ich habe dich ja seit ewigen Zeiten nicht mehr gesehen. Aber ich hoffe, du kommst bald zurück?«

»Nein, ich bleibe sechs Monate von England weg. Ich möchte in Paris ein Atelier mieten und mich einschließen, bis ich ein großes Bild fertig habe, das mir vorschwebt. Aber ich wollte nicht über mich sprechen. Hier sind wir an deiner Tür. Laß mich einen Augenblick mit hineinkommen. Ich muß dir etwas sagen.«

»Es wird mir ein Vergnügen sein. Aber versäumst du nicht deinen Zug?« sagte Dorian Gray kühl, als er die Stufen hinaufging und die Tür mit seinem Schlüssel öffnete. Er bemühte sich, seine Empfindungen zu verbergen.

Das Lampenlicht drang durch den Nebel, und Hallward schaute auf seine Uhr. »Ich habe reichlich Zeit«, antwortete er. »Der Zug geht um zwölf Uhr fünfzehn, und jetzt ist es erst elf. Eigentlich war ich auf dem Weg zum Klub, um dich zu suchen, als wir uns begegneten. Wie du siehst, brauche ich mich nämlich nicht um mein Gepäck zu kümmern, da ich die schweren Sachen vorausgeschickt habe. Alles, was ich bei mir habe, ist in dieser Tasche, und ich erreiche Victoria-Station leicht in zwanzig Minuten.«

Dorian sah ihn an und lächelte. »So reist ein erfolgreicher Maler! Mit Reisetasche und Ulster! Komm herein, sonst dringt der Nebel ins Haus. Aber ich bitte dich, sprich über nichts Ernsthaftes. Nichts ist ernst heutzutage. Sollte es zumindest nicht sein.«

Hallward schüttelte den Kopf, als er eintrat, und folgte Dorian in die Bibliothek. Ein helles Feuer flackerte in dem großen offenen Kamin. Die Lampen waren angezündet, und ein offenes holländisches Likörschränkchen aus Silber stand mit ein paar Flaschen mit Sodawasser und hohen geschliffenen Gläsern auf einem kleinen Tisch.

»Wie du siehst, hat dein Diener für mich gesorgt, Dorian. Er brachte mir alles, was man sich wünschen kann, sogar deine besten Zigaretten. Er ist ein äußerst gastfreundliches Wesen. Ich finde ihn viel sympathischer als den Franzosen, den du vorher hattest. Was ist übrigens aus dem Franzosen geworden?«

Dorian zuckte die Schultern. »Ich glaube, er hat Lady Radleys Zofe geheiratet und sie in Paris als englische Schneiderin etabliert. Anglomanie ist augenblicklich dort drüben Mode, höre ich. Es scheint mir reichlich albern von den Franzosen, meinst du nicht auch? Aber weißt du – eigentlich war er kein schlechter Diener. Ich konnte ihn nie leiden, aber ich hatte keinen Grund zur Klage. Man bildet sich oft ganz absonderliche Dinge ein. Er war mir sehr ergeben und wirkte recht traurig, als er ging. Nimmst du noch einen Brandy-Soda? Oder lieber Wein mit Selterswasser? Ich trinke immer Rheinwein und Selterswasser. Bestimmt ist welcher im Nebenzimmer.«

»Danke, ich mag nichts mehr«, sagte Hallward, legte Mütze und Mantel ab und warf sie über die Reisetasche, die er in die Ecke gestellt hatte. »Und nun, mein lieber Freund, muß ich ernsthaft mit dir reden. Verzieh die Stirn nicht so. Du machst es mir nur noch schwerer.«

»Was soll das alles?« rief Dorian verdrießlich und warf sich auf das Sofa. »Ich hoffe, es handelt sich nicht um mich. Ich bin meiner heute abend leid. Ich wollte, ich wäre ein anderer.«

»Es geht aber um dich«, erwiderte Hallward mit seiner ernsten, tiefen Stimme, »und ich muß es dir sagen. Ich werde dich auch nur eine halbe Stunde aufhalten.«

Dorian seufzte und zündete sich eine Zigarette an. »Nun gut! Eine halbe Stunde!« murmelte er.

»Das ist nicht zuviel von dir verlangt, Dorian, und ich spreche nur zu deinem Vorteil. Ich halte es für richtig, wenn du erfährst, daß man sich in London die schlimmsten Dinge von dir erzählt – Dinge, die ich nicht vor dir wiederholen möchte.«

»Ich möchte nichts davon hören. Ich liebe die Skandale anderer Leute, aber Klatsch über mich interessiert mich nicht. Ihm fehlt der Reiz des Neuen.«

»Du mußt dich dafür interessieren, Dorian. Jeder Gentleman achtet auf seinen guten Namen. Du willst doch nicht, daß die Leute von dir als einem gemeinen und verworfenen Menschen sprechen. Natürlich hast du deine Stellung und deinen Reichtum und alles, was dazu gehört. Aber Stellung und Reichtum sind nicht alles. Wohlgemerkt, ich glaube nicht an all diese Gerüchte. Jedenfalls kann ich nicht daran glauben, wenn ich dich sehe. Die Sünde zeichnet das Gesicht des Menschen. Sie läßt sich nicht verheimlichen. Man spricht von geheimen Lastern.

So etwas gibt es nicht. Wenn ein Unglücklicher ein Laster hat, zeigt es sich in den Mundlinien, den schlaffen Augenlidern, ja sogar in der Form seiner Hände. Jemand – ich möchte seinen Namen nicht nennen, aber du kennst ihn – kam im vergangenen Jahr zu mir, um sich malen zu lassen. Ich hatte ihn bis dato nie gesehen noch von ihm gehört, obwohl ich inzwischen einiges erfahren habe. Er bot mir einen außergewöhnlichen Preis. Ich lehnte ab. In der Form seiner Finger war etwas, das mich abstieß. Sein Leben ist schrecklich. Aber du, Dorian, mit deinem reinen, klaren, unschuldigen Gesicht und deiner wundervollen, ungetrübten Jugend – ich kann nichts glauben, was gegen dich spricht. Und doch sehe ich dich sehr selten, und du kommst jetzt nie mehr in mein Atelier, und wenn ich dich nicht sehe und all diese häßlichen Gerüchte höre, die man sich über dich erzählt, so weiß ich nicht, was ich dazu sagen soll. Wie kommt es, Dorian, daß ein Mann wie der Herzog von Berwick den Klub verläßt, wenn du eintrittst? Was bedeutet es, daß so viele Gentlemen nicht in dein Haus kommen und dich nicht bei sich einladen? Du warst mit Lord Staveley früher befreundet. Ich traf ihn vergangene Woche bei einem Dinner. Dein Name fiel im Zusammenhang mit den Miniaturen, die du für die Dudley-Ausstellung geliehen hast. Staveley verzog den Mund und sagte, daß du vielleicht einen äußerst künstlerischen Geschmack besitzt, aber daß du ein Mann seist, den kein anständiges Mädchen kennenlernen und mit dem keine anständige Frau im gleichen Zimmer sein dürfte. Ich erinnerte ihn daran, daß ich dein Freund sei, und fragte, was er damit sagen wollte. Er erklärte es mir. Er sagte es mir geradeheraus vor allen Anwesenden. Es war schrecklich. Warum ist deine Freundschaft so verhängnisvoll für junge Leute? Da war der unglückliche Junge bei der Garde, der Selbstmord beging. Du warst eng mit ihm befreundet. Da war Sir Henry Ashton, der England mit beflecktem Namen verlassen mußte. Ihr beide seid unzertrennlich gewesen. Und Adrian Singleton und sein furchtbares Ende? Und was war mit dem einzigen Sohn von Lord Kent und seiner Zukunft? Ich traf seinen Vater gestern in der St. James Street. Er schien vor Scham und Kummer gebrochen. Und der junge Herzog von Perth? Was für ein Leben führt er jetzt?«

»Still, Basil, du redest über Dinge, von denen du nichts verstehst«, sagte Dorian und biß sich auf die Lippen, »und zudem vergißt du, daß wir im Land der Verleumder und Heuchler leben. Welch ein Leben führen denn diese Moralposaunisten selbst?«

»Dorian, Dorian, du hast einen fürchterlichen Ruf«, fuhr Basil Hallward weiter fort. »Ich weiß, du und Harry, ihr seid dicke Freunde. Darüber möchte ich jetzt nichts sagen, aber ganz gewiß hättest du den Namen seiner Schwester nicht ins Gerede bringen dürfen. Als du Lady Gwendolyn kennenlerntest, kam sie nicht in leisesten Hauch eines Skandals. Gibt es jetzt eine einzige anständige Frau in London, die mit ihr im Park ausfahren würde? Selbst ihren Kindern erlaubt man nicht, bei ihr zu leben. Aber es gibt noch andere Geschichten – daß man dich im Morgengrauen aus verrufenen Häusern hat schleichen sehen und daß du verkleidet in den übelbeleumundetsten Kneipen von London verkehrt bist. Ist das wahr? Kann das wahr sein? Als ich zum erstenmal davon hörte, habe ich gelacht. Wenn ich es jetzt höre, packt mich das Grauen. Und was geht in deinem Landhaus vor, und welch ein Leben führt man dort? Dorian, du weißt nicht, was man über dich spricht. Ich will nicht behaupten, daß ich dir keine Predigt halten will. Ich weiß noch, wie Harry einmal sagte, daß jeder, der sich für den Augenblick zu einem Pfaffen macht, das von sich sagt, um gleich darauf sein Wort zu brechen. Ich will dir eine Predigt halten. Ich will, daß du ein Leben führst, das dir die Achtung der Welt verschafft. Ich möchte, daß dein Name rein und dein Ruf makellos sei. Ich wünschte, daß du die gräßlichen Leute los wirst, mit denen du verkehrst. Du sollst nicht so mit den Schultern zucken. Sei nicht so gleichgültig. Du hast einen großen Einfluß. Laß ihn zum Guten wirken, nicht zum Bösen. Man sagt, du verdirbst jeden, mit dem du vertraut wirst, und es genüge, daß du ein Haus betrittst, um Schande irgendwelcher Art darüber zu bringen. Ich weiß nicht, ob das wahr ist oder nicht. Wie sollte ich es wissen? Aber man sagt es von dir. Man hat mir Dinge erzählt, an denen ich kaum zweifeln kann. Lord Gloucester ist einer meiner engsten Freunde von Oxford her. Er zeigte mir einen Brief von seiner Frau, den sie ihm geschrieben hatte, als sie sterbend und verlassen in ihrer Villa in Mentone lag. Es war die erschütterndste Beichte, die ich je gelesen habe, und darin stand dein Name. Ich sagte ihm, das sei absurd, daß ich dich sehr genau kenne und daß du solcher Dinge nicht fähig seist. Kenne ich dich? Ich bin nicht sicher, ob ich dich kenne. Ehe ich darauf antworten könnte, müßte ich deine Seele sehen.«

»Meine Seele sehen!« stieß Dorian Gray aus und sprang vom Sofa auf, weiß vor Schrecken.

»Ja«, antwortete Hallward ernst und mit unendlicher Trauer in der Stimme – »deine Seele sehen. Aber Gott allein kann das.«

Ein bitteres Hohngelächter brach von den Lippen des Jüngeren. »Du sollst sie selbst sehen, heute nacht!« rief er und nahm eine Lampe vom Tisch. »Komm! Es ist das Werk deiner eigenen Hand. Warum solltest du es nicht sehen? Du kannst nachher aller Welt davon erzählen, wenn du willst. Niemand würde dir glauben. Wenn man dir Glauben schenkte, würde man mich nur um so lieber haben. Ich kenne unser Zeitalter besser als du, der du so langweilig darüber schwätzt. Komm, sage ich. Du hast genug über Verderbnis gesprochen; jetzt sollst du sie sehen, von Angesicht zu Angesicht.«

In jedem dieser Worte lag ein wahnwitziger Hochmut. Er stampfte in seiner knabenhaft anmaßenden Art mit dem Fuß auf. Er empfand eine triumphierende Freude bei der Vorstellung, daß ein anderer nun sein Geheimnis teilen sollte, und daß der Mann, der das Bild, den Ursprung all seiner Schmach, gemalt hatte, für den Rest seines Lebens beladen wäre mit der gräßlichen Erinnerung an das, was er getan hatte.

»Ja«, fuhr er fort und trat auf ihn zu und blickte ihm fest in die Augen, »ich werde dir meine Seele zeigen. Du sollst sehen, was nach deiner Meinung nur Gott zu sehen vermag.«

Hallward wich zurück. »Das ist Blasphemie, Dorian!« rief er vor Schrecken. »So etwas darfst du nicht sagen.«

»So, meinst du?« Er lachte wieder.

»Ich weiß es. Was ich heute abend zu dir sagte, habe ich zu deinem Besten gesagt. Du weißt, daß ich dir immer ein treuer Freund war.«

»Rühr mich nicht an. Sage, was du noch zu sagen hast.«

Jäher Schmerz flog über Hallwards Gesicht und ein jähes Gefühl des Mitleids überkam ihn. Was gab ihm das Recht, sich in Dorian Grays Leben zu mischen? Wenn er nur einen Bruchteil von dem begangen hatte, was man ihm nachsagte, wie mußte er gelitten haben! Er stand auf, ging zum Kamin hinüber und blieb dort stehen, versunken in den Anblick der brennenden Scheite mit ihrer schneeigen Asche und ihrer wabernden Glut.

»Ich warte, Basil«, sagte der junge Mann mit harter, klarer Stimme.

Er drehte sich um. »Was ich zu sagen habe, ist dies«, rief er. »Du mußt mir eine Antwort geben auf die furchtbaren Anschuldigungen, die man gegen dich erhebt. Wenn du mir sagst, daß sie von Anfang bis Ende vollkommen unwahr sind, will ich dir glauben. Streite sie ab, Dorian, streite sie ab! Siehst du denn nicht, was ich durchmache? Mein Gott, sage mir nicht, daß du schlecht, verdorben und ehrlos bist!«

Dorian Gray lächelte. Er verzog verächtlich die Lippen. »Komm mit mir hinauf, Basil«, sagte er ruhig. »Ich führe ein Buch über mein Leben, Tag für Tag, und es bleibt immer in dem Raum, in dem es geschrieben wird. Ich will es dir zeigen, wenn du mit mir kommst.«

»Ich komme mit dir, Dorian, wenn du es wünschst. Ich sehe, ich habe meinen Zug verpaßt. Das macht nichts. Ich kann morgen fahren. Aber verlange nicht, daß ich heute abend noch etwas lese. Alles, was ich will, ist eine offene Antwort auf meine Frage.«

»Die will ich dir oben geben. Hier kann ich es nicht. Du wirst nicht lange zu lesen haben. Laß mich nicht warten.«

Zwölftes Kapitel

Er verließ das Zimmer und begann die Treppe emporzusteigen. Basil Hallward folgte dicht hinter ihm. Sie traten leise auf, wie man es nachts instinktiv tut. Die Lampe warf phantastische Schatten auf die nackte Wand des Treppenhauses. Der Nachtwind hatte sich soeben erhoben und rüttelte an den Fenstern.

Als sie den obersten Treppenabsatz erreichten, stellte Dorian die Lampe auf den Boden, nahm den Schlüssel heraus und steckte ihn ins Schloß.

»Du bestehst darauf, es zu erfahren, Basil?« fragte er leise.

»Ja.«

»Das freut mich«, antwortete er lächelnd. Dann fügte er beinahe bitter hinzu: »Du bist der einzige Mensch auf der Welt, der das Recht hat, alles über mich zu wissen. Du hast mit meinem

Leben mehr zu tun, als du ahnst.« Er nahm die Lampe wieder auf, öffnete die Tür und ging hinein. Ein kalter Luftzug traf sie, und das Licht zuckte einen Augenblick lang zu einer düsteren gelben Flamme auf. Er fröstelte. »Schließe die Tür hinter dir«, sagte er, als er die Lampe auf den Tisch stellte.

Hallward schaute sich verwirrt um. Das Zimmer sah aus, als wäre es seit Jahren nicht mehr bewohnt. Ein zerschlissener flämischer Gobelin, ein verhangenes Bild, ein alter italienisches *Cassone* und ein fast leeres Bücherregal – das war alles, was es außer einem Tisch und einem Stuhl enthielt. Als Dorian Gray auf dem Kaminsims eine halb niedergebrannte Kerze anzündete, sah er, daß der ganze Raum mit Staub bedeckt und der Teppich zerschlissen war. Eine Maus lief rasch hinter die Täfelung. Die Luft roch abgestanden und modrig.

»Du glaubst also, daß nur Gott die Seele sehen kann, Basil? Zieh diesen Vorhang zurück, und du wirst meine Seele sehen.« Seine Stimme klang kalt und grausam.

»Du bist wahnsinnig, Dorian, oder du spielst mir Theater vor«, sagte Hallward stockend und mit gerunzelter Stirn.

»Du willst nicht? Dann muß ich es selbst tun«, sagte der junge Mann; und er riß den Vorhang von der Stange und schleuderte ihn zu Boden.

Hallward stieß einen Schrei des Entsetzens aus, als ihn im düsteren Licht das abscheuliche Gesicht des Monstrums von der Leinwand ansah. In seinem Ausdruck war etwas, das ihn mit Ekel und Abscheu erfüllte.

Großer Gott!

Es war Dorian Grays Gesicht, in das er sah! Noch hatte das Entsetzliche, was immer es sein mochte, jene herrlichen Züge nicht völlig zerstört. Noch lag ein Hauch von Gold auf dem gelichteten Haar und ein schwaches Rot auf den sinnlichen Lippen. Die verquollenen Augen hatten etwas von ihrem lieblichen Blau bewahrt, die edlen Linien der geschwungenen Nasenflügel und des schönen Halses waren noch nicht zur Gänze verschwunden. Ja, es war Dorian. Aber wer hatte das gemalt? Er glaubte, seinen Pinselstrich zu erkennen, und der Rahmen war sein eigener Entwurf. Der Gedanke war ungeheuerlich, und eine Angst ergriff ihn.

Er nahm die brennende Kerze und hielt sie vor das Bild. In der linken Ecke stand sein eigener Name, in langen roten Buchstaben.

Es war eine wahnwitzige Parodie, eine infame, gemeine Satire. Und doch war es sein eigenes Bild. Er erkannte es, und ihm war, als verwandle sich sein erhitztes Blut in blanke Eisnadeln. Sein Bild! Was sollte das bedeuten? Warum hatte es sich verändert? Er drehte sich um und sah Dorian Gray mit fiebrigen Augen an. Sein Mund zuckte, und seine trockene Zunge konnte kein Wort hervorbringen. Er strich sich mit der Hand über die Stirn. Sie war feucht von klebrigem Schweiß.

Der junge Mann lehnte am Kaminsims und beobachtete ihn mit jenem merkwürdigen Ausdruck, den man auf den Gesichtern von Menschen sieht, die in das Spiel eines großen Schauspielers vertieft sind. Es lag weder wirklicher Schmerz noch wirkliche Freude darin. Es war einfach die Leidenschaft des Zuschauers und höchstens in den Augen ein Leuchten des Triumphs. Er hatte die Blume aus seinem Knopfloch genommen und roch daran, oder er tat wenigstens so.

»Was bedeutet das?« stieß Hallward endlich hervor. Seine eigene Stimme klang ihm schrill und fremd.

»Vor Jahren, als ich noch ein Knabe war«, sagte Dorian Gray, »hast du mich kennengelernt, mich angebetet, mir geschmeichelt und mich gelehrt, auf meine Schönheit eitel zu sein. Eines Tages stelltest du mich einem Freund von dir vor, der mir das Wunder der Jugend offenbarte. In einem Augenblick des Wahnsinns, von dem ich heute noch nicht weiß, ob ich ihn bereuen soll oder nicht, sprach ich einen Wunsch aus. Du würdest es vielleicht ein Gebet nennen …«

»Ich erinnere mich! Nein, es ist unmöglich. Das Zimmer ist feucht. Der Schimmel hat die Leinwand zerstört. Die Farben, die ich benutzt habe, enthielten ein zersetzendes mineralisches Gift. Glaube mir, so etwas ist unmöglich!«

»Ach, was ist unmöglich?« flüsterte der junge Mann, ging zum Fenster hinüber und preßte seine Stirn gegen die kalte, nebelfeuchte Scheibe.

»Du hast mir gesagt, du hättest es vernichtet.«

»Das war nicht wahr. Es hat mich vernichtet.«

»Ich kann nicht glauben, daß das mein Bild ist.«

»Erkennst du dein Idol nicht darin?« fragte Dorian scharf.

»Mein Idol, wie du es nennst ...«

»Wie du es nanntest.«

»Darin lag nichts Böses, nichts Schändliches. Dies aber ist das Gesicht eines Satyrs.«

»Es ist das Gesicht meiner Seele.«

»Gott, welch ein Wesen habe ich angebetet! Es hat die Augen eines Teufels.«

»Jeder von uns hat Himmel und Hölle in sich, Basil«, rief Dorian mit einer wilden Geste der Verzweiflung.

Hallward wandte sich wieder dem Bild zu und starrte es an. »Gott! Wenn das wahr ist«, rief er, »und wenn du das aus deinem Leben gemacht hast, mußt du noch schlimmer sein, als man dir nachsagt!«

Er hielt das Licht wieder vor die Leinwand und prüfte sie. Die Oberfläche schien völlig unberührt zu sein und so, wie er sie zum letztenmal gesehen hatte. Es war offensichtlich, daß die Fäulnis und das Entsetzliche von innen her kamen. Durch einen unerklärlichen inneren Verfallsprozeß fraß sich der Aussatz der Sünde langsam in die Gestalt. Die Verwesung eines Leichnams in einem feuchten Grab war nicht so schaurig.

Seine Hand zitterte, und die Kerze fiel aus dem Leuchter zu Boden und blieb flackernd liegen. Er zertrat sie mit dem Fuß. Dann warf er sich in den wackligen Stuhl, der am Tisch stand, und vergrub sein Gesicht in den Händen.

»Großer Gott, Dorian, was für eine Lehre! Was für eine schreckliche Lehre!«

Es kam keine Antwort, aber er hörte den jungen Mann am Fenster schluchzen.

»Bete, Dorian, bete«, sagte er leise. »Was hat man uns in der Kindheit gelehrt? ›Führe uns nicht in Versuchung. Vergib uns unsere Schuld. Wasche uns rein von unseren Missetaten.‹ Laß es uns gemeinsam sagen. Das Gebet deines Stolzes wurde erhört. Das Gebet deiner Reue wird auch erhört werden. Ich habe dich zu sehr geliebt. Ich bin dafür gestraft worden. Du hast dich selbst zu sehr geliebt. Wir sind beide gestraft worden.«

Dorian Gray wandte sich langsam und sah ihn mit tränendunklen Augen an. »Es ist zu spät, Basil«, flüsterte er.

»Es ist nie zu spät, Dorian. Laß uns niederknien und versuchen, uns an ein Gebet zu erinnern. Steht nicht irgendwo der Vers: ›Und wenngleich deine Sünden wie Scharlach sind, so will ich dir verzeihen wie dem Kind.‹«

»Diese Worte haben für mich ihren Sinn verloren.«

»Still, sag das nicht. Du hast genug Böses in deinem Leben getan. Mein Gott! Siehst du nicht, wie uns das fluchbeladene Ding anstarrt?«

Dorian Gray sah auf das Bild, und plötzlich überfiel ihn zügelloser Haß gegen Basil Hallward. Die blinde Wut eines gehetzten Tieres stieg in ihm auf, und er haßte ihn mehr, als er je etwas in seinem Leben gehaßt hatte. Er blickte wild um sich. Etwas Schimmerndes lag auf der bemalten Truhe vor ihm. Sein Blick fiel darauf. Er wußte, was es war. Es war ein Messer, das er vor einigen Tagen heraufgebracht hatte, um ein Stück Schnur abzuschneiden, und das er vergessen hatte. Er bewegte sich an Hallward vorbei langsam darauf zu. Kaum war er hinter ihm, griff er danach und drehte sich um. Hallward machte eine Bewegung, als wollte er vom Stuhl aufstehen. Er stürzte sich auf ihn und stieß das Messer in die große Ader hinter dem Ohr, dabei preßte er den Kopf des Mannes auf den Tisch und stieß immer und immer wieder zu.

Ein schwaches Röcheln war zu hören und das fürchterliche Gurgeln eines Menschen, der im Blut erstickt. Dreimal fuhren die ausgestreckten Arme krampfhaft in die Höhe, und die steiffingrigen Hände zuckten marionettenhaft in der Luft. Er stieß noch einmal zu, aber der Mann rührte sich nicht mehr. Etwas begann auf den Boden zu tropfen. Er wartete einen Augenblick, wobei er noch immer den Kopf nach unten drückte. Dann warf er das Messer auf den Tisch und lauschte.

Er hörte nichts als das Tropfen auf den zerschlissenen Teppich. Er öffnete die Tür und trat ins Treppenhaus. Es war ganz still. Niemand war wach.

Er zog den Schlüssel heraus, trat ins Zimmer zurück und schloß sich ein.

Die Gestalt saß noch immer in dem Stuhl, mit gesenktem Kopf über den Tisch gelehnt, mit gekrümmtem Rücken und langen, grotesken Armen. Wäre nicht die rote, klaffende Wunde im Hals gewesen und die dunkle, gerinnende Blutlache, die sich langsam auf dem Tisch ausbreitete, hätte man denken können, daß der Mann nur schläft.

Wie schnell alles geschehen war! Er fühlte sich seltsam ruhig, ging ans Fenster, öffnete es und trat auf den Balkon hinaus. Der Wind hatte den Nebel zerteilt, und der Himmel war wie ein riesiges Pfauenrad, mit Myriaden von goldenen Augen bestirnt. Er blickte hinunter und sah den Polizisten, der seine Runde machte und seine Blendlaterne auf die Türen der schweigenden Häuser richtete. Das rote Licht einer vorbeifahrenden Droschke tauchte an der Straßenecke auf und verschwand wieder. Eine Frau mit flatterndem Schal schlich langsam und stolpernd an den Gittern entlang. Ab und zu blieb sie stehen und sah sich um. Einmal begann sie, mit heiserer Stimme zu singen. Der Polizist kam herüber und sagte etwas zu ihr. Lachend schwankte sie weiter. Ein scharfer Wind fegte über den Platz. Die Gaslaternen flackerten bläulich auf, und die entblätterten Bäume schüttelten stöhnend ihre schwarzen, schweren Äste. Er fröstelte, trat zurück und schloß das Fenster hinter sich.

Er ging zur Tür, drehte den Schlüssel um und öffnete sie. Er sah sich nicht einmal mehr nach dem Ermordeten um. Er fühlte, daß das Geheimnis der ganzen Sache darin liege, sich die Wirklichkeit der Lage nicht klarzumachen. Der Freund, der das verhängnisvolle Bild gemalt hatte, das an all seinem Elend schuld war, war aus seinem Leben verschwunden.

Das genügte.

Da fiel ihm die Lampe ein. Es war eine ziemlich seltene maurische Arbeit, aus mattem Silber getrieben und mit Arabesken aus poliertem Stahl eingelegt. Sein Diener könnte sie vermissen und ihn danach fragen. Einen Augenblick zögerte er, dann kehrte er um und nahm sie vom Tisch. Wie unbeweglich der Mann war! Wie schrecklich weiß die langen Hände aussahen! Er sah aus wie eine groteske Wachsfigur.

Er sperrte die Tür zu und schlich leise die Treppe hinab. Die hölzernen Stufen knarrten und schienen zu ächzen. Er blieb mehrere Male stehen und lauschte.

Nichts. Alles war still.

Es war nur der Widerhall seiner eigenen Schritte.

Als er in die Bibliothek zurückkam, entdeckte er die Reisetasche und den Mantel in der Ecke. Er mußte sie irgendwo verbergen. Er öffnete ein Geheimfach in der Wandtäfelung, in dem er seine nächtlichen Verkleidungen aufbewahrte, und stellte die Sachen hinein. Er konnte sie später leicht verbrennen. Dann zog er seine Uhr heraus. Es war zwanzig Minuten vor zwei.

Er setzte sich hin und überlegte. Jedes Jahr – beinahe jeden Monat – wurden in England Leute für das gehängt, was er getan hatte. Es hatte ein mörderischer Wahnsinn in der Luft gelegen. Irgendein roter Komet war der Erde zu nahe gekommen.

Beweise?

Welche Beweise lagen gegen ihn vor?

Basil Hallward hatte das Haus um elf Uhr verlassen. Niemand hatte ihn zurückkommen sehen. Die meisten Dienstboten waren nach Selby Royal gefahren. Sein Kammerdiener war zu Bett …

Paris! Ja, Basil war mit dem Mitternachtszug nach Paris gefahren, wie er es beabsichtigte. Durch seine seltsame, zurückhaltende Lebensart würden Monate vergehen, ehe ein Argwohn wach wurde.

Monate?

Alles konnte lange vorher vernichtet sein.

Plötzlich kam ihm ein Gedanke. Er zog seinen Pelz an, setzte den Hut auf und ging in die Halle hinaus. Dort blieb er stehen und lauschte auf den langsamen, schweren Schritt des Polizisten draußen auf dem Pflaster und sah den Widerschein seiner Laterne im Fenster.

Er wartete mit angehaltenem Atem.

Nach ein paar Augenblicken öffnete er die Tür, schlüpfte hinaus und zog sie leise hinter sich zu. Dann zog er die Klingel. Nach etwa zehn Minuten erschien sein Diener, halb angezogen und sehr verschlafen. »Es tut mir leid, daß ich Sie habe wecken müssen, Francis«, sagte er und trat ein; »ich habe meinen Schlüssel vergessen. Wieviel Uhr ist es?«

»Fünf Minuten nach zwei, gnädiger Herr«, antwortete der Mann, indem er gähnend auf die Uhr schaute.

»Fünf Minuten nach zwei? Schrecklich spät! Sie müssen mich morgen um neun Uhr wecken. Ich habe etwas zu tun.«

»Sehr wohl, Sir.«

»War heute abend jemand hier?«

»Mr. Hallward, Sir. Er blieb bis elf und ging dann, um seinen Zug zu erreichen.«

»Oh, es tut mir leid, daß ich ihn nicht mehr gesehen habe. Hat er eine Nachricht hinterlassen?«

»Nein, nur daß er Ihnen schreiben würde, Sir.«

»Gut, Francis. Vergessen Sie nicht, mich morgen um neun zu wecken.«

»Nein, Sir.«

Der Mann schlurfte in seinen Pantoffeln zu seinem Zimmer hinunter.

Dorian Gray warf Hut und Mantel auf den Tisch und ging in die Bibliothek. Eine Viertelstunde lang ging er mit zusammengekniffenen Lippen auf und ab und überlegte. Dann nahm er das Adreßbuch aus einem Regal und fing an, darin zu blättern.

»Alan Campbell, 152, Hertford Street, Mayfair.«

Ja; das war genau der Mann, den er brauchte.

Dreizehntes Kapitel

Am nächsten Morgen um neun kam sein Diener herein mit einer Tasse Schokolade auf dem Tablett und öffnete die Läden. Dorian schlief ganz ruhig, er lag auf der rechten Seite und hatte eine Hand unter seine Wange geschoben. Er sah aus wie ein Knabe, der beim Spiel oder beim Lernen müde geworden war.

Der Mann mußte ihn zweimal an der Schulter berühren, ehe er aufwachte, und als er die Augen öffnete, ging ein leichtes Lächeln über seine Lippen, als hätte ihn ein köstlicher Traum entführt. Doch er hatte nicht geträumt. Sein Schlaf war von keinem Bild der Freude oder des Schmerzes gestört. Denn die Jugend lächelt ohne Grund. Das ist einer ihrer größten Reize.

Er drehte sich um, stützte sich auf den Ellbogen und begann die Schokolade zu trinken. Die milde Novembersonne strömte ins Zimmer. Der Himmel war leuchtend blau, und eine heitere Wärme lag in der Luft. Es war fast wie ein Morgen im Mai.

Allmählich kamen auf leisen, blutbefleckten Sohlen die Ereignisse der vergangenen Nacht in sein Gedächtnis zurück und richteten sich dort in furchtbarer Deutlichkeit auf. Er erschauerte bei der Erinnerung an alles, was er durchlitten hatte, und für einen Augenblick kehrte das gleiche seltsame Haßgefühl gegen Basil Hallward zurück, das ihn getrieben hatte, den Freund zu töten, als dieser im Stuhl saß, und ihn fröstelte vor Wut. Der Tote saß noch immer dort, und jetzt gar im Sonnenlicht. Wie entsetzlich das war! So gräßliche Dinge waren für die Dunkelheit, nicht für den Tag.

Er fühlte, wenn er darüber grübelte, was er durchgemacht hatte, würde er krank oder wahnsinnig werden. Es gab Sünden, deren Reiz mehr in der Erinnerung lag als in der Tat selbst, heimliche Triumphe, die mehr dem Stolz schmeicheln als die Leidenschaft befriedigten, und dem Intellekt ein sublimeres Gefühl der Lust verschafften, als sie es jemals den Sinnen bereiten konnten. Aber dies hier gehörte nicht dazu. Es war etwas, das man aus dem Gedächtnis verbannen, mit Mohnsaft ersticken mußte, um nicht selbst daran zu ersticken.

Er strich sich mit der Hand über die Stirn, dann stand er schnell auf und kleidete sich an, wobei er noch mehr Aufmerksamkeit als sonst auf die Wahl seiner Krawatte und der Nadel verwandte und seine Ringe mehrmals austauschte.

Er saß lange beim Frühstück, kostete von den verschiedenen Gerichten, sprach mit seinem Diener über einige neue Livreen, die er für die Dienerschaft in Selby machen lassen wollte, und sah seine Korrespondenz durch. Bei einigen Briefen lächelte er. Drei ärgerten ihn. Einen las er mehrmals durch und zerriß ihn dann mit einem Ausdruck der Ungeduld. »Wie gräßlich doch das Gedächtnis der Frauen ist!« hatte Lord Henry einmal gesagt.

Als er eine Tasse Kaffee getrunken hatte, setzte er sich an den Tisch und schrieb zwei Briefe. Einen steckte er in die Tasche, den anderen gab er dem Diener.

»Bringen Sie das in die Hertford Street, Nr. 152, Francis, und wenn Mr. Campbell verreist ist, lassen Sie sich seine Adresse geben.«

Sobald er allein war, zündete er sich eine Zigarette an und begann auf einem Stück Papier zu zeichnen, erst Blumen, dann architektonische Ornamente, schließlich Gesichter. Plötzlich bemerkte er in jedem Gesicht, das er zeichnete, eine phantastische Ähnlichkeit mit Basil Hallward. Leicht verärgert stand er auf, ging an den Bücherschrank und nahm aufs Geratewohl ein Buch heraus. Er war entschlossen, an das Geschehene nicht eher zu denken, als bis es unbedingt notwendig war.

Als er sich auf dem Sofa ausgestreckt hatte, schaute er auf den Titel des Buches. Es waren Gautiers *»Emaux et Camées«*, in der Ausgabe von Charpentier auf Japanpapier, mit Radierungen von Jaquemart. Es war in zitronengrünes Leder mit einem Muster aus goldenem Gitterwerk und mit Granatäpfeln gebunden. Es war ein Geschenk von Adrian Singleton. Als er darin blätterte, fiel sein Blick auf das Gedicht über die Hand Lacenaires, jene kalte, gelbe Hand »du supplice encore mal layée«, mit dem roten Flaum und den »doigts de faune«. Er sah auf seine eigenen weißen schlanken Finger und zitterte leicht, obwohl er es zu vermeiden suchte. Er blätterte weiter, bis er zu jenen schönen Versen über Venedig kam:

Sur une gamme chromatique,
Le sein de perles ruisselant,
La Vénus de l'Adriatique
Sort de l'eau son corps rose et blanc.

Les dômes, sur l'azur des ondes
Suivant la phrase au pur contour,
S'enflent comme des gorges rondes
Que soulève un soupir d'amour.

L'esquif aborde et me dépose,
Jetant son amarre au pilier,
Devant une façade rose,
Sur le marbre d'un escalier.

Wie herrlich sie waren! Wenn man sie las, glaubte man, in einer schwarzen Gondel mit silbernem Bug und schleifenden Vorhängen durch die grünen Wasserstraßen in jener rosen- und perlfarbenen Stadt dahinzugleiten. Sogar die Zeilen wirkten auf ihn wie die geraden, türkisblauen Linien, die einem folgen, wenn man hinaus zum Lido fährt. Die plötzlichen Farbblitze erinnerten ihn an das Schimmern der iris- und opalfarbenen Vogelkehlen, an die Vögel, die um den schlanken, Bienenwaben gleichen Campanile flattern oder mit so vornehmer Anmut durch die schattigen Arkaden stelzen. Mit halbgeschlossenen Augen zurückgelehnt, skandierte er immer und immer wieder für sich die Zeilen:

Devant une façade rose,
Sur le marbre d'un escalier.

Das ganze Venedig lag in diesen beiden Zeilen. Er dachte an den Herbst, den er dort verlebt hatte, und an eine wunderbare Liebe, die ihn zu köstlichen, phantastischen Torheiten verleitet hatte. Jeder Ort besaß seine ihm anhaftende Romantik. Aber Venedig hatte wie Oxford auch den Hintergrund für Romantik bewahrt, und Hintergrund bedeutet alles oder doch fast alles. Basil hatte einen Teil der Zeit mit ihm verbracht und war ganz außer sich vor Bewunderung für Tintoretto. Armer Basil! Welche furchtbare Art für einen Menschen, so zu sterben!

Seufzend nahm er das Buch wieder auf und versuchte zu vergessen. Er las von den Schwalben, die in dem kleinen Café in Smyrna aus und ein fliegen, wo die Hadschis sitzen und die Bernsteinperlen ihrer Gebetsketten zählen, und wo die Kaufleute im Turban ihre langen Pfeifen rauchen und sich mit ernsten Gesichtern unterhalten; er las von dem Obelisken auf der Place de la Concorde, der in seinem einsamen, sonnenarmen Exil granitene Tränen weint und sich nach dem heißen, lotusbewachsenen Nil sehnt, wo die Sphinx steht und es rosarote Ibisse und weiße Geier mit güldenen Klauen gibt und Krokodile mit kleinen Beryllaugen, die über den grünen, dampfenden Schlamm kriechen; und von der fremdartigen Statue, die Gautier mit einer Altstimme vergleicht, das »monstre charmant«, das im Porphyrsaal des Louvre liegt. Aber nach einiger Zeit entglitt ihm das Buch. Er wurde nervös, und eine schreckliche Angst überkam ihn. Was geschah, wenn Alan Campbell nicht in England war? Es konnten Tage vergehen, ehe er zurückkehrte. Vielleicht weigerte er sich zu kommen. Was sollte er dann tun? Jeder Augenblick entschied über Leben oder Tod.

Sie waren einmal enge Freunde gewesen, vor fünf Jahren – beinahe unzertrennlich. Dann hörte die Vertrautheit plötzlich auf. Wenn sie sich jetzt in Gesellschaft trafen, so war es nur Dorian Gray, der lächelte: Alan Campbell tat es nie.

Er war ein außerordentlich kluger junger Mann, obwohl er keinen Sinn für die bildende Kunst besaß, und das wenige Verständnis für die Schönheit der Poesie ausschließlich Dorian verdankte. Seine dominierende intellektuelle Leidenschaft lag in den exakten Wissenschaften. In Cambridge hatte er die meiste Zeit im Laboratorium zugebracht und ein gutes Examen in den Naturwissenschaften gemacht. Er beschäftigte sich noch immer mit Chemie und hatte ein eigenes Laboratorium, in dem er sich oft den ganzen Tag lang einschloß, zur großen Enttäuschung seiner Mutter, die sich in den Kopf gesetzt hatte, daß er fürs Parlament kandidieren sollte, und die von einem Chemiker nur die Vorstellung hatte, daß er wie ein Drogist Rezepte zusammenstellt. Er war aber auch ein ausgezeichneter Musiker und spielte Geige und Klavier besser als die meisten Dilettanten. Die Musik war es auch, die ihn zuerst mit Dorian Gray zusammengeführt hatte, die Musik und jene undefinierbare Anziehungskraft, die Dorian ausübte, auf wen er wollte, und oftmals ohne sich dessen bewußt zu werden. Sie hatten sich an dem Abend bei Lady Berkshire kennengelernt, als Rubinstein dort spielte, und seitdem sah man sie immer zusammen in der Oper und überall, wo es gute Musik gab. Ihre Freundschaft dauerte achtzehn Monate. Campbell war immer entweder auf Selby Royal oder am Grosvenor Square. Dorian war für ihn, wie für viele andere, die Verkörperung all dessen, was im Leben herrlich und bezaubernd ist. Ob es einen Streit zwischen ihnen gegeben hatte, erfuhr man nie. Aber plötzlich bemerkte man, daß sie kaum miteinander sprachen, wenn sie sich trafen, und daß Campbell jede Gesellschaft früh verließ, wenn Dorian Gray anwesend war. Er war auch verändert – war zuweilen seltsam melancholisch, schien es beinahe zu hassen, ernster Musik zuzuhören, und wenn er aufgefordert wurde, zu spielen, entschuldigte er sich, daß er so sehr von der Wissenschaft in Anspruch genommen sei, und ihm keine Zeit zum Üben bliebe. Immer mehr interessierte er sich für Biologie, und sein Name tauchte in wissenschaftlichen Zeitschriften auf in Verbindung mit gewissen merkwürdigen Experimenten.

Auf diesen Mann wartete Dorian Gray, während er im Zimmer auf und ab lief wie ein schönes gefangenes Tier, jede Sekunde auf die Uhr sah, und wie die Minuten verstrichen, immer erregter wurde. Seine Schritte waren weit und hastig, seine Hände merkwürdig kalt.

Das Warten wurde immer unerträglicher. Die Zeit schien in bleierner Müdigkeit dahinzuschleichen, während er von Sturmböen gepeitscht auf einen finsteren Abgrund zugetrieben wurde. Was dort auf ihn wartete, das wußte er. Es tanzte ihm in schrecklicher Wirklichkeit vor Augen, und so preßte er seine Hände mit solcher Gewalt auf seine Lider, als wollte er sein Gehirn zerquetschen und seine Augen der Sehkraft berauben.

Es war zwecklos.

Die Einbildung, die die Angst grotesk machte, krümmte und wand sich wie eine geschundene Kreatur, tanzte wie eine elende Marionette auf dem Schaugestell und bleckte durch ständig wechselnde Masken. Dann – plötzlich – stand die Zeit für ihn still.

Ja, wirklich, jenes blinde, langsame Ding kroch nicht mehr dahin. Nun, da die Zeit tot war, sprangen schreckenerregende Gespinste in den Vordergrund und zerrten eine schauderhafte Zukunft aus der Gruft des Vergessens und wiesen sie ihm. Er blickte mit Schrecken darauf und erstarrte.

Endlich öffnete sich die Tür, und sein Diener trat ein.

»Mr. Alan Campbell, gnädiger Herr.«

Ein Seufzer der Erleichterung kam von seinen trockenen Lippen, und die Farbe kehrte in seine Wangen zurück.

»Bitten Sie ihn gleich herein, Francis.«

Er hatte sich wieder in der Gewalt. Der Anfall von Feigheit und Schwäche war vorbeigegangen.

Der Mann verbeugte sich und ging hinaus. Kurz darauf erschien Alan Campbell; er sah ernst und ziemlich bleich aus, und seine Blässe wurde durch das kohlschwarze Haar und die dunklen Augenbrauen noch betont.

»Alan! Das ist lieb von dir. Danke, daß du gekommen bist.«

»Ich hatte mir vorgenommen, dein Haus nie wieder zu betreten, Gray. Aber du schriebst, es ginge um Leben und Tod.« Seine Stimme klang kalt und hart. Er sprach langsam, jedes Wort abwägend. Ein Ausdruck von Verachtung lag in dem ruhigen, forschenden Blick, den er auf Dorian richtete. Er behielt die Hände in den Taschen seines Astrachinmantels und übersah die Geste, mit der er begrüßt worden war.

»Ja, es handelt sich um Leben und Tod, Alan, und für mehr als einen Menschen. Setz dich.«

Campbell nahm einen Stuhl am Tisch, und Dorian setzte sich ihm gegenüber. Die Augen der beiden Männer trafen sich. In Dorians Blick war unendliches Mitleid. Er wußte, was er zu tun beabsichtigte, war schrecklich.

Nach einem gespannten Schweigen beugte er sich vor und sagte sehr ruhig, wobei er aber die Wirkung jedes einzelnen Worts auf dem Gesicht des Mannes, den er hatte holen lassen, beobachtete: »Alan, in einem verschlossenen Zimmer unter dem Dach dieses Hauses, zu dem außer mir niemand Zutritt hat, sitzt ein Toter am Tisch. Er ist seit zehn Stunden tot. Steh nicht auf und schau mich nicht so an. Wer der Mann ist, warum er starb, wie er starb, sind Dinge, die dich nichts angehen. Was du zu tun hast, ist dies ...«

»Halt, Gray. Ich will nichts mehr hören. Ob das wahr ist oder nicht, ist mir gleichgültig. Ich lehne entschieden ab, in dein Leben hineingezogen zu werden. Behalte deine fürchterlichen Geheimnisse für dich. Sie interessieren mich nicht mehr.«

»Alan, sie werden dich interessieren müssen. Dieses eine wenigstens. Du tust mir furchtbar leid, Alan. Aber ich kann es dir nicht ersparen. Du bist der einzige Mensch, der imstande ist, mich zu retten. Ich bin gezwungen, dich in die Sache hineinzuziehen. Ich habe keine andere Wahl. Alan, du bist Wissenschaftler, du weißt in der Chemie Bescheid und in ähnlichen Dingen. Du hast Experimente gemacht. Was du tun mußt, ist, das Wesen dort oben verschwinden zu lassen, so daß keine Spur davon übrigbleibt. Niemand hat den Erwähnten ins Haus kommen sehen. Tatsächlich denkt man, er sei im Augenblick in Paris. Man wird ihn monatelang nicht vermissen. Wenn er vermißt wird, darf hier keine Spur von ihm zu finden sein. Du, Alan, mußt ihn und alles, was ihm gehört, in eine Hand Asche verwandeln, die ich in die Winde streuen kann.«

»Du bist wahnsinnig, Dorian.«

»Ah – ich habe darauf gewartet, daß du mich Dorian nennst.«

»Du bist wahnsinnig, sag ich dir – wahnsinnig, wenn du glaubst, daß ich nur einen Finger rühren werde, um dir zu helfen, wahnsinnig, mir dieses ungeheuerliche Geständnis zu machen. Ich will nichts damit zu tun haben, was es auch ist. Bildest du dir ein, ich setze deinetwegen meinen Ruf aufs Spiel? Was geht es mich an, welch Teufelswerk du angerichtet hast?«

»Es war Selbstmord, Alan.«

»Das freut mich. Aber wer hat ihn dazu getrieben? Du doch, vermute ich.«

»Weigerst du dich noch immer, es für mich zu tun?«

»Natürlich weigere ich mich. Ich will absolut nichts damit zu tun haben. Es ist mir gleichgültig, welche Schande dich trifft. Du hast sie verdient. Es würde mir nicht leid tun, dich entehrt zu sehen, öffentlich entehrt. Wie kannst du es wagen, gerade mich von allen Menschen in der Welt in diese grauenhafte Angelegenheit hineinzuziehen. Niemals wirst du mich dazu bringen, dir zu helfen. Ich hätte gedacht, daß du mehr von menschlichem Charakter verstehst. Dein Freund Lord Henry Wotton kann dich nicht viel Psychologie gelehrt haben, was er dir auch sonst beigebracht haben mag. Nichts kann mich dazu veranlassen, auch nur einen Schritt zu tun, um dir zu helfen. Du bist an den Falschen geraten. Geh zu deinen Freunden. Komm nicht zu mir.«

»Alan, es war Mord. Ich habe ihn getötet. Du weißt nicht, was ich durch ihn gelitten habe. Was immer mein Leben ist, er hat es mehr beeinflußt und verdorben, als der arme Henry es je getan hat. Es mag nicht in seiner Absicht gelegen haben, das Ergebnis war das gleiche.«

»Mord! Oh Gott, Dorian, so weit ist es mit dir gekommen? Ich werde dich nicht anzeigen. Das ist nicht meine Sache. Außerdem wirst du auch ohne mein Zutun sicher gefaßt werden. Niemand begeht einen Mord, ohne sich zu verraten. Aber ich will nichts damit zu tun haben.«

»Alles, was ich von dir verlange, ist, daß du ein wissenschaftliches Experiment ausführst. Du gehst in Krankenhäuser und Leichenhallen, und das Grausige, was du dort tust, berührt dich nicht. Wenn dieser Mann in einem scheußlichen Seziersaal oder einem stinkenden Laboratorium auf einem Metalltisch mit roten Abflußrinnen liegen würde, so würdest du ihn einfach als wunderbares Studienobjekt betrachten. Kein Haar würde sich dir sträuben. Du hättest nicht das Gefühl, etwas Unrechtes zu tun. Im Gegenteil, du würdest wahrscheinlich der Meinung sein, daß du der Menschheit etwas Gutes tust, die Erkenntnis erweiterst oder intellektuelle Neugier befriedigst und was dieser Dinge mehr sind. Was ich von dir verlange, ist etwas, das du schon oft getan hast. Eigentlich muß es weniger schlimm sein, einen Leichnam zu vernichten, als was du sonst zu tun gewohnt bist. Und vergiß nicht, es ist das einzige Beweisstück gegen mich. Wird es entdeckt, so bin ich verloren; und es wird ganz gewiß entdeckt, wenn du mir nicht hilfst.«

»Ich hab keine Lust, dir zu helfen. Das vergißt du. Mir ist die ganze Sache einfach gleichgültig. Ich habe nichts mit ihr zu tun.«

»Alan, ich beschwöre dich. Denke, in welcher Lage ich mich befinde. Ehe du kamst, war ich fast ohnmächtig vor Angst. Nein, denk nicht daran. Sieh die Sache rein vom wissenschaftlichen Standpunkt her. Du fragst auch nicht, woher die Leichen kommen, an denen du experimentierst. Frag auch jetzt nicht. Ich habe dir ohnehin zuviel gesagt. Aber ich bitte dich, tu es. Wir waren doch einmal Freunde, Alan.«

»Sprich nicht von jenen Tagen, Dorian; sie sind tot.«

»Manchmal bleiben die Toten. Der Mann dort oben geht nicht fort. Er sitzt am Tisch mit hängendem Kopf und ausgestreckten Armen. Alan, Alan, wenn du mir nicht hilfst, bin ich verloren. Sie werden mich hängen, Alan. Begreifst du denn nicht? Sie werden mich hängen für das, was ich getan habe.«

»Es hat keinen Sinn, diese Szene zu verlängern. Ich lehne es absolut ab, etwas in der Sache zu tun. Es ist Irrsinn von dir, mich darum zu bitten.«

»Du weigerst dich endgültig?«

»Ja.«

»Ich beschwöre dich, Alan!«

»Das ist sinnlos.«

Wieder kam der Ausdruck von Mitleid in Dorians Augen. Er streckte die Hand nach einem Stück Papier aus und schrieb etwas darauf. Er las es, faltete es zusammen und schob es über den Tisch. Dann stand er auf und trat ans Fenster.

Campbell sah ihn verwundert an, nahm das Papier und öffnete es. Als er es las, wurde sein Gesicht aschfahl, und er fiel in seinen Stuhl zurück. Ein fürchterliches Gefühl der Schwäche überkam ihn. Ihm war, als schlage sein Herz in einem leeren Raum sich zu Tode.

Nach zwei bis drei Minuten furchtbaren Schweigens drehte sich Dorian um, trat hinter ihn und legte ihm die Hand auf die Schulter.

»Es tut mir für dich leid, Alan«, sagte er leise, »aber du läßt mir keine andere Wahl. Ich habe schon einen Brief geschrieben. Hier ist er. Du kennst die Adresse. Wenn du mir nicht hilfst, werde ich ihn abschicken. Du kennst die Folgen. Aber du wirst mir helfen. Du kannst es mir nicht mehr verweigern. Ich wollte dir das ersparen. Du wirst mir das gerechterweise zugestehen müssen. Du warst hart, scharf, beleidigend. Du hast mich behandelt, wie kein Mensch je gewagt hat, mich zu behandeln – jedenfalls kein lebender. Ich habe alles ertragen. Jetzt ist es an mir, Bedingungen zu stellen.«

Campbell vergrub sein Gesicht in den Händen, und ein Schauer durchlief ihn.

»Ja, jetzt ist die Reihe an mir, Alan, die Bedingungen zu stellen. Du kennst sie. Die Sache ist ganz einfach. Komm, steigere dich nicht in dieses Fieber. Es muß getan werden.«

Ein Stöhnen kam von Campbells Lippen, und er bebte am ganzen Körper. Das Ticken der Uhr auf dem Kaminsims schien die Zeit in einzelne Atome eines Todeskampfs zu zerlegen, jedes von ihnen zu grauenhaft, um ertragen zu werden. Er hatte die Empfindung, als würde ein eiserner Ring langsam um seine Stirn zusammengezogen, als ob das Unheil, von dem er bedroht war, schon über ihn gekommen sei. Die Hand auf seiner Schulter wog schwer wie Blei. Sie war unerträglich. Sie schien ihn erdrücken zu wollen.

»Komm, Alan, du mußt dich sofort entscheiden.«

Er zögerte einen Augenblick. »Ist ein Ofen dort oben im Zimmer?« fragte er leise.

»Ja, ein Gasofen mit Asbestverkleidung ist da.«

»Ich muß nach Hause gehen und Verschiedenes aus dem Laboratorium holen.«

»Nein, Alan, du wirst das Haus nicht verlassen. Schreibe auf ein Blatt Papier, was du brauchst, und mein Diener wird einen Wagen nehmen und dir die Sachen bringen.«

Campbell schrieb ein paar Zeilen, löschte sie ab und adressierte einen Umschlag an seinen Assistenten. Dorian nahm das Blatt und las es sorgfältig durch. Dann klingelte er und gab es seinem Diener mit dem Auftrag, so schnell wie möglich zurückzukehren und die Sachen mitzubringen. Als die Haustür ins Schloß fiel, sprang Campbell auf und ging zum Kamin hinüber. Er zitterte wie in einem Schüttelfrost. Fast zwanzig Minuten vergingen, und keiner der Männer sprach ein Wort. Eine Fliege summte geräuschvoll durch das Zimmer, und das Ticken der Uhr war wie Hammerschläge. Als es ein Uhr schlug, wandte sich Campbell um, und als er Dorian Gray anschaute, sah er, daß seine Augen mit Tränen gefüllt waren. In den reinen, edlen Zügen dieses traurigen Gesichts schien ihn etwas zu empören.

»Du bist ein Schuft, ein infamer Schuft, Dorian!« sagte er tonlos.

»Sei still, Alan, du hast mir das Leben gerettet«, sagte Dorian.

»Dein Leben? O Gott! Was ist das für ein Leben! Du bist von Niedertracht zu Niedertracht geschritten, und jetzt hast du den Gipfel des Verbrechens erreicht. Wenn ich tue, was du mich zu tun zwingst, so denke ich dabei nicht an dein Leben.«

»Ach, Alan«, flüsterte Dorian mit einem Seufzer, »ich wünschte, daß du nur den tausendsten Teil des Mitleids für mich hättest, das ich für dich hege.« Er wandte sich um, während er sprach, und sah in den Garten hinaus. Campbell gab keine Antwort.

Zehn Minuten später klopfte es an der Tür, und der Diener trat ein; er brachte einen großen Mahagonikasten mit Chemikalien, darauf stand eine kleine Elektrobatterie. Er stellte das Ganze auf den Tisch und legte dann noch eine große Rolle Platindraht und zwei merkwürdig geformte Eisenklammern dazu.

»Soll ich die Sachen hier lassen, Sir?« fragte er Campbell.

»Ja«, sagte Dorian, »aber entschuldigen Sie, Francis, daß ich noch einen Auftrag für Sie habe. Wie heißt der Mann in Richmond, der die Orchideen nach Selby liefert?«

»Harden, gnädiger Herr.«

»Ach ja, Harden. Sie müssen gleich nach Richmond fahren und mit Harden sprechen, er soll doppelt so viel Orchideen schicken, wie ich bestellt hatte, und so wenig weiße wie möglich. Eigentlich möchte ich überhaupt keine weißen. Es ist ein schöner Tag heute, Francis, und Richmond ist ein sehr hübscher Ort, sonst würde ich Sie nicht damit behelligen.«

»Keine Sorge, Sir. Wann soll ich zurück sein?«

Dorian sah zu Campbell. »Wie lange wird dein Experiment dauern, Alan?« fragte er mit ruhiger, gleichgültiger Stimme. Die Gegenwart eines Dritten gab ihm Gelassenheit.

Campbell runzelte die Stirn und biß sich auf die Lippen. »Ungefähr fünf Stunden wird es dauern«, gab er zur Antwort.

»Dann ist es früh genug, wenn Sie um halb acht zurück sind, Francis. Oder warten Sie: Richten Sie mir meine Sachen zum Ankleiden her, Sie können dann den Abend für sich haben. Ich esse nicht zu Hause und brauche Sie also nicht.«

»Ich danke Ihnen, Sir«, sagte der Mann und ging.

»Und jetzt, Alan, ist kein Augenblick mehr zu verlieren. Wie schwer dieser Kasten ist! Ich werde ihn tragen, nimm du die anderen Sachen.« Er sprach schnell und in befehlendem Ton. Campbell fühlte sich in seiner Gewalt. Sie gingen hinauf.

Als sie den obersten Treppenabsatz erreichten, zog Dorian den Schlüssel heraus und drehte ihn im Schloß. Dann blieb er stehen, und ein verstörter Ausdruck kam in sein Gesicht. Er schauderte. »Ich glaube, ich kann nicht hineingehen, Alan«, flüsterte er.

»Das macht mir nichts aus. Ich brauche dich nicht«, erwiderte Campbell kalt.

Dorian öffnete die Tür zur Hälfte. Dabei sah er, wie ihn sein Bildnis anbleckte. Am Boden lag der heruntergerissene Vorhang. Er erinnerte sich, daß er in der vorhergehenden Nacht zum erstenmal in seinem Leben vergessen hatte, es zu verhüllen. Er wollte schon nach vorne stürzen, aber was war das für ein widerwärtiger roter Fleck, der feucht und glänzend auf der einen Hand leuchtete, als hätte die Leinwand Blut geschwitzt? Wie grauenhaft das war! In diesem Augenblick kam es ihm schlimmer vor als das schweigende Ding, das über den Tisch gestreckt lag, das Ding, dessen grotesker, unförmiger Schatten auf dem befleckten Teppich ihm zeigte, daß es sich nicht bewegt hatte, sondern noch da war, wo er es gelassen hatte.

Er öffnete die Tür etwas weiter und trat rasch mit halbgeschlossenen Augen und abgewandtem Kopf schnell ein, um den Toten nicht ansehen zu müssen. Er bückte sich, hob die Decke auf und warf sie wieder über das Bild.

Dann blieb er stehen, voller Angst, sich umzudrehen, und starrte auf das verschlungene Muster der Tapete. Er hörte, wie Campbell den schweren Kasten hereinbrachte, die Eisenklammern und die übrigen Sachen, die er für seine schreckliche Arbeit benötigte. Er fragte sich, ob er Basil Hallward jemals begegnet war, und wenn ja, was sie in diesem Fall wohl voneinander gedacht hatten.

»Laß mich jetzt allein«, sagte Campbell.

Er wandte sich um und ging rasch hinaus, wobei er gerade noch gewahrte, daß der Tote in seinem Stuhl zurückgelehnt worden war und Campbell in das wächserne, gelbliche Gesicht starrte. Als er hinunterging, hörte er, wie der Schlüssel im Schloß umgedreht wurde.

Es war lange nach sieben Uhr, als Campbell in die Bibliothek kam. Er war bleich, aber völlig ruhig. »Ich habe getan, was du von mir verlangt hast«, sagte er leise. »Und nun lebe wohl. Wir werden uns nie wiedersehen.«

»Du hast mich vor dem Untergang gerettet, Alan. Ich kann dir das nicht vergessen«, sagte Dorian schlicht.

Sobald Campbell gegangen war, schlich er hinauf. Ein schrecklicher Geruch von Chemikalien hing im Raum. Aber das Wesen, das am Tisch gesessen hatte, war verschwunden.

Vierzehntes Kapitel

»Es hat gar keinen Zweck, mir zu sagen, daß du jetzt gut werden willst, Dorian«, rief Lord Henry, der seine weißen Finger in eine mit Rosenwasser gefüllte rote Kupferschale tauchte. »Du bist ganz vollkommen. Bitte ändere dich nicht.«

Dorian schüttelte den Kopf. »Nein, Harry, ich habe zuviel Schreckliches in meinem Leben begangen. So darf es nicht weitergehen. Gestern habe ich meine guten Taten begonnen.«

»Wo bist du gestern gewesen?«

»Auf dem Land, Harry. Ich war ganz allein in einem kleinen Gasthof.«

»Mein lieber Junge«, sagte Lord Henry und lächelte, »auf dem Land kann jeder gut sein. Dort gibt es keine Versuchungen. Das ist der Grund dafür, warum Leute, die nicht in der Stadt leben, so völlig unzivilisiert sind. Zivilisation ist durch kein Mittel leicht zu erlangen. Es gibt nur zwei Wege, zivilisiert zu werden. Der eine führt über die Kultur, der andere über die Korruption. Die Leute auf dem Land haben weder zum einen noch zum anderen Gelegenheit, deshalb geraten sie in Stagnation.«

»Kultur und Korruption«, sagte Dorian leise. »Ich habe beides kennengelernt. Es erscheint mir schrecklich, daß man sie stets gemeinsam vorfindet. Ich habe ein neues Ideal, Harry. Ich will mich ändern. Ich glaube, ich bin schon verändert.«

»Du hast mir deine gute Tat noch nicht genannt. Oder sagtest du, daß du mehr als eine begangen hast?« fragte sein Freund, wobei er eine kleine Pyramide roter Erdbeeren auf seinen Dessertteller schüttete und mit einem silbernen Muschellöffel weißen Kristallzucker darüber streute.

»Ich will es dir sagen. Es ist eine Geschichte, die ich nicht jedem erzählen könnte. Ich habe jemand verschont. Es klingt eitel, aber du weißt, was ich meine. Sie war sehr schön und erinnerte mich an Sibyl Vane. Ich glaube, das zog mich zuallererst zu ihr hin. Du erinnerst dich an Sibyl, nicht wahr? Wie lange das schon her ist! Hetty gehörte natürlich nicht unserem Stand an. Sie war nur ein Dorfmädchen. Aber ich habe sie wirklich geliebt. Ich bin sicher, daß ich sie geliebt habe. Den ganzen wundervollen Mai hindurch, den wir hatten, fuhr ich jede Woche zwei- oder dreimal hinaus, um sie zu sehen. Gestern erwartete sie mich in einem kleinen Obstgarten. Die Apfelblüten fielen auf ihr Haar, und sie lachte. Wir wollten heute morgen in der Dämmerung zusammen fortgehen. Plötzlich entschloß ich mich, sie so blütenzart unberührt zu lassen, wie ich sie gefunden hatte.«

»Ich vermute, die Neuheit der Empfindung hat dir ein wahres Lustgefühl bereitet, Dorian«, unterbrach ihn Lord Henry. »Aber ich kann deine Idylle zu Ende erzählen. Du gabst ihr gute Lehren und hast ihr das Herz gebrochen. Das war der Anfang deiner Besserung.«

»Harry, du bist abscheulich! Du darfst nicht so häßliche Dinge sagen. Hetty ist das Herz nicht gebrochen. Natürlich weinte sie und so weiter. Aber sie ist von keiner Schande betroffen. Sie kann weiterleben wie Perdita in ihrem Garten voller Minze und Margeriten.«

»Und über einen treulosen Florizel weinen«, sagte Lord Henry lachend. »Mein lieber Dorian, du hast die wunderlichsten Knabenlaunen. Glaubst du, dieses Mädchen wird sich nun jemals mit einem Mann ihres eigenen Standes zufriedengeben? Wahrscheinlich wird sie eines Tages mit einem derben Fuhrmann oder Bauer verheiratet werden. Daß sie dich gekannt und geliebt hat, wird zur Folge haben, daß sie ihren Gatten verachtet, und wird sie unglücklich machen. Vom moralischen Standpunkt aus halte ich nicht viel von deinem Verzicht. Selbst als Anfang ist der bescheiden. Außerdem, woher weißt du, daß Hetty in diesem Augenblick nicht in irgendeinem Mühlteich treibt, von weißen Wasserlilien umkränzt wie Ophelia?«

»Ich kann das nicht ertragen, Harry! Du spottest über alles, und dann beschwörst du die schrecklichsten Tragödien herauf. Es tut mir leid, daß ich dir davon erzählt habe. Es ist mir gleich, was du dazu sagst, ich weiß, daß ich richtig gehandelt habe. Die arme Hetty. Als ich heute morgen an dem Hof vorbeiritt, sah ich ihr Gesicht, weiß wie Jasmin, am Fenster. Aber laß uns nicht mehr darüber reden, und versuche du nicht, mich zu überzeugen, daß die erste gute Tat seit Jahren, das erste kleine Opfer, das ich gebracht habe, im Grunde eine Sünde sei. Ich will besser werden. Und ich werde besser werden. Erzähl mir von dir. Was gibt es Neues in der Stadt? Ich bin seit Tagen nicht im Klub gewesen.«

»Die Leute reden immer noch über das Verschwinden des armen Basil.«

»Ich hätte gedacht, man wäre dessen inzwischen überdrüssig geworden«, sagte Dorian mit leichtem Stirnrunzeln, während er sich etwas Wein einschenkte.

»Mein lieber Junge, man redet erst seit sechs Wochen darüber, und das Publikum ist der geistigen Anstrengung von mehr als einem Thema in drei Monaten wirklich nicht gewachsen. Immerhin sind die guten Leute in der letzten Zeit besonders glücklich dran gewesen. Da gab es meine eigene Scheidung und den Selbstmord von Alan Campbell. Jetzt haben sie das geheimnisvolle Verschwinden eines Künstlers. Scotland Yard besteht immer noch darauf, daß der Mann im grauen Ulster, der am 7. November mit dem Mitternachtszug vom Victoria-Bahnhof abfuhr, der arme Basil gewesen sei, und die französische Polizei erklärt, daß Basil niemals in Paris angekommen ist. Vermutlich hören wir in vierzehn Tagen, er sei in San Franzisko aufgetaucht. Es ist merkwürdig, aber wer verschwindet, soll immer in San Franzisko gesehen worden sein. Das muß eine entzückende Stadt mit allen Reizen des Jenseits sein.«

»Was glaubst du, ist Basil zugestoßen?« fragte Dorian und hielt seinen Burgunder gegen das Licht; er wunderte sich, daß er so ruhig über das Thema sprechen konnte.

»Ich habe nicht die leiseste Ahnung. Wenn Basil sich verbergen will, so geht mich das nichts an. Wenn er tot ist, mag ich nicht an ihn denken. Seit jeher ist der Tod das einzige, was mich schreckt. Ich hasse ihn. Man kann heutzutage alles überleben außer ihn. Der Tod und die Vulgarität, das sind die beiden einzigen Tatsachen im neunzehnten Jahrhundert, die sich nicht wegdiskutieren lassen. Komm, wir wollen ins Musikzimmer gehen. Du mußt mir Chopin unbedingt vorspielen. Der Mann, mit dem meine Frau davongelaufen ist, spielte hinreißend Chopin. Die arme Victoria! Ich hatte sie sehr gern. Das Haus ist ganz verlassen ohne sie. Natürlich ist die Ehe nur eine Gewohnheit. Eine schlechte sogar. Aber man bedauert sogar den Verlust der schlechten Gewohnheit. Kann sein, daß man sie sogar am meisten bedauert. Sie machen einen so wesentlichen Teil unseres Selbst aus.«

Dorian sagte nichts, sondern stand vom Tisch auf, ging in das Nebenzimmer, setzte sich ans Klavier und ließ seine Finger über die Tasten gleiten. Als der Kaffee gebracht wurde, hörte er auf zu spielen, und zu Lord Henry gewandt, sagte er: »Harry, ist dir niemals der Gedanke gekommen, daß Basil ermordet wurde?«

Lord Henry gähnte. »Basil war sehr beliebt und trug immer eine billige Waterbury-Uhr. Warum hätte er ermordet werden sollen? Er war nicht klug genug, um Feinde zu haben. Natürlich war er ein genialer Maler. Aber einer kann malen wie Velasquez und doch ausnehmend beschränkt sein. Basil war wirklich ziemlich beschränkt. Er hat mich nur ein einziges Mal interessiert, und das war, als er mir vor vielen Jahren erzählte, daß er eine wahnsinnige Leidenschaft für dich hätte und du sein beherrschendes Idol seist.«

»Ich hatte Basil sehr gern«, sagte Dorian mit einem Ausdruck der Trauer in den Augen. »Aber heißt es nicht, daß er ermordet wurde?«

»Ach, in manchen Zeitungen wird das behauptet. Ich halte es nicht für wahrscheinlich. Ich weiß, es gibt fürchterliche Orte in Paris, aber Basil war nicht der Mensch, dorthin zu gehen. Er besaß keine Neugier. Das war sein Hauptfehler. Spiele mir weiter vor. Spiele mir ein Nocturne, Dorian, und während du spielst, erzähle mir doch, wie du deine Jugend bewahrt hast. Du mußt irgendein Geheimnis haben. Ich bin nur zehn Jahre älter als du, und ich bin voller Falten, kahl, und meine Haut ist gelb. Du bist wirklich wunderbar. Du hast nie entzückender ausgesehen als heute abend. Du erinnerst mich an den Tag, als ich dich zum erstenmal sah. Du warst ein bißchen vorlaut, sehr scheu und ganz außergewöhnlich. Du hast dich natürlich verändert, aber nicht im Aussehen. Ich wünschte, du würdest mir dein Geheimnis verraten. Ich würde alles in der Welt tun, um meine Jugend zurückzuerhalten, außer Gymnastik treiben, früh aufstehen und ehrbar werden. Jugend! Nichts kommt ihr gleich. Es ist absurd, von der Unerfahrenheit der Jugend zu reden. Die einzigen Leute, auf deren Meinungen ich jetzt etwas gebe, sind viel jünger als ich selbst. Sie scheinen mir voraus zu sein. Das Leben hat ihnen sein letztes Wunder enthüllt. Was die Alten betrifft, den Alten widerspreche ich immer. Ich tue das aus Prinzip. Wenn du sie fragst, was sie über ein Ereignis von gestern denken, geben sie dir feierlich die Urteile wieder, die 1820 in Kurs waren, als die Leute steife Halsbinden trugen, an alles glaubten und absolut nichts wußten. Wie schön das Stück ist, das du spielst. Ich möchte wissen, ob Chopin es auf Mallorca schrieb, wenn die Wogen heranrollten und der Salzschaum an das Fenster sprühte. Es ist hinreißend romantisch. Was für ein Segen, daß es wenigstens eine Kunst gibt, die nicht nachahmt! Höre nicht auf. Ich brauche Musik heute abend. Ich stelle mir vor, du seist der junge Apoll, und ich bin Marsyas, der dir zuhört. Mich drückt eine Sorge, Dorian, von der nicht einmal du etwas ahnst. Die Tragödie des Alters ist nicht, daß man alt, sondern daß man jung ist. Ich erschrecke zuweilen über meine eigene Aufrichtigkeit. Ach, Dorian, wie glücklich bist du! Was für ein herrliches Leben hast du gehabt! Du hast alles bis zur Neige genossen! Du hast die Trauben an deinem Gaumen zergehen lassen. Nichts ist dir verborgen geblieben. Aber all das bedeutet dir nicht mehr als der Klang von Musik! Es hat dich nicht gezeichnet. Du bist immer noch der gleiche.«

»Ich bin nicht der gleiche, Harry.«

»Doch, glaube mir, du bist noch der gleiche.

Ich möchte wissen, wie dein Leben weiter verlaufen wird. Verdirb es nicht durch Entsagungen. Jetzt bist du als Typus vollkommen. Mach dich nicht unvollkommen. Du bist makellos. Du brauchst nicht den Kopf zu schütteln. Du weißt es selbst. Und außerdem, Dorian, darfst du dich nicht selbst täuschen. Das Leben läßt sich nicht durch reinen Willen oder durch Vorsätze beherrschen. Das Leben ist eine Frage der Nerven und Fibern und von langsam sich aufbauenden Zellen, in denen der Gedanke sich birgt und die Leidenschaft ihre Träume hat. Du magst dich sicher wähnen und für stark halten. Aber ein zufälliger Farbton in einem Zimmer oder am Morgenhimmel, ein bestimmter Duft, den du einmal geliebt hast und der heimliche Erinnerungen weckt, eine Zeile eines vergessenen Gedichts, die du wiederfindest, ein Bruchstück einer Melodie, die du längst nicht mehr gespielt hast – glaube mir, Dorian, das sind die Dinge, von denen unser Leben abhängt. Browning hat einmal darüber geschrieben, aber unsere eigenen Sinne bestätigen es uns. Es gibt Augenblicke, in denen der Duft von weißem Flieder mich plötzlich streift, und ich muß noch einmal das seltsamste Jahr meines Lebens durchschreiten.

Ich wollte, ich könnte mit dir tauschen, Dorian. Wir sind beide von der Welt verschrien worden, aber dich hat sie immer angebetet. Sie wird dir weiter zu Füßen liegen. Du bist das Idol der Zeit und das sie fürchtet, gefunden zu haben. Ich bin so froh, daß du niemals etwas geschaffen hast, nie eine Statue gemeißelt oder ein Bild gemalt, nie etwas aus dir herausgestellt hast. Deine Kunst war das Leben. Du hast dich selbst in Musik gesetzt. Deine Tage sind deine Sonette gewesen. Bleibe so, ändere dich nie.«

Dorian stand vom Klavier auf und strich sich mit der Hand durch das Haar.

»Ja, das Leben war herrlich«, sagte er leise, »aber ich werde dieses Leben nicht weiterführen, Harry. Und du darfst nicht solche überspannten Dinge zu mir sagen. Du weißt nicht alles über mich. Ich glaube, wenn es so wäre, würdest auch du dich von mir abwenden. Du lachst? Lach nicht!«

»Warum hast du aufgehört zu spielen, Dorian? Setz dich und spiel das Nocturne noch einmal. Siehst du den großen, honigfarbenen Mond, der in der dämmrigen Luft hängt. Er wartet, daß du ihn bezauberst, und wenn du spielst, wird er sich der Erde nähern. Du willst nicht? Dann wollen wir in den Klub gehen. Es war ein bezaubernder Abend, und wir müssen ihn angenehm beenden. Im Klub ist jemand, der dich durchaus kennenlernen möchte – der junge Lord Poole, Bournmouths ältester Sohn. Er hat schon deine Krawatten kopiert, und hat mich gebeten, ihn dir vorzustellen. Er ist ganz entzückend und erinnert mich etwas an dich.«

»Hoffentlich nicht«, erwiderte Dorian mit einem traurigen Ausdruck in den Augen. »Aber ich bin heute abend zu müde, Harry. Ich möchte nicht mehr mit in den Klub. Es ist fast elf, und ich will früh zu Bett.«

»Bitte bleib noch. Du hast nie so schön gespielt wie heute abend. Es war etwas Wundervolles in deinem Anschlag. Er hatte mehr Ausdruck, als ich je zuvor gehört habe.«

»Das ist, weil ich gut werden will«, antwortete er lächelnd. »Ich bin schon ein wenig verändert.«

»Mir gegenüber wirst du dich nie ändern. Wir müssen immer Freunde bleiben.«

»Und doch hast du mich einst mit einem Buch vergiftet. Ich sollte dir das nicht verzeihen. Harry, versprich mir, daß du dies Buch niemandem mehr leihen wirst. Es stiftet Unheil.«

»Mein lieber Junge, jetzt fängst du wirklich an zu moralisieren. Bald wirst du wie ein frischer Proselyt herumgehen und die Leute vor den Sünden warnen, deren du müde bist. Du bist viel zu charmant, um so etwas zu tun. Außerdem nützt es nichts. Du und ich, wir sind, was wir sind, und werden sein, was wir sein werden.

Und vergiftet werden durch ein Buch – das gibt es nie und nimmer. Kunst hat keinen Einfluß auf das Handeln. Sie vernichtet den Wunsch dazu. Sie ist wundervoll unfruchtbar. Bücher, die die Welt als unmoralisch bezeichnet, sind Bücher, die der Welt den Spiegel ihrer eigenen Schande vorhalten. Das ist alles. – Aber wir wollen nicht über Literatur sprechen. Komm doch morgen vorbei. Ich möchte um elf ausreiten. Wir könnten miteinander reiten. Dann nehme ich dich anschließend zum Lunch bei Lady Branksome mit. Sie ist eine reizende Frau, und ich wollte sie eigentlich wegen einiger Gobelins, die ich kaufen möchte, um Rat fragen. – Oder wollen wir wieder einmal bei deiner kleinen Herzogin frühstücken? Sie vermißt dich sehr! Oder bist du ihrer müde geworden? – Nun, es ist jetzt wunderschön im Park. Ich glaube, einen solchen Flieder hat es nicht mehr gegeben seit dem Jahr, als ich dich kennenlernte.«

»Gut, ich werde um elf Uhr hier sein«, sagte Dorian. »Gute Nacht, Harry.« Als er an der Tür stand, zögerte er einen Augenblick, als ob er noch etwas sagen wollte. Dann seufzte er und ging.

Die Nacht war klar und so warm, daß er seinen Mantel über den Arm nahm und nicht einmal den Schal umlegte. Als er, seine Zigarette rauchend, nach Hause schlenderte, gingen zwei junge Leute im Abendanzug an ihm vorbei. Er hörte, wie einer dem anderen zuflüsterte: »Das ist Dorian Gray.« Er erinnerte sich, wie angenehm es ihm früher gewesen war, wenn man auf ihn aufmerksam machte, ihn ansah oder von ihm sprach. Jetzt war er es müde, seinen Namen zu hören. Der Reiz des kleinen Dorfes, wohin er sich in letzter Zeit so häufig zurückgezogen hatte, lag zur Hälfte darin, daß niemand wußte, wer er war. Er hatte dem Mädchen, dessen Liebe er erweckt hatte, erzählt, daß er arm sei, und sie hatte ihm geglaubt. Er hatte einmal zu ihr gesagt, er sei schlecht, und sie hatte ihn ausgelacht und gemeint, daß schlechte Menschen immer sehr alt und sehr häßlich sind. Wie sie lachen konnte! So hell wie eine Singdrossel! Und wie hübsch sie gewesen war in ihren Baumwollkleidern und den großen Strohhüten! Sie war unwissend, aber sie besaß all das, was er verloren hatte.

Als er nach Hause kam, wartete sein Diener noch auf ihn. Er schickte ihn zu Bett und warf sich in der Bibliothek aufs Sofa und begann über einige Dinge nachzudenken, die Lord Henry zu ihm gesagt hatte.

War es wirklich wahr, daß man sich nicht mehr ändern konnte? Er fühlte eine brennende Sehnsucht nach der Unbeflecktheit seiner Jugendzeit, den Rosen und Lilien seiner Jugend, wie Lord Henry sie einmal genannt hatte. Er wußte, daß er sich mit Schmutz bedeckt, seine Seele vergewaltigt und seine Phantasie mit Grauen beladen hatte; wußte, daß er einen bösen Einfluß auf andere ausgeübt und dabei ein teuflisches Vergnügen empfunden hatte; und daß er von allen Menschen, die sein Leben kreuzten, die besten und verheißungsvollsten in Schande gestürzt hatte. Aber war das nie wiedergutzumachen? Gab es keine Hoffnung mehr für ihn?

Es war besser, nicht an die Vergangenheit zu denken. Daran ließ sich nichts mehr ändern. An sich selbst und an seine Zukunft mußte er denken. Alan Campbell hatte sich eines Nachts in seinem Laboratorium erschossen, aber das Geheimnis, zu dessen Mitwisserschaft er ihn gezwungen hatte, nicht preisgegeben. Die Aufregung über das Verschwinden von Basil Hallward würde sich schließlich legen. Sie ließ jetzt schon nach. Er fühlte sich vollständig sicher. Nein, es war auch nicht Basil Hallwards Tod, der auf seinem Gemüt am schwersten lastete. Es war der lebendige Tod seiner eigenen Seele, der ihn quälte. Basil hatte das Bild gemalt, das sein Leben zerstörte. Das konnte er ihm nicht verzeihen. Das Bildnis hatte alles getan. Basil hatte ihm unerträgliche Dinge gesagt, und doch hatte er sie geduldig ertragen. Der Mord war nur dem Wahnsinn eines Augenblicks entsprungen – und was Alan Campbell betraf, so war sein Selbstmord seine eigene Entscheidung. Er selbst hatte sich entschieden, es zu tun. Ihn ging das nichts an.

Ein neues Leben! Das wünschte er sich. Das war es, worauf er wartete. Gewiß, er hatte es bereits begonnen. Jedenfalls hatte er ein unschuldiges Wesen geschont. Er würde nie wieder die Unschuld in Versuchung führen. Er wollte gut sein.

Bei dem Gedanken an Hetty Merton fragte er sich, ob sich das Bild in dem geschlossenen Zimmer wohl verändert hatte. Sicherlich war es nicht mehr so schrecklich wie vorher? Vielleicht, wenn sein Leben rein würde, konnte er jedes Zeichen böser Leidenschaft aus dem Gesicht löschen. Vielleicht waren die Zeichen des Bösen bereits verschwunden. Er wollte hinaufgehen und nachsehen.

Er nahm die Lampe vom Tisch und schlich die Treppe hinauf. Als er die Tür aufschloß, glitt ein frohes Lächeln über sein jugendliches Gesicht und verweilte einen Augenblick auf seinen Lippen. Ja, er wollte gut werden, und das scheußliche Ding, das er verborgen hielt, würde ihn nicht länger in Schrecken versetzen. Ihm war, als sei die Last bereits von ihm genommen worden.

Er trat ruhig hinein und sperrte die Tür wie gewöhnlich hinter sich zu und zog den Purpurvorhang von dem Bild. Ein Schrei des Schmerzes und der Entrüstung entrang sich ihm. Er konnte keine Veränderung entdecken, außer einem listigen Ausdruck in den Augen und Falten der Heuchelei um den Mund. Es war noch genauso ekelhaft – vielleicht noch ekelhafter als zuvor –, und der scharlachrote Fleck schien glänzender und frisch vergossenem Blut noch ähnlicher.

War es pure Eitelkeit gewesen, die ihn seine einzige gute Tat begehen hieß? Oder das Verlangen nach einer neuen Empfindung, wie Lord Henry mit seinem spöttischen Lachen angedeutet hatte? Oder jene Leidenschaft, eine Rolle zu spielen, in der wir zuweilen Dinge tun, die edler sind als wir selbst? Oder vielleicht alles zusammen?

Warum war der rote Fleck größer als zuvor? Ihm schien, als hätte sich eine eklige Krankheit über die runzligen Finger ausgebreitet. Blut rann auf die gemalten Füße. Blut selbst auf der Hand, die nicht das Messer gehalten hatte.

Ein Geständnis ablegen? Bedeutete dies, daß er ein Geständnis ablegen sollte? Sich ausliefern und zum Tode verurteilt werden? Er lachte. Er fand den Einfall ungeheuerlich. Und dann, wer würde ihm glauben, selbst wenn er ein Geständnis ablegte? Nirgends war eine Spur des Ermordeten zu finden. Alles, was ihm gehört hatte, war vernichtet worden. Er selbst hatte verbrannt, was unten geblieben war. Die Welt würde einfach sagen, er sei wahnsinnig. Sie würden ihn einsperren, falls er auf seiner Geschichte beharrte.

Dennoch war es seine Pflicht, zu bekennen, öffentliche Schande zu ertragen und öffentlich Sühne zu leisten. Es gab einen Gott, der die Menschen dazu aufrief, ihre Sünden auf Erden wie auch im Himmel zu bekennen. Nichts, was er auch tat, konnte ihn reinigen, bis er seine Sünde gestanden hatte. Seine Sünde? Er zuckte die Achseln. Der Tod Basil Hallwards bedeutete ihm wenig. Er dachte jetzt an Hetty Merton, denn es war ein ungerechter Spiegel, dieser Spiegel seiner Seele, in den er da blickte. Eitelkeit? Neugier? Heuchelei? Hatte nicht mehr in seinem Verzicht gelegen als das? Noch etwas anderes war darin – wenigstens glaubte er es. Aber wer konnte das sagen?

Aber dieser Mord – sollte er ihn sein ganzes Leben lang verfolgen? Sollte er die Vergangenheit nie loswerden? Mußte er wirklich ein Geständnis ablegen? Nein. Es gab nur ein einziges

Beweisstück gegen ihn. Das Bild selbst war der Beweis. Er wollte es zerstören. Warum hatte er es so lange aufbewahrt? Früher hatte es ihm Genuß verschafft, zu beobachten, wie es sich wandelte und alterte. In letzter Zeit fand er kein Vergnügen mehr daran. Es hatte ihn nachts wachgehalten. Wenn er fort gewesen war, lähmte ihn die Angst, daß fremde Augen es erblicken könnten. Es hatte Schwermut über seine Leidenschaften gegossen. Der bloße Gedanke daran hatte ihm viele Augenblicke der Freude vergällt. Es war nahezu zu seinem Gewissen geworden. Ja, es war sein Gewissen. Er mußte es einfach zerstören.

Er sah sich um und gewahrte das Messer, mit dem er Basil Hallward erstochen hatte. Er hatte es wieder und wieder gereinigt, bis kein einziger Fleck mehr darauf zu sehen war.

Es war blank und glänzte. Wie es den Maler getötet hatte, so würde es das Werk des Malers töten und alles, was es bedeutete. Es würde die Vergangenheit töten, und war diese tot, so würde er frei sein. Es würde das ungeheuerliche Seelenleben abtöten, und ohne dessen gräßliche Ermahnungen würde er Ruhe und Frieden finden. Er ergriff es und stieß es in die Leinwand, indem er das Ding von oben bis unten zerschnitt.

Ein Schrei wurde laut und ein Fall. Der Schrei war so furchtbar in seiner Todesqual, daß die Diener erwachten und aus ihren Zimmern schlichen. Zwei Herren, die unten über den Platz gingen, standen still und sahen an dem großen Haus hinauf. Sie gingen weiter, bis sie einen Polizisten trafen, und kamen mit ihm zurück. Der Mann schellte mehrmals, aber es blieb ruhig. Das ganze Haus war dunkel, bis auf ein Licht im Giebelfenster. Nach einiger Zeit ging er weg, stellte sich in den überdachten Eingang des Nachbarhauses und wartete.

»Wem gehört das Haus, Constable?« fragte der eine Herr.

»Mr. Dorian Gray«, antwortete der Polizist.

Sie sahen einander an, gingen weiter und lachten. Der eine von ihnen war Sir Henry Ashtons Onkel.

Drinnen in den Zimmern der Hausangestellten flüsterten die halbangekleideten Diener miteinander. Die alte Mrs. Leaf weinte und rang die Hände. Francis war bleich wie der Tod.

Nach einer Viertelstunde holte er den Kutscher, und sie schlichen angsterfüllt hinauf. Sie klopften, aber es kam keine Antwort. Sie riefen. Alles blieb still. Schließlich, nachdem sie vergeblich versucht hatten, die Tür aufzusprengen, stiegen sie über das Dach und sprangen auf den Balkon. Die Fenster gaben leicht nach – die Riegel waren alt und das Holz mürbe.

Als sie eintraten, fanden sie an der Wand ein herrliches Bildnis ihres Herrn hängen, so wie sie ihn zuletzt gesehen hatten, in all dem Zauber seiner köstlichen Jugend und Schönheit. Auf dem Boden lag ein Toter im Abendanzug mit einem Messer im Herzen. Er war welk, runzlig und widerlich von Angesicht. Erst als sie die Ringe untersuchten, erkannten sie, wer es war.

Lord Arthur Saviles Verbrechen

EINE STUDIE DER PFLICHT

1

Es war Lady Windermeres letzter Empfang vor Ostern, und es drängten sich mehr Menschen in Bentinck House als gewöhnlich. Sechs Kabinettsminister waren direkt vom Lever des Sprechers gekommen, noch mit Orden und Bändern, all die hübschen Damen trugen ihre schönsten Kleider, und am Ende der Bildergalerie stand Prinzessin Sophia von Karlsruhe, eine schwere Dame mit tartarischem Aussehen, winzigen schwarzen Augen und wundervollen Smaragden, die mit lauter Stimme ein schlechtes Französisch sprach und unmäßig über alles lachte, was man zu ihr sagte. Es war in der Tat ein prächtiges Medley von Menschen. Attraktive Adelsdamen unterhielten sich freundlich mit gewalttätigen Radikalen, populäre Prediger waren neben bedeutenden Skeptikern zu finden, ein wahrer Schwarm von Bischöfen folgte einer stämmigen Primadonna von Raum zu Raum, auf der Treppe standen mehrere Mitglieder der Königlichen Akademie als Künstler verkleidet, und es ging das Gerücht, daß zu einem Zeitpunkt des Abends der Speisesaal vor Genies fast platzte. Es war gewiß einer der besten Abende Lady Windermeres, und die Prinzessin blieb bis halb zwölf.

Sobald sie gegangen war, kehrte Lady Windermere auf die Galerie zurück, auf der ein gefeierter politischer Ökonom feierlich einem indignierten Virtuosen aus Ungarn die wissenschaftliche Musiktheorie erklärte, und begann ein Gespräch mit der Herzogin von Paisley. Sie sah überaus schön aus mit ihrer prächtigen Elfenbeinkehle, ihren großen vergißmeinnichtblauen Augen und ihren schweren goldenen Locken. Sie waren or pur[1] – nicht von jener blassen Strohfarbe, die heutzutage die Bezeichnung Gold usurpiert hat, sondern von jenem Gold, das man in Sonnenstrahlen oder Bernstein finden kann; und sie verliehen ihrem Gesicht gewissermaßen den Rahmen einer Heiligen, wenn auch nicht ohne die Faszination der Sünderin. Sie war ein interessantes Studienobjekt für Psychologen. Schon früh hatte sie erkannt, daß nichts so unschuldig aussieht wie eine Indiskretion, und durch eine Reihe kühner Eskapaden, von denen die Hälfte mehr als harmlos waren, hatte sie sich alle Privilegien einer Persönlichkeit erworben. Sie hatte mehr als einmal den Ehemann gewechselt – tatsächlich schreibt der Debrett ihr drei Ehen zu. Doch da sie nie ihren Liebhaber gewechselt hatte, hatte die Gesellschaft schon lange aufgehört, ihre Aktivitäten als Skandal zu betrachten. Sie war nun vierzig Jahre alt, kinderlos und besaß jene übermäßige Leidenschaft für das Vergnügen, die das Geheimnis derjenigen bildet, die jung bleiben.

Plötzlich schaute sie sich eifrig im Raum um und sagte mit ihrer klaren Altstimme: »Wo ist mein Chiromant?«

»Ihr was, Gladys?« rief die Herzogin aufgeschreckt aus.

»Mein Chiromant, Herzogin. Ich kann zur Zeit nicht ohne ihn leben.«

»Liebste Gladys! Sie sind immer so originell«, murmelte die Herzogin, während sie versuchte, sich daran zu erinnern, was ein Chiromant eigentlich war, und gleichzeitig hoffte, daß es nicht dasselbe wie ein Chiropraktiker war.

»Er kommt regelmäßig zweimal die Woche zu mir und kümmert sich um meine Hand«, fuhr Lady Windermere fort, »und ist außerordentlich interessant.«

»Lieber Himmel!« sprach die Herzogin zu sich selbst, »er ist doch eine Art Chiropraktiker. Wie furchtbar. Ich hoffe wenigstens, er ist ein Ausländer. Dann wäre es nicht ganz so furchtbar.«

»Ich muß ihn Ihnen unbedingt vorstellen.«

»Vorstellen!« rief die Herzogin. »Wollen Sie etwa sagen, daß er hier ist?« Und sie begann, sich nach einem kleinen Schildpattfächer und einem sehr abgetragenen Schal umzusehen, damit sie bereit wäre, auf der Stelle zu gehen.

---

1 Reines Gold

»Natürlich ist er hier. Ich würde nicht im Traum daran denken, eine Party ohne ihn zu geben. Er hat mir gesagt, daß ich die Hand eines reinen Mediums habe und ich, wäre mein Daumen nur noch etwas kürzer, eine überzeugte Pessimistin und im Kloster wäre.«

»Oh, ich verstehe!« sagte die Herzogin, die eine große Erleichterung verspürte. »Er sagt Glück voraus, vermute ich?«

»Und Unglück«, antwortete Lady Windermere, »jede Menge Unglück. Nächstes Jahr zum Beispiel befinde ich mich zu Wasser und zu Lande in großer Gefahr. Darum werde ich in einem Ballon leben und mein Essen jeden Abend in einem Korb hinaufziehen. Das steht alles auf meinem kleinen Finger – oder in der Handfläche, ich vergesse immer, wo genau.«

»Aber das heißt doch, die Vorsehung herauszufordern, Gladys.«

»Meine liebe Herzogin! Ich bin sicher, die Vorsehung kann mittlerweile einer Versuchung widerstehen. Ich bin der Meinung, daß jeder sich mindestens einmal pro Monat die Hand lesen lassen sollte, um zu wissen, was er nicht tun sollte. Natürlich tut man es dennoch, aber es ist so angenehm, gewarnt zu sein. Und nun, wenn nicht jemand geht und Mr. Podgers auf der Stelle herholt, dann muß ich selbst gehen.«

»Lassen Sie mich gehen, Lady Windermere«, sagte ein hochgewachsener, attraktiver junger Mann, der mit einem amüsierten Lächeln der Unterhaltung zugehört hatte.

»Vielen Dank, Lord Arthur, doch ich fürchte, Sie würden ihn nicht erkennen.«

»Wenn er wirklich so wundervoll ist, wie Sie sagen, Lady Windermere, dann kann ich ihn nicht verfehlen. Beschreiben Sie ihn, und ich werde ihn unverzüglich zu Ihnen bringen.«

»Nun, er ist eigentlich überhaupt nicht wie ein Chiromant. Ich meine, er ist nicht mysteriös oder esoterisch oder sieht romantisch aus. Er ist ein kleiner, stämmiger Mann mit einem komischen Kahlkopf und großer Brille mit Goldrand – irgendwo in der Mitte zwischen einem Hausarzt und einem Anwalt auf dem Lande. Es tut mir wirklich außerordentlich leid, doch ich kann nichts dafür. Die Leute sind so lästig. All meine Pianisten sehen genau wie Dichter aus, und all meine Dichter wie Pianisten; und ich erinnere mich, in der letzten Saison einen ganz furchtbaren Revolutionär eingeladen zu haben, einen Mann, der viele Menschen durch seine Bomben getötet hatte und immer ein Kettenhemd und einen Dolch im Ärmel trug. Und stellen Sie sich vor, als er erschien, sah er ganz aus wie ein netter alter Pfarrer und erzählte den ganzen Abend lang Witze! Natürlich, er war sehr amüsant und all das, aber ich war doch schrecklich enttäuscht. Und als ich ihn nach seinem Kettenhemd fragte, lachte er nur und sagte, es wäre viel zu kalt, um es in England zu tragen. Ah, da ist Mr. Podgers! Nun, Mr. Podgers, lesen Sie die Hand der Herzogin von Paisley. Herzogin, Sie müssen Ihren Handschuh ausziehen. Nein, nicht die linke Hand, die andere.«

»Liebe Gladys, ich glaube nicht, daß das richtig ist«, sagte die Herzogin, während sie bereits nachgiebig einen ziemlich schmutzigen Wildlederhandschuh aufknöpfte.

»Nichts Interessantes ist jemals richtig«, sagte Lady Windermere. »*On a fait le monde ainsi.*[2] Doch ich muß Sie bekannt machen. Herzogin, dies ist Mr. Podgers, mein Haus-Chiromant. Mr. Podgers, dies ist die Herzogin von Paisley, und wenn Sie sagen, daß sie einen größeren Mondberg hat als ich, werde ich Ihnen nie wieder ein Wort glauben.«

»Ich bin sicher, Gladys, daß sich nichts Derartiges in meiner Hand findet«, sagte die Herzogin mit großem Ernst.

»Euer Gnaden haben Recht«, sprach Mr. Podgers, während er die kleine, fette Hand mit ihren kurzen, breiten Fingern betrachtete. »Der Mondberg ist kaum entwickelt. Die Lebenslinie dagegen ist hervorragend. Beugen Sie doch bitte das Handgelenk. Danke. Drei markante Linien auf der *rascette!*[3] Sie werden ein hohes Alter erreichen, Herzogin, und sehr glücklich sein. Ehrgeiz – sehr bescheiden, Intellektlinie nicht übertrieben, Herzlinie –«

»Jetzt – seien Sie doch bitte indiskret, Mr. Podgers«, rief Lady Windermere aus.

»Nichts wäre mir ein größeres Vergnügen«, sagte Mr. Podgers und verbeugte sich. »Wenn die Herzogin es je gewesen wäre, doch leider muß ich sagen, daß ich eine große Beständigkeit der Zuneigung sehe, kombiniert mit einem starken Sinn für die Pflicht.«

»Fahren Sie doch bitte fort, Mr. Podgers«, sagte die Herzogin und sah erfreut aus.

---

2 So ist nun mal das Leben.

3 (In der Chiromantie) Teil der Hand, auf dem Linien kreuzweise verlaufen.

»Sparsamkeit ist nicht die geringste Tugend Eurer Gnaden«, sprach Mr. Podgers, und Lady Windermere brach in Lachen aus.

»Sparsamkeit ist eine gute Sache«, bemerkte die Herzogin selbstgefällig. »Als ich Paisley heiratete, besaß er elf Schlösser und nicht ein einziges Haus, in dem man leben konnte.«

»Und nun hat er zwölf Häuser und kein einziges Schloß«, rief Lady Windermere aus.

»Nun, meine Liebe«, antwortete die Herzogin, »ich mag –«

»Bequemlichkeit«, fuhr Mr. Podgers fort. »Und moderne Einrichtungen und heißes Wasser in jedem Schlafzimmer. Euer Gnaden haben ja so recht. Bequemlichkeit ist das einzige, das unsere Zivilisation uns geben kann.«

»Sie haben den Charakter der Herzogin bewundernswert beschrieben, Mr. Podgers. Und nun ist Lady Flora an der Reihe.« Und auf ein Nicken der lächelnden Gastgeberin hin kam ein großes Mädchen mit dem sandfarbenen Haar der Schotten und hohen Schulterblättern verlegen hinter dem Sofa hervor und hielt eine lange, knochige Hand mit spatelförmigen Fingern ausgestreckt.

»Ah, eine Pianistin! Ich verstehe«, sagte Mr. Podgers, »eine ausgezeichnete Pianistin, doch kaum eine Musikerin! Sehr zurückhaltend, sehr ehrlich und außerordentlich tierlieb.«

»Wie wahr!« rief die Herzogin aus und wandte sich zu Lady Windermere. »Völlig wahr! Flora hält zwei Dutzend Collies auf Macloskie und würde auch unser Stadthaus in eine Menagerie verwandeln, wenn ihr Vater es erlaubte.«

»Nun, genau das tue ich in meinem Haus jeden Donnerstag abend«, sagte Lady Windermere lachend. »Allerdings habe ich Löwen lieber als Collies.«

»Ihr einziger Fehler, Lady Windermere«, sagte Mr. Podgers mit einer wichtigtuerischen Verbeugung.

»Wenn eine Frau ihre Fehler nicht charmant begehen kann, ist sie nichts als ein Weib«, lautete die Antwort. »Doch Sie müssen uns noch ein paar Hände lesen. Kommen Sie, Sir Thomas, zeigen Sie Mr. Podgers Ihre Hand.« Darauf kam ein freundlich aussehender, alter Gentleman vor und hielt dem Chiromanten seine dicke, rauhe Hand mit einem sehr langen dritten Finger entgegen.

»Ein abenteuerlustiger Charakter, in der Vergangenheit vier lange Reisen, und eine steht bevor. Drei Mal schiffbrüchig. Nein, nur zwei Mal, doch auf Ihrer nächsten Reise besteht die Gefahr eines Schiffbruchs. Ein strenger Konservativer, sehr pünktlich und mit einer Sammlerleidenschaft für Kuriositäten. War im Alter zwischen sechzehn und achtzehn Jahren schwer krank. Erbte im Alter von ungefähr dreißig Jahren ein Vermögen. Große Abneigung gegen Katzen und Radikale.«

»Außerordentlich!« rief Sir Thomas. »Sie müssen unbedingt auch die Hand meiner Frau lesen.«

»Ihrer zweiten Frau«, sagte Mr. Podgers und behielt weiterhin Sir Thomas' Hand in seiner. »Ihrer zweiten Frau. Es wird mir ein Vergnügen sein.« Doch Lady Marvel, eine melancholisch aussehende Frau mit braunem Haar und sentimentalen Wimpern, weigerte sich entschieden, ihre Vergangenheit oder Zukunft öffentlich machen zu lassen; und Lady Windermere konnte versuchen, was sie wollte, Monsieur de Koloff, der russische Botschafter, wollte noch nicht einmal seinen Handschuh ausziehen. Tatsächlich erschienen viele ängstlich, dem merkwürdigen kleinen Mann mit seinem stereotypen Lächeln, seiner goldenen Brille und seinen funkelnden Knopfaugen gegenüberzutreten. Und als er der armen Lady Fermor geradewegs vor allen sagte, daß sie nichts um Musik, dafür aber um so mehr um Musiker gebe, entstand allgemein das Gefühl, daß die Chiromantie eine überaus gefährliche Wissenschaft sei und man sie nicht ermutigen sollte, außer vielleicht bei einem *tête-à-tête*.

Lord Arthur Savile jedoch, der nichts von der traurigen Geschichte Lady Fermors wußte und Mr. Podgers mit großem Interesse beobachtet hatte, war ungeheuer neugierig, seine eigene Hand gelesen zu bekommen. Da er aber zu schüchtern war, sich selbst anzubieten, ging er durch den Raum dorthin, wo Lady Windermere saß, und fragte sie mit einem charmanten Erröten, ob Mr. Podgers wohl etwas dagegen einzuwenden habe.

»Natürlich nicht«, antwortete Lady Windermere. »Deswegen ist er ja hier. All meine Löwen sind Zirkuslöwen und springen durch die Reifen, wenn ich sie darum bitte. Doch ich muß Sie zuvor warnen, daß ich Sybil alles erzählen werde. Wir werden morgen zusammen zu Mittag essen, um über Hüte zu reden, und falls Mr. Podgers herausfindet, daß Sie ein schreckliches

Temperament besitzen oder eine Neigung zur Gicht oder eine Frau in Bayswater, können Sie sicher sein, daß sie alles von mir erfahren wird.«

Lord Arthur lächelte und schüttelte seinen Kopf. »Ich habe keine Angst«, sagte er. »Sybil kennt mich so gut, wie ich sie kenne.«

»Ah! Fast tut es mir ein wenig leid, das zu hören. Die rechte Grundlage für eine Ehe ist ein gegenseitiges Mißverständnis. Nein, ich bin überhaupt nicht zynisch, ich habe nur Erfahrung, was allerdings fast dasselbe ist. Mr. Podgers, Lord Arthur kann es kaum abwarten, daß Sie seine Hand lesen. Erzählen Sie ihm nicht, daß er mit einem der schönsten Mädchen Londons verlobt ist, denn das stand vor einem Monat in der *Morning Post*.«

»Liebe Lady Windermere«, rief die Marquise von Jedburgh, »lassen Sie mir Mr. Podgers doch noch ein wenig länger. Er hat mir gerade erzählt, daß ich zur Bühne gehen sollte, und das interessiert mich sehr.«

»Wenn er Ihnen das gesagt hat, Lady Jedburgh, muß ich ihn von Ihnen fortholen. Kommen Sie auf der Stelle hierher, Mr. Podgers, und lesen Sie Lord Arthurs Hand.«

»Nun«, sagte Lady Jedburgh und erhob sich von dem Sofa, wobei sie schmollend das Gesicht verzog, »wenn mir schon nicht erlaubt wird, auf die Bühne zu gehen, dann will ich doch wenigstens Teil des Publikums sein.«

»Natürlich, wir werden alle das Publikum sein«, sagte Lady Windermere. »Und nun, Mr. Podgers, versuchen Sie, uns etwas Nettes zu erzählen. Lord Arthur ist einer meiner besonderen Favoriten.«

Doch als Mr. Podgers Lord Arthurs Hand sah, wurde er seltsam blaß und sagte nichts. Ein Schauer schien ihn zu überlaufen, und seine großen buschigen Augenbrauen zuckten krampfhaft, in einer merkwürdigen, irritierenden Art, wie sie es immer taten, wenn er verwirrt war. Dann brachen auf seiner gelben Stirn große Schweißtropfen aus, wie ein giftiger Tau, und seine fetten Finger wurden kalt und feucht.

Lord Arthur konnten diese Zeichen der Aufregung nicht entgehen, und – zum ersten Mal in seinem Leben – fühlte er selbst Furcht. Sein erster Impuls war es, aus dem Zimmer zu stürzen, doch er beherrschte sich. Es war besser, das Schlimmste zu wissen, was auch immer es war, als weiterhin diese fürchterliche Unsicherheit zu verspüren.

»Ich warte, Mr. Podgers«, sagte er.

»Wir alle warten«, warf Lady Windermere in ihrer raschen, ungeduldigen Art ein, doch der Chiromant antwortete nicht.

»Ich glaube, Arthur wird zur Bühne gehen«, sagte Lady Jedburgh, »und nach Ihrem Tadel wagt Mr. Podgers nicht, es ihm zu sagen.«

Unvermittelt ließ Mr. Podgers Lord Arthurs rechte Hand fallen, ergriff seine rechte und beugte sich so tief darüber, um sie zu studieren, daß der Goldrand seiner Brille fast die Handfläche zu berühren schien. Für einen Augenblick wurde sein Gesicht zu einer weißen Maske des Schreckens, doch bald gewann er sein Gleichgewicht zurück, schaute zu Lady Windermere auf und sagte mit einem gezwungenen Lächeln: »Die Hand eines charmanten jungen Mannes.«

»Aber natürlich!« sagte Lady Windermere. »Doch – wird er auch ein charmanter Ehemann werden? Das möchte ich wissen.«

»Das werden alle charmanten jungen Männer«, sagte Mr. Podgers.

»Ich meine, ein Ehemann sollte nicht zu faszinierend sein«, murmelte Lady Jedburgh nachdenklich. »Das ist so gefährlich.«

»Mein liebes Kind, sie sind nie zu faszinierend«, rief Lady Windermere aus. »Doch ich will Einzelheiten. Einzelheiten sind die einzigen Dinge, die von Interesse sind. Was wird mit Lord Arthur passieren?«

»Nun, in den nächsten Monaten wird Lord Arthur auf eine Reise gehen –«

»Ach ja, seine Hochzeitsreise, natürlich!«

»Und eine Verwandte verlieren.«

»Doch hoffentlich nicht seine Schwester?« sagte Lady Jedburgh mit mitleidiger Stimme.

»Mit Sicherheit nicht seine Schwester«, antwortete Mr. Podgers und winkte herablassend ab. »Nur eine entfernte Verwandte.«

»Nun, ich bin schrecklich enttäuscht«, sagte Lady Windermere. »Es gibt nichts, was ich Sybil morgen erzählen könnte. Heutzutage gibt niemand mehr etwas um entfernte Verwandte. Sie kamen vor Jahren aus der Mode. Dennoch, ich vermute, sie sollte ein schwarzes Seidenkleid dabeihaben; es paßt immer in die Kirche, müssen Sie wissen. Und nun wollen wir essen. Die anderen haben bestimmt schon alles aufgegessen, doch wir finden vielleicht noch etwas heiße Suppe. François hat immer hervorragende Suppen gekocht, doch zur Zeit ist er so aufgeregt wegen der politischen Situation, daß ich mir nie sicher sein kann. Ich wünschte so sehr, daß General Boulanger endlich Ruhe geben würde. Herzogin, Sie müssen doch erschöpft sein?«

»In keinster Weise, meine liebe Gladys«, erwiderte die Herzogin und watschelte zur Tür. »Ich habe mich enorm amüsiert, und der Chiropraktiker, ich meine der Chiromant, ist überaus interessant. Flora, wo kann denn nur mein Schildpattfächer sein? Oh, danke, Sir Thomas, vielen Dank. Und mein Spitzenschal, Flora? Oh, danke, Sir Thomas, sehr freundlich.« Und die werte Dame brachte es schließlich fertig, die Treppe hinunterzukommen, ohne ihr Riechfläschchen mehr als zweimal fallen zu lassen.

Während all dieser Zeit war Lord Arthur Savile am Kamin stehen geblieben, mit demselben Gefühl der Bedrohung, mit demselben Übelkeit erregenden Gefühl eines kommenden Übels. Er lächelte seiner Schwester traurig zu, als sie am Arm Lord Plymdales vorbeirauschte und in ihrem rosa Brokat und ihren Perlen so reizend aussah. Und er überhörte fast Lady Windermere, als sie ihn aufforderte, ihr zu folgen. Er dachte an Sybil Merton, und bei dem Gedanken, daß irgend etwas zwischen sie treten sollte, trübten Tränen ihm den Blick.

Wenn man ihn beobachtete, würde man sagen, daß die Nemesis ihm den Schild der Pallas gestohlen und das Haupt der Gorgone gezeigt habe. Er schien zu Stein verwandelt, und sein Gesicht war melancholisch und aus Marmor. Er hatte das feine und luxuriöse Leben eines jungen Mannes von Stand und Vermögen gelebt, ein exquisites Leben in Freiheit von gemeinen Sorgen, in wundervoller jungenhafter Unbekümmertheit. Und nun wurde ihm zum ersten Mal das schreckliche Mysterium des Schicksals bewußt, die furchtbare Bedeutung des Verhängnisses.

Wie verrückt und monströs alles erschien! War es denn möglich, daß in seiner Hand – in Lettern, die er selbst nicht lesen, doch ein anderer entziffern konnte – ein schreckliches Geheimnis der Sünde, ein blutrotes Zeichen des Verbrechens geschrieben stand? Gab es kein Entrinnen? Waren wir denn nichts als Schachfiguren, die von einer unsichtbaren Macht bewegt werden, nur Gefäße, die der Töpfer nach seiner Laune fertigt, zur Ehre oder zur Scham? Sein Verstand begehrte dagegen auf, und dennoch fühlte er, daß eine Tragödie über ihm hing und daß ihm urplötzlich eine unerträgliche Last auferlegt worden war. Schauspieler haben so großes Glück. Sie können wählen, ob sie in einer Tragödie oder einer Komödie erscheinen wollen, ob sie leiden werden oder sich amüsieren, lachen oder Tränen vergießen. Doch im wirklichen Leben ist es völlig anders. Die meisten Männer und Frauen sind gezwungen, Rollen zu spielen, für die sie kaum die richtige Qualifikation besitzen. Unsere Guildensterns spielen für uns Hamlet, und unsere Hamlets müssen den Narren spielen wie Prinz Hal. Die Welt ist eine Bühne, doch das Stück ist fehlbesetzt.

Plötzlich betrat Mr. Podgers den Raum. Als er Lord Arthur erblickte, schreckte er zusammen, und sein grobes, dickes Gesicht bekam eine Art grüngelber Farbe. Die Augen der beiden Männer trafen sich, und einen Augenblick lang herrschte Schweigen.

»Die Herzogin hat einen Handschuh hier vergessen, Lord Arthur, und mich gebeten, ihn zu holen«, sagte Mr. Podgers schließlich. »Ah, da auf dem Sofa sehe ich ihn! Guten Abend.«

»Mr. Podgers, ich muß darauf bestehen, daß Sie mir geradeheraus antworten, wenn ich Ihnen nun eine Frage stelle.«

»Ein andermal, Lord Arthur, denn die Herzogin ist in Eile. Ich fürchte, ich muß gehen.«

»Sie sollen nicht gehen. Die Herzogin hat es nicht eilig.«

»Man sollte Damen nicht warten lassen, Lord Arthur«, sagte Mr. Podgers mit seinem unangenehmen Lächeln. »Das schöne Geschlecht tendiert zur Ungeduld.«

Lord Arthurs feingeschnittene Lippen kräuselten sich in gereiztem Hochmut. Die arme Herzogin hatte für ihn in diesem Augenblick nur wenig Bedeutung. Er ging durch den Raum auf Mr. Podgers zu und streckte ihm seine Hand entgegen.

»Sagen Sie mir, was Sie hier gesehen haben«, sagte er. »Sagen Sie mir die Wahrheit. Ich muß es wissen. Ich bin kein Kind.«

Mr. Podgers blinkte hinter seiner goldgeränderten Brille, und er trat unruhig von einem Fuß auf den anderen, während seine Finger nervös mit einer auffälligen Uhrkette spielten.

»Wieso glauben Sie, daß ich in Ihrer Hand mehr gesehen habe, Lord Arthur, als ich Ihnen sagte?«

»Ich weiß es einfach, und ich bestehe darauf, daß Sie mir sagen, was es war. Ich werde Sie bezahlen. Ich gebe Ihnen einen Scheck über hundert Pfund.«

Die grünen Augen blitzten kurz auf und wurden dann wieder stumpf.

»Guineen?« sagte Mr. Podgers schließlich mit leiser Stimme.

»Gewiß. Ich schicke Ihnen den Scheck am Morgen. Wie heißt Ihr Club?«

»Ich habe keinen Club. Das heißt momentan nicht. Meine Adresse ist —–, aber lassen Sie mich Ihnen meine Karte geben.« Und damit zog er eine Visitenkarte mit Goldrand aus der Tasche und überreichte sie mit einer tiefen Verbeugung Lord Arthur, der las: *»Mr. Septimus Podgers, professioneller Chiromant, 1030 West Moon Street.«*

»Meine Sprechstunde ist von zehn bis vier«, murmelte Mr. Podgers mechanisch, »und ich gebe Familien Rabatt.«

»Schnell«, rief Lord Arthur, der sehr blaß war und ihm seine Hand entgegenstreckte.

Mr. Podgers sah sich nervös um und zog die schwere *portière*[4] vor die Tür.

»Es wird etwas Zeit dauern, Lord Arthur, setzen Sie sich lieber.«

»Rasch«, rief Lord Arthur erneut und stampfte wütend mit dem Fuß auf den polierten Fußboden.

Mr. Podgers lächelte, zog eine kleine Lupe aus seiner Brusttasche und reinigte sie sorgfältig mit seinem Taschentuch.

»Ich bin soweit«, sagte er.

2

Zehn Minuten später, mit einem Gesicht, aus dem vor Schrecken die Farbe gewichen war, und Augen, die wild vor Kummer waren, stürzte Lord Arthur Savile aus Bentinck House, kämpfte sich durch die Menge von Bediensteten in Pelzmänteln, die um die große gestreifte Markise herumstanden, und schien nichts zu sehen oder zu hören. Die Nacht war bitter kalt, und die Gaslampen um den Platz flammten und flackerten im scharfen Wind. Doch seine Hände waren fieberheiß, und seine Stirn brannte wie Feuer. Er rannte weiter und weiter, fast mit dem Gang eines Betrunkenen. Ein Polizist schaute ihn forschend an, als er vorbeiging, und ein Bettler, der aus einem Eingang latschte, um ihn anzubetteln, bekam es mit der Angst zu tun, als er ein größeres Elend als sein eigenes erkannte. Einmal hielt er unter einer Straßenlaterne an und betrachtete seine Hände. Er meinte, bereits den Blutflecken auf ihnen sehen zu können, und ein schwacher Schrei brach von seinen zitternden Lippen.

Mord! Das war es, was der Chiromant in ihnen gesehen hatte. Mord! Die Nacht selbst schien es zu wissen, und der trostlose Wind schien es ihm ins Ohr zu heulen. Die dunklen Straßenekken waren voll davon. Selbst von den Hausdächern schien es ihn anzugrinsen.

Zunächst kam er zum Park, dessen nüchterner Wald ihn zu faszinieren schien. Er lehnte sich erschöpft an das Geländer und kühlte seine Stirn am nassen Metall und lauschte der zitternden Stille der Bäume. »Mord! Mord!« wiederholte er immer wieder, als ob er den Horror des Wortes durch Wiederholung mindern könnte. Der Klang seiner eigenen Stimme machte ihn schaudern, und doch – fast hoffte er, daß das Echo ihn hörte und die schlummernde Stadt aus ihren Träumen weckte. Er verspürte ein wahnsinniges Verlangen, einen zufällig Vorübergehenden anzuhalten und ihm alles zu erzählen.

Dann wanderte er über die Oxford Street in schmale, anstößige Gassen. Zwei Frauen mit bemalten Gesichtern verspotteten ihn, als er vorüberging. Aus einem dunklen Hof kam der Klang von Flüchen und Schlägen, gefolgt von schrillen Schreien, und er sah, in eine feuchte Türschwelle gekauert, krumme, gebeugte Gestalten der Armut und des Alters. Ein seltsames Gefühl des Mitleids überkam ihn. War auch diesen Kindern der Sünde und des Elends ihr Schicksal vorbestimmt, wie ihm selbst? Waren sie, wie er, nur die Marionetten eines furchtbaren Schauspiels?

Und dennoch war es nicht das Geheimnis, sondern die Komödie des Leidens, die ihn am

4 Vorhang.

meisten beeindruckte, seine absolute Nutzlosigkeit, seinen Mangel an Bedeutung. Wie zusammenhanglos alles erschien! Wie ermangelnd aller Harmonie! Er war erstaunt über den Widerspruch zwischen dem seichten Optimismus des Tages und den wirklichen Fakten der Existenz. Er war noch sehr jung.

Nach einiger Zeit fand er sich vor der Kirche von Marylebone wieder. Die stille Straße sah aus wie ein Band polierten Silbers, hier und dort gefleckt von den dunklen Arabesken winkender Schatten. Die Reihe der flackernden Gaslampen krümmte sich bis in weite Ferne, und vor einem kleinen, mit einer Mauer umgebenen Haus stand eine einsame Kutsche, in deren Inneren der Fahrer schlief. Er schritt rasch in Richtung Portland Square, wobei er sich immer wieder umsah, als ob er fürchtete, verfolgt zu werden. An der Ecke zur Rich Street standen zwei Männer, die ein kleines Plakat lasen. Eine seltsame Neugierde befiel ihn, und er ging hinüber. Als er näher kam, fielen seine Augen auf die schwarzen Lettern des Worts »Mord«. Er erschrak, und eine tiefe Röte stieg ihm ins Gesicht. Es handelte sich um ein Plakat, das eine Belohnung für Informationen versprach, die zur Ergreifung eines Mannes von mittlerer Größe im Alter von dreißig bis vierzig Jahren führten, der eine Melone, einen schwarzen Mantel und karierte Hosen trug und an der rechten Wange eine Narbe hatte. Er las es immer wieder und fragte sich, ob der erbärmliche Mann gefangen werden würde und wie er wohl die Narbe erhalten hatte. Vielleicht würde eines Tages sein eigener Name auf Plakaten in ganz London stehen. Vielleicht würde eines Tages ein Preis auf seinen eigenen Kopf ausgesetzt sein.

Dieser schreckliche Gedanke verursachte ihm Übelkeit. Er wandte sich auf den Fersen um und eilte in die Nacht.

Er wußte kaum, wohin er ging. Er erinnerte sich düster an Wanderungen durch ein Labyrinth elender Häuser, und es war bereits heller Morgen, als er sich schließlich am Picadilly Circus wiederfand. Als er zu seinem Haus am Belgrave Square schlenderte, traf er auf die großen Wagen, die unterwegs zum Covent Garden waren. Die Fuhrmänner in ihren weißen Jacken, mit ihren angenehmen, sonnenverbrannten Gesichtern und dickem, lockigem Haar, gingen mit stetem Schritt voraus, ließen ihre Peitschen knallen und riefen sich von Zeit zu Zeit etwas zu. Auf dem Rücken eines riesigen grauen Pferdes, des Führers des Gespanns, saß ein pausbäckiger Junge mit einem Primelsträußchen in seinem abgetragenen Hut, der sich mit seinen kleinen Händen an der Mähne festhielt und lachte. Und die großen Stapel Gemüse sahen vor dem Morgenhimmel wie Jade aus, wie eine Menge Jade gegen die rosa Blütenblätter einer wunderschönen Rose. Lord Arthur wurde davon merkwürdig berührt, doch er konnte es sich nicht erklären. Es gab etwas in der zarten Lieblichkeit der Morgendämmerung, das ihm unerklärlich mitleiderregend erschien, und er dachte an all die Tage, die in Schönheit anbrechen und in Stürmen enden. Und diese Landleute, mit ihren rauhen, gutgelaunten Stimmen und ihrem ungezwungenen Verhalten – was für ein seltsames London sie sahen! Ein London, das frei war von der Sünde der Nacht und dem Smog des Tages, eine bleiche, gespenstische Stadt, eine trostlose Stadt der Gräber! Er fragte sich, was sie wohl von der Stadt hielten und ob sie überhaupt etwas von ihrer Pracht und Ihrer Schmach wußten, von ihren wilden, feurigen Freuden und ihrem schrecklichen Hunger, von all dem, was sie von Morgen bis Abend schafft und zerstört. Vielleicht bedeutete sie ihnen nur den Markt, auf den sie ihre Früchte zum Verkauf brachten und wo sie sich höchstens einige Stunden aufhielten und dann wieder gingen, wenn die Straßen noch still und die Häuser noch vom Schlaf umfangen waren. Es bereitete ihm Vergnügen, sie vorübergehen zu sehen. Wenn sie auch grob waren, mit ihren schweren Nagelschuhen und ihrem unbeholfenen Gang, sie brachten ein wenig von Arkadien mit sich. Er fühlte, daß sie mit der Natur gelebt hatten und daß diese ihnen Frieden gebracht hatte. Er beneidete sie um alles, was sie nicht wußten.

Als er schließlich Belgrave Square erreichte, war der Himmel bereits schwach blau, und die Vögel begannen, in den Gärten zu zwitschern.

3

Als Lord Arthur erwachte, war es zwölf Uhr, und die Mittagssonne strömte durch die elfenbeinfarbenen Seidenvorhänge seines Schlafzimmers. Er stand auf und schaute aus dem Fenster. Ein schwacher Hitzeschleier lag über der großen Stadt, und die Hausdächer glichen angelaufenem

Silber. Im flackernden Grün des Parks unter ihm huschten einige Kinder umher wie weiße Schmetterlinge, und die Gehsteige waren voll von Menschen auf dem Weg zum Park. Nie war ihm das Leben süßer erschienen, nie schien das Böse weiter entfernt.

Dann brachte ihm sein Diener eine Tasse Schokolade auf einem Tablett. Als er sie getrunken hatte, zog er eine schwere *portière* aus pfirsichfarbenem Samt beiseite und ging ins Badezimmer. Das Licht stahl sich sanft von oben herein, durch dünne Platten aus transparentem Onyx, und das Wasser in der Marmorwanne sah aus wie Mondstein. Er stieg schnell hinein, bis die kühlen Wellen seine Kehle und sein Haar berührten, und dann tauchte er seinen Kopf völlig unter, als ob er die Flecken einer schamvollen Erinnerung abwaschen wollte. Als er wieder hinausstieg, hatte er fast Frieden gefunden. Das exquisite Physische des Augenblicks hatte ihn überwältigt, wie es feingebildeten Naturen häufig geschieht, denn die Sinne können – wie das Feuer – ebenso reinigen wie zerstören.

Nach dem Frühstück warf er sich auf einen Diwan und zündete sich eine Zigarette an. Auf dem Kaminsims stand, gerahmt in altmodisch zartem Brokat, eine große Photographie von Sybil Merton, wie er sie zum ersten Mal auf Lady Noels Ball gesehen hatte. Der kleine, zart geformte Kopf war leicht zur Seite geneigt, als ob der schlanke, schilfgleiche Hals kaum die Last so großer Schönheit tragen könne; die Lippen waren leicht geöffnet und schienen wie für süße Musik geschaffen, und aus den träumerischen Augen schaute die ganze zärtliche Reinheit der Jugend hervor. Mit ihrem weichen, engen Kleid aus Crêpe de Chine und ihrem großen blattförmigen Fächer sah sie aus wie eine der zarten kleinen Statuetten, die man in den Olivenhainen in der Nähe von Tanagra findet, und in ihrer Pose und Körperhaltung wurde ein Hauch griechischer Anmut deutlich. Und dennoch war sie nicht *petite*. Sie besaß schlicht perfekte Proportionen – so selten bei einem Alter, in dem so viele Frauen entweder überlebensgroß oder unbedeutend sind.

Als Lord Arthur sie nun betrachtete, wurde er von dem schrecklichen Mitleid erfüllt, das aus der Liebe erwächst. Er fühlte, daß eine Heirat mit ihr, bei dem Verhängnis des Mordes, das über ihm dräute, einen Verrat wie den des Judas darstellen würde, eine Sünde, die schlimmer ist als alles, was die Borgia jemals ersonnen hatte. Was für ein Glück gäbe es für sie, wenn er jederzeit dazu aufgerufen werden konnte, die furchtbare Prophezeiung zu erfüllen, die in seiner Hand geschrieben stand? Was für ein Leben konnten sie führen, solange das Schicksal noch seine furchterregende Bestimmung erwog? Die Hochzeit mußte verschoben werden, um jeden Preis. Sein Entschluß dazu stand fest. Obwohl er das Mädchen glühend liebte und die bloße Berührung ihrer Finger, wenn sie beieinandersaßen, jeden Nerv in seinem Körper vor exquisiter Freude vibrieren ließ, erkannte er dennoch deutlich seine Pflicht und war sich völlig bewußt, daß er nicht das Recht hatte zu heiraten, bis er den Mord begangen hatte. Danach konnte er mit Sybil Merton vor den Altar treten und sein Leben ohne die Furcht, ein Unrecht zu begehen, in ihre Hände legen. Danach konnte er sie in die Arme nehmen in dem Wissen, daß sie niemals seinetwegen erröten müßte, niemals schamvoll ihren Kopf beugen müßte. Doch zunächst mußte es vollbracht werden, und je eher, desto besser für sie beide.

Viele Männer an seiner Stelle hätten das süße Leben der Tändelei den steilen Höhen der Pflicht vorgezogen. Doch Lord Arthur war zu gewissenhaft, um das Vergnügen über das Prinzip zu stellen. In seiner Liebe lag mehr als nur reine Leidenschaft, und Sybil war für ihn ein Symbol all dessen, was gut und edel ist. Einen Augenblick lang empfand er natürlichen Widerwillen gegen das, was von ihm gefordert wurde, doch dieser verging bald. Sein Herz sagte ihm, daß es keine Sünde, sondern ein Opfer sei; sein Verstand erinnerte ihn daran, daß ihm kein anderer Weg offenstand. Er mußte zwischen einem Leben für sich selbst und einem Leben für andere wählen, und wenn die ihm auferlegte Aufgabe auch schrecklich war, wußte er dennoch, daß er es nicht zulassen durfte, daß Selbstsucht über die Liebe triumphierte. Früher oder später müssen wir alle dieselbe Entscheidung treffen – müssen wir dieselbe Frage beantworten. Bei Lord Arthur geschah dies in jungen Jahren – bevor sein Wesen durch den berechnenden Zynismus der mittleren Lebensjahre verdorben oder sein Herz durch den seichten, modernen Egoismus unserer Zeit zerfressen war, und er zögerte nicht, seine Pflicht zu tun. Zu seinem Glück war er auch kein reiner Träumer oder träger Dilettant. Wäre dies der Fall gewesen, hätte er gezaudert, wie Hamlet, und Unentschlossenheit seine Absicht ruinieren lassen. Doch er war im wesentlichen praktisch. Das Leben bedeutete für ihn eher Handeln als Denken. Er besaß jenes überaus seltene Ding, gesunden Menschenverstand.

Die wilden, verworrenen Emotionen der vergangenen Nacht waren zu diesem Zeitpunkt völlig verschwunden, und er dachte fast mit Scham an seine wahnsinnige Wanderung von Straße zu Straße, an seine heftige Gefühlsagonie. Ja, gerade die Ernsthaftigkeit seiner Leiden ließ sie ihm nun unwirklich erscheinen. Er fragte sich, wie er so närrisch gewesen sein konnte, gegen das Unvermeidliche aufzubegehren. Die einzige Frage, die ihn zu beschäftigen schien, war, wen er beseitigen sollte. Denn ihm entging keineswegs, daß Mord – ebenso wie die Religionen der heidnischen Welt – genauso ein Opfer wie einen Priester erfordern. Da er kein Genie war, besaß er keine Feinde, und er fühlte, daß dies nicht die Zeit war, irgendeinen persönlichen Groll oder eine persönliche Abneigung zu befriedigen, da die Mission, auf der er sich befand, von großem und schwerem Ernst war. Daher verfaßte er eine Liste seiner Freunde und Verwandten auf einem Blatt Papier und entschied sich nach sorgfältiger Überlegung für Lady Clementina Beauchamp, eine reizende alte Dame, die in der Curzon Street lebte und seine Kusine zweiten Grades mütterlicherseits war. Er hatte immer große Zuneigung zu Lady Clem gefühlt, wie sie von allen genannt wurde, und da er selbst äußerst wohlhabend war, weil er mit seiner Mündigkeit Lord Rugbys gesamtes Vermögen geerbt hatte, bestand nicht die geringste Möglichkeit, daß er aus ihrem Tod irgendeinen finanziellen Vorteil gewinnen würde. In der Tat, je mehr er darüber nachdachte, desto mehr erschien sie ihm als die geeignete Person, und da er fühlte, daß jede Verzögerung unfair gegenüber Sybil wäre, beschloß er, auf der Stelle alle Vorbereitungen zu treffen.

Zunächst mußte er natürlich den Chiromanten bezahlen. Und so setzte er sich an einen kleinen Sheraton-Schreibtisch am Fenster, schrieb einen Scheck über £ 105 aus, zahlbar an Mr. Septimus Podgers, steckte ihn in einen Umschlag und trug seinem Diener auf, ihn in die West Moon Street zu bringen. Dann telephonierte er in die Ställe wegen seiner Kutsche und kleidete sich zum Ausgehen an. Als er den Raum verließ, schaute er zurück auf das Photo Sybil Mertons und schwor, daß er sie nie – komme, was wolle – erfahren lassen würde, was er um ihretwillen tat, sondern das Geheimnis seiner Selbstaufopferung für immer in seinem Herzen verschließen würde.

Auf seinem Weg zum Buckingham Club betrat er einen Blumenladen und ließ Sybil einen wunderschönen Korb mit Narzissen schicken, mit reizenden weißen Blütenblättern und attraktiven Adonisröschen. Als er in seinem Club angekommen war, ging er direkt in die Bibliothek, läutete nach dem Diener, ließ sich eine Limonade bringen und ein Buch über Toxikologie. Er hatte bereits den Entschluß gefaßt, daß Gift bei dieser ärgerlichen Angelegenheit das beste Mittel sei. Alle persönliche Gewalttätigkeit widerte ihn sehr an, und außerdem lag ihm daran, Lady Clementina in einer Weise umzubringen, die keine Aufmerksamkeit erregte, da er die Vorstellung haßte, in Lady Windermeres Salon zum Löwen gemacht zu werden oder seinen Namen auf den Seiten vulgärer Gesellschaftszeitungen gedruckt zu sehen. Noch dazu mußte er an Sybils Vater und Mutter denken, die ziemlich altmodisch waren und sich eventuell der Heirat widersetzen würden, wenn es zu einem Skandal käme – wenn er auch fühlte, daß sie, wenn er ihnen die ganze Angelegenheit erklären würde, die ersten wären, die seine Motive verstünden. Also hatte er jeden Grund, sich für Gift zu entscheiden. Es war sicher, gewiß und ruhig und beseitigte alle schmerzlichen Szenen, gegen die er, wie die meisten Engländer, eine tiefsitzende Abneigung empfand.

Von der Wissenschaft der Gifte verstand er jedoch nichts, und da der Diener nicht in der Lage schien, in der Bibliothek irgend etwas anderes zu finden, als *Ruffs Führer* und *Baileys Magazin*, suchte er selbst auf den Regalen und fand schließlich eine hübsch gebundene Ausgabe der *Pharmacopoeia* und eine Kopie von Erskines *Toxikologie*, herausgegeben von Sir Mathew Reid, dem Präsidenten des Royal College of Physicians und einem der ältesten Mitglieder des Buckingham Club, da er irrtümlicherweise anstelle eines anderen Mannes gewählt worden war. Ein contretemps, das das Komitee so erzürnte, daß sie, als der eigentliche Mann dann auftauchte, einstimmig gegen ihn stimmten. Lord Arthur waren die technischen Bezeichnungen in beiden Büchern ein Rätsel, und er begann bereits zu bereuen, daß er seinen altsprachlichen Studien in Oxford keine größere Aufmerksamkeit geschenkt hatte, als er im zweiten Band des Erskine eine sehr interessante und eingehende Untersuchung zu den Eigenschaften des Eisenhuts fand, in relativ verständlichem Englisch geschrieben. Dies erschien ihm genau das Gift, das er gesucht hatte. Es wirkte schnell, ja fast augenblicklich, völlig schmerzlos, und wenn es in Form einer Gelatinekapsel verabreicht wurde, wie es Sir Mathew empfahl, war es nicht zu schmecken. Er machte sich eine entsprechende Notiz über die benötigte Menge für eine tödliche Dosis auf seiner Hemdmanschette, stellte die Bücher an ihre Plätze zurück und schlenderte die St. James's Street hinauf zu Pestle und Humbey, den berühmten Apothekern. Mr. Pestle, der den Adel immer persönlich bediente, war äußerst erstaunt über diesen Wunsch und murmelte in respektvoller Manier etwas davon, daß er dazu ein ärztliches Schreiben bräuchte. Doch sobald Lord Arthur ihm erklärte, daß es für einen großen norwegischen Mastiff bestimmt war, den er leider loswerden müsse, da er Zeichen von beginnender Tollwut zeige und den Kutscher bereits zweimal in die Waden gebissen habe, erklärte er sich völlig befriedigt, machte Lord Arthur ein Kompliment zu seiner Kenntnis der Toxikologie und ließ das Gewünschte sofort zubereiten.

Lord Arthur legte die Kapsel in eine hübsche kleine Silberbonbonniere, die er in einem Schaufenster in der Bond Street entdeckte, warf die häßliche Pillenschachtel der Herren Pestle und Humbley fort und fuhr auf der Stelle zu Lady Clementina.

»Nun, *monsieur le mauvais sujet*«[5], rief die alte Dame aus, als er ins Zimmer trat, »warum hast du mich so lange nicht aufgesucht?«

»Meine liebe Lady Clem, ich habe kaum Zeit für mich selbst«, antwortete Lord Arthur lächelnd.

»Ich nehme an, du meinst damit, daß du den ganzen Tag damit zubringst, mit Miss Sybil Merton Chiffons und allen möglichen Unsinn zu kaufen. Ich verstehe überhaupt nicht, warum die Leute einen solchen Wirbel um eine Hochzeit machen. Zu meiner Zeit haben wir nicht einmal im Traum gedacht, in der Öffentlichkeit zu turteln – und was das betrifft, auch nicht im Privaten.«

»Ich versichere Ihnen, ich habe Sybil seit vierundzwanzig Stunden nicht mehr gesehen, Lady Clem. Soweit ich weiß, ist sie ganz in den Händen ihrer Putzmacherin.«

»Natürlich. Das ist auch der einzige Grund, warum du gekommen bist, um eine häßliche alte Frau wie mich zu besuchen. Ich wundere mich, daß ihr Männer die Warnung nicht versteht. *On a fait des folies pour moi*[6], und nun schau mich an, eine armselige rheumatische Kreatur mit künstlicher Fassade und furchtbaren Launen. Ja, wenn es nicht die liebe Lady Jansen gäbe, die mir alle französischen Romane schickt, die sie finden kann, glaube ich nicht, daß ich die Tage überstehen könnte. Ärzte sind zu gar nichts nutze, außer ihre Taschen bei einem zu füllen. Sie können noch nicht einmal mein Sodbrennen kurieren.«

»Genau dafür habe ich Ihnen ein Heilmittel gebracht, Lady Clem«, sagte Lord Arthur ernst. »Es ist absolut wundervoll, erfunden von einem Amerikaner.«

»Ich glaube nicht, daß ich amerikanische Erfindungen mag, Arthur. Ich bin ziemlich sicher, daß ich sie nicht mag. Ich habe kürzlich einige amerikanische Romane gelesen, und die waren der reinste Unsinn.«

»Oh, aber dies ist keineswegs Unsinn, Lady Clem! Ich versichere Ihnen, es ist ein perfektes Heilmittel. Versprechen Sie, es zu versuchen.« Und Lord Arthur holte die kleine Dose aus seiner Tasche und überreichte sie ihr.

»Oh, die Dose ist wunderhübsch, Arthur. Ist das wirklich ein Geschenk? Das ist ganz reizend von dir. Und das ist diese wundervolle Medizin? Sieht aus wie ein Bonbon. Ich werde sie sofort nehmen.«

»Lieber Himmel! Lady Clem«, rief Lord Arthur und ergriff ihre Hand, »das dürfen Sie auf keinen Fall tun. Dies ist ein homöopathisches Mittel, und wenn Sie es nehmen, ohne Sodbrennen zu haben, kann es nur schaden. Warten Sie, bis Sie einen Anfall haben, und nehmen Sie es dann. Das Ergebnis wird Sie erstaunen.«

»Ich möchte es eigentlich jetzt nehmen«, sagte Lady Clementina und hielt die kleine durchsichtige Kapsel mit ihrem flüssigen Eisenhutinhalt ans Licht. »Ich bin sicher, es ist köstlich. Tatsache ist, obwohl ich Ärzte hasse, ich liebe Medikamente. Aber dennoch, ich verwahre es bis zu meinem nächsten Anfall.«

»Und wann wird das sein?« fragte Lord Arthur eifrig. »Wird das bald sein?«

»Ich hoffe, nicht vor einer Woche. Gestern morgen machte es mir bös zu schaffen. Aber man weiß ja nie.«

---

5 Du böser Junge.

6 Man hat um meinetwillen so manche Dummheit begangen.

»Sie sind also sicher, daß Sie vor dem Ende des Monats einen Anfall haben werden, Lady Clem?«

»Das befürchte ich. Doch wie mitfühlend du heute bist, Arthur! Wirklich, Sybil ist gut für dich. Und nun solltest du gehen, denn ich speise mit ein paar sehr langweiligen Leuten, die sich weigern, über Skandale zu sprechen, und ich weiß, wenn ich nicht jetzt meinen Schlaf bekomme, werde ich nicht fähig sein, während des Dinners wach zu bleiben. Auf Wiedersehen, Arthur, bestelle Sybil meine Grüße, und vielen Dank für die amerikanische Medizin.«

»Sie vergessen auch nicht, sie zu nehmen, Lady Clem, nicht wahr?« sagte Lord Arthur und erhob sich.

»Natürlich nicht, du dummer Junge. Es ist wirklich äußerst freundlich von dir, an mich zu denken, und ich werde dir schreiben und mitteilen, ob ich noch welche brauche.«

Lord Arthur verließ das Haus in gehobener Stimmung und mit einem Gefühl ungeheurer Erleichterung.

An diesem Abend hatte er ein Gespräch mit Sybil Merton. Er sagte ihr, daß er sich plötzlich in einer außerordentlich schwierigen Situation wiederfände, aus der es ihm weder Ehre noch Pflicht erlaubten zu fliehen. Er teilte ihr mit, daß die Heirat für den Moment verschoben werden müßte, bis er sich aus seinen fürchterlichen Verstrickungen befreit hätte, da er kein freier Mann sei. Er flehte sie an, ihm zu vertrauen und keine Sorgen über die Zukunft zu haben. Alles würde gut werden, doch Geduld sei vonnöten.

Dies fand im Wintergarten des Merton-Hauses statt, in der Park Lane, wo Lord Arthur wie gewöhnlich diniert hatte. Sybil hatte niemals glücklicher ausgesehen, und einen Augenblick lang war Lord Arthur versucht gewesen, die Rolle des Feiglings zu akzeptieren, Lady Clementina zu schreiben und die Pille zurückzubekommen und die Hochzeit wie geplant stattfinden zu lassen, als ob es auf der Welt keine Person wie Mr. Podgers gäbe. Doch bald gewann seine bessere Natur wieder die Oberhand, und er schwankte nicht, selbst als Sybil sich weinend in seine Arme warf. Die Schönheit, die seine Sinne in Aufruhr versetzte, hatte auch sein Gewissen berührt. Er fühlte, es wäre falsch, ein so liebreizendes Leben wegen des Vergnügens einiger Monate zu ruinieren.

Er blieb fast bis Mitternacht bei Sybil, tröstete sie und fand selbst Trost, und früh am nächsten Morgen machte er sich auf die Reise nach Venedig, nachdem er einen mannhaften, bestimmten Brief über die notwendige Verschiebung der Hochzeit an Mr. Merton geschrieben hatte.

4

In Venedig traf er seinen Bruder, Lord Surbiton, der zufällig auf seiner Jacht von Korfu herübergekommen war. Die beiden jungen Männer verbrachten zwei herrliche Wochen miteinander. Morgens ritten sie im Lido oder glitten in ihrer schwarzen Gondel den grünen Kanal auf und ab. Am Nachmittag empfingen sie gewöhnlich Besucher auf ihrer Jacht, und abends dinierten sie bei Florian und rauchten auf der Piazza unzählige Zigaretten. Und dennoch war Lord Arthur nicht völlig glücklich. Jeden Tag durchstöberte er die Nachrufe in der Times und erwartete, die Todesanzeige Lady Clementinas zu finden, doch jeden Tag wurde er wieder enttäuscht. Er begann zu fürchten, daß ihr irgendein Unglück zugestoßen war, und bereute es häufig, sie daran gehindert zu haben, den Eisenhut zu nehmen, als sie seine Wirkung erproben wollte. Auch Sybils Briefe, wenn sie auch voll Liebe und Vertrauen waren, hatten oft einen traurigen Ton, und manchmal hatte er das Gefühl, er sei für immer von ihr getrennt worden.

Nach zwei Wochen langweilte sich Lord Surbiton in Venedig und beschloß, die Küste hinunter nach Ravenna zu segeln, da er gehört hatte, es gäbe vortreffliche Möglichkeiten zur Jagd in der Romagna. Zunächst weigerte sich Lord Arthur entschieden mitzukommen, doch Surbiton, den er sehr liebte, überzeugte ihn schließlich davon, daß er sich, wenn er allein bei Danielli bliebe, zu Tode langweilen würden, und so brachen sie am Morgen des 15. auf, bei starkem Nordwestwind und ziemlich heftiger See. Die Jagd war ausgezeichnet, und das Leben an der freien, frischen Luft brachte Lord Arthurs Wangen die Farbe zurück, doch um den 22. herum wurde er wegen Lady Clementina unruhig und kehrte trotz aller Einwände Surbitons mit dem Zug nach Venedig zurück.

Als er aus seiner Gondel auf die Hotelstufen trat, erwartete ihn der Besitzer bereits mit einem Haufen Telegramme. Lord Arthur riß sie ihm aus der Hand und öffnete sie. Lady Clementina war unerwartet am Abend des 17. verstorben!

Sein erster Gedanke galt Sybil, und er schickte ihr ein Telegramm, in dem er seine unmittelbare Rückkehr nach London ankündigte. Dann beauftragte er seinen Diener, seine Sachen für den Nachtzug zu packen, schickte seinen Gondolieri ungefähr das Fünffache dessen, was ihnen zustand, und rannte leichten Schrittes und leichten Herzens in seinen Salon. Dort warteten drei Briefe auf ihn. Einer war von Sybil, voller Sympathie und Beileid. Die anderen waren von seiner Mutter und Lady Clementinas Anwalt. Es schien, daß die alte Dame an eben jenem Abend mit der Herzogin gespeist und jeden mit ihrem Witz und Esprit entzückt hatte, doch früher nach Hause gegangen war, da sie über Sodbrennen klagte. Am Morgen fand man sie tot in ihrem Bett, doch sie hatte offensichtlich keine Schmerzen gelitten. Man schickte sofort nach Sir Mathew Reid, doch er konnte natürlich nichts mehr tun, und sie wurde am 22. in Beauchamp Chalcotte beigesetzt. Einige Tage vor ihrem Tod hatte sie ihr Testament gemacht und Lord Arthur ihr kleines Haus in der Curzon Street und all ihre Möbel, persönlichen Besitztümer und Gemälde hinterlassen, mit Ausnahme ihrer Sammlung von Miniaturen, die an ihre Schwester, Lady Margaret Rufford, gehen sollte, und ihrer Amethystkette, die Sybil Merton zugedacht war. Der Besitz war nicht besonders wertvoll; doch Mr. Mansfield, dem Anwalt, war es wichtig, daß Lord Arthur so schnell wie möglich zurückkehrte, da viele Rechnungen zu bezahlen waren und Lady Clementina nie regelmäßig Buch geführt hatte.

Lord Arthur war sehr gerührt, daß Lady Clementina so freundlich an ihn gedacht hatte, und fühlte, daß Mr. Podgers sich für vieles verantworten müßte. Doch seine Liebe zu Sybil beherrschte jede andere Emotion, und das Bewußtsein, seine Pflicht getan zu haben, verlieh ihm Frieden und Ruhe. Als er am Charing Cross ankam, war er vollkommen glücklich.

Die Mertons empfingen ihn sehr herzlich. Sybil ließ ihn versprechen, daß er es nie wieder zulassen würde, daß irgend etwas zwischen sie käme, und die Hochzeit wurde auf den 7. Juni festgesetzt. Das Leben erschien ihm wieder hell und schön, und seine alte Fröhlichkeit kehrte erneut zu ihm zurück.

Doch eines Tages, als er zusammen mit Lady Clementinas Anwalt und Sybil das Haus in der Curzon Street ordnete, Bündel vergilbter Briefe verbrannte und Schubladen mit merkwürdigem Tand aussortierte, gab das junge Mädchen plötzlich einen Ausruf des Entzückens von sich.

»Was hast du denn gefunden, Sybil?« fragte Lord Arthur, der von seiner Arbeit aufschaute und lächelte.

»Diese reizende, kleine silberne Bonbonniere, Arthur. Ist sie nicht entzückend und allerliebst? Schenk sie mir doch! Ich weiß genau, daß Amethyste mir erst stehen werden, wenn ich über achtzig bin.«

Es war die Dose, die den Eisenhut enthalten hatte.

Lord Arthur schreckte zusammen, und eine leichte Röte stieg in sein Gesicht. Er hatte fast vollständig vergessen, was er getan hatte, und es schien ihm ein seltsamer Zufall zu sein, daß Sybil, um derentwillen er all diese Besorgnisse ertragen hatte, die erste sein sollte, die ihn daran erinnerte.

»Natürlich kannst du sie haben, Sybil. Ich habe sie selbst der armen Lady Clem geschenkt.«

»Oh! Danke, Arthur. Und kann ich das Bonbon auch haben? Ich hatte ja keine Ahnung, daß Lady Clementina Süßigkeiten mochte. Ich dachte immer, sie wäre viel zu intellektuell.«

Lord Arthur wurde leichenblaß, und ein schrecklicher Gedanke schoß ihm durch den Kopf.

»Bonbon, Sybil? Was meinst du denn?« sagte er mit leiser, heiserer Stimme.

»Nur daß eins hier drinnen ist. Es sieht ziemlich alt und schmutzig aus, und ich habe nicht die leiseste Absicht, es zu essen. Was ist los, Arthur? Du bist so bleich!«

Lord Arthur stürzte quer durchs Zimmer und ergriff die Dose. Darin lag die bernsteinfarbene Kapsel mit ihrer Giftblase. Lady Clementina war eines natürlichen Todes gestorben!

Der Schock über diese Entdeckung war beinah zuviel für ihn. Er schleuderte die Kapsel ins Feuer und sank mit einem Schrei der Verzweiflung auf das Sofa.

5

Mr. Merton war sehr betrübt über die zweite Verschiebung der Hochzeit, und Lady Julia, die bereits ihr Kleid für die Hochzeit in Auftrag gegeben hatte, unternahm alles, was in ihrer Macht stand, um Sybil dazu zu bringen, die Verbindung abzubrechen. Doch so sehr Sybil ihre Mutter auch liebte, sie hatte ihr ganzes Leben in Lord Arthurs Hände gelegt, und Lady Julia konnte nichts vorbringen, das ihr Vertrauen hätte erschüttern können. Was Lord Arthur selbst anging, er brauchte Tage, um über seine schreckliche Enttäuschung hinwegzukommen, und eine Zeitlang waren seine Nerven völlig zerrüttet. Doch bald schon kehrte sein gesunder Menschenverstand zurück, und seine praktische Vernunft ließ ihn nicht lange im Zweifel darüber, was zu tun war. Da Gift sich als völlig nutzlos erwiesen hatte, war es nur logisch, es nun mit Dynamit oder einem anderen Sprengstoff zu versuchen.

So schaute er sich erneut die Liste seiner Freunde und Verwandten an und beschloß nach langem Nachdenken, seinen Onkel, den Dean von Chichester, in die Luft zu jagen. Der Dean, ein Mann von großer Kultur und großem Wissen, war sehr interessiert an Uhren und hatte eine wundervolle Sammlung von Zeitmessern, vom 15. Jahrhundert bis heute, und es erschien Lord Arthur, daß dieses Hobby des guten Deans ihm die perfekte Chance bot, seinen Plan zu verwirklichen. Wo er allerdings eine so explosive Maschine herbekommen sollte, war eine ganz andere Frage. Das Londoner Telefonbuch lieferte ihm keinerlei diesbezüglichen Informationen, und er fühlte, daß es nur wenig Sinn hätte, sich deswegen an Scotland Yard zu wenden, da man dort nie etwas über die Aktivitäten der Dynamitpartei zu wissen schien, bis eine Explosion stattgefunden hatte, und auch dann nicht viel.

Plötzlich fiel ihm sein Freund Rouvaloff ein, ein junger Russe mit revolutionären Neigungen, den er im Winter bei Lady Windermere kennengelernt hatte. Graf Rouvaloff wollte ein Buch über das Leben Peter des Großen schreiben und war nach England gekommen, um Dokumente zu studieren, die sich mit dem Aufenthalt des Zaren als Schiffszimmermann in diesem Land beschäftigten. Es wurde jedoch allgemein vermutet, daß er ein Agent der Nihilisten sei, und es bestand kein Zweifel daran, daß die russische Botschaft nicht glücklich über seine Anwesenheit in London war. Lord Arthur meinte, er wäre genau der Richtige für seine Zwecke, und fuhr eines Morgens zu seiner Wohnung in Bloomsbury, um ihn um Rat und Hilfe zu bitten.

»Sie wollen sich also nun ernsthaft um Politik kümmern?« fragte Graf Rouvaloff, als Lord Arthur ihm den Zweck seines Kommens dargelegt hatte. Doch Lord Arthur, dem jede Prahlerei zuwider war, fühlte sich verpflichtet zu gestehen, daß er nicht das geringste Interesse an Politik hatte und das explosive Gerät in einer reinen Familienangelegenheit benötigte, die niemanden außer ihn selbst anging.

Graf Rouvaloff betrachtete ihn einige Augenblicke lang mit Erstaunen, und als er sah, daß es ihm ernst war, schrieb er eine Adresse auf ein Blatt Papier, setzte seine Initialen dazu und reichte es ihm.

»Scotland Yard würde viel darum geben, diese Adresse zu erfahren, mein lieber Freund.«

»Sie werden sie nicht bekommen«, rief Lord Arthur lachend. Und nachdem er dem jungen Russen warm die Hand geschüttelt hatte, lief er die Treppe hinunter, las die Adresse und befahl dem Kutscher, zum Soho Square zu fahren.

Dort entließ er ihn und schlenderte die Greek Street hinunter, bis er an einen Ort kam, der Bayle's Court genannt wurde. Er ging durch den Torbogen und fand sich in einer merkwürdigen Sackgasse, die offensichtlich eine französische Wäscherei war, da sich ein vollkommenes Netz von Wäscheleinen über sie hinweg von Haus zu Haus spannte, und weißes Leinen flatterte in der Morgenluft. Er ging geradewegs bis zum Ende und klopfte an der Tür eines kleinen grünen Hauses. Nach einiger Zeit, während der jedes Fenster sich in eine verschwommene Masse neugieriger Gesichter verwandelte, wurde die Tür von einem ziemlich rauh aussehenden Ausländer geöffnet, der ihn in sehr schlechtem Englisch nach seinen Wünschen fragte. Lord Arthur überreichte ihm das Papier, das ihm Graf Rouvaloff gegeben hatte. Als der Mann es sah, verbeugte er sich und bat Lord Arthur in ein sehr schäbiges Wohnzimmer im Erdgeschoß, und nach wenigen Augenblicken hastete Herr Winckelkopf, wie er sich in England nannte, in das Zimmer, mit einer von zahlreichen Weinflecken übersäten Serviette um den Hals und einer Gabel in der linken Hand.

»Graf Rouvaloff gab mir ein Einführungsschreiben an Sie«, sagte Lord Arthur mit einer Verbeugung, »und ich muß dringend in einer Geschäftsangelegenheit mit Ihnen sprechen. Mein Name ist Smith, Mr. Robert Smith, und ich brauche von Ihnen eine explosive Uhr.«

»Nett, Sie kennenzulernen, Lord Arthur«, sagte der freundliche kleine Deutsche lachend. »Schauen Sie nicht so erschreckt, es ist meine Pflicht, jeden zu kennen, und ich erinnere mich daran, Sie eines Abends bei Lady Windermere gesehen zu haben. Ich hoffe, es geht der Lady gut. Macht es Ihnen etwas aus, mir Gesellschaft zu leisten, bis ich mein Frühstück beendet habe? Ich habe eine ausgezeichnete Paté, und meine Freunde sind so freundlich und sagen, daß mein Rheinwein besser ist als jeder, den sie in der deutschen Botschaft bekommen.« Und bevor Lord Arthur über seine Überraschung, erkannt worden zu sein, hinweggekommen war, fand er sich auf einem Stuhl im Hinterzimmer wieder, wie er aus einem blaßgelben Hockglas mit dem Monogramm des Kaisers einen äußerst köstlichen Markobrunner trank und sich in der denkbar freundlichsten Art mit dem berühmten Revolutionär unterhielt.

»Explosive Uhren«, sagte Herr Winckelkopf, »sind nicht besonders zum Versand ins Ausland geeignet, da, selbst wenn sie erfolgreich am Zoll vorbeikommen, die Zugverbindungen so unzuverlässig sind, daß sie gewöhnlich in die Luft gehen, bevor sie ihren eigentlichen Bestimmungsort erreicht haben. Wenn Sie sie jedoch für den Hausgebrauch wünschen, kann ich Ihnen ein ausgezeichnetes Exemplar liefern und garantieren, daß Sie mit dem Ergebnis zufrieden sein werden. Darf ich fragen, für wen sie bestimmt ist? Falls es sich um die Polizei handelt oder jemanden, der mit Scotland Yard in Verbindung steht, dann befürchte ich, kann ich nichts für Sie tun. Die englischen Polizisten sind wirklich unsere besten Freunde, und ich finde immer, daß wir genau das tun können, was wir wollen, wenn wir uns auf ihre Dummheit verlassen. Ich kann wirklich keinen von ihnen entbehren.«

»Ich versichere Ihnen«, sagte Lord Arthur, »daß es überhaupt nichts mit der Polizei zu tun hat. Tatsächlich ist die Uhr für den Dean von Chichester bestimmt.«

»Meine Güte! Ich hatte ja keine Ahnung, daß Sie so starke religiöse Gefühle haben, Lord Arthur. Das ist bei so wenigen jungen Männern heute der Fall.«

»Ich fürchte, Sie überschätzen mich, Herr Winckelkopf«, sagte Lord Arthur errötend. »Tatsache ist, ich weiß nichts über Theologie.«

»Dann ist es eine reine Privatangelegenheit?«

»Rein privat.«

Herr Winckelkopf zuckte die Achseln, verließ den Raum und kehrte nach einigen Minuten mit einem runden Dynamitkuchen von der Größe eines Pennys zurück und einer hübschen, kleinen französischen Uhr, die mit der Ormulufigur der Freiheit verziert war, die die Hydra des Despotismus zermalmt.

Lord Arthurs Gesicht heiterte sich auf, als er sie sah. »Das ist genau, was ich gesucht habe«, rief er. »Und nun sagen Sie mir noch, wie sie explodiert.«

»Ah! Das ist mein Geheimnis«, antwortete Herr Winckelkopf und betrachtete seine Erfindung mit verständlichem Stolz. »Lassen Sie mich wissen, wann sie hochgehen soll, und ich stelle das Gerät ein.«

»Nun, heute ist Dienstag, und wenn Sie sie sofort abschicken könnten –«

»Das ist unmöglich. Ich habe gerade eine Menge wichtiger Aufträge für ein paar Freunde in Moskau. Doch ich könnte sie morgen abschicken.«

»Oh, das ist früh genug!« sagte Lord Arthur höflich. »Wenn sie morgen abend oder Donnerstag morgen ankommt. Was den Zeitpunkt der Explosion angeht, sagen wir pünktlich Freitag mittag. Der Dean ist um diese Zeit immer zu Hause.«

»Freitag mittag«, wiederholte Herr Winckelkopf und machte sich eine entsprechende Notiz in einem großen Buch, das auf einem Schreibtisch in der Nähe des Feuers lag.

»Und nun«, mit diesen Worten erhob sich Lord Arthur, »sagen Sie mir bitte, was ich Ihnen schuldig bin.«

»Es handelt sich um eine solche Kleinigkeit, Lord Arthur, daß ich gar nichts in Rechnung stellen möchte. Das Dynamit beläuft sich auf sieben Shilling, sechs Pence. Die Uhr kostet drei Pfund zehn, und der Versand ca. fünf Shilling. Ich stehe Freunden des Grafen Rouvaloff nur zu gern zur Verfügung.«

»Aber Ihre Mühe, Herr Winckelkopf?«

»Nicht der Rede wert! Es war mir ein Vergnügen. Ich arbeite nicht wegen des Geldes, ich lebe nur für meine Kunst.«

Lord Arthur legte vier Pfund, zwei Shilling, sechs Pence auf den Tisch, dankte dem kleinen Deutschen für seine Freundlichkeit, schaffte es, eine Einladung abzulehnen, am folgenden Samstag bei einem Essen einige Anarchisten kennenzulernen, verließ das Haus und machte sich auf den Weg zum Park.

Die nächsten beiden Tage befand er sich in höchster Aufregung, und am Freitag um zwölf Uhr fuhr er in den Buckingham, um auf Nachricht zu warten. Den ganzen Nachmittag verteilte der gleichmütige Portier Telegramme aus verschiedenen Teilen des Landes mit den Ergebnissen von Pferderennen, Urteilen von Scheidungsprozessen, der Wetterlage und ähnlichem, während langweilige Einzelheiten einer Nachtsitzung im Unterhaus eingingen und Nachrichten einer kleinen Panik auf der Börse. Um vier Uhr trafen die Abendzeitungen ein, und Lord Arthur verschwand mit der *Pall Mall*, der *St. James's* und dem *Globe* in der Bibliothek, sehr zum Mißfallen Colonel Goodchilds, der die Besprechungen einer Rede lesen wollte, die er am Morgen im Mansion House gehalten hatte zum Thema Missionen in Südafrika und ob es ratsam sei, in jeder Provinz einen schwarzen Bischof zu haben, und der aus irgendeinem Grunde eine starke Abneigung gegen die *Evening News* empfand. Doch keine der Zeitungen enthielt auch nur die leiseste Andeutung zu Chichester, und Lord Arthur hatte das Gefühl, daß der Versuch gescheitert war. Das war ein harter Schlag für ihn, und eine Zeitlang war er nervlich zerrüttet. Herr Winckelkopf, den er am nächsten Tag aufsuchte, floß über vor umständlicher Entschuldigungen und bot an, ihm kostenlos eine neue Uhr oder zum Selbstkostenpreis einen Kasten mit Nitroglyzerinbomben zu überlassen. Doch er hatte alles Vertrauen zu Sprengstoffen verloren, und Herr Winckelkopf gab selbst zu, daß heutzutage nichts mehr unverfälscht sei, so daß selbst Dynamit kaum noch in reinem Zustand zu bekommen sei. Doch obwohl der kleine Deutsche eingestand, daß mit der Maschine etwas schiefgegangen sein müßte, hatte er immer noch die Hoffnung, daß die Uhr explodieren könnte, und erzählte von einem Vorfall mit einem Barometer, das er einst an den Militärgouverneur in Odessa geschickt und so eingestellt hatte, daß es nach zehn Tagen explodieren sollte. Dies tat es allerdings erst nach drei Monaten. Es war zwar richtig, daß es, als es losging, nur ein Hausmädchen in die Luft jagte (der Gouverneur hatte die Stadt sechs Wochen zuvor verlassen), doch es bewies zumindest, daß Dynamit unter der Kontrolle von Maschinerie als zerstörerische Kraft machtvoll, wenn auch unzuverlässig war. Lord Arthur wurde durch diesen Gedanken etwas getröstet, doch selbst hier war ihm nur eine weitere Enttäuschung vorbestimmt. Denn zwei Tage später, als er nach oben ging, rief die Herzogin ihn in ihr Zimmer und zeigte ihm einen Brief, den sie soeben aus dem Haus des Deans erhalten hatte.

»Jane schreibt reizende Briefe«, bemerkte die Herzogin, »du mußt ihren letzten lesen. Er ist ebenso gut wie die Romane, die Mudie uns schickt.«

Lord Arthur ergriff den Brief. Er las:

Chichester, 27. Mai

Meine liebste Tante,

ich danke Dir vielmals für den Flanell für die Dorcas-Gesellschaft und auch für die Baumwolle. Ich stimme zwar mit Dir überein, daß es Unsinn ist, daß sie hübsche Kleider tragen wollen, doch heutzutage sind alle so radikal und unreligiös, daß es schwierig ist, ihnen klarzumachen, daß sie nicht versuchen sollten, sich wie die höheren Schichten anzuziehen. Ich weiß wirklich nicht, wohin das alles noch führen soll. Wie Papa schon oft in seinen Predigten gesagt hat, wir leben in einer ungläubigen Zeit.

Wir hatten viel Spaß mit einer Uhr, die ein unbekannter Bewunderer Papa am letzten Donnerstag geschickt hat. Sie kam in einem Holzkasten aus London, das Porto war bereits bezahlt; und Papa hatte das Gefühl, sie käme von jemandem, der seine bemerkenswerte Predigt »Ist Zügellosigkeit Freiheit?« gelesen hat, denn auf der Uhr war die Figur einer Frau mit etwas auf dem Kopf, was laut Papa die Haube der Freiheit war. Ich fand sie nicht besonders kleidsam, aber Papa sagte, sie sei historisch, darum nehme ich an, es war richtig so. Parker packte sie aus, und Papa stellte sie auf den Kaminsims in der Bibliothek; und am Freitag morgen saßen wir alle in diesem Raum, als wir, gerade als die Uhr zwölf schlug, ein Surren hörten, eine kleine Rauchwolke aus dem Sockel der Figur entwich und die Göttin der Freiheit herunterfiel und sich am Kamin die Nase abschlug!

Maria war sehr erschrocken, doch es sah so lächerlich aus, daß James und ich Lachkrämpfe hatten, und selbst Papa war amüsiert. Als wir sie untersuchten, stellten wir fest, daß es sich um eine Art Wecker handelte, und wenn man ihn auf eine bestimmte Zeit einstellte und etwas Schießpulver und ein Zündplättchen unter einen kleinen Hammer legte, sie zu jeder gewünschten Zeit losging. Papa meinte, die Uhr dürfe nicht in der Bibliothek bleiben, da sie Lärm machte, also hat Reggie sie mit ins Schulzimmer genommen und veranstaltet nun den ganzen Tag lang kleine Explosionen. Meinst Du, Arthur hätte so etwas gern als Hochzeitsgeschenk? Ich vermute, sie sind in London ziemlich in Mode. Papa sagt, sie könnten viel Gutes ausrichten, da sie zeigen, daß die Freiheit nicht bestehen kann, sondern fallen muß. Papa sagt, daß Freiheit zur Zeit der Französischen Revolution erfunden wurde. Wie furchtbar das scheint!

Ich muß nun zur Dorcas gehen, wo ich Deinen sehr erbaulichen Brief lesen werde. Wie recht Du doch hast, liebe Tante, mit Deiner Meinung, daß sie bei ihrem Stand das tragen sollten, das unkleidsam ist. Ich muß zugeben, es ist wirklich absurd, wie besorgt sie um ihre Kleidung sind, wenn es so viele wichtigere Dinge in dieser Welt gibt, und in der nächsten. Ich bin so froh, daß Dein geblümter Popelin so gut gelungen und Deine Spitze nicht zerrissen ist. Ich werde mein gelbes Satinkleid, das Du mir freundlicherweise geschenkt hast, am Donnerstag bei der Gesellschaft des Bischofs tragen und denke, es wird gut aussehen. Würdest Du Dich für Schleifen entscheiden oder nicht? Jennings sagt, jeder trägt heute Schleifen und der Unterrock müßte Rüschen haben. Reggie hatte gerade eine weitere Explosion, und Papa hat angeordnet, daß die Uhr in die Ställe gebracht wird. Ich glaube nicht, daß sie Papa immer noch so gut gefällt wie am Anfang, obwohl er sich sehr geschmeichelt fühlt, daß ihm jemand ein so hübsches und raffiniertes Spielzeug geschickt hat. Es zeigt nur, daß die Leute seine Predigten lesen und davon profitieren.

Papa sendet liebe Grüße, denen James, Reggie und Maria sich anschließen. Ich hoffe, daß Onkel Cecils Gicht sich gebessert hat, und verbleibe, liebe Tante, Deine Dich liebende Nichte,

Jane Percy

PS: Laß mich doch bitte wissen, was Du von Schleifen hältst. Jennings besteht darauf, daß sie der letzte Schrei sind.

Lord Arthur sah so ernst und unglücklich über diesen Brief aus, daß die Herzogin in Lachen ausbrach.

»Mein lieber Arthur!« rief sie. »Ich werde dir nie wieder den Brief einer jungen Dame zu lesen geben! Doch was soll ich ihr zu der Uhr schreiben? Ich halte sie für eine kapitale Erfindung und hätte selbst gern eine.«

»Ich halte nichts von ihnen«, sagte Lord Arthur mit einem traurigen Lächeln, küßte seine Mutter und verließ den Raum.

Als er nach oben kam, warf er sich auf ein Sofa, und seine Augen füllten sich mit Tränen. Er hatte sein Bestes getan, diesen Mord zu begehen, war jedoch bei beiden Gelegenheiten gescheitert, und zwar nicht durch seine Schuld. Er hatte versucht, seine Pflicht zu tun, doch es schien, als wäre er vom Schicksal selbst verraten worden. Er wurde erdrückt vom Gefühl der Fruchtlosigkeit guter Absichten, der Vergeblichkeit des Bestrebens, edel zu sein. Vielleicht wäre es besser, die Hochzeit völlig abzusagen. Sybil würde leiden, das war wahr, doch Leiden konnte einer so edlen Natur wie der ihren nichts anhaben. Was ihn selbst anging, was spielte es für eine Rolle? Es gab immer einen Krieg, in dem ein Mann sterben konnte, eine Sache, für die ein Mann sein Leben geben konnte, und da er sich des Lebens nicht mehr freute, so fürchtete er den Tod auch nicht. Sollte das Schicksal doch seinen Untergang aufhalten. Er würde ihm nicht dabei helfen.

Um halb acht kleidete er sich an und ging in seinen Club. Surbiton war da mit einer Gruppe junger Männer, und er mußte mit ihnen speisen. Ihre banale Konversation und eitlen Späße interessierten ihn nicht, und er verließ sie, sobald der Kaffee serviert wurde, indem er eine Verabredung erfand, um von ihnen loszukommen. Als er den Club verließ, reichte ihm der Portier einen Brief. Er war von Herrn Winckelkopf, der ihn bat, doch am nächsten Abend vorbeizukommen, um sich einen explosiven Schirm anzusehen, der detonierte, sobald man ihn öffnete. Es handelte sich um die neueste Erfindung, die soeben aus Genua eingetroffen war. Er zerriß den Brief in kleine Schnitzel. Er hatte sich entschlossen, keine weiteren Experimente zu unternehmen. Danach wanderte er zum Themseufer hinunter und saß stundenlang am Fluß. Der Mond spähte aus einer Mähne gelblicher Wolken hervor, als wäre er das Auge eines Löwen, und unzählige Sterne funkelten am hohlen Gewölbe, als hätte jemand Goldstaub auf eine purpurne Kuppel gestreut. Ab und zu erschien eine Barke auf dem trüben Fluß und schwebte mit der Strömung davon, und die Eisenbahnsignale wechselten von Grün zu Rot, wenn die Züge über die Brücke donnerten. Nach einiger Zeit schlug es vom hohen Turm von Westminster her zwölf Uhr, und die Nacht schien mit jedem Schlag der sonoren Glocke zu erzittern. Dann gingen die Eisenbahnlichter aus, und es blieb eine einsame Lampe, die wie ein großer Rubin am einem gewaltigen Mast leuchtete, und der Lärm der Stadt nahm ab.

Um zwei Uhr erhob er sich und schlenderte in Richtung Blackfriars. Wie unwirklich alles aussah! Wie ein seltsamer Traum! Die Häuser auf der anderen Seite des Flusses schienen aus Dunkelheit gebaut zu sein. Man hätte fast sagen können, daß Silber und Schatten die Welt neu erschaffen hätten. Die riesige Kuppel von St. Pauls ragte wie eine Blase aus dem Nebel auf.

Als er sich Cleopatra's Needle näherte, sah er einen Mann am Brückengeländer lehnen, und als er noch näher kam, schaute der Mann auf, und das Licht der Laterne fiel voll auf sein Gesicht.

Es war Mr. Podgers, der Chiromant! Man konnte das fette, schwammige Gesicht, die goldgeränderte Brille, das widerwärtige, schwächliche Lächeln, den sinnlichen Mund nicht verwechseln.

Lord Arthur hielt inne. Eine brillante Idee schoß durch seinen Kopf, und er schlich sich vorsichtig von hinten an. Im Bruchteil einer Sekunde hatte er Mr. Podgers' Beine gepackt und ihn in die Themse geworfen. Man hörte einen groben Fluch, ein lautes Platschen, und dann herrschte Stille. Lord Arthur schaute ängstlich über das Geländer, konnte jedoch von dem Chiromanten nichts entdecken außer einem Zylinder, der auf einem Strudel des vom Mond beschienenen Wassers pirouettierte. Nach einiger Zeit sank auch dieser, und es blieb keine Spur von Mr. Podgers. Einmal dachte er, er sähe die massige, mißgestaltete Figur sich auf die Stufen an der Brükke zukämpfen, und ihn überkam ein schreckliches Gefühl des Versagens. Doch es stellte sich als eine Reflexion heraus, die verschwand, als der Mond wieder hinter einer Wolke hervorkam. Endlich schien er das Dekret des Schicksals erfüllt zu haben. Er stieß einen tiefen Seufzer der Erleichterung aus, und Sybils Name trat auf seine Lippen.

»Haben Sie etwas verloren, Sir?« sagte plötzlich eine Stimme hinter ihm.

Er drehte sich um und erblickte einen Polizisten mit einer Laterne.

»Nichts von Bedeutung, Sergeant«, antwortete er lächelnd, hielt eine vorbeifahrende Kutsche an, sprang hinein und trug dem Kutscher auf, zum Belgrave Square zu fahren.

In den nächsten Tagen schwankte er zwischen Hoffnung und Furcht. Es gab Zeiten, in denen er fast erwartete, Mr. Podgers ins Zimmer kommen zu sehen, und andere, in denen er fühlte, daß das Schicksal einfach nicht so ungerecht sein konnte. Zweimal ging er zum Haus des Chiromanten in der West Moon Street, konnte sich jedoch nicht dazu durchringen, die Klingel zu betätigen. Er sehnte sich nach Gewißheit und fürchtete sich vor ihr.

Schließlich kam die Gewißheit. Er saß im Rauchsalon des Clubs und trank Tee, während er Surbiton zuhörte, der den letzten komischen Schlager aus dem Gaiety-Theater beschrieb. Da kam der Diener mit den Abendzeitungen. Er nahm die St. James's auf und durchblätterte sie lustlos, als ihm eine seltsame Schlagzeile ins Auge fiel.

»SELBSTMORD EINES CHIROMANTEN«

Er wurde blaß vor Aufregung und begann zu lesen. Der Artikel lautete:

> »Gestern morgen um sieben Uhr wurde die Leiche von Mr. Septimus R. Podgers, dem bekannten Chiromanten, in Greenwich direkt vor dem Ship Hotel an Land gespült. Der unglückliche Gentleman war seit einigen Tagen vermißt, und in Chiromantenkreisen herrschte große Besorgnis über seinen Verbleib. Es wird vermutet, daß er unter dem Einfluß einer zeitweiligen geistigen Verwirrung aufgrund von Überarbeitung Selbstmord beging, und ein entsprechendes Urteil wurde vom Untersuchungsrichter gefällt. Mr. Podgers hatte soeben eine ausführliche Abhandlung zum Thema ›Die menschliche Hand‹ abgeschlossen, die in Kürze veröffentlicht wird und zweifellos großes Interesse wecken wird. Der Verstorbene war fünfundsechzig Jahre alt und hat anscheinend keine Hinterbliebenen.«

Lord Arthur eilte, noch mit der Zeitung in der Hand, aus dem Club, zur enormen Verwunderung des Portiers, der vergeblich versuchte, ihn aufzuhalten, und fuhr in die Park Lane. Sybil erspähte ihn vom Fenster aus, und etwas sagte ihr, daß er gute Neuigkeiten brächte. Sie rannte ihm entgegen, und als sie sein Gesicht sah, wußte sie, es war alles gut.

»Meine liebe Sybil!« rief Lord Arthur. »Laß uns morgen heiraten!«

»Du dummer Junge! Die Torte ist ja noch nicht einmal bestellt!« sagte Sybil und lachte unter Tränen.

6

Als etwa drei Wochen später die Hochzeit stattfand, war St. Paul's gefüllt mit einem wahren Haufen vornehmer Leute. Die Zeremonie wurde in beeindruckender Weise vom Dean von Chichester abgehalten, und man war sich einig, nie ein attraktiveres Paar als Braut und Bräutigam gesehen zu haben. Sie waren jedoch mehr als attraktiv – sie waren glücklich. Nie einen Augenblick lang bereute es Lord Arthur, so um Sybils willen gelitten zu haben, und sie schenkte ihm ihrerseits die besten Dinge, die eine Frau einem Mann nur geben kann – Verehrung, Zärtlichkeit und Liebe. Für sie wurde die Romantik nicht von der Realität zerstört. Sie fühlten sich immer jung.

Einige Jahre später, als sie bereits zwei reizende Kinder hatten, kam Lady Windermere die Alton Priory besuchen, ein wunderschönes altes Haus, das das Hochzeitsgeschenk des Herzogs an seinen Sohn war. Eines Nachmittags saß sie mit Lady Arthur unter einer Linde im Garten, schaute dem kleinen Jungen und Mädchen zu, wie sie, wie jähe Sonnenstrahlen, die Rosenallee hinauf- und hinabliefen, und ergriff plötzlich die Hand ihrer Gastgeberin und sagte: »Sind Sie glücklich, Sybil?«

»Liebe Lady Windermere, natürlich bin ich glücklich. Sind Sie es nicht?«

»Ich habe keine Zeit, glücklich zu sein, Sybil. Ich mag immer die letzte Person, die mir vorgestellt wird; doch in der Regel – sobald ich Leute kenne, werde ich ihrer müde.«

»Geben Ihre Löwen Ihnen keine Befriedigung, Lady Windermere?«

»Du meine Güte, nein! Löwen sind nur eine Saison lang gut. Sobald ihre Mähnen beschnitten sind, werden sie zu den langweiligsten Kreaturen, die man sich nur vorstellen kann. Außerdem werden sie sehr frech, wenn man richtig freundlich zu ihnen ist. Erinnern Sie sich an diesen schrecklichen Mr. Podgers? Ein furchtbarer Hochstapler. Das hat mir natürlich nichts ausgemacht, und ich habe ihm sogar verziehen, als er sich Geld von mir borgen wollte, doch als Liebhaber konnte ich ihn nicht ausstehen. Er hat mich dazu gebracht, die Chiromantie richtig zu hassen. Ich begeistere mich jetzt für Telepathie. Viel amüsanter.«

»Hier dürfen Sie nichts gegen Chiromantie sagen, Lady Windermere. Das ist das einzige Thema, bei dem Arthur nicht duldet, daß man sich darüber lustig macht. Ich versichere Ihnen, es ist ihm sehr ernst damit.«

»Sie wollen doch nicht sagen, daß er daran glaubt, Sybil?«

»Fragen Sie ihn selbst, Lady Windermere. Da kommt er.« Und Lord Arthur kam den Garten hinauf mit einem großen Strauß gelber Rosen in der Hand, während seine Kinder um ihn herumtanzten.

»Lord Arthur?«

»Ja, Lady Windermere?«

»Wollen Sie mir weismachen, daß Sie an Chiromantie glauben?«

»Natürlich glaube ich daran«, sagte der junge Mann lächelnd.

»Aber warum?«

»Ich verdanke ihr das ganze Glück meines Lebens«, murmelte er und warf sich in einen Korbstuhl.

»Mein lieber Lord Arthur, was verdanken Sie ihr?«

»Sybil«, antwortete er, überreichte seiner Frau die Rosen und schaute in ihre veilchenblauen Augen.

»Was für ein Unsinn!« rief Lady Windermere. »Solchen Unsinn habe ich in meinem ganzen Leben noch nicht gehört.«

Das Gespenst von Canterville

Als Mr. Hiram B. Otis, der amerikanische Gesandte, Schloß Canterville kaufte, sagte ihm ein jeder, daß er sehr unklug handle, da dies Schloß ohne Zweifel verwünscht sei.

Sogar Lord Canterville selbst, ein Mann von peinlichster Aufrichtigkeit, hatte es als seine Pflicht betrachtet, diese Tatsache Mr. Otis mitzuteilen, bevor sie den Verkauf abschlossen.

»Wir selbst haben das Schloß nicht bewohnt«, sagte Lord Canterville, »seit meine Großtante, die Herzogin-Mutter von Bolton, einst vor Schreck in Krämpfe verfiel, von denen sie sich nie wieder erholte, weil ein Skelett ihr seine beiden Hände auf die Schultern legte, als sie gerade beim Ankleiden war. Ich fühle mich verpflichtet, es Ihnen zu sagen, Mr. Otis, daß der Geist noch jetzt von verschiedenen Mitgliedern der Familie Canterville gesehen worden ist, sowie auch vom Geistlichen unseres Kirchspiels, Hochwürden Augustus Dampier, der im King's College, Cambridge, seinen Doktor gemacht hat. Nach dem unseligen Zwischenfall mit der Herzogin wollte keiner unserer Dienstboten mehr bei uns bleiben, und Lady Canterville konnte seitdem des Nachts häufig nicht mehr schlafen vor lauter unheimlichen Geräuschen, die über den Korridor und von der Bibliothek her kamen.«

»Mylord«, antwortete der Gesandte, »ich will die ganze Einrichtung und den Geist dazu kaufen. Ich komme aus einem modernen Land, wo wir alles haben, was mit Geld zu bezahlen ist; und ich meine, mit all unsern smarten jungen Leuten, die Ihnen Ihre besten Tenöre und Primadonnen abspenstig machen, daß, gäbe es wirklich noch so etwas wie ein Gespenst in Europa, wir dieses in allerkürzester Zeit drüben haben würden, in einem unserer öffentlichen Museen oder auf dem Jahrmarkt.«

»Ich fürchte, das Gespenst existiert wirklich«, sagte Lord Canterville lächelnd, »wenn es sich auch bis jetzt Ihren Impresarios gegenüber ablehnend verhalten hat. Seit drei Jahrhunderten ist es wohlbekannt, genau gesprochen seit 1584, und es erscheint regelmäßig, kurz bevor ein Mitglied unserer Familie stirbt.«

»Nun, was das betrifft, das macht der Hausarzt ebenso, Lord Canterville. Aber es gibt ja doch gar keine Gespenster, und ich meine, daß die Gesetze der Natur sich nicht der britischen Aristokratie zuliebe aufheben lassen.«

»Sie sind jedenfalls sehr aufgeklärt in Amerika«, antwortete Lord Canterville, der Mr. Otis' letzte Bemerkung nicht ganz verstanden hatte, »und wenn das Gespenst im Haus Sie nicht weiter stört, so ist ja alles in Ordnung. Sie dürfen nur nicht vergessen, daß ich Sie gewarnt habe.«

Wenige Wochen später war der Kauf abgeschlossen, und gegen Ende der Saison bezog der Gesandte mit seiner Familie Schloß Canterville.

Mrs. Otis, die als Miß Lucretia R. Tappan, W. 53th Street, New York, als große Schönheit gegolten hatte, war jetzt eine sehr attraktive Frau in mittleren Jahren, mit schönen Augen und einem tadellosen Profil. Viele Amerikanerinnen, die ihre Heimat verlassen, nehmen mit der Zeit das Gebaren einer chronischen Kränklichkeit an, da sie dies für ein Zeichen europäischer Kultur ansehen; aber Mrs. Otis war nie diesem Irrtum verfallen. Sie verfügte über eine ausgezeichnete Körperverfassung und einen hervorragenden Unternehmungsgeist. So war sie wirklich in mancher Hinsicht völlig englisch und ein vorzügliches Beispiel für die Tatsache, daß wir heutzutage alles mit Amerika gemein haben, ausgenommen natürlich die Sprache.

Ihr ältester Sohn, den die Eltern in einem heftigen Anfall von Patriotismus Washington genannt hatten, was er zeit seines Lebens beklagte, war ein blonder, hübscher junger Mann, der sich dadurch für den diplomatischen Dienst geeignet gezeigt hatte, daß er im Casino von Newport während dreier Winter die Françaisen kommandierte und sogar in London als vorzüglicher Tänzer angesehen wurde. Gardenien und der Adelskalender waren seine einzigen Schwächen. Im übrigen war er außerordentlich vernünftig.

Miß Virginia E. Otis war ein kleines Fräulein von fünfzehn Jahren, graziös und lieblich wie ein junges Reh und mit schönen, klaren blauen Augen. Sie saß brillant zu Pferd und hatte einmal auf ihrem Pony mit dem alten Lord Bilton ein Wettrennen um den Park veranstaltet, wobei sie mit 1½ Pferdelängen Siegerin geblieben war, gerade vor der Achillesstatue, zum ganz besonderen Entzücken des jungen Herzogs von Cheshire, der sofort um ihre Hand anhielt und noch am gleichen Abend unter Tränenströmen nach Eton in seine Schule zurückgeschickt wurde.

Nach Virginia kamen die Zwillinge, entzückende Jungen, die in der Familie, mit Ausnahme des Herrn des Hauses natürlich, die einzigen wahren Republikaner waren.

Da Schloß Canterville acht Meilen von der nächsten Eisenbahnstation Ascot entfernt liegt, hatte Mr. Otis den Wagen bestellt, sie da abzuholen, und die Familie befand sich in der heitersten Stimmung. Es war ein herrlicher Juliabend, und die Luft war voll vom frischen Duft der nahen Tannenwälder. Ab und zu ließ sich die süße Stimme der Ringeltaube in der Ferne hören, und ein buntglänzender Fasan raschelte durch das hohe Farnkraut am Weg. Eichhörnchen blickten den Amerikanern von den hohen Buchen neugierig nach, als sie vorbeifuhren, und die wilden Kaninchen ergriffen die Flucht und schossen durch das Unterholz und über die moosigen Hügelchen dahin, die weißen Schwänzchen hoch in der Luft. Als man in den Park von Schloß Canterville einbog, bedeckte sich der Himmel plötzlich mit dunklen Wolken; die Luft schien gleichsam stillzustehen; ein großer Schwarm Krähen flog lautlos über ihren Häuptern dahin, und ehe man noch das Haus erreichte, fiel der Regen in dicken, schweren Tropfen.

Auf der Freitreppe empfing sie eine alte Frau in schwarzer Seide mit weißer Haube und Schürze: das war Mrs. Umney, die Wirtschafterin, die Mrs. Otis auf Lady Cantervilles inständiges Bitten hin in ihrer bisherigen Stellung behalten wollte. Sie machte vor jedem einen tiefen Knicks, als sie nacheinander ausstiegen, und sagte in einer eigentümlich altmodischen Art:

»Ich heiße Sie auf Schloß Canterville willkommen.«

Man folgte ihr ins Haus, durch die schöne alte Tudorhalle in die Bibliothek, ein langes, niedriges Zimmer mit schwarzer Eichenholztäfelung und einem großen bunten Glasfenster. Hier war der Teetisch für die Herrschaften gedeckt; und nachdem sie sich ihrer Mäntel entledigt hatten, setzten sie sich und sahen sich um, während Mrs. Umney sie bediente.

Da bemerkte Mrs. Otis plötzlich einen großen roten Fleck auf dem Fußboden, gerade vor dem Kamin, und in völliger Unkenntnis von dessen Bedeutung sagte sie zu Mrs. Umney:

»Ich fürchte, da hat man aus Unvorsichtigkeit etwas verschüttet.«

»Ja, gnädige Frau«, erwiderte die alte Haushälterin leise, »auf jenem Fleck ist Blut geflossen.«

»Wie gräßlich!« rief Mrs. Otis. »Ich liebe durchaus keine Blutflecke in einem Wohnzimmer. Er muß sofort entfernt werden.« Die alte Frau lächelte und erwiderte mit derselben leisen, geheimnisvollen Stimme:

»Es ist das Blut von Lady Eleanore de Canterville, welche hier auf dieser Stelle von ihrem eigenen Gemahl, Sir Simon de Canterville, im Jahre 1575 ermordet wurde. Sir Simon überlebte sie um neun Jahre und verschwand dann plötzlich unter ganz geheimnisvollen Umständen. Sein Leichnam ist nie gefunden worden, aber sein schuldbeladener Geist geht noch jetzt hier im Schloß um. Der Blutfleck wurde schon oft von Reisenden bewundert und kann durch nichts entferntwerden.«

»Das ist alles Humbug«, rief Washington Otis, »Pinkertons Universal-Fleckenreiniger wird ihn im Nu beseitigen«; und ehe noch die erschrockene Haushälterin ihn davon zurückhalten konnte, lag er schon auf den Knien und scheuerte die Stelle am Boden mit einem kleinen Stumpf von etwas, das schwarzer Bartwichse ähnlich sah. In wenigen Augenblicken war keine Spur mehr von dem Blutfleck zu sehen.

»Na, ich wußte ja, daß Pinkerton das machen würde«, rief er triumphierend, während er sich seiner bewundernden Familie zuwandte; aber kaum hatte er diese Worte gesagt, da erleuchtete ein greller Blitz das düstere Zimmer, und ein tosender Donnerschlag ließ sie alle in die Höhe fahren, während Mrs. Umney in Ohnmacht fiel.

»Was für ein schauderhaftes Klima!« sagte der amerikanische Gesandte ruhig, während er sich eine neue Zigarette ansteckte. »Wahrscheinlich ist dieses alte Land so übervölkert, daß sie nicht mehr genug anständiges Wetter für jeden haben. Meiner Ansicht nach ist Auswanderung das einzig Richtige für England.«

»Mein lieber Hiram«, sprach Mrs. Otis, »was sollen wir bloß mit einer Frau anfangen, die ohnmächtig wird?«

»Rechne es ihr an, als ob sie etwas zerschlagen hätte, dann wird es nicht wieder vorkommen«, sagte der Gesandte; und in der Tat, schon nach wenigen Augenblicken kam Mrs. Umney wieder zu sich. Aber es war kein Zweifel, daß sie sehr aufgeregt war, und sie warnte Mr. Otis, es stände seinem Haus ein Unglück bevor.

»Ich habe mit meinen eigenen Augen Dinge gesehen, Sir«, sagte sie, »daß jedem Christenmenschen die Haare davon zu Berge stehen würden, und manche Nacht habe ich kein Auge zugetan aus Furcht vor dem Schrecklichen, das hier geschehen ist.«

Jedoch Mr. und Mrs. Otis beruhigten die ehrliche Seele, erklärten, daß sie sich nicht vor Gespenstern fürchteten, und nachdem die alte Haushälterin noch den Segen der Vorsehung auf ihre neue Herrschaft herabgefleht und um Erhöhung ihres Gehalts gebeten hatte, schlich sie zitternd auf ihr Zimmer.

*

Der Sturm wütete die ganze Nacht hindurch, aber sonst ereignete sich nichts von erwähnenswerter Bedeutung. Am nächsten Morgen jedoch, als die Familie zum Frühstück herunterkam, fanden sie den fürchterlichen Blutfleck wieder unverändert auf dem Fußboden. »Ich glaube nicht, daß die Schuld hiervon an Pinkertons Fleckenreiniger liegt«, erklärte Washington, »denn den habe ich immer mit Erfolg angewendet – es muß also das Gespenst sein.«

Er rieb nun zum zweitenmal den Fleck weg, aber am nächsten Morgen war er unbeschadet wieder da. Ebenso am dritten Morgen, trotzdem Mr. Otis selbst die Bibliothek am Abend vorher abgeschlossen und den Schlüssel in die Tasche gesteckt hatte.

Jetzt interessierte sich die ganze Familie für die Sache.

Mr. Otis fing an zu glauben, daß es doch allzu skeptisch von ihm gewesen sei, die Existenz jedweder Gespenster zu leugnen.

Mrs. Otis sprach die Absicht aus, der Psychologischen Gesellschaft beizutreten, und Washington schrieb einen langen Brief an die Herren Myers & Podmore über die Unvertilgbarkeit blutiger Flecken im Zusammenhang mit Verbrechen.

In der darauffolgenden Nacht nun wurde jeder Zweifel an der Existenz von Gespenstern endgültig beseitigt. Den Tag über war es heiß und sonnig gewesen, und in der Kühle des Abends fuhr die Familie spazieren. Man kehrte erst gegen neun Uhr zurück, worauf das Abendessen eingenommen wurde. Die Unterhaltung berührte in keiner Weise Gespenster; es war also nicht einmal die Grundbedingung jener erwartungsvollen Aufnahmefähigkeit gegeben, welche so oft dem Erscheinen solcher Phänomena vorangeht. Die Gesprächsthemata waren, wie mir Mrs. Otis seitdem mitgeteilt hat, lediglich solche, wie sie unter gebildeten Amerikanern der höheren Klassen üblich sind, wie z. B. die ungeheure Überlegenheit von Miß Fanny Davenport über Sarah Bernhard als Schauspielerin; die Schwierigkeit, Grünkern- und Buchweizenkuchen selbst in den besten englischen Häusern zu bekommen; die hohe Bedeutung von Boston in Hinsicht auf die Entwicklung des Weltgeists; die Vorzüge des Freigepäcksystems beim Eisenbahnfahren; und die angenehme Weichheit des New Yorker Akzents im Gegensatz zum schleppenden Londoner Dialekt.

In keiner Weise wurde das Übernatürliche berührt, noch von Sir Simon de Canterville gesprochen. Um elf Uhr trennte man sich, und eine halbe Stunde darauf war bereits alles dunkel. Da plötzlich wachte Mr. Otis von einem Geräusch auf dem Korridor vor seiner Türe auf. Es klang wie Rasseln von Metall und schien mit jedem Augenblick näher zu kommen. Der Gesandte stand sofort auf, zündete eine Kerze an und sah nach der Uhr.

Es war Punkt eins.

Er war ganz ruhig und fühlte sich den Puls, der nicht im geringsten fieberhaft war. Das sonderbare Geräusch dauerte fort, und er hörte deutlich Schritte. Er zog die Pantoffeln an, nahm eine längliche Phiole von seinem Toilettentisch und öffnete die Türe. Da sah er, sich direkt gegenüber, im blassen Schein des Mondes, einen alten Mann von ganz greulichem Aussehen stehen. Des Alten Augen waren rot wie brennende Kohlen; langes graues Haar fiel in wirren Locken über seine Schultern; seine Kleidung von altmodischem Schnitt war beschmutzt und zerrissen, und schwere rostige Fesseln hingen ihm an Füßen und Händen.

»Mein lieber Herr«, sagte Mr. Otis, »ich muß Sie schon bitten, Ihre Ketten etwas zu schmieren, und ich habe Ihnen zu dem Zweck hier eine kleine Flasche von ›Tammany's Rising Sun Lubricator‹ mitgebracht. Man sagt, daß schon ein einmaliger Gebrauch genügt, und auf der Verpackung finden Sie die glänzendsten Atteste hierüber von unseren hervorragendsten einheimischen Geistlichen. Ich werde es Ihnen hier neben die Kerze stellen und bin mit Vergnügen bereit, Ihnen auf Wunsch mehr davon zu besorgen. Ein Wort nur genügt, und ich stehe Ihnen zu Diensten.«

Mit diesen Worten stellte der Gesandte der Vereinigten Staaten das Fläschchen auf einen Marmortisch, schloß die Tür und legte sich wieder ins Bett.

Für einen Augenblick war das Gespenst von Canterville ganz starr vor Entrüstung; dann schleuderte es die Flasche wütend auf den Boden und floh den Korridor hinab, indem es ein dumpfes Stöhnen ausstieß und ein gespenstisch grünes Licht um sich verbreitete. Als es gerade die große eichene Treppe erreichte, öffnete sich eine Tür, zwei kleine weißgekleidete Gestalten erschienen, und ein großes Kissen sauste an seinem Kopf vorbei. Da war augenscheinlich keine Zeit zu verlieren; und indem es hastig die vierte Dimension als Mittel zur Flucht benutzte, verschwand es durch die Täfelung, worauf das Haus ruhig wurde.

Als das Gespenst ein kleines geheimes Zimmer im linken Schloßflügel erreicht hatte, lehnte es sich erschöpft gegen einen Mondstrahl, um erst wieder zu Atem zu kommen, und versuchte sich seine Lage klarzumachen. Niemals war es in seiner glänzenden und ununterbrochenen Laufbahn von dreihundert Jahren so gröblich beleidigt worden. Es dachte an die Herzogin-Mutter, die bei seinem Anblick Krämpfe bekommen hatte, als sie in ihren Spitzen und Diamanten vor dem Spiegel stand; an die vier Hausmädchen, die hysterisch wurden, als es sie bloß durch die Vorhänge eines der unbewohnten Schlafzimmer hindurch anlächelte; an den Pfarrer des Kirchspiels, dessen Kerze es eines Nachts ausgeblasen hatte, als derselbe einmal spät aus der Bibliothek kam, und der seitdem beständig bei Sir William Gull, geplagt von Nervenstörungen, in Behandlung war; an die alte Madame du Tremouillac, die, als sie eines Morgens früh aufwachte und in ihrem Lehnstuhl am Kamin ein Skelett sitzen sah, das ihr Tagebuch las, darauf sechs Wochen wegen Gehirnentzündung fest im Bett lag und nach ihrer Genesung eine treue Anhängerin der Kirche wurde und jede Verbindung mit dem notorischen Freigeist Monsieur de Voltaire abbrach.

Es erinnerte sich der entsetzlichen Nacht, als der böse Lord Canterville in seinem Ankleidezimmer halb erstickt aufgefunden wurde mit dem Karobuben im Schlund und gerade noch, ehe er starb, beichtete, daß er Charles James Fox vermittelst dieser Karte bei ›Crockfords‹ um 50 000 Pfund Sterling betrogen hatte und daß ihm nun das Gespenst die Karte in den Schlund gesteckt habe.

Alle seine großen Taten kamen ihm ins Gedächtnis zurück, von dem Kammerdiener an, der sich in der Kirche erschoß, weil er eine grüne Hand hatte an die Scheiben klopfen sehen, bis zu der schönen Lady Stutfield, die immer ein schwarzes Samtband um den Hals tragen mußte, damit die Spur von fünf in ihre weiße Haut eingebrannten Fingern verdeckt wurde, und die sich schließlich in dem Karpfenteich am Ende der Königspromenade ertränkte. Mit dem begeisterten Egoismus des wahren Künstlers versetzte es sich im Geist wieder in seine hervorragendsten Rollen und lächelte bitter, als es an sein letztes Auftreten als ›Roter Ruben oder das erwürgte Kind‹ dachte, oder sein Debut als ›Riese Gibeon, der Blutsauger von Bexley Moor‹ und das Furore, das es eines schönen Juliabends gemacht hatte, als es ganz einfach auf dem Tennisplatz mit seinen eigenen Knochen Kegel spielte. Und nach alledem kommen solche elenden modernen Amerikaner, bieten ihm Rising-Sun-Öl an und werfen ihm Kissen an den Kopf! Es war nicht auszuhalten. So war noch niemals in der Weltgeschichte ein Gespenst behandelt worden. Es schwor demgemäß Rache und blieb bis Tagesanbruch in tiefe Gedanken versunken.

*

Als am nächsten Morgen die Familie Otis zum Frühstück zusammenkam, wurde das Gespenst natürlich des längeren besprochen. Der Gesandte der Vereinigten Staaten war selbstverständlich etwas ungehalten, daß sein Geschenk so mißachtet worden war.

»Ich habe durchaus nicht die Absicht«, erklärte er, »dem Geist irgendeine persönliche Beleidigung zuzufügen, und ich muß sagen, daß es aus Rücksicht auf die lange Zeit, die er nun schon hier im Haus wohnt, nicht höflich ist, ihn mit Kissen zu bewerfen« – eine sehr wohlangebrachte

Bemerkung, bei welcher, wie ich leider gestehen muß, die Zwillinge in ein lautes Gelächter ausbrachen.

»Andererseits«, fuhr Mr. Otis fort, »wenn es wirklich und durchaus den Rising Sun Lubricator nicht benutzen will, so werden wir ihm seine Ketten fortnehmen müssen; bei dem Lärm auf dem Korridor kann man ganz unmöglich schlafen.«

Die Schloßbewohner blieben jedoch die ganze Woche hindurch ungestört, und das einzige, was ihre Aufmerksamkeit erregte, war die beständige Erneuerung des Blutflecks auf dem Boden der Bibliothek. Das war jedenfalls sehr sonderbar, da die Türe und das Fenster des Nachts immer fest verschlossen und verriegelt waren. Auch die wechselnde Farbe des Flecks rief die verschiedensten Vermutungen hervor. Denn zuweilen war er ganz mattrot, dann wieder leuchtend, oder auch tiefpurpurn, und als einmal die Familie zum High Tea herunterkam, fand sie ihn hell smaragdgrün! Diese koloristischen Metamorphosen amüsierten natürlich die Gesellschaft sehr, und jeden Abend wurden schon Wetten darüber geschlossen. Die einzige, welche nicht auf diesen und auch auf keine anderen Scherze einging, war die kleine Virginia, die aus irgendeinem ungeklärten Grund immer sehr betrübt beim Anblick des Blutflecks war.

Das zweite Auftreten des Gespensts war am Sonntag abend. Kurz nachdem auch die männlichen Erwachsenen zu Bett gegangen waren, wurden sie plötzlich durch ein furchtbares Getöse in der Eingangshalle aufgeschreckt. Alle stürzten hinunter und fanden dort, daß eine alte Rüstung von ihrem Ständer auf den Steinboden gefallen war, während das Gespenst von Canterville in einem hochlehnigen Armstuhl saß und sich seine Knie mit einer Gebärde verzweifelten Schmerzes rieb. Die Zwillinge hatten ihre Flitzbogen mitgebracht und schossen zweimal nach ihm mit einer Treffsicherheit, die sie sich durch langes sorgfältiges Training nach ihrem Schreiblehrer erworben hatten. Der Gesandte der Vereinigten Staaten richtete unterdessen seinen Revolver auf den Geist und rief ihm nach kalifornischer Etikette zu:

»Hände hoch!«

Der Geist fuhr mit einem wilden Wutgeheul in die Höhe und mitten durch die Familie hin wie Rauch, indem er noch Washingtons Kerzenlicht ausblies und sie in völliger Dunkelheit zurückließ. Oben an der Treppe erholte sich das Gespenst wieder und beschloß, in sein berühmtes diabolisches Gelächter auszubrechen; das hatte sich ihm bei mehr als einer Gelegenheit schon nützlich erwiesen. Es soll Lord Rakers Perücke in einer einzigen Nacht gebleicht haben und hat jedenfalls drei der französischen Gouvernanten von Lady Canterville so mitgenommen, daß sie vor der Zeit und ohne Kündigung ihre Stellungen räumten. So lachte es denn also jetzt dieses sein fürchterlichstes Lachen, bis das alte hochgewölbte Dach davon gellte; aber kaum war das letzte grausige Echo verhallt, da öffnete sich eine Tür, und Mrs. Otis kam heraus in einem hellblauen Morgenrock.

»Ich fürchte, Ihnen ist nicht ganz wohl«, sagte sie, »und deshalb bringe ich Ihnen hier eine Flasche von Dr. Dobells Tropfen. Wenn es Verdauungsbeschwerden sind, so werden Sie finden, daß sie ein ganz vorzügliches Mittel sind.«

Der Geist betrachtete sie zornrot und wollte sich auf der Stelle in einen großen schwarzen Hund verwandeln – ein Kunststück, wodurch er mit Recht berühmt war und dem der Hausarzt die Geistesgestörtheit von Lord Cantervilles Onkel, Sir Thomas Horton, zuschrieb. Da hörte er aber Schritte, und das hielt ihn von seinem grausigen Vorhaben ab; er begnügte sich damit, phosphoreszierend zu werden, und verschwand mit einem dumpfen Kirchhofswimmern gerade in dem Moment, als die Zwillinge auf ihn zukamen.

Als der Geist sein Zimmer erreicht hatte, brach er völlig zusammen und verfiel in einen Zustand heftiger Gemütsbewegung. Die Roheit der Zwillinge und der krasse Materialismus von Mrs. Otis waren natürlich außerordentlich verstimmend; aber was ihn am meisten betrübte, war doch, daß er die alte Rüstung nicht mehr hatte tragen können. Er hatte gehofft, daß sogar moderne Amerikaner erschüttert sein würden beim Anblick eines Gespensts in Rüstung, wenn auch aus keinem andern vernünftigen Grund, so doch aus Achtung vor ihrem Nationaldichter Longfellow, bei dessen graziöser und anziehender Poesie er selbst so manche Lesestunde verbracht hatte, während die Cantervilles in London waren. Und dabei war es noch seine eigene Rüstung! Er hatte sie mit großem Erfolg auf dem Turnier in Kenilworth getragen und darüber von niemand Geringerem als der ›Jungfräulichen Königin‹ selber viel Schmeichelhaftes gesagt bekommen. Und als er die Rüstung heute anlegen wollte, hatte ihn das Gewicht des alten Panzers und Stahlhelms so erdrückt, daß er darunter zu Boden gegangen war, sich beide Knie heftig aufgeschlagen und die rechte Hand verstaucht hatte.

Mehrere Tage lang fühlte er sich nach diesem Vorfall ernstlich krank und verließ sein Zimmer nur, um den Blutfleck in Ordnung zu halten. Da er sich sonst jedoch sehr schonte, erholte er sich bald wieder und beschloß, noch einen dritten Versuch zu machen, den Gesandten und seine Familie in Angst und Schrecken zu versetzen.

Er wählte zu diesem seinem Auftreten Freitag, den 13. August und beschäftigte sich den ganzen Tag damit, seine Kleidervorräte zu prüfen, bis er schließlich einen großen weichen Hut mit roter Feder, ein Laken mit Rüschen an Hals und Armen und einen rostigen Dolch wählte. Gegen Abend kam ein heftiger Regenschauer, und der Sturm rüttelte gewaltig an allen Türen und Fenstern des alten Hauses. Das war gerade das Wetter, wie er es liebte.

Sein Plan war folgender: er wollte sich ganz leise in Washingtons Zimmer schleichen, ihm vom Fußende des Bettes aus wirres Zeug vorschwatzen und sich dann beim Klang leiser geisterhafter Musik dreimal den Dolch ins Herz stoßen. Er war auf Washington ganz besonders böse, weil er wußte, daß dieser es war, der immer wieder den Blutfleck mit Pinkertons Fleckenreiniger entfernte. Wenn er dann den frivolen und tollkühnen Jüngling in unbeschreiblichen Schrecken versetzt hatte, so wollte er sich in das Schlafzimmer von Mr. und Mrs. Otis begeben und dort eine eiskalte Hand Mrs. Otis auf die Stirn legen, während er ihrem zitternden Mann die entsetzlichen Geheimnisse des Beinhauses ins Ohr zischelte. Was die kleine Virginia anbetraf, so war er über sie noch nicht ganz im reinen. Sie hatte ihn nie in irgendeiner Weise beleidigt und war hübsch und sanft. Einige tiefe Seufzer aus dem Kleiderschrank würden mehr als genug für sie sein, dachte er, und wenn sie davon nicht aufwachte, so könnte er ja mit zitternden Fingern an ihrem Bettuch zerren. In bezug auf die Zwillinge war er aber fest entschlossen, ihnen eine ordentliche Lektion zu erteilen. Das erste war natürlich, daß er sich ihnen auf die Brust setzte, um das erstickende Gefühl eines Alpdrückens hervorzurufen. Dann würde er, da ihre Betten dicht nebeneinander standen, in der Gestalt eines grünen, eiskalten Leichnams zwischen ihnen stehen, bis sie vor Schrecken gelähmt waren; und zum Schluß wollte er mit weißgebleichten Knochen und einem rollenden Augapfel im Zimmer herumkriechen als ›Stummer Daniel oder das Skelett des Selbstmörders‹. Diese Rolle hatte bei mehr als einer Gelegenheit den allergrößten Eindruck gemacht und schien ihm so gut zu sein wie seine berühmte Darstellung des ›Martin, des Verrückten, oder das verhüllte Geheimnis‹.

Um halb elf Uhr hörte er die Familie zu Bett gehen. Er wurde noch einige Zeit durch das laute Lachen der Zwillinge gestört, die mit der leichtfertigen Heiterkeit von Schuljungen sich augenscheinlich herrlich amüsierten, ehe sie zu Bett gingen; aber um Viertel vor zwölf Uhr war alles still.

Als es Mitternacht schlug, machte er sich erwartungsvoll auf den Weg.

Die Eule schlug mit den Flügeln gegen die Fensterscheiben, der Rabe krächzte von dem alten Eichenbaum, und der Wind ächzte durch das Haus wie eine verlorene Seele; aber die Familie Otis schlief, unbekümmert um das nahende Verhängnis, und durch und trotz Regen und Sturm hörte man das regelmäßige Schnarchen des Gesandten der Vereinigten Staaten.

Da trat das Gespenst leise aus der Täfelung hervor, mit einem bösen Lächeln um den grausamen, faltigen Mund, so daß sogar der Mond sein Gesicht verbarg, als er an dem hohen Fenster vorüberglitt, auf dem das Wappen des Gespensts und das seiner ermordeten Frau in Gold und Hellblau gemalt waren. Leise schlürfte es weiter, wie ein böser Schatten; die Dunkelheit selber schien sich vor ihm zu grausen, wie es vorbeihuschte. Einmal kam es ihm vor, als hörte es jemand rufen; es stand still; aber es war nur das Bellen eines Hunds auf dem nahen Bauernhof, und so schlich es weiter, während es wunderliche Flüche aus dem sechzehnten Jahrhundert vor sich hin murmelte und dann und wann mit dem rostigen Dolch in der Luft herumstach. Nun hatte es die Ecke des Korridors erreicht, der zu des unglücklichen Washingtons Zimmer führte. Einen Augenblick blieb es da stehen, und der Wind blies ihm seine grauen Locken um den Kopf und spielte ein phantastisches und groteskes Spiel mit den Falten des Leichentuchs.

Da schlug die Uhr Viertel, und er fühlte, jetzt sei die Zeit gekommen.

Es lächelte zufrieden vor sich hin und machte einen Schritt um die Ecke; aber kaum tat es das, da fuhr es mit einem jammervollen Schreckenslaut zurück und verbarg sein erblaßtes Gesicht in den langen knochigen Händen: gerade vor ihm stand ein entsetzliches Gespenst, bewegungslos wie eine gemeißelte Statue und fürchterlich wie der Traum eines Wahnsinnigen! Der Kopf war kahl und glänzend, das Gesicht rund und fett und weiß, und gräßliches Lachen schien seine Züge in ein ewiges Grinsen verzerrt zu haben. Aus den Augen kamen rote Lichtstrahlen, der Mund war eine weite Feuerhöhle, und ein scheußliches Gewand, seinem eigenen ähnlich, verhüllte mit seinem schneeigen Weiß die Gestalt des Riesen. Auf seiner Brust war ein Plakat befestigt, mit einer sonderbaren Schrift in alten ungewöhnlichen Buchstaben – wohl irgendein Bericht wilder Missetaten, ein schmähliches Verzeichnis schauerlicher Verbrechen – und in seiner rechten Hand hielt das Ungeheuer eine Keule von blitzendem Stahl.

Da der Geist noch nie in seinem Leben ein Gespenst gesehen hatte, so war er natürlich furchtbar erschrocken; und nachdem er noch einen zweiten hastigen Blick auf die entsetzliche Erscheinung geworfen hatte, floh er nach seinem Zimmer zurück, stolperte über sein langes Laken, als er den Korridor hinunterraste, und ließ schließlich noch seinen Dolch in die hohen Jagdstiefel des Gesandten fallen, wo ihn der Kammerdiener am nächsten Morgen fand. In seinem Zimmer angekommen, warf er sich auf das schmale Feldbett und verbarg sein Gesicht unter der Decke. Nach einer Weile jedoch rührte sich der tapfere alte Cantervillecharakter doch wieder, und der Geist beschloß, sobald der Tag graute, zu dem anderen Geist zu gehen und ihn anzusprechen. Kaum begann es zu dämmern, da machte er sich auf und ging zur Stelle, wo seine Augen zuerst das gräßliche Phantom erblickt hatten; denn er fühlte, es sei doch schließlich angenehmer, zwei Gespenster zusammen zu sein als eines allein, und daß er mit Hilfe dieses neuen Freunds erfolgreich gegen die Zwillinge zu Felde ziehen könne. Als er jedoch an die Stelle kam, bot sich ihm ein fürchterlicher Anblick. Dem Gespenst war jedenfalls ein Unglück passiert, denn in seinen hohlen Augen war das Licht erloschen, die glänzende Keule war seiner Hand entfallen, und es selber lehnte in einer höchst unbequemen gezwungenen Stellung an der Wand. Er stürzte vorwärts und zog es am Arm, da fiel zu seinem Entsetzen der Kopf ab, rollte auf den Boden, der Körper fiel in sich zusammen, und er hielt in seinen Händen eine weiße Bettgardine mit einem Besenstiel und einem Küchenbeil, während zu seinen Füßen ein hohler Kürbis lag! Er packte mit wilder Hast das Plakat, und da las er im grauen Licht des Morgens die fürchterlichen Worte:

Das Otis-Gespenst.
Der einzig wahre und originale Spuk.
Vor Nachahmung wird gewarnt.
Bei allen anderen handelt es sich
um Fälschungen.

Jetzt war ihm alles klar. Man hatte ihn zum besten gehabt, und er war darauf hereingefallen!

Der alte wilde Cantervilleblick kam in seine Augen; er kniff den zahnlosen Mund zusammen, und indem er seine knochigen Hände hoch in die Höhe warf, schwur er in der blumigen Ausdrucksweise alten Stils:

Wenn Chanticleer zum zweitenmal in sein lustiges Hifthorn stieße, würden entsetzliche Bluttaten geschehen, und Feme würde auf leisen Sohlen durchs Haus schleichen.

Kaum hatte er diesen furchtbaren Schwur zu Ende geschworen, als vom roten Ziegeldach eines Bauernhofs der Hahn krähte. Das Gespenst lachte ein langes, dumpfes, bitteres Lachen und wartete. Stunde auf Stunde verrann, aber der Hahn krähte aus irgendeinem Grunde nicht wieder.

Endlich ließ ihn um halb acht das Kommen der Stubenmädchen seine grausige Nachtwache aufgeben, und er ging nach seinem Zimmer, in tiefen Gedanken über seinen vergeblichen Schwur und sein vereiteltes Vorhaben. Er schlug in verschiedenen alten Ritterbüchern nach, was er außerordentlich liebte, und fand, daß noch bei jeder Gelegenheit, wo dieser Schwur getan wurde, Chanticleer ein zweitesmal gekräht hatte.

»Zum Teufel mit dem faulen Hahn«, brummte er, »hätte ich doch den Tag erlebt, wo ich mit meinem sicheren Speer ihm durch die Gurgel gefahren wäre, und da hätte er, wenn auch schon im Sterben, für mich zweimal krähen müssen!« Hierauf legte er sich in einem kostbaren erzenen Sarg zur Ruhe und blieb da bis zum späten Abend.

*

Am nächsten Tag war der Geist sehr schwach und müde. Die furchtbaren Aufregungen der letzten vier Wochen fingen an, ihn anzugreifen, seine Nerven waren völlig überreizt, und beim geringsten Geräusch fuhr er erschreckt in die Höhe. Fünf Tage lang blieb er still auf seinem Zimmer und schickte sich darein, die ewige Sorge um den Blutfleck in der Bibliothek aufzugeben. Wenn die Familie Otis den Fleck nicht zu haben wünschte, so war sie ihn auch nicht wert. Das waren überhaupt augenscheinlich Leute von ganz niederer Bildung und völlig unfähig, den symbolischen Wert eines Hausgespensts zu würdigen. Die Frage nach überirdischen Erscheinungen und der Entwicklung der Himmelskörper war natürlich eine ganz andere Sache, aber die ging ihn nichts an. Seine heilige Pflicht war es, einmal in der Woche auf dem Korridor zu spuken und jeden ersten und dritten Mittwoch im Monat von dem großen bunten Glasfenster aus in die Halle hinab wirres Zeug zu schwatzen: von diesen beiden Verpflichtungen konnte er sich guten Gewissens nicht freimachen.

Gewiß war ja sein Leben ein äußerst böses gewesen, aber andererseits mußte man zugeben, daß er in allen Dingen, die mit dem Übernatürlichen zusammenhingen, außerordentlich gewissenhaft war. Mit dieser Gewissenhaftigkeit wanderte er also an den folgenden drei Freitagen wie gewöhnlich zwischen zwölf und drei Uhr die Korridore auf und ab, gab aber schrecklich darauf acht, daß er weder gehört noch gesehen wurde. Er zog die Stiefel aus und trat so leise wie möglich auf die alten wurmstichigen Böden; er trug einen weiten schwarzen Samtmantel und gebrauchte auch den Rising Sun Lubricator gewissenhaft, um seine Ketten damit zu schmieren. Dies letzte Vorsichtsmittel benutzte er, wie ich zugeben muß, erst nach vielen Schwierigkeiten. Eines Abends jedoch, während die Familie gerade beim Essen saß, schlich er sich in Mr. Otis' Schlafzimmer und holte sich die Flasche. Zuerst fühlte er sich wohl ein wenig gedemütigt, aber schließlich war er doch vernünftig genug, einzusehen, daß diese Erfindung etwas für sich hatte, und jedenfalls diente sie bis zu einem gewissen Grade seinen Zwecken. Aber trotz alledem ließ man ihn noch immer nicht ganz unbelästigt. Beständig waren Stricke über den Korridor gespannt, über die er im Dunkeln natürlich fiel; und eines Abends, als er gerade als ›Schwarzer Isaak oder der Jäger von Hogley Woods‹ angezogen war, stürzte er plötzlich heftig zu Boden, weil er auf einer Rutschbahn aus Butter, welche die Zwillinge vom Tapetenzimmer bis zur Eichentreppe hergerichtet hatten, ausgeglitten war. Diese letzte Beleidigung brachte ihn so in Wut, daß er beschloß, nur noch eine letzte Anstrengung zu machen, um seine Würde und seine gesellschaftliche Stellung zu sichern, und dies sollte damit geschehen, daß er den frechen jungen Etonschülern die nächste Nacht in seiner berühmten Rolle als ›Kühner Ruprecht oder der Graf ohne Kopf‹ erscheinen wollte.

Seit mehr als siebzig Jahren war er nicht in dieser Rolle aufgetreten, seit er damals die hübsche Lady Barbara Modish so damit erschreckt hatte, daß sie plötzlich ihre Verlobung mit dem Großvater des jetzigen Lord Canterville auflöste und statt dessen mit dem schönen Jack Castletown nach Gretna Green floh, indem sie erklärte, um keinen Preis der Welt in eine Familie hineinheiraten zu wollen, die einem abscheulichen Gespenst erlaube, in der Dämmerung auf der Terrasse spazierenzugehen. Der arme Jack wurde später vom Lord Canterville im Duell am Wandsworthgehölz erschossen, und Lady Barbara starb, noch ehe das Jahr vergangen war, in Tunbridge Wells an gebrochenem Herzen; so war also damals sein Erscheinen von größtem Erfolg gekrönt worden. Aber es war mit dieser Rolle sehr viel Mühe verbunden, wenn ich so sagen darf in Hinsicht auf eines der größten Geheimnisse des Übernatürlichen, und er brauchte volle drei Stunden zu den Vorbereitungen. Endlich war alles fertig, und er war sehr zufrieden mit seinem Aussehen. Die großen ledernen Reitstiefel, die zum Kostüm gehörten, waren ihm zwar ein bißchen zu weit, und er konnte nur eine der beiden großen Pistolen finden; aber im ganzen genommen war er doch sehr zufrieden mit sich, und um Viertel nach ein Uhr glitt er aus der Wandtäfelung hervor und schlich den Korridor hinab. Als er das Zimmer der Zwillinge erreicht hatte, das, wie ich erwähnen muß, wegen seiner Vorhänge auch das blaue Schlafzimmer genannt wurde, fand er die Tür nur angelehnt. Da er nun einen effektvollen Eintritt wünschte, so stieß er sie weit auf – schwupp! da fiel ein schwerer Wasserkrug gerade auf ihn herunter und durchnäßte ihn bis auf die Haut. Im gleichen Augenblick hörte er unterdrücktes Gelächter vom Bett herkommen. Der Schock, den sein Nervensystem erlitt, war so stark, daß er, so schnell er nur konnte, in sein Zimmer lief; am nächsten Tag lag er mit einer heftigen Erkältung im Bett. Sein einziger Trost bei der Sache war, daß er seinen Kopf nicht bei sich gehabt hatte, denn wäre dies der Fall gewesen, so hätten die Folgen doch sehr ernst sein können.

Jetzt gab er alle Hoffnung auf, diese ordinären Amerikaner überhaupt noch zu erschrecken, und begnügte sich in der Regel damit, in Pantoffeln über den Korridor zu schleichen, mit einem dicken rotwollenen Schal um den Hals, aus Angst vor Zugluft, und einer kleinen Armbrust, für den Fall, daß ihn die Zwillinge angreifen sollten. Aber der Hauptschlag, der gegen ihn geführt wurde, erfolgte am 19. September. Er war in die große Eingangshalle gegangen, da er sich dort noch am unbehelligtsten wußte, und unterhielt sich damit, spöttische Bemerkungen über die lebensgroßen Photographien des Gesandten und seiner Frau zu machen, welche jetzt an Stelle der Ahnenbilder derer von Canterville hingen.

Er war einfach, aber ordentlich gekleidet, und zwar in ein langes Laken, das da und dort bräunliche Flecken von Friedhofserde aufwies, hatte seine untere Kinnlade mit vergilbten Leinenbändern hochgebunden und trug eine kleine Laterne und den Spaten eines Totengräbers.

Eigentlich war es das Kostüm von ›Jonas, dem Grablosen, oder der Leichenräuber von Chertsey Barn‹, eine seiner hervorragendsten Rollen, welche die Cantervilles allen Grund hatten zu kennen, weil durch sie der ewige Streit mit ihrem Nachbarn Lord Rufford verursacht worden war.

Es ging auf Viertel vor drei Uhr morgens, und allem Anschein nach rührte sich nichts. Als er jedoch langsam zur Bibliothek schlenderte, um doch mal wieder nach den Spuren des Blutflecks zu sehen, da sprangen aus einer dunklen Ecke plötzlich zwei Gestalten hervor, welche ihre Arme wild emporwarfen und ihm »Buh!« in die Ohren brüllten.

Von panischem Schrecken ergriffen, der unter solchen Umständen nur selbstverständlich erscheinen muß, raste er zur Treppe, wo aber schon Washington mit der großen Gartenspritze auf ihn wartete; da er sich nun von seinen Feinden so umzingelt und fast zur Verzweiflung getrieben sah, verschwand er schleunigst in dem großen eisernen Ofen, der zu seinem Glück nicht beheizt war, und mußte nun auf einem höchst beschwerlichen Weg durch Ofenrohre und Kamine zu seinem Zimmer zurück, wo er völlig erschöpft, beschmutzt und verzweifelt ankam.

Nach diesem Erlebnis wurde er nie mehr auf einer solchen nächtlichen Expedition angetroffen. Die Zwillinge warteten bei den verschiedensten Gelegenheiten auf sein Erscheinen und streuten jede Nacht den Korridor ganz voll Nußschalen, zum großen Ärger ihrer Eltern und der Dienerschaft, aber es war alles vergebens. Augenscheinlich waren die Gefühle des armen Gespensts derart verletzt, daß es sich nicht wieder zeigen wollte. In der Folge nahm dann Mr. Otis sein großes Werk über die Geschichte der demokratischen Partei wieder auf, das ihn schon seit Jahren beschäftigte; Mrs. Otis organisierte ein wunderbares Preiskuchenbacken, das die ganze Grafschaft in Bewegung setzte; die Jungen gaben sich dem Vergnügen von Lacrosse, Euchre, Poker und weiteren amerikanischen Nationalspielen hin, und Virginia ritt auf ihrem hübschen Pony im Park spazieren, begleitet von dem jungen Herzog von Cheshire, der die letzten Wochen der großen Ferien auf Schloß Canterville verleben durfte.

Man nahm allgemein an, daß der Geist das Schloß verlassen habe, ja Mr. Otis schrieb sogar einen Brief in diesem Sinn an Lord Canterville, der in Erwiderung desselben seine große Freude über diese glückliche Nachricht aussprach und sich der werten Frau Gemahlin auf das angelegentlichste empfehlen ließ.

Die Familie Otis hatte sich aber getäuscht, denn der Geist war noch im Haus, und wenn auch fast schwerkrank, so war er doch keinesfalls entschlossen, die Sache auf sich beruhen zu lassen, besonders als er hörte, daß sich unter den Gästen auch der junge Herzog von Cheshire befände, dessen Großonkel Lord Francis Stilton einst um 1000 Guineen mit Oberst Carbury gewettet hatte, daß er mit dem Geist Würfel spielen wollte, und der am nächsten Morgen im Spielzimmer auf dem Boden liegend, in einem Zustand hilfloser Lähmung gefunden wurde. Obwohl er noch ein hohes Alter erreichte, so war er niemals wieder fähig gewesen, etwas anderes als ›Two à tout‹ zu sagen. Die Geschichte war seinerzeit allgemein bekannt, obgleich natürlich aus Rücksicht auf die beiden vornehmen Familien die größten Anstrengungen gemacht wurden, sie zu vertuschen. Aber der ausführliche Bericht darüber mit allen näheren Umständen ist in dem dritten Band von Lord Tattles Erinnerungen an den Prinzregenten und seine Freunde zu finden. Der Geist war natürlich sehr besorgt, zu zeigen, daß er seine Macht über die Stiltons noch nicht verloren hätte, mit denen er ja noch dazu entfernt verwandt war, da seine Cousine in zweiter

Ehe mit dem Sieur de Bulkeley vermählt war, von dem, wie allgemein bekannt, die Herzöge von Cheshire abstammen. So also traf er Vorkehrungen, Virginias kleinem Liebhaber in seiner berühmten Rolle als ›Vampirmönch oder der blutlose Benediktiner‹ zu erscheinen. Dies war eine so fürchterliche Pantomime, daß Lady Startup an jenem verhängnisvollen Neujahrsabend 1764 vor Schreck von einem Gehirnschlag getroffen wurde, an dem sie nach drei Tagen verstarb, nachdem sie noch schnell die Cantervilles, ihre nächsten Verwandten, enterbt und ihren ganzen Besitz ihrem Londoner Apotheker vermacht hatte. Im letzten Moment aber verhinderte den Geist die Angst vor den Zwillingen, sein Zimmer zu verlassen, und der kleine Herzog schlief friedlich in seinem hohen Himmelbett im königlichen Schlafzimmer und träumte von der kleinen Virginia.

Wenige Tage später ritten Virginia und ihr goldlockiger junger Galan über die Brockleywiesen spazieren, wo sie beim Springen über eine Hecke ihr Reitkleid derart zerriß, daß sie, zu Hause angekommen, vorzog, die Hintertreppe hinaufzugehen, um nicht gesehen zu werden. Als sie an dem alten Gobelinzimmer vorüberkam, dessen Tür zufällig halb offen stand, vermeinte sie jemanden drinnen zu sehen, und da sie das Kammermädchen ihrer Mama darin vermutete, das dort zuweilen arbeitete, so ging sie hinein, um gleich ihr Kleid ausbessern zu lassen.

Zu ihrer ungeheuren Überraschung war es jedoch das Gespenst von Canterville selber!

Es saß am Fenster und betrachtete das matte Gold des vergilbten Laubes, wie es durch die Luft flog und die roten Blätter einen wilden Reigen in der langen Allee tanzten. Es hatte den Kopf in die Hand gestützt, und seine ganze Haltung drückte tiefe Niedergeschlagenheit aus. Ja, so verlassen und verfallen sah es aus, daß die kleine Virginia, deren erster Gedanke gewesen war, zu fliehen und sich in ihr Zimmer einzuschließen, von Mitleid erfüllt sich entschloß zu bleiben, um das arme Gespenst zu trösten. Ihr Schritt war so leicht und seine Melancholie so tief, daß es ihre Gegenwart erst bemerkte, als sie ihn ansprach.

»Sie tun mir so leid«, sagte sie, »aber morgen müssen meine Brüder nach Eton zurück, und wenn Sie sich wie ein kultivierter Mensch betragen, so wird Sie niemand mehr ärgern.«

»Das ist ein einfältiges und ganz unsinniges Verlangen einem Geist gegenüber«, antwortete er, indem er erstaunt das hübsche kleine Mädchen ansah, das ihn anzureden wagte. »Ich muß mit meinen Ketten rasseln und durch Schlüssellöcher stöhnen und des Nachts herumwandeln, wenn es das ist, was Sie meinen. Das ist ja mein einziger Lebenszweck.«

»Das ist überhaupt kein Lebenszweck, und Sie wissen sehr gut, daß Sie ein böser, schlechter Mensch gewesen sind. Mrs. Umney hat uns am ersten Tag unseres Hierseins gesagt, daß Sie Ihre Frau getötet haben.«

»Nun ja, das gebe ich zu«, sagte das Gespenst verärgert, »aber das war doch eine reine Familienangelegenheit und ging niemand anderen etwas an.«

»Es ist sehr unrecht, jemand umzubringen«, sagte Virginia, die zeitweise einen ungemein lieblichen puritanischen Ernst besaß, mit dem sie von irgendeinem Vorfahren aus Neu-England belastet war.

»Oh, wie ich die wohlfeile Strenge abstrakter Moral hasse! Meine Frau war sehr häßlich, hat mir niemals die Manschetten ordentlich stärken lassen und verstand nichts vom Kochen. Denken Sie nur, einst hatte ich einen Kapitalbock in Hogley Woods geschossen, und wissen Sie, wie sie ihn auf den Tisch brachte? Aber das ist ja jetzt ganz gleichgültig, denn es ist lange her, und ich kann nicht finden, daß es nett von ihren Brüdern war, mich zu Tode hungern zu lassen, bloß weil ich sie getötet hatte.«

»Sie zu Tode hungern? Oh, lieber Mr. Geist, ich meine Sir Simon, sind Sie hungrig? Ich habe ein Butterbrot bei mir, möchten Sie das haben?«

»Nein, ich danke Ihnen sehr, ich nehme jetzt nie mehr etwas zu mir; aber trotzdem ist es sehr freundlich von Ihnen, und Sie sind überhaupt viel netter als alle anderen in Ihrer abscheulich groben, vulgären, unehrlichen Familie.«

»Schweigen Sie!« rief Virginia und stampfte mit dem Fuß auf, »Sie sind es, der grob, abscheulich und gewöhnlich ist, und was die Unehrlichkeit betrifft, so wissen Sie sehr wohl, daß Sie mir alle Farben aus meinem Malkasten gestohlen haben, um den lächerlichen Blutfleck in der Bibliothek stets frisch zu machen! Erst nahmen Sie alle die roten, sogar das Scharlach, und ich konnte gar keine Sonnenuntergänge mehr malen, dann nahmen Sie Smaragdgrün und Chromgelb, und schließlich blieb mir nichts mehr als Indigoblau und Deckweiß, da konnte ich nur noch Mondscheinlandschaften malen, die immer solchen melancholischen Eindruck machen und gar nicht leicht zu malen sind. Ich habe Sie nie verraten, obgleich ich sehr ärgerlich war, und die ganze Sache war ja überhaupt lächerlich; denn wer hat je im Leben von grünen Blutflecken gehört?«

»Ja, aber was sollte ich tun«, sagte der Geist kleinlaut; »heutzutage ist es schwer, wirkliches Blut zu bekommen, und als Ihr Bruder nun mit seinem Fleckenreiniger anfing, da sah ich wirklich nicht ein, warum ich nicht Ihre Farben nehmen sollte. Was nun die besondere Färbung betrifft, so ist das lediglich Geschmackssache; die Cantervilles z. B. haben blaues Blut, das allerblaueste in England: aber ich weiß, ihr Amerikaner macht euch nichts aus dergleichen.«

»Darüber wissen Sie gar nichts, und das beste wäre, Sie wanderten aus und vervollkommneten drüben Ihre Bildung. Mein Vater wird nur zu glücklich sein, Ihnen freie Überfahrt zu verschaffen, und wenn auch ein hoher Zoll auf Geistigem jeder Art liegt, so wird es doch auf dem Zollamt keine Schwierigkeiten geben, denn die Beamten sind Anhänger der Demokratischen Partei. Wenn Sie erst mal in New York sind, so garantiere ich Ihnen einen großen Erfolg. Ich kenne eine Menge Leute, die tausend Dollar dafür geben würden, einen Großvater zu haben, und noch unendlich viel mehr für ein Familiengespenst.«

»Ich glaube, mir würde Amerika nicht gefallen.«

»Wahrscheinlich weil wir keine Ruinen und Altertümer haben«, sagte Virginia spöttisch.

»Keine Ruinen? Keine Altertümer?« erwiderte der Geist, »Sie haben doch Ihre Marine und Ihre Umgangsformen!«

»Guten Abend; ich gehe jetzt und will Papa bitten, den Zwillingen noch acht Tage extra länger Ferien zu geben.«

»Bitte, gehen Sie nicht, Miß Virginia«, rief das Gespenst; »ich bin so einsam und unglücklich und weiß nicht mehr, was ich tun soll. Ich möchte nur schlafen und kann es doch nicht.«

»Das ist töricht! Sie brauchen doch nur zu Bett zu gehen und die Kerze auszublasen. Manchmal ist es so schwer, wach zu bleiben, besonders in der Kirche; aber beim Einschlafen gibt es doch gar keine Schwierigkeiten. Sogar die kleinen Kinder können das und sind doch gar nicht klug.«

»Seit dreihundert Jahren habe ich nicht mehr geschlafen«, sagte das Gespenst traurig, und Virginias schöne blaue Augen öffneten sich weit in grenzenlosem Erstaunen, »seit dreihundert Jahren habe ich nicht mehr geschlafen, und ich bin so müde.«

Virginia wurde auf einmal ganz ernst, und ihre kleinen Lippen zitterten wie Rosenblätter. Sie trat näher zu ihm, kniete sich an seine Seite und sah zu seinem alten zerfurchten Gesicht auf.

»Armer, armer Geist«, sprach sie leise, »haben Sie denn kein Fleckchen, wo Sie mal schlafen können?«

»Weit hinter jenen Wäldern liegt ein kleiner Garten«, sagte der Geist mit verträumter ferner Stimme. »Da wächst hohes Gras, da blühen die großen weißen Sterne des Schierlings, und die Nachtigallen singen die ganze Nacht hindurch. Die ganze lange Nacht singen sie, und der kalte, kristallene Mond schaut nieder, und die Trauerweide breitet ihre Riesenarme über die Schläfer aus.«

Virginias Augen füllten sich mit Tränen, und sie verbarg das Gesicht in den Händen.

»Sie meinen den Garten des Todes«, flüsterte sie leise schluchzend.

»Ja, Tod. Der Tod muß so schön sein. In der weichen braunen Erde zu liegen, während das hohe Gras über einem hin und her schwankt, und der Stille zu lauschen. Kein Gestern, kein Morgen haben. Die Zeit und das Leben vergessen, im Frieden sein. Sie können mir helfen. Sie können mir die Tore des Todes öffnen, denn auf Ihrer Seite ist stets die Liebe, und die Liebe ist stärker als der Tod.«

Virginia zitterte, und ein kalter Schauer durchlief sie, und einige Minuten lang war es still. Es schien ihr wie ein angstvoller Traum.

Dann sprach der Geist wieder, und seine Stimme klang wie das Seufzen des Windes.

»Haben Sie je die alte Prophezeiung an dem Fenster in der Bibliothek gelesen?«

»Oh, wie oft«, rief das junge Mädchen aufblickend, »ich kenne sie sehr gut. Sie ist mit verschnörkelten schwarzen Buchstaben geschrieben und schwer zu lesen; es sind nur sechs Zeilen:

Wenn ein goldenes Mädchen es dahin bringt,
daß es sündige Lippen zum Beten zwingt,
Wenn die dürre Mandel unter Blüten sich senkt,
ein unschuldiges Kind seine Tränen verschenkt,
Dann wird dies Haus wieder ruhig und still,
und Friede kehrt ein auf Schloß Canterville.

Aber ich weiß nicht, was das heißen soll.«

»Das heißt: daß Sie für mich über meine Sünden weinen müssen, da ich keine Tränen habe, und für mich für meine Seele beten müssen, da ich keinen Glauben habe, und dann, wenn Sie immer gut und sanft gewesen sind, dann wird der Engel des Todes Erbarmen mit mir haben. Sie werden entsetzliche Gestalten im Dunkeln sehen, Schauriges wird Ihr Ohr vernehmen, aber es wird Ihnen kein Leid geschehen, denn über die Unschuld eines Kindes haben die Gewalten der Hölle keine Macht.«

Virginia antwortete nicht, und der Geist rang verzweifelt die Hände, während er auf ihr gesenktes Köpfchen herabsah. Plötzlich erhob sie sich, ganz blaß, aber ihre Augen leuchteten.

»Ich fürchte mich nicht«, sagte sie bestimmt, »ich will den Engel bitten, Erbarmen mit Ihnen zu haben.«

Mit einem leisen Freudenausruf stand der Geist auf, ergriff mit altmodischer Galanterie ihre Hand und küßte sie. Seine Finger waren kalt wie Eis, und seine Lippen brannten wie Feuer, aber Virginia zauderte nicht, als er sie durch das dämmerdunkle Zimmer führte. In den verblaßten grünen Gobelin waren kleine Jäger gewirkt, die bliesen auf ihren Hörnern und winkten ihr mit den winzigen Händen, umzukehren. ›Kehre um, kleine Virginia‹, riefen sie, ›kehre um!‹ Aber der Geist faßte ihre Hand fester, und sie schloß die Augen. Greußliche Tiere mit Eidechsenschwänzen und feurigen Augen sahen sie vom Kaminsims an und grinsten: ›Nimm dich in acht, Virginia, nimm dich in acht! Vielleicht sieht man dich nie wieder!‹ Aber der Geist ging noch schneller voran, und Virginia hörte nicht auf die Stimmen. Am Ende des Zimmers hielt das Gespenst an und murmelte einige Worte, die sie nicht verstand. Sie schlug die Augen auf und sah die Wand vor sich verschwinden wie im Nebel, und eine große schwarze Höhle tat sich auf. Es wurde ihr eisig kalt, und sie fühlte etwas an ihrem Kleide zerren. »Schnell, schnell«, rief der Geist, »sonst ist es zu spät«, und schon hatte sich die Wand hinter ihnen wieder geschlossen, und das Gobelinzimmer war leer.

*

Ungefähr zehn Minuten später tönte der Gong zum Tee, und da Virginia nicht herunterkam, schickte Mrs. Otis einen Diener hinauf, sie zu rufen. Nach kurzer Zeit kam er wieder und sagte, daß er Miß Virginia nirgends habe finden können. Da sie um diese Zeit gewöhnlich in den Garten ging, um Blumen für den Mittagstisch zu pflücken, so war Mrs. Otis zuerst gar nicht weiter besorgt; aber als es sechs Uhr schlug und Virginia immer noch nicht da war, wurde sie doch unruhig und schickte die Jungen aus, sie zu suchen, während sie und Mr. Otis durch das ganze Haus gingen. Um halb sieben kamen die Jungen wieder und berichteten, sie hätten nirgends auch nur eine Spur ihrer Schwester entdecken können. Jetzt waren alle auf das äußerste beunruhigt und wußten nicht mehr, was sie tun sollten, als Mr. Otis sich plötzlich darauf besann, daß er vor einigen Tagen einer Zigeunertruppe erlaubt habe, im Park zu übernachten. So machte er sich auch sofort auf nach Blackfell Hollow, wo sich die Truppe, wie er wußte, jetzt aufhielt, und sein ältester Sohn und zwei Bauernburschen begleiteten ihn. Der kleine Herzog von Cheshire, der vor Angst ganz außer sich war, bat inständigst, sich anschließen zu dürfen; aber Mr. Otis wollte es ihm nicht erlauben, da er fürchtete, der junge Herr würde in seiner Aufregung nur stören. Als sie jedoch an die gesuchte Stelle kamen, waren die Zigeuner fort, und zwar war ihr Abschied augenscheinlich ein sehr rascher gewesen, wie das noch brennende Feuer und einige im Gras liegende Teller bewiesen.

Nachdem er Washington weiter auf die Suche geschickt hatte, eilte Mr. Otis heim und sandte Telegramme an alle Polizeiposten der Grafschaft, in denen er sie ersuchte, nach einem kleinen Mädchen zu suchen, das von Landstreichern oder Zigeunern entführt worden sei. Dann ließ er sein Pferd satteln, und nachdem er darauf bestanden hatte, daß seine Frau und die beiden Jungen sich zu Tisch setzten, ritt er mit einem Knecht nach Ascot. Aber kaum hatte er ein paar Meilen zurückgelegt, als er jemand hinter sich her galoppieren hörte: es war der junge Herzog, der auf seinem Pony mit erhitztem Gesicht und ohne Hut hinter ihm herkam.

»Ich bitte um Verzeihung, Mr. Otis«, sagte er atemlos, »aber ich kann nicht zu Abend essen, solange Virginia nicht gefunden ist. Bitte, seien Sie mir nicht böse; wenn Sie voriges Jahr Ihre Einwilligung zu unserer Verlobung gegeben hätten, so würde all diese Sorge uns erspart geblieben sein. Sie schicken mich nicht zurück, nicht wahr? Ich gehe auf jeden Fall mit Ihnen!«

Der Gesandte mußte lächeln über den hübschen Jungen und war wirklich gerührt über seine Liebe zu Virginia; so lehnte er sich denn zu ihm hinüber, klopfte ihm freundlich auf die Schulter und sagte:

»Nun gut, Cecil, wenn Sie nicht umkehren wollen, so müssen Sie mit mir kommen, aber dann muß ich Ihnen in Ascot erst einen Hut kaufen.«

»Ach, zum Teufel mit meinem Hut! Ich will Virginia wiederhaben!« rief der kleine Herzog lachend, und sie ritten weiter zur Bahnstation. Dort erkundigte sich Mr. Otis bei dem Bahnhofsvorsteher, ob nicht eine junge Dame auf dem Bahnsteig gesehen worden sei, auf die die Beschreibung von Virginia passe; aber er konnte nichts über sie erfahren. Der Bahnhofsvorsteher telegraphierte die Strecke hinauf und hinunter und versicherte Mr. Otis, daß man auf das gewissenhafteste nachforschen werde; und nachdem Mr. Otis noch bei einem Herrenausstatter, der eben seinen Laden schließen wollte, dem jungen Herzog einen Hut gekauft hatte, ritten sie nach Bexley weiter, einem Dorf, das ungefähr vier Meilen entfernt lag und bei dem die Zigeuner besonders gern ihr Lager aufschlugen, weil es bei einer großen Wiese lag. Hier weckten sie den Ortspolizisten, konnten aber nichts von ihm in Erfahrung bringen; und nachdem sie die ganze Gegend abgesucht hatten, mußten sie sich schließlich unverrichteterdinge auf den Heimweg machen und erreichten todmüde und gebrochenen Herzens um elf Uhr wieder das Schloß. Sie fanden Washington und die Zwillinge am Tor, wo sie mit Laternen gewartet hatten, weil die Allee so dunkel war. Nicht die geringste Spur von Virginia hatte man bisher entdecken können. Man hatte die Zigeuner auf den Wiesen von Brockley eingeholt, aber sie war nicht bei ihnen, und die Zigeuner hatten ihre plötzliche Abreise damit erklärt, daß sie eiligst auf den Jahrmarkt von Chorton hätten müssen, um dort nicht zu spät anzukommen. Es hatte ihnen wirklich herzlich leid getan, von Virginias Verschwinden zu hören, und da sie Mr. Otis dankbar waren, weil er ihnen den Aufenthalt in seinem Park gestattet hatte, so waren vier von der Truppe mit zurückgekommen, um sich an der Suche zu beteiligen. Man ließ den Karpfenteich ab und durchsuchte jeden Winkel im Schloß – alles ohne Erfolg.

Es gab keinen Zweifel, Virginia war, wenigstens für diese Nacht, verloren.

In tiefster Niedergeschlagenheit kehrten Mr. Otis und die Jungen in das Haus zurück, während der Knecht mit den beiden Pferden und dem Pony folgte. In der Halle standen alle Dienstboten aufgeregt beieinander, und auf einem Sofa in der Bibliothek lag die arme Mrs. Otis, die vor Schrecken und Angst fast den Verstand verloren hatte und der die gute alte Haushälterin die Stirn mit Eau de Cologne betupfte. Mr. Otis bestand darauf, daß sie etwas esse, und bestellte das Diner für die ganze Familie. Es war eine trübselige Mahlzeit, wo kaum einer ein Wort sprach; sogar die Zwillinge waren vor Schrecken stumm, denn sie liebten ihre Schwester sehr. Als man fertig war, schickte Mr. Otis trotz der dringenden Bitten des jungen Herzogs alle zu Bett, indem er erklärte, daß man jetzt in der Nacht ja doch nichts mehr tun könne, und am nächsten Morgen wolle er sofort Scotland Yard telegraphieren, daß man ihnen mehrere Detektive schicken solle. Gerade als man den Speisesaal verließ, schlug die große Turmuhr Mitternacht, und als der letzte Schlag verklungen war, hörte man plötzlich ein furchtbares Gepolter und einen durchdringenden Schrei; ein wilder Donner erschütterte das Haus in seinen Grundfesten, ein Strom überirdischer Musik durchzog die Luft, die Wandtäfelung oben an der Treppe flog mit tosendem Lärm zur Seite, und in der Öffnung stand, blaß und weiß, mit einer kleinen Schatulle in der Hand – Virginia! Im Nu waren alle zu ihr hinaufgestürmt. Mrs. Otis preßte sie leidenschaftlich in ihre Arme, der Herzog erstickte sie fast mit seinen Küssen, und die Zwillinge vollführten einen wilden Indianertanz um die Gruppe herum.

»Mein Gott! Kind, wo bist du nur gewesen?« rief Mr. Otis fast etwas ärgerlich, da er glaubte, sie habe sich einen törichten Scherz mit ihnen erlaubt. »Cecil und ich sind meilenweit über

Land geritten, dich zu suchen, und deine Mutter hat sich zu Tode geängstigt. Du mußt nie wieder solche dummen Streiche machen.«

»Nur das Gespenst darfst du foppen, nur das Gespenst!« schrien die Zwillinge und sprangen umher wie verrückt.

»Mein Liebling, Gott sei Dank, daß wir dich wiederhaben, du darfst mir nie wieder von der Seite«, sagte Mrs. Otis zärtlich, während sie die zitternde Virginia küßte und ihr die langen zerzausten Locken glattstrich.

»Papa«, sagte Virginia ruhig, »ich war bei dem Gespenst. Es ist tot, und du mußt kommen, es zu sehen. Es ist in seinem Leben ein schlechter Mensch gewesen, aber es hat alle seine Sünden bereut, und ehe es starb, gab es mir diese Schatulle mit sehr kostbaren Juwelen.«

Die ganze Familie starrte sie stumm und verwundert an, aber sie sprach in vollem Ernst, wandte sich um und führte sie durch die Öffnung in der Wandtäfelung einen engen geheimen Gang entlang; Washington folgte mit einer Kerze, die er vom Tisch genommen hatte. Endlich gelangten sie zu einer schweren eichenen Tür, die ganz mit rostigen Nägeln beschlagen war. Als Virginia sie berührte, flog sie in ihren schweren Angeln zurück, und man fand sich in einem kleinen niedrigen Zimmer mit gewölbter Decke und einem vergitterten Fenster; ein schwerer eiserner Ring war in die Wand eingelassen, und daran angekettet lag ein riesiges Skelett, das der Länge nach auf dem steinernen Boden ausgestreckt war und mit seinen langen fleischlosen Fingern nach einem altmodischen Krug und Teller zu greifen versuchte, die man aber gerade so weit gestellt hatte, daß die Hand sie nicht erreichen konnte. Der Krug war wohl einmal mit Wasser gefüllt gewesen, denn innen war er ganz mit grünem Schimmel überzogen. Auf dem Zinnteller lag nur ein Häufchen Staub. Virginia kniete neben dem Skelett nieder, faltete ihre kleinen Hände und betete still, während die übrigen mit Staunen die grausige Szene betrachteten, deren Geheimnis ihnen nun enthüllt war.

»Schaut doch!« rief plötzlich einer der Zwillinge, der aus dem Fenster gesehen hatte, um sich über die Lage des Zimmers zu orientieren. »Schaut doch! Der alte verdorrte Mandelbaum blüht ja! Ich kann die Blüten ganz deutlich im Mondlicht sehn.«

»Gott hat ihm vergeben!« sagte Virginia ernst, als sie sich erhob, und ihr Gesicht strahlte in unschuldiger Freude.

»Du bist ein Engel!« rief der junge Herzog, schloß sie in seine Arme und küßte sie.

*

Vier Tage nach diesen höchst wunderbaren Ereignissen verließ ein Trauerzug nachts um elf Uhr Schloß Canterville. Den Leichenwagen zogen acht schwarze Pferde, von denen jedes einen großen Kopfschmuck von nickenden Straußenfedern trug, und der bleierne Sarg war mit einer kostbaren purpurnen Decke verhangen, auf der das Wappen derer von Canterville in Gold gestickt war. Neben dem Wagen her schritten die Diener mit brennenden Fackeln, und der ganze Zug machte einen äußerst feierlichen Eindruck. Lord Canterville als der Hauptleidtragende war zu diesem Begräbnis extra aus Wales gekommen und saß im ersten Wagen neben der kleinen Virginia. Dann kam der Gesandte der Vereinigten Staaten und seine Gemahlin, danach Washington und die zwei Jungen, und im letzten Wagen saß Mrs. Umney, die alte Wirtschafterin, ganz allein. Man hatte die Empfindung gehabt, daß sie, nachdem sie mehr als fünfzig Jahre ihres Lebens durch das Gespenst erschreckt worden war, nun auch ein Recht hätte, seiner Beerdigung beizuwohnen. In der Ecke des Friedhofs war ein tiefes Grab gegraben, gerade unter der Trauerweide, und Hochwürden Augustus Dampier, Ph. D. D., hielt eine höchst eindrucksvolle Grabrede. Als die Zeremonie vorüber war, löschten die Diener, einer alten Familientradition der Canterville gemäß, ihre Fackeln aus, und während der Sarg in das Grab hinuntergelassen wurde, trat Virginia vor und legte ein großes Kreuz aus weißen und rosafarbenen Mandelblüten darauf nieder. Inzwischen kam der Mond hinter einer Wolke hervor und bedeckte den kleinen Friedhof mit Silber. Virginia dachte an die Beschreibung des Gespensts vom Garten des Todes, ihre Augen füllten sich mit Tränen, und sie sprach auf der Rückfahrt nicht ein Wort.

Am nächsten Morgen hatte Mr. Otis mit Lord Canterville vor dessen Rückkehr nach London eine Unterredung wegen der Juwelen, welche das Gespenst Virginia gegeben hatte. Sie waren von außerordentlicher Schönheit, besonders ein Halsschmuck aus Rubinen in altvenezianischer

Fassung, ein Meisterwerk der Kunst des sechzehnten Jahrhunderts und so wertvoll, daß Mr. Otis zögerte, seiner Tochter zu erlauben, sie anzunehmen.

»Mylord«, sagte er, »ich weiß sehr wohl, daß sich in diesem Lande die Erbfolge ebensowohl auf den Familienschmuck wie auf den Grundbesitz erstreckt, und ich bin dessen ganz sicher, daß diese Juwelen ein Erbstück Ihrer Familie sind oder doch sein sollten. Ich muß Sie demgemäß bitten, die Schmuckstücke mit nach London zu nehmen und sie lediglich als einen Teil Ihres Eigentums zu betrachten, der unter allerdings höchst wunderbaren Umständen wieder in Ihren Besitz zurückgelangt ist. Was meine Tochter betrifft, so ist diese ja noch ein Kind und hat, wie ich mich freue sagen zu können, nur wenig Interesse an solchen Luxusgegenständen. Mrs. Otis, die, wie man wohl sagen kann, eine Autorität in Kunstsachen ist – da sie den großen Vorzug genossen hat, als junges Mädchen mehrere Winter in Boston zu verleben –, Mrs. Otis sagte mir, daß diese Juwelen einen bedeutenden Wert repräsentieren und sich ganz vorzüglich verkaufen würden. Unter diesen Umständen bin ich überzeugt, Lord Canterville, daß Sie einsehen werden, wie unmöglich es für mich ist, einem Mitglied meiner Familie zu erlauben, in dem Besitz der Juwelen zu bleiben, und endlich ist dieser eitle Putz und Tand und dieses glänzende Spielzeug, so passend und notwendig es auch zur Würde der britischen Aristokratie zu gehören scheint, doch unter jenen niemals recht am Platz, die in den strengen und, wie ich bestimmt glaube, unsterblichen Grundsätzen republikanischer Einfachheit erzogen sind. Vielleicht sollte ich noch erwähnen, daß Virginia sehr gern die Schatulle selbst behalten möchte, als Erinnerung an Ihren unglücklichen, irregeleiteten Vorfahren. Da diese sehr alt und in einem Zustand großer Reparaturbedürftigkeit zu sein scheint, so werden Sie es vielleicht für angemessen finden, der Bitte meiner Kleinen zu willfahren. Ich für mein Teil muß allerdings gestehen, daß ich außerordentlich erstaunt bin, eins von meinen Kindern Sympathie mit dem Mittelalter in irgendeiner Gestalt empfinden zu sehen, und ich kann mir das nicht anders als dadurch erklären, daß Virginia in einer Ihrer Londoner Vorstädte geboren wurde, kurz nachdem Mrs. Otis von einer Reise nach Athen zurückgekehrt war.«

Lord Canterville hörte der langen Rede des würdigen Gesandten aufmerksam zu, während er sich ab und zu den langen grauen Schnurrbart strich, um ein unwillkürliches Lächeln zu verbergen; und als Mr. Otis schwieg, schüttelte er ihm herzlich die Hand und sagte:

»Mein lieber Mr. Otis, Ihre entzückende kleine Tochter hat meinem unglücklichen Vorfahren, Sir Simon, einen höchst wichtigen Dienst geleistet, und meine Familie und ich sind ihr für den bewiesenen erstaunlichen Mut zu sehr großem Dank verpflichtet. Ganz zweifellos sind die Juwelen Miß Virginias Eigentum; und wahrhaftig, ich glaube, wäre ich herzlos genug, sie ihr fortzunehmen, der böse alte Bursche würde noch diese Woche wieder aus seinem Grab aufstehen und mir das Leben hier zur Hölle machen. Und was den Begriff Erbstück anbelangt, so ist nichts ein Erbstück, was nicht mit diesem Ausdruck in einem Testament oder sonst einem rechtskräftigen Schriftstück als solches bezeichnet ist, und von der Existenz dieser Juwelen ist nichts bekannt gewesen. Ich versichere Sie, daß ich nicht mehr Anspruch auf sie habe als Ihr Kammerdiener, und wenn Miß Virginia erwachsen ist, so wird sie, meine ich, doch ganz gern solche hübschen Sachen tragen. Außerdem vergessen Sie ganz, Mr. Otis, daß Sie ja damals die ganze Einrichtung und das Gespenst mit dazu übernommen haben, und alles, was zu dem Besitz des Gespensts gehörte, wurde damit Ihr Eigentum; und was auch Sir Simon für eine merkwürdige Tätigkeit nachts auf dem Korridor entfaltet haben mag, vom Standpunkt des Gesetzes aus war er absolut tot, und somit erwarben Sie durch Kauf sein Eigentum.«

Mr. Otis war anfangs wirklich verstimmt, daß Lord Canterville auf sein Verlangen nicht eingehen wollte, und bat ihn, seine Entscheidung nochmals zu überdenken; aber der gutmütige Lord war fest entschlossen und überredete schließlich den Gesandten, seiner Tochter doch zu erlauben, das Geschenk des Gespensts zu behalten; und als im Frühjahr 1890 die junge Herzogin von Cheshire bei Gelegenheit ihrer Hochzeit bei Hofe vorgestellt wurde, erregten ihre Juwelen allgemeines Aufsehen. Denn Virginia bekam wirklich und tatsächlich eine Krone in ihr Wappen, was die Belohnung für alle braven kleinen Amerikanerinnen ist, und heiratete ihren jugendlichen Bewerber, sobald sie mündig geworden war. Sie waren ein so entzückendes Paar und liebten einander so sehr, daß jeder sich über die Heirat freute, jeder außer der Herzogin von Dumbleton – die den jungen Herzog gern für eine ihrer sieben unverheirateten Töchter gekapert hätte und nicht weniger als drei sehr teure Diners zu dem Zweck gegeben hatte – und wunderbarerweise auch außer Mr. Otis selber. Mr. Otis hatte den jungen Herzog persönlich sehr gern, aber in der Theorie waren ihm alle Titel zuwider und ›er war‹, um seine eigenen Worte zu gebrauchen, ›nicht ohne Besorgnis, daß inmitten der entnervenden Einflüsse der vergnügungssüchtigen englischen Aristokratie die einzig wahren Grundsätze republikanischer Einfachheit vergessen werden würden‹. Sein Widerstand wurde jedoch völlig besiegt, und ich glaube, daß es, als er in St. Georges, Hanover Square, mit seiner Tochter am Arm durch die Kirche schritt, keinen stolzeren Mann in ganz England gab als ihn. Der Herzog und seine junge Frau kamen nach den Flitterwochen auf Schloß Canterville, und am Tage nach ihrer Ankunft gingen sie am Nachmittag zu dem kleinen einsamen Friedhof unter den Tannen. Man hatte erst über die Inschrift auf Sir Simons Grabstein nicht schlüssig werden können, und nach vielen Schwierigkeiten war dann entschieden worden, nur die Initialen seines Namens und den Vers vom Fenster der Bibliothek eingravieren zu lassen. Die Herzogin hatte wundervolle Rosen mitgebracht, die sie auf das Grab streute, und nachdem sie eine Zeitlang stillgestanden hatten, schlenderten sie weiter zu der halbverfallenen Kanzel in der alten Abtei. Dort setzte sich Virginia auf eine der umgestürzten Säulen; ihr Mann legte sich ihr zu Füßen in das Gras, rauchte eine Zigarette und blickte ihr verliebt und glücklich in die schönen Augen. Plötzlich warf er seine Zigarette fort, ergriff ihre Hand und sagte:

»Virginia, eine Frau sollte keine Geheimnisse vor ihrem Mann haben!«

»Aber lieber Cecil! Ich habe doch keine Geheimnisse vor dir.«

»Doch, das hast du«, antwortete er lächelnd, »du hast mir nie gesagt, was dir begegnet ist, als du mit dem Gespenst verschwunden warst.«

»Das habe ich niemandem gesagt«, sagte Virginia ernst.

»Das weiß ich, aber du könntest es mir jetzt doch sagen.«

»Bitte, verlange das nicht von mir, Cecil, denn ich kann es dir nicht sagen … Der arme Sir Simon! Ich bin ihm zu so großem Dank verpflichtet. Ja, da brauchst du nicht zu lachen, Cecil, es ist wirklich wahr. Er hat mich einsehen gelehrt, was das Leben ist und was der Tod bedeutet und warum die Liebe stärker ist als beide zusammen.«

Der Herzog stand auf und küßte seine junge Frau sehr zärtlich.

»Du kannst dein Geheimnis behalten, solange mir nur dein Herz gehört«, sagte er leise.

»Das Herz hat dir schon immer gehört, Cecil.«

»Aber unseren Kindern wirst du einst dein Geheimnis sagen, nicht wahr?«

Virginia errötete …

Die Sphinx ohne Rätsel

Eines Nachmittags saß ich vor dem Café de la Paix, sah auf den Glanz und die Schäbigkeit des Pariser Lebens und wunderte mich bei meinem Wermut über das sonderbare Schauspiel von Pracht und Armut, das an mir vorbeizog. Da hörte ich jemand meinen Namen rufen. Ich schaute mich um und sah Lord Murchison. Wir waren einander nicht mehr begegnet seit unseren gemeinsamen Collegetagen, zehn Jahre war das fast her, und so freute ich mich, ihn wiederzusehen, und wir begrüßten uns herzlich. In Oxford waren wir dicke Freunde gewesen. Ich hatte ihn wahnsinnig gern – er war so hübsch, so lebhaft und so hochanständig. Wir sagten damals immer von ihm, er wäre der allerbeste Kerl, wenn er nicht immer die Wahrheit spräche; aber ich glaube, wir bewunderten ihn eigentlich deswegen um so mehr.

Ich fand ihn ziemlich verändert.

Er sah bekümmert und verlegen aus und schien mir über irgendwas unsicher. Der moderne Skeptizismus konnte es nicht sein, denn Murchison war ein durch und durch überzeugter Tory und glaubte an den Pentateuch so fest wie an das House of Peers. Also schloß ich, daß es eine Frau war, und fragte ihn, ob er jetzt verheiratet sei.

»Ich versteh mich nicht genug auf Frauen«, gab er zur Antwort.

»Mein lieber Gerald«, sagte ich, »Frauen sind dazu da, daß man sie liebt, nicht daß man sie versteht.«

»Ich kann nicht lieben, wo ich nicht trauen kann«, meinte er.

»Ich glaube, Sie haben ein Erlebnis in diesen Affären. Gerald, erzählen Sie mir's doch.«

»Wir wollen eine Wagenfahrt machen«, sagte Murchison, »hier sind zu viele Menschen. Nein, nicht einen gelben Wagen, jede andere Farbe, nur nicht – da, der dunkelgrüne«; und ein paar Minuten später rollten wir den Boulevard hinunter in Richtung Madeleine.

»Wohin wollen wir?« fragte ich.

»Wohin Sie wollen, meinetwegen in das Restaurant des Bois; wir können dort dinieren, und Sie erzählen mir Ihr Leben.«

»Erst möchte ich das Ihre hören«, sagte ich. »Erzählen Sie mir doch die mysteriöse Geschichte.«

Er zog aus seiner Tasche ein kleines silberbeschlagenes Lederportefeuille und reichte es mir. Ich schlug es auf. Es enthielt die Photographie einer Frau. Ein schöner, hochmütiger Kopf – sonderbar pittoresk mit den großen, schwimmenden Augen und dem losen Haar. Wie eine Hellseherin sah sie aus. Sie trug reiches Pelzwerk.

»Was sagen Sie zu dem Gesicht? Ist es aufrichtig?«

Ich studierte es eingehend. Es schien mir das Gesicht eines Menschen, der ein Geheimnis bewahrt, ob ein gutes oder ein schlimmes, konnte ich nicht sagen. Seine Schönheit war eine Schönheit wie aus vielen Geheimnissen gebildet, eine tiefe vergeistigte Schönheit, keine plastische, und das vergehende Lächeln auf den Lippen war zu fein, um wirklich lieb und süß zu sein.

»Nun, was sagen Sie?«

»Sie ist die Mona Lisa im Zobel«, antwortete ich, »erzählen Sie mir doch, was Sie über sie wissen.«

»Nicht jetzt, nach dem Diner«, und er begann von was anderem zu reden.

Als der Kellner Kaffee und Zigaretten brachte, erinnerte ich Gerald an sein Versprechen. Er stand auf, schritt ein paarmal durch den Raum, ließ sich in einen Lehnstuhl fallen und erzählte mir die folgende Geschichte:

»Eines Abends ging ich so gegen fünf Bond Street hinunter. Es war ein schreckliches Gewirr von Wagen und Menschen, man kam kaum vorwärts. Ganz hart am Gehsteig stand ein kleiner gelber Zweisitzer, der aus irgendeinem Grund meine Aufmerksamkeit erregte. Als ich daran vorbeiging, da sah dieses Gesicht heraus, das ich Ihnen vorhin zeigte. Es faszinierte mich sofort.

Die ganze Nacht mußte ich daran denken und auch den nächsten Tag über. Hinauf und hinunter wanderte ich die verdammte Straße, spähte in jeden Wagen und wartete auf den gelben Zweisitzer; aber ich konnte ›ma belle inconnue‹ nicht finden und dachte schließlich, daß ich sie bloß geträumt hatte. Eine Woche später dinierte ich bei Madame de Rostail. Das Diner war auf acht Uhr angesetzt, aber um halb neun warteten wir noch immer im Salon. Endlich meldete der Diener Lady Alroy. Es war die Frau, die ich so gesucht hatte. Sie trat ganz langsam ein, sah aus wie ein Mondstrahl in grauen Spitzen, und zu meiner großen Freude sollte ich sie zu Tisch führen. Nachdem wir uns gesetzt hatten, bemerkte ich ganz harmlos:

›Ich glaube, ich habe Sie schon einmal flüchtig gesehen, Lady Alroy, vor einiger Zeit in Bond Street.‹

Sie wurde ganz blaß und sagte leise:

›Bitte, sprechen Sie nicht so laut, man könnte Sie hören.‹ Mein verunglücktes Debüt verstimmte mich nicht wenig, und ich stürzte mich mit Todesverachtung in eine Unterhaltung über französische Komödien.

Sie sprach sehr wenig, immer mit der gleichen weichen, musikalischen Stimme, und schien wie in Angst, jemand könnte lauschen. Ich verliebte mich leidenschaftlich, sinnlos, und die undefinierbare Atmosphäre des Geheimnisvollen, die sie umgab, erregte meine heftige Neugierde. Beim Abschied – sie ging sehr bald nach dem Diner – fragte ich sie, ob ich sie besuchen dürfe. Sie zauderte einen Augenblick, sah leicht um sich, ob niemand in der Nähe wäre, und sagte dann: ›Ja; morgen ein Viertel vor fünf.‹

Ich bat Madame de Rostail, mir von ihr zu erzählen; aber alles, was ich erfahren konnte, war, daß sie eine Witwe mit einem schönen Hause an der Park Lane sei, und als ein wissenschaftlicher Schwätzer eine Dissertation über Witwen begann, stand ich auf und ging heim.

Nächsten Tages war ich sehr pünktlich in der Park Lane, wo man mir sagte, Lady Alroy sei schon ausgegangen. Ich ging ganz unglücklich und ohne zu wissen, was ich davon halten sollte, in den Klub und schrieb ihr nach langem Überlegen einen Brief, ob sie mir erlauben möchte, ein andermal mein Glück zu versuchen. Ein paar Tage vergingen, da bekam ich ein paar Zeilen, sie würde Sonntag um vier zu Hause sein, und dieses ungewöhnliche, merkwürdige Postskriptum:

›Bitte schreiben Sie mir nicht mehr; ich will es Ihnen erklären, wenn wir uns wiedersehen.‹

Am Sonntag empfing sie mich und war entzückend; aber als ich mich verabschiedete, bat sie mich, wenn ich ihr etwas zu schreiben hätte, meine Briefe zu adressieren:

›Mrs. Knox, c/o Whitachers Buchhandlung, Green Street. Es gibt Gründe, weshalb ich in meinem Haus keine Briefe empfangen kann.‹

Ich besuchte sie die ganze Zeit über sehr oft, und nie verließ sie diese geheimnisvolle Atmosphäre. Manchmal dachte ich, sie wäre in der Gewalt eines Mannes, aber sie sah so unnahbar aus, daß ich es nicht glauben konnte. Es war wirklich sehr schwierig für mich, zu irgendeinem Schluß, zu einem Urteil zu kommen, denn sie war wie diese merkwürdigen Kristalle, die man in Museen sieht – einmal sind sie ganz klar, im nächsten Augenblick ganz wolkig.

Ich beschloß, um ihre Hand anzuhalten; ich war krank und war es müde, dieser unausgesetzten Qual des Heimlichen, das sie von allen meinen Besuchen verlangte, und von den paar Briefen, die ich ihr schrieb. Ich schrieb ihr also in die Buchhandlung, ob sie mich am nächsten Montag um sechs empfangen wolle. Sie sagte zu, und ich war im siebenten Himmel. Ich war einfach verblendet von ihr, trotz des Mysteriösen, wie ich dachte, infolge des Mysteriösen, wie ich jetzt weiß. Nein ... Es war das Weib, das Weib allein, das ich liebte. Das Mysteriöse irritierte mich, machte mich verrückt. Warum brachte mich der Zufall auf seine Spur!«

»Sie entdeckten also das Geheimnis?« fragte ich.

»Ich fürchte: ja. Aber urteilen Sie selbst. Als der Montag kam, ging ich mit meinem Onkel frühstücken und war gegen vier Uhr auf der Marylebone Road.

Mein Onkel wohnt, wie Sie wissen, am Regents Park. Ich wollte Richtung Picadilly und kürzte den Weg ab durch eine Menge schmutziger kleiner Straßen. Plötzlich sah ich vor mir Lady Alroy, tief verschleiert; sie ging sehr schnell. Beim letzten Haus in der Gasse blieb sie stehen, stieg die paar Stufen hinauf, zog einen Schlüssel, sperrte auf und trat ein.

›Hier ist das Geheimnis‹, sagte ich mir, lief vor und musterte das Haus. Es sah aus wie eines, in dem Zimmer vermietet werden. An der Torschwelle lag ihr Taschentuch, das sie verloren hatte. Ich nahm es und steckte es ein. Dann dachte ich nach: Was tun? Ich kam zu dem Schluß, daß ich kein Recht hätte, ihr nachzuspionieren, und begab mich in den Klub. Um sechs Uhr war ich bei ihr. Sie lag auf einem Sofa, in einem Hausmantel aus Silbergewebe, von ein paar sonderbaren Mondsteinen gehalten, die sie immer trug. Entzückend sah sie aus.

›Ich freue mich so, daß Sie da sind‹, sagte sie; ›ich war den ganzen Tag daheim.‹

Verblüfft starrte ich sie an, zog das Tuch aus meiner Tasche und überreichte es ihr. ›Sie haben das heute nachmittag in der Ammor Street verloren, Lady Alroy‹, sagte ich ganz ruhig. Sie sah mich voll Schrecken an, aber nahm das Taschentuch nicht. ›Was machten Sie denn da?‹ fragte ich.

›Was für ein Recht haben Sie, mich danach zu fragen?‹

›Das Recht eines Mannes, der Sie liebt; ich kam heute, um um Ihre Hand zu bitten.‹

Sie verbarg ihr Gesicht in den Händen und brach in Tränen aus.

›Sie müssen es mir sagen‹, bestand ich.

Sie erhob sich, sah mir ins Gesicht und sagte: ›Lord Murchison, da gibt es nichts zu sagen.‹

›Sie haben da jemanden getroffen, das ist Ihr Geheimnis!‹

Sie wurde ganz bleich: ›Ich habe da niemanden getroffen.‹

›Können Sie denn nicht die Wahrheit sagen?‹ rief ich.

›Ich habe sie gesagt!‹

Ich war verrückt, toll; ich weiß nicht, was ich ihr sagte, aber es waren schreckliche Dinge. Schließlich stürzte ich davon. Am nächsten Tag kam ein Brief von ihr; ich schickte ihn ungeöffnet zurück und reiste mit Alan Colville nach Norwegen. Als ich nach einem Monat zurückkam, war das erste, was ich in der Morning Post sah: die Todesanzeige von Lady Alroy. Sie hatte sich in der Oper eine Erkältung zugezogen und war fünf Tage darauf an einer Lungenentzündung gestorben. Ich gab jeden gesellschaftlichen Umgang auf. Ich hatte sie so wahnsinnig geliebt. Gott, wie habe ich diese Frau geliebt!«

»Sie waren in der Straße, in dem Haus, nicht wahr?« fragte ich.

»Ja. Eines Tages ging ich in die Ammor Street. Ich mußte; Zweifel marterten mich. Ich klopfte, und eine respektabel aussehende Frau öffnete mir. Ich fragte, ob sie vielleicht Zimmer zu vermieten habe.

›Ja, mein Herr‹, sagte sie, ›die Vorderräume sind zu vermieten; ich habe die Dame seit drei Monaten nicht gesehen, die sie gemietet hatte.‹

›Ist das die Dame?‹ fragte ich und zeigte ihr das Photo.

›Ja, das ist sie, und wann kommt sie wieder?‹

›Die Dame ist tot‹, antwortete ich.

›Nicht möglich!‹ rief die Alte. ›Sie war meine beste Mieterin. Drei Guineen zahlte sie die Woche, bloß dafür, manchmal in dem Zimmer zu sitzen.‹

›Sie traf hier mit jemandem zusammen?‹ fragte ich; aber die Frau versicherte mir, daß sie immer allein war, nie mit jemandem kam und nie mit jemandem zusammen war.

›Aber was tat sie denn da?‹ rief ich.

›Sie saß ganz einfach in ihrem Zimmer und las Bücher; manchmal nahm sie den Tee hier.‹

Ich wußte nicht, was ich darauf sagen konnte. Ich gab der Alten ein Geldstück und ging. Und nun: was sagen Sie dazu? Glauben Sie, daß sie die Wahrheit gesagt hat?«

»Sicher.«

»Aber wozu ging denn Lady Alroy dahin?«

»Mein lieber Gerald, Lady Alroy war ganz einfach eine Frau mit einem Hang für das Mysteriöse. Sie mietete das Zimmer, um das Vergnügen zu haben, tiefverschleiert hinzugehen und sich für die Heldin eines Abenteuers zu halten. Sie hatte eine Leidenschaft für das Geheimnisvolle, und sie selbst war nichts weiter als eine Sphinx ohne Geheimnis.«

»Glauben Sie wirklich?«

»Es ist meine feste Überzeugung.«

Lord Murchison zog sein Lederportefeuille heraus, öffnete es und schaute die Photographie an.

»Merkwürdig«, sagte er schließlich.

Der Modellmillionär

Solange man nicht wohlhabend ist, hat es keinen Sinn, ein charmanter junger Mann zu sein. Poesie und Romantik sind das Privileg der Reichen, nicht die Betätigung des Unbemittelten. Der Arme soll praktisch und prosaisch sein. Es ist besser, ein sicheres Einkommen zu haben als faszinierend zu sein. Dies sind die großen Wahrheiten modernen Lebens, die Hughie Erskine niemals realisierte.

Armer Hughie!

Intellektuell war er, das müssen wir zugeben, keine bedeutende Leuchte. In seinem ganzen Leben sagte er nie etwas Glänzendes, nicht einmal etwas Bösartiges. Aber er sah phantastisch gut aus mit seinem gewellten braunen Haar, seinem scharfgeschnittenen Profil und seinen grauen Augen.

Er war bei Männern so beliebt wie bei Frauen und hatte alle Fähigkeiten außer der einen, Geld zu machen. Sein Vater vererbte ihm seinen Kavalleriesäbel und eine Geschichte des Krimkriegs in fünfzehn Bänden. Hughie hing den ersteren über seinen Operngucker, stellte die letzteren auf ein Regal zwischen Russ' Führer durch London und Baileys Magazine und lebte von 200 Pfund Rente im Jahr, die ihm eine alte Tante bewilligte. Er hatte alles und jedes versucht. Er war jeden Monat an die Börse gegangen; aber was sollte ein Schmetterling unter Stieren und Bären?

Er war etwas länger im Teehandel gewesen, aber bekam Peking- und Souchungmischung bald über. Dann versuchte er es mit dem Handel von trockenem Sherry. Das Geschäft war nichts; der Sherry war etwas zu trocken.

Schließlich wurde er gar nichts – ein niedlicher, harmloser junger Mann mit einem vollendeten Profil und ohne Beruf.

Um die Sache noch schlimmer zu machen: er war verliebt.

Laura Merton hieß das Mädchen, das er liebte, die Tochter eines Oberst a. D., der Temperament wie Verdauung in Indien verloren und keines von beiden mehr wiedergefunden hatte. Laura betete ihn an, und er war bereit, ihre Schuhbänder zu küssen. Sie waren das bestaussehende Paar in London und hatten zwischen sich nicht einen Penny. Der Oberst hatte Hughie sehr gern, wollte aber von einer Heirat nichts wissen.

»Komm zu mir, Junge, wenn du eigene zehntausend Pfund hast, und wir werden sehen«, pflegte er zu sagen; und Hughie sah an solchen Tagen recht verdrießlich aus und mußte zu Laura aus Trost gehen.

Als er eines Morgens zum Holland Park, wo die Mertons wohnten, unterwegs war, suchte er einen Freund auf, Allan Trevor. Trevor war Maler. Dem entgehen ja nun heutzutage wenige. Aber Trevor war auch ein Künstler, und Künstler sind schon seltener. Dem Äußeren nach ein merkwürdiger, grober Bursche, mit einem Gesicht voller Sommersprossen und einem roten, zerzausten Bart. Hughie hatte ihn anfangs sehr angezogen, doch bloß, wie gesagt werden muß, wegen seines persönlichen Charmes.

»Die einzigen Menschen, die ein Maler kennen sollte«, pflegte er zu sagen, »sind solche, die blöd und schön sind, schön zum Anschauen, geistig erholsam, wenn man mit ihnen spricht. Dandys und hübsche Frauen regieren die Welt – oder sollten es wenigstens.«

Was nicht hinderte, daß er Hughie, da er ihn besser kannte, nicht weniger gern mochte wegen seines hellen, offenen Verstands und seiner generösen, noblen Natur – deshalb konnte Hughie ihn besuchen, wann er wollte.

Trevor beendete gerade das lebensgroße Bildnis eines Bettlers, als Hughie eintrat. Der Bettler selber stand auf einem niederen Postament in einer Ecke des Ateliers. Ein weißhaariger Alter, mit einem Gesicht wie zerknittertes Pergament und einem höchst mitleidenswerten Ausdruck. Über die Schultern hing ihm ein brauner Mantel, alles Lumpen und Löcher; die derben Stiefel ausgetreten und erbärmlich, und eine Hand stützte sich auf einen derben Stecken, die andere streckte den zerlumpten Hut nach einem imaginären Almosen aus.

»Ein wundervolles Modell!« sagte Hughie leise, als er seinem Freund die Hand gab.

»Das glaub ich!« schrie Trevor. »Solche Bettelkerle findet man nicht alle Tage. Une trouvaille, mon cher, ein lebender Velasquez! Was für eine Radierung würde Rembrandt daraus gemacht haben!«

»Armer Kerl!« sagte Hughie, »wie elend er aussieht! Aber für euch Maler ist sein Gesicht sein Vermögen, nicht?«

»Natürlich«, sagte Trevor, »du willst doch nicht, daß ein Bettler glücklich dreinschauen soll?«

»Was bekommt ein Modell für die Sitzung?« fragte Hughie, nachdem er es sich auf einem Diwan bequem gemacht hatte.

»Einen Schilling die Stunde.«

»Und wieviel bekommst du für dein Bild, Allan?«

»Für dieses da? Zweitausend.«

»Pfund?«

»Guineen. Maler, Dichter und Ärzte bekommen immer Guineen.«

»Davon sollte das Modell Prozente bekommen, meine ich«, rief Hughie lachend; »er arbeitet nicht weniger schwer als du.«

»Ach Unsinn! Schau doch die Mühe, die man allein mit dem Malen hat, und den ganzen Tag so stehen. Du hast leicht reden, Hughie, aber glaub mir, es gibt Momente in der Kunst, wo sie die Würde schwerer Handarbeit bekommt. Aber sprich jetzt nichts; ich muß fertig werden. Rauch eine Zigarette und sei still.«

Nach einer Weile kam der Diener herein und meldete Trevor, der Rahmenmacher wünsche ihn zu sprechen.

»Geh nicht weg, Hughie«, sagte er im Hinausgehen, »ich bin gleich wieder da.«

Der alte Bettler benützte Trevors Abwesenheit, sich für einen Augenblick an einen Balken zu lehnen. Er sah so verloren und elend aus, daß Hughie sich des Mitleids nicht erwehren konnte und in die Tasche griff. Ein Sovereign und ein paar Kupfermünzen war alles, was er fand.

»Armer alter Knabe«, dachte er, »er braucht es nötiger als ich, aber vierzehn Tage gibt's dann kein Hansom.« Und er ging auf den Bettler zu und drückte ihm den Sovereign in die Hand.

Der alte Mann stutzte, und ein kleines Lächeln flog über seine dünnen Lippen.

»Danke, Sir«, sagte er, »danke.«

Da trat Trevor ein, und Hughie setzte sich nieder, leicht errötend über das, was er getan hatte. Er verbrachte den Tag mit Laura, wurde reizend wegen seiner Extravaganz ausgescholten und mußte zu Fuß nach Hause gehen.

Nachts gegen elf Uhr ging er in den Palette-Klub und fand da Trevor allein im Rauchsalon bei Hock und Selzer.

»Bist du mit dem Bild fertig geworden, Allan?« fragte er, als er sich die Zigarette anzündete.

»Beendet und gerahmt, Junge, und nebenbei, du hast eine Eroberung gemacht. Das alte Modell ist ganz entzückt von dir. Ich mußte ihm alles erzählen über dich, wer du bist, wo du wohnst, was du verdienst, was für Aussichten du hast ...«

»Mein lieber Allan, ich werde ihn wahrscheinlich auf meinem Heimweg wartend treffen. Aber du machst natürlich nur Spaß. Armer Kerl! Ich wollte, ich könnte für ihn was tun. Es ist doch scheußlich, daß einer so leben soll. Ich habe so alte Kleider daheim. Glaubst du, daß er sich was daraus macht? Seine zerfielen ja in Lumpen.«

»Aber er schaut wundervoll darin aus«, sagte Trevor. »Für nichts in der Welt möchte ich ihn im Frack malen. Was du Lumpen nennst, nenne ich Romantik. Seine Armut ist für mich das Pittoreske. Übrigens will ich ihm dein Anerbieten mitteilen.«

»Ihr Maler seid doch eine herzlose Bande«, sagte Hughie ernst.

»Eines Künstlers Herz ist sein Kopf, Hughie, und außerdem ist es unsere Aufgabe, die Welt wahr zu machen, wie wir sie sehen, nicht sie zu reformieren, wie wir sie kennen. À chacun son métier. Und jetzt erzähle mir, wie Laura ist. Das alte Modell interessiert sich sehr für sie.«

»Du hast doch dem Alten nicht von Laura erzählt?«

»Aber natürlich habe ich. Er weiß alles über den eigensinnigen Oberst, über die liebe Laura und die 10 000 Pfund.«

»Du hast dem alten Bettler alle meine Privatangelegenheiten erzählt?« rief Hughie und bekam einen roten Kopf.

»Mein Lieber«, sagte Trevor lächelnd, »dieser alte Bettler, wie du ihn nennst, ist einer der reichsten Männer in Europa. Er könnte morgen ganz London kaufen, ohne sich zu übernehmen. Hat ein Haus in jeder Hauptstadt, diniert von goldenen Schüsseln und kann, wenn er will, Rußland einen Krieg verbieten.«

»Was meist du damit?«

»Ja, eben das«, sagte Trevor. »Der alte Mann im Atelier war Baron Hausberg. Ein guter Freund von mir, kauft alle meine Bilder und gab mir vor einem Monat den Auftrag, ihn als Bettler zu malen. Que voulez-vous? La fantaisie d'un millionaire! Und er machte sichtlich eine glänzende Figur in seinen Lumpen, oder vielmehr in meinen, denn ich brachte das Zeug aus Spanien mit.«

»Baron Hausberg! Und ich hab ihm einen Sovereign gegeben!« Und Hughie fiel, ein Bild der Zerknirschung, in seinen Sessel zurück.

»Was? Du hast ihm ...«, und Trevor brüllte vor Lachen. »Mein Junge, den Sovereign siehst du nie wieder. Son affaire c'est l'argent des autres.«

»Aber du hättest mir das doch wirklich sagen und mich daran hindern können, daß ich mich so zum Narren mache«, sagte Hughie vorwurfsvoll.

»Erstens, mein lieber Hughie, kam es mir nie in den Sinn, daß du auf solche großartige Weise almosenspendend dahinwandelst. Ich kann verstehen, daß du ein hübsches Modell küßt, aber daß du einem häßlichen einen Sovereign gibst, nein, das versteh ich nicht. Und dann war ich an dem Tag für niemanden zu Hause. Und als du kamst, wußte ich nicht, ob es Hausberg recht wäre, ihn mit seinem Namen – er war doch schließlich nicht in Gesellschaftskleidung.«

»Für was für einen Trottel muß er mich halten«, sagte Hughie.

»Aber durchaus nicht. Er war höchst vergnügt, als du gingst. Ich konnte nicht herauskriegen, weshalb er sich so um deine Angelegenheiten interessierte; aber jetzt ist mir alles klar. Er will deinen Sovereign für dich anlegen, Hughie, zahlt dir alle halbe Jahre die Zinsen und hat eine hübsche Geschichte nach dem Diner zu erzählen.«

»Ich habe kein Glück«, brummte Hughie. »Das beste ist, ich geh schlafen. Und, lieber Allan, erzähl's nicht weiter. Es ist doch zu lächerlich für mich.«

»Ach Unsinn! Verschafft deinem philanthropischen Sinn den höchsten Kredit. Und lauf nicht davon. Zünde dir eine neue Zigarette an, und du kannst mir von Laura erzählen, so viel du willst.«

Aber Hughie wollte nicht. Er verließ den lachenden Trevor und ging heim mit recht unglücklichen Gefühlen.

Als er am andern Morgen beim Frühstück war, wurde ihm eine Karte hereingebracht: ›Monsieur Gustave Naudin, de la part de M. le Baron Hausberg‹.

Er kommt wohl, damit ich mich entschuldige! dachte Hughie und ließ bitten.

Ein alter Herr mit goldenen Augengläsern trat ein und sagte mit südfranzösischem Akzent:

»Habe ich die Ehre, mit Mr. Erskine, Esq., zu sprechen?«

Hughie verneigte sich.

»Ich komme von Baron Hausberg«, fuhr der Herr fort. »Der Baron ...«

»Ich bitte Sie, dem Baron meine aufrichtigste Entschuldigung zu überbringen«, stotterte Hughie.

»Der Baron«, sagte der alte Herr lächelnd, »hat mich beauftragt, Ihnen diesen Brief zu überbringen«, und er überreichte ihm einen versiegelten Umschlag.

Darauf stand:

›Ein Hochzeitsgeschenk für Hughie Erskine und Laura Merton, von einem alten Bettler‹; darin lag ein Scheck über 10 000 Pfund.

Bei der Hochzeit war Allan Trevor der Brautführer, und der Baron hielt beim Hochzeitsfrühstück eine Rede.

»Millionärmodelle«, meinte Allan, »sind ja selten, aber beim Zeus, Modellmillionäre sind noch seltener.«

Märchen

Der Glückliche Prinz

Der Glückliche Prinz

Hoch über der Stadt stand auf einer mächtigen Säule die Statue des Glücklichen Prinzen. Sie war über und über mit dünnen Goldblättchen bedeckt, statt der Augen hatte sie zwei glänzende Saphire, und ein großer roter Rubin leuchtete auf seiner Schwertscheide.

Alles bestaunte und bewunderte ihn sehr. »Er ist so schön wie ein Wetterhahn«, bemerkte einer der Stadtältesten, der Wert darauf legte, in Kunstdingen als Mann von Geschmack zu gelten, »bloß nicht ganz so nützlich«, fügte er hinzu, da er fürchtete, man könnte ihn sonst für unpraktisch halten, was er durchaus nicht war. »Warum bist du nicht wie der Glückliche Prinz?« fragte eine empfindsame Mutter ihren kleinen Jungen, der weinend nach dem Mond verlangte. »Dem Glücklichen Prinzen fällt es nie ein, um etwas zu weinen.«

»Ich bin froh, daß es wenigstens einen gibt, der in dieser Welt ganz glücklich ist«, sagte leise ein Enttäuschter mit einem Blick auf das wundervolle Standbild.

»Er sieht genau aus wie ein Engel«, sagten die Waisenkinder, als sie in ihren purpurroten Mänteln und sauberen Vorstecklätzchen aus dem Dom traten.

»Wie könnt ihr das wissen?« fragte der Mathematiklehrer, »ihr habt doch nie einen gesehen.«

»O doch, im Traum«, antworteten die Kinder; und der Mathematiklehrer verzog die Stirn und machte ein sehr strenges Gesicht, denn er billigte Kinderträume nicht.

Da flog eines Nachts ein kleiner Schwälberich über die Stadt. Seine Freunde waren schon vor sechs Wochen nach Ägypten gezogen, aber er war zurückgeblieben, weil er sich in eine wunderschöne Schilfrispe verliebt hatte. Ganz zeitig im Frühling hatte der Schwälberich die Rispe zum erstenmal gesehen, als er gerade hinter einer großen gelben Mücke her über den Fluß flog, und war von der Schlankheit der Rispe so entzückt gewesen, daß er haltgemacht hatte, um mit ihr zu plaudern.

»Soll ich dich lieben?« fragte der Schwälberich, der es liebte, immer gleich gerade auf sein Ziel loszugehen. Und die Schilfrispe verneigte sich tief vor ihm. So flog er immer und immer um die Schlanke herum, berührte leicht das Wasser mit seinen Flügeln und machte kleine silberne Wellen darauf. Das war die Art, wie er warb, und es dauerte den ganzen Sommer hindurch.

»Das ist eine alberne Verbindung«, zwitscherten die andern Schwalben; »die Schilfrispe hat kein Vermögen und viel zu viel Verwandte« – und in der Tat war der Fluß ganz voll von Schilf. Als dann der Herbst kam, flogen sie alle davon.

Als sie fort waren, fühlte sich der Schwälberich einsam und fing an, seiner romantischen Liebe überdrüssig zu werden. »Sie kann sich gar nicht unterhalten«, sagte er, »und ich fürchte, sie ist eine Kokette, denn sie flirtet immer mit dem Wind.«

Und wirklich machte die Schilfrispe, sooft der Wind blies, die graziösesten Verbeugungen.

»Ich gebe gerne zu, daß sie sehr häuslich ist«, fuhr er fort; »aber ich liebe das Reisen, und deshalb soll meine Frau es auch lieben.«

»Willst du mit mir fort?« fragte der Vogel endlich die Rispe; die aber schüttelte den Kopf – sie hing so sehr an der Heimat.

»Du hast mit mir gespielt«, rief da der Schwälberich, »ich mache mich auf nach den Pyramiden. Leb wohl!« Und flog davon.

Den ganzen Tag über flog er und erreichte gegen Abend die Stadt.

»Wo soll ich absteigen?« sagte er; »hoffentlich hat die Stadt Vorbereitungen getroffen.«

Da sah er das Standbild auf der hohen Säule.

»Hier will ich absteigen«, rief er, »es hat eine hübsche Lage und viel frische Luft.«

Und damit ließ er sich gerade zwischen den Füßen des Glücklichen Prinzen nieder.

»Ich habe ein goldenes Schlafzimmer«, sagte er wohlgefällig zu sich selber, während er umherschaute und sich anschickte, schlafen zu gehen; aber gerade, als er seinen Kopf unter seinen Flügel stecken wollte, fiel ein großer Regentropfen auf ihn nieder. »Wie sonderbar!« rief er; »am Himmel ist nicht das kleinste Wölkchen, die Sterne sind hell und leuchten, und doch regnet es. Das Klima im nördlichen Europa ist schon wirklich abscheulich. Die Schilfrispe liebte ja den Regen sehr, aber das war bloß ihr Egoismus.«

Da fiel eine zweiter Tropfen.

»Was für einen Zweck hat denn eigentlich eine Statue, wenn sie nicht den Regen abhalten kann?« sagte der Vogel; »ich werde mich lieber nach einem guten Schornstein umsehen«, und er wollte schon fortfliegen.

Doch bevor er seine Flügel ausgebreitet hatte, fiel ein dritter Tropfen; er schaute in die Höhe und sah – ja, was sah er?

Die Augen des Glücklichen Prinzen waren voll Tränen, und Tränen liefen ihm über die goldenen Wangen. Sein Gesicht war so wunderschön im Mondlicht, daß den Schwälberich Mitleid ergriff.

»Wer bist du?« sagte er.

»Ich bin der Glückliche Prinz.«

»Weshalb weinst du denn?« fragte der Vogel; »du hast mich ganz naß gemacht.«

»Als ich noch am Leben war und ein Menschenherz hatte«, antwortete die Statue, »da wußte ich nicht, was Tränen sind; denn ich lebte in dem Palast Sorgenlos, in den die Sorge keinen Zutritt hat. Tagsüber spielte ich mit meinen Gefährten im Garten, und des Abends führte ich den Tanz in der großen Halle an. Rund um den Garten lief eine sehr hohe Mauer, aber nie dachte ich daran, zu fragen, was wohl dahinter läge, so schön war alles um mich her. Meine Höflinge nannten mich den Glücklichen Prinzen, und glücklich war ich in der Tat, wenn Vergnügen Glück bedeutet. So lebte ich, und so starb ich. Und nun, da ich tot bin, haben sie mich hier hinaufgestellt, so hoch, daß ich alle Häßlichkeit und alles Elend meiner Stadt sehen kann, und wenn auch mein Herz von Blei ist, kann ich nicht anders als weinen.«

»Wie, es ist nicht von echtem Gold?« sprach der Vogel zu sich. Denn er war zu höflich, als daß er eine so persönliche Bemerkung laut geäußert hätte.

»Weit von hier«, fuhr die Statue mit einer leisen, melodischen Stimme fort, »weit von hier in einer kleinen schmalen Gasse steht ein armseliges Haus. Eins der Fenster ist offen, und so sehe ich eine Frau am Tisch sitzen. Ihr Gesicht ist hager und verhärmt, und sie hat rauhe, rote Hände, nadelzerstochen, denn sie ist Näherin. Sie stickt Passionsblumen in ein Seidenkleid, das die schönste der Ehrendamen der Königin beim nächsten Hofball tragen soll. In einem Winkel des Zimmers liegt ihr kleiner Junge krank im Bett. Er fiebert und verlangt nach Orangen. Die Mutter aber kann ihm nicht mehr geben als Wasser aus dem Fluß, und daher weint er. Vogel, Vogel, kleiner Vogel, willst du ihr nicht den Rubin aus meiner Schwertscheide hinbringen? Meine Füße sind an dem Sockel befestigt, und ich kann mich nicht bewegen.«

»Man erwartet mich in Ägypten«, sagte der Schwälberich. »Meine Freunde fliegen den Nil auf und nieder und unterhalten sich mit den großen Lotosblüten. Bald werden sie sich im Grab des großen Königs schlafen legen. Er ist in gelbes Linnen gehüllt und mit Spezereien balsamiert. Um seinen Hals liegt eine Kette aus blaßgrünem Nephrit, und seine Hände sind wie welke Blätter.«

»Vogel, Vogel, kleiner Vogel«, sagte der Prinz, »willst du nicht diese eine Nacht bei mir bleiben und mein Bote sein? Der Knabe ist so durstig und die Mutter so traurig.«

»Ich glaube, ich mache mir nichts aus Knaben«, antwortete der Schwälberich. »Als ich letzten Sommer am Fluß wohnte, da gab es so rohe Buben, des Müllers Söhne, die immer Steine nach mir warfen. Getroffen haben sie mich natürlich nie, denn wir Schwalben fliegen dafür viel zu gut, und ich stamme zudem aus einer Familie, die wegen ihrer Behendigkeit berühmt ist; aber es war doch immerhin ein Zeichen von Respektlosigkeit.«

Aber der Glückliche Prinz sah so traurig aus, daß es den kleinen Schwälberich dauerte.

»Es ist sehr kalt hier«, sagte er, »aber ich will trotzdem diese eine Nacht bei dir bleiben und dein Bote sein.«

»Ich danke dir, kleiner Vogel«, sagte der Prinz.

So pickte der Schwälberich aus des Prinzen Schwert den großen Rubin und flog mit ihm fort über die Dächer der Stadt.

Er flog an dem Turm des Doms vorbei, auf dem die weißen Marmorengel stehen. Er flog über den Palast hin und hörte die Musik von Tanzweisen. Ein schönes Mädchen trat mit seinem Geliebten auf den Balkon hinaus.

»Wie wundervoll die Sterne sind«, sagte er zu ihr, »und wie wunderbar die Macht der Liebe!«

»Hoffentlich wird mein Kleid zum Staatsball fertig«, antwortete sie, »ich lasse mir Passionsblumen darauf sticken; aber die Schneiderinnen sind so faul.«

Er flog über den Fluß und sah die Laternen an den Schiffsmasten. Er flog über das Getto und sah die alten Juden miteinander handeln und auf kupfernen Waagen das Geld wiegen. Endlich erreichte er das armselige Haus und schaute hinein.

Der Knabe wälzte sich im Fieber, und die Mutter war vor Müdigkeit eingeschlafen. Hinein ins Zimmer hüpfte der Schwälberich und legte den Rubin auf den Tisch gerade neben den Fingerhut der Frau. Dann kreiste er leise um das Bett und fächelte des Jungen Stirn mit den Flügeln.

»Wie kühl mir ist«, sagte der Knabe, »ich glaube, es wird mir besser«, und er sank in einen köstlichen Schlaf. Darauf flog der Schwälberich zurück zu dem Glücklichen Prinzen und erzählte ihm, was er getan.

»Merkwürdig«, sagte er, »mir ist mit einemmal ganz warm geworden, obwohl es so kalt ist.«

»Das kommt von deiner guten Tat«, sagte der Prinz. Und der kleine Vogel begann darüber nachzudenken und schlief ein. Denken machte ihn immer schläfrig.

Als der Tag anbrach, flog der Vogel hinab zum Fluß und nahm ein Bad.

»Was für ein bemerkenswertes Phänomenon«, sagte der Professor der Ornithologie, der über die Brücke ging, »eine Schwalbe im Winter!«

Und er schrieb darüber einen langen Brief an die Lokalzeitung. Alles sprach von diesem Aufsatz, der so wortreich war, daß niemand ihn verstehen konnte.

»Heut nacht mach ich mich auf nach Ägypten«, sagte der Schwälberich und war hochvergnügt bei dem Gedanken. Er besuchte alle Denkmäler und öffentlichen Bauwerke der Stadt und saß lange auf der Kirchturmspitze. Wo immer er hinkam, da piepten die Spatzen, und einer sagte zum anderen:

»Was für ein vornehmer Fremder!« und dabei amüsierte sich der Schwälberich sehr.

Als der Mond aufging, flog er zurück zu dem Glücklichen Prinzen. »Hast du irgendwelche Aufträge für Ägypten?« rief er, »ich reise jetzt dahin ab.«

»Vogel, Vogel, kleiner Vogel«, sagte der Prinz, »willst du nicht noch eine Nacht bei mir bleiben?«

»Ich werde in Ägypten erwartet«, antwortete der Schwälberich. »Morgen fliegen meine Gefährten zum zweiten Katarakt hinauf. Dort liegt das Nilpferd unter den Binsen, und auf einem großen granitnen Thron sitzt der Gott Memnon. Die ganze Nacht lang blickt er zu den Sternen, und wenn der Morgenstern aufglänzt, stößt er einen langen Freudenschrei aus, und dann ist er wieder still. Zu Mittag kommen die gelben Löwen ans Flußufer, um zu trinken. Sie haben Augen von grünem Beryll, und ihr Gebrüll übertönt das Brüllen des Katarakts.«

»Vogel, Vogel, mein kleiner Vogel«, sagte der Prinz, »weit über der Stadt sehe ich einen jungen Mann in einer Dachstube. Er lehnt sich über einen mit Papieren bedeckten Tisch, und neben ihm steht in einem Wasserglas ein kleiner Strauß verwelkter Veilchen. Sein Haar ist braun und gelockt, seine Lippen sind rot wie eine Granatblüte, und er hat große und träumerische Augen. Er versucht, ein Schauspiel fertigzuschreiben, aber er kann nicht weiter vor Kälte. Es ist kein Feuer im Ofen, und der Hunger hat ihn ohnmächtig gemacht.«

»Ich will noch eine Nacht länger bei dir bleiben«, sagte der Schwälberich, der eigentlich ein gutes Herz hatte. »Soll ich ihm auch einen Rubin bringen?«

»Ach, ich habe keinen Rubin mehr«, sagte der Prinz, »nur meine Augen sind mir noch geblieben. Sie sind aus seltenen Saphiren gemacht, die man vor tausend Jahren aus Indien gebracht hat. Picke eines heraus und bring es ihm. Er wird es an einen Juwelier verkaufen und sich dafür Essen und Heizung verschaffen und sein Stück beenden.«

»Lieber Prinz«, sagte der Schwälberich, »das kann ich nicht tun«, und er begann zu weinen.

»Vogel, Vogel, kleiner Vogel«, flehte der Prinz, »tu, um was ich dich bitte.«

Also pickte der Schwälberich dem Prinzen das Auge aus und flog zur Dachkammer des Studenten. Es war nicht schwer hineinzukommen, denn es war ein Loch im Dach. Durch das schlüpfte der Vogel in die kleine Stube. Der Jüngling hielt den Kopf in den Händen vergraben, und so hörte er nicht das Flattern des Vogels, und als er aufschaute, da fand er den schönen Saphir, der auf den verblaßten Veilchen lag.

»Man fängt an, mich zu würdigen«, rief er aus; »das kommt sicher von einem großen Bewunderer. Nun kann ich mein Stück fertigschreiben.« Und er sah ganz glücklich aus.

Am nächsten Tag flog der Schwälberich hinab zum Hafen. Er setzte sich auf den Mast des größten Schiffs und beobachtete die Matrosen, die an Tauen große Ballen aus dem Schiffsraum emporwanden.

»Heb auf!« schrien sie bei jedem Ruck am Tau.

»Ich geh nach Ägypten!« rief der Vogel; aber niemand achtete auf ihn, und als der Mond aufging, flog er zu dem Glücklichen Prinzen. »Ich komme, dir Lebewohl zu sagen«, rief er.

»Vogel, Vogel, kleiner Vogel«, sagte der Prinz, »willst du nicht noch eine Nacht bei mir bleiben?«

»Es ist Winter«, sagte der Schwälberich, »und der kalte Schnee wird bald da sein. In Ägypten scheint die Sonne warm auf die grünen Palmen, und die Krokodile liegen im Schlamm und schauen faul vor sich hin. Meine Gefährten bauen ihr Nest im Tempel von Baalbek, und die weiß und rot gefiederten Tauben schauen ihnen zu und girren. Lieber Prinz, ich muß dich verlassen, aber ich will dich nie vergessen, und im nächsten Frühling bringe ich dir zwei schöne Edelsteine wieder für die, die du weggegeben hast. Der Rubin soll röter sein als eine rote Rose und der Saphir so blau wie die große See.«

»Dort unten auf dem Platz«, sagte der Prinz, »da steht eine kleine Streichholzverkäuferin, die hat ihre Hölzer in die Gosse fallen lassen, und sie sind alle verdorben. Ihr Vater wird sie schlagen, wenn sie ihm kein Geld heimbringt, und sie weint. Pick mir das andere Auge aus und gib es ihr, und ihr Vater wird sie nicht schlagen.«

»Ich will noch eine Nacht bei dir bleiben«, sagte der Vogel, »aber ich kann dir dein Auge nicht auspicken. Du wärest dann ja ganz blind.«

»Vogel, Vogel, kleiner Vogel«, flehte der Prinz, »tu, um was ich dich bitte.«

Also pickte der Schwälberich dem Prinzen auch das andere Auge aus und flog damit weg. Er strich über den Kopf des Mädchens hin und ließ den Edelstein in ihre Hand gleiten.

»Was für eine hübsche Glasscherbe!« rief die Kleine und lief vergnügt nach Haus.

Darauf kam der Vogel zum Prinzen zurück. »Nun bist du blind«, sagte er, »so will ich immer bei dir bleiben.«

»Nein, kleiner Vogel«, sagte der arme Prinz, »du mußt fort nach Ägypten.«

»Ich will immer bei dir sein«, sagte der Schwälberich und schlief zu Füßen des Prinzen ein.

Am nächsten Tag setzte er sich dem Prinzen auf die Schulter und erzählte ihm Geschichten von all dem, was er in fremden Ländern gesehen hatte. Er erzählte ihm von den roten Ibissen, die in langen Reihen an den Nilufern stehen und mit ihren Schnäbeln Goldfische fangen; von der Sphinx, die so alt ist wie die Welt und in der Wüste lebt und alles weiß; von den Kaufleuten, die langsam neben ihren Kamelen einherschreiten und Rosenkränze aus Bernstein in den Händen tragen; vom König des Mondgebirges, der so schwarz ist wie Ebenholz und einen großen Kristall anbetet; von der großen grünen Schlange, die in einem Palmenbaum schläft und zwanzig Priester hat, die sie mit Honigkuchen füttern; und von den Pygmäen, die auf breiten, flachen Blättern über einen großen See segeln und mit den Schmetterlingen immer im Krieg liegen.

»Lieber kleiner Vogel«, sagte der Prinz, »du erzählst mir von wunderbaren Dingen, aber wunderbarer als alles ist das Leiden von Mann und Weib. Kein Mysterium ist größer als das Elend. Fliege über meine Stadt, kleiner Vogel, und dann erzähle mir, was du darin gesehen hast.«

Also flog der Schwälberich über die große Stadt und sah die Reichen froh und lustig in ihren schönen Häusern, während die Bettler an den Toren saßen. Er flog in dunkle Gassen hinab und sah die weißen Gesichter hungernder Kinder. Unter einem Brückenbogen lagen zwei kleine Buben und hielten sich umschlungen, um sich aneinander zu wärmen.

»Wir haben solchen Hunger!« sagten sie.

»Ihr dürft hier nicht liegen«, schrie sie der Wächter an, und so wanderten sie hinaus in den Regen.

Dann flog der Vogel zurück zum Prinzen und erzählte ihm, was er gesehen hatte.

»Ich bin ganz mit feinem Gold bedeckt«, sagte der Prinz, »du mußt es abnehmen, Blatt für Blatt, und meinen Armen geben; die Lebenden glauben immer, daß Gold sie glücklich machen kann.«

Blatt um Blatt des feinen Goldes pickte ihm der Vogel ab, bis der Glückliche Prinz ganz grau und düster aussah. Blatt um Blatt des feinen Goldes brachte er zu den Armen, und die Gesichter der Kinder wurden rosiger, und sie lachten und spielten ihre Spiele in den Straßen.

»Jetzt haben wir Brot!« riefen sie.

Da kam der Schnee, und nach dem Schnee kam der Frost. Die Straßen sahen aus, als wären sie aus Silber gemacht, so glänzend und glitzernd waren sie; lange Eiszapfen wie kristallene Dolche hingen von den Dachrinnen herunter; alles ging in dicken Pelzen aus, und die kleinen Jungen trugen dicke rote Mützen und liefen auf dem Eis. Dem armen kleinen Schwälberich wurde kälter und kälter; aber er wollte den Prinzen nicht verlassen, denn er liebte ihn zu sehr. Er pickte Krumen auf vor des Bäckers Tür, wenn der Bäcker gerade nicht hinsah, und versuchte sich warm zu halten, indem er mit seinen Flügeln schlug.

Aber schließlich wußte er doch, daß er sterben müsse. Er hatte gerade noch so viel Kraft, noch einmal dem Prinzen auf die Schulter zu fliegen.

»Leb wohl, guter Prinz!« sagte er ganz leise, »darf ich deine Hand küssen?«

»Ich freu mich, daß du jetzt nach Ägypten gehst«, sagte der Prinz, »du bist schon zu lang hiergeblieben, kleiner Schwälberich; aber du mußt mich auf den Mund küssen, denn ich liebe dich.«

»Ich gehe nicht nach Ägypten«, sagte der Schwälberich, »ich gehe in das Haus des Todes. Der Tod ist der Bruder des Schlafs, nicht wahr?«

Und er küßte den Glücklichen Prinzen auf den Mund und fiel tot nieder vor seine Füße.

Da tönte aus dem Innern des Standbildes ein eigentümliches Knacken, gleich als ob etwas zerbrochen wäre. Das bleierne Herz war mitten entzweigeborsten. Es war auch ein strenger, harter Frost.

Früh am Morgen des nächsten Tages ging der Bürgermeister mit den Stadträten über den Platz. Als sie an der Säule vorbeikamen, schaute er zu dem Standbild hinauf:

»Herrgott! Wie schäbig der Glückliche Prinz aussieht!« sagte er.

»Wirklich schäbig!« sagten die Stadtältesten, die immer der Ansicht des Bürgermeisters waren, und dann schauten sie das Standbild an. »Der Rubin ist aus seinem Schwert gefallen, seine Augen sind fort, und vergoldet ist er auch nicht mehr«, sagte der Bürgermeister; »er sieht wahrhaftig nicht viel besser aus als ein Bettler.«

»Wenig besser als ein Bettler«, sagten die Räte.

»Und hier liegt tatsächlich ein toter Vogel zu seinen Füßen!« sagte der Bürgermeister. »Wir müssen wirklich eine Bekanntmachung erlassen, daß es Vögeln nicht erlaubt ist, hier zu sterben.« Und der Stadtschreiber notierte diese Anweisung.

So wurde das Standbild des Glücklichen Prinzen abgebrochen.

»Da es nicht mehr schön ist, hat es auch keinen nützlichen Zweck mehr«, sagte der Kunstprofessor der Universität.

Hierauf wurde die Statue in einem Brennofen geschmolzen, und der Bürgermeister berief eine Versammlung, die entscheiden sollte, was mit dem Metall zu geschehen habe.

»Wir müssen natürlich ein anderes Denkmal haben«, sagte er, »und das muß ein Denkmal von mir sein.«

»Von mir«, sagte jeder der Stadtältesten, und sie zankten sich. Als ich das letztemal von ihnen hörte, zankten sie sich noch immer.

»Wie sonderbar!« sagte der Meister in der Schmelzhütte; »dieses gebrochene Bleiherz will nicht schmelzen. Wir müssen es wegwerfen, wie es ist.«

So warf man es auf einen Kehrichthaufen, auf dem auch die tote Schwalbe lag.

»Bring mir die beiden kostbarsten Dinge der Stadt«, sagte Gott zu einem seiner Engel; und der Engel brachte ihm das bleierne Herz und den toten Vogel.

»Du hast recht gewählt«, sagte Gott, »denn in meinem Paradiesgarten wird dieser kleine Vogel für alle Zeiten singen, und in meiner goldenen Stadt wird der Glückliche Prinz mich lobpreisen.«

Die Nachtigall und die Rose

»Sie sagte, sie würde mit mir tanzen, wenn ich ihr rote Rosen brächte«, rief der junge Student; »aber in meinem ganzgn Garten ist keine rote Rose.« In ihrem Nest auf dem Eichbaum hörte ihn die Nachtigall, guckte durch das Laub und wunderte sich.

»Keine rote Rose in meinem ganzen Garten!« rief er, und seine schönen Augen waren voll Tränen. »Ach, an was für kleinen Dingen das Glück hängt. Alles habe ich gelesen, was weise Männer geschrieben haben, alle Geheimnisse der Philosophie sind mein, und wegen einer roten Rose ist mein Leben unglücklich und elend.«

»Das ist endlich einmal ein treuer Liebhaber«, sagte die Nachtigall. »Nacht für Nacht habe ich von ihm gesungen, obgleich ich ihn nicht kannte; Nacht für Nacht habe ich seine Geschichte den Sternen erzählt, und nun seh ich ihn. Sein Haar ist dunkel wie die Hyazinthe, und sein Mund ist rot wie die Rose seiner Sehnsucht; aber Leidenschaft hat sein Gesicht bleich wie Elfenbein gemacht, und der Kummer hat ihm sein Siegel auf die Stirn gedrückt.«

»Der Prinz gibt morgen nacht einen Ball«, sprach der junge Student leise, »und meine Geliebte wird da sein. Wenn ich ihr eine rote Rose bringe, wird sie mit mir tanzen bis zum Morgen. Wenn ich ihr eine rote Rose bringe, wird sie ihren Kopf an meine Schulter lehnen, und ihre Hand wird in der meinen liegen. Aber in meinem Garten ist keine rote Rose, so werde ich einsam sitzen, und sie wird an mir vorübergehen. Sie wird meiner nicht achten, und mir wird das Herz brechen.«

»Das ist wirklich der treue Liebhaber«, sagte die Nachtigall. »Was ich singe, um das leidet er; was mir Freude ist, das ist ihm Schmerz. Wahrhaftig, die Liebe ist etwas Wundervolles! Kostbarer ist sie als Smaragde und teurer als feine Opale. Perlen und Granaten können sie nicht kaufen, und auf den Märkten wird sie nicht feilgeboten. Sie kann von den Kaufleuten nicht gehandelt werden und kann nicht für Gold aufgewogen werden auf der Waage.«

»Die Musikanten werden auf ihrer Galerie sitzen«, sagte der junge Student, »und auf ihren Instrumenten spielen, und meine Geliebte wird zum Klang der Harfe und der Geige tanzen. So leicht wird sie tanzen, daß ihre Füße den Boden kaum berühren, und die Höflinge in ihren prächtigen Gewändern werden sich um sie scharen. Aber mit mir wird sie nicht tanzen, denn ich habe keine rote Rose für sie«; und er warf sich ins Gras, barg sein Gesicht in den Händen und weinte.

»Weshalb weint er?« fragte eine grüne Eidechse, während sie mit dem Schwänzchen in der Luft an ihm vorbeilief.

»Ja warum?« fragte ein Schmetterling, der einem Sonnenstrahl nachjagte.

»Er weint um eine rote Rose«, sagte die Nachtigall.

»Um eine rote Rose?« riefen alle; »wie lächerlich!« Und die kleine Eidechse, die so etwas wie ein Zyniker war, lachte überlaut.

Aber die Nachtigall wußte um des Studenten Kummer und saß schweigend in der Eiche und sann über das Geheimnis der Liebe. Plötzlich breitete sie ihre braunen Flügel aus und flog auf. Wie ein Schatten huschte sie durch das Gehölz, und wie ein Schatten flog sie über den Garten.

Da stand mitten auf dem Rasen ein wundervoller Rosenstock, und als sie ihn sah, flog sie auf ihn zu und setzte sich auf einen Zweig.

»Gib mir eine rote Rose«, rief sie, »und ich will dir dafür mein süßestes Lied singen.«

Aber der Strauch schüttelte seinen Kopf. »Meine Rosen sind weiß«, antwortete er, »so weiß wie der Meerschaum und weißer als der Schnee auf den Bergen. Aber geh zu meinem Bruder, der sich um die alte Sonnenuhr rankt, der gibt dir vielleicht, was du verlangst.«

So flog die Nachtigall hinüber zu dem Rosenstrauch bei der alten Sonnenuhr.

»Gib mir eine rote Rose«, rief sie, »und ich will dir dafür mein süßestes Lied singen.«

Aber der Strauch schüttelte seinen Kopf.

»Meine Rosen sind gelb«, antwortete er, »so gelb wie das Haar der Seejungfrau, die auf einem Bernsteinthron sitzt, und gelber als die gelbe Narzisse, die auf der Wiese blüht, ehe der Schnitter mit seiner Sense kommt. Aber geh zu meinem Bruder, der unter des Studenten Fenster blüht, und vielleicht gibt der dir, was du verlangst.«

So flog die Nachtigall zum Rosenstrauch unter des Studenten Fenster.

»Gib mir eine rote Rose«, rief sie, »und ich will dir dafür mein süßestes Lied singen.«

Aber der Rosenstrauch schüttelte den Kopf.

»Meine Rosen sind rot«, antwortete er, »so rot wie die Füße der Taube und röter als die Korallenfächer, die in der Meergrotte fächeln. Aber der Winter ließ meine Adern erstarren, der Frost hat meine Knospen zerbissen und der Sturm meine Zweige gebrochen, und so habe ich keine Rosen dies ganze Jahr.«

»Nur eine einzige rote Rose brauche ich«, rief die Nachtigall, »nur eine rote Rose! Gibt es denn nichts, daß ich eine rote Rose bekomme?«

»Ein Mittel gibt es«, antwortete der Baum, »aber es ist so schrecklich, daß ich mir es dir nicht zu sagen traue.«

»Sag es mir«, sprach die Nachtigall ohne zu zögern, »ich fürchte mich nicht.«

»Wenn du eine rote Rose haben willst«, sagte der Baum, »dann mußt du sie beim Mondlicht aus Liedern machen und sie färben mit deinem eigenen Herzblut. Du mußt für mich singen und deine Brust an einen Dorn pressen. Die ganze Nacht mußt du singen, und der Dorn muß dein Herz durchbohren, und dein Lebensblut muß in meine Adern fließen und mein werden.«

»Der Tod ist ein hoher Preis für eine rote Rose«, sagte die Nachtigall, »und das Leben ist allen sehr teuer. Es ist lustig, im grünen Wald zu sitzen und die Sonne in ihrem goldenen Wagen zu sehen und den Mond in seinem Perlenwagen. Süß ist der Duft des Weißdorns, und süß sind die Glockenblumen im Tal und das Heidekraut auf den Hügeln. Aber die Liebe ist besser als das Leben, und was ist ein Vogelherz gegen ein Menschenherz?«

So breitete sie ihre braunen Flügel und flog auf. Wie ein Schatten schwebte sie über den Garten, und wie ein Schatten huschte sie durch das Gehölz.

Da lag noch der junge Student im Gras, wie sie ihn verlassen hatte, und die Tränen in seinen schönen Augen waren noch nicht getrocknet.

»Freu dich«, rief die Nachtigall, »freu dich; du sollst deine rote Rose haben. Ich will sie beim Mondlicht bilden aus Liedern und färben mit meinem eigenen Herzblut. Alles, was ich von dir dafür verlange, ist, daß du deiner Liebe treu bleiben sollst; denn die Liebe ist weiser als die Philosophie, wenn die auch weise ist, und mächtiger als die Gewalt, wenn die auch mächtig ist. Flammfarben sind ihre Flügel, und flammfarben ist ihr Leib. Ihre Lippen sind süß wie Honig, und ihr Atem ist wie Weihrauch.«

Der Student blickte aus dem Gras auf und horchte; aber er konnte nicht verstehen, was die Nachtigall zu ihm sprach, denn er verstand nur die Bücher.

Aber die Eiche verstand und wurde traurig, denn sie liebte die kleine Nachtigall sehr, die ihr Nest in ihren Zweigen gebaut hatte.

»Sing mir noch ein letztes Lied«, flüsterte sie; »ich werd mich sehr einsam fühlen, wenn du fort bist.« Und die Nachtigall sang für die Eiche, und ihre Stimme war wie Wasser, das aus einem silbernen Krug springt.

Als sie ihr Lied beendet hatte, stand der Student auf und nahm ein Notizbuch und einen Bleistift aus der Tasche. Sinnend schaute er vor sich hin.

»Sie hat Form«, sagte er zu sich, als er aus dem Gehölz schritt, »– sie hat ein Formtalent, das kann ihr nicht abgesprochen werden; aber ob sie auch Gefühl hat? Ich fürchte, nein. Sie wird wohl sein wie die meisten Künstler: alles nur Stil und keine echte Innerlichkeit. Sie würde sich kaum für andere opfern. Sie denkt vor allem an die Musik, und man weiß ja, wie egoistisch die Künste sind. Aber zugeben muß man, sie hat einige schöne Töne in ihrer Stimme. Schade, daß sie gar keinen Sinn haben, nichts ausdrücken und ohne praktischen Wert sind.«

Und er ging auf sein Zimmer und legte sich auf sein schmales Feldbett und fing an, an seine Liebe zu denken; bald war er eingeschlafen.

Und als der Mond in den Himmeln schien, flog die Nachtigall zu dem Rosenstrauch und preßte ihre Brust gegen den Dorn. Die ganze Nacht sang sie, die Brust gegen den Dorn gepreßt, und der kalte kristallene Mond neigte sich herab und lauschte. Die ganze Nacht sang sie, und der Dorn drang tiefer und tiefer in ihre Brust, und ihr Lebensblut sickerte weg.

Zuerst sang sie von dem Werden der Liebe in dem Herzen eines Knaben und eines Mädchens. Und an der Spitze des Rosenstrauchs erblühte eine herrliche Rose, Blatt reihte sich an Blatt wie Lied auf Lied. Erst war sie bleich wie der Nebel, der über dem Fluß hängt, bleich wie die Füße des Morgens und silbern wie die Flügel des Dämmers. Wie das Schattenbild einer Rose in einem Silberspiegel, wie das Schattenbild einer Rose im Teich, so war die Rose, die aufblühte an der Spitze des Rosenstocks.

Der aber rief der Nachtigall zu, daß sie sich fester noch gegen den Dorn presse.

»Drück fester, kleine Nachtigall«, rief er, »sonst bricht der Tag an, bevor die Rose vollendet ist.«

Und so drückte die Nachtigall sich fester gegen den Dorn, und lauter und lauter wurde ihr Lied, denn sie sang nun von dem Erwachen der Leidenschaft in der Seele von Mann und Weib. Und ein zartes Rot kam auf die Blätter der Rose, wie das Erröten auf das Antlitz des Bräutigams, wenn er die Lippen seiner Braut küßt. Aber der Dorn hatte ihr Herz noch nicht getroffen, und so blieb das Herz der Rose weiß, denn bloß einer Nachtigall Herzblut kann das Herz einer Rose färben. Und der Baum rief der Nachtigall zu, daß sie sich fester noch gegen den Dorn drücke.

»Drück fester, kleine Nachtigall«, rief er, »sonst ist es Tag, bevor die Rose vollendet ist.«

Und so drückte die Nachtigall sich fester gegen den Dorn, und der Dorn berührte ihr Herz, und ein heftiger Schmerz durchzuckte sie. Bitter, bitter war der Schmerz, und wilder, wilder wurde das Lied, denn sie sang nun von der Liebe, die der Tod verklärt, von der Liebe, die auch im Grab nicht stirbt. Und die wundervolle Rose färbte sich rot wie die Rose des östlichen Himmels. Rot war der Gürtel ihrer Blätter, und rot wie ein Rubin war ihr Herz. Aber die Stimme der Nachtigall wurde schwächer, und ihre kleinen Flügel begannen zu flattern, und ein leichter Schleier kam über ihre Augen. Schwächer und schwächer wurde ihr Lied, und sie fühlte etwas in der Kehle.

Dann schluchzte sie noch einmal auf in letzten Tönen. Der weiße Mond hörte es, und er vergaß unterzugehen und verweilte am Himmel. Die rote Rose hörte es und zitterte ganz vor Wonne und öffnete ihre Blätter dem kühlen Morgenwind. Das Echo trug es in seine Purpurhöhle in den Bergen und weckte die Schläfer aus ihren Träumen. Es schwebte über das Schilf am Fluß, und der trug die Botschaft dem Meere zu.

»Sieh, sieh!« rief der Rosenstrauch, »nun ist die Rose fertig«; aber die Nachtigall gab keine Antwort, denn sie lag tot im hohen Gras, mit dem Dorn im Herzen.

Um Mittag öffnete der Student sein Fenster und blickte hinaus.

»Was für ein Wunder und Glück!« rief er; »da ist eine rote Rose! Nie in meinem Leben habe ich eine solche Rose gesehen. Sie ist so schön, ich bin sicher, sie hat einen langen lateinischen Namen«; und er lehnte sich hinaus und pflückte sie. Dann setzte er seinen Hut auf und lief ins Haus seines Professors, mit der Rose in der Hand.

Die Tochter des Professors saß in der Einfahrt und wand blaue Seide auf eine Spule, und ihr Hündchen lag ihr zu Füßen.

»Ihr sagtet, Ihr würdet mit mir tanzen, wenn ich Euch eine rote Rose brächte«, sagte der Student. »Hier ist die röteste Rose der Welt. Tragt sie heut abend an Eurem Herzen, und wenn wir zusammen tanzen, wird sie Euch erzählen, wie ich Euch liebe.«

Aber das Mädchen verzog den Mund.

»Ich fürchte, sie paßt nicht zu meinem Kleid«, sprach sie; »und dann hat mir auch der Neffe des Kammerherrn echte Juwelen geschickt, und das weiß doch jeder, daß Juwelen mehr wert sind als Blumen.«

»Wahrhaftig, Ihr seid sehr undankbar«, rief der Student gereizt; und er warf die Rose auf die Straße, wo sie in die Gosse fiel, und ein Wagenrad ging darüber.

»Undankbar?« sagte das Mädchen; »ich will Euch was sagen: Ihr seid sehr ungezogen – und dann: wer seid Ihr eigentlich? Ein Student, nichts weiter. Ich glaube, Ihr habt nicht einmal Silberschnallen an den Schuhen, wie des Kammerherrn Neffe.« Und sie stand auf und ging ins Haus.

»Wie dumm ist doch die Liebe«, sagte sich der Student, als er fortging; »sie ist nicht halb so nützlich wie die Logik, denn sie beweist gar nichts und spricht einem immer von Dingen, die nicht geschehen werden, und läßt einen Dinge glauben, die nicht wahr sind. Sie ist wirklich etwas ganz Unpraktisches, und da in unserer Zeit das Praktische alles ist, so gehe ich wieder zur Philosophie und studiere Metaphysik.«

So ging er wieder auf sein Zimmer und holte ein großes, staubiges Buch hervor und begann zu lesen.

Der selbstsüchtige Riese

An jedem Nachmittag, wenn die Kinder aus der Schule kamen, gingen sie in den Garten des Riesen und spielten da.

Es war ein großer hübscher Garten mit weichem grünen Gras. Hier und da auf dem Rasen standen schöne Blumen wie Sterne, und es gab auch zwölf Pfirsichbäume, die im Frühling zart rosa und perlweiß blühten und im Herbst reiche Frucht trugen. Die Vögel saßen auf den Bäumen und sangen so süß, daß die Kinder immer wieder in ihren Spielen innehielten, um zu lauschen.

»Wie glücklich wir hier doch sind!« riefen sie einander zu.

Eines Tages kam der Riese nach Haus. Er war auf Besuch bei seinem Freund, dem gehörnten Menschenfresser, gewesen und sieben Jahre bei ihm geblieben. Als die sieben Jahre um waren, war alles gesagt, was er ihm zu sagen hatte, denn ihre Gesprächsstoffe waren sehr beschränkt, und so beschloß er, auf sein eigenes Schloß zurückzukehren. Als er nach Hause kam, sah er die Kinder in seinem Garten spielen.

»Was tut ihr hier?« rief er grimmig, und die Kinder liefen weg. »Mein Garten, das ist mein Garten«, sagte der Riese, »das sieht jeder ein, und ich erlaube niemandem sonst, darin zu spielen, als mir selber.«

Also baute er eine mächtige Mauer darum und stellte folgende Warnungstafel auf:

Unbefugten ist das Betreten dieses Grundstücks
bei Strafe verboten!

Er war ein sehr selbstsüchtiger Riese.

Die armen Kinder hatten jetzt nichts mehr, wo sie spielen konnten. Sie versuchten es auf der Landstraße, aber die Landstraße war sehr staubig und steinig, und sie gefiel ihnen nicht. So gingen sie also, wenn die Schule aus war, um die große Mauer herum und sprachen traurig von dem schönen Garten dahinter.

»Wie glücklich waren wir da!« sagten sie zueinander.

Da kam der Frühling, und überall waren kleine Blüten und kleine Vögel. Bloß in dem Garten des selbstsüchtigen Riesen blieb es Winter. Die Vögel wollten darin nicht singen, weil keine Kinder da waren, und die Bäume vergaßen zu blühen. Einmal steckte eine schöne Blume ihr Köpfchen aus dem Gras hervor, aber als sie die Warnungstafel sah, war sie so betrübt um die Kinder, daß sie wieder in den Boden hineinschlüpfte und weiterschlief. Die einzigen, die sich freuten, waren der Schnee und der Frost.

»Der Frühling hat diesen Garten vergessen«, riefen sie, »so wollen wir hier das ganze Jahr hindurch leben.« Der Schnee bedeckte das Gras mit seinem großen weißen Mantel, und der Frost bemalte alle Bäume silberweiß. Dann luden sie den Nordwind ein, bei ihnen zu wohnen, und er kam. Er war ganz in Pelze eingehüllt und brüllte den ganzen Tag durch den Garten und blies die Schornsteine herunter.

»Das ist ein ganz herrlicher Platz«, sagte er, »wir müssen den Hagel zu Besuch bitten.«

Und so kam der Hagel.

Jeden Tag prasselte er drei Stunden lang auf das Schloßdach herunter, bis er fast alle Schieferplatten zerbrochen hatte, und dann lief er rund um den Garten, so schnell er nur konnte. Er war ganz grau angezogen, und sein Atem war von Eis.

»Ich versteh nicht, warum der Frühling so spät kommt«, sagte der selbstsüchtige Riese, als er am Fenster saß und auf seinen kalten weißen Garten hinuntersah. »Ich hoffe, das Wetter ändert sich bald.«

Aber der Frühling kam nie und auch nicht der Sommer. Der Herbst gab jedem Garten goldene Früchte, aber dem Garten des Riesen gab er keine.

»Er ist zu selbstsüchtig«, sagte der Herbst. So herrschte dort stets Winter, und der Nordwind und der Hagel und der Frost und der Schnee tanzten um die Bäume.

Eines Morgens lag der Riese wach im Bett, als er eine liebliche Musik vernahm. Es klang so süß in seinen Ohren, daß er dachte, die Musikanten des Königs zögen vorüber. Aber es war bloß ein kleiner Hänfling, der vor seinem Fenster sang; doch hatte er so lange keinen Vogel mehr in seinem Garten singen hören, daß es ihm wie die schönste Musik der Welt vorkam. Da hörte der Hagel auf, über seinem Kopf zu tanzen, und der Nordwind zu blasen, und ein köstlicher Duft kam zu ihm durch den geöffneten Fensterflügel.

»Ich glaube, der Frühling ist endlich gekommen«, sagte der Riese; und er sprang aus dem Bett und schaute hinaus.

Und was sah er?

Er sah was ganz Wunderbares. Durch ein kleines Loch in der Mauer waren die Kinder hereingekrochen und saßen in den Zweigen der Bäume. In jedem Baum, den er sehen konnte, saß ein kleines Kind. Und die Bäume waren so froh, die Kinder wieder bei sich zu haben, daß sie sich ganz mit Blüten bedeckt hatten und ihre Arme anmutig über den Köpfen der Kinder bewegten. Die Vögel flogen umher und zwitscherten vor Entzücken, und die Blumen guckten aus dem grünen Gras hervor und lachten. Es war entzückend anzusehen, und nur in einem Winkel war es noch Winter, und dort stand ein kleiner Junge. Er war so klein, daß er nicht an die Äste hinaufreichen konnte, und er lief immer um den Baum herum und weinte bitterlich. Der arme Baum war noch ganz bedeckt mit Frost und Schnee, und der Nordwind blies und heulte über ihm.

»Klettre herauf, kleiner Junge«, sagte der Baum und senkte seine Äste, so tief er konnte, aber der Junge war zu klein.

Da wurde des Riesen Herz weich, als er das sah. »Wie selbstsüchtig ich doch war!« sagte er; »Jetzt weiß ich, weshalb der Frühling nicht kommen wollte. Ich will dem armen kleinen Jungen auf den Baumwipfel helfen, und dann will ich die Mauer umwerfen, und mein Garten soll für alle Zeit der Spielplatz der Kinder sein.« Er war wirklich sehr betrübt über das, was er getan hatte.

So schlich er hinunter und öffnete ganz leise das Tor und trat in den Garten. Aber als die Kinder ihn sahen, erschraken sie so, daß sie alle wegliefen, und im Garten wurde es wieder Winter. Bloß der kleine Junge lief nicht weg, denn seine Augen waren so voll Tränen, daß er den Riesen nicht kommen sah. Und der Riese kam leise hinter ihm heran, nahm ihn zärtlich auf seine Hand und setzte ihn hinauf in den Baum. Und sogleich fing der Baum zu blühen an, und die Vögel kamen und sangen in ihm, und der kleine Junge breitete seine Ärmchen aus, schlang sie um den Hals des Riesen und küßte ihn auf den Mund. Und wie die anderen Kinder sahen, daß der Riese nicht mehr böse war, kamen sie schnell zurückgelaufen, und mit ihnen kam auch der Frühling.

»Der Garten gehört jetzt euch, Kinderlein«, sagte der Riese, und er nahm eine große Axt und hieb die Mauer um. Und als die Leute um zwölf Uhr zum Markt gingen, sahen sie den Riesen mit den Kindern spielen, in dem schönsten Garten, den sie je gesehen hatten.

Den ganzen Tag spielten sie, und am Abend kamen sie zum Riesen und sagten ihm ›Gute Nacht‹.

»Aber wo ist denn euer kleiner Kamerad?« fragte er, »der Junge, dem ich auf den Baum geholfen habe?« Der Riese liebte ihn am meisten, weil der ihn geküßt hatte.

»Wir wissen es nicht«, antworteten die Kinder.

»Ihr müßt ihm sagen, er soll sicher morgen wiederkommen«, sagte der Riese. Aber die Kinder antworteten, sie wüßten nicht, wo er wohne, und sie hätten ihn zuvor nie gesehen; da wurde der Riese sehr traurig.

Jeden Nachmittag nach Schluß der Schule kamen die Kinder und spielten mit dem Riesen. Aber der kleine Knabe, den der Riese so liebte, ließ sich nie mehr sehen. Der Riese war sehr gut mit den Kindern, aber er sehnte sich nach seinem kleinen Freund und sprach oft von ihm.

»Wie gern möcht ich ihn wiedersehn!« sagte er immer.

Jahre vergingen, und der Riese wurde sehr alt und schwach. Er konnte nicht mehr unten mit den Kindern spielen, und so saß er in seinem mächtigen Armstuhl und sah ihnen zu und freute sich an seinem Garten.

»Ich habe viele schöne Blumen«, sagte er; »aber die allerschönsten Blumen von allen sind die Kinder.«

An einem Wintermorgen sah er beim Ankleiden aus seinem Fenster. Jetzt haßte er den Winter nicht mehr, denn er wußte, daß der Frühling nur schlief und die Blumen sich ausruhten.

Plötzlich rieb er sich verwundert die Augen und sah und sah. Es war wirklich ein wundersamer Anblick. Im fernsten Winkel des Gartens war ein Baum ganz bedeckt mit lieblichen weißen Blüten. Seine Äste waren lauter Gold, und silberne Früchte hingen an ihnen, und darunter stand der kleine Knabe, den er so geliebt hatte.

Hocherfreut eilte der Riese die Treppe hinunter und in den Garten. Er lief über den Rasen auf das Kind zu. Und als er ihm ganz nahe gekommen war, wurde sein Gesicht rot vor Zorn, und er sagte: »Wer hat es gewagt, dich zu verwunden?«

Denn an den Handflächen des Kindes waren Male von zwei Nägeln, und Male von zwei Nägeln waren an den kleinen Füßen.

»Wer hat es gewagt, dich zu verwunden?« rief der Riese; »sag es mir, damit ich mein großes Schwert nehme und ihn erschlage.«

»Ach nein«, antwortete das Kind; »dies sind die Wunden der Liebe.«

»Wer bist du?« sagte der Riese, und eine seltsame Scheu überkam ihn, und er kniete nieder vor dem kleinen Kind.

Und das Kind lächelte den Riesen an und sprach zu ihm:

»Du ließest mich einst in deinem Garten spielen, heute sollst du mit mir kommen in meinen Garten, in das Paradies.«

Und als die Kinder an diesem Nachmittag hereinstürmten, da fanden sie den Riesen tot unter dem Baum liegen und ganz bedeckt mit weißen Blüten.

Der ergebene Freund

Eines Morgens steckte der alte Wasserratz den Kopf aus seinem Bau heraus. Er hatte kleine, runde, glänzende Augen und einen steifen grauen Schnurrbart, und sein Schwanz war wie ein langes Stück schwarzer Kautschuk. Die kleinen Enten schwammen auf dem Weiher herum und sahen gerade so aus wie eine Schar gelber Kanarienvögel; ihre Mutter, die schön weiß war und ganz rote Beine hatte, versuchte, ihnen das Kopfstehen im Wasser beizubringen.

»Ihr werdet nie in der besten Gesellschaft verkehren, wenn ihr nicht auf dem Kopf stehen könnt«, wiederholte sie ihnen immer wieder und zeigte ihnen immer wieder, wie sie es machen sollten. Aber die kleinen Enten schenkten ihr gar keine Aufmerksamkeit. Sie waren so jung, daß sie gar nicht wußten, welch Vorteil es ist, in der besten Gesellschaft zu verkehren.

»Was für unfolgsame Kinder!« rief der alte Wasserratz; »sie verdienten wahrhaftig, daß man sie ertränke.«

»Durchaus nicht«, sagte die Entenmama, »aller Anfang ist schwer, und Eltern können nie zu geduldig sein.«

»Ah was!« sagte der Wasserratz, »ich kenne keine elterlichen Gefühle und bin kein Familienmensch. Ich war niemals verheiratet und denke auch gar nicht dran. Liebe, das mag ja auf seine Art ganz schön sein, aber Freundschaft steht doch viel höher. Ich wüßte wahrhaftig nichts Edleres oder Selteneres in der Welt als eine treue Freundschaft.«

»Und was, ich bitte Sie, ist denn Ihre Vorstellung von treuer Freundschaft?« fragte ein Grünspecht, der nahebei in einer Weide saß und die Unterhaltung gehört hatte.

»Das möchte ich auch wissen«, sagte die Ente, schwamm an das andere Ende des Weihers und stand da kopf, um ihren Kindern ein gutes Beispiel zu geben.

»Dumme Frage!« rief der Wasserratz. »Ein treuer Freund, der muß mir eben einfach treu sein.«

»Und was würden Sie ihm dafür bieten?« sagte der kleine Vogel, indem er sich auf ein Ästchen schwang und mit den Flügeln wippte.

»Ich versteh Sie nicht«, antwortete der Wasserratz.

»Ich will Ihnen eine Geschichte darüber erzählen«, sagte der Grünspecht.

»Handelt die Geschichte von mir?« fragte der Wasserratz. »Wenn sie von mir handelt, will ich zuhören, denn ich liebe Romane sehr.«

»Sie läßt sich auf Sie anwenden«, sagte der Grünspecht; und er flog herunter, ließ sich am Ufer nieder und erzählte die

GESCHICHTE VOM ERGEBENEN FREUND.

»Es war einmal ein braver kleiner Kerl namens Hans.«

»War was Besonderes an ihm?« fragte der Wasserratz.

»Nein«, sagte der Grünspecht, »ich glaube nicht, daß irgendwas Besonderes an ihm war außer seinem guten Herzen und seinem lustigen runden Gesicht. Er lebte ganz allein in einem kleinen Häuschen und arbeitete jeden Tag in seinem Garten. In der ganzen Gegend war kein Garten so schön wie der seine. Büschelnelken wuchsen da und Levkojen und Täschelkraut und Hahnenfuß. Da gab es gelbe und Damaszener Rosen, Krokus und purpurne und weiße Veilchen. Kalumbinen und Schaumkraut, Majoran und Basilikum, Primeln und Lilien, Narzissen und Gewürznelken blühten und dufteten, wie die Monate kamen und eine Blume der anderen Platz machte, so daß es immer etwas Schönes zu sehen und etwas Angenehmes zu riechen gab.

Der kleine Hans hatte eine große Menge Freunde; aber der treueste von allen war der große Müllerhugo. Ja, so ergeben war der reiche Müller dem kleinen Hans, daß er nie an dessen Garten vorüberging, ohne sich über den Zaun zu lehnen und sich einen großen Strauß oder eine Handvoll süßer Kräuter zu pflücken oder sich die Taschen mit Pflaumen oder Kirschen zu füllen, wenn Obstzeit war.

›Wahre Freunde sollen alles gemeinsam haben‹, pflegte der Müller zu sagen, und Klein Hans nickte dazu und lächelte und war sehr stolz darauf, einen Freund von so edler Auffassung zu haben. Manchmal meinten die Nachbarn wohl, es sei seltsam, daß der reiche Müller dem kleinen Hans nicht auch einmal was schenke, obwohl er doch in seiner Mühle hundert Säcke Mehl aufgestapelt hätte und sechs Milchkühe im Stall und eine große Schafherde. Aber Hans zerbrach sich nie seinen Kopf über all das, und nichts machte ihm mehr Freude, als den wundervollen Aussprüchen zu lauschen, die der Müller über die Selbstlosigkeit wahrer Freundschaft tat.

So arbeitete der kleine Hans immerzu in seinem Garten. Im Frühling, im Sommer und im Herbst war er sehr glücklich, aber wenn der Winter kam und er weder Früchte noch Blumen auf den Markt zu bringen hatte, da litt er recht unter Kälte und Hunger, und er mußte oftmals zu Bett, ohne was anderes gegessen zu haben als ein paar getrocknete Birnen oder einige harte Nüsse. Im Winter war er auch sehr einsam, denn nie kam da der Müller zu ihm.

›Es hat gar keinen Sinn, daß ich den kleinen Hans besuche, solange der Schnee liegt‹, pflegte der Müller zu seiner Frau zu sagen; ›wenn Menschen Sorgen haben, muß man sie mit sich allein lassen und nicht mit Besuchen belästigen. Das ist wenigstens meine Ansicht von Freundschaft, und ich weiß, sie ist die rechte. Daher will ich lieber warten, bis es Frühling ist, und ihn dann aufsuchen. Dann kann er mir auch einen großen Korb voll Primeln schenken, und das wird ihn ganz glücklich machen.‹

›Du sorgst dich wirklich sehr um andere‹, sprach die Müllerin, während sie in ihrem bequemen Armstuhl am hellen Kaminfeuer saß; ›wirklich, du sorgst dich sehr. Es ist ein Genuß, dich über Freundschaft reden zu hören. Ich bin fest überzeugt, daß nicht einmal der Pfarrer so schöne Dinge darüber sagen kann wie du, obwohl er doch in einem dreistöckigen Haus wohnt und einen goldenen Ring am kleinen Finger trägt.‹

›Aber könnten wir nicht den kleinen Hans einmal zu uns herauf bitten?‹ fragte des Müllers Jüngster.

›Wenn der arme Hans in Not ist, will ich ihm die Hälfte von meiner Bohnensuppe geben und ihm meine weißen Kaninchen zeigen.‹

›Was für ein dummer Bub du bist!‹ rief der Müller; ›ich weiß wirklich nicht, wozu ich dich in die Schule schicke. Du scheinst da gar nichts zu lernen. Siehst du nicht ein, daß der kleine Hans, wenn er da zu uns käme, unser warmes Feuer, unser Essen und den Krug mit Rotwein sähe, daß er dann leicht neidisch werden könnte? Und der Neid ist etwas sehr Böses und verdirbt den Charakter. Ich werde es nie erlauben, daß Hansens Charakter verdorben würde. Ich bin sein bester Freund und werde immer über ihn wachen und darauf sehen, daß er in keinerlei Versuchung geführt wird. Außerdem würde mich Hans, wenn er herkäme, vielleicht um einen Sack Mehl auf Borg bitten, und das könnte ich nicht tun. Mehl ist ein Ding und Freundschaft ein anderes, und man soll die beiden nicht durcheinanderbringen. Die Worte werden ganz verschieden buchstabiert und bedeuten auch etwas Verschiedenes. Das sieht jeder ein.‹

›Wie schön du sprichst‹, sagte die Müllerin und schenkte sich ein großes Glas Bier ein; ›ich bin schon ganz schläfrig, es ist genauso, als wäre man in der Kirche.‹

›Leute, die gut handeln, gibt es eine Menge‹, antwortete der Müller, ›aber nur ganz wenige sprechen gut, woraus sich ergibt, daß Sprechen von den beiden Dingen das weit Schwierigere ist und auch das weit Feinere.‹

Und dabei sah er streng über den Tisch auf seinen kleinen Sohn, der beschämt den Kopf hängen ließ, purpurrot wurde und in seinen Tee hinein zu weinen anfing. Aber er war ja noch so klein, und so darf man ihm das nicht übelnehmen.«

»Ist die Geschichte aus?« fragte der Wasserratz.

»Keine Spur«, antwortete der Grünspecht, »das ist der Anfang.«

»Dann sind Sie sehr veraltet«, sagte der Wasserratz. »Jeder gute Romanschreiber fängt heutzutage mit dem Ende an, läßt dann den Anfang folgen und schließt mit der Mitte. Das ist die moderne Methode. Ich hörte alles darüber ganz genau neulich einmal von einem Kritiker, der mit einem jungen Mann um den Teich herum spazierte. Er sprach sehr ausführlich über den Gegenstand, und ich bin fest überzeugt, daß er in allem recht hatte, denn er hatte eine blaue Brille und eine Glatze, und sooft der junge Mann eine Bemerkung machte, antwortete er immer nur ›Bah!‹ – Aber erzählen Sie bitte weiter. Ich liebe den Müller ungeheuer. Ich habe selbst alle möglichen schönen Gefühle, so daß eine starke Übereinstimmung zwischen uns besteht.«

»Also«, fuhr der Grünspecht fort und hüpfte ein paarmal von einem Bein aufs andere, »wie nun der Winter vorüber war und die Primeln ihre blassen gelben Sterne auftaten, da sagte der Müller zu seinem Weib, daß er mal hinuntergehen und nach dem kleinen Hans sehen wolle.

›Was für ein gutes Herz du hast‹, rief die Frau, ›du denkst doch immer an die andern. Und vergiß nicht, den großen Korb mitzunehmen für die Blumen.‹

Also band der Müller die Flügel der Windmühle mit einer starken eisernen Kette fest und ging den Hügel hinunter mit dem Korb am Arm.

›Guten Morgen, kleiner Hans‹, sagte der Müller.

›Guten Morgen‹, sprach Hans, auf seinen Spaten gelehnt, und lachte über das ganze Gesicht.

›Und wie ging es den Winter über?‹ fragte der Müller.

›Ach‹, rief Hans, ›das ist wirklich zu gütig von dir, mich danach zu fragen, zu gütig. Die Wahrheit zu sagen, hab ich es ja schwer gehabt; aber jetzt ist der Frühling gekommen, und ich bin ganz glücklich: alle meine Blumen gedeihen.‹

›Wie oft haben wir von dir gesprochen, Hans‹, sagte der Müller, ›und hätten gern gewußt, wie es dir ging.‹

›Das war lieb von euch‹, sagte Hans, ›ich fürchtete schon halb, ihr hättet mich vergessen.‹

›Was sagst du da, Hans?‹ sprach der Müller; ›Freundschaft vergißt niemals. Das ist gerade das Schöne an ihr; aber ich fürchte, du hast kein Verständnis für die Poesie des Lebens. Deine Primeln sehen übrigens entzückend aus!‹

›Ja, sie sind wirklich hübsch‹, sagte Hans, ›und es ist ein Riesenglück für mich, daß ich so viele habe. Ich will sie nämlich auf den Markt bringen und der Bürgermeisterstochter verkaufen und mit dem Geld meinen Karren einlösen.‹

›Deinen Karren einlösen? Du hast ihn doch nicht etwa verkauft? Da wärest du doch wirklich zu dumm!‹

›Ja, weißt du‹, sagte Hans, ›ich war gezwungen dazu. Es ist mir im Winter so schlecht gegangen, daß ich tatsächlich keinen Pfennig für Brot hatte. So verkaufte ich also erst die Silberknöpfe von meinem Sonntagsrock und dann meine silberne Kette und dann meine lange Pfeife und schließlich meinen Karren. Aber jetzt kann ich mir das alles wieder zurückkaufen.‹

›Hans‹, sagte der Müller, ›ich will dir meinen Karren geben. Er ist zwar nicht mehr in sehr gutem Zustand, es fehlt ihm die eine Seite ganz, und dann ist auch an den Radspeichen etwas nicht in Ordnung, aber ich will ihn dir trotzdem geben. Ich weiß, es ist das sehr großmütig von mir, und eine Menge Leute werden mich für ganz verrückt halten, daß ich ihn verschenke, aber ich bin nicht wie die andern. Meiner Ansicht nach ist die Großmut die Quintessenz der Freundschaft, und außerdem hab ich mir einen neuen Karren gekauft. Also beruhige dich über die Sache und sei vergnügt – ich schenke dir meinen Karren.‹

›Das ist wirklich großmütig von dir‹, sagte Klein Hans, und sein drolliges rundes Gesicht strahlte vor Freude. ›Ich kann ihn ja leicht wieder in Ordnung bringen, denn ich habe eine große Holzplanke im Haus.‹

›Eine Holzplanke?‹ sagte der Müller; ›denk mal, die brauche ich gerade für mein Scheunendach. Das hat ein großes Loch, und das Getreide wird mir ganz naß, wenn ich es nicht zumache. Wie gut, daß du davon sprachst! Es ist doch seltsam, wie eine gute Tat immer eine andere zur Folge hat. Ich gebe dir meinen Karren, und nun gibst du mir deine Holzplanke. Natürlich ist der Karren mehr wert als die Planke, aber wahre Freundschaft beachtet so was nicht. Bitte, hol mir doch das Brett gleich, denn ich will gleich heute noch die Arbeit an der Scheune machen lassen.‹

›Natürlich‹, rief der kleine Hans, und er rannte in den Schuppen und schleppte das Brett heraus.

›Es ist ja kein sehr großes Brett‹, sagte der Müller, indem er es beschaute, ›und ich fürchte, es wird dir zur Reparatur des Karrens nicht viel übrigbleiben, wenn mein Scheunendach damit geflickt ist, aber das ist natürlich nicht meine Schuld. Und da ich dir nun meinen Karren geschenkt habe, wirst du mir auch sicher gern ein paar Blumen dafür geben wollen. Hier ist der Korb, und mach ihn recht voll.‹

›Ganz voll?‹ sagte der kleine Hans ein wenig bekümmert, denn es war wirklich ein großer Korb, und er wußte, daß ihm keine Blumen mehr für den Markt bleiben würden, wenn er ihn ganz füllte, und er wollte doch so gern seine Silberknöpfe wiederhaben.

›Es ist doch wahrhaftig nicht zuviel‹, antwortete der Müller, ›daß ich dich um ein paar Blumen angehe, wo ich dir doch meinen Karren geschenkt habe. Vielleicht hab ich unrecht, aber ich denke, daß wahre Freundschaft frei von jedem Eigennutz ist.‹

›Aber mein lieber Freund, mein bester Freund‹, rief Klein Hans, ›alle Blumen meines Gartens stehen dir zur Verfügung! Mir ist an deiner guten Meinung viel mehr gelegen als an meinen Silberknöpfen, das weißt du doch‹, und er lief und pflückte alle seine schönen Primeln und füllte des Müllers Korb damit.

›Adieu, kleiner Hans‹, sagte der Müller und stieg mit der Planke auf der Achsel und dem Korb in der Hand den Hügel hinauf.

›Adieu‹, sagte Klein Hans und begann lustig zu graben, denn er freute sich über den Karren.

Am nächsten Tag rankte er gerade Geißblatt über die Tür, als er den Müller hörte, der ihn von der Landstraße aus rief. Gleich sprang er von der Leiter und schaute über den Zaun.

Da stand der Müller mit einem großen Sack Mehl auf dem Rücken.

›Lieber kleiner Hans‹, sagte er, ›würdest du wohl so gut sein, mir diesen Sack Mehl auf den Markt zu tragen?‹

›Es tut mir so leid‹, sagte der kleine Hans, ›aber ich habe heute wirklich viel zu tun. Ich muß alle meine Kletterpflanzen aufbinden und alle meine Blumen noch gießen und den Rasen walzen.‹

›Na weißt du‹, sagte der Müller, ›in Anbetracht dessen, daß ich dir meinen Karren schenken will, ist es etwas unfreundlich von dir, daß du mir das abschlägst.‹

›Sag doch das nicht‹, rief Klein Hans, ›ich möchte nicht um die Welt unfreundlich sein‹, und er rannte nach seiner Mütze und schleppte sich mit dem schweren Sack auf den Schultern davon.

Es war ein sehr heißer Tag, und die Landstraße war schrecklich staubig; und bevor Hans den sechsten Meilenstein erreichte, war er schon so müde, daß er sich hinsetzen und ausruhen mußte. Aber gleich schritt er wieder tapfer vorwärts und erreichte endlich den Markt. Nachdem er da längere Zeit gewartet hatte, verkaufte er den Sack Mehl für einen guten Preis und ging dann schnurstracks heim, denn er fürchtete Räuber, falls er zu spät in die Nacht hinein käme.

›Das war schon ein schwerer Tag heute‹, sagte er zu sich selber, als er sich schlafen legte; ›aber ich bin froh, daß ich dem Müller die Bitte nicht abgeschlagen habe, denn er ist mein bester Freund, und dann gibt er mir ja auch seinen Karren.‹

Am nächsten Morgen in aller Frühe kam der Müller um das Geld für sein Mehl. Aber der kleine Hans war so müde, daß er noch im Bett lag.

›Du bist doch ein Faulpelz‹, sagte der Müller. ›Dafür, daß ich dir meinen Karren geben will, könntest du, meine ich, schon etwas fleißiger arbeiten. Faulheit ist eine große Sünde, und ich kann es nicht ausstehen, wenn meine Freunde faul und träg sind. Du darfst mir meine Offenheit nicht etwa übelnehmen, und es würde mir nicht im Traum einfallen, so zu sprechen, wenn ich nicht dein Freund wäre. Aber was hätte die Freundschaft für einen Zweck, wenn man einander nicht aufrichtig die Meinung sagen könnte? Liebenswürdigkeiten und Schmeicheleien kann jeder sagen, aber ein wahrer Freund sagt stets unangenehme Dinge und kümmert sich nicht darum, ob er dem andern damit weh tut. Und wenn er ein wirklich wahrer Freund ist, dann tut er gern weh, weil er weiß, daß er damit Gutes tut.‹

›Ach verzeih‹, sagte der kleine Hans, indem er sich die Augen rieb und die Nachtmütze abnahm, ›aber ich war so müde, daß ich mir dachte, bleibst noch ein Weilchen im Bett und hörst die Vögel singen. Weißt du, daß ich immer besser arbeite, wenn ich die Vögel hab singen hören?‹

›Das freut mich‹, sagte der Müller und schlug Klein Hans auf den Rücken, ›denn ich möchte, daß du gleich, wenn du fertig angezogen bist, hinauf zur Mühle kommst und mir das Scheunendach ausbesserst.‹

Dem armen kleinen Hans lag viel daran, in seinem Garten zu arbeiten, denn seine Blumen hatten zwei Tage lang kein Wasser bekommen, und doch mochte er dem Müller seine Bitte nicht abschlagen, da er ein so guter Freund von ihm war.

›Würdest du es für unfreundschaftlich von mir halten, wenn ich sagte, daß ich zu tun habe?‹ fragte er ganz schüchtern.

›Na weißt du‹, sagte der Müller, ›ich denke, es ist doch wohl nicht zuviel verlangt dafür, daß ich dir meinen Karren schenken will; wenn du nicht willst, dann geh ich und mach es selber.‹

›Das unter keinen Umständen!‹ rief Klein Hans und sprang aus dem Bett, zog sich an und ging mit dem Müller.

Dort arbeitete er den ganzen Tag bis Sonnenuntergang, und bei Sonnenuntergang kam der Müller nachsehen.

›Hast du das Loch im Dach schon ausgebessert, kleiner Hans?‹ rief er süß.

›Es ist fertig‹, antwortete Klein Hans und stieg die Leiter herunter.

›Ach!‹ sagte der Müller, ›keine Arbeit ist doch so erhebend wie die, die man für andere tut.‹

›Es ist wirklich ein großer Vorzug, dir zuhören zu dürfen, wie du sprichst‹, antwortete der kleine Hans, ›wirklich ein großes Privileg. Ich fürchte nur, ich werde niemals so erhabene Gedanken haben wie du.‹

›Wird schon kommen‹, sagte der Müller, ›du mußt dir nur mehr Mühe geben. Jetzt kennst du nur die praktische Seite der Freundschaft, aber du wirst schon auch ihre theoretische kennenlernen.‹

›Meinst du wirklich?‹ fragte Klein Hans.

›Ohne Zweifel‹, antwortete der Müller; ›aber nun, da du das Dach ausgebessert hast, gehst du wohl besser heim und ruhst dich aus, denn ich möchte, daß du morgen meine Schafe auf den Berg treibst.‹

Der arme kleine Hans wagte darauf kein Wort zu erwidern, und am nächsten Morgen brachte in aller Frühe der Müller seine Schafe, und Hans machte sich mit ihnen zum Berg auf. Er brauchte den ganzen Tag für den Hin- und Rückweg und war so müde, als er heimkam, daß er auf seinem Stuhl einschlief und erst am nächsten Morgen wieder aufwachte, als es bereits heller Tag war.

›Wie schön wird's heut in meinem Garten sein‹, sagte er und ging gleich an die Arbeit.

Aber er kam nie dazu, nach seinen Blumen zu sehen, denn immerfort kam sein Freund, der Müller, zu ihm, schickte ihn auf weitläufige Besorgungen oder brauchte ihn in seiner Mühle. Klein Hans war zuzeiten ganz bekümmert darüber und fürchtete, seine Blumen könnten glauben, er habe sie ganz vergessen; aber dann tröstete er sich wieder damit, daß der Müller doch sein bester Freund sei und daß er ihm ja auch einen Karren geben wolle.

So arbeitete der kleine Hans für den Müller, und der sagte ihm alles mögliche Schöne über die Freundschaft, was Hans alles in ein Notizbuch aufschrieb und des Nachts durchlas, denn er war ein sehr gelehriger Schüler.

Eines Abends saß der kleine Hans beim Ofen, als laut an die Tür geklopft wurde. Es war eine sehr stürmische Nacht, und der Wind pfiff und tobte um das Haus, daß Hans erst glaubte, es sei der Sturm. Aber da tönte ein zweites Klopfen und ein drittes lauter als das erstemal.

›Es ist irgendein armer Wandersmann‹, sagte Klein Hans und lief an die Tür.

Da stand der Müller mit einer Laterne in der einen und einem großen Stock in der anderen Hand.

›Lieber kleiner Hans‹, rief der Müller, ›ich bin in großer Verlegenheit. Mein kleiner Junge ist von der Leiter gefallen und hat sich verletzt, und ich muß den Arzt holen. Aber der wohnt so weit weg, und es ist eine so schlimme Nacht, daß ich auf den Gedanken kam, es sei eigentlich besser, wenn du statt meiner gingest. Du weißt, ich schenke dir meinen Karren, und da ist es ja eigentlich nur in Ordnung, daß du mir mal einen Gegendienst erweisest.‹

›Selbstverständlich‹, rief Klein Hans, ›ich rechne es mir als eine Ehre an, daß du dich an mich wendest, und ich mach mich sofort auf den Weg. Aber du mußt mir deine Laterne leihen, ich fürchte, ich falle sonst in einen Graben.‹

›Es tut mir sehr leid‹, antwortete der Müller, ›aber es ist meine neue Laterne, und es wäre ein großer Schaden für mich, wenn etwas daran entzweiginge.‹

›Macht nichts, dann geh ich halt ohne Laterne‹, sagte Klein Hans, griff nach Pelzrock und Wollmütze und ging.

Es war ein schrecklicher Sturm, und die Nacht war so schwarz, daß der kleine Hans kaum die Hand vor den Augen sehen konnte, und der Wind blies so stark, daß er sich kaum auf den Füßen zu halten vermochte. Aber er schritt tapfer vorwärts, und nach drei Stunden kam er an des Doktors Haus und klopfte an die Tür.

›Wer ist da?‹ rief der Arzt und steckte den Kopf zum Schlafzimmerfenster heraus.

›Klein Hans, Doktor.‹

›Und was willst du?‹

›Dem Müller sein Kleiner ist von der Leiter gefallen und hat sich was getan, und der Müller läßt Sie bitten, Sie möchten gleich kommen.‹

›Schön‹, sagte der Arzt, und er ließ anspannen und sich die hohen Stiefel und seine Laterne bringen und kam herunter und fuhr zu der Mühle, während Klein Hans hinter ihm herlief.

Aber der Sturm wurde immer schlimmer, und der Regen fiel in Strömen, und Klein Hans konnte nicht mehr sehen, wo er ging, und nicht mehr mit dem Gaul Schritt halten. Endlich kam er ganz vom Weg ab und geriet ins Moor, das sehr gefährlich war, da es tiefe Löcher hatte, und Klein Hans sank ein und ertrank. Am andern Tage fanden Ziegenhirten seine Leiche auf dem Wasser schwimmen und brachten sie in das Gärtnerhäuschen.

Die ganze Gegend ging mit bei Klein Hans' Begräbnis, denn jedermann hatte ihn gekannt, und der Müller war der Hauptleidtragende.

›Da ich sein bester Freund war‹, sagte der Müller, ›ist es nur in der Ordnung, daß ich den besten Platz bekomme‹, und so ging er in dem Trauergefolge als erster in einem langen schwarzen Rock und wischte sich immerfort die Augen mit einem großen Taschentuch.

›Klein Hans haben sicher alle verloren‹, sagte der Schmied, als das Begräbnis vorbei war und alle bei Wein und Kuchen im Wirtshaus beisammensaßen.

›Für mich ist es jedenfalls ein schwerer Verlust‹, sagte der Müller, ›ich hatte ihm meinen Karren schon so gut wie geschenkt, und jetzt weiß ich nicht, was ich damit anfangen soll. Er ist mir zu Hause sehr im Wege und in einem Zustand, daß ich nichts dafür bekomme, wenn ich ihn verkaufe. Ich will mich jedenfalls hüten, jemals wieder etwas herzuschenken. Man hat unter seiner Großmut immer zu leiden.‹«

»Nun, und?« sagte der Wasserratz nach einer langen Pause.

»Nun, das ist der Schluß«, sagte der Grünspecht.

»Und was ist denn aus dem Müller geworden?« fragte der Wasserratz.

»Das weiß ich wirklich nicht«, antwortete der Vogel, »und es ist mir auch ganz gleich.«

»Dann ist es mir auch ganz klar, daß Sie nicht das geringste Mitgefühl in Ihrem Charakter haben«, sagte der Wasserratz.

»Ich fürchte, Sie verstehen die Moral der Geschichte nicht ganz«, bemerkte der Grünspecht.

»Die was?« schrie der Wasserratz.

»Die Moral.«

»Wollen Sie damit sagen, daß die Geschichte eine Moral hat?«

»Natürlich«, sagte der Grünspecht.

»Das hätten Sie mir«, sagte der Wasserratz wütend, »vorher sagen sollen. Hätten Sie mir das zu Anfang gesagt, so hätte ich gar nicht zugehört; ich würde ›Bah!‹ gesagt haben wie der Kritiker, was ich übrigens auch jetzt noch sagen kann.«

So rief er also in den höchsten Tönen »Bah!«, machte mit seinem Schwanz einen Schlenker und verschwand in seinem Bau.

»Mögen Sie den Wasserratz leiden?« fragte die Ente, die ein paar Minuten darauf angepaddelt kam. »Er hat ja sicher eine Menge gute Eigenschaften, aber was mich betrifft – ich habe ein Muttergefühl und kann nie einen überzeugten Junggesellen sehen, ohne daß mir Tränen in die Augen kommen.«

»Ich fürchte fast, ich habe ihn gelangweilt«, antwortete der Grünspecht; »ich habe ihm nämlich eine Geschichte mit einer Moral erzählt.«

»Ach, das ist immer eine sehr gewagte Sache«, sagte die Ente.

Und ich bin ganz ihrer Meinung.

Die bedeutende Rakete

Die Hochzeit des Königssohns stand bevor, und darüber herrschte allenthalben Freude. Er hatte ein ganzes Jahr auf seine Braut gewartet, und endlich war sie gekommen. Sie war eine russische Prinzessin, und ein Schlitten, von sechs Rentieren gezogen, hatte sie aus dem fernen Finnland hergebracht. Der Schlitten war geformt wie ein großer goldener Schwan, und zwischen den Schwanenflügeln ruhte die kleine Prinzessin. Ihr langer Hermelinmantel reichte ihr bis an die Füße, auf dem Kopf trug sie eine winzige Kappe aus silbernem Gewebe, und sie war so bleich wie der Schneepalast, in dem sie bisher immer gewohnt hatte. So bleich war sie, daß alles Volk sich darüber wunderte, als sie durch die Straßen fuhr. »Wie eine weiße Rose ist sie!« rief man und warf von allen Balkonen Blumen auf sie herab.

Am Schloßtor wurde sie vom Prinzen empfangen. Er hatte verträumte Veilchenaugen, und sein Haar war wie feines Gold. Als er sie erblickte, sank er aufs Knie und küßte bewegt ihre Hand.

»Euer Bildnis war schön«, sagte er leise, »aber Ihr seid noch schöner als Euer Bildnis.«

Und die kleine Prinzessin errötete.

»Sie war wie eine weiße Rose«, sagte ein junger Page zu einem andern, »nun ist sie wie eine rote Rose«, und der ganze Hof war entzückt.

Während der nächsten drei Tage sagte ein jeder: »Weiße Rose, rote Rose, rote Rose, weiße Rose«, und der König befahl, daß des Pagen Gehalt verdoppelt würde. Da er nun überhaupt kein Gehalt bekam, nützte ihm das nicht viel, aber es galt als große Ehre und wurde vorschriftsmäßig im Hofbulletin bekanntgemacht.

Als die drei Tage um waren, wurde Hochzeit gefeiert. Es war eine großartige Sache, und Braut und Bräutigam schritten Hand in Hand unter einem purpursamtenen, mit kleinen Perlen bestickten Baldachin.

Dann gab es eine Staatstafel, die fünf Stunden dauerte. Der Prinz und die Prinzessin saßen oben an der Tafel in der großen Halle und tranken aus einem kristallnen Pokal. Nur treu Liebende konnten aus diesem Pokal trinken, denn wie ihn falsche Lippen berühren, wird er trüb und wolkig.

»Daß sie einander lieben«, sagte der kleine Page, »das ist so klar wie Kristall!« Und der König verdoppelte sein Gehalt zum zweitenmal, und »Welche Ehre!« rief der ganze Hof.

Nach dem Bankett sollte ein Ball stattfinden, und das Brautpaar sollte den Rosentanz tanzen, und der König hatte versprochen, die Flöte zu spielen. Er spielte sehr schlecht, aber niemand hatte je gewagt, ihm das zu sagen, weil er der König war. Er konnte bloß drei Melodien und wußte nie genau, welche davon er spielte; aber das machte weiter nichts, denn was immer er auch tat, es rief stets jeder: »Herrlich! Entzückend!«

Die letzte Nummer auf dem Programm war ein großes Feuerwerk, das Punkt Mitternacht abgebrannt werden sollte. Die kleine Prinzessin hatte noch nie in ihrem Leben ein Feuerwerk gesehen, und so hatte der König Befehl gegeben, daß der königliche Feuerwerker am Hochzeitstag anwesend sein sollte.

»Was ist das, ein Feuerwerk?« hatte sie den Prinzen gefragt, als sie eines Morgens auf der Terrasse spazieren gingen.

»Es ist so wie das Nordlicht«, sagte der König, der immer Antwort auf Fragen gab, die an andere gestellt waren, »nur viel natürlicher. Mir ist es lieber als die Sterne, weil man immer ganz genau weiß, wann es losgeht, und es ist so schön wie mein Flötenspiel. Du mußt das unbedingt sehen.«

So wurde also ganz unten im königlichen Garten ein Stand aufgeschlagen, und sobald der königliche Feuerwerker alles an seinen rechten Platz gebracht hatte, begann das Feuerwerk untereinander sich zu unterhalten.

»Die Welt ist doch wahrhaftig zu schön!« rief ein kleiner Schwärmer. »Sieh nur mal diese gelben Tulpen. Wenn sie echte Knaller wären, könnten sie nicht schöner sein. Ich bin doch sehr froh, daß ich gereist bin. Reisen bildet den Geist und räumt gründlich mit allen Vorurteilen auf.«

»Des Königs Garten ist nicht die Welt, du verrückter Schwärmer!« sagte eine große Römische Kerze. »Die Welt ist ein riesengroßer Platz, und du würdest drei Tage brauchen, um sie ganz zu sehen.«

»Jeder Platz, den man liebt, ist für einen die Welt«, meinte ein nachdenkliches Feuerrad, das seit seiner Kindheit an einer alten Spanschachtel befestigt war und sich mit seinem gebrochenen Herzen brüstete. »Aber die Liebe ist nicht mehr in Mode, und die Dichter haben sie getötet. Sie schrieben so viel über sie, daß ihnen niemand mehr glaubte, was mich nicht wundert. Denn wahre Liebe leidet und schweigt. Ich erinnere mich, wie ich selbst einmal ... Aber darum kümmert sich jetzt niemand – die Romantik gehört der Vergangenheit an.«

»Unsinn!« sagte die Römische Kerze, »die Romantik stirbt nie. Sie ist wie der Mond und lebt ewig. Die Braut und der Bräutigam zum Beispiel lieben einander sehr. Ich hörte alles über sie heute morgen von einer braunen Kartätsche, die zufällig in demselben Schubfach lag wie ich und die letzten Hofneuigkeiten wußte.«

Aber das Feuerrad schüttelte den Kopf. »Die Romantik ist tot, die Romantik ist tot, die Romantik ist tot«, sagte es leise. Das Rad gehörte zu den Leuten, die glauben, daß, wenn sie dieselbe Sache mehrmals sagen, sie am Ende wahr wird.

Plötzlich hörte man ein scharfes, trockenes Husten.

Es kam von einer großen, hochmütig aussehenden Rakete, die an das Ende eines langen Holzstabs gebunden war. Sie hustete jedesmal, bevor sie eine Bemerkung machte, um so die Aufmerksamkeit zu erregen.

»Ehem! Ehem!« sagte sie, und alles horchte auf, mit Ausnahme des Feuerrads, das noch immer den Kopf schüttelte und leise dabei blieb: »Die Romantik ist tot.«

»Ruhe! Ruhe!« schrie ein Schwärmer. Er war so etwas wie ein Politiker und hatte bei den Wahlen immer eine große Rolle gespielt, daher kannte er die parlamentarischen Ausdrücke.

»Ganz tot«, flüsterte das Feuerrad und schlief ein.

Sobald vollkommene Stille herrschte, hustete die Rakete zum drittenmal und begann. Sie sprach langsam und deutlich, als ob sie ihre Memoiren diktierte, und blickte die, zu denen sie sprach, immer über die Schulter an. Sie hatte tatsächlich höchst vornehme Manieren.

»Wie glücklich trifft es sich für den Königssohn«, bemerkte sie, »daß er gerade an dem Tag Hochzeit macht, an dem ich losgelassen werden soll. Selbst wenn es vorher so arrangiert worden wäre, hätte es sich für ihn nicht besser treffen können; aber Prinzen haben eben immer Glück.«

»Mein Gott«, sagte der kleine Schwärmer, »ich dachte, es wäre gerade umgekehrt, und wir würden zu Ehren des Prinzen losgelassen.«

»Das mag ja mit Ihnen so der Fall sein«, antwortete sie, »und es ist zweifelsohne der Fall, aber mit mir ist es doch etwas anderes. Ich bin eine sehr besondere Rakete und stamme von ganz besonderen Eltern ab. Meine Mutter war das gefeiertste Feuerrad ihrer Zeit und berühmt für ihr graziöses Tanzen. Als sie öffentlich auftrat, drehte sie sich neunzehnmal, bevor sie ausging, und bei jeder Drehung warf sie sieben rosafarbene Sterne in die Luft. Sie maß drei und einen halben Fuß im Durchmesser und war aus bestem Schießpulver. Mein Vater war eine Rakete wie ich und von französischer Abkunft. Er flog so hoch, daß man fürchtete, er würde nie mehr wieder herunterkommen. Er kam aber doch, denn er war eine liebenswürdige Natur, und machte einen glänzenden Absturz in einem Schauer von goldenem Regen. Die Zeitungen schrieben über seine Leistung in den schmeichelhaftesten Ausdrücken. Die Hofgazette nannte ihn einen Triumph der Pyrotechnik.«

»Pyrotechnik meinst du, Pyrotechnik«, sagte ein bengalisches Licht. »Ich weiß, es heißt Pyrotechnik, denn so sah ich es auf meiner eigenen Büchse geschrieben.«

»Also ich sage Pylotechnik«, antwortete die Rakete in strengem Ton, und das bengalische Licht fühlte sich davon so zermalmt, daß es sofort die kleinen Schwärmer einzuschüchtern begann, um zu zeigen, daß es noch immer eine Person von einiger Bedeutung wäre.

»Ich sagte«, fuhr die Rakete fort, »ich sagte – ja, was sagte ich doch?«

»Du sprachst von dir«, antwortete die Römische Kerze.

»Natürlich; ich wußte doch, daß ich von einem interessanten Gegenstand sprach, als ich so unmanierlich unterbrochen wurde. Ich hasse Roheit und alle schlechten Manieren, denn ich leide darunter. Ich weiß, auf der ganzen Welt gibt es kein sensibleres Geschöpf, als ich bin.«

»Was ist denn das: ein sensibles Geschöpf?« fragte ein Schwärmer das bengalische Licht.

»Ein Geschöpf, das andern immer auf die Füße tritt, weil es selber Hühneraugen hat«, antwortete die Römische Kerze im Flüsterton; und der Schwärmer wollte platzen vor Lachen.

»Bitte, worüber lachen Sie denn?« forschte die Rakete; »ich lache doch nicht.«

»Ich lache, weil ich glücklich bin«, sagte der Schwärmer.

»Das ist ein sehr egoistischer Grund«, sagte die Rakete verärgert. »Was für ein Recht haben Sie, glücklich zu sein? Sie sollten an andere denken. Sie sollten an mich denken. Ich denke immer an mich und erwarte von allen anderen, daß sie das gleiche tun. Das ist das, was man Sympathie nennt. Es ist eine schöne Tugend, und ich besitze sie in hohem Maße. Nehmen wir zum Beispiel an, mir passierte heut nacht etwas – was für ein Unglück wäre das für einen jeden! Der Prinz und die Prinzessin würden nie wieder glücklich sein können, ihr ganzes zukünftiges Leben wäre zerstört, und der König würde nicht darüber wegkommen, das weiß ich. Ach, sooft ich über meine Wichtigkeit nachzudenken beginne, bin ich zu Tränen gerührt.«

»Wenn du anderen Vergnügen bereiten willst«, rief die Römische Kerze, »ist es das beste, du hältst dich trocken.«

»Das rät doch schon der gewöhnliche Verstand«, meinte das bengalische Licht, das in bessere Laune kam.

»Der gewöhnliche Verstand, allerdings«, entrüstete sich die Rakete; »aber Sie vergessen, daß ich außergewöhnlich und etwas Besonderes bin. Gewöhnlichen Verstand kann jeder haben, vorausgesetzt, er hat keine Phantasie. Aber ich habe Phantasie, denn ich denke an die Dinge nie, wie sie wirklich sind; ich denke mir sie immer ganz verschieden und anders. Und was das Trockenhalten betrifft, so ist hier offenbar kein einziger, der überhaupt eine empfindsame Natur zu schätzen weiß. Glücklicherweise mache ich mir nichts daraus. Das einzige, was einem durch das Leben hilft, ist das Bewußtsein von der ungeheuren Minderwertigkeit aller anderen, und das ist ein Gefühl, das ich stets kultiviert habe. Herz hat von euch ja niemand. Ihr lacht hier und treibt Possen, gerade so, als ob der Prinz und die Prinzessin nicht Hochzeit hielten.«

»Ja, aber weshalb denn nicht?« rief ein kleiner Feuerball aus. »Diese Hochzeit ist doch eine höchst freudige Gelegenheit, und wenn ich in die Luft hinaufschwebe, habe ich mir vorgenommen, den Sternen alles zu berichten. Du wirst sie blinken sehen, wenn ich ihnen von der hübschen Braut erzähle.«

»Was für eine triviale Lebensauffassung du hast!« sagte die Rakete. »Aber ich habe von dir nichts anderes erwartet. Es steckt nichts in dir; du bist hohl und leer. Vielleicht wohnen der Prinz und die Prinzessin einmal in einem Land, wo ein tiefer Fluß ist, und vielleicht haben sie auch einen einzigen Sohn, einen kleinen blondlockigen Knaben mit Veilchenaugen wie der Prinz auch; der geht vielleicht eines Tages mit seiner Amme aus, und die Amme schläft unter einem großen Fliederstrauch ein; und dann fällt der Knabe vielleicht in den Fluß und ertrinkt. Was für ein schreckliches Unglück! Arme Menschen, die ihr einziges Kind so verlieren! Es ist zu traurig! Ich werde es niemals verwinden!«

»Aber sie haben ja gar nicht ihr einziges Kind verloren!« sagte die Römische Kerze. »Es ist ihnen überhaupt kein Unglück passiert.«

»Das habe ich auch gar nicht behauptet«, antwortete die Rakete, »ich sagte nur, es könnte passieren. Wenn sie ihren einzigen Sohn wirklich verloren hätten, dann hätte es gar keinen Zweck mehr, davon zu sprechen. Ich hasse Menschen, die wegen verschütteter Milch Lärm machen. Aber wenn ich denke, daß sie ihren einzigen Sohn verlieren könnten, so affiziert mich das sehr.«

»Dich natürlich«, rief das bengalische Feuer, »du bist aber auch das affektierteste Geschöpf, das mir je vorgekommen ist.«

»Und du bist das brutalste Geschöpf, dem ich je begegnet bin«, sagte die Rakete, »und kannst meine Freundschaft für den Prinzen selbstverständlich nicht begreifen.«

»Du kennst ihn ja gar nicht«, knurrte die Römische Kerze.

»Ich habe nie behauptet, daß ich ihn kenne«, antwortete die Rakete. »Ich behaupte sogar, daß ich sicher sein Freund nicht wäre, wenn ich ihn kennen würde. Es ist eine sehr gefährliche Sache, seine Freunde zu kennen.«

»Achte lieber darauf, dich trocken zu halten«, sagte die Leuchtkugel, »das ist die Hauptsache.«

»Für dich wohl, davon bin ich überzeugt«, bemerkte die Rakete; »aber ich weine, wenn es mir beliebt.« Und tatsächlich brach sie jetzt in wirkliche Tränen aus, die den Stab herunterliefen wie Regentropfen, so daß zwei kleine Käfer beinahe darin ertrunken wären, die gerade daran dachten, sich ein eigenes Heim zu gründen und sich nach einer trockenen Stelle dafür umsahen.

»Sie muß wirklich sehr romantisch veranlagt sein«, sagte das Feuerrad, »denn sie weint, wo es gar nichts zu weinen gibt«, und es stieß einen tiefen Seufzer aus und dachte an seine Spanschachtel.

Aber die Römische Kerze und das bengalische Feuer waren sehr indigniert und riefen ganz laut: »Schwindel! Schwindel!« Sie waren außerordentlich praktisch gesinnt, und wenn ihnen etwas nicht paßte, nannten sie es immer gleich Schwindel. Da ging der Mond auf wie ein silberner Schild, und die Sterne begannen zu leuchten, und Musik erscholl vom Palast her.

Der Prinz und die Prinzessin führten den Tanz an. Sie tanzten so schön, daß die hohen weißen Lilien durch das Fenster hinein zuschauten, und die großen roten Pfingstrosen wiegten die Köpfe im Takt.

Dann tönte die Uhr zehn und dann elf und dann zwölf, und mit dem letzten Schlag Mitternacht kamen sie alle heraus auf die Terrasse, und der König schickte nach dem Hoffeuerwerker.

»Das Feuerwerk soll beginnen«, sagte der König, und der Hoffeuerwerker machte eine tiefe Verbeugung und begab sich zum Ende des Parks. Er hatte sechs Gehilfen bei sich, und jeder von ihnen trug an einer langen Stange eine brennende Fackel. Es war ein herrliches Schauspiel.

»Uitz! Uitz!« machte das Feuerrad, als es sich immer rundum drehte. »Bumm! Bumm!« dröhnte die Römische Kerze. Dann tanzten die Schwärmer über den ganzen Platz, und das bengalische Feuer tauchte alles in Scharlachrot.

»Lebt wohl!« rief der Feuerball, als er fortschwirrte und kleine blaue Funken niederschickte. »Krak! Krak!« antworteten die Feuerfrösche, die sich herrlich amüsierten. So hatte jedes einen großen Erfolg mit Ausnahme der bedeutenden Rakete. Sie war vom Weinen so feucht geworden, daß sie überhaupt nicht auffliegen konnte. Denn das Beste an ihr war das Schießpulver, und das war von den Tränen so naß, daß es versagte. Alle ihre armseligen Verwandten, zu denen sie nie anders als mit einem höhnischen Lächeln sprach, stiegen zum Himmel auf wie wundervolle goldene Blumen mit feurigen Blüten. »Hurra! Hurra!« rief der Hof, und die kleine Prinzessin lachte laut auf vor Vergnügen.

»Ich vermute, sie heben mich für eine ganz besonders große Gelegenheit auf«, sagte die Rakete; »ja ja, so ist es«, und sie sah hochmütiger aus als je.

Am nächsten Morgen kamen die Arbeitsleute, um alles wieder in Ordnung zu bringen. »Das ist sicher eine Deputation, ich will sie mit gebührender Würde empfangen«, sagte die Rakete und steckte die Nase hoch in die Luft und runzelte streng die Stirn, als ob sie über etwas sehr Wichtiges nachdächte. Aber die Leute nahmen gar keine Notiz von ihr. Erst als sie weggehen wollten, erblickte sie einer. »Da ist noch eine schlechte Rakete«, rief er und warf sie über die Mauer in den Graben.

»Schlechte Rakete? Schlechte Rakete?« sagte sie, als sie durch die Luft wirbelte. »Unmöglich! Schöne Rakete hat der Mann natürlich gesagt. Schön und schlecht, das klingt so ähnlich und ist oft dasselbe«, und sie fiel in den Schlamm.

»Behaglich ist es hier ja nicht«, bemerkte sie; »aber es wird wohl irgendein mondäner Badeort sein, und sie haben mich hergeschickt, damit sich meine angegriffene Gesundheit kräftigt. Meine Nerven sind ohne Zweifel etwas irritiert, und ich brauche Ruhe.«

Da schwamm ein kleiner Frosch mit glänzenden gelben Augen und in einem grün gesprenkelten Rock auf sie zu.

»Ein neuer Gast wohl!« sagte der Frosch. »Es geht ja auch wahrhaftig nichts über den Schlamm. Sehen Sie, hab ich nur regnerisches Wetter und einen Graben, so bin ich vollkommen glücklich. Glauben Sie, daß es heute nachmittag regnen wird? Ich wünschte es mir sehr; aber der Himmel ist ganz blau, und kein Wölkchen darauf. Wie schade!«

»Ehem! Ehem!« sagte die Rakete und begann zu husten.

»Was Sie für eine schöne Stimme haben!« rief der Frosch. »Sie klingt genau wie von einer Krähe, und das ist für mich die schönste Musik der Welt. Sie sollten heute abend unseren Gesangverein hören! Wir haben unseren Sitz in dem alten Entenpfuhl neben dem Pächterhaus, und sobald der Mond aufgeht, fangen wir an. Es ist so hinreißend, daß die Menschen wach im Bett liegen, um uns zuzuhören. Erst gestern hörte ich, wie die Pächtersfrau zu ihrer Mutter sagte, daß sie unseretwegen die ganze Nacht kein Auge zutun könnte. Es freut einen doch sehr, wenn man so beliebt ist.«

»Ehem! Ehem!« sagte die Rakete verärgert. Sie ärgerte sich schrecklich, daß sie kein Wort dazwischen reden konnte.

»Eine köstliche Stimme«, fuhr der Frosch fort. »Hoffentlich kommen Sie mal zum Entenpfuhl rüber. Jetzt muß ich nach meinen Töchtern sehen. Ich habe nämlich sechs schöne Töchter und fürchte, der Hecht könnte ihnen begegnen. Er ist ein vollendetes Ungeheuer und würde keinen Augenblick zögern, sie zum Frühstück zu verspeisen. Also, auf Wiedersehen! Ich kann Ihnen die Versicherung geben, daß mich unsere Unterhaltung sehr erfreut hat.«

»Eine nette Unterhaltung das«, sagte die Rakete. »Sie haben die ganze Zeit allein gesprochen. Das nenne ich keine Unterhaltung.«

»Einer muß zuhören«, antwortete der Frosch, »und ich übernehme das Sprechen gern. Das spart Zeit und läßt keinen Streit aufkommen.«

»Aber ich mag Streit gern«, sagte die Rakete.

»Hoffentlich nicht«, sagte der Frosch höflich; »Streit ist etwas ganz Ordinäres, denn in der guten Gesellschaft haben alle dieselbe Meinung. Also nochmals: auf Wiedersehen – da drüben sind meine Töchter«, und der Frosch schwamm fort.

»Sie sind eine aufdringliche Person«, sagte die Rakete, »und ohne jede Erziehung. Ich hasse Leute, die wie Sie immer von sich selbst reden, wenn man wie ich von sich reden will. Das nenne ich Egoismus, und Egoismus ist etwas ganz Abscheuliches, besonders für jemand mit meinem Temperament, denn ich bin wegen meines sympathischen Naturells allgemein beliebt. Sie sollten sich wirklich an mir ein Beispiel nehmen, Sie könnten gar kein besseres Vorbild finden. Und jetzt, wo sich die Gelegenheit bietet, sollten Sie sie benützen, denn ich gehe sehr bald wieder zurück zu Hof, wo ich sehr beliebt bin. Mir zu Ehren wurden gestern der Prinz und die Prinzessin verheiratet. Natürlich wissen Sie von all dem nichts, denn Sie sind vom Lande.«

»Es hat keinen Zweck, ihm was zu erzählen«, sagte eine Libelle, die auf einer großen braunen Binse saß, »gar keinen Zweck, denn er ist schon weg.«

»Das ist sein Schaden, nicht der meine«, erwiderte die Rakete. »Ich denke nicht daran, bloß deshalb mit ihm zu sprechen aufzuhören, weil er nicht zuhört. Ich höre mich selbst gern sprechen. Es ist mein größtes Vergnügen. Ich führe oft lange Unterhaltungen mit mir selber, und ich bin so gescheit, daß ich manchmal nicht ein Wort von all dem verstehe, was ich sage.«

»Dann sollten Sie Vorlesungen über Philosophie halten«, sagte die Libelle; und sie breitete ein paar entzückende Glasflügel aus und schwirrte davon.

»Wie töricht von ihr, daß sie nicht hier blieb«, sagte die Rakete. »Ich bin überzeugt, sie findet nicht oft eine solche Gelegenheit, etwas für ihre Bildung zu tun. Aber mir ist das schließlich gleichgültig. Ein Genie wie ich findet früher oder später seine Anerkennung«; und sie sank noch ein bißchen tiefer in den Schlamm.

Nach einer Weile kam eine große weiße Ente angeschwommen. Sie hatte gelbe Beine und Schwimmhäute an den Füßen und galt als große Schönheit wegen ihres Watschelns.

»Quak, quak, quak«, sagte sie, »was für ein komisches Gestell du bist! Darf ich fragen, ob du schon so auf die Welt gekommen bist oder ob das die Folge eines Unfalls ist?«

»Es ist klar, daß Sie immer nur auf dem Lande gelebt haben«, bemerkte die Rakete, »sonst würden Sie wissen, wer ich bin. Übrigens verzeihe ich Ihnen Ihre Unwissenheit. Es wäre unbillig, von anderen Leuten zu verlangen, daß sie so ungewöhnlich und außerordentlich sind, wie man selber ist. Es wird Sie zweifellos überraschen, zu hören, daß ich zum Himmel fliegen und in einem Schauer von goldenem Regen wieder auf die Erde herunterkommen kann.«

»Davon halt ich nicht viel«, sagte die Ente, »denn ich sehe nicht ein, wozu das gut sein soll. Ja, wenn du Felder pflügen könntest wie der Ochse oder einen Wagen ziehen wie das Pferd oder die Schafe hüten wie der Schäferhund, das wäre noch was.«

»Ach Sie Ärmste!« rief die Rakete sehr überlegen; »ich sehe, daß Sie zum unteren Stand gehören. Jemand meines Rangs ist nie nützlich. Wir haben eine gewisse Bildung, und das ist mehr als ausreichend. Ich habe keinerlei Sympathie für irgendwelche Tätigkeit, am allerwenigsten für eine, die Sie da zu empfehlen scheinen. Ich bin immer der Meinung gewesen, daß zur Arbeit nur jene Leute ihre Zuflucht nehmen, die gar nichts zu tun haben.«

»Ja, ja«, sagte die Ente, die sehr friedfertig war und nie mit irgend jemandem Streit anfing, »ja ja, der Geschmack ist verschieden. Aber ich hoffe doch, daß Sie sich hier dauernd niederlassen, nicht?«

»Fällt mir nicht ein!« rief die Rakete. »Ich bin nur zu Besuch hier, ein vornehmer Besuch. Und finde den Ort höchst langweilig. Hier ist weder Gesellschaft noch Einsamkeit. Es ist wie in einer Vorstadt. Wahrscheinlich geh ich wieder zu Hof zurück, denn ich weiß, ich bin dazu bestimmt, Aufsehen in der Welt zu erregen.«

»Ich hatte mich auch einst mit dem Gedanken beschäftigt, ins öffentliche Leben zu treten«, bemerkte die Ente; »es gibt da so vieles, das reformbedürftig ist. Ich habe auch wirklich einmal den Vorsitz in einer Versammlung geführt, und wir faßten Resolutionen, die alles verurteilten, was wir nicht leiden konnten, aber es scheint, daß sie nicht viel erreicht haben. Jetzt gehe ich ganz in der Häuslichkeit auf und kümmere mich nur noch um meine Familie.«

»Ich bin für das öffentliche Leben geschaffen«, sagte die Rakete, »ich und alle meine Verwandten bis zu den Geringsten von ihnen. Wenn immer wir erscheinen, erregen wir Aufsehen. Ich bin selbst noch nicht öffentlich aufgetreten, aber wenn es dazu kommt, wird es ein ganz herrlicher Anblick sein. Was die Häuslichkeit angeht, macht einen diese früh alt und lenkt einen von den höheren Dingen ab.«

»Ach ja, die höheren Dinge des Lebens, die sind schön!« sagte die Ente; »und das erinnert mich daran, wie hungrig ich bin.« Und sie schwamm den Bach hinunter und machte: »Quak, quak, quak.«

»Komm doch zurück! Komm zurück!« schrie die Rakete, »ich habe dir noch eine ganze Menge zu sagen«; aber die Ente kümmerte sich gar nicht mehr um sie.

»Ich bin froh, daß sie fort ist«, sagte sich die Rakete, »sie hat entschieden was Kleinbürgerliches«, und sie sank noch ein bißchen tiefer in den Schlamm und begann über die Einsamkeit des Genies nachzudenken, als auf einmal zwei kleine Jungen in weißen Kitteln den Graben entlang gelaufen kamen, mit einem Kessel und einem Reisigbündel.

»Das muß die Deputation sein«, sagte die Rakete und versuchte, sehr würdig dreinzuschauen.

»Holla!« rief einer der Buben, »schau mal da den alten Stecken! Wie der wohl hergekommen ist«, und er holte die Rakete aus dem Schlamm heraus.

»Alter Stecken?« sagte die Rakete; »Unsinn! Er sagte natürlich goldner Stock, und das ist ein großes Kompliment. Er hält mich wahrscheinlich für einen Hofwürdenträger.«

»Wir wollen ihn ins Feuer legen«, sagte der andere Junge, »dann kocht es in unserem Topf schneller.«

Also richteten sie das Reisig, legten die Rakete oben drauf und zündeten ein Feuer an.

»Das ist herrlich!« rief die Rakete; »sie lassen mich bei hellem Tageslicht aufsteigen, damit mich jeder sehen kann.«

»Jetzt wollen wir ein wenig schlafen«, sagten die Jungen, »und wenn wir aufwachen, wird das Wasser kochen.« Und sie legten sich ins Gras und schlossen die Augen.

Die Rakete war sehr feucht, und es brauchte eine lange Weile, bis sie Feuer fing. Endlich kam sie doch ins Brennen.

»Jetzt steige ich auf!« rief die Rakete und machte sich ganz steif und gerade. »Ich weiß, daß ich viel höher steigen werde als die Sterne, viel höher als der Mond, viel höher als die Sonne. Ich werde so hoch steigen, daß …«

»Fizz! Fizz! Fizz!« und sie stieg kerzengerade in die Luft.

»Herrlich!« rief sie. »Und so geht es nun weiter in alle Ewigkeit. Welch ein Erfolg!«

Aber niemand sah sie.

Da fühlte sie ein eigentümliches Prickeln im ganzen Leib.

»Jetzt werde ich explodieren!« rief sie; »ich werde die ganze Welt in Brand setzen und dabei einen solchen Lärm machen, daß ein ganzes Jahr lang kein Mensch von etwas anderem wird sprechen können.« Und sie explodierte wirklich. »Krach! Krach! Pffft!« machte das Schießpulver. Darüber gab es keinen Zweifel.

Aber niemand hörte sie, nicht einmal die zwei kleinen Jungen, denn die waren fest eingeschlafen.

»Um Gottes willen!« schrie die Gans auf, »es regnet Stöcke!« Und sie schoß ins Wasser.

»Ich wußte doch, ich würde riesiges Aufsehen erregen«, hauchte die Rakete und ging aus.

Die vier Märchen um das Granatapfelhaus

Der junge König

Es war die Nacht vor seinem Krönungstag, und der junge König saß ganz allein in seinem schönen Zimmer. Seine Höflinge hatten sich alle zurückgezogen, nachdem sie den Kopf bis zum Boden geneigt und sich in den großen Saal des Palastes begeben hatten, um von dem Oberzeremonienmeister letzte Anweisungen zu erhalten; denn einige von ihnen hatten noch ein ganz natürliches Benehmen, und ich brauche nicht erst zu sagen, daß das bei Hof stets großen Anstoß erregt.

Der Knabe – denn er war noch ein Knabe mit seinen sechzehn Jahren – war nicht betrübt, daß sie gingen, und hatte sich mit einem tiefen Seufzer der Erleichterung auf die weichen Kissen seines großen Betts zurückgeworfen; er lag da mit flammenden Augen und offenem Mund, – wie ein brauner Faun des Waldes oder ein junges Tier der Wildnis, das die Jäger gefangen haben. Und in der Tat hatten ihn auch Jäger gefunden. Sie waren fast durch Zufall auf ihn gestoßen, als er barfuß, die Flöte in der Hand, der Herde des armen Ziegenhirten nachzog, der ihn aufgezogen und als dessen Sohn er sich bis dahin stets betrachtet hatte. Das Kind der einzigen Tochter des alten Königs aus einer heimlichen Ehe mit einem, der an Rang weit unter ihr stand – einem Fremden, sagten einige, der durch den wunderbaren Zauber seines Flötenspiels die junge Prinzessin bezaubert hatte, daß sie ihn lieben mußte; während andere einen Künstler aus Rimini erwähnten, dem die Prinzessin viel, vielleicht zuviel Ehre erwiesen hatte und der plötzlich aus der Stadt verschwunden war, ohne seine Arbeit am Dom vollendet zu haben –, war er, kaum eine Woche alt, von der Seite seiner schlafenden Mutter gerissen und einem einfachen Bauern und dessen Frau anvertraut worden, die selbst keine Kinder hatten und die in einem entlegenen Teil des Waldes mehr als einen Tagesritt von der Stadt entfernt wohnten. Der Gram oder die Pest, wie der Hofarzt feststellte, oder, wie einige behaupteten, ein rasch wirkendes italienisches Gift, in einem Becher Würzwein gereicht, tötete schon eine Stunde nach ihrem Erwachen das weiße Mädchen, das ihn geboren hatte; und als der treue Diener, der das Kind vor sich im Sattel hielt, von seinem müden Pferd stieg und an die Tür der Hütte des Hirten pochte, da senkte man den Leichnam der Prinzessin in ein offenes Grab, das man vor den Toren der Stadt auf einem verlassenen Kirchhof gegraben hatte – in ein Grab, darin, wie man sagte, schon ein anderer Leichnam lag, der Leichnam eines jungen Mannes von wunderbarer, fremder Schönheit, dem die Hände mit Stricken auf den Rücken gebunden waren und dessen Brust viele rote Wunden trug.

So ging jedenfalls die Geschichte, die man sich zuflüsterte. Sicher war, daß der König auf seinem Totenbett, vielleicht von Reue gepeinigt, vielleicht auch nur in dem Wunsch, daß die Krone in seiner Linie bleiben möge, nach dem Knaben hatte schicken lassen und ihn in Anwesenheit des Kronrats als seinen Erben bestellt hatte.

Und es scheint, daß er vom ersten Augenblick seiner Anerkennung an Zeichen jener seltsamen Leidenschaft für die Schönheit zeigte, die so großen Einfluß auf sein Leben nehmen sollte. Die ihn durch die Zimmerfluchten begleiteten, die für ihn bestimmt waren, sprachen oft von dem Ausruf des Vergnügens, der seinen Lippen entfloh, als er die feinen Gewänder und reichen Juwelen sah, die man für ihn bereitgelegt hatte, und von der beinahe wilden Freude, mit der er sein rohes Lederwams und seinen groben Schaffellmantel von sich warf. Freilich, zuweilen vermißte er die weite Freiheit seines Waldlebens, und er war stets bereit, sich über die öden Hofzeremonien aufzuregen, aber der herrliche Palast ›La Joyeuse‹, wie man ihn nannte, dessen Herr er nun war, schien ihm eine neue Welt zu sein, die eigens zu seiner Lust geschaffen war; und sobald er dem Kronrat oder dem Audienzsaal entfliehen konnte, lief er die große Treppe hinunter, wo Löwen aus vergoldeter Bronze standen, und deren Stufen aus glänzendem Porphyr gebildet waren, und wanderte von Raum zu Raum, von Gang zu Gang wie einer, der in der Schönheit Balsam für den Schmerz suchte, eine Art Genesung von Krankheit.

Auf diesen Entdeckungsreisen, wie er sie zu nennen pflegte – und in der Tat waren es für ihn wirkliche Reisen durch ein Reich der Wun-der –, ließ er sich oft von schlanken, blondhaarigen Pagen in flatternden Mänteln und heiteren, flatternden Bändern begleiten. Oft aber blieb er allein, denn er fühlte in raschem Erraten, daß sich die Geheimnisse der Kunst am besten im stillen erkennen lassen und daß die Schönheit wie auch die Weisheit den liebt, der sie in Einsamkeit verehrt.

Manch seltsame Geschichte erzählte man sich zu jener Zeit von ihm. Man sagte, ein behäbiger Bürgermeister, der gekommen war, um eine begeisterte Grußadresse im Namen der Bürger der Stadt an ihn zu richten, habe ihn gesehen, wie er in wahrer Anbetung vor einem großen Gemälde kniete, das gerade aus Venedig gekommen war und die Verehrung einiger neuer Götter darzustellen schien. Bei einer anderen Gelegenheit hatte man ihn mehrere Stunden lang vermißt und erst nach langem Suchen im kleinen Raum des Nordturms entdeckt, als er gleich einem Verzückten auf eine griechische Gemme starrte, in die die Gestalt des Adonis geschnitten war. Man hatte ihn gesehen, so ging das Gerücht, wie er seine warmen Lippen auf die Marmorstirn einer antiken Statue preßte, die bei Gelegenheit eines Brückenbaus im Flußbett gefunden worden war und eine Inschrift mit dem Namen des bithynischen Sklaven Hadrians trug. Er hatte eine ganze Nacht damit verbracht, die Wirkung des Mondlichts auf ein silbernes Standbild des Endymion zu betrachten.

Jedenfalls hatten alle seltenen und kostbaren Stoffe großen Zauber auf ihn, und in der Begierde, sie zu besitzen, hatte er viele Kaufleute ausgesandt: die einen, um von dem rauhen Fischervolk der Nordmeere Bernstein zu erhandeln; andere nach Ägypten, um jene seltenen grünen Türkise zu suchen, die man nur in den Gräbern der Könige findet und die magische Kräfte besitzen sollen; andere nach Persien, um seidene Teppiche und bemalte Keramiken, und wieder andere nach Indien, um Gaze zu kaufen und getöntes Elfenbein, Mondsteine und Armbänder aus Nephrit, Sandelholz und blaues Emaille und Schals aus feiner Wolle.

Aber am meisten hatte ihn das goldene Gewand beschäftigt, das er bei seiner Krönung tragen sollte, die rubinenbesetzte Krone und das Zepter, mit Reihen und Ringen von Perlen besetzt. Ja, daran dachte er heute abend, als er auf seinem kostbaren Lager lag und die Holzscheite betrachtete, die im offenen Kamin glühten. Die Entwürfe, die von der Hand des berühmtesten Künstlers der Zeit herrührten, waren ihm vor vielen Monaten vorgelegt worden, und er hatte Befehl gegeben, daß die Handwerker Tag und Nacht daran arbeiten sollten und daß man die ganze Welt durchsuchte, um Juwelen zu finden, die ihrer Arbeit würdig wären. Er sah sich im Geiste schon am Hochaltar des Doms stehen, bedeckt mit dem Prunkgewand, und ein Lächeln spielte um seine Knabenlippen, verharrte dort und entflammte in seinen dunklen Waldaugen einen strahlenden Glanz.

Nach einiger Zeit stand er auf, lehnte sich gegen die geschnitzte Blende des Kamins und sah sich in dem matt erleuchteten Zimmer um. Die Wände waren mit reichen Gobelins behängt, die den Triumph der Schönheit darstellten. Ein großer Schrank, mit Einlegearbeiten aus Achat und Lapislazuli, füllte eine Ecke, und dem Fenster gegenüber stand ein seltsam geformter Fächerschrank mit Feldern aus Lack und Goldstaub und Goldmosaik, und darauf standen zarte Becher aus venezianischem Glas und eine Trinkschale aus dunkeladrigem Onyx. Bleiche Mohnblumen waren auf die Decke des Betts gestickt, als wären sie den müden Händen des Schlafs entfallen, und hohe kannelierte Säulen aus Elfenbein trugen den samtenen Baldachin, aus dem, wie weißer Schaum, sich große Büschel von Straußenfedern zum matten Silber der Kassettendecke hoben. Ein lachender Narziß von grüner Bronze hielt einen glänzenden Spiegel über den Kopf. Auf dem Tisch stand eine flache Schale aus Amethyst.

Draußen konnte er die mächtige Kuppel des Doms sehen, die wie eine Seifenblase die schattigen Häuser überwölbte, und die müden Posten, die auf der Terrasse am nebligen Fluß auf und nieder schritten. Fern, in einem Garten, sang eine Nachtigall. Ein leichter Jasminduft drang durch das offene Fenster. Er strich sich die braunen Locken aus der Stirn, zog eine Laute an sich und ließ die Finger über die Saiten gleiten. Seine schweren Augenlider senkten sich, und eine seltsame Mattigkeit kam über ihn. Niemals hatte er so klar den Zauber und das Geheimnis des Schönen empfunden.

Als es vom Turm Mitternacht schlug, berührte er eine Glocke. Seine Pagen traten ein und entkleideten ihn unter vielen Zeremonien und gossen ihm Rosenwasser über seine Hände und streuten ihm Blumen auf sein Kissen. Wenige Minuten, nachdem sie gegangen waren, fiel er in Schlaf.

Und als er schlief, träumte er einen Traum, und dieses war sein Traum:

Es war ihm, als stünde er in einer langen, niedrigen Halle, unter dem Schwirren und Rasseln vieler Webstühle. Das spärliche Tageslicht drang durch die vergitterten Fenster und zeigte ihm die hageren Gestalten der Weber, die über die Webstühle gebeugt waren. Bleiche, kränkliche Kinder hockten auf den mächtigen Querbalken. Und wenn die Schiffchen durch den Zettel schossen, hoben sie das schwere Richtscheit auf; und wenn die Schiffchen innehielten, ließen sie das Richtscheit fallen und stießen die Fäden zusammen. Ihre Gesichter waren vor Hunger eingefallen, und ihre knochigen Hände zitterten und bebten. Einige dürre Frauen saßen an einem Tisch und nähten. Ein grauenhafter Geruch erfüllte den Raum. Die Luft war stickig und schwer, und die Wände tropften und liefen vor Feuchtigkeit. Der junge König näherte sich einem der Weber und trat zu ihm und sah ihm bei der Arbeit zu.

Der Weber aber sah böse zu ihm auf und sagte:

»Was siehst du mir zu? Bist du ein Späher, der von unserem Herrn über uns gesetzt worden ist?«

»Wer ist dein Herr?« fragte der junge König.

»Unser Herr!« rief der Weber bitter. »Er ist ein Mensch wie ich. Es gibt nur einen Unterschied zwischen uns – er trägt schöne Kleider, und ich gehe in schmutzigen Lumpen; und ich bin krank und schwach vor Hunger, während er an Übersättigung leidet.«

»Das Land ist frei«, sagte der junge König, »und du bist keines Menschen Sklave.«

»Im Krieg«, antwortete der Weber, »machen die Starken die Schwachen zu Sklaven, und im Frieden machen die Reichen die Armen zu Sklaven. Wir müssen arbeiten, um zu leben, und sie geben uns so kärglichen Lohn, daß wir sterben. Wir arbeiten für sie den ganzen Tag, und sie häufen das Gold in ihren Schränken, aber unsere Kinder welken vor ihrer Zeit, und die Gesichter derer, die wir lieben, werden hart und verbittert. Wir treten die Trauben aus, und ein anderer trinkt den Wein. Wir säen das Korn, und unser eigener Speicher bleibt leer. Wir tragen Ketten, wenn sie auch niemand sieht; und wir sind Sklaven, wenn auch die Menschen uns frei nennen.«

»Ist das wirklich so?« fragte der König.

»Es ist wirklich so«, antwortete der Weber, »bei den Jungen wie bei den Alten, bei den Frauen wie bei den Männern, bei den kleinen Kindern wie bei denen, die die Jahre beugen. Die Händler treten uns nieder, und wir müssen tun, was sie uns heißen. Der Priester reitet vorüber und zählt die Perlen seines Rosenkranzes, aber kein Mensch kümmert sich um uns. Durch unsere sonnenlosen Gassen schleicht die Armut mit hungrigen Augen, und die Sünde mit ihrem verquollenen Antlitz folgt dicht auf dem Fuß. Das Elend weckt uns am Morgen, und die Schande sitzt bei uns zur Nacht. Aber was geht dich das an? Du bist keiner von uns. Dein Gesicht ist zu glücklich.«

Und er wandte sich mürrisch fort und warf das Schiffchen durch den Webstuhl; und der junge König sah, daß es mit einem goldenen Faden gefädelt war.

Und eine große Angst befiel ihn, und er fragte den Weber:

»Was für ein Gewand ist das, das du da webst?«

»Es ist das Gewand für die Krönung des jungen Königs«, antwortete er; »was geht das dich an?«

Da stieß der junge König einen lauten Schrei aus und erwachte; und siehe! Er war in seinem eigenen Zimmer, und durch das Fenster sah er den großen, honigfarbenen Mond in der verschleierten Nacht stehen.

Und er schlief wieder ein und träumte, und dies war sein Traum:

Es war ihm, als läge er auf dem Deck einer großen Galeere, die von hundert Sklaven gerudert wurde. Auf einem Teppich zu seiner Seite saß der Herr der Galeere. Er war schwarz wie Ebenholz, und sein Turban war aus roter Seide. Große Ohrgehänge aus Silber zogen die Läppchen seiner Ohren nieder, und in den Händen hielt er zwei elfenbeinerne Waagschalen.

Die Sklaven waren nackt bis auf einen zerlumpten Schurz um die Lenden, und jeder war an seinen Nachbarn angekettet. Die heiße Sonne traf sie mit voller Schärfe, und Mohrenaufseher liefen auf und ab und peitschten sie mit Peitschen aus Leder. So streckten sie ihre dürren Arme aus und zogen die schweren Ruder durchs Wasser. Die salzige Gischt flog vor dem Bug hoch auf.

Schließlich erreichten sie eine kleine Bucht und fingen an, das Lot zu werfen.

Ein leichter Wind wehte von der Küste her und bedeckte Deck und Segel mit feinem roten Staub. Drei Araber kamen auf wilden Eseln geritten und warfen Speere nach ihnen. Der Herr der Galeere nahm einen bemalten Bogen zur Hand und durchschoß einem die Kehle. Er stürzte mit schwerem Fall in die Brandung, und seine Gefährten ritten davon. Eine Frau in einem gelben Schleier folgte langsam auf einem Kamel und sah sich von Zeit zu Zeit nach dem Leichnam um.

Sobald sie Anker geworfen hatten und das Segel eingeholt war, stiegen die Mohren in den Raum hinab und holten eine lange Strickleiter herauf, die mit Bleigewichten schwer behängt war. Der Herr der Galeere befestigte die Enden an zwei eisernen Haken und warf sie über Bord. Dann ergriffen die Mohren den jüngsten der Sklaven, nahmen ihm seine Fesseln ab, füllten ihm Nasenlöcher und Ohren mit Wachs und banden ihm einen schweren Stein um seine Hüften. Müde stieg er die Leiter hinunter und verschwand im Meer. Einige Blasen stiegen auf, wo er versank. Einige der anderen Sklaven sahen neugierig über Bord. Vorn im Bug der Galeere saß ein Haifischbeschwörer und schlug monoton seine Trommel.

Nach einiger Zeit kam der Taucher aus dem Wasser empor und klammerte sich keuchend an die Leiter. Er hielt eine Perle in der rechten Hand. Die Mohren entrissen sie ihm und stießen ihn zurück. Die Sklaven schliefen über ihren Rudern ein.

Wieder und wieder kam er herauf, und jedesmal brachte er eine herrliche Perle mit. Der Herr der Galeere wog sie und steckte sie in einen kleinen Beutel aus grünem Leder.

Der junge König versuchte zu sprechen, aber ihm war, als klebte ihm die Zunge am Gaumen, und seine Lippen gehorchten ihm nicht. Die Mohren schwatzten miteinander und fingen an, sich um eine Schnur glänzender Perlen zu streiten. Zwei Kraniche umkreisten beständig das Schiff.

Da kam der Taucher zum letztenmal herauf, und die Perle, die er mitbrachte, war schöner als all die Perlen des Ormuzd, denn sie war an Gestalt gleich dem vollen Mond. Aber sein Gesicht war seltsam bleich, und als er auf das Deck fiel, quoll ihm das Blut aus Nase und Ohren. Er bebte noch eine Zeitlang, und dann wurde er still. Die Mohren zuckten die Schultern und warfen den Leichnam über Bord.

Und der Herr der Galeere lachte, und er reckte den Arm aus und nahm die Perle, und als er sie sah, preßte er sie an seine Stirn und verneigte sich.

»Sie soll«, sagte er, »für das Zepter des jungen Königs sein«, und er gab seinen Mohren ein Zeichen, die Anker aufzuziehen.

Als der junge König dies hörte, stieß er einen lauten Schrei aus und erwachte, und als er zum Fenster hinausblickte, sah er, wie die Dämmerung mit langen, grauen Fingern nach den verblassenden Sternen griff.

Und er schlief wieder ein und träumte, und dies war sein Traum:

Ihm war, als wandere er durch einen dunklen Wald, in dem seltsame Früchte hingen und herrliche, giftige Blumen wuchsen. Nattern zischten nach ihm, als er vorüberging, und die farbenstrahlenden Papageien flogen kreischend von Ast zu Ast. Riesige Schildkröten lagen schlafend im heißen Schlamm. Und die Bäume waren voll von Affen und Pfauen.

Weiter und weiter ging er, bis er zum Rand des Waldes kam; und dort sah er eine ungeheuere Ansammlung von Menschen, die im Bett eines ausgetrockneten Flusses arbeiteten. Sie schwärmten auf den Felsen aus wie Ameisen. Sie gruben tiefe Löcher in den Boden und stiegen hinab. Einige von ihnen spalteten den Fels mit großen Spitzhacken; andere wühlten im Sand. Sie rissen den Kaktus an seinen Wurzeln heraus und zertraten die leuchtend roten Blüten. Sie hasteten umher und schrien einander zu, und niemand war müßig.

Aus dem Düster einer Höhle sahen ihnen der Tod und die Habsucht zu, und der Tod sagte: »Ich bin müde; gib mir den dritten Teil von ihnen und laß mich gehen.«

Aber die Habsucht schüttelte den Kopf.

»Sie sind meine Diener«, antwortete sie.

Und der Tod sagte zu ihr: »Was hältst du in der Hand?«

»Ich habe drei Getreidekörner«, antwortete sie, »was geht das dich an?«

»Gib mir eins davon«, rief der Tod, »damit ich es in meinen Garten pflanze; nur eins davon, und ich will gehen.«

»Ich werde dir gar nichts geben«, sagte die Habsucht, und sie verbarg ihre Hand in einer Falte ihres Gewands.

Da lachte der Tod, nahm eine Schale und tauchte sie in ein Wasserloch, und aus der Schale stieg das Wechselfieber auf. Es ging durch die große Menschenmenge, und der dritte Teil von ihnen lag tot. Ein kalter Nebel folgte ihm, und die Wasserschlangen liefen ihm zur Seite.

Als die Habsucht dies sah, daß der dritte Teil der Menge tot war, schlug sie sich an die Brust und weinte. Sie schlug sich den unfruchtbaren Busen und heulte laut.

»Du hast den dritten Teil meiner Diener erschlagen«, rief sie, »gehe fort. Es herrscht Krieg in den Bergen der Tatarei, und die Könige beider Parteien rufen nach dir. Die Afghanen haben den schwarzen Stier erschlagen und gehen in die Schlacht. Sie haben mit ihren Speeren auf ihre Schilde geschlagen und ihre eisernen Helme aufgesetzt. Was ist dir schon mein Tal, daß du in ihm verweilen solltest? Gehe und kehre nie zurück.«

»Ja«, antwortete der Tod, »aber bevor du mir nicht eins dieser Getreidekörner gegeben hast, gehe ich nicht.«

Doch die Habsucht schüttelte den Kopf.

»Ich werde dir gar nichts geben«, murmelte sie.

Da lachte der Tod und hob einen schwarzen Stein auf und warf ihn in den Wald, und aus dem Gestrüpp wilden Schierlings stieg das Sumpffieber in einem Kleid von Flammen. Und es schritt durch die Menge und berührte sie, und jeder, den es berührte, starb. Das Gras welkte unter seinen Füßen, wo es ging.

Da schauderte die Habsucht, und sie streute sich Asche aufs Haupt.

»Du bist grausam«, rief sie; »du bist grausam. In den befestigten Städten Indiens herrscht Hungersnot. Die Zisternen sind ausgetrocknet in Samarkand. In den ummauerten Städten Ägyptens herrscht Hungersnot, und aus der Wüste sind die Heuschrecken gekommen. Der Nil hat seine Ufer nicht überflutet, und die Priester haben Isis und Osiris verflucht. Geh zu denen, die dich brauchen, und laß mir meine Diener.«

»Ja«, antwortete der Tod, »aber bevor du mir nicht eins dieser Getreidekörner gegeben hast, gehe ich nicht.«

»Ich werde dir gar nichts geben«, sagte die Habsucht.

Da lachte der Tod wieder und pfiff durch die Finger, und ein Weib kam durch die Luft geflogen. »Pest« stand auf ihrer Stirn geschrieben, und eine Schar von hageren Geiern umflatterte sie. Sie bedeckte das Tal mit ihren Flügeln, und niemand blieb am Leben.

Und die Habsucht floh schreiend durch den Wald, und der Tod sprang auf sein rotes Roß und ritt davon, und sein Roß war schneller als der Wind.

Und aus dem Schlamm auf dem Grund des Tals erhoben sich Drachen und abscheuliches Schuppengetier, und die Schakale kamen über den Sand gelaufen und zogen die Luft durch ihre Nüstern ein.

Da weinte der junge König und fragte:

»Wer waren diese Männer, und was suchten sie?«

»Rubine für eine Königskrone«, antwortete einer, der hinter ihm stand.

Der junge König schauderte und wandte sich um und erblickte einen Mann, der wie ein Pilger gekleidet war und einen Silberspiegel in seiner Hand hielt.

Er erbleichte und fragte:

»Für welches Königs Krone?«

Und der Pilger antwortete:

»Sieh in den Spiegel, so wirst du ihn sehen.«

Und er blickte in den Spiegel, und da er sein eigenes Antlitz sah, stieß er einen lauten Schrei aus und erwachte. Helles Sonnenlicht fiel in sein Gemach.

Und der Kanzler und die hohen Beamten des Staates traten ein und huldigten ihm, und die Pagen brachten ihm das Gewand aus gewebtem Gold und legten die Krone und das Zepter vor ihn hin. Und der junge König sah beide an, und sie waren herrlich. Sie waren herrlicher als irgend etwas, was er bisher gesehen hatte. Aber er dachte an seine Träume und sagte zu seinen Großen:

»Nehmt diese Dinge fort; denn ich will sie nicht tragen.«

Da waren die Höflinge entsetzt, und einige unter ihnen lachten, denn sie glaubten, er scherzte.

Aber er sprach noch einmal streng zu ihnen und sagte: »Nehmt diese Dinge fort und verbergt sie vor mir. Wenn dies auch der Tag meiner Krönung ist, ich will sie nicht tragen. Denn auf dem Webstuhl der Sorge und mit den weißen Händen des Schmerzes ist dies mein Gewand gewoben. Blut ist im Herzen des Rubins, und im Herzen der Perle ist der Tod.«

Und er erzählte ihnen seine drei Träume.

Und als die Höflinge die Träume hörten, sahen sie einander an und flüsterten:

»Sicher, er ist wahnsinnig; denn was ist ein Traum mehr als ein Traum, und ein Gesicht mehr als ein Gesicht? Sie sind nichts Wirkliches, daß man sich um sie kümmere. Und was haben wir zu tun mit dem Leben derer, die für uns arbeiten? Soll ein Mann kein Brot mehr essen, bis er den Säer sah, und keinen Wein mehr trinken, bis er mit dem Winzer sprach?«

Und der Kanzler wandte sich zu dem jungen König und sagte:

»Mein Herr, ich bitte dich, laß diese deine schwarzen Gedanken fahren und lege dieses schöne Gewand an und setze die Krone auf dein Haupt. Denn wie soll das Volk wissen, daß du König bist, wenn du nicht eines Königs Kleidung trägst?«

Und der junge König sah ihn an.

»Ist dem wirklich so?« fragte er. »Werden sie mich nicht als König kennen, wenn ich nicht eines Königs Kleidung trage?«

»Sie werden dich nicht erkennen, Herr«, rief der Kanzler.

»Ich hatte geglaubt, es habe Männer gegeben, die königlich waren«, antwortete er, »aber es mag wohl sein, wie du sagst. Und doch will ich dies Gewand nicht tragen, noch will ich mit dieser Krone mich krönen lassen; sondern wie ich kam zum Palast, so will ich ihn wieder verlassen.«

Und er hieß sie alle hinausgehen bis auf einen Pagen, den er bei sich behielt, einen Knaben, der ein Jahr jünger war als er selbst. Ihn behielt er zu seiner Bedienung bei sich; und als er sich im klaren Wasser gebadet hatte, öffnete er eine große, uralte Truhe und nahm das rohe Lederwams und den groben Schaffellmantel heraus, den er getragen hatte, als er auf dem Hügel die zottigen Ziegen des Hirten hütete. Beides legte er an, und in die Hand nahm er seinen knorrigen Hirtenstab.

Und der kleine Page öffnete die großen blauen Augen vor Verwunderung und sprach lächelnd:

»Mein Gebieter, ich sehe dein Gewand und dein Zepter, aber wo ist deine Krone?«

Da pflückte der junge König einen Zweig von wilden Winden, die über den Balkon wucherten, und bog ihn und machte einen Kranz daraus und setzte ihn sich aufs Haupt.

»Das soll meine Krone sein«, antwortete er.

Und so angetan ging er aus seinem Gemach in den großen Saal, wo die Höflinge auf ihn warteten.

Und die Höflinge spotteten, und einige riefen ihm zu:

»Herr, das Volk wartet auf seinen König, und du zeigst ihm einen Bettler«; und andere wurden zornig und riefen:

»Er bringt Schande über unseren Staat, und er ist nicht würdig, unser Herrscher zu sein.«

Aber er antwortete ihnen mit keinem Wort, sondern schritt hinaus, die glänzende Porphyrtreppe hinunter und hinaus durch die erzenen Tore und stieg auf sein Roß und ritt zum Dom, und der kleine Page lief neben ihm her.

Da lachte das Volk und rief:

»Da reitet der Narr des Königs vorbei«, und sie verhöhnten ihn. Er aber zog die Zügel an und sprach zu ihnen:

»Nein, ich bin der König.«

Und darauf erzählte er ihnen seine drei Träume.

Da trat ein Mann aus der Menge hervor und sprach voll Bitterkeit zu ihm:

»Herr, weißt du nicht, daß sich am Luxus der Reichen das Leben der Armen nährt? Von eurer

Pracht werden wir gesättigt, und eure Laster geben uns Brot. Für einen harten Herrn zu arbeiten, ist bitter, aber bitterer ist es, keinen Herrn zu haben, für den man arbeiten kann. Meinst du, die Raben werden uns Nahrung bringen? Und welche Heilung hast du für diese Dinge? Willst du dem Käufer sagen: Du sollst für so viel kaufen, und dem Händler: Du sollst um diesen Preis verkaufen? Ich glaube nicht. Also kehre in deinen Palast zurück und lege deinen Purpur an und dein feines Leinen. Was hast du mit uns zu schaffen und mit dem, was wir dulden?«

»Sind nicht die Reichen und die Armen Brüder?« fragte der junge König.

»Wohl«, antwortete der Mann, »und der Name des reichen Bruders ist Kain.«

Da füllten sich die Augen des jungen Königs mit Tränen, und er ritt weiter unter dem Murren des Volkes; und den kleinen Pagen ergriff Furcht, und er verließ ihn.

Als er das Portal des Doms erreichte, schränkten die Soldaten ihre Hellebarden und sagten: »Was hast du hier zu suchen? Durch diese Tür tritt niemand ein außer dem König.«

Da rötete sich sein Gesicht vor Zorn, und er sprach zu ihnen:

»Ich bin der König«, und er stieß ihre Hellebarden beiseite und ging hinein.

Und als der alte Bischof ihn in seinem Hirtengewand kommen sah, stand er verwundert von seinem Sessel auf und sprach:

»Mein Sohn, ist das eines Königs Gewand? Und mit welcher Krone soll ich dich krönen und welches Zepter in deine Hände legen? Wahrlich, dies sollte für dich ein Tag der Freude sein und nicht der Erniedrigung.«

»Soll die Freude tragen, was der Gram geschaffen hat?« sagte der junge König. Und er erzählte ihm seine drei Träume.

Und als der Bischof sie gehört hatte, zog er die Stirn in Falten und sprach:

»Mein Sohn, ich bin ein alter Mann und stehe im Winter meiner Tage, und ich weiß, daß viele schlimme Dinge in der weiten Welt geschehen. Die wilden Räuber kommen herab aus den Bergen und verschleppen die kleinen Kinder und verkaufen sie an die Mohren. Die Löwen lauern den Karawanen auf und stürzen sich auf die Kamele. Der wilde Eber verwüstet das Korn im Tal, und die Füchse benagen den Wein auf den Hügeln. Die Piraten verwüsten die Küsten der See und verbrennen die Schiffe der Fischer und nehmen ihnen die Netze. In den Salzsümpfen leben die Aussätzigen und wohnen in Häusern aus geflochtenem Rohr, und niemand darf ihnen nahe kommen. Die Bettler ziehen durch die Städte und verzehren ihr Brot mit den Hunden. Kannst du verhindern, daß dem so ist? Willst du den Aussätzigen zu deinem Bettgenossen machen und den Bettler zu dir an die Tafel setzen? Soll der Löwe tun, was du befiehlst, und der wilde Eber dir gehorchen? Ist nicht Er, der das Elend schuf, weiser als du? Deshalb rühme ich dich nicht um das, was du getan, sondern ich rate dir, in den Palast zurückzureiten und dein Gesicht froh zu machen und das Gewand anzulegen, das einem König geziemt; und mit der goldenen Krone will ich dich krönen und das Perlenzepter in die Hand dir legen. Und an deine Träume denke nicht mehr. Die Last dieser Welt ist zu groß für einen Menschen, um sie zu tragen, und das Leid der Welt zu schwer für ein Herz, um es zu dulden.«

»Sagst du dies im Haus des Herrn?« sprach der junge König und schritt an dem Bischof vorbei und stieg die Stufen des Altars hinauf und stand vor dem Bildnis Christi.

Er stand vor dem Bildnis Christi, und zu seiner Rechten und zu seiner Linken standen die herrlichen Goldgefäße, der Kelch mit dem Krönungswein und die Phiole mit dem heiligen Öl. Er kniete vor dem Bildnis Christi, und die großen Kerzen brannten hell neben dem juwelenbesetzten Tabernakel, und der Weihrauch wirbelte in dünnen, blauen Wölkchen durch die weite Kuppel. Er neigte das Haupt im Gebet, und die Priester in ihren steifen Chorgewändern schlichen betreten vom Altar fort.

Und plötzlich kam von draußen, von der Straße her, wilder Tumult, und herein drangen die federgeschmückten Edlen mit gezogenen Schwertern und Schilden aus blankem Stahl.

»Wo ist dieser Träumeträumer?« riefen sie. »Wo ist dieser König, der gekleidet ist wie ein Bettler? – Dieser Knabe, der Schande über unser Reich bringt? Wohlauf, wir wollen ihn erschlagen, denn er ist unwürdig, über uns zu herrschen.«

Und der junge König neigte wieder das Haupt und betete; und als er sein Gebet beendet hatte, stand er auf und wandte sich um und sah voll Trauer auf sie herab.

Und siehe! Durch die gemalten Fenster kam das Sonnenlicht und umströmte ihn; und die

Strahlen der Sonne woben um ihn ein Gewand, das herrlicher war als das Gewand, das ihm zur Lust geschaffen wurde. Der tote Stab erblühte und trug Lilien, weißer als Perlen. Der trockene Dorn blühte und trug Rosen, die roter waren als Rubine. Weißer als schöne Perlen waren die Lilien, und ihre Stengel waren aus glänzendem Silber. Roter als Rubine waren die Rosen, und ihre Blätter waren aus getriebenem Gold. Er stand da im Gewand eines Königs, und die Flügel des juwelenbesetzten Tabernakels flogen auf, und aus dem Kristall der glänzenden Monstranz strahlte ein herrliches mystisches Licht. Er stand da im Gewand eines Königs, und die Glorie Gottes erfüllte den Raum, und die Heiligen in den geschnitzten Nischen schienen sich zu bewegen. In dem stolzen Gewand eines Königs stand er vor ihnen da, und die Orgel sandte ihre Melodien aus, und die Fanfarenbläser bliesen die Fanfaren, und die Sängerknaben sangen.

Und das Volk fiel in Ehrfurcht auf die Knie, und die Edlen stießen ihr Schwert in die Scheide und huldigten ihm, und des Bischofs Antlitz wurde bleich, und seine Hände zitterten.

»Ein Größerer, als ich bin, hat dich gekrönt«, rief er und kniete vor ihm nieder.

Und der junge König schritt von dem Hochaltar und ging heim, mitten durch das Volk. Aber niemand wagte, ihm ins Gesicht zu sehen, denn es war wie das Gesicht eines Engels.

Der Geburtstag der Infantin

Es war der Geburtstag der Infantin. Sie wurde gerade zwölf Jahre alt, und die Sonne schien strahlend in den Garten des Palastes.

Obwohl sie eine wirkliche Prinzessin war und Infantin von Spanien, hatte sie doch jedes Jahr nur einen Geburtstag, gerade wie die Kinder von ganz armen Leuten. Daher war es selbstverständlich für das ganze Land von großer Bedeutung, daß sie aus diesem Anlaß einen wirklich schönen Tag haben sollte. Und fürwahr, es war wirklich ein schöner Tag. Die großen, gestreiften Tulpen standen stolz aufgerichtet auf ihren Stengeln, gleich langen Reihen von Soldaten, und sie sahen herausfordernd durch den Garten auf die Rosen und sagten:

»Wir sind jetzt genau so schön wie ihr.«

Die purpurnen Schmetterlinge flatterten umher, mit Goldstaub auf den Flügeln, und besuchten nacheinander alle Blumen. Die kleinen Eidechsen krochen aus den Rissen der Mauer und lagen in der weißen Glut und sonnten sich; und die Granatäpfel sprangen auf in der Hitze und zeigten ihre blutenden, roten Herzen. Selbst die bleichen, gelben Zitronen, die in solcher Fülle von den Spalieren hingen und an den dunklen Bogengängen entlang, schienen reichere Farbe aus dem wundervollen Sonnenlicht zu saugen, und die Magnolienbäume öffneten ihre großen, kugelrunden Blüten gefalteten Elfenbeins und erfüllten die Luft mit schwerem, süßem Duft.

Die kleine Prinzessin selbst lief mit ihren Gespielinnen die Terrasse auf und nieder und spielte Versteck um die steinernen Vasen und die alten, moosbewachsenen Statuen. An gewöhnlichen Tagen durfte sie nur mit Kindern ihres Ranges spielen, und deshalb mußte sie immer allein spielen; aber ihr Geburtstag war eine Ausnahme, und der König hatte Befehl gegeben, daß sie von ihren jungen Freunden und Freundinnen einladen sollte, wen sie wollte, um sich mit ihnen zu vergnügen. Es lag Grazie über diesen hübschen spanischen Kindern, wie sie herumhuschten; die Knaben mit ihren großfedrigen Hüten und den kurzen flatternden Mäntelchen, die Mädchen, die die Schleppen ihrer langen Brokatgewänder trugen und ihre Augen mit großen Fächern aus Schwarz und Silber gegen die Sonne schützten. Aber die Infantin war die Anmutigste von allen. Sie war am geschmackvollsten angezogen, wenn auch nach der beschwerlichen Mode der Zeit. Ihr Kleid war aus grauer Seide, der Saum und die weiten Puffärmel schwer mit Silber bestickt und das enge Mieder mit Reihen schöner Perlen besetzt. Ein Paar winziger Schuhe mit großen, rosa Schleifen sahen unter ihrem Kleid hervor, wenn sie ging. Rosa und perlenfarben war auch ihr großer Fächer, und in ihrem Haar, das sich wie eine Aureole aus weißem Gold steif um ihr bleiches kleines Gesichtchen legte, trug sie eine herrliche weiße Rose.

Von einem Fenster des Palasts aus sah ihnen der melancholische König zu. Hinter ihm stand sein Bruder, Don Pedro von Aragon, den er haßte; und sein Beichtvater, der Groß-Inquisitor von Granada, saß ihm zur Seite. Trauriger noch als gewöhnlich war der König; denn als er auf die

Infantin blickte, die sich mit kindlichem Ernst gegen die sich versammelnden Höflinge verneigte oder hinter ihrem Fächer über die würdevolle Herzogin von Albuquerque lachte, die sie immer begleitete, da dachte er an ihre Mutter, die junge Königin, die – so schien es ihm – erst vor kurzer Zeit aus dem heiteren Frankreich gekommen und in dem düsteren Glanz des spanischen Hofs dahingewelkt war – denn sie starb sechs Monate nach der Geburt ihres Kindes, ehe sie noch die Mandelbäume des Gartens zum zweitenmal hatte blühen sehen und die zweite Jahresfrucht von dem alten, ächzenden Feigenbaum gepflückt hatte, der im Mittelpunkt des jetzt grasbewachsenen Hofs stand. So groß war seine Liebe zu ihr gewesen, daß er sie nicht einmal im Grab vor sich hatte verbergen lassen. Sie wurde von einem maurischen Arzt einbalsamiert, dem man für diesen Dienst sein Leben schenkte, das, so sagte man, schon wegen Ketzerei und des Verdachts magischer Künste dem Heiligen Offizium verfallen war; und ihre Leiche lag noch auf der gestickten Bahre in der schwarzen Marmorkapelle des Palasts, genau wie die Mönche sie an jenem stürmischen Märztag vor beinahe zwölf Jahren hineingetragen hatten. Einmal in jedem Monat ging der König, in einen dunklen Mantel eingeschlagen und eine verdeckte Laterne in der Hand, hinein und kniete an ihrer Seite und rief:

»Mi Reina! Mi Reina!«

Und zuweilen durchbrach er die Etikette, die in Spanien jede Handlung des Lebens beherrscht und selbst dem Gram eines Königs Grenzen setzt, und faßte die bleichen, beringten Hände in seiner wilden Schmerzensqual und versuchte durch seine wahnsinnigen Küsse das kalte, bemalte Gesicht zu beleben. Heute war ihm, als sähe er sie wieder, wie er sie zuerst gesehen hatte, im Schloß zu Fontainebleau, als er fünfzehn Jahre alt war und sie noch jünger. Sie waren damals von dem päpstlichen Nuntius vor dem französischen König und dem ganzen Hof in aller Form verlobt worden, und er war in den Escorial zurückgekehrt und hatte eine Locke blonden Haars mitgebracht und die Erinnerung an zwei Kinderlippen, die sich niederbeugten, um seine Hand zu küssen, als er in seinen Wagen stieg. Später war dann die Hochzeit gefolgt, die eilig in Burgos vollzogen wurde, einer kleinen Stadt an der Grenze der beiden Reiche, und der großartige öffentliche Einzug in Madrid mit der Feier der Hochmesse in der Kirche La Atocha und mit einem ungewöhnlich feierlichen Autodafé, bei dem fast dreihundert Ketzer, unter denen sich viele Engländer befanden, dem weltlichen Arm zur Verbrennung überantwortet waren.

Wahrlich, er hatte sie bis zum Wahnsinn geliebt und, so glaubten viele, zum Verderb seines Landes, das damals wegen der Herrschaft über die Neue Welt mit England im Krieg lag. Er hatte kaum je geduldet, daß sie ihm aus den Augen kam, um ihretwillen hatte er – so schien es wenigstens – alle ernsten Staatsgeschäfte vergessen; und mit jener furchtbaren Blindheit, die die Leidenschaft über ihre Diener bringt, hatte er nicht bemerkt, daß die prächtigen Zeremonien, durch die er sie zu erheitern suchte, die seltsame Krankheit nur verstärkten, unter der sie litt. Als sie starb, war er eine Zeitlang wie einer, der seiner Vernunft beraubt ist. Ja, ohne Zweifel hätte er förmlich abgedankt und sich in das große Trappistenkloster bei Granada zurückgezogen, dessen Priorstitel er schon führte, hätte er sich nicht davor gefürchtet, die kleine Infantin in der Gewalt seines Bruders zu lassen, dessen Grausamkeit selbst in Spanien Anstoß erregte und den viele im Verdacht hatten, er habe durch ein Paar vergiftete Handschuhe den Tod der Königin herbeigeführt, als sie zu Besuch in seinem Palast in Aragon weilte. Selbst nach Ablauf der dreijährigen Frist öffentlicher Trauer, die er durch königliches Edikt im ganzen Reich angeordnet hatte, erlaubte er seinen Ministern nie, von einer neuen Verbindung zu reden; und als der Kaiser selbst zu ihm gesandt hatte, um ihm die Hand seiner Nichte, der lieblichen Erzherzogin von Böhmen, zur Ehe anzutragen, da hatte er den Gesandten befohlen, ihrem Herrn zu sagen, der König von Spanien sei mit der Trauer vermählt, und wenn sie auch eine kalte Braut sei – er liebe sie mehr als die Schönheit; diese Antwort hatte seiner Krone die reichen Provinzen der Niederlande gekostet; denn bald nachher empörten sie sich auf Antrieb des Kaisers gegen ihn, unter der Führerschaft einiger Fanatiker der Calviner.

Ihm war, als käme ihm heute das ganze Leben seiner Ehe mit seinen wilden, feuerfarbenen Freuden und der furchtbaren Qual seines plötzlichen Endens zurück, während er die Infantin auf der Terrasse spielen sah. Sie hatte all den lieblichen Übermut der Königin in ihrem Benehmen, dieselbe eigensinnige Art, den Kopf zu werfen, denselben stolzen, geschwungenen, schönen Mund, dasselbe wundervolle Lächeln – *vrai sourire de France* –, wenn sie dann und wann zum Fenster aufsah oder den stolzen spanischen Herren ihre kleine Hand zum Kusse hinhielt. Aber das laute Lachen der Kinder war seinen Ohren schmerzlich, und das helle, erbarmungslose Sonnenlicht spottete seines Grams, und es war, als färbe ein dumpfer Duft fremdartiger Myrrhen, wie sie zum Einbalsamieren gebraucht werden – oder war es nur Einbildung? – die klare Morgenluft. Er barg sein Gesicht in den Händen, und als die Infantin wieder aufblickte, waren die Vorhänge zugezogen, und der König hatte sich entfernt.

Sie machte eine kleine Geste der Enttäuschung und zog ihre Schultern hoch. Wahrlich, er hätte bei ihr bleiben können an ihrem Geburtstag. Was lag an den dummen Staatsgeschäften? Oder war er in jene dunkle Kapelle gegangen, wo immer die Kerzen brannten und wo sie niemals eintreten durfte? Wie töricht von ihm, da die Sonne so hell schien und jeder so glücklich war! Außerdem versäumte er nun den Stierkampf, zu dem schon die Trompete rief, um gar nicht von dem Puppenspiel zu reden und von den anderen herrlichen Dingen. Ihr Onkel und der Groß-Inquisitor waren verständiger. Sie waren auf die Terrasse herausgekommen und machten ihr fleißig Komplimente. Sie warf also den Kopf zurück, nahm Don Pedro bei der Hand und ging langsam die Stufen hinunter zu einem langen Zelt aus purpurner Seide, das man am hinteren Ende des Gartens errichtet hatte; und die anderen Kinder folgten in strenger Rangordnung: die die längsten Namen hatten, gingen zuerst.

Eine Prozession von Edelknaben, phantastisch als Toreadores gekleidet, kam ihr entgegen, und der junge Graf von Terra-Nueva, ein wunderhübscher Knabe von ungefähr vierzehn Jahren, entblößte seinen Kopf mit aller Anmut eines Hidalgo und Granden von Spanien und führte sie feierlich hinein zu einem Sitz aus Gold und Elfenbein, der auf einem erhobenen Podest über der Arena stand. Die Kinder verteilten sich ringsumher, bewegten ihre großen Fächer und flüsterten miteinander, und Don Pedro und der Groß-Inquisitor standen lachend am Eingang. Selbst die Herzogin – die Camarera-Major nannte man sie –, eine dünne Dame mit harten Zügen und einer gelben Halskrause, sah nicht ganz so übellaunig aus wie gewöhnlich, und etwas wie ein frostiges Lächeln glitt über ihr runzliges Gesicht, und ihre dünnen, blutlosen Lippen zuckten.

Es war wirklich ein wundervoller Stierkampf, und die Infantin meinte, er wäre viel schöner als der wirkliche Stierkampf, in den man sie zu Sevilla geführt hatte, als der Herzog von Parma ihren Vater besuchte. Einige der Knaben ritten auf reichgeschmückten Steckenpferden umher und schwangen lange Wurfspieße mit lustigen Streifen bunter Bänder daran; andere waren zu Fuß und schwangen ihre blutroten Tücher vor dem Stier und sprangen leichtfüßig über die Barriere, wenn er sie angriff; und der Stier selbst war ganz wie ein wirklicher Stier, obwohl er nur aus geflochtenen Weidenzweigen und gespannter Haut gefertigt war und bisweilen hartnäckig auf seinen Hinterbeinen um die ganze Arena lief, was sich ein wirklicher Stier ja nicht im Traum einfallen läßt. Und er kämpfte wundervoll, und die Kinder wurden so aufgeregt, daß sie auf die Bänke stiegen und ihre Spitzentücher schwenkten und laut Bravo toro! riefen, Bravo toro! genauso verständnisvoll, als wären sie erwachsene Leute.

Zuletzt aber, nach einem langen Kampf, in dem einige der Steckenpferde über den Haufen gestoßen und ihre Reiter abgeworfen wurden, brachte der junge Graf von Terra-Nueva den Stier auf die Knie, und nachdem er von der Infantin die Erlaubnis erhalten hatte, ihm den coup de grâce zu geben, stieß er sein hölzernes Schwert dem Tier mit solcher Gewalt in den Nacken, daß der Kopf gerade herunterfiel und das lachende Gesicht des kleinen Monsieur de Lorraine, des Sohnes des französischen Gesandten in Madrid, sichtbar werden ließ.

Dann wurde die Arena unter großem Applaus geräumt, und die toten Steckenpferde wurden feierlich von zwei maurischen Pagen in gelb-und-schwarzen Livreen hinausgeschleppt. Nach einem kurzen Zwischenspiel, währenddem ein französischer Seiltänzer sich auf dem straff gespannten Seil sehen ließ, erschienen einige italienische Drahtpuppen in der halbklassischen Tragödie »Sophonisbe« auf der Bühne eines kleinen Theaters, das zu dem Zweck erbaut worden war. Sie spielten so gut, und ihre Gesten waren so natürlich, daß am Schluß des Spiels die Augen der Infantin ganz von Tränen verdunkelt waren. Einige der Kinder weinten wirklich, und man mußte sie mit Süßigkeiten trösten; und selbst der Groß-Inquisitor war so bewegt, daß er Don Pedro gegenüber die Bemerkung nicht unterdrücken konnte, es sei doch unerträglich, daß einfache Puppen aus Holz und farbigem Wachs, die man mechanisch mit Drähten bewegte, so unglücklich sein und von so furchtbarem Unglück betroffen werden könnten.

Darauf folgte ein afrikanischer Gaukler, der einen großen, flachen Korb, bedeckt mit einem roten Tuch, hereintrug. Er stellte ihn mitten in die Arena, nahm aus seinem Turban eine seltsame Rohrflöte und blies darauf. Nach wenigen Augenblicken fing das Tuch an, sich zu bewegen, und wie er die Flöte schriller und schriller ertönen ließ, steckten zwei grüngoldene Schlangen ihre häßlichen Köpfe heraus und hoben sich langsam und wiegten sich hin und her mit der Melodie, so wie eine Pflanze im Wasser schwankt. Die Kinder aber fürchteten sich vor ihren gefleckten Köpfen und den schnellzüngelnden Zungen und waren viel zufriedener, als der Gaukler einen kleinen Orangenbaum aus dem Sand wachsen ließ, der hübsche weiße Blüten und Bündel von echten Früchten trug; und als er den Fächer der kleinen Tochter der Marquise de las Torres nahm und ihn in einen blauen Vogel verwandelte, der im ganzen Zelt umherflog und sang, da kannte ihr Staunen und ihre Freude keine Grenzen mehr. Auch das feierliche Menuett, das die Chorknaben der Kirche von Nuestra Señora Del Pilar aufführten, war reizend. Die Infantin hatte diese wundervolle Zeremonie noch nie gesehen, obgleich sie jedes Jahr im Mai vor dem Hochaltar der Jungfrau stattfindet, und obendrein ihr zu Ehren; aber keiner aus der königlichen Familie von Spanien hatte die Kathedrale von Saragossa wieder betreten, seit ein wahnsinniger Priester – viele glaubten auch, er sei von Elisabeth von England bestochen gewesen – versucht hatte, dem Prinz von Asturien eine vergiftete Oblate zu reichen. So wußte sie nur vom Hörensagen vom »Tanz Unsrer Lieben Frau«, wie man ihn nannte, und wirklich war es ein schönes Schauspiel. Die Knaben trugen altmodische Hofkleidung aus weißem Samt, und ihre seltsamen dreieckigen Hüte waren silberbefranst, und darüber schwebten Wolken von Straußenfedern, und das blendende Weiß ihrer Kostüme wurde, wenn sie sich im Sonnenlicht bewegten, noch hervorgehoben durch ihre schwarzbraunen Gesichter und ihr langes, dunkles Haar. Alle waren bezaubert von der ernsten Würde, mit der sie sich durch die verschlungenen Figuren des Tanzes bewegten, und von der erlesenen Anmut ihrer langsamen Gesten und ihrer stolzen Verbeugungen; und als sie ihre Aufführung beendet hatten und ihre großen, federbesetzten Hüte vor der Infantin senkten, da nahm sie ihre Komplimente huldvoll entgegen und machte ein Gelübde, daß sie dem Altar »Unserer Herrin von Pilar« eine große Wachskerze stiften wolle, zum Dank für das Vergnügen, das sie ihr gewährt habe.

Nun kam eine Truppe von hübschen Ägyptern – so nannte man damals die Zigeuner – in die Arena; sie setzten sich mit gekreuzten Beinen im Kreise und begannen leise auf ihren Zithern zu spielen; und sie bewegten ihre Körper zur Melodie und summten, fast unvernehmbar, ein leises, träumerisches Lied. Als sie Don Pedro erblickten, sahen sie finster drein, und einige von ihnen fürchteten sich; denn erst vor wenigen Wochen hatte er auf dem Marktplatz von Sevilla zwei aus ihrem Trupp wegen Hexerei hängen lassen; aber die schöne Infantin bezauberte sie, als sie sich rückwärts lehnte und mit ihren großen blauen Augen über ihren Fächer sah, und sie fühlten, daß, wer so lieblich war, gegen niemanden jemals grausam sein könnte. So spielten sie weiter, sehr sanft, und berührten nur eben mit ihren langen, spitzen Nägeln die Saiten, und ihre Köpfe begannen zu nicken, als wollten sie einschlafen. Plötzlich aber sprangen sie mit einem so schrillen Schrei auf die Füße, daß die Kinder zusammenfuhren und Don Pedros Hand nach dem Achatknopf seines Dolches griff, und dann wirbelten sie toll in der Arena umher und schlugen ihre Tamburine und sangen in ihrer fremdartigen gutturalen Sprache ein wildes Liebeslied. Auf ein zweites Zeichen aber warfen sie sich alle wieder zu Boden und lagen da, ganz still, und der einförmige Laut der Zithern war das einzige, was die Stille unterbrach. Nachdem sie das mehrere Male wiederholt hatten, verschwanden sie kurz und kehrten mit einem braunen, zottigen Bär an einer Kette zurück und trugen auf ihren Schultern kleine Berberaffen. Der Bär stand mit äußerstem Ernst auf dem Kopf, und die Affen vollführten allerlei lustige Kunststücke mit zwei Zigeunerknaben, die ihre Besitzer zu sein schienen, und fochten mit kleinen Schwertern und feuerten kleine Kanonen ab und führten regelrechtes Exerzieren vor, genau wie des Königs eigene Leibwache.

Aber der lustigste Teil der ganzen Morgenunterhaltung war ohne Zweifel der Tanz des kleinen Zwergs. Als er in die Arena stolperte und auf seinen krummen Beinen humpelte und seinen großen, ungestalten Kopf von einer Seite zur anderen neigte, da stießen die Kinder laute Schreie des Entzückens aus; und die Infantin selbst lachte so sehr, daß sich die Kammerfrau gezwungen sah, sie daran zu erinnern, daß, wenn es auch viele Fälle gäbe, wo in Spanien die Tochter eines Königs vor ihresgleichen geweint habe, es doch unerhört sei, daß eine Prinzessin aus königlichem Geblüt so lustig sei vor denen, die an Rang tiefer ständen als sie. Der Zwerg aber war wirklich ganz unwiderstehlich, und selbst am spanischen Hof, der von jeher wegen seiner raffinierten Leidenschaft für das Furchtbare bekannt war, hatte man noch nie ein so phantastisches kleines Ungeheuer gesehen. Es war auch sein erstes Auftreten. Man hatte ihn erst am Tag zuvor entdeckt, als er wild im Wald umherlief und zwei Granden in einem entlegenen Teil des Korkeichenwalds jagten, der die Stadt umschließt. Sie hatten ihn in den Palast gebracht als Überraschung für die Infantin, da sein Vater, ein armer Köhler, nur zu einverstanden war, wenn man ihn von einem so häßlichen und für seine schwere Arbeit unnützen Kind befreien wollte. Vielleicht war das Lustigste an ihm seine vollkommene Unkenntnis der eigenen grotesken Erscheinung.

Wenn die Kinder lachten, lachte er ebenso frei und so frisch wie irgendeins von ihnen, und am Schluß jedes Tanzes machte er jedem eine komische Verbeugung und lachte und nickte ihnen zu, gerade als sei er einer von ihnen und nicht ein kleines ungestaltes Ding, das die Natur in einer humoristischen Laune gebildet hatte, damit andere seiner spotteten. Und die Infantin bezauberte ihn vollends: er konnte die Augen nicht von ihr wenden und schien nur für sie zu tanzen. Und am Schluß der Vorstellung erinnerte sie sich, wie sie gesehen hatte, daß die großen Damen des Hofs dem berühmten italienischen Tenor Coffarelli, den der Papst aus seiner eigenen Kapelle nach Madrid geschickt hatte, um des Königs Melancholie durch die Lieblichkeit seiner Stimme zu heilen, Blumensträuße zuwarfen, und da nahm sie die weiße Rose aus dem Haar und warf sie ihm teils aus Scherz, teils um die Camarera-Major zu ärgern, mit ihrem lieblichsten Lächeln durch die Arena zu; er aber nahm alles ganz ernst und drückte die Blume an seine roten Lippen und legte die Hand aufs Herz – er grinste von Ohr zu Ohr, und seine kleinen glänzenden Augen sprühten vor Freude.

Das warf den Ernst der Infantin so sehr um, daß sie noch immer lachte, nachdem der kleine Zwerg längst aus der Arena gelaufen war, und daß sie ihrem Onkel den Wunsch aussprach, man solle den Tanz wiederholen. Die Camarera aber widersprach mit der Begründung, die Sonne sei zu heiß; es sei besser, wenn Ihre Hoheit sofort in den Palast zurückkehrte, wo bereits ein wundervolles Mahl für sie angerichtet sei und ein Geburtstagskuchen mit ihren eigenen Initialen, die ganz aus farbigem Zucker hergestellt seien, und über dem eine hübsche kleine silberne Fahne an einem Mast wehe. Daher erhob sich die Infantin voller Würde, und nachdem sie Befehl gegeben hatte, der kleine Zwerg sollte nach der Siesta noch einmal für sie tanzen, und dem jungen Grafen von Terra-Nueva ihren Dank für den reizenden Empfang ausgesprochen hatte, ging sie zurück in ihre Gemächer, und die Kinder folgten in derselben Reihenfolge, in der sie gekommen waren.

Als nun der kleine Zwerg hörte, daß er noch einmal vor der Infantin tanzen sollte, und dies auf ihren eigenen, ausdrücklichen Befehl, da war er so stolz, daß er in den Garten hinauslief und die weiße Rose in überströmender Freude küßte und die plumpsten und unbeholfensten Gesten des Entzückens machte. Die Blumen waren ganz entrüstet, daß er es wagte, in ihr schönes Heim zu dringen, und als sie sahen, wie er die Gartenpfade auf und ab sprang und seine Arme auf so lächerliche Weise über dem Kopf schwang, konnten sie ihre Gefühle nicht mehr bezwingen.

»Er ist wirklich zu häßlich, als daß man ihm erlauben könnte, irgendwo zu spielen, wo wir sind«, riefen die Tulpen.

»Er sollte Mohnsaft trinken und tausend Jahre schlafen gehen«, sagten die Feuerlilien und wurden ganz zornig.

»Er ist ein wahres Scheusal!« rief der Kaktus. »Er ist ja ganz verbogen und verstümmelt, und sein Kopf steht in keinem Verhältnis zu seinen Beinen. Wahrhaftig, mir läuft eine Gänsehaut über den ganzen Körper, und wenn er mir nahe kommt, werde ich ihn mit meinen Dornen stechen.«

»Und er hat tatsächlich eine meiner besten Blüten«, rief der weiße Rosenbaum. »Ich habe sie heute morgen selbst der Infantin gegeben als Geburtstagsgeschenk, und er hat sie ihr gestohlen.« Und er rief, so laut er konnte: »Dieb! Dieb! Dieb!«

Selbst die roten Geranien, die sich für gewöhnlich gar kein Ansehen geben und von denen bekannt war, daß sie selber viele arme Verwandte hatten, empörten sich vor Abscheu, als sie ihn sahen; und als die Veilchen bescheiden bemerkten, er sei zwar furchtbar häßlich, aber es sei doch nicht seine Schuld, entgegneten sie mit viel Vernunft, das sei gerade sein Hauptfehler, und es sei kein Grund, einen Menschen zu bewundern, weil er unheilbar sei – und wirklich empfanden selbst einige Veilchen, daß die Häßlichkeit des kleinen Zwergs fast aufdringlich sei und daß er viel mehr Geschmack verraten würde, wenn er traurig aussähe oder mindestens nachdenklich, anstatt lustig herumzuhüpfen und sich in so groteske und alberne Stellungen zu werfen.

Selbst die alte Sonnenuhr, die eine ausgesprochene Persönlichkeit war und einst keinem Geringeren als Kaiser Karl V. selber die Stunden angezeigt hatte – die Sonnenuhr war so entsetzt über die Erscheinung des kleinen Zwergs, daß sie mit ihrem langen Schattenfinger fast zwei volle Minuten anzuzeigen vergessen hatte; und schließlich konnte sie sich nicht enthalten, zu dem großen, milchweißen Pfau, der sich auf der Balustrade sonnte, zu sagen, es wisse doch jeder, daß die Kinder von Königen Könige wären, und die Kinder von Köhlern Köhler, und es sei absurd, zu behaupten, dem wäre nicht so. Mit dieser Feststellung war der Pfau sehr einverstanden, und er kreischte: »Gewiß, gewiß!« mit einer so lauten und scharfen Stimme, daß die Goldfische, die im Bassin des kühlen, plätschernden Brunnens wohnten, ihre Köpfe zum Wasser hinausstreckten und die großen steinernen Tritonen fragten, was in aller Welt es denn gäbe.

Aber die Vögel liebten ihn. Sie hatten ihn oft im Wald gesehen, wenn er wie ein Faun über die wirbelnden Blätter tanzte oder in irgendeinem alten, hohlen Eichbaum hockte und seine Nüsse mit den Eichhörnchen teilte. Sie kümmerten sich nicht im geringsten um seine Häßlichkeit. Ja, selbst die Nachtigall, die abends so lieblich in den Orangenhainen sang, daß sich bisweilen der Mond herniederneigte, um ihr zu lauschen, sah doch nach nichts Besonderem aus; und außerdem – er war gut zu ihnen gewesen, und während jenes furchtbar harten Winters, als es gar keine Beeren mehr auf den Bäumen gab und als der Boden hart war wie Eisen und die Wölfe bis an die Tore der Stadt gekommen waren, um Nahrung zu suchen, da hatte er sie nie vergessen, sondern ihnen immer Krumen von seiner kleinen Schwarzbrotrinde gegeben und immer mit ihnen geteilt, wenn sein Frühstück auch noch so bescheiden gewesen war.

Daher flogen sie immer um ihn herum, berührten seine Backen im Flug leicht mit ihren Flügeln und schwätzten miteinander; und der kleine Zwerg war so froh, daß er sich nicht enthalten konnte, ihnen die herrliche weiße Rose zu zeigen und ihnen zu erzählen, daß die Infantin selbst sie ihm gegeben habe, weil sie ihn liebte.

Sie verstanden kein Wort von dem, was er sagte; aber sie neigten den Kopf zur Seite und sahen klug aus – und das ist ebensogut wie etwas verstehen, und viel leichter.

Die Eidechsen faßten auch eine große Vorliebe für ihn, und als er vom Umherlaufen müde war und sich ins Gras warf, um auszuruhen, da spielten und balgten sie auf ihm herum und versuchten, ihn so gut, wie sie konnten, zu unterhalten.

»Nicht jeder kann so schön sein wie eine Eidechse«, riefen sie, »das wäre zuviel verlangt. Und wenn es auch absurd klingt – im Grunde ist er gar nicht so häßlich; natürlich muß man die Augen zumachen und ihn nicht ansehen.« Die Eidechsen waren sehr philosophisch veranlagt und saßen oft Stunden und Stunden lang zusammen und dachten, wenn sie sonst nichts zu tun hatten oder das Wetter zu regnerisch war, um auszugehen.

Die Blumen aber waren entsetzt über ihr Benehmen und über das Benehmen der Vögel. »Das zeigt wieder«, sagten sie, »wie sittenverderbend dieses ewige Hin- und Herfliegen und Rennen wirkt. Wohlerzogene bleiben immer auf der gleichen Stelle, so wie wir. Niemals hat man uns die Wege auf und ab hüpfen sehen oder im Gras wie toll herumgaloppieren. Wenn wir einen Luftwechsel nötig haben, dann schicken wir nach dem Gärtner, und er bringt uns in ein anderes Beet. So gehört es sich, und so muß es sein. Aber Vögel und Eidechsen haben keinen Sinn für Ruhe. Die Vögel haben ja nicht einmal einen ständigen Wohnsitz. Sie sind die reinen Vagabunden, wie die Zigeuner, und man sollte sie danach behandeln.«

So hoben sie ihre Nasen in die Luft und sahen sehr hochmütig drein und waren sehr froh, als sie nach einiger Zeit sahen, wie der kleine Zwerg sich vom Gras aufraffte und über die Terrasse auf den Palast zuging.

»Man sollte ihn für den Rest seines irdischen Lebens einsperren«, sagten sie. »Seht doch den buckligen Rücken und seine krummen Säbelbeine«, und sie begannen zu kichern.

Aber der kleine Zwerg wußte nichts von alldem. Ihm gefielen die Vögel und Eidechsen sehr, und er dachte, die Blumen seien die herrlichsten Dinge in der ganzen Welt, ausgenommen natürlich die Infantin; aber dann hatte sie ihm ja die weiße Rose gegeben, und sie liebte ihn: das machte einen großen Unterschied. Wie wünschte er, daß er mit ihr gegangen wäre! Sie würde ihn zu ihrer rechten Hand gestellt haben, und er wäre nie von ihrer Seite gewichen, sondern hätte sie zu seiner Gespielin gemacht und sie alle möglichen wundervollen Kunststücke gelehrt. Denn wenn er auch nie zuvor in einem Palast gewesen war, so wußte er doch viele Dinge. Er konnte aus Binsen kleine Käfige bauen, in denen Grashüpfer singen, und konnte aus schlankem Rohr Flöten schneiden, die Pan zu hören liebt. Er kannte den Schrei jedes Vogels und konnte den Star aus den Kronen der Bäume rufen und den Reiher am See. Er kannte die Spur jedes Tiers und konnte den Hasen an den leichten Eindrücken seiner Füße verfolgen und den Eber an den zertretenen Blättern. Alle Tänze des Windes kannte er: den tollen Tanz im roten Gewand mit dem Herbst, den leichten Tanz in blauen Sandalen über dem Korn, den Tanz mit weißen Schneekränzen im Winter und den Blütentanz durch die Gärten im Frühling. Er wußte, wo die Waldtauben ihre Nester bauten, und einmal, als ein Vogelsteller die Eltern weggefangen hatte, da hatte er die Jungen selber aufgezogen und hatte ihnen einen Taubenschlag in der Höhle einer zersplitterten Ulme gebaut. Sie waren ganz zahm und fraßen jeden Morgen aus seiner Hand. Sie würden ihr gefallen, und auch die Kaninchen, die in den langen Farnen umherhüpften, und die Häher mit ihren stahlblauen Federn und schwarzen Schnäbeln, und die Igel, die sich zu stacheligen Kugeln zusammenrollen konnten, und die großen, klugen Schildkröten, die langsam umherkrochen und die Köpfe schüttelten und an den jungen Blättern nagten. Ja gewiß, sie mußte mitkommen in den Wald und mit ihm spielen. Er würde ihr sein eigenes kleines Bett geben und neben dem Fenster bis zur Dämmerung wachen, um aufzupassen, daß ihr das wilde gehörnte Volk nichts tat und daß die Wölfe der Hütte nicht zu nahe kamen. Und mit der Dämmerung würde er an die Läden klopfen und sie wecken, und sie würden hinausgehen und den ganzen Tag lang zusammen tanzen. Es war nicht einsam im Wald. Bisweilen ritt ein Bischof auf einem weißen Maultier vorbei und las in einem gemalten Buch. Bisweilen kamen auch in grünen Samtmützen und Jacken aus gegerbtem Wildleder die Falkner vorüber, mit verkappten Falken auf der Faust. Zur Winterszeit kamen die Traubentreter mit purpurnen Händen und Füßen, bekränzt mit glänzendem Efeu, und schleppten tropfende Schläuche voll Wein. Die Köhler saßen nachts um ihre Meiler und sahen zu, wie die trockenen Scheite langsam im Feuer verkohlten, und rösteten Kastanien in der Asche, und die Räuber kamen aus ihren Höhlen und scherzten mit ihnen. Einmal hatte er auch eine schöne Prozession gesehen, die sich den langen, staubigen Weg nach Toledo hinaufwand. Die Mönche gingen voran und sangen lieblich und trugen bunte Fahnen und Kreuze aus Gold; und in ihrer Mitte gingen drei barfüßige Männer, in seltsamen gelben Gewändern, die ganz mit wundervollen Figuren bemalt waren, und sie trugen brennende Kerzen in ihren Händen. Oh, es gab viel im Wald zu sehen, und wenn sie müde war, würde er ihr eine weiche Moosbank suchen oder sie auf den Armen tragen; denn er war sehr stark, wenn er auch wußte, daß er nicht groß war. Er würde ihr ein Halsband aus roten Beeren machen, das würde geradeso hübsch sein wie die Beeren, die sie auf ihrem Kleid trug; und wenn sie ihrer müde wurde, konnte sie sie fortwerfen, und er würde ihr andere suchen. Er würde ihr Eichelschalen bringen und Tausende von Anemonen und kleine Glühwürmer als Sterne in dem bleichen Gold ihres Haars.

Aber wo war sie? Er fragte die weiße Rose, und sie antwortete ihm nicht. Der ganze Palast schien zu schlafen, und selbst wo die Läden nicht geschlossen waren, waren schwere Vorhänge vor die Fenster gezogen, um die Glut auszuschließen. Er ging herum, um eine Stelle zu finden, wo er eintreten könnte, und schließlich sah er eine kleine verborgene Tür, die offen stand. Er schlüpfte hinein und fand sich in einer glänzenden Halle, glänzender, fürchtete er, als der Wald; es war so viel mehr vergoldet überall, und selbst der Boden war aus großen farbigen Steinen, die in geometrischen Figuren zusammengefügt waren. Aber die kleine Infantin war nicht da, nur einige herrliche weiße Statuen, die von ihren Sockeln aus Jaspis auf ihn niedersahen, mit traurigen, leeren Augen und seltsam lächelnden Lippen.

Am Ende des Saals hing ein reich gestickter Vorhang aus schwerem Samt, der mit Sonnen und Sternen, des Königs liebsten Symbolen, besät war und gestickt auf der Farbe, die er am liebsten hatte. Vielleicht war sie dahinter verborgen? Er wollte es jedenfalls versuchen.

Er stahl sich also leise hinüber und zog ihn beiseite. Nein, es war nur ein anderes Zimmer, wie er meinte, als das, aus dem er kam. Die Wände waren mit vielgestaltigen grünen Arrazzi von handgemachter Teppicharbeit behangen, die eine Jagdszene darstellten; sie stammten von flämischen Künstlern, die mehr als sieben Jahre zu ihrer Vollendung gebraucht hatten. Das war einmal das Zimmer des *Jean le Fou* gewesen, wie man ihn nannte, jenes wahnsinnigen Königs, der die Jagd so liebte, daß er oft in seinem Wahn versucht hatte, die großen bäumenden Rosse zu besteigen und den Hirsch herunterzureißen, auf den die großen Rüden sprangen, daß er sein Jagdhorn blies und mit seinem Dolch auf das bleiche fliehende Wild einstach. Jetzt benutzte man es als Ratssaal, und auf dem Tisch in der Mitte lagen die roten Mappen der Minister, die die goldenen Tulpen von Spanien eingepreßt trugen und das Wappen des Hauses Habsburg.

Der kleine Zwerg sah in Verwunderung um sich und fürchtete sich weiterzugehen. Die seltsamen schweigenden Reiter, die so geschwind durch die langen Lichtungen ritten, ohne das geringste Geräusch zu machen – sie schienen ihm wie jene furchtbaren Phantome, von denen er die Köhler hatte reden hören, die Comprachos, die nur bei Nacht jagen und, wenn sie einem Menschen begegnen, ihn in eine Hirschkuh verwandeln und sie jagen. Aber er dachte an die schöne Infantin und faßte Mut. Sie allein wollte er finden und ihr sagen, daß auch er sie von ganzem Herzen liebe. Vielleicht war sie im nächsten Zimmer, er mußte sie finden!

Er lief über die weichen maurischen Teppiche und öffnete die Tür. Nein! Dort war sie auch nicht. Der Raum war ganz leer. Es war ein Thronsaal, der zum Empfang fremder Gesandten benutzt wurde, wenn der König – was lange nicht mehr der Fall gewesen – bereit war, ihnen eine persönliche Audienz zu gewähren; dasselbe Zimmer, in dem vor vielen Jahren die Abgesandten Englands erschienen waren, um den Vertrag über die Heirat ihrer Königin – damals einer der katholischen Fürstinnen Europas – mit des Kaisers ältestem Sohn abzuschließen. Die Tapeten waren aus vergoldetem Corduanleder, und ein schwerer vergoldeter Leuchter mit Armen für dreihundert Wachslichter hing von der schwarz-und-weißen Decke hernieder. Unter einem großen Baldachin aus Goldtuch, auf dem die Löwen und Türme von Kastilien in Perlen gestickt waren, stand der Thron selbst, mit einem kostbaren schwarzen Samttuch verhangen, das besetzt war mit silbernen Tulpen und mit Silber und Perlen befranst. Auf der zweiten Stufe des Throns stand der Knieschemel der Infantin mit einem Kissen aus silbergewirktem Tuch, und noch etwas tiefer und außer Bereich des Baldachins stand der Sessel für den päpstlichen Nuntius, der allein das Recht hatte, in des Königs Gegenwart bei allen öffentlichen Zeremonien zu sitzen, und dessen Kardinalshut mit seinen verschlungenen Scharlachtroddeln auf einem purpurnen Taburett davor lag. An der Wand gegenüber dem Thron hing ein lebensgroßes Porträt Karls V. im Jagdgewand, mit einer großen Dogge ihm zur Seite; und ein Bildnis Philipps II., der die Huldigung der Niederlande entgegennimmt, nahm die Mitte der anderen Wand ein. Zwischen den Fenstern stand ein Sekretär aus schwarzem Ebenholz, mit Elfenbeinplatten eingelegt, auf denen die Gestalten des Totentanzes von Holbein eingeschnitten waren – einige sagten, von der Hand des berühmten Meisters selbst.

Aber der kleine Zwerg kümmerte sich nicht um all diese Pracht. Er hätte seine Rose nicht um alle Perlen des Baldachins fortgegeben, und nicht einmal ein Blatt seiner Rose um den ganzen Thron selbst. Er wollte nur die Infantin sehen, ehe sie in das Zelt hinausging, und er wollte sie bitten, mit ihm fortzugehen, wenn er seinen Tanz beendet hätte. Hier im Palast war die Luft drückend und schwer, aber im Wald blies ein frischer Wind, und das Sonnenlicht trennte mit Goldhänden die zitternden Blätter. Auch Blumen waren im Wald; nicht so kostbare vielleicht wie die Blumen im Garten, aber dafür von um so süßerem Duft: Hyazinthen im Vorfrühling, die mit wogendem Purpur die kühlen Schluchten und die grasbewachsenen Hügel bedeckten; gelbe Primeln, die in kleinen Büscheln um die verwitterten Wurzeln der Eichen wuchsen; buntes Schellkraut und blauer Ehrenpreis und lila und goldene Iris. An den Haselstauden hingen graue Kätzchen, und der Fingerhut neigte sich unter dem Gewicht seiner gesprenkelten Blüten, in denen die Bienen heimisch waren. Die Kastanie hatte ihre Pyramiden von weißen Sternen und der Hagedorn seine bleichen Monde der Schönheit. Ja, bestimmt: sie würde kommen, wenn er sie nur finden könnte. Sie würde mit ihm kommen in den schönen Wald, und den ganzen Tag lang würde er für sie tanzen, um sie zu erfreuen. Ein Lächeln entsprang seinen Augen bei dem Gedanken, und er ging in das nächste Zimmer.

Von allen Zimmern war dieses das glänzendste und das schönste. Die Wände waren mit rosenfarbigem Damast bespannt, mit Vögeln gemustert und bedeckt mit zierlichen, silbernen Blüten; die Einrichtung war aus massivem Silber, mit blühenden Girlanden behangen und schwebenden Amoretten; vor den zwei großen Kaminen standen mächtige Schirme, die mit Papageien und Pfauen geschmückt waren, und der Boden, aus meergrünem Onyx, schien sich weit in die Ferne zu ziehen. Und er war nicht allein. Unter dem Schatten der Tür, am fernen Ende des Zimmers, erblickte er eine kleine Gestalt, die ihn ansah. Sein Herz zitterte, ein Freudenschrei entfloh seinen Lippen, und er trat hinaus in das Sonnenlicht. Als er es tat, trat auch die Gestalt heraus, und er sah sie nun deutlich.

Die Infantin! Oh, es war ein Scheusal, das groteskeste Scheusal, das er je gesehen hatte. Nicht richtig gestaltet wie alle anderen Menschen, sondern bucklig und krummbeinig, mit großem, hängendem Kopf und einer Mähne von schwarzem Haar. Der kleine Zwerg runzelte die Stirn, und das Scheusal runzelte ebenfalls die Stirn. Er lachte, und es lachte mit ihm und stemmte die Hände in die Seite, gerade wie er. Er machte ihm eine höhnische Verbeugung, und es gab ihm die tiefe Reverenz zurück. Er ging darauf zu, und es kam ihm entgegen und machte jeden Schritt nach, den er tat, und es stand still, wenn er stillstand. Er jubelte vor Vergnügen und lief vorwärts und streckte seine Hand aus, und die Hand des Scheusals berührte seine, und sie war kalt wie Eis. Ihm wurde angst, und er streckte seine Hand zur Seite, und die Hand des Scheusals folgte ihr flink. Er versuchte weiterzugehen, aber etwas Glattes und Hartes hielt ihn zurück. Das Gesicht des Scheusals war nun dicht neben seinem, und es schien voll Angst zu sein. Er strich sich das Haar aus den Augen. Es ahmte ihn nach. Er schlug nach ihm aus, und es gab Schlag für Schlag zurück. Er schnitt ihm Gesichter, und es schnitt ihm scheußliche Fratzen. Er fuhr zurück, und es entfernte sich.

Was war es? Er dachte einen Augenblick nach und sah sich dann rings im Saal um. Es war seltsam, aber alles schien in dieser unsichtbaren Wand von klarem Wasser sein Ebenbild zu haben. Ja, Bild für Bild wiederholte sich, und Sessel für Sessel. Der schlafende Faun, der bei dem Alkoven neben der Tür lag, hatte seinen schlummernden Zwillingsbruder, und die Silbervenus im Sonnenlicht streckte den Arm aus nach einer Venus, so schön wie sie.

War es das Echo? Er hatte einmal im Tal nach ihm gerufen, und es war Wort für Wort zurückgetönt. Konnte es das Auge täuschen wie das Ohr? Konnte es eine Welt des Scheins schaffen, die der wirklichen Welt ganz gleich war? Konnten die Schatten der Dinge Farbe haben und Leben …?

Er fuhr zusammen. Er nahm die herrliche weiße Rose von seiner Brust und wandte sich um und küßte sie. Das Scheusal hatte auch eine Rose, Blatt für Blatt ihr gleich! Es küßte sie mit gleichen Küssen und drückte sie ans Herz.

Als ihm die Wahrheit aufdämmerte, stieß er einen lauten Schrei der Verzweiflung aus und fiel schluchzend zu Boden. Er also war ungestalt und bucklig, scheußlich anzusehen und grotesk. Er selbst war das Scheusal, und über ihn hatten die Kinder gelacht und die kleine Prinzessin, die, wie er geglaubt hatte, ihn liebte – auch sie hatte nur über seine Häßlichkeit gespottet und sich über seine krummen Glieder lustig gemacht. Warum hatte man ihn nicht im Wald gelassen, wo es keinen Spiegel gab, um ihm zu sagen, wie abstoßend er war? Warum hatte ihn nicht sein Vater getötet, anstatt ihn in seiner Schande zu verkaufen? Die heißen Tränen liefen ihm die Backen herunter, und er riß die weiße Rose in Stücke. Das kriechende Scheusal tat das gleiche und warf die blassen Blätter in die Luft. Es kroch am Boden, und wenn er es ansah, beobachtete es ihn mit schmerzverzerrtem Gesicht. Er wandte sich ab, um es nicht zu sehen, und bedeckte seine Augen mit den Händen. Er kroch wie ein verwundetes Tier in den Schatten, und dort blieb er stöhnend liegen.

Und in diesem Augenblick kam die Infantin selbst mit ihren Gespielen durch die offene Balkontür herein, und als sie den häßlichen kleinen Zwerg am Boden liegen sahen und auf phantastische und übertriebene Art mit seinen geballten Händen um sich schlagen, da brachen sie in lautes, glückliches Lachen aus und umringten und beobachteten ihn.

»Sein Tanzen war lustig«, sagte die Infantin, »aber sein Spiel ist noch lustiger. Er ist beinah so gut wie Drahtpuppen, nur längst nicht so natürlich.« Und sie fächelte mit ihrem großen Fächer und klatschte Beifall.

Aber der kleine Zwerg sah nicht ein einziges Mal auf, und sein Schluchzen wurde schwächer und schwächer, und plötzlich rang er merkwürdig nach Luft und griff sich in die Seite. Und dann fiel er zurück und lag ganz still.

»Das ist großartig«, sagte die Infantin nach einer Pause, »aber jetzt sollst du für mich tanzen.«

»Ja«, riefen die Kinder, »du mußt aufstehen und tanzen, denn du bist ebenso klug wie die Berberaffen und viel lächerlicher.«

Aber der kleine Zwerg antwortete nicht.

Und die Infantin stampfte mit dem Fuß und rief ihren Onkel, der mit dem Kanzler auf der Terrasse stand und einige Eilbriefe las, die gerade aus Mexiko gekommen waren.

»Mein lustiger kleiner Zwerg ist mürrisch«, rief sie, »du mußt ihn aufwecken und ihm sagen, daß er für mich tanzen soll.«

Sie lächelten einander zu und kamen herein, und Don Pedro beugte sich nieder und schlug den Zwerg mit seinem gestickten Handschuh auf die Backe.

»Du sollst tanzen«, rief er. »Kleines Scheusal, du sollst tanzen. Die Infantin von Spanien und beider Indien will amüsiert werden.«

Aber der kleine Zwerg rührte sich nicht.

»Man sollte nach dem Hofprofos schicken«, sagte Don Pedro müde und ging wieder auf die Terrasse hinaus. Aber der Kanzler machte ein ernstes Gesicht und kniete neben dem kleinen Zwerg nieder und legte die Hand auf sein Herz. Und nach einigen Augenblicken zuckte er mit den Schultern, stand auf, machte der Infantin eine tiefe Verbeugung und sagte:

»Mi bella Princesa, Ihr komischer kleiner Zwerg wird nie mehr tanzen. Es ist schade; denn er ist so häßlich, daß er auch dem König hätte ein Lächeln entlocken können.«

»Aber warum wird er nicht mehr tanzen?« fragte die Infantin lachend.

»Weil ihm das Herz gebrochen ist«, antwortete der Kanzler.

Und die Infantin zog die Stirn in Falten, und ihre niedlichen, rosenblättrigen Lippen warfen sich in hübscher Verachtung auf.

»In Zukunft laßt die, die zu mir zum Spielen kommen, keine Herzen haben«, rief sie und lief in den Garten hinaus.

Der Fischer und seine Seele

Jeden Abend fuhr der Fischer hinaus auf das Meer und warf seine Netze aus.

Wenn der Wind vom Land her blies, fing er nichts oder nur wenig, denn es war ein bitterer, schwarzflügliger Wind, und rauhe Wellen bäumten sich ihm entgegen. Wenn aber der Wind zur Küste hin blies, dann kamen die Fische aus der Tiefe und schwammen in die Maschen seiner Netze, und er trug sie auf den Markt und verkaufte sie dort.

Jeden Abend fuhr er hinaus auf das Meer, und eines Abends war das Netz so schwer, daß er es kaum ins Boot ziehen konnte. Da lachte er und sprach zu sich:

»Ich habe entweder wirklich alle Fische gefangen, die schwimmen, oder ich habe ein finsteres Ungeheuer geangelt, das für die Menschen ein Wunder sein wird, oder etwas Grausiges, nach dem die große Königin verlangen wird.«

So nahm er alle Kraft zusammen und zog an den rauhen Tauen, bis auf seinen Armen, wie Linien aus blauem Email auf einem Bronzegefäß, die Adern hervortraten. Er zog an den dünnen Tauen, und näher und näher kamen die Reihen flacher Korkstücke, und das Netz kam endlich gänzlich zur Wasseroberfläche. Aber kein Fisch war darin, auch kein Ungeheuer, noch etwas Grausiges, sondern nur eine kleine Seejungfrau, die in festem Schlaf lag.

Ihr Haar war ein feuchtes, goldenes Gespinst und jedes einzelne Haar wie ein Faden aus feinstem Gold in einer glänzenden Schale. Ihr Körper war wie weißes Elfenbein und ihr Schwanz aus Silber und Perlen. Aus Silber und Perlen war ihr Schwanz, und die grünen Algen der See schlangen sich darum; und wie Seemuscheln waren ihre Ohren und ihre Lippen wie Meerkorallen.

So schön war sie, daß der junge Fischer, als er sie sah, von Staunen erfüllt war, und so streckte er die Hand aus, zog das Netz dicht an sich, und er lehnte sich über den Bootsrand und nahm sie in seine Arme. Und als er sie berührte, stieß sie einen Schrei aus wie eine erschreckte Möwe und sah ihn entsetzt mit ihren Augen von Malven und Amethyst an und wand sich, um ihm zu entkommen. Er aber hielt sie fest an sich gedrückt und wollte sie nicht fortlassen. Als sie nun sah, daß sie sich ihm keinesfalls entwinden konnte, begann sie zu weinen und bat:

»Ich bitte dich, laß mich gehen, denn ich bin die einzige Tochter des Meerkönigs, und mein Vater ist alt und allein.«

Aber der junge Fischer antwortete:

»Ich will dich nicht gehen lassen, wenn du mir nicht versprichst, sooft ich dich rufe, heraufzukommen und mir vorzusingen, denn die Fische freut es, dem Gesang des Meervolks zu lauschen, und so werden meine Netze sich füllen.«

»Willst du mich wirklich gehen lassen, wenn ich dir das verspreche?« rief das Meermädchen.

»Ich will dich in Wahrheit gehen lassen«, sagte der junge Fischer.

Da gab sie ihm das Versprechen, das er verlangte, und schwor es auf den Eid des Meervolks. Und er löste die Arme von ihr, und sie tauchte zurück ins Wasser und zitterte vor fremder Furcht.

Jeden Abend fuhr der junge Fischer hinaus aufs Meer und rief die Seejungfrau, und sie tauchte empor aus den Wellen und sang ihm vor. Und rings um sie schwammen Delphine, und wilde Möwen zogen ihre Kreise um ihren Kopf.

Und sie sang ein herrliches Lied. Denn sie sang vom Meervolk, das seine Herden von Höhle zu Höhle treibt und die kleinen Kälber auf der Schulter trägt; von Tritonen, die lange grüne Bärte und behaarte Brüste haben und die durch Wendelmuscheln blasen, wenn der König vorbeizieht; vom Palast des Königs, aus Bernstein gebaut, mit einem Dach aus grünleuchtendem Smaragd und Böden aus strahlenden Perlen; und von den Gärten des Meers, wo die großen verwobenen Fächer der Korallen den ganzen Tag lang wogen und wallen und die Fische ziehen silbernen Vögeln gleich und Seeanemonen sich an die Felsen klammern und die Seenelken im gewellten gelben Sandgrund wurzeln. Sie sang ihm von den großen Walen des Nordens mit Eiszapfen in den Kiemen; von den Sirenen, die von so wunderbaren Dingen singen, daß die Händler des Meeres sich gezwungen sehen, ihre Ohren mit Wachs zu verstopfen, damit sie nichts hören und in die Fluten tauchen und ertrinken; von gesunkenen Galeeren mit großmächtigen Masten, wie die erfrorenen Seefahrer sich an die Taue klammern und die Makrelen durch die offenen Ladeluken ein und aus schwimmen; von den kleinen Entenmuscheln, die weite Fahrten machen und sich in die Kiele der Schiffe bohren und um die ganze weite Welt fahren; und vom Tintenfisch, der an den Wänden der Klippen lebt und seine langen schwarzen Tentakel ausstreckt und schlafen kann, wann er will. Sie sang von Nautilus, der ein eigenes Boot aus Opal gebildet hat und durch ein silbernes Segel getrieben wird; von glücklichen Tritonen, die auf Harfen spielen und die Ungeheuer in den Schlaf zaubern; von den kleinen Kindern, die die glatten Thunfische fangen und auf ihrem Rücken reiten; von den Seejungfrauen, die in der weißen Gischt locken und ihre Arme nach den Seefahrern ausstrecken; und von Seelöwen mit ihren gebogenen Fangzähnen und den Pferden der See mit ihren fliegenden Mähnen. Und wenn sie sang, kamen all die Fische der Tiefe herbei, um zu lauschen, und der junge Fischer warf seine Netze um sie und fing sie, und die großen traf er mit dem Speer. Und wenn sein Boot schwer beladen war, dann tauchte die Seejungfrau wieder hinab in die Tiefe und lächelte ihm zu.

Aber niemals kam sie ihm so nahe, daß er sie hätte berühren können. Oft rief er sie und bat sie, aber sie wollte nicht; und wenn er versuchte, sie zu haschen, tauchte sie ins Wasser wie ein Seehund, und er sah sie nicht wieder. Und jeden Tag klang ihre Stimme seinen Ohren lieblicher. So lieblich war ihre Stimme, daß er seine Netze vergaß und seine Arbeit und sich um sein Gewerbe nicht mehr kümmerte. Mit roten Flossen und mit Augen von gewölbtem Gold zogen die Thunfische in Scharen vorbei; er aber achtete nicht mehr auf sie. Sein Speer lag unberührt zu seiner Seite, und seine Reusen aus geflochtenen Weiden blieben leer. Mit geöffneten Lippen und Augen, die vor Staunen dunkel wurden, saß er in seinem Boot und lauschte, und er lauschte, bis die Nebel des Meeres um ihn krochen und der steigende Mond seine braunen Glieder mit Silber bedeckte.

Aber eines Abends rief er sie und sprach:

»Kleine Meerjungfrau, kleine Meerjungfrau, ich liebe dich. Nimm mich zu deinem Bräutigam, denn ich liebe dich von ganzem Herzen!«

Aber die Seejungfrau schüttelte traurig den Kopf.

»Du hast eine menschliche Seele«, antwortete sie, »wenn du nur deine Seele von dir senden wolltest, dann könnte ich dich lieben.«

Da sprach der junge Fischer zu sich selbst:

»Was nützt mir meine Seele? Ich kann sie nicht sehen. Ich kann sie nicht fassen. Ich kenne sie nicht. Nun gut, ich will sie von mir senden, und große Freude wird mich erwarten!«

Und ein Schrei der Freude brach von seinen Lippen, und er erhob sich in seinem bemalten Boot und streckte die Arme aus nach der Seejungfrau.

»Ich will meine Seele von mir senden«, rief er, »und du sollst meine Braut sein, und ich will dein Bräutigam sein, und in den Tiefen des Meeres wollen wir zusammen wohnen, und alles, wovon du gesungen hast, sollst du mir zeigen, und alles, was du verlangst, will ich tun, und unser Leben soll nie getrennt sein.«

Da nun lachte die kleine Meerjungfrau vor Vergnügen und verbarg das Gesicht in den Händen.

»Aber wie soll ich meine Seele von mir senden?« rief der junge Fischer. »Sage mir, wie ich es tun kann, und es soll geschehen.«

»Ach, ich weiß es nicht«, sagte die kleine Seejungfrau, »das Volk des Meeres hat keine Seelen.« Und sie tauchte hinab in die Tiefe und blickte ihn sehnsuchtsvoll an.

Früh am nächsten Morgen, bevor die Sonne um die Breite einer Manneshand über den Hügel gezogen war, ging der junge Fischer zum Haus des Priesters und pochte dreimal an dessen Tür.

Des Priesters Diener blickte durch die kleine Tür hinaus, und als er sah, wer es war, zog er den Riegel zurück und sprach:

»Tritt ein.«

Der junge Fischer trat ein und kniete auf dem binsenbedeckten Boden nieder und rief den Priester an, der aus dem heiligen Buch las:

»Vater, ich liebe eine vom Meervolk, und meine Seele hindert mich, mein Verlangen zu erfüllen. Sagt mir, wie ich meine Seele von mir senden kann, denn in der Tat, ich brauche sie nicht. Welchen Wert hat meine Seele für mich? Ich kann sie nicht sehen. Ich kann sie nicht fassen. Ich kenne sie nicht.«

Da schlug sich der Priester an die Brust und rief:

»Wehe, wehe über dich, du bist wahnsinnig, oder du hast verzauberte Kräuter gegessen; denn die Seele ist der edelste Teil des Menschen und wird uns von Gott gegeben, daß wir sie edel gebrauchen sollen. Es gibt nichts Kostbareres als die Seele, und nichts Irdisches kann sie aufwiegen. Sie ist alles Gold wert, das in der Erde ist, und sie ist wertvoller als die Schätze der Könige. Deshalb, mein Sohn, denke nicht mehr daran, denn es ist eine Sünde, für die es keine Vergebung gibt. Und das Meervolk! – Das ist verloren, und die sich mit seinen Leuten einlassen, sind ebenfalls verloren. Sie sind wie die Lilien auf dem Feld, die nicht wissen, das Gute vom Bösen zu trennen, und für sie ist der Herr nicht gestorben.«

Die Augen des jungen Fischers füllten sich mit Tränen, als er die bitteren Worte des Priesters hörte, und er erhob sich von den Knien und sprach:

»Vater, die Faune leben im Wald und sind froh, und auf den Felsen sitzen die Meermänner mit ihren Harfen aus rotem Gold. Laßt mich sein, wie sie sind, ich bitte Euch, denn ihre Tage sind wie die Tage der Blumen. Und meine Seele! Was nützt mir meine Seele, wenn sie zwischen mir steht und dem, was ich liebe?«

»Die fleischliche Liebe ist verwerflich«, rief der Priester und zog die Stirn in Falten, »und verächtlich und böse sind auch die heidnischen Wesen, die Gott durch seine Welt wandern läßt. Verflucht seien die Faune des Waldes, und verflucht seien die Sänger des Meeres!

Ich habe sie nachts gehört, und sie versuchten, mich von meinen Gebeten zu locken. Sie klopfen ans Fenster und lachen. Sie flüstern mir die Geschichten ihrer verderblichen Freuden in die Ohren. Sie suchen mich heim mit Versuchungen, und wenn ich beten will, schneiden sie mir Fratzen. Sie sind verloren, sage ich dir, sie sind verloren. Für sie gibt es weder Himmel noch Hölle, und nicht hier, nicht dort sollen sie den Namen Gottes preisen.«

»Vater«, rief der junge Fischer, »wißt Ihr, was Ihr sagt? Einst fing ich in meinem Netze die Tochter ihres Königs. Sie ist schöner als der Morgenstern und weißer als der Mond. Für ihren Leib will ich meine Seele geben, und um ihrer Liebe willen sei mir der Himmel versagt. Antwortet mir, um was ich Euch frage, und laßt mich in Frieden ziehen.«

»Hebe dich hinweg!« rief der Priester. »Deine Geliebte sei verloren, und du sollst mit ihr verloren sein!« Und er gab ihm keinen Segen, sondern jagte ihn von seiner Tür.

Darauf ging der junge Fischer hinab zum Markt; und er ging langsam und senkte den Kopf wie einer, der trauert.

Als die Kaufleute ihn kommen sahen, begannen sie untereinander zu flüstern, und einer von ihnen kam ihm entgegen und rief ihn beim Namen und sprach:

»Was hast du zu verkaufen?«

»Ich will dir meine Seele verkaufen«, antwortete er, »ich bitte dich, kaufe sie mir ab, denn ich bin ihrer müde. Was nützt mir meine Seele? Ich kann sie nicht sehen. Ich kann sie nicht fassen. Ich kenne sie nicht.«

Aber die Kaufleute verspotteten ihn und sprachen:

»Was nützt uns eines Menschen Seele? Sie ist kein Stück gemünztes Silber wert. Verkaufe uns dich selbst als Sklave, und wir wollen dich in Purpur kleiden und einen Ring auf deinen Finger stecken und dich zum Favoriten der großen Königin machen. Aber rede nicht von deiner Seele: für uns ist sie nichts, und sie hat keinen Wert für unser Gewerbe.«

Da sprach der junge Fischer zu sich:

»Wie seltsam! Der Priester sagt mir, die Seele sei alles Gold der Erde wert, und die Kaufleute sagen, sie sei kein Stück Silber wert.«

Und er ging fort von dem Markt und hinab zum Meeresstrand und begann darüber nachzudenken, was er anstellen sollte.

Und mittags fiel ihm ein, wie ihm einer seiner Genossen, der ein Tangsucher war, von einer jungen Hexe gesprochen hatte, die in einer Höhle am Ende der Bucht wohnte und das Wissen aller Dinge hatte. Und er machte sich auf und lief zu ihr, so begierig war er, seine Seele von sich zu senden, und eine Wolke von Staub folgte ihm, als er auf dem Strand so dahineilte.

Am Jucken ihrer Hand erkannte die Hexe, daß er kam, und sie lachte und ließ ihr rotes Haar herab. Und mit dem roten Haar, das um sie herabfiel, stand sie am Eingang der Höhle, und in ihrer Hand hielt sie einen blühenden Zweig wilden Schierlings.

»Was wünschst du? Was wünschst du?« rief sie, als er keuchend den Abhang heraufkam und sich vor ihr neigte. »Fische fürs Netz, wenn die Winde widrig sind? Ich habe eine kleine Rohrpfeife, und wenn ich darauf blase, kommen die Meeräschen in die Bucht. Aber sie hat ihren Preis, mein schöner Jüngling, sie hat ihren Preis. Was wünschst du? Was wünschst du? Sturm, daß die Schiffe scheitern und die Kisten reicher Handelsherren an die Küsten spülen? Ich habe mehr Stürme als Äolus, denn ich diene einem, der stärker ist als der, und mit einem Sieb und einem Eimer Wasser kann ich die großen Galeeren zum Meeresgrund senden. Aber ich habe meinen Preis, schöner Jüngling, ich habe meinen Preis.

Was wünschst du? Was wünschst du? Ich kenne eine Blume, die im Tal wächst, niemand kennt sie außer mir. Sie hat purpurne Blätter und einen Stern im Herzen, und ihr Saft ist weiß wie Milch. Wenn du mit dieser Blume die harten Lippen der Königin berührst, dann folgt sie dir über die ganze Welt. Aus dem Bett des Königs würde sie aufstehen und dir überallhin folgen. Aber sie hat ihren Preis, schöner Jüngling, sie hat ihren Preis.

Was wünschst du? Was wünschst du? Ich kann eine Kröte im Mörser zerstoßen und eine Brühe daraus verfertigen und die Brühe mit der Hand eines Toten rühren. Spritze sie auf deinen Feind, wenn er schläft, und er wird sich in eine schwarze Viper verwandeln, und seine eigene Mutter wird ihn erschlagen. Mit einem Rad kann ich den Mond vom Himmel ziehen und dir auch in einem Kristall den Tod zeigen.

Was wünschst du? Was wünschst du? Sage mir deinen Wunsch, und ich will ihn erfüllen, und du sollst mir seinen Preis zahlen, schöner Jüngling, du sollst mir seinen Preis zahlen!«

»Mein Wunsch strebt nur nach einer kleinen Sache«, sagte der junge Fischer, »aber der Priester ist zornig auf mich geworden und hat mich davongejagt. Mein Wunsch strebt nur nach einer kleinen Sache, aber die Kaufleute haben mich verhöhnt und es mir abgeschlagen. Darum bin ich zu dir gekommen, ob die Menschen dich böse nennen, und was auch dein Preis sei, ich will ihn entrichten.«

»Was willst du?« fragte die Hexe und trat auf ihn zu.

»Ich will meine Seele von mir senden«, antwortete der junge Fischer.

Die Hexe erbleichte, schauderte und barg ihr Gesicht in ihren blauen Mantel.

»Schöner Jüngling, schöner Jüngling«, murmelte sie, »das zu tun ist furchtbar.«

Er warf seine braunen Locken zurück und lachte.

»Meine Seele ist mir nichts«, antwortete er. »Ich kann sie nicht sehen. Ich kann sie nicht fassen. Ich kenne sie nicht.«

»Was willst du mir geben, wenn ich es dir sage?« fragte die Hexe und blickte mit ihren schönen Augen auf ihn.

»Fünf Goldstücke«, antwortete er, »und meine Netze und mein Haus, in dem ich wohne, und das bemalte Boot, in dem ich fahre. Nun sage mir, wie ich meine Seele los werde, und ich will dir alles geben, was ich besitze.«

Sie lachte spöttisch und berührte ihn mit dem Schierlingzweig.

»Ich kann die Blätter des Herbsts in Gold verwandeln«, sagte sie, »und kann die bleichen Strahlen des Monds zu Silber weben, wenn ich will. Der, dem ich diene, ist reicher als alle Könige der Welt und beherrscht alle ihre Länder.«

»Was also soll ich dir geben«, rief er, »wenn dein Preis weder Gold noch Silber ist?«

Die Hexe strich sich mit ihrer weißen Hand übers Haar.

»Du mußt mit mir tanzen, schöner Jüngling«, murmelte sie, und sie lächelte ihm zu, während sie sprach.

»Weiter nichts?« rief der junge Fischer verwundert und sprang auf die Füße.

»Weiter nichts«, antwortete sie und lächelte ihn wieder an.

»So wollen wir an einem geheimen Ort tanzen, wenn die Sonne untergeht«, sagte er, »und wenn wir getanzt haben, wirst du mir sagen, was ich zu wissen wünsche.«

Sie schüttelte den Kopf.

»Wenn Vollmond ist, wenn Vollmond ist«, murmelte sie. Dann spähte sie umher und lauschte. Ein blauer Vogel erhob sich kreischend aus seinem Nest und kreiste über den Dünen, und drei fleckige Vögel raschelten durch das Riedgras und pfiffen sich zu.

Sonst war kein Laut, außer dem Laut der Wellen, die sich an den glatten Kieseln des Strands brachen. Da streckte sie ihre Hand aus, zog ihn dicht an sich und legte ihm ihre dünnen Lippen dicht ans Ohr.

»Heute nacht mußt du mit mir zum Grat des Gebirges kommen«, flüsterte sie, »es ist ein Sabbat, und Er wird da sein.«

Der junge Fischer fuhr zusammen und sah sie an, sie aber zeigte ihre weißen Zähne und lachte.

»Wer ist Er, von dem du sprichst?« fragte er.

»Das ist gleich«, antwortete sie. »Komm heute nacht und bleibe unter den Zweigen der Weißbuche und warte, bis ich komme. Wenn ein schwarzer Hund auf dich zuläuft, schlage ihn mit einer Wünschelrute, und er wird fortgehen. Wenn eine Eule zu dir spricht, antworte nicht. Wenn der Mond voll ist, werde ich bei dir sein, und wir wollen auf der Wiese tanzen.«

»Aber willst du schwören, mir zu sagen, wie ich meine Seele von mir senden kann?« fragte er.

Sie ging in das Sonnenlicht hinaus, und der Wind wehte durch ihr rotes Haar.

»Bei den Hufen der Geiß schwöre ich es«, antwortete sie.

»Du bist die beste der Hexen«, rief der junge Fischer, »und ich werde heute nacht mit dir tanzen auf dem Grat des Gebirges. Ich wollte zwar, du hättest Gold oder Silber von mir verlangt. Aber wie auch dein Preis ist, du sollst ihn haben, denn es ist wenig.«

Er zog seine Mütze und verneigte sich vor ihr und lief voller Freude zurück in die Stadt.

Und die Hexe sah ihm nach, als er sich entfernte, und als er ihren Augen entschwunden war, ging sie zurück in die Höhle und nahm einen Spiegel aus einer Lade von Zedernholz und setzte ihn auf ein Gestell und verbrannte davor auf Kohlen Eisenkraut und starrte in die Wirbel des Rauchs. Nach einer Weile aber ballte sie zornig die Hände.

»Er hätte mein sein sollen«, murmelte sie. »Ich bin so schön wie sie.«

Am Abend, als der Mond am nächtlichen Himmel stand, stieg der junge Fischer zum Gebirge empor und stellte sich unter die Zweige der Weißbuche. Wie ein Schild aus blankem Silber lag die Bucht zu seinen Füßen, und die Schatten der Fischerboote bewegten sich darauf. Eine große Eule mit schwefelgelben Augen rief ihn bei seinem Namen, aber er antwortete nicht. Ein schwarzer Hund lief auf ihn zu und knurrte. Er schlug ihn mit einer Rute, und der Hund lief winselnd fort.

Um Mitternacht kamen die Hexen wie Fledermäuse durch die Luft geflogen.

»Fuu!« riefen sie, als sie den Boden berührten, »hier ist einer, den wir nicht kennen.«

Und sie schnüffelten herum und schwätzten miteinander und machten sich Zeichen. Und als letzte kam die junge Hexe, und ihr rotes Haar flatterte im Wind. Sie trug ein Kleid aus Gold, auf dem Pfauenaugen gestickt waren, und auf dem Kopf eine kleine Haube aus grünem Samt.

»Wo ist er, wo ist er?« schrien die Hexen, als sie sie sahen; aber sie lachte nur und lief zu der Weißbuche und nahm den Fischer bei der Hand und führte ihn ins Mondlicht hinaus und begann zu tanzen.

Herum und herum wirbelten sie, und die junge Hexe sprang so hoch, daß er die blutroten Hacken ihrer Schuhe sehen konnte. Dann kam quer durch die Tanzenden der Laut eines galoppierenden Pferdes, aber es war kein Pferd zu sehen, und er fürchtete sich.

»Schneller!« rief die Hexe, und sie warf ihm die Arme um den Nacken, und ihr Atem war heiß auf seinem Gesicht. »Schneller, schneller!« rief sie, und die Erde schien ihm unter den Füßen zu wirbeln, und sein Geist trübte sich, und große Angst befiel ihn, als ob ihn ein böses Wesen ansähe, und zuletzt sah er, daß unter dem Schatten eines Felsens eine Gestalt stand, die zuvor nicht da war.

Es war ein Mann in einem Mantel aus schwarzem Samt nach spanischer Mode. Sein Gesicht war auffallend bleich, aber seine Lippen waren wie eine stolze rote Blume. Er schien müde und lehnte sich zurück, indem er achtlos an dem Knauf seines Dolchs spielte. Im Gras neben ihm lagen ein federgeschmückter Hut und ein Paar Reithandschuhe, mit goldenen Schnüren besetzt und in seltsamen Zeichen mit Perlen benäht. Der kurze, mit Zobelpelz gefütterte Mantel hing ihm von der Schulter, und seine feinen, weißen Hände waren mit Ringen bestückt. Schwere Augenlider senkten sich über seine Augen. Der junge Fischer sah ihn an wie einer, den Zauber umspinnt. Schließlich trafen sich ihre Augen, und wo er auch tanzte, schien es ihm, als ruhten die Augen des Mannes auf ihm. Er hörte die Hexe lachen und faßte sie um den Leib und wirbelte wie toll herum.

Plötzlich bellte ein Hund im Wald, und die Tanzenden hielten inne und gingen paarweise hin und knieten nieder und küßten dem Mann die Hand. Als sie es taten, berührte ein leichtes Lächeln seine stolzen Lippen, wie eines Vogels Flügel das Wasser berührt. Aber es war Verachtung darin. Er sah aber stets nur den jungen Fischer an.

»Komm, laß uns anbeten«, flüsterte die Hexe, und sie führte ihn hin, und ein großes Verlangen, zu tun, was sie ihn hieß, ergriff ihn, und er folgte ihr. Aber als er nahe kam, machte er, ohne daß er wußte warum, auf seiner Brust das Zeichen des Kreuzes und nannte den heiligen Namen.

Und kaum hatte er das getan, da kreischten die Hexen wie Falken und flogen davon, und das bleiche Gesicht, das ihn ansah, zuckte zusammen wie in einem Krampf des Schmerzes. Der Mann ging zu einem kleinen Gehölz hinüber und pfiff. Ein kleines spanisches Pferd mit silbernem Schmuck kam ihm entgegengelaufen. Als er in den Sattel sprang, wandte er sich um und sah traurig auf den jungen Fischer. Und die Hexe mit dem roten Haar versuchte auch fortzufliegen, aber der Fischer faßte sie am Handgelenk und hielt sie zurück.

»Laß mich los«, rief sie, »und laß mich gehen. Denn du hast genannt, was nicht genannt werden sollte, und das Zeichen gemacht, das man nicht ansehen darf.«

»Nein«, antwortete er, »ich will dich nicht lassen, bis du mir das Geheimnis gesagt hast.«

»Welches Geheimnis?« fragte die Hexe und rang mit ihm wie eine wilde Katze und biß sich in die Lippen.

»Du weißt es«, antwortete er.

Ihre grasgrünen Augen wurden dunkel von Tränen, und sie sagte zum Fischer:

»Verlange alles andere, nur das nicht.«

Er lachte und faßte sie nur um so enger.

Und als sie sah, daß sie sich nicht freimachen konnte, flüsterte sie:

»Ich bin so schön wie die Töchter des Meers und so reizvoll wie die, die in den blauen Wassern wohnen«, und sie schmiegte sich zärtlich an ihn und legte vertraulich ihr Gesicht an seines.

Er aber stieß sie zurück und sprach zu ihr:

»Wenn du das Versprechen nicht hältst, das du mir gabst, dann erschlage ich dich als falsche Hexe.«

Sie wurde grau und schauderte.

»Sei es denn«, murmelte sie. »Es ist deine Seele, nicht meine. Tue mit ihr, was du willst.« Und sie nahm aus ihrem Gürtel ein kleines Messer, das einen Griff aus grüner Vipernhaut hatte, und gab es ihm.

»Wozu soll mir das dienen?« fragte er sie verwundert.

Sie schwieg einige Augenblicke, und ein Blick des Schreckens ging über ihr Gesicht. Dann strich sie ihr Haar aus der Stirn, und seltsam lächelnd sprach sie zu ihm:

»Was die Menschen ›Schatten‹ nennen, das ist nicht der Schatten des Körpers, sondern der Leib der Seele. Stelle dich an den Meeresstrand, mit deinem Rücken dem Mond zugekehrt, schneide rings um deine Füße den Schatten ab, der der Leib deiner Seele ist, und befiehl deiner Seele, dich zu verlassen; so wird sie es tun.«

Der junge Fischer zitterte. »Ist das wahr?« murmelte er.

»Es ist wahr, und ich wollte, ich hätte es dir nicht gesagt«, rief sie und umklammerte weinend seine Knie.

Er schob sie von sich und ließ sie im üppigen Gras zurück und ging zum Rand des Gebirges und steckte das Messer in seinen Gürtel und begann hinabzuklettern.

Aber die Seele, die in ihm war, rief ihn an:

»Siehe, ich bin bei dir gewesen all diese Jahre lang und habe dir gedient. Schicke mich nicht jetzt von dir. Denn was habe ich dir Böses getan?«

Und der junge Fischer lachte.

»Du hast mir nichts Böses getan, aber ich brauche dich nicht«, antwortete er. »Die Welt ist weit, und der Himmel ist da und die Hölle, und jenes dunkle Haus des Dämmers, das zwischen beiden liegt. Gehe, wohin du willst, aber störe mich nicht, denn meine Geliebte ruft mich.«

Seine Seele aber flehte ihn jammernd an, aber er hörte nicht darauf, sondern sprang von Klippe zu Klippe, denn sein Fuß war sicher wie der einer wilden Geiß, und schließlich kam er zum gelben Strand an der See.

Mit bronzenen Gliedern und festem Fleisch, wie eine Statue, die ein Grieche goß, so stand er auf dem Sand, den Rücken zum Mond, und aus der Brandung hoben sich weiße Arme und winkten ihm, und aus den Wellen stiegen dunkle Gestalten und huldigten ihm, und hinter ihm stand der Mond in der Nacht. Seine Seele aber rief ihn wiederum an:

»Wenn du mich wirklich von dir treiben willst, schicke mich nicht fort ohne dein Herz. Die Welt ist grausam, gib mir dein Herz mit auf den Weg.«

Er aber warf den Kopf zurück und lachte.

»Womit sollte ich meine Geliebte lieben, wenn ich mein Herz dir gäbe?« rief er.

»Nein, habe Erbarmen mit mir«, sagte die Seele, »gib mir dein Herz, denn die Welt ist so grausam, und ich fürchte mich.«

»Mein Herz gehört meiner Liebe«, antwortete er.

»Soll ich nicht auch lieben?« fragte die Seele.

»Fort mit dir, fort, denn ich brauche dich nicht«, rief der junge Fischer; und er nahm das kleine Messer mit dem Griff aus grüner Vipernhaut und schnitt den Schatten rings um die Füße ab, und der stand auf und stand vor ihm; und er sah ihn an, und er war wie er selbst.

Er trat zurück und steckte das Messer in seinen Gürtel, und ein Gefühl der Angst und Scheu überkam ihn.

»Fort mit dir, fort«, murmelte er, »und laß mich dein Gesicht nie wieder sehen.«

»Nein, wir müssen uns wieder treffen«, sagte die Seele. Ihre Stimme war leise und flötengleich, und ihre Lippen bewegten sich kaum, wenn sie sprach.

»Wie sollten wir uns treffen?« rief der junge Fischer. »Du wirst mir nicht in die Tiefe des Meeres folgen.«

»Jedes Jahr will ich einmal hierher kommen und nach dir rufen«, sagte die Seele. »Es kann sein, daß du mich brauchen wirst.«

»Wie sollte ich dich brauchen?« rief der junge Fischer, »aber es sei, wie du willst.«

Und er tauchte ins Wasser hinab, und die Tritonen bliesen ihre Hörner, und die kleine Seejungfrau kam herauf, ihm entgegen, und schlang ihm die Arme um den Hals und küßte ihn.

Und die Seele stand am einsamen Strand und sah ihnen zu. Und als sie hinab in das Meer getaucht waren, floh sie weinend über die Sümpfe davon.

Als nun ein Jahr vorüber war, kam die Seele zur Küste des Meeres zurück und rief den jungen Fischer, und der tauchte aus der Tiefe empor und fragte:

»Warum rufst du mich?«

Und die Seele antwortete:

»Komm näher, daß ich mit dir reden kann, denn ich habe wundervolle Dinge gesehen.«

Und er kam näher und setzte sich im Seichten nieder und stützte den Kopf in die Hand und lauschte.

Und die Seele sprach zu ihm:

»Als ich dich verlassen hatte, wandte ich mich nach Osten und wanderte. Vom Osten kommt alles, was weise ist. Sechs Tage wanderte ich, und am Morgen des siebenten Tages kam ich zu einem Hügel, der im Land der Tataren liegt. Ich setzte mich nieder im Schatten einer Tamariske, um mich vor der Sonne zu schützen. Das Land war trocken und von der Hitze verbrannt. Die Menschen gingen hin und her in der Ebene wie Fliegen, die auf der Scheibe blanken Kupfers kriechen.

Als es Mittag wurde, erhob sich vom flachen Rand des Landes eine rote Staubwolke. Als die Tataren dies sahen, spannten sie ihre bemalten Bogen und sprangen auf ihre kleinen Pferde und ritten ihr entgegen. Die Weiber flohen schreiend zu den Wagen und verbargen sich hinter den Vorhängen aus Fell.

Bei Sonnenuntergang kamen die Tataren zurück, aber fünf von ihnen fehlten, und von denen, die zurückkamen, waren nicht wenige verwundet. Sie spannten ihre Pferde an die Wagen und fuhren eilig davon. Drei Schakale kamen aus einer Höhle und sahen ihnen nach. Dann zogen sie die Luft durch ihre Nüstern und liefen in der entgegengesetzten Richtung davon.

Als der Mond aufging, sah ich ein Lagerfeuer in der Ebene brennen und ging darauf zu. Eine Schar von Händlern saß auf Teppichen rings herum. Ihre Kamele waren hinter ihnen an Pfähle gebunden, und ihre Diener errichteten Zelte aus gegerbten Fellen auf dem Sande und warfen eine hohe Hecke aus stachligem Gestrüpp auf.

Als ich mich ihnen näherte, stand der Anführer auf und zog ein Schwert und fragte, was ich wollte.

Ich antwortete, ich sei ein Fürst in meinem Land und ich sei den Tataren entflohen, die versucht hätten, mich zu ihrem Sklaven zu machen. Der Häuptling lächelte und zeigte mir fünf Köpfe, die auf lange Stangen gesteckt waren.

Dann fragte er mich, wer der Prophet Gottes sei, und ich antwortete ihm, es sei Mohammed.

Als er den Namen des falschen Propheten hörte, verneigte er sich, nahm mich bei der Hand und setzte mich neben sich. Ein Mohrensklave brachte mir Stutenmilch in einer hölzernen Schale und ein Stück Lammbraten.

Bei Tagesanbruch machten wir uns auf. Ich ritt auf einem rothaarigen Kamel zur Seite des Anführers, und ein Läufer lief vor uns, bewaffnet mit einem Speer. Bewaffnete waren auf beiden Seiten, und die Maultiere folgten mit den Waren. Es waren vierzig Kamele in der Karawane, und Maultiere waren es zweimal vierzig an der Zahl.

Wir kamen vom Land der Tataren in das Land derer, die dem Mond fluchen. Wir sahen Greifen, die ihr Gold auf den weißen Felsen bewachen, und schuppige Drachen in ihren Höhlen schlafen. Als wir über die Berge kamen, hielten wir den Atem an, daß der Schnee nicht auf uns fiele, und jeder Mann band einen Schleier vor seine Augen. Als wir durch die Täler kamen, schossen Pygmäen mit Pfeilen nach uns aus hohlen Bäumen, und nachts hörten wir sie ihre Trommeln schlagen. Als wir zum Turm der Affen kamen, setzten wir ihnen Früchte vor, und sie taten uns nichts zuleide. Als wir zum Turm der Schlangen kamen, gaben wir ihnen warme Milch in Schalen, und sie ließen uns ziehen. Dreimal kamen wir auf unserer Reise zu den Ufern des Oxos. Wir überquerten ihn auf hölzernen Flößen. Die Flußpferde wüteten gegen uns und wollten uns töten. Als die Kamele sie sahen, zitterten sie.

Die Könige jeder Stadt erhoben Zölle von uns, ließen uns aber nicht ihre Tore durchschreiten. Sie warfen uns Brot über die Mauern, kleine Maiskuchen, in Honig gebacken, und Kuchen aus feinem Mehl, mit Datteln gefüllt.

Wenn die Bewohner der Dörfer uns kommen sahen, vergifteten sie die Brunnen und flohen auf die Hügel. Wir kämpften mit den Magaden, die alt geboren werden und von Jahr zu Jahr jünger werden und sterben, wenn sie kleine Kinder sind; und mit den Lakten, die Söhne von

Tigern zu sein behaupten und sich schwarz und gelb bemalen; und mit den Auranten, die ihre Toten in Baumwipfeln beisetzen und selber in dunklen Höhlen wohnen, damit die Sonne, die ihr Gott ist, sie nicht erschlage; und mit den Krimniern, die ein Krokodil anbeten und es mit Butter und lebendem Geflügel nähren; und mit den Agazomben, die Hundsgesichter haben; und mit den Sibern, die pferdefüßig sind und schneller laufen als Pferde. Ein Drittel von uns starb im Kampf, und ein Drittel starb an den Entbehrungen. Der Rest murrte gegen mich und sagte, ich hätte ihnen Unglück gebracht. Ich nahm eine Otter unter einem Stein hervor und ließ sie mich beißen. Und als sie sahen, daß ich nicht krank wurde, befiel sie Furcht.

Im vierten Monat erreichten wir die Stadt Illet. Es war Nacht, als wir den Hain vor den Mauern erreichten. Die Luft war schwül, denn der Mond stand im Skorpion. Wir nahmen die reifen Granatäpfel von den Bäumen, brachen sie und tranken ihren süßen Saft. Dann legten wir uns auf unsere Teppiche nieder und warteten auf den Sonnenaufgang.

Bei Tagesanbruch standen wir auf und klopften an das Tor der Stadt. Es war aus roter Bronze mit Bildern von Meerungeheuern und geflügelten Drachen. Die Wachen sahen von den Wällen herab und fragten nach unserem Begehr. Der Führer der Karawane antwortete, wir kämen von der Syrischen Insel mit vieler Ware. So nahmen sie Geiseln und sagten, sie wollten uns mittags das Tor öffnen, und hießen uns bis dahin warten.

Als es Mittag war, öffneten sie das Tor, und als wir einzogen, kam das Volk in Scharen aus den Häusern, uns anzusehen, und ein Ausrufer ging durch die ganze Stadt und blies auf einer Muschel. Wir standen auf dem Marktplatz, und Neger banden die Warenballen auf und öffneten die geschnitzten Kisten aus Sykomorenholz. Als sie fertig waren, brachten die Kaufleute ihre fremdländischen Waren hervor:

Gewachstes Leinen aus Ägypten und bemaltes Leinen aus Äthiopien; Purpurschwämme von Tyrus und blaue Tapeten von Sidon, Schalen aus kühlem Elfenbein und feine Gefäße aus Glas und seltene Keramiken. Von dem Dach eines Hauses beobachtete uns eine Schar von Frauen. Eine von ihnen trug eine goldene Maske.

Am ersten Tag kamen die Priester und tauschten mit uns, und am zweiten Tag kamen die Edlen, und am dritten Tag kamen die Handwerker und die Sklaven. Denn so ist es Sitte mit allen Kaufleuten, solange diese in der Stadt weilen.

So blieben wir einen Monat lang, und als der Mond abnahm, wurde ich müde und ging durch die Straßen der Stadt und kam zu dem Garten ihres Gottes.

Priester in gelben Gewändern bewegten sich schweigend durch die grünen Bäume, und auf einem Unterbau aus schwarzem Marmor stand der rosenrote Tempel, in dem der Gott seine Wohnung hatte. Seine Türen waren mit glitzerndem Lack bedeckt, und Stiere und Pfauen aus getriebenem, glänzenden Gold waren darauf zu sehen. Das geziegelte Dach war aus meergrünem Porzellan, und die hervorspringenden Dachtraufen waren mit kleinen Glocken behangen. Wenn die weißen Tauben vorüberflogen, trafen sie die Glocken mit ihren Schwingen und ließen sie klingeln.

Vor dem Tempel war ein Becken mit klarem Wasser, das Becken selbst mit geädertem Onyx gepflastert. Ich legte mich daneben nieder, und mit meinen bleichen Fingern berührte ich die breiten Blätter. Einer der Priester kam zu mir und trat hinter mich. Er hatte Sandalen an den Füßen, eine aus weicher Schlangenhaut und die andere aus Vogelfedern. Auf seinem Kopf war eine Mütze aus schwarzem Filz; sie war mit silbernen Monden geschmückt. Sieben Töne von Gelb waren in sein Gewand verwebt, und sein gelocktes Haar war mit Antimon bestreut.

Nach einer Weile sprach er zu mir und fragte nach meinem Wunsch.

Ich sagte ihm, ich begehrte den Gott zu sehen.

›Der Gott ist auf der Jagd‹, sagte der Priester und sah mich scharf mit kleinen, schiefen Augen an.

›Sage mir, in welchem Wald, und ich will mit ihm reiten‹, antwortete ich.

Er kämmte mit seinen langen, spitzen Nägeln die weichen Fransen seines Kleides aus.

›Der Gott schläft‹, murmelte er.

›Sage mir, auf welchem Lager, und ich will bei ihm wachen‹, antwortete ich.

›Der Gott ist an seiner Tafel‹, rief er.

›Wenn der Wein süß ist, will ich mit ihm trinken, und ist er sauer, so will ich auch mit ihm trinken‹, war meine Antwort.

Er neigte verwundert den Kopf, nahm mich bei der Hand und führte mich in den Tempel.

Und im ersten Gemach sah ich ein Idol auf einem Jaspisthron sitzen, der mit großen Perlen eingefaßt war. Es war aus Ebenholz geschnitzt, und seine Gestalt war die Gestalt eines Mannes. Auf seiner Stirn war ein Rubin, und dickes Öl tropfte aus seinem Haar auf seine Schenkel. Seine Füße waren rot von dem Blut eines neu getöteten Lammes, und seine Lenden umgürtet mit einem kupfernen Gürtel, der mit sieben Beryllen besetzt war.

Und ich fragte den Priester: ›Ist das der Gott?‹, und er antwortete mir: ›Dies ist der Gott.‹

›Zeige mir den Gott‹, rief ich, ›oder ich werde dich erschlagen.‹ Und ich berührte seine Hand, und sie wurde welk.

Da flehte der Priester und sprach:

›Möge mein Herr seinen Diener heilen, und ich will ihm den Gott zeigen.‹

Da blies ich mit meinem Atem auf seine Hand, und sie wurde wieder heil; und er zitterte und führte mich in das zweite Gemach, und ich sah ein Idol auf einem Nephritenlotos stehen, der mit großen Smaragden behangen war. Es war aus Elfenbein geschnitzt, und seine Gestalt war doppelt mannsgroß. Auf seiner Stirn war ein Chrysolith, und seine Brust war mit Myrrhen und Zimt bestrichen. In einer Hand hielt es einen Krummstab aus Nephrit und in der anderen einen runden Kristall. Es trug Stiefel aus Erz, und um seinen dicken Hals wand sich ein Kranz von Skleniten.

Und ich sagte zu dem Priester: ›Ist dies der Gott?‹, und er antwortete mir: ›Dies ist der Gott.‹

›Zeige mir den Gott‹, rief ich, ›oder ich werde dich erschlagen.‹

Ich berührte seine Augen, und sie wurden blind. Da flehte mich der Priester an und sprach:

›Möge mein Herr seinen Diener heilen, und ich will ihm den Gott zeigen.‹

Da blies ich mit meinem Atem auf seine Augen, und das Sehen kam zurück; und er zitterte wieder und führte mich in das dritte Gemach, und siehe! Dort war kein Idol und auch kein Bildnis irgendwelcher Art, sondern nur ein Spiegel aus rundem Metall auf einem Altar aus Stein.

Und ich sprach zu dem Priester: ›Wo ist der Gott?‹

Und er antwortete mir:

›Wir haben keinen Gott außer diesem Spiegel, den du siehst, denn das ist der Spiegel der Weisheit. Und er spiegelt alle Dinge, die im Himmel und auf der Erde sind, nur das Gesicht dessen nicht, der hineinsieht. Das spiegelt er nicht, so daß, der hineinsieht, weise sein kann. Es gibt viele andere Spiegel, aber es sind die Spiegel der Meinungen. Dieser allein ist der Spiegel der Weisheit. Und die diesen Spiegel besitzen, wissen alles, und nichts ist ihnen verborgen. Und die ihn nicht besitzen, haben auch nicht die Weisheit. Deshalb ist er der Gott, und wir beten ihn an.‹

Und ich sah in den Spiegel, und es war, wie er gesagt hatte.

Und ich tat eine seltsame Tat; aber was ich tat, ist gleichgültig, denn in einem Tal, das nur eine Tagesreise von hier liegt, habe ich den Spiegel der Weisheit verborgen. Laß mich nur wieder in dich hinein und dir dienen, so sollst du weiser sein als alle Weisen, und alle Weisheit soll dein sein. Laß mich wieder in dich hinein, und niemand wird weiser sein als du.«

Aber der junge Fischer lachte.

»Liebe ist besser als Weisheit«, rief er, »und die kleine Seejungfrau liebt mich.«

»Nein, es gibt nichts Besseres als Weisheit«, sagte die Seele.

»Liebe ist besser«, antwortete der junge Fischer; und er tauchte hinab in die Tiefe, und die Seele floh weinend über die Sümpfe davon.

Als nun das zweite Jahr vorüber war, kam die Seele wieder zum Strand des Meeres und rief den jungen Fischer; und der tauchte aus der Tiefe empor und fragte:

»Warum rufst du mich?«

Und die Seele antwortete:

»Komm näher, daß ich mit dir reden kann, denn ich habe wunderbare Dinge gesehen.«

Und er kam näher und setzte sich im Seichten nieder und stützte den Kopf in die Hand und lauschte.

Und die Seele sprach zu ihm:

»Als ich dich verlassen hatte, wandte ich mich nach Süden und wanderte. Vom Süden kommt alles, was kostbar ist. Sechs Tage wanderte ich über die Landstraßen, die zur Stadt Asther führen; die staubigen roten Landstraßen, auf denen die Pilger gehen, wanderte ich, und am Morgen des siebenten Tages hob ich die Augen, und siehe! Zu meinen Füßen lag die Stadt, denn sie liegt in einem Tal.

Neun Tore führen in diese Stadt, und vor jedem Tor steht ein bronzenes Pferd, das wiehert, wenn die Beduinen von den Bergen kommen. Die Mauern sind mit Kupfer beschlagen, und die Wachttürme auf den Mauern sind erzgedeckt. In jedem Turm steht ein Bogenschütze mit einem Bogen in der Hand. Bei Sonnenaufgang schlägt er mit einem Pfeil an ein Schallbecken, und bei Sonnenuntergang bläst er ein Widderhorn.

Als ich hineinzukommen versuchte, hielten die Wachen mich an und fragten mich, wer ich wäre. Ich antwortete, ich wäre ein Derwisch und auf dem Wege nach Mekka, wo sich ein grüner Schleier befinde, darauf von den Händen der Engel in silbernen Lettern der Koran gestickt sei. Und sie waren voller Staunen und baten mich hineinzukommen.

Und drinnen war es wie ein Basar. Wahrlich, du hättest mit mir sein sollen. Durch enge Straßen flattern bunte Papierlaternen wie große Schmetterlinge. Wenn der Wind über die Dächer weht, steigen und fallen sie wie bunte Seifenblasen. Vor ihren Buden sitzen die Kaufleute auf seidenen Teppichen. Sie haben schwarze Bärte, und ihre Turbane sind mit Goldzechinen geschmückt, und lange Bernsteinketten gleiten durch ihre Finger. Einige von ihnen verkaufen Galbanum und Narden und seltenes Ambra von den Inseln des Indischen Meers und dickes Rosenöl und Myrten und kleine Nelken. Wenn man anhält, um mit ihnen zu reden, so werfen sie kleine Stückchen Weihrauch auf ein Kohlebecken und machen die Luft des Dufts voll. Ich sah einen Syrer, der hielt in der Hand eine dünne Rute wie ein Rohr. Graue Rauchfäden stiegen davon auf, und der Duft war wie der der Mandelblüte im Frühling. Andere verkaufen silberne Armbänder, die rundherum mit milchigblauen Türkisen besetzt sind, und Knöchelspangen aus Erz waren mit kleinen Perlen gefranst, und Tigerklauen in Gold gefaßt, und die Klauen der goldgelben Katze, des Leoparden, auch in Gold gefaßt, und Ohrgehänge aus durchbohrten Smaragden, und Fingerringe aus Nephrit. Von den Teehäusern kommt der Ton der Gitarre, und die Opiumraucher sehen mit lächelnden Gesichtern heraus auf die Vorübergehenden.

Wahrlich, du hättest mit mir sein sollen. Die Weinverkäufer bahnen sich ihren Weg durch die Menge mit großen Schläuchen auf den Schultern. Die meisten verkaufen Wein aus Schiras, der süß ist wie Honig. Sie reichen ihn in kleinen metallenen Schalen und streuen Rosenblätter darauf. Auf dem Marktplatz standen die Fruchtverkäufer, die alle Arten von Früchten verkaufen; reife Feigen mit ihrem weichen Purpurfleisch, Melonen, die nach Moschus duften und gelb sind wie Topase, Zitronen und Rosenäpfel und runde, rotgelbe Orangen und schlanke Lemonen aus grünem Gold. Einmal sah ich einen Elefanten vorbeiziehen. Sein Rüssel war rot und gelb bemalt, und über den Ohren trug er ein Netz aus roter Seide. Er hielt vor einer der Buden und fing an, die Orangen zu fressen, und die Leute lachten nur. Du kannst dir nicht vorstellen, was für ein merkwürdiges Volk es ist. Wenn sie froh sind, gehen sie zu einem Vogelverkäufer und kaufen von ihm einen Vogel in einem Käfig und lassen ihn frei, damit ihre Freude größer sei, und wenn sie traurig sind, geißeln sie sich mit Dornen, damit ihr Gram nicht geringer werde.

Eines Abends traf ich auf Neger, die eine schwere Sänfte durch den Basar trugen. Sie war aus vergoldetem Bambus, und die Stangen waren aus rotem Lack und mit erzenen Pfauen eingelegt. Vor den Fenstern hingen dünne Vorhänge aus Musselin, mit Käferflügeln und winzigen Perlen bestickt, und als sie vorüberzog, sah eine bleiche Zirkassin heraus und lächelte mich an. Ich folgte ihnen, und die Neger beschleunigten ihre Schritte und blickten finster. Ich aber kümmerte mich nicht darum. Ich fühlte eine große Neugier über mich kommen.

Schließlich hielten sie vor einem viereckigen, weißen Haus. Es hatte keine Fenster, nur eine kleine Tür, wie die Tür eines Grabs. Sie setzten die Sänfte nieder und klopften dreimal mit einem kupfernen Hammer. Ein Armenier in einer grünen Djellaba sah heraus, und als er sie erblickte, öffnete er und breitete einen Teppich auf den Boden, und die Frau stieg aus. Als sie hineinging, wandte sie sich um und lächelte mir wieder zu. Ich habe niemals jemanden so bleich gesehen.

Als der Mond aufging, kehrte ich zurück und suchte das Haus, doch es war nicht mehr da. Als ich das sah, da wußte ich, wer die Frau war und warum sie mir zugelächelt hatte. Wahrlich, du hättest mit mir sein sollen!

Am Neumondfest kam der junge Kalif aus seinem Palast und ging in die Moschee, um zu beten. Sein Haar und sein Bart waren mit Rosenblättern gefärbt und seine Wangen mit feinem Goldstaub bestäubt.

Bei Sonnenaufgang kam er aus seinem Palast in einem Gewand von Silber, und bei Sonnenuntergang kehrte er in einem Gewand aus Gold zurück. Das Volk warf sich zu Boden und verbarg die Gesichter, ich aber tat es nicht. Ich stand bei der Bude eines Dattelverkäufers und wartete. Als der Kaiser mich sah, zog er seine Augenbrauen in die Höhe und stand still. Ich blieb ganz ruhig und erwies ihm keine Huldigung. Das Volk staunte über meine Kühnheit und riet mir, aus der Stadt zu fliehen. Ich achtete nicht darauf, sondern ging hin und setzte mich zu den Verkäufern fremder Götzenstatuen, die wegen ihres Gewerbes verachtet sind. Als ich ihnen erzählte, was ich getan hatte, gab mir jeder von ihnen einen Gott, und sie baten mich fortzugehen.

Nachts lag ich auf einem Kissen im Teehaus in der Straße der Granatäpfel; da kamen die Wachen herein und führten mich in den Palast. Als ich eintrat, verschlossen sie hinter mir jede Tür und legten eine Kette davor. Drinnen war ein großer Hof, um den ein Säulengang lief. Die Mauern waren aus weißem Alabaster, der hier und da mit blauen und grünen Ziegeln belegt war. Die Pfeiler waren aus grünem Marmor und das Pflaster aus beinahe pfirsichfarbenem Marmor. Ich hatte noch nie etwas Ähnliches gesehen.

Als ich durch den Hof ging, sahen zwei verschleierte Frauen von einem Balkon herab und beschimpften mich. Die Wachen eilten weiter, und die Lanzenschäfte dröhnten auf dem glänzenden Pflaster. Sie öffneten eine Tür aus geschnitztem Elfenbein, und ich befand mich in einem bewässerten Garten von sieben Terrassen. Er war mit Tulpen und Mondblumen und silberbedeckten Aloen bepflanzt. Gleich einem schlanken Rohr aus Kristall hing eines Springbrunnen Strahl in der dämmrigen Luft. Am Ende des Gartens stand ein kleines Zelt. Als wir uns näherten, kamen zwei Eunuchen uns entgegen. Ihre fetten Leiber schwankten, wenn sie gingen, und sie sahen mit ihren gelblidrigen Augen neugierig zu mir hin. Einer von ihnen nahm den Hauptmann der Wache beiseite und flüsterte ihm mit leiser Stimme etwas zu. Der andere aß indessen duftende Pastillen, die er mit gezierter Geste einer länglichen Dose von veilchenfarbenem Email entnahm.

Nach einigen Augenblicken schickte der Hauptmann die Soldaten fort. Sie gingen zum Palast zurück; die Eunuchen folgten langsam und pflückten im Vorbeigehen süße Maulbeeren von den Bäumen. Einmal drehte sich der eine der beiden mit bösem Lächeln nach mir um.

Dann winkte mich der Hauptmann zum Eingang des Zelts. Ich ging ohne Zittern hin, zog den schweren Vorhang zur Seite und trat ein.

Der junge Herrscher lag auf einem Lager von Löwenfellen ausgestreckt, und ein Falke saß auf seiner Faust. Hinter ihm stand ein Nubier mit Turban, nackt bis zu den Hüften und schwere Ohrgehänge in den gespaltenen Ohren. Auf einem Tisch neben dem Lager lag ein gewaltiger Krummsäbel. Als der Kalif mich sah, zog er die Stirn in Falten und fragte: ›Wer bist du? Weißt du nicht, daß ich der Herr dieser Stadt bin?‹ Ich aber gab ihm keine Antwort.

Er deutete mit dem Finger auf den Säbel, und der Nubier ergriff ihn und traf mich mit großer Gewalt. Die Schneide durchsauste mich, aber tat mir keinen Schaden. Der Mann stürzte bebend zu Boden, und als er aufstand, schlugen ihm die Zähne vor Angst zusammen, und er verbarg sich hinter dem Lager.

Der Kalif aber sprang auf und nahm seine Lanze von einem Waffenständer und warf sie nach mir. Ich fing sie in ihrem Flug auf und brach sie mitten entzwei. Er schoß mit einem Pfeil nach mir, aber ich hob meine Hände auf, und er blieb in der freien Luft hängen. Da zog er einen Dolch aus seinem Gürtel und bohrte ihn dem Nubier in den Hals, damit er nicht von seiner Schande erzählte. Der Mann wand sich wie eine zertretene Schlange, und roter Schaum tropfte von seinen Lippen.

Sobald er tot war, wandte sich der Kalif zu mir, und als er sich den hellen Schweiß mit einem kleinen Tuch aus purpurbestickter Seide von der Stirn gewischt hatte, sprach er zu mir:

›Bist du ein Prophet, daß ich dich nicht töten kann, oder der Sohn eines Propheten, daß ich dich nicht verletzen kann? Ich bitte dich, verlaß meine Stadt zur Nacht, denn solange du in ihr weilst, kann ich ihr Herr nicht mehr sein.‹

Und ich antwortete ihm:

›Ich will um die Hälfte deines Schatzes gehen. Gib mir die Hälfte deines Schatzes, und ich werde deine Stadt verlassen.‹

Er nahm mich bei der Hand und führte mich hinaus in den Garten. Als der Hauptmann der Wachen mich sah, staunte er. Und als die Eunuchen mich sahen, bebten ihnen die Knie, und sie fielen vor Furcht zu Boden.

Es gibt ein Gemach im Palast, das hat acht Wände aus rotem Porphyr, und von der erzbeschlagenen Decke hängen Ampeln. Der Kalif berührte eine der Wände, und die öffnete sich, und wir gingen einen Gang hinab, der von vielen Fackeln erleuchtet war. In Nischen zu beiden Seiten standen große Tonkrüge, bis zum Rand mit Silberstücken gefüllt. Als wir die Mitte des Ganges erreicht hatten, sprach der Kaiser das Wort, das man nicht sprechen darf, und eine granitene Pforte sprang auf, durch eine geheime Feder bewegt; da legte er die Hände vor das Gesicht, um nicht geblendet zu werden.

Du kannst dir nicht vorstellen, was für ein wunderbarer Raum es war. Da standen große Schalen voller Perlen und roter Rubine. Das Korngold war in Säcken aus Elefantenhäuten aufgespeichert, und der Goldstaub in ledernen Flaschen. Da lagen Opale und Saphire, jene in kristallenen Schalen, diese in Schalen aus Nephrit. Runde grüne Smaragde waren auf dünnen Elfenbeinplatten geordnet, und in einer Ecke lagen seidene Säcke, die einen voll Türkise und andere mit Beryllen. Doch man könnte müde werden, all die weitere Pracht zu beschreiben.

Und als nun der Kaiser die Hände vom Gesicht genommen hatte, sprach er zu mir:

›Dies ist meine Schatzkammer, und die Hälfte von allem ist dein, wie ich es dir versprach. Ich will dir Kamele geben und dazu Kameltreiber, sie sollen tun, was du ihnen befiehlst, und deinen Teil des Schatzes bringen, wohin du auch gehen willst. Doch es soll heute abend geschehen, denn ich will nicht, daß die Sonne, die mein Vater ist, sehe, daß in meiner Stadt ein Mann weilt, den ich nicht töten kann.‹

Ich aber antwortete ihm:

›Das Gold, das hier ist, ist dein, und das Silber ist auch dein, dein sind auch die kostbaren Juwelen und die Dinge von Wert. Ich – ich brauche sie nicht. Und ich will nichts von dir nehmen außer dem kleinen Ring, den du am Finger deiner Hand trägst.‹

Da runzelte der Kalif die Stirn:

›Es ist nur ein Ring aus Blei‹, rief er, ›und er hat keinen Wert. Deshalb nimm deine Hälfte des Schatzes und gehe aus meiner Stadt.‹

›Nein‹, antwortete ich, ›ich will nichts außer dem bleiernen Ring, denn ich weiß, was darauf geschrieben steht, und zu welchem Zweck.‹

Da bebte der Kalif und flehte mich an und sprach:

›Nimm den ganzen Schatz und zieh aus meiner Stadt. Die Hälfte, die mein ist, soll auch noch dein sein.‹

Und ich tat eine seltsame Tat, aber was ich tat, ist gleich, denn in einer Höhle, die nur eine Tagesreise von hier liegt, habe ich den Ring des Reichtums verborgen. Sie ist nur eine Tagesreise von hier, und dort ist er dein. Der den Ring hat, ist reicher als alle Könige der Welt. Komm also und nimm ihn, und alle Reichtümer der Welt sind dein.«

Aber der junge Fischer lachte.

»Liebe ist besser als Reichtum«, rief er, »und die kleine Seejungfrau liebt mich.«

»Nein, es gibt nichts Besseres als Reichtum«, antwortete die Seele.

»Liebe ist besser«, sagte der junge Fischer, und er tauchte wieder hinab in die Tiefe, und die Seele floh weinend über die Sümpfe davon.

Als nun das dritte Jahr vorüber war, kam die Seele wieder hinab zum Strand des Meeres und rief den jungen Fischer; und der tauchte aus der Tiefe empor und fragte:

»Warum rufst du mich?«

Und die Seele antwortete:

»Komm näher, daß ich mit dir sprechen kann, denn ich habe wunderbare Dinge gesehen.«

So kam er näher und setzte sich im Seichten nieder und stützte den Kopf in die Hand und lauschte.

Und die Seele sprach zu ihm:

»In einer Stadt, von der ich weiß, steht ein Gasthaus an einem Fluß. Ich saß dort mit Seefahrern, die weiße und rote Weine tranken und Gerstenbrot aßen und kleine gesalzene Fische, die auf Lorbeerblättern mit Essig gereicht wurden. Und als wir dort saßen und guter Dinge waren, trat zu uns ein alter Mann, der einen ledernen Teppich trug und eine Laute mit zwei Bernsteinhörnern. Und als er den Teppich auf dem Boden ausgebreitet hatte, schlug er mit einem Hornplättchen auf die Saiten seiner Laute, und ein Mädchen, mit verschleiertem Gesicht, lief herein und tanzte vor uns. Ihr Gesicht war von einem Schleier verhüllt, aber ihre Füße waren nackt. Nackt waren ihre Füße, und sie bewegten sich über den Teppich wie kleine weiße Tauben. Nie habe ich etwas so Wunderbares gesehen, und die Stadt, in der sie tanzt, ist nur eine Tagesreise entfernt.«

Als nun der Fischer die Worte seiner Seele hörte, dachte er daran, daß Seejungfrauen keine Füße haben und nicht tanzen können.

Und so kam ein großes Verlangen über ihn, und er sprach zu sich selber:

»Es ist nur eine Tagesreise, und ich kann ja zu meiner Liebe zurückkehren«, und er lachte und schritt zum Ufer.

Als er das trockene Ufer erreicht hatte, lachte er wieder und breitete die Arme aus nach seiner Seele. Und seine Seele stieß einen lauten Freudenschrei aus und lief zu ihm und trat in ihn ein, und der junge Fischer sah vor sich auf dem Strand den Schatten ausgebreitet, der der Leib der Seele ist.

Und seine Seele sagte zu ihm:

»Laß uns nicht verweilen und uns gleich auf den Weg machen; denn die Meergötter sind eifersüchtig, und sie haben Ungeheuer, die ihrem Befehl gehorchen.«

So beeilten sie sich also, und die ganze Nacht wanderten sie im Mondschein und den ganzen folgenden Tag wanderten sie unter der Sonne, und abends kamen sie in eine Stadt.

Und der junge Fischer sagte zu seiner Seele:

»Ist dies die Stadt, wo sie tanzt, von der du mir erzähltest?«

Und die Seele antwortete:

»Es ist nicht diese Stadt, sondern eine andere. Trotzdem laß uns in die Stadt gehen.«

So gingen sie hinein und zogen durch die Straßen, und als sie durch die Straße der Juweliere kamen, sah der junge Fischer eine schöne Silberschale in einem Verkaufsstand.

Und seine Seele sagte zu ihm:

»Nimm die Silberschale und verbirg sie!«

Und er nahm die Silberschale und verbarg sie in den Falten seines Gewands, und sie verließen rasch die Stadt.

Wie sie eine Meile zurückgelegt hatten, runzelte der junge Fischer die Stirn und sprach zu seiner Seele:

»Warum hast du mich geheißen, diese Schale zu nehmen und sie zu verbergen? Es ist von Übel, dies zu tun.«

Aber seine Seele antwortete ihm:

»Sei ruhig, sei ruhig!«

Und am Abend des zweiten Tages kamen sie zu einer Stadt, und der junge Fischer sagte zu seiner Seele:

»Ist dies die Stadt, wo sie tanzt, von der du mir erzähltest?«

Und seine Seele antwortete ihm:

»Es ist nicht diese Stadt, sondern eine andere. Trotzdem laß uns in die Stadt gehen.«

So gingen sie also hinein und zogen durch die Straßen, und als sie durch die Straße der Sandalenverkäufer kamen, sah der junge Fischer ein Kind mit einem Wasserkrug stehen.

Und seine Seele sagte zu ihm:

»Schlage das Kind!«

So schlug er das Kind, bis es weinte, und als er das getan hatte, gingen sie rasch aus der Stadt.

Wie sie eine Meile zurückgelegt hatten, wurde der junge Fischer zornig und sprach zu seiner Seele:

»Warum hast du mich geheißen, das Kind zu schlagen? Es ist von Übel, dies zu tun.«

Aber seine Seele antwortete ihm:

»Sei ruhig, sei ruhig!«

Am Abend des dritten Tages kamen sie zu einer Stadt, und der junge Fischer sagte zu seiner Seele:

»Ist dies die Stadt, wo sie tanzt, von der du mir erzähltest?«

Und seine Seele antwortete ihm:

»Es kann sein, daß es diese Stadt ist, deshalb laß uns in die Stadt gehen.«

Und so gingen sie hinein und zogen durch die Straßen, aber nirgends konnte der junge Fischer den Fluß finden, noch das Gasthaus, das an seinem Ufer stand.

Und das Volk aus der Stadt sah ihn neugierig an, und er fürchtete sich und sprach zu seiner Seele:

»Laß uns wieder gehen, denn die mit weißen Füßen tanzt, ist nicht hier.«

Aber seine Seele antwortete:

»Nein, laß uns hierbleiben, denn die Nacht ist dunkel, und Räuber werden auf den Straßen sein.«

Da setzte er sich am Marktplatz hin und ruhte aus, und nach einer Weile ging ein Kaufmann vorüber, der einen Tuchmantel trug und sich mit einer Laterne leuchtete. Und der Kaufmann sagte zu ihm:

»Warum sitzt du auf dem Marktplatz, da doch die Buden geschlossen sind und die Ballen verschnürt?«

Der junge Fischer antwortete ihm:

»Ich kenne kein Gasthaus in dieser Stadt, und ich habe hier keinen Verwandten, der mir Obdach gäbe.«

»Sind wir nicht alle Brüder?« sagte der Kaufmann. »Und schuf uns nicht ein Gott? So komm mit mir, denn ich habe immer Raum für Gäste.«

Der junge Fischer folgte dem Kaufmann in sein Haus. Als sie durch einen Garten mit Granatapfelbäumen gegangen und in das Haus getreten waren, da brachte der Kaufmann ihm Rosenwasser in einer kupfernen Schüssel, damit er seine Hände wüsche, und reife Melonen, seinen Durst zu stillen, und setzte ihm Reis und ein Stück Lammbraten vor.

Als er satt war, führte ihn der Kaufmann in das Gastzimmer und wünschte ihm, wohl zu ruhen. Der junge Fischer dankte ihm und küßte den Ring auf seiner Hand und warf sich nieder auf die Teppiche aus gefärbtem Ziegenhaar. Und als er sich mit einer Decke aus schwarzer Lammwolle zugedeckt hatte, schlief er ein.

Aber drei Stunden vor Sonnenaufgang, als die Nacht noch ruhig war, weckte ihn seine Seele und sprach zu ihm:

»Erhebe dich und gehe in das Zimmer des Kaufmanns, wo er schläft, und erschlage ihn und nimm sein Gold; denn wir brauchen es.«

So stand der junge Fischer auf und schlich zu dem Zimmer des Kaufmanns; zu Füßen des Kaufmanns lag ein Krummschwert, und auf dem Tisch neben dem Kaufmann lagen neun Beutel voll Gold. Er streckte die Hand aus nach dem Schwert, und als er es berührte, fuhr der Kaufmann hoch und erwachte, sprang auf und ergriff das Schwert und rief:

»Vergiltst du Böses für Gutes und zahlst mit Blutvergießen die Güte, die ich dir erwiesen habe?«

Da sprach die Seele zu dem jungen Fischer:

»Triff ihn!«

Er traf ihn so, daß er in Ohnmacht fiel, ergriff die neun Goldbeutel und floh durch den Garten.

Als sie eine Meile von der Stadt zurückgelegt hatten, schlug sich der junge Fischer an die Brust und sagte zu seiner Seele:

»Warum befahlst du mir, den Kaufmann zu erschlagen und sein Gold zu nehmen? Wahrlich, du bist böse.«

Aber seine Seele antwortete:

»Sei ruhig, sei ruhig!«

»Nein«, rief der junge Fischer, »ich will nicht ruhig sein, denn alles, was du mir befohlen hast, hasse ich. Dich hasse ich auch, und ich will, daß du mir sagst, warum du so bist.«

Da antwortete seine Seele ihm:

»Als du mich in die Welt hinausgeschickt hast, gabst du mir kein Herz, und so lernte ich all diese Dinge tun und sie lieben.«

»Was sagst du?« murmelte der junge Fischer.

»Du weißt«, antwortete die Seele, »du weißt es genau. Hast du vergessen, daß du mir kein

Herz gabst? Ich glaube nicht. Und also kümmere dich nicht um mich, sondern sei ruhig; denn es ist kein Schmerz, den du nicht geben sollst, und es ist keine Lust, die du nicht empfangen sollst.«

Und als der junge Fischer diese Worte hörte, da zitterte er und sprach zu seiner Seele:

»Nein, du bist böse, und du hast mich meine Liebe vergessen lassen und mich auf den Weg der Sünde geführt.«

Seine Seele antwortete ihm:

»Du hast vergessen, daß du mir kein Herz gabst, als du mich in die Welt hinausgeschickt hast. Komm, laß uns in eine andere Stadt gehen und lustig sein, denn wir haben Gold.«

Aber der junge Fischer nahm die neun Beutel Gold und warf sie zu Boden und trat sie mit Füßen.

»Nein«, rief er, »ich will nichts mit dir zu tun haben und will nicht mehr mit dir gehen, sondern wie ich dich vorher weggeschickt habe, so will ich dich wieder wegschicken, denn du hast mir nichts Gutes gebracht.«

Er wandte den Rücken dem Mond zu, und mit dem kleinen Messer mit dem Griff aus grüner Vipernhaut versuchte er, von seinen Füßen den Schatten des Leibes zu schneiden, der der Leib der Seele ist.

Aber seine Seele ging nicht von ihm und achtete seinen Befehl nicht, sondern sprach zu ihm:

»Der Zauber, den dir die Hexe riet, nützt dir nichts mehr, denn ich kann dich nicht verlassen, noch kannst du mich vertreiben. Einmal im Leben kann der Mensch seine Seele wegschicken, doch der sie wieder aufnimmt, muß sie auf ewig behalten, das ist seine Strafe und sein Lohn.«

Da erbleichte der junge Fischer und ballte die Fäuste und rief:

»Sie war eine falsche Hexe, daß sie mir das nicht sagte.«

»Nein«, antwortete die Seele, »denn sie war treu ihm, den sie anbetet und dessen Dienerin sie ewig sein wird.«

Als nun der junge Fischer wußte, daß er sich nie wieder von seiner Seele trennen könnte und daß es eine böse Seele sei und daß sie immer in ihm sitzen würde, da fiel er zu Boden und weinte bitterlich.

Als es Tag wurde, stand der junge Fischer auf und sagte zu seiner Seele:

»Ich will meine Hände in Bande schlagen, daß ich nicht mehr tun kann, was du mir befiehlst, und meine Lippen verschließen, daß ich deine Worte nicht mehr spreche, und ich will dorthin zurückkehren, wo sie, die ich liebe, wohnt. In die Tiefe der See will ich zurückkehren und in die kleine Bucht, wo sie so lieblich sang. Ich will sie rufen und ihr sagen, was ich Böses getan habe und was du mir Böses angetan hast.«

Seine Seele versuchte ihn fortzulocken und sprach:

»Wer ist deine Liebe, daß du zu ihr zurückkehren solltest! Die Welt hat viele, die schöner sind als sie: Tänzerinnen in Samaris tanzen leichtfüßig wie Vögel und Tiere; ihre Füße sind mit Henna bemalt, und in den Händen halten sie kleine kupferne Schellen. Sie lachen beim Tanzen, und ihr Lachen ist so hell wie das Springen des Wassers. Komm mit mir, und ich will sie dir zeigen. Denn was ist diese deine Sorge um die Dinge der Sünde? Ist, was lieblich zu essen ist, nicht für den Esser da? Ist Gott nicht in dem, was süß ist zu trinken? Quäle dich nicht, sondern komm fort mit mir in eine andere Stadt. Hier liegt eine kleine Stadt in der Nähe mit einem Garten voller Tulpenbäume. In dem schönen Garten gibt es weiß- und blaubrüstige Pfauen. Wenn sie ihre Räder zur Sonne schlagen, sind sie wie Scheiben von Elfenbein und Gold. Und die sie füttert, tanzt zu ihrer Lust, und manchmal tanzt sie auf Händen, und ein anderes Mal tanzt sie auf Füßen. Ihre Augen sind antimongefärbt, und ihre Nasenflügel sind wie die Schwingen der Schwalbe. Von einem Häkchen in einem Nasenflügel hängt eine Blume herab; die ist aus einer Perle geschnitzt. Sie lacht, wenn sie tanzt, und die Silberringe um ihre Knöchel klingen wie silberne Glocken. Also quäle dich nicht mehr, sondern geh mit mir in diese Stadt.«

Der junge Fischer aber antwortete seiner Seele nicht, sondern verschloß die Lippen mit dem Siegel des Schweigens und band sich die Hände und wanderte dahin zurück, woher er gekommen war, zu der kleinen Bucht, wo einst seine Geliebte sang. Immer wieder versuchte ihn seine Seele auf dem Weg, aber er antwortete ihr nicht, und er tat nichts von all dem Bösen, das sie ihm antrug, so groß war die Macht seiner Liebe in ihm. Und als er den Meeresstrand erreicht hatte, löste er die Fessel von seinen Händen und nahm das Siegel des Schweigens von seinen

Lippen und rief die kleine Seejungfrau. Aber sie kam nicht, obwohl er den ganzen Tag nach ihr rief und flehte.

Da verspottete ihn seine Seele und sprach:

»Nun ja, du hast wenig Freude an deiner Geliebten. Du bist wie einer, der zur Zeit der Wassernot Wasser in ein zerbrochenes Gefäß gießt. Du gibst weg, was du hast, und nichts wird dir wiedergegeben. Es wäre besser für dich, du gingst mit mir; denn ich weiß, wo das Tal der Lust liegt und was sich dir dort bietet.«

Aber der junge Fischer antwortete seiner Seele nicht, sondern er baute sich in einem Felsenspalt eine Hütte aus Schilf und wohnte dort ein ganzes Jahr. Jeden Morgen rief er die Seejungfrau, und jeden Mittag rief er sie wieder, und auch nachts nannte er ihren Namen. Aber nie tauchte sie aus der See zu ihm empor, noch konnte er sie dort finden, wie er auch in den Grotten und im grünen Wasser suchte, in den Abgründen der See und in den Brunnen, die es dort auf dem Boden der See gibt. Stets aber versuchte ihn seine Seele zum Bösen und flüsterte schreckliche Dinge. Aber sie hatte keine Macht über ihn, so groß war die Macht seiner Liebe.

Und als das Jahr vorüber war, da dachte die Seele für sich:

»Ich habe meinen Herrn mit Bösem versucht, und seine Liebe war stärker als ich. Ich will ihn jetzt mit Gutem versuchen, vielleicht geht er dann mit mir.«

So sprach sie zu dem jungen Fischer:

»Ich habe dir von den Freuden der Welt erzählt, und du hast mir kein Ohr geliehen. Laß mich dir jetzt vom Schmerz der Welt erzählen, und vielleicht wirst du darauf hören. Denn nur der Schmerz ist der Herr dieser Welt, und niemand entflieht seinem Netz. Viele haben keine Kleidung, und andere haben kein Brot. Witwen sitzen im Purpur, und Witwen sitzen in Lumpen. Über die Sümpfe ziehen die Aussätzigen, und sie sind grausam gegeneinander. Die Bettler ziehen die Straßen auf und ab, und ihre Taschen sind leer. Durch die Straßen der Städte zieht die Hungersnot, und an ihren Toren hockt die Pest. Komm, laß uns hinausziehen und Abhilfe schaffen und die Dinge ändern. Warum solltest du hier zögern und nach deiner Liebe rufen, da sie auf deinen Ruf nicht kommt? Und was ist die Liebe, daß du so großen Wert darauf legst?«

Der junge Fischer aber antwortete ihr nicht, so groß war die Macht seiner Liebe. Jeden Morgen rief er die Seejungfrau, und jeden Mittag rief er sie wieder, und auch nachts nannte er ihren Namen. Aber nie kam sie aus der Tiefe zu ihm, noch konnte er sie im Meere finden, obwohl er sie in den Wogen der See suchte und in den Tälern, die unter den Wogen sind in dem Meer, das die Nacht purpurn färbt, und in dem Meer, das sich in der Dämmerung grau färbt.

Als nun das zweite Jahr vorbei war, sagte die Seele zu dem jungen Fischer eines Nachts, als er allein in seiner Schilfhütte saß:

»Siehe, jetzt habe ich dich zum Bösen versucht, und ich habe dich versucht zum Guten, aber deine Liebe war stärker als ich. Deshalb will ich dich nicht mehr versuchen, sondern ich bitte dich nur, laß mich in dein Herz eindringen, daß ich eins mit dir werde wie früher.«

»Wahrlich, du darfst eindringen«, sagte der junge Fischer, »denn in den Tagen, als du ohne Herz durch die Welt geirrt bist, hast du viel ertragen müssen.«

»Ach!« rief seine Seele, »ich kann keinen Eingang finden, so umschlossen ist dein Herz mit deiner Liebe.«

»Ach, ich wollte, ich könnte dir helfen«, sagte der junge Fischer. Und als er dies rief, kam ein jammervolles Wehklagen vom Meer her, so wie es die Menschen hören, wenn einer vom Meervolk gestorben ist. Da sprang der junge Fischer auf und verließ seine Schilfhütte und lief hinab zum Ufer. Und die schwarzen Wogen rollten an den Strand und trugen eine Last, weißer als Silber. Weiß wie die Brandung war sie, und wie eine Seeanemone trieb sie auf den Wogen. Und die Brandung nahm sie von den Wogen, und die Gischt nahm sie von der Brandung, und der Strand empfing sie, und zu seinen Füßen sah der junge Fischer die kleine Seejungfrau liegen. Tot lag sie zu seinen Füßen.

Weinend, vom Schmerz überwältigt, warf er sich neben sie und küßte das kalte Rot ihres Mundes und spielte mit dem feuchten Bernstein ihres Haars. Er warf sich nieder in den Sand und weinte wie einer, der vor Freuden zittert, und in seinen braunen Armen hielt er sie fest an seine Brust gepreßt. Kalt waren die Lippen, aber er küßte sie. Salz war der Honig des Haars, aber er kostete ihn mit bitterer Freude. Er küßte die geschlossenen Augenlider, und die wilde Gischt, die darauf lag, war minder salzig als seine Zähren.

Und ihr, der Toten, beichtete er.

In die Muscheln ihrer Ohren goß er den rauhen Wein seiner Erzählung. Er schloß ihre kleinen Hände um seinen Hals, und mit seinen Fingern berührte er die schlanke Biegung ihres Halses. Bitter, bitter war seine Freude, und seltsam heiter war sein Schmerz.

Das schwarze Meer kam näher, und die weiße Gischt stöhnte gleich einem Aussätzigen. Mit weißen Klauen griff das Meer nach dem Strand. Vom Palast des Meerkönigs kam eine neue Klage der Trauer, und weit draußen auf der See bliesen die Tritonen heiser ihre Muschelhörner.

»Flieh«, sagte seine Seele, »denn immer näher kommt das Meer, und wenn du zögerst, wird es dich zerschmettern. Flieh, denn ich fürchte mich, weil dein Herz sich mir verschlossen hat, deiner großen Liebe wegen. Flieh an einen sicheren Ort. Denn du darfst mich nicht ohne Herz in eine andere Welt senden!«

Der junge Fischer aber hörte nicht auf seine Seele, sondern sprach zu seiner kleinen Seejungfrau:

»Liebe ist besser als Weisheit, kostbarer als Reichtum und schöner als die Füße der Töchter der Menschen. Feuer kann sie nicht zerstören und Wasser sie nicht ertränken. Ich rief dich in der Dämmerung, und du kamst nicht auf meinen Ruf. Der Mond vernahm deinen Namen, aber du verschmähtest mich. Denn im Argen hatte ich dich verlassen, und zu meinem eigenen Schaden ging ich fort. Aber immer blieb deine Liebe bei mir, und immer war sie stark, und nichts hatte Gewalt über sie, ob ich auch auf das Böse sah und auf das Gute. Jetzt aber, da du tot bist, nun so will ich mit dir sterben.«

Seine Seele aber flehte ihn an zu fliehen, aber er wollte nicht; so groß war seine Liebe.

Das Meer kam näher und suchte ihn mit seinen Wogen zu umschlingen. Als er wußte, daß das Ende nahe war, küßte er verzweifelt mit heißen Lippen die kalten Lippen der Seejungfrau, und sein Herz brach. Als nun in der Fülle seiner Liebe das Herz ihm brach, da fand die Seele einen Eingang und wurde wieder eins mit ihm wie früher. Und das Meer bedeckte den jungen Fischer mit seinen Wogen.

Am nächsten Morgen ging der Priester hinaus, das Meer zu beschwören, denn es war unruhig gewesen. Und mit ihm gingen die Mönche, Musikanten, Kerzenträger und Weihrauchschwinger und eine große Menge Volks.

Als der Priester ans Ufer kam, sah er den jungen Fischer ertrunken in der Brandung liegen, und in seinen Armen lag die kleine Seejungfrau. Da trat er scheu zurück und machte das Zeichen des Kreuzes und rief laut:

»Ich will das Meer nicht segnen, noch irgend etwas, was darin ist. Verflucht sei das Meervolk, und verflucht seien alle, die sich mit ihm einlassen! Und ihn, der um der Liebe willen Gott verließ und dort mit seiner Geliebten liegt, von Gott erschlagen, nehmt seinen Leichnam und den Leichnam seiner Geliebten, begrabt sie auf dem Feld der Walker, setzt keinen Stein für sie, noch ein anderes Zeichen, daß niemand den Ort ihrer letzten Ruhe kenne. Denn verflucht waren sie im Leben, und verflucht sollen sie sein im Tod!«

Das Volk tat, wie ihm geheißen wurde, und in einem Winkel auf dem Feld der Walker, wo keine Gräser wuchsen, gruben sie ein tiefes Loch und legten dort die Leichen zur letzten Ruhe.

Als nun drei Jahre ins Land gegangen waren, ging der Priester an einem Tag, der ein heiliger Tag war, in die Kapelle, um dem Volk die Wunden des Herrn zu zeigen und ihm vom Zorn des Herrn zu künden. Als er sich in seine Gewänder gekleidet hatte und hineintrat und sich vor dem Altar neigte, da sah er, daß der Altar von fremdartigen Blumen bedeckt war, wie er sie nie gesehen hatte. Seltsam waren sie anzusehen, und ihre Schönheit verwirrte ihn, und ihr Duft betörte seinen Sinn. Und er war auf eine seltsame Weise froh, doch er wußte nicht, warum er froh war.

Und als er das Tabernakel geöffnet und die Monstranz beräuchert und das heilige Brot dem Volk gezeigt und es hinter dem Schleier der Schleier verborgen hatte, da begann er zum Volk zu reden, und er wollte reden vom Zorn des Herrn. Aber die Schönheit der weißen Blumen verwirrte ihn, und ihr Duft betörte seinen Sinn, und andere Worte entströmten seinen Lippen, und er redete nicht vom Zorn Gottes, sondern von Gott, dessen Name die Liebe ist. Und warum er so sprach, das wußte er nicht.

Als er seine Predigt beendet hatte, ging das Volk fort, und der Priester ging in die Sakristei, und seine Augen waren voll Tränen. Die Diakone kamen herein und nahmen ihm seine Gewänder ab und nahmen das Chorhemd und den Gürtel, die Manipel und die Stola. Und er stand wie im Traum.

Als sie ihm die Gewänder abgenommen hatten, blickte er auf sie und sprach:

»Was sind das für Blumen auf dem Altar, und woher kommen sie?«

Und sie antworteten ihm:

»Was es für Blumen sind, wissen wir nicht; aber sie kommen vom Winkel auf dem Feld der Walker.«

Da erbebte der Priester und ging in sein Haus und betete zum Herrn.

Und am nächsten Morgen in der Dämmerung ging er hinaus mit den Mönchen, den Musikanten, den Weihrauchschwingern und den Kerzenträgern und einer großen Menge Volks. Am Strand aber segnete er das Meer und alle wilden Geschöpfe, die darin sind. Und die Faune segnete er, und die kleinen Wesen, die im Wald tanzen, und die Geschöpfe mit den leuchtenden Augen, die durch die Blätter spähen. Alle Geschöpfe auf Gottes Erde segnete er, und das Volk war voll Freude und Staunen.

Nie wieder aber wuchsen im Winkel der Walker Blumen, sondern das Feld blieb öde wie zuvor. Auch das Meervolk kam nicht mehr in die Bucht wie in alten Zeiten, sondern es verschwand in andere Weiten der See.

Das Sternenkind

Es waren einmal zwei arme Holzfäller, die durch einen großen Tannenwald nach Hause gingen. Es war Winter, und die Nacht war bitter kalt. Der Schnee lag tief auf der Erde und hoch auf den Zweigen der Bäume. Der Frost brach die kleinen Äste an den Seiten, an denen sie vorübergingen. Als sie zu dem Gebirgsbach kamen, hing er bewegungslos in der Luft, denn der Eiskönig hatte ihn geküßt.

Es war so kalt, daß selbst die Tiere und die Vögel nicht wußten, was sie anfangen sollten.

»Uu«, knurrte der Wolf, als er durch das Unterholz strich, den Schwanz zwischen den Beinen, »das ist ja ein ganz abscheuliches Wetter. Daß da die Regierung nicht einschreitet!«

»Uiit! Uiit! Uiit!« tschilpten die Sperlinge, »die alte Erde ist tot, und sie haben sie in ihrem weißen Totentuch aufgebahrt.«

»Die Erde will sich verheiraten, und dies ist ihr Brautkleid«, flüsterten die Turteltauben einander zu. Ihre kleinen roten Füße waren ganz verfroren, aber sie meinten, es sei ihre Pflicht, die Lage romantisch aufzufassen.

»Unsinn!« heulte der Wolf, »ich sage euch, die Regierung ist an allem schuld, und wenn ihr mir nicht glaubt, so fress' ich euch.«

Der Wolf war von Grund auf praktisch gesinnt, und es fehlte ihm nie an guten Argumenten, vor allem dann nicht, wenn es um die Regierung ging.

»Nun, ich für meinen Teil«, sagte der Specht, ein geborener Philosoph, »ich kümmere mich nicht die Spur um Erklärungen. Wenn etwas so ist, ist es so, und jetzt ist es furchtbar kalt.«

Und furchtbar kalt war es wirklich. Die kleinen Eichhörnchen, die im Innern der großen Fichten wohnten, rieben fortwährend ihre Nasen aneinander, um sich warm zu halten, und die Kaninchen rollten sich in ihren Höhlen zusammen und wagten es nicht, sich draußen blicken zu lassen. Es schien, als ob nur die großen Ohreulen sich freuten. Ihre Federn waren vom Reif ganz steif, aber das war ihnen gleich, und sie rollten ihre großen gelben Augen und riefen sich durch den Wald zu:

»Tu-wiit! Tu-wuh! Tu-wiit! Tu-wuh! Was für wundervolles Wetter wir haben!«

Weiter und weiter gingen die beiden Holzfäller, bliesen sich kräftig die Finger und stampften mit ihren großen eisenbeschlagenen Stiefeln durch den Schnee. Einmal sanken sie in eine Schneewehe und kamen ganz weiß wie die Müller heraus, wenn sie Korn mahlen; und einmal glitten sie auf dem blanken Eis aus, wo das Sumpfwasser gefroren war, und ihr Reisig fiel aus den Bündeln, und sie mußten es wieder zusammensuchen und zusammenbinden; und einmal glaubten sie, sie hätten sich verirrt, und große Angst befiel sie, denn sie wußten, daß der Schnee grausam ist gegen die, die in seinen Armen schlafen. Aber sie setzten ihr Vertrauen auf den guten Sankt Martin, der über allen Wanderern wacht, und gingen auf ihrer Spur zurück und lugten scharf aus.

Endlich erreichten sie den Saum des Waldes und sahen, weit unten im Tal zu ihren Füßen, den Lichtschein des Dorfes, in dem sie wohnten.

Ihre Freude über die Rettung war so groß, daß sie laut lachten, und die Erde erschien ihnen wie eine silberne Blume, und der Mond wie eine Blume von Gold.

Aber nachdem sie gelacht hatten, wurden sie wieder traurig, denn sie erinnerten sich ihrer Armut; und einer von ihnen sagte zum anderen:

»Warum haben wir gelacht? Wir sehen doch, daß das Leben für die Reichen ist und nicht für Leute unseres Stands. Besser, wir wären vor Kälte im Wald gestorben, oder wir wären zum Fraß der wilden Tiere geworden.«

»Den einen ist viel gegeben«, antwortete sein Gefährte, »und wenig den anderen. Unrecht hat die Welt verteilt, und nichts ist gleich geteilt außer der Mühsal.«

Als sie aber so ihr Elend beklagten, geschah etwas Seltsames. Vom Himmel fiel ein glänzender und schöner Stern. Er schwebte herab, an den anderen Sternen vorbei, und als sie ihm verwundert mit den Augen folgten, schien es ihnen, als sänke er hinter einem Weidengebüsch zu Boden, das dicht bei einer kleinen Schafhürde stand, nicht weiter als ein Steinwurf von ihnen entfernt.

»Ei! Da liegt ein Topf Gold für den, der ihn findet«, riefen sie, und sie machten sich auf und liefen, so gierig waren sie nach dem Gold.

Und der eine von ihnen lief schneller als der andere und überholte ihn und arbeitete sich durch die Weiden und kam auf der anderen Seite heraus, und siehe da: Auf dem weißen Schnee lag wirklich ein goldenes Ding. Er eilte also hin und beugte sich darüber und legte Hand daran. Es war ein Tuch aus goldenen Fäden, seltsam mit Sternen besetzt und in viele Falten geschlagen. Und er rief seinem Gefährten zu, er habe den Schatz gefunden, der vom Himmel gefallen sei. Als sein Gefährte gekommen war, setzten sie sich auf den Schnee und lösten die Falten des Tuches, um die Goldstücke unter sich zu verteilen. Aber ach!

Es war kein Gold darin und auch kein Silber, noch überhaupt ein Schatz, sondern nur ein kleines schlafendes Kind. Da sprach der eine von beiden zum anderen:

»Das ist ein bitteres Ende unserer Hoffnung, und wir haben kein Glück, denn was soll ein Kind einem Mann nützen? Wir wollen es liegen lassen und unseres Weges gehen; denn wir sind arme Leute und haben selber Kinder, deren Brot wir nicht einem fremden geben dürfen.«

Sein Gefährte aber antwortete ihm:

»Nein, es wäre Sünde, das Kind hier im Schnee umkommen zu lassen, und wenn ich auch arm bin wie du und viele Mäuler zu stopfen und nur wenig in der Schüssel habe, so will ich es doch mit nach Hause nehmen, und mein Weib soll dafür sorgen.«

Und so nahm er das Kind ganz zart auf und hüllte es in das Tuch, um es vor dem schneidenden Frost zu schützen, und ging den Hügel hinunter zum Dorf, und sein Gefährte wunderte sich sehr über seine Torheit und Herzensweichheit.

Als sie zum Dorf kamen, sagte sein Gefährte zu ihm:

»Du hast das Kind, gib mir also das Tuch, denn es ist nur recht, daß wir teilen.«

Aber der antwortete ihm:

»Nein, denn das Tuch gehört weder dir noch mir, sondern einzig dem Kind«; und er bot ihm ein »Gott zum Gruß!« und ging zu seinem Haus und klopfte an.

Und als sein Weib die Tür öffnete und sah, daß ihr Mann heil zurückgekehrt war, warf sie ihm die Arme um den Hals und küßte ihn und nahm ihm das Reisigbündel vom Rücken und fegte den Schnee von seinen Stiefeln und zog ihn herein.

Er aber sagte zu ihr:

»Ich habe etwas im Wald gefunden und es dir mitgebracht, daß du dafür sorgst«, und er rührte sich nicht von der Schwelle.

»Was ist es?« rief sie. »Zeige es mir, denn das Haus ist leer, und uns mangelt vieles.«

Da zog er das Tuch zurück und zeigte ihr das schlafende Kind.

»Ach, guter Mann!« murmelte sie, »haben wir nicht selber Kinder genug, daß du durchaus noch einen Wechselbalg bringen mußt, an unserem Kamin zu sitzen? Und wer weiß, ob es uns nicht Unglück bringen wird? Und wie sollen wir es pflegen?« Und sie war voll des Zorns über ihn.

»Ja, aber es ist ein Sternenkind«, antwortete er; und er erzählte ihr, wie er es gefunden hatte.

Aber sie ließ sich nicht besänftigen, sondern spottete seiner und rief zornig:

»Unsere Kinder haben kein Brot, und wir sollen fremde Kinder füttern? Wer kümmert sich denn um uns? Und wer gibt uns Brot?«

»Ja, aber Gott sorgt selbst für die Sperlinge und gibt ihnen Nahrung«, antwortete er.

»Sterben die Sperlinge nicht vor Hunger im Winter?« fragte sie. »Und ist nicht jetzt Winter?«

Der Mann aber antwortete nichts, aber er ging nicht von der Schwelle.

Ein eisiger Wind fuhr vom Wald her durch die offene Tür und ließ sie erzittern. Sie schauderte und sagte zu ihm:

»Willst du die Tür nicht schließen? Es weht ein eisiger Wind ins Haus, und mich friert.«

»In ein Haus, in dem ein Herz hart ist, weht da nicht immer ein eisiger Wind?« fragte er.

Und die Frau antwortete nicht, sondern kroch dichter ans Feuer. Und nach einer Weile drehte sie sich um und sah ihn an, und ihre Augen waren voll Tränen. Da trat er schnell hinein und legte ihr das Kind in die Arme; und sie küßte es und legte es in ein kleines Bett, wo das jüngste ihrer eigenen Kinder schlief. Und am Morgen nahm der Holzfäller das seltsame goldene Tuch und legte es in eine große Truhe, und eine Kette von Bernstein, die des Kindes Hals umschloß, nahm seine Frau und legte sie dazu. So wurde das Sternenkind mit den Kindern des Holzfällers aufgezogen und saß mit ihnen am gleichen Tisch und war ihr Spielgefährte. Und jedes Jahr wurde es schöner, so daß alle, die im Dorf wohnten, von Staunen erfüllt waren; denn während sie schwarzbraun und dunkelhaarig waren, blieb es weiß und zart wie Elfenbein, und seine Locken waren wie Goldgespinst. Und seine Lippen waren wie die Blätter einer roten Blüte, und seine Augen waren wie Veilchen an einem klaren Quell und sein Leib wie Narzissen auf einem Feld, wohin der Schnitter nicht kommt.

Aber seine Schönheit tat ihm Böses. Denn es wurde stolz und grausam und selbstsüchtig. Die Kinder des Holzfällers und die anderen Kinder des Dorfs verachtete es und sagte, sie seien von niederer Herkunft, während es edel geboren sei, denn es stamme von einem Stern ab; und es machte sich zum Herrn über sie und nannte sie seine Diener. Kein Mitleid hatte es mit den Armen oder für die, die blind waren, verkrüppelt oder siech; sondern es warf Steine nach ihnen und trieb sie hinaus auf die Landstraße und hieß sie ihr Brot anderswo erbetteln, so daß niemand außer den Geächteten zweimal in jenes Dorf kam, um um Almosen zu bitten. Ja, es war wie einer, der die Schönheit über alles liebt; und es verhöhnte, die da schwach und schlecht weggekommen waren, und spottete über sie, und sich selber liebte es; und im Sommer, wenn die Winde schliefen, dann lag es am Brunnen im Garten des Priesters und sah hinunter auf das Wunder seines Gesichtes und lachte vor Freude über seine eigene Schönheit.

Oft schalten es der Holzfäller und seine Frau und sagten:

»Wir haben nicht so an dir gehandelt, wie du an denen handelst, die ohne Trost sind und niemand haben, der ihnen beisteht. Warum bist du so grausam gegen alle, die Mitleid heischen?«

Oft schickte auch der alte Priester nach ihm und suchte ihm die Liebe zu allem Lebenden, das der Herr geschaffen hat, zu lehren und sagte zu ihm:

»Die Fliege ist dein Bruder. Tu ihr nichts. Die wilden Vögel des Waldes haben ihre Freiheit. Fange sie nicht zu deinem Vergnügen. Gott schuf die Blindschleiche und den Maulwurf, und jeder hat seinen Platz. Wer aber bist du, daß du Schmerz in Gottes Welt tragen dürftest? Selbst die Tiere auf dem Felde preisen Ihn.«

Aber das Sternenkind kümmerte sich nicht um solche Worte, sondern verzog die Stirn und spottete und ging zu seinen Spielgefährten zurück und führte sie. Und seine Spielgefährten folgten ihm, denn es war schön und schnellfüßig und konnte tanzen und flöten und Musik machen. Und wohin das Sternenkind sie führte, dahin folgten sie, und was das Sternenkind sie tun hieß, das taten sie. Und als es mit einem scharfen Rohr dem Maulwurf die Augen ausstieß, so lachten sie, und wenn es mit Steinen nach den Aussätzigen warf, so lachten sie auch. Und in allen Dingen herrschte es über sie, und sie wurden hartherzig, so wie es selbst.

Nun kam eines Tages eine arme Bettelfrau durch das Dorf. Ihre Kleider waren zerrissen und zerlumpt, und ihre Füße bluteten von dem rauhen Weg, auf dem sie gewandert war, und sie war in arger Verfassung. Und da sie müde war, setzte sie sich unter einen Kastanienbaum, um auszuruhen.

Als das Sternenkind sie sah, sagte es zu seinen Spielgefährten:

»Seht! Da sitzt ein schmutziges Bettelweib unter dem schönen grünen Baum. Kommt, wir wollen sie fortjagen, denn sie ist häßlich und ungestalt.«

Und sie kamen näher und warfen Steine nach ihr und verhöhnten sie; und sie sah es mit Schrecken an und wandte den Blick von ihm nicht ab. Und als der Holzhacker, der in einem nahen Windbruch Holz spaltete, sah, was das Sternenkind tat, lief er herbei und schalt es und sagte:

»Wahrlich, du hast ein hartes Herz und kennst kein Erbarmen; denn was hat dir dies arme Weib zuleide getan, daß du es so behandelst?«

Und das Sternenkind wurde rot vor Zorn und stampfte mit dem Fuß auf den Boden und sagte:

»Wer bist du, daß du mich fragst, was ich tue? Ich bin nicht dein Sohn, daß ich tue, was du mich heißt.«

»Da sprichst du wahr«, antwortete der Holzfäller, »aber ich erbarmte mich deiner, als ich dich im Wald fand.«

Und als das Weib diese Worte hörte, stieß sie einen lauten Schrei aus und fiel in Ohnmacht. Und der Holzfäller trug sie zu sich ins Haus, und seine Frau sorgte für sie; und als sie aus der Ohnmacht erwachte, in die sie gefallen war, setzten sie ihr zu essen und zu trinken vor und hießen sie guten Mutes sein.

Aber sie wollte weder essen noch trinken, sondern sagte zu dem Holzfäller:

»Sagtest du nicht, du hättest das Kind im Wald gefunden? Und war es nicht am heutigen Tag vor zehn Jahren?«

Und der Holzfäller antwortete:

»Ja, im Wald hab ich es gefunden, und heute sind es zehn Jahre her.«

»Und was für Zeichen fandest du bei ihm?« rief sie. »Trug es nicht eine Bernsteinkette um seinen Hals? War es nicht eingehüllt in ein Tuch aus Goldgewebe, bestickt mit Sternen?«

»Ganz recht«, antwortete der Holzfäller, »es war, wie du sagst.«

Und er nahm das Tuch und die Bernsteinkette aus der Truhe, in der sie lagen, und zeigte sie ihr.

Und als sie sie sah, weinte sie vor Freude und sprach:

»Es ist mein kleiner Sohn, den ich im Walde verlor. Ich bitte dich, schicke sofort nach ihm; denn um ihn zu suchen, bin ich durch die ganze Welt gewandert.«

Und der Holzfäller und seine Frau gingen hinaus und riefen das Sternenkind und sagten zu ihm:

»Geh ins Haus; dort wirst du deine Mutter finden, die auf dich wartet.«

Und es lief hinein voll Staunen und großer Freude. Als es aber sah, wer dort wartete, lachte es verächtlich und sagte:

»Nun, wo ist meine Mutter? Denn ich sehe niemanden hier als das gemeine Bettelweib.«

Und das Weib antwortete ihm:

»Ich bin deine Mutter.«

»Du bist wahnsinnig!« rief das Sternenkind voll Zorn. »Ich bin nicht dein Sohn, denn du bist eine Bettlerin und häßlich und in Lumpen. Deshalb schere dich fort und laß mich nicht länger dein schmutziges Gesicht sehen.«

»Nein, aber du bist wirklich mein kleiner Sohn, den ich in den Wald trug«, rief sie; und sie sank auf ihre Knie und streckte die Arme nach ihm aus. »Die Räuber haben dich mir gestohlen und dich liegen lassen, damit du sterben solltest«, murmelte sie, »aber ich erkannte dich, als ich dich erblickte, und die Zeichen habe ich auch erkannt, das Tuch aus Goldgewebe und die Bernsteinkette. Deshalb bitte ich dich: komm mit mir! Durch die ganze Welt bin ich gewandert, um dich zu suchen. Komm mit mir, mein Sohn, denn ich brauche deine Liebe!«

Aber das Sternenkind rührte sich nicht von der Stelle, sondern verschloß die Tür seines Herzens gegen sie, und man vernahm keinen Laut, als den Laut des Weibes, das vor Schmerz weinte. Und schließlich sprach es zu ihr, und seine Stimme war hart und bitter:

»Wenn du in Wahrheit meine Mutter bist«, sagte es, »dann wäre es besser gewesen, du wärst fortgeblieben und nicht hierhergekommen, um mich in Schande zu bringen; denn ich glaubte, ich sei das Kind eines Sterns und nicht einer Bettlerin Kind, wie du behauptest. Darum mache dich auf und laß mich dich nicht mehr sehen!«

»Ach, mein Sohn«, rief sie, »willst du mich nicht küssen, ehe ich gehe? Denn ich habe vieles erduldet, um dich zu finden.«

»Nein«, sagte das Sternenkind, »du bist zu garstig anzuschauen, und eher will ich die Natter küssen oder die Kröte als dich.«

Da stand das Weib auf und ging fort in den Wald und weinte. Als das Sternenkind sah, daß sie fort war, freute es sich und lief zu seinen Spielgefährten zurück.

Aber als sie es kommen sahen, verhöhnten sie es und riefen:

»Ei, du bist so scheußlich wie die Kröte, und so ekelhaft wie die Natter. Mach dich fort, denn wir lassen dich nicht mit uns spielen«, und sie jagten es aus dem Garten.

Und das Sternenkind runzelte die Stirn und sprach zu sich selber:

»Was bedeutet das, was sie sagen? Ich will an den Wasserbrunnen gehen und hineinsehen, und er soll mir meine Schönheit zeigen.«

Und es ging an den Wasserbrunnen und sah hinein, und siehe: Sein Gesicht war wie das Gesicht einer Kröte, und sein Körper war geschuppt wie der einer Natter.

Da warf es sich in das Gras und weinte und sprach zu sich:

»Wahrlich, das ist über mich gekommen wegen meiner Sünde. Denn ich habe meine Mutter verleugnet und sie fortgejagt und bin stolz und grausam gegen sie gewesen. Darum will ich gehen und sie in der ganzen Welt suchen und nicht ruhen, bis ich sie gefunden habe.«

Und da kam die kleine Tochter des Holzfällers zu ihm, und sie legte ihm die Hand auf die Schulter und sprach:

»Was tut es, ob du deine Schönheit verloren hast? Bleibe bei uns, und ich will dich nicht verhöhnen.«

Er aber sagte zu ihr:

»Nein, denn ich bin grausam gegen meine Mutter gewesen, und zur Strafe wurde mir dies Übel gesandt. Deshalb muß ich durch die Welt wandern, bis ich sie finde und sie mir Vergebung gewährt.«

Und es lief fort in den Wald und rief seine Mutter, zu ihm zu kommen; aber es erhielt keine Antwort. Den ganzen Tag lang rief es nach ihr, und als die Sonne unterging, legte es sich auf einem Bett von Blättern nieder, um zu schlafen. Und die Vögel und die Tiere flohen von ihm, denn sie erinnerten sich seiner Grausamkeit, und es war allein; nur die Kröte sah es an, und die langsame Natter schlich vorüber. Und am Morgen stand es auf und pflückte bittere Beeren von den Bäumen und aß sie und ging seinen Weg durch den großen Wald und weinte. Und alles, was es traf, fragte es, ob es etwa seine Mutter gesehen hätte.

Es sagte zum Maulwurf:

»Du kannst unter die Erde gehen. Sage mir, ist meine Mutter dort?«

Und der Maulwurf antwortete:

»Du hast meine Augen blind gemacht. Wie sollte ich es wissen?«

Und es fragte den Sperling:

»Du kannst über die Wipfel der großen Bäume fliegen und die ganze Welt sehen. Sage mir, kannst du meine Mutter finden?«

Da antwortete der Sperling:

»Du hast mir die Flügel zu deinem Vergnügen beschnitten; wie sollte ich fliegen?«

Und das kleine Eichhörnchen, das in der Tanne wohnte und einsam war, fragte es:

»Wo ist meine Mutter?«

Da antwortete das Eichhörnchen:

»Du hast die meine erschlagen. Suchst du jetzt auch deine Mutter zu erschlagen?«

Und das Sternenkind weinte und neigte den Kopf und bat Gottes Geschöpfe um Vergebung und ging weiter durch den Wald und suchte nach dem Bettelweib. Und am dritten Tag kam es zur anderen Seite des Waldes und ging hinab in die Ebene.

Als es aber durch die Dörfer kam, verhöhnten es die Kinder und warfen mit Steinen nach ihm; und die Bauern wollten es nicht einmal in den Ställen schlafen lassen, aus Furcht, es könnte den Mehltau auf das gespeicherte Korn bringen, so furchtbar war es anzusehen, und ihre Tagelöhner jagten es davon, und niemand hatte Mitleid mit ihm. Und nirgends hörte es von dem Bettelweib, das seine Mutter war, obwohl es drei Jahre lang durch die Welt wanderte und oftmals glaubte, sie vor sich auf dem Weg zu sehen, und nach ihr rief und hinter ihr herlief, bis seine Füße von den scharfen Kieseln bluteten. Aber einholen konnte es sie nicht, und die am Wege wohnten, leugneten immer, sie gesehen zu haben, sie oder etwas Ähnliches, und sie verhöhnten seinen Gram. Drei Jahre lang wanderte es durch die Welt, und in der Welt war weder Liebe noch Güte noch Erbarmen für das Kind, sondern es war eine Welt, wie es sie in den Tagen seines großen Stolzes um sich geschaffen hatte.

Eines Abends kam es an das Tor einer stark befestigten Stadt, die an einem Fluß lag, und wenn es auch müde und wund war, machte es sich doch auf, hineinzugehen. Aber die Soldaten, die auf Wache standen, senkten ihre Hellebarden und sagten rauh zu ihm:

»Was hast du in der Stadt zu suchen?«

»Ich suche meine Mutter«, antwortete es, »und ich bitte euch, laßt mich hinein, denn es kann sein, daß sie in dieser Stadt ist.«

Aber sie verhöhnten es, und einer von ihnen schüttelte seinen schwarzen Bart, setzte seinen Schild nieder und rief:

»Wahrhaftig, deine Mutter wird sich nicht freuen, wenn sie dich sieht; denn du bist scheußlicher als die Kröte des Sumpfes oder die Otter, die im Morast kriecht. Geh weg von diesem Ort! Deine Mutter wohnt nicht in dieser Stadt.«

Und ein anderer, der eine gelbe Fahne in der Hand trug, sagte zu ihm:

»Wer ist deine Mutter, und warum suchst du sie?«

Und es antwortete:

»Meine Mutter bettelt wie ich, und ich habe sie schlecht behandelt; und ich bitte euch, laßt mich hinein, daß sie mir verzeihe, wenn sie in dieser Stadt weilt.«

Aber sie wollten nicht und stachen nach ihm mit ihren Speeren. Und als es sich weinend fortwandte, kam einer, dessen Rüstung mit goldenen Blumen eingelegt war und dessen Helm einen geflügelten Löwen trug, und er fragte die Soldaten, wer da Eintritt verlangt hätte. Und sie sagten zu ihm:

»Es war ein Bettler und das Kind einer Bettlerin, und wir haben es fortgejagt.«

»Ei«, rief er lachend, »laßt uns doch das schmutzige Ding als Sklaven verkaufen für eine Schale süßen Weines.«

Und ein alter Mann mit einem bösen Gesicht ging vorüber und rief aus und sagte:

»Ich will es um den Preis kaufen.«

Als er den Preis gezahlt hatte, nahm er das Sternenkind bei der Hand und führte es in die Stadt.

Und nachdem sie durch viele Straßen gegangen waren, kamen sie an eine kleine Tür in einer Mauer, die von einem Granatapfelbaum bedeckt war. Und der alte Mann berührte die Tür mit einem Ring aus geschnittenem Jaspis, und sie sprang auf; und sie gingen fünf erzene Stufen hinunter in einen Garten, in dem schwarzer Mohn wuchs und grüne Krüge aus gebranntem Lehm standen. Und der alte Mann nahm aus seinem Turban ein Tuch aus bunter Seide und band dem Sternenkind die Augen zu und stieß es vor sich her. Und als ihm das Tuch von den Augen genommen wurde, befand es sich in einem Kerker, den eine Öllampe beleuchtete.

Der alte Mann setzte ihm auf einem Holzteller schimmliges Brot vor und sagte: »Iß!« und salziges Wasser in einem Becher und sagte: »Trink!«; und als es gegessen und getrunken hatte, ging der alte Mann hinaus und verschloß die Tür hinter sich mit einer eisernen Kette.

Und am anderen Tag kam der alte Mann, der der verschlagenste aller libyschen Zauberer war und seine Kunst von einem gelernt hatte, der in den Gräbern am Nil wohnte, zu ihm herein, sah es finster an und sprach:

»In einem Wald nahe bei dieser Stadt der Ungläubigen liegen drei Stücke Gold. Eins ist aus weißem Gold, ein anderes aus gelbem Gold, und das Gold des dritten ist rot. Heute sollst du mir das Stück weißen Goldes bringen, und wenn du es nicht mitbringst, so werde ich dich mit hundert Schlägen strafen. Mache dich geschwind auf, und bei Sonnenuntergang werde ich dich an der Tür des Gartens erwarten. Sieh zu, daß du das weiße Gold bringst, oder es wird dir übel ergehen, denn du bist mein Sklave, und ich habe dich um den Preis einer Schale süßen Weins gekauft.«

Und er verband dem Sternenkind die Augen mit dem Tuch aus bunter Seide und führte es durch das Haus und durch den Mohngarten und die fünf erzenen Stufen hinauf. Und nachdem er die kleine Tür mit seinem Ring geöffnet hatte, schob er es auf die Straße.

Und das Sternenkind ging zu den Toren der Stadt hinaus und kam zu dem Wald, wovon der Zauberer gesprochen hatte.

Und der Wald war von außen schön anzusehen und schien voll von singenden Vögeln und süßduftenden Blumen zu sein, und das Sternenkind ging froh hinein. Aber die Schönheit nützte ihm wenig; denn wohin es auch ging, wuchsen scharfe Dornen und Sträucher aus der Erde empor und umklammerten es, und böse Nesseln brannten es, und die Distel stach es mit ihren Dolchen, so daß es in großer Not war. Und nirgends konnte es das Stück weißen Goldes finden, von dem der Zauberer gesprochen hatte, obwohl es vom Morgen bis zum Mittag suchte und vom Mittag bis zum Sonnenuntergang. Und bei Sonnenuntergang wandte es sein Gesicht heimwärts, und es weinte bitterlich, denn es wußte, was es erwartete. Als es aber den Saum des Waldes erreicht hatte, da hörte es aus einem Dickicht einen Schrei, wie von einem, der in Not ist. Und da vergaß es seine eigene Sorge und lief zurück und fand einen kleinen Hasen in einer Falle, die ein Jäger aufgestellt hatte.

Und das Sternenkind hatte Mitleid mit ihm und befreite ihn und sagte:

»Ich bin selbst nur ein Sklave, und doch kann ich dir die Freiheit geben.«

Und der Hase antwortete ihm und sagte:

»Du hast mir die Freiheit gegeben, und was soll ich dir dafür geben?«

Und das Sternenkind sagte zu ihm:

»Ich suche nach einem Stück weißen Goldes und kann es nirgends finden, und wenn ich es meinem Herrn nicht bringe, wird er mich schlagen.«

»Komm mit mir«, sagte der Hase, »ich will dich zu ihm führen; denn ich weiß, wo es verborgen ist, und zu welchem Zweck.«

Und das Sternenkind ging mit dem Hasen, und siehe: Im Spalt eines großen Eichbaumes lag das Stück weißen Goldes, das es suchte.

Und es war voller Freude und ergriff es und sagte zu dem Hasen:

»Den Dienst, den ich dir tat, hast du viele Male zurückgegeben, und die Güte, die ich dir erwies, hast du hundertfach zurückgezahlt.«

»Nein«, antwortete der Hase, »aber wie du an mir gehandelt hast, habe ich an dir gehandelt«, und er lief hurtig davon, und das Sternenkind ging zur Stadt zurück.

Am Tor der Stadt aber saß ein Aussätziger. Über sein Gesicht hing eine Kappe aus grauem Leinen, und durch die Augenlöcher glühten seine Augen wie rote Kohlen. Und als er das Sternenkind kommen sah, schlug er an ein hölzernes Becken und klirrte mit seiner Glocke und rief es an und sagte:

»Gib mir ein Geldstück, oder ich muß Hungers sterben. Denn sie haben mich aus der Stadt gestoßen, und niemand hat Mitleid mit mir.«

»Ach!« rief das Sternenkind, »ich habe nur ein Stück Goldes in meinem Beutel, und wenn ich das meinem Herrn nicht bringe, wird er mich schlagen, denn ich bin sein Sklave.«

Aber der Aussätzige flehte es an und bat es, bis das Sternenkind Mitleid hatte und ihm das Stück weißen Goldes gab.

Als es zum Haus des Zauberers kam, öffnete ihm der Zauberer und ließ es herein und sagte:

»Hast du das Stück weißen Goldes?«

Das Sternenkind antwortete:

»Ich habe es nicht.«

Da fiel der Zauberer über das Kind her und schlug es und setzte ihm einen leeren Teller vor und sagte: »Iß!« und einen leeren Becher und sagte: »Trink!« und warf es wieder in den Kerker.

Am anderen Morgen kam der Zauberer wieder zu ihm und sagte:

»Wenn du mir heute nicht das Stück gelben Goldes bringst, werde ich dich wahrscheinlich als meinen Sklaven behalten und dir dreihundert Schläge geben.«

Das Sternenkind ging in den Wald, und den ganzen Tag lang suchte es nach dem Stück gelben Goldes, aber nirgends konnte es es finden. Bei Sonnenuntergang setzte es sich hin und begann zu weinen; und als es weinte, kam der kleine Hase zu ihm, den es aus seiner Falle befreit hatte.

Der Hase fragte:

»Warum weinst du, und was suchst du im Wald?«

Da antwortete das Sternenkind:

»Ich suche ein Stück gelben Goldes, das hier verborgen ist, und wenn ich es nicht finde, wird mein Herr mich schlagen und mich als seinen Sklaven behalten.«

»Folge mir!« rief der Hase, und er lief durch den Wald, bis er an einen Teich kam. Und auf dem Grund des Teichs lag das Stück gelben Goldes.

»Wie soll ich dir danken?« sagte das Sternenkind, »denn siehe, das ist das zweitemal, daß du mir geholfen hast.«

»Ja, aber du hattest zuerst Erbarmen mit mir«, sagte der Hase, und er lief eilig fort.

Darauf nahm das Sternenkind das Stück gelben Goldes und steckte es in seinen Beutel und eilte zur Stadt. Aber der Aussätzige sah es kommen und lief ihm entgegen und kniete nieder und rief:

»Gib mir etwas Geld, oder ich werde Hungers sterben.«

Das Sternenkind sagte zu ihm:

»Ich habe in meinem Beutel nur ein Stück gelben Goldes, und wenn ich es meinem Herrn nicht bringe, wird er mich schlagen und mich als seinen Sklaven behalten.«

Aber der Aussätzige bat es so sehr, daß das Sternenkind Mitleid mit ihm hatte und ihm das Stück gelben Goldes gab.

Als es zum Haus des Zauberers kam, öffnete der Zauberer, ließ es herein und sagte:

»Hast du das Stück gelben Goldes?«

Das Sternenkind sagte:

»Ich habe es nicht.«

Da fiel der Zauberer über das Sternenkind her, schlug es in Ketten und warf es wieder in den Kerker.

Am folgenden Morgen kam der Zauberer zu ihm und sagte:

»Wenn du mir heute das Stück roten Goldes bringst, will ich dich freilassen. Aber wenn du es nicht bringst, werde ich dich erschlagen.«

Das Sternenkind ging in den Wald hinaus und suchte den ganzen Tag lang nach dem Stück roten Goldes, konnte es aber nirgends finden. Und am Abend setzte es sich hin und weinte, und als es weinte, kam der kleine Hase zu ihm und sagte:

»Das Stück roten Goldes, das du suchst, liegt in der Höhle hinter dir. Also weine nicht länger, sondern freue dich.«

»Wie soll ich dir lohnen?« rief das Sternenkind, »denn siehe, dies ist das drittemal, daß du mir geholfen hast.«

»Ja, aber du hattest zuerst mit mir Erbarmen«, sagte der Hase, und er lief eilig fort.

Und das Sternenkind ging in die Höhle, und im entferntesten Winkel fand es das Stück roten Goldes. Und es steckte es in seinen Beutel und eilte zur Stadt. Und der Aussätzige sah es kommen und stellte sich auf die Mitte des Weges, rief aus und sagte:

»Gib mir das Stück roten Goldes, oder ich muß sterben.«

Da hatte das Sternenkind wieder Mitleid mit ihm und gab ihm das Stück roten Goldes und sagte:

»Deine Not ist größer als meine.« Aber sein Herz war schwer, denn es wußte, welch übles Schicksal seiner harrte.

Doch siehe: Als er durch das Tor der Stadt kam, neigten sich die Wachen und huldigten ihm und sagten:

»Wie schön unser Herr ist!«

Und eine Menge von Bürgern folgte ihm und rief:

»Wahrlich, niemand in der ganzen Welt ist schöner!«

Und das Sternenkind weinte und sprach zu sich:

»Sie spotten meiner und machen sich über mein Elend lustig.«

So groß war der Zusammenlauf des Volkes, daß es die Richtung seines Wegs verlor und sich zuletzt auf einem großen Platz fand, auf dem der Palast eines Königs stand.

Und das Tor des Palastes öffnete sich, und die Priester und die hohen Beamten der Stadt eilten ihm entgegen, und sie warfen sich vor ihm nieder und riefen:

»Du bist unser Herr, auf den wir gewartet haben, und der Sohn unseres Königs.«

Da antwortete das Sternenkind ihnen und sprach:

»Ich bin keines Königs Sohn, sondern das Kind eines armen Bettelweibes. Und warum sagt ihr, ich sei schön, da ich doch weiß, daß ich häßlich anzusehen bin?«

Da hielt der, dessen Rüstung mit goldenen Blumen eingelegt war und dessen Helm einen geflügelten Löwen trug, einen Schild hoch und rief:

»Warum sagt mein Herr, er sei nicht schön?«

Und das Sternenkind sah hinein, und siehe: Sein Gesicht war, wie es gewesen war, und seine Schönheit war zurückgekehrt, und in seinen Augen sah es, was es zuvor in ihnen nie gesehen hatte. Und die Priester und die hohen Beamten knieten nieder und sprachen zu ihm:

»Es war seit langer Zeit geweissagt, daß am heutigen Tage kommen würde, der über uns herrschen soll. Deshalb nehme diese Krone und dies Zepter, und in seiner Gerechtigkeit und Gnade sei er unser König über uns.«

Aber es sprach zu ihnen:

»Ich bin nicht würdig, denn ich habe die Mutter, die mich trug, verleugnet, und ich darf nicht ruhen, bis ich sie gefunden habe und ihre Vergebung erfuhr. Deshalb laßt mich gehen, denn ich muß wieder durch die Welt wandern und darf hier nicht weilen.«

Als es so sprach, wandte es das Gesicht von ihnen und auf die Straße hinaus, die zum Tor der Stadt führte, und siehe: Unter der Menge, die die Soldaten umdrängte, sah es das Bettelweib, das seine Mutter war, und ihr zur Seite stand der Aussätzige, der am Weg gesessen hatte.

Ein Freudenschrei entfloh seinen Lippen, und es lief hinüber und kniete nieder und küßte die Wunden an seiner Mutter Füßen und benetzte sie mit seinen Tränen. Es neigte sein Haupt in den Staub und schluchzte wie eines, dessen Herz brechen will, und es sprach zu ihr:

»Mutter, ich verleugnete dich in der Stunde meines Stolzes. Nimm mich auf in der Stunde meiner Niedrigkeit! Mutter, ich gab dir Haß. Gib du mir Liebe! Mutter, ich stieß dich zurück. Nimm jetzt dein Kind auf!«

Aber das Bettelweib antwortete ihm nicht ein Wort.

Das Sternenkind streckte die Hände aus und umfaßte die weißen Füße des Aussätzigen und sprach zu ihm:

»Dreimal gab ich dir von meinem Mitleid. Heiß meine Mutter einmal zu mir reden!«

Aber der Aussätzige antwortete ihm nicht ein Wort.

Da schluchzte es wieder und sprach:

»Mutter, mein Leiden ist größer, als ich es tragen kann. Gib mir deine Vergebung und laß mich zurück in den Wald!«

Und das Bettelweib legte ihm die Hand aufs Haupt und sprach: »Stehe auf!«, und der Aussätzige legte ihm die Hand aufs Haupt und sprach auch: »Stehe auf!«

So stand es auf und sah sie an, und siehe: Sie waren ein König und eine Königin.

Und die Königin sagte zu ihm:

»Dies ist dein Vater, dem du geholfen hast.«

Und der König sagte:

»Dies ist deine Mutter, deren Füße du mit deinen Tränen gewaschen hast.«

Und sie fielen ihm um den Hals und küßten es und führten es in den Palast und kleideten es in schöne Gewänder und setzten ihm die Krone aufs Haupt und legten das Zepter in seine Hand; und es regierte über die Stadt am Strom und war ihr Herr. Viel Gerechtigkeit und Gnade erzeigte es allen, und den bösen Zauberer verbannte es, und dem Holzfäller und seiner Frau schickte es viele reiche Gaben.

Doch das Sternenkind herrschte nicht lange, so groß war sein Leiden und so bitter das Feuer seiner Prüfung gewesen; denn nach drei Jahren starb es.

Und der nach ihm kam, herrschte übel.

Gedichte

Gedichte

By the Arno

The oleander on the wall
Grows crimson in the dawning light,
Though the grey shadows of the night
Lie yet on Florence like a pall.

The dew is bright upon the hill,
And bright the blossoms overhead
But ah! the grasshoppers have fled,
The little Attic song is still.

Only the leaves are gently stirred
By the soft breathing of the gale,
And in the almond-scented vale
The lonely nightingale is heard.

The day will make thee silent soon,
O nightingale sing on for love!
While yet upon the shadowy grove
Splinter the arrows of the moon.

Before across the silent lawn
In sea-green vest the morning steals,
And to love's frightened eyes reveals
The long white fingers of the dawn

Fast climbing up the eastern sky
To grasp and slay the shuddering night,
All careless of my heart's delight,
Or if the nightingale should die.

Am Arno

Der Oleander an der Mauer
Wird karminrot im Dämmerlicht,
Obwohl die grauen Schatten der Nacht
Noch auf Florenz liegen wie ein Leichentuch.

Der Tau glänzt auf dem Hügel,
Und droben glänzen alle Blüten,
Doch ach, die Grashüpfer sind entflohen,
Es schweigt der kleine attische Gesang.

Nur die Blätter zittern ein wenig
Durch das sanfte Atmen der Luft,
Und in dem Tal voll Mandelduft
Hört man die einsame Nachtigall.

Der Tag wir dich bald verstummen lassen,
O Nachtigall, sing weiter für Liebe!
Solange noch über dem schattigen Wäldchen
Die Pfeile des Mondes zersplittern.

Bevor über dem stummen Rasen
In seegrünem Hemd der Morgen stiehlt,
Und vor den ängstlichen Augen der Liebe enthüllt,
Die langen weißen Finger der Morgendämmerung.

Schnell steigt auf am östlichen Himmel
Die zitternde Nacht zu erfassen und erschlagen,
Alles vernachlässigt das Entzücken meines Herzens
Oder ob die Nachtigall stirbt.

Amor Intellectualis

Oft have we trod the vales of Castaly
And heard sweet notes of sylvan music blown
From antique reeds to common folk unknown:
And often launched our bark upon that sea
Which the nine Muses hold in empery,

Amor Intellectualis

Oft zogen wir durch die Täler Kastaliens,
Und hörten die süßlichen Noten der sylvanischen Musik
Von antiken Flöten, die gewöhnliche Leute nicht kennen:
Und oft fuhren wir auf dem Meer
Das die neun Musen beherrschen;

And ploughed free furrows through the wave
and foam,
Nor spread reluctant sail for more safe home
Till we had freighted well our argosy.
Of which despoilèd treasures these remain,
Sordello's passion, and the honied line
Of young Endymion, lordly Tamburlaine
Driving his pampered jades, and, more than
these,
The seven-fold vision of the Florentine,
And grave-browed Milton's solemn
harmonies.

Und durchfurchten das Wasser durch Wellen
und Schaum,
Und drehten die widerwilligen Segel gen
Heim,
Erst als unser Schiffsraum voll beladen war.
Von jenen geplünderten Schätzen bleiben
nur
Sordellos Leidenschaft, die Honigmelodien
Von jung Endymion, Tamburlaine,
Der seine Dirnen forttreibt und, mehr als
alles andere,
Die siebenfältige Vision des Florentiners,
Und des ernsten Milton feierliche Harmonien.

To L. L.

Could we dig up this long-buried treasure,
Were it worth the pleasure,
We never could learn love's song,
We are parted too long.

Could the passionate past that is fled
Call back its dead,
Could we live it all over again,
Were it worth the pain!

I remember we used to meet
By an ivied seat,
And you warbled each pretty word
With the air of a bird;

And your voice had a quaver in it,
Just like a linnet,
And shook, as the blackbird's throat
With its last big note;

And your eyes, they were green and grey
Like an April day,
But lit into amethyst
When I stooped and kissed

And your mouth, it would never smile
For a long, long while,
Then it rippled all over with laughter
Five minutes after.

You were always afraid of a shower,
Just like a flower:
I remember you started and ran
When the rain began.

An L. L.

Könnten wir diesen lange vergrabenen
Schatz bergen,
Wäre es das Vergnügen wert,
Könnten wir nie das Lied der Liebe lernen,
Wir sind zu lange getrennt.

Könnte die leidenschaftliche Vergangenheit,
die entkam,
Ihre Toten zurückrufen
Könnten wir alles noch mal erleben,
Wäre es den Schmerz wert.

Ich erinnere mich, daß wir uns trafen
An einer efeuumrankten Bank
Und du trällertest jedes Wort
Mit der Melodie eines Vogels.

Und deine Stimme hatte ein leichtes Zittern,
Wie ein Hänfling,
Und zitterte, wie der Amsel Kehle
Mit ihrem letzten langen Ton.

Und deine Augen, sie waren grün und grau,
Wie ein Apriltag
Aber leuchteten wie ein Amethyst,
Als ich innehielt und sie küßte;

Und dein Mund, er lächelte nie
Für eine lange, lange Zeit
Dann brach er in volles Gelächter,
Fünf Minuten später.

Du hattest immer Angst vor einem Schauer,
Wie eine Blume,
Ich erinnere mich, wie du zu rennen
begannst,
Als es anfing zu regnen.

I remember I never could catch you,
For no one could match you,
You had wonderfull, luminous, fleet
Little wings to your feet.

I remember your hair – did I tie it?
For it always ran riot –
Like a tangled sunbeam of gold:
These things are old.

I remember so well the room,
And the lilac bloom
That beat at the dripping pane
In the warm June rain;

And the colour of your gown,
It was amber-brown,
And two yellow satin bows
From your shoulders rose.

And the handkerchief of French lace
Which you held to your face –
Had a small tear left a stain?
Or was it the rain?

On your hand as it waved adieu
There were veins of blue;
In your voice as it said good-bye
Was a petulant cry,
»You have only wasted your life.«
(Ah, that was the knife!)
When I rushed through the garden gate
It was all too late.

Could we live it over again,
Were it worth the pain,
Could the passionate past that is fled
Call back its dead!

Well, if my heart must break,
Dear love, for your sake,
It will break in music, I know,
Poets' hearts break so.

But strange that I was not told
That the brain can hold
In a tiny ivory cell,
God's heaven and hell.

Ich erinnere mich, ich konnte dich nie fangen,
Denn dir konnte niemand gleichkommen.
Du hattest wunderbare, strahlende, leuchtende, schnelle
Kleine Flügel an deinen Füßen.

Ich erinnere mich an dein Haar – habe ich es geflochten?
Denn es war immer ungebändigt –
Wie ein verstrickter Sonnenstrahl aus Gold,
Diese Dinge sind alt.

Ich erinnere mich so sehr an das Zimmer,
Und die Fliederblüten
Die an die tropfende Scheibe pochten,
In jenem warmen Juniregen.

Und die Farbe deines Gewands
War Bernsteinbraun,
Und zwei gelbe Satinschleifen
Waren auf deinen Schultern.

Und das Taschentuch aus französischer Spitze,
Das du vor dein Gesicht hieltest,
Hatte eine kleine Träne einen Fleck hinterlassen,
Oder war es der Regen?

Auf deiner Hand, die zum Abschied winkte,
Waren blaue Venen,
In deiner Stimme, als sie mir adieu sagte,
War ein ungeduldiger Schrei.
»Du hast nur dein Leben verschwendet.«
(Ach, das war der Dolch).
Als ich durch das Gartentor eilte,
War alles schon zu spät.

Könnten wir alles noch mal erleben,
Wäre es den Schmerz wert,
Könnte die leidenschaftliche Vergangenheit, die entkam,
Ihre Toten zurückrufen.

Nun, wenn mein Herz brechen muß,
Meine Liebe, um deinetwillen,
Wird es in Musik zerbrechen. Ich weiß,
Daß Dichterherzen so brechen.

Aber es ist merkwürdig, daß ich nie erfuhr,
Daß im Gehirn
In einer winzigen Elfenbeinzelle
Gottes Himmel und Hölle bewahrt werden können.

To My Wife

with a copy of my poems

I can write no stately proem
As a prelude to my lay;
From a poet to a poem
I would dare to say.

For if of these fallen petals
One to you seem fair,
Love will waft it till it settles
On your hair.

And when wind and winter harden
All the loveless land,
It will whisper of the garden,
You will understand.

An meine Frau

Mit einer Ausgabe meiner Gedichte

Ich kann kein großartiges Gedicht schreiben
Als Einleitung zu meinem Lied;
Von einem Dichter zu einem Gedicht
Würde ich es zu sagen wagen.

Denn wenn von diesen herabgefallenen
Blütenblättern
Eines dir gefällt,
Wird Liebe es emporsteigen lassen, bis es
Sich auf deinem Haar niederläßt.

Und wenn Wind und Winter
All das lieblose Land hart machen,
Wird es von dem Garten flüstern,
Du wirst es verstehen.

To Milton

Milton! I think thy spirit hath passed away
From these white cliffs and high-embattled
towers;
This gorgeous fiery-coloured world of ours
Seems fallen into ashes dull and grey,
And the age changed unto a mimic play
Wherein we waste our else too-crowded
hours:
For all our pomp and pageantry and powers
We are but fit to delve the common clay,
Seeing this little isle on which we stand,
This England, this sea-lion of the sea,
By ignorant demagogues is held in fee,
Who love her not: Dear God! is this the land
Which bare a triple empire in her hand
When Cromwell spake the word Democracy!

An Milton

Milton! Ich glaube, dein Geist ist ent-
schwunden,
Von diesen weißen Felsen und hohen
Turmeszinnen;
Diese unsere prächtige, feuer-farbige Welt
Scheint versunken in Asche, trübe und grau,
Und das Leben wurde zu einem Minenspiel,
In dem wir unsere sonst zu vollen Stunden
vergeuden:
Trotz all unserem Pomp, unserer Pracht und
Macht
Sind wir nur geeignet, in gewöhnlichem Ton
zu graben,
Sehen wir, wie diese kleine Insel, auf der wir
stehen,
Dieses England, diese Seelöwe des Meeres,
Von dummen Demagogen als Lehn gehalten
wird,
Die es nicht lieben: Gott! Ist dies das Land,
Daß ein dreifach Reich in seiner Hand hielt,
Als Cromwell das Word »Demokratie«
aussprach!

Apologia

Is it thy will that I should wax and wane
Barter my cloth of gold for hodden grey,
And at thy pleasure weave that web of pain
Whose brightest threads are each a wasted
day?

Is it thy will – Love that I love so well –
That my Soul's House should be a tortured
spot
Wherein, like evil paramours, must dwell
The quenchless flame, the worm that dieth
not?

Nay, if it be thy will I shall endure,
And sell ambition at the common mart,
And let dull failure be my vestiture,
And sorrow dig its grave within my heart.

Perchance it may be better so – at least
I have not made my heart a heart of stone,
Nor starved my boyhood of its goodly feast,
Nor walked where Beauty is a thing
unknown.

Many a man hath done so; sought to fence
In straitened bonds the soul that should be
free,
Trodden the dusty road of common sense,
While all the forest sang of liberty,

Not marking how the spotted hawk in flight
Passed on wide pinion through the lofty air,
To where some steep untrodden mountain
height
Caught the last tresses of the Sun God's hair.

Or how the little flower be trod upon,
The daisy, that white-feathered shield of
gold,
Followed with wistful eyes the wandering
sun
Content if once its leaves were aureoled.

Apologia

Ist es dein Wille, daß ich zu- und abnehme,
Meinen goldenen Stoff für graue Wolle
tausche,
Und dir zur Freude mein Netz des Schmerzes
webe,
Dessen hellste Fäden alle verschwendete
Tage sind?

Ist es dein Wille – Liebe, die ich so liebe –
Daß das Haus meiner Seele ein Folterort sein
soll,
Wo, wie bösen Buhlen, jene unsterbliche
Flamme wohnt, der Wurm, der niemals
stirbt?

Nein, wenn dies dein Wille ist, werde ich es
durchstehen,
Und meine Ambition zu Markte tragen,
Und Versagen mein Kleid sein,
Und Traurigkeit ihr Grab in meinem Herzen
graben.

Vielleicht wäre es besser so, zumindest
Habe ich mein Herz nicht versteinern lassen,
Noch meine Jugend ihrer Gaben beraubt,
Noch dort gegangen, wo Schönheit unbe-
kannt ist.

Viele Menschen haben dies getan; ersuchten
die Seele
In enge Fesseln zu legen, auf das sie frei
werde,
Sind auf der staubigen Straße des gesunden
Verstandes gelaufen,
Während der ganze Wald von Freiheit sang.

Ich sah nicht, wie der gefleckte Falke in Flug
Auf weiten Schwingen durch die Lüfte
schweifte,
Dorthin, wo eine steile unbegangene
Bergeshöhe,
Die letzten Streifen des Sonnengottes Haar
erwischte.

Oder wie auf der kleinen Blume herumge-
trampelt wurde,
Das Gänseblümchen, jenes weißgefiederte
Schild des Goldes,
Verfolgte mit sehnsüchtigem Blick die
wandernde Sonne,
Zufrieden, wenn einmal seine Blätter Gold
erstrahlten.

But surely it is something to have been
The best belovèd for a little while,
To have walked hand in hand with Love,
and seen
His purple wings flit once across thy smile.

Ay! though the gorgèd asp of passion feed
On my boy's heart, yet have I burst the bars,
Stood face to face with Beauty, known
indeed
The Love which moves the Sun and all the
stars!

Athanasia

To that gaunt House of Art which lacks for
naught
Of all the great things men have saved from
Time,
The withered body of a girl was brought
Dead ere the world's glad youth had touched
its prime,
And seen by lonely Arabs lying hid
In the dim womb of some black pyramid.

But when they had unloosed the linen band
Which swathed the Egyptian's body, – lo!
was found
Closed in the wasted hollow of her hand
A little seed, which sown in English ground
Did wondrous snow of starry blossoms bear
And spread rich odours through our spring-
tide air.

With such strange arts this flower did allure
That all forgotten was the asphodel,
And the brown bee, the lily's paramour,
Forsook the cup where he was wont to dwell,
For not a thing of earth it seemed to be,
But stolen from some heavenly Arcady.

In vain the sad narcissus, wan and white
At its own beauty, hung across the stream,
The purple dragon-fly had no delight
With its gold dust to make his wings a-
gleam,

Aber es ist bestimmt etwas Besonderes,
Für eine Zeit der Geliebteste gewesen zu
sein,
Hand in Hand mit Liebe gelaufen zu sein,
Und die lila Flügel über dein Lächeln gleiten
zu sehen.

Ach, mag auch die Schlange der Leiden-
schaft sich
Von meinem Knabenherzen ernähren, so
habe ich die Stäbe doch durchbrochen,
Und Auge zu Auge die Schönheit gesehen,
sogar die Liebe gekannt,
Die die Sonne und alle Sterne bewegt.

Athanasia

In jenes verlassene Haus der Kunst, das
bewahrt
Alle großen Dinge, die Menschen vor der
Zeit retteten,
Wurde der schrumpelige Körper eines
Mädchens gebracht,
Gestorben, bevor die frohe Jugend der Welt
erwachsen wurde,
Und gesehen von einsamen Arabern, die in
Dem Schoß einer dunklen Pyramide
versteckt lagen.

Aber als sie das Leinenband gelöst hatten,
Mit dem der Körper der Ägypterin umgeben
war, als man fand
In ihrer dürren Hand ein kleines Samenkorn,
Das in englischer Erde gesät,
Einen wunderbaren Schnee sternförmiger
Blüten trug,
Und reiche Düfte durch unsere Frühlingsluft
blies.

Solch fremde Künste lockte diese Blume,
Daß der Asphodill vergessen wurde,
Und die braune Biene, Freund der Lilie,
Verließ den Kelch, in dem sie wohnte,
Denn es schien kein Ding der Erde zu sein,
Sondern von himmlischen Arkaden gestohlen.

Vergebens hing die traurige Narzisse, bleich
und weiß
Im Anblick ihrer Schönheit, über dem
Rinnsal,
Die lilane Libelle wurde nicht froh davon,
Mit ihrem Goldstaub die Flügel erglänzen zu
lassen,

Ah! no delight the jasmine-bloom to kiss,
Or brush the rain-pearls from the eucharis.

For love of it the passionate nightingale
Forgot the hills of Thrace, the cruel king,
And the pale dove no longer cared to sail
Through the wet woods at time of blossoming,
But round this flower of Egypt sought to float,
With silvered wing and amethystine throat.

While the hot sun blazed in his tower of blue
A cooling wind crept from the land of snows,
And the warm south with tender tears of dew
Drenched its white leaves when Hesperos up-rose
Amid those sea-green meadows of the sky
On which the scarlet bars of sunset lie.

But when o'er wastes of lily-haunted field
The tired birds had stayed their amorous tune,
And broad and glittering like an argent shield
High in the sapphire heavens hung the moon,
Did no strang dream or evil memory make
Each tremulous petal of its blossoms shake?

Ah no! to this bright flower a thousand years
Seemed but the lingering of a summer's day,
It never knew the tide of cankering fears
Which turn a boy's gold hair to withered grey,
The dread desire of death it never knew,
Or how all folk that they were born must rue.

For we to death with pipe and dancing go,
Now would we pass the ivory gate again,
As some sad river wearied of its flow
Through the dull plains, the haunts of common men,
Leaps lover-like into the terrible sea!
And counts it gain to die so gloriously.

Ach, keine Freude, die Jasminblüten zu küssen,
Oder den Regenfall von der Eucharis zu wischen.

Aus Liebe um die Blume vergaß die leidenschaftliche Nachtigall
Die Hügel Thrakiens, den gemeinen König,
Und die bleiche Taube segelte nicht mehr
Durch die nassen Wälder zur Blütezeit,
Sondern wollte um diese ägyptische Blume gleiten,
Mit silbernen Flügeln und Amethysthals.

Während die heiße Sonne im blauen Turm erglüht,
Kroch ein kühler Wind vom Land des Schnees heran,
Und der warme Süden mit zarten Tautränen,
Durchnäßte seine weißen Blätter, als Hesperos aufstieg
Von jenen seegrünen Auen des Himmels,
Auf dem die roten Stäbe des Sonnenuntergangs liegen.

Aber als über lilienübersäten Feldern,
Die müden Vögel nicht mehr ihre lieblichen Lieder sangen,
Und breit und schimmernd wie ein Silberschild,
Hoch im Saphirhimmel der Mond hing,
Ließ nicht der Traum oder finstere Erinnerung
Jedes zitternde Blatt ihrer Blüte erbeben?

O nein, für diese helle Blume sind tausend Jahre
Nur ein Sommertag,
Es kannte nie die Flut von Ängsten,
Die goldenes Jungenhaar ergrauen lassen,
Zu fürchten das Verlangen nach Tod, das es nie kannte,
Oder wie alle Leute bereuten, daß sie geboren wurden.

Denn wir gehen zum Tod mit Flöte und Tanz,
Jetzt gehen wir wieder durchs Elfenbeintor,
Wie ein Fluß ermüdet von seinem Lauf
Durch die dürren Felder, das Grauen gewöhnlicher Menschen
Springt wie ein Geliebter in die schreckliche See!
Und stirbt so glorreich!

We mar our lordly strength in barren strife
With the world's legions led by clamorous care,
It never feels decay but gathers life
From the pure sunlight and the supreme air,
We live beneath Time's wasting sovereignty,
It is the child of all eternity.

Wir zerstören unsere herrliche Stärke in ödem Kampf
Mit den Legionen der Welt von Sorgfalt geführt,
Fühlt nie den Verfall, sondern sammelt Leben
Von reinem Sonnenlicht und wunderbarer Luft,
Wir leben unter der Hoheit der Zeit,
Dem Kind der Ewigkeit.

On the Sale by Auction of Keats' Love Letters

These are the letters which Endymion wrote
To one he loved in secret, and apart.
And now the brawlers of the auction mart
Bargain and bid for each poor blotted note,
Ay! for each separate pulse of passion quote
The merchant's price. I think they love not art
Who break the crystal of a poet's heart
That small and sickly eyes may glare and gloat.

Is it not said that many years ago,
In a far Eastern town, some soldiers ran
With torches through the midnight, and began
To wrangle for mean raiment, and to throw
Dice for the garments of a wretched man,
Not knowing the God's wonder, or His woe?

Aus Anlaß der Versteigerung von Keats' Liebesbriefen

Dies sind die Briefe, die Endymion schrieb,
An die, die er im geheimen liebte, und im verborgenen.
Und jetzt, die Schreier auf dem Auktionsmarkt
Handeln und bieten für jede arme hingeschriebene Notiz,
Ja, für jeden einzelnen Pulsschlag der Leidenschaften nennen
Sie den Handelswert! Ich glaube, sie lieben nicht die Kunst,
Die den Kristall eines Dichterherzens brechen kann,
Damit kleine und kränkliche Augen hämisch blicken können.

Wird nicht gesagt, daß vor vielen Jahren
In einer fernen östlichen Stadt, einige Soldaten mit
Fackeln durch die Mitternacht rannten und anfingen,
Um schäbiges Gewand zu streiten, und zu würfeln
Um die Kleider eines unglücklichen Mannes,
Unwissend über Gottes Wunder, oder Sein Leiden?

Ave Imperatrix

Set in this stormy Northern sea,
Queen of these restless fields of tide,
England! what shall men say of thee,
Before whose feet the worlds divide?

The earth, a brittle globe of glass,
Lies in the hollow of thy hand,

Ave Imperatrix

Gelegen in diesem stürmischen nördlichen Meer,
Königin immerwährender Gezeiten,
England! Was sagen die Menschen über dich,
Vor deren Füßen die Welt sich spaltet?

Die Erde, eine zerbrechliche Glaskugel,
Liegt in deiner Hand,

And through its heart of crystal pass,
Like shadows through a twilight land,

The spears of crimson-suited war,
The long white-crested waves of fight,
And all the deadly fires which are
The torches of the lords of Night.

The yellow leopards, strained and lean,
The treacherous Russian knows so well,
With gaping blackened jaws are seen
Leap through the hail of screaming shell.

The strong sea-lion of England's wars
Hath left his sapphire cave of sea,
To battle with the storm that mars
The star of England's chivalry.

The brazen-throated clarion blows
Across the Pathan's reedy fen,
And the high steeps of Indian snows
Shake to the tread of armèd men.

And many an Afghan chief, who lies
Beneath his cool pomegranate-trees,
Clutches his sword in fierce surmise
When on the mountain-side he sees

The fleet-foot Marri scout, who comes
To tell how he hath heard afar
The measured roll of English drums
Beat at the gates of Kandahar.

For southern wind and east wind meet
Where, girt and crowned by sword and fire,
England with bare and bloody feet
Climbs the steep road of wide empire.

O lonely Himalayan height,
Grey pillar of the Indian sky,
Where saw'st thou last in clanging flight
Our wingèd dogs of Victory?

The almond-groves of Samarcand,
Bokhara, where red lilies blow,
And Oxus, by whose yellow sand
The grave white-turbaned merchants go:

Und durch ihr Herz aus Kristall
Wie Schatten durch ein Zwielicht Land,

Ziehen die Speere hochroten Krieges,
Die langen heftigen Wogen des Kampfes,
Und all die tödlichen Feuer,
Die Fackeln der Ritter der Nacht.

Gelbe Leoparden, sehnig und schlank,
Dem hinterhältigen Russen wohlbekannt,
Mit aufgerissenem schwarzen Rachen,
Springen durch den Hagel schreiender Bomben.

Der starke Seelöwe Englands Kriege
Hat seine blaue Höhle verlassen,
Zu kämpfen mit dem Sturm,
Der den Stern englischer Ritterschaft bedroht.

Die Erztrompeten tönen laut
Über das schilfrige Ried Pathans,
Und die Höhen des indischen Schnees
Schüttelt unter dem Stapfen der bewaffneten Männer.

Und manch ein afghanischer Häuptling, der
Unter seinen kühlen Granatbaum liegt,
Klammert sein Schwert in kämpferischer Haltung,
Sobald er über den Bergen erkennen kann

Den schnellfüßigen Marri-Kundschafter, der kommt
Um ihm zu sagen, daß er weit entfernt
Das maßvolle Donnern englischer Trommeln hörte,
Die vor den Toren Kandahars geschlagen werden.

Denn südlicher und östlicher Wind treffen sich,
Wo, gerüstet und gekrönt mit Schwert und Feuer,
England mit bloßen und blutigen Füßen
Die steile Straße des großen Empires ersteigt.

O einsame Himalaja-Höhen,
Graue Pfeiler am indischen Himmel,
Wo sahst du zuletzt in klirrendem Kampf,
Unsere geflügelten Hunde des Sieges?

Der Mandelhain von Samarkand,
Bokhara, wo rote Lilien wachsen,
Und Oxus, nach dessem gelben Sand,
Die ernsten Kaufmänner mit ihren weißen Turbanen gehen:

And on from thence to Ispahan,
The gilded garden of the sun,
Whence the long dusty caravan
Brings cedar wood and vermilion;

Und von da an nach Ispahan,
Dem goldenen Garten der Sonne,
Wohin die lang staubige Karawane,
Zedernholz und Zinnober bringt.

And that dread city of Cabool
Set at the mountain's scarpèd feet,
Whose marble tanks are ever full
With water for the noonday heat:

Und jene gefürchtete Stadt Kabul,
Gelegen am abschüssigen Fuß des Berges,
Dessen Mamorbecken immer gefüllt sind
Mit Wasser für die Mittagshitze.

Where through the narrow straight Bazaar
A little maid Circassian
Is led, a present from the Czar
Unto some old and bearded khan, –

Wo durch den engen geraden Bazar,
Wird ein kleines kirkassisches Mädchen,
Geführt, ein Geschenk des Zaren,
Für irgendeinen alten und bärtigen Chan.

Here have our wild war-eagles flown,
And flapped wide wings in fiery fight;
But the sad dove, that sits alone
In England – she hath no delight.

Hier flogen unsere wilden Kriegsadler –
Und schlugen ihre Flügel weit im hitzigen Gefecht;
Aber die traurige Taube, die alleine sitzt
In England – sie hat keine Freude.

In vain the laughing girl will lean
To greet her love with love-lit eyes:
Down in some treacherous black ravine,
Clutching his flag, the dead boy lies.

Vergeblich wird das lachende Mädchen lernen,
Ihre Liebe mit liebeshungrigen Augen zu grüßen:
Herab in irgendeiner heimtückischen schwarzen Schlucht,
Die Fahne fest in der Hand, liegt der tote Junge.

And many a moon and sun will see
The lingering wistful children wait
To climb upon their father's knee;
And in each house made desolate

Und viele Monde und Sonnen werden die
Herumlungernden sehnsuchtsvollen Kinder darauf warten sehen,
Auf die Knie ihrer Väter zu klettern;
Und in jedem verwüsteten Haus

Pale women who have lost their lord
Will kiss the relics of the slain –
Some tarnished epaulette – some sword –
Poor toys to soothe such anguished pain.

Bleiche Frauen, die ihren Herrn verloren haben,
Küssen die Reliquien der Gefallenen –
Ein beschmutztes Epaulette – ein Schwert –
Ungeeignetes Spielzeug, um diesen Schmerz zu lindern.

For not in quiet English fields
Are these, our brothers, lain to rest,
Where we might deck their broken shields
With all the flowers the dead love best.

Denn nicht in ruhigen englischen Feldern,
Sind diese, unsere Brüder, zu Ruhe gelegt worden,
Wo wir ihre zerbrochenen Schilde
Mit den Blumen, die die Toten am meisten lieben, bedecken könnten.

For some are by the Delhi walls,
And many in the Afghan land,
And many where the Ganges falls
Through seven mouths of shifting sand.

Denn einige liegen bei den Mauern in Delhi,
Und viele im afghanischen Land,
Und viele, wo der Ganges
Durch sieben Mündungen bewegenden Sandes fließt.

And some in Russian waters lie,
And others in the seas which are
The portals to the East, or by
The wind-swept heights of Trafalgar.

O wandering graves! O restless sleep!
O silence of the sunless day!
O still ravine! O stormy deep!
Give up your prey! Give up your prey!

And thou whose wounds are never healed,
Whose weary race is never won,
O Cromwell's England! must thou yield
For every inch of ground a son?

Go! crown with thorns thy gold-crowned head,
Change thy glad song to song of pain;
Wind and wild wave have got thy dead,
And will not yield them back again.

Wave and wild wind and foreign shore
Possess the flower of English land –
Lips that thy lips shall kiss no more,
Hands that shall never clasp thy hand.

What profit now that we have bound
The whole round world with nets of gold,
If hidden in our heart is found
The care that groweth never old?

What profit that our galleys ride,
Pint-forest-like, on every main?
Ruin and wreck are at our side,
Grim warders of the House of Pain.

Where are the brave, the strong, the fleet?
Where is our English chivalry?
Wild grasses are their burial-sheet,
And sobbing waves their threnody.

O loved ones lying far away,
What word of love can dead lips send!
O wasted dust! O senseless clay!
Is this the end! is this the end!

Und einige liegen in russischen Gewässern,
Und andere in den Meeren, die die
Pforten zum Osten sind, oder
Bei den stürmischen Höhen von Trafalgar.

O wandernde Gräber! Rastloser Schlaf!
Schweigen des sonnenlosen Tages!
Schweigende Schlucht! Stürmische Tiefen!
Gebt eure Beute her! Gebt eure Beute her!

Und du, dessen Wunden niemals heilen,
Dessen erschöpfendes Rennen niemals gewonnen wird,
Oh, Cromwells England! Mußt du für jeden Zentimeter
Land einen Sohn aufgeben?

Hinweg! Kröne mit Dornen dein goldgekröntes Haupt,
Ändere deine fröhlichen Lieder zu Liedern des Schmerzes;
Wind und wilde Wellen haben deine Toten,
Und werden sie nicht wieder hergeben.

Welle und wilder Wind und fremde Küste,
Besitzen die Blüte des englischen Landes –
Lippen, die deine Lippen nie wieder küssen werden,
Hände, die nie deine Hände ergreifen werden.

Was ist nun der Gewinn dafür, daß wir die ganze runde Welt,
Mit Netzen aus Gold umspannt haben, wenn
Versteckt in unserem Herzen wir
Die Sorge, die nie alt wurde, finden?

Was ist der Gewinn, wenn unsere Galeeren,
Wie Fichtenwälder überallhin ziehen?
Elend und Ruin sind an unserer Seite,
Grimmige Wächter des Hauses des Schmerzes.

Wo sind die Mutigen, Starken und Schnellen?
Wo ist unsere englische Ritterlichkeit?
Wilde Gräser sind ihr Leichentuch,
Und weinende Wogen ihr Klagelied.

O Geliebte liegt so weit entfernt,
Was für Liebesworte können tote Lippen schicken!
Verschwendeter Staub! Sinnlose Asche!
Ist dies das Ende? Ist dies das Ende?

Peace, peace! we wrong the noble dead
To vex their solemn slumber so;
Though childless, and with thorn-crowned head,
Up the steep road must England go.

Yet when this fiery web is spun,
Her watchmen shall descry from far
The young Republic like a sun
Rise from these crimson seas of war.

Frieden, Frieden! Wir tun den ehrenhaften Toten
Unrecht, ihren heiligen Schlaf zu stören;
Trotz Kinderlosigkeit und mit Dornenkrone auf dem Haupt
Muß England die steile Straße hinauf.

Doch wenn dieses hitzige Netz gesponnen ist,
Werden ihre Wächter von fern entdecken,
Daß die junge Republik wie eine Sonne
Aus der blutroten See des Krieges aufsteigt.

Ave Maria Gratia Plena

Was this His coming! I had hoped to see
A scene of wondrous glory, as was told
Of some great God who in a rain of gold
Broke open bars and fell on Danae:
Or a dread vision as when Semele
Sickening for love and unappeased desire
Prayed to see God's clear body, and the fire
Caught her white limbs and slew her utterly:
With such glad dreams I sought this holy place,
And now with wondering eyes and heart I stand
Before this supreme mystery of Love:
A kneeling girl with passionless pale face,
An angel with a lily in his hand,
And over both with outstretched wings the Dove.

Florence

Ave Maria Gratia Plena

War dies Sein Kommen! Ich hoffte, zu sehen
ein Bild von wunderbarer Herrlichkeit, wie man sich erzählt,
Von einem großen Gott, der in einem Goldregen
Gitter zerbrach und auf Danae fiel:
Oder eine Schreckensvision wie als Semele,
Krank von Liebe und ungestilltem Verlangen
Betete, Gottes klaren Körper zu sehen, und das Feuer
Fing ihre weißen Glieder und tötete sie:
Mit solchen Träumen suchte ich diesen heiligen Ort,
Und nun, mit verwunderten Augen und Herz stehe ich hier,
Vor diesem erhabensten Rätsel der Liebe:
Ein kniendes Mädchen mit unleidenschaftlichem bleichen Gesicht,
Ein Engel mit einer Lilie in der Hand,
Und über beiden mit gespannten Flügeln die Taube.

Florenz

Ballade de Marguerite
(Normande)

I am weary of lying within the chase
When the knights are meeting in market-place.

Nay, go not thou to the red-roofed town
Lest the hooves of the war-horse tread thee down.

Ballade de Marguerite
(Normannisch)

Ich bin müde, mit der Horde zu liegen,
Wenn die Ritter sich auf dem Markt versammeln.

Nein, gehe nicht in die Stadt mit den roten Dächern,
Damit dich die Hufe der Kriegspferde nicht zertrampeln.

But I would not go where the Squires ride,
I would only walk by my Lady's side.

Alack! and alack! thou art overbold,
A Forester's son may not eat off gold.

Will she love me the less that my Father is seen
Each Martinmas day in a doublet green?

Perchance she is sewing at tapestrie,
Spindle and loom are not meet for thee.

Ah, if she is working the arras bright
I might ravel the threads by the fire-light.

Perchance she is hunting of the deer,
How could you follow o'er hill and mere?

Ah, if she is riding with the court,
I might run beside her and wind the morte.

Perchance she is kneeling in St. Denys,
(On her soul may our Lady have gramercy!)

Ah, if she is praying in lone chapelle,
I might swing the censer and ring the bell.

Come in, my son, for you look sae pale,
Thy father shall fill thee a stoup of ale.

But who are these knights in bright array?
Is it a pageant the rich folks play?

'Tis the King of England from over sea,
Who has come unto visit our fair countrie.

But why does the curfew toll sae low?
And why do the mourners walk a-row?

O 'tis Hugh of Amiens my sister's son
Who is lying stark, for his day is done.

Nay, nay, for I see white lilies clear,
It is no strong man who lies on the bier.

Aber ich möchte nicht dort sein, wo die Edlen reiten,
Ich möchte nur an der Seit meiner Herrin gehen.

Ach, und ach! Du bist so dreist
Ein Jägersohn darf nicht von Gold essen.

Wird sie mich weniger lieben, weil mein Vater
Jeden Martinstag im Jägersgrün zu sehen ist?

Vielleicht webt sie ein Teppichbild,
Spindel und Webstuhl sind nicht für dich.

Ah, wenn sie diesen Wandteppich so flink bearbeitet,
So drehe ich die Fäden beim Licht des Feuers.

Vielleicht jagt sie nach den Hirschen,
Wie kannst du ihr folgen, über Hügel und See?

Und wenn sie mit der Gruppe reitet,
Laufe ich neben ihr und blase ein Lied.

Vielleicht kniet sie in Saint Denis
(Ihrer Seele gebe unsere liebe Frau Heil!)

Ah, wenn sie in der einsamen Kapelle betet,
So schwinge ich das Rauchfaß und läute die Glocke.

Komm herein, mein Sohn, du siehst blaß aus,
Dein Vater wird dir einen Bierkrug füllen.

Aber wer sind diese Ritter auf prunkendem Roß?
Ist dies ein Festzug der reichen Leute?

Es ist der englische König, über dem Meer,
Der unser schönes Land besuchen will.

Aber warum läutet die Glocke so dumpf?
Und warum gehen die Trauernden in Reih und Glied?

Es ist Hugh von Amiens, Sohn meiner Schwester,
Der da steif liegt, denn seine Tage sind gezählt.

Nein, nein, ich sehe die weißen Lilien klar,
Es ist kein starker Mann, der auf der Bahre liegt.

O 'tis old Dame Jeannette that kept the hall,
I knew she would die at the autumn fall.

Dame Jeannette had not that gold-brown hair,
Old Jeannette was not a maiden fair.

O 'tis none of our kith and none of our kin,
(Her soul may our Lady assoil from sin!)

But I hear the boy's voice chaunting sweet,
»Elle est morte, la Marguerite.«

Come in, my son, and lie on the bed,
And let the dead folk bury their dead.

O mother, you know I loved her true:
O mother, hath one grave room for two?

Es ist die alte Dame Jeanette, die die Halle besaß,
Ich wußte, sie würde im Herbst sterben.

Dame Jeanette hatte kein goldbraunes Haar,
Die Alte Jeanette war keine schöne Magd.

Sie ist keine von uns, keine von unserer Sippe,
(Mag unsere Frau ihre Seele von Sünde reinigen!)

Aber ich höre die Stimme des Jungen süß singen:
»Elle est morte, la Maguerite.«

Komm herein, mein Sohn, und leg dich aufs Bett,
Und lasse die Toten ihre Toten beerdigen.

O Mutter, du weißt, ich liebte sie wirklich,
O Mutter, hat ein Grab Platz für zwei?

At Verona

How steep the stairs within Kings' houses are
For exile-wearied feet as mine to tread,
And O how salt and bitter is the bread
Wich falls from this Hound's table, – better far
That I had died in the red ways of war,
Or that the gate of Florence bare my head,
Than to live thus, by all things comraded
Which seek the essence of my soul to mar.
»Curse God and die: what better hope than this?
He hath forgotten thee in all the bliss
Of his gold city, and eternal day« –
Nay peace: behind my prison's blinded bars
I do possess what none can take away
My love, and all the glory of the stars.

Bei Verona

Wie steil die Stufen in den Königshäusern sind,
Für verbannungsmüde Füße wie die meinen,
Und wie salzig und bitter ist das Brot,
Das vom Tisch dieses Hundes fällt – besser,
Ich fände in den roten Wegen des Krieges meinen Tod,
Oder das mein Kopf auf dem Tor zu Florenz aufgesteckt würde,
Als so zu leben, allen Dingen zugesellt,
Die meine Seele hier verderben wollen.
»Verfluche Gott und stirb: welch bessere Hoffnung als diese?
Er hat dich vergessen in all seiner Wonne
Der goldenen Stadt und des ewigen Tages« –
Nein, Frieden: hinter den verblendeten Mauern meines Gefängnisses
Besitze ich, was keiner mir nehmen kann,
Meine Liebe, und die Pracht der Sterne.

ΓΛΥΚΥΠΙΚΡΟΣ ΕΡΩΣ

Flower of Love

Sweet, I blame you not, for mine the fault
was, had I not been made of common clay
I had climbed the higher heights unclimbed
yet, seen the fuller air, the larger day.

From the wildness of my wasted passion I
had struck a better, clearer song,
Lit some lighter light of freer freedom,
battled with some Hydra-headed wrong.

Had my lips been smitten into music by the
kisses that but made them bleed,
You had walked with Bice and the angels on
that verdant and enamelled mead.

I had trod the road which Dante treading
saw the suns of seven circles shine,
Ay! perchance had seen the heavens
opening, as they opened to the Florentine.

And the mighty nations would have crowned
me, who am crownless now and without
name,
And some orient dawn had found me
kneeling on the threshold of the House of
Fame.

I had sat within that marble circle where the
oldest bard is as the young,
And the pipe is ever dropping honey, and the
lyre's strings are ever strung.
Keats had lifted up his hymeneal curls from
out the poppy-seeded wine,
With ambrosial mouth had kissed my
forehead, clasped the hand of noble love
in mine.

And at springtide, when the apple-blossoms
brush the burnished bosom of the dove,
Two young lovers lying in an orchard would
have read the story of our love.

ΓΛΥΚΥΠΙΚΡΟΣ ΕΡΩΣ

Blume der Liebe

Liebes, es ist nicht deine Schuld, sondern
meine, wäre ich nicht aus normalem Lehm
gemacht,
Wäre ich auf Höhen bisher nicht gestiegen,
geklettert, hätte die vollere Luft gesehen,
den längeren Tag.

Aus der Wildnis meiner verschwendeten
Leidenschaft hätte ich ein besseres,
klareres Lied begonnen.
Ich hätte ein helleres Feuer freierer Freiheit
entzündet, hätte mit einem hydraköpfigen
Unrecht gekämpft.

Wären meine Lippen hingerissen in Musik
von den Küssen, die sie doch nur zum
Bluten brachten,
Wärest du mit Bice und den Engeln auf jener
Grünen und glasierten Au gewandert.

Ich wäre auf jenem Weg gewandert, auf dem
Dante die Sonne der sieben Kreise
scheinen sah,
Ja, vielleicht hätte ich die Himmel sich
öffnen sehen, wie sie sich dem Florentiner
öffneten.

Und die mächtigen Nationen hätten mich
gekrönt, der nun ohne Krone ist und ohne
Namen,
Und ein Morgenrot hätte mich gefunden,
kniend auf der Schwelle des Ruhmestem-
pels.

Ich hätte in jenem Marmorkreis gesessen, wo
der älteste Barde wie der jüngste ist,
Und aus der Pfeife tröpfelt immer Honig, und
die Saiten auf der Leier sind immer
aufgezogen.

Keats hätte seine hochzeitlichen Locken aus
dem mohngesäten Wein gehoben,
Mit Götterlippen meine Stirn geküßt, die
Hand der noblen Liebe fest umfaßt.

Und zu Frühlingsanfang, wenn die Apfelblü-
ten den glutbeflammten Busen der Taube
berühren,
Hätten zwei junge Geliebte in einem
Obstgarten die Geschichte unserer Liebe
gelesen.

Would have read the legend of my passion,
known the bitter secret of my heart,
Kissed as we have kissed, but never parted
as we two are fated now to part.

For the crimson flower of our life is eaten by
the cankerworm of truth
And no hand can gather up the fallen
withered petals of the rose of youth.

Yet I am not sorry that I loved you – ah!
what else had I a boy to do, –
For the hungry teeth of time devour, and the
silent-footed years pursue.

Rudderless, we drift athwart a tempest, and
when once the storm of youth is past,
Without lyre, without lute or chorus, Death
the silent pilot comes at last.

And within the grave there is no pleasure,
for the blind-worm battens on the root,
And Desire shudders into ashes, and the tree
of Passion bears no fruit.

Ah! what else had I to do but love you,
God's own mother was less dear to me,
And less dear the Cytheræan rising like an
argent lily from the sea.

I have made my choice, have lived my
poems, and, though youth is gone in
wasted days,
I have found the lover's crown of myrtle
better than the poet's crown of bays.

Hätte über die Legende meiner Leidenschaft
gelesen, die bitteren Geheimnisse meines
Herzens gekannt,
Hätten geküßt, wie wir geküßt haben, aber
sich nie getrennt, so wie das Schicksal uns
nun zwingt, uns zu trennen.

Denn die rote Blume unseres Lebens wird
gefressen von der Raupe der Wahrheit,
Und keine Hand kann die hinabgefallenen
Rosenblätter unserer Jugend aufsammeln.

Dennoch bedauere ich es nicht, daß ich dich
liebte – Ach, was sonst konnte ich, ein
Junge, tun,
Denn die hungrigen Zähne der Zeit verschlingen, und die stillfüßigen Jahre verfolgen.

Ruderlos treiben wir in einem Sturm umher,
und wenn einmal der Sturm der Jugend
vorbei ist,
Ohne Leier, Laute und Refrain, kommt
endlich der Tod, der stille Lotse.

Und im Grab gibt es keine Freude, der der
Blindwurm nagt an der Wurzel,
Und Verlangen verfällt zu Asche, und der
Baum der Leidenschaft trägt keine Früchte.

Ach, was konnte ich tun, außer dich zu
lieben, Gottes eigene Mutter war mir
weniger wert.
Und weniger wert war die Kythera, die wie
eine Silberlilie aus dem Meer emporsteigt.

Ich habe meine Wahl getroffen, habe meine
Gedichte gelebt und, obwohl die Jugend
vorbei ist, die Tage verschwendet,
Habe ich die Myrtenkrone des Liebhabers
besser gefunden als den Lorbeerkranz des
Dichters.

Camma

As one who poring on a Grecian urn
Scans the fair shapes some Attic hand hath
made,
God with slim goddess, goodly man with
maid,
And for their beauty's sake is loth to turn

And face the obvious day, must I not yearn
For many a secret moon of indolent bliss,

Camma

Wie einer, der ein Griechisches Gefäß
betrachtet,
Die schönen Formen von attischer Hand
gemacht nachzieht,
Gott mit dünner Göttin, stattlicher Mann und
Magd,
Und obwohl deine Schönheit sich nicht
wenden
Und den Tag achten will, darf ich mich nicht
sehnen

When in the midmost shrine of Artemis
I see thee standing, antique-limbed, and
  stern?
And yet – methinks I'd rather see thee play
That serpent of old Nile, whose witchery
Made Emperors drunken, – come, great
  Egypt, shake
Our stage with all thy mimic pageants! Nay,
I am grown sick of unreal passions, make
The world thine Actium, me thine Antony!

Nach vielen verschwiegenen Monden mit
  langsamer Wonne,
Wenn ich dich im Schrein von Artemis
Stehen sehe, mit antiken Gliedern und ernst?
Und doch, ich glaube, ich sähe dich lieber
  spielen
Jene Schlange des alten Nils, deren Zauber
Cäsaren betrunken machte – Komm,
  großartiges Ägypten,
Erschüttere unsere Bühne mit all deinem
  Pomp! Nein,
Ich bin ganz krank von unechter Leiden-
  schaft, mache
Die Welt zu deinem Aktium, und mich zu
  deinem Mark Anton.

Chanson

A ring of gold and a milk-white dove
Are goodly gifts for thee,
And a hempen rope for your own love
To hang upon a tree.

For you a House of Ivory,
(Roses are white in the rose-bower)!
A narrow bed for me to lie,
(White, O white, is the hemlock flower)!

Myrtle and jessamine for you
(O the red rose is fair to see)!
For me the cypress and the rue,
(Finest of all is rosemary)!

For you three lovers of your hand,
(Green grass where a man lies dead)!
For me three paces on the sand,
(Plant lilies at my head)!

Chanson

Ein Ring aus Gold und eine milchweiße Taube
Sind gute Gaben an dich,
Und ein hanfenes Seil für deine eigene Liebe
Um von einem Baum zu hängen.

Für dich ein Haus aus Elfenbein,
(Rosen sind weiß in der Rosenlaube)!
Ein enges Bett, auf dem ich liege,
(Weiß, oh weiß ist das Schierlingskraut)!

Myrte und Jasmin für dich,
(Oh, die rote Rose ist schön anzusehen)!
Für mich Zypresse und Raute
(Schöner als alle ist Rosmarin)!

Für dich drei Geliebte an deiner Hand
(Grünes Gras, wo ein toter Mensch liegt)!
Für mich drei Schritte auf dem Sand
(Pflanze Lilien bei meinem Haupt ein)!

Charmides

1

He was a Grecian lad, who coming home
With pulpy figs and wine from Sicily
Stood at his galley's prow, and let the foam
Blow through his crisp brown curls
  unconsciously,
And holding wave and wind in boy's despite
Peered from bis dripping seat across the wet
  and stormy night.

Charmides

1

Er war ein griechischer Jüngling, der
  heimkehrte
Mit reifen Feigen und Wein aus Sizilien.
Er stand an des Schiffes Bug und ließ den
  Schaum
Des Meeres seine braunen Locken nässen,
  ohne es zu spürn.
Und Wind und Wellen trotzend
Blickte er von seinem triefenden Sitz in die
  nasse, stürmische Nacht.

Till with the dawn he saw a burnished spear
Like a thin thread of gold against the sky,
And hoisted sail, and strained the creaking gear,
And bade the pilot head her lustily
Against the nor-west gale, and all day long
Held on bis way, and marked the rowers' time with measured song,

And when the faint Corinthian hills were red
Dropped anchor in a little sandy bay,
And with fresh boughs of olive crowned his head,
And brushed from cheek and throat the hoary spray,
And washed his limbs with oil, and from the hold
Brought his linen tunic and bis sandals brazen-soled,

And a rich robe stained with the fishes' juice
Which of some swarthy trader he had bought
Upon the sunny quay at Syracuse,
And was with Tyrian broideries inwrought,
And by the questioning merchants made his way
Up through the soft and silver woods, and when the labouring day

Had spun its tangled web of crimson cloud,
Clomb the high hill, and with swift silent feet
Crept to the fane unnoticed by the crowd
Of busy priests, and from some dark retreat
Watched the young swains his frolic playmates bring
The firstling of their little flock, and the shy shepherd fling

The crackling salt upon the flame, or hang
His studded crook against the temple wall
To Her who keeps away the ravenous fang
Of the base welf from homestead and from stall:
And then the clear-voiced maidens 'gan to sing,
And to the altar each man brought some goodly offering,

Bis er in der Morgendämmerung einen glänzenden Speer erblickte,
Der wie ein dünner Goldstreif am Himmel erschien,
Und das Segel raffte, und die ächzenden Seile spannte,
Und seinen Lotsen anwies, dem Nordwestwind entgegenzufahren,
Und hielt den Kurs den ganzen Tag, und sang im Takte mit dem Ruderschlag.

Und als die fernen Hügel von Korinth rot glommen
Warf er Anker in einer kleinen sand'gen Bucht,
Und mit frischen Olivenzweigen krönte er sein Haupt,
Und wischte von Wange und Kehle den Sprühschaum weg.
Und wusch seine Glieder mit Öl, und aus dem Bauch des Schiffes
Nahm sein leinenes Kleid und seine Sandalen mit den erznen Sohlen.

Und eine üppige Robe, mit Fischsaft gemustert,
Die er von einem dunklen Händler am sonnigen Kai
Von Syrakus erstanden hatte,
Mit eingewirkten Tyrischen Stickereien,
Und befragte die Kaufleute und machte sich auf den Weg
Durch sanfte silberne Wälder, und als der Abendschein

Sein Netz aus roten Wolken spann,
Erklomm er den hohen Hügel, und mit flinken, leisen Füßen
Schlich er ins Heiligtum, von der Menge eifriger Priester unbemerkt,
Und aus einem dunklen Versteck sah er die jungen Burschen, seine fröhlichen Freunde,
Das erstgeborene Lämmlein bringen, und der scheue Schäfer warf

Knisterndes Salz in die Flamme, oder
Seinen gebogenen Stab ihr weihen
Die den gierigen Reißzahn des Wolfs
Von Haus und Stall fernhält:
Und dann begann ein Mägdlein mit klarer Stimm zu singen,
Und ein jeder Mann brachte seine Gaben zum Altar,

A beechen cup brimming with milky foam,
A fair cloth wrought with cunning imagery
Of hounds in chase, a waxen honey-comb
Dripping with oozy gold which scarce the bee
Had ceased from building, a black skin of oil
Meet for the wrestlers, a great boar the fierce and white-tusked spoil

Stolen from Artemis that jealous maid
To please Athena, and the dappled hide
Of a tall stag who in some mountain glade
Had met the shaft; and then the herald cried,
And from the pillared precinct one by one
Went the glad Greeks well pleased that they their simple vows had done.

And the old priest put out the waning fires
Save that one lamp whose restless ruby glowed
For ever in the cell, and the shrill lyres
Came fainter on the wind, as down the road
In joyous dance these country folk did pass,
And with stout hands the warder closed the gates of polished brass.

Long time he lay and hardly dared to breathe,
And heard the cadenced drip of spilt-out wine,
And the rose-petals falling from the wreath
As the night breezes wandered through the shrine,
And seemed to be in some entrancèd swoon
Till through the open roof above the full and brimming moon

Flooded with sheeny waves the marble floor,
When from his nook up leapt the venturous lad,
And flinging wide the cedar-carven door
Beheld an awful image saffron-clad
And armed for battle! the gaunt Griffin glared
From the huge helm, and the long lance of wreck and ruin flared

Einen hölzernen Becher voll schäumender Milch,
Ein schönes Stück Stoff, in das eingewebt mit viel Geschick
Jagdszenen, eine wächserne Honigwabe
Aus der das klebrige Gold troff, daß die Biene sammelt,
Eine schwarze Ölhaut, wie sie der Ringer trägt, ein großer Eber mit
Ries'gem weißen Zahn

Der eifersüchtigen Artemis entwendet,
Um Athena zu erfreuen, und des gefleckten Hirsches Fell,
Der in einem Gebirgstal seinem Schicksal begegnet war;
Zum Aufbruch riefen dann die Wächter,
Und aus dem heiligen Säulenhaus traten die glücklichen Griechen
Im frohen Wissen, daß ihre Opfer angenommen.

Und der alte Priester löschte alle Flammen,
Bis auf die eine Lampe, deren rastloser Rubinschein
Auf ewig in der Zelle glomm, und den schrillen Klang der Lyra
Trug der Wind vor sich her, alldieweil das fröhliche Landvolk
Die Straße hinabtanzte, und mit fester Hand
Verschloß der Wächter die Tore aus poliertem Messing.

Lang lag er da, und wagte kaum zu atmen,
Und dann vernahm er das rhythmische Tropfen vergossenen Weins,
Und die Rosenblätter, die vom Altar fielen,
Während der Nachthauch durch den Schrein wanderte
Und schien in schwindliger Trance,
Bis durch das offene Dach der Schein des Vollmonds fiel

Und überflutete mit schimmernden Wellen den marmornen Boden,
Als der kühne Jüngling aus den Schatten trat,
Die geschnitzte Tür aus Zedernholz weit aufwarf
Und einer ehrfurchtgebietenden Erscheinung sich gegenübersah,
Rotgekleidet und für den Kampf gewappnet! Mit ries'gem Helm,
Und die lange Lanze der Zerstörung und des Ruins strahlte hell

Like a red rod of flame, stony and steeled,
The Gorgon's head its leaden eyeballs rolled,
And writhed its snaky horrors through the shield,
And gaped aghast with bloodless lips and cold
In passion impotent, while with blind gaze
The blinking owl between the feet hooted in shrill amaze.

The lonely fisher as he trimmed his lamp
Far out at sea, off Sunium, or cast
The net for tunnies, heard a brazen tramp
Of horses smite the waves, and a wild blast
Divide the folded curtains of the night,
And knelt upon the little poop, and prayed in holy fright.

And guilty lovers in their venery
Forgat a little while their stolen sweets,
Deeming they heard dread Dian's bitter cry;
And the grim watchmen on their lofty seats
Ran to their shields in haste precipitate,
Or strained black-bearded throats across the dusky parapet.

For round the temple rolled the clang of arms,
And the twelve Gods leapt up in marble fear,
And the air quaked with dissonant alarums
Till huge Poseidon shook his mighty spear,
And on the frieze the prancing horses neighed,
And the low tread of hurrying feet rang from the cavalcade.

Ready for death with parted lips he stood,
And well content at such a price to see
That calm wide brow, that terrible maidenhood,
The marvel of that pitiless chastity,
Ah! well content indeed, for never wight
Since Troy's young shepherd prince had seen so wonderful a sight.

Wie ein roter Flammenstab, steinern und stählern,
Im Kopf der Gorgone rollten die bleiernen Augen,
Und kroch mit schlangenhaftem Schrecken durch den Schild
Und grinste wild mit kalten blutlosen Lippen
Mit grausamer Leidenschaft und blindem Starren.
Die blinzelnde Eule zwischen den Füßen schrie schrill in ängstlicher Not.

Der stille Fischer, der sein Lämpchen putzte,
Auf hoher See vor Sunion, oder sein Netz
Bedächtig warf, hielt ein und hörte den Klang
Von Hufen in den Wellen, und ein gewalt'ger Schlag
Durchbrach den Faltenwurf der Nacht,
Der Fischer stürzte hin und betete in Todesangst.

Und sündenreiche Liebende, in süßestem Genuß vereint,
Vergaßen kurz ihre gestohlenen Momente
Und träumten, sie hörten Dianas bitteren Schrei;
Und die grimmigen Wächter auf ihren hohen Sitzen
Eilten zu ihren Schilden in atemloser Hast,
Und manche schwarzbärtige Kehle ward von der Würgehand erfaßt.

Denn um den Tempel erscholl der Klang der Waffen,
Und die zwölf Götter sprangen auf in marmorner Furcht,
Und die Luft erzitterte in wüstem Schlachtenlarm
Bis der riesige Poseidon seinen mächtigen Dreizack schwang,
Und auf dem Fries sprangen die wilden Pferde,
Und der furchtsame Schritt eilender Füße erklang.

Zum Sterben bereit blieb er mit offnem Munde stehn,
Und dies zu sehen schien den Preis ihm wert
Die ruhige Braue, die schreckliche Jungfrau,
Das Wunder der mitleidlosen Keuschheit –
Ah! Zufrieden war er's, denn seit Trojas jungem Hirtenprinze
Hatte keiner mehr ein so herrlich' Bild gesehn.

Ready for death he stood, but lo! the air
Grew silent, and the horses ceased to neigh,
And off his brow he tossed the clustering hair,
And from bis limbs he threw the cloak away,
For whom would not such love make desperate,
And nigher came, and touched her throat, and with hands violate

Undid the cuirass, and the crocus gown,
And bared the breasts of polished ivory,
Till from the waist the peplos falling down
Left visible the secret mystery
Which to no lover will Athena show,
The grand cool flanks, the crescent thighs, the bossy hills of snow.

Those who have never known a lover's sin
Let them not read my ditty, it will be
To their dull ears so musicless and thin
That they will have no joy of it, but ye
To whose wan cheeks now creeps the lingering smile,
Ye who have learned who Eros is, – O listen yet awhile.

A little space he let his greedy eyes
Rest on the burnished image, till mere sight
Half swooned for surfeit of such luxuries,
And then his lips in hungering delight
Fed on her lips, and round the towered neck
He flung his arms, nor cared at all his passion's will to check.

Never I ween did lover hold such tryst,
For all night long he murmured honeyed word,
And saw her sweet unravished limbs, and kissed
Her pale and argent body undisturbed,
And paddled with the polished throat, and pressed
His hot and beating heart upon her chill and icy breast.

It was as if Numidian javelins
Pierced through and through his wild and whirling brain,
And his nerves thrilled like throbbing violins
In exquisite pulsation, and the pain

Zum Sterben bereit stand er da, doch sieh! Die Luft
Ward still, das Wiehern verstummte,
Und von der Stirn strich er das Haar,
Und von den Gliedern warf er den Umhang,
Denn wen stürzte solche Liebe nicht in Verzweiflung,
Und näher trat er, berührte ihren Hals, und mit fliegenden Händen

Löste er ihren Panzer, das krokusfarbene Kleid,
Und sah die Brüste wie aus poliertem Elfenbein,
Bis auch der Peplos sank von ihren Lenden,
Und sichtbar ward das geheime Mysterium,
Das Athena keinem Buhlen jemals zeigte,
Die mächtigen kühlen Flanken, die runden Schenkel, das schneeweiße Hügelpaar.

Wer nie gekannt der Liebe Sünden
Soll lesen nicht mein Lied, es wird erklingen
In seinen dumpfen Ohren ohne Melodie,
So daß keine Lust ihm d'raus erwächst – doch Ihr,
Auf deren bleiche Wangen nun ein Lächeln tritt,
Ihr, die Ihr wißt, wer Eros ist – o lauscht ein Weilchen noch.

Verweilen ließ er seine gier'gen Augen
Auf diesem gleißend' Bild, bis daß der bloße Anblick
Ihm den Atem nahm ob solcher Schätze.
Wie schnell sein Mund begehrend ihren fand,
Wo er stillte seinen Hunger, und rund um ihren turmgleichen Hals
Schlang er seine Arme und ergab sich seinem Liebeswahn.

Nie wieder hielten zwei Verliebte solche Feste,
Denn die ganze Nacht murmelte er honigsüße Worte
Und sah ihre kostbaren Glieder an und küßte
Ihren silberbleichen Körper ohne Störung,
Und kostete ihren glatten Hals, und drückte
Sein heiß klopfendes Herz an ihre kalte Eisesbrust.

Es war, als ob Numidierspeere
Sein wild verwirrtes Hirn durchbohrten,
Und seine Nerven wie der Violin' klingende Saiten
In exquisitem Klange zu erbeben schienen, und

Was such sweet anguish that he never drew
His lips from hers till overhead the lark of warning flew.

Der Schmerz war von so süßer Art, daß er
Die Lippen nie von den ihren nahm, bis er hoch droben den warnenden Laut der Lärche vernahm.

They who have never seen the daylight peer
Into a darkened room, and drawn the curtain,
And with dull eyes and wearied from some dear
And worshipped body risen, they for certain
Will never know of what I try to sing,
How long the last kiss was, how fond and late his lingering.

Die nie gesehen, wie das Morgenlicht
In einen dunklen Raum dringt, und wer den Vorhang nie
Mit müder Hand geteilt, und mit schläfrigen Augen
Erschöpft von einem geliebten Leib sich erhoben – er
Wird niemals verstehen, wovon ich euch singe,
Wie lang der letzte Kuß dauerte, wie spät er schied.

The moon was girdled with a crystal rim,
The sign which shipmen say is ominous
Of wrath in heaven, the wan stars were dim,
And the low lightening east was tremulous
With the faint fluttering wings of flying dawn,
Ere from the silent sombre shrine this lover had withdrawn.

Der Mond war von einem lichten Reif umschlungen,
Ein Zeichen, das den Seemann unruhig macht,
Das des Himmels Zorn verrät; des Himmels Sterne waren blaß,
Und das niedrige Licht im Osten zitterte
Ob der flatternden Flügel der fliegenden Morgendämmerung,
Da erst verließ der Buhle den traurigen Schrein.

Down the steep rock with hurried feet and fast
Clomb the brave lad, and reached the cave of Pan,
And heard the goat-foot snoring as he passed,
And leapt upon a grassy knoll and ran
Like a young fawn unto an olive wood
Which in a shady valley by the well-built city stood;

Den steilen Fels hinab mit hastigen Füßen
Und schnell erklomm der mutige Mann die Höhle von Pan,
Und hörte den Ziegenfuß schnarchen darin,
Und sprang einen grünen Hügel hinan und rannte
Wie ein junges Reh in einen Olivenhain,
Der im stillen Tal bei einer schmucken Stadt lag.

And sought a little stream, which well he knew,
For oftentimes with boyish careless shout
The green and crested grebe he would pursue,
Or snare in woven net the silver trout,
And down amid the startled reeds he lay
Panting in breathless sweet affright, and waited for the day.

Und suchte einen kleinen Fluß, den er wohl kannte,
Da oftmals mit dem frohen Ruf der Kindheit
Den scheuen Haubentaucher er dort scheuchte
Oder im Netz die silberne Forelle fing,
Und sank ins staunende Riedgras hin,
Keuchend, verschwitzt, und harrte des Tages.

On the green bank he lay, and let one hand
Dip in the cool dark eddies listlessly,
And soon the breath of morning came and fanned
His hot flushed cheeks, or lifted wantonly

Am grünen Ufer lag er nun, und ließ die eine Hand
Im kühlen Naß sich wohl erfrischen,
Und bald kam der Atem des Morgens und fächelte
Seinen heißen Wangen Kühle zu, oder hob keck

The tangled curls from off his forehead, while
He on the running water gazed with strange and secret smile.

And soon the shepherd in rough woollen cloak
With his long crook undid the wattled cotes,
And from the stack a thin blue wreath of smoke
Curled through the air across the ripening oats,
And on the hill the yellow house-dog bayed
As through the crisp and rustling fern the heavy cattle strayed.

And when the light-foot mower went afield
Across the meadows laced with threaded dew,
And the sheep bleated on the misty weald,
And from its nest the waking corncrake flew,
Some woodmen saw him lying by the stream
And marvelled much that any lad so beautiful could seem,

Nor deemed him born of mortals, and one said,
»It is young Hylas, that false runaway
Who with a Naiad now would make his bed
Forgetting Herakles«, but others, »Nay,
It is Narcissus, his own paramour,
Those are the fond and crimson lips no woman can allure.«

And when they nearer came a third one cried,
»It is young Dionysos who has hid
His spear and fawnskin by the river side
Weary of hunting with the Bassarid,
And wise indeed were we away to fly:
They live not long who on the gods immortal come to spy.«

So turned they back, and feared to look behind,
And told the timid swain how they had seen
Amid the reeds some woodland God reclined,
And no man dared to cross the open green,

Seine verklebten Locken von der Stirn, derweilen
Er dem fließenden Wasser zusah mit verzücktem Lächeln.

Bald kam der Schäfer in grobwollenem Umhang
Mit seinem langen Stecken und öffnete die Stalltüren,
Und von dem Schornstein kringelte sich blauer
Rauch durch die Luft und über den reifenden Hafer,
Und auf den Hügeln bellte der gelbe Hofhund,
Als durch den raschelnden Farn das schwere Vieh zog.

Und als der leichtfüßige Schnitter durch die Weiden
Ging, die taubedeckten,
Und Schafe blökten aus den Heckenschatten
Und aus ihrem Nest die wachsame Wachtel flog,
Da wurden einige Holzfäller seiner gewahr
Und staunten ob der göttergleichen Schönheit,

Und glaubten nicht, daß er von Sterblichen geboren sei, und einer sprach,
»Es ist der junge Hylas, der heimlich geflohen,
Und mit der Najade sich das Lager teilt,
Seit treulos er den Herakles verließ«, worauf ein andrer sprach:
»Nein, s' ist Narziß, der Selbstverliebte,
Dies sind die schönen roten Lippen, die keine Frau jemals geküßt.«

Und als sie näher kamen, rief ein Dritter:
»Es ist der junge Dionysos, der seinen
Speer und auch sein Fell am Ufer des Flusses verbarg,
Des Jagens mit den Bassariden müde,
Und klüger ist's, wir machen uns davon:
Denn wer die unsterblichen Götter erblickt, hat selbst nicht lang zu leben!«

So gingen sie, und fürchteten den Blick zurückzulenken,
Und den Hirten auf der Weide erzählten sie, was sie gesehn:
Inmitten des Schilfs ein Waldgott ruhe,
Und keiner wagte es, das offne Grün zu überquern,

And on that day no olive-tree was slain,
Nor rushes cut, but all deserted was the fair
domain,

Save when the neat-herd's lad, his empty pail
Well slung upon his back, with leap and
bound
Raced on the other side, and stopped to hail,
Hoping that he some comrade new had
found,
And got no answer, and then half afraid
Passed on his simple way, or down the still
and silent glade

A little girl ran laughing from the farm,
Not thinking of love's secret mysteries,
And when she saw the white and gleaming
arm
And all his manlihood, with longing eyes
Whose passion mocked her sweet virginity
Watched him awhile, and then stole back
sadly and wearily.

Far off he heard the city's hum and noise,
And now and then the shriller laughter
where
The passionate purity of brown-limbed boys
Wrestled or raced in the clear healthful air,
And now and then a little tinkling bell
As the shorn wether led the sheep down to
the mossy well.

Through the grey willows danced the fretful
gnat,
The grasshopper chirped idly from the tree,
In sleek and oily coat the water-rat
Breasting the little ripples manfully
Made for the wild-duck's nest, from bough
to bough
Hopped the shy finch, and the huge tortoise
crept across the slough.

On the faint wind floated the silky seeds
As the bright scythe swept through the
waving grass,
The ousel-cock splashed circles in the reeds
And flecked with silver whorls the forest's
glass,
Which scarce had caught again its imagery
Ere from its bed the dusky tench leapt at the
dragon-fly.

Und an jenem Tag fiel kein Olivenbaum,
Noch wurde Schilf geschnitten, denn
verlassen lag der schöne Hain,

Bis auf den Hirtenknaben, der mit leerem
Korbe
Auf seinem Rücken eilends sprang
Zur anderen Seite, um dann zu verweilen
Und anzurufen seinen neugefundnen
Kameraden,
Und bekam keine Antwort, und dann halb
bang
Zog weiter seines Wegs, das stille Tal hinab.

Ein kleines Mägdlein lief lachend vom Hof
daher,
Nicht ahnend der Liebe geheime Zeichen,
Und als sie den weißglänzenden Arm erblickte
Und all die Männlichkeit, mit Sehnsucht im
Blick,
Dessen Leidenschaft ihre süße Jungfräulich-
keit verspottete,
Da blieb sie und betrachtete ihn leise und
stahl sich leise dann zurück.

In der Ferne hörte er die Laute der Stadt,
Und hier und da ein schrilleres Gelächter
auch
Von dort, wo fröhlich braungebrannte
Knaben sprangen
Und rangen oder rannten in der klaren Luft,
Und hier und da ein zartes Läuten,
Wenn dem geschornen Hammel die Herde
nachlief zu dem Quell.

Durch die grauen Weiden tanzte die bissige
Mücke,
Der Grashüpfer sang im Baume sein müßiges
Lied,
Im glatten, öligen Mantel die Wasserratte
Gegen die Wellen anschwomm
Auf ihrem Weg zum Nest der wilden Ente,
von Ast zu Ast
Sprang auch der scheue Fink, und die
Sumpfschildkröte kroch durch das Ried.

Im leisen Winde schwammen seidige Samen
Als hell die Sense schnitt durch schwanken-
des Gras,
Die Wasseramseln, die zum Bade kamen,
Zerstörten keck des Ufers Spiegelglas.
Und kaum war wiederhergestellt das Bild,
Als aus des Flusses Bett der trübe Schlei
nach der Libelle fuhr.

But little care had he for any thing
Though up and down the beech the squirrel played,
And from the copse the linnet 'gan to sing
To her brown mate her sweetest serenade;
Ah! little care indeed, for he had seen
The breasts of Pallas and the naked wonder of the Queen.

But when the herdsmen called his straggling goats
With whistling pipe across the rocky road,
And the shard-beetle with its trumpet-notes
Boomed through the darkening woods, and seemed to bode
Of coming storm, and the belated crane
Passed homeward like a shadow, and the dull big drops of rain

Fell on the pattering fig-leaves, up he rose,
And from the gloomy forest went his way
Past sombre homestead and wet orchard-close,
And came at last unto a little quay,
And called his mates aboard, and took his seat
On the high poop, and pushed from land, and loosed the dripping sheet,

And steered across the bay, and when nine suns
Passed down the long and laddered way of gold,
And nine pale moons had breathed their orisons
To the chaste stars their confessors, or told
Their dearest secret to the downy moth
That will not fly at noonday, through the foam and surging froth

Came a great owl with yellow sulphurous eyes
And lit upon the ship, whose timbers creaked
As though the lading of three argosies
Were in the hold, and flapped its wings and shrieked,
And darkness straightway stole across the deep,
Sheathed was Orion's sword, dread Mars himself fled down the steep,

And the moon hid behind a tawny mask
Of drifting cloud, and from the ocean's marge
Rose the red plume, the huge and hornèd casque,

Doch wenig kümmerte ihn all dies,
Obschon das Eichhorn durch die Buchen lief,
Und von dem Busch der Hänfling sein Lied anstimmte
Und seinem braunen Liebchen die süßeste Serenade sang;
Ach! Wenig kümmerte es ihn, der Pallas schöne weiße Brust
Und das nackte Wunder der Königin gesehen.

Doch als der Hirte rief nach seinen strupp'gen Ziegen
Mit Flötenklang über den fels'gen Pfad
Und des Nashornkäfers Flügelschlag
Durch die dunkelnden Wälder klang, und von
Nahendem Sturm zu künden schien, und der verspätete Kranich
Dem Nest zueilte wie ein Schatten, und dicke Regentropfen

Klatschend auf die Feigenblätter fielen, da erhob er sich
Und verließ den dunklen Forst
Vorbei an Obstgärten und Höfen,
Bis er zuletzt zum Hafen kam,
Und rief die Kameraden an Bord, und nahm seinen Platz ein
Und stieß vom Lande ab und löste das tropfende Segel,

Und steuerte aus der Bucht hinaus, und als neun Sonnen
Den langen güldnen Pfad durchschritten
Und neun bleiche Monde den keuschen Sternen ihr Gebet gesprochen
Oder ihr liebstes Geheimnis mit dem flaumigen Nachtfalter geteilt,
Der nie am Tage fliegt, durch Schaum und Wellenmeer

Kam die große Eule mit gelbschwefligen Augen
Und stieß aufs Schiff hinab, dessen Planken ächzten,
Als ob durch Wogenbraus und Sturmgeheule
Es dreimal die eigene Ladung zog, und flatterte und schrie
Und Dunkelheit sogleich aus allen Tiefen schlich,
Verhüllt war Orions Schwert, selbst Mars floh,

Und der Mond versteckte sich hinter einer rauchigen Maske
Dahineilender Wolken, und von des Meeres Rand
Hob sich die rote Feder, der riesige eherne Schild,

The seven-cubit spear, the brazen targe!
And clad in bright and burnished panoply
Athena strode across the stretch of sick and shivering sea!

To the dull sailers' sight her loosened locks
Seemed like the jagged storm-rack, and her feet
Only the spume that floats on hidden rocks,
And, marking how the rising waters beat
Against the rolling ship, the pilot cried
To the young helmsman at the stern to luff to windward side.

But he, the overbold adulterer,
A dear profaner of great mysteries,
An ardent amorous idolater,
When he beheld those grand relentless eyes
Laughed loud for joy, and crying out »I come«
Leapt from the lofty poop into the chill and churning foam.

Then fell from the high heaven one bright star,
One dancer left the circling galaxy,
And back to Athens on her clattering car
In all the pride of venged divinity
Pale Pallas swept with shrill and steely clank,
And a few gurgling bubbles rose where her boy lover sank.

And the mast shuddered as the gaunt owl flew
With mocking boots after the wrathful Queen,
And the old pilot bade the trembling crew
Hoist the big sail, and told how he had seen
Close to the stern a dim and giant form,
And like a dipping swallow the stout ship dashed through the storm.

And no man dared to speak of Charmides
Deeming that he some evil thing had wrought,
And when they reached the strait Symplegades
They beached their galley on the shore, and sought
The toll-gate of the city hastily,
And in the market showed their brown and pictured pottery.

Der siebenköpfige Speer! Und in leuchtender, polierter Rüstung
Athena übers Wasser zog, das schaudernd erbebte.

Den stumpfen Seemannsaugen schienen ihre losen Locken
Wie Sturmgewölk, und ihre Füße
Wie des Strudelschaums weiße Flocken,
Und als sie erkannten, daß die steigenden Wasser
Gegen das rollende Schiff schlugen, rief dem Steuermann am Bug
Der alte Führer zu, luvwärts zu drehen.

Doch er, der allzu kühne Gottentweiher,
Ein Schänder großer Mysterien,
Der Angebeteten ruchloser Freier,
Als er nun sah die großen gnadenlosen Augen,
Da lachte er laut und voller Freude, und rief sogleich »Ich komme«,
Sprang von dem hohen Deck hinein in kalten, wirbelnden Schaum.

Dann fiel vom Himmel ein heller Stern,
Ein Tänzer verließ die kreisende Galaxie,
Und zurück gen Athen jagte die bleiche Gottheit
Pallas mit schrillem stählernen Klang,
Mit dem Stolz der göttlichen Rache,
Und nur ein paar gurgelnde Blasen verrieten noch, wo der liebende Jüngling versunken war.

Und der Mast erbebte, als die Eule entschwand
Mit Spottgelächter, der Rachekönigin folgend,
Und der alte Führer befahl der zitternden Mannschaft,
Das Focksegel zu hissen, und sprach davon,
Wie er nah am Heck eine riesige Schreckensform gesehen
Und wie eine stürzende Schwalbe jagte das feste Schiff durch den Sturm.

Und kein Mann wagte es je, von Charmides zu sprechen,
Da man ihn eines Verbrechens für schuldig hielt,
Und als sie die Straße der Symplegaden erreichten
Landeten sie und gingen an Land, eilten schnell in die Stadt hinauf
Und boten auf dem Markte ihre braun verzierten Töpfereien zum Kauf.

2

But some good Triton-god had ruth, and bare
The boy's drowned body back to Grecian land,
And mermaids combed his dank and dripping hair
And smoothed his brow, and loosed his clenching hand,
Some brought sweet spices from far Araby,
And others bade the halcyon sing her softest lullaby.

And when he neared his old Athenian home,
A mighty billow rose up suddenly
Upon whose oily back the clotted foam
Lay diapered in some strange fantasy,
And clasping him unto its glassy breast
Swept landward, like a white-maned steed upon a venturous quest!

Now where Colonos leans unto the sea
There lies a long and level stretch of lawn;
The rabbit knows it, and the mountain bee
For it deserts Hymettus, and the Faun
Is not afraid, for never through the day
Comes a cry ruder than the shout of shepherd lads at play.

But often from the thorny labyrinth
And tangled branches of the circling wood
The stealthy hunter sees young Hyacinth
Hurling the polished disk, and draws his hood
Over his guilty gaze, and creeps away,
Nor dares to wind his horn, or – else at the first break of day

The Dryads come and throw the leathern ball
Along the reedy shore, and circumvent
Some goat-eared Pan to be their seneschal
For fear of bold Poseidon's ravishment,
And loose their girdles, with shy timorous eyes,
Lest from the surf his azure arms and purple beard should rise.

On this side and on that a rocky cave,
Hung with the yellow-belled laburnum, stands;
Smooth is the beach, save where some ebbing wave

2

Doch ein gutherziger Tritongott empfand Erbarmen,
Und trug den ertrunkenen Leichnam heim nach Griechenland,
Meerjungfern kämmten sein naßtropfendes Haar
Und glätteten seine Brauen, und lösten seine starre Hand,
Auch holten sie süße Spezereien aus dem fernen Arabien,
Und andere brachten das sanfteste Schlaflied dar.

Und als er dem alten Heim in Athen näher kam,
Erhob sich plötzlich eine mächt'ge Woge,
Auf deren öl'gem Rücken der Klumpenschaum
Ein wirr-phantastisches Muster spann,
Und an die glasige Brust ihn pressend,
Hob sie ihn zärtlich an Land, ganz wie ein weißmähniges Roß, das schnaubend jagt zu grünem Weideland.

Dort, wo Kolonos sich der See zuneigt,
Liegt ein langer Graszug;
Der Hase kennt es, auch die Bergbiene
Ob des Hymettos, und der scheue Faun
Fürchtet sich nicht, denn niemals ertönt hier ein Schrei
Nur der Hirtenknaben Spiel und Sang.

Doch oft durch dorn'ges Labyrinth
Und wirre Äste des Gehölzes
Erblickt der wachsame Jäger den jungen Hyazinth,
Wie er die glatte Scheibe wirft, und zieht
Die Kappe über den schuldigen Blick und stiehlt sich davon,
Wagt nicht, sein Horn zu blasen, vor der Tag anbricht.

Dryaden kommen, den Lederball zu werfen
Entlang der schilfumrandeten Bucht,
Ein Pan mit den Ohren eines Bocks ihr Seneschall
Aus Furcht vor Poseidons Überfall,
Und lösen ihre Gürtel mit scheuen Augen
Auf daß sein azurner Arm und purpurner Bart nicht aus dem Meer auftauche.

Auf beiden Seiten eine fels'ge Höhle
Mit gelbglockigem Goldregen steht;
Glatt ist der Strand, bis auf das Ebben einer Welle,

Leaves its faint outline etched upon the sands,
As though it feared to be too soon forgot
By the green rush, its playfellow, – and yet, it is a spot

So small, that the inconstant butterfly
Could steal the hoarded money from each flower
Ere it was noon, and still not satisfy
Its over-greedy love, – within an hour
A sailor boy, were he but rude enow
To land and pluck a garland for his galley's painted prow,

Would almost leave the little meadow bare,
For it knows nothing of great pageantry,
Only a few narcissi here and there
Stand separate in sweet austerity,
Dotting the un-mown grass with silver stars,
And here and there a daffodil waves tiny scimitars.

Hither the billow brought him, and was glad
Of such dear servitude, and where the land
Was virgin of all waters laid the lad
Upon the golden margent of the strand,
And like a lingering lover oft returned
To kiss those pallid limbs which once with intense fire burned,

Ere the wet seas had quenched that holocaust,
That self-fed flame, that passionate lustihead,
Ere grisly death with chill and nipping frost
Had withered up those lilies white and red
Which, while the boy would through the forest range,
Answered each other in a sweet antiphonal counter-change.

And when at dawn the wood-nymphs, hand-in-hand,
Threaded the bosky dell, their satyr spied
The boy's pale body stretched upon the sand,
And feared Poseidon's treachery, and cried,
And like bright sunbeams flitting through a glade
Each startled Dryad sought some safe and leafy ambuscade,

Save one white girl, who deemed it would not be
So dread a thing to feel a sea-god's arms

Die schwache Spuren im Sand hinterläßt,
Als fürchte sie, es möge sie zu schnell vergessen,
Ihr Spielgesell, der grüne Schilf – und doch ist es ein Ort

So klein, daß der unstete Schmetterling
Die Schätze jeder Blume stehlen könnt'
Bevor es Mittag wäre, und seine gierige Lust
Doch nicht stillte – in einer Stund'
Ein Schifferknab, wär er nur dreist genug,
Könnt dort sich pflücken einen Kranz für seines Schiffes Bug,

Würd fast nackt das kleine Feld zurücklassen,
Denn es weiß nichts von greller Eitelkeit,
Nur wenige Narzissen hier und dort
Stehen da in süßer Schlichtheit,
Besprenkeln das ungeschnittne Gras mit Silbersternen,
Und hier und da winkt eine Osterglocke mit zarten Blütenblättern.

Hierher trug ihn die Woge, und erfreute sich
Solch lieber Dienstbarkeit, und wo das Land
Von jedem Wasser frei war, lag der Jüngling
Am Goldrand des Strandes
Und wie ein Liebhaber, der stets wieder-kehrt,
Um diese kühlen Glieder zu küssen, die einst in Flammen zu stehen schienen,

Einst, ehe das Meer die Glut erstickte,
Die Flamme die sich selber nährte, die ganze Leidenschaft,
Hier hatte der grausame Tod mit beißendem Frost welken lassen
Die Lilien, die so weiß und rot mit Leben erfüllt einander fröhlich zugetan,
Wenn der Knabe durch die Wälder sprang.

Und als im Frühlicht Hand in Hand,
Die Waldnymphen sich hier verlustierten,
Sah ihr Satyr schon bald den Jüngling bleich im Sande liegen,
Und fürchtete Poseidons Verrat und schrie,
Und wie helle Sonnenstrahlen, die ein Tal durchstreifen,
Suchte die Dryadenschar sogleich ein sicheres Blattversteck,

Bis auf ein weißes Mägdelein, das dachte, es sei eine so schlechte Sache nicht,
Die Arme eines Meeresgotts zu spüren,

Crushing her breasts in amorous tyranny,
And longed to listen to those subtle charms
Insidious lovers weave when they would win
Some fencèd fortress, and stole back again, nor thought it sin

To yield her tremure unto one so fair,
And lay beside him, thirsty with love's drouth,
Called him soft names, played with his tangled hair,
And with hot lips made havoc of his mouth
Afraid he might not wake, and then afraid
Lest he might wake too soon, fled back, and then, fond renegade,

Returned to fresh assault, and all day long
Sat at his side, and laughed at her new toy,
And held his hand, and sang her sweetest song,
Then frowned to see how froward was the boy
Who would not with her maidenhood entwine,
Nor knew that three days since his eyes had looked on Proserpine,

Nor knew what sacrilege his lips had done,
But said, »He will awake, I know him well,
He will awake at evening when the sun
Hangs his red shield on Corinth's citadel;
This sleep is but a cruel treachery
To make me love him more, and in some cavern of the sea

Deeper than ever falls the fisher's line
Already a huge Triton blows his horn,
And weaves a garland from the crystalline
And drifting ocean-tendrils to adorn
The emerald pillars of our bridal bed,
For sphered in foaming silver, and with coral-crownèd head,

We two will sit upon a throne of pearl,
And a blue wave will be our canopy,

Der ihre Brust in verliebter Tyrannei zerdrückte,
Und sehnte sich danach, das Liebesgeflüster zu erlauschen,
Das Liebende anwenden, um eine bewehrte Festung
Zu gewinnen, und kehrte um; auch sah sie es nicht als Sünde an?

Sich hinzugeben einem Mann von solcher Schönheit,
Und schmiegte sich neben ihn, und durstig vor Liebe
Schmeichelte sie ihm mit Kosenamen, spielte mit seinem Haar,
Und mit ihren zarten Lippen seinen Mund sie küßte
Voll Angst, er möge nicht erwachen, und dann voll Angst auch
Er erwache wohl zu bald; floh gleich, gleich kam sie wieder

Zu neuem Angriff und blieb dann den ganzen Tag
An seiner Seite sitzen, hielt lachend seine Hand,
Sang ihre schönsten Lieder und zürnte dann,
Da mit der zarten Jungfer er sich nicht zu mählen trachtete,
Wußte sie doch nicht, daß vor drei Tagen nur
Seine Augen Prosperina geschaut.

Noch wußte sie, welch Sakrileg diese Lippen verbrochen,
Doch sprach sie: »Er wird erwachen, ich kenne ihn gut,
Er wird erwachen, wenn die Sonne am Abend ihren roten Schild
An Korinths Zitadelle aufhängt;
Dieser Schlaf ist nichts als ein grausames Spiel,
Um meine Liebe noch zu stärken, und in einer Höhle des Meeres

Tiefer noch, als je des Fischers Angel reicht,
Bläst bereits ein riesiger Triton sein Horn
Und windet kristallene Girlanden
Aus Meerestang, und diesen Schmuck verleiht
Den smaragdenen Säulen unseres Brautbetts er,
Denn von Silberschaum umgeben und mit korallenen Kronen bestückt,

Werden wir auf einem Perlenthrone sitzen,
Und eine blaue Welle wird unser Baldachin,

And at our feet the water-snakes will curl
In all their amethystine panoply
Of diamonded mail, and we will mark
The mullets swimming by the mast of some storm-foundered bark,

Und zu unseren Füßen ringeln sich die Wasserschlangen
In Ergebung mit ihrem Amethystenschein,
Und wir sehen dicke Barben schwimmen um sturmgebeutelte Wracks,

Vermillion-finned with eyes of bossy gold
Like flakes of crimson light, and the great deep

Mit güldenen Flossen und rotgoldenen Augen,
Wie purpurne Lichtschuppen, und die große Tiefe

His glassy-portaled chamber will unfold,
And we will see the painted dolphins sleep
Cradled by murmuring halcyons on the rocks
Where Proteus in quaint suit of green pastures his monstrous flocks.

Wird ihre Glastore öffnen zur großen Kammer hin,
Und wir werden die bemalten Delphine im Schlaf betrachten,
Wo Proteus in seltsam grüner Tracht
Auf felsiger Trifft seine Ungeheuerschar bewacht.

And tremulous opal-hued anemones
Will wave their purple fringes where we tread
Upon the mirrored floor, and argosies
Of fishes flecked with tawny scales will thread
The drifting cordage of the shattered wreck,
And honey-coloured amber beads our twining limbs will deck.«

Und Anemonen in opalnem Glanze
Verneigen ihre violetten Häupter dann vor uns,
Wenn wir einherschreiten auf dem Spiegelboden,
Und goldgeschuppte Fische erforschen,
Das driftende Takelwerk des zerschmetterten Wracks,
Und honigfarbener Bernstein wird unsere verschlungenen Glieder schmücken.«

But when that baffled Lord of War the Sun
With gaudy pennon flying passed away
Into his brazen House, and one by one
The little yellow stars began to stray
Across the field of heaven, ah! then indeed
She feared his lips upon her lips would never care to feed,

Doch als der Sonnengott mit fliegenden Fahnen
In seinem goldenen Palast verschwand
Und kleine gelbe Sterne übers Firmament zu wandern
Begannen – Ach! Da endlich fürchtete sie,
Seine Lippen würden nie die ihren nähren,

And cried, »Awake, already the pale moon
Washes the trees with silver, and the wave
Creeps grey and chilly up this sandy dune,
The croaking frogs are out, and from the cave
The night-jar shrieks, the fluttering bats repass,
And the brown stoat with hollow flanks creeps through the dusky grass.

Und rief »Erwache, denn der bleiche Mond
Badet schon die Bäume in Silberglanz, und die Welle
kriecht grau und kalt unsere Düne hinan,
Die quakenden Frösche tummeln sich, und aus der Höhle
Schreit der Ziegenmelker, fliehn die flatternden Fledermäuse,
Und durch das feuchte Gras schleicht schon das braune Wiesel mit den schlanken Flanken.

Nay, though thou art a God, be not so coy,
For in yon stream there is a little reed
That often whispers how a lovely boy
Lay with her once upon a grassy mead,
Who when his cruel pleasure he had done
Spread wings of rustling gold and soared aloft into the sun.

Nein, bist du auch ein Gott, sei nicht so scheu,
Am Bach dort jene Binse flüstert oft, von einem
Schönen Knaben, der im Wiesengras bei ihr gelegen,
Und als er seine grausame Lust genossen hatte,
Goldene Flügel ihm sprossen, und er flog in die Sonne,

Be not so coy, the laurel trembles still
With great Apollo's kisses, and the fir
Whose clustering sisters fringe the sea-ward hill
Hath many a tale of that bold ravisher
Whom men call Boreas, and I have seen
The mocking eyes of Hermes through the poplar's silvery sheen.

Even the jealous Naiads call me fair,
And every morn a young and ruddy swain
Woos me with apples and with locks of hair,
And seeks to soothe my virginal disdain
By all the gifts the gentle wood-nymphs love;
But yesterday he brought to me an iris-plumaged dove

With little crimson feet, which with its store
Of seven spotted eggs the cruel lad
Had stolen from the lofty sycamore
At daybreak, when her amorous comrade had
Flown off in search of berried juniper
Which most they love; the fretful wasp, that earliest vintager

Of the blue grapes, hath not persistency
So constant as this simple shepherd-boy
For my poor lips, his joyous purity
And laughing sunny eyes might well decoy
A Dryad from her oath to Artemis;
For very beautiful is he, his mouth was made to kiss,

His argent forehead, like a rising moon
Over the dusky hills of meeting brows,
Is crescent shaped, the hot and Tyrian noon
Leads from the myrtle-grove no goodlier spouse
For Cytheræa, the first silky down
Fringes his blushing checks, and his young limbs are strong and brown:

And he is rich, and fat and fleecy herds
Of bleating sheep upon his meadows lie,
And many an earthen bowl of yellow curds

Sei nicht so scheu, der Lorbeer zittert noch
Von Apollos Küssen, und die Föhren-Schwestern dort,
Die jenen Hügel zum Meer hin säumen,
Wissen so manche Mär von kühnen Räuber Boreas,
Und ich sah selbst die spött'schen Augen Hermes'
Durch der Pappel silbrigen Schimmer.

Und selbst die eifersüchtigen Najaden nennen mich schön,
Und jeden Morgen kommt ein junger, rotwangiger Hirt,
Mit Äpfeln und Locken seines Haares mich zu umgarnen,
Und trachtet meine jungfräuliche Scheu
Mit all den Gaben zu becircen, die sanfte Waldnymphen erfreun;
Erst gestern brachte er mir dar eine iris-fedrige Taube,

Mit kleinen scharlachroten Füßen, die der grausame Junge mitsamt
Ihren sieben gefleckten Eiern bei Tages-anbruch aus hohem Ahornbaum
Gestohlen hatte, als das Männchen Wacholderbeeren sammeln war,
Die sie wohl am meisten lieben; die unruhige Wespe, die frühste Winzerin

Der blauen Traube hat nicht die Beharrlich-keit, mit der jener
Einfache Hirtenknabe mich umwirbt,
Um meiner Lippen kleine Gabe;
Gewiß, dem Fieber seiner Blicke stirbt
Wohl leicht Dryadenpflicht und Widerstand
Denn er ist schön, die Augen voller Sonnen-licht,
Die Lippen zum Kusse wie geschaffen,

Seine silberne Stirn wie ein steigender Mond
Über den nebligen Hügeln der schmelzenden Brauen
Ist halbkreisförmig; der heiße tyrische Nachmittag
Führt von dem Myrtenhain kein göttlicheres Geschöpf
Für Kythereia; der silberne Daun
Umrahmt seine Wangen, und seine jungen Glieder sind stark und braun:

Und er ist reich, fett und flauschig seine Herde
Blökender Schafe, die in den Weiden grast,
Und manch irdene Schale voller Rahm,

Is in his homestead for the thievish fly
To swim and drown in, the pink clover mead
Keeps its sweet store for him, and he can
pipe on oaten reed.

And yet I love him not; it was for thee
I kept my love; I knew that thou would'st
come
To rid me of this pallid chastity;
Thou fairest flower of the flowerless foam
Of all the wide Ægean, brightest star
Of ocean's azure heavens where the
mirrored planets are!

I knew that thou would'st come, for when at
first
The dry wood burgeoned, and the sap of
Spring
Swelled in my green and tender bark or burst
To myriad multitudinous blossoming
Which mocked the midnight with its mimic
moons
That did not dread the dawn, and first the
thrushes' rapturous tunes

Startled the squirrel from its granary,
And cuckoo flowers fringed the narrow lane,
Through my young leaves a sensuous
ecstasy
Crept like new wine, and every mossy vein
Throbbed with the fitful pulse of amorous
blood,
And the wild winds of passion shook my
slim stern's maidenhood.

The trooping fawns at evening came and laid
Their cool black noses on my lowest boughs,
And on my topmost branch the blackbird
made
A little nest of grasses for his spouse,
And now and then a twittering wren would
light
On a thin twig which hardly bare the weight
of such delight.

I was the Attic shepherd's trysting place,
Beneath my shadow Amaryllis lay,

Der diebischen Fliege Tod, hat er im Haus,
Die rosenfarbene Kleewiese birgt süße
Schätze für ihn,
Und auf der Hirtenflöte spielt er schöne
Melodien.

Und doch – ihn lieb ich nicht; für dich
bewahrte ich mich ja;
Ich wußte, daß du kommen würdest,
Mich von der bleichen Keuschheit zu
befreien;
Du schönste Blüte des blumenlosen Schaums
Der ganzen Ägäis, hellster Stern der azurnen
Himmel
Aller Ozeane, wo die Spiegelplaneten sind!

Ich wußte, daß du kommen würdest, denn
als der dürre Wald
Vom ersten Knospen schwoll, und der Saft
des Frühlings
Meine grüne zarte Schale durchdrang oder in
tausend Blüten
Sich verschwendete, die mit ihren Schein-
monden die Nacht
Verspotteten, die das Morgengrauen nicht
scheuten, und die
Entzückten Gesänge der ersten Drosseln

Schreckten das Eichhorn in seinem Kornla-
ger auf,
Und Kuckucksblumen umrahmten den
schmalen Pfad,
Da kroch durch meine jungen Blätter eine
sinnliche Ekstase,
Wie neuer Wein, und jede moosige Ader
pulsierte mit dem
Unsteten Takt verliebten Bluts,
Und die wilden Winde der Leidenschaft
ließen den zarten Stiel meiner Mädchen-
schaft erbeben.

Gegen Abend kam ein Rudel Rehe, und sie
legten
Ihre kühlen braunen Nasen an meine tiefsten
Äste,
Und auf meinem höchsten Ast baute die
Amsel ein
Zartes Nest für ihren Bräutigam,
Und manchmal landet auch ein Goldhähn-
chen
Auf einem zarten Zweig, der jenes süße
Gewicht kaum halten kann.

Ich war der attischen Hirten Ruheplatz,
In meinem Schatten Amaryllis schlief,

And round my trunk would laughing Daphnis chase
The timorous girl, till tired out with play
She felt his hot breath stir her tangled hair,
And turned, and looked, and fled no more from such delightful snare.

Und um meinen Stamm rannte lachend Daphne,
Das stürmische Mädchen, bis sie vom Spiel erschöpft
Seinen heißen Atem auf ihrem wirren Haar spürte,
Und sich umwendete, und sich umsah, und nicht mehr floh vor ihm.

Then come away into my ambuscade
Where clustering woodbine weaves a canopy
For amorous pleasaunce, and the rustling shade
Of Paphian myrtles seems to sanctify
The dearest rites of love, there in the cool
And green recesses of its farthest depth there is a pool,

So komm mit mir in mein Waldversteck
Wo Geißblatt einen Baldachin uns flicht
Für unser Liebesspiel, und wo der rauschende Schatten
Paphischer Myrten uns verspricht
Die süßen Riten der Liebe, dort in der kühlen,
Grünen Auen Tiefe liegt ein Teich,

The ouzel's haunt, the wild bee's pasturage,
For round its rim great ereamy lilies float
Through their flat leaves in verdant anchorage
Each cup a white-sailed golden-laden boat
Steered by a dragon-fly, – be not afraid
To leave this wan and wave-kissed shore, surely the place was made

Der Amsel Badeplatz, der wilden Biene Weide,
Denn ringsumher da treiben Wasserlilien
Durch ihre flachen Blätter wohl verankert,
Ein jeder Kelch ein goldbeladnes Boot mit weißen Segeln,
Und Libellen steuern sie – fürchte dich nicht!
Dies wellengeküßte Ufer zu verlassen, denn dieser Ort ward nur geschaffen

For lovers such as we: the Cyprian Queen,
One arm around her boyish paramour,
Strays often there at eve, and I have seen
The moon strip off her misty vestiture
For young Endymion's eyes, be not afraid,
The panther feet of Dian never tread that secret glade.

Für Liebende wie dich und mich: die Königin Kypris,
Einen Arm geschlungen um ihren jungen Liebsten,
Geht abends oft hier ihrer träumerischen Wege, und ich sah auch
Den Mond hier ihre Schleier teilen
Für Endymions Augen, fürchte dich nicht,
Das Pantherauge Dianens hat nie auf jenem Ort geruht.

Nay if thou wil'st, back to the beating brine,
Back to the boisterous billow let us go,
And walk all day beneath the hyaline
Huge vault of Neptune's watery portico,
And watch the purple monsters of the deep
Sport in ungainly play, and from bis lair keen Xiphias leap.

Doch wenn du willst – zurück in wilde Wogen,
Zurück ins mörderische Meer laß uns entfliehn,
Und tagelang unter dem Spiegel, dem kristallnen Bogen
Neptuns feuchten Reichs wolln wir
Die purpurnen Ungeheuer der Tiefe betrachten
Bei ihrem ungestümen Spiel, bis Xiphias kühn von seinem Lager springt.

For if my mistress find me lying here
She will not ruth or gentle pity show,
But lay her boar-spear down, and with austere
Relentless fingers string the cornel bow,

Denn fänd' mich meine Herrin hier
Sie zeigte kein Erbarmen mir,
Den Speer würd' sie zu Boden werfen, und mit
Strengen, unbarmherzigen Fingern spannte sie den Bogen

And draw the feathered notch against her breast,
And loose the archèd cord, ay, even now upon the quest

I hear her hurrying feet, – awake, awake,
Thou laggard in love's battle! once at least
Let me drink deep of passion's wine, and slake
My parchèd being with the nectarous feast
Which even Gods affect! O come, Love, come,
Still we have time to reach the cavern of thine azure home.«

Scarce had she spoken when the shuddering trees
Shook, and the leaves divided, and the air
Grew conscious of a God, and the grey seas
Crawled backward, and a long and dismal blare
Blew from some tasselled horn, a sleuth-hound bayed,
And like a flame a barbèd reed flew whizzing down the glade.

And where the little flowers of her breast
Just brake into their milky blossoming,
This murderous paramour, this unbidden guest,
Pierced and struck deep in horrid chambering,
And ploughed a bloody furrow with its dart,
And dug a long red road, and cleft with wingèd death her heart.

Sobbing her life out with a bitter cry
On the boy's body fell the Dryad maid,
Sobbing for incomplete virginity,
And raptures unenjoyed, and pleasures dead,
And all the pain of things unsatisfied,
And the bright drops of crimson youth crept down her throbbing side.

Ah! pitiful it was to hear her moan,
And very pitiful to see her die
Ere she had yielded up her sweets, or known
The joy of passion, that dread mystery

Und zög' den Federpfeil an ihre Brust,
Und löste die gespannte Schnur, Oh!, schon höre ich

Ihren schnellen Schritt – erwach! Erwache doch!
Der du so träg im Liebeskampf! Nur einmal
Laß mich trinken den Wein der Leidenschaft, und mein
Verwirktes Sein an deinem Nektar laben
Der selbst die Götter entzückt! O komm doch, Liebster, komm,
Noch bleibt uns Zeit, den Schutz deiner azurnen Heimat aufzusuchen!«

Sie hatte kaum gesprochen, als schon die bebenden Bäume
Vor Grauen mehr erzitterten noch, die Blätter teilten sich,
Die Luft ward gewahr eines größeren Gotts, das graue Meer
Suchte sich schnell zurückzuziehen, und ein langer, grausiger Stoß
Erscholl aus einem schmucken Horn, ein Bluthund gellte,
Und wie die Flamme schoß ein Pfeil zum Strande hin.

Und wo die zarten Blüten ihrer Brust
Milchweiß erblühten, drang er grausam ein,
Der mörderische Geliebte, der ungebetne Gast,
Durchstach und traf tief in ihr Herz hinein,
Und mit der Spitze grub sich eine blut'ge Furche
Und eine lange rote Straße brachte ihr den frühen Tod.

Mit einem bitt'ren Schrei haucht' sie ihr Leben aus,
Fiel auf den Leib des Jünglings die Dryadenmaid
Weinte ob ihrer Jungfernschaft,
Ob all der Freuden, die ihr nie beschieden,
Und ob des Schmerzes ungekannter Lust,
Und scharlachrote Tropfen heller Jugend flossen an ihrem Leib hinab.

Ah! Grausam war's, ihr zuzuhören,
Und grausam auch, ihr Leben entfliehen zu sehn
Eh sie auch nur ein einz'ges Mal der Liebe ganze Freude zu verspüren,
Dem Glück der Wollust hinzugeben sich ein Weg ihr aufgetan,

Which not to know is not to live at all,
And yet to know is to be held in death's
most deadly thrall.

But as it hapt the Queen of Cythere,
Who with Adonis all night long had lain
Within some shepherd's hut in Arcady,
On team of silver doves and gilded wain
Was journeying Paphos-ward, high up afar
From mortal ken between the mountains and
the morning star,

And when low down she spied the hapless
pair,
And heard the Oread's faint despairing cry,
Whose cadence seemed to play upon the air
As though it were a viol, hastily
She bade her pigeons fold each straining
plume,
And dropt to earth, and reached the strand,
and saw their dolorous doom.

For as gardener turning back his head
To catch the last notes of the linnet, mows
With careless scythe too near some flower
bed,
And cuts the thorny pillar of the rose,
And with the flower's loosened loveliness
Strews the brown mould, or as some
shepherd lad in wantonness

Driving his little flock along the mead
Treads down two daffodils which side by
side
Have lured the lady-bird with yellow brede
And made the gaudy moth forget its pride,
Treads down their brimming golden chalices
Under light feet which were not made for
such rude ravages,

Or as a schoolboy tired of his book
Flings himself down upon the reedy grass
And plucks two water-lilies from the brook,
And for a time forgets the hour glass,
Then wearies of their sweets, and goes his
way,
And lets the hot sun kill them, even so these
lovers lay.

And Venus cried, »It is dread Artemis
Whose bitter hand hath wrought this cruelty,

Und eh sie kannte diese süße Qual, die nicht
zu kennen – nicht zu leben heißt,
Und doch: Sie kennen, öffnet alle Tore dem
Tod.

Da kam es, daß Königin Kythereia
Nach einer Nacht an Adonis' Seite
In einer Schäferhütte in Arkadien
Heim nach Paphos eilte,
Von Silbertauben ward ihr goldner Wagen
hingezogen
Fern der Blicke der Sterblichen zwischen
Bergen und Morgenstern,

Und als sie sah tief drunten das unglückselige
Paar,
Und hörte den verzweifelten Oreadenschrei,
Der durch die Lüfte drang wie Geigenklang,
befahl sie eilends
Ihren Tauben, die Flügel nun zu falten,
Und schwebte zur Erde, und landete am
Strand, und sah das schmerzliche Bild.

Denn wie der Gärtner den Kopf noch dreht,
Um des Hänflings letzten Ton zu erhaschen,
Und achtlos die Sense schwingt, zu nah an
einem Blumenbeet,
Und also den Dornenstiel der Rose fällt,
Und die geköpfte Schönheit der Blume
Auf braunem Grund ihr Ende findet, oder
wie der Schäferknabe in Liederlichkeit

Seine Herde über die Wiese treibt
Und zwei Osterglocken niedertritt, die Seit'
an Seit'
Den Marienkäfer mit ihrer goldnen Pracht
gelockt
Und den Falter seines Hochmuts beraubt,
Leichten Fußes zertritt er die strahlenden
Kelche,
Die nicht geschaffen für so grobe Tat,

Oder der Schulbub, müde seines Buchs,
Der munter jagt durch Schilf und Gras
Und zwei Wasserlilien aus dem Bächlein reißt,
Und nun das Stundenglas vergißt,
Dann ihrer Süße überdrüssig seines Weges
geht,
Und sie der Sonne Glut anheimfallen läßt, so
lagen die Liebenden dort.

Und Venus rief: »Es ist die grausame Artemis,
Deren bitt're Hand dieses Verbrechen
beging,

Or else that mightier may whose care it is
To guard her strong and stainless majesty
Upon the hill Athenian, – alas!
That they who loved so well unloved into
Death's house should pass.«

So with soft hands she laid the boy and girl
In the great golden waggon tenderly,
Her white throat whiter than a moony pearl
Just threaded with a blue vein's tapestry
Had not yet ceased to throb, and still her breast
Swayed like a wind-stirred lily in ambiguos unrest.

And then each pigeon spread its milky van,
The bright car soared into the dawning sky,
And like a cloud the aerial caravan
Passed over the Ægean silently,
Till the faint air was troubled with the song
From the wan mouths that call on bleeding Thammuz all night long.

But when the doves had reached their wonted goal
Where the wide stair of orbèd marble dips
Its snows into the sea, her fluttering soul
Just shook the trembling petals of her lips
And passed into the void, and Venus knew
That one fair maid the less would walk amid her retinue,

And bade her servants carve a cedar chest
With all the wonder of this history,
Within whose scented womb their limbs should rest
Where olive-trees make tender the blue sky
On the low hills of Paphos, and the faun
Pipes in the noonday, and the nightingale sings on till dawn.

Nor failed they to obey her hest, and ere
The morning bee had stung the daffodil
With tiny fretful spear, or from its lair
The waking stag had leapt across the rill
And roused the ouzel, or the lizard crept
Athwart the sunny rock, beneath the grass their bodies slept.

Vielleicht auch eine stärk're noch, die im Groll
Unnahbar majestät'scher Spröde
Die Tugend wahrt am Hügel von Athen, – doch: Ach!
Daß sie, der Liebe voll, so ungeliebt des Todes Haus betreten mußten!«

Mit sachter Hand legt sie nun Knab und Mädchen
In ihren goldnen Wagen voller Zärtlichkeit,
Ihr weißer Hals ist weißer noch als Mondesperlen,
Die zarte blaue Ader dort
Hat noch nicht aufgehört zu schlagen, und ihre Brust
Wogt wie die windbewegte Lilie in Unruhe immer noch.

Und dann hob jede Taube ihre milch'gen Flügel,
Der helle Wagen fuhr zum Dämmerhimmel auf,
Und wie die Wolke zog die luft'ge Karawane
Über die Ägäis leise hin,
Bis die sachte Luft vom Lied erfüllt,
Daß aus den Mündern schallt und nach dem blut'gen Thammuz ruft die ganze Nacht.

Doch als die Tauben kaum ihr Ziel erreicht,
Wo seines Marmors Schnee das Treppenrund
Ins Meer taucht, da ließ die fliehend' Seel'
Ihre Knospenlippen erbeben und erhob sich
Ins Nichts, und Venus wußte
Daß eine schöne Magd verloren war für ihre Dienste.

Da ließ sie schnitzen eine Zederntruhe
Von ihren Dienern mit all den Wundern der Geschichte
In deren Duft die Glieder konnten ruhen
Wo Olivenbäume sich dem blauen Himmel entgegenrecken
Auf den Hügeln von Paphos, und der Faun
Spielt seine Flöt' zur Mittagszeit, und wo die Nachtigall ihr Lied singt bis zur Dämmerung.

Die Diener waren's gern bereit, und wo
Die frühe Biene sich zur Osterglocke begab
Mit ihrem gier'gen Rüssel, oder aus seinem Versteck
Der erwachende Hirsch zum Frühtrunk eilte
Und dabei die Lerchen weckte und die Eidechs auch,
Die zu ihrem Sonnenplatz gleich kroch, da schliefen beide unterm Grase.

And when day brake, within that silver
shrine
Fed by the flames of cressets tremulous,
Queen Venus knelt and prayed to Proserpine
That she whose beauty made Death amorous
Should beg a guerdon from her pallid Lord,
And let Desire pass across dread Charon's
icy ford.

Und als der Tag anbrach, da kniete
In jenem Silberschrein, gespeist von Flammen,
Venus die Königin und betete zu Proserpina,
Daß sie, deren Schönheit den Tod selbst
verwirrte,
Den bleichen Gott anflehen dürfe,
Daß einmal über Charons eis'gen Fluß die
Liebe ziehen dürfe.

3

In melancholy moonless Acheron,
Far from the goodly earth and joyous day,
Where no spring ever buds, nor ripening sun
Weighs down the apple trees, nor flowery
May
Chequers with chestnut blooms the grassy
floor,
Where thrushes never sing, and piping
linnets mate no more,

There by a dim and dark Lethæan well
Young Charmides was lying, wearily
He plucked the blossoms from the asphodel,
And with its little rifled treasury
Strewed the dull waters of the dusky stream,
And watched the white stars founder, and
the land was like a dream,

When as he gazed into the watery glass
And through his brown hair's curly tangles
scanned
His own wan face, a shadow seemed to pass
Across the mirror, and a little hand
Stole into his, and warm lips timidly
Brushed his pale cheeks, and breathed their
secret forth into a sigh.

Then turned he round his weary eyes and
saw,
And ever nigher still their faces came,
And nigher ever did their young mouths
draw
Until they seemed one perfect rose of flame,
And longing arms around her neck he cast,
And felt her throbbing bosom, and his breath
came hot and fast,

And all his hoarded sweets were hers to kiss,
And all her maidenhood was his to slay,
And limb to limb in long and rapturous bliss

3

Im mondlos-melancholischen Acheron,
Fern von der guten Erde und dem frohen
Tag,
Wo keine Knospe schmückt den Frühling,
noch eine warme Sonne
Der Apfelbäume süße Last beschwert, noch
blumenreicher Mai
Den gras'gen Boden mit Kastanienblüten ziert,
Wo Amseln nie ihr Lied erklingen lassen,
noch der Hänfling sein Weib lockt,

Dort bei der dunklen, schlamm'gen Lethe-
quelle
Lag Charmides, und er brach
Die Blüten des Asphodel, und warf
Sie in die trüben Wasser und sah ihnen nach,
Und sah die weißen Sterne erbleichen,
Und das Land war wie ein Traum.

Und wie er so starrte in das gläserne Wasser
Und durch der braunen Locken Schleier fand
Sein eigenes müdes Antlitz, da schien
Ein Schatten über den Spiegel zu fahren, und
eine kleine Hand
Schmiegte sich in die seine, und warme
Lippen
Streiften scheu seine bleichen Wangen und
taten seufzend ihm ihr Geheimnis kund.

Da wendete die müden Augen, und er sah,
Und näher, immer näher zogen ihre jungen
Lippen ihn heran,
Bis daß sie wie eine makellose Flammenrose
schienen,
Und sehnsuchtsvoll die Arme um ihren Hals
er warf,
Und fühlte ihr wild pochendes Herz, und
sein heißer Atem ging schnell,

Und all sein Mannestum war ihr zum Kusse,
Und all ihr Mädchentum war nun sein eigen,
Und in nicht endender Verzückung ver-
schmolzen ihrer beiden Glieder,

Their passion waxed and waned, – O why
essay
To pipe again of love, too venturous reed!
Enough, enough that Eros laughed upon that
flowerless mead.

Too venturous poesy, O why essay
To pipe again of passion! fold thy wings
O'er daring Icarus and bid thy lay
Sleep hidden in the lyre's silent strings
Till thou hast found the old Castalian rill,
Or from the Lesbian waters plucked drowned
Sappho's golden quill!

Enough, enough that he whose life had been
A fiery pulse of sin, a splendid shame,
Could in the loveless land of Hades glean
One scorching harvest from those fields of
flame
Where passion walks with naked unshod
feet
And is not wounded, – ah! enough that once
their lips could meet

In that wild throb when all existences
Seemed narrowed to one single ecstasy
Which dies through its own sweetness and
the stress
Of too much pleasure, ere Persephone
Had bade them serve her by the ebon throne
Of the pale God who in the fields of Enna
loosed her zone.

Der Leidenschaft Wellen überwogten sie –
doch ach, der Liebe Preis
Ist hoch, aber für jene süßen Augenblicke
sollt' es genügen,
Daß Eros' Lächeln die blumenlose Wiese
beschien.

Zu kühne Poesie, wozu dies Ringen,
Der Leidenschaft Lied erneut anzustimmen?
Falte deine Schwingen
Allzu mutiger Ikaros, und laß nun ruhen
dein Lied verborgen im Verlies
Der Leier, bis den Quell du in der Trift
Kastiliens findest
Oder aus den Fluten von Lesbos Sapphos
güldne Feder birgst.

Genug, genug, daß ihm, dessen Leben
Ein Feuerpuls der Sünde war, ein schandbar
Fest
Konnt' in dem lieblosen Land des Hades
Noch einmal ernten von den Flammenfeldern,
Wo Leidenschaft einherschreitet mit nackten
Füßen
Und nicht verwundet sich, ah! Ja, genug,
daß ihre Lippen einmal noch sich trafen

In jenem wilden Strudel, der die Existenz
Zu einer einzigen Ekstase bündelt,
Die durch die eigne Süße wohl zu Tode
kommt,
Und durch die Last des übermäß'gen Glücks,
bevor Persephone
Zum ebenhölzernen Throne sie befahl
Des bleichen Gottes, der in den Feldern
Ennas ihr einst den Gürtel stahl.

The Grave of Keats

Rid of the world's injustice, and bis pain,
He rests at last beneath God's veil of blue.
Taken from life when life and love were new
The youngest of the martyrs here is lain,
Fair as Sebastian, and as early slain.
No cypress shades his grave, no funeral yew,
But gentle violets weeping with the dew
Weave on his bones an ever-blossoming
chain.

Das Grab Keats'

Von der Ungerechtigkeit der Welt und
seinem Schmerz erlöst,
Ruht er endlich unter Gottes blauem
Schleier.
Aus dem Leben entrissen, als Leben und
Liebe neu waren,
Liegt der jüngster Märtyrer hier,
Schön wie Sebastian, und ebenso früh
gefallen.
Keine Zypresse beschattet sein Grab, keine
Begräbniseibe,
Aber liebe Veilchen, weinend mit Tau,
Weben auf seinen Knochen eine immerblü-
hende Kette.

O proudest heart that broke for misery!
O sweetest lips since those of Mitylene!
O poet-painter of our English Land!
Thy name was writ in water – it shall stand:
And tears like mine will keep thy memory green,
As Isabella did her Basil-tree.

Rome

O stolzestes Herz, aus Leid zerbrochen!
O süßeste Lippen seit Mytilene!
O Dichtermaler unseres englischen Landes!
Dein Name, geschrieben in Wasser, soll stehen:
Und Tränen wie meine werden deine Erinnerung bewahren,
Wie Isabellas Basilikumstrauch.

Rom

The Grave of Shelley

Like burnt-out torches by a sick man's bed
Gaunt cypress-trees stand round the sun-bleached stone;
Here doth the little night-owl make her throne,
And the slight lizard show his jewelled head.
And, where the chaliced poppies flame to red,
In the still chamber of yon pyramid
Surely some Old-World Sphinx lurks darkly hid,
Grim warder of this pleasaunce of the dead.

Ah! sweet indeed to rest within the womb
Of Earth, great mother of eternal sleep,
But sweeter far for thee a restless tomb
In the blue cavern of an echoing deep,
Or where the tall ships founder in the gloom
Against the rocks of some wave-shattered steep.

Rome

Das Grab Shelleys

Wie ausgebrannte Fackeln am Krankenbett eines Mannes,
Stehen Zypressen um den sonnengebleichten Stein:
Hier baut die kleine Nachteule ihren Thron,
Und die leichte Eidechse zeigt ihren Kopf.
Und wo die Mohnblumen rot entflammt stehen,
In der stillen Kammer jener Pyramide,
Lugt bestimmt im Dunklen versteckt eine alte Sphinx,
Mürrischer Wächter dieses Lustgartens der Toten.

Ah, es ist süß, im Schoß der Erde zu ruhen,
Der großen Mutter des ewigen Schlafes.
Aber süßer für dich eine ruhelose Gruft
In der blauen Grotten widerhallender Tiefe,
Oder, wo die großen Schiffe ihr Schicksal treffen,
Gegen den Felsen eines wellenzerfressenen Riffs.

Rom

The Harlot's House

We caught the tread of dancing feet,
We loitered down the moonlit street,
And stopped beneath the harlot's house.

Inside, above the din and fray,
We heard the loud musicians play
The »Treues Liebes Herz« of Strauss.

Like strange mechanical grotesques,
Making fantastic arabesques,
The shadows raced across the blind.

Das Hurenhaus

Wir hörten den Tritt tanzender Füße,
Wir lungerten auf der mondbeleuchteten Straße,
Und hielten an vor dem Hurenhaus.

Von innen, über dem Lärm und Streit,
Hörten wir die lauten Musikanten spielen
»Treues Liebes Herz« von Strauß.

Wie merkwürdige mechanische Grotesken,
Die phantastische Arabesken machten,
Rasten die Schatten über den Vorhang.

We watched the ghostly dancers spin
To sound of horn and violin,
Like black leaves wheeling in the wind.

Like wire-pulled automatons,
Slim silhouetted skeletons
Went sidling through the slow quadrille.

They took each other by the hand,
And danced a stately saraband;
Their laughter echoed thin and shrill.

Sometimes a clockwerk puppet pressed
A phantom lover to her breast,
Sometimes they seemed to try to sing.

Sometimes a horrible marionette
Came out, and smoked its cigarette
Upon the steps like a live thing.

Then, turning to my love, I said,
»The dead are dancing with the dead,
The dust is whirling with the dust.«

But she – she heard the violin,
And left my side, and entered in:
Love passed into the house of lust.

Then suddenly the tune went false,
The dancers wearied of the waltz,
The shadows ceased to wheel and whirl.

And down the long and silent street,
The dawn, with silver-sandalled feet,
Crept like a frightened girl.

Wir sahen die Geistertänzer sich drehen
Zum Klang von Horn und Geige,
Wie schwarze Blätter vom Wind verweht.

Ganz wie Marionetten,
Dünne Silhouetten von Skeletten
Wanden sich schlängelnd in der Quadrille.

Sie nahmen einander bei der Hand
Und tanzten eine gemessene Sarabande,
Ihr Gelächter hallte dünn und schrill.

Bisweilen drückte eine Aufziehpuppe
Einen Phantomliebhaber an ihre Brust,
Bisweilen schien es, als ob sie singen wollten.

Manchmal kam eine schreckliche Marionette
heraus
Und rauchte seine Zigarette,
Auf den Stufen, wie ein lebend Ding.

Dann, mich meiner Geliebten zuwendend,
sagte ich:
»Die Toten tanzen mit den Toten,
Der Staub wirbelt mit dem Staub.«

Doch sie – sie hörte die Geigen
Und ließ mich stehen, und ging hinein:
Meine Geliebte ging in das Haus der Lust.

Plötzlich klang die Melodie verstimmt,
Die Tänzer des Walzers müde,
Die Schatten hörten auf zu drehen.

Und entlang der langen und stillen Straße,
Das Morgengrauen, mit silbernen Sandalen
an den Füßen,
Kroch wie ein ängstliches Mädchen.

The True Knowledge

… ἀναγκαίως δ'ἔχει
βίον θερίζειν ὥστε καρπιμον στάχυν,
καὶ τὸν μὲν εἶναι τὸν δὲ μή.

Thou knowest all; I seek in vain
What lands to till or sow with seed –
The land is black with brier and weed,
Nor cares for falling tears or rain.

Das wahre Wissen

… ἀναγκαίως δ'ἔχει
βίον θερίζειν ὥστε καρπιμον στάχυν,
καὶ τὸν μὲν εἶναι τὸν δὲ μή.[1]

Du weißt alles; ich suche vergeblich,
Nach Land zum Pflügen oder zum Besäen –
Das Land ist schwarz mit Dornen und Unkraut,
Und sorgt sich nicht um fallende Tränen
oder Regen.

1 Es ist unausweichlich, daß das Leben wie ein reifes Getreide geerntet werden sollte und daß ein Mensch stirbt, während ein anderer weiterlebt. *Euripides, Hypsipyle*

Thou knowest all; I sit and wait
With blinded eyes and hands that fail,
Till the last lifting of the veil
And the first opening of the gate.

Thou knowest all; I cannot see.
I trust I shall not live in vain,
I know that we shall meet again
In some divine eternity.

Du weißt alles; ich sitze und warte
Mit erblindeten Augen und versagenden Händen
Auf das letzte Lüften des Schleiers
Und des ersten Öffnens des Tores.

Du weißt alles, ich kann nicht sehen.
Ich hoffe, daß ich nicht vergebens lebte,
Ich weiß, daß wir uns wiedersehen werden,
In einer göttlichen Ewigkeit.

The Garden of Eros

It is full summer now, the heart of June;
Not yet the sunburnt reapers are a-stir
Upon the upland meadow where too soon
Rich autumn time, the season's usurer,
Will lend his hoarded gold to all the trees,
And see his treasure scattered by the wild and spendthrift breeze.

Too soon indeed! yet here the daffodil,
That love-child of the Spring, has lingered on
To vex the rose with jealousy, and still
The harebell spreads her azure pavilion,
And like a strayed and wandering reveller
Abandoned of its brothers, whom long since June's messenger

The missel-thrush has frighted from the glade,
One pale narcissus loiters fearfully
Close to a shadowy nook, where half afraid
Of their own loveliness some violets lie
That will not look the gold sun in the face
For fear of too much splendour, – ah! methinks it is a place

Which should be trodden by Persephone
When wearied of the flowerless fields of Dis!
Or danced on by the lads of Arcady!
The hidden secret of eternal bliss

Der Liebesgarten

Es ist nun Hochsommer, das Herzen des Juni;
Noch sind die sonnengebrannten Schnitter nicht am Werk
Auf der Hochlandwiese, wo nur zu bald
Der reiche Herbst, der Wucherer der Jahreszeit,
Sein gehortetes Gold an alle Bäume ausleiht,
Und seinen Schatz durch wilden und verschwenderischen Wind verweht sehen wird.

Zu bald, fürwahr! Und doch ist hier noch eine Osterglocke,
Das Liebeskind des Frühlings,
Um die Rose mit Eifersucht zu quälen, und noch immer
Breitet die Kampanula ihre blaue Glocke aus,
Und wie ein streunender und wandernder Schwärme,
Verlassen von ihren Schwestern, die vor langer Zeit von der Botin des Juni

Die Misseldrossel von der Lichtung trieb,
Lugt eine blasse Narzisse ängstlich,
Nahe einer schattigen Stelle, wo fast verängstigt durch
Ihre eigene Wunderbarkeit einige Veilchen liegen,
Die der goldenen Sonne nicht ins Gesicht blicken –
Aus Angst vor zuviel Glanz – Ah! Ich glaube, dies ist ein Ort,

Der von Persephone begangen werden sollte,
Wenn ermüdet durch die blumenlosen Felder von Dis!
Oder von den Arkadischen Burschen!
Das versteckte Geheimnis ewiger Seligkeit,

Known to the Grecian here a man might find,
Ah! you and I may find it now if Love and Sleep be kind.

There are the flowers which mourning Herakles
Strewed on the tomb of Hylas, columbine,
Its white deves all a-flutter where the breeze
Kissed them too harshly, the small celandine,
That yellow-kirtled chorister of eve,
And lilac lady's-smock, – but let them bloom alone and leave

Yon spirèd hollyhock red-crocketed
To sway its silent chimes, else must the bee,
Its little bellringer, go seek instead
Some other pleasaunce; the anemone
That weeps at daybreak, like a silly girl
Before her love, and hardly lets the butterflies unfurl

Their painted wings beside it, – bid it pine
In pale virginity; the winter snow
Will suit it better than those lips of thine
Whose fires would but scorch it, rather go
And pluck that amorous flower which blooms alone,
Fed by the pander wind with dust of kisses not its own.

The trumpet-mouths of red convolvulus
So dear to maidens, creamy meadow-sweet,
Whiter than Juno's throat and odorous
As all Arabia, hyacinths the feet
Of Huntress Dian would be loth to mar
For any dappled fawn, – pluck these, and those fond flowers which are

Fairer than what Queen Venus trod upon
Beneath the pines of Ida, eucharis,
That morning star which does not dread the sun,
And budding marjoram which but to kiss
Would sweeten Cytheræa's lips and make
Adonis jealous, – these for thy head, – and for thy girdle take

Dem Griechen bekannt, kann hier ein Mensch finden,
Ah! Du und ich mögen dies finden, wenn Liebe und Schlaf uns gütig wären.

Dies sind die Blumen, die der trauernde Herakles,
Einst streute auf das Grab von Hylas, eine Akelei,
Deren weißen Federn wiegen dort, wo der Wind sie
Zu heftig geküßt hat, das kleine Scharbockskraut,
Jener gelbgerockte Chorsänger des Abends
Und lichtlila Wiesenkresse – aber laß sie nur blühen und verlasse

Jene spitzförmige rote Stockrose,
Deren leise Glocken schwingen, denn sonst muß die Biene,
Ihr kleiner Glöckner, sich nach anderen
Freuden umsehen; die Anemone,
Die bei Tagesanbruch weint, wie ein dummes kleines Mädchen
Vor ihrem Liebsten, und kaum die Schmetterlinge läßt entfalten

Ihre bemalten Flügel neben ihr – verschmachtet
In blasser Jungfräulichkeit; der Winterschnee
Wird ihr besser stehen als deine Lippen
Deren Feuer sie nur verbrennen würde; gehe lieber
Und pflücke jene liebliche Blume, die alleine blüht,
Gefüttert durch des Kupplers Wind, mit Staub von Küssen, nicht die seinigen,

Die Trompetenmünde des roten Windes,
So lieb den Mädchen, cremige Weidensüße,
Weiter als Junos Hals und geruchvoll
Wie ganz Arabien, Hyazinthen, die Dianas
Füße nicht zertreten würden auf der Jagd
Auf ein gesprenkeltes Kitz – pflücke diese, und jene schönen Blumen, die schöner sind

Als das, worauf Königin Venus ging,
Unter den Fichten Idas, Eucharis,
Jener Morgenstern, der die Sonne nicht fürchtet,
Und blühender Majoran, der durch einen Kuß
Cyntheræs Lippen versüßte und Adonis
Neidisch macht – diese für deinen Kopf – und für deinen Gürtel nimm

Yon curving spray of purple clematis
Whose gorgeous dye outflames the Tyrian King,
And fox-gloves with their nodding chalices,
But that one narciss which the startled Spring
Let from her kirtle fall when first she heard
In her own woods the wild tempestuous song of summer's bird,

Ah! leave it for a subtle memory
Of those sweet tremulous days of rain and sun,
When April laughed between her tears to see
The early primrose with shy footsteps run
From the gnarled oak-tree roots till all the wold,
Spite of its brown and trampled leaves, grew bright with shimmering gold.

Nay, pluck it too, it is not half so sweet
As thou thyself, my soul's idolatry!
And when thou art a-wearied at thy feet
Shall oxlips weave their brightest tapestry,
For thee the woodbine shall forget its pride
And veil its tangled whorls, and thou shalt walk on daisies pied.

And I will cut a reed by yonder spring
And make the wood-gods jealous, and old Pan
Wonder what young intruder dares to sing
In these still haunts, where never foot of man
Should tread at evening, lest he chance to spy
The marble limbs of Artemis and all her company.

And I will tell thee why the jacinth wears
Such dread embroidery of dolorous moan,
And why the hapless nightingale forbears
To sing her song at noon, but weeps alone
When the fleet swallow sleeps, and rich men feast,

Jenen biegende lila Klematis,
Deren prächtige Farbe den tyrischen König verblassen läßt,
Und der Fingerhut, mit schwankenden Bechern,
Aber die eine Narzisse, die der Frühling, verschreckt
Von seinem Kleid herabfallen ließ, als er zum ersten Mal
In seinem Wald den wilden verlockenden Gesang der Sommervögel hörte,

Ah! Behalte es in zarter Erinnerung
Jener süßen zittrigen Sonnen und Regentage,
Als April zwischen seinen Tränen lachte, um zu sehen
Die erste Primel, die mit schüchternen Schritten rannte
Von knorrigen Eichenwurzeln, bis der ganze Wald
Trotz ihrer braunen und zertrampelten Blätter golden schimmerte.

Nein, pflück diese auch, sie ist nicht halb so süß
Wie du selbst, Idol meiner Seele!
Und wenn du müde bist, sollen vor deinen Füßen,
Aurikeln dir den schönsten Teppich weben,
Für dich soll das Geißblatt ihren Stolz vergessen,
Und ihre verstrickten Windungen verhüllen, und du sollst auf Gänseblümchen laufen.

Und ich werde ein Rohr an jeder Quelle schneiden
Und die Götter des Waldes eifersüchtig machen, und der Alte Pan,
verwundert, welcher junge Eindringling es wagt zu singen
In diesen stillen Gründen, wo niemals eines Menschen Fuß
Einen Schritt abends machen sollte, damit er nicht aus Zufall
Die marmorweiße Artemis und ihre Gesellschaft belauscht.

Und ich werde dir sagen, warum die Hyazinthe
Solch Stickerei des stöhnenden Schmerzes trägt
Und warum die schmerzfreie Nachtigall nicht am Tage
Singt, sondern alleine weint,
Wenn die Schwalbe schläft und der reiche Mensch feiert,

And why the laurel trembles when she sees
the lightening east.

And I will sing how sad Proserpina
Unto a grave and gloomy Lord was wed,
And lure the silver-breasted Helena
Back from the lotus meadows of the dead,
So shalt thou see that awful loveliness
For which two mighty Hosts met fearfully in
war's abyss!

And then I'll pipe to thee that Grecian tale
How Cynthia loves the lad Endymion,
And hidden in a grey and misty veil
Hies to the cliffs of Latmos once the Sun
Leaps from his ocean bed in fruitless chase
Of those pale flying feet which fade away in
his embrace.

And if my flute can breathe sweet melody,
We may behold Her face who long ago
Dwelt among men by the Ægean sea,
And whose sad house with pillaged portico
And friezeless wall and columns toppled
down
Looms o'er the ruins of that fair and violet-
cinctured town.

Spirit of Beauty! tarry still a-while,
They are not dead, thine ancient votaries;
Some few there are to whom thy radiant smile
Is better than a thousand victories,
Though all the nobly slain of Waterloo
Rise up in wrath against them! tarry still,
there are a few

Who for thy sake would give their
manlihood
And consecrate their being, I at least
Have done so, made thy lips my daily food,
And in thy temples found a goodlier feast
Than this starved age can give me, spite of
all
Its new-found creeds so sceptical and so
dogmatical.

Und warum der Lorbeer zittert, wenn der
Osten zu erglühen scheint.

Und ich werde singen, wie die traurige
Proserpina
Mit einem ernsten und düsterem Herrn
verheiratet wurde,
Und die silberbrüstige Helena von
Den Lotusweiden der Toten locken,
So daß du diese verhängnisvolle Schönheit
siehst,
Für die zwei mächtige Heere sich im
Abgrund des Krieges trafen.

Und dann spiele ich dir jene griechische
Geschichte vor,
Wie Cynthia den Burschen Endymion liebte
Und, versteckt in einem grauen nebligen
Schleier,
Eilt zu den Klippen von Latmos, sobald die
Sonne
Aus dem Ozeanbett emporsteigt in fruchtlo-
ser Verfolgung
Jener bleichen eilenden Füße, die in seiner
Umarmung verblassen.

Und wenn meine Flöte diese süße Melodie
hauchen kann,
Könnten wir ihr Gesicht sehen, die vor so
langer Zeit
Mit den Menschen an der Ägäis wohnte
Und deren trauriges Haus mit gestütztem
Portico
Und freskenlosen Mauern, und umgestürzten
Säulen
Sich erhebt über den Ruinen jener schönen
und veilchenumgebenen Stadt.

Geist der Schönheit! Verweile noch etwas,
Sie sind nicht tot, deine alten Anhänger;
Für einige ist dein breites Lächeln
Besser ist als tausend Siege,
Doch alle Ehrenhaften, die bei Waterloo fielen,
Erheben sich im Zorn gegen sie! Verweile
noch, es gibt einige,

Die für dich ihre Mannheit hergäben
Und ihr Leben hingäben, ich habe dies
Zumindest getan, deine Lippen zu meiner
täglichen Nahrung gemacht
Und in deinem Tempel ein göttlicheres Fest
gefunden,
Als diese verhungerte Zeit mir geben kann,
trotz all
Ihrer neuentdeckten Lehren, die so skeptisch
und dogmatisch sind

Here not Cephissos, not Ilissos flows,
The woods of white Colonos are not here,
On our bleak hills the olive never blows,
No simple priest conducts his lowing steer
Up the steep marble way, nor through the town
Do laughing maidens bear to thee the crocus-flowered gown.

Hier fließt weder Cephissos noch Ilissos,
Die Wälder vom weißen Kolonos sind nicht hier,
Auf unseren bleichen Hügeln weht nie der Ölbaum,
Kein einfacher Priester führt sein brüllendes Tier
Auf dem steilen Mamorweg, noch ziehen
Lachende Mädchen durch die Stadt zu dir im krokusblumigen Kleid.

Yet tarry! for the boy who loved thee best,
Whose very name should be a memory
To make thee linger, sleeps in silent rest
Beneath the Roman walls, and melody,
Still mourns her sweetest lyre, none can play
The lute of Adonais, with his lips Song passed away.

Doch verweile! Denn der Junge, der dich am besten liebte,
Dessen Name so in Erinnerung bleiben sollte,
Daß du verharrst, schläft in stiller Ruhe
Unter den römischen Mauern, und die Melodie
Trauert noch immer um ihre süßeste Leier, keiner kann spielen
Auf der Flöte des Adonis, mit seinen Lippen entschwand das Lied.

Nay, when Keats died the Muses still had left
One silver voice to sing his threnody,
But ah! too soon of it we were bereft
When on that riven night and stormy sea
Panthea claimed her singer as her own,
And slew the mouth that praised her; since which time we walk alone,

Nein, als Keats starb, ließen die Musen eine
Silbrige Stimme zurück, um sein Klagelied zu singen,
Doch ach, zu bald wurden seines wir beraubt,
Als in jener zerrissenen Nacht und stürmischer See
Panthea ihren Sänger für sich selbst beanspruchte
Und den Mund dessen, der sie pries, erschloß; seither gehen wir alleine,

Save for that fiery heart, that morning star
Of re-arisen England, whose clear eye
Saw from our tottering throne and waste of war
The grand Greek limbs of young Democracy
Rise mightily like Hesperus and bring
The great Republic! him at least thy love hath taught to sing,

Bis auf jenes feurige Herz, jenem Morgenstern,
Des wiederauferstandenen England, dessen klares Auge
Von unserem wankenden Thron und Verwüstung des Krieges sah
Die großartigen griechischen Glieder der jungen Demokratie,
Die sich mächtig erheben wie Hesperus, und die großartige
Republik bringen. Ihn lehrte zumindest deine Liebe, zu singen,

And he hath been with thee at Thessaly,
And seen white Atalanta fleet of foot
In passionless and fierce virginity
Hunting the tuskèd boar, his honied lute
Hath pierced the cavern of the hollow hill,
And Venus laughs to know one knee will bow before her still.

Und er war mit dir in Thessalien,
Und sah die weiße Atalanta, die schnellfüßig
In unleidenschaftlicher und strenger Jungfräulichkeit
Den wilden Eber jagt, seine Honiglaute
Drang in die Höhlen des hohlen Hügels ein,
Und Venus lacht, weil sie weiß, daß noch immer jemand sich vor ihr verneigt.

And he hath kissed the lips of Proserpine,
And sung the Galilæan's requiem,
That wounded forehead dashed with blood and wine
He hath discrowned, the Ancient Gods in him
Have found their last, most ardent worshipper,
And the new Sign grows grey and dim before its conqueror.

Spirit of Beauty! tarry with us still,
It is not quenched the torch of poesy,
The star that shook above the Eastern hill
Holds unassailed its argent armoury
From all the gathering gloom and fretful fight –
O tarry with us still! for through the long and common night,

Morris, our sweet and simple Chaucer's child,
Dear heritor of Spenser's tuneful reed,
With soft and sylvan pipe has oft beguiled
The weary soul of man in troublous need,
And from the far and flowerless fields of ice
Has brought fair flowers to make an earthly paradise.

We know them all, Gudrun the strong men's bride,
Aslaug and Olafson we know them all,
How giant Grettir fought and Sigurd died,
And what enchantment held the king in thrall
When lonely Brynhild wrestled with the powers
That war against all passion, ah! how oft through summer hours,

Long listless summer hours when the noon
Being enamoured of a damask rose
Forgets to journey westward, till the moon
The pale usurper of its tribute grows
From a thin sickle to a silver shield
And chides its loitering car – how oft, in some cool grassy field

Far from the cricket-ground and noisy eight,
At Bagley, where the rustling bluebells come

Und er küßte die Lippen von Prosperpina
Und sang des Galiläers Requiem
Die verletzte Stirn, beträuft mit Blut und Wein,
Hat er entkrönt, die alten Götter in ihm
Haben ihren letzten, treuesten Anbeter gefunden,
Und das neue Zeichen wird grau und schwach vor seinem Eroberer.

Geist der Schönheit! Verweile noch etwas länger,
Sie ist noch nicht gelöscht, die Fackel der Poesie,
Der Stern, der über den Hügeln des Ostens stand,
Hält unbestürmt seine silberne Rüstung
Von all dem zusammenkommenden Schauder und angstvollem Kampf –
Oh, verweile noch! Denn in der langen und gewohnten Nacht,

Morris, Chaucers süßes und einfaches Kind,
Erbe von Spensers melodischem Rohr,
Mit sanfter Waldespfeife hat er oft
Die müde Menschenseele in bewegter Sorge erquickt,
Und von den fernen blumenlosen Feldern aus Eis
Hat er schöne Blumen gebracht, um ein irdisches Paradies zu schaffen.

Wir kennen sie alle, Gudrun, die Braut des starken Mannes,
Aslaug und Olafson, wir kennen sie alle
Wie der Riese Grettir kämpfte und Sigurd starb,
Und welch Bezauberung den König begeisterte,
Als die einsame Brunhilde mit den Kräften kämpfte,
Die alle Leidenschaften bekämpfen Ah! Wie oft während Sommerstunden,

Langen leeren Sommerstunden, wenn der Mittag,
Von einer Damaszenrose becirct,
Vergißt, gen Westen zu ziehen, bis der Mond,
Der bleiche Usurpator, wächst
Von einer dünnen Sichel zu einem Silberschild
Und ihn zur Eile mahnt – wie oft, in einem kühlen Grasfeld

Weit entfernt vom Kricketplatz und Achterlärm,
Bei Bagley, wo die Glockenblumen durchkommen,

Almost before the blackbird finds a mate
And overstay the swallow, and the hum
Of many murmuring bees flits through the leaves,
Have I lain poring on the dreamy tales his fancy weaves,

And through their unreal woes and mimic pain
Wept for myself, and so was purified,
And in their simple mirth grew glad again;
For as I sailed upon that pictured tide
The strength and splendour of the storm was mine
Without the storm's a red ruin, for the singer is divine;

The little laugh of water falling down
Is not so musical, the clammy gold
Close hoarded in the tiny waxen town
Has less of sweetness in it, and the old
Half-withered reeds that waved in Arcady
Touched by his lips break forth again to fresher harmony.

Spirit of Beauty, tarry yet awhile!
Although the cheating merchants of the mart
With iron roads profane our lovely isle,
And break on whirling wheels the limbs of Art,
Ay! though the crowded factories beget
The blind-worm Ignorance that slays the soul, O tarry yet!

For one at least there is, – He bears his name
From Dante and the seraph Gabriel, –
Whose double laurels burn with deathless flame
To light thine altar; He too loves thee well
Who saw old Merlin lured in Vivien's snare,
And the white feet of angels coming down the golden stair,

Loves thee so well, that all the World for him
A gorgeous-coloured vestiture must wear,
And Sorrow take a purple diadem,

Noch bevor die Amsel sich paart,
Und bleiben bis zu den letzten Schwalben, und das Summen
Der vielen brummenden Bienen durch die Blätter bricht,
Lag ich und träumte die Geschichten, die seine Phantasie strickte,

Und durch ihre unechten Schreie und gemimten Schmerz
Weinte ich um mich selbst und wurde rein und gut,
Und in ihrem einfachen Frohsinn wurde ich wieder froh;
Denn als ich auf dieser gemalten Flut segelte,
War die Stärke und Schönheit des Sturmes mein,
Ohne des Sturmes rote Ruine, denn der Sänger ist göttlich:

Das leise Lachen von herabfallendem Wasser
Ist nicht so musikalisch, das feuchtkalte Gold
Dicht in der wachsenen Stadt angehäuft,
Hat weniger Süßes in sich, und das alte
Halbvermoderte Rohr, das in Arkadien weht,
Klingt, von seinen Lippen berührt, wieder mit frischem Ton.

Geist der Schönheit, verweile noch ein bißchen!
Obwohl die täuschenden Kaufmänner des Marktes
Mit eisernen Straßen unsere liebliche Insel herabwürdigen,
Und auf rollenden Rädern die Glieder der Kunst brechen,
Ach, obwohl die vollen Fabriken jene Blindschleiche
Dummheit erzeugen, die die Seele erschlägt, oh, verweile noch!

Denn zumindest einen gibt es noch – er trägt seinen Namen
Nach Dante und dem Seraph Gabriel –
Dessen Doppellorbeer mit ewigen Flammen brennt,
Um deinen Altar zu erleuchten; er liebt dich sehr
Er sah den alten Merlin, von Vivian betört,
Und die weißen Füße der Engel die Stufen hinabsteigen.

Liebt dich so sehr, daß alle Welt für ihn
Eine bunte Tracht trägt,
Und Traurigkeit nimmt ein lila Diadem,

Or else be no more Sorrow, and Despair
Gild its own thorns, and Pain, like Adon, be
Even in anguish beautiful; – such is the empery

Which Painters hold, and such the heritage
This gentle solemn Spirit doth possess,
Being a better mirror of his age
In all his pity, love, and weariness,
Than those who can but copy common things,
And leave the Soul unpainted with its mighty questionings.

But they are few, and all romance has flown,
And men can prophesy about the sun,
And lecture on his arrows – how, alone,
Through a waste void the soulless atoms run,
How far from each tree its weeping nymph has fled,
And that no more 'mid English reeds a Naiad shows her head.

Methinks these new Actæons boast too soon
That they have spied on beauty; what if we
Have analysed the rainbow, robbed the moon
Of her most ancient, chastest mystery,
Shall I, the last Endymion, lose all hope
Because rude eyes peer at my mistress through a telescope!

What profit if this scientific age
Burst through our gates with all its retinue
Of modern miracles! Can it assuage
One lover's breaking heart? what can it do
To make one life more beautiful, one day
More godlike in its period? but now the age of Clay

Returns in horrid cycle, and the earth
Hath borne again a noisy progeny
Of ignorant Titans, whose ungodly birth
Hurls them against the august hierarchy
Which sat upon Olympus, to the Dust
They have appealed, and to that barren arbiter they must

Sonst wäre sie keine Traurigkeit mehr, und Verzweiflung
Vergoldet seine eigenen Dornen, und sogar Schmerz, wie Adonis,
Ist sogar in Qual noch schön; – So ist die Nacht,

Die Maler haben, und so ist das Erbe,
Das dieser gütige feierliche Geist besitzt,
Er ist ein besserer Spiegel seiner Zeit
In all seinem Mitleid, Liebe und Erschöpfung
Als jene, die nur Gewöhnliches nachahmen können
Und die Seele unbemalt lassen mit ihren großen Fragen.

Aber dies sind wenige, und alle Poesie entschwand,
Und können Menschen das Schicksal der Sonne vorhersagen
Und über ihre Pfeile dozieren, wie, alleine,
Im Leeren seelenlos Atome schwirren,
Wie weit von jedem Baum die weinende Nymphe entfloh
Und daß nie mehr in englischem Ried ein Najadenhaupt sich zeigt.

Ich glaub, diese neuen Aktaions prahlen zu früh,
Daß sie die Schönheit sahen; selbst wenn
Wir den Regenbogen untersucht haben, den Mond seiner
Alten keuschen Mysterien berauben,
Sollte ich, der letzte Endymion, alle Hoffnung aufgeben,
Nur weil rauhe Augen meine Geliebte mit einem Teleskop beobachten?

Was ist schon der Verdienst davon, daß dieses Zeitalter der Wissenschaft
Durch unsere Tore brach mit modernen Wundern
Im Gefolge! Kann sie eines Liebenden
Gebrochenes Herz retten? Was kann sie tun,
Um das Leben zu verschönern, einen Tag
Göttlicher als andere zu machen? Aber jetzt kehrt die Zeit der Tonerde

Zurück im schrecklichen Kreislauf, und die Erde hat
Wieder eine laute Nachkommenschaft geboren
Von rohen Titanen, deren gottlose Geburt
Sie gegen die erhabene Hierarchie schleudert,
Die auf dem Olymp saß, sie flehten den
Staub an, und zu jenem öden Gebieter müssen sie

Repair for judgment, let them, if they can,
From Natural Warfare and insensate Chance,
Create the new Ideal rule for man!
Methinks that was not my inheritance;
For I was nurtured otherwise, my soul
Passes from higher heights of life to a more supreme goal.

Sich wenden für ihr Urteil, laß sie, wenn sie können,
Aus natürlichem Kampf und totem Zufall
Die neuen Ideale der Menschen schaffen!
Ich glaube, dies war nicht mein Erbe,
Denn ich wurde anders aufgezogen, meine Seele
Wandert von den erhabensten Höhen des Lebens zu einem erhabeneren Ziel.

Lo! while we spake the earth did turn away
Her visage from the God, and Hecate's boat
Rose silver-laden, till the jealous day
Blew all its torches out: I did not note
The waning hours, to young Endymions
Time's palsied fingers count in vain his rosary of suns!

Sieh, während wir sprachen, wandte die Erde
Ihr Gesicht von Gott ab, und Hekates Boot
Stieg silberbeladen auf, bis der neidische Tag
All seine Fackeln ausblies: ich bemerkte nicht
Die schwindenden Stunden, den jungen Endymion sehen
Die Zeit mit lahmen Fingern vergeblich den Rosenkranz der Sonnen zählen.

Mark how the yellow iris wearily
Leans back its throat, as though it would be kissed
By its false chamberer, the dragon-fly,
Who, like a blue vein on a girl's white wrist,
Sleeps on that snowy primrose of the night,
Which 'gins to flush with crimson shame, and die beneath the light.

Schau, wie die gelbe Iris müde
Ihren Hals zurücklehnt, als ob sie geküßt wird von
Ihrem falschen Diener, der Libelle,
Die, wie eine blaue Ader am weißen Handgelenk eines Mädchens,
Schläft auf der schneeigen Nachtviole,
Die anfängt, mit rotem Scham zu erglühen, und im Tageslicht stirbt.

Come let us go, against the pallid shield
Of the wan sky the almond blossoms gleam,
The corncrake nested in the unmown field
Answers its mate, across the misty stream
On fitful wing the startled curlews fly,
And in his sedgy bed the lark, for joy that Day is nigh,

Komm, laß uns gehen, auf dem blassen Schild
Des fahlen Himmels schimmern die Mandelblüten,
Der Wachtelkönig nistet im ungemähten Feld,
Antwortet seinem Partner, über dem nebligen Bach fliegen
Mit unruhigem Flügelschlag die aufgeschreckten Brachvögel
Und in seinem schilfrigen Nest, aus Freude, daß der Tag naht,

Scatters the pearlèd dew from off the grass,
In tremulous ecstasy to greet the sun,
Who soon in gilded panoply will pass
Forth from yon orange-curtained pavilion
Hung in the burning east, see, the red rim
O'ertops the expectant hills! it is the God! for love of him

Schüttelt die Lerche den perligen Tau vom Gras,
Um mit zitternder Wonne die Sonne zu grüßen,
Die bald in goldener Panoplia vorbeiziehen wird,
Hinweg von jenem Pavillon mit orangenen Vorhängen,
Die im brennenden Osten hängen; schau, der rote Rand
Über den Hügeln. Es ist der Gott. Aus Liebe für ihn

Already the shrill lark is out of sight,
Flooding with waves of song this silent dell, –

Ist die schrille Lerche schon außer Sicht
Und flutete mit Sangeswellen dieses stille Tal,

Ah! there is something more in that bird's flight
Than could be tested in a crucible! –
But the air freshens, let us go, why soon
The woodmen will be here; how we have lived this night of June !

Ah, da ist mehr in dem Flug dieses Vogels,
Als in einer Feuerprobe erfahren werden kann!
Aber die Luft frischt auf, laß uns gehen, denn
Bald werden die Waldarbeiter hier sein; wie haben wir diese Juninacht gelebt!

Désespoir

The seasons send their ruin as they go,
For in the spring the narciss shows its head
Nor withers till the rose has flamed to red,
And in the autumn purple violets blow,
And the slim crocus stirs the winter snow;
Wherefore yon leafless trees will bloom again
And this grey land grow green with summer rain
And send up cowslips for some boy to mow.

But what of life whose bitter hungry sea
Flows at our heels, and gloom of sunless night
Covers the days which never more return?
Ambition, love and all the thoughts that burn
We lose too soon, and only find delight
In withered husks of some dead memory.

Désespoir

Die Jahreszeiten schicken ihre Ruinen, wenn sie gehen,
Denn im Frühling zeigt die Narzisse ihren Kopf
Und welkt nicht, bevor die Rose rot entflammt ist,
Und im Herbst wehen lila Veilchen,
Und der dünne Krokus regt sich im Winterschnee;
Woraufhin jene blätterlosen Bäume wieder blühen werden,
Und dieses graue Land ergrünen wird mit Sommerregen,
Und Schlüsselblumen wachsen läßt, die ein Junge mähen wird.

Doch was wird aus dem Leben, dessen bittere hungrige See
An unseren Fersen fließt, und der Finsternis sonnenloser Nächte,
Die die Tage bedecken, die nie mehr zurückkehren werden?
Ehrgeiz, Liebe und all die Gedanken, die in uns brennen,
Verlieren wir zu schnell und finden nur Vergnügen
In welken Hülsen einer toten Erinnerung.

The Ballad of Reading Gaol

1

He did not wear his scarlet coat,
For blood and wine are red,
And blood and wine were on his hands
When they found him with the dead,
The poor dead woman whom he loved,
And murdered in her bed.

He walked amongst the Trial Men
In a suit of shabby grey;
A cricket cap was on his head,

Die Ballade vom Zuchthaus zu Reading

1

Er trug nicht seinen roten Mantel,
Denn Blut und Wein sind rot,
Und Blut und Wein waren an seinen Händen,
Als man bei der Toten ihn fand,
Der armen Toten, die er liebte,
Ermordet in ihrem Bett.

Er schritt mit den Verurteilten
In einem schäbig-grauen Gewand;
Eine Kappe war auf seinem Kopf,

And his step seemed light and gay;
But I never saw a man who looked
So wistfully at the day.

I never saw a man who looked
With such a wistful eye
Upon that little tent of blue
Which prisoners call the sky,
And at every drifting cloud that went
With sails of silver by.

I walked, with other souls in pain,
Within another ring,
And was wondering if the man had done
A great or little thing,
When a voice behind me whispered low,
»That fellow's got to swing.«

Dear Christ! the very prison walls
Suddenly seemed to reel,
And the sky above my head became
Like a casque of scorching steel;
And, though I was a soul in pain,
My pain I could not feel.

I only knew what hunted thought
Quickened his step, and why
He looked upon the garish day
With such a wistful eve;
The man had killed the thing he loved,
And so he had to die.

*

Yet each man kills the thing he loves,
By each let this be heard,
Some do it with a bitter look,
Some with a flattering word.
The coward does it with a kiss,
The brave man with a sword!

Some kill their love when they are young,
And some when they are old;
Some strangle with the hands of Lust,
Some with the hands of Gold:
The kindest use a knife, because
The dead so soon grow cold.

Some love too little, some too long,
Some sell, and others buy;
Some do the deed with many tears,
And some without a sigh:
For each man kills the thing he loves,
Yet each man does not die.

Und sein Schritt schien leicht und froh,
Doch nie sah ich einem Mann,
Der so sehnsüchtig in den Tag hineinsah.

Ich sah nie einen Mann, der blickte
Mit solch sehnsüchtigem Blick
Hinauf zu dem kleinen blauen Zelt,
Das Gefangene Himmel nennen,
Und auf jede vorübertreibende Wolke,
Die silbern vorbeisegelte.

Mit anderen gequälten Seelen
Ging ich in einem anderen Rund,
Und fragte mich, ob der Mann beging
Eine kleine oder große Sünde,
als eine Stimme hinter mir leise flüsterte:
»Der Kerl wird hängen.«

Mein Gott! sogar die Gefängnismauern
Schienen plötzlich zu wanken,
Und der Himmel über meinem Kopf
Wurde wie ein Helm aus glühendem Stahl,
Und, obwohl ich eine gequälte Seele war,
So konnte ich meinen Schmerz nicht fühlen.

Nur ich wußte welch Gedanke, ihn verfolgend,
Seinen Schritt beschleunigte und warum
Er auf den grellen Tag blickte mit solch
Sehnsüchtigem Auge;
Der Mann hatte getötet, was er geliebt,
Und darum mußte er sterben.

*

Doch tötet jeder, was er liebt,
Dies soll nur jeder wissen,
Manche tun es mit bösem Blick,
Manche mit schmeichelndem Wort.
Der Feigling tut es mit einem Kuß,
Der Tapfere mit einem Schwert!

Manche töten ihre Liebe, wenn sie jung sind,
Und manche, wenn sie alt sind;
Manche erdrosseln mit lüsternen Händen
Und andere mit Händen aus Gold:
Die Gütigen nehmen ein Messer,
Denn werden die Toten so schnell kalt.

Manche lieben zu wenig, manche zu lang,
Manche verkaufen, und andere kaufen;
Manche verrichten die Tat unter vielen Tränen,
Manche ohne eine Seufzer:
Denn jeder tötet, was er liebt,
Dennoch stirbt nicht jeder.

He does not die a death of shame
On a day of dark disgrace,
Nor have a noose about his neck
Nor a cloth upon his face,
Nor drop feet foremost through the floor
Into an empty space.

Er stirbt nicht einen Tod der Schande
an einem Tag dunkler Schandhaftigkeit,
Noch hat er eine Schlinge um seinen Hals,
Noch ein Tuch über seinem Gesicht,
Noch fallen seine Füße zuallererst durch den Boden,
Hinein in leeren Raum.

He does not sit with silent men
Who watch him night and day;
Who watch him when he tries to weep,
And when he tries to pray;
Who watch him lest himself should rob
The prison of its prey.

Er sitzt nicht bei den schweigenden Männern,
Die ihn Tag und Nacht beobachten;
Die ihn beäugen, wenn er versucht zu weinen
Und wenn er versucht zu beten;
Die ihn beobachten, daß er nicht das Gefängnis
Seiner Beute beraube.

He does not wake at dawn to see
Dread figures throng his room,
The shivering Chaplain robed in white,
The Sheriff stern with gloom,
And the Governor all in shiny black,
With the yellow face of Doom.

Er wacht nicht auf bei Morgengrauen und sieht
Schreckgestalten gedrängt in seinem Raum,
Mit klappernden Zähnen, den Kaplan in weißer Robe,
Den Sheriff, ernst und finsteren Gesichts,
Und den Direktor, ganz in glänzendem Schwarz,
Mit dem gelben Gesicht des Untergangs.

He does not rise in piteous haste
To put on convict-clothes,
While some coarse-mouthed Doctor gloats, and notes
Each new and nerve-twitched pose,
Fingering a watch whose little ticks
Are like horrible hammer-blows.

Er steht nicht auf in trauriger Hast,
Um die Kleidung des Verurteilten anzuziehen,
Während irgendein zotig redender Arzt mit Schadenfreude
Jede neue und nervenzuckende Pose bemerkt,
Mit einer Uhr spielend, deren leises Ticken
Wie schreckliche Hammerschläge klingt.

He does not feel that sickening thirst
That sands one's throat, before
The hangman with his gardener's gloves
Comes through the padded door,
And binds one with three leathern thongs,
That the throat may thirst no more.

Er fühlt nicht den Übelkeit erregenden Durst,
Der einem den Hals austrocknet, bevor
Der Henker mit seinen Gärtnerhandschuhen
Durch die gepolsterte Tür eintritt
Und einem drei lederne Riemen umbindet,
So daß der Hals den Durst nicht mehr spürt.

He does not bend his head to hear
The Burial Office read,
Nor, while the anguish of his soul
Tells him he is not dead,
Cross his own coffin, as he moves
Into the hideous shed.

Er neigt nicht seinen Kopf, um zu hören,
Was in seiner Leichenrede gesagt wird,
Noch, während sein eigener Seelenschmerz ihm sagt,
Daß er noch nicht tot ist,
Bekreuzigt er seinen eigenen Sarg, während er
In den scheußlichen Schuppen geht.

He does not stare upon the air
Through a little roof of glass:
He does not pray with lips of clay
For his agony to pass;
Nor feel upon his shuddering cheek
The kiss of Caiaphas.

Er starrt auch nicht in die Luft
Durch das kleine Glasdach:
Er fleht nicht mit irdenen Lippen,
Daß sein Leiden vorübergehe;
Noch spürt er auf seiner zitternden Wange
Den Kuß des Kaiphas.

2

Six weeks the guardsman walked the yard,
In the suit of shabby grey:
His cricket cap was on his head,
And his step seemed light and gay,
But I never saw a man who looked
So wistfully at the day.

I never saw a man who looked
With such a wistful eye
Upon that little tent of blue
Which prisoners call the sky,
And at every wandering cloud that trailed
Its ravelled fleeces by.

He did not wring his hands, as do
Those witless men who dare
To try to rear the changeling Hope
In the cave of black Despair:
He only looked upon the sun,
And drank the morning air.

He did not wring his hands nor weep,
Nor did he peek or pine,
But he drank the air as though it held
Some healthful anodyne;
With open mouth he drank the sun
As though it had been wine!

And I and all the souls in pain,
Who tramped the other ring,
Forgot if we ourselves had done
A great or little thing,
And watched with gaze of dull amaze
The man who had to swing.

For strange it was to see him pass
With a step so light and gay,

2

Sechs Wochen lang schritt der Wachmann
um den Hof
In seinem schäbig-grauen Gewand:
Seine Kappe war auf seinem Kopf,
Und sein Schritt schien leicht und froh,
Doch nie sah ich einem Mann,
Der so sehnsüchtig in den Tag hineinsah.

Ich sah nie einen Mann, der blickte
Mit solch sehnsüchtigem Blick
Hinauf zu dem kleinen blauen Zelt,
Das Gefangene Himmel nennen,
Und auf jede vorübertreibende Wolke,
Ihre verwirrten Wollen hinter sich
herziehend.

Er rang nicht seine Hände, wie es
Jene einfältigen Männer tun, die es zu
versuchen wagen,
Das Wechselkind Hoffnung aufzuziehen
In der Höhle schwarzer Verzweiflung:
Er schaute nur auf zur Sonne
Und trank die Morgenluft.

Er rang nicht seine Hände, noch weinte er,
Noch verschwendete er einen flüchtigen
sehnsuchtsvollen Blick,
Aber er trank die Luft, als ob sie
Irgendein heilsames Linderungsmittel
enthielt;
Mit weit offenem Mund trank er die Sonne,
Als ob sie Wein gewesen wäre.

Und ich, und alle gequälten Seelen,
Die schwerfällig in dem anderen Rund
gingen,
Vergaßen, ob wir selbst ein kleines
Oder großes Ding gedreht hatten,
Und schauten mit einem Blick in dumpfem
Staunen
auf den Mann, der hängen mußte.

Denn es war merkwürdig, ihn vorbeigehen zu
sehen,
Mit solch leichtem und frohem Gang,

And strange it was to see him look
So wistfully at the day,
And strange it was to think that he
Had such a debt to pay.

Und es war merkwürdig, ihn so sehnsüchtig
In den Tag blicken zu sehen,
Und es war merkwürdig, darüber nachzudenken,
Für welche Schuld er büßen mußte.

*

For oak and elm have pleasant leaves
That in the spring-time shoot;
But grim to see is the gallows-tree,
With its adder-bitten root,
And, green or dry, a man must die
Before it bears its fruit!

Und Eiche und Ulme haben angenehme Blätter,
Die im Frühling sprießen;
aber der Galgenbaum ist schrecklich anzusehen
Mit seiner von Nattern gebissenen Wurzel,
Und, grün oder trocken, ein Mann muß sterben,
bevor er Früchte trägt!

The loftiest place is that seat of grace
For which all worldlings try:
But who would stand in hempen band
Upon a scaffold high,
And through a murderer's collar take
His last look at the sky?

Der luftigste Ort ist der Gnadenstuhl,
Den alle Menschen erreichen wollen:
Aber wer will schon mit hanfenem Strick
auf einem hohen Gerüst stehen
Und durch den Kragen eines Mörders
Zum letzten Mal zum Himmel aufblicken?

It is sweet to dance to violins
When Love and Life are fair:
To dance to flutes, to dance to lutes
Is delicate and rare:
But it is not sweet with nimble feet
To dance upon the air!

Süß ist es, zu Geigen zu tanzen,
Wenn Liebe und Leben wunderbar sind:
Tanzen zu Flöten, tanzen zu Lauten
Ist zart und selten:
Aber es ist nicht süß, mit flinken Füßen
In der Luft zu tanzen!

So with curious eyes and sick surmise
We watched him day by day,
And wondered if each one of us
Would end the self-same way,
For none can tell to what red Hell
His sightless soul may stray.

Mit neugierigen Augen und üblem Argwohn
betrachteten wir ihn von Tag zu Tag
Und wunderten, ob alle von uns
auf gleichem Wege enden würden,
Denn niemand von uns kann sagen, zu welcher roten Hölle
Seine blinde Seele streunen wird.

At last the dead man walked no more
Amongst the Trial Men,
And I knew that he was standing up
In the black dock's dreadful pen,
And that never would I see his face
For weal or woe again.

Endlich lief der Todgeweihte nicht mehr
Mit den Verurteilten,
Und ich wußte, daß er stand
Im schrecklichen Pferch der schwarzen Anklagebank
Und daß ich sein Gesicht wohl oder weh
Nie wiedersehen würde.

Like two doomed ships that pass in storm
We had crossed each other's way:
But we made no sign, we said no word,
We had no word to say;
For we did not meet in the holy night,
But in the shameful day.

Wie zwei verfluchte Schiffe, die im Sturm aneinander vorbeisegeln,
Hatten sich unsere Wege gekreuzt:
aber wir gaben uns kein Zeichen, wechselten kein Wort,
Wir hatten uns nichts zu sagen;
Denn wir trafen uns nicht in heiliger Nacht,
Sondern am schändlichen Tag.

A prison wall was round us born,
Two outcast men we were:
The world had thrust us from its heart,
And God from out His care:
And the iron gin that waits for Sin
Had caught us in its snare.

Eine Gefängnismauer umgab uns beide,
Zwei Verstoßene waren wir:
Die Welt hat uns von ihrem Herzen weggestoßen
Und Gott aus seiner Obhut:
Und die eiserne Falle, die auf Sünde wartet,
Hatte uns in ihrer Schlinge eingefangen.

3

In Debtor's Yard the stones are hard,
And the dripping wall is high,
So it was there he took the air
Beneath the leaden sky,
And by each side a Warder walked,
For fear the man might die.

Or else he sat with those who watched
His anguish night and day;
Who watched him when he rose to weep,
And when he crouched to pray;
Who watched him lest himself should rob
Their scaffold of its prey.

The Governor was strong upon
The Regulations Act:
The Doctor said that Death was but
A scientific fact:
And twice a day the Chaplain called,
And left a little tract.

And twice a day he smoked his pipe,
And drank his quart of beer:
His soul was resolute, and held
No hiding-place for fear;
He often said that he was glad
The hangman's day was near.

But why he said so strange a thing
No warder dared to ask:
For he to whom a watcher's doom
Is given as his task,
Must set a lock upon his lips,
And make his face a mask.

Or else he might be moved, and try
To comfort or console:
And what should Human Pity do
Pent up in Murderers' Hole?
What word of grace in such a place
Could help a brother's soul?

3

Im Schuldners Hof sind die Steine hart,
Und die tropfende Mauer ist hoch,
Und dort war es, wo er Luft
Unter dem bleiernen Himmel schnupperte,
Und an jeder Seite ging ein Wächter,
Aus Angst, daß der Mann sterben würde.

Ansonsten saß er mit denen, die seine Verzweiflung
Tag und Nacht beobachteten;
Sie beobachteten ihn, wenn er aufstand, um zu weinen,
Und wenn er hockte, um zu beten;
Sie beobachteten ihn, damit er selbst
Den Galgen seiner Beute nicht beraubte.

Der Direktor hielt sich stur
An die Verordnungen:
Der Doktor sagte, Tod sei nun mal
Eine wissenschaftliche Tatsache:
Und zweimal am Tag kam der Kaplan
Und hinterließ ein kleines Traktat.

Und zweimal am Tag rauchte er seine Pfeife
Und trank sein Viertel Bier:
Sein Seele war standhaft und barg
Kein Versteck für Furcht;
Er sagte offen, er sei froh,
Daß des Henkers Tag nicht mehr weit sei.

Aber warum er solch Merkwürdiges sagt,
Traute sich kein Wächter zu fragen:
Denn er, zu dem des Wächters Schicksal
Als Auftrag gegeben ist,
Muß ein Schloß vor seine Lippen hängen
Und sein Gesicht zur Maske werden lassen.

Denn sonst könnte es ihn nicht unbewegt lassen, und
Ihn versuchen lassen, zu trösten:
Und was sollte schon menschliches Mitgefühl tun,
Gefangen im Loch der Mörder?
Welches Wort des Wohlwollens an solch einem Ort
Kann der Seele eines Bruders helfen ?

With slouch and swing around the ring
We trod the Fools' Parade!
We did not care: we knew we were
The Devil's Own Brigade:
And shaven head and feet of lead
Make a merry masquerade.

Mit hängenden Schultern ziehen wir im
Kreis,
Folgen der Narrenparade!
Wir waren unbewegt, wir wußten, wo wir
waren,
Des Teufels eigene Brigade:
Und rasierter Kopf und Füße aus Blei
Machen eine lustige Schau.

We tore the tarry rope to shreds
With blunt and bleeding nails;
We rubbed the doors, and scrubbed the
floors,
And cleaned the shining rails:
And, rank by rank, we soaped the plank,
And clattered with the pails.

Wir zerrissen das teerige Seil in Stücke,
Mit stumpfen und blutenden Nägeln;
Wir wienerten die Türen und schrubbten die
Böden
Und säuberten die glänzenden Gitter.
Und in Reih und Glied seiften wir die Bohlen
ein
Und lärmten mit den Eimern.

We sewed the sacks, we broke the stones,
We turned the dusty drill:
We banged the tins, and bawled the hymns,
And sweated on the mill:
But in the heart of every man
Terror was lying still.

Wir nähten die Säcke, wir brachen die
Steine,
Wir wendeten den staubigen Drill:
Wir knallten die Becher und brüllten
Gesänge
Und schwitzten auf der Mühle,
aber tief in jedem Mann
Lag die stille Furcht.

So still it lay that every day
Crawled like a weed-clogged wave:
And we forgot the bitter lot
That waits for fool and knave,
Till once, as we tramped in from work,
We passed an open grave.

Sie lag so still, daß jeder Tag
Vor sich hinkroch wie eine algenverseuchte
Welle,
Und wir vergaßen das bittere Schicksal,
Das auf Spitzbuben und Narren wartet,
bis zu dem Augenblick, als wir von der
Arbeit hereinkamen,
Wir an einem offenen Grab vorbeigingen.

With yawning mouth the yellow hole
Gaped for a living thing;
The very mud cried out for blood
To the thirsty asphalte ring:
And we knew that ere one dawn grew fair
Some prisoner had to swing.

Mit gähnendem Schlund gierte das gelbe Grab
Nach einem lebenden Ding,
Sogar der Schlamm schrie nach Blut
Zum durstigen Asphaltring:
Und wir wußten, daß hier im Morgengrauen
Ein Gefangener hängen mußte.

Right in we went, with soul intent
On Death and Dread and Doom:
The hangman, with his little bag,
Went shuffling through the gloom:
And I trembled as I groped my way
Into my numbered tomb.

So gingen wir hinein, innerlich vorbereitet
auf Tod und Angst und Schicksal:
Der Henker mit seiner kleinen Tasche
Schlurfte durch die Dunkelheit:
Und ich zitterte, als ich mir meinen Weg in
meine
Numerierte Gruft bahnte.

*

That night the empty corridors
Were full of forms of Fear,

In jener Nacht waren die leeren Gänge
Voller Gestalten der Angst,

And up and down the iron town
Stole feet we could not hear,
And through the bars that hide the stars
White faces seemed to peer.

Und auf und ab durch die eiserne Stadt
Schlichen Füße, die wir nicht hören konnten,
Und durch die Stäbe, hinter denen die Sterne
versteckt sind,
Schienen weiße Gesichter hineinzuschauen.

He lay as one who lies and dreams
In a pleasant meadow-land,
The watchers watched him as he slept,
And could not understand
How one could sleep so sweet a sleep
With a hangman close at hand.

Er lag wie einer, der liegt und träumt
In angenehmen Wiesenland,
Die Wächter betrachteten ihn, während er
schlief,
Und konnten nicht begreifen,
Wie jemand solch süßen Schlaf schlafen
konnte,
Mit dem Henker so nah bei der Hand!

But there is no sleep when men must weep
Who never yet have wept:
So we – the fool, the fraud, the knave –
That endless vigil kept,
And through each brain on hands of pain
Another's terror crept.

Aber es gibt keinen Schlaf, wenn Männer
weinen müssen,
Die vorher nie geweint haben:
Und so hielten wir – der Narr, der Betrüger,
der Spitzbube –
Diese unendliche Wache,
Und durch jedes Gehirn, auf schmerzvollen
Händen,
Kroch die Furcht des anderen.

Alas! it is a fearful thing
To feel another's guilt!
For, right within, the Sword of Sin
Pierced to its poisoned hilt,
And as molten lead were the tears we shed
For the blood we had not spilt.

Denn ach, es ist ein schreckliches Gefühl,
Eines anderen Schuld zu spüren!
Und mittendrin das Schwert der Sünde,
Hineingestoßen bis zum vergifteten Griff,
Und wie geschmolzenes Blei waren die
Tränen, die wir vergossen
Über das Blut, das wir nicht vergossen
hatten.

The warders with their shoes of felt
Crept by each padlocked door,
And peeped and saw, with eyes of awe,
Grey figures on the floor,
And wondered why men knelt to pray
Who never prayed before.

Die Wächter mit ihrem Schuhen aus Filz
Schlichen an jeder verschlossenen Tür
vorbei
Und blickten hinein und sahen, mit staunenden Augen
Graue Gestalten auf dem Boden
Und wunderten sich, warum Männer zum
Beten niederknieten,
Die vorher nie gebetet hatten.

All through the night we knelt and prayed,
Mad mourners of a corse!
The troubled plumes of midnight were
The plumes upon a hearse:
And bitter wine upon a sponge
Was the savour of Remorse.

Durch die ganze Nacht knieten und beteten
wir,
Verzweifelte Trauernde über einer Leiche!
Der unruhige Federschmuck in der Nacht
war
Der Federschmuck auf einem Leichenwagen:
Und bitterer Wein auf einem Schwamm
War der Geschmack der Reue.

*

*

<table>
<tr><td>The grey cock crew, the red cock crew,
But never came the day:
And crooked shapes of Terror crouched,
In the corners where we lay:
And each evil sprite that walks by night
Before us seemed to play.</td><td>Der graue Hahn krähte, der rote Hahn krähte,
Doch es wollte nicht Tag werden:
Und verworrene Formen der Angst hockten
In den Ecken, in denen wir lagen:
Und jeder böse Geist der in der Nacht vorbeiging,
Schien vor uns zu spielen.</td></tr>
<tr><td>They glided past, they glided fast,
Like travellers through a mist:
They mocked the moon in a rigadoon
Of delicate turn and twist,
And with formal pace and loathsome grace
The phantoms kept their tryst.</td><td>Sie glitten vorbei, sie glitten schnell,
Wie Reisende durch Nebelschwaden.
Sie verspotteten den Mond in einem rigaudon
aus feinen Drehungen und Bewegungen,
Und mit feierlichem Schritt und ekelerregender Beschaulichkeit
Hielten die Gespenster ihre Verabredung ein.</td></tr>
<tr><td>With mop and mow, we saw them go,
Slim shadows hand in hand:
About, about, in ghostly rout
They trod a saraband:
And the damned grotesques made arabesques,
Like the wind upon the sand!</td><td>Sie schritten vorüber, Grimassen schneidend,
Dünne Schatten, Hand in Hand:
Und der gespenstische Haufen
Tanzte eine Sarabande:
Und die verfluchten Grotesken, sie ziehen Arabesken,
Wie der Wind im Sand!</td></tr>
<tr><td>With the pirouettes of marionettes,
They tripped on pointed tread:
But with flutes of Fear they filled the ear,
As their grisly masque they led,
And loud they sang, and long they sang.
For they sang to wake the dead.</td><td>Mit Pirouetten wie von Marionetten
Tänzelnd auf Zehenspitzen:
Aber mit Flöten der Furcht füllten sie das Ohr,
Während sie ihr grauenhaftes Spiel darboten,
Und sie sangen laut, und sie sangen lange,
Denn sie sangen, um die Toten zu erwecken.</td></tr>
<tr><td>»Oho!« they cried, »The world is wide,
But fettered limbs go lame!
And once, or twice, to throw the dice
Is a gentlemanly game,
But he does not win who plays with Sin
In the secret House of Shame.«</td><td>»Aha«, schrien sie, »weit ist die Welt,
Aber gefesselte Glieder erlahmen!
Und einmal, zweimal den Würfel zu rollen,
Ist ein herrenhaftes Spiel,
Aber er, der spielt mit der Sünde, gewinnt nicht
Im geheimnisvollen Haus der Schande!«</td></tr>
<tr><td>No things of air these antics were,
That frolicked with such glee:
To men whose lives were held in gyves,
And whose feet might not go free,
Ah! wounds of Christ! they were living things
Most terrible to see.</td><td>Sie waren nicht aus Luft, diese Spielereien,
Die mit solcher Freude herumtobten:
Für Männer, die in Fußfesseln gefangen sind
Und deren Füße nicht frei sein dürfen,
Oh, Christi Leid, es waren lebendige Dinge,
So grauenhaft anzuschauen.</td></tr>
<tr><td>Around, around, they waltzed and wound;
Some wheeled in smirking pairs;
With the mincing step of a demirep
Some sidled up the stairs:
And with subtle sneer, and fawning leer,
Each helped us at our prayers.</td><td>Sie walzten und verwundeten,
Einige drehten sich in grinsenden Paaren;
Mit zierlichem Schritt in Dirnenmanier
Glitten einige die Stufen hinauf,
Und mit leichtem und schleimigem Grinsen,
Und halfen uns beim Beten.</td></tr>
</table>

The morning wind began to moan,
But still the night went on:
Through its giant loom the web of gloom
Crept till each thread was spun:
And, as we prayed, we grew afraid
Of the justice of the Sun.

The moaning wind went wandering round
The weeping prison-wall:
Till like a wheel of turning steel
We felt the minutes crawl:
O moaning wind! what had we done
To have such a seneschal?

At last I saw the shadowed bars,
Like a lattice wrought in lead,
Move right across the whitewashed wall
That faced my three-plank bed,
And I knew that somewhere in the world
God's dreadful dawn was red.

At six o'clock we cleaned our cells,
At seven all was still,
But the sough and swing of a mighty wing
The prison seemed to fill,
For the Lord of Death with icy breath
Had entered in to kill.

He did not pass in purple pomp,
Nor ride a moon-white steed.
Three yards of cord and a sliding board
Are all the gallows' need:
So with rope of shame the Herald came
To do the secret deed.

We were as men who through a fen
Of filthy darkness grope:
We did not dare to breathe a prayer,
Or to give our anguish scope:
Something was dead in each of us,
And what was dead was Hope.

For Man's grim Justice goes its way,
And will not swerve aside:

Der Morgenwind begann aufzustöhnen,
Aber die Nacht hörte noch immer nicht auf:
Durch ihre riesigen Schemen kroch das Netz
des Unheils,
Bis alle Fäden gesponnen waren:
Und während wir beteten, wurden wir
immer ängstlicher
Vor der Gerechtigkeit unter der Sonne.

Der stöhnende Wind blies um
Die heulende Gefängnismauer:
So lange, bis wir die Minuten vorübergehen
fühlten
Wie ein kreisendes Rad aus Stahl.
O stöhnender Wind, womit haben wir solch
eine
Seneschall verdient?

Endlich sah ich die Schatten der Gitterstäbe,
Wie ein Gittermuster aus Eisen,
Über die geweißten Mauern kriechen
Auf der anderen Seite meines Bettes,
Und ich wußte, daß irgendwo auf der Welt
Gottes Morgen rot war.

Um sechs Uhr morgens säuberten wir unsere
Zellen,
Um sieben war alles ruhig,
Aber das Rauschen und das Schlagen eines
riesigen Flügels
Schien das Gefängnis zu erfüllen,
Denn der Herr des Todes, mit eisigem Atem,
War gekommen, um zu töten.

Er schritt nicht vorüber mit purpurnem
Pomp,
Und kam nicht auf mondweißem Roß.
Drei Yards Schnur und ein Rutschbrett
Sind alles, was man für den Galgen
braucht:
Und so kam der Herold mit dem Strick der
Schande,
Um sein heimliches Werk zu vollenden.

Wir waren wie Männer, die durch einen
Sumpf
Aus dreckiger Finsternis wateten:
Wir wagten es nicht, ein Gebet zu hauchen
Oder unsere Angst zu zeigen.
Etwas in jedem von uns war tot,
Und das, was tot war, war Hoffnung.

Und so nimmt die grausame Gerechtigkeit
ihren Lauf
Und läßt sich durch nichts beeinflussen,

It slays the weak, it slays the strong,
It has a deadly stride:
With iron heel it slays the strong,
The monstrous parricide!

Schlägt die Schwachen, und schlägt die Starken,
Mit seinem tödlichem Schritt.
Mit eiserner Ferse schlägt es die Starken,
Dieser grauenvolle Elternmörder.

We waited for the stroke of eight:
Each tongue was thick with thirst:
For the stroke of eight is the stroke of Fate
That makes a man accursed,
And Fate will use a running noose
For the best man and the worst.

Wir warten auf den Schlag: Acht Uhr,
Eines jedem Zunge war schwer von Durst,
Denn Schlag acht ist der Schlag des Schicksals,
Der einen Menschen verflucht,
Und das Schicksal wird eine Schlinge verwenden,
Für den besten Menschen und den schlimmsten.

We had no other thing to do,
Save to wait for the sign to come:
So, like things of stone in a valley lone,
Quiet we sat and dumb:
But each man's heart beat thick and quick,
Like a madman on a drum!

Wir konnten nichts tun,
Als auf das Zeichen zu warten,
Und so, wie Felsen in einem einsamen Tal,
Saßen wir leise und still:
Aber eines jede Herzen schlug hart und schnell,
Wie ein Verrückter auf einer Trommel!

With sudden shock the prison-clock
Smote on the shivering air,
And from all the gaol rose up a wail
Of impotent despair,
Like the sound that frightened marshes hear
From some leper in his lair.

Mit plötzlichem Schreck schlug die Gefängnisuhr
In der bebenden Luft,
Und von überall im Gefängnis begannen
Schreie hilfloser Verzweiflung zu erklingen,
Wie der Klang, den verängstigte Sümpfe hören,
Von einem Leprakranken in seinem Versteck.

And as one sees most fearful things
In the crystal of a dream,
We saw the greasy hempen rope
Hooked to the blackened beam,
And heard the prayer the hangman's snare
Strangled into a scream.

Und so wie jemand die schrecklichsten Dinge
In den Kristallen eines Traumes sieht,
So sahen wir den hanfenen Strick,
Eingehakt an den schwarzen Balken,
Und hörten das Gebet, das des Henkers Schlinge
In einem Schrei ersticken ließ.

And all the woe that moved him so
That he gave that bitter cry,
And the wild regrets, and the bloody sweats,
None knew so well as I:
For he who lives more lives than one
More deaths than one must die.

Und all das Leiden berührte ihn so sehr,
Daß er diesen verzweifelten Schrei ausstieß,
Und all die Reue und der blutige Schweiß,
Keiner weiß so gut wie ich:
Er, der mehr als ein Leben lebt,
Muß auch mehr als einmal sterben.

4

There is no chapel on the day
On which they hang a man:

4

Es gibt keinen Gottesdienst an dem Tag,
An dem jemand gehängt wird:

The Chaplain's heart is far too sick,
Or his face is far too wan,
Or there is that written in his eyes
Which none should look upon.

Des Kaplans Herzen ist viel zu schwach,
Oder sein Gesicht viel zu bleich,
Oder es steht in seinen Augen geschrieben,
Was niemand sehen sollte.

So they kept us close till nigh on noon,
And then they rang the bell,
And the warders with their jingling keys
Opened each listening cell,
And down the iron stair we tramped,
Each from his separate Hell.

So wurden wir nicht herausgelassen, bis es fast Mittag war,
Und dann läuteten sie die Glocken,
Und die Wächter mit ihren klirrenden Schlüsseln
Öffneten jede Zelle,
Und wir tappten die eisernen Stufen hinunter,
Jeder aus seiner eigenen Hölle.

Out into God's sweet air we went,
But not in wonted way,
For this man's face was white with fear,
And that man's face was grey,
And I never saw sad men who looked
So wistfully at the day.

Hinaus in Gottes süße Luft gingen wir,
Aber nicht auf gewöhnliche Weise,
Denn das Gesicht dieses Mannes war weiß mit Angst,
Und das jenes Mannes war grau,
Und ich sah nie einen Mann, der so
Sehnsuchtsvoll in den Tag hineinblickte.

I never saw sad men who looked
With such a wistful eye
Upon that little tent of blue
We prisoners called the sky,
And at every happy cloud that passed
In such strange freedom by.

Ich sah nie einen Mann, der blickte
Mit solch sehnsüchtigem Blick
Hinauf zu dem kleinen blauen Zelt,
Das Gefangene Himmel nennen,
Und auf jede glückliche Wolke,
Die in solch wunderlicher Freiheit vorbeizog.

But there were those amongst us all
Who walked with downcast head,
And knew that, had each got his due,
They should have died instead:
He had but killed a thing that lived,
Whilst they had killed the dead.

Aber da waren jene unter uns,
Die mit geneigtem Kopf vorübergingen
Und wußten, hätten sie ihre gerechte Strafe bekommen,
Hätten sie eigentlich sterben müssen:
Er hatte nur getötet, was gelebt,
Während sie die Toten töteten.

For he who sins a second time
Wakes a dead soul to pain,
And draws it from its spotted shroud,
And makes it bleed again,
And makes it bleed great gouts of blood,
And makes it bleed in vain!

Denn er, der zum zweiten Male sündigt,
Erweckt eine Seele zur Qual
Und zieht sie von ihrem fleckigen Leichentuch
Und bringt sie wieder zum Bluten,
Und sie blutet und blutet,
Und blutet doch vergebens.

*

Like ape or clown, in monstrous garb
With crooked arrows starred,
Silently we went round and round
The slippery asphalte yard;
Silently we went round and round,
And no man spoke a word.

*

Wie Affe oder Clown in greulichem Aufzug,
Mit krummen Pfeilen geschmückt,
Zogen wir schweigend unsere Kreise
Auf dem rutschigen Asphalthof,
Schweigend zogen wir unsere Kreise,
Und niemand sagte ein Wort.

Silently we went round and round,
And through each hollow mind
The Memory of dreadful things
Rushed like a dreadful wind,
And Horror stalked before each man,
And Terror crept behind.

*

The warders strutted up and down,
And watched their herd of brutes,
Their uniforms were spick and span,
And they wore their Sunday suits,
But we knew the work they had been at,
By the quicklime on their boots.

For where a grave had opened wide,
There was no grave at all:
Only a stretch of mud and sand
By the hideous prison-wall,
And a little heap of burning lime,
That the man should have his pall.

For he has a pall, this wretched man,
Such as few men can claim:
Deep down below a prison-yard,
Naked for greater shame,
He lies, with fetters on each foot,
Wrapt in a sheet of flame!

And all the while the burning lime
Eats flesh and bone away,
It eats the brittle bone by night,
And the soft flesh by day,
It eats the flesh and bone by turns,
But it eats the heart alway.

*

For three long years they will not sow
Or root or seedling there:
For three long years the unblessed spot
Will sterile be and bare,
And look upon the wondering sky
With unreproachful stare.

They think a murderer's heart would taint
Each simple seed they sow.
It is not true! God's kindly earth
Is kindlier than men know,

Schweigend zogen wir unsere Kreise,
Und in jeder leeren Seele,
Blies die Erinnerung an schreckliche Dinge
Wie ein tosender Wind,
Und Schauder stakte vor jedem her,
Und die Furcht kroch hinterher.

*

Die Wächter liefen auf und ab
Und achteten auf ihre Viehherde,
In hochglänzender Uniform
Und im Sonntagsanzug,
Aber wir erkannten, welche Tat sie vollbracht hatten,
Am Ätzkalk an ihren Stiefeln.

Denn wo das offene Grab war,
War nun von einem Grab nichts mehr zu sehen:
Nur ein Streifen Schlamm und Sand,
An der schrecklichen Gefängnismauer,
Und ein kleiner Haufen brennenden Kalks,
Auf daß der Mann sein Leichentuch bekomme.

Denn er hat ein Leichentuch, dieser elende Mann,
Wie es nur wenige haben:
Tief unter dem Gefängnishof,
Nackt der größeren Schmach wegen,
Liegt er, mit Fesseln an jedem Fuß,
Eingewickelt in ein Tuch aus Feuer.

Und währenddessen ißt der brennende Kalk
Fleisch und Knochen,
Ißt spröde Knochen in der Nacht
Und weiches Fleisch am Tag,
Ißt abwechselnd Fleisch und Knochen,
Aber ißt immer das Herz.

*

Drei Jahre lang werden sie dort
Keine Samen säen oder Pflanzen setzen:
Für drei Jahre wird dieser ungesegnete Fleck
Steril und karg belassen,
Und auf den verwunderten Himmel
Unnachgiebig hinaufstarren.

Sie glauben, das Herz eines jeden Mörders würde
Jede einfache Saat beschmutzen.
Es ist nicht wahr! Gottes gütige Erde,
Ist gütiger, als es die Menschen wissen,

And the red rose would but blow more red,
The white rose whiter blow.

Out of his mouth a red, red rose!
Out of his heart a white!
For who can say by what strange way,
Christ brings His will to light,
Since the barren staff the pilgrim bore
Bloomed in the great Pope's sight?

But neither milk-white rose nor red
May bloom in prison-air;
The shard, the pebble, and the flint,
Are what they give us there:
For flowers have been known to heal
A common man's despair.

So never will wine-red rose or white,
Petal by petal, fall
On that stretch of mud and sand that lies
By the hideous prison-wall,
To tell the men who tramp the yard
That God's Son died for all.

Yet though the hideous prison-wall
Still hems him round and round,
And a spirit may not walk by night
That is with fetters bound,
And a spirit may but weep that lies
In such unholy ground,

He is at peace – this wretched man –
At peace, or will be soon:
There is no thing to make him mad,
Nor does Terror walk at noon,
For the lampless Earth in which he lies
Has neither Sun nor Moom.

They hanged him as a beast is hanged!
They did not even toll
A requiem that might have brought
Rest to his startled soul,
But hurriedly they took him out,
And hid him in a hole.

The warders stripped him of his clothes,
And gave him to the flies:

Und rote Rosen würden nur roter blühen,
Und weiße Rosen weißer.

Aus seinem Mund eine rote, rote Rose!
Aus seinem Herzen eine weiße!
Denn wer weiß schon, auf welch merkwürdige Weise
Christus seinen Willen zeigt,
Seit der unfruchtbare Stab, den die Pilger trugen,
Erblühte im Angesicht des Papstes?

Aber weder milchweiße Rose noch eine rote
Kann in der Gefängnisluft blühen:
Scherben, Kies und Feuersteine
Sind alles, was wir hier kriegen:
Denn es ist allgemein bekannt,
Daß Blumen die Verzweiflung eines Menschen heilen.

So wird nie ein Blütenblatt von einer weinroten
Oder weißen Rose fallen
Auf jenen Streifen aus Schlamm und Sand, der
An der schrecklichen Gefängnismauer liegt,
Um den Männern, die im Hof umherziehen, zu sagen,
Daß Gottes Sohn für alle gestorben ist.

Doch diese schreckliche Gefängnismauer,
Faßt ihn ein,
Und ein Geist darf des Nachts nicht wandern,
Wenn er gefesselt ist,
Und ein Geist darf nur heulen, wenn er
In solch unheiligem Boden liegt.

Er ist in Frieden – dieser elende Mann –
Er ist in Frieden, oder wird bald dort sein:
Es gibt nichts, was ihn verrückt macht,
Noch wandert Furcht am Mittag,
Denn auf die unbeleuchtete Erde, in der er liegt,
Scheint weder Mond noch Sonne.

Sie hängten ihn wie ein Untier!
Sie ließen noch nicht einmal ein Requiem ertönen,
Das seine aufgeschreckte Seele zur Ruhe gebracht hätte,
Statt dessen nahmen sie ihn schnell herab
Und versteckten ihn in einem Loch.

Die Wächter zogen seine Kleidung aus
Und ließen ihn für die Fliegen zurück;

They mocked the swollen purple throat,
And the stark and staring eyes:
And with laughter loud they heaped the
 shroud
In which the convict lies.

Sie machten sich über seinen geschwollenen
 blutroten Hals lustig
Und über seine starren starrenden Augen:
Und mit lautem Gelächter häuften sie das
 Leichentuch,
In dem der Gefangene liegt.

The Chaplain would not kneel to pray
By his dishonoured grave:
Nor mark it with that blessed Cross
That Christ for sinners gave,
Because the man was one of those
Whom Christ came down to save.

Der Kaplan wollte nicht zum Beten
 niederknien
An diesem entehrten Grab:
Noch mit dem heiligen Kreuz segnen,
Das Christus für alle Sünder gab,
Denn der Mann war einer derjenigen,
Für die Christus herabgekommen war.

Yet all is well; he has but passed
To Life's appointed bourne:
And alien tears will fill for him
Pity's long-broken urn,
For his mourners will be outcast men,
And outcasts always mourn.

Doch alles ist gut; er ist nur am
Vorgesehenen Ziel des Lebens angekommen:
Und fremde Tränen werden für ihn
Den zerbrochenen Krug von Mitleid füllen;
Denn die Trauernden sind verstoßene
 Männer,
Und Verstoßene trauern immer.

5

I know not whether Laws be right,
Or whether Laws be wrong;
All that we know who lie in gaol
Is that the wall is strong;
And that each day is like a year,
A year whose days are long.

5

Ich weiß nicht, ob die Gesetze richtig
Oder ob die Gesetze falsch sind:
Alles, das wir, die im Gefängnis liegen,
 wissen,
Ist, daß die Mauer stark ist,
Und jeder Tag ist wie ein Jahr,
Ein Jahr, dessen Tage lang sind.

But this I know, that every Law
That men hath made for Man,
Since first Man took his brother's life,
And the sad world began,
But straws the wheat and saves the chaff
With a most evil fan.

Aber ich weiß, daß jedes Gesetz,
Das Mensch für Mensch gemacht,
Seit ein Mensch zum ersten Mal das Leben
 seines Bruders nahm
Und die traurige Welt ihren Lauf nahm,
Nur den Weizen verstroht und die Spreu
 bewahrt
Mit gemeinster Schaufel.

This too I know – and wise it were
If each could know the same –
That every prison that men build
Is built with bricks of shame,
And bound with bars lest Christ should see
How men their brothers maim.

Ich weiß auch – und es wäre weise, wenn
 jeder
Dieses wissen könnte, daß jedes Gefängnis,
 das Menschen bauten,
Aus Ziegeln der Schande besteht,
Und mit Gitterstäben versehen, damit
 Christus nicht sieht,
Wie Menschen ihre Brüder quälen.

With bars they blur the gracious moon,
And blind the goodly sun;

Mit Gitterstäben wird der gütige Mond
 verwischt,
Und die gute Sonne erblindet:

And they do well to hide their Hell,
For in it things are done
That Son of God nor son of Man
Ever should look upon!

Und sie tun gut, ihre Hölle zu verstecken,
Denn in ihrem Innern werden Dinge
begangen,
Die Gottes Sohn und Menschensohn
Niemals sehen sollten.

*

The vilest deeds like poison weeds,
Bloom well in prison-air;
It is only what is good in Man
That wastes and withers there:
Pale Anguish keeps the heavy gate,
And the Warder is Despair.

Die übelsten Taten, wie giftiges Unkraut,
Treiben gut in Gefängnisluft:
Nur das Gute im Menschen
Verendet und vertrocknet dort:
Blasse Angst hält das schwere Tor,
Und der Wächter ist die Verzweiflung.

For they starve the little frightened child
Till it weeps both night and day:
And they scourge the weak, and flog the
fool,
And gibe the old and grey,
And some grow mad, and all grow bad,
And none a word may say.

Denn sie lassen ihr kleines verängstigtes
Kind verhungern,
Bis es Tag und Nacht nur noch wimmert:
Und sie peitschen die Schwachen und
schlagen die Narren
Und verspotten die Alten und Grauen,
Und manche werden verrückt, und alle
werden böse,
Und keiner darf ein Wort sagen.

Each narrow cell in which we dwell
Is a foul and dark latrine,
And the fetid breath of living Death
Chokes up each grated screen,
And all, but Lust, is turned to dust
In Humanity's machine.

Jede enge Zelle, in der wir sind,
Ist eine üble dunkle Latrine,
Und der stinkende Atem lebendiger Toter
Verstopft die Gitterwände,
Und alles, außer Wollust, wird zu Staub
In der Maschinerie der Menschheit.

The brackish water that we drink
Creeps with a loathsome slime,
And the bitter bread they weigh in scales
Is full of chalk and lime,
And Sleep will not lie down, but walks
Wild-eyed, and cries to Time.

Auf dem brackigen Wasser, das wir
trinken,
Schwimmt ein haßvoller Schleim,
Und das bittere Brot, genau abgewogen,
Ist voller Kreide und Kalk,
Schlaf legt sich nicht nieder, sondern läuft
Wildäugig und schreit nach der Zeit.

*

But though lean Hunger and green Thirst
Like asp with adder fight,
We have little care of prison fare,
For what chills and kills outright
Is that every stone one lifts by day
Becomes one's heart by night.

Aber obwohl schlanker Hunger und grüner
Durst
Wie Natter mit Viper kämpft,
Sorgt sich niemand um Gefängniskost,
Denn das, was einen erschauern läßt,
Ist, daß jeder Stein, den man tagsüber
aufhebt,
Nachts zum eigenen Herzen wird.

With midnight always in one's heart,
And twilight in one's cell,
We turn the crank, or tear the rope,
Each in his separate Hell,

Mit Mitternacht immer im Herz,
Und Dämmerlicht in der Zelle,
Drehen wir die Welle oder reißen das Seil,
Jeder in seiner eigenen Hölle.

And the silence is more awful far
Than the sound of a brazen bell.

And never a human voice comes near
To speak a gentle word:
And the eye that watches through the door
Is pitiless and hard:
And by all forgot, we rot and rot,
With soul and body marred.

And thus we rust Life's iron chain
Degraded and alone:
And some men curse, and some men weep,
And some men make no moan:
But God's eternal Laws are kind
And break the heart of stone.

And every human heart that breaks,
In prison-cell or yard,
Is as that broken box that gave
Its treasure to the Lord,
And filled the unclean leper's house
With the scent of costliest nard.

Ah! happy they whose hearts can break
And peace of pardon win!
How else may man make straight his plan
And cleanse his soul from Sin?
How else but through a broken heart
May Lord Christ enter in?

*

And he of the swollen purple throat,
And the stark and staring eyes,
Waits for the holy hands that took
The Thief to Paradise;
And a broken and a contrite heart
The Lord will not despise.

The man in red who reads the Law
Gave him three weeks of life,
Three little weeks in which to heal
His soul of his soul's strife,
And cleanse from every blot of blood
The hand that held the knife.

And with tears of blood he cleansed the hand,
The hand that held the steel:

Und die Stille ist viel schlimmer als
Der Klang einer Messingglocke.

Und nie hört man eine Menschenstimme,
Die ein sanftes Wort spricht:
Und das Auge, das durch die Tür blickt,
Ist gefühllos und hart:
Und vergessen von allen, verrotten wir hier,
Seele und Körper zerbrochen.

Und so rosten wir in der Eisenkette des Lebens,
Entehrt und allein,
Und manche fluchen, und andere weinen,
Und manche geben keinen Ton von sich.
Aber die ewigen Gesetzes Gottes sind gütig
Und zerbrechen das Herz aus Stein.

Und jedes Menschenherz, das in der Gefängniszelle oder
Auf dem Hof zerbricht,
Ist wie jene zerbrochene Kiste, die ihren
Schatz dem Herrn gab
Und des dreckigen Leprakranken Haus
Mit dem Geruch der kostbarsten Narden füllte.

Oh! Glücklich sind die, deren Herzen zerbrechen können,
Und Frieden in Vergebung finden.
Wie sonst kann man den rechten Weg gehen
Und seine Seele von Sünde reinigen?
Wie sonst, wenn nicht durch ein gebrochenes Herz,
Kann Christus Einlaß finden?

*

Und er mit dem geschwollenen roten Hals
Und den starren starrenden Augen,
Wartet auf jene heiligen Hände, die
Den Dieb ins Paradies brachten:
Und ein gebrochenes und ein reumütiges Herz
Wird der Herr nicht verachten.

Der Mann in Rot, der das Gesetz kennt,
Gab ihm drei Wochen zu leben,
Drei Wochen, in denen er seiner Seele
Ruhe geben konnte
Und jeden Bluttropfen von seiner Hand,
Die das Messer hielt, abwaschen konnte.

Und mit Tränen aus Blut wusch er seine Hand,
Die Hand, die den Stahl gehalten hatte:

For only blood can wipe out blood,
And only tears can heal:
And the crimson stain that was of Cain
Became Christ's snow-white seal.

Denn nur mit Blut kann man Blut abwaschen,
Und nur Tränen können heilen,
Und der karminrote Fleck auf Kain
Wurde zum schneeweißen Siegel Christi.

6

In Reading gaol by Reading town
There is a pit of shame,
And in it lies a wretched man
Eaten by teeth of flame,
In a burning winding-sheet he lies,
And his grave has got no name.

And there, till Christ call forth the dead,
In silence let him lie:
No need to waste the foolish tear,
Or heave the windy sigh:
The man had killed the thing he loved,
And so he had to die.

And all men kill the thing they love,
By all let this be heard,
Some do it with a bitter look,
Some with a flattering word,
The coward does it with a kiss,
The brave man with a sword!

6

Im Gefängnis zu Reading, nahe der Stadt Reading,
Ist eine Grube der Schande,
In ihr liegt ein elender Mann,
Gefressen von Zähnen der Flammen,
In einem brennenden Wickeltuch liegt er,
Und auf seinem Grab steht kein Name.

Und bis zu dem Tag, an dem Christus die Toten zu sich ruft,
Soll in Ruhe er liegen:
Kein Grund, törichte Tränen zu vergießen
Oder tief zu seufzen:
Der Mann hat getötet, was er geliebt,
Und darum mußte er sterben.

Doch tötet jeder, was er liebt,
Dies soll nur jeder wissen,
Manche tun es mit bösem Blick,
Manche mit schmeichelndem Wort.
Der Feigling tut es mit einem Kuß,
Der Tapfere mit einem Schwert!

The Burden of Itys

This English Thames is holier far than Rome,
Those harebells like a sudden flush of sea
Breaking across the woodland, with the foam
Of meadow-sweet and white anemone
To fleck their blue waves, – God likelier there
Than hidden in that crystal-hearted star the pale monks bear!

Those violet-gleaming butterflies that take
Yon creamy lily for their pavilion
Are monsignores, and where the rushes shake
A lazy pike lies basking in the sun,
His eyes half shut, – he is some mitred old
Bishop *in partibus!* look at those gaudy scales all green and gold.

The wind the restless prisoner of the trees
Does well for Palæstrina, one would say

Die Klage um Itys

Heil'ger als Rom ist Englands Themse,
Wo Glockenblumen wie der See plötzliche Brandung
Über die Wälder brechen mit dem Schaum
Von weißen Anemonen, Wiesenspier,
Um ihre blauen Wellen zu sprenkeln – offenkundiger
Als in der bleichen Mönche Kristallmonstranz ist hier der Herr.

Die violett glänzenden Schmetterlinge
Unter der weißen Lilien Pavillon
Sind Monsignores, und wo das Schilfgras erzittert,
Ein träger Hecht in der Sonne liegt,
Mit halbgeschlossenen Augen – ein alter Bischof im Meßornat.
Ich seh' die grüngoldnen Schuppen.

Der Wind, ein rastloser Gefangener der Bäume,
Ist wohl ein Palästrina, mag man sagen,

The mighty master's hands were on the keys
Of the Maria organ, which they play
When early on some sapphire Easter morn
In a high litter red as blood or sin the Pope is borne

From his dark House out to the Balcony
Above the bronze gates and the crowded square,
Whose very fountains seem for ecstasy
To toss their silver lances in the air,
And stretching out weak hands to East and West
In vain sends peace to peaceless lands, to restless nations rest.

Is not yon lingering orange after-glow
That stays to vex the moon more fair than all
Rome's lordliest pageants! strange, a year ago
I knelt before some crimson Cardinal
Who bare the Host across the Esquiline,
And now – those common poppies in the wheat seem twice as fine.

The blue-green beanfields yonder, tremulous
With the last shower, sweeter perfume bring
Through this cool evening than the odorous
Flame-jewelled censers the young deacons swing,
When the grey priest unlocks the curtained shrine,
And makes God's body from the common fruit of corn and vine.

Poor Fra Giovanni bawling at the mass
Were out of tune now, for a small brown bird
Sings overhead, and through the long cool grass
I see that throbbing throat which once I heard
On starlit hills of flower-starred Arcady,
Once where the white and crescent sand of Salamis meets sea.

Sweet is the swallow twittering on the eaves
At daybreak, when the mower whets his scythe,
And stock-doves murmur, and the milkmaid leaves

Des mächtigen Meisters Hände ruhten auf den Tasten
Jener Marienorgel, so wie einst
Als früh an einem saphirnen Ostermorgen
In einer hohen Sänfte rot wie Blut oder die Sünde der Papst geboren ward.

Aus seinem dunklen Haus trat er auf den Balkon
Über den bronzenen Toren und dem Menschenmeer auf der Piazza,
Deren Brunnen in Ekstase ihre silbernen Lanzen in die Luft warfen
Und zarte Hände nach Ost und West ausstreckten,
Um umsonst Frieden in friedlose Länder, Ruhe in ruhelose Nationen zu senden.

Ist nicht das orangefarbene Glühen,
Das verweilt, um den Mond zu ärgern, schöner noch als
Rom im Festgewand! Seltsam, noch vor einem Jahr
Kniete ich vor einem scharlachroten Kardinal,
Der über'n Esquilin die Hostie trug,
Und nun – die schlichten Mohnblumen im Weizenfeld sind doppelt schön.

Die blaugrünen Bohnenfelder, noch zitternd
Vom letzten Schauer, bringen süßeren Duft
An diesem kühlen Abend als die der jungen Diakone
Scharf riechenden Räuchergefäße, mit flammenden Juwelen bestückt,
Wenn der greise Priester den Schrein öffnet
Und die gemeinen Früchte des Felds und Rebstocks in Gottes Leib verwandelt.

Der arme Fra Giovanni, seine Psalmen schmetternd,
Verfehlte hier die Melodie ob eines kleinen braunen Vogels,
Der sein Lied singt über meinem Haupte, und durch das kühle hohe Gras
Seh' ich die Kehle, die ich einst gehört,
Im Sternenschein des blumenbesternten Landes Arkadien,
Wo der weiße Strand von Salamis auf die See trifft.

Süß ist das Zwitschern der Schwalben von der Traufe
Frühmorgens, wenn der Mäher seine Sense schärft.
Und Holztauben gurren, und die Milchmagd verläßt

Her little lonely bed, and carols blithe
To see the heavy-lowing cattle wait
Stretching their huge and dripping mouths across the farmyard gate.

And sweet the hops upon the Kentish leas,
And sweet the wind that lifts the new-mown hay,
And sweet the fretful swarms of grumbling bees
That round and round the linden blossoms play;
And sweet the heifer breathing in the stall,
And the green bursting figs that hang upon the red-brick wall.

And sweet to hear the cuckoo mock the spring
While the last violet loiters by the well,
And sweet to hear the shepherd Daphnis sing
The song of Linus through a sunny dell
Of warm Arcadia where the corn is gold
And the slight lithe-limbed reapers dance about the wattled fold.

And sweet with young Lycoris to recline
In some Illyrian valley far away,
Where canopied on herbs amaracine
We too might waste the summer-trancèd day
Matching our reeds in sportive rivalry,
While far beneath us frets the troubled purple of the sea.

But sweeter far if silver-sandalled foot
Of some long-hidden God should ever tread
The Nuneham meadows, if with reeded flute
Pressed to his lips some Faun might raise his head
By the green water-flags, ah! sweet indeed
To see the heavenly herdsman call his white-fleeced flock to feed.

Then sing to me thou tuneful chorister,
Though what thou sing'st be thine own requiem!
Tell me thy tale thou hapless chronicler
Of thine own tragedies! do not contemn
These unfamiliar haunts, this English field,
For many a lovely coronal our northern isle can yield

Ihr einsames Bett und tritt in das Tor des Hofs,
Wo jedes breite Kuhmaul triefend ihr entgegenhaucht.

Und süß ist der Hopfen in Kents Auen,
Und süß der Wind, der mit dem grad geschnittnen Heu spielt,
Und süß die unruhig murrenden Bienenschwärme,
Die rings um des Lindenbaums Blüten surren,
Und süß die Färse in ihrem Stall
Und die grünen Feigen, berstend über der roten Ziegelmauer.

Und süß des Kuckucks Laut, der den Frühling verspottet,
Während die letzten Veilchen um die Quelle blühen,
Und süß des Schafhirten Daphnis Lied
Von Linos in einem sonnigen Tal
Im warmen Arkadien, wo das Korn so gülden
Und um den Zaun der Tanz der schlanken Schnitter geht.

Und süß mit Lykoris zu ruhen
In einer Schlucht Illyriens fern von hier,
Wo hingestreckt auf bitteres Kraut
Auch wir des Sommertages Trance genießen
Und scherzend prüfen, wer im Rohrspiel siegt,
Während tief unter uns des Meeres Purpur liegt.

Doch süßer noch als jener Ort, den die silbernen Sandalen
Eines lang verborgenen Gottes betraten,
Die Weiden Nunehams, wo ein Faun – die Lippen um
Seine Flöte geschürzt – das Haupt erheben mag.
Bei den grünen Sumpfschwertlilien, ah! so süß
Der himmlische Hirte seine weißvlies'ge Herde zur Atzung ruft!

So sing mir, kundiger Sänger,
Sollt', was du singst, auch dein eignes Requiem sein!
Erzähl die Mär mir, glückloser Chronist
Deiner eigenen Tragödien! Verachte nicht die
Unbekannten Orte, dies englische Feld,
Denn manchen holden Kranz birgt unser nord'scher Inselstrand.

Which Grecian meadows know not, many a rose
Which all day long in vales Æolian
A lad might seek in vain for over-grows
Our hedges like a wanton courtesan
Unthrifty of its beauty; lilies too
Ilissos never mirrored star our streams, and cockles blue

Dot the green wheat which, though they are the signs
For swallows going south, would never spread
Their azure tents between the Attic vines;
Even that little weed of ragged red,
Which bids the robin pipe, in Arcady
Would be a trespasser, and many an unsung elegy

Sleeps in the reeds that fringe our winding Thames
Which to awake were sweeter ravishment
Than ever Syrinx wept for, diadems
Of brown bee-studded orchids which were meant
For Cytheræa's brows are hidden here
Unknown to Cytheræa, and by yonder pasturing steer

There is a tiny yellow daffodil,
The butterfly can see it from afar,
Although one summer evening's dew could fill
Its little cup twice over ere the star
Had called the lazy shepherd to his fold
And be no prodigal; each leaf is flecked with spotted gold

As if Jove's gorgeous leman Danae
Hot from his gilded arms had stooped to kiss
The trembling petals, or young Mercury
Low-flying to the dusky ford of Dis
Had with one feather of his pinions
Just brushed them! the slight stem which bears the burden of its suns

Is hardly thicker than the gossamer,
Or poor Arachne's silver tapestry, –
Men say it bloomed upon the sepulchre
Of One I sometime worshipped, but to me

Denn keine griechische Flur kennt nicht viele Rosen,
Die in den Tälern Äoliens tagelang
Ein Jüngling suchen mag – umsonst –
Sie rankt hier lose um die Hecken wie eine üppige Kurtisane,
Mit Schönheit prassend; Lilien auch, die
Ilissos nie spiegelte, besternen unsere Ströme, und radenblau

Im grünen Weizen blitzen, die, künden sie auch
Der Schwalben Reise gen Süden,
Ihre azurnen Zelte nie in den Weinbergen Attikas spannten;
Selbst das zarte rote Kraut,
Welches das Rotkehlchen zum Singen bringt,
Wär' in Arkadien ein Eindringling, und so manche nie gesungene Elegie

Schlummert im Schilf der sich windenden Themse,
Die zu erwecken süßere Genüsse verspräche,
Als selbst die Sphinx beweinte, Diademe
Brauner, bienenbesetzter Orchideen, würdig
Kythereias Stirn, sind hier verborgen,
Ihr selbst unbekannt; und zart erblühn

Dort, wo die Fähre weidet, zartgelbe Narzissen
Von Schmetterlingen schon von fern erspäht
Obgleich der Tau eines einzigen Sommerabends ihren
Kleinen Kelch zweimal füllen könnt', bevor der Stern
Den müß'gen Schäfer zu der Hürde lenkt,
Und ist verschwenderisch nicht, ein jedes Blatt mit güldnen Sprenkeln bedacht,

Als hätte Danaes, der Stolzen, Kuß
Die zitternden Blätter berührt, mit goldenem Arm
Des Gottes heiß, oder Merkurius,
Tief fliegend vor dem düsteren Schattenschwarm,
An sie gestreift mit seinem Flügel Saum! Der

Zarte Stiel ist stärker als der Spinnenfaden kaum
Oder der armen Arachnes silbernes Garn,
Männer sahen es über der Grabstätte erblühn
Von jemand, den ich einst verehrte, doch mir schien

It seems to bring diviner memories
Of faun-loved Heliconian glades and blue
nymph-haunted seas,

Of an untrodden vale at Tempe where
On the clear river's marge Narcissus lies,
The tangle of the forest in his hair,
The silence of the woodland in his eyes,
Wooing that drifting imagery which is
No sooner kissed than broken; memories of
Salmacis

Who is not boy nor girl and yet is both,
Fed by two fires and unsatisfied
Through their excess, each passion being
loth
For love's own sake to leave the other's side
Yet killing love by staying, memories
Of Oreads peeping through the leaves of
silent moonlit trees,

Of lonely Ariadne on the wharf
At Naxos, when she saw the treacherous
crew
Far out at sea, and waved her crimson scarf
And called false Theseus back again nor
knew
That Dionysos on an amber pard
Was close behind her; memories of what
Mæonia's bard

With sightless eyes beheld, the wall of
Troy,
Queen Helen lying in the carven room,
And at her side an amorous red-lipped boy
Trimming with dainty hand his helmet's
plume,
And far away the moil, the shout, the
groan,
As Hector shielded off the spear and Ajax
hurled the stone;

Of wingèd Perseus with bis flawless sword
Cleaving the snaky tresses of the witch,
And all those tales imperishably stored
In little Grecian urns, freightage more rich
Than any gaudy galleon of Spain
Bare from the Indies ever! these at least
bring back again,

Es göttlichere Erinnerungen zu bergen
Vom faungeliebten Helikon und blauen
nymphenbesuchten Meeren

Eines unbegangenen Tales im Tempe, wo
An des klaren Flusses Rand Narziß liegt,
Waldwirrnis in den Locken,
Die Stille der Bäume in seinen Augen,
Die fliehende Schimäre festzuhalten, sein
Begehr,
Die beim ersten Kuß zerspringt; Erinnerun-
gen an Salmakis

Nicht Knabe noch Mägdlein und doch
beides,
Von zwei Feuern gespeist und nicht befriedet
Durch den Exzeß, weil des einen Wonne
Dem andern Leiden bringt
Und so die Liebe stirbt, und Mären dann
Von Oreaden, die vorlugen aus den Blättern
stiller mondbeschienener Bäume,

Von der einsamen Ariadne, die am Ufer-
hang
Zu Naxos, wo sie sah die treulose Mann-
schaft
Weit draußen im Meer, und schwang ihr
scharlachrotes Tuch
Und Theseus noch, den falschen, rief, da
Dionysos, auf bernsteinfarbenem Leopard,
Schon fast bei ihr war; Erinnerungen an die
Mär, die dem Maioniden ward,

Mit blicklosen Augen die Mauern Trojas
schauend,
Königin Helena im geschnitzten Raum
Und an ihrer Seite ein verliebter Knab mit
roten Lippen
Mit zarter Hand die Feder seines Helms
glattstrich,
Und fern die Schlacht, Gebrüll und Schreie,
Da Hektor mit dem Schilde den Speer
abschlug und Ajax jenen Stein warf;

Der beflügelte Perseus mit makellosem
Schwert
Die Schlangenlocken abhieb der Hexe,
Und all jene Geschichten, deren ew'ger
Wert
In griechischen Urnen bewahrt, eine Fracht,
Süßer denn jede spanische Gallione bergen
mag,
Die aus Indien zurückkehrt – ich bring' sie
zurück!

For well I know they are not dead at all,
The ancient Gods of Grecian poesy;
They are asleep, and when they hear thee call
Will wake and think 'tis very Thessaly,
This Thames the Daulian waters, this cool glade
The yellow-irised mead where once young Itys laughed and played.

Denn ich weiß ja, sie sind nicht tot,
Die alten Götter hellenischer Mythen;
Sie schlafen nur, und erlauschen sie deinen Ruf
So werden sie erwachen und meinen: Dies sind Thessaliens Blüten,
Die Themse Daulis Strom, der kühle Hang
Die irisgelbe Flur, wo Itys lachend spielte.

If it was thou dear jasmine-cradled bird
Who from the leafy stillness of thy throne
Sang to the wondrous boy, until he heard
The horn of Atalanta faintly blown
Across the Cumnor hills, and wandering
Through Bagley wood at evening found the Attic poets' spring, –

Warst du, jasmingewiegter Vogel, lieber,
Der von den stillen Blättern deines Throns
Dem Wunderknaben sang, bis daß er hörte
Das Horn von Atalanta schwach erklingen
Dort über den Hügeln von Cunmor, und, durch
Den Forst von Bagley wandernd, eines Abends
Den Dichterquell Attikas fand, –

Ah! tiny sober-suited advocate
That pleadest for the moon against the day!
If thou didst make the shepherd seek his mate
On that sweet questing, when Proserpina
Forgot it was not Sicily and leant
Across the mossy Sandford stile in ravished wonderment, –

Ah! Schlanker Anwalt in nüchternem Zwirn,
Der den Mond gegen den Tag verteidigt!
Warst du's, der den Hirten seine Buhle suchen hieß,
Als Proserpina vergaß, daß sie, statt auf Sizilien,
An Sandforts moos'gem Zaun in staunendem Entzücken stand;

Light-winged and bright-eyed miracle of the wood!
If ever thou didst soothe with melody
One of that little clan, that brotherhood
Which loved the morning-star of Tuscany
More than the perfect sun of Raphael
And is immortal, sing to me! for I too love thee well.

Leichtflügeliges, augenklares Wunder des Waldes!
Wann immer du mit deiner Melodie
Besänftigst einen jener Brüderschar,
Die den Morgenstern der Toskana
Mehr liebte als die perfekte Sonne Raphaels
Und unsterblich ist, sing für mich! Denn auch ich liebe dich!

Sing on! sing on! let the dull world grow young,
Let elemental things take form again,
And the old shapes of Beauty walk among
The simple garths and open crofts, as when
The son of Leto bare the willow rod,
And the soft sheep and shaggy goats followed the boyish God.

O sing! Ja sing! Laß wieder werden jung die graue Welt,
Laß Elemente wieder leibhaft werden
Und die alten Formen der Schönheit wieder wandeln
Durch die Fluren und Felder wie dereinst, als
Der Sohn Letos mit seiner Weidenrute hieb,
Der junge Gott sanfte Schafe, zott'ge Ziegen trieb.

Sing on! sing on! and Bacchus will be here
Astride upon his gorgeous Indian throne,
And over whimpering tigers shake the spear
With yellow ivy crowned and gummy cone,
While at his side the wanton Bassarid
Will throw the lion by the mane and catch the mount kid!

O sing! Ja sing! Und Bacchus wird erscheinen
Auf seinem herrlichen indischen Thron
Und windelnden Tigern mit seinem Speer drohen,
Gekrönt mit gelbem Efeu und harz'gen Zapfen
Während an seiner Seite die wilde Bassaride
Den Löwen bei der Mähne wirft und flugs die Felsgeiß fängt!

Sing on! and I will wear the leopard skin,
And steal the moonèd wings of Ashtaroth,
Upon whose icy chariot we could win
Cithæron in an hour ere the froth
Has over-brimmed the wine-vat or the Faun
Ceased from the treading! ay, before the flickering lamp of dawn

O sing! Und ich werd' tragen des Leoparden Fell,
Und Astaroths Mondschwingen stehlen,
Des' eis'ge Kutsche mich wohl brächt' in einer Stund zum Kythaironzug,
Eh noch die Rufe überschäumt, der Faun
Im Treten einhält! Ach, bevor das unstete Licht des Morgengraun

Has scared the hooting owlet to its nest,
And warned the bat to close its filmy vans,
Some Mænad girl with vine-leaves on her breast
Will filch their beech-nuts from the sleeping Pans
So softly that the little nested thrush
Will never wake, and then with shrilly laugh and leap will rush

Die furchtsame Eule in ihr Nest verbannt,
Die Fledermäuse ihre Flügel falten
Die Mänade, Weinblätter auf der Brust,
Dem schlafenden Pan die Bucheckern stiehlt
So sacht, daß auch die winz'ge Drossel in ihrem Nest
Nicht erwacht, und dann mit grellem Lachen und beherztem Sprung

Down th green valley where the fallen dew
Lies thick beneath the elm and count her store,
Till the brown Satyrs in a jolly crew
Trample the loosestrife down along the shore,
And where their hornèd master sits in state
Bring strawberries and bloomy plums upon a wicker crate!

Wird eilen in das grüne Tal, wo Tau
Unter den Ulmen liegt, und zählen ihre Beute,
Bis daß der braunen Satyrn muntre Zahl
Das Blutkraut niedertritt am Strand
Und dem behornten Meister
Erdbeeren und reife Pflaumen in einem Korbe bringen!

Sing on! and soon with passion-wearied face
Through the cool leaves Apollo's lad will come,
The Tyrian prince his bristled boar will chase
Adown the chestnut-copses all a-bloom,
And ivory-limbed, grey-eyed, with look of pride,
After yon velvet-coated deer the virgin maid will ride.

O sing! Und bald, das Antlitz müd vor Leidenschaft,
Tritt durch die kühlen Blätter Apollos Knabe,
Der Tyrerprinz wird jagen seinen strupp'gen Eber
Durch die Kastanienbäume in voller Blütenpracht
Und mit Elfenbeingliedern, grauen Augen, mit stolzem Blick
Folgt die Jungfrau dem samtpelzenen Hirsch.

Sing on! and I the dying boy will see
Stain with his purple blood the waxen bell
That overweighs the jacinth, and to me
The wretched Cyprian her woe will tell,
And I will kiss her mouth and streaming eyes,
And lead her to the myrtle-hidden grove where Adon lies!

O sing! Und der sterbende Knabe wird sehen
Von seinem Blut den Kelch der Blume rot,
Die mehr gilt als die Hyazinthe, und mir
Wird die vermaledeite Kyprische ihr Leid singen,
Und ich werd' küssen Mund und strömend' Aug' ihr
Und führ' sie zu dem Myrtenheim, wo Adonis liegt!

Cry out aloud en Itys! memory
That foster-brother of remorse and pain
Drops poison in mine ear, – O to be free,
To burn one's old ships! and to launch again

Klag laut um Itys! Der Erinnerung Hand,
Die Schwester ist von Buß und Schmerz,
Wird träufeln Gift in meine Ohren – Oh, frei zu sein,
Die alten Schiffe zu verbrennen! Und noch einmal auszuziehn

Into the white-plumed battle of the waves
And fight old Proteus for the spoil of coral-
flowered caves!

O for Medea with her poppied spell!
O for the secret of the Colchian shrine!
O for one leaf of that pale asphodel
Which binds the tired brows of Proserpine,
And sheds such wondrous dews at eve that she
Dreams of the fields of Enna, by the far
Sicilian sea,

Where oft the golden-girdled bee she chased
From lily to lily on the level mead,
Ere yet her sombre Lord had bid her taste
The deadly fruit of that pomegranate seed,
Ere the black steeds had harried her away
Down to the faint and flowerless land, the
sick and sunless day.

O for one midnight and as paramour
The Venus of the fittle Melian farm!
O that some antique statue for one hour
Might wake to passion, and that I could
charm
The Dawn at Florence from its dumb
despair,
Mix with those mighty limbs and make that
giant breast my lair!

Sing on! sing on! I would be drunk with life,
Drunk with the trampled vintage of my
youth,
I would forget the wearying wasted strife,
The riven veil, the Gorgon eyes of Truth,
The prayerless vigil and the cry for prayer,
The barren gifts, the lifted arms, the dull
insensate air!

Sing on! sing on! O feathered Niobe,
Thou canst make sorrow beautiful, and
steal
From joy its sweetest music, not as we
Who by dead voiceless silence strive to heal
Our too untended wounds, and do but keep
Pain barricadoed in our hearts, and murder
pillowed sleep.

Sing louder yet, why must I still behold
The wan white face of that deserted
Christ,

In die weißfedrigen Wellen
Und dem alten Proteus abzuringen korallen-
beblühte Höhlen!

O Medea mit dem Mohnzauber!
Und Kolchis mit dem wundersamen Schrein!
O nur ein Blatt des bleichen Asphodills,
Der Proserpina müdes Haupt umschlang
Und abends so seltenen Tau versprüht,
Daß sie träumt von Ennas Fluren, fern vom
sizilianischen Meer umschäumt.

Wo oft die goldbegürtete Biene sie jagte
Von Lilie zu Lilie auf der Weide,
Eh sie ein düst'rer Gott die todbringende
Granatfrucht kosten ließ,
Eh der schwarzen Rosse wilder Zug
Zum blassen, blumenlosen Land, zum
kranken, sonnenlosen Tag sie trug.

O zum Gespiel für eine Mitternacht
Die Venus des Melischen Hofs!
O daß eine antike Statue nur eine Stunde
lang
Zur Leidenschaft erwache, und ich vermoch-
te zu verlocken
Die florentin'sche Dämmerung aus ihrer
trägen Trauer
Mit jenen riesigen Gliedern mich verbünden
und der Gigantenbrust mich anzuver-
trauen.

O sing! Ja sing! Und ganz berauscht vom
Leben,
Berauscht von meiner Jugend frischem Most,
Vergäß' ich den ermüdend wüsten Kampf,
Den zerrissenen Schleier, den Gorgonen-
blick der Wahrheit,
Gebetloses Wachen und Schrei nach Gebet,
Verlorne Gaben, flehende Arme, dumpfen
Taumeldunst.

O sing! Ja sing! O beschwingte Niobe,
Du gibst der Pein Schönheit und stiehlst
Der Freude ihre schönste Melodie, nicht so
wie wir,
Die durch tote, stimmlose Stille unsere
Unbehandelten Wunden zu heilen trachten,
und den Schmerz
Doch nur in unseren Herzen einschließen
und den Schlaf ermorden.

Sing gar noch lauter, warum kann ich
vergessen nicht
Das blasse Antlitz des verlassenen Heilands,

Whose bleeding hands my hands did once enfold,
Whose smitten lips my lips so oft have kissed,
And now in mute and marble misery
Sits in his lone dishonoured House and weeps, perchance for me?

O Memory cast down thy wreathèd shell!
Break thy hoarse lute O sad Melpomene!
O sorrow, sorrow keep thy cloistered cell
Nor dim with tears this limpid Castaly!
Cease, cease, sad bird, thou dost the forest wrong
To vex its sylvan quiet with such wild impassioned song!

Cease, cease, or if 'tis anguish to be dumb
Take from the pastoral thrush her simpler air,
Whose jocund carelessness doth more become
This English woodland than thy keen despair,
Ah! cease and let the north wind bear thy lay
Back to the rocky hills of Thrace, the stormy Daulian bay.

A moment more, the startled leaves had stirred,
Endymion would have passed across the mead
Moonstruck with love, and this still Thames had heard
Pan plash and paddle groping for some reed
To lure from her blue cave that Naiad maid
Who for such piping listens half in joy and half afraid.

A moment more, the waking dove had cooed,
The silver daughter of the silver sea
With the fond gyves of clinging hands had wooed
Her wanton from the chase, and Dryope
Had thrust aside the branches of her oak
To see the lusty gold-haired lad rein in bis snorting yoke.

A moment more, the trees had stooped to kiss
Pale Daphne just awakening from the swoon
Of tremulous laurels, lonely Salmacis
Had bared his barren beauty to the moon,

Dessen blutende Hände einst meine Hand umschlossen,
Dessen Lippen meine ja so oft geküßt,
Und nun in stummer marmorner Pein
Sitzt er in seinem einsamen, entehrten Haus und weint,
Vielleicht um mich?

O Erinnerung, wirf deine Muschel fort!
Brich deine heis're Laute, Melpomene!
O Schmerz, bleib in deiner Klausenzelle,
Benetze nicht mit Tränen Kastaliens Klarheit!
Halt ein, halt ein, trauriger Vogel, du tust dem Walde Unrecht
Wenn mit wild bewegtem Lied du seine sylvan'sche Stille störst!

Halt ein! Halt ein! Oder wenn's schwer ist, stumm zu bleiben,
So wähl der schlichten Drossel Pastoral,
Dessen heitere Sorglosigkeit unserem
Englischen Hain viel eher entspricht
Als deine wüste Traurigkeit.
Ah! Halt ein und laß es von des Nordwinds Flucht
Zu Thrakiens Felsen tragen und zu Daulis stürmischer Bucht.

Noch einen Augenblick, und die Zweige rauschen,
Endymion wär über das Feld geschritten
Mondwandlerisch und voller Liebe, und die Themse lauschte,
Pan planscht und paddelt im Schilf,
Um aus der blauen Grotte jene Najade hervorzulocken,
Die seiner Flöte zuhört – halb voller Freude, halb voll Angst.

Noch einen Augenblick, und die wache Taube gurrte,
Die silberne Tochter der silbernen See
Den Buhlen, der auf Jägerpfaden irrte,
In holder Arme Fesseln, Dryope
Warf ihres Eichbaums Äste aus,
Zu sehen, wie der goldhaarige Jüngling in sein ächzend Joch sich fügt.

Noch einen Augenblick, und die Bäume beugten sich – zu küssen
Die blasse Daphne, die eben aus dem Bann erwacht
Zitternder Lorbeern, Galmakis, einsam, hatte kaum
Seine nackte Schönheit dem Mond gezeigt,

And through the vale with sad voluptuous smile
Antinous had wandered, the red lotus of the Nile

Down leaning from his black and clustering hair
To shade those slumberous eyelids' caverned bliss,
Or else on yonder grassy slope with bare
High-tuniced limbs unravished Artemis
Had bade her hounds give tongue, and roused the deer
From his green ambuscade with shrill halloo and pricking spear.

Lie still, lie still, O passionate heart, lie still!
O Melancholy, fold thy raven wing!
O sobbing Dryad, from thy hollow hill
Come not with such despondent answering
No more thou wingèd Marsyas complain,
Apollo loveth not to hear such troubled songs of pain!

It was a dream, the glade is tenantless,
No soft Ionian laughter moves the air,
The Thames creeps on in sluggish leadenness,
And from the copse left desolate and bare
Fled is young Bacchus with his revelry,
Yet still from Nuneham wood there comes that thrilling melody

So sad, that one might think a human heart
Brake in each separate note, a quality
Which music sometimes has, being the Art
Which is most nigh to tears and memory;
Poor mourning Philomel, what dost thou fear?
Thy sister doth not haunt these fields, Pandion is not here.

Here is no cruel Lord with murderous blade,
No woven web of bloody heraldries,
But mossy dells for roving comrades made,
Warm valleys where the tired student lies
With half-shut book, and many a winding walk
Where rustic lovers stray at eve in happy simple talk.

Und durch das Tal mit traurigem und üpp'gen Lächeln
Wanderte Antinous, der rote Lotus des Nils,

Das Haupt gesenkt von schwarzer Lockenpracht,
Ihm schattend schlummerschwere Lider,
Und dort, auf gras'gem Hanf von grüner Rast,
Im Stolze ihrer jungfräulichen Glieder,
Trieb Artemis, zum Jagen hochgeschürzt,
Den Hirsch mit ihrer Meute auf, fällt ihn mit ihrem Speer.

Lieg still, lieg still, wild schlagendes Herz, lieg still!
O Schwermut, falte deinen Rabenflügel!
Schluchzende Dryade von dem hohlen Hügel,
Komm nicht mit so mutloser Antwort,
Klag nicht mehr, beflügelter Marsyas,
Apollo liebt es nicht, so sorgenvolle Lieder des Schmerzes zu vernehmen!

Es war ein Traum, die Lichtung liegt so öd,
Kein sanftes ionisches Lachen weht einher,
Die Themse kriecht mit schneckenhafter Bleiigkeit dahin,
Und aus dem Gehölz, so desolat und leer,
Floh der junge Bacchus mir seinen Bacchen,
Doch aus dem Nunehamschen Wald ertönt noch immer jene süße Melodie

So traurig, daß man fast zu glauben meint,
Ein Herz bräche mit jedem einzelnen Ton, eine Qualität,
Die nur die Musik hat, ist sie doch jene Kunst,
Die den Tränen und der Erinnerung am nächsten steht;
Klagende Philomela, wovor fürchtest du dich?
Deine Schwester geht nicht in diesen Feldern um, Pandion ist nicht hier!

Kein grimmiger Herrscher hier mit mörderischer Klinge,
Kein blut'ges Netz mit wildem Wappen,
Nur moos'ge Täler für die Kameraden,
Warme Täler, wo die müden Studenten ruhen,
Mit halbgeschlossnem Buch, und viele verschlungene Pfade,
Wo wangenrote Liebespaare leichten Sinns sich wandernd unterhalten.

The harmless rabbit gambols with its young
Across the trampled towing-path, where late
A troop of laughing boys in jostling throng
Cheered with their noisy cries in the racing eight;
The gossamer, with ravelled silver threads,
Works at its little loom, and from the dusky red-eaved sheds

Of the lone Farm a flickering light shines out
Where the swinked shepherd drives his bleating flock
Back to their wattled sheep-cotes, a faint shout
Comes from some Oxford boat at Sandford lock,
And starts the moor-hen from the sedgy rill,
And the dim lengthening shadows flit like swallows up the hill.

The heron passes homeward to the mere,
The blue mist creeps among the shivering trees,
Gold world by world the silent stars appear
And like a blossom blown before the breeze
A white moon drifts across the shimmering sky,
Mute arbitress of all thy sad, thy rapturous threnody.

She does not heed thee, wherefore should she heed,
She knows Endymion is not far away;
'Tis I, 'tis I, whose soul is as the reed
Which has no message of its own to play,
So pipes another's bidding, it is I,
Drifting with every wind on the wide sea of misery.

Ah! the brown bird has ceased: one exquisite trill
About the sombre woodland seems to cling
Dying in music, else the air is still,
So still that one might hear the bat's small wing
Wander and wheel above the pines, or tell
Each tiny dew-drop dripping from the bluebell's brimming cell.

And far away across the lengthening wold,
Across the willowy flats and thickets brown,

Der harmlose Hase spielt mit seinen Jungen
Auf dem ausgetretenen Weg, wo spät
Eine Bande lachender Knaben lärmend
Den schnellen Achter anfeuert;
Die Spinne flicht ihr silbernes Gespinst, und von den rotschimmernden Dächern

Des einsamen Hofs flackert ein Licht herüber,
Wo der Schäfer nun seine blökende Herde
In ihren Stall zurücktreibt; und ein schwacher Schrei
Dringt von einem Oxforder Boot an Sandfords Damm
Und schreckt die Moorhenne aus ihrem Schilfversteck auf,
Und die trüben langen Schatten flitzen wie Schwalben den Hügel hinan.

Der Reiher fliegt heim zu den Sümpfen,
Der blaue Nebel kriecht um die zitternden Bäume,
Gülden erscheinen – Welt für Welt – die stillen Sterne,
Und wie eine Blüte, vom Wind getrieben,
Schleicht ein weißer Mond über den schimmernden Himmel,
Stumm lauschend deiner Threnodie so schmerzlich wunderbar.

Sie sieht dich nicht, wie könnte sie!
Sie weiß: Endymion ist nicht mehr fern;
Ich bin's, ich bin's, dessen Seele wie das Rohrgras ist
Das nicht von selbst erklingt,
Nur wenn ein and'rer es spielt, ich bin's,
Von jedem Windhauch entführt über das Weite Meer des Herzeleids.

Ah! Der braune Vogel ist verstummt! Ein jauchzender Klang
Scheint über den dunklen Wäldern noch zu schweben,
Hinsterbend in Musik, sonst ist die Luft so still,
Daß man der Feldermaus zarten Flügelschlag vernehmen kann,
Wie sie fliegt und tanzt über dem Tann, oder
Vernimmt jeden winz'gen Tautropfen, der aus dem zarten Kelch der Glockenblume sich löst.

Und fern von hier, jenseits der Felder,
Jenseits der weidenbestandenen Ebenen und des braunen Gestrüpps

Magdalen's tall tower tipped with tremulous gold
Marks the long High Street of the little town,
And warns me to return; I must not wait,
Hark! 'tis the curfew booing from the bell at Christ Church gate.

The New Helen

Where hast thou been since round the walls of Troy
The sons of God fought in that great emprise?
Why dost thou walk our common earth again?
Hast thou forgotten that impassioned boy,
His purple galley and his Tyrian men
And treacherous Aphrodite's mocking eyes?
For surely it was thou, who, like a star
Hung in the silver silence of the night,
Didst lure the Old World's chivalry and might
Into the clamorous crimson waves of war!

Or didst thou rule the fire-laden moon?
In amorous Sidon was thy temple built
Over the light and laughter of the sea
Where, behind lattice scarlet-wrought and gilt,
Some brown-limbed girl did weave thee tapestry
All through the waste and wearied hours of noon;
Till her wan cheek with flame of passion burned,
And she rose up the sea-washed lips to kiss
Of some glad Cyprian sailor, safe returned
From Calpé and the cliffs of Herakles!

No! thou art Helen, and none other one!
It was for thee that young Sarpedôn died,
And Memnôn's manhood was untimely spent;
It was for thee gold-crested Hector tried
With Thetis' child that evil race to run,
In the last year of thy beleaguerment;
Ay! even now the glory of thy fame

Des Magdalenenturms goldenes Funkeln
Weist auf des Städtchen Straße
Und fordert mich zur Rückkehr auf; ich darf nicht warten,
Hör! Weither vom Christ-Church-Tor ruft schon die Abendglocke.

Die neue Helena

Wo warst du, seit die Söhne Gottes in jenem großen Wagnis
Um Trojas Mauern herum kämpften?
Warum läufst du wieder auf unserer normalen Erde?
Hast du den ungeduldigen Jungen vergessen,
Seine purpurne Galeere und seine tyrischen Männer
Und die hohnvollen Augen Aphrodites?
Denn bestimmt warst du es, die, aufgehängt wie ein Stern
In der Silbernen Stille der Nacht,
Die Ritterlichkeit der Alten Welt und ihre Macht,
In die fesselnden blutroten Wellen des Krieges lockte.

Oder herrschtest du auf dem feuervollen Mond?
Im verliebten Sidon wurde dein Tempel gebaut,
Über dem Licht und Lachen des Meeres,
Wo, hinter Gittern, rot und golden,
Ein braunes Mädchen deinen Wandteppich webte
Durch die ermüdenden Mittagsstunden;
Bis ihre bleichen Wangen von der Flamme der Leidenschaft erglühten
Und sie sich aufrichtete, um die salzigen Lippen
Eines frohen zypriotischen Seglers zu küssen, der heil
Zurückgekehrt war von Kalpe und dem Riff des Herakles.

Nein! Du bist Helena und niemand anderes!
Es war für dich, daß der junge Sarpedonier starb
Und Memnons Männlichkeit zu zeitig zum Falle kam;
Es war für dich, daß der goldbeschmückte Hektor versuchte,
Das grausige Rennen mit Thetis' Kind begann,

Burns in those fields of trampled asphodel,
Where the high lords whom Ilion knew so well
Clash ghostly shields, and call upon thy name.

Where hast thou been? in that enchanted land
Whose slumbering vales forlorn Calypso knew,
Where never mower rose at break of day
But all unswathed the trammelling grasses grew,
And the sad shepherd saw the tall corn stand
Till summer's red had changed to withered grey?
Didst thou lie there by some Lethæan stream
Deep brooding on thine ancient memory,
The crash of broken spears, the fiery gleam
From shivered helm, the Grecian battle-cry?

Nay, thou wert hidden in that hollow hill
With one who is forgotten utterly,
That discrowned Queen men call the Erycine;
Hidden away that never mightst thou see
The face of Her, before whose mouldering shrine
To-day at Rome the silent nations kneel;
Who gat from Love no joyous gladdening,
But only Love's intolerable pain,
Only a sword to pierce her heart in twain,
Only the bitterness of child-bearing.

The lotus-leaves which heal the wounds of Death
Lie in thy hand; O, be thou kind to me,
While yet I know the summer of my days;
For hardly can my tremulous lips draw breath
To fill the silver trumpet with thy praise,
So bowed am I before thy mystery;
So bowed and broken on Love's terrible wheel,
That I have lost all hope and heart to sing,
Yet care I not what ruin time may bring
If in thy temple thou wilt let me kneel.

Im letzten Jahr deiner Belagerung;
Ja, noch immer brennt dein Ruhmesglanz
In den zerstampften Asphodelen-Feldern,
Wo die Herren, die Ilion so gut kannte,
Goldene Schilder aufeinanderstoßen und deinen Namen rufen.

Wo bist du gewesen? In jenem verträumten Land,
Dessen verschlafenen Täler verlassenes Kalypso kannten,
Wo nie ein Mäher bei Tagesanbruch aufstand,
Und die Gräser ungehindert wuchsen,
Und der traurige Hirte sah den hohen Korn,
Ungeerntet, bis des Sommers Rot zu wittrigem Grau ward?
Lagst du an einer Lethequelle,
Tief versunken in deinen alten Erinnerungen,
Dem Krachen gebrochener Speere, das feurige Schimmern
Des zerschellten Helmes, das griechische Kriegsgeschrei?

Nein, du warst in jenem hohlen Berg versteckt,
Mit einer, die ganz vergessen ist,
Jener entthronten Königin, die Erycinische;
Versteckt, auf daß du niemals
Ihr Gesicht sehen solltest, vor dessem Schrein
Heute in Rom die stillen Nationen knien;
Die von Liebe keine Freude bekamen,
Sondern nur den unausstehlichen Liebesschmerz,
Nur ein Schwert, um ihr Herz zu zerschneiden,
Nur die Bitternis der Geburt.

Die Lotusblätter, die die Wunden des Todes heilen,
Liegen in deiner Hand; Oh, sei gut zu mir,
Solange ich noch den Sommer meines Lebens kenne;
Denn meine zitternden Lippen können kaum noch atmen,
Um die Silbertrompete mit deinem Lob zu füllen,
So verbeuge ich mich vor deinem Mysterium,
So gebeugt und gebrochen auf dem grausigen Rad der Liebe,
Daß ich jede Hoffnung verloren habe
Und doch gleichgültig bin, welchen Ruin die Zeit bringen wird,
Wenn du mich in deinem Tempel knien läßt.

Alas, alas, thou wilt not tarry here,
But, like that bird, the servant of the sun,
Who flies before the north wind and the night,
So wilt thou fly our evil land and drear,
Back to the tower of thine old delight,
And the red lips of young Euphorion;
Nor shall I ever see thy face again,
But in this poisonous garden close must stay,
Crowning my brows with the thorn-crown of pain,
Till all my loveless life shall pass away.

Aber leider wirst du hier nicht verweilen,
Sondern wie der Vogel, dem Diener der Sonne,
Der vor Nordwind und der Nacht entflieht,
Wirst du über unser schauriges und trübes Land fliegen,
Zurück zu dem Turm deines Triumphes
Und den roten Lippen des jungen Euphorion;
Nie wieder werde ich dein Gesicht sehen,
Aber in diesem giftigen Garten muß ich bleiben,
Meine Brauen mit der Dornenkrone des Schmerzes gekrönt,
Bis mein Liebloses Leben vorbei ist.

O Helen! Helen! Helen! yet a while,
Yet for a little while, O, tarry here,
Till the dawn cometh and the shadows flee
For in the gladsome sunlight of thy smile
Of heaven or hell I have no thought or fear,
Seeing I know no other god but thee:
No other god save him, before whose feet
In nets of gold the tired planets move,
The incarnate spirit of spiritual love
Who in thy body holds his joyous seat.

O Helena, Helena, Helena, nur für eine Weile,
Nur für eine Weile bleibe noch,
Bis der Morgen kommt und die Schatten flüchten,
Denn in dem frohen Sonnenlicht deines Lächelns
Denke noch fürchte ich Himmel und Hölle,
Und ich sehe keinen anderen Gott als dich:
Keinen anderen Gott als den, vor dessen Füßen
In Netzen aus Gold die müden Planeten sich drehen,
Der fleischgewordene Geist geistiger Liebe,
Der in deinem Körper freudevoll wohnt.

Thou wert not born as common women are!
But, girt with silver splendour of the foam,
Didst from the depths of sapphire seas arise!
And at thy coming some immortal star,
Bearded with flame, blazed in the Eastern skies,
And waked the shepherds on thine island-home.
Thou shalt not die: no asps of Egypt creep
Close at thy heels to taint the delicate air;
No sullen-blooming poppies stain thy hair,
Those scarlet heralds of eternal sleep.

Du wurdest nicht wie normale Menschen geboren,
Aber mit dem silbernem Glanz von Schaum bedeckt,
Stiegst du aus den Tiefen des blauen Meeres auf,
Und als du kamst, entflammte ein unsterblicher Stern,
Von Flammen umgeben am östlichen Himmel,
Und erweckte die Hirten auf deinem Inselheim.
Du wirst nicht sterben: keine von Ägyptens Schlangen
Wird um deine Fersen kriechen und die Luft vergiften:
Kein tückischer Mohn wird dein Haar beflecken,
Jene roten Boten des ewigen Schlafes.

Lily of love, pure and inviolate!
Tower of ivory! red rose of fire!
Thou hast come down our darkness to illume:
For we, close-caught in the wide nets of Fate,

Lilie der Liebe, rein und unverletzlich!
Elfenbeinturm! Rote Rose aus Feuer!
Du bist herabgestiegen, um unsere Finsternis zu erleuchten,
Denn wir, gefangen im weiten Netz des Schicksals,

Wearied with waiting for the World's
  Desire,
Aimlessly wandered in the house of gloom,
Aimlessly sought some slumberous anodyne
For wasted lives, for lingering wretched-
  ness,
Till we beheld thy re-arisen shrine,
And the white glory of thy loveliness.

Ermüdet vom Warten auf das Verlangen
  dieser Welt,
Wanderten ziellos im Haus der Trauer,
Suchten ziellos nach dem ermüdeten
  Heilmittel
Für vergeudetes Leben, für lungernde
  Gräßlichkeit,
Bis wir deinen aufgestiegenen Schrein
Und den hellen Ruhm deiner Schönheit
  sahen.

The Dole of the King's Daughter

(Breton)

Seven stars in the still water,
And seven in the sky;
Seven sins on the King's daughter,
Deep in her soul to lie.

Red roses are at her feet,
(Roses are red in her red-gold hair)
And O where her bosom and girdle meet
Red roses are hidden there.

Fair is the knight who lieth slain
Amid the rush and reed,
See the lean fishes that are fain
Upon dead men to feed.

Sweet is the page that lieth there,
(Cloth of gold is goodly prey,)
See the black ravens in the air,
Black, O black as the night are they.

What do they there so stark and dead?
(There is blood upon her hand)
Why are the lilies flecked with red?
(There is blood on the river sand.)

There are two that ride from the south and
  east
And two from the north and west,
For the black raven a goodly feast,
For the King's daughter rest.

There is one man who loves her true,
(Red, O red, is the stain of gore!)
He hath duggen a grave by the darksome
  yew,
(One grave will do for four.)

Die Schuld der Königstochter

(Bretonisch)

Sieben Sterne im stillen Wasser,
Und sieben am Himmel;
Sieben Sünden liegen tief in der
Seele der Königstochter.

Rote Rosen vor ihren Füßen
(Rosen sind rot in ihrem rotgoldenen Haar)
Und dort, wo Busen und Gürtel sich treffen,
Sind rote Rosen versteckt.

Schön ist der Ritter, der erschlagen ruht
Zwischen Ried und Gras,
Sieh die dünnen Fische, die bereit sind,
Die toten Männer zu fressen.

Süß ist der Page, der dort liegt,
(Ein Stoff aus Gold ist gute Beute)
Sieh die schwarzen Raben in der Luft,
Schwarz, o schwarz wie die Nacht sind sie.

Was tun sie dort, so steif und tot?
(Blut ist auf ihrer Hand.)
Warum sind die Lilien rot gesprenkelt?
(Blut ist auf dem Flußsand.)

Zwei reiten von Süden und Osten
Und zwei von Norden und Westen,
Für die schwarzen Raben ein großes
  Fest,
Für die Königstochter Ruhe.

Ein Mann liebt sie wirklich,
(Rot, o rot ist der Fleck aus Blut!)
Er hat ein Grab bei der dunklen Eibe
  gegraben,
(Ein Grab reicht für vier)

No moon in the still heaven,
In the black water none,
The sins on her soul are seven,
The sin upon his is one.

Kein Mond am stillen Himmel,
Keiner im schwarzen Wasser,
Sieben Sünden auf ihrer Seele,
Seine Seele hat nur eine.

The Sphinx

In a dim corner of my room for longer than my fancy thinks
A beautiful and silent Sphinx has watched me through the shifting gloom.

Inviolate and immobile she does not rise she does not stir
For silver moons are naught to her and naught to her the suns that reel.

Red follows grey across the air, the waves of moonlight ebb and flow
But with the Dawn she does not go and in the night-time she is there.

Dawn follows Dawn and Nights grow old and all the while this curious cat
Lies couching on the Chinese mat with eyes of satin rimmed with gold.

Upon the mat she lies and leers and on the tawny throat of her
Flutters the soft and silky fur or ripples to her pointed ears.

Come forth, my lovely seneschal! so somnolent, so statuesque!
Come forth you exquisite grotesque! half woman and half animal!

Come forth my lovely languorous Sphinx! and put your head upon my knee!
And let me stroke your throat and see your body spotted like the Lynx!

And let me touch those curving claws of yellow ivory and grasp
The tail that like a monstrous Asp coils round your heavy velvet paws!

Die Sphinx

Aus einer düsteren Ecke meines Zimmers – schon länger als ich denken kann –
Hat mich eine wunderschöne und schweigsame Sphinx im wechselnden Dunkel beobachtet.

Unberührt und unbeweglich erhebt sie sich nicht, rührt sie sich nicht,
Denn Silbermonde bedeuten ihr nichts und auch nicht sich drehende Sonnen.

In der Luft folgt Rot auf Grau, die Mondlichtwellen ebben und fluten,
Doch bei der Morgendämmerung geht sie nicht fort, und auch in der Nacht ist sie da.

Morgendämmerung folgt auf Morgendämmerung, und Nächte werden alt, und in all der Zeit liegt die seltsame Katze
Kauernd auf der chinesischen Matte mit Satinaugen, die mit einem Goldrand versehen sind.

Auf der Matte liegt sie und grinst, und auf ihrer lohfarbenen Kehle
Weht ihr weiches und seidiges Fell oder kräuselt sich zu ihren spitzen Ohren empor.

Komm hervor, mein lieblicher Seneschall! So schläfrig, so statuesk!
Komm hervor, du exquisit groteskes Geschöpf! Halb Frau und halb Tier!

Komm hervor, meine liebliche sehnsuchtsvolle Sphinx! Und lege deinen Kopf auf mein Knie!
Und laß mich deine Kehle streicheln und deinen Körper betrachten, der gefleckt ist wie ein Luchs!

Und laß mich diese gekrümmten Krallen aus gelbem Elfenbein berühren und den Schwanz
Fassen, der sich wie eine gewaltige Natter um deine schweren Samtpfoten ringelt!

A thousand weary centuries are thine while I have hardly seen
Some twenty summers cast their green for Autumn's gaudy liveries.

Dir gehören tausend erschöpfende Jahrhunderte, während ich kaum zwanzig
Sommer gesehen habe, wie sie ihr grünes Gewand gegen das heitere Kostüm des Herbstes tauschten.

But you can read the Hieroglyphs on the great sand-stone obelisks,
And you have talked with Basilisks, and you have looked on Hippogriffs.

Du jedoch kannst die Hieroglyphen auf den großen Sandstein-Obelisken lesen,
Und du hast dich mit Basilisken unterhalten, und du hast Hippogryphen gesehen.

O tell me, were you standing by when Isis to Osiris knelt?
And did you watch the Egyptian melt her union for Antony

O sag mir, standest du daneben, als Isis vor Osiris niederkniete?
Und schautest du zu, als die Ägypterin ihr Bündnis für Mark Anton zerschmolz

And drink the jewel-drunken wine and bend her head in mimic awe
To see the huge proconsul draw the salted tunny from the brine?

Und den juwelentrunkenen Wein kostete und ihr Haupt in gespielter Ehrfurcht senkte,
Als sie den großen Prokonsul den gesalzenen Thunfisch aus der Lake fischen sah?

And did you mark the Cyprian kiss white Adon on his catafalque?
And did you follow Amenalk, the God of Heliopolis?

Und sahest du Kypris den weißen Adonis und seinen Katafalk küssen?
Und folgtest du Amenalk, dem Gott von Heliopolis?

And did you talk with Thoth, and did you hear the moon horned Io weep?
And know the painted kings who sleep beneath the wedgeshaped Pyramid?

Und sprachst du mit Thot, und hörtest du die mondgehörnte Io weinen?
Und kanntest du die bemalten Könige, die unter der keilförmigen Pyramide ruhen?

Lift up your large black satin eyes which are like cushions where one sinks!
Fawn at my feet, fantastic Sphinx! and sing me all your memories!

Hebe deine großen schwarzen Satinaugen, die wie Kissen sind, in denen man versinkt!
Scharwenzle um meine Füße, phantastische Sphinx! Und singe mir deine Erinnerungen!

Sing to me of the Jewish maid who wandered with the Holy Child,
And how you led them through the wild, and how they slept beneath your shade.

Singe mir von der jüdischen Maid, die mit dem heiligen Kind wanderte,
Und wie du sie durch die Wildnis führtest und wie sie in deinem Schatten schliefen.

Sing to me of that odorous green eve when crouching by the marge
You heard from Adrian's gilded barge the laughter of Antinous

Sing mir von dem duftenden grünen Abend, als du am Ufer kauertest
Und auf der goldenen Barke Hadrians das Lachen des Antinous hörtest

And lapped the stream and fed your drouth and watched with hot and hungry stare
The ivory body of that rare young slave with his pomegranate mouth!

Und als du vom Fluß trankst und deinen Durst stilltest und mit heißem und hungrigem Blick
Den elfenbeinfarbenen Körper jenes einzigartigen jungen Sklaven mit seinem Granatmund betrachtetest!

Sing to me of the Labyrinth in which the twi-
formed bull was stalled!
Sing to me of the night you crawled across
the temple's granite plinth

When through the purple corridors the
screaming scarlet Ibis flew
In terror, and a horrid dew dripped from the
moaning Mandragores,

And the great torpid crocodile within the
tank shed slimy tears,
And tare the jewels from his ears and
staggered back into the Nile,

And the priests cursed you with shrill psalms
as in your claws you seized their snake
And crept away with it to slake your passion
by the shuddering palms.

Who were your lovers? who were they who
wrestled for you in the dust?
Which was the vessel of your Lust? What
Leman had you, every day?

Did giant Lizards come and crouch before
you on the reedy banks?
Did Gryphons with great metal flanks leap
on you in your trampled couch?

Did monstrous hippopotami come sidling
toward you in the mist?
Did gilt-scaled dragons writhe and twist with
passion as you passed them by?

And from the brick-built Lycian tomb what
horrible Chimera came
With fearful heads and fearful flame to breed
new wonders from your womb?

Or had you shameful secret quests and did
you harry to your home
Some Nereid coiled in amber foam with
curious rock crystal breasts?

Or did you treading through the froth call to
the brown Sidonian
For tidings of Leviathan, Leviathan or
Behemoth?

Sing mir von dem Labyrinth, in dem der
zwiegestaltige Bulle eingesperrt war!
Sing mir von der Nacht, in der du über die
Granitplatten des Tempels krochst,

Als durch die purpurnen Korridore der
schreiende scharlachrote Ibis flog
In Schrecken, und von den stöhnenden
Mandragoras ein schrecklicher Tau tropfte,

Und das große träge Krokodil in seinem
Becken schleimige Tränen vergoß
Und die Juwelen von seinen Ohren riß und
zurück in den Nil schwankte,

Und die Priester dich mit schrillen Psalmen
verfluchten, als du ihre Schlange mit
deinen Krallen ergriffst
Und mit ihr fortkrochst, um deine Leiden-
schaft bei den schaudernden Palmen zu
stillen.

Wer waren deine Liebhaber? Wer waren sie,
die im Staub um dich rangen?
Was war das Gefäß deiner Lust? Welchen
Buhlen hattest du, Tag um Tag?

Kamen riesige Echsen und kauerten vor dir
an den schilfbewachsenen Ufern?
Besprangen dich Greife mit großen metalle-
nen Flanken auf deiner zerwühlten Couch?

Stahlen sich monströse Nilpferde im Nebel
an dich heran?
Wanden und krümmten sich goldschuppige
Drachen in Leidenschaft, wenn du an
ihnen vorüberkamst?

Und welch schauerliche Chimäre kam aus
dem gemauerten lykischen Grab
Mit furchtbaren Häuptern und furchtbarer
Flamme, um neue Wunder aus deinem
Schoß zu züchten?

Oder hattest du schamvolle geheime
Eroberungen, und entführtest du in dein
Heim
Eine Nereide, zusammengerollt in bernstein-
farbenem Schaum mit seltsamen kristalle-
nen Brüsten?

Oder schrittest du durch den Meeresschaum
und riefst den braunen Sidonier,
Um Kunde zu erfahren über Leviathan,
Leviathan oder Behemoth?

Or did you when the sun was set climb up the cactus-covered slope
To meet your swarthy Ethiop whose body was of polished jet?

Or did you while the earthen skiffs dropped down the grey Nilotic flats
At twilight and the flickering bats flew round the temple's triple glyphs

Steal to the border of the bar and swim across the silent lake
And slink into the vault and make the Pyrarnid your lúpanar

Till from each black sarcophagus rose up the painted swathèd dead?
Or did you lure unto your bed the ivory-horned Tragelaphos?

Or did you love the god of flies who plagued the Hebrews and was splashed
With wine unto the waist? or Pasht, who had green beryls for her eyes?

Or that young god, the Tyrian, who was more amorous than the dove
Of Ashtaroth? or did you love the god of the Assyrian

Whose wings, like strange transparent talc, rose high above his hawk-faced head,
Painted with silver and with red and ribbed with rods of Oreichalch?

Or did huge Apis from his car leap down and lay before your feet
Big blossoms of the honey-sweet and honey-coloured nenuphar?

How subtle-secret is your smile! Did you love none then? Nay, I know
Great Ammon was your bedfellow! He lay with you beside the Nile!

The river-horses in the slime trumpeted when they saw him come
Odorous with Syrian galbanum and smeared with spikenard and with thyme.

Oder erklettertest du, als die Sonne untergegangen war, den mit Kakteen bewachsenen Hang,
Um deinen schwarzen Äthiopier zu treffen, dessen Körper aus poliertem Jett war?

Oder, als die tönernen Boote die grauen Nilebenen hinabfuhren
Im Zwielicht und die huschenden Fledermäuse um die dreifachen Glyphen des Tempels flogen,

Stahlst du dich zum Rand der Sandbank und schwammst über den schweigenden See
Und schlüpftest in das Gewölbe und machtest die Pyramide zu deinem Lupanar,

Bis sich aus allen schwarzen Sarkophagen die bemalten, in Tücher gewickelten Toten erhoben?
Oder locktest du den elfenbeingehörnten Tragelaphos in dein Bett?

Oder liebtest du den Gott der Fliegen, der die Hebräer plagte und dessen Mitte
Mit Wein besprengt wurde? Oder Pascht, deren Augen grüne Beryllen waren?

Oder jenen jungen Gott aus Tyros, der liebestoller war als die Taube
Der Astaroth? Oder liebtest du den Gott der Assyrer,

Dessen Flügel wie seltsamer durchsichtiger Talk sich hoch über seinem Habichtshaupt erhoben,
Bemalt mit Silber und mit Rot und gerippt mit Stangen aus Oreichalk?

Oder sprang einst der gewaltige Apis von seinem Wagen herunter und legte dir zu Füßen
Große Blüten honigsüßer und honigfarbener Teichrosen?

Wie hintergründig geheimnisvoll dein Lächeln ist! Liebtest du denn niemanden? Nein, ich weiß,
Der große Ammon war dein Bettgenosse! Er lag am Nil bei dir!

Die Flußpferde im Schlamm trompeteten, als sie ihn kommen sahen,
Duftend nach syrischem Galbanum und gesalbt mit Nardenöl und Thymian.

He came along the river bank like some tall galley argent-sailed,
He strode across the waters, mailed in beauty, and the waters sank.

He strode across the desert sand: he reached the valley where you lay:
He waited till the dawn of day: then touched your black breasts with bis hand.

You kissed his mouth with mouths of flame: you made the hornèd god your own:
You stood behind him on bis throne: you called him by his secret name.

You whispered monstrous oracles into the caverns of his ears:
With blood of goats and blood of steers you taught him monstrous miracles.

White Ammon was your bedfellow! Your chamber was the steaming Nile!
And with your curved archaic smile you watched his passion come and go.

With Syrian oils his brows were bright: and widespread as a tent at noon
His marble limbs made pale the moon and lent the day a larger light.

His long hair was nine cubits' span and coloured like that yellow gem
Which hidden in their garment's hem the merchants bring from Kurdistan.

His face was as the must that lies upon a vat of new-made wine:
The seas could not insapphirine the perfect azure of his eyes.

His thick soft throat was white as milk and threaded with thin veins of blue:
And curious pearls like frozen dew were broidered on his flowing silk.

On pearl and porphyry pedestalled he was too bright to look upon:
For on his ivory breast there shone the wondrous ocean-emerald,

Er kam entlang der Uferbank wie eine große Galeere mit Silbersegeln,
Er schritt über die Wasser, gepanzert nur mit Schönheit, und die Wasser sanken.

Er schritt über den Wüstensand – er erreichte das Tal, in dem du ruhtest –
Er wartete auf den Anbruch des Tages – dann berührte er mit seiner Hand deine schwarzen Brüste.

Du küßtest seinen Mund mit Flammenmund – du machtest den gehörnten Gott dein eigen –
Du standest hinter ihm auf seinem Thron – du nanntest ihn bei seinem geheimen Namen.

Du flüstertest gräßliche Orakel in die Höhlen seiner Ohren –
Mit dem Blut von Ziegen und Stieren lehrtest du ihn gräßliche Wunder.

Der weiße Ammon war dein Bettgenosse! Eure Kammer war der dampfende Nil!
Und mit deinem krummen archaischen Lächeln beobachtetest du, wie seine Leidenschaft kam und ging.

Seine Brauen glänzten vor syrischem Öl – und ausgebreitet wie ein Zelt am Mittag
Machten seine marmornen Glieder den Mond erblassen und gaben dem Tag ein helleres Licht.

Sein langes Haar hatte die Spanne von neun Ellen und die Farbe des gelben Edelsteins,
Den die Kaufleute, in den Säumen ihrer Gewänder verborgen, aus Kurdistan bringen.

Sein Antlitz war wie der Most, der auf einem Faß jungen Weines liegt –
Das Sapphirblau der See kann das Azurblau seiner Augen nicht erreichen.

Sein breiter weicher Hals war weiß wie Milch und durchwebt mit dünnen blauen Adern –
Und seltsame Perlen wie gefrorener Tau waren auf seine fließenden Seidengewänder gestickt.

Auf einem Sockel von Perlen und Porphyr war er zu prächtig, um ihn anzuschaun –
Denn dort auf seiner Brust strahlte der wundersame Meeresmaragd,

That mystic moonlit jewel which some diver of the Colchian caves
Had found beneath the blackening waves and carried to the Colchian witch.

Before his gilded galiot ran naked vine-wreathed corybants,
And lines of swaying elephants knelt down to draw his chariot,

And lines of swarthy Nubians bare up his litter as he rode
Down the great granite-paven road between the nodding peacock fans.

The merchants brought him steatite from Sidon in their painted ships:
The meanest cup that touched his lips was fashioned from a chrysolite.

The merchants brought him cedar chests of rich apparel bound with cords;
His train was borne by Memphian lords: young kings were glad to be his guests.

Ten hundred shaven priests did bow to Ammon's altar day and night,
Ten hundred lamps did wave their light through Ammon's carven house – and now

Foul snake and speckled adder with their young ones crawl from stone to stone
For ruined is the house and prone the great rose-marble monolith!

Wild ass or trotting jackal comes and couches in the mouldering gates:
Wild satyrs call unto their mates across the fallen fluted drums.

And on the summit of the pile the blue-faced ape of Horus sits
And gibbers while the fig-tree splits the pillars of the peristyle.

The god is scattered here and there: deep hidden in the windy sand

Jenes mystische mit Mondlicht leuchtende Juwel, das ein Taucher in den kolchischen Höhlen
Unter den schwarzen Wogen gefunden und der Hexe aus Kolchis gebracht hatte.

Vor seinem vergoldeten Wagen liefen nackte, mit Rebenkränzen geschmückte Korybanten,
Und Reihen schwankender Elefanten knieten nieder, um seinen Wagen zu ziehen,

Und Reihen schwarzer Nubier trugen seine Sänfte, wenn er die breite
Granitgepflasterte Straße zwischen den nickenden Straußenfederfächern hinabritt.

Die Kaufleute brachten ihm Steatit aus Sidon in ihren bunten Schiffen –
Der geringste Becher, der seine Lippen berührte, war aus einem Chrysolith geschaffen.

Die Kaufleute brachten ihm Zedertruhen mit reichem Schmuck und mit Kordeln gebunden –
Seine Schleppe wurde von Edlen aus Memphis getragen – junge Könige waren willig seine Gäste.

Zehnhundert kahlgeschorene Priester beugten sich vor Amons Altar bei Tag und Nacht,
Zehnhundert Lampen strahlten ihr Licht durch Ammons geschnitztes Haus – und nun –

Eklige Schlangen und gefleckte Nattern mit ihrer Brut kriechen von Stein zu Stein,
Denn in Ruinen liegt das Haus und niedergestreckt ist der große Monolith aus rosa Marmor!

Wildesel oder Schakale kommen und kauern unter den verrottenden Toren –
Wilde Satyrn rufen nach ihren Liebsten über die gefallenen Säulenrohre.

Und auf dem Gipfel des Haufens sitzt der blaugesichtige Affe des Horus
Und schnattert, während der Feigenbaum die Säulen des Peristyliums sprengt.

Der Gott ist hier und dort verstreut – tief verborgen im fliegenden Sand

I saw his giant granite hand still clenched in impotent despair.

And many a wandering caravan of stately negroes silken-shawled,
Crossing the desert halts appalled before the neck that none can span.

And many a bearded Bedouin draws back his yellow-striped burnous
To gaze upon the Titan thews of him who was thy paladin.

Go, seek his fragments on the moor and wash them in the evening dew,
And from their pieces make anew thy mutilated paramour!

Go, seek them where they lie alone and from their broken pieces make
Thy bruisèd bedfellow! And wake mad passions in the senseless stone!

Charm his dull ear with Syrian hymns! he loved your body! oh, be kind,
Pour spikenard on his hair, and wind soft rolls of linen round his limbs!

Wind round his head the figured coins! stain with red fruits those pallid lips!
Weave purple for his shrunken hips! and purple for his barren loins!

Away to Egypt! Have no fear. Only one God has ever died.
Only one God has let His side be wounded by a soldier's spear.

But these, thy lovers, are not dead. Still by the hundred-cubit gate
Dog-faced Anubis sits in state with lotus-lilies for thy head.

Still from his chair of porphyry gaunt Memnon strains his lidless eyes
Across the empty land, and cries each yellow morning unto thee.

And Nilus with his broken horn lies in his black and oozy bed

Sah ich seine riesige Granithand, noch immer in ohnmächtiger Verzweiflung geballt.

Und manche wandernde Karawane stattlicher Neger mit seidenen Umhängen,
Die die Wüste durchquert, hält entsetzt an vor dem Hals, den niemand umspannen kann.

Und mancher bärtige Beduine zieht seinen gelbgestreiften Burnus zur Seite,
Um die titanischen Muskeln dessen zu betrachten, der einst dein Paladin war.

Geh, suche seine Bruchstücke auf dem Moor, und wasche sie in Abendtau,
Und aus ihren Stücken erschaffe deinen verstümmelten Geliebten erneut!

Geh, suche sie, wo sie einsam liegen, und aus ihren zerbrochenen Stücken erschaffe
Deinen übel zugerichteten Bettgenossen! Und erwecke wilde Leidenschaften im empfindungslosen Stein!

Verzaubere sein taubes Ohr mit syrischen Hymnen! Er liebte deinen Körper! Oh, sei freundlich,
Gieß Nardenöl auf sein Haar, und wickle seine Glieder in weiche Leinenstreifen!

Umwinde sein Haupt mit verzierten Münzen! Färbe jene bleichen Lippen mit roten Früchten!
Webe Purpur für seine eingefallenen Hüften! Und Purpur für seine unfruchtbaren Lenden!

Fort nach Ägypten! Fürchte dich nicht. Nur ein Gott ist jemals gestorben.
Nur ein Gott erlaubte es, daß der Speer eines Soldaten Seine Seite verletzte.

Doch diese, deine Liebhaber, sind nicht tot. Immer noch bei dem Hundert-Ellen-Tor
Sitzt Anubis in seiner Pracht mit Lotuslilien für dein Haupt.

Immer noch hält auf seinem Porphyrstuhl Memnon Ausschau mit seinen lidlosen Augen
Über das leere Land, und schreit jeden gelben Morgen nach dir.

Und der Nil mit seinem gebrochenen Horn liegt in seinem schwarzen und schlammigen Bett

And till thy coming will not spread his waters on the withering corn.

Your lovers are not dead, I know. They will rise up and hear your voice
And clash their cymbals and rejoice and run to kiss your mouth! And so,

Set wings upon your argosies! Set horses to your ebon car!
Back to your Nile! Or if you are grown sick of dead divinities

Follow some roving lion's spoor across the copper-coloured plain,
Reach out and hale him by the mane and bid him be your paramour!

Couch by his side upon the grass and set your white teeth in his throat
And when you hear his dying note lash your long flanks of polished brass

And take a tiger for your mate, whose amber sides are flecked with black,
And ride upon his gilded back in triumph through the Theban gate,

And toy with him in amorous jests, and when he turns, and snarls, and gnaws,
O smite him with your jasper claws! and bruise him with your agate breasts!

Why are you tarrying? Get hence! I weary of your sullen ways,
I weary of your steadfast gaze, your somnolent magnificence.

Your horrible and heavy breath makes the light flicker in the lamp,
And on my brow I feel the damp and dreadful dews of night and death.

Your eyes are like fantastic moons that shiver in some stagnant lake,

Und will bis zu deiner Ankunft seine Wasser nicht auf dem vertrocknenden Korn ausbreiten.

Deine Liebhaber sind nicht tot, ich weiß es. Sie werden sich erheben und deine Stimme hören
Und ihre Zymbeln erklingen lassen und jauchzen und eilen, um deinen Mund zu küssen! Und so

Verleihe deinem Boot Flügel! Spanne Pferde vor deinen Ebenholzwagen!
Zurück zu deinem Nil! Oder – wenn du der toten Gottheiten müde geworden bist –

Folge der Spur eines schweifenden Löwen über die kupferfarbene Ebene,
Strecke die Hand aus und fasse ihn bei der Mähne und fordere ihn auf, dein Geliebter zu sein!

Kauere an seiner Seite auf dem Gras, und schlage deine weißen Zähne in seine Kehle,
Und hörst du seinen Todesschrei, peitsche deine langen Flanken aus poliertem Messing

Und nimm einen Tiger zum Geliebten, dessen bernsteinfarbene Seiten schwarz gefleckt sind,
Und reite auf seinem goldenen Rücken im Triumph durch Thebens Tor,

Und spiele mit ihm in liebestrunkenem Scherz, und wenn er wild wird und faucht und beißt,
O zerschmettere ihn mit deinen Jaspiskrallen! Und zerquetsche ihn mit deinen Achatbrüsten!

Was zögerst du? Mach dich fort! Ich bin deiner düstren Art müde,
Ich bin deines starren Blicks müde, deiner schläfrigen Pracht!

Dein schrecklicher und schwerer Atem läßt das Licht der Lampe flackern,
Und ich fühle auf meiner Braue den feuchten und furchtbaren Tau der Nacht und des Todes.

Deine Augen sind wie phantastische Monde, die auf einem stehenden See zittern,

Your tongue is like a scarlet snake that dances to fantastic tunes,

Deine Zunge ist wie eine scharlachrote Schlange, die zu phantastischen Melodien tanzt,

Your pulse makes poisonous melodies, and your black throat is like the hole
Left by some torch or burning coal on Saracenic tapestries.

Dein Puls erzeugt giftige Weisen, und deine schwarze Kehle ist wie das Loch,
Das von einer Fackel oder brennender Kohle auf sarazenischen Wandteppichen hinterlassen wurde.

Away! The sulphur-coloured stars are hurrying through the Western gate!
Away! Or it may be too late to climb their silent silver cars!

Fort! Die schwefelfarbenen Sterne eilen durch das Tor im Westen!
Fort! Oder es kann zu spät sein, ihre Silberwagen zu besteigen!

See, the dawn shivers round the grey gilt-dialled towers, and the rain
Streams down each diamonded pane and blurs with tears the wannish day.

Siehe, die Dämmerung zittert um die grauen Türme mit ihren Golduhren, und der Regen
Strömt an jeder diamantförmigen Scheibe herab und verwischt mit Tränen den blassen Tag.

What snake-tressed fury fresh from Hell, with uncouth gestures and unclean,
Stole from the poppy-drowsy queen and led you to a student's cell?

Welch schlangenhaarige Furie direkt aus der Hölle, mit abstoßenden Gesten und unrein,
Stahl von der mohntrunkenen Königin und brachte dich in die Kammer eines Studenten?

What songless tongueless ghost of sin crept through the curtains of the night,
And saw my taper turning bright, and knocked, and bade you enter in?

Welch gesangloses, zungenloses Gespenst der Sünde kroch durch die Vorhänge der Nacht
Und sah mein schwaches Licht heller werden und klopfte und bat dich herein?

Are there not others more accursed, whiter with leprosies than I?
Are Abana and Pharphar dry that you come here to slake your thirst?

Gibt es keine anderen, mehr verflucht, weißer vor Lepra als ich?
Sind Abana und Pharphar trocken, daß du hierherkamst, um deinen Durst zu stillen?

Get hence, you loathsome mystery! Hideous animal, get hence!
You wake in me each bestial sense, you make me what I would not be.

Mach dich fort, du widerliches Mysterium! Häßliches Tier, mach dich fort!
Du erweckst in mir alle tierischen Sinne, du machst mich zu dem, was ich nicht sein will.

You make my creed a barren sham, you wake foul dreams of sensual life,
And Atys with his blood-stained knife were better than the thing I am.

Du machst meine Religion zu einem unfruchtbaren Schwindel, du erweckst eklige Träume sinnlichen Lebens,
Und Atys mit seinem blutgefleckten Messer wäre besser als das Ding, das ich bin.

False Sphinx! False Sphinx! By reedy Styx old Charon, leaning on his oar,

Falsche Sphinx! Falsche Sphinx! Beim schilfbewachsenen Styx wartet der alte Charon, auf sein Ruder gestutzt,

Waits for my coin. Go thou before, and leave me to my crucifix,

Whose pallid burden, sick with pain, watches the world with wearied eyes,
And weeps for every soul that dies, and weeps for every soul in vain.

Auf meine Münze. Geh du voraus, und überlaß mich meinem Kreuz,

Dessen bleiche Last, krank vor Schmerz, die Welt mit müden Augen bewacht
Und um jede Seele weint, die stirbt, und um jede Seele vergeblich weint.

E Tenebris

Come down, O Christ, and help me! reach thy hand,
For I am drowning in a stormier sea
Than Simon on thy lake of Galilee:
The wine of life is spilt upon the sand,
My heart is as some famine-murdered land
Whence all good things have perished utterly,
And well I know my soul in Hell must lie
If I this night before God's throne should stand.
»He sleeps perchance, or rideth to the chase,
Like Baal, when his prophets howled that name
From morn to noon on Carmel's smitten height.«
Nay, peace, I shall beheld, before the night,
The feet of brass, the robe more white than flame,
The wounded hands, the weary human face.

E Tenebris[1]

Komm herab, Christus, und hilf mir! Reiche mit deine Hand,
Denn ich ertrinke in einer See, die stürmischer ist,
Als Simon auf dem See von Galilea spürte.
Der Wein des Lebens ist auf dem Sand verschüttet,
Mein Herz ist wie ein hungertotes Land,
In dem alle guten Dinge ganz und gar verkommen sind,
Und ich weiß genau, daß meine Seele zur Hölle fahren würde,
Müßte ich in dieser Nacht vor Gottes Thron stehen.
»Er schläft vielleicht, oder reitet zur Jagd,
Wie Baal, als die Propheten seinen Namen schrien,
Von morgens bis mittags auf Karmels Höhen.«
Nein, Frieden, ich werde noch vor Anbruch der Nacht
Die Füße aus Kupfer sehen, den Mantel weißer als Flammenlicht,
Die wunden Hände, das müde Menschengesicht.

A Vision

Two crownèd Kings, and One that stood alone
With no green weight of laurels round his head,
But with sad eyes as one uncomforted,
And wearied with man's never-ceasing moan
For sins no bleating victim can atone,
And sweet long lips with tears and kisses fed.

Eine Vision

Zwei gekrönte Könige, und einer, der allein stand,
Ohne das Gewicht von grünem Lorbeer auf seinem Haupt,
Aber mit den traurigen Augen eines Ungetrösteten
Und ermüdet durch des Menschen nimmer endendes Stöhnen
Über Sünden, die kein Opfertier büßen kann,
Und süße lange Lippen, mit Tränen und Küssen genährt.

1 Aus der Dunkelheit

Girt was he in a garment black and red,
And at his feet I marked a broken stone
Which sent up lilies, dove-like, to his knees.
Now at their sight, my heart being lit with flame
I cried to Beatricé, »Who are these?«
And she made answer, knowing well each name,
»Æschylos first, the second Sophokles,
And last (wide stream of tears!) Euripides.«

Gekleidet in einem Gewand aus Schwarz und Rot,
Und vor seinen Füßen ein zerbrochener Stein,
Der Lilien, Tauben ähnlich, zu seinen Knien aufsteigen ließ.
Bei diesem Anblick, mein Herz entflammt,
Rief ich zu Beatrice: »Wer sind diese?«
Und sie antwortete, jeden Namen kennend:
»Aischylos zuerst, dann Sophokles,
Und zuletzt (Strom von Tränen) Euripides.«

Endymion
(For Music)

The apple trees are hung with gold,
And birds are loud in Arcady,
The sheep lie bleating in the fold,
The wild goat runs across the wold,
But yesterday his love he told,
I know he will come back to me.
O rising moon! O Lady moon!
Be you my lover's sentinel,
You cannot choose but know him well,
For he is shod with purple shoon,
You cannot choose but know my love,
For he a shepherd's crook doth bear,
And he is soft as any dove,
And brown and curly is his hair.

The turtle now has ceased to call
Upon her crimson-footed groom,
The grey wolf prowls about the stall,
The lily's singing seneschal
Sleeps in the lily-bell, and all
The violet hills are lost in gloom.
O risen moon! O holy moon!
Stand on the top of Helice.
And if my own true love you see,
Ah! if you see the purple shoon,
The hazel crook, the lad's brown hair,
The goat-skin wrapped about his arm,
Tell him that I am waiting where
The rushlight glimmers in the Farm.

The falling dew is cold and chill,
And no bird sings in Arcady,
The little fauns have left the hill,

Endymion

Die Apfelbäume hängen voller Gold,
Und die Vögel sind laut in Arkadien,
Das Schaf liegt schreiend in seinem Pferch,
Die wilde Ziege rennt durch den Wald,
Aber gestern sagte ihm seine Liebste:
Ich weiß, er wird zu mir zurückkommen.
Oh, steigender Mond! Oh, Herrin Mond!
Sei Wächter meines Liebsten,
Du wirst ihn bestimmt gut kennen,
Denn er trägt purpurne Schuhe,
Du wirst meinen Liebsten bestimmt gut kennen,
Denn er trägt einen Schäferstab,
Und er ist so sanft wie eine Taube,
Und sein Haar ist braun und lockig.

Die Schildkröte ruft nicht mehr
Nach ihrem karminroten Bräutigam,
Der graue Wolf lungert um den Stall,
Der Lilie singender Seneschall,
Schlief ein im Lilienkelch, und
Alle violetten Hügel sind in der Finsternis verloren.
Oh, aufgegangener Mond! Oh, heiliger Mond!
Stehe hoch über Helikon.
Und wenn du meine wahre Liebe siehst,
Ach, wenn du die purpurnen Schuhe siehst,
Den Haselstock, des Jungen braunes Haar,
Die Ziegenhaut um seinen Arm gewickelt,
Sag ihm, daß ich dort warte,
Wo das Lichtlein auf dem Hofe brennt.

Der fallende Tau ist kalt und kühl,
Und kein Vogel singt in Arkadien,
Die kleinen Faunen haben den Hügel verlassen,

Even the tired daffodil
Has closed its gilded doors, and still
My lover comes not back to me.
False moon! False moon! O waning moon!
Where is my own true lover gone,
Where are the lips vermilion,
The shepherd's crook, the purple shoon?
Why spread that silver pavilion,
Why wear that veil of drifting mist?
Ah! thou hast young Endymion,
Thou hast the lips that should be kissed!

Sogar die müde Narzisse
Hat ihre goldenen Tore geschlossen, und doch
Kommt mein Liebster nicht zurück zu mir.
Falscher Mond! Falscher Mond! Oh, abnehmender Mond!
Wo ist meine wahre Liebe hin,
Wo sind die roten Lippen,
Der Schäferstab, die purpurnen Schuh?
Warum breitest du den silbernen Schirm aus,
Warum trägst du den Schleier aus vorübertreibendem Nebel?
Ah, du hast jung Endymion,
Du hast die Lippen, die geküßt werden müssen.

The New Remorse

The sin was mine; I did not understand.
So now is music prisoned in her cave,
Save where some ebbing desultory wave
Frets with its restless whirls this meagre strand.
And in the withered hollow of this land
Hath Summer dug herself so deep a grave,
That hardly can the leaden willow crave
One silver blossom from keen Winter's hand.
But who is this who cometh by the shore?
(Nay, love, look up and wonder!) Who is this
Who cometh in dyed garments from the South?
It is thy new-found Lord, and he shall kiss
The yet unravished roses of thy mouth,
And I shall weep and worship, as before.

Erneute Reue

Es war meine Sünde; ich konnte es nicht verstehen.
So ist jetzt Musik in ihrer Höhle gefangen,
Außer dort, wo eine weglose Welle, verebbend
Mit ruhelosen Strudeln, diesen kargen Strand aufwühlt.
Und in der verdorrten Senke dieses Landes
Hat der Sommer sich ein so tiefes Grab gegraben,
Daß die beladene Weide kaum eine Silberblüte
Aus der harten Hand des Winters locken kann.
Aber wer ist das, der dort an Land kommt?
(Nein, Liebste, schau auf und staune!) Wer ist das,
Der in gefärbten Kleidern aus dem Süden kommt?
Es ist dein neugefundener Herr, und er wird die
Noch unberührten Rosen deines Mundes küssen,
Und ich werde weinen und verehren, wie zuvor.

Fabien dei Franchi

To my friend Henry Irving

The silent room, the heavy creeping shade,
The dead that travel fast, the opening door,
The murdered brother rising through the floor,
The ghost's white fingers on thy shoulders laid
And then the lonely duel in the glade,
The broken swords, the stifled scream, the gore,
They grand revengeful eyes when all is o'er, –
These things are well enough, – but thou wert made
For more august creation! frenzied Lear
Should at thy bidding wander on the heath
With the shrill fool to mock him, Romeo
For thee should lure his love, and desperate fear
Pluck Richard's recreant dagger from its sheath –
Thou trumpet set for Shakespeare's lips to blow!

Fabien dei Franchi

Für meinen Freund Henry Irving

Der stille Raum, der schwere kriechende Schatten,
Die Toten, die sich schnell bewegen, die öffnende Tür,
Der ermordete Bruder, der durch den Boden steigt,
Die weißen Finger des Geistes auf deine Schultern gelegt,
Und dann das einsame Duell im tiefen Wald,
Die zerbrochenen Schwerter, unterdrückter Schrei, das Blut,
Die großen rachsüchtigen Augen, als alles vorbei ist –
Diese Dinge sind gut genug. Aber du wurdest gemacht
Für erhabenere Schöpfungen. Der tolle Lear
Soll auf dein Bitten durch die Heide wandern,
Mit jenem lauten Narren, Romeo, der ihn verspottet,
Denn du sollst seine Geliebte locken, und verzweifelte Angst,
Zieh Richards feigen Dolch aus seiner Scheide,
Deine Trompete bereit, für Shakespeares Lippen zu blasen.

Fantaisies Décoratives

1

Le Panneau

Under the rose tree's dancing shade
There stands a little ivory girl,
Pulling the leaves of pink and pearl
With pale green nails of polished jade.

The red leaves fall upon the mould,
The white leaves flutter, one by one,
Down to a blue bowl where the sun,
Like a great dragon, writhes in gold.

The white leaves float upon the air,
The red leaves flutter idly down,
Some fall upon her yellow gown,
And some upon her raven hair.

Fantaisies Décoratives

1

Le Panneau

Unter des Rosenbaumes tanzenden Schatten
Steht ein kleines Elfenbeinmädchen,
Und zieht die Blätter, rosa und perlweiß,
Mit blaßgrünen Nägeln aus polierter Jade.

Die roten Blätter fallen auf die Erde,
Die weißen flattern, eins nach dem anderen,
Hinab in eine blaue Schüssel, wo die Sonne
Wie ein großer Drachen sich im Gold windet.

Die weißen Blätter gleiten in der Luft,
Die roten Blätter sinken träge nieder,
Einige fallen auf ihr gelbes Kleid,
Und andere auf ihr rabenschwarzes Haar.

She takes an amber lute and sings,
And as she sings a silver crane
Begins his scarlet neck to strain,
And flap his burnished metal wings.

She takes a lute of amber bright,
And from the thicket where he lies
Her lover, with his almond eyes,
Watches her movements in delight.

And now she gives a cry of fear,
And tiny tears begin to start;
A thorn has wounded with its dart
The pink-veined sea-shell of her ear.

And now she laughs a merry note:
There has fallen a petal of the rose
Just where the yellow satin shows
The blue-veined flower of her throat.

With pale green nails of polished jade,
Pulling the leaves of pink and pearl,
There stands a little ivory girl
Under the rose-tree's dancing shade.

Sie greift zur Bernsteinflöte und singt,
Und wie sie singt, beginnt ein Silberkranich
Seinen scharlachroten Hals zu strecken
Und mit seinen metallblanken Flügeln zu
schlagen.

Sie greift zur hellen Bernsteinflöte,
Und aus dem Dickicht, wo er liegt,
Beobachtet ihr Liebster, mit Mandelaugen,
Jede Bewegung mit Entzücken.

Und nun stößt sie einen Schreckensschrei
aus,
Und kleine Tränen lösen sich,
Ein Dorn hat mit seiner Spitze
Die rosageäderte Muschel ihres Ohres
verletzt.

Und nun lacht sie heiter,
Ein Rosenblatt ist herabgefallen,
Dort, wo der gelbe Satin
Die blauädrige Blume ihres Halses zeigt.

Mit blaßgrünen Nägeln aus polierter Jade,
Und zieht die Blätter, rosa und perlweiß,
Steht ein kleines Elfenbeinmädchen,
Unter des Rosenbaumes tanzenden Schatten.

2

Les Ballons

Against these turbid turquoise skies
The light and luminous balloons
Dip and drift like satin moons,
Drift like silken butterflies;

Reel with every windy gust,
Rise and reel like dancing girls,
Float like strange transparent pearls,
Fall and float like silver dust.

Now to the low leaves they cling,
Each with coy fantastic pose,
Each a petal of a rose
Straining at a gossamer string.

Then to the tall trees they climb,
Like thin globes of amethyst,
Wandering, opals keeping tryst
With the rubies of the lime.

2

Les Ballons

Vor diesem trüben Türkis des Himmels
Tauchen und treiben, wie Monde aus Satin,
Die leichten und leuchtenden Ballons
Vorüber wie seidene Schmetterlinge.

Sie wirbeln mit jedem Luftzug,
Steigen und wirbeln wie tanzende Mädchen,
Gleiten wie merkwürdige durchsichtige
Perlen,
Fallen und schweben wie Silberstaub.

Jetzt halten sie sich fest an die unteren
Blätter,
Jeder in scheuer phantastischer Pose,
Jeder ein Blatt einer Rose,
Das an den Sommerfäden zerrt.

Dann klettern sie auf die hohen Bäume,
Wie zarte Kugeln aus Amethyst,
Wandernde Opale treffen sich
Mit den Rubinen von der Linde.

Hélas!

To drift with every passion till my soul
Is a stringed lute on which all winds can play,
Is it for this that I have given away
Mine ancient wisdom, and austere control?
Methinks my life is a twice-written scroll
Scrawled over on some boyish holiday
With idle songs for pipe and virelay,
Which do but mar the secret of the whole.
Surely there was a time I might have trod
The sunlit heights, and from life's dissonance
Struck one clear chord to reach the ears of God:
Is that time dead? lo! with a little rod
I did but touch the honey of romance –
And must I lose a soul's inheritance?

Hélas!

Sich jeden Leidenschaften hingeben, bis meine Seele
Eine besaitete Laute ist, gespielt von allen Winden –
Ist dies, wofür ich meine alte Weisheit und
Meine gefaßte Beherrschung aufgab?
Glaub', mein Leben ist ein doppelt beschriebenes Blatt,
Bekritzelt in jungenhaften Ferien
Mit eitlen Liedern für Flöte und Tanzspiel,
Die nur das Geheimnis von allem verderben.
Einst war sicher die Zeit, die sonnenbefluteten Höhen
Zu besteigen, und aus der Dissonanz des Lebens
Einen klaren Akkord an Gottes Ohren zu schicken:
Ist diese Zeit vergangen? Mit einem Stöckchen bloß
Berührte grad ich den Honig des Liebeserlebnisses,
Muß ich Unsterblichkeit verlieren?

Humanitad

It is full winter now: the trees are bare,
Save where the cattle huddle from the cold
Beneath the pine, for it doth never wear
The Autumn's gaudy livery whose gold
Her jealous brother pilfers, but is true
To the green doublet; bitter is the wind, as though it blew

From Saturn's cave; a few thin wisps of hay
Lie on the sharp black hedges, where the wain
Dragged the sweet pillage of a summer's day
From the low meadows up the narrow lane;
Upon the half-thawed snow the bleating sheep
Press close against the hurdles, and the shivering house-dogs creep

From the shut stable to the frozen stream
And back again disconsolate, and miss

Humanitad

Es ist mitten im Winter – die Bäume sind kahl,
Bis auf die Kiefer, unter die das Vieh sich vor der
Kälte geflüchtet hat, denn sie trägt niemals
Das heitere Kleid des Herbstes, dessen Gold
Sein neidischer Bruder plündert, sondern ist treu
Dem grünen Wams – der Wind ist bitterlich, als ob er wehe

Aus der Höhle des Saturn – einige dünne Heubündel
Liegen auf den schwarzen scharfen Hecken, wohin der Wagen
Den süßen Raub eines Sommertages
Von den tiefen Wiesen den schmalen Weg hinauf mitgerissen hat –
Auf dem halb geschmolzenen Schnee pressen sich die blökenden
Schafe dicht an die Hürden, und die zitternden Haushunde kriechen

Vom geschlossenen Stall zum gefrorenen Strom
Und betrübt wieder zurück und vermissen

The bawling shepherds and the noisy team;
And overhead in circling listlessness
The cawing rooks whirl round the frosted stack,
Or crowd the dripping boughs; and in the fen the icepools crack

Where the gaunt bittern stalks among the reeds
And flaps his wings, and stretches back bis neck,
And hoots to see the moon; across the meads
Limps the poor frightened hare, a little speck;
And a stray seamew with its fretful cry
Flits like a sudden drift of snow against the dull grey sky.

Full winter: and the lusty goodman brings
His load of faggots from the chilly byre,
And stamps his feet upon the hearth, and flings
The sappy billets on the waning fire,
And laughs to see the sudden lightening scare
His children at their play; and yet, – the Spring is in the air.

Already the slim crocus stirs the snow,
And soon yon blanchèd fields will bloom again
With nodding cowslips for some lad to mow,
For with the first warm kisses of the rain
The winter's icy sorrow breaks to tears,
And the brown thrushes mate, and with bright eyes the rabbit peers

From the dark warren where the fir-cones lie,
And treads one snowdrop under foot, and runs
Over the mossy knoll, and blackbirds fly
Across our path at evening, and the suns

Die brüllenden Hirten und das lärmende Gespann –
Und oben in kreisender Lustlosigkeit
Fliegen die krächzenden Krähen um den gefrorenen Heuhaufen
Oder drängen sich auf triefenden Ästen – und in den Marschen krachen die Eispfützen,

Wo die ausgezehrten Rohrdommeln im Schilf schreiten
Und ihre Flügel schlagen und ihre Hälse strecken
Und schreien, um den Mond zu sehen – über die Felder
Humpelt der arme ängstliche Hase, ein kleiner Fleck –
Und eine verirrte Sturmmöwe mit ihrem klagenden Schrei
Huscht wie eine jähe Schneewehe über den trüben grauen Himmel.

Mittwinter – und ein heiterer Mann bringt
Seine Ladung Holz aus der eisigen Scheune
Und stampft mit den Füßen vor dem Kamin und schleudert
Die saftigen Holzscheite auf das sterbende Feuer
Und lacht, wenn er sieht, wie das plötzliche Aufflackern
Seine Kinder beim Spielen erschreckt – und doch – Frühling ist in der Luft.

Schon bewegt der schlanke Krokus den Schnee,
Und bald werden jene gebleichten Felder wieder erblühen
Mit nickenden Himmelsschlüsseln, die ein junger Mann mähen muß,
Denn bei den ersten warmen Küssen des Regens
Zerbricht des Winters eisiger Kummer zu Tränen,
Und die braunen Singdrosseln paaren sich, und mit hellen Augen schaut das Kaninchen

Aus seinem dunklen Bau, in dem Tannenzapfen liegen,
Und tritt ein Schneeglöckchen nieder und rennt
Über den moosigen Hügel, und Drosseln fliegen
Am Abend über unseren Weg, und die Sonne

Stay longer with us; ah! how good to see Grass-girdled Spring in all her joy of laughing greenery	Bleibt länger bei uns – ach! Wie gut, den grasgegürteten Frühling in all seiner Freude lächelnden Grüns zu sehen,
Dance through the hedges till the early rose, (That sweet repentance of the thorny briar!) Burst from its sheathèd emerald and disclose The little quivering disk of golden fire Which the bees know so well, for with it come Pale boy's-love, sops-in-wine, and daffodillies all in bloom.	Wie er durch die Hecken tanzt, bis die frühe Rose (Jene süße Reue des stacheligen Dornbuschs!) Aus ihrer Smaragdscheide hervorbricht und die Kleine zitternde Scheibe des goldenen Feuers enthüllt, Welche die Bienen so gut kennen, denn mit ihr erscheinen Die blasse Eberraute, Federnelken und Narzissen in Blüte.
Then up and down the field the sower goes, While close behind the laughing younker scares With shrilly whoop the black and thievish crows, And then the chestnut-tree its glory wears, And on the grass the creamy blossom falls In odorous excess, and faint half-whispered madrigals	Dann schreitet der Sämann auf und ab auf dem Feld, Während dicht hinter ihm der lachende Junge mit schrillem Schrei die schwarzen und diebischen Krähen verscheucht, Und dann trägt der Kastanienbaum seine Pracht, Und auf das Gras fällt die cremige Blüte Mit überreichem Duft, und schwache halb geflüsterte Madrigale
Steal from the bluebells' nodding carillons Each breezy morn, and then white jessamine, That star of its own heaven, snap-dragons With lolling crimson tongues, and eglantine In dusty velvets clad usurp the bed And woodland empery, and when the lingering rose hath shed	Stehlen sich in jedem Morgenwind von den nickenden Glocken Der Traubenhyazinthen, und dann vom weißen Jasmin, Jenem Stern seines eigenen Himmels, Löwenmäulchen Mit hängenden scharlachroten Zungen, und Zaunrosen In Samtgewändern herrschen über die Reiche des Gartenbeets Und des Waldes, und wenn die späte Rose ein rotes Blatt
Red leaf by leaf its folded panoply, And pansies closed their purple-lidded eyes, Chrysanthemums from gilded argosy Unload their gaudy scentless merchandise, And violets getting overbold withdraw From their shy nooks, and scarlet berries dot the leafless haw.	Nach dem anderen ihres gefalteten Schmucks abgeworfen hat, Und die Stiefmütterchen ihre Purpurlider über den Augen schlossen, Dann entladen Chrysanthemen aus goldenen Schiffen Ihre heitere duftlose Ware, Und Veilchen werden übermütig und wagen sich Aus ihren verstohlenen Ecken, und scharlachrote Beeren sprenkeln den blätterlosen Weißdorn.

O happy field! and O thrice happy tree!
Soon will your queen in daisy-flowered smock
And crown of flower-de-luce trip down the lea,
Soon will the lazy shepherds drive their flock
Back to the pasture by the pool, and soon
Through the green leaves will float the hum of murmuring bees at noon.

Soon will the glade be bright with bellamour,
The flower which wantons love, and those sweet nuns
Vale-lilies in their snowy vestiture
Will tell their beaded pearls, and carnations
With mitred dusky leaves will scent the wind,
And straggling traveller's-joy each hedge with yellow stars will bind.

Dear Bride of Nature and most bounteous Spring!
That canst give increase to the sweet-breath'd kine,
And to the kid its little horns, and bring
The soft and silky blossoms to the vine,
Where is that old nepenthe which of yore
Man got from poppy root and glossy-berried mandragore!

There was a time when any common bird
Could make me sing in unison, a time
When all the strings of boyish life were stirred
To quick response or more melodious rhyme
By every forest idyll; – do I change?
Or rather doth some evil thing through thy fair pleasaunce range?

Nay, nay, thou art the same: 'tis I who seek
To vex with sighs thy simple solitude,
And because fruitless tears bedew my cheek
Would have thee weep with me in brotherhood;
Fool! shall each wronged and restless spirit dare
To taint such wine with the salt poison of his own despair!

O glückliches Feld! O dreifach glücklicher Baum!
Bald wird eure Königin im Kleid von Gänseblümchen
Und mit der Krone von Lilien vom Waldrand kommen,
Bald werden die faulen Hirten ihre Herden zurück
Zur Weide beim Teich treiben, und bald
Wird am Mittag das Summen der murmelnden Bienen durch die grünen Blätter wogen.

Bald wird das Tal hell sein mit Amarant,
Der Blume, die die Liebestollen lieben, und jene lieblichen Nonnen,
Maiglöckchen in ihren schneeigen Kleidern
Werden ihre Perlen zählen, und Nelken
Mit ihren dämmrigen Mitrenblättern werden den Wind beduften,
Und wuchernde Waldrebe wird jede Hecke mit gelben Sternen bekränzen.

Lieber Bräutigam der Natur und üppiger Frühling!
Der du die Kühe mit süßem Atem wachsen läßt
Und dem Geißkitz seine kleinen Hörner und der Rebe
Die weichen und seidenen Blüten gibst,
Wo ist das alte Nepenthe, das in alter Zeit
Der Mensch von Mohnwurzeln und Mandragora mit glänzenden Beeren erhielt?

Es gab eine Zeit, als jeder gemeine Vogel mich
Dazu brachte, mit ihm im Einklang zu singen, eine Zeit,
Als alle Saiten des Knabenalters zu einer raschen Antwort
Sich regten oder zu einem melodischeren Reim bei jedem Waldidyll – verändere ich mich?
Oder zieht irgendein Übel durch deinen lieblichen Lustgarten?

Nein, nein, du bist derselbe – ich bin es, der versucht,
Deine schlichte Einsamkeit mit Seufzern zu quälen,
Und weil meine Wange von fruchtlosen Tränen bedeckt ist,
Dich dazu bringen will, in Bruderschaft mit mir zu weinen –
Narr! Soll denn jeder verletzte und ruhelose Geist es wagen,
Solchen Wein mit dem salzigen Gift seiner eigenen Verzweiflung zu verderben?

Thou art the same: 'tis I whose wretched soul
Takes discontent to be its paramour,
And gives its kingdom to the rude control
Of what should be its servitor, – for sure
Wisdom is somewhere, though the stormy sea
Contain it not, and the huge deep answer »'Tis not in me.«

Du bist derselbe – ich bin es, dessen unglückliche Seele
Unzufrieden ist, sein Buhle zu sein,
Und ihr Reich der groben Kontrolle dessen überläßt,
Der ihr Diener sein sollte – denn sicherlich
Ist irgendwo Weisheit, wenn sie auch nicht in der
Stürmischen See zu finden ist, und die gewaltige Tiefe antwortet: »Nicht in mir.«

To burn with one clear flame, to stand erect
In natural honour, not to bend the knee
In profitless prostrations whose effect
Is by itself condemned, what alchemy
Can teach me this? what herb Medea brewed
Will bring the unexultant peace of essence not subdued?

Zu brennen mit einer klaren Flamme, aufrecht zu stehen
In natürlicher Ehre, nicht das Knie zu beugen
In fruchtlosen Unterwerfungen, deren Wirkung
In sich selbst verdammt ist, welche Alchimie kann
Dies mich lehren? Welcher Kräutertrank, den Medea braute,
Wird den nicht frohlockenden Frieden eines Wesens bringen, das nicht unterworfen wurde?

The minor chord which ends the harmony,
And for its answering brother waits in vain
Sobbing for incompleted melody,
Dies a Swan's death; but I the heir of pain,
A silent Memnon with blank lidless eyes,
Wait for the light and music of those suns which never rise.

Der Mollakkord, der die Symphonie beendet
Und vergeblich auf seinen antwortenden Bruder wartet
Und um eine unvollendete Melodie schluchzt,
Stirbt einen Schwanentod – doch ich, der Erbe des Schmerzes,
Ein schweigsamer Memnon mit leeren lidlosen Augen,
Warte auf das Licht und die Musik der Sonnen, die nie aufgehen.

The quenched-out torch, the lonely cypress-gloom,
The little dust stored in the narrow urn,
The gentle *XAIPE* of the Attic tomb, –
Were not these better far than to return
To my old fitful restless malady,
Or spend my days within the voiceless cave of misery?

Die ausgelöschte Fackel, die einsame Zypressendüsternis,
Die wenige Asche, die in der schmalen Urne aufbewahrt wird,
Das sanfte *XAIPE* des attischen Grabes –
Wäre all dies nicht um vieles besser, als zurückzukehren
Zu meiner alten unruhigen ruhelosen Krankheit
Oder meine Tage in der stimmlosen Höhle des Elends zu verbringen?

Nay! for perchance that poppy-crownèd God
Is like the watcher by a sick man's bed
Who talks of sleep but gives it not; his rod
Hath lost its virtue, and, when all is said,

Nein! Denn vielleicht ist der mohngekrönte Gott
Wie ein Wächter am Bett eines kranken Mannes,
Der vom Schlaf spricht, ihn aber nicht schenkt; sein Stab
Hat seine Tugend verloren, und – letzten Endes –

Death is too rude, too obvious a key
To solve one single secret in a life's philosophy.

And Love! that noble madness, whose august
And inextinguishable might can slay
The soul with honied drugs, – alas! I must
From such sweet ruin play the runaway,
Although too constant memory never can
Forget the archèd splendour of those brows Olympian

Which for a little season made my youth
So soft a swoon of exquisite indolence
That all the chiding of more prudent Truth
Seemed the thin voice of jealousy, – O Hence
Thou huntress deadlier than Artemis!
Go seek some other quarry! for of thy too perilous bliss

My lips have drunk enough, – no more, no more, –
Though Love himself should turn his gilded prow
Back to the troubled waters of this shore
Where I am wrecked and stranded, even now
The chariot wheels of passion sweep too near,
Hence! Hence! I pass unto a life more barren, more austere.

More barren – ay, those arms will never lean
Down through the trellised vines and draw my soul
In sweet reluctance through the tangled green;
Some other head must wear that aureole,
For I am Hers who loves not any man
Whose white and stainless bosom bears the sign Gorgonian.

Let Venus go and chuck her dainty page,
And kiss his mouth, and toss his curly hair,

Der Tod ist zu ungeschlacht, zu offensichtlich der Schlüssel
Zu einem einzigen Geheimnis in der Philosophie eines Lebens.

Und Liebe! Jener edel Wahnsinn, dessen erhabene und
Unauslöschliche Macht die Seele mit
Honigsüßen Tränken fällen kann – weh! Vor solch
Süßem Verderben muß ich fliehen,
Obwohl eine zu konstante Erinnerung niemals vergessen
Kann den prächtigen Bogen dieser olympischen Brauen,

Die nur für kurze Zeit meine Jugend
Zu einer so sanften Ohnmacht exquisiter Trägheit machte,
Daß all der Tadel weiserer Wahrheit nur
Die dünne Stimme der Eifersucht zu sein schien – oh fort,
Du Jägerin, tödlicher als Artemis!
Geh, such dir eine andere Beute! Denn von deiner zu gefährlichen Verzückung

Haben meine Lippen genug getrunken – nicht mehr, nicht mehr –
Auch wenn die Liebe selbst ihren goldenen Bug zurück
In die wogenden Wasser dieser Gestade lenken sollte,
Wo ich schiffbrüchig und gestrandet bin, selbst jetzt noch
Rasen die Wagenräder der Leidenschaft zu nah vorbei –
Fort, fort! Ich gehe zu einem Leben, das fruchtloser ist, strenger.

Fruchtloser – ja, diese Arme werden sich nie durch
Die Weinspaliere hinabstrecken und meine Seele
In süßem Zögern durch das verwachsene Grün ziehen;
Ein anderes Haupt muß diese Aureole tragen,
Denn ich gehöre ihr, die keinen Mann liebt,
Deren weiße und fleckenlose Brust das Zeichen der Gorgone trägt.

Soll Venus gehen und ihren reizenden Knaben locken
Und seinen Mund küssen und sein lockiges Haar zausen,

With net and spear and hunting equipage
Let young Adonis to his tryst repair,
But me her fond and subtle-fashioned spell
Delights no more, though I could win her dearest citadel.

Soll mit Netz und Speer und Jagdgewand
Der junge Adonis zu seinem Stelldichein ziehen,
Doch mich entzückt ihr inniger und fein gewebter Zauber
Nicht mehr, und wenn ich die ihr teuerste Zitadelle gewinnen sollte!

Ay, though I were that laughing shepherd boy
Who from Mount Ida saw the little cloud
Pass over Tenedos and lofty Troy
And knew the coming of the Queen, and bowed
In wonder at her feet, not for the sake
Of a new Helen would I bid her hand the apple take.

Ja, obwohl ich jener lachende Hirtenjunge war,
Der vom Berg Ida aus die kleine Wolke
Über Tenedos und das erhabene Troja ziehen sah
Und vom Kommen der Königin wußte, und mich
In Staunen ihr zu Füßen warf, nicht um einer
Neuen Helena willen würde ich ihrer Hand den Apfel bieten.

Then rise supreme Athena argent-limbed!
And, if my lips be music-less, inspire
At least my life: was not thy glory hymned
By One who gave to thee his sword and lyre
Like Æschylos at well-fought Marathon,
And died to show that Milton's England still could bear a son!

So steige denn auf, erhabene silbergliedrige Athena!
Und wenn auch meine Lippen ohne Musik sind, gib
Wenigstens meinem Leben Inspiration: wurden nicht deiner
Glorie Hymnen gesungen von einem, der dir sein Schwert gab und seine Lyra,
Wie Aischylos beim heftig umkämpften Marathon,
Und starb, um zu beweisen, daß Miltons England immer noch einen Sohn gebären konnte!

And yet I cannot tread the Portico
And live without desire, fear and pain,
Or nurture that wise calm which long ago
The grave Athenian master taught to men,
Self-poised, self-centred, and self-comforted,
To watch the world's vain phantasies go by with unbowed head.

Und dennoch kann ich nicht den Hof betreten
Und ohne Verlangen, Furcht und Schmerz leben
Oder jene weise Ruhe pflegen, die vor langer Zeit
Männer vom ernsten athenischen Meister lernten,
Selbst-sicher, selbst-bezogen und selbst-getröstet,
Um die eitlen Phantasien der Welt mit ungebeugtem Haupt vorüberziehen zu sehen.

Alas! that serene brow, those eloquent lips,
Those eyes that mirrored all eternity,
Rest in their own Colonos, an eclipse
Hath come on Wisdom, and Mnemosyne

Wehe! Jene klare Braue, jene beredten Lippen,
Jene Augen, in denen sich die ganze Ewigkeit spiegelte,
Ruhen in ihrem eigenen Kolonos, in der Weisheit ist es
Zu einer Eklipse gekommen, und Mnemosyne verblieb

Is childless; in the night which she had made
For lofty secure flight Athena's owl itself hath strayed.

Nor much with Science do I care to climb,
Although by strange and subtle witchery
She draw the moon from heaven; the Muse of Time
Unrolls her gorgeous-coloured tapestry
To no less eager eyes; often indeed
In the great epic of Polymnia's scroll I love to read

How Asia sent her myriad hosts to war
Against a little town, and panoplied
In gilded mail with jewelled scimitar,
White-shielded, purple-crested, rode the Mede
Between the waving poplars and the sea
Which men call Artemisium, till he saw Thermopylæ

Its steep ravine spanned by a narrow wall,
And on the nearer side a little brood
Of careless lions holding festival!
And stood amazèd at such hardihood,
And pitched his tent upon the reedy shore,
And stayed two days to wonder, and then crept at midnight o'er

Some unfrequented height, and coming down
The autumn forests treacherously slew
What Sparta held most dear and was the crown
Of far Eurotas, and passed on, nor knew
How God had staked an evil net for him
In the small bay at Salamis, – and yet, the page grows dim,

Its cadenced Greek delights me not, I feel
With such a goodly time too out of tune

Kinderlos; in der Nacht, die sie schuf für ihren
Erhabenen sicheren Flug, hat selbst Athenas Eule sich verflogen.

Auch mit der Wissenschaft mag ich nicht weit steigen,
Auch wenn sie durch seltsame und subtile Hexenkunst
Den Mond vom Himmel holte; die Muse der Zeit
Entrollte ihren herrlich bunten Wandbehang nie
Vor weniger eifrigen Augen; oft liebe ich es,
In dem großen Epos der Schriftrolle Polymnias zu lesen,

Wie Asien seine unzähligen Heerscharen in den Krieg
Gegen eine kleine Stadt schickte und der Meder,
Geschmückt mit goldener Panzerung und mit juwelenbesetztem
Krummsäbel, weißem Schild und purpurnem Federbusch,
Zwischen den wogenden Pappeln und der See ritt über das,
Was die Menschen Artemisium nennen, bis er die Thermopylen sah.

Deren steile Schlucht spannte eine kleine Mauer,
Und auf der näheren Seite hielt eine kleine Schar
Sorgloser Löwen ein Fest!
Und er stand erstaunt ob solcher Verwegenheit,
Schlug sein Zelt am schilfreichen Ufer auf,
Blieb zwei Tage, um zu bestaunen, und kroch dann um Mitternacht

Über eine unbewachte Höhe, und als er die Herbstwälder
Hinunterkam, erschlug er verräterischerweise
Spartas beste Kämpfer und die Krone
Des fernen Eurotas und zog weiter, wußte er doch
Nicht, daß Gott ihm ein widriges Netz ausgelegt hatte
In der kleinen Bucht von Salamis – und doch, die Seite wird dunkler,

Ihre griechischen Kadenzen erfreuen mich nicht, ich fühle
Mich mit einer so guten Zeit zuwenig im Einklang,

To love it much: for like the Dial's wheel
That from its blinded darkness strikes the noon
Yet never sees the sun, so do my eyes
Restlessly follow that which from my cheated vision flies.

Um sie zu lieben: denn wie das Rad der Uhr,
Das aus seiner blinden Dunkelheit Mittag schlägt
Und doch nie die Sonne sieht, so folgen meine Augen
Dem, das meiner betrogenen Sicht entflieht.

O for one grand unselfish simple life
To teach us what is Wisdom! speak ye hills
Of lone Helvellyn, for this note of strife
Shunned your untroubled crags and crystal rills,
Where is that Spirit which living blamelessly
Yet dared to kiss the smitten mouth of his own century!

O gäbe es ein großes selbstloses einfaches Leben,
Um uns zu lehren, was Weisheit ist! Sprecht, ihr Hügel
Des einsamen Helvellyn, denn dieser Klang des Kampfes
Mied eure friedlichen Felsenklippen und kristallenen Bäche,
Wo ist der Geist, der fehlerlos lebt und
Es doch wagt, den zerschlagenen Mund seines Jahrhunderts zu küssen?

Speak ye Rydalian laurels! where is He
Whose gentle head ye sheltered, that pure soul
Whose gracious days of uncrowned majesty
Through lowliest conduct touched the lofty goal
Where Love and Duty mingle! Him at least
The most high Laws were glad of, He had sat at Wisdom's feast,

Sprecht, ihr rydalischen Lorbeeren! Wo ist er,
Dessen sanftes Haupt ihr beschattetet, jene reine Seele,
Deren anmutige Tage ungekrönter Majestät
Durch niedrigstes Betragen das erhabene Ziel erreichte,
Wo sich Liebe und Pflicht mischen? Über ihn wenigstens
Freuten sich die höchsten Gesetze, er hatte am Fest der Weisheit teilgenommen,

But we are Learning's changelings, know by rote
The clarion watchword of each Grecian school
And follow none, the flawless sword which smote
The pagan Hydra is an effete tool
Which we ourselves have blunted, what man now
Shall scale the august ancient heights and to old Reverence bow?

Wir jedoch sind die Wechselbälger des Lernens, wir kennen auswendig
Das schallende Schlagwort jeder griechischen Schule
Und folgen keinem; das makellose Schwert, das die
Heidnische Hydra erschlug, ist ein kraftloses Werkzeug,
Das wir selbst stumpf machten – welcher Mann wird
Nun die erhabenen alten Höhen erklimmen und sich ehrfürchtig verneigen?

One such indeed I saw, but, Ichabod!
Gone is that last dear son of Italy,
Who being man died for the sake of God,
And whose un-risen bones sleep peacefully,
O guard him, guard him well, my Giotto's tower,
Thou marble lily of the lily town! let not the lour

Einen solchen sah ich in der Tat, doch, Ichabod!
Verloren ist der letzte teure Sohn Italiens,
Der als Mensch um Gottes willen starb
Und dessen nicht erstandenes Gebein friedvoll schläft,
O wach über ihn, wach gut über ihn, du Turm meines Giotto,
Du Marmorlilie der Lilienstadt! Laß nicht die Stunde

Of the rude tempest vex his slumber, or
The Arno with its tawny troubled gold
O'er-leap its marge, no mightier conqueror
Clomb the high Capitol in the days of old
When Rome was indeed Rome, for Liberty
Walked like a Bride beside him, at which sight pale Mystery

Des rauhen Sturms seinen Schlummer stören oder
Den Arno mit seinem trübe aufgewühlten Gold
Ihn überschwemmen, kein mächtigerer Eroberer
Erklomm das hohe Kapitol in den alten Tagen,
Als Rom noch wirklich Rom war, denn die Freiheit
Schritt wie eine Braut an seiner Seite. Bei diesem Anblick floh

Fled shrieking to her farthest sombrest cell
With an old man who grabbled rusty keys,
Fled shuddering, for that immemorial knell
With which oblivion buries dynasties
Swept like a wounded eagle on the blast,
As to the holy heart of Rome the great triumvir passed.

Das blasse Geheimnis schreiend in seine tiefste, düsterste Zelle
Mit einem alten Mann, der nach rostigen Schlüsseln tastet,
Es floh schaudernd, denn jenes unsterbliche Totengeläut,
Mit dem das Vergessen Dynastien zu Grabe trägt,
Flog wie ein verwundeter Adler auf dem Schall,
Als der große Triumvir zum heiligen Herzen Roms zog.

He knew the holiest heart and heights of Rome,
He drave the base wolf from the lion's lair,
And now lies dead by that empyreal dome
Which overtops Valdarno hung in air
By Brunelleschi – O Melpomene
Breathe through thy melancholy pipe thy sweetest threnody!

Er kannte das Allerheiligste des Herzen und der Höhen Roms,
Er trieb den Bastardwolf aus der Höhle des Löwen
Und liegt nun tot am kaiserlichen Dom,
Der über Valdarno aufragt, in die Luft gehängt
Von Brunelleschi – o Melpomene,
Spiele auf deiner melancholischen Flöte deine süßeste Klage!

Breathe through the tragic stops such melodies
That Joy's self may grow jealous, and the Nine
Forget awhile their discreet emperies,
Mourning for him who on Rome's lordliest shrine
Lit for men's lives the light of Marathon,
And bare to sun-forgotten fields the fire of the sun!

Spiele auf dem tragischen Instrument solche Melodien,
Daß die Freude selbst eifersüchtig werden würde und die Neun
Dabei ihre geheime Macht vergessen könnten,
Klagend um ihn, der auf Roms herrlichstem Schrein
Für das Leben der Menschen das Licht von Marathon entzündete
Und für von der Sonne vergessene Felder das Feuer der Sonne brachte!

O guard him, guard him well, my Giotto's tower,
Let some young Florentine each eventide
Bring coronals of that enchanted flower

O wach über ihn, wach gut über ihn, Turm meines Giotto,
Laß eine junge Florentinerin an jedem Abend
Kränze aus jener verzauberten Blume bringen,

Which the dim woods of Vallombrosa hide,
And deck the marble tomb wherein he lies
Whose soul is as some mighty orb unseen of mortal eyes.

Die in den dunklen Wäldern von Vallombrosa verborgen ist,
Und damit das Marmorgrab bedecken, in dem er liegt,
Dessen Seele wie ein mächtiger Stern ist, den sterbliche Augen nicht sehen.

Some mighty orb whose cycled wanderings,
Being tempest-driven to the farthest rim
Where Chaos meets Creation and the wings
Of the eternal chanting Cherubim
Are pavilioned on Nothing, passed away
Into a moonless void, – and yet, though he is dust and clay,

Ein mächtiger Stern, dessen zyklische Wanderungen,
Vom Sturm getrieben zum äußersten Rand,
Wo Chaos auf Schöpfung trifft und die Flügel
Der unaufhörlich singenden Cherubim
Auf dem Nichts ruhen, übergingen
In eine mondlose Leere – und doch, obwohl er Staub und Ton ist,

He is not dead, the immemorial Fates
Forbid it, and the closing shears refrain,
Lift up your heads ye everlasting gates!
Ye argent clarions, sound a loftier strain!
For the vile thing he hated lurks within
Its sombre house, alone with God and memories of sin.

Er ist nicht tot, das unsterbliche Schicksal
Erlaubt es nicht, und der endgültige Schnitter hält sich zurück,
Hebt eure Häupter, ihr ewigen Tore!
Ihr silbernen Trompeten, blast einen erhabeneren Klang!
Denn das Schändliche, das er haßte, lauert in seinem
Dunklen Haus, allein mit Gott und den Erinnerungen an die Sünde.

Still what avails it that she sought her cave
That murderous mother of red harlotries?
At Munich on the marble architrave
The Grecian boys die smiling, but the seas
Which wash Ægina fret in loneliness
Not mirroring their beauty, so our lives grow colourless

Doch was hilft es, daß sie sich in ihre Höhle zurückzog,
Jene mörderische Mutter roter Hurereien?
In München auf dem marmornen Architrav
Sterben die griechischen Jünglinge lächelnd, doch die Meere,
Die Ägina umspülen, kräuseln sich in Einsamkeit und
Spiegeln nicht ihre Schönheit. So werden unsere Leben farblos

For lack of our ideals, if one star
Flame torch-like in the heavens the unjust
Swift daylight kills it, and no trump of war
Can wake to passionate voice the silent dust
Which was Mazzini once! rich Niobe
For all her stony sorrows hath her sons, but Italy!

Aus Mangel an Idealen, wenn ein Stern
Wie eine Fackel am Himmel leuchtet, löscht ihn
Das ungerechte, rasche Tageslicht aus, und keine Kriegstrompete
Kann den schweigenden Staub zu leidenschaftlicher Stimme erwecken,
Der einst Mazzini war! Die reiche Niobe hat
Trotz aller steinernen Klagen ihre Söhne – doch Italien!

What Easter Day shall make her children rise,
Who were not Gods yet suffered? what sure feet
Shall find their grave-clothes folded? what clear eyes

Welches Osterfest soll seine Kinder auferstehen lassen,
Die keine Götter waren und doch litten? Welche sicheren Schritte
Sollen ihre Grabtücher finden? Welche klaren Augen

Shall see them bodily? O it were meet
To roll the stone from off the sepulchre
And kiss the bleeding roses of their wounds, in love of Her

Sollen sie leibhaftig erblicken? Oh, der wäre selig,
Der den Stein vom Grab rollt
Und die blutenden Rosen ihrer Wunden küßt, aus Liebe zu ihr,

Our Italy! our mother visible!
Most blessed among nations and most sad,
For whose dear sake the young Calabrian fell
That day at Aspromonte and was glad
That in an age when God was bought and sold
One man could die for Liberty! but we, burnt out and cold,

Unserer Italia! Unserer sichtbaren Mutter!
Gesegnet unter den Nationen und die elendste,
Um deren Willen der junge Kalabrier fiel
An jenem Tag bei Aspromonte und froh war,
Daß in einer Zeit, in der man Gott kauft und verkauft,
Ein Mann für die Freiheit sterben konnte! Doch wir, ausgebrannt und kalt,

See Honour smitten on the cheek and gyves
Bind the sweet feet of Mercy: Poverty
Creeps through our sunless lanes and with sharp knives
Cuts the warm throats of children stealthily,
And no word said: – O we are wretched men
Unworthy of our great inheritance! where is the pen

Sehen, wie die Ehre geschlagen wird und Fesseln
Die süßen Füße des Mitleids binden – Armut
Schleicht durch unsere sonnenlosen Gassen und schneidet mit
Scharfem Messer heimlich die warmen Kehlen von Kindern durch,
Und kein Wort erhebt sich: – Oh, wir sind armselige Männer,
Unwürdig unseres großen Erbes! Wo ist die Feder

Of austere Milton? where the mighty sword
Which slew its master righteously? the years
Have lost their ancient leader, and no word
Breaks from the voiceless tripod on our ears:
While as a ruined mother in some spasm
Bears a base child and loathes it, so our best enthusiasm

Des strengen Milton? Wo das mächtige Schwert,
Das seinen eigenen Herrn zu Recht erschlug? Die Jahre
Haben ihren alten Führer verloren, und kein Wort
Klingt vom stimmlosen Tripod an unsere Ohren –
Wie eine gefallene Mutter in Krämpfen
Ein uneheliches Kind zur Welt bringt und es verabscheut, so zeugt unsere

Genders unlawful children, Anarchy
Freedom's own Judas, the vile prodigal
Licence who steals the gold of Liberty
And yet has nothing, Ignorance the real
One Fratricide since Cain, Envy the asp
That stings itself to anguish, Avarice whose palsied grasp

Größte Begeisterung nur Bastarde, Anarchie,
Den Judas der Freiheit, die eklige verlorene
Zügellosigkeit, die das Gold der Freiheit stiehlt
Und doch nichts hat, Ignoranz, der einzige wahre
Brudermörder seit Kain, Neid, die Natter,
Die sich selbst zur Qual beißt, Habgier, deren gelähmter Griff

Is in its extent stiffened, moneyed Greed
For whose dull appetite men waste away
Amid the whirr of wheels and are the seed
Of things which slay their sower, these each day

Völlig steif ist, Geldgier, um deren dumpfen
Hungers willen Männer dahinsiechen
Im Wirbel der Räder und zur Saat von Dingen
Werden, die ihren eigenen Säer erschlugen, dies sind

Sees rife in England, and the gentle feet
Of Beauty tread no more the stones of each
unlovely street.

What even Cromwell spared is desecrated
By weed and worm, left to the stormy play
Of wind and beating snow, or renovated
By more destructful hands: Time's worst
decay
Will wreathe its ruins with some loveliness,
But these new Vandals can but make a
rainproof barrenness.

Where is that Art which bade the Angels sing
Through Lincoln's lofty choir, till the air
Seems from such marble harmonies to ring
With sweeter song than common lips can
dare
To draw from actual reed? ah! where is now
The cunning hand which made the flowering
hawthorn branches bow

For Southwell's arch, and carved the House
of One
Who loved the lilies of the field with all
Our dearest English flowers? the same sun
Rises for us: the seasons natural
Weave the same tapestry of green and grey:
The unchanged hills are with us: but that
Spirit hath passed away.

And yet perchance it may be better so,
For Tyranny is an incestuous Queen,
Murder her brother is her bedfellow,
And the Plague chambers with her: in
obscene
And bloody paths her treacherous feet are
set;
Better the empty desert and a soul inviolate!

For gentle brotherhood, the harmony
Of living in the healthful air the swift
Clean beauty of strong limbs when men are
free

Alles alltägliche Dinge in England, und die
sanften Füße
Der Schönheit schreiten nicht mehr auf den
Steinen all dieser unschönen Straßen.

Was selbst Cromwell verschonte, wird
geschändet
Von Unkraut und Würmern, überlassen dem
stürmischen
Mutwillen des Windes und des Schnee-
sturms oder wiederaufgebaut
Von Händen, die eher zerstören – der
schlimmste Verfall der Zeit
Wird seine Trümmer mit einer gewissen
Anmut bekränzen,
Doch diese neuen Vandalen können nur eine
regensichere Öde schaffen.

Wo ist jene Kunst, die Engel zum Gesang
aufforderte
In Lincolns erhabenem Chor, bis die Luft
Vor so marmornen Harmonien zu klingen
schien
In einem süßeren Klang, als gemeine Lippen es
Einer wirklichen Flöte zu entlocken wagen?
Ah! Wo ist
Nun die geschickte Hand, die den blühenden
Weißdorn beugte

Für den Bogen Southwells und das Haus des
einen schnitzte,
Der die Lilien des Feldes mit all unseren
Meistgeliebten Blumen Englands liebte?
Dieselbe Sonne
Geht für uns auf: das natürliche Gewebe der
Jahreszeiten,
Derselbe Wandbehang aus Grün und Grau.
Die Hügel sind noch unverändert bei uns –
doch jener Geist ist entschwunden.

Und doch ist es vielleicht besser so,
Denn Tyrannei ist eine inzestuöse Königin,
Ihr Bruder Mörder ist ihr Bettgenosse,
Und in ihrem Haus lebt die Pest – ihre
schändlichen Füße
Wandeln auf abscheulichen und blutigen
Pfaden;
Lieber die leere Wüste und eine unversehrte
Seele!

Denn sanfte Bruderschaft, die Harmonie
eines
Lebens in gesunder Luft, die rasche, reine
Schönheit starker Gliedmaßen, wenn
Männer frei sind

And women chaste, these are the things which lift
Our souls up more than even Agnolo's
Gaunt blinded Sibyl poring o'er the scroll of human woes,

Und Frauen züchtig – dies sind die Dinge, die unsere
Seelen mehr erheben als sogar Agnolos
Hagere blinde Sibylle, die über der Schriftrolle der menschlichen Leiden brütet,

Or Titian's little maiden on the stair
White as her own sweet lily and as tall,
Or Mona Lisa smiling through her hair, –
Ah! somehow life is bigger after all
Than any painted Angel, could we see
The God that is within us! The old Greek serenity

Oder Tizians kleine Maid auf der Treppe,
Weiß wie ihre eigene Lilie und ebenso groß,
Oder die Mona Lisa, die unter ihrem Haar hervorlächelt –
Ah! Irgendwie ist das Leben doch größer
Als jeder gemalte Engel, wenn wir nur den Gott
Sehen könnten, der in uns ist! Die alte griechische Heiterkeit,

Which curbs the passion of that level line
Of marble youths, who with untroubled eyes
And chastened limbs ride round Athena's shrine
And mirror her divine economies,
And balanced symmetry of what in man
Would else wage ceaseless warfare, – this at least within the span

Die die Leidenschaft jener geraden Reihe
Marmorner Jünglinge zügelt, die mit Augen ohne Falsch
Und züchtigen Gliedern um Athenas Schrein tanzen
Und ihre heilige Weltordnung spiegeln,
Und ausgewogene Symmetrie dessen, was im Menschen
Ansonsten ununterbrochenen Krieg führen würde – dies zumindest, in dem Zeitraum

Between our mother's kisses and the grave
Might so inform our lives, that we could win
Such mighty empires that from her cave
Temptation would grow hoarse, and pallid Sin
Would walk ashamed of his adulteries,
And Passion creep from out the House of Lust with startled eyes.

Zwischen den Küssen unserer Mutter und unserem Grab,
Mag unser Leben so formen, daß wir solch mächtige
Reiche gewinnen könnten, daß in ihrer Höhle
Die Versuchung schließlich heiser würde und die bleiche
Sünde in Scham über ihre Fehltritte wandeln würde
Und die Leidenschaft mit erschreckten Augen aus dem Haus der Lust sich schleichen würde.

To make the Body and the Spirit one
With all right things, till no thing live in vain
From morn to noon, but in sweet unison
With every pulse of flesh and throb of brain
The soul in flawless essence high enthroned,
Against all outer vain attack invincibly bastioned,

Um Körper und Seele eins werden zu lassen
Mit allen rechten Dingen, bis kein Ding vom Morgen
Bis zum Mittag vergeblich lebt, sondern in süßer Einheit
Mit jedem Pulsschlag des Fleisches und jedem Gedanken
Die Seele, in makellosem Wesen auf hohem Thron sitzend,
Gegen alle äußeren eitlen Angriffe unverletzlich gefeit,

Mark with serene impartiality
The strife of things, and yet be comforted,

Bemerkt mit heiterer Unparteilichkeit
Den Kampf der Dinge und dennoch getröstet ist

Knowing that by the chain causality
All separate existences are wed
Into one supreme whole, whose utterance
Is joy, or holier praise! ah! surely this were governance

Im Wissen, daß durch die Kette der Kausalität
Alle getrennten Existenzen verbunden werden
Zu einem erhabenen Ganzen, dessen Äußerung
Freude ist oder heiliges Lob! Ah! Dies wäre sicherlich eine

Of Life in most august omnipresence,
Through which the rational intellect would find
In passion its expression, and mere sense,
Ignoble else, lend fire to the mind,
And being joined with it in harmony
More mystical than that which binds the stars planetary,

Lebensführung in der erhabensten Allgegenwart,
Durch die der rationale Intellekt seinen Ausdruck
In Leidenschaft finden würde und bloße Sinne,
Ansonsten unedel, den Verstand befeuern würden,
Und so, verbunden in einer Harmonie,
Die geheimnisvoller ist als das, was die Sterne verbindet,

Strike from their several tones one octave chord
Whose cadence being measureless would fly
Through all the circling spheres, then to its Lord
Return refreshed with its new empery
And more exultant power, – this indeed
Could we but reach it were to find the last, the perfect creed.

Würden sie aus ihren verschiedenen Tönen einen Oktavakkord erklingen lassen,
Dessen unermeßliche Kadenz durch all
Die kreisenden Sphären fliegen und dann – durch
Ihre neue Erfahrung und erhabenere Macht erfrischt –
Zu ihrem Herrn zurückkehren würde: dies in der Tat,
Wenn wir es erreichen könnten, wäre die endgültige, die vollkommene Religion.

Ah! it was easy when the world was young
To keep one's life free and inviolate,
From our sad lips another song is rung,
By our hands our heads are desecrate,
Wanderers in drear exile, and dispossessed
Of what should be our own, we can but feed on wild unrest.

Ah! Als die Welt jung war, war es einfach,
Unser Leben frei und ungezwungen zu erhalten.
Unseren traurigen Lippen wird ein anderes Lied entrungen,
Unsere Häupter werden von unseren eigenen Händen entweiht,
Wir Wanderer in traurigem Exil und beraubt dessen,
Was unser sein sollte – wir können uns nur von wilder Unrast nähren.

Somehow the grace, the bloom of things has flown,
And of all men we are most wretched who
Must live each other's lives and not our own
For very pity's sake and then undo
All that we lived for – it was otherwise
When soul and body seemed to blend in mystic symphonies.

Irgendwie ist die Anmut, die Blüte der Dinge entflohen,
Und von allen Menschen sind wir die elendsten, die
Einer des anderen Leben leben müssen und nicht unser eigenes,
Um des reinen Mitleids willen, und dann alles zerstören,
Wofür wir gelebt haben – es war ganz anders,
Als Körper und Seele in mystischen Symphonien zu verschmelzen schienen.

But we have left those gentle haunts to pass
With weary feet to the new Calvary,
Where we behold, as one who in a glass
Sees his own face, self-slain Humanity,
And in the dumb reproach of that sad gaze
Learn what an awful phantom the red hand of man can raise.

Doch wir haben jene lieblichen Orte verlassen, um mit müden
Schritten zum neuen Golgatha zu ziehen,
Wo wir, wie einer in einem Glas sein eigenes Antlitz
Sieht, die Menschheit erblicken, die sich selbst ermordet hat,
Und im dumpfen Vorwurf jenes traurigen Blicks
Lernen, welch schreckliches Phantom die rote Hand des Menschen schaffen kann.

O smitten mouth! O forehead crowned with thorn!
O chalice of all common miseries!
Thou for our sakes that loved thee not hast borne
An agony of endless centuries,
And we were vain and ignorant nor knew
That when we stabbed thy heart it was our own real hearts we slew.

O zerschlagener Mund! O von Dornen gekrönte Stirn!
O Kelch all unserer Leiden!
Du – um unsretwillen, die wir dich nicht liebten, hast
Die Agonie endloser Jahrhunderte ertragen,
Und wir waren eitel und ignorant und wußten nicht,
Daß wir, als wir dein Herz durchbohrten, unsere eigenen wahren Herzen mordeten.

Being ourselves the sowers and the seeds,
The night that covers and the lights that fade,
The spear that pierces and the side that bleeds,
The lips betraying and the life betrayed;
The deep hath calm: the moon hath rest: but we
Lords of the natural world are yet our own dread enemy.

Wir sind selbst die Säer und die Saat,
Die Nacht, die bedeckt, und das Licht, das verlöscht,
Der Speer, der durchbohrt, und die Seite, die blutet,
Die Lippen, die verraten, und das verratene Leben.
Die Tiefe ist still – der Mond hat Rast – doch wir,
Die Herren der natürlichen Welt, sind unsere eigenen schlimmsten Feinde.

Is this the end of all that primal force
Which, in its changes being still the same,
From eyeless Chaos cleft its upward course,
Through ravenous seas and whirling rocks and flame,
Till the suns met in heaven and began
Their cycles, and the morning stars sang, and the Word was Man!

Ist dies das Ende all jener Urkraft,
Die – trotz ihrer Veränderungen immer noch dieselbe –
Aus dem augenlosen Chaos ihren Weg nach oben stieg,
Durch hungrige See und wirbelnde Felsen und Flammen,
Bis sich die Sonnen im Himmel trafen und ihre Kreise
Begannen und die Morgensterne sangen und das Wort Mensch wurde?

Nay, nay, we are but crucified, and though
The bloody sweat falls from our brows like rain,
Loosen the nails – we shall come down I know,
Staunch the red wounds – we shall be whole again,

Nein, nein! Wir sind nur gekreuzigt, und obwohl
Der blutige Schweiß wie Regen von unserer Braue tropft,
Löst die Nägel – wir werden hinabsteigen, ich weiß es,
Stillt die roten Wunden – wir werden wieder ganz werden,

No need have we of hyssop-laden rod,
That which is purely human, that is Godlike,
that is God.

Wir brauchen keinen mit Ysop beladenen
Stab –
Das, was rein menschlich ist, das ist
gottgleich, das ist Gott.

Her Voice

The wild bee reels from bough to bough
With his furry coat and his gauzy wing,
Now in a lily-cup, and now
Setting a jacinth bell a-swing,
In his wandering;
Sit closer love: it was here I trow
I made that vow,

Swore that two lives should be like one
As long as the sea-gull loved the sea,
As long as the sunflower sought the sun, –
It shall be, I said, for eternity
'Twixt you and me!
Dear friend, those times are over and done;
Love's web is spun.

Look upward where the poplar trees
Sway and sway in the summer air,
Here in the valley never a breeze
Scatters the thistledown, but there
Great winds blow fair
From the mighty murmuring mystical seas,
And the wave-lashed leas.

Look upward where the white gull screams,
What does it see that we do not see?
Is that a star? or the lamp that gleams
On some outward voyaging argosy,
Ah! can it be
We have lived our lives in a land of dreams!
How sad it seems.

Sweet, there is nothing left to say
But this, that love is never lost,
Keen winter stabs the breasts of May
Whose crimson roses burst his frost,
Ships tempest-tossed
Will find a harbour in some bay,
And so we may.

Ihre Stimme

Die wilde Biene wirbelt von Zwei zu Zweig
Mit pelzigem Mantel und leichtem Flügel,
Jetzt in einem Lilienkelch, und jetzt eine
Hyazinthe in Schwingen versetzt,
Auf ihrer Spur;
Sitz näher, Liebes: Es war hier, glaube ich,
Wo ich den Schwur machte,

Ich schwor, daß zwei Leben wie eines sein
sollten,
So lange, wie die Möwe das Meer liebt,
Die Sonnenblume die Sonne sucht –
Es soll, sagte ich, für die Ewigkeit sein,
Zwischen dir und mir!
Lieber Freund, diese Zeiten sind nun
vorbei –
Das Netz der Liebe ist gesponnen.

Schau aufwärts, wo die Pappelbäume,
In der Sommerluft hin und her schwanken,
Hier im Tal wird die Distelwolle nie vom
Wind zerstreut, aber es wehen
Große Winde von den
Mächtigen rauschenden mystischen Seen,
Und der wellengepeitschten Au.

Schau aufwärts, sieh die weiße Möwe
schreien,
Was sieht sie, was wir nicht sehen?
Ist das ein Stern? Oder die Lampe, die
scheint,
Auf einem wegsegelnden Schiff,
Ach, kann es denn sein,
Daß wir unser Leben in einem Traumland
verbracht haben!
Wie traurig dies erscheint.

Es bleibt nicht mehr zu sagen,
Als dies, daß Liebe nie verloren ist,
Der kühne Winter sticht in die Brust des
Mais,
Dessen rote Rosen seinen Frost durch-
brechen,
Schiffe sturmgepeitscht,
Werden in einer Bucht einen Hafen finden,
Und so werden wir.

And there is nothing left to do
But to kiss once again, and part,
Nay, there is nothing we should rue,
I have my beauty, – you your Art,
Nay, do not start,
One world was not enough for two
Like me and you.

Und es bleibt nichts zu tun,
Als noch einmal zu küssen und uns zu trennen,
Nein, es gibt nichts, was wir beklagen sollten,
Ich habe meine Schönheit, du deine Kunst,
Nein, fang nicht an,
Eine Welt war nicht genug, wie zwei
Wie ich und du.

In the Gold Room

A Harmony

Her ivory hands on the ivory keys
Strayed in a fitful fantasy,
Like the silver gleam when the poplar trees
Rustle their pale leaves listlessly,
Or the drifting foam of a restless sea
When the waves show their teeth in the flying breeze.

Her gold hair fell on the wall of gold
Like the delicate gossamer tangles spun
On the burnished disk of the marigold,
Or the sunflower turning to meet the sun
When the gloom of the jealous night is done,
And the spear of the lily is aureoled.

And her sweet red lips on these lips of mine
Burned like the ruby fire set
In the swinging lamp of a crimson shrine,
Or the bleeding wounds of the pomegranate,
Or the heart of the lotus drenched and wet
With the spilt-out blood of the rose-red wine.

Im Goldgemach

Ihre Elfenbeinhände auf Elfenbeintasten,
Tanzten in launischem Traum
Wie der silberne Schimmer von Pappelbäumen,
Die ihre Blätter schlaff rauschen lassen,
Oder der treibende Schaum auf dem unruhigen Meer,
Wenn die Wellen ihre Zähne im flatternden Wind zeigen.

Ihr goldenes Jahr fiel auf die goldene Mauer
Wie die zarten, feinen Knäuel um
Die glänzende Ringelblume,
Oder die Sonnenblume, die sich zur Sonne wendet,
Wenn der Schauder der eifersüchtigen Nacht vergangen ist,
Und der Speer der Lilien strahlt.

Und ihre süßen roten Lippen auf meinen
Brannten wie das rubinrote Feuer in
Der schwingenden Lampe eines roten Schreines,
Oder die blutenden Wunden eines Granatbaumes,
Oder das Herz des Lotus, getränkt und naß
Vom verschütteten Blut des rosenroten Weines.

In the Forest

Out of the mid-wood's twilight
Into the meadow's dawn,
Ivory limbed and brown-eyed,
Flashes my Faun!

He skips through the copses singing,
And his shadow dances along,

Im Wald

Aus der Dämmerung der Waldesmitte
In das Morgenlicht der Wiese
Elfenbeingliedrig und braunäugig
Fliegt mein Faun.

Singend hüpft er durch das Gehölz,
Und sein Schatten tanzt mit daher,

And I know not which I should follow,
Shadow or song!

O Hunter, snare me his shadow!
O Nightingale, catch me his strain!
Else moonstruck with music and madness
I track him in vain!

Und ich weiß nicht, wem ich folgen soll,
Schatten oder Lied.

O Jäger, fang mir seinen Schatten!
O Nachtigall, fang mir seine Weise!
Sonst verfolge ich ihn vergebens,
Mondverzaubert von Musik und Wahnsinn.

Impression du Matin

The Thames nocturne of blue and gold
Changed to a Harmony in grey:
A barge with ochre-coloured hay
Dropt from the wharf: and chill and cold

The yellow fog came creeping down
The bridges, till the houses' walls
Seemed changed to shadows and St. Paul's
Loomed like a bubble o'er the town.

Then suddenly arose the clang
Of waking life; the streets were stirred
With country waggons: and a bird
Flew to the glistening roofs and sang.

But one pale woman all alone,
The daylight kissing her wan hair,
Loitered beneath the gas lamps' flare,
With lips of flame and heart of stone.

Impression du Matin

Die nächtliche Themse, blau und Gold
Wechselte zu einer grauen Harmonie:
Ein Kahn mit ockerfarbenem Heu
Legte vom Kai ab: und kühl und kalt

Kroch der gelbe Nebel herab
Von den Brücken, bis die Hausmauern
Zu Schatten wurden und St. Paul's wie
Eine Blase über der Stadt schwamm.

Dann plötzlich ein Klang
Erwachenden Lebens: die Straßen belebt
Von Karren des Landvolkes: und ein Vogel
Flog auf die glitzernden Dächer und sang.

Aber eine blasse Frau, ganz alleine,
Das Tageslicht küßte ihr blasses Haar,
Lungerte unter der Flamme der Gaslaterne
Mit Lippen aus Flammen und steinernem
  Herz.

Impression de Voyage

The sea was sapphire coloured, and the sky
Burned like a heated opal through the air;
We hoisted sail; the wind was blowing fair
For the blue lands that to the eastward lie.
From the steep prow I marked with
  quickening eye
Zakynthos, every olive grove and creek,
Ithaca's cliff, Lycaon's snowy peak,
And all the flower-strewn hills of Arcady.
The flapping of the sail against the mast,
The ripple of the water on the side,
The ripple of girls' laughter at the stern,
The only sounds: – when 'gan the West to
  burn,
And a red sun upon the seas to ride.
I stood upon the soil of Greece at last!

Impression de Voyage

Das Meer war tiefblau, und der Himmel
Brannte wie ein erhitzter Opal durch die Luft;
Wir hißten die Segel, der Wind blies
  gemächlich
Auf das Blaue Land, das ostwärts lag.
Vom steilen Bug erspähte ich mit schnellem
  Auge
Zakynthos, jeden Ölhain und jede Bucht
Ithakas Felsen, Lykaons schneebedeckten
  Gipfel
Und die blumenübersäten Hügel Arkadiens.
Das Flattern des Segels gegen den Mast,
Das plätschernde Wasser an der Seite,
Das Kichern der Mädchen im Heck,
Die einzigen Klänge: Als der Westen zu
  brennen begann
Und die rote Sonne über dem Meer aufstieg,
Stand ich endlich auf griechischem Boden!

Impression
Le Réveillon

The sky is laced with fitful red,
The circling mists and shadows flee,
The dawn is rising from the sea,
Like a white lady from her bed.

And jagged brazen arrows fall
Athwart the feathers of the night,
And a long wave of yellow light
Breaks silently on tower and hall,

And spreading wide across the wold,
Wakes into flight some fluttering bird,
And all the chestnut tops are stirred,
And all the branches streaked with gold.

Impression
Le Réveillon

Der Himmel ist unruhig rot gestreift,
Die kreisenden Nebel und Schatten geflohen,
Die Morgendämmerung steigt aus dem Meer
Wie eine weiße Dame von ihrem Bett.

Und zackige metallene Pfeile fallen,
Durchstechen die Federn der Nacht,
Und eine lange Welle gelben Lichts,
Bricht leise auf Turm und Halle.

Und breitet sich weit über die Welt aus,
Erweckt einen flatternden Vogel zum
Fliegen,
Und alle Kastanienwipfel bewegen sich,
Und alle Zweige sind von Gold erhellt.

Impressions

1. Les Silhouettes

The sea is flecked with bars of grey,
The dull dead wind is out of tune,
And like a withered leaf the moon
Is blown across the stormy bay.

Etched clear upon the pallid sand
Lies the black boat: a sailor boy
Clambers aboard in careless joy
With laughing face and gleaming hand.

And overhead the curlews cry,
Where through the dusky upland grass
The young brown-throated reapers pass,
Like silhouettes against the sky.

2. La Fuite de la Lune

To outer senses there is peace,
A dreamy peace on either hand,
Deep silence in the shadowy land,
Deep silence where the shadows cease.

Save for a cry that echoes shrill
From some lone bird disconsolate;
A corncrake calling to its mate;
The answer from the misty hill.

Impressionen

1. Les Silhouettes

Die See ist gesprenkelt mit grauen Balken,
Der trübe tote Wind ist verstimmt,
Und wie ein verwehtes Blatt
Wird der Mond über die stürmische Bucht
geweht.

Hervorstechend auf dem bleichen Sand
Liegt das schwarze Boot; ein Seglersohn
Klettert in unberührter Freude an Bord
Mit lachendem Gesicht und heller Hand.

Und oben schreien die Brachvögel,
Wo durch das dunstige Hochlandgras
Die jungen braunbrüstigen Schnitter ziehen
Wie Silhouetten am Himmel.

2. La Fuite de la Lune

Die Sinne fühlen einen Frieden
Einen träumerischen Frieden in jeder
Hand,
Tiefe Stille im schattigen Land,
Tiefe Stille, wo die Schatten enden.

Bis auf einen Schrei, das schrille Echo
Eines trostlosen Vogels;
Ein Wachtelkönig ruft seinen Partner,
Die Antwort kommt vom nebligen Hügel.

And suddenly the moon withdraws
Her sickle from the lightening skies,
And to her sombre cavern flies,
Wrapped in a veil of yellow gauze.

Und plötzlich zieht der Mond
Seine Sichel von blitzhellen Himmel zurück,
Und flieht zu seiner einfachen Höhle,
In einem Schleier aus gelber Gaze.

Impressions

1. Le Jardin

The lily's withered chalice falls
Around its rod of dusty gold,
And from the beech-trees on the wold
The last wood-pigeon coos and calls.

The gaudy leonine sunflower
Hangs black and barren on its stalk,
And down the windy garden walk
The dead leaves scatter, – hour by hour.

Pale privet-petals white as milk
Are blown into a snowy mass:
The roses lie upon the grass
Like little shreds of crimson silk.

2. La Mer

A white mist drifts across the shrouds,
A wild moon in this wintry sky
Gleams like an angry lion's eye
Out of a mane of tawny clouds.

The muffled steersman at the wheel
Is but a shadow in the gloom; –
And in the throbbing engine-room
Leap the long rods of polished steel.

The shattered storm has left its trace
Upon this huge and heaving dome,
For the thin threads of yellow foam
Float on the waves like ravelled lace.

Impressionen

1. Le Jardin

Der welke Kelch der Lilie fällt
Um den goldbestäubten Stempel,
Und von den Buchen auf waldigen Höhen
Gurrt und ruft die letzte Taube.

Die aufgeputzte löwengleiche Sonnenblume
Hängt schwarz und dürr auf ihrem Stengel,
Und den windigen Gartenpfad herab
Liegen tote Blätter verstreut – Stunde für Stunde.

Bleiche Ligusterblüten, weiß wie Milch,
Werden in eine schneeartige Masse geblasen:
Die Rosen liegen im Gras
Wie kleine Fetzen roter Seide.

2. La Mer

Ein weißer Nebel zieht über die Wanten,
Ein wilder Mond an diesem wintrigen Himmel
Funkelt wie das Auge eines zornigen Löwen
Aus einer Mähne lohfarbener Wolken.

Der vermummte Steuermann am Ruder
Ist nur ein Schatten in der Finsternis;
Und im dröhnenden Maschinenraum
Drehen sich die langen Kolben aus blankem Stahl.

Der gebrochene Sturm hat seine Spur hinterlassen
Auf dieser gewaltigen wogenden Kuppel,
Denn die dünnen Fäden aus gelbem Schaum
Treiben auf den Wellen wie verworrene Spitze.

Italia

Italia! thou art fallen, though with sheen
Of battle-spears thy clamorous armies stride
From the north Alps to the Sicilian tide
Ay! fallen, though the nations hail thee
Queen
Because rich gold in every town is seen,
And on thy sapphire-lake in tossing pride
Of wind-filled vans thy myriad galleys ride
Beneath one flag of red and white and green.
O Fair and Strong! O Strong and Fair in vain!
Look southward where Rome's desecrated
town
Lies mourning for her God-anointed King!
Look heaven-ward! shall God allow this
thing?
Nay! but some flame-girt Raphael shall come
down,
And smite the Spoiler with the sword of pain.

Venice

Italia

Italia, du bist gefallen, doch mit dem Schein
Der Kampfesspeere schreiten deine tosenden
Heere
Von den nördlichen Alpen bis zur siziliani-
schen Flut.
Du fielst, obwohl die Nationen dich als
Königin begrüßen,
Weil viel Gold in jeder Stadt gesehen werden
kann,
Und auf deinen Saphir-See stolzbeschwingt,
Mit windgefülltem Vorgeschwader deine
Myriaden Galeeren segeln
Unter einer Flagge aus Rot und Weiß und
Grün.
O Schöne und Starke! Oh, vergebens Schöne
und Starke!
Blicke südwärts, wo Roms entweihte Stadt
Liegt in Trauer um ihren gottgesalbten
König!
Blicke himmelwärts! Wird Gott dies gestatten?
Nein! Nun ein flammender Raphael wird
herabsteigen,
Und den Verderber mit dem Schwert des
Schmerzes schlagen.

Venedig

Canzonet

I have no store
Of gryphon-guarded gold;
Now, as before,
Bare is the shepherd's fold.
Rubies nor pearls
Have I to gem thy throat;
Yet woodland girls
Have loved the shepherd's note.

Then, pluck a reed
And bid me sing to thee,
For I would feed
Thine ears with melody,
Who art more fair
Than fairest fleur-de-lys,
More sweet and rare
Than sweetest ambergris.

What dost thou fear?
Young Hyacinth is slain,
Pan is not here,
And will not come again.
No hornèd Faun

Kanzonette

Ich habe keinen Schatz
Von greifenbehütetem Gold,
Jetzt, wie zuvor,
Ist des Schäfers Hürde leer.
Weder Rubine noch Perlen
Habe ich, um deinen Hals zu schmücken;
Doch die Mädchen des Waldes,
Haben die Melodie des Schäfers gemocht.

Dann, pflücke ein Schilfrohr
Und heiße mich, zu dir zu singen,
Denn ich würde deine Ohren
Mit einer Melodie füttern,
Die schöner sind als
Die schönste Lilienblume,
Süßer und seltener
Als die süßeste Ambra.

Was fürchtest du?
Der junge Hyazinth ist erschlagen,
Pan ist nicht hier
Und wird nicht wiederkommen.
Kein gehörnter Faun

Treads down the yellow leas,
No God at dawn
Steals through the olive trees.

Hylas is dead,
Nor will he e'er divine
Those little red
Rose-petalled lips of thine.
On the high hill
No ivory dryads play,
Silver and still
Sinks the sad autumn day.

Tritt die gelben Fluren nieder,
Kein Gott in der Morgendämmerung
Stiehlt sich durch die Olivenbäume.

Hylas ist tot.
Und er wird nie erkennen,
Jene kleinen roten
Rosenblütigen Lippen von dir.
Auf dem Hügel
Spielen keine elfenbeinfarbenen Dryaden mehr,
Silber und still
Versinkt der traurige Herbsttag.

'ΑΙΛΙΝΟΝ, 'ΑΙΛΙΝΟΝ 'ΕΙΠΕ, ΤΟ Δ'ΕΥ ΝΙΚΑΤΩ

O well for him who lives at ease
With garnered gold in wide domain,
Nor heeds the splashing of the rain,
The crashing down of forest trees.

O well for him who ne'er hath known
The travail of the hungry years,
A father grey with grief and tears,
A mother weeping all alone.

But well for him whose foot hath trod
The weary road of toil and strife,
Yet from the sorrows of his life
Builds ladders to be nearer God.

'ΑΙΛΙΝΟΝ, 'ΑΙΛΙΝΟΝ 'ΕΙΠΕ, ΤΟ Δ'ΕΥ ΝΙΚΑΤΩ[1]

Wohl dem, der frei von Sorgen lebt
Mit gespeichertem Gold auf weitem Besitz,
Und den prasselnden Regen nicht beachten muß
Und nicht das Umstürzen der Waldbäume.

Wohl dem, der nie gekannt hat
Die Mühsal der hungrigen Jahre,
Ein Vater, grau von Kummer und Tränen,
Eine Mutter, die verlassen weinte.

Aber wohl dem, dessen Füße gelaufen sind
Auf der ermüdenden Straße der Plackerei und des Kampfes,
Und doch aus den Sorgen seines Lebens
Leitern baut, um näher an Gott zu sein.

Queen Henrietta Maria

To Ellen Terry

In the lone tent, waiting for victory,
She stands with eyes marred by the mists of pain,
Like some wan lily overdrenched with rain:
The clamorous clang of arms, the ensanguined sky,
War's ruin, and the wreck of chivalry
To her proud soul no common fear can bring:
Bravely she tarrieth for her Lord the King,
Her soul a-flame with passionate ecstasy.
O Hair of Gold! O Crimson Lips! O Face

Königin Henrietta Maria

Für Ellen Terry

Im einsamen Zelt, auf den Sieg wartend,
Steht sie mit Augen trüb vom Nebel des Schmerzes,
Wie eine blasse Lilien vom Regen durchweicht:
Das tosend Krachen der Waffen, der blutrote Himmel,
Der Ruin des Krieges und das Verstümmeln der Ritterschaft
Können ihre Seele nicht beängstigen:
Mutig wartet sie auf ihren Herrn, den König,
Ihre Seele von Leidenschaft entflammt.
O goldenes Haar! O rote Lippen! O Gesicht,

1 Klage! Klage – doch das Gute soll siegen

Made for the luring and the love of man!
With thee I do forget the toil and stress,
The loveless road that knows no resting place,
Time's straitened pulse, the soul's dread weariness,
My freedom, and my life republican!

Geschaffen für das Verlocken und die Liebe eines Mannes!
Mit dir vergesse ich Mühe und Pflicht,
Der lieblose Weg, der keinen Rastplatz hat,
Der glatte Puls, der Seele gefürchtete Müdigkeit,
Meine Freiheit und mein republikanisches Leben!

La Bella Donna della mia Mente

My limbs are wasted with a flame,
My feet are sore with travelling,
For, calling on my Lady's name,
My lips have now forgot to sing.

O Linnet in the wild-rose brake
Strain for my Love thy melody,
O Lark sing louder for love's sake,
My gentle Lady passeth by.

She is too fair for any man
To see or hold his heart's delight,
Fairer than Queen or courtesan
Or moonlit water in the night.

Her hair is bound with myrtle leaves,
(Green leaves upon her golden hair!)
Green grasses through the yellow sheaves
Of autumn corn are not more fair.

Her little lips, more made to kiss
Than to cry bitterly for pain,
Are tremulous as brook-water is,
Or roses after evening rain.

Her neck is like white melilote
Flushing for pleasure of the sun,
The throbbing of the linnet's throat
Is not so sweet to look upon.

As a pomegranate, cut in twain,
White-seeded, is her crimson mouth,
Her cheeks are as the fading stain
Where the peach reddens to the south.

O twining hands! O delicate
White body made for love and pain!
O House of love! O desolate
Pale flower beaten by the rain!

La Bella Donna della mia Mente

Meine Glieder verbrennen mit der Flamme,
Meine Füße sind wund vom Wandern,
Denn kaum sprach ich den Namen meiner Dame,
Vergaßen meine Lippen zu singen.

O Hänfling in den wilden Rosenzweigen,
Singe für meine Liebste deine Melodie,
Oh, Lerche, singe lauter der Liebe willen,
Meine edle Dame geht vorbei.

Sie ist für jeden Mann zu schön,
Um seines Herzen Freude zu sehen oder zu halten,
Schöner als Königin oder Kurtisane
Oder mondbeleuchtetes Wasser in der Nacht.

Ihr Haar ist mit Myrtenblättern gebunden,
(Grüne Blätter auf goldenem Haar)
Grüne Gräser in den gelben Halmen
Des Herbstgetreides sind nicht schöner.

Ihr kleinen Lippen, eher zum Küssen
Als zu schmerzvollem Weinen geeignet,
Bibbern wie Wasser in einem Bach
Oder Rosen nach dem Abendregen.

Ihr Hals ist wie weißer Klee
Errötet durch die Freuden der Sonne,
Das Pochen des Hänflingshalses
Ist nicht so süß anzuschauen.

Wie eine Granatfrucht, in Reife gespalten,
Voll weißer Körner ist ihr roter Mund,
Ihre Backen sind wie der verblassende Fleck,
Wo der Pfirsich vom Süden rot wird.

O Zwillingshände! O zarter
Weißer Körper, für Liebe und Schmerz geschaffen.
Oh, Haus der Liebe! O bleiche Blüte,
Vom Regen gepeitscht!

Le Jardin des Tuileries

This winter air is keen and cold,
And keen and cold this winter sun,
But round my chair the children run
Like little things of dancing gold.

Sometimes about the painted kiosk
The mimic soldiers strut and stride,
Sometimes the blue-eyed brigands hide
In the bleak tangles of the bosk.

And sometimes, while the old nurse cons
Her book, they steal acress the square,
And launch their paper navies where
Huge Triton writhes in greenish bronze.

And now in mimic flight they flee,
And now they rush, a boisterous band –
And, tiny hand on tiny hand,
Climb up the black and leafless tree.

Ah! cruel tree! if I were you,
And children climbed me, for their sake
Though it be winter I would break
Into spring blossoms white and blue!

Le Jardin des Tuileries

Die Winterluft ist scharf und kalt
Und scharf und kalt die Wintersonne,
Aber um meinen Stuhl herum rennen die Kinder
Wie kleine Dinge aus tanzendem Gold.

Manchmal stolzieren die mimischen Soldaten
Um den bunten Pavillon,
Manchmal verstecken die blauäugigen Räuber sich
Im kahlen Gestrüpp der Gebüsche.

Und manchmal, während die alte Schwester sich
In ihr Buch vertieft, schleichen sie über den Platz
Und lassen ihre Papierflotten vom Stapel laufen, wo
Der große Triton sich in grünlicher Bronze windet.

Und nun fliehen sie in gespielter Flucht,
Und jetzt rennen sie, eine lärmende Schar –
Und, kleine Hand an kleiner Hand,
Klettern sie auf den schwarzen blätterlosen Baum.

Ach, gemeiner Baum, wenn ich du wäre
Und Kinder auf mich kletterten, ihretwillen
Würde ich, obwohl es Winter ist,
In Frühlingsblüten weiß und blau ausbrechen.

Libertatis Sacra Fames

Albeit nurtured in democracy,
And liking best that state republican
Where every man is Kinglike and no man
Is crowned above his fellows, yet I see,
Spite of this modern fret for Liberty,
Better the rule of One, whom all obey,
Than to let clamorous demagogues betray
Our freedom with the kiss of anarchy.
Wherefore I love them not whose hands profane
Plant the red flag upon the piled-up street
For no right cause, beneath whose ignorant reign

Libertatis Sacra Fames

Obschon genährt durch Demokratie
Und der Republik am ehesten zugeneigt,
Wo jeder Mensch königlich ist und kein Mensch
Über seinen Mitmenschen gekrönt wird, sehe ich doch
Trotz dieser modernen Furcht für Freiheit
Lieber die Herrschaft des einen, dem alle gehorchen,
Als gierige Demagogen, die unsere Freiheit
Mit dem Kuß der Anarchie betrügen.
Darum liebe ich jene nicht,
Die die rote Flagge auf Straßenbarrikaden stecken,
Für keinen wahren Grund, unter dessen Herrschaft

Arts, Culture, Reverence, Honour, all things fade,
Save Treason and the dagger of her trade,
And Murder with his silent bloody feet.

Lotus Leaves

νεμεσσῶμαί γε μὲν οὐδὲν
κλαίειν ὅς κε θάνησι βροτῶν καὶ πότμον ἐπίσπη.
τοῦτό νυ καὶ γέρας οἶον ὀϊζυροῖσι βροτοῖσιν,
κείρασθαί τε κόμην βαλέειν τ᾽ ἀπὸ δάκρυ παρειῶν.

There is no peace beneath the noon.
Ah! in those meadows is there peace
Where, girdled with a silver fleece,
As a bright shepherd, strays the moon?

Queen of the gardens of the sky,
Where stars like lilies, white and fair,
Shine through the mists of frosty air,
Oh, tarry, for the dawn is nigh!

Oh, tarry, for the envious day
Stretches long hands to catch thy feet,
Alas! but thou art over-fleet,
Alas! I know thou wilt not stay.

Up sprang the sun to run his race,
The breeze blew fair on meadow and lea;
But in the west I seemed to see
The likeness of a human face.

A linnet on the hawthorn spray
Sang of the glories of the spring,
And made the flow'ring copses ring
With gladness for the new-born day.

A lark from out the grass I trod
Flew wildly, and was lost to view
In the great seamless veil of blue
That hangs before the face of God.

Kunst, Kultur, Ergebenheit und Ehre, alle verblassen,
Außer Verrat und ihr Dolch,
Und Mord, mit seinen leisen blutigen Füßen.

Lotusblätter

νεμεσσῶμαί γε μὲν οὐδὲν
κλαίειν ὅς κε θάνησι βροτῶν καὶ πότμον ἐπίσπη.
τοῦτό νυ καὶ γέρας οἶον ὀϊζυροῖσι βροτοῖσιν,
κείρασθαί τε κόμην βαλέειν τ᾽ ἀπὸ δάκρυ παρειῶν.[1]

Es gibt keinen Frieden am Mittag.
Ah, ist auf jenen Auen Frieden,
Wo, mit silbernem Vlies gegürtet,
Wie ein heller Schäfer, der Mond zieht?

Königin der Himmelsgärten,
Wo Sterne wie Lilien, weiß und schön,
Durch den Nebel frostiger Luft scheinen,
Oh, verweile, denn das Morgengrauen ist nah.

Oh, verweile, denn der neidische Tag
Streckt lange Hände aus, um deine Füße zu erwischen,
Ach, aber du bist schneller,
Ach, ich weiß, du wirst nicht bleiben.

Die Sonne sprang auf, um ihr Rennen zu rennen,
Der Wind blies mäßig auf Wiese und Flur,
Aber im Westen schien ich zu sehen
Das Bild eines menschlichen Antlitzes.

Der Hänfling auf dem Weißdornzweig
Sang von den Wonnen des Frühlings,
Und ließ die blühenden Büsche widerhallen
Mit Freude über den neugeborenen Tag.

Eine Lerche flog aus dem Gras, auf dem ich lief,
Und war bald außer Sicht
In jenem großen saumlosen Schleier aus Blau,
Der vor Gottes Gesicht hängt.

---

1 Ich selbst schäme mich überhaupt nicht, über einen Menschen, der sein Schicksal getroffen hat und der gestorben ist, zu weinen. In der Tat, unser Haar abzuschneiden und eine Träne von unseren Wangen fallen zu lassen ist die einzige Ehre, die wir den unglücklichen Sterblichen erweisen können. (*Homer,* Odyssee, IV 195–198)

The willow whispered overhead
That death is but a newer life,
And that with idle words of strife
We bring dishonour on the dead.

I took a branch from off the tree,
And hawthorn-blossoms drenched with dew,
I bound them with a sprig of yew,
And made a garland fair to see.

I laid the flowers where He lies,
(Warm leaves and flowers on the stone);
What joy I had to sit alone
Till evening broke on tired eyes:

Till all the shifting clouds had spun
A robe of gold for God to wear,
And into seas of purple air
Sank the bright galley of the sun.

Shall I be gladdened for the day,
And let my inner heart be stirred
By murmuring tree or song of bird,
And sorrow at the wild wind's play?

Not so: such idle dreams belong
To souls of lesser depth than mine;
I feel that I am half divine;
I know that I am great and strong.

I know that every forest tree
By labour rises from the root;
I know that none shall gather fruit
By sailing on the barren sea.

Die Weide flüsterte über mir,
Der Tod sei nur ein neueres Leben,
Und daß mit eitlen Wörtern des Streits
Wir die Toten entehren.

Ich brach einen Zweig vom Baum,
Und Weißdornblüten, durchnäßt vom Tau,
Band ich zusammen mit einem Eibenzweig
Und machte einen Strauß, schön anzusehen.

Ich legte die Blumen nieder, wo er lag,
(Warme Blätter und Blumen auf dem Stein);
Wie froh war ich, alleine zu sitzen,
Bis der Abend sich auf müde Augen senkte:

Bis alle treibenden Wolken eine Robe
Aus Gold für Gott gewoben hatten,
Und in Seen lilaner Luft
Sank die helle Sonnengaleere.

Soll ich glücklich sein über den Tag
Und mein inneres Herz bewegt lassen
Vom rauschenden Baum oder Lied des Vogels,
Und Trauer über des wilden Windes Spiel?

Nein, solch eitle Träume gehören
Seelen weniger tief als meine;
Ich fühle, daß ich halb göttlich bin,
Ich weiß, ich bin groß und stark.

Ich weiß, daß jeder Waldesbaum
Mit Mühe aus seiner Wurzel aufsteigt,
Ich weiß, daß niemand Früchte sammeln kann,
Indem er auf dem öden Meer segelt.

Louis Napoleon

Eagle of Austerlitz! where were thy wings
When far away upon a barbarous strand,
In fight unequal, by an obscure hand,
Fell the last scion of thy brood of Kings!

Poor boy! thou shalt not flaunt thy cloak of red,
Or ride in state through Paris in the van
Of thy returning legions, but instead
Thy mother France, free and republican,

Louis Napoleon

Adler von Austerlitz! Wo waren deine Flügel,
Als weit entlegen auf barbarischem Strand,
In ungleichem Kampf durch verborgene Hand
Der letzte deiner Königsbrut fiel!

Armer Junge! Du wirst nicht mit deinem roten Mantel dich zur Schau stellen,
Noch im Triumph durch Paris ziehen in der Vorhut
Deiner zurückkehrenden Legionen, aber statt dessen
Wird deine Mutter Frankreich, frei und als Republik,

Shall on thy dead and crownless forehead
place
The better laurels of a soldier's crown,
That not dishonoured should thy soul go
down
To tell the mighty Sire of thy race

That France hath kissed the mouth of
Liberty,
And found it sweeter than his honied bees,
And that the giant wave Democracy
Breaks on the shores where Kings lay
couched at ease.

Madonna Mia

A lily-girl, not made for this world's pain,
With brown, soft hair close braided by her
ears,
And longing eyes half veiled by slumberous
tears
Like bluest water seen through mists of rain:
Pale cheeks whereon no love hath left its
stain,
Red underlip drawn in for fear of love,
And white throat, whiter than the silvered
dove,
Through whose wan marble creeps one
purple vein.
Yet, though my lips shall praise her without
cease,
Even to kiss her feet I am not bold,
Being o'ershadowed by the wings of awe,
Like Dante, when he stood with Beatrice
Beneath the flaming Lion's breast, and saw
The seventh Crystal, and the Stair of Gold.

Magdalen Walks

The little white clouds are racing over the
sky,
And the fields are strewn with the gold of the
flower of March,
The daffodil breaks under foot, and the
tasselled larch
Sways and swings as the thrush goes
hurrying by.

Auf deiner toten ungekrönten Stirn
Die besseren Lorbeeren einer Soldatenkrone
plazieren,
Auf daß deine Seele nicht entehrt niederge-
hen wird,
Um dem Allmächtigen deiner Rasse zu sagen,

Daß Frankreich den Mund der Freiheit
geküßt hat
Und es süßer als seine Honigbienen fand,
Und jene gigantische Welle Demokratie
Auf den Strand schlug, auf dem die Könige
niedersanken.

Madonna Mia

Ein Lilienmädchen, nicht für den Schmerz
dieser Welt gemacht,
Mit braunem sanftem Haar, dicht die Ohren
kränzend,
Und sehnsüchtigen Augen, halb verschleiert
von müden Tränen
Wie blaues Wasser, betrachtet durch Nebel
aus Regen:
Blasse Wangen, auf denen die Liebe keine
Flecken gelassen hat,
Rote Unterlippe eingezogen aus Angst vor
Liebe,
Und der weiße Hals, weißer als die Silbertau-
be,
Durch dessen dünnen Marmor eine violette
Vene kriecht.
Und doch loben meine Lippen sie unendlich,
Ich wage es noch nicht einmal, ihren Fuß zu
küssen,
Gebannt von den Flügeln der Andacht
Wie Dante, als er mit Beatrice
Unter der Brust des brennenden Löwen
stand und den
Siebten Kristall und die Stufe aus Gold sah.

Magdalen Walks

Die kleinen weißen Wölkchen rennen über
den Himmel,
Und die Felder sind vom Gold der Märzblu-
me besprenkelt,
Die Narzisse blüht, und die Lärche, quasten-
behängt,
Wiegt und schwingt sich, als die Drossel
vorbeieilt.

A delicate odour is borne on the wings of the morning breeze,
The odour of leaves and of grass, and of newly upturned earth,
The birds are singing for joy of the Spring's glad birth,
Hopping from branch to branch on the rocking trees.

And all the woods are alive with the murmur and sound of Spring,
And the rose-bud breaks into pink on the climbing briar,
And the crocus-bed is a quivering moon of fire
Girdled round with the belt of an amethyst ring.

And the plane to the pine-tree is whispering some tale of love
Till it rustles with laughter and tosses its mantle of green,
And the gloom of the wych-elm's hollow is lit with the iris sheen
Of the burnished rainbow throat and the silver breast of a dove.

See! the lark starts up from his bed in the meadow there
Breaking the gossamer threads and the nets of dew,
And flashing adown the river, a flame of blue!
The kingfisher flies like an arrow, and wounds the air.

And the sense of my life is sweet! though I know that the end is nigh:
For the ruin and rain of winter will shortly come,
The lily will lose its gold, and the chestnut bloom
In billows of red and white on the grass will lie.

And even the light of the sun will fade at the last,
And the leaves will fall, and the birds will hasten away,
And I will be left in the snow of a flowerless day
To think on the glories of Spring, and the joys of a youth long past.

Ein sanfter Geruch wird vom Morgenwind getragen,
Der Geruch von Blättern und Gras und frisch umgegrabener Erde,
Die Vögel singen voller Freude über die frohe Geburt des Frühlings,
Hüpfend von Ast zu Ast auf den wiegenden Bäumen.

Und alle Wälder sind lebendig mit dem Rauschen und Klang des Frühlings,
Und die Rosenknospe öffnet sich rosa auf den rankenden Dornen,
Und das Krokusbeet ist ein zitternder Feuermond,
Mit einem amethystenen Gürtelreif umgeben.

Und das Feld flüstert zur Fichte eine Liebesgeschichte,
Bis sie mit Lachen rauscht und ihren grünen Mantel umherwirft,
Und die Finsternis der Bergrüster ist erhellt im Irisglanz
Eines schillernden Halses und silberner Brust einer Taube.

Schau, die Lerche erhebt sich von ihrem Bett in der Wiese dort,
Durchbricht die Sommerfäden und die Tauweben,
Und ein Blitzen unten am Fluß, eine blaue Flamme!
Der Eisvogel fliegt wie ein Pfeil und verletzt die Luft.

Und das Gefühl meines Lebens ist süß. Doch ich weiß, das Ende ist nah.
Denn der Verderb und Regen des Winters wird bald kommen,
Die Lilie wird ihr Gold verlieren, und die Kastanienblüten
Werden in roten und weißen Haufen auf dem Gras liegen.

Und sogar das Licht der Sonne wird endlich verblassen,
Und die Blätter werden fallen, und die Vögel werden hinwegeilen,
Und ich werde im Schnee eines blumenlosen Tages zurückbleiben
Und an die wunderbaren Frühlingstage denken, und die Freuden einer Jugend längst vergangen.

Yet be silent, my heart! do not count it a profitless thing
To have seen the splendour of sun, and of grass, and of flower!
To have lived and loved! for I hold that to love for an hour
Is better for man and for woman than cycles of blossoming Spring.

Doch sei still, mein Herz! Halte es nicht für eine verdienstlose Sache,
Den Glanz der Sonne gesehen zu haben, und des Grases und der Blumen!
Gelebt und geliebt zu haben! Denn ich glaube, daß Liebe für eine Stunde
Besser für Mann und Frau ist als der Kreislauf des blühenden Frühlings.

My Voice

Within this restless, hurried, modern world
We took our hearts' full pleasure – You and I,
And now the white sails of our ship are furled,
And spent the lading of our argosy.

Wherefore my cheeks before their time are wan,
For very weeping is my gladness fled,
Sorrow has paled my young mouth's vermilion,
And Ruin draws the curtains of my bed.

But all this crowded life has been to thee
No more than lyre, or lute, or subtle spell
Of viols, or the music of the sea
That sleeps, a mimic echo, in the shell.

Meine Stimme

In dieser rastlosen, gehetzten modernen Welt,
Nahmen wir alle Freude unserer Herzen – du und ich,
Und nun sind die weißen Segel unseres Schiffes eingerollt,
Und unsere Fracht verbraucht.

Und so sind meine Wangen vor ihrer Zeit erbleicht,
Vor meinem Weinen ist mein Frohsinn geflüchtet,
Traurigkeit hat das Rot meines jungen Mundes erbleichen lassen,
Und Verderb schließt die Vorhänge meines Bettes.

Aber dieses vielbeschäftigte Leben ist für die nicht mehr
Als Leier- oder Lautenklang, oder sanftes Spiel
Von Geigen, oder die Musik des Meeres, die
Schläft, ein nachgeahmtes Echo, in der Muschel.

With a Copy of »A House of Pomegranates«

Go, little book,
To him who, on a lute with horns of pearl,
Sang of the white feet of the Golden Girl:
And bid him look
Into thy pages: it may hap that he
May find that golden maidens dance through thee.

Mit einer Ausgabe von »Ein Granatapfelhaus«

Geh, kleines Buch,
Zu ihm, der, mit einer perlenbesetzten Laute,
Von den weißen Füßen des goldenen Mädchens sang:
Und heiße ihn schauen
In deine Seiten: Vielleicht findet er dort,
Daß die goldenen Mädchen durch dich tanzen.

Easter Day

The silver trumpets rang across the Dome:
The people knelt upon the ground with awe:
And borne upon the necks of men I saw,
Like some great God, the Holy Lord of Rome.
Priest-like, he wore a robe more white than foam,
And, king-like, swathed himself in royal red,
Three crowns of gold rose high upon his head:
In splendour and in light the Pope passed home.
My heart stole back across wide wastes of years
To One who wandered by a lonely sea,
And sought in vain for any place of rest:
»Foxes have holes, and every bird its nest.
I, only I, must wander wearily,
And bruise my feet, and drink wine salt with tears.«

Ostersonntag

Die silbernen Trompeten schallten durch den Dom:
Die Menschen knieten in Ehrfurcht auf dem Boden:
Und auf den Hälsen der Menschen sah ich,
Wie einen großen Gott, den Heiligen Herrn Roms.
Wie ein Priester trug er einen schneeweißen Mantel,
Und, wie ein König, mit Rot umgeben,
Drei Kronen mit goldenen Rosen auf seinem Kopf:
In Prunk und Glanz zog der Papst nach Hause.
Mein Herz erinnerte sich, daß vor vielen Jahren
Ein Einsamer am Meer entlanglief
Und vergeblich nach einer Stätte zur Rast suchte:
»Füchse haben ihren Bau, und jeder Vogel sein Nest.
Ich, nur ich, muß ermüdet weitergehen
Auf meinen verwundeten Füßen, und Wein trinken, der mit Tränen gesalzen ist.«

Pan
double villanelle

1

O goat-foot God of Arcady!
This modern world is grey and old,
And what remains to us of thee?

No more the shepherd lads in glee
Throw apples at thy wattled fold,
O goat-foot God of Arcady!

Nor through the laurels can one see
Thy soft brown limbs, thy beard of gold,
And what remains to us of thee?

And dull and dead our Thames would be,
For here the winds are chill and cold,
O goat-foot God of Arcady!

Then keep the tomb of Helice,
Thine olive-woods, thy vine-clad wold,
And what remains to us of thee?

Pan
double villanelle

1

O ziegenfüßiger Gott Arkadiens!
Diese moderne Welt ist grau und alt,
Und was ist uns von dir geblieben?

Die Schäferjungen werfen nicht mehr
Im Übermut Äpfel gegen deine geflochtene Hürde,
O ziegenfüßiger Gott Arkadiens.

Noch kann jemand durch den Lorbeer deine
Sanften braunen Glieder sehen, deinen goldenen Bart,
Und was ist uns von dir geblieben?

Und trüb und tot wäre unsere Themse,
Denn hier sind die Winde kühl und kalt,
O ziegenfüßiger Gott Arkadiens.

Dann hüte die Gruft von Helike,
Deine Olivenwälder, deine Höhen voller Reben,
Und was ist uns von dir geblieben?

Though many an unsung elegy
Sleeps in the reeds our rivers hold,
O goat-foot God of Arcady!
Ah, what remains to us of thee?

2

Ah, leave the hills of Arcady,
Thy satyrs and their wanton play,
This modern world hath need of thee.

No nymph or Faun indeed have we,
For Faun and nymph are old and grey,
Ah, leave the hills of Arcady!

This is the land where liberty
Lit grave-browed Milton on his way,
This modern world hath need of thee!

A land of ancient chivalry
Where gentle Sidney saw the day,
Ah, leave the hills of Arcady.

This fierce sea-lion of the sea,
This England lacks some stronger lay,
This modern world hath need of thee!

Then blow some trumpet loud and free,
And give thine oaten pipe away,
Ah, leave the hills of Arcady!
This modern world hath need of thee!

Obwohl manch ein ungesungenes Klagelied
In den Schilfrohren unserer Flüsse ruht.
O ziegenfüßiger Gott Arkadiens,
Was ist uns von dir geblieben?

2

Ah, verlasse die Hügel Arkadiens,
Deine Satyrn und ihr wildes Spiel,
Diese moderne Welt braucht dich.

Weder Nymphe noch Faun haben wir,
Denn Faun und Nymphe sind alt und grau,
Ah, verlasse die Hügel Arkadiens.

Dies ist das Land, wo Freiheit
Dem ernsten Milton den Weg wies,
Diese moderne Welt braucht dich.

Ein Land des alten Rittertums,
Wo der gute Sidney lebte.
Ah, verlasse die Hügel Arkadiens.

Der wilde Seelöwe des Meeres,
Diesem England fehlt eine stärkere Stimme,
Diese moderne Welt braucht dich.

Drum blase laut und frei in eine Trompete
Und gib deine Hirtenweite weg,
Ah, verlassen die Hügel Arkadiens,
Diese moderne Welt braucht dich.

Panthea

Nay, let us walk from fire unto fire,
From passionate pain to deadlier delight, –
I am too young to live without desire,
Too young art thou to waste this summer night
Asking those idle questions which of old
Man sought of seer and oracle, and no reply was told.

For, sweet, to feel is better than to know,
And wisdom is a childless heritage,
One pulse of passion – youth's first fiery glow, –
Are worth the hoarded proverbs of the sage:

Panthea

Nein, laß uns von Feuer zu Feuer gehen,
Von leidenschaftlichem Schmerz zu tödlicher Entzückung –
Ich bin zu jung, ohne Verlangen zu leben,
Zu jung bist du, um diese Sommernacht zu verschwenden,
Jene sinnlosen Fragen zu stellen, deren Antworten,
Von Mensch durch Seher und Orakel ersucht, nie gefunden werden.

Denn, Süße, es ist besser zu fühlen als zu wissen,
Und Weisheit ist ein kinderloses Erbe,
Ein Pulsschlag Leidenschaft – das erste Lustentbrennen der Jugend –
Ist mehr wert als die Weisheit zahlreicher Sprichwörter:

Vex not thy soul with dead philosophy,
Have we not lips to kiss with, hearts to love and eyes to see!

Dost thou not hear the murmuring nightingale,
Like water bubbling from a silver jar,
So soft she sings the envious moon is pale,
That high in heaven she is hung so far
She cannot hear that love-enraptured tune, –
Mark how she wreathes each horn with mist, yon late and labouring moon.

White lilies, in whose cups the gold bees dream,
The fallen snow of petals where the breeze
Scatters the chestnut blossom, or the gleam
Of boyish limbs in water, – are not these
Enough for thee, dost thou desire more?
Alas! the Gods will give nought else from their eternal store.

For our high Gods have sick and wearied grown
Of all our endless sins, our vain endeavour
For wasted days of youth to make atone
By pain or prayer or priest, and never, never,
Hearken they now to either good or ill,
But send their rain upon the just and the unjust at will.

They sit at ease, our Gods they sit at ease,
Strewing with leaves of rose their scented wine,
They sleep, they sleep, beneath the rocking trees
Where asphodel and yellow lotus twine,
Mourning the old glad days before they knew
What evil things the heart of man could dream, and dreaming do.

And far beneath the brazen floor they see
Like swarming flies the crowd of little men,
The bustle of small lives, then wearily

Quäle deine Seele nicht mit toter Philosophie,
Sind unsere Lippen nicht zum Küssen da, unsere Herzen zum Lieben und Augen, zu sehen!

Hörst du nicht das Rauschen der Nachtigall,
Wie Wasser, das aus einem silbernen Krug plätschert,
Sie singt so sanft, daß der neidische Mond erbleicht,
Daß sie so hoch im Himmel
Nicht jene lieb-entzückte Melodie hören kann –
Schau, wie sie jedes Horn in einem Nebelschleier umschwingt, jenen späten Mond.

Weiße Lilien, in deren Blüten die goldenen Bienen träumen,
Der gefallene Blütenschnee, wo der Wind
Die Kastanienblüten verstreut, oder das Glänzen
Jungenhafter Glieder im Wasser – sind diese nicht
Genug für dich, verlangst du mehr?
Leider werden uns die Götter nicht mehr aus ihrem Vorrat geben.

Denn unsere Götter sind ermüdet
Von unseren unendlichen Sünden, unserem eitlen Streben,
Verschwendete Tage unserer Jugend durch
Schmerz, Gebet oder Priester wiedergutzumachen, und nie, nie
Erhören sie weder Gutes noch Böses,
Sondern senden ihren Regen auf Gerechte und Ungerechte nach Belieben.

Sie sitzen behaglich, unsere Götter sitzen behaglich,
Streuen Rosenblätter auf ihren Wein,
Sie schlafen, sie schlafen unter den wiegenden Bäumen,
An die Asphodill und gelber Lotus sich schmiegen,
Trauern den alten frohen Tagen nach, bevor sie wußten,
Was das böse Herz der Menschen erträumen konnte, und tat.

Und weit unterhalb des metallischen Bodens sehen sie
Wie Fliegenschwärme die Masse kleiner Menschen,
Das Summen kleiner Leben, doch dann wenden sie sich müde

Back to their lotus-haunts they turn again
Kissing each others' mouths, and mix more deep
The poppy-seeded draught which brings soft purple-lidded sleep.

There all day long the golden-vestured sun,
Their torch-bearer, stands with his torch ablaze,
And, when the gaudy web of noon is spun
By its twelve maidens, through the crimson haze
Fresh from Endymion's arms comes forth the moon,
And the immortal Gods in toils of mortal passions swoon.

There walks Queen Juno through some dewy mead,
Her grand white feet flecked with the saffron dust
Of wind-stirred lilies, while young Ganymede
Leaps in the hot and amber-foaming must,
His curls all tossed, as when the eagle bare
The frightened boy from Ida through the blue Ionian air.

There in the green heart of some garden close
Queen Venus with the shepherd at her side,
Her warm soft body like the briar rose
Which would be white yet blushes at its pride,
Laughs low for love, till jealous Salmacis
Peers through the myrtle-leaves and sighs for pain of lonely bliss.

There never does that dreary north-wind blow
Which leaves our English forests bleak and bare,
Nor ever falls the swift white-feathered snow,
Nor ever doth the red-toothed lightning dare
To wake them in the silver-fretted night
When we lie weeping for some sweet sad sin, some dead delight.

Alas! they know the far Lethæan spring,
The violet-hidden waters well they know,
Where one whose feet with tired wandering

Wieder ihrem Lotuslager zu,
Küssen sich auf die Münder, und mischen noch mehr
Den mohngemischten Trank, der sanften rotlidrigen Schlaf bringt.

Dort steht den ganzen Tag die goldumgebene Sonne,
Ihr Fackelträger, mit Fackel entflammt,
Und wenn das grelle Mittagsnetz gesponnen ist
Von seinen zwölf Mägden, kommt durch den roten Nebel
Frisch aus Endymions Armen der Mond,
Und die unsterblichen Götter werden ohnmächtig, von sterblicher Leidenschaft geplagt.

Dort geht Königin Juno durch eine tauende Wiese,
Ihre großen weißen Füße mit Lilienstaub bedeckt,
Während Jung Ganymed
In den heißen und bernsteinschäumenden Moder,
Seine Locken umherschwingend, als ob der Adler
Den ängstlichen Jungen von Ida durch die blaue ionische Luft trüge.

Dort, im grünen Herzen eines verschwiegenen Gartens,
Ist Königin Venus mit einem Hirten an ihrer Seite,
Ihr warmer weicher Körper, wie die wilde Rose,
Die weiß wäre, doch bei ihrem Stolz errötet,
Lacht sanft für Liebe, bis der eifersüchtige Salmakis
Durch die Myrten blickt und seufzt in Schmerz einsamer Göttlichkeit.

Dort weht nie jener schauerliche Nordwind,
Der unsere englischen Wälder frostig und kahl macht,
Noch fällt schneller weißgefederter Schnee,
Noch wagt das rotzahnige Blitzen es,
Sie in der silbernen Nacht zu erwecken,
Wenn wir wegen einer süßen traurigen Sünde weinen, ein totes Verlangen.

Ach, sie kennen ihre Lethequelle,
Die violenüberblühten Gewässer kennen sie gut,
Wohin die, deren Füße müde sind des Wanderns,

Are faint and broken may take heart and go,
And from those dark depths cool and crystalline
Drink, and draw balm, and sleep for sleepless souls, and anodyne.

Schwach und gebrochen, hingehen können
Und von jenen dunklen kühlen und kristallenen Tiefen
Trinken, und Linderung erhalten mögen, und für schlaflose Seelen schlafen können.

But we oppress our natures, God or Fate
Is our enemy, we starve and feed
On vain repentance – O we are born too late!
What balm for us in bruisèd poppy seed
Who crowd into one finite pulse of time
The joy of infinite love and the fierce pain of infinite crime.

Aber wir unterdrücken unsere Naturen, Gott oder Schicksal
Ist unserer Feind, wir verhungern und ernähren uns
Von vergeblicher Reue – Oh, wir sind zu spät geboren!
Was für eine Linderung wäre das schon für uns,
Die gedrängt in einem endgültigen Pulsschlag stehen,
Der Freude unendlicher Liebe und der heftige Schmerz unendlichen Verbrechens.

O we are wearied of this sense of guilt,
Wearied of pleasure's paramour despair,
Wearied of every temple we have built,
Wearied of every right, unanswered prayer,
For man is weak; God sleeps; and heaven is high;
One fiery-coloured moment: one great love; and lo! we die.

Oh, wir sind ermüdet von diesem Schuldgefühl,
Müde von der Verzweiflung des lustvollen Buhlen,
Müde von jedem Tempel, den wir gebaut haben,
Von jedem Gebet, das unerhört bleibt,
Denn der Mensch ist schwach; Gott schläft, und der Himmel ist erhaben;
Ein feuergefärbter Augenblick: eine große Liebe, und dann sterben wir.

Ah! but no ferry-man with labouring pole
Nears his black shallop to the flowerless strand,
No little coin of bronze can bring the soul
Over Death's river to the sunless land,
Victim and wine and vow are all in vain,
The tomb is sealed; the soldiers watch; the dead rise not again.

Ah, doch kein Fährmann mit seinem Ruder
Wird seine schwarze Schaluppe an den blumenlosen Strand steuern,
Keine kleine Bronzemünze kann die Seele
Über den Fluß des Todes bringen zu dem sonnenlosen Land,
Opfer und Wein und Schwur sind alle vergebens,
Die Gruft ist versiegelt; die Soldaten bewachen die Toten stehen nicht wieder auf.

We are resolved into the supreme air,
We are made one with what we touch and see,
With our heart's blood each crimson sun is fair,
With our young lives each spring-impassioned tree
Flames into green, the wildest beasts that range
The moor our kinsmen are, all life is one, and all is change.

Wir lösen uns in erhabener Luft auf,
Wir werden zu eins mit was wir berühren und sehen,
Mit dem Blut unserer Herzen wird jede rote Sonne schön,
Mit unseren jungen Leben entflammt jeder
Frühlingserregte Baum sein Grün, die wildesten Bestien, die
Auf dem Moor umherstreunen, sind unsere Verwandten, alle Leben werden zu einem, und alles verändert sich.

With beat of systole and of diastole
One grand great life throbs through earth's giant heart,
And mighty waves of single Being roll
From nerveless germ to man, for we are part
Of every rock and bird and beast and hill,
One with the things that prey on us, and one with what we kill.

From lower cells of waking life we pass
To full perfection; thus the world grows old:
We who are godlike now were once a mass
Of quivering purple flecked with bars of gold,
Unsentient or of joy or misery,
And tossed in terrible tangles of some wild and wind-swept sea.

This hot hard flame with which our bodies burn
Will make some meadow blaze with daffodil,
Ay! and those argent breasts of thine will turn
To water-lilies; the brown fields men till
Will be more fruitful for our love to-night,
Nothing is lost in nature, all things live in Death's despite.

The boy's first kiss, the hyacinth's first bell,
The man's last passion, and the last red spear
That from the lily leaps, the asphodel
Which will not let its blossoms blow for fear
Of too much beauty, and the timid shame
Of the young bridegroom at his lover's eyes, – these with the same

One sacrament are consecrate, the earth
Not we alone hath passions hymeneal,
The yellow buttercups that shake for mirth
At daybreak know a pleasure not less real
Than we do, when in some fresh-blossoming wood,
We draw the spring into our hearts, and feel that life is good.

Mit dem Schlag von Systole und Diastole
Durchpulst ein großartiges Leben das gigantische Erdenherz,
Und mächtige Wogen einzigen Seins rollen
Von nervenlosem Keim zu Mensch, denn wir sind Teil
Jedes Felsen, Vogels, Tieres und Hügels,
Eins mit den Dingen, die uns auflauern, und eins mit denen, die wir töten.

Von den niederen Zellen anfangenden Lebens reifen
Wir zu gesamter Vollendung, und so wird die Welt alt:
Wir, die nun Gott ähnlich sind, waren einst eine Masse
Von zitterndem Lila mit Goldstreifen befleckt,
Empfindungslos für Freud oder Leid,
Und in schreckliche Wirren eines wilden windigen Meeres geworfen.

Diese heiße Flamme, mit der unsere Körper brennen,
Wird eine Wiese mit Narzissen erblühen lassen,
Ja, und deine silbernen Brüste werden zu
Wasserlilien werden; die braunen Felder, die die Menschen bestellen,
Werden fruchtbarer sein wegen unserer Liebe heut' nacht,
Nichts geht in der Natur verloren, alles lebt dem Tod zum Trotz.

Des Jungen erster Kuß, der Hyazinthen erste Blüte,
Des Menschen letzte Leidenschaft, und der letzte rote Speer,
Der von der Lilie fällt, der Asphodill, der seine Blüten nicht
Sprießen läßt, aus Angst vor
Zuviel Schönheit, und der scheue Scham
Des jungen Bräutigams beim Anblick der Augen seiner Geliebten – all dieses Geben –

Ein Sakrament hat sie gesegnet,
Nicht nur wir haben Hochzeitsleidenschaften,
Die gelben Butterblumen, die vor Freude sich
Bei Tagesanbruch schütteln, kennen eine Freude nicht
Weniger echt, als wir sie kennen, wenn in einem neuerblühten Wald,
Wir den Frühling in unser Herz ziehen, und fühlen, daß das Leben gut ist.

So when men bury us beneath the yew
Thy crimson-stainèd mouth a rose will be,
And thy soft eyes lush bluebells dimmed with dew,
And when the white narcissus wantonly
Kisses the wind its playmate some faint joy
Will thrill our dust, and we will be again fond maid and boy.

And thus without life's conscious torturing pain
In some sweet flower we will feel the sun,
And from the linnet's throat will sing again,
And as two gorgeous-mailèd snakes will run
Over our graves, or as two tigers creep
Through the hot jungle where the yellow-eyed huge lions sleep

And give them battle! How my heart leaps up
To think of that grand living after death
In beast and bird and flower, when this cup,
Being filled too full of spirit, bursts for breath,
And with the pale leaves of some autumn day
The soul earth's earliest conqueror becomes earth's last great prey.

O think of it! We shall inform ourselves
Into all sensuous life, the goat-foot Faun,
The Centaur, or the merry bright-eyed Elves
That leave their dancing rings to spite the dawn
Upon the meadows, shall not be more near
Than you and I to nature's mysteries, for we shall hear

The thrush's heart beat, and the daisies grow,
And the wan snowdrop sighing for the sun
On sunless days in winter, we shall know
By whom the silver gossamer is spun,
Who paints the diapered fritillaries,
On what wide wings from shivering pine to pine the eagle flies.

Und wenn wir unter der Eibe begraben werden,
Wird dein rotbefleckter Mund eine Rose werden,
Und deine zarten Augen Glockenblumen voller Tau,
Und wenn die weiße Narzisse verlangend den
Wind küßt, wird eine schwache Freude
Unseren Staub erregen, und wir werden wieder Frau und Mann.

Und so, ohne des Lebens folternden Schmerz,
Werden wir in einer süßen Blume wieder die Sonne fühlen,
Und aus dem Hals des Hänflings wird es wieder klingen,
Und zwei wunderbare Schlangen werden über unsere Gräber
Kriechen, oder zwei Tiger schleichen
Durch den heißen Dschungel, wo die gelbäugigen großen Löwen schlafen.

Und stell dich zum Kampfe! Wie schlägt mein Herz doch schneller,
Wenn ich an dieses großartige Leben nach dem Tode denke,
Im Tier und Vogel und Blume, wenn dieser Kelch,
Zu voll von Geist, in Atemnot zerspringt
Und mit den bleichen Blättern eines Herbsttages
Die Seele, frühester Eroberer der Erde, zur letzen großen Beute der Erde wird.

Oh, denke doch! Wir werden wiederkommen
In allem Sinnlichen; der ziegenfüßige Faun,
Der Zentaur und die fröhlichen helläugigen Elfen,
Die ihre Tanzkreise verlassen, um sich
Dem Morgen auf den Weiden zu widersetzen, werden
Den Geheimnissen der Natur nicht näher sein als du und ich, denn wir werden hören

Der Drosseln Herzschlag und das Wachsen der Gänseblümchen
Und das schwache Schneeglöckchen, das nach der Sonne seufzt
An sonnenlosen Wintertagen; wir werden wissen,
Wer die silbernen Sommerfäden spinnt,
Wer die Kaiserkronen malen mag
Und mit welchen weiten Flügeln der Adler über Fichten fliegt.

Ay! had we never loved at all, who knows
If yonder daffodil had lured the bee
Into its gilded womb, or any rose
Had hung with crimson lamps its little tree!
Methinks no leaf would ever bud in spring,
But for the lovers' lips that kiss, the poets' lips that sing.

Ja, hätten wir niemals geliebt, wer wüßte,
Ob jene Narzisse die Biene in ihren
Goldenen Schoß gelockt hätte, oder ob eine Rose
Ihren kleinen Baum mit roten Lampen behängt hätte.
Ich glaube, keine Knospe würde sich im Frühling bilden,
Wenn nicht für die Lippen der Liebenden, die sich küssen, des Dichters Lippen, die singen.

Is the light vanished from our golden sun,
Or is this dædal-fashioned earth less fair,
That we are nature's heritors, and one
With every pulse of life that beats the air?
Rather new suns across the sky shall pass,
New splendour come unto the flower, new glory to the grass.

Ist das Licht von unser goldenen Sonne verschwunden,
Ist unsere schöne Erde weniger schön,
Weil wir die Erben der Natur sind und eins
Mit jedem Pulsschlag, der die Luft bewegt?
Eher werden neue Sonnen über den Himmel ziehen,
Neuer Glanz auf Blumen erscheinen, neuer Ruhm auf Gras.

And we two lovers shall not sit afar,
Critics of nature, but the joyous sea
Shall be our raiment, and the bearded star
Shoot arrows at our pleasure! We shall be
Part of the mighty universal whole,
And through all æons mix and mingle with the Kosmic Soul!

Und wir zwei Liebende werden nicht weit entfernt sein,
Verächter der Natur, aber das verzückte Meer
Soll unser Kleid sein, und der bärtige Stern soll
Pfeile nach unserem Willen verschießen. Wir werden
Teil des ganzen Universums sein,
Und durch alle Äonen uns mit der Kosmischen Seele verbinden.

We shall be notes in that great Symphony
Whose cadence circles through the rhythmic spheres,
And all the live World's throbbing heart shall be
One with our heart; the stealthy creeping years
Have lost their terrors now, we shall not die,
The Universe itself shall be our Immortality.

Wir werden Noten in jener großen Symphonie sein,
Deren Kadenz sich durch die rhythmischen Sphären dreht,
Und das schlagende Herz der lebendigen Welt soll eins sein
Mit unserem Herz; die heimlich schleichenden Jahre
Erschrecken uns nicht mehr, wir werden nicht sterben,
Das Universum wird unsere Unsterblichkeit sein.

Phèdre

To Sarah Bernhardt

How vain and dull this common world must seem
To such a One as thou, who should'st have talked
At Florence with Mirandola, or walked
Through the cool olives of the Academe:
Thou should'st have gathered reeds from a green stream
For Goat-foot Pan's shrill piping, and have played
With the white girls in that Phæacian glade
Where grave Odysseus wakened from his dream.

Ah! surely once some urn of Attic clay
Held thy wan dust, and thou hast come again
Back to this common world so dull and vain,
For thou wert weary of the sunless day,
The heavy fields of scentless asphodel,
The loveless lips with which men kiss in Hell.

Phèdre

(Für Sarah Bernhardt)

Wie leer und langweilig diese normale Welt erscheinen muß
Einer wie dir, die gesprochen hat
In Florenz mit Mirandola oder gelaufen ist
Durch die kühlen Ölbäume der Akademie:
Du hast Rohre gesammelt von einem grünen Back
Für das schrille Pfeifen des ziegenfüßigen Pan, und hast gespielt
Mit dem weißen Mädchen in jenem phäakischen Walde,
Wo der ernste Odysseus aus seinem Traum erwachte.

Ah, gewiß hält eine Urne aus attischem Ton
Deinen blassen Staub, und du bist zurückgekehrt
Auf diese normale Welt, die so leer und langweilig ist,
Denn du wurdest müde des sonnlosen Tages,
Der schweren Felder duftloser Asphodelen,
Der lieblose Kuß, mit dem Menschen in der Hölle küssen.

Portia

To Ellen Terry

I marvel not Bassanio was so bold
To peril all he had upon the lead,
Or that proud Aragon bent low his head
Or that Morocco's fiery heart grew cold:
For in that gorgeous dress of beaten gold
Which is more golden than the golden sun
No woman Veronesé looked upon
Was half so fair as thou whom I behold.
Yet fairer when with wisdom as your shield
The sober-suited lawyer's gown you donned,
And would not let the laws of Venice yield
Antonio's heart to that accursèd Jew –
O Portia! take my heart: it is thy due:
I think I will not quarrel with the Bond.

Portia

Für Ellen Terry

Ich bewundere nicht Bassanios Mut,
Alles, was er hatte, aufs Spiel zu setzen,
Oder daß der stolze Aragon seinen Kopf tief neigt,
Oder das Marokkos feuriges Herz kalt wurde.
Denn in dem wunderbaren Kleid aus Gold,
Goldener als die goldene Sonne,
War keine veronesische Frau zu sehen,
Nur halb so schön, wie ich dich sah.
Doch schöner warst du im nüchternen Anwaltskleid,
Mit Weisheit als dein Schild,
Und ließest die Gesetze Venedigs nicht
Antonios Herz dem verfluchten Juden hergabst –
O Portia, nimm mein Herz: Es steht dir zu:
Ich glaube, ich werde nicht über das Pfand streiten.

Quantum Mutata

There was a time in Europe long ago
When no man died for freedom anywhere,
But England's lion leaping from its lair
Laid hands on the oppressor! it was so
While England could a great Republic show.
Witness the men of Piedmont, chiefest care
Of Cromwell, when with impotent despair
The Pontiff in his painted portico
Trembled before our stern ambassadors.
How comes it then that from such high
estate
We have thus fallen, save that Luxury
With barren merchandise piles up the gate
Where noble thoughts and deeds should
enter by:
Else might we still be Milton's heritors.

Quantum Mutata

Es gab eine Zeit in Europa, lang ist es her,
Als kein Mensch irgendwo für Freiheit starb,
Sondern Englands Löwe aus seiner Höhle
sprang
Und den Bedrücker niederwarf! Dies war so,
Als England eine großartige Republik war.
Beobachte die Männer Piedmonts, erste Sorge
Cromwells, als in ohnmächtiger Verzweiflung
Der Papst in seinem gemalten Portico
Vor unseren ernsten Botschaftern erbebte.
Warum ist es dann so, daß von solch hoher
Position
Wir herabgesunken sind, abgesehen von
jenem Luxus,
Der nutzlose Güterhaufen vor dem Tor,
Durch welches noble Gedanken und Taten
eintreten sollten:
Sonst sind wir doch nur Miltons Erben.

Quia Multum Amavi

Dear Heart, I think the young impassioned
priest
When first he takes from out the hidden
shrine
His God imprisoned in the Eucharist,
And eats the bread, and drinks the dreadful
wine,

Feels not such awful wonder as I felt
When first my smitten eyes beat full on thee,
And all night long before thy feet I knelt
Till thou wert wearied of Idolatry.

Ah! hadst thou liked me less and loved me
more,
Through all those summer days of joy and
rain,
I had not now been sorrow's heritor,
Or stood a lackey in the House of Pain.

Yet, though remorse, youth's white-faced
seneschal,
Tread on my heels with all his retinue,
I am most glad I loved thee – think of all
The suns that go to make one speedwell
blue!

Quia Multum Amavi

Liebes Herz, ich denke, daß der junge
leidenschaftliche Priester,
Wenn er zuerst aus dem verborgenen
Schrein
Seinen Gott gefangen in der Eucharistie nimmt
Und das Brot ißt und den schrecklichen
Wein trinkt

Nicht ein so grauenhaftes Wunder als ich
fühlte,
Als meine hingerissenen Augen zuerst auf
dich fielen,
Und ich die ganze Nacht vor deinen Füßen
kniete,
Bis du meiner Anbetung müde wurdest.

Ach, hättest du mich weniger gemocht und
mehr geliebt
Durch all jene Sommertage voll Freude und
Regen,
Wäre ich nun nicht Erbe der Traurigkeit
Oder Lakai im Haus des Schmerzes.

Doch, obwohl Reue, der Jugend weißer
Seneschall,
Auf meinen Fersen mit ihrem Gefolge haftet,
Bin ich so froh, daß ich dich liebte – denke
an all
Die Sonnen, die vergehen, bis ein Ehrenpreis
erblaut.

Ravenna

(Newdigate Prize Poem)

1

A year ago I breathed the Italian air, –
And yet, methinks this northern Spring is fair,
These fields made golden with the flower of March,
The throstle singing on the feathered larch,
The cawing rooks, the wood-doves fluttering by,
The little clouds that race across the sky;
And fair the violet's gentle drooping head,
The primrose, pale for love uncomforted,
The rose that burgeons on the climbing briar,
The crocus-bed, (that seems a moon of fire
Round-girdled with a purple marriage-ring);
And all the flowers of our English Spring,
Fond snowdrops, and the bright-starred daffodil.
Up starts the lark beside the murmuring mill,
And breaks the gossamer-threads of early dew;
And down the river, like a flame of blue,
Keen as an arrow flies the water-king,
While the brown linnets in the greenwood sing.
A year ago! – it seems a little time
Since last I saw that lordly southern clime,
Where flower and fruit to purple radiance blow,
And like bright lamps the fabled apples glow.
Full Spring it was – and by rich flowering vines,
Dark olive-groves and noble forest-pines,
I rode at will; the moist glad air was sweet,
The white road rang beneath my horse's feet,
And musing on Ravenna's ancient name,

Ravenna

(Mit dem Newdigate-Preis ausgezeichnetes Gedicht)

1

Vor einem Jahr atmete ich die Luft Italiens –
Und doch denk ich, dieser nördliche Frühling ist lieblich –
Diese Felder mit dem goldenen Glanz der Märzblumen,
Die Drossel singt auf der fedrigen Lärche,
Die Krähen krächzen, die Ringeltauben flattern vorbei,
Die kleinen Wolken, die über den Himmel rasen;
Und lieblich das sanft hängende Haupt des Veilchens,
Die Primel, blaß vor unerwiderter Liebe,
Die Rose, die am kletternden Dornstrauch sprießt,
Das Krokusbett (das erscheint wie ein feuriger Mond,
Umgürtet mit einem purpurnen Ehering);
Und all die Blumen unseres englischen Frühlings,
Liebliche Schneeglöckchen, und die hell besternten Narzissen.
Die Lerche fliegt auf neben der murmelnden Mühle
Und durchbricht die hauchdünnen Fäden des Morgentaus;
Und unten am Fluß, wie eine blaue Flamme,
Fliegt wie ein Pfeil der Wasserkönig,
Während im grünen Wald die braunen Hänflinge singen.
Vor einem Jahr! – es scheint nicht lange her,
Daß ich zum letzten Mal jenes herrliche südliche Klima sah,
Wo Blüten und Frucht zu purpurner Pracht erblühen
Und die berühmten Äpfel wie strahlende Lampen glühen.
Es war mitten im Frühling – und vorüber an reich blühenden Reben,
Dunklen Olivenhainen und edlen Pinienwäldern
Ritt ich nach Belieben; die feucht-heitre Luft war süß,
Die weiße Straße klang unter den Hufen meines Pferds,
Und während ich über Ravennas alten Namen sann,

I watched the day till, marked with wounds of flame,
The turquoise sky to burnished gold was turned.

O how my heart with boyish passion burned,
When far away across the sedge and mere
I saw that Holy City rising clear,
Crowned with her crown of towers! – On and on
I galloped, racing with the setting sun,
And ere the crimson after-glow was passed,
I stood within Ravenna's walls at last!

Beobachtete ich den Tag, bis – versehen mit Flammenwunden –
Der türkisfarbene Himmel sich in bürniertes Gold verwandelt hat.

Oh, wie mein Herz in jungenhafter Leidenschaft brannte,
Als ich weit entfernt über Ried und Weiher
Klar die Heilige Stadt sich erheben sah,
Gekrönt mit ihrer Krone aus Türmen! – Weiter und weiter
Galoppierte ich, im Wettrennen mit der untergehenden Sonne,
Und bevor der scharlachrote Nachglanz verblaßt war,
Stand ich endlich in den Mauern Ravennas!

2

How strangely still! no sound of life or joy
Startles the air; no laughing shepherd-boy
Pipes on his reed, nor ever through the day
Comes the glad sound of children at their play:
sad, and sweet, and silent! surely here
A man might dwell apart from troublous fear,
Watching the tide of seasons as they flow
From amorous Spring to Winter's rain and snow,
And have no thought of sorrow; – here, indeed,
Are Lethe's waters, and that fatal weed
Which makes a man forget his fatherland.

Ay! amid lotus-meadows dost thou stand,
Like Proserpine, with poppy-laden head,
Guarding the holy ashes of the dead.
For though thy brood of warrior sons hath ceased,
Thy noble dead are with thee! – they at least
Are faithful to thine honour: – guard them well,
O childless city! for a mighty spell,
To wake men's hearts to dreams of things sublime,
Are the lone tombs where rest the Great of Time.

2

Wie seltsam still! Kein Laut des Lebens oder der Freude
Erschreckt die Luft; kein lachender Hirtenjunge
Bläst seine Flöte, und nie hört man am ganzen Tag
Den fröhlichen Klang spielender Kinder;
Oh, wie traurig und süß und schweigend! Hier kann
Ein Mann sicherlich fern von quälender Sorge leben
Und den Fluß der Jahreszeiten beobachten, wie sie
Von verliebtem Frühling zu regen- und schneereichem Winter übergehen,
Und der Sorge keinen Gedanken schenken; hier – in der Tat –
Sind die Wasser der Lethe zu finden und jenes unheilvolle Kraut,
Das einen Mann sein Heimatland vergessen läßt.

Ach! Du stehst inmitten von Lotuswiesen,
Wie Proserpina, das Haupt mit Mohn umwunden,
Und bewachst die Asche der Toten.
Denn auch wenn die Brut deiner Kriegersöhne ein Ende fand,
Deine edlen Toten blieben doch bei dir! – Sie wenigstens
Sind deiner Ehre treu – bewach sie wohl,
O kinderlose Stadt! Denn einen mächtigen Zauber,
Aufzuwecken Männerherzen zu Träumen von Erhabenheit,
Besitzen die einsamen Gräber, in denen die Großen der Zeit ruhen.

3

Yon lonely pillar, rising on the plain,
Marks where the bravest knight of France was slain, –
The Prince of chivalry, the Lord of war,
Gaston de Foix: for some untimely star
Led him against thy city, and he fell,
As falls some forest-lion fighting well.
Taken from life while life and love were new,
He lies beneath God's seamless veil of blue;
Tall lance-like reeds wave sadly o'er his head,
And oleanders bloom to deeper red,
Where his bright youth flowed crimson on the ground.

Look farther north unto that broken mound –
There, prisoned now within a lordly tomb
Raised by a daughter's hand, in lonely gloom,
Huge-limbed Theodoric, the Gothic king,
Sleeps after all his weary conquering.
Time hath not spared his ruin, – wind and rain
Have broken down his stronghold, and again
We see that Death is mighty lord of all,
And king and clown to ashen dust must fall.

Mighty indeed *their* glory! yet to me
Barbaric king, or knight of chivalry,
Or the great queen herself, were poor and vain,
Beside the grave where Dante rests from pain.
His gilded shrine lies open to the air;
And cunning sculptor's hands have carven there
The calm white brow, as calm as earliest morn,
The eyes that flashed with passionate love and scorn,
The lips that sang of Heaven and of Hell,
The almond-face which Giotto drew so well,

3

Jene einsame Säule, die sich über der Ebene erhebt,
Bezeichnet den Ort, an dem der tapferste Ritter Frankreichs fiel –
Der Prinz der Ritterlichkeit, der Herr des Krieges,
Gaston de Foix: denn ein unseliger Stern
Führte ihn gegen die Stadt, und er fiel,
Wie ein wilder Löwe, in herrlichem Kampf.
Dem Leben entrissen, während Leben und Liebe noch jung waren,
Liegt er unter Gottes nahtlosem blauen Schleier;
Hohe, lanzenähnliche Gräser wogen traurig über seinem Haupt,
Und Oleanderbüsche erblühen zu einem tieferen Rot,
Dort, wo seine Jugend sich scharlachrot auf die Erde ergoß.

Nun schau weiter nach Norden auf jenen zerstörten Grabhügel –
Dort, nun eingekerkert in einem prächtigen Grab,
Das von Tochterhand erbaut war, in einsamer Düsternis,
Schläft Theoderich, der Große, der Gotenkönig,
Nach all seinen schweren Eroberungen.
Die Zeit hat seinen Verfall nicht aufgehalten, – Wind und Regen
Haben seine Festung niedergerungen, und erneut
Erkennen wir, daß der Tod der machtvolle Herrscher über alles ist
Und daß Könige und Narren zu Staub werden müssen.

Groß war in der Tat ihr Ruhm! Doch für mich waren
Barbarenkönig, edelster Ritter
Oder auch die große Königin selbst nur arm und klein –
Neben dem Grab, in dem Dante sich von seinem Schmerz erholt.
Sein vergoldeter Schrein ist der Luft ausgesetzt;
Und geschickte Künstlerhände haben dort eingeschnitzt
Die ruhevolle weiße Stirn, so ruhig wie der frühe Morgen,
Die Augen, die vor leidenschaftlicher Liebe und Verachtung blitzten,

The weary face of Dante; – to this day,
Here in his place of resting, far away
From Arno's yellow waters, rushing down
Through the wide bridges of that fairy town,
Where the tall tower of Giotto seems to rise
A marble lily under sapphire skies!
Alas! my Dante! thou hast known the pain
Of meaner lives, – the exile's galling chain,
How steep the stairs within kings' houses are,
And all the petty miseries which mar
Man's nobler nature with the sense of wrong.
Yet this dull world is grateful for thy song;
Our nations do thee homage, – even she,
That cruel queen of vine-clad Tuscany,
Who bound with crown of thorns thy living brow,
Hath decked thine empty tomb with laurels now,
And begs in vain the ashes of her son.

O mightiest exile! A thy grief is done:
Thy soul walks now beside thy Beatrice;
Ravenna guards thine ashes: sleep in peace.

Die Lippen, die von Himmel und Hölle sangen,
Das mandelförmige Antlitz, das Giotto so wundervoll malte,
Das gequälte Antlitz Dantes; – bis zum heutigen Tage,
Hier an seiner Ruhestätte, weit entfernt
Von den gelben Wassern des Arno, die hinunterströmen
Unter den breiten Brücken jener Zauberstadt,
In der Giottos hoher Turm sich wie eine
Marmorlilie unter saphirblauem Himmel zu erheben scheint!
Weh! Mein Dante! Du kanntest den Schmerz
Geringerer Leben – den zermürbenden Schmerz der Verbannung,
Die ach so steilen Stufen in Königshäusern
Und all das kleinere Elend, das des Menschen
Edlere Natur befleckt mit dem Sinn des Unrechten.
Und dennoch ist diese dumpfe Welt dankbar für dein Lied;
Unsere Völker erweisen dir Ehre – selbst sie,
Die grausame Königin der rebenumrankten Toskana,
Die deine lebende Stirn mit einer Dornenkrone krönte,
Bedeckt nun dein leeres Grab mit Lorbeer
Und fleht vergebens um die Asche ihres Sohnes.

O Mächtigster der Verbannten! All dein Kummer ist vergangen;
Deine Seele wandelt nun an der Seite deiner Beatrice;
Ravenna wacht über deine Asche: schlaf in Frieden.

4

How lone this palace is; how grey the walls!
No minstrel now wakes echoes in these halls.
The broken chain lies rusting on the door,
And noisome weeds have split the marble floor:
Here lurks the snake, and here the lizards run
By the stone lions blinking in the sun.

4

Wie verlassen dieser Palast ist; wie grau die Mauern!
Kein Sänger erweckt nun in diesen Hallen Echos.
Die zerbrochene Kette hängt rostend an der Tür,
Und giftiges Unkraut hat den Marmorboden gesprengt:
Hier lauert die Schlange, und hier huschen die Eidechsen
An den Steinlöwen vorbei, die in der Sonne blinken.

Byron dwelt here in love and revelry
For two long years – a second Anthony,
Who of the world another Actium made!
Yet suffered not his royal soul to fade,
Or lyre to break, or lance to grow less keen,
'Neath any wiles of an Egyptian queen.
For from the East there came a mighty cry,
And Greece stood up to fight for Liberty,
And called him from Ravenna: never knight
Rode forth more nobly to wild scenes of fight!
None fell more bravely on ensanguined field,
Borne like a Spartan back upon his shield!
O Hellas! Hellas! in thine hour of pride,
Thy day of might, remember him who died
To wrest from off thy limbs the trammelling chain:
O Salamis! O lone Platæan plain!
O tossing waves of wild Eubœan sea!
O wind-swept heights of lone Thermopylæ!
He loved you well – ay, not alone in word,
Who freely gave to thee his lyre and sword,
Like Æschylos at well-fought Marathon:

And England, too, shall glory in her son,
Her warrior-poet, first in song and fight.
No longer now shall Slander's venomed spite
Crawl like a snake across his perfect name,
Or mar the lordly scutcheon of his fame.

For as the olive-garland of the race,
Which lights with joy each eager runner's face,
As the red cross which saveth men in war,
As a flame-bearded beacon seen from far

By mariners upon a storm-tossed sea, –
Such was his love for Greece and Liberty!

Byron wohnte hier in Liebe und Träumerei
Für zwei lange Jahre – ein zweiter Mark Anton,
Der aus der Welt ein zweites Aktion machte!
Doch ließ er niemals seine königliche Seele wanken
Oder seine Leier zerbrechen oder seine Lanze stumpfer werden
Unter dem Einfluß der Netze einer ägyptischen Königin.
Denn aus dem Osten erscholl ein mächtiger Ruf,
Und Griechenland erhob sich zum Kampf um seine Freiheit
Und rief ihn als Kämpfer aus Ravenna: Nie ritt ein Ritter
Edler in wilde Kampfszenen!
Niemand fiel tapferer auf blutgetränktem Feld
Und wurde wie ein Spartaner auf seinem Schild zurückgetragen!
O Hellas! Hellas! In deiner Stunde des Stolzes,
An deinem Tag der Macht, erinnere dich dessen, der starb,
Um die hemmenden Ketten von deinen Gliedern zu reißen:
O Salamis! O verlassene Ebene von Platäa!
O tosende Wogen der wilden euböischen See!
O vom Wind gepeitschte Höhen der einsamen Thermopylen!
Er liebte euch wohl – ja, doch nicht nur mit Worten,
Er gab euch willig seine Leier und sein Schwert,
Wie Aischylos beim heißumkämpften Marathon:

Und auch England soll seinen Sohn preisen,
Seinen Krieger-Poeten, den Ersten in Lied und Kampf.
Nicht länger soll der giftige Hohn der Verleumdung
Wie eine Schlange über seinen vollkommenen Namen kriechen
Oder den prächtigen Schild seines Ruhms beflecken.

Denn wie der Olivenkranz des Rennens,
Der das eifrige Gesicht jedes Läufers vor Freude erstrahlen läßt,
Wie das rote Kreuz, das Männer im Krieg rettet,
Wie ein Flammenstrahl, der von weitem erschaut wird
Von Seeleuten auf stürmischer See –
So war seine Liebe für Griechenland und die Freiheit!

Byron, thy crowns are ever fresh and green:
Red leaves of rose from Sapphic Mitylene
Shall bind thy brows; the myrtle blooms for thee,
In hidden glades by lonely Castaly;
The laurels wait thy coming: all are thine,
And round thy head one perfect wreath will twine.

Byron, deine Kronen sind immer frisch und grün:
Rote Rosen aus dem Mytilene der Sappho
Sollen deine Stirn umkränzen; die Myrte blüht für dich
Auf verborgenen Lichtungen bei der kastalischen Quelle;
Der Lorbeer erwartet deine Ankunft: alles ist dein
Und wird sich zu einem vollkommenen Kranz um dein Haupt winden.

5

The pine-tops rocked before the evening breeze
With the hoarse murmur of the wintry seas,
And the tall stems were streaked with amber bright; –
I wandered through the wood in wild delight,
Some startled bird, with fluttering wings and fleet,
Made snow of all the blossoms; at my feet,
Like silver crowns, the pale narcissi lay,
And small birds sang on every twining spray.
O waving trees, O forest liberty!
Within your haunts at least a man is free,
And half forgets the weary world of strife:
The blood flows hotter, and a sense of life
Wakes i' the quickening veins, while once again
The woods are filled with gods we fancied slain.
Long time I watched, and surely hoped to see
Some goat-foot Pan make merry minstrelsy
Amid the reeds! some startled Dryad-maid
In girlish flight! or lurking in the glade,
The soft brown limbs, the wanton treacherous face
Of woodland god! Queen Dian in the chase,
White-limbed and terrible, with look of pride,
And leash of boar-hounds leaping at her side!
Or Hylas mirrored in the perfect stream.

5

Die Pinienwipfel schwankten im Abendwind
Mit dem heiseren Flüstern des Meeres im Winter,
Und die hohen Stämme waren mit bernsteinfarbenem Licht gestreift; –
Ich wanderte in wildem Entzücken durch den Wald,
Ein aufgeschreckter Vogel verwandelte durch seine flatternden
Flügel und seine Flucht alle Blüten in Schnee; zu meinen Füßen
Lagen wie Silberkronen die bleichen Narzissen,
Und auf jedem gewundenen Ast sangen kleine Vögel.
O wogende Bäume, o Waldesfreiheit!
In deinen Schlupfwinkeln wenigstens ist ein Mann frei
Und vergißt halb die erschöpfende Welt des Kampfes:
Das Blut fließt hitziger, und ein Gefühl des Lebens
Erwacht in den beflügelten Adern, während erneut
Die Wälder von Göttern bevölkert werden, die wir für gefallen hielten.
Lange schaute ich zu und hoffte ganz bestimmt darauf,
Einen bocksfüßigen Pan zu sehen, der in den Gräsern
Fröhliche Lieder spielt! Oder eine aufgeschreckte Dryade
In mädchenhafter Flucht! Oder auf der Lichtung
Die braune Gestalt, das wollüstige, tückische Antlitz
Des Waldgotts! Königin Diana auf der Jagd,
Mit weißen Gliedern und schrecklich, mit stolzem Blick

Und eine Koppel von Eberhunden an ihrer Seite!
Oder Hylas' Spiegelbild im vollkommenen Strom.

O idle heart! O fond Hellenic dream!
Ere long, with melancholy rise and swell,
The evening chimes, the convent's vesper bell,
Struck on mine ears amid the amorous flowers.
Alas! alas! these sweet and honied hours
Had whelmed my heart like some encroaching sea,
And drowned all thoughts of black Gethsemane.

O müßiges Herz! O kühner hellenischer Traum!
Nicht lange, und mit melancholischem Auf und Ab
Klangen die Abendglocken, die Vesperglokken des
Klosters inmitten der liebestrunkenen Blumen an mein Ohr.
Ach! Ach! Diese lieblichen und honigsüßen Stunden
Hatten mein Herz wie das anwogende Meer überströmt
Und alle Gedanken an das schwarze Gethsemane ausgelöscht.

6

O lone Ravenna! many a tale is told
Of thy great glories in the days of old:
Two thousand years have passed since thou didst see
Cæsar ride forth to royal victory.
Mighty thy name when Rome's lean eagles flew
From Britain's isles to far Euphrates blue;
And of the peoples thou wast noble queen,
Till in thy streets the Goth and Hun were seen.
Discrowned by man, deserted by the sea,
Thou sleepest, rocked in lonely misery!
No longer now upon thy swelling tide,
Pine-forest-like, thy myriad galleys ride!
For where the brass-beaked ships were wont to float,
The weary shepherd pipes his mournful note;
And the white sheep are free to come and go
Where Adria's purple waters used to flow.

6

O verlassenes Ravenna! Viele Legenden erzählt man
Von deinem großen Ruhm in alten Tagen:
Zweitausend Jahre sind vergangen, seit du Caesar
Zu seinem königlichen Sieg hast ausreiten sehen.
Machtvoll war dein Name, als Roms schlanke Adler
Von den Britischen Inseln bis an den blauen Euphrat flogen;
Und du warst der Völker edle Königin,
Bis auf den Straßen Goten und Hunnen zu sehen waren.
Der Krone beraubt vom Menschen, von der See verlassen,
Schläfst du und wiegst dich in einsamem Elend!
Nicht länger reiten auf deiner schwellenden Flut
Deine unzähligen Gallionen wie ein Pinienwald!
Denn wo einst die Schiffe mit ihren Messingschnäbeln lagen,
Bläst nun der müde Hirte seine klagenden Melodien;
Und die weißen Schafe bewegen sich ungehindert,
Wo einst die purpurnen Wasser der Adria flossen.

O fair! O sad! O Queen uncomforted!
In ruined loveliness thou liest dead,

Liebliche, traurige, o trostlose Königin!
In zerfallener Schönheit liegst du tot,

Alone of all thy sisters; for at last
Italia's royal warrior hath passed
Rome's lordliest entrance, and hath worn his crown
In the high temples of the Eternal Town!
The Palatine hath welcomed back her king,
And with his name the seven mountains ring!

Du allein von allen Schwestern; denn schließlich
Ist Italiens königlicher Krieger doch durch Roms
Herrlichstes Tor gezogen und hat seine Krone
In die hohen Tempel der Ewigen Stadt getragen!
Der Palatin hat seinen König erneut zu Haus willkommen geheißen,
Und die sieben Hügel hallen wieder von seinem Namen!

And Naples hath outlived her dream of pain,
And mocks her tyrant! Venice lives again,
New risen from the waters! and the cry
Of Light and Truth, of Love and Liberty,
Is heard in lordly Genoa, and where
The marble spires of Milan wound the air,
Rings from the Alps to the Sicilian shore,
And Dante's dream is now a dream no more.

Und Neapel hat seinen Schmerzenstraum überlebt
Und spottet seines Tyrannen! Venedig ist zu neuem Leben erwacht,
Auferstanden aus den Wassern! Und der Ruf
Des Lichts und der Wahrheit, der Liebe und der Freiheit
Wird im herrlichen Genua vernommen, und wo sich die
Marmortürme Mailands in den Himmel erstrecken;
Er erschallt von den Alpen bis an die Gestade Siziliens,
Und Dantes Traum ist ein Traum nicht länger.

But thou, Ravenna, better loved than all,
Thy mined palaces are but a pall
That hides thy fallen greatness! and thy name
Burns like a grey and flickering candle-flame
Beneath the noonday splendour of the sun
Of new Italia! for the night is done,
The night of dark oppression, and the day
Hath dawned in passionate splendour: far away
The Austrian hounds are hunted from the land,
Beyond those ice-crowned citadels which stand
Girdling the plain of royal Lombardy,
From the far West unto the Eastern sea.

Doch du, Ravenna, das du mehr geliebt wurdest als alle,
Deine zerfallenen Paläste sind nur ein Leichentuch,
Das deine gefallene Größe verbirgt! Und dein Name
Brennt wie eine graue, flackernde Kerzenflamme
Unter der mittäglichen Pracht der Sonne
Des neuen Italiens! Denn die Nacht ist vorbei,
Die Nacht der dunklen Unterdrückung, und der Tag
Ist mit leidenschaftlicher Pracht angebrochen: weit entfernt
Werden die österreichischen Jagdhunde aus dem Land getrieben,
Jenseits jener eisgekrönten Zitadellen, die die
Ebenen der königlichen Lombardei umgeben,
Vom äußersten Westen bis an die östliche See.

I know, indeed, that sons of thine have died
In Lissa's waters, by the mountain-side
Of Aspromonte, on Novara's plain, –
Nor have thy children died for thee in vain:

Ich weiß es wohl, daß deine Söhne den Tod fanden
In Lissas Wassern, im Bergland von
Aspromonte, auf den Ebenen Novaras, –
Und deine Kinder sind nicht vergebens gestorben:

And yet, methinks, thou hast not drunk this wine
From grapes new-crushed of Liberty divine,
Thou hast not followed that immortal Star
Which leads the people forth to deeds of war.
Weary of life, thou liest in silent sleep,
As one who marks the lengthening shadows creep,
Careless of all the hurrying hours that run,
Mourning some day of glory, for the sun
Of Freedom hath not shewn to thee his face,
And thou hast caught no flambeau in the race.

Yet wake not from thy slumbers, – rest thee well,
Amidst thy fields of amber asphodel,
Thy lily-sprinkled meadows, – rest thee there,
To mock all human greatness: who would dare
To vent the paltry sorrows of his life
Before thy ruins, or to praise the strife
Of kings' ambition, and the barren pride
Of warring nations! wert not thou the Bride
Of the wild Lord of Adria's stormy sea!
The Queen of double Empires! and to thee
Were not the nations given as thy prey!
And now – thy gates lie open night and day,
The grass grows green on every tower and hall,
The ghastly fig hath cleft thy bastioned wall;
And where thy mailèd warriors stood at rest
The midnight owl hath made her secret nest.
O fallen! fallen! from thy high estate,
O city trammelled in the toils of Fate,
Doth nought remain of all thy glorious days,
But a dull shield, a crown of withered bays!

Und doch erscheint es mir, du trankest nicht vom Wein
Der frisch gepreßten Trauben der göttlichen Freiheit,
Du folgtest nicht dem unsterblichen Stern,
Der Menschen zu Kriegstaten vorwärts treibt.
Lebensmüde liegst du in stillem Schlummer,
Wie einer, der die länger werdenden Schatten beim Kriechen beobachtet,
Ohne auf die eiligen Stunden zu achten, die vorüberrasen,
Und einen Tag der Glorie beklagt, denn die Sonne
Der Freiheit hat dir nicht ihr Antlitz gezeigt,
Und du hast beim Wettrennen keine Fackel ergriffen.

Doch erwache nicht aus deinem Schlummer – ruhe wohl
Inmitten deiner Felder bernsteinfarbener Narzissen,
Deiner mit Lilien gesprenkelten Wiesen – ruhe dort,
Und verspotte alle menschliche Größe: Wer wollte es wagen,
Die armseligen Sorgen seines Lebens
Vor deinen Ruinen zu verkünden oder den Kampf
Des Ehrgeizes von Königen zu preisen und den hohlen
Stolz sich bekriegender Nationen! Warst du nicht die Braut
Des wilden Herrn der stürmischen adriatischen See?
Die Königin zweifacher Reiche? Und wurden nicht dir
Die Nationen als Beute dargeboten?
Doch nun – deine Tore liegen bei Tag und Nacht offen,
Das Gras wächst grün auf jedem Turm und jedem Haus,
Die gräßliche Feige hat deine Festungsmauern gesprengt;
Und wo deine gepanzerten Krieger einst rasteten,
Hat sich die Mitternachtseule ihr Nest gebaut.
Ach, gefallen, gefallen von deinem hohen Stand,
O Stadt, die in den Ketten des Schicksals liegt,
Nichts bleibt von all deinen ruhmreichen Tagen
Bis auf einen stumpfen Schild, eine Krone verwelkten Lorbeers!

Yet who beneath this night of wars and fears,
From tranquil tower can watch the coming years;
Who can foretell what joys the day shall bring,
Or why before the dawn the linnets sing?
Thou, even thou, mayst wake, as wakes the rose
To crimson splendour from its grave of snows;
As the rich corn-fields rise to red and gold
From these brown lands, now stiff with Winter's cold;
As from the storm-rack comes a perfect star!

O much-loved city! I have wandered far
From the wave-circled islands of my home;
Have seen the gloomy mystery of the Dome
Rise slowly from the drear Campagna's way,
Clothed in the royal purple of the day:
I from the city of the violet crown
Have watched the sun by Corinth's hill go down,
And marked the »myriad laughter« of the sea
From starlit hills of flower-starred Arcady;
Yet back to thee returns my perfect love,
As to its forest-nest the evening dove.

O poet's city! one who scarce has seen
Some twenty summers cast their doublets green
For Autumn's livery, would seek in vain
To wake his lyre to sing a louder strain,
Or tell thy days of glory; – poor indeed
Is the low murmur of the shepherd's reed,
Where the loud clarion's blast should shake the sky,
And flame across the heavens! and to try
Such lofty themes were folly: yet I know

Doch wer in dieser Nacht der Kriege und Ängste
Kann von einem stillen Turm die kommenden Jahre beobachten?
Wer kann vorhersagen, welche Freuden der Tag bringen wird
Oder warum die Hänflinge vor der Morgendämmerung singen?
Du, selbst du magst erwachen, wie die Rose aus ihrem
Schneeigen Grab zu prächtigem Scharlachrot erwacht;
Wie die üppigen Kornfelder sich rot und golden erheben
Von diesem braunen Land, das nun steif vor Winterskälte liegt;
Wie nach Sturmtosen ein vollkommener Stern geboren wird!

O vielgeliebte Stadt! Ich bin weit gewandert
Von den von Wellen umspülten Inseln meiner Heimat;
Habe das düstere Geheimnis der Kathedrale gesehen,
Wie sie sich langsam aus der trübseligen Campagna erhebt,
Gekleidet in königliches Purpur des Tages:
Ich, aus der Stadt der Veilchenkrone,
Habe die Sonne über den Hügeln von Korinth niedergehen sehen
Und das »unendliche Gelächter« der See
Von sternenbeschienenen Hügeln des blumenreichen Arkadiens vernommen;
Und doch – zu dir kehrt meine vollkommene Liebe zurück
Wie die Taube allabendlich zu ihrem Waldesnest.

O Stadt des Dichters! Einer, der kaum etwa zwanzig
Sommer in ihrem grünen Wams gesehen hat, wie sie es tauschen
Gegen das Gewand des Herbstes, wird sich vergeblich bemühen,
Seine Leier zu lauterem Gesang zu erwecken
Oder von deinen Tagen des Ruhms zu singen; – Schwach in der Tat
Ist das sanfte Murmeln der Hirtenflöte,
Wenn der laute Trompetenklang den Himmel erschüttern
Und über ihn hinweg flammen sollte! Und es wäre Narrheit,
Mich an solch erhabenen Themen zu versuchen: Dennoch weiß ich,

That never felt my heart a nobler glow
Than when I woke the silence of thy street
With clamorous trampling of my horse's feet,
And saw the city which now I try to sing,
After long days of weary travelling.

Daß mein Herz nie ein edleres Glühen verspürte
Als dann, als ich das Schweigen deiner Straße
Mit dem lärmenden Klang der Hufe meines Pferdes erweckte
Und die Stadt erblickte, die ich nun zu besingen versuche,
Nach langen Tagen ermüdender Reise.

7

Adieu, Ravenna! but a year ago,
I stood and watched the crimon sunset glow
From the lone chapel on thy marshy plain:
The sky was as a shield that caught the stain
Of blood and battle from the dying sun,
And in the west the circling clouds had spun
A royal robe, which some great God might wear,
While into ocean-seas of purple air
Sank the gold galley of the Lord of Light.

Yet here the gentle stillness of the night
Brings back the swelling tide of memory,
And wakes again my passionate love for thee:
Now is the Spring of Love, yet soon will come
On meadow and tree the Summer's lordly bloom;
And soon the grass with brighter flowers will blow,
And send up lilies for some boy to mow.
Then before long the Summer's conqueror,
Rich Autumn-time, the season's usurer,
Will lend his hoarded gold to all the trees,
And see it scattered by the spendthrift breeze;
And after that the Winter cold and drear.
So runs the perfect cycle of the year.
And so from youth to manhood do we go,
And fall to weary days and locks of snow.

7

Adieu, Ravenna! Erst vor einem Jahr
Stand ich und beobachtete das Glühen des scharlachroten Sonnenuntergangs
Von der einsamen Kapelle auf deiner sumpfigen Ebene:
Der Himmel war ein Schild, der die Blutflecken
Des Kampfes der sterbenden Sonne einfing,
Und im Westen hatten die wirbelnden Wolken ein
Königliches Gewand gewoben, das für einen mächtigen Gott bestimmt war,
Während die goldene Galeere des Herrn des Lichts
In den Ozeanen des purpurnen Äthers versank.

Und doch – die sanfte Stille der Nacht hier
Bringt die wogende Flut der Erinnerung zurück
Und erweckt meine leidenschaftliche Liebe zu dir erneut:
Jetzt herrscht der Frühling der Liebe, doch bald schon werden
Auf den Wiesen und Bäumen die herrlichen Sommerblüten erscheinen;
Und bald wird das Gras mit leuchtenderen Blumen erblühen
Und Lilien wachsen lassen, die von Jungen geschnitten werden.
Und nicht lange, dann kommt der Bezwinger des Sommers,
Die üppige Herbsteszeit, der Wucherer der Jahreszeiten,
Und leiht allen Bäumen sein gehortetes Gold
Und sieht es von der verschwenderischen Brise verstreut werden;
Und dann kommt der Winter, kalt und trübselig.
So verläuft der vollkommene Kreis des Jahres.
Und so gehen wir von der Jugend zum Mannesalter
Und fallen unter trüben Tagen und schneeigen Locken.

Love only knows no winter; never dies:
Nor cares for frowning storms or leaden skies.
And mine for thee shall never pass away,
Though my weak lips may falter in my lay.

Adieu! Adieu! yon silent evening star,
The night's ambassador, doth gleam afar,
And bid the shepherd bring his flocks to fold.
Perchance before our in and seas of gold
Are garnered by the reapers into sheaves,
Perchance before I see the Autumn leaves,
I may behold thy city; and lay down
Low at thy feet the poet's laurel crown.

Adieu! Adieu! yon silver lamp, the moon,
Which turns our midnight into perfect noon,
Doth surely light thy towers, guarding well
Where Dante sleeps, where Byron loved to dwell.

Nur Liebe kennt keinen Winter, stirbt nie –
Und kümmert sich nicht um drohende Stürme oder bleierne Himmel.
Und meine zu dir soll niemals vergehen,
Auch wenn meine schwachen Lippen bei meinem Lied versagen mögen.

Adieu! Adieu! Jener schweigende Abendstern,
Botschafter der Nacht, leuchtet in der Ferne
Und fordert den Hirten auf, seine Herde heimzubringen.
Vielleicht, bevor unsere Binnenmeere aus Gold
Von den Schnittern zu Garben gebunden sind,
Vielleicht, bevor ich die herbstlichen Blätter sehe,
Mag ich deine Stadt erblicken und vor deinen
Füßen den Dichterkranz aus Lorbeer niederlegen.

Adieu! Adieu! Jene Silberlampe, der Mond,
Der unsere Mitternacht in helles Tageslicht verwandelt,
Erleuchtet gewiß deine Türme, die sichere Wacht halten
Über der Stätte, wo Dante schläft, wo Byron lebte.

Requiescat

Tread lightly, she is near
Under the snow,
Speak gently, she can hear
The daisies grow.

All her bright golden hair
Tarnished with rust,
She that was young and fair
Fallen to dust.

Lily-like, white as snow,
She hardly knew
She was a woman, so
Sweetly she grew.

Coffin-board, heavy stone,
Lie on her breast,
I vex my heart alone,
She is at rest.

Requiescat

Geh leise, sie ist nahe
Unter dem Schnee,
Sprich sanft, sie kann hören,
Wie die Margeriten blühen.

All ihr helles goldenes Haar
Verschmutzt durch Rost,
Sie, die jung und schön war,
Nun zu Staub verfallen.

Wie die Lilie, weiß wie Schnee,
Sie wußte kaum,
Daß sie eine Frau war, so
Süß wuchs sie.

Sargholz und schwerer Stein
Liegen auf ihrer Brust,
Ich alleine quäle mein Herz,
Sie liegt in Ruhe.

Peace, peace, she cannot hear
Lyre or sonnet,
All my life's buried here,
Heap earth upon it.

Avignon

Frieden, Frieden, sie kann nicht hören
Leier und Lieder,
All meine Welt liegt hier begraben,
Häufe Erde hier herauf.

Avignon

Rome Unvisited

1

The corn has turned from grey to red,
Since first my spirit wandered forth,
From the drear cities of the north,
And to Italia's mountains fled.

And here I set my face towards home,
For all my pilgrimage is done,
Although, methinks, yon blood-red sun
Marshals the way to Holy Rome.

O Blessed Lady, who dost hold
Upon the seven hills thy reign!
O Mother without blot or stain,
Crowned with bright crowns of triple gold!

O Roma, Roma, at thy feet
I lay this barren gift of song!
For, ah! the way is steep and long
That leads unto thy sacred street.

2

And yet what joy it were for me
To turn my feet unto the south,
And journeying towards the Tiber mouth
To kneel again at Fiesole!

And wandering through the tangled pines
That break the gold of Arno's stream,
To see the purple mist and gleam
Of morning on the Apennines.

By many a vineyard-hidden home,
Orchard and olive-garden grey,
Till from the drear Campagna's way
The seven hills bear up the dome!

Rom – nicht besucht

1

Das Korn ist von Grau zu Rot geworden,
Seitdem mein Geist weiterging
Von trüben Städten im Norden
Und zu Italiens Bergen floh.

Und hier richte ich meinen Blick heimwärts,
Denn meine Pilgerreise ist vollendet,
Obschon, glaube ich, jene blutrote Sonne
Den Weg zum heiligen Rom weist.

Oh, selige Herrin, die auf den
Sieben Hügeln regiert!
O Mutter ohne Mal und Fleck,
Gekrönt mit hellen Kronen, dreifach aus
Gold!

Oh, Roma, Roma, zu deinen Füßen
Lege ich dieses Lied als dürftiges Geschenk!
Denn, ach, der Weg ist steil und lang
Bis hin zu deinen heiligen Straßen.

2

Und doch wäre es eine Freude für mich,
Meine Füße gen Süden zu richten
Und zur Mündung des Tibers zu reisen
Um wieder bei Fiesole niederzuknien.

Und ich wanderte durch die verstrickten
Pinien,
Die das Gold von Arnos Strom durchbre-
chen,
Um den violetten Nebel und Schimmer
Des Morgens auf den Apenninen.

Vorbei an manchem Heim, an Weinbergen
verborgen,
Obstgarten und Olivenbaumgarten grau,
Bis aus der Campagna-Trübe
Die sieben Hügel den Dom aufzeigen.

3

A pilgrim from the northern seas –
What joy for me to seek alone
The wondrous Temple and the throne
Of Him who holds the awful keys!

When, bright with purple and with gold,
Come priest and holy Cardinal,
And borne above the heads of all
The gentle Shepherd of the Fold.

O joy to see before I die
The only God-anointed King,
And hear the silver trumpets ring
A triumph as He passes by!

Or at the altar of the shrine
Holds high the mystic sacrifice,
And shows his God to human eyes
Beneath the veil of bread and wine.

4

For lo, what changes time can bring!
The cycles of revolving years
May free my heart from all its fears,
And teach my lips a song to sing.

Before yon field of trembling gold
Is garnered into dusty sheaves,
Or ere the autumn's scarlet leaves
Flutter as birds adown the wold,

I may have run the glorious race,
And caught the torch while yet aflame,
And called upon the holy name
Of Him who now doth hide His face.

Arona

3

Ein Pilgersohn von der Nordsee –
Welch Freude für mich, alleine zu suchen
Nach dem wunderbarem Tempel und dem Thron,
Der Sein ist, der die hehren Schlüssel hat.

Wenn, hell mit Purpur und mit Gold,
Priester und heiliger Kardinal herbeikommen,
Und über aller anderer Köpfe
Der gütige Hirte der Herde.

Oh, welch Freude, dies zu sehen, bevor ich sterbe,
Den einzigen gottgesalbten König,
Und die silbernen Trompeten erschallen zu hören,
Ein Triumph, als er vorüberzieht.

Oder am Altar des Schreins
Er hoch das mystische Opfer hält
Und seinen Gott dem Menschenauge zeigt
Unter dem Schleier von Brot und Wein.

4

Denn was für Veränderungen kann die Zeit bringen,
Der Kreis der sich drehenden Jahre
Mag mein Herz von allen Sorgen befreien
Und meinen Lippen ein Lied beibringen.

Bevor jenem Feld aus schwankendem Gold
Ist in staubigen Scheiben gesammelt
Oder des Herbstes scharlachrote Blätter
Umherflattern, wie Vögel um die Hügel,

So mag ich dieses glorreiche Rennen gemacht haben
Und die Fackel gefangen haben, als sie noch brannte,
Und jenen heiligen Namen ansprach,
Den, der jetzt sein Gesicht verbirgt.

Arona

San Miniato

See, I have climbed the mountain side
Up to this holy house of God,
Where once that Angel-Painter trod
Who saw the heavens opened wide,

And throned upon the crescent moon
The Virginal white Queen of Grace, –
Mary! could I but see thy face
Death could not come at all too soon.

O crowned by God with thorns and pain!
Mother of Christ! O mystic wife!
My heart is weary of this life
And over-sad to sing again.

O crowned by God with love and flame!
O crowned by Christ the Holy One!
O listen ere the searching sun
Show to the world my sin and shame.

San Miniato

Schau, ich bin die Berge hinaufgestiegen
Bis zu diesem heiligen Haus Gottes,
Wo einst jener Engelsmaler lief,
Der sah, wie sich der Himmel weit öffnete.

Und auf dem Halbmond thronte
Die jungfräuliche weiße Königin der Gnade –
Maria! Könnte ich nur dein Gesicht sehen,
Der Tod könnte nicht schnell genug kommen.

Gekrönt von Gott mit Dornen und Schmerz!
Mutter Christi! Mystische Frau!
Mein Herz ist müde von diesem Leben
Und übertraurig, um wieder zu singen.

Gekrönt von Gott mit Liebe und Flamme!
Gekrönt von Christus, dem Heiligen!
Oh, erhöre mich, ehe die suchende Sonne
Der Welt meine Sünde und Scham zeigt.

Santa Decca

The Gods are dead: no longer do we bring
To grey-eyed Pallas crowns of olive-leaves!
Demeter's child no more hath tithe of sheaves,
And in the noon the careless shepherds sing,
For Pan is dead, and all the wantoning
By secret glade and devious haunt is o'er:
Young Hylas seeks the water-springs no more;
Great Pan is dead, and Mary's son is King.

And yet – perchance in this sea-trancèd isle,
Chewing the bitter fruit of memory,
Some God lies hidden in the asphodel.
Ah Love! if such there be, then it were well
For us to fly his anger: nay, but see,
The leaves are stirring: let us watch awhile.

Santa Decca

Die Götter sind tot: wir bringen nicht mehr
Kronen aus Olivenblättern zum grauäugigen Pallas!
Das Kind Demeters hat nicht mehr ein Zehntel des Mantels,
Und zu Mittag singen die nachlässigen Hirten,
Denn Pan ist tot, und alles Böswillige ist
Durch heimliche Lichtung und heimtückische Verfolgung nicht mehr;
Der junge Hylas sucht die Wasserquellen nicht mehr,
Der Große Pan ist tot, und Marias Sohn ist der König.

Und doch – vielleicht auf dieser Insel,
Auf der bitteren Frucht der Erinnerung kauend,
Liegt ein Gott versteckt im Asphodill.
Ach, Liebe! Wenn dem so sei, dann wäre es wohl
Für uns, seinem Zorn zu entfliehen: Aber schaue dort,
Die Blätter bewegen sich: Laß uns eine Zeitlang lauschen.

Serenade

(For Music)

The western wind is blowing fair
Across the dark Ægean sea,
And at the secret marble stair
My Tyrian galley waits for thee.
Come down! the purple sail is spread,
The watchman sleeps within the town,
O leave thy lily-flowered bed,
O Lady mine come down, come down!

She will not come, I know her well,
Of lover's vows she hath no care,
And little good a man can tell
Of one so cruel and so fair.
True love is but a woman's toy,
They never know the lover's pain,
And I who loved as loves a boy
Must love in vain, must love in vain.

O noble Pilot, tell me true,
Is that the sheen of golden hair?
Or is it but the tangled dew
That binds the passion-flowers there?
Good sailor come and tell me now
Is that my Lady's lily hand?
Or is it but the gleaming prow,
Or is it but the silver sand?

No! no! 'tis not the tangled dew,
'Tis not the silver-fretted sand,
It is my own dear Lady true
With golden hair and lily hand!
O noble pilot, steer for Troy,
Good sailor, ply the labouring oar,
This is the Queen of life and joy
Whom we must bear from Grecian shore!

The waning sky grows faint and blue,
It wants an hour still of day,
Aboard! aboard! my gallant crew,
O Lady mine, away! away!
O noble pilot, steer for Troy,
Good sailor, ply the labouring oar,
O loved as only loves a boy!
O loved for ever evermore!

Serenade

(Für Musik)

Der westliche Wind weht sanft
Über das Ägäische Meer,
Und bei der geheimen Marmorstufe
Wartet mein tyrisches Boot auf dich.
Komm herab! Das violette Segel ist gehißt,
Der Wächter schläft in der Stadt,
O verlasse das Lilienbett,
Oh, meine Dame, komm herab, komm herab.

Sie wird nicht kommen, ich kenne sie gut,
Kümmert sich nicht um Liebesschwüre,
Und wenig kann ein guter Mensch sagen
Über einen, so gemein und so schön.
Wahre Liebe ist nur ein Spielzeug für
Frauen,
Sie kennen nie den Liebesschmerz,
Und ich, der liebte wie ein Junge liebt,
Muß vergebens lieben, muß vergebens lieben.

O nobler Lotse, sag mir die Wahrheit,
Ist das der Schimmer von goldenem Haar?
Oder ist es der verstrickte Tau
Der die Passifloren dort umspannt?
Guter Seemann, sag mir nun,
Ob dies die Lilienhand der Dame ist?
Oder ist es nur der glänzende Bug,
Oder nur der silberne Sand?

Nein! Nein! Es ist nicht der verstrickte Tau,
Nicht der silberne Sand,
Es ist meine liebe Dame
Mit goldenem Haar und Lilienhand!
Oh, nobler Lotse, lenke uns nach Troja,
Guter Seemann, halt das Ruder,
Dies ist die Königin des Lebens und der
Freude,
Die wir vom Griechenstrand entführen
müssen.

Der blasse Himmel wird blasser und blau,
Will noch eine Stunde bis zum Tag,
An Bord, An Bord! Meine gute Besatzung
Oh, meine Dame, hinweg, hinweg!
Oh, nobler Lotse, lenke uns nach Troja,
Guter Seemann, halt das Ruder,
O geliebt wie von einem Jungen,
O geliebt auf ewig!

Silentium Amoris

As often-times the too resplendent sun
Hurries the pallid and reluctant moon
Back to her sombre cave, ere she hath won
A single ballad from the nightingale,
So doth thy Beauty make my lips to fail,
And all my sweetest singing out of tune.

And as at dawn across the level mead
On wings impetuous some wind will come,
And with its too harsh kisses break the reed
Which was its only instrument of song,
So my too stormy passions work me wrong,
And for excess of Love my Love is dumb.

But surely unto Thee mine eyes did show
Why I am silent, and my lute unstrung;
Else it were better we should part, and go,
Thou to some lips of sweeter melody,
And I to nurse the barren memory
Of unkissed kisses, and songs never sung.

Silentium Amoris

Wie oft die zu strahlende Sonne
Den bleichen widerwilligen Mond
Zurück in seiner Höhle hetzt, bevor sie
Ein einziges Lied der Nachtigall gewonnen hat,
So werden bei deiner Schönheit meine Lippen matt,
Und mein süßestes Singen klingt verstimmt.

Und wie bei Morgenlicht über ein flaches Feld
Auf Sturmesflügeln der Wind daherkommt
Und mit seinen zu heftigen Küssen die Halme zerbricht,
Die seine einzigen Klangesinstrumente waren,
So läßt auch meine stürmische Leidenschaft mich falsch verhalten,
Und durch Übermaß an Liebe ist meine Liebe stumm.

Aber sicherlich zeigten meine Augen dir,
Warum ich schweige und meine Laute unbesaitet ist;
Sonst wäre es besser, wir trennten uns und gingen unserer Wege,
Du zu Lippen einer süßeren Melodie
Und ich, um die öde Erinnerung zu verwahren,
An ungeküßte Küsse und Lieder nie gesungen.

Sonnet to Liberty

Not that I love thy children, whose dull eyes
See nothing save their own unlovely woe,
Whose minds know nothing, nothing care to know,
But that the roar of thy Democracies,
Thy reigns of Terror, thy great Anarchies,
Mirror my wildest passions like the sea
And give my rage a brother –! Liberty!
For this sake only do thy dissonant cries
Delight my discreet soul, else might all kings
By bloody knout or treacherous cannonades
Rob nations of their rights inviolate
And I remain unmoved – and yet, and yet,
These Christs that die upon the barricades,
God knows it I am with them, in some things.

Sonett an die Freiheit

Nicht, daß ich deine Kinder liebe, deren stumpfe Augen
Nichts sehen als ihr eigenes liebloses Leid,
Die nichts kennen und nicht kennen wollen,
Aber das Brüllen deiner Demokratien,
Deine Terrorherrschaften, deine Anarchien,
Meine wildesten Leidenschaften spiegeln wie die See
Und meinem Zorn erwidern —! Freiheit!
Nur für dies erfreuen deine mißtönigen Schreie
Meine zurückhaltende Seele, sonst alle Könige,
Mit blutiger Knute oder hinterhältigen Kanonen,
Nationen ihrer unantastbaren Rechte berauben,
Und bleibe ich doch unbewegt, und doch, und doch,
Jene Christen, die auf den Barrikaden sterben,
Gott weiß, ich bin in gewissen Dingen bei ihnen.

Sonnet on Approaching Italy

I reached the Alps: the soul within me burned,
Italia, my Italia, at thy name:
And when from out the mountain's heart I came
And saw the land for which my life had yearned,
I laughed as one who some great prize had earned:
And musing on the marvel of thy fame
I watched the day, till marked with wounds of flame
The turquoise sky to burnished gold was turned.
The pine-trees waved as waves a woman's hair,
And in the orchards every twining spray
Was breaking into flakes of blossoming foam:
But when I knew that far away at Rome
In evil bonds a second Peter lay,
I wept to see the land so very fair.

Turin

Sonett auf der Reise nach Italien

Ich erreichte die Alpen: die Seele in mir brannte,
Italien, mein Italien, bei deinem Namen:
Und als ich aus dem Herzen der Berge kam,
Und das Land sah, nach dem ich mich mein Leben lang sehnte,
Lachte ich wie jemand, der eine große Auszeichnung bekommen hat,
Und dachte an deine Ruhmeszeit.
Ich schaute in den Tag, bis, voller Flammenwunden,
Der türkisblaue Himmel zu brennend Gold wurde.
Die Pinien wehten so, wie Locken einer Frau wehen,
Und in den Obstgärten jeder Dunst
Zu Flocken blühenden Schaumes wurde:
Doch als ich wußte, daß fern in Rom
In gemeinen Fesseln ein zweiter Petrus lag,
Weinte ich, ein so schönes Land zu sehen.

Turin

Sonnet
Written in Holy Week at Genoa

I wandered in Scoglietto's green retreat,
The oranges on each o'erhanging spray
Burned as bright lamps of gold to shame the day;
Some startled bird with fluttering wings and fleet
Made snow of all the blossoms, at my feet
Like silver moons the pale narcissi lay:
And the curved waves that streaked the sapphire bay
Laughed i' the sun, and life seemed very sweet.
Outside the young boy-priest passed singing clear,
»Jesus the son of Mary has been slain,
O come and fill his sepulchre with flowers.«
Ah, God! Ah, God! those dear Hellenic hours
Had drowned all memory of Thy bitter pain,
The Cross, the Crown, the Soldiers and the Spear.

Sonett
geschrieben während der Karwoche in Genua

Ich wanderte in Scogliettos grünem Zufluchtsort,
Orangen an jedem überhängenden Zweig
Brannten wie helle Lampen aus Gold und beschämten den Tag;
Ein verschreckter Vogel, mit flatternden Flügeln und schnellfüßig,
Machte Schnee aus all den Blüten; vor meinen Füßen
Lagen die blassen Narzissen wie silberne Monde:
Und die runden Wogen, die die saphirblaue Bucht bewegen,
Lachen in der Sonne, und das Leben scheint sehr süß.
Draußen läuft der junge Priester vorbei und singt hell:
»Jesus, Sohn Marias, wurde ermordet.
Oh, kommt und füllt sein Grab mit Blumen!«
Oh, Gott! Oh, Gott! Diese hellenischen Stunden
Haben jede Erinnerung an deinen bitteren Schmerz ertränkt,
Das Kreuz, die Krone, die Soldaten und den Speer.

Sonnet

On Hearing the Dies Iræ Sung in the Sistine Chapel

Nay, Lord, not thus! white lilies in the spring,
Sad olive-groves, or silver-breasted dove,
Teach me more clearly of Thy life and love
Than terrors of red flame and thundering.
The empurpled vines dear memories of Thee bring:
A bird at evening flying to its nest
Tells me of One who had no place of rest:
I think it is of Thee the sparrows sing.
Come rather on some autumn afternoon,
When red and brown are burnished on the leaves,
And the fields echo to the gleaner's song,
Come when the splendid fulness of the moon
Looks down upon the rows of golden sheaves,
And reap Thy harvest: we have waited long.

Sonett

Als ich das Dies Irae in der Sixtinischen Kapelle hörte

Nein, Gott, nicht so! Weiße Lilien im Frühling,
Trauriger Olivenhain oder silberbrüstige Taube,
Lehre mich mehr über dein Leben und Liebe
Als Schrecken roter Flammen und Donner.
Die purpurnen Reben erwecken liebe Erinnerungen an dich:
Ein Vogel, der abends zu seinem Nest fliegt,
Erzählt mir von einem, der keine Raststatt hat:
Ich glaube, die Schwalben singen von dir.
Komm lieber an einem Herbstnachmittag,
Wenn rot und braun entflammt die Blätter sind,
Und auf den Feldern der Schnittergesang tönt.
Komm, wenn der wunderbare Vollmond
Auf die Reihen goldener Ährenbündel blickt,
Und ernte deine Frucht: Wir haben lange gewartet.

Sonnet

On the Massacre of the Christians in Bulgaria

Christ, dost thou live indeed? or are thy bones
Still straitened in their rock-hewn sepulchre?
And was thy Rising only dreamed by Her
Whose love of thee for all her sin atones?
For here the air is horrid with men's groans,
The priests who call upon thy name are slain,
Dost thou not hear the bitter wail of pain
From those whose children lie upon the stones?
Come down, O Son of God! incestuous gloom
Curtains the land, and through the starless night
Over thy Cross a Crescent moon I see!
If thou in very truth didst burst the tomb
Come down, O Son of Man! and show thy might
Lest Mahomet be crowned instead of Thee!

Sonett

auf das Christenmassaker in Bulgarien

Christus, lebst du wirklich? Oder sind deine
Knochen noch immer in deinem Felsengrab?
Und war deine Auferstehung nur ein Traum
Von ihr, deren Liebe für dich all ihre Sünden büßt?
Denn hier ist die Luft schrecklich, mit dem Stöhnen der Menschen,
Die Priester, die sich auf deinen Namen berufen, sind gefallen,
Hörst du nicht die bitteren Schmerzensschreie
Von den Kindern, die auf den Steinen liegen?
Komm herab, Sohn Gottes! Blutschande
Wirft ihren Vorhang über dieses Land, und durch die sternenlose Nacht
Sehe ich über deinem Kreuz einen Halbmond!
Wenn du wirklich aus dem Grab entstiegst,
Komm herab, Menschensohn, und zeige deine Macht,
Sonst wird statt dir Mohammed gekrönt.

Symphony in Yellow

An omnibus across the bridge
Crawls like a yellow butterfly,
And, here and there, a passer-by
Shows like a little restless midge.

Big barges full of yellow hay
Are moored against the shadowy wharf,
And, like a yellow silken scarf,
The thick fog hangs along the quay.

The yellow leaves begin to fade
And flutter from the Temple elms,
And at my feet the pale green Thames
Lies like a rod of rippled jade.

Symphonie in Gelb

Ein Omnibus kriecht über die Brücke
Wie ein gelber Schmetterling,
Und hier und dort zeigt sich ein Passant
Wie eine kleine rastlose Mücke.

Große Kähne voller gelbem Heu
Sind am schattigen Kai vertäut,
Und wie ein gelber Seidenschal
Hängt der dichte Nebel vor den Ufermauern.

Die gelben Blätter beginnen zu verblassen
Und fallen von den Temple-Ulmen,
Und vor meinen Füßen liegt
Die blaßgrüne Themse wie ein Zepter aus welliger Jade.

Tædium Vitæ

To stab my youth with desperate knives, to wear
This paltry age's gaudy livery,
To let each base hand filch my treasury,
To mesh my soul within a woman's hair,
And be mere Fortune's lackeyed groom, – I swear
I love it not! these things are less to me
Than the thin foam that frets upon the sea,
Less than the thistledown of summer air
Which hath no seed: better to stand aloof
Far from these slanderous fools who mock my life
Knowing me not, better the lowliest roof
Fit for the meanest hind to sojourn in,
Than to go back to that hoarse cave of strife
Where my white soul first kissed the mouth of sin.

Taedium Vitae

Meine Jugend mit verzweifelten Messern zu erstechen,
Diesen leeren Daseins närrische Tracht zu tragen,
Jede Hand aus meinen Schatz stehlen zu lassen.
Meine Seele im Haar einer Frau verstricken zu lassen
Und des Glückes lakaiischer Bräutigam zu sein – ich schwöre,
Ich liebe es nicht. Diese Dinge bedeuten mir weniger
Als der dünne Schaum, der auf dem Meer schwimmt,
Weniger als die Distelwolle in der Sommerluft,
Die keine Samen hat: Es ist besser, entfernt zu stehen
Von jenen verspottenden Narren, die mein Leben verachten,
Obwohl sie mich nicht kennen, besser das niedrigste Dach
Geeignet für den einfachsten Hirsch, um sich zurückzuziehen,
Als zurückzugehen zu jener heiseren Höhle des Streitens,
Wo meine weiße Seele zuerst den Mund der Sünde küßte.

Theocritus

A Villanelle

O singer of Persephone!
In the dim meadows desolate
Dost thou remember Sicily?

Still through the ivy flits the bee
Where Amaryllis lies in state;
O Singer of Persephone!

Simætha calls on Hecate
And hears the wild dogs at the gate;
Dost thou remember Sicily?

Still by the light and laughing sea
Poor Polypheme bemoans his fate;
O Singer of Persephone!

And still in boyish rivalry
Young Daphnis challenges his mate;
Dost thou remember Sicily?

Slim Lacon keeps a goat for thee,
For thee the jocund shepherds wait;
O Singer of Persephone!
Dost thou remember Sicily?

Theokritos

Eine Villanelle

O Sänger der Persephone!
In den einsamen düstren Feldern
Erinnerst du dich noch an Sizilien?

Noch fliegt die Biene durch Efeu,
Wo Amaryllis aufgebahrt ist,
O Sänger der Persephone!

Simaetha ruft nach Hekate
Und hört die wilden Hunde vor dem Tor,
Erinnerst du dich noch an Sizilien?

Noch immer bejammert an der
Lichten und lachenden See der arme
Polyphem sein Schicksal,
O Sänger der Persephone.

Und in kindlicher Rivalität
Fordert Jung Daphnis seinen Kameraden
heraus,
Erinnerst du dich noch an Sizilien?

Der schlanke Lakon hat eine Ziege für dich,
Auf dich warten deine lustigen Hirten;
Oh, Sänger der Persephone,
Erinnerst du dich noch an Sizilien?

Theoretikos

This mighty empire hath but feet of clay
Of all its ancient chivalry and might
Our little island is forsaken quite:
Some enemy hath stolen its crown of bay,
And from its hills that voice hath passed
away
Which spake of Freedom: O come out of it,
Come out of it, my Soul, thou art not fit
For this vile traffic-house, where day by day
Wisdom and reverence are sold at mart,
And the rude people rage with ignorant cries
Against an heritage of centuries.
It mars my calm: wherefore in dreams of Art
And loftiest culture I would stand apart,
Neither for God, nor for his enemies.

Theoretikos

Dies allmächtige Reich hat nur Füße aus
Ton,
Von altem Rittertum und Macht
Ist unsere kleine Insel nun verlassen:
Ein Feind hat ihre Lorbeerkrone gestohlen,
Und aus ihren Hügeln ist jene Stimme
entflohen,
Die über die Freiheit sagte: Oh, komm
heraus,
Komm heraus, meine Seele, du bist nicht
geeignet
Für dieses eklige Warenhaus, wo jeden Tag
Weisheit und Ergebenheit gehandelt werden
Und die rohen Leute mit ignorantem
Geschrei
Gegen das Erbe von Jahrhunderten toben.
Es stört meine Ruhe: Weshalb ich in
Träumen von Kunst
Und Hochkultur abseits stehen möchte,
Weder für Gott, noch für seine Feinde.

Under the Balcony

O beautiful star with the crimson mouth!
O moon with the brows of gold!
Rise up, rise up, from the odorous south!
And light for my love her way,
Lest her little feet should stray
On the windy hill and the wold!
O beautiful star with the crimson mouth!
O moon with the brows of gold!

O ship that shakes on the desolate sea!
O ship with the wet, white sail!
Put in, put in, to the port to me!
For my love and I would go
To the land where the daffodils blow
In the heart of a violet dale!
O ship that shakes on the desolate sea!
O ship with the wet, white sail!

O rapturous bird with the low, sweet note!
O bird that sits on the spray!
Sing on, sing on, from your soft brown throat!
And my love in her little bed
Will listen, and lift her head
From the pillow, and come my way!
O rapturous bird with the low, sweet note!
O bird that sits on the spray!

O blossom that hangs in the tremulous air!
O blossom with lips of snow!
Come down, come down, for my love to wear!
You will die on her head in a crown,
You will die in a fold of her gown,
To her little light heart you will go!
O blossom that hangs in the tremulous air!
O blossom with lips of snow!

Unter dem Balkon

O schöner Stern mit rotem Mund!
O Mond mit goldenen Brauen!
Steigt auf, steigt auf vom duftenden Süden!
Und erleuchtet den Weg für meine Liebste,
Damit ihre Füße sich nicht verlaufen
Auf dem windigen Hügel und Höhe!
O schöner Stern mit rotem Mund!
O Mond mit goldenen Brauen.

O geschütteltes Schiff auf einsamer See!
O Schiff mit dem nassen weißen Segel!
Lauf ein, lauf ein in den Hafen zu mir!
Denn meine Liebste und ich möchten gehen
Zu dem Land, wo die Narzissen blühen
Im Herzen eines veilchenblauen Tals.
O geschütteltes Schiff auf einsamer See!
O Schiff mit dem nassen weißen Segel!

O verzückter Vogel mit leisem süßen Gesang!
Oh, Vogel auf dem Zweig!
Sing weiter, sing weiter, aus deinem braunen Halse!
Und meine Liebste in ihrem kleinen Bett
Wird zuhören und ihren Kopf heben
Von dem Kissen und mir entgegenkommen.
O verzückter Vogel mit leisem süßen Gesang!
Oh, Vogel auf dem Zweig!

Oh, Blüte in der bebenden Luft!
O Blüte mit Lippen aus Schnee!
Komm herab, komm herab, um getragen zu werden von meiner Liebsten!
Wirst auf ihrem Kopf in einer Krone sterben,
Wirst in einer Falte ihres Kleides sterben,
Wirst zu ihrem kleinen Herzen kommen.
O Blüte in der bebenden Luft!
O Blüte mit Lippen aus Schnee!

Urbs Sacra Æterna

Rome! what a scroll of History thine has been;
In the first days thy sword republican
Ruled the whole world for many an age's span:
Then of the peoples thou wert crownèd Queen,
Till in thy streets the bearded Goth was seen;
And now upon thy walls the breezes fan
(Ah, city crowned by God, discrowned by man!)

Urbs Sacra Aeterna

Rom! Welch ein Blatt der Geschichte ist deines gewesen;
In den ersten Tagen beherrschte dein Republikanerschwert
Die ganze Welt für viele Generationen:
Dann wurdest du von den Menschen zur Königin gekrönt,
Bis in deinen Straßen der bärtige Gote erschien
Und jetzt auf deinen Mauern im Winde weht
(Oh, Stadt von Gott gekrönt, und die Krone entrissen von den Menschen)

The hated flag of red and white and green.
When was thy glory! when in search for power
Thine eagles flew to greet the double sun,
And all the nations trembled at thy rod?
Nay, but thy glory tarried for this hour,
When pilgrims kneel before the Holy One,
The prisoned shepherd of the Church of God.

Monte Mario

Die gehaßte Flagge, rot und weiß und grün.
Wann warst du glorreich! Wann, auf der Suche nach Macht,
Flogen deine Adler, um die Doppelsonne zu begrüßen,
Und alle Nationen erbebten im Anblick deines Schwertes?
Nein, aber dein Ruhm blieb für jene Stunde,
In der Pilger vor dem Heiligen niederknien,
Der gefangene Hirte der Kirche Gottes.

Monte Mario

Wasted Days

(From a picture painted by Miss V. T.)

A fair slim boy not made for this world's pain,
With hair of gold thick clustering round his ears,
And longing eyes half veiled by foolish tears
Like bluest water seen through mists of rain;
Pale cheeks whereon no kiss hath left its stain,
Red under-lip drawn in for fear of Love,
And white throat whiter than the breast of dove –
Alas! alas! if all should be in vain.
Corn-fields behind, and reapers all a-row
In weariest labour, toiling wearily,
To no sweet sound of laughter, or of lute;
And careless of the crimson sunset-glow,
The boy still dreams; nor knows that night is night,
And in the night-time no man gathers fruit.

Verschwendete Tage[1]

Ein schöner schlanker Junge, nicht für den Schmerz dieser Welt gemacht,
Mit Haar aus Gold, dicht um seine Ohren,
Und sehnsüchtigen Augen, halb verschleiert mit albernen Tränen
Wie blaues Wasser, betrachtet durch Nebel aus Regen;
Blassen Wangen, auf denen kein Kuß seine Flecken gelassen hat,
Rote Unterlippe eingezogen aus Angst vor Liebe,
Und der weiße Hals weißer als die Brust der Taube –
Leider, leider, sollte alles nur vergebens sein.
Kornfelder hinter ihm, und Schnitter Reihe für Reihe
In ermüdender Arbeit, mühsamer Plackerei,
Und kein süßer Klang von Gelächter oder von einer Laute;
Und unbeeindruckt vom karminroten Glühen des Sonnenuntergangs
Träumt der Junge noch immer; noch weiß er, daß die Nacht herannaht
Und nachts kein Mensch Früchte sammelt.

Vita Nuova

I stood by the unvintageable sea
Till the wet waves drenched face and hair with spray;
The long red fires of the dying day
Burned in the west; the wind piped drearily;

Vita Nuova

Ich stand an der unfruchtbaren See,
Bis die nassen Wellen Gesicht und Haar mit Sprühschaum durchnäßt hatten;
Die langen roten Feuer des sterbenden Tages
Brannten im Westen; der Wind pfiff schwermütig;

1 Neu verfaßt unter dem Titel »Madonna Mia« für *Poems*, 1881

And to the land the clamorous gulls did flee:
»Alas!« I cried, »my life is full of pain,
And who can garner fruit or golden grain
From these waste fields which travel ceaselessly!«
My nets gaped wide with many a break and flaw,
Nathless I threw them as my final cast
Into the sea, and waited for the end.
When lo! a sudden glory! and I saw
The argent splendour of white limbs ascend,
And in that joy forgot my tortured past.

Und die schreienden Möwen flüchteten an Land.
»Ach!« schrie ich, »mein Leben ist voller Schmerz,
Und wer kann Früchte oder goldenes Korn sammeln
Von diesen öden Feldern, die endlos wandern!«
Mein Netz war zerfetzt und voller Löcher,
Dennoch warf ich es zum letzten Fang
Weit ins Meer hinaus und wartete auf das Ende.
Als plötzlich, ein heller Glanz, ich sah, und
Den silbernen Glanz von weißen Gliedern, die aufstiegen,
Und bei dieser Freude vergaß ich meine gefolterte Vergangenheit.

From Spring Days to Winter
(For Music)

In the glad springtime when leaves were green,
O merrily the throstle sings!
I sought, amid the tangled sheen,
Love whom mine eyes had never seen,
O the glad dove has golden wings!

Between the blossoms red and white,
O merrily the throstle sings!
My love first came into my sight,
O perfect vision of delight,
O the glad dove has golden wings!

The yellow apples glowed like fire,
O merrily the throstle sings!
O Love too great for lip or lyre,
Blown rose of love and of desire,
O the glad dove has golden wings!

But now with snow the tree is grey,
Ah, sadly now the throstle sings!
My love is dead: ah! well-a-day,
See at her silent feet I lay
A dove with broken wings!
Ah, Love! ah, Love! that thou wert slain –
Fond Dove, fond Dove return again!

Von Frühlingstagen zum Winter
(Für Musik)

Im heitren Frühling, als die Blätter grün waren,
Oh, wie froh die Drossel singt.
Ich suchte im wirren Lichterglanz
Eine Liebe, die meine Augen nie gesehen,
Oh, die frohe Taube hat goldene Flügel.

Zwischen den Blüten, rot und weiß,
Oh, wie froh die Drossel singt.
Sah ich meine Liebe zum ersten Mal,
O wunderbare Vision des Entzückens,
Oh, die frohe Taube hat goldene Flügel.

Die gelben Äpfel glühten wie Feuer
Oh, wie froh die Drossel singt.
Oh, Liebe, zu groß für Lippe oder Leier,
Erblüht die Rose von Liebe und Verlangen,
Oh, die frohe Taube hat goldene Flügel.

Aber nun ist der Baum grau von Schnee,
Oh, wie traurig nun die Drossel singt.
Meine Liebe ist tot: Oh, eines Tages wirst
Du sehen, wie ich vor ihre stillen Füße
Eine Taube mit gebrochenen Flügeln lege.
Oh, Liebe! Oh, Liebe, daß du erschlagen wurdest,
Gute Taube, gute Taube kehre zurück!

Gedichte in Prosa

Der Lehrer der Weisheit

Noch ein Kind, war er voller Erkenntnis Gottes, und da er noch ein Knabe war, waren heilige Männer und Frauen, die in seiner freien Geburtsstadt wohnten, zu Staunen bewegt von der tiefen Weisheit seiner Rede.

Als ihm seine Eltern das Kleid und den Ring der Mannbarkeit gegeben hatten, küßte er sie und verließ sie, um in die Welt zu gehen, der Welt von Gott zu künden. Denn in jener Zeit gab es viele, die Gott nicht kannten oder schlecht kannten oder die falsche Götter anbeteten, die in Hainen wohnen und sich um ihre Anbeter nicht kümmern.

Er wandte sich gegen die Sonne und schritt dahin, ohne Sandalen an den Füßen, wie er die Heiligen hatte gehen sehen, und an seinem Gürtel trug er einen kleinen Sack und eine Kürbisflasche.

Er zog die Landstraße dahin voller Freude, die aus der vollkommenen Kenntnis Gottes entspringt, und ohne Unterlaß sang er sein Lob; nach einer Zeit kam er in ein fremdes, städtereiches Land.

Durch elf Städte kam er. Einige davon lagen in Tälern, andere an den Ufern großer Flüsse, und wieder andere auf den Höhen. In jeder Stadt fand er einen Jünger, der ihn liebte und ihm folgte, und so folgte ihm auch aus jeder Stadt eine große Menge Volks, und die Erkenntnis Gottes breitete sich aus im ganzen Land; viele Hauptstädte bekehrten sich, und die Priester der Götzentempel sahen die Hälfte ihrer Einkünfte verloren, und wenn sie mittags ihre Trommeln schlugen, kamen nur wenige Gläubige mit Abgaben und Opfern aller Art.

Und doch: Je mehr Volk ihm nachfolgte und je größer die Zahl seiner Jünger wurde, desto größer sein Schmerz. Und er wußte nicht, weshalb sein Schmerz so groß war. Denn immer kündete er von Gott und entzündete sich an der völligen Sicht Gottes, die Gott ihm gegeben hatte.

Eines Abends ging er aus der elften Stadt, die eine armenische Stadt war, und seine Jünger und eine große Menge Leute folgten ihm; er stieg auf einen Berg, ließ sich auf einen Felsen nieder, der dort auf dem Berg war, und seine Jünger scharten sich um ihn, und die Menge kniete unten im Tal.

Er weinte und sagte zu seiner Seele:

»Warum bin ich voll der Schmerzen und des Kummers, und warum ist jeder meiner Jünger ein Feind, der im Lichte wandelt?«

Und seine Seele antwortete:

»Gott hat dich mit seiner vollkommenen Sicht erfüllt, und die hast du anderen gegeben. Die preislose Perle hast du geteilt, und das Gewand ohne Naht hast du zerschnitten. Der die Weisheit gibt, die er besitzt, der entäußert sich selbst. Er gleicht jenem, der einem Dieb seine Schätze gibt. Ist Gott nicht weiser als du? Wer bist du, daß du das Geheimnis preisgibst, das Gott dir anvertraut hat? Einstmals war ich reich, und du hast mich arm gemacht. Einstmals sah ich Gott, nun hast du ihn mir verborgen.«

Und er weinte von neuem, denn er wußte, daß seine Seele die Wahrheit gesprochen hatte und daß er die vollkommene Sicht Gottes den anderen preisgegeben hatte und daß er wie einer war, der sich an den Mantel des Herrn klammert, und daß sein Glaube ihn verließ, weil andere an ihn glaubten. Er sagte zu sich: »Ich will nicht mehr von Gott künden. Der, der seine Weisheit gibt, beraubt sich selbst.«

Nach einigen Stunden kamen seine Jünger zu ihm, fielen vor ihm nieder und sagten:

»Herr, künde uns von Gott, denn du hast die vollkommene Sicht Gottes, und keiner sonst als du besitzt sie.«

Er antwortete ihnen: »Von allem will ich zu euch über alles reden, was im Himmel und auf Erden ist, aber ich werde euch nicht von Gott künden.«

Da wurden sie zornig wider ihn und sagten:

»Du hast uns in die Wüste geführt, damit wir dich hören, und schickst uns und die Menge, die du dir zum Gefolge machtest, heim ohne Speise?«

Er antwortete: »Ich werde euch nicht von Gott künden.«

Da murrte die Menge wider ihn und sprach:

»Du hast uns in die Wüste geführt und hast uns keine Speise gegeben. Künde uns von Gott, und es wird uns genügen.«

Aber er sagte darauf kein Wort mehr. Denn er wußte, er beraubte sich seines Schatzes, wenn er von Gott kündete.

Und seine Jünger zogen traurig von dannen, und die Menge zog heimwärts, und viele starben auf dem Weg.

Als er allein war, erhob er sich, wandte sein Antlitz gegen den Mond – und wanderte sieben Monde lang, sprach zu keinem und gab keinem Antwort. Am Ende des siebenten Mondes erreichte er die Wüste, welche die Wüste des Großen Stroms ist. Er fand eine Höhle, die ehemals ein Zentaur bewohnt hatte, nahm sie zu seinem Wohnort und machte sich darin aus Schilf ein Lager.

Er wurde Eremit.

Und zu jeder Stunde lobte der Eremit den Herrn, daß er ihm erlaubt habe, noch einige Erkenntnis von ihm zu bewahren, von ihm und seiner unermeßlichen Größe.

Als der Eremit eines Abends vor seiner Höhle saß, sah er einen jungen, schönen Mann, der ein übles Leben führte, vorübergehen, scheu und mit leeren Händen. Jeden Abend ging der junge Mann, die Hände leer, vorüber, und jeden Morgen kam er zurück, die Hände gefüllt mit Purpur und Perlen. Denn er war ein Räuber, der die Karawanen der Kaufleute plünderte.

Der Eremit blickte ihn an und hatte Mitleid mit ihm. Aber er sprach kein Wort, denn er wußte, daß der seinen Glauben verliert, der spricht.

Eines Morgens, als der junge Mann, die Hände voll Purpur und Perlen, wieder vorüberkam, blieb er stehen, zog die Brauen, stampfte mit dem Fuß auf den Sand und sagte zum Eremiten:

»Warum siehst du mich so an, wenn ich vorübergehe? Was ist das, was ich in deinen Augen sehe? Nie hat mich ein Mensch so angesehen, und es ist ein Dorn für mich und eine Qual.«

Der Eremit sagte darauf:

»Was du in meinen Augen siehst, ist das Mitleid. Es ist das Mitleid, das dich durch meine Augen ansieht.«

Der junge Mann schlug ein Gelächter voll Verachtung an und sagte:

»Ich habe Purpur und Perlen in meinen Händen, und du hast nichts als eine Schilfschütte zum Lager. Welch Mitleid kannst du mit mir haben? Weshalb hast du dieses Mitleid?«

»Ich habe Mitleid mit dir«, sprach der Eremit, »weil du nicht die Sicht Gottes besitzt.«

»Ist diese Sicht Gottes etwas Kostbares?« fragte der junge Mann und näherte sich der Höhle.

»Sie ist um ein vieles kostbarer als aller Purpur und alle Perlen der Welt«, sagte der Eremit.

»Und du besitzt sie?« sagte der Räuber und trat noch näher.

»Einmal ja«, antwortete der Eremit, »besaß ich die vollkommene Sicht Gottes. Aber in meiner Verblendung habe ich sie weggegeben und an die anderen verteilt. Doch was mir davon noch blieb, auch dies ist mir wertvoller als Purpur und Perlen.«

Als der junge Räuber das hörte, warf er den Purpur und die Perlen hin, die er in seinen Händen trug, zog ein scharfes Krummschwert und rief:

»Gib mir auf der Stelle diese Sicht Gottes, die du besitzt, oder ich töte dich! Weshalb soll ich den nicht töten, der einen Schatz bewahrt, der größer ist als der meine?«

Der Eremit breitete die Arme aus und sprach:

»Ist es nicht besser für mich, ich gehe bis ans äußerste Ende des Reiches Gottes und lobe ihn, statt in einer Welt zu leben, die ihn nicht kennt? Töte mich, wenn du willst. Aber ich werde dir nicht meine Sicht Gottes geben.«

Der junge Räuber kniete nieder und bat, aber der Eremit wollte ihm nicht von Gott künden, wollte ihm nicht seinen Schatz geben; der junge Räuber stand auf und sagte zum Eremiten:

»Sei es, wie du wünschst. Ich aber will in die Stadt der Sieben Sünden gehen, die drei Tagesreisen von hier ist, und für meinen Purpur wird man mir da Vergnügen bereiten, und für meine Perlen verkaufen sie mir Freude.«

Und er raffte seinen Purpur und die Perlen zusammen und eilte davon.

Der Eremit rief ihn, eilte ihm nach und beschwor ihn. Drei Tage lang folgte er dem jungen Räuber und bat ihn immer wieder, umzukehren und nicht in die Stadt der Sieben Sünden zu gehen.

Von Zeit zu Zeit wandte sich der junge Räuber um und sagte: »Willst du mir diese Sicht Gottes geben, die wertvoller ist als Purpur und Perlen? Wenn du mir sie geben willst, dann gehe ich nicht in die Stadt.«

Und jedesmal antwortete der Eremit:

»Alles, was ich habe, will ich dir geben, nur dies einzige nicht. Denn dies dir zu geben, ist mir nicht erlaubt.« –

Und bei Anbruch des dritten Tages kamen sie an die roten Tore der Stadt der Sieben Sünden.

Und aus der Stadt drang der Lärm großer Freude, dem der junge Räuber mit seiner Freude antwortete, und er hob die Hände, um ans Tor zu schlagen.

Da lief der Eremit auf ihn zu, zog ihn bei seinem Gewand und sagte:

»Breite die Hände aus und lege die Arme um meinen Nacken; drücke dein Ohr fest an meine Lippen: Ich will dir geben, was ich noch von der Sicht Gottes habe.«

Der junge Räuber blieb stehen. Und nachdem der Eremit die Sicht Gottes gegeben hatte, sank er zu Boden und weinte, und große Finsternis verdeckte ihm Stadt und Räuber, daß er sie nicht mehr sah.

Und da er dort weinend lag, wußte er, daß einer neben ihm stand. Und der neben ihm stand, hatte Füße von Erz, und sein Haar war wie von feiner Wolle. Und er hob den Eremiten auf und sagte zu ihm:

»Bis heute hattest du die vollkommene Sicht Gottes. Nun hast du die vollkommene Liebe Gottes. Weshalb weinst du also?«

Und er küßte ihn.

Das Haus des Gerichts

Das Schweigen herrschte im Haus des Gerichts, und der Mensch trat, nackt, vor Gott.

Und Gott öffnete das Lebensbuch des Menschen.

Gott sprach zu dem Menschen:

»Dein Leben ist ein schlechtes gewesen, du zeigtest dich grausam gegen jene, die der Hilfe bedurften, und gegen jene, die eines Führers bedurften, hattest du ein bitteres und verhärtetes Herz. Die Armen riefen dir zu, und du hast sie nicht erhört, und dein Ohr war verschlossen dem Schrei meiner Heimgesuchten. Du hast das Erbe der Waisen an dich gerissen und hast Füchse in den Weinberg deines Nachbarn geschickt. Du hast das Brot der Kinder genommen und gabst es den Hunden zum Fraß, und meine Aussätzigen, die in den Sümpfen wohnten, in Frieden lebten und mich lobten, du hast sie auf die Landstraßen gejagt, und auf meine Erde, aus der du geformt bist, hast du unschuldiges Blut vergossen.«

Der Mensch antwortete:

»Alles das habe ich getan.«

Und abermals schlug Gott das Lebensbuch des Menschen auf.

Und Gott sprach zu dem Menschen:

»Dein Leben ist ein schlechtes gewesen, und die Schönheit, die ich den schauenden Augen geschenkt, der hast du nachgeforscht, und das Gute, das ich verborgen hatte, du hast es nicht beachtet. Die Wände deines Gemachs waren mit Bildern bemalt, und vom Bett deiner Schandtaten erhobst du dich beim Klang der Flöten. Du hast sieben Altäre errichtet für die Sünden, um die ich gestorben bin, und du hast gegessen, was nicht gegessen werden darf, und der Purpur deines Gewands war bestickt mit den drei Zeichen der Schande. Deine Götzen waren nicht aus Gold und nicht aus Silber, die dauern, sie waren aus Fleisch, das stirbt. Du hast ihre Haare in Düfte getaucht und gabst Bisamäpfel in ihre Hände. Du badetest ihre Füße in Safran und breitetest Teppiche vor ihnen aus. Mit Antimon hast du ihre Brauen gefärbt, und ihre Körper bestrichst du mit Myrrhen. Du fielst vor ihnen nieder, und die Throne deiner Götzen waren errichtet in der Sonne. Du zeigtest der Sonne deine Schande und dem Mond deine Narrheit.«

Der Mensch antwortete:

»Alles das habe ich getan.«

Und zum drittenmal schlug Gott das Lebensbuch des Menschen auf.

Und Gott sprach zu dem Menschen:

»Das Böse war dein Leben. Du hast das Gute mit Bösem vergolten und warst denen gram, die gut zu dir waren. Die Hände, die dich nährten, du hast sie verstümmelt, die Brüste, die dich stillten, du hast sie verhöhnt. Der zu dir mit Wasser gekommen ist, ging durstig von dir, und die Vogelfreien, die sich in ihren Zelten verbargen zur Nacht, du hast sie vor Tagesanbruch verraten. Dein Feind, der dich schonte, du hast ihn in einen Hinterhalt gelockt, und den Freund, der mit dir wanderte, hast du um Geld verkauft, und die dir die Liebe brachten, denen gabst du dafür die Ausschweifung.«

Der Mensch antwortete:

»Alles das habe ich getan.«

Gott schloß das Lebensbuch des Menschen und sagte:

»Ich will dich sicher zur Hölle schicken; ja, zur Hölle will ich dich schicken.«

Der Mensch rief:

»Du kannst nicht!«

Gott sprach zu dem Menschen:

»Weshalb kann ich dich nicht zur Hölle schicken?«

»Weil ich in der Hölle mein Leben verbracht habe«, antwortete der Mensch.

Und das Schweigen herrschte im Hause des Gerichts.

Dann sprach Gott und sagte zu dem Menschen:

»Da ich dich nicht zur Hölle senden kann, so will ich dich in den Himmel weisen; ja, in den Himmel will ich dich weisen.«

Der Mensch rief:

»Du kannst nicht!«

Und Gott sprach zu dem Menschen:

»Weshalb kann ich dich nicht in den Himmel senden?«

»Weil ich nie und nirgends mir den Himmel denken konnte«, antwortete der Mensch.

Und das Schweigen herrschte im Hause des Gerichts.

Der Künstler

Eines Abends kam in seine Seele das Verlangen, ein Bildnis zu machen:

Die Lust des Augenblicks.

Und er ging in die Welt, nach Bronze zu suchen. Denn er konnte nur in Bronze denken.

Doch alle Bronze der ganzen Welt war verschwunden, und keine andere war in der ganzen Welt zu finden als die des Bildnisses: Ewiglastende Sorge.

Und dieses Bildnis hatte er selbst gefertigt mit seinen eigenen Händen und es auf das Grab des einzigen, das er im Leben liebte, gesetzt. Auf das Grab des einzigen, das er vor allem und allein in der Welt liebte, hatte er dies Bildnis gesetzt, daß es für ein Zeichen nie endender Menschenliebe diene und für ein Symbol der Menschensorge, die nie endet. Und es war in der ganzen Welt keine andere Bronze als diese.

Und er nahm das Bildnis, das er gemacht hatte, setzte es in einen großen Tiegel und übergab es dem Feuer.

Und aus der Bronze »Die ewiglastende Sorge« machte er das Bildnis »Die Lust des Augenblicks«.

Der Mittler

Es war Nacht, und Er war allein.

Und Er sah weit in der Ferne die Mauern einer festen Stadt, und Er ging der Stadt zu.

Und da Er näher kam, hörte Er in der Stadt die Fußschritte der Freude und das Lachen vom Munde der Fröhlichkeit und den lauten Lärm vieler Flöten. Und Er klopfte an das Tor, das Ihm die Wächter öffneten.

Da nahm Er ein Haus wahr, das war von Marmor, und Marmorsäulen standen davor, über die hingen Blumengewinde, und innen und außen leuchteten Fackeln aus Zedernholz. In dieses Haus ging Er hinein.

Und da Er durch die Halle aus Chalzedon und die Halle aus Jaspis geschritten war, kam Er in ein großes festliches Gemach und sah hier auf einem purpurnen Lager einen, dessen Haar rote Rosen kränzten und dessen Lippen von Wein rot waren. Und Er trat hinter ihn und sprach zu ihm:

»Weshalb lebst du so?«

Und der junge Mann wandte sich um, erkannte Ihn und gab zur Antwort:

»Ich war ein Aussätziger, und Du heiltest mich – wie sonst soll ich leben?«

Und Er verließ das Haus und ging wieder auf die Straße. Und nach einer kleinen Weile sah Er eine, deren Gesicht und Kleider waren bemalt und deren Füße beschuht mit Perlen. Und hinter ihr kam ein junger Mensch, langsam, leise wie ein Jäger, und sein Kleid war zwiefarben. Das Gesicht des Weibes aber war wie das liebliche Gesicht einer Gottheit, und die Augen des Jünglings leuchteten vor Lust.

Und Er folgte schnell, berührte die Hand des Jünglings und sagte ihm:

»Warum siehst du auf diese Frau mit solchen Blicken?«

Und der Jüngling wandte sich um, erkannte Ihn und sprach:

»Ich war blind, und Du gabst mir das Gesicht. Auf was sonst soll ich schauen?«

Und Er lief vor und berührte das gemalte Kleid der Frau und sprach zu ihr:

»Ist kein anderer sicherer Weg als der Weg der Sünde?«

Und die Frau wandte sich um, erkannte Ihn und sagte:

»Doch Du vergabst mir meine Sünden, und der Weg ist ein lustvoller Weg.«

Da ging Er die Stadt hinaus.

Und da Er vor der Stadt war, erblickte Er einen jungen Menschen, der saß am Wegrand und weinte.

Und Er ging auf ihn zu, berührte die langen Locken seines Haars und sagte zu ihm:

»Warum weinst du?«

Und der junge Mensch sah auf, erkannte Ihn und antwortete:

»Ich war gestorben, und Du erwecktest mich vom Tode. Was sonst soll ich tun als weinen?«

Der Meister

Nun, als Dunkelheit über die Erde kam, entzündete Joseph von Arimathia eine Fackel aus Fichtenholz und stieg den Hügel hinab ins Tal, denn er hatte im eigenen Haus zu tun.

Und im Tal der Betrübnis sah er auf spitzen Steinen einen Jüngling knien, der war nackt und weinte. Sein Haar war honigfarben, und sein Leib war eine weiße Blume, doch hatte er seinen Leib mit Dornen verwundet und auf sein Haar Asche gesetzt als eine Krone.

Und der Reiche sagte zu dem Jüngling, der nackt war und weinte:

»Ich bin nicht verwundert, daß dein Kummer so groß ist, denn sicher war Er ein gerechter Mann.«

Und der Jüngling gab die Antwort:

»Nicht um Ihn weine ich, ich weine um mich selber. Auch ich habe Wasser in Wein verwandelt und heilte die Aussätzigen und gab den Blinden das Gesicht wieder. Ich bin über den Wassern gewandelt, und aus den Grabhöhlen vertrieb ich die Teufel. Ich habe die Hungrigen in der Wüste gespeist, da keine Speise war, und weckte die Toten aus ihren engen Häusern auf, und auf mein Gebet und vor einer großen Menge Volks vertrocknete ein fruchtbeladener Feigenbaum. Alles, was dieser Mensch getan hat, habe auch ich getan. Und doch haben sie mich nicht gekreuzigt.«

Der Schüler

Als Narziß starb, da wandelte sich der Teich seiner Freude aus einem Becher süßen Wassers in einen Becher salziger Tränen, und die Oreaden kamen weinend durch den Wald daher, um dem Teich zu singen und ihn zu trösten.

Und als sie sahen, daß sich der Teich aus einem Becher süßen Wassers in einen Becher salziger Tränen verwandelt hatte, da lösten sie die grünen Flechten ihres Haars, klagten und weinten und riefen:

»Wir sind nicht verwundert, daß du in solcher Weise über Narziß trauerst, so schön war er.«

»War denn Narziß schön?« sagte der Teich.

»Wer wüßte das besser als du«, antworteten die Oreaden. »An uns ging er immer vorüber, aber dich suchte er auf, um an deinem Ufer zu liegen, auf dich hinabzuschauen und in dem Spiegel deines Wassers seine eigene Schönheit zu spiegeln.«

Und der Teich antwortete:

»Ich aber liebte den Narziß, wenn er an meinem Ufer lag und auf mich niederschaute, denn in dem Spiegel seiner Augen sah ich immer meine eigene Schönheit.«

Bühnenstücke

Bunbury oder die Bedeutung des Ernstseins

Eine triviale Komödie für ernsthafte Leute

Übersetzt von Felix Paul Greve

PERSONEN:

John Worthing, Friedensrichter
Algernon Moncrieff
Reverend Can. Chasuble, D. D.
Merriman, Diener
Lane, Diener
Lady Bracknell
Hon. Gwendolen Fairfax, deren Tochter
Cecily Cardew
Miss Prism, Gouvernante

SZENEN:

1. Akt: Algernon Moncrieffs Wohnung in der Half-Moon-Straße
2. Akt: Der Garten beim Herrenhaus auf Woolton
3. Akt: Salon im Herrenhaus auf Woolton

ZEIT:

Gegenwart.

Erster Akt

Szene: *Morgenzimmer in Algernons Wohnung. Das Zimmer ist luxuriös und künstlerisch eingerichtet. Man hört aus dem Nachbarzimmer den Ton eines Pianos.*

(Lane deckt den Tisch für den Nachmittagstee. Nachdem die Musik aufgehört hat, tritt Algernon ein.)

Algernon: Haben Sie gehört, was ich spielte, Lane?

Lane: Ich dachte, es schickt sich nicht zu horchen, Sir.

Algernon: Das tut mir leid, um Ihretwillen. Ich spiele nicht ganz richtig – jeder kann richtig spielen –, aber ich spiele mit wundervollem Ausdruck. Soweit das Klavier in Betracht kommt, ist das Gefühl meine starke Seite. Die Wissenschaft spare ich mir fürs Leben auf.

Lane: Ja, gnädiger Herr.

Algernon: Und da ich gerade von der Wissenschaft des Lebens rede: haben Sie die Gurkenbrötchen für Lady Bracknell schneiden lassen?

Lane: Ja, gnädiger Herr. *(Reicht sie auf einem Teebrett.)*

ALGERNON *(inspiziert sie, nimmt zwei und setzt sich auf das Sofa):* Nebenbei, Lane, ich sehe aus Ihrem Buch, daß Donnerstag abend, als Lord Shoreman und Mr. Worthing bei mir aßen, acht Flaschen Champagner als verbraucht eingetragen sind.

LANE: Ja, gnädiger Herr; acht Flaschen und eine halbe.

ALGERNON: Woher kommt es, daß im Haushalt eines Junggesellen die Diener beständig den Champagner trinken? Ich frage nur aus Neugier.

LANE: Ich glaube, es liegt an der besseren Marke, gnädiger Herr. Ich habe oft bemerkt, daß in Ehehaushaltungen der Champagner selten von erster Qualität ist.

ALGERNON: Um des Himmels willen! Ist die Ehe so demoralisierend?

LANE: Ich glaube, die Ehe ist ein sehr angenehmer Stand, gnädiger Herr. Ich selbst habe bisher wenig Erfahrung darin. Ich bin erst einmal verheiratet gewesen. Das war infolge eines Mißverständnisses zwischen mir und einer jungen Dame.

ALGERNON *(gelangweilt):* Ich glaube, ich interessiere mich nicht sehr für Ihr Familienleben, Lane.

LANE: Nein, gnädiger Herr. Es ist nicht sehr interessant. Ich selber denke niemals daran.

ALGERNON: Sehr natürlich, scheint mir. Es ist gut so, Lane, ich danke Ihnen.

LANE: Danke, gnädiger Herr. *Lane geht.*

ALGERNON: Lanes Ansichten über die Ehe scheinen etwas locker zu sein. Wahrhaftig, wenn die unteren Klassen uns kein gutes Beispiel geben, wozu sind sie da noch gut? Sie scheinen als Gesamtheit gar kein Verständnis für moralische Verantwortung zu haben.

(Lane tritt ein.)

LANE: Mr. Ernst Worthing.

(Jack tritt ein. Lane geht.)

ALGERNON: Wie geht's dir, mein lieber Ernst? Was führt dich in die Stadt?

JACK: Oh, das Vergnügen, das Vergnügen! Was sollte einen sonst irgendwohin führen? Du ißt, wie gewöhnlich, Algy!

ALGERNON *(steif):* Ich glaube, es ist Sitte in guter Gesellschaft, um fünf Uhr eine kleine Erfrischung zu nehmen. Wo bist du seit letzten Donnerstag gewesen?

JACK *(setzt sich aufs Sofa):* Auf dem Lande.

ALGERNON: Was in aller Welt machst du da?

JACK *(zieht sich die Handschuhe aus):* Wenn man in der Stadt ist, amüsiert man sich, wenn man auf dem Lande ist, amüsiert man andere. Es ist furchtbar langweilig.

ALGERNON: Und wen amüsierst du?

JACK *(leicht):* Oh, Nachbarn, Nachbarn.

ALGERNON: Hast du nette Nachbarn auf deinem Sitz in Shropshire?

JACK: Abscheuliche! Rede nie mit einem.

ALGERNON: Wie mußt du sie amüsieren! *(Steht auf und nimmt ein Brötchen.)* Nebenbei, Shropshire ist deine Grafschaft, nicht wahr?

JACK: Wie? Shropshire? Ja, natürlich. Hallo! Wozu all diese Tassen? Wozu Gurkenbrötchen? Wozu solche Verschwendung bei einem so jungen Menschen? Wer kommt zum Tee?

ALGERNON: Oh, nur Tante Auguste und Gwendolen.

JACK: Wie wundervoll!

ALGERNON: Ja, das ist alles recht schön und gut, aber ich fürchte, Tante Auguste wird nicht ganz damit einverstanden sein, daß du hier bist.

JACK: Darf ich fragen, warum?

ALGERNON: Mein lieber Junge, es ist einfach schändlich, wie du mit Gwendolen flirtest. Beinah so schlimm, wie Gwendolen mit dir flirtet.

JACK: Ich liebe Gwendolen. Ich bin eigens nach London gekommen, um ihr einen Antrag zu machen.

ALGERNON: Ich dachte, du wärest zum Vergnügen hergekommen? … Das nenn' ich Geschäfte.

JACK: Wie unromantisch du bist!

ALGERNON: Ich sehe wirklich nichts Romantisches in einem Antrag. Es ist sehr romantisch, verliebt zu sein. Aber es liegt nichts Romantisches in einem bestimmten Antrag. Er kann sogar angenommen werden. Er wird es gewöhnlich, glaube ich. Und dann ist die ganze Aufregung vorüber. Das Wesen der Romantik ist die Ungewißheit. Wenn ich mich je verheirate, werde ich sicher versuchen, es zu vergessen.

JACK: Daran zweifle ich keinen Augenblick, lieber Algy. Für Leute, deren Gedächtnis so merkwürdig veranlagt ist, ist ausdrücklich der Ehescheidungs-Gerichtshof eingerichtet.

ALGERNON: Oh, es hat keinen Sinn, darüber nachzudenken. Ehescheidungen werden im Himmel geschlossen. *(Jack streckt die Hand nach einem Brötchen aus. Algernon protestiert sofort.)* Bitte, rühre die Gurkenbrötchen nicht an! Sie sind eigens für Tante Auguste bestellt. *(Nimmt eins und ißt es.)*

JACK: Du hast doch die ganze Zeit davon gegessen.

ALGERNON: Das ist etwas ganz anderes. Sie ist meine Tante. *(Nimmt eine Platte von unten.)* Nimm etwas Butterbrot. Die Butterbrote sind für Gwendolen. Gwendolen schwärmt für Butterbrot.

JACK *(tritt an den Tisch und bedient sich):* Und gut ist das Butterbrot.

ALGERNON: Nun, mein lieber Junge, du brauchst nicht zu essen, als wolltest du alles essen. Du tust so, als wärest du schon mit ihr verheiratet, und ich glaube nicht, daß du es je sein wirst.

JACK: Warum meinst du das?

ALGERNON: Nun, erstens heiratet kein Mädchen einen Mann, mit dem es flirtet. Sie halten es nicht für richtig.

JACK: Oh, das ist Unsinn!

ALGERNON: Das ist kein Unsinn. Es ist eine große Wahrheit. Es erklärt die ungewöhnlich hohe Zahl von Junggesellen, die man überall trifft. Und zweitens gebe ich meine Einwilligung nicht.

JACK: Deine Einwilligung?

ALGERNON: Mein lieber Junge, Gwendolen ist meine Cousine. Und ehe ich zugebe, daß du sie heiratest, mußt du die ganze Geschichte mit Cecily aufklären. *(Er schellt.)*

JACK: Cecily! Was in aller Welt meinst du, Algy? Cecily? Ich kenne niemanden des Namens.
(Lane tritt ein.)

ALGERNON: Bringen Sie mir die Zigarettendose, die Mr. Worthing das letztemal im Eßzimmer vergessen hat.

LANE: Ja, gnädiger Herr.
(Lane geht.)

JACK: Willst du etwa sagen, du hast die ganze Zeit meine Zigarettendose gehabt? Wollte Gott, du hättest es mich wissen lassen. Ich habe der Kriminalpolizei wilde Briefe deswegen geschrieben. Ich hätte beinahe eine große Belohnung ausgesetzt.

ALGERNON: Nun, ich wollte, du setztes noch eine aus. Ich bin gerade ungewöhnlich knapp an Geld.

JACK: Es hätte keinen Sinn, jetzt noch eine große Belohnung auszusetzen, da das Ding gefunden ist.
(Lane tritt ein, mit der Zigarettendose auf einem Teebrett. Algernon nimmt sie sofort. Lane geht.)

ALGERNON: Ich sollte meinen, das ist ziemlich gemein von dir, Ernst. Das muß ich sagen. *(Öffnet die Dose und prüft sie.)* Aber es tut nichts. Denn jetzt, da ich die Gravierung sehe, finde ich, daß die Dose überhaupt nicht dir gehört.

JACK: Natürlich gehört sie mir. *(Geht auf ihn zu.)* Du hast mich hundertmal damit gesehen, und du hast gar kein Recht zu lesen, was da drinnen geschrieben steht. Es ist sehr unschicklich zu lesen, was in einer privaten Zigarettendose eingraviert ist.

ALGERNON: Oh, es ist absurd, eine feste Regel aufzustellen, was man lesen sollte und was nicht. Mehr als die Hälfte der modernen Kultur stammt aus dem, was man nicht lesen sollte.

JACK: Das weiß ich recht gut, und ich habe keine Lust, über moderne Kultur zu reden. Darüber sollte man nie anders als öffentlich reden. Ich will nur meine Zigarettendose zurückhaben.

ALGERNON: Ja, aber es ist nicht deine Zigarettendose. Diese Zigarettendose ist ein Geschenk von jemand namens Cecily, und du sagtest, du kenntest niemanden dieses Namens.

JACK: Nun, wenn du es durchaus wissen willst: Cecily ist meine Tante.

ALGERNON: Deine Tante!

JACK: Ja; eine reizende alte Dame. Wohnt in Tunbridge Wells. Nun gib sie mir wieder, Algy!

ALGERNON *(zieht sich hinter das Sofa zurück):* Aber warum nennt sie sich die kleine Cecily, wenn sie deine Tante ist und in Tunbridge Wells wohnt? *(Liest.)* »Von der kleinen Cecily in zärtlicher Liebe.«

JACK *(geht zum Sofa, kniet darauf)*: Mein lieber Junge, was tut das? Einige Tanten sind groß, andere Tanten sind nicht groß. Das ist etwas, was man doch wohl den Tanten selbst überlassen kann. Du scheinst zu glauben, alle Tanten müßten wie deine Tante sein. Das ist absurd! Um Gottes willen, gib mir meine Zigarettendose zurück! *(Folgt Algernon um das Sofa.)*

ALGERNON: Ja. Aber warum nennt deine Tante dich ihren Onkel? »Von der kleinen Cecily in zärtlicher Liebe für ihren lieben Onkel Jack.« Dagegen läßt sich nichts sagen, das gebe ich zu, daß eine Tante eine kleine Tante ist. Aber warum eine Tante, wie groß oder klein sie auch sein mag, ihren eigenen Neffen ihren Onkel nennen sollte, das kann ich nicht einsehen. Außerdem ist dein Name gar nicht Jack; er ist Ernst.

JACK: Er ist nicht Ernst, er ist Jack.

ALGERNON: Du hast mir immer gesagt, er sei Ernst. Ich habe dich jedermann als Ernst vorgestellt. Du hörst auf den Namen Ernst. Du siehst aus, als wäre dein Name Ernst. Du bist der am ernstesten aussehende Mensch, der mir je begegnet ist. Es ist absurd, wenn du sagst, du hießest nicht Ernst. Es steht auf deinen Karten. Da ist eine. *(Nimmt sie von einer Schale.)* »Mr. Ernst Worthing, B. 4, The Albany.« Ich will das als Beweis behalten, daß du Ernst heißt, wenn du je versuchen solltest, es gegen mich oder Gwendolen oder sonst jemand leugnen. *(Steckt die Karte in die Tasche.)*

JACK: Nun, in der Stadt heiße ich Ernst, auf dem Lande Jack, und die Zigarettendose wurde mir auf dem Lande geschenkt.

ALGERNON: Ja, aber das erklärt immer noch nicht, warum deine kleine Tante Cecily, die in Tunbridge Wells wohnt, dich ihren lieben Onkel nennt. Komm, alter Junge, du rücktest besser gleich mit der ganzen Geschichte heraus.

JACK: Mein lieber Algy, du redest gerade, als wärest du ein Zahnarzt. Es ist sehr vulgär, wie ein Zahnarzt zu reden, wenn man kein Zahnarzt ist. Das macht einen falschen Eindruck.

ALGERNON: Nun, gerade das tun Zahnärzte immer. Also, vorwärts! Erzähle mir die ganze Geschichte! Ich kann dir sagen, daß ich dich immer in Verdacht gehabt habe, du seist ein geheimer Bunburyist; und jetzt weiß ich es sicher.

JACK: Bunburyist? Was in aller Welt meinst du mit Bunburyist?

ALGERNON: Ich will dir die Bedeutung dieses unvergleichlichen Wortes verraten, sobald du so freundlich bist, mir zu sagen, warum du Ernst in der Stadt und Jack auf dem Lande heißest.

JACK: Gut, aber gib mir erst meine Zigarettendose.

ALGERNON: Da ist sie. *(Gibt ihm die Zigarettendose.)* Nun gib deine Erklärung und, bitte, mache sie nicht unwahrscheinlich. *(Setzt sich aufs Sofa.)*

JACK: Mein lieber Junge, meine Erklärung ist durchaus nicht unwahrscheinlich. Sie ist sogar ganz gewöhnlich. Der alte Mr. Thomas Cardew, der mich adoptierte, als ich ein kleiner Junge war, machte mich in seinem Testament zum Vormund seiner Enkelin, Miss Cecily Cardew. Cecily, die mich aus Gründen der Achtung, die du vermutlich nicht zu würdigen verstehst, als Onkel anredet, wohnt auf meinem Landsitz unter der Aufsicht ihrer vortrefflichen Gouvernante Miss Prism.

ALGERNON: Wo liegt der Landsitz, nebenbei?

JACK: Das geht dich nichts an, lieber Junge! Du wirst nicht eingeladen werden ... Ich kann dir aber offen sagen, daß er nicht in Shropshire liegt.

ALGERNON: Das habe ich mir gedacht, mein lieber Junge! Ich habe Shropshire zweimal ganz durchbunburyiert. Nun weiter! Warum bist du Ernst in der Stadt und Jack auf dem Lande?

JACK: Mein lieber Algy, ich weiß nicht, ob du meine wahren Gründe verstehen wirst. Du bist schwerlich ernst genug. Wenn man die Stellung eines Vormundes einnimmt, muß man über alles mit moralischem Tonfall reden. Das ist eine Pflicht, und da ein moralischer Tonfall weder viel zur Gesundheit noch zum Glück beiträgt, so habe ich, um ab und zu nach London fahren zu können, vorgegeben, ich hätte einen jüngeren Bruder namens Ernst, der in der Albany wohne und die tollsten Streiche mache. Das, mein lieber Algy, ist die ganze Wahrheit, klar und einfach.

ALGERNON: Die Wahrheit ist selten klar und niemals einfach. Unser modernes Leben wäre sehr langweilig, wenn es anders wäre, und die moderne Literatur wäre ganz unmöglich.

JACK: Das wäre gar nicht so schlimm.

ALGERNON: Literarische Kritik ist nicht deine Stärke, mein lieber Junge. Versuch es nicht damit.

Das solltest du Leuten überlassen, die nie auf der Universität waren. Sie tun es gut genug in den Zeitungen. Was du wirklich bist, will ich dir sagen. Du bist ein Bunburyist. Du bist einer der fortgeschrittensten Bunburyisten, die ich kenne.

JACK: Was in aller Welt heißt das?

ALGERNON: Du hast einen sehr nützlichen jüngeren Bruder namens Ernst erfunden, um, sooft du wolltest, nach London kommen zu können. Ich habe einen unschätzbaren Invaliden namens Bunbury erfunden, um, sooft ich Lust habe, aufs Land gehen zu können. Bunbury ist ganz unschätzbar. Wenn zum Beispiel Bunburys ungewöhnlich schlechte Gesundheit nicht wäre, so könnte ich heute abend mit dir bei Willis speisen, denn ich bin seit mehr als einer Woche bei Tante Auguste verpflichtet.

JACK: Ich habe dich nicht eingeladen, irgendwo heut abend mit mir zu speisen.

ALGERNON: Ich weiß. Du bist furchtbar nachlässig mit dem Versenden von Einladungen. Das ist sehr töricht von dir. Nichts langweilt die Leute so sehr, wie wenn sie keine Einladung bekommen.

JACK: Du tätest viel besser daran, bei deiner Tante Auguste zu essen.

ALGERNON: Ich denke nicht daran, etwas Ähnliches zu tun. Erstens habe ich Montag bei ihr gegessen, und wenn man einmal die Woche bei seinen Verwandten ißt, so ist das ganz genug. Zweitens werde ich, sooft ich dort esse, als Familienmitglied behandelt und bekomme entweder keine Dame oder gleich zwei. Drittens weiß ich ganz genau, wen sie mir heute abend geben will. Sie will mich zu Mary Farquhar setzen, die immer über den Tisch weg mit ihrem eigenen Mann kokettiert. Das ist nicht sehr amüsant. Es ist nicht einmal anständig ... und solche Dinge nehmen rapid zu. Es ist ein Skandal, wie viele Frauen in London mit ihren eigenen Männern kokettieren. Das macht einen so schlechten Eindruck. Es heißt einfach öffentlich seine reine Wäsche waschen. Und schließlich, da ich nun einmal weiß, daß du ein Bunburyist bist, will ich natürlich mit dir übers Bunburyieren reden. Ich will dir die Regeln sagen.

JACK: Ich bin kein Bunburyist. Wenn Gwendolen mich erhört, will ich meinen Bruder töten. Ja ich glaube, ich werde ihn auf jeden Fall töten. Cecily interessiert sich ein wenig zu sehr für ihn. Es ist eine wahre Qual. Daher will ich Ernst los werden. Und ich rate dir sehr, mit Mr. ..., mit deinem Freund, dem Invaliden, der den verrückten Namen hat, das gleiche zu tun.

ALGERNON: Nichts kann mich veranlassen, mich von Bunbury zu trennen, und wenn du je heiratest, was mir sehr problematisch erscheint, so wirst du froh sein, Bunbury zu kennen. Ein Mann, der heiratet, ohne Bunbury zu kennen, hat eine langweilige Zeit vor sich.

JACK: Das ist Unsinn. Wenn ich ein reizendes Mädchen wie Gwendolen heirate – und sie ist das einzige Mädchen von allen, die mir im Leben begegnet sind, das ich heiraten möchte –, dann werde ich sicher nie danach verlangen, Bunbury kennenzulernen.

ALGERNON: Dann wird deine Frau danach verlangen. Du scheinst nicht zu wissen, daß in der Ehe drei Gesellschaft und zwei keine sind.

JACK *(sentenziös):* Das, mein lieber junger Freund, ist die Theorie, die das verderbte französische Drama seit den letzten fünfzig Jahren verbreitet.

ALGERNON: Jawohl, und die das glückliche englische Haus in der halben Zeit bewiesen hat.

JACK: Um Gottes willen, versuche nicht, zynisch zu werden. Es ist nicht so leicht, zynisch zu sein.

ALGERNON: Mein lieber Junge, es ist heutzutage nicht leicht, irgend etwas zu sein. Die Konkurrenz ist so schauerlich groß. *(Man hört eine elektrische Klingel läuten.)* Ah! Das muß Tante Auguste sein. Nur Verwandte oder Gläubiger schellen so wagnerisch. Wenn ich sie jetzt auf zehn Minuten aus dem Wege räume, so daß du Gelegenheit hast, Gwendolen deinen Antrag zu machen, kann ich dann heut abend mit dir bei Willis speisen?

JACK: Ich denke ja, wenn du willst.

ALGERNON: Ja, aber es muß dein Ernst sein. Ich hasse die Leute, die es mit dem Essen nicht ernst nehmen. Es ist so oberflächlich.

(Lane tritt ein.)

LANE: Lady Bracknell, Miss Fairfax.

(Algernon geht ihnen entgegen. Lady Bracknell, Miss Fairfax treten ein.)

LADY BRACKNELL: Guten Tag, lieber Algernon, ich hoffe, du benimmst dich gut.

ALGERNON: Ich befinde mich sehr gut, Tante Auguste.

LADY BRACKNELL: Das ist nicht ganz dasselbe. Die beiden Dinge gehen sogar selten zusammen. *(Sieht Jack und verneigt sich gegen ihn mit eisiger Kälte.)*

ALGERNON *(zu Gwendolen):* Himmel, bist du elegant!

GWENDOLEN: Ich bin immer elegant, nicht wahr, Mr. Worthing?

JACK: Sie sind immer vollkommen, Miss Fairfax.

GWENDOLEN: Oh, das hoffe ich nicht! Das ließe keinen Raum für Entwicklung, und ich habe die Absicht, mich in vielen Richtungen zu entwickeln.
(Gwendolen und Jack setzen sich zusammen in einen Winkel.)

LADY BRACKNELL: Es tut mir leid, wenn wir ein wenig zu spät kommen, Algernon, aber ich mußte die gute Lady Harbury besuchen. Ich war seit dem Tode ihres Mannes nicht mehr bei ihr gewesen. Ich habe nie eine Frau so verändert gesehen; sie sieht um zwanzig Jahre jünger aus. Und jetzt nehme ich eine Tasse Tee und eines von den netten Gurkenbrötchen, die du mir versprochen hast.

ALGERNON: Gewiß, Tante Auguste. *(Geht zum Teetisch.)*

LADY BRACKNELL: Willst du nicht hierher kommen, Gwendolen?

GWENDOLEN: Danke, Mama, ich sitze ganz bequem hier.

ALGERNON *(nimmt entsetzt den leeren Teller auf):* Um Gottes willen! Lane! Sind keine Gurkenbrötchen da? Ich habe sie eigens bestellt.

LANE *würdevoll:* Es gab keine Gurken heute morgen, gnädiger Herr. Ich bin zweimal hingegangen.

ALGERNON: Keine Gurken?

LANE: Nein, gnädiger Herr. Nicht für bares Geld.

ALGERNON: Es ist gut, Lane, ich danke Ihnen.

LANE: Ich danke Ihnen, gnädiger Herr.
(Lane geht.)

ALGERNON: Ich bin ganz bestürzt, Tante Auguste, daß es keine Gurken gab, nicht einmal für bares Geld.

LADY BRACKNELL: Es tut wirklich nichts, Algernon. Ich habe etwas bei Lady Harbury genossen, die nur noch zu ihrem Vergnügen zu leben scheint.

ALGERNON: Ich höre, ihr Haar ist vor Gram ganz goldig geworden.

LADY BRACKNELL: Es hat sicher seine Farbe gewechselt. Aus welchem Grunde, kann ich natürlich nicht sagen. *(Algernon kommt herüber und reicht Tee.)* Danke schön. Ich habe ein wahres Fest für dich heut abend, Algernon. Ich will dir Mary Farquhar zu Tisch geben. Sie ist eine reizende Frau und so aufmerksam gegen ihren Mann. Es ist ein Vergnügen, sie zu beobachten.

ALGERNON: Ich fürchte, Tante Auguste, ich muß auf das Vergnügen verzichten, heute abend bei dir zu speisen.

LADY BRACKNELL *(stirnrunzelnd):* Ich hoffe nicht, Algernon. Das würde meine Tischordnung ganz umwerfen. Dein Onkel müßte oben essen. Zum Glück ist er daran gewöhnt.

ALGERNON: Es ist furchtbar langweilig und – das brauche ich kaum zu sagen – eine rechte Enttäuschung, aber ich habe gerade eben ein Telegramm bekommen, daß mein armer Freund Bunbury wieder sehr krank ist. *(Wechselt Blicke mit Jack.)* Man scheint zu glauben, ich sollte eigentlich bei ihm sein.

LADY BRACKNELL: Es ist seltsam, dieser Mr. Bunbury scheint unter einer merkwürdig schlechten Gesundheit zu leiden.

ALGERNON: Ja; der arme Bunbury ist ein schrecklicher Invalide.

LADY BRACKNELL: Nun, ich muß doch sagen, Algernon, es wäre die höchste Zeit, daß sich Mr. Bunbury darüber schlüssig würde, ob er leben oder sterben will. Dieses Hin und Her in der Sache ist einfach absurd. Ich billige auch gar nicht die moderne Sympathie für Invaliden. Ich halte sie für krankhaft. Krankheit irgendwelcher Art ist schwerlich etwas, was man bei anderen ermutigen sollte. Gesundheit ist die erste Pflicht im Leben. Das sage ich immer deinem armen Onkel, aber es scheint, er kümmert sich nicht viel darum. Ich wäre dir sehr verbunden, wenn du Mr. Bunbury von mir aus bitten wolltest, er möge so freundlich sein, Samstag keinen Rückfall zu bekommen; denn ich verlasse mich darauf, daß du meine Musik für mich arrangierst. Es ist mein letzter Empfang, und man braucht etwas, um die Unterhaltung in Gang zu bringen; besonders am Ende der Saison, wenn tatsächlich jedermann gesagt hat, was er zu sagen hatte; und das war in den meisten Fällen vermutlich nicht viel.

ALGERNON: Ich will mit Bunbury reden, Tante Auguste, wenn er noch bei Bewußtsein ist, und ich glaube, ich kann versprechen, daß er bis Samstag besser sein wird. Natürlich – die Musik ist eine schwierige Frage. Du weißt, spielt man gute Musik, so hören die Leute nicht zu, und spielt man schlechte Musik, so reden die Leute nicht. Aber ich will das Programm mit dir durchsehen, das ich entworfen habe, wenn du so freundlich sein willst, einen Augenblick in das nächste Zimmer zu kommen.

LADY BRACKNELL: Danke dir, Algernon. Es ist sehr freundlich von dir, daß du daran gedacht hast. *(Steht auf und folgt Algernon.)* Ich bin sicher, das Programm wird sehr hübsch sein, nach einigen Streichungen natürlich. Französische Lieder kann ich nicht gut zulassen. Die Leute meinen immer, sie seien unpassend, und sind entweder entrüstet, und das ist vulgär, oder sie lachen, und das ist noch schlimmer. Aber Deutsch klingt wie eine durchaus achtbare Sprache, und ich glaube auch, sie ist es. Gwendolen, du wirst mit mir kommen.

GWENDOLEN: Gewiß, Mama.

(Lady Bracknell und Algernon gehen ins Musikzimmer. Gwendolen bleibt.)

JACK: Schöner Tag gewesen, Miss Fairfax.

GWENDOLEN: Bitte, reden Sie nicht mit mir über das Wetter. Wenn die Leute mit mir vom Wetter reden, so bin ich immer ganz sicher, daß sie etwas anderes meinen. Das macht mich nervös.

JACK: Ich meine etwas anderes.

GWENDOLEN: Ich dachte es mir. Ich habe immer recht.

JACK: Und ich möchte gern die zeitweise Abwesenheit der Lady Bracknell ausnutzen …

GWENDOLEN: Das würde ich Ihnen wirklich raten. Mama hat eine Art, plötzlich in ein Zimmer zurückzukommen, daß ich oft mit ihr darüber habe reden müssen!

JACK *(nervös):* Miss Fairfax, seitdem ich Sie kennengelernt habe, habe ich Sie mehr als irgendein Mädchen bewundert … das ich kennengelernt habe … seit ich Sie kennenlernte …

GWENDOLEN: Ja, das weiß ich recht gut. Und ich habe oft gewünscht, daß Sie vor den Leuten etwas demonstrativer gewesen wären. Für mich haben Sie immer einen unwiderstehlichen Zauber gehabt. Schon ehe ich Sie kennenlernte, war ich nicht gleichgültig gegen Sie. *(Jack sieht sie starr an.)* Wir leben, wie Sie hoffentlich wissen, Mr. Worthing, in einer Zeit der Ideale. Das wird beständig in den teureren Monatsschriften erwähnt und in der Provinz schon von den Kanzeln gepredigt, so höre ich; und mein Ideal ist immer gewesen, jemanden zu lieben, der Ernst heißt. In diesem Namen liegt etwas, was unbedingtes Vertrauen einflößt. Den Augenblick, als Algernon mir zum ersten Male sagte, er habe einen Freund namens Ernst, wußte ich, daß es mein Schicksal war, Sie zu lieben.

JACK: Sie lieben mich wirklich, Gwendolen?

GWENDOLEN: Leidenschaftlich!

JACK: Liebste! Sie wissen ja nicht, wie glücklich Sie mich machen.

GWENDOLEN: Mein Ernst!

JACK: Sie wollen doch nicht sagen, wenn ich nicht Ernst hieße, könnten Sie mich nicht lieben?

GWENDOLEN: Aber Sie heißen Ernst?

JACK: Gewiß. Aber wenn ich nun anders hieße? Wollen Sie sagen, daß Sie mich dann nicht lieben könnten?

GWENDOLEN *(ausweichend):* Ah, das ist offenbar eine metaphysische Spekulation und hat, wie alle metaphysischen Spekulationen, sehr wenig mit den wirklichen Tatsachen des wirklichen Lebens zu tun.

JACK: Mir persönlich, Liebling, um ganz offen zu sein, mir liegt nicht viel an dem Namen Ernst … Ich glaube, der Name paßt gar nicht zu mir.

GWENDOLEN: Er paßt ausgezeichnet zu Ihnen. Es ist ein göttlicher Name. Er hat eine eigene Musik. Er ruft Schwingungen wach.

JACK: Nun, wahrhaftig, Gwendolen, ich muß doch sagen, es gibt eine Menge anderer Namen, die viel hübscher sind. Mir scheint Jack zum Beispiel ein reizender Name.

GWENDOLEN: Jack? … Nein, der Name hat wenig Musik, wenn er überhaupt welche hat. Er klingt nicht. Er ruft gar keine Schwingungen wach … Ich habe mehrere Jacks gekannt, und alle, ohne Ausnahme, waren ungewöhnlich häßlich. Außerdem ist bekanntlich Jack eine Verstümmelung von John. Und mir tut jede Frau leid, die einen John heiratet. Sie würde wahrscheinlich niemals den bezaubernden Genuß auch nur einer einzigen Minute der Einsamkeit kennenlernen. Der einzige Name, bei dem man sichergeht, ist Ernst.

JACK: Gwendolen, ich muß mich sofort taufen lassen – ich meine, wir müssen sofort heiraten. Es ist keine Zeit zu verlieren.

GWENDOLEN: Heiraten, Mr. Worthing?

JACK: Nun ... gewiß. Sie wissen, ich liebe Sie, und Sie ließen mich glauben, Miss Fairfax, ich sei Ihnen nicht ganz gleichgültig.

GWENDOLEN: Ich bete Sie an. Aber Sie haben mir noch keinen Antrag gemacht. Von Heirat ist nicht die Rede gewesen. Die Frage ist noch nicht einmal berührt worden.

JACK: Nun ... darf ich Ihnen jetzt meinen Antrag machen?

GWENDOLEN: Ich glaube, es wäre eine ausgezeichnete Gelegenheit. Und um Ihnen jede mögliche Enttäuschung zu ersparen, Mr. Worthing, will ich Ihnen im voraus sagen, daß ich entschlossen bin, Sie anzunehmen.

JACK: Gwendolen!

GWENDOLEN: Ja, Mr. Worthing; was haben Sie mir also zu sagen?

JACK: Sie wissen, was ich Ihnen zu sagen habe.

GWENDOLEN: Ja, aber Sie sagen es nicht.

JACK: Gwendolen, willst du mich heiraten?

(Kniet vor ihr.)

GWENDOLEN: Natürlich will ich, Liebster. Wie lange du dazu gebraucht hast! Ich fürchte, du hast wenig Übung in Anträgen.

JACK: Liebste, ich habe niemand in der Welt außer dir geliebt.

GWENDOLEN: Ja, aber Männer machen oft zur Übung Anträge. Wenigstens mein Bruder Gerald tut es. Alle meine Freundinnen behaupten es. Was für wundervoll blaue Augen du hast, Ernst! Sie sind ganz, ganz blau. Ich hoffe, du wirst mich immer so ansehen, besonders, wenn andere Leute dabei sind.

(Lady Bracknell tritt ein.)

LADY BRACKNELL: Mr. Worthing! Stehen Sie auf, mein Herr, aus dieser halb liegenden Stellung. Sie ist höchst unschicklich.

GWENDOLEN: Mama! *(Er versucht aufzustehen; sie hält ihn zurück.)* Ich muß dich bitten, dich zurückzuziehen. Außerdem ist Mr. Worthing noch nicht ganz fertig.

LADY BRACKNELL: Fertig – womit, wenn ich fragen darf?

GWENDOLEN: Ich bin mit Mr. Worthing verlobt, Mama.

(Sie stehen zusammen auf.)

LADY BRACKNELL: Verzeihung, du bist mit niemand verlobt. Wenn du mit jemand verlobt bist, werde ich oder dein Vater, wenn es ihm seine Gesundheit erlaubt, dich benachrichtigen. Eine Verlobung sollte ein junges Mädchen wie eine Überraschung treffen, wie eine angenehme oder unangenehme, je nachdem der Fall liegt. Sie ist schwerlich etwas, das man ihr allein überlassen könnte ... Und jetzt habe ich Ihnen einige Fragen zu stellen, Mr. Worthing. Während ich dieses Verhör vornehme, Gwendolen, wirst du unten im Wagen auf mich warten.

GWENDOLEN *(vorwurfsvoll)*: Mama!

LADY BRACKNELL: Im Wagen, Gwendolen!

(Gwendolen geht an die Tür. Sie und Jack werfen einander hinter Lady Bracknells Rücken Küsse zu. Lady Bracknell sieht sich unsicher um, als begriffe sie nicht, was für ein Geräusch das war. Schließlich dreht sie sich um.)

LADY BRACKNELL: Gwendolen, im Wagen!

GWENDOLEN: Ja, Mama. *(Geht und sieht sich nach Jack um.)*

LADY BRACKNELL *(setzt sich)*: Sie dürfen Platz nehmen, Mr. Worthing. *(Sucht in der Tasche nach Bleistift und Notizbuch.)*

JACK: Danke vielmals, Lady Bracknell, ich stehe lieber.

LADY BRACKNELL *(Bleistift und Notizbuch in der Hand)*: Ich muß gestehen, daß Sie nicht auf meiner Liste der heiratsfähigen jungen Leute stehen, obgleich meine Liste dieselbe ist, die die gute Herzogin von Bolton hat. Wir arbeiten nämlich zusammen. Aber ich bin bereit, Ihren Namen einzutragen, wenn Ihre Antworten so sind, wie eine besorgte Mutter sie verlangt. – Rauchen Sie?

JACK: Nun, ja, ich muß zugeben, ich rauche.

LADY BRACKNELL: Das freut mich. Ein Mann sollte immer irgendwelche Beschäftigung haben. Es gibt sowieso schon viel zuviel müßige Männer. Wie alt sind Sie?

JACK: Neunundzwanzig.

LADY BRACKNELL: Ein vorzügliches Alter, um zu heiraten. – Ich bin stets der Meinung gewesen, ein Mann, der zu heiraten wünscht, sollte entweder alles oder nichts wissen. Was wissen Sie?

JACK *(nach einigem Zögern):* Ich weiß nichts, Lady Bracknell.

LADY BRACKNELL: Freut mich zu hören. Ich billige nichts, was der natürlichen Unwissenheit Abbruch tut. Die Unwissenheit ist wie eine zarte exotische Blume. Man berühre sie, und der Flaum ist fort. Die ganze Theorie der modernen Erziehung ist absolut ungesund. Zum Glück bringt, wenigstens in England, die Erziehung absolut kein Resultat hervor. Wäre es anders, so wäre sie eine ernste Gefahr für die oberen Klassen, und sie würde vermutlich zu Gewalttaten auf dem Grosvenor Square führen ... Welches ist Ihr Einkommen?

JACK: Zwischen hundertvierzig- und hundertsechzigtausend im Jahr.

LADY BRACKNELL *(notiert):* In Land oder Papieren?

JACK: Hauptsächlich in Papieren.

LADY BRACKNELL: Das ist zufriedenstellend. Teils wegen der Pflichten, die während des Lebens von einem erwartet werden, und teils wegen der Pflichten, die man nach dem Tode erfüllen soll, bringt Land heute weder Vergnügen noch Nutzen. Es gibt einem eine Stellung und hindert einen, sie zu erhalten. Das ist alles, was man über Land sagen kann.

JACK: Ich habe natürlich einen Landsitz mit etwas Land dabei, etwa fünfzehnhundert Acker, glaube ich; aber mein Einkommen ist unabhängig davon. Soweit ich herausbekommen kann, sind die Wilddiebe die einzigen Leute, die etwas herausschlagen.

LADY BRACKNELL: Ein Landhaus! Wie viele Schlafzimmer? Nun, das kann später aufgeklärt werden. Sie haben hoffentlich ein Haus in der Stadt? Einem Mädchen von einfachem, unverdorbenem Charakter wie Gwendolen kann man schwerlich zumuten, auf dem Lande zu wohnen.

JACK: Ich habe zwar ein Haus auf dem Belgrave Square, aber es ist auf ein Jahr an Lady Bloxham vermietet. Natürlich kann ich es wiederhaben, sobald ich will, nach sechs Monaten Kündigung.

LADY BRACKNELL: Lady Bloxham? Ich kenne sie nicht.

JACK: Oh, sie geht sehr wenig aus. Sie ist sehr alt.

LADY BRACKNELL: Ah, heutzutage ist das keine Garantie für Ehrbarkeit. Welche Nummer auf dem Belgrave Square?

JACK: 149.

LADY BRACKNELL *(schüttelt den Kopf):* Die unmoderne Seite. Ich dachte mir schon, daß etwas dahintersteckt. Aber das ließe sich leicht ändern.

JACK: Meinen Sie die Mode oder die Seite?

LADY BRACKNELL *(streng):* Beides, denke ich. Welches ist Ihre Politik?

JACK: Nun, ich fürchte, ich habe keine Ansichten. Ich bin ein liberaler Unionist.

LADY BRACKNELL: Oh, die zählen als Tories. Sie dinieren bei uns. Oder kommen wenigstens abends. Jetzt zu den geringeren Dingen. Leben Ihre Eltern?

JACK: Ich habe beide Eltern verloren.

LADY BRACKNELL: Beide? ... Das sieht wie Nachlässigkeit aus. Wer war Ihr Vater? Er war offenbar ein Mann von einigem Wohlstand. War er in dem, was die radikalen Zeitungen den Purpur des Handels nennen, geboren, oder entstammte er den Reihen der Aristokratie?

JACK: Ich fürchte, ich weiß es nicht genau. Ich habe nämlich meine Eltern verloren, wie ich schon sagte, Lady Bracknell. Vielleicht wäre es genauer zu sagen, daß meine Eltern mich verloren zu haben scheinen ... Ich weiß tatsächlich nicht, wer ich von Geburt bin. Ich wurde ... nun, ich wurde gefunden.

LADY BRACKNELL: Gefunden?

JACK: Der verstorbene Doktor Thomas Cardew, ein alter Herr von sehr wohltätigem und menschenfreundlichem Charakter, hat mich gefunden und gab mir den Namen Worthing, weil er gerade ein Billett erster Klasse nach Worthing in der Tasche hatte. Worthing ist ein Ort in Sussex. Es ist ein Seebad.

LADY BRACKNELL: Wo hat der wohltätige alte Herr mit der Fahrkarte erster Klasse nach diesem Seebad Sie gefunden?

JACK *(ernst):* In einer Reisetasche.

LADY BRACKNELL: Einer Reisetasche?

JACK *(sehr ernst):* Ja, Lady Bracknell. In einer Reisetasche – einer ziemlich großen schwarzledernen Reisetasche mit zwei Griffen – kurz, in einer gewöhnlichen Reisetasche.

LADY BRACKNELL: Und wo hat dieser Mr. James oder Thomas Cardew diese gewöhnliche Reisetasche entdeckt?

JACK: Im Gepäckraum des Victoria-Bahnhofs. Sie wurde ihm aus Versehen anstelle seiner eigenen gegeben.

LADY BRACKNELL: Im Gepäckraum des Victoria-Bahnhofs?

JACK: Ja. Auf der Brighton-Linie.

LADY BRACKNELL: Die Linie ist unwesentlich. Mr. Worthing, ich gestehe, daß mich das, was Sie mir soeben erzählt haben, ein wenig bestürzt. In einer Reisetasche geboren oder mindestens aufgezogen zu werden, ob sie Griffe hatte oder nicht, das scheint mir auf eine Verachtung des normalen Familienanstandes zu deuten, die an die schlimmsten Ausschreitungen der Französischen Revolu-tion erinnert. Und ich denke, Sie wissen, wozu jene unglückliche Bewegung geführt hat. Was den besonderen Raum angeht, an dem die Reisetasche gefunden wurde, den Gepäckraum eines Bahnhofs, so könnte er dazu dienen, eine soziale Indiskretion zu verbergen – er ist wohl schon früher zu dem Zwecke benutzt worden –, aber man kann ihn kaum als sichere Basis für eine anerkannte Stellung in der guten Gesellschaft ansehen.

JACK: Darf ich Sie dann fragen, was Sie mir zu tun raten würden? Ich brauche kaum zu sagen, daß ich alles in der Welt tun würde, um Gwendolens Glück zu sichern.

LADY BRACKNELL: Ich würde Ihnen sehr raten, Mr. Worthing, daß Sie den Versuch machten, so bald wie möglich einige Verwandte herbeizuschaffen, wenigstens auf jeden Fall je einen Verwandten jedes Geschlechts, ehe die Saison vorüber ist.

JACK: Nun, ich sehe nicht recht, wie ich das anfangen soll. Ich kann die Reisetasche jeden Augenblick herbeischaffen. Sie steht bei mir zu Hause im Ankleidezimmer. Ich meine wirklich, das müßte Ihnen genügen, Lady Bracknell.

LADY BRACKNELL: Mir, mein Herr! Was hat das mit mir zu tun? Sie können kaum annehmen, daß es mir und Lord Bracknell einfallen sollte, unserer einzigen Tochter – einem sorgfältig erzogenen Mädchen – zu erlauben, daß sie in einen Gepäckraum heiratet und sich mit einem Gepäckstück verbindet? Guten Abend, Mr. Worthing.
(Lady Bracknell rauscht in majestätischer Entrüstung hinaus.)

JACK: Guten Tag! *(Algernon beginnt im anderen Zimmer den Hochzeitsmarsch zu spielen. Jack sieht wütend drein und geht an die Tür.)* Um Gottes willen, Algy, spiele nicht diese entsetzliche Melodie! Wie blödsinnig du bist!

ALGERNON: Ging denn nicht alles gut, alter Junge? Du willst doch nicht sagen, Gwendolen hätte dich abgewiesen? Sie tut es zwar sehr gern. Sie weist die Leute immer ab. Ich denke, das ist sehr unfreundlich von ihr.

JACK: Oh, mit Gwendolen ist alles in bester Ordnung. Soweit es auf sie ankommt, sind wir verlobt. Aber ihre Mutter ist unausstehlich. Hab' noch nie eine solche Gorgone gesehen ... Ich weiß nicht genau, wie eine Gorgone eigentlich aussieht, aber Lady Bracknell ist sicherlich eine. Jedenfalls ist sie ein Ungeheuer, ohne mythisch zu sein, und das ist sehr unpassend ... Verzeihung, Algy, ich sollte wohl von deiner Tante vor dir nicht so reden.

ALGERNON: Mein lieber Junge, ich freue mich, wenn ich höre, daß man auf meine Verwandten schimpft. Das ist das einzige, was mich mit ihnen überhaupt noch versöhnt. Verwandte sind nur eine Gesellschaft von Leuten, die nicht im geringsten ahnen, wie man leben muß, noch den Takt besitzen, im rechten Augenblick zu sterben.

JACK: Oh, das ist Unsinn.

ALGERNON: Das ist kein Unsinn.

JACK: Nun, ich will nicht darüber streiten. Du willst immer über die Dinge streiten.

ALGERNON: Eben dazu sind die Dinge ursprünglich geschaffen.

JACK: Wenn ich das glaubte, auf mein Wort, ich schösse mir eine Kugel in den Kopf … *(Pause.)* Du glaubst doch nicht, daß Aussicht ist, Gwendolen könnte in den nächsten hundertundfünfzig Jahren ihrer Mutter ähnlich werden, nicht wahr, Algy?

ALGERNON: Alle Frauen werden wie ihre Mütter, das ist ihre Tragödie. Kein Mann wird wie seine Mutter, das ist seine Tragödie.

JACK: Ist das richtig?

ALGERNON: Es ist vortrefflich ausgedrückt! und geradeso wahr, wie jede Bemerkung im zivilisierten Leben sein sollte.

JACK: Ich habe die Klugheit herzlich satt. Jedermann ist klug heutzutage. Man kann nicht mehr ausgehen, ohne kluge Leute zu treffen. Es ist eine öffentliche Plage geworden. Ich wollte zu Gott, wir hätten noch ein paar Narren übrig behalten.

ALGERNON: Wir haben sie übrig behalten!

JACK: Ich möchte ihnen gern einmal begegnen. Worüber reden sie?

ALGERNON: Die Narren? Oh, über die Klugen natürlich!

JACK: Welche Narren!

ALGERNON: Nebenbei, hast du Gwendolen die Wahrheit gesagt, daß du in der Stadt Ernst und auf dem Lande Jack bist?

JACK *(sehr patronisierend):* Mein lieber Junge! Die Wahrheit ist nicht gerade das, was man einem hübschen, reizenden, verwöhnten Mädchen sagt. Was für merkwürdige Vorstellungen du über die Art hast, mit Frauen umzugehen!

ALGERNON: Die einzige Art, mit einer Frau umzugehen, ist die, daß man ihr den Hof macht, wenn sie hübsch ist, und einer anderen, wenn sie häßlich ist.

JACK: Oh, das ist Unsinn.

ALGERNON: Und dein Bruder? Der verworfene Ernst?

JACK: Oh, noch vor dem Ende der Woche werde ich ihn los sein. Ich werde sagen, er sei in Paris am Schlage gestorben. Viele Leute sterben ganz plötzlich am Schlage, nicht wahr?

ALGERNON: Ja, aber er ist erblich, mein lieber Junge. So etwas geht in Familien um. Du sagtest besser, an einer ernsten Erkältung.

JACK: Du bist sicher, daß eine ernste Erkältung nicht erblich ist, oder so etwas Ähnliches?

ALGERNON: Natürlich nicht!

JACK: Gut also. Mein armer Bruder Ernst wurde ganz plötzlich von einer ernsten Erkältung weggerafft. Das befreit mich von ihm.

ALGERNON: Aber ich meinte, du sagtest … Miss Cardew interessiere sich ein wenig zu sehr für deinen Bruder Ernst. Wird sie den Verlust nicht schwer empfinden?

JACK: Oh, das tut nichts; Cecily ist kein albernes, romantisches Mädchen, Gott sei Dank. Sie hat famosen Appetit, macht lange Spaziergänge und kümmert sich gar nicht um ihren Unterricht.

ALGERNON: Ich möchte Cecily schon einmal sehen.

JACK: Ich werde dafür sorgen, daß das nie geschieht. Sie ist ungewöhnlich hübsch und erst eben achtzehn.

ALGERNON: Hast du Gwendolen erzählt, daß du ein ungewöhnlich hübsches Mündel von achtzehn Jahren hast?

JACK: Oh, so etwas schreit man den Leuten nicht entgegen. Cecily und Gwendolen werden sicher vorzügliche Freundinnen werden. Ich wette alles, was du willst, daß sie sich nach einer halben Stunde Schwestern nennen.

ALGERNON: Das tun Frauen immer erst dann, wenn sie sich vorher allerlei andere Namen gegeben haben. Nun aber, mein lieber Junge, wenn wir noch einen guten Tisch bei Willis haben wollen, dann müssen wir wirklich gehen und uns anziehen. Weißt du, daß es fast sieben ist?

JACK *(gereizt):* Oh, es ist immer fast sieben.

ALGERNON: Aber ich habe Hunger.

JACK: Ich habe dich nie ohne Hunger gesehen.

ALGERNON: Was sollen wir nachher tun? Ins Theater gehen?

JACK: O nein! ich mag nichts hören.

ALGERNON: Oder laß uns in den Klub gehen.

JACK: O nein! Ich hasse das Reden.

ALGERNON: Vielleicht könnten wir um zehn ins Empire ziehen?

JACK: O nein! ich mag nichts ansehen; das ist so albern.

ALGERNON: Was wollen wir dann tun?

JACK: Nichts!

ALGERNON: Es ist so furchtbar schwer, nichts zu tun. Aber mir soll es einerlei sein, wenn nichts anderes zu finden ist.

(Lane tritt ein.)

LANE: Miss Fairfax.

(Gwendolen tritt ein. Lane geht.)

ALGERNON: Gwendolen, auf mein Wort!

GWENDOLEN: Algy, bitte, dreh dich um! Ich habe Mr. Worthing etwas Besonderes zu sagen.

ALGERNON: Wahrhaftig, Gwendolen, ich glaube, ich kann das nicht erlauben.

GWENDOLEN: Algy, du nimmst immer eine ganz unmoralische Pose gegenüber dem Leben ein. Dazu bist du nicht alt genug.

(Algernon geht an den Kamin.)

JACK: Liebste!

GWENDOLEN: Ernst, wir werden uns vielleicht nie heiraten können. Nach dem Ausdruck auf Mamas Gesicht zu urteilen, fürchte ich es. Heutzutage nehmen so wenig Eltern Rücksicht auf das, was ihre Kinder ihnen sagen. Die altmodische Achtung vor der Jugend stirbt rasch aus. Allen Einfluß, den ich je auf Mama hatte, habe ich mit drei Jahren verloren. Aber wenn sie uns auch hindern kann, Mann und Frau zu werden, und ich einen anderen heiraten muß, so kann sie doch nichts tun, was meine Liebe zu dir ändern könnte.

JACK: Liebe Gwendolen!

GWENDOLEN: Die Geschichte deiner romantischen Herkunft, die mir Mama mit unangenehmen Kommentaren erzählt hat, hat natürlich die tieferen Fibern meines Wesens erregt. Dein Vorname hat eine unwiderstehliche Faszination. Die Einfachheit deines Charakters macht dich mir wundervoll unfaßbar. Deine Stadtadresse auf dem Albany habe ich. Welches ist deine Landadresse?

JACK: Woolton, Hertfordshire, Herrenhaus.

(Algernon, der aufmerksam gelauscht hat, lächelt und schreibt die Adresse auf seine Manschette. Dann nimmt er ein Kursbuch zur Hand.)

GWENDOLEN: Der Postdienst ist gut, hoffe ich. Es könnte nötig werden, etwas Verzweifeltes zu tun. Das würde natürlich ernsthafte Überlegung erfordern. Ich will dir täglich Mitteilung machen.

JACK: Liebste!

GWENDOLEN: Wie lange bleibst du in der Stadt?

JACK: Bis Montag.

GWENDOLEN: Gut! Algy, du darfst dich wieder umdrehen.

ALGERNON: Danke. Ich habe es schon getan.

GWENDOLEN: Du darfst auch schellen.

(Algernon schellt.)

JACK: Ich darf dich doch an den Wagen bringen, Liebling?

GWENDOLEN: Gewiß.

JACK *(zu Lane, der eben eintritt):* Ich begleite Miss Fairfax hinaus.

LANE: Ja, gnädiger Herr.

(Jack und Gwendolen gehen.)

(Lane reicht Algernon Briefe auf einem Teebrett. Man rät, daß es Rechnungen sind, da Algernon nur die Kuverts ansieht und sie dann zerreißt.)

ALGERNON: Ein Glas Sherry, Lane.

LANE: Ja, gnädiger Herr.

ALGERNON: Morgen gehe ich bunburysieren, Lane.

LANE: Ja, gnädiger Herr.

ALGERNON: Ich werde wahrscheinlich nicht vor Montag zurückkommen. Sie können meine Gesellschaftsanzüge, meine Smokingjacke und alle Bunburyanzüge zurechtlegen ...

LANE: Ja, gnädiger Herr. *(Reicht den Sherry.)*

ALGERNON: Ich hoffe, morgen wird ein schöner Tag sein, Lane.

LANE: Das ist es nie, gnädiger Herr.

ALGERNON: Sie sind ein Pessimist, Lane.

LANE: Ich tue mein Bestes, um Sie zufriedenzustellen, gnädiger Herr.

(Jack tritt ein. Lane geht.)

JACK: Das ist ein verständiges, kluges Mädchen. Das einzige Mädchen, an dem mir jemals etwas gelegen hat. *(Algernon lacht unbändig.)* Worüber in aller Welt freust du dich?

ALGERNON: Oh, ich bin ein wenig um Bunbury besorgt. Weiter nichts.

JACK: Wenn du dich nicht in acht nimmst, wird dich dein Freund Bunbury eines Tages ernstlich in die Klemme bringen.

ALGERNON: Ich liebe Klemmen. Sie sind das einzige, was nie ernst ist.

JACK: Das ist Unsinn, Algy. Du redest nie etwas anderes als Unsinn.

ALGERNON: Das tut niemand.

(Jack sieht ihn entrüstet an und geht. Algernon zündet eine Zigarette an, liest seine Manschette und lächelt.)

Vorhang.

ZWEITER AKT

SZENE: *Garten bei dem Herrenhause. Eine graue steinerne Freitreppe führt zum Hause hinauf. Der Garten ist altmodisch, voll Rosen. Jahreszeit: Juli. Korbstühle und ein Tisch voll Bücher stehen unter einem großen Eibenbaum.*

(Miss Prism sitzt am Tisch. Cecily begießt im Hintergrund Blumen.)

MISS PRISM: *(rufend):* Cecily, Cecily! Ich dächte, eine so utilitarische Beschäftigung wie Blumengießen wäre eher Moultons Pflicht als Ihre. Besonders, wenn geistige Genüsse auf Sie warten. Ihre deutsche Grammatik liegt auf dem Tisch. Bitte, schlagen Sie Seite fünfzehn auf. Wir wollen die Lektion von gestern wiederholen.

CECILY *(kommt sehr langsam näher):* Aber ich mag das Deutsche nicht. Es ist gar keine kleidsame Sprache. Ich weiß ganz genau, daß ich nach meiner deutschen Stunde immer häßlich aussehe.

MISS PRISM: Kind, Sie wissen, wieviel Ihrem Vormund daran liegt, daß Sie in allem tüchtige Fortschritte machen. Er legte besonderes Gewicht auf Ihr Deutsch, als er gestern in die Stadt fuhr. Er legt immer besonderes Gewicht auf Ihr Deutsch, wenn er in die Stadt fährt.

CECILY: Der liebe Onkel Jack ist so furchtbar ernst! Mitunter ist er so ernst, daß ich fast glaube, er ist nicht ganz wohl.

MISS PRISM *(richtet sich auf):* Ihr Vormund erfreut sich der besten Gesundheit, und der Ernst seines Auftretens ist bei einem so jungen Manne eine besondere Empfehlung. Ich kenne niemand, der von Pflicht und Verantwortung höher denkt als er.

CECILY: Ich glaube, darum sieht er auch oft so gelangweilt aus, wenn wir drei zusammen sind.

MISS PRISM: Cecily! Ich bin erstaunt über Sie. Mr. Worthing hat manchen Kummer im Leben. Eitle Lustigkeit und Trivialität wären in seiner Unterhaltung nicht am Platz. Sie dürfen seine beständige Sorge um jenen unglücklichen jungen Mann, seinen Bruder, nicht vergessen.

CECILY: Ich wollte, Onkel Jack erlaubte diesem unglücklichen jungen Mann, seinem Bruder, bisweilen hierher zu kommen. Wir könnten einen guten Einfluß auf ihn ausüben. Ich bin überzeugt, Sie würden es tun. Sie kennen Deutsch und Geologie, und so etwas übt einen großen Einfluß auf einen Mann aus.

(Cecily beginnt in ihrem Tagebuch zu schreiben.)

MISS PRISM *(schüttelt den Kopf):* Ich glaube nicht, daß selbst ich bei einem Charakter etwas ausrichten könnte, der nach dem Geständnis seines eigenen Bruders unverbesserlich schwach und schwankend ist. Ja, ich glaube, ich würde gar nicht wünschen, ihn zu bekehren. Ich billige diese moderne Manie nicht, die im Augenblick aus schlechten Menschen gute machen will. Wie ein Mann sät, so soll er ernten. Sie müssen Ihr Tagebuch weglegen, Cecily. Ich sehe nicht ein, warum Sie überhaupt ein Tagebuch führen.

CECILY: Ich führe ein Tagebuch, um die wunderbaren Geheimnisse meines Lebens einzutragen. Wenn ich sie nicht niederschriebe, würde ich vermutlich alles vergessen.

MISS PRISM: Meine liebe Cecily, das Gedächtnis ist das Tagebuch, das wir alle mit uns führen.

CECILY: Ja, aber es verzeichnet meistens die Dinge, die sich nie ereignet haben und sich gar nicht haben ereignen können. Ich glaube, das Gedächtnis ist für beinah alle dreibändigen Romane verantwortlich, die uns Mudie schickt.

MISS PRISM: Reden Sie nicht verächtlich von dem dreibändigen Roman, Cecily! Ich habe selbst in früheren Tagen einen geschrieben.

CECILY: Wirklich, Miss Prism? Wie wundervoll klug Sie sind! Hoffentlich endete er nicht glücklich? Ich mag keine Romane, die glücklich enden. Sie sind so traurig.

MISS PRISM: Die Guten endeten glücklich, die Bösen unglücklich. Das ist der Sinn der Romandichtung.

CECILY: Ich glaube auch. Aber es scheint so ungerecht zu sein. Und ist Ihr Roman gedruckt worden?

MISS PRISM: Ach nein! Das Manuskript wurde leider aufgegeben. Ich meine, es ist verlorengegangen oder verlegt worden. Für ihre Arbeit, Kind, sind solche Spekulationen nutzlos.

CECILY *(lächelnd):* Aber ich sehe den guten Doktor Chasuble den Garten heraufkommen.

MISS PRISM *(steht auf und geht ihm entgegen):* Doktor Chasuble! Das ist wirklich ein Vergnügen. *(Der Kanonikus Chasuble tritt ein.)*

CHASUBLE: Und wie geht's uns heute morgen, Miss Prism, ich hoffe, es geht Ihnen gut?

CECILY: Miss Prism hat gerade über leichte Kopfschmerzen geklagt. Ich glaube, es würde ihr wohl tun, ein wenig mit Ihnen im Park spazieren zu gehen, Doktor Chasuble.

MISS PRISM: Cecily, ich habe nichts von Kopfweh erwähnt.

CECILY: Nein, liebe Miss Prism, ich weiß. Aber ich fühlte instinktiv, daß Sie Kopfweh hätten. Ich dachte nämlich nur daran und nicht an meine deutsche Stunde, als der Rektor eintrat.

CHASUBLE: Ich hoffe, Cecily, Sie sind nicht unaufmerksam.

CECILY: Oh, ich fürchte doch.

CHASUBLE: Das ist seltsam. Wäre ich glücklich genug, Miss Prisms Schüler zu sein, ich würde an ihren Lippen hängen. *(Miss Prism blickt starr.)* Ich sprach metaphorisch. – Meine Metapher war von den Bienen genommen. Ahem! Mr. Worthing ist wohl noch nicht aus der Stadt zurück?

MISS PRISM: Wir erwarten ihn nicht vor Montag nachmittag.

CHASUBLE: O ja, er liebt es, seine Sonntage in der Stadt zu verbringen. Er gehört nicht zu denen, deren einziges Ziel der Genuß ist, wie jedenfalls jener unglückliche junge Mann, sein Bruder. Aber ich darf Egeria und ihre Schülerin nicht länger stören.

MISS PRISM: Egeria? Ich heiße Laetitia, Doktor.

Chasuble *(verneigt sich):* Nur eine klassische Anspielung aus den heidnischen Autoren. Ich werde Sie beide wohl beim Abendgebet sehen?

MISS PRISM: Ich glaube, lieber Doktor, ich will doch einen Spaziergang mit Ihnen machen. Ich sehe, ich habe wirklich Kopfweh, und es könnte mir guttun.

CHASUBLE: Mit Vergnügen, Miss Prism, mit Vergnügen! Wir könnten bis zu den Schulen gehen und dann umkehren.

MISS PRISM: Das wäre wundervoll. Cecily, Sie lesen Ihre Nationalökonomie während meiner Abwesenheit. Das Kapitel über das Sinken der Rupien können Sie auslassen. Es ist etwas zu sensationell. Selbst die Metallprobleme haben ihre melodramatische Seite. *(Geht mit Doktor Chasuble den Garten hinunter.)*

CECILY *(nimmt die Bücher und wirft sie auf den Tisch zurück):* Schreckliche Nationalökonomie! Schreckliche Geographie! Schreckliches Deutsch!

(Merriman tritt auf mit einer Karte auf einem Teebrett.)

MERRIMAN: Mr. Ernst Worthing ist gerade vom Bahnhof gekommen. Er hat sein Gepäck mitgebracht.

CECILY *(nimmt die Karte und liest):* »Mr. Ernst Worthing, B. 4, The Albany, W.« Onkel Jacks Bruder! Haben Sie ihm gesagt, Mr. Worthing sei in London?

MERRIMAN: Ja, gnädiges Fräulein. Er schien sehr enttäuscht. Ich sagte, Sie und Miss Prism seien im Garten. Er sagte, er möchte Sie einen Augenblick privatim sprechen.

CECILY: Bitten Sie Mr. Ernst Worthing herzukommen. Vielleicht täten Sie gut, mit der Wirtschafterin wegen eines Zimmers für ihn zu reden.

MERRIMAN: Sehr wohl, gnädiges Fräulein.

(Merriman geht.)

CECILY: Ich habe noch nie einen wirklich verdorbenen Menschen gesehen. Ich bin ganz erschreckt. Ich fürchte, er sieht wie alle andern aus. *(Algernon tritt ein, sehr lustig und artig.)* Wahrhaftig!

ALGERNON *(lüftet den Hut):* Sie sind gewiß meine kleine Cousine Cecily.

CECILY: Sie sind in einem merkwürdigen Irrtum. Ich bin nicht klein. Ich bin sogar ungewöhnlich groß für mein Alter, glaube ich. *(Algernon ist ziemlich stutzig.)* Aber ich bin Ihre Cousine Cecily. Sie sind, wie ich auf Ihrer Karte sehe, Onkel Jacks Bruder, mein Vetter Ernst, mein böser Vetter Ernst.

ALGERNON: Oh! Ich bin nicht eigentlich böse, Cousine Cecily. Sie müssen nicht glauben, daß ich böse sei.

CECILY: Wenn Sie nicht böse sind, haben Sie uns alle unverantwortlich hintergangen. Ich hoffe, Sie haben kein Doppelleben geführt, indem Sie vorgaben, Sie seien böse, und dabei die ganze Zeit gut waren? Das wäre Heuchelei.

ALGERNON *(sieht sie erstaunt an):* Oh! Natürlich war ich ziemlich leichtsinnig.

CECILY: Das freut mich.

ALGERNON: Ich bin sogar, da Sie einmal davon reden, auf meine kleine Art recht schlimm gewesen.

CECILY: Ich glaube, darauf sollten Sie nicht so stolz sein, obgleich es gewiß recht amüsant gewesen sein muß.

ALGERNON: Es ist viel amüsanter, hier bei Ihnen zu sein.

CECILY: Ich begreife nicht, wie Sie überhaupt hierherkommen. Onkel Jack wird erst Montag nachmittag zurückkehren.

ALGERNON: Das ist eine rechte Enttäuschung. Ich muß mit dem ersten Zug Montag früh fahren. Ich habe eine geschäftliche Verabredung, die ich ... versäumen möchte.

CECILY: Könnten Sie sie nicht anderswo als in London versäumen?

ALGERNON: Nein; die Verabredung ist in London.

CECILY: Nun, ich weiß natürlich, wieviel darauf ankommt, eine geschäftliche Verabredung nicht zu halten, wenn man nicht den Sinn für die Schönheit des Lebens verlieren will. Aber ich denke doch, Sie sollten warten, bis Onkel Jack ankommt. Ich weiß, er will mit Ihnen über Ihre Auswanderung reden.

ALGERNON: Über was?

CECILY: Über Ihre Auswanderung. Er ist in der Stadt, um Ihre Ausrüstung zu kaufen.

ALGERNON: Ich würde Jack sicher nicht meine Ausrüstung kaufen lassen. Er hat gar keinen Geschmack in Krawatten.

CECILY: Ich fürchte, Sie werden keine Krawatten nötig haben. Onkel Jack will Sie nach Australien schicken.

ALGERNON: Australien! Ich stürbe lieber.

CECILY: Nun, er sagte Mittwoch abend beim Diner, Sie hätten zwischen dieser Welt, der nächsten und Australien zu wählen.

ALGERNON: Aber die Berichte, die ich aus Australien und der nächsten Welt habe, sind nicht gerade ermutigend. Diese Welt ist gut genug für mich, Cousine Cecily.

CECILY: Ja, aber sind Sie gut genug für sie?

ALGERNON: Ich fürchte, Sie haben recht. Deshalb müssen Sie mich bessern. Sie könnten das zu Ihrer Aufgabe machen, Cousine Cecily, wenn es Ihnen nicht zu viel Mühe ist.

CECILY: Ich fürchte, ich habe keine Zeit ... heute nachmittag.

ALGERNON: Ist es Ihnen dann recht, wenn ich mich heute nachmittag selber bessere?

CECILY: Das klingt etwas don-quixotisch. Aber Sie können es ja einmal versuchen.

ALGERNON: Ich will es versuchen. Ich fühle mich schon besser.

CECILY: Sie sehen ein wenig schlechter aus.

ALGERNON: Weil ich Hunger habe.

CECILY: Wie gedankenlos von mir! Ich hätte daran denken müssen, daß jemand, der ein ganz neues Leben führen will, regelmäßige und tüchtige Mahlzeiten braucht. Wollen Sie nicht hereinkommen?

ALGERNON: Danke. Kann ich erst eine Blume fürs Knopfloch haben? Ich habe nie Appetit, wenn ich keine Blume habe.

CECILY: Eine Marschall Niel! *(Nimmt die Schere.)*

ALGERNON: Nein, lieber eine Nelkenrose.

CECILY: Warum? *(Schneidet eine Rose.)*

ALGERNON: Weil Sie wie eine Nelkenrose sind, Cousine Cecily.

CECILY: Ich glaube nicht, daß es recht ist, wenn Sie so mit mir reden. Miss Prism redet niemals so mit mir.

ALGERNON: Dann ist Miss Prism eine kurzsichtige alte Dame. *(Cecily steckt ihm die Rose ins Knopfloch.)* Sie sind das hübscheste Mädchen, das ich je gesehen habe.

CECILY: Miss Prism sagt, alle Schönheit sei eine Falle.

ALGERNON: Sie ist eine Falle, in der sich jeder verständige Mann gern fangen ließe.

CECILY: Oh, ich glaube nicht, daß mir viel daran läge, einen verständigen Mann zu fangen. Ich wüßte nicht, was ich mit ihm reden sollte.

(Sie gehen ins Haus. Miss Prism und Doktor Chasuble kommen zurück.)

MISS PRISM: Sie sind zuviel allein, lieber Doktor Chasuble. Sie sollten heiraten. Einen Misanthropen kann ich verstehen – einen Frauenthropen nicht.

CHASUBLE *(mit dem Schauder des Gelehrten):* Glauben Sie mir, eine so neologische Phrase verdiene ich nicht. Die Vorschrift sowohl wie die Praxis der ersten Kirche richtete sich ausdrücklich gegen die Ehe.

MISS PRISM *(sentenziös):* Das ist offenbar der Grund, warum die erste Kirche nicht bis zum heutigen Tage gedauert hat. Und Sie scheinen nicht zu bemerken, lieber Herr Doktor, daß sich ein Mann, der hartnäckig allein bleibt, zu einer dauernden öffentlichen Versuchung macht. Die Männer sollten vorsichtiger sein; eben die Ehelosigkeit führt schwächere Naturen in die Irre.

CHASUBLE: Aber ist ein verheirateter Mann nicht ebenso anziehend?

MISS PRISM: Kein verheirateter Mann ist anziehend, außer für seine Frau.

CHASUBLE: Und oft, habe ich gehört, nicht einmal für sie.

MISS PRISM: Das hängt von den geistigen Sympathien der Frau ab. Auf die Reife kann man sich immer verlassen. Junge Frauen sind grün. *(Doktor Chasuble wird unruhig.)* Ich redete metaphorisch. Meine Metapher war von den Früchten genommen. Aber wo ist Cecily?

CHASUBLE: Vielleicht ist sie uns zu den Schulen gefolgt.

(Jack tritt auf, vom Hintergrunde her. Er ist in tiefe Trauer gekleidet, mit Trauerband um den Hut und schwarzen Handschuhen.)

MISS PRISM: Mr. Worthing!

CHASUBLE: Mr. Worthing!

MISS PRISM: Das ist eine Überraschung! Wir erwarteten Sie erst Montag nachmittag.

JACK *(schüttelt Miss Prism mit tragischer Geste die Hand):* Ich bin eher zurückgekehrt, als ich erwartete. Doktor Chasuble, ich hoffe, es geht Ihnen gut?

CHASUBLE: Lieber Mr. Worthing, ich hoffe, dieses Gewand des Schmerzes bedeutet nicht ein furchtbares Unglück?

JACK: Meinen Bruder.

MISS PRISM: Noch schmählichere Schulden und Verschwendung?

CHASUBLE: Noch immer ein Leben der Lust führend?

JACK *(schüttelt den Kopf):* Tot!

CHASUBLE: Ihr Bruder Ernst tot?

JACK: Ganz tot.

MISS PRISM: Was für eine Lehre für ihn! Ich hoffe, er wird Nutzen daraus ziehen.

CHASUBLE: Lieber Mr. Worthing, ich spreche Ihnen mein herzliches Beileid aus. Wenigstens haben Sie den Trost, daß Sie ihm stets der großmütigste und nachsichtigste Bruder waren.

JACK: Der arme Ernst! Er hatte viele Fehler, aber es ist ein harter, harter Schlag.

CHASUBLE: Ja, es ist hart. Waren Sie bei ihm, als er starb?

JACK: Nein. Er starb im Ausland; in Paris. Ich erhielt gestern abend ein Telegramm von dem Leiter des Grand Hotel.

CHASUBLE: Ist die Todesursache genannt worden?

JACK: Eine ernste Erkältung, so scheint es.

MISS PRISM: Wie der Mann säet, so soll er ernten.

CHASUBLE *(erhebt die Hand)*: Erbarmen, liebe Miss Prism! Erbarmen! Keiner von uns ist vollkommen. Ich selber bin besonders empfindlich gegen Zugluft. Wird die Beerdigung hier stattfinden?

JACK: Nein. Er scheint den Wunsch ausgesprochen zu haben, in Paris begraben zu werden.

CHASUBLE: In Paris! *(Schüttelt den Kopf.)* Ich fürchte, das deutet nicht auf allzu großen Ernst im letzten Augenblick. Sie werden wahrscheinlich wünschen, daß ich nächsten Sonntag eine leichte Anspielung auf diesen furchtbaren häuslichen Kummer mache? *(Jack drückt ihm krampfhaft die Hand.)* Meine Predigt über die Bedeutung des Mannas in der Wüste läßt sich beinah auf jede Gelegenheit anpassen, auf eine freudige oder, wie gegenwärtig, eine traurige. *(Alle seufzen.)* Ich habe sie bei Erntefesten, Taufen, Konfirmationen, an Tagen der Demütigung und an festlichen Tagen gehalten. Das letztemal hielt ich sie in der Kathedrale als Wohltätigkeitspredigt zugunsten der Gesellschaft zur Verhinderung der Unzufriedenheit in den oberen Klassen. Der Bischof, der anwesend war, war sehr überrascht von einigen Analogien, die ich einflocht.

JACK: Ah, da fällt mir ein, Sie sprachen vom Taufen. Ich denke, Doktor Chasuble, Sie können nach allen Regeln taufen. *(Doktor Chasuble sieht erstaunt drein.)* Ich meine natürlich, Sie taufen beständig, nicht wahr?

MISS PRISM: Es ist leider eine der häufigsten Pflichten des Rektors in dieser Pfarre. Ich habe oft mit den ärmeren Leuten darüber geredet. Aber sie scheinen nicht zu wissen, was Enthaltsamkeit ist.

CHASUBLE: Aber nehmen Sie an irgendeinem Kinde besonderes Interesse, Mr. Worthing? Ihr Bruder, glaube ich, war unverheiratet, nicht wahr?

JACK: Oh, ja.

MISS PRISM *(bitter)*: Leute, die nur ihrem Vergnügen leben, sind gewöhnlich unverheiratet.

JACK: Aber es handelt sich nicht um ein Kind, lieber Doktor. Ich mag Kinder sehr gern. Aber diesmal, nein. Ich möchte nämlich heut nachmittag selber getauft werden, wenn Sie nichts Besseres zu tun haben.

CHASUBLE: Aber, Mr. Worthing, Sie sind doch schon getauft?

JACK: Ich erinnere mich nicht.

CHASUBLE: Aber haben Sie ernste Zweifel in dieser Hinsicht?

JACK: Jedenfalls will ich sie haben. Natürlich weiß ich nicht, ob Ihnen das in irgendeiner Weise Mühe macht oder ob Sie etwa meinen, ich sei jetzt ein wenig zu alt?

CHASUBLE: Durchaus nicht. Das Besprengen und sogar das Untertauchen Erwachsener ist ein durchaus kanonischer Brauch.

JACK: Das Untertauchen!

CHASUBLE: Sie brauchen keine Befürchtungen zu hegen. Nur das Besprengen ist nötig und, glaube ich, ratsam. Unser Wetter ist so veränderlich … Um wieviel Uhr wünschen Sie, daß die Zeremonie vor sich gehe?

JACK: Oh, ich könnte gegen fünf Uhr herumkommen, wenn Ihnen das passen würde.

CHASUBLE: Ausgezeichnet, ausgezeichnet! Ich habe sogar zwei ähnliche Zeremonien zu gleicher Zeit vorzunehmen. Zwillinge, die kürzlich in einer der äußeren Hütten Ihres eigenen Besitzes geboren wurden. Der Fuhrmann Jenkins, ein armer, sehr fleißiger Mann.

JACK: Oh! ich finde nicht viel Vergnügen daran, zusammen mit anderen Babys getauft zu werden. Das wäre kindisch. Paßt es Ihnen halb sechs?

CHASUBLE: Vortrefflich, vortrefflich! *(Zieht die Uhr.)* Und nun, lieber Mr. Worthing, will ich mich nicht länger in ein Haus der Trauer drängen. Ich wollte Sie nur noch bitten, sich nicht zu sehr vom Kummer beugen zu lassen. Was uns bittere Heimsuchungen zu sein scheinen, sind oft verhüllte Segnungen.

MISS PRISM: Dies scheint mir eine ziemlich unverhüllte Segnung zu sein.
(Cecily kommt aus dem Hause.)

CECILY: Onkel Jack! Oh, das freut mich, daß du zurück bist. Aber was für entsetzliche Kleider hast du an? Bitte, geh und zieh dich um.

MISS PRISM: Cecily!

CHASUBLE: Mein Kind! Mein Kind!
(Cecily geht zu Jack. Er küßt sie melancholisch auf die Stirn.)

CECILY: Was gibt es, Onkel Jack? Bitte, sieh glücklich aus! Du siehst aus, als wenn du Zahnschmerzen hättest, und ich habe eine solche Überraschung für dich. Wer, meinst du, ist im Speisezimmer? Dein Bruder!

JACK: Wer?

CECILY: Dein Bruder Ernst. Er ist vor einer halben Stunde angekommen.

JACK: Was für ein Unsinn! Ich habe keinen Bruder.

CECILY: Oh, rede nicht so! Wie schlecht er sich auch in der Vergangenheit gegen dich benommen haben mag, er bleibt doch dein Bruder. Du kannst nicht so herzlos sein, ihn zu verleugnen. Ich will ihm sagen, daß er herauskommen soll. Und du wirst ihm die Hand geben, nicht wahr, Onkel Jack?
(Läuft ins Haus zurück.)

CHASUBLE: Das ist eine freudige Nachricht.

MISS PRISM: Nachdem wir uns alle mit seinem Verlust abgefunden hatten, scheint mir seine Rückkehr besonders traurig.

JACK: Mein Bruder ist im Eßzimmer? Ich weiß nicht, was das alles bedeutet. Es scheint mir ganz absurd.
(Algernon und Cecily kommen Hand in Hand. Sie nähern sich Jack langsam.)

JACK: Um Gottes willen! *(Winkt Algernon fort.)*

ALGERNON: Bruder John, ich bin aus London gekommen, um dir zu sagen, daß ich bereue, dir so viel Sorge gemacht zu haben, und daß ich in Zukunft ein besseres Leben führen will. *(Jack starrt ihn an und nimmt seine Hand nicht.)*

CECILY: Onkel Jack, du wirst doch nicht die Hand deines eigenen Bruders zurückweisen?

JACK: Nichts soll mich veranlassen, seine Hand anzunehmen. Ich finde es einfach schmählich, daß er hierhergekommen ist. Er weiß schon, warum.

CECILY: Onkel Jack, bitte, sei nett! Etwas Gutes liegt in jedem. Ernst hat mir eben von seinem armen, invaliden Freunde Mr. Bunbury erzählt, den er so oft besucht. Und an dem muß manches Gute sein, der so gut zu einem Invaliden ist und die Freuden Londons im Stich läßt, um an einem Krankenbett zu sitzen.

JACK: Oh! er hat von Bunbury gesprochen? So?

CECILY: Ja, er hat mir die ganze Geschichte von dem armen Bunbury und seiner furchtbaren Krankheit erzählt.

JACK: Bunbury! Ich will nicht, daß er mit dir über Bunbury oder irgend etwas sonst redet. Es genügt, einen wahnsinnig zu machen.

ALGERNON: Ich gebe natürlich zu, daß alle Fehler auf meiner Seite waren. Aber ich muß gestehen, daß mir Bruder Johns Kälte sehr schmerzlich ist. Ich erwartete einen freundlicheren Empfang, zumal es das erstemal ist, daß ich hier bin.

CECILY: Onkel Jack, wenn du Ernst nicht die Hand gibst, verzeihe ich dir nie.

JACK: Du verzeihst mir nie?

CECILY: Nie, nie, nie!

JACK: Nun, das ist das letztemal, daß ich es tue. *(Gibt Algernon die Hand und starrt ihn an.)*

CHASUBLE: Es ist schön, nicht wahr, eine Versöhnung zu sehen? Ich denke, wir könnten die beiden Brüder allein lassen.

MISS PRISM: Cecily, Sie werden mit mir kommen.

CECILY: Gewiß, Miss Prism. Meine kleine Aufgabe der Versöhnung ist zu Ende.

CHASUBLE: Sie haben heute eine schöne Tat getan, liebes Kind.

MISS PRISM: Wir dürfen uns in unserm Urteil nicht übereilen.

CECILY: Ich bin sehr glücklich.
(Alle gehen.)

JACK: Du junger Halunke, Algy, du mußt so bald wie möglich fort von hier. Ich erlaube kein Bunburysieren hier.

(Merriman tritt auf.)

MERRIMAN: Ich habe Mr. Ernsts Sachen in dem Zimmer neben Ihrem untergebracht, gnädiger Herr. Hoffentlich ist es so recht?

JACK: Was?

MERRIMAN: Mr. Ernsts Gepäck, gnädiger Herr. Ich habe es ausgepackt und in das Zimmer neben Ihrem gebracht.

JACK: Sein Gepäck?

MERRIMAN: Ja, gnädiger Herr. Drei Mantelsäcke, einen Kleiderkoffer, zwei Hutschachteln und einen großen Frühstückskorb.

ALGERNON: Ich fürchte, ich kann diesmal nicht länger als eine Woche bleiben.

JACK: Merriman, bestellen Sie sofort den Jagdwagen. Mr. Ernst ist plötzlich nach London zurückgerufen worden.

MERRIMAN: Ja, gnädiger Herr. *(Geht ins Haus.)*

ALGERNON: Was für ein schrecklicher Lügner du bist, Jack. Ich bin gar nicht nach London zurückgerufen worden.

JACK: Doch.

ALGERNON: Ich habe niemanden rufen hören.

JACK: Deine Pflicht als Gentleman ruft dich zurück.

ALGERNON: Meine Pflicht als Gentleman hat nie im geringsten meine Vergnügungen gestört.

JACK: Das verstehe ich vollkommen.

ALGERNON: Nun, Cecily ist ein reizendes Kind.

JACK: Du hast nicht so von Miss Cardew zu reden. Das gefällt mir nicht.

ALGERNON: Nun, mir gefallen deine Kleider nicht. Du siehst einfach lächerlich darin aus. Warum gehst du nicht hinauf und ziehst dich um? Es ist wirklich kindisch, um einen Menschen Trauer anzulegen, der tatsächlich eine ganze Woche als Gast in deinem Hause bleiben will. Es ist grotesk.

JACK: Du bleibst sicherlich nicht als Gast oder irgend etwas sonst eine ganze Woche in meinem Hause. Du hast mit Zug ... vier Uhr fünf abzureisen.

ALGERNON: Ich reise sicher nicht ab, solange du in Trauer bist. Das wäre unfreundschaftlich. Wenn ich in Trauer wäre, würdest du bei mir bleiben, hoffe ich. Ich würde es für rücksichtslos halten, wenn du es nicht tätest.

JACK: Aber wirst du gehen, wenn ich mich umziehe?

ALGERNON: Ja, wenn es nicht zu lange dauert. Ich kenne niemand, der sich so lange und mit so wenig Erfolg anzieht.

JACK: Nun, das ist jedenfalls besser, als wenn man immer übermäßig geputzt ist, wie du.

ALGERNON: Wenn ich gelegentlich ein wenig übermäßig geputzt bin, so gleiche ich das dadurch aus, daß ich immer ungeheuer überkultiviert bin.

JACK: Deine Eitelkeit ist lächerlich und deine Gegenwart in meinem Garten absurd. Aber du mußt den Zug vier Uhr fünf erreichen, und ich hoffe, du wirst eine gute Reise nach London haben. Dieser Bunburyausflug, wie du es nennst, ist kein großer Erfolg gewesen. *(Geht ins Haus.)*

ALGERNON: Ich glaube, er ist doch ein großer Erfolg gewesen. Ich bin in Cecily verliebt, und das ist die Hauptsache. *(Cecily kommt in den Hintergrund des Gartens. Sie nimmt die Kanne und beginnt, Blumen zu begießen.)* Aber ich muß sie sprechen, ehe ich gehe, und einen zweiten Bunbury verabreden. Ah, da ist sie.

CECILY: Oh, ich kam nur zurück, um die Blumen zu begießen. Ich dachte, Sie wären bei Onkel Jack.

ALGERNON: Er ist gegangen, den Wagen für mich zu bestellen.

CECILY: Oh, er will Sie spazieren führen?

ALGERNON: Er will mich wegschicken.

CECILY: Dann müssen wir uns verabschieden?

ALGERNON: Ich fürchte. Es ist ein schmerzlicher Abschied.

CECILY: Es ist immer schmerzlich, sich von Leuten zu trennen, die man erst so kurze Zeit kennt.

Die Trennung von alten Freunden kann man mit Gleichmut ertragen. Aber auch nur einen Moment der Trennung von jemand, den man gerade kennengelernt hat, ist beinahe unerträglich.

ALGERNON: Ich danke Ihnen.

(Merriman tritt auf.)

MERRIMAN: Der Wagen steht vor der Tür, gnädiger Herr.

(Algernon sieht bittend auf Cecily.)

CECILY: Er kann noch warten, Merriman ... noch ... fünf Minuten.

MERRIMAN: Ja, gnädiges Fräulein.

(Merriman geht.)

ALGERNON: Ich hoffe, es wird Sie nicht beleidigen, Cecily, wenn ich ganz frei und offen feststelle, daß mir scheint, Sie sind in jeder Hinsicht die sichtbare Verkörperung der absoluten Vollkommenheit.

CECILY: Ich glaube, Ihre Offenheit macht Ihnen viel Ehre, Ernst. Wenn Sie mir erlauben, will ich Ihre Bemerkungen in mein Tagebuch schreiben.

(Geht an den Tisch und fängt an, im Tagebuch zu schreiben.)

ALGERNON: Führen Sie wirklich ein Tagebuch? Ich gäbe alles dafür, wenn ich hineinsehen dürfte. Darf ich?

CECILY: O nein. *(Legt ihre Hände darauf.)* Sehen Sie, es ist nur der Bericht der Gedanken und Eindrücke eines sehr jungen Mädchens und demnach zur Veröffentlichung bestimmt. Wenn es in Buchform erscheint, hoffe ich, Sie werden ein Exemplar kaufen. Aber, bitte, Ernst, hören Sie nicht auf. Ich schreibe gar zu gern nach Diktat. Ich bin bis »absoluten Vollkommenheit« gekommen. Sie können fortfahren. Ich bin auf mehr gefaßt.

ALGERNON *(etwas stutzig)*: Ahem! Ahem!

CECILY: Bitte, husten Sie nicht, Ernst. Wenn man diktiert, muß man fließend sprechen und nicht husten. Außerdem weiß ich nicht, wie man das Husten schreibt. *(Schreibt, während Algernon spricht.)*

ALGERNON *(spricht sehr schnell)*: Cecily, seitdem ich zum erstenmal Ihre wundervolle und unvergleichliche Schönheit gesehen habe, habe ich gewagt, Sie wild, leidenschaftlich, hoffnungslos zu lieben.

CECILY: Ich glaube nicht, daß Sie mir sagen sollten, Sie liebten mich wild, leidenschaftlich, hoffnungslos. Hoffnungslos hat nicht viel Sinn, nicht wahr?

ALGERNON: Cecily!

(Merriman tritt auf.)

MERRIMAN: Der Wagen wartet, gnädiger Herr.

ALGERNON: Sagen Sie ihm, er soll nächste Woche um die gleiche Zeit wiederkommen.

MERRIMAN *(sieht auf Cecily, die kein Zeichen macht)*: Ja, gnädiger Herr.

(Merriman geht.)

CECILY: Onkel Jack würde sehr ärgerlich werden, wenn er wüßte, daß Sie bis nächste Woche um die gleiche Zeit bleiben wollen.

ALGERNON: Oh, mir liegt nichts an Jack. Mir liegt an niemand auf der ganzen Welt außer an Ihnen. Ich liebe dich, Cecily. Du wirst mich heiraten, nicht wahr?

CECILY: Du närrischer Junge! Natürlich. Wir sind doch seit drei Monaten verlobt.

ALGERNON: Seit drei Monaten?

CECILY: Ja, Donnerstag werden es gerade drei Monate.

ALGERNON: Aber wie haben wir uns verlobt?

CECILY: Nun, seit der gute Onkel Jack uns zuerst gestanden hat, daß er einen jüngeren Bruder hätte, der sehr bös und schlecht sei, bist du natürlich das wichtigste Gesprächsthema zwischen mir und Miss Prism gewesen. Und ein Mann, über den viel geredet wird, ist natürlich immer sehr anziehend. Man fühlt, es muß doch etwas in ihm stecken. Es war wohl töricht von mir, aber ich verliebte mich in dich, Ernst.

ALGERNON: Liebling! Und wann kam die Verlobung endgültig zustande?

CECILY: Am letzten 14. Februar. Ich wurde müde, weil du gar nichts von meinem Dasein wußtest, und da beschloß ich, die Sache so oder so zu Ende zu bringen. Und nach einem langen Kampfe mit mir selbst nahm ich dich hier unter diesem lieben alten Baume an. Am nächsten

Tage kaufte ich in deinem Namen diesen kleinen Ring, und dies ist das kleine Armband mit dem echten Liebesknoten, das ich dir immer zu tragen versprochen habe.

ALGERNON: Das hab' ich dir geschenkt? Er ist recht hübsch, nicht wahr?

CECILY: Ja, du hast einen ausgezeichneten Geschmack, Ernst. Damit habe ich immer dein böses Leben entschuldigt. Und hier ist die Schachtel, in der ich all deine lieben Briefe aufbewahre. *(Kniet am Tisch, öffnet die Schachtel und zieht die Briefe heraus, die mit einem blauen Band zusammengebunden sind.)*

ALGERNON: Meine Briefe! Aber meine liebe, süße Cecily, ich habe dir nie Briefe geschrieben.

CECILY: Das brauchst du nicht erst zu sagen, Ernst. Ich weiß nur zu gut, daß ich alle Briefe habe für dich schreiben müssen. Ich schrieb immer dreimal die Woche. Mitunter auch öfter.

ALGERNON: Bitte, laß mich sie lesen, Cecily!

CECILY: O nein, ich kann nicht. Sie würden dich zu eingebildet machen. *(Stellt die Schachtel zurück.)* Die drei, die du mir nach Aufhebung der Verlobung geschrieben hast, sind so schön und so unorthographisch geschrieben, daß ich sie noch jetzt nicht lesen kann, ohne ein wenig zu weinen.

ALGERNON: Aber ist denn unsere Verlobung aufgehoben worden?

CECILY: Natürlich. Am 22. März. Du kannst die Eintragung sehen, wenn du willst. *(Zeigt das Tagebuch.)* »Heute hob ich meine Verlobung mit Ernst auf. Ich fühle, es ist besser so. Das Wetter ist fortwährend wundervoll.«

ALGERNON: Aber warum hast du sie aufgehoben? Was hatte ich getan? Ich hatte gar nichts getan. Cecily, ich bin sehr gekränkt, daß du sie aufgehoben hast. Besonders, wenn das Wetter so wundervoll war.

CECILY: Es wäre schwerlich eine richtige Verlobung gewesen, wenn sie nicht wenigstens einmal aufgehoben worden wäre. Aber ich hatte dir verziehen, ehe die Woche um war.

ALGERNON *(geht zu ihr und kniet)*: Was für ein Engel du bist, Cecily!

CECILY: Du lieber, romantischer Junge. *(Er küßt sie. Sie streicht mit den Fingern durch sein Haar.)* Ich hoffe, deine Locken kräuseln sich natürlich?

ALGERNON: Ja, liebes Kind, wenn man ein wenig nachhilft.

CECILY: Ich bin so froh.

ALGERNON: Du wirst deine Verlobung nie wieder aufheben, Cecily?

CECILY: Ich glaube nicht, daß ich sie jetzt wieder aufheben könnte, nachdem ich dich wirklich getroffen habe. Und außerdem ist ja dein Name da.

ALGERNON *(nervös)*: Ja, natürlich.

CECILY: Du mußt mich nicht auslachen, Liebling, aber es ist immer ein kindlicher Traum von mir gewesen, einmal jemand namens Ernst zu lieben. *(Algernon steht auf, Cecily auch.)* In dem Namen ist etwas, was unbedingtes Vertrauen einflößt. Mir tut jede arme verheiratete Frau leid, deren Mann nicht Ernst heißt.

ALGERNON: Aber mein liebes Kind, willst du etwa sagen, du könntest mich nicht lieben, wenn ich anders hieße?

CECILY: Aber wie?

ALGERNON: Oh, irgendwie ... Algernon zum Beispiel ...

CECILY: Aber ich mag den Namen Algernon nicht.

ALGERNON: Aber mein teurer, lieber, süßer, kleiner Liebling, ich sehe wirklich nicht ein, was du gegen den Namen Algernon haben könntest. Es ist gar kein häßlicher Name. Es ist sogar ein ziemlich aristokratischer Name. Die Hälfte der Leute, die vor den Bankrottgerichtshof kommen, heißt Algernon. Aber im Ernst, Cecily ... *(geht zu ihr)* ... Wenn ich Algy hieße, könntest du mich dann nicht lieben?

CECILY *(steht auf)*: Ich könnte dich achten, Ernst, ich könnte deinen Charakter bewundern, aber ich fürchte, ich könnte dir nie meine ungeteilte Zuneigung widmen.

ALGERNON: Hm! Cecily! *(Nimmt seinen Hut.)* Euer Pfarrer ist doch wohl in der Handhabung aller Gebräuche und Zeremonien der Kirche erfahren?

CECILY: O ja. Doktor Chasuble ist ein sehr gelehrter Mann. Er hat kein einziges Buch geschrieben. Da kannst du dir denken, wieviel er wissen muß.

ALGERNON: Ich muß ihn sofort wegen einer wichtigen Taufe – ich meine, wegen einer höchst wichtigen Angelegenheit sprechen.

CECILY: Oh!

ALGERNON: Ich bleibe höchstens eine halbe Stunde fort.

CECILY: Wenn man bedenkt, daß wir erst seit dem 14. Februar verlobt sind und daß ich dich heute zum ersten Male gesehen habe, da, sollte ich meinen, ist es hart, daß du mich schon eine ganze halbe Stunde allein läßt. Kannst du es nicht in zwanzig Minuten machen?

ALGERNON: Ich bin im Nu zurück. *(Küßt sie und stürzt den Garten hinunter.)*

CECILY: Was für ein stürmischer Junge er ist! Sein Haar gefällt mir ja so gut. Ich muß seinen Antrag in mein Tagebuch schreiben.

(Merriman tritt auf.)

MERRIMAN: Eine gewisse Miss Fairfax ist eben vorgefahren, um Mr. Worthing zu sprechen. In sehr wichtiger Angelegenheit, sagt Miss Fairfax.

CECILY: Ist Mr. Worthing nicht in seiner Bibliothek?

MERRIMAN: Mr. Worthing ist vor einiger Zeit in der Richtung zum Rektorat fortgegangen.

CECILY: Bitten Sie die Dame, hierher zu kommen; Mr. Worthing wird sicher bald zurück sein. Und Sie können den Tee bringen.

MERRIMAN: Ja, gnädiges Fräulein. *(Geht.)*

CECILY: Miss Fairfax! Vermutlich eine von den ältlichen Damen, die mit Onkel Jack bei seinen philanthropischen Bestrebungen in London zu tun haben. Ich mag Frauen nicht, die sich für die philanthropischen Bestrebungen interessieren. Es ist so naseweis.

(Merriman tritt auf.)

MERRIMAN: Miss Fairfax.

(Gwendolen kommt. Merriman geht.)

CECILY *(ihr entgegen)*: Bitte, erlauben Sie, daß ich mich selbst vorstelle. Ich heiße Cecily Cardew.

GWENDOLEN: Cecily Cardew? *(Geht auf sie zu, gibt ihr die Hand.)* Was für ein reizender Name! Irgend etwas sagt mir, daß wir gute Freundinnen sein werden. Sie gefallen mir schon mehr, als ich sagen kann. Meine ersten Eindrücke von den Leuten sind nie falsch.

CECILY: Wie reizend von Ihnen, daß Sie mich nach verhältnismäßig so kurzer Zeit schon so gern haben. Bitte, nehmen Sie Platz.

GWENDOLEN *(noch stehend)*: Ich darf Sie Cecily nennen, nicht wahr?

CECILY: Mit Vergnügen!

GWENDOLEN: Und Sie werden mich Gwendolen nennen, nicht wahr?

CECILY: Wenn Sie es wünschen?

GWENDOLEN: Dann ist alles in Ordnung, nicht wahr?

CECILY: Ich hoffe.

(Eine Pause. Sie setzen sich beide nebeneinander.)

GWENDOLEN: Vielleicht ist dies eine günstige Gelegenheit zu erwähnen, wer ich bin. Mein Vater ist Lord Bracknell. Sie haben vermutlich nie von meinem Vater gehört.

CECILY: Ich glaube nicht.

GWENDOLEN: Ich kann zu meiner Freude sagen, daß mein Vater außerhalb des Familienkreises ganz unbekannt ist. Ich denke, so sollte es immer sein. Das Haus scheint mir die richtige Sphäre für den Mann zu sein. Und sicher ist: wenn ein Mann einmal anfängt, seine häuslichen Pflichten zu vernachlässigen, so wird er unangenehm weibisch, nicht wahr? Und das mag ich nicht. Es macht die Männer so anziehend. Mama, deren Ansichten über die Erziehung außerordentlich streng sind, hat mich sehr kurzsichtig erzogen; das gehört zu ihrem System; ist es Ihnen also nicht unangenehm, wenn ich Sie durch mein Glas ansehe?

CECILY: Oh, durchaus nicht, Gwendolen! Ich lasse mich sehr gern ansehen.

GWENDOLEN *(nachdem sie Cecily durch ihre Lorgnette sorgfältig betrachtet hat)*: Sie sind auf kurzen Besuch hier?

CECILY: O nein! Ich wohne hier.

GWENDOLEN *(streng)*: Wirklich? Ihre Mutter oder eine weibliche Verwandte in vorgerückten Jahren wohnt wohl auch hier?

CECILY: O nein! Ich habe keine Mutter und überhaupt keine Verwandten.

GWENDOLEN: Wirklich?

CECILY: Mein lieber Vormund hat mit Hilfe von Miss Prism die schwere Aufgabe, sich um mich zu kümmern.

GWENDOLEN: Ihr Vormund?

CECILY: Ja, ich bin Mr. Worthings Mündel.

GWENDOLEN: Oh, es ist merkwürdig, daß er mir nie gesagt hat, er habe ein Mündel. Wie geheimnisvoll von ihm! Er wird stündlich interessanter. Aber ich kann nicht behaupten, daß mich die Nachricht mit ungemischter Freude erfülle. *(Steht auf und tritt zu ihr.)* Ich mag Sie recht gern, Cecily, Sie haben mir vom ersten Augenblick an gefallen! Aber ich muß hinzufügen, daß ich jetzt, da ich weiß, Sie sind Mr. Worthings Mündel, nicht umhin kann zu wünschen, Sie wären – nun, ein klein wenig – älter – und nicht ganz so reizvoll in Ihrem Äußern. Ja, wenn ich offen reden darf –

CECILY: Bitte, tun Sie es. Ich denke, wenn jemand etwas Unangenehmes zu sagen hat, sollte er immer ganz offen reden.

GWENDOLEN: Nun, um ganz offen zu reden, Cecily – ich wünschte, Sie wären volle zweiundvierzig und ungewöhnlich häßlich für Ihr Alter. Ernst hat einen starken, aufrichtigen Charakter. Er ist die Seele der Wahrheit und Ehre. Untreue wäre ihm so unmöglich wie Betrug. Aber selbst Männer von höchstem moralischem Charakter sind dem Einfluß physischer Reize bei andern außerordentlich zugänglich. Die moderne wie die antike Geschichte gibt uns dafür viele schmerzliche Beispiele. Wäre es nicht so, so wäre die Geschichte ganz unlesbar.

CECILY: Verzeihung, Gwendolen, sagten Sie Ernst?

GWENDOLEN: Ja.

CECILY: Oh, aber nicht Mr. Ernst Worthing ist mein Vormund. Sein Bruder – sein älterer Bruder.

GWENDOLEN *(setzt sich wieder)*: Ernst hat mir nie gesagt, daß er einen Bruder hätte.

CECILY: Sie sind leider lange Zeit entzweit gewesen.

GWENDOLEN: Ah, das erklärt alles. Und jetzt, wo ich darüber nachdenke, finde ich, daß ich niemals jemand von seinem Bruder habe reden hörte. Das Thema ist den meisten Männern unangenehm. Cecily, Sie haben mir eine Last von der Seele genommen. Ich begann schon fast zu fürchten ... Es wäre schrecklich gewesen, wenn eine Wolke über unsere Freundschaft gekommen wäre, nicht wahr? Natürlich sind Sie ganz, ganz sicher, daß nicht Mr. Ernst Worthing Ihr Vormund ist?

CECILY: Ganz sicher. *(Eine Pause.)* Freilich werde ich ihm gehören.

GWENDOLEN *(forschend)*: Verzeihung?

CECILY *(scheu und vertraulich)*: Liebste Gwendolen, wozu sollte ich es Ihnen verheimlichen? Unser kleines Lokalblatt wird es ja doch nächste Woche berichten. Mr. Ernst Worthing und ich sind verlobt.

GWENDOLEN *(sehr höflich, steht auf)*: Meine liebe Cecily, ich glaube, hier muß ein kleiner Irrtum vorliegen. Mr. Ernst Worthing ist mit mir verlobt. Die Ankündigung wird spätestens Samstag in der Morning Post stehen.

CECILY *(sehr höflich, steht auf)*: Ich fürchte, Sie stehen unter einem Mißverständnis. Ernst hat mir vor zehn Minuten seinen Antrag gemacht. *(Zeigt ihr Tagebuch.)*

GWENDOLEN *(prüft das Tagebuch sorgfältig durch ihre Lorgnette)*: Es ist wirklich sehr merkwürdig, denn er bat mich gestern nachmittag um fünf Uhr dreißig, seine Frau zu werden. Wenn Ihnen daran liegt, sich davon zu überzeugen, bitte! *(Zieht ihr Tagebuch hervor.)* Ich reise nie ohne mein Tagebuch. Man sollte immer etwas Sensationelles im Zuge zu lesen haben. Es tut mir sehr leid, Cecily, wenn es eine Enttäuschung für Sie ist, aber ich fürchte, ich habe ältere Ansprüche.

CECILY: Es würde mich mehr, als ich sagen kann, betrüben, liebe Gwendolen, wenn es Ihnen geistige oder körperliche Schmerzen bereitete, aber ich muß doch darauf hinweisen, daß Ernst offenbar seine Absicht geändert hat, seitdem er Ihnen seinen Antrag machte.

GWENDOLEN *(nachdenklich)*: Wenn der arme Junge zu einem törichten Versprechen verlockt worden ist, so halte ich es für meine Pflicht, ihm sofort zu Hilfe zu kommen, und zwar mit fester Hand.

CECILY *(gedankenvoll und traurig)*: In welche Verwirrung mein lieber Junge auch geraten sein mag, ich will es ihm nie vorwerfen, wenn wir erst verheiratet sind.

GWENDOLEN: Meinen Sie mich mit der Verwirrung, Miss Cardew? Sie sind anmaßend. Bei solcher Gelegenheit ist es mehr als Pflicht, seine Meinung zu sagen. Es wird zum Vergnügen.

CECILY: Wollen Sie etwa sagen, Miss Fairfax, ich hätte Ernst zu einer Verlobung verlockt? Wie können Sie es wagen? Es ist jetzt nicht die Zeit, die alberne Maske guter Manieren zu tragen. Ich pflege die Dinge beim rechten Namen zu nennen.

GWENDOLEN *(satirisch):* Ich lege meine guten Manieren nie ab. Offenbar sind unsere sozialen Sphären ganz verschiedene.

(Merriman tritt auf mit einem zweiten Diener. Er trägt ein Teebrett, Tischtuch und Tellerständer. Cecily will gerade entgegnen. Die Gegenwart der Diener übt einen zurückhaltenden Einfluß aus, so daß die beiden Mädchen sich nur wütend ansehen.)

MERRIMAN: Soll ich den Tee wie gewöhnlich hier decken, gnädiges Fräulein?

CECILY *(streng, ruhig):* Ja, wie gewöhnlich.

(Merriman leert den Tisch, legt das Tischtuch. Lange Pause. Gwen- dolen und Cecily starren sich an.)

GWENDOLEN: Gibt es viel interessante Spaziergänge in der Umgebung, Miss Cardew?

CECILY: O ja. Sehr viele. Vom Gipfel des nahen Hügels sieht man fünf Grafschaften.

GWENDOLEN: Fünf Grafschaften! Ich glaube, das würde mir nicht behagen. Ich hasse Volksmengen.

CECILY *(sanft):* Deshalb leben Sie wohl in der Stadt?

(Gwendolen beißt sich auf die Lippe und schlägt ihren Fuß nervös mit dem Sonnenschirm.)

GWENDOLEN *(sieht sich um):* Ein wohlgepflegter Garten, Miss Cardew.

CECILY: Es freut mich, daß er Ihnen gefällt, Miss Fairfax.

GWENDOLEN: Ich hatte keine Ahnung, daß es Blumen auf dem Lande gäbe.

CECILY: Oh, Blumen sind hier so gewöhnlich, wie die Menschen in London.

GWENDOLEN: Ich persönlich begreife nicht, wie jemand es anfängt, auf dem Lande zu leben, wenn jemand, der jemand ist, es überhaupt tut. Mich langweilt das Land immer zu Tode.

CECILY: Ah! Das nennen die Zeitungen agrarische Depression, nicht wahr? Ich glaube, die Aristokratie leidet augenblicklich sehr darunter. Ich höre, es ist eine förmliche Epidemie. Darf ich Ihnen etwas Tee geben, Miss Fairfax?

GWENDOLEN *(ausgesucht höflich):* Danke, ja. *(Beiseite.)* Abscheuliches Mädchen! Aber ich muß Tee haben.

CECILY *(sanft):* Zucker?

GWENDOLEN *(anmaßend):* Danke, nein. Zucker ist nicht mehr Mode.

(Cecily sieht sie wütend an, nimmt die Zange, wirft vier Stücke Zucker in die Tasse.)

CECILY *(streng):* Kuchen oder Butterbrot?

GWENDOLEN *(gelangweilt):* Butterbrot, bitte. Kuchen findet man heute noch selten in den besten Häusern.

CECILY *(schneidet ein großes Stück Kuchen ab, legt es auf das Teebrettchen):* Reichen Sie das Miss Fairfax.

(Merriman tut es und geht mit dem zweiten Diener ab. Gwendolen trinkt und macht eine Grimasse. Setzt die Tasse sofort hin, will Butterbrot nehmen, sieht, daß es Kuchen ist, steht entrüstet auf.)

GWENDOLEN: Sie haben meinen Tee mit Zucker gefüllt, und obgleich ich ausdrücklich um Butterbrot bat, haben Sie mir Kuchen gegeben. Ich bin wegen der Sanftmut meines Charakters bekannt und wegen der ungewöhnlichen Milde meines Wesens, aber ich warne Sie, Miss Cardew, Sie könnten zu weit gehen.

CECILY *(erhebt sich):* Um meinen armen, unschuldigen, vertrauensvollen Jungen vor den Machinationen eines anderen Mädchens zu retten, kann ich gar nicht zu weit gehen.

GWENDOLEN: Vom ersten Augenblick an habe ich Ihnen mißtraut. Ich fühlte, daß Sie falsch und hinterlistig sind. Ich täusche mich nie in solchen Dingen. Meine ersten Eindrücke sind immer richtig.

CECILY: Mir scheint, Miss Fairfax, ich nehme Ihre kostbare Zeit zu sehr in Anspruch. Sie haben zweifellos noch viele ähnliche Besuche in der Nachbarschaft zu machen.

(Jack tritt auf.)

GWENDOLEN *(sieht ihn):* Ernst! Mein lieber Ernst!

JACK: Gwendolen! Liebste! *(Will sie küssen.)*

GWENDOLEN *(tritt zurück):* Einen Augenblick! Darf ich fragen, ob du mit dieser jungen Dame verlobt bist? *(Zeigt auf Cecily.)*

JACK *(lachend):* Mit der guten, kleinen Cecily? Natürlich nicht! Wie ist der Gedanke in deinen hübschen kleinen Kopf gekommen?

GWENDOLEN: Danke. Du darfst! *(Hält ihre Wange hin.)*

CECILY *(sehr sanft):* Ich wußte, es müßte ein Mißverständnis sein. Der Herr, dessen Arm augenblicklich um Ihre Taille liegt, ist mein lieber Vormund, Mr. John Worthing.

GWENDOLEN: Verzeihung?

CECILY: Das ist Onkel Jack.

GWENDOLEN: Jack! Oh!

(Algernon tritt auf.)

CECILY: Hier kommt Ernst.

ALGERNON *(geht auf Cecily zu, ohne sich um sonst jemand zu kümmern):* Geliebte! *(Will sie küssen.)*

CECILY *(tritt zurückt):* Einen Augenblick, Ernst! Darf ich fragen, bist du mit dieser jungen Dame verlobt?

ALGERNON *(dreht sich um):* Mit welcher jungen Dame? Lieber Gott! Gwendolen!

CECILY: Ja, mit lieber Gott Gwendolen, mit Gwendolen, wollte ich sagen!

ALGERNON *(lachend):* Natürlich nicht! Wie ist der Gedanke in deinen hübschen kleinen Kopf gekommen?

CECILY: Danke. *(Hält die Wange hin.)* Du darfst.

(Algernon küßt sie.)

GWENDOLEN: Ich fühlte, daß ein kleiner Irrtum vorliegen mußte, Miss Cardew. Der Herr, der Sie eben umarmt, ist mein Vetter, Mr. Algernon Moncrieff.

CECILY *(weicht vor Algernon zurück):* Algernon Moncrieff! Oh!

(Die beiden Mädchen gehen aufeinander zu und umfassen einander, als wollten sie sich schützen.)

CECILY: Heißen Sie wirklich Algernon?

ALGERNON: Ich kann es nicht leugnen.

CECILY: Oh!

GWENDOLEN: Heißen Sie wirklich John?

JACK *(ziemlich stolz dastehend):* Ich könnte es leugnen, wenn ich wollte. Ich könnte alles leugnen, wenn ich wollte. Aber ich heiße wirklich John. Ich habe jahrelang John geheißen.

CECILY *(zu Gwendolen):* Wir sind beide das Opfer einer groben Täuschung geworden.

GWENDOLEN: Meine arme verwundete Cecily!

CECILY: Meine liebe betrogene Gwendolen!

GWENDOLEN *(langsam und ernst):* Sie werden mich Schwester nennen, nicht wahr?

(Sie umarmen einander. Jack und Algernon seufzen und gehen auf und ab.)

CECILY *(strahlend):* Nur noch eine Frage möchte ich an meinen Vormund richten.

GWENDOLEN: Ein vortrefflicher Gedanke! Nur noch eine Frage möchte ich an Sie richten, Mr. Worthing. Wo ist Ihr Bruder Ernst? Wir sind beide mit Ihrem Bruder Ernst verlobt. Es ist also von einiger Wichtigkeit für uns zu erfahren, wo Ihr Bruder augenblicklich ist.

JACK *(langsam und zögernd):* Gwendolen – Cecily – es ist sehr schmerzlich für mich, die Wahrheit sagen zu müssen. Zum erstenmal in meinem Leben komme ich in diese schmerzliche Lage, und ich bin in solchgn Dingen ganz unerfahren. Aber ich will euch ganz offen sagen, daß ich keinen Bruder Ernst habe. Ich habe überhaupt keinen Bruder. Ich habe nie in meinem Leben einen Bruder gehabt, und ich habe nicht im geringsten die Absicht, jemals in der Zukunft einen zu haben.

CECILY *(überrascht):* Überhaupt keinen Bruder?

JACK *(lustig):* Nein!

GWENDOLEN *(streng):* Sie haben niemals einen Bruder irgendwelcher Art gehabt?

JACK *(scherzend):* Niemals! Nicht einmal irgendwelcher Art.

GWENDOLEN: Ich glaube, Cecily, es ist absolut klar, daß keine von uns mit irgend jemandem verlobt ist.

CECILY: Es ist keine sehr angenehme Lage für ein junges Mädchen, plötzlich zu sehen, daß es betrogen ist. Nicht wahr?

GWENDOLEN: Lassen Sie uns ins Haus gehen. Sie werden kaum wagen, uns dahin zu folgen.

CECILY: Nein: die Männer sind so feig, nicht wahr?
(Sie gehen mit verächtlichen Blicken ins Haus.)

JACK: Diesen entsetzlichen Stand der Dinge nennst du vermutlich Bunburysieren?

ALGERNON: Ja; und es ist sogar ein wundervoller Bunbury. Der wundervollste Bunbury, den ich in meinem Leben gehabt habe.

JACK: Aber du hattest gar kein Recht, hier zu bunburysieren.

ALGERNON: Das ist albern. Man hat das Recht, wo man will, zu bunburysieren. Das weiß jeder ernste Bunburyist.

JACK: Jeder ernste Bunburyist! Um Gottes willen!

ALGERNON: In irgend etwas muß man doch ernst sein, wenn man noch Vergnügen im Leben haben will. Womit du es ernst nimmst, weiß ich beim besten Willen nicht. Mit allem vermutlich. Du bist absolut trivial.

JACK: Die einzige Befriedigung, die ich wenigstens bei dieser ganzen elenden Geschichte habe, ist die, daß dein Freund Bunbury völlig aufgeflogen ist. Du kannst jetzt nicht mehr ganz so oft aufs Land laufen wie früher, Algy. Und das ist recht gut.

ALGERNON: Dein Bruder hat die Farbe etwas verloren, nicht wahr, lieber Jack? Du kannst nicht ganz so häufig mehr nach London verschwinden, wie du es früher schändlicherweise tatest. Und das ist auch nicht schlecht.

JACK: Was dein Benehmen gegen Miss Cardew angeht – da muß ich doch sagen, ein liebes, einfaches, unschuldiges Kind zu hintergehen, ist ganz unentschuldbar. Davon will ich gar nicht erst reden, daß ich ihr Vormund bin.

ALGERNON: Ich finde keine Rechtfertigung dafür, daß du eine glänzende, kluge, durchaus erfahrene junge Dame wie Miss Fairfax betrogen hast. Davon will ich gar nicht erst reden, daß sie meine Cousine ist.

JACK: Ich wollte mich mit ihr verloben, weiter nichts. Ich liebe sie.

ALGERNON: Und ich wollte mich nur mit Cecily verloben. Ich bete sie an.

JACK: Es ist sicher keinerlei Aussicht für dich vorhanden, Miss Cardew zu heiraten.

ALGERNON: Ich halte es nicht für wahrscheinlich, daß du und Miss Fairfax ein Paar werdet.

JACK: Nun, das geht dich gar nichts an.

ALGERNON: Ginge es mich an, so würde ich nicht darüber reden. *(Beginnt Muffins zu essen.)* Es ist sehr vulgär, von seinen Angelegenheiten zu reden. Nur Leute wie Börsenmakler tun das, und auch die nur auf Dinergesellschaften.

JACK: Wie du dasitzen kannst und ruhig Muffins essen, während wir in dieser furchtbaren Aufregung sind, begreife ich nicht. Du scheinst absolut herzlos zu sein.

ALGERNON: Ich kann Muffins nicht aufgeregt essen. Die Butter würde mir auf die Manschetten laufen. Man sollte Muffins immer ruhig essen. Das ist die einzige Möglichkeit, sie zu essen.

JACK: Ich sage, es ist absolut herzlos, daß du unter diesen Umständen überhaupt Muffins ißt.

ALGERNON: Wenn ich aufgeregt bin, ist Essen das einzige, was mich tröstet. Wenn ich sehr aufgeregt bin, verweigere ich sogar alles außer Essen und Trinken. Das kann dir jeder, der mich genau kennt, sagen. Augenblicklich esse ich Muffins, weil ich unglücklich bin. Außerdem esse ich Muffins besonders gern. *(Steht auf.)*

JACK *(sveht auf):* Aber das ist kein Grund, warum du sie so gierig alle essen solltest. *(Nimmt Algernon die Muffins weg.)*

ALGERNON *(bietet ihm Teekuchen an):* Ich wollte, du nähmst statt dessen Teekuchen. Ich esse Teekuchen nicht gerne.

JACK: Um Gottes willen! Ich denke doch, man wird in seinem eigenen Garten seine eigenen Muffins essen dürfen.

ALGERNON: Aber du hast doch gerade gesagt, es sei absolut herzlos, Muffins zu essen.

JACK: Ich sagte, es sei absolut herzlos von dir, unter diesen Umständen! Das ist ganz etwas anderes.

ALGERNON: Das mag sein. Aber die Muffins bleiben die gleichen.
(Nimmt Jack die Schüssel mit den Muffins weg.)

JACK: Algy, wollte Gott, du gingst!

ALGERNON: Du kannst nicht gut von mir verlangen, daß ich gehe, ohne gespeist zu haben. Das ist albern. Ich gehe nie ohne mein Diner. Das tut niemand, außer Vegetariern und solchen

Leuten. Außerdem habe ich gerade mit Doktor Chasuble verabredet, daß ich um Viertel vor sechs auf den Namen Ernst getauft werden soll.

JACK: Mein lieber Junge, je eher du diesen Unsinn aufgibst, um so besser. Ich habe heute morgen mit Doktor Chasuble vereinbart, daß ich selber um halb sechs auf den Namen Ernst getauft werde. Gwendolen wird es angenehm sein. Wir können doch nicht beide Ernst getauft werden. Das ist absurd. Außerdem habe ich das Recht, mich taufen zu lassen, wenn ich will. Es gibt keinen Beweis, daß ich jemals von irgend jemand getauft worden bin. Ich halte es für sehr wahrscheinlich, daß ich niemals getauft bin; und Doktor Chasuble auch. Bei dir ist die Sache ganz anders. Du bist schon getauft.

ALGERNON: Ja, aber ich bin seit Jahren nicht mehr getauft.

JACK: Ja, aber du bist getauft. Darauf kommt es an.

ALGERNON: Ganz recht. Und so weiß ich, daß ich es vertragen kann. Wenn du nicht ganz sicher bist, daß du schon getauft bist, so, muß ich sagen, ist es ziemlich gefährlich, wenn du es jetzt riskierst. Es könnte dir schlecht bekommen. Du kannst nicht schon vergessen haben, daß jemand, der nahe mit dir verwandt war, in dieser Woche in Paris von einer ernsten Erkältung hingerafft worden ist.

JACK: Ja, aber du sagtest selbst, eine ernste Erkältung sei nicht erblich.

ALGERNON: Früher war sie es nicht, wie ich weiß – aber jetzt ist sie's vielleicht. Die Wissenschafv verbessert die Dinge fortwährend.

JACK *(nimmt die Muffinschüssel)*: Oh, das ist Unsinn. Du redest immer Unsinn.

ALGERNON: Jack, du bist schon wieder bei den Muffins! Es sind nur noch zwei da. *(Nimmt sie.)* Ich habe dir doch gesagt, ich esse Muffins besonders gern.

JACK: Aber ich hasse Teekuchen.

ALGERNON: Aber warum erlaubst du dann, daß deinen Gästen Teekuchen vorgesetzt wird? Was für Vorstellungen von Gastfreundschaft du hast!

JACK: Algernon! Ich habe dir schon einmal gesagt, du solltest gehen. Ich brauche dich hier nicht. Warum gehst du nicht?

ALGERNON: Ich bin noch nicht ganz mit dem Tee fertig! Und ich habe noch einen Muffin.

(Jack seufzt und sinkt in einen Stuhl. Algernon ißt weiter.)

Vorhang.

DRITTER AKT

SZENE: *Das Morgenzimmer im Herrenhause.*

(Gwendolen und Cecily stehen am Fenster und sehen auf den Garten hinaus.)

GWENDOLEN: Sie sind uns nicht ins Haus gefolgt, wie es jeder andere getan hätte. Das scheint mir darauf zu deuten, daß sie wenigstens noch etwas Schamgefühl haben.

CECILY: Sie haben die Muffins gegessen. Das sieht aus wie Reue.

GWENDOLEN *(nach einer Pause)*: Es scheint, sie achten gar nicht auf uns. Könnten Sie nicht mal husten?

CECILY: Aber ich habe keinen Husten.

GWENDOLEN: Sie sehen uns an. Welche Frechheit!

CECILY: Sie kommen näher. Das ist dreist.

GWENDOLEN: Wir wollen ein würdiges Schweigen bewahren.

CECILY: Gewiß. Das ist das einzige, was wir tun können.

(Jack tritt ein. Algernon folgt. Sie pfeifen eine beliebte Melodie aus einer englischen Oper.)

GWENDOLEN: Das würdige Schweigen scheint eine unerwünschte Wirkung zu haben.

CECILY: Eine sehr unangenehme.

GWENDOLEN: Aber wir wollen nicht zuerst reden.

CECILY: Sicher nicht.

GWENDOLEN: Mr. Worthing, ich habe Sie etwas Besonderes zu fragen. Von Ihrer Antwort hängt viel ab.

CECILY: Gwendolen, Ihr Menschenverstand ist unschätzbar. Mr. Moncrieff, wollen Sie so freundlich sein, mir folgende Frage zu beantworten: Warum gaben Sie vor, der Bruder meines Vormunds zu sein?

ALGERNON: Um Gelegenheit zu finden, Sie kennenzulernen.

CECILY *(zu Gwendolen):* Das scheint eine genügende Erklärung zu sein, nicht wahr?

GWENDOLEN: Ja, Liebe, wenn Sie ihm glauben können.

CECILY: Nein. Aber das ändert nichts an der wundervollen Schönheit der Antwort.

GWENDOLEN: Das ist wahr. Bei Dingen von großer Wichtigkeit kommt es auf den Stil, nicht auf die Aufrichtigkeit an. Mr. Worthing, welche Erklärung können Sie dafür geben, daß Sie vorgaben, Sie hätten einen Bruder? Etwa, um Gelegenheit zu haben, mich so oft als möglich in der Stadt zu besuchen?

JACK: Können Sie daran zweifeln, Miss Fairfax?

GWENDOLEN: Ich habe die stärksten Zweifel. Aber ich will sie ersticken. Dies ist nicht der Augenblick für deutschen Skeptizismus. *(Geht zu Cecily.)* Ihre Erklärungen scheinen genügend zu sein, besonders die von Mr. Worthing. Die scheint den Stempel der Wahrheit zu tragen.

CECILY: Ich bin mehr als zufrieden mit dem, was Mr. Moncrieff sagte. Schon seine Stimme erfüllt mich mit Glauben.

GWENDOLEN: Also meinen Sie, wir sollen ihnen verzeihen?

CECILY: Ja; das heißt: nein!

GWENDOLEN: Wahrhaftig! Das hatte ich ganz vergessen. Es stehen Prinzipien auf dem Spiel, die man nicht preisgeben darf. Wer von uns soll es ihnen sagen? Es ist keine angenehme Aufgabe.

CECILY: Könnten wir nicht beide zugleich reden?

GWENDOLEN: Eine ausgezeichnete Idee! Ich spreche immer zugleich, wenn andere Leute reden. Wollen Sie sich im Takt nach mir richten?

CECILY: Gewiß.

(Gwendolen schlägt mit erhobenem Finger den Takt.)

GWENDOLEN und CECILY *(zusammen):* Ihre Vornamen sind noch ein unüberwindliches Hindernis. Das ist alles!

JACK und ALGERNON *(zusammen):* Unsere Vornamen? Weiter nichts? Aber wir lassen uns heute nachmittag taufen.

GWENDOLEN *(zu Jack):* Um meinetwillen wollen Sie dies Furchtbare tun?

JACK: Ja.

CECILY *(zu Algernon):* Mir zu Gefallen wollen Sie dieser schrecklichen Gefahr die Stirn bieten?

ALGERNON: Ja!

GWENDOLEN: Wie albern, von der Gleichberechtigung der Geschlechter zu reden! Wenn es sich um Selbstaufopferung handelt, sind uns die Männer weit voraus.

JACK: Ja, so ist es. *(Gibt Algernon die Hand.)*

CECILY: Sie haben Momente von physischem Mut, die wir Frauen nicht kennen.

GWENDOLEN *(zu Jack):* Liebster!

ALGERNON *(zu Cecily):* Liebste!

(Sie fallen einander in die Arme.)

(Merriman tritt auf. Er sieht die Situation und hustet laut.)

MERRIMAN: Hm! Hm! Lady Bracknell!

JACK: Um Gottes willen!

(Lady Bracknell tritt ein. Die Paare fahren entsetzt auseinander.)

LADY BRACKNELL: Gwendolen! Was bedeutet das?

GWENDOLEN: Nur, daß ich mit Mr. Worthing verlobt bin, Mama.

LADY BRACKNELL: Komm her! Setz dich! Sofort! Zögern ist ein Zeichen von geistigem Verfall bei der Jugend, von körperlicher Schwäche beim Alter. *(Wendet sich Jack zu.)* Mein Herr, von der plötzlichen Flucht meiner Tochter durch ihr braves Mädchen benachrichtigt, deren Vertrauen ich um ein geringes erkaufte, bin ich sofort in einem Güterzug hierher gefolgt. Ihr unglücklicher Vater steht zum Glück unter dem Eindruck, daß sie eine ungewöhnlich lange Vorlesung über den Einfluß eines beständigen Einkommens auf das Denken besucht. Ich werde ihn nicht aufklären. Ich habe ihn noch nie über etwas aufgeklärt. Ich würde es für unrecht halten. Aber Sie begreifen natürlich, daß von diesem Augenblick an jede Verbindung zwischen Ihnen und meiner Tochter aufhören muß. In diesem Punkt, wie in allen Punkten, bleibe ich fest.

JACK: Ich bin mit Gwendolen verlobt, Lady Bracknell!

LADY BRACKNELL: Sie sind nichts derart, mein Herr. Und nun ... zu Algernon! ... Algernon!

ALGERNON: Ja, Tante Auguste?

LADY BRACKNELL: Darf ich fragen, ob dein armer, invalider Freund, Mr. Bunbury, hier wohnt?

ALGERNON *(stotternd):* O nein! Bunbury wohnt nicht hier. Bunbury ist gegenwärtig woanders. Bunbury ist nämlich tot.

LADY BRACKNELL: Tot? Wann starb Mr. Bunbury? Sein Tod muß sehr plötzlich gewesen sein.

ALGERNON *(leicht):* Oh, ich habe Bunbury heute nachmittag getötet ... Ich meine, der arme Bunbury ist heut nachmittag gestorben.

LADY BRACKNELL: Woran ist er gestorben?

ALGERNON: Bunbury? Oh, der ist einfach aufgeflogen.

LADY BRACKNELL: Aufgeflogen? War er das Opfer eines revolutionären Attentats? Ich wußte nicht, daß Mr. Bunbury sich mit sozialer Gesetzgebung befaßte. Wenn er es tat, so ist er gerade recht bestraft für seine Morbidität.

ALGERNON: Meine liebe Tante Auguste, ich meine, man ist dahintergekommen. Die Ärzte bekamen heraus, daß er nicht leben konnte, das meine ich – und so starb Bunbury.

LADY BRACKNELL: Er scheint großes Vertrauen zur Meinung seiner Ärzte gehabt zu haben. Es freut mich aber, daß er sich schließlich zu einem definitiven Handeln aufgerafft hat, und noch dazu unter ärztlichem Rat. Und jetzt, da wir endlich diesen Mr. Bunbury los sind – darf ich fragen, Mr. Worthing, wer jene junge Dame ist, deren Hand mein Neffe Algernon eben in jener ganz unnötigen Weise gefaßt hält?

JACK: Die Dame ist Miss Cecily Cardew, mein Mündel.
(Lady Bracknell verneigt sich kühl gegen Cecily.)

ALGERNON: Ich bin mit Cecily verlobt, Tante Auguste.

LADY BRACKNELL: Verzeihung!

CECILY: Mr. Moncrieff und ich sind verlobt, Lady Bracknell.

LADY BRACKNELL *(mit einem Schauder. Geht zum Fenster und setzt sich):* Ich weiß nicht, ob in diesem besonderen Teil von Hertfordshire etwas besonders Aufregendes in der Luft liegt, aber die Zahl der Verlobungen scheint mir beträchtlich über den Durchschnitt zu sein, den die Statistiken festgestellt haben. Ich denke, einige vorläufige Erkundigungen meinerseits wären wohl am Platze. Mr. Worthing, ist Miss Cardew irgendwie mit einem der größeren Bahnhöfe in London verwandt? Ich wünsche nur Auskunft. Bis gestern hatte ich keine Ahnung davon, daß es ganze Familien gäbe, deren Ursprung ein Bahnhof sei.
(Jack sieht wütend aus, zwingt sich aber.)

JACK *(mit kalter, klarer Stimme):* Miss Cardew ist die Enkelin des verstorbenen Mr. Thomas Cardew, 149, Belgrave Square, S. W.; Gervase Park, Dorking, Surrey; und The Sporran, Fifeshire, N. B.

LADY BRACKNELL: Das klingt nicht unbefriedigend. Drei Adressen flößen immer Vertrauen ein, selbst bei Geschäftsleuten. Aber welchen Beweis habe ich für ihre Richtigkeit?

JACK: Ich habe die Adreßbücher der Zeit sorgfältig aufbewahrt. Sie stehen Ihrer Kenntnisnahme offen, Lady Bracknell.

LADY BRACKNELL *(grimmig):* Mir sind einige merkwürdige Irrtümer in diesen Veröffentlichungen begegnet.

JACK: Miss Cardews Anwälte sind die Herren Markby, Markby und Markby.

LADY BRACKNELL: Markby, Markby und Markby? Eine der ersten Firmen! Ich habe sogar gehört, der eine Mr. Markby werde bisweilen bei Diners gesehen. Soweit bin ich befriedigt.

JACK *(sehr reizbar):* Wie ungeheuer freundlich von Ihnen, Lady Bracknell! Sie werden mit Vergnügen hören, daß ich auch die Zeugnisse über Miss Cardews Geburt, Taufe, Keuchhusten, Geburtseintragung, Impfung, Konfirmation und Masern besitze, sowohl in der deutschen wie englischen Abart.

LADY BRACKNELL: Ah, ich sehe, ein Leben voller Ereignisse, wenn auch vielleicht ein wenig zu aufregend für ein junges Mädchen. Ich selber halte nichts von frühzeitiger Erfahrung. *(Steht auf, sieht auf die Uhr.)* Gwendolen! Die Zeit unserer Abfahrt rückt heran. Wir haben keinen Augenblick zu verlieren. Der Form wegen, Mr. Worthing, habe ich Sie noch zu fragen, ob Miss Cardew etwas Vermögen hat?

JACK: Oh! ungefähr hundertdreißigtausend Pfund in Staatspapieren. Das ist alles. Adieu, Lady Bracknell. Freut mich sehr, Sie gesehen zu haben.

LADY BRACKNELL *(setzt sich wieder)*: Einen Moment, Mr. Worthing. Hundertdreißigtausend Pfund! Und in Staatspapieren! Miss Cardew scheint mir, da ich sie ansehe, eine höchst reizvolle junge Dame. Wenige junge Damen heutzutage haben solide Eigenschaften, Eigenschaften, die dauern und sich mit der Zeit verbessern. Wir leben leider in einer Zeit der Oberflächlichkeit. *(Zu Cecily)*: Kommen Sie her, Liebe. *(Cecily kommt herüber.)* Hübsches Kind! Ihr Kleid ist furchtbar einfach, und ihr Haar scheint fast zu sein, wie es die Natur gelassen hat. Aber das können wir alles bald ändern. Ein erfahrenes französisches Kammermädchen tut in kürzester Zeit wahre Wunder. Ich weiß noch, wie ich Lady Lancing eins empfahl, und nach drei Monaten kannte sie ihr eigener Mann nicht mehr.

JACK: Und nach sechs Monaten kannte sie niemand mehr.

LADY BRACKNELL *(starrt einen Augenblick Jack an. Dann neigt sie sich mit künstlichem Lächeln zu Cecily)*: Bitte, drehen Sie sich um, liebes Kind. *(Cecily dreht sich ganz um.)* Nein, die Seitenansicht brauche ich. *(Cecily zeigt ihr Profil.)* Ja, wie ich erwartete. Es sind deutliche soziale Möglichkeiten in Ihrem Profil. Die beiden schwachen Punkte unserer Zeit sind ihr Mangel an Prinzipien und ihr Mangel an Physiognomie. Das Kinn ein wenig höher. Der Stil hängt zum großen Teil davon ab, wie man das Kinn trägt. Man trägt es gerade jetzt sehr hoch ... Algernon!

ALGERNON: Ja, Tante Auguste?

LADY BRACKNELL: Es sind deutliche soziale Möglichkeiten in Miss Cardews Profil.

ALGERNON: Cecily ist das süßeste, liebste, hübscheste Mädchen auf der ganzen Welt. Und ich gebe keinen Pfennig für soziale Möglichkeiten.

LADY BRACKNELL: Rede nie verächtlich von der Gesellschaft, Algernon. Nur Leute, die nicht hinein können, tun das. *(Zu Cecily)*: Liebes Kind, Sie wissen natürlich, daß Algernon nichts außer Schulden zum Leben hat. Aber ich liebe Geldheiraten nicht. Als ich Lord Bracknell heiratete, hatte ich keinen Pfennig. Aber das hat mich keinen Augenblick beunruhigt. Nun, ich glaube, ich muß meine Einwilligung geben.

ALGERNON: Danke, Tante Auguste.

LADY BRACKNELL: Cecily, Sie dürfen mir einen Kuß geben!

CECILY *(küßt sie)*: Ich danke Ihnen, Lady Bracknell.

LADY BRACKNELL: Sie dürfen mich auch in Zukunft Tante Auguste nennen.

CECILY: Ich danke Ihnen, Tante Auguste.

LADY BRACKNELL: Ich denke, die Hochzeit fände am besten bald statt.

ALGERNON: Danke, Tante Auguste.

CECILY: Ich danke Ihnen, Tante Auguste.

LADY BRACKNELL: Um offen zu reden, ich liebe keine langen Verlöbnisse. Sie geben zu viel Gelegenheit, einander vor der Hochzeit kennenzulernen, und ich glaube, das ist niemals rätlich.

JACK: Verzeihen Sie, Lady Bracknell, wenn ich Sie unterbreche. Aber von diesem Verlöbnis kann gar keine Rede sein. Ich bin Miss Cardews Vormund, und sie kann ohne meine Einwilligung nicht heiraten, ehe sie mündig wird. Diese Einwilligung verweigere ich.

LADY BRACKNELL: Aus welchen Gründen, wenn ich fragen darf? Algernon ist ein außergewöhnlich, ich darf wohl sagen, auffällig annehmbarer junger Mann. Er hat nichts, aber er sieht nach allem aus. Was können Sie mehr wünschen?

JACK: Es ist mir sehr peinlich, daß ich ganz offen mit Ihnen über Ihren Neffen reden muß, Lady Bracknell. Aber ich billige seinen moralischen Charakter durchaus nicht. Ich habe ihn in Verdacht, daß er unwahr ist.

(Algernon und Cecily sehen ihn mit entrüstetem Entsetzen an.)

LADY BRACKNELL: Unwahr! Mein Neffe Algernon! Unmöglich! Er hat in Oxford studiert.

JACK: Ich fürchte, es ist kein Zweifel möglich. Heute nachmittag, als ich mich zeitweilig wegen einer wichtigen Angelegenheit in London befand, hat er sich unter der falschen Angabe, er sei mein Bruder, Zutritt in mein Haus verschafft. Unter einem falschen Namen hat er, wie mir eben mein Diener mitteilte, eine ganze Flasche von meinem Perrier-Jouet, Brut, 1889er getrunken, einem Wein, den ich besonders für mich aufsparte. Indem er in seinem schmählichen Betrug fortfuhr, ist es ihm im Lauf des Nachmittags gelungen, mir die Liebe meines einzigen Mündels zu entfremden. Dann blieb er zum Tee und verschlang alle Muffins. Und was sein Benehmen noch herzloser macht, ist, daß er von Anfang an wußte, daß ich keinen Bruder habe, nie einen hatte und keinen zu haben gedenke. Ich selber habe ihm das gestern nachmittag ausdrücklich gesagt.

LADY BRACKNELL: Hm! Nach reiflicher Überlegung, Mr. Worthing, habe ich beschlossen, über das Benehmen meines Neffen gegen Sie hinwegzusehen.

JACK: Das ist sehr großmütig von Ihnen, Lady Bracknell. Aber meine Entscheidung ist unabänderlich. Ich lehne es ab, meine Einwilligung zu geben.

LADY BRACKNELL *(zu Cecily):* Kommen Sie, liebes Kind. *(Cecily tritt zu ihr.)* Wie alt sind Sie, Liebe?

CECILY: Eigentlich bin ich erst achtzehn, aber ich sage immer zwanzig, wenn ich in Gesellschaft gehe.

LADY BRACKNELL: Sie tun ganz recht, ein wenig zu ändern. Keine Frau sollte mit ihrem Alter ganz genau sein. Es sieht so berechnend aus ... *(Nachdenklich):* Achtzehn ... in Gesellschaft zwanzig. Nun, es wird so lange nicht dauern, bis Sie mündig sind und von den Fesseln der Vormundschaft frei werden. Also scheint mir, die Einwilligung Ihres Vormundes ist nicht so wichtig.

JACK: Verzeihung, Lady Bracknell, wenn ich Sie wieder unterbreche. Aber ich muß Ihnen der Genauigkeit halber sagen, daß Miss Cardew nach dem ausdrücklichen Willen ihres Großvaters, wie er im Testament niedergelegt ist, erst mit fünfunddreißig Jahren mündig wird.

LADY BRACKNELL: Das scheint mir kein schwerer Einwand zu sein. Fünfunddreißig ist ein sehr reizvolles Alter. Die Londoner Gesellschaft ist voll von Damen allerhöchster Geburt, die seit Jahren aus eigener Wahl fünfunddreißig geblieben sind. Lady Dumbleton ist ein Beispiel. Soweit ich weiß, ist sie fünfunddreißig geblieben, seit sie vierzig wurde, und das ist lange her. Ich sehe nicht ein, warum Cecily nicht noch reizvoller in dem Alter sein sollte, als sie jetzt ist. Der Besitz wird sich sehr vermehren.

CECILY: Algy, kannst du warten, bis ich fünfunddreißig werde?

ALGERNON: Natürlich, Cecily. Du weißt, daß ich es kann.

CECILY: Ja, ich fühlte es instinktiv, aber ich könnte nicht so lange warten. Ich mag nicht fünf Minuten auf jemanden warten. Es macht mich immer verdrießlich. Ich selbst bin nicht pünktlich, aber ich liebe die Pünktlichkeit bei anderen. Und von Warten, selbst auf die Hochzeit, kann keine Rede sein.

ALGERNON: Was ist dann zu tun, Cecily?

CECILY: Ich weiß es nicht, Mr. Moncrieff.

LADY BRACKNELL: Mein lieber Mr. Worthing, da Miss Cardew so bestimmt sagt, sie könne nicht warten, bis sie fünfunddreißig sei – was mir auf eine etwas ungeduldige Natur zu deuten scheint –, so möchte ich Sie bitten, Ihre Entscheidung noch einmal zu überlegen.

JACK: Aber meine liebe Lady Bracknell, die Sache hängt nur von Ihnen ab. In dem Augenblick, in dem Sie in meine Heirat mit Gwendolen einwilligen, erlaube ich mit Vergnügen, daß Ihr Neffe sich mit meinem Mündel verbinde.

LADY BRACKNELL *(erhebt sich und richtet sich auf):* Sie müssen sich darüber klar sein, daß das, was Sie vorschlagen, unmöglich ist.

JACK: Dann ist eine leidenschaftliche Ehelosigkeit alles, was uns bevorsteht.

LADY BRACKNELL: Das ist nicht das Schicksal, das ich für Gwendolen bestimme. Algernon kann natürlich für sich wählen. *(Zieht die Uhr.)* Komm, Liebe. *(Gwendolen steht auf.)* Wir haben schon fünf, wenn nicht sechs Züge verpaßt. Wenn wir noch mehr verpassen, setzen wir uns Kommentaren auf dem Perron aus.

(Doktor Chasuble tritt ein.)

CHASUBLE: Alles ist fertig für die Taufen.

LADY BRACKNELL: Die Taufen, Herr! Ist das nicht ein wenig voreilig?

CHASUBLE *(ziemlich verwirrt; zeigt auf Jack und Algernon):* Diese beiden Herren wünschten, sofort getauft zu werden.

LADY BRACKNELL: In ihrem Alter? Der Gedanke ist grotesk und unchristlich. Algernon, ich verbiete dir, dich taufen zu lassen. Von solchen Exzessen will ich nichts hören. Lord Bracknell würde sehr böse werden, wenn er hörte, wie du deine Zeit und dein Geld verschwendest.

CHASUBLE: Soll ich das so verstehen, daß heute nachmittag gar keine Taufen stattfinden?

JACK: Ich glaube, Doktor Chasuble, wie die Dinge jetzt liegen, würde es für uns beide wenig praktischen Wert haben.

CHASUBLE: Es betrübt mich, daß ich solche Gefühle aus Ihrem Munde höre, Mr. Worthing. Sie schmecken nach den ketzerischen Ansichten der Anabaptisten, Ansichten, die ich in vier meiner ungedruckten Predigten zurückgewiesen habe. Da jedoch Ihre gegenwärtige Stimmung besonders weltlich zu sein scheint, will ich sofort in die Kirche zurückkehren. Ich habe nämlich eben von dem Küster gehört, daß Miss Prism seit anderthalb Stunden in der Sakristei auf mich gewartet hat.

LADY BRACKNELL *(emporfahrend):* Miss Prism! Höre ich Sie eine Miss Prism nennen?

CHASUBLE: Ja, Lady Bracknell. Ich bin auf dem Wege zu ihr.

LADY BRACKNELL: Bitte, erlauben Sie, daß ich Sie einen Augenblick aufhalte. Die Sache könnte für Lord Bracknell und mich von höchster Wichtigkeit sein. Ist diese Miss Prism ein weibliches Wesen von abstoßendem Aussehen, die entfernt mit der Erziehung in Verbindung steht?

CHASUBLE *(etwas entrüstet):* Sie ist eine sehr gebildete Dame und das Bild der Ehrbarkeit.

LADY BRACKNELL: Es ist offenbar die gleiche Person. Darf ich fragen, welche Stellung sie in Ihrem Haushalt einnimmt?

CHASUBLE *(streng):* Ich bin ehelos, gnädige Frau.

JACK *(einfallend):* Miss Prism ist seit den letzten drei Jahren Miss Cardews geschätzte Gouvernante und wertvolle Gefährtin gewesen, Lady Bracknell.

LADY BRACKNELL: Trotz allem, was ich höre, muß ich sie sofort sehen. Schicken Sie nach ihr.

CHASUBLE *(sieht hinaus):* Sie kommt: sie ist nah.

(Miss Prism kommt eilig.)

MISS PRISM: Man sagte mir, Sie erwarteten mich in der Sakristei, lieber Pfarrer. Ich habe dort eindreiviertel Stunden gewartet. *(Erblickt Lady Bracknell, die sie mit einem steinernen Blick fixiert hat. Miss Prism erbleicht und zittert. Sie sieht sich ängstlich um, als wolle sie fliehen.)*

LADY BRACKNELL *(mit strenger, richterlicher Stimme):* Prism! *(Miss Prism senkt das Haupt in Scham.)* Kommen Sie her, Prism! *(Miss Prism kommt demütig näher.)* Prism! Wo ist das Baby? *(Allgemeine Bestürzung. Der Pfarrer fährt entsetzt zurück. Algernon und Jack scheinen bemüht, Cecily und Gwendolen zu schützen, damit sie nicht die Einzelheiten eines furchtbaren öffentlichen Skandals hören.)* Vor achtundzwanzig Jahren, Prism, verließen Sie Lord Bracknells Haus, Nummer 104, obere Grosvenor-Straße, mit einem Kinderwagen, der ein Baby männlichen Geschlechts enthielt. Sie sind nicht zurückgekehrt. Ein paar Wochen darauf wurde durch die sorgfältigen Nachforschungen der hauptstädtischen Polizei um Mitternacht der Kinderwagen aufgefunden, als er allein in einem entlegenen Winkel von Bayswater stand. Er enthielt das Manuskript eines dreibändigen Romans von mehr als gewöhnlich aufreizender Sentimentalität. *(Miss Prism fährt in unfreiwilliger Entrüstung zusammen.)* Aber das Baby war nicht da. *(Jedermann sieht auf Miss Prism.)* Prism! Wo ist das Baby? *(Pause.)*

MISS PRISM: Lady Bracknell, ich gestehe voll Scham, ich weiß es nicht. Ich wollte, ich wüßte es. Die nackten Tatsachen sind diese: Am Morgen des Tages, von dem Sie reden, eines Tages, der auf ewig meinem Gedächtnis eingebrannt ist, bereitete ich mich, wie gewöhnlich, vor, das Baby in seinem Kinderwagen spazierenzuführen. Ich hatte noch eine ziemlich alte, aber geräumige Reisetasche bei mir, in die ich das Manuskript eines Dichtwerkes legen wollte, das ich in meinen wenigen freien Stunden geschrieben hatte. In einem Moment geistiger Zerstreuung, den ich mir nie verzeihen kann, legte ich das Manuskript in den Kinderwagen und das Baby in die Reisetasche.

JACK *(der aufmerksam gelauscht hat):* Aber wohin stellten Sie die Reisetasche?

MISS PRISM: Fragen Sie mich nicht, Mr. Worthing.

JACK: Miss Prism, das ist eine Sache von nicht geringer Bedeutung für mich. Ich bestehe darauf, daß sie mir sagen, wo Sie die Reisetasche mit dem Kinde ließen.

MISS PRISM: Ich ließ sie im Gepäckraum eines der größeren Bahnhöfe in London.

JACK: Auf welchem Bahnhof?

MISS PRISM *(ganz vernichtet)*: Victoria-Bahnhof. Brighton-Linie.
(Sinkt in einen Stuhl.)

JACK: Ich muß einen Augenblick auf mein Zimmer. Gwendolen, warte hier auf mich.

GWENDOLEN: Wenn es nicht zu lange dauert, will ich mein ganzes Leben hier auf dich warten.

(Jack geht in großer Aufregung ab.)

CHASUBLE: Was, meinen Sie, bedeutet das alles, Lady Bracknell?

LADY BRACKNELL: Ich wage nicht einmal zu mutmaßen, Doktor Chasuble. Ich brauche Ihnen nicht zu sagen, daß in hochgestellte Familien eigentlich keine seltsamen Zufälle vorkommen. Man sieht sie kaum als passend an.
(Man hört oben Lärm, wie wenn jemand mit Koffern würfe. Alle sehen hinauf.)

CECILY: Onkel Jack scheint merkwürdig aufgeregt zu sein.

CHASUBLE: Ihr Vormund hat eine sehr cholerische Natur.

LADY BRACKNELL: Dieser Lärm ist äußerst unangenehm. Es hört sich an, als hätte er einen Wortwechsel. Das ist immer vulgär und oft überzeugend.

CHASUBLE *(sieht in die Höhe)*: Es hat aufgehört.
(Der Lärm wird stärker.)

LADY BRACKNELL: Ich wollte, es käme zu einem Schluß.

GWENDOLEN: Die Ungewißheit ist furchtbar. Hoffentlich dauert sie an.
(Jack tritt ein, mit einer schwarzledernen Reisetasche in der Hand.)

JACK *(stürzt auf Miss Prism zu)*: Ist dies die Reisetasche, Miss Prism? Prüfen Sie genau, ehe Sie reden. Das Glück von mehr als einem Leben hängt von Ihrer Antwort ab.

MISS PRISM *(ruhig)*: Es scheint meine zu sein. Ja, da ist die Verletzung, die sie bei dem Sturz eines Straßenomnibusses in jüngeren und glücklicheren Tagen erhielt. Hier ist der Fleck auf dem Futter, der durch die Explosion eines Temperenzgetränkes in Leamington entstand. Und hier auf dem Schloß sind meine Initialen. Ich vergaß, daß ich sie in einer verschwenderischen Laune dort habe anbringen lassen. Die Tasche gehört ohne Zweifel mir. Ich freue mich, daß ich sie so unerwartet zurückerhalte. Es war sehr unbequem, sie so viele Jahre entbehren zu müssen.

JACK *(pathetisch)*: Miss Prism, Sie erhalten mehr zurück als diese Reisetasche. Das Baby, das Sie hineinlegten, war ich.

MISS PRISM *(starr)*: Sie?

JACK *(umarmt sie)*: Ja ... Mutter!

MISS PRISM *(weicht in entrüstetem Erstaunen zurück)*: Mr. Worthing! Ich bin unvermählt!

JACK: Unvermählt! Ich leugne nicht, das ist ein harter Schlag. Aber schließlich, wer hat das Recht, gegen eine, die gelitten hat, einen Stein zu werfen? Kann nicht Reue einen Akt der Torheit tilgen? Warum sollte es ein Gesetz für Männer geben und ein anderes für Frauen? Mutter, ich verzeihe dir. *(Will sie wieder umarmen.)*

MISS PRISM *(noch entrüsteter)*: Mr. Worthing, das ist ein Irrtum! *(zeigt auf Lady Bracknell)*: Die Dame kann Ihnen sagen, wer Sie sind.

JACK *(nach einer Pause)*: Lady Bracknell, ich hasse es, neugierig zu erscheinen, aber wollen Sie so freundlich sein, mir zu sagen, wer ich bin?

LADY BRACKNELL: Ich fürchte, die Nachricht, die ich Ihnen zu geben habe, wird Ihnen nicht allzu angenehm sein. Sie sind der Sohn meiner armen Schwester, Mrs. Moncrieff, und also Algernons älterer Bruder.

JACK: Algys älterer Bruder? Dann habe ich also doch einen Bruder. Ich wußte, daß ich einen Bruder habe. Ich habe immer gesagt, daß ich einen Bruder habe. Cecily – wie hast du je daran zweifeln können, daß ich einen Bruder hätte. *(Packt Algernon.)* Doktor Chasuble, mein unglücklicher Bruder! Miss Prism, mein unglücklicher Bruder! Gwendolen, mein unglücklicher Bruder! Algy, du junger Halunke, du wirst mich in Zukunft mit mehr Respekt zu behandeln haben. Du hast dich in deinem ganzen Leben nie wie ein Bruder gegen mich benommen.

ALGERNON: Bis heute allerdings nicht, alter Junge, das gebe ich zu. Ich habe mein Bestes getan, obgleich ich aus der Übung war.

GWENDOLEN: Mein liebster ...! Aber was für ein Liebster bist du nun? Welches ist dein Vorname? Jetzt, wo du jemand anders geworden bist?

JACK: Um Gottes willen! Das hatte ich ganz vergessen. Deine Entscheidung darüber ist wohl unwiderruflich?

GWENDOLEN: Ich ändere mich nie, außer in meiner Zuneigung.

CECILY: Was für einen edlen Charakter du hast, Gwendolen!

JACK: Dann wird die Frage besser gleich aufgeklärt. Tante Auguste, einen Moment! War ich zu der Zeit, als Miss Prism mich in der Reisetasche verlor, schon getauft?

LADY BRACKNELL: Jeder Luxus, den Geld erkaufen kann, eingeschlossen die Taufe, war von deinen lieben Eltern an dich verschwendet.

JACK: Also bin ich getauft. Das ist erledigt. Und welchen Namen bekam ich? Laß mich das Schlimmste wissen.

LADY BRACKNELL: Als ältester Sohn wurdest du natürlich nach deinem Vater getauft.

JACK *(reizbar)*: Ja, aber wie hieß mein Vater mit dem Vornamen?

LADY BRACKNELL *(nachdenklich)*: Ich entsinne mich im Augenblick nicht, wie der General mit Vornamen hieß. Aber ich weiß, er hatte einen. Er war exzentrisch, muß ich gestehen. Aber nur in seinen späteren Jahren. Und das lag am indischen Klima, an der Heirat und schlechter Verdauung und ähnlichen Dingen.

JACK: Algy! Besinnst du dich nicht, wie unser Vater mit Vornamen hieß?

ALGERNON: Mein lieber Junge, wir haben uns nie gut gestanden. Er starb, ehe ich ein Jahr alt war.

JACK: Sein Name muß in den Heereslisten jener Zeit stehen, nicht wahr, Tante Auguste?

LADY BRACKNELL: Der General war vorwiegend ein Mann des Friedens, außer im häuslichen Leben. Aber zweifellos steht sein Name in jeder militärischen Rangliste.

JACK: Die Heereslisten der letzten vierzig Jahre habe ich hier. Diese wundervollen Listen hätten mein ewiges Studium sein sollen. *(Stürzt zum Bücherschrank und reißt die Bücher heraus.)* Generale ... Mallam ... Maxholm, Magley, was für fürchterliche Namen! ... Markby, Migsby, Mobbs, Moncrieff! Leutnant 1840, Kapitän, Oberstleutnant, Oberst, General 1869, Vornamen Ernst, John. *(Legt das Buch sehr ruhig fort und spricht ganz ruhig.)* Ich habe dir doch immer gesagt, ich heiße Ernst, Gwendolen, nicht wahr? Nun, ich heiße also doch Ernst. Ich heiße natürlich Ernst.

LADY BRACKNELL: Ja, ich erinnere mich jetzt, der General hieß Ernst. Ich weiß, ich hatte besondere Gründe, warum ich den Namen nicht mochte.

GWENDOLEN: Ernst! Mein lieber Ernst, ich fühlte von Anfang an, daß du nicht anders heißen konntest.

JACK: Gwendolen, es ist furchtbar für einen Mann, wenn sich plötzlich jerausstellt, daß er sein ganzes Leben lang nichts als die Wahrheit gesagt hat. Kannst du mir verzeihen?

GWENDOLEN: Ich kann es. Denn ich fühle es, daß du dich ändern wirst.

JACK: Liebste!

CHASUBLE: *(zu Miss Prism)*: Laetitia! *(Umarmt sie.)*

MISS PRISM *(begeistert)*: Friedrich! Endlich!

ALGERNON: Cecily! *(Umarmt sie.)* Endlich!

JACK: Gwendolen! *(Umarmt sie.)* Endlich!

LADY BRACKNELL: Mein Neffe, es scheint, du zeigst Spuren von Trivialität.

JACK: Im Gegenteil, Tante Auguste, ich habe zum erstenmal in meinem Leben gemerkt, wie wichtig es ist, ernst zu sein.

Tableau.

Das Ende.

Eine Frau ohne Bedeutung

Übersetzt von Felix Paul Greve

PERSONEN:

Lord Illingworth
Sir John Pontefract
Lord Alfred Rufford
Mr. Kelvil, M. P.
Der ehrw. Erzdiakon Daubeney, D. D.
Gerald Arbuthnot
Farquhar, Haushofmeister
Francis, Lakai
Lady Hunstanton
Lady Caroline Pontefract
Lady Stutfield
Mrs. Allonby
Miß Hester Worsley
Alice, Zofe
Mrs. Arbuthnot

ZEIT:
Gegenwart

ORT:
Die Provinz

Die Handlung des Stückes spielt sich innerhalb vierundzwanzig Stunden ab.

Erster Akt

Szene: *Rasen vor der Terrasse zu Hunstanton.*

Sir John und Lady Caroline Pontefract, Miß Worsley, auf Stühlen unter einem großen Eibenbaum.

Lady Caroline: Ich glaube, dies ist wohl das erste englische Landhaus, in dem Sie je gewesen sind, Miß Worsley?
Hester: Ja, Lady Caroline.
Lady Caroline: In Amerika, höre ich, haben Sie keine Landhäuser?
Hester: Wir haben nicht viele.
Lady Caroline: Haben Sie überhaupt Land? Was wir Land nennen würden!

HESTER *(lächelnd)*: Wir haben das größte Land der Welt, Lady Caroline. In der Schule pflegte man uns zu sagen, einzelne unserer Staaten seien so groß sind wie England und Frankreich zusammen.

LADY CAROLINE: Ah, da müssen Sie es zugig finden, denke ich mir. *(Zu Sir John)*: John, du solltest deinen Schal umhaben. Was nützt es, daß ich dir immer Schals stricke, wenn du sie nicht trägst?

SIR JOHN: Mir ist ganz warm, Caroline, ich versichere es dir.

LADY CAROLINE: Das glaube ich nicht, John. Nun, Sie hätten an keinen reizenderen Ort kommen können, Miß Worsley; freilich ist das Haus außerordentlich feucht, ganz unverzeihlich feucht, und die gute Lady Hunstanton nimmt es bisweilen ein wenig leicht mit den Leuten, die sie hierher einladet. *(Zu Sir John)*: Jane mischt zu sehr. Lord Illingworth ist natürlich ein höchst distinguierter Mann. Es ist eine Ehre, ihm zu begegnen. Und der Abgeordnete, Mr. Kettle …

SIR JOHN: Kelvil, meine Liebe, Kelvil.

LADY CAROLINE: Der muß sehr anständig sein. Sein Leben lang hat man seinen Namen noch nicht gehört, und das spricht heutzutage Bände für einen Mann. Aber Mrs. Allonby ist kaum ein sehr passender Verkehr.

HESTER: Ich habe eine Abneigung gegen Mrs. Allonby. Ich kann gar nicht sagen, was für eine Abneigung!

LADY CAROLINE: Ich weiß nicht, Miß Worsley, ob Ausländer wie Sie Neigungen oder Abneigungen gegen die Leuten hegen sollten, die zu treffen sie eingeladen werden. Mrs. Allonby ist aus sehr guter Familie. Sie ist eine Nichte Lord Brancasters. Man erzählt sich natürlich, sie sei zweimal fortgelaufen, ehe sie heiratete. Aber Sie wissen, wie ungerecht die Leute oft sind. Ich selbst glaube nicht, daß sie mehr als einmal fortgelaufen ist.

HESTER: Mr. Arbuthnot ist reizend.

LADY CAROLINE: Ah ja! der junge Mann, der die Stellung bei einer Bank hat. Es ist sehr freundlich von Lady Hunstanton, ihn einzuladen, und Lord Illingworth scheint ihn ganz ins Herz geschlossen zu haben. Aber ich weiß nicht, ob Jane recht daran tut, ihn aus seiner Sphäre herauszureißen. In meiner Jugend, Miß Worsley, traf man in der Gesellschaft niemand, der für seinen Lebensunterhalt arbeitete. Das galt nicht für schicklich.

HESTER: In Amerika sind das die Leute, die wir am meisten achten.

LADY CAROLINE: Daran zweifle ich nicht.

HESTER: Mr. Arbuthnot hat einen wundervollen Charakter! Er ist so einfach, so aufrichtig. Er ist einer der schönsten Charaktere, denen ich je begegnet bin. Es ist eine Ehre, ihm zu begegnen.

LADY CAROLINE: Es ist in England nicht Sitte, Miß Worsley, daß eine junge Dame mit solchem Enthusiasmus von einer Person des anderen Geschlechts spricht. Englische Frauen verbergen ihre Gefühle bis nach ihrer Hochzeit. Dann zeigen sie sich.

HESTER: Erlauben Sie in England keine Freundschaft zwischen einem jungen Mann und einem jungen Mädchen?

*(*LADY HUNSTANTON *tritt auf; hinter ihr ein* LAKAI *mit Schals und einem Kissen.)*

LADY CAROLINE: Wir halten es für sehr wenig angebracht. Jane, ich sagte gerade, in was für eine reizende Gesellschaft du uns eingeladen hast. Du verstehst wundervoll, auszuwählen. Es ist geradezu ein Talent.

LADY HUNSTANTON: Liebe Caroline, wie freundlich von dir! Ich glaube, wir passen alle recht hübsch zueinander. Und ich hoffe, unser reizender Besuch aus Amerika wird angenehme Erinnerungen an unser englisches Landleben mit hinübernehmen. *(Zum Lakaien)*: Das Kissen da, Francis. Und meinen Schal. Den Shetland. Holen Sie den Shetland.

(Lakai ab, um den Schal zu holen. – GERALD ARBUTHNOT *tritt auf.)*

GERALD: Lady Hunstanton, ich habe eine so gute Nachricht für Sie. Lord Illingworth hat mir eben angeboten, mich zu seinem Sekretär zu machen.

LADY HUNSTANTON: Zu seinem Sekretär? Das ist wirklich eine gute Nachricht, Gerald. Das bedeutet eine glänzende Zukunft für Sie. Ihre liebe Mutter wird entzückt sein. Ich muß wirklich versuchen, sie heute abend herzubringen. Meinen Sie, sie würde kommen, Gerald? Ich weiß, wie schwer es ist, sie irgendwo hinzubringen.

GERALD: Oh, ich bin überzeugt, sie würde kommen, Lady Hunstanton, wenn sie wüßte, daß Lord Illingworth mir ein solches Angebot gemacht hat.

(LAKAI kommt mit dem Schal.)

LADY HUNSTANTON: Ich will es ihr schreiben und sie bitten, daß sie kommt und ihn kennenlernt. *(Zum Lakaien):* Warten Sie, Francis. *(Schreibt den Brief.)*

LADY CAROLINE: Das ist ein ganz wundervoller Anfang für einen so jungen Mann wie Sie, Mr. Arbuthnot.

GERALD: Ja, wirklich, Lady Caroline. Ich hoffe, es wird mir gelingen, mich seiner würdig zu zeigen.

LADY CAROLINE: Ich hoffe es.

GERALD *(zu Hester):* Sie haben mir noch nicht beglückwünscht, Miß Worsley.

HESTER: Sind Sie froh darüber?

GERALD: Natürlich. Das bedeutet alles für mich – Dinge, die bisher ganz außer dem Bereich der Hoffnung lagen, liegen jetzt vielleicht im Bereich meiner Hoffnung.

HESTER: Nichts sollte außer dem Bereich der Hoffnung liegen. Das Leben ist eine Hoffnung.

LADY HUNSTANTON: Ich denke mir, Caroline, Lord Illingworth strebt nach der diplomatischen Karriere. Ich hörte, Wien sei ihm angeboten worden. Aber vielleicht ist es nicht wahr.

LADY CAROLINE: Ich glaube, England sollte im Ausland nicht durch einen unverheirateten Mann vertreten werden, Jane. Das könnte zu Verwicklungen führen.

LADY HUNSTANTON: Du bist zu ängstlich, Caroline. Glaube mir, du bist zu ängstlich. Außerdem kann Lord Illingworth jeden Tag heiraten. Ich hoffte schon, er würde Lady Kelso heiraten. Aber ich glaube, er sagte, ihre Familie sei zu groß. Oder waren es ihre Füße. Ich weiß nicht mehr. Ich bedaure es sehr. Sie war geschaffen zur Frau eines Gesandten.

LADY CAROLINE: Auf jeden Fall hat sie ein wundervolles Talent, die Namen der Leute zu behalten und ihre Gesichter zu vergessen.

LADY HUNSTANTON: Nun, das ist doch sehr natürlich, Caroline, nicht wahr? *(Zum Lakaien):* Sagen Sie Henry, er soll auf Antwort warten. Ich habe Ihrer lieben Mutter eine Zeile geschrieben, Gerald, um ihr die gute Nachricht mitzuteilen und ihr zu sagen, sie müsse wirklich zum Diner kommen.

(Lakai ab.)

GERALD: Das ist außerordentlich freundlich von Ihnen, Lady Hunstanton. *(Zu Hester):* Wollen Sie einen Spaziergang machen, Miß Worsley?

HESTER: Mit Vergnügen. *(Ab mit Gerald.)*

LADY HUNSTANTON: Ich bin sehr froh über Gerald Arbuthnots Glück. Er ist geradezu ein Protegé von mir. Und besonders gefällt mir, daß Lord Illingworth ihm dies Angebot ganz aus freien Stücken gemacht hat, ohne irgendeine Anregung von mir. Niemand läßt sich gern um einen Gefallen bitten. Ich weiß noch, wie die arme Charlotte Pagden sich in einer Saison ganz unbeliebt machte, weil sie eine französische Gouvernante hatte, die sie jedermann empfehlen wollte.

LADY CAROLINE: Ich habe die Gouvernante gesehen, Jane. Lady Pagden schickte sie mir. Es war, bevor Eleanor in die Gesellschaft eingeführt wurde. Sie war viel zu hübsch für einen ehrbaren Haushalt. Mich wundert's nicht. Mich wundert's nicht, daß Lady Pagden sie durchaus los sein wollte.

LADY HUNSTANTON: Ah! das erklärt es.

LADY CAROLINE: John, das Gras ist zu feucht für dich. Es wäre besser, du gingst und zögst dir sofort die Überschuhe an.

SIR JOHN: Ich fühle mich ganz wohl, Caroline, ich versichere es dir.

LADY CAROLINE: Du mußt mir schon zugeben, daß ich das am besten beurteilen kann, John. Bitte, tu, was ich dir sage.

(Sir John steht auf und geht.)

LADY HUNSTANTON: Du verwöhnst ihn, Caroline, wirklich.

(Es treten auf: MRS. ALLONBY *und* LADY STUTFIELD.*)*

LADY HUNSTANTON *(zu Mrs. Allonby):* Nun, Liebe, ich hoffe, der Park gefällt Ihnen. Er soll gut im Holz stehen.

MRS. ALLONBY: Die Bäume sind wunderbar, Lady Hunstanton.

LADY STUTFIELD: Ganz, ganz wundervoll.

MRS. ALLONBY: Aber es scheint mir beinahe, daß, wenn ich sechs Monate auf dem Lande lebte, ich so harmlos würde, daß niemand mehr im geringsten von mir Notiz nähme.

LADY HUNSTANTON: Ich versichere Ihnen, Liebe, diese Wirkung hat das Land durchaus nicht. Welthorpe ist nur zwei Meilen von hier entfernt, und von dort ist Lady Belton mit Lord Fethersdale durchgegangen. Ich entsinne mich des Vorfalls noch ganz deutlich. Der arme Lord Belton starb drei Tage darauf, vor Freude oder an der Gicht, das weiß ich nicht mehr. Wir hatten gerade große Gesellschaft hier, so daß wir uns alle sehr für die ganze Geschichte interessierten.

MRS. ALLONBY: Ich finde, durchzugehen ist feige. Da läuft man ja vor der Gefahr davon. Und die Gefahr ist im modernen Leben so selten geworden.

LADY CAROLINE: Soweit ich es herausbekommen kann, sehen die jungen Frauen von heutzutage ihr einziges Lebensziel darin, mit dem Feuer zu spielen.

MRS. ALLONBY: Der einzige Vorteil, den man davon hat, wenn man mit dem Feuer spielt, Lady Caroline, ist der, daß man sich nie auch nur versengt. Nur die, die nicht mit ihm zu spielen verstehen, verbrennen dabei.

LADY STUTFIELD: Ja, das leuchtet mir ein. Es ist sehr, sehr nützlich.

LADY HUNSTANTON: Ich weiß nicht, wie die Welt mit einer solchen Theorie vorwärtskommen sollte, liebe Mrs. Allonby.

LADY STUTFIELD: Ah, die Welt ist für die Männer erschaffen, nicht für die Frauen.

MRS. ALLONBY: Oh, sagen Sie das nicht, Lady Stutfield. Wir sind viel besser dran als sie. Uns sind viel mehr Dinge verboten als ihnen.

LADY STUTFIELD: Ja; das ist ganz, ganz wahr. Daran hatte ich nicht gedacht.

(Es treten auf: SIR JOHN *und* MR. KELVIL.*)*

LADY HUNSTANTON: Nun, Mr. Kelvil, sind Sie mit Ihrer Arbeit fertig geworden?

KELVIL: Ich bin für heute mit dem Schreiben fertig, Lady Hunstanton. Es war eine schwere Aufgabe. Die Ansprüche, die an die Zeit eines Mannes der Öffentlichkeit gestellt werden, sind sehr groß heutzutage, wirklich sehr groß. Und ich glaube nicht, daß sie die gebührende Anerkennung finden.

LADY CAROLINE: John, hast du deine Überschuhe an?

SIR JOHN: Ja, meine Liebe.

LADY CAROLINE: Ich glaube, du tätest besser daran, hier herüber zu kommen, John, es ist geschützter.

SIR JOHN: Mir ist ganz wohl, Caroline.

LADY CAROLINE: Ich glaube nicht, John. Du solltest dich lieber zu mir setzen.

(Sir John steht auf und geht hinüber.)

LADY STUTFIELD: Und worüber haben Sie heute morgen geschrieben, Mr. Kelvil?

KELVIL: Über das gewohnte Thema, Lady Stutfield. Über die Reinheit.

LADY STUTFIELD: Es muß sehr, sehr interessant sein, darüber zu schreiben.

KELVIL: Es ist das eine Thema von wirklich nationaler Bedeutung heutzutage, Lady Stutfield. Ich habe die Absicht, vor dem Zusammentritt des Parlaments zu meinen Wählern über die Frage zu reden. Ich finde, die ärmeren Klassen unseres Landes verraten eine ausgesprochene Sehnsucht nach einem höheren ethischen Maßstab.

LADY STUTFIELD: Wie furchtbar, furchtbar nett von Ihnen!

LADY CAROLINE: Sind Sie dafür, daß die Frauen an der Politik teilnehmen, Mr. Kettle?

SIR JOHN: Kelvil, meine Liebe, Kelvil!

KELVIL: Der wachsende Einfluß der Frauen ist das einzige, was in unserem politischen Leben beruhigend wirkt, Lady Caroline. Die Frauen stehen stets auf der Seite der Moral, der öffentlichen, wie der privaten.

LADY STUTFIELD: Es ist sehr, sehr angenehm, das von Ihnen zu hören.

LADY HUNSTANTON: Ah ja! Die moralischen Qualitäten in der Frau – darauf kommt es an. Ich fürchte, Caroline, der gute Lord Illingworth schätzt die moralischen Qualitäten in der Frau nicht, wie er sollte.

*(*LORD ILLINGWORTH *tritt auf.)*

LADY STUTFIELD: Die Welt sagt, Lord Illingworth sei sehr, sehr schlecht.

LORD ILLINGWORTH: Aber welche Welt sagt das, Lady Stutfield? Es muß die nächste Welt sein. Diese Welt und ich, wir verstehen uns ausgezeichnet. *(Setzt sich neben Mrs. Allonby.)*

LADY STUTFIELD: Jeder, den ich kenne, sagt, Sie seien sehr, sehr schlecht.

LORD ILLINGWORTH: Es ist einfach ungeheuerlich, wie die Leute heutzutage herumgehen und hinter jemandes Rücken Dinge sagen, die absolut und völlig wahr sind.

LADY HUNSTANTON: Der liebe Lord Illingworth ist ganz hoffnungslos, Lady Stutfield. Ich habe die Versuche, ihn zu bessern, aufgegeben. Dazu täte eine öffentliche Gesellschaft mit einem Komitee von Direktoren und einem besoldeten Sekretär not. Aber den Sekretär haben Sie schon, Lord Illingworth, nicht wahr? Gerald Arbuthnot hat uns von seinem Glück erzählt; es ist wirklich sehr gut von Ihnen.

LORD ILLINGWORTH: Oh, sagen Sie das nicht, Lady Hunstanton. Gut ist ein schreckliches Wort. Der junge Arbuthnot gefiel mir vom ersten Augenblick an, in dem ich ihn kennenlernte, ausgezeichnet, und er wird mir sehr von Nutzen sein bei etwas, was ich töricht genug bin zu planen.

LADY HUNSTANTON: Er ist ein wunderbarer junger Mensch. Und seine Mutter ist eine meiner liebsten Freundinnen. Er macht gerade mit unserer hübschen Amerikanerin einen Spaziergang. Sie ist sehr hübsch, nicht wahr?

LADY CAROLINE: Viel zu hübsch. Diese Mädchen aus Amerika nehmen alle guten Partien weg. Weshalb können sie nicht in ihrem eigenen Land bleiben? Sie erzählen uns immer, es sei das Paradies der Frauen.

LORD ILLINGWORTH: Das ist es, Lady Caroline. Deshalb haben sie es wie Eva so eilig, herauszukommen.

LADY CAROLINE: Wer sind Miß Worsleys Eltern?

LORD ILLINGWORTH: Frauen aus Amerika sind wundervoll gewandt darin, ihre Eltern zu verbergen.

LADY HUNSTANTON: Mein lieber Lord Illingworth, was wollen Sie damit sagen? Miß Worsley, Caroline, ist Waise. Ihr Vater war ein sehr reicher Millionär – oder Philanthrop, oder ich glaube, beides, der meinen Sohn sehr gastfrei bewirtete, als er in Boston war. Ich weiß nicht, wie er ursprünglich zu seinem Gelde kam.

KELVIL: Vermutlich durch amerikanische Trockenwaren.

LADY HUNSTANTON: Was sind amerikanische Trockenwaren?

LORD ILLINGWORTH: Amerikanische Romane.

LADY HUNSTANTON: Wie sehr, sehr merkwürdig! ... Nun, woher auch das große Vermögen gekommen sein mag, ich achte Miß Worsley sehr. Sie zieht sich außerordentlich gut an. Alle Amerikanerinnen ziehen sich gut an. Sie kaufen ihre Garderobe in Paris.

MRS. ALLONBY: Man sagt, Lady Hunstanton, wenn gute Amerikaner sterben, so gehen sie nach Paris.

LADY HUNSTANTON: Wirklich? Und wenn schlechte Amerikaner sterben, wohin gehen die?

LORD ILLINGWORTH: Oh, nach Amerika.

KELVIL: Ich fürchte, Sie würdigen Amerika nicht genügend, Lord Illingworth. Es ist ein sehr bejammernswertes Land, besonders in Anbetracht seiner Jugend.

LORD ILLINGWORTH: Amerikas Jugend ist seine älteste Überlieferung. Sie dauert jetzt schon dreihundert Jahre. Wenn man die Amerikaner reden hört, so könnte man meinen, sie stünden in ihrer ersten Kindheit. Soweit die Zivilisation in Frage kommt, stehen sie in ihrer zweiten.

KELVIL: Ohne Zweifel ist vieles korrumpiert in der amerikanischen Politik. Vermutlich spielen Sie darauf an?

LORD ILLINGWORTH: Vielleicht.

LADY HUNSTANTON: Die Politik geht überall traurige Wege, höre ich. Jedenfalls in England. Der gute Mr. Cardew richtet das Land zugrunde. Es wundert mich, daß Mrs. Cardew es zugibt. Ich bin überzeugt, Lord Illingworth, Sie sind nicht der Meinung, daß man ungebildeten Leuten das Stimmrecht geben sollte?

LORD ILLINGWORTH: Ich bin der Meinung, daß man es nur ihnen geben sollte.

KELVIL: Sie ergreifen also in der modernen Politik keine Partei, Lord Illingworth?

LORD ILLINGWORTH: Man sollte niemals Partei ergreifen, Mr. Kelvil. Wenn man Partei ergreift, so ist das der Anfang zur Aufrichtigkeit; dann folgt der Ernst bald nach, und das menschliche

Wesen wird unausstehlich. Freilich richtet das Unterhaus sehr wenig Unheil an. Man kann die Menschen durch eine Parlamentsdebatte nicht gut machen – das ist schon etwas.

KELVIL: Sie können nicht leugnen, daß das Unterhaus mit den Leiden der Armen stets viel Mitgefühl gezeigt hat.

LORD ILLINGWORTH: Das ist sein besonderes Laster. Es ist das spezielle Laster unserer Zeit. Man sollte mit der Freude, der Schönheit, der Farbe des Lebens sympathisieren. Je weniger man über die Wunden des Lebens spricht, um so besser, Mr. Kelvil.

KELVIL: Und doch ist unser Londoner Ostende ein sehr wichtiges Problem.

LORD ILLINGWORTH: Gewiß. Es ist das Problem der Sklaverei. Und wir versuchen es zu lösen, indem wir die Sklaven amüsieren.

LADY HUNSTANTON: Sicherlich läßt sich viel durch billige Unterhaltungen tun, wie Sie sagen, Lord Illingworth. Der gute Mr. Daubeney, unser Pfarrer, schafft mit Hilfe seiner Kaplane während des Winters wirklich wundervolle Erholungen für die Armen. Und mit einer *Laterna magica* oder einem Missionär oder irgendeiner ähnlichen populären Unterhaltung läßt sich viel Gutes tun.

LADY CAROLINE: Ich bin gar nicht für Belustigung der Armen, Jane. Bettdecken und Kohlen sind genügend. Es herrscht schon unter den oberen Klassen viel zu viel Vergnügungssucht. Wir brauchen im modernen Leben Gesundheit. Die ganze Lebensauffassung ist nicht gesund, durchaus nicht gesund.

KELVIL: Sie haben ganz recht, Lady Caroline.

LADY CAROLINE: Ich glaube, ich habe meistens recht.

MRS. ALLONBY: Ein schreckliches Wort, »Gesundheit!«

LORD ILLINGWORTH: Das albernste Wort in unserer Sprache, und man kennt ja die populäre Vorstellung von der Gesundheit. Der englische Landedelmann, der einem Fuchs nachgaloppiert – das Unaussprechliche auf der Jagd nach dem Ungenießbaren.

KELVIL: Darf ich fragen, Lord Illingworth, ob Sie das Oberhaus für eine bessere Einrichtung halten als das Unterhaus?

LORD ILLINGWORTH: Für eine viel bessere Einrichtung, natürlich. Wir stehen im Oberhaus niemals in Fühlung mit der öffentlichen Meinung. Das macht uns zu einer zivilisierten Körperschaft.

KELVIL: Ist es Ihr Ernst, wenn Sie eine solche Meinung vertreten?

LORD ILLINGWORTH: Mein voller Ernst, Mr. Kelvil. *(Zu Mrs. Allonby.)* Eine vulgäre Art haben die Leute heutzutage, daß sie einen fragen, wenn man ihnen eine Idee gegeben hat, ob es einem ernst damit ist oder nicht. Es gibt nichts Ernsteres außer der Leidenschaft. Der Verstand ist nichts Ernstes, ist es nie gewesen. Er ist ein Instrument, auf dem man spielt, weiter nichts. Die einzige ernste Form des Verstandes, die ich kenne, ist der britische Verstand. Und auf dem britischen Verstande spielen die Analphabeten die Trommel.

LADY HUNSTANTON: Was sagen Sie von der Trommel, Lord Illingworth?

LORD ILLINGWORTH: Ich sprach nur mit Mrs. Allonby über die Leitartikel der Londoner Zeitungen.

LADY HUNSTANTON: Aber glauben Sie alles, was in den Zeitungen steht?

LORD ILLINGWORTH: Ja. Heutzutage geschieht nur das Unlesbare.

(Steht auf mit Mrs. Allonby.)

LADY HUNSTANTON: Gehen Sie, Mrs. Allonby?

MRS. ALLONBY: Nur bis zum Gewächshaus. Lord Illingworth sagte mir heute morgen, es sei eine Orchidee da, so schön wie die sieben Todsünden.

LADY HUNSTANTON: Meine Liebe, ich hoffe, es ist nichts dergleichen da. Ich werde doch mit dem Gärtner reden.

(Lord Illingworth und Mrs. Allonby ab.)

LADY CAROLINE: Ein bemerkenswerter Typus, diese Mrs. Allonby.

LADY HUNSTANTON: Sie läßt ihre gescheite Zunge bisweilen durchgehen.

LADY CAROLINE: Ist das das einzige, Jane, was Mrs. Allonby mit sich durchgehen läßt?

LADY HUNSTANTON: Ich hoffe, Caroline.

(LORD ALFRED *tritt auf.)*

LADY HUNSTANTON: Lieber Lord Alfred, kommen Sie zu uns. *(Lord Alfred setzt sich neben Lady Stutfield.)*

LADY CAROLINE: Du glaubst von allen nur Gutes, Jane. Das ist ein großer Fehler.

LADY STUTFIELD: Glauben Sie wirklich, wirklich, man sollte von jedem Schlimmes denken, Lady Caroline?

LADY CAROLINE: Ich halte es für sicherer, Lady Stutfield. Natürlich nur, bis man heraus hat, daß jemand gut ist. Aber dazu braucht man heute viel Nachforschung.

LADY STUTFIELD: Aber es gibt so viel unfreundlichen Skandal im modernen Leben.

LADY CAROLINE: Lord Illingworth bemerkte gestern abend beim Diner, die Grundlage jedes Skandals sei eine absolut unmoralische Gewißheit.

KELVIL: Lord Illingworth ist natürlich ein sehr glänzender Mann, aber mir scheint, ihm fehlt jeder schöne Glaube an den Adel und die Reinheit des Lebens, der für unser Jahrhundert so wichtig ist.

LADY STUTFIELD: Ja, sehr, sehr wichtig, nicht wahr?

KELVIL: Er macht mir den Eindruck eines Mannes, der die Schönheit unseres englischen Familienlebens nicht zu würdigen weiß. Ich möchte sagen: In dieser Hinsicht haben ausländische Ideen ihn schädlich beeinflußt.

LADY STUTFIELD: Nichts, nichts kommt der Schönheit des Familienlebens gleich, nicht wahr?

KELVIL: Sie ist die Hauptstütze unseres Moralsystems in England, Lady Stutfield. Ohne sie würden wir wie unsere Nachbarn.

LADY STUTFIELD: Das wäre so, so traurig, nicht?

KELVIL: Ich fürchte auch, Lord Illingworth sieht die Frau nur als Spielzeug an. Nun habe ich die Frau nie als Spielzeug angesehen. Die Frau ist im öffentlichen wie im privaten Leben die intellektuelle Helferin des Mannes. Ohne sie vergäßen wir die wahren Ideale. *(Setzt sich neben Lady Stutfield.)*

LADY CAROLINE: Sind Sie ein verheirateter Mann, Mr. Kettle?

SIR JOHN: Kelvil, Liebe, Kelvil.

KELVIL: Ich bin verheiratet, Lady Caroline.

LADY CAROLINE: Familie?

KELVIL: Ja.

LADY CAROLINE: Wie viele?

KELVIL: Acht.

(Lady Stutfield wendet ihre Aufmerksamkeit Lord Alfred zu.)

LADY CAROLINE: Mrs. Kettle und die Kinder sind vermutlich an der See?

(Sir John zuckt die Achseln.)

KELVIL: Meine Frau ist mit den Kindern an der See, Lady Caroline.

LADY CAROLINE: Sie werden später ohne Zweifel sich ihnen anschließen?

KELVIL: Wenn meine öffentlichen Verpflichtungen es mir erlauben.

LADY CAROLINE: Ihr öffentliches Leben muß für Mrs. Kettle eine rechte Quelle der Genugtuung sein.

SIR JOHN: Kelvil, meine Liebe, Kelvil!

LADY STUTFIELD *(zu Lord Alfred):* Ihre Zigaretten mit dem Goldmundstück sind wirklich entzükkend, Lord Alfred!

LORD ALFRED: Sie sind furchtbar teuer. Ich kann sie mir nur leisten, wenn ich verschuldet bin.

LADY STUTFIELD: Es muß furchtbar, furchtbar traurig sein, wenn man verschuldet ist.

LORD ALFRED: Man muß heutzutage doch eine Beschäftigung haben. Wenn ich meine Schulden nicht hätte, so wüßte ich nicht, woran ich denken sollte. Alle meine Bekannten sind verschuldet.

LADY STUTFIELD: Aber belästigen die Leute, denen Sie das Geld schulden, Sie nicht recht, recht sehr?

(LAKAI tritt ein.)

LORD ALFRED: O nein, sie schreiben; ich nicht.

LADY STUTFIELD: Wie sehr, sehr merkwürdig!

LADY HUNSTANTON: Ah, Caroline, hier ist ein Brief von der guten Mrs. Arbuthnot. Sie wird nicht zum Diner kommen. Das tut mir leid. Aber sie wird heute abend kommen. Das freut mich, wirklich. Sie ist eine so angenehme Frau. Schreibt auch eine schöne Hand, so groß und fest.

(Reicht den Brief Lady Caroline.)

LADY CAROLINE *(sieht ihn an):* Nicht ganz weiblich, Jane. Die Weiblichkeit bewundere ich an der Frau am meisten.

LADY HUNSTANTON *(nimmt den Brief zurück und läßt ihn auf dem Tisch liegen):* Oh! sie ist sehr weiblich, Caroline, und dabei so gut. Du solltest hören, wie der Erzdiakon von ihr spricht. Er sieht sie als seine rechte Hand im Sprengel an. *(Lakai spricht mit ihr.)* Im Gelben Salon. Sollen wir alle hineingehen? Lady Stutfield, sollen wir zum Tee hineingehen?

LADY STUTFIELD: Mit Vergnügen, Lady Hunstanton.

(Sie stehen auf und schicken sich an zu gehen. Sir John erbietet sich, Lady Stutfield den Mantel zu tragen.)

LADY CAROLINE: John! Wenn du deinem Neffen erlauben wolltest, für Lady Stutfields Mantel zu sorgen, so könntest du mir mit meinem Arbeitskorb helfen.

(Es treten auf LORD ILLINGWORTH *und* MRS. ALLONBY.*)*

SIR JOHN: Gewiß, meine Liebe.

(Alle ab.)

MRS. ALLONBY: Merkwürdig, häßliche Frauen sind immer eifersüchtig auf ihre Männer, schöne Frauen nie!

LORD ILLINGWORTH: Schöne Frauen haben nie Zeit. Sie sind stets zu sehr damit beschäftigt, auf die Männer anderer Frauen eifersüchtig zu sein.

MRS. ALLONBY: Ich sollte denken, Lady Caroline müßte mittlerweise der ehelichen Besorgnis müde sein! Sir John ist ihr vierter.

LORD ILLINGWORTH: So viel Ehe steht jedenfalls nicht gut. Zwanzig Jahre Romantik, und eine Frau sieht aus wie eine Ruine; aber zwanzig Jahre Ehe, und sie gleicht einem öffentlichen Gebäude.

MRS. ALLONBY: Zwanzig Jahre Romantik! Gibt es so etwas?

LORD ILLINGWORTH: Heute nicht. Die Frauen sind zu gescheit geworden. Nichts verdirbt einen Roman so leicht, wie der Sinn für Humor bei der Frau.

MRS. ALLONBY: Oder sein Fehlen beim Mann.

LORD ILLINGWORTH: Sie haben ganz recht. In einem Tempel sollte jeder ernst sein außer dem Angebeteten.

MRS. ALLONBY: Und das wäre der Mann?

LORD ILLINGWORTH: Die Frauen knien so anmutig; die Männer nicht.

MRS. ALLONBY: Sie denken an Lady Stutfield!

LORD ILLINGWORTH: Ich versichere Ihnen, ich habe schon seit einer Viertelstunde nicht mehr an Lady Stutfield gedacht.

MRS. ALLONBY: Ist sie ein solches Geheimnis?

LORD ILLINGWORTH: Sie ist mehr als ein Geheimnis – sie ist eine Stimmung.

MRS. ALLONBY: Stimmungen dauern nicht.

LORD ILLINGWORTH: Das ist ihr Hauptreiz.

(Es treten auf HESTER *und* GERALD.*)*

GERALD: Lord Illingworth, alle haben mir Glück gewünscht, Lady Hunstanton, Lady Caroline und … alle. Ich hoffe, ich werde ein guter Sekretär werden.

LORD ILLINGWORTH: Sie werden der Mustersekretär werden, Gerald. *(Spricht mit ihm.)*

MRS. ALLONBY: Sie genießen das Landleben, Miß Worsley?

HESTER: Ja, sehr.

MRS. ALLONBY: Ertappen sich nicht auf der Sehnsucht nach einer Londoner Tischgesellschaft?

HESTER: Ich mag Londoner Diners nicht.

MRS. ALLONBY: Ich schwärme für sie. Die gescheiten Leute hören nie zu, und die dummen reden nie.

HESTER: Ich denke, die Dummen reden sehr viel.

MRS. ALLONBY: Ah, ich höre nie zu.

LORD ILLINGWORTH: Mein lieber Junge, wenn ich Sie nicht möchte, so hätte ich Ihnen nicht das Angebot gemacht. Weil ich Sie so gern habe, möchte ich Sie bei mir haben.

(Hester und Gerald ab.)

Ein reizender Bursche, der Gerald Arbuthnot!

MRS. ALLONBY: Er ist sehr nett; wirklich sehr nett. Aber ich kann die junge Amerikanerin nicht leiden.

LORD ILLINGWORTH: Warum nicht?

MRS. ALLONBY: Sie sagte mir gestern, und noch dazu mit ganz lauter Stimme, sie sei erst achtzehn. Es war höchst ärgerlich.

LORD ILLINGWORTH: Einer Frau, die einem ihr wahres Alter sagt, sollte man niemals trauen. Eine Frau, die einem das sagt, würde einem alles sagen.

MRS. ALLONBY: Außerdem ist sie eine Puritanerin –

LORD ILLINGWORTH: Ah, das ist unentschuldbar. Ich habe nichts dagegen, wenn häßliche Frauen Puritanerinnen sind. Es ist die einzige Entschuldigung für ihre Häßlichkeit. Aber sie ist entschieden hübsch. Ich bewundere sie ungeheuer. *(Sieht Mrs. Allonby fest an.)*

MRS. ALLONBY: Was für ein von Grund aus schlechter Mann Sie sein müssen!

LORD ILLINGWORTH: Was nennen Sie einen schlechten Mann?

MRS. ALLONBY: Die Art Mann, die die Unschuld bewundert.

LORD ILLINGWORTH: Und eine schlechte Frau?

MRS. ALLONBY: Oh, die Art Frau, deren man nie müde wird.

LORD ILLINGWORTH: Sie sind streng – gegen sich.

MRS. ALLONBY: Definieren sie uns als Geschlecht.

LORD ILLINGWORTH: Sphinxe ohne Rätsel.

MRS. ALLONBY: Ist die Puritanerin darin eingeschlossen?

LORD ILLINGWORTH: Wissen Sie, daß ich an Puritanerinnen nicht glaube? Ich glaube nicht, daß es eine Frau in der Welt gibt, die sich nicht ein wenig geschmeichelt fühlte, wenn man ihr den Hof macht. Das macht die Frauen so unwiderstehlich anbetungswürdig.

MRS. ALLONBY: Sie meinen, es gebe keine Frau in der Welt, die etwas dagegen hätte, wenn man sie küßt?

LORD ILLINGWORTH: Sehr wenige.

MRS. ALLONBY: Miß Worsley ließe sich nicht von Ihnen küssen.

LORD ILLINGWORTH: Sind Sie sicher?

MRS. ALLONBY: Ganz.

LORD ILLINGWORTH: Was meinen Sie, das sie täte, wenn ich sie küßte?

MRS. ALLONBY: Sie würde Sie entweder heiraten oder Ihnen mit dem Handschuh ins Gesicht schlagen. Was würden Sie tun, wenn sie Ihnen mit dem Handschuh ins Gesicht schlüge?

LORD ILLINGWORTH: Vermutlich mich in sie verlieben.

MRS. ALLONBY: Dann ist es ein Glück, daß Sie sie nicht küssen werden.

LORD ILLINGWORTH: Ist das eine Herausforderung?

MRS. ALLONBY: Es ist ein Pfeil, den ich in die Luft schieße.

LORD ILLINGWORTH: Wissen Sie nicht, daß mir immer gelingt, was ich unternehme?

MRS. ALLONBY: Ich bedauere, daß ich das höre. Wir Frauen beten den Mißerfolg an. Er stützt sich auf uns.

LORD ILLINGWORTH: Sie beten den Erfolg an. Sie klammern sich an ihn.

MRS. ALLONBY: Wir sind der Lorbeer, der seine Kahlheit bedeckt.

LORD ILLINGWORTH: Und er braucht sie immer, außer im Moment des Triumphes.

MRS. ALLONBY: Dann ist er uninteressant.

LORD ILLINGWORTH: Wie Sie einen peinigen! *(Pause.)*

MRS. ALLONBY: Lord Illingworth, es gibt eins, um dessenwillen ich Sie immer gern haben werde.

LORD ILLINGWORTH: Eins nur? Und ich habe doch so viele schlechte Eigenschaften.

MRS. ALLONBY: Ah, bilden Sie sich nicht zu viel darauf ein! Sie könnten sie verlieren, wenn Sie alt werden.

LORD ILLINGWORTH: Ich habe nicht die Absicht, je alt zu werden. Die Seele wird alt geboren und wird allmählich jung. Das ist die Komödie des Lebens.

MRS. ALLONBY: Und der Körper wird jung geboren und wird allmählich alt. Das ist die Tragödie des Lebens.

LORD ILLINGWORTH: Zuweilen gleichfalls eine Komödie. Aber welches ist der geheimnisvolle Grund, um dessenwillen Sie mich immer gern haben werden?

MRS. ALLONBY: Dieser: Sie haben mir nie den Hof gemacht.

LORD ILLINGWORTH: Ich habe nie etwas anderes getan.

MRS. ALLONBY: Wirklich? Dann habe ich es nicht bemerkt.

LORD ILLINGWORTH: Welch ein Glück! Es hätte für uns beide eine Tragödie werden können.
MRS. ALLONBY: Wir hätten sie beide überlebt.
LORD ILLINGWORTH: Heutzutage kann man alles überleben außer dem Tod, und alles kann man zugrunde leben außer einem guten Ruf.
MRS. ALLONBY: Haben Sie es mit dem guten Ruf probiert?
LORD ILLINGWORTH: Er gehört zu den Plagen, denen ich nie unterworfen war.
MRS. ALLONBY: Das kann noch kommen.
LORD ILLINGWORTH: Weshalb drohen Sie mir?
MRS. ALLONBY: Das will ich Ihnen sagen, wenn Sie die Puritanerin geküßt haben.
(LAKAI tritt auf.)
FRANCIS: Der Tee ist im gelben Salon serviert, Mylord.
LORD ILLINGWORTH: Sagen Sie Mylady, wir kämen gleich.
FRANCIS: Jawohl, Mylord.
LORD ILLINGWORTH: Sollen wir zum Tee hineingehen?
MRS. ALLONBY: Lieben Sie so einfache Genüsse?
LORD ILLINGWORTH: Ich schwärme für einfache Genüsse. Sie sind die letzte Zuflucht der Komplizierten. Aber wenn Sie wünschen, so lassen Sie uns hier bleiben. Ja, lassen Sie uns hier bleiben. Das Buch des Lebens beginnt mit einem Mann und einer Frau in einem Garten.
MRS. ALLONBY: Es schließt mit den Offenbarungen.
LORD ILLINGWORTH: Sie fechten göttlich, aber der Knopf ist von Ihrer Klinge gefallen.
MRS. ALLONBY: Ich habe die Maske noch.
LORD ILLINGWORTH: Sie macht Ihre Augen lieblicher.
MRS. ALLONBY: Danke. Kommen Sie.
LORD ILLINGWORTH *(sieht Mrs. Arbuthnots Brief auf dem Tisch, nimmt ihn auf und sieht den Umschlag an)*: Was für eine merkwürdige Handschrift! Sie erinnert mich an eine Frau, die ich vor Jahren gekannt habe.
MRS. ALLONBY: An wen?
LORD ILLINGWORTH: Oh, niemand. Niemand besondern. An eine Frau ohne Bedeutung. *(Wirft den Brief hin und geht mit Mrs. Allonby die Stufen der Terrasse hinauf. Sie lächeln einander zu.)*

Vorhang.

ZWEITER AKT

(SZENE: Salon in Hunstanton, nach dem Diner, Lampen brennen. Tür rechts, Tür links.)

(Die Damen sitzen auf Sofas.)
MRS. ALLONBY: Wie angenehm, daß man die Männer ein wenig los geworden ist.
LADY STUTFIELD: Ja, die Männer verfolgen uns furchtbar, nicht wahr?
MRS. ALLONBY: Verfolgen uns? Ich wollte, sie täten es.
LADY HUNSTANTON: Meine Liebe!
MRS. ALLONBY: Das Ärgerliche ist, daß die Elenden ohne uns ganz glücklich sein können. Deshalb, meine ich, ist es die Pflicht der Frau, sie nie auch nur einen Augenblick allein zu lassen, außer während dieses kurzen Atemholens nach dem Diner; denn sonst, glaube ich, würden wir Frauen bald ganz zu Schatten.
(DIENER treten ein mit dem Kaffee.)
LADY HUNSTANTON: Zu Schatten, Liebe?
MRS. ALLONBY: Ja, Lady Hunstanton. Es ist eine solche Anstrengung, die Männer an ihre Pflicht zu fesseln. Sie versuchen immer, uns zu entschlüpfen.
LADY STUTFIELD: Mir scheint vielmehr, wir versuchen immer, ihnen zu entschlüpfen. Die Männer sind gar so herzlos. Sie kennen ihre Macht und machen Gebrauch davon.
LADY CAROLINE *(nimmt dem Diener den Kaffee ab)*. Was für dummes Zeug ist all dies Gerede über die Männer! Es kommt darauf an, daß man die Männer in Schranken hält.

MRS. ALLONBY: Aber welches sind ihre Schranken, Lady Caroline?

LADY CAROLINE: Daß sie nach ihren Frauen sehen, Mrs. Allonby.

MRS. ALLONBY *(nimmt dem Diener Kaffee ab):* Wirklich? Und wenn sie nicht verheiratet sind?

LADY CAROLINE: Wenn sie nicht verheiratet sind, so sollten sie nach einer Frau ausschauen. Es ist einfach empörend, wie viele Junggesellen in der Gesellschaft herumlaufen. Es sollte ein Gesetz erlassen werden, das sie sämtlich zwingt, innerhalb von zwölf Monaten zu heiraten.

LADY STUTFIELD *(lehnt Kaffee ab):* Aber wenn sie eine lieben, die vielleicht an einen anderen gebunden ist?

LADY CAROLINE: In dem Falle, Lady Stutfield, sollte man sie innerhalb einer Woche zwangsweise mit einem achtbaren, häßlichen Mädchen verheiraten, um sie zu lehren, daß sie sich nicht um anderer Leute Eigentum zu kümmern haben.

MRS. ALLONBY: Ich glaube, man sollte von uns nie als Eigentum anderer Leute sprechen. Alle Männer sind das Eigentum der verheirateten Frauen. Das ist die einzig richtige Definition des Eigentums der verheirateten Frau überhaupt. Aber wir gehören niemand.

LADY STUTFIELD: Oh, ich bin so froh, das von Ihnen zu hören.

LADY HUNSTANTON: Aber meinst du wirklich, liebe Caroline, die Gesetzgebung könnte die Dinge irgendwie bessern? Ich höre, heutzutage leben alle verheirateten Männer wie Junggesellen und alle Junggesellen wig verheiratete Männer.

MRS. ALLONBY: Ich jedenfalls kann sie nie unterscheiden.

LADY STUTFIELD: Oh, ich glaube, man kann immer gleich sehen, ob an das Leben eines Mannes von seiner Familie Ansprüche gestellt werden oder nicht. Ich habe einen so traurigen Ausdruck in den Augen manches verheirateten Mannes bemerkt.

MRS. ALLONBY: Ah, ich habe nur bemerkt, daß sie furchtbar langweilig sind, wenn sie gute Ehemänner sind, und schrecklich eingebildet, wenn sie es nicht sind.

LADY HUNSTANTON: Nun, ich vermute, der Typus des Ehemanns hat sich seit den Tagen meiner Jugend vollständig geändert; aber ich muß konstatieren, daß der arme, liebe Hunstanton das entzückendste Geschöpf war und so gut wie Gold.

MRS. ALLONBY: Ah, mein Mann ist eine Art Schuldschein; ich bin es müde, ihn zu honorieren.

LADY CAROLINE: Aber Sie erneuern ihn von Zeit zu Zeit, nicht wahr?

MRS. ALLONBY: O nein, Lady Caroline. Ich habe bisher erst einen Mann gehabt. Mir scheint, Sie halten mich geradezu für eine Theaterliebhaberin.

LADY CAROLINE: Bei Ihren Ansichten über das Leben wundert es mich, daß Sie überhaupt geheiratet haben.

MRS. ALLONBY: Mich auch.

LADY HUNSTANTON: Mein liebes Kind, ich glaube, Sie sind in Wirklichkeit sehr glücklich in Ihrem Eheleben, aber Sie verbergen Ihr Glück gern vor andern.

MRS. ALLONBY: Ich versichere Ihnen, Ernst hat mich sehr enttäuscht.

LADY HUNSTANTON: Oh, das hoffe ich nicht, Liebe. Ich kannte seine Mutter recht gut. Sie war eine Stratton, Caroline, eine der Töchter Lord Crowlands.

LADY CAROLINE: Victoria Stratton? Ich erinnere mich deutlich. Eine alberne, blonde Frau ohne Kinn.

MRS. ALLONBY: Ah, Ernst hat ein Kinn. Er hat ein sehr starkes Kinn, ein massives Kinn. Ernsts Kinn ist viel zu massiv.

LADY STUTFIELD: Aber meinen Sie wirklich, das Kinn eines Mannes könnte zu massiv sein? Ich finde, ein Mann sollte sehr, sehr stark aussehen, und sein Kinn sollte ganz, ganz eckig sein.

MRS. ALLONBY: Dann sollten Sie wirklich Ernst kennenlernen, Lady Stutfield. Es ist freilich nur gerecht, wenn ich Ihnen von vornherein sage, daß er gar keine Unterhaltungsgabe besitzt.

LADY STUTFIELD: Ich schwärme für schweigsame Männer.

MRS. ALLONBY: Oh, Ernst ist nicht schweigsam. Er redet fortwährend. Aber er kann sich nicht unterhalten. Worüber er redet, das weiß ich nicht. Ich höre ihm seit Jahren nicht mehr zu.

LADY STUTFIELD: Haben Sie ihm denn nie verziehen? Wie traurig das sein muß! Aber das ganze Leben ist sehr, sehr traurig, nicht wahr?

MRS. ALLONBY: Das Leben, Lady Stutfield, ist einfach ein *mauvais quart d'heure,* das aus wundervollen Momenten besteht.

LADY STUTFIELD: Ja, natürlich, es gibt Momente. Aber hat Mr. Allonby etwas sehr Unrechtes getan? Ist er sehr zornig auf Sie geworden, und hat er etwas gesagt, was unfreundlich oder wahr war?

MRS. ALLONBY: Ach Gott, nein. Ernst bleibt immer ruhig. Das ist ja gerade einer der Gründe, weshalb er mir immer so auf die Nerven fällt. Nichts ist so ärgerlich wie Ruhe. Es liegt etwas geradezu Brutales in der guten Laune der meisten modernen Männer. Ich wundere mich, daß wir Frauen es immer noch so gut ertragen.

LADY STUTFIELD: Ja; die gute Laune der Männer zeigt, daß sie nicht so empfindlich sind wie wir, nicht so fein besaitet. Das richtet oft eine große Schranke zwischen Mann und Frau auf, nicht wahr? Aber ich wüßte so gern, was für ein Unrecht Mr. Allonby begangen hat.

MRS. ALLONBY: Nun, das will ich Ihnen sagen, wenn Sie mir feierlich versprechen, es jedermann wiederzuerzählen.

LADY STUTFIELD: Danke, danke. Ich will es mir angelegen sein lassen, es weiterzusagen.

MRS. ALLONBY: Als Ernst und ich verlobt waren, da schwor er mir positiv auf den Knien, er habe im ganzen Verlauf seines Lebens vor mir noch keine Frau geliebt. Ich war damals sehr jung, und so glaubte ich ihm nicht, das brauche ich Ihnen nicht erst zu sagen. Zum Unglück stellte ich keinerlei Nachforschungen an, bis ich tatsächlich vier oder fünf Monate lang verheiratet war. Da bekam ich heraus, daß, was er mir gesagt hatte, wirklich wahr war. Und so etwas macht einen Mann so absolut uninteressant.

LADY HUNSTANTON: Aber meine Liebe!

MRS. ALLONBY: Die Männer wollen immer die erste Liebe einer Frau sein. Das ist ihre plumpe Eitelkeit. Wir Frauen haben einen feinern Instinkt für die Dinge, wir sind gern der letzte Roman eines Mannes.

LADY STUTFIELD: Ich verstehe, was Sie sagen wollen. Es ist sehr, sehr schön.

LADY HUNSTANTON: Mein liebes Kind, Sie wollen uns doch nicht sagen, daß Sie Ihrem Mann nicht verzeihen, weil er nie eine andere geliebt hat? Hast du je so etwas gehört, Caroline? Ich bin ganz überrascht.

LADY CAROLINE: Oh, die Frauen sind so gebildet geworden, Jane, daß uns heutzutage nichts mehr überraschen sollte außer glücklichen Ehen. Die werden offenbar auffallend selten.

MRS. ALLONBY: Oh, sie sind ganz veraltet.

LADY STUTFIELD: Außer in den Mittelklassen, wie man mir sagt.

MRS. ALLONBY: Wie das den Mittelklassen ähnlich sieht!

LADY STUTFIELD: Ja – nicht wahr? – Sehr, sehr ähnlich.

LADY CAROLINE: Wenn das wahr ist, was Sie uns von den Mittelklassen sagen, Lady Stutfield, so gereicht es ihnen sehr zur Ehre. Es ist sehr zu bedauern, daß in unserer Lebenssphäre die Frau so ganz frivol wird; sie steht offenbar unter dem Eindruck, das sei fein. Dem schreibe ich das Unglück so vieler Ehen in der Gesellschaft zu, die wir alle kennen.

MRS. ALLONBY: Wissen Sie, Lady Caroline, ich glaube nicht, daß die Frivolität der Frau jemals etwas damit zu tun hat. Heute werden mehr Ehen durch den gesunden Menschenverstand des Mannes unglücklich als durch irgend etwas sonst. Wie kann man von einer Frau erwarten, daß sie mit einem Mann glücklich wird, der sie durchaus als ein vollkommen vernünftiges Wesen behandeln will?

LADY HUNSTANTON: Meine Liebe!

MRS. ALLONBY: Der Mann, der arme, linkische, verläßliche, notwendige Mann gehört einem Geschlecht an, das seit Millionen und Millionen von Jahren vernünftig gewesen ist. Er kann nichts dafür. Es liegt in seiner Rasse. Die Geschichte der Frau ist ganz anders. Wir sind stets ein glänzender Protest gegen das bloße Dasein des gesunden Menschenverstandes gewesen. Wir haben seine Gefahren von Anfang an erkannt.

LADY STUTFIELD: Ja, der gesunde Menschenverstand der Männer ist sicherlich sehr, sehr lästig. Sagen Sie mir, wie Sie sich den idealen Ehemann vorstellen. Ich denke mir, das wäre sehr, sehr nützlich.

MRS. ALLONBY: Den idealen Ehemann? So etwas gibt es nicht. Der Begriff ist falsch.

LADY STUTFIELD: Den idealen Mann also in seiner Beziehung zu uns.

LADY CAROLINE: Er wäre wahrscheinlich äußerst realistisch.

MRS. ALLONBY: Der ideale Mann? Oh, der ideale Mann sollte zu uns sprechen, als wären wir Göttinnen, und uns behandeln, als wären wir Kinder. Er sollte uns jede ernsthafte Bitte abschlagen und jede unserer Grillen befriedigen. Er sollte uns zu Launen ermutigen und uns ernste Aufgaben verbieten. Er sollte stets viel mehr sagen, als er meint, und viel mehr meinen, als er sagt.

LADY HUNSTANTON: Aber wie könnte er beides tun, Liebe?

MRS. ALLONBY: Andere hübsche Frauen sollte er nie heruntermachen. Das würde zeigen, daß er keinen Geschmack hat, oder den Verdacht erregen, daß er zuviel hat. Nein, er sollte nett von allen reden, aber doch sagen, daß sie ihn nun einmal nicht reizen.

LADY STUTFIELD: Ja, es ist immer sehr, sehr angenehm, wenn man so etwas über andere Frauen hört.

MRS. ALLONBY: Wenn wir ihn nach irgend etwas fragen, so sollte er uns eine Antwort geben, in der von uns die Rede ist. Er sollte uns immer nur wegen Tugenden loben, die wir, wie er weiß, nicht besitzen. Aber er sollte uns erbarmungslos, ganz erbarmungslos die Tugenden zum Vorwurf machen, die zu besitzen wir uns nie haben träumen lassen. Er sollte nie glauben, daß wir den Nutzen nützlicher Dinge kennen. Das wäre unverzeihlich. Aber er sollte uns mit allem überschütten, was wir nicht brauchen.

LADY CAROLINE: Soweit ich es erkennen kann, soll er nichts tun als Komplimente und Ausgaben machen.

MRS. ALLONBY: Er sollte uns beharrlich öffentlich kompromittieren und uns mit absoluter Achtung behandeln, sobald wir allein sind. Und doch sollte er stets zu einer ganz furchtbaren Szene bereit sein, wenn wir eine nötig haben, und er sollte im Nu elend, absolut elend werden und uns in weniger als zwanzig Minuten mit gerechten Vorwürfen überwältigen und nach einer halben Stunde geradezu heftig werden, und uns ein Viertel vor acht, wenn wir uns zum Diner anziehen müssen, auf ewig verlassen. Und wenn man ihn dann zum wirklich letztenmal gesehen und er sich geweigert hat, die Kleinigkeiten zurückzunehmen, die er einem geschenkt hat, und wenn er versprochen hat, nie wieder mit einem zu sprechen und auch keine törichten Briefe zu schreiben, dann sollte er ganz gebrochenen Herzens sein und einem den ganzen Tag über telegraphieren und einem alle halbe Stunde durch seinen Wagen kleine Briefe schicken und ganz allein im Klub dinieren, so daß jeder weiß, wie unglücklich er ist. Und nach einer ganz furchtbaren Woche, während der man mit seinem Mann überall herumgegangen ist, nur um zu zeigen, wie vollständig einsam man ist, kann man ihm abends einen letzten dritten Abschied gewähren, und wenn dann sein Benehmen ganz einwandfrei gewesen ist und man sich wirklich schlecht gegen ihn benommen hat, so sollte man ihm erlauben, zuzugeben, daß er völlig im Unrecht war, und wenn er das zugegeben hat, so wird es zu einer Pflicht der Frau, zu verzeihen, und man kann das Ganze mit Variationen von neuem beginnen.

LADY HUNSTANTON: Wie gescheit Sie sind, meine Liebe! Sie meinen kein einziges Wort von dem, was Sie sagen.

LADY STUTFIELD: Danke, danke. Es war ganz, ganz entzückend. Ich muß versuchen, all das zu behalten. Es sind so viele Einzelheiten dabei, die so sehr wichtig sind.

LADY CAROLINE: Aber Sie haben nicht gesagt," welches der Lohn des idealen Mannes sein soll.

MRS. ALLONBY: Seinen Lohn? Oh, unendliche Erwartung! Das ist ganz genug für ihn.

LADY STUTFIELD: Aber die Männer sind so furchtbar, furchtbar anspruchsvoll, nicht wahr?

MRS. ALLONBY: Das macht nichts aus. Man sollte ihnen nie nachgeben.

LADY STUTFIELD: Nicht einmal dem idealen Mann?

MRS. ALLONBY: Ihm gewiß nicht. Es sei denn, natürlich, daß man seiner müde werden will.

LADY STUTFIELD: Oh! ... ja. Das begreife ich. Es ist sehr, sehr nützlich. Meinen Sie, Mrs. Allonby, daß ich dem idealen Mann je begegnen werde? Oder gibt es mehrere?

MRS. ALLONBY: In London leben genau vier, Lady Stutfield.

LADY HUNSTANTON: Oh, meine Liebe!

MRS. ALLONBY *(geht zu ihr hinüber):* Was ist geschehen? Sagen Sie es mir!

LADY HUNSTANTON *(leise):* Ich habe vollständig vergessen, daß die ganze Zeit hindurch die junge Amerikanerin im Zimmer war. Ich fürchte, einiges von diesem gescheiten Gespräch wird sie ein wenig entrüstet haben.

MRS. ALLONBY: Ah, das wird ihr so gut tun!

LADY HUNSTANTON: Wir wollen hoffen, daß sie nicht viel verstanden hat. Ich glaube, ich täte besser daran, zur ihr zu gehen und mit ihr zu plaudern. *(Steht auf und geht zu Hester Worsley hinüber.)* Nun, liebe Miß Worsley. *(Setzt sich neben ihr.)* Wie ruhig Sie die ganze Zeit hindurch in Ihrem netten kleinen Winkel gewesen sind! Ich vermute, Sie haben ein Buch gelesen? Hier sind so viele Bücher in der Bibliothek.

HESTER: Nein, ich habe der Unterhaltung zugehört.

LADY HUNSTANTON: Sie müssen nicht alles glauben, was geredet wurden, wissen Sie, Liebe?

HESTER: Ich glaube nichts davon.

LADY HUNSTANTON: Das ist ganz recht, Liebe.

HESTER *(fortfahrend):* Ich kann nicht glauben, daß wirklich irgendeine Frau solche Ansichten über das Leben haben könnte, wie ich sie heute abend aus dem Munde einiger Ihrer Gäste gehört habe. *(Verlegene Pause.)*

LADY HUNSTANTON: Ich höre, Sie haben so angenehme Gesellschaft in Amerika. Ganz wie unsere stellenweise. Mein Sohn hat es mir geschrieben.

HESTER: Es gibt Cliquen in Amerika wie anderswo, Lady Hunstanton, aber die echte Gesellschaft besteht in Amerika einfach aus allen guten Frauen und guten Männern, die wir im Lande haben.

LADY HUNSTANTON: Was für ein verständiges System, und ich denke es mir auch sehr angenehm. Ich fürchte, wir haben in England zu viele künstliche soziale Schranken. Wir sehen von den mittleren und unteren Klassen nicht so viel, wie wir sollten.

HESTER: In Amerika haben wir keine unteren Schichten.

LADY HUNSTANTON: Wirklich? Was für eine höchst, höchst merkwürdige Ordnung!

MRS. ALLONBY: Wovon redet dieses furchtbare Mädchen?

LADY STUTFIELD: Es ist von peinlicher Natürlichkeit, nicht wahr?

LADY CAROLINE: Sie haben in Amerika sehr vieles nicht, höre ich, Miß Worsley. Man sagt, Sie haben keine Ruinen und keine Kuriositäten.

MRS. ALLONBY *(zu Lady Stutfield):* Was für ein Unsinn! Sie haben ihre Mütter und ihre Manieren.

HESTER: Die englische Aristokratie liefert uns unsere Kuriositäten, Lady Caroline. Sie werden uns regelmäßig jeden Sommer in den Dampfern hinübergeschickt und machen uns am Tag nach der Landung ihren Antrag. Was die Ruinen angeht, so versuchen wir etwas zu bauen, was länger dauern wird als Ziegel oder Stein. *(Steht auf, um ihren Fächer vom Tisch zu nehmen.)*

LADY HUNSTANTON: Was ist das, Liebe? Ah ja, eine Ausstellung aus Eisen nicht, in der Stadt mit dem sonderbaren Namen?

HESTER *(steht am Tisch):* Wir versuchen, das Leben, Lady Hunstanton, auf einer besseren, wahreren, reineren Grundlage aufzubauen als hier. Das klingt Ihnen allen ohne Zweifel seltsam. Wie könnte es Ihnen anders als seltsam klingen? Sie, die reichen Leute in England, wissen nicht, wie Sie leben. Wie könnten Sie es wissen? Sie schließen die Edeln und Guten aus Ihrer Gesellschaft aus. Sie lachen über die Einfachen und Reinen. Da Sie alle durch andere und von anderen leben, so verhöhnen Sie die Selbstaufopferung, und wenn Sie den Armen Brot hinwerfen, so geschieht es nur, um sie für eine Zeitlang still zu halten. Trotz all Ihres Pomps und Reichtums und Ihrer Kunst wissen Sie nicht, wie man leben muß – nicht einmal das wissen Sie. Sie lieben die Schönheit, die Sie sehen und berühren und anfassen können, die Schönheit, die Sie vernichten können und vernichten, aber von der unsichtbaren Schönheit eines höheren Lebens wissen Sie nichts. Sie haben das Geheimnis des Lebens verloren. Oh, Ihre englische Gesellschaft scheint mir flach, selbstsüchtig und töricht. Sie hat ihre Augen blind gemacht und sich die Ohren verstopft. Sie lügt wie ein Aussätziger im Purpur. Sie sitzt da wie eine mit Gold übertünchte Leiche. Sie ist ganz falsch, ganz falsch.

LADY STUTFIELD: Ich glaube, von solchen Dingen sollte man nichts wissen. Es ist nicht sehr, sehr hübsch, wie?

LADY HUNSTANTON: Meine liebe Miß Worsley, ich glaubte, Ihnen gefiele die englische Gesellschaft so sehr. Sie haben soviel Erfolg in ihr gehabt. Und die besten Leute haben Sie so sehr bewundert. Ich habe ganz vergessen, was Lord Henry Weston von Ihnen sagte – aber es war höchst schmeichelhaft, und Sie wissen, wie sehr er in Dingen der Schönheit Autorität ist.

HESTER: Lord Henry Weston! Ich entsinne mich seiner, Lady Hunstanton. Ein Mann mit einem scheußlichen Lächeln und einer scheußlichen Vergangenheit. Er wird überall eingeladen. Kein Diner ist ohne ihn vollzählig. Und die, die ihm ihren Ruin verdanken? Sie sind ausgestoßen. Man nennt sie nicht. Wenn Sie ihnen auf der Straße begegneten, Sie würden den Kopf abwenden. Ich beklage ihre Strafe nicht. Mögen alle Frauen, die gesündigt haben, bestraft werden.

*(*MRS. ARBUTHNOT *tritt von der Terrasse hinten ein, in einem Mantel, mit einem Spitzenschleier über dem Kopf. Sie hört die letzten Worte und schrickt zusammen.)*

LADY HUNSTANTON: Meine liebe, junge Dame!

HESTER: Es ist recht, daß sie bestraft werden, aber sie sollen nicht die einzigen sein, die leiden. Wenn ein Mann und eine Frau gesündigt haben, so mögen sie beide in die Wüste hinausziehen, um einander dort zu lieben oder zu verabscheuen. Mögen sie beide gebrandmarkt sein. Setzen Sie, wenn Sie wollen, das Zeichen auf beide, aber bestrafen Sie nicht die eine, während der andere frei ausgeht. Machen Sie nicht ein Gesetz für Männer und ein anderes für Frauen. Sie sind ungerecht gegen die Frauen in England. Und bis Sie das, was bei der Frau eine Schande ist, beim Mann als Verrat ansehen, werden Sie immer ungerecht sein, und das Recht, jene Feuersäule, und das Unrecht, jene Wolkensäule, werden vor Ihren Augen verschwimmen oder nicht zu sehen sein, oder, wenn sie zu sehen sind, nicht beachtet werden.

LADY CAROLINE: Da Sie gerade stehen, Miß Worsley, dürfte ich Sie um mein Garn bitten? Es liegt gerade hinter Ihnen. Danke sehr.

LADY HUNSTANTON: Meine liebe Mrs. Arbuthnot! Ich freue mich so, daß Sie gekommen sind. Aber ich hörte Sie gar nicht melden.

MRS. ARBUTHNOT: Oh, ich komme direkt von der Terrasse herein, Lady Hunstanton, so wie ich war. Sie hatten mir nicht gesagt, daß Sie Gesellschaft haben.

LADY HUNSTANTON: Keine Gesellschaft. Nur ein paar Gäste, die im Haus wohnen und die Sie kennenlernen müssen. Erlauben Sie mir. *(Versucht ihr zu helfen. Klingelt.)* Caroline, dies ist Mrs. Arbuthnot, eine meiner liebsten Freundinnen. Lady Caroline Pontefract, Lady Stutfield, Mrs. Allonby und meine junge Freundin aus Amerika, Miß Worsley, die uns eben gerade gesagt hat, wie schlecht wir alle seien.

HESTER: Ich fürchte, Sie finden, ich habe zu kräftig gesprochen, Lady Hunstanton, aber es gibt gewisse Dinge in England –

LADY HUNSTANTON: Meine liebe, junge Dame, ich glaube, daß vieles wahr ist von dem, was Sie gesagt haben, und Sie sahen sehr hübsch aus, als Sie es sagten, und das ist weit wichtiger, wie Lord Illingworth uns versichern würde. Der einzige Punkt, in dem ich Sie ein wenig hart fand, war die Bemerkung über Lady Carolines Bruder, den armen Lord Henry. Er ist wirklich so unterhaltend.

*(*LAKAI *tritt ein.)*

Nehmen Sie Mrs. Arbuthnots Sachen.

(Lakai mit den Sachen ab.)

HESTER: Lady Caroline, ich hatte keine Ahnung, daß er Ihr Bruder war. Es tut mir leid, daß ich Ihnen Schmerz gemacht haben muß – Ich –

LADY CAROLINE: Meine liebe Miß Worsley, der einzige Teil Ihrer kleinen Rede, wenn ich sie so nennen kann, mit dem ich ganz einverstanden war, das war eben der Teil über meinen Bruder. Nichts, was Sie über ihn nur sagen können, könnte zu schlimm sein. Ich sehe Henry als infam an, einfach als infam. Aber ich muß konstatieren, wie du schon bemerktest, Jane, daß er äußerst unterhaltend ist, und er hat einen der besten Köche in London; und nach einem guten Diner kann man jedermann verzeihen, selbst den eigenen Verwandten.

LADY HUNSTANTON *(zu Miß Worsley)*: Jetzt kommen Sie, Liebe, und schließen Sie Freundschaft mit Mrs. Arbuthnot. Sie gehört zu den guten, liebreichen, einfachen Leuten, die wir, wie Sie sagten, nie in die Gesellschaft einlassen. Leider kommt Mrs. Arbuthnot sehr selten zu mir. Aber das ist nicht meine Schuld.

MRS. ALLONBY: Wie langweilig, daß die Männer nach Tisch so lange fortbleiben! Ich denke mir, sie sagen die furchtbarsten Dinge über uns.

LADY STUTFIELD: Meinen Sie wirklich?

MRS. ALLONBY: Ich bin überzeugt davon.

LADY STUTFIELD: Wie sehr, sehr abscheulich von ihnen! Sollen wir auf die Terrasse hinausgehen?

MRS. ALLONBY: Oh, alles, um nur von den alten Damen und jungen Gänsen fortzukommen. *(Steht auf und geht mit Lady Stutfield zur Tür links.)* Wir wollen uns nur ein wenig die Sterne ansehen, Lady Hunstanton.

LADY HUNSTANTON: Sie werden viele sehen, Liebe, sehr viele. Aber erkälten Sie sich nicht. *(Zu Mrs. Arbuthnot.)* Wir werden alle Gerald so sehr vermissen, liebe Mrs. Arbuthnot.

MRS. ARBUTHNOT: Aber hat Lord Illingworth sich wirklich erboten, Gerald zu seinem Sekretär zu machen?

LADY HUNSTANTON: O ja! Es war wirklich so nett von ihm! Er hat die höchste Meinung von Ihrem Jungen. Sie kennen Lord Illingworth nicht, Liebe, glaube ich.

MRS. ARBUTHNOT: Ich bin ihm nie begegnet.

LADY HUNSTANTON: Sie kennen ihn ohne Zweifel dem Namen nach?

LADY ARBUTHNOT: Ich fürchte, nein. Ich lebe so außerhalb der Welt und sehe so wenig Leute. Ich entsinne mich, daß ich vor Jahren von einem alten Lord Illingworth gehört habe, der in Yorkshire lebte, glaube ich.

LADY HUNSTANTON: Ah ja, das wird der vorletzte Graf gewesen sein. Das war ein sehr merkwürdiger Mann. Er wollte unter seinem Stande heiraten. Oder er wollte es nicht, glaube ich. Es war irgendein Skandal. Der jetzige Lord Illingworth ist ganz anders. Er ist sehr distinguiert. Er – nun, er tut nichts, und ich fürchte, unser hübscher Besuch aus Amerika hier findet das bei jedermann sehr unrecht, und ich wüßte nicht, daß er sich viel aus den Dingen machte, für die Sie sich so sehr interessieren, liebe Mrs. Arbuthnot. Meinst du, Caroline, daß Lord Illingworth sich für die Wohnungsfrage der Armen interessiert?

LADY CAROLINE: Ich sollte denken, durchaus nicht, Jane.

LADY HUNSTANTON: Wir haben alle unseren eigenen Geschmack, nicht wahr? Aber Lord Illingworth nimmt eine sehr hohe Stellung ein, und ihm wäre nichts unerreichbar, wenn er nur darum bitten wollte. Natürlich ist er noch ein verhältnismäßig junger Mann, und seinen Titel hat er erst seit – wie lange ist es doch genau her, Caroline, seit Lord Illingworth geerbt hat?

LADY CAROLINE: Etwa vier Jahre, glaube ich, Jane. Ich weiß, es war dasselbe Jahr, in dem mein Bruder zum letztenmal in den Abendzeitungen bloßgestellt wurde.

LADY HUNSTANTON: Ah, ich entsinne mich. Das wäre etwa vier Jahre her. Natürlich standen einen Menge Leute zwischen dem gegenwärtigen Lord Illingworth und dem Titel, Mrs. Arbuthnot. Da war – wer war es doch, Caroline?

LADY CAROLINE: Das Baby der armen Margaret. Du entsinnst dich, wie gern sie einen Knaben haben wollte, und es war ein Knabe, aber er starb, und ihr Mann starb bald darauf, aber sie heiratete fast sofort einen der Söhne Lord Ascots, der sie schlägt, wie ich höre.

LADY HUNSTANTON: Ah, das liegt in der Familie, Liebe. Und dann war noch ein Geistlicher da, entsinne ich mich, der wollte wahnsinnig werden – oder ein Wahnsinniger, der Geistlicher werden wollte, daß weiß ich nicht mehr; aber ich weiß, das Kanzleigericht untersuchte die Sache und entschied, er sei ganz bei Verstand. Und später habe ich ihn einmal bei dem armen Lord Plumstead mit Stroh im Haar gesehen, oder sonst mit etwas sehr Merkwürdigen an sich. Was es war, weiß ich nicht mehr. Ich bedaure oft, Caroline, daß die gute Lady Cecilia es nicht mehr erlebt hat, wie ihr Sohn den Titel erhielt.

MRS. ARBUTHNOT: Lady Cecilia?

LADY HUNSTANTON: Lord Illingworths Mutter, liebe Mrs. Arbuthnot, war eine der hübschen Töchter der Herzogin von Jerningham, und sie heiratete Sir Thomas Harford, den man damals nicht für eine sehr gute Partie für sie hielt, obgleich er für den hübschesten Mann in London galt. Ich habe sie alle sehr intim gekannt, auch die beiden Söhne, Arthur und George.

MRS. ARBUTHNOT: Es war natürlich der ältere Sohn, der erbte, Lady Hunstanton?

LADY HUNSTANTON: Nein, Liebe, der wurde auf dem Jagdfeld getötet. Oder war es beim Fischen, Caroline? Ich weiß es nicht mehr, aber George erbte alles. Ich sage ihm immer, kein jüngerer Sohn hat je so viel Glück gehabt, wie er.

MRS. ARBUTHNOT: Lady Hunstanton, ich muß sofort mit Gerald sprechen. Könnte ich ihn sehen? Kann man ihn holen lassen?

LADY HUNSTANTON: Gewiß, Liebe. Ich will einen der Diener ins Eßzimmer schicken, um ihn zu holen. Ich weiß nicht, was die Herren so lange fesselt. *(Klingelt.)* Als ich Lord Illingworth erst als schlichten George Harford kennenlernte, da war er nichts als ein sehr glänzender junger Lebemann, der keinen Pfennig hatte außer dem, was die gute Lady Cecilia ihm gab. Sie liebte ihn sehr. Hauptsächlich, glaube ich, weil er mit seinem Vater schlecht stand. Oh, da kommt der liebe Erzdiakon! *(Zum Diener):* Es ist gut.

(Es treten ein SIR JOHN *und* DOKTOR DAUBENEY. *Sir John geht zu Lady Stutfield hinüber, Doktor Daubeney zu Lady Hunstanton.)*

DER ERZDIAKON: Lord Illingworth ist sehr unterhaltend gewesen. Ich habe mich nie besser amüsiert. *(Sieht Mrs. Arbuthnot.)* Ah, Mrs. Arbuthnot!

LADY HUNSTANTON *(zu Doktor Daubeney):* Sie sehen, ich habe Mrs. Arbuthnot endlich dazu gebracht, zu mir zu kommen.

ERZDIAKON: Das ist eine große Ehre, Lady Hunstanton. Mrs. Daubeney wird ganz eifersüchtig auf Sie sein.

LADY HUNSTANTON: Ach, es tut mir so leid, daß Ihre Mrs. Daubeney heute abend nicht mitkommen konnte. Kopfschmerzen, wie gewöhnlich, vermutlich?

ERZDIAKON: Ja, Lady Hunstanton, eine wirkliche Märtyrerin. Doch sie ist am glücklichsten allein. Sie ist am glücklichsten allein.

LADY CAROLINE *(zu ihrem Mann):* John! *(Sir John geht zu seiner Frau hinüber. Doktor Daubeney spricht mit Lady Hunstanton und Mrs. Arbuthnot.)*

(Mrs. Arbuthnot beobachtet die ganze Zeit hindurch Lord Illingworth. Er ist durchs Zimmer gegangen, ohne sie zu bemerken, und nähert sich Mrs. Allonby, die mit Lady Stutfield an der Tür steht, die auf die Terrasse geht.)

LORD ILLINGWORTH: Wie geht es der reizendsten Frau der Welt?

MRS. ALLONBY *(nimmt Lady Stutfield an der Hand):* Es geht uns beiden ganz gut, danke, Lord Illingworth. Aber wie kurze Zeit Sie im Eßzimmer geblieben sind! Es ist, als wären wir erst gerade aufgestanden.

LORD ILLINGWORTH: Ich habe mich zu Tode gelangweilt. Die ganze Zeit nicht einmal die Lippen aufgetan. Mich einfach gesehnt, zu Ihnen zu kommen.

MRS. ALLONBY: Sie hätten es tun sollen. Die Amerikanerin hat uns eine Vorlesung gehalten.

LORD ILLINGWORTH: Wirklich? Alle Amerikaner predigen, glaube ich. Ich vermute, das liegt an ihrem Klima. Worüber hat sie gelesen?

MRS. ALLONBY: Oh, über das Puritanertum natürlich.

LORD ILLINGWORTH: Ich werde sie bekehren, nicht? Wie lange geben Sie mir Zeit?

MRS. ALLONBY: Eine Woche.

LORD ILLINGWORTH: Eine Woche ist mehr als genug.

(Es treten ein: GERALD *und* LORD ALFRED.*)*

GERALD *(geht zu Mrs. Arbuthnot):* Liebe Mutter!

MRS. ARBUTHNOT: Gerald, ich fühle mich durchaus nicht wohl. Bring mich nach Hause, Gerald. Ich hätte nicht kommen sollen.

GERALD: Das tut mir leid, Mutter. Gewiß. Aber du mußt erst Lord Illingworth kennenlernen. *(Geht durchs Zimmer.)*

MRS. ARBUTHNOT: Nicht heute abend, Gerald.

GERALD: Lord Illingworth, ich möchte so gern, daß Sie meine Mutter kennenlernten.

LORD ILLINGWORTH: Mit dem größten Vergnügen. *(Zu Mrs. Allonby.)* Ich bin im Augenblick zurück. Die Mütter der Leute langweilen mich immer zu Tode. Alle Frauen werden wie ihre Mütter. Das ist ihre Tragödie.

MRS. ALLONBY: Und kein Mann wird so. Das ist seine.

LORD ILLINGWORTH: In was für einer köstlichen Stimmung Sie heute abend sind! *(Wendet sich und geht mit Gerald zu Mrs. Arbuthnot hinüber. Als er sie sieht, fährt er erstaunt zurück. Dann richten sich seine Augen langsam auf Gerald.)*

GERALD: Mutter, dies ist Lord Illingworth, der mir angeboten hat, mich zu seinem Privatsekretär zu machen. *(Mrs. Arbuthnot verneigt sich kühl.)* Das bedeutet wundervolle Aussichten für mich, nicht wahr? Ich hoffe nur, er wird sich in mir nicht enttäuscht sehen. Du wirst Lord Illingworth danken, Mutter, nicht wahr?

MRS. ARBUTHNOT: Es ist bestimmt sehr gut von Lord Illingworth, daß er sich augenblicklich für dich interessiert.

LORD ILLINGWORTH *(legt die Hand auf Geralds Schulter)*: Oh, Gerald und ich, wir sind schon große Freunde, Mrs. ... Arbuthnot.

MRS. ARBUTHNOT: Zwischen Ihnen und meinem Sohn kann es nichts Gemeinsames geben, Lord Illingworth.

GERALD: Liebe Mutter, wie kannst du das sagen? Natürlich ist Lord Illingworth furchtbar gescheit und so weiter. Es gibt nichts, was Lord Illingworth nicht wüßte.

LORD ILLINGWORTH: Mein lieber Junge!

GERALD: Er weiß mehr vom Leben, als irgend jemand, dem ich je begegnet bin. Ich fühle mich entsetzlich dumm, wenn ich bei Ihnen bin, Lord Illingworth. Natürlich habe ich so wenig Fortbildungsmöglichkeiten gehabt. Ich bin nicht wie andere Jungen in Eton oder Oxford gewesen, aber es scheint, daß Lord Illingworth daran keinen Anstoß nimmt. Er ist furchtbar gut zu mir gewesen, Mutter.

MRS. ARBUTHNOT: Lord Illingworth kann anderer Ansicht werden. Vielleicht braucht er dich in Wirklichkeit nicht als Sekretär.

GERALD: Mutter!

MRS. ARBUTHNOT: Du darfst nicht vergessen, wie du selbst sagtest, daß du so wenig Fortbildungsmöglichkeiten gehabt hast.

MRS. ALLONBY: Lord Illingworth, ich möchte Sie einen Augenblick sprechen. Bitte, kommen Sie doch einmal her.

LORD ILLINGWORTH: Wollen Sie mich entschuldigen, Mrs. Arbuthnot? Also lassen Sie Ihre reizende Mutter Ihnen weiter keine Schwierigkeiten machen, Gerald. Die Sache ist abgemacht, nicht wahr?

GERALD: Ich hoffe es. *(Lord Illingworth geht zu Mrs. Allonby hinüber.)*

MRS. ALLONBY: Ich glaubte schon, Sie würden die Dame im schwarzen Samt nie mehr verlassen.

LORD ILLINGWORTH: Sie ist außerordentlich hübsch. *(Sieht Mrs. Arbuthnot an.)*

LADY HUNSTANTON: Caroline, sollen wir alle ins Musikzimmer hinüberziehen? Miß Worsley will spielen. Sie kommen auch, liebe Mrs. Arbuthnot, nicht wahr? Sie wissen nicht, was für ein Genuß Ihnen bevorsteht. *(Zu Doktor Daubeney.)* Ich muß Miß Worsley wirklich nachmittags einmal zu Ihnen hinunterbringen. Ich möchte so gern, daß Mrs. Daubeney sie auf der Violine hört. Ah, ich vergaß. Die liebe Mrs. Daubeney hört ein wenig schwer, nicht wahr?

ERZDIAKON: Ihre Taubheit ist eine rechte Entbehrung für sie. Sie kann jetzt nicht einmal meine Predigten mehr hören. Sie liest sie zu Hause. Aber sie hat viele innere Hilfsquellen – viele Hilfsquellen.

LADY HUNSTANTON: Sie liest vermutlich sehr viel!

ERZDIAKON: Nur den allergrößten Druck. Ihre Sehkraft nimmt rapid ab. Aber sie klagt nie, niemals.

GERALD *(zu Lord Illingworth)*: Bitte, sprechen Sie mit meiner Mutter, Lord Illingworth, ehe Sie ins Musikzimmer gehen. Sie scheint nun einmal zu glauben, Sie meinten nicht, was Sie sagen.

MRS. ALLONBY: Kommen Sie nicht mit?

LORD ILLINGWORTH: In ein paar Minuten. Lady Hunstanton, wenn Mrs. Arbuthnot es mir erlauben wollte, so würde ich gern ein paar Worte mit ihr sprechen, und wir kommen dann später nach.

LADY HUNSTANTON: Ah, natürlich. Sie werden ihr eine Menge zu sagen haben, und sie wird Ihnen für vieles zu danken haben. Nicht jedem Sohn wird ein solches Angebot gemacht, Mrs. Arbuthnot. Aber ich weiß, Sie wissen es zu würdigen, Liebe.

LADY CAROLINE: John!

LADY HUNSTANTON: Und halten Sie Mrs. Arbuthnot nicht zu lange auf, Lord Illingworth. Wir können sie nicht entbehren.

(Ab mit den andern Gästen. Aus dem Musikzimmer hört man die Violine.)

LORD ILLINGWORTH: Also, das ist also dein Sohn, Rachel! Nun, ich bin sehr stolz auf ihn. Er ist in jedem Zoll ein Harford. Nebenbei, weshalb Arbuthnot, Rachel?

MRS. ARBUTHNOT: Ein Name ist so gut wie der andere, wenn man kein Recht auf irgendeinen Namen hat.

LORD ILLINGWORTH: Vermutlich. – Aber weshalb Gerald?

MRS. ARBUTHNOT: Nach einem Manne, dem ich das Herz gebrochen habe –, meinem Vater.

LORD ILLINGWORTH: Nun, Rachel, was vergangen ist, ist vergangen. Ich habe dir nur zu sagen, daß ich sehr, sehr zufrieden bin mit unserem Jungen. Die Welt wird ihn nur als meinen Privatsekretär kennen, aber mir wird er sehr nah und sehr teuer sein. Es ist merkwürdig, Rachel; mein Leben schien ganz vollkommen zu sein. Es war es nicht, mir fehlte ein Sohn. Jetzt habe ich meinen Sohn gefunden. Ich bin froh, daß ich ihn gefunden habe.

MRS. ARBUTHNOT: Sie haben kein Recht auf ihn oder auf den geringsten Teil von ihm. Der Junge gehört ganz mir, und er soll mir bleiben.

LORD ILLINGWORTH: Meine liebe Rachel, du hast ihn mehr als zwanzig Jahre für dich gehabt. Warum willst du ihn mir jetzt nicht ein wenig lassen? Er gehört mir so gut wie dir.

MRS. ARBUTHNOT: Sprechen Sie von dem Kind, das Sie im Stich gelassen haben? Von dem Kind, das, soweit Sie in Frage kamen, hätte in Hunger und Entbehrung sterben können?

LORD ILLINGWORTH: Du vergißt, Rachel, daß du mich, nicht ich dich verlassen habe.

MRS. ARBUTHNOT: Ich habe Sie verlassen, weil Sie sich weigerten, dem Kind einen Namen zu geben. Ehe mein Sohn geboren wurde, flehte ich Sie an, mich zu heiraten.

LORD ILLINGWORTH: Ich hatte damals keine Aussichten. Und außerdem, Rachel, war ich nicht viel älter als du. Ich war erst zweiundzwanzig. Ich war einundzwanzig, glaube ich, als die ganze Geschichte in deines Vaters Garten begann.

MRS. ARBUTHNOT: Wenn ein Mann alt genug ist, um unrecht zu tun, so sollte er alt genug sein, um recht zu tun.

LORD ILLINGWORTH: Meine liebe Rachel, intellektuelle Allgemeinheiten sind immer interessant, aber moralische Allgemeinheiten besagen absolut nichts. Wenn du sagst, ich habe unser Kind dem Hunger überlassen, so ist das natürlich unwahr und töricht. Meine Mutter bot dir sechshundert Pfund im Jahr. Aber du wolltest nichts nehmen. Du verschwandst ganz einfach und nahmst das Kind mit.

MRS. ARBUTHNOT: Ich hätte keinen Pfennig von ihr genommen. Ihr Vater war anders. Er sagte Ihnen in meiner Gegenwart, als wir in Paris waren, es sei Ihre Pflicht, mich zu heiraten.

LORD ILLINGWORTH: Oh, die Pflicht ist das, was man von anderen erwartet, nicht, was man selbst tut. Natürlich stand ich unter dem Einfluß meiner Mutter. Das tut jeder, wenn er jung ist.

MRS. ARBUTHNOT: Ich freue mich, das von Ihnen zu hören. Gerald soll sicherlich nicht mit Ihnen fortgehen.

LORD ILLINGWORTH: Was für ein Unsinn, Rachel!

MRS. ARBUTHNOT: Meinen Sie, ich würde meinem Sohn erlauben –?

LORD ILLINGWORTH: Unserem Sohn!

MRS. ARBUTHNOT: Meinem Sohn *(Lord Illingworth zuckt die Achseln)* erlauben, mit dem Mann davonzugehen, der mir die Jugend verdorben hat, der mein Leben vernichtet, der jeden Augenblick meiner Tage vergiftet hat? Sie machen sich nicht klar, wieviel Leiden und Schmach mir die Vergangenheit gebracht hat.

LORD ILLINGWORTH: Meine liebe Rachel, ich muß offen sagen, daß ich Geralds Zukunft für weit wichtiger halte, als deine Vergangenheit.

MRS. ARBUTHNOT: Gerald kann seine Zukunft von meiner Vergangenheit nicht trennen.

LORD ILLINGWORTH: Aber eben das sollte er tun. Gerade dazu solltest du ihm verhelfen. Wie typisch weiblich du bist! Du redest sentimental und bist dabei die ganze Zeit hindurch von Grund aus selbstsüchtig. Aber laß uns keine Szene machen. Rachel, ich bitte dich, die Sache von dem Standpunkt des gesunden Menschenverstandes zu betrachten, von dem Standpunkt aus, der da fragt, was für unseren Sohn das beste ist, und der dich und mich aus dem Spiel läßt. Was ist unser Sohn gegenwärtig? Ein schlecht bezahlter Schreiber in der kleinen Provinzbank einer englischen Stadt dritten Ranges. Wenn du meinst, er sei in einer solchen Stellung ganz glücklich, so irrst du. Er ist gründlich unzufrieden.

MRS. ARBUTHNOT: Er war nicht unzufrieden, ehe er Ihnen begegnete. Sie haben ihn dazu gemacht.

LORD ILLINGWORTH: Natürlich habe ich ihn dazu gemacht. Die Unzufriedenheit ist der erste Schritt zum Fortschritt für den einzelnen wie die Nation. Aber ich habe ihm nicht die bloße Sehnsucht nach Dingen eingeflößt, die er nicht erreichen konnte. Nein, ich habe ihm ein glänzendes Angebot gemacht. Er griff zu, das brauche ich kaum zu sagen. Das täte jeder junge

Mann. Und weil sich jetzt herausstellt, daß ich der Vater des Jungen bin und er mein Sohn, da willst du ihm tatsächlich die Karriere verderben. Das heißt, wenn ich ein Fremder wäre, so würdest du Gerald mit mir gehen lassen, aber, da er mein eigen Fleisch und Blut ist, nicht. Wie absolut unlogisch du bist!

MRS. ARBUTHNOT: Ich werde ihn nicht fortlassen.

LORD ILLINGWORTH: Wie kannst du es hindern? Welche Entschuldigung kannst du ihm angeben, damit er ein Angebot, wie meins, ablehnt? Ich werde ihm nicht sagen, in welcher Beziehung er zu mir steht, das brauche ich kaum zu sagen. Du aber wagst es ihm nicht zu sagen. Das weißt du. Sieh, wie du ihn erzogen hast.

MRS. ARBUTHNOT: Ich habe ihn zu einem guten Mann erzogen.

LORD ILLINGWORTH: Gewiß. Und welches ist das Ergebnis? Du hast ihn dir zum Richter erzogen, wenn er je dein Geheimnis erfährt. Und er wird dir ein bitterer, ungerechter Richter sein. Täusche dich nicht, Rachel. Kinder lieben ihre Eltern zuerst. Nach einer Weile beurteilen sie sie. Selten, wenn je, verzeihen sie ihnen.

MRS. ARBUTHNOT: George, nimm meinen Sohn nicht von mir. Ich habe zwanzig Jahre des Kummers gehabt, und ich hatte nur eins, was mich liebte, nur eins, was ich lieben konnte. Du hast ein Leben der Freude und des Genusses und des Erfolges geführt. Du bist ganz glücklich gewesen. Du hast nie an uns gedacht. Nach deinen Lebensanschauungen war kein Grund vorhanden, weshalb du überhaupt noch an uns denken solltest. Es war reiner Zufall, daß du uns begegnet bist, ein furchtbarer Zufall. Vergiß ihn! Komm nicht jetzt und raube mir ... alles, was ich habe, alles was ich in der Welt besitze. Du bist so reich an anderen Dingen. Laß mir den kleinen Weingarten meines Lebens; laß mir den ummauerten Garten und den Wasserquell; das Lamm, das Gott mir sandte, aus Mitleid oder aus Zorn, oh! laß mir das. George, nimm Gerald nicht von mir.

LORD ILLINGWORTH: Rachel, in diesem Augenblick bist du für Geralds Karriere nicht nötig. Aber ich bin es. Mehr ist darüber nicht zu sagen.

MRS. ARBUTHNOT: Ich will ihn nicht fortlassen.

LORD ILLINGWORTH: Hier kommt Gerald. Er hat ein Recht, für sich selbst zu entscheiden.

(GERALD tritt auf.)

GERALD: Nun, liebe Mutter, ich hoffe, du hast alles mit Lord Illingworth geordnet?

MRS. ARBUTHNOT: Nein, Gerald.

LORD ILLINGWORTH: Ihre Mutter scheint es aus irgendeinem Grund nicht gern zu sehen, wenn Sie mit mir kommen.

GERALD: Weshalb nicht, Mutter?

MRS. ARBUTHNOT: Ich glaubte, du wärest hier bei mir ganz glücklich, Gerald. Ich wußte nicht, daß du so sehr wünschtest, mich zu verlassen.

GERALD: Mutter, wie kannst du so reden! Natürlich bin ich bei dir ganz glücklich gewesen. Aber ein Mann kann nicht immer bei seiner Mutter bleiben. Das tut kein Junge. Ich möchte mir eine Stellung schaffen, etwas leisten. Ich dachte, du würdest stolz darauf sein, mich als Lord Illingworths Sekretär zu sehen.

MRS. ARBUTHNOT: Ich glaube nicht, daß du dich für Lord Illingworth Sekretär eignen würdest. Du hast dazu keine Befähigung.

LORD ILLINGWORTH: Ich wünsche nicht einen Augenblick, daß es so scheint, als wolle ich mich einmischen, Mrs. Arbuthnot, aber was Ihren letzten Einwand angeht, so bin ich doch gewiß der beste Richter. Und ich kann nur sagen, Ihr Sohn hat jede Befähigung, auf die ich gehofft hatte. Ja, er hat sogar mehr, als ich erwarten konnte. Weit mehr. *(Mrs. Arbuthnot schweigt.)* Haben Sie noch einen anderen Grund, Mrs. Arbuthnot, weshalb Sie nicht wünschen, daß Ihr Sohn die Stellung annimmt?

GERALD: Sag' Mutter. Antworte.

LORD ILLINGWORTH: Wenn ja, Mrs. Arbuthnot, bitte, bitte, sagen Sie ihn. Wir sind hier ganz unter uns. Welcher es auch sei, ich brauche nicht erst zu sagen, daß ich nicht darüber reden werde.

GERALD: Mutter?

LORD ILLINGWORTH: Wenn Sie gern mit Ihrem Sohn allein wären, so will ich Sie verlassen. Sie haben irgendeinen anderen Grund, den ich nicht hören soll.

MRS. ARBUTHNOT: Ich habe keinen anderen Grund.

LORD ILLINGWORTH: Dann, mein lieber Junge, können wir die Sache als abgemacht ansehen. Kommen Sie. Sie und ich, wir wollen auf der Terrasse zusammen eine Zigarette rauchen. Und Mrs. Arbuthnot, bitte, lassen Sie mich Ihnen sagen, daß Sie sehr, sehr klug gehandelt haben. *(Ab mit Gerald. Mrs. Arbuthnot bleibt allein zurück. Sie steht regungslos da, mit dem Ausdruck unsagbaren Kummers auf dem Gesicht.)*

Vorhang.

DRITTER AKT

(SZENE: *Die Gemäldegalerie zu Hunstanton. Die hintere Türe führt auf die Terrasse.)*

(Lord Illingworth und Gerald rechts. Lord Illingworth auf einem Sofa ausgestreckt. Gerald in einem Sessel.)

LORD ILLINGWORTH: Eine durchaus verständige Frau, Ihre Mutter, Gerald. Ich wußte, sie würde schließlich nachgeben.

GERALD: Meine Mutter ist furchtbar gewissenhaft, Lord Illingworth, und ich weiß, sie glaubt, ich sei nicht gebildet genug, um Ihr Sekretär zu werden. Sie hat auch ganz recht. Ich war in der Schule furchtbar träge, und ich könnte jetzt noch für mein Leben kein Examen machen.

LORD ILLINGWORTH: Mein lieber Gerald, Examina sind absolut wertlos. Ist jemand ein Gentleman, so weiß er ganz genug, und ist er kein Gentleman, so ist ihm alles Wissen nachteilig.

GERALD: Aber ich weiß so wenig von der Welt, Lord Illingworth.

LORD ILLINGWORTH: Keine Angst, Gerald. Bedenken Sie, daß Sie auf Ihrer Seite das Wunderbarste haben, was es in der Welt gibt – die Jugend! Nichts kommt der Jugend gleich. Leute in mittleren Jahren sind dem Leben verpfändet. Die Alten stehen in der Rumpelkammer des Lebens. Aber die Jugend ist der Herr des Lebens. Auf die Jugend wartet ein Königreich. Jeder wird als König geboren, und die meisten Menschen sterben, wie die meisten Könige, im Exil. Es gibt nichts, Gerald, was ich nicht täte, um meine Jugend zurückzugewinnen. – Nichts, außer mir Bewegung zu machen, früh aufzustehen oder ein nützliches Mitglied der Gesellschaft zu werden.

GERALD: Aber Sie nennen sich doch nicht alt, Lord Illingworth?

LORD ILLINGWORTH: Ich bin alt genug, Ihr Vater zu sein, Gerald.

GERALD: Ich erinnere mich meines Vater nicht; er starb vor Jahren.

LORD ILLINGWORTH: Das sagte mir Lady Hunstanton.

GERALD: Es ist merkwürdig, meine Mutter spricht mir nie von meinem Vater. Ich glaube mitunter, sie muß unter ihrem Stand geheiratet haben.

LORD ILLINGWORTH *(zuckt leicht):* Wirklich? *(Geht hinüber und legt die Hand auf Geralds Schulter.)* Sie haben den Vater wohl entbehrt, Gerald?

GERALD: O nein, meine Mutter ist so gut zu mir gewesen. Niemand hat je eine solche Mutter gehabt wie ich.

LORD ILLINGWORTH: Davon bin ich überzeugt. Und doch sollte ich denken, die meisten Mütter verstehen ihre Söhne nicht ganz. Verstehen nicht, meine ich, daß ein Sohn Ehrgeiz hat, daß er wünscht, das Leben kennenzulernen, sich einen Namen zu machen. Schließlich konnte man nicht von Ihnen verlangen, daß Sie Ihr Leben in einem Loch wie Wrockley verbringen würden, nicht wahr?

GERALD: O nein, das wäre schrecklich.

LORD ILLINGWORTH: Die Liebe einer Mutter ist sehr rührend, aber sie ist oft merkwürdig selbstsüchtig. Ich meine, es ist recht viel Selbstsucht dabei.

GERALD *(langsam):* Vermutlich.

LORD ILLINGWORTH: Ihre Mutter ist eine von Grund aus gute Frau. Aber gute Frauen haben eine so beschränkte Ansicht vom Leben, ihr Horizont ist so klein, ihre Interessen sind so kleinlich, nicht wahr?

GERALD: Sie interessieren sich jedenfalls furchtbar für Dinge, um die wir uns nicht viel kümmern.

LORD ILLINGWORTH: Ich denke mir, Ihre Mutter ist sehr religiös und so weiter.

GERALD: O ja, sie geht immer in die Kirche.

LORD ILLINGWORTH: Ah, sie ist nicht modern, und modern zu sein, ist das einzige, was sich heute lohnt. Sie wollen modern werden, nicht, Gerald? Sie wollen das Leben kennenlernen, wie es wirklich ist? Wollen sich nicht abspeisen lassen mit altmodischen Theorien über das Leben? Nun, was Sie jetzt zu tun haben, ist ganz einfach, daß Sie sich für die beste Gesellschaft ausstatten. Ein Mann, der in London eine feine Tischgesellschaft beherrschen kann, kann die Welt beherrschen. Die Zukunft gehört dem Dandy. Die Auserlesenen kommen zur Herrschaft.

GERALD: Ich möchte furchtbar gern hübsche Sachen tragen, aber man hat mir immer gesagt, ein Mann dürfe nicht zu viel an seine Kleider denken.

LORD ILLINGWORTH: Die Menschen sind heutzutage so oberflächlich, daß sie die Philosophie des Oberflächlichen nicht verstehen. Nebenbei, Gerald, Sie sollten lernen, sich die Krawatte besser zu binden. Empfindung ist recht schön und gut für das Knopflochsträußchen. Aber für die Krawatte ist das Wesentliche der Stil. Eine gut gebundene Krawatte ist der erste ernsthafte Schritt im Leben.

GERALD *(lachend):* Ich werde vielleicht imstande sein zu lernen, wie man eine Krawatte bindet, Lord Illingworth, aber ich werde nie so reden können wie Sie. Ich verstehe nicht zu reden.

LORD ILLINGWORTH: Oh! Reden Sie zu jeder Frau, als liebten Sie sie, und zu jedem Mann, als langweilte er Sie, und nach Ihrer ersten Saison werden Sie in dem Ruf stehen, daß Sie den vollendetsten sozialen Takt besitzen.

GERALD: Aber es ist sehr schwer, in die Gesellschaft zu kommen, nicht wahr?

LORD ILLINGWORTH: Heutzutage muß man, um in die beste Gesellschaft zu kommen, die Leute entweder speisen, amüsieren oder entrüsten, weiter nichts.

GERALD: Ich denke mir, die Gesellschaft ist wunderbar entzückend.

LORD ILLINGWORTH: Dazu zu gehören, ist bloß langweilig. Nicht dazu zu gehören, ist einfach eine Tragödie. Die Gesellschaft ist eine Notwendigkeit. Niemand hat in dieser Welt wirklich Erfolg, wenn er nicht Frauen hinter sich hat, und die Frauen beherrschen die Gesellschaft. Wenn Sie keine Frauen auf Ihrer Seite haben, so sind Sie verloren. Sie könnten ebensogut Anwalt werden oder Börsenmakler oder gleich Journalist.

GERALD: Es ist sehr schwer, die Frauen zu verstehen, nicht?

LORD ILLINGWORTH: Sie sollten nie versuchen, sie zu verstehen. Frauen sind Gemälde. Die Männer sind Probleme. Wenn Sie wissen wollen, was eine Frau wirklich meint – und nebenbei, das ist immer gefährlich –, so sehen Sie sie an, hören Sie nicht auf sie.

GERALD: Aber die Frauen sind furchtbar gescheit, nicht wahr?

LORD ILLINGWORTH: Das sollte man ihnen immer sagen. Aber für den Philosophen, mein lieber Gerald, sind die Frauen der Triumph der Materie über den Geist – genau wie die Männer der Triumph des Geistes über die Moral sind.

GERALD: Wie können dann die Frauen so viel Macht haben, wie Sie behaupten?

LORD ILLINGWORTH: Die Geschichte der Frau ist die Geschichte der schlimmsten Tyrannei, die die Welt je gekannt hat. Der Tyrannei der Schwachen über die Starken. Es ist die einzig dauernde Tyrannei.

GERALD: Aber üben die Frauen nicht einen verfeinernden Einfluß?

LORD ILLINGWORTH: Nichts verfeinert außer dem Intellekt.

GERALD: Und doch gibt es viele verschiedene Arten von Frauen, nicht wahr?

LORD ILLINGWORTH: In der Gesellschaft nur zwei: die häßlichen und die blühenden.

GERALD: Aber es gibt doch auch gute Frauen in der Gesellschaft, nicht wahr?

LORD ILLINGWORTH: Viel zu viele.

GERALD: Meinen Sie denn, die Frauen sollten nicht gut sein?

LORD ILLINGWORTH: Man sollte ihnen das nie sagen, sonst würden sie sofort sämtlich gut. Die Frauen sind ein blendend eigensinniges Geschlecht. Jede Frau ist eine Rebellin, und gewöhnlich steht sie in wilder Empörung gegen sich selbst.

GERALD: Sie sind nie verheiratet gewesen, Lord Illingworth, nicht wahr?

LORD ILLINGWORTH: Die Männer heiraten, weil sie müde sind, die Frauen, weil sie neugierig sind. Beide werden enttäuscht.

GERALD: Aber meinen Sie nicht, man könnte glücklich sein, wenn man verheiratet ist?

LORD ILLINGWORTH: Vollständig glücklich; aber das Glück eines verheirateten Mannes, mein lieber Gerald, hängt von den Frauen ab, die er nicht geheiratet hat.

GERALD: Aber wenn man verliebt ist?

LORD ILLINGWORTH: Man sollte immer lieben. Deshalb sollte man nie heiraten.

GERALD: Die Liebe ist etwas Wunderbares, nicht wahr?

LORD ILLINGWORTH: Wenn man liebt, täuscht man zunächst sich selbst. Schließlich täuscht man andere. Das nennt die Welt einen Roman. Aber eine wirklich *grande passion* ist heutzutage verhältnismäßig selten. Sie ist das Vorrecht der Leute, die nichts zu tun haben. Das ist der einzige Nutzen der müßigen Klassen eines Landes und die einzig mögliche Erklärung für uns Harfords.

GERALD: Harford, Lord Illingworth?

LORD ILLINGWORTH: Das ist mein Familienname. Sie sollten den Pairskalender studieren, Gerald. Er ist das einzige Buch, das ein junger Lebemann gründlich kennen sollte, und es ist der beste Roman, den die Engländer je geschrieben haben. Und nun, Gerald, treten Sie mit mir in ein völlig neues Leben, und ich möchte, daß Sie lernen, wie man leben muß. *(*MRS. ARBUTHNOT *erscheint auf der Terrasse hinten.)* Denn die Welt ist von Narren erschaffen, damit Weise in ihr leben!

(Es treten ein von links: LADY HUNSTANTON *und* DOKTOR DAUBENEY.*)*

LADY HUNSTANTON: Ah, hier sind Sie, lieber Lord Illingworth. Nun, ich denke, Sie haben unserem jungen Freund gesagt, welches seine neuen Pflichten sind, und Sie haben ihm bei einer angenehmen Zigarette manchen guten Rat gegeben.

LORD ILLINGWORTH: Ich habe ihm den besten Rat gegeben, Lady Hunstanton, und die besten Zigaretten.

LADY HUNSTANTON: Es tut mir so leid, daß ich nicht hier war, um Ihnen zuzuhören, aber vermutlich bin ich schon zu alt zum Lernen. Außer von Ihnen, lieber Erzdiakon, wenn Sie auf Ihrer netten Kanzel stehen. Aber dann weiß ich immer, was Sie sagen werden, und so habe ich keine Angst. *(Sieht Mrs. Arbuthnot.)* Ah, liebe Mrs. Arbuthnot, bitte, kommen Sie und schließen Sie sich uns an. Kommen Sie, Liebe. *(Mrs. Arbuthnot tritt ein.)* Gerald hat ein so langes Gespräch mit Lord Illingworth gehabt; ich bin überzeugt, Sie müssen sich recht geschmeichelt fühlen, daß alles sich für ihn so angenehm gestaltet. Lassen Sie uns setzen. *(Sie setzen sich.)* Und wie geht es mit Ihrer wundervollen Stickerei?

MRS. ARBUTHNOT: Ich bin stets an der Arbeit, Lady Hunstanton.

LADY HUNSTANTON: Mrs. Daubeney stickt auch ein wenig, nicht wahr?

ERZDIAKON: Sie konnte einmal sehr gewandt mit der Nadel umgehen, eine wahre Tabea. Aber die Gicht hat ihr die Finger sehr verkrüppelt. Sie hat den Stickrahmen jetzt schon neun oder zehn Jahre nicht mehr angerührt. Aber sie hat viele andere Unterhaltungen. Sie interessiert sich sehr für ihre eigene Gesundheit.

LADY HUNSTANTON: Ah, das ist immer eine nette Zerstreuung, nicht wahr? Worüber haben Sie nun eben gesprochen, Lord Illingworth? Bitte, sagen Sie es uns.

LORD ILLINGWORTH: Ich wollte Gerald gerade erklären, daß die Welt stets über ihre eigenen Tragödien gelacht hat, da das die einzige Art ist, wie sie sie ertragen kann. Und daß also alles, was die Welt je ernsthaft behandelt hat, zur Komödienseite der Dinge gehört.

LADY HUNSTANTON: Jetzt fühle ich wieder keinen Grund unter den Füßen. Das geht mir meist so, wenn Lord Illingworth etwas sagt. Und die Rettungsgesellschaft ist so nachlässig. Sie kommt mir nie zu Hilfe. Sie läßt mich untergehen. Ich habe die dunkle Vorstellung, Lord Illingworth, daß Sie immer auf der Seite der Sünder sind, und ich weiß, ich versuche immer, auf der Seite der Heiligen zu sein; aber weiter bringe ich es nicht. Und schließlich ist es vielleicht nur die Einbildung einer Ertrinkenden.

LORD ILLINGWORTH: Der einzige Unterschied zwischen dem Heiligen und dem Sünder ist der, daß jeder Heilige eine Vergangenheit hat und jeder Sünder eine Zukunft.

LADY HUNSTANTON: Ah, jetzt bin ich ganz fertig. Ich habe kein Wort mehr zu sagen. Sie und ich, liebe Mrs. Arbuthnot, wir sind weit hinter der Zeit zurück. Wir können Lord Illingworth nicht folgen. Ich fürchte, auf unsere Erziehung wurde zu viel Sorgfalt verwandt. Gut erzogen zu sein, ist heutzutage ein großer Nachteil. Es schließt einen von so vielem aus.

MRS. ARBUTHNOT: Es würde mir leid tun, Lord Illingworth in einer seiner Ansichten zu folgen.

LADY HUNSTANTON: Sie haben ganz recht, Liebe.

(Gerald zuckt die Achseln und blickt gereizt zu seiner Mutter hinüber. LADY CAROLINE *tritt ein.)*

LADY CAROLINE: Jane, hast du John irgendwo gesehen?

LADY HUNSTANTON: Du brauchst dir keine Sorgen um ihn zu machen, meine Liebe. Er ist bei Lady Stutfield; ich habe sie vor einiger Zeit im gelben Salon gesehen. Sie scheinen zusammen ganz glücklich zu sein. Du gehst doch nicht, Caroline? Bitte, setz dich.

LADY CAROLINE: Ich will mich doch lieber nach John umsehen. *(Ab.)*

LADY HUNSTANTON: Es ist nicht gut, wenn man den Männern soviel Aufmerksamkeit widmet. Und Caroline braucht sich wirklich um nichts zu sorgen. Lady Stutfield ist so teilnehmend. Sie nimmt an dem einen soviel teil wie am anderen. Ein schöner Charakter. *(Es treten ein:* SIR JOHN *und* MRS. ALLONBY.*)* Ah, hier ist Sir John! Und gar mit Mrs. Allonby. Sir John, Caroline hat Sie überall gesucht.

MRS. ALLONBY: Wir haben im Musikzimmer auf sie gewartet, liebe Lady Hunstanton.

LADY HUNSTANTON: Ah, im Musikzimmer natürlich. Ich dachte, es wäre der gelbe Salon. Mein Gedächtnis wird so schlecht. *(Zum Erzdiakon.)* Mrs. Daubeney hat ein wundervolles Gedächtnis, nicht wahr?

ERZDIAKON: Sie war einmal ganz bekannt wegen ihres Gedächtnisses, aber seit ihrem letzten Anfall erinnert sie sich hauptsächlich nur noch der Ereignisse ihrer frühesten Kindheit. Aber sie findet viel Vergnügen an solchen Rückblicken, viel Vergnügen.

(Es treten ein: LADY STUTFIELD *und* MR. KELVIL.*)*

LADY HUNSTANTON: Ah, liebe Lady Stutfield! Und worüber hat Mr. Kelvil mit Ihnen gesprochen?

LADY STUTFIELD: Über den Bimetallismus, soweit ich mich entsinne.

LADY HUNSTANTON: Den Bimetallismus? Ist das ein ganz schickliches Thema? Aber ich weiß, die Leute reden heute offen über alles. Und worüber hat Sir John mit Ihnen gesprochen, Mrs. Allonby?

MRS. ALLONBY: Über Patagonien.

LADY HUNSTANTON: Wirklich? Was für ein abgelegenes Thema! Aber ohne Zweifel sehr bildend.

MRS. ALLONBY: Er war sehr interessant, als er über Patagonien sprach. Die Wilden scheinen in fast allen Dingen derselben Ansicht zu sein wie kultivierte Menschen. Sie sind außerordentlich fortgeschritten.

LADY HUNSTANTON: Was tun sie?

MRS. ALLONBY: Offenbar alles.

LADY HUNSTANTON: Nun, es ist eine rechte Genugtuung, lieber Erzdiakon, nicht wahr, wenn man findet, daß die menschliche Natur ewig die gleiche bleibt. – Im großen und ganzen ist die Welt überall gleich, nicht wahr?

LORD ILLINGWORTH: Die Welt zerfällt ganz einfach in zwei Klassen – in die, die das Unglaubliche glauben, wie das Publikum – und die, die das Unwahrscheinliche tun –

MRS. ALLONBY: Wie Sie selber?

LORD ILLINGWORTH: Ja; ich setze mich immer selbst in Erstaunen. Das ist das einzige, was das Leben lebenswert macht.

LADY STUTFIELD: Und was haben Sie letzthin getan, was Sie in Erstaunen setzt?

LORD ILLINGWORTH: Ich habe allerlei schöne Züge in meinem Charakter entdeckt.

MRS. ALLONBY: Ah, werden Sie nicht gleich ganz vollkommen! Tun Sie es allmählich!

LORD ILLINGWORTH: Ich habe durchaus nicht die Absicht, vollkommen zu werden. Wenigstens hoffe ich es. Das wäre sehr unbequem. Die Frauen lieben uns um unserer Fehler willen. Wenn wir genug von ihnen haben, verzeihen sie uns alles, selbst unseren gigantischen Intellekt.

MRS. ALLONBY: Es ist übereilt, von uns Vergebung für die Analyse zu fordern. Wir vergeben die Anbetung; mehr sollte man von uns nicht verlangen.

*(*LORD ALFRED *tritt ein. Er geht zu Lady Stutfield.)*

LADY HUNSTANTON: Ah, wir Frauen sollten alles vergeben, nicht wahr, liebe Mrs. Arbuthnot? Sie sind doch gewiß auch meiner Meinung.

MRS. ARBUTHNOT: Nein, Lady Hunstanton. Ich glaube, es gibt viele Dinge, die Frauen nie vergeben sollten.

LADY HUNSTANTON: Was für Dinge?

MRS. ARBUTHNOT: Den Ruin des Lebens einer anderen Frau. *(Geht langsam in den Hintergrund der Bühne.)*

LADY HUNSTANTON: Ah, diese Dinge sind sehr traurig, kein Zweifel, aber ich glaube, es gibt ausgezeichnete Häuser, in denen man für solche Leute sorgt und sie bessert, und im ganzen, meine ich, liegt das Geheimnis des Lebens darin, die Dinge sehr, sehr leicht zu nehmen.

MRS. ALLONBY: Das Geheimnis des Lebens besteht darin, daß man nie eine Empfindung hat, die nicht gut steht.

LADY STUTFIELD: Das Geheimnis des Lebens liegt darin, daß man den Genuß zu würdigen versteht, der darin liegt, furchtbar, furchtbar getäuscht zu werden.

KELVIL: Das Geheimnis des Lebens liegt im Widerstand gegen die Versuchung, Lady Stutfield.

LORD ILLINGWORTH: Es gibt kein Geheimnis des Lebens. Das Ziel des Lebens, wenn es eins hat, ist einfach das, daß man immer nach Versuchungen Ausschau hält. Es gibt lange nicht genug. Ich verlebe mitunter einen ganzen Tag, ohne daß mir eine einzige begegnet. Es ist ganz schrecklich. Das macht einen so besorgt um die Zukunft.

LADY HUNSTANTON *(schüttelt den Fächer gegen ihn):* Ich weiß nicht, wie es kommt, Lord Illingworth, aber alles, was Sie heute gesagt haben, scheint mir äußerst unmoralisch. Es war höchst interessant, Ihnen zuzuhören.

LORD ILLINGWORTH: Alles Denken ist unmoralisch. Sein Wesen selbst ist Zerstörung. Wenn Sie über irgend etwas nachdenken, so töten Sie es. Nichts überlebt das Durchdachtwerden.

LADY HUNSTANTON: Ich verstehe kein Wort, Lord Illingworth. Aber ich zweifle nicht, daß alles ganz wahr ist. Ich persönlich habe mir, was das Denken angeht, nichts vorzuwerfen. Ich glaube nicht, daß die Frauen zuviel denken sollten. Die Frauen sollten mit Maß denken, wie sie alles mit Maß tun sollten.

LORD ILLINGWORTH: Die Mäßigkeit ist verhängnisvoll, Lady Hunstanton. Nichts hat soviel Erfolg wie das Übermaß.

LADY HUNSTANTON: Ich hoffe, ich werde mir das merken. Es klingt wie eine wundervolle Maxime. Aber ich beginne alles zu vergessen. Das ist ein rechtes Unglück.

LORD ILLINGWORTH: Es ist eine Ihrer glänzendsten Vorzüge, Lady Hunstanton. Keine Frau sollte ein Gedächtnis haben. Das Gedächtnis ist bei der Frau der Anfang zur Nachlässigkeit. Man kann immer nach dem Hut einer Frau sagen, ob sie Gedächtnis hat oder nicht.

LADY HUNSTANTON: Wie reizend Sie sind, Lord Illingworth! Sie finden immer in dem grellsten Fehler, den man hat, die wichtigste Tugend. Sie haben die tröstlichsten Lebensanschauungen. *(FARQUHAR tritt ein.)*

FARQUHAR: Doktor Daubeneys Wagen!

LADY HUNSTANTON: Mein lieber Erzdiakon! Es ist erst halb elf.

ERZDIAKON *(steht auf):* Ich fürchte, ich muß gehen, Lady Hunstanton. Dienstag hat Mrs. Daubeney immer eine ihrer schlimmen Nächte.

LADY HUNSTANTON: Nun, ich will Sie nicht von ihr fernhalten. *(Geht mit ihm zur Tür.)* Ich habe Farquhar gesagt, er solle ein paar Rebhühner in den Wagen legen. Vielleicht machen Sie Mrs. Daubeney Freude.

ERZDIAKON: Das ist sehr freundlich von Ihnen, aber Mrs. Daubeney nimmt nichts Festes mehr zu sich. Lebt nur noch von Gelees. Aber sie ist wunderbar heiter, wunderbar heiter. Sie hat sich über nichts zu beklagen. *(Ab mit Lady Hunstanton.)*

MRS. ALLONBY *(geht zu Lord Illingworth hinüber):* Es ist ein wundervoller Mondschein heute abend.

LORD ILLINGWORTH: Lassen Sie uns gehen und ihn ansehen. Es ist heute stets reizend, etwas anzusehen, was unbeständig ist.

MRS. ALLONBY: Sie haben Ihren Spiegel.

LORD ILLINGWORTH: Der ist unfreundlich. Er zeigt mir nur meine Runzeln.

MRS. ALLONBY: Meiner benimmt sich besser. Er sagt mir nie die Wahrheit.

LORD ILLINGWORTH: Dann ist er in Sie verliebt.

(Sir John, Lady Stutfield, Mr. Kelvil und Lord Alfred ab.)

GERALD *(zu Lord Illingworth):* Darf ich auch mitkommen?

LORD ILLINGWORTH: Gewiß, mein lieber Junge.

(Geht mit Mrs. Allonby und Gerald zur Tür. LADY CAROLINE *tritt ein, wirft einen raschen Blick*

ringsum und geht in der entgegengesetzten Richtung ab, in der Sir John und Lady Stutfield abgegangen sind.)

MRS. ARBUTHNOT: Gerald!

GERALD: Was, Mutter?

(Lord Illingworth mit Mrs. Allonby ab.)

MRS. ARBUTHNOT: Es wird spät. Laß uns nach Hause gehen.

GERALD: Meine liebe Mutter, bitte, laß uns doch noch ein wenig bleiben. Lord Illingworth ist so entzückend, und nebenbei, Mutter, ich habe eine große Überraschung für dich. Wir brechen Ende des Monats nach Indien auf.

MRS. ARBUTHNOT: Laß uns nach Hause gehen.

GERALD: Wenn du es wirklich wünschst, natürlich, Mutter, aber ich muß Lord Illingworth erst Adieu sagen. Ich bin in fünf Minuten wieder da. *(Ab.)*

MRS. ARBUTHNOT: Mag er mich verlassen, wenn er will, aber nicht mit ihm – nicht mit ihm! Das könnte ich nicht ertragen. *(Geht auf und ab.)*

*(*HESTER *tritt ein.)*

HESTER: Was für eine herrliche Nacht, Mrs. Arbuthnot.

MRS. ARBUTHNOT: Wirklich?

HESTER: Mrs. Arbuthnot, ich wollte, Sie ließen uns Freundinnen sein. Sie sind so anders als die andern Frauen hier. Als Sie heute abend in den Salon traten, brachten Sie irgendwie die Empfindung von all dem mit sich, was im Leben gut und rein ist. Ich war töricht gewesen. Es gibt Dinge, die zu sagen, recht ist, die man aber zur unrechten Zeit und zu den falschen Leuten sagen kann.

MRS. ARBUTHNOT: Ich hörte, was Sie sagten. Ich stimme Ihnen bei, Miß Worsley.

HESTER: Ich wußte nicht, daß Sie es gehört hatten. Aber ich wußte, daß Sie mir beistimmen würden. Eine Frau, die gesündigt hat, sollte gestraft werden, nicht wahr?

MRS. ARBUTHNOT: Ja.

HESTER: Man sollte ihr nicht erlauben, in die Gesellschaft guter Männer und Frauen zu kommen?

MRS. ARBUTHNOT: Nein.

HESTER: Und der Mann sollte ebenso bestraft werden?

MRS. ARBUTHNOT: Ebenso. Und die Kinder, wenn Kinder da sind, auch ebenso.

HESTER: Ja, es ist recht, daß die Sünden der Eltern an den Kindern heimgesucht werden. Es ist ein gerechtes Gesetz. Es ist Gottes Gesetz.

MRS. ARBUTHNOT: Es ist eines von Gottes furchtbaren Gesetzen. *(Zieht sich an den Kamin zurück.)*

HESTER: Sie sind traurig, weil Ihr Sohn Sie verläßt, Mrs. Arbuthnot?

MRS. ARBUTHNOT: Ja.

HESTER: Sind Sie froh, daß er mit Lord Illingworth geht? Natürlich hat er die Stellung und das Geld, aber Stellung und Geld sind nicht alles, nicht wahr?

MRS. ARBUTHNOT: Sie sind nichts; sie bringen Elend.

HESTER: Weshalb also lassen Sie Ihren Sohn mit ihm gehen?

MRS. ARBUTHNOT: Er wünscht es selbst.

HESTER: Aber wenn Sie ihn bäten, würde er bleiben, nicht wahr?

MRS. ARBUTHNOT: Er hat sein Herz daran gehängt.

HESTER: Er könnte Ihnen nichts abschlagen. Er liebt Sie zu sehr. Bitten Sie ihn zu bleiben. Ich will ihn Ihnen hereinschicken. Er ist jetzt mit Lord Illingworth auf der Terrasse. Ich hörte sie zusammen lachen, als ich durchs Musikzimmer kam.

MRS. ARBUTHNOT: Machen Sie sich keine Mühe, Miß Worsley, ich kann warten. Es ist nicht von Bedeutung.

HESTER: Nein, ich will ihm sagen, daß Sie ihn brauchen. Bitte – bitten Sie ihn zu bleiben. *(Ab.)*

MRS. ARBUTHNOT: Er kommt nicht – ich weiß, er kommt nicht.

*(*LADY CAROLINE *tritt ein. Sie sieht sich besorgt um.* GERALD *tritt ein.)*

LADY CAROLINE: Mr. Arbuthnot, darf ich Sie fragen, ist Sir John irgendwo auf der Terrasse?

GERALD: Nein, Lady Caroline, er ist nicht auf der Terrasse.

LADY CAROLINE: Es ist sehr merkwürdig. Es ist Zeit, daß er sich zurückzieht. *(Ab.)*

GERALD: Liebe Mutter, ich fürchte, ich habe dich warten lassen. Ich vergaß es ganz. Ich bin so glücklich heute abend, Mutter; ich bin noch nie so glücklich gewesen.

Mrs. Arbuthnot: Über die Aussicht, daß du fortkommst?

Gerald: Drück' es nicht so aus, Mutter. Natürlich tut es mir leid, dich zu verlassen. Du bist ja die beste Mutter in der ganzen Welt. Aber schließlich, wie Lord Illingworth sagt, es ist unmöglich, in einem Ort wie Wrockley zu leben. Du machst dir nichts daraus. Aber ich bin ehrgeizig; ich strebe nach Höherem. Ich möchte Karriere machen. Ich möchte etwas leisten, was dich stolz auf mich macht, und Lord Illingworth will mir dabei helfen. Er will alles für mich tun.

Mrs. Arbuthnot: Gerald, geh nicht mit Lord Illingworth fort. Ich flehe dich an. Gerald, ich bitte dich!

Gerald: Mutter, wie veränderlich du bist! Du scheinst keinen einzigen Moment zu wissen, was du willst. Vor anderthalb Stunden, im Salon, warst du mit allem einverstanden; jetzt schwenkst du herum und machst Einwendungen und versuchst, mich zu zwingen, daß ich meine einzige Aussicht vorwärtszukommen fahrenlasse. Ja, meine einzige Aussicht. Du glaubst doch nicht, daß man Leute wie Lord Illingworth alle Tage findet, Mutter? Es ist merkwürdig, daß jetzt, da ich so wunderbares Glück gehabt habe, das einzige Wesen, das mir Schwierigkeiten in den Weg legt, meine Mutter ist. Außerdem, weißt du, Mutter, ich liebe Hester Worsley. Wer könnte sie nicht lieben? Ich liebe sie mehr, als ich dir je gesagt habe, weit mehr. Und wenn ich eine Stellung hätte, wenn ich Aussichten hätte, dann könnte ich – ich könnte sie bitten – Verstehst du nicht, Mutter, was es für mich bedeutet, wenn ich Lord Illingworths Sekretär werde? Wenn man so anfängt, so heißt das, daß man seine Karriere fertig vorfindet – vor sich –, sie wartet auf einen. Wenn ich Lord Illingworths Sekretär wäre, so könnte ich Hester bitten, meine Frau zu werden. Als elender Bankbeamter mit hundert Pfund im Jahr wäre es eine Unverschämtheit.

Mrs. Arbuthnot: Ich fürchte, du kannst dir keine Hoffnung auf Miß Worsley machen. Ich kenne ihre Ansichten über das Leben. Sie hat sie mir gerade erzählt.
(Pause.)

Gerald: Dann bleibt mir mein Ehrgeiz auf jeden Fall. Das ist etwas – ich bin froh, daß ich den habe! Du hast immer versucht, meinen Ehrgeiz zu unterdrücken, Mutter – nicht wahr? Du hast mir gesagt, die Welt sei böse, der Erfolg sei nicht der Mühe wert, die Gesellschaft sei flach, und so weiter – nun, das glaube ich nicht, Mutter. Ich glaube, die Welt muß herrlich sein. Ich glaube, es lohnt sich der Mühe, Erfolg zu haben. Du hattest unrecht in allem, was du mich gelehrt hast, Mutter, ganz unrecht. Lord Illingworth ist ein erfolgreicher Mann. Er ist ein eleganter Mann. Er ist ein Mann, der in der Welt und für sie lebt. Nun, ich gäbe alles darum, wenn ich genau wie Lord Illingworth wäre.

Mrs. Arbuthnot: Ich wollte dich lieber tot sehen.

Gerald: Mutter, was hast du nur gegen Lord Illingworth einzuwenden? Sage es mir – sage es mir offen heraus. Was ist es?

Mrs. Arbuthnot: Er ist ein schlechter Mensch.

Gerald: Wieso schlecht? Ich verstehe nicht, was du meinst.

Mrs. Arbuthnot: Ich will es dir sagen.

Gerald: Ich glaube, du hältst ihn für schlecht, weil er nicht dasselbe glaubt wie du. Nun, die Männer sind anders als die Frauen, Mutter. Es ist natürlich, daß sie andere Ansichten haben.

Mrs. Arbuthnot: Nicht, was Lord Illingworth glaubt oder nicht glaubt, macht ihn schlecht, sondern was er ist.

Gerald: Mutter, ist es etwas, was du von ihm weißt? Etwas, was du wirklich weißt?

Mrs. Arbuthnot: Es ist etwas, was ich weiß.

Gerald: Etwas, dessen du ganz sicher bist?

Mrs. Arbuthnot: Ganz sicher.

Gerald: Seit wann weißt du es?

Mrs. Arbuthnot: Seit zwanzig Jahren.

Gerald: Um zwanzig Jahre, das heißt weit zurückgreifen in eines Mannes Karriere. Und was hast du oder habe ich mit Lord Illingworths früher Jugend zu tun? Was geht sie uns an?

Mrs. Arbuthnot: Was dieser Mann gewesen ist, das ist er jetzt und wird es immer bleiben.

Gerald: Mutter, sage mir, was Lord Illingworth getan hat. Wenn er etwas Schändliches getan hat, so will ich nicht mit ihm fortgehen. Dazu kennst du mich doch wohl zu gut.

MRS. ARBUTHNOT: Gerald, komm dicht zu mir her. Ganz nah, so wie du es tatest, als du ein kleines Kind warst, als du der Mutter kleiner Junge warst. *(Gerald setzt sich neben seine Mutter. Sie läßt die Finger durch sein Haar laufen und streichelt ihm die Hände.)* Gerald, es lebte einmal ein Mädchen; sie war sehr jung, sie war zu der Zeit wenig über achtzehn Jahre alt. George Harford – so hieß Lord Illingworth damals –, George Harford lernte sie kennen. Sie wußte nichts vom Leben. Er – wußte alles. Er zwang dieses Mädchen, ihn zu lieben. Er zwang sie, ihn so sehr zu lieben, daß sie eines Morgens mit ihm das Haus ihres Vaters verließ. Sie liebte ihn so sehr, und er hatte ihr versprochen, sie zu heiraten! Er hatte feierlich versprochen, sie zu heiraten, und sie hatte ihm geglaubt. Sie war sehr jung und – und ahnte nicht, wie das Leben wirklich ist. Aber er schob die Heirat von Woche zu Woche und von Monat zu Monat auf. – Sie vertraute ihm die ganze Zeit hindurch. Sie liebte ihn. – Bevor ihr Kind geboren wurde – denn sie hatte ein Kind –, flehte sie ihn um des Kindes willen an, sie zu heiraten, damit das Kind einen Namen hätte, damit ihre Sünde nicht an dem Kinde heimgesucht würde. Er weigerte sich. Nachdem das Kind geboren war, verließ sie ihn, indem sie das Kind mitnahm, und ihr Leben war verdorben, ihre Seele war verdorben, und alles, was gütig und gut und rein in ihr war, war auch verdorben. Sie litt furchtbar, sie leidet noch. Sie wird immer leiden. Für sie gibt es keine Freude, keinen Frieden, keine Sühne. Sie ist eine Frau, die wie ein schuldiges Wesen die Kette schleppt. Sie ist eine Frau, die eine Maske trägt wie ein aussätziges Wesen. Das Feuer kann sie nicht rein machen. Die Wasser können ihre Qual nicht stillen. Nichts kann sie heilen! Kein Trank kann ihr Schlaf verleihen. Kein Mohn Vergessen! Sie ist verloren! Sie ist eine verlorene Seele! – Deshalb nenne ich Lord Illingworth einen schlechten Menschen. Deshalb will ich nicht, daß mein Junge mit ihm gehe.

GERALD: Meine liebe Mutter, das alles klingt natürlich sehr tragisch, aber mir scheint, das Mädchen war ebensosehr zu tadeln wie Lord Illingworth. – Würde schließlich ein anständiges Mädchen, ein Mädchen, das überhaupt anständig empfindet, mit einem Mann vom Hause fortgehen, mit dem sie nicht verheiratet ist, und als seine Frau mit ihm leben? Das würde kein anständiges Mädchen tun.

MRS. ARBUTHNOT *(nach einer Pause)*: Gerald, ich ziehe all meine Einwendungen zurück. Du kannst frei mit Lord Illingworth fortgehen, wann und wohin du willst.

GERALD: Liebe Mutter, ich wußte, daß du mir nicht im Wege stehen würdest. Du bist die beste Frau, die Gott je erschaffen hat. Und ich glaube nicht, daß Lord Illingworth fähig wäre, etwas Niedriges oder Gemeines zu tun. Ich kann es nicht von ihm glauben – ich kann es nicht.

HESTER *(draußen)*: Lassen Sie mich los! Lassen Sie mich los!

*(*HESTER *kommt herein, stürzt zu Gerald hinüber und wirft sich ihm in die Arme.)*

HESTER: Oh! retten Sie mich – Retten Sie mich vor ihm!

GERALD: Vor wem?

HESTER: Er hat mich beschimpft! Furchtbar beschimpft! Retten Sie mich!

GERALD: Wer? Wer hat es gewagt –?

*(*LORD ILLINGWORTH *tritt im Hintergrund der Bühne ein. Hester reißt sich aus Geralds Armen los und zeigt auf ihn.)*

GERALD *(ganz außer sich vor Wut und Entrüstung)*: Lord Illingworth, Sie haben das reinste Wesen auf Gottes Erde beschimpft, ein Wesen, so rein wie meine eigene Mutter. So wahr ein Gott im Himmel lebt, ich werde Sie töten!

MRS. ARBUTHNOT *(stürzt hinüber und faßt ihn)*: Nein! nein!

GERALD *(stößt sie zurück)*: Halte mich nicht, Mutter! Halte mich nicht –, ich will ihn töten!

MRS. ARBUTHNOT: Gerald!

GERALD: Laß mich los, sag' ich!

MRS. ARBUTHNOT: Halt, Gerald, halt! Er ist dein Vater!

(Gerald ergreift die Hände seiner Mutter und blickt ihr ins Gesicht. Sie sinkt langsam in Scham zu Boden. Hester stiehlt sich zur Tür. Lord Illingworth runzelt die Stirn und beißt sich auf die Lippe. Nach einer Weile hebt Gerald seine Mutter auf, legt den Arm um sie und führt sie aus dem Zimmer.)

Vorhang.

Vierter Akt

(Szene: *Wohnzimmer bei Mrs. Arbuthnot. Große offene Fenstertür im Hintergrund nach dem Garten zu. Türen rechts, links.)*

(Gerald Arbuthnot *schreibt am Tisch.* Alice *tritt ein von rechts; ihr folgen* Lady Hunstanton *und* Mrs. Allonby.*)*

Alice: Lady Hunstanton und Mrs. Allonby. *(Ab links.)*

Lady Hunstanton: Guten Morgen, Gerald.

Gerald *(steht auf):* Guten Morgen, Lady Hunstanton. Guten Morgen, Mrs. Allonby.

Lady Hunstanton *(setzt sich):* Wir kommen, um uns nach Ihrer lieben Mutter zu erkundigen, Gerald. Ich hoffe, es geht ihr besser?

Gerald: Meine Mutter ist noch nicht heruntergekommen, Lady Hunstanton.

Lady Hunstanton: Ah, ich fürchte, die Hitze ist gestern abend zu groß für sie gewesen. Ich glaube, es muß ein Gewitter in der Luft gelegen haben. Oder vielleicht war es die Musik. Die Musik macht einen so romantisch – wenigstens fällt sie einem immer auf die Nerven.

Mrs. Allonby: Das ist heutzutage dasselbe.

Lady Hunstanton: Ich bin so froh, daß ich nicht weiß, was Sie meinen, Liebe. Ich fürchte, Sie meinen etwas Unrechtes. Ah, ich sehe, Sie betrachten Mrs. Arbuthnots hübsches Zimmer. Ist es nicht nett und altmodisch?

Mrs. Allonby *(überblickt das Zimmer durch ihre Lorgnette):* Es sieht ganz nach dem glücklichen englischen Heim aus.

Lady Hunstanton: Das ist das rechte Wort, Liebe; das bezeichnet es. Man fühlt in allem, was sie um sich hat, den guten Einfluß Ihrer Mutter, Gerald.

Mrs. Allonby: Lord Illingworth sagt, jeder Einfluß sei schlecht, aber ein guter Einfluß sei der schlimmste von der Welt.

Lady Hunstanton: Wenn Lord Illingworth Mrs. Arbuthnot erst besser kennt, so wird er seine Ansicht ändern.

Mrs. Allonby: Ich sähe Lord Illingworth gern einmal in einem glücklichen englischen Heim.

Lady Hunstanton: Es würde ihm sehr gut tun, Liebe. Die meisten Frauen scheinen in London heutzutage ihre Zimmer mit nichts als Orchideen, Ausländern und französischen Romanen einzurichten. Aber hier haben wir das Zimmer einer gütigen Heiligen. Frische, natürliche Blumen, Bücher, die einen nicht empören, Bilder, die man ansehen kann, ohne zu erröten.

Mrs. Allonby: Aber ich erröte ganz gern.

Lady Hunstanton: Nun, es läßt sich eine ganze Menge für das Erröten sagen, wenn man es im richtigen Augenblick zu tun versteht. Der arme, liebe Hunstanton sagte mir immer, ich erröte längst nicht oft genug. Aber er war einmal so eigen. Er wollte nicht, daß ich irgendeinen seiner Freunde kennenlernte, es sei denn, daß sie über siebzig waren, wie der arme Lord Ashton: der übrigens später vor den Ehescheidungsgerichtshof kam. Ein höchst unglücklicher Fall.

Mrs. Allonby: Ich schwärme für Männer über siebzig. Sie bieten einem stets ihre lebenslängliche Liebe an. Ich halte die Siebzig für ein ideales Mannesalter.

Lady Hunstanton: Sie ist ganz unverbesserlich, Gerald, nicht wahr? Nebenbei, Gerald, ich hoffe, Ihre liebe Mutter wird mich jetzt öfter besuchen. Sie und Lord Illingworth brechen fast sofort auf, nicht wahr?

Gerald: Ich habe meine Absicht aufgegeben, Lord Illingworths Sekretär zu werden.

Lady Hunstanton: Das ist doch nicht Ihr Ernst, Gerald! Es wäre sehr unklug von Ihnen. Welchen Grund könnten Sie haben?

Gerald: Ich glaube, ich eigne mich nicht für die Stellung.

Mrs. Allonby: Ich wollte, Lord Illingworth bäte mich, sein Sekretär zu werden. Aber er sagt immer, ich sei nicht ernst genug.

Lady Hunstanton: Meine Liebe, so müssen Sie in diesem Haus wirklich nicht reden. Mrs. Arbuthnot weiß nichts von der bösen Gesellschaft, in der wir alle leben. Sie will sie nicht besuchen. Sie ist viel zu gut. Ich sehe es als eine große Ehre an, daß sie gestern abend zu mir gekommen ist. Es gab der Gesellschaft förmlich ein ehrbares Ansehen.

MRS. ALLONBY: Ah, das wird das Gewitter in der Luft gewesen sein, das Sie meinten.

LADY HUNSTANTON: Meine Liebe, wie können Sie das sagen? Die beiden Dinge haben gar keine Ähnlichkeit. Aber wirklich, Gerald, was meinen Sie damit, daß Sie sich nicht eignen?

GERALD: Lord Illingworths Lebensanschauungen sind von meinen zu verschieden.

LADY HUNSTANTON: Aber, mein lieber Gerald, Sie sollten überhaupt keine Anschauungen über das Leben haben. Die sind gar nicht am Platze. In diesen Dingen müssen Sie sich von anderen leiten lassen. Lord Illingworth hat Ihnen das schmeichelhafteste Anerbieten gemacht, und wenn Sie mit ihm reisten, so würden Sie die Welt sehen – wenigstens so viel von ihr, wie man sich ansehen sollte –, und zwar unter den günstigsten Verhältnissen, und Sie würden mit den rechten Leuten zusammen sein, und das ist so wichtig in diesem feierlichen Augenblick Ihrer Laufbahn.

GERALD: Ich wünsche nicht, die Welt zu sehen; ich habe genug von ihr gesehen.

MRS. ALLONBY: Ich hoffe, Sie glauben nicht, das Leben schon erschöpft zu haben, Mr. Arbuthnot. Wenn ein Mann das sagt, so weiß man, daß das Leben ihn erschöpft hat.

GERALD: Ich wünsche meine Mutter nicht zu verlassen.

LADY HUNSTANTON: Hören Sie, Gerald, das ist reine Trägheit von Ihnen. Ihre Mutter nicht verlassen! Wenn ich ihre Mutter wäre, ich würde darauf bestehen, daß Sie gehen.

(ALICE tritt ein.)

ALICE: Mrs. Arbuthnots Empfehlungen, Mylady, aber sie hat starke Kopfschmerzen und kann heute morgen niemanden empfangen.

LADY HUNSTANTON: Starke Kopfschmerzen! Das tut mir so leid! Vielleicht bringen Sie sie heute nachmittag nach Hunstanton hinauf, wenn es ihr besser geht, Gerald.

GERALD: Ich fürchte, heute nachmittag nicht, Lady Hunstanton.

LADY HUNSTANTON: Nun, dann morgen. Ah, wenn Sie einen Vater hätten, der würde nicht dulden, daß Sie Ihr Leben hier verschwenden. Er würde Sie sofort mit Lord Illingworth hinausschicken. Aber Mütter sind so schwach. Sie geben ihren Söhnen in allem nach. Wir sind ganz Herz, ganz Herz. Kommen Sie, Liebe, ich muß noch im Pfarrhaus vorsprechen und mich nach Mrs. Daubeney erkundigen, der es, fürchte ich, keineswegs gut geht. Es ist wundervoll, wie der Erzdiakon es trägt, ganz wundervoll. Er ist der teilnehmendste Gatte. Ein wahres Muster, Gerald. Meine herzlichsten Grüße für Ihre Mutter.

MRS. ALLONBY: Adieu, Mr. Arbuthnot.

GERALD: Adieu.

(Lady Hunstanton und Mrs. Allonby ab. Gerald setzt sich und liest seinen Brief durch.)

GERALD: Was für einen Namen soll ich unterschreiben? Ich, der ich auf keinen Namen ein Recht habe!

(Unterschreibt, steckt den Brief ins Kuvert, adressiert und will siegeln, als die Tür links aufgeht und Mrs. Arbuthnot eintritt. Gerald legt das Siegelwachs nieder. Mutter und Sohn sehen einander an.)

LADY HUNSTANTON *(durch die Fenstertür im Hintergrund):* Nochmals adieu, Gerald. Wir schneiden ab durch Ihren hübschen Garten. Nun denken Sie an meinen guten Rat – brechen Sie sofort mit Lord Illingworth auf.

MRS. ALLONBY: *Au revoir,* Mr. Arbuthnot. Denken Sie daran, daß Sie mir etwas Hübsches von Ihren Reisen mitbringen – keinen indischen Schal – auf keinen Fall einen indischen Schal. *(Ab.)*

GERALD: Mutter, ich habe eben an ihn geschrieben.

MRS. ARBUTHNOT: An wen?

GERALD: An meinen Vater. Ich habe ihm geschrieben, er solle um vier Uhr heute nachmittag hierher kommen.

MRS. ARBUTHNOT: Er soll nicht herkommen. Er soll die Schwelle meines Hauses nicht betreten.

GERALD: Er muß kommen.

MRS. ARBUTHNOT: Gerald, wenn du mit Lord Illingworth fortgehst, so geh gleich. Geh, ehe es mich tötet: aber verlange nicht von mir, daß ich ihn sehe.

GERALD: Mutter, du verstehst mich nicht. Nichts in der Welt könnte mich dazu bringen, mit Lord Illingworth fortzugehen oder dich zu verlassen. Dazu kennst du mich doch wohl zu gut. Nein; ich habe ihm geschrieben –

MRS. ARBUTHNOT: Was kannst du ihm zu sagen haben?

GERALD: Errätst du es nicht, Mutter, was ich in diesem Brief geschrieben habe?

MRS. ARBUTHNOT: Nein.

GERALD: Mutter, du kannst es gewiß. Denke, denke, was geschehen muß, jetzt, sofort, innerhalb der nächsten paar Tage.

MRS. ARBUTHNOT: Es muß nichts geschehen.

GERALD: Ich habe Lord Illingworth geschrieben, daß er dich heiraten muß.

MRS. ARBUTHNOT: Mich heiraten?

GERALD: Mutter, ich will ihn dazu zwingen. Das Unrecht, das er dir zugefügt hat, muß wiedergutgemacht werden. Sühne muß geschehen. Die Gerechtigkeit mag langsam sein, Mutter, aber schließlich kommt sie. In wenigen Tagen sollst du Lord Illingworths rechtmäßige Frau sein.

MRS. ARBUTHNOT: Aber Gerald –

GERALD: Ich werde darauf bestehen, daß er es tut. Ich will ihn zwingen: er wird nicht wagen, sich zu weigern.

MRS. ARBUTHNOT: Aber Gerald, ich weigere mich. Ich will Lord Illingworth nicht heiraten.

GERALD: Ihn nicht heiraten? Mutter!

MRS. ARBUTHNOT: Ich will ihn nicht heiraten.

GERALD: Aber du verstehst nicht: ich rede um deinetwillen, nicht um meinetwillen. Diese Heirat, diese notwendige Heirat, diese Heirat, die aus handgreiflichen Gründen stattfinden muß, wird mir nicht helfen, wird mir keinen Namen geben, den ich wirklich mit Recht tragen darf. Aber sicherlich wird es für dich etwas bedeuten, daß du, meine Mutter, wenn auch spät, das Weib eines Mannes wirst, der mein Vater war. Ist das nicht etwas?

MRS. ARBUTHNOT: Ich will ihn nicht heiraten.

GERALD: Mutter, du mußt.

MRS. ARBUTHNOT: Ich will nicht. Du sprichst von Sühne für ein geschehenes Unrecht. Welche Sühne kann mir geschehen? Keine Sühne ist möglich. Ich bin entehrt: er nicht. Das ist alles. Es ist die gewöhnliche Geschichte eines Mannes und einer Frau, wie sie gewöhnlich verläuft. Und das Ende ist das gewöhnliche Ende. Die Frau leidet. Der Mann geht frei aus.

GERALD: Ich weiß nicht, ob das das gewöhnliche Ende ist, Mutter. Ich hoffe nicht. Aber dein Leben soll auf jeden Fall nicht so enden. Der Mann soll wiedergutmachen, soweit das möglich ist. Es ist nicht genug. Es streicht die Vergangenheit nicht aus, das weiß ich. Aber wenigstens macht es die Zukunft besser, besser für dich, Mutter.

MRS. ARBUTHNOT: Ich weigere mich, Lord Illingworth zu heiraten.

GERALD: Wenn er selbst zu dir käme und dich bäte, seine Frau zu werden, so würdest du ihm eine andere Antwort geben. Bedenke, er ist mein Vater.

MRS. ARBUTHNOT: Wenn er selbst käme, was er nicht tun wird, so wäre meine Antwort dieselbe. Bedenke, ich bin deine Mutter.

GERALD: Mutter, du machst es mir furchtbar schwer, wenn du so redest. Und ich kann nicht verstehen, weshalb du die Sache nicht vom rechten, vom einzig passenden Standpunkt aus ansehen willst. Um die Bitterkeit aus deinem Leben fortzunehmen, um den Schatten zu beseitigen, der auf deinem Namen ruht, muß diese Heirat stattfinden. Es bleibt keine Wahl: und nach der Hochzeit können du und ich zusammen fortgehen. Aber die Heirat muß erst stattfinden. Es ist eine Pflicht, nicht nur gegen dich, sondern gegen allen anderen Frauen – ja: gegenüber allen anderen Frauen in der Welt, damit er keine mehr verrät.

MRS. ARBUTHNOT: Ich habe keine Pflichten gegen andere Frauen. Keine hilft mir. Ich könnte zu keiner Frau in der Welt gehen, um Mitleid zu finden, wenn ich es wollte, oder Sympathie, wenn ich sie mir gewinnen möchte. Die Frauen sind hart gegeneinander. Das Mädchen gestern abend, so gut es ist, floh aus dem Zimmer, als wäre ich etwas Unreines. Sie hatte recht, ich bin etwas Unreines. Aber das Unrecht, das mir geschehen ist, ist mein Unrecht, und ich will es allein tragen. Ich muß es allein tragen. Was haben Frauen, die nicht gesündigt haben, mit mir zu tun, oder ich mit ihnen? Wir verstehen einander nicht.

(HESTER *tritt von hinten ein.)*

GERALD: Ich flehe dich an zu tun, um was ich dich bitte.

MRS. ARBUTHNOT: Welcher Sohn hat je von seiner Mutter verlangt, ein so häßliches Opfer zu bringen? Keiner.

GERALD: Welche Mutter hat sich je geweigert, den Vater ihres eignen Kindes zu heiraten? Keine.

MRS. ARBUTHNOT: So laß mich die erste sein. Ich will es nicht.

GERALD: Mutter, du glaubst an die Religion, und du hast auch mich zum Glauben an sie erzogen. Nun, deine Religion, die Religion, die du mich gelehrt hast, als ich ein Kind war, Mutter, muß dir sicherlich sagen, daß ich recht habe. Du weißt es, du fühlst es.

MRS. ARBUTHNOT: Ich weiß es nicht. Ich fühle es nicht, und niemals will ich vor Gottes Altar stehen und Gottes Segen auf einen so scheußlichen Hohn herabrufen, wie es eine Heirat zwischen mir und George Harford wäre. Ich will nicht die Worte sprechen, die die Kirche uns sprechen heißt. Ich will sie nicht sprechen. Ich wage es nicht. Wie könnte ich schwören, den Mann zu lieben, den ich verabscheue, den zu ehren, der dir Unehre brachte, dem zu gehorchen, der mich in seiner Herrschaft zur Sünde verleitete? Nein. Die Ehe ist ein Sakrament für die, die einander lieben. Sie ist nicht für Leute wie ihn, und nicht für Leute wie mich. Gerald, um dich vor dem Hohn und Spott der Welt zu schützen, habe ich vor der Welt gelogen. Zwanzig Jahre lang habe ich vor der Welt gelogen. Ich konnte der Welt die Wahrheit nicht sagen. Wer kann das je? Aber ich will nicht um meinetwillen vor Gott lügen und in Gottes Gegenwart. Nein, Gerald, keine Zeremonie, ob geheiligt von der Kirche oder geschaffen vom Staat, soll mich je an George Harford binden. Vielleicht bin ich schon zu sehr an ihn gebunden, der mich, als er mich beraubte, reicher zurückließ, so daß ich im Schlamm meines Lebens die herrliche Perle fand, oder das, was ich dafür hielt.

GERALD: Jetzt verstehe ich dich nicht.

MRS. ARBUTHNOT: Die Männer verstehen das Wesen der Mütter nicht. Ich bin nicht anders als andere Frauen, außer darin, daß mir unrecht geschah und daß ich unrecht tat, und in meiner schwersten Strafe und großen Schande. Und doch mußte ich, um dich zu gebären, den Tod anschauen. Um dich zu säugen, mußte ich mit ihm ringen. Um dich kämpfte der Tod mit mir. Alle Frauen müssen mit dem Tod kämpfen, um ihre Kinder zu erhalten. Der Tod ist kinderlos, und deshalb will er unsere Kinder von uns. Gerald, als du nackt warst, kleidete ich dich, und als du hungrig warst, gab ich dir zu essen. Tag und Nacht jenen langen Winter hindurch pflegte ich dich. Kein Dienst ist zu niedrig, keine Sorge zu gering für das Wesen, das wir Frauen lieben – und oh! wie ich dich liebte! Nicht Hanna liebte Samuel mehr. Und du brauchtest Liebe, denn du warst schwächlich, und nur die Liebe konnte dich am Leben erhalten. Nur die Liebe kann irgendeinen am Leben erhalten. Und Knaben sind oft gedankenlos, und ohne daß sie es wollen, machen sie Schmerz, und wir meinen immer, wenn sie erwachsen sind und uns besser kennen, dann werden sie uns lohnen. Aber es ist nicht so. Die Welt reißt sie von uns, und sie schließen Freundschaft mit denen, bei denen sie glücklicher sind als bei uns, und sie haben Vergnügungen, von denen wir ausgeschlossen sind, und Interessen, die nicht die unseren sind: und oft sind sie ungerecht gegen uns, denn wenn sie das Leben bitter finden, so schelten sie uns, und wenn sie es süß finden, so sollten wir seine Süße nicht mit ihnen … Du gewannst dir viele Freunde und gingst in ihre Häuser und warst froh mit ihnen, und ich, die ich mein Geheimnis kannte, wagte nicht zu folgen, sondern blieb zu Hause und schloß die Tür, schloß die Sonne aus und saß im Dunkeln. Was hatte ich in ehrbaren Häusern zu suchen? Meine Vergangenheit war immer bei mir … Und du glaubtest, ich mache mir nichts aus den heiteren Dingen des Lebens. Ich sage dir, ich sehnte mich nach ihnen, aber ich wagte sie nicht zu berühren, denn ich fühlte, ich hatte kein Recht auf sie. Du glaubtest, ich sei glücklicher, wenn ich unter den Armen wirkte. Das sei meine Mission, dachtest du dir. Das war es nicht, aber wohin sollte ich sonst gehen? Die Kranken fragen nicht, ob die Hand, die ihnen das Kissen glatt streicht, rein ist, und die Sterbenden machen sich nichts daraus, ob die Lippen, die ihre Stirn berühren, den Kuß der Sünde kannten. An dich dachte ich immerfort; ich gab ihnen die Liebe, die du nicht brauchtest: verschwendete eine Liebe auf sie, die ihnen nicht gehörte … Und du glaubtest, ich verbrächte zu viel Zeit mit Kirchenbesuch und mit Kirchenpflichten. Aber wohin sonst sollte ich mich wenden? Gottes Haus ist das einzige Haus, in dem man die Sünder willkommen heißt, und immer warst du in meinem Herzen, Gerald, viel zu viel in meinem Herzen. Denn obgleich ich Tag für Tag, am Morgen und am Abend in Gottes Hause kniete, habe ich meine Sünde nie bereut. Wie konnte ich meine Sünde bereuen, da doch du, mein Geliebter, ihre Frucht warst? Noch jetzt, da du bitter gegen mich bist, kann ich nicht bereuen. Ich tue es nicht. Du bist mir mehr als die Unschuld. Ich will lieber deine Mutter sein – oh, viel lieber –, als immer rein gewesen sein … Oh, verstehst du das nicht? Siehst du denn das nicht ein? Meine Schande hat dich mir so teuer gemacht. Meine Schande hat dich so eng an mich gebunden. Der Preis, den ich für dich zahlte, der Preis an Seele und Leib, gibt mir die Liebe zu dir ein, die ich empfinde. Oh, bitte mich nicht, dieses Furchtbare zu tun. Kind meiner Schande, bleibe das Kind meiner Schande.

GERALD: Mutter, ich wußte nicht, daß du mich so sehr liebtest. Und ich will dir ein besserer Sohn sein als bisher. Und du und ich, wir dürfen einander nie verlassen … aber, Mutter … Ich kann nicht anders … du mußt meines Vaters Frau werden. Du mußt ihn heiraten. Es ist deine Pflicht.

HESTER *(läuft nach vorn und umarmt Mrs. Arbuthnot):* Nein, nein: Sie sollen nicht. Das wäre wirkliche Unehre, die erste, die Sie gekannt hätten. Das wäre wirkliche Schande, die erste, die Sie berührte. Verlassen Sie ihn und kommen Sie mit mir. Es gibt noch andere Länder als England … Oh! Andere Länder jenseits des Meeres, bessere, weisere und weniger ungerechte Länder. Die Welt ist weit und groß.

MRS. ARBUTHNOT: Nicht für mich. Für mich ist die Welt zusammengeschrumpft zur Fläche einer Hand, und wo ich gehe, da sind Dornen.

HESTER: Es soll nicht so sein. Wir werden überall grüne Täler finden und frische Wasser, und wenn wir weinen, nun, so wollen wir gemeinsam weinen. Haben wir ihn nicht beide geliebt?

GERALD: Hester!

HESTER *(weist ihn zurück):* Nein, nein! Sie können mich nicht lieben, wenn Sie nicht auch sie lieben. Sie können mich nicht ehren, wenn nicht sie Ihnen heiliger ist. In ihr ist die ganze Weiblichkeit zur Märtyrerin geworden. Nicht sie allein, wir alle sind in ihrem Hause getroffen.

GERALD: Hester, Hester, was soll ich tun?

HESTER: Achten Sie den Mann, der Ihr Vater ist?

GERALD: Ihn achten? Ich verabscheue ihn. Er ist gemein.

HESTER: Ich danke Ihnen, daß Sie mich gestern abend vor ihm retteten.

GERALD: Ah, das war nichts. Ich würde sterben, um Sie zu retten. Doch Sie sagen mir nicht, was ich jetzt tun soll?

HESTER: Habe ich Ihnen nicht gedankt, weil Sie mich retteten?

GERALD: Aber was sollte ich tun?

HESTER: Fragen Sie Ihr eigenes Herz, nicht meins. Ich hatte nie eine Mutter, die ich retten oder der ich Schande machen konnte.

MRS. ARBUTHNOT: Er ist hart – er ist hart. Lassen Sie mich fort.

GERALD *(stürzt hinüber und kniet neben seiner Mutter):* Mutter, vergib mir: ich war zu tadeln.

MRS. ARBUTHNOT: Küsse mir nicht die Hände: sie sind kalt. Mein Herz ist kalt: irgend etwas hat es gebrochen.

HESTER: Ah, sagen Sie das nicht. Herzen leben davon, daß sie verwundet werden. Der Genuß kann ein Herz in Stein verwandeln, der Reichtum kann es verhärten, aber der Schmerz – oh, der Schmerz kann es nicht brechen. Und dann, was für Schmerzen haben Sie jetzt noch? Oh, in diesem Augenblick sind Sie ihm teurer als je, so teuer Sie ihm gewesen sind, und oh! wie teuer waren Sie ihm immer! Ah, seien Sie gut zu ihm!

GERALD: Du bist mir Mutter und Vater zugleich. Ich brauche keinen andern Vater. Ich sprach für dich, für dich allein. Oh, sage etwas, Mutter. Habe ich die eine Liebe nur gefunden, um die andere zu verlieren? Sage mir nicht das. Oh, Mutter, du bist grausam. *(Steht auf und wirft sich schluchzend auf ein Sofa.)*

MRS. ARBUTHNOT *(zu Hester):* Hat er wirklich eine zweite Liebe gefunden?

HESTER: Sie wissen, ich habe ihn immer geliebt.

MRS. ARBUTHNOT: Aber wir sind sehr arm.

HESTER: Wer ist arm, wenn er geliebt wird? Oh, keiner. Ich hasse meinen Reichtum. Er ist eine Last. Lassen Sie ihn mit mir teilen.

MRS. ARBUTHNOT: Aber wir sind entehrt. Wir zählen zu den Ausgestoßenen. Gerald hat keinen Namen. Die Sünden der Eltern sollen heimgesucht werden an den Kindern. Es ist Gottes Gesetz.

HESTER: Ich hatte unrecht. Gottes Gesetz ist nur Liebe.

MRS. ARBUTHNOT *(steht auf, nimmt Hester an der Hand und geht langsam dort hinüber, wo Gerald, den Kopf in die Hände vergraben, auf dem Sofa liegt. Sie berührt ihn, und er blickt auf):* Gerald, ich kann dir keinen Vater geben, aber ich habe dir ein Weib gebracht.

GERALD: Mutter, ich bin weder ihrer noch deiner würdig.

MRS. ARBUTHNOT: So sie zuerst kommt, bist du würdig. Und wenn du fort bist, Gerald … mit … ihr – oh, dann denke zuweilen an mich. Vergiß mich nicht. Und wenn du betest, so bete für mich. Wir sollten beten, wenn wir am glücklichsten sind, und du wirst glücklich sein, Gerald.

HESTER: Oh, Sie denken doch nicht daran, uns zu verlassen?

GERALD: Mutter, du willst uns nicht verlassen?

MRS. ARBUTHNOT: Ich könnte euch Schande bringen!

GERALD: Mutter!

MRS. ARBUTHNOT: Auf kurze Zeit denn: Und wenn ihr mich lassen wollt, immer in eurer Nähe.

HESTER *(zu Mrs. Arbuthnot):* Kommen Sie mit uns in den Garten.

MRS. ARBUTHNOT: Später, später.

(Hester und Gerald ab.)

(Mrs. Arbuthnot geht zur Tür links, bleibt vor dem Spiegel über dem Kaminsims stehen und blickt hinein. ALICE *von rechts.)*

ALICE: Ein Herr wünscht Sie zu sprechen, gnädige Frau.

MRS. ARBUTHNOT: Sagen Sie, ich sei nicht zu Hause. Zeigen Sie mir die Karte. *(Nimmt die Karte von der Schale und sieht darauf.)* Sagen Sie, ich wolle ihn nicht empfangen.

*(*LORD ILLINGWORTH *tritt ein. Mrs. Arbuthnot sieht ihn im Spiegel und schrickt zusammen, wendet sich aber nicht um. Alice ab.)*

Was können Sie mir zu sagen haben, George Harford? Sie können mir nichts zu sagen haben. Sie müssen dies Haus verlassen.

LORD ILLINGWORTH: Rachel, Gerald weiß jetzt alles von dir und mir; also muß eine Anordnung getroffen werden, die uns allen dreien hilft. Ich versichere dir, er wird in mir den reizendsten und großmütigsten Vater finden.

MRS. ARBUTHNOT: Mein Sohn kann jeden Augenblick eintreten. Ich habe Sie gestern abend gerettet. Vielleicht bin ich nicht imstande, Sie noch einmal zu retten. Mein Sohn fühlt meine Schande schwer, furchtbar schwer. Ich bitte Sie zu gehen.

LORD ILLINGWORTH *(setzt sich):* Es traf sich gestern abend äußerst unglücklich. Die alberne Puritanerin, die eine Szene machte, weil ich sie küssen wollte! Was kann ein Kuß wohl schaden?

MRS. ARBUTHNOT *(wendet sich):* Ein Kuß kann das Leben einer Frau vernichten, George Harford. Ich weiß das. Ich weiß das nur zu gut.

LORD ILLINGWORTH: Darüber wollen wir jetzt nicht streiten. Heute handelt es sich wie gestern um unseren Sohn. Ich habe ihn außerordentlich gern, wie du weißt, und so sondernbar es dir scheinen mag, ich habe sein Verhalten gestern abend ungeheuer bewundert. Er griff für die hübsche Prüde mit wundervoller Pünktlichkeit zum Prügel. Er ist genau, wie ich mir einen Sohn gewünscht hätte. Nur daß mein Sohn nie die Partei der Puritanerinnen ergreifen sollte: das ist stets ein Fehler. Mein Vorschlag also ist dieser.

MRS. ARBUTHNOT: Lord Illingworth, mich interessiert kein Vorschlag von Ihnen.

LORD ILLINGWORTH: Nach unseren lächerlichen englischen Gesetzen kann ich Gerald nicht legitimieren. Aber ich kann ihm meinen Besitz hinterlassen. Illingworth ist natürlich Majorat, aber es ist eine langweilige Kaserne. Er kann Ashby haben, das ist viel hübscher. Harborough mit der besten Jagd im Norden Englands und das Haus am St. James Square. Was kann ein Gentleman in dieser Welt mehr verlangen?

MRS. ARBUTHNOT: Nichts, davon bin ich überzeugt.

LORD ILLINGWORTH: Was den Titel angeht, so ist ein Titel in unserer demokratischen Zeit nur lästig. Als George Harford hatte ich alles, was ich mir wünschte. Jetzt habe ich fast alles, was andere sich wünschen, und das ist nicht halb so hübsch. Nun, mein Vorschlag ist dieser.

MRS. ARBUTHNOT: Ich sagte Ihnen, er interessiert mich nicht, und ich bitte Sie zu gehen.

LORD ILLINGWORTH: Der Junge soll sechs Monate bei dir sein und die andern sechs bei mir. Das ist doch vollkommen billig, nicht wahr? Du kannst jede Pension bekommen, die du willst, und leben, wo du willst. Von deiner Vergangenheit weiß niemand außer mir und Gerald. Es bleibt natürlich noch die Puritanerin, die Puritanerin im weißen Musselin, aber sie zählt nicht. Sie kann die Geschichte nicht erzählen, ohne zu erklären, daß sie sich dagegen wehrte, daß man sie küßte, nicht wahr? Und alle Frauen würden sie für eine Närrin halten, und die Männer würden sie als langweilig ansehen. Und du brauchst nicht zu fürchten, daß Gerald meine Erbschaft entgehen würde. Ich brauche dir nicht erst zu sagen, daß ich nicht im geringsten die Absicht habe, mich zu verheiraten.

MRS. ARBUTHNOT: Sie kommen zu spät. Mein Sohn braucht Sie nicht mehr. Sie sind nicht nötig.

LORD ILLINGWORTH: Was meinst du, Rachel?

MRS. ARBUTHNOT: Sie sind für Geralds Karriere nicht mehr nötig. Er braucht Sie nicht.

LORD ILLINGWORTH: Ich verstehe dich nicht.

MRS. ARBUTHNOT: Blicken Sie in den Garten. *(Lord Illingworth steht auf und geht zum Fenster.)* Sie ließen sich besser von ihnen nicht sehen: Sie wecken unangenehme Erinnerungen. *(Lord Illingworth blickt hinaus und schrickt zusammen.)* Sie liebt ihn. Sie lieben einander. Wir sind sicher vor Ihnen, und wir gehen fort.

LORD ILLINGWORTH: Wohin?

MRS. ARBUTHNOT: Das werden wir Ihnen nicht sagen, und wenn Sie uns finden, so werden wir Sie nicht kennen. Sie scheinen überrascht. Welches Willkommen wollten Sie von dem Mädchen, dessen Lippen Sie zu beschmutzen versuchten, von dem Knaben, dessen Leben Sie geschändet haben, von der Mutter, deren Unehre von Ihnen herrührt?

LORD ILLINGWORTH: Du bist hart geworden, Rachel.

MRS. ARBUTHNOT: Einst war ich zu schwach. Es ist gut für mich, daß ich mich geändert habe.

LORD ILLINGWORTH: Ich war damals sehr jung. Wir Männer lernen das Leben zu früh kennen.

MRS. ARBUTHNOT: Und wir Frauen lernen das Leben zu spät kennen. Das ist der Unterschied zwischen Mann und Frau. *(Pause.)*

LORD ILLINGWORTH: Rachel, ich will meinen Sohn haben. Mein Geld nützt ihm vielleicht jetzt nichts mehr. Ich nütze ihm vielleicht nicht mehr. Bringe uns zusammen, Rachel. Du kannst es, wenn du willst. *(Sieht den Brief auf dem Tisch.)*

MRS. ARBUTHNOT: In meines Sohnes Leben ist kein Raum für Sie. Er interessiert sich nicht für Sie.

LORD ILLINGWORTH: Weshalb schreibt er dann an mich?

MRS. ARBUTHNOT: Was meinen Sie?

LORD ILLINGWORTH: Was für ein Brief ist dies? *(Nimmt ihn auf.)*

MRS. ARBUTHNOT: Das ist – nichts. Geben Sie ihn her.

LORD ILLINGWORTH: Er ist an mich gerichtet.

MRS. ARBUTHNOT: Sie sollen ihn nicht öffnen. Ich verbiete es Ihnen, ihn zu öffnen.

LORD ILLINGWORTH: Und in Geralds Handschrift.

MRS. ARBUTHNOT: Er sollte nicht abgeschickt werden. Er schrieb diesen Brief heute morgen, ehe er mit mir gesprochen hatte. Aber es tut ihm jetzt leid, daß er ihn geschrieben hat, sehr leid. Sie sollen ihn nicht öffnen. Geben Sie ihn her.

LORD ILLINGWORTH: Er gehört mir. *(Öffnet ihn, setzt sich und liest ihn langsam. Mrs. Arbuthnot beobachtet ihn unterdessen.)* Du hast diesen Brief vermutlich gelesen, Rachel?

MRS. ARBUTHNOT: Nein.

LORD ILLINGWORTH: Du weißt, was darin steht.

MRS. ARBUTHNOT: Ja.

LORD ILLINGWORTH: Ich gebe keinen Augenblick zu, daß der Junge recht hat mit dem, was er sagt. Ich gebe nicht zu, daß es meine Pflicht ist, dich zu heiraten. Ich leugne es entschieden. Aber um meinen Sohn zurückzuerhalten, bin ich bereit – ja, bin ich bereit, dich zu heiraten, Rachel – und dich stets mit der Ehrfurcht und Achtung zu behandeln, die meiner Frau gebührt. Ich will dich heiraten, sobald du willst. Ich gebe dir mein Ehrenwort.

MRS. ARBUTHNOT: Das Versprechen haben Sie mir schon einmal gegeben und gebrochen.

LORD ILLINGWORTH: Ich will es jetzt halten. Und das wird dir zeigen, daß ich meinen Sohn mindestens so sehr liebe wie du. Denn wenn ich dich heirate, Rachel, so werde ich einigen Ehrgeiz aufgeben müssen. Und hohen Ehrgeiz, wenn es so hohen Ehrgeiz gibt.

MRS. ARBUTHNOT: Ich lehne es ab, Sie zu heiraten, Lord Illingworth.

LORD ILLINGWORTH: Sprichst du im Ernst?

MRS. ARBUTHNOT: Ja.

LORD ILLINGWORTH: Bitte, nenne mir deine Gründe. Sie würden mich ungeheuer interessieren.

MRS. ARBUTHNOT: Ich habe sie schon meinem Sohn auseinandergesetzt.

LORD ILLINGWORTH: Sie waren vermutlich ungeheuer sentimental, nicht wahr? Ihr Frauen lebt von euern Empfindungen und für sie. Ihr kennt keine Philosophie des Lebens.

MRS. ARBUTHNOT: Sie haben recht. Wir Frauen leben von unseren Empfindungen und für sie. Von unseren Leidenschaften und für sie, wenn Sie wollen. Ich habe zwei Leidenschaften, Lord Illingworth: meine Liebe zu ihm und meinen Haß gegen Sie. Die können Sie nicht töten. Die eine nährt die andere.

LORD ILLINGWORTH: Was für eine Liebe ist das, die den Haß zum Bruder braucht?

MRS. ARBUTHNOT: Es ist die Liebe, die ich für Gerald hege. Finden Sie das so furchtbar? Nun, es ist furchtbar. Jede Liebe ist eine Tragödie. Ich habe Sie einmal geliebt, Lord Illingworth. Oh, was für eine Tragödie für eine Frau, wenn sie Sie geliebt hat.

LORD ILLINGWORTH: Also lehnst du tatsächlich ab, mich zu heiraten?

MRS. ARBUTHNOT: Ja.

LORD ILLINGWORTH: Weil du mich haßt?

MRS. ARBUTHNOT: Ja.

LORD ILLINGWORTH: Und haßt mich mein Sohn so wie du?

MRS. ARBUTHNOT: Nein.

LORD ILLINGWORTH: Das freut mich, Rachel.

MRS. ARBUTHNOT: Er verachtet Sie nur.

LORD ILLINGWORTH: Wie schade! Wie schade für ihn, meine ich!

MRS. ARBUTHNOT: Täusche dich nicht, George. Kinder beginnen damit, daß sie ihre Eltern lieben. Nach einer Weile beurteilen sie sie. Selten, wenn je, verzeihen sie ihnen.

LORD ILLINGWORTH *(liest den Brief noch einmal durch):* Darf ich fragen, durch welche Gründe du den Jungen, der diesen Brief schrieb, diesen schönen, leidenschaftlichen Brief, überzeugt hast, daß du seinen Vater nicht heiraten dürftest, den Vater deines eigenen Kindes?

MRS. ARBUTHNOT: Nicht ich habe ihn davon überzeugt. Eine andere.

LORD ILLINGWORTH: Welche *Fin-de-siècle*-Person?

MRS. ARBUTHNOT: Die Puritanerin, Lord Illingworth. *(Pause.)*

LORD ILLINGWORTH *(zuckt, steht dann langsam auf und geht zu dem Tisch, auf dem sein Hut und seine Handschuhe liegen. Mrs. Arbuthnot steht dicht am Tisch. Er nimmt einen der Handschuhe und zieht ihn langsam an):* So bleibt hier für mich nicht viel zu tun, Rachel?

MRS. ARBUTHNOT: Nichts.

LORD ILLINGWORTH: So ist es ein Abschied?

MRS. ARBUTHNOT: Auf ewig diesmal, hoffe ich, Lord Illingworth.

LORD ILLINGWORTH: Wie seltsam! In diesem Augenblick siehst du genau aus wie in der Nacht, als du mich vor zwanzig Jahren verließest. Du hast genau denselben Ausdruck um den Mund. Auf mein Wort, Rachel, mich hat keine Frau mehr geliebt als du. Du gabst dich mir wie eine Blume, mit der ich tun konnte, was ich wollte. Du warst das hübscheste Spielzeug, der faszinierendste kleine Roman … *(Zieht die Uhr.)* Ein viertel vor zwei! Muß nach Hunstanton zurückschlendern. Vermutlich werde ich dich dort nicht wiedersehen. Tut mir leid. Wirklich. Es war ein interessantes Erlebnis, unter Leuten seines eigenen Standes, wo man sie noch dazu ganz ernsthaft behandeln mußte, seine Mätresse wiederzufinden und seinen –

(Mrs. Arbuthnot greift den Handschuh auf und schlägt Lord Illingworth damit ins Gesicht. Lord Illingworth fährt zusammen. Ihn betäubt der Schimpf seiner Züchtigung, dann bezwingt er sich, geht zum Fenster und sieht zu seinem Sohn hinaus. Seufzt und verläßt das Zimmer.)

MRS. ARBUTHNOT *(sinkt schluchzend aufs Sofa):* Er hätte es gesagt. Er hätte es gesagt!

(GERALD und HESTER treten vom Garten herein.)

GERALD: Nun, liebe Mutter, du bist schließlich doch nicht herausgekommen, so kommen wir, um dich zu holen. Mutter, du hast doch nicht geweint? *(Kniet neben ihr nieder.)*

MRS. ARBUTHNOT: Mein Junge! Mein Junge! *(Läßt ihre Finger durch sein Haar gleiten.)*

HESTER *(tritt herzu):* Aber du hast jetzt zwei Kinder. Du willst mich zur Tochter?
MRS. ARBUTHNOT *(blickt auf):* Würdest du mich zur Mutter wählen?
HESTER: Von allen Frauen, die ich je gekannt habe, dich!

(Sie gehen zur Tür, die in den Garten führt, einander umschlungen haltend. Gerald geht zum Tisch links, um seinen Hut zu holen. Als er sich umdreht, sieht er Lord Illingworths Handschuh auf dem Boden liegen und hebt ihn auf.)

GERALD: Hallo, Mutter, wem gehört der Handschuh hier? Du hast Besuch gehabt? Wer war da?
MRS. ARBUTHNOT *(dreht sich um):* Oh, niemand. Niemand besonders – ein Mann ohne Bedeutung.

Vorhang.

Ein idealer Gatte

DIE PERSONEN DES STÜCKS

Der Graf von Caversham, Ritter des Hosenbandordens
Vicomte Goring, sein Sohn
Sir Robert Chiltern, Baronet, Staatssekretär im Außenministerium
Vicomte de Nanjac, Attaché an der französischen Botschaft in London
Mr. Montford
Mason, Butler von Sir Robert Chiltern
Phipps, Lord Gorings Diener
James und Harold, Lakaien
Lady Chiltern
Lady Markby
Die Gräfin von Basildon
Mrs. Marchmont
Miss Mabel Chiltern, Sir Robert Chilterns Schwester
Mrs. Cheveley

Erster Akt

Szene: *Der achteckige Raum im Hause Sir Robert Chilterns am Grosvenor Square in London. Die Handlung des Stücks ist in vierund- zwanzig Stunden abgeschlossen.*

Zeit: *Die Gegenwart.*

Der Raum ist hell erleuchtet und voller Gäste.
Oben an der Treppe steht Lady Chiltern, eine Frau von ernster, griechischer Schönheit und etwa 27 Jahren. Sie empfängt die Gäste, die die Treppe hinaufkommen. Über dem Treppenschacht hängt ein prächtiger Kronleuchter mit Kerzen, die einen großen französischen Wandteppich aus dem 18. Jahrhundert erleuchten – er stellt den Triumph der Liebe dar, nach einem Entwurf von Boucher –, der an der Treppenwand hängt. Rechts ist der Eingang zum Musikzimmer. Man hört den schwachen Klang eines Streichquartetts. Die Tür zur Linken führt in andere Salons. Mrs. Marchmont und Lady Basildon, zwei sehr hübsche Frauen, sitzen auf einem Sofa im Stil Ludwig XVI. Sie sind Frauen des äußerst zerbrechlichen Typs. Ihr Verhalten besitzt einen zarten Charme. Watteau würde sie liebend gern gemalt haben.

Mrs. Marchmont: Gehen Sie auch später zu den Hartlocks, Margaret?
Lady Basildon: Ich nehme es an. Und Sie?
Mrs. Marchmont: Ja. Sie geben schrecklich langweilige Parties, nicht wahr?
Lady Basildon: Schrecklich langweilig! Ich weiß nie, warum ich eigentlich hingehe. Ich weiß nie, warum ich überhaupt irgendwo hingehe.
Mrs. Marchmont: Ich komme hierher, um mich zu bilden.
Lady Basildon: Ach! Ich hasse es, gebildet zu sein.
Mrs. Marchmont: Ich auch. Das stellt einen fast auf eine Stufe mit der Kaufmannsklasse, nicht wahr? Doch die liebe Gertrude Chiltern erzählt mir immer, daß ich einen ernsthaften Lebenszweck haben sollte. Und darum komme ich hierher, um einen zu finden.

LADY BASILDON *(schaut sich mit ihrer Lorgnette um):* Ich sehe heute abend hier niemanden, den man auch nur im entferntesten als ernsthaften Lebenszweck bezeichnen könnte. Der Mann, der mich zum Dinner führte, erzählte mir die ganze Zeit von seiner Frau.

MRS. MARCHMONT: Wie furchtbar banal!

LADY BASILDON: Schrecklich banal! Worüber hat Ihr Begleiter gesprochen?

MRS. MARCHMONT: Über mich.

LADY BASILDON *(interesselos):* Und waren Sie interessiert?

MRS. MARCHMONT *(kopfschüttelnd):* Nicht im mindesten.

LADY BASILDON: Was wir doch für Märtyrerinnen sind, liebste Margaret!

MRS. MARCHMONT *(im Aufstehen):* Und wie gut uns das steht, Olivia!

Sie erheben sich und gehen auf das Musikzimmer zu. Der Vicomte de Nanjac, ein junger Attaché, der für seine Krawatten und seine Anglomanie bekannt ist, nähert sich mit einer tiefen Verbeugung und beginnt eine Unterhaltung.

MASON *(kündigt oben von der Treppe Gäste an):* Mr. und Lady Jane Barford. Lord Caversham.

Auftritt LORD CAVERSHAM, *ein alter Gentleman von siebzig Jahren mit dem Ordensband und Stern des Hosenbandordens. Ein feiner Whig-Typ. Fast wie ein Porträt von Lawrence.*

LORD CAVERSHAM: Guten Abend, Lady Chiltern! Ist mein nichtsnutziger junger Sohn schon eingetroffen?

LADY CHILTERN *(lächelnd):* Ich glaube nicht, daß Lord Goring schon hier ist.

MABEL CHILTERN *(auf* LORD CAVERSHAM *zugehend):* Warum nennen Sie Lord Goring nichtsnutzig?

Mabel Chiltern ist das perfekte Beispiel des englischen hübschen Typs, des Apfelblütentyps. Sie besitzt den ganzen Duft und die Freiheit einer Blume. In ihrem Haar spielen Welle um Welle des Sonnenlichts, und ihr kleiner Mund mit seinen geöffneten Lippen ist erwartungsvoll wie der eines Kindes. Sie besitzt die faszinierende Tyrannei der Jugend und den erstaunlichen Mut der Unschuld. Vernünftige Menschen erinnert sie nicht an ein Kunstwerk. Doch sie gleicht tatsächlich einer Tanagra-Statue und wäre sehr verärgert, wenn man ihr dies sagte.

LORD CAVERSHAM: Weil er so ein müßiges Leben führt.

MABEL CHILTERN: Wie können Sie so etwas sagen? Er reitet schließlich am Morgen um 10 auf der Row, geht dreimal die Woche in die Oper, wechselt wenigstens fünfmal am Tag seine Kleidung und diniert während der Saison jeden Abend außer Haus. Das können Sie doch kein müßiges Leben nennen, oder?

LORD CAVERSHAM *(schaut sie mit einem freundlichen Zwinkern an):* Sie sind eine sehr charmante junge Dame!

MABEL CHILTERN: Wie lieb von Ihnen, das zu sagen, Lord Caversham! Besuchen Sie uns doch häufiger. Sie wissen, wir sind am Mittwoch immer zuhause, und Sie schauen so gut aus mit Ihrem Stern!

LORD CAVERSHAM: Gehe mittlerweile nie mehr aus. Bin der Londoner Gesellschaft überdrüssig. Hätte nichts dagegen, meinem eigenen Schneider vorgestellt zu werden; er wählt immer die richtige Seite. Bin aber energisch dagegen, zum Dinner mit der Putzmacherin meiner Gattin verdonnert zu werden. Konnte Lady Cavershams Hüte nie ausstehen.

MABEL CHILTERN: Oh, ich liebe die Londoner Gesellschaft! Ich meine, sie hat sich enorm verbessert. Mittlerweile besteht sie völlig aus wunderschönen Idioten und brillanten Irren. Genau wie die Gesellschaft sein sollte.

LORD CAVERSHAM: Hm! Und was ist Lord Goring? Wunderschöner Idiot oder das andere?

MABEL CHILTERN *(ernsthaft):* Im Augenblick bin ich gezwungen, Lord Goring in eine Klasse für sich zu stecken. Doch er entwickelt sich charmant!

LORD CAVERSHAM: Zu was?

MABEL CHILTERN *(mit einem Knicks):* Ich hoffe, es Ihnen bald sagen zu können, Lord Caversham!

MASON *(Gäste ankündigend):* Lady Markby. Mrs. Cheveley.

Auftritt Lady Markby und Mrs. Cheveley. Lady Markby ist eine angenehme, freundliche, beliebte Dame mit grauem Haar à la marquise und guter Spitze. Mrs. Cheveley, die sie begleitet, ist hochgewachsen und ziemlich dünn. Sehr schmale und sehr grell geschminkte Lippen, eine scharlachrote Linie in einem bleichen Gesicht. Venezianischrotes Haar, Adlernase und langer Hals. Rouge betont noch die natürliche Blässe ihres Teints. Graugrüne Augen, die unermüdlich in Bewegung sind. Sie trägt ein blauviolettes Kleid und Diamanten. Sie sieht aus wie eine

Orchidee und erweckt jedermanns Interesse. All ihre Bewegungen sind höchst anmutig. Insgesamt ein Kunstwerk, das jedoch den Einfluß zu vieler Schulen zeigt.

LADY MARKBY: Guten Abend, liebe Gertrude! Wie lieb von Ihnen, daß ich meine Freundin, Mrs. Cheveley, mitbringen durfte. Zwei so charmante Damen sollten sich kennenlernen!

LADY CHILTERN *(nähert sich Mrs. Cheveley mit einem reizenden Lächeln. Hält plötzlich inne und verbeugt sich eher distanziert):* Ich glaube, Mrs. Cheveley und ich haben uns bereits kennengelernt. Ich wußte nicht, daß sie ein zweites Mal geheiratet hat.

LADY MARKBY *(freundlich):* Ah, heutzutage heiratet man so oft man kann, nicht wahr? Es ist höchst modern. *(Zur* HERZOGIN VON MARYBOROUGH*):* Liebe Herzogin, und wie geht es dem Herzog? Gehirn immer noch schwach, nehme ich an? Nun, das war wohl zu erwarten, nicht wahr? Seinem werten Vater ging es genauso. Es geht eben nichts über Zucht, oder?

MRS. CHEVELEY *(spielt mit ihrem Fächer):* Doch haben wir uns wirklich schon kennengelernt, Lady Chiltern? Ich kann mich nicht erinnern, wo. Ich war so lange außerhalb Englands.

LADY CHILTERN: Wir sind zusammen zur Schule gegangen, Mrs. Cheveley.

MRS. CHEVELEY *(herablassend):* Tatsächlich? Ich habe meine Schulzeit völlig vergessen. Ich habe den vagen Eindruck, daß sie abscheulich war.

LADY CHILTERN *(kühl):* Das überrascht mich nicht!

MRS. CHEVELEY *(in reizendster Art):* Wissen Sie, ich freue mich schon sehr darauf, Ihren schlauen Gatten kennenzulernen, Lady Chiltern. Seit er im Außenministerium ist, wurde in Wien viel über ihn gesprochen. Sie haben es tatsächlich geschafft, seinen Namen in den Zeitungen korrekt zu schreiben. Das an sich ist Berühmtheit auf dem Kontinent.

LADY CHILTERN: Ich glaube kaum, daß mein Gatte und Sie viel gemeinsam haben, Mrs. Cheveley! *(Geht weiter.)*

VICOMTE DE NANJAC: Ah, chère Madame, quelle surprise! Ich habe Sie seit Berlin nicht mehr gesehen!

MRS. CHEVELEY: Seit Berlin nicht mehr, Vicomte. Fünf Jahre!

VICOMTE DE NANJAC: Und Sie sind jünger und schöner denn je. Wie machen Sie das bloß?

MRS. CHEVELEY: Indem ich es mir zur Regel mache, nur mit so vollkommen charmanten Menschen wie Ihnen zu reden.

VICOMTE DE NANJAC: Ah! Sie schmeicheln mir. Sie schmieren mir Honig um den Mund, wie man hier sagt.

MRS. CHEVELEY: Das sagt man hier? Wie schrecklich!

VICOMTE DE NANJAC: O ja, man spricht hier eine wundervolle Sprache. Sie sollte weiter bekannt sein.

Sir Robert Chiltern tritt ein. Ein Mann von vierzig Jahren, doch jünger aussehend. Glatt rasiert, mit fein geschnittenen Gesichtszügen, dunkelhaarig und dunkeläugig. Eine bemerkenswerte Persönlichkeit. Nicht beliebt – nur wenige Persönlichkeiten sind das. Doch von einigen sehr bewundert und von vielen hoch respektiert. Sein Verhalten ist vollkommen distinguiert, mit einem Anflug von Stolz. Man hat das Gefühl, daß er sich des Erfolgs, den er im Leben hat, durchaus bewußt ist. Ein nervöses Temperament mit müdem Aussehen. Der feingeschnittene, feste Mund und das Kinn kontrastieren auffallend mit dem romantischen Ausdruck der tiefliegenden Augen. Der Unterschied deutet auf eine fast totale Trennung von Leidenschaft und Intellekt hin, als ob Denken und Fühlen durch eine Anstrengung des Willens in zwei separaten Sphären isoliert wären. In den Nasenflügeln und den blassen, schlanken, spitzen Fingern liegt eine gewisse Nervosität. Es wäre nicht korrekt, ihn malerisch zu nennen. Das Malerische kann im Unterhaus nicht überleben. Doch Vandyck hätte seinen Kopf mit Freuden gemalt.

SIR ROBERT CHILTERN: Guten Abend, Lady Markby. Ich hoffe, Sie haben Sir John mitgebracht?

LADY MARKBY: Oh! Ich habe eine viel charmantere Person mitgebracht als Sir John. Sir Johns Launen sind, seit er ernsthaft in die Politik gegangen ist, unerträglich geworden. Wirklich, nun, da das Unterhaus versucht, nützlich zu werden, richtet es großen Schaden an.

SIR ROBERT CHILTERN: Das hoffe ich nicht, Lady Markby. Auf jeden Fall tun wir unser Bestes, die Zeit der Öffentlichkeit zu verschwenden, nicht wahr? Doch wer ist denn diese charmante Person, die Sie uns freundlicherweise mitgebracht haben?

LADY MARKBY: Ihr Name ist Mrs. Cheveley! Sie gehört zu den Devonshire-Cheveleys, glaube ich.

Doch genau weiß ich es nicht. Heutzutage sind Familien so gemischt. Tatsächlich stellt sich in der Regel jeder als jemand anderes heraus.

SIR ROBERT CHILTERN: Mrs. Cheveley? Ich glaube, den Namen zu kennen.

LADY MARKBY: Sie ist gerade erst aus Wien eingetroffen.

SIR ROBERT CHILTERN: Ach ja! Ich glaube, ich weiß, wen Sie meinen.

LADY MARKBY: Oh, sie bewegt sich dort in allen Kreisen und kennt die reizendsten Skandale all ihrer Freunde. Ich muß wirklich im nächsten Winter nach Wien. Ich hoffe, die Botschaft dort hat einen guten Koch.

SIR ROBERT CHILTERN: Falls nicht, muß der Botschafter mit Sicherheit abberufen werden. Bitte, zeigen Sie mir Mrs. Cheveley. Ich würde sie gern kennenlernen.

LADY MARKBY: Lassen Sie mich die Vorstellung übernehmen. *(Zu* MRS. CHEVELEY*):* Meine Liebe, Sir Robert Chiltern brennt darauf, Sie kennenzulernen!

SIR ROBERT CHILTERN *(mit einer Verbeugung):* Jeder brennt darauf, die brillante Mrs. Cheveley kennenzulernen. Unsere Attachés in Wien schreiben über nichts anderes.

MRS. CHEVELEY: Vielen Dank, Sir Robert. Eine Bekanntschaft, die mit einem Kompliment beginnt, kann sich nur zu wirklicher Freundschaft entwickeln. Sie beginnt in der rechten Weise. Und ich stelle fest, daß ich Lady Chiltern bereits kenne.

SIR ROBERT CHILTERN: Wirklich?

MRS. CHEVELEY: Ja. Sie hat mich soeben daran erinnert, daß wir zusammen zur Schule gegangen sind. Ich erinnere mich jetzt deutlich. Sie hat immer den Preis für gutes Betragen gewonnen. Ich erinnere mich ganz klar, daß Lady Chiltern immer den Preis für gutes Betragen erhielt!

SIR ROBERT CHILTERN *(lächelnd):* Und welche Preise haben Sie gewonnen, Mrs. Cheveley?

MRS. CHEVELEY: Meine Preise kamen später im Leben. Ich glaube, keiner davon war für gutes Betragen. Ich bin so vergeßlich!

SIR ROBERT CHILTERN: Ich bin sicher, sie waren für etwas sehr Charmantes!

MRS. CHEVELEY: Ich weiß nicht, ob Frauen immer dafür belohnt werden, charmant zu sein. Ich denke, zumeist werden sie dafür bestraft! Sicherlich werden heute mehr Frauen alt durch die Treue ihrer Bewunderer als durch irgend etwas anderes! Das ist zumindest die einzige Erklärung, die ich für das schrecklich verhärmte Aussehen der meisten Ihrer jungen Frauen in London finden kann!

SIR ROBERT CHILTERN: Was für eine erschreckende Philosophie das ist! Ein Versuch, Sie zu klassifizieren, Mrs. Cheveley, wäre impertinent. Doch darf ich Sie fragen: im Grunde Ihres Herzens, sind Sie eine Optimistin oder eine Pessimistin? Das scheinen die einzigen beiden modischen Religionen zu sein, die uns heutzutage geblieben sind.

MRS. CHEVELEY: Oh, ich bin keines von beiden. Optimismus beginnt mit einem breiten Grinsen, und Pessimismus endet mit einer blauen Brille. Außerdem ist beides nur eine Pose.

SIR ROBERT CHILTERN: Sie ziehen es vor, natürlich zu sein?

MRS. CHEVELEY: Mitunter. Doch es ist eine so schwierig beizubehaltende Pose.

SIR ROBERT CHILTERN: Was würden wohl jene modernen psychologischen Romanschriftsteller, von denen wir so viel hören, von einer solchen Philosophie halten?

MRS. CHEVELEY: Ah! Die Stärke der Frauen liegt in der Tatsache, daß Psychologie uns nicht erklären kann. Männer können analysiert werden, Frauen ... nur angebetet.

SIR ROBERT CHILTERN: Sie glauben, die Wissenschaft kann mit dem Problem Frauen nicht fertig werden?

MRS. CHEVELEY: Die Wissenschaft kann niemals mit dem Irrationalen fertig werden. Das ist der Grund, warum sie in dieser Welt keine Zukunft hat.

SIR ROBERT CHILTERN: Und Frauen repräsentieren das Irrationale.

MRS. CHEVELEY: Gut gekleidete Frauen, ja.

SIR ROBERT CHILTERN *(mit einer höflichen Verbeugung):* Ich fürchte, da kann ich Ihnen kaum zustimmen. Aber nehmen Sie doch Platz. Und nun sagen Sie mir, was hat Sie veranlaßt, Ihr strahlendes Wien gegen unser düsteres London einzutauschen – oder ist diese Frage zu indiskret?

MRS. CHEVELEY: Fragen sind niemals indiskret. Antworten manchmal schon.

SIR ROBERT CHILTERN: Nun, jedenfalls, darf ich erfahren, ob es aus Gründen der Politik oder des Vergnügens ist?

MRS. CHEVELEY: Politik ist mein einziges Vergnügen. Sehen Sie, heutzutage ist es nicht modisch zu flirten, bevor man vierzig ist, oder romantisch zu sein, bevor man die fünfundvierzig erreicht hat, daher steht uns armen Frauen, die unter dreißig sind oder behaupten, es zu sein, nichts anderes offen als Politik oder Philanthropie. Und die Philanthropie scheint mir nichts anderes geworden zu sein, als die letzte Zuflucht von Leuten, die ihren Mitmenschen auf die Nerven gehen wollen. Ich ziehe die Politik vor. Ich meine, sie ist … kleidsamer!

SIR ROBERT CHILTERN: Die Politik ist eine edle Laufbahn!

MRS. CHEVELEY: Manchmal. Und manchmal ist sie ein cleveres Spiel, Sir Robert. Und manchmal eine große Plage.

SIR ROBERT CHILTERN: Und was ist sie für Sie?

MRS. CHEVELEY: Ein Kombination von allen dreien. *(Läßt ihren Fächer fallen.)*

SIR ROBERT CHILTERN *(hebt ihn auf)*: Erlauben Sie!

MRS. CHEVELEY: Danke.

SIR ROBERT CHILTERN: Doch Sie haben mir noch nicht gesagt, aus welchem Grunde Sie London so plötzlich die Ehre geben. Unsere Saison ist fast vorüber.

MRS. CHEVELEY: Oh! Ich gebe gar nichts um die Londoner Saison! Sie ist viel zu ehelich. Die Leute sind entweder auf der Jagd nach einem Ehemann oder auf der Flucht vor einem. Ich wollte Ihnen begegnen. Das ist die Wahrheit. Sie wissen, wie neugierig wir Frauen sind. Fast so neugierig wie die Männer! Ich wollte Sie dringend kennenlernen und … darum bitten, etwas für mich zu tun.

SIR ROBERT CHILTERN: Ich hoffe, es handelt sich um eine Kleinigkeit, Mrs. Cheveley. Ich finde, Kleinigkeiten sind so äußerst schwierig zu erledigen.

MRS. CHEVELEY *(nach einem Augenblick des Überlegens)*: Nein, ich glaube nicht, daß es eine Kleinigkeit ist.

SIR ROBERT CHILTERN: Da bin ich froh. Sagen Sie mir doch, um was es sich handelt.

MRS. CHEVELEY: Später. *(Erhebt sich.)* Und darf ich mir nun Ihr wunderschönes Haus ansehen? Ich habe gehört, Ihre Gemälde sollen reizend sein. Der arme Baron Arnheim – Sie erinnern sich an den Baron? – hat mir oft erzählt, Sie besäßen einige wunderschöne Corots.

SIR ROBERT CHILTERN *(mit einem fast unmerklichen Erschrecken)*: Kannten Sie Baron Arnheim gut?

MRS. CHEVELEY *(lächelnd)*: Sehr gut. Und Sie?

SIR ROBERT CHILTERN: Nur kurze Zeit.

MRS. CHEVELEY: Ein wundervoller Mann, nicht wahr?

SIR ROBERT CHILTERN *(nach einer Pause)*: Er war bemerkenswert, in mancherlei Hinsicht.

MRS. CHEVELEY: Ich habe oft gedacht, wie schade es ist, daß er nie seine Memoiren geschrieben hat. Die wären bestimmt höchst interessant.

SIR ROBERT CHILTERN: Ja – er kannte Menschen und Städte gut, wie der alte Grieche.

MRS. CHEVELEY: Ohne den schrecklichen Nachteil einer Penelope, die zu Hause auf ihn wartet.

MASON: Lord Goring.

Auftritt Lord Goring. Vierunddreißig, sagt aber immer, er sei jünger. Ein gebildetes, ausdrucksloses Gesicht. Er ist schlau, hat aber etwas dagegen, für schlau gehalten zu werden. Ein makelloser Dandy, der sich ärgern würde, wenn man ihn als romantisch ansehen würde. Er tändelt mit dem Leben und steht mit der Welt auf gutem Fuß. Er mag es, mißverstanden zu werden. Das verschafft ihm einen Vorteil.

SIR ROBERT CHILTERN: Guten Abend, mein lieber Arthur! Mrs. Cheveley, erlauben Sie mir, Ihnen Lord Goring vorzustellen, den müßigsten Mann Londons.

MRS. CHEVELEY: Ich habe bereits Lord Gorings Bekanntschaft gemacht.

LORD GORING *(mit einer Verbeugung)*: Ich hatte nicht geglaubt, daß Sie sich noch erinnern würden, Mrs. Cheveley.

MRS. CHEVELEY: Mein Gedächtnis ist unter bewunderungswürdiger Kontrolle. Und Sie sind immer noch Junggeselle?

LORD GORING: Ich … denke schon.

MRS. CHEVELEY: Wie äußerst romantisch.

LORD GORING: Ich bin nicht im mindesten romantisch. Ich bin nicht alt genug. Die Romantik überlasse ich denen, die älter sind als ich.

SIR ROBERT CHILTERN: Lord Goring ist das Resultat von Boodle's Club, Mrs. Cheveley.

MRS. CHEVELEY: Er macht der Einrichtung alle Ehre.

LORD GORING: Darf ich fragen, bleiben Sie lange in London?

MRS. CHEVELEY: Das hängt teilweise vom Wetter ab, teilweise von der Küche und teilweise von Sir Robert.

SIR ROBERT CHILTERN: Sie werden uns doch nicht in einen europäischen Krieg stürzen, hoffe ich?

MRS. CHEVELEY: Da besteht keinerlei Gefahr – im Augenblick!

Sie nickt Lord Goring zu, mit einem amüsierten Ausdruck in ihren Augen, und geht mit Sir Robert Chiltern hinaus. Lord Goring schlendert zu Mabel Chiltern hinüber.

MABEL CHILTERN: Sie kommen aber spät!

LORD GORING: Haben Sie mich vermißt?

MABEL CHILTERN: Furchtbar!

LORD GORING: Dann tut es mir leid, daß ich nicht noch länger fortgeblieben bin. Es gefällt mir, vermißt zu werden.

MABEL CHILTERN: Wie schrecklich egoistisch von Ihnen!

LORD GORING: Ich bin sehr egoistisch.

MABEL CHILTERN: Sie erzählen mir immer von Ihren schlechten Eigenschaften, Lord Goring!

LORD GORING: Und ich habe Ihnen erst die Hälfte davon genannt, Miss Mabel!

MABEL CHILTERN: Sind die anderen sehr schlimm?

LORD GORING: Furchtbar! Wenn ich nachts daran denke, schlafe ich auf der Stelle ein.

MABEL CHILTERN: Nun, Ihre schlechten Eigenschaften entzücken mich. Ich will nicht, daß Sie auch nur eine aufgeben.

LORD GORING: Wie reizend von Ihnen! Aber Sie waren ja immer reizend. Nebenbei, ich würde Sie gern etwas fragen, Miss Mabel. Wer hat Mrs. Cheveley hier eingeführt? Die Dame in Blauviolett, die gerade mit Ihrem Bruder das Zimmer verlassen hat?

MABEL CHILTERN: Oh, ich glaube, das war Lady Markby. Warum fragen Sie?

LORD GORING: Ich habe sie seit Jahren nicht gesehen, das ist alles.

MABEL CHILTERN: Was für ein absurder Grund!

LORD GORING: Alle Gründe sind absurd.

MABEL CHILTERN: Was für eine Frau ist sie?

LORD GORING: Oh! Ein Genie am Tage und eine Schönheit am Abend!

MABEL CHILTERN: Ich kann sie bereits nicht leiden.

LORD GORING: Das beweist Ihren bewundernswerten guten Geschmack.

VICOMTE DE NANJAC *(im Näherkommen):* Ah, die junge englische Dame ist der Gipfel des guten Geschmacks, nicht wahr? Der Gipfel des guten Geschmacks.

LORD GORING: Das erzählen uns jedenfalls die Zeitungen jeden Tag.

VICOMTE DE NANJAC: Ich lese alle Ihre englischen Zeitungen. Ich finde sie so amüsant.

LORD GORING: In diesem Fall, mein lieber Nanjac, müssen Sie zwischen den Zeilen lesen können.

VICOMTE DE NANJAC: Das würde ich gern, aber mein Professor ist dagegen. *(Zu Mabel Chiltern):* Darf ich um das Vergnügen bitten, Sie in das Musikzimmer zu begleiten, Mademoiselle?

MABEL CHILTERN *(sieht sehr enttäuscht aus):* Mit Vergnügen, Vicomte, mit Vergnügen! *(Wendet sich an Lord Goring):* Kommen Sie auch ins Musikzimmer?

LORD GORING: Nicht, wenn da Musik veranstaltet wird, Miss Mabel.

MABEL CHILTERN *(streng):* Die Musik ist auf Deutsch. Sie würden sie nicht verstehen.

Geht mit dem Vicomte de Nanjac hinaus. Lord Caversham kommt auf seinen Sohn zu.

LORD CAVERSHAM: Nun, Sir! Was machen Sie hier? Vergeuden Sie Ihr Leben wie üblich? Sie sollten im Bett sein, Sir! Sie bleiben zu lange auf! Ich hörte, daß Sie vergangene Nacht bei Lady Rufford bis vier Uhr in der Frühe getanzt haben!

LORD GORING: Nur bis Viertel vor vier, Vater.

LORD CAVERSHAM: Ich verstehe einfach nicht, wie du die Londoner Gesellschaft aushalten kannst. Die Sache ist vor die Hunde gegangen, eine Menge von verdammten Niemands, die über nichts reden.

LORD GORING: Ich liebe es, über nichts zu reden, Vater. Das ist das einzige, von dem ich etwas verstehe.

LORD CAVERSHAM: Mir scheint, du lebst ausschließlich für Vergnügen.

LORD GORING: Kann man denn für etwas anderes leben, Vater? Nichts altert wie das Glück.

LORD CAVERSHAM: Sie sind herzlos, Sir, völlig herzlos.

LORD GORING: Ich hoffe nicht, Vater. Guten Abend, Lady Basildon!

LADY BASILDON *(runzelt zwei hübsche Augenbrauen):* Sie sind hier? Ich hatte ja keine Ahnung, daß Sie überhaupt auf politische Parties gehen.

LORD GORING: Ich liebe politische Parties. Sie sind der einzige Ort, der uns geblieben ist, an dem die Leute nicht über Politik reden.

LADY BASILDON: Mir macht es Spaß, über Politik zu reden. Ich rede den ganzen Tag darüber. Doch ich kann es nicht ertragen, Politik zuzuhören. Ich weiß gar nicht, wie diese unglücklichen Männer im Parlament diese langen Debatten aushalten.

LORD GORING: Indem sie nicht zuhören.

LADY BASILDON: Wirklich?

LORD GORING *(mit scheinbar größtem Ernst):* Natürlich. Sehen Sie, das Zuhören ist eine sehr gefährliche Sache. Wenn man zuhört, könnte man überzeugt werden; und ein Mann, der sich von einem Argument überzeugen läßt, ist eine vollkommen unvernünftige Person.

LADY BASILDON: Ah! Das erklärt so vieles bei den Männern, was ich nie verstanden habe, und so vieles bei Frauen, das ihre Männer nie in ihnen zu schätzen wissen!

MRS. MARCHMONT *(seufzend):* Unsere Gatten wissen nie etwas in uns zu schätzen. Das müssen wir uns bei anderen holen!

LADY BASILDON *(mit Nachdruck):* Ja, immer bei anderen, nicht wahr?

LORD GORING *(lächelnd):* Und das sind die Ansichten der beiden Damen, die bekanntermaßen die bewunderungswürdigsten Gatten in London haben.

MRS. MARCHMONT: Das ist genau das, was wir nicht ausstehen können. Mein Reginald ist hoffnungslos fehlerlos. Manchmal ist er fast unerträglich fehlerlos! Ihn zu kennen, bietet nicht den kleinsten Funken Aufregung.

LORD GORING: Wie schrecklich! Wirklich, das sollte weiter bekannt sein!

LADY BASILDON: Basildon ist genau so schlimm. Er ist so häuslich wie ein Junggeselle.

MRS. MARCHMONT *(drückt Lady Basildons Hand):* Mein arme Olivia! Wir haben perfekte Ehemänner geheiratet und werden hart dafür bestraft.

LORD GORING: Und ich dachte, es seien die Gatten, die bestraft würden.

MRS. MARCHMONT *(richtet sich entrüstet auf):* Oh, du lieber Himmel, nein! Sie sind so glücklich, wie nur irgend möglich. Und was ihr Vertrauen zu uns angeht, es ist schon tragisch, wie sehr sie uns vertrauen.

LADY BASILDON: Absolut tragisch!

LORD GORING: Oder komisch, Lady Basildon?

LADY BASILDON: Mit Sicherheit nicht komisch, Lord Goring. Wie unfreundlich von Ihnen, so etwas zu sagen!

MRS. MARCHMONT: Ich fürchte, Lord Goring steht auf der Seite des Feindes wie üblich. Ich sah, wie er mit dieser Mrs. Cheveley sprach, als er hereinkam.

LORD GORING: Attraktive Frau, Mrs. Cheveley!

LADY BASILDON *(steif):* Bitte, preisen Sie keine anderen Frauen in unserer Gegenwart. Sie könnten darauf warten, bis wir das tun!

LORD GORING: Ich habe gewartet.

MRS. MARCHMONT: Nun, wir werden nicht ihr Lob singen. Ich habe gehört, daß sie am Montag abend in die Oper ging und Tommy Rufford beim Dinner erzählte, daß – soweit sie es sähe – die Londoner Gesellschaft nur aus grauen Mäusen und Dandys bestehe.

LORD GORING: Und damit hat sie auch Recht. Die Männer sind alle graue Mäuse und die Frauen alle Dandys, nicht wahr?

MRS. MARCHMONT *(nach einer Pause):* Oh! Glauben Sie wirklich, daß Mrs. Cheveley das gemeint hat?

LORD GORING: Aber natürlich. Und was für eine kluge Bemerkung das von Mrs. Cheveley ist.

MABEL CHILTERN *tritt ein. Sie schließt sich der Gruppe an.*

MABEL CHILTERN: Warum reden Sie über Mrs. Cheveley? Jeder redet über Mrs. Cheveley! Lord Goring sagt – was sagten Sie doch, Lord Goring, über Mrs. Cheveley? Oh! Ich erinnere mich, daß sie ein Genie am Tage und eine Schönheit am Abend sei.

LADY BASILDON: Was für eine fürchterliche Kombination! Wie unnatürlich!

MRS. MARCHMONT *(mit sehr verträumter Miene):* Ich liebe es, Genies anzuschauen und schönen Menschen zuzuhören!

LORD GORING: Ah! Wie schauerlich von Ihnen, Mrs. Marchmont!

MRS. MARCHMONT *(ihre Miene hellt sich mit aufrichtigem Vergnügen auf):* Das freut mich, daß Sie das sagen. Marchmont und ich sind sieben Jahre verheiratet, und er hat noch nie gesagt, daß ich schauerlich bin. Männer sind so schmerzlich unaufmerksam.

LADY BASILDON *(wendet sich zu ihr):* Ich habe schon immer gesagt, liebe Margaret, daß Sie die schauerlichste Person in London sind.

MRS. MARCHMONT: Ah! Aber Sie sind ja immer so freundlich, Olivia!

MABEL CHILTERN: Ist es schauerlich, ein Verlangen nach Essen zu haben? Ich habe großes Verlangen nach Essen. Lord Goring, werden Sie mir etwas zu essen besorgen?

LORD GORING: Mit Vergnügen, Miss Mabel. *(Entfernt sich mit ihr.)*

MABEL CHILTERN: Wie scheußlich Sie waren! Sie haben den ganzen Abend noch nicht mit mir gesprochen!

LORD GORING: Wie konnte ich? Sie verschwanden mit dem Diplomatenschüler.

MABEL CHILTERN: Sie hätten uns folgen können! Das wäre nur höflich gewesen. Ich glaube, ich mag Sie heute abend überhaupt nicht leiden!

LORD GORING: Ich mag Sie schrecklich gern.

MABEL CHILTERN: Nun, ich wünschte, Sie würden es deutlicher zeigen!

Sie gehen nach unten.

MRS. MARCHMONT: Olivia, ich habe das merkwürdige Gefühl absoluter Schwäche. Ich glaube, ich brauche etwas zu essen. Ich weiß, ich brauche etwas zu essen.

LADY BASILDON: Ich könnte für etwas zu essen sterben, Margaret!

MRS. MARCHMONT: Männer sind so furchtbar egoistisch, sie denken niemals an diese Dinge.

LADY BASILDON: Männer sind ungeheuer materiell, ungeheuer materiell!

Der Vicomte de Nanjac kommt mit einigen anderen Gästen aus dem Musikzimmer. Nachdem er sich sorgfältig unter den Anwesenden umgeschaut hat, kommt er auf Lady Basildon zu.

VICOMTE DE NANJAC: Geben Sie mir die Ehre, Sie zum Dinner begleiten zu dürfen, Gräfin?

LADY BASILDON *(kühl):* Ich esse niemals Dinner, Vicomte. *(Der Vicomte will sich zurückziehen. Als Lady Basildon dies sieht, steht sie sofort auf und ergreift seinen Arm.)* Doch ich werde mit Vergnügen mit Ihnen hinuntergehen.

VICOMTE DE NANJAC: Ich liebe es zu essen! Ich bin sehr englisch in Geschmacksfragen.

LADY BASILDON: Sie sehen recht englisch aus, Vicomte, recht englisch.

Sie gehen hinaus. Mr. Montford, ein hervorragend gekleideter junger Dandy, nähert sich Mrs. Marchmont.

MR. MONTFORD: Ein wenig essen, Mrs. Marchmont?

MRS. MARCHMONT *(herablassend):* Danke, Mr. Montford, aber ich esse niemals zu Abend. *(Erhebt sich hastig und ergreift seinen Arm.)* Aber ich werde mich zu Ihnen setzen und Ihnen zusehen.

MR. MONTFORD: Ich weiß nicht, ob es mir gefiele, wenn mir jemand beim Essen zusieht!

MRS. MARCHMONT: Dann schaue ich jemand anderem zu.

MR. MONTFORD: Ich weiß auch nicht, ob mir das gefiele.

MRS. MARCHMONT *(streng):* Ich bitte Sie, Mr. Montford, keine Eifersuchtsszenen in der Öffentlichkeit!

Sie gehen mit den anderen Gästen hinunter und an Sir Robert Chiltern und Mrs. Cheveley vorbei, die nun eintreten.

SIR ROBERT CHILTERN: Und werden Sie eines unserer Landhäuser besuchen, bevor Sie England verlassen, Mrs. Cheveley?

MRS. CHEVELEY: Oh, nein! Ich kann Ihre englischen Hausfeste nicht ausstehen. In England bemühen sich Leute tatsächlich, beim Frühstück brillant zu sein. Das ist so furchtbar! Nur langweilige Menschen sind beim Frühstück brillant. Und dann liest das Familienskelett immer Familiengebete. Mein Aufenthalt in England hängt völlig von Ihnen ab, Sir Robert. *(Setzt sich aufs Sofa.)*

SIR ROBERT CHILTERN *(setzt sich neben sie):* Ernsthaft?

MRS. CHEVELEY: Völlig ernsthaft. Ich würde gern mit Ihnen über ein großes politisches und finanzielles Projekt reden, genauer über die Argentinienkanal-Gesellschaft.

SIR ROBERT CHILTERN: Was für ein trockenes, praktisches Gesprächsthema für Sie, Mrs. Cheveley!

MRS. CHEVELEY: Oh, ich liebe trockene, praktische Themen. Was ich nicht mag, sind trockene, praktische Menschen. Das ist ein großer Unterschied. Außerdem weiß ich, daß Sie sich für internationale Kanalpläne interessieren. Sie waren doch Lord Radleys Sekretär, als die Regierung Anteile am Suezkanal gekauft hat?

SIR ROBERT CHILTERN: Ja. Doch der Suezkanal war ein großartiges und glänzendes Unternehmen. Er gab uns eine direkte Route nach Indien. Er hatte Bedeutung für das Empire. Es war notwendig, daß wir eine Kontrolle über ihn hatten. Dieser Argentinienplan ist ein gewöhnlicher Börsenschwindel.

MRS. CHEVELEY: Eine Spekulation, Sir Robert! Eine brillante, kühne Spekulation.

SIR ROBERT CHILTERN: Glauben Sie mir, Mrs. Cheveley, es ist ein Schwindel. Wir wollen doch die Dinge beim Namen nennen. Das vereinfacht die Angelegenheiten so. Wir haben alle Informationen darüber im Außenministerium. Tatsächlich habe ich privat eine Sonderkommission ausgesandt, um die Sache zu untersuchen, und sie hat berichtet, daß die Arbeit kaum begonnen hat, und was das Geld angeht, das bereits investiert wurde, niemand scheint zu wissen, was daraus geworden ist. Die ganze Angelegenheit ist ein zweites Panama, und mit weniger als einem Viertel der Chancen auf Erfolg, die jenes elende Unternehmen ja hatte. Ich hoffe, Sie haben nicht darin investiert. Ich bin sicher, daß Sie viel zu schlau sind, als daß Sie das täten.

MRS. CHEVELEY: Ich habe viel darin investiert.

SIR ROBERT CHILTERN: Wer könnte Ihnen denn nur dazu geraten haben, etwas so Törichtes zu tun?

MRS. CHEVELEY: Ihr alter Freund – und meiner.

SIR ROBERT CHILTERN: Wer?

MRS. CHEVELEY: Baron Arnheim.

SIR ROBERT CHILTERN *(mit einem Stirnrunzeln):* Ah! Ja. Ich erinnere mich, zur Zeit seines Todes gehört zu haben, daß er mit der Affäre zu tun hatte.

MRS. CHEVELEY: Es war seine letzte Romanze. Seine vorletzte, um ihm gerecht zu werden.

SIR ROBERT CHILTERN *(im Aufstehen):* Aber Sie haben meine Corots noch nicht gesehen. Sie hängen im Musikzimmer. Corots scheinen zu Musik zu passen, nicht wahr? Darf ich sie Ihnen zeigen?

MRS. CHEVELEY *(kopfschüttelnd):* Ich bin heute abend nicht in der Stimmung für silbernes Zwielicht oder rosarote Morgendämmerungen. Ich will über Geschäftliches reden. *(Winkt ihm mit ihrem Fächer, sich wieder neben sie zu setzen.)*

SIR ROBERT CHILTERN: Ich fürchte, ich kann Ihnen keinen Rat geben, Mrs. Cheveley, außer Interesse für weniger risikoreiche Unternehmungen zu entwickeln. Der Erfolg des Kanals hängt natürlich von der Haltung Englands ab, und ich werde dem Parlament morgen abend den Bericht der Kommission vorlegen.

MRS. CHEVELEY: Das dürfen Sie nicht. In Ihrem eigenen Interesse, Sir Robert, von meinem ganz zu schweigen, das dürfen Sie nicht.

SIR ROBERT CHILTERN *(schaut sie verwundert an):* In meinem eigenen Interesse? Meine liebe Mrs. Cheveley, was wollen Sie damit sagen? *(Setzt sich neben sie.)*

MRS. CHEVELEY: Sir Robert, ich will ganz offen sein. Ich möchte, daß Sie den Bericht zurückziehen, den Sie dem Haus vorlegen wollten, auf der Grundlage, daß Sie Grund zu der Annahme haben, daß die Mitglieder der Kommission voreingenommen oder falsch informiert waren, oder etwas anderes. Dann möchte ich, daß Sie ein paar Worte sagen dahingehend, daß die Regierung die Angelegenheit bedenkt und daß Sie Grund zur Vermutung haben, daß der Kanal im Falle seiner Fertigstellung eine große internationale Rolle spielen würde. Sie wissen schon, die Art von Dingen, die Minister in solchen Fällen zu sagen pflegen. Einige gewöhnliche Banalitäten werden reichen. Im modernen Leben hat nichts eine solche Wirkung wie eine Banalität. Sie verbindet die ganze Welt. Wollen Sie das für mich tun?

SIR ROBERT CHILTERN: Mrs. Cheveley, Sie können mir nicht im Ernst einen solchen Vorschlag machen!

MRS. CHEVELEY: Es ist mir sehr ernst damit.

SIR ROBERT CHILTERN *(kühl):* Erlauben Sie mir zu glauben, daß dies nicht der Fall ist.

MRS. CHEVELEY *(spricht mit großem Bedacht und Nachdruck):* Ah! Doch es ist so. Und wenn Sie tun, worum ich Sie bitte … werde ich Sie fürstlich bezahlen!

SIR ROBERT CHILTERN: Mich bezahlen?

MRS. CHEVELEY: Ja.

SIR ROBERT CHILTERN: Ich fürchte, ich verstehe nicht, was Sie meinen.

MRS. CHEVELEY *(lehnt sich auf dem Sofa zurück und schaut ihn an):* Wie enttäuschend! Und ich bin den ganzen Weg von Wien gekommen, damit Sie mich genau verstehen.

SIR ROBERT CHILTERN: Ich fürchte nicht.

MRS. CHEVELEY *(mit größter Nonchalance):* Mein lieber Sir Robert, Sie sind ein Mann von Welt, und ich vermute, Sie haben Ihren Preis. Den hat heute jeder. Der Nachteil ist, daß die meisten furchtbar teuer sind. Ich weiß, daß ich das bin. Ich hoffe doch, daß Ihre Konditionen vernünftiger sind.

SIR ROBERT CHILTERN *(steht entrüstet auf):* Erlauben Sie mir, Ihre Kutsche vorfahren zu lassen. Sie haben so lange im Ausland gelebt, Mrs. Cheveley, daß es Ihnen offenbar unmöglich ist zu erkennen, daß Sie mit einem englischen Gentleman sprechen.

MRS. CHEVELEY *(hält ihn zurück, indem sie seinen Arm mit ihrem Fächer berührt und dort läßt, während sie zu ihm redet):* Ich erkenne, daß ich mit einem Mann spreche, der die Basis zu seinem Reichtum legte, indem er ein Kabinettsgeheimnis an einen Börsenspekulanten verkaufte.

SIR ROBERT CHILTERN *(beißt sich auf die Lippen):* Was meinen Sie damit?

MRS. CHEVELEY *(erhebt sich und steht ihm gegenüber):* Ich meine, daß ich den wirklichen Ursprung Ihres Vermögens und Ihrer Karriere kenne, und ich habe auch Ihren Brief.

SIR ROBERT CHILTERN: Welchen Brief?

MRS. CHEVELEY *(verächtlich):* Den Brief, den Sie an Baron Arnheim schrieben, als Sie Lord Radleys Sekretär waren, und in dem Sie dem Baron raten, Anteile am Suezkanal zu kaufen – einen Brief, der drei Tage vor der Regierungserklärung über den eigenen Kauf geschrieben wurde.

SIR ROBERT CHILTERN *(heiser):* Das ist nicht wahr.

MRS. CHEVELEY: Sie glaubten, der Brief sei vernichtet worden. Wie töricht von Ihnen! Er ist in meinem Besitz.

SIR ROBERT CHILTERN: Die Angelegenheit, auf die Sie anspielen, war nichts als eine Spekulation. Das Unterhaus hatte den Vorschlag noch nicht verabschiedet, er hätte immer noch abgelehnt werden können.

MRS. CHEVELEY: Es war ein Schwindel, Sir Robert. Wir wollen doch die Dinge beim Namen nennen. Das vereinfacht die Angelegenheiten so. Und nun werde ich Ihnen den Brief verkaufen, und der Preis, den ich verlange, ist Ihre öffentliche Unterstützung des Argentinienplans. Sie haben Ihr eigenes Vermögen aus einem Kanal gemacht. Nun müssen Sie mir und meinen Freunden dabei helfen, unser Vermögen aus einem anderen zu machen!

SIR ROBERT CHILTERN: Was Sie vorschlagen, ist schändlich – schändlich!

MRS. CHEVELEY: Oh, nein! Das ist das Spiel des Lebens, das wir alle spielen müssen, Sir Robert – früher oder später!

SIR ROBERT CHILTERN: Ich kann nicht tun, was Sie verlangen.

MRS. CHEVELEY: Sie meinen, Sie können nichts anderes tun. Sie wissen, Sie befinden sich am Rande des Abgrunds. Und es ist nicht an Ihnen, Bedingungen zu stellen. Es ist an Ihnen, sie anzunehmen. Sollten Sie sich weigern …

SIR ROBERT CHILTERN: Was dann?

MRS. CHEVELEY: Mein lieber Sir Robert, was dann? Sie sind ruiniert, das ist alles! Denken Sie daran, wohin Ihr Puritanismus in England Sie gebracht hat. In der Vergangenheit gab niemand vor, ein wenig besser als seine Nachbarn zu sein. Tatsächlich wurde es als übermäßig vulgär und Mittelklasse angesehen, etwas besser als seine Nachbarn zu sein. Heute – bei unserer modernen Manie für Moralität – muß jeder sich als Ausbund an Reinheit, Unbestechlichkeit und all den sieben anderen Todtugenden darstellen – und was kommt dabei heraus? Sie fallen alle um wie die Fliegen – einer nach dem anderen. Es vergeht nicht ein

Jahr in England, ohne daß jemand verschwindet. Skandale verliehen einem Mann einst Charme oder wenigstens Interesse – heute vernichten sie ihn. Und bei Ihnen handelt es sich um einen höchst üblen Skandal. Sie würden ihn nicht überleben. Wenn es bekannt würde, daß Sie als junger Mann, als Sekretär eines großen und wichtigen Ministers, ein Kabinettsgeheimnis für eine große Summe Geld verkauft haben und daß dies die Grundlage Ihres Vermögens und Ihrer Karriere ist, würden Sie aus dem öffentlichen Leben gehetzt werden, Sie würden vollständig untergehen. Und schließlich, Sir Robert, warum wollen Sie lieber Ihre gesamte Zukunft opfern, statt diplomatisch mit dem Feind verhandeln? Im Augenblick bin ich Ihr Feind. Ich gebe es zu! Und ich bin viel stärker als Sie. Die großen Geschütze sind auf meiner Seite. Sie haben eine hervorragende Stellung, doch gerade Ihre hervorragende Stellung macht Sie so verwundbar. Sie können sich nicht verteidigen! Und ich bin beim Angriff. Natürlich habe ich nichts über Moralität gesagt. Sie müssen in aller Fairness zugeben, daß ich Ihnen das erspart habe. Vor Jahren taten Sie etwas Cleveres, Skrupelloses; es stellte sich als großer Erfolg heraus. Ihm verdanken Sie Ihren Reichtum und Ihre Stellung. Und nun müssen Sie dafür zahlen. Früher oder später müssen wir alle für unsere Handlungen zahlen. Sie müssen jetzt zahlen. Bevor ich Ihr Haus heute verlasse, müssen Sie mir versprechen, Ihren Bericht fallenzulassen und sich im Unterhaus für diesen Plan einzusetzen.

SIR ROBERT CHILTERN: Was Sie verlangen, ist unmöglich.

MRS. CHEVELEY: Sie müssen es möglich machen. Sie werden es möglich machen. Sir Robert, Sie wissen, wie Ihre englischen Zeitungen sind. Nehmen wir an, wenn ich dieses Haus verlasse, fahre ich zu einigen Zeitungsredaktionen und gebe ihnen diesen Skandal und die nötigen Beweise. Stellen Sie sich nur ihre verabscheuungswürdige Freude vor, ihr Entzücken dabei, Sie in den Schmutz zu ziehen und mit Dreck zu bewerfen. Stellen Sie sich die Scheinheiligkeit vor, mit der die Redakteure mit ihrem öligen Grinsen ihre Schlagzeilen schreiben, und die abscheulichen öffentlichen Plakate.

SIR ROBERT CHILTERN: Halten Sie ein! Sie wollen, daß ich den Bericht fallenlasse und eine kurze Rede halte, in der ich darlege, daß ich glaube, der Plan habe Möglichkeiten?

MRS. CHEVELEY *(Setzt sich aufs Sofa.)*: Das sind meine Bedingungen.

SIR ROBERT CHILTERN *(mit leiser Stimme)*: Ich gebe Ihnen jede Summe Geld, die Sie verlangen.

MRS. CHEVELEY: Selbst Sie sind nicht reich genug, Sir Robert, Ihre Vergangenheit zurückzukaufen. Das ist kein Mensch.

SIR ROBERT CHILTERN: Ich werde nicht tun, was Sie verlangen. Ich werde es nicht tun.

MRS. CHEVELEY: Sie müssen. Falls nicht … *(Erhebt sich vom Sofa.)*

SIR ROBERT CHILTERN *(bestürzt und entmutigt)*: Warten Sie einen Moment! Was ist Ihr Vorschlag? Sie sagten, Sie würden mir meinen Brief zurückgeben, nicht wahr?

MRS. CHEVELEY: Ja. Das ist die Vereinbarung. Ich werde morgen abend um halb zwölf auf der Damengalerie sein. Wenn Sie bis dahin – und dazu werden Sie jede Menge Gelegenheit gehabt haben – vor dem Haus eine Erklärung gemäß meinen Wünschen abgegeben haben, gebe ich Ihnen Ihren Brief mit vielem Dank zurück und dem besten – oder auf alle Fälle mit dem angemessensten – Kompliment, das ich mir ausdenken kann. Ich habe vor, fair mit Ihnen zu spielen. Man sollte immer fair spielen … wenn man die besseren Karten hat. Das habe ich vom Baron gelernt … neben anderen Dingen.

SIR ROBERT CHILTERN: Sie müssen mir Zeit geben, über Ihren Vorschlag nachzudenken.

MRS. CHEVELEY: Nein. Sie müssen sich sofort entscheiden!

SIR ROBERT CHILTERN: Geben Sie mir eine Woche – drei Tage!

MRS. CHEVELEY: Unmöglich! Ich muß heute abend noch ein Telegramm nach Wien schicken.

SIR ROBERT CHILTERN: Mein Gott! Was hat Sie nur in mein Leben geführt?

MRS. CHEVELEY: Umstände. *(Geht zur Tür.)*

SIR ROBERT CHILTERN: Gehen Sie nicht. Ich stimme zu. Der Bericht soll fallengelassen werden. Ich werde es arrangieren, daß mir zu diesem Thema eine Frage gestellt wird.

MRS. CHEVELEY: Danke. Ich wußte, wir würden zu einer gütlichen Einigung kommen. Ich habe Sie vom ersten Augenblick an erkannt. Ich habe Sie analysiert, obwohl Sie mich nicht anbeteten. Und nun können Sie meine Kutsche vorfahren lassen, Sir Robert. Ich sehe, daß Leute vom Essen zurückkommen, und Engländer werden nach einer Mahlzeit immer romantisch, und das langweilt mich furchtbar. *(Exit Sir Robert Chiltern.)*

Gäste treten ein: Lady Chiltern, Lady Markby, Lord Caversham, Lady Basildon, Mrs. Marchmont, Vicomte de Nanjac, Mr. Montford.

LADY MARKBY: Nun, liebe Mrs. Cheveley, ich hoffe, Sie haben sich gut unterhalten. Sir Robert ist sehr interessant, nicht wahr?

MRS. CHEVELEY: Höchst interessant! Ich habe mein Gespräch mit ihm sehr genossen.

LADY MARKBY: Er hat eine brillante und interessante Karriere. Und er hat eine höchst bewundernswerte Frau geheiratet. Lady Chiltern ist eine Frau der höchsten Prinzipien, kann ich glücklicherweise sagen. Ich bin schon ein wenig zu alt, um mich darum zu bemühen, ein gutes Beispiel zu geben, aber ich bewundere alle, die dies tun. Und Lady Chiltern hat einen sehr veredelnden Einfluß auf das Leben, auch wenn ihre Dinnerparties mitunter eher langweilig sind. Aber man kann halt nicht alles haben, oder? Und nun muß ich mich verabschieden, meine Liebe. Soll ich Sie morgen abholen?

MRS. CHEVELEY: Danke.

LADY MARKBY: Wir könnten um fünf im Park spazierenfahren. Jetzt sieht alles so frisch aus im Park!

MRS. CHEVELEY: Bis auf die Leute!

LADY MARKBY: Vielleicht sind die Leute etwas abgenutzt. Ich habe oft bemerkt, daß die Saison in ihrem Verlauf eine Art Gehirnerweichung verursacht. Doch ich denke, das ist immer noch besser als intellektueller Hochdruck. Das ist das am wenigsten attraktive Ding, das es gibt. Es macht die Nasen der jungen Mädchen so besonders lang. Und es gibt nichts, das man schwieriger unter die Haube bringen kann als eine lange Nase. Die Männer mögen sie nicht. Gute Nacht, meine Liebe! *(Zu Lady Chiltern):* Gute Nacht, Gertrude! *(Geht an Lord Cavershams Arm hinaus.)*

MRS. CHEVELEY: Sie haben ein so entzückendes Haus, Lady Chiltern! Ich habe einen reizenden Abend verbracht. Es war überaus interessant, Ihren Gatten kennenzulernen.

LADY CHILTERN: Warum wollten Sie meinen Gatten kennenlernen, Mrs. Cheveley?

MRS. CHEVELEY: Oh, das kann ich Ihnen sagen. Ich wollte ihn für diesen Argentinienkanal-Plan gewinnen, von dem Sie bestimmt gehört haben. Und ich fand ihn sehr empfänglich – empfänglich für Argumente, meine ich. Eine Seltenheit bei einem Mann. Ich habe ihn in zehn Minuten bekehrt. Er wird morgen abend im Unterhaus eine Rede zugunsten dieses Plans halten. Wir müssen auf die Damengalerie gehen und zuhören! Das wird ein großartiges Ereignis!

LADY CHILTERN: Da muß ein Fehler vorliegen. Dieser Plan könnte niemals die Unterstützung meines Gatten finden.

MRS. CHEVELEY: Oh, ich versichere Ihnen, es ist alles abgemacht. Nun bereue ich meine langweilige Reise von Wien nicht mehr. Sie war ein großer Erfolg. Doch natürlich muß die Sache für die nächsten vierundzwanzig Stunden ein absolutes Geheimnis bleiben.

LADY CHILTERN *(sanft):* Ein Geheimnis? Zwischen wem?

MRS. CHEVELEY *(mit einem amüsierten Funkeln in den Augen):* Zwischen Ihrem Gatten und mir.

SIR ROBERT CHILTERN *(ins Zimmer tretend):* Ihre Kutsche ist vorgefahren, Mrs. Cheveley!

MRS. CHEVELEY: Danke! Guten Abend, Lady Chiltern! Gute Nacht, Lord Goring! Ich bin im Claridge's abgestiegen. Glauben Sie, Sie werden Ihre Karte abgeben?

LORD GORING: Wenn Sie es wünschen, Mrs. Cheveley!

MRS. CHEVELEY: Oh, seien Sie doch nicht so ernst, sonst bin ich gezwungen, meine Karte bei Ihnen abzugeben. Ich nehme an, in England würde das kaum als *en règle*[1] angesehen. Im Ausland sind wir da zivilisierter. Begleiten Sie mich hinunter, Sir Robert? Nun, da uns beiden die gleiche Angelegenheit am Herzen liegt, werden wir hoffentlich die besten Freunde!

Rauscht an Sir Roberts Arm aus dem Raum. Lady Chiltern geht zum Treppenabsatz und schaut auf sie hinunter, während sie hinabsteigen. Ihr Gesichtsausdruck ist besorgt. Nach kurzer Zeit gesellen sich andere Gäste zu ihr, und sie geht mit ihnen in einen anderen Salon.

MABEL CHILTERN: Was für eine schreckliche Frau!

LORD GORING: Sie sollten zu Bett gehen, Miss Mabel!

MABEL CHILTERN: Lord Goring!

LORD GORING: Mein Vater hat mich vor einer Stunde ins Bett geschickt. Ich sehe nicht, warum ich Ihnen nicht denselben Rat geben sollte. Guten Rat gebe ich immer weiter. Das ist das einzige, was man damit machen kann. Einem selbst nützt er nie.

MABEL CHILTERN: Lord Goring, Sie schicken mich immer aus dem Raum. Ich finde das sehr mutig von Ihnen. Vor allem, weil ich noch stundenlang nicht zu Bett gehen werde. *(Geht zum Sofa hinüber.)* Sie können kommen und sich setzen, wenn Sie möchten, und über irgendein Thema reden, mit Ausnahme der Königlichen Akademie, Mrs. Cheveley oder Romanen im schottischen Dialekt. Das sind keine erbaulichen Themen. *(Ihr fällt etwas ins Auge, das auf dem Sofa liegt, halb verborgen von einem Kissen.)* Was ist das? Jemand hat eine Diamantbrosche verloren! Sehr schön, nicht wahr? *(Zeigt sie ihm.)* Ich wollte, es wäre meine, doch Gertrude erlaubt mir nicht, etwas anderes als Perlen zu tragen, und ich bin Perlen so leid. Sie lassen einen so unscheinbar aussehen, so brav und so intellektuell. Ich frage mich, wem die Brosche gehört.

LORD GORING: Ich frage mich, wer sie verloren hat.

MABEL CHILTERN: Es ist eine wunderschöne Brosche.

LORD GORING: Es ist ein hübsches Armband.

MABEL CHILTERN: Das ist kein Armband. Es ist eine Brosche.

LORD GORING: Sie kann als Armband benutzt werden. *(Nimmt sie ihr ab, zieht eine grüne Brieftasche hervor, legt das Schmuckstück sorgfältig hinein und steckt die Brieftasche mit äußerster Kaltblütigkeit wieder ein.)*

MABEL CHILTERN: Was machen Sie da?

LORD GORING: Miss Mabel, ich werde Sie nun um etwas sehr Merkwürdiges bitten.

MABEL CHILTERN *(eifrig)*: Oh, ja bitte! Ich warte schon den ganzen Abend darauf.

LORD GORING *(leicht überrascht, erholt sich jedoch)*: Erwähnen Sie niemand gegenüber, daß ich diese Brosche an mich genommen habe. Sollte sich jemand melden und sie zurückverlangen, lassen Sie es mich sofort wissen.

MABEL CHILTERN: Das ist eine seltsame Bitte.

LORD GORING: Sie müssen wissen, ich habe einst diese Brosche jemandem geschenkt, vor Jahren.

MABEL CHILTERN: Wirklich?

LORD GORING: Ja.

Lady Chiltern kommt allein ins Zimmer. Die anderen Gäste sind gegangen.

MABEL CHILTERN: In dem Fall werde ich Ihnen eine gute Nacht wünschen. Gute Nacht, Gertrude! *(Exit.)*

LADY CHILTERN: Gute Nacht, meine Liebe! *(Zu Lord Goring)*: Sie sahen, wen Lady Markby heute abend mitbrachte?

LORD GORING: Ja. Eine unangenehme Überraschung. Was hat sie hierher geführt?

LADY CHILTERN: Anscheinend um zu versuchen, Robert dazu zu bringen, irgendeinen Schwindel zu unterstützen, in den sie verwickelt ist. Den Argentinienkanal, um genau zu sein.

LORD GORING: Da hat sie sich den Falschen ausgesucht, oder?

LADY CHILTERN: Sie ist nicht imstande, einen aufrechten Charakter wie den meines Mannes zu verstehen!

LORD GORING: Ja. Ich stelle mir vor, sie würde scheitern, wenn sie versuchte, Robert in ihr Netz zu verstricken. Es ist schon außergewöhnlich, welch erstaunliche Fehler clevere Frauen machen.

LADY CHILTERN: Frauen dieser Art kann ich nicht clever nennen. Ich nenne sie dumm!

LORD GORING: Das ist oftmals dasselbe. Gute Nacht, Lady Chiltern!

LADY CHILTERN: Gute Nacht.

SIR ROBERT CHILTERN *tritt ein.*

SIR ROBERT CHILTERN: Mein lieber Arthur, Sie wollen doch nicht schon gehen? Bleiben Sie noch ein wenig!

LORD GORING: Ich fürchte, ich kann nicht, danke. Ich habe versprochen, bei den Hartlocks vorbeizuschauen. Ich glaube, sie haben eine lauwarme ungarische Musiktruppe, die lauwarme ungarische Musik spielt. Bis bald. Auf Wiedersehen! *(Exit.)*

SIR ROBERT CHILTERN: Wie schön du heute abend bist, Gertrude!

LADY CHILTERN: Robert, es ist nicht wahr, oder? Du wirst diese argentinische Spekulation nicht unterstützen? Das könntest du nicht!

SIR ROBERT CHILTERN *(zusammenzuckend)*: Wer hat dir erzählt, daß ich das vorhabe?

LADY CHILTERN: Diese Frau, die soeben gegangen ist, Mrs. Cheveley, wie sie sich nun nennt. Sie schien mich damit verspotten zu wollen. Robert, ich kenne diese Frau. Du nicht. Wir sind zusammen zur Schule gegangen. Sie war eine Lügnerin, unehrlich, ein schlechter Einfluß auf jeden, dessen Vertrauen oder Freundschaft sie gewinnen konnte. Ich haßte, verachtete sie. Sie hat Dinge gestohlen, sie war eine Diebin. Sie wurde aus der Schule geworfen, weil sie eine Diebin war. Warum erlaubst du ihr, dich zu beeinflussen?

SIR ROBERT CHILTERN: Gertrude, was du mir da erzählst, mag wahr sein, doch das ist vor vielen Jahren geschehen. Man sollte es am besten vergessen! Mrs. Cheveley kann sich seitdem geändert haben. Niemand sollte nur aufgrund seiner Vergangenheit beurteilt werden.

LADY CHILTERN *(traurig):* Unsere Vergangenheit ist, was wir sind. Sie ist das einzige, nach dem Menschen beurteilt werden sollten.

SIR ROBERT CHILTERN: Das sind harte Worte, Gertrude!

LADY CHILTERN: Aber wahr, Robert. Und was meinte sie damit, zu prahlen, sie hätte dich dazu gebracht, deine Unterstützung, deinen Namen einer Sache zu leihen, die ich dich habe beschreiben hören als das unehrlichste und betrügerischste Unternehmen, das es je in der Politik gab?

SIR ROBERT CHILTERN *(sich auf die Lippen beißend):* Ich habe mich mit dieser Meinung geirrt. Wir alle machen Fehler.

LADY CHILTERN: Doch du sagtest mir gestern, daß du den Bericht der Kommission bekommen hättest und daß dieser die ganze Angelegenheit völlig verdammt.

SIR ROBERT CHILTERN *(geht auf und ab):* Ich habe nun Grund zu der Annahme, daß die Kommission voreingenommen oder doch zumindest falsch informiert war. Außerdem, Gertrude, das öffentliche und das private Leben sind zwei verschiedene Dinge. Sie unterliegen unterschiedlichen Gesetzen und bewegen sich auf unterschiedlichen Gleisen.

LADY CHILTERN: Sie sollten beide den Menschen in seiner höchsten Form repräsentieren. Ich kann keinen Unterschied zwischen ihnen sehen.

SIR ROBERT CHILTERN *(hält inne):* Im vorliegenden Fall, in einer Angelegenheit der praktischen Politik habe ich meine Meinung geändert, das ist alles.

LADY CHILTERN: Alles!

SIR ROBERT CHILTERN *(unnachgiebig):* Ja!

LADY CHILTERN: Robert! Oh! Es ist furchtbar, daß ich dir eine solche Frage stellen muß – Robert, sagst du mir auch die ganze Wahrheit?

SIR ROBERT CHILTERN: Warum stellst du mir eine solche Frage?

LADY CHILTERN *(nach einer Pause):* Warum beantwortest du sie nicht?

SIR ROBERT CHILTERN *(setzt sich):* Gertrude, die Wahrheit ist ein sehr komplexes Ding, und die Politik ist ein sehr komplexes Geschäft. Die Dinge sind komplizierter als sie aussehen. Man kann bestimmte Verpflichtungen gegenüber Menschen haben, die man erfüllen muß. In der Politik muß man früher oder später Kompromisse schließen. Das muß jeder.

LADY CHILTERN: Kompromisse? Robert, warum sprichst du heute abend so völlig anders, als ich dich je zuvor habe sprechen hören? Warum hast du dich so verändert?

SIR ROBERT CHILTERN: Ich habe mich nicht verändert. Doch Umstände können Dinge verändern.

LADY CHILTERN: Umstände sollten niemals Prinzipien ändern können.

SIR ROBERT CHILTERN: Aber wenn ich dir erzählte ...

LADY CHILTERN: Was?

SIR ROBERT CHILTERN: Das es notwendig wäre, lebensnotwendig?

LADY CHILTERN: Es kann niemals notwendig sein, etwas zu tun, was nicht ehrenhaft ist. Oder wenn es notwendig sein sollte – was habe ich dann geliebt? Doch es ist nicht notwendig; sag, daß es das nicht ist. Warum sollte es? Was könntest du gewinnen? Geld? Das brauchen wir nicht. Und Geld aus einer schändlichen Quelle ist eine Erniedrigung. Macht? Doch Macht ist nichts in sich selbst. Die Macht, Gutes zu tun, ist gut – das und nur das! Was ist es sonst? Robert, sag mir, warum du diese unehrenhafte Sache tun willst!

SIR ROBERT CHILTERN: Gertrude, du hast kein Recht, dieses Wort zu benutzen. Ich habe dir gesagt, daß es eine Frage des rationalen Kompromisses ist. Nicht mehr als das.

LADY CHILTERN: Robert, das mag für andere Männer genügen, für Männer, die das Leben einfach als schmutzige Spekulation betrachten. Doch nicht für dich, Robert, nicht für dich. Du bist anders. Dein ganzes Leben hast du dich von anderen unterschieden. Du hast niemals zugelassen, daß die Welt dich besudelt. Für die Welt, wie auch für mich, warst du immer ein Ideal. Oh! Sei immer noch dieses Ideal! Wirf dieses großartige Erbe nicht fort – zerstöre diesen Elfenbeinturm nicht! Robert, Männer können lieben, was unter ihrer Würde ist – unwürdige Dinge, befleckt, entehrt. Wir Frauen verehren, wenn wir lieben; und wenn wir unsere Verehrung verlieren, verlieren wir alles. Oh! Töte nicht meine Liebe zu dir, Robert, töte sie nicht!

SIR ROBERT CHILTERN: Gertrude!

LADY CHILTERN: Ich weiß, es gibt Männer mit schrecklichen Geheimnissen in ihrem Leben – Männer, die irgend etwas Schändliches begangen haben und die in einem kritischen Augenblick dafür zahlen müssen, indem sie etwas anderes Schändliches tun – oh! Sage mir nicht, daß du ebenso bist! Robert, gibt es in deinem Leben irgendeine geheime Schande oder Unehre? Sag's mir, sag es mir sofort, so daß ...

SIR ROBERT CHILTERN: So daß was?

LADY CHILTERN *(spricht sehr langsam):* So daß wir verschiedener Wege gehen können.

SIR ROBERT CHILTERN: Verschiedener Wege?

LADY CHILTERN: Daß wir uns völlig trennen können. Das wäre besser für uns beide.

SIR ROBERT CHILTERN: Gertrude, es gibt nichts in meiner Vergangenheit, daß ich dir verheimlichen müßte.

LADY CHILTERN: Dessen war ich sicher, Robert, dessen war ich sicher. Doch warum hast du diese furchtbaren Dinge gesagt, Dinge, die dir so gar nicht ähnlich sind? Laß uns nie wieder von dieser Sache reden. Du wirst Mrs. Cheveley schreiben, nicht wahr, und ihr sagen, daß du ihren skandalösen Plan nicht unterstützen kannst? Solltest du ihr ein Versprechen gegeben haben, dann mußt du es zurücknehmen, das ist alles!

SIR ROBERT CHILTERN: Muß ich ihr schreiben und das sagen?

LADY CHILTERN: Sicher, Robert! Was sonst?

SIR ROBERT CHILTERN: Ich könnte sie aufsuchen. Das wäre sicher besser.

LADY CHILTERN: Du darfst ihr nie wieder begegnen, Robert. Sie ist keine Frau, mit der du sprechen solltest. Sie ist es nicht wert, mit einem Mann wie dir zu reden. Nein, du mußt ihr auf der Stelle schreiben, jetzt, in diesem Augenblick, und in deinem Brief klarmachen, daß deine Absicht unwiderruflich ist!

SIR ROBERT CHILTERN: In diesem Augenblick schreiben!

LADY CHILTERN: Ja.

SIR ROBERT CHILTERN: Aber es ist bereits so spät. Es ist kurz vor zwölf.

LADY CHILTERN: Das macht nichts. Sie muß sofort wissen, daß sie sich in dir geirrt hat – und daß du kein Mann bist, der etwas Unedles oder Hinterhältiges oder Unehrenhaftes tun würde. Schreib hier, Robert. Schreib, daß du es ablehnst, diesen ihren Plan zu unterstützen, da du ihn für einen unehrlichen Plan hältst. Ja – schreibe das Wort »unehrlich«. Sie weiß, was es bedeutet. *(Sir Robert Chiltern setzt sich und schreibt einen Brief. Seine Frau nimmt und liest ihn.)* Ja, das sollte reichen. *(Läutet die Glocke.)* Und nun der Umschlag. *(Er beschriftet den Umschlag langsam. Mason tritt ein.)* Lassen Sie diesen Brief sofort ins Hotel Claridge's bringen. Ich erwarte keine Antwort. *(Mason geht hinaus. Lady Chiltern kniet neben ihrem Mann nieder und legt ihre Arme um ihn.)* Robert, die Liebe verleiht einem einen Instinkt in Dingen. Ich habe heute abend das Gefühl, ich hätte dich vor etwas gerettet, das dich hätte in Gefahr bringen können, vor etwas, daß die Menschen dazu gebracht hätte, dich weniger zu ehren als sie es tun. Ich weiß nicht, ob dir so ganz klar ist, Robert, daß du eine edlere Atmosphäre, eine feinere Einstellung zum Leben, einen freieren Hauch reinerer Ziele und höherer Ideale in unsere heutige Politik gebracht hast – ich weiß es, und dafür liebe ich dich, Robert.

SIR ROBERT CHILTERN: Oh, liebe mich immer, Gertrude, liebe mich immer!

LADY CHILTERN: Ich werde dich immer lieben, denn du wirst immer der Liebe würdig sein. Wir können nicht anders, als das Höchste zu lieben, wenn wir es sehen! *(Küßt ihn, erhebt sich und geht hinaus.)*

Sir Robert Chiltern geht einen Augenblick im Raum auf und ab; dann setzt er sich und vergräbt das Gesicht in seinen Händen. Der Diener tritt ein und beginnt, die Lichter zu löschen. Sir Robert Chiltern schaut auf.

SIR ROBERT CHILTERN: Löschen Sie die Lichter, Mason, löschen Sie die Lichter!

Der Diener löscht die Lichter. Der Raum wird fast dunkel. Das einzige Licht kommt vom großen Kronleuchter, der über dem Treppenschacht hängt und den Wandteppich mit dem »Triumph der Liebe« erleuchtet.

Ende des ersten Aktes

ZWEITER AKT

SZENE: *Morgenzimmer im Hause Sir Robert Chilterns.*

Lord Goring, höchst modisch gekleidet, räkelt sich in einem Sessel. Sir Robert Chiltern steht vor dem Kamin. Er ist offensichtlich äußerst aufgeregt und beunruhigt. Im Verlauf der Szene geht er nervös im Raum auf und ab.

LORD GORING: Mein lieber Robert, das ist eine schlimme Geschichte, wirklich sehr schlimm. Sie hätten Ihrer Gattin die ganze Geschichte erzählen sollen, Geheimnisse vor den Frauen anderer Leute sind ein notwendiger Luxus im modernen Leben. Das erzählen mir zumindest im Club Leute, die kahl genug sind, um es zu wissen. Doch kein Mann sollte Geheimnisse vor seiner eigenen Frau haben. Sie findet sie unausweichlich heraus. Frauen haben in diesen Dingen einen wunderbaren Instinkt. Sie können alles entdecken, bis auf das Offensichtliche.

SIR ROBERT CHILTERN: Arthur, ich konnte es meiner Frau nicht erzählen. Wann sollte ich es ihr sagen? Nicht gestern abend. Das hätte zu einer lebenslangen Trennung für uns geführt, und ich hätte die Liebe der einzigen Frau auf der Welt verloren, die ich anbete, der einzigen Frau, die je in mir Liebe geweckt hat. Gestern abend wäre es ausgeschlossen gewesen. Sie hätte sich mit Grauen von mir gewandt ... mit Grauen und Verachtung.

LORD GORING: Ist Lady Chiltern wirklich so perfekt?

SIR ROBERT CHILTERN: Ja, meine Frau ist wirklich so perfekt.

LORD GORING *(zieht seinen linken Handschuh aus)*: Wie schade! Ich bitte um Verzeihung, mein Lieber, so habe ich es nicht gemeint. Doch wenn das, was Sie sagen, wahr ist, dann würde ich mich gern einmal ernsthaft mit Lady Chiltern über das Leben unterhalten.

SIR ROBERT CHILTERN: Das wäre völlig vergeblich.

LORD GORING: Darf ich es trotzdem versuchen?

SIR ROBERT CHILTERN: Ja, doch nichts wird ihre Meinung ändern.

LORD GORING: Nun, im schlimmsten Fall wird es einfach ein psychologisches Experiment.

SIR ROBERT CHILTERN: Solche Experimente sind allesamt schrecklich gefährlich.

LORD GORING: Alles ist gefährlich, mein lieber Freund. Wenn es nicht so wäre, wäre das Leben nicht lebenswert ... Tja, ich kann nur sagen, ich meine, Sie hätten ihr schon vor Jahren alles erzählen müssen.

SIR ROBERT CHILTERN: Wann denn? Als wir verlobt waren? Glauben Sie, sie hätte mich geheiratet, wenn sie gewußt hätte, was der Grundstein zu meinem Vermögen ist, was der Grundstein zu meiner Karriere und daß ich etwas getan hatte, das die meisten Männer schändlich und unehrenhaft nennen würden?

LORD GORING *(langsam)*: Ja. Die meisten würden es mit Schimpf belegen. Daran besteht kein Zweifel.

SIR ROBERT CHILTERN *(bitter)*: Männer, die jeden Tag selbst etwas ähnliches tun. Männer, die – jeder einzelne – schlimmere Geheimnisse in ihrem eigenen Leben haben.

LORD GORING: Das ist der Grund, warum es sie so freut, die Geheimnisse anderer Leute herauszufinden. Das lenkt die öffentliche Aufmerksamkeit von ihnen selbst ab.

SIR ROBERT CHILTERN: Und schließlich – wem habe ich schon geschadet durch das, was ich getan habe? Niemandem.

LORD GORING *(schaut ihn ruhig an)*: Außer Ihnen selbst, Robert.

SIR ROBERT CHILTERN *(nach einer Pause)*: Natürlich besaß ich private Informationen über eine bestimmte Transaktion, die von der damaligen Regierung erwogen wurde, und ich handelte dementsprechend. Private Informationen sind die Grundlage praktisch jeden großen Vermögens heute.

LORD GORING *(klopft mit seinem Stock gegen seinen Stiefel)*: Und ein öffentlicher Skandal unausweichlich das Resultat.

SIR ROBERT CHILTERN *(im Raum auf und ab gehend)*: Arthur, meinst du, das, was ich vor achtzehn Jahren getan habe, sollte nun gegen mich aufgebracht werden? Hältst du es für gerecht, daß die gesamte Karriere eines Mannes wegen eines Fehlers ruiniert werden soll, der fast noch im Knabenalter begangen wurde? Ich war damals zweiundzwanzig, und hatte das doppelte Pech, aus guter Familie und arm zu sein, heutzutage zwei unverzeihliche Dinge. Ist es fair, daß die Torheit, die Sünde der Jugend, wenn man es Sünde nennen will, ein Leben wie das meine zugrunde richtet, mich an den Pranger stellt, alles zerstört, für das ich gearbeitet habe? Ist das fair, Arthur?

LORD GORING: Das Leben ist niemals fair, Robert. Und vielleicht ist es für die meisten von uns besser so.

SIR ROBERT CHILTERN: Jeder ehrgeizige Mann muß sein Jahrhundert mit dessen eigenen Waffen schlagen. Was dieses Jahrhundert anbetet, ist Reichtum. Der Gott dieses Jahrhunderts heißt Reichtum. Um Erfolg zu haben, muß man Reichtum haben. Man muß um jeden Preis Reichtum besitzen.

LORD GORING: Sie unterschätzen sich, Robert. Glauben Sie mir, Sie hätten auch ohne Reichtum Erfolg gehabt.

SIR ROBERT CHILTERN: Wenn ich alt wäre vielleicht. Wenn ich meine Leidenschaft für die Macht verloren hätte oder sie nicht nutzen könnte. Wenn ich müde wäre, ausgelaugt, enttäuscht. Ich wollte Erfolg, als ich jung war. Jugend ist die Zeit für Erfolg. Ich konnte nicht warten.

LORD GORING: Nun, Sie haben sicherlich Ihren Erfolg gehabt, als Sie jung waren. Niemand zu dieser Zeit hat einen so glänzenden Erfolg gehabt. Staatssekretär im Außenministerium mit vierzig Jahren – das sollte jeden befriedigen, meine ich.

SIR ROBERT CHILTERN: Und wenn mir all das nun genommen wird? Wenn ich alles wegen eines furchtbaren Skandals verlöre? Wenn ich aus dem politischen Leben gejagt werde?

LORD GORING: Robert, wie konnten Sie sich nur für Geld verkaufen?

SIR ROBERT CHILTERN *(aufgeregt)*: Ich habe mich nicht für Geld verkauft. Ich habe um einen hohen Preis Erfolg gekauft. Das ist alles.

LORD GORING *(ernst)*: Ja. Sie haben in der Tat einen hohen Preis dafür gezahlt. Doch was hat Sie nur auf den Gedanken gebracht, so etwas zu tun?

SIR ROBERT CHILTERN: Baron Arnheim.

LORD GORING: Verdammter Schurke!

SIR ROBERT CHILTERN: Nein. Er war ein Mann von sehr subtilem und gebildetem Intellekt. Ein Mann mit Kultur, Charme und Vornehmheit. Einer der intellektuellsten Männer, den ich je traf.

LORD GORING: Ah! Ich ziehe jederzeit einen Gentleman-Narren vor. Dummheit hat mehr Vorteile, als man denkt. Ich persönlich bewundere Dummheit außerordentlich. Wahrscheinlich aus einem Gefühl der Verwandtschaft. Doch wie hat er es geschafft? Erzählen Sie mir die ganze Geschichte.

SIR ROBERT CHILTERN *(wirft sich in einen Sessel beim Schreibtisch)*: Eines Abends nach einem Dinner bei Lord Radley begann der Baron, über den Erfolg im modernen Leben als etwas zu reden, das man auf eine absolute exakte Wissenschaft reduzieren könnte. Mit seiner wundervollen, faszinierenden leisen Stimme legte er uns die furchtbarste Philosophie dar, die Philosophie der Macht, und predigte uns das wunderbarste Evangelium, das Evangelium des Goldes. Ich glaube, er merkte, welche Wirkung dies auf mich hatte, denn einige Tage später schrieb er und lud mich ein. Zu der Zeit lebte er in der Park Lane, im Haus, das nun von Lord Woolcomb bewohnt wird. Ich erinnere mich so gut daran, daß er mich mit einem seltsamen Lächeln auf seinen blassen, geschwungenen Lippen durch seine wundervolle Bildergalerie führte, mir die Wandteppiche zeigte, seine Emaillen, seine Juwelen, seine Elfenbeinschnitzereien und mich die fremde Lieblichkeit des Luxus bewundern ließ, in dem er lebte. Und dann sagte er, Luxus sei nichts als Hintergrund, eine gemalte Kulisse in einem Drama, und daß Macht, Macht über andere Menschen, Macht über die Welt, das einzig erstrebenswerte Vergnügen ist, die einzige Freude, derer man nie müde würde, und daß in unserem Jahrhundert nur die Reichen sie besäßen.

LORD GORING *(mit großem Bedacht):* Was für eine durch und durch seichte Philosophie!

SIR ROBERT CHILTERN: Damals dachte ich nicht so. Ich denke auch jetzt noch nicht so. Reichtum hat mir enorme Macht verliehen. Es gab mir zu Beginn meines Lebens Freiheit, und Freiheit ist alles. Sie waren niemals arm und haben nie erfahren, was es heißt, ehrgeizig zu sein. Sie können nicht verstehen, welch wunderbare Chance der Baron mir gab. Nur wenige erhalten eine solche Chance.

LORD GORING: Zu ihrem Glück, wenn man sich die Ergebnisse ansieht. Doch sagen Sie mir genau, wie konnte der Baron Sie schließlich überreden, das ... nun, das zu tun, was Sie taten?

SIR ROBERT CHILTERN: Als ich mich verabschiedete, sagte er zu mir, wenn ich ihm jemals irgendwelche privaten Informationen von echtem Wert geben könnte, würde er einen sehr reichen Mann aus mir machen. Ich war geblendet von der Aussicht, die er mir machte, und zu dieser Zeit waren mein Machthunger und mein Ehrgeiz grenzenlos. Sechs Wochen danach kamen gewisse private Dokumente über meinen Schreibtisch.

LORD GORING *(schaut ununterbrochen auf den Teppich):* Staatliche Dokumente?

SIR ROBERT CHILTERN: Ja.

Lord Goring seufzt, fährt sich dann mit der Hand über die Stirn und schaut auf.

LORD GORING: Ich hatte keine Ahnung, daß Sie – von allen Männern auf der Welt – so schwach sein konnten, Robert, daß Sie einer solchen Versuchung nachgaben, wie sie Ihnen Baron Arnheim anbot.

SIR ROBERT CHILTERN: Schwach? Oh, es macht mich krank, diesen Ausdruck zu hören. Oder ihn über andere zu gebrauchen. Schwach! Glauben Sie wirklich, Arthur, daß es Schwäche ist, die einer Versuchung nachgibt? Lassen Sie mich Ihnen erzählen, daß es schreckliche Versuchungen gibt, bei denen man Stärke, Stärke und Mut benötigt, um ihnen zu erliegen. Sein ganzes Leben auf einen einzigen Augenblick setzen, alles auf einen Wurf zu riskieren, ob der Einsatz nun Macht oder Vergnügen ist, das ist gleichgültig – das ist keine Schwäche. Das ist ein grauenhafter, ein schrecklicher Mut. Ich hatte diesen Mut. Ich habe mich am selben Nachmittag hingesetzt und Baron Arnheim jenen Brief geschrieben, der nun im Besitz dieser Frau ist. Er gewann bei dieser Transaktion eine dreiviertel Million.

LORD GORING: Und Sie?

SIR ROBERT CHILTERN: Ich erhielt £ 110 000 vom Baron.

LORD GORING: Sie waren mehr wert, Robert.

SIR ROBERT CHILTERN: Nein, das Geld gab mir genau das, was ich wollte, Macht über andere. Ich kam direkt ins Unterhaus. Der Baron gab mir von Zeit zu Zeit finanziellen Rat. Noch bevor fünf Jahre vergangen waren, hatte sich mein Vermögen verdreifacht. Seither wurde alles, was ich unternahm, ein Erfolg. In allen Dingen, die mit Geld zusammenhängen, habe ich ein so außergewöhnliches Glück gehabt, daß ich manchmal fast Angst bekommen habe. Ich erinnere mich daran, irgendwo in einem merkwürdigen Buch gelesen zu haben, daß die Götter, wenn sie uns bestrafen wollen, unsere Gebete erhören.

LORD GORING: Aber sagen Sie, Robert, haben Sie Reue darüber empfunden, was Sie getan hatten?

SIR ROBERT CHILTERN: Nein. Ich fühlte, ich hatte das Jahrhundert mit seinen eigenen Waffen bekämpft und gewonnen.

LORD GORING *(traurig):* Sie dachten, Sie hätten gewonnen.

SIR ROBERT CHILTERN: Das dachte ich. *(Nach einer langen Pause):* Arthur, verachten Sie mich für das, was ich Ihnen erzählt habe?

LORD GORING *(mit echtem Gefühl in der Stimme):* Sie tun mir sehr leid, Robert, wirklich sehr leid.

SIR ROBERT CHILTERN: Ich will nicht sagen, daß ich je Reue empfunden habe. Denn das habe ich nicht. Keine Reue im gewöhnlichen, eher lächerlichen alltäglichen Sinne des Wortes. Doch ich habe häufig Gewissensgeld gezahlt. Ich hatte die wilde Hoffnung, daß ich das Schicksal entwaffnen könnte. Die Summe, die ich von Baron Arnheim erhalten hatte, habe ich seither doppelt an verschiedene Wohltätigkeitsvereine verteilt.

LORD GORING *(schaut auf):* Wohltätigkeitsvereine? Du lieber Gott! Wieviel Schaden müssen Sie damit angerichtet haben, Robert!

SIR ROBERT CHILTERN: Oh, sagen Sie das nicht, Arthur! Sagen Sie das nicht!

LORD GORING: Kümmern Sie sich nicht darum, was ich sage, Robert! Ich sage immer, was ich nicht sollte. Wenn ich es recht bedenke, ich sage gewöhnlich, was ich denke. Ein schwerer Fehler heutzutage. Man läuft dabei Gefahr, verstanden zu werden. Was nun diese dumme Geschichte angeht, werde ich Ihnen natürlich helfen, so gut ich kann. Das wissen Sie ja.

SIR ROBERT CHILTERN: Danke, Arthur, danke. Aber was kann man schon machen? Was kann man tun?

LORD GORING *(lehnt sich mit den Händen in den Taschen zurück):* Nun, die Engländer können Männer nicht ausstehen, die immer sagen, daß sie im Recht sind, doch sie mögen Männer, die zugeben, im Unrecht gewesen zu sein. Das ist eine ihrer besten Eigenschaften. In Ihrem Fall jedoch, Robert, wäre ein Geständnis nutzlos. Das Geld, wenn Sie mir erlauben, das zu sagen, macht die Sache … unangenehm. Außerdem, wenn Sie mit der ganzen Affäre reinen Tisch machen würden, wären Sie nie wieder in der Lage, moralische Reden zu halten. Und in England ist ein Mann, der nicht zweimal die Woche vor einem großen, volkstümlichen, unmoralischen Publikum moralische Reden halten kann, als ernstzunehmender Politiker erledigt. Ihm bliebe kein Beruf mehr, außer vielleicht in der Botanik oder der Kirche. Ein Geständnis wäre völlig unnütz. Es würde Sie ruinieren.

SIR ROBERT CHILTERN: Es würde mich ruinieren. Arthur, mir bleibt nichts anderes übrig, als die Sache durchzukämpfen.

LORD GORING *(erhebt sich aus seinem Sessel):* Ich habe darauf gewartet, daß Sie das sagen, Robert. Das ist das einzige, was man nun tun kann. Und Sie müssen damit beginnen, daß Sie Ihrer Frau die ganze Geschichte erzählen.

SIR ROBERT CHILTERN: Das werde ich nicht tun.

LORD GORING: Robert, glauben Sie mir, das ist falsch.

SIR ROBERT CHILTERN: Ich könnte es nicht. Es würde ihre Liebe zu mir töten. Und nun zu dieser Frau, dieser Mrs. Cheveley. Wie kann ich mich ihr gegenüber verteidigen? Sie haben sie anscheinend früher gekannt, Arthur.

LORD GORING: Ja.

SIR ROBERT CHILTERN: Haben Sie sie gut gekannt?

LORD GORING *(rückt seine Krawatte zurecht):* So schlecht, daß ich einst mit ihr verlobt war, als ich bei den Tenbys zu Besuch war. Die Geschichte dauerte drei Tage … beinahe.

SIR ROBERT CHILTERN: Warum wurde das Verlöbnis aufgelöst?

LORD GORING *(leichthin):* Oh, das habe ich vergessen. Es ist auch unwichtig. Nebenbei, haben Sie es mit Geld bei ihr versucht? Sie hatte Geld immer erstaunlich gern.

SIR ROBERT CHILTERN: Ich habe ihr jede gewünschte Summe angeboten. Sie hat abgelehnt.

LORD GORING: Dann versagt das wundervolle Evangelium des Goldes doch mitunter. Die Reichen können doch nicht alles machen.

SIR ROBERT CHILTERN: Nicht alles. Ich vermute, Sie haben recht. Arthur, ich fühle, daß mir öffentliche Erniedrigung bevorsteht. Ich bin mir sicher. Ich habe bisher nicht gewußt, was Terror ist. Jetzt weiß ich es. Es ist, als ob eine Hand aus Eis auf meinem Herzen liege. Als ob mein Herz sich selbst in einem leeren Graben zu Tode schlägt.

LORD GORING *(schlägt mit der Faust auf den Tisch):* Robert, Sie müssen gegen sie kämpfen. Sie müssen sie bekämpfen.

SIR ROBERT CHILTERN: Aber wie?

LORD GORING: Das kann ich Ihnen im Moment nicht sagen. Ich habe nicht die leiseste Ahnung. Doch jeder hat einen Schwachpunkt. Es gibt einen Makel bei uns allen. *(Schlendert zum Kamin hinüber und betrachtet sich im Spiegel.)* Mein Vater sagt, daß sogar ich Fehler besäße. Vielleicht ist das wahr. Ich weiß es nicht.

SIR ROBERT CHILTERN: Bei meiner Verteidigung gegen Mrs. Cheveley habe ich doch das Recht, jede Waffe zu benutzen, die ich finden kann, oder?

LORD GORING *(schaut immer noch in den Spiegel):* An Ihrer Stelle hätte ich, glaube ich, keine Skrupel. Sie ist absolut in der Lage, auf sich selbst aufzupassen.

SIR ROBERT CHILTERN *(setzt sich an den Tisch und nimmt einen Stift auf):* Nun, ich werde ein chiffriertes Telegramm an die Botschaft in Wien schicken und mich erkundigen, ob dort irgend etwas Nachteiliges über sie bekannt ist. Vielleicht gibt es einen geheimen Skandal, den sie fürchtet.

LORD GORING *(rückt die Blume in seinem Knopfloch zurecht):* Oh, ich stelle mir vor, Mrs. Cheveley ist eine dieser sehr modernen Frauen unserer Zeit, für die ein neuer Skandal wie ein neuer Hut ist und die beides an jedem Nachmittag um halb sechs im Park ausführen. Ich bin sicher, sie liebt Skandale, und daß der einzige Kummer ihres gegenwärtigen Lebens ist, daß sie nicht genug davon bekommt.

SIR ROBERT CHILTERN *(schreibend):* Warum sagen Sie das?

LORD GORING *(dreht sich um):* Nun, sie trug gestern abend viel zu viel Rouge und nicht genug Kleidung. Das ist immer ein Zeichen für Verzweiflung bei Frauen.

SIR ROBERT CHILTERN *(läutet nach dem Diener):* Aber es ist der Mühe wert, daß ich nach Wien kable, oder?

LORD GORING: Es ist immer der Mühe wert, eine Frage zu stellen, obwohl es nicht immer der Mühe wert ist, eine zu beantworten.

MASON *tritt ein.*

SIR ROBERT CHILTERN: Ist Mr. Trafford in seinem Zimmer?

MASON: Jawohl, Sir Robert.

SIR ROBERT CHILTERN *(steckt sein Schreiben in einen Umschlag, den er dann sorgfältig schließt):* Bitten Sie ihn, dies sofort chiffriert zu senden. Es kann nicht warten.

MASON: Sehr wohl, Sir Robert.

SIR ROBERT CHILTERN: Oh! Geben Sie mir das einen Augenblick zurück.
Schreibt etwas auf den Umschlag. Mason geht mit dem Brief hinaus.

SIR ROBERT CHILTERN: Sie muß eine merkwürdige Gewalt über Baron Arnheim gehabt haben. Ich frage mich, was es war.

LORD GORING *(lächelt):* Ich auch.

SIR ROBERT CHILTERN: Ich werde sie auf den Tod bekämpfen, solange meine Frau nichts von der Geschichte erfährt.

LORD GORING *(mit Nachdruck):* Oh, kämpfen Sie auf alle Fälle – auf alle Fälle.

SIR ROBERT CHILTERN *(mit einer verzweifelten Geste):* Wenn meine Frau es herausbekäme, dann bliebe kaum noch etwas, für das ich kämpfen könnte. Nun, sobald ich etwas aus Wien erfahre, lasse ich es Sie auf der Stelle wissen. Es ist eine Chance, nur eine Chance, aber ich vertraue darauf. Und so wie ich das Zeitalter mit seinen eigenen Waffen bekämpft habe, will ich sie mit ihren eigenen Waffen schlagen. Das ist nur fair, und sie sieht aus wie eine Frau mit Vergangenheit, nicht wahr?

LORD GORING: Das tun die meisten hübschen Frauen. Doch es gibt bei Vergangenheiten eine Mode, genau wie bei Kleidern. Vielleicht ist Mrs. Cheveleys Vergangenheit nur eine leicht dekolletierte, und die sind heute überaus beliebt. Außerdem, mein lieber Robert, würde ich keine allzu großen Hoffnungen darauf setzen, Mrs. Cheveley in Furcht versetzen zu können. Ich stelle mir vor, daß Mrs. Cheveley keine Frau ist, die man leicht erschrecken kann. Sie hat all ihre Gläubiger überlebt und zeigt eine wundervolle Geistesgegenwart.

SIR ROBERT CHILTERN: Oh! Ich lebe zur Zeit von Hoffnungen. Ich greife nach jedem Strohhalm. Ich fühle mich wie ein Mann auf einem sinkenden Schiff. Das Wasser hat bereits meine Füße erreicht, und die Luft ist gewitterschwer. Psst! Ich höre die Stimme meiner Frau.

LADY CHILTERN *tritt im Straßenkleid ein.*

LADY CHILTERN: Guten Tag, Lord Goring.

LORD GORING: Guten Tag, Lady Chiltern! Waren Sie im Park?

LADY CHILTERN: Nein. Ich komme von der Versammlung der Liberalen Frauenvereinigung, wo nebenbei, Robert, dein Name mit lautem Applaus begrüßt wurde, und nun möchte ich meinen Tee haben. *(Zu* LORD GORING*):* Sie bleiben doch und trinken Tee mit uns, nicht wahr?

LORD GORING: Eine kleine Weile will ich bleiben, danke.

LADY CHILTERN: Ich bin sofort zurück. Ich muß nur meinen Hut ablegen.

LORD GORING *(mit gespieltem Ernst):* Oh! Tun Sie das nicht. Er ist so hübsch. Einer der hübschesten, die ich gesehen habe. Ich hoffe, die Vereinigung hat ihn mit lautem Applaus begrüßt.

LADY CHILTERN *(lächelnd):* Wir haben viel wichtigere Arbeit, als unsere Hüte zu betrachten, Lord Goring.

LORD GORING: Wirklich? Was für Arbeit?

LADY CHILTERN: Oh! Langweilige, nützliche, entzückende Dinge, Fabrikgesetze, weibliche Aufseher, das Gesetz zum Achtstundentag, das parlamentarische Wahlrecht ... Tatsächlich alles, was Sie so furchtbar uninteressant finden.

LORD GORING: Und niemals Hüte?

LADY CHILTERN *(mit gespielter Entrüstung):* Niemals Hüte, niemals!

LADY CHILTERN *geht durch die Tür hinaus, die in ihr Boudoir führt.*

SIR ROBERT CHILTERN *(ergreift Lord Gorings Hand):* Sie waren mir ein guter Freund, Arthur, ein sehr guter Freund.

LORD GORING: Ich finde, ich konnte nicht viel für Sie tun, Robert, noch nicht. Eigentlich habe ich gar nichts für Sie getan, soweit ich das sehe. Ich bin tief enttäuscht von mir.

SIR ROBERT CHILTERN: Sie haben es mir ermöglicht, die Wahrheit zu sagen. Das ist schon etwas. An der Wahrheit bin ich immer erstickt.

LORD GORING: Ah! Die Wahrheit ist ein Ding, das ich so schnell wie möglich loswerde! Schlechte Angewohnheit, nebenbei bemerkt. Macht einen im Club äußerst unbeliebt ... bei den älteren Mitgliedern. Sie halten es für Eingebildetheit. Vielleicht ist es das auch.

SIR ROBERT CHILTERN: Wollte Gott, daß ich in der Lage gewesen wäre, die Wahrheit zu sagen ... mit der Wahrheit zu leben. Ah! Das ist die große Sache des Lebens, mit der Wahrheit zu leben. *(Seufzt und geht zur Tür.)* Ich sehe Sie doch bald wieder, Arthur, nicht wahr?

LORD GORING: Sicherlich. Wann immer Sie wollen. Ich werde heute abend auf dem Junggesellenball vorbeischauen, wenn mir nichts Besseres einfällt. Doch morgen abend komme ich hierher. Wenn Sie mich heute abend aus irgendeinem Grund brauchen sollten, schicken Sie eine Nachricht in die Curzon Street.

SIR ROBERT CHILTERN: Vielen Dank.

Als er die Tür erreicht, kommt Lady Chiltern aus ihrem Boudoir.

LADY CHILTERN: Du willst doch nicht gehen, Robert?

SIR ROBERT CHILTERN: Ich habe einige Briefe zu schreiben, meine Liebe.

LADY CHILTERN *(geht zu ihm):* Du arbeitest zu viel, Robert. Du scheinst nie an dich zu denken, und du siehst so müde aus.

SIR ROBERT CHILTERN: Es ist nichts, Liebste, gar nichts. *(Küßt sie und geht hinaus.)*

LADY CHILTERN *(zu Lord Goring):* Nehmen Sie doch Platz. Ich bin so froh, daß Sie vorbeigekommen sind. Ich möchte mit Ihnen sprechen über ... nun, nicht über Hüte oder die Liberale Frauenvereinigung. Sie interessieren sich zu sehr für das erste Thema und bei weitem nicht genug für das zweite.

LORD GORING: Sie wollen mit mir über Mrs. Cheveley sprechen?

LADY CHILTERN: Ja. Sie haben es erraten. Nachdem Sie gestern abend gegangen waren, habe ich herausgefunden, daß das, was sie gesagt hatte, wirklich wahr war. Natürlich habe ich Robert ihr sofort einen Brief schreiben lassen, in dem er sein Versprechen zurücknimmt.

LORD GORING: Das hat er mir zu verstehen gegeben.

LADY CHILTERN: Hätte er es gehalten, hätte dies den ersten Flecken auf einer Karriere bedeutet, die immer makellos war. Robert muß über jeden Tadel erhaben sein. Er ist nicht wie andere Männer. Er kann es sich nicht leisten zu tun, was andere Männer tun. *(Sie sieht Lord Goring an, der schweigt.)* Stimmen Sie nicht mit mir überein? Sie sind Roberts bester Freund. Sie sind unser bester Freund, Lord Goring. Niemand, außer mir selbst, kennt Robert besser als Sie. Er hat keine Geheimnisse vor mir, und ich glaube, er hat keine vor Ihnen.

LORD GORING: Er hat sicherlich keine Geheimnisse vor mir. Jedenfalls glaube ich das.

LADY CHILTERN: Habe ich dann nicht recht mit meiner Einschätzung seines Charakters? Ich weiß, daß ich recht habe. Doch sprechen Sie offen mit mir.

LORD GORING *(schaut sie direkt an):* Wirklich offen?

LADY CHILTERN: Sicherlich. Sie haben doch nichts zu verbergen, oder?

LORD GORING: Nichts. Aber, meine liebe Lady Chiltern, ich glaube – wenn ich das sagen darf – daß im praktischen Leben ...

LADY CHILTERN *(lächelt):* Von dem Sie so wenig wissen, Lord Goring ...

LORD GORING: Von dem ich nichts aus Erfahrung weiß, obwohl ich einiges durch Beobachtung weiß. Ich glaube, daß es im praktischen Leben etwas beim Erfolg, tatsächlichem Erfolg gibt, das ein wenig skrupellos ist, etwas beim Ehrgeiz, das immer skrupellos ist. Sobald ein Mann sein Herz und seine Seele daran gehängt hat, an einen bestimmten Punkt zu gelangen, wird er die Klippe erklimmen, wenn er die Klippe erklimmen muß; wenn er durch den Morast waten muß ...

LADY CHILTERN: Nun?

LORD GORING: Dann watet er durch den Morast. Ich spreche natürlich vom Leben allgemein.

LADY CHILTERN *(ernst):* Das hoffe ich. Warum schauen Sie mich so merkwürdig an, Lord Goring?

LORD GORING: Lady Chiltern, ich habe oft den Gedanken, daß ... Sie vielleicht etwas hart sind in einigen Ihrer Lebensansichten. Ich glaube, daß ... Sie oft nicht genügend Toleranz zeigen. In jeder Natur gibt es Elemente der Schwäche oder von Schlimmerem als Schwäche. Nehmen wir beispielsweise einmal an, daß ... daß irgendein Mann, der in der Öffentlichkeit steht, mein Vater oder Lord Merton oder Robert zum Beispiel, vor Jahren einen törichten Brief an jemanden schrieb ...

LADY CHILTERN: Was meinen Sie mit einem törichten Brief?

LORD GORING: Einen Brief, der die Stellung der Person ernsthaft gefährdet. Ich lege nur einen imaginären Fall dar.

LADY CHILTERN: Robert ist ebenso unfähig, etwas Törichtes zu tun, wie er unfähig ist, etwas Unrechtes zu tun.

LORD GORING *(nach einer langen Pause):* Niemand ist unfähig, eine Narrheit zu begehen. Niemand ist unfähig, etwas Unrechtes zu tun.

LADY CHILTERN: Sind Sie ein Pessimist? Was werden nur die anderen Dandys sagen? Sie werden alle trauern.

LORD GORING *(erhebt sich):* Nein, Lady Chiltern, ich bin kein Pessimist. Tatsächlich bin ich nicht sicher, ob ich genau weiß, was Pessimismus wirklich bedeutet. Alles, was ich weiß, ist, daß man das Leben nicht ohne Güte verstehen kann, es nicht ohne Güte leben kann. Es ist Liebe, nicht deutsche Philosophie, was die wahre Erklärung dieser Welt ist, was auch immer die Erklärung für die nächste sein mag. Und wenn Sie je Probleme haben, Lady Chiltern, vertrauen Sie mir völlig, und ich werde Ihnen auf jede mir nur mögliche Weise helfen. Falls Sie mich je brauchen oder sich um Hilfe an mich wenden, Sie sollen sie haben. Kommen Sie nur sofort zu mir.

LADY CHILTERN *(schaut ihn überrascht an):* Lord Goring, Sie reden ja im Ernst. Ich glaube nicht, daß ich Sie jemals zuvor im Ernst habe reden hören.

LORD GORING *(lacht):* Sie müssen mir vergeben, Lady Chiltern. Es wird nie wieder vorkommen, wenn ich es vermeiden kann.

LADY CHILTERN: Doch ich mag es, wenn Sie ernst sind.

Mabel Chiltern tritt ein, in einem äußerst attraktiven Kleid.

MABEL CHILTERN: Liebe Gertrude, so etwas Furchtbares solltest du aber nicht zu Lord Goring sagen. Ernsthaftigkeit würde ihm so gar nicht stehen. Guten Tag, Lord Goring! Bitte seien Sie doch so oberflächlich, wie Sie nur können.

LORD GORING: Das wäre ich gern, Miss Mabel, doch ich fürchte, ich bin ... heute morgen etwas aus der Übung. Und außerdem muß ich mich nun verabschieden.

MABEL CHILTERN: Gerade als ich hereinkomme! Was haben Sie für scheußliche Manieren! Ich bin sicher, Sie wurden sehr schlecht erzogen.

LORD GORING: Nur zu wahr.

MABEL CHILTERN: Ich wollte, ich hätte Sie erzogen!

LORD GORING: Es tut mir so leid, daß Sie das nicht taten.

MABEL CHILTERN: Und nun ist es zu spät, vermute ich?

LORD GORING *(lächelnd):* Da bin ich mir nicht so sicher.

MABEL CHILTERN: Reiten Sie morgen früh aus?

LORD GORING: Ja, um zehn.

MABEL CHILTERN: Und vergessen Sie es nicht.

LORD GORING: Natürlich werde ich es nicht vergessen. Übrigens, Lady Chiltern, in der heutigen Morning Post ist Ihre Gästeliste nicht zu finden. Sie ist anscheinend vom Landrat oder der Lambeth-Konferenz oder etwas ähnlich Langweiligem verdrängt worden. Ob ich wohl eine Liste haben könnte? Ich habe meine Gründe für diese Bitte.

LADY CHILTERN: Ich bin sicher, Mr. Trafford kann Ihnen eine geben.

LORD GORING: Vielen Dank auch.

MABEL CHILTERN: Tommy ist die nützlichste Person in ganz London.

LORD GORING *(wendet sich zu ihr):* Und wer ist die dekorativste?

MABEL CHILTERN *(triumphierend):* Ich natürlich!

LORD GORING: Gut geraten! *(Nimmt seinen Hut und Stock.)* Auf Wiedersehen, Lady Chiltern! Sie denken daran, was ich gesagt habe, nicht wahr?

LADY CHILTERN: Ja. Auch wenn ich nicht weiß, warum Sie es gesagt haben.

LORD GORING: Das weiß ich selber nicht so genau. Auf Wiedersehen, Miss Mabel!

MABEL CHILTERN *(mit enttäuschter Miene):* Ich wollte, Sie gingen nicht. Ich hatte heute morgen vier wundervolle Abenteuer – eigentlich vier und ein halbes. Sie könnten bleiben und sich einige anhören.

LORD GORING: Wie selbstsüchtig von Ihnen, viereinhalb zu haben! Nun sind keine mehr für mich übrig!

MABEL CHILTERN: Ich will auch nicht, daß Sie welche haben. Sie wären gar nicht gut für Sie.

LORD GORING: Das ist die erste unfreundliche Bemerkung, die Sie mir gegenüber gemacht haben. Doch wie charmant Sie sie gesagt haben! Morgen um zehn Uhr.

MABEL CHILTERN: Pünktlich.

LORD GORING: Ziemlich pünktlich. Aber bringen Sie Mr. Trafford nicht mit.

MABEL CHILTERN *(wirft den Kopf in den Nacken):* Natürlich werde ich Tommy Trafford nicht mitbringen. Tommy Trafford ist momentan in Ungnade gefallen.

LORD GORING: Entzückt, das zu hören. *(Verbeugt sich und geht hinaus.)*

MABEL CHILTERN: Gertrude, ich möchte, daß du mit Tommy Trafford sprichst.

LADY CHILTERN: Was hat der arme Mr. Trafford denn nun angestellt? Robert sagt, er sei der beste Sekretär, den er je hatte.

MABEL CHILTERN: Nun, Tommy hat mir schon wieder einen Heiratsantrag gemacht. Tommy tut eigentlich nichts anderes, als mir Heiratsanträge zu machen. Er hat mir gestern abend im Musikzimmer einen gemacht, als ich relativ schutzlos war, weil ein aufwendiges Trio spielte. Ich wagte es nicht, die kleinste Erwiderung zu äußern, das muß ich dir kaum sagen. Andernfalls wäre die Musik sofort abgebrochen. Musikalische Menschen sind so absurd unvernünftig. Sie wollen immer, daß man in dem Moment absolut stumm ist, wenn man sich danach sehnt, absolut taub zu sein. Dann hat er mir erneut heute morgen im hellen Tageslicht einen Heiratsantrag gemacht, vor der scheußlichen Achilles-Statue. Wirklich, die Dinge, die vor diesem Kunstwerk vor sich gehen, sind recht empörend. Die Polizei sollte eingreifen. Beim Lunch sah ich an dem Funkeln seiner Augen, daß er schon wieder anfangen wollte, und habe es nur so gerade geschafft, ihn davon abzuhalten, indem ich ihm versicherte, ich sei Bimetallistin. Glücklicherweise weiß ich nicht, was Bimetallismus bedeutet. Und ich glaube, auch sonst weiß das niemand. Doch die Enthüllung hat Tommy für zehn Minuten niedergeschmettert. Er sah recht geschockt aus. Und dann ist Tommy immer so lästig, wenn er einem einen Antrag macht. Wenn er es mit lauter Stimme täte, würde ich gar nicht so viel dagegen haben. Das müßte doch eine Wirkung auf die Umgebung haben! Doch er tut es in dieser schrecklich vertraulichen Art. Wenn Tommy romantisch sein will, redet er mit einem wie ein Doktor. Ich habe Tommy wirklich gern, doch seine Methode des Heiratsantrags ist so völlig aus der Mode. Ich wünschte, Gertrude, du würdest mit ihm sprechen und ihm sagen, daß ein Heiratsantrag pro Woche wirklich für jeden ausreicht und daß dieser immer in einer Weise erfolgen sollte, die öffentliche Aufmerksamkeit erregt.

LADY CHILTERN: Liebe Mabel, sprich nicht so. Außerdem hält Robert sehr viel von Mr. Trafford. Er glaubt, daß er eine brillante Zukunft hat.

MABEL CHILTERN: Oh! Ich könnte um nichts auf der Welt einen Mann mit einer brillanten Zukunft heiraten.

LADY CHILTERN: Mabel!

MABEL CHILTERN: Ich weiß, Liebste. Du hast einen Mann mit Zukunft geheiratet, nicht wahr? Aber Robert war eben ein Genie, und du hast einen edlen, selbstaufopfernden Charakter. Du kannst Genies ertragen. Ich habe überhaupt keinen Charakter, und Robert ist das einzige Genie, das ich jemals aushalten konnte. In der Regel, glaube ich, sind sie recht unmöglich. Genies reden so viel, nicht wahr? So eine schlechte Angewohnheit! Und sie denken immer nur an sich, wenn ich will, daß sie an mich denken. Ich muß jetzt los zur Probe bei Lady

Basildon. Du erinnerst dich doch? Wir machen lebende Bilder. Der Triumph von irgend etwas, ich weiß nicht was! Ich hoffe, es wird mein Triumph! Der einzige Triumph, für den ich mich zur Zeit interessiere. *(Küßt Lady Chiltern und geht hinaus; kommt aber zurückgerannt.)* Oh, Gertrude! Weißt du, wer dich besuchen kommt? Diese schreckliche Mrs. Cheveley, in einem reizenden Kleid. Hast du sie hergebeten?

LADY CHILTERN *(steht auf):* Mrs. Cheveley! Kommt zu mir? Unmöglich!

MABEL CHILTERN: Ich versichere dir, sie kommt die Treppe hinauf, in voller Lebensgröße und nicht entfernt so natürlich.

LADY CHILTERN: Du mußt nicht auf mich warten, Mabel. Lady Basildon erwartet dich.

MABEL CHILTERN: Oh! Ich muß Lady Markby die Hand schütteln. Sie ist reizend. Ich liebe es, von ihr heruntergeputzt zu werden.

Mason tritt ein.

MASON: Lady Markby. Mrs. Cheveley.

Lady Markby und Mrs. Cheveley treten ein.

LADY CHILTERN *(geht auf sie zu):* Liebe Lady Markby, wie nett, daß Sie mich besuchen kommen! *(Schüttelt ihr die Hand und nickt Mrs. Cheveley etwas distanziert zu.)* Wollen Sie nicht Platz nehmen, Mrs. Cheveley?

MRS. CHEVELEY: Danke. Ist das nicht Miss Chiltern? Ich würde sie so gern kennenlernen.

LADY CHILTERN: Mabel, Mrs. Cheveley möchte dich kennenlernen. *(Mabel Chiltern nickt ihr kurz zu.)*

MRS. CHEVELEY *(setzt sich):* Ich fand Ihr Kleid gestern abend ganz bezaubernd, Miss Chiltern. So schlicht und ... passend.

MABEL CHILTERN: Wirklich? Das muß ich meiner Schneiderin sagen. Es wird sie sehr überraschen. Auf Wiedersehen, Lady Markby!

LADY MARKBY: Sie verlassen uns schon?

MABEL CHILTERN: Es tut mir so leid, doch ich habe andere Verpflichtungen. Ich wollte soeben zur Probe aufbrechen. Ich muß in einem lebenden Bild auf dem Kopf stehen.

LADY MARKBY: Auf dem Kopf, Kindchen? Oh! Hoffentlich nicht. Ich glaube, das ist höchst ungesund. *(Setzt sich neben Lady Chiltern aufs Sofa.)*

MABEL CHILTERN: Aber es ist für eine sehr gute Sache, für die Unwürdigen, die einzigen Leute, für die ich mich wirklich interessiere. Ich bin der Sekretär, und Tommy Trafford ist Schatzmeister.

MRS. CHEVELEY: Und welche Rolle spielt Lord Goring?

MABEL CHILTERN: Oh! Lord Goring ist Präsident.

MRS. CHEVELEY: Der Posten sollte ausgezeichnet für ihn passen, außer er hätte sich seit unserer ersten Bekanntschaft sehr verändert.

LADY MARKBY *(nachdenklich):* Sie sind bemerkenswert modern, Mabel. Vielleicht etwas zu modern. Nichts ist so gefährlich, als zu modern zu sein. Man wird unausweichlich sehr plötzlich altmodisch. Ich habe viele solcher Fälle gekannt.

MABEL CHILTERN: Was für eine grauenhafte Aussicht!

LADY MARKBY: Ah! Meine Liebe, Sie müssen nicht nervös sein. Sie werden immer so hübsch wie möglich sein. Das ist die beste Mode, die es gibt, und die einzige Mode, in der England erfolgreich den Trend setzt.

MABEL CHILTERN *(mit einem Knicks):* Vielen Dank, Lady Markby, von England ... und mir. *(Geht hinaus.)*

LADY MARKBY *(wendet sich an Lady Chiltern):* Liebe Gertrude, wir sind nur vorbeigekommen, um zu fragen, ob jemand möglicherweise Mrs. Cheveleys Diamantbrosche gefunden hat.

LADY CHILTERN: Hier?

MRS. CHEVELEY: Ja. Ich bemerkte ihren Verlust, als ich ins Claridge's zurückkam, und dachte, ich könnte sie möglicherweise hier verloren haben.

LADY CHILTERN: Ich habe nichts diesbezügliches gehört. Aber ich werde den Butler kommen lassen und fragen.

(Berührt die Glocke.)

MRS. CHEVELEY: Oh, bitte, machen Sie sich keine Mühe, Lady Chiltern. Wahrscheinlich habe ich sie in der Oper verloren, bevor wir herkamen.

LADY MARKBY: Ja, ich glaube, es muß in der Oper gewesen sein. Tatsache ist, wir alle rempeln und drängeln heutzutage so viel, daß ich mich immer wieder wundere, daß wir überhaupt noch etwas am Leibe haben am Ende eines Abends. Ich weiß selbst, daß ich mich nach meiner Rückkehr aus dem Salon immer so fühle, als hätte ich keinen Fetzen mehr an, außer einem kleinen Fetzen eines guten Rufs, gerade genug, um zu verhindern, daß die niederen Klassen durch die Kutschenfenster peinliche Entdeckungen machen können. Es ist eben so, daß unsere Gesellschaft furchtbar übervölkert ist. Man sollte wirklich einen richtigen Plan für subventionierte Emigration aufstellen. Das würde viel Gutes bewirken.

MRS. CHEVELEY: Ich stimme Ihnen völlig zu, Lady Markby. Es ist beinahe sechs Jahre her, daß ich während der Saison in London war, und ich muß sagen, daß die Gesellschaft furchtbar gemischt geworden ist. Überall sieht man die seltsamsten Menschen.

LADY MARKBY: Wie wahr, meine Liebe. Doch man muß sie ja nicht kennen. Ich bin sicher, ich kenne nicht die Hälfte der Leute, die in mein Haus kommen. Und von allem, was ich höre, möchte ich das auch gar nicht.

Mason tritt ein.

LADY CHILTERN: Was für eine Art Brosche haben Sie verloren, Mrs. Cheveley?

MRS. CHEVELEY: Eine diamantene Schlangenbrosche mit einem Rubin, einem eher großen Rubin.

LADY MARKBY: Ich dachte, Sie hätten gesagt, es sei ein Saphir, meine Liebe?

MRS. CHEVELEY *(lächelnd):* Nein, Lady Markby. Ein Rubin.

LADY MARKBY *(nickt):* Und bestimmt sehr schön.

LADY CHILTERN: Ist heute morgen in einem der Räume eine Brosche aus Rubin und Diamant gefunden worden, Mason?

MASON: Nein, Mylady.

MRS. CHEVELEY: Es ist wirklich nicht so wichtig, Lady Chiltern. Bitte verzeihen Sie mir, daß ich Ihnen solche Mühe mache.

LADY CHILTERN *(kühl):* Oh, das ist keine Mühe. Danke, Mason. Sie können Tee bringen. *(Mason geht.)*

LADY MARKBY: Nun, ich finde es sehr ärgerlich, etwas zu verlieren. Ich erinnere mich vor Jahren in Bath in der Trinkhalle ein außergewöhnlich schönes Kameenarmband verloren zu haben, das Sir John mit geschenkt hatte. Ich glaube, ich muß leider sagen, seitdem hat er mir nichts mehr geschenkt. Er hat traurig nachgelassen. Wirklich, dieses schreckliche Unterhaus ruiniert uns unsere Gatten. Ich halte das Unterhaus für den weitaus härtesten Schlag gegen das Eheleben, den es je gab, seit jene schreckliche Sache erfunden wurde, die sich Höhere Bildung für Frauen nennt.

LADY CHILTERN: Ah! Das in diesem Haus zu sagen, ist Ketzerei, Lady Markby. Robert ist ein großer Verfechter der höheren Frauenbildung, und ich fürchte, ich auch.

MRS. CHEVELEY: Was ich lieber sehen möchte, ist die höhere Bildung der Männer. Männer brauchen sie so dringend.

LADY MARKBY: Nur zu wahr, meine Liebe. Aber ich befürchte, ein solcher Plan wäre undurchführbar. Ich glaube nicht, daß der Mann viel Möglichkeit zur Entwicklung besitzt. Er ist so weit gekommen, wie er konnte, und das ist nun wirklich nicht weit, nicht wahr? Was Frauen angeht, nun, liebe Gertrude, Sie gehören zur jüngeren Generation, und ich bin sicher, es ist in Ordnung, wenn Sie es billigen. Zu meiner Zeit wurde uns natürlich beigebracht, nichts zu verstehen. Das war das alte System, und es war wunderbar interessant. Ich versichere Ihnen, die Menge an Dingen, die man mir und meiner armen Schwester beibrachte, nicht zu verstehen, war außergewöhnlich. Aber ich habe mir sagen lassen, moderne Frauen verstehen alles.

MRS. CHEVELEY: Bis auf ihre Ehemänner. Das ist die einzige Sache, die die moderne Frau nie versteht.

LADY MARKBY: Und ich möchte sagen, das ist auch ganz gut so, meine Liebe. Es könnte so manche glückliche Ehe zerstören, wenn sie es täten. Natürlich nicht die Ihre, Gertrude, das muß ich kaum betonen. Sie haben einen vorbildlichen Gatten geheiratet. Ich wollte, ich könnte dasselbe auch von mir sagen. Doch seit Sir John es sich angewöhnt hat, regelmäßig an den Debatten teilzunehmen, was er in der guten alten Zeit niemals getan hat, ist seine Sprache recht unmöglich geworden. Er scheint immer zu denken, daß er eine Rede vor dem Parlament hält, und folglich muß ich, wann immer er über die Lage des Landarbeiters oder der walisischen Kirche oder etwas anderes ähnlich Unpassendes spricht, die Diener aus dem Raum schicken. Es ist nicht angenehm, wenn man seinen eigenen Butler, der seit dreiundzwanzig Jahren bei der Familie ist, tatsächlich am Buffet erröten oder die Lakaien in den Ecken Verrenkungen machen sieht, als wären sie Zirkusleute. Ich versichere Ihnen, mein Leben wird noch völlig ruiniert, es sei denn, man schickt Sir John auf der Stelle ins Oberhaus. Da wird er sein Interesse an Politik rasch verlieren, nicht wahr? Das Oberhaus ist so vernünftig. Eine Versammlung von Gentlemen. Doch augenblicklich ist Sir John wirklich eine Zumutung. Ja, heute morgen, noch bevor das Frühstück halb beendet war, stand er auf dem Teppich vor dem Kamin, steckte seine Hände in die Taschen und hielt mit lauter Stimme eine Rede an das Land. Ich muß wohl kaum sagen, daß ich sofort den Tisch verließ, sobald ich meine zweite Tasse Tee getrunken hatte. Doch seine gewaltige Stimme konnte man im ganzen Haus hören! Ich hoffe doch, Gertrude, daß Sir Robert nicht auch so ist?

LADY CHILTERN: Aber ich interessiere mich sehr für Politik, Lady Markby. Ich liebe es, Robert darüber reden zu hören.

LADY MARKBY: Nun, ich hoffe, er ist nicht so den Blaubüchern verfallen wie Sir John. Ich kann mir nicht vorstellen, daß sie für irgend jemanden eine erbauliche Lektüre darstellen.

MRS. CHEVELEY *(ohne Interesse):* Ich habe nie ein Blaubuch gelesen. Ich bevorzuge Bücher … in gelben Umschlägen.

LADY MARKBY *(in freundlichem Nichtverstehen):* Gelb ist eine fröhlichere Farbe, nicht wahr? Ich habe in meiner Jugend häufig Gelb getragen und würde dies auch heute noch tun, wenn Sir John nicht so schmerzlich persönliche Bemerkungen machen würde, und Männer mit einer Meinung zur Damenkleidung sind immer lächerlich, oder?

MRS. CHEVELEY: Oh, nein! Ich glaube, daß Männer die einzige Autorität in Kleidungsfragen sind.

LADY MARKBY: In der Tat? Das sollte man nicht meinen, wenn man die Hüte betrachtet, die sie tragen. Oder?

Der Butler tritt ein, gefolgt vom Lakaien. Der Tee wird auf einem kleinen Tisch neben Lady Chiltern angerichtet.

LADY CHILTERN: Kann ich Ihnen Tee anbieten, Mrs. Cheveley?

MRS. CHEVELEY: Danke, ja. *(Der Butler reicht Mrs. Cheveley eine Tasse auf einem Tablett.)*

LADY CHILTERN: Tee, Lady Markby?

LADY MARKBY: Nein, danke, meine Liebe. *(Die Bediensteten gehen hinaus.)* Tatsache ist, daß ich versprochen habe, auf zehn Minuten bei der armen Lady Brancaster vorbeizugehen, die große Probleme hat. Ihre Tochter, auch ein gut erzogenes Mädchen, hat sich doch tatsächlich mit einem Hilfsgeistlichen in Shropshire verlobt. Eine traurige, sehr traurige Angelegenheit. Ich kann diese moderne Manie für Hilfsgeistliche nicht verstehen. Zu meiner Zeit haben wir jungen Mädchen sie natürlich überall herumlaufen sehen wie die Hasen. Doch wir haben ihnen nie Beachtung geschenkt, wie ich wohl kaum betonen muß. Doch ich habe gehört, daß die Gesellschaft auf dem Lande heutzutage mit ihnen durchsetzt ist. Ich halte das für höchst unreligiös. Und dann hat sich der älteste Sohn mit seinem Vater überworfen, und es geht das Gerücht, wenn sie sich im Club begegnen, verberge sich Lord Brancaster immer hinter den Finanzseiten der Times. Ich glaube allerdings, daß das heutzutage häufig vorkommt und daß alle Clubs in der St. James's Street mehr Exemplare der Times bestellen müssen. Es gibt so viele Söhne, die nichts mit ihren Vätern zu tun haben wollen, und so viele Väter, die nicht mit ihren Söhnen reden wollen. Ich persönlich halte dies für sehr bedauerlich.

MRS. CHEVELEY: Ich auch. Väter können heutzutage so viel von ihren Söhnen lernen.

LADY MARKBY: Wirklich, meine Liebe? Was denn?

MRS. CHEVELEY: Die Kunst zu leben. Die einzige wirklich Schöne Kunst, die wir in der modernen Zeit erfunden haben.

LADY MARKBY *(kopfschüttelnd):* Ah! Ich fürchte, Lord Brancaster weiß eine Menge darüber. Mehr als es seine arme Frau je tat. *(Wendet sich an Lady Chiltern):* Sie kennen doch Lady Brancaster, nicht wahr?

LADY CHILTERN: Nicht sehr gut. Sie war letzten Herbst in Langton, als wir uns dort aufhielten.

LADY MARKBY: Nun, wie alle korpulenten Frauen sieht sie immer aus wie die personifizierte Fröhlichkeit, wie Ihnen bestimmt aufgefallen ist. Doch gibt es in ihrer Familie viele Tragödien, neben dieser Affäre mit dem Hilfsgeistlichen. Ihre eigene Schwester, Mrs. Jekyll, hatte ein sehr trauriges Leben, und ich muß leider sagen, nicht durch ihre eigene Schuld. Schließlich war ihr Herz so gebrochen, daß sie in ein Kloster ging – oder auf die Opernbühne, ich habe vergessen, was es war. Nein. Ich glaube, sie hat dekorative Handarbeiten aufgenommen. Ich weiß nur, daß sie allen Sinn für Freude im Leben verloren hatte. *(Erhebt sich):* Und nun, Gertrude, erlauben Sie mir, Mrs. Cheveley in Ihrer Obhut zu lassen und sie in einer Viertelstunde wieder abzuholen. Oder vielleicht, liebe Mrs. Cheveley, würden Sie lieber in der Kutsche warten, während ich Lady Brancaster aufsuche. Da ich es als einen Beileidsbesuch ansehe, werde ich nicht lange bleiben.

MRS. CHEVELEY *(erhebt sich):* Ich habe nichts dagegen, in der Kutsche zu warten, vorausgesetzt, es gibt jemanden, der mich anschaut.

LADY MARKBY: Nun, ich höre, der Hilfsgeistliche schleicht immer ums Haus.

MRS. CHEVELEY: Ich fürchte, ich mag Freundinnen nicht.

LADY CHILTERN *(steht auf):* Oh, ich hoffe, Mrs. Cheveley wird ein wenig hier bleiben. Ich würde mich gern ein paar Minuten mit ihr unterhalten.

MRS. CHEVELEY: Wie überaus freundlich von Ihnen, Lady Chiltern! Glauben Sie mir, nichts bereitete mir mehr Vergnügen.

LADY MARKBY: Ah! Zweifellos haben Sie viele angenehme Erinnerungen an Ihre Schulzeit, über die Sie reden wollen. Auf Wiedersehen, liebe Gertrude! Werde ich Sie heute abend bei Lady Bonar sehen? Sie hat ein wundervolles neues Genie entdeckt. Er macht … gar nichts, glaube ich. Das ist ein großer Trost, nicht wahr?

LADY CHILTERN: Robert und ich werden heute abend allein zu Hause speisen, und ich glaube nicht, daß ich später noch irgendwohin gehe. Robert muß natürlich im Parlament sein. Aber es ist nichts Interessantes auf dem Programm.

LADY MARKBY: Allein zu Hause speisen? Ist das klug? Ah, ich vergaß, Ihr Gatte ist eine Ausnahme. Meiner gehört zur Regel, und nichts läßt eine Frau so schnell altern als mit der Regel verheiratet zu sein.

Lady Markby geht hinaus.

MRS. CHEVELEY: Wundervolle Frau, Lady Markby, nicht wahr? Redet mehr und sagt weniger als alle, die ich je getroffen habe. Sie ist für öffentliche Reden geboren. Viel mehr als ihr Ehemann, obwohl er der typische Engländer ist, immer langweilig und gewöhnlich heftig.

LADY CHILTERN *(antwortet nicht, sondern bleibt stehen. Es gibt eine Pause. Dann treffen sich die Blicke der beiden Frauen. Lady Chiltern ist finster und blaß. Mrs. Cheveley scheint eher amüsiert):* Mrs. Cheveley, ich glaube, es ist nur recht, daß ich Ihnen offen sage, hätte ich gewußt, wer Sie wirklich sind, hätte ich Sie gestern abend nicht in mein Haus eingeladen.

MRS. CHEVELEY *(mit einem unverschämten Lächeln):* Wirklich?

LADY CHILTERN: Es wäre mir nicht möglich gewesen.

MRS. CHEVELEY: Ich sehe, Sie haben sich in all den Jahren nicht ein bißchen geändert, Gertrude.

LADY CHILTERN: Ich ändere mich nie.

MRS. CHEVELEY *(hebt die Augenbrauen):* Dann hat das Leben Sie nichts gelehrt?

LADY CHILTERN: Es hat mich gelehrt, daß eine Person, die sich einmal einer unehrlichen und unehrenhaften Handlung schuldig gemacht hat, auch ein zweites Mal schuldig sein kann und daher gemieden werden sollte.

MRS. CHEVELEY: Würde diese Regel für alle gelten?

LADY CHILTERN: Ja, für alle, ohne Ausnahme.

MRS. CHEVELEY: Dann tun Sie mir leid, Gertrude, sehr leid.

LADY CHILTERN: Sie sehen nun bestimmt ein, daß eine weitere Bekanntschaft für uns während Ihres Aufenthalts in London aus verschiedenen Gründen unmöglich ist, nicht wahr?

MRS. CHEVELEY *(lehnt sich in ihrem Sessel zurück):* Wissen Sie, Gertrude, ich habe überhaupt nichts dagegen, daß Sie moralische Reden halten. Moralität ist schlicht das Verhalten, das wir gegenüber denen an den Tag legen, die wir nicht leiden können. Sie mögen mich nicht. Dessen bin ich mir völlig bewußt. Und ich habe Sie immer verabscheut. Und dennoch bin ich hier, um Ihnen einen Dienst zu erweisen.

LADY CHILTERN *(verächtlich):* Wie der Dienst, den Sie gestern abend meinem Mann erweisen wollten, nehme ich an. Dem Himmel sei Dank, daß ich ihn davor retten konnte.

MRS. CHEVELEY *(erhebt sich halb von ihrem Sitz):* Sie waren es, die ihn dazu brachte, mir diesen anmaßenden Brief zu schreiben? Sie waren es, die ihn dazu brachte, sein Versprechen zu brechen?

LADY CHILTERN: Ja.

MRS. CHEVELEY: Dann müssen Sie ihn dazu bringen, es zu halten. Ich gebe Ihnen bis morgen früh Zeit – nicht länger. Falls Ihr Mann sich bis dahin nicht feierlich bereit erklärt, mir bei diesem großartigen Plan zu helfen, an dem ich interessiert bin …

LADY CHILTERN: Dieser betrügerischen Spekulation …

MRS. CHEVELEY: Nennen Sie es, wie Sie wollen. Ich habe Ihren Mann in der Hand, und wenn Sie klug sind, bringen Sie ihn dazu, das zu tun, was ich will.

LADY CHILTERN *(erhebt sich und geht auf sie zu):* Sie sind unverschämt. Was hat mein Gatte mit Ihnen zu tun? Mit einer Frau wie Ihnen?

MRS. CHEVELEY: Gleich und gleich gesellt sich gern in dieser Welt. Der Grund, warum Ihr Mann und ich so gut zusammenpassen, ist, daß er ein ebenso großer Betrüger und ebenso unehrlich ist. Zwischen ihm und Ihnen liegen Welten. Er und ich sind enger verbunden als Freunde. Wir sind Feinde, die aneinander gebunden sind. Uns bindet die gleiche Sünde.

LADY CHILTERN: Wie können Sie es wagen, sich auf eine Stufe mit meinem Mann zu stellen? Wie können Sie es wagen, ihm oder mir zu drohen? Verlassen Sie mein Haus. Sie sind nicht würdig, es zu betreten.

Sir Robert Chiltern kommt hinter ihr ins Zimmer. Er hört die letzten Worte seiner Frau und sieht, an wen sie gerichtet sind. Er wird totenblaß.

MRS. CHEVELEY: Ihr Haus! Ein Haus, das mit dem Lohn der Unehrlichkeit gekauft wurde! Ein Haus, in dem alles durch Betrug bezahlt wurde. *(Dreht sich um und sieht Sir Robert Chiltern.)* Fragen Sie ihn nach der Grundlage seines Vermögens! Bringen Sie ihn dazu, Ihnen zu erzählen, wie er einem Börsenmakler ein Kabinettsgeheimnis verkauft hat. Erfahren Sie von ihm, welchem Umstand Sie Ihre Stellung verdanken.

LADY CHILTERN: Das ist nicht wahr! Robert! Es ist nicht wahr!

MRS. CHEVELEY *(zeigt mit dem Finger auf ihn):* Sehen Sie ihn an! Kann er es leugnen? Würde er es wagen?

SIR ROBERT CHILTERN: Gehen Sie! Gehen Sie auf der Stelle! Sie haben bereits Ihr Schlimmstes getan.

MRS. CHEVELEY: Mein Schlimmstes? Ich bin noch nicht mit Ihnen fertig, mit keinem von Ihnen beiden. Ich gebe Ihnen Zeit bis morgen mittag. Wenn Sie bis dahin nicht tun, was ich verlange, soll die ganze Welt die Wahrheit über Sir Robert Chiltern wissen.

Sir Robert Chiltern läutet. Mason tritt ein.

SIR ROBERT CHILTERN: Begleiten Sie Mrs. Cheveley hinaus.

Mrs. Cheveley fährt auf, verneigt sich dann mit übertriebener Höflichkeit vor Lady Chiltern, die diese Geste nicht erwidert. Als sie an Sir Robert Chiltern vorübergeht, der in der Nähe der Tür steht, bleibt sie einen Augenblick stehen und schaut ihm direkt ins Gesicht. Dann geht sie hinaus, gefolgt vom Butler, der die Tür hinter sich schließt. Das Ehepaar ist allein. Lady Chiltern steht da wie jemand, der in einem schrecklichen Alptraum befangen ist. Dann dreht sie sich um und schaut ihren Mann an. Sie schaut ihn seltsam an, als ob sie ihn zum ersten Mal sähe.

LADY CHILTERN: Du hast ein Kabinettgeheimnis für Geld verkauft! Du hast dein Leben mit einem Betrug begonnen! Du hast deine Karriere auf Unehre aufgebaut! Oh, sag mir, daß es nicht wahr ist! Lüge mich an! Lüge mich an! Sag mir, daß es nicht wahr ist!

SIR ROBERT CHILTERN: Was diese Frau gesagt hat, ist die Wahrheit. Doch, Gertrude, höre mich an. Du verstehst nicht, welcher Versuchung ich gegenüberstand. Laß mich dir die ganze Geschichte erzählen. *(Geht auf sie zu.)*

LADY CHILTERN: Komm mir nicht zu nahe! Faß mich nicht an. Ich fühle mich, als hättest du mich für immer besudelt. Oh! Welche Maske du all diese Jahre getragen hast! Eine schreckliche, bemalte Maske! Du hast dich für Geld verkauft. Oh! Ein gemeiner Dieb wäre besser! Du hast dich dem höchsten Angebot zum Verkauf angeboten! Du bist auf dem Markt gekauft worden. Du hast die ganze Welt belogen. Mich jedoch sollst du nicht anlügen.

SIR ROBERT CHILTERN *(stürzt auf sie zu):* Gertrude! Gertrude!

LADY CHILTERN *(stößt ihn mit ausgestreckten Armen zurück):* Nein, sprich nicht! Sag nichts! Deine Stimme weckt schreckliche Erinnerungen – Erinnerungen an Dinge, für die ich dich liebte – Erinnerungen an Worte, für die ich dich liebte – Erinnerungen, die mir nun schrecklich sind. Und wie habe ich dich verehrt! Du warst für mich etwas, das sich vom gewöhnlichen Leben unterschied, rein, edel, ehrlich, ohne Makel. Die Welt erschien mir besser, weil du in ihr warst, und Rechtschaffenheit realer, weil du lebtest. Und jetzt – oh, wenn ich daran denke, daß ich einen Mann wie dich zu meinem Ideal gemacht habe! Dem Ideal meines Lebens!

SIR ROBERT CHILTERN: Das war dein Fehler. Das war dein Irrtum. Ein Irrtum, dem alle Frauen verfallen. Warum könnt ihr Frauen uns nicht lieben, mit Fehlern und allem? Warum müßt ihr uns auf ungeheure Sockel stellen? Wir sind alle nur Menschen, Frauen wie Männer. Doch wenn wir Männer eine Frau lieben, dann lieben wir sie, obwohl wir ihre Schwächen, ihre Launen, ihre Unvollkommenheiten kennen, lieben sie vielleicht aus diesem Grunde noch mehr. Es sind nicht die Perfekten, sondern die Unvollkommenen, die Liebe brauchen. Wenn wir durch die eigene Hand verwundet sind oder durch die Hand anderer, dann sollte die Liebe kommen, um uns zu heilen – wofür sonst ist Liebe da? Alle Sünden, außer einer Sünde gegen sie selbst, sollte die Liebe vergeben. Alle Leben, außer einem Leben ohne Liebe, sollte die Liebe begnadigen. Die Liebe eines Mannes ist so beschaffen. Sie ist größer, umfassender, menschlicher als die einer Frau. Frauen denken, sie machen aus Männern Ideale. Was sie aus uns machen, sind bloße falsche Idole. Du hast ein falsches Idol aus mir gemacht, und ich hatte nicht den Mut, von meinem Sockel herabzusteigen, dir meine Wunden zu zeigen, dir von meinen Schwächen zu erzählen. Ich hatte zu große Angst, ich könnte deine Liebe verlieren, wie ich sie nun verloren habe! Und so hast du gestern nacht mein Leben ruiniert – ja, ruiniert! Was diese Frau von mir verlangte, war nichts im Vergleich zu dem, was sie mir anbot. Sie bot mir Sicherheit, Frieden, Stabilität. Die Sünde meiner Jugend, die ich begraben glaubte, erschien wieder vor mir, scheußlich, schrecklich, mit ihren Händen an meiner Kehle. Ich hätte sie für immer töten können, in ihr Grab zurückschicken, ihre Aufzeichnungen vernichten können, den einzigen Zeugen gegen mich verbrennen können. Du hast mich daran gehindert. Niemand anderer als du, du weißt es. Und nun, welche Aussichten habe ich außer öffentlicher Schande, Ruin, grauenhafte Scham, dem Hohn der Welt, einem einsamen, entehrten Leben, einem einsamen, entehrten Tod eines Tages? Wenn doch Frauen keine Ideale mehr aus Männern machten! Wenn sie Männer nicht mehr auf Altäre erhöben und sich vor ihnen verneigten – dann würden sie keine anderen Leben so vollständig vernichten, wie du – du, die ich so wild geliebt habe – meines ruiniert hast!
Er verläßt den Raum. Lady Chiltern stürzt hinter ihm her, doch die Tür schließt sich, bevor sie sie erreicht. Blaß vor Schmerz, verwirrt, hilflos schwankt sie wie ein Blatt im Wind. Ihre ausgestreckten Hände scheinen wie Blüten im Wind zu zittern. Dann wirft sie sich neben ein Sofa und vergräbt ihr Gesicht in den Kissen. Ihre Schluchzer sind wie die Schluchzer eines Kindes.

Ende des zweiten Aktes

DRITTER AKT

SZENE: *Die Bibliothek in Lord Gorings Haus in der Curzon Street in London. Ein Raum im Stils Adams. Rechts ist die Tür zur Halle. Links die Tür zum Rauchsalon. Im Hintergrund öffnen sich Schiebetüren in den Salon. Der Kamin brennt. Phipps, der Butler, ordnet einige Zeitungen auf dem Schreibtisch. Phipps zeichnet sich durch seine Ausdruckslosigkeit aus. Er ist von Enthusiasten als der ideale Butler bezeichnet worden. Selbst die Sphinx ist nicht so schweigsam. Er ist eine Maske mit Manieren. Über sein intellektuelles oder emotionelles Leben weiß man nichts. Er repräsentiert die Dominanz der Gestalt.*

Lord Goring tritt ein, in Abendkleidung mit einer Blume im Knopfloch. Er trägt einen Seidenhut und ein Inverness-Cape. In den weiß behandschuhten Händen hält er einen Stock im Stil

Ludwig XVI. Er zeigt alle feinen Geckenhaftigkeiten der Mode. Man sieht sofort, daß er eng mit dem modernen Leben verbunden ist, ja, daß er es formt und beherrscht. Er ist der erste gut gekleidete Philosoph in der Geschichte des Denkens.

LORD GORING: Haben Sie die neue Blume für mein Knopfloch, Phipps?

PHIPPS: Jawohl, Mylord. *(Er nimmt Hut, Stock und Cape entgegen und reicht die Blume auf einem Tablett.)*

LORD GORING: Ziemlich bemerkenswerte Sache, Phipps. Ich bin zur Zeit die einzige Person von geringster Bedeutung, die eine Knopflochblume trägt.

PHIPPS: Ja, Mylord. Ich habe es bemerkt.

LORD GORING *(entfernt die alte Blume aus dem Knopfloch):* Sehen Sie, Phipps, Mode ist das, was man selber trägt. Was unmodern ist, ist das, was die anderen tragen.

PHIPPS: Sehr wohl, Mylord.

LORD GORING: Genauso wie Vulgarität schlicht das Verhalten anderer ist.

PHIPPS: Sehr wohl, Mylord.

LORD GORING *(steckt die neue Blume ins Knopfloch):* Und Unwahrheiten die Wahrheiten anderer Leute.

PHIPPS: Sehr wohl, Mylord.

LORD GORING: Andere Leute sind recht schrecklich. Die einzig mögliche Gesellschaft ist man selbst.

PHIPPS: Sehr wohl, Mylord.

LORD GORING: Sich selbst zu lieben ist der Beginn einer lebenslangen Romanze, Phipps.

PHIPPS: Sehr wohl, Mylord.

LORD GORING *(betrachtet sich im Spiegel):* Ich glaube nicht, daß mir dieses Knopflochsträußchen gefällt, Phipps. Macht mich etwas zu alt. Läßt mich fast wie in der Blüte der Jahre erscheinen, he, Phipps?

PHIPPS: Ich bemerke keine Veränderung in der Erscheinung Ihrer Lordschaft.

LORD GORING: Keine, Phipps?

PHIPPS: Nein, Mylord.

LORD GORING: Ich bin mir nicht so sicher. In Zukunft ein banaleres Sträußchen, Phipps, für donnerstags abends.

PHIPPS: Ich werde mit der Floristin reden, Mylord. Sie hatte kürzlich einen Todesfall in der Familie, was vielleicht eine Erklärung für den Mangel an Banalität ist, die Ihre Lordschaft beim Knopflochsträußchen beklagt.

LORD GORING: Das ist eine außergewöhnliche Sache bei den unteren Klassen in England – sie verlieren dauernd ihre Verwandten.

PHIPPS: Sehr wohl, Mylord. Sie haben in dieser Hinsicht viel Glück.

LORD GORING *(dreht sich um und schaut ihn an. Phipps bleibt ausdruckslos.):* Hm! Irgendwelche Post, Phipps?

PHIPPS: Drei Briefe, Mylord. *(Reicht sie auf einem Tablett.)*

LORD GORING *(nimmt sie entgegen):* Ich brauche in zwanzig Minuten meinen Wagen.

PHIPPS: Sehr wohl, Mylord. *(Geht zur Tür.)*

LORD GORING *(hält einen Brief in einem rosa Umschlag hoch):* Ähem, Phipps, wann ist dieser Brief gekommen?

PHIPPS: Er wurde überbracht, direkt nachdem Ihre Lordschaft in den Club gegangen waren.

LORD GORING: Sie können gehen, Phipps. *(Phipps geht hinaus.)* Lady Chilterns Handschrift auf Lady Chilterns rosa Briefpapier. Merkwürdig. Ich dachte, Robert sollte schreiben. Ich frage mich, was Lady Chiltern mir zu sagen hat? *(Setzt sich an den Schreibtisch und liest den Brief.)* ›Ich brauche Sie. Ich vertraue Ihnen. Ich komme zu Ihnen. Gertrude.‹ *(Legt den Brief mit verwundertem Gesichtsausdruck beiseite. Nimmt ihn dann wieder auf und liest ihn erneut.)* ›Ich brauche Sie. Ich vertraue Ihnen. Ich komme zu Ihnen.‹ Sie hat alles herausgefunden! Arme Frau! Arme Frau! *(Zieht seine Uhr hervor und schaut darauf.)* Doch was für eine Zeit für einen Besuch! Zehn Uhr! Ich werde wohl nicht zu den Berkshires gehen können. Es ist allerdings immer nett, erwartet zu werden und dann nicht zu kommen. Auf dem Junggesellenball erwartet man mich nicht, darum werde ich bestimmt hingehen. Nun, ich werde sie dazu bringen, zu ihrem Gatten zu stehen. Das ist das einzig Richtige für eine Frau. Es ist der wachsende Sinn für Moral in Frauen, der die Ehe zu einer so hoffnungslosen, einseitigen Institution macht. Zehn Uhr. Sie sollte bald hier sein. Ich muß Phipps sagen, daß ich für niemand anderen zu sprechen bin. *(Geht zur Glocke.)*

Phipps tritt ein.

PHIPPS: Lord Caversham.

LORD GORING: Oh, warum müssen Eltern immer im falschen Augenblick auftauchen? Ein außergewöhnlicher Fehler der Natur, vermute ich. *(Lord Caversham tritt ein.)* Wie nett, Sie zu sehen, mein lieber Vater. *(Geht ihm entgegen.)*

LORD CAVERSHAM: Nimm mir den Mantel ab.

LORD GORING: Lohnt sich das, Vater?

LORD CAVERSHAM: Natürlich lohnt es sich, Sir. Welches ist der bequemste Sessel?

LORD GORING: Dieser hier, Vater. Das ist der Sessel, in dem ich selbst sitze, wenn ich Besucher habe.

LORD CAVERSHAM: Danke. Es zieht doch hoffentlich nicht in diesem Zimmer?

LORD GORING: Nein, Vater.

LORD CAVERSHAM *(nimmt Platz)*: Bin froh, das zu hören. Kann Durchzug nicht ausstehen. Haben zu Hause keinen Durchzug.

LORD GORING: Nur so manchen Orkan, Vater.

LORD CAVERSHAM: He? He? Verstehe nicht, was du meinst. Will ernsthaft mit Ihnen sprechen, Sir.

LORD GORING: Mein verehrter Vater! Um diese Zeit?

LORD CAVERSHAM: Nun, Sir, es ist erst zehn Uhr. Was haben Sie gegen diese Zeit einzuwenden? Ich finde, die Zeit ist hervorragend!

LORD GORING: Tja, Tatsache ist, Vater, heute ist nicht mein Tag für ernsthafte Gespräche. Es tut mir außerordentlich leid, aber es nicht mein Tag.

LORD CAVERSHAM: Was meinst du denn damit?

LORD GORING: Während der Saison, Vater, führe ich ernsthafte Gespräche nur jeden ersten Dienstag im Monat, zwischen vier und sieben.

LORD CAVERSHAM: Dann stell dir halt vor, es ist Dienstag.

LORD GORING: Aber es ist schon nach sieben, Vater, und mein Doktor sagt, ich darf nach sieben Uhr keine ernste Unterhaltung mehr führen. Sonst rede ich im Schlaf.

LORD CAVERSHAM: Im Schlaf reden, Sir? Was macht das schon? Du bist doch nicht verheiratet.

LORD GORING: Eben, Vater, ich bin nicht verheiratet.

LORD CAVERSHAM: Hm! Darüber wollte ich eben mit dir reden. Du mußt heiraten, und das sofort. Als ich in deinem Alter war, junger Mann, war ich schon drei Monate lang ein untröstlicher Witwer und machte bereits deiner bewunderungswürdigen Mutter den Hof. Verdammt, mein Junge, du mußt heiraten. Du kannst nicht ewig für das Vergnügen leben. Jeder Mann mit Stellung ist heute verheiratet. Junggesellen sind aus der Mode gekommen. Sie sind beschädigte Waren. Man weiß zuviel über sie. Du mußt eine Frau haben, mein Junge. Schau nur, wie weit es dein Freund Robert Chiltern durch Redlichkeit, harte Arbeit und die vernünftige Heirat mit einer guten Frau gebracht hat. Warum machst du es ihm nicht nach? Warum nimmst du dir nicht an ihm ein Beispiel?

LORD GORING: Ich glaube, das werde ich tun, Vater.

LORD CAVERSHAM: Ich wollte, das würdest du. Es würde mich glücklich machen. Zur Zeit mache ich deiner Mutter wegen dir das Leben schwer. Du bist herzlos, mein Junge, herzlos.

LORD GORING: Hoffentlich nicht, Vater.

LORD CAVERSHAM: Außerdem ist es höchste Zeit für dich zu heiraten. Schließlich bist du vierunddreißig Jahre.

LORD GORING: Ja, Vater, aber ich gebe nur zweiunddreißig zu … einunddreißigeinhalb, wenn ich ein wirklich gutes Knopflochsträußchen habe. Dieses hier ist nicht … banal genug.

LORD CAVERSHAM: Laß mich dir sagen, mein Junge, du bist vierunddreißig. Und in diesem Raum gibt es außerdem Durchzug, was dein Verhalten nur noch schlimmer macht. Warum haben Sie gesagt, es gäbe keinen Durchzug, mein Herr? Ich spüre einen. Ich spüre ihn deutlich.

LORD GORING: Ich auch, Vater. Einen schrecklichen Durchzug. Ich werde morgen zu Ihnen kommen, Vater. Dann können wir über alles reden, was Sie wollen. Lassen Sie mich Ihnen in den Mantel helfen, Vater.

LORD CAVERSHAM: Nein, mein Sohn. Ich bin heute abend aus einem bestimmten Grund hergekommen, und den werde ich verfolgen, auf alle Kosten für meine Gesundheit oder deine. Leg meinen Mantel wieder hin.

LORD GORING: Sicher, Vater. Aber lassen Sie uns in einen anderen Raum gehen. *(Läutet nach dem Butler.)* Hier herrscht ein furchtbarer Durchzug. *(Phipps tritt ein.)* Phipps, brennt ein gutes Feuer im Rauchsalon?

PHIPPS: Jawohl, Mylord.

LORD GORING: Kommen Sie mit dort hinein, Vater. Ihr Niesen ist herzzerreißend.

LORD CAVERSHAM: Ich nehme doch an, mein junger Herr, ich habe das Recht zu niesen, wann ich will?

LORD GORING *(reumütig):* Natürlich, Vater. Ich wollte nur mein Mitgefühl ausdrücken.

LORD CAVERSHAM: Oh, zur Hölle mit dem Mitgefühl. Heutzutage gibt es eine Menge zuviel davon auf der Welt.

LORD GORING: Da bin ich einer Meinung mit Ihnen, Vater. Wenn es weniger Mitgefühl auf der Welt gäbe, gäbe es weniger Probleme auf der Welt.

LORD CAVERSHAM *(geht auf den Rauchsalon zu):* Das ist ein Paradoxon, mein Herr. Ich hasse Paradoxa.

LORD GORING: Ich auch, Vater. Jeder, den man heute trifft, ist ein Paradoxon. Das ist so langweilig. Es macht die Gesellschaft so durchschaubar.

LORD CAVERSHAM *(dreht sich um und schaut seinen Sohn unter seinen buschigen Augenbrauen hervor an):* Verstehst du eigentlich immer, was du sagst, mein Sohn?

LORD GORING *(nach kurzem Zögern):* Ja, Vater, wenn ich aufmerksam zuhöre.

LORD CAVERSHAM *(empört):* Wenn du aufmerksam zuhörst! ... Eingebildeter junger Welpe!

Geht grummelnd in den Rauchsalon.

Phipps tritt ein.

LORD GORING: Phipps, ich erwarte eine Dame heute abend in einer bestimmten Angelegenheit. Bringen Sie sie in den Salon, wenn sie kommt. Sie verstehen?

PHIPPS: Sehr wohl, Mylord.

LORD GORING: Es ist eine Angelegenheit von höchster Wichtigkeit, Phipps.

PHIPPS: Ich verstehe, Mylord.

LORD GORING: Niemand sonst wird vorgelassen, unter keinen Umständen.

PHIPPS: Ich verstehe, Mylord. *(Es klingelt.)*

LORD GORING: Ah! Das ist sie wahrscheinlich. Ich werde sie selbst empfangen.

Gerade als er zur Tür geht, kommt Lord Caversham aus dem Rauchsalon.

LORD CAVERSHAM: Nun, mein Junge, muß ich darauf warten, daß du dich um mich kümmerst?

LORD GORING *(beträchtlich verwirrt):* Einen Augenblick, Vater. Entschuldigen Sie mich bitte. *(Lord Caversham geht zurück.)* Nun, denken Sie an meine Anweisungen, Phipps – in jenen Raum.

PHIPPS: Sehr wohl, Mylord.

Lord Goring geht in den Rauchsalon. Harold, der Diener, geleitet Mrs. Cheveley in den Raum. Einer Lamia gleich ist sie in Grün und Silber gekleidet. Sie trägt einen Umhang aus schwarzer Seide mit einem Futter aus rosenroter Seide.

HAROLD: Wen darf ich melden, Madam?

MRS. CHEVELEY *(zu Phipps, der auf sie zukommt):* Ist Lord Goring nicht da? Mir wurde gesagt, er sei zu Hause.

PHIPPS: Seine Lordschaft ist augenblicklich in der Gesellschaft von Lord Caversham, Madam.

Richtet ein kaltes, glasiges Auge auf Harold, der auf der Stelle verschwindet.

MRS. CHEVELEY *(zu sich selbst):* Welch kindliche Ergebenheit!

PHIPPS: Seine Lordschaft trug mir auf, Sie zu bitten, freundlicherweise im Salon auf ihn zu warten. Seine Lordschaft wird sofort kommen.

MRS. CHEVELEY *(mit überraschter Miene):* Lord Goring erwartet mich?

PHIPPS: Jawohl, Madam.

MRS. CHEVELEY: Sind Sie ganz sicher?

PHIPPS: Seine Lordschaft trug mir auf, falls eine Dame käme, sie zu bitten, im Salon zu warten. *(Geht zur Salontür und öffnet sie.)* Die Anweisungen Seiner Lordschaft diesbezüglich waren sehr genau.

MRS. CHEVELEY *(zu sich selbst):* Wie rücksichtsvoll von ihm! Das Unerwartete zu erwarten beweist einen durch und durch modernen Intellekt. *(Geht zum Salon und schaut hinein.)* Huh! Wie trübselig Junggesellensalons immer aussehen. Das werde ich ändern müssen. *(Phipps bringt die Lampe vom Schreibtisch.)* Nein, die Lampe gefällt mir gar nicht. Zünden Sie Kerzen an.

PHIPPS: Sehr wohl, Madam.

MRS. CHEVELEY: Ich hoffe doch, daß die Kerzen hübsche Schatten werfen.

PHIPPS: Wir hatten noch keine Beschwerden über sie, Madam, bis jetzt. *Geht in den Salon und beginnt, Kerzen anzuzünden.*

MRS. CHEVELEY *(zu sich selbst):* Ich frage mich, auf welche Frau er heute abend wartet. Es wird entzückend sein, ihn zu ertappen. Männer sehen immer so töricht aus, wenn man sie ertappt. Und ertappt werden sie immer. *(Schaut sich im Zimmer um und geht zum Schreibtisch.)* Was für ein interessanter Raum! Was für ein höchst interessantes Gemälde! Wie wohl seine Korrespondenz aussieht? *(Nimmt die Briefe auf.)* Oh, was für eine uninteressante Korrespondenz! Rechnungen und Karten, Schulden und Witwen! Wer um alles in der Welt schreibt ihm auf rosa Papier? Wie lächerlich, auf rosa Papier zu schreiben! Das sieht aus wie der Beginn einer Romanze in der Mittelklasse. Romanzen sollten nie mit Gefühlen anfangen. Sie sollten mit Wissenschaft beginnen und mit einer Einigung enden. *(Legt den Brief nieder und nimmt ihn wieder auf.)* Ich kenne diese Handschrift. Sie gehört zu Gertrude Chiltern. Ich erinnere mich genau. Die zehn Gebote in jedem Federstrich, und das Gesetz der Moral auf der ganzen Seite. Was Gertrude ihm wohl zu schreiben hat? Wahrscheinlich irgendeine Horrorgeschichte über mich. Wie ich diese Frau verabscheue! *(Liest den Brief.)* ›Ich brauche Sie. Ich vertraue Ihnen. Ich komme zu Ihnen. Gertrude.‹ ›Ich brauche Sie. Ich vertraue Ihnen. Ich komme zu Ihnen.‹

Ein Ausdruck des Triumphs breitet sich auf ihrem Gesicht aus. Sie will den Brief soeben an sich nehmen, als Phipps hereinkommt.

PHIPPS: Die Kerzen im Salon sind angezündet, Madam, wie Sie es angeordnet haben.

MRS. CHEVELEY: Danke. *(Erhebt sich hastig und schiebt den Brief unter einen großen silbernen Löschpapierbehälter auf dem Tisch.)*

PHIPPS: Ich hoffe, die Schatten sind zu Ihrer Zufriedenheit, Madam. Es sind die hübschesten, die wir haben. Es sind die gleichen, wie sie Seine Lordschaft beim Ankleiden zum Dinner benutzt.

MRS. CHEVELEY *(mit einem Lächeln):* Dann bin ich sicher, daß sie vollkommen ausreichen werden.

PHIPPS *(ernst):* Danke, Madam.

Mrs. Cheveley geht in den Salon. Phipps schließt die Tür und zieht sich zurück. Die Tür öffnet sich langsam, und Mrs. Cheveley kommt heraus und schleicht sich verstohlen zum Schreibtisch. Plötzlich sind Stimmen aus dem Rauchsalon zu hören. Mrs. Cheveley wird bleich und hält inne. Die Stimmen werden lauter, und sie geht zurück in den Salon und beißt sich auf die Lippen.

Lord Goring und Lord Caversham treten ein.

LORD GORING *(flehend):* Mein lieber Vater, wenn ich schon heiraten muß, dann werden Sie mir doch gewiß erlauben, die Zeit, den Ort und die Person zu wählen? Besonders die Person.

LORD CAVERSHAM *(streitlustig):* Das ist meine Angelegenheit, mein Junge. Du würdest wahrscheinlich eine schlechte Wahl treffen. Ich bin es, der zu Rate gezogen werden sollte, nicht du. Hier geht es um Anstand. Nicht um Neigung. Neigung kommt erst später in der Ehe.

LORD GORING: Ja. Im Eheleben kommt Neigung, wenn Leute sich von Grund auf nicht ausstehen können, nicht wahr, Vater? *(Legt Lord Caversham seinen Mantel um.)*

LORD CAVERSHAM: Gewiß, mein junger Herr. Ich wollte sagen, gewiß nicht, mein Junge. Du redest heute abend törichtes Zeug. Was ich sagen will, ist, daß die Ehe eine Sache des gesunden Menschenverstands ist.

LORD GORING: Aber Frauen mit gesundem Menschenverstand sind so seltsam nichtssagend, Vater, nicht wahr? Natürlich weiß ich das nur vom Hörensagen.

LORD CAVERSHAM: Keine Frau, sei sie nichtssagend oder hübsch, hat gesunden Menschenverstand. Gesunder Menschenverstand ist ein Vorrecht unseres Geschlechts.

LORD GORING: Wie recht Sie haben, Vater. Und wir Männer sind so selbstaufopfernd, daß wir ihn nie benutzen, nicht wahr?

LORD CAVERSHAM: Ich benutze ihn, mein Lieber, Ich benutze nichts anderes.

LORD GORING: Genau das erzählt mir meine Mutter.

LORD CAVERSHAM: Das ist das Geheimnis des Glücks deiner Mutter. Du bist herzlos, mein Sohn, recht herzlos.

LORD GORING: Ich hoffe nicht, Vater,

Geht für einen Augenblick hinaus. Kehrt, leicht verwirrt, mit Sir Robert Chiltern zurück.

SIR ROBERT CHILTERN: Mein lieber Arthur, welch Glück, Sie auf der Schwelle zu treffen! Ihr Diener hat mir gerade gesagt, daß Sie nicht zu Hause sind. Wie außergewöhnlich!

LORD GORING: Tatsache ist, Robert, ich bin furchtbar beschäftigt heute abend, und ich hatte Anweisungen gegeben, daß ich für niemanden zu Hause bin. Selbst mein Vater erhielt einen vergleichsweise kühlen Empfang. Er hat sich die ganze Zeit über Durchzug beklagt.

SIR ROBERT CHILTERN: Ah! Für mich müssen Sie zu Hause sein, Arthur. Sie sind mein bester Freund. Ab morgen sind Sie vielleicht mein einziger Freund. Meine Frau hat alles herausgefunden.

LORD GORING: Ah! Das habe ich mir gedacht!

SIR ROBERT CHILTERN *(schaut ihn an):* Wirklich? Wieso?

LORD GORING *(nach einigem Zögern):* Oh, da war etwas in Ihrer Miene, als Sie hereinkamen. Wer hat es ihr erzählt?

SIR ROBERT CHILTERN: Mrs. Cheveley persönlich. Und die Frau, die ich liebe, weiß, daß ich meine Karriere mit einem schändlichen Akt der Unehrenhaftigkeit begann, daß ich mein Leben auf Sand der Schande aufgebaut habe – daß ich, wie ein gemeiner Hausierer, ein Geheimnis verkauft habe, das mir als einem Mann von Ehre anvertraut war. Ich danke dem Himmel, daß der arme Lord Radley starb, ohne zu wissen, daß ich ihn betrogen habe. Ich wollte bei Gott, daß ich gestorben wäre, bevor ich einer so schrecklichen Versuchung begegnete oder bevor ich so tief gefallen wäre. *(Vergräbt sein Gesicht in den Händen.)*

LORD GORING *(nach einer Pause):* Haben Sie noch keine Antwort auf Ihr Kabel aus Wien?

SIR ROBERT CHILTERN *(schaut auf):* Doch. Ich habe um acht Uhr heute abend ein Telegramm vom Botschaftsrat bekommen.

LORD GORING: Und?

SIR ROBERT CHILTERN: Man weiß nichts Nachteiliges über sie. Im Gegenteil, sie hat eine relativ hohe Stellung in der Gesellschaft inne. Es ist ein offenes Geheimnis, daß Baron Arnheim ihr den Großteil seines enormen Vermögens vermacht hat. Darüber hinaus konnte ich nichts erfahren.

LORD GORING: Das heißt, sie ist keine Spionin?

SIR ROBERT CHILTERN: Oh! Spione sind heutzutage zu nichts nütze. Ihr Beruf ist überflüssig. Ihr Arbeit wird von den Zeitungen erledigt.

LORD GORING: Und das bildschön.

SIR ROBERT CHILTERN: Arthur, meine Kehle ist staubtrocken. Kann ich nach dem Butler läuten? Wegen etwas Wein und Soda?

LORD GORING: Aber natürlich. Lassen Sie mich das tun. *(Läutet.)*

SIR ROBERT CHILTERN: Danke! Ich weiß nicht, was ich tun soll, Arthur, ich weiß nicht, was ich tun soll, und Sie sind mein einziger Freund. Doch was für ein Freund Sie sind – der einzige Freund, dem ich vertrauen kann. Ich kann Ihnen doch absolut vertrauen, nicht wahr?

Phipps tritt ein.

LORD GORING: Mein lieber Robert, natürlich. *(Zu Phipps):* Bringen Sie Wein und Soda.

PHIPPS: Sehr wohl, Mylord.

LORD GORING: Und – Phipps!

PHIPPS: Ja, Mylord?

LORD GORING: Wollen Sie mich einen Augenblick entschuldigen, Robert? Ich muß meinem Diener einige Anweisungen geben.

SIR ROBERT CHILTERN: Sicherlich.

LORD GORING: Wenn jene Dame kommt, sagen Sie ihr, daß Sie mich heute abend nicht zurück erwarten. Sagen Sie ihr, ich sei unerwartet aus der Stadt gerufen worden. Sie verstehen?

PHIPPS: Die Dame befindet sich in jenem Raum, Mylord. Sie trugen mir auf, sie in jenen Raum zu führen, Mylord.

LORD GORING: Das haben Sie vollkommen richtig gemacht. *(Phipps geht hinaus.)* In was für einer Klemme ich stecke! Nein, ich denke, ich komme wieder heraus. Ich werde ihr durch die Tür eine Standpauke halten. Das ist allerdings gar nicht so einfach.

SIR ROBERT CHILTERN: Arthur, sagen Sie mir, was ich tun soll. Meine Welt scheint um mich herum zusammengebrochen zu sein. Ich bin wie ein Schiff ohne Ruder in einer Nacht ohne Sterne.

LORD GORING: Robert, Sie lieben Ihre Frau doch?

SIR ROBERT CHILTERN: Ich liebe sie mehr als alles auf der Welt. Ich dachte immer, daß Ehrgeiz das Wichtigste sei. Das ist er nicht. Liebe ist das Wichtigste auf der Welt. Nichts anderes als die Liebe, und ich liebe sie. Doch in ihren Augen bin ich entehrt. In ihren Augen bin ich gemein. Zwischen uns liegt nun eine breite Kluft. Sie hat mich ertappt, Arthur, sie hat mich durchschaut.

LORD GORING: Hat sie nie in ihrem Leben irgendeine Dummheit begangen – eine Indiskretion –, daß sie Ihre Sünde nicht vergeben kann?

SIR ROBERT CHILTERN: Meine Frau? Niemals! Sie weiß gar nicht, was Schwäche oder Versuchung ist. Ich bin nur ein Mensch wie alle anderen. Sie hebt sich von anderen ab, wie es gute Frauen tun – mitleidlos in ihrer Perfektion – kalt und streng und gnadenlos. Doch ich liebe sie, Arthur. Wir haben keine Kinder, und ich habe niemanden sonst, den ich lieben könnte, niemanden, der mich lieben könnte. Wenn Gott uns Kinder geschenkt hätte, wäre sie freundlicher gewesen. Doch Gott hat uns ein einsames Haus bestimmt. Und sie hat mein Herz gebrochen. Lassen Sie uns nicht darüber reden. Ich war heute abend brutal zu ihr. Doch ich nehme an, wenn Sünder zu Heiligen reden, sind sie immer brutal. Ich habe ihr Dinge gesagt, die scheußlich wahr sind, von meiner Seite, von meinem Standpunkt, vom Standpunkt der Männer. Doch wir wollen nicht darüber reden.

LORD GORING: Ihre Frau wird Ihnen vergeben. Vielleicht vergibt sie Ihnen genau in diesem Augenblick. Sie liebt Sie, Robert. Warum sollte sie nicht vergeben?

SIR ROBERT CHILTERN: Wollte Gott! Wollte Gott! *(Vergräbt sein Gesicht in den Händen.)* Doch da ist noch etwas, was ich Ihnen sagen muß, Arthur.

Phipps kommt mit den Getränken herein.

PHIPPS *(reicht Sir Robert Chiltern ein Glas):* Wein und Soda, Sir.

SIR ROBERT CHILTERN: Danke.

LORD GORING: Ist Ihre Kutsche unten, Robert?

SIR ROBERT CHILTERN: Nein, ich bin vom Club gelaufen.

LORD GORING: Sir Robert wird meinen Wagen nehmen, Phipps.

PHIPPS: Sehr wohl, Mylord. *Geht hinaus.*

LORD GORING: Robert, Sie haben doch nichts dagegen, wenn ich Sie nun fortschicke?

SIR ROBERT CHILTERN: Arthur, Sie müssen mich noch fünf Minuten bleiben lassen. Ich habe einen Entschluß gefaßt, was ich heute abend tun werde. Die Debatte über den Argentinienkanal beginnt um elf. *(Im Salon fällt ein Stuhl um.)* Was ist das?

LORD GORING: Nichts.

SIR ROBERT CHILTERN: Ich habe einen Stuhl im Zimmer nebenan fallen hören. Jemand hat gelauscht.

LORD GORING: Nein, nein. Da ist niemand.

SIR ROBERT CHILTERN: Da ist jemand. Da ist Licht im Zimmer, und die Tür steht ein wenig offen. Jemand hat jedes Geheimnis meines Lebens belauscht. Arthur, was bedeutet dies?

LORD GORING: Robert, Sie sind erregt, Ihre Nerven spielen Ihnen einen Streich. Wenn ich Ihnen doch sage, da ist niemand in dem Raum. Setzen Sie sich, Robert.

SIR ROBERT CHILTERN: Geben Sie mir Ihr Wort, daß niemand dort drinnen ist?

LORD GORING: Ja.

SIR ROBERT CHILTERN: Ihr Ehrenwort? *(Setzt sich.)*

LORD GORING: Ja.

SIR ROBERT CHILTERN *(steht auf):* Arthur, lassen Sie mich nachsehen.

LORD GORING: Nein, nein.

SIR ROBERT CHILTERN: Wenn niemand in dem Raum ist, warum soll ich dann nicht hineingehen? Arthur, Sie müssen mir erlauben, nachzusehen und mich selbst zu überzeugen. Lassen Sie mich wissen, daß niemand die Geheimnisse meines Lebens belauscht hat. Arthur, Sie können sich nicht vorstellen, was ich durchmache.

LORD GORING: Robert, das muß aufhören. Ich habe Ihnen gesagt, daß niemand in diesem Zimmer ist – das muß Ihnen genügen.

SIR ROBERT CHILTERN *(stürzt zur Tür zum Salon):* Es genügt nicht. Ich bestehe darauf, in diesen Raum zu gehen. Sie sagen, daß niemand im Raum ist – wieso wollen Sie mich nicht nachsehen lassen?

LORD GORING: Um Gottes willen, nicht! Es ist jemand da drin! Jemand, den Sie nicht sehen dürfen.

SIR ROBERT CHILTERN: Ah, das dachte ich mir doch!

LORD GORING: Ich verbiete Ihnen, diesen Raum zu betreten.

SIR ROBERT CHILTERN: Treten Sie zur Seite. Mein Leben steht auf dem Spiel. Und es kümmert mich nicht, wer in dem Zimmer ist. Ich will wissen, wem ich mein Geheimnis und meine Schande erzählt habe. *(Geht in den Salon.)*

LORD GORING: Guter Gott! Seine eigene Frau!

Sir Robert Chiltern kommt zurück, mit einem Ausdruck der Verach- tung und des Ärgers.

SIR ROBERT CHILTERN: Welche Erklärung haben Sie für die Anwesenheit dieser Frau?

LORD GORING: Robert, ich schwöre bei meiner Ehre, die Dame ist fleckenlos und völlig unschuldig an jeglichem Vergehen Ihnen gegenüber.

SIR ROBERT CHILTERN: Sie ist schändlich und verrufen!

LORD GORING: Sagen Sie das nicht, Robert! Sie ist um Ihretwillen hier. Sie kam hierher, um Sie zu retten. Sie liebt Sie und niemanden sonst.

SIR ROBERT CHILTERN: Sie sind wahnsinnig! Was habe ich mit ihren Intrigen mit Ihnen zu tun? Soll sie Ihre Geliebte bleiben! Sie passen gut zueinander. Sie, korrupt und schamlos – Sie, ein falscher Freund, verräterisch wie ein Feind …

LORD GORING: Das ist nicht wahr, Robert. Ich schwöre beim Himmel, das ist nicht wahr. Ich werde alles vor ihr und Ihnen erklären.

SIR ROBERT CHILTERN: Lassen Sie mich vorbei, Sir. Sie haben auf Ihr Ehrenwort schon genug gelogen.

Sir Robert Chiltern geht hinaus. Lord Goring stürzt zur Salontür, als Mrs. Cheveley strahlend und sehr amüsiert herauskommt.

MRS. CHEVELEY *(mit einem spöttischen Knicks):* Guten Abend, Lord Goring!

LORD GORING: Mrs. Cheveley! Lieber Himmel … Darf ich fragen, was Sie in meinem Salon machen?

MRS. CHEVELEY: Nur zuhören. Ich habe eine wahre Leidenschaft für das Lauschen an Schlüssellöchern. Man hört immer so wundervolle Dinge.

LORD GORING: Klingt das nicht ein wenig, als ob Sie die Vorsehung herausforderten?

MRS. CHEVELEY: Oh! Ich bin sicher, daß die Vorsehung mittlerweile der Herausforderungen müde geworden ist. *(Gibt ihm ein Zeichen, ihr den Umhang abzunehmen, was er auch tut.)*

LORD GORING: Ich bin froh, daß Sie vorbeigekommen sind. Ich werde Ihnen einen guten Rat geben.

MRS. CHEVELEY: Oh, bitte nicht! Man sollte einer Frau nichts geben, was sie nicht am Abend tragen kann.

LORD GORING: Ich sehe, Sie sind immer noch so ein Schelm wie früher.

MRS. CHEVELEY: Ein bei weitem größerer! Ich bin um vieles besser geworden. Ich habe größere Erfahrung.

LORD GORING: Zu viel Erfahrung kann gefährlich sein. Nehmen Sie eine Zigarette? Die Hälfte der hübschen Frauen von London raucht Zigaretten. Ich persönlich ziehe die andere Hälfte vor.

MRS. CHEVELEY: Danke. Ich rauche niemals. Meine Schneiderin billigt es nicht, und die erste Pflicht einer Frau ist gegenüber ihrer Schneiderin, nicht wahr? Was die zweite ist, ist bisher noch nicht entdeckt worden.

LORD GORING: Sie kamen, um mir Robert Chilterns Brief zu verkaufen, nicht wahr?

MRS. CHEVELEY: Um ihn Ihnen zu bestimmten Bedingungen anzubieten! Woher wußten Sie das?

LORD GORING: Weil Sie das Thema gemieden haben. Haben Sie ihn bei sich?

MRS. CHEVELEY *(nimmt Platz):* Oh, nein! Ein gut geschneidertes Kleid hat keine Taschen.

LORD GORING: Was ist Ihr Preis?

MRS. CHEVELEY: Wie absurd englisch Sie sind! Engländer denken, daß ein Scheckbuch alle Probleme lösen kann. Nun, mein lieber Arthur, ich besitze bei weitem mehr Geld als Sie und fast so viel, wie Robert Chiltern anhäufen konnte. Es ist nicht Geld, das ich will.

LORD GORING: Was wollen Sie dann, Mrs. Cheveley?

MRS. CHEVELEY: Warum nennen Sie mich nicht Laura?

LORD GORING: Ich mag den Namen nicht.

MRS. CHEVELEY: Einst haben Sie ihn angebetet.

LORD GORING: Ja, das ist genau der Grund. *(Mrs. Cheveley winkt ihm, sich zu ihr zu setzen. Er lächelt und setzt sich.)*

MRS. CHEVELEY: Arthur, Sie haben mich einst geliebt.

LORD GORING: Ja.

MRS. CHEVELEY: Und Sie haben mich gebeten, Ihre Frau zu werden.

LORD GORING: Das war das natürliche Ergebnis meiner Liebe zu Ihnen.

MRS. CHEVELEY: Und Sie haben mich fallengelassen, weil Sie sahen – oder glaubten, gesehen zu haben –, daß der arme alte Lord Mortlake versuchte, im Wintergarten von Tenbys heftig mit mir zu flirten.

LORD GORING: Ich habe den Eindruck, daß mein Anwalt diese Angelegenheit mit Ihnen zu gewissen Konditionen beigelegt hat ... die von Ihnen selbst diktiert waren.

MRS. CHEVELEY: Damals war ich arm; Sie waren reich.

LORD GORING: In der Tat. Aus diesem Grund gaben Sie vor, mich zu lieben.

MRS. CHEVELEY *(zuckt die Achseln):* Armer alter Lord Mortlake, der immer nur zwei Gesprächsthemen kannte, seine Gicht und seine Frau! Ich habe nie richtig herausgefunden, worüber er gerade sprach. Er benutzte für beide die schlimmsten Wörter. Nun, Sie waren töricht, Arthur. Lord Mortlake bedeutete mir nie mehr als ein Zeitvertreib. Einer dieser vollständig langweiligen Zeitvertreibe, die man nur in einem englischen Herrenhaus auf dem Land an einem englischen Sonntag auf dem Lande findet. Ich meine, daß niemand in irgendeiner Weise dafür verantwortlich ist, was er oder sie in einem englischen Herrenhaus auf dem Lande tut.

LORD GORING: Ja, ich kenne jede Menge Leute, die das denken.

MRS. CHEVELEY: Ich habe Sie geliebt, Arthur.

LORD GORING: Meine liebe Mrs. Cheveley, Sie waren immer viel zu klug, um irgend etwas über die Liebe zu wissen.

MRS. CHEVELEY: Ich habe Sie geliebt. Und Sie haben mich geliebt. Sie wissen, Sie haben mich geliebt. Und Liebe ist etwas Wunderschönes. Ich nehme an, wenn ein Mann eine Frau einst geliebt hat, wird er alles für sie tun, außer sie weiterzulieben? *(Legt ihre Hand auf die seine.)*

LORD GORING *(entzieht ihr ruhig seine Hand):* Ja. Bis auf das.

MRS. CHEVELEY *(nach einer Pause):* Ich bin es leid, im Ausland zu leben. Ich will ein charmantes Haus hier. Ich will einen Salon haben. Wenn man den Engländern nur beibringen könnte zu reden und den Iren zuzuhören, dann wäre die Gesellschaft hier recht zivilisiert. Außerdem habe ich die romantische Phase erreicht. Als ich Sie gestern abend bei den Chilterns erblickte, wußte ich, Sie sind die einzige Person, an der mir je etwas lag, wenn mir je an irgendwem etwas lag, Arthur. Und darum – am Morgen des Tages, an dem Sie mich heiraten, werde ich Ihnen Robert Chilterns Brief geben. Das wäre mein Angebot. Ich werde ihn Ihnen jetzt geben, wenn Sie mir versprechen, mich zu heiraten.

LORD GORING: Jetzt?

MRS. CHEVELEY *(lächelnd):* Morgen.

LORD GORING: Meinen Sie das wirklich ernst?

MRS. CHEVELEY: Ja, sehr ernst.

LORD GORING: Ich wäre Ihnen ein schlechter Ehemann.

MRS. CHEVELEY: Ich habe nichts gegen schlechte Ehemänner. Ich hatte zwei. Sie haben mich enorm amüsiert.

LORD GORING: Sie meinen, Sie haben sich enorm amüsiert, nicht wahr?

MRS. CHEVELEY: Was wissen Sie über mein Eheleben?

LORD GORING: Nichts; aber es ist wie ein offenes Buch für mich.

MRS. CHEVELEY: Was für ein Buch?

LORD GORING *(im Aufstehen)*: Das Buch der Zahlen.

MRS. CHEVELEY: Halten Sie es für charmant, zu einer Dame in Ihrem eigenen Haus unhöflich zu sein?

LORD GORING: Im Falle sehr faszinierender Frauen ist das Geschlecht eine Herausforderung, keine Verteidigung.

MRS. CHEVELEY: Ich vermute, das war als Kompliment gedacht. Mein lieber Arthur, Frauen lassen sich niemals von Komplimenten entwaffnen. Männer dagegen immer. Das ist der Unterschied zwischen den Geschlechtern.

LORD GORING: Frauen lassen sich durch nichts entwaffnen, so weit ich weiß.

MRS. CHEVELEY *(nach einer Pause)*: Dann lassen Sie Ihren besten Freund, Robert Chiltern, lieber in sein Verderben rennen als jemanden zu heiraten, der immer noch über beachtliche Anziehungskraft verfügt. Ich dachte, Sie würden sich auf die schwindelnden Höhen der Selbstaufopferung erheben, Arthur. Das hatte ich angenommen. Und dann hätten Sie den Rest Ihres Lebens im Bewußtsein Ihrer eigenen Vollkommenheit verbringen können.

LORD GORING: Oh! Das tue ich sowieso schon. Und Selbstaufopferung ist etwas, das gesetzlich untersagt werden müßte. Sie ist so demoralisierend für die Leute, für die man sich aufopfert. Die geraten immer auf die schiefe Bahn.

MRS. CHEVELEY: Als ob noch irgend etwas Robert Chiltern demoralisieren könnte! Sie scheinen zu vergessen, daß ich seinen wahren Charakter kenne.

LORD GORING: Was Sie von ihm kennen, ist nicht sein wahrer Charakter. Es war eine törichte Handlung in seiner Jugend, unehrenhaft, zugegeben, schändlich, zugegeben, seiner unwürdig, zugegeben, und daher … nicht sein wahrer Charakter.

MRS. CHEVELEY: Wie sehr Männer immer zusammenhalten!

LORD GORING: Wie sehr Frauen immer gegeneinander Krieg führen!

MRS. CHEVELEY *(bitter)*: Ich führe nur gegen eine Frau Krieg, gegen Gertrude Chiltern. Ich hasse sie. Ich hasse sie heute mehr als früher.

LORD GORING: Weil Sie eine echte Tragödie in ihr Leben gebracht haben, vermute ich.

MRS. CHEVELEY *(mit einem Hohnlächeln)*: Oh, im Leben einer Frau gibt es nur eine wahre Tragödie. Die Tatsache, daß ihre Vergangenheit immer ihr Liebhaber ist und ihre Zukunft unausweichlich ihr Gatte.

LORD GORING: Lady Chiltern weiß nichts von den Dingen, auf die Sie da anspielen.

MRS. CHEVELEY: Eine Frau mit einer Handschuhgröße von sieben und dreiviertel weiß nie viel über irgend etwas. Wußten Sie, daß Gertrude immer sieben und dreiviertel getragen hat? Das ist einer der Gründe, warum zwischen uns nie eine moralische Sympathie bestanden hat … Nun, Arthur, ich vermute, wir können dieses romantische Gespräch als beendet betrachten. Sie müssen doch zugeben, daß es romantisch war, oder? Für das Privileg, Ihre Frau zu werden, war ich bereit, einen großen Preis aufzugeben, den Höhepunkt meiner diplomatischen Karriere. Sie lehnen ab. Nun gut. Wenn Sir Robert meinen Argentinienplan nicht unterstützt, werde ich ihn bloßstellen. Voilà tout.

LORD GORING: Das dürfen Sie nicht tun. Das wäre gemein, scheußlich, schändlich.

MRS. CHEVELEY *(zuckt die Achseln)*: Oh, lassen Sie die großen Worte. Sie bedeuten so wenig. Es handelt sich um eine geschäftliche Transaktion. Das ist alles. Es macht keinen Sinn, Sentimentalität hineinzubringen. Ich habe angeboten, Sir Robert Chiltern eine bestimmte Sache zu verkaufen. Wenn er meinen Preis nicht zahlt, muß er der Welt einen größeren Preis zahlen. Mehr muß man gar nicht dazu sagen. Ich muß mich verabschieden. Auf Wiedersehen. Wollen Sie mir nicht die Hand schütteln?

LORD GORING: Ihnen? Nein. Ihre Transaktion mit Robert Chiltern mag als verabscheuungswürdige geschäftliche Transaktion einer verabscheuungswürdigen kommerziellen Zeit durchgehen – doch Sie haben anscheinend vergessen, daß Sie heute abend hierher kamen, um über Liebe zu reden, Sie, deren Lippen das Wort Liebe schändeten, Sie, denen die Liebe ein Buch mit sieben Siegeln ist, sind heute nachmittag in das Haus einer der edelsten und besten Frauen der Welt gegangen, um ihren Mann in ihren Augen herabzusetzen, um ihre Liebe zu ihm zu töten, um ihr Herz zu vergiften, ihr Leben bitter zu machen, ihr Idol zu zerschmettern und vielleicht ihre Seele zu verderben. Das kann ich nicht vergeben. Das war furchtbar. Dafür kann es keine Vergebung geben.

MRS. CHEVELEY: Arthur, Sie tun mir Unrecht. Glauben Sie mir, Sie tun mir ein großes Unrecht. Ich bin nicht darauf aus gewesen, Gertrude zu verhöhnen. Als ich ihr Haus betrat, hatte ich nicht die Absicht, irgend etwas Derartiges zu tun. Ich bin mit Lady Markby vorbeigegangen, nur um zu fragen, ob bei den Chilterns vielleicht mein Schmuckstück gefunden worden ist, das ich letzte Nacht irgendwo verloren habe. Wenn Sie mir nicht glauben, fragen Sie Lady Markby. Sie wird Ihnen sagen, daß es wahr ist. Die Szene hat sich erst ereignet, als Lady Markby bereits gegangen war und ich durch Gertrudes Unhöflichkeit und Spott dazu getrieben wurde. Ich bin vorbeigekommen – oh! Zugegeben, ein wenig aus Bosheit –, aber hauptsächlich um zu fragen, ob man meine Diamantbrosche gefunden habe. Das war der Ursprung der ganzen Sache.

LORD GORING: Eine diamantene Schlangenbrosche mit einem Rubin?

MRS. CHEVELEY: Ja. Woher wissen Sie das?

LORD GORING: Weil sie gefunden wurde. Genauer gesagt, ich selbst habe sie gefunden und dummerweise vergessen, dem Butler etwas darüber zu sagen, als ich ging. *(Geht zum Schreibtisch und öffnet die Schubladen.)* Sie ist in dieser Schublade. Nein, in der. Das ist doch die Brosche, oder? *(Hält die Brosche hoch.)*

MRS. CHEVELEY: Ja. Ich bin so froh, sie zurückzubekommen. Sie war ... ein Geschenk.

LORD GORING: Wollen Sie sie nicht anlegen?

MRS. CHEVELEY: Natürlich, wenn Sie sie mir anstecken. *(Lord Goring legt sie ihr jäh ums Handgelenk.)* Warum legen Sie sie als Armband an? Ich habe gar nicht gewußt, daß ich sie auch als Armband tragen kann.

LORD GORING: Wirklich nicht?

MRS. CHEVELEY *(streckt ihren hübschen Arm aus)*: Nein. Aber sie steht mir sehr gut als Armband, nicht wahr?

LORD GORING: Ja. Tatsächlich viel besser als beim letzten Mal, als ich sie gesehen habe.

MRS. CHEVELEY: Wann haben Sie sie denn zum letzten Mal gesehen?

LORD GORING *(ruhig)*: Oh, vor zehn Jahren, an Lady Berkshire, der Sie sie gestohlen haben.

MRS. CHEVELEY *(fährt auf)*: Was wollen Sie denn damit sagen?

LORD GORING: Ich will damit sagen, daß Sie dieses Schmuckstück von meiner Kusine Mary Berkshire gestohlen haben, der ich es zur Hochzeit schenkte. Der Verdacht fiel auf einen armen Diener, der in Ungnade entlassen wurde. Ich habe es gestern abend wiedererkannt. Ich beschloß, nichts zu sagen, bis ich den Dieb gefunden hätte. Nun habe ich den Dieb gefunden und sein eigenes Geständnis gehört.

MRS. CHEVELEY *(wirft den Kopf in den Nacken)*: Das ist nicht wahr.

LORD GORING: Sie wissen, daß es wahr ist. Schließlich steht Ihnen das Wort Dieb auf der Stirn geschrieben.

MRS. CHEVELEY: Ich werde die ganze Angelegenheit ableugnen. Ich werde sagen, daß ich das elende Ding nie gesehen habe, daß es sich niemals in meinem Besitz befand.

Mrs. Cheveley versucht, das Armband abzunehmen, scheitert aber. Lord Goring schaut ihr amüsiert zu. Ihre dünnen Finger reißen vergeblich an dem Schmuckstück. Ihr entfährt ein Fluch.

LORD GORING: Der Nachteil beim Stehlen eines Gegenstands, Mrs. Cheveley, ist, daß man nie genau weiß, wie wundervoll der Gegenstand ist, den man stiehlt. Sie können dieses Armband nicht abnehmen, wenn Sie nicht wissen, wo die Feder sitzt. Und ich sehe, daß Sie nicht wissen, wo sie ist. Sie ist auch wirklich schwierig zu finden.

MRS. CHEVELEY: Sie Untier! Sie Feigling! *(Sie versucht erneut, das Armband zu öffnen, scheitert jedoch.)*

LORD GORING: Oh, lassen Sie die großen Worte. Sie bedeuten so wenig.

MRS. CHEVELEY *(versucht immer noch in großer Wut und mit erstickten Lauten, das Armband loszuwerden. Hält dann inne und schaut Lord Goring an)*: Was werden Sie tun?

LORD GORING: Ich werde nach meinem Diener läuten. Er ist ein bewunderungswürdiger Diener. Kommt immer, wenn man nach ihm klingelt. Wenn er kommt, werde ich ihm auftragen, die Polizei zu rufen.

MRS. CHEVELEY *(zitternd):* Die Polizei? Wozu?

LORD GORING: Morgen werden die Berkshires Sie anklagen. Deswegen die Polizei.

MRS. CHEVELEY *(befindet sich nun in den Fängen physischen Terrors. Ihr Gesicht ist verzerrt. Ihr Mund verzogen. Eine Maske ist von ihr abgefallen. Sie ist, in diesem Augenblick, ein furchtbarer Anblick.):* Tun Sie das nicht. Ich tue alles, was Sie wollen. Alles auf der Welt, was Sie wollen.

LORD GORING: Geben Sie mir Robert Chilterns Brief.

MRS. CHEVELEY: Halten Sie ein! Halten Sie ein! Geben Sie mir Zeit zum Nachdenken.

LORD GORING: Geben Sie mir Robert Chilterns Brief.

MRS. CHEVELEY: Ich habe ihn nicht bei mir. Ich werde ihn Ihnen morgen geben.

LORD GORING: Ich weiß, daß Sie lügen. Geben Sie ihn mir auf der Stelle. *(Mrs. Cheveley zieht den Brief hervor und reicht ihn ihm. Sie ist schrecklich blaß.)* Das ist er?

MRS. CHEVELEY *(mit heiserer Stimme):* Ja.

LORD GORING *(nimmt den Brief, untersucht ihn, seufzt und verbrennt ihn mit der Lampe):* Für eine so gut gekleidete Frau, Mrs. Cheveley, haben Sie Augenblicke von bewunderungswürdigem gesunden Menschenverstand. Ich kann Ihnen nur gratulieren.

MRS. CHEVELEY *(erspäht Lady Chilterns Brief, der ein wenig unter dem Löschpapier hervorschaut):* Bitte holen Sie mir ein Glas Wasser.

LORD GORING: Gewiß. *(Geht in die Zimmerecke und gießt ein Glas Wasser ein. Während er ihr den Rücken kehrt, stiehlt Mrs. Cheveley den Brief. Als Lord Goring mit dem Glas zurückkommt, lehnt sie es mit einer Geste ab.)*

MRS. CHEVELEY: Danke. Helfen Sie mir in meinen Umhang?

LORD GORING: Mit Vergnügen. *(Legt ihr den Umhang um.)*

MRS. CHEVELEY: Danke. Ich werde nie wieder versuchen, Robert Chiltern zu schaden.

LORD GORING: Glücklicherweise haben Sie dazu keine Gelegenheit mehr, Mrs. Cheveley.

MRS. CHEVELEY: Nun, selbst wenn ich die Gelegenheit hätte, würde ich es nicht tun. Im Gegenteil, ich werde ihm einen großen Dienst erweisen.

LORD GORING: Ich bin entzückt, das zu hören. Das ist eine Besserung.

MRS. CHEVELEY: Ja. Ich kann es einfach nicht ertragen, daß ein so aufrechter Gentleman, ein so ehrenhafter englischer Gentleman so schändlich getäuscht wird, und so …

LORD GORING: Nun?

MRS. CHEVELEY: Ich muß feststellen, daß sich irgendwie Gertrude Chilterns Sterberede und Beichte in meine Tasche verirrt hat.

LORD GORING: Wovon reden Sie?

MRS. CHEVELEY *(mit einem bitteren Ton des Triumphs in der Stimme):* Ich meine, daß ich Robert Chiltern den Liebesbrief schicken werde, den seine Frau Ihnen heute abend schrieb.

LORD GORING: Liebesbrief?

MRS. CHEVELEY *(lachend):* ›Ich brauche Sie. Ich vertraue Ihnen. Ich komme zu Ihnen. Gertrude.‹
Lord Goring stürzt zum Schreibtisch und nimmt den Umschlag auf, stellt fest, daß er leer ist, und dreht sich um.

LORD GORING: Sie Elende, müssen Sie immer stehlen? Geben Sie mir den Brief zurück. Ich werde ihn Ihnen mit Gewalt abnehmen. Sie werden diesen Raum nicht verlassen, bis ich ihn habe.
Er stürzt auf sie zu, doch Mrs. Cheveley drückt auf der Stelle den elektrischen Klingelknopf auf dem Tisch. Die Glocke ertönt schrill, und Phipps tritt ein.

MRS. CHEVELEY *(nach einer Pause):* Lord Goring hat nur geläutet, damit Sie mich hinaus begleiten. Gute Nacht, Lord Goring!
Geht hinaus, gefolgt von Phipps. Ihr Gesicht strahlt vor bösem Triumph. Freude steht in ihren Augen. Die Jugend scheint zu ihr zurückgekommen zu sein. Ihr letzter Blick ist wie ein Pfeil. Lord Goring beißt sich auf die Lippen und zündet sich eine Zigarette an.

Ende des dritten Aktes

Vierter Akt

Szene: *Dieselbe wie im zweiten Akt.*

Lord Goring steht mit den Händen in den Taschen am Kamin. Er sieht recht gelangweilt aus.

Lord Goring *(zieht seine Uhr hervor, schaut darauf und klingelt nach dem Diener):* Es ist eine rechte Plage. Ich finde in diesem Haus niemandem, mit dem ich reden kann. Und ich bin so voll von interessanten Informationen. Ich fühle mich wie die neueste Ausgabe von irgendwas.

Ein Diener tritt ein.

James: Sir Robert ist noch im Außenministerium, Mylord.

Lord Goring: Ist Lady Chiltern noch nicht hinuntergekommen?

James: Ihre Ladyschaft hat ihren Raum noch nicht verlassen. Miss Chiltern ist soeben vom Reiten zurückgekommen.

Lord Goring *(zu sich selbst):* Ah! Das ist doch schon mal etwas!

James: Lord Caversham wartet schon eine Weile in der Bibliothek auf Sir Robert. Ich habe ihm mitgeteilt, daß Ihre Lordschaft hier sind.

Lord Goring: Danke. Würden Sie ihm freundlicherweise sagen, daß ich wieder gegangen bin?

James: Das werde ich tun, Mylord.

Der Diener geht hinaus.

Lord Goring: Wirklich, ich mag meinen Vater nicht drei Tage hintereinander treffen. Das ist einfach zuviel Aufregung für jeden Sohn. Ich hoffe von ganzem Herzen, daß er nicht kommt. Väter sollte man weder hören noch sehen. Das ist die einzig richtige Grundlage für ein Familienleben. Mütter sind anders. Mütter sind Schätze. *(Wirft sich in einen Sessel, nimmt eine Zeitung und beginnt zu lesen.)*

Lord Caversham tritt ein.

Lord Caversham: Nun, Sir, was machen Sie hier? Wie üblich Ihre Zeit vergeuden, wie?

Lord Goring *(legt die Zeitung hin und steht auf):* Mein lieber Vater, wenn man einen Besuch macht, ist es in der Absicht, die Zeit anderer Leute zu vergeuden, nicht die eigene.

Lord Caversham: Hast du darüber nachgedacht, was ich dir gestern abend gesagt habe?

Lord Goring: Ich habe an nichts anderes gedacht.

Lord Caversham: Und – schon verlobt?

Lord Goring *(freundlich):* Noch nicht, doch ich hoffe es vor dem Mittag zu sein.

Lord Caversham *(beißend):* Ich kann dir bis zum Abendessen Zeit geben, wenn dir das besser passen sollte.

Lord Goring: Tausend Dank, aber ich denke, ich möchte lieber vor dem Mittag verlobt sein.

Lord Caversham: Hm! Ich weiß nie, wann du ernst bist und wann nicht.

Lord Goring: Ich auch nicht, Vater.

Eine Pause.

Lord Caversham: Ich nehme an, du hast heute morgen die Times gelesen?

Lord Goring *(leichthin):* Die Times? Mit Sicherheit nicht. Ich lese nur die Morning Post. Alles, was man über das moderne Leben wissen muß, findet sich, wo die Herzoginnen sind; alles andere ist so demoralisierend.

Lord Caversham: Heißt das, du hast nicht den großen Artikel der Times über Robert Chilterns Karriere gelesen?

Lord Goring: Lieber Himmel! Nein. Was steht denn drin?

Lord Caversham: Was soll schon drin stehen, mein Junge? Nur die besten Dinge natürlich. Chilterns Rede letzte Nacht über dieses Argentinienkanal-Unternehmen war eines der besten Beispiele der Redekunst, die seit Canning vor dem Haus gehalten wurden.

Lord Goring: Ah! Habe nie von Canning gehört. Wollte ich auch nie. Und hat … hat Chiltern das Unternehmen unterstützt?

Lord Caversham: Unterstützt, mein Junge? Wie wenig du ihn doch kennst! Ja, er hat es rundum verdammt, zusammen mit dem ganzen System der politischen Finanzierung. Diese Rede stellt den Wendepunkt seiner Karriere da, wie die Times sagt. Du solltest den Artikel lesen. *(Öffnet die Times.)* ›Sir Robert Chiltern … aufstrebendster unserer jungen Staatsmänner. …

Brillanter Redner … Makellose Karriere … Wohlbekannte Integrität des Charakters … Repräsentiert das Beste im englischen öffentlichen Leben … Edler Kontrast zur lauwarmen Moralität, die sich so häufig bei ausländischen Politikern findet …‹ Das wird man von dir nie sagen, mein Sohn.

LORD GORING: Das hoffe ich doch stark, Vater. Ich bin jedoch hocherfreut über das, was Sie mir von Robert erzählen, wirklich hocherfreut. Es zeigt, daß er Schneid hat.

LORD CAVERSHAM: Er hat mehr als Schneid, Junge, er hat Genie.

LORD GORING: Ah! Ich ziehe Schneid vor. Er ist heutzutage nicht so gewöhnlich wie Genie.

LORD CAVERSHAM: Ich wollte, du gingest ins Parlament.

LORD GORING: Mein lieber Vater, nur Leute, die fade aussehen, gehen je ins Unterhaus, und nur Leute, die fade sind, haben dort Erfolg.

LORD CAVERSHAM: Warum versuchst du nicht mal etwas Sinnvolles in deinem Leben?

LORD GORING: Ich bin viel zu jung.

LORD CAVERSHAM *(ärgerlich):* Ich hasse diese Affektiertheit der Jugend, mein Junge. Davon gibt es heute wirklich zu viel.

LORD GORING: Jugend ist keine Affektiertheit, sie ist eine Kunst.

LORD CAVERSHAM: Warum machst du dieser hübschen Miss Chiltern keinen Heiratsantrag?

LORD GORING: Ich bin sehr nervös, besonders am Morgen.

LORD CAVERSHAM: Ich nehme nicht an, daß die leiseste Chance besteht, daß sie den Antrag annimmt.

LORD GORING: Ich weiß nicht, wie heute die Wetten stehen.

LORD CAVERSHAM: Wenn sie deinen Antrag annähme, wäre sie die hübscheste Närrin in England.

LORD GORING: Genau so etwas möchte ich ja heiraten. Eine durch und durch vernünftige Frau würde mich in weniger als sechs Monaten auf den Stand absoluter Idiotie reduzieren.

LORD CAVERSHAM: Du verdienst sie nicht, mein Sohn.

LORD GORING: Mein lieber Vater, wenn wir Männer die Frauen heirateten, die wir verdienen, hätten wir eine sehr schlimme Zeit.

Mabel Chiltern tritt ein.

MABEL CHILTERN: Oh! … Wie geht es Ihnen, Lord Caversham? Ich hoffe, Lady Caversham geht es gut?

LORD CAVERSHAM: Lady Caversham geht es wie immer, wie immer.

LORD GORING: Guten Morgen, Miss Mabel!

MABEL CHILTERN *(nimmt keine Notiz von Lord Goring und spricht ausschließlich zu Lord Caversham):* Und Lady Cavershams Hüte … geht es denen etwas besser?

LORD CAVERSHAM: Ich muß Ihnen leider mitteilen, daß sie einen schweren Rückfall erlitten haben.

LORD GORING: Guten Morgen, Miss Mabel!

MABEL CHILTERN *(zu Lord Caversham):* Hoffentlich ist keine Operation nötig.

LORD CAVERSHAM *(lächelt über ihre schnippische Art):* Sollte das der Fall sein, wird man Lady Caversham zunächst ein Betäubungsmittel geben müssen. Anderenfalls würde sie nie erlauben, daß auch nur eine Feder berührt würde.

LORD GORING *(mit wachsendem Nachdruck):* Guten Morgen, Miss Mabel!

MABEL CHILTERN *(dreht sich in gespielter Überraschung um):* Oh, Sie sind hier? Sie sehen natürlich ein, nachdem Sie unsere Verabredung nicht eingehalten haben, werde ich nie wieder ein Wort mit Ihnen reden.

LORD GORING: Oh, sagen Sie das bitte nicht. Sie sind die einzige Person in London, von der ich es wirklich mag, daß sie mir zuhört.

MABEL CHILTERN: Lord Goring, ich glaube nie ein einziges Wort, das Sie und ich zueinander sagen.

LORD CAVERSHAM: Und da haben Sie auch ganz recht, meine Liebe, ganz recht, was ihn angeht, meine ich.

MABEL CHILTERN: Meinen Sie, Sie könnten Ihren Sohn dazu bringen, daß er sich gelegentlich etwas besser benimmt? Nur so zur Abwechslung?

LORD CAVERSHAM: Ich bedaure, sagen zu müssen, Miss Chiltern, daß ich keinen Einfluß auf meinen Sohn habe. Ich wollte, es wäre anders. Wenn ich Einfluß auf ihn hätte, wüßte ich, wozu ich ihn veranlassen würde.

MABEL CHILTERN: Ich fürchte, er hat einen dieser schrecklich schwachen Charaktere, die unempfindlich für Einfluß sind.

LORD CAVERSHAM: Er ist sehr herzlos, sehr herzlos.

LORD GORING: Es scheint mir, als sei ich hier etwas im Wege.

MABEL CHILTERN: Es wird Ihnen gut tun, im Wege zu sein und zu wissen, was die Leute hinter Ihrem Rücken über Sie sagen.

LORD GORING: Ich mag ganz und gar nicht wissen, was die Leute hinter meinem Rücken über mich sagen. Das macht mich viel zu eingebildet.

LORD CAVERSHAM: Danach muß ich Ihnen nun wirklich Auf Wiedersehen sagen, meine Liebe.

MABEL CHILTERN: Oh, ich hoffe doch nicht, Sie lassen mich ganz allein mit Lord Goring? Besonders so früh am Tag.

LORD CAVERSHAM: Ich fürchte, ich kann ihn nicht mit in die Downing Street nehmen. Heute ist nicht der Tag, an dem der Premierminister die Arbeitslosen empfängt.

Schüttelt Mabel Chiltern die Hand, nimmt Hut und Stock und geht mit einem indignierten Blick auf Lord Goring hinaus.

MABEL CHILTERN *(nimmt Rosen und beginnt, sie in einer Vase auf dem Tisch zu arrangieren):* Leute, die ihre Verabredungen im Park nicht einhalten, sind scheußlich.

LORD GORING: Verabscheuungswürdig.

MABEL CHILTERN: Ich bin froh, daß Sie zustimmen. Aber ich wollte, Sie sähen nicht so erfreut darüber aus.

LORD GORING: Ich kann mir nicht helfen. Ich sehe immer erfreut aus, wenn ich mit Ihnen zusammen bin.

MABEL CHILTERN *(traurig):* Dann nehme ich an, es ist meine Pflicht, bei Ihnen zu bleiben?

LORD GORING: Natürlich.

MABEL CHILTERN: Nun, meine Pflicht ist etwas, was ich nie tue, aus Prinzip. Sie deprimiert mich immer. Also muß ich Sie leider verlassen.

LORD GORING: Bitte, tun Sie das nicht, Miss Mabel. Ich muß Ihnen etwas Bestimmtes sagen.

MABEL CHILTERN *(begeistert):* Oh! Ist es ein Heiratsantrag?

LORD GORING *(leicht verblüfft):* Nun, ja, das ist es – das muß ich zugeben.

MABEL CHILTERN *(mit einem vergnügten Seufzer):* Ich bin so froh. Das ist dann heute der zweite.

LORD GORING *(beleidigt):* Der zweite heute? Welcher eingebildete Esel war so impertinent, Ihnen einen Heiratsantrag zu machen, bevor ich Ihnen einen mache?

MABEL CHILTERN: Tommy Trafford, natürlich. Es ist einer von Tommys Tagen für Heiratsanträge. Er macht sie immer dienstags und donnerstags, während der Saison.

LORD GORING: Sie haben ihn nicht angenommen, hoffe ich.

MABEL CHILTERN: Ich habe es mir zur Regel gemacht, Tommy nie zu akzeptieren. Darum macht er ja auch weiter Anträge. Natürlich, als Sie heute morgen nicht kamen, war ich nahe dran, Ja zu sagen. Es wäre ihm und auch Ihnen eine ausgezeichnete Lektion gewesen, wenn ich es getan hätte. Es würde euch beiden bessere Manieren beigebracht haben.

LORD GORING: Oh! Zum Henker mit Tommy Trafford. Tommy ist ein dummer kleiner Esel. Ich liebe dich.

MABEL CHILTERN: Ich weiß. Und ich glaube, Sie haben es bereits zuvor erwähnt. Ich bin sicher, ich gab Ihnen jede Menge Gelegenheit dazu.

LORD GORING: Mabel, sei bitte ernst. Bitte, sei ernst.

MABEL CHILTERN: Ah! Das ist genau das, was ein Mann einem Mädchen sagt, bevor er sie heiratet. Hinterher sagt er es nie.

LORD GORING *(ergreift ihre Hand):* Mabel, ich habe gesagt, daß ich dich liebe. Kannst du mich nicht auch etwas lieben?

MABEL CHILTERN: Du dummer Arthur! Wenn du nur etwas wüßtest über … über irgend etwas, was du nicht tust, dann wüßtest du, daß ich dich anbete. Jeder in London weiß es außer dir. Die Art und Weise, wie ich dich anbete, ist schon fast ein gesellschaftlicher Skandal. In den letzten sechs Monaten bin ich herumgelaufen und habe der gesamten Gesellschaft erzählt, daß ich dich anbete. Ich wundere mich, daß du überhaupt noch mit mir redest. Ich habe keinen Fetzen Charakter mehr. Wenigstens fühle ich mich so glücklich, daß ich ziemlich sicher bin, daß ich nicht einen Fetzen Charakter mehr habe.

LORD GORING *(nimmt sie in die Arme und küßt sie. Dann tritt ein Moment glücklichen Schweigens ein):* Liebste! Weißt du, daß ich schreckliche Angst hatte, abgewiesen zu werden?

MABEL CHILTERN *(zu ihm aufschauend):* Aber du bist doch noch nie von jemandem abgewiesen worden, oder, Arthur? Ich kann mir nicht vorstellen, daß irgend jemand dich abweist.

LORD GORING *(nachdem er sie noch einmal geküßt hat):* Natürlich bin ich bei weitem nicht gut genug für dich, Mabel!

MABEL CHILTERN *(schmiegt sich an ihn):* Da bin ich froh, Liebling. Ich befürchtete schon, du wärst es.

LORD GORING *(nach leichtem Zögern):* Und ich bin … ich bin etwas über dreißig.

MABEL CHILTERN: Liebster, du siehst um Wochen jünger aus!

LORD GORING *(begeistert):* Wie lieb von dir, das zu sagen! … Und es ist nur fair, dir zu sagen, daß ich schrecklich extravagant bin.

MABEL CHILTERN: Aber das bin ich auch, Arthur. So können wir sicher sein, zusammen zu passen. Und nun muß ich zu Gertrude gehen.

LORD GORING: Mußt du wirklich gehen? *(Küßt sie.)*

MABEL CHILTERN: Ja.

LORD GORING: Dann sag ihr bitte, daß ich sie besonders sprechen muß. Ich habe schon den ganzen Morgen gewartet, um mir ihr oder Robert zu sprechen.

MABEL CHILTERN: Willst du damit sagen, daß du nicht speziell gekommen bist, um mir einen Heiratsantrag zu machen?

LORD GORING *(triumphierend):* Nein, das war ein Geniestreich.

MABEL CHILTERN: Dein erster.

LORD GORING *(mit Bestimmtheit):* Mein letzter.

MABEL CHILTERN: Ich bin hocherfreut, das zu hören. Und jetzt rühr dich nicht vom Fleck. Ich bin in fünf Minuten zurück. Und erliege keinen Versuchungen, während ich fort bin.

LORD GORING: Liebe Mabel, während du fort bist, gibt es keine Versuchungen. Das macht mich furchtbar abhängig von dir.

Lady Chiltern tritt ein.

LADY CHILTERN: Guten Morgen, meine Liebe! Wie hübsch du aussiehst!

MABEL CHILTERN: Wie blaß du bist, Gertrude! Das ist höchst kleidsam!

LADY CHILTERN: Guten Morgen, Lord Goring!

LORD GORING *(verbeugt sich):* Guten Morgen, Lady Chiltern!

MABEL CHILTERN *(leise zu Lord Goring):* Ich warte im Wintergarten, unter der zweiten Palme links.

LORD GORING: Die zweite links?

MABEL CHILTERN *(mit einem Blick gespielter Überraschung):* Ja, die übliche Palme.

Wirft ihm, unbemerkt von Lady Chiltern, einen Kuß zu und gehthinaus.

LORD GORING: Lady Chiltern, ich habe Ihnen bestimmte gute Nachrichten zu überbringen. Mrs. Cheveley hat mir gestern abend Roberts Brief ausgehändigt, und ich habe ihn verbrannt. Robert ist in Sicherheit.

LADY CHILTERN *(sinkt aufs Sofa):* In Sicherheit! Oh! Da bin ich froh! Was für ein guter Freund Sie ihm doch sind – uns beiden!

LORD GORING: Nun gibt es nur noch eine Person, von der man sagen könnte, daß sie in Gefahr ist.

LADY CHILTERN: Und wer ist das?

LORD GORING *(setzt sich neben sie):* Sie selbst.

LADY CHILTERN: Ich? Was meinen Sie damit?

LORD GORING: Gefahr ist ein zu hartes Wort. Ein Wort, das ich nicht hätte benutzen sollen. Ich gebe zu, daß ich Ihnen etwas sagen muß, das Sie beunruhigen kann, das mich schrecklich beunruhigt. Gestern abend schrieben Sie mir einen wunderschönen, fraulichen Brief, in dem Sie mich um Hilfe baten. Sie schrieben mir als einem Ihrer ältesten Freunde, als einem der ältesten Freunde Ihres Gatten. Mrs. Cheveley hat diesen Brief aus meiner Wohnung gestohlen.

LADY CHILTERN: Nun, was nutzt ihr das schon? Warum sollte sie ihn nicht haben?

LORD GORING *(erhebt sich):* Lady Chiltern, ich will ganz offen mit Ihnen reden. Mrs. Cheveley interpretiert den Brief in einer ganz bestimmten Art und will ihn an Ihren Gatten schicken.

LADY CHILTERN: Aber wie könnte sie ihn denn interpretieren? … Oh! Nicht so! Nicht so! Wenn ich, in … in Schwierigkeiten und Ihre Hilfe suchend, Ihnen vertrauend, vorschlage, zu Ihnen zu kommen … damit Sie mir raten … mir helfen … Oh! Gibt es wirklich so fürchterliche Frauen? … Und sie will ihn an meinen Gatten schicken? Erzählen Sie mir, was geschehen ist. Erzählen Sie mir alles.

LORD GORING: Mrs. Cheveley hatte sich ohne mein Wissen in einem Raum neben meiner Bibliothek verborgen. Ich dachte, die Person, die in diesem Raum auf mich wartete, wären Sie. Robert kam unerwartet vorbei. In jenem Raum fiel ein Stuhl oder sonst etwas um. Er erzwang sich Zugang, und er entdeckte sie. Wir hatten eine fürchterliche Szene. Ich dachte immer noch, es handele sich um sie. Er verließ mich in großem Zorn. Und am Ende gelangte Mrs. Cheveley in den Besitz des Briefes – sie stahl ihn, doch wann oder wie, weiß ich nicht.

LADY CHILTERN: Um wieviel Uhr geschah all dies?

LORD GORING: Um halb elf. Und nun schlage ich vor, wir erzählen Robert die ganze Geschichte auf der Stelle.

LADY CHILTERN *(schaut ihn erstaunt, fast erschreckt an):* Sie wollen, daß ich Robert erzähle, daß die Frau, die Sie erwarteten, nicht Mrs. Cheveley, sondern ich war? Das ich es war, von der Sie annahmen, daß sie in einem Raum Ihrer Wohnung versteckt war, um halb elf Uhr nachts? Sie wollen, daß ich ihm das erzähle?

LORD GORING: Ich denke, es ist besser, daß er die genaue Wahrheit kennt.

LADY CHILTERN *(erhebt sich):* Oh, das könnte ich nicht, ich könnte es nicht!

LORD GORING: Darf ich es dann tun?

LADY CHILTERN: Nein.

LORD GORING *(ernst):* Sie sind im Unrecht, Lady Chiltern.

LADY CHILTERN: Nein. Der Brief muß abgefangen werden. Das ist alles. Doch wie kann ich das bewerkstelligen? Den ganzen Tag über kommen Briefe für ihn an. Seine Sekretäre öffnen sie für ihn und geben sie ihm. Ich wage nicht, die Diener zu bitten, mir seine Briefe zu bringen. Das wäre unmöglich. Oh! Warum sagen Sie mir nicht, was ich tun soll?

LORD GORING: Bleiben Sie bitte ruhig, Lady Chiltern, und beantworten Sie die Fragen, die ich Ihnen stellen werde. Sie sagten, seine Sekretäre öffneten seine Briefe für ihn.

LADY CHILTERN: Ja.

LORD GORING: Wer ist heute bei ihm? Mr. Trafford, oder?

LADY CHILTERN: Nein, ich glaube, Mr. Montford.

LORD GORING: Können Sie ihm vertrauen?

LADY CHILTERN *(mit einer verzweifelten Geste):* Oh! Woher soll ich das wissen?

LORD GORING: Er würde doch tun, worum Sie ihn bitten, nicht wahr?

LADY CHILTERN: Ich denke doch.

LORD GORING: Ihr Brief war auf rosa Briefpapier. Er könnte ihn erkennen, ohne ihn zu öffnen, oder? An der Farbe?

LADY CHILTERN: Das nehme ich an.

LORD GORING: Ist er jetzt im Haus?

LADY CHILTERN: Ja.

LORD GORING: Dann gehe ich persönlich zu ihm und sage ihm, daß ein bestimmter Brief, auf rosa Papier, heute für Robert ankommen wird und daß er ihn auf keinen Fall erreichen darf. *(Geht zur Tür und öffnet sie.)* Oh! Robert kommt die Treppe hinauf, mit dem Brief in der Hand. Er hat ihn schon bekommen.

LADY CHILTERN *(mit einem Schmerzensschrei):* Oh! Sie haben Robert das Leben gerettet – was haben Sie mit meinem gemacht?

Sir Robert Chiltern tritt ein. Er hat den Brief in der Hand und liest ihn. Er kommt auf seine Frau zu, ohne Lord Goring zu bemerken.

SIR ROBERT CHILTERN: ›Ich brauche Sie. Ich vertraue Ihnen. Ich komme zu Ihnen. Gertrude.‹ Oh, meine Geliebte! Ist es wahr? Vertraust du mir wirklich und brauchst mich? Wenn ja, dann müßte ich zu dir kommen, du dürftest mir nicht schreiben, daß du kämest. Dieser Brief von dir, Gertrude, gibt mir das Gefühl, daß nichts auf der Welt mich mehr verletzen kann. Du brauchst mich, Gertrude.

Lord Goring, unbemerkt von Sir Robert Chiltern, macht Lady Chiltern eine flehende Geste, die Situation und Sir Roberts Irrtum zu akzeptieren.

LADY CHILTERN: Ja.

SIR ROBERT CHILTERN: Du vertraust mir, Gertrude?

LADY CHILTERN: Ja.

SIR ROBERT CHILTERN: Ah! Warum hast du nicht hinzugefügt, daß du mich liebst?

LADY CHILTERN *(nimmt seine Hand):* Weil ich dich liebte.

Lord Goring geht in den Wintergarten.

SIR ROBERT CHILTERN *(küßt sie):* Gertrude, du weißt ja nicht, was ich fühle. Als Montford mir deinen Brief über den Tisch reichte – er hatte ihn irrtümlicherweise geöffnet, nehme ich an, ohne auf die Handschrift auf dem Umschlag zu achten – und ich ihn las – Oh! Ich gab nichts um die Schande oder Strafe, die mir bevorsteht, ich hatte nur den Gedanken, daß du mich noch liebst.

LADY CHILTERN: Es steht dir keine Schande bevor oder eine öffentliche Entehrung. Mrs. Cheveley hat das Dokument, das in ihrem Besitz war, Lord Goring übergeben, und er hat es vernichtet.

SIR ROBERT CHILTERN: Bist du auch sicher, Gertrude?

LADY CHILTERN: Ja. Lord Goring hat es mir gerade erzählt.

SIR ROBERT CHILTERN: Dann bin ich in Sicherheit! Oh! Wie wundervoll, in Sicherheit zu sein! Zwei Tage lang habe ich im Grauen gelebt. Nun bin ich in Sicherheit. Wie hat Arthur meinen Brief vernichtet? Erzähl.

LADY CHILTERN: Er hat ihn verbrannt.

SIR ROBERT CHILTERN: Ich wünschte, ich hätte die eine Sünde meiner Jugend zu Asche werden sehen. Wie viele Männer es im modernen Leben gibt, die ihre Vergangenheit vor ihren Augen zu Asche werden sehen wollen! Ist Arthur noch hier?

LADY CHILTERN: Ja. Er ist im Wintergarten.

SIR ROBERT CHILTERN: Ich bin jetzt so froh, daß ich gestern diese Rede im Haus gehalten habe, so froh. Ich habe sie gehalten in dem Glauben, daß öffentliche Schande das Ergebnis sein würde. Doch es kam anders.

LADY CHILTERN: Öffentliche Ehre war das Ergebnis.

SIR ROBERT CHILTERN: Ja. Ich fürchte es fast. Denn obwohl ich nun sicher vor Entdeckung bin, obwohl jeder Beweis gegen mich vernichtet ist, nehme ich an, Gertrude … nehme ich an, daß ich mich aus dem öffentlichen Leben zurückziehen sollte? *(Er schaut seine Frau ängstlich an.)*

LADY CHILTERN *(eifrig):* Oh ja, Robert, das solltest du tun. Es ist deine Pflicht, es zu tun.

SIR ROBERT CHILTERN: Es ist so viel aufzugeben.

LADY CHILTERN: Nein, es wird viel zu gewinnen sein.

SIR ROBERT CHILTERN *geht mit besorgter Miene im Raum auf und ab. Geht dann zu seiner Frau und legt seine Hand auf ihre Schulter.*

SIR ROBERT CHILTERN: Und du wärest glücklich, irgendwo allein mit mir zu leben, vielleicht im Ausland oder auf dem Land entfernt von London, entfernt vom öffentlichen Leben? Du würdest es nicht bereuen?

LADY CHILTERN: Oh! Niemals, Robert.

SIR ROBERT CHILTERN *(traurig):* Und dein Ehrgeiz für mich? Du hattest Ehrgeiz für mich.

LADY CHILTERN: Oh, mein Ehrgeiz! Ich habe keinen mehr, nur den, daß wir einander lieben. Es war dein Ehrgeiz, der dich straucheln ließ. Laß uns nicht von Ehrgeiz reden.

Lord Goring kommt aus dem Wintergarten zurück, sieht sehr zufrieden mit sich aus und hat ein völlig neues Knopflochsträußchen, das ihm jemand gegeben hat.

SIR ROBERT CHILTERN *(geht auf ihn zu):* Arthur, ich muß Ihnen dafür danken, was Sie für mich getan haben. Ich weiß gar nicht, wie ich das wiedergutmachen kann. *(Schüttelt ihm die Hand.)*

LORD GORING: Mein lieber Freund, das will ich Ihnen auf der Stelle sagen. In diesem Augenblick, unter der üblichen Palme … Ich meine, im Wintergarten …

Mason tritt ein.

MASON: Lord Caversham.

LORD GORING: Mein bewunderungswürdiger Vater macht wirklich eine Gewohnheit daraus, im falschen Moment aufzutauchen. Das ist höchst herzlos von ihm, wirklich sehr herzlos.

Lord Caversham tritt ein. Mason geht hinaus.

LORD CAVERSHAM: Guten Morgen, Lady Chiltern! Herzlichen Glückwunsch, Chiltern, zu Ihrer brillanten Rede gestern. Ich komme gerade vom Premierminister, und Sie sollen den freien Sitz im Kabinett haben.

SIR ROBERT CHILTERN *(freudig und triumphierend):* Ein Sitz im Kabinett?

LORD CAVERSHAM: Ja. Hier ist der Brief des Premierministers. *(Überreicht den Brief.)*

SIR ROBERT CHILTERN *(nimmt den Brief und liest ihn):* Ein Sitz im Kabinett!

LORD CAVERSHAM: Jawohl, und Sie haben ihn redlich verdient. Sie haben, was wir heutzutage in der Politik brauchen – erhabenen Charakter, hohes moralisches Empfinden, hohe Prinzipien. *(An Lord Goring):* Alles, was Sie nicht haben, mein Herr, und nie haben werden.

LORD GORING: Ich mag Prinzipien nicht, Vater. Ich ziehe Vorurteile vor.

Sir Robert Chiltern ist im Begriff, das Angebot des Premierministers anzunehmen, als er sieht, wie seine Frau ihn mit ihren klaren, freimütigen Augen ansieht. Ihm wird klar, daß es unmöglich ist.

SIR ROBERT CHILTERN: Ich kann das Angebot nicht annehmen, Lord Caversham. Ich bin entschlossen, es abzulehnen.

LORD CAVERSHAM: Es abzulehnen, Sir?

SIR ROBERT CHILTERN: Ich habe die Absicht, mich aus dem öffentlichen Leben zurückzuziehen.

LORD CAVERSHAM *(ärgerlich):* Einen Sitz im Kabinett ablehnen und sich aus dem öffentlichen Leben zurückziehen? Habe in meinem ganzen Leben noch nicht solchen verdammten Unsinn gehört. Entschuldigung, Lady Chiltern. Chiltern, entschuldigen Sie. *(Zu Lord Goring):* Grinse nicht so, mein Junge.

LORD GORING: Nein, Vater.

LORD CAVERSHAM: Lady Chiltern, Sie sind eine vernünftige Frau, die vernünftigste Frau in London, die vernünftigste Frau, die ich kenne. Würden Sie bitte Ihren Mann daran hindern, einen solchen Fehler zu ... solchen Unsinn zu ... Würden Sie das freundlicherweise tun, Lady Chiltern?

LADY CHILTERN: Ich glaube, mein Mann hat recht mit seiner Entscheidung. Ich stimme mit ihm überein.

LORD CAVERSHAM: Sie stimmen überein? Lieber Himmel!

LADY CHILTERN *(ergreift die Hand ihres Mannes):* Ich bewundere ihn dafür. Ich bewundere ihn unendlich dafür. Ich habe ihn noch nie so bewundert. Er ist noch besser, als selbst ich es je für möglich hielt. *(Zu Sir Robert Chiltern):* Du wirst sofort deinen Brief an den Premierminister schreiben, nicht wahr? Zögere nicht damit, Robert.

SIR ROBERT CHILTERN *(mit einem Anflug von Bitternis):* Ich glaube, ich sollte ihn sofort schreiben. Solche Angebote werden nicht wiederholt. Ich muß Sie bitten, mich einen Augenblick zu entschuldigen, Lord Caversham.

LADY CHILTERN: Darf ich mit dir kommen, Robert?

SIR ROBERT CHILTERN: Natürlich, Gertrude.

LADY CHILTERN *geht mit ihm hinaus.*

LORD CAVERSHAM: Was ist mit dieser Familie los? Irgend etwas nicht in Ordnung, he? *(Tippt sich an die Stirn.)* Idiotie? Erblich bedingt, vermute ich. Auch noch beide. Ehefrau und Gatte. Sehr traurig. Wirklich sehr traurig! Und es ist noch nicht einmal eine alte Familie. Kann das nicht verstehen!

LORD GORING: Es handelt sich nicht um Idiotie, Vater, das kann ich Ihnen versichern.

LORD CAVERSHAM: Was ist es dann?

LORD GORING *(nach einigem Zögern):* Nun, es ist das, was heute ein hohes moralisches Empfinden genannt wird, Vater. Das ist alles.

LORD CAVERSHAM: Ich hasse diese neumodischen Namen. Dasselbe, was wir vor fünfzig Jahren Idiotie genannt haben. Kann nicht länger in diesem Haus bleiben.

LORD GORING *(nimmt ihn am Arm):* Oh! Gehen Sie noch nicht, Vater. Dritte Palme links, die übliche Palme.

LORD CAVERSHAM: Wie bitte?

LORD GORING: Ich bitte um Verzeihung, Vater, ich hatte vergessen. Der Wintergarten, Vater, der Wintergarten – da ist jemand, mit dem Sie sprechen sollten.

LORD CAVERSHAM: Über was denn, mein Junge?

Lord Goring: Über mich, Vater.

Lord Caversham *(düster):* Kein Thema, das große Eloquenz ermöglicht.

Lord Goring: Nein, Vater. Doch die Dame ist wie ich. Sie hält nicht viel von Eloquenz bei anderen. Sie hält sie für ein wenig laut.

Lord Caversham geht in den Wintergarten. Lady Chiltern kommt herein.

Lord Goring: Lady Chiltern, warum spielen Sie Mrs. Cheveley in die Hand?

Lady Chiltern *(erschreckt):* Ich verstehe nicht.

Lord Goring: Mrs. Cheveley hat versucht, Ihren Gatten zu ruinieren. Ihn entweder aus dem öffentlichen Leben zu vertreiben oder ihn dazu zu bringen, eine unehrenhafte Position einzunehmen. Von letzterer Tragödie haben Sie ihn bewahrt. Die erstere drängen Sie ihm nun selbst auf. Warum wollen Sie ihm das gleiche antun, bei dem Mrs. Cheveley gescheitert ist?

Lady Chiltern: Lord Goring?

Lord Goring *(nimmt sich für eine Anstrengung zusammen und zeigt den Philosophen, der sich hinter dem Dandy verbirgt):* Lady Chiltern, erlauben Sie mir. Sie schrieben mir gestern abend einen Brief, in dem Sie sagen, daß Sie mir vertrauen und meine Hilfe suchen. Jetzt ist der Augenblick, in dem Sie wirklich meine Hilfe brauchen, jetzt ist der Zeitpunkt, an dem Sie mir vertrauen müssen, meinem Rat und Urteil vertrauen müssen. Sie lieben Robert. Wollen Sie seine Liebe zu Ihnen töten? Was für ein Leben wird er haben, wenn Sie ihm die Früchte seines Ehrgeizes nehmen, wenn Sie ihm die Türen des öffentlichen Lebens verschließen, wenn Sie ihn zu sterilem Scheitern verurteilen, ihn, der für Triumph und Erfolg geschaffen ist? Frauen sind nicht dazu bestimmt, uns zu verurteilen, sondern uns zu vergeben, wenn wir der Vergebung bedürfen. Begnadigung, nicht Bestrafung ist ihre Lebensmission. Warum wollen Sie ihn mit Stecken für eine Sünde züchtigen, die er in seiner Jugend beging, bevor er Sie kannte, bevor er sich selbst kannte? Das Leben eines Mannes ist von höherem Wert als das einer Frau. Es hat größere Themen, größere Reichweite, größere Ambitionen. Das Leben einer Frau verläuft in Kurven der Emotionen. Das eines Mannes verläuft auf den Gleisen des Intellekts. Machen Sie keinen furchtbaren Fehler, Lady Chiltern. Eine Frau, die die Liebe eines Mannes halten und sie erwidern kann, hat alles getan, was die Welt von Frauen verlangt oder von ihr verlangen sollte.

Lady Chiltern *(verstört und zögerlich):* Aber es ist mein Gatte selbst, der sich aus dem öffentlichen Leben zurückziehen will. Er hält es für seine Pflicht. Er hat es zuerst gesagt.

Lord Goring: Robert würde alles tun, um Ihre Liebe nicht zu verlieren, seine gesamte Karriere zerstören, wie er es nun zu tun im Begriff ist. Er bringt Ihnen ein schreckliches Opfer. Nehmen Sie meinen Rat, Lady Chiltern, und nehmen Sie ein so großes Opfer nicht an. Andernfalls werden Sie es bitterlich bereuen. Wir Männer und Frauen sind nicht dazu bestimmt, voneinander solche Opfer anzunehmen. Wir sind ihrer nicht würdig. Außerdem ist Robert gestraft genug.

Lady Chiltern: Wir sind beide gestraft. Ich habe ihn auf einen zu hohen Sockel gestellt.

Lord Goring *(mit viel Gefühl in der Stimme):* Setzen Sie ihn aus diesem Grunde jetzt nicht zu tief herab. Wenn er von seinem Altar gefallen ist, schleudern Sie ihn nicht in den Sumpf. Scheitern wäre für Robert der wahre Pfuhl der Schande. Macht ist seine Leidenschaft. Er würde alles verlieren, selbst seine Kraft zu lieben. Das Leben Ihres Mannes liegt zu diesem Zeitpunkt in Ihren Händen, die Liebe Ihres Mannes liegt in Ihren Händen. Ruinieren Sie nicht beides für ihn.

Sir Robert Chiltern tritt ein.

Sir Robert Chiltern: Gertrude, hier ist der Entwurf meines Briefs. Soll ich ihn dir vorlesen?

Lady Chiltern: Laß mich lesen.

Sir Robert Chiltern reicht ihr den Brief. Sie liest ihn und zerreißt ihn dann mit einer leidenschaftlichen Geste.

Sir Robert Chiltern: Was machst du da?

Lady Chiltern: Das Leben eines Mannes ist von höherem Wert als das einer Frau. Es hat größere Themen, größere Reichweite, größere Ambitionen. Unser Leben verläuft in Kurven der Emotionen. Das eines Mannes verläuft auf den Gleisen des Intellekts. Das – und außerdem vieles andere – habe ich soeben von Lord Goring gelernt. Und ich will nicht dein Leben für dich ruinieren oder zusehen, wie du es als Opfer für mich ruinierst, ein nutzloses Opfer!

SIR ROBERT CHILTERN: Gertrude! Gertrude!

LADY CHILTERN: Du kannst vergessen. Männer vergessen schnell. Und ich vergebe. Auf diese Weise helfen Frauen der Welt. Das sehe ich nun.

SIR ROBERT CHILTERN *(überwältigt von Gefühlen, umarmt sie):* Meine Frau! Meine Frau! *(zu Lord Goring):* Arthur, es scheint, ich werde immer in Ihrer Schuld stehen.

LORD GORING: Lieber Gott, nein, Robert. In Lady Chilterns Schuld, nicht meiner!

SIR ROBERT CHILTERN: Ich schulde Ihnen so viel. Und jetzt sagen Sie mir, was Sie sagen wollten, als Lord Caversham hereinkam.

LORD GORING: Robert, Sie sind der Vormund Ihrer Schwester, und ich wünsche mir Ihre Zustimmung zur Heirat mit ihr. Das ist alles.

LADY CHILTERN: Oh, ich freue mich! Ich freue mich so! *(Schüttelt Lord Goring die Hand.)*

LORD GORING: Danke, Lady Chiltern.

SIR ROBERT CHILTERN *(verstört):* Meine Schwester soll Ihre Frau werden?

LORD GORING: Ja.

SIR ROBERT CHILTERN *(spricht mit großer Bestimmtheit):* Arthur, es tut mir sehr leid, aber das kommt nicht in Frage. Ich muß an Mabels künftiges Glück denken. Und ich glaube nicht, daß ihr Glück bei Ihnen in sicheren Händen ist. Und ich will nicht, daß sie geopfert wird!

LORD GORING: Geopfert!

SIR ROBERT CHILTERN: Jawohl, geopfert. Lieblose Ehen sind schrecklich. Doch es gibt etwas, was noch schrecklicher ist als eine völlig lieblose Ehe. Eine Ehe, in der es Liebe gibt, aber nur auf einer Seite, Treue, aber nur auf einer Seite, Hingabe, aber nur auf einer Seite, und in der eines der beiden Herzen mit Sicherheit gebrochen wird.

LORD GORING: Aber ich liebe Mabel. Keine andere Frau hat Platz in meinem Leben.

LADY CHILTERN: Robert, wenn sie sich lieben, warum sollten sie nicht heiraten?

SIR ROBERT CHILTERN: Arthur kann Mabel nicht die Liebe geben, die sie verdient.

LORD GORING: Welchen Grund haben Sie für diese Behauptung?

SIR ROBERT CHILTERN *(nach einer Pause):* Wollen Sie wirklich, daß ich ihn nenne?

LORD GORING: Gewiß.

SIR ROBERT CHILTERN: Wie Sie wünschen. Als ich Sie gestern abend aufsuchte, fand ich Mrs. Cheveley in Ihrer Wohnung versteckt. Es war zwischen zehn und elf Uhr nachts. Mehr will ich nicht sagen. Ihre Beziehung zu Mrs. Cheveley hat, wie ich schon gestern sagte, nichts mit mir zu tun. Ich weiß, daß Sie einst mit ihr verlobt waren. Die Faszination, die sie einst auf Sie ausübte, scheint zurückgekehrt zu sein. Sie sprachen gestern abend von ihr als einer reinen und unbefleckten Frau, einer Frau, die Sie respektierten und verehrten. Das mag sein, wie es wolle. Doch ich kann das Leben meiner Schwester nicht in Ihre Hände legen. Das wäre falsch von mir. Es würde ihr gegenüber ein Unrecht sein, ein gewaltiges Unrecht.

LORD GORING: Ich habe nichts mehr zu sagen.

LADY CHILTERN: Robert, es war nicht Mrs. Cheveley, die Lord Goring gestern erwartete.

SIR ROBERT CHILTERN: Nicht Mrs. Cheveley! Wer war es dann?

LORD GORING: Lady Chiltern.

LADY CHILTERN: Es war deine eigene Frau. Robert, gestern nachmittag sagte Lord Goring zu mir, wenn ich je in Schwierigkeiten wäre, sollte ich um Hilfe zu ihm kommen, da er unser ältester und bester Freund ist. Später, nach der schrecklichen Szene im Salon, schrieb ich ihm und sagte, daß ich ihm vertraue, daß ich ihn brauche und daß ich um Rat und Hilfe zu ihm käme. *(Sir Robert Chiltern zieht den Brief aus seiner Tasche.)* Ja, diesen Brief. Ich ging dann doch nicht zu Lord Goring. Ich meinte, daß Hilfe nur aus uns selbst kommen könnte. Der Stolz ließ mich das denken. Mrs. Cheveley ging zu ihm. Sie stahl meinen Brief und schickte ihn anonym an dich, damit du denken solltest ... Oh! Robert, ich kann gar nicht sagen, was sie dich denken lassen wollte ...

SIR ROBERT CHILTERN: Wie! Bin ich in deinen Augen so tief gesunken, daß du auch nur für einen Moment glaubtest, ich könnte an deiner Aufrichtigkeit zweifeln? Gertrude, Gertrude, du bist für mich das weiße Abbild aller guten Dinge, die Sünde kann dich nicht berühren. Arthur, geh zu Mabel, mit meinen besten Wünschen! Oh! Einen Moment! Es steht kein Name am Beginn des Briefes. Das scheint die brillante Mrs. Cheveley nicht bemerkt zu haben. Da sollte ein Name stehen.

LADY CHILTERN: Laß mich deinen Namen einsetzen. Es bist du, dem ich vertraue und den ich brauche. Du und niemand anders.

LORD GORING: Nun, wirklich, Lady Chiltern, ich glaube, ich sollte meinen Brief zurückbekommen.

LADY CHILTERN *(lächelnd):* Nein, Sie sollen Mabel bekommen. *(Nimmt den Brief und schreibt den Namen ihres Gatten darauf.)*

LORD GORING: Nun, ich hoffe, sie hat nicht ihre Meinung geändert. Ich habe sie seit fast zwanzig Minuten nicht mehr gesehen.

Mabel Chiltern und Lord Caversham kommen herein.

MABEL CHILTERN: Lord Goring, ich glaube, die Konversation Ihres Vaters ist wesentlich erbaulicher als die Ihre. Ich werde künftig nur mit Lord Caversham reden und immer unter der üblichen Palme.

LORD GORING: Liebling! *(Küßt sie.)*

LORD CAVERSHAM *(beträchtlich verwirrt):* Was bedeutet das, mein Herr? Du willst doch nicht sagen, daß diese charmante, diese schlaue junge Dame so töricht war, deinen Antrag anzunehmen?

LORD GORING: Aber ja, Vater! Und Chiltern war so schlau, den Sitz im Kabinett anzunehmen.

LORD CAVERSHAM: Das freut mich zu hören, Chiltern … Meinen Glückwunsch, Sir. Und falls das Land nicht vor die Hunde oder die Radikalen geht, dann werden wir Sie eines Tages als Premierminister sehen.

Mason tritt ein.

MASON: Lunch ist serviert, Mylady!

Mason geht hinaus.

MABEL CHILTERN: Sie bleiben doch zum Lunch, Lord Caversham, nicht wahr?

LORD CAVERSHAM: Mit Vergnügen, und anschließend bringe ich Sie in die Downing Street. Sie haben eine große Zukunft, eine große Zukunft. Wollte, ich könnte dasselbe von dir sagen, mein Junge. *(Zu Lord Goring):* Aber deine Karriere wird eine ausschließlich häusliche sein.

LORD GORING: Ja, Vater, ich ziehe häuslich vor.

LORD CAVERSHAM: Und wenn du dieser jungen Dame keinen idealen Gatten abgibst, dann werde ich dich enterben.

MABEL CHILTERN: Ein idealer Gatte! Oh, ich glaube nicht, daß mir das gefällt. Es klingt wie etwas aus dem nächsten Leben.

LORD CAVERSHAM: Was soll er denn sonst für Sie sein, meine Liebe?

MABEL CHILTERN: Er kann sein, was er will. Alles was ich will, ist … ist … Oh! Ihm eine wahre Frau zu sein!

LORD CAVERSHAM: Auf mein Wort, da steckt eine Menge gesunder Menschenverstand drin, Lady Chiltern.

Alle gehen hinaus bis auf Sir Robert Chiltern. Er sinkt in einen Sessel, tief in Gedanken versunken. Nach einer kurzen Weile kehrt Lady Chiltern zurück, um nach ihm zu sehen.

LADY CHILTERN *(beugt sich über die Sessellehne):* Kommst du nicht, Robert?

SIR ROBERT CHILTERN *(nimmt ihre Hand):* Gertrude, ist es Liebe, was du für mich empfindest, oder ist es nur Mitleid?

LADY CHILTERN *(küßt ihn):* Es ist Liebe, Robert. Liebe, und nur Liebe. Für uns beide beginnt ein neues Leben.

Vorhang

Eine florentinische Tragödie[1]

Auftritt der Ehemann

SIMONE: Mein gutes Weib, du kommst so langsam, wäre es nicht besser
zu rennen, um deinen Herrn zu begrüßen? Hier, nimm meinen Mantel.
Nimm diesen Packen zuerst. Er ist schwer. Ich habe nichts verkauft:
bis auf eine Pelzrobe an den Sohn des Kardinals,
der hofft, sie zu tragen, wenn sein Vater stirbt,
und hofft, daß dies bald sein wird.
Doch wer ist dies?
Ja, du hast einen Freund hier. Zweifellos ein Verwandter,
der soeben aus dem Ausland zurückgekehrt ist und in ein Haus
kam, wo ihn der Gastgeber nicht willkommen heißen konnte?
Ich bitte um Vergebung, Verwandter. Denn ein Haus
ohne Gastgeber ist nur ein leeres Ding
und bar der Ehre, ein Becher ohne Wein,
eine Scheide ohne Stahl, der sie gerade hält,
ein blumenloser Garten, beraubt der Sonne.
Erneut muß ich um Vergebung bitten, lieber Vetter.

BIANCA: Dies ist kein Verwandter und auch kein Vetter.

SIMONE: Kein Verwandter und kein Vetter! Du erstaunst mich.
Wer ist es dann, der sich mit so höfischer Anmut
herabläßt, unsere Gastfreundlichkeit anzunehmen?

GUIDO: Mein Name ist Guido Bardi.

SIMONE: Was! Der Sohn
jenes großen Herrn von Florenz, dessen dunkle Türme
ich, wie Schatten, die vom wandernden Mond versilbert werden,
jeden Abend von meinem Fenster aus erblicke!
Herr Guido Bardi, seid hier willkommen,
seid doppelt willkommen. Denn ich hoffe, mein ehrliches Weib,
sehr ehrlich, wenn auch unattraktiv für das Auge,
hat Euch nicht mit närrischem Geschnatter ermüdet,
wie es Frauen zu tun pflegen.

GUIDO: Eure reizende Gemahlin,
deren Schönheit eine Lampe ist, die die Sterne verblassen läßt,
und Dianas Köcher seine Pfeile raubt,
hat mich mit so anmutigen Höflichkeiten willkommen geheißen,
daß ich, wenn es ihr gefällt, und auch Euch,
häufig in Euer einfaches Haus kommen werde.
Und wenn Euer Geschäft Euch von zu Hause fortführt,
will ich hier sitzen und ihre Einsamkeit erleichtern,
damit sie sich nicht zu sehr nach Euch verzehrt.
Was sagt Ihr dazu, mein guter Simone?

SIMONE: Mein edler Herr,
Ihr macht mir so große Ehre, daß meine Zunge

---

1 Dieses Drama ist nur ein Fragment und wurde nie vollendet. Der Dichter T. Sturge Moore hat eine Eröffnungsszene zu Veröffentlichungszwecken geschrieben, doch hier wird nur Wildes Arbeit wiedergegeben.

wie die eines Sklaven gebunden ist und das Wort nicht aussprechen
kann, das auf ihr liegt. Dennoch wäre es unhöflich,
Euch nicht zu danken. Daher: ich danke Euch,
vom Grunde meines Herzens.
Solche Dinge sind es, die
einen Staat verbinden, wenn ein Prinz von
solch edler Geburt und solch vornehmem Benehmen
die Unterschiede des ungerechten Schicksals vergißt und
als ehrlichster Freund in das ehrliche Heim eines
ehrlichen Bürgers kommt.
Und doch, mein Herr,
fürchte ich, ich bin zu kühn. Wir hoffen, daß Ihr
an einem anderen Abend als Freund kommen werdet,
heute abend seid Ihr hier, um meine Waren zu kaufen.
Ist dem nicht so? Seiden, Samtstoffe, was immer Ihr wünscht,
ich zweifle nicht, daß ich einige erlesene Waren habe,
die Euer Verlangen wecken werden. Es ist wahr, es ist schon spät,
doch wir armen Kaufleute mühen uns Tag und Nacht,
um unsere armseligen Gewinne zu machen. Die Wegezölle sind hoch,
und jede Stadt erhebt ihren eigenen Zoll,
und die Lehrlinge sind ohne Geschick, und selbst den Frauen
mangelt es an Sinn und Verstand, obwohl Bianca hier
mir heute einen reichen Kunden gebracht hat.
Ist es nicht so, Bianca? Doch ich verschwende Zeit.
Wo ist mein Packen? Ich sagte, wo ist mein Packen?
Öffne ihn, mein gutes Weib. Löse die Bänder.
Knie dich auf den Boden. Das ist besser für dich.
Nein, nicht das, das andere. Eil dich, eil dich!
Käufer werden oftmals ungeduldig.
Wir wagen es nicht, sie warten zu lassen. Ja! Das ist es,
gib es mir; vorsichtig. Es ist sehr wertvoll.
Faß es vorsichtig an. Und nun, mein edler Herr –
nein, Vergebung, ich habe hier einen Damast aus Lucca,
ein wahres Gewebe aus Silber, und die Rosen
so raffiniert gewoben, daß ihnen nur der Duft fehlt,
um die leichtfertigen Sinne zu täuschen. Berührt es, mein Herr.
Ist es nicht weich wie Wasser, stark wie Stahl?
Und dann die Rosen! Sind sie nicht fein gewoben?
Ich meine, die Hügel, die Rosen am meisten lieben,
bei Bellosguardo oder bei Fiesole,
bringen im Frühling keine solchen Blüten hervor,
und wenn sie es tun, dann welken die Blüten und sterben.
Das ist das Schicksal all der erlesenen Dinge,
die auf dem Wind oder Wasser tanzen. Die Natur selbst
führt Krieg gegen ihren eigenen Liebreiz und meuchelt
ihre Kinder wie Medea. Doch nein, mein Herr,
schaut genauer hin. Ja, in diesem Damast hier
ist es immer Sommer, und kein schneidender Winter
wird diese Blüten je schädigen. Für jede Elle
habe ich ein Goldstück gezahlt. Rotes Gold, und gutes,
die Frucht sorgfältigen Sparens.

GUIDO: Aufrechter Simone,
genug, ich bitte Euch. Ich bin es wohl zufrieden,
morgen werde ich meinen Diener zu Euch schicken,
der Euch das Doppelte eures Preises zahlen wird.

SIMONE: Mein großzügiger Prinz!
Ich küsse Euch die Hände. Und nun erinnere ich mich
an einen anderen Schatz in meinem Hause,
den Ihr sehen müßt. Es ist eine Galarobe:
gewoben von einem Venezianer, der Stoff Chiffon mit Samtmuster,
das Muster Granatäpfel, jeder einzelne Kern ist
eine Perle, der Kragen ist ganz aus Perlen,
so dicht wie die Motten auf den Straßen in Sommernächten
und weißer als die Monde, die Wahnsinnige durch
Gefängnisgitter am Morgen sehen. Ein intensiver Rubin
brennt wie glühende Kohle in der Schließe.
Der heilige Vater besitzt keinen solchen Stein,
und auch in Indien kann man keinen Bruder finden.
Die Brosche selbst ist von sehr eigentümlicher Art,
Cellini hat nie eine feinere Arbeit geleistet,
um den großen Lorenzo zu erfreuen. Ihr müßt es tragen.
In unserer Stadt findet sich kein Würdigerer,
und es wird Euch gut stehen. Auf einer Seite
springt in Gold ein ranker und gehörnter Satyr,
um eine Nymphe aus Silber zu fangen. Auf der anderen
steht das Schweigen mit einem Kristall in der Hand,
nicht größer als die kleinste Kornähre,
die unter dem Flug eines Vogels erzittert,
und doch so geschickt gefertigt, daß man sagen möchte,
es lebt oder hält den Atem an.
Würdige Bianca,
würde diese edle und überaus wertvolle Robe dem
Herrn Guido nicht gut stehen?
Nein, doch flehe ihn an;
er wird es dir nicht versagen, obwohl der Preis fast
so hoch ist wie das Lösegeld für einen Prinzen. Und dein Gewinn
soll nicht geringer als meiner sein.
BIANCA: Bin ich dein Lehrling?
Warum sollte ich für deine Samtrobe feilschen?
GUIDO: Nein, holde Bianca, ich werde Eure Robe kaufen,
und alle Dinge, die der aufrechte Kaufmann hat,
will ich auch kaufen. Prinzen müssen ausgelöst werden,
und glücklich sind alle hohen Herren, die in die
weißen Hände eines so holden Feindes fallen.
SIMONE: Zu Recht werde ich getadelt. Doch werdet Ihr meine Waren kaufen?
Werdet Ihr sie nicht kaufen? Fünfzigtausend Kronen
würden mich kaum entschädigen. Doch Ihr, mein Herr, sollt sie
für vierzigtausend Kronen haben. Ist der Preis zu hoch?
Nennt Euren Preis. Ich habe das seltsame Verlangen,
Euch in diesem Wunder des Webstuhls zu sehen
inmitten der adligen Damen des Hofes,
eine Blume unter Blumen.
Man sagt, mein Herr,
daß Eure Anmut diese hochgeborenen Damen so beeinflußt,
daß sie wie die Fliegen um Euch herumschwirren
und jede um Eure Gunst buhlt.
Ich habe auch gehört
von Ehemännern, die Hörner tragen – und sie tapfer tragen,
eine höchst phantastische Mode.
GUIDO: Simone,

deine scharfe Zunge braucht Zügel; und außerdem
vergißt du diese holde Dame hier,
deren zarte Ohren sicherlich nicht auf so grobe
Musik eingestimmt sind.

SIMONE: Wahrhaftig: ich hatte vergessen
und werde gewiß nicht wieder fehlen. Doch, mein guter Herr,
Ihr kauft diese Robe. Wollt Ihr sie nicht kaufen?
Nur vierzigtausend Kronen. Das ist nur eine Kleinigkeit,
für einen, der Giovanni Bardis Erbe ist.

GUIDO: Mach das morgen mit meinem Verwalter
Antonio Costa aus. Er wird dich aufsuchen.
Und du kannst hunderttausend Kronen haben,
wenn das dein Wunsch ist.

SIMONE: Hunderttausend!
Sagtet Ihr hunderttausend? Oh! Seid versichert,
das wird mich für alle Zeiten und in allen Dingen
zu Eurem Schuldner machen. Ja! Von diesem Tage an
ist mein Haus und alles, was mein Haus enthält,
Euer und nur Euer.
Hunderttausend!
Mein Hirn ist schwindelig! Ich werde bei weitem
reicher sein als all die anderen Kaufleute. Ich werde
Weinberge kaufen und Ländereien und Gärten. Jeder Webstuhl
von Mailand bis hinunter nach Sizilien wird mir gehören,
und auch die Perlen, die die arabischen Meere
in ihren schweigsamen Höhlen beherbergen.
Freigebiger Prinz!
Diese Nacht soll der Bote meiner Liebe werden,
die so groß ist, daß nichts, was Ihr verlangt,
Euch verweigert wird.

GUIDO: Und was, wenn ich
um die weiße Bianca hier bitte?

SIMONE: Ihr scherzt, mein Herr,
sie ist eines so großen Prinzen nicht würdig.
Sie ist nur geschaffen, das Haus zu führen und zu spinnen.
Ist das nicht so, gute Frau? Es ist so. Schau!
Dein Rocken wartet auf dich. Setz dich und spinne.
Frauen sollten in ihren Heimen nicht untätig sein.
Denn Müßiggang ist aller Laster Anfang.

BIANCA: Was soll ich spinnen?

SIMONE: Oh, spinne
eine Robe, die – purpurn gefärbt – das Leid zu seinem
eigenen Trost tragen kann, oder eine langfransiges Tuch,
in dem ein neugeborenes und unwillkommenes Kind
ungehört weinen mag, oder ein erlesenes Laken,
das, zart parfümiert mit süßen Kräutern,
dazu dienen mag, einen Toten zu umhüllen. Spinne, was du willst.
Es kümmert mich nicht, nicht mich.

BIANCA: Der spröde Faden ist gerissen,
das stumpfe Rad ist müde seiner unendlichen Runde,
der noch stumpfere Rocken ist überdrüssig seiner Last;
ich werde heute nacht nicht spinnen.

SIMONE: Das ist gleichgültig.
Morgen wirst du spinnen, und jeder Tag
soll dich an deinem Rocken finden. So wurde Lucretia

von Tarquin gefunden. So wartete vielleicht Lucretia
auf Tarquin. Wer weiß? Ich habe merkwürdige
Dinge über die Ehefrauen von Männern gehört. Doch nun,
mein Herr, welche Neuigkeiten aus fremden Ländern? Ich habe heute
in Pisa gehört, daß bestimmte englische Kaufleute dort
ihre Wolle zu niedrigeren Preisen verkaufen wollen,
als das gerechte Gesetz es erlaubt, und die Behörden anflehen,
sie anzuhören.
Ist das recht?
Sollte ein Kaufmann sich gegenüber einem anderen verhalten wie ein Wolf?
Und sollte der Fremde, der in unserem Land lebt,
durch erzwungenes Privileg oder Geschicklichkeit
uns unserer Profite berauben?

GUIDO: Was habe ich mit Kaufleuten
oder ihren Profiten zu tun? Soll ich etwa gehen
und mit den Behörden in deinem Interesse ringen?
Und das Gewand tragen, in dem du von Narren kaufst,
oder an törichtere Käufer verkaufen? Aufrechter Simone,
Wolle verkaufen oder Wolle sammeln ist deine Aufgabe.
Mein Verstand hat andere Beute.

BIANCA: Edler Herr,
ich bitte Euch, vergebt meinem guten Mann,
seine Seele steht immer auf dem Markt,
und sein Herz schlägt nur beim Preis von Wolle.
Und doch ist er aufrecht in seiner gewöhnlichen Art.
An Simone.
Und du, besitzt du keine Scham? Ein edler Prinz
kommt in unser Haus, und du mußt ihn ermüden
mit der unangebrachtesten Dreistigkeit. Bitte ihn um Vergebung.

SIMONE: Das tue ich höchst demütig. Wir wollen heute abend
von anderen Dingen reden. Ich höre, der Heilige Vater
hat dem König von Frankreich einen Brief geschickt,
in dem er ihn bittet, jenen Schild aus Schnee zu überqueren, die Alpen,
und in Italien einen Frieden zu schließen, der schlimmer
sein wird als Bruderkrieg und blutiger als
zivile Plünderungen oder Bürgerkriegsauseinandersetzungen.

GUIDO: Oh! Wir sind dieses Königs von Frankreich überdrüssig,
der niemals kommt, sondern immer davon redet zu kommen.
Was bedeuten mir diese Dinge? Es gibt andere näherliegende,
und viel wichtigere Dinge, guter Simone.

BIANCA *(an Simone)*: Ich glaube, du langweilst unseren hohen Gast.
Was hat der König von Frankreich mit uns zu tun? So wenig
wie deine englischen Kaufleute mit ihrer Wolle.

. . . .

SIMONE: So ist das also? Ist die ganze mächtige Welt
geschrumpft auf die Maße dieses Raums
mit nur drei Seelen als armseligen Bewohnern?
Ja! Es gibt Zeiten, da schrumpft das riesige Universum
wie Tuch im Kessel eines ungeschickten Färbers,
auf eine Handbreite, und vielleicht ist dies
so ein Augenblick! Gut! Soll es solch eine Zeit sein.
Laß diesen niedrigen Raum zu jener gewaltigen Bühne werden,
auf der Könige sterben, und unsere gemeinen Leben
zu den Einsätzen werden, um den die Götter spielen.
Ich weiß nicht,

warum ich so rede. Mein Ritt hat mich erschöpft.
Und mein Pferd ist dreimal gestolpert, was ein Zeichen ist,
das für niemanden Gutes ahnen läßt.
Weh, mein Herr!
Was für ein schlechter Handel ist das Leben des Menschen,
und auf einem wie schlechten Markt werden wir verkauft!
Wenn wir geboren werden, weinen unsere Mütter, doch wenn
wir sterben, gibt es niemanden, der um uns weint. Nein, nicht einen.
(Geht in den Bühnenhintergrund)

BIANCA: Er spricht wie ein gewöhnlicher Hausierer!
Ich hasse ihn, Seele und Leib. Die Feigheit
hat ihr bleiches Siegel auf seine Stirn gedrückt. Seine Hände,
weißer als Pappelblätter im stürmischen Frühling,
zittern mit Schüttellähmung. Und sein stammelnder Mund
stößt einen törichten Schaum leerer Worte aus
wie Wasser aus einem Rohr.

GUIDO: Süße Bianca!
Er ist deiner Gedanken nicht würdig oder meiner.
Der Mann ist nichts als ein aufrechter Bube,
voller feiner Worte für die Waren des Lebens,
ein hochtrabender Raufbold in einer Welt von Worten.
Ich habe noch nie einen so beredten Narren getroffen.

BIANCA: Oh, wollte der Tod ihn auf der Stelle mitnehmen!

SIMONE *(sich umdrehend):* Wer sprach vom Tod? Niemand soll vom Tod sprechen!
Was hat der Tod in einem so fröhlichen Haus zu suchen,
mit nur einer Ehefrau, einem Ehemann und einem Freund,
die ihn begrüßen könnten? Laßt den Tod in Häuser gehen,
wo eklige, unkeusche Dinge sind, keusche Weiber,
die ihrer edlen Herren überdrüssig werden,
die Vorhänge ihrer Ehebetten beiseite ziehen
und in befleckten und entehrten Laken
eine ungesetzliche Lust befriedigen. Ja! Es ist so
seltsam, und doch ist es so. *Du* kennst die Welt nicht.
Du bist zu einfach und zu ehrenhaft.
Ich kenne sie wohl. Und auch wenn ich wollte, es wäre anders,
Weisheit kommt mit Wintern. Mein Haar wird grau,
und die Jugend hat meinen Körper verlassen. Genug davon.
Die heutige Nacht ist für das Vergnügen, und ich will in der Tat
fröhlich sein, wie es sich für einen Gastgeber ziemt,
der einen hohen und unerwarteten Gast findet,
der darauf wartet, ihn zu begrüßen.
(Nimmt eine Laute auf.)
Doch was ist dies, mein Herr?
Ja. Ihr habt eine Laute mitgebracht, um für uns zu spielen!
Oh, spielt, holder Prinz! Und wenn ich zu kühn bin,
verzeiht mir, doch spielt.

GUIDO: Heute nacht will ich nicht spielen.
Ein andermal, Simone.
(Zu Bianca) Du und ich
zusammen, mit keinen anderen Zuhörern als den Sternen
oder dem eifersüchtigeren Mond.

SIMONE: Aber nein, mein Herr!
Nein, ich flehe Euch an. Denn ich habe gehört,
daß durch das schlichte Fingern einer Saite
oder durch zarten Atem, der in ausgehöhlte Schilfrohre geblasen wird,

oder in den kalten Mund raffiniert gearbeiteter Bronze
diejenigen, die sich um diese Kunst bemühen, arme Seelen
aus den Gefängnisses ziehen können. Ich habe auch gehört,
daß eine merkwürdige Magie in diesen Hüllen steckt
und Unschuld ihr Haar mit Weinblättern schmückt
und herumtollt wie eine Mänade. Lassen wir das beiseite.
Ich weiß, Eure Laute ist keusch. Und darum, spielt:
entzückt meine Ohren mit einer lieblichen Melodie;
meine Seele ist in einem Gefängnis und braucht
Musik, um ihren Wahnsinn zu heilen. Gute Bianca,
bitte unseren Gast zu spielen.

BIANCA: Fürchte nicht,
unser hochgeschätzter Gast wird seinen Ort und Augenblick wählen.
Dies ist nicht dieser Augenblick. Du ermüdest ihn
mit deiner ungehobelten Hartnäckigkeit.

GUIDO: Aufrechter Simone,
einen anderen Abend. Heute abend ist es mir genug,
der leisen Musik der Stimme Biancas zuzuhören,
die, wenn sie spricht, die zu sinnliche Luft bezaubert
und die wirbelnde Erde stehen bleiben läßt oder ihren
Kreis um ihre Schönheit sich legen läßt.

SIMONE: Ihr schmeichelt ihr.
Sie hat ihre Tugenden wie die meisten Frauen,
doch Schönheit ist ein Edelstein, mit dem sie sich nicht schmücken kann.
Vielleicht ist das besser so.
Nun, mein edler Herr,
wenn Ihr Eurer Laute keine Melodien entlocken wollt,
um meine niedergeschlagene und verstörte Seele zu bezaubern,
wollt Ihr wenigstens mit mir trinken?
(Sieht den Tisch.)
Es ist schon für Euch gedeckt.
Bring mir einen Stuhl, Bianca. Schließe die Läden.
Lege den großen Balken vor. Ich will nicht, daß
die neugierige Welt mit ihren kleinen spähenden Augen
auf unser Vergnügen schaut.
Nun, mein Herr,
gebt uns einen Trinkspruch mit einem vollen Becher.
(Schreckt zurück.)
Was ist das für ein Fleck auf dem Tuch? Es sieht so
rot aus wie eine Wunde in Christus' Seite.
Ist es nur Wein? Ich habe sagen hören,
wenn Wein vergossen wird, wird auch Blut vergossen,
doch das ist närrisches Geschwätz.
Mein Herr, ich hoffe,
meine Trauben munden Euch? Der Wein aus Neapel
ist so feurig wie seine Berge. Unsere toskanischen Weinberge
bringen eine bekömmlichere Ernte hervor.

GUIDO: Er mundet mir gut,
aufrechter Simone. Und mit deiner Erlaubnis will ich
auf die holde Bianca trinken, wenn ihre Lippen wie
rote Rosenblätter auf diesem Becher geschwommen sind
und seinen Inhalt noch süßer gemacht haben. Koste, Bianca.
(Bianca trinkt.)
Oh, all der Honig der Bienen von Hybla ist
bitter im Vergleich mit diesem Trunk!

Guter Simone,
du teilst diese Köstlichkeit nicht.

SIMONE: Es ist seltsam, mein Herr,
ich kann heute abend nicht mit Euch essen oder trinken.
Eine Laune oder irgendein Fieber in meinem Blut,
das ansonsten gemäßigt ist, oder ein Gedanke,
der wie eine Natter von Ort zu Ort kriecht,
der wie ein Wahnsinniger von Zelle zu Zelle kraucht,
vergiftet meinen Gaumen und macht den Appetit
zum Ekel, nicht zum Verlangen. *(Geht zur Seite.)*

GUIDO: Süße Bianca,
dieser gewöhnliche Hausierer langweilt mich mit Worten.
Ich muß gehen. Morgen komme ich zurück.
Sag mir zu welcher Stunde.

BIANCA: Komm beim ersten Morgengrauen!
Bis ich dich sehe, ist mein Leben leer.

GUIDO: Ach! Löse die fallende Mitternacht deines Haares,
und laß mich in jenen Sternen, deinen Augen, mein Bild
erblicken wie in einem Spiegel. Liebste Bianca,
auch wenn es nur Schatten ist, behalte mich dort,
und schau auf nichts, das nicht ein Symbol
meines Bildes zeigt. Ich bin eifersüchtig auf alles,
woran dein Augenlicht sich erfreut.

BIANCA: Oh! Sei versichert,
dein Bild wird immer bei mir sein. Liebster,
die Liebe kann das gewöhnlichste Ding in
ein Zeichen süßer Gestalt verwandeln.
Doch komm, bevor die Lerche mit ihrem schrillen Lied
eine Welt von Träumern aufgeweckt hat. Ich werde
auf dem Balkon sein.

GUIDO: Und wirst mit einer Leiter
aus scharlachroter Seide, mit Perlen bestickt, kommen,
um mich zu treffen. Ein weißer Fuß nach dem anderen,
wie Schnee auf einem Rosenbusch.

BIANCA: Wie du wünschst.
Du weißt, ich gehöre dir in Liebe oder im Tod.

GUIDO: Simone, ich muß nach Hause gehen.

SIMONE: So früh? Warum nur? Die Glocke des großen Duomo
hat noch nicht Mitternacht geschlagen, und die Wachen,
die mit ihren hohlen Hörnern den blassen Mond verspotten,
liegen schläfrig in ihren Türmen. Bleibt noch eine Weile.
Ich fürchte, wir sehen dich hier nicht wieder,
und diese Furcht betrübt mein so einfaches Herz.

GUIDO: Fürchte nicht, Simone. Meine Freundschaft
ist unveränderlich. Doch heute abend
gehe ich nach Hause, und das sofort.
Auf morgen, süße Bianca.

SIMONE: Nun denn, so sei es.
Ich hätte mir eine ausführlichere Unterhaltung mit Euch gewünscht,
mein neuer Freund, mein ehrenwerter Gast,
doch das scheint nicht möglich zu sein.
Und außerdem
zweifle ich nicht daran, daß Euer Vater auf Euch wartet
und schon müde nach Stimme oder Schritt lauscht. Ich glaube,
Ihr seid sein einziges Kind? Er hat keine anderen Kinder.

Ihr seid die anmutige Stütze seines Hauses,
die Blume in einem Garten voller Unkraut.
Die Neffen Eures Vaters lieben ihn nicht aufrichtig.
So sagen die Leute in Florenz. Das allein meinte ich damit.
Man sagt, sie neiden Euch Euer Erbe
und schauen mit wilden Augen auf Eure Weinberge,
wie Ahab auf Nabloths fruchtbares Feld geschaut hat.
Doch das ist nur das Geplapper einer Stadt,
in der die Frauen zu viel reden.
Gute Nacht, mein Herr.
Bring eine Kiefernfackel, Bianca. Die alte Treppe
ist voller Stolpersteine, und der geizige Mond
knausert wie ein Geizhals mit seinen Strahlen
und verbirgt sein Antlitz hinter einer Musselinmaske,
wie es die Huren tun, wenn sie ausgehen, um eine
arme Seele in die Sünde zu locken. Nun will ich
Euren Mantel und Euren Degen holen. Nein, Vergebung, mein Herr,
es ist nur geziemend, daß ich Euch bediene,
der Ihr mein armseliges Bürgerhaus so geehrt habt,
meinen Wein getrunken habt, das Brot gebrochen habt und
Euch zu einem holden Freund erklärt habt. Oftmals
werden meine Frau und ich über diese schöne Nacht reden
und ihre große Bedeutung.
Nein, was für ein Degen dies ist!
Temperiert in Ferrara, biegsam wie eine Schlange
und noch tödlicher, daran zweifle ich nicht. Mit einem solchen Stahl
muß man nichts in der Plackerei des Lebens fürchten.
Nie habe ich eine feinere Klinge berührt.
Ich besitze auch einen Degen, wenn auch mittlerweile etwas rostig.
Wir Männer des Friedens werden Demut gelehrt
und viele Lasten auf unserem Rücken zu tragen
und sich nicht gegen die ungerechte Welt aufzulehnen
und kränkende Ungerechtigkeiten zu ertragen.
Das wird uns beigebracht, und wie der geduldige Jude
finden wir Gewinn in unserem Schmerz.
Und doch erinnere ich mich,
daß einst auf der Straße nach Padua
ein Räuber versuchte, mir mein Packpferd zu stehlen.
Ich schlitzte ihm die Kehle auf und ließ ihn zurück. Ich kann
Entehrung, öffentliche Beleidigung, viele Beschämungen,
schrillen Hohn und offene Schmähungen ertragen, doch der,
der mir etwas, das mir gehört, stiehlt,
– ach, und sei es auch nur der billigste Tranchierteller,
von dem ich meinen Hunger stille – oh! der
riskiert seine Seele und sein Leben bei diesem Diebstahl
und stirbt für seine kleine Sünde. Aus welch merkwürdigem Ton
wir Männer geformt sind!

GUIDO: Warum sprichst du in dieser Weise?

SIMONE: Ich frage mich, mein Herr Guido, ob mein Degen
besser temperiert ist als dieser Euer Stahl?
Sollen wir es erproben? Oder ist mein Stand zu niedrig
für Euch, um Euren Degen mit meinem zu kreuzen,
im Scherz oder im Ernst?

GUIDO: Nichts würde mir mehr Vergnügen bereiten,
als Euch mit nackter Klinge gegenüberzutreten,

im Scherz oder im Ernst. Gib mir meinen Degen.
Hole den deinen. Heute nacht wollen wir die große Frage beilegen,
ob der Stahl des Prinzen oder der des Kaufmanns
besser temperiert ist. Waren das nicht deine Worte?
Hol deinen eigenen Degen. Was zögert Ihr, Herr?

SIMONE: Mein Herr, von all den gütigen Artigkeiten,
die Ihr meinem öden Haus erwiesen habt,
ist dies die größte.
Bianca, hol meinen Degen.
Schieb diesen Tisch und Stuhl beiseite. Wir brauchen
einen offenen Kreis für unseren Waffengang,
und die gute Bianca soll die Fackel halten,
damit das, was nur ein Scherz ist, nicht in Ernst umschlägt.

BIANCA *(zu Guido):* Oh! Töte ihn, töte ihn!

SIMONE: Halte die Fackel, Bianca.
(Sie beginnen zu kämpfen.)
Nehmt dies! Ah! Ha! Nehmt dies!
(Er wird von Guido verwundet.)
Ein Kratzer, mehr nicht. Die Fackel war mir in den Augen.
Schau nicht so traurig, Bianca. Es ist nichts.
Dein Gatte blutet, es ist nichts. Nimm ein Tuch,
binde es um meinen Arm. Nein, nicht so stramm.
Ich bitte dich, sei nicht traurig. Nein: nimm es wieder ab.
Was macht es, daß ich blute? *(Reißt den Verband ab.)*
Weiter, weiter!
(Simone entwaffnet Guido.)
Mein sanfter Herr, Ihr seht, ich hatte Recht.
Mein Degen ist aus besser temperiertem, feinerem Stahl,
doch vergleichen wir unsere Dolche.

BIANCA *(zu Guido):* Töte ihn! Töte ihn!

SIMONE: Lösch die Fackel, Bianca. *(Bianca löscht die Fackel.)*
Und nun, mein guter Herr,
nun auf den Tod eines von uns oder beider
oder auch aller drei von uns. *(Sie kämpfen.)*
Da und da!
Ah, Teufel! Habe ich dich in meinem Griff?
(Simone überwältigt Guido und wirft ihn über den Tisch.)

GUIDO: Narr! Nimm deine würgenden Finger von meiner Kehle.
Ich bin der einzige Sohn meines Vaters; der Staat
hat nur einen Erben, und jener falsche Feind Frankreich
wartet nur auf das Ende der Linie meines Vaters,
um über unsere Stadt herzufallen.

SIMONE: Still! Euer Vater
wird glücklicher sein, wenn er kinderlos ist.
Was den Staat angeht, so denke ich, unser Staat Florenz
braucht keinen ehebrecherischen Steuermann an seinem Steuer.
Euer Leben würde seine Lilien beflecken.

GUIDO: Nimm deine Hände fort.
Nimm deine verdammten Hände weg. Laß mich los, habe ich gesagt!

SIMONE: Nein, Ihr seid in einem so raffinierten Griff gefangen,
daß nichts Euch helfen wird, und Euer Leben wurde
schmaler bis auf einen einzelnen Punkt der Schande
und endet mit dieser Schande und endet höchst schändlich.

GUIDO: Oh! Laß mich einen Priester sehen, bevor ich sterbe!

SIMONE: Wozu braucht Ihr einen Priester? Beichtet Eure Sünden

Gott, den Ihr noch in dieser Nacht sehen werdet und
danach nie wieder. Beichtet Eure Sünden dem,
der höchst gerecht ist, weil er mitleidslos ist,
und höchst mitleidig, weil er gerecht ist. Was mich angeht …

GUIDO: Oh! Hilf mir, süße Bianca! Hilf mir, Bianca!
Du weißt, ich bin unschuldig jeden Vergehens.

SIMONE: Wie, haben die sterbenden Lippen doch noch Leben?
Stirb wie ein Hund mit hängender Zunge! Stirb! Stirb!
Und der stumme Fluß soll deine Leiche annehmen
und unbemerkt ins Meer spülen.

GUIDO: Herr Christus, empfange heute nacht meine arme Seele!

SIMONE: Dazu sage ich Amen. Nun zum anderen.

Guido stirbt. Simone erhebt sich und schaut zu Bianca. Sie kommt auf ihn zu, wie benommen von Bewunderung und mit ausgestreckten Armen.

BIANCA: Warum
hast du mir nicht gesagt, daß du so stark bist?

SIMONE: Warum
hast du mir nicht gesagt, daß du schön bist? *(Er küßt ihren Mund.)*

Vorhang

Die Herzogin von Padua

DIE PERSONEN DES STÜCKS

Simone Gesso, Herzog von Padua
Beatrice, seine Gemahlin
Andreas Pollajuolo, Kardinal von Padua
Maffio Petrucci
Jeppo Vitellozzo, Diener des herzoglichen Haushalts
Taddeo Bardi
Guido Ferranti, ein junger Mann
Ascanio Cristofano, sein Freund
Graf Moranzone, ein alter Mann
Bernardo Cavalcanti, Richter von Padua
Hugo, Henker
Lucy, eine Kammerzofe

Diener, Bürger, Soldaten, Mönche, Falkner mit ihren Falken und Hunden und andere

Erster Akt

Szene: *Der Marktplatz von Padua am Mittag.* Zeit: *Zweite Hälfte des 16. Jahrhunderts. Im Hintergrund der große Dom von Padua, Architektur romanisch, schwarzer und weißer Marmor; eine Marmortreppe führt zu den Pforten des Doms; am Fuß der Treppe zwei große steinerne Löwen; Häuser auf beiden Seiten der Bühne haben bunte Markisen an den Fenstern und sind von steinernen Arkaden flankiert; rechts steht ein Brunnen mit einem Triton aus grüner Bronze, der eine Muschel bläst; um den Brunnen zieht sich eine Steinbank; die Domglocken läuten, und die Bürger, Männer, Frauen und Kinder, gehen in den Dom.*

Guido Ferranti und Ascanio Cristofano treten ein.

Ascanio: Bei meinem Leben, Guido, ich gehe keinen Schritt weiter. Denn wenn ich noch einen Schritt mache, habe ich keine Luft mehr zum Fluchen. So eine vergebliche Mühe! *(Setzt sich auf die Stufen des Brunnens.)*

Guido: Es muß hier sein. *(Geht auf einen Passanten zu und zieht den Hut.)* Entschuldigen Sie, mein Herr. Ist dies der Marktplatz, und ist das die Kirche von Santa Croce? *(Der Bürger verneigt sich.)* Vielen Dank, mein Herr.

Ascanio: Nun?

Guido: Ja. Dies ist der Ort.

Ascanio: Ich wollte, er wäre woanders. Denn ich kann keine Schenke sehen.

Guido *(nimmt einen Brief aus der Tasche und liest ihn):* »Die Zeit: Mittag, die Stadt: Padua, der Ort: Marktplatz, und der Tag: Tag des heiligen Philip.«

Ascanio: Und was ist mit dem Mann, wie sollen wir ihn erkennen?

Guido *(liest weiter):* »Ich werde einen violetten Umhang tragen, auf dessen Schulter ein silberner Falke gestickt ist.« Eine kühne Wahl, Ascanio.

Ascanio: Ich trage lieber mein Lederwams. Und du glaubst, er kann dir etwas über deinen Vater erzählen?

GUIDO: Aber natürlich! Erinnerst du dich, es ist nun einen Monat her. Ich war im Weinberg, in der Ecke, die der Straße am nächsten liegt, da, wo die Ziegen immer hereinkamen. Da ritt ein Mann heran und fragte, ob mein Name Guido sei, und gab mir diesen Brief, der mit »Der Freund Ihres Vaters« unterschrieben ist. Darin werde ich gebeten, heute hierherzukommen, wenn ich das Geheimnis meiner Geburt aufdecken will, und der Brief sagt auch, wie ich den Schreiber erkennen kann! Ich hatte immer geglaubt, daß der alte Pedro mein Onkel sei, doch er sagte mir, daß dies nicht der Fall ist, sondern daß ich als Kind in seine Obhut gegeben wurde von jemandem, den er seither nicht mehr gesehen hat.

ASCANIO: Und du weißt nicht, wer dein Vater ist?

GUIDO: Nein.

ASCANIO: Du kannst dich überhaupt nicht an ihn erinnern?

GUIDO: Nein, Ascanio, überhaupt nicht.

ASCANIO *(lacht):* Dann kann er dich nicht so häufig geohrfeigt haben wie mein Vater mich.

GUIDO *(lächelt):* Ich bin sicher, du hattest es nie verdient.

ASCANIO: Niemals. Und das machte es noch schlimmer. Ich hatte nicht das Bewußtsein von Schuld, das mir hätte Auftrieb geben können. Welche Zeit, sagtest du, hat er angegeben?

GUIDO: Mittag. *(Die Domuhr schlägt.)*

ASCANIO: Das ist jetzt, und dein Mann ist nicht erschienen. Ich glaube nicht an ihn, Guido. Ich glaube eher, daß ein Mädchen ein Auge auf dich geworfen hat. Und weil ich dir von Perugia nach Padua gefolgt bin, sollst du mir nun zur nächsten Taverne folgen. *(Erhebt sich.)* Bei den Göttern des Essens, Guido, ich bin so hungrig, wie eine Witwe nach einem Ehemann hungert, so müde, wie ein junges Mädchen es der guten Ratschläge ist, und so ausgetrocknet wie die Predigten eines Mönchs. Komm schon, Guido, du stehst da und schaust ins Nichts wie der Narr, der versucht hat, in seinen eigenen Kopf zu schauen. Dein Mann wird nicht auftauchen.

GUIDO: Nun, ich nehme an, du hast recht. Ah! *(Gerade als er mit Ascanio die Bühne verlassen will, kommt Lord Moranzone in einem violetten Umhang, auf dessen Schulter ein silberner Falke gestickt ist. Er geht zum Dom hinüber. Als er hineingehen will, läuft Guido auf ihn zu und hält ihn auf.)*

MORANZONE: Guido Ferranti, du bist rechtzeitig gekommen.

GUIDO: Was? Lebt mein Vater?

MORANZONE: Ja! In dir lebt er.
Du bist genau wie er in Form und Gesicht,
In Haltung und Gestalt und Äußerem.
Ich nehme an, du bist auch ebenso edlen Geistes.

GUIDO: Oh, erzählt mir von meinem Vater. Ich habe mein ganzes Leben auf diesen Moment gewartet.

MORANZONE: Dazu müssen wir allein sein.

GUIDO: Dies ist mein bester Freund, der aus Liebe zu mir mit mir nach Padua gekommen ist. Wie zwei Brüder haben wir kein Geheimnis voreinander.

MORANZONE: Dies ist ein Geheimnis, das ihr nicht teilen sollt.
Bitte ihn, sich zu entfernen.

GUIDO *(zu Ascanio):* Komm in einer Stunde zurück.
Er weiß nicht, daß nichts auf dieser Welt
Den vollkommenen Spiegel unserer Liebe trüben kann.
Komm in einer Stunde zurück.

ASCANIO: Sprich nicht mit ihm.
Es liegt ein furchtbares Grauen in seinem Aussehen.

GUIDO *(lacht):* Nein, nein. Ich bin sicher, er ist gekommen, um mir zu sagen,
Daß ich ein großer Herr in Italien bin
Und daß wir noch viele erfreuliche Tage vor uns haben.
In einer Stunde, lieber Ascanio.
Ascanio geht ab.
Nun sagt mir, wer mein Vater war. *(Setzt sich auf eine Steinbank.)* War er groß?
Ich könnte schwören, er sah großartig auf seinem Pferd aus.
Sein Haar war schwarz? Oder vielleicht rötlich golden,

Wie ein rotes Feuer aus Gold? War seine Stimme leise?
Die tapfersten Männer haben manchmal Stimmen,
Die voll leiser Musik sind. Oder eher wie eine Trompete,
Die all seine Feinde vor Furcht erzittern ließ?
Ritt er allein? Oder mit vielen Knappen
Und werten Dienern, die ihm dienten?
Denn häufig glaube ich, ich kann in meinen Adern
Das Blut von Königen fließen fühlen. War er ein König?

MORANZONE: Ja, er war der königlichste aller Männer.

GUIDO *(stolz):* Als Ihr meinen Vater zum letzten Mal saht,
Stand er da hoch über anderen Männern?

MORANZONE: Ja. Hoch über anderen Männern.
Geht zu Guido und legt ihm die Hand auf die Schulter.
Auf einem roten Schafott, mit dem Block des Scharfrichters
Für seinen Hals aufgerichtet.

GUIDO *(springt auf):* Was für ein furchtbarer Mann seid Ihr,
Der wie ein Rabe oder die mitternächtliche Eule
Mit dieser furchtbaren Nachricht aus dem Grabe kommt?

MORANZONE: Ich bin hier als der Graf von Moranzone bekannt,
Herr über ein einsames Schloß auf einem Felsen
Mit einigen wenigen Hektar unfreundlichen Lands
Und sechs nicht eben sparsamen Dienern. Doch ich war einer
Der edelsten Prinzen von Parma. Und noch mehr,
Ich war der Freund deines Vaters.

GUIDO *(umklammert seine Hand):* Erzählt mir von ihm.

MORANZONE: Du bist der Sohn des großen Herzogs Lorenzo,
Dessen Banner über so manchem schwer umkämpften Schlachtfeld wehte,
Gegen die Sarazenen und die heidnischen Türken,
Er war der Prinz von Parma und der Herzog
All der lieblichen Gefilde der Lombardei
Bis hinunter an die Tore von Florenz; nein, selbst Florenz
Pflegte ihm Tribut zu zollen …

GUIDO: Kommt zu seinem Tod.

MORANZONE: Darüber hörst du noch früh genug. Im Krieg –
Oh, der edle Löwe des Krieges, der es nicht zulassen wollte,
Daß Ungerechtigkeit in Italien herrschte! – er führte
Die Blüte der Ritterlichkeit gegen
Jenen abscheulichen, ehebrecherischen Lord von Rimini,
Giovanni Malatesta – Gott möge ihn verfluchen!
Und von diesem wurde er in einem Hinterhalt gefangen,
Und von ihm wurde er in gemeine Ketten geworfen
Und wie ein Verbrecher oder ein niedriggeborener Schurke
Von ihm auf einem öffentlichen Schafott ermordet.

GUIDO *(umklammert seinen Dolch):* Lebt Malatesta?

MORANZONE: Nein, er ist tot.

GUIDO: Sagtet Ihr tot? Oh, du bist zu schnell, Tod!
Konntest du nicht ein wenig auf mich warten?
Ich hätte deinen Auftrag ausgeführt!

MORANZONE *(ergreift seine Hand):* Du kannst es immer noch tun!
Der Mann, der deinen Vater verriet, ist noch am Leben.

GUIDO: Verraten? Mein Vater wurde verraten?

MORANZONE: Jawohl! Verkauft,
Wie ein gemeiner Sklave, verraten für einen Preis,
Es wurde um ihn gefeilscht und gehandelt auf einem privaten Markt
Von einem, den er für einen vollkommenen Freund hielt,

Einem, dem er vertraute, den er liebte,
Einem, dem er in Gefälligkeit verbunden war –
Oh! Die Saat der Freundlichkeit in dieser Welt zu säen
Bedeutet nur, Undankbarkeit zu ernten!
GUIDO: Und er lebt,
Der meinen Vater verkauft hat?
MORANZONE: Ich werde ihn dir bringen.
GUIDO: So, Judas, du lebst! Nun, ich werde
Diese Welt zu deinem Blutacker machen, also kaufe ihn auf der Stelle,
Denn dort sollst du hängen!
MORANZONE: Sagtest du Judas, Junge?
Ja, ein Judas in seinem Verrat, und dennoch war
Er weiser, als Judas es war, und hielt
Die dreißig Silberlinge für nicht genug.
GUIDO: Welchen Preis erhielt er für das Blut meines Vaters?
MORANZONE: Was er bekam?
Nun, Städte, Lehen und Fürstentümer,
Weinberge und Ländereien.
GUIDO: Von denen er nur sechs Fuß Land
Behalten soll, um darin zu verrotten. Wo ist er,
Dieser verfluchte Schurke, dieser abscheuliche Teufel? Wo?
Zeigt mir den Mann, und wenn er auch in Stahl gehüllt ist,
In voller Rüstung und Pracht des Kriegs,
Ja, selbst bewacht von tausend Soldaten,
Dennoch werde ich ihn durch ihre Speere hindurch erreichen und
Den letzten schwarzen Tropfen Blut aus seinem schwarzen Herzen
An meiner Klinge herabfließen fühlen. Zeigt mir den Mann,
Sage ich, und ich werde ihn töten.
MORANZONE *(kalt):* Narr, wo ist da die Rache?
Tod ist unser aller gemeinsames Erbe,
Und der Tod kommt am besten, wenn er unerwartet kommt.
Tritt nahe an Guido heran.
Dein Vater wurde verraten, das ist dein Stichwort.
Denn du sollst den Verkäufer seinerseits verkaufen.
Ich werde dich in seinen Haushalt einführen, du wirst
Am selben Tisch wie er sitzen, von seinem Brot essen …
GUIDO: O bitteres Brot!
MORANZONE: Dein Geschmack ist zu verwöhnt,
Die Rache wird das Brot versüßen. Am Abend sollst du
Ihm zutrinken, aus seinem Becher trinken und sein
Vertrauter sein, so daß er um dich herumschwänzelt,
Dich liebt und dir all seine Geheimnisse anvertraut.
Wenn er dich auffordert, fröhlich zu sein, mußt du lachen,
Und wenn seine Laune verlangt, daß du traurig bist,
Sollst du Trauer tragen. Und dann, wenn die Zeit gekommen …
Guido umklammert sein Schwert.
Nein, nein, ich kann dir nicht vertrauen. Dein heißes, junges Blut,
Dein undiszipliniertes Wesen und zu heftiger Zorn
Werden niemals auf diese großartige Rache warten können,
Sondern sie durch Leidenschaft vernichten.
GUIDO: Ihr kennt mich nicht.
Nennt mir den Mann, und ich werde alles tun,
Was Ihr verlangt.
MORANZONE: Nun, wenn die Zeit gekommen ist,
Das Opfer dir vertraut und die Gelegenheit gut ist,

Werde ich dir durch einen geheimen Boten
Ein Zeichen senden.

GUIDO: Wie soll ich ihn töten, sagt es mir!

MORANZONE: In dieser Nacht sollst du dich in sein Schlafzimmer schleichen,
In dieser Nacht, denk daran.

GUIDO: Ich werde es nicht vergessen.

MORANZONE: Ich weiß nicht, ob schuldige Menschen schlafen,
Doch wenn er schläft, mußt du ihn zunächst wecken
Und deine Hand um seine Kehle legen. Ja, denn so,
Wenn du ihm dann erzählst, wessen Bluts du bist,
Welchem Vater du geboren bist und zu welcher Rache,
Fordere ihn auf, um Gnade zu bitten; wenn er bittet,
Sag ihm, er soll einen Preis für sein Leben festsetzen,
Und wenn er all sein Gold fortgibt,
Sag ihm, daß du kein Gold benötigst und keine Gnade hast,
Und tue deine Pflicht auf der Stelle. Schwöre mir,
Du wirst ihn nicht töten, bis ich es dir sage,
Denn sonst gehe ich zurück nach Hause, und du bleibst
Unwissend und dein Vater ungerächt.

GUIDO: Beim Schwert meines Vaters …

MORANZONE: Das bricht der Henker auf dem Marktplatz
In Stücke.

GUIDO: Dann beim Grab meines Vaters …

MORANZONE: Welches Grab! Welches Grab?
Dein edler Vater liegt in keinem Grab,
Ich sah, wie seine Asche im Wind verstreut wurde, seine Asche
Wirbelte durch die windigen Straßen wie gewöhnliches Stroh,
Um die Augen eines Bettlers zu plagen, und sein Haupt,
Sein sanftes Haupt, am Gefängnis aufgespießt,
Höhnisch mit einer Papierkrone gekrönt,
Damit der gemeine Mob in seiner Dreistigkeit
Es verhöhnen konnte.

GUIDO: So verhielt es sich also?
Dann, beim fleckenlosen Andenken meines Vaters
Und bei der Schande seiner Todesart
Und bei dem schändlichen Verrat durch seinen Freund,
Denn diese Dinge bleiben bestehen, bei diesen schwöre ich,
Ich werde keine Hand an ihn legen,
Bis Ihr es mir sagt, und dann – Gott sei seiner Seele gnädig,
Denn er soll sterben, wie noch kein Hund gestorben ist.
Und nun, das Zeichen, was ist das Zeichen?

MORANZONE: Dieser Dolch, Junge.
Er gehörte deinem Vater.

GUIDO: Oh, laßt mich sehen!
Ich erinnere mich nun daran, daß mein angeblicher Onkel,
Jener gute alte Bauer, den ich zu Hause zurückgelassen habe,
Mir erzählte, ich sei als Baby in einen Umhang gewickelt gewesen,
Der viele gelbe Leoparden aus Gold getragen hätte;
Ich ziehe sie aus Stahl vor, wie sie hier sind.
Sie passen besser zu meiner Aufgabe. Sagt mir, Herr,
Habt Ihr keine Botschaft von meinem Vater an mich?

MORANZONE: Armer Junge, du hast deinen edlen Vater nie gesehen.
Denn als er von seinem falschen Freund verraten worden war,
Entkam ich als einziger von seinen Dienern,
Um die Nachricht nach Parma zur Herzogin zu bringen.

GUIDO: Erzählt mir von meiner Mutter.
MORANZONE: Als deine Mutter,
Die reiner als die Heiligen im Himmel war,
Meine schwarzen Nachrichten vernahm, fiel sie in Ohnmacht,
Wurde von vorzeitigen Wehen ergriffen –
Sie war erst seit sieben Monaten verheiratet –
Und brachte dich zu früh zur Welt.
Und dann stieg ihre Seele in den Himmel auf, um auf
Deinen Vater zu warten an den Toren zum Paradies.
GUIDO: Meine Mutter tot, mein Vater verraten und verkauft!
Ich scheine auf einer belagerten Mauer zu stehen,
Und es erscheint ein Bote nach dem anderen
Mit neuer Schauerbotschaft. Erlaubt mir eine Atempause,
Meine Ohren sind erschöpft.
MORANZONE: Als deine Mutter starb,
Ließ ich aus Furcht vor deinen Feinden verlauten,
Auch du seist tot, und brachte dich dann
Heimlich zu einem alten Gefolgsmann,
Der bei Perugia lebte. Den Rest kennst du.
GUIDO: Saht Ihr meinen Vater später?
MORANZONE: Ja! Einmal.
In gewöhnlicher Kleidung, wie ein Arbeiter im Weinberg,
Stahl ich mich nach Rimini.
GUIDO *(ergreift seine Hand):* Oh, großzügiges Herz!
MORANZONE: In Rimini kann man alles kaufen.
Und so kaufte ich die Gefängniswärter! Als dein Vater
Hörte, daß ihm ein Junge geboren war,
Erstrahlte sein Antlitz unter seinem Helm
Wie ein großes Feuer weit draußen auf dem Meer,
Und er nahm meine Hände und bat mich, Guido,
Dich ihm würdig aufzuziehen. Und so habe ich dich aufgezogen,
Damit du seinen Tod an dem Freund rächen sollst, der ihn verriet.
GUIDO: Daran habt Ihr wohl getan. Ich danke Euch im Namen meines Vaters.
Und nun, der Name?
MORANZONE: Wie sehr du mich an ihn erinnerst,
Du besitzt die gleichen Gesten wie dein Vater.
GUIDO: Der Name des Verräters?
MORANZONE: Du sollst ihn sofort hören.
Der Herzog und andere Edelmänner des Hofes
Kommen hierher.
GUIDO: Was hat das damit zu tun? Sein Name?
MORANZONE: Scheint das nicht eine würdige Gesellschaft
Ehrenhafter, aufrechter Herren zu sein?
GUIDO: Sein Name, mein Herr!
Der Herzog von Padua tritt ein, mit den Grafen Bardi, Maffio Petrucci und anderen Herren seines Hofes.
MORANZONE *(rasch):* Der Mann, vor dem ich mein Knie beuge,
Ist derjenige, der deinen Vater verkauft hat! Beobachte mich gut!
GUIDO *(umklammert seinen Dolch):* Der Herzog!
MORANZONE: Hör auf, deinen Dolch zu befingern.
Hast du schon alles vergessen?
Beugt vor dem Herzog sein Knie.
Mein edler Herr.
HERZOG: Willkommen, Graf Moranzone. Es ist einige Zeit vergangen,
Seit wir Euch das letzte Mal in Padua gesehen haben.

Wir haben gestern in der Nähe Eures Schlosses gejagt –
Das nennt Ihr Schloß? Euer düsteres Haus,
Indem Ihr murmelnd über Eurem Rosenkranz sitzt
Und Eure Laster wie ein guter alter Mann beichtet.
Ich hoffe, ich werde nie ein guter alter Mann.
Gott würde es schnell langweilig, wenn ich ihm meine Sünden beichtete.
Erblickt Guido und schreckt zusammen.
Wer ist das?
MORANZONE: Der Sohn meiner Schwester, Euer Gnaden,
Der jetzt alt genug ist, Waffen zu tragen,
Und gern ein Jahr an Eurem Hof verbringen würde.
HERZOG *(schaut Guido immer noch an):* Wie heißt er?
MORANZONE: Guido Ferranti, mein Herr.
HERZOG: Seine Stadt?
MORANZONE: Er wurde in Mantua geboren.
HERZOG *(geht auf Guido zu):* Ihr habt die Augen eines Mannes, den ich kannte.
Doch er starb kinderlos. Also, mein Herr, Ihr wollt mir dienen?
Nun, wir brauchen Soldaten. Seid Ihr aufrichtig, mein Junge?
Dann verschwendet Eure Aufrichtigkeit nicht,
Sondern behaltet sie für sich. In Padua
Halten Männer Aufrichtigkeit für Prahlerei, daher
Ist sie nicht in Mode. Schaut Euch diese Herren an,
Die nach Zibet und der Parfümdose riechen …
GRAF BARDI *(zur Seite):* Das ist sicherlich eine bittere Pille für uns.
HERZOG: Nun, jeder Mann unter ihnen hat seinen Preis,
Wenn auch, um ihnen Gerechtigkeit widerfahren zu lassen, einige
Von ihnen recht teuer sind.
GRAF BARDI *(zur Seite):* Jetzt kommt's.
HERZOG: Also, seid nicht aufrichtig. Exzentrizität
Ist keine Sache, die man je ermutigen sollte,
Obwohl es in dieser unseren langweiligen, dummen Zeit
Das Exzentrischste ist, was ein Mann tun kann,
Ein Hirn zu haben, so daß der Mob ihn verhöhnt.
Und was den Mob angeht, wie sehr ich ihn auch verachte,
Ich schätze sein schäumendes Lob und seine windige Gunst
So sehr, daß Beliebtheit die eine
Beleidigung ist, die ich nie erfahren habe.
MAFFIO *(zur Seite):* Haß hat er genug, falls er ihn braucht.
HERZOG: Seid klug; seid bei Eurem Umgang mit der Welt
Nicht zu hastig; handelt immer aus dem zweiten Nachdenken,
Die ersten Impulse sind im allgemeinen gut.
GUIDO *(zur Seite):* Es muß eine Kröte auf seinen Lippen sitzen und ihr Gift verspritzen.
HERZOG: Sorgt dafür, daß Ihr Feinde habt.
Denn sonst denkt die Welt gering von Euch,
Es ist eine Probe der Macht; dennoch müßt Ihr allen
Menschen eine lächelnde Maske der Freundschaft zeigen,
Bis Ihr sie sicher in Eurem Griff habt,
Dann könnt Ihr sie zermalmen.
GUIDO *(zur Seite):* Oh, weiser Philosoph!
Daß du dir selbst ein so tiefes Grab gegraben hast.
MORANZONE *(zu Guido):* Achtest du auf seine Worte?
GUIDO: Oh, seid sicher, das tue ich.
HERZOG: Und habt nicht zu viele Skrupel. Saubere
Hände mit nichts darin sind ein trauriger Anblick.
Wenn Ihr den Löwenanteil am Leben haben wollt,

Müßt Ihr das Fuchsfell tragen. Oh, es wird Euch passen.
Das ist ein Mantel, der jedem Mann paßt,
Dem fetten, dem mageren, dem großen Mann und dem kleinen.
Wer immer diesen Mantel macht, Junge, ist ein Schneider,
Dem es nie an Kunden fehlen wird.

GUIDO: Euer Gnaden,
Ich werde daran denken.

HERZOG: Das ist gut, mein Junge, gut.
Ich dulde keine oberflächlichen Narren um mich,
Die mit ihren Skrupeln das Gold des Lebens wiegen
Und stolpernd, schachernd im Mißerfolg enden. Mißerfolg,
Das einzige Verbrechen, das ich nicht begangen habe.
Ich brauche *Männer* um mich. Was das Gewissen angeht,
Gewissen ist nur der Name, den die Feigheit
Auf der Flucht vor der Schlacht auf ihren Schild kritzelt.
Ihr versteht mich, Junge?

GUIDO: Ich verstehe, Euer Gnaden,
Und werde in allen Dingen der Religion
Folgen, die Ihr mich gelehrt habt.

MAFFIO: Ich habe Euer Gnaden noch nie so sehr
In Stimmung zum Predigen gehört; der Kardinal muß
Wohl um seine Position bangen.

HERZOG: Der Kardinal!
Männer folgen meiner Religion, sie babbeln seine.
Ich halte nicht viel vom Kardinal,
Obwohl er ein heiliger Mann der Kirche ist, und ich
Gestehe offen, daß ich ihn langweilig finde. Nun, mein Herr,
Von jetzt an zählen wir Euch zu unserem Haushalt.
Er hält Guido seine Hand zum Kuß hin. Guido fährt vor Grauen zurück, doch auf eine Geste des Grafen Moranzone beugt er das Knie und küßt sie.
Wir werden dafür sorgen,
Daß Ihr mit allem ausgestattet werdet,
Was Eurer Ehre und Eurem Stand angemessen ist.

GUIDO: Ich danke Euer Gnaden von Herzen.

HERZOG: Sagt mir noch einmal
Euren Namen.

GUIDO: Guido Ferranti, Herr.

HERZOG: Und Ihr kommt aus Mantua? Bewacht Eure Frauen, meine Herren,
Wenn ein solcher Kavalier nach Padua kommt.
Ihr habt gut lachen, Graf Bardi. Ich habe bemerkt,
Wie froh der Ehemann ist, an dessen Herd
Ein unattraktives Weib sitzt.

MAFFIO: Euer Gnaden mögen verzeihen,
Doch die Gattinnen Paduas stehen über jedem Verdacht.

HERZOG: Wie, sind sie so häßlich? Laßt uns gehen,
Dieser Kardinal hält unsere fromme Herzogin auf.
Sowohl seine Predigt als auch sein Bart sollten gekürzt werden!
Kommt Ihr mit uns, mein Herr, und hört Euch einen Text
Des heiligen Jeremia an?

MORANZONE *(verbeugt sich):* Mein Lehnsherr, da sind einige Dinge ...

HERZOG *(unterbricht ihn):* Ihr müßt keine Entschuldigung finden, um
Die Messe zu verpassen.
Kommt, meine Herren.
Geht mit seinem Gefolge in den Dom.

GUIDO *(nach einer Pause):* Also der Herzog verkaufte meinen Vater.

Ich habe seine Hand geküßt.
MORANZONE: Das wirst du noch oft tun.
GUIDO: Muß das wirklich sein?
MORANZONE: Ja! Du hast einen Eid geschworen.
GUIDO: Dieser Eid wird mich stark sehen.
MORANZONE: Lebe wohl, mein Junge,
Du wirst mich erst wiedersehen, wenn die Zeit gekommen ist.
GUIDO: Dann hoffe ich, Euch bald wiederzusehen.
MORANZONE: Ich werde kommen,
Wenn es an der Zeit ist. Sei bereit.
GUIDO: Seid unbesorgt.
MORANZONE: Da ist dein Freund. Sorge dafür, daß du ihn sowohl aus deinem Herzen als auch aus Padua verbannst.
GUIDO: Aus Padua,
Doch nicht aus meinem Herzen.
MORANZONE: Nein, auch aus deinem Herzen.
Ich werde dich nicht eher verlassen, als bis ich sehe, daß du es tust.
GUIDO: Kann ich denn keinen Freund haben?
MORANZONE: Die Rache soll dein Freund sein,
Einen anderen brauchst du nicht.
GUIDO: Nun, so soll es denn sein.
Ascanio Cristofano tritt auf.
ASCANIO: Nun komm, Guido, ich habe bereits einen Vorsprung vor dir in allen Dingen, denn ich habe schon eine Flasche Wein getrunken, eine Pastete gegessen und die Magd geküßt, die sie serviert hat. Wie? Du siehst so melancholisch aus wie ein Schuljunge, der keine Äpfel kaufen kann, oder wie ein Politiker, der seine Stimme nicht verkaufen kann! Wie lauten die Neuigkeiten, Guido, wie lauten sie?
GUIDO: Nun, daß wir beide uns trennen müssen, Ascanio.
ASCANIO: Das wären nun wirklich Neuigkeiten, doch das ist nicht wahr.
GUIDO: Es ist nur zu wahr. Du mußt abreisen, Ascanio, und mich nie wiedersehen.
ASCANIO: Nein, nein. Du kennst mich nicht, Guido.
Es stimmt, daß ich der Sohn eines gewöhnlichen Freisassen
Und in höfischen Dingen nicht erzogen bin.
Doch wenn du von hoher Geburt sein solltest, kann ich
Dann nicht dein Diener sein? Ich werde mich mit mehr Liebe
Um dich kümmern als jeder bezahlte Diener.
GUIDO *(ergreift seine Hand):* Ascanio!
Sieht, daß Moranzone ihn beobachtet, und läßt Ascanios Hand fallen.
Es kann nicht sein.
ASCANIO: Wie? So steht es also mit uns?
Ich dachte, daß die Freundschaft der antiken Welt
Noch nicht tot sei, sondern daß die römische Art
Selbst in dieser armen und gemeinen Zeit noch
Ein Gegenstück der Liebe finden könnte. Also bei dieser Liebe,
Die zwischen uns wie die sommerliche See wogt,
Was immer kann das Schicksal dir zugeteilt haben, daß
Ich es nicht teilen darf?
GUIDO: Es teilen?
ASCANIO: Ja!
GUIDO: Nein, nein.
ASCANIO: Hast du denn ein Erbe bekommen,
Vielleicht ein herrschaftliches Schloß oder angehäuftes Gold?
GUIDO *(bitter):* O ja, ich habe eine Erbschaft bekommen.
Oh, welch blutiges Erbe! Und welch mörderisches Almosen!
Das ich wie ein knauseriger Geizhals horten

Und für mich allein behalten muß! Und darum bitte ich dich,
Laß uns hier scheiden.

ASCANIO: Wie? Sollen wir nie mehr
Hand in Hand sitzen, wie wir es zu tun pflegten,
Über einem Buch von alter Ritterlichkeit
Und uns heimlich einen Tag aus der Schule stehlen,
Den Jägern durch die Herbstwälder folgen
Und die Falken beobachten, wie sie ihre Fesseln sprengen,
Wenn der Hase aus seiner Deckung springt?

GUIDO: Nie mehr.

ASCANIO: Ich soll dich verlassen ohne ein liebes Wort?

GUIDO: Du mußt gehen, und möge die Liebe mit dir gehen.

ASCANIO: Du bist unritterlich und kleinlich.

GUIDO: Unritterlich und kleinlich, wie du willst.
Warum sollen wir noch mehr Worte über diese Angelegenheit verschwenden?
Wir wollen uns hier verabschieden.

ASCANIO: Du hast keine Botschaft, Guido?

GUIDO: Keine. Meine ganze Vergangenheit war nur der Traum eines Schuljungen,
Heute beginnt mein Leben. Lebe wohl.

ASCANIO: Lebe wohl.
Geht langsam ab.

GUIDO: Seid Ihr nun zufrieden? Habt Ihr nicht meinen
Besten Freund gesehen und meinen liebsten Gefährten,
Den ich wie einen gewöhnlichen Küchenjungen fortgeschickt habe?
Oh, daß ich dies tat! Seid Ihr nicht zufrieden?

MORANZONE: Doch! Ich bin zufrieden. Nun verlasse ich dich,
Gehe zurück in mein einsames Schloß auf dem Hügel.
Vergiß nicht das Zeichen, den Dolch deines Vaters,
Und tue deine Pflicht, wenn ich ihn dir schicke.

GUIDO: Seid versichert, ich werde es tun.
Lord Moranzone geht ab.

GUIDO: Oh, du ewiger Himmel!
Wenn da nur etwas Natur in meiner Seele wohnt,
Etwas sanftes Mitleid oder zärtliche Freundlichkeit,
Laß es vertrocknen, spreng es oder mach es zu Nichts,
Oder wenn du es nicht tun willst, dann will ich selbst
Das Mitleid mit einem scharfen Messer aus meinem Herzen schneiden
Und die Gnade in der Nacht in ihrem Schlaf erwürgen,
Damit sie nicht zu mir spricht. Vergeltung will ich statt dessen haben.
Sei du mein Kamerad und mein Bettgenosse,
Sitz mir zur Seite, reite auf der Jagd neben mir,
Wenn ich müde bin, sing mir hübsche Lieder,
Wenn mein Herz leicht ist, scherze mit mir,
Und wenn ich träume, flüstere mir ins Ohr
Das furchtbare Geheimnis des Mordes an einem Vater …
Sagte ich Mord? *(Zieht seinen Dolch.)*
Höre mich, du schrecklicher Gott!
Du Gott, der du alle gebrochenen Eide bestrafst,
Und befiehl einem Engel, diesen Schwur mit Feuer zu schreiben,
Daß ich von dieser Stunde an, bis ich den Mord an meinem teuren
Vater mit Blut gerächt habe, abschwöre
Den edlen Banden ehrenhafter Freundschaft,
Den edlen Freuden teurer Gemeinschaft,
Den Banden der Zuneigung und der treuen Dankbarkeit,
Ja, mehr noch, von dieser selben Stunde an schwöre ich

Der Liebe der Frauen ab und des unfruchtbaren Dings,
Das Männer Schönheit nennen …
Die Orgel erklingt im Dom, und unter einem Baldachin aus silbernem Stoff, der von vier in Rot gekleideten Pagen getragen wird, kommt die Herzogin von Padua die Stufen hinunter. Als sie vorübergeht, treffen sich ihre Blicke einen Augenblick lang, und als sie die Bühne verläßt, dreht sie sich zu Guido um, und der Dolch fällt ihm aus der Hand.
Oh! Wer ist das?
Ein Bürger: Die Herzogin von Padua!

Ende des ersten Aktes

Zweiter Akt

Szene: *Ein Staatsgemach im herzoglichen Palast mit Wandbehängen mit dem Bild der Maske der Venus; eine große Tür in der Mitte öffnet sich in einen Gang, durch den man Blick auf Padua hat; unter einem großen Baldachin stehen drei Thronsessel, von denen einer etwas kleiner ist als die anderen; die Decke besitzt vergoldete Balken; Möbelstücke der Zeit, Stühle mit vergoldeten Lederbezügen und Kredenzen mit goldenen und silbernen Tellern und Truhen, die mit Szenen aus der Mythologie bemalt sind. Eine Reihe von Höflingen steht im Gang und schaut von dort auf die Straße hinunter; von der Straße erschallt der Lärm einer Menschenmenge und Rufe von »Tod dem Herzog«. Nach kurzer Zeit tritt der Herzog sehr gelassen ein, er geht am Arm von Guido Ferranti; mit ihnen kommt außerdem der Kardinal herein. Die Menschenmenge schreit immer noch.*

Herzog: Nein, Kardinal, ich bin ihrer müde!
Ja, sie ist schlimmer als häßlich, sie ist gut!
Maffio *(aufgeregt)*: Euer Gnaden, da sind zweitausend Leute,
Die von Minute zu Minute lauter werden.
Herzog: Unsinn, Mann, sie verschwenden die Kraft ihrer Lunge!
Leute, die so laut schreien, meine Herren, tun nichts.
Die einzigen, die ich fürchte, sind stille Männer.
Ein Schrei aus der Menge.
Seht Ihr, Kardinal, wie sehr mein Volk mich liebt?
Das ist seine Serenade, sie gefällt mir besser
Als das leise Gemurmel der Liebesleier.
Ist es nicht süß, ihr zu lauschen?
Noch ein Schrei.
Ich fürchte, sie haben die Melodie verloren,
Darum muß ich meinen Männern befehlen, auf sie zu schießen.
Ich kann schlechte Musik nicht ertragen! Geht, Petrucci,
Und befehlt dem Hauptmann der Garde unten,
Den Platz zu räumen. Hört Ihr mich nicht, mein Herr?
Tut, was ich Euch sage.
Petrucci geht hinaus.
Kardinal: Ich flehe Euer Gnaden an,
Sich ihre Klagen anzuhören.
Herzog *(auf seinem Thron)*: Ja, ja! Die Pfirsiche
Sind in diesem Jahr nicht so groß wie im letzten.
Ich bitte um Vergebung, Kardinal,
Ich dachte, Ihr sprächet von Pfirsichen.
Jubel aus der Menge.
Was ist das?
Guido *(stürzt zum Fenster)*: Die Herzogin ist auf den Platz hinausgegangen
Und hat sich zwischen die Menge und die Garde gestellt

Und läßt sie nicht schießen.
HERZOG: Der Teufel soll sie holen!
GUIDO *(immer noch am Fenster):* Und nun ist sie mit einem Dutzend Bürgern
Im Gefolge in den Palast gegangen.
HERZOG *(fährt auf):* Beim heiligen Jakob,
Unsere Herzogin wird kühn!
BARDI: Hier kommt die Herzogin.
HERZOG: Schließt die Tür da drüben; die Morgenluft ist kühl.
Die Tür zum Gang wird geschlossen.
Die Herzogin tritt ein, gefolgt von einer Menge armselig gekleideter Bürger.
HERZOGIN *(wirft sich auf die Knie):* Ich flehe Euer Gnaden an, uns eine Audienz zu gewähren.
HERZOG: Bin ich ein Schneider, Madame, daß Ihr mit
Einem so armseligen Gefolge vor uns tretet?
HERZOGIN: Ich glaube, ihre Lumpen drücken ihre Klagen
Sprechender aus, als ich es mit Worten könnte.
HERZOG: Was sind das für Klagen?
HERZOGIN: Ach, mein Herr,
Sie sind so gewöhnlich, daß weder Ihr noch ich,
Noch einer dieser edlen Herren
Jemals darüber nachdenken mußte.
Sie sagen, daß ihr Brot, das Brot, das sie essen,
Nur aus schlechter Spreu bestehe.
ERSTER BÜRGER: Ja, so ist es,
Nur schlechte Spreu.
HERZOG: Und sehr gute Nahrung noch dazu,
Ich gebe sie meinen Pferden.
HERZOGIN *(beherrscht sich):* Sie sagen, das Wasser,
Das ihnen in den öffentlichen Zisternen zur Verfügung steht,
Sei nach dem Schaden am Aquädukt
Nur noch eine stehende Pfütze und schlammig.
HERZOG: Sie sollten Wein trinken, Wasser ist viel zu ungesund.
ZWEITER BÜRGER: Ach, Euer Gnaden, die Steuern, die von den Zöllnern
Am Stadttor erhoben werden, sind mittlerweile so hoch,
Daß wir keinen Wein kaufen können.
HERZOG: Dann solltet ihr die Steuern preisen,
Die euch zur Mäßigung bringen.
HERZOGIN: Denkt doch nur, während wir in
Prunk und Staat leben und es uns an nichts fehlt von dem,
Was Reichtum und Luxus geben,
Und zahlreiche Diener haben, die uns aufwarten
Und sich um unsere kleinsten Bedürfnisse kümmern, schleicht
Ode Armut durch ihre sonnenlosen Gassen und schneidet mit
Scharfem Messer die warmen Kehlen ihrer Kinder durch,
Heimlich und ohne ein Wort.
DRITTER BÜRGER: Ja! Fürwahr, das ist wahr,
Mein kleiner Sohn starb gestern nacht vor Hunger.
Er war erst sechs Jahre alt; und ich bin so arm,
Daß ich ihn nicht begraben kann.
HERZOG: Wenn du arm bist,
Bist du dadurch nicht gesegnet? Schließlich ist
Die Armut eine der christlichen Tugenden.
Wendet sich an den Kardinal.
Ist das nicht so?
Ich weiß, Kardinal, Ihr habt große Einkünfte,
Reiches Klosterland und Zehnte und große Güter,

So daß Ihr über die freiwillige Armut predigen könnt.
HERZOGIN: Nein. Doch seid großzügig, mein Herzog.
Während wir hier in einem großartigen Haus leben,
Mit vor der Sonne geschützten Portikos
Und Mauern und Dächern, die den Winter abhalten,
Gibt es viele Bürger in Padua,
Die in elenden Wohnungen hausen, so voller Löcher,
Daß der kalte Regen, der Schnee und der grausame Wind
Ihre Mitbewohner sind; andere schlafen
Unter den Bögen der städtischen Brücken
In all den Herbstnächten, bis der feuchte Nebel
Ihre Glieder erstarren läßt und die Fieber kommen und sie so …
HERZOG: Und sie so in Abrahams Schoß ruhen, Madame.
Sie sollten mir dankbar sein, daß ich sie in den Himmel schicke,
Wenn es ihnen hier so elend geht.
Zum Kardinal.
Steht es nicht geschrieben
In der Heiligen Schrift, daß jeder Mann
Mit dem Lebensstand zufrieden sein soll,
Den Gott ihm bestimmt? Warum sollte ich ihren Stand ändern
Oder mich in die allweise Vorsehung einmischen,
Die bestimmt hat, daß einige Menschen hungern sollen
Und andere übersättigt sein sollen? Ich habe die Welt nicht gemacht.
ERSTER BÜRGER: Er hat ein hartes Herz.
ZWEITER BÜRGER: Nein, sei still, Nachbar.
Ich glaube, der Kardinal wird sich für uns verwenden.
KARDINAL: Es ist wahr, es ist christlich, Elend zu ertragen,
Denn Gott bringt Gutes aus Elend hervor.
Dennoch ist es ebenso christlich, milde zu sein,
Die Hungrigen zu speisen und die Kranken zu heilen,
Und es scheint viele Übel in dieser Stadt zu geben,
Die Euer Gnaden in Seiner Weisheit reformieren könnte.
ERSTER BÜRGER: Was heißt dies Wort »reformieren«? Was bedeutet es?
ZWEITER BÜRGER: Fürwahr, es bedeutet, die Dinge so zu belassen, wie sie sind. Es gefällt mir nicht.
HERZOG: Reformieren, Kardinal? Sagtet *Ihr* reformieren?
Da gibt es einen Mann in Deutschland namens Luther,
Der die heilige katholische Kirche reformieren will.
Habt Ihr ihn nicht zum Häretiker gemacht und ihn mit
Dem Kirchenbann belegt und Maranatha gegen ihn gerufen?
KARDINAL *(erhebt sich von seinem Platz):* Er wollte die Schafe aus dem Kirchenschoß führen.
Wir bitten Euch um nichts anderes, als die Schafe zu speisen.
HERZOG: Wenn ich ihre Felle geschoren habe, werde ich sie vielleicht füttern.
Was diese Rebellen angeht …
Die Herzogin fleht ihn an.
ERSTER BÜRGER: Das war ein freundliches Wort,
Er will uns etwas geben.
ZWEITER BÜRGER: Ist das so?
HERZOG: Diese Lumpenknechte, die vor uns erschienen,
Mit Mündern voller Verrat.
DRITTER BÜRGER: Guter Herr,
Füllt unsere Münder mit Brot; dann werden wir ruhig sein.
HERZOG: Ihr werdet ruhig sein, ob ihr hungert oder nicht.
Meine Herren, diese Zeit ist so plump-vertraulich geworden,
Daß der niedrige Bauer kaum noch den Hut lüftet,

Wenn man ihn nicht schlägt; und der ungehobelte Handwerker
Die Adligen auf der Straße anrempelt.
Was diesen Haufen hier angeht, ich bin ihre Geißel
Und von Gott gesandt, sie für ihre Sünden zu peitschen.

HERZOGIN: Habt Ihr das Recht? Seid Ihr so frei von Sünde?

HERZOG: Wenn die Sünde von der Tugend gegeißelt wird, ist dies nichts,
Doch wenn Sünde Sünde geißelt, erfreut dies Gott.

HERZOGIN: Oh, fürchtet Ihr Euch nicht?

HERZOG: Was sollte ich fürchten?
Wenn ich der Feind des Menschen bin, bin ich dann nicht der Freund Gottes?
An die Bürger.
Dennoch, meine treuen Bürger Paduas,
Da unsere mildtätige Herzogin uns so anfleht
Und es einen Mangel an Ritterlichkeit und Liebe darstellen würde,
Einer so schönen Bettlerin eine milde Gabe zu verweigern,
Was eure Klagen angeht, so verspreche ich ...

ERSTER BÜRGER: Fürwahr, er wird die Steuerlast erleichtern!

ZWEITER BÜRGER: Oder vielleicht gibt er jedem Brot, was meinst du?

HERZOG: Daß am nächsten Sonntag der Kardinal
Nach der heiligen Messe euch eine Predigt
Über die Schönheit des Gehorsams halten wird.
Die Bürger murren.

ERSTER BÜRGER: Ich fürchte, das wird unsere Bäuche nicht füllen!

ZWEITER BÜRGER: Eine Predigt gibt nur eine armselige Sauce ab,
Wenn man nichts hat, das sie begleiten könnte.

HERZOGIN: Ihr Armen,
Ihr seht, daß ich keine Macht über den Herzog habe,
Doch wenn ihr nach draußen in den Hof geht,
Wird mein Almosenpfleger aus meiner eigenen Börse,
Die nie besonders voll von Gold ist,
Einhundert Dukaten unter euch allen verteilen.

ALMOSENPFLEGER: Ihre Gnaden haben nur noch einhundert Dukaten übrig.

HERZOGIN: Gib, was ich habe.

ERSTER BÜRGER: Gott schütze die Herzogin, kann ich nur sagen.

ZWEITER BÜRGER: Gott schütze sie.

HERZOGIN: Und jeden Morgen sollen die Brot erhalten,
Die keines haben.
Die Bürger jubeln und gehen hinaus.

ERSTER BÜRGER *(im Gehen):* Fürwahr, Gott schütze die Herzogin!

HERZOG *(ruft ihn zurück):* Komm her, Bursche! Wie heißt du?

ERSTER BÜRGER: Dominick, Herr!

HERZOG: Ein guter Name! Warum wurdest du Dominick getauft?

ERSTER BÜRGER *(kratzt sich den Kopf):* Fürwahr, weil ich am Tag des heiligen Georg geboren wurde.

HERZOG: Ein trefflicher Grund! Hier hast du einen Dukaten!
Willst du nun nicht »Gott schütze den Herzog« rufen?

ERSTER BÜRGER *(schwach):* Gott schütze den Herzog!

HERZOG: Nein! Lauter, Bursche, lauter!

ERSTER BÜRGER *(etwas lauter):* Gott schütze den Herzog!

HERZOG: Mit mehr Begeisterung, Bursche, mit mehr Gefühl!
Hier ist noch ein Dukaten für dich!

ERSTER BÜRGER *(begeistert):* Gott schütze den Herzog!

HERZOG *(spöttisch):* Nun, meine Herren, die Liebe dieses einfachen Burschen
Berührt mich zutiefst. *An den Bürger, grob.* Geh nun!
Der Bürger geht unter Verbeugungen.

So geht es, meine Herren,
Heute kann man Beliebtheit kaufen.
Oh, was sind wir doch demokratisch!
Zur Herzogin.
So. Nun, Madame,
Ihr weckt Rebellion unter unseren Bürgern
Und habt es durch Eure Almosen und täglichen milden Gaben
Erreicht, daß das gemeine Volk Euch liebt. Nun,
Ich werde nicht zulassen, daß Ihr geliebt werdet.

HERZOGIN *(sieht zu Guido hin):* In der Tat, Herr,
Ich werde nicht geliebt.

HERZOG: Und ich werde nicht dulden, daß Ihr
Den Armen Brot gebt, nur weil sie hungrig sind.

HERZOGIN: Herr, die Armen haben Rechte, die Ihr nicht berühren könnt,
Das Recht auf Mitleid und das Recht auf Gnade.

HERZOG: Soso, Ihr widersprecht mir also? Dies ist die Frau,
Die sanfte Herzogin, für deren Hand ich drei
Der schönsten Städte Italiens aufgab,
Pisa, Genua und Orvieto.

HERZOGIN: Verspracht, Herr, nicht aufgabt. In dieser Angelegenheit
Bracht Ihr Euer Wort wie immer.

HERZOG: Ihr tut uns Unrecht, Madame,
Es gab Staatsgründe.

HERZOGIN: Welche Staatsgründe kann es dafür geben,
Ein heiliges Versprechen an einen anderen Staat zu brechen?

HERZOG: Bei Pisa gab es Wildschweine in einem
Wald in der Nähe der Stadt. Als ich Eurem edlen
Und vertrauensvollen Vater Pisa versprach,
Hatte ich vergessen, wie gut man dort jagen kann.

HERZOGIN: Wer vergißt, was Ehre bedeutet,
Vergißt auch alles andere, Herr.

HERZOG: Von Genua heißt es,
Und ich zweifle nicht daran, daß die Seebarbe
Im Hafen der Stadt größer wird
Als sonstwo in Italien.
Wendet sich an einen Höfling.
Ihr, mein Herr,
Dessen unersättlicher Appetit Euer einzig guter Charakterzug ist,
Könnt unserer Herzogin doch bestimmt die Wahrheit dieser Behauptung bestätigen.

HERZOGIN: Und Orvieto?

HERZOG *(gähnend):* Ich kann mich momentan nicht erinnern,
Warum ich Orvieto nicht abgab,
Wie es der Vertrag vorsah.
Vielleicht wollte ich es einfach nicht.
Geht zur Herzogin hinüber.
Nun, Ihr seht, Madame, Ihr seid allein hier.
Es sind viele staubige Meilen bis in Euer graues Frankreich,
Und selbst dort hat Euer Vater kaum
Hundert lumpige Pagen an seinem Hof.
Welche Hoffnung habt Ihr, he? Welcher dieser Herren
Und Edlen Paduas
Ist auf Eurer Seite?

HERZOGIN: Keiner.
Guido fährt auf, doch beherrscht sich.

HERZOG: Und es wird auch keinen geben.

Nicht, solange ich Herzog in Padua bin. Hört mir zu, Madame,
Ich bin Eures affektierten Getues müde.
Ihr gehört mir und werdet tun, was ich sage,
Und wenn es mein Wille ist, daß Ihr zu Hause bleibt,
Nun, dann wird dieser Palast Euer Gefängnis sein.
Und wenn es mein Wille ist, daß Ihr draußen spazierengeht,
Nun, dann werdet Ihr vom Morgen bis zum Abend im Freien sein.

HERZOGIN: Herr, mit welchem Recht ...?

HERZOG: Madame, meine zweite Herzogin
Hat mir einst dieselbe Frage gestellt; ihr Grabmal
Ist in der Kapelle des Bartholomäus.
Es ist aus rotem Marmor, sehr hübsch.
Guido, Euren Arm. Kommt, meine Herren, laßt uns gehen
Und unsere Falken zur mittäglichen Jagd aufsteigen lassen.
Denkt dran, Madame, Ihr seid hier ganz allein.
Der Herzog geht an Guidos Arm mit seinem Hofstaat hinaus.

HERZOGIN *(schaut ihnen nach):* Ist es nicht seltsam, daß jemand, der so edel erscheint,
Dem Herzog so zugeneigt ist, an jedem Wort hängt,
Das wie Gift von jenen grausamen Lippen tropft,
Und niemals seine Seite verläßt, als ob er ihn liebte?
Nun, es macht für mich keinen Unterschied,
Ich bin allein und fern von aller Liebe.
Der Herzog hat recht, wenn er sagt, ich sei allein.
Verlassen, entehrt und verleumdet,
War je eine Frau so allein?
Wenn Männer uns umwerben, nennen sie uns hübsche Kinder,
Erzählen uns, wir hätten keinen Verstand, um selbst unser Leben zu führen,
Und so ruinieren sie es für uns. Sagte ich umwerben?
Wir sind ihre Leibeigenen und ihre gemeinen Sklaven,
Weniger wert als der elende Hund, der ihre Hand leckt,
Weniger liebkost als der Falke auf ihrer Hand.
Umwerben, sagte ich? Eher gekauft, verkauft und verschachert,
Unsere eigenen Körper dabei die Ware.
Ich weiß, dies ist das Los der Frauen allgemein,
Jede, elend verbunden einem Mann,
Ruiniert ihr eigenes Leben mit seiner Selbstsucht.
Daß dies allgemein so ist, macht es nicht weniger bitter.
Ich glaube, ich habe nie eine Frau lachen hören,
Lachen aus reiner Freude, bis auf eine Frau.
Das war eines Nachts, auf den Straßen
Die arme Seele, sie hatte bemalte Lippen und trug
Die Maske der Wonne. Ich würde nicht wie sie lachen wollen.
Nein, da wäre der Tod vorzuziehen.
Guido kommt unbemerkt herein; die Herzogin wirft sich vor einem Madonnenbild nieder.
Oh, Mutter Maria, du mit deinem lieblichen blassen Gesicht,
Das sich zwischen den Köpfen der kleinen Engel herabneigt,
Die um dich herumschweben, hast du keine Hilfe für mich?
Mutter Gottes, kannst du mir nicht helfen?

GUIDO: Ich kann es nicht länger ertragen.
Sie ist meine Liebe, und ich werde mit ihr sprechen.
Herrin, bin ich ein Fremder für Eure Gebete?

HERZOGIN *(erhebt sich):* Nur die Unglücklichen benötigen meine Gebete, mein Herr.

GUIDO: Dann muß ich sie benötigen, Herrin.

HERZOGIN: Wie kann das sein?
Erweist Euch der Herzog nicht genug der Ehre,

Oder mangelt es Euch an Vorankommen am Hofe?
Ah, mein Herr, das liegt nicht in meiner Macht,
Da ich selbst nur für gering erachtet werde.

GUIDO: Euer Gnaden, mir fehlt es nicht am Wohlwollen des Herzogs,
Den meine Seele so verabscheut, wie ich die Bosheit verabscheue.
Nein, ich bin gekommen, um Euch auf meinen Knien
Meine treuen Dienste bis zum Tod anzubieten.

HERZOGIN: Wehe! Ich habe so viel Vermögen verloren,
Daß ich Euch nur einen armseligen Lohn des Danks geben kann.

GUIDO *(ergreift ihre Hand):* Könnt Ihr mir keine Liebe geben?
Die Herzogin erschrickt, und Guido fällt ihr zu Füßen.
Wenn ich zu kühn war, vergebt mir!
Eure Schönheit entflammt mein jugendliches Blut,
Und wenn meine verehrungsvollen Lippen Eure weiße Hand berühren,
Dann bebt jeder Nerv mit so wilder Leidenschaft,
Daß es nichts gibt, das ich nicht täte,
Um Eure Liebe zu erringen.
Springt auf.
Befehlt mir, auszuziehen und gefahrvoll
Die Ehre aus dem Rachen des Löwen zu retten,
Und ich werde mit dem nemeischen Biest in öder
Wüste ringen! Werft einen Flitterkram, ein Band,
Eine verwelkte Blume, irgend etwas, das Euch gehörte,
In die Höhle des Krieges, und ich hole es zurück,
Auch wenn alle Heere der Christenheit da sein sollten,
Völlig unversehrt! Ja, noch mehr als das,
Befehlt mir, die bleichen weißen Klippen des
Mächtigen Englands zu erklimmen, und ich werde aus seinem arroganten Schild
Die Lilien Eures Frankreich tilgen,
Die England, dieser Seelöwe der Meere,
Ihm gestohlen hat!
Oh, liebste Beatrice,
Vertreibt mich nicht aus Eurer Nähe! Ohne Euch kriechen
Die schweren Minuten mit Bleifüßen,
Doch wenn ich Eure Lieblichkeit anschaue,
Fliegen die Stunden wie geflügelte Merkure
Und vergolden das Dasein.

HERZOGIN: Ich glaubte nicht,
Daß ich jemals geliebt werden würde. Liebt Ihr mich wirklich
So sehr, wie Ihr nun sagt, daß Ihr mich liebt?

GUIDO: Fragt den Seevogel, ob er die See liebt,
Fragt die Rosen, ob sie den Regen lieben,
Fragt die kleine Lerche, die bis zum Tagesanbruch
Nicht singt, ob sie den Anblick des Tages liebt –
Und doch, dies sind nur leere Bilder,
Bloße Schatten meiner Liebe, die ein so großes
Feuer ist, daß alle Wasser des weiten Meeres
Es nicht zu löschen vermögen. Habt Ihr nichts zu sagen?

HERZOGIN: Ich weiß kaum, was ich Euch sagen soll.

GUIDO: Wollt Ihr nicht sagen, daß Ihr mich liebt?

HERZOGIN: Soll das meine Lektion sein?
Muß ich alles auf einmal sagen? Es wäre eine gute Lektion,
Wenn ich Euch liebte, mein Herr. Doch wenn ich Euch nicht liebe,
Was soll ich dann sagen?

GUIDO: Wenn Ihr mich nicht liebt,

Sagt dennoch, daß Ihr es tut, denn in Eurem Mund
Würde sich jede Lüge aus Scham in Wahrheit verwandeln.
HERZOGIN: Was, wenn ich gar nichts sage? Man sagt,
Liebende seien am glücklichsten, wenn sie im Zweifel sind.
GUIDO: Nein, Zweifel würden mich umbringen, und wenn ich sterben muß,
Nun, dann laßt mich vor Freude sterben und nicht vor Zweifel.
Oh, sagt mir, darf ich bleiben, oder muß ich gehen?
HERZOGIN: Ich will weder, daß Ihr geht noch daß Ihr bleibt.
Denn wenn Ihr bleibt, stehlt Ihr mir meine Liebe,
Und wenn Ihr geht, nehmt Ihr meine Liebe mit Euch fort.
Guido, auch wenn alle Morgensterne singen könnten,
Könnten sie das Ausmaß meiner Liebe nicht ausdrücken.
Ich liebe dich, Guido.
GUIDO *(streckt seine Hand aus)*: Oh, höre nicht auf!
Ich dachte, die Nachtigall sänge nur bei Nacht.
Oder, wenn du aufhören mußt, dann laß meine Lippen
Die süßen Lippen berühren, die solche Musik schaffen können.
HERZOGIN: Meine Lippen zu berühren heißt nicht, mein Herz zu berühren.
GUIDO: Verschließt du das vor mir?
HERZOGIN: Ach, mein Herr,
Es gehört mir nicht mehr. Am ersten Tag, an dem ich Euch erblickte,
Erlaubte ich Euch, mir mein Herz zu nehmen.
Unwissender Dieb, der, ohne es zu wollen,
In meine befestigte Schatzkammer einbrach
Und mir meinen Edelstein raubte! Oh, seltsamer Diebstahl,
Der Euch reicher machte, auch wenn Ihr es nicht wußtet,
Und mich ärmer zurückließ – und erfreut darüber!
GUIDO *(nimmt sie in die Arme)*: Oh, Geliebte, Geliebte, Liebste! Nein, Süße, hebe dein Haupt,
Laß mich diese scharlachroten Türen öffnen,
Hinter denen Musik gefangen ist, laß mich in deinen roten
Lippen nach Korallen tauchen, und ich werde einen Preis gewinnen,
Der größer ist als alles Gold, das der Greif
Im rauhen Armenien bewacht.
HERZOGIN: Du bist mein Gebieter,
Und was mein ist, ist dein, und was nicht mein ist,
Gibt mir deine Phantasie, die wie der verlorene Sohn
Ihren Reichtum auf das verschwendet, das nichts wert ist.
(Küßt ihn.)
GUIDO: Mir scheint, ich bin kühn, dich so anzublicken.
Das sanfte Veilchen versteckt sich unter seinem Blatt
Und scheut sich, die großartige Sonne anzuschauen,
Aus Furcht vor zu großem Glanz, doch meine Augen,
Oh, diese wagemutigen Augen! Sie sind so kühn geworden,
Daß sie wie Fixsterne sind und dich anschauen
Und die Sinne mit Schönheit übersättigen.
HERZOGIN: Liebster, ich wollte,
Du könntest mich immer anschauen, denn deine Augen
Sind wie polierte Spiegel, und wenn ich in diese
Spiegel schaue, kann ich mich selbst sehen
Und weiß so, daß mein Bild in dir lebt.
GUIDO *(nimmt sie in die Arme)*: Steh still, du eiliges Gestirn am hohen Himmel,
Und mach diese Stunde unsterblich! *(Eine Pause.)*
HERZOGIN: Setz dich hierher,
Etwas tiefer als ich. Ja, genau so, Liebling,
So daß meine Finger in deinem Haar spielen können

Und ich dein Antlitz sehen kann, wie es sich emporwendet,
Um meinem Kuß entgegenzukommen.
Hast du auch mitunter bemerkt,
Wenn wir einen lange unbenutzten Raum aufschließen,
Den seit Jahren kein menschlicher Fuß mehr betreten hat,
Und die rostigen Balken von den Fenstern nehmen
Und die zerbrochenen Läden aufwerfen
Und das helle Sonnenlicht einlassen, wie die gute Sonne
Jedes schmutzige Staubkorn in ein kleines
Korn tanzendes Gold verwandelt?
Guido, mein Herz ist wie dieser so lange leere Raum,
Doch du hast die Liebe hereingelassen und das ganze
Leben mit ihrem Glanz vergoldet. Meinst du nicht auch,
Daß die Liebe die Summe des Lebens ausmacht?

GUIDO: Jawohl! Ohne Liebe
Ist das Leben nicht besser als der unbehauene Stein,
Der im Steinbruch liegt, bevor der Bildhauer
Ihm Göttliches einhaucht. Ohne Liebe
Ist das Leben so still wie das gewöhnliche Schilf,
Das in Marschen oder an Flüssen wächst
Und keine Musik in sich birgt.

HERZOGIN: Und dennoch, aus ihnen macht
Der Sänger, der Liebe ist, eine Flöte, und
Ihnen entlockt er Musik. Darum glaube ich, daß
Liebe jedem Leben Musik entlockt.
Ist das nicht wahr?

GUIDO: Liebste, Frauen machen es wahr.
Es gibt Männer, die Bilder malen und Statuen schnitzen,
Paul von Verona und der Sohn des Färbers
Oder ihr großer Rivale, der am Meer bei Venedig
Die kleine Magd Gottes auf die Treppe setzte,
Weiß wie ihre eigene Lilie und ebenso groß,
Oder Rafael, dessen Madonnen göttlich sind,
Da sie reine Mütter sind. Und dennoch glaube ich,
Daß Frauen die größten Künstler auf der Welt sind,
Denn sie können die gewöhnlichen Leben von Männern,
Die von der Geldsucht unserer Zeit befleckt sind, nehmen
Und sie mit Liebe wieder schön machen.

HERZOGIN: Ach, Liebster,
Ich wollte, du und ich wären sehr arm –
Die Armen, die einander lieben, sind so reich.

GUIDO: Sag noch einmal, daß du mich liebst, Beatrice.

HERZOGIN *(spielt mit seinem Kragen)*: Wie gut dieser Kragen sich um deine Kehle schmiegt.
Lord Moranzone schaut vom Gang her durch die Tür herein.

GUIDO: Nein, sag mir, daß du mich liebst.

HERZOGIN: Ich erinnere mich,
Als ich ein Kind in meinem geliebten Frankreich
Und am Hof von Fontainebleau war, daß der König
Einen solchen Kragen trug.

GUIDO: Willst du nicht sagen, daß du mich liebst?

HERZOGIN *(lächelnd)*: Er war ein sehr königlicher Mann, König Franz,
Und doch war er nicht so königlich wie du.
Warum muß ich sagen, Guido, daß ich dich liebe?
Nimmt sein Gesicht in ihre Hände und hebt es zu sich empor.
Weißt du denn nicht, daß ich für immer dein bin,

Körper und Seele?
Küßt ihn, und erblickt dann plötzlich Moranzone und springt auf.
Oh, was ist das?
Moranzone verschwindet.

GUIDO: Was ist, Geliebte?

HERZOGIN: Ich dachte, ich hätte ein Gesicht mit flammenden Augen
Gesehen, das uns durch die Tür beobachtete.

GUIDO: Nein, da war nichts.
Der Schatten einer Wache, die vorüberging.
Die Herzogin steht immer noch da und schaut zum Fenster.
Es war nichts, Liebste.

HERZOGIN: Ja! Was könnte uns nun verletzen,
Die wir im Land der Liebe sind? Ich glaube nicht, daß es mich kümmerte,
Selbst wenn die gemeine Welt mit ihrem Lakaien Verleumdung
Auf meinem Leben herumtrampeln würde. Warum sollte es auch?
Man sagt, daß die gemeinen Wildblumen des Feldes
Süßer duften, wenn man auf sie tritt,
Als wenn sie in Blüte stehen, und daß manche Kräuter,
Die keinen Duft besitzen, wenn sie zerdrückt werden,
Mit all den Wohlgerüchen Arabiens um sich sterben. Genauso verhält
Es sich mit den jungen Leben, die diese gleichgültige Welt zu zermalmen sucht.
Es bringt nur die Süße in ihnen hervor
Und macht sie oft noch lieblicher. Und außerdem –
Solange wir die Liebe haben, haben wir das Beste im Leben.
Ist das nicht so?

GUIDO: Geliebte, sollen wir spielen oder singen?
Ich fühle, ich könnte jetzt singen.

HERZOGIN: Sprich nicht,
Denn es gibt Zeiten, wenn alle Existenzen
Zu einer einzigen Ekstase zu schrumpfen scheinen
Und die Leidenschaft den Lippen ein Siegel aufzudrücken scheint.

GUIDO: Oh, laß mich mit meinen Lippen dieses Siegel brechen!
Du liebst mich, Beatrice?

HERZOGIN: Ja! Ist es nicht merkwürdig,
Daß ich meinen Feind so liebe?

GUIDO: Wer soll das sein?

HERZOGIN: Nun, du. Der du mit deinem Speer mein Herz durchbohrtest!
Armes Herz, das sein kleines einsames Leben lebte,
Bis es deinen Pfeil traf.

GUIDO: Ach, liebstes Herz,
Ich selbst wurde durch diesen Pfeil so verwundet,
Daß ich mit unbehandelten Wunden im Sterben liege,
Es sei denn, du heilst mich, geliebter Arzt.

HERZOGIN: Ich will nicht, daß du geheilt wirst, denn ich leide an derselben Krankheit.

GUIDO: Oh, wie sehr ich dich liebe!
Sieh nur, ich muß es dem Kuckuck nachmachen
Und dieselbe Geschichte immer wieder erzählen.

HERZOGIN: Erzähl nie eine andere Geschichte!
Denn wenn dies das Lied des kleinen Kuckucks ist,
Dann ist die Nachtigall heiser, und die laute Lerche
Hat ihre Musik verloren.

GUIDO: Küß mich, Beatrice!
Sie umfaßt sein Gesicht mit ihren Händen, beugt sich nieder und küßt ihn. Da ertönt ein lautes Klopfen an der Tür, und Guido springt auf. Ein Diener kommt herein.

DIENER: Ein Paket für Euch, Herr.

GUIDO *(nachlässig):* Ach! Gib her.

Der Diener gibt ihm das Paket, das in zinnoberrote Seide gehüllt ist, und geht hinaus. Guido will es gerade öffnen, als die Herzogin hinter ihn tritt und es ihm spielerisch abnimmt.

HERZOGIN *(lachend):* Ich möchte wetten, dies kommt von einem Mädchen,
Das will, daß du ihr Zeichen trägst. Ich bin so eifersüchtig,
Daß ich nicht den kleinsten Teil von dir abgeben will,
Sondern dich wie ein Geizhals ganz für mich behalten will
Und dich vielleicht sogar dabei verderbe.

GUIDO: Es ist nichts.

HERZOGIN: Nein, es ist von einem Mädchen.

GUIDO: Du weißt, daß das nicht wahr ist.

HERZOGIN *(wendet sich ab und öffnet das Paket):* Nun, Verräter, sag mir, was dieses Zeichen bedeutet –
Ein Dolch mit zwei Leoparden aus Stahl?

GUIDO *(nimmt ihn ihr ab):* O Gott!

HERZOGIN: Ich werde aus dem Fenster schauen und versuchen,
Die Uniform des Boten zu erkennen,
Der ihn an der Pforte ließ. Ich will nicht ruhen,
Bis ich dein Geheimnis kenne.
Läuft lachend in den Gang.

GUIDO: Oh, wie schrecklich!
Habe ich so schnell den Tod meines Vaters vergessen,
Habe ich so bald die Liebe in mein Herz gelassen,
Und muß ich die Liebe verbannen und Mord Einlaß gewähren,
Der an der Außenpforte klopft und lärmt?
Ach, ich muß es tun! Habe ich nicht einen Eid geschworen?
Doch nicht heute nacht – nein, es muß heute nacht geschehen.
So lebt denn wohl, all ihr Freuden und alles Licht des Lebens,
Lebt wohl, ihr teuren gesammelten Erinnerungen,
Leb wohl, Liebe! Denn könnte ich mit blutigen Händen
Ihre unschuldigen Hände liebkosen und tätscheln?
Könnte ich mit Lippen, die noch die Spuren des Schlachtens tragen,
Ihre Lippen liebkosen? Könnte ich mit mörderischen Augen
In jene violetten Augen schauen, deren Reinheit
Meine Augen erblinden lassen würde und jeden Augapfel
In ewige Nacht tauchen würde? Nein, Mord hat eine
Barriere zwischen uns errichtet, die zu hoch ist,
Als daß wir darüber küssen könnten.

HERZOGIN: Guido!

GUIDO: Beatrice,
Diesen Namen mußt du vergessen und mich auf immer
Aus deinem Leben verbannen.

HERZOGIN *(geht auf ihn zu):* Oh, Liebster!

GUIDO *(weicht zurück):* Es gibt eine Schranke zwischen uns,
Die wir nicht zu überschreiten wagen sollten.

HERZOGIN: Ich würde alles wagen,
Damit du an meiner Seite bist.

GUIDO: Ach! Genau das ist es –
Ich kann nicht an deiner Seite sein, kann nicht die
Luft atmen, die du atmest. Ich kann nicht länger der
Schönheit ins Angesicht schauen, die mein zitterndes
Herz zermürbt und meine verzweifelte Hand
An ihrer Pflicht scheitern läßt. Laß mich gehen, ich bitte dich.
Vergiß, daß du mich je gesehen hast.

HERZOGIN: Wie!

Mit deinen heißen Küssen noch frisch auf meinen Lippen
Soll ich die Liebesschwüre vergessen, die du mir geleistet hast?
GUIDO: Ich nehme sie zurück!
HERZOGIN: Weh, das kannst du nicht, Guido,
Denn sie sind nun Teil der Natur. Die Luft erbebt
Unter ihrer Musik, und wegen dieser Schwüre
Singen draußen die kleinen Vögel um so süßer.
GUIDO: Es gibt nun eine Schranke zwischen uns,
Von der ich zuvor nichts wußte oder die ich vergessen hatte.
HERZOGIN: Da ist keine Schranke, Guido. Ja, ich werde
Mich weniger prächtig kleiden und dir durch
Die ganze Welt folgen.
GUIDO *(wild):* Die Welt ist nicht groß genug
Für uns beide! Lebe wohl, lebe wohl für immer!
HERZOGIN *(ruhig, kontrolliert ihre Leidenschaft):* Warum bist du dann überhaupt in mein Leben getreten
Und hast im trostlosen Garten meines Herzens
Jene weiße Blume der Liebe gesät ...?
GUIDO: Oh, Beatrice!
HERZOGIN: Die du nun ausgraben willst, entwurzeln, ausreißen,
Obwohl jede kleine Faser mein Herz so hält,
Daß, wenn du eine zerreißt, mein Herz gleichzeitig bricht?
Warum bist du in mein Leben gekommen? Warum die
Geheimen Brunnen der Liebe öffnen, die ich versiegelt hatte?
Warum hast du sie geöffnet ...?
GUIDO: O Gott!
HERZOGIN: Und erlaubt,
Daß die Schleusen meiner Leidenschaft anschwellen und brechen,
Bis – wie die Woge, die, wenn die Flüsse über die Ufer treten,
Den Wald und den Bauernhof mit sich reißt –
Die Liebe in der prächtigen Lawine ihrer Macht
Mein Leben mit sich riß? Muß ich dieses Wasser
Tropfen um Tropfen wieder sammeln und versiegeln?
Doch wehe! Jeder Tropfen wird eine Träne sein und
So mit ihrem Salz das Leben sehr bitter machen.
GUIDO: Ich flehe dich an, sprich nicht weiter, denn ich muß
Aus deinem Leben und deiner Liebe scheiden und einen Weg gehen,
Auf dem du mir nicht folgen kannst.
HERZOGIN: Ich habe von Seeleuten gehört,
Die vor Durst auf einem Floß sterben,
Arme Ausgesetzte auf einer einsamen See,
Und von grünen Feldern und süßen Wasserläufen träumen
Und dann aufwachen mit rotem Durst in der Kehle
Und noch elendiger sterben, weil der Schlaf
Sie betrogen hat – so sterben sie und verfluchen den Schlaf,
Weil er ihnen Träume geschenkt hat. Ich will dich nicht verfluchen,
Obwohl ich ausgesetzt bin auf der See,
Die Menschen Verlassenheit nennen.
GUIDO: O Gott, Gott!
HERZOGIN: Doch du wirst bleiben – hör mir zu, ich liebe dich, Guido.
Sie wartet eine Weile.
Ist das Echo tot, so daß, wenn ich sage, ich liebe dich,
Keine Antwort kommt?
GUIDO: Alles ist tot,
Bis auf ein einziges Ding, das heute nacht sterben soll!

HERZOGIN: Dann muß ich meine Lippen lehren, Lebewohl zu sagen –
Dennoch glaube ich, daß sie diese Lektion nicht lernen werden,
Denn wenn ich sie zu einer solchen Äußerung spitze,
Sagen sie nichts anderes als: Ich liebe dich. Muß ich sie tadeln?
Und wenn dem so ist, können meine Lippen einander tadeln?
Ach, sie sind beide schuldig und weigern sich,
Das Wort auszusprechen.
GUIDO: Dann muß ich es für sie sagen.
Lebe wohl, wir können uns nie mehr treffen.
Stürzt auf sie zu.
HERZOGIN: Wenn du gehst, dann berühre mich nicht mehr, sondern gehe.
Guido geht ab.
Nie mehr? Hat er nie mehr gesagt?
Nun, nun, ich weiß, woran ich bin! Ich will die
Fackel der Liebe in eine Begräbnisfackel verwandeln
Und mit den Blumen der Liebe meine Bahre bestreuen
Und aus den Liebesliedern ein Klagelied machen und so
Sterben, wie der Schwan stirbt, singend.
O Elend,
Wenn du schon so verliebt in mein Leben warst,
Warum konntest du keine andere Gestalt finden?
Die Maske des Schmerzes und nicht die Maske der Liebe,
Die Stimme des Raben und nicht die der Nachtigall,
Die Augen des blinden Maulwurfs und nicht jene Achataugen,
Die so blau waren wie der Sommerhimmel,
Daß man glauben konnte, Gott in ihnen zu erblicken –
Dann, Elend, hätte ich dich erkannt.
Schranke! Schranke!
Warum sagte er, es gäbe eine Schranke?
Es gibt keine Schranke zwischen uns beiden.
Er hat mich belogen, und soll ich aus diesem Grunde
Das verabscheuen, was ich liebte, das hassen, was ich anbetete?
Ich bin der Meinung, wir Frauen lieben nicht auf diese Weise.
Denn wenn ich mir sein Bild aus dem Herzen schnitte,
Würde mein Herz wie ein blutender Pilger
Diesem Bild durch die Welt folgen und es mit
Kleinen Schreien der Liebe zurückrufen.
Der Herzog tritt ein, gekleidet für die Jagd, mit Falknern und Hunden.
HERZOG: Madame, Ihr laßt uns warten.
Ihr laßt meine Hunde warten.
HERZOGIN: Ich werde heute nicht reiten.
HERZOG: Nanu, weshalb denn das?
HERZOGIN: Mein Herr, ich kann nicht.
HERZOG: Wie, farbloses Gesicht, Ihr wagt es, mir zu widersprechen?
Ich könnte Euch auf einen elenden Klepper setzen
Und durch die Straßen führen, bis der gewöhnliche Mob,
Den Ihr füttert, seine Kappen in die Luft wirft und Euch verhöhnt!
HERZOGIN: Habt Ihr niemals ein freundliches Wort für mich?
HERZOG: Freundliche Worte sind Vogelleim, um unsere Feinde zu fangen!
Ich halte Euch in meiner Hand
Und muß keine freundlichen Worte an Euch verschwenden.
HERZOGIN: Nun, dann will ich kommen.
HERZOG *(schlägt mit seiner Peitsche an seine Stiefel):* Nein, ich habe meine Meinung geändert,
Ihr bleibt hier und haltet wie eine getreue Ehefrau
Vom Fenster nach unserer Rückkehr Ausschau.

Wäre es nicht furchtbar, falls zufällig
Eurem liebenden Herrn ein Unglück widerfahren würde?
Kommt, meine Herren, meine Hunde werden reizbar,
Und ich werde auch reizbar, weil ich ein geduldiges Weib habe.
Wo ist der junge Guido?

MAFFIO: Mein Lehnsherr, ich habe ihn
Eine volle Stunde nicht mehr gesehen.

HERZOG: Macht nichts,
Ich möchte behaupten, daß ich ihn bald genug sehen werde.
Nun, Madame, Ihr werdet zu Hause sitzen und spinnen.
Ich muß beteuern, meine Herren, daß die häuslichen Tugenden
Oft bei anderen sehr schön sind.
Der Herzog und sein Gefolge gehen ab.

HERZOGIN: Die Sterne haben gegen mich gekämpft, das ist alles,
Und so werde ich mich heute nacht, wenn mein Gebieter schläft,
In meinen Dolch stürzen und aufhören zu existieren.
Mein Herz ist ein solcher Stein, daß nichts es erreichen kann,
Außer der Klinge des Dolches. So soll er denn dorthin gelangen,
Um herauszufinden, welchen Namen es trägt – ja! Heute nacht
Wird der Tod dem Herzog seine Scheidung geben – und dennoch,
Heute nacht könnte auch er sterben, er ist sehr alt.
Warum sollte er nicht sterben? Gestern zitterte seine
Hand vor Schüttellähmung. Es sind schon Männer an der Schüttellähmung gestorben,
Warum also nicht er? Und gibt es nicht auch Fieber,
Schmerzen und Kälteschauer und andere Krankheiten,
Die im Alter so häufig sind?
Nein, nein, er wird nicht sterben, er ist zu sündhaft.
Ehrliche Männer sterben vor ihrer Zeit.
Gute Männer sterben – Männer, neben denen der Herzog
In all der kranken Verschmutzung seines Lebens
Wie ein Aussätziger erscheint – Frauen und Kinder sterben,
Aber der Herzog stirbt nicht, er ist zu sündhaft.
Oh, kann es sein,
Daß in der Sünde eine Art Unsterblichkeit liegt,
Die die Tugend nicht besitzt? Und zieht der schlechte Mensch
Leben aus dem, was für andere Menschen der Tod wäre,
Wie giftige Pflanzen, die von der Fäulnis leben?
Nein, nein, ich glaube, das würde Gott nicht zulassen.
Und dennoch stirbt der Herzog nicht, er ist zu sündhaft.
Doch ich werde allein sterben, und in dieser Nacht
Soll der grimme Tod mein Bräutigam sein und das Grab
Mein geheimes Haus der Freude – nun, was macht das schon?
Die Welt ist ein Friedhof, und wir alle, wie Särge,
Tragen in uns ein Skelett.
Lord Moranzone tritt ein, ganz in Schwarz gekleidet. Er geht im Hintergrund über die Bühne und schaut sich aufgeregt um.

MORANZONE: Wo ist Guido?
Ich kann ihn nirgends finden.

HERZOGIN *(wird ihn gewahr)*: O Gott!
Ihr wart es, der meine Liebe von mir nahm.

MORANZONE *(mit einem Ausdruck der Freude auf dem Gesicht)*: Wie, er hat Euch verlassen?

HERZOGIN: Ihr wißt doch, daß er das getan hat.
Oh, gebt ihn mir zurück, gebt ihn zurück, sage ich,
Oder ich werde Euch Glied für Glied zerreißen
Und Euer Haupt an den Pranger nageln,

Bis die Aaskrähen es von allem Fleisch entblößt haben.
Ihr hättet lieber einer hungrigen Löwin begegnen sollen,
Bevor Ihr zwischen mich und meine Liebe kamt.
Mit wachsender Leidenschaft.
Nein, gebt ihn zurück, Ihr wißt nicht, wie sehr ich ihn liebe.
Hier an diesem Sessel hat er vor einer halben Stunde gekniet,
Dort hat er gestanden, und dort hat er mich angesehen,
Dies ist die Hand, die er küßte, dies sind die Lippen,
Denen seine Lippen übel mitgespielt haben, und dies sind die Ohren,
In dessen offene Portale er eine Geschichte von Liebe
Gegossen hat, die so melodisch war, daß alle Vögel
Aufhörten zu singen! Oh, gebt ihn mir zurück.

MORANZONE: Er liebt Euch nicht, Madame.

HERZOGIN: Möge die Pest die Zunge verdorren
Lassen, die das sagt! Gebt ihn zurück.

MORANZONE: Madame, ich sage Euch, Ihr werdet ihn nie wiedersehen.
Weder heute nacht, noch in einer anderen Nacht.

HERZOGIN: Wie lautet Euer Name?

MORANZONE: Mein Name? Rache!
Geht ab.

HERZOGIN: Rache!
Ich habe nie auch nur einem Kind ein Leid zugefügt.
Warum sollte die Rache an meine Tür kommen?
Doch es macht nichts, denn der Tod ist bereits dort
Und wartet darauf, mit seiner düsteren Fackel meinen Weg zu erleuchten.
Es ist wahr, daß die Menschen dich hassen, Tod, und dennoch glaube ich,
Du wirst freundlicher zu mir sein als mein Geliebter.
Und daher sende sofort die Boten aus,
Treibe die faulen Rosse des zögernden Tages an,
Und laß die Nacht, deine Schwester, statt dessen kommen,
Und hülle die Welt in Trauer. Laß die Eule,
Die deine Dienerin ist, von ihrem Turm schreien
Und die Kröte mit ihrem Schrei wecken, und laß die Fledermaus,
Die Sklavin der düsteren Persephone,
Auf ihren Wanderflügeln durch die trübe Nacht fliegen!
Reiße die schrillenden Alraunen aus der Erde
Und befiehl ihnen, uns Musik zu machen, und trage dem Maulwurf auf,
Tief dein kaltes und schmales Bett zu graben,
Denn heute nacht werde ich in deinen Armen liegen.

Ende des zweiten Akts

DRITTER AKT

SZENE: *Ein großer Gang im herzoglichen Palast; ein Fenster (links) bietet Blick auf Padua im Mondschein; eine Treppe (rechts) führt zu einer Tür mit einem Vorhang aus scharlachrotem Samt mit dem Wappen des Herzogs in Gold; auf der untersten Treppenstufe sitzt eine Gestalt, die in Schwarz gehüllt ist; die Halle wird durch eine eiserne Kohlenpfanne erleuchtet, in der Werg brennt; draußen donnert und blitzt es; es ist Nacht.*

Guido kommt durch das Fenster herein.

GUIDO: Der Wind kommt auf – wie meine Leiter bebte!
Ich dachte schon, jeder Windstoß würde das Seil zerreißen!
Schaut auf die Stadt.

Gott! Was für eine Nacht –
Lauter Donner im Himmel und wilde Blitze,
Die von Zinne zu Zinne zucken
In der ganzen Stadt, bis die finsteren Häuser
Zu schaudern und zu zittern scheinen mit jedem neuen Strahl,
Der die Straße entlangjagt.
Geht über die Bühne zum Fuß der Treppe.
Ah! Wer bist du,
Der da auf der Treppe sitzt, wie eine schuldige
Seele, die auf den Tod wartet?
Eine Pause.
Kannst du nicht sprechen?
Oder hat dir dieser Sturm die Zunge gelähmt
Und deine Sprache gefrieren lassen? Geh mir aus dem Weg,
Denn ich habe etwas in jenem Zimmer dort zu erledigen,
Das ich allein tun muß.
Die Gestalt erhebt sich und nimmt die Maske ab.

MORANZONE: Guido Ferranti,
Dein ermordeter Vater lacht heute nacht vor Freude.

GUIDO *(verwirrt):* Wie, Ihr seid hier?

MORANZONE: Ja, ich warte auf dich.

GUIDO *(wendet den Blick von ihm ab):* Ich hatte nicht erwartet, Euch zu sehen, doch ich bin froh,
Denn so kann ich Euch genau sagen, was ich vorhabe.

MORANZONE: Zuerst will ich dir meine wohlüberlegten Pläne mitteilen.
Hör zu: Ich habe Pferde an dem Tor warten,
Das nach Parma führt. Wenn du deine Pflicht getan hast,
Werden wir dorthin reiten, und morgen abend,
Wenn unsere guten Pferde nicht unterwegs müde werden,
Wird Parma unsere Ankunft erleben. Ich habe mit vielen
Alten Freunden deines großen Vaters dort gesprochen,
Die einen Bürgeraufstand vorbereiten.
Mit Geld und mit goldenen Versprechungen,
Die wir nicht halten müssen, habe ich viele,
Die zu diesem herzoglichen Usurpator standen, auf unsere Seite gebracht.
Was die Soldaten angeht, sie werden, sobald der Herzog tot ist,
Ihre Treue aufgeben, so daß du wieder
Im Palast deines Vaters sitzen sollst
Als rechtmäßiger Herrscher Parmas.

GUIDO: Das kann nicht sein.

MORANZONE: O doch, so soll es geschehen.

GUIDO: Hört mich an, Herr Moranzone,
Ich bin entschlossen, diesen Mann nicht zu töten.

MORANZONE: Meine Ohren müssen sich täuschen, sag es noch einmal.
Es kann nicht anders sein, als daß das Alter meine Hörkraft beeinträchtigt,
Ich bin ein alter Mann – was hast du gesagt?
Du hast doch gesagt, daß du mit jenem Dolch in deinem Gürtel
Den blutigen Mord an deinem Vater rächen willst?
Das hast du doch gesagt?

GUIDO: Nein, mein Herr, ich sagte,
Ich sei entschlossen, den Herzog nicht zu töten.

MORANZONE: Das hast du nicht gesagt, meine Ohren verspotten mich.
Oder vielleicht ist es auch diese mitternächtliche Luft, die sturmgeladen ist,
Die deine Äußerungen beim Aussprechen verändert.

GUIDO: Nein, Ihr habt richtig gehört; ich werde diesen Mann nicht töten.

MORANZONE: Und was ist mit deinem Schwur, du Verräter, was ist mit deinem Schwur?
GUIDO: Ich habe beschlossen, jenen Schwur nicht zu erfüllen.
MORANZONE: Und was ist mit deinem ermordeten Vater?
GUIDO: Glaubt Ihr wirklich,
Mein Vater wäre froh, wenn er mich kommen sähe,
Mit dem Blut dieses alten Mannes noch frisch an meinen Händen?
MORANZONE: Jawohl! Er würde lachen vor Freude.
GUIDO: Ich glaube es nicht.
In der anderen Welt gibt es tieferes Wissen.
Die Rache ist Gottes, laßt Gott Rache nehmen.
MORANZONE: Du bist Gottes Instrument der Rache.
GUIDO: Nein!
Gott braucht kein Instrument außer seiner eigenen Hand.
Ich werde diesen Mann nicht töten.
MORANZONE: Warum bist du dann hier,
Wenn nicht, um ihn zu töten?
GUIDO: Herr Moranzone,
Ich habe vor, zum Schlafzimmer des Herzogs hinaufzugehen
Und ihm, während er schläft, den Dolch und dieses Schreiben
Auf die Brust zu legen. Wenn er dann erwacht,
Wird er erkennen, wer ihn in der Hand hatte
Und dennoch nicht mordete. Dies ist die edelste Rache,
Die ich nehmen kann.
MORANZONE: Du willst ihn nicht töten?
GUIDO: Nein.
MORANZONE: Unehrenhafter Sohn eines ehrenvollen Vaters,
Du kannst ertragen, daß dieser Mann, der deinen Vater verkaufte,
Noch eine Stunde länger lebt?
GUIDO: Ihr selbst habt mich daran gehindert.
Ich hätte ihn auf dem Platz ermordet,
An dem Tag, an dem ich ihn zum ersten Mal erblickte.
MORANZONE: Die Zeit war noch nicht gekommen.
Jetzt ist sie da, und du schwafelst wie ein
Unreifes Mädchen von Vergebung.
GUIDO: Nein! Von Rache –
Von der angemessenen Rache, die der Sohn meines Vaters nehmen sollte.
MORANZONE: O armer Vater, so erneut betrogen,
Und noch dazu von deinem eigenen Sohn! Du bist ein Feigling,
Ziehe den Dolch, geh in die Kammer des Herzogs,
Und bringe mir sein Herz auf dieser Klinge.
Wenn er tot ist, dann kannst du mir von
Edlen Rachetaten sprechen.
GUIDO: Bei Eurer Ehre
Und bei der Liebe, die Ihr zum Namen meines Vaters fühlt,
Glaubt Ihr, mein Vater, jener edle Mann,
Jener großherzige Soldat, jener höchst ritterliche Edelmann,
Würde sich bei Nacht, wie ein gemeiner Dieb, angeschlichen
Und einen alten Mann, der in seinem Bett schläft, erstochen haben,
Ein wie großes Unrecht er ihm auch getan hat? Sagt es mir!
MORANZONE *(nach kurzem Zögern)*: Du hast einen Eid geschworen, sieh, daß du ihn erfüllst!
Junge, glaubst du, ich kenne dein Geheimnis nicht,
Deinen Umgang mit der Herzogin?
GUIDO: Still, Lügner!
Selbst der Mond am Himmel ist nicht keuscher,
Noch die weißen Sterne reiner.

MORANZONE: Und dennoch, du liebst sie.
Schwacher Narr, die Liebe in dein Leben einzulassen,
Wenn nicht als Spielzeug.
GUIDO: Ihr habt gut reden.
In Euren Adern, alter Mann, schlägt der Puls der Jugend
Ohne Feuer. Eure Augen, voller Wasser, haben ihre
Verschleierten Pforten vor der Schönheit verschlossen,
Und Eure verstopften Ohren, die ihren natürlichen Sinn verloren haben,
Haben Euch von der Musik der Welt ausgeschlossen.
Ihr redet von Liebe! Ihr wißt nicht, was das ist.
MORANZONE: Oh, mein Junge, zu meiner Zeit bin auch ich im Mondschein spaziert.
Habe geschworen, ich würde von Küssen und Wonnen leben,
Geschworen, ich würde vor Liebe sterben, und bin doch nicht gestorben.
Habe schlechte Liebesverse geschrieben, ja – und sie schlecht gesungen,
Wie alle wahren Liebenden. Oh, ich kenne alle Tricks!
Ich kenne die Trennungen und die Zusammenkünfte.
Wir sind alle im besten Fall Tiere, und Liebe
Ist nur Leidenschaft mit einem heiligen Namen.
GUIDO: Nun weiß ich genau, daß Ihr noch nie geliebt habt.
Liebe ist das Sakrament des Lebens. Sie bringt Tugend,
Wo zuvor keine war. Sie reinigt die Menschen
Von all dem gemeinen Schmutz dieser Welt.
Sie ist das Feuer, das Gold von Schlacke reinigt,
Sie ist der Fächer, der Weizen von der Spreu trennt,
Sie ist der Frühling, der in winterlicher Erde
Die Unschuld wie eine Rose erblühen läßt.
Die Tage, in denen Gott mit den Menschen wandelte, sind vorbei,
Doch die Liebe, die sein Abbild ist, hat seinen Platz eingenommen.
Wenn ein Mann eine Frau liebt, kennt er
Gottes Geheimnis und das Geheimnis der Welt.
Es gibt kein Haus, das zu niedrig oder arm ist,
Das die Liebe, wenn die Herzen derer, die in ihm leben,
Rein sind, nicht betreten würde. Doch wenn blutiger Mord
An das Palasttor klopft und eingelassen wird,
Dann kriecht die Liebe wie ein verwundetes Ding hinaus und stirbt.
Das ist die Strafe, die Gott für die Sünde bestimmt hat.
Die Schlechten können nicht lieben.
Aus der Kammer des Herzogs erklingt ein Stöhnen.
Ach! Was ist das?
Hört Ihr nicht? Ach, es war nichts.
Darum denke ich,
Es ist die Aufgabe einer Frau, die Seele des
Mannes durch ihre Liebe zu retten. Und indem ich sie liebe,
Meine Herrin, meine weiße Beatrice, beginne ich,
Eine edlere und eine heiligere Rache zu sehen,
Wenn ich diesen Mann am Leben lasse, als sie in
Den blutigen Taten der Nacht wohnt, in Dolchstößen im Dunkeln
Und in jungen Händen, die eine gelähmte Kehle umklammern.
Es war, glaube ich, um der Liebe willen, daß unser Herr Christus,
Der wahrlich die personifizierte Liebe war,
Uns allen auftrug, unseren Feinden zu vergeben.
MORANZONE *(hohnlächelnd)*: Das war in Palästina, nicht in Padua.
Und es galt für Heilige. Ich habe mit Menschen zu tun.
GUIDO: Es gilt für alle Zeit.
MORANZONE: Und deine weiße Herzogin,

Wie wird sie es dir danken? Wird sie nicht kommen
Und ihre Wange an deine legen und dich liebkosen,
Weil du ihren Herrn am Leben gelassen hast, so daß er ihr Leben martern kann?
GUIDO: Wehe, ich werde ihr Antlitz nie wiedersehen.
Es ist erst zwölf Stunden her, daß ich von ihr schied,
So plötzlich und mit so wilder Leidenschaft,
Daß sie nun ihr Herz vor mir verschlossen hat.
Nein, ich werde sie nie wiedersehen.
MORANZONE: Was wirst du tun?
GUIDO: Nachdem ich den Dolch dort hingelegt habe,
Werde ich noch heute nacht Padua verlassen.
MORANZONE: Und dann?
GUIDO: Ich werde dem Dogen von Venedig meine Dienste anbieten
Und ihn bitten, mich sofort in den Krieg zu schicken,
Ins Heilige Land gegen die Ungläubigen.
Und dort werde ich, weil ich nun des Lebens überdrüssig bin,
Dieses armselige Leben auf einen hoffnungslosen Speer werfen.
Erneut ein Stöhnen aus der Kammer des Herzogs.
Habt Ihr nicht eine Stimme gehört?
MORANZONE: Ich höre immerzu,
Aus dem düsteren Gefängnis eines Grabes,
Eine Stimme, die nach Rache ruft. Wir vergeuden Zeit,
Bald ist es Morgen. Du bist entschlossen,
Den Herzog nicht zu töten?
GUIDO: Ich bin entschlossen.
MORANZONE: Oh, armer Vater, der du ungerächt liegst.
GUIDO: Noch ärmer, wenn dein Sohn zum Mörder würde.
MORANZONE: Warum? Was ist denn schon Leben?
GUIDO: Ich weiß es nicht, mein Herr,
Ich habe es nicht gegeben, und ich wage nicht, es zu nehmen.
MORANZONE: Ich danke Gott nicht häufig. Doch ich glaube,
Ich danke ihm nun, daß ich keinen Sohn habe!
Und du, welches Bankertblut fließt in deinen Adern,
Daß du deinen Feind, wenn du ihn in deiner Hand hast,
Gehen läßt! Ich wollte, ich hätte dich bei den dummen
Hirschen gelassen, die dich aufgezogen haben.
GUIDO: Vielleicht wäre es besser gewesen,
Wenn Ihr das getan hättet! Vielleicht wäre es noch besser gewesen,
Wenn ich nie in diese bedrückende Welt geboren worden wäre.
MORANZONE: Lebe wohl!
GUIDO: Lebt wohl! Eines Tages, Herr Moranzone,
Werdet Ihr meine Rache verstehen.
MORANZONE: Niemals, Junge.
Steigt aus dem Fenster und die Strickleiter hinunter.
GUIDO: Vater, ich glaube, du kennst meinen Entschluß
Und bist mit dieser edleren Rache zufrieden.
Vater, ich glaube, wenn ich diesen Mann am Leben lasse,
Tue ich, was du getan hättest.
Vater, ich weiß nicht, ob eine menschliche Stimme
Das eiserne Tor der Toten durchdringen kann
Oder ob die Toten wissen, was wir für sie
Tun oder nicht tun.
Und dennoch fühle ich eine Präsenz in der Luft,
Da steht ein Schatten an meiner Seite,
Und geisterhafte Küsse scheinen meine Lippen zu berühren

Und sie heiliger zu machen.
Kniet nieder.
O Vater, wenn du es bist,
Kannst du nicht die Verfügungen des Todes brechen
Und dich körperlich mir zeigen,
Damit ich deine Hand berühren kann!
Nein, da ist nichts!
Erhebt sich.
Dies ist eine Nacht, die uns mit Phantomen trügt
Und uns wie ein Puppenspieler denken läßt,
Daß Dinge real sind, die es nicht sind. Es wird spät.
Nun muß ich meine Aufgabe erfüllen.
Zieht einen Brief aus seinem Wams und liest ihn.
Wenn er erwacht
Und diesen Brief sieht und auch den Dolch,
Sollte ihm da nicht sein Leben so zuwider werden,
Sollte er nicht bereuen – vielleicht – und ein besseres Leben führen,
Oder wird er spotten, weil ein junger Mann
Seinen natürlichen Feind verschonte? Es kümmert mich nicht,
Vater, ich tue deinen Willen,
Deinen Willen und den Willen meiner Liebe,
Die mich lehrt, dich so zu kennen, wie du bist.
Steigt verstohlen die Treppe hinauf. Gerade als er die Hand ausstreckt, um den Vorhang zur Seite zu ziehen, erscheint die ganz in Weiß gekleidete Herzogin. Guido schreckt zurück.

HERZOGIN: Guido! Was tust du hier so spät?
GUIDO: O weißer und makelloser Engel meines Lebens,
Du kommst doch sicher vom Himmel mit der Botschaft,
Daß Gnade edler ist als Rache?
HERZOGIN: Ja! Ich bete ernsthaft um Gnade.
GUIDO: O Vater, nun kenne ich deinen Willen,
Denn Hand in Hand mit der Gnade, wie ein Gott,
Ist die Liebe gekommen, um mich auf dem Weg zu treffen.
HERZOGIN: Ich spürte, du würdest zu mir zurückkommen,
Obwohl du mich höchst grausam verlassen hast.
Warum hast du mich verlassen? Nein, das spielt keine Rolle,
Denn jetzt kann ich dich umarmen und fühlen, wie dein Herz
Mit kleinen Schlägen der Liebe an meinem pulsiert.
Unsere Herzen sind zwei Vögel im Käfig, die versuchen,
Sich durch die Gitterstäbe zu küssen. Doch die Zeit vergeht,
In einer Stunde oder so wird es Morgen sein.
Laß uns Pferde nehmen. Ich muß nach Venedig reisen,
Dort werden sie mich nicht suchen.
GUIDO: Liebste, ich werde dir durch die Welt folgen.
HERZOGIN: Doch bist du sicher, daß du mich liebst?
GUIDO: Ist die Lerche sicher,
Daß sie die Morgendämmerung liebt, die sie zum Singen auffordert?
HERZOGIN: Könnte nichts deine Meinung ändern?
GUIDO: Nichts, niemals.
Der Kompaß des Seemannes ist nicht fester eingestellt
Als ich auf den Magneten deiner Liebe.
HERZOGIN: Nun gibt es keine Schranke zwischen uns.
GUIDO: Keine, Geliebte, und es wird auch nie eine geben.
HERZOGIN: Dafür habe ich gesorgt.
GUIDO: Warte hier auf mich.
HERZOGIN: Nein, du wirst mich doch nicht verlassen?

Du wirst mich nicht verlassen wie zuvor?
GUIDO: Ich komme sofort zurück,
Doch zunächst muß ich in die Kammer des Herzogs
Und ihm diesen Brief und diesen Dolch hinterlassen,
So daß er beim Erwachen ...
HERZOGIN: Wenn wer erwacht?
GUIDO: Nun, der Herzog.
HERZOGIN: Er wird nicht mehr aufwachen.
GUIDO: Wie, ist er tot?
HERZOGIN: Ja! Er ist tot.
GUIDO: O Gott! Wie wunderbar
Sind deine Wege! Wer hätte gedacht,
Daß in dieser Nacht, als ich die Rache,
Die dein ist, in deine Hände gab,
Du den Mann mit deinem Finger berühren
Und ihm befehlen würdest, vor deinen Richterstuhl zu treten.
HERZOGIN: Ich habe ihn soeben ermordet.
GUIDO *(voll Horror):* Oh!
HERZOGIN: Er schlief.
Komm näher, Geliebter, und ich erzähle dir alles.
Küß meinen Mund, und ich erzähle es dir.
Du willst mich jetzt nicht küssen? – Nun, du wirst mich küssen,
Wenn ich dir erzählt habe, wie ich den Herzog umgebracht habe.
Als du mich mit so bitteren Worten verlassen hattest,
Fühlte ich, daß mein Leben ohne deine Liebe gelähmt sei,
Und habe mich entschlossen, mich heute nacht umzubringen.
Vor ungefähr einer Stunde erwachte ich aus dem Schlaf
Und nahm meinen Dolch unter dem Kopfkissen hervor,
Wo ich ihn verborgen hatte, damit ich ihn benutzen könnte,
Zog ihn aus seiner Scheide und fühlte die Schneide
Und dachte an dich und wie ich dich liebte, Guido,
Und drehte mich um, um darauf zu fallen, als ich
Plötzlich den alten schlafenden Mann wahrnahm, reich an Jahren und an Sünde.
Da lag er und murmelte Verwünschungen im Schlaf.
Und während ich in sein böses Gesicht schaute,
Da durchzuckte es mich plötzlich wie eine Flamme –
Das ist die Schranke, von der Guido sprach.
Du sagtest, es gäbe eine Schranke zwischen uns,
Was für eine Schranke außer ihm?
Ich weiß gar nicht,
Was geschah, doch ein dampfender Nebel von Blut
Stieg zwischen uns beiden auf.
GUIDO: Oh, wie schrecklich!
HERZOGIN: Das hättest du gesagt, wenn du jenen Nebel gesehen hättest.
Und dann regnete Blut aus der Luft, und er stöhnte,
Und dann stöhnte er nicht mehr! Ich hörte nur
Das Tropfen des Bluts auf den Boden.
GUIDO: Genug, genug!
HERZOGIN: Willst du mich nun nicht küssen?
Erinnerst du dich, daß du sagtest, die Liebe der Frauen
Verwandele Männer in Engel? Nun, die Liebe eines Mannes
Verwandelt Frauen in Märtyrerinnen. Um ihretwillen
Tun oder ertragen wir alles.
GUIDO: O Gott!
HERZOGIN: Warum sagst du nichts?

GUIDO: Ich kann nicht sprechen.
HERZOGIN: Das ist das Messer, mit dem ich den Herzog tötete.
Ich hatte nicht gedacht, daß er so bluten würde,
Doch ich kann meine Hände später mit Wasser waschen.
Kann ich nicht meine Hände waschen? Aber, ach, meine Seele?
Laß uns nicht davon sprechen! Laß uns gehen.
Denn die Schranke zwischen uns ist doch niedergerissen, oder?
Was willst du mehr? Komm, es ist fast Morgen.
Legt ihre Hand auf Guidos.
GUIDO *(reißt sich los):* Oh, verdammte Heilige! Oh, Engel der Hölle!
Welch blutdürstiger Teufel verführte dich zu dieser Tat!
Daß du deinen Ehemann getötet hast, ist nichts –
Die Hölle hatte sich bereits für seine Seele aufgetan –,
Doch du hast die Liebe gemordet und an ihre Stelle
Ein schreckliches und blutbeflecktes Ding gesetzt,
Dessen Atem allein Pest und Seuche ausbrütet
Und die Liebe erstickt.
HERZOGIN *(mit großem Erstaunen):* Ich tat alles nur für dich,
Ich wollte nicht, daß du es tust, falls du es tun wolltest.
Denn ich will dich ohne Flecken oder Makel erhalten,
Unbefleckt, unberührt, makellos.
Männer wissen nicht, was Frauen aus Liebe tun.
Habe ich nicht meine Seele um deinetwillen ruiniert,
Jetzt und auf ewig?
Oh, sei freundlich zu mir,
Ich habe alles nur für dich getan.
GUIDO: Nein, berühre mich nicht.
Zwischen uns liegt ein dünner roter Strom von Blut,
Über den ich nicht zu schauen wage. Als du ihn erstachst,
Durchbohrtest du der Liebe mit einem scharfen Messer das Herz.
Wir können uns nicht mehr sehen.
HERZOGIN *(ringt die Hände):* Für dich! Für dich!
Ich tat alles nur für dich – hast du es vergessen?
Du sagtest, eine Schranke stände zwischen uns.
Diese Schranke liegt nun in der Kammer oben,
Umgeworfen, gestürzt, geschlagen und niedergeschlagen,
Und wird nie wieder zwischen uns stehen.
GUIDO: Nein, du täuschst dich!
Sünde war die Schranke, du hast sie errichtet.
Verbrechen war die Schranke, du hast sie dorthin gesetzt.
Die Schranke war Mord, und deine Hand
Hat sie so hoch gebaut, daß sie den Himmel verdeckt,
Sie verdeckt Gott.
HERZOGIN: Ich tat alles nur für dich.
Du wagst es nicht, mich nun zu verlassen – nein, Guido, höre mich an.
Mach die Pferde bereit, wir wollen heute nacht fliehen.
Die Vergangenheit ist nur ein böser Traum, wir werden ihn vergessen.
Vor uns liegt die Zukunft – denn werden wir nicht
Süße Tage der Liebe unter unseren Reben haben und lachen?
Nein, nein, wir werden nicht lachen, doch wenn wir weinen,
Nun, so weinen wir zusammen. Ich will dir dienen
Wie eine arme Hausfrau, wie eine gewöhnliche Sklavin.
Ich werde sehr demütig und sanft sein –
Du kennst mich nicht.
GUIDO: Nein, ich kenne dich nicht.

Geh fort, sage ich, aus meinen Augen.

HERZOGIN *(geht auf und ab):* O Gott!
Wie ich diesen Mann geliebt habe!

GUIDO: Du hast mich nie geliebt.
Wenn es so gewesen wäre, dann hätte die Liebe deine Hand aufgehalten
Und nicht geduldet, daß du ihren heiligen Schrein befleckst,
In den nur die Unschuldigen eintreten können.

HERZOGIN: Das sind nur Worte, Worte, Worte.

GUIDO: Geh fort, ich flehe dich an.
Wie könnten wir zusammen am Tisch der Liebe sitzen?
Du hast Gift in den heiligen Wein geschüttet,
Und Mord taucht seine Finger in das Gemisch.
Ich wäre lieber tausend Tode gestorben, als dies zuzulassen.

HERZOGIN: Ich habe es getan und sterbe tausend Tode.

GUIDO: Es ist nicht der Tod, sondern das Leben, das du fürchten solltest.

HERZOGIN *(wirft sich auf die Knie):* Dann töte mich jetzt! Ich habe heute nacht Blut vergossen.
Du sollst mehr vergießen, so daß wir Hand in Hand in den
Himmel oder die Hölle gehen. Zieh dein Schwert, Guido,
Und handle schnell mit dem Tod um mein Leben,
Der gierig nach solcher Ware geworden ist.
Schnell, laß deine Seele in meinem Herzen suchen,
Sie wird nichts anderes als das Bildnis seines Herrn finden.
Nein, wenn du mich nicht mit deinem Schwert töten willst,
Dann befiehl mir, mich in dieses triefende Messer zu stürzen,
Und ich werde es tun.

GUIDO *(entringt ihr das Messer):* Gib es mir, sage ich.
O Gott, deine Hände sind noch naß vom Blut!
Dieser Ort ist die Hölle, ich will nicht hier verweilen.

HERZOGIN: Willst du mich nicht aufheben, bevor du gehst,
Oder muß ich wie ein Bettler auf meinen Knien bleiben.

GUIDO: Ich flehe dich an, laß mich dein Gesicht nicht mehr sehen.

HERZOGIN: Es wäre besser für mich gewesen, wenn ich dein Gesicht nie gesehen hätte.
Oh, denk doch nur, für dich habe ich diesen Mann getötet.
Guido fährt zurück, sie ergreift auf ihren Knien seine Hände.
Nein, Guido, höre mir eine Weile zu:
Bis du nach Padua kamst, lebte ich
Ein wahrhaft elendes Leben, doch ohne mörderische Gedanken,
Sehr unterwürfig vor einem grausamen Herrn,
Sehr gehorsam gegenüber ungerechten Befehlen,
So rein wie – wie ich glaube – jedes sanfte Mädchen,
Das sich nun mit Schaudern von meinen Händen abwenden würde –
Dann kamst du – ach! Guido, die ersten freundlichen Worte,
Die ich seit meiner Ankunft aus Frankreich hörte,
Kamen von deinen Lippen … Doch das spielt keine Rolle.
Du kamst, und in der Leidenschaft deiner Augen
Las ich die Bedeutung der Liebe, alles, was du sagtest,
Rührte meine stumpfe Seele zu Musik, und du schienst
Schön wie der junge heilige Michael auf der Wand
Von San Croce, wo wir zum Beten hingehen.
Ich frage mich, ob ich jemals wieder beten werde?
Nun, du warst schön, und in deinem jungenhaften Gesicht
Schien der Morgen aufzuleuchten, und so liebte ich dich.
Und dennoch sagte ich dir nichts von meiner Liebe.
Du warst es, der mich aufsuchte, zu meinen Füßen kniete,
Wie ich nun vor dir knie, und mit süßen Schwüren,

Kniet nieder.
Deren Musik noch in meinen Ohren zu verweilen scheint,
Schworst, daß du mich liebtest, und ich vertraute dir.
Ich glaube, es gibt viele Frauen auf der Welt,
Die, wenn sie mit diesem üblen Herzog verkuppelt wären,
An seine Seite gekettet, wie der arme Galeerensklave an
An den Aussätzigen gekettet ist – ach! Viele Frauen,
Die dich in Versuchung geführt hätten, den Mann zu töten.
Das tat ich nicht.
Und doch weiß ich, wenn ich es getan hätte,
Würde ich nun nicht so in den Staub gestoßen werden.
Erhebt sich.
Doch du hast mich höchst treulich geliebt.
Nach einer Pause nähert sie sich schüchtern.
Ich glaube nicht, daß du mich verstehst, Guido.
Es war um deinetwillen, daß ich diese Tat vollbrachte,
Deren Schrecken nun mein junges Blut gefrieren läßt,
Nur um deinetwillen.
Streckt ihre Hand aus.
Willst du nicht zu mir sprechen?
Liebe mich ein wenig – in meinem mädchenhaften Leben
Habe ich nach Liebe gehungert, und die Freundlichkeit
Ist an mir vorübergegangen.
GUIDO: Ich wage nicht, dich anzusehen.
Du kommst mit einer zu ausgeprägten Gunst zu mir,
Geh zu deinen Kammerzofen.
HERZOGIN: Ach, da ist es!
Da spricht der Mann! Und dennoch, wenn du mit einer
Schweren Sünde auf deiner Seele zu mir gekommen wärest,
Irgendeinem Mord aus Geldgier, nicht aus Liebe,
Ja, ich hätte an deinem Bett gesessen und die ganze
Nacht hindurch gewacht, für den Fall, daß die Reue käme
Und ihr Gift in dein Ohr gösse und dich so am
Schlafen hinderte! Sicherlich ist es der Schuldige,
Der, weil er unglücklich ist, am meisten Liebe braucht.
GUIDO: Wo es Schuld gibt, gibt es keine Liebe.
HERZOGIN: Keine Liebe, wo es Schuld gibt! O Gott,
Wie unterscheidet sich unsere Liebe von der der Männer!
Es gibt so manche Frau hier in Padua,
Die Ehefrau eines Arbeiters oder eines gemeinen Handwerkers,
Deren Ehemann den Wochenlohn bei einer
Rauhen Festlichkeit oder in einer Kneipenschlägerei ausgibt
Und Samstag nacht spät nach Hause taumelt,
Dort seine Frau an einem feuerlosen Herd sitzen findet,
Wie sie versucht, das vor Hunger schreiende Kind zu beruhigen,
Und sich dann auf sie stürzt und seine Frau schlägt, weil
Das Kind hungrig ist und das Feuer erloschen.
Und dennoch liebt die Frau ihn! Und sie wird am nächsten Tag
Mit roten Flecken auf dem durch Sorgen gealterten Gesicht aufstehen
Und das Haus fegen und die alltäglichen Arbeiten verrichten
Und zu lächeln versuchen und nur zu froh sein,
Wenn er sie nicht erneut vor ihrem Kind
Schlägt! – Das ist die Liebe der Frauen.
Eine Pause – Guido sagt nichts.
Du hast nichts zu sagen? Oh, sei freundlich zu mir,

Solange ich noch im Sommer meiner Tage bin.
Ich glaube nicht, daß du mich von deiner Seite vertreiben wirst.
Wohin sollte ich gehen, wenn du mich zurückweist? –
Du, für den diese Hand ein Leben getötet hat,
Du, für den meine Seele sich ruiniert hat,
Über alle Hoffnung auf Vergebung hinaus.

GUIDO: Geh fort –
Der tote Mann ist ein Geist, und auch unsere Liebe huscht
In ihrem trübseligen Grab wie ein Geist hin und her
Und wandert durch dieses Leichenhaus und weint,
Weil du, als du deinen Herrn erschlugst, auch sie erschlugst.
Kannst du das nicht sehen?

HERZOGIN: Ich sehe, daß, wenn Männer Frauen lieben,
Sie ihnen nur ein wenig von ihrem Leben geben,
Doch wenn Frauen lieben, geben sie alles.
Das, Guido, sehe ich jetzt.

GUIDO: Fort, fort,
Und komm nicht zurück, bis du deine Toten wieder zum Leben erweckt hast.

HERZOGIN: Ich wollte zu Gott, ich könnte die Toten erwecken,
Den glasigen Augen die Sicht zurückgeben und der
Zunge ihre natürliche Sprache geben und dem Herz befehlen,
Wieder zu schlagen – doch das kann niemals sein.
Denn was geschehen ist, ist geschehen. Und was tot ist,
Ist für immer tot. Das Feuer kann ihn nicht wärmen.
Der Winter kann ihm mit seinem Schnee nicht weh tun.
Etwas hat ihn verlassen. Wenn du ihn nun rufst,
Wird er nicht antworten. Wenn du ihn nun verspottest,
Wird er nicht lachen. Und wenn du ihn nun erdolchst,
Wird er nicht bluten.
Ich wollte, ich könnte ihn erwecken!
O Gott, stelle die Sonne ein wenig zurück,
Und lösche aus den Rollen der Zeit die heutige Nacht aus,
Und befiehl, daß sie nie war! Stell die Sonne zurück,
Und mache mich wieder zu dem, was ich vor einer Stunde war!
Nein, nein, die Zeit hält für nichts an,
Und die Sonne unterbricht nicht ihren Lauf, auch wenn die Reue
Heiser wird davon, sie zurückzurufen. Doch du, mein Geliebter,
Hast du noch nicht einmal ein Wort des Mitleids für mich?
O Guido, Guido, willst du mich nicht wenigstens einmal küssen?
Treib mich nicht zu einem verzweifelten Entschluß –
Frauen werden wahnsinnig, wenn man sie so behandelt –
Willst du mich nicht wenigstens einmal küssen?

GUIDO *(hebt das Messer)*: Ich werde dich nicht küssen,
Bis das Blut auf diesem Messer getrocknet ist,
Und auch dann nicht.

HERZOGIN: O Gott! Wie wenig Mitleid
Wir Frauen auf dieser falschen Welt erfahren!
Männer locken uns zu einem furchtbaren Abgrund,
Und wenn wir fallen, verlassen sie uns.

GUIDO *(wild)*: Zurück zu deinem Toten!

HERZOGIN *(steigt die Treppe hinauf)*: Nun, dann will ich gehen! Und mögest
Du mehr Gnade finden, als du mir heute nacht erwiesen hast!

GUIDO: Laß mich Gnade finden, wenn ich in der Nacht
Einen gemeinen Mord begehe!

HERZOGIN *(kommt wieder einige Stufen hinab)*: Sagtest du Mord?

Mord ist hungrig und schreit nach mehr,
Und sein Bruder Tod ist nicht befriedigt,
Sondern streift durch das Haus und will nicht gehen,
Bis er einen Gefährten hat! Warte, Tod,
Denn ich will dir einen höchst treuen Diener geben,
Der mit dir reisen soll! Mord, ruf nicht weiter,
Denn du sollst dich satt essen.
Da ist ein Sturm,
Der über dieses Haus vor dem Morgen hereinbrechen wird,
So schrecklich, daß der weiße Mond bereits
Grau wird und krank vor Schrecken, der sanfte Wind
Seufzend um das Haus streicht und die hohen Sterne
Wild durch das gewölbte Firmament rasen,
Als ob die Nacht Tränen flüssigen Feuers weinte
Um das, was der Tag erblicken wird. O weine,
Du beklagenswerter Himmel! Weine dich aus!
Und auch wenn der Kummer wie ein Wasserfall die Felder tränken sollte
Und die Erde zu einem einzigen bitteren See der Tränen machte,
Es wäre nicht genug.
Donnergrollen.
Hörst du nicht,
Da ist Geschützfeuer im Himmel heute nacht.
Die Rache wurde geweckt und hat ihre Hunde
Auf die Welt losgelassen. In der Angelegenheit,
Die zwischen uns liegt, laß ihn, der den
Donner auf sein Haupt zieht, sich in acht nehmen vor dem Untergang,
Den die gegabelte Flamme anschließend bringt.
Ein Blitz, gefolgt von Donner.

GUIDO: Fort! Fort!
Die Herzogin geht hinaus. Als sie den scharlachroten Vorhang hebt, schaut sie einen Augenblick zu Guido hin, doch er rührt sich nicht. Mehr Donner.
Nun liegt das Leben in Asche zu meinen Füßen.
Und nobler Selbstmord. Und an seine Stelle
Kroch auf leisen, blutigen Sohlen Mord.
Und sie, die ihn beging – Oh! Und doch, sie liebte mich
Und beging die furchtbare Tat um meinetwillen.
Ich war grausam zu ihr – Beatrice!
Beatrice, komm zurück!
Beginnt, die Treppe hinaufzusteigen, als Lärm von Soldaten zu hören ist.
Ach! Was ist das?
Brennende Fackeln und der Lärm eiliger Schritte.
Ich flehe zu Gott, sie haben sie nicht gefangengenommen.
Der Lärm kommt näher.
Beatrice!
Es ist noch Zeit zur Flucht! Komm herunter, komm heraus!
Draußen hört man die Stimme der Herzogin.
Da entlang ist er verschwunden, der Mann, der meinen Herrn erschlug!
Ein wirrer Haufen Soldaten kommt die Treppe hinunter. Zuerst wird Guido nicht entdeckt, bis die Herzogin, umgeben von Dienern mit Fackeln, oben an der Treppe erscheint und auf Guido deutet. Er wird auf der Stelle ergriffen, und einer der Soldaten zieht in Sichtweite des Publikums den Dolch aus seinem Gürtel und zeigt ihn dem Hauptmann der Garde. Alles steht still.

Ende des dritten Akts

Vierter Akt

Szene: *Der Gerichtshof; die Wände sind mit geprägtem grauen Samt behängt; über den Behängen sind die Wände rot, und vergoldete symbolische Gestalten sind unterhalb der Decke gemalt, die aus roten Balken mit Laibung und grauen Leisten besteht. Für die Herzogin gibt es einen Baldachin aus weißem Satin mit Goldblumen; darunter steht eine lange Bank mit rotem Stoff für die Richter, unterhalb ein Tisch für die Gerichtsschreiber. Zu beiden Seiten des Baldachins stehen zwei Soldaten, und zwei Soldaten bewachen die Tür. Einige Bürger haben sich im Gerichtshof versammelt, andere kommen herein und begrüßen einander. Zwei Gerichtsdiener mit langen weißen Amtsstäben wahren die Ordnung.*

Erster Bürger: Guten Morgen, Nachbar Antonio.

Zweiter Bürger: Guten Morgen, Nachbar Dominick.

Erster Bürger: Dies ist ein seltsamer Tag für Padua, nicht wahr? Der Herzog tot.

Zweiter Bürger: Ich sage dir, Nachbar Dominick, solch einen Tag habe ich nicht mehr erlebt, seit der letzte Herzog gestorben ist. Wenn du mir nicht glaubst, dann will ich kein aufrichtiger Mann sein.

Erster Bürger: Sie werden ihm zuerst den Prozeß machen und ihn dann verurteilen, nicht wahr, Nachbar Antonio?

Zweiter Bürger: Nein, denn er könnte sonst seiner Strafe entgehen. Sie werden ihn zuerst verurteilen, so daß er seine Strafe erhält, und ihm anschließend den Prozeß machen, so daß kein Unrecht geschieht.

Erster Bürger: Nun, nun, ich zweifle nicht, daß es ihm schlecht ergehen wird.

Zweiter Bürger: Es ist sicherlich ein schweres Verbrechen, das Blut eines Herzogs zu vergießen.

Dritter Bürger: Es heißt, ein Herzog habe blaues Blut.

Zweiter Bürger: Ich glaube, das Blut unseres Herzogs war so schwarz wie seine Seele.

Erster Bürger: Sei vorsichtig, Nachbar Antonio, der Offizier schaut zu dir hinüber.

Zweiter Bürger: Es macht nichts, wenn er nur zu mir hinüberschaut. Mit den Augenwimpern kann er mich nicht auspeitschen.

Dritter Bürger: Was haltet ihr von diesem jungen Mann, der ein Messer in den Herzog gesteckt hat?

Zweiter Bürger: Nun, er ist ein wohlerzogener, wohlwollender und gutaussehender junger Mann, und dennoch schlecht, weil er den Herzog getötet hat.

Dritter Bürger: Es war das erste Mal, daß er so etwas getan hat; vielleicht wird ihm das Gesetz nicht so hart mitspielen, weil er vorher noch nie so etwas begangen hat.

Zweiter Bürger: Wie wahr!

Gerichtsdiener: Ruhe, Bube.

Zweiter Bürger: Bin ich eine Karte bei Eurem Spiel, Meister Gerichtsdiener, daß Ihr mich Bube nennt?

Erster Bürger: Da kommt jemand vom Haushalt. Nun, verehrte Frau Lucy, Ihr gehört zum Hof, wie geht es Eurer armen Herrin, der Herzogin, mit ihrem süßen Gesicht?

Frau Lucy: Oh, guten Tag! Oh, elender Tag! O Tag! O Elend! Es ist erst neunzehn Jahre letzten Juni, zu Michaeli, daß ich meinen Mann geheiratet habe, und nun ist es August, und hier ist der Herzog, ermordet. Das nenne ich Zufall!

Zweiter Bürger: Nun, wenn es ein Zufall ist, dann bringen sie den jungen Mann vielleicht nicht um – es gibt kein Gesetz gegen Zufälle.

Erster Bürger: Aber wie geht es der Herzogin?

Frau Lucy: Nun, ich wußte doch, daß dem Haus etwas Böses zustoßen würde – vor sechs Wochen sind alle Kuchen auf einer Seite angebrannt, und am Abend von Sankt Martin flog eine große Motte mit Flügeln in die Kerze und hat mich fast erschreckt.

Erster Bürger: Aber nun sagt schon, gute Klatschbase – die Herzogin, was ist mit ihr?

Frau Lucy: Ja wirklich, es ist an der Zeit, daß Ihr Euch nach ihr erkundigt, die arme Dame. Sie ist fast untröstlich. Ja, sie hat nicht geschlafen, sondern ist die ganze Nacht über im Zimmer hin und her gegangen. Ich flehte sie an, einen Schlaftrunk zu nehmen oder etwas *aqua vitae*, zu Bett zu gehen und um ihrer Gesundheit willen etwas zu schlafen, doch sie antwortete mir, sie habe Angst zu träumen. Das war doch eine seltsame Antwort, oder?

ZWEITER BÜRGER: Diese vornehmen Leute haben nicht viel Verstand, darum macht die Vorsehung es ihnen mit feinen Kleidern wett.

FRAU LUCY: Nun, Gott möge Mord von uns fernhalten, sage ich, solange wir leben.

Lord Moranzone kommt eilig herein.

MORANZONE: Ist der Herzog tot?

ZWEITER BÜRGER: Er hat ein Messer im Herzen, was, wie man sagt, nicht gut für die Gesundheit sein soll.

MORANZONE: Wer wird angeklagt, ihn getötet zu haben?

ZWEITER BÜRGER: Nun, der Gefangene, Herr.

MORANZONE: Ja, aber wer ist der Gefangene?

ZWEITER BÜRGER: Nun, derjenige, der des Mordes am Herzog angeklagt ist.

MORANZONE: Ich meine, was ist sein Name?

ZWEITER BÜRGER: Ja, derselbe, den seine Paten ihm gegeben haben – was sollte es auch sonst sein?

GERICHTSDIENER: Sein Name lautet Guido Ferranti, mein Herr.

MORANZONE: Ich wußte beinahe, was du antworten würdest, bevor du es tatest.

Zur Seite.

Und doch ist es seltsam, daß er den Herzog getötet haben soll,
Wo er mich in einer so entgegengesetzten Stimmung verließ.
Es ist höchstwahrscheinlich, als er den Mann sah,
Diesen Teufel, der das Leben seines Vaters verkaufte,
Daß die Leidenschaft all seine jungenhaften Theorien der Liebe
Von ihrem Platz in seinem Herzen stieß und
Rache an ihre Stelle setzte. Doch ich wundere mich,
Daß er nicht entkam.

Wendet sich wieder zur Menge.

Wie wurde er ergriffen? Sagt es mir.

DRITTER BÜRGER: Na, an den Hacken wurde er ergriffen, Herr.

MORANZONE: Doch wer hat ihn ergriffen?

DRITTER BÜRGER: Nun, die, die ihn zu fassen bekamen.

MORANZONE: Wie wurde der Alarm geschlagen?

DRITTER BÜRGER: Das kann ich Euch nicht sagen, Herr.

FRAU LUCY: Es war die Herzogin selbst, die auf ihn deutete.

MORANZONE *(zur Seite):* Die Herzogin! Da ist etwas Seltsames im Gange.

FRAU LUCY: Ja! Und der Dolch war in seiner Hand – der eigene Dolch der Herzogin.

MORANZONE: Was hast du gesagt?

FRAU LUCY: Nun, fürwahr, daß der Herzog mit dem eigenen Dolch der Herzogin getötet wurde.

MORANZONE *(zur Seite):* Bei dieser Sache gibt es ein Geheimnis – ich verstehe es nicht.

ZWEITER BÜRGER: Das wird noch dauern, bis sie kommen.

ERSTER BÜRGER: Ich glaube, für den Gefangenen werden sie noch früh genug kommen!

GERICHTSDIENER: Ruhe im Gericht!

ERSTER BÜRGER: Ihr selber stört die Ruhe, indem Ihr uns befehlt, sie zu halten, Meister Gerichtsdiener.

Der Oberste Richter und die anderen Richter kommen herein.

ZWEITER BÜRGER: Wer ist der in Scharlachrot? Ist er der Scharfrichter?

DRITTER BÜRGER: Nein, er ist der Oberste Richter.

Guido kommt unter Bewachung herein.

ZWEITER BÜRGER: Das muß sicher der Gefangene sein.

DRITTER BÜRGER: Er sieht ehrlich aus.

ERSTER BÜRGER: Das wird sein Vergehen sein – heutzutage sehen Schurken so ehrlich aus, daß ehrliche Leute gezwungen sind, wie Schurken auszusehen, um sich zu unterscheiden.

Der Scharfrichter tritt ein und stellt sich hinter Guido.

ZWEITER BÜRGER: Das da muß dann der Scharfrichter sein! Oh, Gott! Ist das Beil scharf, was meinst du?

ERSTER BÜRGER: Ja, schärfer als dein Verstand! Doch die Schneide ist nicht auf ihn gerichtet, siehst du?

ZWEITER BÜRGER: Ich glaube, es gefällt mir nicht, daß sie so nahe ist.

ERSTER BÜRGER: Psst! Du brauchst keine Angst zu haben – sie köpfen gewöhnliche Leuten nicht – uns hängt man nur.

Draußen erklingen Trompeten.

DRITTER BÜRGER: Was sollen die Trompeten? Ist der Prozeß vorüber?

ERSTER BÜRGER: Nein, die sind für die Herzogin.

Die Herzogin kommt in schwarzen Samt gekleidet herein. Ihre Schleppe aus geblümtem schwarzem Samt wird von zwei Pagen in Lila getragen. Bei ihr ist der Kardinal in Rot und die Höflinge in Schwarz. Sie setzt sich auf den Thron oberhalb der Richter, die sich erheben und ihre Kappen abnehmen, als sie eintritt. Der Kardinal sitzt neben ihr, etwas tiefer. Die Höflinge gruppieren sich um den Thron.

ZWEITER BÜRGER: Oh, die arme Dame, wie blaß sie ist! Wird sie da sitzen?

ERSTER BÜRGER: Jawohl, sie nimmt nun den Platz des Herzogs ein.

ZWEITER BÜRGER: Das ist gut für Padua. Die Herzogin ist eine freundliche und gnädige Herzogin. Ja, sie hat einst mein Kind von seiner Krankheit geheilt.

DRITTER BÜRGER: Ja, und uns Brot gegeben – vergeßt das Brot nicht.

EIN SOLDAT: Tretet zurück, ihr guten Leute.

ZWEITER BÜRGER: Wenn wir gut sind, warum sollen wir dann zurücktreten?

GERICHTSDIENER: Ruhe im Gericht!

OBERSTER RICHTER: Wenn es Euer Gnaden gefällt,
Ist es Euer Wille, daß wir mit dem Prozeß
Wegen des Mordes am Herzog beginnen?
Die Herzogin neigt den Kopf.
Bringt den Gefangenen vor.
Wie lautet dein Name?

GUIDO: Das spielt keine Rolle, mein Herr.

OBERSTER RICHTER: In Padua ist dein Name Guido Ferranti.

GUIDO: Ein Mann kann so gut unter diesem Namen sterben wie unter jedem anderen.

OBERSTER RICHTER: Du weißt wohl,
Welche furchtbaren Anklagen hier gegen dich erhoben werden,
Nämlich der verräterische Mord an deinem Herrn,
Simone Gesso, dem Herzog von Padua.
Was hast du dazu zu sagen?

GUIDO: Ich habe nichts zu sagen.

OBERSTER RICHTER: Bekennst du dich dann schuldig im Sinne der Anklage?

GUIDO: Ich bekenne nichts, und dennoch leugne ich nichts.
Ich bitte Euch, Euer Ehren, faßt Euch so kurz,
Wie es der Brauch des Gerichts und die Gesetze erlauben.
Ich werde nichts sagen.

OBERSTER RICHTER: Nun, dann kann es nicht sein,
Daß du an diesem Mord unschuldig bist.
Eher hat dein steinernes eigensinniges Herz
Seine Pforten vor der Stimme der Gerechtigkeit verschlossen.
Glaube nicht, daß dein Schweigen dir irgendwie helfen wird,
Es wird deine verzweifelte Schuld eher noch größer machen,
Derer wir in der Tat überaus sicher sind.
Ich fordere dich erneut auf zu reden.

GUIDO: Ich werde nichts sagen.

OBERSTER RICHTER: Dann bleibt mir nichts anderes, als das Urteil
Eines schnellen Todes über dich zu verhängen.

GUIDO: Ich bitte Euch, tut Euer Urteil schnell kund.
Ihr könntet mir keinen größeren Gefallen tun.

OBERSTER RICHTER *(erhebt sich)*: Guido Ferranti …

MORANZONE *(tritt aus der Menge):* Wartet, Euer Ehren.
OBERSTER RICHTER: Wer seid Ihr, daß Ihr die Gerechtigkeit zu warten auffordert, mein Herr?
MORANZONE: Wenn es denn Gerechtigkeit ist, soll sie ihren Lauf nehmen.
Doch wenn es nicht Gerechtigkeit ist …
OBERSTER RICHTER: Wer ist das?
GRAF BARDI: Ein sehr adliger Herr und dem verstorbenen Herzog
Gut bekannt.
OBERSTER RICHTER: Herr, Ihr seid rechtzeitig gekommen,
Um den Mord am Herzog gerächt zu sehen.
Da steht der Mann, der diese verbrecherische Tat beging.
MORANZONE: Wird er nur blind verdächtigt,
Oder habt Ihr einen Beweis, daß er die Tat beging?
OBERSTER RICHTER: Dreimal hat das Gericht ihn aufgefordert zu reden.
Doch sicherlich wiegt die Schuld schwer auf der Zunge,
Denn er sagt nichts zu seiner Verteidigung und versucht auch nicht,
Sich von dieser äußerst furchtbaren Anschuldigung freizusprechen,
Was ein Unschuldiger sicher tun würde.
MORANZONE: Mein Herr,
Ich frage erneut, welchen Beweis habt Ihr?
OBERSTER RICHTER *(hält den Dolch hoch):* Diesen Dolch,
Den letzte Nacht die Soldaten aus seiner blutbefleckten Hand,
Selbst ganz blutig, nahmen – wieviel mehr an Beweisen
Brauchen wir noch?
MORANZONE *(nimmt den Dolch und geht zur Herzogin):*
Habe ich nicht gestern noch
Einen solchen Dolch am Gürtel Ihrer Gnaden hängen sehen?
Die Herzogin erbebt und gibt keine Antwort.
Ah! Euer Ehren, darf ich einen Augenblick mit
Diesem jungen Mann reden, der sich in solcher Gefahr befindet?
OBERSTER RICHTER: Ja, natürlich, mein Herr, und möget Ihr ihn dazu bringen,
Ein volles Geständnis seiner Schuld abzulegen!
Lord Moranzone geht zu Guido hinüber, der rechts steht, und ergreift seine Hand.
MORANZONE *(leise):* Sie hat es getan! Ja, ich sah es in ihren Augen.
Junge, glaubst du wirklich, ich ließe deines Vaters Sohn
Von dieser Frau hinschlachten?
Ihr Mann verkaufte deinen Vater, und die Frau
Will nun den Sohn verkaufen.
GUIDO: Herr Moranzone,
Ich allein beging die Tat. Seid zufrieden,
Mein Vater ist gerächt.
MORANZONE: Genug, genug,
Ich weiß, du hast ihn nicht getötet. Wenn du es gewesen wärest,
Dann wäre die Tat mit dem Dolch deines Vaters, nicht mit dem Spielzeug
Dieser Frau begangen worden – sie nur, wie sie zu uns hinüberstarrt!
Beim Himmel, ich will ihr diese Marmormaske abreißen
Und sie vor allen dieses Mordes beschuldigen.
GUIDO: Das sollt Ihr nicht tun.
MORANZONE: Nein, sei versichert, ich werde es tun.
GUIDO: Herr, Ihr dürft es nicht riskieren zu sprechen.
MORANZONE: Warum nicht?
Wenn sie unschuldig ist, kann sie es beweisen;
Wenn sie schuldig ist, laß sie sterben.
GUIDO: Was soll ich tun?
MORANZONE: Entweder du erzählst die Wahrheit vor dem Gericht, oder ich tue es.
GUIDO: Die Wahrheit ist, daß ich es tat.

MORANZONE: Das ist es, was du sagst?
Nun, sehen wir, was die gute Herzogin zu sagen hat.
GUIDO: Nein, nein, ich werde es erzählen.
MORANZONE: Das ist gut, Guido.
Ihre Sünden sollen über sie kommen und nicht über dich.
Hat sie dich nicht der Garde ausgeliefert?
GUIDO: Das hat sie getan.
MORANZONE: Dann räche den Tod deines Vaters an ihr –
Sie war das Weib des Judas.
GUIDO: Ja, das war sie.
MORANZONE: Ich glaube, jetzt brauchst du keine Ermunterung mehr, es zu tun,
Obwohl du letzte Nacht schwach und wie ein kleiner Junge warst.
GUIDO: Schwach wie ein kleiner Junge – war ich das tatsächlich gestern nacht?
Seid versichert, heute werde ich das nicht sein.
OBERSTER RICHTER: Gesteht er?
GUIDO: Euer Ehren, ich gestehe.
Daß gemeiner, unnatürlicher Mord begangen wurde.
ERSTER BÜRGER: Ja, schau dir das an – er besitzt ein mitleidiges Herz und mag Mord nicht. Dafür lassen sie ihn laufen.
OBERSTER RICHTER: Ist das alles, was du zu sagen hast?
GUIDO: Euer Ehren, ich will noch sagen,
Daß es eine Todsünde ist, menschliches Blut zu vergießen.
ZWEITER BÜRGER: Fürwahr, das sollte er dem Scharfrichter erzählen –
Das ist eine gute Überzeugung.
GUIDO: Und schließlich, Euer Ehren, flehe ich das Gericht an,
Mir zu erlauben, ungehindert das schreckliche
Geheimnis zu offenbaren, das hinter diesem Rätsel liegt,
Und die schuldige Person aufzuzeigen,
Die mit diesem Dolch gestern nacht den Herzog mordete.
OBERSTER RICHTER: Du kannst sprechen.
HERZOGIN *(erhebt sich)*: Ich sage, er soll nicht sprechen –
Welche weiteren Beweise brauchen wir?
Wurde er nicht gestern Nacht im Haus ergriffen,
In der blutigen Livree der Schuld?
OBERSTER RICHTER *(zeigt ihr das Gesetz)*: Ihre Gnaden kann
Das Gesetz selbst sehen.
HERZOGIN *(winkt das Buch beiseite)*: Denkt doch, Euer Ehren,
Ist es nicht höchst wahrscheinlich, daß eine solche Person
Vor all diesen Leuten hier irgendeine Verleumdung
Gegen meinen Herrn verbreiten wird,
Gegen die Stadt oder die Ehre der Stadt,
Vielleicht sogar gegen mich selbst.
OBERSTER RICHTER: Das Gesetz, Herrin.
HERZOGIN: Wir sind nicht durch das Gesetz gebunden,
Sondern wir binden andere durch das Gesetz.
MORANZONE: Euer Ehren,
Ihr dürft nicht diese Ungerechtigkeit zulassen.
OBERSTER RICHTER: Das Gericht braucht Eure Stimme nicht, Herr Moranzone.
Madame, es wäre ein äußerst furchtbarer Präzedenzfall,
Das Gesetz von seinem vorgeschriebenen Kurs abzubringen,
Denn auch wenn der Grund gut ist, kann dennoch Anarchie
Durch diese Freiheit diese goldene Waage berühren,
Und ungerechte Sachen können ungerechte Siege erringen.
GRAF BARDI: Ich glaube nicht, daß Eure Gnaden das Gesetz aufhalten können.
HERZOGIN: Ja, es ist leicht, vom Gesetz zu predigen und zu schwätzen –

Ich glaube, meine hochmütigen Herren von Padua,
Wenn Ihr in Eurer Tasche oder Eurem Besitz verletzt werdet,
Nur so viel, daß Eure monströsen Einkünfte um
Weniger als den Wert eines Fährzolls gesenkt werden,
Dann wartet Ihr nicht auf das Zögern des zaudernden Gesetzes
Mit einer so süßen Geduld, wie Ihr sie jetzt mir ratet.

GRAF BARDI: Madame, ich glaube, Ihr tut Euren Edlen hier Unrecht.

HERZOGIN: Ich meine, ich tue ihnen kein Unrecht. Wer von Euch allen,
Wenn er einen Dieb des Nachts in seinem Haus findet,
Der irgendein armseliges Besitztum in seine Lumpen gesteckt hat,
Wird einhalten und sich mit ihm unterhalten? Übergebt Ihr ihn nicht
Dem Offizier, damit er stracks am Seil
Zum Gefängnis geführt wird? Und ebenso hier,
Wenn Ihr Männer gewesen wärt und diesen Burschen gefunden hättet,
Das Leben meines Herrn noch warm an seinen Händen,
Ihr hättet ihn in den Hof hinausgeschleppt
Und seinen Kopf mit dem Beil abgeschlagen.

GUIDO: O Gott!

HERZOGIN: Sprecht, Euer Ehren.

OBERSTER RICHTER: Euer Gnaden, es kann nicht sein –
Die Gesetze Paduas lassen keinen Zweifel zu.
Und nach diesen Gesetzen darf selbst der gemeine Mörder
Mit seinen eigenen Lippen plädieren und sich verteidigen.

HERZOGIN: Haltet ein wenig ein mit der Gerechtigkeit.
Dies ist kein gemeiner Mörder, Euer Ehren,
Sondern ein großer Verbrecher und ein höchst abscheulicher Verräter,
Der auf frischer Tat bei einem Verbrechen gegen den Staat ertappt wurde.
Denn derjenige, der den Mann erschlägt, der einen Staat regiert,
Mordet auch den Staat, macht jede Ehefrau zur Witwe
Und jedes Kind zur Waise und wird
Nicht weniger als Staatsfeind angesehen,
Als wenn er mit mächtigen Geschützen
Und all den Lanzen Venedigs in seinem Rücken käme,
Um unsere Stadttore zu bestürmen und zu belagern –
Nein, er ist gefährlicher für unser Reich
Als glänzende Lanzen und donnernde Geschütze,
Denn Mauern und Tore, Bastionen und Befestigungen und Dinge,
Deren Hauptbestandteile Holz und Stein sind,
Können wieder aufgerichtet werden, doch wer kann
Den gefallenen Körper meines ermordeten Herrn wieder aufrichten
Und ihn zum Leben und Lachen bringen?

MAFFIO: Beim heiligen Paul,
Ich glaube nicht, daß sie ihn nun sprechen lassen.

JEPPO VITELLOZZO: Es liegt viel in diesen Worten, hör nur.

HERZOGIN: Und deshalb streut
Nun Asche auf das Haupt von Padua,
Verhängt jede stille Straße mit schwarzen Bannern,
Laßt jeden Mann düsteres Schwarz anlegen –
Doch bevor wir uns diesen traurigen Trauerritualen zuwenden,
Wollen wir an die verzweifelte Hand denken,
Die für dieses Unglück unseres Staates verantwortlich ist,
Und ihn geradewegs in jenes schmale Haus bringen,
Wo es keine Stimmen gibt, doch wo der Tod
Die lügnerischen Münder der Menschen mit Staub füllt

GUIDO: Laßt mich los, Knechte! Ich sage Euch, Euer Ehren,

Ihr könntet ebenso dem ungebändigten Ozean,
Dem winterlichen Wirbelwind oder dem Alpensturm befehlen,
Nicht ihren Willen hinauszubrüllen, wie mir zu befehlen, ruhig zu sein!
Ja! Auch wenn Ihr Eure Messer in meine Kehle jagt,
Wird jede düstere und klaffende Wunde eine Zunge finden
Und gegen Euch anschreien.

OBERSTER RICHTER: Herr, dieser Ungestüm
Nützt Euch gar nichts. Denn wenn das Gericht Euch
Nicht das gesetzmäßige Recht gibt, offen zu sprechen,
Dann kann nichts, was Ihr sagt, anerkannt werden.
Die Herzogin lächelt, und Guido fällt mit einer Geste der Verzweiflung zurück.
Madame, ich selbst und diese weisen Richter
Werden uns nun mit Eurer Gnaden Erlaubnis in einen
Anderen Raum zurückziehen, um einen Entschluß zu fassen
Und das Gesetz und die Präzedenzfälle zu studieren.

HERZOGIN: Geht, Euer Ehren, prüft das Gesetz gut,
Und laßt diesem wilden Verräter nicht seinen Willen.

MORANZONE: Geht, Euer Ehren, und prüft Euer Gewissen gut,
Und laßt einen Mann nicht ungehört in seinen Tod gehen.
Der Oberste Richter und die anderen Richter gehen hinaus.

HERZOGIN: Schweigt still, Ihr böser Geist meines Lebens!
Ihr kommt ein zweites Mal zwischen uns.
Doch diesmal, mein Herr, glaube ich, ich bin an der Reihe.

GUIDO: Ich will nicht sterben, bevor ich gesprochen habe.

HERZOGIN: Du wirst schweigend sterben, und dein Geheimnis mit dir.

GUIDO: Bist du wirklich Beatrice, Herzogin von Padua?

HERZOGIN: Ich bin, was du aus mir gemacht hast. Schau mich gut an,
Ich bin dein Werk.

MAFFIO: Schaut nur, sieht sie nicht aus
Wie jene weiße Tigerin, die wir in Venedig sahen,
Die von einem indischen Sultan an den Dogen geschickt wurde?

JEPPO: Schweig! Sie könnte dein Geschwätz hören.

SCHARFRICHTER: Junger Bursche,
Ich weiß gar nicht, warum du sprechen willst,
Wo mein Beil so nah an deinem Hals ist
Und kein Wort von dir seine Schneide stumpf machen kann.
Doch wenn du so darauf aus bist, warum
Flehst du dann nicht den Kleriker da an?
Die gewöhnlichen Leute hier sagen, er sei gütig,
Ich weiß selbst, daß er eine gütige Seele hat.

GUIDO: Dieser Mann, dessen Geschäft der Tod ist, besitzt mehr
Liebenswürdigkeit als die anderen.

SCHARFRICHTER: Nun, Gott schütze Euch, Herr!
Ich werde Euch den letzten Dienst auf dieser Erde erweisen.

GUIDO: Guter Kardinal, soll ein Mann
In einem christlichen Land, wenn das gnadenvolle Antlitz
Unseres Herrn Jesus Christus vom hohen Sitz des
Gerichts herabschaut, unerlöst und ohne Beichte sterben? Wenn nicht,
Soll ich dann nicht diese furchtbare Geschichte der Sünde erzählen,
Wenn eine Sünde auf meiner Seele liegt?

HERZOGIN: Du verschwendest nur Zeit.

KARDINAL: Ach, mein Sohn,
Ich habe keine Macht über den weltlichen Bereich.
Meine Aufgabe beginnt, wenn die Gerechtigkeit ihren Lauf nimmt,
Um den schwankenden Sünder dazu zu bringen, zu bereuen

Und dem Ohr der heiligen Kirche die furchtbaren
Geheimnisse eines sündigen Geistes zu beichten.
HERZOGIN: Du kannst im Beichtstuhl so lange
Reden, bis deine Lippen ihrer Geschichte müde werden,
Doch hier sollst du nicht sprechen.
GUIDO: Hochwürdiger Vater,
Ihr gebt mir nur schwachen Trost.
KARDINAL: Nein, mein Sohn,
Denn die große Macht unserer Mutter Kirche
Endet nicht bei dieser armseligen Blase von Welt,
Deren Staub wir sind, wie Jeremias sagt.
Denn wenn der Sünder reuig stirbt,
Dann tragen unsere Gebete und heiligen Messen viel dazu bei,
Seine schuldige Seele aus dem Fegefeuer zu befreien!
HERZOGIN: Und wenn du im Fegefeuer meinen Herrn triffst,
Mit jenem roten Stern aus Blut auf seinem Herzen,
Dann sag ihm, daß ich dich geschickt habe.
GUIDO: Oh, lieber Gott!
MORANZONE: Das ist also die Frau, die du liebtest?
KARDINAL: Euer Gnaden sind sehr grausam zu diesem Mann.
HERZOGIN: Nicht grausamer, als er es zu Euer Gnaden war.
KARDINAL: Ja! Er erschlug Euren Gatten.
HERZOGIN: Ja! Das tat er.
KARDINAL: Dennoch ist Gnade das Vorrecht von Prinzen.
HERZOGIN: Ich habe keine Gnade, und ich gebe keine.
Er hat mein Herz in ein Herz aus Stein verwandelt,
Er hat stinkende Nesseln auf einem fruchtbaren Feld gesät,
Er hat die Brunnen des Mitleids in meiner Brust vergiftet,
Er hat alle Güte an ihrer Wurzel zum Verdorren gebracht.
Mein Leben ist wie ein vor Hunger gestorbenes Land,
In dem alle guten Dinge völlig vernichtet sind.
Ich bin, was er aus mir gemacht hat.
Die Herzogin weint.
JEPPO: Ist es nicht seltsam,
Daß sie den bösen Herzog so geliebt haben soll?
MAFFIO: Es ist höchst seltsam, wenn Frauen ihre Herren lieben,
Und es ist höchst seltsam, wenn sie sie nicht lieben.
JEPPO: Was für ein Philosoph du bist, Petrucci!
MAFFIO: Ja! Ich kann die Bosheiten anderer Menschen ertragen –
Das ist Philosophie.
HERZOGIN: Sie brauchen lange,
Die Graubärte und ihr Rat – sagt ihnen, sie sollen herauskommen.
Bittet sie, schnell zu kommen, denn sonst glaube ich,
Wird mein Herz klopfen, bis es zerspringt – nicht etwa, daß ich hier leben wollte!
Gott weiß, mein Leben
Ist nicht so voll von Freude, und trotz allem
Will ich nicht ohne Gefährten sterben
Oder allein zur Hölle fahren.
Schaut, Kardinal,
Könnt Ihr nicht auf meiner Stirn hier
In scharlachroten Buchstaben das Wort Rache geschrieben sehen?
Bringt mir Wasser, ich will es abwaschen.
Gestern nacht wurde es dort aufgebrannt, doch am Tage
Muß ich es nicht tragen, oder, Kardinal?
Oh, wie es in meinem Gehirn sengt und brennt –

Gebt mir ein Messer. Nicht das, ein anderes,
Damit ich es herausschneiden kann.

KARDINAL: Es ist ganz natürlich,
Der mörderischen Hand zu zürnen,
Die verräterisch Euren schlafenden Herrn erdolchte.

HERZOGIN: Ich wollte, alter Kardinal, ich könnte diese Hand verbrennen.
Doch sie wird von nun an brennen.

KARDINAL: Nein, die Kirche trägt
Uns auf, unseren Feinden zu vergeben.

HERZOGIN: Vergebung? Was soll das sein? Ich habe sie nie erhalten.
Endlich kommen sie. Nun, Euer Ehren, nun.
Der Oberste Richter kommt herein.

OBERSTER RICHTER: Edle Dame und unsere souveräne Herrscherin,
Wir haben lange über den fraglichen Punkt gegrübelt
Und gründlich die Weisheit Eurer Gnaden bedacht –
Und niemals sprach die Weisheit mit schöneren Lippen …

HERZOGIN: Fahrt fort, Herr – ohne Komplimente.

OBERSTER RICHTER: Wir sind der Meinung,
Wie es Euer Gnaden zu Recht bemerkten,
Daß jeder Bürger, der mit Gewalt oder Tücke
Sich gegen die Person des Herrschers verschwört,
Ipso facto ein Verbrecher ist, der Rechte verlustig geht,
Die andere Bürger genießen,
Ein Verräter ist und ein Staatsfeind,
Der von jedem beliebigen Schwert erschlagen werden kann,
Ohne daß dessen Besitzer sich in Gefahr begibt. Ja, selbst wenn
Er vor Gericht gebracht wird,
Muß er mit schweigenden Lippen und in stiller Ehrfurcht
Seiner wohlverdienten Verdammung lauschen
Und besitzt nicht das Recht auf freie Rede.

HERZOGIN: Ich danke Euch von Herzen, Euer Ehren.
Mir gefällt Euer Gesetz – und nun bitte ich, sendet
Diesen Staatsfeind in sein gerechtes Verderben.
Denn ich bin erschöpft, und der Scharfrichter ist erschöpft.
Gibt es sonst noch etwas?

OBERSTER RICHTER: Ja, es gibt noch etwas, Euer Gnaden.
Dieser Mann ist im Ausland geboren und kein Mann von Padua
Und war dem Herzog auch keine Treue schuldig,
Bis auf solche, die als ungeschriebene anerkannt wird,
Und hat, obwohl er mehrfachen Verrats angeklagt ist,
Deren leichteste Strafe der Tod ist,
Dennoch das Recht auf freie Rede
Vor dem Volk und dem öffentlichen Gericht.
Ja, er muß sogar vom Gericht dringend aufgefordert werden,
Offiziell für sein Leben zu plädieren,
Damit nicht seine eigene Stadt zu Recht erzürnt
Unseren Staat mit einem ungerechten Prozeß überzieht
Und damit kein Krieg gegen unseren Staat erklärt wird –
Soviel Gnade gewähren die Gesetze Paduas
Dem Fremden, der in ihren Mauern lebt.

HERZOGIN: Er gehörte zum Haushalt meines Herrn. Ist er dennoch ein Fremder hier?

OBERSTER RICHTER: Ja. Er kann kein Bürger Paduas werden,
Wenn er nicht zuvor sieben Jahre im Dienst stand.

GUIDO: Ich danke Euch von Herzen, Euer Ehren.
Mir gefällt Euer Gesetz.

ZWEITER BÜRGER: Mir gefällt überhaupt kein Gesetz.
Wenn es kein Gesetz gäbe, gäbe es auch keine Gesetzesbrecher,
Und alle Menschen wären tugendhaft.
ERSTER BÜRGER: Das wären sie.
Das ist ein weiser Gedanke, der dich weit bringen wird.
GERICHTSDIENER: Ja! An den Galgen, Bursche.
HERZOGIN: Ist das das Gesetz?
OBERSTER RICHTER: Das ist mit Bestimmtheit das Gesetz, Herrin.
HERZOGIN: Zeigt mir das Buch – es ist blutrot geschrieben.
JEPPO: Schaut euch die Herzogin an.
HERZOGIN: Du verfluchtes Gesetz,
Ich wollte, ich könnte dich ebenso leicht aus dem Staat reißen,
Wie ich dich aus diesem Buch reißen kann.
Reißt die Seite heraus.
Kommt her, Graf Bardi. Seid Ihr ehrenhaft?
Macht mir in meinem Haus ein Pferd bereit,
Denn ich muß auf der Stelle nach Venedig reiten.
BARDI: Nach Venedig, Madame?
HERZOGIN: Kein Wort darüber zu irgendwem.
Geht, geht auf der Stelle.
Graf Bardi geht ab.
Einen Augenblick, Euer Ehren.
Wenn, wie Ihr sagt, dies das Gesetz ist –
Nein, ich zweifle nicht, daß Ihr Recht habt,
Wenn es auch in einem Fall wie diesem Unrecht ist –,
Kann ich nicht aufgrund meiner Stellung
Dieses Gericht auf einen anderen Tag vertagen?
OBERSTER RICHTER: Madame, Ihr könnt einen Mordprozeß nicht vertagen.
HERZOGIN: Dann will ich hier nicht darauf warten,
Daß dieser Mann mit grober Rede gegen unsere heilige Person wütet.
Außerdem habe ich eine Angelegenheit in meinem
Haus zu erledigen – kommt, meine Herren.
OBERSTER RICHTER: Herrin,
Ihr könnt das Gericht nicht verlassen, bis der Gefangene
Für dieses schreckliche Verbrechen frei- oder schuldig gesprochen ist.
HERZOGIN: Ich kann nicht, Euer Ehren? Mit welchem Recht
Verbarrikadiert Ihr meinen Weg und schreibt mir vor, wohin ich gehen kann?
Bin ich nicht die Herzogin von Padua
Und die Regentin des Staats?
OBERSTER RICHTER: Aus ebendiesem Grund, Madame,
Weil Ihr die Quelle von Leben und Tod seid,
Aus der wie ein mächtiger Strom die Gerechtigkeit fließt.
Ohne Eure Anwesenheit trocknet die Gerechtigkeit aus
Und erfüllt nicht mehr ihre Aufgabe – Ihr müßt hierbleiben.
HERZOGIN: Wie, Ihr wollt mich gegen meinen Willen hier festhalten?
OBERSTER RICHTER: Wir beten, daß Ihr Euch nicht gegen das Gesetz wendet.
HERZOGIN: Was, wenn ich mir meinen Weg aus diesem Gericht erzwinge?
OBERSTER RICHTER: Ihr könnt das Gericht nicht zwingen, Euch gehen zu lassen.
HERZOGIN: Ich werde nicht bleiben. *(Erhebt sich von ihrem Sitz.)*
OBERSTER RICHTER: Ist der Gerichtsdiener da?
Er soll vortreten. *(Der Gerichtsdiener tritt vor.)*
Ihr kennt Eure Aufgabe, Herr.
Der Gerichtsdiener schließt die Türen des Gerichts, die sich links befinden, und kniet nieder, als die Herzogin sich mit ihrem Gefolge nähert.
GERICHTSDIENER: Ich bitte Euer Gnaden in aller Demut,

Meine Pflicht nicht in eine Unhöflichkeit zu verwandeln
Und meine unwillkommene Aufgabe nicht zu einer Beleidigung zu machen.
Eben die Gesetze, die Eure Gnaden zur Regentin machen,
Befehlen mir, hier zu wachen. Herrin, wenn Ihr diese Gesetze brecht,
Brecht Ihr nur Eure eigene Stellung und nicht die meine.
HERZOGIN: Ist da kein ritterlicher Mann unter Euch allen,
Der diesen schwafelnden Kerl aus unserem Weg räumt?
MAFFIO *(zieht sein Schwert)*: Ja! Ich werde es tun.
OBERSTER RICHTER: Graf Maffio, seid vorsichtig,
Und Ihr auch, mein Herr. *(Zu Jeppo.)*
Der erste Mann, der sein Schwert gegen
Den geringsten Diener dieses Gerichts zieht,
Stirbt noch vor Anbruch der Nacht.
HERZOGIN: Meine Herren, steckt Eure Schwerter fort.
Es ist nur angemessen, daß ich diesem Mann zuhöre.
(Geht zurück zum Thron.)
MORANZONE: Nun hast du deine Feindin in der Hand.
OBERSTER RICHTER *(nimmt das Stundenglas)*: Guido Ferranti, solange der Sand
Durch dieses Stundenglas rinnt, habt Ihr Erlaubnis zu reden.
Nur so lange und nicht länger.
GUIDO: Das ist ausreichend, Herr.
OBERSTER RICHTER: Ihr steht am Abgrund des Todes.
Sorgt dafür, daß Ihr nichts als die Wahrheit sagt,
Nichts anderes wird Euch nützen.
GUIDO: Wenn ich nicht die Wahrheit sage,
Dann übergebt mich dem Scharfrichter dort.
OBERSTER RICHTER *(wendet das Stundenglas)*: Sorgt für Ruhe, solange der Gefangene spricht.
GERICHTSDIENER: Ruhe im Gericht.
GUIDO: Euer Ehren
Und ehrenwerte Richter dieses würdigen Gerichtshofs,
Ich weiß kaum, wo ich meine Erzählung beginnen soll,
So seltsam schrecklich ist die Geschichte.
Zunächst will ich Euch sagen, wer ich bin.
Ich bin der Sohn jenes guten Herzogs Lorenzo,
Der durch verfluchten Verrat zu Tode kam,
Den Verrat eines höchst abscheulichen Verbrechers, der jüngst
Der Herzog dieser guten Stadt Padua war.
OBERSTER RICHTER: Seid auf der Hut.
Es wird Euch nicht helfen, diesen Prinzen zu verhöhnen,
Der nun in seinem Sarg liegt.
MAFFIO: Beim heiligen Jakob,
Das ist der rechtmäßige Erbe des Herzogs von Parma.
JEPPO: Ich war schon immer der Meinung, daß er von edler Abstammung war.
GUIDO: Ich gestehe,
Daß ich mich mit dem Vorsatz einer gerechten Rache,
Einer höchst gerechten Rache am Blut eines Mannes,
Dem Haushalt des Herzogs anschloß, seinem Willen diente,
An seinem Tisch saß, seinen Wein trank und sein
Vertrauter war. Soviel will ich gestehen.
Und außerdem noch, daß ich wartete, bis er mir
Schließlich die größten Geheimnisse seines Lebens
Anvertraute, bis er um mich herumscharwenzelte
Und mir mit jeder Privatangelegenheit vertraute,
So wie ihm auch mein edler Vater vertraut hat.
Darauf habe ich gewartet. *(Zum Scharfrichter.)*

Du Mann des Blutes!
Wende dein Beil nicht vor der Zeit gegen mich.
Wer weiß, ob es an der Zeit für mich ist zu sterben?
Gibt es denn keinen anderen Hals im Gericht als meinen?
OBERSTER RICHTER: Der Sand des Stundenglases verrinnt stetig.
Kommt rasch zum Mord am Herzog.
GUIDO: Ich werde mich kurz fassen. Gestern nacht um zwölf Uhr
Kletterte ich an einem starken Seil in den Palast,
Mit der Absicht, den Mord an meinem Vater zu rächen –
Ja! Ich gestehe, mit dieser Absicht, mein Herr.
Soviel will ich zugeben, und auch dies:
Als ich auf geräuschlosen Füßen die Treppe emporstieg,
Die zur Kammer des Herzogs führte,
Und meine Hand nach dem scharlachroten Vorhang ausstreckte,
Der sich vor der zugigen Tür bauschte und bebte,
Da überflutete der weiße Mond, der am großen Himmel schwebt,
Den verdunkelten Raum mit silbrigem Licht,
Die Nacht steckte ihre Kerzen für mich an, und ich sah
Den Mann, den ich haßte, wie er im Schlaf Verwünschungen murmelte.
Und ich dachte an den überaus geliebten Vater, ermordet,
An den Galgen verkauft, an den Block verschachert,
Und ich stieß dem verräterischen Verbrecher ebendiesen
Dolch ins Herz, den ich zufällig
Im Zimmer fand.
HERZOGIN *(erhebt sich von ihrem Sitz):* Oh!
GUIDO *(in Eile):* Ich tötete den Herzog.
Nun, Euer Ehren, wenn ich um eine Gunst bitten darf,
Dann laßt nicht zu, daß ich erlebe, wie nur eine
Weitere Sonne das Elend dieser verabscheuungswürdigen Welt erhellt.
OBERSTER RICHTER: Die Gunst wird Euch gewährt, Ihr sollt heute abend sterben.
Führt ihn fort. Madame, kommt.
Guido wird abgeführt. Als er geht, streckt die Herzogin ihre Arme aus und stürzt die Bühne hinunter.
HERZOGIN: Guido! Guido! *(Fällt in Ohnmacht.)*
Alles steht still.

Ende des vierten Akts

FÜNFTER AKT

SZENE: *Ein Verlies im Staatsgefängnis von Padua; Guido liegt schlafend auf einer Pritsche (links); links steht ein Tisch mit einem Kelch darauf; fünf Soldaten trinken und würfeln in der Ecke an einem Steintisch; einer hat eine Laterne an seine Hellebarde gehängt; an der Wand über Guidos Kopf steckt eine Fackel. Zwei vergitterte Fenster im Hintergrund, zu beiden Seiten der Tür, die in der Mitte ist, führen auf einen Gang hinaus; die Bühne ist recht dunkel.*

ERSTER SOLDAT *(würfelt):* Wieder eine Sechs! Guter Pietro.
ZWEITER SOLDAT: Ich denke, Leutnant, ich werde nicht mehr mit Euch spielen. Ich würde alles verlieren.
DRITTER SOLDAT: Außer deinem Verstand; wenigstens darin bist du sicher!
ZWEITER SOLDAT: Jaja, den kann er mir nicht nehmen.
DRITTER SOLDAT: Nein, denn du hast ja keinen, den er dir abnehmen könnte.
DIE SOLDATEN *(lauthals):* Ha ha ha!
ERSTER SOLDAT: Ruhe! Ihr weckt den Gefangenen, er schläft.

ZWEITER SOLDAT: Was macht das schon? Er bekommt noch genug Schlaf, wenn er erst mal beerdigt ist. Ich wette, er wäre noch froh, wenn wir ihn wecken könnten, wenn er erst mal im Grab liegt.

DRITTER SOLDAT: Nein! Denn wenn er dort aufwacht, ist der Tag des Jüngsten Gerichts gekommen.

ZWEITER SOLDAT: Ja. Und er hat eine schlimme Sache begangen, denn einen von uns, die wir nur Fleisch und Blut sind, zu töten, ist eine Sünde. Doch einen Herzog zu töten, ist beinahe schon gegen das Gesetz.

ERSTER SOLDAT: Nun, er war ein schlechter Herzog.

ZWEITER SOLDAT: Und darum sollte er ihn nicht angerührt haben. Wenn man sich mit schlechten Menschen anlegt, bekommt man wahrscheinlich etwas von ihrer Schlechtigkeit ab.

DRITTER SOLDAT: Ja, das ist wahr. Wie alt ist der Gefangene?

ZWEITER SOLDAT: Alt genug, Unrecht zu tun, und noch nicht alt genug, um weise zu sein.

ERSTER SOLDAT: Nun, dann kann er jedes Alter haben.

ZWEITER SOLDAT: Man sagt, die Herzogin wollte ihn begnadigen.

ERSTER SOLDAT: Ist das wahr?

ZWEITER SOLDAT: Ja, und sie hat den Obersten Richter sehr angefleht, doch er wollte es nicht zulassen.

ERSTER SOLDAT: Ich hatte angenommen, Pietro, daß die Herzogin omnipotent sei.

ZWEITER SOLDAT: Ja, sie ist schon sehr schön; ich kenne keine Schönere.

DIE SOLDATEN: Ha ha ha!

ERSTER SOLDAT: Ich meinte damit, ich dachte, die Herzogin könnte alles tun.

ZWEITER SOLDAT: Nein, denn nun gehört er den Richtern, und sie werden dafür sorgen, daß Gerechtigkeit geübt wird – sie und der dicke Hugo, der Scharfrichter. Doch wenn sein Kopf ab ist, dann kann die Herzogin ihn begnadigen, wenn sie will. Dagegen gibt es kein Gesetz.

ERSTER SOLDAT: Ich glaube ja nicht, daß der dicke Hugo, wie du ihn nennst, die Sache für ihn erledigen wird. Dieser Guido ist von vornehmer Geburt und kann daher nach dem Gesetz Gift nehmen, wenn ihm der Sinn danach steht.

DRITTER SOLDAT: Nun, ich halte die Einnahme von Gift für Unsinn.

ZWEITER SOLDAT: Was für ein Gift ist das?

ERSTER SOLDAT: Es ist ein Trank, wie Wasser, nur nicht so gesund. Wenn du möchtest, kannst du es kosten, da in dem Kelch ist es.

ZWEITER SOLDAT: Bei Jakob, wenn es nicht gesund ist, will ich nichts davon haben!

DRITTER SOLDAT: Und wenn er es nicht trinkt?

ERSTER SOLDAT: Nun, dann bringen sie ihn um.

DRITTER SOLDAT: Und wenn er es trinkt?

ERSTER SOLDAT: Nun, dann stirbt er.

ZWEITER SOLDAT: Da hat er eine schwere Wahl. Ich hoffe, er trifft eine kluge Entscheidung.

An der Tür klopft es.

ERSTER SOLDAT: Sieh nach, wer da ist.

Dritter Soldat geht hinüber und schaut durch das Fenster in der Tür.

DRITTER SOLDAT: Es ist eine Frau, Herr Leutnant.

ERSTER SOLDAT: Ist sie hübsch?

DRITTER SOLDAT: Kann ich nicht sagen. Sie ist maskiert, Herr Leutnant.

ERSTER SOLDAT: Es sind nur die sehr häßlichen oder die sehr schönen Frauen, die jemals ihr Gesicht verstecken. Laß sie herein.

Soldat öffnet die Tür, und die Herzogin, maskiert und verhüllt, tritt ein.

HERZOGIN *(zum Dritten Soldaten):* Seid Ihr der Offizier der Wache?

ERSTER SOLDAT *(tritt vor):* Das bin ich, meine Dame.

HERZOGIN: Ich muß den Gefangenen allein sprechen.

ERSTER SOLDAT: Ich fürchte, das ist unmöglich. *(Die Herzogin reicht ihm einen Ring. Er schaut ihn an, gibt ihn ihr mit einer Verbeugung zurück und gibt den Soldaten ein Zeichen.)* Wartet draußen.

Die Soldaten gehen hinaus.

HERZOGIN: Herr Offizier, Eure Männer sind recht ungehobelt.

ERSTER SOLDAT: Sie meinen es nicht böse.

HERZOGIN: Ich werde in einigen Minuten wieder gehen. Wenn ich den Gang entlanggehe, müßt Ihr verhindern, daß sie versuchen, mir meine Maske abzunehmen.

ERSTER SOLDAT: Habt keine Angst, meine Dame.

HERZOGIN: Ich habe einen besonderen Grund, warum ich nicht will, daß jemand mein Gesicht sieht.

ERSTER SOLDAT: Meine Dame, mit diesem Ring könnt Ihr nach Belieben ein und aus gehen. Der Ring gehört der Herzogin selbst.

HERZOGIN: Verlaßt uns nun. *(Der Soldat wendet sich zum Gehen.)* Einen Augenblick, mein Herr. Auf welche Stunde ist ...

ERSTER SOLDAT: Wir haben Befehl, meine Dame, ihn um zwölf Uhr hinauszuführen. Doch ich möchte behaupten, daß er nicht auf uns warten wird. Eher wird er wohl von dem Gift da trinken. Männer fürchten sich vor dem Scharfrichter.

HERZOGIN: Das ist Gift?

ERSTER SOLDAT: Jawohl, meine Dame, und ein sicheres dazu.

HERZOGIN: Ihr könnt gehen, Herr Offizier.

ERSTER SOLDAT: Beim Zeus, was für ein hübsches Händchen! Ich frage mich, wer sie ist. Vielleicht eine Frau, die ihn liebte.

Geht hinaus.

HERZOGIN *(nimmt die Maske ab):* Endlich!
Nun kann er in diesem Umhang und in dieser Maske fliehen.
Wir sind fast gleich groß – sie werden ihn nicht erkennen.
Und was macht es schon, was mit mir geschieht?
Mich kümmert nur wenig, außer daß er mich nicht
Verfluchen möge, wenn er geht. Ich frage mich, ob er mich verfluchen wird.
Er hat das Recht dazu. Jetzt ist es elf Uhr.
Sie werden nicht vor zwölf kommen. Was sie wohl sagen werden,
Wenn sie merken, daß der Vogel ausgeflogen ist?
Geht zum Tisch hinüber.
Also das ist Gift.
Ist es nicht seltsam, daß in diesem Trank hier
Der Schlüssel zu allen Philosophien liegt?
Nimmt den Kelch auf.
Es riecht nach Mohn. Ich erinnere mich gut daran,
Als ich ein Kind war, in Sizilien,
Pflückte ich die scharlachroten Mohnblumen auf dem Feld
Und flocht einen kleinen Kranz. Und mein ernster Onkel,
Don John von Neapel, lachte – ich hatte nicht gewußt,
Daß sie die Macht hatten, die Quelle des Lebens aufzuhalten,
Den Puls dazu bringen können, mit dem Schlagen aufzuhören, und das Blut
In seinen eigenen Gefäßen kalt werden lassen konnten, bis Männer kommen
Und mit Haken den armen Körper herausziehen
Und in einen Graben werfen. Den Körper, ja –
Was ist mit der Seele? Die kommt in den Himmel oder die Hölle.
Wohin wohl meine gehen wird?
Nimmt die Fackel von der Wand und geht zum Bett.
Wie friedlich er hier schläft,
Wie ein kleiner Schuljunge, der vom Spielen müde ist.
Ich wollte, ich könnte so friedlich schlafen,
Doch ich habe Träume.
Beugt sich über ihn.
Armer Junge – was wäre, wenn ich ihn küßte?
Nein, nein, meine Lippen würden ihn wie Feuer brennen.
Er hat genug von der Liebe. Und doch soll dieser weiße Hals
Dem Scharfrichter entgehen – dafür habe ich gesorgt –

Er wird heute nacht aus Padua verschwinden,
Und das ist gut so. Ihr seid so klug, ihr Herren Richter,
Und doch seid ihr nicht halb so klug wie ich,
Und das ist gut so.
O Gott! Wie ich dich geliebt habe,
Und welch blutige Blüte die Liebe hervorbrachte!
Kommt zum Tisch zurück.
Was, wenn ich diesen Trank tränke und stürbe?
Wäre das nicht besser, als darauf zu warten, daß der Tod
Mit all seinen Dienern an mein Bett tritt,
Reue, Krankheit, Alter und Elend?
Ich frage mich, ob man sehr leidet – ich glaube,
Ich bin zu jung, um so zu sterben.
Doch so muß es geschehen. Warum, warum soll ich sterben?
Er wird heute nacht entkommen, und sein Blut wird
Nicht über mich kommen. Nein, ich muß sterben –
Ich habe mich schuldig gemacht, darum muß ich sterben.
Er liebt mich nicht, und darum muß ich sterben.
Ich würde glücklicher sterben, wenn er mich küssen würde,
Doch das wird er nicht tun. Ich habe ihn nicht gekannt,
Ich dachte, er würde mich an die Richter verraten.
Doch das ist nicht seltsam, wir Frauen kennen unsere
Geliebten nie, bis sie uns verlassen.
Die Glocke beginnt zu schlagen.
Du furchtbare Glocke,
Die du wie ein Bluthund aus deiner metallischen Kehle
Nach dem Leben dieses Mannes schreist, hör auf! Du sollst es nicht haben.
Er bewegt sich – ich muß schnell handeln –
Nimmt den Kelch.
O Liebe, Liebe, Liebe,
Ich habe nicht gedacht, daß ich dich so geloben würde!
Trinkt das Gift und stellt den Kelch auf den Tisch hinter sich. Das Geräusch weckt Guido auf, der auffährt und nicht bemerkt, was sie getan hat. Eine Minute herrscht Schweigen, während sie sich anschauen.
Ich bin nicht gekommen, um jetzt um deine Vergebung zu bitten,
Da ich sehe, daß ich jenseits aller Vergebung bin,
Eine äußerst schuldige, äußerst schlechte Frau.
Genug davon – ich habe bereits, mein Herr,
Den Richtern meine Schuld gestanden.
Sie wollten mir nicht zuhören – einige sagten,
Ich hätte die Geschichte erfunden, um dein Leben zu retten,
Weil du eine Affäre mit mir hattest. Andere sagten,
Daß Frauen mit dem Mitleid spielten wie mit Männern.
Wieder andere sagten, die Trauer um meinen ermordeten Herrn und Gemahl
Hätte mir den Verstand geraubt. Sie wollten mir nicht zuhören,
Und als ich es auf das heilige Buch schwor,
Befahlen sie dem Doktor, mich zu kurieren. Sie sind zehn,
Zehn gegen eine, und sie besitzen dein Leben.
Hier in Padua nennen sie mich Herzogin.
Ich weiß nicht, mein Herr, ob ich die Herzogin bin.
Als ich deine Begnadigung ausstellte, wollten sie sie nicht akzeptieren.
Sie nennen es Verrat, sie sagen, ich hätte sie das gelehrt.
Vielleicht ist das so. In einer Stunde, Guido,
Werden sie hier sein und dich aus der Zelle schleppen
Und deine Hände auf deinen Rücken binden und dir befehlen,

Vor dem Block zu knien – ich werde vor ihnen da sein.
Hier ist der Siegelring von Padua –
Er wird dich sicher an den Männern der Wache vorbeibringen.
Hier sind mein Umhang und meine Maske. Die Männer haben Befehl,
Nicht neugierig zu sein. Wenn du durch das Tor gehst,
Wende dich nach links, und an der zweiten Brücke
Findest du Pferde. Und morgen
Wirst du in Venedig sein, in Sicherheit.
Eine Pause.
Warum sagst du nichts?
Willst du mich nicht wenigstens verfluchen, bevor du gehst?
Du hast das Recht dazu.
Eine Pause.
Du verstehst nicht –
Zwischen dir und dem Beil des Scharfrichters steht nur
So viel Sand im Stundenglas, wie ein
Kleines Kind tragen könnte – hier ist der Ring –
Ich habe meine Hand gewaschen – es ist kein Blut daran –
Du brauchst keine Angst zu haben. Willst du den Ring nicht nehmen?

GUIDO *(nimmt den Ring und küßt ihn):* Ja! Mit Freuden, Madame!

HERZOGIN: Und Padua verlassen.

GUIDO: Padua verlassen.

HERZOGIN: Aber es muß heute nacht geschehen.

GUIDO: Heute nacht soll es geschehen.

HERZOGIN: Gott sei gedankt!

GUIDO: Damit ich leben kann. Das Leben schien nie so süß wie in diesem Augenblick.

HERZOGIN: Zögere nicht, Guido,
Hier ist mein Umhang; das Pferd wartet an der Brücke,
Der zweiten Brücke unterhalb des Fährhauses.
Was zögerst du? Hören deine Ohren nicht
Diese schreckliche Glocke, deren jeder einzelne Schlag
Eine kurze Minute deines jugendlichen Lebens raubt?
Geh schnell.

GUIDO: Ja! Er wird bald genug kommen.

HERZOGIN: Wer?

GUIDO *(gelassen):* Der Scharfrichter natürlich.

HERZOGIN: Nein, nein.

GUIDO: Nur er
Kann mich aus Padua fortbringen.

HERZOGIN: Du wagst es nicht!
Du wagst es nicht, meine überladene Seele
Mit zwei toten Männern zu belasten! Ich meine, einer ist genug.
Denn wenn ich vor Gott trete, Angesicht zu Angesicht,
Will ich nicht, daß du, mit einem roten Streifen
Um deine weiße Kehle, von hinten herankommst,
Um zu sagen, daß ich dies tat – ja, die Teufel selbst,
Die in der Hölle heulen, würden Mitleid mit mir haben.
Du wirst doch nicht grausamer sein als die Teufel,
Die von Gott getrennt sind.

GUIDO: Madame, ich warte.

HERZOGIN: Nein, nein, das darfst du nicht. Du verstehst nicht –
Ich habe heute nacht in Padua weniger Macht
Als irgendeine gewöhnliche Frau. Sie werden dich töten.
Ich sah das Schafott, als ich den Platz überquerte,
Der ordinäre Mob umschwirrt ihn schon

Mit furchtbaren Scherzen und schrecklicher Fröhlichkeit,
Als ob es sich um die Bühne eines Moriscen-Tänzers handele
Und nicht den schwarzen Thron des Todes. Oh, Guido, Guido,
Du mußt entkommen!

GUIDO: Ja, aber durch die Hand des Todes,
Nicht durch deine!

HERZOGIN: Oh, du bist gnadenlos,
Gnadenlos, jetzt wie immer – nein, nein, Guido,
Du mußt von hier entkommen!

GUIDO: Madame, ich werde hierbleiben.

HERZOGIN: Guido, das darfst du nicht – das wäre so furchtbar,
Daß die erstaunten Sterne vom Himmel
Fallen würden und der zitternde Mond
In seiner Sphäre sich verfinstern würde und die große Sonne
Sich weigern würde, auf die ungerechte Erde zu scheinen,
Die dich sterben sah.

GUIDO: Seid versichert, ich werde mich nicht vom Fleck rühren.

HERZOGIN *(ringt die Hände):* Du weißt ja nicht – sobald die Richter kommen,
Habe ich keine Macht mehr, dich vor dem Beil zu retten.
Du darfst nicht warten – habe ich nicht schon genug gesündigt?
Ist eine Sünde nicht genug, sondern muß sie eine zweite
Sünde zeugen, die wiederum noch schrecklicher ist
Als die, die sie gebar? O Gott, Gott,
Versiegele den schwangeren Leib der Sünde und mache ihn unfruchtbar,
Ich will nicht noch mehr Blut an meinen Händen haben,
Als ich es jetzt schon habe.

GUIDO *(ergreift ihre Hand):* Wie? Bin ich so tief gefallen,
Daß mir nicht erlaubt ist, für dich zu sterben?

HERZOGIN *(reißt ihre Hand zurück):* Für mich sterben? – Nein, mein Leben ist ein schlechtes Ding,
Auf die sumpfigen Straßen dieser Welt geworfen.
Du sollst nicht für mich sterben, du darfst es nicht, Guido,
Ich bin eine schuldige Frau.

GUIDO: Schuldig? – Sollen die,
Die nicht wissen, was Versuchung ist,
Die nicht so wandelten wie wir,
Im roten Feuer der Leidenschaft, die, deren Leben
Langweilig und farblos sind, in einem Wort, die,
Wenn es sie gibt, die nicht geliebt haben,
Steine auf dich werfen. Was mich betrifft …

HERZOGIN: Wehe!

GUIDO *(fällt ihr zu Füßen):* Du bist meine Herrin, und du bist meine Liebe!
O goldenes Haar, o rote Lippen, o Antlitz,
Geschaffen für die Verlockung und die Liebe des Mannes!
Personifiziertes Bild der reinen Lieblichkeit!
Indem ich dich anbete, vergesse ich die Vergangenheit,
Indem ich dich anbete, nähert sich meine Seele der deinen,
Indem ich dich anbete, scheine ich zum Gott zu werden,
Und auch wenn sie meinen Körper dem Block ausliefern –
Meine Liebe ist unvergänglich!
Die Herzogin schlägt die Hände vors Gesicht; Guido zieht sie herunter.
Süße, hebe
Die schleppenden Vorhänge, die deine Augen überschatten,
Damit ich in jene Augen schauen und dir sagen kann,
Ich liebe dich – niemals mehr als nun, da der Tod

Seine kalten Lippen zwischen uns drängt. Beatrice,
Ich liebe dich! Hast du kein Wort mehr für mich?
Oh, ich kann den Henker ertragen,
Aber nicht diese Stille – kannst du nicht sagen, daß du mich liebst?
Sage nur das, und der Tod soll seinen Stachel verlieren.
Sag es nicht, und fünfzigtausend Tode wären
Im Vergleich eine Gnade. Oh, du bist grausam
Und liebst mich nicht.

HERZOGIN: Ach! Ich habe kein Recht.
Denn ich habe die unschuldigen Hände der Liebe befleckt
Mit vergossenem Blut – es ist Blut auf dem Boden,
Ich habe es vergossen.

GUIDO: Geliebte, das warst nicht du selbst,
Es war ein Teufel, der dich verführte.

HERZOGIN *(richtet sich plötzlich auf):* Nein, nein,
Wir sind unser eigener Teufel, und wir machen
Diese Welt zu unserer Hölle.

GUIDO: Dann laß das hohe Paradies
In den Tartaros stürzen! Denn ich will
Diese Welt für eine kleine Weile zu meinem Himmel machen.
Ich liebe dich, Beatrice!

HERZOGIN: Ich bin nicht würdig,
Da ich ein Ding der Sünde bin.

GUIDO: Nein, bei Gott,
Die Sünde war mein, wenn es eine Sünde gab.
Ich war es, der Mord im Herzen trug,
Mein Fleisch damit versüßte, meinen Wein damit würzte
Und in meiner Phantasie den verfluchten Herzog
Hundertmal am Tag mordete. Ja, wäre dieser Mann
Nur halb so oft gestorben, wie ich es mir wünschte,
Dann wäre der Tod ständig durch das Haus gegangen,
Und der Mord hätte keinen Schlaf gekannt.
Doch du, liebes Herz,
Deren kleine Augen beim Anblick eines geschlagenen Hundes weich wurden,
Du, bei deren Anblick die kleinen Kinder lachten,
Weil du das Sonnenlicht dahin brachtest, wohin du gingst,
Du, der weiße Engel der Reinheit Gottes –
Das, was die Menschen deine Sünde nennen, was war es?

HERZOGIN: Ja.
Was war es? Es gibt Zeiten, da scheint es wie ein Traum,
Ein böser Traum, gesandt von einem bösen Gott.
Und dann sehe ich das tote Gesicht im Sarg
Und weiß, es ist kein Traum, sondern meine Hand
Ist rot von Blut, und meine verzweifelte Seele,
Die nach einem Hafen für ihre Liebe
Gegen den wilden Sturm dieser rasenden Welt suchte,
Hat ihre Barke auf den Klippen der Sünde auflaufen lassen.
Was war es, sagtest du? – Bloßer Mord? Nichts
Als Mord, schrecklicher Mord.

GUIDO: Nein, nein, nein,
Es war nur die Passionsblume deiner Liebe,
Die in einem Augenblick zu furchtbarem Leben erwachte
Und in einem Augenblick diese blutige Frucht trug,
Die ich in Gedanken tausend Mal pflückte.
Meine Seele war mörderisch, doch meine Hand weigerte sich;

Deine Hand beging Mord, doch deine Seele war rein.
Und so liebe ich dich, Beatrice, und wünsche dem,
Der keine Gnade für dein geschlagenes Haupt kennt,
Daß er im Himmel keine Gnade findet! Küß mich, Geliebte.
Versucht, sie zu küssen.

HERZOGIN: Nein, nein, deine Lippen sind keusch und meine befleckt,
Denn die Schuld war mein Liebhaber, und die Sünde
Teilte mein Bett – oh, Guido, wenn du mich liebst,
Fliehe, denn jeder Moment ist ein Wurm,
Der an deinem Leben frißt. Nein, Geliebter, fliehe,
Und wenn du später an mich denkst,
Denk an mich als eine, die dich mehr liebte
Als alles auf Erden. Denk an mich, Guido,
Als nur eine Frau, eine, die versuchte,
Ihr Leben zu einem Opfer für die Liebe zu machen,
Und dabei die Liebe mordete. Oh, was ist das?
Die Glocke hat aufgehört zu schlagen, und ich höre
Die Füße bewaffneter Männer auf der Treppe.

GUIDO *(zur Seite):* Das ist das Signal für die Wache.

HERZOGIN: Warum hat die Glocke aufgehört zu schlagen?

GUIDO: Wenn du es wissen mußt,
Das endet mein Leben auf dieser Seite des Grabes,
Doch auf der anderen werden wir uns wiedersehen.

HERZOGIN: Nein, nein, es ist noch nicht zu spät. Du mußt fliehen.
Das Pferd steht an der Brücke, es ist noch Zeit.
Fort, fort, du darfst nicht hierbleiben!
Lärm von Soldaten im Gang.

EINE STIMME DRAUSSEN: Macht Platz für den Obersten Richter von Padua!
Man sieht durch das vergitterte Fenster, wie der Oberste Richter den Gang hinuntergeht; ihm voraus gehen Männer mit Fackeln.

HERZOGIN: Es ist zu spät.

EINE STIMME DRAUSSEN: Macht Platz für den Scharfrichter!

HERZOGIN *(sinkt zu Boden):* Oh!
Man sieht den Scharfrichter mit dem geschulterten Beil den Gang entlanggehen, gefolgt von Mönchen mit Kerzen.

GUIDO: Lebewohl, süße Geliebte, denn ich muß dieses Gift trinken,
Ich fürchte den Scharfrichter nicht, doch ich will
Nicht einsam auf dem Schafott sterben ...

HERZOGIN: Oh!

GUIDO: Sondern hier,
Hier in deinen Armen, deinen Mund küssend. Lebe wohl!
Geht zum Tisch und hebt den Kelch.
Wie, du bist leer?
Schleudert ihn zu Boden.
Oh, du geiziger Gefängniswärter,
Selbst beim Gift knauserig!

HERZOGIN *(schwach):* Gib nicht ihm die Schuld!

GUIDO: O Gott! Du hast es doch nicht getrunken, Beatrice?
Sag mir, daß du es nicht getrunken hast!

HERZOGIN: Auch wenn ich es leugnete,
Da ist ein Feuer, das an meinem Herzen frißt
Und es verraten würde.

GUIDO: Oh, verräterische Liebe,
Warum hast du keinen Tropfen für mich übriggelassen?

HERZOGIN: Nein, nein, es war nur genug für einen.

GUIDO: Ist kein Gift mehr auf deinen Lippen,
Daß ich es von ihnen trinken könnte?
HERZOGIN: Warum solltest du sterben?
Du hast kein Blut vergossen und mußt auch nicht sterben –
Ich habe Blut vergossen und muß daher sterben.
Heißt es nicht, daß Blut mit Blut vergolten werden muß?
Wer hat das gesagt? Ich habe es vergessen.
GUIDO: Warte auf mich,
Unsere Seelen werden gemeinsam gehen.
HERZOGIN: Nein, du mußt leben.
Es gibt viele andere Frauen auf der Welt,
Die dich lieben – und nicht für dich morden werden.
GUIDO: Ich liebe nur dich.
HERZOGIN: Darum mußt du nicht sterben.
GUIDO: Ach, wenn wir zusammen sterben, Geliebte, ja,
Können wir dann nicht zusammen in einem Grab liegen?
HERZOGIN: Ein Grab ist ein äußerst schmales Hochzeitsbett.
GUIDO: Für uns ist es genug.
HERZOGIN: Und sie werden es mit einem
Starren Leichentuch bedecken und bitteren Kräutern.
Ich glaube nicht, daß es im Grab Rosen gibt,
Und wenn doch, dann sind sie nun alle verwelkt,
Seit mein Herr dorthin kam.
GUIDO: Ach! Geliebte Beatrice,
Deine Lippen sind Rosen, die der Tod nicht verwelken lassen kann.
HERZOGIN: Nein, wenn wir zusammen liegen, werden nicht meine Lippen
Zu Staub verfallen und deine verliebten Augen
Zu blinden Höhlen schrumpfen und die Würmer,
Die unsere Trauzeugen sind, dein Herz fressen?
GUIDO: Das kümmert mich nicht. Der Tod hat keine Macht über die Liebe,
Und daher werde ich durch die unsterbliche Hoheit der Liebe
Mit dir sterben.
HERZOGIN: Doch das Grab ist schwarz,
Und die Grube ist schwarz, darum muß ich vorausgehen,
Um die Kerzen für deine Ankunft anzuzünden.
Nein, nein, ich will nicht sterben, ich will nicht sterben.
Geliebter, du bist stark und jung und sehr tapfer,
Stelle dich zwischen mich und den Todesengel
Und kämpfe mit ihm um mich.
Schiebt Guido vor sich, mit seinem Rücken zum Publikum.
Ich will dich küssen,
Wenn du ihn besiegt hast. Oh, hast du kein Stärkungsmittel,
Um die Wirkung des Gifts in mir aufzuhalten?
Gibt es keine Flüsse mehr in Italien,
Daß du mir keinen Becher Wasser holen kannst,
Um dieses Feuer zu löschen?
GUIDO: O Gott!
HERZOGIN: Du hast mir nicht gesagt,
Daß in Italien Dürre herrscht und es kein Wasser gibt,
Sondern nichts als Feuer.
GUIDO: Oh, Geliebte!
HERZOGIN: Schick nach einem Blutsauger,
Nicht nach dem, der meinem Gatten Einhalt gebot, nach einem anderen,
Wir haben keine Zeit. Schick nach einem Blutsauger, sage ich.
Es gibt ein Gegenmittel für jedes Gift,

Und er wird es uns verkaufen, wenn wir ihm Geld geben.
Sag ihm, ich gebe ihm Padua
Für eine kurze Stunde Leben – ich will nicht sterben.
Oh, ich bin todkrank – nein, berühre mich nicht,
Dieses Gift frißt an meinem Herzen. Ich wußte nicht,
Daß Sterben so schmerzhaft ist. Ich dachte, daß das Leben
All die Agonien für sich beanspruchte.
Dem scheint nicht so zu sein.

GUIDO: Oh, verfluchte Sterne,
Löscht euer böses Laternenlicht mit Tränen und befehlt
Dem Mond, eurem Herrn, heute nacht nicht mehr zu leuchten.

HERZOGIN: Guido, warum sind wir hier? Ich meine, dieser Raum
Ist für ein Hochzeitsgemach sehr armselig eingerichtet.
Laß uns sofort von hier fortgehen. Wo sind die Pferde?
Wir sollten schon auf dem Weg nach Venedig sein.
Wie kalt die Nacht ist! Wir müssen schneller reiten.
Das sind unsere Hochzeitsglocken, nicht wahr, Guido?
Die Mönche beginnen draußen zu singen.
Musik! Sie sollte fröhlicher sein. Doch heute
Ist Trauer modern – ich weiß nicht, warum.
Du mußt nicht weinen – lieben wir uns nicht?
Das ist genug. Tod, was tust du hier?
Ihr wurdet nicht an diese Tafel eingeladen, Herr.
Fort, wir brauchen dich nicht. Mit Wein habe ich mich dir angelobt, nicht mit Gift.
Die dir sagten, ich hätte dein Gift getrunken, haben gelogen.
Es wurde auf den Boden gegossen, wie das Blut meines Herrn.
Du bist zu spät.

GUIDO: Geliebte, da ist nichts.
Das sind nur unwirkliche Schatten.

HERZOGIN: Tod,
Was wartest du, geh in die Kammer nach oben.
Das kalte Fleisch der Begräbnisfeier meines Gatten
Ist für dich aufgetragen – dies ist eine Hochzeitsfeier.
Ihr seid hier fehl am Platz, Herr. Und außerdem ist es Sommer.
Jetzt brauchen wir diese wilden Feuer nicht,
Du versengst uns. Guido, sag dem Totengräber,
Er soll aufhören, das leere Grab in die Erde zu graben.
Ich will da nicht liegen. Oh, ich verbrenne,
Ich verbrenne und vergehe an dem Feuer in mir.
Kannst du nichts tun? Wasser, gib mir Wasser –
Oder andernfalls mehr Gift. Nein – ich fühle keinen Schmerz –
Ist es nicht seltsam, daß ich keinen Schmerz fühle? –
Und der Tod ist fort, darüber bin ich froh.
Ich dachte, er wollte uns trennen. Sag mir, Guido,
Tut es dir nicht leid, daß du mich je erblickt hast?

GUIDO: Ich schwöre, andernfalls hätte ich nicht gelebt.
Ja, in dieser trüben und gewöhnlichen Welt sind Männer
Gestorben auf der Suche nach Augenblicken wie diesem
Und haben sie nicht gefunden.

HERZOGIN: Dann tut es dir nicht leid?
Das erscheint so seltsam.

GUIDO: Wie, Beatrice? Habe ich nicht
Von Angesicht zu Angesicht vor der Schönheit gestanden? Das ist
Genug für das Leben eines Mannes. Ja, Geliebte, ich könnte fröhlich sein.
Ich bin häufig auf Festen trauriger gewesen,

Doch wer könnte traurig sein bei einem Fest wie diesem,
Wenn die Liebe und der Tod gemeinsam unsere Mundschenke sind?
Wir lieben und sterben zusammen.

HERZOGIN: Oh, ich bin schuldiger
Als alle Frauen und bin wahrhaftig mehr als alle
Frauen bestraft worden. Glaubst du –
Nein, das kann nicht sein – Oh, glaubst du, daß die Liebe
Den Blutflecken von meiner Hand wischen,
Balsam auf meine Wunden gießen, meine Schmerzen heilen
Und meine scharlachroten Sünden weiß wie Schnee waschen kann?
Denn ich habe gesündigt.

GUIDO: Diejenigen, die aus Liebe sündigen,
Sündigen nicht.

HERZOGIN: Nein, ich habe gesündigt, und dennoch
Wird mir vielleicht meine Sünde vergeben.
Ich habe sehr geliebt.

Sie küssen sich zum ersten Mal in diesem Akt, als die Herzogin jäh im schrecklichen Todeskrampf auffährt, vor Schmerzen ihr Kleid zerreißt und schließlich mit schmerzverzerrtem Gesicht auf einen Stuhl sinkt. Guido nimmt den Dolch aus ihrem Gürtel und begeht Selbstmord. Als er über ihre Knie fällt, hält er krampfhaft den Umhang umklammert, der über der Rückenlehne des Stuhls hängt. Eine kleine Pause tritt ein. Dann kommt das Getrampel der Soldaten den Gang hinunter. Die Tür öffnet sich, und der Oberste Richter, der Scharfrichter und die Wache treten ein und sehen die schwarz verhüllte Gestalt und Guido, der über ihr liegt. Der Oberste Richter stürzt vor und zieht den Umhang von der Herzogin. Ihr Gesicht ist jetzt ein marmornes Abbild des Friedens, das Zeichen der Vergebung Gottes.

Tableau

Vorhang

Lady Windermeres Fächer

DIE PERSONEN DES STÜCKS

Lord Windermere	Lady Windermere
Lord Darlington	Die Herzogin von Berwick
Lord Augustus Lorton	Lady Agatha Carlisle
Mr. Dumby	Lady Plymdale
Mr. Cecil Graham	Lady Stutfield
Mr. Hopper	Lady Jedburgh
Parker, der Butler	Mrs. Cowper-Cowper
	Mrs. Erlynne
	Rosalie, Stubenmädchen

ZEIT:
Ende des 19. Jh.

Erster Akt

Szene: *Frühstückszimmer im Hause Lord Windermeres auf der Carlton House Terrace in London. Die Handlung spielt innerhalb von 24 Stunden, beginnend am Dienstag nachmittag um fünf Uhr und endend am nächsten Tag um 1.30 Uhr.*

Türen in der Mitte und rechts. Ein Schreibtisch mit Büchern und Papieren rechts. Links ein Sofa mit einem kleinen Couchtisch. Links führt ein Fenster auf die Terrasse. Rechts ein Tisch.
Am Tisch rechts arrangiert Lady Windermere *Rosen in einer Vase.*

Parker tritt ein.

Parker: Sind Mylady heute nachmittag zu Hause?

Lady Windermere: Ja – wer ist denn gekommen?

Parker: Lord Darlington, Mylady.

Lady Windermere *(zögert einen Augenblick):* Bitten Sie ihn herein – und ich bin für jeden Besucher zu Hause.

Parker: Sehr wohl, Mylady. *(Geht in der Mitte hinaus.)*

Lady Windermere: Es ist sicher das Beste, wenn ich ihn vor heute abend sehe. Ich bin froh, daß er gekommen ist.

Parker kommt in der Mitte herein.

Parker: Lord Darlington.

Lord Darlington kommt durch die mittlere Tür herein. Parker geht hinaus.

Lord Darlington: Guten Tag, Lady Windermere?

Lady Windermere: Wie geht es Ihnen, Lord Darlington? Nein, ich kann Ihnen nicht die Hand geben. Meine Hände sind ganz naß wegen dieser Rosen. Sind sie nicht wunderschön? Sie sind heute morgen erst aus Selby gekommen.

Lord Darlington: Sie sind hinreißend. *(Erblickt einen Fächer auf dem Tisch.)* Und was für ein wundervoller Fächer. Darf ich ihn mir ansehen?

LADY WINDERMERE: Aber bitte. Hübsch, nicht wahr? Es steht sogar mein Name drauf und so. Ich habe ihn selbst erst eben entdeckt. Er ist ein Geburtstagsgeschenk von meinem Mann. Sie wissen doch, daß ich heute Geburtstag habe?

LORD DARLINGTON: Nein, wirklich?

LADY WINDERMERE: Ja, ich werde heute großjährig. Ein ziemlich wichtiger Tag in meinem Leben, nicht wahr? Darum gebe ich heute abend auch diese Party.
Setzen Sie sich doch. *(Arrangiert weiter Blumen.)*

LORD DARLINGTON *(setzt sich)*: Ich wollte, ich hätte gewußt, daß Sie heute Geburtstag haben, Lady Windermere. Ich hätte die Straße vor Ihrem Haus mit Blumen bestreut, damit Sie auf Blumen schreiten können. Sie sind für sie geschaffen. *(Kurze Pause.)*

LADY WINDERMERE: Lord Darlington, Sie haben mich gestern im Hause des Außenministers geärgert. Ich fürchte, Sie werden mich wieder ärgern.

LORD DARLINGTON: Ich, Lady Windermere?

Parker und ein Diener kommen mit dem Teegeschirr durch die mittlere Tür herein.

LADY WINDERMERE: Stellen Sie es dort ab, Parker. Danke, Sie können gehen. *(Wischt ihre Hände an einem Taschentuch trocken, geht zum Teetisch hinüber und setzt sich.)* Möchten Sie nicht herüberkommen, Lord Darlington?

LORD DARLINGTON *(bringt seinen Stuhl mit)*: Ich fühle mich ganz elend, Lady Windermere. Sagen Sie mir doch bitte, was ich verbrochen habe. *(Setzt sich links an den Tisch.)*

LADY WINDERMERE: Nun, Sie haben mir den ganzen Abend über auf extravagante Weise Tribut gezollt.

LORD DARLINGTON *(lächelt)*: Ach, heutzutage sind wir alle so arm dran, daß alles, was wir an angenehmen Dingen noch zahlen können, Tribut ist. Das ist das einzige, was wir noch zahlen können.

LADY WINDERMERE *(schüttelt den Kopf)*: Nein, ich meine es ernst. Sie dürfen nicht lachen, ich meine es ernst. Ich mag Komplimente nicht, und ich verstehe nicht, warum ein Mann denkt, daß er sich besonders beliebt bei einer Frau macht, wenn er ihr einen Haufen Dinge sagt, die er nicht meint.

LORD DARLINGTON: Ach, aber ich meinte sie doch. *(Nimmt eine Tasse Tee von ihr entgegen.)*

LADY WINDERMERE *(ernst)*: Das hoffe ich doch nicht. Es täte mir so leid, mich mit Ihnen zu streiten, Lord Darlington. Ich habe Sie sehr gern, das wissen Sie. Doch ich würde Sie überhaupt nicht mögen, wenn ich denken müßte, Sie seien wie die meisten anderen Männer. Glauben Sie mir, Sie sind besser als die meisten anderen Männer, und manchmal denke ich, Sie geben vor, schlimmer zu sein.

LORD DARLINGTON: Wir haben alle unsere kleinen Eitelkeiten, Lady Windermere.

LADY WINDERMERE: Warum machen Sie das zu Ihrer besonderen? *(Sitzt noch am Tisch links.)*

LORD DARLINGTON *(sitzt noch in der Mitte links)*: Ach, heute laufen so viele verschlagene Menschen in der Gesellschaft herum und geben vor, gut zu sein, daß ich denke, es zeugt von einer milden und bescheidenen Gesinnung, wenn man vorgibt, schlecht zu sein. Außerdem muß man auch noch folgendes sagen. Wenn man vorgibt, gut zu sein, nimmt die Welt einen sehr ernst. Wenn man vorgibt, schlecht zu sein, tut sie das nicht. Das ist die erstaunliche Dummheit des Optimismus.

LADY WINDERMERE: Wollen Sie denn nicht, daß die Welt Sie ernst nimmt, Lord Darlington?

LORD DARLINGTON: Nein, nicht die Welt. Wer sind denn die Leute, die von der Welt ernst genommen werden? Alle dummen Menschen, die man sich nur denken kann, von Bischöfen bis zu Langweilern. Ich hätte gerne, daß Sie mich sehr ernst nähmen, Lady Windermere, Sie mehr als jeder andere.

LADY WINDERMERE: Warum – warum ich?

LORD DARLINGTON *(nach einem kurzen Zögern)*: Weil ich glaube, daß wir gute Freunde sein könnten. Lassen Sie uns gute Freunde sein. Vielleicht brauchen Sie eines Tages einen Freund.

LADY WINDERMERE: Warum sagen Sie das?

LORD DARLINGTON: Oh, wir alle brauchen von Zeit zu Zeit Freunde.

LADY WINDERMERE: Ich meine, wir sind bereits gute Freunde, Lord Darlington. Und das können wir immer bleiben, solange Sie es nicht …

LORD DARLINGTON: Nicht was?

LADY WINDERMERE: Zerstören Sie es nicht, indem Sie extravagante törichte Dinge zu mir sagen. Sie glauben, ich sei eine Puritanerin, vermute ich? Nun, ich habe etwas Puritanisches in meinem Wesen. So bin ich groß geworden. Meine Mutter starb, als ich noch klein war. Ich habe immer bei Lady Julia gelebt, der älteren Schwester meines Vaters, wie Sie wissen. Sie war streng, doch sie lehrte mich, was die Welt vergißt, den Unterschied zwischen Recht und Unrecht. Sie erlaubte keinen Kompromiß. Ich erlaube keinen.

LORD DARLINGTON: Meine liebe Lady Windermere!

LADY WINDERMERE *(lehnt sich auf dem Sofa zurück)*: Sie schauen mich an, als wäre ich hinter der Zeit zurückgeblieben. – Nun, das bin ich! Ich wäre sehr traurig, wenn ich eine Zeit wie diese einholen würde.

LORD DARLINGTON: Sie halten diese Zeit für sehr schlecht?

LADY WINDERMERE: Ja. Heute scheinen die Menschen das Leben für eine Spekulation zu halten. Es ist keine Spekulation. Es ist ein Sakrament. Sein Ideal ist die Liebe. Seine Purifikation ist Opfer.

LORD DARLINGTON *(lächelt)*: Ach, alles ist besser, als geopfert zu werden!

LADY WINDERMERE *(beugt sich vor)*: Sagen Sie das nicht.

LORD DARLINGTON: Aber ich sage es. Ich spüre es – ich weiß es.

Parker kommt durch die mittlere Tür herein.

PARKER: Die Männer wollen wissen, ob sie die Teppiche für heute abend auf die Terrasse legen sollen, Mylady?

LADY WINDERMERE: Sie glauben doch nicht, daß es regnen wird, Lord Darlington, oder?

LORD DARLINGTON: Ich will an Ihrem Geburtstag nichts von Regen hören.

LADY WINDERMERE: Dann sagen Sie ihnen, sie sollen es sofort tun, Parker.

Parker geht durch die Tür in der Mitte hinaus.

LORD DARLINGTON *(noch im Sitzen)*: Sind Sie dann der Meinung – ich spreche natürlich von einem hypothetischen Fall –, sind Sie dann der Meinung, daß im Falle eines jung verheirateten Paares, sagen wir, sie sind seit zwei Jahren verheiratet, wenn der Ehemann plötzlich zum intimen Freund einer Frau von, nun, mehr als zweifelhaftem Charakter wird – sie immer besucht, mit ihr speist und wahrscheinlich ihre Rechnungen bezahlt –, sind Sie dann der Meinung, daß die Ehefrau sich nicht ebenfalls trösten sollte?

LADY WINDERMERE *(runzelt die Stirn)*: Sich trösten?

LORD DARLINGTON: Ja, ich meine, sie sollte, ich meine, sie hat das Recht dazu.

LADY WINDERMERE: Weil der Ehemann schlecht ist – soll die Frau auch schlecht sein?

LORD DARLINGTON: Schlechtigkeit ist ein schreckliches Wort, Lady Windermere.

LADY WINDERMERE: Es ist eine schreckliche Sache, Lord Darlington.

LORD DARLINGTON: Wissen Sie, ich fürchte, daß die guten Menschen auf dieser Welt eine Menge Schaden anrichten. Der größte Schaden, den sie anrichten, ist sicherlich, daß sie der Schlechtigkeit eine so außergewöhnliche Bedeutung zumessen. Es ist absurd, die Menschen in gut und schlecht einzuteilen. Menschen sind entweder charmant oder langweilig. Ich stelle mich auf die Seite der Charmanten, und Sie, Lady Windermere, können gar nicht anders, als zu ihnen zu gehören.

LADY WINDERMERE: Nun, Lord Darlington. *(Steht auf und geht vor ihm nach rechts hinüber.)* Bleiben Sie sitzen, ich will nur meine Blumen fertigmachen. *(Geht zum Tisch rechts in der Mitte.)*

LORD DARLINGTON: Und ich muß sagen, Sie urteilen hart über das moderne Leben, Lady Windermere. Natürlich kann man vieles dagegen anbringen, das gebe ich zu. Zum Beispiel sind die meisten Frauen von heute rechte Freibeuter.

LADY WINDERMERE: Sprechen Sie nicht von solchen Leuten.

LORD DARLINGTON: Nun denn, lassen wir Freibeuter außer acht, die natürlich schrecklich sind – glauben Sie ernsthaft, daß Frauen, die das begangen haben, was die Welt einen Fehler nennt, niemals Vergebung erhalten sollten?

LADY WINDERMERE *(am Tisch stehend)*: Ich bin der Meinung, daß man ihnen nie vergeben sollte.

LORD DARLINGTON: Und Männer? Meinen Sie, es sollten die gleichen Gesetze für Männer gelten, wie sie für Frauen gelten?

LADY WINDERMERE: Sicher!

LORD DARLINGTON: Ich halte das Leben für zu kompliziert, als daß man es durch diese harten und schnellen Gesetze regeln könnte.

LADY WINDERMERE: Hätten wir diese »harten und schnellen Gesetze«, fänden wir das Leben viel einfacher.

LORD DARLINGTON: Sie lassen keine Ausnahmen gelten?

LADY WINDERMERE: Keine!

LORD DARLINGTON: Ach, was sind Sie doch für eine faszinierende Puritanerin, Lady Windermere!

LADY WINDERMERE: Das Adjektiv war unnötig, Lord Darlington.

LORD DARLINGTON: Ich konnte nicht widerstehen. Ich kann allem widerstehen außer der Versuchung.

LADY WINDERMERE: Sie haben die moderne Manier der Schwäche.

LORD DARLINGTON *(schaut sie an):* Es ist nur eine Manier, Lady Windermere.

Parker kommt durch die Tür in der Mitte herein.

PARKER: Die Herzogin von Berwick und Lady Agatha Carlisle.

Die Herzogin von Berwick und Lady Agatha Carlisle kommen in der Mitte herein.

PARKER geht wieder hinaus.

HERZOGIN VON BERWICK *(kommt in der Mitte der Bühne hinunter und schüttelt Hände):* Liebe Margaret, ich freue mich, Sie zu sehen. Sie erinnern sich doch an Agatha? *(Geht nach links.)* Wie geht es Ihnen, Lord Darlington? Ich werde Ihnen meine Tochter nicht vorstellen, Sie sind viel zu schlecht.

LORD DARLINGTON: Sagen Sie das nicht, Herzogin. Als schlechter Mann bin ich ein vollkommener Versager. Ja, es gibt sogar Leute, die sagen, ich hätte in meinem ganzen Leben nie etwas wirklich Schlechtes begangen. Natürlich sagen sie das nur hinter meinem Rücken.

HERZOGIN VON BERWICK: Ist er nicht fürchterlich? Agatha, dies ist Lord Darlington. Denk daran: Du darfst ihm kein Wort glauben. *(Lord Darlington geht nach rechts.)* Nein, keinen Tee, danke, meine Liebe. *(Geht zum Sofa und setzt sich.)* Wir haben gerade erst bei Lady Markby Tee getrunken. Noch dazu schlechten Tee. Fast untrinkbar. Es hat mich allerdings kaum überrascht. Ihr eigener Schwiegersohn liefert ihn. Agatha freut sich so auf Ihren Ball heute abend, liebe Margaret.

LADY WINDERMERE *(sitzt links):* Oh, Sie dürfen nicht glauben, daß es ein Ball werden wird, Herzogin. Es ist nur ein Tanz zu meinem Geburtstag. Klein und frühzeitig.

LORD DARLINGTON *(steht links):* Sehr klein, sehr frühzeitig und sehr erlesen, Herzogin.

HERZOGIN VON BERWICK *(auf dem Sofa links):* Natürlich wird er sehr erlesen. Doch das kennen wir ja von Ihrem Haus, liebe Margaret. Es ist eines der wenigen Häuser in London, in das ich Agatha mitnehmen kann und wo ich mich mit dem lieben Berwick sicher fühle. Ich weiß nicht, was aus der Gesellschaft noch werden soll. Die furchtbarsten Leute scheinen überall hinzugehen. Sie kommen mit Sicherheit zu meinen Partys – die Männer werden wütend, wenn man sie nicht einlädt. Wirklich, jemand sollte etwas dagegen unternehmen.

LADY WINDERMERE: Das werde ich, Herzogin. Ich werde niemanden in meinem Hause dulden, der in einen Skandal verwickelt ist.

LORD DARLINGTON *(rechts):* Oh, sagen Sie das nicht, Lady Windermere. Dann dürfte ich niemals kommen. *(Setzt sich.)*

HERZOGIN VON BERWICK: Oh, Männer zählen nicht. Bei Frauen ist das anders. Wir sind gut. Einige von uns zumindest. Doch wir werden förmlich in eine Ecke gedrängt. Unsere Ehemänner würden unsere Existenz völlig vergessen, wenn wir nicht von Zeit zu Zeit an ihnen herumnörgeln würden, nur um sie daran zu erinnern, daß wir das gesetzliche Recht dazu haben.

LORD DARLINGTON: Es ist seltsam, Herzogin, das Spiel der Ehe – ein Spiel, nebenbei gesagt, das aus der Mode kommt –, die Frauen haben alle Trümpfe und verlieren doch unausweichlich so manchen Stich.

HERZOGIN VON BERWICK: So manchen Stich? Soll das der Ehemann sein, Lord Darlington?

LORD DARLINGTON: Ich halte das für eine ziemlich gute Bezeichnung für den modernen Ehemann.

LADY WINDERMERE: Lord Darlington ist frivol.

LORD DARLINGTON: Ach, sagen Sie das bitte nicht, Lady Windermere.

LADY WINDERMERE: Warum reden Sie dann so frivol über das Leben?

LORD DARLINGTON: Weil ich der Meinung bin, daß das Leben viel zu wichtig ist, um ernsthaft darüber zu reden. *(Geht in der Mitte die Bühne hinauf.)*

HERZOGIN VON BERWICK: Was meint er nur? Bitte, Lord Darlington, als Konzession an meinen dürftigen Verstand – erklären Sie bitte, was Sie gemeint haben.

LORD DARLINGTON *(kommt zum Tisch zurück):* Ich glaube, das sollte ich besser nicht, Herzogin. Ist man heutzutage verständlich, wird man durchschaut. Auf Wiedersehen! *(Schüttelt der Herzogin die Hand.)* Und nun *(geht die Bühne hinauf)*, Lady Windermere, auf Wiedersehen. Ich darf doch heute abend kommen, nicht wahr? Bitte lassen Sie mich kommen.

LADY WINDERMERE *(steht mit Lord Darlington oben auf der Bühne):* Aber ja, natürlich. Doch Sie dürfen keine törichten, unernsten Dinge sagen.

LORD DARLINGTON *(lächelt):* Ach! Sie beginnen, mich zu reformieren. Es ist gefährlich, irgend jemanden zu reformieren, Lady Windermere. *(Verneigt sich und geht durch die Tür in der Mitte hinaus.)*

HERZOGIN VON BERWICK *(ist aufgestanden und geht in die Mitte):* Was für ein charmantes, unartiges Geschöpf! Ich habe ihn sehr gern. Doch ich bin sehr froh, daß er gegangen ist! Wie hübsch Sie aussehen! Wo lassen Sie nur Ihre Kleider machen? Und nun muß ich Ihnen sagen, wie leid es mir für Sie tut, Margaret. *(Geht zum Sofa und setzt sich neben Lady Windermere.)* Agatha, Liebling!

LADY AGATHA: Ja, Mama. *(Steht auf.)*

HERZOGIN: Willst du dir nicht das Photoalbum ansehen, das ich da drüben sehe?

LADY AGATHA: Ja, Mama. *(Geht nach links zum Tisch.)*

HERZOGIN VON BERWICK: So ein liebes Kind! Sie liebt Photos der Schweiz. Ich bin der Meinung, es zeugt von einem reinen Geschmack. Doch Sie tun mir wirklich sehr leid, Margaret.

LADY WINDERMERE *(lächelt):* Warum denn, Herzogin?

HERZOGIN VON BERWICK: Oh, wegen dieser schrecklichen Frau. Außerdem kleidet sie sich so erlesen, was es noch schlimmer macht, es setzt ein so fürchterliches Beispiel. Augustus – Sie kennen meinen verrufenen Bruder, so eine harte Probe für uns alle –, nun, Augustus ist ihr völlig verfallen. Es ist sehr skandalös, denn sie kann in keinem Fall in die Gesellschaft aufgenommen werden. Viele Frauen haben eine Vergangenheit, doch ich habe gehört, daß sie mindestens ein Dutzend hat.

LADY WINDERMERE: Über wen reden Sie denn, Herzogin?

HERZOGIN VON BERWICK: Über Mrs. Erlynne.

LADY WINDERMERE: Mrs. Erlynne? Ich habe nie von ihr gehört, Herzogin. Und was soll sie mit mir zu tun haben?

HERZOGIN VON BERWICK: Mein armes Kind! Agatha, Liebling?

LADY AGATHA: Ja, Mama?

Herzogin: Geh doch auf die Terrasse und schau dir den Sonnenuntergang an.

LADY AGATHA: Ja, Mama. *(Geht durch das Fenster links hinaus.)*

HERZOGIN VON BERWICK: Süßes Kind! So fasziniert von Sonnenuntergängen! Zeigt doch äußerst feine Empfindungen, oder? Schließlich, was gibt es Besseres als die Natur?

LADY WINDERMERE: Doch worum geht es denn, Herzogin? Warum erzählen Sie mir von dieser Person?

HERZOGIN VON BERWICK: Wissen Sie denn wirklich nichts? Ich versichere Ihnen, wir alle machen uns solche Sorgen. Erst gestern abend bei Lady Jansen haben alle gesagt, wie außergewöhnlich es doch ist, daß ausgerechnet Windermere – von allen Männern in London – sich so verhalten sollte.

LADY WINDERMERE: Mein Mann? Was hat er denn mit einer Frau von dieser Sorte zu tun?

HERZOGIN VON BERWICK: Ja, was denn, meine Liebe? Darum geht es ja. Er geht sie ständig besuchen und bleibt dann stundenlang bei ihr, und wenn er da ist, ist sie für niemanden zu sprechen. Nicht viele Damen besuchen sie, meine Liebe, doch sie hat sehr viele verrufene Männer zu Bekannten – im besonderen mein Bruder, wie ich schon sagte –, und das macht es ja so schrecklich mit Windermere. Wir haben ihn immer für einen beispielhaften Ehemann gehalten, doch ich fürchte, es gibt keinen Zweifel. Meine lieben Nichten – Sie kennen doch die Saville-Mädchen? – so reizende, häusliche Geschöpfe – unansehnlich, schrecklich unansehnlich – aber so gut – nun, sie sitzen ständig am Fenster und handarbeiten und machen häßliche Dinge für die Armen, was ich für furchtbar nützlich von ihnen halte in diesen schrecklichen sozialistischen Zeiten, und diese schreckliche Frau hat ein Haus in der Curzon Street bezogen, direkt gegenüber von ihnen – und es war eine so respektable Straße! Ich weiß nicht, was noch aus uns werden soll! Und sie erzählen mir, daß Windermere vier- oder fünfmal die Woche dorthin geht – sie sehen ihn. Sie können gar nicht anders – und obwohl sie niemals klatschen, haben sie es – nun, natürlich – jedem gegenüber erwähnt. Und das Schlimmste dabei ist, daß ich gehört habe, daß diese Frau von irgend jemandem große Mengen Geld erhalten hat. Denn es scheint, als sei sie vor sechs Monaten ohne nennenswerte Geldmengen nach London gekommen, und nun hat sie dieses reizende Haus in Mayfair, fährt jeden Tag in ihrer Kutsche im Park aus, und all das – nun, all das – seit sie den armen lieben Windermere kennt.

LADY WINDERMERE: Oh, das kann ich nicht glauben!

HERZOGIN VON BERWICK: Aber es ist wahr, meine Liebe. Ganz London weiß es. Darum meinte ich, es sei besser, ich käme und erzählte es Ihnen und riete Ihnen, Windermere mit nach Homburg oder Aix zu nehmen, wo er sich amüsieren kann und wo Sie ihn den ganzen Tag lang im Auge haben. Ich versichere Ihnen, meine Liebe, während der ersten Zeit meiner Ehe mußte ich mehrmals vorgeben, schwer krank zu sein, und war gezwungen, die unangenehmsten Heilwässerchen zu trinken, nur um Berwick aus der Stadt zu bekommen. Er war ja so anfällig. Obwohl ich sagen muß, er hat niemals jemandem große Geldsummen gegeben. Dazu hat er zu hohe Prinzipien!

LADY WINDERMERE *(unterbricht sie)*: Herzogin, Herzogin, das ist unmöglich! *(Steht auf und geht in die Bühnenmitte)*: Wir sind erst seit zwei Jahren verheiratet. Unser Kind ist gerade sechs Monate alt. *(Setzt sich auf einen Stuhl rechts neben dem linken Tisch.)*

HERZOGIN VON BERWICK: Ach, das hübsche liebe Baby! Wie geht es dem kleinen Liebling? Ist es ein Junge oder ein Mädchen? Ich hoffe, ein Mädchen – ach nein, ich erinnere mich, es ist ein Junge! Das tut mir so leid. Jungen sind so unartig. Mein Junge ist außergewöhnlich unmoralisch. Sie werden nicht glauben, zu welchen Zeiten er nach Hause kommt. Und er hat erst seit einigen Monaten Oxford verlassen – ich weiß wirklich nicht, was sie ihnen da beibringen.

LADY WINDERMERE: Sind alle Männer schlecht?

HERZOGIN VON BERWICK: Oh, alle, meine Liebe, alle ohne Ausnahme. Und sie werden auch nie besser. Männer werden alt, doch sie werden niemals gut.

LADY WINDERMERE: Windermere und ich haben aus Liebe geheiratet.

HERZOGIN VON BERWICK: Ja, so fangen wir alle an. Es lag nur an Berwicks groben und unaufhörlichen Selbstmorddrohungen, daß ich schließlich seinen Heiratsantrag annahm, und noch bevor das Jahr um war, lief er jedem Unterrock nach, in jeder Farbe, in jeder Form, aus jedem Material. Ja, noch bevor der Honigmond vorüber war, ertappte ich ihn dabei, wie er meiner Kammerzofe zuzwinkerte, einem äußerst hübschen, respektablen Mädchen. Ich habe sie natürlich sofort ohne ein Empfehlungsschreiben entlassen. – Nein, ich erinnere mich, ich habe sie an meine Schwester abgegeben; der arme liebe Sir George ist so kurzsichtig, daß ich dachte, es würde nichts ausmachen. Doch leider hat es das doch – sehr unangenehm. *(Erhebt sich.)* Und nun, mein liebes Kind, muß ich gehen, da wir auswärts essen. Und denken Sie daran: Nehmen Sie sich diese kleine Verirrung Windermeres nicht so sehr zu Herzen. Nehmen Sie ihn mit ins Ausland, und er wird schon zu Ihnen zurückkommen.

LADY WINDERMERE: Zu mir zurückkommen?

HERZOGIN VON BERWICK: Ja, meine Liebe, diese schlechten Frauen nehmen uns zwar unsere Männer weg, doch sie kommen immer wieder zurück, leicht beschädigt natürlich. Und machen Sie keine Szene, das hassen die Männer!

LADY WINDERMERE: Es war sehr nett von Ihnen, Herzogin, zu kommen und mir all das zu erzählen. Doch ich kann nicht glauben, daß mein Ehemann mich betrügt.

HERZOGIN VON BERWICK: Liebes Kind! Ich war auch einst so. Jetzt weiß ich, daß alle Männer Ungeheuer sind. *(Lady Windermere läutet.)* Das einzige, was man tun kann, ist es, die Schurken gut zu füttern. Ein guter Koch kann Wunder vollbringen, und ich weiß, Sie haben einen. Meine liebe Margaret, Sie werden doch nicht weinen?

LADY WINDERMERE: Haben Sie keine Angst, Herzogin, ich weine nie.

HERZOGIN VON BERWICK: Das ist auch richtig so, meine Liebe. Weinen ist die Zuflucht unansehnlicher Frauen, doch der Ruin der hübschen. Agatha, Liebling!

LADY AGATHA *(kommt links ins Zimmer)*: Ja, Mama? *(Steht hinter dem Tisch links in der Mitte.)*

HERZOGIN VON BERWICK: Komm und verabschiede dich von Lady Windermere, und bedanke dich für den reizenden Nachmittag. *(Kommt wieder die Bühne hinunter.)* Und nebenbei, ich muß Ihnen dafür danken, eine Einladung an Mr. Hopper geschickt zu haben – das ist der reiche, junge Australier, über den die Leute zur Zeit so reden. Sein Vater hat ein großes Vermögen gemacht, indem er irgendein Nahrungsmittel in runden Dosen verkaufte – sehr schmackhaft, glaube ich –, ich stelle mir vor, es ist etwas, was die Diener sich weigern zu essen. Doch der Sohn ist recht interessant. Ich glaube, er fühlt sich von Agathas klugen Gesprächen angezogen. Natürlich würden wir sie nur ungern verlieren, doch ich bin der Meinung, eine Mutter, die sich nicht in jeder Saison von einer Tochter verabschiedet, empfindet keine richtige Liebe. Wir werden heute abend kommen, meine Liebe. *(Parker öffnet die mittlere Tür.)* Und denken Sie an meinen Rat: Bringen Sie den armen Kerl ins Ausland, das ist das einzige, was man tun kann. Noch einmal – auf Wiedersehen! Komm, Agatha!

Herzogin und Lady Agatha gehen durch die mittlere Tür hinaus.

LADY WINDERMERE: Wie furchtbar! Jetzt verstehe ich, was Lord Darlington meinte, mit dem imaginären Vorfall mit dem Paar, das noch keine zwei Jahre verheiratet ist. Oh! Es kann nicht wahr sein – sie sprach von enormen Geldsummen, die diese Frau erhalten haben soll. Ich weiß, wo Arthur sein Scheckbuch aufbewahrt – in einer seiner Schreibtischschubladen. So kann ich es herausfinden. Ich werde es herausfinden. *(Öffnet eine Schublade.)* Nein, das ist ein schrecklicher Fehler. *(Steht auf und geht in die Mitte.)* Ein törichter Klatsch! Er liebt mich! Er liebt mich! Aber warum sollte ich nicht nachschauen? Ich bin seine Frau, ich habe das Recht nachzusehen! *(Geht zum Schreibtisch zurück, nimmt das Scheckbuch heraus und blättert es Seite für Seite durch, lächelt und seufzt erleichtert.)* Ich wußte es! Es ist kein einziges wahres Wort an dieser dummen Geschichte! *(Legt das Buch in die Schublade zurück. Dabei fährt sie zusammen und nimmt ein anderes Buch heraus.)* Ein zweites Buch – privat – verschlossen! *(Versucht, es zu öffnen, kann es aber nicht. Sieht einen Brieföffner auf dem Schreibtisch und schneidet damit das Buch auf. Beginnt, die erste Seite zu lesen.)* »Mrs. Erlynne – £ 600 – Mrs. Erlynne – £ 700 – Mrs. Erlynne – £ 400.« Oh! Es ist wahr! Es ist wahr! Wie schrecklich! *(Schleudert das Buch zu Boden.)*

Lord Windermere kommt durch die mittlere Tür herein.

LORD WINDERMERE: Nun, meine Liebe, ist der Fächer bereits geschickt worden? *(Geht nach rechts und sieht das Buch.)* Margaret, du hast mein Scheckbuch aufgeschnitten. Du hast kein Recht dazu!

LADY WINDERMERE: Du hältst es für falsch, daß ich dies über dich herausgefunden habe?

LORD WINDERMERE: Ich halte es für falsch, daß eine Frau ihrem Mann nachspioniert.

LADY WINDERMERE: Ich habe dir nicht nachspioniert. Ich wußte bis vor einer halben Stunde nichts von der Existenz dieser Frau. Jemand, der Mitleid mit mir hatte, war freundlich genug, mir zu erzählen, worüber jeder in London bereits Bescheid weiß – deine täglichen Besuche in der Curzon Street, deine verrückte Vernarrtheit, die ungeheuren Geldsummen, die du auf diese verrufene Frau verschwendest! *(Geht nach links.)*

LORD WINDERMERE: Margaret! Sprich nicht so über Mrs. Erlynne – du weißt nicht, wie sehr du ihr Unrecht tust!

LADY WINDERMERE *(wendet sich ihm zu)*: Du wachst eifersüchtig über die Ehre von Mrs. Erlynne. Ich wollte, du tätest dasselbe für meine!

LORD WINDERMERE: Deine Ehre ist unangetastet, Margaret. Du glaubst doch nicht für einen Augenblick … *(Legt das Buch in den Schreibtisch zurück.)*

LADY WINDERMERE: Ich glaube, daß du dein Geld seltsam verwendest. Das ist alles. Oh, glaube nicht, daß mir das Geld etwas ausmacht. Soweit es mich angeht, kannst du alles vergeuden, was wir haben. Doch was mir etwas ausmacht, ist, daß du mich geliebt hast, daß du, der mich lehrte, dich zu lieben, von einer Liebe, die gegeben wird, zu einer Liebe wechselst, die gekauft wird. Oh, es ist schrecklich! *(Setzt sich aufs Sofa.)* Und ich bin es, die sich herabgesetzt fühlt! Du fühlst gar nichts! Ich fühle mich befleckt, völlig befleckt! Du kannst dir nicht vorstellen, wir schrecklich die letzten sechs Monate mir nun erscheinen – jeder Kuß, den du mir gabst, ist in meinem Gedächtnis befleckt.

LORD WINDERMERE *(geht zu ihr)*: Sag das nicht, Margaret. Ich habe nie jemanden auf der Welt geliebt außer dir.

LADY WINDERMERE *(steht auf):* Wer ist dann diese Frau? Warum hast du ihr ein Haus gemietet?

LORD WINDERMERE: Ich habe ihr kein Haus gemietet.

LADY WINDERMERE: Du hast ihr das Geld dafür gegeben, was auf dasselbe hinausläuft.

LORD WINDERMERE: Margaret, soweit ich Mrs. Erlynne kennengelernt habe …

LADY WINDERMERE: Gibt es einen Mr. Erlynne – oder ist der ein Mythos?

LORD WINDERMERE: Ihr Mann starb vor vielen Jahren. Sie ist ganz allein auf der Welt.

LADY WINDERMERE: Keine Verwandten? *(Pause.)*

LORD WINDERMERE: Keine.

LADY WINDERMERE: Seltsam, nicht wahr?

LORD WINDERMERE: Margaret, ich war dabei dir zu sagen – und ich bitte dich, mir zuzuhören –, daß soweit ich Mrs. Erlynne kennengelernt habe, sie ein tadelloses Leben geführt hat. Wenn vor Jahren …

LADY WINDERMERE: Oh! *(Geht nach rechts.)* Ich will keine Einzelheiten über ihr Leben hören!

LORD WINDERMERE: Ich werde dir keine Einzelheiten über ihr Leben erzählen. Ich werde dir nur dies sagen – Mrs. Erlynne war einst verehrt, geliebt, respektiert. Sie stammt aus guter Familie, sie hatte eine hohe Stellung, sie hat alles verloren – wenn du willst, sie warf es fort. Das macht alles so viel bitterer. Unglück kann man ertragen – es kommt von außen, es ist ein Unfall. Doch für seine eigenen Fehler zu leiden – ach! – da sitzt der Stachel des Lebens. Und es ist auch schon zwanzig Jahre her. Damals war sie nur ein Mädchen. Sie war kürzer verheiratet als du selbst.

LADY WINDERMERE: Ich bin nicht interessiert an ihr, und du solltest sie nicht in einem Atemzug mit mir nennen. Das zeugt von schlechtem Geschmack. *(Setzt sich rechts an den Schreibtisch.)*

LORD WINDERMERE: Margaret, du könntest dieser Frau helfen. Sie möchte in die Gesellschaft zurückkehren, und sie möchte, daß du ihr hilfst. *(Geht zu ihr hinüber.)*

LADY WINDERMERE: Ich?

LORD WINDERMERE: Ja, du!

LADY WINDERMERE: Wie impertinent! *(Pause.)*

LORD WINDERMERE: Margaret, ich bin gekommen, um dich um einen großen Gefallen zu bitten, und ich werde dich auch bitten, obwohl du herausgefunden hast, was du nie herausfinden solltest, nämlich, daß ich Mrs. Erlynne eine große Summe Geld gegeben habe. Ich möchte, daß du ihr eine Einladung zu unserer Party heute abend schickst. *(Steht links vor ihr.)*

LADY WINDERMERE: Du bist verrückt! *(Steht auf.)*

LORD WINDERMERE: Ich flehe dich an. Die Leute mögen über sie klatschen, klatschen natürlich über sie, doch sie wissen nichts Konkretes, das gegen sie spräche. Sie ist in verschiedene Häuser eingeladen worden – ich gebe zu, nicht in Häuser, in die du gehen würdest, doch immer noch in Häuser, wo Frauen hingehen, die heute jemand in der Gesellschaft sind. Das stellt sie nicht zufrieden. Sie möchte, daß du sie einmal empfängst.

LADY WINDERMERE: Ich nehme an, als Triumph für sie?

LORD WINDERMERE: Nein. Sondern weil sie weiß, daß du eine gute Frau bist – und daß sie, wenn sie einmal hierher kommt, die Chance auf ein glücklicheres, sichereres Leben hat, als sie es bisher hatte. Sie wird keine weiteren Anstrengungen unternehmen, deine Bekanntschaft zu pflegen. Willst du nicht einer Frau helfen, die versucht zurückzukommen?

LADY WINDERMERE: Nein! Wenn eine Frau wirkliche Reue empfindet, dann wird sie niemals wünschen, in die Gesellschaft zurückzukehren, die ihr Ruin war oder ihn gesehen hat.

LORD WINDERMERE: Ich flehe dich an!

LADY WINDERMERE *(geht zur rechten Tür):* Ich werde mich für heute abend umkleiden, und erwähne das Thema heute abend nicht mehr. Arthur – *(geht zu ihm in die Mitte)* –, du meinst, weil ich keinen Vater und keine Mutter habe, bin ich allein auf der Welt, und du kannst mich nach Belieben behandeln. Das stimmt nicht, ich habe Freunde, viele Freunde.

LORD WINDERMERE: Margaret, du redest Unsinn und unüberlegt. Ich will nicht mit dir streiten, doch ich bestehe darauf, daß du Mrs. Erlynne heute abend einlädst.

LADY WINDERMERE: Ich werde nichts dergleichen tun.

LORD WINDERMERE: Du weigerst dich?

LADY WINDERMERE: Absolut!

LORD WINDERMERE: Ach, Margaret, tu es mir zuliebe. Es ist ihre letzte Chance.

LADY WINDERMERE: Was hat das mit mir zu tun?

LORD WINDERMERE: Wie hart gute Frauen doch sind!

LADY WINDERMERE: Wie schwach schlechte Männer doch sind!

LORD WINDERMERE: Margaret, vielleicht ist keiner von uns Männern gut genug für die Frauen, die wir heiraten – das ist bestimmt wahr –, aber du glaubst doch nicht, ich würde jemals – oh, die Unterstellung ist ungeheuerlich!

LADY WINDERMERE: Warum solltest du anders sein als andere Männer? Ich habe gehört, es gibt kaum einen Ehemann in London, der sein Leben nicht auf eine schamlose Leidenschaft verschwendet.

LORD WINDERMERE: Ich gehöre nicht zu ihnen.

LADY WINDERMERE: Dessen bin ich mir nicht sicher!

LORD WINDERMERE: In deinem Herzen bist du sicher. Doch reiße nicht eine Kluft nach der anderen zwischen uns auf. Gott weiß, die letzten Minuten haben uns weit genug voneinander entfernt. Setz dich und schreib die Einladung.

LADY WINDERMERE: Nichts auf der Welt könnte mich dazu bringen.

LORD WINDERMERE *(geht zum Schreibtisch):* Dann werde ich es tun! *(Läutet die elektrische Glokke, setzt sich und schreibt eine Karte.)*

LADY WINDERMERE: Du willst diese Frau einladen? *(Geht zu ihm.)*

LORD WINDERMERE: Ja.

Pause. Parker tritt ein.

LORD WINDERMERE: Parker!

PARKER: Jawohl, Mylord? *(Kommt zu ihm.)*

LORD WINDERMERE: Lassen Sie diese Nachricht zu Mrs. Erlynne in die Curzon Street 84A bringen. *(Geht nach links und gibt Parker den Brief.)* Es wird keine Antwort erwartet.

Parker geht hinaus.

LADY WINDERMERE: Arthur, falls diese Frau hierher kommt, werde ich sie demütigen.

LORD WINDERMERE: Margaret, sag das nicht.

LADY WINDERMERE: Ich meine es ernst.

LORD WINDERMERE: Kleines, wenn du das tätest, gäbe es keine Frau in London, die dich nicht bemitleiden würde.

LADY WINDERMERE: Es gäbe keine gute Frau in London, die mir nicht applaudieren würde. Wir sind zu nachlässig gewesen. Wir müssen ein Exempel statuieren. Ich schlage vor, heute abend zu beginnen. *(Nimmt den Fächer auf.)* Ja, du gabst mir heute diesen Fächer, er war dein Geburtstagsgeschenk. Wenn diese Frau meine Schwelle überschreitet, werde ich ihr damit ins Gesicht schlagen.

LORD WINDERMERE: Margaret, so etwas könntest du nicht tun!

LADY WINDERMERE: Du kennst mich nicht! *(Geht nach rechts.)*

Parker kommt herein.

LADY WINDERMERE: Parker!

PARKER: Ja, Mylady?

LADY WINDERMERE: Ich werde in meinem Zimmer speisen. Eigentlich will ich gar nichts essen. Sorgen Sie dafür, daß alles für halb elf fertig ist. Und, Parker, bitte sprechen Sie die Namen der Gäste heute abend sehr deutlich aus. Manchmal sprechen Sie so schnell, daß ich sie nicht verstehe. Mir liegt besonders viel daran, die Namen deutlich zu hören, damit kein Mißverständnis aufkommt. Sie verstehen, Parker?

PARKER: Sehr wohl, Mylady!

LADY WINDERMERE: Danke, Parker.

Parker geht durch die mittlere Tür hinaus.

(Zu Lord Windermere) Arthur, falls diese Frau hierher kommt – ich warne dich …

LORD WINDERMERE: Margaret, du wirst uns ruinieren!

LADY WINDERMERE: Uns! Von diesem Augenblick an ist mein Leben von deinem getrennt. Doch wenn du einen öffentlichen Skandal vermeiden willst, schreibe dieser Frau auf der Stelle und sage ihr, daß ich ihr verbiete, hierher zu kommen!

LORD WINDERMERE: Das werde ich nicht – ich kann es nicht – sie muß kommen!

LADY WINDERMERE: Dann werde ich genau das tun, was ich gesagt habe. *(Geht nach rechts.)* Du läßt mir keine Wahl. *(Geht rechts hinaus.)*

LORD WINDERMERE *(ruft ihr nach):* Margaret! Margaret! *(Pause.)* Mein Gott! Was soll ich tun? Ich wage nicht, ihr zu sagen, wer diese Frau wirklich ist. Die Schande würde sie umbringen. *(Sinkt in einen Stuhl und vergräbt sein Gesicht in den Händen.)*

Ende des ersten Aktes

ZWEITER AKT

SZENE: *Salon in Lord Windermeres Haus. Tür rechts oben führt in den Ballsaal, in dem ein Orchester spielt. Tür links, durch die Gäste eintreten. Tür links oben führt auf eine beleuchtete Terrasse. Palmen, Blumen und strahlendes Licht. Der Raum ist voller Gäste. Lady Windermere empfängt sie.*

HERZOGIN VON BERWICK *(oben Mitte):* Wie seltsam, daß Lord Windermere nicht hier ist. Auch Mr. Hopper hat sich verspätet. Du hast doch die fünf Tänze für ihn reserviert, Agatha? *(Kommt hinunter.)*

LADY AGATHA: Ja, Mama.

HERZOGIN VON BERWICK *(setzt sich auf ein Sofa):* Laß mich kurz deine Karte sehen. Ich bin ja so froh, daß Lady Windermere wieder Tanzkarten eingeführt hat. – Sie sind halt die einzige Sicherheit für Mütter. Du törichtes kleines Ding! *(Sie streicht zwei Namen.)* Kein nettes Mädchen sollte je mit solch jüngeren Söhnen Walzer tanzen! Er sieht so schnell aus! Bei den letzten beiden Tänzen darfst du mit Mr. Hopper auf die Terrasse hinaustanzen.

Mr. Dumby und Lady Plymdale kommen vom Ballsaal herein.

LADY AGATHA: Ja, Mama.

HERZOGIN VON BERWICK *(fächelt sich Luft zu):* Die Luft hier ist so angenehm.

PARKER: Mrs. Cowper-Cowper. Lady Stutfield. Sir James Royston. Mr. Guy Berkeley.

Die angekündigten Gäste treten ein.

DUMBY: Guten Abend, Lady Stutfield. Ich vermute, dies ist der letzte Ball der Saison?

LADY STUTFIELD: Ich nehme es an, Mr. Dumby. War es nicht eine entzückende Saison?

DUMBY: Wirklich entzückend! Guten Abend, Herzogin. Ich vermute, dies ist der letzte Ball der Saison?

HERZOGIN VON BERWICK: Das nehme ich an, Mr. Dumby. War es nicht eine entsetzlich langweilige Saison?

DUMBY: Entsetzlich langweilig! Entsetzlich langweilig!

MRS. COWPER-COWPER: Guten Abend, Mr. Dumby. Ich nehme an, dies ist der letzte Ball der Saison?

DUMBY: Oh, das glaube ich nicht. Es kommen bestimmt noch zwei. *(Wandert zu Lady Plymdale zurück.)*

PARKER: Mr. Rufford. Lady Jedburgh und Miß Graham. Mr. Hopper.

Die angekündigten Personen treten ein.

HOPPER: Wie geht es Ihnen, Lady Windermere? Wie geht es Ihnen, Herzogin? *(Verbeugt sich vor Lady Agatha.)*

HERZOGIN VON BERWICK: Lieber Mr. Hopper, wie nett, daß Sie so früh gekommen sind. Wir wissen schließlich alle, wie gefragt Sie in London sind.

HOPPER: Phantastischer Ort, London! Die Leute in London sind bei weitem nicht so exklusiv wie die in Sydney.

HERZOGIN VON BERWICK: Ach! Wir wissen eben, was Sie wert sind, Mr. Hopper. Und wünschten, es gäbe mehr von Ihrer Sorte. Das würde das Leben so sehr erleichtern. Sie müssen wissen, Mr. Hopper, die liebe Agatha und ich sind so interessiert an Australien. Es muß so hübsch sein, mit all den reizenden kleinen Känguruhs überall. Agatha hat es auf der Karte gefunden. Es hat eine so seltsame Form! Wie ein großes Paket. Doch es ist ein sehr junges Land, nicht wahr?

HOPPER: Wurde es denn nicht zur gleichen Zeit wie die anderen geschaffen, Herzogin?

HERZOGIN VON BERWICK: Wie scharfsinnig Sie doch sind, Mr. Hopper. Sie besitzen einen höchst individuellen Scharfsinn. Doch nun darf ich Sie nicht länger aufhalten.

HOPPER: Aber ich würde so gern mit Lady Agatha tanzen, Herzogin.

HERZOGIN VON BERWICK: Nun, ich hoffe doch, daß sie noch einen Tanz übrig hat. Hast du einen Tanz übrig, Agatha?

LADY AGATHA: Ja, Mama.

HERZOGIN VON BERWICK: Den nächsten?

LADY AGATHA: Ja, Mama.

HOPPER: Darf ich um die Ehre dieses Tanzes bitten? *(Lady Agatha verneigt sich.)*

HERZOGIN VON BERWICK: Aber passen Sie gut auf meine kleine Plaudertasche auf, Mr. Hopper.

Lady Agatha und Mr. Hopper gehen in den Ballsaal hinüber.

Lord Windermere tritt von links auf.

LORD WINDERMERE: Margaret, ich möchte mit dir sprechen.

LADY WINDERMERE: Einen Augenblick. *(Die Musik hört auf.)*

PARKER: Lord Augustus Lorton.

Lord Augustus tritt ein.

LORD AUGUSTUS: Guten Abend, Lady Windermere.

HERZOGIN VON BERWICK: Sir James, würden Sie mich in den Ballsaal begleiten? Augustus hat heute abend mit uns gespeist, und ich habe für den Augenblick wirklich genug von dem lieben Augustus.

Sir James Royston reicht der Herzogin seinen Arm und begleitet sie in den Ballsaal.

PARKER: Mr. und Mrs. Arthur Bowden. Lord und Lady Paisley. Lord Darlington.

Die angekündigten Personen treten ein.

LORD AUGUSTUS *(auf Lord Windermere zutretend):* Wollte dringend mit Ihnen reden, alter Junge. Ich bin nur noch ein Schatten meiner selbst. Weiß, daß man es mir nicht ansieht. Keiner von uns Männern sieht so aus, wie wir wirklich sind. Das ist auch verdammt gut so. Was ich wissen will ist dies. Wer ist sie? Wo kommt sie her? Warum hat sie keine verdammten Verwandten? Verdammte Plage, Verwandte! Aber sie verleihen einem eine so verdammte Respektabilität.

LORD WINDERMERE: Sie sprechen von Mrs. Erlynne, nehme ich an? Ich bin ihr erst vor sechs Monaten begegnet. Vorher wußte ich nicht einmal von ihrer Existenz.

LORD AUGUSTUS: Doch seitdem haben Sie sie häufig gesehen.

LORD WINDERMERE *(kühl):* Ja, seitdem habe ich sie häufig gesehen. Ich habe sie gerade eben gesehen.

LORD AUGUSTUS: O Gott! Die Frauen sind gar nicht gut auf sie zu sprechen. Ich habe heute abend mit Arabella diniert! Beim Zeus! Sie hätten hören sollen, was sie über Mrs. Erlynne sagte. Sie ließ keinen guten Faden an ihr … *(Beiseite.)* Berwick und ich sagten zu ihr, daß dies nichts ausmachen würde, da die fragliche Dame eine äußerst gute Figur habe. Sie hätten Arabellas Gesicht sehen sollen … Aber schauen Sie, mein Junge. Ich weiß nicht, woran ich mit Mrs. Erlynne bin. Bei Gott, ich könnte mit ihr verheiratet sein, so gleichgültig, wie sie mich behandelt. Außerdem ist sie verflixt schlau! Sie erklärt alles. Bei Gott, sie erklärt sogar Sie. Sie hat jede Menge Erklärungen für Sie – und alle sind verschieden.

LORD WINDERMERE: Für meine Freundschaft mit Mrs. Erlynne sind keinerlei Erklärungen notwendig.

LORD AUGUSTUS: Ähem! Nun, sehen Sie, alter Junge. Glauben Sie, sie wird je in dieses verdammte Ding aufgenommen, das sich Gesellschaft nennt? Würden Sie sie Ihrer Frau vorstellen? Hat keinen Sinn, um den heißen Brei herumzureden. Würden Sie das tun?

LORD WINDERMERE: Mrs. Erlynne kommt heute abend hierher.

LORD AUGUSTUS: Ihre Frau hat sie eingeladen?

LORD WINDERMERE: Mrs. Erlynne hat eine Einladung erhalten.

LORD AUGUSTUS: Dann ist sie in Ordnung, lieber Junge. Aber warum haben Sie mir das nicht gleich gesagt? Hätte mir eine Menge Sorgen und verdammte Mißverständnisse erspart!

Lady Agatha und Mr. Hopper gehen durch den Raum und links oben auf die Terrasse hinaus.

PARKER: Mr. Cecil Graham!

Mr. Cecil Graham tritt ein.

CECIL GRAHAM *(verbeugt sich vor Lady Windermere, geht hinüber und schüttelt Lord Windermere die Hand):* Guten Abend, Arthur. Warum fragen Sie mich nicht, wie es mir geht? Ich mag Leute, die mich fragen, wie es mir geht. Es beweist, wie weit verbreitet das Interesse an meiner Gesundheit ist. Nun, heute abend geht es mir gar nicht gut. Habe mit meinen Leuten gespeist. Frage mich, warum die eigenen Leute immer so langweilig sein müssen. Mein Vater wollte doch tatsächlich nach dem Essen eine Moralpredigt halten. Ich habe ihm gesagt, er sollte alt genug sein, um es besser zu wissen. Doch meiner Erfahrung nach wissen Leute, die alt genug sind, um es besser zu wissen, überhaupt nichts. Hallo, Tuppy! Habe gehört, Sie wollen noch einmal heiraten. Dachte, Sie hätten genug davon.

LORD AUGUSTUS: Sie sind überaus frivol, mein lieber Junge, überaus frivol!

CECIL GRAHAM: Übrigens, Tuppy, wie war das noch? Waren Sie zweimal verheiratet und einmal geschieden oder zweimal geschieden und einmal verheiratet? Ich behaupte, Sie waren zweimal geschieden und einmal verheiratet. Das erscheint so viel wahrscheinlicher.

LORD AUGUSTUS: Ich habe ein sehr schlechtes Gedächtnis. Ich kann mich einfach nicht erinnern. *(Geht nach rechts.)*

LADY PLYMDALE: Lord Windermere, ich muß Sie unbedingt etwas fragen.

LORD WINDERMERE: Ich fürchte – wenn Sie mich entschuldigen würden –, ich muß zu meiner Frau.

LADY PLYMDALE: Oh, daran dürfen Sie gar nicht denken. Es ist heutzutage höchst gefährlich für einen Ehemann, in der Öffentlichkeit seiner Frau Aufmerksamkeit zu schenken. Das läßt die Leute immer vermuten, daß er sie heimlich schlägt. Die Welt ist so mißtrauisch geworden, wenn sie irgend etwas sieht, was auch nur entfernt nach einer glücklichen Ehe aussieht. Doch ich werde Ihnen beim Essen erzählen, um was es geht. *(Geht auf die Tür zum Ballsaal zu.)*

LORD WINDERMERE *(Mitte):* Margaret! Ich muß mit dir sprechen.

LADY WINDERMERE: Würden Sie meinen Fächer halten, Lord Darlington? Danke. *(Kommt zu ihm hinunter.)*

LORD WINDERMERE *(geht auf sie zu):* Margaret, was du vor dem Dinner gesagt hast, war natürlich nicht ernst gemeint, oder?

LADY WINDERMERE: Diese Frau kommt heute abend nicht hierher.

LORD WINDERMERE *(rechts Mitte):* Mrs. Erlynne wird kommen, und wenn du sie in irgendeiner Art und Weise ärgerst oder verletzt, wirst du Scham und Kummer über uns beide bringen. Denk daran! Ach, Margaret, vertraue mir doch! Eine Frau sollte ihrem Gatten vertrauen!

LADY WINDERMERE *(Mitte):* London ist voll von Frauen, die ihren Gatten vertrauen. Man kann sie immer erkennen. Sie sehen durch und durch unglücklich aus. Ich werde nicht zu ihnen gehören. *(Geht die Bühne hinauf.)* Lord Darlington, geben Sie mir bitte meinen Fächer zurück? Danke ... So ein nützliches Ding, so ein Fächer, nicht wahr ...? Ich brauche einen Freund heute abend, Lord Darlington. Ich wußte nicht, daß ich so bald einen brauchen würde.

LORD DARLINGTON: Lady Windermere! Ich wußte, die Zeit würde eines Tages kommen – doch warum heute abend?

LORD WINDERMERE: Ich werde es ihr sagen. Ich muß. Es wäre schrecklich, wenn es zu einer Szene käme. Margaret!

PARKER: Mrs. Erlynne!

Lord Windermere schreckt zusammen. Mrs. Erlynne tritt ein, wunderschön gekleidet und mit großer Würde. Lady Windermere faßt ihren Fächer fester und läßt ihn dann zu Boden fallen. Sie verneigt sich kühl vor Mrs. Erlynne, die sich anmutig vor ihr verneigt und dann in den Raum schwebt.

LORD DARLINGTON: Sie haben ihren Fächer fallen lassen, Lady Windermere. *(Hebt ihn auf und reicht ihn ihr.)*

MRS. ERLYNNE *(Mitte):* Schön, Sie wiederzusehen, Lord Windermere! Wie reizend Ihre liebe Gemahlin aussieht! Ein wahres Bild!

LORD WINDERMERE *(mit leiser Stimme):* Es war schrecklich überstürzt von Ihnen, heute abend zu kommen!

MRS. ERLYNNE *(lächelnd):* Das Klugste, was ich je in meinem Leben getan habe. Und übrigens,

Sie müssen sich heute abend sehr gut um mich kümmern. Ich fürchte mich vor den Damen. Sie müssen mich einigen vorstellen. Mit den Männern werde ich immer fertig. Wie geht es Ihnen, Lord Augustus? Sie haben mich in letzter Zeit vernachlässigt. Ich habe Sie seit gestern nicht mehr gesehen. Ich befürchte, Sie sind treulos. Das hat mir jeder gesagt.

Lord Augustus *(rechts):* Also wirklich, Mrs. Erlynne, Sie müssen mir erlauben zu erklären.

Mrs. Erlynne *(rechts Mitte):* Nein, mein lieber Lord Augustus, Sie können gar nichts erklären. Das ist Ihr größter Charme.

Lord Augustus: Ach! Wenn Sie Charme in mir finden, Mrs. Erlynne …

Sie unterhalten sich. Lord Windermere geht unbehaglich durch den Raum und beobachtet Mrs. Erlynne.

Lord Darlington *(zu Lady Windermere):* Wie blaß Sie sind!

Lady Windermere: Feiglinge sind immer blaß!

Lord Darlington: Sie sehen aus, als ob Sie ohnmächtig würden. Kommen Sie mit hinaus auf die Terrasse.

Lady Windermere: Ja. *(Zu Parker):* Parker, lassen Sie meinen Umhang hinausbringen.

Mrs. Erlynne *(kommt zu ihr hinüber):* Lady Windermere, wie wunderschön Ihre Terrasse erleuchtet ist. Es erinnert mich an den Palazzo des Prinzen Doria in Rom.

Lady Windermere verneigt sich frostig und geht mit Lord Darlington hinaus.

Oh, wie geht es Ihnen, Mr. Graham? Ist das nicht Ihre Tante, Lady Jedburgh? Ich würde sie zu gern kennenlernen.

Cecil Graham *(nach einem Augenblick des Zögerns und der Verlegenheit):* O natürlich, wenn Sie wünschen. Tante Caroline, darf ich dir Mrs. Erlynne vorstellen?

Mrs. Erlynne: Erfreut, Sie kennenzulernen, Lady Jedburgh. *(Setzt sich neben sie aufs Sofa.)* Ihr Neffe und ich sind alte Freunde. Ich interessiere mich so sehr für seine politische Karriere. Er wird bestimmt viel Erfolg haben. Er denkt wie ein Konservativer und redet wie ein Radikaler, und das ist heute so wichtig. Außerdem ist er ein äußerst brillanter Redner. Und wir wissen alle, von wem er das geerbt hat. Lord Allandale sagte erst gestern zu mir – im Park –, daß Mr. Graham ein fast ebenso guter Redner ist wie seine Tante.

Lady Jedburgh *(rechts):* Wie freundlich von Ihnen, mir so reizende Komplimente zu machen! *(Mrs. Erlynne lächelt und setzt die Unterhaltung fort.)*

Dumby *(zu Cecil Graham):* Haben Sie Mrs. Erlynne Lady Jedburgh vorgestellt?

Cecil Graham: Gezwungenermaßen, mein Lieber. Konnte gar nicht anders! Diese Frau kann einen dazu bringen, alles zu tun, was sie will. Wie, weiß ich nicht.

Dumby: Hoffe doch stark, daß sie mich nicht anspricht! *(Schlendert zu Lady Plymdale hinüber.)*

Mrs. Erlynne *(Mitte, zu Lady Jedburgh):* Am Donnerstag? Mit größtem Vergnügen. *(Erhebt sich und spricht lachend zu Lord Windermere.)* Wie langweilig es doch ist, zu diesen alten Matronen höflich sein zu müssen! Aber sie bestehen darauf!

Lady Plymdale *(zu Mr. Dumby):* Wer ist die gut gekleidete Frau, die mit Windermere redet?

Dumby: Habe nicht die leiseste Ahnung! Sieht aus wie eine Luxusausgabe eines skandalösen französischen Romans, speziell für den englischen Markt.

Mrs. Erlynne: Also, das ist der arme Dumby bei Lady Plymdale? Ich habe gehört, sie soll äußerst eifersüchtig auf ihn aufpassen. Heute abend scheint er es nicht eilig zu haben, mit mir zu reden. Ich nehme an, er fürchtet sich vor ihr. Diese strohblonden Frauen haben immer ein furchtbares Temperament. Wissen Sie was, ich denke, ich werde zuerst mit Ihnen tanzen, Windermere. *(Lord Windermere beißt sich auf die Lippen und runzelt die Stirn.)* Es wird Lord Augustus so eifersüchtig machen! Lord Augustus! *(Lord Augustus kommt die Bühne hinab.)* Lord Windermere besteht darauf, daß ich zuerst mit ihm tanze. Da er der Hausherr ist, kann ich mich kaum weigern. Sie wissen doch, daß ich viel lieber mit Ihnen tanzen würde.

Lord Augustus *(verbeugt sich tief):* Ich wollte, ich könnte Ihnen glauben, Mrs. Erlynne.

Mrs. Erlynne: Sie wissen es ganz genau. Ich kann mir sehr gut vorstellen, daß jemand mit Ihnen durchs Leben tanzt und es überaus reizend findet.

Lord Augustus *(legt die Hand auf seine weiße Weste):* Oh, danke, danke! Sie sind die anbetungswürdigste aller Damen!

Mrs. Erlynne: Welch charmante Worte! So schlicht und aufrichtig! Genau, wie ich sie mag.

Nun, Sie dürfen meine Blumen halten! *(Geht an Lord Windermeres Arm auf den Ballsaal zu.)* Ach, Mr. Dumby. Wie geht es Ihnen? Es tut mir so leid, daß ich die letzten drei Mal nicht zu Hause war, als Sie vorbeikamen. Kommen Sie doch am Freitag zum Lunch.

DUMBY *(mit größter Ungezwungenheit):* Mit größtem Vergnügen!

Lady Plymdale funkelt Mr. Dumby beleidigt an. Lord Augustus folgt Mrs. Erlynne und Lord Windermere in den Ballsaal, die Blumen in der Hand.

LADY PLYMDALE *(zu Mr. Dumby):* Was für ein Scheusal Sie sind! Ich werde Ihnen niemals mehr ein Wort glauben! Warum haben Sie mir erzählt, Sie würden sie nicht kennen? Was soll das heißen, daß Sie sie dreimal hintereinander aufgesucht haben? Sie werden nicht zum Lunch zu ihr gehen, das ist Ihnen doch klar, oder?

DUMBY: Meine liebe Laura, nicht im Traum würde ich daran denken hinzugehen!

LADY PLYMDALE: Sie haben mir noch nicht gesagt, wie sie heißt! Wer ist sie?

DUMBY *(hüstelt und streicht sich übers Haar):* Das ist Mrs. Erlynne.

LADY PLYMDALE: Diese Frau!

DUMBY: Ja, so wird sie von allen genannt.

LADY PLYMDALE: Wie überaus interessant! Wie äußerst interessant! Ich muß sie mir wirklich mal genau ansehen. *(Geht zur Tür zum Ballsaal und schaut hinein.)* Ich habe die schockierendsten Dinge über sie gehört. Man sagt, sie ist dabei, den armen Windermere zu ruinieren. Und Lady Windermere, die sich immer so korrekt gibt, lädt sie ein! Wie überaus amüsant! Es braucht schon eine durch und durch gute Frau, um etwas durch und durch Törichtes zu tun! Sie müssen am Freitag mit ihr lunchen!

DUMBY: Warum?

LADY PLYMDALE: Weil ich will, daß Sie meinen Gatten mitnehmen. Er ist in der letzten Zeit so besorgt um mich gewesen, daß er zu einer vollkommenen Plage geworden ist. Nun, diese Frau ist genau das Richtige für ihn. Er wird um sie herumschwänzeln, solange sie ihn läßt, und er fällt mir nicht auf die Nerven. Ich versichere Ihnen, Frauen dieser Art sind äußerst nützlich. Sie bilden die Grundlage der Ehen anderer Leute.

DUMBY: Sie sind mir wirklich ein Rätsel!

LADY PLYMDALE *(schaut ihn an):* Ich wollte, Sie wären eins!

DUMBY: Das bin ich – mir selber. Ich bin die einzige Person der Welt, die ich wirklich genauer kennen möchte. Doch zur Zeit sehe ich dazu keine Chance.

Sie gehen in den Ballsaal hinüber, und Lady Windermere und Lord Darlington kommen von der Terrasse hinein.

LADY WINDERMERE: Ja. Ja. Es ist furchtbar, unerträglich, daß sie heute hierher gekommen ist. Jetzt weiß ich, was Sie heute nachmittag gemeint haben. Warum haben Sie es mir nicht deutlicher gesagt? Hätten Sie es doch!

LORD DARLINGTON: Ich konnte nicht! Ein Mann kann solche Dinge nicht über einen anderen Mann erzählen! Wenn ich jedoch gewußt hätte, daß er Sie dazu bringen würde, sie heute abend hierher einzuladen, hätte ich es Ihnen wahrscheinlich gesagt. Diese Beleidigung hätte Ihnen auf alle Fälle erspart bleiben können!

LADY WINDERMERE: Ich habe sie nicht eingeladen. Er hat darauf bestanden, daß sie kommt – trotz all meiner Bitten, trotz all meiner Befehle. Oh! Dieses Haus ist für mich befleckt! Ich habe das Gefühl, daß jede Frau hier mich verhöhnt, während diese Frau mit meinem Mann tanzt. Womit habe ich das nur verdient? Ich habe ihm mein ganzes Leben geschenkt! Er nahm es – mißbrauchte es – ruinierte es! Ich bin in meinen eigenen Augen gesunken, und mir fehlt der Mut – ich bin ein Feigling! *(Setzt sich auf ein Sofa.)*

LORD DARLINGTON: Wenn ich Sie nur ein wenig kenne, dann weiß ich, daß Sie nicht mit einem Mann leben können, der Sie so behandelt! Was für ein Leben hätten Sie mit ihm? Sie hätten das Gefühl, daß er Sie immerzu anlügt. Sie hätten das Gefühl, daß der Blick seiner Augen, seine Stimme, seine Berührungen, seine Leidenschaft falsch sind. Er würde zu Ihnen kommen, wenn er der anderen müde geworden wäre – Sie müßten ihn dann trösten. Er würde zu Ihnen kommen, während er anderen ergeben wäre – Sie müßten ihn umwerben. Sie müßten für ihn die Maske seines wahren Lebens sein, der Umhang, der sein Geheimnis verbirgt.

LADY WINDERMERE: Sie haben recht – Sie haben so schrecklich recht. Doch wohin kann ich mich wenden? Sie sagten, Sie wollten mein Freund sein, Lord Darlington. – Sagen Sie mir, was soll ich tun? Seien Sie nun mein Freund.

LORD DARLINGTON: Zwischen Männern und Frauen ist Freundschaft unmöglich. Es gibt Leidenschaft, Feindschaft, Anbetung, Liebe – aber keine Freundschaft. Ich liebe Sie …

LADY WINDERMERE: Nein, nein! *(Steht auf.)*

LORD DARLINGTON: Doch, ich liebe Sie! Sie bedeuten mir mehr als alles andere auf der Welt! Was gibt Ihnen Ihr Gatte? Nichts. Was immer er auch haben mag, gibt er dieser erbärmlichen Frau, die er in Ihre Gesellschaft, in Ihr Heim gedrängt hat, um Sie vor aller Welt zu beschämen. Ich biete Ihnen mein Leben …

LADY WINDERMERE: Lord Darlington!

LORD DARLINGTON: Mein Leben – mein ganzes Leben. Nehmen Sie es und tun Sie damit, was Sie wollen … Ich liebe Sie – liebe Sie, wie ich noch nie ein Lebewesen geliebt habe. Vom ersten Augenblick, als ich Sie traf, liebte ich Sie, liebte Sie blind, anbetungsvoll, wahnsinnig! Damals wußten Sie es nicht – Sie wissen es jetzt! Verlassen Sie dieses Haus noch heute nacht. Ich will Ihnen nicht weismachen, daß die Welt keine Rolle spielt – oder die Stimme der Welt – oder die Stimme der Gesellschaft. Sie spielen eine große Rolle. Sie spielen eine viel zu große Rolle. Doch es gibt Momente, in denen ein Mensch wählen muß, ob er sein eigenes Leben leben will, voll, ganz, komplett – oder irgendeine falsche, seichte, würdelose Existenz, nach der die Welt in ihrer Scheinheiligkeit verlangt. Für Sie ist dieser Moment nun gekommen! Wählen Sie! Oh, Geliebte, wählen Sie.

LADY WINDERMERE *(entfernt sich langsam von ihm, während sie ihn erschreckt anschaut):* Ich habe nicht den Mut dazu.

LORD DARLINGTON *(folgt ihr):* Doch. Sie haben den Mut. Es mag sechs Monate Schmerzen geben, ja sogar Schande, doch wenn Sie nicht länger seinen Namen tragen, sondern meinen, wird wieder alles in Ordnung sein. Margaret, meine Geliebte, meine Frau, die Sie eines Tages sein werden – ja, meine Frau! Sie wissen es! Was sind Sie jetzt? Diese Frau hat den Platz, der eigentlich Ihnen gehört. Oh! Gehen Sie – verlassen Sie dieses Haus, den Kopf erhoben, ein Lächeln auf den Lippen, Mut in den Augen. Ganz London wird wissen, was Sie getan haben. Und wer könnte Ihnen die Schuld geben? Niemand. Und wenn doch – was macht das schon? Unrecht? Was ist Unrecht? Es ist unrecht von einem Mann, seine Gattin für eine schamlose Frau zu verlassen. Es ist unrecht von einer Frau, bei einem Mann zu bleiben, der sie entehrt. Sie haben einmal gesagt, Sie würden keine Kompromisse eingehen. Schließen Sie nun keinen! Seien Sie tapfer! Seien Sie Sie selbst!

LADY WINDERMERE: Ich habe Angst, ich selbst zu sein. Lassen Sie mich nachdenken. Lassen Sie mich noch warten! Vielleicht kommt mein Mann zu mir zurück! *(Setzt sich auf ein Sofa.)*

LORD DARLINGTON: Und Sie würden ihn wieder zurücknehmen! Sie sind nicht die Frau, für die ich Sie gehalten habe. Sie sind genau wie jede andere Frau. Sie würden auch lieber alles ertragen, als sich dem Tadel einer Welt zu stellen, deren Lob Sie verachten. In einer Woche werden Sie mit dieser Frau im Park ausfahren. Sie wird Ihr ständiger Gast sein – Ihre liebste Freundin. Sie würden lieber alles ertragen, als diesen monströsen Knoten mit einem Schlag zu lösen. Sie haben recht. Sie besitzen keinen Mut – überhaupt keinen!

LADY WINDERMERE: Ach, geben Sie mir Zeit zum Nachdenken. Ich kann Ihnen jetzt keine Antwort geben. *(Streicht sich nervös mit der Hand über die Stirn.)*

LORD DARLINGTON: Es muß aber jetzt sein oder nie.

LADY WINDERMERE *(erhebt sich vom Sofa):* In dem Fall ist es nie! *(Pause.)*

LORD DARLINGTON: Sie brechen mir das Herz!

LADY WINDERMERE: Meines ist bereits gebrochen. *(Pause.)*

LORD DARLINGTON: Morgen werde ich England verlassen. Dies ist das letztemal, daß ich Sie sehen werde. Sie sehen mich nie wieder. Für einen Augenblick sind sich unsere Leben begegnet – haben sich unsere Seelen berührt. Sie dürfen sich nie wieder treffen oder berühren. Leben Sie wohl, Margaret. *(Geht hinaus.)*

LADY WINDERMERE: Wie einsam ich im Leben bin. Wie schrecklich einsam!

Die Musik hört auf. Die Herzogin von Berwick und Lord Paisley treten lächelnd und redend ein. Andere Gäste kommen vom Ballsaal herein.

HERZOGIN VON BERWICK: Liebe Margaret, ich hatte soeben eine reizende Unterhaltung mit Mrs.

Erlynne. Ich bereue so sehr, was ich heute nachmittag über sie zu Ihnen gesagt habe. Sie muß natürlich in Ordnung sein, wenn Sie sie einladen. Eine höchst attraktive Frau und mit so vernünftigen Ansichten über das Leben. Hat mir gesagt, daß sie gar nichts davon hält, daß Leute mehr als einmal heiraten, so daß ich mir wegen des armen Augustus keine Gedanken machen muß. Kann mir gar nicht vorstellen, warum die Leute so gegen sie sind. Es müssen meine furchtbaren Nichten sein – die Saville-Mädchen – die klatschen immerzu. Dennoch würde ich nach Homburg gehen, meine Liebe, wirklich. Sie ist einfach etwas zu attraktiv. Aber wo ist Agatha? Ah, da ist sie. *(Lady Agatha und Mr. Hopper kommen links oben von der Terrasse herein.)* Mr. Hopper, ich bin Ihnen sehr, sehr böse. Sie haben Agatha mit auf die Terrasse genommen, und sie ist doch so anfällig.

HOPPER *(links Mitte)*: Es tut mir so leid, Herzogin. Wir sind nur für einen Moment hinausgegangen und ins Gespräch gekommen.

HERZOGIN VON BERWICK *(Mitte)*: Ach, über das gute Australien, nehme ich an?

HOPPER: Ja.

HERZOGIN VON BERWICK: Agatha, Liebling! *(Winkt sie heran.)*

LADY AGATHA: Ja, Mama?

HERZOGIN VON BERWICK *(beiseite)*: Hat Mr. Hopper nun ...

LADY AGATHA: Ja, Mama.

HERZOGIN VON BERWICK: Und was hast du ihm geantwortet, liebes Kind?

LADY AGATHA: Ja, Mama.

HERZOGIN VON BERWICK *(liebevoll)*: Mein Liebes! Du sagst doch immer das Richtige! Mr. Hopper! James! Agatha hat mir alles erzählt. Wie geschickt ihr beiden doch euer Geheimnis gehütet habt!

HOPPER: Dann haben Sie nichts dagegen, daß ich Agatha nach Australien entführe, Herzogin?

HERZOGIN VON BERWICK *(entrüstet)*: Nach Australien? Oh, erwähnen Sie diesen schrecklich vulgären Ort nicht!

HOPPER: Aber sie hat gesagt, sie würde gern mit mir kommen.

HERZOGIN VON BERWICK *(streng)*: Hast du das gesagt, Agatha?

LADY AGATHA: Ja, Mama.

HERZOGIN VON BERWICK: Agatha, du sagst doch immer die törichtsten Dinge. Ich meine ja, daß im großen und ganzen der Grosvenor Square ein gesünderer Wohnort wäre. Es wohnen eine Menge vulgärer Leute am Grosvenor Square, aber wenigstens kriechen dort keine schrecklichen Känguruhs herum. Doch darüber wollen wir morgen sprechen. James, Sie können Agatha nach unten begleiten. Natürlich kommen Sie zum Lunch, James. Um halb zwei statt um zwei. Ich bin sicher, der Herzog möchte Ihnen ein, zwei Worte sagen.

HOPPER: Ich würde mich gern mit dem Herzog unterhalten, Herzogin. Bis jetzt hat er noch kein einziges Wort mit mir gesprochen.

HERZOGIN VON BERWICK: Ich stelle mir vor, daß er Ihnen morgen eine Menge zu sagen haben wird. *(Lady Agatha geht mit Mr. Hopper hinaus.)* Und nun, gute Nacht, Margaret. Ich fürchte, es ist die alte, alte Geschichte, meine Liebe. Liebe – nun, vielleicht nicht Liebe auf den ersten Blick, aber Liebe am Ende der Saison, was ja noch viel befriedigender ist.

LADY WINDERMERE: Gute Nacht, Herzogin.

Die Herzogin von Berwick geht am Arm Lord Paisleys hinaus.

LADY PLYMDALE: Meine liebe Margaret, mit was für einer attraktiven Frau Ihr Mann getanzt hat! Ich an Ihrer Stelle wäre höchst eifersüchtig! Ist sie eine gute Freundin von Ihnen?

LADY WINDERMERE: Nein!

LADY PLYMDALE: Wirklich? Gute Nacht, meine Liebe. *(Schaut Mr. Dumby an und geht hinaus.)*

DUMBY: Schreckliche Manieren hat der junge Hopper!

CECIL GRAHAM: Ach! Hopper ist ein natürlicher Gentleman, die schlimmste Sorte Gentleman, die ich kenne.

DUMBY: Vernünftige Frau, Lady Windermere. Viele Gattinnen hätten etwas dagegen gehabt, daß Mrs. Erlynne in ihr Haus käme. Doch Lady Windermere besitzt dieses seltene Ding, das man gesunden Menschenverstand nennt.

CECIL GRAHAM: Und Windermere weiß, daß nichts so wie Unschuld aussieht wie die Indiskretion.

DUMBY: Ja. Der gute Windermere wird beinahe modern. Hätte ich nie gedacht. *(Verbeugt sich vor Lady Windermere und geht hinaus.)*

LADY JEDBURGH: Gute Nacht, Lady Windermere. Was für eine faszinierende Frau Mrs. Erlynne doch ist! Sie kommt am Donnerstag zum Lunch zu mir, wollen Sie nicht auch kommen? Ich erwarte den Bischof und die liebe Lady Merton.

LADY WINDERMERE: Ich fürchte, ich habe bereits eine andere Verpflichtung, Lady Jedburgh.

LADY JEDBURGH: Wie schade! Kommen Sie, meine Liebe.

Lady Jedburgh und Miß Graham gehen ab.

Mrs. Erlynne und Lord Windermere treten ein.

MRS. ERLYNNE: Das war ein entzückender Ball! Erinnert mich sehr an vergangene Zeiten! *(Setzt sich auf ein Sofa.)* Und ich sehe, es gibt immer noch genauso viele Narren in der Gesellschaft wie früher. Wie erfreulich, daß sich nichts geändert hat! Außer Margaret. Sie ist wirklich hübsch geworden. Als ich sie das letztemal gesehen habe – vor zwanzig Jahren –, war sie eine Vogelscheuche. Eine wahre Vogelscheuche, versichere ich Ihnen. Die gute Herzogin! Und diese süße Lady Agatha! Genau der Mädchentyp, den ich mag! Nun, wirklich, Windermere, wenn ich die Schwägerin der Herzogin werden soll …

LORD WINDERMERE *(setzt sich links neben sie)*: Aber werden Sie …?

Mr. Cecil Graham geht mit den übrigen Gästen ab. Lady Windermere beobachtet Mrs. Erlynne und ihren Gatten mit Verachtung und Schmerz. Diese sind sich ihrer Anwesenheit nicht bewußt.

MRS. ERLYNNE: O ja! Er wird morgen um zwölf vorbeikommen. Er wollte mir schon heute abend einen Antrag machen. Eigentlich hat er es auch getan. Er hat gar nicht mehr aufgehört. Armer Augustus, Sie wissen, wie er sich wiederholt. Eine so schlechte Angewohnheit! Doch ich habe ihm gesagt, ich würde ihm vor morgen keine Antwort geben. Natürlich nehme ich ihn. Und ich wage zu sagen, daß ich ihm eine gute Frau sein werde, soweit das möglich ist. Und es steckt viel Gutes in Lord Augustus. Glücklicherweise liegt alles an der Oberfläche. Genau da, wo gute Eigenschaften sein sollten. Natürlich müssen Sie mir in dieser Angelegenheit helfen.

LORD WINDERMERE: Ich soll doch Lord Augustus nicht etwa ermutigen?

MRS. ERLYNNE: O nein! Das Ermutigen übernehme ich. Aber Sie werden mir doch eine hübsche Schenkung machen, lieber Windermere, nicht wahr?

LORD WINDERMERE *(runzelt die Stirn)*: Ist es das, worüber Sie heute abend mit mir reden wollten?

MRS. ERLYNNE: Ja.

LORD WINDERMERE *(mit einer ungeduldigen Geste)*: Darüber will ich hier nicht reden.

MRS. ERLYNNE *(lachend)*: Dann werden wir auf der Terrasse reden. Selbst Geschäftliches sollte einen malerischen Hintergrund haben. Nicht wahr, Windermere? Vor dem richtigen Hintergrund können Frauen alles tun.

LORD WINDERMERE: Würde morgen nicht auch noch reichen?

MRS. ERLYNNE: Nein. Denn sehen Sie, morgen werde ich seinen Heiratsantrag annehmen. Und ich glaube, es wäre gut, wenn ich ihm sagen könnte, ein dritter Cousin – oder zweiter Ehemann oder ein entfernter Verwandter – hätte mir, sollen wir sagen, £ 2000 im Jahr hinterlassen. Das wäre doch noch ein weiterer Anziehungspunkt, oder? Jetzt haben Sie eine einmalige Gelegenheit, mir ein Kompliment zu machen, Windermere. Ich fürchte, daß Margaret Sie in dieser ausgezeichneten Gewohnheit nicht ermutigt. Ein großer Fehler von ihr. Wenn Männer aufhören, Charmantes zu sagen, hören sie auf, Charmantes zu denken. Aber im Ernst, was sagen Sie zu £ 2000? £ 2500, glaube ich. Im modernen Leben bedeutet Spielraum alles. Windermere, meinen Sie nicht auch, daß die Welt ein äußerst amüsanter Ort ist? Ich schon!

Geht mit Lord Windermere auf die Terrasse hinaus. Im Ballsaal beginnt die Musik zu spielen.

LADY WINDERMERE: Es ist mir unmöglich, länger in diesem Haus zu bleiben. Heute abend hat ein Mann, der mich liebt, mir sein Leben angeboten. Ich habe es abgelehnt. Das war so dumm. Jetzt will ich ihm meines anbieten. Ich werde ihm meines geben. Ich gehe zu ihm! *(Nimmt ihren Umhang und geht zur Tür, dreht sich dann wieder um. Setzt sich an den Tisch und schreibt einen Brief, steckt ihn in einen Umschlag und läßt ihn auf dem Tisch.)* Arthur hat mich nie verstanden. Wenn er dies liest, wird er es tun. Er kann nun mit seinem Leben machen, was er will. Ich habe mit meinem gemacht, was ich für das Beste halte, was ich für das Richtige halte. Er war es, der das Band der Ehe gebrochen hat – nicht ich. Ich sprenge nur ihre Fesseln. *(Geht ab.)*

Parker kommt links herein und geht nach rechts zum Ballsaal hinüber. Mrs. Erlynne tritt ein.

MRS. ERLYNNE: Ist Lady Windermere im Ballsaal?

PARKER: Mylady ist ausgegangen.

MRS. ERLYNNE: Ausgegangen? Sie ist nicht auf der Terrasse?

PARKER: Nein, Madam. Mylady hat soeben das Haus verlassen.

MRS. ERLYNNE *(fährt zusammen und schaut den Diener verdutzt an):* Aus dem Haus?

PARKER: Jawohl, Madam – Mylady sagte mir, sie habe seiner Lordschaft einen Brief auf dem Tisch hinterlassen.

MRS. ERLYNNE: Einen Brief an Lord Windermere?

PARKER: Jawohl, Madam.

MRS. ERLYNNE: Danke.

Parker geht ab. Die Musik im Ballsaal bricht ab.

Hat ihr Haus verlassen! Ein Brief an ihren Ehemann! *(Geht zum Schreibtisch und blickt auf den Brief. Nimmt ihn und legt ihn mit einem Angstschaudern wieder nieder.)* Nein, nein! Das ist unmöglich! Das Leben wiederholt keine solchen Tragödien! Oh, warum überkommt mich diese schreckliche Ahnung? Warum erinnere ich mich jetzt an den Augenblick in meinem Leben, den ich vor allem vergessen möchte? Wiederholt das Leben seine Tragödien? *(Reißt den Brief auf und liest ihn, sinkt dann in einen Sessel mit einer Geste der Qual.)* Oh, wie schrecklich! Die gleichen Worte, die ich vor zwanzig Jahren an ihren Vater schrieb! Und wie bitter bin ich dafür bestraft worden! Nein. Meine Strafe, meine wirkliche Strafe ist heute abend, ist jetzt! *(Sitzt immer noch rechts.)*

Lord Windermere kommt links oben herein.

LORD WINDERMERE: Haben Sie meiner Frau schon gute Nacht gewünscht? *(Kommt in die Bühnenmitte.)*

MRS. ERLYNNE *(zerknüllt den Brief in ihrer Hand):* Ja.

LORD WINDERMERE: Wo ist sie denn jetzt?

MRS. ERLYNNE: Sie war sehr müde. Sie ist zu Bett gegangen. Sie sagte, sie habe Kopfschmerzen.

LORD WINDERMERE: Ich muß zu ihr. Sie entschuldigen mich?

MRS. ERLYNNE *(erhebt sich rasch):* O nein! Es ist nichts Ernstes. Sie ist nur sehr müde, das ist alles. Außerdem sind immer noch Leute im Speisezimmer. Sie möchte, daß Sie sie bei ihnen entschuldigen. Sie sagte, sie wolle nicht gestört werden. *(Läßt den Brief fallen.)* Sie bat mich, ihnen das auszurichten!

LORD WINDERMERE *(hebt den Brief auf):* Sie haben etwas fallen lassen.

MRS. ERLYNNE: O ja, danke, der gehört mir. *(Streckt ihre Hand danach aus.)*

LORD WINDERMERE *(schaut immer noch auf den Brief):* Aber das ist doch die Handschrift meiner Frau!

MRS. ERLYNNE *(nimmt rasch den Brief):* Ja, es ist ... eine Adresse. Würden Sie bitte meine Kutsche vorfahren lassen?

LORD WINDERMERE: Gewiß. *(Geht nach links ab.)*

MRS. ERLYNNE: Danke! Was soll ich tun? Was kann ich tun? Ich fühle eine Emotion in mir erwachen, die ich noch nie gefühlt habe. Was kann das bedeuten? Die Tochter darf nicht sein wie die Mutter – das wäre schrecklich! Wie kann ich sie retten? Wie kann ich mein Kind retten? Ein Augenblick kann ein ganzes Leben zerstören. Wer wüßte das besser als ich? Windermere muß aus dem Haus geschafft werden, das ist absolut notwendig. *(Geht nach links.)* Aber wie soll ich es tun? Irgendwie muß ich es schaffen. Ach!

Lord Augustus tritt rechts oben ein, immer noch die Blumen in der Hand.

LORD AUGUSTUS: Meine liebe Dame, ich halte die Spannung nicht mehr aus! Kann ich nicht eine Antwort auf meine Bitte haben?

MRS. ERLYNNE: Lord Augustus, hören Sie mir zu. Sie müssen Lord Windermere auf der Stelle mit in Ihren Club nehmen und ihn so lange wie möglich dort festhalten. Verstehen Sie mich?

LORD AUGUSTUS: Aber Sie haben doch gesagt, ich sollte früh zu Bett gehen?

MRS. ERLYNNE *(nervös):* Tun Sie, was ich Ihnen sage. Tun Sie, was ich Ihnen sage.

LORD AUGUSTUS: Und was ist meine Belohnung?

MRS. ERLYNNE: Ihre Belohnung? Ihre Belohnung? Oh! Fragen Sie mich das morgen! Doch heute nacht dürfen Sie Windermere nicht aus den Augen lassen. Andernfalls werde ich Ihnen nie vergeben. Ich werde nie wieder mit Ihnen reden. Ich will dann nichts mehr mit Ihnen zu tun haben. Denken Sie daran: Sie müssen Windermere in Ihrem Club festhalten und dürfen ihn auf keinen Fall heute nacht nach Hause zurückkommen lassen. *(Geht links ab.)*

LORD AUGUSTUS: Also wirklich, ich könnte genausogut bereits ihr Ehemann sein. Wirklich! *(Folgt ihr völlig verwirrt.)*

Ende des zweiten Aktes

DRITTER AKT

SZENE: *Die Wohnung Lord Darlingtons. Vor dem Kamin rechts steht ein großes Sofa. Im Bühnenhintergrund ist ein Vorhang vor dem Fenster zugezogen. Türen links und rechts. Rechts ein Tisch mit Schreibutensilien. In der Mitte ein Tisch mit Gläsern, Karaffen und Flaschenständern. Tisch links mit Zigarren- und Zigarettendosen. Die Lampen sind angezündet.*

LADY WINDERMERE *(steht am Kamin):* Warum ist er noch nicht hier? Dieses Warten ist schrecklich. Er sollte hier sein. Warum ist er nicht hier, um mit leidenschaftlichen Worten ein Feuer in mir zu entzünden? Mir ist so kalt – so kalt wie einem ungeliebten Ding. Mittlerweile muß Arthur meinen Brief gelesen haben. Wenn ihm an mir gelegen hätte, wäre er mir nachgekommen, hätte er mich mit Gewalt zurückgeholt. Doch ihm liegt nichts an mir. Er ist vollständig in den Netzen dieser Frau gefangen – von ihr fasziniert – von ihr dominiert. Wenn eine Frau einen Mann halten will, muß sie nur an das Schlimmste in ihm appellieren. Wir machen Götter aus Männern, und sie verlassen uns. Andere machen Männer zu Untieren, und sie scharwenzeln um sie herum und bleiben treu. Wie furchtbar das Leben doch ist ...! Oh! Ich muß verrückt gewesen sein, hierher zu kommen, absolut verrückt. Und dennoch – ich frage mich, was schlimmer ist: auf Gnade und Ungnade einem Mann ausgeliefert sein, der einen liebt, oder die Ehefrau eines Mannes zu sein, der einen im eigenen Haus entehrt? Welche Frau weiß das schon? Welche Frau auf der ganzen Welt? Aber wird er mich auf immer lieben, dieser Mann, dem ich mein Leben schenke? Was kann ich ihm bieten? Lippen, die den Klang der Freude verloren haben, Augen, die blind vor Tränen sind, kalte Hände und ein eisiges Herz. Ich kann ihm nichts bieten. Ich muß wieder zurückgehen – nein! Ich kann nicht zurück – mein Brief hat mich ihnen ausgeliefert – Arthur würde mich gar nicht mehr zurücknehmen! Dieser katastrophale Brief! Nein! Lord Darlington verläßt morgen England. Ich werde mit ihm gehen – ich habe gar keine andere Wahl. *(Setzt sich für einen Augenblick, fährt dann wieder auf und legt ihren Umhang um.)* Nein, nein! Ich werde zurückgehen, Arthur soll mit mir machen, was er will. Ich kann nicht hier warten. Mein Kommen war Wahnsinn. Ich muß sofort gehen! Was Lord Darlington angeht ... Oh! Da kommt er! Was soll ich tun? Was kann ich zu ihm sagen? Wird er mich überhaupt gehen lassen? Ich habe von Männern gehört, die brutal und schrecklich sind ... Oh! *(Schlägt die Hände vors Gesicht.)*

Mrs. Erlynne tritt von links auf.

MRS. ERLYNNE: Lady Windermere! *(Lady Windermere fährt zusammen und schaut auf. Dann schreckt sie vor Verachtung zurück.)* Gott sei Dank, ich bin rechtzeitig gekommen! Sie müssen sofort in das Haus Ihres Mannes zurückkehren.

LADY WINDERMERE: Ich muß?

MRS. ERLYNNE *(mit Autorität):* Ja, Sie müssen! Sie dürfen keine Sekunde verlieren. Lord Darlington kann jeden Augenblick zurückkommen.

LADY WINDERMERE: Kommen Sie mir nicht zu nahe!

MRS. ERLYNNE: Oh! Sie stehen am Abgrund des Ruins, am Rande eines schrecklichen Abgrunds.

Sie müssen diesen Ort auf der Stelle verlassen. Meine Kutsche wartet an der Straßenecke. Sie müssen mit mir kommen und geradewegs nach Hause fahren.
Lady Windermere reißt sich den Umhang ab und wirft ihn auf das Sofa.
Was tun Sie da?

LADY WINDERMERE: Mrs. Erlynne – wenn Sie nicht gekommen wären, wäre ich zurückgegangen. Doch da ich Sie nun gesehen habe, könnte nichts auf der Welt mich dazu bringen, mit Lord Windermere unter einem Dach zu leben. Sie erfüllen mich mit Horror. Da ist etwas an Ihnen, das in mir wildesten ... Zorn erweckt. Ich weiß, warum Sie hier sind. Mein Mann hat Sie geschickt, damit Sie mich zurücklocken, so daß ich weiterhin die Beziehungen zwischen Ihnen und ihm decken kann.

MRS. ERLYNNE: Oh! Das glauben Sie doch nicht wirklich? Das können Sie nicht ...

LADY WINDERMERE: Gehen Sie zurück zu meinem Mann, Mrs. Erlynne. Er gehört zu Ihnen und nicht zu mir. Ich nehme an, er fürchtet einen Skandal. Männer sind solche Feiglinge. Sie verletzen jedes Gesetz der Welt und fürchten sich dann vor dem, was die Welt dazu sagen könnte. Doch er sollte sich besser vorbereiten. Er wird einen Skandal bekommen. Er soll den übelsten Skandal bekommen, den London seit Jahren erlebt hat. Er soll seinen Namen in jeder gemeinen Zeitung sehen und meinen Namen auf jedem furchtbaren Plakat.

MRS. ERLYNNE: Nein! Nein!

LADY WINDERMERE: Doch! Das wird er. Wäre er selbst gekommen, wäre ich zugegebenermaßen zu dem Leben in Unehre zurückgekehrt, das Sie und er für mich vorbereitet haben – ich wäre zurückgekommen –, aber selbst zu Hause zu bleiben und Sie als seine Botin zu schikken – Oh! Das war niederträchtig – niederträchtig!

MRS. ERLYNNE *(Mitte):* Lady Windermere, Sie sind im Irrtum – Sie tun Ihrem Mann schrecklich Unrecht. Er weiß gar nicht, daß Sie hier sind – er denkt, Sie sind sicher in Ihrem eigenen Haus. Er denkt, Sie schlafen in Ihrem Zimmer. Er hat den wahnsinnigen Brief nie gelesen, den Sie ihm geschrieben haben!

LADY WINDERMERE *(rechts):* Nie gelesen!

MRS. ERLYNNE: Nein – er weiß überhaupt nichts davon.

LADY WINDERMERE: Für wie töricht halten Sie mich? *(Geht auf sie zu.)* Sie lügen mich an!

MRS. ERLYNNE *(hält sich zurück):* Das tue ich nicht! Ich sage die Wahrheit!

LADY WINDERMERE: Wenn mein Mann den Brief nicht gelesen hat, wieso sind Sie dann hier? Wer hat Ihnen gesagt, daß ich das Haus verlassen habe, das Sie so schamlos betreten haben? Das hat Ihnen mein Ehemann erzählt und Sie geschickt, um mich wieder zurückzulocken. *(Geht nach links hinüber.)*

MRS. ERLYNNE *(rechts Mitte):* Ihr Mann hat den Brief nie zu Gesicht bekommen! Ich – habe ihn entdeckt. Ich habe ihn aufgemacht. Ich – habe ihn gelesen.

LADY WINDERMERE *(dreht sich zu ihr um):* Sie haben einen Brief von mir an meinen Mann geöffnet? Das würden Sie nicht wagen!

MRS. ERLYNNE: Wagen? Oh! Um Sie vor dem Abgrund zu retten, in den Sie fallen würden, gibt es nichts auf der Welt, was ich nicht wagen würde, nichts auf der ganzen Welt! Hier ist der Brief. Ihr Mann hat ihn nie gelesen. Er soll ihn niemals lesen. *(Geht zum Kamin.)* Er hätte nie geschrieben werden dürfen. *(Zerreißt den Brief und wirft ihn ins Feuer.)*

LADY WINDERMERE *(mit einem Ausdruck unendlicher Verachtung in Stimme und Miene):* Wie soll ich wissen, daß das überhaupt mein Brief war? Sie scheinen zu glauben, daß ich mit dem simpelsten Trick getäuscht werden kann!

MRS. ERLYNNE: Oh! Warum müssen Sie alles anzweifeln, was ich sage? Welches Ziel verfolge ich Ihrer Meinung nach, wenn ich hierher komme, außer Sie zu retten vor dem totalen Ruin, Sie zu retten vor den Konsequenzen eines furchtbaren Fehlers? Der nun verbrannte Brief war Ihr Brief. Ich schwöre es!

LADY WINDERMERE *(langsam):* Sie haben dafür gesorgt, daß er verbrannte, bevor ich ihn ansehen konnte. Ich kann Ihnen nicht trauen. Sie, deren ganzes Leben eine Lüge ist – wie könnten Sie über irgend etwas die Wahrheit sagen? *(Setzt sich.)*

MRS. ERLYNNE *(hastig):* Sie können über mich denken, was Sie wollen – sagen Sie über mich, was Sie wollen, aber gehen Sie zurück, gehen Sie zurück zu dem Gatten, den Sie lieben!

LADY WINDERMERE *(murrisch):* Ich liebe ihn nicht!

MRS. ERLYNNE: Sie tun es doch, und Sie wissen, daß er Sie liebt.

LADY WINDERMERE: Er weiß gar nicht, was Liebe ist. Er versteht sie genau so wenig, wie Sie es tun. Doch ich sehe, worauf Sie aus sind. Es wäre für Sie von großem Vorteil, wenn Sie mich zurückbringen könnten. Lieber Himmel! Was für ein Leben ich dann wohl hätte! Ein Leben, auf Gedeih und Verderb ausgeliefert einer Frau, die keine Spur von Gnade oder Mitleid in sich hat, einer Frau, die zu treffen schändlich ist, die zu kennen unehrenhaft ist, einer abscheulichen Frau, einer Frau, die sich zwischen Eheleute drängt!

MRS. ERLYNNE *(mit einer verzweifelten Geste):* Lady Windermere! Lady Windermere, sagen Sie nicht so schreckliche Dinge! Sie wissen gar nicht, wie schrecklich sie sind, wie schrecklich und wie ungerecht. Hören Sie zu, Sie müssen mir zuhören! Gehen Sie zu Ihrem Ehemann zurück, und ich verspreche Ihnen, nie wieder, unter keinen Umständen, Kontakt zu ihm aufzunehmen – ihn nie wieder zu sehen – nie wieder etwas mit seinem oder Ihrem Leben zu tun zu haben! Das Geld, das er mir gab, hat er mir nicht aus Liebe gegeben, sondern aus Haß, nicht aus Verehrung, sondern aus Verachtung. Die Macht, die ich über ihn habe …

LADY WINDERMERE *(erhebt sich):* Ach! Sie geben zu, Macht über ihn zu haben?

MRS. ERLYNNE: Ja, und ich will Ihnen sagen, was es ist. Es ist seine Liebe zu Ihnen, Lady Windermere.

LADY WINDERMERE: Sie erwarten doch wohl nicht, daß ich das glaube?

MRS. ERLYNNE: Sie müssen es glauben! Es ist die Wahrheit. Es ist seine Liebe zu Ihnen, die ihn dazu brachte, sich … Oh! Nennen Sie es, wie Sie wollen, der Tyrannei, Drohungen oder was auch immer zu beugen. Doch es war seine Liebe zu Ihnen. Sein Wunsch, Ihnen Scham zu ersparen … ja, Scham und Schande.

LADY WINDERMERE: Was meinen Sie damit? Sie sind impertinent! Was habe ich mit Ihnen zu tun?

MRS. ERLYNNE *(demütig):* Nichts. Ich weiß – und doch, ich sage Ihnen, daß Ihr Mann Sie liebt – daß Sie nie wieder in Ihrem Leben eine solche Liebe finden werden und daß Sie, wenn Sie sie fortwerfen, eines Tages nach Liebe hungern werden und sie nicht finden, daß Sie um Liebe betteln werden und sie nicht bekommen. Oh! Arthur liebt Sie!

LADY WINDERMERE: Arthur? Und Sie behaupten, daß da nichts zwischen Ihnen ist?

MRS. ERLYNNE: Lady Windermere, ich schwöre beim Himmel, Ihr Mann ist unschuldig jedes Vergehens gegen Sie! Und ich – ich sage Ihnen, wenn ich je gedacht hätte, daß Sie einen so ungeheuren Verdacht schöpfen könnten, wäre ich lieber gestorben, als in Ihr oder sein Leben zu treten … Oh! Ich wäre gestorben, mit Freuden gestorben! *(Geht zum Sofa rechts hinüber.)*

LADY WINDERMERE: Sie reden, als ob Sie ein Herz hätten. Frauen wie Sie haben kein Herz. In Ihnen schlägt kein Herz. Sie werden ge- und verkauft. *(Setzt sich links nieder.)*

MRS. ERLYNNE *(fährt mit einer gequälten Geste auf. Dann zügelt sie sich und geht zu Lady Windermeres Sitzplatz hinüber. Während sie spricht, streckt sie ihr die Hand entgegen, wagt es jedoch nicht, sie zu berühren):* Denken Sie über mich, was Sie wollen. Ich bin keinen Augenblick des Kummers wert. Doch verschwenden Sie nicht Ihr schönes junges Leben wegen mir! Sie wissen nicht, was Ihnen bevorstehen kann, wenn Sie dieses Haus nicht augenblicklich verlassen. Sie wissen nicht, was es bedeutet, in die Grube zu fallen, verachtet zu werden, verhöhnt, verlassen, verspottet – eine Ausgestoßene zu sein! Daß einem die Türen vor der Nase zugeschlagen werden, auf entsetzlichen Umwegen sich einschleichen zu müssen, sich jeden Augenblick fürchten zu müssen, daß einem die Maske vom Gesicht gerissen wird, und die ganze Zeit über das Lachen zu hören, das schreckliche Lachen der Welt, das weitaus tragischer ist als alle Tränen, die die Welt jemals vergossen hat. Sie wissen nicht, was das bedeutet. Man muß für seine Sünden bezahlen, und dann muß man erneut bezahlen, und man bezahlt sein ganzes Leben lang. Das dürfen Sie nie erfahren! – Was mich angeht, wenn Leiden eine Art Wiedergutmachung ist, dann habe ich in diesem Moment für alle meine Fehler bezahlt, was immer sie auch waren. Denn heute abend haben Sie ein Herz erweckt in einer, die keines besaß. Sie haben es erweckt und gebrochen. – Doch lassen wir das beiseite. Ich habe vielleicht mein eigenes Leben ruiniert, aber ich werde nicht zulassen, daß Sie Ihres ruinieren. Sie – nun, Sie sind nur ein Kind, Sie würden untergehen. Sie haben nicht den Verstand, der es einer Frau ermöglicht, sich davon zu erholen. Sie haben weder den Verstand noch den Mut dazu. Sie könnten die Schande nicht ertragen! Nein! Gehen Sie zurück, Lady Windermere, zu dem Ehemann, der Sie liebt und den Sie lieben. Sie haben ein Kind, Lady Windermere. Gehen Sie zurück zu Ihrem Kind, das vielleicht gerade in diesem Augenblick vor Freude oder Schmerzen nach Ihnen ruft. *(Lady Windermere erhebt sich.)* Gott gab Ihnen dieses Kind. Er verlangt von Ihnen, daß Sie ihm ein gutes Leben geben, daß Sie es behüten. Welche Antwort können Sie Gott geben, wenn sein Leben durch Sie ruiniert wird? Zurück in Ihr Haus, Lady Windermere – Ihr Mann liebt Sie! Er hat niemals auch nur im geringsten geschwankt in der Liebe, die er für Sie empfindet. Doch selbst wenn er tausend Geliebte hätte, müßten Sie bei Ihrem Kind bleiben. Wenn er grob zu Ihnen wäre, müßten Sie bei Ihrem Kind bleiben. Wenn er Sie mißhandelte, müßten Sie bei Ihrem Kind bleiben. Wenn er Sie verließe, wäre Ihr Platz bei Ihrem Kind.

Lady Windermere bricht in Tränen aus und vergräbt ihr Gesicht in den Händen.

(Stürzt auf sie zu.) Lady Windermere!

LADY WINDERMERE *(streckt ihr die Hände entgegen, hilflos, wie ein Kind):* Bringen Sie mich heim. Bringen Sie mich heim.

MRS. ERLYNNE *(will sie umarmen. Hält sich dann zurück. Auf ihrem Gesicht liegt ein Ausdruck wundervoller Freude):* Kommen Sie. Wo ist Ihr Umhang? *(Holt ihn vom Sofa.)* Hier. Legen Sie ihn um. Kommen Sie rasch!

Sie gehen zur Tür.

LADY WINDERMERE: Halt! Hören Sie die Stimmen?

MRS. ERLYNNE: Nein, nein! Da ist niemand!

LADY WINDERMERE: Doch, da ist jemand! Hören Sie! Oh! Das ist die Stimme meines Mannes! Er kommt herein! Retten Sie mich! Oh, das ist ein abgekartetes Spiel! Sie haben nach ihm geschickt!

Stimmen vor der Tür.

MRS. ERLYNNE: Still! Ich bin hier, um Sie zu retten, wenn ich kann. Doch ich fürchte, es ist zu spät! Dort! *(Zeigt auf den Vorhang vor dem Fenster.)* Ergreifen Sie die erste Chance hinauszuschleichen, wenn Sie eine sehen!

LADY WINDERMERE: Aber was ist mit Ihnen?

MRS. ERLYNNE: Oh! Kümmern Sie sich nicht um mich! Ich werde mit ihnen fertig.

Lady Windermere versteckt sich hinter dem Vorhang.

LORD AUGUSTUS *(vor der Tür):* Unsinn, mein lieber Windermere, Sie dürfen mich nicht verlassen!

MRS. ERLYNNE: Lord Augustus! Dann bin ich verloren! *(Zögert einen Moment, schaut sich um, entdeckt die Tür rechts und geht durch sie aus dem Raum.)*

Lord Darlington, Mr. Dumby, Lord Windermere, Lord Augustus Lorton und Mr. Cecil Graham treten ein.

DUMBY: Wie unangenehm, daß sie uns um diese Zeit aus dem Club geworfen haben! Es ist erst zwei Uhr. *(Sinkt auf einen Stuhl.)* Der aufregende Teil des Abends beginnt doch erst. *(Gähnt und schließt die Augen.)*

LORD WINDERMERE: Es ist so nett von Ihnen, Lord Darlington, Augustus zu erlauben, Ihnen unsere Gesellschaft aufzudrängen, doch ich fürchte, ich kann nicht lange bleiben.

LORD DARLINGTON: Wirklich? Das tut mir leid! Darf ich Ihnen eine Zigarre anbieten?

LORD WINDERMERE: Danke! *(Setzt sich.)*

LORD AUGUSTUS *(zu Lord Windermere):* Mein lieber Junge, Sie dürfen gar nicht ans Gehen denken. Ich muß noch über einiges mit Ihnen reden, was außerdem verdammt wichtig ist. *(Setzt sich zu ihm an den Tisch links.)*

CECIL GRAHAM: Oh! Und wir wissen alle, worum es dabei geht! Tuppy kann über nichts anderes reden als über Mrs. Erlynne.

LORD WINDERMERE: Nun, das geht Sie doch nichts an, Cecil, oder?

CECIL GRAHAM: Überhaupt nichts! Und genau deswegen interessiert es mich! Meine eigenen Angelegenheiten langweilen mich zu Tode. Ich ziehe die anderer Leute vor.

LORD DARLINGTON: Trinkt doch etwas, Freunde. Cecil, Whiskey und Soda für Sie?

CECIL GRAHAM: Danke. *(Geht mit Lord Darlington zum Tisch.)* Mrs. Erlynne sah heute abend sehr attraktiv aus, nicht wahr?

LORD DARLINGTON: Ich gehöre nicht zu ihren Bewunderern.

CECIL GRAHAM: Ich vorher auch nicht, doch jetzt bin ich einer. Ja, sie hat mich doch tatsächlich dazu gebracht, sie der armen Tante Caroline vorzustellen. Ich glaube, sie ist zum Lunch eingeladen.

LORD DARLINGTON *(überrascht):* Nein, wirklich?

CECIL GRAHAM: Doch, wirklich.

LORD DARLINGTON: Entschuldigt mich einen Moment, Freunde. Ich reise morgen ab und muß noch einige Briefe schreiben. *(Geht zum Schreibtisch und setzt sich.)*

DUMBY: Kluge Frau, diese Mrs. Erlynne.

CECIL GRAHAM: Hallo, Dumby! Ich dachte, Sie wären eingeschlafen.

DUMBY: Das war ich auch, gewöhnlich bin ich das!

LORD AUGUSTUS: Eine sehr kluge Frau. Weiß ganz genau, was für ein verdammter Narr ich bin – weiß es so genau wie ich selbst.

Cecil Graham geht lachend auf ihn zu.

Ach, lachen Sie nur, mein Junge, aber es ist schon etwas Besonderes, eine Frau zu treffen, die mich so durch und durch versteht.

DUMBY: Das ist überaus gefährlich. Es endet immer damit, daß sie einen heiraten.

CECIL GRAHAM: Aber ich dachte, Tuppy, Sie würden sie nie wiedersehen! Ja, das haben Sie gestern abend im Club zu mir gesagt. Sie sagten, Sie hätten gehört …

Flüstert ihm etwas zu.

LORD AUGUSTUS: Oh, das hat sie mir erklärt.

CECIL GRAHAM: Und die Geschichte in Wiesbaden?

LORD AUGUSTUS: Die hat sie auch erklärt.

DUMBY: Und ihr Einkommen, Tuppy? Hat sie das erklärt?

LORD AUGUSTUS *(mit sehr ernster Stimme):* Das wird sie mir morgen erklären.

Cecil Graham geht zum Tisch in der Mitte zurück.

DUMBY: Furchtbar geschäftstüchtig, die Frauen von heute. Natürlich haben unsere Großmütter auch geangelt, aber – beim Zeus – ihre Enkelinnen angeln nur nach Fischen, die auch Perlen verschluckt haben.

LORD AUGUSTUS: Sie wollen eine schlechte Frau aus ihr machen. Das ist sie nicht!

CECIL GRAHAM: Oh! Schlechte Frauen ärgern einen. Gute Frauen langweilen einen. Das ist der einzige Unterschied.

LORD AUGUSTUS *(zieht an einer Zigarre):* Mrs. Erlynne hat eine Zukunft.

DUMBY: Mrs. Erlynne hat eine Vergangenheit.

LORD AUGUSTUS: Ich ziehe Frauen mit Vergangenheit vor. Die Unterhaltung mit ihnen ist so verdammt amüsant.

CECIL GRAHAM: Nun, Sie werden eine Menge Gesprächsstoff mit ihr haben, Tuppy. *(Steht auf und geht zu ihm hinüber.)*

LORD AUGUSTUS: Sie beginnen, mir auf die Nerven zu gehen, mein Junge. Sie beginnen, mir verdammt auf die Nerven zu gehen.

CECIL GRAHAM *(legt ihm die Hände auf die Schultern):* Na, na, Tuppy. Sie haben Ihre Figur verloren, und Sie haben Ihren Charakter verloren. Verlieren Sie nicht die Beherrschung, Sie haben nur eine.

LORD AUGUSTUS: Mein Lieber, wenn ich nicht der sanftmütigste Mann Londons wäre …

CECIL GRAHAM: … würden wir Sie mit mehr Respekt behandeln, nicht wahr, Tuppy? *(Schlendert davon.)*

DUMBY: Die Jugend von heute ist doch ungeheuerlich. Sie haben absolut keinen Respekt vor gefärbten Haaren.

Lord Augustus schaut sich wütend um.

CECIL GRAHAM: Mrs. Erlynne hat großen Respekt vor dem guten Tuppy.

DUMBY: Dann setzt Mrs. Erlynne dem Rest ihres Geschlechts ein bewunderungswürdiges Beispiel. Vollkommen brutal, wie sich die meisten Frauen heutzutage gegenüber Männern verhalten, die nicht ihre Ehemänner sind.

LORD WINDERMERE: Dumby, Sie sind lächerlich, und Cecil, Sie lassen Ihre Zunge mit sich durchgehen. Lassen Sie Mrs. Erlynne in Frieden. Sie wissen eigentlich gar nichts über sie und verbreiten ständig Skandalgeschichten über sie.

CECIL GRAHAM *(geht nach links in der Mitte zu ihm):* Mein lieber Arthur, ich verbreite nie Skandalgeschichten. Ich klatsche nur.

LORD WINDERMERE: Und was ist der Unterschied zwischen Skandalgeschichte und Klatsch?

CECIL GRAHAM: Oh! Klatschen ist charmant! Die Geschichte besteht aus Klatsch. Skandalgeschichten dagegen sind Klatsch, der durch Moral langweilig gemacht wird. Ich dagegen moralisiere nie. Ein Mann, der moralisiert, ist gewöhnlich ein Heuchler, und eine Frau, die moralisiert, ist im allgemeinen unansehnlich. Es gibt nichts auf der Welt, was einer Frau so wenig steht, wie ein puritanisches Gewissen. Und die meisten Frauen wissen dies auch glücklicherweise.

LORD AUGUSTUS: Genau meine Gedanken, mein Lieber, genau meine Gedanken.

CECIL GRAHAM: Schade, Tuppy. Immer wenn jemand mir zustimmt, fühle ich, daß ich im Unrecht bin.

LORD AUGUSTUS: Mein Junge, als ich in Ihrem Alter war ...

CECIL GRAHAM: Aber das waren Sie nie, Tuppy, und das werden Sie nie sein. *(Geht in die Bühnenmitte.)* Sagen Sie, Darlington, haben Sie ein Kartenspiel für uns? Sie spielen doch eine Partie, Arthur, nicht wahr?

LORD WINDERMERE: Nein, danke, Cecil.

DUMBY *(mit einem Seufzer):* Gütiger Himmel! Wie die Ehe einen Mann doch ruinieren kann! Fast so demoralisierend wie Zigaretten, und viel kostspieliger.

CECIL GRAHAM: Sie spielen doch, Tuppy?

LORD AUGUSTUS *(gießt sich am Tisch einen Brandy mit Soda ein):* Kann leider nicht, mein Lieber. Habe Mrs. Erlynne versprochen, nie wieder zu spielen oder zu trinken.

CECIL GRAHAM: Aber, mein lieber Tuppy, lassen Sie sich nicht in die Irre auf den Pfad der Tugend führen. Reformiert wären Sie vollkommen langweilig. Das ist das Schlimmste an den Frauen. Sie wollen immer, daß man gut ist. Und wenn wir gut sind, wenn sie uns begegnen, dann mögen sie uns überhaupt nicht. Sie wollen, daß wir unverbesserlich schlimm sind, wenn sie uns kennenlernen, und verlassen uns, wenn wir gut und unattraktiv geworden sind.

LORD DARLINGTON *(erhebt sich vom Tisch rechts, an dem er Briefe geschrieben hat):* Wir sind immer schlimm, wenn sie uns finden!

DUMBY: Ich meine nicht, daß wir schlimm sind. Ich bin der Meinung, wir sind alle gut, mit Ausnahme von Tuppy.

LORD DARLINGTON: Nein, wir befinden uns alle in der Gosse, doch einige von uns schauen zu den Sternen auf. *(Setzt sich an den Tisch in der Mitte.)*

DUMBY: Nein, wir befinden uns alle in der Gosse, doch einige von uns schauen zu den Sternen auf. Bei meiner Seele, Sie sind heute abend aber in romantischer Stimmung, Darlington.

CECIL GRAHAM: Viel zu romantisch! Sie müssen verliebt sein. Wer ist sie?

LORD DARLINGTON: Die Frau, die ich liebe, ist nicht frei oder glaubt zumindest, es nicht zu sein. *(Schaut unwillkürlich zu Lord Windermere hinüber, während er spricht.)*

CECIL GRAHAM: Aha, eine verheiratete Frau! Nun, es gibt nichts auf der Welt, was sich mit der Zuneigung einer verheirateten Frau vergleichen ließe. Das ist eine Sache, die kein verheirateter Mann versteht.

LORD DARLINGTON: Oh! Sie liebt mich nicht. Sie ist eine gute Frau. Sie ist die einzige gute Frau, der ich in meinem Leben begegnet bin.

CECIL GRAHAM: Die einzige gute Frau, der Sie in Ihrem Leben begegnet sind?

LORD DARLINGTON: Ja!

CECIL GRAHAM *(zündet eine Zigarette an):* Nun, Sie sind ein Glückspilz! Tja, ich habe Hunderte guter Frauen getroffen. Ich scheine nie andere als gute Frauen zu treffen. Die Welt ist praktisch voll von guten Frauen. Sie zu kennen bedeutet eine mittelmäßige Erziehung.

LORD DARLINGTON: Diese Frau besitzt Reinheit und Unschuld. Sie besitzt all das, was wir Männer verloren haben.

CECIL GRAHAM: Mein lieber Freund, was sollten wir Männer mit Reinheit und Unschuld anfangen? Ein wohlüberlegtes Knopfloch ist so viel wirkungsvoller.

DUMBY: Und sie liebt Sie wirklich nicht?

LORD DARLINGTON: Nein, sie liebt mich wirklich nicht!

DUMBY: Dann muß ich Ihnen gratulieren, mein Freund. Auf der Welt gibt es nur zwei Tragödien. Die eine ist die, nicht das zu bekommen, was man sich wünscht, und die andere ist, das zu bekommen, was man sich wünscht. Die letztere ist die größere, die letztere ist eine echte Tragödie! Doch es interessiert mich zu hören, daß sie Sie nicht liebt. Wie lange könnten Sie in eine Frau verliebt bleiben, die Sie nicht liebt, Cecil?

CECIL GRAHAM: In eine Frau, die mich nicht liebte? Oh, mein ganzes Leben lang!

DUMBY: Ich auch. Aber es ist so schwierig, eine zu treffen.

LORD DARLINGTON: Wie können Sie nur so selbstgefällig sein, Dumby?

DUMBY: Ich habe das nicht aus Selbstgefälligkeit gesagt. Ich habe es mit Reue gesagt. Ich bin wild, wahnsinnig angebetet worden. Das tut mir leid. Es war eine ungeheure Plage. Mitunter hätte ich gern etwas Zeit für mich selbst.

LORD AUGUSTUS *(schaut sich um):* Zeit, um sich zu bilden, nehme ich an.

DUMBY: Nein, Zeit, um alles zu vergessen, was ich gelernt habe. Das ist viel wichtiger, mein lieber Tuppy.

Lord Augustus rutscht unbehaglich auf seinem Stuhl herum.

LORD DARLINGTON: Was seid ihr doch für Zyniker!

CECIL GRAHAM: Was ist ein Zyniker? *(Setzt sich auf die Sofalehne.)*

LORD DARLINGTON: Ein Mann, der den Preis von allem kennt und den Wert von nichts.

CECIL GRAHAM: Und ein Gefühlsmensch, mein lieber Darlington, ist jemand, der einen absurden Wert in allem sieht und nicht den Marktwert eines einzigen Dings kennt.

LORD DARLINGTON: Sie amüsieren mich immer, Cecil. Sie reden, als wären Sie ein Mann mit Erfahrung.

CECIL GRAHAM: Das bin ich. *(Geht zum Kamin hinüber und stellt sich davor.)*

LORD DARLINGTON: Dazu sind Sie viel zu jung!

CECIL GRAHAM: Das ist ein großer Irrtum. Erfahrung ist eine Frage des Instinkts im Leben. Und den habe ich. Tuppy dagegen nicht. Erfahrung ist der Name, den Tuppy seinen Fehlern gibt. Das ist alles.

Lord Augustus schaut sich beleidigt um.

DUMBY: Erfahrung ist der Name, den jeder seinen Fehlern gibt.

CECIL GRAHAM *(mit dem Rücken zum Kamin):* Man sollte eben keine machen. *(Sieht Lady Windermeres Fächer auf dem Sofa.)*

DUMBY: Das Leben wäre so langweilig ohne sie.

CECIL GRAHAM: Und natürlich sind Sie der Frau, die Sie lieben, absolut treu, Darlington, dieser guten Frau?

LORD DARLINGTON: Cecil, wenn man eine Frau wirklich liebt, werden alle anderen Frauen auf der Welt unwichtig für einen. Liebe verändert einen – ich habe mich verändert.

CECIL GRAHAM: Du meine Güte! Wie überaus interessant! Tuppy, ich würde gern mit Ihnen reden.

Lord Augustus nimmt keine Notiz.

DUMBY: Es hat keinen Sinn, mit Tuppy zu reden. Da könnte man genausogut mit einer Wand reden.

CECIL GRAHAM: Aber ich mag es, mit einer Wand zu reden – sie ist das einzige Ding auf der Welt, das einem nie widerspricht! Tuppy!

LORD AUGUSTUS: Ja, was ist denn? Was ist denn? *(Steht auf und geht zu Cecil Graham hinüber.)*

CECIL GRAHAM: Kommen Sie hier rüber. Ich muß dringend mit Ihnen reden. *(Beiseite.)* Darlington hält hier Moralpredigten über die Reinheit der Liebe, und die ganze Zeit über hat er eine Frau in der Wohnung.

LORD AUGUSTUS: Nein, wirklich? Wirklich?

CECIL GRAHAM *(leise):* Ja. Da ist ihr Fächer. *(Zeigt auf den Fächer.)*

LORD AUGUSTUS *(kichert):* Beim Zeus! Beim Zeus!

LORD WINDERMERE *(an der Tür):* Jetzt muß ich aber wirklich gehen, Lord Darlington. Schade, daß Sie England so bald verlassen. Bitte, besuchen Sie uns doch, wenn Sie zurückkommen! Meine Frau und ich würden uns sehr freuen, Sie zu sehen!

LORD DARLINGTON *(oben auf der Bühne mit Lord Windermere):* Ich fürchte, ich werde einige Jahre lang fort sein. Gute Nacht!

CECIL GRAHAM: Arthur!

LORD WINDERMERE: Was ist?

CECIL GRAHAM: Ich möchte kurz mir Ihnen reden. Nein, bitte, kommen Sie!

LORD WINDERMERE *(zieht seinen Mantel über):* Ich kann nicht – ich muß gehen.

CECIL GRAHAM: Es geht um etwas Besonderes. Es wird Sie immens interessieren.

LORD WINDERMERE *(lächelt):* Es ist bestimmt nur wieder Unsinn, Cecil.

CECIL GRAHAM: Nein! Bestimmt nicht!

LORD AUGUSTUS *(geht zu ihm):* Mein lieber Freund, Sie dürfen noch nicht gehen. Ich muß noch mit Ihnen reden. Und Cecil muß Ihnen etwas zeigen.

LORD WINDERMERE *(geht hinüber):* Nun, um was geht es?

CECIL GRAHAM: Darlington hat eine Frau in der Wohnung. Da ist ihr Fächer. Ist das nicht amüsant? *(Pause.)*

LORD WINDERMERE: Mein Gott! *(Packt den Fächer – Dumby erhebt sich.)*

CECIL GRAHAM: Was ist los?

LORD WINDERMERE: Lord Darlington!

LORD DARLINGTON *(dreht sich um):* Ja?

LORD WINDERMERE: Was hat der Fächer meiner Frau hier in Ihrer Wohnung zu suchen? Nehmen Sie Ihre Hände von mir, Cecil. Fassen Sie mich nicht an.

LORD DARLINGTON: Der Fächer Ihrer Frau?

LORD WINDERMERE: Ja. Hier ist er.

LORD DARLINGTON *(geht auf ihn zu):* Ich weiß es nicht!

LORD WINDERMERE: Sie müssen es wissen. Ich verlange eine Erklärung. Lassen Sie mich los, Sie Narr! *(Zu Cecil Graham.)*

LORD DARLINGTON *(beiseite):* Sie ist also doch gekommen!

LORD WINDERMERE: Reden Sie schon! Was hat der Fächer meiner Frau hier zu suchen? Antworten Sie! Mein Gott! Ich werde Ihre Wohnung durchsuchen, und falls meine Frau hier ist, werde ich … *(Macht eine Bewegung.)*

LORD DARLINGTON: Sie werden meine Wohnung nicht durchsuchen! Dazu haben Sie kein Recht! Ich verbiete es Ihnen!

LORD WINDERMERE: Sie Schurke! Ich verlasse Ihre Wohnung nicht, bis ich jeden Winkel durchsucht habe! Was ist das für eine Bewegung hinter dem Vorhang? *(Stürzt zum Vorhang in der Mitte.)*

MRS. ERLYNNE *(tritt hinten rechts ein):* Lord Windermere!

LORD WINDERMERE: Mrs. Erlynne!

Alle fahren zusammen und drehen sich um. Lady Windermere ergreift die Gelegenheit, hinter dem Vorhang hervorzukommen und links hinauszuschlüpfen.

MRS. ERLYNNE: Ich fürchte, ich habe den Fächer Ihrer Frau mit meinem vertauscht und aus Versehen mitgenommen, als ich Sie heute abend verließ. Es tut mir so leid. *(Nimmt ihm den Fächer ab. Lord Windermere schaut sie mit Verachtung an. Lord Darlington mit einer Mischung aus Verwunderung und Wut. Lord Augustus wendet sich ab. Die restlichen Männer lächeln einander an.)*

Ende des dritten Akts

VIERTER AKT

SZENE: *Die gleiche wie im ersten Akt.*

LADY WINDERMERE *(liegt auf dem Sofa):* Wie soll ich es ihm sagen? Ich kann es ihm nicht sagen. Es würde ihn umbringen. Ich frage mich, was geschehen ist, nachdem ich aus diesem furchtbaren Zimmer entkommen war. Vielleicht hat sie ihnen den wahren Grund für ihre Anwesenheit verraten und die wahre Bedeutung dieses – dieses fatalen Fächers. Oh, wenn er es weiß – wie könnte ich ihm noch in die Augen schauen? Er würde mir nie vergeben. *(Betätigt die Glocke.)* Wie sicher man sich doch fühlt – außerhalb der Reichweite von Versuchung,

Sünde, Narrheit. Und dann plötzlich – Oh! Das Leben ist schrecklich. Es beherrscht uns, nicht umgekehrt.

Rosalie tritt von rechts ein.

ROSALIE: Mylady haben nach mir geläutet?

LADY WINDERMERE: Ja. Hast du herausgefunden, wann Lord Windermere letzte Nacht heimgekommen ist?

ROSALIE: Seine Lordschaft ist erst gegen fünf Uhr heimgekehrt.

LADY WINDERMERE: Fünf Uhr? Er hat doch heute morgen an meine Tür geklopft, oder?

ROSALIE: Ja, Mylady, um halb zehn. Ich habe ihm gesagt, daß Mylady noch nicht aufgewacht seien.

LADY WINDERMERE: Hat er etwas gesagt?

ROSALIE: Irgend etwas über Myladys Fächer. Ich habe nicht genau gehört, was seine Lordschaft sagte. Haben Sie den Fächer verloren, Mylady? Ich kann ihn nicht finden, und Parker sagt, er sei in keinem der Räume. Er hat in allen nachgeschaut und auch auf der Terrasse.

LADY WINDERMERE: Das macht nichts. Sag Parker, er soll sich keine Mühe machen. Danke, du kannst gehen.

Rosalie geht ab.

LADY WINDERMERE *(erhebt sich):* Sie muß es ihm erzählt haben. Ich kann mir vorstellen, daß jemand einen wundervollen Akt der Selbstaufopferung vollbringt, spontan, verwegen, edel – und nachher stellt sich heraus, daß es einen zu viel kostet. Warum sollte sie einen Augenblick zögern, wenn es um ihren Untergang geht oder meinen …? Wie seltsam! Ich hätte sie in aller Öffentlichkeit in meinem Haus beleidigt. Und sie nimmt eine öffentliche Bloßstellung im Haus eines anderen in Kauf, um mich zu retten … Es liegt eine bittere Ironie, eine bittere Ironie in der Art, wie wir über gute und schlechte Frauen reden … Oh, was für eine Lektion! Und wie schade, daß wir im Leben immer nur dann unsere Lektionen erhalten, wenn sie uns nichts nützen! Denn selbst wenn sie nichts sagt, ich muß es. Oh! Die Schande, die Schande! Wenn ich es erzähle, bedeutet das, das Ganze noch einmal zu durchleben. Handlungen sind die erste Tragödie des Lebens, Worte die zweite. Worte sind vielleicht die schlimmste. Worte sind gnadenlos … Oh! *(Fährt zusammen, als Lord Windermere eintritt.)*

LORD WINDERMERE *(küßt sie):* Margaret – du bist so blaß!

LADY WINDERMERE: Ich habe sehr schlecht geschlafen.

LORD WINDERMERE *(setzt sich neben sie auf das Sofa):* Das tut mir leid. Ich bin erst schrecklich spät heimgekommen und wollte dich nicht aufwecken. Du weinst ja, meine Liebe.

LADY WINDERMERE: Ja, ich weine, denn ich habe dir etwas zu sagen, Arthur.

LORD WINDERMERE: Mein liebes Kleines, es geht dir nicht gut. Du hast zu viel getan. Laß uns aufs Land fahren. In Selby wird es dir bessergehen. Die Saison ist fast vorüber, so daß es keinen Sinn hat, länger hier zu bleiben. Armer Liebling! Wenn du magst, fahren wir heute noch. *(Steht auf.)* Wir können problemlos noch den Zug um 3 Uhr 40 mitbekommen. Ich schicke Fannen ein Telegramm. *(Geht zum Tisch hinüber, setzt sich und schreibt ein Telegramm.)*

LADY WINDERMERE: Ja, laß uns heute noch fahren. Nein. Ich kann heute nicht fahren, Arthur. Ich muß noch jemanden sehen, bevor ich London verlassen kann – jemanden, der überaus freundlich zu mir war.

LORD WINDERMERE *(steht auf und beugt sich über das Sofa):* Freundlich zu dir?

LADY WINDERMERE: Weit mehr als das. *(Steht auf und geht zu ihm hinüber.)* Ich werde es dir erzählen, Arthur, doch du mußt mich lieben, lieben, wie du mich geliebt hast.

LORD WINDERMERE: Dich geliebt habe? Du denkst doch nicht an diese erbärmliche Frau, die gestern abend hier war? *(Kommt um das Sofa herum und setzt sich rechts neben sie.)* Du glaubst doch nicht noch immer … nein, das kannst du nicht.

LADY WINDERMERE: Das tue ich auch nicht. Ich weiß nun, wie sehr im Unrecht und töricht ich war.

LORD WINDERMERE: Es war so gut von dir, sie gestern abend zu empfangen – doch du sollst sie nie wiedersehen müssen.

LADY WINDERMERE: Warum sagst du so etwas? *(Pause.)*

LORD WINDERMERE *(nimmt ihre Hand):* Margaret, ich dachte immer, daß Mrs. Erlynne mehr das Opfer als die Täterin gewesen sei, wie man so sagt. Ich glaubte, sie wolle gut sein, die Stellung zurückgewinnen, die sie durch einen Moment der Torheit verloren hatte, und ein anständiges Leben führen. Ich habe geglaubt, was sie mir erzählte – ich habe mich in ihr getäuscht. Sie ist schlecht – so schlecht, wie eine Frau nur sein kann.

LADY WINDERMERE: Arthur, Arthur, sprich nicht so bitter, über keine Frau. Ich glaube nicht mehr, daß man die Menschen in gute und schlechte aufteilen kann, als handele es sich um zwei unterschiedliche Völker oder Schöpfungen. Frauen, die man gut nennt, können schreckliche Dinge in sich tragen, verrückte Stimmungen der Rücksichtslosigkeit, Anmaßung, Eifersucht, Sünde. Schlechte Frauen, wie sie genannt werden, können Kummer, Reue, Mitleid, Opferbereitschaft in sich tragen. Und ich glaube nicht, daß Mrs. Erlynne eine schlechte Frau ist – ich weiß, daß sie das nicht ist.

LORD WINDERMERE: Mein Liebes, die Frau ist unmöglich. Es ist gleichgültig, was sie uns antun kann, du darfst sie nie wiedersehen. Sie kann nirgendwo empfangen werden.

LADY WINDERMERE: Aber ich will sie sehen. Ich möchte, daß sie hierher kommt.

LORD WINDERMERE: Niemals!

LADY WINDERMERE: Sie kam als dein Gast zu uns. Jetzt muß sie als mein Gast kommen. Das ist nur gerecht.

LORD WINDERMERE: Sie hätte niemals hierher kommen dürfen.

LADY WINDERMERE *(erhebt sich)*: Es ist zu spät, das nun zu sagen, Arthur. *(Entfernt sich von ihm.)*

LORD WINDERMERE *(erhebt sich ebenfalls)*: Margaret, wenn du wüßtest, wohin Mrs. Erlynne gestern abend gegangen ist, nachdem sie dieses Haus verlassen hatte, würdest du dich nicht in einem Raum mit ihr aufhalten wollen. Die ganze Sache war absolut schamlos.

LADY WINDERMERE: Arthur, ich halte es nicht länger aus. Ich muß es dir sagen. Gestern abend …

Parker tritt mit einem Tablett ein, auf dem Lady Windermeres Fächer und eine Karte liegen.

PARKER: Mrs. Erlynne ist gekommen, um Myladys Fächer zurückzubringen, den sie gestern abend aus Versehen mitgenommen hatte. Mrs. Erlynne hat eine Nachricht auf einer Karte hinterlassen.

LADY WINDERMERE: Oh, bitten Sie Mrs. Erlynne, so freundlich zu sein und heraufzukommen. *(Liest die Karte.)* Sagen Sie ihr, ich würde mich sehr freuen, sie zu sehen.

Parker geht hinaus.

Sie möchte mich sehen, Arthur.

LORD WINDERMERE *(nimmt die Karte und liest sie)*: Margaret, ich bitte dich, tu das nicht. Oder laß mich zuerst mit ihr sprechen. Sie ist eine gefährliche Frau. Sie ist die gefährlichste Frau, die ich kenne. Du weißt ja nicht, was du tust.

LADY WINDERMERE: Es ist nur recht, daß ich sie empfange.

LORD WINDERMERE: Mein Kind, du stehst vielleicht am Rande eines gefährlichen Abgrunds. Spring nicht hinein. Es ist absolut notwendig, daß ich sie vor dir spreche.

LADY WINDERMERE: Warum sollte das notwendig sein?

Parker tritt ein.

PARKER: Mrs. Erlynne.

Mrs. Erlynne tritt ein. Parker geht hinaus.

MRS. ERLYNNE: Guten Morgen, Lady Windermere. *(Zu Lord Windermere)*: Guten Morgen. Lady Windermere, die Sache mit Ihrem Fächer tut mir so leid. Ich weiß gar nicht, wie ich einen so dummen Fehler machen konnte. So dumm von mir. Und da ich sowieso in Ihre Richtung fuhr, dachte ich, ich ergreife die Gelegenheit und bringe Ihnen Ihr Eigentum persönlich zurück und entschuldige mich tausendmal für meine Unbedachtheit. Außerdem kann ich mich gleichzeitig von Ihnen verabschieden.

LADY WINDERMERE: Verabschieden? *(Geht mit Mrs. Erlynne zu einem Sofa und setzt sich neben sie.)* Gehen Sie denn fort, Mrs. Erlynne?

MRS. ERLYNNE: Ja. Ich werde wieder ins Ausland gehen. Das englische Klima bekommt mir nicht. Mein … Herz ist angegriffen, und das behagt mir nicht. Ich ziehe es vor, im Süden zu leben. London ist zu voll von Nebel und … und ernsthaften Leuten, Lady Windermere. Ob nun der Nebel die ernsthaften Leute oder die ernsthaften Leute den Nebel produzieren, kann ich nicht sagen, aber das Ganze geht mir ziemlich auf die Nerven, und darum fahre ich heute nachmittag mit dem Club-Zug ab.

LADY WINDERMERE: Heute nachmittag? Aber ich wollte Sie doch so gern besuchen kommen.

MRS. ERLYNNE: Wie nett von Ihnen! Doch ich fürchte, ich muß abreisen.

LADY WINDERMERE: Werde ich Sie denn nie wiedersehen, Mrs. Erlynne?

MRS. ERLYNNE: Ich fürchte nein. Unsere Leben sind zu weit voneinander entfernt. Doch es gibt da eine Kleinigkeit, um die ich Sie bitten wollte. Ich hätte gern ein Photo von Ihnen, Lady Windermere – würden Sie mir eins schenken? Sie wissen gar nicht, wie dankbar ich Ihnen wäre.

LADY WINDERMERE: Oh, mit Vergnügen. Da ist schon eins auf dem Tisch. Ich zeige es Ihnen. *(Geht zum Tisch hinüber.)*

LORD WINDERMERE *(geht zu Mrs. Erlynne hinüber und spricht leise zu ihr):* Es ist ungeheuerlich, daß Sie hierher kommen nach Ihrem Verhalten gestern abend.

MRS. ERLYNNE *(mit einem amüsierten Lächeln):* Mein lieber Windermere, zuerst die Manieren, dann die Moral!

LADY WINDERMERE *(kommt zurück):* Ich fürchte, es ist ziemlich schmeichelhaft – eigentlich bin ich gar nicht so hübsch. *(Zeigt das Photo.)*

MRS. ERLYNNE: Sie sind sogar noch viel hübscher. Aber haben Sie keines von sich und Ihrem kleinen Sohn?

LADY WINDERMERE: Aber ja doch. Hätten Sie lieber so eins?

MRS. ERLYNNE: Ja.

LADY WINDERMERE: Ich hole es Ihnen, wenn Sie mich für einen Augenblick entschuldigen. Es ist oben.

MRS. ERLYNNE: Es tut mir leid, daß ich Ihnen so viel Mühe mache, Lady Windermere.

LADY WINDERMERE *(geht zur Tür rechts):* Überhaupt keine Mühe, Mrs. Erlynne.

MRS. ERLYNNE: Ich bin Ihnen so dankbar.

Lady Windermere geht rechts hinaus.

Sie scheinen heute morgen nicht in der besten Laune zu sein, Windermere. Dazu besteht überhaupt kein Grund. Margaret und ich kommen hervorragend miteinander aus.

LORD WINDERMERE: Ich kann es nicht ertragen, Sie mit ihr zusammen zu sehen. Außerdem haben Sie mir nicht die Wahrheit gesagt, Mrs. Erlynne.

MRS. ERLYNNE: Sie meinen, ich habe ihr nicht die Wahrheit gesagt.

LORD WINDERMERE *(steht in der Bühnenmitte):* Manchmal wünschte ich, Sie hätten es getan. Dann wären mir das Elend, die Angst, die Unannehmlichkeiten der letzten sechs Monate erspart geblieben. Doch eher, als daß meine Frau erfahren sollte … daß die Mutter, von der man ihr gesagt hatte, daß sie tot sei, die Mutter, deren Tod sie betrauerte, am Leben ist – eine geschiedene Frau, die unter einem angenommenen Namen lebt, eine schlechte Frau, die auf Beute aus ist, was ich nun erkannt habe – eher als das war ich bereit, Ihnen Geld zu geben, um Rechnung um Rechnung zu begleichen, Extravaganz um Extravaganz, das zu riskieren, was gestern geschehen ist, den ersten Streit, den ich je mit meiner Frau hatte. Sie wissen gar nicht, was das für mich bedeutet. Wie sollten Sie auch? Doch ich sage Ihnen, die einzigen bitteren Worte, die jemals aus jenem süßen Mund kamen, entstanden um Ihretwillen, und es ist mir zuwider, Sie neben ihr zu sehen. Sie beschmutzen die Unschuld, die sie besitzt. *(Geht nach links in der Bühnenmitte.)* Und dann dachte ich, daß Sie trotz all Ihrer Fehler ehrlich und aufrecht wären. Doch das sind Sie nicht.

MRS. ERLYNNE: Was bringt Sie zu dem Glauben?

LORD WINDERMERE: Sie haben mich dazu gebracht, Ihnen eine Einladung zum Ball meiner Frau zu verschaffen.

MRS. ERLYNNE: Zum Ball meiner Tochter – ja.

LORD WINDERMERE: Sie kamen, und innerhalb einer Stunde, nachdem Sie dieses Haus verlassen hatten, wurden Sie in der Wohnung eines Mannes angetroffen – Sie haben sich vor aller Augen bloßgestellt. *(Geht in der Mitte die Bühne hinauf.)*

MRS. ERLYNNE: Ja.

LORD WINDERMERE *(wendet sich zu ihr um):* Darum habe ich das Recht, Sie als das anzusehen, was Sie sind – eine wertlose, gemeine Frau. Ich habe das Recht, Ihnen zu verbieten, dieses Haus jemals wieder zu betreten, meiner Frau jemals wieder nahe zu kommen …

MRS. ERLYNNE *(kalt):* Meiner Tochter, meinen Sie.

LORD WINDERMERE: Sie haben kein Recht, sie als Ihre Tochter zu bezeichnen. Sie haben sie verlassen, im Stich gelassen, als sie noch ein Baby in der Wiege war, im Stich gelassen wegen Ihres Geliebten, der Sie dann seinerseits verlassen hat.

MRS. ERLYNNE *(erhebt sich)*: Rechnen Sie ihm dies als Verdienst an, Lord Windermere – oder mir?

LORD WINDERMERE: Ihm, da ich Sie nun durchschaut habe.

MRS. ERLYNNE: Seien Sie vorsichtig – Sie sollten sehr vorsichtig sein.

LORD WINDERMERE: Für Sie werde ich kein Blatt vor den Mund nehmen. Ich habe Sie völlig durchschaut.

MRS. ERLYNNE *(schaut ihm gerade in die Augen)*: Das möchte ich bezweifeln.

LORD WINDERMERE: Ich kenne Sie. Zwanzig Jahre Ihres Lebens lebten Sie ohne Ihr Kind, ohne einen Gedanken an Ihr Kind. Eines Tages lasen Sie in der Zeitung, daß sie einen reichen Mann geheiratet hat. Sie sahen Ihre furchtbare Chance. Sie wußten, um ihr den Schimpf zu ersparen, zu erfahren, daß eine Frau wie Sie ihre Mutter ist, würde ich alles ertragen. Sie begannen Ihre Erpressung.

MRS. ERLYNNE *(zuckt die Achseln)*: Benutzen Sie nicht so häßliche Wörter, Windermere. Das ist vulgär. Ich sah meine Chance, das ist wahr, und ich ergriff sie.

LORD WINDERMERE: Ja, Sie ergriffen sie – und haben letzte Nacht alles ruiniert, als Sie ertappt wurden.

MRS. ERLYNNE *(mit einem seltsamen Lächeln)*: Sie haben ja so recht, letzte Nacht habe ich alles ruiniert.

LORD WINDERMERE: Und was Ihren Schnitzer angeht, den Fächer meiner Frau von hier mitzunehmen und in Darlingtons Wohnung liegenzulassen, das ist unverzeihlich. Ich kann es nicht mehr ertragen, ihn auch nur zu sehen. Nie wieder darf meine Frau ihn benutzen. Er ist in meinen Augen beschmutzt. Sie hätten ihn behalten sollen und nicht zurückbringen.

MRS. ERLYNNE: Ich glaube, ich werde ihn auch behalten. *(Geht die Bühne hinauf.)* Er ist äußerst hübsch. *(Nimmt den Fächer.)* Ich werde Margaret bitten, ihn mir zu schenken.

LORD WINDERMERE: Ich hoffe, sie wird ihn Ihnen schenken.

MRS. ERLYNNE: Oh, ich glaube nicht, daß sie Einwände erheben wird.

LORD WINDERMERE: Ich wünschte, sie würde Ihnen auch ein Miniaturgemälde geben, das sie jeden Abend küßt, bevor sie betet. – Es handelt sich um das Gemälde eines jungen, unschuldig aussehenden Mädchens mit wunderschönem dunklem Haar.

MRS. ERLYNNE: Ach ja, ich erinnere mich. Wie lange das her zu sein scheint! *(Geht zum Sofa und setzt sich.)* Es wurde gemalt, bevor ich heiratete. Dunkles Haar und ein unschuldiges Gesicht waren damals in Mode, Windermere! *(Pause.)*

LORD WINDERMERE: Warum sind Sie heute morgen hier vorbeigekommen? Was wollen Sie hier? *(Geht nach links und setzt sich.)*

MRS. ERLYNNE *(mit einer Andeutung von Ironie in der Stimme)*: Mich von meiner geliebten Tochter verabschieden natürlich.

Lord Windermere beißt sich wütend auf die Lippen. Mrs. Erlynne schaut ihn an, und ihre Stimme und Haltung werden ernst. Als sie spricht, klingt ihre Stimme sehr traurig. Für einen Augenblick läßt sie ihre Maske fallen.

Oh, bitte glauben Sie nicht, daß ich eine pathetische Szene mit ihr spielen will, an ihrer Schulter weinen und ihr sagen will, wer ich bin und solche Sachen. Ich habe nicht den Ehrgeiz, die Rolle einer Mutter zu spielen. Nur einmal in meinem Leben habe ich erfahren, was die Gefühle einer Mutter sind. Das war letzte Nacht. Und sie waren schrecklich – ich habe unter ihnen gelitten – habe zu sehr unter ihnen gelitten. Wie Sie schon sagten, zwanzig Jahre habe ich kinderlos gelebt – ich will immer noch kinderlos leben. *(Verbirgt ihre Emotionen hinter einem banalen Lachen.)* Außerdem, mein lieber Windermere, wie um alles in der Welt sollte ich als Mutter mit einer erwachsenen Tochter posieren? Margaret ist einundzwanzig, und ich habe niemals zugegeben, älter als neunundzwanzig zu sein, vielleicht höchstens dreißig. Neunundzwanzig bei rosa Licht, dreißig ohne. Sie sehen, welche Schwierigkeiten ich haben würde. Nein, soweit es mich angeht, lassen Sie Ihrer Frau das Andenken an diese tote, unbefleckte Mutter. Warum sollte ich ihre Illusionen zerstören? Ich finde es hart genug, meine eigenen zu behalten. Letzte Nacht habe ich eine Illusion verloren. Ich dachte, ich besäße kein Herz. Ich mußte feststellen, daß ich eins habe, und Herz steht mir nicht, Windermere. Irgendwie paßt es nicht zu modischer Kleidung. Es läßt einen alt aussehen. *(Nimmt einen Handspiegel vom Tisch und schaut hinein.)* Und in kritischen Momenten ruiniert es einem die Karriere.

LORD WINDERMERE: Sie erfüllen mich mit Grauen – mit absolutem Grauen.

MRS. ERLYNNE *(steht auf):* Ich nehme an, Windermere, Sie sähen es gern, wenn ich mich in ein Kloster zurückziehen oder Krankenschwester würde oder etwas in der Art, wie es Leute in diesen dummen modernen Romanen tun. Das ist so töricht von Ihnen, Arthur. Im wirklichen Leben tut man so etwas nicht – jedenfalls nicht, solange man sich ein einigermaßen gutes Aussehen erhalten kann. Nein – was einen heute tröstet, ist nicht Reue, sondern Vergnügen. Reue ist aus der Mode gekommen. Und außerdem, wenn eine Frau echte Reue empfindet, muß sie zu einer schlechten Schneiderin gehen, sonst glaubt ihr niemand. Und nichts in der Welt würde mich dazu bringen, das zu tun. Nein. Ich werde völlig aus Ihrer beider Leben verschwinden. Es war ein Fehler, überhaupt hineingekommen zu sein – das habe ich gestern nacht entdeckt.

LORD WINDERMERE: Ein fataler Fehler.

MRS. ERLYNNE *(lächelnd):* Fast fatal.

LORD WINDERMERE: Es tut mir jetzt leid, daß ich meiner Frau nicht von Anfang an die ganze Geschichte erzählt habe.

MRS. ERLYNNE: Ich bereue meine schlechten Taten. Sie bereuen Ihre guten – das ist der Unterschied zwischen uns beiden.

LORD WINDERMERE: Ich traue Ihnen nicht. Ich werde es meiner Frau erzählen. Es ist besser für sie, wenn sie es erfährt, und zwar von mir. Es wird ihr unendlichen Schmerz bereiten – es wird sie schrecklich demütigen, aber es ist nur Recht, daß sie es weiß.

MRS. ERLYNNE: Sie wollen es ihr sagen?

LORD WINDERMERE: Ich werde es ihr sagen.

MRS. ERLYNNE *(geht zu ihm):* Wenn Sie das tun, werde ich dafür sorgen, daß mein Name so berüchtigt wird, daß er Ihr ganzes Leben ruinieren wird. Das wird Sie zugrunde richten und Sie unglücklich machen. Wenn Sie es wagen, es ihr zu sagen, dann gibt es keine Stufe der Erniedrigung, auf die ich nicht herabsinken werde, keine Grube der Schande, in die ich nicht treten werde. Sie dürfen es ihr nicht sagen – ich verbiete es Ihnen.

LORD WINDERMERE: Warum?

MRS. ERLYNNE *(nach einer kurzen Pause):* Wenn ich Ihnen sagte, daß mir an ihr liegt, daß ich sie vielleicht sogar liebte – würden Sie mich höhnisch auslachen, nicht wahr?

LORD WINDERMERE: Ich hätte das Gefühl, es wäre nicht wahr. Die Liebe einer Mutter bedeutet Hingabe, Selbstlosigkeit, Opferbereitschaft. Und was wissen Sie schon von solchen Dingen?

MRS. ERLYNNE: Sie haben recht. Was könnte ich schon von solchen Dingen wissen? Reden wir nicht mehr davon – was das angeht, meiner Tochter zu erzählen, wer ich bin, das kann ich nicht zulassen. Es ist mein Geheimnis, nicht das Ihre. Wenn ich beschließe, es ihr zu sagen, und ich glaube, das werde ich, dann werde ich es ihr sagen, bevor ich das Haus verlasse – wenn nicht, dann werde ich es ihr niemals sagen.

LORD WINDERMERE *(ärgerlich):* Dann lassen Sie mich bitten, verlassen Sie das Haus auf der Stelle. Ich werde Sie bei Margaret entschuldigen.

Lady Windermere kommt rechts herein. Sie geht mit dem Photo in der Hand zu Mrs. Erlynne hinüber. Lord Windermere zieht sich hinter das Sofa zurück und beobachtet Mrs. Erlynne im weiteren Verlauf der Szene ängstlich.

LADY WINDERMERE: Entschuldigen Sie, Mrs. Erlynne, daß ich Sie so lange warten ließ. Ich konnte das Photo nirgendwo finden. Und schließlich entdeckte ich es im Ankleidezimmer meines Mannes – er hatte es gestohlen.

MRS. ERLYNNE *(nimmt das Photo und schaut es an):* Das wundert mich nicht – es ist entzückend. *(Geht mit Lady Windermere zum Sofa hinüber und setzt sich neben sie. Schaut sich erneut das Photo an.)* Und das ist also Ihr kleiner Junge? Wie heißt er denn?

LADY WINDERMERE: Gerard, nach meinem lieben Vater.

MRS. ERLYNNE *(legt das Photo hin):* Wirklich?

LADY WINDERMERE: Ja. Wenn es ein Mädchen geworden wäre, hätte ich sie nach meiner Mutter benannt. Meine Mutter hatte denselben Namen wie ich, Margaret.

MRS. ERLYNNE: Mein Name ist auch Margaret.

LADY WINDERMERE: Tatsächlich?

MRS. ERLYNNE: Ja. *(Pause.)* Ihr Mann erzählt mir, Sie sind dem Andenken an Ihre Mutter ergeben, Lady Windermere.

LADY WINDERMERE: Wir haben alle Ideale im Leben. Wenigstens sollten wir sie haben. Meines ist meine Mutter.

MRS. ERLYNNE: Ideale sind gefährlich. Realität ist besser. Sie verletzt, aber sie ist besser.

LADY WINDERMERE *(schüttelt den Kopf):* Wenn ich meine Ideale verlöre, verlöre ich alles.

MRS. ERLYNNE: Alles?

LADY WINDERMERE: Ja. *(Pause.)*

MRS. ERLYNNE: Hat Ihr Vater Ihnen oft von Ihrer Mutter erzählt?

LADY WINDERMERE: Nein, es bereitete ihm zu viel Schmerz. Er erzählte mir, daß meine Mutter wenige Monate nach meiner Geburt starb. Während er sprach, füllten sich seine Augen mit Tränen. Dann flehte er mich an, ihm gegenüber nie mehr ihren Namen zu erwähnen. Er litt, wenn er ihn nur hörte. Mein Vater – mein Vater starb wirklich an einem gebrochenen Herzen. Ich kenne niemanden, dessen Leben so ruiniert war wie das seine.

MRS. ERLYNNE *(erhebt sich):* Ich fürchte, ich muß jetzt gehen, Lady Windermere.

LADY WINDERMERE *(erhebt sich):* Oh, nein, noch nicht.

MRS. ERLYNNE: Ich glaube, ich sollte. Meine Kutsche muß mittlerweile zurück sein. Ich hatte sie mit einer Nachricht zu Lady Jedburghs Haus geschickt.

LADY WINDERMERE: Arthur, würdest du bitte nachsehen, ob Mrs. Erlynnes Kutsche zurück ist?

MRS. ERLYNNE: Bitte, machen Sie sich keine Mühe, Lord Windermere.

LADY WINDERMERE: Doch, Arthur, bitte sieh nach.

Lord Windermere zögert einen Augenblick und sieht Mrs. Erlynne an. Sie bleibt regungslos. Er verläßt den Raum.

(Zu Mrs. Erlynne) Oh! Was kann ich sagen? Sie haben mich gestern abend gerettet! *(Geht auf sie zu.)*

MRS. ERLYNNE: Scht – reden Sie nicht davon!

LADY WINDERMERE: Ich muß davon reden. Sie dürfen nicht glauben, daß ich dieses Opfer annehme. Das kann ich nicht. Es ist ein zu großes Opfer. Ich werde meinem Mann alles erzählen. Das ist meine Pflicht.

MRS. ERLYNNE: Das ist nicht Ihre Pflicht – zumindest haben Sie Pflichten anderen gegenüber, außer ihm. Sie sagen, Sie sind mir etwas schuldig?

LADY WINDERMERE: Ihnen verdanke ich alles.

MRS. ERLYNNE: Dann zahlen Sie Ihre Schuld durch Schweigen. Das ist der einzige Weg, auf dem sie gezahlt werden kann. Verderben Sie nicht die einzige gute Tat, die ich in meinem Leben begangen habe, indem Sie jemandem davon erzählen. Versprechen Sie mir, daß das, was gestern abend geschehen ist, unser Geheimnis bleibt. Sie dürfen kein Elend in das Leben Ihres Mannes bringen. Warum wollen Sie seine Liebe verletzen? Das dürfen Sie nicht. Liebe kann so leicht getötet werden. Oh! Wie leicht Liebe getötet werden kann! Geben Sie mir Ihr Wort, Lady Windermere, daß Sie es ihm niemals erzählen. Ich bestehe darauf.

LADY WINDERMERE *(mit gesenktem Kopf):* Wenn Sie darauf bestehen.

MRS. ERLYNNE: Das tue ich. Und vergessen Sie niemals Ihr Kind – ich denke gern als Mutter an Sie. Ich möchte, daß Sie an sich selbst als Mutter denken.

LADY WINDERMERE *(schaut auf):* Das will ich von nun an immer tun. Nur einmal in meinem Leben habe ich meine eigene Mutter vergessen – das war letzte Nacht. Oh, wenn ich mich an sie erinnert hätte, wäre ich nie so töricht gewesen, so schlecht.

MRS. ERLYNNE *(mit einem leichten Schauder):* Scht! Letzte Nacht ist endgültig vorüber.

Lord Windermere kommt zurück.

LORD WINDERMERE: Ihre Kutsche ist noch nicht zurückgekehrt, Mrs. Erlynne.

MRS. ERLYNNE: Ach, das macht nichts. Ich werde eine Droschke nehmen. Nichts ist so respektabel wie eine gute Droschke. Und nun, meine liebe Lady Windermere, muß ich wirklich auf Wiedersehen sagen. *(Geht in die Mitte der Bühne hinauf.)* Ach, da fällt mir ein – Sie werden mich für albern halten, aber Sie müssen wissen, daß ich mich wirklich in diesen Fächer verliebt habe, den ich törichterweise gestern abend nach Ihrem Ball entführt habe. Ich frage mich, ob Sie ihn mir wohl geben würden. Lord Windermere meint, Sie würden. Ich weiß, daß er ihn Ihnen geschenkt hat.

LADY WINDERMERE: Aber natürlich, wenn es Ihnen Freude macht. Aber es steht mein Name drauf. Es steht »Margaret« darauf.

MRS. ERLYNNE: Aber wir haben doch den gleichen Vornamen.

LADY WINDERMERE: Ach, das hatte ich vergessen. Natürlich! Was für ein seltsamer Zufall, daß wir den gleichen Namen haben!

MRS. ERLYNNE: Wirklich ein seltsamer Zufall! Danke. Er wird mich immer an Sie erinnern. *(Schüttelt ihr die Hand.)*

Parker tritt ein.

PARKER: Lord Augustus Lorton. Mrs. Erlynnes Kutsche ist eingetroffen.

Lord Augustus tritt ein.

LORD AUGUSTUS: Guten Morgen, mein Junge. Guten Morgen, Lady Windermere. *(Erblickt Mrs. Erlynne.)* Mrs. Erlynne!

MRS. ERLYNNE: Guten Morgen, Lord Augustus! Geht es Ihnen heute morgen gut?

LORD AUGUSTUS *(kalt):* Recht gut, vielen Dank, Mrs. Erlynne.

MRS. ERLYNNE: Sie sehen gar nicht so gut aus, Lord Augustus. Sie bleiben zu lange auf – das ist so schlecht für Sie. Sie sollten wirklich besser auf sich achtgeben! Auf Wiedersehen, Lord Windermere! *(Geht zur Tür mit einer Verneigung für Lord Augustus. Lächelt plötzlich und schaut zu ihm zurück.)* Lord Augustus! Wollen Sie mich nicht zur Kutsche begleiten? Sie könnten meinen Fächer tragen.

LORD WINDERMERE: Erlauben Sie mir!

MRS. ERLYNNE: Nein, ich brauche Lord Augustus. Ich habe eine Nachricht für die liebe Herzogin. Würden Sie meinen Fächer tragen, Lord Augustus?

LORD AUGUSTUS: Wenn Sie es wirklich wünschen, Mrs. Erlynne.

MRS. ERLYNNE: Natürlich möchte ich es. Sie werden es so anmutig tun. Sie tun alles so anmutig, lieber Lord Augustus. *(Als sie die Tür erreicht, schaut sie noch einmal zu Lady Windermere hinüber. Ihre Blicke treffen sich. Dann dreht sie sich um und geht hinaus, gefolgt von Lord Augustus.)*

LADY WINDERMERE: Du wirst nie mehr etwas Schlechtes über Mrs. Erlynne sagen, nicht wahr, Arthur?

LORD WINDERMERE *(ernst):* Sie ist besser, als ich dachte.

LADY WINDERMERE: Sie ist besser als ich.

LORD WINDERMERE *(lächelt und streicht ihr übers Haar):* Liebling, du und sie, ihr gehört zu verschiedenen Welten. In deine Welt ist niemals das Böse eingedrungen.

LADY WINDERMERE: Sag das nicht, Arthur. Wir leben alle in derselben Welt, und Gut und Böse, Sünde und Unschuld wandern Hand in Hand durch sie hindurch. Die Augen vor dem halben Leben zu verschließen, damit man in Sicherheit lebt, ist, als ob man sich selbst geblendet hätte, damit man in einem Land aus Gruben und Abgründen sicherer gehen könnte.

LORD WINDERMERE *(geht mit ihr die Bühne hinunter):* Liebling, warum sagst du das?

LADY WINDERMERE *(setzt sich aufs Sofa):* Weil ich, die ich meine Augen vor dem Leben verschlossen hatte, an einen Abgrund geraten bin. Und eine Person, die uns getrennt hatte …

LORD WINDERMERE: Wir waren niemals getrennt.

LADY WINDERMERE: Wir dürfen niemals mehr getrennt werden. O Arthur, liebe mich etwas weniger, und ich will dir mehr vertrauen. Ich werde dir absolut vertrauen. Laß uns nach Selby fahren. Im Rosengarten von Selby sind die Rosen weiß und rot.

Lord Augustus kommt in der Mitte herein.

LORD AUGUSTUS: Arthur, sie hat alles erklärt!

Bei diesen Worten sieht Lady Windermere sehr ängstlich aus. Lord Windermere fährt zusammen. Lord Augustus nimmt Lord Windermere beim Arm und führt ihn in den Bühnenvordergrund. Er spricht schnell und leise. Lady Windermere beobachtet sie ängstlich.

Mein lieber Freund, sie hat mir die ganze verdammte Geschichte erklärt. Wir haben ihr alle ein großes Unrecht getan. Sie war nur um meinetwillen in Darlingtons Wohnung. Kam zunächst zum Club – Tatsache ist, sie wollte mich aus der Ungewißheit erlösen –, und als sie erfuhr, daß ich weitergezogen war, folgte sie, war natürlich erschreckt, als sie unsere ganze

Meute hereinkommen hörte – zog sich in einen anderen Raum zurück – ich versichere Ihnen, das Ganze ist höchst zufriedenstellend für mich. Wir haben uns alle schlecht ihr gegenüber benommen. Sie ist genau die Richtige für mich. Paßt haargenau zu mir. Die einzige Bedingung, die sie gestellt hat, ist, daß wir ganz aus England wegziehen. Und das ist auch gut so. Verdammte Clubs, verdammtes Klima, verdammte Köche, verdammtes Alles. Bin all dessen überdrüssig!

LADY WINDERMERE: Hat Mrs. Erlynne …?

LORD AUGUSTUS *(nähert sich ihr mit einer tiefen Verbeugung):* Jawohl, Lady Windermere. Mrs. Erlynne hat mir die Ehre erwiesen, meinen Antrag anzunehmen.

LORD WINDERMERE: Nun, Sie heiraten gewiß eine sehr kluge Frau!

LADY WINDERMERE *(ergreift die Hand ihres Mannes):* Ach, Sie heiraten eine sehr gute Frau!

Vorhang

Vera oder Die Nihilisten

Ein Theaterstück in einem Prolog und vier Akten

Charaktere des Prologs

Peter Saburov (ein Wirt)
Vera Saburov (seine Tochter)
Michael (ein Bauer)
Dimitri Saburov
Nicolas
Oberst Kotemkin

Charaktere des Theaterstücks

Ivan der Zar
Prinz Paul Maralovski, Premierminister von Rußland
Prinz Petrowitsch
Graf Ruwalov
Marquis de Poivrard
Baron Raff
General Kotemkin
Ein Page
Oberst der Garde
Nihilisten
Peter Chernawitsch, Vorsitzender der Nihilisten
Michael
Alexis Ivanaciewitsch, bekannt als Medizinstudent
Professor Marfa
Vera Saburov
Soldaten, Verschwörer etc.

Prolog

Szenerie: *Ein russisches Wirtshaus. Eine große Tür eröffnet den Blick auf eine verschneite Landschaft hinten auf der Bühne. Peter Saburov und Michael.*

Peter *(wärmt seine Hände an einem Ofen):* Ist Vera noch nicht zurück, Michael?

Michael: Nein, Vater Peter, noch nicht; bis zum Postamt sind es gute drei Meilen, und sie muß außerdem noch die Kühe melken; und die Graubraune ist ein seltsames Tier, das einer Frau das Leben schwermachen kann.

Peter: Warum hast du sie nicht begleitet du grüner Trottel? Sie wird dich nie lieben, wenn du dich nicht ständig an ihre Fersen heftest; Frauen möchten, daß man ihnen auf die Nerven geht.

Michael: Sie sagt, daß ich ihr zu sehr auf die Nerven gehe, Vater Peter, und ich fürchte, sie wird mich doch nie lieben.

PETER: Ts, ts, Junge, warum denn nicht? Du bist jung und wärst auch nicht, wenn Gott oder deine Mutter dir ein anderes Gesicht gegeben hätte. Bist du nicht einer der Wildhüter des Prinzen Maralovski und hast du nicht gutes Weideland und die beste Kuh im ganzen Dorf? Was könnte ein Mädchen sich mehr wünschen?

MICHAEL: Aber Vera, Vater Peter –

PETER: Vera hat zu viele Gedanken im Kopf, mein Junge; Ich halte nicht viel von Gedanken; ich bin im Leben sehr gut ohne sie ausgekommen. Warum sollte es mit meinen Kindern anders sein? Da ist zu Beispiel Dimitri! Er hätte hierbleiben können und das Wirtshaus betreiben können; viele junge Männer hätten die Gelegenheit in diesen schweren Zeiten sofort ergriffen. Aber er, dieser Schussel, dieser Träumer von einem Jungen, muß geradewegs nach Moskau gehen, um das Gesetz zu studieren. Warum will er überhaupt etwas über das Gesetz wissen? Laßt nur einen Mann seine Pflicht tun, sage ich, und niemand wird ihn belästigen.

MICHAEL: Ja! Aber, Vater Peter, man sagt, ein guter Rechtsanwalt kann so oft gegen das Gesetz verstoßen, wie er will, und niemand kann es ihm verbieten. Wenn ein Mann das Gesetz kennt, dann kennt er auch seine Pflichten.

PETER: Stimmt, Michael, wenn ein Mann das Gesetz kennt, gibt es nichts Ungesetzliches, was er nicht tun könnte, wenn ihm danach ist: deshalb werden Leute Anwälte. Ansonsten taugen sie nichts. Und dort bleibt er nun und hat uns nun schon seit Monaten keine einzige Zeile geschrieben – ein guter Sohn ist das, nicht wahr?

MICHAEL: Nur ruhig, Vater Peter, Dimitris Briefe müssen in der Post verlorengegangen sein – vielleicht kann der neue Postbote nicht lesen; er sieht dumm genug aus, und Dimitri, nun, er war der beste Geselle im ganzen Dorf. Erinnern Sie sich, wie er in jenem harten Winter den Bären in der Nähe der Scheune erschossen hat?

PETER: Ja, das war ein guter Schuß; ich habe selbst nie einen besseren abgegeben.

MICHAEL: Und was das Tanzen betrifft, er hat Weihnachten vor zwei Jahren drei Geiger verschlissen.

PETER: Ja, ja, er war ein fröhlicher Junge. Das Mädchen ist diejenige, die voller Ernst ist. Sie läuft tagelang ernst wie ein Priester umher.

MICHAEL: Vera denkt immer an andere.

PETER: Das ist ihr Fehler, mein Junge. Laßt Gott und den unseren kleinen Vater, den Zaren, sich um die Welt kümmern. Es ist nicht meine Aufgabe, das Dach meines Nachbarn zu flicken. Was soll es, im letzten Winter ist der alte Michael in seinem Schlitten erfroren, und seine Frau und seine Kinder haben anschließend Hunger gelitten, als die harten Zeiten kamen; aber was hatte ich damit zu tun? Ich habe die Welt nicht erschaffen. Laßt Gott und den Zaren sich darum kümmern. Und dann kam die Braunfäule und mit ihr die schwarze Pest, und die Priester konnten die Leute gar nicht schnell genug beerdigen, und so lagen sie denn tot auf den Straßen – Männer wie Frauen. Aber was habe ich damit zu tun? Ich habe die Welt nicht erschaffen. Laßt Gott und den Zaren sich darum kümmern. Oder im vorletzten Herbst, als plötzlich der Fluß über die Ufer trat und die Schule der Kinder davongespült wurde und alle Mädchen und Jungen darin ertrunken sind. Ich habe die Welt nicht erschafften – laßt Gott und den Zaren sich darum kümmern.

MICHAEL: Aber, Vater Peter –

PETER: Nein, nein, mein Junge. Kein Mann könnte leben, wenn er die Last seines Nachbarn tragen würde. *(Vera tritt im Gewand einer Bäuerin auf.)* Nun, mein Mädchen, du bist lange genug unterwegs gewesen, wo ist der Brief?

VERA: Heute ist kein Brief gekommen, Vater.

PETER: Ich wußte es.

VERA: Aber morgen wird einer kommen, Vater.

PETER: Er sei verflucht, dieser undankbare Sohn.

VERA: O Vater, sag so etwas nicht; er muß krank sein.

PETER: Ja! Krank vor lauter Verschwendungssucht vielleicht.

VERA: Wie kannst du das nur über ihn sagen, Vater? Du weißt, daß es nicht wahr ist.

PETER: Und wohin geht dann das ganze Geld? Hör zu, Michael. Ich habe Dimitri die Hälfte des Vermögens seiner Mutter gegeben, damit er die Herren Anwälte in Moskau bezahlen konnte. Er hat nur dreimal geschrieben, und jedesmal hat er um mehr Geld gebeten. Er hat es bekommen, nicht weil ich es wollte, sondern weil sie es wollte *(zeigt auf Vera)*, und seit nunmehr fünf, fast sechs Monaten haben wir nichts von ihm gehört.

VERA: Vater, er wird zurückkommen.

PETER: Ah! Die verlorenen Söhne kommen immer zurück; aber sein Schatten soll bloß nie wieder auf meine Tür fallen.

VERA *(setzt sich gedankenverloren hin)*: Ihm ist etwas Böses zugestoßen; er ist vielleicht tot! Oh! Michael, mir ist so elend wegen Dimitri.

MICHAEL: Wirst du nie jemand andern als ihn lieben, Vera?

VERA *(lächelt)*: Ich weiß es nicht. Auf der Welt ist außer zu lieben so vieles zu tun.

MICHAEL: Nichts anderes ist es wert, daß man es tut, Vera.

PETER: Was ist das für ein Geräusch, Vera? *(Ein metallisches Klimpern ist zu hören.)*

VERA *(steht auf und geht zur Tür)*: Ich weiß es nicht, Vater; es ist nicht wie die Kuhglocken, man könnte vielleicht meinen, Nicolas ist vom Markt zurück. Oh, Vater! Es sind Soldaten, die den Hügel herunterkommen – einer von ihnen reitet auf einem Pferd. Wie schön sie aussehen. Aber bei ihnen sind Männer in Ketten! Es müssen Diebe sein. Oh! Laßt sie nicht herein, Vater; ich könnte ihren Anblick nicht ertragen.

PETER: Männer in Ketten? Aber, aber, wir haben Glück mein Kind! Ich habe davon gehört, daß die neue Route nach Sibirien hier vorbeiführen soll, auf der man Gefangene zu den Minen bringen will. Ich habe es nicht geglaubt. Ich werde ein Vermögen machen! Mach schnell, Vera, mach schnell. Ich werde doch noch als reicher Mann sterben. Jetzt wird es nicht mehr an guten Kunden fehlen. Ein ehrlicher Mann sollte dann und wann die Gelegenheit bekommen, seinen Lebensunterhalt mit Hilfe von Strolchen zu verdienen.

VERA: Sind diese Männer Strolche, Vater? Was haben sie verbrochen?

PETER: Ich vermute sie sind einige von diesen Nihilisten, vor denen uns die Priester warnen. Steh da nicht faul herum, mein Mädchen.

VERA: Ich nehme also an, daß sie alle böse Menschen sind.

Die Geräusche der Soldaten vor der Tür. Jemand ruft »Halt!«. Ein russischer Offizier tritt zusammen mit einer Gruppe Soldaten und acht in Ketten gelegten und in Lumpen gekleideten Männern auf. Einer der Männer zieht sich beim Eintreten den Mantel bis über die Ohren, um sein Gesicht zu verdecken. Einige Soldaten bewachen die Tür, während andere sich hinsetzten. Die Gefangenen stehen.

OBERST: Wirt!

PETER: Ja, Herr Oberst.

OBERST *(zeigt auf die Nihilisten)*: Geben sie diesen Männern etwas Brot und Wasser.

PETER *(zu sich selbst)*: An dieser Bestellung werde ich nicht besonders viel verdienen.

OBERST: Was mich betrifft, was hast du denn Angemessenes zu essen da?

PETER: Etwas getrocknetes Rehfleisch, Eure Exzellenz, und ein wenig Roggenschnaps

OBERST: Sonst nichts?

PETER: Nun, ich habe natürlich mehr Schnaps, Eure Exzellenz.

OBERST: Was für Trottel diese Bauern doch sind! Hast du noch einen besseren Raum als diesen hier?

PETER: Ja, Herr.

OBERST: Führe mich hin. Herr Unteroffizier, stellen Sie draußen Wachen auf, und sorgen Sie dafür, daß diese Schurken nicht miteinander kommunizieren. Es werden keine Briefe geschrieben, ihr Hunde, oder ihr bekommt Stockhiebe. Nun zu dem Rehfleisch. *(Zu Peter, der sich vor ihm verbeugt.)* Aus dem Weg, du Trottel! Wer ist dieses Mädchen? *(Sieht Vera.)* Meine Tochter, Eure Exzellenz.

OBERST: Kann sie lesen und schreiben?

PETER: Ja, das kann sie, Herr.

OBERST: Dann ist sie eine gefährliche Frau. Keinem Bauern sollte es erlaubt sein, so etwas zu tun. Pflügt eure Felder, lagert eure Ernte, bezahlt eure Steuern und gehorcht euren Herren – das ist eure Pflicht.

VERA: Wer sind denn unsere Herren?

OBERST: Junge Frau, diese Männer sind auf dem Weg zu den Minen, weil sie dieselbe dumme Frage gestellt haben.

VERA: Dann hat man sie zu Unrecht verurteilt.

PETER: Vera, hüte deine Zunge. Sie ist ein dummes Mädchen, die zuviel redet, Herr.

OBERST: Alle Frauen reden zuviel. Komm, wo bleibt das Rehfleisch? Durchzählen, ich warte. Was können sie nur in einem Mädchen mit groben Händen sehen? *(Er geht mit Peter und seinem Aide-de-Camp in einen Raum im Inneren des Hauses.)*

VERA *(zu einem der Nihilisten):* Möchten Sie sich nicht setzen? Sie müssen müde sein.

UNTEROFFIZIER: Nun kommen Sie, junge Frau, keine Unterhaltung mit meinen Sträflingen.

VERA: Ich werde mit ihnen reden. Wieviel verlangen Sie dafür?

UNTEROFFIZIER: Wieviel haben Sie denn?

VERA: Werden Sie diese Männer sitzen lassen, wenn ich ihnen das hier gebe? *(Nimmt ihre Bauernkette von Hals.)* Das ist alles, was ich besitze. Es gehörte meiner Mutter.

UNTEROFFIZIER: Na ja, sie sieht schön genug aus, und schwer ist sie auch. Was willst du mit diesem Männern anfangen?

VERA: Sie sind hungrig, und es geht ihnen erbärmlich. Lassen Sie mich zu ihnen gehen?

EINER DER SOLDATEN: Laß das Weib gewähren, wenn sie uns dafür bezahlt.

UNTEROFFIZIER: Na gut, die kriegst deinen Willen. Wenn der Oberst dich dabei sieht, könnte es sein, daß du mit uns kommen mußt, meine Schöne.

VERA *(geht auf die Nihilisten zu.):* Setzten Sie sich; Sie müssen erschöpft sein. *(Gibt ihnen zu essen.)* Zu welcher Gruppierung gehört ihr?

EIN GEFANGENER: Zu den Nihilisten.

VERA: Wer hat Sie in Ketten gelegt?

GEFANGENER: Unser Vater, der Zar.

VERA: Warum?

GEFANGENER: Weil wir die Freiheit zu sehr lieben.

VERA *(zu dem Gefangenen, der sein Gesicht verbirgt):* Was hatten Sie denn vor?

DIMITRI: Sie wollten dreißig Millionen Menschen, die die Sklaven eines einzigen sind, in die Freiheit entlassen.

VERA *(Die Stimme läßt sie wie angewurzelt stehen bleiben.):* Wie heißen Sie?

DIMITRI: Ich habe keinen Namen.

VERA: Wo sind Ihre Freunde?

DIMITRI: Ich habe keine Freunde.

VERA: Lassen Sie mich Ihr Gesicht sehen!

DIMITRI: Du wirst darin nichts sehen, außer dem Leid. Man hat mich gefoltert.

VERA *(reißt ihm den Mantel vom Gesicht):* O Gott! Dimitri! Mein Bruder!

DIMITRI: Sei still! Vera, ruhig. Vater darf es nicht erfahren. Es würde ihn umbringen. Ich dachte, ich könnte Rußland befreien. Eines Abends habe ich ein paar Männer in einem Café über die Freiheit reden hören. Ich hatte das Wort noch nie zuvor gehört. Sie schienen von einem neuen Gott zu reden. Ich schloß mich ihnen an. Dorthin ist all das Geld geflossen. Vor fünf Monaten wurden wir gefaßt. Man hat mich dabei erwischt, wie ich die Zeitung druckte. Ich werde mein Leben lang in den Minen verbringen. Ich konnte einfach nicht schreiben. Ich dachte, es wäre besser, euch in dem Glauben zu lassen, ich sei tot; denn sie bringen uns in ein Grab für Lebende.

VERA: *(schaut sich um):* Du mußt fliehen, Dimitri. Ich werde deinen Platz einnehmen.

DIMITRI: Das geht nicht! Alles, was du tun kannst, ist, uns zu rächen.

VERA: Ich werde euch rächen.

DIMITRI: Hör zu! In Moskau gibt es ein Haus –

UNTEROFFIZIER: Gefangene, Achtung! Der Oberst kommt – junge Frau, Ihre Zeit ist um.

Der Oberst tritt auf, gefolgt von seinem Aide-de-Camp und Peter.

PETER: Ich hoffe, Eurer Exzellenz haben das Wild gefallen. Ich habe es selbst erlegt.

OBERST: Es wäre besser gewesen, du hättest weniger davon geredet. Herr Unteroffizier, machen Sie sich bereit. *(Gibt Peter seinen Geldbeutel.)* Hier, du betrügerischer Strolch!

PETER: Ich habe mein Schäfchen im trockenen! Lang lebe Eure Exzellenz. Ich hoffe, Ihr werdet häufig hier vorbeikommen.

OBERST: Beim heiligen Nikolaus, das will ich nicht hoffen. Es ist mir hier viel zu kalt. *(Zu Vera)* Mädchen, frage nie wieder nach Dingen, die dich nichts angehen. Ich werde dein Gesicht nicht vergessen.

VERA: Noch werde ich das Eurige vergessen oder das, was Ihr tut.

OBERST: Ihr Bauern werdet immer frecher, seit ihr keine Leibeigenen mehr seid, und die Knute ist das beste Werkzeug, um euch über die Politik aufzuklären. Herr Unteroffizier, weitermachen.

Der Oberst dreht sich um und tritt in den Hintergrund. Die Gefangenen verlassen in einer Zweierreihe die Bühne. Als Dimitri an Vera vorbeikommt, läßt er ein Stück Papier fallen. Sie stellt ihren Fuß darauf und bewegt sich nicht.

PETER *(der gerade mit dem Zählen des Geldes fertig wird, welches der Oberst ihm gegeben hat):* Lang lebe Eure Exzellenz. Ich hoffe, daß bald noch ein Trupp hier vorbeikommt. *(Plötzlich sieht er Dimitri durch die Tür gehen. Er schreit und stürmt auf ihn zu.)* Dimitri, Dimitri, mein Gott! Wie kommst du hierher? Er ist unschuldig, glauben Sie mir. Ich werde für ihn bezahlen. Hier, nehmt Euer Geld *(wirft das Geld auf den Boden)*, nehmt alles, was ich habe, gebt mir meinen Sohn. Schurken! Schurken! Wohin bringt ihr ihn?

OBERST: Nach Sibirien, alter Mann.

PETER: Nein! Nein! Nehmt mich an seiner Stelle.

OBERST: Er ist ein Nihilist.

PETER: Ihr lügt! Ihr lügt! Er ist unschuldig. *(Die Soldaten drängen ihn mit ihren Gewehren zurück und schließen die Tür vor ihm. Er schlägt mit den Fäusten dagegen.)* Dimitri! Dimitri! Ein Nihilist! Ein Nihilist! *(Er fällt zu Boden.)*

VERA *(die bis jetzt reglos dagestanden hat, hebt das Stück Papier auf und liest):* »Chernavayastraße 99, Moskau. Zu unterdrücken, was immer meine Natur ist, weder zu lieben noch geliebt zu werden, weder Mitleid zu haben noch Mitleid zu erfahren, weder zu heiraten noch verheiratet zu werden, bis das Ende gekommen ist.« Mein Bruder, ich werde den Schwur halten. *(Sie küßt das Papier.)* Du wirst gerächt werden!

Vera steht bewegungslos und hält das Papier in der erhobenen Hand. Peter liegt auf dem Boden. Michael, der gerade eingetreten ist, beugt sich über ihn.

Ende des Prologs

ERSTER AKT

SZENERIE: *Chernavayastraße 99, Moskau. Eine großer Dachboden, der von Öllampen an der Dekke beleuchtet ist. Einige maskierte Männer stehen bewegungslos in gewissen Abständen voneinander. Ein Mann mit einer scharlachroten Maske schreibt an einem Tisch. Eine Tür im Hintergrund. Daneben ein gelbgekleideter Mann mit gezogenem Schwert. Es klopft. Mit Umhängen und Masken gekleidete Gestalten treten ein.*

Parole: Per crucem ad lucem.[1]
Antwort: Per sanguinem ad libertatem.[2]

VORSITZENDER: Wie lautet das Wort?
ERSTER VERSCHWÖRER: Nabat.
VORSITZENDER: Die Antwort?
ZWEITER VERSCHWÖRER: Kalit.
VORSITZENDER: Welche Stunde haben wir?
DRITTER VERSCHWÖRER: Die Stunde des Leidens.
VORSITZENDER: Welchen Tag?
VIERTER VERSCHWÖRER: Den Tag der Unterdrückung.
VORSITZENDER: Welches Jahr?
FÜNFTER VERSCHWÖRER: Das Jahr der Hoffnung.
VORSITZENDER: Wie viele sind wir?

---

1 Durch das Kreuz zum Licht.
2 Durch das Blut in die Freiheit.

SECHSTER VERSCHWÖRER: Zehn, neun und drei.

VORSITZENDER: Der Galiläer hatte weniger, um die Welt zu erobern, aber was ist unsere Mission?

SIEBTER VERSCHWÖRER: Freiheit zu geben.

VORSITZENDER: Unser Glaube?

ACHTER VERSCHWÖRER: Die Zerstörung.

VORSITZENDER: Unsre Pflicht?

NEUNTER VERSCHWÖRER: Zu gehorchen.

VORSITZENDER: Brüder, die Fragen sind gut beantwortet worden. Es sind ausschließlich Nihilisten anwesend. Laßt uns einander unsere Gesichter zeigen. *(Die Verschwörer nehmen sich die Masken ab.)* Michael sprich den Eid.

MICHAEL: Zu unterdrücken, was immer meine Natur ist, weder zu lieben noch geliebt zu werden, weder Mitleid zu haben noch Mitleid zu erfahren, weder zu heiraten noch verheiratet zu werden, bis das Ende gekommen ist, heimlich des Nachts den Messerstich zu versetzen, das Gift in das Glas zu träufeln, den Vater gegen den Sohn aufzuhetzen und den Gatten gegen die Gattin, ohne Angst, ohne Hoffnung, ohne Zukunft zu leiden, zu vernichten, zu rächen.

VORSITZENDER: Stimmen wir uns einig?

VERSCHWÖRER: Wir sind uns einig. *(Sie verteilen sich in verschiedene Richtungen auf der Bühne.)*

VORSITZENDER: Es ist spät, Michael, sie sollte längst hier sein.

MICHAEL: Wenn sie doch schon hier wäre! Ohne sie könne wir nicht viel ausrichten.

ALEXIS: Sie wird doch nicht etwa verhaftet worden sein, Vorsitzender? Aber die Polizei ist ihr auf den Fersen. Ich weiß es.

MICHAEL: Du scheinst immer sehr viel über die Bewegungen der Polizei in Moskau zu wissen – zu viel für einen ehrlichen Verschwörer.

VORSITZENDER: Wenn diese Hunde sie gefaßt haben, wird die rote Fahne des Volkes in jeder Straße über den Barrikaden wehen, bis wir sie finden! Es war töricht von ihr, auf den Ball des Großherzogs zu gehen. Ich habe es ihr gesagt, aber sie sagte, sie wollte den Zaren und seine verfluchte Sippe nur einmal von Angesicht zu Angesicht sehen.

ALEXIS: Sie ist auf das Staatsbankett gegangen!

MICHAEL: Ich habe keine Angst. Sie ist so schwer zu fangen wie eine Wölfin, und sie ist doppelt so gefährlich. Außerdem ist sie gut verkleidet. Heute abend ist Maskenball. Gibt es irgendwelche Neuigkeiten aus dem Palast, Vorsitzender? Was macht dieser verdammte Despot denn gerade, außer seinen einzigen Sohn zu foltern? Was für eine Welpe ist dieser Zarewitsch eigentlich? Hat irgendeiner von euch ihn schon einmal gesehen? Man hört seltsame Geschichten über ihn. Man sagt, er liebt das Volk; aber das tut ein Königssohn nie. Man kann sie nicht entsprechend heranzüchten.

VORSITZENDER: Seit er vor einem Jahr aus dem Ausland zurückgekehrt ist, läßt sein Vater ihn nicht aus dem Palast.

MICHAEL: Eine ausgezeichnete Vorbereitung, um ihn zu einem Tyrannen zu machen, wenn er an der Reihe ist, aber ich meine, gibt es irgendwelche Neuigkeiten?

VORSITZENDER: Morgen um vier Uhr soll eine Beratung stattfinden – über irgendein geheimes Anliegen, welches das Komitee nicht in Erfahrung bringen konnte.

MICHAEL: Eine Beratung in einem Königspalast muß über irgendein blutiges Geschäft oder so etwas gehen. Aber in welchem Zimmer soll sie stattfinden?

VORSITZENDER *(liest aus einem Brief vor):* In dem Zimmer mit den gelben Wandteppichen, welches nach der Imperatorin Katharina benannt ist.

MICHAEL: Ich mache mir nichts aus so langen Namen. Ich möchte wissen, wo es sich befindet.

VORSITZENDER: Ich weiß es nicht, Michael. Ich weiß mehr über das Innere von Gefängnissen als über das Innere von Palästen.

MICHAEL: *(spricht plötzlich mit Alexis):* Wo ist dieses Zimmer, Alexis?

ALEXIS: Es ist im ersten Stock auf der Seite des Innenhofs. Aber warum fragst du, Michael?

MICHAEL: Nur so, mein Junge! Ich habe nur großes Interesse an der Lebensweise des Zaren und an seinen Aktivitäten, und ich wußte, daß du mir alles über den Palast sagen kannst. Jeder arme Medizinstudent in Moskau weiß alles über die Häuser des Zaren. Es ist gehört zu ihren Pflichten – ist es nicht so?

ALEXIS *(beiseite gesprochen)*: Kann es sein, daß Michael mich im Verdacht hat? Etwas an seinem Verhalten ist seltsam heute nacht. Warum kommt sie nicht? Das ganze Feuer der Revolution scheint zu einem Haufen Asche zu zerfallen, wenn sie nicht hier ist.

MICHAEL: Hast du in letzter Zeit viele Patienten in deinem Krankenhaus kuriert, mein Junge?

ALEXIS: Da liegt jemand, der todkrank ist, den ich gern heilen würde, aber ich kann es nicht.

MICHAEL: Wer ist es?

ALEXIS: Rußland, unsre Mutter.

MICHAEL: Rußland muß von einem Chirurgen geheilt werden, und es muß mit dem Messer geschehen. Ich mag deine medizinischen Methoden nicht.

VORSITZENDER: Professor, wir haben die Probeabzüge Ihres letzten Artikels gelesen; er ist wirklich sehr gut.

MICHAEL: Wovon handelt Ihr Artikel, Professor?

PROFESSOR: Das Thema, mein lieber Bruder, ist die Erörterung des Mordanschlags als Methode politischer Reform.

MICHAEL: Von Feder und Tinte halte ich sehr wenig, wenn es um Revolutionen geht. Ein Dolch erreicht mehr als tausend Epigramme. Trotzdem, laßt uns die letzte Produktion aus der Hand dieses Gelehrten lesen. Gib her. Ich werde ihn selbst lesen.

PROFESSOR: Bruder, du achtest nie auf die Pausen, laß Michael vorlesen.

MICHAEL: Stimmt! Er spricht so holprig, als wäre er ein junger Aristokrat; aber was mich betrifft, mir sind die Pausen egal – Hauptsache, der Sinn wird deutlich.

ALEXIS: *(liest)*: »Die Vergangenheit gehörte dem Tyrannen, und er hat sie entweiht. Uns gehört die Zukunft, und wir werden sie heiligen. Es soll zumindest eine Revolution geben, die nicht im Verbrechen geboren, die nicht vom Mord genährt wird!

MICHAEL: Sie haben zu uns mit dem Schwert gesprochen, und mit dem Schwert werden wir antworten! Du bist zu zerbrechlich für uns, Alexis. Hier sollten nur Männer sein, deren Hände rauh von der Arbeit oder rot vom Blut sind.

VORSITZENDER: Ruhe, Michael, Ruhe! Er hat das tapferste Herz von uns allen.

MICHAEL *(beiseite gesprochen)*: Heute nacht wird er mutig sein müssen.

Die Glocken eines Schlittens sind von draußen her zu hören.

STIMME *(draußen)*: Per crucem ad lucem. *(Antwort des Mannes, der Wache steht)*: Per sanguinem ad libertatem.

MICHAEL: Wer ist da?

Vera tritt auf. Sie wirft ihren Umhang ab und steht in vollem Ballkleid da.

VERA: Gott schütze das Volk!

VORSITZENDER: Willkommen, Vera, willkommen! Wir waren ganz betrübt, bevor du gekommen bist. Aber jetzt, so scheint es mir, ist der Stern der Freiheit erschienen, um uns aus der Nacht zu erwecken.

VERA: Es ist wirklich Nacht, Bruder! Eine Nacht ohne Mond oder Stern! Rußland ist ins Herz getroffen! Den Mann namens Ivan, den die Menschen den Zaren nennen, stößt nun mit einem Degen, der tödlicher ist als alles, was je zuvor von der Tyrannei gegen das Leben eines Volkes geschmiedet wurde!

MICHAEL: Was hat der Tyrann nun wieder getan?

VERA: Morgen wird in ganz Rußland das Kriegsrecht ausgerufen.

ALLE: Kriegsrecht! Kriegsrecht! Wir sind verloren!

ALEXIS: Kriegsrecht! Das ist unmöglich!

MICHAEL: Du Narr, nichts ist in Rußland unmöglich, außer der Reform.

VERA: Ja, Kriegsrecht. Das letzte Recht, an das sich die Menschen geklammert haben, ist ihnen genommen worden. Ohne Gerichtsverfahren, ohne Revisionsverfahren, sogar ohne Ankläger werden unsere Brüder aus ihre Häusern geholt werden, wie Hunde auf den Straßen erschossen werden, fortgeschickt werden, um im Schnee zu sterben – um im Verlies zu verhungern, um in den Minen zu verrotten. Wißt ihr, was das bedeutet – Kriegsrecht? Es bedeutet, daß eine ganze Nation im Würgegriff gehalten wird. Soldaten werden Tag und Nacht auf den Straßen sein. An jeder Tür werden Wachen stehen. Kein Mensch wird sich nunmehr hinauswagen, außer der Spion oder der Verräter. In Höhlen eingepfercht, verstekken wir uns, wir treffen uns heimlich. Was können wir jetzt noch für Rußland tun?

VORSITZENDER: Wir können zumindest leiden.

VERA: Das haben wir schon genug getan. Es ist an der Zeit, zu vernichten und Rache zu nehmen.

VORSITZENDER: Bisher haben die Menschen alles ertragen müssen.

VERA: Weil sie nichts verstanden haben. Aber jetzt haben wir, die Nihilisten, sie vom Baum der Erkenntnis kosten lassen, und die Tage des stillen Erduldens sind vorbei für Rußland.

MICHAEL: Kriegsrecht, Vera! Du bringst beängstigende Neuigkeiten.

VORSITZENDER: Es ist der Hinrichtungsbefehl für die Freiheit in Rußland.

VERA: Oder das Signal für die Revolution.

MICHAEL: Bist du sicher, daß es wahr ist?

VERA: Hier ist die Proklamation. Ich selbst habe sie heute nacht auf dem Ball einem jungen Narren gestohlen, einem Sekretär von Prinz Paul, dem man sie zur Vervielfältigung gegeben hatte. Deswegen bin ich so spät gekommen.

Vera reicht Michael die Proklamation. Er liest.

MICHAEL: »Um die öffentliche Sicherheit zu garantieren – Kriegsrecht. Auf Befehl des Zaren, dem Vater seines Volkes.« Dem Vater seines Volkes!

VERA: Ja! Eines Vaters, dessen Name nicht geehrt werden wird, dessen Königreich sich in eine Republik verwandeln wird, dessen Sünden nicht vergeben werden sollen, weil er uns unser täglich Brot gestohlen hat – mit dem weder die Kraft noch das Recht, noch die Herrlichkeit ist, weder jetzt noch immerdar.

VORSITZENDER: Morgen um diese Zeit muß die Beratung stattfinden. Das Papier ist noch nicht unterschrieben.

ALEXIS: Das wird sie auch nicht, solange ich noch eine Zunge zum Bitten habe.

MICHAEL: Oder solange ich noch hätte zu zuschlagen habe.

VERA: Kriegsrecht! O Gott, wie leicht es für einen König ist, sein Volk zu Tausenden umzubringen, und wir können uns in Europa nicht eines gekrönten Mannes entledigen! Was ist nur so schrecklich majestätisch an diesen Männern, daß die Hand zittern läßt, den Dolch unzuverlässig werden läßt und den Pistolenschuß harmlos werden läßt? Sind sie keine Menschen mit den gleichen Leidenschaften, wie wir sie haben, mit der gleichen Anfälligkeit für Krankheiten, wie wir sie haben, aus Fleisch und Blut nicht anders als das unsrige? Was hat Ogliate erzittern lassen im Angesicht jener höchsten Krise des römischen Lebens, und was hat Guidos Nerven schwach werden lassen, als er aus Eisen oder Stahl hätte sein müssen? Eine Seuche ist es mit diesen Tölpeln in Neapel, Berlin und Spanien, sage ich! Ich glaube, wenn ich einem der gekrönten Männer von Angesicht zu Angesicht gegenüberstünde, würde mein Auge klarer sehen, ich würde besser zielen, mein ganzer Körper würde eine Kraft und Stärke gewinnen, die nicht meine eigene wäre! Oh, wenn man nur daran denkt, was zwischen uns und der Freiheit in Europa steht! Ein paar alte Männer, faltige, gebrechliche, tatternde Dummköpfe, die ein Knabe für einen Dukaten erdrosseln würde oder die eine Frau des Nachts erstechen könnte. Das sind die Dinge, die uns von der Freiheit trennen. Aber jetzt, so scheint es mir, ist die Brut ausgerottet, und die graue Erde ist es satt, Kinder zu gebären, sonst würde kein gekrönter Hund Gottes Luft verpesten, indem er in ihr lebt.

ALLE: Stell uns auf die Probe! Stell uns auf die Probe! Stell uns auf die Probe!

MICHAEL: Eines Tages werden wir auch dich auf die Probe stellen, Vera.

VERA: Ich bete zu Gott, daß ihr es tut! Habe ich nicht unterdrückt, was immer in meiner Natur liegt? Und werde ich meinen Eid nicht halten?

MICHAEL *(zum Vorsitzenden):* Kriegsrecht, Vorsitzender! Kommt, wir haben keine Zeit zu verlieren. Wir haben noch zwölf Stunden, bis die Berater zusammentreten. Zwölf Stunden! Man kann eine Dynastie in weniger Zeit stürzen.

VORSITZENDER: Stimmt! Oder seinen eigenen Kopf verlieren.

Michael und der Vorsitzende ziehen sich in eine Ecke der Bühne zurück und sitzen flüsternd beieinander. Vera nimmt die Proklamation in die Hand und liest sie. Alexis schaut ihr dabei zu, und plötzlich stürzt er auf sie zu.

ALEXIS: Vera!

VERA: Alexis, du hier! Du dummer Junge, habe ich dich nicht gebeten, nicht hierherzukommen? Wir alle hier sind dazu verdammt, zu sterben, bevor unsere Zeit gekommen ist; es ist uns vorherbestimmt, durch Leiden für alle unsere Taten zu büßen. Aber du, mit deinem frischen, jungenhaften Gesicht, du bist noch zu jung zum Sterben.

ALEXIS: Man ist nie zu jung, um für sein Land zu sterben!

VERA: Warum kommst du Nacht für Nacht hierher?

ALEXIS: Weil ich das Volk liebe.

VERA: Aber deine Kommilitonen werden dich vermissen. Gibt es unter ihnen keine Verräter? Du weißt, wie viele Spione es in der Universität hier gibt. O Alexis, du mußt fortgehen! Du siehst, wie verzweifelt uns das Leiden gemacht hat. Für ein Naturell wie deines ist dies nicht der richtige Ort. Du darfst nicht wiederkommen.

ALEXIS: Warum denkst du so schlecht von mir? Warum sollte ich leben, während meine Brüder leiden?

VERA: Du hast mir einmal von deiner Mutter erzählt. Du hast gesagt, daß du sie liebst. Oh, denke doch an sie!

ALEXIS: Ich habe keine Mutter mehr außer Rußland – sie kann mein Leben nehmen oder verschenken. Aber heute nacht bin ich hier, um dich zu sehen. Sie haben gesagt, du brichst morgen nach Nowgorod auf.

VERA: Ich muß. Unsere Leute dort verläßt der Mut, und ich möchte die Flamme der Revolution wieder zu einem grellen Feuer anfachen, so daß die Augen aller Könige in Europa geblendet werden. Wenn das Kriegsrecht verhängt wird, werden sie mich dort um so mehr brauchen. Es gibt scheinbar keine Grenzen für die Tyrannei nur eines Mannes, aber für das Leiden eines ganzen Volkes wird es Grenzen geben. Zu viele von uns sind auf dem Richtblock oder der Barrikade gestorben: Es ist nun an der Zeit, daß jene zu Opfern werden.

ALEXIS: Gott ist mein Zeuge, ich bin auf deiner Seite. Aber du darfst nicht gehen. Die Polizei schaut in allen Zügen nach dir. Für den Fall, daß sie dich fassen, haben sie Befehl, dich ohne Verhandlung in den tiefsten Kerker des Palastes zu stecken. Ich weiß es – frag nicht, warum. Oh, denke nur daran, wie ohne dich die Sonne aus unsrem Leben verschwindet, wie das Volk seine Führerin, seine Priesterin der Freiheit verlieren wird. Vera, du darfst nicht gehen!

VERA: Du hast recht: Ich werde bleiben. Ich möchte noch ein wenig länger für die Freiheit leben, für die Freiheit Rußlands.

ALEXIS: Wenn du stirbst, dann ist Rußland wirklich schwer getroffen. Wenn du stirbst, werde ich alle Hoffnung verlieren – alle Hoffnung ... Vera, du bringst beängstigende Nachrichten – Kriegsrecht. Es ist zu schrecklich. Ich wußte nichts davon, bei meiner Seele, ich wußte nichts davon!

VERA: Wie hättest du es wissen können? Dafür ist es ein zu gut eingefädelter Plan. Der große, weiße Zar, dessen Hände rot sind vom Blut der Menschen, die er ermordet hat, dessen Seele dunkel ist durch seine Greueltaten, ist der beste Verschwörer von uns allen. Oh, wie kann Rußland nur zwei Herzen wie das seinige und das deinige ertragen!

ALEXIS: Vera, der Imperator war nicht immer so. Es gab eine Zeit, in der er das Volk liebte. Es ist dieser Teufel, Gott möge ihn verfluchen, Prinz Paul Maralovski, der ihn dazu gebracht hat. Morgen, ich schwöre es, werde ich den Imperator für das Volk anflehen.

VERA: Den Zaren anflehen! Dummer Junge, nur diejenigen, die zum Tode verurteilt werden, bekommen unseren Zaren je zu Gesicht. Außerdem, was sollte ihn schon eine Stimme kümmern, die ihn um Gnade anfleht. Der Schrei einer starken Nation unter Qualen hat dieses Herz aus Stein nicht gerührt.

ALEXIS *(beiseite gesprochen):* Trotzdem werde ich ihn anflehen. Sie können mich allenfalls töten.

PROFESSOR: Hier sind unsere Proklamationen, Vera. Glaubst du, sie sind so in Ordnung?

VERA: Ich werde sie lesen. Wie schön er aussieht! Ich glaube, er hat noch sie so edel ausgesehen wie heute nacht. Es ist ein Segen, für die Freiheit einen solchen Liebhaber zu haben.

ALEXIS: Nun, Vorsitzender, worin seid ihr da vertieft?

MICHAEL: Wir denken über die beste Methode nach, einen Bären zu töten. *(Flüstert dem Vorsitzenden etwas zu und führt ihn beiseite.)*

PROFESSOR *(zu Vera):* Und die Briefe unserer Brüder in Paris und Berlin? Was sollen wir ihnen antworten?

VERA *(nimmt sie mechanisch):* Hätte ich nicht unterdrückt, was in meiner Natur liegt, und geschworen, weder zu lieben noch geliebt zu werden, ich glaube, ich hätte ihn lieben können. Oh, ich bin eine Närrin, ich bin selbst eine Verräterin, selbst ein Verräterin! Aber warum ist er zu uns gekommen mit seinem frischen, jungen Gesicht, mit seinem für die Freiheit entbrannten Herzen, mit seiner reinen, weißen Seele? Warum gibt er mir manchmal das Gefühl, als wollte ich ihn als meinen König, obwohl ich Republikanerin bin? Oh, du Närrin, du Närrin! Deinem Eid untreu! Schwach wie Wasser! Schluß damit! Erinnere dich daran, was du bist – eine Nihilistin, eine Nihilistin!

VORSITZENDER *(zu Michael):* Aber man wird dich fassen, Michael.

MICHAEL: Das glaube ich nicht. Ich werde die Uniform der imperialen Garde tragen, und der Oberst vom Dienst ist einer von uns. Es ist im ersten Stock, denk daran, ich kann aus der Distanz schießen.

VORSITZENDER: Soll ich die Brüder nicht informieren?

MICHAEL: Kein Wort! Kein Wort! Unter uns ist ein Verräter.

VERA: Kommt, sind das unsere Proklamationen? Ja, sie sind gut genug; ja sie sind gut genug. Schickt fünfhundert davon nach Kiew, fünfhundert nach Odessa und Nowgorod, fünfhundert nach Warschau, und laßt die doppelte Anzahl in den südlichen Provinzen verteilen, obwohl diese stumpfsinnigen, russischen Bauern sich wenig um unsere Proklamationen scheren und noch weniger um unsere Martyrien. Wenn der Schlag ausgeführt wird, so muß er von der Stadt ausgehen, nicht vom Land her.

MICHAEL: Ja, und mit dem Schwert, nicht mit der Gänsefeder.

VERA: Wo sind die Briefe aus Polen?

PROFESSOR: Hier.

VERA: Armes Polen! Die Adler Rußlands haben ihr Herz genährt. Wir dürfen unsere Brüder dort nicht vergessen.

VORSITZENDER: Stimmt es, Michael?

MICHAEL: Ja, ich wette mein Leben darauf.

VORSITZENDER: Dann verriegelt die Türen. Alexis Ivanaciewitsch ist unserer Bruderschaft als Student der Medizinischen Fakultät von Moskau beigetreten. Warum hast du uns nichts von diesem abscheulichen Plan mit dem Kriegsrecht erzählt?

ALEXIS: Ich, Vorsitzender?

MICHAEL: Ja, du! Du wußtest es, nichtsdestotrotz. Derartige Waffen werden nicht an einem Tag geschmiedet. Warum hast du uns nicht darüber informiert? Vor einer Woche wäre noch genug Zeig gewesen, um die Bombe zu legen, um die Barrikade zu errichten, zumindest einen Schlag für die Freiheit auszuführen. Aber nun ist es zu spät! Es ist zu spät! Es ist zu spät! Warum hast du es vor uns geheimgehalten? Was sagst du?

ALEXIS: Nun, um der Freiheit willen, Michael, mein Bruder, du tust mir Unrecht. Ich weiß nichts von diesem schrecklichen Gesetz. Bei meiner Seele, meine Brüder, ich wußte nichts davon! Wie hätte ich es wissen sollen?

MICHAEL: Weil du ein Verräter bist! Wohin bist du gegangen, nachdem du uns in der Nacht unseres letzten Treffens verlassen hast?

ALEXIS: Zu meinem Haus, Michael.

MICHAEL: Lügner! Ich bin dir auf den Fuß gefolgt. Du bist hier eine Stunde nach Mitternacht weggegangen. In einen großen Umhang gewickelt, hast du den Fluß eine Meile südlich der zweiten Brücke mit dem Boot überquert und dem Fährmann ein Goldstück gegeben, du, du armer Student der Medizin! Du hast zweimal kehrtgemacht und dich so lange unter einem Torbogen versteckt, daß ich dich fast auf der Stelle erstechen wollte, würde ich die Jagd nicht so lieben. Also! Du dachtest, du hättest alle Verfolger abgeschüttelt, nicht wahr? Du Narr! Ich bin ein Bluthund, der nie seine Fährte verliert. Ich folgte dir von Straße zu Straße. Schließlich sah ich dich schnell über den Platz des heiligen Isaak gehen. Du hast den Wachen ein geheimes Losungswort zugeflüstert und den Palast durch einen privaten Eingang mit deinem eigenen Schlüssel betreten.

VERSCHWÖRER: Den Palast!

VERA: Alexis!

MICHAEL: Ich wartete. Die ganzen drei Wachen hindurch habe ich in unserer eintönigen russischen Nacht auf dich gewartet, um dich beim Herauskommen mit deinem Judaslohn in der Hand zu töten. Aber du bist nicht wieder herausgekommen; du hast den Palast nicht verlassen. Ich sah die blutrote Sonne durch den gelben Nebel über der dunklen Stadt aufgehen. Ich sah, wie ein weiterer Tag der Unterdrückung für Rußland anbrach, aber du bist nicht herausgekommen. Du verbringst also die Nächte im Palast, nicht wahr? Du kennst die Losung der Wachen, du hast den Schlüssel zu einem geheimen Eingang. Du bist ein Spion – ich habe dir nie vertraut, mit deinen zarten, weißen Händen, deinem lockigen Haar, deinen geziemten Umgangsformen. Du trägst keine Spuren des Leidens, du kannst nicht aus dem Volk sein. Du bist ein Spion, ein Spion, ein Verräter!

ALLE: Tötet ihn! Tötet ihn! *(Ziehen ihre Messer.)*

VERA: *(springt vor Alexis):* Zurück, sage ich, Michael! Alle zurück! Wagt es nicht, ihn anzurühren! Er hat das edelste Herz von uns allen.

ALLE: Tötet ihn! Tötet ihn! Er ist ein Spion!

VERA: Wenn ihr es wagt, ihm auch nur ein Haar zu krümmen, dann werde ich euch alle euch selbst überlassen.

VORSITZENDER: Vera, hast du nicht gehört, was Michael über ihn erzählt hat? Er hat die ganze Nacht im Palast des Zaren verbracht. Er hat ein Losungswort und einen Privatschlüssel. Was sollte er sonst sein, außer einem Spion?

VERA: Pah! Ich glaube Michael nicht. Es ist eine Lüge! Es ist eine Lüge! Alexis, sag, daß es eine Lüge ist!

ALEXIS: Es ist wahr. Michael hat berichtet, was er gesehen hat. Ich habe jene Nacht im Palast des Zaren verbracht. Michael hat die Wahrheit gesagt.

VERA: Zurück, sage ich! Zurück! Alexis, das ist mir egal. Ich vertraue dir; du würdest uns nicht verraten; du würdest das Volk nicht für Geld verkaufen. Du bist ehrlich, nicht wahr? Oh, sag, daß du kein Spion bist!

ALEXIS: Ein Spion? Du weißt, ich bin es nicht. Ich bin bei euch, meine Brüder – bis in den Tod.

MICHAEL: Ja, bis zu unserem Tod.

ALEXIS: Vera, du weißt, daß ich treu bin.

VERA: Ich weiß es genau.

VORSITZENDER: Warum bist du hier, Verräter?

ALEXIS: Weil ich das Volk liebe.

MICHAEL: Dann kannst du für das Volk zum Märtyrer werden?

VERA: Du mußt mich zuerst umbringen, Michael, bevor du ihm auch nur ein Haar krümmen kannst.

VORSITZENDER: Michael, wir dürfen Vera nicht verlieren. Es ist ihr Wille, diesen Jungen leben zu lassen. Wir können ihn heute nacht hierbehalten. Bis jetzt hat er uns nicht verraten.

Das Getrampel von Soldaten vor der Tür, ein Klopfen.

STIMME: Aufmachen, im Namen des Imperators!

MICHAEL: Er hat uns sehr wohl verraten. Das ist dein Werk, Verräter!

VORSITZENDER: Komm, Michael, komm. Wir haben keine Zeit, die Kehle eines anderen durchzuschneiden, wir müssen unsere eigenen Köpfe retten.

STIMME: Aufmachen, im Namen des Imperators!

VORSITZENDER: Brüder, maskiert euch – alle! Michael, öffne die Tür. Es ist unsre einzige Chance.

General Kotemkin und Soldaten treten auf.

GENERAL: Alle ehrlichen Bürger sollten eine Stunde vor Mitternacht in ihren eigenen Häusern sein. Nicht mehr als fünf Leute haben das Recht, sich privat zu versammeln. Habt ihr die Proklamation nicht gelesen, Leute?

MICHAEL: Doch, ihr habt jede ehrliche Wand in Moskau damit verunziert.

VERA: Ruhig, Michael, ruhig. Nein, Herr, wir kennen sie nicht. Wir sind eine Truppe von reisenden Schauspielern auf dem Weg von Samara nach Moskau, wo wir Seine Kaiserliche Hoheit den Zaren unterhalten möchten.

GENERAL: Aber ich habe laute Stimmen gehört, bevor ich eintrat. Was war das?

VERA: Wir waren gerade dabei, eine neue Tragödie zu proben.

GENERAL: Deine Antworten sind zu ehrlich, um wahr zu sein. Komm, laßt mich sehen, wer ihr seid. Nehmt diese Schauspielmasken ab. Beim heiligen Nikolaus, meine Schöne, wenn dein

Gesicht wie deine Figur ist, mußt du ein ganz besonderer Leckerbissen sein! Komm her, sage ich, meine Hübsche. Ich möchte lieber dein Gesicht sehen als die der anderen.

VORSITZENDER: O Gott! Wenn er sieht, daß es Vera ist, sind wir alle verloren!

GENERAL: Zier dich nicht, mein Mädchen. Komm, nimm die Maske ab, oder ich werde meinen Soldaten befehlen, es für dich zu tun.

ALEXIS: Zurück mit Euch, sage ich, General Kotemkin!

GENERAL: Wer bist du, Geselle, daß du mit so einer lockeren Zunge zu deinem Herrn sprichst? *(Alexis nimmt die Maske ab.)*
Eure kaiserliche Hoheit der Zarewitsch!

ALLE: Der Zarewitsch! Alles ist aus!

VORSITZENDER: Ich wußte es, daß er ein Spion war. Er wird uns den Soldaten ausliefern.

MICHAEL *(zu Vera):* Warum hast du mich ihn nicht töten lassen? Komm, wir müssen bis zum Tod kämpfen.

VERA: Ruhig! Er wird uns nicht verraten.

ALEXIS: Eine Laune meinerseits, General! Ihr wißt, wie mein Vater mich von der Welt fernhält und im Palast einsperrt. Ich würde mich wirklich zu Tode langweilen, wenn ich nicht manchmal des Nachts verkleidet hinausgehen und in der Stadt ein romantisches Abenteuer erleben könnte. Ich habe mich vor ein paar Stunden mit diesen ehrlichen Leuten zusammengetan.

GENERAL: Es sind Schauspieler, Prinz?

ALEXIS: Ja, und zwar sehr ehrgeizige Schauspieler. Sie wollen nur vor Königen spielen.

GENERAL: Ganz im Vertrauen, Eure Hoheit, ich hatte gehofft, einen guten Fang von Nihilisten gemacht zu haben.

ALEXIS: Nihilisten in Moskau, General! Mit Euch als Polizeichef! Undenkbar!

GENERAL: Das sage ich Eurem kaiserlichen Vater auch immer. Aber ich habe heute bei der Beratung gehört, daß diese Frau, Vera Saburov, die Anführerin, sich in ebendieser Stadt aufhalten soll. Das Gesicht des Imperators wurde so weiß wie der Schnee dort draußen. Ich glaube, ich habe noch nie so große Angst im Gesicht eines Mannes gesehen.

ALEXIS: Sie ist also eine gefährliche Frau, diese Vera Saburov?

GENERAL: Die gefährlichste in ganz Europa.

ALEXIS: Habt Ihr sie jemals gesehen, General?

GENERAL: Nun, vor fünf Jahren, als ich noch ein einfacher Oberst war. Ich erinnere mich an sie, Eure Hoheit, ein gewöhnliches Mädchen in einem Wirtshaus. Wenn ich damals gewußt hätte, was einmal aus ihr werden sollte, hätte ich sie am Wegesrand zu Tode geprügelt. Sie ist gar keine Frau – sie ist eine Art Teufel! Seit achtzehn Monaten jage ich sie nun schon, und sie ist mir einmal im vergangenen September bei Odessa begegnet.

ALEXIS: Wie habt Ihr sie entkommen lassen, General?

GENERAL: Ich war allein, und sie erschoß eines meiner Pferde, als ich sie schon fast eingeholt hatte. Wenn ich sie noch einmal sehen sollte, werde ich die Gelegenheit nicht verpassen. Der Imperator hat zwanzigtausend Rubel auf Ihren Kopf ausgesetzt.

ALEXIS: Ich hoffe, daß Sie das Geld bekommen werden, General. Aber in der Zwischenzeit ängstigen Sie diese ehrlichen Leute zu Tode und unterbrechen die Tragödie. Gute Nacht, General.

GENERAL: Ja; aber ich möchte ihre Gesichter sehen, Eure Hoheit.

ALEXIS: Nein, General, das dürft Ihr nicht verlangen. Ihr wißt, wie diese Zigeuner es verabscheuen, angestarrt zu werden.

GENERAL: Ja, aber, Eure Hoheit –

ALEXIS *(hochmütig):* General, es handelt sich um meine Freunde, das genügt. Gute Nacht. Und General, kein Wort über mein kleines Abenteuer hier, Sie verstehen.

GENERAL: Aber sollen wir Euch denn nicht zum Palast zurückbringen? Das Staatsbankett ist fast vorüber, und man erwartet Euch.

ALEXIS: Ich werde dort sein. Aber ich werde allein zurückgehen. Und denkt daran, zu keinem ein Wort.

GENERAL: Aber Eure hübsche Zigeunerin, Eure Hoheit, ich würde sie zu gern anschauen, bevor ich gehe; sie hat so schöne Augen hinter ihrer Maske. Nun, gute Nacht, Eure Hoheit, gute Nacht.

ALEXIS: Gute Nacht, General.
Der General und die Soldaten treten ab.
VERA: Gerettet! Und das von dir!
ALEXIS: *(ergreift ihre Hand):* Brüder, vertraut ihr mir jetzt?
Sie treten ab.

Tableau

Vorhang zum Ende des Aktes

ZWEITER AKT

SZENERIE: *Beratungsraum im Palast des Imperators, mit gelben Wandteppichen verhangen. Tisch mit einem Thron für den Zaren hergerichtet. Dahinter ein Fenster zum Balkon. Während des Ablaufs der Szene wird es draußen dunkler.*

ANWESENDE: *Prinz Paul Maralovski, Prinz Petrowitsch, Graf Ruwalov, Baron Raff, Graf Petutschov.*

PRINZ PETROWITSCH: Unserem Schussel von Zarewitsch ist also endlich verziehen worden, und er soll hier seinen Platz wieder einnehmen.

PRINZ PAUL: Ja, wenn das nicht eine zusätzliche Strafe sein soll. Was mich betrifft, ich finde diese Sitzungen äußerst ermüdend.

PRINZ PETROWITSCH: Natürlich, Ihr redet ja auch die ganze Zeit.

PRINZ PAUL: Nein, ich denke, es liegt daran, daß ich manchmal zuhören muß. Es ist so anstrengend, nicht zu reden.

GRAF RUWALOV: Trotzdem, es ist immer noch besser, als gewissermaßen im Gefängnis zu sitzen, so wie es bei ihm der Fall war – niemals in die Welt hinausgehen zu dürfen.

PRINZ PAUL: Mein lieber Herr Graf, für romantische junge Männer wie ihn sieht die Welt aus der Entfernung immer besser aus; und ein Gefängnis, in dem man sein Essen selbst bestellen darf, ist nicht gerade ein schlechter Ort. *(Der Zarewitsch tritt auf. Die Höflinge erheben sich.)* Ah! Guten Tag, Prinz. Eure Hoheit sehen heute ein wenig blaß aus.

ZAREWITSCH *(langsam, nach einer Pause):* Ich wünsche eine Luftveränderung.

PRINZ PAUL *(lächelnd):* Eine überaus revolutionäre Ansicht! Euer kaiserlicher Vater würde jede Art von Reformen zutiefst ablehnen – selbst was das Thermometer in Rußland betrifft.

ZAREWITSCH *(verbittert):* Mein kaiserlicher Vater hatte mich sechs Monate lang in diesem Verlies von einem Palast eingesperrt. Heute morgen läßt er mich plötzlich wecken, um zuzuschauen, wie irgendwelche armseligen Nihilisten erhängt wurden. Sie hat mich krank gemacht, die verdammte Metzelei, obwohl es edel anzusehen war, wie gut diese Männer sterben können.

PRINZ PAUL: Wenn Ihr einmal so alt seid wie ich, werdet Ihr verstehen, Prinz, daß nur wenige Dinge leichter sind, als schlecht zu leben und gut zu sterben.

ZAREWITSCH: Leicht, gut zu sterben? Eine Lehre, die Euch die Erfahrung nicht gelehrt haben kann, so viel Ihr auch über das schlechte Leben wissen mögt.

PRINZ PAUL *(zuckt mit den Schultern):* Erfahrung, das ist der Name, den Männer ihren Fehlern geben. Ich mache nie welche.

ZAREWITSCH *(verbittert):* Nein, Verbrechen liegen mehr auf Eurer Linie.

PRINZ PETROWITSCH *(zum Zarewitsch):* Der Imperator war ziemlich verärgert über Euer spätes Erscheinen auf dem Bankett gestern abend, Prinz.

GRAF RUWALOV *(lacht):* Ich glaube, er dachte, die Nihilisten wären in den Palast eingedrungen und hätten Euch entführt.

BARON RAFF: Wenn sie das getan hätten, hättet Ihr einen wunderbaren Tanzabend verpaßt.

PRINZ PAUL: Und ein hervorragendes Abendessen. Gringoire hat sich mit seinem Salat wirklich selbst übertroffen. Ah! Ihr lacht vielleicht, Baron, aber um einen guten Salat zu bereiten, muß man ein guter Diplomat sein – das Problem ist in beiden Fällen absolut dasselbe. Man muß genau wissen, wieviel Öl man mit wieviel Essig hinzufügt.

BARON RAFF: Ein Koch und ein Diplomat! Eine exzellente Parallele. Wenn ich einen vertrottelten Sohn hätte, würde ich ihn das eine oder das andere werden lassen.

PRINZ PAUL: Wie ich sehe, war Euer Vater nicht dieser Meinung, Baron. Aber glaubt mir, Sie tun nicht gut daran, die Kochkunst niederzumachen. Was mich betrifft, ich möchte nur Unsterblichkeit erlangen mit der Erfindung einer neuen Soße. Ich habe nie genug Zeit gehabt, um ernsthaft darüber nachzudenken, aber ich habe das Gefühl, daß es in mir steckt, ich habe das Gefühl, daß es in mir steckt.

ZAREWITSCH: Ihr habt gewiß Euer Metier verfehlt, Prinz Paul. Das Cordon bleu aus der Küche würde viel besser zu Ihnen passen als das Große Ehrenkreuz. Aber Ihr wißt, daß Ihr eine weiße Schürze niemals gut hättet tragen können; Sie hätten sie zu schnell beschmutzt, Eure Hände sind nicht sauber genug.

PRINZ PAUL *(verbeugt sich):* Ihr vergeßt – wie könnten sie sauber sein – ich führe die Geschäfte Eures Vaters.

ZAREWITSCH *(verbittert):* Ihr wollt wohl sagen, Ihr führt die Geschäfte meines Vaters schlecht! Der böse Geist seines Lebens, der Ihr seid! Bevor Ihr kamt, war noch Liebe in ihm. Ihr habt seine Naturell bitter gemacht, habt in sein Ohr das Gift des schlechten Ratschlags geträufelt, ihn bei seinem Volk verhaßt gemacht, ihn dazu gemacht, was er ist – ein Tyrann!

Die Höflinge schauen einander bedeutungsvoll an.

PRINZ PAUL: Ich sehe, daß Eure Hoheit tatsächlich eine Luftveränderung wünscht. Aber ich bin selbst ein erstgeborener Sohn gewesen. *(Er zündet sich eine Zigarette an.)* Ich weiß, wie es ist, wenn ein Vater einem nicht den Gefallen tut, zu sterben.

Der Zarewitsch geht in den Hintergrund und lehnt sich an das Fenster. Er schaut hinaus.

PRINZ PETROWITSCH *(zu Baron Raff):* Dieser törichte Junge! Man wird ihn ins Exil schicken oder noch etwas Schlimmeres mit ihm tun, wenn er nicht vorsichtig ist.

BARON RAFF: Ja. Was für ein Fehler die Ehrlichkeit doch ist!

PRINZ PETROWITSCH: Das ist die einzige Dummheit, die Ihr je begangen habt, Baron.

BARON RAFF: Man hat nur einen Kopf, wißt Ihr, Prinz.

PRINZ PAUL: Mein lieber Baron, Euer Kopf ist das letzte, was man von Euch würde wegnehmen wollen. *(Zieht eine Schnupftabakdose hervor und bietet sie Prinz Petrowitsch an.)*

PRINZ PETROWITSCH: Danke nein, Prinz! Danke!

PRINZ PAUL: Es ist sehr fein, nicht war? Ich beziehe es direkt aus Paris. Aber unter dieser schrecklichen Republik ist dort alles degeneriert. *Côtelettes à l'Imperiale* mit Bonaparte von der Bildfläche verschwunden, und Omeletten sind mit den Orléanisten verlorengegangen. La belle France ist vollständig ruiniert, Prinz, durch schlechte Moral und noch schlechtere Kochkunst. *(Der Marquis de Poivrard tritt auf.)* Ah, Marquis. Ich vermute, die Madame la Marquise erfreut sich guter Gesundheit.

MARQUIS DE POIVRARD: Ihr solltet das besser wissen als ich, Prinz Paul. Ihr *seht* sie häufiger als ich.

PRINZ PAUL *(verbeugt sich):* Vielleicht sehe ich mehr *in* ihr, Marquis. Eure Gattin ist wirklich eine reizende Frau, so voller *Esprit* und auch so satirisch. Sie spricht ständig von Ihnen, wenn wir zusammen sind.

PRINZ PETROWITSCH: *(schaut auf die Wanduhr):* Seine Majestät ist heute ein wenig verspätet, nicht war?

PRINZ PAUL: Was ist mit Euch los, mein lieber Petrowitsch? Ihr scheint ein wenig neben Euch zu stehen. Ihr werdet Euch doch hoffentlich nicht mit Eurem Koch gestritten haben? Was für eine Tragödie das für Euch wäre, Ihr würdet alle Eure Freunde verlieren.

PRINZ PETROWITSCH: Ich fürchte, soviel Glück würde mir nicht zuteil werden. Ihr vergeßt, daß ich immer noch meinen Geldbeutel habe. Aber in diesem Falle irrt Ihr – mein Chef und ich verstehen uns hervorragend.

PRINZ PAUL: Dann habt Ihr vielleicht Post von Euren Gläubigern oder von Mademoiselle Vera Saburov bekommen? Sie schreiben mehr als der Hälfte der Leute, die mit mir korrespondieren. Aber Ihr braucht Euch wirklich keine Sorgen zu machen. Ich finde die heftigsten Proklamationen des Exekutivkomitees, wie sie es nennen, in meinem ganzen Haus verteilt. Ich lese sie nie; sie sind in der Regel voller Rechtschreibfehler.

PRINZ PETROWITSCH: Sie haben wieder einmal Unrecht, Prinz; die Nihilisten lassen mich aus irgendeinem Grunde in Ruhe.

PRINZ PAUL *(beiseite gesprochen)*: Das ist wahr! Mit Gleichgültigkeit rächt sich die Welt an den Mittelmäßigen.

PRINZ PETROWITSCH: Das Leben langweilt mich, Prinz. Seit dem Ende der Opernsaison bin ich ein permanenter Märtyrer des *Ennui*.

PRINZ PAUL: Die maladie du siècle![3] Ihr wollt wieder etwas Aufregung, Prinz? Mal sehen – Ihr wart schon zweimal verheiratet gewesen; ich schlage vor, Sie versuchen sich endlich mal richtig zu verlieben.

BARON RAFF: Ich kann Euer Naturell nicht begreifen.

PRINZ PAUL *(lächelt)*: Wenn mein Naturell so geschaffen wäre, daß es Euren Anforderungen entspräche, ich fürchte, ich hätte auf der Welt eine armselige Figur abgegeben.

GRAF RUWALOV: Es scheint nichts im Leben zu geben, worüber ich nicht zu scherzen pflegt.

PRINZ PAUL: Ah! Mein lieber Graf, das Leben ist viel zu wichtig, um mit Ernst darüber zu reden.

ZAREWITSCH *(kommt vom Fenster zurück)*: Ich meine, das Naturell von Prinz Paul ist gar nicht so ein großes Mysterium. Er würde seinen besten Freund erstechen, nur um einen Nachruf auf seinen Grabstein zu schreiben.

PRINZ PAUL: Parbleu! Ich würde lieber meinen besten Freund als meinen ärgsten Feind verlieren. Um Freunde zu haben, wißt Ihr, muß man nur gutmütig sein; aber wenn ein Mann keinen einzigen Feind mehr hat, muß er etwas wirklich Bösartiges an sich haben.

ZAREWITSCH *(verbittert)*: Wenn Feinde zu haben ein Maß für Größe ist, dann müßt Ihr geradezu ein Koloß sein, Prinz.

PRINZ PAUL: Ja, Eure Hoheit, ich weiß, daß ich der meistgehaßte Mann in Rußland bin, außer Eurem Vater natürlich, außer Eurem Vater. Das scheint ihm übrigens nicht besonders zu gefallen; aber ich versichere Ihnen, mir gefällt es. *(bitter)* Ich liebe es, durch die Straßen zu fahren und zu sehen, wie der Pöbel mich aus allen Ecken böse ansieht. Es gibt mir das Gefühl, daß ich in Rußland eine Macht darstelle; ein Mann gegen Millionen! Außerdem habe ich keinerlei Ambitionen, ein Volksheld zu werden, in einem Jahr mit Lorbeeren gekrönt zu werden und im darauffolgenden mit Steinen beworfen zu werden. Ich ziehe es vor, friedlich in meinem eigenen Bett zu sterben.

ZAREWITSCH: Und nach dem Tod?

PRINZ PAUL *(zuckt die Schultern)*: Der Himmel ist eine Despotie. Ich werde mich dort zu Hause fühlen.

ZAREWITSCH: Denkt Ihr jemals an das Volk und an seine Rechte?

PRINZ PAUL: Das Volk und seine Rechte langweilen mich. Ich bin beide leid. In diesen modernen Zeiten vulgär, sie sind der Schrift nicht mächtig, gewöhnlich und fies zu sein, scheint einem Mann eine erstaunliche Vielfalt von Rechten zu geben, von denen seine ehrlichen Vorväter noch nicht einmal geträumt hätten. Glaubt mir, Prinz, in einer guten Demokratie sollte jedermann ein Adliger sein. Aber diese Leute in Rußland, die versuchen, uns hinauszuwerfen, sind nicht besser als Tiere in einem Freigehege, von denen die meisten dazu da sind, daß man auf sie schießt.

ZAREWITSCH: Wenn sie tatsächlich gewöhnlich, der Schrift nicht mächtig und vulgär sind, wer hat sie denn dazu gemacht? *(Ein Aide-de-Camp tritt ein.)*

AIDE-DE-CAMP: Seine Kaiserliche Hoheit, der Imperator! *(Prinz Paul schaut den Zarewitsch an und lächelt.)*

Der Zar tritt, von seiner Garde umgeben, ein.

ZAREWITSCH *(eilt ihm entgegen)*: Herr!

ZAR *(nervös und verängstigt)*: Komm mir nicht zu nah, Junge! Du sollst mir nicht zu nahe kommen! Ein Thronfolger hat für seinen Vater immer etwas Unheilvolles an sich. Wer ist der Mann da drüben? Ich kenne ihn nicht. Was tut er? Ist er ein Verschwörer? Habt ihr ihn durchsucht? Gebt ihm bis Morgen Zeit, ein Geständnis abzulegen, und dann hängt ihn! Hängt ihn!

PRINZ PAUL: Herr, Ihr greift der Geschichte vor. Dies ist Graf Petutschov, Euer neuer Botschafter für Berlin. Er ist gekommen, um für seine Ernennung Eure Hand zu küssen.

---

3 Die Krankheit des Jahrhunderts.

ZAR: Mein Hand zu küssen? Dahinter steckt eine List. Er will mich vergiften. Dort drüben, küßt die Hand meines Sohnes; das reicht völlig aus.

Prinz Paul gibt Graf Petutschov ein Zeichen, den Raum zu verlassen. Petutschov und die Wachen treten ab. Der Zar sinkt auf seinen Stuhl. Die Höflinge schweigen.

PRINZ PAUL *(geht auf ihn zu)*: Herr! Werden Eure Majestät –

ZAR: Warum erschreckt Ihr mich so? Nein, ich werde nicht. *(Beäugt unruhig die Höflinge.)* Warum klappert Ihr mit Eurem Schwert, mein Herr? *(Zu Graf Ruwalov)* Legt es ab. Kein Mann soll in meiner Gegenwart ein Schwert tragen. *(Schaut den Zarewitsch an)* Dies gilt insbesondere für meinen Sohn. *(Zu Prinz Paul)* Ihr seid mir nicht böse, Prinz? Ihr werdet mich nicht verlassen, nicht wahr? Sagt, daß Ihr mich nicht verlassen werdet. Was verlangt Ihr? Ihr könnt alles haben, alles.

PRINZ PAUL *(macht eine tiefe Verbeugung)*: Herr, mir reicht es, daß ich Euer Vertrauen habe. *(Beiseite gesprochen)* Ich hatte befürchtet, er würde mir eine andere Art von Auszeichnung geben, um sich an mir zu rächen.

ZAREWITSCH *(kehrt zu seinem Stuhl zurück)*: Nun, meine Herren.

MARQUIS DE POIVRARD: Herr, ich habe die Ehre, Euch die treue Botschaft Eurer Untertanen aus der Provinz Erzengel zu überbringen. Sie bringen ihr Entsetzen über den letzten Attentatsversuch gegen Eure Majestät zum Ausdruck.

PRINZ PAUL: Den drittletzten, hättet Ihr sagen sollen, Marquis. Seht Ihr denn nicht, daß das Datum des Briefes von vor zwei Wochen ist?

ZAR: Es sind gute Menschen in der Provinz Erzengel – ehrliche, treue Menschen. Sie lieben mich sehr – einfache, treue Menschen. Gebt ihnen einen neuen Heiligen; das kostet nichts. Nun, Alexis, *(wendet sich zum Zarewitsch)* wie viele Verräter sind heute morgen gehängt worden?

ZAREWITSCH: Drei Männer wurden aufgehängt, Herr.

ZAR: Es hätten dreitausend sein sollen. Ich wünschte bei Gott, daß dieses Volk nur einen Hals hätte, so daß ich es mit nur einer Schlinge erdrosseln könnte! Haben sie irgendwas preisgegeben? Wen haben sie impliziert? Was haben sie gestanden?

ZAREWITSCH: Nichts, Herr.

ZAR: Dann hätte man sie foltern sollen. Warum hat man sie nicht gefoltert? Muß ich ständig in der Dunkelheit kämpfen? Soll ich niemals wissen, aus welchen Wurzeln diese Verschwörer sprießen.

ZAREWITSCH: Welche Wurzel der Unzufriedenheit sollte es im Volk schon geben, außer der Tyrannei und der Ungerechtigkeit ihrer Herrscher?

ZAR: Was hast du gesagt, Junge? Tyrannei! Tyrannei! Bin ich ein Tyrann? Ich bin es nicht. Ich bin ihr Vater. In jeder offiziellen Proklamation werde ich so bezeichnet. Sei vorsichtig, Junge, sei vorsichtig. Du scheinst von deiner törichten Zunge noch nicht geheilt zu sein. *(Geht zu Prinz Paul und legt seine Hand auf dessen Schulter.)* Prinz Paul, sagt mir, waren viele Zuschauer bei der Hinrichtung der Nihilisten heute morgen?

PRINZ PAUL: Hinrichtungen sind natürlich in Rußland nicht mehr so ungewöhnliche, unterhaltsame Ereignisse, wie sie es noch vor einigen Jahren waren. Und Ihr wißt, wie schnell die Leute sich sogar an ihren beliebtesten Attraktionen satt sehen. Aber der Platz und die Hausdächer waren wirklich sehr voll, oder etwa nicht, Prinz? *(Zum Zarewitsch, der davon keine Notiz nimmt.)*

ZAR: Ganz richtig! Alle treuen Bürger sollten hingehen. Es zeigt ihnen, worauf sie sich in der Zukunft freuen dürfen. Habt Ihr aus der Menge jemanden festgenommen?

PRINZ PAUL: Ja Herr; eine Frau, die Euren Namen verflucht hat. *(Der Zarewitsch zuckt zusammen.)* Sie war die Mutter von zwei der Verbrecher.

ZAR *(schaut den Zarewitsch an)*: Sie hätte mich dafür lobpreisen sollen, daß ich sie von ihren Kindern befreit habe. Werft sie ins Gefängnis.

ZAREWITSCH: Die Gefängnisse Rußlands sind schon überfüllt, Herr. In ihnen ist kein Platz für weitere Opfer.

ZAR: Dann sterben sie eben nicht schnell genug. Ihr solltet mehr von ihnen in eine Zelle sperren. Ihr behaltet sie nicht lange genug in den Bergwerken. Wenn Ihr es tätet, würden sie sicher sterben, aber Ihr seid zu nachsichtig. Auch ich bin zu nachsichtig. Schickt die Frau nach Sibirien. Sie wird sicher auf dem Weg dorthin sterben. *(Ein Aide-de-Camp tritt auf.)* Wer ist das? Wer ist das?

AIDE-DE-CAMP: Ein Brief für Eure kaiserliche Majestät.

ZAR *(zu Prinz Paul):* Ich werde ihn nicht öffnen. Es könnte etwas darin enthalten sein.

PRINZ PAUL: Es wäre ein sehr enttäuschender Brief, Herr, wenn es das nicht wäre. *(Nimmt den Brief und liest ihn.)*

PRINZ PETROWITSCH *(zu Graf Ruwalov):* Es muß eine traurige Nachricht sein. Ich kenne dieses Lächeln nur zu gut.

PRINZ PAUL: Vom Polizeichef in Erzengel, Herr. »Der Gouverneur der Provinz wurde heute morgen von einer Frau erschossen, als er den Hinterhof seines eigenen Hauses betrat. Die Attentäterin wurde gefaßt.«

ZAR: Ich habe den Leuten in Erzengel noch nie vertraut. Es ist ein Nest von Nihilisten und Verschwörern. Nehmt ihnen ihre Heiligen weg; sie verdienen sie nicht.

PRINZ PAUL: Eure Hoheit würden diese Leute noch härter bestrafen, wenn Ihr ihnen noch einen Heiligen mehr gäbet. Drei Gouverneure sind in zwei Monaten erschossen worden! *(Er lächelt innerlich.)* Herr, erlaubt mir, Euren treuen Vasallen, den Marquis de Poivrard, als neuen Gouverneur der Provinz Erzengel vorzuschlagen.

MARQUIS DE POIVRARD *(hastig):* Herr, ich bin für diesen Posten nicht geeignet.

PRINZ PAUL: Marquis, Ihr seid zu bescheiden. Glaubt mir, es gibt in Rußland keinen Mann, den ich lieber als Gouverneur von Erzengel sehen würde als Euch. *(Flüstert dem Zar etwas zu.)*

ZAR: Ganz recht, Prinz Paul, Ihr habt immer recht. Sorgt dafür, daß die Dokumente für den Herrn Marquis unverzüglich ausgestellt werden.

PRINZ PAUL: Er kann noch heute nacht aufbrechen, Herr. Ich werde Euch wirklich sehr vermissen, Marquis. Ich habe Euren Geschmack, was Wein und Frauen betrifft, immer sehr geschätzt.

MARQUIS DE POIVRARD *(zum Zaren):* Noch heute nacht aufbrechen, Herr? *(Prinz Paul flüstert dem Zaren etwas ins Ohr.)*

ZAR: Jawohl, Marquis, noch heute nacht. Ihr solltet am besten sofort aufbrechen.

PRINZ PAUL: Ich werde dafür sorgen, daß die Madame la Marquise während Eurer Abwesenheit nicht allzu einsam ist. Ihr braucht Euch also um sie keine Sorgen zu machen.

GRAF RUWALOV *(zu Prinz Petrowitsch):* Ich würde mir mehr Sorgen um mich selbst machen.

ZAR: Der Gouverneur von Erzengel wird ein seinem eigenen Hinterhof von einer Frau erschossen. Ich bin hier nicht sicher. Ich bin nirgendwo sicher, solange diese Teufelin der Revolution, diese Vera Saburov, hier in Moskau ist. Prinz Paul, ist diese Frau immer noch in dieser Stadt?

PRINZ PAUL: Ich habe gehört, sie sei gestern auf dem Ball des Großherzogs gewesen. Ich halte das jedoch für unwahrscheinlich. Aber sie wollte definitiv heute nach Nowgorod aufbrechen, Herr. Die Polizei hat alle Züge beobachtet, um sie zu entdecken. Aber aus irgendeinem Grund ist sie nicht gefahren. Irgendein Verräter muß sie gewarnt haben. Aber ich werde sie schon noch fangen. Es ist immer aufregend, eine schöne Frau zu jagen.

ZAR: Ihr müßt sie mit Bluthunden aufspüren, und wenn man sie faßt, werde ich ihr die Gliedmaßen einzeln abschlagen. Ich werde sie auf der Streckbank langziehen, bis ihr bleicher, weißer Körper sich krümmt und verdreht wie Papier im Feuer.

PRINZ PAUL: Oh, wir werden sofort eine weitere Treibjagd nach ihr veranlassen, Herr! Prinz Alexis wird uns dabei sicherlich unterstützen.

ZAREWITSCH: Ihr hattet noch nie Hilfe nötig, um eine Frau zu ruinieren, Prinz Paul.

ZAR: Vera, die Nihilistin in Moskau! O Gott, wäre es nicht besser, gleich wie ein Hund zu sterben, so wie jene es für mich planen, als so zu leben, wie ich jetzt lebe! Niemals schlafen zu können, und wenn doch, dann solche schrecklichen Träume zu träumen, daß die Hölle selbst im Vergleich dazu ein friedlicher Ort ist. Niemandem zu vertrauen außer jenen, die ich gekauft habe, und niemanden zu kaufen, der vertrauenswürdig ist! Einen Verräter in jedem Lächeln, ein Gift in jedem Teller, einen Dolch in jeder Hand zu sehen! Nachts wach zu liegen und Stunde um Stunde nach dem leisen Kriechen des Mörders oder nach dem Geräusch des Bombenlegers zu horchen! Ihr seid alle Spione! Ihr seid alle Spione! Und du bist der Schlimmste von allen – du, mein eigener Sohn! Wer von euch ist es, der diese schrecklichen Proklamationen unter meinem eigenen Kopfkissen oder an dem Tisch, an dem ich sitze, versteckt? Wer von euch allen hier ist der Judas, der mich verrät? O Gott! O Gott! Ich glaube, es gab mal eine Zeit, während unseres Krieges gegen England, als ich vor nichts Angst hatte. *(Jetzt mit mehr Ruhe und Pathos.)* Ich bin in das hellrote Herz des Krieges geritten und habe einen Adler zurückgeholt, den uns diese wilden Inselbewohner genommen hatten. Die Männer sagten damals, ich sei ein mutiger Mann. Mein Vater hat mir das Eiserne Kreuz der Tapferkeit verliehen. Oh, wenn er mich jetzt so sehen würde, mit dem Gewand des Feiglings, das für immer an meinen Wangen haftet! *(Sinkt auf dem Stuhl zusammen.)* Ich habe als Junge nie Zuneigung gekannt. Ich wurde von der Angst beherrscht, wie sollte ich heute anders herrschen? *(Wird energisch.)* Aber ich werde Rache nehmen; ich werde Rache nehmen. Für jede Stunde, in der ich des Nachts wach gelegen habe, um auf die Schlinge oder den Dolch zu warten, sollen sie Jahre in Sibirien, Jahrhunderte in den Bergwerken verbringen! Ja! Ich werde Rache nehmen.

ZAREWITSCH: Vater! Habt Gnade mit dem Volk. Gebt ihm, was es erbittet.

PRINZ PAUL: Und beginnt mit Eurem eigenen Kopf, Herr, den möchten sie besonders gern haben.

ZAR: Das Volk! Das Volk! Ein Tiger, den ich auf mich selbst losgelassen habe, aber ich werde bis zum Tod mit ihm kämpfen. Ich mache keine halben Sachen mehr. Ich werde diese Nihilisten mit einem Schlag vernichten. In Rußland soll von ihnen keine Frau und kein Mann am Leben bleiben. Bin ich denn ganz umsonst der Imperator, daß eine Frau in der Lage ist, mich in Schach zu halten? Vera Saburov wird sich in meiner Gewalt befinden, das schwöre ich, noch bevor die Woche zu Ende ist, und wenn ich die ganze Stadt niederbrennen muß, um sie zu finden. Sie soll mit der Knute ausgepeitscht werden, sie soll in der Festung erstickt werden, sie soll auf dem Platz erdrosselt werden!

ZAREWITSCH: O Gott!

ZAR: Seit zwei Jahren greifen ihre Hände nun schon nach meinem Hals. Zwei Jahre lang hat sie mir das Leben zur Hölle gemacht, aber ich werde mich rächen. Kriegsrecht, Prinz, Kriegsrecht über das ganze Reich, das wird mir die Rache ermöglichen. Eine gute Maßnahme, nicht wahr, Prinz, oder? Eine gute Maßnahme.

PRINZ PAUL: Und dazu eine sehr kostengünstige, Herr. Es wird die Überbevölkerung in weniger als sechs Monaten beseitigen, und Ihr könnt die gesamten Kosten für die Gerichte einsparen, denn man wird sie nun nicht mehr benötigen.

ZAR: Sehr richtig. Es gibt in Rußland zu viele Menschen. Wir geben zuviel Geld für die Leute und für das Rechtswesen aus. Ich werde ihnen das Maul stopfen.

ZAREWITSCH: Herr, überlegt, bevor –

ZAR: Wann könnt Ihr die Proklamationen fertig haben, Prinz Paul?

PRINZ PAUL: Sie sind schon vor sechs Monaten gedruckt worden, Herr. Ich wußte, daß Ihr sie benötigen würdet.

ZAR: Das ist gut! Das ist sehr gut! Laßt uns sofort anfangen. Ehm, Prinz, wenn jeder König in Europa einen Berater wie Euch hätte –

ZAREWITSCH: Würde es in Europa weniger Könige geben.

ZAR *(angstvoll flüsternd, zu Prinz Paul)*: Was meint er damit? Vertraut Ihr ihm? Seine Gefangenschaft hat ihn noch nicht kuriert. Soll ich ihn verbannen? Soll ich *(flüstert)* …? Der Imperator Paul hat es getan. Kaiserin Katharina da *(zeigt auf ein Bild an der Wand)* hat es getan. Warum sollte ich es nicht tun?

PRINZ PAUL: Eure Majestät, es gibt keinen Grund zur Beunruhigung. Der Prinz ist ein sehr offenherziger junger Mann. Er gibt vor, dem Volk zugetan zu sein, während er im Palast lebt. Er predigt Sozialismus, während er ein Einkommen bezieht, das eine ganze Provinz ernähren würde. Eines Tages wird er einsehen, daß das beste Heilmittel gegen den Republikanismus die kaiserliche Krone ist, und er wird die rote Mütze der Freiheit zerschneiden und damit das Zimmer des Premierministers dekorieren.

ZAR: Ihr habt recht. Wenn er das Volk wirklich lieben würde, wäre er nicht mein Sohn.

PRINZ PAUL: Wenn er nur zwei Wochen lang beim Volk leben würde, so würde dessen schlechtes Abendessen ihn bald von seinem Verlangen nach Demokratie kurieren. Sollen wir anfangen, Herr?

ZAR: Unverzüglich. Lest die Proklamationen vor. Meine Herren, setzen Sie sich. Alexis, Alexis, sag ich, komm her und hör zu! Es wird eine gute Übung für dich sein; eines Tages wirst du es selbst tun.

ZAREWITSCH: Ich habe schon genug davon gehört. *(Nimmt seinen Platz am Tisch ein. Graf Ruwalov flüstert ihm etwas zu.)*

ZAR: Was flüstert Ihr da herum, Graf Ruwalov?

GRAF RUWALOV: Ich gab ihrer königlichen Hoheit gerade einen guten Rat, Eure Majestät.

PRINZ PAUL: Graf Ruwalov ist der typische Verschwender, Herr; er gibt immer das ab, was er am meisten benötigt. *(Legt dem Zaren Papiere vor.)* Ich glaube, Ihr werdet dieser Sache zustimmen, Herr: – »Liebe für das Volk«, »Vater seines Volkes«, »Kriegsrecht« und die üblichen Anspielungen auf die Vorsehung in der letzten Zeile. Es bedarf nur noch der Unterschrift Eurer kaiserlichen Majestät.

ZAREWITSCH: Herr!

PRINZ PAUL *(hastig)*: Ich verspreche Eurer Majestät, daß ich jeden Nihilisten in Rußland innerhalb von sechs Monaten vernichten werde, wenn Ihr diese Proklamation unterzeichnet – jeden Nihilisten in Rußland.

ZAR: Sagt das noch einmal! Jeden Nihilisten in Rußland zu vernichten, diese Frau, ihre Anführerin zu vernichten, die gegen mich in meiner eigenen Stadt Krieg führt. Prinz Paul Maralovski, ich ernenne Euch zum Marschall über das gesamte russische Reich, damit Ihr das Kriegsrecht durchsetzten könnt. Gebt mir die Proklamation. Ich werde sie sofort unterschreiben.

PRINZ PAUL *(zeigt auf das Papier)*: Hier, Herr.

ZAREWITSCH *(beugt sich plötzlich nach vorne und legt seine Hand auf das Papier)*: Halt! Halt sage ich Euch! Die Priester haben den Menschen den Himmel genommen, und nun wollt Ihr ihnen auch noch die Erde nehmen.

PRINZ PAUL *(hastig)*: Wir haben jetzt keine Zeit, Prinz. Dieser Junge wird alles verderben. Hier, die Feder, Herr.

ZAREWITSCH: Wie bitte! Ist es eine so geringfügige Angelegenheit, eine Nation zu erdrosseln, ein Königreich zu ermorden, ein Reich zu ruinieren? Wer sind wir, die wir es wagen, einen solchen Bann des Terrors über ein Volk auszusprechen? Haben wir weniger Laster als sie, daß wir sie vor uns auf die Anklagebank bringen?

PRINZ PAUL: Was für ein Kommunist der Prinz doch ist! Er will eine gleichmäßige Verteilung der Sünden wie des Eigentums.

ZAREWITSCH: Von derselben Sonne gewärmt, von derselben Luft genährt, aus dem gleichen Fleisch und Blut geschaffen wie wir, worin unterscheiden sie sich von uns, außer darin, daß sie hungern, während wir im Überfluß leben, daß sie sich abmühen, während wir Muße haben, daß sie krank werden, während wir Gift träufeln, daß sie sterben, während wir –

ZAR: Du wagst es –?

ZAREWITSCH: Ich wage es für das ganze Volk; aber Ihr wollt ihnen die allgemeinen Menschenrechte absprechen.

ZAR: Das Volk hat keine Rechte.

ZAREWITSCH: Dann hat es einen großen Fehler gemacht. Vater, sie haben Eure Schlachten für Euch gewonnen; von den Kiefernwäldern des Baltikums bis zu den Palmen Indiens sind sie auf den mächtigen Schwingen des Sieges geritten! Jungen in meinem Alter – ich habe Angriffswelle auf Angriffswelle von lebenden Männern die Höhen der Schlacht bis zum Tode nehmen sehen. Ja, und sie haben für Euch die gefährliche Eroberung aus dem Feuer des Krieges geholt, wenn der blutige Halbmond bedrohlich über unseren Adlern zu stehen schien.

ZAR *(irgendwie bewegt)*: Jene Männer sind tot. Was habe ich mit ihnen zu tun?

ZAREWITSCH: Nichts! Die toten sind in Sicherheit; du kannst ihnen nichts mehr anhaben. Sie schlafen ihren letzten, langen Schlaf. Einige in türkischen Gewässern, andere bei den vom Wind gepeitschten Hügeln Norwegens und des dänischen Reiches! Aber jene, die Lebenden, unsere Brüder – was habt Ihr für sie getan? Sie haben Euch um Brot gebeten, Ihr gabt ihnen einen Stein. Sie strebten nach Freiheit, Ihr habt sie mit Skorpionen gegeißelt. Ihr habt die Saat dieser Revolution selbst gesät!

PRINZ PAUL: Und sind wir nicht dabei, die Ernte zu schneiden?

ZAREWITSCH: Oh, meine Brüder! Es wäre weitaus besser gewesen, ihr wärt im eisernen Hagel und bei den heulenden Geschossen der Schlacht geblieben, als zurückzukehren und ein solches Schicksal zu erleiden! Die wilden Tiere des Waldes haben ihre Höhlen, aber das russische Volk, die Eroberer der Welt, haben keinen Ort, um ihr müdes Haupt auszuruhen.

PRINZ PAUL: Sie haben den Block des Scharfrichters.

ZAREWITSCH: Den Block! Ja! Ihr habt ihre Seelen zu Eurem Vergnügen getötet, und nun möchtet Ihr ihre Körper töten.

ZAR: Unverschämter Junge! Hast du vergessen, wer der Imperator Rußlands ist?

ZAREWITSCH: Nein! Das Volk regiert nun mit Gottes Hilfe. Ihr hättet der Schäfer für das Volk sein sollen. Aber Ihr habt Euch einfach abgesetzt wie ein Mietling und es den Wölfen ausgesetzt.

ZAR: Bringt ihn fort! Bringt ihn fort, Prinz Paul!

ZAREWITSCH: Gott hat seinem Volk Zungen zu sprechen gegeben. Ihr schneidet sie heraus, damit es in seiner Qual stumm bleibt – still unter der Folter! Aber ER hat ihm Hände zum Zuschlagen gegeben, und es wird zuschlagen! Ja! Aus dem Schoß von Krankheit und Schmerz dieses unglücklichen Landes wird eine Revolution geboren werden, wie ein blutiges Kind, daß sich erheben könnte, um Euch niederzustrecken.

ZAR *(springt auf)*: Du Teufel! Du Attentäter! Warum sagst du mir so etwas ins Gesicht?

ZAREWITSCH: Weil ich ein Nihilist bin!

Die Minister springen auf; ein paar Minuten lang herrscht tödliches Schweigen.

ZAR: Ein Nihilist! Ein Nihilist! Du Viper, die ich großgezogen habe, du Verräter, den ich gestreichelt habe, ist dies dein blutiges Geheimnis? Prinz Paul Maralovski, Marschall des russischen Reiches, nehmt den Zarewitsch fest.

MINISTER: Nehmt den Zarewitsch fest!

ZAR: Ein Nihilist! Wenn du mit ihnen gesät hast, sollst du mit ihnen ernten! Wenn du mit ihnen geredet hast, sollst du mit ihnen verrotten! Wenn du mit ihnen zusammengelebt hast, sollst du mit ihnen sterben!

PRINZ PETROWITSCH: Stirb!

ZAR: Über alle Söhne soll eine Plage kommen, sage ich! Es sollte in Rußland keine Ehen mehr geben, wenn man solche Schlangen wie dich dabei ausbrüten kann! Nehmt den Zarewitsch fest, sage ich!

PRINZ PAUL: Zarewitsch! Auf den Befehl des Imperators verlange ich Euer Schwert. *(Der Zarewitsch händigt ihm sein Schwert aus; Prinz Paul legt es auf den Tisch.)*

ZAREWITSCH: Ihr werdet feststellen, daß es nicht mit Blut befleckt ist.

PRINZ PAUL: Dummer Junge! Du bist nicht zum Verschwörer geboren; du hast nicht gelernt, deine Zunge zu hüten. Für Heldentum ist kein Platz in einem Palast.

ZAR *(sinkt auf seinen Stuhl, die Augen auf den Zarewitsch gerichtet)*: O Gott! O Gott! Mein eigener Sohn ist gegen mich; mein eigen Fleisch und Blut ist gegen mich; aber nun bin ich sie alle los.

ZAREWITSCH: Die heilige Bruderschaft, der ich angehöre, hat Tausende wie mich oder Zehntausende! *(Der Zar zuckt in seinem Stuhl zusammen.)* Der Stern der Freiheit ist bereits aufgegangen, und in der Ferne höre ich, wie die mächtige Welle der Demokratie auf diesem verfluchten Strand bricht.

PRINZ PAUL: *(zu Prinz Petrowitsch)*: In dem Fall müssen wir beide schwimmen lernen.

ZAREWITSCH: Vater, Imperator, kaiserlicher Herr, ich flehe nicht um mein eigenes Leben, aber um das Leben meiner Brüder, um das Leben des Volkes.

PRINZ PAUL *(bitter)*: Das Volk, Eure Brüder, sind mit ihrem eigenen Leben unzufrieden, sie wollen immer auch das Leben ihrer Nächsten haben.

ZAR *(steht auf)*: Ich bin es satt, Angst zu haben. Ich bin den Terror leid. Von diesem Tage an erkläre ich dem Volk den Krieg, einen Krieg zu seiner Vernichtung. Wie jene mich behandelt haben, so werde ich sie behandeln. Ich werde sie zu Puder zermahlen und ihren Staub in den Wind streuen. In eines jeden Haus soll ein Spion sein – ein Verräter unter jedem Dach, ein Henker in jedem Dorf, ein Galgen auf jedem Platz. Die Pest, der Aussatz oder das Fieber werden weniger tödlich sein als mein Groll. Ich werde jedes Grenzland zu einem Friedhof machen, jede Provinz zu einem Lazarett, und ich werde die Kranken mit dem Schwert heilen. Ich werde in Rußland Frieden haben, und wenn es der Friede der Toten ist. Wer hat behauptet, ich sei ein Feigling? Wer hat gesagt, daß ich Angst hätte? Seht ihr, so werde ich das Volk mit meinen Füßen zertreten! *(Er nimmt das Schwert des Zarewitsch vom Tisch und trampelt darauf herum.)*

ZAREWITSCH: Vater, habt acht, das Schwert, auf das Ihr tretet, könnte sich gegen Euch wenden und Euch verletzen. Die Leute leiden sehr lange, aber ihre Rache kommt irgendwann, eine Rache mit roten Händen und auf leisen Sohlen.

PRINZ PAUL: Pah! Die Leute sind schlechte Schützen; sie verfehlen einen immer.

ZAR: Das ist wahr! Und Könige sind die Geißel Gottes für das Volk! Bringt ihn fort! Bringt ihn fort! Holt meine Wachen her. *(Die kaiserliche Garde tritt ein. Der Zar zeigt auf den Zarewitsch, der allein am Rand der Bühne steht.)* Wir werden ihn selbst ins Gefängnis bringen: Gefängnis! Ich verlasse mich auf kein Gefängnis. Er würde entkommen und mich umbringen. Ich werde ihn hier von Soldaten erschießen lassen, hier auf dem offenen Platz. Ich will sein Gesicht nie wieder sehen. *(Der Zarewitsch wird hinausgeführt.)* Nein, nein, laßt ihn hier! Ich vertraue keinen Wachen! Sie sind alle Nihilisten! *(Zu Prinz Paul)* Ich vertraue Euch, Ihr habt keine Gnade. *(Er reißt das Fenster auf und geht hinaus auf den Balkon.)*

ZAREWITSCH: Wenn ich für das Volk sterben muß, ich bin bereit. Ein Nihilist mehr oder weniger in Rußland, was macht das schon aus?

PRINZ PAUL *(schaut auf seine Uhr)*: Das wird ganz sicher das Abendessen verderben. Wie störend die Politik doch ist und erstgeborene Söhne!

STIMME *(draußen, auf der Straße)*: Gott schütze das Volk! *(Der Zar wird angeschossen und stolpert zurück in das Zimmer.)*

ZAREWITSCH *(reißt sich von den Soldaten los und stürzt herbei)*: Vater!

ZAR: Mörder! Mörder! Du hast es getan! Mörder! *(Stirbt.)*

Tableau

Vorhang zum Ende des Aktes

DRITTER AKT

SZENERIE: *derselbe Ort und dieselbe Situation wie im ersten Akt. Ein Mann im Gelben Gewand mit gezogenem Schwert neben der Tür.*

Parole draußen: Vae tyrannis.[4]
Antwort: Vae victis[5] *(dreimal)*.

Die Verschwörer treten auf und bilden einen Halbkreis. Sie tragen Umhänge und sind vermummt.

VORSITZENDER: Welche Stunde haben wir?
ERSTER VERSCHWÖRER: Die Stunde des Handelns.
VORSITZENDER: Welchen Tag?
ZWEITER VERSCHWÖRER: Den Tag des Marat.
VORSITZENDER: Welchen Monat?
DRITTER VERSCHWÖRER: Die Monate der Freiheit.
VORSITZENDER: Was ist unsre Pflicht?
VIERTER VERSCHWÖRER: Zu gehorchen.
VORSITZENDER: Unser Glaube?
FÜNFTER VERSCHWÖRER: Parbleu, Herr Vorsitzender, ich wußte gar nicht, daß sie einen hatten.
VERSCHWÖRER: Ein Spion! Ein Spion! Nehmt die Masken ab! Ein Spion!
VORSITZENDER: Laßt die Türen schließen. Es sind Nicht-Nihilisten unter uns.
VERSCHWÖRER: Nehmt die Masken ab! Nehmt die Masken ab! Tötet ihn Tötet ihn! *(Die vermummten Verschwörer nehmen die Masken ab.)* Prinz Paul!

---

4 Wehe den Tyrannen.
5 Wehe den Besiegten.

VERA: Ihr Teufel! Wer hat Euch in die Höhle des Löwen gelockt?

VERSCHWÖRER: Tötet ihn! Tötet ihn!

PRINZ PAUL: En verité, Messieurs, sie sind nicht übermäßig gastfreundlich, was meine Begrüßung betrifft.

VERA: Willkommen! Wie sollten wir Euch denn willkommen heißen, außer mit dem Dolch oder mit der Schlinge?

PRINZ PAUL: Ich hatte keine Ahnung, daß die Nihilisten eine so exklusive Gemeinschaft sind. Aber ich versichere Ihnen, daß ohne Zutritt zur besten Gesellschaft noch zu den schlimmsten Verschwörungen ich niemals Premierminister von Rußland hätte werden können.

VERA: Ein Tiger kann niemals seine Natur verändern, noch kann die Schlange ihr Gift loswerden. Aber habt Ihr Euch in einen Freund des Volkes verwandelt?

PRINZ PAUL: Mon Dieu, non, Mademoiselle! Ich würde lieber einen Skandal in einem Salon verbreiten als den Verrat in einem Keller. Außerdem hasse ich den gemeinen Pöbel, der nach Knoblauch riecht, Tabak raucht, früh aufsteht und von einem Teller ißt.

VORSITZENDER: Welchen Gewinn könnten Sie dann also aus einer Revolution ziehen?

PRINZ PAUL: Mon ami, ich habe nichts mehr zu verlieren. Dieser trottelige Junge, dieser neue Zar hat mich verbannt.

VERA: Nach Sibirien?

PRINZ PAUL: Nein, nach Paris. Er hat meine Ländereien enteignet, mir meine Ämter und meinen Koch weggenommen. Mit Ausnahme meiner Auszeichnungen ist mir nichts geblieben. Ich bin hier, um Rache zu nehmen.

VORSITZENDER: Dann habt Ihr ein Anrecht darauf, einer der Unsrigen zu sein. Wir treten auch täglich aus Gründen der Rache zusammen.

PRINZ PAUL: Ihr wollt natürlich Geld. Sonst tritt niemand einer Verschwörung bei, der Geld hat. Hier. *(Wirft Geld auf den Tisch.)* Ihr habt so viele Spione, daß man meinen könnte, Ihr wollt Informationen haben. Nun, Ihr werdet sehen, daß ich der am besten informierte Mann bin, was die Amtsmißbräuche unserer Regierung angeht. Ich habe fast alle selbst begangen.

VERA: Vorsitzender, diesem Mann traue ich nicht. Er hat uns in Rußland zuviel Schaden zugefügt, als daß wir ihn unversehrt wieder gehen lassen könnten.

PRINZ PAUL: Glauben Sie mir, Mademoiselle, Sie irren sich. Ich werde eine überaus wertvolle Ergänzung Ihres Kreises sein; und was Sie betrifft, meine Herren, wenn ich nicht davon ausgegangen wäre, daß Sie mir nützen könnten, dann hätte ich sicher nicht meinen Kopf hier bei Ihnen riskiert, geschweige denn eine Stunde früher als üblich diniert, um pünktlich zu sein.

VORSITZENDER: Stimmt, wenn er uns hätte ausspionieren wollen, wäre er nicht selbst gekommen.

PRINZ PAUL *(beiseite gesprochen):* Nein – ich hätte meinen besten Freund geschickt.

VORSITZENDER: Außerdem ist er genau der richtige Mann, um uns die Informationen zu geben, die wir für die heute nacht anstehenden Angelegenheiten haben wollen.

VERA: So sei es denn, wenn du es so haben willst.

VORSITZENDER: Brüder, ist es euer Wunsch, daß Prinz Paul Maralovski zugelassen wird und daß er den Eid des Nihilisten schwört?

VERSCHWÖRER: Jawohl! Jawohl!

VORSITZENDER: *(hält einen Dolch und ein Blatt Papier):* Prinz Paul, den Dolch oder den Eid?

PRINZ PAUL *(lächelt süffisant):* Ich würde lieber vernichten, als vernichtet zu werden. *(Nimmt das Papier.)*

VORSITZENDER: Wisset: Wenn Ihr uns betrügt, sollt Ihr unserer Rache nicht entkommen solange es auf der Erde Gift und Stahl gibt – solange Männer zuschlagen und Frauen verraten können. Die Nihilisten vergessen ihre Freunde nie, noch vergeben sie ihren Feinden.

PRINZ PAUL: Tatsächlich? Ich wußte gar nicht, daß Sie so zivilisiert sind.

VERA *(läuft hinter ihnen auf und ab):* Warum ist er nicht hier? Er wird die Krone nicht behalten. Ich kenne ihn gut.

VORSITZENDER: Unterzeichnet. *(Prinz Paul unterzeichnet.)* Ihr sagtet, Ihr glaubtet, daß wir keine Überzeugung hättet. Ihr hattet unrecht. Lest!

VERA: Die Sache ist gefährlich, Vorsitzender. Was machen wir mit diesem Mann?

VORSITZENDER: Er kann uns nützen. Er ist heute nacht und morgen wertvoll für uns.

VERA: Vielleicht wird es für keinen für uns ein Morgen geben; aber wir haben ihm unser Wort gegeben: Er ist hier sicherer, als er es im Palast je war.

PRINZ PAUL *(liest):* »Die Rechte der Menschheit«! In den alten Zeiten haben die Menschen ihre Rechte selbst während ihres Lebens durchgesetzt, aber heutzutage scheint jeder Säugling mit einem sozialen Manifest im Munde geboren zu werden, daß größer ist als das Kind selbst. »Die Natur ist kein Tempel, sondern eine Werkstatt; wir verlangen das Recht auf Arbeit.« Ah, ich werde diesbezüglich meine Rechte aufgeben.

VERA *(läuft hinter ihnen auf und ab):* Oh, wo bleibt er denn nur? Wo bleibt er denn nur?

PRINZ PAUL: »Die Familie als subversives Element gegen die wahre sozialistische und gemeinschaftliche Einheit muß vernichtet werden.« Ja, Vorsitzender, ich stimmte vollständig mit Artikel 5 überein. Eine Familie ist eine schreckliche Last – besonders wenn man nicht verheiratet ist. *(Es klopft dreimal an der Tür.)*

VERA: Alexis, endlich!

Parole: Vae tyrannis!

Antwort: Vae victis!

Michael Stroganov tritt ein.

VORSITZENDER: Michael, der Königsmörder! Brüder, laßt uns einen Mann ehren, der einen König getötet hat.

VERA *(beiseite gesprochen):* Oh, er wird noch kommen!

VORSITZENDER: Michael, du hast Rußland gerettet.

MICHAEL: Ja, einen Moment lang war Rußland frei, als der Tyrann fiel, aber die Sonne der Freiheit ist wieder untergegangen, so wie in jener trügerischen Dämmerung im Herbst unsere Augen täuscht.

VORSITZENDER: Die dunkle Nacht der Tyrannei ist für Rußland noch nicht vorbei.

MICHAEL *(greift zu seinem Messer):* Noch ein Stich, und ihr Ende ist wirklich da.

VERA *(beiseite gesprochen):* Noch ein Stich! Was meint er? Oh, das kann nicht sein! Aber warum ist er nicht bei uns? Alexis! Alexis! Warum bist du nicht hier?

VORSITZENDER: Aber wie bist du entkommen, Michael? Man sagte, du seist gefaßt worden.

MICHAEL: Ich war in der Uniform der kaiserlichen Garde gekleidet. Der Oberst vom Dienst war einer unserer Brüder, und er hatte mir die Losung gegeben. Damit bin ich sicher an den Truppen vorbeigekommen, und, dank meines guten Pferdes, habe ich die Mauern erreicht, bevor die Tore geschlossen wurden.

VORSITZENDER: Was für ein Zufall, daß er auf den Balkon hinausgegangen ist!

MICHAEL: Zufall? Es gibt keine Zufälle. Es war der Finger Gottes, der ihn dorthin leitete.

VORSITZENDER: Und wo bist du während der letzten drei Tage gewesen?

MICHAEL: Ich habe mich im Hause des Priesters Nicolas an der Weggabelung versteckt.

VORSITZENDER: Nicolas ist ein ehrlicher Mann.

MICHAEL: Ja, ehrlich genug für einen Priester. Ich bin jetzt hier, um Rache an einem Verräter zu nehmen!

VERA *(beiseite gesprochen):* O Gott, wo bleibt er denn? Alexis! Warum bist du nicht hier? Du kannst doch nicht zum Verräter geworden sein!

MICHAEL *(sieht Prinz Paul):* Prinz Paul Maralovski hier! Beim heiligen Georg, ein glücklicher Fang! Das muß Veras Werk sein. Sie ist die einzige, die in der Lage gewesen sein kann, diese Schlange in die Falle zu locken.

VORSITZENDER: Prinz Paul hat gerade den Eid geleistet.

VERA: Alexis, der Zar, hat ihn aus Rußland verbannt.

MICHAEL: Pah! Er kann uns nicht betrügen. Wir werden Prinz Paul hierbehalten und ihm irgendeine Aufgabe in unserer Schreckensherrschaft zuweisen. Er muß mittlerweile an diese blutige Art von Arbeit gewöhnt sein.

PRINZ PAUL *(geht auf Michael zu):* Das war ein Schuß aus großer Distanz, *mon camarade*.

MICHAEL: Ich habe, schon seit ich ein kleiner Junge, war viel Übung im Schießen bekommen, als ich die Wildschweine Eurer Hoheit schoß.

PRINZ PAUL: Sind meine Wildhüter denn wie Maulwürfe, schlafen sie ständig?

MICHAEL: Nein, Prinz. Ich bin einer von ihnen; aber wie Ihr stehle ich gerne das, was man mir zu bewachen aufgetragen hat.

VORSITZENDER: Das muß eine neue Atmosphäre für Euch sein, Prinz Paul. Wir sagen einander hier die Wahrheit.

PRINZ PAUL: Wie verwirrend Sie das finden müssen! Sie haben hier eine merkwürdig zusammengewürfelte Gruppe, Vorsitzender.

VORSITZENDER: Ihr erkennt hier eine ganze Menge guter Freunde wieder, vermute ich.

PRINZ PAUL: Ja, in jeder Aristokratie gibt es mehr Befehlshaber als Intelligenz.

VORSITZENDER: Aber Ihr seid selbst hier?

PRINZ PAUL: Ich? Da ich nicht Premierminister sein kann, muß ich ein Nihilist sein. Es gibt keine Alternative.

VERA: O Gott, wo bleibt er nur? Der Zeiger steht auf der vollen Stunde. Wo bleibt er nur?

MICHAEL *(beiseite gesprochen):* Vorsitzender, Sie wissen, was jetzt zu tun ist. Nur der schlechte Jäger laßt das Wolfsjunge am Leben, so daß es seinen Vater rächen kann. Wie können wir an diesen Jungen herankommen. Es muß heute nacht geschehen. Schon morgen wird er dem Volk eine Reform als Brotkrumen hinwerfen, und es wird zu spät sein für die Republik.

PRINZ PAUL: Du hast völlig recht. Gute Könige sind die einzig gefährlichen Feinde der modernen Demokratie, und da er mich zu Anfang verbannt hat, könnt Ihr sicher sein, daß er gedenkt, ein Patriot zu werden.

MICHAEL: Ich bin patriotische Könige satt; was Rußland braucht, ist eine Republik.

PRINZ PAUL: Messieurs, ich habe Ihnen zwei Dokumente mitgebracht, die Sie interessieren werden: die Proklamation, die dieser junge Zar morgen zu veröffentlichen gedenkt, und einen Plan des Winterpalais, wo er heute nacht schläft. *(Übergibt die Papiere.)*

VERA: Ich wage nicht zu fragen, was sie im Schilde führen. Oh, warum ist Alexis nicht hier?

VORSITZENDER: Prinz, diese Informationen sind äußerst wertvoll. Du hast recht gehabt, Michael. Wenn es nicht heute nacht geschieht, dann wird es dafür zu spät sein. Lies.

MICHAEL: Ah! Einen Laib Brot, der einer hungernden Nation vor die Füße geworfen wird. Eine Lüge, um das Volk zu betrügen. *(Er zerreißt es.)* Es muß heute nacht geschehen. Ich glaube ihm nicht. Hätte er seine Krone behalten, wenn er das Volk wirklich lieben würde? Aber wie können wir an ihn herankommen. Sollen wir, die wir die Skorpione des Vaters nicht ertragen konnten, die Peitschenhiebe des Sohnes über uns ergehen lassen? Nein! Was auch immer existiert, muß vernichtet werden. Was immer existiert, ist unrecht.

PRINZ PAUL: Der Schlüssel des Privateingangs an der Straße. *(Übergibt den Schlüssel.)*

VORSITZENDER: Prinz, wir stehen in Eurer Schuld.

PRINZ PAUL *(lächelt):* Der Normalzustand der Nihilisten.

MICHAEL: Das stimmt. Aber wir zahlen unsere Schulden nunmehr mit Zinsen zurück. Zwei Imperatoren in einer Woche. Das wird die Waage ins Gleichgewicht bringen. Wir hätten einen Premierminister dazwischengeschoben, wenn er nicht hergekommen wäre.

PRINZ PAUL: Ah, schade, daß du es mir gesagt hast. Es nimmt meinem Besuch das Malerische und Abenteuerliche. Ich glaubte, meinen Kopf zu riskieren, indem ich hierherkam, und du sagst mir, ich hätte ihn dadurch gerettet. Man erlebt nur Enttäuschungen, wenn man versucht, im modernen Leben das Romantische zu finden.

MICHAEL: Es ist nicht besonders romantisch, seinen Kopf zu verlieren, Prinz Paul.

PRINZ PAUL: Nein, aber es muß oft sehr langweilig sein, ihn zu behalten. Haben Sie nicht auch manchmal den Eindruck? *(Die Uhr schlägt sechs.)*

VERA *(sinkt auf ihren Stuhl):* Oh, die Zeit ist vorbei! Die Zeit ist vorbei!

MICHAEL *(zum Vorsitzenden):* Denk daran, morgen ist es zu spät.

VORSITZENDER: Brüder, die volle Stunde hat geschlagen. Wer von uns ist abwesend?

VERSCHWÖRER: Alexis! Alexis!

VORSITZENDER: Michael, lies Regel sieben vor.

MICHAEL: »Wenn irgendein Bruder einem Ruf zu erscheinen nicht folgen sollte, wird der Vorsitzende untersuchen, ob gegen den betroffenen Bruder irgendwelche Vorwürfe erhoben werden.«

VORSITZENDER: Spricht irgend etwas gegen unseren Bruder Alexis?

VERSCHWÖRER: Er trägt eine Krone! Er trägt eine Krone!

VORSITZENDER: Michael, lies Artikel sieben des Revolutionskodex vor.

MICHAEL: »Zwischen den Nihilisten und allen Männern, die über ihren Genossen eine Krone tragen, herrscht Krieg bis in den Tod.«

VORSITZENDER: Brüder, was meint ihr? Ist Alexis, der Zar, schuldig oder unschuldig?

ALLE: Er ist schuldig!

VORSITZENDER: Wie soll die Strafe lauten?

ALLE: Tod!

VORSITZENDER: Bereitet die Lose vor; es soll heute nacht geschehen.

PRINZ PAUL: Ah, das ist sehr interessant! Ich hatte schon befürchtet, Verschwörungen seien so langweilig, wie Gerichte es sind.

PROFESSOR MARFA: Meine Stärke liegt eher im Schreiben von Pamphleten als im Schießen. Trotzdem – ein Königsmord findet immer einen Platz in der Geschichte.

MICHAEL: Wenn Ihre Pistole so harmlos ist wie Ihre Feder, wird dieser junge Tyrann ein langes Leben haben.

PRINZ PAUL: Sie sollten bedenken, Professor, solltet Ihr gefaßt werden, was wahrscheinlich geschehen würde, und erhängt werden, was ganz gewiß geschehen würde, gäbe es niemanden mehr, der Ihre Artikel läse.

VORSITZENDER: Brüder, seid ihr bereit?

VERA *(plötzlich)*: Noch nicht! Noch nicht! Ich habe etwas zu sagen.

MICHAEL *(beiseite gesprochen)*: Die Pest soll sie holen. Ich wußte, daß es dazu kommen würde.

VERA: Jener Junge ist unser Bruder gewesen. In jeder Nacht hat er sein Leben riskiert, um hierherzukommen. In jeder Nacht, wenn die Straßen voll von Spionen waren und jedes Haus voll von Verrätern. Behütet aufgewachsen, wie ein Königssohn, hat er unter uns gelebt.

VORSITZENDER: Ja! Unter falschem Namen. Er hat uns am Anfang belogen. Er belügt uns nun am Ende.

VERA: Ich schwöre, er ist treu. Es gibt keinen Mann hier, der ihm sein Leben nicht tausendfach verdankt. Als die Bluthunde uns in jener Nacht aufgespürt hatten, wer rettete uns da vor Verhaftung, Folter, Prügel oder Tod, wenn nicht er, den ihr nun töten wollt?

MICHAEL: Es ist unsere Mission, alle Tyrannen zu töten!

VERA: Er ist kein Tyrann. Ich kenne ihn gut! Er liebt das Volk.

VORSITZENDER: Wir kennen ihn auch, er ist ein Verräter.

VERA: Ein Verräter! Vor drei Tagen hätte er jeden von euch hier verraten können, und ihr hättet am Galgen euer Ende gefunden. Er hat euch allen das Leben gerettet. Gebt ihm etwas Zeit – eine Woche, einen Monat, ein paar Tage! O Gott, nicht jetzt!

VERSCHWÖRER *(schwingen die Dolche)*: Heute nacht! Heute nacht! Heute nacht!

VERA: Ruhe, ihr aufgeschlitzten Nattern! Ruhe!

MICHAEL: Was! Sind wir nicht hier, um zu vernichten? Sollen wir unseren Eid nicht halten?

VERA: Euren Eid! Euren Eid! Gierig, wie ihr seid, nach dem Profit, wo die Hand eines jeden das Geld seines Nächsten begehrt, jedes Herz sich nach Raub und Plünderung sehnt; wer von euch würde ein Imperium dem Pöbel überlassen, wenn ihm die Krone aufgesetzt würde? Das russische Volk ist noch nicht bereit für die Republik.

VORSITZENDER: Alle Nationen sind bereit für die Republik.

MICHAEL: Der Mann ist ein Tyrann.

VERA: Ein Tyrann! Hat er nicht seine bösen Berater entlassen? Dem verhängnisvollen Raben seines Vaters sind die Flügel und die Krallen gestutzt worden, und nun er kommt zu uns, um nach Rache zu krähen. Oh, verschont ihn! Gebt ihm eine Woche zu leben!

VORSITZENDER: Vera fleht um Gnade für einen König!

VERA *(stolz)*: Ich bitte nicht für einen König, sondern für einen Bruder!

MICHAEL: Für einen Verräter, der seinen Schwur gebrochen hat, einen Feigling, der den Purpur zu den Schwachköpfen hätte zurückschleudern sollen, von denen er ihn bekommen hat. Nein, Vera, nein. Die Brut ist noch nicht ausgerottet, noch ist die graue Erde es nicht satt, Kinder zu gebären. Kein gekrönter Mann soll in Rußland Gottes Luft verpesten, indem er in ihr lebt.

VORSITZENDER: Du hast uns einst gebeten, dich auf die Probe zu stellen. Wir haben dich auf die Probe gestellt und befunden, daß du versagt hast.

MICHAEL: Ich bin nicht blind; ich kenne dein Geheimnis. Du liebst diesen Jungen, diesen jungen

Prinzen mit seinem schönen Gesicht, seinem gelockten Haar, seinen zarten, weißen Händen. Du bist eine Närrin, die auf eine lügnerische Zunge hereingefallen ist. Weißt du, was er mit dir gemacht hätte, dieser Junge, von dem du glaubst, daß er dich geliebt hat? Er hätte dich zu seiner Liebhaberin gemacht, deinen Körper zu seinem Vergnügen benutzt, dich weggeworfen, sobald er deiner überdrüssig geworden wäre. Dich, die Priesterin der Freiheit, die Flamme der Revolution, die Fackel der Demokratie.

VERA: Was er mit mir getan hätte, spielt kaum eine Rolle. Dem Volk zumindest wird er treu sein. Er liebt das Volk; zumindest liebt er die Freiheit.

VORSITZENDER: Er würde also den bürgerlichen König spielen, während wir hungern? Würde uns mit schönen Reden schmeicheln, würde uns mit Versprechungen betrügen wie sein Vater. Würde uns belügen, wie sein ganzes Geschlecht uns belogen hat.

MICHAEL: Und du, deren Name jeden Despoten um sein Leben zittern ließ, du, Vera Saburov, du würdest die Freiheit mit einem Liebhaber und das Volk mit einem Buhlen betrügen!

VERSCHWÖRER: Verräterin! Zieht die Lose! Zieht die Lose!

VERA: Du lügst wie gedruckt, Michael! Ich liebe ihn nicht! Er liebt mich nicht.

MICHAEL: Du liebst ihn nicht? Soll er also nicht sterben?

VERA *(mit Mühe, die Fäuste geballt):* Ja, es ist richtig, daß er sterben muß. Er hat seinen Eid gebrochen. Es darf in Europa keinen gekrönten Mann geben. Habe ich es nicht geschworen? Damit sie stark sein kann, muß unsere junge Republik vom Blut der Könige betrunken sein. Er hat seinen Eid gebrochen. Wie der Vater starb, soll auch der Sohn sterben. Doch nicht heute nacht, nicht heute nacht. Rußland, welches Jahrhunderte von Unrecht ertragen hat, kann eine Woche auf die Freiheit warten. Gebt ihm eine Woche.

VORSITZENDER: Wir wollen nichts mehr mit dir zu tun haben! Geh fort und laufe zu diesem Jungen, den du liebst.

MICHAEL: Ich werde ihn töten, selbst wenn ich ihn in deinen Armen finden sollte.

VERSCHWÖRER: Heute nacht! Heute nacht! Heute nacht!

MICHAEL *(mit erhobener Hand):* Einen Moment! Ich habe etwas zu sagen. *(Geht auf Vera zu; er spricht sehr langsam.)* Vera Saburov, hast du deinen Bruder vergessen? *(Hält inne, um die Wirkung zu sehen; Vera zuckt.)* Hast du jenes junge Gesicht vergessen, bleich vor Hunger, diese jungen Gliedmaßen, durch die Folter verbogen, die eisernen Ketten, mit denen man ihn zu gehen zwang? Welche Woche der Freiheit haben sie ihm gegeben? Welches Mitleid haben sie mit ihm für nur einen Tag gehabt? *(Vera läßt sich auf einen Stuhl fallen.)* Oh! Damals konntest du ziemlich gewandt über Rache und über die Freiheit sprechen. Als du sagtest, daß du nach Moskau gehen würdest, hat dein alter Vater deine Knie umschlungen und dich gebeten, ihn nicht kinderlos sterben zu lassen. Ich glaube, sein Rufen klingt mir immer noch in den Ohren; aber du warst so taub für seine Worte wie für die Steine am Wegesrand. In jener Nacht hast du deinen Vater verlassen, und drei Wochen später ist er an gebrochenem Herzen gestorben. Du schriebst mir, ich sollte dir hierher folgen. Das tat ich – zunächst, weil ich dich liebte, aber davon kuriertest du mich schon bald. Alle zärtlichen Gefühle, jegliches Mitleid, jegliche Liebe, jegliche Menschlichkeit, die in meinem Herzen wohnten, hast du verkümmern lassen und zerstört, so wie der Wurm der Fäulnis das Getreide zerfrißt. Du batest mich, die Liebe aus meiner Brust zu verbannen wie ein Übel. Du hast meine Hand zu Stahl werden lassen und mein Herz zu Stein. Du befahlst mir, für die Freiheit und die Rache zu leben. Das habe ich getan? Und du, was hast du getan?

VERA: Die Lose sollen gezogen werden!

(Verschwörer applaudieren.)

PRINZ PAUL *(beiseite gesprochen)* Ah, der Großherzog wird früher den Thron besteigen, als er es erwartet hätte. Er wird ganz sicher unter meiner Führung einen guten König abgeben. Er ist so grausam Tieren gegenüber, und er hält nie sein Wort.

MICHAEL: Nun bist du endlich du selbst, Vera.

VERA *(steht bewegungslos in der Mitte):* Die Lose, sage ich, die Lose! Ich bin jetzt keine Frau. Mein Blut scheint sich zu Galle verwandelt haben, mein Herz ist so kalt wie Stahl, meine Hand wird noch tödlicher sein. Aus der Einöde und dem Grab schreit laut die Stimme meines gefangenen Bruders und befiehlt mir, einen Schlag für die Freiheit zu führen. Die Lose, sage ich, die Lose!

VORSITZENDER: Sind bereit. Michael, du hast das Recht, zuerst zu ziehen; du bist ein Königsmörder.

VERA: O Gott, gib es in meine Hände! In meine Hände! *(Sie ziehen die Lose aus einer mit einem Totenkopf verzierten Schale.)*

VERA: Das Los ist auf mich gefallen! Seht ihr das blutige Zeichen darauf! Dimitri, mein Bruder, jetzt sollst du deine Rache bekommen!

VORSITZENDER: Vera Saburov, du bist als Königsmörderin ausgewählt worden. Gott ist gut zu dir gewesen. Den Dolch oder das Gift? *(Bietet ihr einen Dolch und ein Fläschchen an.)*

VERA: Mit dem Dolch kann ich mich besser auf meine Hand verlassen; er verfehlt nie sein Ziel. *(Nimmt den Dolch.)* Ich werde ihm ins Herz stechen, so wie er mich gestochen hat. Verräter, uns für eine Schärpe, für einen Schmuck, für ein Narrenzepter zu verlassen, mich an jedem Tag, den er hier war, zu belügen, uns innerhalb einer Stunde zu vergessen. Michael hatte recht, er liebt weder mich noch das Volk. Ich glaube, wenn ich eine Mutter wäre und einen Jungen geboren hätte, würde ich meine Brut vergiften, damit er nicht zu einem Verräter oder zu einem König heranwüchse. *(Prinz Paul flüstert dem Vorsitzenden etwas zu.)*

VORSITZENDER: Ja, Prinz Paul, das ist der beste Weg. Vera, der Zar schläft heute nacht im Nordflügel des Palastes. Hier ist ein Schlüssel zu dem Privateingang an der Straße. Man wird dir das Losungswort für die Wachen geben. Seine eigenen Diener werden betäubt sein. Du wirst ihn allein vorfinden.

VERA: Das ist gut. Ich werde nicht versagen.

VORSITZENDER: Wir werden vor dem Palast auf dem Platz des heiligen Isaak unter dem Fenster warten. Wenn vom Turm von Sankt Nikolaus die zwölfte Stunde geläutet wird, wirst du uns das Zeichen geben, daß der Hund tot ist.

VERA: Was wird das Zeichen sein?

VORSITZENDER: Du wirst den blutigen Dolch zu uns hinauswerfen.

MICHAEL: Von dem das Leben des Verräters tropft.

VORSITZENDER: Sonst wissen wir, daß du gefaßt wurdest, und wir werden eindringen, um dich aus den Händen seiner Wachen zu befreien.

MICHAEL: Und ihn mitten unter ihnen töten.

VORSITZENDER: Michael, du wirst uns führen?

MICHAEL: Ja, ich werde euch führen. Sorge dafür, daß deine Hand ihr Ziel nicht verfehlt, Vera Saburov.

VERA: Dummkopf, ist es denn so schwer, seinen Feind zu töten?

PRINZ PAUL *(beiseite gesprochen):* Dies ist die neunte Verschwörung, an der ich in Rußland teilnehme. Sie enden alle mit einer *voyage en Sibérie* für meine Freunde und einer weiteren Auszeichnung für mich.

MICHAEL: Es ist Eure letzte Verschwörung, Prinz.

VORSITZENDER: Um zwölf Uhr den blutigen Dolch.

VERA: Ja, rot mit dem Blut jenes falschen Herzen. Ich werde es nicht vergessen. *(Steht in der Mitte der Bühne.)* Zu unterdrücken, was immer meine Natur ist, weder zu lieben noch geliebt zu werden, weder Mitleid zu haben noch Mitleid zu erfahren. Ja! Ich habe es geschworen. Mir scheint, der Geist von Charlotte Corday ist in meine Seele gedrungen und drängt meine Frauenhände zum Zuschlagen – so wie ich mein Frauenherz zum Hassen dränge. Wenn er auch in seinen Träumen lacht, so werde ich nicht zaudern. Wenn er auch friedlich schläft, so werde ich mein Ziel nicht verfehlen. Sei froh, mein Bruder, in deiner stickigen Zelle, sei froh und lache heute nacht. Heute nacht soll dieser gerade flügge gewordene Zar mit Blut an den Füßen geradewegs in die Hölle und dort seinem Vater Grüße übermitteln! Dieser Zar! O Verräter, Lügner, seinem Eid untreu, mir untreu! Unter uns den Patrioten zu spielen und nun die Kronen zu tragen, uns wie Judas für dreißig Silberstücke zu verkaufen, uns mit einem Kuß zu betrügen! *(Mit mehr Leidenschaft.)* O Freiheit, o mächtige Mutter der Ewigkeit, dein Gewand ist purpurrot mit dem Blut derer, die für dich gestorben sind! Dein Thron ist der Golgatha des Volkes, deine Krone ist die Dornenkrone. O gekreuzigte Mutter, der Despot hat einen Nagel durch deine rechte Hand getrieben und der Tyrann durch deine Linke! Deine Füße sind von ihren Eisen durchbohrt. Als du Durst hattest, batest du die Priester um Wasser, und sie gaben dir ein bitteres Getränk. Sie stachen dir mit einem Schwert in die Seite. Sie verspotteten dich in deiner Pein von Zeitalter zu Zeitalter. Hier, auf deinem Altar, o Freiheit, stelle ich mich in deine Dienste; tu mit mir, was du willst! *(Schwingt den Dolch.)* Jetzt ist das Ende gekommen, und bei deinen heiligen Wunden, o gekreuzigte Mutter, o Freiheit, schwöre ich, daß Rußland erlöst werden wird!

Vorhang zum Ende des Aktes

VIERTER AKT

SZENERIE: *Vorzimmer zum Privatzimmer des Zaren. Große, mit Vorhängen verhangene Fenster im Hintergrund.*

ANWESENDE: *Prinz Petrowitsch, Baron Raff, Marquis de Poivrard, Graf Ruwalov.*

PRINZ PETROWITSCH: Er fängt gut an, dieser junge Zar.

BARON RAFF *(zuckt mit den Schultern):* Alle jungen Zaren fangen gut an.

GRAF RUWALOV: Und nehmen eine schlimmes Ende.

MARQUIS DE POIVRARD: Nun, ich habe kein Recht, mich zu beschweren. Er hat mir jedenfalls einen großen Dienst erwiesen.

PRINZ PETROWITSCH: Er hat Eure Entsendung nach Erzengel abgesagt, nehme ich an.

MARQUIS DE POIVRARD: Ja, mein Hals wäre dort nicht eine Stunde lang sicher gewesen.

General Kotemkin tritt ein.

BARON RAFF: Ah! General, noch irgendwelche Neuigkeiten für unseren romantischen jungen Imperator?

GENERAL KOTEMKIN: Ihr habt ganz recht, ihn als Romantiker zu bezeichnen, Baron; vor einer Woche fand ich ihn auf einem Dachboden, als er sich mit einer Truppe von Wanderschauspielern amüsierte; heute ist ihm danach, alle Häftlinge aus Sibirien zurückzurufen und alle politischen Gefangenen, wie er sie nennt, zu amnestieren.

PRINZ PETROWITSCH: Politische Gefangene! Aber die Hälfte von ihnen sind nichts weiter als gewöhnliche Mörder!

GRAF RUWALOV: Und die andere Hälfte, ist sie nicht noch viel schlimmer?

BARON RAFF: Aber nein, Ihr verurteilt diese Menschen ganz sicher zu Unrecht, Graf. Der Großhandel war immer schon ein respektableres Geschäft als der Einzelhandel.

GRAF RUWALOV: Aber er ist schon wirklich zu romantisch. Er hat mir gestern das Monopol der Salzsteuer verwehrt. Er sagte, die Leute hätten ein Anrecht auf billiges Salz.

MARQUIS DE POIVRARD: Oh, das ist noch gar nichts. Er hat tatsächlich die allabendliche Ausrichtung eines Staatsbanketts abgelehnt, weil in den südlichen Provinzen eine Hungersnot ausgebrochen ist. *(Der junge Zar tritt unbemerkt ein und bekommt den Rest mit.)*

PRINZ PETROWITSCH: Quelle bêtise[6]! Je mehr Hunger es unter den Menschen gibt, desto besser. Es lehrt sie Selbstzucht – eine hervorragende Tugend, Baron.

BARON RAFF: Das habe ich schon häufig gehört.

GENERAL KOTEMKIN: Er hat auch von einem Parlament in Rußland gesprochen und gesagt, das Volk sollte Stellvertreter haben, die es repräsentieren.

BARON RAFF: Als ob es nicht schon genug Prügeleien auf den Straßen gäbe, und wir müssen den Leuten auch noch einen Raum dafür zur Verfügung stellen. Aber, Messieurs, das Schlimmste kommt noch. Er plant eine umfangreiche Reform des öffentlichen Dienstes mit der Begründung, daß das Volk mit zu hohen Steuern belastet ist.

MARQUIS DE POIVRARD: Das kann nicht sein Ernst sein. Wozu ist das Volk sonst da, wenn nicht als Geldquelle für uns? Aber wenn wir schon einmal von Steuern reden, mein lieber Baron, Ihr müßt mir wirklich morgen vierzigtausend Rubel geben; meine Frau sagt, sie braucht ein neues Diamantarmband.

GRAF RUWALOV *(beiseite zu Baron Raff):* Ah, um Ausgleich zu schaffen für jenes, das Prinz Paul ihr letzte Woche geschenkt hat, vermute ich.

---

6 Was für eine Dummheit.

PRINZ PETROWITSCH: Ich benötige unverzüglich sechzigtausend Rubel, Baron. Mein Sohn wird von Ehrenschulden erdrückt, die er nicht zahlen kann.

BARON RAFF: Was für ein toller Sohn, der seinem Vater so exakt nacheifert!

GENERAL KOTEMKIN: Ihr bekommt ständig Geld. Ich erhalte nie auch nur eine Kopeke, die mir nicht zusteht. Das ist unerträglich; das ist lächerlich! Mein Neffe wird bald heiraten. Ich muß ihm die Mitgift finanzieren.

PRINZ PETROWITSCH: Mein lieber General, Euer Neffe muß ein echter Türke sein. Er scheint regelmäßig dreimal pro Woche zu heiraten.

GENERAL KOTEMKIN: Nun, zum Trost will er eine Mitgift haben.

GRAF RUWALOV: Ich bin die Stadt leid. Ich will ein Haus auf dem Land haben.

MARQUIS DE POIVRARD: Ich bin das Land leid. Ich will ein Haus in der Stadt haben.

BARON RAFF: Meine Herren, es tut mir außerordentlich leid für Sie. Das kommt nicht in Frage.

PRINZ PETROWITSCH: Aber mein Sohn, Baron!

GENERAL KOTEMKIN: Aber mein Neffe!

MARQUIS DE POIVRARD: Aber mein Haus in der Stadt!

GRAF RUWALOV: Aber mein Haus auf dem Land!

MARQUIS DE POIVRARD: Aber das Diamantarmband für meine Frau!

BARON RAFF: Unmöglich, meine Herren! Das alte Regime in Rußland ist tot; heute fängt die Beerdigung an.

GRAF RUWALOV: Dann werde ich auf die Wiederauferstehung warten.

PRINZ PETROWITSCH: Ja, aber was sollen wir nur *en attendant* tun?

BARON RAFF: Was haben wir denn immer getan, wenn ein Zar in Rußland Reformen angeregt hat? Nichts. Ihr vergeßt, daß wir Diplomaten sind. Bedachte Männer sollten nichts mit Taten zu tun haben. Reformen in Rußland sind etwas Tragisches, aber sie enden immer in einer Farce.

GRAF RUWALOV: Ich wünschte, Prinz Paul wäre hier. Ich meine übrigens, daß dieser Junge ihm gegenüber undankbar ist. Wenn jener clevere alte Prinz ihn nicht sofort zum Imperator ernannt hätte, ohne ihm Zeit zu geben, darüber nachzudenken, hätte er, glaube ich, seine Krone dem nächstbesten Schuhmacher auf der Straße übergeben.

PRINZ PETROWITSCH: Aber glaubt Ihr, daß der Prinz wirklich fortgehen wird?

BARON RAFF: Er ist verbannt.

PRINZ PETROWITSCH: Ja, aber wird er gehen?

BARON RAFF: Dessen bin ich sicher. Er hat mir zumindest gesagt, er habe schon zwei Telegramme nach Paris abgesetzt, um für sein Abendessen zu reservieren.

GRAF RUWALOV: Ah! Dann ist alles klar.

ZAR *(tritt vor):* Prinz Paul sollte lieber noch ein weiteres Telegramm schicken und *(er zählt sie durch)* sechs weitere Plätze bestellen.

BARON RAFF: Der Teufel!

ZAR: Nein, Baron, der Zar. Verräter! Es gäbe auf der Welt keine schlechten Könige, wenn es keine schlechten Minister wie Euch gäbe. Es sind Männer wie Ihr, die dafür sorgen, das mächtige Reiche am Felsen ihrer eigenen Größe zerschellen. Unsere Mutter Rußland hat keinen Bedarf an solch unmenschlichen Söhnen. Es ist nun zu spät, um Buße zu tun; es ist dafür zu spät. Das Grab kann die Toten nicht wieder hergeben noch der Galgen die Gehängten, aber ich werde gnädiger mit Euch sein. Ich schenke Euch das Leben! Das ist der Fluch, mit dem ich Euch belege. Aber wenn einer von Euch ab morgen Abend in Moskau angetroffen wird, wird sich sein Kopf von seiner Schulter trennen.

BARON RAFF: Ihr erinnert uns auf wundervolle Weise an Euren kaiserlichen Vater, Herr.

ZAR: Ich verbanne Sie alle aus Rußland. Ihre Ländereien werden konfisziert und dem Volk übereignet. Ihre Titel dürfen Sie mitnehmen. Reformen in Rußland enden immer in einer Farce, Baron. Prinz Petrowitsch, Ihr werdet eine gute Gelegenheit bekommen, Selbstzucht zu üben – diese hervorragende Tugend! So, Baron, Ihr glaubt, ein Parlament in Rußland wäre nur ein Ort für Prügeleien. Nun, ich werde dafür Sorgen, daß Ihnen die Sitzungsprotokolle regelmäßig zugesandt werden.

BARON RAFF: Herr, Ihr gebt dem Exil einen zusätzlichen Schrecken.

ZAR: Aber Sie werden nun Zeit für die Lektüre haben. Sie vergessen, daß Sie Diplomaten sind. Bedachte Männer sollten mit Taten nichts zu tun haben.

PRINZ PETROWITSCH: Herr, wir haben nur Spaß gemacht.

ZAR: Dann verbanne ich Sie für Ihre schlechten Witze. *Bon voyage*, Messieurs. Wenn Ihnen das Leben lieb ist, werden Sie den nächsten Zug nach Paris nehmen. *(Die Minister treten ab.)* Rußland ist Männer wie diese jetzt endlich los. Sie sind die Schakale, die der Spur der Löwen folgen. Sie selbst haben keinen Mut, außer zu rauben und zu plündern. Ohne diese Männer und ohne Prinz Paul wäre mein Vater ein guter König gewesen, und er wäre nicht einen so schrecklichen Tod gestorben. Wie seltsam es doch ist; die realsten Abschnitte des Lebens scheinen stets ein Traum zu sein! Die Versammlung, das beängstigende Gesetz, welches das Volk töten sollte, die Festnahme, der Schrei im Hof, der Pistolenschuß, die blutigen Hände meines Vaters und dann die Krone! Man kann manchmal Jahre lang leben, ohne wirklich zu leben, und dann drängt sich das ganze Leben in eine einzige Stunde. Ich hatte keine Zeit nachzudenken. Bevor der fürchterliche Schrei meines Vaters in meinen Ohren verklungen war, trug ich seine Krone auf dem Kopf, die purpurne Robe am Leib, und ich hörte, wie man mich König nannte. In dem Augenblick hätte ich das alles aufgegeben; es bedeutete mir nichts. Aber jetzt, kann ich es jetzt aufgeben? Nun Oberst? Nun?

OBERST: Welches Losungswort soll für heute nacht ausgegeben werden, Eure Kaiserliche Majestät?

ZAR: Losungswort?

OBERST: Für die Postenkette, Herr, die heute nacht um den Palast herum Dienst tun wird.

ZAR: Ihr könnt sie abtreten lassen. Ich brauche sie nicht. *(Der Oberst tritt ab.) (Er geht zu der auf dem Tisch liegenden Krone.)* Was für eine subtile Macht in diesem auffälligen Schmuckstück, in der Krone, verborgen liegt, die einem das Gefühl gibt, ein Gott zu sein, wenn man sie trägt. Diese feurig-bunte Welt in der Hand zu halten, mit dem Arm zu der äußersten Grenze der Welt zu greifen, die Meere mit seiner Galeere fest zu schnüren, das Land zu einer Straße für sein Heer zu machen – das ist es, was es bedeutet, die Krone zu tragen. Die Krone zu tragen! Der gewöhnlichste Leibeigene in Rußland ist mit etwas Besserem gekrönt, als ich es bin. Wie die Liebe die Waage ins Ungleichgewicht bringt. Wie arm doch das größte Reich dieser Erde ist im Vergleich zur Liebe! In diesem Palast eingepfercht, mit Spionen, die mir auf Schritt und Tritt folgen, habe ich nichts mehr von ihr gehört. Ich habe sie seit jener schicksalhaften Stunde nicht mehr gesehen, vor drei Tagen, als ich mich plötzlich als Zar dieses weiten, öden Rußlands wiederfand. Oh, wenn ich sie nur für einen Augenblick hätte sehen können, ihr mein Lebensgeheimnis hätte anvertrauen können, welches ich noch nie zuvor preiszugeben wagte. Wenn ich ihr hätte sagen können, warum ich die Krone trage, obwohl ich ewigen Krieg gegen alle gekrönten Männer geschworen! Heute nacht war ein Treffen. Ich habe den Ruf aus unbekannter Hand erhalten; aber wie hätte ich denn gehen können? Ich, der ich meinen Eid gebrochen habe! Der ich meinen Eid gebrochen habe!

Ein Page tritt auf.

PAGE: Es ist nach elf, Herr. Soll ich heute nacht in Eurem Zimmer die erste Wache übernehmen?

ZAR: Warum solltest du auf mich aufpassen, Junge? Die Sterne sind meine besten Wächter.

PAGE: Es war der Wunsch Eures kaiserlichen Vaters, Herr, niemals allein zu sein, während er schlief.

ZAR: Mein Vater wurde von schlechten Träumen verfolgt. Lauf, geh zu Bett, mein Junge. Es ist schon fast Mitternacht, und wenn du so spät aufbleibst, wirst du dir deine roten Wangen verderben. *(Der Page versucht, seine Hand zu küssen.)* Nicht doch, nicht doch, wir haben dafür zu oft miteinander gespielt. Oh, ich atme dieselbe Luft wie sie, und kann sie doch nicht sehen! Das Licht scheint aus meinem Leben verschwunden zu sein, die Sonne hat sich aus meinem Tag zurückgezogen.

PAGE: Herr – Alexis –, laßt mich heute nacht bei Euch bleiben! Über Euch liegt irgendeine Gefahr. Ich spüre es.

ZAR: Wovor sollte ich mich fürchten? Ich habe alle meine Feinde aus Rußland verbannt. Stell den Kohlenofen hierher zu mir. Es ist sehr kalt, und ich möchte eine Weile daneben sitzen. Geh, Junge, geh. Ich muß heute nacht über vieles nachdenken. *(Geht nach hinten und zieht einen Vorhang beiseite. Ein Blick auf Moskau im Mondlicht.)* Seit dem Sonnenuntergang ist viel Schnee gefallen. Wie weiß und kalt meine Stadt unter diesem bleichen Mond daliegt! Und doch schlagen so heiße und feurige Herzen in diesem eisigen Rußland, trotz all seinem

Frost und Schnee. Wenn ich sie doch nur für einen Augenblick sehen könnte, um ihr alles zu sagen, ihr zu sagen warum ich König bin! Aber sie zweifelt nicht an mir; sie hat gesagt, sie vertraut mir. Wenn ich auch meinen Eid gebrochen habe, so wird sie doch Vertrauen haben. Es ist sehr kalt. Wo ist mein Umhang? Ich werde eine Stunde lang schlafen. Für danach habe ich meinen Schlitten bestellt, und wenn ich auch dafür sterben muß, so werde ich doch heute nacht Vera sehen. Habe ich dich nicht gebeten zu gehen, Junge? Was! Muß ich denn so früh den Tyrannen spielen? Geh, geh! Ich kann nicht leben, ohne sie zu sehen. In einer Stunde werden meine Pferde hier sein; eine Stunde zwischen mir und der Liebe! Wie stark dieses Holzkohlenfeuer riecht. *(Der Page tritt ab. Der Zar legt sich auf eine Couch neben dem Ofen.) Vera tritt in einen schwarzen Umhang gekleidet ein.*

VERA: Er schläft! Gott, du bist gut! Wer soll ihn nun vor meiner Hand retten? Das ist er! Der Demokrat, der sich selbst zum König gemacht hat, der Republikaner, der eine Krone getragen hat, der Verräter, der uns belogen hat. Michael hatte recht. Er hat das Volk nie geliebt. Er hat mich nie geliebt. *(Beugt sich über ihn.)* Oh, warum sollte solch tödliches Gift auf so süßen Lippen liegen? War da nicht zuvor reichlich Gold in seinem Haar, daß er es unter einer Krone verbergen mußte. Aber jetzt ist mein Tag gekommen; der Tag des Volkes, der Tag der Freiheit ist gekommen! Dein Tag, mein Bruder, ist gekommen. Obwohl ich unterdrückte, was immer in meiner Natur lag, so dachte ich doch nicht, daß es so einfach sein würde. Ein Stoß, und es ist vorbei, und ich kann anschließend meine Hände in Wasser waschen, ich kann meine Hände anschließend in Wasser waschen. Komm, ich werde Rußland haben. Ich habe es geschworen. *(Hebt den Dolch, um zuzustechen.)*

ZAR *(schreckt auf und hält sie an den Händen fest):* Vera, du hier! Mein Traum war gar kein Traum. Warum hast du mich drei Tage lang allein gelassen, als ich dich am meisten brauchte? O Gott! Denkst du, ich bin ein Verräter, ein Lügner, ein König? Ich bin es aus Liebe zu dir. Vera, für dich habe ich meinen Eid gebrochen und trage nun die Krone meines Vaters. Ich wollte dir dieses mächtige Rußland, das du und ich so lieben, zu Füßen legen. Wollte dir diese Erde als Schemel geben, diese Krone auf dein Haupt setzen. Das Volk wird uns lieben. Wir werden es mit Liebe beherrschen, wie ein Vater seine Kinder beherrscht. Jedermann wird in Rußland die Freiheit haben, zu denken, wie es sein Herz begehrt. Es wird den Menschen freistehen, zu sagen, was sie denken. Ich habe die Wölfe verbannt, die uns nachgestellt haben. Ich habe deinen Bruder aus Sibirien zurückgeholt. Ich habe den schwarzen Schlund der Bergwerke geöffnet. Der Kurier ist schon unterwegs. Innerhalb einer Woche werden er und alle, die bei ihm sind, in ihrer Heimat zurück sein. Das Volk wird frei sein – es ist schon jetzt frei. Zuerst, als sie mir diese Krone gaben, hätte ich sie ihnen zurückgeschleudert, wenn es dich nicht gäbe, Vera. O Gott! Es ist in Rußland Brauch bei den Männern, denen, die sie lieben, Geschenke zu bringen. Ich sagte, ich würde der Frau, die ich liebe, ein Volk, ein Reich, eine Welt geben! Vera, für dich – nur für dich – habe ich diese Krone behalten. Nur für dich bin ich ein König. Oh, ich habe dich mehr geliebt als meinen Eid! Warum sprichst du nicht mit mir? Du liebst mich nicht! Du liebst mich nicht! Du bist gekommen, um mich vor einem Mordplan gegen mich zu warnen. Was bedeutet mir schon ein Leben ohne dich! *(Die Verschwörer murmeln draußen.)*

VERA: Ach, verloren! Verloren! Verloren!

ZAR: Nein, hier bist du sicher. Bis zum Sonnenaufgang sind es noch fünf Stunden. Morgen werde ich dem ganzen Volk zeigen –

VERA: Morgen –

ZAR: Ich werde dich mit meinen eigenen Händen zur Zarin krönen – in jener großen Kathedrale, die meine Väter errichtet haben.

VERA *(befreit sich mit Gewalt aus seinem Griff und springt auf):* Ich bin eine Nihilistin! Ich kann keine Krone tragen!

ZAR *(fällt ihr zu Füßen):* Ich bin auch jetzt kein König. Ich bin nur ein Junge, der dich mehr als seine Ehre, mehr als seinen Eid geliebt hat. Aus Liebe zum Volk wäre ich ein Patriot gewesen. Aus Liebe zu dir bin ich ein Verräter gewesen. Laß uns gemeinsam fortgehen. Wir werden unter dem gemeinen Volk leben. Ich bin kein König. Ich werde für dich schuften wie der Bauer oder der Leibeigene. Oh, lieb mich doch auch nur ein wenig! *(Die Verschwörer murmeln draußen.)*

VERA *(umklammert den Dolch):* Zu unterdrücken, was immer meine Natur ist, weder zu lieben noch geliebt zu werden, weder Mitleid zu haben noch – Oh, ich bin eine Frau! Gott hilf mir, ich bin eine Frau! Oh, Alexis! Auch ich habe meinen Schwur gebrochen; ich bin eine Verräterin. Ich liebe. Nein, sag nichts – *(küßt seine Lippen)* – zum ersten und zum letzten Mal. *(Er schließt sie in die Arme; sie sitzen gemeinsam auf der Couch.)*

ZAR: Jetzt könnte ich sterben.

VERA: Was soll der Tod auf deinen Lippen? Dein Leben, deine Liebe sind die Feinde des Todes. Sprich nicht vom Tod. Jetzt noch nicht, noch nicht.

ZAR: Ich weiß nicht, warum der Tod in mein Herz gekrochen ist. Vielleicht ist der Becher des Lebens mit mehr Freude gefüllt, als man ertragen kann. Dies ist unsere Hochzeitsnacht.

VERA: Unsere Hochzeitsnacht!

ZAR: Und wenn der Tod selbst käme, ich glaube, ich könnte seinen bleichen Mund küssen und würde süßes Gift darauf schmecken.

VERA: Unsere Hochzeitsnacht! Nein, nein. Der Tod sollte nicht am Gastmal teilnehmen. Der Tod existiert nicht.

ZAR: Für uns soll es ihn nicht geben. *(Die Verschwörer murmeln draußen.)*

VERA: Was ist das? Hast du etwas gehört?

ZAR: Nur deine Stimme, der Gesang des Vogelfängers, der mein Herz fortlockt wie einen armen Vogel auf dem Lindenzweig.

VERA: Hat da nicht jemand gelacht?

ZAR: Es war nur der Wind und der Regen. Es ist eine stürmische Nacht. *(Die Verschwörer murmeln draußen.)*

VERA: Es muß wirklich so sein. Oh, wo sind deine Wachen? Wo sind deine Wachen?

ZAR: Wo sollten sie sein? Zu Hause. Ich werde nicht in einem Käfig aus Schwertern und Stahl leben. Die Liebe eines Volkes ist der beste Leibwächter eines Königs.

VERA: Die Liebe des Volkes!

ZAR: Mein Liebling, du bist hier sicher. Hier kann dir nichts geschehen. O Liebste, ich wußte, daß du mir vertraust! Du hast gesagt, du würdest Vertrauen haben.

VERA: Ich habe Vertrauen gehabt. O Liebster, die Vergangenheit scheint nichts als ein finsterer, grauer Traum, aus dem unsere Seelen erwacht sind. Dies ist endlich das Leben.

ZAR: Ja, endlich das Leben.

VERA: Unsere Hochzeitsnacht! Oh, laß mich von der Liebe trinken, bis mein Durst gestillt ist! Nein, Liebling, noch nicht, noch nicht. Wie still es ist, und doch scheint mir die Luft voller Musik zu sein. Es ist eine Nachtigall, die, des Südens müde, in diesen trüben Norden gekommen ist, um für Liebende wie uns zu singen. Es ist die Nachtigall. Hörst du sie nicht?

ZAR: O Liebling, meine Ohren sind für alle süßen Klänge verschlossen, außer für deine Stimme, und mein Auge ist blind für jeden Anblick blind, außer für den deinigen. Sonst hätte ich jene Nachtigall gehört und die golden gekleidete Morgensonne vor seiner Zeit aus dem trüben Osten hervorschleichen sehen – aus Eifersucht, daß du zweimal so schön bist wie sie.

VERA: Doch ich wünschte, du hättest die Nachtigall gehört. Mir scheint, jener Vogel wird nie wieder singen.

ZAR: Es ist keine Nachtigall. Es ist die Liebe, die nur aus inniger Freude singt, denn du bist zu ihrer Jüngerin geworden. *(Die Uhr fängt an, zwölf zu schlagen.)* Oh, höre Liebling, es ist die Stunde der Liebenden. Komm. Laß uns nach draußen ins Freie gehen und hören, wie der Mitternacht von Turm zu Turm über der weiten weißen Stadt geantwortet wird. Unsere Hochzeitsnacht! Was ist das? Was ist das? – *(Lautes Murmeln der Verschwörer auf der Straße.)*

VERA *(reißt sich von ihm los und eilt über die Bühne):* Die Hochzeitsgäste sind schon da! Ja! Ihr sollt euer Zeichen haben! *(Sticht sich selbst.)* Ihr sollt euer Zeichen haben! *(Eilt zum Fenster.)*

ZAR *(fängt sie ab, indem er zwischen sie und das Fenster springt, und entreißt ihr den Dolch):* Vera!

VERA *(sich an ihn klammernd):* Gib mir den Dolch zurück! Gib mir den Dolch zurück! Auf der Straße sind Männer, die dir nach dem Leben trachten! Deine Wachen haben dich verraten! Dieser blutige Dolch ist das Zeichen für deinen Tod. *(Die Verschwörer auf der Straße fangen *an zu schreien.)* Oh, es gibt keine Zeit zu verlieren! Wirf ihn hinaus! Wirf ihn hinaus! Nichts kann mich jetzt noch retten; dieser Dolch ist vergiftet! Ich fühle den Tod schon im Herzen. Es gab keinen anderen Weg als diesen.

ZAR *(hält den Dolch außerhalb ihrer Reichweite):* Der Tod ist auch in meinem Herzen; wir werden zusammen sterben!

VERA: O Liebster, Liebster, Liebster! Hab Gnade mit mir! Die Wölfe sind dir dicht auf den Fersen. Du mußt leben – für die Freiheit, für Rußland, für mich! Oh, du liebst mich nicht! Du hast mir einmal ein Imperium versprochen! Gib mir diesen Dolch – sofort! Oh, du bist so grausam! Mein Leben für das deinige! Was macht das schon? *(Lautes Geschrei auf der Straße: »Vera! Vera! Rettet sie! Rettet sie!«)*

ZAR: Der Tod hat für mich seine Bitterkeit verloren.

VERA: Oh, sie dringen dort unten ein! Sieh nur! Der blutige Mann hinter dir! *(Der Zar dreht sich einen Moment lang um.)* Ah! *(Vera schnappt sich den Dolch und wirft ihn aus dem Fenster.)*

VERSCHWÖRER *(von unten):* Lang lebe das Volk!

ZAR: Was hast du getan?

VERA: Ich habe Rußland gerettet! *(Stirbt.)*

Tableau

Vorhang

Salomé

Eine Tragödie in einem Akt

Übersetzung aus dem Französischen von
Lord Alfred Douglas

Dramatis personae

Herodes Antipas, Tetrarch von Judäa
Jokanaan, der Prophet
Der junge Syrer, Hauptmann der Garde
Tigellinus, ein junger Römer
Ein Kappadokier
Ein Nubier
Erster Soldat
Zweiter Soldat
Der Page von Herodias
Juden, Nazarener usw.
Ein Sklave
Naaman, der Scharfrichter
Herodias, Gattin des Tetrarchen
Salomé, Tochter der Herodias
Die Sklavinnen Salomés

Ort: *Ein große Terrasse im Palast des Herodes, hoch über dem Bankettsaal gelegen. Einige Soldaten lehnen sich über den Balkon. Rechts befindet sich ein riesiges Treppenhaus, links hinten eine alte, von einer grünlichen Bronzewand umschlossene Zisterne. Mondlicht.*

Der junge Syrer: Wie schön Prinzessin Salomé doch heute nacht ist!

Der Page von Herodias: Schau nur den Mond an! Wie seltsam die Mondgöttin erscheint! Sie ist wie eine Frau, die aus dem Grabe aufsteigt. Sie ist wie eine tote Frau. Man sollte meinen, sie sei auf der Suche nach leblosen Dingen.

Der junge Syrer: Sie sieht wundersam aus. Sie ist wie eine kleine Prinzessin, die einen gelben Schleier trägt und deren Füße aus Silber sind. Es scheint, als tanze sie.

Der Page von Herodias: Sie ist wie eine tote Frau. Sie bewegt sich sehr langsam.

Lärm dringt aus dem Bankettsaal.

Erster Soldat: Was für ein Lärm! Wer sind denn diese wilden Bestien, die da jaulen?

Zweiter Soldat: Das sind die Juden. Sie sind immer so. Sie streiten sich über ihre Religion.

Erster Soldat: Warum streiten sie sich um ihre Religion?

Zweiter Soldat: Ich weiß es nicht. Sie tun es ständig. Die Pharisäer sagen zum Beispiel, daß es Engel gibt, und die Sadduzäer behaupten, daß Engel nicht existieren.

Erster Soldat: Ich meine, es ist lächerlich, sich über solche Dinge zu streiten.

Der junge Syrer: Wie schön Prinzessin Salomé doch heute nacht ist!

Der Page von Herodias: Du schaust sie immerfort an. Du schaust sie zu oft an. Es ist gefährlich, Menschen auf diese Art anzuschauen. Es könnte etwas Schreckliches geschehen.

DER JUNGE SYRER: Sie ist heute nacht sehr schön.
ERSTER SOLDAT: Der Blick des Tetrarchen ist düster.
ZWEITER SOLDAT: Ja, sein Blick ist düster.
ERSTER SOLDAT: Er schaut irgend etwas an.
ZWEITER SOLDAT: Er schaut irgend jemand an.
ERSTER SOLDAT: Wen schaut er an?
ZWEITER SOLDAT: Ich weiß es nicht.
DER JUNGE SYRER: Wie bleich die Prinzessin ist! Ich habe sie noch nie so bleich gesehen. Sie ist wie der Schatten einer weißen Rose in einem Spiegel aus Silber.
DER PAGE VON HERODIAS: Du darfst sie nicht ansehen. Du siehst sie zu oft an.
ERSTER SOLDAT: Herodias hat den Becher des Tetrarchen gefüllt.
DER KAPPADOKIER: Ist das Königin Herodias, die eine schwarze, mit Perlen bestickte Mitra trägt und deren Haar mit blauem Staub gepudert ist?
ERSTER SOLDAT: Ja, das ist Herodias, die Gattin des Tetrarchen.
ZWEITER SOLDAT: Der Tetrarch ist dem Wein sehr angetan. Er hat drei Sorten Wein. Eine davon kommt von der Insel Samothrazien, und er ist purpur wie der Umhang des Cäsar.
DER KAPPADOKIER: Ich habe Cäsar noch nie gesehen.
ZWEITER SOLDAT: Eine andere Sorte kommt aus einer Stadt, die Zypern heißt, und sie ist gelb wie das Gold.
DER KAPPADOKIER: Ich liebe Gold.
ZWEITER SOLDAT: Und die dritte ist ein Wein aus Sizilien. Dieser Wein ist rot wie Blut.
DER NUBIER: Die Götter meines Landes sind dem Blut sehr angetan. Zweimal im Jahr opfern wir ihnen junge Männer und Jungfrauen: fünfzig junge Männer und hundert Jungfrauen. Doch es scheint, als gäben wir ihnen nie wirklich genug, denn sie sind sehr grob zu uns.
DER KAPPADOKIER: In meinem Land gibt es keine Götter mehr. Die Römer haben sie vertrieben. Manche sagen, sie hätten sich in den Bergen versteckt, aber das glaube ich nicht. Drei Nächte lang habe ich sie überall in den Bergen gesucht. Ich habe sie nicht gefunden. Und schließlich habe ich sie bei ihren Namen gerufen, und sie sind nicht gekommen. Ich glaube, sie sind tot.
ERSTER SOLDAT: Die Juden beten einen Gott an, den man nicht sehen kann.
DER KAPPADOKIER: Das kann ich nicht verstehen.
ERSTER SOLDAT: Sie glauben überhaupt nur an Dinge, die man nicht sehen kann.
DER KAPPADOKIER: Das scheint mir völlig lächerlich.
DIE STIMME DES JOKANAAN: Nach mir kommt jemand, der mächtiger ist als ich. Ich bin es nicht wert, die Schnalle seiner Schuhe zu öffnen. Wenn er kommt, werden die einsamen Orte voller Glück sein. Sie werden blühen wie die Lilie. Die Augen der Blinden werden das Licht des Tages erblicken, und die Ohren der Tauben werden geöffnet werden. Das neugeborene Kind wird seine Hand in die Höhle des Drachen legen und die Löwen bei der Mähne führen.
ZWEITER SOLDAT: Sorge dafür, daß er schweigt. Er sagt immer lächerliches Zeug.
ERSTER SOLDAT: Nein, nein, er ist ein heiliger Mann. Er ist auch sehr lieb. Er dankt mir jeden Tag, wenn ich ihm etwas zu essen gebe.
DER KAPPADOKIER: Wer ist er?
ERSTER SOLDAT: Ein Prophet.
DER KAPPADOKIER: Wie heißt er?
ERSTER SOLDAT: Jokanaan.
ERSTER SOLDAT: Woher kommt er?
ERSTER SOLDAT: Aus der Wüste, wo er von Heuschrecken und wildem Honig lebte. Er war mit Kamelhaar bekleidet und hatte einen ledernen Gürtel um seine Lenden. Er war abscheulich anzusehen. Ein große Menge pflegte, ihm zu folgen. Er hatte sogar Jünger.
DER KAPPADOKIER: Wovon redet er?
ERSTER SOLDAT: Wir können es nie genau sagen. Manchmal sagt er schreckliche Dinge; aber man kann nicht verstehen, was er sagt.
DER KAPPADOKIER: Kann man ihn sehen?
ERSTER SOLDAT: Nein, der Tetrarch hat es verboten.
DER JUNGE SYRER: Die Prinzessin hat ihr Gesicht hinter ihrem Fächer verborgen! Ihre kleinen

weißen Hände flattern umher wie die Flügel von Tauben, die zu ihrem Nest fliegen. Sie sind wie weiße Schmetterlinge. Sie sind genau wie weiße Schmetterlinge.

DER PAGE VON HERODIAS: Was tust du denn? Warum schaust du sie an? Du darfst sie nicht anschauen ... etwas Schreckliches könnte geschehen.

DER KAPPADOKIER *(zeigt auf die Zisterne)*: Was für ein merkwürdiges Gefängnis!

ZWEITER SOLDAT: Das ist eine alte Zisterne.

DER KAPPADOKIER: Eine alte Zisterne! Das muß sehr ungesund sein.

ZWEITER SOLDAT: Aber nein! Der Bruder des Tetrarchen, sein älterer Bruder, der erste Mann der Königin Herodias, war zwölf Jahre lang darin eingesperrt. Es hat ihn nicht umgebracht. Am Ende der zwölf Jahre mußte man ihn erwürgen.

DER KAPPADOKIER: Erwürgen? Wer hat sich getraut, das zu tun?

ZWEITER SOLDAT: *(er zeigt auf den Scharfrichter, einen großen Schwarzen)*: Der Mann da drüben: Naaman.

DER KAPPADOKIER: Hatte er keine Angst?

ZWEITER SOLDAT: Aber nein! Der Tetrarch schickte ihm den Ring.

DER KAPPADOKIER: Was für einen Ring?

ZWEITER SOLDAT: Den Todesring. Deswegen mußte er keine Angst haben.

DER KAPPADOKIER: Aber es ist schrecklich, einen König zu erwürgen.

ERSTER SOLDAT: Warum denn? Könige haben auch nur einen Hals wie andere Leute auch.

DER KAPPADOKIER: Ich meine, es ist schrecklich.

DER JUNGE SYRER: Die Prinzessin erhebt sich! Sie verläßt gerade den Tisch! Sie sieht sehr besorgt aus. Ah, sie kommt in diese Richtung. Ja, sie kommt auf uns zu. Wie bleich sie doch ist! Noch nie habe ich sie so bleich gesehen.

DER PAGE VON HERODIAS: Schau sie nicht an. Ich beschwöre dich, sie nicht anzuschauen.

DER JUNGE SYRER: Sie ist wie eine Taube, die sich verirrt hat ... Sie ist wie eine Narzisse, die im Wind zittert ... Sie ist wie eine silberne Blume.

Salomé tritt auf.

SALOMÉ: Ich werde nicht bleiben. Ich kann nicht bleiben. Warum schaut mich der Tetrarch die ganze Zeit an mit diesen Maulwurfsaugen hinter seinen flatternden Lidern? Es ist merkwürdig, daß der Gatte meiner Mutter mich so ansieht. Ich weiß nicht, was das zu bedeuten hat. In Wirklichkeit weiß ich es doch.

DER JUNGE SYRER: Ihr habt das Festmal gerade verlassen, Prinzessin?

SALOMÉ: Wie süß die Luft hier ist! Hier kann ich atmen! Da drinnen sind Juden aus Jerusalem, die sich gegenseitig in Stücke reißen wegen ihrer dummen Zeremonien, und Barbaren, die trinken und trinken und ihren Wein auf dem Boden vergießen, und Griechen aus Smyrna mit bemalten Augen und bemalten Wangen und krausem, in Schnecken gelegtem Haar, und stille, feine Ägypter mit langen Nägeln aus Jade und mit rostfarbenen Gewändern, und brutale und grobe Römer mit ihrer unflätigen Sprechweise. Oh! Wie ich die Römer verabscheue! Sie sind rauhbeinig und ordinär, und sie legen ein Gehabe an den Tag, als wenn sie noble Herrscher wären.

DER JUNGE SYRER: Möchtet Ihr euch setzen, Prinzessin?

DER PAGE VON HERODIAS: Warum sprichst du mit ihr? Warum blickst du sie an? Oh! Etwas Schreckliches wird geschehen.

SALOMÉ: Wie gut es ist, die Göttin des Mondes zu sehen. Sie ist wie ein kleines Geldstück, man könnte meinen, sie sei eine kleine, silberne Blume. Die Mondgöttin ist kalt und keusch. Ich bin sicher, sie ist eine Jungfrau; sie hat die Schönheit einer Jungfrau. Ja, sie ist eine Jungfrau. Sie hat sich nie beschmutzen lassen. Sie hat sich niemals den Männern hingegeben, wie die anderen Göttinnen es getan haben.

DIE STIMME DES JOKANAAN: Der Herr ist erschienen. Der Menschen Sohn ist erschienen. Die Zentauren haben sich in den Flüssen versteckt, und die Sirenen haben die Flüsse verlassen und liegen unter den Blättern des Waldes.

SALOMÉ: Wer hat dort gerufen?

ZWEITER SOLDAT: Der Prophet, Prinzessin.

SALOMÉ: Ah, der Prophet! Der, vor dem der Tetrarch Angst hat?

ZWEITER SOLDAT: Davon wissen wir nichts, Prinzessin. Es war der Prophet Jokanaan, der dort rief.

DER JUNGE SYRER: Wünscht Ihr, daß ich Eure Sänfte bringen lasse, Prinzessin? Die Nacht ist lieblich im Garten.

SALOMÉ: Er sagt schreckliche Dinge über meine Mutter, nicht wahr!

ZWEITER SOLDAT: Wir verstehen nie, was er sagt, Prinzessin.

SALOMÉ: Ja; er sagt schreckliche Dinge über sie.

Ein Sklave tritt auf.

SKLAVE: Prinzessin, der Tetrarch bittet Euch, zum Festmal zurückzukehren.

SALOMÉ: Ich werde nicht dorthin zurückgehen.

DER JUNGE SYRER: Verzeiht mir, Prinzessin, aber wenn Ihr nicht zurückgeht, könnte ein Unglück geschehen.

SALOMÉ: Ist er ein alter Mann, dieser Prophet?

DER JUNGE SYRER: Prinzessin, Ihr solltet lieber zurückgehen. Gestattet mir, Euch hineinzugeleiten.

SALOMÉ: Dieser Prophet ... ist er ein alter Mann?

ERSTER SOLDAT: Nein, Prinzessin, er ist ein ziemlich junger Mann.

ZWEITER SOLDAT: Man weiß es nicht genau. Manche sagen, er sei Elias.

SALOMÉ: Wer ist Elias?

ZWEITER SOLDAT: Ein uralter Prophet dieses Landes, Prinzessin.

SKLAVE: Welche Antwort soll ich dem Tetrarchen für die Prinzessin sagen?

DIE STIMME DES JOKANAAN: Freue dich nicht, Palästina, weil der Stab desjenigen, der dich schlug, gebrochen ist. Denn aus dem Samen der Schlange wird der Basilisk kommen, und seine Ausgeburt wird die Vögel verschlingen.

SALOMÉ: Welch merkwürdige Stimme! Ich beabsichtige, mit ihm zu sprechen.

ERSTER SOLDAT: Ich fürchte, das ist unmöglich, Prinzessin. Der Tetrarch wünscht, daß niemand mit ihm spricht. Er hat sogar dem Hohepriester verboten, mit ihm zu reden.

SALOMÉ: Ich wünsche, mit ihm zu sprechen.

ERSTER SOLDAT: Es ist unmöglich, Prinzessin.

SALOMÉ: Ich werde mit ihm sprechen.

DER JUNGE SYRER: Wäre es nicht besser, zum Bankett zurückzukehren?

SALOMÉ: Führt diesen Propheten her.

Der Sklave tritt ab.

ERSTER SOLDAT: Wir wagen es nicht, Prinzessin.

SALOMÉ *(geht auf die Zisterne zu und schaut hinein):* Wie dunkel es dort unten ist! Es muß schrecklich sein, in so einem dunklen Schacht zu sein! Er ist wie ein Grab ... *(zu den Soldaten):* Habt ihr mich gehört? Führt den Propheten heraus. Ich wünsche, ihn zu sehen.

ZWEITER SOLDAT: Prinzessin, ich bitte Euch, verlangt dies nicht von uns.

SALOMÉ: Ihr laßt mich warten!

ERSTER SOLDAT: Prinzessin, unsere Leben gehören Euch, aber wir können nicht tun, was Ihr von uns verlangt. Und in der Tat solltet Ihr nicht uns darum bitten.

SALOMÉ *(schaut den jungen Syrer an):* Ah!

DER PAGE VON HERODIAS: Oh! Was wird nur geschehen? Ich bin sicher, es wird ein Unglück geschehen.

SALOMÉ *(geht auf den jungen Syrer zu):* Du wirst das für mich tun, nicht wahr, Narraboth? Du wirst das für mich tun. Ich bin freundlich zu dir gewesen. Du wirst es für mich tun. Ich möchte nichts weiter, als diesen seltsamen Propheten anzusehen. Die Männer haben so viel über ihn geredet. Oft habe ich den Tetrarchen von ihm reden hören. Ich glaube, der Tetrarch hat Angst vor ihm. Hast du, sogar du, auch Angst vor ihm, Narraboth?

DER JUNGE SYRER: Ich fürchte mich nicht vor ihm, Prinzessin; ich fürchte mich vor niemandem. Aber der Tetrarch hat es offiziell allen verboten, den Deckel von diesem Brunnen zu heben.

SALOMÉ: Du wirst das für mich tun, Narraboth. Du weißt, daß du das für mich tun willst. Und morgen, wenn ich in meiner Sänfte durch das Tor der Götterbildkäufer komme, werde ich für dich eine kleine Blume fallen lassen, eine kleine grüne Blume.

DER JUNGE SYRER: Prinzessin, ich kann es nicht tun, ich kann es nicht.

SALOMÉ *(lächelnd):* Du wirst das für mich tun, Narraboth, und morgen, wenn ich in meiner Sänfte an der Brücke der Götterbildkäufer vorbeikomme, werde ich dich durch den Musselinschleier ansehen, ich werde dich ansehen, Narraboth, und vielleicht werde ich dich anlächeln. Schau mich an, Narraboth, schau mich an. Ah! Ich weiß, du wirst tun, was ich von dir verlange. Du weißt es sehr gut … Ich weiß, du wirst das tun.

DER JUNGE SYRER *(singend zum dritten Soldaten):* Last den Propheten hervorkommen … die Prinzessin wünscht ihn zu sehen.

SALOMÉ: Ah!

DER PAGE VON HERODIAS: Oh! Wie sonderbar der Mond aussieht. Man sollte meinen, er sei die Hand einer toten Frau, die versucht, sich mit einem Totenkleid zu bedecken.

DER JUNGE SYRER: Ihr Blick ist sonderbar! Sie ist wie eine kleine Prinzessin mit Augen aus Bernstein. Durch den Schleier aus Musselin lächelt sie wie eine kleine Prinzessin.

Der Prophet kommt aus der Zisterne. Salomé schaut ihn an und tritt langsam zurück.

JOKANAAN: Wo ist derjenige, dessen Becher nun endlich mit Schandtaten gefüllt ist? Wo ist derjenige, der eines Tages in seinem silbernen Umhang vor aller Augen sterben wird? Sagt ihm, er soll hervortreten, daß er die Stimme desjenigen höre, der einst in der Wüste und in den Häusern von Königen gepredigt hat.

SALOMÉ: Von wem spricht er?

DER JUNGE SYRER: Man weiß es nie, Prinzessin.

JOKANAAN: Wo ist diejenige, die sich der Lust ihrer Augen hingab und Gesandte nach Chaldäa schickte, nachdem sie Bilder von auf die Wand gemalten Männern, von farbig gemalten Chaldäern gesehen hatte?

SALOMÉ: Spricht er etwa von meiner Mutter?

DER JUNGE SYRER: Aber nein, Prinzessin.

SALOMÉ: Doch, er spricht von meiner Mutter.

JOKANAAN: Wo ist diejenige, die sich den assyrischen Hauptmännern hingab, die Lendengurte und bunte Tiaren auf ihren Köpfen trugen? Wo ist diejenige, die sich den jungen Männern aus Ägypten hingab, die in feinem und purpurnem Leinen gekleidet sind, deren Schilder aus Gold sind, deren Helme aus Silber sind, deren Leiber kräftig sind? Sage ihr, sie soll sich aus dem Bett ihrer Schandtaten, aus dem Bett ihrer Inzucht erheben, damit sie die Worte desjenigen hören kann, der dem Herrn den Weg bereitet, damit sie ihre Missetaten bereuen kann. Doch sie wird nie bereuen, sondern in ihren Schandtaten fortfahren; sage ihr, sie soll hervortreten, denn der Fächer der Herrn ist in ihrer Hand.

SALOMÉ: Aber er ist schrecklich, er ist schrecklich!

DER JUNGE SYRER: Bleibt nicht hier, Prinzessin, ich flehe Euch an.

SALOMÉ: Vor allem seine Augen sind schrecklich. Sie sind wie dunkle Löcher, die von Fackeln in einen tyrischen Wandteppich gebrannt. Sie sind wie dunkle Höhlen, in denen Drachen wohnen. Sie sind wie die dunklen Höhlen Ägyptens, in denen Drachen ihre Nester bauen. Sie sind wie dunkle Seen, die von einem phantastischen Mond gestört werden … Glaubst du, noch einmal sprechen?

DER JUNGE SYRER: Bleibt nicht hier, Prinzessin. Ich bitte Euch, bleibt nicht hier.

SALOMÉ: Wie ausgehungert er doch ist! Er ist wie eine dünne Elfenbeinstatue. Er ist wie ein Bild aus Silber. Ich bin sicher, er ist so keusch wie der Mond. Er ist wie ein Strahl des Mondlichts, wie ein silberner Schein. Sein Fleisch muß kühl wie Elfenbein sein. Ich möchte ihn mir aus der Nähe ansehen

DER JUNGE SYRER: Nein, Prinzessin, nein.

SALOMÉ: Ich muß ihn mir aus der Nähe ansehen.

DER JUNGE SYRER: Prinzessin! Prinzessin!

JOKANAAN: Wer ist diese Frau, die mich ansieht? Ich werde nicht zulassen, daß sie mich ansieht. Warum schaut sie mich mit den goldenen Augen hinter ihren güldenen Lidern an? Ich weiß nicht, wer sie ist. Ich möchte nicht wissen, wer sie ist. Bitte sie zu gehen. Es ist nicht sie, mit der ich zu sprechen habe.

SALOMÉ: Ich bin Salomé, Tochter der Herodias, Prinzessin von Judäa.

JOKANAAN: Hinfort! Tochter Babylons! Bleibe dem Auserwählten Gottes fern. Deine Mutter hat die Erde mit dem Wein ihrer Missetaten getränkt, und der Schrei ihrer Sünden ist in die Ohren Gottes gedrungen.

SALOMÉ: Sprich noch einmal, Jokanaan. Deine Stimme ist Wein für mich.

DER JUNGE SYRER: Prinzessin! Prinzessin! Prinzessin!

SALOMÉ: Sprich noch einmal! Sprich noch einmal, Jokanaan, und sage mir, was ich tun muß.

JOKANAAN: Tochter Sodoms, halte dich fern von mir! Sondern bedecke dein Antlitz mit einem Schleier und streue Asche auf dein Haupt, und gehe hinaus in die Wüste und suche den Sohn der Menschen auf.

SALOMÉ: Wer ist das, der Menschen Sohn? Ist er so schön, wie du es bist, Jokanaan?

JOKANAAN: Stellt Euch hinter mich! Aus dem Palast höre ich den Flügelschlag des Engels des Todes.

DER JUNGE SYRER: Prinzessin, ich flehe Euch an, nach drinnen zu gehen.

JOKANAAN: Engel des Herrn, was tust du hier mit deinem Schwert? Wen suchst du in diesem schmutzigen Palast? Der Tag desjenigen, der in einem silbernen Umhang sterben wird, ist noch nicht gekommen.

SALOMÉ: Jokanaan!

JOKANAAN: Wer spricht da?

SALOMÉ: Jokanaan, ich begehre deinen Leib! Dein Leib ist weiß wie die Lilien auf dem Feld, das der Schnitter noch nie gemäht hat. Dein Körper ist weiß wie der Schnee, der auf den Bergen von Judäa liegt und bis in die Täler hinunterkommt. Die Rosen im Garten der Königin von Arabien sind nicht so weiß wie dein Körper: Weder die Rosen im Garten der Königin von Arabien noch die Schritte des Sonnenaufgangs, der die Blätter betritt, noch die Brust der Mondgöttin, wenn sie auf der Brust des Meeres liegt … Es gibt auf der Welt nichts, was so weiß ist wie dein Körper. Laß mich deinen Körper berühren.

JOKANAAN: Zurück! Tochter Babylons! Durch die Frau ist das Böse in die Welt gekommen. Sprich nicht mit mir. Ich werde dir nicht zuhören. Ich höre nur die Stimme Gottes des Herrn.

SALOMÉ: Dein Körper ist abscheulich. Er ist wie der Körper eines Aussätzigen. Es ist wie eine verputzte Wand, auf der Vipern gekrochen sind; wie eine verputzte Wand, in der Skorpione nisten. Er ist wie eine weiße Grabkammer voller ekelhafter Dinge. Er ist schrecklich, dein Körper ist schrecklich. In dein Haar bin ich verliebt, Jokanaan. Dein Haar ist wie eine Traube des Weines, wie eine Rebe des schwarzen Weines, der an den Weinsträuchern von Edom im Land der Edomiten hängt. Dein Haar ist wie die Zedern des Libanon, wie die großen Zedern des Libanon, die den Löwen und Räubern Schatten spenden, die es vorziehen, sich am Tage im verborgenen zu halten. Die langen, dunklen Nächte, wenn der Mond sein Antlitz verbirgt, wenn die Sterne sich fürchten, sind nicht so schwarz. Die Stille, die in den Wäldern lebt, ist nicht so schwarz. Nichts auf der Welt ist so schwarz wie dein Haar … Laß mich dein Haar berühren.

JOKANAAN: Zurück, Tochter Sodoms! Berühre mich nicht. Entweihe nicht den Tempel Gottes des Herrn.

SALOMÉ: Dein Haar ist schrecklich. Es ist mit Schlamm und Staub bedeckt. Es ist wie eine Dornenkrone, die man dir auf deine Stirn gesetzt hat. Es ist wie ein Haufen von schwarzen Schlangen, die sich um deinen Hals schlängeln. Ich liebe dein Haar nicht … Deinen Mund begehre ich, Jokanaan. Dein Mund ist wie ein rotes Band um einen Turm aus Elfenbein. Er ist wie ein Granatapfel, der mit einem Elfenbeinmesser geschnitten wurde. Die Granatapfelblüten, die im Garten von Tyros blühen und roter als Rosen sind, sind nicht so rot. Das rote Trompetengeschmetter, das Königen vorauseilt und dem Feind Furcht einflößt, ist nicht so rot. Dein Mund ist roter als die Füße, die den Wein in der Weinmühle treten. Dein Mund ist roter als die Füße der Tauben, welche die Tempel heimsuchen und von den Priestern gefüttert werden. Er ist roter als die Füße desjenigen, der im Wald einen Löwen erlegt hat und goldene Tiger gesehen hat. Dein Mund ist wie eine verästelte Koralle, die Fischer im Zwielicht der See gefunden haben, die Koralle, die sie für Könige aufbewahren …! Er ist wie der Zinnober, den die Moabiter in den Minen von Moab finden, der Zinnober, den ihnen die Könige wegnehmen. Er ist wie der Bogen des Perserkönigs, der mit Zinnober bemalt ist und mit Korallen verziert ist. Nichts auf der Welt ist so rot wie dein Mund … Laß mich deinen Mund küssen.

JOKANAAN: Niemals, Tochter Babylons! Tochter Sodoms! Niemals.

SALOMÉ: Ich werde deinen Mund küssen, Jokanaan. Ich werde deinen Mund küssen.

DER JUNGE SYRER: Prinzessin, Prinzessin, Ihr, die Ihr wie ein Garten voller Myrrhe seid, die Ihr die Taube aller Tauben seid, schaut nicht diesen Mann an, schaut ihn nicht an! Sagt nicht solche Worte zu ihm. Ich kann sie nicht ertragen … Prinzessin, Prinzessin, sagt diese Dinge nicht.

SALOMÉ: Ich werde deinen Mund küssen, Jokanaan.

DER JUNGE SYRER: Ah!

Er begeht Selbstmord und fällt zwischen Salomé und Jokanaan.

DER PAGE VON HERODIAS: Der junge Syrer hat sich das Leben genommen! Der Hauptmann hat sich das Leben genommen! Mein Freund hat sich das Leben genommen! Ich gab ihm eine kleine Schachtel mit Duftwässern und aus Silber geformten Ohrringen, und nun hat er Selbstmord begangen! Ah, hat er es nicht vorhergesagt, daß ein Unglück geschehen würde. Ich habe es vorhergesagt, und es ist geschehen. Nun, ich wußte, daß die Mondgöttin nach etwas Totem suchte, doch ich wußte nicht, daß er es war, den sie suchte. Ah! Warum habe ich ihn nicht vor der Göttin versteckt. Wenn ich ihn in einer Höhle versteckt hätte, hätte sie ihn nicht gesehen.

ERSTER SOLDAT: Prinzessin, der junge Hauptmann hat sich gerade das Leben genommen.

SALOMÉ: Laß mich deinen Mund küssen, Jokanaan.

JOKANAAN: Hast du keine Angst, Tochter der Herodias? Habe ich dir nicht gesagt, daß er den Flügelschlag des Todesengels aus dem Palast gehört habe, und ist er nicht gekommen, der Engel des Todes?

SALOMÉ: Laß mich deinen Mund küssen.

JOKANAAN: Tochter des Ehebruchs, es gibt nur einen, der dich retten kann, von ihm sprach ich. Gehe und suche ihn. Er ist in einem Boot auf dem Meer von Galiläa und redet mit seinen Jüngern. Knie nieder am Ufer des Meeres und ruf ihn bei seinem Namen. Wenn er zu dir kommt (und er kommt zu allen, die ihn bei seinem Namen rufen), beuge dich zu seinen Füßen und bitte ihn um die Vergebung deiner Sünden.

SALOMÉ: Laß mich deinen Mund küssen.

JOKANAAN: Sei verflucht! Tochter einer inzüchtigen Mutter, sei verflucht!

SALOMÉ: Ich werde deinen Mund küssen, Jokanaan.

JOKANAAN: Ich möchte dich nicht sehen. Ich werde dich nicht ansehen, du bist verflucht, Salomé, du bist verflucht.

Er geht hinab in die Zisterne.

SALOMÉ: Ich werde deinen Mund küssen, Jokanaan. Ich werde deinen Mund küssen.

ERSTER SOLDAT: Wir müssen die Leiche an einen anderen Ort schaffen. Der Tetrarch legt keinen Wert darauf, Leichen zu sehen, es sei denn, die Leichen derjenigen, die er selbst umgebracht hat.

DER PAGE VON HERODIAS: Er war mein Bruder, und er war mir näher als ein Bruder. Ich gab ihm eine kleine Schachtel mit Duftwässern und einen Ring aus Achat, den er stets an seiner Hand trug. Am Abend pflegten wir am Fluß entlang, zwischen den Mandelbäumen, spazierenzugehen, und er pflegte mir von seinem Land zu erzählen. Er sprach immer sehr sanft. Der Klang seiner Stimme war wie der Klang einer Flöte, eines Flötenspielers. Er liebte es außerdem, sich selbst im Fluß zu betrachten. Ich habe ihm das immer vorgeworfen.

ZWEITER SOLDAT: Du hast recht; wir müssen den Leichnam verstecken. Der Tetrarch darf ihn nicht sehen.

ERSTER SOLDAT: Der Tetrarch wird diesen Ort nicht betreten, er betritt nie diese Terrasse. Er hat zuviel Angst vor dem Propheten.

Herodes, Herodias und der gesamte Hofstaat treten auf.

HERODES: Wo ist Salomé? Wo ist die Prinzessin? Warum ist sie nicht zu dem Bankett zurückgekommen, wie ich es ihr befohlen hatte? Ah! Dort ist sie!

HERODIAS: Du darfst sie nicht anschauen! Du schaust sie ständig an!

HERODES: Die Mondgöttin sieht heute sonderbar aus. Sieht sie nicht sonderbar aus? Sie ist wie eine wahnsinnige Frau, eine wahnsinnige Frau, die überall nach Liebhabern sucht. Sie ist auch nackt. Die Wolken versuchen, ihre Nacktheit zu bedecken, aber sie läßt es nicht zu. Sie wirft sich nackt an den Himmel. Sie taumelt durch die Wolken wie eine betrunkene Frau … Ich bin sicher, sie sucht Liebhaber. Taumelt sie nicht wie eine betrunkene Frau? Sie ist wie eine wahnsinnige Frau, nicht wahr?

HERODIAS: Nein; der Mond ist wie der Mond und nichts weiter. Laß uns hineingehen … Es gibt hier nichts für dich zu sehen.

HERODES: Ich werde hierbleiben! Manesseh, lege dort drüben Teppiche aus. Zündet Kerzen an, bringt die Elfenbeintische heran und die Jaspertische. Die Luft hier ist frisch. Ich werde mit meinen Gästen noch mehr Wein trinken. Wir müssen den Gesandten Cäsars alle Ehren erbringen.

HERODIAS: Nicht wegen ihnen bleibst du hier!

HERODES: Ja; die Luft hier ist frisch. Komm, Herodias, unsere Gäste erwarten uns. Ah! Ich bin ausgerutscht! Ich bin in Blut ausgerutscht! Das ist ein schlechtes Omen. Das ist ein sehr schlechtes Omen. Warum ist hier Blut? Und diese Leiche, was macht diese Leiche hier? Glaubt ihr, ich bin wie der König von Ägypten, der kein Festmal für seine Gäste gibt, ohne daß er ihnen eine Leiche zeigt? Wessen Leichnam ist das? Ich werde ihn nicht anschauen.

ERSTER SOLDAT: Es ist unser Hauptmann, Herr. Es ist der junge Syrer, den Ihr vor nur drei Tagen zum Hauptmann ernannt habt.

HERODES: Ich habe nicht angeordnet, daß er umgebracht werden sollte.

ZWEITER SOLDAT: Er hat sich das Leben genommen, Herr.

HERODES: Aus welchem Grund?

ZWEITER SOLDAT: Wir wissen es nicht, Herr. Aber er hat sich das Leben genommen.

HERODES: Wie seltsam. Ich dachte immer, daß nur die römischen Philosophen sich das Leben nähmen. Ist es nicht so, Tigellinus, daß die Philosophen in Rom sich das Leben nehmen?

TIGELLINUS: Es gibt einige, die sich das Leben nehmen, Herr. Es sind die Stoiker. Stoiker sind rohe Leute. Es sind lächerliche Leute. Ich selbst halte sie für völlig lächerlich.

HERODES: Ich auch. Es ist lächerlich, sich das Leben zu nehmen.

TIGELLINUS: Jedermann in Rom lacht über sie. Der Imperator hat eine Satire über sie geschrieben. Sie wird überall rezitiert.

HERODES: Ah! Er hat eine Satire über sie geschrieben? Cäsar ist wunderbar. Er vermag alles zu tun ... Es ist seltsam, daß sich der junge Syrer das Leben genommen hat. Es bedrückt mich, daß er sich das Leben genommen hat. Es bedrückt mich sehr, denn er war schön anzusehen. Er war sogar sehr schön. Er hatte sehr träumerische Augen. Ich erinnere mich daran, daß er Salomé träumerisch anschaute. Wirklich, ich dachte, er schaute sie zu oft an.

HERODIAS: Es gibt noch andere, die sie zu oft ansehen.

HERODES: Sein Vater war ein König. Ich vertrieb ihn aus seinem Königreich. Und du hast seine Mutter, die einstige Königin, versklavt. Er war also hier jedenfalls als mein Gast, und deshalb habe ich ihn zu meinem Hauptmann gemacht. Ich bedauere, daß er tot ist. He da! Warum habt ihr seinen Leichnam hiergelassen? Ich werde ihn nicht ansehen – weg damit. *(Sie bringen die Leiche fort.)* Es ist kalt hier. Ein Wind weht. Weht da nicht ein Wind?

HERODIAS: Nein, da ist kein Wind.

HERODES: Und ich sage dir, hier windet es ... Und ich höre in der Luft irgend etwas, was sich wie Flügelschläge anhört, wie die Schläge riesiger Schwingen. Hörst du es nicht?

HERODIAS: Ich höre gar nichts.

HERODES: Ich höre es nicht mehr. Aber ich habe es gehört. Es war der Wind, ohne Zweifel. Es ist vorbei. Doch nein, ich höre es wieder. Hörst du es nicht? Es ist genau wie das Schlagen von Flügeln.

HERODIAS: Ich sage dir, da ist nichts. Du bist krank. Laß uns nach drinnen gehen.

HERODES: Ich bin nicht krank. Deine Tochter ist krank. Sie sieht krank aus. Noch nie habe ich sie so bleich gesehen.

HERODIAS: Ich habe dir gesagt, du sollst sie nicht anschauen.

HERODES: Schenkt mir Wein ein. *(Wein wird gebracht.)* Salomé, komm und trinke ein wenig Wein mit mir. Ich habe hier einen exquisiten Wein. Cäsar selbst hat ihn mir geschickt. Tauche deine kleinen roten Lippen hinein, damit ich den Becher lehren kann.

SALOMÉ: Ich habe keinen Durst, Tetrarch.

HERODES: Hörst du, wie sie mit mir redet, deine Tochter?

HERODIAS: Sie tut ganz recht. Warum starrst du sie ständig an?

HERODES: Bringt mir reife Früchte. *(Früchte werden gebracht.)* Salomé, komm und iß Früchte mit mir. Ich liebe es, in einer Frucht die Abdrücke deiner kleinen, weißen Zähne zu sehen. Beiße nur ein bißchen von dieser Frucht ab, und dann werde ich den Rest essen.

SALOMÉ: Ich bin nicht hungrig, Tetrarch.

HERODES *(zu Herodias):* Siehst du, wie du deine Tochter erzogen hast?
HERODIAS: Meine Tochter und ich entstammen einem königlichen Geschlecht. Was dich betrifft, dein Vater war ein Kameltreiber! Er war ein Räuber!
HERODES: Du lügst!
HERODIAS: Du weißt genau, daß es wahr ist.
HERODES: Salomé, komm setz dich neben mich. Ich werde dir den Thron deiner Mutter geben.
SALOMÉ: Ich bin nicht müde, Tetrarch.
HERODIAS: Du siehst, was sie von dir hält.
HERODES: Bringt mir – was wünsche ich denn? Ich habe es vergessen. Ah! Ah! Ich erinnere mich.
DIE STIMME DES JOKANAAN: Wehe! Die Zeit ist gekommen! Was ich vorhergesagt habe, ist geschehen, sagt Gott der Herr. Wehe! Der Tag, von dem ich sprach.
HERODIAS: Sag ihm, er soll schweigen. Ich werde seiner Stimme nicht lauschen. Dieser Mann bespuckt mich immerfort mit Beleidigungen.
HERODES: Er hat nichts gegen dich gesagt. Außerdem ist er ein großer Prophet.
HERODIAS: Ich glaube nicht an Propheten. Kann ein Mann sehen, was geschehen wird? Niemand weiß das. Außerdem beleidigt er mich ständig. Aber ich glaube, du hast Angst vor ihm … Ich weiß genau, daß du Angst vor ihm hast.
HERODES: Ich habe keine Angst vor ihm. Ich habe vor keinem Menschen Angst.
HERODIAS: Und ich sage dir, du hast Angst vor ihm. Wenn du keine Angst vor ihm hast, warum liefest du ihn nicht an die Juden aus, die seit sechs Monaten nach ihm schreien?
ERSTER JUDE: Wirklich, o Herr, es wäre besser, Ihr liefertet ihn an uns aus.
HERODES: Ich möchte nicht mehr über dieses Thema reden. Ihr habt bereits meine Antwort. Ich werde ihn nicht an euch ausliefern. Er ist ein heiliger Mann, der Gott gesehen hat.
ERSTER JUDE: Das kann nicht sein. Es hat seit dem Propheten Elias keinen Mann gegeben, der Gott gesehen hat. Er ist der letzte Mann, der Gott gesehen hat. In diesen Tagen zeigt Gott sich nicht. Er verbirgt sich. Deshalb ist großes Unheil über das Land gekommen.
ZWEITER JUDE: Wirklich, niemand weiß, ob Elias, der Prophet, Gott tatsächlich gesehen hat. Vielleicht war es nur der Schatten Gottes, den er gesehen hat.
DRITTER JUDE: Gott ist niemals im verborgenen. Er zeigt sich ständig und in allem. Gott ist in allem Guten, wie er auch in allem Bösen ist.
VIERTER JUDE: Das darf man nicht sagen. Es ist eine sehr gefährliche Doktrin. Es ist eine Doktrin, die aus den Schulen von Alexandria kommt, wo Männer die Philosophie der Griechen unterrichten. Und die Griechen sind Nichtjuden. Sie sind noch nicht einmal beschnitten.
FÜNFTER JUDE: Niemand kann sagen, wie Gott handelt. Seine Wege sind sehr wundersam. Es kann sein, daß die Dinge, die wir für schlecht halten, gut sind, und daß die Dinge, die wir als gut bezeichnen, schlecht sind. Es gibt kein Wissen über irgend etwas. Deshalb müssen wir alles hinnehmen, denn Gott ist sehr mächtig. Er zerbricht die Starken zusammen mit den Schwachen, denn er achtet keinen Mann.
ERSTER JUDE: Was du sagst, ist wahr. Gott ist grausam. Er zerbricht die Starken zusammen mit den Schwachen, wie ein Mann Korn in einem Mörser zerdrückt. Aber dieser Mann hat Gott nie gesehen. Niemand hat Gott seit dem Propheten Elias gesehen.
HERODIAS: Sorge dafür, daß sie schweigen. Sie ermüden mich.
HERODES: Aber ich habe gehört, daß Jokanaan selbst euer Prophet Elias ist.
ERSTER JUDE: Das kann nicht sein. Seit den Tagen des Propheten Elias sind dreihundert Jahre vergangen.
HERODES: Es mag einige geben, die sagen, daß dieser Mann der Prophet Elias ist.
EIN NAZARENER: Ich bin sicher, daß er der Prophet Elias ist.
ERSTER JUDE: Nein. Er ist nicht der Prophet Elias.
DIE STIMME DES JOKANAAN: So ist denn der Tag gekommen, der Tag des Herrn, und ich höre aus den Bergen die Schritte desjenigen, der der Retter der Welt sein wird.
HERODES: Was bedeutet das? Der Retter der Welt.
TIGELLINUS: Cäsar trägt diesen Titel.
HERODES: Aber Cäsar kommt nicht nach Judäa. Erst gestern erhielt ich Briefe aus Rom. In ihnen wurde nichts davon gesagt. Und du, Tigellinus, der du den Winter über in Rom warst, hast davon nichts gehört, nicht wahr?

TIGELLINUS: Herr, ich habe nichts davon gehört. Ich war dabei, den Titel zu erklären. Es ist einer der Titel des Cäsar.

HERODES: Aber Cäsar kann nicht kommen. Er hat zuviel Gicht im Körper. Man sagt, seine Füße seien wie die eines Elefanten. Er kann auch wegen des Staates nicht kommen. Wer Rom verläßt, verliert Rom. Er wird nicht kommen. Da Cäsar der Herr ist, wird er kommen, wenn er es wünscht. Dennoch glaube ich nicht, daß er kommen wird.

ERSTER NAZARENER: Die Worte des Propheten beziehen sich nicht auf Cäsar, Herr.

HERODES: Nicht auf Cäsar?

ERSTER NAZARENER: Nein, Herr.

HERODES: Auf wen beziehen sie sich dann?

ERSTER NAZARENER: Auf den Messias, der gekommen ist.

EIN JUDE: Der Messias ist nicht gekommen.

ERSTER NAZARENER: Er ist gekommen, und er tut überall Wunder.

HERODIAS: Haha! Wunder! Ich glaube nicht an Wunder. Ich habe zu viele gesehen. *(Zum Pagen):* Meinen Fächer!

ERSTER NAZARENER: Dieser Mann tut wahre Wunder. Und so hat er bei einer Hochzeit, die in einem kleinen Dorf in Galiläa stattfand, Wasser in Wein verwandelt. Einige der Anwesenden haben mir davon berichtet. Er hat außerdem Aussätzige geheilt, die vor dem Tor von Capernaum saßen, indem er sie einfach berührte.

ZWEITER NAZARENER: Nein, bei Capernaum hat er Blinde geheilt.

ERSTER NAZARENER: Nein, es waren Aussätzige. Aber er hat auch Blinde geheilt, und man hat ihn auf einem Berg mit Engeln sprechen sehen.

EIN SADDUZÄER: Es gibt keine Engel.

EIN PHARISÄER: Es gibt Engel, aber ich glaube nicht, daß dieser Mann mit ihnen gesprochen hat.

ERSTER NAZARENER: Eine große Menschenmenge hat ihn mit Engeln sprechen sehen.

EIN SADDUZÄER: Nicht mit Engeln.

HERODIAS: Wie mich diese Männer langweilen! Sie sind lächerlich! *(Zum Pagen):* Wo bleibt mein Fächer! *(Der Page gibt ihr den Fächer).* Du hast den Blick eines Träumers; du darfst nicht träumen. Nur Kranke träumen. *(Sie schlägt den Pagen mit ihrem Fächer.)*

ZWEITER NAZARENER: Da gibt es noch das Wunder der Tochter des Jairus.

ERSTER NAZARENER: Ja, das ist sicher. Das kann niemand leugnen.

HERODIAS: Diese Männer sind verrückt. Sie haben zu lange den Mond angeschaut. Befehle ihnen, daß sie schweigen.

HERODES: Was ist das für ein Wunder mit der Tochter des Jairus?

ERSTER NAZARENER: Die Tochter des Jairus war tot. Er hat sie von den Toten auferstehen lassen.

HERODES: Er läßt Tote auferstehen?

ERSTER NAZARENER: Ja, Herr, er läßt Tote auferstehen.

HERODES: Ich wünsche nicht, daß er das tut. Das verbiete ich ihm. Ich erlaube es keinem Menschen, Tote wiederzuerwecken. Wo befindet sich dieser Mann derzeit?

ZWEITER NAZARENER: Er ist überall, Herr, aber er ist schwer zu finden.

ERSTER NAZARENER: Man sagt, er sei gerade in Samarien.

EIN JUDE: Es ist eindeutig, daß er nicht der Messias, wenn er sich in Samarien aufhält. Zu den Samaritern wird der Messias nicht kommen. Die Samariter sind verflucht. Sie bringen keine Opfer im Tempel dar.

ZWEITER NAZARENER: Er hat Samarien vor einigen Tagen verlassen. Ich glaube, im Augenblick ist er in der Nähe von Jerusalem.

ERSTER NAZARENER: Nein, da ist er nicht. Ich komme gerade aus Jerusalem. Seit zwei Monaten hat man dort nichts von ihm gehört.

HERODES: Spielt keine Rolle! Aber sorgt dafür, daß sie ihn finden, und richtet ihm von mir aus, daß ich ihn keine Toten auferstehen lassen werde! Wasser in Wein verwandeln, Aussätzige und Blinde heilen ... Diese Dinge darf er tun, wenn er will. Gegen diese Dinge sage ich nichts. Ich halte es für eine gute Tat, einen Aussätzigen zu heilen. Aber ich erlaube es niemandem, die Toten auferstehen zu lassen. Es wäre schrecklich, wenn die Toten zurückkämen.

DIE STIMME DES JOKANAAN: Ah, die Zügellose, die Hure! Ah! Die Tochter Babylons mit ihren goldenen Augen und ihren güldenen Augenlidern! So spricht Gott der Herr, laßt eine große Menge von Männern gegen sie ziehen. Laßt die Menschen Steine nehmen und sie steinigen …

HERODIAS: Befehle ihm zu schweigen.

DIE STIMME DES JOKANAAN: Laßt die Kriegshauptmänner sie mit ihren Schwertern durchbohren und sie unter ihren Schilden zerdrücken.

HERODIAS: Nein, wie unverschämt er ist.

DIE STIMME DES JOKANAAN: Und so werde ich alle Verderbtheit von der Erde tilgen, damit die Frauen nicht lernen, ihren Schandtaten nachzueifern.

HERODIAS: Hörst du, was er gegen mich sagt? Du erlaubst es ihm, deine Frau zu verunglimpfen?

HERODES: Er hat deinen Namen nicht erwähnt.

HERODIAS: Was heißt das schon? Du weißt sehr wohl, daß er mich verunglimpfen will. Und ich bin deine Frau, oder etwa nicht?

HERODES: Es ist wahr, liebe und noble Herodias, du bist meine Frau, und davor warst du die Frau meines Bruders.

HERODIAS: Du warst es, der mich seinen Armen entrissen hat.

HERODES: Ja, ich war stärker … Aber laß uns nicht darüber sprechen. Ich möchte nicht darüber sprechen. Es ist der Grund für die schrecklichen Worte, die der Prophet gesagt hat. Vielleicht wird deswegen ein Unglück geschehen. Laß uns nicht darüber sprechen. Noble Herodias, wir vernachlässigen unsere Gäste. Fülle meinen Becher, meine Liebste. Füllt die großen Silberkelche mit Wein, auch die Glaskelche. Ich werde auf Cäsar trinken. Es sind Römer hier; wir müssen auf Cäsar trinken.

ALLE: Cäsar! Cäsar!

HERODES: Siehst du nicht, wie bleich deine Tochter ist?

HERODIAS: Was interessiert es dich, wie bleich sie ist?

HERODES: Noch nie habe ich sie so bleich gesehen.

HERODIAS: Du darfst sie nicht anschauen.

DIE STIMME DES JOKANAAN: An jenem Tage wird sich die Sonne schwarz werden wie Sackleinen aus Haar, und der Mond wird wie Blut werden, und die Sterne des Himmels werden auf die Erde fallen wie reife Feigen, die von einem Feigenbaum fallen, und die Könige der Erde werden sich fürchten.

HERODIAS: Ah! Ah! Den Tag, von dem der Prophet da spricht, möchte ich sehen – wenn der Mond wie Blut werden soll und die Sterne wie reife Feigen auf die Erde fallen sollen. Dieser Prophet spricht wie ein Betrunkener … aber ich ertrage den Klang seiner Stimme nicht. Befehle ihm zu schweigen.

HERODES: Das werde ich nicht tun. Ich verstehe nicht, was er sagt, aber es könnte ein Omen sein.

HERODIAS: Ich glaube nicht an Omen. Er redet wie ein Betrunkener.

HERODES: Vielleicht hat ihn der Wein Gottes betrunken gemacht.

HERODIAS: Was für ein Wein soll das denn sein, der Wein Gottes? In welchem Weingarten wird er gelesen? In welcher Weinpresse kann man ihn finden?

HERODES *(von nun an sieht er Salomé unentwegt an)*: Tingellinus, als du vor kurzem in Rom warst, hat der Imperator mit dir gesprochen über das Thema des …?

TIGELLINUS: Über welches Thema, Herr?

HERODES: Über welches Thema? Ah! Ich habe dir eine Frage gestellt, nicht wahr? Ich habe vergessen, was ich dich fragen wollte.

HERODIAS: Du siehst schon wieder meine Tochter an. Du darfst sie nicht anschauen. Ich habe es dir schon einmal gesagt.

HERODES: Du sagst nichts anderes.

HERODIAS: Und ich sage es noch einmal.

HERODES: Und die Renovierung des Tempels, über die so viel geredet worden ist, wird da irgend etwas getan werden? Man sagt, der Vorhang der Allerheiligsten sei verschwunden, nicht wahr?

HERODIAS: Du selbst hast ihn gestohlen. Du redest wirres Zeug. Ich werde nicht hierbleiben. Laß uns nach drinnen gehen.

HERODES: Tanz für mich, Salomé.

HERODIAS: Ich werde sie nicht tanzen lassen.

SALOMÉ: Ich möchte nicht tanzen, Tetrarch.

HERODES: Salomé, Tochter der Herodias, tanze für mich.

HERODIAS: Laß sie in Ruhe.

HERODES: Ich befehle dir zu tanzen, Salomé.

SALOMÉ: Ich werde nicht tanzen, Tetrarch.

HERODIAS *(lacht):* Siehst du, wie sie dir gehorcht.

HERODES: Was macht es mir schon aus, ob sie tanzt oder nicht? Es bedeutet mir nichts. Heute nacht bin ich glücklich, ich bin sehr glücklich. Ich bin noch nie so glücklich gewesen.

ERSTER SOLDAT: Der Blick des Tetrarchen ist düster. Ist sein Blick nicht düster?

ZWEITER SOLDAT: Ja, sein Blick ist düster.

HERODES: Warum sollte ich nicht glücklich sein? Cäsar, der Herr der Welt, der Herr aller Dinge, mag mich. Er hat mir gerade kostbare Geschenke geschickt. Er hat mir auch versprochen, daß er den König von Kappadokien, meinen Feind, nach Rom beordern wird. Es kann sein, daß er ihn in Rom kreuzigen wird, denn er kann alles tun, was er wünscht. Wahrlich, Cäsar ist der Herr. Deshalb, siehst du, habe ich jeden Grund, glücklich zu sein. Wirklich, ich bin glücklich. Ich bin noch nie so glücklich gewesen. Nichts auf der Welt kann mein Glück trüben.

DIE STIMME DES JOKANAAN: Er wird auf seinem Thron sitzen. Er wird scharlachrot und purpur gekleidet sein. In seiner Hand wird er den goldenen Becher halten, der mit seinen Gotteslästerungen gefüllt ist. Und der Engel des Herrn wird ihn schlagen. Die Würmer werden ihn zerfressen.

HERODIAS: Hörst du, was er über dich sagt. Er sagt, daß dich die Würmer fressen werden.

HERODES: Er spricht nicht von mir. Er sagt nie etwas gegen mich. Er spricht vom König von Kappadokien, dem König von Kappadokien, meinem Feind. Ihn werden die Würmer fressen. Nicht mich. Er hat noch nie ein Wort gegen mich gesagt, dieser Prophet, außer daß ich gesündigt habe, indem ich die Frau meines Bruders zur Frau nahm. Vielleicht hat er recht. Denn du bist tatsächlich unfruchtbar.

HERODIAS: Ich bin unfruchtbar? Das sagst du, du der du immerfort meine Tochter anstarrst, du, der du sie zu deinem Vergnügen tanzen lassen willst? Das ist absurd. Ich habe ein Kind geboren. Du hast kein Kind in die Welt gesetzt – noch nicht mit einer deiner Sklavinnen. Du bist derjenige, der unfruchtbar ist – nicht ich.

HERODES: Ruhig, Frau! Ich sage, du bist unfruchtbar. Du hast mir kein Kind geschenkt, und der Prophet sagt, daß unsere Ehe keine wahre Ehe ist. Er sagt, es sei eine inzüchtige Ehe, eine Ehe, aus der viel Böses hervorgehen wird … Ich fürchte, er hat recht; ich bin sicher, er hat recht. Aber dies ist nicht der Moment, um über solche Dinge zu reden. In diesem Moment möchte ich glücklich sein. Wirklich, ich bin glücklich. Es mangelt mir an nichts.

HERODIAS: Ich bin froh, daß du heute abend so guter Laune bist. Das ist keine deiner Gewohnheiten. Aber es ist spät. Laß uns nach drinnen gehen. Vergiß nicht, daß wir bei Sonnenaufgang auf die Jagd gehen. Den Abgesandten Cäsars müssen alle Ehren erbracht werden, nicht wahr.

ZWEITER SOLDAT: Wie finster der Tetrarch schaut.

ERSTER SOLDAT: Ja, er schaut finster drein.

HERODES: Salomé, Salomé, tanze für mich. Ich bitte dich, tanze für mich. Ich bin heute abend traurig. Ja, mir ist heute abend traurig zumute. Als ich hierherkam, bin ich in Blut ausgerutscht, was ein schlechtes Omen ist; und ich habe, ich bin sicher, ich habe riesige Schwingen schlagen hören. Ich weiß nicht, was sie bedeuten … Heute nacht bin ich traurig. Deshalb – tanze für mich. Tanze für mich, Salomé, ich bitte dich. Wenn du für mich tanzt, kannst du von mir verlangen, was du willst, und ich werde es dir geben – selbst die Hälfte meines Königreichs.

SALOMÉ *(steht auf):* Wirst du es mir wirklich geben, was immer ich auch verlange, Tetrarch?

HERODIAS: Tanze nicht, meine Tochter.

HERODES: Alles, sogar die Hälfte meines Königreichs.

SALOMÉ: Schwört Ihr es, Tetrarch?

HERODES: Ich schwöre es, Salomé.

HERODIAS: Tanze nicht, meine Tochter.

SALOMÉ: Wobei werdet Ihr schwören, Tetrarch?

HERODES: Bei meinem Leben, bei meiner Krone, bei meinen Göttern. Was auch immer du verlangst, ich werde es dir geben – sogar die Hälfte meines Königreichs, wenn du nur für mich tanzt. O Salomé, Salomé, tanze für mich.

SALOMÉ: Ihr habt geschworen, Tetrarch.

HERODES: Ich habe geschworen, Salomé.

SALOMÉ: All das verlange ich, sogar die Hälfte deines Königreichs.

HERODIAS: Meine Tochter, tanze nicht.

HERODES: Sogar die Hälfte meines Königreichs. Du wirst wunderschön sein als Königin, Salomé, wenn es dir danach ist, die Hälfte meines Königreichs zu verlangen. Wird sie nicht schön sein als Königin? Ah! Es ist kalt hier! Es geht ein eisiger Wind, und ich höre ... warum höre ich diesen Flügelschlag in der Luft? Ah! Man könnte meinen, es sei ein Vogel, ein riesiger, schwarzer Vogel, der über der Terrasse schwebt. Warum kann ich ihn nicht sehen, diesen Vogel? Der Schlag seiner Flügel ist schrecklich. Der Atem des Windes, der von seinen Flügeln herrührt, ist schrecklich. Es ist ein kalter Wind. Nein, aber es ist nicht kalt, es ist heiß. Ich ersticke. Gießt Wasser über meine Hände. Gebt mir Schnee zu essen. Löst meinen Umhang. Schnell, schnell, löst meinen Umhang. Nein, so laß ihn. Mein Kranz ist es, der mir Schmerzen bereitet, mein Rosenkranz. Die Blüten sind wie Feuer. Sie haben mir die Stirn verbrannt. *(Er reißt sich den Kranz vom Kopf und wirft ihn auf den Tisch.)* Ah! Jetzt kann ich wieder atmen. Wie rot diese Blütenblätter sind! Sie sind so rot wie Blutflecken auf einem Tuch. Das macht nichts. Du darfst nicht alles, was du siehst, für ein Zeichen halten. Es macht das Leben unmöglich. Man sollte lieber sagen, daß Blutflecken so lieblich wie die Blütenblätter der Rosen sind. Man sollte viel lieber sagen ... Aber laßt uns nicht davon sprechen. Jetzt bin ich glücklich, jetzt fühle ich mich glücklich. Habe ich nicht ein Recht darauf, glücklich zu sein? Deine Tochter wird für mich tanzen. Willst du nicht für mich tanzen, Salomé? Du hast versprochen, für mich zu tanzen.

HERODIAS: Ich werde sie nicht tanzen lassen.

SALOMÉ: Ich werde für Euch tanzen, Tetrarch.

HERODES: Hörst du, was deine Tochter sagt? Sie wird für mich tanzen. Du tust gut daran, für mich zu tanzen, Salomé. Und wenn du für mich getanzt hast, vergiß nicht, von mir zu erbitten, was immer du willst. Was immer du verlangst, ich werde es dir geben, sogar die Hälfte meines Königreichs. Ich habe es geschworen, nicht wahr?

SALOMÉ: Ihr habt es geschworen, Tetrarch.

HERODES: Und ich habe noch nie mein Wort gebrochen. Ich bin nicht einer von jenen, die ihre Schwüre brechen. Ich kann nicht lügen. Ich bin der Sklave meines Wortes, und mein Wort ist das Wort eines Königs. Der König von Kappadokien lügt immer, aber er ist kein wahrer König. Er ist ein Feigling. Er schuldet mir außerdem Geld, was er mir nicht zurückzahlt. Er sogar meine Abgesandten beleidigt. Er hat verletzende Worte gesprochen. Aber Cäsar wird ihn kreuzigen, wenn er nach Rom kommt. Ich bin sicher, daß Cäsar ihn kreuzigen wird. Und wenn nicht, dann wird er ohnehin sterben und von Würmern gefressen werden. Der Prophet hat es vorausgesagt. Nun! Wo bleibst du, Salomé?

SALOMÉ: Ich warte darauf, daß meine Sklaven mir Duftwässer und sieben Schleier bringen und daß sie mir die Sandalen ausziehen. *(Sklaven bringen Duftwässer und sieben Schleier und ziehen Salomé die Sandalen aus.)*

HERODES: Ah, du wirst also mit nackten Füßen tanzen. Nun gut! Nun gut! Deine kleinen Füße werden wie weiße Tauben sein. Sie werden wie kleine, weiße Blüten sein, die auf den Bäumen tanzen ... O nein, o nein, sie wird auf Blut tanzen. Auf dem Boden ist Blut vergossen. Sie darf nicht auf Blut tanzen. Es ist ein schlechtes Omen.

HERODIAS: Was macht es dir schon aus, ob sie auf Blut tanzt? Du bist selbst tief genug darin herumgewatet ...

HERODES: Was es mir ausmacht? Ah! Schaut die Mondgöttin an! Sie ist rot geworden. Sie ist rot wie Blut geworden. Ah! Der Prophet hat die Wahrheit gesprochen. ER hat vorausgesagt, daß der Mond so rot wie Blut sein würde. Hat er es nicht vorausgesagt? Ihr alle habt ihn gehört. Habt ihr es nicht gesehen?

HERODIAS: O ja, ich sehe es sehr wohl, und die Sterne fallen wie reife Feigen, nicht wahr? Und die Sonne wird schwarz wie Sackleinen aus Haar, und die Könige der Erde fürchten sich. Zumindest das kann man sehen. Der Prophet hat endlich mal in seinem Leben recht gehabt; die Könige der Erde fürchten sich … Laßt uns hineingehen. Du bist krank. In Rom wird man sagen, du seist wahnsinnig. Ich sage, laßt uns hineingehen.

DIE STIMME DES JOKANAAN: Wer kommt da aus Edom, wer kommt da aus Bozra, wessen Gewand ist mit Purpur gefärbt, wer erstrahlt in der Schönheit seines Gewandes, wer geht machtvoll in seiner Größe? Warum ist dein Gewand scharlachrot befleckt?

HERODIAS: Laßt uns hineingehen. Die Stimme dieses Mannes treibt mich noch in den Wahnsinn. Ich werde meine Tochter nicht tanzen lassen, während er ständig schreit. Ich werde sie nicht tanzen lassen, während du sie so anschaust. Mit einem Wort, ich werde sie nicht tanzen lassen.

HERODES: Steh nicht auf, meine Gattin, meine Königin, es wird dir nichts nützen. Ich werde nicht hineingehen, bevor sie nicht getanzt hat. Tanze, Salomé, tanze für mich.

HERODIAS: Tanze nicht, meine Tochter.

SALOMÉ: Ich bin bereit, Tetrarch. *(Salomé tanzt den Tanz der sieben Schleier.)*

HERODES: Ah! Wunderbar! Wunderbar! Du siehst, daß sie für mich getanzt hat, deine Tochter. Komm näher, Salomé, damit ich dir deine Belohnung geben kann. Ah! Ich bezahle die Tänzer gut. Ich werde dich königlich bezahlen. Ich werde dir geben, was immer dein Herz begehrt. Was möchtest du haben? Sprich.

SALOMÉ *(kniend)*: Man bringe mir sofort auf einem silbernen Tablett …

HERODES: Auf einem silbernen Tablett? Natürlich, ja, auf einem silbernen Tablett. Sie ist charmant, nicht wahr? Was möchtest du auf einem silbernen Tablett haben, o süße, schöne Salomé, die du hübscher bist als alle Töchter Judäas? Was soll man dir auf einem silbernen Tablett bringen? Sag es mir. Was immer es sein mag, sie sollen es dir geben. Meine Reichtümer gehören dir. Was ist es, Salomé?

SALOMÉ *(erhebt sich)*: Der Kopf des Jokanaan.

HERODIAS: Ah! Gut gesprochen, meine Tochter.

HERODES: Nein! Nein!

HERODIAS: Gut gesprochen, meine Tochter.

HERODES: Nein, Salomé, nein. Das verlangst du doch nicht von mir. Höre nicht auf die Stimme deiner Mutter. Sie gibt dir immer nur schlechte Ratschläge. Höre nicht auf sie.

SALOMÉ: Ich höre nicht auf meine Mutter. Zu meinem eigenen Vergnügen verlange ich den Kopf des Jokanaan auf einem silbernen Tablett. Ihr habt es geschworen, Herodes. Vergeßt nicht, daß Ihr einen Eid geschworen habt.

HERODES: Ich weiß. Ich habe bei meinen Göttern geschworen. Ich weiß es sehr gut. Aber ich bitte dich, Salomé, verlange etwas anderes von mir. Verlange von mir die Hälfte meines Königreichs, und ich werde es dir geben. Aber verlange nicht von mir, was du verlangt hast.

SALOMÉ: Ich habe von dir den Kopf des Jokanaan auf einem silbernen Tablett verlangt.

HERODES: Nein! Nein! Ich möchte das nicht.

SALOMÉ: Ihr habt es geschworen, Herodes.

HERODIAS: Ja, du hast es geschworen. Alle haben es gehört. Du hast es vor allen geschworen.

HERODES: Sei still! Ich spreche nicht mit dir.

HERODIAS: Meine Tochter hat gut daran getan, von dir den Kopf des Jokanaan zu verlangen. Er hat mich mit Beleidigungen überzogen. Er hat abscheuliche Dinge gegen mich gesagt. Man sieht, daß sie ihre Mutter sehr liebt. Gebe nicht nach, meine Tochter. Er hat geschworen – er hat geschworen.

HERODES: Sei still, sprich nicht mit ihr …! Komm, Salomé, sei vernünftig. Ich bin nie streng zu dir gewesen. Ich habe dich immer geliebt … Vielleicht habe ich dich zu sehr geliebt. Deshalb verlange das nicht von mir. Es ist etwas Schreckliches, etwas Abscheuliches, was du da von mir verlangst. Sicher, ich glaube, du machst einen Spaß. Der Anblick eines vom Körper getrennten Kopfes eines Mannes ist schauderhaft anzusehen, nicht wahr? Es ziemt sich nicht für die Augen einer Jungfrau, so etwas anzuschauen. Welche Freude würde es dir schon bereiten? Keine. Nein, nein, das wünschst du nicht. Hör mir zu. Ich habe eine Smaragd, einen großen, runden Smaragd, den mir ein Untergebener Cäsars geschickt hat. Wenn du durch diesen Smaragd schaust, kannst du Dinge sehen, die in der Ferne geschehen. Cäsar selbst hat einen solchen Smaragd bei sich, wenn er zu den Zirkusspielen geht. Aber mein Smaragd ist größer. Ich weiß ganz genau, daß er größer ist. Es ist der größte Smaragd auf der ganzen Welt. So etwas würde dir gefallen, nicht wahr? Bitte mich darum, und ich werde ihn dir geben.

SALOMÉ: Ich verlange den Kopf des Jokanaan.

HERODES: Du hörst mir nicht zu. Du hörst mir nicht zu. Laß mich mit dir reden, Salomé.

SALOMÉ: Den Kopf des Jokanaan.

HERODES: Nein, nein, den möchtest du nicht haben. Du sagst das nur, um mir Sorgen zu bereiten, weil ich dich den ganzen Abend lang angeschaut habe. Deine Schönheit hat mich nervös gemacht. Deine Schönheit hat mich sehr nervös gemacht, und ich habe dich zu oft angesehen. Aber ich werde dich nicht mehr anschauen. Weder Dinge noch Menschen sollte man anschauen. Nur in Spiegel sollte man schauen, denn Spiegel zeigen uns nur Masken. Oh! Oh! Bringt Wein! Ich habe Durst ... Salomé, Salomé, laß uns Freunde sein. Nun komm ...! Ah! Was wollte ich sagen? Was war es nur? Ah! Ich erinnere mich ...! Salomé, nein, komm einmal her zu mir; ich fürchte, du wirst mich nicht hören – Salomé, du kennst doch meine weißen Pfauen, meine schönen, weißen Pfauen, die in meinem Garten zwischen den Myrten und Zypressen umherlaufen. Ihre Schnäbel sind mit Gold überzogen, und die Körner, die sie fressen, sind auch mit Gold überzogen, und ihre Füße sind purpurn gefärbt. Wenn sie rufen, dann kommt der Regen, und die Mondgöttin zeigt sich am Himmel, wenn sie ihre Schwanzfedern auffächern. In Pärchen laufen sie zwischen den Zypressen und den schwarzen Myrten umher, und jeder einzelne von ihnen wird von einem Sklaven versorgt. Manchmal fliegen sie über die Bäume, und ab und zu sitzen sie im Gras oder am See. Auf der ganzen Welt gibt es keine Vögel, die so schön sind wie meine Vögel. Ich werde dir fünfzig von meinen Pfauen geben. Sie werden dir folgen, wohin du auch gehst, und in ihrer Mitte wirst du wie die Mondgöttin inmitten einer großen, weißen Wolke sein ... Ich werde sie dir alle geben. Du mußt mich nur von meinem Schwur befreien und davon absehen, von mir zu verlangen, was du verlangt hast. *(Er leert seinen Weinkelch.)*

SALOMÉ: Gebt mir den Kopf des Jokanaan.

HERODIAS: Gut gesprochen, meine Tochter! Was dich betrifft, du bist einfach lächerlich mit deinen Pfauen.

HERODES: Sei still! Du schreist die ganze Zeit; du brüllst wie ein Raubtier. Ich verbiete es dir. Deine Stimme langweilt mich. Sei still, sage ich ... Salomé, denk noch einmal darüber nach, was du tust. Dieser Mann ist vielleicht von Gott gesandt. Er ist ein heiliger Mann. Der Finger Gottes hat ihn berührt. Gott hat ihm schreckliche Worte auf die Zunge gelegt. Im Palast wie in der Wüste ist Gott stets mit ihm ... Oder wahrscheinlich ist es so. Man weiß es nicht. Es ist möglich, daß Gott für ihn und mit ihm ist. Außerdem könnte mir ein Unglück zustoßen, wenn er stürbe. Jedenfalls sagt er, daß jemandem am Tage seines Todes ein Unglück geschehen werde. Es kann sich dabei nur um mich handeln. Du erinnerst dich, ich bin auf Blut ausgerutscht, als ich hier hinausgekommen bin. Außerdem habe ich Schwingen, mächtige Schwingen in der Luft schlagen hören. Das sind böse Omen, und da waren noch mehr. Ich bin sicher, daß es noch mehr davon gab, wenn ich sie auch nicht gesehen habe. Nun, Salomé, du möchtest doch nicht, daß mir ein Unheil zustößt? Das möchtest du noch nicht. Also, höre mir zu.

SALOMÉ: Gebt mir den Kopf des Jokanaan.

HERODES: Ah! Du hörst mir nicht zu. Ganz ruhig. Ich – ich bin ruhig. Ich bin ganz ruhig. Hör zu. Ich habe im Palast Edelsteine versteckt – Edelsteine, die noch nicht einmal deine Mutter je zu Gesicht bekommen hat, wundervolle Juwelen. Ich habe eine Halskette aus Perlen, die in vier Reihen aufgefädelt sind. Sie sind fast wie Monde, die mit silbernen Lichtstrahlen aneinandergekettet sind. Sie sind wie fünfzig Monde, die in einem goldenen Netz gefangen wurden. Eine Königin hat sie auf ihrer elfenbeinfarbenen Brust getragen. Du wirst so schön wie eine Königin sein, wenn du sie trägst. Ich habe zweierlei Sorten von Amethysten, die eine ist schwarz wie Wein, und die andere ist rot wie Wein, der mit Wasser nachgefärbt wurde. Ich habe Topase – gelb wie die Augen des Tigers – und Topase, die so rosa sind wie die Augen einer Waldtaube, und grüne Topase, die wie die Augen einer Katze sind. Ich habe Opale, die immer mit eisiger Flamme brennen, Opale, die traurige Männer aufheitern und selbst Angst vor den Schatten haben. Ich habe Onyxe wie die Augäpfel einer toten Frau. Ich habe Mondsteine, die mit dem Mond ihre Erscheinung verändern, und die matt sind, wenn die Sonne scheint. Ich habe Saphire, so groß wie Eier und so blau wie blaue Blumen. In ihnen glänzt das Meer, dessen blaue Wellen der Mond niemals stört. Ich habe Chrysoliten und Berylle und Chrysoprase und Rubine. Ich habe Sardonyx- und Hyazinthensteine und Steine aus Chalcedonium, und ich werde sie dir alle geben, alle, und ich werde noch mehr hinzufügen. Der König von Indien hat mir gerade eben vier Fächer aus Papageienfedern geschickt, und der König von Numidien ein Gewand aus Straußenfedern. Ich habe einen Kristall, von dem das Gesetz besagt, daß eine Frau nicht hineinschauen darf – noch dürfen junge Männer ihn anschauen, bevor sie nicht mit Stöcken geschlagen worden sind. In einer Truhe aus Necre habe ich drei bemerkenswerte Türkise. Wer sie auf der Stirn trägt, kann sich Dinge vorstellen, die es nicht gibt, und wer sie in der Hand trägt, kann Frauen unfruchtbar machen. All diese sind Reichtümer von unschätzbarem Wert. Aber das ist noch nicht alles. In einer Ebenholztruhe habe ich zwei Becher aus Bernstein, die wie goldene Äpfel aussehen. Sollte ein Feind Gift hineingießen, werden sie wie silberne Äpfel. In einer mit Bernstein beschlagenen Truhe habe ich mit Glas überzogene Sandalen. Ich habe Umhänge, die aus dem Land des Seren kommen, und Armreifen, verziert mit Karbunkeln und mit Jade aus der Stadt Euphrat … Was wünschst du dir noch, Salomé? Sage mir, was dein Herz begehrt, und ich werde es dir geben. Alles, was du willst, werde ich dir geben, außer einem. Ich werde dir alles geben, was mir gehört, außer einem Leben. Ich werde dir den Umhang des Hohepriesters geben. Ich werde dir den Vorhang des Allerheiligsten geben.

DIE JUDEN: Oh! Oh!

SALOMÉ: Gib mir den Kopf des Jokanaan.

HERODES *(sinkt auf seinem Sitz zusammen):* Man soll ihr geben, was sie verlangt! Sie ist wirklich das Kind ihrer Mutter! *(Der erste Soldat nähert sich. Herodias zieht den Ring des Todes von der Hand des Tetrarchen und gibt ihn dem Soldaten, der ihn sofort zum Scharfrichter bringt. Der Scharfrichter sieht verängstigt aus.)* Wer hat meine Ring genommen? Wer hat meinen Wein getrunken? Da war gerade noch Wein in meinem Becher. Er war voller Wein. Jemand hat ihn gelehrt? Oh! Sicher wird jemanden ein fürchterliches Unglück ereilen. *(Der Scharfrichter steigt in die Zisterne hinab.)* Ah! Warum habe ich diesen Schwur geleistet. Könige sollten niemals ihr Wort auf etwas geben. Wenn sie es halten, dann ist das furchtbar, wenn sie es nicht halten, dann ist das auch furchtbar.

HERODIAS: Meine Tochter hat das sehr gut gemacht.

HERODES: Ich bin sicher, daß ein Unheil geschehen wird.

SALOMÉ *(beugt sich über die Zisterne und lauscht):* Man hört nichts. Ich höre nichts. Warum schreit er nicht, dieser Mann? Ah! Wenn irgend jemand versuchen würde, mich zu töten, würde ich schreien, ich würde mich wehren, ich würde es nicht hinnehmen … Schlage zu Naaman, schlage zu … Nein, ich höre nichts. Da ist eine Stille, eine furchtbare Stille. Ah! Etwas ist auf den Boden gefallen. Ich habe etwas fallen gehört. Es ist das Schwert des Hinrichters. Er hat Angst, dieser Sklave. Er hat sein Schwert fallen lassen. Er wagt es nicht, ihn zu töten. Er ist ein Feigling, dieser Sklave! Laßt Soldaten hineingehen. *(Sie sieht den Pagen von Herodias und wendet sich an ihn.)* Komm her, du warst der Freund des Toten, ist es nicht so? Nun, ich sage dir, es gibt noch nicht genug tote Männer. Geh zu den Soldaten und sage ihnen, sie sollen hinuntergehen und mir bringen, wonach ich verlangt habe, diese Sache, die der Tetrarch mir versprochen hat, die Sache, die mir gehört. *(Der Page schreckt zurück. Sie wendet sich an die Soldaten.)* Hierher, Soldaten. Seht zu, daß ihr in diese Zisterne kommt und mir den Kopf jenes Mannes bringt. *(Die Soldaten schrecken zurück.)* Tetrarch, Tetrarch, befehlt Euren Soldaten, mir den Kopf des Jokanaan zu bringen.

Ein großer, schwarzer Arm, der Arm des Scharfrichters, kommt aus der Zisterne. Auf einem silbernen Schild trägt er den Kopf des Jokanaan. Salomé ergreift den Kopf. Herodes verbirgt sein Gesicht mit seinem Umhang. Herodias lächelt und fächert sich Luft zu. Die Nazarener fallen auf die Knie und fangen an zu beten.

SALOMÉ: Ah! Du hast mich deinen Mund nicht küssen lassen, Jokanaan. Nun! Jetzt werde ich ihn küssen. Ich werde ihn mit meinen Zähnen beißen, wie man eine reife Frucht beißt. Ja, ich werde deinen Mund küssen, Jokanaan. Ich habe es dir gesagt. Habe ich es nicht gesagt? Ich habe es gesagt. Ah! Ich werde ihn jetzt küssen … Aber warum schaust du mich denn nicht an, Jokanaan? Deine Augen, die so furchterregend waren – voller Zorn und Verachtung, sind nun geschlossen. Warum sind sie geschlossen? Öffne deine Lider, Jokanaan! Warum schaust du mich nicht an? Hast du Angst vor mir, Jokanaan, daß du mich nicht anschauen willst? Und deine Zunge, die eine rote Schlange war, die Gift versprühte, sie bewegt sich nicht mehr, sie sagt jetzt nichts, Jokanaan, diese scharlachrote Viper, die mich mit Gift bespuckt hat. Das ist seltsam, nicht war? Wie kommt es, daß sich die rote Viper nicht mehr bewegt …? Du hast mich verschmäht, Jokanaan. Du hast mich zurückgewiesen. Du hast böse Dinge über mich gesagt. Du hast mich wie eine Hure behandelt, wie eine Dirne, mich, Salomé, Prinzessin von Judäa! Nun, Jokanaan, ich lebe noch, aber du, du bist tot, und dein Kopf gehört mir. Ich kann damit tun und lassen, was ich will. Ich kann ihn den Hunden und den Vögeln des Himmels zum Fraß vorwerfen. Was die Hunde übriglassen, sollen die Vögel des Himmels verschlingen … Ah, Jokanaan, Jokanaan, du warst der einzige Mann, den ich je geliebt habe. Ich verabscheue alle anderen Männer. Aber du, du warst schön! Dein Körper war eine Elfenbeinsäule auf einem silbernen Sockel. Er war ein Garten voller Tauben und silbernen Lilien. Er war ein Turm aus Silber, mit silbernen Schilden beschlagen. Auf der Welt gab es nichts, was so weiß war wie dein Körper. Es gab nichts auf der Welt, was so schwarz war wie dein Haar. Es gab nichts auf der ganzen Welt, was so rot war wie dein Mund. Deine Stimme war ein Weihrauchfaß, das sonderbare Düfte verströmte, und wenn ich dich anblickte, hörte ich eine sonderbare Musik. Ah! Warum hast du mich nicht angeschaut, Jokanaan? Hinter deinen Händen und deinen Flüchen verstecktest du dein Antlitz. Du hast auch deine Lider bedeckt, wie jemand, der seinen Gott sehen wollte. Nun, du hast deinen Gott gesehen, Jokanaan, aber mich, mich hast du nie gesehen. Wenn du mich gesehen hättest, so hättest du mich geliebt. Ich habe dich gesehen, Jokanaan, und ich habe dich geliebt. Oh, wie ich dich geliebt habe. Ich habe dich immer noch geliebt, Jokanaan, ich liebe nur dich … Mich dürstet nach deiner Schönheit; hungrig sehne ich mich nach deinem Körper; und weder Wein noch Früchte können mein Verlangen stillen. Was soll ich jetzt tun, Jokanaan? Weder die Fluten noch die großen Gewässer können meine Leidenschaft stillen. Ich war eine Prinzessin, und du hast mich verachtet. Ich war eine Jungfrau, und du hast mir die Jungfräulichkeit genommen. Ich war keusch, und du hast meine Venen mit Feuer gefüllt … Ah! Ah! Warum hast du mich nicht angeschaut, Jokanaan? Wenn du mich angeschaut hättest, du hättest mich geliebt. Nun, ich weiß, daß du mich geliebt hättest, und das Mysterium der Liebe ist größer als das Mysterium des Todes. Nur der Liebe sollte man Beachtung schenken.

HERODES: Sie ist eine Bestie, deine Tochter, sie ist durch und durch eine Bestie. Was sie getan hat, ist wirklich ein großes Verbrechen. Ich bin sicher, es war ein Verbrechen wider einen unbekannten Gott.

HERODIAS: Ich bin einverstanden mit dem, was meine Tochter getan hat. Und ich werde nun doch hier draußen bleiben.

HERODES *(steht auf)*: Ah! Da spricht die inzüchtige Ehefrau! Komm! Ich werde nicht hierbleiben. Komm, sag ich. Es wird sicher etwas Schreckliches geschehen. Manasseth, Issachar, Ozias, löscht die Fackeln. Ich werde die Dinge nicht ansehen, ich werde es nicht zulassen, daß die Dinge mich ansehen. Löscht die Fackeln. Verdeckt den Mond! Verdeckt die Sterne! Laß uns in unserem Palast verstecken, Herodias. Ich bekomme Angst.

Die Sklaven löschen die Kerzen. Die Sterne verschwinden. Die große schwarze Wolke legt sich vor den Mond und verdeckt ihn völlig. Es wird sehr dunkel auf der Bühne. Der Tetrarch beginnt die Treppe hinaufzusteigen.

DIE STIMME SALOMÉS: Ah! Ich habe deinen Mund geküßt, Jokanaan. Ich habe deinen Mund geküßt. Auf deinen Lippen lag ein bitterer Geschmack. War es der Geschmack des Blutes …? Aber vielleicht war es der Geschmack der Liebe … Man sagt, die Liebe habe einen bitteren Geschmack … Aber was macht das schon? Was macht das schon? Ich habe deinen Mund geküßt, Jokanaan.

Ein Strahl des Mondlichts fällt auf Salomé, taucht sie in helles Licht.

HERODES *(dreht sich um und sieht Salomé)*: Tötet diese Frau!

Die Soldaten stürmen vor und zerdrücken Salomé, die Tochter der Herodias, die Prinzessin von Judäa, unter ihren Schilden.

Vorhang

La Sainte Courtisane oder Die juwelenbedeckte Frau

Die Kulisse stellt eine Ecke eines Tals in der Ebene von Theben dar. Auf der rechten Bühnenseite befindet sich eine Höhle, vor der eingroßes Kruzifix steht. Links sind Sanddünen.

Der Himmel ist so blau wie das Innere eines Bechers aus Lapislazuli. Die Hügel sind aus rotem Sand, und auf ihnen stehen hier und da Dornbüsche.

Erster Mann: Wer ist sie? Sie macht mir Angst. Ihr Umhang ist purpurn und ihr Haar wie Goldfäden. Ich glaube, sie muß die Tochter des Kaisers sein. Ich habe die Bootsmänner sagen hören, daß der Kaiser eine Tochter hat, die einen purpurnen Umhang trägt.

Zweiter Mann: Ihre Sandalen haben Vogelflügel, und ihr Kleid hat die Farbe grünen Korns. Wenn sie still steht, gleicht sie dem Korn im Frühling. Bewegt sie sich, ist es wie das junge Korn, das durch die Schatten von Falken unterbrochen wird. Die Perlen ihres Kleids sind wie unzählige Monde.

Erster Mann: Sie sind wie die Monde, die man auf dem Wasser sieht, wenn der Wind von den Hügeln weht.

Zweiter Mann: Ich glaube, sie ist eine Göttin. Ich glaube, sie kommt aus Nubien.

Erster Mann: Ich bin sicher, sie ist die Tochter des Kaisers. Ihre Nägel sind mit Henna gefärbt und wie die Blütenblätter einer Rose. Sie ist gekommen, um Adonis zu beweinen.

Zweiter Mann: Sie ist eine Göttin. Ich weiß nicht, warum sie ihren Tempel verlassen hat. Götter sollten ihre Tempel nicht verlassen. Falls sie uns anspricht, wollen wir nicht antworten, und sie wird vorübergehen.

Erster Mann: Sie wird nicht mit uns sprechen. Sie ist die Tochter des Kaisers.

Myrrhina: Wohnt er nicht hier, der wunderschöne junge Eremit, er, der keine Frauen anschaut?

Erster Mann: Es ist wahr, der Eremit wohnt hier.

Myrrhina: Warum will er keine Frau anschauen?

Zweiter Mann: Wir wissen es nicht.

Myrrhina: Warum schaut auch ihr mich nicht an?

Erster Mann: Du bist mit funkelnden Edelsteinen bedeckt und blendest unsere Augen.

Zweiter Mann: Er, der in die Sonne blickt, erblindet. Du strahlst zu sehr, um dich anzusehen. Es ist nicht weise, Dinge anzusehen, die zu sehr strahlen. Viele Priester in den Tempeln sind blind und müssen sich von Sklaven führen lassen.

Myrrhina: Wo wohnt er, der wunderschöne junge Eremit, er, der keine Frauen anschaut? Hat er ein Haus aus Schilf oder aus gebranntem Ton oder schläft er am Hügelhang? Oder bereitet er sein Bett in den Binsen?

Erster Mann: Er lebt in jener Höhle.

Myrrhina: Was für ein seltsamer Wohnort.

Erster Mann: Einst lebte dort ein Zentaur. Als der Eremit kam, schrie der Zentaur schrill, weinte und klagte und galoppierte davon.

Zweiter Mann: Nein. Es war ein weißes Einhorn, das in der Höhle lebte. Als es den Eremiten kommen sah, beugte es das Knie und betete ihn an. Viele Leute sahen, wie es ihn anbetete.

Erster Mann: Ich habe mit Leuten geredet, die es gesehen haben.

. . . .

Zweiter Mann: Manche sagen, er sei ein Holzfäller gewesen und hätte als Tagelöhner gearbeitet. Doch das kann auch nicht wahr sein.

. . . .

Myrrhina: Welche Götter verehrt ihr? Oder verehrt ihr überhaupt Götter? Es gibt Menschen, die keine Götter haben, die sie verehren. Die Philosophen mit langen Bärten und braunen Umhängen haben keine Götter, die sie verehren. Sie streiten miteinander in den Säulenhallen. Die ( ) lachen über sie.

ERSTER MANN: Wir verehren sieben Götter. Wir dürfen ihre Namen nicht nennen. Es ist gefährlich, die Namen der Götter zu nennen. Niemand sollte ja den Namen seines Gottes verraten. Selbst die Priester, die den ganzen Tag die Götter preisen und mit ihnen die Speisen teilen, nennen sie nicht bei ihrem wahren Namen.

MYRRHINA: Wo sind diese Götter, die ihr anbetet?

ERSTER MANN: Wir verbergen sie in den Falten unserer Kleider. Wir zeigen sie niemanden. Wenn wir sie anderen zeigen würden, könnten sie uns verlassen.

MYRRHINA: Wo seid ihr ihnen begegnet?

ERSTER MANN: Ein Balsamierer der Toten hat sie in einem Grab gefunden und uns gegeben. Wir dienten ihm sieben Jahre.

MYRRHINA: Die Toten sind schrecklich. Ich fürchte mich vor dem Tod.

ERSTER MANN: Der Tod ist kein Gott. Er ist nur der Diener der Götter.

MYRRHINA: Er ist der einzige Gott, vor dem ich mich fürchte. Habt ihr viele Götter gesehen?

ERSTER MANN: Wir haben viele von ihnen gesehen. Man sieht sie hauptsächlich bei Nacht. Sie gehen sehr rasch an einem vorüber. Einmal sahen wir Götter bei Tagesanbruch. Sie gingen über eine Ebene.

MYRRHINA: Als ich einst über den Marktplatz ging, hörte ich einen Sophisten aus Kilikien sagen, daß es nur einen Gott gibt. Das sagte er vor vielen Leuten.

ERSTER MANN: Das kann nicht die Wahrheit sein. Wir haben selbst viele gesehen, obwohl wir nur gewöhnliche Männer und nicht von Bedeutung sind. Als ich sie sah, versteckte ich mich in einem Busch. Sie taten mir nichts zuleide.

. . . .

MYRRHINA: Erzählt mir mehr von dem schönen jungen Eremiten. Erzählt mir von dem schönen jungen Eremiten, der keine Frau anschauen will. Wie geht die Geschichte seiner Tage? Was für eine Art des Lebens hat er?

ERSTER MANN: Wir verstehen dich nicht.

MYRRHINA: Was tut er, der schöne junge Eremit? Sät oder erntet er? Pflanzt er einen Garten oder fängt er Fische in einem Netz? Webt er Leinen auf einem Webstuhl? Legt er Hand an den hölzernen Pflug und schreitet hinter den Ochsen?

ZWEITER MANN: Da er ein sehr heiliger Mann ist, tut er nichts. Wir sind gewöhnliche Männer und ohne Bedeutung. Wir plagen uns den ganzen Tag in der Sonne. Der Boden ist manchmal sehr hart.

MYRRHINA: Wird er von den Vögeln des Himmels ernährt? Teilen die Schakale ihre Beute mit ihm?

ERSTER MANN: Wir bringen ihm jeden Abend Nahrung. Wir glauben nicht, daß die Vögel des Himmels ihn nähren.

MYRRHINA: Warum speist ihr ihn? Was habt ihr davon?

ZWEITER MANN: Er ist ein sehr heiliger Mann. Einer der Götter, den er beleidigt hat, hat ihn wahnsinnig werden lassen. Wir glauben, er hat den Mond beleidigt.

MYRRHINA: Geht und sagt ihm, daß jemand aus Alexandria gekommen ist und mit ihm sprechen will.

ERSTER MANN: Wir wagen nicht, es ihm zu sagen. Zu dieser Stunde betet er zu seinem Gott. Wir bitten dich um Vergebung, daß wir deine Bitte nicht erfüllen.

MYRRHINA: Fürchtet ihr euch vor ihm?

ERSTER MANN: Wir fürchten uns vor ihm.

MYRRHINA: Warum fürchtet ihr ihn?

ERSTER MANN: Das wissen wir nicht.

MYRRHINA: Wie lautet sein Name?

ERSTER MANN: Die Stimme, die nachts in der Höhle zu ihm spricht, nennt ihn Honorius. Honorius war auch der Name, mit dem die drei Leprakranken, die einst vorbeikamen, ihn anredeten. Wir glauben, er heißt Honorius,

MYRRHINA: Warum kamen die drei Leprakranken zu ihm?

ERSTER MANN: Damit er sie heile.
MYRRHINA: Hat er sie geheilt?
ZWEITER MANN: Nein. Sie hatten eine Sünde begangen: das war der Grund für ihre Krankheit. Ihre Hände und Gesichter waren wie Salz. Einer trug eine Maske aus Leinen. Das war der Sohn eines Königs.
MYRRHINA: Was ist das für eine Stimme, die bei Nacht in seiner Höhle zu ihm spricht?
ERSTER MANN: Wir wissen nicht, wessen Stimme es ist. Wir glauben, es ist die Stimme seines Gottes. Denn wir haben niemanden seine Höhle betreten oder verlassen sehen.

. . . .

MYRRHINA: Honorius.
HONORIUS (*von innen*): Wer ruft nach Honorius?
MYRRHINA: Komm heraus, Honorius.

Meine Kammer ist von Zedernholz überdacht und duftet nach Myrrhe. Die Säulen meines Bettes sind aus Zedernholz und die Vorhänge purpurn. Mein Bett ist purpurn bestreut, und die Stufen sind aus Silber. Die Vorhänge sind mit silbernen Granatäpfeln bestickt, und die silbernen Stufen sind mit Safran und Myrrhe bestreut. Meine Liebhaber bekränzen die Säulen meines Hauses mit Girlanden. Bei Nacht kommen sie mit Flöten- und Harfenspielern. Sie umwerben mich mit Äpfeln und schreiben meinen Namen mit Wein auf das Pflaster meines Hofes.

Aus den entlegensten Teilen der Welt kommen meine Liebhaber zu mir. Die Könige der Erde kommen zu mir und bringen Geschenke.

Als der Kaiser von Byzanz von mir hörte, verließ er seine Purpurkammer und setzte Segel in seiner Galeere. Seine Sklaven trugen keine Fackeln, damit niemand sein Kommen sähe. Als der König von Zypern von mir hörte, sandte er Botschafter. Die beiden Könige Libyens, die Brüder sind, brachten mir Geschenke aus Bernstein.

Ich nahm Cäsar seinen Günstling und machte ihn zu meinem Gespielen. Er kam des Nachts in einer Sänfte zu mir. Er war blaß wie eine Narzisse, und sein Leib war wie Honig.

Der Sohn des Präfekten entleibte sich zu meiner Ehre, und der Tetrarch von Kilikien geißelte sich zu meinem Vergnügen vor meinen Sklaven.

Der König von Hierapolis, der ein Priester ist und ein Räuber, legte mir Teppiche aus, auf denen ich schreiten konnte.

Manchmal sitze ich im Zirkus, und unter mir kämpfen die Gladiatoren. Einst wurde ein Thraker, der mein Buhle war, im Netz gefangen. Ich gab das Zeichen für seinen Tod, und das gesamte Theater applaudierte. Manchmal gehe ich durch das Gymnasium und beobachte die jungen Männer beim Ringen oder Rennen. Ihre Körper glänzen vor Öl, und ihre Brauen sind mit Weidenzweigen und Myrte bekränzt. Sie stampfen ihre Füße in den Sand, wenn sie ringen, und, wenn sie rennen, folgt ihnen der Sand wie eine kleine Wolke. Der, den ich anlächle, verläßt seine Gefährten und folgt mir nach Hause. Zu anderen Zeiten gehe ich zum Hafen hinunter und beobachte die Kaufleute, die ihre Schiffe entladen. Diejenigen, die aus Tyros kommen, haben Umhänge aus Seide und Smaragdohrringe. Diejenigen, die aus Marseille kommen, haben Umhänge aus feiner Wolle und Bronzeohrringe. Wenn sie mich kommen sehen, stellen sie sich auf den Bug ihrer Schiffe und rufen mich an, doch ich antworte nicht. Ich gehe in die kleinen Tavernen, in denen die Seeleute den ganzen Tag liegen, schwarzen Wein trinken und würfeln, und setze mich zu ihnen.

Ich machte den Prinzen zu meinem Sklaven, und seinen Sklaven, der aus Tyros kam, machte ich zu meinem Herrn für die Dauer eines Mondes.

Ich steckte einen verzierten Ring an seinen Finger und brachte ihn in mein Haus. Ich habe wundervolle Dinge in meinem Haus.

Der Staub der Wüste liegt auf deinem Haar, und deine Füße sind von Dornen zerkratzt, und dein Körper ist von der Sonne verbrannt. Komm mit mir, Honorius, und ich werde dich in ein Gewand aus Seide kleiden. Ich werde deinen Körper mit Myrrhe salben und Nardenöl auf dein Haar gießen. Ich werde dich in Hyazinthen kleiden und Honig in deinen Mund geben. Liebe –

HONORIUS: Es gibt keine Liebe außer der Liebe Gottes.
MYRRHINA: Wer ist Er, dessen Liebe größer ist als die der sterblichen Menschen?

HONORIUS: Er ist Der, den Ihr am Kreuz seht, Myrrhina. Er ist der Sohn Gottes und von einer Jungfrau geboren. Drei weise Männer, die Könige waren, brachten Ihm Geschenke, und die Hirten, die auf den Hügel lagerten, wurden von einem hellen Licht geweckt.

Die Sibyllen wußten von seinem Kommen. Die Haine und Orakel sprachen von Ihm. David und die Propheten kündeten Sein Kommen. Es gibt keine Liebe wie die Liebe Gottes und keine Liebe, die mit ihr vergleichbar ist.

Der Körper ist häßlich, Myrrhina. Gott wird Euch auferstehen lassen mit einem neuen Körper, der keine Verderbnis kennt, und Ihr werdet am Hofe des Herrn weilen und Ihn sehen, dessen Haar wie feine Wolle und dessen Füße aus Bronze sind.

MYRRHINA: Die Schönheit ...

HONORIUS: Die Schönheit der Seele wächst, bis sie Gott sehen kann. Daher, Myrrhina, bereut Eure Sünden. Den Räuber, der an Seiner Seite gekreuzigt wurde, brachte Er ins Paradies. (*Exit.*)

MYRRHINA: Wie seltsam er mit mir gesprochen hat. Und mit welchem Hohn er mich betrachtete. Ich frage mich, warum er so seltsam mit mir sprach.

. . . .

HONORIUS: Myrrhina, die Schuppen sind von meinen Augen gefallen, und ich sehe nun deutlich, was ich zuvor nicht sehen konnte. Nimm mich mit nach Alexandria, und laß mich die sieben Sünden kosten.

MYRRHINA: Verspotte mich nicht, Honorius, und sprich nicht in so bitteren Worten zu mir. Denn ich habe meine Sünden bereut und suche eine Höhle in der Wüste, wo auch ich leben kann, so daß meine Seele würdig wird, Gott zu erblicken.

HONORIUS: Die Sonne geht unter, Myrrhina. Komm mit mir nach Alexandria.

MYRRHINA: Ich werde nicht nach Alexandria gehen.

HONORIUS: Lebe wohl, Myrrhina.

MYRRHINA: Honorius, lebe wohl.

. . . .

Ich habe meine Schönheit verflucht für das, was sie getan hat, und das Wunder meines Körpers verflucht wegen des Bösen, das es über dich gebracht hat.

Herr, dieser Mann hat mich zu Deinen Füßen gebracht. Er erzählte mir von Deinem Kommen auf der Erde und vom Wunder Deiner Geburt und auch von dem großen Wunder Deines Todes. Durch ihn wurdest Du, oh Herr, mir offenbar.

HONORIUS: Du sprichst wie ein Kind, Myrrhina, und ohne Wissen. Entfalte deine Hände. Warum bist du mit deiner Schönheit in dieses Tal gekommen?

MYRRHINA: Der Gott, den du angebetet hast, hat mich hierher geführt, damit ich meine Lasterhaftigkeit bereue und ihn als Herrn erkenne.

HONORIUS: Warum hast du mich mit Worten in Versuchung gebracht?

MYRRHINA: Damit du die Sünde in ihrer bemalten Maske und den Tod in seiner Robe der Schande siehst.

Briefe

De Profundis

›Epistola: In Carcere et Vinculis‹
H. M. Prison, Reading

Lieber Bosie. Nach langem und erfolglosem Warten habe ich beschlossen, Dir zu schreiben, sowohl Dir als auch mir zuliebe, weil ich nicht glauben möchte, daß ich zwei Jahre der Gefangenschaft durchschritten habe, ohne je eine einzige Zeile von Dir erhalten zu haben, oder irgendwelche Neuigkeiten oder Botschaften, außer solchen, die mich schmerzten.

Unsere schicksalhafte und äußerst beklagenswerte Freundschaft endete in Trümmern und öffentlicher Schande für mich, jedoch ist die Erinnerung an unsere einstige Zuneigung oft bei mir, und der Gedanke, daß Abscheu, Bitterkeit und Verachtung auf immer in meinem Herzen diesen Platz einnehmen sollten, das einst von Liebe regiert war, stimmt mich sehr traurig; und auch Du, meine ich, wirst in Deinem Herzen fühlen, daß es besser ist, mir zu schreiben, da ich in der Einsamkeit des Gefängnislebens wohne, als meine Briefe ohne meine Erlaubnis zu veröffentlichen oder mir Gedichte zu widmen, ohne mich zu fragen, wenn auch die Welt nicht erfahren wird, welche Worte des Kummers oder der Leidenschaft, der Reue oder Gleichgültigkeit Du auswählst, um sie als Deine Antwort oder Anrufung zu schicken.

Ich zweifle nicht daran, daß es in diesem Brief, in dem ich über dein Leben und meines schreiben muß, über die Vergangenheit und über Künftiges, über Süßes, das sich in Bitterkeit verwandelte, und über Bitteres, das sich einmal in Freude verwandeln könnte, vieles geben wird, das Deine Eitelkeit tief im Herzen verletzen wird. Falls dies eintrifft, lies den Brief immer wieder durch, bis er Deine Eitelkeit vernichtet. Wenn Du darin etwas findest, dessen Du ungerechterweise angeklagt zu werden meinst, so denke daran, daß man dafür dankbar sein sollte, daß es überhaupt Fehler gibt, deren man ungerechterweise bezichtigt werden kann. Sollte darin ein einziger Abschnitt sein, der Deine Augen mit Tränen füllt, weine, wie wir im Gefängnis weinen, wo der Tag nicht minder als die Nacht für Tränen geschaffen ist. Sie sind das einzige, was dich retten kann. Wenn Du Deiner Mutter Dein Herz ausschüttest, wie Du es ja schon getan hast, als ich in meinem Brief an Robbie meine Verachtung für Dich darlegte, damit sie Dich besänftigt und Dich in Deiner Selbstzufriedenheit und Arroganz bestätigt, wirst du völlig verloren sein.

Wenn Du für Dich nur eine falsche Entschuldigung findest, wirst Du bald Hunderte finden, und genau das sein, was Du vorher warst. Sagst Du immer noch das, was Du in Deiner Antwort an Robbie sagtest, nämlich daß ich Dir *»unwürdige Beweggründe unterstellte«*? Ach was! Du hattest nie im Leben Beweggründe. Du hattest bloß Gelüste. Ein Beweggrund ist eine intellektuelle Zielsetzung. Du warst *»sehr jung«*, als unsere Freundschaft begann? Dein Fehler war nicht, daß Du so wenig über das Leben wußtest, sondern daß Du soviel wußtest. Die Morgenfrische der Jugend mit ihrem zarten Hauch, ihrem klaren, hellen Licht, ihrer unschuldigen Freude und Erwartung hattest Du weit hinter dir gelassen. Schnellen Fußes warst Du von der Romantik zum Realismus geeilt. Die Gosse und das, was darin lebt, hatten Dich schon zu faszinieren begonnen. Dies war der Ursprung der Probleme, in denen Du meine Hilfe suchtest, und ich gewährte sie Dir, völlig unbesonnen, gemessen an der Weisheit dieser Welt, aus Mitleid und Höflichkeit. Du mußt diesen Brief zu Ende lesen, und auch wenn jedes Wort für Dich wie das Glüheisen oder das Skalpell sein sollte, das das zarte Fleisch brennen oder bluten läßt, so denke daran, daß der Törichte in den Augen der Götter und der Törichte in den Augen der Menschen sehr verschieden sind. Einer, der der umwälzenden Methodik der Kunst und des stetigen Fortschritts des Geistes, der des Prunks des lateinischen Verses oder der reicheren Musik des vokalischen Griechisch, der toskanischen Bildkunst oder der Elisabethanischen Lyrik völlig unkundig ist, kann dennoch voll süßester Weisheit sein. Der wirkliche Tor, den die Götter verspotten oder hassen, ist der, der sich selbst nicht kennt. Zu lange war ich ein solcher. Zu lange warst Du ein solcher. Sei nicht mehr so, hab keine Furcht. Die höchste Untugend ist die Seichtheit. Alles, was man erkannt hat, ist richtig. Bedenke auch, daß alles, was zu lesen Leid für Dich bedeutet, für mich noch größeres Leid bedeutet, wenn ich es niederschreibe. Zu Dir waren die unsichtbaren Mächte sehr gut. Sie haben Dir erlaubt, die merkwürdigen und tragischen Erscheinungen des Lebens so zu sehen, wie man Schatten in einem Kristall sieht. Das Haupt der Medusa, das lebendige Menschen in Stein verwandelt, durftest Du in einem Spiegel betrachten, Du schrittest frei unter Blumen einher. Mir wurde die schöne Welt der Farben und Bewegungen genommen.

Ich werde damit beginnen, Dir zu sagen, daß ich bittere Anklage gegen mich erhebe. So wie ich hier in dieser dunklen Zelle in Sträflingskleidung sitze, ein ehrloser und ruinierter Mann, klage ich mich an. In den unruhigen und unsteten Nächten der Qual, an den langen eintönigen Tagen des Schmerzes, bin ich es, den ich anklage. Ich klage mich an, eine ungeistige Freundschaft zugelassen zu haben, eine Freundschaft, deren vorrangies Ziel nicht die Erschaffung schöner Dinge und ihre Betrachtung war und die mein Leben gänzlich bestimmen sollte. Von Anfang an klaffte zwischen uns eine zu breite Kluft. In der Schule schon warst Du untätig gewesen und noch untätiger an der Universität. Du hast nicht begriffen, daß ein Künstler, und besonders ein Künstler, wie ich es bin, das heißt einer, dessen Arbeistqualität von der Stärkung der Persönlichkeit abhängt, für die Entwicklung seiner Kunst begleitende Ideen braucht und eine geistige Atmosphäre, Ruhe, Frieden und Einsamkeit. Du bewundertest meine Arbeit, als sie fertig war. Du genossest die großartigen Erfolge meiner Premieren und die großartigen Festessen, die ihnen folgten. Du warst selbstverständlich stolz darauf, der beste Freund eines derart berühmten Künstlers zu sein. Doch Du konntest die Voraussetzungen nicht verstehen, die notwendig waren, um künstlerische Arbeit hervorzubringen. Ich schwinge keine Phrasen rhetorischer Übertreibung, sondern sage die absolute Wahrheit und spreche eine Tatsache aus, wenn ich Dich daran erinnere, daß ich während der ganzen Zeit, in der wir zusammen waren, keine einzige Zeile schrieb. Ob in Torquay, Goring, London, Florenz oder sonstwo, mein Leben war, solange Du Dich an meiner Seite aufhieltst, gänzlich steril und unkreativ. Und bis auf wenige Unterbrechungen warst Du, ich bedauere, dies sagen zu müsssen, immer an meiner Seite.

Ich erinnere mich zum Beispiel an den September '93, um nur ein Beispiel von vielen anzuführen, als ich mir einige Zimmer nahm, lediglich um ungestört arbeiten zu können, nachdem ich meinen Vertrag mit John Hare gebrochen hatte, dem ich versprochen hatte, ein Stück zu schreiben, und der mich dazu drängte. Während der ersten Woche hieltst Du Dich fern. Wir hatten – das war ja ganz natürlich – unterschiedliche Auffassungen in der Frage des künstlerischen Wertes Deiner *Salome*-Übersetzung, also gabst Du Dich damit zufrieden, mir törichte Briefe über das Thema zu schicken. In jener Woche schrieb und beendete ich bis ins Detail den ersten Akt von *An Ideal Husband* so, wie er letzendlich aufgeführt wurde. In der zweiten Woche kamst Du zurück, und meine Arbeit mußte praktisch aufgegeben werden. Jeden Morgen um halb zwölf fuhr ich zum St. James's Place, um die Gelegenheit wahrzunehmen, nachzudenken und ohne die Unterbrechungen zu schreiben, die untrennbar von meinem eigenen Haushalt sind, obgleich mein Haushalt eigentlich ruhig und friedlich war, doch der Versuch war vergeblich. Um zwölf Uhr tauchtest Du auf und bliebst bis halb zwei, während Du Zigaretten rauchtest und schwatztest. Dann mußte ich Dich zum Mittagessen ins Café Royal oder ins Berkeley ausführen. Das Mittagessen einschließlich der *liqueurs* dauerte gewöhnlich bis halb vier. Für eine Stunde zogst Du Dich in den White's Club zurück. Zum Tee erschienst Du wieder und bliebst, bis es an der Zeit war, sich für das Abendessen umzuziehen. Du hast mit mir entweder im Savoy oder in der Tite Street gespeist. Wie üblich, trennten wir uns bis nach Mitternacht nicht, da ein Nachtessen bei Willis den lieblichen Tag beschließen mußte. So war mein Leben in jenen drei Monaten, an jedem einzelnen Tag, außer an den vier Tagen, für die Du ins Ausland gingst. Ich mußte dann natürlich nach Calais hinüberfahren, um Dich abzuholen. Für jemanden von meiner Natur und meinem Temperament war es eine zugleich groteske und tragische Situation.

Du erkennst das jetzt doch wohl? Du mußt doch jetzt Deine Unfähigkeit, allein zu sein, sehen, sehen, daß Deine Natur, die so aufdringlich in ihrer beständigen Beanspruchung der Aufmerksamkeit und Zeit anderer ist; das Fehlen jeglicher Fähigkeit zu dauerhafter geistiger Konzentration, der bedauerliche Unglücksfall – ich möchte gerne glauben, es war nichts anderes –, daß Du nicht fähig warst, Dir den »Oxford-Stil« auf geistigem Niveau anzueignen, ich meine, daß Du niemals einer gewesen bist, der elegant mit Ideen spielen konnte, sondern bloß mit Stimmgewalt zu einer Meinung kommen konntest – daß all diese Dinge, verbunden mit der Tatsache, daß deine Sehnsüchte und Interessen im Leben und nicht in der Kunst lagen, für Dein eigenes Fortschreiten in der geistigen Bildung so destruktiv waren wie für meine Arbeit als Künstler. Wenn ich meine Freundschaft zu Dir mit der Freundschaft zu noch jüngeren Männern wie John Gray und Pierre Louys vergleiche, so schäme ich mich. Mein wirkliches Leben, mein höheres Leben verbrachte ich mit ihnen und solchen Leuten wie ihnen.

Über die erschreckenden Ergebnisse meiner Freundschaft zu Dir spreche ich im Augenblick nicht. Ich denke lediglich darüber nach, was sie war, als sie noch bestand. Sie war für mich geistig entwürdigend. Du hattest Grundlagen, Ansätze zu einem künstlerischen Temperament. Aber ich traf Dich entweder zu spät oder zu früh, ich weiß es nicht. Wenn Du nicht da warst, war alles in Ordnung. Als ich es Anfang Dezember des Jahres, auf das ich die ganze Zeit anspiele, geschafft hatte, Deine Mutter dahingehend zu bewegen, Dich aus England wegzuschicken, sammelte ich das aufgetrennte und zerrissene Netz meiner Vorstellungskraft wieder, nahm mein Leben wieder in meine eigenen Hände und schloß nicht nur die drei noch verbliebenen Akte von *An Ideal Husband* ab, sondern konzipierte zwei andere Stücke völlig anderer Machart und hatte sie schon fast vollendet, die *Florentine Tragedy* und *La Sainte Courtisane* nämlich, als Du plötzlich ungebeten, unwillkommen und unter Umständen, die für mein Glück fatal waren, zurückkamst. Ich war nicht fähig, die zwei Werke, die damals unvollendet blieben, je wieder aufzunehmen. Die Stimmung, die sie erschaffen hatten, konnte ich nie wiederfinden. Da Du nun selbst einen Band mit Gedichten veröffentlicht hast, wirst Du die Wahrheit in all dem erkennen können, was ich hier gesagt habe. Ob Du erkennst oder nicht, sie bleibt eine abscheuliche Wahrheit auf dem Grund unserer Freundschaft. Solange Du bei mir warst, warst Du der völlige Ruin meiner Kunst, und weil ich Dir gestattete, ständig zwischen der Kunst und mir zu stehen, schreibe ich mir Schuld und Schande in vollstem Maße selbst zu. Du konntest es nicht wissen, nicht verstehen, nicht einschätzen. Ich hatte überhaupt kein Recht, es von Dir zu erwarten. Deine Interessen lagen bloß bei Deinen Speisen und Spielereien. Verlangen hattest Du nur nach Amusements, nach gewöhnlichen oder weniger gewöhnlichen Vergnügungen. Sie waren das, was Dein Temperament brauchte oder für den Augenblick zu brauchen glaubte. Ich hätte Dir den Eintritt in mein Haus und meine Zimmer ohne ausdrückliche Einladung verbieten sollen. Für meine Schwäche schreibe ich mir selbst vorbehaltlos die Schuld zu. Es war reine Schwäche. Eine halbe Stunde mit der Kunst war immer mehr für mich als jede noch so lange Zeit mit Dir. Nichts in meinem Leben war jemals auch nur von geringster Bedeutung verglichen mit der Kunst. Aber im Falle eines Künstlers ist Schwäche nichts weniger als ein Verbrechen, wenn es eine Schwäche ist, die die Phantasie lähmt.

Ich tadle mich selbst wiederum dafür, daß ich Dich nicht daran hinderte, schweren und schändlichen finanziellen Ruin über mich zu bringen. Ich erinnere mich an einen Morgen im frühen Oktober des Jahres '92, als ich mit Deiner Mutter im goldgelben Wald von Bracknell saß. Zu dieser Zeit wußte ich sehr wenig von Deiner wirklichen Natur. Ich hatte mich von Samstag bis Montag mit Dir zusammen in Oxford aufgehalten. Du hattest zehn Tage mit mir zum Golfspielen in Cromer verbracht. Wir kamen auf Dich zu sprechen, und Deine Mutter fing an, mit mir über Deinen Charakter zu reden. Sie erzählte mir von Deinen zwei Hauptfehlern, Deiner Eitelkeit und, wie sie es bezeichnete, Deiner »*Beziehungslosigkeit zu Geld*«. Ich erinnere mich genau, wie ich lachte. Ich hatte keine Ahnung, daß ersteres mich ins Gefängnis bringen und letzteres in den Bankrott treiben würde. Ich dachte, Eitelkeit sei so etwas wie eine liebliche Blume, die einem jungen Mann zu tragen gut stünde. Und was das verschwenderische Leben angeht – denn ich glaubte, sie meine nichts anderes als verschwenderisches Leben –, so waren die Tugenden von Einteilung und Sparsamkeit nicht in meiner Natur oder meiner Art. Aber noch bevor unsere Freundschaft einen Monat älter war, erkannte ich langsam, was Deine Mutter wirklich meinte. Dein Verlangen nach einem Leben in unbekümmerter Verschwendung, Dein unablässiges Fordern von Geld, Dein Anspruch, daß all Deine Vergnügungen von mir bezahlt werden sollten, ob ich nun mit Dir zusammen war oder nicht, das brachte mich nach einiger Zeit in ernste Geldschwierigkeiten, und je stärker Dein immerwährender Zugriff auf mein Leben wurde, desto langweiliger und uninteressanter wurden Deine Extravaganzen für mich, da das Geld wirklich für nur wenig mehr ausgegeben wurde als den Genuß von Speisen, Getränken und dergleichen. Ab und zu ist es eine Freude, einen von Wein und Rosen rot gefärbten Tisch zu haben, aber Du hast jeglichen Geschmack und jegliche Mäßigung hinter Dir gelassen. Du fordertest ohne Anstand und nahmst ohne Dank. Langsam dachtest Du, Du hättest gleichsam ein Recht, auf meine Kosten und in verschwenderischem Luxus zu leben, an den Du niemals gewöhnt gewesen warst, und der deshalb Deine Gelüste um so verwegener machte, und wenn Du schließlich Geld beim Spielen in irgendeinem Casino in Algier verlorst, schicktest Du mir am nächsten Morgen einfach ein Telegramm nach London, ich solle den verlorenen Betrag auf dem Konto Deiner Bank deponieren, und schenktest der Angelegenheit keinerlei weitere Beachtung.

Wenn ich Dir sage, daß ich vom Herbst 1892 bis zum Tag meiner Verhaftung mit Dir zusammen und für Dich mehr als 5000 Pfund ausgegeben habe, abgesehen von den Schulden, die ich machte, dann wirst Du eine Ahnung von der Sorte Leben bekommen, auf die Du bestanden hast. Glaubst Du, ich übertreibe? Gewöhnlich bewegten sich meine Ausgaben für einen gewöhnlichen Tag in London mit Dir – für Mittag-, Abend- und Nachtessen, Vergnügungen, Kutschfahrten und sonst noch alles mögliche – zwischen 12 und 20 Pfund, und die Ausgaben einer Woche beliefen sich proportional dazu auf zwischen 80 und 130 Pfund. Für unsere drei Monate in Goring betrugen meine Ausgaben (einschließlich natürlich der Miete) 1340 Pfund. Schritt für Schritt mußte ich mit dem Konkursverwalter jede Einzelheit meines Lebens durchgehen. Es war furchtbar. *»Schlichtes Leben und edles Denken«* war natürlich ein Ideal, das Du zu dieser Zeit noch nicht schätzen konntest, doch solch verschwenderisches Leben war eine Schande für uns beide. Eines der wundervollsten Abendessen, die ich je hatte, soweit ich mich erinnere, nahm ich mit Robbie zusammen in einem kleinen Café in Soho ein. Es kostete uns etwa genauso viel Shilling, wie meine Abendessen mit Dir gewöhnlich Pfund kosteten. Aus dem Essen mit Robbie heraus entstand der erste und beste all meiner Essays. Die Idee, der Titel, der Aufbau, die Form, alles lag bei einem 3 Francs 50 *table-d'hôte* vor mir ausgebreitet. Aus den üppigen Abendessen mit Dir bleibt nichts übrig außer der Erinnerung daran, daß zu viel gegessen und und zu viel getrunken wurde. Und mein Einwilligen in Deine Forderungen war schlecht für Dich. Das weißt Du jetzt. Oft ließ ich Dich zugreifen, manchmal nicht ganz ohne Skrupel, doch immer unwillig. Bei zu vielen Gelegenheiten war die Freude oder das Privileg, Dein Gastgeber sein zu dürfen, zu klein. Du vergaßest – ich möchte nicht sagen die formelle Höflichkeit zu danken, denn formelle Höflichkeit belastet eine enge Freundschaft sehr – sondern einfach die Anmut angenehmer Gesellschaft, den Zauber gefälliger Konversation, das *τερπνὸν κακόν,* wie es die Griechen nannten, und all diese feine Bildung, die Begleiterin des Lebens ist wie die Musik, die die Dinge in Harmonie bringt und grelle oder stumme Stellen mit Wohlklang erfüllt. Und es mag Dir vielleicht befremdlich erscheinen, daß man in der furchtbaren Situation, in der ich mich befinde, einen Unterschied zwischen der einen und der anderen Schmach finden könnte. Doch gebe ich ganz offen zu, daß die Dummheit, all dieses Geld deinetwegen wegzuwerfen und mein Vermögen zu Deinem Schaden wie zu meinem zu verschwenden, mir meiner Ansicht nach, was meinen Bankrott betrifft, den Hauch einer vulgären Liderlichkeit verleiht, die mich doppelt beschämt. Ich bin für andere Dinge geschaffen.

Aber am meisten von allem rüge ich mich des gänzlichen ethischen Verfalls, den ich Dich über mich bringen ließ. Die Basis eines Charakters ist Willensstärke, und meine Willensstärke unterwarf sich der deinigen völlig. Das zu sagen, klingt grotesk, doch nichtsdestoweniger ist es wahr. Jene unaufhörlichen Szenen, die für Dich fast physisch notwendig zu sein schienen und in denen sich Dein Geist und Körper verzerrten und Du zu etwas wurdest, das anzuschauen genauso schrecklich war wie anzuhören, diese gräßliche Manie, die Du von Deinem Vater ererbtest, die Manie, abstoßende und ekelhafte Briefe zu schreiben; das völlige Fehlen jeglicher Kontrolle über deine Emotionen, offenbart einerseits in Deinem langen, übelnehmerischen und mürrischen Schweigen, andererseits in den plötzlichen, beinahe epileptischen Wutanfällen, all diese Dinge, derentwegen ich Dich in einem meiner Briefe, den Du im Savoy zurückließest oder auch einem anderen Hotel, und der vom Anwalt Deines Vaters vor Gericht hervorgebracht wurde, beschwor, enthielten ein Flehen, das des Pathos nicht entbehrte, konntest Du doch zu dieser Zeit Pathos weder in seinem Wesen noch in seinen Äußerungen erkennen. Diese Dinge, sage ich, waren der Ursprung und Anlaß für meine schicksalhafte Einwilligung in Deine täglich wachsenden Ansprüche. Du hast einen entkräftet. Es war der Triumph der kleineren über die größere Natur. Es war ein Fall jener Tyrannei des Schwachen über den Starken, den ich irgendwo in einem meiner Stücke als »die einzige Tyrannei, die von Dauer ist« beschreibe.

Und sie war unvermeidbar. In jeder Beziehung zu anderen Menschen muß man im Leben das *moyen de vivre* finden. In Deinem Fall mußte man Dir entweder nachgeben oder Dich aufgeben. Es gab keine Alternative. Aus tiefer, wenn auch mißplazierter Zuneigung zu Dir, aus großer Nachsicht mit dem Mangel an Charakter und Temperament in Dir, aus meiner eigenen sprichwörtlichen Gutmütigkeit und keltischen Bequemlichkeit, aus der Abneigung des Künstlers gegenüber gemeinen Szenen und häßlichen Wörtern, aus der Unfähigkeit, jegliche Art von Resentiments zu hegen, wie sie zu dieser Zeit charakteristisch für mich war, aus meinem Widerwillen heraus zuzusehen, wie das Leben bitter und unschön gemacht wird wegen etwas, das mir, der ich mein Augenmerk wirklich auf anderes gerichtet hatte, bloße Lappalie zu sein schien, zu unbedeutend für mehr als nur flüchtige Überlegung und Beachtung – aus diesen Gründen, mögen sie auch einfältig klingen, habe ich Dir immer nachgegeben. Als logisches Resultat wurden Deine Ansprüche, Deine Herrschsucht, Deine Forderungen immer unmäßiger. Die niedrigste Regung, das geringste Verlangen, die gewöhnlichste Leidenschaft wurden Für Dich Gesetz, durch das das Leben anderer stets gelenkt werden sollte und dem sie, wenn nötig, ohne Skrupel geopfert werden sollten. Weil Du das wußtest, konntest Du Dich immer, indem Du eine Szene machtest, durchsetzen, es war also ganz natürlich, daß Du Dich fast unbewußt, daran zweifle ich nicht, zu Ausbrüchen vulgärer Gewalt steigern solltest. Am Ende wußtest Du nicht mehr, zu welchem Ziel Du hineiltest oder welches Ziel Du im Auge hattest. Nachdem Du Dir meinen Genius, meine Willensstärke und mein Vermögen zu eigen gemacht hattest, fordertest Du in blinder, unerschöpflicher Gier meine gesamte Existenz. Du nahmst sie. In dem einen kritischsten und tragischsten Augenblick meines gesamten Lebens, gerade vor meinem bedauerlichen Entschluß, mich auf jenen absurden Prozeß einzulassen, stand auf der einen Seite Dein Vater, der mich mit widerlichen Karten, die er in meinem Club zurückgelassen hatte, attakierte, auf der anderen Seite standst Du und attackiertest mich mit nicht weniger ekelhaften Briefen. Der Brief, den ich von Dir am Morgen des Tages erhielt, an dem ich Dir gestattete, mich runter zum Polizeigericht zu bringen, um den lächerlichen Haftbefehl gegen Deinen Vater zu beantragen, war einer der übelsten, die Du je geschrieben hast, und hatte den schimpflichsten Anlaß. Zwischen euch beiden verlor ich meinen Kopf. Mein Urteilsvermögen ließ mich im Stich. Panik trat an seine Stelle. Ich sah ehrlich gesagt keine Möglichkeit, von einem von euch zu entfliehen. Blind schwankte ich, wie ein Ochse ins Schlachthaus. Ich hatte einen gewaltigen psychologischen Irrtum begangen. Ich hatte immer geglaubt, daß mein Nachgeben in kleinen Dingen Dir gegenüber nichts bedeutete, daß, wenn ein passender Moment käme, ich meine Willensstärke wieder in ihrer natürlichen Überlegenheit behaupten könnte. Dem war nicht so. Im entscheidenden Moment verließ mich meine Willensstärke völlig. Im Leben gibt es wirklich nichts Unbedeutendes oder Bedeutendes. Alle Dinge besitzen gleichen Wert und gleiche Größe. Meine – hauptsächlich aus Gleichgültigkeit herrührende – Gewohnheit, Dir in allem nachzugeben, war unmerklich ein Teil meiner Natur geworden. Ohne daß ich es wußte, hatte sie mein Temperament auf eine dauerhafte und schicksalhafte Stimmung festgelegt. Aus diesem Grund sagt Pater, in dem scharfsinnigen Epilog zur ersten Ausgabe seiner Aufsätze, daß »Fehlverhalten heißt, Gewohnheiten anzunehmen«. Als er das sagte, dachten die stumpfsinnigen Leute von Oxford, der Ausspruch sei eine eigenwillige Umkehrung des irgendwie ermüdenden Textes der Aristotelischen Ethik, aber es liegt eine wundervolle, eine schreckliche Wahrheit darin versteckt. Ich hatte Dir erlaubt, meine Charakterstärke zu untergraben, und für mich hatte sich die Annahme einer Gewohnheit nicht bloß als Fehlverhalten, sondern als Untergang erwiesen. Vom ethischen Standpunkt aus gesehen, warst Du sogar noch destruktiver für mich gewesen als vom künstlerischen.

War der Haftbefehl erst ausgestellt, lenkte Dein Wille natürlich alles. Zu einer Zeit, da ich mich in London hätte aufhalten sollen, um klugen Rat einzuholen und die schreckliche Falle, in der ich mich hatte fangen lassen, ruhig zu überdenken – die Trottel-Falle, wie sie Dein Vater bis zum heutigen Tag nennt – bestandest Du darauf, daß ich mit Dir ausgerechnet nach Monte Carlo fahre, in diesen von allen Orten widerlichsten Ort auf Gottes Erde, damit Du den ganzen

Tag und die ganze Nacht spielen konntest, solange das Casino offen bliebe. Was mich betraf – denn das Bakkarat besitzt für mich keinen Reiz –, ich wurde draußen allein zurückgelassen. Du lehntest es ab, auch nur für gerade mal fünf Minuten die Situation zu diskutieren, in die Ihr, Du und Dein Vater, mich gebracht hattet. Meine Aufgabe bestand lediglich darin, Deine Ausgaben im Hotel und Deine Verluste beim Spiel zu bezahlen. Die kleinste Anspielung auf die schwere Prüfung, die mich erwartete, wurde als Langweilerei abgetan. Eine neue Sorte Champagner, die uns empfohlen wurde, war für Dich von größerem Interesse.

Bei unserer Rückkehr nach London beschworen mich diejenigen unter meinen Freunden, die wirklich um mein Wohlergehen besorgt waren, mich ins Ausland zurückzuziehen und nicht einem unmöglichen Gerichtsverfahren ins Auge zu blicken. Du unterstelltest ihnen niedere Beweggründe, da sie solchen Rat erteilten, und mir Feigheit, weil ich darauf hörte. Du zwangst mich, die Sache wenn möglich im Zeugenstand mit absurden und albernen Meineiden durchzustehen. Am Ende wurde ich natürlich verhaftet, und Dein Vater war der Held der Stunde. In der Tat, mehr noch als bloß der Held der Stunde. Deine Familie reiht sich nun, schon merkwürdig, unter die Unsterblichen ein, denn mit dieser grotesken Wirkung, die sich darstellt, als wäre sie ein gotisches Element in der Geschichte, und die Klio zur unseriösesten aller Musen macht, wird Dein Vater immer unter den freundlichen, rechtschaffenen Eltern aus den Erbauungsgeschichten leben, und Dein Platz ist bei dem Knaben Samuel, und im tiefsten Kot des Malebolge sitze ich zwischen Gilles de Retz und dem Marquis de Sade.

Natürlich hätte ich Dich loswerden sollen, ich hätte Dich aus meinem Leben werfen sollen, so wie man etwas von seiner Kleidung schüttelt, das einen stach. In dem wundervollsten von all seinen Stücken erzählt uns Aischylos von dem großen Hirten, der das Löwenjunge, *λέοντοσ ἶνιν*, in sein Haus bringt und es liebt, weil es bei seinem Rufen mit funkelnden Augen kommt und ihn schwanzwedelnd um sein Fressen bittet: *φαιδϱοπὸσ ποτὶ χεῖϱα, σαίνον τε γαστϱὸσ ἀνάγκαισ.* Und es wächst heran und zeigt die Natur seiner Rasse, *ἦθοσ τὸ πϱόσθε τοκήον*, tötet den Hirten und zerstört sein Haus und alles, was er besitzt. Ich merke, daß ich so einer war wie er. Doch mein Fehler war nicht der, daß ich mich nicht von Dir trennte, sondern daß ich mich von Dir viel zu oft trennte. Soweit ich es ausmachen kann, beendete ich meine Freundschaft mit Dir regelmäßig alle drei Monate, und jedesmal wenn ich dies tat, schafftest Du es mit Flehen, Telegrammen, Briefen, durch das Einschalten Deiner Freunde, das Einschalten meiner Freunde und dergleichen, daß ich Dir die Erlaubnis gab zurückzukommen. Als Du Ende März '93 mein Haus in Torquay verließest, hatte ich beschlossen, nie wieder mit dir zu sprechen oder Dich unter keinen Umständen mit mir zusammensein zu lassen, so abstoßend war die Szene gewesen, die Du in der Nacht vor Deiner Abreise geboten hast. Du schriebst und telegraphiertest von Bristol aus und batest mich, Dir zu vergeben und mich mit Dir zu treffen. Dein Privatlehrer war zurückgeblieben und erzählte mir, daß Du manchmal nicht recht verantwortlich gemacht werden könntest für das, was Du sagtest und tätest, und daß die meisten, wenn nicht alle Studenten in Magdalen derselben Meinung waren. Ich war damit einverstanden, Dich zu treffen, und natürlich vergab ich Dir. Auf dem Weg hinauf in die Stadt batst Du mich, Dich ins Savoy mitzunehmen. Das war in der Tat ein verhängnisvoller Besuch für mich.

Drei Monate später, im Juni, sind wir in Goring. Einige Deiner Freunde kommen aus Oxford, um von Samstag bis Montag auf Besuch zu bleiben. Am Morgen ihrer Abreise machtest Du eine derart scheußliche, derart peinliche Szene, daß ich Dir mitteilte, wir müßten uns trennen. Ich erinnere mich sehr gut daran, daß ich Dir, als wir auf dem ebenen Krockettplatz mit dem schönen Rasen um uns herum standen, darlegte, daß wir unser beider Leben gegenseitig schwer machten, daß Du das meinige völlig ruiniertest und daß ich Dich offensichtlich nicht wirklich glücklich machte, und daß eine unwiderrufliche Trennung, ein vollständiges Scheiden die einzige philosophische und weise Entscheidung wäre. Mürrisch reistest Du nach dem Essen ab, nachdem Du einen Deiner beleidigendsten Briefe dem Butler zurückließest, damit er ihn mir nach Deiner Abreise übergebe. Noch bevor drei Tage verstrichen waren, telegraphiertest Du aus London, um mich um Verzeihung und die Erlaubnis zu bitten, zurückkommen zu dürfen. Ich hatte das Haus nur Dir zuliebe gemietet. Ich hatte Deine eigenen Diener auf Deine Bitten hin eingestellt. Ich bedauerte stets fürchterlich das abscheuliche Naturell, für das Du wirklich eine leichte Beute warst. Ich hatte Dich gern. Also ließ ich Dich zurückkommen und vergab Dir. Doch drei Monate später, im September, ereigneten sich neue Szenen, deren Anlaß war, daß ich Dir die Schuljungenfehler Deines Übersetzungsversuchs von *Salome* darlegte. Inzwischen bist Du im Französischen genügend gewandt, um zu wissen, daß die Übersetzung Deiner, da Du gewöhnlicher Oxford-Student warst, genauso unwürdig war wie des Werkes, das sie interpretieren sollte. Natürlich wußtest Du es damals noch nicht, und in einem der heftigen Briefe, die Du mir in dieser Sache schriebst, sagtest Du, Du stündest unter »*keinerlei intellektueller Verpflichtung*« mir gegenüber. Ich erinnere mich, daß ich, als ich diese Stellungnahme las, fühlte, daß es der wirklich einzig wahre Satz war, den Du mir während des ganzen Verlaufs unserer Freundschaft geschrieben hattest. Ich sah, daß eine weniger kultivierte Natur Dir wirklich besser gestanden hätte. Ich sage das überhaupt nicht aus Verbitterung, sondern einfach als Tatsache. Schließlich ist das Band jeglicher Zweisamkeit, sei es in der Ehe oder in der Freundschaft, die Konversation, und Konversation muß eine gemeinsame Basis haben, und zwischen zwei Menschen von weit unterschiedlicher Geistesbildung ist die einzig mögliche gemeinsame Basis die niederste Ebene. Trivialität in Wort und Tat ist reizvoll. Ich hatte sie zum Grundpfeiler einer brillanten Philosophie gemacht, die in meinen Stücken und Paradoxen zum Ausdruck kommt. Doch die ausgesprochene Hohlheit unseres Lebens wurde für mich oft sehr ermüdend. Es war nur im Sumpf, wenn wir uns begegneten, und so faszinierend, schrecklich faszinierend das eine Thema war, um das deine Rede sich unverändert drehte, am Ende wurde es doch ziemlich eintönig für mich. Oft war ich davon tödlich gelangweilt und nahm es hin, wie ich Deine Leidenschaft akzeptierte, zu Varietévorstellungen zu gehen, oder Deine Manie für unsinnige Ausschweifungen beim Essen und Trinken oder irgendeine andere Deiner für mich weniger attraktiven Charakteristiken, als eine Sache sozusagen, mit der man einfach zurechtkommen mußte, als einen Teil des hohen Preises, den man für Deine Bekanntschaft bezahlte. Als ich, nachdem ich Goring verlassen hatte, für vierzehn Tage nach Dinard ging, warst Du sehr verärgert über mich, da ich Dich nicht mitnahm, und vor meiner Abreise dorthin machtest Du diesbezüglich einige sehr unschöne Szenen im Albemare Hotel und schicktest mir einige ebenfalls unschöne Telegramme in das Landhaus, in dem ich für einige Tage verweilte. Soweit ich mich erinnere, teilte ich Dir mit, daß ich dachte, es sei Deine Pflicht, ein wenig bei Deinen eigenen Leuten zu verweilen, da Du die ganze Zeit ohne sie verbracht hattest. Aber in Wirklichkeit, um ganz frei mit Dir zu reden, hätte ich Dir unter gar keinen Umständen gestatten können, bei mir zu sein. Wir waren schon für fast zwölf Wochen zusammen gewesen. Ich brauchte Ruhe und Abstand von der furchtbaren Anstrengung Deiner Gesellschaft. Es war notwendig für mich, ein wenig für mich allein zu sein. Es war vom intellektuellen Standpunkt her notwendig. Und deshalb gebe ich zu, daß ich in Deinem Brief, den ich eben zitiert habe, eine sehr günstige Gelegenheit sah, die fatale Freundschaft zu beenden, die zwischen uns aufgekommen war, und sie ohne Bitterkeit zu beenden, wie ich es bereits drei Monate zuvor an jenem klaren Junimorgen in Goring versucht hatte. Jedoch wurde mir vor Augen geführt – ich möchte es offen sagen, von einem meiner Freunde, an den Du Dich in Deinen Schwierigkeiten gewandt hattest –, daß Du sehr verletzt sein würdest, vielleicht schon fast gedemütigt, wenn Dir Deine Arbeit zurückgeschickt würde wie die Übungsaufgabe eines Schuljungen, daß ich Dich geistig überfordere. Und ich erfuhr, daß Du mir, egal was Du schriebst oder machtest, voll und ganz ergeben seist. Ich wollte nicht der erste sein, der Dich in Deinen literarischen Anfängen bewertete oder entmutigte. Ich wußte ziemlich gut, daß keine Übersetzung, es sei denn eine von einem Dichter verfertigte, die Farbe und den Versrhythmus meiner Arbeit in irgendeinem vergleichbaren Maß wiedergeben könnte. Hingabe schien mir und scheint mir immer noch eine wundervolle Sache, die man nicht leichtfertig wegwerfen soll. Also holte ich die Übersetzung und Dich zurück. Genau drei Monate später, nach einer Reihe von Szenen, die ihren Höhepunkt einmal mehr im üblichen widerwärtigen Verhalten fanden, als Du eines Montag abends, begleitet von zweien Deiner Freunde, meine Zimmer betratst, ertappte ich mich dabei, da ich am nächsten Morgen ins Ausland reiste, um vor Dir zu flüchten, wie ich meiner Familie einen fadenscheinigen Grund für meine plötzliche Abreise nannte und eine falsche Adresse bei meinem Diener zurückließ, aus Furcht, Du würdest mir mit dem nächsten Zug folgen. Und ich erinnere mich an jenen Nachmittag, als ich im Eisenbahnwagen saß, der nach Paris raste. Ich überlegte, in welch unmöglichen, furchtbaren, ganz falschen Zustand mein Leben geraten war, wenn ich, ein Mann mit weltweitem Ruf, buchstäblich gezwungen war, aus England fortzulaufen, um den Versuch zu unternehmen, eine Freundschaft loszuwerden, die für alles geistig und sittlich Gute in mir völlig zerstörend wirkte, daß die Person, vor der ich floh, mit der ich meine Tage vertan hatte, keine schreckliche Kreatur war, die aus der Kloake oder dem Schlamm ins moderne Leben gesprungen war, sondern Du selbst, ein junger Mann meiner eigenen gesellschaftlichen Schicht und Position, der in Oxford auf dem gleichen College wie ich und ein ständiger Gast in meinem Haus gewesen war. Die üblichen Telegramme aus dringenden Bitten und Reue folgten. Ich schenkte ihnen keine Beachtung. Schließlich drohtest Du, daß Du Dich, bis ich zugestimmt hätte, mich mit Dir zu treffen, unter keinen Umständen nach Ägypten begeben würdest. Ich selbst hatte aber, mit Deinem Wissen und Deiner Zustimmung, Deine Mutter gebeten, Dich aus England nach Ägypten wegzuschicken, da Du Dein Leben in London zerstörtest. Ich wußte, es hätte für sie, wenn Du nicht gegangen wärst, eine furchtbare Enttäuschung bedeutet, und um ihretwillen traf ich mich mit Dir, und unter dem Einfluß großer Gefühlsregung, die sogar Du nicht vergessen haben kannst, verzieh ich Vergangenes. Doch ich sagte überhaupt nichts über die Zukunft.

Bei meiner Rückkehr nach London am nächsten Tag saß ich, soweit ich mich erinnere, in meinem Zimmer und versuchte, traurig und ernst zugleich, mir klarzumachen, ob Du wirklich das für mich seist, was Du für mich zu sein schienst, oder nicht, so voll von schlimmen Fehlern, so äußerst schädlich sowohl für Dich als auch für andere, einer, den zu kennen oder mit dem zusammen zu sein so verhängnisvoll ist. Eine ganze Woche lang dachte ich darüber nach und fragte mich schließlich, ob ich nicht ungerecht und fehlerhaft in meiner Einschätzung Dir gegenüber sei. Am Ende der Woche wird ein Brief von Deiner Mutter abgegeben. Er drückte ganz genau jedes einzelne Gefühl aus, das auch ich bezüglich Deiner hatte. Sie sprach darin von Deiner blinden, übertriebenen Eitelkeit, die Dich Dein Zuhause verachten und Deinen älteren Bruder – diese *candidissima anima* »wie einen Philister« behandeln ließ. Sie sprach von Deiner Unbeherrschtheit, die sie Angst haben ließ, mit Dir über Dein Leben zu sprechen, das Leben, von dem sie fühlte und wußte, daß Du es führst, und über Dein Verhalten in finanziellen Angelegenheiten, das in mehr als einer Hinsicht quälend für sie war, über die Entartung und Veränderung, die sich in Dir vollzogen hatte. Natürlich sah sie ein, daß ererbte Anlagen Dich mit einem schrecklichen Vermächtnis belastet hatten und gab es freimütig zu, gab es mit Entsetzen zu. Er ist »dasjenige meiner Kinder, das das unselige Temperament der Douglas' geerbt hat«, schrieb sie über Dich. Am Ende bemerkte sie, sie fühle sich verpflichtet zu erklären, daß Deine Freundschaft zu mir ihrer Meinung nach Deine Eitelkeit derart intensiviert hätte, daß sie zur Quelle all Deiner Fehler geworden war, und bat mich eindringlich, mich mit Dir im Ausland nicht zu treffen. Ich schickte ihr sofort ein Antwortschreiben und teilte ihr mit, daß ich mit jedem ihrer Worte völlig übereinstimme. Ich fügte noch viel mehr hinzu. Ich ging so weit, wie ich wohl gehen konnte. Ich erzählte ihr über den Ursprung unserer Freundschaft, wie Du in den Tagen als Student in Oxford ankamst und mich batest, Dir in sehr ernsten Schwierigkeiten ganz besonderer Art zu helfen. Ich erzählte ihr, daß Dein Leben fortwährend von denselben Problemen geplagt würde. Die Verantwortung für Deine Reise nach Belgien hattest Du Deinem Gefährten zugeschoben, und Deine Mutter hatte mir vorgeworfen, ich hätte Dich ihm vorgestellt. Ich legte die Verantwortung wieder dem auf die Schultern, dem sie zukam, nämlich Dir. Am Ende versicherte ich ihr, ich hätte nicht die geringste Absicht, mich mit Dir im Ausland zu treffen, und bat sie, sie möge Dich für mindestens zwei oder drei Jahre dort halten, entweder als ehrenamtlichen *attaché*, wenn das möglich wäre, und wenn nicht, daß Du moderne Sprachen lernen könntest, oder aus irgendeinem anderen Grund, der ihr gerade einfiele, um deinetwillen ebenso wie um meinetwillen.

Inzwischen schriebst Du mir mit jeder Postsendung aus Ägypten. Ich nahm nicht die geringste Notiz von irgendeiner Deiner Mitteilungen. Ich las sie und zerriß sie. Ich hatte mich endgültig dazu entschlossen, nichts mehr mit Dir zu tun zu haben. Mein Entschluß stand fest, und freudig gab ich mich der Kunst hin, deren Fortschreiten ich Dich unterbrechen ließ. Am Ende der drei Monate schreibt mir Deine Mutter doch tatsächlich – zweifellos freilich auf Dein Betreiben hin – mit dieser unglückseligen Willensschwäche heraus, die für sie charakteristisch ist und die in der Tragödie meines Lebens ein nicht weniger verhängnisvolles Element war als die Gewalttätigkeit Deines Vaters, und erzählt mir, Du seist äußerst begierig darauf, von mir zu hören, und damit ich keine Entschuldigung hätte, wenn ich mich nicht mit Dir abgäbe, schickte sie mir Deine Adresse in Athen, die ich natürlich sehr wohl kannte. Ich gebe zu, ich war absolut verblüfft von ihrem Brief. Ich konnte nicht verstehen, wie sie nach dem, was sie mir im Dezember geschrieben und was ich ihr als Antwort geschrieben hatte, überhaupt versuchen konnte, meine bedauerliche Freundschaft mit Dir wiederherzustellen oder zu erneuern. Selbstverständlich nahm ich ihren Brief zur Kenntnis und drängte sie wiederum, Dich dazu zu veranlassen, mit einer ausländischen Gesandtschaft in Verbindung zu treten, um Deine Rückkehr nach England zu verhindern. Dir aber schrieb ich nicht und nahm keine weitere Notiz von Deinen Telegrammen, so wie ich es tat, bevor Deine Mutter mir geschrieben hatte. Schließlich telegraphiertest Du doch tatsächlich meiner Frau und batest sie, ihren Einfluß auf mich zu gebrauchen, um mich dazu zu bewegen, Dir zu schreiben. Unsere Freundschaft war schon immer eine Quelle der Beunruhigung für sie gewesen; nicht nur weil sie Dich persönlich nie gemocht hatte, sondern weil sie sah, wie Deine dauernde Anwesenheit mich veränderte, und zwar nicht zum Guten. Weiterhin war sie zu Dir stets höchst liebenswürdig und gastfreundlich, so wie sie auch den Gedanken nicht ertragen konnte, ich wäre in irgendeiner Weise unfreundlich – denn so schien es ihr – zu irgendeinem meiner Freunde. Sie glaubte, ja wußte es sogar, das dies etwas meinem Charakter Fremdes sei. Auf ihr Bitten hin nahm ich Kontakt mit Dir auf. Ich erinnere mich sehr gut an den Wortlaut meines Telegramms. Ich sagte, die Zeit heile alle Wunden, aber ich würde Dir viele Monate lang weder schreiben noch Dich sehen. Ohne Aufschub machtest Du Dich auf den Weg nach Paris, während Du mir leidenschaftliche Telegramme von unterwegs schicktest und mich batst, Dich wenigstens einmal zu treffen. Ich lehnte ab. Samstag nacht kamst Du spät in Paris an und fandst einen kurzen Brief von mir in Deinem Hotel vor mit der Mitteilung, daß ich Dich nicht sehen wolle. Am nächsten Morgen erhielt ich ein zehn oder elf Seiten langes Telegramm von Dir in der Tite Street. Darin schriebst Du, Du könntest, ganz gleich was Du mir angetan hättest, nicht glauben, daß ich es absolut ablehnte, Dich zu sehen. Du hieltst mir vor, daß Du, um mich nur für eine Stunde zu sehen, sechs Tage und Nächte lang durch Europa gereist warst, ohne auf dem Weg auch nur einmal anzuhalten; Du machtest etwas, das zugegebenermaßen eine höchst eindrucksvolle Bitte war und endetest mit etwas, das mir als Selbstmorddrohung erschien, und zwar eine nicht gerade verschleierte. Du selbst hattest mir oft erzählt, wie viele Deiner Ahnen schon dagewesen waren, die ihre Hände mit ihrem eigenen Blut befleckt hatten, Dein Onkel sicherlich, Dein Großvater möglicherweise, und viele andere von der verrückten, schlechten Seite, von der Du abstammst. Mitleid, meine alte Zuneigung zu Dir, Rücksicht auf Deine Mutter, für die Dein Tod unter solch schrecklichen Umständen ein fast zu großer Schlag gewesen wäre, als daß sie ihn hätte ertragen können, das Grauen vor dem Gedanken, daß so ein junges Leben, und eines, das trotz all seiner häßlichen Fehler dennoch Schönheit besaß, zu solch einem scheußlichen Ende kommen sollte, bloße Menschlichkeit selbst – all das muß, sollten Entschuldigungen erforderlich sein, als Entschuldigung für mich gelten, daß ich eingewilligt habe, Dir eine letzte Zusammenkunft zuzugestehen. Als ich in Paris ankam, ließen mich Deine Tränen, die wieder und wieder den ganzen Abend hindurch hervorbrachen und wie Regen über Deine Wangen flossen, als wir zuerst beim Abendessen bei Voisin, danach beim Nachtessen bei Paillard saßen, die unverhohlene Freude, die Du bei meinem Anblick zeigtest, während Du meine Hand hieltst, wann immer Du konntest, als ob Du ein braves und reuiges Kind wärst, Deine so einfache und ehrliche Reue in dem Augenblick, in die Erneuerung unserer Freundschaft einwilligen. Zwei Tage nachdem wir nach London zurückgekehrt waren, sah Dich Dein Vater, wie Du mit mir im Café Royal zu Mittag gegessen hast, setzte sich an meinen Tisch, trank von meinem Wein, und an jenem Nachmittag begann durch einen an Dich adressierten Brief sein erster Angriff auf mich.

Es mag seltsam sein, aber ich hatte einmal mehr, ich will nicht sagen die günstige Gelegenheit, sondern die Pflicht, mich von Dir zu trennen. Sie drängte sich mir geradezu auf. Ich brauche Dich kaum daran zu erinnern, daß ich auf Dein Verhalten mir gegenüber in Brighton vom 10. bis zum 13. Oktober 1894 Bezug nehme. Drei Jahre zurückzudenken, das ist für Dich ein langer Zeitraum. Aber wir, die wir im Gefängnis leben und in deren Leben sich nichts ereignet außer Sorge, müssen die Zeit anhand dem Pochen der Schmerzen und anhand der Erinnerung an bittere Momente messen. Wir haben nichts anderes, an das wir denken können. Leiden – das mag für Dich komisch klingen – ist die Bestimmung, für die wir leben, weil es die einzige Bestimmung ist, durch die wir uns bewußt werden, daß wir noch existieren, und die Erinnerung an das Leiden der Vergangenheit ist für uns als eine Garantie, als Beweis für unsere fortdauernde Identität notwendig. Zwischen mir und der Erinnerung an die Freude klafft ein Abgrund, der nicht weniger tief ist als der zwischen mir und der Freude unter jetzigen Gegebenheiten. Wäre unser gemeinsames Leben so gewesen, wie die Welt es sich vorstellte, einfach ein Leben aus Vergnügung, Verschwendung und Freude, könnte ich mir keinen einzigen Abschnitt darin ins Gedächtnis zurückrufen. Weil es voll von Augenblicken und Tagen, die tragisch, bitter, unheilvoll in ihren Vorahnungen, stumpf und qualvoll in ihren immer wiederkehrenden Szenen und ihren häßlichen Streitereien waren, kann ich jeden einzelnen Vorfall detailliert sehen oder hören, ja in der Tat nur wenig anderes sehen oder hören. Man lebt an diesem Ort so sehr im Schmerz, daß meine Freundschaft zu Dir, so wie ich gezwungen bin, mich daran zu erinnern, mir immer vorkommt wie ein Präludium, das im Einklang steht mit jenen sich abwechselnden Arten von Schmerz, die ich jeden Tag wahrnehmen muß; und nicht nur das, ich muß sie sogar dirigieren. Als wäre mein Leben, wie auch immer es mir selbst und anderen erschien, die ganze Zeit gleichsam eine Symphonie des Leids gewesen, rhythmisch verbundene Bewegungen, die mit jener Unvermeidbarkeit ihrem sicheren Ende zustreben, die in der Kunst die Behandlung eines jeden großen Themas charakterisiert.

Ich sprach doch von Deinem Betragen mir gegenüber an drei aufeinanderfolgenden Tagen vor drei Jahren? Ich versuchte gerade, mein letztes Stück in Worthing zu beenden. Die zwei Besuche, die Du mir abgestattet hattest, waren zu Ende. Plötzlich erschienst Du ein drittes Mal, wobei Du einen Begleiter mitbrachtest, dem Du tatsächlich vorschlugst, in meinem Haus zu wohnen. Ich lehnte entschieden ab (und zwar zu Recht, das mußt Du jetzt doch eigentlich zugeben). Ich nahm Dich natürlich auf. Ich hatte keine andere Wahl in der Angelegenheit; aber brachte Dich woanders hin, und nicht in mein Haus. Am nächsten Tag, einem Montag, kehrte Dein Begleiter zu den Pflichten seines Berufes zurück, und Du bliebst bei mir. Gelangweilt von Worthing und zweifellos noch mehr von meinen fruchtlosen Bemühungen, meine Aufmerksamkeit auf mein Stück zu konzentrieren, das einzige, was mich zu der Zeit wirklich interessierte, bestehst Du darauf, mit mir ins Grand Hotel in Brighton zu übersiedeln. In der Nacht, in der wir ankommen, wirst Du krank und bekommst jenes furchtbare, tückische Fieber, das man fälschlicherweise Influenza nennt, dein zweiter, wenn nicht sogar dritter Anfall. Ich brauche Dich nicht daran zu erinnern, wie ich Dich hegte und mich um Dich kümmerte, nicht nur mit erlesenen Früchten, Blumen, Geschenken, Büchern und ähnlichem, was man mit Geld beschaffen kann, sondern mit jener Zuneigung, Zärtlichkeit und Liebe, die, was auch immer Du darüber denken magst, nicht für Geld zu beschaffen ist. Außer für einen einstündigen Spaziergang am Morgen oder eine ebensolange Fahrt am Nachmittag verließ ich niemals das Hotel. Ich besorgte besondere Trauben, die aus London kamen, für Dich, da Du Dich für die, die es im Hotel gab, nicht erwärmen konntest, erfand allerlei, um Dich zufriedenzustellen, blieb entweder bei Dir oder im Zimmer neben Dir, saß jeden Abend bei Dir, um Dich zu beruhigen oder zu unterhalten. Nach vier oder fünf Tagen bist Du auf dem Wege der Besserung, und ich nehme mir eine Mietwohnung, um mich an die Fertigung meines Stücks zu machen. Du begleitest mich natürlich. Am Morgen nach dem Tag unseres Einzugs fühle ich mich extrem schlecht. Du mußt geschäftlich nach London reisen, versprichst jedoch, am Nachmittag zurückzukommen. In London triffst Du einen Freund und kommst erst spät am nächsten Tag nach Brighton zurück, wo ich bereits in hohem Fieber liege, und der Arzt stellt fest, daß ich die Influenza von Dir habe. Nichts hätte für einen Kranken unbequemer sein können als diese Mietwohnung. Mein Wohnzimmer ist im Erdgeschoß, mein Schlafzimmer im zweiten Stock. Es gibt keinen Diener, der diesen oder jenen Handgriff tun kann, nicht mal jemand, den man mit einer Botschaft wegschicken könnte oder der besorgen könnte, was der Arzt verschreibt. Doch Du bist da. Also brauch ich mich nicht zu beunruhigen. Die nächsten zwei Tage läßt Du mich völlig allein, ohne Pflege, ohne Anwesenheit, ohne alles. Es ging mir nicht um Trauben, Blumen und schöne Geschenke; es ging mir um bloße Notwendigkeiten; ich konnte nicht einmal die Milch kriegen, die der Doktor mir verordnet hatte; Limonade zu bekommen war angeblich nicht möglich; und als ich Dich bat, mir ein Buch im Laden zu besorgen oder, wenn sie es nicht hätten, dann eben irgendetwas anderes, machtest Du Dir nicht einmal die Mühe hinzugehen. Und als ich folglich den ganzen Tag ohne etwas zum Lesen war, erzähltest Du mir, Du hättest das Buch gekauft und sie hätten versprochen, es mir zuzuschicken, eine Erklärung, die, wie ich zufällig hinterher herausfand, von Anfang bis Ende gänzlich gelogen war. Die ganze Zeit lebst Du natürlich auf meine Kosten, fährst herum, speist im Grand Hotel und erscheinst in meinem Zimmer nur, wenn Du Geld brauchst. Am Samstagabend, nachdem Du mich seit dem Morgen völlig vernachlässigt und allein zurückgelassen hattest, bat ich Dich, nach dem Abendessen zurückzukommen und Dich eine Weile zu mir zu setzen. Mit gereizter Stimme und ungnädiger Miene versprichst Du es. Ich warte bis elf Uhr, doch Du kommst nicht. Ich hinterließ Dir dann eine Nachricht in Deinem Zimmer, um Dich an Dein Versprechen, das Du mir gegeben hattest, zu erinnern, und wie Du es gehalten hattest. Um drei Uhr morgens, machte ich mich, unfähig zu schlafen und vom Durst gequält, im Dunkeln und in der Kälte auf den Weg runter ins Wohnzimmer, in der Hoffnung, dort etwas Wasser zu finden. Ich fand *Dich*. Du fielst mit allen möglichen Schimpfwörtern über mich her, die einer unbeherrschten Laune, einer ungebändigten und ungezogenen Natur nur einfallen konnten. Mit der schrecklichen Alchimie Deines Egotismus verwandeltest Du Deine Gewissensbisse in Wut. Du klagtest mich der Selbstsucht an, da ich von Dir erwartete, bei mir zu sein, wenn ich krank wäre, klagtest mich an, daß ich zwischen Dir und Deinen Vergnügungen stünde, daß ich Dich Deiner Freuden beraubte. Du sagtest mir – und ich weiß ja, daß es so war – daß Du um Mitternacht nur zurückgekommen warst, um Deine Kleidung zu wechseln und wieder dorthin zu gehen, wo Du hofftest, daß neue Vergnügungen auf Dich warteten. Du sagtest, daß ich Dich jedoch durch die Hinterlegung des Briefes, den Du vorfandst und in dem ich Dich daran erinnert hatte, daß Du mich den ganzen Tag und den ganzen Abend vernachlässigt hattest, Deines Verlangens nach weiteren Vergnügungen völlig beraubt und Deine gegenwärtige Aufnahmefähigkeit für neue Freuden geschmälert hätte. Angeekelt ging ich wieder hoch und blieb bis zur Dämmerung schlaflos liegen, und erst lange nach Tagesanbruch konnte ich etwas kriegen, um den Durst zu löschen, den das Fieber, das ich hatte, verursachte. Um elf Uhr kamst Du in mein Zimmer. Während unseres Auftritts konnte ich ganz deutlich beobachten, daß ich durch meinen Brief einer Nacht größeren Exzesses als üblich ein Ende gesetzt hatte. Am Morgen warst Du wieder der Alte. Natürlich wartete ich darauf, welche Entschuldigungen Du hervorzubringen hattest und auf welche Art und Weise Du um Verzeihung zu bitten beabsichtigtest, von der Du ja tief im Innern schon wußtest, daß sie unweigerlich auf Dich warten würde, egal was Du getan hattest. Dein absolutes Vertrauen darauf, daß ich Dir immer vergeben würde, war ja das an Dir, was ich immer am meisten mochte, vielleicht auch das einzige, was man an Dir mögen konnte. Aber weit gefehlt: Du begannst, dieselbe Szene mit erneutem Nachdruck und noch heftigerer Ausfälligkeit zu wiederholen. Schließlich forderte ich Dich auf, den Raum zu verlassen. Du tatst so, als würdest Du gehen, aber als ich meinen Kopf vom Kopfkissen hob, in dem ich ihn noch vergraben hatte, warst Du immer noch da, und mit rohem Gelächter und hysterischer Wut kamst Du plötzlich auf mich zu. Ein Gefühl des Grauens überkam mich, aus welchem Grund genau, konnte ich nicht feststellen. Aber sofort stand ich aus meinem Bett auf und begab mich, barfuß und so wie ich war, die zwei Stockwerke runter ins Wohnzimmer, das ich nicht wieder verließ, bis der Besitzer der Wohnung, nach dem ich geläutet hatte, mir versichert hatte, daß Du mein Schlafzimmer verlassen hättest, und versprochen hatte, in Rufweite zu bleiben, wenn ich ihn vielleicht brauchte. Nachdem eine Stunde vergangen war, in der der Arzt gekommen war und mich natürlich in einem Zustand völliger Auflösung und Erschöpfung vorgefunden hatte, zudem mit noch schlimmerem Fieber als am Anfang, kamst Du schweigend zurück, um Geld zu holen. Du nahmst Dir, was Du auf der Frisierkommode und der Kaminablage finden konntest und verließest das Haus mitsamt Deinem Gepäck. Muß ich Dir noch sagen, was ich von Dir während der zwei elenden, einsamen Tage der Krankheit dachte, die noch folgten? Muß ich noch sagen, daß ich deutlich sah, daß es für mich eine Schande gewesen wäre, eine Bekanntschaft mit so einem weiterzuführen, als der Du Dich erwiesen hattest, und daß ich erkannte, daß der endgültige Augenblick gekommen war, und daß ich ihn als wirklich große Erleichterung sah, daß ich wußte, daß meine Kunst und mein Leben in jeder Hinsicht zukünftig freier, besser und schöner sein würden? Krank wie ich war, fühlte ich mich dennoch wohl. Die Tatsache, daß die Trennung unwiederruflich war, verlieh mir Ruhe. Am Dienstag war das Fieber weg, und ich aß zum ersten Mal unten zu Abend. Mittwoch war mein Geburtstag. Unter den Telegrammen und Glückwünschen auf meinem Tisch war ein Brief mit deiner Handschrift. Ich öffnete ihn, wobei mich ein Anflug von Traurigkeit überkam. Ich wußte, daß die Zeit um war, da eine nette Redensart, ein Ausdruck der Zuneigung, ein Wort des Bedauerns mich veranlassen würden, Dich zurückzuholen.

Doch ich hatte mich furchtbar getäuscht. Ich hatte Dich unterschätzt. Der Brief, den Du mir an meinem Geburtstag schicktest, war eine sorgfältig ausgearbeitete Wiederholung der zwei Szenen, geschickt und bedacht aufs Papier gebracht. Du verspottetest mich mit gemeinen Scherzen. Deine Genugtuung in der ganzen Sache, so sagtest Du, bestünde darin, daß Du Dich ins Grand Hotel hättest zurückziehen und das dort eingenommene Frühstück auf meine Rechnung hättest stellen können, bevor Du Dich auf den Weg in die Stadt machtest. Du beglückwünschtest mich, daß ich so schlau war, mein Krankenbett zu verlassen auf meiner plötzlichen Flucht nach unten. *»Es war ein kritischer Moment für Dich«*, sagtest Du, *»kritischer, als Du Dir vorstellen kannst.«* Ach! Ich merkte es nur zu gut. Was es wirklich bedeuten sollte, wußte ich nicht. Ob Du die Pistole bei Dir trugst, die Du gekauft hattest, um Deinen Vater damit zu erschrecken, und mit der Du einmal, weil Du dachtest, sie sei nicht geladen, in einem öffentlichen Restaurant in meiner Gesellschaft abgefeuert hattest, ob sich Deine Hand in Richtung eines gewöhnlichen Tischmessers bewegte, das zufällig zwischen uns auf dem Tisch lag, ob Du, während Du in Deiner Rage Deine niedere Statur und geringe Stärke vergaßest, an eine besondere persönliche Beleidigung oder sogar einen Angriff gedacht hattest, als ich krank dalag, ich konnte es nicht sagen. Ich weiß es bis jetzt noch nicht. Alles, was ich weiß, ist, daß mich ein Gefühl äußerster Panik überkommen hatte, und daß ich gemerkt hatte, daß Du zumindest versucht hättest, etwas zu tun, das sogar für Dich eine Quelle lebenslanger Schande gewesen wäre, wenn ich nicht den Raum schleunigst verließ und mich entfernte. Nur einmal zuvor in meinem Leben hatte ich die Erfahrung solch eines panischen Gefühls bei einem Menschen gemacht. Das war, als Dein Vater mit seinem Freund oder Leibwächter in meiner Bibliothek in der Tite Street stand, wobei er mit seinen kleinen Händen in epileptischer Raserei in der Luft herumfuchtelte, und ein jedes übles Wort hervorbrachte, das seine üble Gesinnung sich nur ausdenken konnte, und die widerlichen Drohungen herausschrie, die er später mit solcher Gerissenheit wahr machte. In diesem Falle war er natürlich derjenige, der den Raum zuerst verlassen mußte. Ich schmiß ihn raus. In Deinem Fall war ich es, der ging. Es war nicht das erste Mal, daß ich verpflichtet war, Dich vor Dir selbst zu schützen.

Du schlossest Deinen Brief, indem Du sagtest: *»Wenn Du nicht auf Deinem Podest stehst, bist Du nicht interessant. Wenn Du das nächste Mal krank bist, werde ich gleich verschwinden.«* Ha! Welche Grobheit Deines Charakters das doch enthüllt! Welch gänzliches Fehlen von Einfallsreichtum. Wie abgebrüht, wie gemein war Dein Temperament zu Dieser Zeit schon geworden! *»Wenn Du nicht auf Deinem Podest stehst, bist Du nicht interessant. Wenn Du das nächste Mal krank bist, werde ich gleich verschwinden.«* Wie oft sind diese Worte zu mir zurückgekommen in den elenden einsamen Zellen der verschiedenen Gefängnisse, in die ich schon geschickt wurde. Ich habe sie mir wieder und wieder gesagt und in ihnen, hoffentlich zu Unrecht, einiges von Deinem geheimnisvollen und merkwürdigen Schweigen gesehen. Mir so zu schreiben, als die Krankheit und das Fieber, an dem ich litt und das ich mir bei Deiner Pflege eingefangen hatte, seinen Höhepunkt erreichte, war natürlich empörend in seiner Grobheit und Rohheit. Ja, für jeden Menschen auf der Welt würde es eine Sünde bedeuten, einem anderen so etwas zu schreiben, eine Sünde, für die es kein Pardon gäbe, wenn es überhaupt für eine Sünde kein Pardon geben kann.

Ich gestehe, daß ich, als ich mit Deinem Brief fertig war, mich gleichsam schmutzig fühlte, als ob ich mein Leben unwiederbringlich ruiniert und ihm Schande gebracht hätte, dadurch daß ich mit jemandem von solcher Wesensart Umgang hatte. Daß es tatsächlich zutraf, ist sicher, aber ich sollte erst sechs Monate später in meinem Leben erfahren, in welchem Umfang. Ich beschloß, an dem Freitag zurück nach London zu fahren, mich persönlich mit Sir George Lewis zu treffen und ihn zu bitten, Deinem Vater zu schreiben mit der Feststellung, daß ich niemals und unter keinen Umständen beabsichtigte, Dir zu erlauben, mein Haus zu betreten, an meinem Tisch zu sitzen, Dich mit mir zu unterhalten, mit mir auszugehen oder überhaupt irgendwo zu irgendeiner Zeit mein Begleiter zu sein. Danach hätte ich Dir geschrieben, nur um Dich über die Unternehmungen, die ich angestellt hätte, zu informieren. Die Gründe hättest Du unweigerlich bei Dir selbst gefunden. Donnerstag abend hatte ich schon alles arrangiert, bis ich Freitag morgen, als ich vor meinem Aufbrechen beim Frühstück saß, zufällig die Zeitung aufschlug und eine Nachricht darin entdeckte, die besagte, daß Dein älterer Bruder, das wirkliche Haupt der Familie, der Erbe des Titels, der Pfeiler des Hauses, tot in einem Graben aufgefunden worden war, zusammen mit seinem Gewehr, das abgefeuert an seiner Seite lag. Welches Entsetzen über die Umstände dieser Tragödie, die, wie sich herausstellte, ein Unfall war, aber damals den Makel eines düsteren Verdachts trug. Welches Pathos des Todes eines Mannes, der von allen, die ihn kannten, so sehr geliebt wurde und fast am Vorabend seiner Hochzeit sterben mußte. Und dann meine Ahnung davon, wie groß Dein Schmerz sein würde oder sein sollte. Mein Wissen um das Leid, das Deine Mutter angesichts des Verlustes des einen erwartete, der ihr einziger Trost und ihre einzige Freude im Leben gewesen war und der, wie sie mir einmal selbst erzählte, ihr vom Tage seiner Geburt an niemals Anlaß gegeben hatte, auch nur eine einzige Träne zu vergießen. Mein Wissen um Deine Isolation, da sich Deine beiden anderen Brüder außerhalb Europas aufhielten und Du folglich der einzige sein würdest, zu dem Deine Mutter und Deine Schwester aufschauen könnten, nicht nur als Gefährte in ihrem Kummer, sondern auch wegen jener traurigen großen und kleinen Verpflichtungen, die der Tod stets mit sich bringt. Das Gefühl für die *lacrimae rerum*, die Tränen, aus denen die Welt gemacht ist, und die Traurigkeit, die in allem Menschlichen liegt – aus dem Zusammenfließen all dieser Gedanken und Emotionen heraus, die sich in meinen Geist drängten, entstand das unendliche Mitleid für Dich und Deine Familie. Ich vergaß meinen Groll und meine Bitterkeit Dir gegenüber. Wie Du zu mir bei meiner Krankheit gewesen warst, so konnte ich zu Dir bei Deinem schmerzlichen Verlust nicht sein. Sofort telegraphierte ich Dir mein tiefstes Mitgefühl und lud Dich im darauffolgenden Brief ein, in mein Haus zu kommen, sobald Du dazu in der Lage wärst. Ich merkte, daß es zu schrecklich für Dich gewesen wäre, hätte ich Dich in jenem besonderen Augenblick aufgegeben, zumal dies formell durch einen Anwalt vonstatten gehen sollte.

Bei Deiner Rückkehr in die Stadt vom Schauplatz der Tragödie, zu dem Du gerufen worden warst, kamst Du sehr freundlich und schlicht in Deiner Trauerkleidung und mit Augen, die von Tränen getrübt waren, zu mir. Du suchtest Trost und Hilfe, so wie ein Kind das tut. Ich öffnete mein Haus, mein Heim und mein Herz für Dich. Ich machte Deinen Kummer auch zum meinigen, damit Du Hilfe erführest, ihn zu ertragen. Nie spielte ich auch nur mit einem Wort auf Dein Verhalten mir gegenüber an, auf die widerlichen Szenen und den widerlichen Brief. Dein Schmerz, der aufrichtig war, schien Dich mir näher zu bringen, als Du es je gewesen warst. Die Blumen, die Du von mir mitnahmst, um sie auf Deines Bruders Grab zu legen, sollten ein Symbol nicht nur für die Schönheit seines Lebens, sondern für die Schönheit, die in allem Leben schlummert und ans Licht gebracht werden kann, sein.

Die Götter sind seltsam. Es ist nicht nur wegen unserer Verderbtheit, daß sie Werkzeuge schaffen, um uns zu geißeln. Sie vernichten uns durch das, was in uns gut ist, edel, human und liebenswert. Aber auf Grund meines Mitleids mit Dir und den Deinen weine ich jetzt an diesem schrecklichen Ort.

Natürlich erkenne ich in all unseren Beziehungen nicht bloß Schicksalhaftes, sondern Verhängnisvolles. Verhängnisvolles, das stets rasch voranschreitet, weil es Blutvergießen fordert.

Durch Deinen Vater kommst Du aus einer Familie, in die einzuheiraten schrecklich, mit der eine Freundschaft zu führen verhängnisvoll ist und die ihre Hände gewaltsam an ihr eigenes Leben oder an das anderer legt. Und zwar folgte jedem kleinen Ereignis, bei dem sich die Wege unseres Lebens kreuzten, jedem Anlaß von großer oder auch geringer Wichtigkeit, aus dem Du des Vergnügens oder des Geldes wegen zu mir kamst, kleinen Angelegenheiten und unbedeutenden Vorfällen, die in ihrer Relation zum Leben nicht mehr zu sein scheinen als der Staub, der im Lichtstrahl tanzt wie die Blätter, die vom Baum fallen, all dem folgte Verderben, wie das Echo eines schmerzlichen Rufes oder der Schatten eines Raubtiers bei der Jagd. Unsere Freundschaft beginnt mit einem höchst pathetischen und reizenden Brief, in dem Du mich ersuchst, Dir in einer Situation beizustehen, die für jeden schlimm ist, aber doppelt so schlimm für einen jungen Mann in Oxford. Ich komme Deinem Ersuchen nach und verliere langsam, da Du mich schließlich als Freund bei Sir George Lewis benennst, seine Wertschätzung und Freundschaft, eine Freundschaft, die schon fünfzehn Jahre Bestand gehabt hatte. Seines Rates, seiner Hilfe und seines Respekts nun beraubt, war ich auch der einzigen großen Stütze meines Lebens beraubt.

Du schickst mir ein sehr hübsches Gedicht aus der Schule der Dichtkunst, ob es bei mir Anklang fände. Ich antworte in einem Brief mit phantastischer literarischer Wertung. Ich vergleiche Dich mit Hylas oder Hyakinthos, Jonquil oder Narzissus oder einem, den der große Gott der

Dichtkunst begünstigte und mit seiner Zuneigung ehrte. Der Brief ist wie ein Abschnitt aus einem von Shakespeares Sonetten, in Moll übertragen. Er kann nur von jemandem erfaßt werden, der das *Symposium* Platons gelesen oder den Geist einer gewissen Grabesstimmung gespürt hat, deren Schönheit für uns in griechischen Marmor gemeißelt wurde. Es war, um es ganz frei zu sagen, die Sorte von Brief, den ich in einem glücklichen, wenn auch eigenwilligen Augenblick jedem liebenswürdigen jungen Mann an einer beliebigen Universität geschrieben hätte, der mir ein Gedicht aus seiner Feder geschickt hätte, in der Gewißheit, daß er Genug Witz oder Geistesbildung besäße, die übertriebenen Redensarten richtig zu interpretieren. Sieh nur auf die Geschichte dieses Briefes! Er geht von Dir über in die Hände eines widerwärtigen Kumpanen, von ihm zu einer Bande von Erpressern; Kopien davon werden meinen Freunden in London und dem Direktor des Theaters geschickt, wo mein Stück gerade aufgeführt wird. Alle möglichen Deutungen außer der richtigen werden hineingelegt; Die Gesellschaft wird von den absurden Gerüchten ergriffen, ich hätte einen riesigen Geldbetrag bezahlen müssen, weil ich Dir einen entehrenden Brief geschrieben hätte. Dies bildet die Grundlage des schlimmsten Angriffs Deines Vaters. Ich bringe den Originalbrief bei Gericht vor, um zu zeigen, was er wirklich ist. Vom Anwalt Deines Vaters wird er als abstoßender und hinterhältiger Versuch angeprangert, Unschuld zu korrumpieren. Schließlich bildet er den Teil einer Strafanzeige. Der Staatsanwalt greift ihn auf. Der Richter faßt ihn kurz zusammen, ohne etwas zu wissen, aber mit großer sittlicher Gesinnung. Schließlich gehe ich des Briefes wegen ins Gefängnis. Das hat man davon, wenn man Dir einen netten Brief schreibt.

Während ich mit Dir in Salisbury verweile, bist Du wegen eines Drohbriefes eines Deiner ehemaligen Kameraden furchtbar beunruhigt. Du bittest mich, den Absender zu besuchen und Dir zu helfen. Ich bin einverstanden. Heraus kommt ein Desaster für mich. Ich bin gezwungen, alles, was Du getan hast, auf mich zu nehmen und dazu Stellung zu beziehen. Als Du von Oxford weg mußt, da Du Deinen Abschluß nicht schaffst, telegraphierst Du mir nach London und bittest mich, zu Dir zu kommen. Ich komme sofort. Du bittest mich, Dich nach Goring zu bringen, da Du unter diesen Umständen nicht nach Hause gehen wolltest. In Goring siehst Du ein Haus, das Dich entzückt. Ich miete es für Dich. Heraus kommt für mich in jeder Hinsicht ein Desaster. Eines Tages kommst Du zu mir und bittest mich, Dir einen persönlichen Gefallen zu tun und etwas für eine Oxforder Studentenzeitschrift zu schreiben, die von einem Deiner Freunde ins Leben gerufen werden sollte, von dem ich noch nie in meinem ganzen Leben etwas gehört hatte und über den ich überhaupt nichts wußte. Um Dich zufriedenzustellen – was tat ich eigentlich nicht, um Dich zufriedenzustellen? – schickte ich ihm eine Seite mit Aphorismen, die ursprünglich für die *Saturday Review* bestimmt waren. Ein paar Monate später finde ich mich auf der Anklagebank von Old Bailey wegen des Charakters der Zeitschrift. Sie bildet einen Teil der Anklage der Staatsanwaltschaft gegen mich. Ich werde aufgerufen, die Prosa Deines Freundes und Deine Dichtung zu rechtfertigen. Erstere kann ich nicht beschönigen. Letztere, da ich ja loyal bis zum bitteren Ende bin, loyal zu Deiner jugendlichen Literatur sowie zu Deinem jugendlichen Leben, verteidige ich leidenschaftlich, und möchte nichts davon hören, daß Du jemand bist, der Anstößiges schreibt. Doch ich gehe trotzdem ins Gefängnis für die Studentenzeitung Deines Freundes und »Die Liebe, die ihren Namen nicht zu nennen wagt«. An Weihnachten überreichte ich Dir ein »sehr hübsches Geschenk«, wie Du es in Deinem Dankesbrief beschriebst, ein Geschenk, von dem ich wußte, daß Du es Dir mit ganzem Herzen wünschtest und das um die 40 oder höchstens 50 Pfund kostete. Als der Zusammenbruch meines Lebens kam und ich ruiniert war, beschlagnahmt und versteigert der Gerichtsvollzieher meine Bibliothek, und er tut dies, um das »sehr schöne Geschenk« zu bezahlen. Das war es nämlich, weswegen die Zwangsvollstreckung in mein Haus kam. Im entscheidenden und schrecklichen Moment, als ich verspottet und von Deinem Hohn angespornt wurde, etwas gegen Deinen Vater zu unternehmen und ihn verhaften zu lassen, war der letzte Strohhalm, an den ich mich in meinen unglücklichen Bemühungen zu entkommen klammerte, die Angabe der furchtbar großen Aufwendungen durch Dich. Ich erzähle dem Anwalt in Deiner Gegenwart, ich hätte kein Kapital, so daß ich für die beängstigenden Kosten möglicherweise nicht aufkommen könne, und daß mir kein Geld zur Verfügung stünde. Was ich sagte, entsprach, wie Du weißt, der Wirklichkeit. An jenem fatalen Freitag wäre ich, anstatt in Humphreys Büro geschwächt in meinen Zusammenbruch einzuwilligen, glücklich und frei in Frankreich gewesen, weg von Dir und Deinem Vater, nichts wissend von seinen verfluchten Karten und gleichgültig gegenüber Deinen Briefen, wenn ich das Avondale Hotel hätte verlassen können. Aber die Betreiber des Hotels wollten absolut nicht zulassen, daß ich gehe. Du hattest mit mir zehn Tage darin verbracht; schließlich hattest Du doch tatsächlich, zu meiner großen und, das wirst Du zugeben, gerechtfertigten Empörung, einen Deiner Kumpane mitgebracht, der dort ebenso auf meine Kosten wohnen sollte. Meine Rechnung für die zehn Tage betrug fast 140 Pfund. Der Hotelbesitzer sagte, er könne nicht erlauben, daß mein Gepäck aus dem Hotel gebracht werde, bis ich den vollen Betrag entrichtet hätte. Das ist es, was mich in London hielt. Wäre die Hotelrechnung nicht gewesen, wäre ich Donnerstag früh nach Paris gereist.

Als ich dem Anwalt mitteilte, ich hätte kein Geld, um die gigantische Summe aufzubringen, schaltetest Du Dich sofort ein. Du sagtest, daß Deine Familie hoch erfreut wäre, all die notwendigen Kosten zu übernehmen. Dein Vater sei ein Schreckgespenst für sie alle gewesen; oft hätten sie über die Möglichkeit diskutiert, ihn in eine Irrenanstalt zu stecken, um ihn aus dem Weg zu räumen. Er sei für Deine Mutter und alle anderen eine Quelle täglichen Ärgernisses und Kummers. Wenn ich nur hervorträte, um ihn einsperren zu lassen, würden sie mich in der Familie als ihren Retter und Wohltäter betrachten. Die reichen Verwandten Deiner Mutter würden es als wirkliche Freude betrachten, alle anfallenden Kosten und Aufwendungen übernehmen zu dürfen. Sofort winkte der Anwalt ab, und man beeilte sich, mich ins Polizeigericht zu bringen. Ich hatte keine Entschuldigung mehr, nicht mitzukommen. Ich war in einer Zwangslage. Natürlich bezahlt Deine Familie die Kosten nicht, und ich werde für bankrott erklärt. Das habe ich das Deinem Vater zu verdanken und *eben diesen* Kosten – dem mageren Rest – von 700 Pfund. Im Augenblick bereitet meine Frau, die mir wegen der wichtigen Frage entfremdet wurde, ob ich 3 Pfund oder 3 Pfund 10 die Woche zum Leben haben sollte, eine Scheidungsklage vor, für die selbstverständlich ganz neues Beweismaterial und eine ganz neue Gerichtsverhandlung, vielleicht gefolgt von noch weiteren Verfahren, notwendig sein werden. Ich weiß natürlich nichts von Einzelheiten. Ich kenne lediglich den Namen des Zeugen, auf dessen Aussage sich die Anwälte meiner Frau berufen. Es ist Dein eigener Diener aus Oxford, den ich auf Deine persönliche Bitte hin für einen Sommer in Goring in meine Dienste nahm.

Aber ich brauche wirklich nicht weiterzumachen mit noch mehr Beispielen zu dem seltsamen Verderben, das Du im großen und kleinen über mich gebracht zu haben scheinst. Manchmal habe ich den Eindruck, als seist Du selbst nur eine Marionette gewesen, die von irgendeiner geheimnisvollen und unsichtbaren Hand geführt wurde, um schreckliche Ereignisse zu einem schrecklichen Ende zu bringen. Aber auch Marionetten haben Leidenschaften. Sie führen eine neue Handlung in das Stück ein, das sie darbieten und verkehren den vorgegebenen Ausgang, um einer Lust oder Laune ihrer selbst willen. Gänzlich frei zu sein und zugleich gänzlich vom Gesetz beherrscht, ist das ewige Paradoxon des menschlichen Lebens, das wir in jedem Augenblick wahrnehmen. Und dies, so denke ich oft, ist die einzig mögliche Erklärung für Deine Natur, wenn es überhaupt für die tiefen und schrecklichen Rätsel der menschlichen Seele irgendeine Erklärung gibt, die das Rätsel nicht noch undurchschaubarer machte.

Natürlich hattest Du Deine Illusionen und lebtest auch in ihnen und sahst durch ihre wogenden Nebel und ihre farbigen Schleier alle Dinge verändert. Du dachtest, daran erinnere ich mich ziemlich gut, Deine Hingabe zu mir und der völlige Verzicht auf Deine Familie und Dein Famili-enleben seien ein Beweis Deiner wundervollen Wertschätzung für mich und Deiner großen Zuneigung zu mir. Zweifellos schien Dir das wirklich so zu sein. Aber denke daran, mit mir gingen Luxus, hoher Lebensstandard, unbegrenztes Vergnügen und Geld ohne Einschränkung einher. Dein Familienleben langweilte Dich. Der »kalte, billige Wein aus Salisbury«, um eine Redensart zu gebrauchen, die aus Deinem Mund stammt, schmeckte Dir nicht. An meiner Seite gab es, neben meiner geistigen Anziehungskraft, die Fleischtöpfe Ägyptens. Wenn Du mich nicht auffinden konntest, um mit mir zusammenzusein, suchtest Du Dir einen wenig schmeichelhaften Ersatz.

Auch dachtest Du, dadurch daß Du einen Brief Deines Anwalts an Deinen Vater schicktest, der nicht etwa besagte, daß Du Deine lange währende Freundschaft mit mir aufgeben, sondern auf die jährliche geldliche Zuwendung von 250 Pfund verzichten würdest – die er Dir damals, glaube ich, abzüglich Deiner Schulden in Oxford bezahlte –, Du verwirklichtest die wahre Tugend der Freundschaft, indem Du den edelsten Ton des Selbstverzichts anschlugst. Aber die

Aufgabe der geringen geldlichen Zuwendung bedeutete nicht, daß Du auch nur eine Deiner höchst überflüssigen Verschwendungen oder unnötigen Ausschweifungen aufzugeben bereit gewesen wärst. Im Gegenteil. Dein Verlangen nach einem verschwenderischen Lebensstil war niemals so stark gewesen. Meine Ausgaben für acht Tage in Paris für mich, Dich und Deinen italienischen Diener betrugen fast 150 Pfund. Allein Paillard verschluckte schon 85 Pfund. Auf dem Standard, auf dem Du zu leben wünschtest, hätte Dir Dein gesamtes Jahreseinkommen, selbst wenn Du Deine Mahlzeiten allein zu Dir genommen hättest und durch die Auswahl billigerer Arten von Vergnügungen besonders sparsam gewesen wärst, kaum für drei Wochen gereicht. Die Tatsache, daß Du Deine sogenannte geldliche Zuwendung in einer Anwandlung von Großzügigkeit aufgegeben hattest, gab Dir schließlich einen plausiblen Grund für Deinen Anspruch, auf meine Kosten zu leben, zumindest hieltest Du das für einen plausiblen Grund. Und bei vielen Gelegenheiten kamst Du ernstlich darauf zurück und bedientest Dich seiner sehr gründlich. Auch der fortdauernde Aderlaß vorrangig an mir, aber ebenso in gewissem Maße, das weiß ich, an Deiner Mutter, war besonders beunruhigend, zumal er in meinem Fall zu jedem Zeitpunkt gänzlich ohne das geringste Wort des Dankes oder das Gefühl für ein Maß blieb.

Weiterhin dachtest Du, dadurch daß Du Deinen Vater mit furchtbaren Briefen, ausfallenden Telegrammen und beleidigenden Postkarten attackiertest, Du würdest die Kämpfe Deiner Mutter austragen, als ihr Retter hervortreten und die Ungerechtigkeiten und das Leid, das es in ihrem Eheleben zweifellos gab, rächen. Das war jedoch reine Einbildung Deinerseits, und in der Tat eine Deiner schlimmsten. Die Art und Weise, Dich für die Ungerechtigkeiten, die Deine Mutter erfahren hatte, an Deinem Vater zu rächen, wenn Du das als Teil der Pflichten eines Sohnes erachtetest, hätte darin bestanden, Deiner Mutter ein besserer Sohn zu sein, als Du es zuvor gewesen warst, ihr keine Angst zu machen, wenn sie mit Dir über ernste Themen reden wollte, Wechsel nicht zu unterschreiben, deren Bezahlung ihr dann oblag, freundlicher zu ihr zu sein und keinen Kummer in ihre Tage zu bringen. Dein Bruder Francis ersetzte ihr während der kurzen Jahre seines blühenden Lebens in seiner Liebenswürdigkeit und Güte ihr gegenüber in großem Maße das, was sie erlitten hatte. Du hättest Dir ein Beispiel an ihm nehmen sollen. Indem Du nur daran dachtest, es wäre ein großes Vergnügen und eine Freude für Deine Mutter gewesen, wenn Du Deinen Vater tatsächlich durch mich ins Gefängnis hättest bringen können, lagst Du schon falsch. Ich weiß ganz sicher, daß Du falschlagst. Und wenn Du wissen möchtest, was eine Frau in Wirklichkeit fühlt, wenn ihr Ehemenn und Vater ihrer Kinder in Gefängniskleidern steckt, in einer Gefängniszelle sitzt, dann schreibe meiner Frau und frage sie. Sie wird es Dir sagen.

Ich hatte auch meine Illusionen. Ich dachte, das Leben würde sich zu einer glänzenden Komödie entwickeln und Du solltest eine von den vielen schillernden Figuren darin sein. Doch es sollte sich als eine widerliche und abstoßende Tragödie erweisen, und Du solltest die finstere Ursache einer großen Katastrophe sein, finster in ihrer Zielstrebigkeit und der Kraft eines Willens, der nur ein Ziel kennt, und die Maske der Freude und Lust, von der Du nicht weniger als ich getäuscht und in die Irre geführt worden warst, fiel von Dir ab.

Kannst Du nun ein wenig von meinem Leiden verstehen? Irgeneine Zeitung, die *Pall Mall Gazette*, glaube ich, sprach von Dir, als sie die Generalprobe eines meiner Stücke rezensierte, als einem, der mir wie mein Schatten folgt. Die Erinnerung an unsere Freundschaft ist der Schatten, der mich hier verfolgt, mich nie zu verlassen scheint, mich in der Nacht aufwachen läßt, um mir dieselbe Geschichte wieder und wieder zu erzählen, bis ihre ermüdende Wiederholung den Schlaf bis zum Morgengrauen verscheucht. Bei Tagesanbruch fängt sie von neuem an, sie folgt mir in den Gefängnishof und veranlaßt mich zu Selbstgesprächen, während ich umherstapfe. Ich bin gezwungen, mich an jedes Detail zu erinnern, das jeden furchtbaren Augenblick begleitete. Es gibt nichts, was sich in jenen unter einem ungünstigen Stern stehenden Jahren ereignete, das ich nicht in jener Kammer meines Gehirns, welche für Kummer und Verzweiflung reserviert ist, rekonstruieren könnte. Jeder gespannte Klang Deiner Stimme, jedes Zucken und jede Bewegung Deiner nervösen Hände, jedes bittere Wort, jede giftige Redensart kommt zu mir zurück. Ich erinnere mich an die Straße oder den Fluß, den wir überquerten, an die Mauer oder den Wald, der uns umgab, bei welcher Zahl des Zifferblattes die Uhrzeiger standen, wohin die Flügel des Windes flogen und an die Gestalt und Farbe des Mondes.

Es gibt, ich weiß es, eine Antwort auf alles, was ich Dir gesagt habe, und die ist, daß Du mich liebtest, daß Du mich durch jene zweieinhalb Jahre hindurch, während der das Schicksal die Fäden unserer beiden voneinander völlig verschiedenen Leben zu einem scharlachroten Muster verwob, wirklich liebtest. Ja, ich weiß, daß es so war. Ganz gleichgültig, wie Dein Verhalten mir gegenüber war, ich fühlte stets, daß Du mich von ganzem Herzen liebtest. Und ich sah sehr wohl, daß meine Stellung in der Welt der Kunst, das Interesse, das meine Person immer geweckt hatte, mein Geld, der Luxus, in dem ich lebte, die tausendundeins Dinge, die ein solch angenehmes, wundervolles und unglaubliches Leben, wie ich es hatte, ausmachten, allesamt Elemente waren, die Dich faszinierten und Dich an mir kleben ließen. Doch neben all diesem gab es noch etwas anderes von merkwürdiger Anziehungskraft auf Dich. Du liebtest mich weitaus mehr als irgend jemanden sonst. Doch auch Dein Leben barg, genau wie meines, eine schreckliche Tragödie, wenn auch eine von völlig unterschiedlichem Charakter. Möchtest Du wissen, welche? Gib acht: In Dir war der Haß schon immer stärker als die Liebe. Der Haß auf Deinen Vater war von solcher Größe, daß er Deine Liebe zu mir weit überflügelte, unterwarf und überschattete. Zwischen beiden kam es gar nicht zum Kampf – ein bißchen vielleicht. Von solchen Ausmaßen war Dein Haß und von solch gewaltiger Größe. Du erkanntest nicht, daß es in ein und derselben Seele keinen Platz für beide Gefühlsregungen gibt. Sie können nicht nebeneinander in diesem wohlgeformten Haus wohnen. Liebe nährt sich von der Vorstellungskraft, durch die wir klüger werden, als wir vermuten, besser, als wir fühlen, edler, als wir sind. Durch sie können wir das Leben in seiner Gesamtheit sehen, durch sie, und nur durch sie, können wir andere in ihren realen sowie in ihren ideellen Bindungen verstehen. Nur das, was rein ist und reinen Herzens erdacht, kann die Liebe nähren. Aber alles mögliche kann den Haß nähren. Es gab nicht ein Glas Champagner, das Du in all den Jahren trankst, nicht einen vollen Teller, von dem Du aßest, der Deinen Haß nicht genährt und ihn fett gemacht hätte. Also spieltest Du, um ihn zu befriedigen, mit meinem Leben, wie Du mit meinem Geld spieltest, sorglos, unbekümmert und gleichgültig gegenüber den Konsequenzen. Würdest Du verlieren, dachtest Du, so sei der Verlust nicht der Deinige. Würdest Du gewinnen, so wußtest Du, gehörten der Triumph und die Früchte des Sieges Dir.

Haß macht die Menschen blind. Dessen warst Du Dir nicht bewußt. Liebe kann die Schrift auf dem entferntesten Stern entziffern, doch der Haß hat Dich so blind gemacht, daß Du nicht weiter schauen konntest als bis in den engen, eingemauerten und von der Gier schon verdorrten Garten Deiner niederen Gelüste. Das bedrohliche Fehlen Deiner Phantasie, dieser wirklich fatale Fehler Deines Charakters, resultierte gänzlich aus dem Haß, der in Dir lebte. Unterschwellig, leise und im Verborgenen nagte der Haß an Deinem Wesen, so wie die Flechte an der Wurzel einer fahlen Pflanze frißt, bis es dahin kam, daß Du gar nichts mehr wahrnahmst außer den niedrigsten Interessen und den unbedeutendsten Zielen. Die Fähigkeiten in Dir, die die Liebe gefördert hätte, vergiftete und lähmte Dein Haß. Als Dein Vater zum ersten Mal damit begann, mich zu attackieren, griff er mich als Deinen persönlichen Freund und in einem persönlichen Brief an Dich an. Nachdem ich den Brief mit seinen obszönen Drohungen und gemeinen Rohheiten gelesen hatte, sah ich auf einmal, daß eine schreckliche Gefahr am Horizont meiner beschwerlichen Tage heraufzog. Ich teilte Dir mit, daß ich nicht der Prügelknabe zwischen euch beiden in eurem althergebrachten Haß aufeinander sein wolle, daß ich in London natürlich eine viel größere Herausforderung für ihn sei als ein Außenminister in Bad Homburg, daß es mir gegenüber unfair wäre, mich auch nur für einen Moment in solch eine Lage zu bringen und daß ich etwas Besseres mit meinem Leben anzufangen hätte als mich mit einem betrunkenen und schwachsinnigen Mann, einem *déclassé* wie ihm abzugeben. Man konnte nicht erreichen, daß Du dies einsiehst. Haß hatte Dich blind gemacht. Du bliebst dabei, daß der Streit wirklich nichts mit mir zu tun habe. Du würdest Deinem Vater nicht gestatten, Dir in Deine persönlichen Freundschaften hineinzureden. Es sei sehr unfair von mir, mich einzumischen. Schon bevor Du wegen dieser Sache zu mir kamst, hattest Du Deinem Vater ein dummes und ordinäres Telegramm als Antwort geschickt. Natürlich warst Du damit auch im folgenden darauf festgelegt, dumm und ordinär zu agieren. Die verhängnisvollen Irrtümer des Lebens sind nicht dem Umstand zuzuschreiben, daß der Mensch unvernünftig ist. Ein Augenblick der Unvernunft kann der schönste im Leben sein. Die Irrtümer sind dem Umstand zuzuschreiben, daß der Mensch logisch denkt. Das ist ein großer Unterschied. Jenes Telegramm bestimmte sämtliche nachfolgenden Kontakte zu Deinem Vater und demnach auch mein ganzes Leben. Und das Groteske daran ist, daß es ein Telegramm war, dessen sich der gewöhnlichste Straßenjunge geschämt hätte. Von vorlauten Telegrammen kam es zu selbstgefälligen Anwaltsbriefen – ein selbstverständlicher Vorgang – und das Ergebnis der Briefe Deiner Anwälte an Deinen Vater war natürlich, daß er sich noch bedrängter fühlte. Du ließest ihm keine andere Wahl, als weiterzumachen. Du zwangst es ihm als eine Ehrensache auf, nein, eher als eine Sache der Unehre, damit Deine Herausforderung noch wirkungsvoller wäre. Also attackiert er das nächste Mal mich, und zwar nicht mehr in einem persönlichen Brief und als Deinen persönlichen Freund, sondern in der Öffentlichkeit und als einen Mann der Öffentlichkeit. Ich muß ihn aus meinem Haus hinauswerfen. Er geht von Restaurant zu Restaurant und sucht mich, um mich vor der ganzen Welt auf solche Art und Weise zu beleidigen, daß ich ruiniert war, wenn ich dafür Vergeltung übte, aber ebenso ruiniert war, wenn ich es nicht tat. *Jetzt* war es sicherlich an der Zeit, daß *Du* hättest hervortreten und sagen müssen, daß Du mich Deinetwegen solch üblen Attacken und solch schamloser Verfolgung nicht aussetzen wollest, sondern bereitwillig und sofort auf jeden Anspruch, den Du auf meine Freundschaft hättest, verzichten wollest. Heute siehst Du das vermutlich ein. Aber damals dachtest Du ja gar nicht daran. Haß hatte Dich blind gemacht. Alles, woran Du denken konntest (außer natürlich, Deinem Vater beleidigende Briefe und Telegramme zu schreiben), war, eine lächerliche Pistole zu kaufen, die im Berkeley plötzlich losgeht, unter Umständen, die einen noch schlimmeren Skandal heraufbeschwören, als *Dir* jemals zu Ohren gekommen ist. In der Tat schien Dir der Gedanke, Du seist Gegenstand eines furchtbaren Streits zwischen Deinem Vater und einem Mann in meiner Position, Freude zu bereiten. Wie ich annehme, befriedigte ich natürlich Deine Eitelkeit und schmeichelte Deiner Selbstschätzung. Daß Dein Vater Deinen Körper haben könnte, der mich nicht interessierte, und mir Deine Seele zurücklassen könnte, die ihn nicht interessierte, wäre für Dich eine bedrückende Lösung des Problems gewesen. Du hattest die Möglichkeit eines öffentlichen Skandals gewittert und flogst darauf. Die Aussicht auf einen Kampf, in dem Du sicher sein würdest, entzückte Dich. Ich kann mich nicht daran erinnern, daß Du jemals in besserer Stimmung gewesen wärst als für den Rest jenes Sommers. Deine einzige Enttäuschung schien zu sein, daß eigentlich nichts passierte und daß es keine weiteren Treffen oder Spektakel zwischen uns gegeben hatte. Du tröstetest Dich, indem Du ihm Telegramme von solch übler Qualität schicktest, daß der arme Mann Dir schließlich schrieb und sagte, er habe seinen Dienern Anweisung gegeben, daß ihm kein Telegramm mehr ausgehändigt werden solle, unter welchem Vorwand auch immer. Doch das entmutigte Dich nicht. Du sahst die gewaltigen Vorteile, die von einer offenen Postkarte geboten werden und machtest von ihr intensiv Gebrauch. Auf seiner Jagd hetztest Du ihn noch mehr. Ich nehme nicht an, er hätte jemals wirklich aufgegeben. Die Instinkte seines Familienzweigs waren stark bei ihm. Sein Haß auf Dich war genauso anhaltend wie Dein Haß auf ihn, und ich war der Deckmantel für euch beide und gleichzeitig Angriffswaffe und Schutz. Seine ausgeprägte Leidenschaft, von sich reden zu machen, war nicht bloß bezeichnend für ihn, sondern für die ganze Familie. Wenn nun sein Interesse für einen Moment nachgelassen hätte, hätten es Deine Briefe und Postkarten zu seiner alten Stärke entflammt. Sie taten es auch. Und natürlich machte er noch weiter. Indem er mich als Privatmann im Privaten und als Mann der Öffentlichkeit in der Öffentlichkeit bestürmt hatte, beschloß er endlich, seine letzte große Attacke gegen mich als Künstler zu führen, und zwar an dem Ort, an dem meine Kunst dargestellt wird. Durch Bestechung sichert er sich einen Platz für die Premiere eines meiner Stücke und denkt sich einen Plan aus, um die Aufführung zu unterbrechen, um vor dem Publikum eine schmutzige Rede über mich zu halten, um meine Schauspieler zu beleidigen, um eklige oder anstößige Geschosse auf mich zu werfen, wenn ich beim Abgang vor den Vorhang gerufen würde, mich also durch mein Werk auf irgendeine gemeine Weise zu ruinieren. Ganz zufällig, in einer flüchtigen Anwandlung von Aufrichtigkeit, die ihn befiel, weil er berauschter war als üblich, brüstet er sich vor anderen mit seinen Absichten. Die Polizei bekommt einen Hinweis, und er wird vom Theater ferngehalten. Damals hattest Du Deine Gelegenheit. Meinst Du jetzt nicht, daß Du sie hättest wahrnehmen und hervortreten müssen, um zu sagen, daß meine Kunst auf keinen Fall um Deinetwillen kaputtgemacht werden solle? Du wußtest, was meine Kunst für mich bedeutete, die große Dominante, durch die ich mich zuerst mir selbst offenbarte und dann der ganzen Welt, die wahre Leidenschaft meines Lebens, die Liebe, gegenüber der alle andere Liebe wie Sumpfwasser gegenüber Rotwein war, oder das Glühwürmchen aus dem Sumpf gegenüber dem magischen Spiegel des Mondes. Verstehst Du jetzt immer noch nicht, daß das Fehlen der Phantasie in Dir Dein wirklich fataler Charakterfehler war? Was Du tun mußtest, war ziemlich einfach und lag deutlich vor Dir, aber Haß hatte Dich blind gemacht, und Du konntest nichts sehen. Ich konnte mich bei Deinem Vater nicht entschuldigen, da er mich beleidigt und mich auf verwerflichste Art und Weise fast neun Monate lang verfolgt hatte. Ich konnte Dich nicht aus meinem Leben verbannen. Ich hatte es immer wieder versucht. Ich war sogar so weit gegangen, daß ich England verließ und mich ins Ausland begab in der Hoffnung, Dir entfliehen zu können. Es war alles sinnlos gewesen. Du warst die einzige Person, die etwas hätte tun können.

Du warst der Schlüssel zur Lösung des Problems. Er lag in der einen großen Gelegenheit, die Du hattest, nämlich mir eine kleine Gegenleistung zu machen für all die Liebe, Zuneigung, Großzügigkeit und Fürsorge, die ich Dir erwiesen hatte. Hättest Du mich nur zu einem Zehntel meines Wertes als Künstler zu schätzen gewußt, hättest Du es auch getan. Aber Haß hatte Dich blind gemacht. Das Vermögen, »durch das wir, und durch welches allein wir andere in ihren realen sowie in ihren ideellen Bindungen verstehen können«, war tot in Dir. Du dachtest nur daran, wie Du Deinen Vater ins Gefängnis bringen könntest. Ihn »auf der Arme-Sünder-Bank« zu sehen, wie Du es ausdrücktest, das war Dein einziger Gedanke. Die Wendung wurde zu einer der vielen *scies* deiner alltäglichen Konversation. Man hörte ihn bei jeder Mahlzeit. Nun, Dein Verlangen ging in Erfüllung. Der Haß gewährte Dir alles, was Du Dir wünschtest. Er war ein nachgiebiger Meister für Dich. In der Tat ist er das für alle, die ihm dienen. Zwei Tage lang saßest Du mit den Richtern auf hohem Roß und weidetest Deine Augen am Schauspiel Deines Vaters, wie er auf der Anklagebank des Obersten Kriminalgerichts stand. Und am dritten Tag nahm ich seinen Platz ein. Was war geschehen? In Eurem üblen Siel gegenseitigen Hasses hattet Ihr beide um meine Seele gewürfelt, und Du hast zufällig verloren. Das war alles.

Du siehst, ich muß Dir Dein Leben beschreiben, und Du mußt es begreifen. Wir kennen uns jetzt seit mehr als vier Jahren. Die Hälfte der Zeit sind wir zusammen gewesen, die andere Hälfte mußte ich als Ergebnis unserer Freundschaft im Gefängnis verbringen. Wo Du diesen Brief bekommen wirst, wenn er Dich überhaupt je erreicht, weiß ich nicht. In Rom, Neapel, Paris, Venedig, in irgendeiner schönen Stadt am Meer oder an einem Fluß wirst Du Dich schon aufhalten, da habe ich keine Zweifel. Du bist, wenn auch nicht von all dem verschwenderischen Luxus, den Du bei mir hattest, so doch auf jeden Fall von allem, was Auge, Ohr und Gaumen erfreut, umgeben. Das Leben ist ziemlich gut zu Dir. Und doch wirst Du Dir, wenn Du klug bist und ein noch angenehmeres und anders beschaffenes Leben finden möchtest, durch das Lesen dieses schrecklichen Briefes – denn ich weiß, daß er es ist – eine Krise und einen Wendepunkt in Deinem Leben aufzeigen lassen, die für Dich so wichtig sind wie deren Niederschrift für mich. Früher errötete Dein bleiches Gesicht leicht vom Wein oder vor Freude. Wenn es von Zeit zu Zeit vor Scham entbrennt, weil Du liest, was hier geschrieben steht, gleichsam wie von einem Hochofen, wird es um so besser für Dich sein. Die höchste Untugend ist die Seichtheit. Alles, was man erkannt hat, ist richtig.

Ich bin jetzt beim Untersuchungsgefängnis angelangt, richtig? Nachdem eine Nacht in den Zellen der Polizei verstrichen war, werde ich im Gefangenenwagen dorthin gebracht. Du warst sehr aufmerksam und freundlich. Fast jeden Nachmittag, wenn nicht gar jeden Nachmittag, bevor Du ins Ausland reistest, nahmst Du es auf Dich, nach Holloway hochzufahren, um mich zu besuchen. Auch schriebst Du sehr freundliche und liebe Briefe. Aber daß mich nicht Dein Vater ins Gefängnis gebracht hatte, sondern Du selbst, daß Du von Anfang bis Ende der Hauptverantwortliche warst, daß es durch Dich, für Dich und Deinetwegen dort war, das wurde Dir nicht für einen einzigen Augenblick klar. Nicht einmal der Anblick, den ich hinter den Stäben eines Holzkäfigs bot, konnte jene tote, zur Phantasie unfähige Natur anregen. Du besaßest das Mitgefühl und die Sentimentalität eines Zuschauers bei einem Rührstück. Daß Du der wahre Urheber der schlimmen Tragödie warst, kam Dir gar nicht in den Sinn. Ich sah, daß Du nichts von dem erkanntest, was Du getan hattest. Ich wollte nicht derjenige sein, der Dir sagen würde, was Dein Herz Dir hätte sagen müssen, und was es Dir auch tatsächlich gesagt hätte, wenn Du nicht zugelassen hättest, daß der Haß es verhärtet und empfindungslos macht. Alles muß von innen heraus zu einem kommen. Es ist zwecklos, jemandem etwas zu erzählen, was er nicht fühlen und nicht verstehen kann. Wenn ich Dir jetzt trotzdem diesen Brief schreibe, geschieht das, weil Dein Schweigen und Dein Verhalten es während meiner langen Haft notwendig gemacht haben. Weiterhin war, wie es sich herausstellen sollte, das Unglück auf mich allein gefallen. Das war für mich eine Quelle des Trostes. Aus vielen Gründen war ich damit zufrieden, leiden zu müssen, obwohl meine Augen, wenn ich Dich anschaute, etwas nicht wenig Verächtliches in Deiner völligen und eigenartigen Blindheit sahen. Ich erinnere mich daran, wie Du stolz einen Brief hervorholtest, den Du in einer der Schmuddelzeitschriften über mich veröffentlicht hattest. Er war besonnen und mäßig geschrieben, ja von alltäglichem Inhalt. Du appelliertest an das *»Gefühl der Engländer für Fair Play«* oder etwas ähnlich Langweiliges, zugunsten *»eines Mannes, der am Boden lag«*. Es war die Sorte von Brief, die einen schmerzlichen Vorwurf gegen eine rechtschaffene Person, mit der Du persönlich aber nicht bekannt warst, vorbrachte. Doch hieltest Du ihn für einen wundervollen Brief. Du betrachtetest ihn als Beweis für eine fast quichotische Ritterlichkeit. Ich bin mir dessen bewußt, daß Du auch andere Briefe an andere Zeitungen geschrieben hast, die sie nicht veröffentlichten. Doch sie besagten lediglich, daß Du Deinen Vater haßtest. Niemanden interessierte, ob das so war oder nicht. Haß, das mußt Du noch lernen, ist, vom intellektuellen Standpunkt aus betrachtet, ewiges Leugnen. Vom Stanpunkt der Emotionen aus betrachtet, ist er eine Form der Auszehrung und vernichtet alles außer sich selbst. An Zeitungen zu schreiben, daß man einen anderen haßt, ist dasselbe, als wenn man an Zeitungen schriebe mit der Mitteilung, man hätte ein geheimnisvolles und beschämendes Gebrechen. Die Tatsache, daß der Mann, den Du haßtest, Dein eigener Vater war und daß das Gefühl gänzlich erwidert wurde, machte Deinen Haß in keiner Weise edel oder gut. Wenn er überhaupt irgendetwas zeigte, dann nur, daß er eine Erbkrankheit war.

Auch erinnere ich mich daran, daß ich, als die Zwangsvollstreckung in mein Haus kam, meine Bücher und Möbel weggebracht und für den Verkauf inseriert wurden und mir der Bankrott drohend bevorstand, Dir selbst davon Mitteilung machte. Ich erwähnte nicht, daß der Gerichtsvollzieher in das Haus, in dem Du so oft gespeist hattest, kam, damit ich einige der Geschenke für Dich bezahlen konnte. Ich dachte – vielleicht irrte ich mich ja – solche Nachrichten könnten Dir Schmerz zufügen. Ich nannte Dir lediglich die nackten Tatsachen. Ich dachte, es wäre richtig, daß Du sie kennst. Du schriebst aus Boulogne in fast lyrischer Verzückung zurück. Du sagtest, Du wüßtest, daß Dein Vater »knapp bei Kasse« sei und ihm die Zahlung von 1500 Pfund für die Gerichtskosten auferlegt worden war, und daß mein Bankrott ein »glänzender Treffer« gegen ihn sei, weil er nun keine seiner Aufwendungen von mir holen könne. Erkennst Du nun, was es heißt, wenn Haß einen verblendet? Kannst Du jetzt erfassen, daß ich, als ich ihn als Auszehrung beschrieb, die alles außer sich selbst zerstört, auf wissenschaftliche Art und Weise ein tatsächliches psychologisches Faktum beschrieb? Dir bedeutete es gar nichts, daß all meine schönen Dinge verkauft werden sollten, meine Burne-Jones Zeichnungen, meine Whistler-Zeichnungen, mein Monticelli, meine Simeon Solomons, mein Porzellan, meine Bibliothek mit der Sammlung von Geschenkbänden fast aller Dichter meiner Zeit von Hugo bis Whitman, von Swinburne bis Mallarmé, von Morris bis Verlaine, der Sammlung mit den wunderschön gebundenen Ausgaben der Werke meines Vaters und meiner Mutter, mit der wundervollen Aufreihung der Universitäts- und Schulpreise, mit den *éditions de luxe* und ähnlichem. Du sagtest, das sei doch furchtbar langweilig. Das war alles. Was Du wirklich darin sahst, war die Möglichkeit, daß Dein Vater letzten Endes einige hundert Pfund verlieren könnte, und diese armselige Überlegung erfüllte Dich mit ekstatischer Freude. Was die Kosten des Gerichtsverfahrens betrifft, mag es Dich vielleicht interessieren, daß Dein Vater im Orleans Club offen sagte, daß, selbst wenn es ihn 20000 Pfund gekostet hätte, das Geld für ihn ganz gut angelegt gewesen wäre und er Vergnügen, Freude und Triumph aus allem gezogen hätte. Die Tatsache, daß er mich nicht nur für zwei Jahre ins Gefängnis bringen konnte, sondern mich für einen Nachmittag herausholen und mich öffentlich zu einem Bankrotteur erklären lassen konnte, war eine besondere Verfeinerung seiner Freude, die er nicht erwartet hatte. Es war der Höhepunkt meiner Erniedrigung und die Krönung seines vollständigen und perfekten Sieges. Hätte Dein Vater für seine Kosten keine Ansprüche an mich gehabt, hättest Du, das weiß ich genau, in jedem Fall größtes Mitgefühl, wie man es in Worten nur zum Ausdruck bringen kann, angesichts des Verlustes meiner gesamten Bibliothek gehabt, ein für einen Mann der Schrift irreparabler Verlust, von all meinen materiellen Verlusten der schlimmste. Vielleicht hättest Du es sogar auf Dich genommen, weil Du Dich an die Unsummen von Geld erinnertest, die ich leichtfertig in Dich investiert hatte, und daran, wie Du jahrelang auf meine Kosten gelebt hattest, einige meiner

Bücher zurückzukaufen. Die besten von allen gingen für weniger als 150 Pfund weg. Das war etwa so viel, wie ich für Dich gewöhnlich in einer Woche ausgab. Aber die gemeine kleine Freude an dem Gedanken, daß Dein Vater ein paar Pence verlieren würde, ließ Dich alle Bemühungen um eine kleine Wiedergutmachung an mir vergessen, die so gering, so einfach, so billig, so naheliegend und mir so unwahrscheinlich willkommen gewesen wäre, wenn Du sie nur zustande gebracht hättest. Habe ich recht, wenn ich sage, daß Haß die Menschen blind macht? Siehst Du es jetzt ein? Wenn nicht, dann versuche es.

Wie deutlich ich es damals sah, auch jetzt sehe, brauche ich Dir nicht zu sagen. Aber ich sagte mir: *»Ich muß die Liebe in meinem Herzen bewahren, koste es, was es wolle. Wenn ich ohne Liebe ins Gefängnis gehe, was wird dann aus meiner Seele?«* Die Briefe, die ich Dir zu dieser Zeit aus Halloway schrieb, waren die Bemühungen, die Liebe als vorherrschendes Merkmal meiner Natur zu bewahren. Ich hätte Dich, wenn ich gewollt hätte, mit bitteren Vorwürfen in Stücke reißen können. Ich hätte Dich mit Verwünschungen zerschmettern können. Ich hätte Dir einen Spiegel vorhalten und Dir ein solches Bild von Dir zeigen können, daß Du es nicht als Dein eigenes erkannt hättest, bis Du gesehen hättest, daß es Deine furchtbaren Gebärden nachäfft, und dann hättest Du gewußt, wessen Gestalt es wiedergab, hättest Dein Bild und Dich selbst auf ewig gehaßt. Mehr noch. Die Sünden eines anderen wurden mir angelastet. Wenn ich gewollt hätte, hätte ich mich bei jeder Gerichtsverhandlung auf seine Kosten zwar nicht vor der Schande, aber vorm Gefängnis bewahren können. Hätte ich darum bemüht zu beweisen, daß die Kronzeugen – die drei wichtigsten Zeugen – von Deinem Vater und seinen Anwälten sorgsam instruiert worden waren, nicht nur, was sie verschweigen, sondern auch was sie aussagen sollten, und wie sie nach einem sorgfältigen und geprobten Plan die Aktionen und Handlungen mir in die Schuhe schieben sollten, hätte ich jeden einzelnen von ihnen vom Richter aus dem Zeugenstand wegschicken lassen können, und zwar noch schneller als den erbärmlichen, meineidigen Atkins. Ich hätte den Gerichtssaal mir ins Fäustchen lachend und mit den Händen in den Hosentaschen als freier Mann verlassen können. Es drängte mich förmlich, dies auch zu tun. Von Leuten, deren einziges Interesse meinem Wohlergehen und dem Wohlergehen meines Hauses galt, wurde mir dringend nahegelegt, dies zu tun, ich wurde gebeten, ja genötigt. Aber ich weigerte mich. Ich wollte das gar nicht. Keinen Moment habe ich meine Entscheidung bedauert, nicht einmal in den bittersten Zeiten meiner Inhaftierung. Solch eine Handlungsweise wäre unter meiner Würde gewesen. Die Sünden des Fleisches bedeuten nichts. Sie sind Gebrechen, die Ärzte heilen sollen, wenn man sie überhaupt heilen muß. Nur die Sünden der Seele sind schimpflich. Eine Freisprechung auf solche Weise zu sichern, wäre für mich zu einer lebenslangen Qual geworden. Aber glaubst Du wirklich, daß Du der Liebe würdig warst, die ich Dir damals erwies, oder daß ich auch nur einen Moment lang dachte, Du seist ihrer würdig? Glaubst Du wirklich, daß Du zu irgendeiner Zeit in unserer Freundschaft der Liebe würdig warst, die ich Dir erwies, oder daß ich auch nur einen Moment lang dachte, Du seist ihrer würdig? Ich wußte, Du warst es nicht. Aber Liebe treibt sich nicht auf dem Marktplatz herum und gebraucht nicht die Waagschale eines Feilschers. Die Freude in ihr, so wie die Freude des Verstandes, liegt darin, daß sie sich lebendig fühlt. Ziel der Liebe ist es, zu lieben, nicht weniger und nicht mehr. Du warst mein Feind, ein Feind, wie ihn noch kein Mensch hatte. Ich hatte Dir mein Leben geschenkt, und um die niedersten und verachtenswertesten aller menschlichen Leidenschaften zu befriedigen, nämlich Haß, Eitelkeit und Gier, hattest Du sie weggeworfen. In weniger als drei Jahren hattest Du mich, wie man die Dinge auch dreht und wendet, völlig ruiniert. Um meinetwillen blieb mir nichts anderes übrig, als Dich zu lieben. Hätte ich mich dazu hinreißen lassen, Dich zu hassen, so wußte ich, daß in der trockenen Wüste des Daseins, die ich durchlaufen mußte und immer noch muß, jeder Felsen seinen Schatten verlöre, jede Palme verdorrte und jeder Brunnen vergiftetes Wasser in seiner Quelle trüge. Fängst Du langsam an zu verstehen? Erwacht Deine Vorstellungskraft langsam aus der Lethargie, in der sie lag? Du weißt nun, was Haß ist. Beginnt es Dir zu dämmern, was Liebe und was die Wesensart der Liebe ist? Es ist noch nicht zu spät für Dich, es zu lernen, wenngleich ich, um es Dir zu erklären, in eine Gefängniszelle gehen mußte.

Nach dem schrecklichen Urteil, als ich die Gefängniskleidung anhatte und das Gefängnis geschlossen worden war, saß ich inmitten der Trümmer meines wundervollen Lebens, von Pein zerquetscht, vom Schrecken verwirrt und vom Schmerz betäubt. Aber ich haßte Dich nicht.

Jeden Tag sagte ich mir: *»Ich muß heute die Liebe in meinem Herzen bewahren, wie soll ich sonst über den Tag kommen?«* Ich redete mir ein, daß Du ja nichts Böses gegen mich im Sinn hattest und arrangierte mich mit dem Gedanken, daß Du bei einem gewagten Unternehmen den Bogen überspannt hattest und der Pfeil einen König zwischen den Gelenken seines Harnischs durchbohrt hatte. Dich abzuwägen gegen die geringste meiner Sorgen, den unbedeutendsten meiner Verluste wäre, das fühlte ich, unfair gewesen. Ich beschloß, Dich als einen zu betrachten, der ebenfalls litt. Ich zwang mich zu glauben, daß es Dir endlich wie Schuppen von Deinen schon lange verblendeten Augen gefallen sei. Ich stellte mir unter Schmerzen vor, welches Grauen Dich gepackt haben muß, wenn Du über Dein schreckliches Werk nachsannst. Es gab sogar in jenen dunklen Tagen, den dunkelsten meines ganzen Lebens, Augenblicke, in denen ich mich tatsächlich danach sehnte, Dich zu trösten. So sicher war ich mir, daß Du endlich erkannt hattest, was Du getan hattest.

Damals kam es mir nicht in den Sinn, in Dir könne die höchste Untugend, nämlich Seichtheit sein. In der Tat, es bereitete mir wirklich Kummer, als ich Dich wissen lassen mußte, daß ich verpflichtet war, den ersten Brief, den ich in Empfang nehmen durfte, für Familienangelegenheiten zu reservieren. Aber mein Schwager hatte geschrieben, um mir mitzuteilen, daß meine Frau, wenn ich ihr nur einmal schriebe, um meinet- und unserer Kinder willen hinsichtlich der Scheidung nichts unternehmen würde. Ich sah es als meine Pflicht an, dies zu tun. Abgesehen von anderen Gründen, konnte ich den Gedanken nicht ertragen, von Cyril, meinem schönen, liebenden und liebenswerten Kind, meinem Freund unter allen Freunden, meinem Gefährten unter allen Gefährten, getrennt zu werden, von dessen goldenem Haupt mir ein einziges Haar mir teurer und wertvoller hätte sein sollen als, ich möchte nicht nur sagen Du von Kopf bis Fuß, sondern als aller Chrysolit der ganzen Welt. So war es immer für mich, obgleich ich es zu verstehen versäumte, bis es zu spät war.

Zwei Wochen nach Deinem Antrag erhalte ich Neuigkeiten, die Dich betreffen. Robert Sherard, dieser tapferste und ritterlichste aller herausragenden Männer, besucht mich und erzählt mir unter anderem, daß Du im Begriff stehst, in jenem lächerlichen *Mercure de France* mit seinem absurden Stolz, das wahre Zentrum literarischer Verworfenheit zu sein, einen Artikel über mich mit Auszügen aus meinen Briefen zu veröffentlichen. Er fragt mich, ob dies wirklich auf meinen Wunsch hin geschehe. Ich war mächtig verblüfft und sehr verärgert und gab Anweisung, die Sache sofort zu stoppen. Du hattest meine Briefe herumliegen lassen, so daß sie erpresserische Zeitgenossen stehlen, Hoteldiener stibitzen und Hausmädchen verkaufen konnten. Das war ganz einfach Dein leichtsinniges Verlangen nach Anerkennung dessen, was ich Dir geschrieben hatte. Doch daß Du im Ernst auf die Idee kommen solltest, Auszüge aus dem Restbestand zu veröffentlichen, konnte ich fast nicht glauben. Welche meiner Briefe waren es eigentlich? Ich konnte darüber keine Informationen bekommen. Das waren die ersten Neuigkeiten, die Dich betrafen. Sie mißfielen mir.

Der zweite Schub von Neuigkeiten folgte kurz darauf. Die Anwälte Deines Vaters waren im Gefängnis erschienen und stellten mir persönlich den Gerichtsbeschluß zu, wonach wegen armseliger 700 Pfund, dem Betrag ihrer geschätzten Kosten, das Konkursverfahren gegen mich eingeleitet werden sollte. Ich wurde öffentlich der Zahlungsunfähigkeit für schuldig befunden und ins Gericht einbestellt. Ich war jedoch der festen Überzeugung und bin es immer noch – ich werde auf den Punkt noch zurückkommen, daß diese Kosten von Deiner Familie hätten bezahlt werden müssen. Du hattest diese Verpflichtung persönlich auf Dich genommen und erklärt, Deine Familie würde sie übernehmen. Das war es, was den Anwalt dazu bewogen hatte, den Fall auf die Art und Weise überzunehmen, wie er ihn auch vertreten hat. Es war voll und ganz Deine Pflicht. Ungeachtet Deines Engagements für Deine Familie hättest Du doch merken müssen, daß das mindeste, was hätte getan werden können, da Du dieses ganze Desaster über mich gebracht hattest, war, mir die zusätzliche Schmach eines Bankrotts wegen eines absolut lächerlichen Geldbetrags, nämlich weniger als der Hälfte von dem, was ich für Dich in drei kurzen Sommermonaten in Goring ausgab, zu ersparen. Doch kein Wort mehr davon an dieser Stelle. Ich erhielt durch den Sekretär des Anwalts, das gebe ich voll zu, eine Botschaft zu der Sache, oder zumindest in Verbindung mit dem Vorfall, von Dir. An dem Tage, an dem er kam, um meine Erklärungen und Stellungnahmen einzuholen, lehnte er sich über den Tisch – der Gefängniswärter war anwesend – und sagte zu mir mit gedämpfter Stimme, nachdem er auf einem

Stück Papier, das er aus seiner Tasche zog, nachgesehen hatte: »Prinz Fleur-de-Lys sendet Ihnen Grüße.« Ich starrte ihn an. Er wiederholte seine Botschaft. Ich wußte nicht, was er meinte. »Der Herr ist gegenwärtig im Ausland«, fügte er geheimnisvoll hinzu. Plötzlich schoß es mir durch den Kopf, und ich erinnerte mich daran, daß ich zum ersten und letzten Mal während der gesamten Zeit im Gefängnis lachte. In jenem Lachen lag all die Verachtung der ganzen Welt. Prinz Fleur-de-Lys! Ich sah – und darauffolgende Ereignisse zeigten mir, daß ich es richtig sah – daß nichts von dem, was geschehen war, Dich dazu gebracht hatte, irgendetwas zu verstehen. In Deinen Augen warst Du immer noch der edle Prinz aus einer trivialen Komödie, nicht die düstere Figur eines tragischen Schauspiels. Alles, was geschehen war, war nur eine Feder für die Mütze, die einen beschränkten Kopf schmückt, nur eine Blume, die im Wams steckt, welches ein Herz verbirgt, das nur Haß erwärmen kann und nur die Liebe kalt findet. Prinz Fleur-de-Lys! Du tatest zweifellos recht daran, mit mir unter einem Pseudonym in Verbindung zu treten. Ich selbst hatte zu dieser Zeit keinen Namen. In dem großen Gefängnis, wo ich damals inhaftiert war, war ich nur Ziffer und Buchstabe einer kleinen Zelle in einem langen Gang, eine von tausend leblosen Nummern, eines von tausend leblosen Leben. Doch ganz sicher gab es da viele richtige Namen in der wirklichen Geschichte, die Dir wesentlich besser gestanden hätten und bei denen ich überhaupt keine Schwierigkeiten gehabt hätte, dich sofort zu erkennen. Ich schaute nicht nach Dir hinter dem Flitter eines Fastnachtsvisiers, wie man es nur zu kurzweiliger Maskerade trägt. Ach! Wäre Deine Seele, und für ihre Vollkommenheit hätte sie das sogar sein müssen, vom Kummer wund, von Reue gebeugt und vor Gram demütig gewesen, dann wäre die Verkleidung eine andere gewesen, unter der sie Einlaß ins Haus des Schmerzes gesucht hätte! Die großen Dinge des Lebens sind die, die groß zu sein scheinen und aus diesem Grund, auch wenn es für Dich merkwürdig klingen mag, oft schwer zu interpretieren sind. Doch die kleinen Dinge des Lebens sind Zeichen. Die bitteren Lektionen erhalten wir meist durch sie. Deine anscheinend zufällige Wahl eines fingierten Namens war symbolisch und wird es auch bleiben. Sie entblößt Dich.

Sechs Wochen später trifft ein dritter Schub von Neuigkeiten ein. Ich werde von der Krankenstation wegbeordert, wo ich furchtbar krank dalag, um eine besondere Botschaft von Dir durch den Vorsteher des Gefängnisses zu erhalten. Er liest mir einen Brief vor, den Du an ihn adressiert hattest und in dem Du erklärtest, daß Du vorhattest, einen Artikel »zu dem Fall Oscar Wilde« im *Mercure de France* (»eine Zeitschrift«, so fügtest Du aus irgendeinem seltsamen Grund hinzu, »die unserer englischen *Fortnight Review* entspricht«) zu veröffentlichen, in dem Du auch erklärtest, daß Du Angst hättest, Du könntest meine Zustimmung nicht erlangen, Teile und Auszüge aus Briefen zu veröffentlichen – aus welchen Briefen eigentlich? Aus den Briefen, die ich Dir aus dem Gefängnis in Holloway geschrieben hatte! Den Briefen, die Dir über alles in der Welt heilig und geheim hätten sein sollen! Dies waren also die Briefe, die Du veröffentlichen wolltest, damit sie der übersättigte *décadent* bewundern, der gierige *feulletoniste* besabbern und die kleinen Löwen des *Quartier Latin* begaffen und beglotzen könnten! Wenn es in Deinem Herzen schon nichts gab, das gegen solch eine gemeine Schändung aufschrie, so hättest Du Dich wenigstens des Sonettes eines Mannes entsinnen können, der mit großem Kummer und großer Verachtung mitansehen mußte, wie die Briefe des John Keats bei einer öffentlichen Auktion in London versteigert wurden, und Du hättest zumindest die wirkliche Bedeutung meiner Verse verstehen sollen:

> Ich glaube, sie lieben nicht die Kunst,
> Die den Kristall im Herzen eines Dichters zerschlagen,
> Damit kleine und kränkliche Augen etwas zu starren
> oder zu begaffen haben.

Was sollte Dein Artikel denn zeigen? Daß ich zu liebevoll zu Dir gewesen war? Der *gamin* in Paris war sich dieser Tatsache sowieso bewußt. Sie lesen alle die Zeitungen, und die meisten schreiben für sie. Oder wolltest Du deutlich machen, ich sei ein Mann mit Genius? Die Franzosen wußten das und verstanden die besondere Qualität meines Genius viel besser, als Du sie verstandst oder als man von Dir erwarten konnte, daß Du sie verstehst. Wolltest Du zeigen, daß eine seltsame Verdrehtheit von Leidenschaft und Sehnsucht oft neben dem Genius einhergeht? Das ist bewundernswert, aber dennoch kommt das Thema eher Lombroso zu als Dir. Außerdem findet sich das fragliche pathologische Phänomen genauso bei Leuten, die keinen Genius besitzen. Oder wolltest Du zeigen, daß ich im Krieg des Hasses gegen Deinen Vater zugleich Schild und Waffe für euch beide war? Oder wolltest Du vielmehr deutlich machen, daß er mich in dieser üblen Jagd auf mein Leben, die nach Beendigung des Krieges stattfand, niemals hätte erreichen können, hätte sich Dein Netz nicht schon um meine Füße geschlungen? Das stimmt schon. Aber man teilt mir mit, daß Henri Bauer das schon sehr erfolgreich getan hatte. Wäre es außerdem Deine Absicht gewesen, seine Sichtweise zu bekräftigen, wäre die Veröffentlichung meiner Briefe nicht erforderlich gewesen. Jedenfalls nicht derer, die ich aus dem Gefängnis in Holloway schrieb.

Willst Du als Antwort auf meine Fragen entgegnen, daß ich Dich in einem von meinen Briefen aus Holloway darum gebeten hätte, soweit es Dir möglich wäre, mich bei einem kleinen Teil der Welt wieder ein wenig ins rechte Bild zu rücken? Sicher, ich tat dies. Bedenke, wie ich hier herkam und warum ich in diesem Augenblick hier bin. Meinst Du, ich bin wegen des meines Umgangs mit den Zeugen bei meiner Gerichtsverhandlung hier? Mein Umgang mit Leuten von dieser Sorte, mag er tatsächlich stattgefunden haben oder mag man ihn nur vermuten, waren weder für die Regierung noch die Gesellschaft von Interesse. Sie wußten nichts davon und kümmerten sich noch weniger darum. Ich bin hier, weil ich versuchte, Deinen Vater ins Gefängnis zu bringen. Mein Versuch scheiterte natürlich. Mein eigener Rechtsbeistand legte sein Mandat nieder. Dein Vater drehte den Spieß komplett um und brachte *mich* ins Gefängnis. und ich bin immer noch hier. Das ist der Grund, warum man mir Geringschätzung entgegenbringt. Das ist der Grund, warum die Leute mich verachten. Das ist der Grund, weswegen ich jeden Tag, jede Stunde und jede Minute meiner schrecklichen Inhaftierung verbüßen muß. Das ist der Grund, weswegen meine Petitionen abgelehnt wurden.

Du warst die einzige Person, die, ohne sich irgendwie der Verachtung, Gefahr oder Beschuldigungen aussetzen zu müssen, der ganzen Affaire eine andere Färbung hätte geben, die Angelegenheit in ein rechtes Licht hätte rücken, bis zu einem gewissen Grad hätte aufzeigen können, wie die Dinge sich wirklich verhielten. Ich hätte selbstverständlich niemals erwartet oder gar gewünscht, daß Du Dich dazu äußerst, mit welcher Absicht Du meinen Beistand in Deinen Schwierigkeiten in Oxford suchtest, oder warum und mit welcher Absicht, wenn Du überhaupt eine Absicht hattest, Du in fast drei Jahren praktisch nie von meiner Seite gewichen bist. Meine unablässigen Versuche, eine Freunschaft aufzugeben, die für mich als Künstler, als Mann von Rang und Mitglied der angeseheneren Gesellschaft so ruinös war, hätten nicht mit der Genauigkeit, mit der sie hier festgehalten wurden, verzeichnet werden müssen. Auch hätte ich nicht gewünscht, daß Du die Szenen, die Du gewöhnlich mit fast monotoner Regelmäßigkeit machtest, beschreibst, noch daß die wundersame Serie Deiner Telegramme an mich, mit ihrer seltsamen Mischung aus Romanzen und Finanzangelegenheiten, abgedruckt wird. Auch hätte ich nicht gewünscht, daß die abstoßenden und herzlosen Passagen Deiner Briefe zitiert werden, was zu tun ich gezwungen war. Weiterhin dachte ich, es wäre sowohl für Dich als auch für mich gut gewesen, wenn Du Dich gegen Deines Vaters Beschreibung unserer Freundschaft ein wenig aufgelehnt hättest, eine nicht weniger groteske als gehässige Beschreibung und genauso absurd in den Belangen, die Dich betreffen, wie entehrend in denen, die mich betreffen. Jene Beschreibung hat nun tatsächlich in die wirkliche Geschichte Eingang gefunden. Sie wird zitiert, geglaubt und aufgezeichnet. Der Prediger hat sie für seinen Text verwendet und der Moralapostel für sein langweiliges Thema. Und ich, der ich an alle Lebensalter appellierte, mußte den Urteilsspruch von einem Affen und Hanswurst akzeptieren. Ich sagte in diesem Brief schon mit einiger Bitterkeit, das gebe ich zu, es sei die Ironie der Dinge, daß Dein Vater nun als Held von Sonntagsschultraktaten weiterlebt, daß Du auf einer Stufe stehst mit dem Knaben Samuel und daß mein Platz zwischen Gilles de Retz und dem Marquis de Sade ist. Ich möchte sagen, es ist so am besten. Ich fühle kein Verlangen danach, mich zu beschweren. Eine der vielen Lektionen, die man im Gefängnis lernt, ist die, daß die Dinge sind, wie sie sind, und sein werden, wie sie sein werden. Auch zweifle ich nicht daran, daß der von der Schwarzen Magie Zerfressene und der Autor von *Justine* sich als bessere Gesellschaft erweisen werden als *Sandford und Merton*.

Aber zu der Zeit, als ich Dir schrieb, merkte ich, daß es um unser beider willen gut, angemessen und richtig wäre, den Beitrag, den Dein Vater durch seine Anwälte für die Erbauung Philister geleistet hatte, *nicht* zu akzeptieren, und gerade deswegen bat ich Dich, darüber nachzudenken, was der Wahrheit eher entspräche, und es aufzuschreiben. Zumindest wäre das für Dich besser gewesen, als den französischen Zeitungen etwas über das häusliche Leben unserer Eltern hinzuschmieren. Was kümmerte es die Franzosen, ob Deine Eltern ein glückliches häusliches Leben geführt hatten oder nicht? Man kann eigentlich gar kein Thema aufgreifen, das noch uninteressanter für sie wäre. Was sie wirklich interessierte, war, wie ein Künstler meines Rufes, einer, der durch die Schule und die literarische Bewegung, deren Inbegriff er war, einen markanten Einfluß auf die Richtung des französischen Geisteslebens ausgeübt hatte, es soweit gebracht haben kann, wo er doch so ein Leben führte. Wärst Du für Deinen Artikel auf die Idee gekommen, die Briefe zu veröffentlichen, endlos an der Zahl fürchte ich, in denen ich zu Dir über den Ruin, den Du in mein Leben brachtest, über die wahnsinnigen Wutausbrüche, die Dich zu Deinem Schaden wie zu meinem beherrschten, und über mein Verlangen, mehr noch, meinen Entschluß, eine Freundschaft zu beenden, die für mich in jeder Hinsicht so fatal war, sprach, dann hätte ich es verstehen können, obwohl ich die Veröffentlichung solcher Briefe nicht gestattet hätte. Als der Anwalt Deines Vaters, weil er mich in einen Widerspruch verwikkeln wollte, im Gerichtssaal plötzlich einen meiner Briefe hervorzog, den ich Dir im März '93 geschrieben hatte und in dem ich zum Ausdruck brachte, daß ich, anstatt eine Wiederholung der abscheulichen Szenen zu erdulden, an denen Du Dich so schrecklich zu ergötzen schienst, lieber einwilligen würde, »von jedem Vermieter in London erpreßt zu werden«, bereitete es mir wirklich Kummer, daß gerade diese Seite meiner Freundschaft mit Dir den öffentlichen Blicken ganz beiläufig enthüllt wurde. Aber daß Du so schwer von Begriff sein solltest, so empfindungslos und so schwerfällig in der Hochschätzung dessen, was selten, erhaben und schön ist, daß Du auf die Idee kamst, die Briefe zu veröffentlichen, in denen und durch die ich versuchte, den Geist und die Seele der Liebe zu bewahren, damit sie während der langen Jahre der Erniedrigung dieses Körpers in diesem Körper wohne, das war, und ist es noch, eine Quelle tiefsten Schmerzes und bitterster Enttäuschung für mich. Warum Du es dennoch getan hast, weiß ich, fürchte ich, nur zu gut. Wenn der Haß Deine Augen blind gemacht hat, dann hat die Eitelkeit Deine Augenlider mit Eisenfäden zusammengenäht. Die Fähigkeit, »durch die allein man andere in ihren realen sowie in ihren ideellen Bindungen verstehen kann«, hatte Deine bornierte Ichbezogenheit abgestumpft, und der lange Nichtgebrauch hatte sie nutzlos gemacht. Die Phantasie war genauso gefangen wie ich. Die Eitelkeit hatte die Fenster verriegelt, und der Name des Aufsehers war Haß.

All dies fand im frühen November des vorletzten Jahres statt. Ein breiter Strom des Lebens fließt zwischen Dir und einem so weit entfernten Datum. Kaum kannst Du wohl eine so weite Einöde überblicken. Aber mir scheint es sich nicht etwa gestern, sondern heute ereignet zu haben. Das Leiden erstreckt sich über einen einzigen langen Moment. Wir können es nicht in Jahreszeiten einteilen. Wir können nur seine Stimmungen erfassen und deren Wiederkehr verzeichnen. Die Zeit schreitet nicht mit uns voran. Sie dreht sich. Sie scheint um das Zentrum des Schmerzes zu kreisen. Sie ist die lähmende Unbeweglichkeit eines Lebens, in dem jede Situation nach einem unveränderlichen Muster geregelt ist, so daß wir essen, trinken, laufen, daliegen und beten oder zumindest zum Gebet niederknien, entsprechend den unbeugsamen Gesetzen einer eisernen Formel. Dieser Zustand der Unbeweglichkeit, der jeden schrecklichen Tag bis ins kleinste Detail wie seinen Bruder gestaltet, scheint sich jenen äußeren Mächten mitzuteilen, deren Daseinsessenz in unaufhörlichem Wandel besteht. Von der Saatzeit oder der Ernte, von den Schnittern, die sich über das Getreide beugen, von den Winzern, die die Trauben pflücken und sich durch die Reben hindurchwinden, vom Gras im Obstgarten, das weiß ist von herabgefallenen Blütenblättern oder bestreut mit abgefallenen Früchten, davon wissen wir nichts und können wir nichts wissen. Für uns gibt es nur eine Jahreszeit, die Zeit des Kummers. Die Sonne gar und der Mond scheinen von uns genommen. Draußen mag der Tag blau und golden sein, aber das Licht, das durch das dicke Glas der kleinen Fenster mit ihren Eisengittern herabkriecht, unter denen man sitzt, ist grau und schwach. Es herrscht immer Halbdunkel in der Zelle, und immer Mitternacht im Herzen. Und in der geistigen Sphäre gibt es, genauso wie in der zeitlichen Sphäre, keine Bewegung mehr. Das, was Du vor langer Zeit schon vergessen hast oder leicht vergessen kannst, passiert mir gerade und wird mir morgen wieder passieren.

Denke daran, und Du wirst ein wenig verstehen, warum ich Dir schreibe und warum ich Dir in dieser Art und Weise schreibe.

Eine Woche später werde ich hierher gebracht. Drei weitere Monate gehen vorüber, und meine Mutter stirbt. Keiner wußte besser als Du, wie tief ich sie liebte und verehrte. Ihr Tod war so furchtbar für mich, daß ich, obwohl ich einst Herr über die Sprache war, keine Worte finde, mit denen ich meinen Schmerz und meine Scham ausdrücken kann. Niemals, nicht einmal in den vollkommensten Tagen meiner Entwicklung als Künstler, hätte ich Worte gefunden, die passend gewesen wären, um eine so erhabene Bürde zu tragen oder mich mit angemessen würdiger Komposition durch die purpurne Szene meines nicht auszudrückenden Leids zu bewegen. Sie und mein Vater hatten mir einen Namen vermacht, den sie nicht nur in der Literatur, Kunst, Archäologie und Naturwissenschaft veredelt und gemehrt hatten, sondern auch in der Geschichte der Entwicklung meines Landes zur Nation. Ich habe diesen Namen auf immer geschändet. Ich habe ihn zu einem niedrigen Schimpfwort unter niedrigen Leuten gemacht. Ich habe ihn tief durch den Schmutz gezogen. Ich habe ihn dem Vieh vorgeworfen, damit es ihn viehisch mache, und den Törichten, damit sie ihn zu einem Inbegriff für Torheit machen. Was ich damals erlitt und immer noch erleide, kann kein Stift niederschreiben und kein Papier festhalten. Meine Frau, zu jener Zeit sanft und freundlich zu mir, reiste, damit ich die Nachricht nicht aus gleichgültigem oder fremdem Mund erführe, krank wie sie war, den ganzen Weg von Genua nach England, um mir selbst die Kunde eines so unersetzlichen, so unwiederbringlichen Verlustes zu übermitteln. Beileidsbekundungen von allen, die noch Zuneigung zu mir empfanden, erreichten mich. Sogar Leute, die mich persönlich gar nicht kannten und hörten, welches neue Leid in mein zerstörtes Leben gekommen war, schrieben und baten darum, ihr Beileid möge mir überbracht werden. Nur Du bliebst weg, schicktest mir keine Nachricht und schriebst mir keinen Brief. Über derartiges sagt man am besten das, was Vergil zu Dante über jene sagt, deren leeres Leben nie von edlen Antrieben entflammt worden ist, die Zauderer, die Tatenlosen: »*Non ragioniam di lor, ma guarda, e passa.*«

Drei weitere Monate gehen vorüber. Die Liste, auf der meine tägliche Führung und Arbeit eingetragen ist und die an der Außenseite meiner Zellentür hängt, mit meinem Namen und Haftgrund darauf, sagt mir, daß es Mai ist. Meine Freunde besuchen mich wieder einmal. Ich erkundige mich wie immer nach Dir. Man sagt mir, Du seist in Deiner Villa in Neapel und stündest gerade im Begriff, einen Band mit Gedichten herauszubringen. Am Ende der Unterhaltung erwähnt man beiläufig, daß Du ihn mir widmen willst. Diese Kunde schien in mir eine Art Ekel vor dem Leben auszulösen. Ich sagte nichts, sondern ging schweigend in meine Zelle zurück, mit Geringschätzung und Verachtung im Herzen. Wie konntest Du im Traum daran denken, mir einen Gedichtband zu widmen, ohne zuerst um meine Erlaubnis zu bitten? Sagte ich, im Traum daran denken? Nein, wie konntest Du es wagen, so etwas zu tun? Wirst Du mir antworten, ich hätte in den Tagen meiner Größe und meines Ruhms eingewilligt, die Widmung Deines Erstlingswerkes anzunehmen? Sicherlich tat ich das, genauso wie ich die Hommage eines jeden anderen jungen Mannes, der die schwierige und schöne Kunst der Literatur anging, angenommen hätte. Jede Ehrung ist für einen Künstler erfreulich und doppelt so süß, wenn die Jugend sie erweist. Lorbeer verwelkt, wenn ihn betagte Hände pflücken. Nur die Jugend hat ein Recht, einen Künstler zu krönen. Das ist das wirkliche Privileg der Jugend, wenn es die Jugend nur erkennte. Aber die Tage der Erniedrigung und Schande unterscheiden sich von denen der Größe und des Ruhms. Du mußt noch lernen, daß Wohlstand, Glück und Erfolg hart in ihrem Kern und grob in ihrer Struktur sein können, aber daß der Kummer das empfindlichste aller Dinge ist, die es gibt. Es gibt nichts, was sich in der gesamten Welt des Geistes oder der Bewegung regt, das das Leid nicht in schrecklichem, wenn auch erhabenem Pulsieren erzittern läßt. Das dünne, zitternde Goldblättchen, das die Richtung von Kraftströmen anzeigt, die das Auge nicht sehen kann, ist im Vergleich dazu plump. Das Leid ist eine Wunde, die blutet, wenn eine fremde Hand sie berührt und muß auch dann noch bluten, wenn die Liebe sie berührt, obgleich sie dann nicht schmerzt.

Du konntest dem Vorsteher des Gefängnisses in Wandsorth schreiben und um meine Erlaubnis bitten, meine Briefe im *Mercure de France,* »der unserer englischen *Fortnightly Review* entspricht«, veröffentlichen zu dürfen. Warum schriebst Du dann nicht dem Vorsteher des Gefängnisses in Reading und batest um meine Erlaubnis, mir Deine Gedichte widmen zu dürfen, welche überspannte Beschreibung ihrer auch immer Du gegeben haben magst. War es deshalb, weil im einen Fall die fragliche Zeitschrift von mir daran gehindert worden war, die Briefe zu veröffentlichen, deren Urheberrechte, dessen bist Du Dir doch voll bewußt, gänzlich bei mir lagen und immer noch liegen, und weil Du im anderen Fall dachtest, Du könntest eigenmächtig vorgehen, ohne daß ich irgendetwas davon wußte, bis es zu spät zum Einschreiten war? Die bloße Tatsache, daß ich ein entehrter, ruinierter Mann und Gefangener war, hätte Dich, wenn Du wünschtest, meinen Namen auf die Vorderseite Deines Werkes zu schreiben, veranlassen müssen, es von mir als Gunst, Ehre und als ein Privileg zu erbitten. Dies ist die Art und Weise, in der man sich jenen nähern sollte, die sich in Not befinden und in Schande verharren.

Wo es Leid gibt, dort ist heiliger Boden. Eines Tages wirst Du erkennen, was das bedeutet. Du wirst nichts über das Leben wissen, bis Du es erkannt hast. Robbie und Naturen wie seine können es erkennen. Als ich zwischen zwei Polizisten von meinem Gefängnis ins Konkursgericht heruntergebracht wurde, wartete Robbie auf dem langen, tristen Korridor, damit er vor der ganzen Menge, die eine so liebe und einfache Geste verstummen ließ, seinen Hut würdevoll vor mir ziehe, als ich in Handschellen und gesenkten Hauptes an ihm vorüberging. Menschen sind schon für geringere Verdienste als dies in den Himmel gekommen. Es war in diesem Geiste und mit dieser Art von Liebesbezeugung, daß die Heiligen niederknieten, um den Armen die Füße zu waschen oder sich bückten, um den Aussätzigen auf die Wange zu küssen. Ich habe nie ein Wort zu ihm bezüglich dessen, was er tat, gesagt. Ich weiß bis heute nicht, ob er überhaupt wahrgenommen hat, daß ich sein Handeln bemerkte. Es ist nicht etwas, wofür man mit förmlichen Worten förmlichen Dank erweisen kann. Ich bewahre es in der Schatzkammer meines Herzens auf. Dort verwahre ich es als geheime Schuld, das ich möglicherweise – und daran zu denken stimmt mich froh – niemals zurückzahlen kann. Es lebt fort und wird liebevoll durch Myrrhe und Cassia vieler Tränen erhalten. Als Weisheit nutzlos für mich war, die Philosophie unfruchtbar und die Sprüche und Redensarten derer, die mir Trost zu spenden suchten, wie Staub und Asche in meinem Mund lagen, da öffnete mir das Gedenken an jene kleine und stille Geste der Liebe all die Quellen des Mitleids, ließ die Wüste wie eine Rose aufblühen und holte mich aus Bitterkeit und einsamer Verbannung heraus in den Gleichklang mit dem wunden, gebrochenen und großen Herzen der Welt. Sobald Du nicht nur verstehen kannst, wie schön Robbies Geste war, sondern auch warum sie mir so viel bedeutete und immer so viel bedeuten wird, dann wirst Du vielleicht erkennen, wie und mit welcher Gesinnung Du Dich mir hättest nähern und mich um die Erlaubnis hättest bitten sollen, mir Deine Verse widmen zu dürfen.

Es ist nur recht und billig festzustellen, daß ich die Widmung auf keinen Fall akzeptiert hätte. Obwohl es mir unter anderen Umständen möglicherweise gefallen hätte, wenn ich gebeten worden wäre, so hätte ich doch um *Deinetwillen*, ungeachtet irgendwelcher Gefühle meinerseits, diese Bitte abgelehnt. Der erste Gedichtband, den ein junger Mann im Frühling seines Mannseins hinaus in die Welt schickt, sollte wie eine Blüte oder Frühlingsblume sein, wie der Weißdorn auf den Wiesen von Magdalen oder die Schlüsselblumen auf den Feldern von Cumnor. Er sollte nicht von dem Gewicht einer schrecklichen, einer abscheulichen Tragödie, eines schrecklichen, eines abstoßenden Skandals belastet sein. Hätte ich zugelassen, daß mein Name diesem Buch als Herold vorangestellt würde, so wäre das ein schwerer künstlerischer Fehler gewesen. Er hätte der ganzen Arbeit eine falsche Atmosphäre verliehen, und gerade in der modernen Kunst zählt Atmosphäre so viel. Das moderne Leben ist komplex und relativ. Das sind seine zwei grundlegenden Merkmale. Um das erste wiederzugeben, brauchen wir Atmosphäre mit aller Feinheit der *nuances*, der Suggestion und neuer Ausblicke. Um das zweite wiederzugeben, brauchen wir einen Hintergrund. Aus diesem Grund gehört die Plastik nicht mehr zu den darstellenden Kunstformen, und deshalb ist Musik eine darstellende Kunstform. Aus diesem Grund ist, war und wird die Literatur immer die höchste darstellende Kunstform sein.

Dein kleines Buch hätte sizilianisches und arkadisches Flair mit sich bringen sollen, nicht die verderbliche Fäulnis der Strafgerichte oder die dicke Luft der Gefängniszelle. Auch wäre eine solche Widmung, wie Du sie vorschlugst, nur künstlerische Geschmacksverirrung gewesen. Sie wäre auch von anderen Standpunkten aus gesehen gänzlich unziemlich gewesen. Sie hätte wie eine Fortführung Deines Verhaltens vor und nach meiner Verhaftung ausgesehen. Sie wäre den Leuten wie ein Versuch dummer Prahlsucht vorgekommen, wie ein Beispiel für die Art von Mut, die in den Straßen der Schande billig ver- und billig gekauft wird. Was unsere Freundschaft betrifft, so hat Nemesis uns beide wie Fliegen zerquetscht. Die Widmung von Versen an mich, der ich im Gefängnis saß, hätte wie eine Art alberner Versuch einer schlagfertigen Erwiderung ausgesehen, eine Fähigkeit, derer Du Dich in Deinen alten Tagen der furchtbaren Briefschreibe-Sucht – Tage, die, das hoffe ich um Deinetwillen, nie wiederkehren werden – offen bedientest und auf die Du Dir etwas einbildetest und mit der Du Dich gerne brüstetest. Sie hätte nicht die ernste, die schöne Wirkung erzeugt, die Du – darauf vertraue ich, daran glaube ich – beabsichtigt hattest. Hättest Du mich gefragt, hätte ich Dir geraten, die Veröffentlichung Deiner Verse noch ein wenig aufzuschieben, oder, wenn Dir das mißfallen hätte, sie zuerst anonym zu veröffentlichen und dann, wenn Du durch Dein Lied Freunde gewonnen hättest – die einzige Sorte von Freunden, die zu gewinnen die Mühe lohnt – hättest Du Dich umdrehen und der Welt sagen können: »Diese Blumen, die ihr bewundert, stammen aus meiner Saat, und jetzt bringe ich sie Einem dar, den ihr als Paria und Verstoßenen betrachtet, bringe sie ihm dar als meinen Tribut an das, was ich an ihm liebe, verehre und bewundere.« Aber Du wähltest die falsche Methode und den falschen Augenblick. Es gibt ein Taktgefühl in der Liebe und ein Taktgefühl in der Literatur. Für beide warst Du nicht aufnahmebereit.

Ich habe zu Dir so ausführlich über diesen Punkt gesprochen, damit Du seine volle Tragweite erfassen und verstehen kannst, warum ich sofort an Robbie schrieb und mich so geringschätzig und verächtlich über Dich äußerte, die Widmung strikt verhindern wollte und wünschte, daß die Worte, die ich benutzte, als ich über Dich schrieb, sorgfältig aufgeschrieben und Dir zugeschickt würden. Ich fühlte, daß die Zeit endlich gekommen war, wo Dir ein wenig von dem eindringlich klargemacht und verdeutlicht werden sollte, was Du getan hattest. Blindheit kann so weit führen, daß sie grotesk wird, und eine Natur ohne Phantasie wird, wenn nichts getan wird, um sie wachzurütteln, zu absoluter Empfindungslosigkeit versteinern, so daß, während der Körper noch ißt, trinkt und seinen Vergnügungen nachgeht, die Seele, deren Zuhause er ist, wie die Seele des Branca d'Oria bei Dante, schon tot ist. Mein Brief scheint keinen Moment zu früh angekommen zu sein. Ich fiel, so wie ich die Sache sehe, wie ein Donnerschlag über Dich her. Du selbst nennst Dich in Deinem Brief an Robbie »Deiner ganzen Geistes- und Ausdruckskraft beraubt«. Tatsächlich fällt Dir offenbar nichts Besseres ein, als Deiner Mutter einen Klagebrief zu schreiben. Sie spendet Dir natürlich, mit dieser Blindheit für Dein wirkliches Wohlergehen, die ihr und Dein unseliges Los war, allen nur erdenklichen Trost und lullt Dich, vermute ich, in Deinen früheren unglückseligen und unglücklichen Zustand ein. Währenddessen läßt sie, was mich betrifft, meine Freunde wissen, sie sei »sehr verärgert« ob der Strenge meiner Bemerkungen über Dich. Tatsächlich sind es nicht nur meine Freunde, denen sie ihre Gefühle der Verärgerung mitteilt, sondern auch jene – um vieles größer an der Zahl, darauf muß ich Dich wohl kaum hinweisen – die nicht meine Freunde sind. Und dann werde ich über Leute, die Dir und den Deinen sehr wohlgesinnt sind, darüber informiert, daß infolgedessen für mich ein großer Teil des Mitgefühls, das auf Grund meines hervorragenden Genies und meiner schrecklichen Leiden langsam aber sicher für mich aufkam, gänzlich entschwand. Die Leute sagen: »Aha! Zuerst versuchte er, den lieben Vater ins Gefängnis zu bringen, und scheiterte. Jetzt dreht er sich um und macht den unschuldigen Sohn für sein Scheitern verantwortlich. Wie recht wir doch hatten, als wir ihn verachteten! Wie verabscheuenswert er doch ist!« Wenn mein Name in Anwesenheit Deiner Mutter erwähnt wird und sie schon kein Wort des Kummers oder Bedauerns für ihren – nicht geringen – Anteil am Ruin meines Hauses findet, dann scheint es mir angebrachter zu sein, wenn sie ihren Mund hielte. Und was Dich angeht, glaubst Du jetzt nicht auch, daß es, anstatt *ihr* zu schreiben, um Dich über mich zu beschweren, für Dich in jeder Hinsicht besser gewesen wäre, *mich* ganz direkt anzuschreiben und den Mut aufzubringen, mir zu sagen, was auch immer Du mir zu sagen hattest oder meintest, mir sagen zu müssen? Es ist jetzt fast ein Jahr her, seit ich jenen Brief geschrieben habe. Du kannst während dieser ganzen Zeit gar nicht »der ganzen Geistes- und Ausdruckskraft beraubt« gewesen sein. Warum schriebst Du mir nicht? An meinem Brief sahst Du doch, wie tief verwundet und wie schockiert ich von Deinem ganzen Verhalten war. Mehr noch, Du sahst auf einmal die ganze Freundschaft zu mir in ihrem wahren Licht und auf unverfälschte Art und Weise vor Dir. Oft hatte ich Dir in vergangenen Tagen gesagt, Du ruiniertest mein Leben. Du hast immer gelacht. Als mich ganz am Anfang unserer Freundschaft Edwin Levy, weil er sah, wie Du mich antriebst, die Last, den Ärger und sogar die Ausgaben Deiner unglückseligen Panne in Oxford, wir wollen's mal so nennen, auf mich zu nehmen – bezüglich dieser Panne hatte ich ihn auch um seinen Rat und seine Hilfe ersucht – eine volle Stunde lang auf mich einredete und mich davor warnte, mich mit Dir abzugeben, und als ich Dir dann in Bracknell meine lange und beeindruckende Unterredung mit ihm beschrieb, da lachtest Du. Als ich Dir erzählte, wie sogar der unglückselige junge Mann, der neben mir auf der Anklagebank saß, mir mehr als einmal vor Augen führte, daß Du Dich als noch verhängnisvoller für mich erweisen und mich noch gründlicher ruinieren würdest als irgendeiner von den gewöhnlichen Kerlen, deren Bekanntschaft zu suchen ich dumm genug war, da lachtest Du, wenn auch nicht so amüsiert wie sonst. Als die klügeren oder Dir weniger wohlgesinnten unter meinen Freunden mich wegen meiner Freundschaft zu Dir entweder warnten oder mich verließen, lachtest Du voll Verachtung. Du lachtest unbändig, als Dein Vater Dir seinen ersten ausfallenden Brief gegen mich schrieb und ich Dir erzählte, ich wisse, daß ich bloß der Prügelknabe bei Eurem furchtbaren Streit sei und mir zwischen Euch beiden ein Übel zustoßen werde. Doch all das geschah, was ich vorausgesagt hatte – betrachtet man das Ergebnis. Es gibt keine Entschuldigung dafür, daß Du nicht sahst, wie sich alles entwickelt hatte. Warum schriebst Du mir nicht? War es Feigheit? War es Abgebrühtheit? Was war es? Die Tatsache, daß ich über Dich empört war und meinem Gefühl der Empörung Ausdruck verliehen hatte, war erst recht ein Grund zu schreiben. Wenn Du meinen Brief für nicht gerechtfertigt hieltest, hättest Du schreiben müssen. Wenn Du ihn auch nur in einem winzigen Punkt für nicht gerechtfertigt hieltest, hättest Du schreiben müssen. Ich wartete auf einen Brief. Ich war mir sicher, daß Du am Ende sehen würdest, wenn alte Zuneigung, häufig beteuerte Liebe, die tausend Handlungen schlecht belohnter Freundlichkeit, mit der ich Dich überschüttet hatte, die tausendfache unbezahlte Dankesschuld, die Du mir gegenüber hattest – wenn Dir all diese Dinge schon nichts bedeuteten, daß Dich dann doch wenigstens bloßes Pflichtgefühl, das geringste aller Bande zwischen zwei Männern, dazu veranlassen würde, mir zu schreiben. Du kannst nicht behaupten, Du habest ernsthaft gedacht, es wäre mir lediglich gestattet, geschäftliche Mitteilungen von Mitgliedern meiner Familie entgegenzunehmen. Du wußtest ganz genau, daß Robbie mir alle zwölf Wochen eine kleine Zusammenstellung von Neuigkeiten in der Literatur schrieb. Nichts kann reizender sein als seine Briefe, mit ihrem Witz, ihrer gescheiten und konzentrierten Kritik und ihrem Einfühlungsvermögen. Sie sind wirkliche Briefe. Sie sind wie eine Person, die zu einem spricht. Sie haben die Qualität einer französischen *causerie intime*. Und in seiner erhabenen Art der Ehrerbietung für mich zeigt er, während er einerseits mein Urteilsvermögen, andererseits meinen Sinn für Humor, meinen Instinkt für das Schöne oder meine Geistesbildung anspricht und er mich auf hundert raffinierte Arten daran erinnert, daß ich für viele einmal ein Meister des künstlerischen Stils, für manche sogar der größte Meister war, daß er das Taktgefühl der Liebe ebenso hat wie literarisches Taktgefühl. Seine Briefe sind immer die kleinen Boten zwischen mir und der schönen, unwirklichen Welt der Kunst gewesen, in der ich einst König war und in der ich auch König geblieben wäre, hätte ich mich nicht in eine armselige Welt gemeiner, unvollkommener Leidenschaften, eine Welt wahlloser Gelüste, grenzenlosen Verlangens und formloser Gier locken lassen. Eines bleibt noch zu sagen: Du hättest immerhin verstehen oder immerhin geistig erfassen können, daß es schon auf Grund bloßer psychologischer Neugier für mich interessanter gewesen wäre, von Dir zu hören, als zu erfahren, daß Alfred Austin einen Gedichtband herausbringen wolle, oder daß Street Theaterkritiken im *Daily Chronicle* schreibe, oder daß Mrs. Meynell von einem, der eine Lobrede nicht ohne zu stocken halten kann, zur neuen Sibylle der Stilistik ausgerufen worden war.

Ach! Wärst Du im Gefängnis gewesen – ich will nicht sagen durch einen Fehler meinerseits, denn das wäre ein zu schrecklicher Gedanke, als daß ich ihn ertragen könnte – sondern durch einen Fehler oder Irrtum Deinerseits, durch den Glauben an einen unwürdigen Freund, einen Ausrutscher im fleischlichen Sumpf, unangebrachtes Vertrauen, unerwiderte Liebe, aus all diesen Gründen zusammen oder aus keinem von ihnen – glaubst Du, ich hätte Dich Dein Herz in Dunkelheit und Einsamkeit zerfleischen lassen, ohne irgendwie zu versuchen, und wäre es noch so aussichtslos, Dir beim Tragen der bitteren Last Deiner Schmach zu helfen? Glaubst Du, ich hätte Dich nicht wissen lassen, daß ich ebenfalls litt, wenn Du littst, daß, wenn Du weintest, Tränen auch meine Augen trübten, daß ich, wenn Du im Hause der Gefangenschaft lägst und von den Menschen verachtet würdest, aus meinem Kummer ein Haus baute, in dem ich bis zu Deiner Rückkehr wohnen würde, eine Schatzkammer, in der ich alles, was Dir von den Menschen vorenthalten würde, für Deine Heilung in hundertfacher Menge anhäufte? Hätte bittere Notwendigkeit oder die Vorsicht, die für *mich* noch bitterer wäre, mich daran gehindert, Dir nahe zu sein und mich, obwohl ich Dich durch Gitterstäbe und im Gewand der Schande gesehen hätte, der Freude Deiner Anwesenheit beraubt, dann hätte ich Dir zur passenden und auch zur unpassenden Zeit geschrieben in der Hoffnung, daß irgendein Satz, ein einzelnes Wort oder auch ein Echo der Liebe Dich erreichen könnte. Hättest Du dann meine Briefe zurückgewiesen, hätte ich sie trotzdem weitergeschrieben, so daß Du gewußt hättest, daß auf jeden Fall immer Briefe auf Dich warteten. Viele handelten so an mir. Alle drei Monate schreiben mir Leute oder stellen Anträge, mir schreiben zu dürfen. Ihre Briefe und Mitteilungen werden zurückbehalten. Sie werden mir übergeben, wenn ich das Gefängnis verlasse. Ich weiß, daß sie da sind. Ich kenne die Namen der Leute, die sie geschrieben haben. Ich weiß, daß sie voll Mitgefühl, Zuneigung und Güte sind. Das genügt mir. Mehr muß ich nicht wissen. Dein Schweigen war furchtbar, auch war es nicht bloß ein Schweigen über Wochen oder Monate, sondern über Jahre hinweg, Jahre, die sogar die Menschen zählen müssen, die wie Du selbst in flüchtiger Freude leben und kaum die goldenen Füße der Tage erhaschen können, wenn sie vorbeitanzen, und die bei der Jagd nach Vergnügungen außer Atem geraten. Es ist ein Schweigen, für das es keine Entschuldigung gibt und keine Beschönigung. Ich wußte, Du hattest Füße aus Lehm. Wer hätte es besser wissen können? Als ich in einem meiner Aphorismen schrieb, das es nur die Füße aus Lehm waren, die das Gold der Bildsäule wertvoll machten, warst Du es, an den ich dachte. Doch es ist kein goldenes Bild mit Füßen aus Lehm, das Du aus Dir machtest. Aus dem Schmutz der gewöhnlichen Landstraße, den die Hufe von Horntieren zu Schlamm zerstampfen, hast Du Dein Äußeres perfekt modelliert, damit ich es ansehen kann, so daß es jetzt für mich unmöglich wäre, was auch immer mein geheimer Wunsch gewesen sein mag, irgendein anderes Gefühl gegen Dich zu hegen als Geringschätzung und Verachtung und auch gegen mich irgendein anderes Gefühl zu hegen als Geringschätzung und Verachtung. Und neben vielen anderen Gründen wurden Deine Gleichgültigkeit, Deine Weltklugheit, Deine Gefühllosigkeit, Deine Überlegtheit, oder wie auch immer Du es nennen willst, für mich angesichts der besonderen Umstände, die meinen Fall entweder begleiteten oder ihm folgten, doppelt bitter.

Andere beklagenswerte Männer sind, wenn sie ins Gefängnis geworfen werden, wenn sie der Schönheit der Welt beraubt werden, zumindest in einem gewissen Maße sicher vor den tödlichen Geschossen und den schrecklichsten Pfeilen der Welt. Sie können sich in der Dunkelheit ihrer Zellen verstecken und aus ihrer Schande eine Art Heiligtum machen. Die Welt, die ihren Willen gehabt hat, geht ihren Weg, und sie werden ungestört in ihrem Leiden zurückgelassen. Bei mir war es anders. Leid um Leid kam und schlug auf der Suche nach mir gegen die Gefängnistüren. Sie haben die Tore weit geöffnet und haben es hereingelassen. Kaum oder gar nicht hat man meinen Freunden erlaubt, mich zu besuchen. Doch meine Feinde hatten immer freien Zutritt zu mir. Zweimal wurde ich bei meinem öffentlichen Erscheinen im Konkursgericht und zweimal bei den offiziellen Überführungen von einem Gefängnis in ein anderes – eine unaussprechliche Erniedrigung – dem Blick und Gespött der Leute ausgesetzt. Der Bote des Todes brachte mir seine Kunde und ging seines Weges, und in völliger Einsamkeit, isoliert von allem, was mir hätte Trost spenden oder Erleichterung verheißen können, mußte ich die unerträgliche Last der Trübsal und der Gewissensbisse, die die Erinnerung an meine Mutter mir auflud und immer noch auflädt, tragen. Kaum ist jene Wunde durch die Zeit geschlossen oder gar geheilt, als rohe, bittere und scharfe Briefe meiner Frau durch ihren Anwalt zu mir gelangen. Auf einmal sehe ich mich verhöhnt und von Armut bedroht. Das kann ich ertragen. Ich kann mich an Schlimmeres als das gewöhnen. Aber meine zwei Kinder werden mir durch einen Gerichtsbeschluß weggenommen. Dies ist und wird für mich eine Quelle unaufhörlichen Schmerzes und unaufhörlicher Pein, eine Quelle unendlichen und grenzenlosen Kummers sein. Daß das Gericht entscheiden kann und sich anmaßen kann zu entscheiden, daß ich einer bin, der des Umgangs mit seinen eigenen Kindern unfähig sei, ist ganz schrecklich für mich. Die Schmach der Gefängnishaft ist so gut wie nichts dagegen. Ich beneide die anderen Männer, die neben mir im Gefängnishof laufen. Ich bin mir sicher, daß ihre Kinder auf sie warten, sich auf ihr Kommen freuen und lieb zu ihnen sein werden.

Arme Leute sind weiser, wohltätiger, freundlicher und empfindsamer, als wir es sind. In ihren

Augen ist das Gefängnis eine Tragödie im Leben eines Menschen, ein Mißgeschick, ein Unfall und etwas, das bei anderen nach Mitleid ruft. Sie sprechen von einem, der im Gefängnis sitzt, als einem, der einfach *»in Schwierigkeiten«* ist. Es ist die Redensart, die sie immer benutzen, und der Ausdruck impliziert die vollkommene Weisheit der Liebe. Bei Leuten unseres Standes verhält es sich anders. Bei uns macht das Gefängnis einen Mann zum Unberührbaren. So wie ich bin, habe ich kaum ein Recht auf Luft und Sonne. Unsere Anwesenheit verdirbt anderen die Freude. Wir sind nicht willkommen, wenn wir wieder auftauchen. Den Schimmer des Mondes zu sehen, steht uns nicht zu. Die Kinder werden uns weggenommen. Jene holden Bindungen zur Menschlichkeit werden zerbrochen. Wir sind dazu verurteilt, einsam zu sein, während unsere Söhne noch leben. Das einzige, was uns heilen und helfen könnte, was unseren bedrückten Herzen Trost und der gepeinigten Seele Frieden bringen könnte, wird uns verweigert.

Und zu all dem kommt noch der kleine, bedrückende Umstand hinzu, daß Du durch Dein Handeln und Dein Schweigen, durch das, was Du getan und was Du unterlassen hast, jeden Tag meiner langen Haft für mich noch schwieriger zu ertragen gemacht hast. Durch Dein Verhalten hast Du selbst das Brot und Wasser der Gefängniskost entstellt. Das eine hast Du bitter, das andere schal für mich gemacht. Den Kummer, den Du hättest teilen sollen, hast Du verdoppelt, den Schmerz, den zu lindern Du hättest versuchen sollen, hast Du zur Qual gemacht. Ich zweifle nicht daran, daß Du das nicht beabsichtigtest. Ich weiß, es war nicht Deine Absicht. Es war ganz einfach Dein »einzig wirklich fataler Charakterfehler, Deine völlige Phantasielosigkeit«.

Und das Ende von allem ist, daß ich Dir verzeihen muß. Ich muß es tun. Ich schreibe diesen Brief nicht, um Dir Bitterkeit ins Herz zu legen, sondern um sie aus meinem herauszureißen. Um meiner selbst willen muß ich Dir verzeihen. Man kann nicht immer eine Natter am Busen hegen und ihr zu fressen geben, noch jede Nacht aufstehen, um Dornen im Garten seiner eigenen Seele auszustreuen. Das wird für mich überhaupt nicht schwer sein, wenn Du mir ein bißchen hilfst. Was auch immer Du mir in früheren Tagen angetan hast, verzieh ich stets bereitwillig. Ich tat Dir damit keinen Gefallen. Nur einer, dessen Leben ohne jeglichen Makel ist, kann Sünden vergeben. Aber jetzt, da ich in Erniedrigung und Schande schmache, ist es anders. Meine Vergebung sollte Dir jetzt viel bedeuten. Eines Tages wirst Du es erkennen. Ob Du es früh oder spät, in Bälde oder gar nicht begreifst, mein Weg liegt klar vor mir. Ich kann nicht zulassen, daß Du durchs Leben gehst und in Deinem Herzen die Bürde trägst, einen Mann wie mich ruiniert zu haben. Der Gedanke könnte Dich gefühllos und gleichgültig oder furchtbar traurig machen. Ich muß die Bürde von Dir nehmen und mir auf die Schultern laden.

Ich muß mir sagen, daß weder Du noch Dein Vater, auch wenn man Euch vertausendfachte, die Möglichkeit hatten, einen Mann wie mich zu zerstören, sondern daß ich mich selbst zerstörte, und daß niemand, groß oder klein, zerstört werden kann außer durch eigene Hand. Ich bin bereit, dies zu sagen, ich will versuchen, dies zu sagen, obwohl Du es zum gegenwärtigen Zeitpunkt vielleicht nicht glaubst. Wenn ich schon diese unbarmherzige Anklage gegen Dich hervorbrachte, so denke darüber nach, welche Anklage ich gegen mich selbst ohne jedes Erbarmen vorbringe. Schrecklich war es, was Du mir angetan hast, was ich selbst mir antat, war noch weitaus schrecklicher.

Ich war ein Mann, der die Kunst und Kultur seiner Epoche symbolisierte. Ich hatte dies bereits ganz zu Anfang meiner Mannesjahre an mir erkannt, und danach zwang ich meine Epoche, es zu erkennen. Nur wenige Männer haben eine solche Position schon zu Lebzeiten inne und sind so anerkannt. Gewöhnlich wird diese Position, wenn überhaupt, vom Historiker oder Kritiker, lange nachdem der Mann und die Epoche dahingegangen sind, zuerkannt. Bei mir war es anders. Ich merkte das und ließ es andere merken. Byron war eine symbolische Figur, aber er verkörperte eher die Leidenschaften seines Zeitalters und dessen Leidenschaftsmüdigkeit. Ich stand für etwas Erhabeneres, Langlebigeres, Wesentlicheres und etwas von größerem Wirkungskreis.

Die Götter hatten mir fast alles gegeben. Ich besaß Genius, einen vornehmen Namen, eine hohe gesellschaftliche Position, Scharfsinn und intellektuellen Mut. Ich machte Kunst zu einer Philosophie und Philosophie zu einer Kunst. Ich veränderte das Denken der Menschen und die Farben der Dinge. Alles, was ich sagte oder tat, versetzte die Leute in Staunen. Ich nahm das Drama, die objektivste Form, die der Kunst bekannt ist und gestaltete sie zu einer subjektiven

Ausdrucksform aus wie das lyrische Gedicht oder das Sonett. Gleichzeitig erweiterte ich seine Tragweite und bereicherte seinen Charakter. Drama, Roman, Gedichte in Reimen, Gedichte in Prosa, feinsinniger oder phantastischer Essay, was auch immer ich anfaßte, machte ich in einem neuen Verständnis von Schönheit schön. Der Wahrheit teilte ich Falsches und Wahres als ihren rechtmäßigen Bereich zu und zeigte auf, daß Falsches und Wahres nur Formen des geistigen Seins sind. Ich behandelte Kunst als höchste Wirklichkeit und das Leben bloß als eine Art Fiktion. Ich erweckte die Phantasie meines Jahrhunderts, so daß es Mythen und Legenden um mich herum erschuf. Ich faßte alle Systeme in einer Phrase und alles Sein in einem Epigramm zusammen.

Dazu kam noch etwas anderes. Ich ließ mich in lange Perioden sinnloser und sinnlicher Entspannung locken. Ich amüsierte mich damit, ein *flâneur* zu sein, ein Dandy, ein Mann der Mode. Ich umgab mich mit niedereren Naturen und einfacheren Geistern. Ich wurde zum Verschwender meines eigenen Genies, und eine immerwährende Jugend zu vergeuden, bereitete mir eine seltsame Freude. Dessen überdrüssig, immer auf dem Gipfel zu sein, begab ich mich auf der Suche nach neuen Sinneswahrnehmungen ganz bewußt in die Tiefe. Was für mich das Paradoxe in der Geistessphäre war, wurde für mich die Perversion in der Sphäre der Leidenschaft. Am Ende war die Begierde zu einem Gebrechen, zum Wahnsinn oder zu beidem geworden. Ich wurde dem Leben anderer gegenüber gleichgültig. Ich nahm Freude auf, wo es mir gefiel und wo sie an mir vorüberkam. Ich vergaß, daß jede kleine Handlung des alltäglichen Lebens den Charakter formt oder verdirbt, und daß man deswegen das, was man heimlich in seinem Zimmer getan hat, eines Tages laut auf den Dächern hinausrufen muß. Ich war nicht mehr Herr über mich. Ich war nicht länger der Steuermann meiner Seele und wußte es nicht. Ich ließ mich von Dir beherrschen und von Deinem Vater ängstigen. Ich endete in fürchterlicher Schande. Jetzt gibt es für mich nur noch eine Sache, nämlich absolute Demut, so wie es auch für Dich nur noch eine Sache gibt, nämlich absolute Demut. Du tätest gut daran, herabzukommen in den Staub und sie an meiner Seite zu lernen.

Ich liege jetzt schon fast zwei Jahre im Kerker. Aus meinem Wesen erwuchs wilde Verzweiflung, eine Abtretung meiner an das Leid, die anzusehen erbärmlich war, dazu schreckliche und ohnmächtige Wut, Bitterkeit und Verachtung, Schmerz, der laut weinte, Elend, das keine Stimme finden konnte, und stumme Qual. Ich durchlief jede mögliche Art des Leidens. Besser als Wordsworth selbst weiß ich, was Wordsworth meinte, als er sagte:

Leiden ist beständig, düster und dunkel
Und hat das Wesen der Unendlichkeit.

Doch während es Zeiten gab, in denen ich mich an dem Gedanken erfreute, daß mein Leiden endlos sein sollte, konnte ich es nicht ertragen, daß sie sinnlos sein sollten. Nun finde ich, in meinem Wesen tief drinnen verborgen, etwas, das mir sagt, daß nichts auf der Welt bedeutungslos ist, und Leiden am wenigsten von allem. Dieses Etwas, das wie ein Schatz auf dem Grund meines Wesens verborgen liegt, ist Demut.

Sie ist das Letzte, was in mir noch übrig ist, und das Beste, die ultimative Entdeckung, zu der ich gekommen bin, der Ausgangspunkt für eine neue Entwicklung. Sie kam aus mir selbst heraus zu mir, so daß ich weiß, daß sie zur rechten Zeit kam. Sie hätte nicht vorher kommen können noch später. Hätte mir irgendjemand von ihr erzählt, hätte ich sie geleugnet. Wäre sie mir gebracht worden, hätte ich sie zurückgewiesen. Da ich sie nun einmal fand, möchte ich sie auch behalten. Ich muß sie behalten. Sie ist das einzige, was in sich die Elemente des Lebens hält, eines neuen Lebens, meiner *Vita Nuova*. Von allen Dingen ist sie das merkwürdigste. Man kann sie nicht wegschenken, und kein anderer kann sie einem geben. Man kann sie sich nicht aneignen, wenn man nicht alles, was man besitzt, aufgibt. Erst dann, wenn man alles andere verloren hat, weiß man, daß man sie besitzt.

Jetzt, da ich erkenne, daß sie in mir ist, sehe ich ganz deutlich, was ich zu tun habe, ja was ich tun muß. Und da ich mich einer Redensart wie dieser bediene, brauche ich Dir nicht zu sagen, daß ich nicht auf irgendeinen äußeren Zwang oder Befehl anspiele. Ich lasse keinen gelten. Ich bin weit mehr Individualist, als ich es je war. Nichts scheint mir von geringstem Wert zu sein, außer dem, was man aus sich selbst bezieht. Meine Natur sucht nach einer neuen Art der Selbstverwirklichung. Das ist alles, was für mich von Belang ist. Und vor allem muß ich mich von jeglichem Gefühl der Bitterkeit Dir gegenüber befreien.

Ich bin völlig mittellos und ohne Zuhause. Trotzdem gibt es auf der Welt Schlimmeres als das. Ich bin ganz offen, wenn ich Dir sage, daß ich, anstatt mit Bitterkeit gegen Dich oder die Welt in meinem Herzen aus diesem Gefängnis zu gehen, eher froh und bereitwillig mein Brot von Tür zu Tür erbetteln würde. Wenn ich im Haus der Reichen nichts bekäme, würde ich im Haus der Armen etwas bekommen. Die, die viel haben, sind oft geizig. Die, die wenig haben, teilen immer. Mir würde es nicht das geringste ausmachen, im Sommer im kühlen Gras zu schlafen und, wenn der Winter käme, im warmen, dicht mit Stroh gedeckten Heuschober oder unter dem Vordach eines großen Stalls Zuflucht zu suchen, wenn ich nur Liebe in meinem Herzen hätte. Die Äußerlichkeiten des Lebens scheinen mir jetzt überhaupt keine Bedeutung mehr zu haben. Du siehst, zu welchem Grad des Idividualismus ich gelangt bin oder noch hingelangen werde, denn die Reise ist lang, und »Dornen pflastern meinen Weg«.

Natürlich weiß ich, daß es nicht mein Los sein soll, auf der Straße um Almosen zu bitten, und falls ich jemals des Nachts im kühlen Gras liegen sollte, wird dies geschehen, damit ich Sonette an den Mond schreibe. Wenn ich das Gefängnis verlasse, wird Robbie auf der anderen Seite des großen eisenbeschlagenen Tores auf mich warten, und er ist nicht nur das Symbol seiner eigenen Zuneigung zu mir, sondern auch der Zuneigung noch vieler anderer. Ich glaube, ich sollte jedenfalls noch genug haben, um ungefähr achtzehn Monate leben zu können, so daß ich, wenn ich schon keine schönen Bücher schreiben kann, wenigstens schöne Bücher lesen kann, und welche Freude könnte größer sein? Danach werde ich hoffentlich meine kreativen Fähigkeiten wiederbeleben können. Doch sollte es anders kommen, hätte ich keinen Freund mehr auf der Welt, stünde mir kein einziges Haus mehr offen, nicht einmal aus Mitleid, und müßte ich das Bündel und den zerlumpten Rock völliger Armut anlegen, so könnte ich dennoch, solange ich allem Unmut, aller Hartherzigkeit und aller Verachtung fern bliebe, das Leben mit weit mehr Ruhe und Zutrauen angehen, als wenn mein Körper in purpurnen und erhabenen Gewändern steckte und die Seele darin krank vor Haß wäre. Und es sollte mir wirklich keine Schwierigkeiten bereiten, Dir zu vergeben. Aber um es zu einem Vergnügen für mich zu machen, mußt Du fühlen, daß Du meine Vergebung willst. Wenn Du sie wirklich willst, wirst Du sie in Erwartung Deiner finden.

Ich brauche wohl nicht zu sagen, daß meine Aufgabe an diesem Punkt noch nicht zu Ende ist. Sie wäre sonst ziemlich einfach. Es liegt noch viel mehr vor mir. Ich muß noch weit steilere Berge erklimmen, noch viel dunklere Täler durchwandern. Und ich muß alles aus eigener Kraft zustande bringen. Weder Religion noch sittliches Denken oder Vernunft können mir dabei irgendwie helfen.

Sittliches Denken hilft mir nicht. Ich bin der geborene Antinomist. Ich bin einer von denen, die für Ausnahmen geschaffen sind, nicht für die Regel. Doch während ich sehe, daß nichts von dem, was man tut, falsch ist, sehe ich, daß es etwas Falsches gibt in dem, was man wird. Es ist gut, das gelernt zu haben.

Die Religion hilft mir nicht. Den Glauben, den andere dem Unsichtbaren schenken, schenke ich dem, was man anfassen und betrachten kann. Meine Götter wohnen in Tempeln, die von Menschenhand erschaffen sind, und im Kreis tatsächlicher Erfahrung erfüllt und vervollständigt sich mein Glaube. Vielleicht ist er schon zu vollständig, denn wie viele oder alle, die ihren Himmel auf dieser Erde erreicht haben, fand ich in ihm nicht nur die Schönheit des Himmels, sondern auch den Schrecken der Hölle. Wenn ich überhaupt an Religion denke, fühle ich mich, als wolle ich einen Orden für jene gründen, die nicht glauben können. Die Gemeinschaft der Vaterlosen könnte man ihn nennen, und an einem Altar, auf dem keine Kerze brennt, würde ein Priester, in dessen Herz der Friede kein Zuhause hätte, mit ungeweihtem Brot und einem Becher ohne Wein die Messe feiern. Alles, was wahr sein soll, muß zur Religion werden. Und der Unglaube sollte sein Ritual genauso haben wie der Glaube. Auch er hat seine Märtyrer ausgesät, auch er sollte seine Heiligen ernten und Gott täglich dafür preisen, daß Er sich vor den Menschen verborgen gehalten hat. Aber sei es Glaube oder Unglaube, es darf nichts von außerhalb zu mir kommen. Die Symbole müssen von mir geschaffen sein. Nur das ist göttlich, was seine eigene Form erschafft. Wenn ich sein Geheimnis in mir nicht finde, dann soll ich es niemals finden. Wenn ich es nicht schon habe, wird es nie zu mir kommen.

Die Vernunft hilft mir nicht. Sie sagt mir, daß die Gesetze, auf Grund deren ich für schuldig befunden wurde, falsche und ungerechte Gesetze sind, und daß das System, unter dem ich gelitten habe, ein falsches und ungerechtes System ist. Aber irgendwie muß ich beide Dinge für mich gerecht und recht machen. Und genau wie in der Kunst das von Belang ist, was einem eine Sache in einem bestimmten Moment bedeutet, so verhält es sich auch mit der ethischen Entwicklung des Charakters. Ich muß alles, was mir widerfahren ist, gut für mich machen. Die Pritsche, das widerliche Essen, die rauhen Stricke, die man zu Werg zupft, bis einem die Fingerspitzen vor Schmerzen taub werden, die niedrigen Dienste, mit denen jeder Tag beginnt und endet, die groben Ordnungsvorschriften, die die Routine notwendig zu machen scheint, die scheußliche Kleidung, die das Leid anzusehen grotesk macht, das Schweigen, die Einsamkeit, die Schande – all diese Dinge muß ich in geistige Erfahrung umwandeln. Es gibt nicht eine einzige Erniedrigung des Körpers, die ich nicht versuchen muß, zu einem Erlebnis der Seele zu machen.

Ich möchte zu dem Punkt kommen, an dem ich ganz einfach und ohne Affektiertheit sagen kann, daß die zwei großen Wendepunkte meines Lebens stattfanden, als mein Vater mich nach Oxford und die Gesellschaft mich ins Gefängnis schickte. Ich will nicht sagen, daß es das beste war, was mir hätte passieren können, denn diese Aussage hätte den Beigeschmack zu großer Verbitterung gegenüber mir selbst. Ich würde lieber sagen oder andere über mich sagen hören, daß ich ein für meine Zeit so typisches Kind war, daß ich in meiner Verdrehtheit und um dieser Verdrehtheit willen die guten Dinge in meinem Leben zu schlechten und die schlechten Dinge zu guten machte. Was jedoch ich oder andere sagen, zählt wenig. Die bedeutende Aufgabe, die Aufgabe, die vor mir liegt, die Aufgabe, die ich erledigen muß, wenn ich nicht für den kleinen Rest meiner Tage ein Unglücklicher, ein Krüppel und halber Mensch sein will, besteht darin, all das, was mir angetan wurde, in meine Natur aufzunehmen, um es zu einem Teil von mir werden zu lassen und es ohne Klage, Furcht oder Widerwillen aufzunehmen. Die höchste Untugend ist die Seichtheit. Alles, was man erkannt hat, ist richtig.

Als ich zum ersten Mal ins Gefängnis gesteckt wurde, rieten mir einige Leute, ich solle versuchen zu vergessen, wer ich war. Es war ein verderblicher Rat. Nur durch das Realisieren dessen, was ich bin, fand ich überhaupt Trost. Nun raten mir wieder andere, ich solle bei meiner Entlassung versuchen zu vergessen, daß ich überhaupt jemals in einem Gefängnis saß. Ich weiß, daß das genauso fatal wäre. Es würde bedeuten, daß ich immer von einem unerträglichen Schuldgefühl verfolgt würde, und daß mir die Dinge, die für mich genauso wie für jeden anderen geschaffen sind – die Schönheit von Sonne und Mond, das Festspiel der Jahreszeiten, die Musik des Tagesanbruchs und die Stille großer Nächte, der Regen, der durch die Blätter fällt oder der Tau, der sich durch das Gras schlängelt und es versilbert – verdorben wären und ihre heilende und freudenspendende Kraft verlören. Seine eigenen Erfahrungen zu negieren heißt, seine Entwicklung zu hemmen. Seine eigenen Erfahrungen abzustreiten heißt, dem Leben eine Lüge in den Mund zu legen. Es ist nichts anderes als ein Abstreiten der Seele. Denn der Körper nimmt alle möglichen Dinge auf, gewöhnliche und unreine Dinge genauso wie jene, die der Priester oder eine Vision gereinigt haben, und wandelt sie in Energie und Stärke, in das Spiel schöner Muskeln und die Formen makellosen Fleisches, in die Linien und Farben des Haares, der Lippen und des Auges um. Ebenso hat wiederum die Seele ihre nährenden Aufgaben und kann das, was an sich niedrig, roh und entwürdigend ist, in erhabene Stimmungen des Geistes und Leidenschaften großer Bedeutung umwandeln. Mehr noch, sie kann darin ihren erhabensten Ausdruck finden und kann sich in ihrer Vollkommenheit oft erst mit Hilfe dessen enthüllen, was sie entweihen oder zerstören sollte.

Den Umstand, daß ich gewöhnlicher Gefangener in einem gewöhnlichen Gefängnis bin, muß ich voll akzeptieren und, wenn es dir auch seltsam vorkommen mag, eines, was ich mir noch beibringen sollte, ist, mich dessen nicht zu schämen. Ich muß es als eine Strafe akzeptieren, und wenn man sich einer Strafe schämt, ist das so, als wäre er überhaupt noch nie bestraft worden. Natürlich gibt es viele Dinge, für die ich bestraft wurde, die ich aber nicht getan hatte, aber dann gibt es da wiederum viele Dinge, für die ich verurteilt wurde und die ich getan hatte, und für noch viel mehr Dinge, die ich in meinem Leben beging, wurde ich überhaupt nie angeklagt. Und was das betrifft, was ich in meinem Brief schon einmal sagte, nämlich daß die Götter seltsam sind und uns für das, was in uns gut und menschlich ist, genauso bestrafen wie für das, was schlecht und pervers ist, so muß ich die Tatsache akzeptieren, daß man für das Gute, das man tut, genauso bestraft wird wie für das Schlechte. Ich habe keine Zweifel, daß dies zu Recht geschieht und so sein sollte. Es hilft einem oder sollte einem helfen, beides zu begreifen und sich auf keines von beiden allzu viel einzubilden. Und wenn ich mich dann meiner Strafe, wie ich hoffe, nicht mehr schäme, sollte es mir möglich sein, in Freiheit zu denken, einherzugehen und zu leben.

Viele Männer nehmen bei ihrer Entlassung den Gefängnisaufenthalt ins Freie mit, verbergen ihn als heimliche Schande in ihren Herzen, kriechen schließlich wie arme Opfer eines Gifts in ein Loch und sterben. Es ist erbärmlich, daß sie sich so verhalten müssen, und es ist seitens der Gesellschaft falsch, absolut falsch, daß sie sie zu solchem Verhalten zwingt. Die Gesellschaft beansprucht für sich das Recht, dem Individuum entsetzliche Strafen aufzuerlegen, aber sie zeigt auch die höchste Untugend, nämlich Seichtheit, und versäumt es zu erkennen, was sie getan hat. Ist die Strafe eines Menschen verbüßt, überläßt sie ihn seinem Schicksal. Das heißt, in dem Augenblick, in dem ihre höchste Pflicht ihm gegenüber beginnt, gibt sie ihn auf. Sie schämt sich ihrer eigenen Handlungsweise und meidet jene, die sie bestrafte, so wie die Leute einen Gläubiger, den sie nicht bezahlen können, oder einen, dem sie ein nicht wiedergutzumachendes, untilgbares Unrecht angetan haben, meiden. Ich für meinen Teil bin der Meinung, daß, wenn ich erkenne, was ich getan habe, auch die Gesellschaft sich klarmachen muß, was sie mir auferlegt hat, und daß es auf keiner der zwei Seiten Verbitterung oder Haß geben darf.

Natürlich weiß ich, daß mir von einem Standpunkt aus gesehen die Dinge schwerer gemacht werden als anderen, in der Tat schwerer gemacht werden müssen, da es in der Natur der Sache liegt. Die armen Diebe und Ausgestoßenen, die hier mit mir zusammen inhaftiert sind, sind in vielerlei Hinsicht glücklicher dran als ich. Die kleine Gasse in der grauen Stadt, der Weg auf dem grünen Feld, die ihre Vergehen sahen, sind unbedeutend. Um Leute zu finden, die nichts von dem wissen, was sie taten, brauchen sie nicht weiter zu gehen, als ein Vogel zwischen dem Frühlicht und dem Morgenrot fliegen kann. Doch für mich »ist die Welt zu einer Handbreit zusammengeschrumpft«, und wohin ich mich auch wende, ist mein Name mit Blei in die Felsen gegossen. Denn ich bin nicht aus dem Verborgenen zu meinem gegenwärtigen schlechten Ruf als Krimineller gekommen, sondern aus einer Art unsterblichen Ruhmes in eine Art unsterblicher Verrufenheit, und manchmal scheine ich mir gezeigt zu haben, wenn es dessen überhaupt bedurft hätte, daß zwischen berühmten und nicht berühmten Leuten höchstens eine Stufe liegt.

Dennoch kann ich trotz des Umstands, daß die Leute mich erkennen werden, wo immer ich hingehe und alles über mein Leben wissen, soweit seine Torheiten nur reichen, etwas Gutes für mich sehen. Die Notwendigkeit wird sich mir aufzwingen, mich als Künstler erneut zu bestätigen, und zwar so schnell ich kann. Wenn ich ein weiteres schönes Kunstwerk erschaffen kann, dann sollte ich imstande sein, der Böswilligkeit ihr Gift und der Feigheit ihren Spott zu rauben und die Zunge der Verachtung an der Wurzel herauszureißen. Und sollte das Leben ein Problem für mich sein, was es sicher sein wird, dann werde ich nicht weniger ein Problem für das Leben sein. Die Leute müssen sich mir gegenüber eine gewisse Einstellung aneignen und über sich und mich ein Urteil fällen. Ich brauche nicht zu sagen, daß ich nicht von bestimmten Personen spreche. Die einzigen Leute, mit denen ich jetzt gerne zusammen wäre, sind Künstler und Leute, die gelitten haben, Leute, die wissen, was Schönheit ist, und die wissen, was Leid ist. Sonst interessiert mich niemand. Auch stelle ich keine Forderungen mehr an das Leben. Bei allem, was ich jetzt sage, geht es mir nur um meine eigene geistige Haltung gegenüber dem Leben in seiner Gesamtheit. Und ich fühle, daß eins der ersten Ziele, die ich erreichen muß, heißt, mich meiner Strafe um meiner Vervollkommnung willen, und weil ich so unvollkommen bin, nicht zu schämen.

Dann muß ich lernen, glücklich zu sein. Einst wußte ich instinktiv, wie das geht, oder dachte, ich wüßte es. Einst war in meinem Herzen immer Frühling. Mein Temperament war mit der Freude verwandt. Ich machte mein Leben randvoll mit Vergnügungen, so wie man einen Becher randvoll mit Wein macht. Jetzt nähere ich mich dem Leben von einem völlig anderen Standpunkt, und sogar mir das Glück vorzustellen ist häufig extrem schwer für mich. Ich kann mich daran erinnern, wie ich während des ersten Semesters in Oxford in Paters *Renaissance* las – in jenem Buch, das solch einen seltsamen Einfluß auf mein Leben ausübte – wie Dante im

Inferno jene, die in Trübsal leben, ansiedelt, und wie ich dann in die Universitätsbibliothek ging und mich dem Abschnitt in der *Divine Comedy* zuwandte, wo jene im trüben Morast liegen, die »verdrossen in der süßen Luft« waren und nun auf ewig seufzend rufen:

Tristi fummo
nell'aer dolce che dal sol s'allegra.[1]

Ich wußte, daß die Kirche *accidia* (die Faulheit, eine der sieben tödlichen Sünden) verdammte, aber der Gedanke faszinierte mich schon, genauso wie, stellte ich mir vor, ein Priester, der nichts über das wirkliche Leben wußte, die Art von Sünde erfinden würde. Auch konnte ich nicht verstehen, wie Dante, der sagt, daß »Kummer uns wieder mit Gott vereint«, so schroff sein konnte zu jenen, die in die Schwermut verliebt waren, wenn es solche Leute überhaupt gegeben hat. Ich hatte keine Ahnung, daß dies für mich eines Tages eine der größten Verlokkungen meines Lebens sein würde.

Als ich im Gefängnis von Wandsworth war, sehnte ich mich danach zu sterben. Es war mein einziges Verlangen. Als ich nach zwei Monaten in der Krankenabteilung hierher gebracht wurde und merkte, daß mein Gesundheitszustand sich zunehmend verbesserte, packte mich die Wut. Ich beschloß, an dem Tage, an dem ich entlassen würde, Selbstmord zu begehen. Nach einiger Zeit verschwand diese üble Stimmung, und ich faßte den Entschluß zu leben, mich jedoch mit Düsterkeit zu kleiden, so wie ein König sich mit dem Purpurgewand kleidet, niemals mehr zu lachen, jedes Haus, daß ich beträte, in ein Haus der Trauer zu verwandeln, meine Freunde langsam und in Trübsal neben mir laufen zu lassen, ihnen beizubringen, daß die Schwermut das wahre Geheimnis des Lebens sei, sie mit seltsamem Schmerz zu lähmen und ihnen mit meinem eigenen Leid weh zu tun. Jetzt denke ich ganz anders. Ich sehe ein, daß es sowohl sehr undankbar als auch unhöflich von mir wäre, ein derart langes Gesicht zu ziehen, daß meine Freunde, wenn sie mich besuchen kämen, noch längere Gesichter machen müßten, um ihr Mitgefühl zu zeigen, oder sie, wenn ich sie bewirten wollte, dazu einzuladen, sich schweigend hinzusetzen, um bittere Kräuter bei einem Leichenmahl zu sich zu nehmen. Ich muß lernen, fröhlich und glücklich zu sein.

Die zwei letzten Male, als ich meine Freunde hier sehen durfte, versuchte ich, so fröhlich wie möglich zu sein und meine Fröhlichkeit zu zeigen, um ihnen die Mühe, den ganzen Weg aus der Stadt zu kommen, um mich zu besuchen, ein wenig zu vergelten. Es ist nur eine geringe Gegenleistung, das weiß ich, aber es ist die, da bin ich mir sicher, die ihnen am besten gefällt. Ich sah Robbie am Samstag vor einer Woche für eine Stunde und versuchte, der Freude, die ich bei unserem Treffen wirklich empfand, den größtmöglichen Ausdruck zu verleihen. Und daß ich hinsichtlich der Ansichten und Gedanken, die ich hier für mich entwickle, richtig liege, zeigt mir der Umstand, daß ich jetzt zum ersten Mal seit meiner Inhaftierung ein wirkliches Verlangen zu leben verspüre.

Es liegt so vieles vor mir, was ich tun muß, daß ich es als eine schreckliche Tragödie ansehen würde, wenn ich stürbe, ohne wenigstens ein bißchen davon zu erledigen. Ich sehe neue Entwicklungen in der Kunst und im Leben, von denen jede eine neue Art der Vollendung darstellt. Ich sehne mich danach zu leben, damit ich eine Welt erforschen kann, die für mich ganz neu ist. Willst Du wissen, welche Welt das ist? Ich glaube, Du kannst es Dir denken. Es ist die Welt, in der ich bis heute gelebt habe.

Der Kummer und alles, was er uns lehrt, ist meine neue Welt. Früher lebte ich gänzlich für das Vergnügen. Ich hielt Leid und Schmerzen jeglicher Art von mir fern. Ich haßte beide. Ich beschloß, sie so weit wie möglich zu ignorieren und gewissermaßen als Arten des Unvollendetseins zu behandeln. Sie waren nicht Teil meiner Lebensplanung. Sie hatten in meiner Philosophie keinen Platz. Meine Mutter, die das Leben in seiner Gesamtheit kannte, zitierte oft Goethes Verse – von Carlyle in ein Buch geschrieben, das er ihr vor Jahren geschenkt hatte, und auch von ihm übersetzt, glaube ich:

1 Wir waren verdrossen in der süßen Luft,
die im Sonnenlicht frohlockt.

Wer nie sein Brot mit Tränen aß,
Wer nie die kummervollen Nächte
Auf seinem Bette weinend saß,
Der kennt euch nicht, ihr himmlischen Mächte.

Das waren die Zeilen, die die edle Königin von Preußen, die Napoleon mit solch roher Brutalität behandelte, in ihrer Erniedrigung und Verbannung zitierte. Es waren Zeilen, die meine Mutter in den Unbilden ihres späteren Lebens oft zitierte. Ich lehnte es entschieden ab, den enorme Wahrheitsgehalt, der in ihnen steckt, zu akzeptieren oder einzuräumen. Ich verstand sie nicht. Ich erinnere mich noch ganz gut daran, wie ich meiner Mutter sagte, daß ich mein Brot nicht in Sorge essen oder auch nur eine Nacht weinend verbringen und auf einen noch bittereren Morgen warten wollte. Ich hatte keine Ahnung, daß es eines der besonderen Dinge war, das das Schicksal für mich auf Lager hatte und daß ich tatsächlich für ein ganzes Jahr meines Lebens wenig anderes tun sollte. Doch so wurde mir mein Anteil zugemessen, und während der letzten paar Monate, nach schrecklichen Kämpfen und Widerständen, konnte ich einige der Lektionen verstehen, die im Herzen des Kummers verborgen liegen. Geistliche und Leute, die Ausdrücke ohne nachzudenken gebrauchen, bezeichnen das Leiden manchmal als Geheimnis. Es ist in Wirklichkeit eine Offenbarung. Man sieht Dinge, die man noch nie gesehen hat. Man nähert sich der gesamten Geschichte von einem anderen Standpunkt. Was man nur schwach und instinktiv über die Kunst gedacht hatte, wird nun verstandes- und gefühlsmäßig mit vollkommener Klarheit der Sicht und äußerster Schärfe des Verstandes erfaßt.

Ich sehe jetzt, daß das Leid, da es die höchste Gefühlsregung ist, derer der Mensch fähig ist, zugleich Urform und Prüfstein aller großen Kunst ist. Wonach der Künstler immer sucht, ist jene Art der Existenz, bei der Seele und Körper eins und untrennbar sind, bei der das Äußere das Innere ausdrückt, bei der die Form den Inhalt enthüllt. Von solchen Arten der Existenz gibt es nicht wenige. Die Jugend und die Künste, mit denen die Jugend sich beschäftigt, können uns zu einem bestimmten Zeitpunkt als Modell dienen. Zu einem anderen Zeitpunkt mögen wir vielleicht eher denken, daß die moderne Landschaftsmalerei mit der Feinheit und Sensitivität ihrer Eindrücke, mit der Suggestion eines Geistes, der in äußeren Dingen wohnt und mit seinem Gewand aus Erde und Luft, aus Nebel und der Stadt auftritt, und mit der morbiden Harmonie ihrer Stimmungen, Töne und Farben, für uns malerisch verwirklicht, was von den Griechen mit ihren vollendeten Plastiken verwirklicht wurde. Die Musik, bei der jeder Gegenstand in Ausdruck umgewandelt wird und nicht mehr von ihm getrennt werden kann, ist ein komplexes Beispiel, und eine Blume oder ein Kind ist ein einfaches Beispiel für das, was ich meine. Aber das Leid ist die ultimative Urform des Lebens und der Kunst.

Hinter Freude und Lachen kann sich ein Temperament verbergen, das roh, hart und gefühllos ist. Aber hinter dem Leid verbirgt sich immer Leid. Schmerz trägt, anders als Freude, keine Maske. Wahrheit in der Kunst beinhaltet nicht irgendeine Entsprechung zwischen der grundlegenden Idee und der zufälligen Existenz. Sie ist nicht die Ähnlichkeit von Gestalt und Schatten oder von der Form und ihrem Spiegelbild im Kristall. Sie ist kein Echo, das von einem hohlen Berg ertönt, auch ist sie nicht die Quelle im Tal mit dem Silberwasser, die den Mond dem Mond und den Narzissus dem Narzissus zeigt. Wahrheit in der Kunst ist die Einheit einer Sache mit sich selbst, das Äußere, das durch das Innere zum Ausdruck kommt, die Seele, die verkörperlicht ist, der Körper, der mit Geist erfüllt ist. Aus diesem Grund gibt es keine Wahrheit, die mit Leid vergleichbar ist. Es gibt Augenblicke, in denen mir Leid die einzige Wahrheit zu sein scheint. Andere Dinge sind vielleicht Illusionen des Auges oder des Hungers, die gemacht wurden, um das eine zu blenden und den anderen zu stillen, doch die Welten wurden aus dem Leid erschaffen, und bei der Geburt eines Kindes oder eines Sterns ist der Schmerz zugegen.

Mehr noch, das Leid ist von tiefer und äußerster Wirklichkeit. Ich sagte von mir, daß ich einer war, der die Kunst und Kultur seiner Epoche symbolisierte. Es ist kein einziger erbärmlicher Mann mit mir zusammen an diesem erbärmlichen Ort, der nicht das innerste Geheimnis des Lebens symbolisierte. Denn das Geheimnis des Lebens heißt Leiden. Das ist es, was hinter allem verborgen liegt. Am Anfang des Lebens ist das Süße für uns so süß und das Bittere so bitter, daß wir unvermeidlich all unser Sehnen auf den Genuß richten und nicht bloß »einen

Monat oder zwei von der Honigwabe essen«, sondern alle unsere Jahre keine andere Nahrung kosten wollen, während wir von der Zeit, in der wir die Seele darben lassen, keine Notiz nehmen.

Ich erinnere mich, daß ich einmal mit einem der edelsten Menschen, den ich je gekannt habe, über dieses Thema sprach, einer Frau, deren Mitgefühl und freundliche Güte mir gegenüber vor und seit meiner tragischen Inhaftierung unvorstellbar und unbeschreiblich war, eine Frau, die mir, ohne es zu wissen, mehr als irgend jemand sonst auf der Welt geholfen hat, die Last meiner Sorgen zu tragen. All das geschah aufgrund ihrer bloßen Existenz, dadurch, daß sie ist, was sie ist, zum Teil ein Ideal und zum Teil eine wirkende Kraft, ein Beispiel für das, was aus einem werden kann, und gleichzeitig eine wirkliche Hilfe, es zu werden, eine Seele, die die gewöhnliche Luft versüßt und das, was vergeistigt ist, einfach oder natürlich erscheinen läßt wie das Sonnenlicht oder die See, eine Frau, für die Schönheit und Leid Hand in Hand gehen und dieselbe Botschaft beinhalten. Ich habe die Situation, an die ich gerade denke, noch genau im Gedächtnis, als ich ihr nämlich sagte, es gebe genügend Leid in einer engen Gasse in London, um zu zeigen, daß Gott die Menschen nicht liebe, und daß überall dort, wo es Leid gebe – und sei es nur das des kleinen Kindes, das in einem kleinen Garten über ein Vergehen weinte, das es begangen habe oder auch nicht – das ganze Gesicht der Schöpfung vollständig zerstört wäre. Ich hatte völlig unrecht. Das sagte sie mir auch, aber ich konnte ihr nicht glauben. Ich bewegte mich nicht in der Sphäre, in der man zu einem solchen Glauben gelangen kann. Jetzt scheint es mir, daß Liebe irgendeiner Ausprägung die einzige Erklärung für das außergewöhnlich hohe Vorkommen von Leid ist, wie es in der Welt vorkommt. Ich kann mir keine andere Erklärung denken. Ich bin davon überzeugt, daß es keine andere gibt, und daß, wenn die Welt, wie ich sagte, tatsächlich aus Leid erschaffen wurde, dies von Händen der Liebe ausgeführt wurde, denn auf keine andere Art und Weise könnte die Seele des Menschen, für den die Welt geschaffen ist, den vollen Umfang ihrer Vollendung erreichen. Freude für den schönen Körper, aber Schmerz für die schöne Seele.

Wenn ich sage, daß ich von diesen Dingen überzeugt bin, spreche ich mit zu großem Stolz. Weit entfernt kann man wie eine makellose Perle das Himmelreich sehen. Es ist so wundervoll, daß es scheint, ein Kind könne es an einem Sommertag erreichen. Das könnte ein Kind auch. Doch bei mir und so wie ich bin, ist es anders. Man kann etwas in einem einzigen Augenblick erkennen, aber man verliert es wieder in den langen Stunden, die mit bleiernen Füßen nachfolgen. Es ist so schwer, »Höhen, die die Seele zu erreichen vermag«, zu halten. Wir denken in Hinsicht auf die Ewigkeit, aber bewegen uns langsam durch die Zeit. Und wie langsam die Zeit uns, die wir im Gefängnis liegen, verstreicht, brauche ich nicht noch mal zu sagen, brauche auch nicht von der Müdigkeit und Verzweiflung zu sprechen, die mit solch merkwürdiger Beharrlichkeit in die Zelle und in die Zelle unseres Herzens kriechen, daß man gewissermaßen sein Haus für ihre Ankunft schmücken und ausfegen muß wie für einen ungebetenen Gast oder einen bösen Herrn oder einen Sklaven, dessen Sklave man durch Zufall oder weil man es so wollte geworden ist. Und obwohl Du es gegenwärtig vielleicht schwer glauben kannst, ist es nichtsdestoweniger wahr, daß es für Dich, der Du in Freiheit, Untätigkeit und Muße lebst, einfacher ist, die Lektionen der Demut zu lernen als für mich, der ich den Tag damit beginne, auf die Knie zu gehen und den Boden meiner Zelle zu waschen. Denn das Gefängnisleben mit seinen endlosen Entbehrungen und Einschränkungen macht einen rebellisch. Das Schlimmste daran ist nicht, daß es einem das Herz bricht – Herzen sind dazu da, gebrochen zu werden –, sondern daß es einem das Herz zu Stein macht. Manchmal merkt man, daß man überhaupt nur mit einer ehernen Stirn und spottenden Lippen durch den Tag kommen kann. Und der, der sich auflehnt, kann keine Gnade empfangen – um die Wendung zu gebrauchen, die die Kirche so liebt, und das mit Recht, möchte ich meinen – weil im Leben wie in der Kunst eine rebellische Laune die Kanäle der Seele verschließt und die Luft des Himmels aussperrt. Doch muß ich diese Lektionen hier lernen, wenn ich sie schon lernen soll, und muß mit Freude erfüllt sein, wenn meine Füße auf dem richtigen Weg sind und mein Gesicht gegen »des Tempels Tür, die da heißt die schöne«, gewandt ist, obwohl ich vielleicht viele Male in den Schmutz falle und im Nebel in die Irre gehe.

Dieses neue Leben, wie ich es auf Grund meiner Liebe zu Dante manchmal nenne, ist natürlich gar kein neues Leben, sondern einfach die Fortführung meines früheren Lebens durch Weiterentwicklung und Entfaltung. Ich erinnere mich, daß ich, als ich in Oxford war, zu einem meiner Freunde – als wir an einem Morgen im Juni, kurz bevor ich meine Abschlußprüfung machte, auf Magdalens kleinen Wegen, wo viele Vögel umherfliegen, umherschlenderten – sagte, ich wolle von den Früchten aller Bäume im Garten der Welt essen und werde mit jener Leidenschaft in der Seele hinaus in die Welt gehen. Und so zog ich tatsächlich aus und lebte danach. Mein einziger Fehler war, daß ich mich so ausschließlich auf die Bäume beschränkte, die mir auf der sonnenvergoldeten Seite des Gartens zu stehen schienen, und daß ich die andere Seite wegen ihres Schattens und ihrer Dunkelheit mied. Versagen, Schande, Armut, Kummer, Verzweiflung, Leid, auch Tränen, die gebrochenen Worte, die von den Lippen des Schmerzes kommen, Reue, die einen auf Dornen laufen läßt, das richtende Gewissen, strafende Sebstdemütigung, das Elend, das sich Asche aufs Haupt streut, die Qual, die Sackleinen als ihr Gewand wählt und Galle in ihr Getränk gibt – all dies waren Dinge, vor denen ich mich fürchtete. Und weil ich beschlossen hatte, nichts von ihnen zu wissen, wurde ich gezwungen, von jedem der Reihe nach zu kosten, mich davon zu nähren und in der Tat eine Zeitlang keine andere Nahrung zu mir zu nehmen.

Ich bedaure keinen Moment, für das Vergnügen gelebt zu haben. Ich kostete es voll aus, so wie man alles, was man tut, voll auskosten sollte. Es gab keine Vergnügung, deren Erfahrung ich nicht gemacht hätte. Ich warf eine Perle meiner Seele in ein Glas Wein. Zum Klang der Flöten lief ich auf dem Rosenpfade. Ich lebte von Honigwaben. Doch das gleiche Leben fortzuführen, wäre falsch gewesen, weil es mich eingeschränkt hätte. Ich mußte weiterkommen. Auch die andere Hälfte des Gartens barg ihre Geheimnisse für mich. Natürlich ist in meiner Kunst all dies angedeutet und schon vorher dargestellt. Einiges davon findet sich in »The Happy Prince«, einiges in »The Young King«, bezeichnenderweise in dem Abschnitt, wo der Bischof zu dem knienden Jungen sagt: »Ist Er, der die Not schuf, nicht weiser als Du?« Das ist eine Aussage, die mir, als ich sie schrieb, ein bißchen mehr zu sein schien als nur eine Aussage. Viel davon steckt in der Stimme der Verdammnis, die sich wie ein purpurner Faden durch das goldene Gewand des *Dorian Gray* zieht. In »The Critic as Artist« setzt es sich in vielen Farben fort. In *The Soul of man* ist es einfach und in gut lesbaren Lettern niedergeschrieben. Es ist einer der Refrains, deren stets wiederkehrende *motifs Salome* zu einem Musikstück machen und als Ballade zusammenfügen. In dem Prosagedicht von dem Mann, der aus der Bronze der Statue »Freude, die für einen Moment lebt«, die Statue »Leid, das ewig währt« machen muß, ist es verkörpert. Es hätte nicht anders sein können. In jedem einzelnen Augenblick des Lebens ist man das, was man sein wird, genauso wie das, was man war. Kunst ist ein Symbol, weil der Mensch ein Symbol ist.

Dieses Ziel ist, wenn ich es voll und ganz erreichen kann, die ultimative Verwirklichung meines künstlerischen Lebens, denn das künstlerische Leben ist ganz einfach Selbstentwicklung. Demut beim Künstler ist seine freie Akzeptanz aller Erfahrungen, so wie die Liebe in einem Künstler einfach jenes Gefühl für Schönheit ist, das der Welt ihren Körper und ihre Seele enthüllt. In *Marius the Epicurean* versucht Pater, das künstlerische Leben mit dem religiösen Leben im tiefen, lieblichen und nüchternen Sinn des Wortes zu versöhnen. Doch Marius ist wenig mehr als ein Zuschauer. Er ist aber ein idealer Zuschauer und einer, dem es gegeben ist, »das Schauspiel des Lebens mit angemessenen Emotionen zu überdenken«, was Wordsworth als des Dichters wahres Ziel definiert. Doch ist er nur ein Zuschauer, und vielleicht ein bißchen zu sehr beschäftigt mit der Anmut der Gefäße des Tempels, um zu bemerken, daß es der Tempel des Leids ist, den er betrachtet.

Ich sehe eine weit engere und unmittelbarere Verbindung zwischen dem wahren Leben Christi und dem wahren Leben des Künstlers, und ich habe meine helle Freude an dem Gedanken, daß ich, lange bevor das Leid meine Tage zu den seinigen gemacht und mich an sein Rad gefesselt hat, in *The Soul of Man* geschrieben habe, daß der, der ein Leben wie Christus führen wolle, voll und ganz er selbst sein müsse, und als meine Vorbilder nicht nur den Schäfer am Hang und den Gefangenen in seiner Zelle angeführt habe, sondern auch den Maler, für den die Welt ein Schaustück ist und den Dichter, für den die Welt ein Lied ist. Ich erinnere mich, einmal zu André Gide gesagt zu haben, als wir zusammen in einem Pariser Café saßen, daß sich, während mich die Metaphysik nur wenig interessierte und die Ethik überhaupt nicht, nichts von dem, was Plato oder Christus sagten, nicht unmittelbar in die Sphäre der Kunst übertragen lasse und dort seine vollständige Erfüllung finden könne. Das war eine Verallgemeinerung, die so inhaltsschwer war wie neu.

Auch ist es nicht nur, daß wir in Christus jene enge Harmonie von Persönlichkeit und Perfektion erkennen können, die den wirklichen Unterschied zwischen klassischer und romantischer Kunst ausmacht und Christus zum wahren Vorboten der romantischen Bewegung im Leben macht, sondern die Grundzüge seines Wesens waren, wie wir wissen, die gleichen wie die Grundzüge im Wesens des Künstlers, eine ausgeprägte und flammende Phantasie. Er verwirklichte in der ganzen Sphäre menschlicher Beziehungen jenes imaginative Mitempfinden, das in der Sphäre der Kunst das alleinige Geheimnis des Schaffens ist. Er verstand den Aussatz der Aussätzigen, die Umnachtung der Blinden und die grimmige Not derer, die für das Vergnügen leben, die seltsame Armut der Reichen. Kannst Du jetzt sehen, daß Du, als Du mir in meinen Schwierigkeiten schriebst, »Wenn Du nicht auf Deinem Podest stehst, bist Du nicht interessant. Das nächste Mal, wenn Du krank bist, werde ich sofort verschwinden«, so weit weg von der wahren Gemütsart des Künstlers warst wie von dem, was Matthew Arnold »das Geheimnis Jesu« nennt? Beide hätten Dich gelehrt, daß, was immer einem anderen widerfährt, auch einem selbst widerfährt, und wenn Du am Morgen und am Abend, in Freude oder Schmerz, einen Leitsatz lesen möchtest, dann schreibe in Buchstaben, die die Sonne vergolde und der Mond versilbere, an die Wand Deines Hauses: *»Was immer einem anderen widerfährt, das widerfährt auch einem selbst.«* Und sollte jemand Dich fragen, was denn eine solche Aufschrift bedeute, dann kannst Du antworten, daß sie »Christus unseres Herrn Herz und den Geist Shakespeares« bedeute.

Christi Platz ist wahrlich unter den Dichtern. Sein ganzes Verständnis von Menschlichkeit entsprang seiner Vorstellungskraft und kann nur durch sie verwirklicht werden. Was Gott für den Pantheisten war, war für ihn der Mensch. Er war der erste, der die unterschiedlichen Rassen als Einheit begriff. Vor seiner Zeit schon hatte es Götter und Menschen gegeben. Er allein sah, daß es auf den Höhen des Lebens nur Gott und den Menschen gibt, und da er durch die mystische Fähigkeit des Mitempfindens fühlte, daß beide in ihm Fleisch geworden waren, nennt er sich selbst Sohn des einen oder Sohn des anderen, je nach Laune. Mehr als irgendein anderer in der Geschichte erweckt er in uns jenen Sinn für das Wunder, auf den sich die Romantik immer beruft. Es gibt immer noch etwas für mich schier Unglaubliches in der Vorstellung eines jungen Bauern aus Galiläa, der sich vorstellt, er könne auf seinen Schultern die Last der ganzen Welt tragen, nämlich all das, was der Mensch schon getan und erlitten hatte und das, was er noch tun und erleiden mußte, die Sünden Neros, des Cesare Borgias, Alexanders VI. und dessen, der Kaiser von Rom und Priester des Sonnengottes war, die Leiden derer, deren Name Legion und deren Wohnsitz zwischen Gräbern ist, die Leiden unterdrückter Völker, der Fabrikkinder, der Diebe, der Leute im Gefängnis, der Ausgestoßenen, jener, die unter der Unterdrükkung stumm sind und deren Schweigen nur von Gott gehört wird. Und er stellte sich dies nicht nur vor, sondern tat es, so daß auch heute alle, die mit seiner Persönlichkeit in Kontakt kommen, auch wenn sie sich vor seinem Altar nicht verbeugen oder vor seinem Priester knien, dennoch irgendwie merken, daß die Häßlichkeit ihrer Sünden von ihnen genommen und ihnen die Schönheit ihres Leids enthüllt wird.

Ich sagte von ihm, daß er zu den Dichtern gehört. Das ist wahr. Shelley und Sophokles sind von seinem Stand. Doch auch sein ganzes Leben ist das wundervollste Gedicht. Was »Erbarmen und Furcht« betrifft, gibt es im ganzen Kreis der griechischen Tragödie nichts, was an ihn herankommt. Die absolute Reinheit des Protagonisten erhebt das ganze Drama zu einer Höhe romantischer Kunst, aus der die Leiden des »Hauses Theben und der Pelopiden« durch ihren Schrecken ausgeschlossen sind, und zeigt, wie falsch Aristoteles lag, als er in seiner Abhandlung über das Drama sagte, es wäre unmöglich, den Anblick eines unschuldig leidenden Menschen zu ertragen. Auch bei Aischylos oder Dante, jenen strengen Meistern der Zartheit, bei Shakespeare, dem reinsten Menschen unter allen großen Künstlern, im gesamten keltischen Mythen- und Legendenkreis, wo die Lieblichkeit der Welt durch einen Tränenschleier hindurch gezeigt wird und das Leben eines Menschen nicht mehr wert ist als das Leben einer Blume, gibt es nichts, das auf Grund der reinen Einfachheit des Pathos eng verbunden und eins gemacht ist mit der Erhabenheit des tragischen Effektes und von dem man sagen kann, daß es sogar dem letzten Akt der Christuspassion gleicht oder an ihn herankommt. Das Abendmahl mit seinen

Gefährten, von denen ihn schon einer gegen eine Belohnung verkauft hatte, die Angst im ruhigen, vom Mond beschienenen Olivenhain, der falsche Freund, der sich ihm nähert, um ihn mit einem Kuß zu verraten, der Freund, der noch an ihn glaubte und auf den er, wie auf einen Felsen, einen Zufluchtsort für den Mann, der ihn verleugnete, als der Hahn in der Dämmerung krähte, zu bauen gehofft hatte, seine völlige Einsamkeit, seine Unterwürfigkeit, seine Akzeptanz von allem, was kam, darunter solchen Szenen, wie die vom Hohepriester der Orthodoxie, der sein Gewand im Zorn zerreißt und wie die vom kaiserlichen Landspfleger, der nach Wasser ruft in der nichtigen Hoffnung, sich von dem Schandfleck unschuldigen Blutes reinigen zu können, das ihn zur Henkersfigur der Geschichte macht, die Krönungszeremonie des Leids, eines der wundervollsten Dinge in der gesamten schriftlich niedergelegten Geschichte, die Kreuzigung des Unschuldigen vor den Augen seiner Mutter und des Jüngers, den er liebte, die Soldaten, die um seine Kleider feilschen und würfeln, der schreckliche Tod, durch den er der Welt ihr ewiges Symbol gab und schließlich seine Bestattung in der Gruft eines reichen Mannes, sein Körper, der in ägyptische Leinen eingewickelt und mit kostbaren Gewürzen und Gerüchen besprengt wurde, als ob er der Sohn eines Königs gewesen wäre – wenn man all dies ausschließlich vom Standpunkt der Kunst aus betrachtet, kann man nur dankbar sein, daß es der höchste Dienst in der Kirche ist, die Tragödie ohne Blutvergießen, in mystischer Darstellung durch Dialoge, Kostüme und sogar die Gebärden ihres Herrn in seinen Leiden nachzuspielen, und es ist immer eine Quelle der Freude und Ehrfurcht für mich, wenn ich daran denke, daß das letztliche Überleben des griechischen Chors, der sonst in der Kunst verloren ist, im Ministranten weiterlebt, der dem Priester in der Messe antwortet.

Doch das ganze Leben Christi – so gänzlich können Leid und Schönheit in ihrer Bedeutung und Offenbarung eins werden – ist ein Idyll, obwohl es damit endet, daß der Schleier des Tempels zerreißt, Dunkelheit über das Antlitz der Erde kommt und der Stein vor die Tür des Grabes gerollt wird. Man stellt ihn sich immer als einen jungen Bräutigam mit seinen Begleitern vor, wie er sich in der Tat irgendwo auch selbst beschreibt, oder als Schäfer, der mit seinen Schafen auf der Suche nach grünen Wiesen oder einem kühlen Strom durch das Tal streift, oder als Sänger, der aus Musik die Mauern des Himmelsreiches erbauen will, oder als Liebenden, für dessen Liebe die ganze Welt zu klein war. Seine Wunder erscheinen mir so erlesen wie die Ankunft des Frühlings, und auch so natürlich. Ich habe überhaupt keine Schwierigkeiten zu glauben, daß die Ausstrahlung seiner Persönlichkeit eine solche war, daß seine bloße Anwesenheit bekümmerten Seelen Frieden bringen konnte und daß die, die seine Kleider oder Hände berührten, ihren Schmerz vergaßen, oder daß, wenn er auf der Straße des Lebens vorbeikam, die Leute, die von den Geheimnissen des Lebens nichts gesehen hatten, sie nun deutlich sahen, und daß andere, die für jede Stimme taub gewesen waren außer für die des Genusses, zum ersten Mal die Stimme der Liebe hörten und sie so »wohlklingend wie Apolls Leier« fanden, oder daß üble Gefühlsregungen bei seinem Nahen flohen und Menschen, deren abgestumpftes, phantasieloses Leben nur eine Art Tod gewesen war, sich gleichsam aus ihrem Grab erhoben, wenn er sie rief, oder daß, wenn er auf dem Berg predigte, die Menge ihren Hunger und Durst und die Belange dieser Welt vergaß, und daß seinen Freunden, die ihm zuhörten, als er beim Essen saß, das einfache Essen schmackhaft schien, das Wasser den Geschmack guten Weines annahm und das ganze Haus vom Duft und der Süße der Narde erfüllt war.

Renan sagt irgendwo in seinem *Vie de Jésus* – jenem schönen fünften Evangelium, man könnte es auch Thomas-Evangelium nennen – es sei Christi große Errungenschaft gewesen, daß er es schaffte, nach seinem Tod genauso sehr geliebt zu werden wie zu Lebzeiten. Und sicherlich ist er, wenn sein Platz unter den Dichtern ist, der Anführer aller Liebenden. Er sah, daß die Liebe jenes verlorene Geheimnis der Welt ist, nach dem die Weisen gesucht hatten, und daß es nur durch die Liebe möglich ist, sich dem Herzen des Aussätzigen und den Füßen Gottes zu nähern.

Und vor allem ist Christus der größte aller Individualisten. Seine Demut ist, wie das Akzeptieren aller Erfahrungen durch den Künstler, nur eine Art der Offenbarung. Es ist die Seele des Menschen, nach der Christus immer sucht. Er nennt sie »Gottes Reich« – *e basileia tou theou* – und findet sie in jedem. Er vergleicht sie mit kleinen Dingen, mit einem winzigen Saatkorn, mit einer Handvoll Hefe, mit einer Perle. Das tut er, weil man seine Seele nur erkennt, indem man sich aller fremden Gefühlsregungen, aller Geistesbildung, die man sich angeeignet hat und allen äußeren Besitzes, sei er gut oder schlecht, entledigt hat.

Ich leistete mit einiger hartnäckiger Durchsetzung meines Willens und meinem rebellischen Wesen gegen alles Widerstand, bis ich absolut nichts mehr auf der Welt hatte außer Cyril. Ich hatte meinen Namen, meine Stellung, mein Glück, meine Freiheit und mein Vermögen verloren. Ich war Gefangener und arm. Doch ich hatte noch etwas Schönes, nämlich meinen ältesten Sohn. Plötzlich wurde er mir vom Gesetz weggenommen. Das war ein so entsetzlicher Schlag, daß ich ich nicht wußte, was ich machen sollte, also warf ich mich auf die Knie und neigte meinen Kopf, weinte und sagte: »Der Körper eines Kindes ist wie der Körper des Herrn. Ich bin beider nicht würdig.« Dieser Augenblick schien mich zu retten. Ich sah damals, daß mir nichts weiter übrigblieb, als alles zu akzeptieren. Seitdem – das klingt zweifellos seltsam für Dich – bin ich glücklicher. Es war natürlich meine Seele, die ich in ihrem innersten Kern erreicht hatte. In vielerlei Hinsicht war ich ihr Feind gewesen, aber ich fand heraus, daß sie auf mich als ein Freund wartete. Wenn man mit der eigenen Seele in Kontakt tritt, macht das einen ganz zum Kind, was man ja laut Christus sein sollte.

Es ist tragisch, wie wenig Leute je »ihre Seele besitzen«, bevor sie sterben. »Nichts ist in irgendeinem Menschen seltener«, sagt Emerson, »als ein selbständiges Handeln.« Das trifft wohl zu. Die meisten Leute sind andere Leute. Ihre Gedanken sind die Meinungen anderer, ihr Leben eine Nachahmung, ihre Gefühle ein Zitat. Christus war nicht nur der größte Individualist, sondern er war auch der erste in der Geschichte. Die Leute haben versucht, aus ihm einen gewöhnlichen Philanthropen zu machen, so wie die gräßlichen Philanthropen des neunzehnten Jahrhunderts, oder sie klassifizierten ihn als Altruisten mit ungebildeten und sentimentalen Zügen. Aber in Wirklichkeit war er weder das eine noch das andere. Natürlich hat er Mitleid mit den Armen, mit denen, die in Gefängnissen eingesperrt sind, mit den Niedrigen und den Notleidenden, aber noch mehr Mitleid hat er mit den Reichen, den hartherzigen Hedonisten, mit denen, die ihre Freiheit verschwenden, indem sie Sklaven von Sachen werden, mit denen, die feine Kleider tragen und in Palästen wohnen. Reichtum und Vergnügungen schienen ihm in Wirklichkeit weit tragischer zu sein als Armut und Leid. Und was seinen Altruismus betrifft, wer wußte besser als er, daß es Berufung ist, die uns bestimmt, und nicht Willensentschluß, und daß man Trauben nicht von Dornen oder Feigen von Disteln pflücken kann?

Für andere zu leben als letztes und selbstbewußtes Ziel, war nicht sein Glaube. Es war nicht die Basis seines Glaubens. Wenn er sagt »Vergib deinen Feinden«, ist es nicht um des Feindes willen, sondern sich selbst zuliebe, und weil Liebe schöner ist als Haß. In seiner dringenden Bitte an den jungen Mann, den er auf den ersten Blick liebte, »Verkaufe alles, was du hast und schenke es den Armen«, ist es nicht die Situation der Armen, an die er denkt, sondern die Seele des jungen Mannes, die liebliche Seele, die der Reichtum ruiniert hat. In seiner Sicht des Lebens ist er eins mit dem Künstler, der weiß, daß der Dichter durch das unvermeidliche Gesetz der Selbst-Vervollkommnung singen muß, der Bildhauer in Bronze denken muß und der Maler die Welt zu einem Spiegel für seine Stimmungen machen muß, so sicher und gewiß wie der Weißdorn im Frühling blühen, das Getreide zur Erntezeit golden leuchten und der Mond in seiner geordneten Bahn vom Schild zur Sichel und von der Sichel zum Schild wechseln muß.

Aber indem Christus zu den Menschen nicht sagte: »Lebt für andere«, machte er deutlich, daß überhaupt kein Unterschied zwischen dem Leben anderer und dem Leben von einem selbst besteht. Dadurch gab er den Menschen eine umfassende, gigantische Persönlichkeit. Seit seiner Ankunft ist die Geschichte jedes einzelnen Individuums die Geschichte der ganzen Welt oder kann zumindest dazu gemacht werden. Natürlich hat die Kultur die Persönlichkeit des Menschen intensiviert. Die Kunst machte uns schöngeistig. Diejenigen, die die künstlerische Gefühlswelt haben, gehen mit Dante ins Exil und lernen, wie salzig das Brot anderer schmeckt und wie steil ihre Stufen sind. Für einen Augenblick erhaschen sie die Heiterkeit und Ruhe Goethes, und wissen doch nur zu gut, warum Baudelaire zu Gott rief:

> O Seigneur, donnez-moi la force et le courage
> De contempler mon corps et mon cœur sans dégoût.[2]

---

2 O Herr, gib mir die Kraft und den Mut
Meinen Körper und mein Herz ohne Ekel anzuschauen.

Aus Shakespeares Sonetten entnehmen sie, möglicherweise zu ihrem eigenen Schaden, das Geheimnis seiner Liebe und eignen es sich an. Sie schauen mit neuen Augen auf das Leben, weil sie ein Nocturno Chopins gehört oder sich mit griechischen Dingen beschäftigt oder die Geschichte der Passion eines toten Mannes für eine tote Frau gelesen haben, deren Haar wie Fäden aus feinem Gold war und deren Mund einem Granatapfel glich. Aber das Mitempfinden des künstlerischen Temperaments ist notwendigerweise bei dem, was Ausdruck gefunden hat. In Worten oder in Farben, in der Musik oder im Marmor, hinter den bemalten Masken eines Stücks von Aischylos oder durch die Rohrflöte eines sizilianischen Schäfers mußten ihm der Mensch und seine Botschaft enthüllt werden.

Für den Künstler ist Ausdruck die einzige Möglichkeit, das Leben zu begreifen. Für ihn ist das, was stumm ist, tot. Aber für Christus war es nicht so. Mit einer großen und wundersamen Vorstellungskraft, die einen vor Ehrfurcht erstarren läßt, nahm er die ganze Welt des nicht zum Ausdruck Gebrachten, die stimmlose Welt des Schmerzes, zu seinem Reich und machte sich selbst zu ihrem Sprachrohr. Die, von denen ich gesprochen habe, die in der Unterdrückung stumm sind und »deren Schweigen nur von Gott gehört wird«, wählte er sich als Brüder aus. Sein Bestreben war es, Auge für den Blinden zu sein, Ohr für den Tauben und ein Schrei auf den Lippen dessen, dem die Zunge gebunden worden war. Sei Sehnen war es, für die Myriaden, die keine Sprache kannten, Posaune zu sein, durch die sie den Himmel anrufen könnten. Und weil er, mit der künstlerischen Natur eines Mannes, für den Kummer und Leid Möglichkeiten waren, sein Verständnis vom Schönen zu realisieren, merkte, daß ein Gedanke wertlos ist, solange er nicht Fleisch geworden und zu einem Bild gemacht ist, macht er sich zum Bild des schmerzgequälten Mannes, und dieses Bild hat die Kunst derart fasziniert und beherrscht, wie es keinem griechischen Gott je hätte gelingen können.

Denn die griechischen Götter waren trotz des Weiß und Rot ihrer schönen, flinken Gliedmaßen nicht wirklich das, was sie zu sein schienen. Die geschwungene Stirn des Apoll war wie die Sonnenscheibe, die sich in der Dämmerung über einen Berg erhebt, und seine Füße waren wie die Flügel des Morgens, aber er selbst war grausam zu Marsyas gewesen und hatte Niobe kinderlos gemacht. In den Stahlschilden der Augen der Pallas hatte es kein Mitleid für Arachne gegeben. Der Prunk und die Pfauen der Hera waren alles, was an ihr wirklich edel war. Und der Göttervater selbst war allzu liebevoll zu den Menschentöchtern gewesen. Die zwei wirklich gehaltvollen Gestalten der griechischen Mythologie waren für die Religion Demeter, eine Erdgöttin, nicht eine olympische, und für die Kunst Dionysos, der Sohn einer Sterblichen, für die sich der Augenblick seiner Geburt auch als der Augenblick ihres Todes herausgestellt hatte.

Aber das Leben selbst brachte aus seiner niedrigsten und untersten Sphäre eine noch weit erstaunlichere Person als die Mutter der Proserpina oder den Sohn der Semele hervor. Aus der Werkstatt eines Zimmermanns aus Nazareth war eine unvergleichlich größere Persönlichkeit hervorgekommen als irgendeine andere aus Mythologie oder Legende, und eine, das ist ziemlich ungewöhnlich, die dazu bestimmt war, der Welt die mystische Bedeutung des Weins und die wahre Schönheit der Lilien auf dem Feld zu enthüllen, wie keiner, sei es auf dem Kithäron oder in Enna, es jemals getan hatte.

Das Lied des Jesajas, *»Er wird von den Menschen verachtet und geleugnet, ein Mann der Leiden und mit dem Kummer vertraut; und wir verbargen unsere Gesichter vor ihm«*, war ihm wie eine Ankündigung seiner selbst vorgekommen, und in ihm erfüllte sich die Prophezeiung. Wir dürfen vor so einem Ausspruch keine Angst haben. Jedes einzelne Kunstwerk ist die Erfüllung einer Prophezeiung, denn jedes Kunstwerk ist die Umwandlung einer Idee in ein Bild. Jeder einzelne Mensch sollte die Erfüllung einer Prophezeiung sein, denn jeder Mensch sollte die Verwirklichung eines Ideals sein, sei es im Geist Gottes oder im Geist des Menschen. Christus schuf den Typus und legte ihn fest, und der Traum eines Virgilschen Dichters in Jerusalem oder in Babylon, wurde in Lauf der Jahrhunderte in ihm verkörperlicht, auf den die Welt wartete. *»Sein Antlitz war häßlicher als das irgendeines anderen Menschen, und seine Gestalt häßlicher als die der Menschensöhne«*, findet sich als eine der Beschreibungen, die von Jesajas zur Charakterisierung des neuen Ideals festgehalten wurden, und sobald die Kunst verstand, was damit gemeint war, öffnete sie sich wie eine Blume bei der Anwesenheit des Einen, in dem die Wahrheit in der Kunst hervortrat wie nie zuvor. Denn ist nicht, wie ich schon sagte, die Wahrheit in der Kunst,

»die, bei der das Äußere Ausdruck des Inneren ist, bei der die Seele Fleisch, der Körper durchdrungen vom Geist wird, bei der die Form den Inhalt enthüllt«?

Für mich ist einer der bedauernswertesten Umstände der Geschichte, daß die christliche Renaissance, die die Kathedrale von Chartres, den legendären Artus-Kreis, das Leben des heiligen Franz von Assisi, die Kunst Giottos und Dantes *Divine Comedy* hervorgebracht hatte, sich nicht selbständig entwickeln durfte, sondern von der faden klassischen Renaissance unterbrochen und verdorben wurde, die uns Petrarca, Raffaels Fresken, die Architektur des Palladio, die regelhafte französische Tragödie, die Paulskirche, Popes Dichtung und alles das bescherte, was von außen her und aus starren Regeln gemacht ist und nicht von innen her einem formenden Geist entspringt. Aber wo immer es eine romantische Bewegung in der Kunst gibt, da ist irgendwie und in irgendeiner Form Christus oder die Seele Christi. Er ist in *Romeo and Juliet,* in *Winter's Tale,* in der Dichtung der Provence, in »The Ancient Mariner«, in »La Belle Dame sans Merci« und in Chattertons »Ballad of Charity«.

Wir verdanken ihm die verschiedensten Dinge und Leute. Hugos *Les Misérables,* Baudelaires *Fleurs du Mal,* das Moment des Mitgefühls im russischen Roman, die Fenstermalerei, die Wandteppiche und die Quattrocento-Arbeiten von Burne-Jones und Morris und Verlaine und Verlaines Gedichte gehen genauso auf ihn zurück wie der Glockenturm Giottos, Lancelot und Ginevra, Tannhäuser, die tristen romantischen Plastiken Michelangelos, die Spitzbogenarchitektur und die Liebe zu Kindern und Blumen – für letzteres gab es ja in der klassischen Kunst nur wenig Platz, kaum genug, als daß sie darin hätten wachsen oder spielen können, wenn sie auch vom zwölften Jahrhundert bis in unsere Tage kontinuierlich immer mal wieder in der Kunst aufgetaucht sind, auf verschiedene Arten und zu verschiedenen Zeiten, unregelmäßig und eigenwillig, wie Kinder und Blumen halt so sind. Im Frühling erscheint es uns immer, als ob die Blumen sich versteckt hätten und nur in die Sonne kämen, weil sie fürchteten, daß erwachsene Leute müde werden könnten, nach ihnen zu suchen und die Suche aufgeben, und das Leben eines Kindes scheint uns nicht mehr zu sein als ein Apriltag, an dem es für die Narzisse zugleich Regen und Sonne gibt.

Und es ist die imaginative Fähigkeit im Wesen Christi, die ihn zu jenem pulsierenden Mittelpunkt der Romantik macht. Die merkwürdigen Figuren des poetischen Dramas und der Ballade werden aus der Imagination anderer geboren, aber Jesus von Nazareth schuf sich selbst gänzlich aus seiner eigenen Imagination heraus. Der Ruf Jesajas hatte in Wirklichkeit nicht mehr mit seinem Kommen zu tun, als das Lied der Nachtigall mit dem Aufgehen des Mondes – nicht mehr, doch vielleicht auch nicht weniger. Er war Verneinung und Bestätigung der Prophezeiung in einem. Für jede Erwartung, die er erfüllte, gab es eine andere, die er enttäuschte. In aller Schönheit, sagt Bacon, gibt es »etwas Ungewöhnliches, was das Gleichmaß betrifft«, und Christus sagt von denen, die aus dem Geist geboren sind, das heißt, die wie er dynamische Kräfte sind, sie glichen dem Wind, der »weht, wo er will und keiner kann sagen, woher er kommt oder wohin er geht«. Das ist es, warum er den Künstler derart fasziniert. Er hat all die Farbelemente des Lebens, Geheimnisvolles, Fremdartigkeit, Pathos, Eingebung, Ekstase und Liebe. Er wendet sich an unsere Empfänglichkeit für Wunder und schafft jene Stimmung, durch die allein er verstanden werden kann.

Und es bereitet mir Freude, wenn ich daran denke, daß die Welt, wenn er »ganz aus Vorstellungskraft besteht«, von gleicher Substanz ist. Ich sagte in *Dorian Gray,* daß die großen Sünden der Welt im Kopf stattfinden, aber auch sonst spielt sich alles im Kopf ab. Wir wissen jetzt, daß wir nicht mit den Augen sehen oder mit den Ohren hören, sie sind nur mehr oder weniger geeignete Kanäle für die Übertragung von Sinneswahrnehmungen. Im Kopf nur ist die Mohnblume rot, duftet der Apfel und singt die Lerche.

In letzter Zeit habe ich die vier Prosagedichte über Christus mit einiger Sorgfalt studiert. An Weihnachten konnte ich ein Testament auf griechisch bekommen, und jeden Morgen, nachdem ich meine Zelle saubergemacht und mein Blechgeschirr gewaschen habe, lese ich ein bißchen in den Evangelien, ein Dutzend Verse, die ich willkürlich heraussuche. Es ist eine herrliche Sache, den Tag damit anzufangen. Für Dich, in Deinem turbulenten, disziplinlosen Leben, wäre es äußerst wichtig, dasselbe zu tun. Es würde Dir nur guttun, und das Griechische ist ziemlich einfach. Endlose Wiederholungen zur rechten und zur unrechten Zeit, hat uns die *naiveté,* die Frische, den einfachen romantischen Zauber der Evangelien verdorben. Sie werden uns viel zu oft und viel zu schlecht vorgelesen, und alle Wiederholung ist geistlos. Wenn man sich wieder dem Griechischen zuwendet, ist es so, als ginge man aus einem engen und dunklen Haus hinaus in einen Liliengarten.

Und ich empfinde doppelte Freude, wenn ich bedenke, daß wir höchstwahrscheinlich die eigentlichen Begriffe, die *ipsissima verba* (Worte selbst) haben, wie sie Christus gebrauchte. Es wurde immer angenommen, Christus sprach aramäisch. Sogar Renan dachte das. Nun aber wissen wir, daß die galiläischen Bauern, wie die irischen Bauern in unseren Tagen, zweisprachig waren, und daß das Griechische die alltägliche Umgangssprache in ganz Palästina und in der Tat in der ganzen östlichen Welt war. Ich mochte den Gedanken noch nie, daß wir Christi eigene Worte nur durch eine Übersetzung einer Übersetzung kennen sollten. Es bereitet mir daher Freude, wenn ich bedenke, daß Charmides ihm zugehört, Sokrates mit ihm disputiert und Plato ihn verstanden haben könnte, daß er nämlich wirklich sagte *ἐγώ εἰμι ὁ ποιὴεν ὁ καλόσ* (Ich bin der gute Hirte), daß, als er an die Lilien des Feldes dachte und wie sie sich weder mühen noch abrackern, seine wirkliche Rede *καταμάθετε τά κρίνα τοῦ ἀγροῦ, τῶσ αὐξάνει. οὐ κοπιᾷ οὐδὲ νήθει* (Schau die Lilien auf dem Felde, wie sie wachsen, sie mühen sich nicht und rackern sich nicht ab) war, und daß sein letztes Wort, als er rief »Mein Leben ist vollendet und zu seiner Erfüllung gelangt, es ist vollbracht« exakt diejenigen waren, die Johannes uns überliefert: *τετέλεσται* (nicht mehr).

Und während ich in den Evangelien lese – besonders im Johannesevangelium, oder im Evangelium von einem der Gnostiker, der dessen Namen und Mantel annahm – sehe ich diese fortdauernde Bestätigung der Imagination als Grundlage allen geistigen und materiellen Lebens, ich sehe auch, daß die Imagination für Christus einfach eine Form der Liebe war, und daß Liebe für ihn im wahrsten Sinne des Wortes der Herr war. Etwa vor sechs Wochen erlaubte mir der Arzt, Weißbrot anstatt des Schrot- oder Schwarzbrotes, die übliche Gefängniskost, zu essen. Es ist eine wahre Delikatesse. Für Dich wird es seltsam klingen, daß trockenes Brot für irgend jemanden eine Delikatesse sein könnte. Ich versichere Dir, daß es für mich eine solche Delikatesse ist, daß ich am Ende jeder Mahlzeit sorgsam die Krümel esse, die auf meinem Blechteller übrig sind oder auf das rauhe Handtuch fielen, das man als Tischtuch benutzt, um nicht den Tisch schmutzig zu machen. Das tue ich nicht, weil ich Hunger habe – ich bekomme jetzt ausreichend Essen – sondern damit ganz einfach nichts von dem, was man mir gibt, verschwendet wird. So sollte man auch mit der Liebe verfahren.

Christus hatte, wie alle faszinierenden Persönlichkeiten, nicht nur die Kraft, selbst schöne Dinge zu sagen, sondern auch die Kraft zu bewirken, daß andere Leute schöne Dinge zu ihm sagten. Und ich liebe die Geschichte, die uns Markus über die griechische Frau erzählt – die *γυνὴ Ελληνίσ* – die, als er zur Prüfung ihres Glaubens zu ihr sagte, er könne ihr das Brot der Kinder Israels nicht geben, ihm antwortete, daß die kleinen Hunde – *κυνάρια* sollte mit »kleine Hunde« wiedergegeben werden – unter dem Tisch die Krümel essen, die die Kinder fallen ließen. Die meisten Leute Leben *für die* Liebe und Bewunderung. Aber wir sollten *durch* die Liebe und Bewunderung leben. Wenn uns auf irgendeine Art Liebe erwiesen wird, sollten wir erkennen, daß wir ihrer gänzlich unwürdig sind. Niemand ist würdig, geliebt zu werden. Die Tatsache, daß Gott die Menschen liebt, zeigt, daß in der göttlichen Ordnung des Idealen geschrieben steht, daß ewige Liebe dem erwiesen werden soll, was ihrer ewig unwürdig ist. Oder, wenn diese Aussage Dir bitter anzuhören scheint, dann laß uns sagen, daß jeder der Liebe würdig ist außer dem, der denkt, er sei es. Liebe ist ein Sakrament, das man auf Knien empfangen sollte, und *Domine, non sum dignus* (Herr, ich bin nicht würdig) sollte auf den Lippen und in den Herzen derer stehen, die es empfangen. Ich wünschte, Du würdest manchmal daran denken. Du hast es bitter nötig.

Sollte ich jemals wieder im Sinne künstlerischen Schaffens schreiben, gibt es nur zwei Themen, in denen und durch die ich mich ausdrücken will. Eines ist »Christus als Vorläufer der romantischen Bewegung im Leben«. Das andere ist »das Leben eines Künstlers und wohin es führt«. Ersteres ist natürlich ungeheuer faszinierend, denn ich sehe in Christus nicht nur die Grundzüge des höchsten romantischen Typus, sondern auch die Zufälligkeiten, ja sogar den Eigensinn der romantischen Gefühlswelt. Er war überhaupt der erste Mensch, der den Leuten sagte, sie sollten »blumengleiche« Leben führen. Er prägte diesen Ausdruck. Er nahm Kinder als Vorbilder für das, was die Leute werden sollten. Er hielt sie hoch als Beispiele für die Älteren, was ich persönlich immer für den hauptsächlichen Nutzen von Kindern hielt, wenn das, was vollkommen ist, überhaupt einen Nutzen haben muß. Dante beschreibt die Seele des Menschen, wenn sie von der Hand Gottes kommt, als »weinende und lachende, wie die eines kleinen Kindes«, und Christus sah ebenfalls, daß die Seele eines jeden *»a guisa di fanciulla, che piangendo e ridendo pargoleggia«* (wie die eines kleinen Mädchens, das weinend und lachend kindlich herumtollt) sein sollte. Er merkte, daß das Leben wechselhaft, fließend und in Bewegung ist, und daß es den Tod bedeute, sie in irgendeiner Form erstarren zu lassen. Er sah, daß die Leute materielle, alltägliche Interessen nicht zu ernst nehmen sollen, daß es etwas Großartiges ist, unpraktisch zu sein, daß man sich nicht zu viele Sorgen machen soll. »Die Vögel machen es nicht, warum sollte es der Mensch dann tun?« Er ist reizend, wenn er sagt: »Denke nicht an morgen. Ist nicht die *Seele* mehr als das Fleisch? Ist nicht der *Körper* mehr als Kleidung?« Ein Grieche könnte letzteres gesagt haben. Es ist voll von griechischer Gefühlswelt. Aber nur Christus konnte beides sagen und darin das Leben für uns perfekt zusammenfassen.

Sein sittliches Denken besteht ganz aus Mitgefühl, und genau darin sollte sittliches Denken bestehen. Wenn er lediglich gesagt hätte: »Ihre Sünden sind ihr vergeben, weil sie sehr liebte«, dann wäre das während des Sterbens zu sagen wert gewesen. Seine Gerechtigkeit ist sämtlich eine poetische Gerechtigkeit, genau das, was Gerechtigkeit sein sollte. Der Bettler kommt in den Himmel, weil er unglücklich gewesen ist. Ich kann mir keinen besseren Grund denken, warum er dorthin kommen sollte. Die Leute, die für eine Stunde im Weinberg in der Kühle des Abends arbeiten, bekommen genauso viel Lohn wie die, die dort den ganzen Tag in der heißen Sonne geackert haben. Warum auch nicht? Wahrscheinlich verdiente keiner irgendeinen Lohn. Oder sie waren vielleicht verschiedene Arten von Leuten. Christus hatte keine Geduld mit den abgestumpften, mechanischen Systemen, die die Leute behandeln, als ob sie Sachen wären, und somit jeden gleich behandeln, als ob irgend jemand, oder in diesem Fall irgend etwas, mit irgend etwas anderem in der Welt gleich wäre. Für ihn gab es keine Regeln. Es gab nur Ausnahmen.

Das, was in der Kunst der Romantik der Leitgedanke ist, war für ihn die wahre Basis des realen Lebens. Er sah keine andere Basis. Und als sie ihm eine Frau brachten, die mitten in sündhafter Handlung ertappt worden war, und ihm ihre Verurteilung, wie sie das Gesetzbuch vorsah, vorwiesen und ihn fragten, was zu tun sei, schrieb er mit dem Finger auf den Boden, als ob er sie nicht hörte, und schließlich, als sie ihn wieder und wieder bedrängten, schaute er auf und sagte: »Laßt den von euch, der niemals gesündigt hat, den ersten Stein auf sie werfen.« Diese Worte waren ein Leben wert.

Wie alle poetischen Naturen liebte er ungebildete Leute. Er wußte, daß in der Seele eines Ungebildeten immer Platz für einen großen Gedanken ist. Doch dumme Leute konnte er nicht ausstehen, besonders solche, die durch Erziehung dumm gemacht werden – Leute, die voll von Meinungen sind, von denen sie nicht eine einzige verstehen können, ein besonders moderner Typ Mensch und einer, der von Christus abschätzig beurteilt wird, als er ihn als Typ Mensch beschreibt, der den Schlüssel zum Wissen besitzt, ihn selbst aber nicht nutzen kann und auch anderen nicht erlaubt, ihn zu nutzen, obwohl er das Tor zu Gottes Reich öffnen könnte. Sein Hauptkampf war der gegen die Philister. Das ist der Kampf, den jedes Kind des Lichts führen muß. Das Philistertum war Kennzeichen des Zeitalters und der Gesellschaft, in der er lebte. In ihrer hartnäckigen Unzugänglichkeit gegenüber neuen Ideen, ihrer abgestumpften Ehrbarkeit, ihrer öden Orthodoxie, ihrer Anbetung billigen Erfolgs, ihrem ganzen Beschäftigtsein mit der großen materialistischen Seite des Lebens und ihrer lächerlichen Wertschätzung ihrer selbst und ihrer Wichtigkeit, waren die Juden in Jerusalem in den Tagen Christi das genaue Gegenstück zu den britischen Philistern unserer Tage. Christus spottete angesichts der »geweißten Grabmäler« der Ehrbarkeit und prägte diesen Begriff für immer. Er behandelte den weltlichen Erfolg als etwas absolut Verabscheuungswürdiges. Er sah darin überhaupt nichts. Er betrachtete Reichtum als eine Belastung für den Menschen. Er wollte nichts hören von einem Leben, das irgendeiner Ideologie oder irgendwelchen Moralvorstellungen geopfert wird. Er legte dar, daß Regeln und Zeremonien für den Menschen gemacht seien, nicht der Mensch für Regeln und Zeremonien. Er nahm die Gesetze und Vorschriften des Sabbat als typisches Beispiel für die Dinge, die man in den Wind schlagen soll. Er gab die kalte Menschenliebe, die großtuerische öffentliche Wohltätigkeit, die langweiligen Formalitäten, die dem Geist der Mittelschicht so teuer sind, äußerster und unbarmherziger Verachtung preis. Für uns ist das, was als Orthodoxie bezeichnet wird, nur ein oberflächliches, geistloses Mitläufertum, doch für sie, in ihren Händen, war es eine schreckliche und lähmende Tyrannei. Christus fegte es weg. Er zeigte, daß allein der Geist von Wert ist. Es bereitete ihm großes Vergnügen, ihnen darzulegen, daß sie, obgleich sie immer das Gesetzbuch und die Propheten läsen, nicht die leiseste Ahnung von dem hätten, was beide meinten. Im Gegensatz zu ihrer Einteilung eines jeden einzelnen Tages in zehn Teile – so wie sie Minze und Gartenraute in zehn Teile teilten –, in seine festgelegten Routinehandlungen und vorgeschriebenen Pflichten, predigte er, wieviel es bedeute, gänzlich für den Augenblick zu leben.

Die, die er von ihren Sünden errettete, sind einfach für schöne Momente in ihrem Leben errettet worden. Maria Magdalena zerbricht, als sie Christus sieht, die teure Alabastervase, die ihr einer ihrer sieben Geliebten geschenkt hatte und gießt die duftenden Salben über seine müden, staubigen Füße, und wegen dieses einen Augenblickes sitzt sie auf ewig mit Ruth und Beatrice im Blütenfächer der schneeweißen Rose des Paradieses. Alles, was Christus uns als kleinen Hinweis geben will, ist, daß *jeder* Augenblick schön sein sollte, daß die Seele *immer* für das Kommen des Bräutigams bereit sein und *immer* auf die Stimme des Geliebten warten soll. Da das Philistertum ganz einfach die Seite des menschlichen Wesens ist, die von der Imagination nicht erleuchtet wird, sieht er all die angenehmen Einflüsse im Leben als Formen des Lichts. Die Imagination selbst ist das Weltlicht, *τὸ φῶσ τοῦ κοσμοῦ.* Die Welt ist aus ihm geschaffen, und doch kann die Welt es nicht verstehen. Denn die Imagination ist einfach eine Offenbarung der Liebe, und es ist die Liebe und die Fähigkeit zur Liebe, die einen Menschen vom anderen unterscheidet.

Aber am romantischsten, im Sinne von realsten, ist er, wenn er sich mit dem Sünder abgibt. Die Welt hat schon immer den Heiligen geliebt, weil er die nächstmögliche Annäherung zur Vollkommenheit Gottes ist. Christus scheint, durch den göttlichen Instinkt in ihm, immer den Sünder geliebt zu haben, weil er die nächstmögliche Annäherung an die Vollkommenheit des Menschen ist. Sein vorrangiges Begehren war nicht, die Leute zu bekehren, auch nicht, das Leiden zu erleichtern. Einen interessanten Dieb in einen langweiligen, ehrlichen Mann zu verwandeln, das war nicht sein Ziel. Er hätte wenig von der Gesellschaft zur Unterstützung ehemaliger Gefangener und anderen modernen Institutionen dieser Art gehalten. Die Bekehrung eines Zöllners zu einem Pharisäer wäre ihm überhaupt nicht als große Errungenschaft erschienen. Aber auf eine Art und Weise, die die Welt noch nicht verstand, betrachtete er Sünde und Leid als etwas Schönes im Menschen, als heilige Dinge und Arten der Vollkommenheit. Der Gedanke *klingt* gefährlich. Das ist er auch. Alle großen Ideen *sind* gefährlich. Daß es Christi Glaube war, darf man nicht bezweifeln. Daß es der wahre Glaube ist, bezweifle ich persönlich nicht.

Natürlich muß der Sünder bereuen. Aber warum? Einfach weil er sonst unfähig wäre zu erkennen, was er getan hat. Der Augenblick der Reue ist der Augenblich des Beginns. Mehr noch, er ist der Zeitpunkt, an dem man seine Vergangenheit ändert. Die Griechen hielten das für unmöglich. Sie sagen in ihren gnomischen Aphorismen oft: »Nicht einmal die Götter können die Vergangenheit ändern.« Christus zeigte, daß der gemeinste Sünder es kann, daß es das einzige ist, was er kann. Christus hätte, wäre er gefragt worden, gesagt – da bin ich mir ziemlich sicher – daß in dem Moment, in dem der verlorene Sohn auf seine Knie fiel und weinte, machte er aus der Verschwendung seiner Substanz mit Huren, aus seinem Dasein als Schweinehirt, als er vor Hunger nach Getreidehülsen gierte, schöne und heilige Ereignisse in seinem Leben. Für die meisten Leute ist es schwierig, den Gedanken zu begreifen. Ich möchte sagen, man muß ins Gefängnis gehen, um ihn zu verstehen. Wenn man ihn dann verstanden hat, mag er den Aufenthalt im Gefängnis wert sein.

Es gibt etwas so Einzigartiges an Christus. Natürlich gab es Christen schon vor Christus, genauso wie es ein trügerisches Licht vor dem Tagesanbruch gibt und Wintertage, die so voll von plötzlichem Sonnenlicht sind, daß sie den weisen Krokus listig dazu verleiten, sein Gold vor der Zeit zu verschwenden, und daß sie einen törichten Vogel dazu veranlassen, seinen Gefährten zu rufen, um dürre Zweige für den Nestbau zu sammeln. Dafür sollten wir dankbar sein. Das Schlimme daran ist, daß es seitdem keine gegeben hat. Ich mache nur eine Ausnahme, nämlich Franz von Assisi. Doch ihm hatte Gott bei seiner Geburt die Seele eines Dichters gegeben, und er selbst hatte, als er noch jung war, bei einer mystischen Hochzeit die Armut zu seiner Frau genommen. Und mit der Seele eines Dichters und dem Körper eines Bettlers fand er mühelos den Weg zur Vollkommenheit. Er verstand Christus und wurde deshalb wie er. Wir brauchen den *Liber Conformitatum* nicht, damit er uns darüber unterrichtet, daß das Leben des heiligen Franz die wahre *Imitatio Christi* war, ein Gedicht, neben dem das Buch, das diesen Namen trägt, nur Prosa ist. In der Tat, das ist der Zauber Christi, da nun alles gesagt ist. Er ist wie ein Kunstwerk. Er unterweist einen eigentlich nicht in irgend etwas, sondern man wird durch seine Berührung verändert. Und jeder ist für seine Berührung prädestiniert. Mindestens einmal im Leben schreitet jeder Mensch mit ihm nach Emmaus.

Was das andere Thema betrifft, nämlich das Leben des Künstlers und wohin es führt, wird es Dir zweifellos seltsam vorkommen, daß ich es aufgreife. Die Leute zeigen auf das Gefängnis in Reading und sagen: »Dort ist es, wo das künstlerische Leben einen Mann hinführt.« Nun, es könnte einen zu schlechteren Orten führen. Praktische Menschen, für die das Leben eine kluge Spekulation ist, die von einer sorgsamen Kalkulation von Entscheidungen abhängt, wissen immer, wohin sie gehen, und dorthin gehen sie auch. Zuerst treibt sie das Verlangen, Gemeindediener zu sein und sie schaffen es, in welcher Sphäre sie sich auch immer bewegen, Gemeindediener zu werden und nicht mehr. Ein Mensch, dessen Bestrebung es ist, etwas zu werden, was ihn von seiner Persönlichkeit unterscheidet, ein Parlamentsmitglied, ein erfolgreicher Lebensmittelhändler, ein berühmter Anwalt oder Richter oder etwas gleichermaßen Langweiliges, schafft es immer unweigerlich, das zu werden, was er werden will. Das ist seine Strafe. Wer eine Maske haben will, muß sie tragen.

Aber mit den dynamischen Kräften im Leben und den Leuten, bei denen jene dynamischen Kräfte lebendig sind, verhält es sich anders. Leute, die lediglich nach Selbstverwirklichung streben, wissen nie, wohin sie gehen. Sie können es nicht wissen. In einem bestimmten Sinne des Wortes ist es natürlich notwendig, sich selbst, wie das griechische Orakel sagte, zu erkennen. Das ist die erste Aneignung von Wissen. Aber die Erkenntnis, daß man die Seele eines Menschen nicht erfassen kann, ist die ultimative Aneignung von Weisheit. Das letzte Geheimnis ist man selbst. Wenn man das Gewicht der Sonne bestimmt, die Bahn des Mondes vermessen und die sieben Himmel Stern für Stern kartographisch dargestellt hat, bleibt man selbst noch übrig. Wer kann den Wirkungskreis der eigenen Seele berechnen? Wenn der Sohn des Kis auszog, um nach den Eseln seines Vaters zu schauen, wußte er nicht, daß ein Mann Gottes mit der Salböl der Könige auf ihn wartete und daß seine Seele schon die Seele eines Königs war.

Ich hoffe, ich lebe lang genug und bringe eine Arbeit von solcher Machart hervor, daß ich am Ende meiner Tage in der Lage bin zu sagen: »Ja, das ist es, wo das Leben eines Künstlers hinführt.« Mit zwei solchen vollendeten Leben bin ich schon in Berührung gekommen, nämlich mit dem Leben von Verlaine und dem des Prinzen Kropotkin. Beide Männer haben Jahre im Gefängnis verbracht. Der erste ist der einzige christliche Dichter seit Dante, der andere ein Mann mit der Seele jenes schönen weißen Christus, der aus Rußland zu kommen scheint. Und seit den letzten sieben oder acht Monaten stehe ich, obwohl eine Reihe großer Unannehmlichkeiten von der Welt da draußen mich fast ohne Unterbrechung heimsuchten, in direktem Kontakt mit einem neuen Geist, der in diesem Gefängnis in Menschen und Dingen wirkt und der mir so sehr geholfen hat, daß ich es mit Worten unmöglich beschreiben kann. Während ich im ersten Jahr meiner Gefangenschaft nichts anderes tat, und mich auch nicht erinnern kann, etwas anderes getan zu haben, als in ohnmächtiger Verzweiflung meine Händen zu ringen und zu sagen »Welch ein Ende, welch ein entsetzliches Ende!«, so versuche ich mir jetzt zu sagen, und manchmal, wenn ich mich nicht gerade selbst quäle, sage ich es ehrlich und aufrichtig, »Welch ein Anfang, welch ein wunderbarer Anfang!«. Es ist vielleicht wirklich so. Wenn ja, dann verdanke ich vieles dieser neuen Persönlichkeit, die das Leben aller an diesem Ort verändert hat.

Die Dinge sind an sich von geringer Bedeutung und existieren in der Tat nicht wirklich – laß uns der Metaphysik einmal für etwas danken, das sie uns gelehrt hat. Allein der Geist ist von Bedeutung. Eine Strafe kann auf eine Art und Weise auferlegt werden, daß sie heilende Wirkung hat und keine Wunden zufügt, so wie Almosen auf solche Art und Weise gegeben werden können, daß das Brot sich in den Händen des Spenders in einen Stein verwandelt. Welch große Veränderung es da gibt – nicht in den Vorschriften, denn sie sind durch eiserne Regeln fixiert, sondern im Geist, der sie als seine Ausdrucksform gebraucht – kannst Du erkennen, wenn ich

Dir sage, daß ich, wäre ich letzten Mai entlassen worden, wie ich es ja auch versuchte, diesen Ort verlassen und ihn und jeden Bediensteten mit bitterem Haß verabscheut hätte, der mein Leben vergiftet hätte. Ich hatte zwar ein weiteres Jahr der Gefangenschaft, aber die Menschlichkeit war bei uns allen im Gefängnis zugegen, und wenn ich jetzt fortgehe, möge ich mich stets an die große Freundlichkeit erinnern, die mir hier von fast allen zuteil wurde, und am Tag meiner Entlassung werde ich vielen Leuten meinen Dank aussprechen und darum bitten, daß sie sich meiner erinnern.

Das Haftsystem ist absolut falsch. Ich würde alles dafür geben, es ändern zu können, wenn ich hier rausgehe. Ich will es wenigstens versuchen. Aber es gibt nichts auf der Welt, das so falsch ist, daß es der Geist der Menschlichkeit, der der Geist der Liebe ist, der Geist Christi, der nicht in Kirchen lebt, wenn nicht zurechtrücken, aber doch erträglich machen könnte, ohne zuviel Bitterkeit des Herzens.

Ich weiß auch, daß draußen vieles auf mich wartet, das sehr viel Freude macht, angefangen von dem, was Franz von Assisi *»mein Bruder, der Wind«* nennt und *»meine Schwester, der Regen«*, beides liebliche Dinge, bis hin zu den Schaufenstern und den Sonnenuntergängen großer Städte. Wenn ich eine Liste von all dem erstellte, was noch auf mich wartet, wüßte ich nicht, wo ich aufhören sollte. Denn wahrlich schuf Gott die Welt genauso für mich wie für irgendeinen anderen. Vielleicht gehe ich hier raus mit etwas, was ich vorher nicht gehabt habe. Ich brauche Dir nicht zu sagen, daß für mich Reformen im sittlichen Denken so bedeutungslos und nichtig sind, wie Reformen in der Theologie. Aber während das Vorhaben, ein besserer Mensch zu sein, ein Stück unwissenschaftlichen Gewäschs ist, ist es das Privileg derer, die gelitten haben, ein *tiefsinnigerer* Mensch zu werden. Und ein solcher, glaube ich, bin ich geworden. Du kannst es selbst beurteilen.

Wenn einer meiner Freunde, nachdem ich hier draußen bin, ein Fest geben und mich nicht einladen würde, sollte mich das kein bißchen kümmern. Ich kann allein sehr glücklich sein. Wer könnte mit der Freiheit, mit Büchern, Blumen und dem Mond nicht glücklich sein? Außerdem sind Feste nichts mehr für mich. Ich habe zu viel von ihnen ausgerichtet, um mir etwas aus ihnen zu machen. Dieser Teil des Lebens ist für mich vorbei, glücklicherweise, möchte ich sagen. Doch wenn einer meiner Freunde, nachdem ich hier draußen bin, Kummer hätte und mich nicht daran teilnehmen ließe, würde ich mich angesichts dessen sehr schlecht fühlen. Wenn er mir die Tür des betrübten Hauses vor der Nase zuschlüge, würde ich wieder und wieder kommen und um Einlaß bitten, so daß ich den Anteil, der mir zusteht, einfordern könnte. Hielte er mich für unwürdig, nicht fähig, mit ihm zu weinen, empfände ich es als schlimmste Erniedrigung, als schrecklichste Art und Weise, auf die mir Schande aufgeladen würde. Aber das kann nicht passieren. Ich habe ein Recht darauf, Kummer zu teilen, und wer auf die Lieblichkeit der Welt schauen, ihren Kummer teilen und etwas von dem Wunder, das in beiden liegt, erkennen kann, steht in unmittelbarem Kontakt mit dem Göttlichen und ist so nah an das Geheimnis Gottes herangekommen, wie nur irgend jemand herankommen kann.

Vielleicht wird auch in meine Kunst, genauso wie in mein Leben, ein noch tieferes Element kommen, eines von vollendeterer Gefühlswelt und direkterer Eingebung. Nicht Breite, sondern Intensität ist das wahre Ziel der modernen Kunst. In der Kunst befassen wir uns nicht mehr mit dem Ursprünglichen. Es ist die Ausnahme, mit der wir zu tun haben. Ich kann das, was ich erlitten habe, nicht in die gleiche Form pressen wie früher, das brauche ich wohl kaum zu sagen. Kunst beginnt erst dort, wo die Nachahmung endet. Aber es muß etwas von vielleicht noch größerer Harmonie des Wortes in meine Arbeit kommen, etwas von noch reicheren Rhythmen, von noch selteneren Farbeffekten, von noch einfacherer architektonischer Ordnung, und von noch ästhetischerer Qualität sowieso.

Als Marsyas »aus der Schwertscheide seiner Gliedmaßen gerissen« wurde – *dalla vagina delle membre sue,* um einen der schrecklichsten und am meisten nach Tacitus klingenden Ausdrücke Dantes zu gebrauchen – war sein Lied verstummt, wie die Griechen sagten. Apoll war Sieger geblieben. Die Leier hatte die Rohrflöte besiegt. Doch vielleicht irrten sich die Griechen. In einem großen Teil der modernen Kunst höre ich den Ruf des Marsyas. Er ist bitter bei Baudelaire, süß und traurig bei Lamartine, mystisch bei Verlaine. Er ist in den verzögerten Auflösungen der Musik Chopins. Er ist in der Unzufriedenheit, die sich auf den Gesichtern der Frauen bei Burne-Jones wiederholt. Sogar Matthew Arnold, dessen Lied des Kallikes in solch klarem

Ton lyrischer Schönheit von dem »Triumph der süßen verführerischen Leier« erzählt und dem »rühmreichen letztlichen Sieg« – nicht einmal er hat, in dem dunklen Unterton von Zweifel und Not, der seine Verse beherrscht, etwas von ihm. Weder Goethe noch Wordsworth konnten ihn heilen, obwohl er beiden folgte, und wenn er um »Thyrsis« trauern oder von dem »gelehrten Zigeuner« singen will, ist es die Rohrflöte, die er nehmen muß, um seine Weise wiederzugeben. Aber ob der phrygische Faun nun schwieg oder nicht, ich kann nicht schweigen. Ausdruckskraft ist für mich so notwendig wie Blatt und Blüte für die dunklen Äste der Bäume, die sich oberhalb der Gefängnismauer zeigen und so rastlos im Wind stehen. Zwischen meiner Kunst und der Welt klafft nun ein breiter Abgrund, doch zwischen der Kunst und mir gibt es keinen. Zumindest hoffe ich das.

Jedem von uns sind verschiedene Schicksale zugeteilt. Freiheit, Vergnügungen, Amusements, ein Leben der Bequemlichkeit waren Dein Los, und Du bist seiner nicht würdig. Mein Los bestand aus öffentlicher Schande, einer langen Haft, aus Elend, Ruin und Pein, und auch ich bin dessen nicht würdig – jedenfalls noch nicht. Ich erinnere mich, daß ich früher sagte, ich dachte, ich könnte eine wirkliche Tragödie ertragen, wenn sie mit purpurnem Mantel und einer Maske erhabenen Leids zu mir käme, aber daß das Schreckliche an der Moderne sei, daß sie die Tragödie in den Mantel der Komödie hüllte, so daß die große Realität alltäglich oder grotesk zu sein oder Mangel an Stil zu haben schien. Das trifft auf die Moderne ziemlich genau zu. Es traf wahrscheinlich schon immer für das Leben in der Zeit zu. Man sagt, alle Martyrien erschienen dem Betrachter schäbig. Das neunzehnte Jahrhundert bildet keine Ausnahme von der Regel.

Alles, was meine Tragödie betrifft, war abscheulich, gemein, abstoßend und hatte Mangel an Stil. Schon unsere Kleidung macht uns grotesk. Wir sind die Hanswürste des Leids. Wir sind Clowns mit gebrochenen Herzen. Wir sind speziell dazu entworfen, an den Sinn für Humor zu appellieren. Am 13. November 1895 wurde ich von London hierher gebracht. An jenem Tag mußte ich von zwei Uhr bis halb drei in Gefangenenkleidung und Handschellen auf der mittleren Bahnsteig des Bahnhofs von Clapham Junction stehen, so daß die Welt auf mich schauen konnte. Ich war aus der Krankenabteilung mitgenommen worden, ohne daß ich auch nur eine Minute vorher informiert worden wäre. Etwas Groteskeres als mich gab es nicht. Als die Leute mich sahen, lachten sie. Jeder Zug, der ankam, ließ das Publikum anschwellen. Nichts konnte ihre Belustigung übertreffen. Das war natürlich, bevor sie wußten, wer ich war. Sobald sie es erfahren hatten, lachten sie noch mehr. Für eine halbe Stunde stand ich da im grauen Novemberregen, vom johlenden Mob umringt.

Ein Jahr lang, nachdem man mir das angetan hatte, weinte ich jeden Tag zur gleichen Stunde und gleich lange. Das ist jedoch nicht so tragisch, wie es sich für Dich vielleicht anhört. Für die, die im Gefängnis sitzen, sind Tränen ein Teil der alltäglichen Erfahrungen. Ein Tag im Gefängnis, an dem man nicht weint, ist ein Tag, an dem das Herz hart ist, kein Tag, an dem das Herz froh ist.

Nun beginne ich, mehr Bedauern für die Leute zu empfinden, die damals lachten, als für mich selbst. Als sie mich sahen, stand ich natürlich nicht auf meinem Podest. Ich stand am Pranger. Aber es ist eine sehr phantasielose Natur, die sich nur für Leute interessiert, die auf ihrem Podest stehen. Ein Podest ist vielleicht eine sehr unreale Sache. Ein Pranger ist eine furchteinflößende Realität. Sie hätten auch wissen sollen, wie man Leid besser interpretiert. Ich sagte schon, daß hinter dem Leid immer das Leid steht. Es wäre noch klüger zu sagen, daß hinter dem Leid immer eine Seele steht. Und eine schmerzende Seele zu verspotten ist abscheulich. Unschön sind die Leben derer, die es tun. In der seltsam einfachen Ökonomie der Welt bekommen die Leute nur das, was sie geben, und die, die nicht genügend Phantasie besitzen, um bloß zum Äußeren von Dingen vorzudringen und Mitleid zu empfinden, welches Mitleid kann ihnen dann zuteil werden außer dem Mitleid der Verachtung?

Ich habe Dir diesen Bericht über die Art und Weise, wie ich hierher geschafft wurde, nur erstattet, damit Du ermessen kannst, wie hart es für mich gewesen ist, aus meiner Bestrafung irgend etwas anderes mitzunehmen außer Verbitterung und Verzweiflung. Jedoch muß ich etwas mitnehmen, und ab und zu habe ich Momente der Unterwerfung und der Akzeptanz. Der ganze Frühling könnte in einer einzigen Knospe verborgen sein, und das Nest der Lerche am Boden beinhaltet vielleicht die Freude, die die Füße vieler rosaroter Tagesanbrüche ankündigt, und vielleicht ist, was immer an Schönheit des Lebens noch für mich übrigbleibt, in einem Augenblick der Resignation, Demütigung und Erniedrigung enthalten. Jedenfalls kann ich nur auf dem Pfad meiner Entwicklung fortschreiten und mich durch die Akzeptanz all dessen, was mir widerfuhr, seiner würdig erweisen.

Früher sagten die Leute von mir, ich sei zu individualistisch. Ich muß noch weit mehr Individualist werden, als ich es jemals war. Ich muß weit mehr aus mir herausgehen, als ich es jemals tat, und von der Welt weit weniger verlangen, als ich es jemals tat. In der Tat rührte mein Ruin nicht vom zu großen Individualismus des Lebens her, sondern vom zu kleinen. Die einzige schändliche, unentschuldbare und zu jeder Zeit verachtenswerte Handlung meines Lebens war, daß ich mich zwingen ließ, die Gesellschaft um Hilfe und Schutz gegen Deinen Vater anzurufen. Einen solchen Appell an irgend jemanden zu richten, wäre aus individualistischer Sicht der Dinge schon schlimm genug gewesen, aber welche Entschuldigung kann jemals dafür vorgebracht werden, ihn gegen einen Mann von solcher Natur und solcher Erscheinung zu äußern?

Als ich die Kräfte der Gesellschaft erst einmal in Bewegung gesetzt hatte, wandte sich die Gesellschaft natürlich gegen mich und sagte: »Du hast die ganze Zeit in Mißachtung meiner Gesetze gelebt, und rufst nun jene Gesetze zu deinem Schutz an? Du sollst diese Gesetze in vollem Umfang zu spüren bekommen. Du sollst nicht umsonst an sie appelliert haben.« Heraus kommt, daß ich mich im Gefängnis befinde. Und ich bekam die Ironie und Schmach meiner Situation deutlich zu spüren, als ich im Verlaufe meiner drei Verhandlungen, die im Polizeigericht anfingen, Deinen Vater sah, wie er in der Hoffnung, öffentliche Aufmerksamkeit erregen zu können, hin und her hetzte, als ob die Gangart und Kleidung des Stallknechts, die krummen Beine, die fuchtelnden Hände, die herabhängende Unterlippe, das bestialische und schwachsinnige Grinsen irgend jemandem hätten entgehen können. Selbst wenn er nicht da oder außer Sichtweite war, war ich seiner Anwesenheit bewußt, und die leeren, trübseligen Wände des Gerichtssaals, schon die Luft darin, schienen mir bisweilen mit den Masken dieser affengleichen Visage vollzuhängen. Bestimmt fiel noch nie ein Mann so tief und durch solch schändliche Werkzeuge wie ich. Irgendwo im *Dorian Gray* sage ich, daß »ein Mann gar nicht zu vorsichtig sein kann in der Auswahl seiner Feinde«. Ich dachte nicht im Traum daran, daß es durch einen Paria geschehen würde, daß ich selbst zum Paria gemacht würde.

Dieser Drang, dieser Zwang, mich an die Gesellschaft zu wenden und sie um Hilfe zu bitten, ist einer der Gründe, die mich dazu veranlassen, Dich so sehr zu verachten, die mich dazu veranlassen, mich selbst so sehr zu verachten, weil ich Dir nachgab. Daß Du mich als Künstler nicht schätztest, war noch entschuldbar. Es lag an Deiner Art. Du konntest nichts dafür. Aber Du hättest mich als Individualisten schätzen können. Dafür bedurfte es keiner Bildung. Aber Du tatst es nicht, und somit brachtest Du das Element des Philistertums in ein Leben, das ein völliger Protest gegen dieses Element gewesen war, und von jenem Standpunkt aus gesehen dessen völlige Verneinung. Das philisterhafte Element im Leben ist nicht das Nichtverstehen der Kunst. Reizende Leute wie Fischer, Hirten, Landarbeiter, Bauern und dergleichen wissen nichts über Kunst und sind doch das Salz der Erde. Derjenige aber ist ein Philister, der die plumpen, schwerfälligen, blinden, mechanischen Kräfte der Gesellschaft hochhält und sie unterstützt, und der die dynamische Kraft nicht erkennt, wenn er bei einem Mann oder in einer Bewegung auf sie trifft.

Die Leute haben es mir furchtbar krumm genommen, die üblen Dinge des Lebens beim Abendessen bewirtet und an ihrer Gesellschaft Freude empfunden zu haben. Doch sie waren, von dem Standpunkt aus gesehen, von dem ich mich ihnen näherte, nämlich als ein Künstler im Leben, angenehm anregend und stimulierend. Es war wie mit Panthern zu schwelgen. Die Gefahr bedeutete den größten Reiz. Ich fühlte mich, wie sich der Schlangenbeschwörer fühlen muß, wenn er die Kobra dazu lockt, sich aus dem bemalten Tuch oder dem Weidenkorb zu winden, auf sein Geheiß hin die Brille zu zeigen und sich in der Luft hin und her zu wiegen, so wie sich eine Pflanze ruhig in einem Strom hin und her bewegt. Sie waren für mich die leuchtendsten goldenen Schlangen. Ihr Gift war ein Teil ihrer Vollkommenheit. Ich wußte, als sie nach mir zielten, nicht, daß es auf Dein Geheiß und Deines Vaters Bezahlung hin geschah. Ich schäme mich ihrer Bekanntschaft überhaupt nicht. Sie waren äußerst interessant. Worüber ich mich schäme, ist die schreckliche philisterhafte Atmosphäre, in die Du mich gebracht hast. Ich als Künstler maß mich mit Ariel. Du brachtest mich dazu, mit Caliban zu ringen. Anstatt schöne, farbenreiche, wohlklingende Dinge wie *Salome, Florentine Tragedy* und *La Sainte Courti-*

sane zu schaffen, sah ich mich gezwungen, lange Anwaltsbriefe an Deinen Vater zu schicken und genötigt, gerade an das zu appellieren, wogegen ich immer protestiert hatte. Clibborn und Atkins waren wundervoll in ihrem schändlichen Krieg gegen das Leben. Sie zu bewirten, war ein höchst riskantes Abenteuer. Dumas *père*, Cellini, Goya, Edgar Allen Poe oder Baudelaire hätten genau das gleiche gemacht. Widerwärtig dagegen ist mir die Erinnerung an die unzählbaren Besuche, die ich dem Anwalt Humphreys in Deiner Gesellschaft abstattete, wenn wir beide im gräßlichen, grellen Licht eines düsteren Raumes mit ernster Miene dasaßen und einem Kahlkopf Lügen erzählten, bis ich vor lauter *ennui* stöhnte und gähnte. *Dort* ist es, wo ich mich nach zwei Jahren Freundschaft mit Dir wiederfand, genau im Zentrum Philistäas, von allem entfernt, was schön, glänzend, wundervoll oder gewagt war. Am Ende mußte ich wegen Dir als Meister der Ehrbarkeit im Benehmen, des Puritanismus im Leben und des sittlichen Denkens in der Kunst vortreten. *Voilà où mènent les mauvais chemins!* (Dahin führen die Wege des Übels.)

Und das Erstaunliche für mich bleibt, daß Du versuchtest, Deinen Vater in seinen wesentlichen Charakterzügen nachzuahmen. Ich kann nicht verstehen, warum er für Dich ein Vorbild war, wo er Dir doch ein abschreckendes Beispiel hätte sein müssen, es sei denn, daß, wo immer es Haß zwischen zwei Menschen gibt, auch Bande oder Brüderlichkeit in irgendeiner Form existieren. Ich vermute, daß ihr gemäß eines seltsamen Gesetzes der Antipathie unter ähnlichen Menschen euch gegenüber abgeneigt seid, nicht weil Ihr in so vielen Punkten so verschieden, sondern weil Ihr in einigen so ähnlich seid. Im Juni 1893, als Du Oxford ohne Abschluß und mit Schulden, die an sich gering waren, aber für einen Mann mit dem Einkommen Deines Vaters erheblich, verließest, da schrieb Dir Dein Vater einen vulgären, rohen und ausfallenden Brief. Den Antwortbrief, den Du ihm schicktest, war in jeder Hinsicht noch schlimmer und natürlich weit weniger entschuldbar, und daher warst Du äußerst stolz darauf. Ich erinnere mich ganz gut daran, daß Du mir in Deiner eitelsten Art sagtest, Du könnest Deinen Vater »mit seinem eigenen Mitteln« schlagen. Schon richtig. Aber was für Mittel! Welch ein Wettstreit! Du lachtest und spötteltest über Deinen Vater, weil er sich aus dem Haus Deines Cousins begab, wo er wohnte, um ihm von einem nahegelegenen Hotel aus schmutzige Briefe zu schreiben. Dasselbe machtest Du mit mir. Dauernd aßest Du mit mir in irgendeinem öffentlichen Restaurant zu Mittag, schmolltest oder machtest während des Essens eine Szene, zogst Dich dann in den White's Club zurück und schriebst mir einen Brief übelster Sorte. Der einzige Unterschied zwischen Dir und Deinem Vater war der, daß Du, nachdem Du mir den Brief durch einen Boten hattest zukommen lassen, Stunden später selbst in meinem Haus erschienst, nicht etwa um Dich zu entschuldigen, sondern um in Erfahrung zu bringen, ob ich das Abendessen im Savoy bestellt hätte, und wenn nicht, warum ich es nicht bestellt hätte. Manchmal kamst Du tatsächlich schon, bevor ich den beleidigenden Brief gelesen hatte. Ich erinnere mich, daß Du mich in einem Fall darum batest, zwei Deiner Freunde zum Essen ins Café Royal einzuladen, von denen ich einen nie zuvor in meinem Leben gesehen hatte. Ich tat es, und auf Deine besondere Bitte hin bestellte ich im voraus ein besonders luxuriöses Essen. Der *chef*, ich weiß es noch, wurde herbeigeholt und erhielt besondere Instruktionen hinsichtlich des Weins. Anstatt zum Essen zu kommen, schicktest Du mir einen ausfallenden Brief ins Café, dessen Zustellung so berechnet war, daß er mich erreichte, nachdem wir eine halbe Stunde auf Dich gewartet hatten. Ich las die erste Zeile und kannte den Inhalt schon, und während ich den Brief in meine Tasche steckte, erklärte ich Deinen Freunden, Du wärst plötzlich krank geworden und der Rest der Briefe bezöge sich auf die Symptome Deiner Krankheit. Tatsächlich las ich den Brief erst, als ich mich an jenem Abend in der Tite Street für das Abendessen anzog. Als ich mich mitten in diesem Sumpf steckte und mich voll grenzenloser Traurigkeit fragte, wie Du Briefe schreiben konntest, die dem Schaum und Geifer auf den Lippen eines Epileptikers glichen, da kam mein Diener herein, um mir mitzuteilen, daß Du in der Halle wartetest und sehr erpicht darauf seist, mich für fünf Minuten zu sprechen. Ich schickte ihn sofort hinunter mit der Bitte, Dich heraufzuführen. Du kamst herein, wobei Du, das muß ich zugeben, sehr ängstlich und blaß aussahst, um mich um Rat zu fragen und um meinen Beistand zu bitten, weil man Dir gesagt hatte, daß ein Mann aus dem Büro des Anwalts Lumley am Cadogan Platz nach Dir gefragt hatte, und Du fürchtetest, daß Deine Schwierigkeiten in Oxford oder eine neue Gefahr Dich bedrohten. Ich tröstete Dich, sagte Dir, es werde sich wahrscheinlich bloß als die Rechnung eines Handwerkers erweisen, ließ Dich zum Abendessen bleiben und den Abend mit mir verbringen. Du erwähntest Deinen abscheulichen Brief mit keinem Wort, und ich ebensowenig. Ich behandelte ihn einfach wie ein unglückliches Merkmal eines unglücklichen Temperaments. Ich ließ die Sache auf sich beruhen. Mir einen beleidigenden Brief um 2.30 Uhr zu schreiben und um 7.15 am gleichen Nachmittags zu mir zu eilen, um Hilfe und Mitgefühl zu erbitten, war eine ganz gewöhnliche Erscheinung in Deinem Leben. Du kamst in solchen Angewohnheiten wie auch in anderen ganz nach Deinem Vater. Als seine entsetzlichen Briefe an Dich offen vor Gericht vorgelesen wurden, schämte er sich natürlich und tat so, als weinte er. Wären Deine Briefe an ihn von seinem Anwalt verlesen worden, hätte noch mehr Entsetzen und Abneigung die Leute befallen. Und nicht nur im Stil »schlugst Du ihn mit seinen eigenen Mitteln«, sondern mit der Art und Weise Deines Angriffs distanziertest Du ihn deutlich. Du bedientest Dich des öffentlichen Telegramms und der offenen Postkarte. Ich denke, Du hättest solche Arten der Belästigung Leuten wie Alfred Wood überlassen können, dessen einzige Einkommensquelle sie ist. Oder nicht? Was für ihn und seinen Stand ein Beruf war, war für Dich ein Vergnügen, und zwar ein sehr schlechtes. Auch gabst Du nach allem, was mir wegen ihnen und durch sie widerfuhr, Deine gräßliche Angewohnheit nicht auf, beleidigende Briefe zu schreiben. Du betrachtest es immer noch als eine Deiner Fähigkeiten, und Du übst sie an meinen Freunden, an jenen, die im Gefängnis freundlich zu mir gewesen sind, wie Robert Sherard und andere. Das ist schändlich von Dir. Als Robert Sherard von mir hörte, ich wünschte nicht, daß Du irgendeinen Artikel über mich im *Mercure de France* veröffentlichst, sei es mit oder ohne Briefe, hättest Du ihm dafür dankbar sein sollen, daß er sich nach meinen Wünschen in diesem Punkt erkundigte und daß er Dich davor bewahrte, mir, ohne es zu wollen, noch mehr Schmerz aufzuerlegen, als Du es schon getan hattest. Du mußt immer daran denken, daß ein gönnerhafter und spießiger Brief über »Fair Play« für einen »Mann, der am Boden liegt«, für eine englische Zeitung in Ordnung ist. Er führt die alten Traditionen des englischen Journalismus, gemessen an seiner Einstellung gegenüber Künstlern, fort. Doch in Frankreich hätte mich solch ein Ton der Lächerlichkeit und Dich der Verachtung preisgegeben. Ich hätte überhaupt keinen Artikel zulassen können, bevor ich nicht sein Ziel, seine Machart, die Tendenz und dergleichen kannte. In der Kunst besitzen gute Absichten nicht den geringsten Wert. Alle schlechte Kunst ist das Ergebnis guter Absichten.

Auch ist Norbert Sherard nicht der einzige meiner Freunde, an den Du bittere und beißende Briefe adressiertest, weil sie meinten, meine Wünsche und Gefühle sollte man in den Belangen berücksichtigen, die mich direkt betrafen, nämlich die Veröffentlichung von Artikeln über mich, die Widmung Deiner Verse, die Rückgabe meiner Briefe und Geschenke und dergleichen. Du beleidigtest auch andere oder versuchtest, andere zu beleidigen.

Kommt Dir je der Gedanke, in welch einer furchtbaren Situation ich gewesen wäre, wenn ich in den letzten zwei Jahren, während meiner entsetzlichen Strafe, von Dir als Freund abhängig gewesen wäre? Denkst Du jemals daran? Empfindest Du je den Leuten gegenüber Dankbarkeit, die mir durch ihre uneingeschränkte Freundlichkeit, grenzenlose Zuneigung, ihre Heiterkeit und Freude zu schenken, die dunkle Last erleichterten, die mich wieder und wieder besuchten, mir schöne und mitfühlende Briefe schrieben, meine Angelegenheiten für mich regelten, mein zukünftiges Leben für mich arrangierten, im Rachen der Verleumdung, des Hohns, offenen Spotts, ja sogar der Beleidigung zu mir standen? Ich danke Gott jeden Tag, daß er mir außer Dir noch andere Freunde gab. Ich verdanke ihnen alles. Selbst die Bücher in meiner Zelle wurden von Robbie aus eigener Tasche bezahlt. Aus der gleichen Quelle sollen bei meiner Entlassung Kleider für mich kommen. Ich schäme mich nicht, etwas anzunehmen, was mit Liebe und Zuneigung geschenkt wird. Ich bin stolz darauf. Aber kommt Dir je der Gedanke, was mir meine Freunde wie More Adey, Robbie, Robert Sherard, Frank Harris und Arthur Clifton bedeuteten, indem sie mir Trost, Hilfe, Zuneigung, Mitgefühl und dergleichen zuteil werden ließen? Ich vermute, das hat Dir nie gedämmert. Und doch – hättest Du etwas Phantasie in Dir, wüßtest Du, daß es keinen einzigen Menschen gibt, der in meinem Gefängnisleben freundlich zu mir war, bis hinunter zum Wärter, der mir vielleicht einen guten Morgen oder eine gute Nacht wünscht, was nicht zu seinen vorgeschriebenen Pflichten gehört – bis hinunter zu den einfachen Polizisten, die in ihrer einfachen, rauhen Art darum bemüht waren, mich auf meinen Wegen hin zum und vom Konkursgericht in meinen schrecklichen seelischen Qualen zu trösten – bis hinunter zum armen Dieb, der mir, als er mich beim Rundgang im Hof in Wandsworth erkannte, mit der heiseren Gefängnisstimme, die man vom langen und obligatorischen Schweigen bekommt, zuflüsterte: *»Es tut mir leid um Sie. Es ist für Leute ihresgleichen härter als für Leute meinesgleichen.«* – nicht einen von all diesen, sage ich, gibt es, vor dem niederzuknien und dem den Schlamm von den Schuhen zu putzen, wenn er es Dir erlaubte, Du nicht stolz sein solltest.

Besitzt Du genügend Vorstellungskraft, um zu sehen, welch fürchterliche Tragödie es für mich war, Deiner Familie über den Weg gelaufen zu sein? Welch eine Tragödie wäre es überhaupt für irgend jemanden gewesen, der eine großartige Stellung, einen großartigen Namen, irgend etwas von Bedeutung zu verlieren hatte? Es gibt kaum einen unter den Älteren in Deiner Familie – mit Ausnahme von Percy, der wirklich ein guter Kerl ist – der nicht irgendwie zu meinen Ruin beigetragen hätte.

Ich habe zu Dir mit einiger Verbitterung von Deiner Mutter gesprochen, und ich rate Dir dringend, sie diesen Brief sehen zu lassen, hauptsächlich Deinetwegen. Wenn es sie schmerzt, solch eine Anklage gegen einen ihrer Söhne zu lesen, so soll sie sich vergegenwärtigen, daß *meine* Mutter, die intellektuell auf einer Stufe mit Elizabeth Barrett Browning und historisch auf einer Stufe mit Madame Roland steht, gebrochenen Herzens starb, weil ihr Sohn, auf dessen Genie und Kunst sie so stolz gewesen war und den sie stets als einen würdigen Träger eines erhabenen Namens gesehen hatte, zu zwei Jahren Zwangsarbeit verurteilt worden war. Du wirst mich fragen, auf welche Art und Weise Deine Mutter zu meiner Vernichtung beitrug. Ich werde es Dir sagen. So wie Du versuchtest, alle Verantwortung für Deine unmoralischen Handlungen auf mich abzustreifen, so versuchte Deine Mutter, alle Verantwortung für ihre moralischen Handlungen Dir gegenüber auf mich abzustreifen. Anstatt direkt mit Dir über Dein Leben zu reden, wie eine Mutter das tun sollte, schrieb sie mir immer heimlich mit eindringlichen, furchtsamen Bitten, ich solle Dich nicht wissen lassen, daß sie mir schrieb. Du siehst die Situation, in der ich mich zwischen Dir und Deiner Mutter befand. Sie war so falsch, so absurd und so tragisch wie die, als ich zwischen Dir und Deinem Vater stand. Im August 1892 und am achten November des gleichen Jahres hatte ich mit Deiner Mutter zwei lange Zwiegespräche über Dich. In beiden Fällen fragte ich sie, warum sie nicht direkt mit Dir spräche. In beiden Fällen erteilte sie mir die gleiche Antwort: *»Ich habe Angst. Er wird so ärgerlich, wenn man mit ihm redet.«* Beim ersten Mal kannte ich Dich so wenig, daß ich nicht verstand, was sie meinte. Beim zweiten Mal kannte ich Dich so gut, daß ich vollkommen verstand. (Dazwischen hattest Du einen Gelbsuchtsanfall gehabt und warst vom Doktor angewiesen worden, eine Woche lang nach Bournemouth zu gehen, und Du hattest mich gebeten, Dich zu begleiten, da Du es haßtest, allein zu sein.) Doch es ist nicht die erste Pflicht einer Mutter, Angst davor zu haben, ernsthaft mit ihrem Sohn zu reden. Hätte Deine Mutter ernsthaft mit Dir über die Schwierigkeiten gesprochen, in denen Du Dich, wie sie wußte, im Juli 1892 befandst, und hätte sie es erreicht, daß Du Dich ihr anvertraust, wäre es letztlich für euch beide viel besser und viel glücklicher gewesen. All die verstohlenen und heimlichen Gespräche mit mir waren falsch. Was nutzte es, daß Deine Mutter mir endlose kleine Mitteilungen schickte mit dem Vermerk »persönlich« auf dem Briefumschlag, in denen sie mich bat, Dich nicht so oft zum Essen einzuladen und Dir ja kein Geld zu geben, und jede Mitteilung endete mit einem eindringlichen Post Scriptum: *»Lassen Sie Alfred auf keinen Fall wissen, daß ich Ihnen geschrieben habe.«* Was konnte Gutes aus solch einer Korrespondenz herauskommen? Hast Du jemals darauf gewartet, zum Essen eingeladen zu werden? Nie. Ganz selbstverständlich nahmst Du all Deine Mahlzeiten bei mir ein. Wenn ich dagegen protestierte, hattest Du immer etwas einzuwenden: *»Wenn ich nicht mit dir esse, wo soll ich dann essen? Nimmst du etwa an zu Hause?«* Darauf konnte man nicht antworten. Und wenn ich mich strikt weigerte, Dich bei mir essen zu lassen, drohtest Du immer, Du würdest etwas Törichtes anstellen, und Du machtest es dann auch. Welchen Effekt konnten Briefe haben, wie sie mir Deine Mutter schickte, außer dem, der dann wirklich eintrat, nämlich ein törichtes und fatales Abwälzen der moralischen Verantwortung auf mich? Ich möchte nicht mehr von den verschiedenen Details, in denen sich die Schwäche Deiner Mutter und ihr Mangel an Mut für sie selbst, für Dich und für mich so zerstörerisch erwiesen, sprechen, aber sicherlich hätte sie, als sie hörte, daß Dein Vater herunter in mein Haus kam, um eine abscheuliche Szene zu machen und einen öffentlichen Skandal heraufzubeschwören, sehen können, daß eine ernste Krise drohend bevorstand, und sie hätte versuchen können, einige ernste Schritte einzuleiten, um das zu verhindern. Doch ihr fiel nichts anderes ein, als den schleimigen George Wyndham mit seiner geschmeidigen Zunge herunterzuschicken, der mir vorschlagen sollte – na, was wohl? Ich solle Dich »allmählich fallenlassen«.

Als hätte ich die Möglichkeit gehabt, Dich allmählich fallen zu lassen! Auf alle erdenklichen Arten hatte ich versucht, unsere Freundschaft zu beenden und ging dabei tatsächlich so weit, daß ich England verließ und eine falsche Adresse im Ausland hinterließ, in der Hoffnung, ich könnte auf einen Schlag ein Band zerreißen, das lästig, verhaßt und zerstörend für mich geworden war. Glaubst Du, ich hätte Dich »allmählich fallenlassen« *können?* Glaubst Du, das hätte Deinen Vater zufriedengestellt? Du weißt, daß das nicht der Fall gewesen wäre. Was Dein Vater tatsächlich wollte, war nicht der Abbruch unserer Freundschaft, sondern ein öffentlicher Skandal. Danach strebte er. Sein Name war jahrelang nicht in den Zeitungen gestanden. Er sah die Gelegenheit, in der britischen Öffentlichkeit in einer vollkommen neuen Rolle zu erscheinen, nämlich der des liebenden Vaters. Sein Sinn für Humor war erwacht. Hätte ich meine Freundschaft mit Dir aufgelöst, wäre das für ihn eine furchtbare Enttäuschung gewesen, und das bißchen Bekanntheit wegen einer zweiten Scheidungsklage, wie abscheulich auch immer in ihren Details und ihrer Entstehung, wäre für ihn nur ein kleiner Trost gewesen. Er wollte Popularität und als Meister der Sittlichkeit dastehen, wie man sagt, denn das ist in der gegenwärtigen Verfassung der britischen Öffentlichkeit der sicherste Weg, für das eine Mal eine heroische Gestalt zu werden. Von dieser Öffentlichkeit sagte ich in einem meiner Stücke, sie sei für die eine Hälfte des Jahres Caliban, für die andere Hälfte Tartuffe, und Dein Vater, bei dem beide Rollen, so könnte man es sagen, verkörpert waren, war in dieser Hinsicht ein typisches Beispiel des wahren Repräsentanten eines Puritaners in seiner aggressivsten und charakteristischsten Form. Ein langsames Fallenlassen Deiner wäre von gar keinem Nutzen gewesen, nicht einmal, wenn es durchführbar gewesen wäre. Merkst Du jetzt nicht, daß das einzige, was Deine Mutter tun konnte, war, mich zu sich zu bitten, Dich und Deinen Bruder zu sich zu holen und entschieden zu sagen, daß die Freundschaft ein für allemal aufhören müsse? Sie hätte in mir ihren heißesten Verfechter gefunden, und mit Drumlanrig und mir im Raum hätte sie sich nicht zu fürchten brauchen, mit Dir zu sprechen. Sie tat es aber nicht. Sie fürchtete sich vor ihrer Verantwortung und versuchte, sie auf mich abzuwälzen. Sicherlich schrieb sie einen Brief an mich. Es war ein kurzer Brief, in dem sie mich bat, den Brief des Anwalts nicht Deinem Vater zu schicken, um ihn vom Weitermachen abzuhalten. Sie hatte völlig recht. Es war lächerlich, daß ich Anwälte zu Rate zog und ihren Schutz suchte. Doch sie neutralisierte jede Wirkung, die ihr Brief hätte erzeugen können, durch ihr übliches Post Scriptum: *»Lassen Sie Alfred auf keinen Fall wissen, daß ich Ihnen geschrieben habe.«*

Du warst von dem Gedanken, ich könnte, genau wie Du, Deinem Vater Anwaltsbriefe schikken, entzückt. Es war Dein Vorschlag. Ich konnte Dir nicht sagen, daß Deine Mutter entschieden dagegen war, weil sie mich mit den feierlichsten Versprechungen daran gebunden hatte, Dir niemals von ihren Briefen an mich zu erzählen, und törichterweise hielt ich mein Versprechen. Siehst Du nicht, daß es falsch von ihr war, nicht unmittelbar mit Dir zu reden, daß all die Hintertreppen-Zwiegespräche mit mir und die Hintertür-Korrespondenz falsch waren? Niemand kann seine Verantwortung auf jemand anderen abwälzen. Stets kommt sie zu ihrem ursprünglichen Träger zurück. Deine einzige Lebensauffassung, Deine einzige Philosophie, wenn man Dir überhaupt eine Philosophie zuschreiben darf, war die, daß alles, was Du machtest, von jemand anderem bezahlt werden sollte. Ich meine nicht nur in finanzieller Hinsicht – das war nur die praktische Umsetzung Deiner Philosophie im alltäglichen Leben – sondern im weitesten, vollsten Sinn übertragener Verantwortung. Das machtest Du zu Deinem Glauben. Er war, solange es dauerte, sehr erfolgreich. Du zwangst mich, das Handeln zu übernehmen, weil Du wußtest, daß Dein Vater in keiner Weise Dein Leben oder Dich angreifen, daß ich beides bis zum äußersten verteidigen und alles, was man mir auflud, auf meine Schultern nehmen würde. Du hattest völlig recht. Dein Vater und ich machten, jeder natürlich aus verschiedenen Motiven, genau das, womit Du rechnetest. Aber trotz allem bist Du irgendwie nicht wirklich entkommen. Die »Knabe-Samuel-Theorie«, wie man es der Kürze halber bezeichnen könnte, ist ja ganz gut, so weit es die Welt im allgemeinen betrifft. In London mag man reichlich darüber spotten, und in Oxford ein wenig höhnen, aber das geschieht nur, weil es an beiden Orten ein paar Leute gibt, die Dich kennen, und weil Du an beiden Orten Spuren Deines vorübergehenden Aufenthaltes hinterlassen hast. Außerhalb eines kleinen Kreises in diesen beiden Städten schaut die Welt auf Dich als einen jungen Mann, der beinahe von einem bösen und unmoralischen Künstler zu falschem Tun verführt worden wäre, aber gerade noch rechtzeitig von seinem netten, liebenden

Vater gerettet wurde. Das klingt ganz schlüssig. Und doch weißt Du, daß Du nicht entkommen bist. Ich beziehe mich nicht auf eine alberne Frage eines albernen Geschworenen, die natürlich von der Staatsanwaltschaft und vom Richter mit Geringschätzung behandelt wurde. Niemanden interessierte das. Ich beziehe mich vielmehr prinzipiell auf Dich. In Deinen Augen, und eines Tages wirst Du über Dein Verhalten nachdenken müssen, bist Du nicht zufrieden und kannst Du nicht mit dem zufrieden sein, wie sich die Dinge entwickelt haben. Im stillen mußt Du mit einiger Scham über Dich nachdenken. Der Welt ein ehernes Gesicht zu zeigen, ist schon etwas, aber hin und wieder, wenn Du alleine bist und kein Publikum hast, mußt Du, vermute ich, die Maske ablegen, um nur atmen zu können. Sonst wärst Du bestimmt schon erstickt.

Und ebenso muß Deine Mutter manchmal bedauern, daß sie ihre schwere Verantwortung auf jemand anderen abzuwälzen versuchte, der schon schwer genug zu tragen hatte. Sie nahm die Rollen beider Elternteile für Dich ein. Hat sie wirklich die Pflichten auch nur eines Elternteils erfüllt? Wenn ich Deine schlechten Launen, Deine Rohheit und Deine Szenen ertrug, hätte sie sie auch ertragen können. Als ich meine Frau zum letzten Mal sah – das ist jetzt vierzehn Monate her – sagte ich ihr, sie müsse für Cyril gleichermaßen Vater und Mutter sein. Ich erzählte ihr alles über die Art und Weise, wie Deine Mutter in jeder Situation mit Dir umging, wie ich es in diesem Brief festgehalten habe, natürlich noch weit ausführlicher. Ich informierte sie über den Grund für die endlosen Mitteilungen mit dem Vermerk »persönlich« auf dem Briefumschlag, die von Deiner Mutter aus der Tite Street so häufig kamen, daß meine Frau schon lachte und sagte, wir müßten zusammen an einem Gesellschaftsroman oder etwas Ähnlichem arbeiten. Ich beschwor sie, zu Cyril nicht so zu sein, wie Deine Mutter zu Dir war. Ich sagte ihr, sie solle ihn so großziehen, daß er, sollte er unschuldiges Blut vergießen, zu ihr kommen und es ihr erzählen würde, damit sie ihm zuerst die Hände reinigen und ihn dann darin unterrichten könnte, wie er durch Reue und Sühne seine Seele hinterher reinigen könne. Ich sagte ihr, daß sie, falls sie sich davor fürchtete, der Verantwortung für das Leben eines anderen ins Gesicht zu sehen, selbst wenn es ihr eigenes Kind wäre, einen Beschützer herbeirufen solle, der ihr helfen würde. Das hat sie gemacht, und darüber bin ich glücklich. Sie hat sich Adrian Hope ausgesucht, einen Mann von hoher Geburt und Geistesbildung und einem erhabenen Charakter, ihren Cousin, den Du einmal in der Tite Street getroffen hast, und mit ihm haben Cyril und Vyvyan eine gute Chance auf eine glückliche Zukunft. Wenn Deine Mutter davor Angst hatte, ernsthaft mit Dir zu reden, hätte sie sich jemanden unter ihren Verwandten aussuchen müssen, dem Du vielleicht zugehört hättest. Aber sie hätte keine Angst haben dürfen. Sie hätte sich mit Dir auseinandersetzen und der Sache ins Gesicht sehen sollen. Schau Dir auf jeden Fall das Ergebnis an. Ist sie glücklich und zufrieden?

Ich weiß, sie gibt mir die Schuld. Ich höre es, aber nicht von Leuten, die Dich kennen, sondern von Leuten, die Dich nicht kennen und kein Verlangen danach verspüren, Dich zu kennen. Ich höre es oft. Sie spricht zum Beispiel vom Einfluß eines älteren auf einen jüngeren Mann. Das ist eine Ihrer Lieblingshaltungen zu dem Problem, und es ist immer ein erfolgreicher Appell an öffentliche Vorurteile und Ignoranz. Ich brauche Dich nicht zu fragen, welchen Einfluß ich auf Dich hatte. Du weißt, ich hatte keinen. Es war eine Deiner häufigen Prahlereien, daß ich keinen hatte, und in der Tat die einzige wohl begründete. Was gab es denn auch an Dir, das ich hätte beeinflussen können? Deinen Verstand? Er war unterentwickelt. Deine Vorstellungskraft? Sie war tot. Dein Herz? Es war noch nicht geboren. Von all den Leuten, die mir je im Leben über den Weg liefen, warst Du der einzig und alleinige, den in irgendeiner Weise zu beeinflussen ich nicht imstande war. Als ich krank und hilflos mit Fieber dalag, das ich mir einfing, weil ich mich um Dich kümmerte, besaß ich nicht genügend Einfluß auf Dich, um Dich dazu zu bewegen, mir wenigstens eine Tasse Milch zu holen oder dafür zu sorgen, daß ich die grundlegenden Notwendigkeiten eines Krankenzimmers hatte oder Dich darum zu bemühen, ein paar hundert Meter in ein Büchergeschäft zu fahren, um mir ein Buch auf meine Kosten zu besorgen. Als ich intensiv mit dem Schreiben beschäftigt war und Komödien verfaßte, die Congreve an Glanz und Dumas *fils* an Weisheit und auch jeden anderen in jeglicher Hinsicht übertrafen, glaube ich, besaß ich nicht genügend Einfluß auf Dich, daß Du mich ungestört allein gelassen hättest, was ein Künstler ja sein muß. Wo auch immer mein Schreibzimmer war, es war für Dich ein gewöhnliches Wohnzimmer, ein Ort, wo man raucht, Weißwein und Selters trinkt und ein Schwätzchen über Banalitäten hält. Der »Einfluß eines älteren auf einen jüngeren

Mann« ist eine großartige Theorie, solange sie mir nicht zu Ohren kommt. Dann wird sie nämlich grotesk. Kommt sie Dir zu Ohren, lächelst Du, vermute ich, in Dich hinein. Sicherlich hast Du allen Grund dazu. Ich höre auch vieles darüber, was sie über das Geld sagt. Sie erklärt, und das mit vollem Recht, sie habe nicht von ihren Bitten an mich abgelassen, ich solle Dich nicht mit Geld versorgen. Das gebe ich zu. Ihre Briefe waren endlos, und das Post Scriptum »*Bitte lassen Sie Alfred nicht wissen, daß ich Ihnen geschrieben habe*« erscheint in ihnen allen. Aber es bereitete mir kein Vergnügen, alles und jedes für Dich bezahlen zu müssen, angefangen von Deiner morgendlichen Rasur bis hin zu Deiner mitternächtlichen Droschke. Es war eine schreckliche Last. Wieder und wieder beschwerte ich mich bei Dir darüber. Ich sagte Dir – Du erinnerst Dich doch wohl? – wie ich es verabscheute, daß Du mich als eine »*nützliche*« Person betrachtetest, und daß kein Künstler es wünscht, so betrachtet oder behandelt zu werden. Der Künstler ist wie die Kunst selbst, seinem Innersten nach ziemlich nutzlos. Du wurdest immer sehr ärgerlich, wenn ich das zu Dir sagte. Die Wahrheit machte Dich immer ärgerlich. Tatsächlich ist die Wahrheit etwas, das zu hören sehr schmerzlich und zu äußern sehr schmerzlich ist. Aber ich konnte Deine Ansichten oder Deine Lebensführung nicht ändern. Jeden Tag mußte ich für alles und jedes bezahlen, was Du den ganzen Tag triebst. Nur ein Mensch von ungewöhnlich gutmütiger Wesensart oder unbeschreiblicher Blödheit hätte das getan. Leider war ich eine Kombination beider Eigenschaften. Immer wenn ich vorschlug, Deine Mutter solle Dich mit dem Geld, das Du wolltest, versorgen, hattest Du stets eine hübsche und elegante Antwort parat. Du sagtest, daß das Einkommen, das ihr von Deinem Vater zugestanden wurde – so um die 1500 Pfund pro Jahr, glaube ich – den Ansprüchen einer Frau ihrer Stellung ziemlich unangemessen sei, und daß Du Dich nicht wegen noch mehr Geld an sie wenden könntest, als Du ohnehin schon bekamst. Du hattest vollkommen recht damit, daß ihr Einkommen absolut unpassend für eine Dame ihrer Stellung und ihres Geschmacks war, aber Du hättest das nicht als Entschuldigung dafür anführen sollen, auf meine Kosten im Luxus zu schwelgen. Es hätte für Dich im Gegenteil ein Anreiz zur Sparsamkeit in Deinem Leben sein sollen. Tatsache ist, daß Du ein typischer Sentimentalist warst und, so vermute ich, immer noch bist. Denn ein Sentimentalist ist einfach einer, der den Luxus einer Gefühlsregung haben möchte, ohne dafür zu bezahlen. Deiner Mutter nicht auf der Tasche liegen zu wollen, war schön von Dir. Daß Du es bei mir machtest, war häßlich. Du glaubst, man könne Gefühle umsonst haben. Man kann es aber nicht. Schon für die sanftesten und selbstlosesten Gefühle muß man bezahlen. Seltsamerweise ist es das, was sie schön macht. Das intellektuelle und emotionale Leben gewöhnlicher Leute ist eine äußerst verachtenswerte Angelegenheit. Genauso wie sie ihre Ideen aus einer Art Leihbücherei des Denkens entleihen – dem *Zeitgeist* einer Epoche, die keine Seele hat – und sie an jedem Wochenende verschmutzt zurückgeben, so versuchen sie stets, ihre Gefühle auf Kredit zu kriegen und lehnen es ab, die Rechnung zu bezahlen, wenn sie sie bekommen. Du solltest dieses Lebenskonzept aufgeben. Sobald man für ein Gefühl bezahlen muß, wird man seinen Wert erkennen und auf Grund dieser Erkenntnis ein Besserer sein. Und denke daran, daß der Sentimentalist im Herzen immer ein Zyniker ist. In der Tat ist Sentimentalität bloß der Bankfeiertag des Zynismus. Und wenn auch das intellektuelle Moment am Zynismus angenehm ist, nachdem er nun das Faß für den Club eingetauscht hat, so kann er doch niemals mehr sein als die vollkommene Philosophie eines Menschen, der keine Seele hat. Er hat seine gesellschaftliche Wertigkeit, und für einen Künstler sind alle Arten des Ausdrucks interessant, aber an sich ist er eine armselige Angelegenheit, denn dem wahren Zyniker offenbart sich niemals irgend etwas.

Ich denke, wenn Du jetzt zurückblickst auf das Einkommen Deiner Mutter und auf Deine Einstellung gegenüber meinem Einkommen, wirst Du auf Dich kaum stolz sein können, und vielleicht wirst Du, wenn Du diesen Brief nicht Deiner Mutter zeigst, ihr eines Tages erklären, daß Dein Leben auf meine Kosten eine Sache war, bei der meine Wünsche nicht einen Augenblick lang berücksichtigt wurden. Es war einfach eine eigenartige und für mich persönlich höchst bedrückende Art, die Deine Zuneigung mir gegenüber angenommen hatte. Dich von mir abhängig zu machen, was die kleinsten Summen ebenso betraf wie die größten, verlieh Dir in Deinen Augen den ganzen Zauber eines Kindes, und indem Du darauf bestandst, daß ich für jede einzelne Deiner Vergnügungen bezahlen sollte, glaubtest Du, das Geheimnis der ewigen Jugend gefunden zu haben. Ich gebe zu, daß es mich schmerzt, wenn ich von den Bemerkungen Deiner Mutter über mich höre, und ich bin mir sicher, daß Du bei genauer Betrachtung mit mir darin übereinstimmen wirst, daß es, wenn sie angesichts des Untergangs, den Deine Sippe über meine gebracht hat, kein Wort des Bedauerns oder Kummers fände, besser wäre, wenn sie schwiege. Natürlich gibt es keinen Grund, warum sie irgendeine Passage dieses Briefes zu sehen bekommen sollte, der sich auf irgendeine geistige Entwicklung, die ich durchschritt, oder auf einen neuen Ausgangspunkt, zu dem ich hoffentlich gelangen werde, bezieht. Es wäre für sie gar nicht interessant. Aber die Abschnitte, die sich rein auf Dein Leben beziehen, würde ich ihr zeigen, wenn ich Du wäre.

Wenn ich Du wäre, würde ich mich in der Tat nicht darum kümmern, ob ich unter der Vortäuschung falscher Tatsachen geliebt würde. Es gibt keinen Grund, warum ein Mensch der Welt sein Leben zeigen sollte. Die Welt versteht die Dinge sowieso nicht. Aber mit den Leuten, deren Zuneigung man haben will, verhält es sich anders. Ein guter Freund von mir – ein Freund, der seit zehn Jahren zu mir steht – besuchte mich vor einiger Zeit und sagte mir, er glaube kein einziges Wort von dem, was man über mich sagte, und ihm lag daran, daß ich wußte, daß er mich für unschuldig und für das Opfer eines abscheulichen Plans hielt, den Dein Vater ausgeheckt hätte. Bei dem, was er sagte, brach ich in Tränen aus und erklärte ihm, daß mein Leben, während es in den entscheidenden Beschuldigungen Deines Vaters viel Unwahres und durch üble Tücke auf mich Projiziertes gab, dennoch voller perverser Vergnügungen und seltsamer Leidenschaften gewesen war, und daß ich, bis er diesen Umstand als Tatsache in meinem Leben akzeptiert und vollkommen erkannt hätte, vielleicht nicht mehr sein Freund oder auch nur in seiner Gesellschaft sein könne. Es war ein fürchterlicher Schock für ihn, doch sind wir Freunde, und ich habe seine Freundschaft nicht durch Vortäuschung falscher Tatsachen gewonnen. Ich sagte Dir, daß es etwas Schmerzliches sei, die Wahrheit auszusprechen. Viel schlimmer aber ist es, zum Lügen gezwungen zu sein.

Ich erinnere mich, wie ich bei der letzten Gerichtsverhandlung auf der Anklagebank saß und mir Lockwoods entsetzliche Verurteilung anhörte – wie ein Abschnitt aus Tacitus, wie eine Passage bei Dante, wie eine von Savonarolas Anklagen gegen die Päpste in Rom – und vor Schrekken über das, was ich hörte, krank war. Plötzlich schoß es mir durch den Kopf: »*Wie schön wäre es, wenn ich all dies über mich selbst sagte!*« Damals sah ich plötzlich, daß es nichts ist, was man über einen Menschen sagt. Wichtig ist, wer es sagt. Der größte Augenblick eines Menschen ist dann, daran zweifle ich überhaupt nicht, wenn er im Staub kniet, sich auf die Brust schlägt und alle Sünden seines Lebens aufzählt. So ist es auch bei Dir. Du wärst viel glücklicher, wenn Du Deine Mutter wenigstens ein bißchen von Deinem Leben wissen ließest. Ich erzählte ihr im Dezember 1893 einiges darüber, aber natürlich war ich zur Zurückhaltung und zu allgemeinen Stellungnahmen gezwungen. Es schien ihr nicht mehr Mut in ihrer Beziehung zu Dir zu machen. Im Gegenteil. Sie vermied es noch beharrlicher als sonst, auf die Wahrheit zu schauen. Wenn Du sie ihr selbst erzähltest, wäre es anders. Meine Worte sind für Dich vielleicht oft zu bitter. Aber die Tatsachen kannst Du nicht leugnen. Die Dinge verhielten sich so, wie ich es sagte, und wenn Du diesen Brief so aufmerksam gelesen hast, wie Du es solltest, dann bist Du Dir selbst Auge in Auge gegenübergestanden.

Nun habe ich Dir in aller Ausführlichkeit geschrieben, damit Du erkennen kannst, was Du für mich vor meiner Inhaftierung, während jener drei Jahre einer fatalen Freundschaft, was Du für mich während meiner Inhaftierung warst, die beinahe nur noch zwei Monde vor ihre Vollendung steht, und was ich für mich und für andere zu sein hoffe, wenn meine Inhaftierung vorüber ist. Ich kann meinen Brief nicht umändern oder umschreiben. Du mußt ihn nehmen, wie er dasteht, an vielen Stellen mit Tränen bekleckst, an einigen anderen mit Anzeichen von Leidenschaft oder Schmerz durchzogen. Du mußt ihn entziffern, so gut Du kannst, die Kleckse, Korrekturen und was weiß ich noch. Was die Korrekturen und *errata* betrifft, so habe ich sie gemacht, damit meine Worte zutreffender Ausdruck meiner Gedanken sind und weder durch Überflüssiges noch durch Unangemessenes von ihnen abweichen. Sprache erfordert es, gestimmt zu werden wie eine Geige. Und genauso wie zu viele oder zu wenige Schwingungen im Vibrato des Sängers oder Schwingungen der Saite den Ton verfälschen, so zerstört das, was mit zu vielen oder zu wenigen Worten gesagt wird, die Botschaft. So wie er jedenfalls dasteht, hat mein Brief in jedem Satz seine genaue Bedeutung. Es gibt nichts Rhetorisches in ihm. Wo auch immer eine Durchstreichung oder eine – kleine oder umfangreiche – Änderung auftaucht, geschieht das, weil ich versuche, meinen wahren Eindruck wiederzugeben, für meine Stimmung ihr genaues Äquivalent zu finden. Je stärker das Gefühl ist, desto mehr Ausarbeitungszeit wird benötigt. Ich muß zugeben, es ist ein strenger Brief. Ich habe Dich nicht verschont. In der Tat könntest Du sagen, daß ich, nachdem ich zugegeben hätte, daß es Dir gegenüber unfair wäre, Dich gegen die kleinste meiner Sorgen, den geringsten meiner Verluste abzuwägen, es doch getan habe und Korn für Korn eine äußerst sorgfältige Analyse Deines Wesens vorgenommen habe. Das ist schon wahr. Doch mußt Du daran denken, daß Du Dich selbst auf die Waage gelegt hast.

Du mußt daran denken, daß, legte man nur einem Augenblick meiner Inhaftierung in eine Waagschale, die Schale, in der Du lägest, emporschnellte, denn die Eitelkeit ließ Dich die Schale aussuchen und die Eitelkeit ließ Dich an ihr festhalten. *Dort* lag der große psychologische Irrtum unserer Freundschaft, ihr gänzlicher Mangel an Verhältnismäßigkeit. Du erzwangst Dir den Weg in ein Leben, das zu groß für Dich war, in ein Leben, dessen Kreisbahn Deine Vorstellungskraft nicht weniger überstieg als Deine Kraft zyklischer Bewegung, ein Leben, dessen Gedanken, Leidenschaften und Ereignisse von gewaltiger Tragweite, von großem Reiz und voll von wunderbaren oder schrecklichen Möglichkeiten waren, in der Tat zu schwer für Dich. Dein kleines Leben mit den kleinen Ideechen und Stimmungen war in seiner eigenen kleinen Sphäre bewundernswert. Es war bewundernswert in Oxford, wo das Schlimmste, was Dir passieren konnte, eine Rüge des Deans oder eine Standpauke des Präsidenten war, und wo es das höchste Ereignis war, wenn Magdalen Herr über den Fluß wurde und im Hof zur Feier des erhabenen Events ein Feuerwerk gezündet wurde. Dein Leben hätte in seiner eigenen Sphäre weitergehen sollen, als Du Oxford verließest. Für Dich warst Du in Ordnung. Du warst ein vollkommenes Exemplar eines sehr modernen Typs Mensch. Es war nur in Bezug auf mich, daß Du Dich irrtest. Deine unbekümmerte Verschwendung war kein Verbrechen. Die Jugend ist immer verschwenderisch. Das Schändliche war, daß Du mich zwangst, für Deine Verschwendungen zu bezahlen. Dein Verlangen, einen Freund zu haben, mit dem Du Deine Zeit von morgens bis nachts verbringen konntest, war reizend. Es war beinahe schon idyllisch. Aber der Freund, den Du an Dich bandest, hätte kein Mann der Schrift, kein Künstler sein sollen, keiner, für den Deine ständige Anwesenheit ebenso absolut destruktiv für all seine schöne Arbeit wie lähmend für seine kreativen Fähigkeiten war. Es schadete nicht, daß Du ernsthaft dachtest, die vollkommenste Art und Weise, einen Abend zu verbringen, sei ein Abendessen mit Champagner im Savoy, dem ein Logenplatz in einem Varietétheater folgte und als Abschluß ein Nachtessen mit Champagner bei Willis als *bonne-bouche*. Eine Menge reizender junger Männer in London sind der gleichen Meinung. Es ist nicht einmal exzentrisch. Es ist die Qualifikation, um ein Mitglied im White's Club zu werden. Aber Du hattest kein Recht, von mir zu verlangen, daß ich der Lieferant solcher Vergnügungen für Dich werden sollte. Es zeugte von Deinem Mangel an wirklicher Wertschätzung meines Genies. Der Streit mit Deinem Vater wiederum, was auch immer man über ihn denken mag, hätte ganz offensichtlich unter Euch bleiben müssen. Man hätte ihn in einem Hinterhof austragen müssen. Solche Streitigkeiten gehören, glaube ich, dorthin. Dein Fehler war, daß Du darauf bestandst, daß er als Tragikomödie auf einer hohen Bühne der Geschichte, mit der ganzen Welt als Publikum und mir als Preis für den Sieger in diesem verachtungswürdigen Wettstreit aufgeführt werde. Die Tatsache, daß Dein Vater Dich nicht ausstehen konnte, und daß Du Deinen Vater nicht ausstehen konntest, war für die englische Öffentlichkeit von keinerlei Interesse. Solche Gefühle sind im englischen Familienleben nichts Ungewöhnliches und sollten auf den Ort beschränkt bleiben, den sie charakterisieren, nämlich auf das eigene Heim. Außerhalb des Kreises der Familie sind sie ziemlich fehl am Platz. Sie woandershin zu verlegen, ist eine Beleidigung. Das Familienleben soll man nicht wie eine rote Fahne, die man in den Straßen schwingt, oder wie ein Horn, das man auf den Dächern bläst, behandeln. Du nahmst der Häuslichkeit ihre angestammtes Umfeld, genauso wie Du Dich selbst aus Deinem angestammten Umfeld entferntest.

Und die, die ihr angestammtes Umfeld aufgeben, verändern bloß ihre Umgebung, nicht aber ihr Wesen. Sie nehmen weder die Gedanken noch die Leidenschaften an, die dem Umfeld, das sie betreten, angemessen sind. Es liegt gar nicht in ihrer Macht, das zu tun. Die emotionalen Kräfte sind, wie ich irgendwo in *Intentions* sage, in Umfang und Dauer genauso begrenzt wie die physischen Energien. Der kleine Becher, der gemacht ist, eine bestimmte Menge zu fassen, kann diese Menge fassen und nicht mehr, mögen auch die purpurnen Fässer Burgunds bis zum Rand mit Wein voll sein und die Stampfer knietief in den Trauben der steinigen Weingärten Spaniens stehen. Es gibt keinen Irrtum, der weiter verbreitet ist als der, daß man denkt, diejenigen, die die Ursachen oder der Anlaß großer Tragödien sind, hätten auch Gefühle, die Bestandteil dieser Tragik sind. Kein Irrtum ist fataler als der, es von ihnen zu erwarten. Der Märtyrer in seinem »Flammenhemd« mag Gott ins Gesicht schauen, aber für den, der das Reisig anhäuft oder die Scheite lockert, damit Luft an die Flammen kommt, bedeutet die ganze Szene nicht mehr, als das Schlachten eines Ochsen für den Metzger bedeutet oder dem Kohlenbrenner das Fällen eines Baumes im Wald oder der Fall einer Blume dem, der das Gras mit einer Sense mäht. Große Leidenschaften sind für große Seelen da, und große Ereignisse können nur von denen gesehen werden, die mit ihnen auf einer Ebene stehen.

In der gesamten dramatischen Literatur fällt mir nichts ein, was vom Standpunkt der Kunst aus betrachtet unvergleichlicher oder anregender in seiner Feinheit der Beobachtung wäre als Shakespeares Zeichnungen von Rosenkranz und Güldenstern. Sie sind Hamlets Collegefreunde. Sie waren seine Gefährten. Sie bringen Erinnerungen an angenehme Tage, die man miteinander verbracht hat, mit sich. In dem Augenblick, da sie ihm im Stück über den Weg laufen, taumelt er unter dem Gewicht einer Last, die von jemandem seines Temperaments nicht getragen werden kann. Die Toten sind bewaffnet aus ihren Gräbern gekommen, um ihm eine Mission aufzuerlegen, die gleichzeitig zu groß und zu gering für ihn ist. Er ist ein Träumer, und er ist aufgerufen zu handeln. Er hat das Wesen eines Dichters und ist beauftragt, die gemeine Vielschichtigkeit von Ursache und Wirkung, das Leben in seiner praktischen Umsetzung, worüber er überhaupt nichts weiß, und nicht das Leben in seinem Idealzustand, worüber er viel weiß, anzupacken. Er hat kein Konzept, wie er denn beginnen solle, und seine Torheit besteht darin, daß er Torheit vortäuscht. Brutus bediente sich des Wahnsinns als Umhang, um das Schwert seiner Absicht, den Dolch seines Willens zu verbergen, doch für Hamlet ist Wahnsinn nur eine Maske, hinter der er die Schwäche versteckt. Indem er Grimassen zieht und Witze reißt, sieht er eine Möglichkeit, Zeit zu gewinnen. Er hält daran fest, mit seinen Taten zu spielen, so wie ein Künstler mit einer Theorie spielt. Er macht sich zum Spion seines Handelns, und während er auf seine eigenen Worte hört, weiß er, daß es nur »Worte, Worte, Worte« sind. Anstatt daß er versucht, der Held seiner eigenen Geschichte zu sein, will er der Betrachter seiner eigenen Tragödie sein. Er zweifelt an allem, einschließlich sich selbst, und doch hilft ihm sein Zweifeln nicht, weil es nicht der Skepsis, sondern einem gespaltenen Willen entspringt.

Von all diesem realisieren Güldenstern und Rosenkranz nichts. Sie verbeugen sich, grinsen und lächeln, und was der eine sagt, plappert der andere dumpf nach. Als Hamlet schließlich mit Hilfe des Spiels im Spiel und den schäkernden Marionetten »das Gewissen des Königs fängt« und den armen Mann in Panik vom Thron verjagt, sehen Güldenstern und Rosenkranz in seinem Benehmen nicht mehr als einen ziemlich peinlichen Bruch der Hofetikette. Lediglich so weit können sie gelangen bei der »Betrachtung des Schauspiels des Lebens mit angemessenen Emotionen«. Sie sind seinem eigentlichen Geheimnis schon nahe und wissen nichts darüber. Auch hätte es keinen Nutzen, es ihnen zu erklären. Sie sind die kleinen Becher, die eine bestimmte Menge fassen und nicht mehr. Gegen Ende wird angedeutet, daß sie, gefangen in einer listigen Falle, die sie für einen anderen aufstellten, einen gewaltsamen und plötzlichen Tod fanden oder noch finden werden. Doch ein tragisches Ende wie dieses, wenngleich es von Hamlets Humor mit einiger Überraschung und der Gerechtigkeit, die der Komödie eigen sind, versehen wird, steht solchen Leuten wie diesen nicht zu. Solche Leute sterben nie. Horatio, der »Hamlet und seine Sache den Unzufriedenen darlegen will«,

> ist noch von der Seligkeit fern,
> und holt in dieser rauhen Welt im Schmerze Atem,

stirbt, wenn auch nicht vor dem Publikum, und hinterläßt keinen Bruder. Aber Güldenstern und Rosenkranz sind so unsterblich wie Angelo und Tartuffe und sollten mit ihnen auf einer Stufe stehen. Sie sind das, was das moderne Leben zu dem antiken Ideal der Freundschaft beigetragen hat. Der, der ein neues *De Amicitia* schreibt, muß für sie eine Nische finden und sie in Ciceronischer Prosa preisen. Ihre Machart gilt für alle Zeiten. Sie zu kritisieren, würde von mangelnder Hochschätzung zeugen. Sie befinden sich lediglich außerhalb ihres eigentlichen Umfeldes. Das ist alles. In der Erhabenheit der Seele gibt es keine Ansteckungsgefahr. Erhabene Gedanken und erhabene Gefühle sind schon durch ihre bloße Existenz isoliert. Was selbst Ophelia nicht begreifen konnte, das sollte auch von »Güldenstern und dem lieben Rosenkranz« und »Rosenkranz und dem lieben Guildenstern« nicht erfaßt werdern. Natürlich liegt es nicht in meiner Absicht, Dich zum Vergleich heranzuziehen. Es besteht ein großer Unterschied zwischen Euch. Was bei ihnen Zufall war, war bei Dir so gewollt. Absichtlich und von mir nicht dazu aufgefordert, drängtest Du Dich in meine Sphäre, nahmst dort eine Position ein, die einzunehmen Du weder das Recht noch die Voraussetzungen hattest, und indem Du durch Deine seltene Beharrlichkeit und durch Deine Anwesenheit einen Teil eines jeden Tages für Dich vereinnahmtest, konntest Du mein ganzes Leben in Besitz nehmen und nichts Besseres damit anfangen, als es in Stücke zu reißen. Mag es auch seltsam für Dich klingen, aber es war ganz natürlich, daß Du das machtest. Wenn man einem Kind ein Spielzeug schenkt, das für seinen kleinen Geist zu wunderbar oder für seine erst halb offenen Augen zu schön ist, so zerbricht es das Spielzeug, wenn das Kind eigensinnig ist. Wenn es teilnahmslos ist, läßt es das Spielzeug fallen und wendet sich wieder seinen Spielgefährten zu. Genauso war es mit Dir. Nachdem Du Dich meines Lebens bemächtigt hattest, wußtest Du nicht, was Du damit anfangen solltest. Du konntest es gar nicht wissen. Es war etwas zu Wunderbares, als daß Du nach ihm hättest greifen können. Du hättest es aus Deinen Händen loslassen und hättest zu Deinen Gefährten in ihrem Spiel zurückgehen sollen. Aber leider warst Du eigensinnig, und so zerbrachst Du es. Dies ist, nachdem alles gesagt ist, vielleicht das innerste Geheimnis von allem, was sich ereignet hat. Denn Geheimnisse sind stets kleiner als ihre Auswirkungen. Durch die Verschiebung eines Atoms kann eine Welt ins Wanken geraten. Und damit ich mich nicht mehr als Dich schone, füge ich hinzu, daß es für mich schon gefährlich war, auf Dich zu treffen, aber es wurde verhängnisvoll für mich durch den Augenblick, in dem wir uns trafen. Denn Du befandst Dich in einer Phase des Lebens, in der alles, was man tut, nicht mehr ist als das Ausstreuen der Saat, und ich befand mich in einer Phase des Lebens, in der alles, was man tut, nichts weniger ist als das Einholen der Ernte.

Es gibt noch einige weitere Punkte, bezüglich derer ich Dir schreiben muß. Der erste betrifft meinen Bankrott. Vor einigen Tagen vernahm ich, wie ich zugeben muß mit großer Enttäuschung, daß es jetzt für Deine Familie zu spät sei, Deinen Vater auszuzahlen, daß es illegal wäre, und daß ich noch beträchtliche Zeit in meiner gegenwärtigen mißlichen Lage werde ausharren müssen. Das ist bitter für mich, denn man versicherte mir von zuständiger Seite, ich könne ohne die Erlaubnis des Konkursverwalters, dem alle Abrechnungen vorgelegt werden müssen, nicht einmal ein Buch veröffentlichen. Ich kann mit dem Theaterdirektor keinen Vertrag abschließen oder ein Stück aufführen, ohne daß die Einnahmen daraus auf Deinen Vater und meine anderen Gläubiger übergingen. Ich glaube, sogar Du wirst jetzt zugeben, daß das Vorhaben, Deinem Vater »eins auszuwischen«, indem Du ihm erlaubtest, daß er mich zum Bankrotteur machte, wirklich nicht der brilliante Erfolg auf der ganzen Linie war, wie Du ihn Dir vorgestellt hattest. Für mich war es das jedenfalls nicht, und meine Gefühle des Schmerzes und der Erniedrigung angesichts meiner Armut hätten eher berücksichtigt werden müssen als Dein Sinn für Humor, mag er auch kaustisch und unerwartet gewesen sein. Doch tatsächlich hast Du, indem Du meinen Bankrott zuließest und ebenso indem Du mich zu dem ersten Prozeß drängtest, Deinem Vater direkt in die Hände gespielt und genau das getan, was er wollte. Allein und ohne Beistand wäre er von Anfang an machtlos gewesen. In Dir fand er – obwohl Du gar nicht beabsichtigtest, ein so schreckliches Amt auszuüben – immer seinen Hauptverbündeten.

More Adey unterrichtete mich in seinem Brief, Du hättest letzten Sommer tatsächlich mehr als nur einmal Deinen Wunsch zum Ausdruck gebracht, mir »ein wenig von dem, was ich für Dich ausgab«, zurückzuzahlen. Wie ich ihm in meiner Antwort sagte, gab ich für Dich unglücklicherweise meine Kunst, mein Leben, meinen Namen, meine Stellung in der Geschichte her, und selbst wenn Deine Familie alle schönen und wunderbaren Dinge der Welt auf Abruf bereit hätte, nämlich Genie, Schönheit, Wohlstand, eine hohe Stellung und ähnliches, und mir das alles zu Füßen legte, wäre das kein Ausgleich für auch nur den zehnten Teil des Geringsten, was mir genommen wurde, oder für die kleinste Träne, die ich vergoß. Jedoch muß man für alles, was man getan hat, bezahlen. Sogar bei einem Bankrotteur ist das so. Du scheinst unter dem Eindruck zu stehen, Bankrott sei ein geeignetes Mittel, durch das man vermeiden kann, seine Schulden zu bezahlen, ein »seinen Gläubigern eins Auswischen« sozusagen. Es ist aber gerade umgekehrt. Er ist ein Weg für die Gläubiger, einem selbst »eins auszuwischen«, wenn wir Deine liebste Redewendung weiterverwenden wollen, und eine Methode, mit der das Gesetz einen durch die Konfiszierung seines gesamten Besitzes zwingt, seine Schulden auf Heller und Pfennig zu bezahlen, und wenn man dem nicht nachkommt, dann läßt es einen so mittellos wie den gemeinsten Bettler, der im Torbogen steht oder eine Straße hinunterkriecht, während er seine Hände nach den Almosen reckt, um die zu bitten er, zumindest in England, sich fürchtet. Das Gesetz hat mir nicht nur alles genommen, was ich habe, meine Bücher, Möbel, Bilder, die Rechte an meinen veröffentlichten Werken, die Rechte an meinen Stücken, also alles von *The Happy Prince* und *Lady Windermere's Fan* bis hin zu den Treppenläufern und Fußabstreifern meines Hauses, sondern auch alles, was ich jemals besitzen werde. Mein Anteil aus meinem Ehevertrag zum Beispiel wurde verkauft. Glücklicherweise war ich imstande, ihn mit Hilfe meiner Freunde zurückzukaufen. Andernfalls, falls meine Frau stürbe, dann wären meine Kinder, so lange ich lebe, genauso mittellos wie ich selbst. Mein Anteil an unserem Grundstück in Irland, das mir von meinem Vater vererbt wurde, werde ich vermutlich als nächstes verkaufen müssen. Sein Verkauf ist sehr bitter für mich, aber ich muß mich fügen.

Die siebenhundert Pence – oder waren es Pfund? – Deines Vaters stehen an und müssen zurückerstattet werden. Sogar dann, wenn ich all dessen beraubt bin, was ich besitze und jemals besitzen werde, und man das Verfahren gegen mich einstellt, weil ich hoffnungslos zahlungsunfähig bin, muß ich immer noch meine Schulden bezahlen. Die Abendessen im Savoy – die klare Schildkrötensuppe, die köstlichen Fettammern, die in faltige, sizilianische Weinblätter eingewickelt sind, der schwere, bernsteinfarbene und in der Tat fast wie Bernstein riechende Champagner – Dagonet 1880 war, glaube ich, Dein Lieblingswein – das alles muß noch bezahlt werden. Die Nachtessen bei Willis, die besonderen *cuvée* Perrier-Jouet, die immer für uns reserviert waren, die wundervollen *patés*, die extra aus Straßburg gebracht wurden, der herrliche *fine champagne*, der immer in großen, glockenförmigen Gläsern serviert wurde, damit sein Bouquet von den wahren Genießern dessen, was wahrhaft erhaben im Leben ist, besser gerochen werden konnte – all das kann nicht unbezahlt bleiben als schlimme Schuld eines unehrenhaften *client*. Selbst die feinen Manschettenknöpfe – vier herzförmige Mondsteine mit silbernem Beschlag, von Rubinen und Diamanten eingefaßt – die ich entwarf und bei Henry Lewis als besonderes kleines Geschenk für Dich anläßlich der Feier des Erfolges meiner zweiten Komödie anfertigen ließ – sogar diese – obwohl ich glaube, daß Du sie einige Monate später für einen Apfel und ein Ei verkauft hast – müssen bezahlt werden. Ich kann den Juwelier nicht wegen der Geschenke, die ich Dir gab, unbezahlt lassen, ganz gleich, was Du mit ihnen machtest. Du siehst also, auch wenn das Verfahren eingestellt wird, muß ich immer noch meine Schulden bezahlen.

Und die Wahrheit über den Bankrotteur ist die gleiche wie die über jeden anderen Menschen. Für jede Kleinigkeit, die man tut, muß irgendeiner bezahlen. Sogar Du – mit Deiner ganzen Sehnsucht nach absoluter Freiheit von allen Pflichen, Deiner Beharrlichkeit, in allem von anderen versorgt zu werden, Deinen Bemühungen, jeden Anspruch auf Deine Zuneigung, Rücksicht oder Dankbarkeit zurückzuweisen – sogar Du wirst eines Tages ernsthaft überdenken müssen, was Du getan hast und wirst, wenn auch vergeblich, den Versuch der Wiedergutmachung unternehmen müssen. Der Umstand, daß Du dazu nicht in der Lage sein wirst, wird Teil Deiner Strafe sein. Du kannst Deine Hände nicht von aller Verantwortung reinwaschen und mit einem Achselzucken oder einem Lächeln einfach zu einem neuen Freund und einem neu ausgerichteten Fest übergehen wollen. Du kannst all das, was Du über mich gebracht hast, nicht als sentimentale Erinnerung abtun, die gelegentlich bei einer Zigarette und *liqueurs* wieder hochkommt, als malerischen Hintergrund eines modernen Lebens in Vergnügungen, gleich einem alten Wandteppich, der in einem gewöhnlichen Wirtshaus hängt. Für den Augenblick mag es vielleicht den Reiz einer neuen Sauce oder eines neuen Weins haben, doch die Reste eines Banketts werden schlecht, und der Bodensatz in der Flasche ist bitter. Entweder heute, morgen oder irgendwann wirst Du es erkennen müssen. Sonst könntest Du sterben, ohne es erkannt zu haben, und welch niedriges, ödes Leben, welch Leben ohne Vorstellungskraft hättest Du dann geführt. In meinem Brief an More habe ich einen Standpunkt dargelegt, dementsprechend Du

Dich dem Thema so bald wie möglich nähern solltest. Er wird ihn Dir erläutern. Um ihn zu verstehen, wirst Du Deine Vorstellungskraft bilden müssen. Denke daran, daß die Vorstellungskraft jenes Element ist, welches einen befähigt, Dinge und Menschen in ihren realen und ideellen Bezügen zu sehen. Wenn Du es aus eigener Kraft nicht erkennen kannst, dann sprich mit anderen über das Thema. Ich mußte meiner Vergangenheit Auge in Auge gegenübertreten. Tritt auch Du Deiner Vergangenheit Auge in Auge gegenüber. Setze Dich ruhig hin und denke über sie nach. Die höchste Untugend ist die Seichtheit. Alles, was man erkannt hat, ist richtig. Sprich mit Deinem Bruder darüber. In der Tat *ist* Percy zum Reden der richtige. Laß ihn diesen Brief lesen und ihn über alle Umstände unserer Freundschaft Bescheid wissen. Wenn ihm die Dinge klar vor Augen liegen, gibt es keinen, der ein besseres Urteil fällen könnte. Hätten wir ihm die Wahrheit gesagt, wäre mir soviel Leid und Schande erspart geblieben! Du erinnerst Dich, daß ich in der Nacht, als Du aus Algier in London ankamst, vorschlug, dies zu tun. Du widersetztest Dich entschieden. Also mußten wir, als er nach dem Abendessen hereinkam, die Komödie spielen, daß Dein Vater ein Verrückter sei, absurden und unerklärlichen Wahnvorstellungen unterworfen. Es war eine großartige Komödie, solange sie dauerte, nicht zuletzt, weil Percy alles ganz ernst nahm. Leider endete sie auf ganz entsetzliche Art und Weise. Das Thema, über das ich jetzt schreibe, ist eines der Ergebnisse aus ihr, und sollte es für Dich ein Problem darstellen, so vergiß bitte nicht, daß es die schlimmste meiner Erniedrigungen ist und eine, die ich durchstehen muß. Ich habe keine Wahl. Du hast auch keine.

Das zweite, worüber ich mit Dir sprechen muß, bezieht sich auf Rahmenbedingungen, Umstände und Ort unseres Zusammentreffens, wenn die Zeit meiner Inhaftierung vorüber ist. Aus Ausschnitten Deines Briefes an Robbie, den Du im Frühsommer letzten Jahres schriebst, entnehme ich, daß Du meine Briefe und Geschenke an Dich in zwei Paketen versiegelt hast – zumindest die, die noch übrig sind – und darauf erpicht bist, sie mir persönlich zu überreichen. Natürlich ist es unbedingt notwendig, daß sie herausgegeben werden. Du hast nicht verstanden, warum ich Dir schöne Briefe schrieb, genauso wie Du nicht verstanden hast, warum ich Dir schöne Geschenke machte. Du hast nicht begriffen, daß erstere nicht dazu bestimmt waren, veröffentlicht zu werden, genauso wenig wie letztere versetzt werden sollten. Außerdem gehören sie zu einem Abschnitt des Lebens, der schon lange vorüber ist, zu einer Freundschaft, die in ihrem richtigen Wert zu schätzen Du irgendwie nicht imstande warst. Jetzt mußt Du staunend auf die Tage zurückblicken, als Du mein ganzes Leben in Deinen Händen hieltst. Ich schaue ebenfalls mit Staunen und anderen, ganz unterschiedlichen Gefühlen auf sie zurück.

Ich soll, wenn alles mit mir glattläuft, gegen Ende Mai entlassen werden und hoffe, ich kann dann gleich mit Robbie und More Adey ins Ausland in irgendein Dorf an der See fahren. Die See, wie Euripides in einem seiner Iphigenie-Stücke sagt, wäscht den Schmutz und die Wunden der Welt hinfort: *Θάλασσα κλύζει πάντα τ'ανθρώπων κακά.*

Ich hoffe, ich kann zumindest einen Monat mit meinen Freunden zusammensein und in ihrer heilsamen und liebevollen Umgebung Frieden, Ausgeglichenheit, ein weniger bedrücktes Herz und eine bessere Stimmung finden. Ich verspüre ein seltsames Verlangen nach den großen, einfachen, ursprünglichen Dingen, wie zum Beispiel nach dem Meer, das für mich nicht weniger eine Mutter als die Erde ist. Es scheint mir, als schauten wir alle zu sehr auf die Erde und lebten zu wenig mit ihr. Ich sehe, daß die Griechen eine gesunde Einstellung zu ihr hatten. Sie schwafelten niemals über Sonnenuntergänge oder diskutierten darüber, ob die Schatten auf dem Gras wirklich malvenfarbig seien oder nicht. Doch sahen sie, daß das Meer für den Schwimmer da ist, und der Sand für die Füße des Läufers. Sie liebten die Bäume wegen des Schattens, den sie spendeten, und den Wald wegen seiner Ruhe am Mittag. Der Winzer umwand sein Haar mit Efeu, damit er sich vor den Sonnenstrahlen schütze, wenn er sich über die Sprößlinge beugte, und für den Künstler und den Athleten, die zwei Urtypen, die uns Griechenland schenkte, flochten sie die Blätter des bitteren Lorbeers und der wilden Petersilie, die für die Menschen sonst keinen Nutzen hatten, zu Girlanden.

Wir bezeichnen uns als utilitaristisches Zeitalter und kennen nicht den Nutzen eines einzigen Dings. Wir haben vergessen, daß Wasser wäscht und Feuer reinigt, und daß die Erde unser aller Mutter ist. Folglich ist unsere Kunst vom Mond und spielt mit Schatten, während die griechische Kunst von der Sonne ist und sich unmittelbar mit den Dingen befaßt. Ich bin sicher, daß in den elementaren Dingen reinigende Kraft liegt, und ich möchte zu ihnen zurückkehren und und ihrer Gegenwart leben. Natürlich wird es für jemanden, der so modern ist wie ich, *enfant de mon siècle* (Kind meiner Zeit) immer reizvoll sein, die Welt bloß anzuschauen. Ich zittere vor Freude, wenn ich daran denke, daß an dem Tag, an dem ich das Gefängnis endlich verlasse, sowohl Goldregen als auch Flieder in den Gärten blühen werden, und daß ich sehen werde, wie der Wind das schwankende Gold des einen in ruheloser Schönheit erbeben läßt und beim anderen den matten Purpur seiner Büschel hin und her schüttelt, so daß die ganze Luft arabischer Duft für mich ist. Linné fiel auf die Knie und weinte vor Freude, als er zum ersten Mal die weite Heide des englischen Hochlands sah, die gelb war von den goldenen, duftenden Blüten des gemeinen Stechginsters, und ich glaube, auch auf mich, für den Blumen Teil der Sehnsucht sind, warten Tränen in den Blättern einer Rose. So ist es bei mir schon immer gewesen, seit meiner Kindheit. Es gibt nicht eine einzige Farbe, die im Blütenkelch einer Blume oder im Bauch einer Muschel verborgen läge, auf die meine Natur durch ihr feines Mitgefühl mit der Seele der Dinge nicht anspräche. Wie Gautier bin ich schon immer einer von denen gewesen, *pour qui le monde visible existe* (für den die sichtbare Welt existiert).

Doch bin ich mir jetzt dessen bewußt, daß sich hinter all dieser Schönheit, mag sie auch vollkommen sein, ein Geist verbirgt, dessen gemalte Formen und Figuren Arten der Offenbarung sind, und es ist dieser Geist, mit dem eins zu werden ich mich sehne. Ich bin der artikulierten Äußerungen von Menschen und Dingen müde geworden. Das Mystische in der Kunst, das Mystische im Leben, das Mystische in der Natur – das ist es, wonach ich Ausschau halte, und ich kann es in den großen Symphonien der Musik, in der Vertrautheit mit dem Kummer, in den Tiefen der See vielleicht finden. Es ist für mich absolut notwendig, es irgendwo zu finden.

Alle Gerichtsverhandlungen sind Gerichtsverhandlungen, bei denen es um Leben und Tod geht, so wie alle Urteile Todesurteile sind, und ich war dreimal vor Gericht. Das erste Mal verließ ich die Anklagebank, um festgenommen zu werden, das zweite Mal, um ins Untersuchungsgefängnis zurückgebracht zu werden, das dritte Mal, um für zwei Jahre ins Gefängnis zu gehen. Die Gesellschaft wird, so wie wir sie gestaltet haben, keinen Platz für mich haben, hat keinen anzubieten. Doch die Natur, deren Regentropfen gleichermaßen auf Ungerechte und Gerechte fallen, wird Spalten im Fels haben, wo ich mich verstecken kann, und geheime Täler, in deren Stille ich ungestört weinen kann. Sie wird die Nacht mit Sternen behängen, so daß ich in der Dunkelheit ohne zu stolpern ins Ausland gehen kann, und sie wird den Wind über meine Fußspuren schicken, so daß mich keiner verfolgen und mir weh tun kann. Sie wird mich in großen Wassern waschen, und mich mit bitteren Kräutern gesund machen.

Am Ende eines Monats, wenn die Rosen des Juni alle in ihrer vollen Pracht stehen, werde ich es, wenn ich glaube, es zustande bringen zu können, mit Hilfe von Robbie arrangieren, mit Dir in einer ruhigen Stadt im Ausland, wie zum Beispiel Brügge, wo graue Häuser und grüne Kanäle und kühle, stille Wasser vor Jahren ihren Reiz auf mich ausübten, zusammenzutreffen. Eine Zeitlang wirst Du Deinen Namen ändern müssen. Du wirst den kleinen Titel, auf den Du so stolz warst – und tatsächlich ließ er Deinen Namen wie den Namen einer Blume klingen – aufgeben müssen, wenn Du *mich* sehen möchtest. Genauso werde ich *meinen* Namen, der einst so klangvoll war im Mund des Ruhms, aufgeben müssen. Wie engstirnig, gemein und unzureichend ist unser Jahrhundert angesichts seiner Lasten! Dem Erfolg kann es seinen Porphyrpalast bauen, doch für Leid und Schande hat es nicht einmal ein Haus aus Stroh, in dem sie wohnen können. Alles, was es für mich tun kann, ist, mich zu bitten, meinen Namen mit einem anderen zu vertauschen, während selbst das Mittelalter mir die Mönchskutte oder das Gesichtstuch des Aussätzigen gegeben hätte, hinter dem ich in Frieden hätte leben können.

Ich hoffe, unser Treffen wird genau das sein, was ein Treffen zwischen Dir und mir sein sollte nach allem, was passiert ist. In früheren Tagen gab es immer eine breite Kluft zwischen uns, nämlich die Kluft von erschaffener Kunst und angelernter Bildung. Heute gibt es zwischen uns eine noch breitere Kluft, die Kluft des Leids. Aber für die Demut gibt es nichts Unmögliches, und für die Liebe sind alle Dinge leicht.

Was Deinen Antwortbrief auf diesen hier betrifft, so mag er so lang oder so kurz sein, wie es Dir gefällt. Adressiere den Umschlag an »The Governor, H. M. Prison, Reading.« Lege Deinen Brief an mich in einen anderen, offenen Umschlag, hinein. Wenn Dein Papier sehr dünn ist, dann schreibe nicht auf beide Seiten, weil es das Lesen für andere erschwert. Ich habe Dir ganz freimütig geschrieben. Du kannst mir genauso schreiben. Was ich von Dir wissen muß, ist, warum Du nie einen Versuch unternommen hast, mir zu schreiben, obwohl Du seit August des vorletzten Jahres und besonders seit Mai letzten Jahres, also schon seit elf Monaten, wußtest und auch vor anderen zugabst, daß Du wußtest, in welches Leid Du mich gebracht hattest und wie sehr ich mir Deines Verschuldens bewußt war. Monat für Monat wartete ich darauf, von Dir zu hören. Selbst wenn ich nicht gewartet, sondern die Türen vor Dir verriegelt hätte, hättest Du daran denken sollen, daß niemand für immer die Türen vor der Liebe verriegeln kann. Der ungerechte Richter der Evangelien erhebt sich schließlich, um eine gerechte Entscheidung zu fällen, denn die Gerechtigkeit kommt täglich vorbei, um an seiner Tür zu klopfen. Und des Nachts willigt der Freund, in dessen Herz es keine richtige Freundschaft gibt, schließlich dem Freund »wegen seiner unverschämten Aufdringlichkeit« ein. Auf der ganzen Welt gibt es kein Gefängnis, zu dem die Liebe sich nicht einen Zugang erzwingen könnte. Wenn Du das nicht verstanden hast, hast Du von der Liebe überhaupt nichts verstanden. Laß mich weiterhin alles über Deinen Artikel über mich für den *Mercure de France* wissen. Etwas davon kenne ich ja schon. Du tätest gut daran zu zitieren. Er ist im Druck vorhanden. Laß mich auch den genauen Wortlaut der Widmung Deiner Gedichte wissen. Ist sie in Prosa, zitiere die Prosa. Ist sie in Versen, zitiere die Verse. Ich zweifle nicht daran, daß Schönheit in ihr liegt. Schreibe mir ganz freimütig über Dich, über Dein Leben, Deine Freunde, Deine Beschäftigungen, Deine Bücher. Erzähle mir von Deinem Gedichtband und von seiner Resonanz. Was auch immer Du über Dich zu sagen hast, sage es ohne Furcht. Schreibe nichts, was Du nicht auch so meinst. Das ist alles. Sollte irgend etwas in Deinem Brief falsch oder unecht sein, werde ich es sofort am Klang merken. Nicht umsonst, nicht grundlos habe ich mich in meiner lebenslangen Verehrung der Literatur zu einem gemacht, der

> ein Geizhals mit Laut und Silbe ist, genauso
> wie Midas mit seinem Gelde.

Denke auch daran, daß ich Dich noch kennenlernen muß. Vielleicht müssen wir uns gegenseitig noch kennenlernen.

Was Dich betrifft, muß ich nur noch eine letzte Sache loswerden. Habe keine Angst vor der Vergangenheit. Wenn die Leute Dir erzählen, sie sei unwiederrufbar, dann glaube ihnen nicht. Die Vergangenheit, die Gegenwart und die Zukunft sind nur ein Augenblick im Angesicht Gottes, in dessen Angesicht wir versuchen sollten zu leben. Zeit und Raum, Abfolge und Ausdehnung, sind rein zufällige Bezüge des Denkens. Die Vorstellungskraft kann sie übersteigen und sich in einer freien Sphäre ideeller Existenzen bewegen. Auch sind die Dinge ihrem Wesen nach das, wozu wir sie machen wollen. Eine Sache *ist* so, wie man sie betrachtet. »Wo andere«, sagt Blake, »nur die Dämmerung über den Berg herankommen sehen, sehe ich die Söhne Gottes, wie sie vor Freude jubeln.« Was für die Welt und für mich meine Zukunft war, das verlor ich unwiederbringlich, als ich mich dazu treiben ließ, etwas gegen Deinen Vater zu unternehmen. Nein, ich hatte es, möchte ich behaupten, lange davor verloren. Was vor mir liegt, ist meine Vergangenheit. Ich muß mich dazu bringen, mit anderen Augen auf sie zu schauen, die Welt dazu bringen, mit anderen Augen auf sie zu schauen, Gott dazu bringen, mit anderen Augen auf sie zu schauen. Das kann ich nicht, indem ich sie ignoriere oder verharmlose oder preise oder leugne. Das kann ich nur in vollem Umfang erreichen, wenn ich sie als unvermeidlichen Teil der Entwicklung meines Lebens und Charakters akzeptiere, indem ich meinen Kopf vor allem neige, was ich durchlitten habe. Wie weit ich noch entfernt von der wahren Seelenhaltung bin, zeigt Dir dieser Brief mit seinen wechselnden, unsicheren Stimmungen, seiner Verachtung und Verbitterung, seinen Sehnsüchten und seinem Unvermögen, jene Sehnsüchte zu realisieren, ganz deutlich. Aber vergiß nicht, in welch furchtbarer Schule ich an meiner Aufgabe sitze. Und unvollständig und unvollkommen, wie ich bin, könntest Du doch von mir vieles lernen. Du kamst zu mir, um etwas von der Freude des Lebens und der Freude der Kunst zu erfahren. Vielleicht bin ich dazu auserwählt, Dir etwas noch Wunderbareres beizubringen, nämlich die Bedeutung des Leids und seine Schönheit. Dein Dich liebender Freund

Oscar Wilde

Der Fall Warder Martin: Grausamkeiten des Gefängnislebens

An die Redaktion des »Daily Chronicle«

Sehr geehrter Herr,

mit großem Bedauern entnehme ich den Spalten Ihrer Zeitung, daß Herr Martin, Wärter im Gefängnis von Reading, von der Gefängnisleitung entlassen wurde, weil er einem kleinen hungrigen Kind ein paar süße Kekse gab. Ich selbst sah die drei Kinder am Montag vor meiner Entlassung. Sie waren gerade verurteilt worden und standen in einer Reihe in Gefängniskleidung in der Haupthalle. Sie trugen ihr Bettzeug unterm Arm, bevor sie dann in die Zellen gesteckt wurden, die man ihnen zugewiesen hatte. Zufällig kam ich gerade, auf meinem Weg in den Besucherraum, wo ich einen Freund treffen sollte, einen der Korridore entlang. Die Kinder waren noch ziemlich klein, das jüngste davon – diesem gab der Wärter die Kekse – ein rechter Winzling, für den Kleidung zu finden, die klein genug gewesen wäre, man offensichtlich nicht imstande war. Natürlich hatte ich in den zwei Jahren, in denen ich selbst inhaftiert war, viele Kinder im Gefängnis gesehen. Besonders viele Kinder gab es im Gefängnis in Wandsworth. Aber das kleine Kind, das ich am Nachmittag des 17., einem Montag, in Reading sah, war noch kleiner als irgendeins von den anderen. Ich brauche nicht zu sagen, wie äußerst bedrückt ich war, als ich diese Kinder in Reading sah, denn ich kannte die Behandlungsmethoden, die man für sie auf Lager hatte. Die Grausamkeit, mit der man bei Kindern Tag und Nacht in englischen Gefängnissen verfährt, ist nicht zu glauben, außer für diejenigen, die ihrer Zeuge geworden sind und die Brutalität des Systems kennen.

Die Leute heutzutage verstehen nicht, was Grausamkeit ist. Sie betrachten sie als eine Art schrecklicher mittelalterlicher Ausschweifung und bringen sie mit der Sorte Mensch in Verbindung wie Ezzelino da Romano und anderen, denen das wohlüberlegte Zufügen von Schmerz wahren Freudentaumel verlieh. Doch sind Männer vom Schlage Ezzelinos nur abnormale Beispiele für einen pervertierten Individualismus. Gewöhnliche Grausamkeit ist einfach Dummheit. Sie ist das völlige Fehlen der Phantasie. In unseren Tagen ist sie das Ergebnis festgefahrener Systeme, starrer Regelungen und von Dummheit. Überall dort, wo es Zentralisierung gibt, gibt es auch Dummheit. Das Unmenschliche am modernen Leben ist die Bürokratie. Autorität ist für diejenigen, die sie ausüben, genauso destruktiv wie für die, an denen sie ausgeübt wird. Es ist die Gefängniskommission und das System, das sie vollzieht, die die Hauptquelle der Grausamkeit, die an Kindern im Gefängnis ausgeübt wird, bilden. Die Leute, die das System hochhalten, haben ehrbare Absichten. Auch die, die es anwenden, sind human in ihren Absichten. Die Verantwortung wird auf die die Disziplin betreffenden Regelungen abgeschoben. Man nimmt an, etwas sei Recht, weil es die Regel ist.

Die gegenwärtige Behandlung von Kindern, wie sie hauptsächlich bei Leuten vorkommt, die die besondere Psychologie eines Kindes nicht verstehen, ist schrecklich. Ein Kind kann eine Strafe verstehen, wenn sie von einer einzelnen Person auferlegt wird, beispielsweise von einem Elternteil oder einem Vormund, oder kann sich ihr bis zu einem gewissen Grad fügen. Doch was es nicht verstehen kann, ist eine Strafe, die ihm von der Gesellschaft auferlegt wird. Es kann noch nicht begreifen, was Gesellschaft bedeutet. Bei Erwachsenen ist natürlich das Gegenteil der Fall. Diejenigen unter uns, die sich im Gefängnis befinden oder schon einmal dorthin geschickt wurden, können und werden verstehen, was jene Kollektivmacht, die man Gesellschaft nennt, bedeutet, und was auch immer wir von ihren Methoden und Ansprüchen halten mögen, so können wir uns doch dazu zwingen, sie zu akzeptieren. Andererseits ist eine Bestrafung, die uns von einer einzelnen Person auferlegt wird, etwas, das kein Erwachsener duldet, und keiner erwartet von ihm, daß er sie duldet.

Folglich wird das Kind, da es seinen Eltern von Leuten, die es nie gesehen hat und über die es nichts weiß, genommen wurde und da es sich in einer einsamen und fremden Zelle wiederfindet, da es von fremden Gesichtern überwacht, herumkommandiert und von den Repräsentanten eines Systems bestraft wird, das es nicht verstehen kann, eine leichte Beute für die erste und wichtigste Emotion, die das moderne Gefängnisleben hervorruft – Angst. Die Angst eines Kindes im Gefängnis ist grenzenlos. Ich erinnere mich an einen Fall in Reading, wie ich, als ich mich für die Hofrunde ins Freie begab, in der schwach beleuchteten Zelle, die der meinigen gleich gegenüberlag, einen kleinen Jungen sah. Zwei Wärter – keine unfreundlichen Männer – sprachen offenbar mit einiger Strenge zu ihm, gaben ihm vielleicht einige nützliche Ratschläge bezüglich seines Verhaltens. Einer war zusammen mit ihm in der Zelle, der andere stand draußen. Das Gesicht des Kindes war käseweiß vor schierer Angst. In seinen Augen lag die Angst eines gejagten Tiers. Am nächsten Morgen hörte ich ihn beim Frühstück weinen und rufen, man möge ihn herauslassen. Er rief nach seinen Eltern. Von Zeit zu Zeit konnte ich die tiefe Stimme des diensthabenden Wärters hören, der ihn aufforderte, ruhig zu sein. Dabei war er noch nicht einmal des vielleicht nur kleinen Vergehens überführt, dessen er beschuldigt worden war. Er war nur in Untersuchungshaft. Ich wußte das, weil er seine eigenen Kleider trug, die ganz ordentlich schienen. Jedoch trug er Gefängnissocken und -schuhe. Das zeigte, daß er ein sehr armer Junge war, dessen eigene Schuhe, wenn er überhaupt welche hatte, in schlechtem Zustand waren. Richter und Beamte, üblicherweise eine völlig ignorante Klasse, schicken Kinder oftmals für eine Woche in Untersuchungshaft und erlassen dann vielleicht die Strafe, die sie aussprechen könnten. Sie nennen das »ein Kind nicht ins Gefängnis schicken«. Das ist natürlich ihrerseits eine dumme Sichtweise. Für ein Kind ist es keine Feinheit sozialer Abstufung, ob es nun in Untersuchungshaft sitzt oder schon überführt ist, die es erfassen kann. Für das Kind ist es schon schrecklich, überhaupt im Gefängnis zu sein.

Diese Angst, die das Kind packt und beherrscht, so wie sie auch Erwachsene packt, wird natürlich durch das System der Einzelhaft in unseren Gefängnissen noch unsäglich verstärkt. Jedes Kind ist dreiundzwanzig von vierundzwanzig Stunden in seiner Zelle eingesperrt. Das ist entsetzlich. Ein Kind in eine schwach beleuchtete Zelle für dreiundzwanzig von vierundzwanzig Stunden einzuschließen, ist ein Beispiel für die Grausamkeit der Dummheit. Verführe eine einzelne Person, Elternteil oder Vormund, so mit einem Kind, würde sie streng bestraft. Die Gesellschaft zum Schutz der Kinder vor Grausamkeit würde das Thema sofort aufgreifen. Überall würde man den, der einer solchen Grausamkeit für schuldig befunden wäre, zutiefst verabscheuen. Der Überführung würde zweifellos ein schweres Urteil folgen. Doch verhält sich unsere Gesellschaft noch schlimmer, und für das Kind ist diese Art von Behandlung durch eine fremde, abstrakte Gewalt, deren Anforderungen ihm kein Begriff sind, viel schlimmer, als wenn es die gleiche Behandlung durch seinen Vater oder seine Mutter oder jemanden, den es kennt, erfahren würde. Die unmenschliche Behandlung eines Kindes ist immer unmenschlich, ganz gleich, durch wen sie erfolgt. Doch ist für das Kind die unmenschliche Behandlung durch die Gesellschaft die schlimmere, weil es keine Gnade gibt. Ein Elternteil oder Vormund kann sich beschwichtigen lassen und ein Kind aus dem dunklen, einsamen Raum, in den es eingesperrt ist, herauslassen. Ein Wärter aber kann das nicht. Die meisten Wärter mögen Kinder sehr gern. Aber das System hindert sie daran, dem Kind irgendwelchen Beistand zu leisten. Sollten sie es wie Wärter Martin dennoch tun, werden sie entlassen.

Das zweite, worunter ein Kind im Gefängnis leidet, ist Hunger. Das Essen, das man ihnen zum Frühstück um halb acht gibt, besteht aus einem Stück Gefängnisbrot, das gewöhnlich schlecht gebacken ist, und einer Tasse Wasser. Um zwölf Uhr bekommt es sein Mittagessen, bestehend aus einem Blechnapf mit grobem Reisbrei. Und um halb sechs bekommt es ein Stück trockenes Brot und eine Tasse Wasser zum Abendessen. Diese Schmalkost ist bei einem starken erwachsenen Mann für Krankheiten jedweder Art, hauptsächlich natürlich Durchfall, begleitet von Schwächeanfällen, immer förderlich. Tatsächlich werden in einem großen Gefängnis stopfende Arzneimittel regelmäßig von den Wärtern ausgegeben. Was ein Kind betrifft, so kann es diese gewöhnlich überhaupt nicht zu sich nehmen. Jeder, der eine Ahnung von Kindern hat, weiß, wie leicht die Verdauung eines Kindes durch einen Heulkrampf oder Aufregung und seelische Angst in irgendeiner Form durcheinandergerät. Ein Kind, das den ganzen Tag und vielleicht die halbe Nacht in einer einsamen, schwach beleuchteten Zelle geweint hat und von Angst verfolgt wird, kann Nahrung dieser groben, furchtbaren Sorte einfach nicht essen.

Im Fall des kleinen Kindes, dem Wärter Martin am Dienstag morgen die Kekse gab, weinte das Kind vor Hunger und war nicht in der Lage, Brot und Wasser, das ihm zum Frühstück gebracht wurde, zu sich zu nehmen. Martin ging nun nach der Ausgabe des Frühstücks hinaus und kaufte lieber die paar süßen Kekse für das Kind, als daß er mitansehen mußte, wie es verhungerte. Das war seinerseits eine schöne Tat und wurde vom Kind auch als solche empfunden, und weil es von den Gefängnisvorschriften ja nichts wußte, erzählte es einem der älteren Wärter, wie nett dieser jüngere Wärter zu ihm gewesen war. Heraus kam natürlich ein Bericht und eine Entlassung.

Ich kenne Martin sehr, sehr gut, denn ich unterstand ihm während der letzten sieben Wochen meiner Inhaftierung. Bei seiner Anstellung in Reading war er für Gang C verantwortlich, in dem ich lag, so daß ich ihn ständig sah. Ich war verblüfft von seiner einzigartigen Freundlichkeit und Menschlichkeit, wie er mit mir und den anderen Gefangenen sprach. Freundliche Worte zählen viel im Gefängnis, und ein gefälliges »Guten Morgen« oder »Guten Abend« macht einen so froh, wie man es im Gefängnis nur sein kann. Er war immer freundlich und aufmerksam. Zufällig kenne ich noch einen anderen Fall, in dem er einem der Gefangenen große Freundlichkeit erwies, und ich zögere nicht, ihn zu erwähnen. Eins der schrecklichsten Dinge im Gefängnis ist der schlechte Zustand der sanitären Einrichtungen. Ein Gefangener darf unter keinen Umständen seine Zelle nach halb fünf verlassen. Wenn er nun an Durchfall leidet, muß er seinen Zelle als Klo benutzen und die Nacht in stinkender und äußerst ungesunder Luft verbringen. Ein paar Tage vor meiner Entlassung machte Martin um halb acht die Runde mit einem der älteren Wärter, um den Werg und die Werkzeuge der Gefangenen einzusammeln. Ein soeben verurteilter Mann, der an heftigem Durchfall, wie immer eine Konsequenz der Kost, litt, bat den älteren Wächter, er möge ihm erlauben, den Eimer in seiner Zelle wegen des schrecklichen Gestanks in der Zelle und der Möglichkeit, es könne ihn in der Nacht erneut ein Anfall heimsuchen, auszuleeren. Der ältere Wärter weigerte sich strikt. Es sei gegen die Vorschriften. Der Mann hätte also die Nacht unter diesen furchtbaren Bedingungen verbringen müssen. Martin jedoch sagte, weil er diesen armen Mann nicht in solch mißlicher Lage sehen wollte, er wolle selbst den Eimer des Mannes ausleeren, und tat das auch. Natürlich verstößt ein Wärter, der den Eimer eines Gefangenen ausleert, gegen die Vorschriften, doch Martin handelte bei diesem Akt der Freundlichkeit gegen den Mann lediglich aus der Menschlichkeit seiner Natur heraus, und natürlich war der Mann sehr dankbar.

Was die Kinder betrifft, so wurde in letzter Zeit viel über den vergiftenden Einfluß des Gefängnisses auf kleine Kinder geredet und geschrieben. Was da gesagt wird, ist völlig richtig. Ein Kind wird durch das Gefängnisleben völlig vergiftet. Doch ist der vergiftende Einfluß nicht auf die Gefangenen zurückzuführen. Er ist zurückzuführen auf das gesamte Gefängnissystem – auf den Leiter, den Kaplan, die Wärter, die einsame Zelle, die Isolation, die abscheuliche Kost, die Vorschriften der Gefängniskommission, die Art und Weise der sogenannten disziplinarischen Führung des Lebens. Mit aller erdenklicher Sorgfalt wird ein Kind gar aus dem Blickfeld aller Gefangener über sechzehn entfernt. Kinder sitzen in der Kapelle hinter einem Vorhang und werden zum Rundgang in kleine Höfe ohne Sonnenlicht geschickt – manchmal in steinige Höfe, manchmal in einen Hof hinter den Mühlen – damit sie ja nicht die älteren Gefangenen beim Rundgang sehen. Doch der einzige Einfluß, der das Gefängnis menschlicher macht, ist der Einfluß der Gefangenen. Ihre Fröhlichkeit unter schrecklichen Bedingungen, ihr gegenseitiges Mitgefühl, ihre Demut, ihre Freundlichkeit, ihr wohlgefälliges Lächeln, wenn sie einander begrüßen, ihr völliges Sich-Fügen in ihre Strafe, das alles ist wunderbar, und ich selbst habe viele heilsame Lektionen von ihnen gelernt. Ich schlage nicht vor, daß die Kinder in der Kapelle nicht hinter einem Vorhang sitzen oder in einer Ecke des Hauptgefängnishofes ihren Rundgang machen sollten. Ich lege nur dar, daß der schlechte Einfluß auf Kinder nicht der der Gefangenen ist, ja niemals sein könnte, sondern der des Gefängnissystems selbst ist und immer bleiben wird. Es gibt nicht einen einzigen Mann im Gefängnis in Reading, der nicht freudig die Bestrafung der drei Kinder anstatt ihrer auf sich genommen hätte. Ich sah sie an dem Dienstag nach ihrer Verurteilung zum letzten Mal. Ich war um halb zwölf mit ungefähr einem Dutzend anderer beim Rundgang, als die drei Kinder unter der Bewachung eines Wärters von dem feuchten, tristen, steinigen Hof, zurück, in dem sie ihren Rundgang absolviert hatten, an uns vorüberkamen. Ich sah das größte Mitempfinden und Mitgefühl in den Augen meiner Gefährten, als sie die Kinder anschauten. Gefangene sind generell zueinander sehr, sehr freundlich und mitfühlend. Das Leiden und Mitleiden macht die Leute freundlich, und Tag für Tag, wenn ich durch den Hof stapfte, empfand ich immer Freude und Trost, wenn ich das spürte, was Carlyle irgendwo »den stillen, rhythmischen Zauber menschlicher Gemeinschaft« nennt. Hierin, wie auch in allen anderen Dingen, irren Philanthropen und ähnliche Leute. Es sind nicht die Gefangenen, die Umerziehung brauchen. Nein, die Gefängnisse brauchen Umgestaltung.

Selbstverständlich sollte überhapt kein Kind unter vierzehn ins Gefängnis gesteckt werden. Das ist eine Absurdität und hat, wie viele Absurditäten, tragische Konsequenzen. Wenn sie jedoch ins Gefängnis geschickt werden, dann sollten sie sich während des Tages unter Aufsicht in einer Werkstatt oder einem Klassenraum aufhalten. Nachts sollten sie in einem Schlafsaal schlafen, mit einem Aufpasser für die Nacht, der nach ihnen schaut. Man sollte ihnen Ausgang für mindestens drei Stunden am Tag erlauben. Die dunklen, schlecht belüfteten, übelriechenden Gefängniszellen sind furchtbar für ein Kind, ja furchtbar für jeden Menschen. Man atmet immer schlechte Luft im Gefängnis. Das Essen, das man Kindern gibt, sollte aus Tee, Butterbrot und Suppe bestehen. Die Gefängnissuppe ist sehr gut und gesund. Ein Erlaß des Unterhauses könnte die Behandlung von Kindern in einer halben Stunde festsetzen. Ich hoffe, Sie werden Ihren Einfluß geltend machen, um dies durchzusetzen. Die Art und Weise, wie die Kinder im Augenblick behandelt werden, ist wirklich ein Frevel gegenüber der Menschlichkeit und gesundem Menschenverstand. Sie ist Produkt der Dummheit.

Lassen Sie mich Ihre Aufmerksamkeit nun auf etwas anderes Schreckliches lenken, das sich in englischen Gefängnissen und in der Tat in Gefängnissen auf der ganzen Welt, wo das System des Schweigens und der Zellenhaft praktiziert wird, abspielt. Ich beziehe mich auf die große Zahl der Männer, die im Gefängnis verrückt oder schwachsinnig werden. In Gefängnissen für Lebenslängliche ist dies natürlich ziemlich üblich. Doch es findet sich auch in gewöhnlichen Gefängnissen, wie zum Beispiel dort, wo ich Insasse war.

Etwa vor drei Monaten bemerkte ich unter den Gefangenen, die mit mir zusammen den Rundgang machten, einen jungen Mann, der mir dumm oder schwachsinnig zu sein schien. Jedes Gefängnis hat natürlich seine schwachsinnigen Klienten, die immer wieder kommen und von denen man sagen kann, sie leben im Gefängnis. Doch dieser junge Mann machte auf mich wegen seines albernen Grinsens, seines idiotischen Über-sich-selbst-Lachens und der eigenartigen Ruhelosigkeit seines andauernden Händeringens den Eindruck, als sei er mehr als nur ein gewöhnlicher Schwachsinniger. Von allen anderen Gefangenen wurde er wegen seines seltsamen Verhaltens bemerkt. Von Zeit zu Zeit erschien er nicht beim Rundgang, was mir zeigte, daß er zur Strafe in seiner Zelle hatte bleiben müssen. Schließlich entdeckte ich, daß er unter Beobachtung stand und Tag und Nacht von Wärtern beäugt wurde. Wenn er zum Rundgang auftauchte, erschien er immer hysterisch und lief schreiend oder lachend umher. In der Kapelle mußte er unter der Aufsicht zweier Wärter dasitzen, die ihn die ganze Zeit aufmerksam beobachteten. Manchmal vergrub er sein Gesicht in den Händen, ein Verstoß gegen die Vorschriften in der Kapelle, und sofort bekam er von einem Wärter einen Schlag auf den Kopf, damit er seine Augen permanent auf den Altar richte. Manchmal weinte er – ohne zu stören –, so daß die Tränen sein Gesicht herunterströmten und mit einem hysterischen Schluchzen in der Kehle. Manchmal grinste er idiotenhaft in sich hinein und zog Grimassen. Mehr als einmal wurde er aus der Kapelle in seine Zelle geschickt und natürlich andauernd bestraft. Weil die Bank in der Kapelle, auf der ich gewöhnlich saß, direkt hinter der Bank stand, an deren Ende dieser unglückselige Mann plaziert wurde, hatte ich die Gelegenheit, ihn genau zu beobachten. Natürlich sah ich ihn auch ständig beim Rundgang und sah, daß er langsam wahnsinnig und wie ein Simulant behandelt wurde.

Am Samstag der letzten Woche war ich um etwa ein Uhr in meiner Zelle mit dem Saubermachen und Polieren des Blechgeschirrs, das ich fürs Abendessen benutzt hatte, beschäftigt. Plötzlich schreckte ich auf, weil das obligatorische Schweigen von dem schrecklichsten und entsetzlichsten Kreischen unterbrochen wurde, oder eher einem Heulen, so daß ich zuerst dachte, irgendein Tier, ein Stier oder eine Kuh, würde von ungeübter Hand draußen vor den Gefängnismauern geschlachtet. Jedoch merkte ich bald, daß das Heulen aus dem Keller des Gefängnisses kam, und ich wußte, daß irgendein armer Mann verprügelt wurde. Ich brauche nicht zu sagen, wie schrecklich und scheußlich das für mich war, und ich fragte mich allmählich, wer es wohl sei, der auf solch entsetzliche Weise bestraft würde. Plötzlich dämmerte mir, sie könnten diesen unglückseligen Verrückten verprügeln. Meine Gefühle diesbezüglich muß ich wohl nicht aufschreiben, sie haben mit dem Problem nichts zu tun.

Am nächsten Tag, am Sonntag, dem 16., sah ich den armen Kerl beim Rundgang. Sein fahles, übel zugerichtetes Gesicht war von Tränen und Hysterie fast bis zur Unkenntlichkeit angeschwollen. Er lief im Mittelkreis mit den alten Männern herum, den Bettlern und den Lahmen, so daß ich ihn die ganze Zeit beobachten konnte. Es war mein letzter Sonntag im Gefängnis, ein ganz lieblicher Tag, der schönste Tag, den wir im ganzen Jahr gehabt hatten, und dort im warmen Sonnenlicht lief dieses arme Geschöpf – einst nach dem Bilde Gottes erschaffen –, grinste wie ein Affe und machte mit seinen Händen die wildesten Gesten, als ob er in der Luft auf einem unsichtbaren Saiteninstrument spielte oder in einem komischen Spiel Spielmarken verteilte und wieder einsammelte. Die ganze Zeit machten diese hysterischen Tränen, ohne die keiner von uns ihn je gesehen hatte, schmutzige Rinnsale auf seinem weißen, geschwollenen Gesicht. Die schreckliche und bedächtige Anmut in seiner Gestik wirkte, als wäre er ein Possenreißer. Er war eine lebende Groteske. Die anderen Gefangenen schauten ihn alle an, und keiner von ihnen lächelte. Jeder wußte, was ihm widerfahren war und daß er im Begriff stand, verrückt zu werden – ja schon verrückt war. Nach einer halben Stunde wurde er vom Wärter hineinbeordert und vermutlich bestraft, denn er war Montags nicht beim Rundgang, obwohl ich glaube, ich konnte ihn kurz an der Ecke des steinigen Hofes sehen, wo er unter der Aufsicht eines Wärters umherlief.

Am Dienstag – meinem letzten Tag im Gefängnis – sah ich ihn beim Rundgang. Sein Verhalten war noch schlimmer als vorher, und widerum wurde er hineingeschickt. Seitdem weiß ich nichts mehr von ihm, doch erfuhr ich von einem der Gefangenen, der mit mir zusammen beim Rundgang umherlief, er hätte auf Befehl der Inspektoren, die wegen des Arztberichts erschienen waren, am Samstagnachmittag vierundzwanzig Peitschenhiebe im Küchenhaus bekommen. Das Heulen, das uns alle entsetzt hatte, war seines gewesen.

Dieser Mann wird zweifellos wahnsinnig. Die Gefängnisärzte wissen nichts über Geisteskrankheiten irgendeiner Art. Sie sind generell Ignoranten. Die Pathologie des Geistes ist ihnen unbekannt. Wenn ein Mensch verrückt wird, behandeln sie ihn wie einen Simulanten. Sie bestrafen ihn immer und immer wieder. Natürlich verschlechtert sich der Zustand des Mannes zunehmend. Wenn gewöhnliche Arten der Bestrafung erschöpft sind, meldet es der Arzt den Richtern. Das Resultat sind Prügel. Natürlich ist es beim Prügeln mit einer neunschwänzigen Katze nicht getan. Man nennt es Rutenstreichen. Das Werkzeug ist eine Rute. Doch das Ergebnis, wenn sie bei dem armen, schwachsinnigen Mann angewendet wird, kann man sich vorstellen.

Seine Nummer ist oder war A.2.11. Ich konnte auch seinen Namen herausfinden. Er heißt Prince. Es sollte sofort etwas für ihn getan werden. Er ist ein Soldat, und sein Urteil ist ein Urteil des Militärgerichts. Die Haftzeit beträgt sechs Monate. Drei davon kommen noch.

Darf ich Sie darum bitten, Ihren Einfluß zu gebrauchen, um diesen Fall überprüfen zu lassen und dafür zu sorgen, daß der geisteskranke Gefangene angemessen behandelt wird?

Berichte der medizinischen Beauftragten sind hier von überhaupt keinem Nutzen. Man kann ihnen nicht trauen. Die medizinischen Inspektoren scheinen den Unterschied zwischen Idiotie und Wahnsinn – zwischen dem völligen Fehlen einer Funktion oder eines Organs und der Erkrankung einer Funktion oder eines Organs – nicht zu verstehen. Dieser Mann A.2.11 wird, daran zweifle ich nicht, in der Lage sein, seinen Namen, die Art seines Vergehens, den Wochentag und das Datum seines Haftantritts und seiner Entlassung zu nennen und jede gewöhnliche, einfache Frage zu beantworten. Daß sein Geist jedoch krank ist, darf nicht bezweifelt werden. Gegenwärtig ist das Ganze ein schreckliches Duell zwischen ihm und dem Arzt. Der Arzt kämpft für eine Theorie. Der Mann kämpft um sein Leben. Ich hoffe inständig, daß der Mann gewinnt. Doch lassen Sie den ganzen Fall von Experten untersuchen, die von Geisteskrankheiten etwas verstehen, und von Leuten mit menschlichen Gefühlen, die noch etwas gesunden Menschenverstand und etwas Mitleid haben. Es besteht keine Veranlassung, daß der Sentimentalist zum Einschreiten gerufen wird. Er schadet immer.

Der Fall ist ein ganz besonderes Beispiel für die Grausamkeit, die untrennbar ist von einem dummen System, denn der jetzige Leiter in Reading ist ein Mann edlen und menschlichen Charakters, der von allen Gefangenen sehr hoch geschätzt und respektiert wird. Er wurde im letzten Juli eingestellt, und obwohl er die Vorschriften des Gefängnissystems nicht ändern kann, so hat er dennoch den Geist verändert, mit dem sie unter seinem Vorgänger angewandt worden waren. Er ist bei Gefangenen und Wärtern sehr beliebt. In der Tat hat er die gesamte Atmosphäre des Gefängnislebens ziemlich verändert. Andererseits ist das System natürlich außerhalb seiner Reichweite, was das Ändern von Vorschriften angeht. Ich zweifle nicht daran, daß er jeden Tag vieles sieht, von dem er weiß, daß es ungerecht, dumm und grausam ist. Doch ihm sind die Hände gebunden. Natürlich kenne ich seine wirkliche Sicht des Falles A.2.11 nicht und auch nicht seine Ansichten bezüglich unseres gegenwärtigen Systems. Ich beurteile ihn nur anhand des kompletten Wandels, den er im Gefängnis in Reading bewirkt hat. Unter seinem Vorgänger wurde das System mit größter Grobheit und Dummheit angewandt. – Ich verbleibe, sehr geehrter Herr, als ihr gehorsamer Diener.

Oscar Wilde

27. Mai

Gefängnisreform

An die Redaktion des »Daily Chronicle«

Sehr geehrter Herr,

wie ich vernehme, soll der Gesetzesantrag des Innenministers betreffs einer Gefängnisreform diese Woche zur ersten oder zweiten Lesung kommen, und da Ihre Zeitung bisher in England die einzige ist, die ein wirkliches und lebendiges Interesse bezüglich dieser Frage gezeigt hat, hoffe ich, Sie werden mir als einem, der eine lange persönliche Erfahrung mit dem Leben in englischen Gefängnissen hat, gestatten, daß ich darlege, welcher Reformen es in unserem gegenwärtigen dummen und barbarischen System dringend bedarf.

Einem Leitartikel, der etwa vor einer Woche in ihrem Blatt erschien, entnehme ich, daß als Hauptreform vorgeschlagen wurde, die Zahl der Inspektoren und Kontrolleure zu erhöhen, die Zugang zu unseren englischen Gefängnissen haben.

Eine derartige Reform ist völlig nutzlos, und zwar aus einem einfachen Grund: Die Inspektoren und Friedensrichter, die die Gefängnisse besuchen, tun dies nur, um zu prüfen, ob die Gefängnisvorschriften pflichtgemäß befolgt werden. Sie kommen aus keinem anderen Grund, auch haben sie keine Befugnisse, selbst wenn sie es wünschten, auch nur eine einzige Klausel in den Vorschriften zu ändern. Keinem Gefangenen wurde jemals durch irgendwelche Kontrolleure die geringste Erleichterung, Aufmerksamkeit oder Fürsorge zuteil. Die Kontrolleure kommen nicht, um den Gefangenen zu helfen, sondern um zu prüfen, ob die Vorschriften befolgt werden. Ihre Aufgabe ist es, die Durchsetzung eines törichten und unmenschlichen Kodex sicherzustellen. Und da sie sich irgendwie beschäftigen müssen, gehen sie mit äußerster Sorgfalt vor. Ein Gefangener, dem man das kleinste Privileg eingeräumt hat, fürchtet sich vor dem Eintreffen der Inspektoren. Und am Tage einer jeden Gefängnisinspektion gehen die Gefängnisbediensteten brutaler mit den Gefangenen um als sonst. Dadurch beabsichtigen sie natürlich, die glänzende Disziplin zu zeigen, die sie aufrechterhalten.

Die notwendigen Reformen sind sehr einfach. Sie betreffen die körperlichen und seelischen Bedürfnisse eines jeden unglückseligen Gefangenen.

Was ersteres betrifft, so gibt es drei Bestrafungen, die, vom Gesetz autorisiert, in englischen Gefängnissen andauernd vollzogen werden:

1. Hunger
2. Schlaflosigkeit
3. Krankheit

Das Essen, das die Gefangenen bekommen, ist völlig unzulänglich. Das meiste davon ist schon beim Hinsehen abstoßend. Alles in allem ist es nicht ausreichend. Jeder Gefangene leidet Tag und Nacht an Hunger. Eine bestimmte Nahrungsmenge wird Unze für Unze für jeden Gefangenen sorgsam abgewogen. Es ist gerade genug, die Existenz, nicht etwa das Leben, aufrecht zu erhalten. Aber man wird vom Schmerz und der Übelkeit, die der Hunger verursacht, immer gequält.

Das Ergebnis dieser Kost – die meist aus dünner Schleimsuppe, Nierenfett und Wasser besteht – ist Krankheit in Form von ständigem Durchfall. Dieser wird schließlich bei allen Gefangenen chronisch und ist in jedem Gefängnis ein wohlbekanntes Phänomen. Im Gefängnis von Wandsworth zum Beispiel – wo ich für zwei Monate inhaftiert war, bis ich ins Krankenhaus gebracht werden mußte, wo ich für weitere zwei Monate blieb – machen die Wärter zwei- bis dreimal täglich mit stopfenden Arzneimitteln die Runde, die sie unter den Gefangenen routinemäßig austeilen. Man muß nicht sagen, daß nach etwa einer Woche einer solchen Behandlung die Arzneien überhaupt keine Wirkung mehr zeigen. Der arme Gefangene ist dann eine leichte Beute für die äußerst schwachende, niederdrückende und erniedrigende Krankheit, die man sich vorstellen kann. Und wenn er, was oft passiert, wegen seiner physischen Schwäche die geforderten Leistungen an der Kurbel oder der Mühle nicht bewältigen kann, wird er wegen Faulheit gemeldet und mit der größten Strenge und Brutalität bestraft. Das ist aber noch nicht alles.

Nichts kann schlimmer sein als die sanitären Einrichtungen in englischen Gefängnissen. In früheren Tagen war jede Zelle mit einer Art Latrine ausgestattet. Diese Latrinen sind jetzt abgeschafft worden, es gibt sie nicht mehr. Statt dessen bekommt jeder Gefangene einen kleinen Blecheimer. Dreimal am Tag darf ein Gefangener seinen Eimer ausleeren. Jedoch hat er keinen Zugang zu den Aborten des Gefängnisses, außer in der Stunde des Rundgangs. Und er darf seine Zelle unter keinen Umständen und aus welchen Gründen auch immer nach fünf Uhr abends verlassen. Ein Mann, der an Durchfall leidet, befindet sich folglich in einer solch abscheulichen Situation, daß es nicht möglich, ja unangebracht ist, bei diesem Thema zu bleiben. Das Elend und die Qualen, denen die Gefangenen auf Grund der entsetzlichen sanitären Einrichtungen ausgesetzt sind, sind fast unbeschreiblich. Und die stickige Luft der Gefängniszellen, noch verstärkt durch ein Belüftungssystem, das äußerst uneffektiv ist, ist so ekelhaft und ungesund, daß es nichts Ungewöhnliches ist, wenn Wärter am Morgen von der frischen Luft kommen, um jede Zelle zu öffnen und zu inspizieren, und ihnen furchtbar übel wird. Ich selbst habe das mehr als dreimal gesehen, und mehrere Wärter erklärten mir, dies sei eine der abstoßenden Seiten, die ihr Beruf mit sich bringt.

Die Kost, die man den Gefangenen gibt, sollte angemessen und gesund sein. Sie sollte nicht von der Art sein, daß sie ständigen Durchfall hervorruft, der zuerst Unwohlsein bewirkt und dann zur Krankheit wird.

Die sanitären Einrichtungen in englischen Gefängnissen sollten gänzlich geändert werden. Jedem Gefangenen sollte der Zugang zu den Aborten gestattet sein, wenn es notwendig ist, und jeder Gefangene sollte seinen Eimer leeren dürfen, wenn es notwendig ist. Das gegenwärtige Belüftungssystem in den Zellen ist völlig nutzlos. Die Luft kommt durch verstopftes Gitterwerk und durch einen kleinen Belüftungsspalt in den kleinen, vergitterten Fenstern, der viel zu klein und schlecht konstruiert ist, um genügend Zuluft zu garantieren. Für nur eine von vierundzwanzig Stunden des Tages darf man aus seiner Zelle heraus, und somit atmet man dreiundzwanzig Stunden lang die übelste Luft ein, die man sich vorstellen kann.

Was die Schlaflosigkeit als Art der Strafe betrifft, so kommt sie nur in chinesischen und englischen Gefängnissen vor. In China wird sie vollzogen, indem man den Gefangenen in einen kleinen Bambuskäfig sperrt, in England durch die Holzpritsche, deren Zweck es ist, Schlaflosigkeit zu verursachen. Einen anderen Zweck hat sie nicht, erfüllt diesen aber ausnahmslos. Und selbst wenn einem später eine harte Matratze zugestanden wird, wie es im Laufe der Inhaftierung geschieht, leidet man immer noch an Schlaflosigkeit. Denn der Schlaf ist, wie viele gesunde Dinge, Gewohnheitssache. Jeder Gefangene, der auf einer Holzpritsche gelegen ist, leidet an Schlaflosigkeit. Das ist eine entsetzliche und unverantwortliche Art der Bestrafung.

Ich bitte nun darum, etwas über die Bedürfnisse des Geistes sagen zu dürfen.

Es scheint fast, als erfülle das gegenwärtige Gefängnissystem seinen Zweck, indem es geistige Fähigkeiten vernichtet und zerstört. Das Auftreten von Wahnsinn ist, wenn auch nicht gerade seine Absicht, so doch sicherlich sein Ergebnis. Diese Tatsache ist wohl belegt. Die Fälle sind offensichtlich. Der Bücher und jeglichen Umgangs mit anderen Menschen beraubt, von jeglichem Einfluß, der das Leben menschlicher gestaltet, isoliert, zu ewigem Schweigen verdammt, von jeglichem Umgang mit der Außenwelt ferngehalten, wie ein Tier ohne Verstand behandelt, unter den Niveau selbst der niedersten Kreatur bestialisch mißhandelt, kann der arme Mensch, der in einem englischen Gefängnis eingesperrt ist, dem Wahnsinn kaum entkommen. Ich will auf solches Grauen nicht näher eingehen, zumal ich keinerlei momentanes, sentimentales Interesse an diesem Problem erwecken möchte. Deshalb werde ich, wenn Sie erlauben, darlegen, was getan werden sollte.

Jeder Gefangene sollte einen angemessenen Vorrat an guten Büchern haben. Im Augenblick sind Bücher außer der Bibel, einem Gebet- und einem Liederbuch während der ersten drei Monate der Inhaftierung verboten. Danach bekommt man ein Buch pro Woche. Das ist absolut unzureichend, und die Bücher, die sich in einer gewöhnlichen Gefängnisbibliothek finden, sind völlig nutzlos. Es sind hauptsächlich drittklassige, schlecht geschriebene, sogenannte religiöse

Bücher, offensichtlich für Kinder geschrieben und für Kinder wie für jeden anderen Menschen äußerst ungeeignet. Gefangene sollten dazu angehalten werden zu lesen und sollten an Büchern bekommen, was immer sie wollen, und die Bücher sollten sorgfältig ausgewählt werden. Zur Zeit wird die Auswahl der Bücher vom Gefängniskaplan getroffen. Unter dem gegenwärtigen Systen darf ein Gefangener seine Freunde nur viermal im Jahr sehen, jedesmal für zwanzig Minuten. Das ist nicht richtig. Ein Gefangener sollte seine Freunde einmal monatlich sehen dürfen, und zwar für eine angemessene Zeit. Die Art und Weise, wie sie heute üblich ist, nämlich einen Gefangenen seinen Freunden vorzuführen, sollte geändert werden. Unter dem gegenwärtigen System wird ein Gefangener entweder in einen großen eisernen Käfig oder in einen großen hölzernen Verschlag mit einem kleinen Schlitz, der mit einem Drahtgitter zugedeckt ist und durch den er hindurchspähen kann, eingeschlossen. Seine Freunde sitzen in einem ähnlichen Käfig, in einem Abstand von etwa drei oder vier Fuß, und zwei Wärter stehen dazwischen und hören zu und beenden oder unterbrechen die sogenannte Unterhaltung, ganz wie sie möchten. Ich schlage vor, ein Gefangener sollte seine Verwandten oder Freunde in einem Raum sehen dürfen. Die gegenwärtigen Vorschriften sind ausgesprochen schlimm und schikanös. Ein Besuch von Verwandten oder Freunden bedeutet für jeden Gefangenen eine Verstärkung seiner Erniedrigung und seelischen Angst. Viele Gefangene verzichten lieber darauf, ihre Freunde zu sehen, als daß sie eine solche Tortur auf sich nehmen. Ich kann nicht sagen, daß mich das überrascht. Wenn man seinen Anwalt trifft, sieht man ihn in einem Raum mit einer Glastüre, auf deren anderer Seite ein Wärter steht. Wenn ein Mann seine Frau und seine Kinder sieht oder seine Eltern oder Freunde, sollte er das gleiche Privileg genießen dürfen. Leuten, die einen gern haben, und die man selbst gern hat, wie ein Affe in einem Käfig ausgestellt zu werden, ist eine unnötige und schreckliche Erniedrigung.

Jeder Gefangene sollte mindestens einmal monatlich einen Brief schreiben und erhalten dürfen. Im Augenblick darf man nur viermal im Jahr schreiben. Das reicht nicht aus. Eines der tragischen Dinge im Gefängnis ist, daß es das Herz eines Mannes zu Stein verwandelt. Gefühle natürlicher Zuneigung müssen, wie alle anderen Gefühle, genährt werden. Sie sterben schnell an Entkräftung. Viermal im Jahr ein kurzer Brief, das ist nicht genug, um die erhabenen und menschlichen Regungen, durch die letztlich das Wesen des Menschen irgendwelche angenehmen oder schönen Einflüsse empfindet, die ein erbärmliches und zerstörtes Leben heilen können, am Leben zu erhalten.

Die Angewohnheit, Briefe der Gefangenen zu verunstalten und zu zensieren, sollte aufhören. Im Augenblick wird, wenn sich ein Gefangener in einem Brief irgendwie über das Gefängnissystem beschwert, dieser Teil seines Briefes mit einer Schere herausgeschnitten. Wenn er sich andererseits bei seinen Freunden durch die Stäbe des Käfigs oder den Schlitz des hölzernen Verschlags beschwert, wird er von den Wärtern brutal verprügelt und jede Woche einer Bestrafung unterzogen, bis sein nächster Besuch vorbeikommt, wobei man dann von ihm erwartet, daß er nicht klüger geworden ist, aber gerissener, und das lernt man immer. Es ist eines der wenigen Dinge, die man im Gefängnis lernt. Glücklicherweise sind die anderen Dinge in einigen Fällen wichtiger.

Ich darf noch etwas weiter greifen und folgendes sagen: In Ihrem Leitartikel haben Sie angeregt, daß kein Gefängniskaplan außerhalb des Gefängnisses irgendeine Beschäftigung oder Aufgabe haben sollte. Das ist jedoch irrelevant. Die Gefängniskaplane sind völlig nutzlos. Sie meinen es generell gut mit einem, sind aber törichte, ja dumme Männer. Sie sind keinem Gefangenen eine Hilfe. Einmal in sechs Wochen ungefähr dreht sich ein Schlüssel im Schloß der Zellentür, und der Kaplan tritt ein. Natürlich steht man stramm. Er fragt, ob man die Bibel gelesen habe. Man antwortet mit »Ja« oder »Nein«, je nachdem. Dann zitiert er einige Bibeltexte, geht raus und schließt die Tür. Manchmal läßt er ein Traktat da.

Diejenigen Bediensteten, die keiner Beschäftigung außerhalb des Gefängnisses nachgehen und keine Privatpraxis haben sollten, sind die Gefängnisärzte. Im Augenblick haben die Gefängnisärzte, wenn auch nicht alle, so doch die meisten, eine große Privatpraxis und nehmen Termine in anderen Einrichtungen wahr. Folglich wird die Gesundheit der Gefangenen völlig vernachlässigt und der sanitäre Zustand des Gefängnisses völlig übersehen. Generell, so sehe ich das und habe es von frühester Jugend an immer so gesehen, haben Ärzte den bei weitem humansten Beruf in der Gemeinschaft. Bei Gefängnisärzten jedoch muß ich eine Ausnahme machen. Sie sind, soweit ich mit ihnen in Berührung kam und angesichts dessen, was ich von ihnen im Krankenhaus und anderswo sah, brutal in ihrem Betragen, grob in ihrem Temperament und äußerst gleichgültig gegenüber der Gesundheit der Gefangenen oder deren Wohl. Würden Gefängnisärzte daran gehindert, Privatpraxen zu führen, wären sie gezwungen, Interesse an der Gesundheit und den sanitären Bedingungen der Leute, für die sie verantwortlich sind, zu zeigen.

Ich habe in meinem Brief versucht, einige der Reformen anzuführen, die für unser englisches Gefängnissystem notwendig wären. Sie sind einfach, praktisch und menschlich. Natürlich sind sie nur ein Anfang. Aber es ist Zeit, einen Anfang zu machen, und das kann nur durch den starken Druck der Öffentlichkeit geschehen, der sich in Ihrem einflußreichen Blatt manifestiert und gefördert wird.

Aber um diese Reformen wirksam zu machen, muß viel getan werden. Und die erste und vielleicht schwierigste Aufgabe ist die, die Gefängnisleiter menschlicher zu machen, die Wärter zu zivilisieren und die Kaplane zu christianisieren. Ihr etc.

Autor von »The Ballad of Reading Gaol«

23. März

ESSAYS

Die Seele des Menschen im Sozialismus

Der Hauptvorteil, der aus der Errichtung des Sozialismus entstehen würde, bestünde zweifelsohne darin, daß der Sozialismus uns von der erbärmlichen Notwendigkeit befreien würde, für andere zu leben, was unter den derzeitigen Bedingungen fast jeden stark unter Druck setzt. Tatsächlich kann sich dem kaum jemand entziehen.

Ab und zu war im Laufe dieses Jahrhunderts ein großer Wissenschaftler wie Darwin, ein großer Dichter wie Keats, ein hervorragender kritischer Geist wie Monsieur Renan, ein großartiger Künstler wie Flaubert in der Lage, sich zu isolieren, sich außerhalb der Reichweite der lautstarken Forderungen anderer aufzuhalten, »im Schutze der Mauer zu stehen«, wie Platon sagt, und so die Vollkommenheit dessen zu verwirklichen, was in ihm steckt, was zu seinem eigenen unvergleichlichen Nutzen und zum unvergleichlichen und permanenten Nutzen der ganzen Welt ist. Diese Männer stellen jedoch Ausnahmen dar. Die Mehrheit der Leute verschwendet ihr Leben durch ihren ungesunden und übertriebenen Altruismus – werden gar gezwungen, es zu verschwenden. Sie sehen sich von gräßlicher Armut umgeben, von abscheulicher Häßlichkeit, von schrecklichem Hunger. Es ist unvermeidbar, daß sie von alldem zutiefst bewegt sind. Die Gefühle des Menschen sind leichter anzuregen als seine Intelligenz und, wie ich vor einiger Zeit in einem Artikel über die Funktion der Kritik erläutert habe, ist es viel einfacher, Mitleid mit einem Leidenden zu haben als Mitleid für das Denken zu empfinden. Dementsprechend widmen sie sich mit bewundernswerten, aber fehlgeleiteten Intentionen der Aufgabe, die Übel zu heilen, die sie sehen. Aber ihre Heilmittel kurieren die Krankheit nicht, sondern verlängern diese lediglich. Ihre Heilmittel sind in der Tat ein Teil der Krankheit.

Zum Beispiel versuchen sie, das Problem der Armut zu bekämpfen, indem sie die Armen am Leben erhalten oder, wie in dem Fall einer sehr fortschrittlichen Bewegung, indem sie die Armen unterhalten.

Dies ist jedoch keine Lösung; es verschlimmert nur das Problem. Es wäre ein vernünftigeres Ziel, zu versuchen, die Gesellschaft auf einer Grundlage neu zu errichten, auf der die Armut unmöglich wird. Und die altruistischen Tugenden haben wirklich das Erreichen dieses Ziels verhindert. Genauso wie die schlimmsten Sklavenhalter diejenigen waren, die ihre Sklaven gut behandelten und somit verhinderten, daß das schreckliche System von seinen Opfern erkannt wurde und von denen, die darüber nachdachten, verstanden wurde, so verhält es sich auch in der jetzigen Zeit in England, wo diejenigen am meisten Schaden anrichten, die am meisten versuchen, Gutes zu tun. Und endlich treten jene Männer auf den Plan, die das Problem wirklich analysiert haben und das Leben kennen. Es sind gebildete Männer, die im East End leben und jetzt an die Öffentlichkeit treten und diese bitten, ihre altruistischen Impulse der Nächstenliebe, der Wohltätigkeit und dergleichen unter Kontrolle zu halten. Sie tun es deshalb, weil diese Form der Nächstenliebe eine demütigende und demoralisierende Wirkung hat. Sie haben völlig recht. Die Nächstenliebe bringt eine Fülle von Sünden hervor.

Man muß außerdem folgendes sagen: Es ist unmoralisch, Privateigentum dazu zu benutzen, um das fürchterliche Unheil zu lindern, welches aus der Einführung des Privateigentums resultiert. Es ist sowohl unmoralisch und unfair.

Unter dem Sozialismus wird sich all dies natürlich verändern. Es werden keine Leute in übelriechende Höhlen und faulen Lumpen leben und kranke, vom Hunger gequälte Kinder unter absolut abscheulichen Bedingungen aufziehen. Die Sicherheit der Gesellschaft wird nicht von Wetterbedingungen abhängen, wie sie es heute tut. Wir werden nicht bei jedem Frosteinbruch hunderttausend arbeitslose Männer haben, die in ihrer abscheulichen Armseligkeit auf den Straßen umherwandern oder ihre Nächsten um Almosen anbetteln, oder sich um die Eingänge von widerlichen Unterkünften scharen und versuchen, sich ein Stück Brot oder einen schmutzigen Schlafplatz für die Nacht zu sichern. Jedes Mitglied der Gesellschaft wird am allgemeinen Wohlstand und Glück der Gesellschaft teilhaben; und wenn ein Frosteinbruch auftritt, wird es praktisch niemand schlechter haben.

Auf der anderen Seite wird der Sozialismus nützlich sein, weil er ganz einfach zum Individualismus führen wird.

Der Sozialismus, Kommunismus, oder wie auch immer man ihn nennen mag, wird durch Umwandlung von Privateigentum in öffentliches Vermögen und durch Ersetzen des Wettbewerbs durch Kooperation die Gesellschaft in den ihr angemessenen Zustand eines völlig gesunden Organismus zurückversetzen und für das materielle Wohlergehen eines jeden Mitglieds der Gemeinschaft sorgen. Der Sozialismus wird tatsächlich dem Leben seine angemessene Grundlage und seine angemessene Umwelt wiedergeben. Aber für die vollständige Entwicklung des Lebens hin zu seinem höchsten Grad der Vollkommenheit braucht man noch ein wenig mehr. Man braucht den Individualismus. Wenn der Sozialismus autoritär sein sollte, wenn es Regierungen geben sollte, die mit wirtschaftlicher Macht ausgestattet sind, so wie die heutigen Regierungen mit politischer Macht ausgestattet sind, wenn es sozusagen industrielle Schreckensherrschaft gibt, dann wird der Endzustand der Menschheit schlimmer sein als ihr Urzustand. Derzeit sind sehr viele Leute aufgrund der Existenz von Privateigentum in der Lage, einen gewissen, einen sehr eingeschränkten Individualismus zu entwickeln. Sie haben es entweder überhaupt nicht nötig, für ihren Lebensunterhalt zu arbeiten, oder sie sind in der Lage, sich ein Tätigkeitsfeld auszusuchen, was ihnen wirklich entspricht und was ihnen Freude macht. Es sind Dichter, Philosophen, Wissenschaftler und kultivierte Männer – mit einem Wort – die wahren Männer, die Männer, die sich selbst verwirklicht haben und in denen die ganze Menschheit eine teilweise Selbstverwirklichung erfährt. Andererseits gibt es eine ganze Reihe von Leuten, die kein eigenes Privateigentum haben und ständig am steilen Abgrund des Hungers weilen und somit gezwungen sind, die Arbeit von Lasttieren zu übernehmen. Sie müssen Arbeiten auszuführen, die ihnen nicht entsprechen und zu denen sie durch die um sich greifende, unvernünftige Tyrannei der Bedürfnisse gezwungen werden. Sie sind die Armen, unter denen es kein würdiges Verhalten, keine bezaubernde Sprache noch Zivilisiertheit oder Kultur, noch verfeinerten Geschmack, noch Lebensfreude gibt. Aus ihrer kollektiven Kraft gewinnt die Menschheit einen großen Teil seines materiellen Wohlstands. Aber sie gewinnt nur das materielle Resultat dieser Kraft, und der arme Mann selbst hat absolut keine Bedeutung. Er ist nur ein winziges Atom einer Kraft, die ihn zerquetscht, ohne ihn auch nur zu beachten. Diese Kraft mag ihn lieber vernichtet sehen, da er so sehr viel gehorsamer ist.

Natürlich könnte man sagen, daß die Art von Individualismus, welche unter den Bedingungen des Privateigentums erzeugt wird, nicht immer oder sogar im allgemeinen nicht von der feinen oder wunderbaren Art ist und daß die Armen, wenn sie auch keine Kultur und keinen Charme haben mögen, doch viele Tugenden haben. Der Besitz ist sogar ein wirkliches Ärgernis. Vor einigen Jahren sind Leute im Land umhergereist und haben gesagt, daß Besitz verpflichtet. Sie sagten es so häufig und auf so langweilige Art und Weise, daß letztlich die Kirche damit begann, es ebenfalls zu sagen. Heute hört man es von jeder Kanzel. Es stimmt natürlich völlig. Besitz verpflichtet nicht nur, sondern er verpflichtet so sehr, daß er in etwas größeren Mengen gar langweilig ist. Er beinhaltet eine endlose Reihe von Forderungen an seinen Inhaber, fordert endlose Aufmerksamkeit auf das Geschäftliche, auf endlose Unannehmlichkeiten.

Wenn der Besitz lediglich Annehmlichkeiten mit sich bringen würde, dann könnten wir ihn ertragen; aber die Pflichten, die er mit sich bringt, machen ihn unerträglich. Im Interesse der Reichen müssen wir uns seiner entledigen. Die Tugenden der Armen kann man bereitwillig zugeben. Sie sind gleichwohl sehr bedauernswert. Man sagt uns oft, daß die Armen dankbar für Wohltaten sind. Einige von ihnen sind es zweifellos, aber die besten der Armen sind niemals dankbar. Sie sind undankbar, unzufrieden, ungehorsam und rebellisch. Sie sind dies nur zu Recht. Nächstenliebe ist für sie eine lächerlich unzureichende Form der teilweisen Wiedergutmachung oder eine sentimentale Unterstützung, die in der Regel mit unverschämten Versuchen seitens der sentimentalen Menschen einhergeht, tyrannisch das Privatleben der Armen zu beherrschen. Warum sollten sie dankbar sein für die Krumen, die von Tisch des reichen Mannes fallen? Sie sollten an der Tafel Platz nehmen, und sie fangen an, dies zu begreifen. Was die Unzufriedenheit betrifft, so wäre ein Mann, der sich nicht unzufrieden mit solch einer Umgebung und so einer erniedrigenden Art zu leben gäbe, ein völliger Barbar. Der Ungehorsam ist in den Augen desjenigen, der die Geschichte richtig gelesen hat, die einzige Tugend des Menschen. Fortschritt wird durch Ungehorsam gemacht, durch Ungehorsam und Rebellion. Manchmal werden die Armen für ihre Sparsamkeit gelobt. Aber den Armen Sparsamkeit zu empfehlen ist sowohl grotesk als auch beleidigend. Es ist so, als ob man einem Hungernden empfähle, weniger zu essen. Es wäre völlig unmoralisch, wenn ein Industrie- oder Landarbeiter sparsam wäre. Der Mensch sollte nicht dazu bereit sein, zu beweisen, daß er wie ein schlecht gefüttertes Tier leben kann. Er sollte sich weigern, so zu leben, und er sollte entweder stehlen oder Schulden machen, was von vielen als eine Art von Stehlen angesehen wird. Was das Betteln betrifft, so ist es sicherer zu betteln, als etwas zu entwenden, aber es ist anständiger zu betteln, als etwas zu entwenden. Nein, ein armer Mann, der undankbar, verschwenderisch, unzufrieden und rebellisch ist, ist wahrscheinlich eine echte Persönlichkeit, und es steckt viel in ihm. Er stellt jedenfalls einen gesunden Protest dar. Was die tugendhaften Armen betrifft, so kann man sie natürlich bemitleiden, aber man kann sie unmöglich bewundern. Sie haben eine private Vereinbarung mit dem Feind getroffen, und sie haben ihr Geburtsrecht für eine sehr schlechte, dicke Suppe verkauft. Außerdem müssen sie außergewöhnlich dumm sein. Ich kann gut verstehen, daß ein Mann Gesetze akzeptiert, die das Privateigentum schützen und seine Anhäufung zulassen, solange er selbst unter diesen Bedingungen in der Lage ist, auf irgendeine Art ein schönes, intellektuelles Leben zu führen. Doch fällt es mir schwer zu verstehen, wie ein Mann, dessen Leben von derartigen Gesetzen entstellt und verdorben wird, mit deren Beibehaltung einverstanden sein kann.

Dennoch ist es wirklich nicht schwer, hierfür eine Erklärung zu finden. Sie lautet ganz einfach wie folgt: Elend und Armut sind etwas so vollständig Erniedrigendes und haben eine so lähmende Wirkung auf die menschliche Natur, daß keine Schicht sich jemals wirklich seines eigenen Leidens bewußt ist. Sie müssen es sich von anderen Leuten sagen lassen, denen sie häufig nicht glauben. Es ist zweifellos wahr, was die großen Arbeitgeber über die Agitatoren sagen. Agitatoren sind eine Gruppe von Leuten, die sich ständig einmischen, die zu einer völlig zufriedenen Gesellschaftsschicht hinuntergehen und in ihr die Saat der Unzufriedenheit sähen. Aus ebendiesem Grund sind Agitatoren so absolut unverzichtbar. Ohne sie gäbe es, in unserem unvollkommenen Zustand, keinen Fortschritt in Richtung Zivilisation. Die Sklaverei wurde in Amerika nicht infolge irgendeiner Handlung oder etwa irgendeines erklärten Wunsches seitens der Sklaven nach Freiheit niedergerungen, sondern sie wurde bezwungen mittels des höchst illegalen Verhaltens gewisser Agitatoren in Boston und andernorts, die weder selbst Sklaven noch Sklavenhalter waren und die eigentlich nichts mit der Frage zu tun hatten. Es waren zweifelsohne die Gegner der Sklaverei, welche die Fackel anzündeten und die Sache ins Rollen brachten. Und man muß kurioserweise feststellen, daß sie von den Sklaven selbst nicht nur wenig Unterstützung bekamen, daß ihnen von jenen sogar kaum Verständnis entgegengebracht wurde. Und als die Sklaven am Ende des Krieges frei wurden, so daß es ihnen sogar absolut freistand zu hungern, bedauerten viele von ihnen zutiefst die veränderte Lage der Dinge. Für den Denker ist die tragischste Tatsache der Französischen Revolution nicht etwa, daß Marie Antoinette getötet wurde, weil sie die Königin war, sondern daß der hungernde Bauer aus der Vendée freiwillig auszog, um für die Ziele des abscheulichen Feudalismus zu sterben.

Es ist also klar, daß ein autoritärer Sozialismus nicht genügen wird. Denn während unter dem heutigen System eine große Menge von Leuten ihr Leben in einer gewissen Freiheit, mit gewissen Möglichkeiten, sich zu artikulieren, und in Glück leben kann, wäre unter einem System von Industriebarracken oder einer Wirtschaftsdiktatur niemand in der Lage, solche Arten von Freiheiten zu genießen. Es ist sehr bedauernswert, daß ein Teil unserer Gemeinschaft praktisch in der Sklaverei lebt; aber es wäre kindisch, das Problem durch die Versklavung der gesamten Gemeinschaft lösen zu wollen. Es muß jedermann weitgehend freigestellt sein, sich seine eigene Arbeit auszusuchen. Es darf keine Art von Zwang auf ihn ausgeübt werden. Wenn dies doch geschieht, wird seine Arbeit für ihn selbst nicht gut sein, sie wird in sich nicht gut sein, und sie wird auch anderen nicht nützen. Und mit Arbeit meine ich jegliche Art von Aktivität.

Ich glaube kaum, daß heutzutage irgendein Sozialist ernsthaft vorschlagen würde, daß ein Inspektor jeden Morgen von Haus zu Haus gehen sollte, um sicherzustellen, daß alle Bürger aufstehen und acht Stunden lang körperliche Arbeit leisten. Die Menschheit ist über diese Phase schon hinaus und hält diese Art zu leben für Leute bereit, die sie auf sehr willkürliche Weise auswählt und als Kriminelle bezeichnet. Doch ich gebe zu, daß viele sozialistische Ansichten, die mir begegnet sind, mir mit Vorstellungen von Autorität, wenn nicht sogar von tatsächlichem Zwang, befleckt sind. Autorität und Zwang sind selbstverständlich völlig inakzeptabel. Jeglicher Zusammenschluß von Menschen muß vollständig freiwillig vonstatten gehen. Nur in freiwilligen Zusammenschlüssen zeigt der Mensch seine Größe.

Man darf jedoch die Frage stellen, wie der Individualismus, der heute in bezug auf seine Entwicklung mehr oder weniger von der Existenz des Privateigentums abhängig ist, von der Abschaffung ebensolchen Privateigentums profitieren könnte.

Die Antwort ist ganz einfach. Es stimmt, daß unter den existierenden Bedingungen einige Männer wie Byron, Shelley, Browning, Victor Hugo, Baudelaire und andere, denen eigene private finanzielle Mittel zur Verfügung standen, in der Lage waren, ihre Persönlichkeit mehr oder weniger vollständig zu entfalten. Nicht einer dieser Männer hat jemals auch nur einen einzigen Tag für Geld gearbeitet. Sie waren von der Armut befreit. Sie hatten einen immensen Vorteil. Die Frage ist, ob es gut für den Individualismus wäre, wenn solche Vorteile abgeschafft würden. Nehmen wir einmal an, sie würden abgeschafft. Was geschieht dann mit dem Individualismus? Wie wird dieser davon profitieren?

Er wird folgendermaßen profitieren: Unter den neuen Bedingungen wird der Individualismus weitaus freier, weitaus besser und weitaus intensiver sein, als er es heute ist. Ich spreche nicht von jenem großartigen, mit Hilfe der Phantasie verwirklichten Individualismus solcher Poeten, wie ich sie genannt habe, sondern über den großartigen potentiellen Individualismus, der generell latent in der Menschheit vorhanden ist. Denn die Anerkennung des Privateigentums hat dem Individualismus eigentlich geschadet und ihn verdeckt, indem sie einen Mann mit seinem Besitz verwirrte. Das Eigentum hat den Individualismus völlig in die Irre geführt. Es hat sich den Gewinn und nicht das Wachstum zum Ziel genommen. Deshalb glaubte der Mensch, daß es am wichtigsten sei, zu haben, und er wußte nicht, daß es am wichtigsten ist, zu sein. Die wahre Vollkommenheit des Menschen liegt nicht in dem, was er hat, sondern in dem, was er ist. Das Privateigentum hat den wahren Individualismus vernichtet und einen falschen Individualismus erzeugt. Es hat einem Teil der Gemeinschaft die Möglichkeit verwehrt, seine Individualität zu entwickeln, indem es ihm die falsche Richtung gewiesen hat und ihn behindert hat. Tatsächlich ist der Charakter des Menschen so sehr von seinem Eigentum geschluckt worden, daß das englische Recht Vergehen gegen das Eigentum eines Menschen schon mit weitaus größerer Schärfe bestraft hat als Vergehen gegen seine Person; und Eigentum ist immer noch das Kriterium für das volle Bürgerrecht. Der Fleiß, der nötig ist, um Geld zu verdienen, ist auch sehr demoralisierend. In einer Gemeinschaft wie der unsrigen, in der Besitz immenses Ansehen, gesellschaftlichen Status, Ehre, Respekt, Titel und weitere derartige angenehme Dinge mit sich bringt, nimmt es sich der Mensch mit seinem natürlichen Ehrgeiz zum Ziel, Besitz anzuhäufen, und er fährt müde und gelangweilt damit fort, Besitz anzuhäufen, wenn er längst mehr davon hat, als er haben will, nutzen kann, genießen kann oder vielleicht sogar im Gedächtnis behalten kann. Der Mensch wird sich mit Überarbeitung zugrunde richten, um sich Besitz zu sichern, und wenn man die enormen Vorteile bedenkt, die der Besitz bringt, ist dies kaum erstaunlich. Es ist traurig, daß die Gesellschaft auf einer Grundlage aufgebaut ist, die den Menschen in einen Rhythmus zwingt, in welchem er in sich selbst nicht das Wunderbare, Faszinierende, und Erfreuliche entfalten kann, wodurch er wirklich den wahren Genuß und die wahre Lebensfreude verpaßt. Er ist außerdem unter den herrschenden Bedingungen sehr unsicher. Es könnte sein und ist oft tatsächlich so, daß ein enorm wohlhabender Händler zeit seines Lebens von Dingen abhängig ist, die außerhalb seiner Kontrolle liegen. Wenn der Wind nur einen halben Strich stärker bläst oder sich das Wetter plötzlich verändert oder irgend etwas Triviales passiert, kann sein Schiff untergehen, und plötzlich ist er ein armer Mann, und seine gesellschaftliche Stellung ist ziemlich dahin. Nun, einem Mann sollte durch nichts ein Unheil geschehen, es sei denn, er selbst ist der Grund dafür. Nichts sollte überhaupt in der Lage sein, einem Mann etwas zu rauben. Was ein Mann wirklich besitzt, ist das, was in ihm steckt. Was um ihn herum ist, sollte nicht von Bedeutung sein.

Mit der Abschaffung des Privateigentums werden wir also den wahren, schönen, gesunden Individualismus haben. Niemand wird sein Leben damit verschwenden, Dinge und die Symbole für Dinge anzuhäufen. Man wird leben. Es wird bisher nur in den seltensten Fällen wirklich gelebt. Die meisten Leute existieren einfach nur und sonst nichts.

Die Frage ist, ob wir jemals außerhalb der imaginativen Ebene der Kunst die volle Entfaltung einer Persönlichkeit erlebt haben. Im Handeln haben wir dies nie erlebt. Mommsen sagt, daß Cäsar der vollkommenste und perfekteste Mann war. Aber wie tragisch und unsicher Cäsar doch war! Wo immer es einen Mann gibt, der Autorität ausübt, gibt es einen Mann, der sich dieser Autorität widersetzt. Cäsar war sehr vollkommen, aber seine Perfektion reiste auf einer zu unsicheren Straße. Marcus Aurelius war der vollkommene Mann, sagt Renan. Ja, der große Imperator war ein perfekter Mann. Doch wie inakzeptabel waren die vielen Ansprüche, die an ihn gestellt wurden. Er stolperte unter der Last des Reiches. Er war sich der Tatsache bewußt, wie unzureichend ein Mann doch war, um das Gewicht dieser titanischen und zu großen Kugel zu tragen. Mit dem perfekten Mann meine ich jemanden, der sich unter perfekten Bedingungen entwickelt – jemand, der nicht verletzt, von Sorgen belastet, verkrüppelt oder in Gefahr ist. Die meisten Persönlichkeiten waren verpflichtet, Rebellen zu sein. Die Hälfte ihrer Kraft wurde durch Reibungsverluste verschwendet. Byrons Persönlichkeit zum Beispiel wurde auf schreckliche Weise in seiner Schlacht gegen die Dummheit, Heuchelei und Philisterhaftigkeit der Engländer verschwendet. Solche Schlachten erhöhen nicht immer die Stärke; sie stellen die Schwäche oft übertrieben dar. Byron hatte nie die Gelegenheit, uns zu geben, was er uns hätte geben können. Shelley ist da besser davongekommen. Wie Byron hat er England so früh wie möglich verlassen. Aber er war nicht so bekannt. Wenn die Engländer erkannt hätten, was für ein großartiger Dichter er war, dann wären sie kratzend und beißend über ihn hergefallen und hätten ihm das Leben so unerträglich wie möglich gemacht. Doch er war keine bemerkenswerte Figur des gesellschaftlichen Lebens, und folglich ist er bis zu einem gewissen Grad entkommen. Dennoch ist sogar bei Shelley die rebellische Note manchmal zu stark. Die Note der vollkommenen Persönlichkeit ist nicht die der Rebellion, sondern die des Friedens.

Sie wird etwas Großartiges sein, wenn wir sie zu Gesicht bekommen, die wahre Persönlichkeit des Menschen. Sie wird natürlich und einfach wachsen, wie eine Blume oder wie ein Baum wächst. Sie wird keine Konflikte führen, sie wird niemals streiten oder diskutieren. Sie wird keine Beweise führen. Sie wird alles wissen. Und dennoch wird sie sich nicht mit dem Wissen beschäftigen. Sie wird Weisheit besitzen. Ihr Wert wird nicht mit materiellen Dingen gemessen werden. Sie wird nichts besitzen. Und doch wird sie alles haben, und was immer man ihr nimmt, wird sie immer noch haben – so reich wird sie sein. Sie wird sich nicht ständig bei anderen einmischen oder von ihnen verlangen, so zu sein, wie sie selbst ist. Sie wird die anderen lieben, weil diese anders sind. Und dennoch wird sie, obwohl sie sich nicht bei anderen einmischt, alle unterstützen, indem sie, wie alles Schöne, das ist, was sie ist. Die Persönlichkeit des Menschen wird wunderbar sein. Sie wird so wunderbar sein wie die Persönlichkeit eines Kindes.

In ihrer Entwicklung wird sie vom Christentum unterstützt werden, wenn die Menschen dies wünschen; aber wenn die Menschen dies nicht wünschen, so wird sie sich kein bißchen unsicherer entwickeln. Denn sie wird sich weder Sorgen um die Vergangenheit machen, noch wird es sie kümmern, ob etwas geschehen ist oder nicht. Noch wird sie irgendwelche Gesetze außer ihren eigenen anerkennen – noch irgendeine Autorität außer ihrer eigenen. Sie wird jedoch diejenigen lieben, die danach strebten, sie zu stärken, und sie wird oft von ihnen sprechen. Und Christus war eine solche Persönlichkeit.

»Erkenne dich selbst!« wurde über die Portale der antiken Welt geschrieben. Über den Portalen der heutigen Welt soll »Sei du selbst« geschrieben stehen. Und die Botschaft Christi an den Menschen war einfach »Sei du selbst«. Das ist das Geheimnis von Christus.

Wenn Jesus über die Armen spricht, dann meint er einfach Persönlichkeiten, und wenn er über die Reichen spricht, meint er dementsprechend Menschen, die ihre Persönlichkeit nicht entfaltet haben. Jesus bewegte sich in einer Gesellschaft, die das Anhäufen privaten Eigentums zuließ, so wie die unsrige es zuläßt, und die frohe Botschaft, die er verkündete, besagte nicht, daß es in einer solchen Gesellschaft von Vorteil sei, von spärlicher, ungesunder Nahrung zu leben, lumpige, ungesunde Kleidung zu tragen, in schrecklichen, ungesunden Behausungen zu schlafen, und daß es einem Mann zum Nachteil gereiche, unter gesunden, angenehmen und vernünftigen Bedingungen zu leben. So eine Sicht wäre damals genau falsch gewesen und wäre natürlich heute in England noch unrichtiger, denn bei der Ausbreitung des Menschen nach Norden bekommen materielle Bedürfnisse immer größere Bedeutung, und unsere Gesellschaft ist unendlich komplexer und zeigt stärkere Extreme zwischen Luxus und Armut als irgendeine Gesellschaft der antiken Welt. Was Jesus sagen wollte, ist das folgende: Er hat dem Menschen gesagt: »Du hast eine wundervolle Persönlichkeit. Entfalte sie. Sei du selbst. Stelle dir nicht vor, daß dein Weg zur Vollkommenheit in der Anhäufung oder im Besitz weltlicher Dinge liegt. Deine Vollkommenheit[1] liegt in dir selbst. Wenn du diese nur verwirklichen könntest, würdest du nicht reich sein wollen. Gewöhnliche Reichtümer können einem Mann gestohlen werden. Wirkliche Reichtümer können nicht gestohlen werden. In der Schatzkammer deiner Seele gibt es unendlich kostbare Dinge, die man dir nicht wegnehmen kann. Also bemühe dich, dein Leben so zu gestalten, daß weltliche Dinge dir nichts anhaben können. Und versuche auch, dich deines persönlichen Eigentums zu entledigen. Es verlangt elende Sorge, endlose Mühen, permanentes Unrecht. Persönlicher Besitz behindert die Persönlichkeit bei jedem einzelnen Schritt.« Man muß anmerken, daß Jesus nie sagt, verarmte Menschen seien unbedingt gut oder wohlhabende Menschen seien unbedingt schlecht. Das hätte nicht der Wahrheit entsprochen. Wohlhabende Leute sind, als Gesellschaftsschicht, besser als verarmte Leute – sie sind moralischer, gebildeter, besser erzogen. Es gibt eine Gesellschaftsschicht, die mehr über Geld nachdenkt als die Reichen, und diese Klasse ist die der Armen. Die Armen können an nichts anderes denken. Das ist das Elend der Armut. Was Jesus wirklich sagt, ist, daß der Mensch seine Perfektion nicht durch das, was er hat, noch etwa durch das, was er tut, erlangt, sondern einzig und allein durch das, was er ist. Von daher wird der wohlhabende junge Mann, der zu Jesus kommt, als zutiefst anständiger Bürger dargestellt, der kein Gesetz seines Staates noch ein Gebot seiner Religion gebrochen hat. Er genießt hohes Ansehen, im gewöhnlichen Sinne dieses außergewöhnlichen Wortes. Jesus sagt zu ihm: »Du solltest deinen privaten Besitz zurücklassen. Er hindert dich daran, die Vollendung zu erlangen. Er hält dich zurück. Er ist eine Last. Deine Persönlichkeit braucht ihn nicht. Du wirst in dir selbst und nicht außerhalb deiner selbst die Erkenntnis finden, wer du wirklich bist und was du wirklich willst.« Zu seinen eigenen Freunden sagt er dasselbe. Er sagt ihnen, sie sollen sie selbst sein und sich nicht ständig um andere Dinge sorgen. Was bedeuten schon andere Dinge? Der Mensch ist in sich selbst vollendet. Wenn sie in die Welt hinausgehen, dann wird die Welt ihnen widersprechen. Das ist unvermeidbar. Die Welt haßt den Individualismus. Aber das soll ihnen nichts ausmachen. Sie sollen ruhig und ichbezogen sein. Wenn ihnen ein Mann ihren Umhang wegnimmt, sollen sie ihm ihren Mantel geben, nur um zu zeigen, daß materielle Dinge nichts bedeuten. Wenn andere Lügen über sie verbreiten, sollen sie darauf nicht antworten. Was bedeuten diese Dinge schon? Was die Leute über einen Menschen sagen, verändert ihn nicht. Er ist, was er ist. Die öffentliche Meinung hat keinerlei Wert. Selbst wenn Leute ihnen Gewalt antun, sollen sie nicht mit Gewalt darauf reagieren. Damit würden sie sich auf dasselbe niedrige Niveau begeben. Immerhin kann ein Mann selbst im Gefängnis ziemlich frei sein. Seine Seele kann frei sein. Sein Charakter kann frei von Sorge sein. Er kann im Frieden mit sich selbst sein. Und vor allem sollen sie nicht in die Dinge anderer einmischen und in keiner Weise Urteile über andere fällen. Der Charakter ist etwas sehr Mysteriöses. Ein Mensch kann nicht immer durch seine Taten beurteilt werden. Es kann sein, daß er sich an das Gesetz hält, und dennoch kann er wertlos sein. Es kann sein, daß er das Gesetz bricht, und doch ein guter Mensch sein. Er kann schlecht sein, ohne jemals etwas Schlechtes zu tun. Es kann sein, daß er eine Sünde wider die Gesellschaft begeht und doch durch diese Sünde seine wahre Vollkommenheit erreicht.

Es gab einmal eine Frau, die beim Ehebruch ertappt wurde. Wir erfahren nichts über die Geschichte ihrer Liebe, aber diese Liebe muß wirklich groß gewesen sein. Denn Jesus sagte, daß ihr ihre Sünde nicht deshalb vergeben wurde, weil sie bereute, sondern weil ihre Liebe so stark und wundervoll war. Als er später, kurz vor seinem Tode, bei einem Festmahl saß, kam die Frau und goß kostbare Duftwässer über sein Haar. Seine Freunde versuchten, sie daran zu hindern, und sagten, daß dies Verschwendung sei und daß das Geld für das Parfüm zur wohltä-

1 Affection – Zuneigung, wahrscheinlich ein Druckfehler.

tigen Hilfe für Bedürftige oder etwas Ähnliches hätte ausgegeben werden sollen. Jesus akzeptierte diese Sichtweise nicht. Er wies darauf hin, daß die materiellen Bedürfnisse des Menschen sehr dauerhaft seien, aber daß die spirituellen Bedürfnisse des Menschen noch größer seien und daß ein Charakter in einem göttlichen Augenblick und durch Auswahl seiner persönlichen Ausdrucksform vollkommen werden könne. Die Welt betet diese Frau selbst heute noch als Heilige an.

Es stimmt, daß der Individualismus etwas Suggestives hat. Der Sozialismus zerstört zum Beispiel das Familienleben. Mit der Anschaffung des Privateigentums muß die Ehe in ihrer derzeitigen Form verschwinden. Das ist ein Teil des Programms. Der Individualismus akzeptiert dies und macht es zu etwas Gutem. Er führt über die Abschaffung der rechtlichen Einschränkung zu einer Art von Freiheit, die zur vollständigen Entwicklung der Persönlichkeit beitragen wird und die Liebe zwischen Mann und Frau wundervoller, schöner und erhebender machen wird. Jesus wußte dies. Er lehnte die Anforderungen des Familienlebens ab, obwohl sie in seiner Zeit und in der Gesellschaft, in der er lebte, in sehr ausgeprägter Form vorhanden waren. »Wer ist meine Mutter? Wer sind meine Brüder?« sagte er, als sie mit ihm sprechen wollten. Als einer seiner Anhänger ihn um Erlaubnis bat, zu gehen und seinen Vater zu beerdigen, war seine grausame Antwort: »Laß die Toten die Toten begraben.«

Er ließ keine Forderungen an die Persönlichkeit zu. Und so würde derjenige ein christliches Leben führen, der vollkommen und absolut er selbst ist. Er könnte ein großer Dichter sein oder ein großer Mann der Wissenschaft oder ein junger Student an einer Universität oder jemand, der Schafe auf einem Heidemoor hütet, oder ein Schöpfer von Theaterstücken wie Shakespeare oder jemand, der über Gott nachdenkt wie Spinoza, oder ein Kind, das in einem Garten spielt, oder ein Fischer, der sein Netz im Meer auswirft. Es spielt keine Rolle, wer es ist, solange er die Vollkommenheit der Seele verwirklicht, die in ihm steckt. Jedwede Nachahmung bezüglich der Moral und des Lebens ist falsch. Durch die Straßen Jerusalems schleppt sich am heutigen Tage jemand, der ein hölzernes Kreuz auf den Schultern trägt. Er ist ein Symbol für die Seelen, die von der Nachahmung verdorben werden. Vater Damien war wie Jesus, als er auszog, um bei den Aussätzigen zu leben, denn durch diesen Dienst verwirklichte er vollständig, was in ihm am besten war. Aber er war nicht mehr wie Jesus, als Wagner es war, als er seine Seele in der Musik erkannte, oder als Shelley, als er seine Vollkommenheit im Lied erkannte. Es gibt so viele Arten von Vollkommenheit, wie es unvollkommene Menschen gibt. Und obwohl ein Mensch sich den Forderungen der Nächstenliebe ergeben kann und dennoch frei sein kann, so kann sich überhaupt niemand den Forderungen des Konformismus hingeben und frei bleiben.

Also ist der Individualismus das, was wir durch den Sozialismus erreichen sollen. Als natürliche Folge muß der Staat jegliche Vorstellung von Regierung aufgeben. Er muß sie aufgeben, weil, wie ein weiser Mann viele Jahrhunderte vor Christus sagte, man die Menschheit gar nicht in Ruhe lassen kann; die Menschheit kann überhaupt nicht regiert werden. Alle Regierungsformen sind Mißerfolge. Der Despotismus ist gegen alle ungerecht, einschließlich gegen den Despoten, der wahrscheinlich für Besseres bestimmt ist. Oligarchien sind vielen gegenüber ungerecht, und Ochlokratien sind wenigen gegenüber ungerecht. Man setzte einst große Hoffnung in die Demokratie, aber Demokratie ist nichts anderes als das Niederknüppeln des Volkes durch das Volk und für das Volk. Das hat man herausgefunden. Ich muß sagen, daß es höchste Zeit war, denn jede Art von Autorität ist ziemlich erniedrigend. Sie erniedrigt diejenigen, die sie ausüben, und sie erniedrigt diejenigen, auf die sie ausgeübt wird. Wenn sie auf gewalttätige, krasse und grausame Weise gebraucht wird, hat sie eine gute Auswirkung, da sie den Geist der Revolte und des Individualismus erzeugt oder zumindest hervorbringt, der dafür bestimmt ist, sie zu zerstören. Wenn sie mit einem gewissen Grad von Güte ausgeübt wird und von Preisen und Belohnungen begleitet wird, ist sie schrecklich demoralisierend. Die Leute sind sich in solchen Fällen weniger des schrecklichen Drucks bewußt, dem sie ausgesetzt werden, und leben ihr Leben in einer Art rauhen Gemütlichkeit, wie gestreichelte Tiere, und sie erkennen niemals, daß sie wahrscheinlich die Gedanken anderer denken, daß sie nach den Normen anderer leben. Sie tragen dann im Grunde das, was man die Kleider aus zweiter Hand anderer Leuten nennen könnte, und sie sind in keinem einzigen Moment sie selbst. »Derjenige, der frei sein möchte«, sagt ein freier Denker, »darf sich nicht anpassen.« Und die Autorität erzeugt dadurch, daß sie Leute dazu besticht, sich anzupassen, eine krasse Art von überfüttertem Barbarentum unter uns.

Mit dem Ende der Autorität werden die Strafen aussterben. Dies wird ein großer Gewinn sein – ein Gewinn von tatsächlich unberechenbarem Wert. Wenn man in der Geschichte liest, nicht in den zensierten Ausgaben für Schuljungen und Studenten, sondern in den ursprünglichen, wichtigen Quellen einer jeden Zeit, wird einem übel – nicht von den Verbrechen, welche von den Bösen begangen wurden, sondern von den Strafen, welche von den Guten verhängt wurden. Und eine Gemeinschaft verroht ungleich stärker durch die gewohnheitsmäßige Anwendung von Strafen als durch das gelegentliche Auftreten von Verbrechen. Daraus folgt offensichtlich, daß um so mehr Kriminalität entsteht, je mehr Strafen verhängt werden, und die modernste Gesetzgebung hat dies klar erkannt und es sich zur Aufgabe gemacht, die Strafen so weit zu reduzieren, wie sie es verantworten kann. Überall, wo sie die Strafen wirklich reduziert hat, waren die Ergebnisse stets extrem gut. Je weniger Strafe, desto weniger Kriminalität. Wenn es überhaupt keine Strafen gibt, wird das Verbrechen entweder aufhören zu existieren, oder es wird, wenn es denn geschieht, von Ärzten als sehr beunruhigende Form der Demenz behandelt werden und mit Fürsorge und Freundlichkeit geheilt werden. Denn diejenigen, die heute Verbrecher genannt werden, sind überhaupt keine Verbrecher. Der Hunger und nicht die Sünde ist der Erzeuger des modernen Verbrechens. Dies ist in der Tat der Grund, aus dem unsere Verbrecher heutzutage als gesellschaftliche Klasse von jeglichem psychologischen Standpunkt aus absolut uninteressant sind. Sie sind keine fabelhaften Macbeths oder schrecklichen Vautrins. Sie sind einfach das, was normale, angesehene, gewöhnliche Leute auch wären, wenn sie nicht genug zu essen hätten. Wenn das Privateigentum abgeschafft wird, wird es keine Notwendigkeit für das Verbrechen geben – oder kein Bedürfnis dafür. Es wird aufhören zu existieren. Natürlich sind nicht alle Vergehen Verbrechen gegen Eigentum, obwohl dies die Verbrechen sind, die das englische Recht, welches den Besitz eines Menschen mehr schätzt als das, was er ist, mit der gröbsten, härtesten und schrecklichsten Schärfe bestraft (wenn wir mal das Verbrechen des Mordes ausnehmen und den Tod für schlimmer als strafrechtlich organisierte Sklaverei ansehen – ein Punkt, den Verbrecher sicher anders sehen, wie ich glaube). Obschon sich ein Verbrechen gegen etwas anderes als gegen Eigentum richten kann, so kann es doch aus dem Elend, aus dem Groll und aus der Depression entstehen, die durch unser falsches, durch Besitztum geprägtes System entstehen, und wird folglich verschwinden, wenn dieses System abgeschafft wird. Wenn jedes Mitglied der Gemeinschaft genug hat, um seine Wünsche zu erfüllen, und nicht mehr von seinem Nächsten gestört wird, wird es für ihn nicht mehr das Ziel geben, andere zu stören. Der Neid, der eine außerordentliche Quelle des Verbrechens im modernen Leben ist, ist eine Emotion, die eng mit unseren Vorstellungen von Eigentum verbunden ist, und er wird unter dem Sozialismus und dem Individualismus aussterben. Es ist bemerkenswert, daß in kommunistischen Stämmen der Neid völlig unbekannt ist.

Da der Staat nicht regieren soll, darf man die Frage stellen, was der Staat denn tun soll. Der Staat soll ein freiwilliger Hersteller und Verteiler notwendiger Erzeugnisse sein. Der Staat soll Nützliches produzieren. Das Individuum soll das Schöne erschaffen. Und da ich das Wort Arbeit erwähnt habe, kann ich nicht umhin zu sagen, daß heutzutage eine ganze Menge Unsinn über die Würde der körperlichen Arbeit geschrieben und gesagt wird. Es gibt überhaupt nichts zwingend Würdiges an der handwerklichen körperlichen Arbeit, und das meiste daran ist absolut entwürdigend. Sie ist geistig und moralisch verletzend für den Menschen, etwas zu tun, an dem er keine Freude findet, und die meisten Formen der Arbeit sind unerfreuliche Tätigkeiten und sollten als solche betrachtet werden. Einen matschigen Bahnübergang acht Stunden am Tag zu fegen, wenn der Westwind bläst, ist eine abscheuliche Beschäftigung. Ihn mit geistiger, moralischer oder körperlicher Würde zu fegen, scheint mir unmöglich. Ihn mit Freude zu fegen, wäre abscheulich. Der Mensch ist für etwas Besseres geschaffen, als Dreck aufzuwirbeln. Alle Arbeiten dieser Art sollten von Maschinen ausgeführt werden.

Und ich habe keinen Zweifel, daß dies so sein wird. Bisher ist der Mensch in gewissem Maße der Sklave der Maschinen gewesen, und es liegt eine gewisse Tragik darin, daß der Mensch anfing zu hungern, nachdem er eine Maschine erfunden hatte, die für ihn die Arbeit macht. Dies ist jedoch eine Folge unseres Eigentumssystems und unsres Wettbewerbssystems. Ein Mann besitzt eine Maschine, welche die Arbeit von fünfhundert Männern macht. Fünfhundert Männer werden, als Folge daraus, entlassen, und da sie keine Arbeit haben, leiden sie Hunger und beginnen zu stehlen. Der eine Mann sichert sich den Ertrag der Maschine und behält ihn.

Er hat fünfhundertmal soviel, wie er haben sollte, und wahrscheinlich, was weitaus wichtiger ist, sehr viel mehr, als er wirklich haben will. Wenn diese Maschine im Besitz aller wäre, würde jeder davon profitieren. Dies wäre ein immenser Vorteil für die Gemeinschaft. Alle nicht-geistigen Tätigkeiten, alle monotonen, eintönigen Tätigkeiten, alle Tätigkeiten, die sich mit abscheulichen Dingen befassen und unter unangenehmen Bedingungen ausgeführt werden, müssen Maschinen überlassen werden. Maschinen müssen für uns in Kohlebergwerken arbeiten und alle Arten von Reinigungsarbeiten ausführen; sie müssen Heizer von Dampfkesseln sein und Straßen reinigen und an regnerischen Tagen Botschaften überbringen und langweilige oder erbärmliche Arbeiten ausführen. Derzeit stehen die Maschinen mit dem Menschen im Wettbewerb. Unter vernünftigen Bedingungen werden die Maschinen dem Menschen dienen. Es gibt gar keinen Zweifel, daß dies die Zukunft der Maschinen ist; und genauso wie die Bäume wachsen, während der Landbesitzer schläft, wird sich die Menschheit amüsieren oder kultivierten Genüssen nachgehen – welche im Gegensatz zur Arbeit das Ziel des Menschen sind –, oder man wird schöne Dinge erschaffen oder lesen oder einfach die Welt mit Bewunderung und Freude betrachten, während die Maschinen alle notwendigen und unangenehmen Arbeiten ausführen. Tatsache ist, daß die Zivilisation Sklaven benötigt. Die Griechen hatten hier ganz recht. Wenn es keine Sklaven gibt, die häßliche, schreckliche, uninteressante Arbeiten ausführen, werden Kultur und Denken fast unmöglich. Menschliche Sklaverei ist falsch, gefährlich und entmutigend. Von der mechanischen Sklaverei, von der Versklavung der Maschinen hängt die Zukunft der Welt ab. Und wenn Wissenschaftler nicht länger gebeten werden, ins East End zu gehen, um schlechten Kakao und noch schlechtere Decken an hungernde Menschen zu verteilen, werden sie die erfreuliche freie Zeit haben, in der sie wunderbare und erstaunliche Dinge zu ihrer eigenen Freude und zur Freude aller erfinden können. Es wird eine große Menge Energie für jede Stadt und für jedes Haus geben, und der Mensch wird diese Energie gemäß seiner Bedürfnisse in Wärme, Licht oder Bewegung umwandeln. Hört sich das nicht nach dem Schlaraffenland an? Eine Weltkarte, auf der das Schlaraffenland nicht verzeichnet ist, ist nicht einmal eines Blickes wert, denn sie läßt das eine Land aus, in dem die Menschheit ständig landen wird. Und wenn die Menschheit dort landet, schaut sie in die Ferne und setzt wieder die Segel, wenn sie ein besseres Land sieht. Der Fortschritt ist die Realisierung des Schlaraffenlandes.

Nun, ich habe gesagt, daß die Gemeinschaft mit Hilfe von Organisation und Maschinen die nützlichen Dinge bereitstellen wird und daß die schönen Dinge vom Individuum geschaffen werden. Dies ist nicht nur notwendig, sondern es ist die einzige Möglichkeit für uns, beides zu bekommen. Ein Individuum, das Dinge für andere machen muß und dabei auf die Wünsche und Bedürfnisse der anderen eingehen muß, arbeitet nicht mit Interesse und kann folglich nicht das in die Arbeit einfließen lassen, was in ihm am besten ist. Andererseits geschieht es immer, wenn Gesellschaft oder ein mächtiger Teil einer Gesellschaft oder irgendeine Regierung dem Künstler vorzuschreiben versucht, was er zu tun hat, daß die Kunst entweder vollständig verlorengeht oder stereotypisch wird oder zu einer niederen und unwürdigen Art Handwerk wird. Ein Kunstwerk ist ein einzigartiges Produkt eines einzigartigen Naturells. Seine Schönheit beruht auf der Tatsache, daß sein Schöpfer das ist, was er ist. Es hat nichts mit der Tatsache zu tun, daß andere Menschen wollen, was sie wollen. In dem Augenblick, in dem ein Künstler die Wünsche anderer wahrnimmt und versucht, die Nachfrage zu befriedigen, hört er in der Tat auf, ein Künstler zu sein, und wird zu einem langweiligen und lächerlichen Handwerker oder einem ehrlichen oder unehrlichen Händler. Er hat kein Recht mehr, als Künstler betrachtet zu werden. Die Kunst ist die intensivste Stimmung des Individualismus, wie die Welt sie je gekannt hat. Das Verbrechen, welches unter bestimmten Bedingungen scheinbar Individualismus erzeugt haben mag, muß andere Leute zur Kenntnis nehmen und sie stören. Es gehört zum Bereich der Aktion. Aber allein, ohne Bezug zu seinen Nächsten, ohne störende Einflüsse kann der Künstler etwas Schönes erschaffen; und wenn er dies nicht zu seiner eigenen Freude tut, ist er kein Künstler.

Und man muß festhalten, daß die Tatsache, daß die Kunst diese intensive Form des Individualismus ist, die Öffentlichkeit zu dem Versuch verleitet, Autorität über die Kunst auszuüben, was genauso unmoralisch wie lächerlich und so korrumpierend wie verachtenswert ist. Es ist nicht ganz ihre Schuld. Die Öffentlichkeit ist immer und in allen Zeitaltern schlecht erzogen worden. Sie bittet die Kunst ständig, populär zu sein, ihrem Geschmack zu entsprechen, ihrer absurden Eitelkeit zu schmeicheln, ihr zu erzählen, was ihr schon zuvor erzählt wurde, ihr zu zeigen, was sie schon längst satt sein sollte zu sehen. Sie soll die Leute unterhalten, wenn sie sich nach zuviel Essen schwer fühlen, und sie ablenken, wenn sie ihrer eigenen Dummheit müde sind. Aber die Kunst sollte niemals versuchen, populär zu sein. Die Öffentlichkeit sollte versuchen, künstlerisch zu werden. Dazwischen besteht ein sehr großer Unterschied. Wenn man einem Mann der Wissenschaft sagen würde, daß die Ergebnisse seines Experiments und die Schlußfolgerungen, die er daraus gezogen hat, derart sein sollten, daß sie nicht die akzeptierte öffentliche Meinung über das Thema stören oder dem populären Vorurteil widersprechen oder die Gefühle jener verletzen, die nichts über die Wissenschaft wissen – wenn man einem Philosophen sagen würde, er habe jedes Recht, in den höchsten Sphären des Denkens zu spekulieren, vorausgesetzt, daß er zu demselben Ergebnis kommt wie diejenigen, die niemals auch nur in irgendeiner Sphäre gedacht haben, nun, dann würde dies heutzutage einige Heiterkeit bei dem Wissenschaftler und dem Philosophen erregen. Aber noch vor einigen Jahren waren sowohl die Philosophie als auch die Wissenschaft der brutalen öffentlichen Kontrolle unterworfen oder in der Tat der Autorität der allgemeinen Unwissenheit der Gemeinschaft oder dem Schrecken und dem Machthunger einer kirchlichen oder regierenden Klasse. Natürlich haben sie es weitestgehend abgeschafft, daß die Gemeinschaft, die Kirche oder die Regierung den Versuch unternimmt, den individuellen spekulativen Gedanken zu stören. Aber der Versuch, den Individualismus der imaginativen Kunst zu stören, ist immer noch anzutreffen. Tatsächlich ist er mehr als nur anzutreffen – er ist aggressiv, angriffslustig und brutalisierend.

In England sind diejenigen Künste am besten davongekommen, für die sich die Öffentlichkeit nicht interessiert. Die Dichtkunst ist ein Beispiel für das, was ich meine. Wir hatten in England die Gelegenheit, gute Dichtung zu bekommen, weil die Öffentlichkeit sie nicht liest und sie folglich auch nicht beeinflußt. Die Öffentlichkeit findet Freude daran, Dichter zu beleidigen, weil Dichter individuell sind, aber nachdem sie jene einmal beleidigt hat, läßt sie sie in Ruhe. Im Falle des Romans und der Schauspielkunst, die ja Künste sind, für welche die Öffentlichkeit doch Interesse zeigt, ist das Ergebnis der Einflußnahme seitens der Öffentlichkeit absolut lächerlich. Kein Land bringt so schlecht geschriebene Geschichten, so langweilige, gewöhnliche Werke in Romanform, so alberne, vulgäre Theaterstücke hervor wie England. Es muß notwendigerweise so sein. Die öffentliche Norm ist dergestalt, daß kein Künstler an sie herankommt. Es ist zugleich zu einfach und zu schwer, ein populärer Romanschriftsteller zu sein. Es ist zu einfach, weil die Anforderungen des Publikums in bezug auf die Handlung, den Stil, die Psychologie, die Darstellung des Lebens und die Darstellung von Literatur innerhalb der Reichweite der einfachsten Fähigkeiten und des unkultiviertesten Geistes liegen. Es ist zu schwierig, weil der Künstler seinem Naturell Gewalt antun müßte, um diese Norm zu erfüllen. Er dürfte nicht aus der künstlerischen Freude am Schreiben heraus schreiben, sondern er müßte für die Unterhaltung halbgebildeter Leute schreiben; und so müßte er seinen Individualismus unterdrücken, seine Kultiviertheit vergessen, seinen Stil vernichten und alles aufgeben, was ihm teuer ist. Im Falle der Schauspielkunst stehen die Dinge ein wenig besser: das Theaterpublikum mag das Offensichtliche, das stimmt, aber sie hassen das Langweilige. Und die burleske Komödie und die Farce – die populärsten Formen – sind erlesene Kunstformen. Erfreuliche Arbeiten können unter den Bedingungen des Burlesken und der Farce erstellt werden; in solche Werken erfreut sich der Künstler in England großer Freiheit. Nur wenn man zu den höheren Formen der Schauspielkunst kommt, sieht man den Einfluß der populären Kontrolle. Was die Öffentlichkeit wirklich nicht mag, ist das Neue. Jeder Versuch, die Themen der Kunst auszuweiten, stößt bei der Öffentlichkeit auf extreme Abscheu; und dabei hängen die Lebendigkeit und der Fortschritt in der Kunst in großem Maße von der kontinuierlichen Erweiterung der Themen ab. Die Öffentlichkeit mag das Neue nicht, weil sie Angst davor hat. Es repräsentiert für sie eine Form des Individualismus, ein Bestehen des Künstlers darauf, daß er sein eigenes Thema wählt und es so behandelt, wie er es möchte. Die Öffentlichkeit hat mit ihrer Einstellung ganz recht. Die Kunst ist Individualismus, und der Individualismus ist eine störende und zerstörerische Kraft. Darin liegt ihr immenser Wert. Denn sie strebt danach, die Eintönigkeit der Stereotypen, die Sklaverei der Gebräuche, die Tyrannei der Gewohnheiten und die Reduktion des Menschen auf das Niveau einer Maschine zu stören. In der Kunst akzeptiert die Öffentlichkeit das Gewesene, weil sie es nicht verändern kann, und nicht, weil sie es schätzt. Sie schluckt ihre Klassiker in einem

Stück und genießt sie nie. Sie nimmt die Klassiker als unvermeidbar hin, und da sie diesen nicht schaden kann, prahlt sie mit ihnen. Merkwürdigerweise oder nicht merkwürdigerweise richtet diese Akzeptanz für die Klassiker, nach den jeweiligen Meinungen, eine ganze Menge Schaden an. Die unkritische Bewunderung für die Bibel und für Shakespeare in England ist ein Beispiel für das, was ich meine. Was die Bibel betrifft, kommen Erwägungen der kirchlichen Autorität in die Problematik, so daß ich diesen Punkt noch ausführlich behandeln muß.

Aber im Falle von Shakespeare ist es ziemlich offensichtlich, daß die Öffentlichkeit wirklich weder die Schönheit noch die Fehler seiner Theaterstücke erkennt. Wenn sie die Schönheit sähe, würde sie sich nicht gegen die Entwicklung der Theaterkunst wenden; und wenn sie die Fehler sähe, würde sie sich auch nicht gegen die Entwicklung der Theaterkunst wenden. Tatsächlich macht sich die Öffentlichkeit die Klassiker eines Landes zunutze, um dem Fortschritt der Kunst Einhalt zu gebieten. Sie degradiert die Klassiker zu Autoritäten. Sie benutzt sie als Knüppel, um den freien Ausdruck der Schönheit in neuen Formen zu verhindern. Sie fragt einen Schriftsteller ständig, warum er nicht wie jemand anders schreibt, oder einen Maler, warum er nicht wie jemand anders malt, wobei sie blind für die Tatsache ist, daß beide aufhören würden, Künstler zu sein, wenn sie irgend etwas Derartiges tun würden. Eine frische Art der Schönheit ist der Öffentlichkeit ein Greuel, und wann immer sie auftritt, wird die Öffentlichkeit so wütend und ist so verwirrt, daß sie immer zwei Sorten von Ausdrücken verwendet. Die eine besagt, daß das Kunstwerk extrem unverständlich ist; die andere besagt, daß das Kunstwerk zutiefst unmoralisch ist. Was die Öffentlichkeit mit diesen Worten meint, scheint mir das Folgende zu sein: Wenn sie sagt, das Werk sei weitgehend unverständlich, meint sie, daß der Künstler etwas Schönes geschaffen hat, was neuartig ist; wenn sie ein Werk als zutiefst unmoralisch beschreibt, meint sie, daß der Künstler etwas Schönes geschaffen hat, was die Wahrheit zum Ausdruck bringt. Erstere Formulierung bezieht sich auf den Stil, die letztere auf das Thema. Aber sie benutzt die Wörter wahrscheinlich in sehr vager Weise, so wie es ein gewöhnlicher Mob mit fertigen Pflastersteinen tut. Es gibt beispielsweise keinen einzigen echten Dichter oder Prosaschreiber in diesem Jahrhundert, dem die britische Öffentlichkeit nicht feierlich Diplome für Unmoral ausgestellt hätte, und diese Diplome haben praktisch den Stellenwert bei uns wie in Frankreich die formale Auszeichnung durch die Akademie der Literatur, was zum Glück die Einrichtung einer solchen Institution in England ziemlich unnötig macht. Natürlich ist die Öffentlichkeit rücksichtslos beim Gebrauch dieses Wortes. Daß sie Wordsworth als unmoralischen Dichter bezeichnen würde, war nur zu erwarten. Wordsworth war ein Dichter. Aber daß sie Charles Kingsley einen unmoralischen Romanschriftsteller genannt hat, ist außergewöhnlich. Kingsleys Prosa war nicht von besonders hoher Qualität. Dennoch gibt es das Wort, und sie benutzt es, so gut sie kann. Einen Künstler stört dies selbstverständlich nicht. Der wahre Künstler ist ein Mann, der absolut an sich selbst glaubt, weil er absolut er selbst ist. Aber ich nehme an, wenn ein Künstler in England ein Werk schaffen würde, welches unmittelbar nach dem Erscheinen von der Öffentlichkeit durch ihr Medium, welches die öffentliche Presse ist, als ein sehr verständliches und moralisches Werk anerkannt würde, würde er beginnen, ernsthafte Zweifel zu hegen, ob er bei der Erschaffung des Werkes wirklich überhaupt er selbst gewesen sei oder ob es nicht seiner ziemlich unwürdig sei und entweder zutiefst zweitklassig oder ohne jeglichen künstlerischen Wert.

Vielleicht habe ich der Öffentlichkeit jedoch ein Unrecht getan, indem ich sie auf die Wörter wie »unmoralisch«, »unverständlich«, »exotisch« und »ungesund« beschränkt habe. Es gibt noch ein weiteres Wort, was sie benutzt. Das Wort heißt »morbide«. Sie benutzt es häufig. Die Bedeutung des Wortes ist so einfach, daß sie Angst hat, es zu verwenden. Dennoch verwendet sie es manchmal, und ab und zu begegnet man ihm in der Boulevardpresse. Es ist natürlich lächerlich, dieses Wort auf ein Kunstwerk zu beziehen. Denn Morbidität ist nichts anderes als ein Gefühlszustand oder eine Denkweise, die man nicht zum Ausdruck bringen kann. Die Öffentlichkeit ist vollständig morbide, weil sie überhaupt nichts ausdrücken kann. Der Künstler ist niemals morbide. Er drückt alles aus. Er steht außerhalb seines Themas und benutzt es als Medium, um unvergleichliche und künstlerische Effekte zu erzeugen. Einen Künstler als morbide zu bezeichnen, weil er sich mit Morbidität als Thema beschäftigt, ist so albern, als würde man Shakespeare als verrückt bezeichnen, weil er *King Lear* geschrieben hat.

Im großen und ganzen hat ein Künstler einen Gewinn daraus, wenn er in England angegriffen wird. Seine Individualität wird gestärkt. Er wird noch vollständiger er selbst. Natürlich sind die Angriffe sehr ekelhaft, sehr unverschämt und sehr verachtenswert. Aber auf der anderen Seite erwartet kein Künstler Anmut vom vulgären Geist oder Stil vom Intellekt der Vorstadt. Geschmacklosigkeit und Dummheit sind zwei sehr lebendige Tatsachen des modernen Lebens. Man bedauert selbstverständlich ihr Vorhandensein. Aber da sind sie nun einmal. Sie sind Themen für Untersuchungen wie alles andere auch. Und es ist im Hinblick auf die modernen Journalisten nur fair, zu behaupten, daß sie sich immer privat dafür entschuldigen, was sie in der Öffentlichkeit gegen einen geschrieben haben.

Es darf erwähnt werden, daß in den letzten paar Jahren zwei weitere Adjektive zu dem sehr begrenzten Vokabular für die Beschimpfung der Kunst, welches der Öffentlichkeit zur Verfügung steht, hinzugekommen sind. Das eine Wort lautet »ungesund«, und das andere Wort lautet »exotisch«. Letzteres drückt nur den Groll des vergänglichen Pilzes gegenüber der unsterblichen, bezaubernden und außergewöhnlich lieblichen Orchidee aus. Dies ist ein Tribut, aber ein Tribut, der keinerlei Bedeutung hat. Das Wort »ungesund« bietet sich jedoch für die Analyse an. Es ist ein ziemlich interessantes Wort. Es ist in der Tat so interessant, daß die Leute, die es verwenden, nicht wissen, was es bedeutet.

Was bedeutet es denn? Was ist ein gesundes und was ist ein ungesundes Kunstwerk? Alle Begriffe, die man auf ein Kunstwerk anwendet, beziehen sich – vorausgesetzt, man wendet sie rational an – entweder auf seinen Stil oder sein Thema oder auf beides zugleich. Vom stilistischen Standpunkt her ist ein gesundes Kunstwerk dasjenige, welches den Stil und die Schönheit seines Materials anerkennt – dieses Material kann aus Wörtern oder Bronze, aus Farben oder aus Elfenbein bestehen –, und es benutzt diese Schönheit als Faktor zur Erzeugung der ästhetischen Wirkung. Vom thematischen Standpunkt her ist ein gesundes Kunstwerk dasjenige, dessen Themenwahl vom Naturell des Künstlers geprägt ist und diesem unmittelbar entspringt. Zusammenfassend zeichnet sich ein gesundes Kunstwerk sowohl durch Vollkommenheit als auch durch Persönlichkeit aus. Selbstverständlich können Form und Substanz in einem Kunstwerk nicht getrennt werden; sie sind immer ein Ganzes. Aber zum Zweck der Analyse und unter vorübergehender Vernachlässigung der Einheit des ästhetischen Eindrucks können wir sie intellektuell so trennen. Ein ungesundes Kunstwerk hat andererseits einen offensichtlichen, altmodischen und gewöhnlichen Stil, und sein Thema wird bewußt ausgewählt – nicht, weil der Künstler daran Gefallen hat, sondern weil er glaubt, daß die Öffentlichkeit ihn dafür bezahlen wird. Tatsächlich ist der populäre Roman, den die Öffentlichkeit als gesund bezeichnet, immer ein durch und durch ungesundes Produkt; und das, was die Öffentlichkeit einen ungesunden Roman nennt, ist stets ein schönes und gesundes Kunstwerk.

Ich brauche wohl kaum zu erwähnen, daß ich mich nicht auch nur einen einzigen Augenblick lang über den Mißbrauch dieser Wörter durch die Öffentlichkeit und die öffentliche Presse beschwere. Ich sehe nicht, wie sie mit ihrem fehlenden Verständnis für das, was Kunst ist, jemals in der Lage wären, diese in ihrem richtigen Sinne zu gebrauchen. Ich weise lediglich auf den Mißbrauch hin, und was die Ursache des Mißbrauchs betrifft, so ist die Erklärung sehr einfach. Er entstammt dem barbarischen Verständnis von Autorität. Er entstammt der natürlichen Unfähigkeit einer von Autorität korrumpierten Gesellschaft, den Individualismus zu verstehen oder zu schätzen. Mit einem Wort – er entstammt jener monströsen und ignoranten Sache, die man öffentliche Meinung nennt. Sie ist zugleich böse und hat gute Absichten, wenn sie versucht, die Handlungen des Menschen zu kontrollieren. Sie ist niederträchtig und bösartig, wenn sie versucht, das Denken oder die Kunst zu kontrollieren.

Tatsächlich gibt es noch viel mehr Gutes über die öffentliche Gewalt zu sagen als über die öffentliche Meinung. Ersteres kann gut sein. Letzteres ist zwangsweise töricht. Es wird oft gesagt, Gewalt sei kein Argument. Das hängt jedoch völlig davon ab, was man beweisen will. Viele der wichtigsten Probleme der vergangenen Jahrhunderte, wie die Fortsetzung der Alleinherrschaft in England oder des Feudalismus in Frankreich, wurden ausschließlich mit Hilfe der körperlichen Gewalt gelöst. Schon die Gewalt einer Revolution kann die Öffentlichkeit einen Augenblick lang in etwas Herrliches und Großartiges verwandeln. Es war ein verhängnisvoller Tag, an dem die Öffentlichkeit erkannte, daß die Feder mächtiger als der Pflasterstein ist und genauso offensiv eingesetzt werden kann wie ein Backsteinbrocken. Sie suchte sogleich den Journalisten, fand ihn und machte ihn zu ihrem fleißigen und gutbezahlten Diener. Dies ist um beider Seiten willen zutiefst zu bedauern. Hinter der Barrikade kann es viel Edelmut und Heldentum geben. Aber was steckt schon hinter dem Leitartikel, außer Vorurteilen, Dummheit, Geschwätz und dummem Zeug? Und wenn diese vier Dinge zusammenkommen, stellen sie eine grausame Macht dar und bilden die neue Autorität.

In den alten Zeiten hatten die Menschen die Streckbank. Heute haben sie die Presse. Das ist sicher ein Fortschritt. Aber es ist immer noch sehr schlecht und unrecht und entmutigend. Jemand – war es Burke? Jemand hat den Journalismus als die vierte Gewalt bezeichnet. Das war zweifelsohne damals wahr. In unserer Zeit ist der Journalismus jedoch wirklich die einzige Gewalt. Er hat die anderen drei verschlungen. Die Adligen auf Lebenszeit sagen nichts, der Erbadel hat nichts zu sagen, das Unterhaus hat nichts zu sagen und sagt es dennoch. Wir werden vom Journalismus beherrscht. In Amerika regiert der Präsident vier Jahre lang, und der Journalismus regiert von Ewigkeit zu Ewigkeit. Glücklicherweise hat der Journalismus in Amerika seine Autorität bis in das abscheulichste und brutalste Extrem geführt. Als natürliche Folge daraus hat er begonnen, den Geist der Revolte zu schüren. Die Menschen finden den Journalismus, je nach ihrem Naturell, amüsant oder abscheulich. Er ist aber keine wirkliche Macht mehr wie zuvor. Er wird nicht entschlossen therapiert. In England ist der Journalismus, von wenigen bekannten Ausnahmen abgesehen, immer noch ein starker Faktor, eine wirklich bemerkenswerte Kraft, da er nicht bis hin zu solchen Exzessen der Brutalität geführt wurde. Die Schreckensherrschaft, die er über das Privatleben der Leute auszuüben gedenkt, scheint mir ziemlich außergewöhnlich. Tatsächlich hat die Öffentlichkeit eine unstillbare Begierde danach, alles außer dem Wissenswerten wissen zu wollen. Der Journalismus, der sich dessen bewußt ist und der die Gewohnheiten eines Händlers hat, kommt der Nachfrage nach. In vergangenen Jahrhunderten nagelten die Leute die Ohren der Journalisten an die Pumpe. Das war ziemlich abscheulich. In unserem Jahrhundert haben die Journalisten ihre eigenen Ohren an das Schlüsselloch genagelt. Das ist noch viel schlimmer. Und was den Schaden noch verschlimmert, ist die Tatsache, daß diejenigen Journalisten, die für die sogenannten Boulevardblätter schreiben, nicht die größte Schuld tragen. Der Schaden wird von ernsthaften, nachdenklichen und ehrlichen Journalisten hervorgerufen, die, wie sie es derzeit tun, irgendein Ereignis aus dem Privatleben eines großen Staatsmannes, eines Mannes, der eine Führungsrolle im politischen Denken innehat und politische Macht ausübt, aufgreifen und die Öffentlichkeit dazu auffordern, den Zwischenfall zu erörtern, Einfluß auf das Geschehen auszuüben und ihre Meinung kundzutun. Sie soll nicht nur ihre Meinung kundtun, sondern diese in Taten umsetzen, dem Mann in allen anderen Bereichen Vorschriften machen, seiner Partei Vorschriften machen, seinem Land Vorschriften machen, um sich in der Tat selbst zu etwas Lächerlichem, Abscheulichem und Schädlichem zu machen. Aus dem Privatleben von Männern und Frauen sollte der Öffentlichkeit nicht berichtet werden. Die Öffentlichkeit hat damit überhaupt nichts zu tun.

In Frankreich werden diese Dinge besser gehandhabt. Dort läßt man es nicht zu, daß die Details der Verhandlungen bekannt werden, die vor dem Scheidungsgericht stattfinden, damit die Öffentlichkeit sich amüsiert oder Kritik üben kann. Alles, was die Öffentlichkeit erfahren darf, ist, daß die Scheidung stattgefunden hat und auf Ersuchen der einen oder der anderen betroffenen Partei oder beider betroffenen Parteien gestattet wurde. In Frankreich setzt man tatsächlich den Journalisten Grenzen und gestattet den Künstlern fast uneingeschränkte Freiheit. Hier geben wir den Journalisten unbegrenzte Freiheit und schränken die des Künstlers stark ein. Die öffentliche Meinung in England versucht sozusagen den Menschen, der tatsächlich Schönes erschafft, einzuschränken, zu behindern und zu entstellen, und sie zwingt den Journalisten dazu, häßliche, ekelhafte, und gar abscheuliche Dinge zu verbreiten, was dazu führt, daß wir die ernsthaftesten Journalisten und die unseriösesten Zeitungen der Welt haben. Es ist keine Übertreibung, hier von Zwang zu reden. Es gibt möglicherweise einige Journalisten, die wahren Gefallen daran finden, schreckliche Dinge zu veröffentlichen, oder für die, da sie arm sind, Skandale eine Art Grundlage für ein regelmäßiges Einkommen bilden. Aber es gibt andere Journalisten, ganz sicher gebildete und kultivierte Männer, die es wirklich verabscheuen, diese Dinge zu veröffentlichen, die wissen, daß es falsch ist, so etwas zu tun, und es nur deswegen tun, weil die ungesunden Bedingungen, unter denen sie ihren Beruf ausüben, sie zwingt, die Öffentlichkeit mit dem zu versorgen, was die Öffentlichkeit will, und mit anderen Journalisten im Wettstreit zu stehen, um dem ekelhaften populären Appetit so vollständig und befriedigend wie möglich nachzukommen. Es ist eine sehr demütigende Situation für jede Gruppe von gebildeten Männern, und ich habe keinen Zweifel, daß sie dies stark empfinden.

Wir wollen dennoch diese abscheuliche Seite des Themas verlassen und auf die Frage der öffentlichen Kontrolle in der Kunst zurückkommen, womit ich das Diktat der öffentlichen Meinung über die künstlerische Wahl der Form, über die künstlerische Wahl des Modus und über die Wahl des Materials meine. Ich habe bereits darauf hingewiesen, daß in England jene Künste am besten davongekommen sind, für welche die Öffentlichkeit kein Interesse gezeigt hat. Die Öffentlichkeit interessiert sich jedoch für die Schauspielkunst, und da in dieser in den vergangenen zehn oder fünfzehn Jahren große Fortschritte erzielt wurden, ist es wichtig, darauf hinzuweisen, daß dieser Fortschritt einigen wenigen Künstlern zu verdanken ist, die sich geweigert haben, die Mängel des populären Geschmacks als Norm zu akzeptieren und die Kunst als einfache Frage von Nachfrage und Angebot zu betrachten.

Mit seiner erstaunlichen und lebendigen Persönlichkeit, mit einem Stil, der tatsächlich etwas Lebendiges hat, mit seiner außergewöhnlichen Energie und nicht durch einfache Nachahmung, sondern durch phantasievolles und intellektuelles Schaffen hätte Mr. Irving – wenn es sein einziges Ziel gewesen wäre, der Öffentlichkeit zu geben, was sie wollte – auf die gewöhnlichste Weise die gewöhnlichsten Theaterstücke schaffen können. Und er hätte soviel Geld verdienen können, wie es ein Mensch sich nur hätte wünschen können. Aber das war nicht sein Ziel. Es war sein Ziel, seine eigene Vollkommenheit als Künstler unter bestimmten Bedingungen und in bestimmten Kunstformen zu verwirklichen. Am Anfang gefiel er nur wenigen: heute hat er sehr viele gebildet. Er hat bei der Öffentlichkeit sowohl Geschmack als auch ein Naturell erzeugt. Die Öffentlichkeit schätzt seinen künstlerischen Erfolg sehr. Ich frage mich jedoch oft, ob sich die Öffentlichkeit darüber im klaren ist, daß dieser Erfolg ausschließlich auf der Tatsache beruht, daß Irving ihre Normen nicht akzeptiert hat, sondern seine eigenen geschaffen hat. Mit ihren Normen wäre das Lyceum eine Art zweitklassiger Schuppen gewesen, wie es einige der populären Theater Londons derzeit sind. Ob sie es versteht oder nicht, es besteht die Tatsache, daß Geschmack und Charakter bis zu einem gewissen Grad in der Öffentlichkeit erzeugt worden sind und daß die Öffentlichkeit fähig ist, diese Qualitäten zu entwickeln. Das Problem besteht also in der Frage, warum die Öffentlichkeit nicht zivilisierter geworden ist? Sie hat die Fähigkeit dazu. Was hält sie davon ab?

Was sie davon abhält, man muß es noch einmal sagen, ist ihr Verlangen nach der Ausübung von Autorität auf Künstler und Kunstwerke. In bestimmte Theater, wie das Lyceum und das Haymarket, scheint das Publikum mit der richtigen Gefühlslage zu kommen. In diesen beiden Theatern hat es individuelle Künstler gegeben, die mit Erfolg bei ihrem Publikum das Naturell erzeugt haben, dem die Kunst gefällt – und jede Bühne in London hat ihr eigenes Publikum. Was ist nun dieses Naturell? Es ist das Naturell der Empfänglichkeit. Das ist alles.

Wenn ein Mensch sich einem Kunstwerk nähert mit dem irgendwie gearteten Wunsch, Autorität auf das Werk und auf den Künstler auszuüben, dann nähert er sich ihm mit einem Geist, der es ihm unmöglich macht, daraus irgendeinen künstlerischen Eindruck zu gewinnen. Das Kunstwerk soll den Betrachter beherrschen; der Betrachter soll nicht das Kunstwerk beherrschen. Der Betrachter soll empfänglich sein. Er soll die Geige sein, auf welcher der Meister spielen soll. Und desto vollständiger er seine eigenen albernen Ansichten, seine lächerlichen Vorurteile, seine eigenen absurden Vorstellungen darüber unterdrücken kann, was Kunst sein sollte oder nicht sein sollte, um so wahrscheinlicher ist es, daß er das betreffende Kunstwerk verstehen und schätzen wird. Dies ist natürlich im Fall der vulgären theaterbesuchenden Öffentlichkeit von englischen Männern und Frauen ziemlich offensichtlich. Doch dies trifft genauso auf diejenigen zu, die man gebildete Leute nennt. Denn die Vorstellungen einer gebildeten Person über die Kunst beruhen natürlich darauf, was die Kunst einmal war, während das neue Kunstwerk dadurch schön ist, was die Kunst noch nie war. Wenn man es nun an den Normen der Vergangenheit mißt, so mißt man es an einer Norm, auf deren Verwerfung die wahre Vollkommenheit des Werks beruht. Ein Naturell, das fähig ist, durch ein imaginatives Medium und unter imaginativen Bedingungen neue und schöne Eindrücke aufzunehmen, ist das einzige Naturell, das ein Kunstwerk wirklich zu schätzen weiß. Und so wahr dies für das Genießen von Skulptur und Gemälde ist, um so wahrer ist es für den Genuß solcher Künste wie der Schauspielkunst. Denn ein Bild oder eine Statue befinden sich nicht mit der Zeit im Krieg. Sie nehmen keine Notiz vom Fortschreiten der Zeit. In einem einzigen Augenblick kann man ihre Einheit verstehen. Im Fall der Literatur ist das anders. Zeit muß vergehen, bis die Einheit in seiner Wirkung realisiert ist. Von daher kann es in der Schauspielkunst sein, daß im ersten Akt eines Stücks etwas geschieht, dessen wahrer künstlerischer Wert dem Zuschauer erst im vierten oder fünften Akt deutlich wird. Soll der alberne Kerl böse werden, aufschreien, das Schauspiel stören und die Schauspieler verärgern? Nein. Der ehrliche Mann soll ruhig dasitzen und sich den erfreulichen Genüssen der Überraschung, der Neugier und der Spannung hingeben. Er soll nicht ins Theater gehen, um sein vulgäres Naturell auszuleben. Er soll ins Theater gehen, um ein künstlerisches Naturell zu erlangen. Er ist nicht der Schiedsmann, der über das Kunstwerk richtet. Er ist jemand, dem es gestattet wird, über das Kunstwerk nachzudenken und, wenn das Werk gut ist, beim Nachdenken all den Egotismus zu verlieren, der ihn verdirbt – den Egotismus seiner Unkenntnis oder den Egotismus seiner Kenntnis. Ich glaube, diese Tatsache wird in bezug auf das Theater kaum ausreichend erkannt. Wenn *Macbeth* heute zum erstenmal vor Londoner Publikum aufgeführt würde, dann könnte ich gut verstehen, wenn viele der Anwesenden stark und entschieden gegen die Einführung der Hexen im ersten Akt, mit ihren grotesken Phrasen und ihren lächerlichen Worten, wären. Doch wenn das Stück vorüber ist, erkennt man, daß das Gelächter der Hexen im *Macbeth* genauso schrecklich wie das verrückte Gelächter im *Lear* und noch schrecklicher als das Gelächter Jagos in der Tragödie des Mohren ist. Kein Betrachter eines Kunstwerks braucht eine vollkommenere Stimmung der Empfänglichkeit als der Zuschauer in einem Theaterstück. In dem Moment, in dem er danach strebt, Autorität über das Stück auszuüben, wird er zu einem Feind der Kunst und zu einem Feind seiner selbst. Der Kunst macht das nichts. Er ist derjenige, der leidet.

Beim Roman verhält es sich genauso. Populäre Autorität und die Anerkennung populärer Autorität sind tödlich. Thackarays *Esmond* ist ein wunderschönes Kunstwerk, weil er es schrieb, um sich selbst zu erfreuen. In seinen anderen Romanen, in *Pendennis*, in *Philip* und sogar in *Vanity Fair* ist er sich manchmal der Leserschaft zu bewußt und verdirbt sein Werk, indem er direkt an das Mitgefühl des Lesers appelliert oder sich darüber lustig macht. Ein wahrer Künstler nimmt gar keine Notiz von seinem Publikum. Es existiert für ihn überhaupt nicht. Er hat keinen Mohn- oder Honigkuchen, mit dem er das Monster entweder in den Schlaf versetzt oder ihm Nahrung gibt.[2] Er überläßt dies dem populären Romanschriftsteller. Einen vergleichbaren Autor haben wir derzeit in England in Mr. George Meredith. Es gibt bessere Künstler in Frankreich, aber Frankreich hat niemanden, dessen Sicht des Lebens so weit, so vielseitig, und auf so phantasievolle Weise wahr ist. Es gibt Geschichtenerzähler in Rußland, die einen lebendigeren Sinn dafür haben, was der Schmerz in der Fiktion sein mag. Doch ihm gehört die Philosophie in der Fiktion. Seine Figuren leben nicht nur, sondern sie leben in Gedanken. Man kann sie aus einer endlosen Vielzahl von Perspektiven sehen. Sie sind suggestiv. In ihnen und um sie herum ist Seele. Sie sind interpretierend und symbolisch. Und derjenige, der sie erschaffen hat, diese wundervollen, sich schnell bewegenden Figuren, hat sie zu seiner eigenen Freude erschaffen und hat nie zugelassen, daß die Öffentlichkeit ihm Vorschriften macht oder ihn in irgendeiner Weise beeinflußt, sondern er ist damit fortgefahren, seine eigene Persönlichkeit zu verstärken und seine eigene individuelle Arbeit zu tun. Zunächst las ihn niemand. Das machte nichts. Heute lesen ihn viele. Er ist immer noch derselbe. Er ist ein unvergleichlicher Romanautor.

Mit den dekorativen Künsten verhält es sich nicht anders. Die Öffentlichkeit hing mit wirklich pathetischer Zähigkeit an dem, was ich für die direkten Traditionen der großen Ausstellung der internationalen Geschmacklosigkeit halte – Traditionen, die so abscheulich waren, daß die Häuser, in denen die Leute wohnten, sich nur für Blinde eigneten. Schöne Dinge wurden gemacht, schöne Dinge kamen aus den Händen des Färbers und wunderschöne Muster aus den Hirnen des Künstlers; und der Gebrauch schöner Dinge und deren Wert und Wichtigkeit wurden präsentiert. Die Öffentlichkeit war wirklich sehr undankbar empört. Sie wurde ausfallend. Alberne Dinge wurden gesagt. Das störte niemanden. Niemandem ging es nur einen Deut schlechter. Niemand akzeptierte die Autorität der öffentlichen Meinung. Und heute ist es fast unmöglich, in ein modernes Haus zu gehen, ohne auf irgendeine Anerkennung des guten Ge-

2 Er hat weder Zuckerbrot noch Peitsche.

schmacks, irgendeine Anerkennung des Wertes der wundervollen Atmosphäre, irgendein Zeichen der Wertschätzung für die Schönheit zu stoßen. Tatsächlich sind die Häuser der Leute in der Regel heutzutage ziemlich bezaubernd. Die Leute sind in sehr großem Maße zivilisiert worden. Es ist trotzdem nur fair, zu erwähnen, daß der außergewöhnliche Erfolg der Revolution in der häuslichen Dekoration, im Bereich der Möbel und dergleichen nicht etwa darauf basiert, daß ein Großteil der Öffentlichkeit einen sehr feinen Geschmack in solchen Dingen entwickelt hätte. Er ist hauptsächlich der Tatsache zuzuschreiben, daß die Handwerker solche Freude an dem Erschaffen schöner Dinge hatten und sich auf so lebhafte Weise der Abscheulichkeit und Geschmacklosigkeit dessen bewußt wurden, was die Öffentlichkeit zuvor verlangt hatte, daß sie die Öffentlichkeit einfach aushungerten. Es wäre heute ziemlich unmöglich, einen Raum so auszustatten, wie man Räume vor einigen Jahren ausstattete, ohne zu einer Auktion für Secondhand-Möbel aus einer drittklassigen Pension zu gehen. Die Dinge werden nicht mehr hergestellt. Wie die Leute es auch ablehnen mögen, müssen sie jedoch heute etwas Bezauberndes in ihrer Umgebung dulden. Zu ihrem Glück ist ihre Machtübernahme in diesen Fragen der Kunst völlig gescheitert.

Es ist also klar, daß alle Autorität in diesen Dingen schlecht ist. Die Leute fragen manchmal nach der Regierungsform, unter der ein Künstler am besten leben könnte. Auf diese Frage gibt es nur eine Antwort. Die Regierungsform, unter der ein Künstler am besten leben kann, ist die Form, in der es gar keine Regierung gibt. Autorität über ihn und seine Kunst ist lächerlich. Es ist gesagt worden, daß Künstler unter Despoten wunderbare Arbeiten geschaffen haben. Das ist nicht ganz richtig. Künstler haben Despoten besucht, nicht als Untertanen, die beherrscht wurden, sondern als wandernde Überbringer des Staunens, als faszinierende umherziehende Persönlichkeiten, um sich unterhalten zu lassen, um sich verzaubern zu lassen, um des lieben Friedens willen ertragen zu werden und um kreativ sein zu dürfen. Man muß für den Despoten sagen, daß er als Individuum Kultur haben kann, während das Monster des Pöbels keine hat. Jemand, der ein Imperator oder ein König ist, kann sich bücken, um für einen Maler einen Pinsel aufzuheben, aber wenn die Demokratie sich bückt, so tut sie es nur, um mit Dreck zu werfen. Und dennoch muß sich die Demokratie nicht so tief bücken wie der Imperator. Tatsächlich muß sie sich überhaupt nicht bücken, wenn sie mit Dreck werfen will. Es gibt jedoch keinen Grund, den Monarchen vom Pöbel zu trennen; jegliche Autorität ist gleich schlecht.

Es gibt drei Arten von Despoten. Es gibt den Despoten, der den Körper beherrscht. Es gibt den Despoten, der die Seele beherrscht. Es gibt den Despoten, der gleichermaßen die Seele und den Körper beherrscht. Den ersten nennt man den Prinzen. Den zweiten nennt man den Papst. Den dritten nennt man das Volk. Der Prinz kann kultiviert sein. Viele Prinzen waren es. Aber im Prinzen lauert die Gefahr. Man denkt bei dem bitteren Mahl von Verona an Dante, man denkt in der Zelle des Wahnsinnigen bei Ferrara an Tasso. Es ist besser für den Künstler, nicht bei Prinzen zu wohnen. Der Papst kann kultiviert sein. Viele Päpste waren es; die schlechten Päpste waren es. Die schlechten Päpste liebten die Schönheit fast so leidenschaftlich wie, nein, genauso leidenschaftlich, wie die guten Päpste das Denken haßten. Der Bösartigkeit des Papsttums verdankt die Menschheit viel. Die Güte des Papsttums steht bei der Menschheit in einer schrecklichen Schuld. Doch obwohl der Vatikan donnernde Rhetorik zurückhält und seinen Blitzspeer verloren hat, ist es besser für den Künstler, nicht bei Päpsten zu leben. Es war ein Papst, der über Cellini vor einer Klausurtagung seiner Kardinäle sagte, daß die allgemeinen Gesetze und die allgemeine Autorität nicht für Männer wie ihn geschaffen seien. Aber es war ein Papst, der Cellini ins Gefängnis warf und ihn dort gefangenhielt, bis er krank vor Groll wurde, sich selbst irreale Visionen schuf, die güldene Sonne in sein Zimmer kommen sah und sich so ihn sie verliebte, daß er zu fliehen versuchte und ihr von Turm zu Turm kriechend folgte, bis er durch die schwindelerregende Morgenluft stürzte. Er war verkrüppelt und wurde von einem Winzer unter Weinblättern versteckt und auf einem Karren zu jemandem gebracht, der schöne Dinge liebte und ihn pflegte. In Päpsten lauert die Gefahr. Und wie ist es mit dem Volk und seiner Autorität? Vielleicht ist über das Volk und seine Autorität schon genug gesagt worden. Seine Autorität ist etwas Blindes, Taubes, Gräßliches, Groteskes, Tragisches, Amüsantes und Obszönes. Es ist dem Künstler unmöglich, beim Volk zu leben. Alle Despoten bestechen. Das Volk besticht und brutalisiert. Wer hat ihm gesagt, es solle Autorität ausüben? Es wurde geschaffen, damit es lebt, zuhört und liebt. Jemand hat ihm ein großes Unrecht getan. Es hat sich selbst durch die Nachahmung seiner Führer verdorben. Es hat das Zepter des Prinzen genommen. Wie sollte das Volk es verwenden? Es hat die dreifache Tiara des Papstes genommen. Wie sollte es ihre Last tragen? Es ist wie ein Clown mit gebrochenem Herzen. Es ist wie ein Priester, dessen Seele noch nicht geboren wurde. Laßt all jene, die die Schönheit lieben, Mitleid mit ihm haben. Wenn es auch selbst die Schönheit nicht liebt, so laßt es doch mit sich selbst Mitleid haben. Wer hat ihm den Kniff der Tyrannei gezeigt?

Es gibt noch vieles mehr, auf das man hinweisen könnte. Man könnte darauf hinweisen, wie großartig die Renaissance war, weil sie nicht danach trachtete, gesellschaftliche Probleme zu lösen, und sich nicht mit derartigen Dingen beschäftigte. Doch sie ließ es zu, daß das Individuum sich auf freie, schöne und natürliche Weise entwickelte und großartige individuelle Künstler und großartige Individualisten hervorbrachte. Man könnte darauf hinweisen, daß Ludwig der Vierzehnte, indem er den modernen Staat erschuf, den Individualismus des Künstlers zerstörte und die Dinge monströs in ihrer eintönigen Wiederholung und in ihrer Regeltreue machte. Er zerstörte in ganz Frankreich all die wunderbaren Freiheiten des Ausdrucks, welche die Tradition in der Schönheit hatte neu werden lassen und neue Modi mit antiker Form vereint hatte. Aber die Vergangenheit ist nicht von Bedeutung. Die Gegenwart ist nicht von Bedeutung. Womit wir uns befassen müssen, ist die Zukunft. Denn die Vergangenheit ist das, was der Mensch nicht hätte sein sollen. Die Gegenwart ist das, was der Mensch nicht sein sollte. Die Zukunft ist das, was Künstler sind.

Man wird natürlich sagen, daß ein Plan, wie er hier vorgestellt wurde, ziemlich praxisfern ist und sich gegen die menschliche Natur richtet. Das ist völlig richtig. Er ist unpraktisch und richtet sich gegen die menschliche Natur. Deshalb ist er es wert, ausgeführt zu werden, und deshalb wird er vorgeschlagen. Ein praktischer Plan ist entweder ein Plan, der schon umgesetzt wurde, oder ein Plan, der unter den herrschenden Bedingungen ausgeführt werden sollte. Doch sind es genau die herrschenden Bedingungen, die man ablehnt; und jeder Plan, der diese Bedingungen akzeptieren würde, wäre ein falscher und dummer Plan. Man wird die Bedingungen beseitigen, und die menschliche Natur wird sich verändern. Das einzige, was man über die menschliche Natur weiß, ist die Tatsache, daß sie sich verändert. Veränderung ist die einzige Eigenschaft, die wir ihr zuschreiben können. Es scheitern jene Systeme, die sich auf die Unveränderlichkeit der menschlichen Natur und nicht auf ihren Reifungsprozeß und ihre Weiterentwicklung verlassen. Ludwig der Vierzehnte hat den Fehler begangen, zu glauben, die menschliche Natur würde immer unverändert bleiben. Das Ergebnis seines Fehlers war die Französische Revolution. Sie war ein bewundernswertes Ergebnis. Alle Ergebnisse der Fehler von Regierungen sind ziemlich bewundernswert.

Man muß feststellen, daß der Individualismus nicht zu dem Mann kommt, der ein krankhaftes Geschwätz über die Pflicht von sich gibt, was nur heißt, das zu tun, was andere wollen, weil sie es wollen. Noch kommt sie zu jenem Mann, der irgendein abscheuliches Geplapper von Selbstaufopferung von sich gibt, was nichts als ein Überbleibsel brutaler Verstümmelungsrituale ist. Tatsächlich kommt sie nicht zu einem Mann, auf dem irgendeine Forderung lastet. Sie kommt natürlich und unvermeidbar aus dem Menschen selbst. Es ist der Punkt, auf den jegliche Entwicklung hinführt. Es ist die Differenzierung, auf die sich alle Organismen hin entwikkeln. Die Vollkommenheit ist in jeder Form des Lebens enthalten, und auf dem Weg zu ihr findet jede Form des Lebens Erquickung. Somit übt der Individualismus keinen Zwang auf den Menschen aus. Im Gegenteil – er sagt dem Menschen, daß er es nicht zulassen soll, daß Zwang auf ihn ausgeübt wird. Der Individualismus versucht nicht, die Leute dazu zu zwingen, gut zu sein. Er weiß, daß Menschen gut sind, wenn man sie in Ruhe läßt. Der Mensch wird den Individualismus aus sich selbst heraus entwickeln. Der Mensch ist gerade dabei, den Individualismus so zu entwickeln. Zu fragen, ob der Individualismus praktisch sei, ist dasselbe, als würde man fragen, ob die Evolution praktisch sei. Die Evolution ist das Gesetz des Lebens, und es gibt keine Entwicklung außer in Richtung des Individualismus. Dort, wo diese Tendenz nicht zum Ausdruck kommt, liegt ein Fall von künstlich zurückgehaltener Entwicklung, von Krankheit oder Tod vor.

Ebenso wird der Individualismus uneigennützig und nicht affektiert sein. Es ist darauf hingewiesen worden, daß eines der Ergebnisse der außerordentlichen Tyrannei der Autorität darin besteht, daß Wörter absolut verzerrt werden, so daß ihre richtige und einfache Bedeutung nicht mehr erkennbar ist, und daß sie verwendet werden, um das Gegenteil ihrer wahren Bedeutung auszudrücken. Was für die Kunst gilt, gilt für das Leben. Ein Mann wird heutzutage als affektiert bezeichnet, wenn er sich so kleidet, wie es ihm gefällt. Doch wenn er dies tut, handelt er in einer völlig natürlichen Weise. Affektiertheit in diesem Zusammenhang besteht in der Art der Kleidung, zumindest nach den Ansichten des Nächsten, die, da sie die Ansichten der Mehrheit sind, wahrscheinlich extrem dumm sind. Oder ein Mann wird als selbstsüchtig bezeichnet, weil er so lebt, wie er es für angemessen hält, um seine eigene Persönlichkeit vollständig entfalten zu können, wobei doch tatsächlich das Hauptziel seines Lebens die eigene Entfaltung ist. Aber dies ist die Art, nach der alle leben sollten. Selbstsucht heißt, daß man nicht so lebt, wie man Leben möchte. Der Selbstsüchtige verlangt von anderen, daß sie genauso leben sollen, wie er selbst leben will. Und Selbstlosigkeit heißt, das Leben anderer in Ruhe zu lassen und sich nicht darin einzumischen. Selbstsucht hat immer das Ziel, um sich herum völlige Einförmigkeit zu erzeugen. Selbstlosigkeit erkennt die unendliche Vielfalt als etwas Wunderbares, sie akzeptiert diese, läßt sie zu und genießt sie. Man ist nicht selbstsüchtig, wenn man selbständig denkt. Ein Mensch, der nicht selbständig denkt, denkt überhaupt nicht. Es ist überaus selbstsüchtig, von seinem Nächsten zu verlangen, er solle so denken wie man selbst und er solle der gleichen Meinung sein wie man selbst. Warum sollte er? Wenn er denken kann, wird er wahrscheinlich anders denken. Wenn er nicht denken kann, ist es grausam, ihm irgendeine Art von Denken abzuverlangen. Eine rote Rose ist nicht selbstsüchtig, weil sie eine rote Rose sein will. Es wäre schrecklich selbstsüchtig von ihr, wenn sie wollte, daß alle Blumen im Garten sowohl rot als auch Rosen werden. Im Individualismus werden die Leute sehr natürlich und völlig selbstlos sein. Sie werden die Bedeutung der Wörter kennen und sie in ihrem freien, schönen Leben in die Tat umsetzen. Die Menschen werden nicht mehr so egoistisch sein, wie sie es jetzt sind. Denn der Egoist ist derjenige, der anderen Forderungen auferlegt, was der Individualist nicht wird tun wollen. Es wird ihm keine Freude bereiten. Wenn der Mensch den Individualismus verwirklicht hat, wird er auch die Sympathie verwirklichen und es frei und spontan zeigen. Bis zum heutigen Tag, hat der Mensch die Sympathie kaum kultiviert. Er empfindet nur Sympathie für Schmerzen, und das Mitgefühl für Schmerzen ist nicht die höchste Form des Mitgefühls. Jede Art von Mitgefühl ist schön, aber das Mitgefühl für Leiden ist die Art mit der geringsten Schönheit. Es ist mit Egotismus befleckt. Es neigt dazu, ins Morbide überzugehen. Darin liegt ein gewisses Element der Angst für unsere eigene Sicherheit. Wir bekamen Angst davor, daß wir selbst wie der Aussätzige, wie der Blinde werden könnten und daß kein Mensch sich um uns kümmern würde. Diese Form des Mitgefühls ist auch merkwürdig einschränkend. Man sollte Mitgefühl mit dem Leben in seiner Gesamtheit haben und nicht mit den Wunden und Leiden des Lebens allein, sondern mit der Lebensfreude und mit der Schönheit, der Energie, der Gesundheit und der Freiheit des Lebens. Die zweite Art des Mitgefühls ist natürlich die schwierigere. Sie bedarf größerer Selbstlosigkeit. Jeder kann Mitgefühl für die Leiden eines Freundes empfinden, aber es bedarf eines sehr feinen Naturells – es bedarf tatsächlich des Naturells eines wahren Individualisten –, damit man Sympathie für den Erfolg eines Freundes haben kann.

In dem modernen Streß des Konkurrenzkampfes und des Verdrängungswettbewerbs ist solche Sympathie natürlich selten, und sie wird auch sehr durch das unmoralische Ideal der Einförmigkeit und die Regeltreue unterdrückt, welches überall vorherrschend ist und vielleicht in England am unausstehlichsten ist.

Das Mitgefühl für Schmerz wird es selbstverständlich immer geben. Es ist eines der ersten Instinkte des Menschen. Die Tiere, die individuell sind, die höheren Tiere, haben es mit uns gemein. Aber man darf nicht vergessen, daß, während die Sympathie für die Freude die gesamte Freude auf der Welt verstärkt, das Mitgefühl für den Schmerz nicht wirklich den Schmerz in seiner Gesamtheit vermindert. Es mag den Menschen in die Lage versetzen, das Böse besser zu erdulden, aber das Böse bleibt. Mitgefühl für die Schwindsucht kuriert die Schwindsucht nicht; die Wissenschaft tut dies. Und wenn der Sozialismus erst das Problem der Armut gelöst hat und die Wissenschaft das Problem der Krankheit gelöst hat, wird das Feld für die Sentimentalisten kleiner geworden sein, und das menschliche Mitgefühl wird groß, gesund und spontan sein. Der Mensch wird beim Betrachten des freudigen Lebens anderer selbst Freude empfinden.

Denn durch die Freude wird sich der Individualismus der Zukunft entwickeln. Christus hat keinen Versuch unternommen, die Gesellschaft umzubauen, und folglich konnte der Individualismus, den er predigte, nur durch Schmerz oder in der Einsamkeit realisiert werden. Die Ideale, die wir Christus verdanken, sind die Ideale des Mannes, der die Gesellschaft vollständig hinter sich läßt, oder des Mannes, der absoluten Widerstand gegen die Gesellschaft leistet. Aber der Mensch ist von Natur aus ein soziales Wesen. Sogar die Wüste von Theben wurde schließlich besiedelt. Und obwohl das Mitglied eines religiösen Ordens seine Persönlichkeit entfaltet, so entfaltet es doch eine sehr verarmte Persönlichkeit. Andererseits übt die schreckliche Wahrheit, daß Schmerz ein Weg ist, auf dem der Mensch seine Persönlichkeit entfalten kann, eine wunderbare Faszination auf die Welt aus. Oberflächliche Redner und oberflächliche Denker auf den Kanzeln und auf den Rednerbühnen reden oft über die Anbetung, welche die Welt dem Genuß entgegenbringt, und sie jammern darüber. Aber es ist in der Weltgeschichte selten vorgekommen, daß ihre Ideale auf Freude und Schönheit beruhten. Die Anbetung des Schmerzes hat sehr viel häufiger die Welt beherrscht. Die Zeit des Mittelalters mit ihren Heiligen und ihren Märtyrern, ihrer Vorliebe für Selbstkasteiung, ihrer wilden Leidenschaft für die Selbstverletzung, ihren Messerstichen und ihren Stockprügeln – das Mittelalter hatte das wahre Christentum, und der mittelalterliche Christus ist der wahre Christus. Als die Renaissance am Horizont emporstieg und der Welt die neuen Ideale des schönen Lebens und der Lebensfreude brachte, konnten die Menschen Christus nicht verstehen. Sogar die Kunst zeigt uns dies. Die Maler der Renaissance zeichneten Jesus als kleinen Jungen, der mit einem anderen Jungen in einem Palast oder einem Garten spielte oder der sich in den Armen seiner Mutter zurücklehnte und sie oder eine Blume oder einen leuchtenden Vogel anlächelte, oder als noble, stattliche Figur, die auf edle Weise durch die Welt fährt. Oder er wurde als wunderbare Figur dargestellt, die in einer Art von Ekstase vom Tod ins Leben hinübertritt. Selbst als sie ihn am Kreuz zeichneten, zeichneten sie ihn als einen wunderschönen Gott, dem böse Menschen Leiden zugefügt hatten. Doch er beschäftigte sie nicht besonders. Sie hatten Freude daran, die Männer und Frauen zu malen, die sie bewunderten, und auch daran, die Schönheit dieser schönen Erde zu zeigen. Sie malten viele religiöse Bilder – sie malten in der Tat viel zu viele davon, und die Eintönigkeit der Stereotypen und Motive ist ermüdend und war schlecht für die Kunst. Sie war das Ergebnis der Autorität der Öffentlichkeit in Fragen der Kunst und ist sehr bedauernswert. Die Seele der Künstler steckte nicht in dem Thema. Raphael war ein großer Künstler, als er sein Portrait des Papstes malte. Als er seine Bilder von der Madonna und vom kindlichen Christus malte, war er überhaupt kein großer Künstler. Christus hatte keine Botschaft für die Renaissance, was wunderbar war, weil es ein Ideal hervorbrachte, was sich von seinem unterschied. Um die Darstellung des wahren Jesus zu finden, müssen wir uns der mittelalterlichen Kunst zuwenden. Dort gibt es einen verstümmelten und schwer gezeichneten Jesus, der nicht wohlgestaltet ist, weil die Schönheit etwas Freudiges ist. Er trägt keine schönen Gewänder, weil auch darin Freude hätte verborgen sein können. Er ist statt dessen ein Bettler mit einer wunderbaren Seele, er ist ein Aussätziger mit einer göttlichen Seele, er braucht weder Besitz noch Gesundheit, er ist ein Gott, der seine Vollkommenheit durch den Schmerz erlangt.

Die Entwicklung des Menschen schreitet nur langsam voran. Die Ungerechtigkeit unter den Menschen ist groß. Es war nötig, daß der Schmerz als Methode der Selbstverwirklichung angeboten wurde. Selbst heute wird an einigen Orten auf der Welt die Botschaft Jesu benötigt. Niemand, der im modernen Rußland lebt, kann seine Vollkommenheit realisieren, es sei denn, durch den Schmerz. Einige russische Künstler haben sich selbst in der Kunst realisiert – in einer Fiktion mit mittelalterlichen Eigenschaften, weil die in ihr vorherrschende Stimmung die Verwirklichung des Menschen mittels des Schmerzes ist. Doch für diejenigen, die keine Künstler sind und für die es keine Art des Lebens gibt außer dem wahren Leben der Tatsachen, ist der Schmerz die einzige Pforte zur Vollkommenheit. Ein Russe, der glücklich unter dem gegenwärtigen Regierungssystem in Rußland lebt, muß entweder glauben, daß der Mensch keine Seele hat, oder daß sie, wenn er sie doch hat, es nicht wert ist, entwickelt zu werden. Ein Nihilist, der jedwede Autorität ablehnt, weil er weiß, daß sie böse ist, und den Schmerz begrüßt, weil er durch ihn seine Persönlichkeit verwirklicht, ist ein wahrer Christ. Für ihn ist das christliche Ideal wahr.

Und doch hat sich Christus nicht gegen die Autorität aufgelehnt. Er erkannte die kaiserliche Autorität des römischen Imperiums an und zahlte seine Abgaben. Er erduldete die religiöse

Autorität der jüdischen Kirche und hat ihre Gewalt nie durch eigene Gewalt abgewehrt. Er hatte, wie gesagt, nicht das Ziel, die Gesellschaft neu zu errichten. Aber die moderne Welt hat solche Pläne. Sie setzt sich zum Ziel, die Armut und das damit verbundene Leid abzuschaffen. Sie vertraut dem Sozialismus und der Wissenschaft als ihren Methoden. Worauf sie abzielt, ist ein Individualismus, der sich durch die Freude ausdrückt. Dieser Individualismus wird größer, voller und lieblicher sein, als irgendeine Art von Individualismus es jemals war. Der Schmerz ist nicht die ultimative Methode der Vervollkommnung. Er ist nur ein Provisorium und ein Protest. Er bezieht sich auf unrechte, ungesunde und ungerechte Verhältnisse. Wenn das Unrecht, die Krankheit und die Ungerechtigkeit beseitigt sind, wird es keinen Platz mehr für ihn geben. Er war ein großes Werk, welches jedoch fast vollendet ist. Sein Einfluß sinkt von Tag zu Tag.

Der Mensch wird ihn auch nicht vermissen. Denn der Mensch sucht wirklich weder den Schmerz noch den Genuß, sondern ganz einfach das Leben. Der Mensch versucht, ein intensives, erfülltes und vollkommenes Leben zu führen. Wenn er das tun kann, ohne anderen Einschränkungen aufzuerlegen oder diese jemals selbst zu erdulden, und wenn seine Aktivitäten ihm völlig angenehm sind, wird er geistig und körperlich gesunder, zivilisierter und mehr er selbst sein. Der Genuß ist die von der Natur gestellte Probe – ihr Zeichen der Zustimmung. Wenn der Mensch glücklich ist, steht er im Einklang mit sich selbst und seiner Umwelt. Der neue Individualismus, für den der Sozialismus, ob er es will oder nicht, arbeitet, wird die vollkommene Harmonie sein. Er wird das sein, wonach die Griechen strebten, aber außer im Denken nicht vollständig verwirklichen konnten, weil sie Sklaven hatten und sie ernährten. Er wird das sein, wonach die Renaissance strebte, aber außer in der Kunst nicht vollständig verwirklichen konnte, weil sie Sklaven hatte und sie hungern ließ. Er wird vollständig sein, und durch ihn wird jeder Mensch Vollkommenheit erlangen. Der neue Individualismus ist der neue Hellenismus.

Das Entstehen des historischen Kritizismus[1]

1

Historischer Kritizismus ist in der Zivilisation oder Literatur eines Volkes nie als isolierte Tatsache vorzufinden. Er ist immer Teil des komplexen Strebens nach Freiheit, das als Aufstand gegen jegliche Autorität bezeichnet werden kann. Er ist nur Facette dieses theoretischen Geistes der Innovation, der im Zuge der Handlung Demokratie und Revolution zur Folge hat. Darüber hinaus ist er Ursprung der Philosophie und Naturwissenschaft. Seine Bedeutung als Fortschrittsfaktor basiert nicht so sehr auf den Resultaten, die sich aus ihm ergeben, als vielmehr auf dem Gedankengang, den er darstellt, und der Methode, nach der er funktioniert.

Da er deshalb die Resultante von überwiegend revolutionären Kräften ist, existiert er in der antiken Welt des materiellen Despotismus Asiens oder der starren Zivilisation Ägyptens nicht. Die Lehmzylinder Assyriens oder Babylons, die Hieroglyphen der Pyramiden stellen nicht Geschichte dar, sondern das Material, auf dem Geschichte basiert.

Die chinesischen Annalen, die im barbarischen Leben der Nation gipfeln, zeichnen sich durch eine Nüchternheit, einen derartigen Mangel an Erfindungsgeist aus, der in der Geschichtsschreibung aller Völker geradezu einmalig ist. Der für dieses Volk jedoch charakteristische Schutzinstinkt hat sich als verhängnisvoll für seine Literatur und seinen Handel erwiesen. Freier Kritizismus ist ebenso unbekannt wie freier Handel. Die Hindus indessen konzentrieren ihr genaues, analytisches und logisches Denken mehr auf Kritik der Grammatik und Philosophie als auf Geschichte und Chronologie. Was Geschichte betrifft, so scheint ihre Vorstellungskraft tatsächlich wilde Blüten getrieben zu haben. Legende und Tatsache sind so stark miteinander vermischt, daß jeglicher Versuch, sie zu trennen, vergebens scheint. Wenn wir den Griechen Sandrakottos mit dem Inder Chandragupta gleichsetzen, so haben wir keinerlei Hinweis darauf, wie man die Wahrheit in ihren Schriften feststellen oder ihre Nachforschungsmethoden untersuchen könnte.

Wahre Geschichte sowie den Geist des historischen Kritizismus findet man im hellenischen Zweig des indo-germanischen Volkes, bei den wundervollen Nachfahren der primitiven Arier, die uns als Griechen bekannt sind und denen wir, wie schon erwähnt, alles Leben dieser Welt verdanken außer den Naturgewalten.

Denn von dem Tag an, an dem sie das kühle Tafelland von Tibet verließen und als Nomadenvolk an die ägäische Küste zogen, war Kennzeichen ihres Wesens die Suche nach dem Licht, und der historische Kritizismus war Teil dieser wundersamen Aufklärung bzw. Erleuchtung des Intellekts, die circa 600 vor Christus über das griechische Volk wie eine Flut des Lichts hereinbrach.

L'esprit d'un siècle ne nait pas et ne meurt pas à jour fixe[2], und der erste Kritiker ist vielleicht ebenso schwer auszumachen wie der erste Mensch. Der Geist des Kritizismus findet in der Demokratie die Quelle seiner Intoleranz der dogmatischen Autorität, in der Naturwissenschaft die Quelle der Analogien von Recht und Ordnung, in der Philosophie das Konzept der grundlegenden Einheit, auf der die komplexen Erscheinungen von Phänomenen beruhen. Zunächst scheint es sich dabei nur um eine veränderte Geisteshaltung und nicht ein Prinzip der Forschung zu handeln. Die frühesten Einflüsse dessen sind in religiösen Schriften zu finden.

Schließlich beginnt die Menschheit als erstes, die Religion kritisch zu betrachten, um sich

1 Robert Ross sagt: »In bezug auf die Feststellung der Authentizität dieses Essays bin ich Charles Glidder Osborne zu Dank verpflichtet, der das nun in Amerika befindliche Originalmanuskript untersuchte. Das Essay wurde von einer unbekannten Person oder mehreren Unbekannten plagiiert. Es handelt sich hier um einer sehr *frühe* Arbeit, die vom Autor geschrieben wurde, als er sich in Dublin oder Oxford befand. Ich schulde einem bekannten Oxford-Gelehrten Dank, der sich als Korrekturleser zur Verfügung stellte. Die Interpretation des Essays ist stellenweise etwas unklar.«

2 Der Geist eines Zeitalters entsteht und stirbt nicht an einem bestimmten Tag.

dann mit weltlicheren Dingen zu befassen. Was den Geist des historischen Kritizismus in seiner letztendlichen Entwicklung betrifft, so beschränkt er sich nicht nur auf eine empirische Methode, nach der festgestellt wird, ob sich ein Ereignis zugetragen hat oder nicht, sondern befaßt sich auch mit der Erforschung der Ursachen dieser Ereignisse, der allgemeinen Beziehungen, auf denen die Phänomene des Lebens beruhen, und konzentriert sich schließlich auf die umfassendere Frage nach der Geschichtsphilosophie.

Obwohl der historische Kritizismus in diesen beiden Bereichen der kirchlichen und weltlichen Geschichte Ausdruck ein und desselben Geistes ist, ist die Methode doch sehr unterschiedlich, die Beweisführung so verschieden, und die Motive in beiden Fällen sind so unabhängig voneinander, daß wir für eine klare Einschätzung des Fortschritts des griechischen Gedankens beide Fragen völlig getrennt voneinander betrachten sollten. In beiden Fällen werde ich die Autoren in chronologischer Reihenfolge anführen, um die Gedanken nachzuvollziehen. Nicht, daß die zeitliche Reihenfolge immer gleichbedeutend mit der Entwicklung der Gedanken sei oder daß die Dialektik jemals der geraden Linie folgt, in der Hegel ihre Entwicklung sieht. Im griechischen Denken gibt es, wie in allen anderen Bereichen auch, Phasen der Stagnation und des offensichtlichen Rückschritts. Und doch scheint die intellektuelle Entwicklung der Griechen nicht nur in bezug auf den historischen Kritizismus, sondern auch hinsichtlich Kunst, Poesie und Philosophie so normal, so frei von allen Einflüssen von außen, so rational, daß wir beim Nachvollziehen der zeitlichen Entwicklung doch der von der Vernunft vorgegebenen Ordnung folgen.

2

Früh in ihrer intellektuellen Entwicklung erreichten die Griechen den kritischen Punkt in der Geschichte jeder zivilisierten Nation, an dem Spekulationen das Reich der belegten Wahrheit bedrängen, an dem die geistigen Ideen der Menschen nicht länger von den niederen, materiellen Vorstellungen ihrer Autoren befriedigt werden können, den Punkt, an dem die Menschheit es unmöglich findet, den frischen Trank des freien Denkens in die alten Krüge eines einengenden und hemmenden Glaubens zu füllen.

Von ihren arischen Vorfahren hatten sie das verhängnisvolle Erbe einer Mythologie übernommen, die von unmoralischen und monströsen Geschichten befleckt war, die die rationale Ordnung der Natur in einem Chaos der Wunder zu verbergen und die Perfektion der Natur Gottes aus reiner Bosheit zu verderben suchten – ein Gewebe, in dem der Herakles des Rationalismus nur knapp dem Untergang entkam. Die Spekulationen von Thales und Analogien von Recht und Ordnung der Naturwissenschaft waren unzweifelhaft die wichtigsten Kräfte, die die Entstehung eines Geistes der Skepsis vorantrieben. Und doch wurde die griechische Mythologie hauptsächlich in bezug auf die ethische Seite angegriffen.

Der allgemeine Glaube an Wunder ist nur schwer zu erschüttern, doch niemand wird Sünde und Unmoral als Eigenschaften seines Ideals zugeben. Die ersten Symptome einer neuen Gedankenwelt zeigen sich in den leidenschaftlichen Anklagen von Xenophanes und Heraklit gegen die Bosheiten, die von Homer über die Söhne Gottes gesagt wurden. Außerdem sind sie zu finden in der Geschichte des Pythagoras, der berichtet, er habe gesehen, wie die »beiden Begründer der griechischen Theologie« in der Hölle gefoltert wurden. Das Entstehen der Aufklärung ist hier so deutlich erkennbar, wie die Reformation in Dantes *Inferno* erahnt werden kann.

Jeglicher ehrliche Glaube an den Wahrheitsgehalt dieser Geschichten mußte bald den destruktiven Auswirkungen des ethischen Kritizismus *a priori* weichen, der für diese geistige Richtung typisch war. Doch die orthodoxe Richtung fand wie gewöhnlich sofort eine angenehme Nische unter der Ägide der Doktrin von Metaphern und versteckten Bedeutungen.

Für diese allegorische Richtung war die Geschichte des Kampfes um Troja ein Mysterium, hinter dem sich wie hinter einem Schleier eine bestimmte Moral und naturwissenschaftliche Wahrheiten verbargen. Der Wettstreit zwischen Athena und Ares war der ewige Streit zwischen rationalem Denken und der rauhen Gewalt der Ignoranz; die Pfeile, die im Köcher des fernen Schützen klapperten, waren nicht mehr die Instrumente der Rache, die vom goldenen Bogen des Kindes Gottes abgeschossen wurden, sondern gemeine Strahlen der Sonne, die selbst nicht mehr als nur eine träge Masse brennenden Metalls war.

Die Nachforschungen der Moderne haben mit ihrer rohen philisterhaften Analyse aus Helena von Troja ein Symbol der Dämmerung gemacht. Auch unter den Griechen waren Philister, die im *ἄνξα ἀνδρῶ*[3] nichts als eine Metapher für die Kraft der Atmosphäre sahen.

Diese Tendenz, im Rahmen derer nach Metaphern und versteckten Bedeutungen gesucht wird, ist wohl als ein Keim des historischen Kritizismus anzusehen, obwohl sie im Grunde unwissenschaftlich war. Die inhärente Schwäche wird von Plato deutlich gemacht, der zeigte, daß diese Theorie zwar viele der aktuellen Legenden erklären, man sich doch nur als universelles Prinzip darauf berufen kann. Er ist jedoch nicht bereit, sich dieser Position anzuschließen.

Wie viele andere große Prinzipien litt auch dieses unter seinen Schülern und lieferte seine eigene Widerlegung damit, daß das Netz der Penelope als Metapher für die Regeln der formalen Logik analysiert wurde, wobei die Kette für die Prämissen und der Schuß für die Schlußfolgerung stand.

Plato kehrt dann selbst zur früheren Methode des Angriffs zurück, indem er die allegorische Interpretation von religiösen Schriften als grundsätzlich gefährlich ablehnt, da dadurch entweder zuviel oder zuwenig beweisen wird, und schreibt die Geschichte mit einem didaktischen Zweck um, indem er gewisse ethische Regeln für den historischen Kritizismus niederlegt. Gott ist gut, Gott ist gerecht, Gott ist Wahrheit, Gott ist bar der gewöhnlichen Leidenschaft der Menschen. Dies sind die Prüfungen, denen wir die Geschichten der griechischen Religion unterziehen müssen.

> »Gott bestimmt keinem Menschen den Verderb, noch schickt er Zerstörung auf unschuldige Städte herab; nie begibt er sich in merkwürdiger Verkleidung auf die Erde, noch muß er den Tod eines geliebten Sohnes beklagen. Schluß mit den Tränen um Sarpedon, den Traum, der Agamemnon geschickt wurde, und die Geschichte des gebrochenen Bündnisses!« (Plato, *Republik*, Buch II. 380; III. 388, 391.)

Ähnliche ethische Regeln gelten für die Berichte der Helden der Antike. Durch dieselben Prinzipien *a priori* wird Achilles von den Anschuldigungen der Habgier und der Anmaßung freigesprochen – in einer Passage, die man als frühestes Beispiel für das »Reinwaschen bedeutender Männer« bezeichnen könnte, das heutzutage ja so verbreitet ist. In dieser Passage werden Catilina und Clodius als ehrliche und vorausdenkende Politiker bezeichnet, während Tiberius als *eine edle und gute Natur* bezeichnet wird und Nero von seinem Erbe der Infamie freigesprochen und als vollendeter *Dilettant* dargestellt wird, dessen moralische Verirrungen aufgrund seines exquisiten Kunstverstandes und seiner betörenden Tenorstimme mehr als entschuldigt werden.

Doch neben diesem allegorischen Interpretationsprinzip und der ethischen Nachvollziehung der Geschichte gab es eine dritte Theorie, die man als halb-historisch bezeichnen könnte und vor allem mit Euhemeros in Verbindung bringt, obwohl er nicht der erste war, der sie erläuterte.

Er berief sich auf ein unwirkliches Monument, das er angeblich auf der Insel Panchaia gefunden hatte und das eine von Zeus errichtete Säule sein sollte, auf der angeblich seine Herrschaft auf Erden dargestellt war. So versuchte dieser Kleingeist zu beweisen, daß die Götter und Helden des antiken Griechenland nichts als »einfache Sterbliche waren, deren Errungenschaften stark übertrieben und verfälscht dargestellt worden waren«, und daß die wahre Regel des historischen Kritizismus in bezug auf Mythen war, das Unglaubliche zu rationalisieren und das Plausible als Tatsache darzustellen.

Für ihn und seine geistige Richtung waren beispielsweise die Zentauren, diese mythischen Söhne des Sturms, diese merkwürdigen Verbindungen zwischen dem Leben der Menschen und der Tiere, einfache Jugendliche aus einem Dorf in Thessalien, die sich nur durch ihre Vorlieben abhoben; die »lebende Frucht prächtiger Ritter«, die auf mystische Weise vom Zahn des Dra-

---

3 Herrn der Menschen.

chens entsprungen war, eine Gruppe von Söldnern, die durch die Erträge aus erfolgreichen Elfenbeinspekulationen finanziert wurde; und Aktaion, der Herr, wurde wegen der Ausgaben für seinen Zwinger um Haus und Hof gebracht.

Unter dem Schein von Mythos und Legende mag wohl eine Essenz von historischer Wahrheit liegen, doch wird nun eine Behauptung vorgebracht, die durch die modernen Nachforschungen in bezug auf den mythenschaffenden Geist der nachchristlichen Zeit durchaus wahrscheinlich wird. Karl der Große und Roland, der heilige Franziskus und Wilhelm Tell sind nichtsdestoweniger wirkliche Personen, weil ihre Geschichten so unwirklich und unglaublich sind. Doch in allen Fällen ist ein gewisses Maß an Bestätigung aus anderen Quellen nötig, wie zum Beispiel die Erwähnung von Roland und Roncesvalles in den Chroniken von England oder (hinsichtlich der griechischen Legende) die Ausgrabungen von Hissarlik. Raubt man jedoch einer mythischen Erzählung seine übernatürlichen Elemente, um die daraus resultierende Hülse als historische Tatsachen darzustellen, so mißversteht man die wahre Untersuchungsmethode und setzt das Plausible mit Wahrheit gleich.

In bezug auf die von Palaiphatos, Strabo und Polybios hervorgebrachte Kritik, daß reine Erfindung hinsichtlich Homer unvorstellbar ist, müssen wir das wohl zugestehen, da Mythen, ebenso wie Verfassungen, schrittweise entstehen und sich nicht in einem Tag entwickeln. Doch zwischen der Schöpfung eines Dichters und der historischen Genauigkeit liegt das weite Feld des mythenschaffenden Vermögens.

Diese Euphemeristische Theorie wurde von den unwissenschaftlichen Römern als wichtige philosophische und kritische Methode angenommen, die durch den Dichter Ennius damit bekannt gemacht wurden. Er war der Pionier des kosmopolitischen Hellenismus. Diese Theorie war bis zum Entstehen des Christentums kennzeichnend für die Haltung der Antike in bezug auf die Mythologie. Mit dem Christentum wurde sie von Augustus und Minucius Felix für Angriffe auf das Heidentum genutzt. Diese Theorie wurde dann von all denen aufgegeben, die immer noch Athena oder Zeus huldigten. Gestützt von den philosophischen Mystikern von Alexandria, fand nun eine allgemeine Umkehr zu den allegorischen Prinzipien der Interpretation statt, die als einziges Mittel zur Rettung der Gottheiten des Olymp vor den Angriffen des neuen galiläischen Gottes angesehen wurden. Von dieser eitlen Verteidigung zeugt die Marienstatue inmitten des Pantheon.

Religionen werden jedoch nie widerlegt, und die Erzählungen der griechischen Mythologie, die durch den reinigenden Einfluß des Christentums vergeistigt wurden, sind heute in vielen Teilen Südeuropas wiederzufinden.

Die alte Fabel, daß die griechischen Götter in der neuen Religion unter anderen Namen wiederkehrten, birgt mehr Wahrheit, als man vielleicht vermutet.

Nachdem ich nun den Fortschritt des historischen Kritizismus im besonderen Umgang mit Mythos und Legende nachvollzogen habe, möchte ich nun untersuchen, in welcher Form derselbe Geist sich in der weltlichen Geschichte und bei weltlichen Historikern manifestierte. In mancher Hinsicht ist das behandelte Feld vertraut, doch die geistige Haltung, das Motiv sind anders.

Es gab schon Helden vor Atreus und Historiker vor der Zeit des Herodot, doch letzterer wird zu Recht als Vater der Geschichte bezeichnet. Denn in ihm erkennen wir nicht nur die empirische Verbindung von Ursache und Wirkung, sondern auch den ständigen Bezug auf Gesetze, was für wirkliche Historiker charakteristisch ist.

Denn alle Geschichte muß vor allem universal sein; nicht in dem Sinne, daß sie alle Geschehnisse der Vergangenheit umfassen müßte, sondern durch die Universalität der angewandten Prinzipien. Die großen Konzepte, die das Werk des Herodot einen, sind dergestalt, daß nicht einmal modernes Denken sie verworfen hat. Die unmittelbare Herrschaft Gottes auf Erden, die Nemesis und Bestrafung, die Sünde und Stolz unweigerlich mit sich bringen, die Enthüllung von Gottes Absichten mit seinem Volk durch Zeichen und Vorzeichen, Wunder und Prophezeiungen – dies sind laut Herodot die Gesetze, die die Phänomene der Geschichte bestimmen. Er ist eine Art übernatürlicher Historiker, seine Augen immer darauf gerichtet, den Geist Gottes in den Niederungen des Lebens zu erkennen; er ist mehr mit den Resultaten denn mit den Ursachen befaßt.

Und doch erkennen wir in ihm das Entstehen dieses *historischen Geistes*, der rationaler Vorgänger der Wissenschaft des historischen Kritizismus ist, den *φυδικὸν κριτήριον*[4], im Gegensatz zu dem, was auf *τέχνη*[5] oder *διδάχη*[6] beruht.

Er hat das Tal des Glaubens durchquert und das Sonnenlicht auf den Anhöhen der Vernunft erspäht. Doch wie alle anderen, die das Übernatürliche akzeptieren und gleichzeitig versuchen, die Regeln der Vernunft anzuwenden, ist er im wesentlichen inkonsistent. Um die Art des historischen Geistes in Herodot besser verstehen zu können, ist es notwendig, die verschiedenen Formen des Kritizismus zu untersuchen, die bei ihm erkennbar sind.

Solch fabelähnliche Geschichten wie die des Phönix, der behuften Männer, dieser kopflosen Wesen mit Augen in ihren Brüsten, der Männer, die sechs Monate im Jahr schlafend verbringen *(τοῦτο οὐκ ἐνδέχομαιτὴν ἀρχὴν*[7]*)*, die Geschichten des Werwolfs der Neuri und so weiter werden von ihm verworfen, da sie der normalen Erfahrung des Lebens und den Naturgesetzen widersprechen, deren allumfassenden Einfluß die frühen griechischen Philosophen schon der Welt des Denkens vermittelt hatten. Andere Legenden wie das Säugen des Cyrus durch eine Hündin oder der Federregen in Nordeuropa werden rationalisiert und als Frauenname bzw. Schneefall interpretiert. Der übernatürliche Ursprung des skythischen Volkes aus der Einigung von Herkules und der ungeheuren Echidna wird von ihm verworfen und mit der wahrscheinlicheren Erklärung begründet, daß es sich dabei um einen von den Massagetai aus Asien vertriebenen Nomadenstamm handelte. Er bezieht sich auf die örtlichen Namen ihres Landes als Beweis für die Tatsache, daß die Kimmerier die ursprünglichen Besitzer waren.

Im Falle von Herodot ist es sehr aufschlußreich, sich von diesen Aspekten abzuwenden und auf die Fragen der allgemeinen Wahrscheinlichkeit zu konzentrieren, auf die wahre Erfassung dessen, was vielmehr auf einer bestimmten Denkart als auf der Möglichkeit von festgelegten Regeln beruht. Fragen, die in der Wissenschaftsgeschichte nicht unbedeutend sind, da nicht vergessen werden darf, daß die Regeln des historischen Kritizismus sich wesentlich von denen des kritischen Beweises unterscheiden. Denn sie können nicht wie letztere jedem gewöhnlichen Geist verständlich gemacht werden, sondern berufen sich auf eine gewisse historische Fähigkeit, die auf der Erfahrung des Lebens beruht. Darüber hinaus sind die Regeln für die Beweisaufnahme in den Gerichtshöfen feststehend, während die Wissenschaft der historischen Wahrscheinlichkeit sich entwickelt und sich mit dem fortschreitenden Geist jeden Zeitalters verändert.

Keine der theoretischen Regeln des historischen Kritizismus ist so wichtig wie diejenige, welche auf der psychologischen Wahrscheinlichkeit beruht.

Herodot verwirft die Anwesenheit von Helena innerhalb der Mauern von Troja und begründet dies mit seiner Kenntnis der menschlichen Natur. Er behauptet, daß, wäre sie dort gewesen, Priamos und seine Mannen nie so verrückt gewesen wären *(φρενο βλαβεῖσ)*, sie nicht freizugeben, wo doch sie, ihre Kinder und ihre Stadt in großer Gefahr waren (II. 118); was die Autorität des Homer betrifft, so zeigen einige Passagen seines Gedichts, daß er von Helenas Verbleib in Ägypten während der Belagerung wußte, jedoch die andere Geschichte als passender für ein Epos betrachtete. Ähnlich glaubt er auch nicht, daß die Familie der Alkmeoniden, eine Familie, die immer schon die Tyrannei haßte *(μισοτύραννοι)* und der Athen mehr als Harmodios oder Aristogeiton seine Freiheit verdankte, solche Verräter sein könnten, daß sie nach der Schlacht von Marathon dem persischen Gegner durch das Hochhalten eines Schildes ein Signal zum Einfall in die Stadt geben würden. Er gibt zu, daß ein Schild hochgehalten wurde, doch glaubt nicht, daß solche Freunde der Freiheit wie diese Familie dies getan haben könnte. Noch glaubt er, daß ein großer König wie Rhampsinitus seine Tochter *κατίσαι ἐή οἰκηματος*[8] hätte.

An anderer Stelle argumentiert er auf Grundlage einer allgemeineren Erwägung der Wahrscheinlichkeit. Eine griechische Kurtisane wie Rhodopis wäre nie reich genug gewesen, eine Pyramide zu errichten. Darüber hinaus ist die Geschichte aus chronologischen Gründen unwahrscheinlich (II. 134).

---

4 Die intuitive Unterscheidung.
5 Kunst.
6 Lehre.
7 Ich glaube kein Wort davon.
8 In die Prostitution geschickt hätte.

In einer anderen Passage (II.63) berichtet er von dem gewaltsamen Eindringen der Priester von Ares in die Kapelle der Mutter des Gottes, was eine Art religiöser Parteienkampf gewesen sein muß, bei dem Stöcke eingesetzt wurden *(μάχηξύλοιδι καρτερή)*[9]. Er sagt: »Ich bin sicher, daß vielen von ihnen die Schädel eingeschlagen wurden und deshalb starben, trotz gegenteiliger Behauptungen der ägyptischen Priester.« Sein Bericht vom gefeierten griechischen Schwimmer, der eine Entfernung von achtzig Stadien zurücklegte, um seine Landsleute vor dem Angriff der Perser zu warnen, ist auf bezaubernde Weise naiv. Er sagt: »Wenn ich meine Meinung dazu äußern darf, so möchte ich annehmen, daß er in einem Boot kam.«

Natürlich ist in einigen von mir angeführten Beispielen etwas Triviales. Doch bei jemandem wie Herodot, der an der Grenze zwischen Glaube und Rationalismus steht, ist man versucht, selbst das geringste Anzeichen von kritischem und skeptischem Denken anzumerken.

Welch besonderen Fall er darstellte, läßt sich meiner Meinung nach an den Passagen erkennen, wo er vernunftbegründet Aspekte untersucht, die mit Religion zu tun haben. Nirgends ringt er mit Moral und wissenschaftlichen Schwierigkeiten der griechischen Bibel. Und wenn er die enormen Errungenschaften von Herkules in Ägypten als unglaublich verwirft, tut er dies aus dem Grund heraus, daß dieser noch nicht unter den Göttern aufgenommen war und deshalb noch immer den normalen Bedingungen sterblichen Lebens unterlag *(ἔτι ἄνθρωπου ἐούτα)*[10].

Selbst innerhalb dieser Grenzen scheint sein religiöses Gewissen jedoch von solch kühnem Rationalismus beunruhigt gewesen zu sein. Die Passage (II. 45) schließt mit der frommen Hoffnung, daß Gott ihm vergeben möge, daß er so weit gegangen war. Die rationalistische Passage war diejenige, in welcher er den mythischen Bericht von der Gründung Dodonas verwarf. »Wie kann eine Taube mit der Stimme eines Menschen sprechen?« fragt er und interpretiert die Taube als eine ausländische Prinzessin.

Er scheint mehr geneigt, zu glauben, daß der große Sturm zu Beginn des persischen Kriegs sich aus normalen atmosphärischen Gründen und nicht infolge der Gesänge der *Magianer* legte. Er nennt Melampos, den die Mehrheit der Griechen als einen inspirierten Propheten ansieht, einen »klugen Mann, der sich die Kunst der Prophezeiung angeeignet hatte«. Und was das Wunder betrifft, das von den Statuen der Gottheiten Damia und Auxesia berichtet wird, die auf die Knie gefallen sein sollen, als die ungläubigen Athener sie entfernen wollten, so sagt er: »Das mag glauben, wer mag. Ich für meinen Teil kann dieser Erzählung keinen Glauben schenken.«

Soviel zum rationalistischen Geist des historischen Kritizismus, soweit er in den Arbeiten dieses großen Philosophen zu erkennen ist. Um seine Haltung angemessen zu würdigen, müssen wir auch bemerken, wie bewußt er sich des Wertes von Dokumenten als Beweis war, des Gebrauchs von Inschriften und der Bedeutung von Dichtern, die Licht in die Bräuche und historischen Begebenheiten bringen können. Kein Schriftsteller jeglichen Zeitalters hat die Tatsache deutlicher erkannt, daß Geschichte eine Angelegenheit von Beweisen ist und daß es für Historiker notwendig ist, diese Autorität zu behaupten, da sie dazu dient, sich Zeugen vor einem Gericht zu beschaffen.

Obwohl wir in Herodot die Entstehung des historischen Geistes erkennen, dürfen wir doch nicht vergessen, daß er in vielen Beispielen die übernatürlichen Einflüsse als gewöhnliche Kräfte des Lebens identifizierte. Verglichen mit Thukydides, der ihm in der geschichtlichen Entwicklung nachfolgte, ist er fast wie ein mittelalterlicher Schriftsteller, der einem modernen Rationalisten vergleichbar scheint. Denn obwohl sie der gleichen Epoche angehörten, besteht zwischen diesen beiden Autoren eine Kluft in bezug auf ihr Gedankengut.

Der essentielle Unterschied zwischen ihren Methoden kann am besten anhand dieser Passagen veranschaulicht werden, in denen sie dasselbe Thema behandeln. Die Hinrichtung der spartanischen Boten Nikolaos und Aneristos im Peloponnesischen Krieg wird von Herodot als eines der übernatürlichsten Beispiele dafür angesehen, wie sich Vergeltung und Zorn eines wütenden Helden auswirken, während die Belagerung und der Niedergang Trojas von der rächenden Hand Gottes verursacht wurden, der den Menschen die allmächtigen Strafen manifestieren wollte, die auf große Sünden folgen. Thukydides dagegen sieht entweder nicht oder will nicht

9 Ein heftiger Kampf mit Stöcken.
10 Solange er sterblich war.

sehen, daß jedes dieser Ereignisse mit Vorsehung oder der Bestrafung von Übeltätern zu tun hat. Der Tod der Boten ist nur ein Vergeltungsschlag der Athener für ähnliche Untaten, die von der gegnerischen Seite verübt wurden. Die lange Agonie während der zehn Jahre dauernden Belagerung ist nur auf den Wunsch der griechischen Armee nach guter Versorgung entsprungen, wohingegen der Niedergang der Stadt Resultat eines gemeinsamen Militärangriffs infolge guten Nachschubs darstellt.

Nun ist anzumerken, daß in letzterer Passage genau wie in allen anderen Thukydides in keinem Sinne ein Skeptiker in bezug auf seine Haltung gegenüber dem Wahrheitsgehalt dieser alten Legenden ist.

Agamemnon und Atreus, Theseus und Eurystheus, sogar Minos, über den Herodot gewisse Zweifel hegt, sind für ihn wirkliche Personen, ebenso wie Alkibiades und Gylippus. Aspekte des historischen Kritizismus der Vergangenheit sind zunächst, daß er die Möglichkeit jeglichen übernatürlichen Einflusses ablehnt und zweitens, daß er diesen antiken Helden Motive und Denkweisen unterstellt, die denen seiner Zeit gleichen. Die Gegenwart war für ihn Schlüssel zur Vergangenheit ebenso wie zur Zukunft.

Was seine Haltung gegenüber dem Übernatürlichen angeht, so stimmt er in diesem Aspekt mit der modernen Wissenschaft überein. Wir wissen außerdem, daß, so wie die urzeitlichen Kohlebecken Spuren von Regentropfen und anderen atmosphärischen Phänomenen aufweisen, ähnlich denen der Gegenwart, bei der Beurteilung der Geschichte der Vergangenheit die Einführung von keiner Gewalt gestattet werden muß. Die Wirkung dessen kann nicht aus den Phänomenen um uns herum geschlossen werden. Regeln für die ultrahistorische Glaubwürdigkeit für die Erklärung von Geschehnissen niederzulegen, die sich Tausende von Jahren vor unserer Zeit ereigneten, ist genauso unwissenschaftlich wie die Vermengung von übernatürlichen Phänomenen mit geologischen Theorien.

Wie auch immer die Regeln der Kunst aussehen mögen, keine Schwierigkeit der Geschichte ist so groß, als daß sie die Einführung eines *θεὸς ἀπὸ μηχανῆς*[11] rechtfertigen würde – gleichbedeutend mit der Verletzung der Naturgesetze.

In bezug auf den anderen Punkt verfällt Thukydides jedoch in einen Anachronismus. Dadurch, daß er die tapferen und uneigennützigen Motive der Ritter des Trojanischen Krieges verwirft, da diese nicht bei den Athenern seiner Epoche zu finden waren, zeigt er völlige Ignoranz gegenüber den verschiedenen Charakteristika der menschlichen Natur, die unter bestimmten Umständen entstehen können. Darüber hinaus stellt die Ablehnung der Autorität des Anführers Agamemnon, die auf der Meinung beruht, die wir als göttliches Recht bezeichnen können, einen geschichtlichen Fehler dar, der ebenso fatal ist, wie wenn man Atreus das Hofieren des Volkes *(γεθεϱαπευκόγα γὸυ δῆμου)*[12] im Hinblick auf den Kampf um den Thron von Mykene zuspricht.

Die allgemeine Methode des historischen Kritizismus, von Thukydides wie erläutert verfolgt, ist es, sich genauer mit Details zu befassen, die diese besonderen Punkte betreffen, in denen er für sich selbst eine rationalere Methode in bezug auf das Einschätzen der Beweise beansprucht als die Allgemeinheit oder seine Vorgänger.

»So geringe Anstrengungen«, bemerkt er, »unternimmt das Volk, da es sich mit seinen vorgefaßten Meinungen begnügt, wenn es um die Untersuchung der Wahrheit geht«, daß die Mehrheit der Griechen an die Kohorte der spartanischen Armee glaubt und an das Vorrecht der Spartanerkönige auf die doppelte Stimme, obwohl keiner der beiden Punkte durch Tatsachen belegt werden kann. Hauptpunkt seiner Beweisführung in bezug darauf, daß »die Menschheit so unkritisch mit Legenden umgeht, sogar mit den Legenden des eigenen Landes«, ist die völlige Unbegründetheit, mit der die Athener traditionell Harmodios und Aristogeiton als die Befreier Athens von der Tyrannei des Peisistratos rühmen. Er unterstreicht, daß beide von rein selbstsüchtigen Motiven und nicht von Freiheitsliebe getrieben wurden, da Aristogeiton eifersüchtig auf den schönen Jüngling Garmodios war, der die Aufmerksamkeit des Hipparchos genoß, während letzterer ungehalten war, da der Prinz seine Schwester beleidigt hatte.

Ihr Motiv war also persönliche Rache, während das Ergebnis ihrer Konspiration nur dazu diente, die Ketten der Knechtschaft, die Athen an das Haus des Peisistratos band, enger zu hal-

11 Eines Gottes, der künstlich geschaffen wurde.
12 Der um die Gunst des Volkes geworben hatte.

ten, denn ihr Opfer Hipparchos war nicht der Tyrann selbst, sondern nur der jüngere Bruder desselben.

Um die Theorie zu untermauern, daß Hippias der Ältere war, beruft er sich auf den Beweis, den ihm die öffentliche Inschrift liefert, in der dessen Name unmittelbar nach dem seines Vaters aufgeführt ist; eine Tatsache, die seiner Meinung nach beweist, daß dieser der Ältere und damit Erbe war. Diese Ansicht untermauert er weiterhin mit einer anderen Inschrift auf dem Altar von Apollon, in der die Kinder von Hippias und nicht die seines Bruders erwähnt sind. »Denn der Ältere mußte natürlich zuerst heiraten«; er unterstreicht außerdem, daß Hippias nach dem Tod des Hipparchos nicht so leicht die Tyrannei an sich gerissen hätte, wäre er der Jüngere gewesen.

Was bei Thukydides am wichtigsten ist, wie er auch in seinem Umgang mit Legenden allgemein beweist, sind nicht die Resultate, zu denen er kommt, sondern die Methode, nach der er vorgeht. Als erster großer rationalistischer Historiker hat er den Weg geebnet für all diejenigen, die ihm nachfolgten. Man darf jedoch nicht vergessen, daß das völlige Fehlen des mystischen Zubehörs der übernatürlichen Lebenstheorie ein Schritt in Richtung des Rationalismus und eine Ära innerhalb der Geschichtswissenschaft darstellt, deren Bedeutung nie überbewertet werden sollte. Doch zugleich stellen wir das völlige Übergehen dieser verschiedenen gesellschaftlichen und wirtschaftlichen Kräfte fest, die in der Evolution einen so entscheidenden Faktor darstellen und denen Herodot in seinem unsterblichen Werk so viel Bedeutung einräumte. Die Geschichte des Thukydides ist vor allem einseitig und unvollständig. Die komplexen Details von Belagerungen und Schlachten, Themen, mit denen ernstzunehmende Historiker nichts zu tun haben, außer daß sie damit den Geist ihrer Epoche verdeutlichen, würde man bereitwillig gegen die Erläuterung der Umstände der privaten Gesellschaft Athens oder des Einflusses bzw. der Position der Frauen zu dieser Zeit eintauschen.

In bezug auf die Methode des historischen Kritizismus ist ein Fortschritt zu erkennen, ein Fortschritt hinsichtlich des Konzepts und des Motivs von Geschichte an sich; bei Thukydides erkennen wir die natürliche Reaktion gegenüber dem Vordringen von Didaktik und theologischen Erwägungen in einen Bereich des reinen Intellekts, dessen Geist wir im Umgang des Euripides mit Tragödie und den späteren Schulen finden sowie in Platos Konzept der Wissenschaft.

Geschichte weist unzweifelhaft hervorragende Lektionen für unser Vordringen auf, ebenso wie jede Kunst uns Bote edler Wahrheit ist. Wenn man jedem Maler oder Historiker jedoch die Berechnung moralischer Lektionen als gewissenhaftes Ziel setzt, verfehlt man das wahre Motiv und die wahren Charakteristika von Kunst ebenso wie Geschichte. Im Falle der Kunst handelt es sich dabei um die Schaffung von Schönheit, im anderen Fall um die Entdeckung der Gesetze der fortschrittlichen Evolution! *Il ne faut demander de l'Art que l'Art, du passé que le passé.*[13]

Herodot schrieb, um die wunderbaren Wege von Vorsehung und Vergeltung für Sünde darzustellen. Sein Werk ist ein gutes Beispiel für die Wahrheit, daß nichts so gut mit Kritik verbreitet werden kann wie ein moralisches Ziel. Thukydides will keinen Glauben verbreiten, keine Doktrin belegen. Er analysiert die Ergebnisse, die unweigerlich gewissen Umständen folgen, um im Falle einer Wiederholung dieser Bedingungen die geeignete Handlungsweise zu wissen.

Sein Ziel war die Entdeckung von Gesetzen der Vergangenheit, mit deren Hilfe die Zukunft erleuchtet werden sollte. Wir dürfen die Erkenntnis dieses Nutzeffekts der Geschichte nicht mit einem didaktischen Ziel gleichsetzen. Noch zwei weitere Punkte bleiben in Thukydides' Werk zu bedenken: Sein Umgang mit der Entwicklung der griechischen Zivilisation und der primitiven Verhältnisse in Hellas sowie die Frage, inwiefern man wirklich davon ausgehen kann, daß er die Existenz von Gesetzen erkannt hat, die das komplexe Phänomen Leben regeln.

3

Die Erforschung der zwei großen Probleme des Ursprungs der Gesellschaft und der Geschichtsphilosophie nimmt in der Entwicklung der Griechen eine so bedeutende Stellung ein, daß man, um eine klare Einsicht in die Weise des kritischen Denkens zu erhalten, Entwicklung und wis-

13 Von Kunst darf nur Kunst gefordert werden, von Vergangenheit nur die Vergangenheit.

senschaftlichen Fortschritt nicht nur in den Werken der Historiker, sondern auch in den philosophischen Abhandlungen von Plato und Aristoteles betrachten muß. Die bedeutende Stellung, die diese beiden großen Denker im Fortschritt des historischen Kritizismus einnehmen, kann kaum genug geschätzt werden. Ich meine damit nicht nur ihre Abhandlungen zur griechischen Bibel und Platos Bemühungen, die heilige Geschichte von ihrer Unsterblichkeit zu reinigen, indem er ethische Regeln anwandte, als Aristoteles begann, die Grundlage von Wundern mit seinem wissenschaftlichen Konzept des Rechts zu unterminieren, sondern in bezug auf die beiden umfassenderen Fragen nach dem Entstehen von bürgerlichen Institutionen und der Geschichtsphilosophie.

Was die aktuellen Theorien zu den primitiven Verhältnissen der Gesellschaft angeht, bestand zunächst eine starke Divergenz innerhalb der hellenischen Gesellschaft, da die Mehrheit der orthodoxen Öffentlichkeit, deren Repräsentant Hesiod sein soll, genau wie viele Völker heute auf eine lange Geschichte von ungetrübtem Glück zurückblicken konnte, ein *bell' età dell' auro*[14], in dem Sünde und Tod unbekannt und Mann und Frau gleich Göttern waren, während die führenden Intellektuellen wie Aristoteles und Plato, Aischylos und viele andere Dichter[15] im primitiven Menschen »einige Funken von Menschlichkeit, die auf den Berggipfeln nach einer Sintflut erhalten blieben«, sahen, »ohne eine Vorstellung von Städten, Regierungen oder Gesetzen«, »die wie wilde Tiere in dunklen Höhlen leben«, »ihr einziges Gesetz ist dabei die natürliche Auslese«.

Dies war auch die Meinung von Thukydides, dessen *Archaeologia* die wertvollste Abhandlung zu den frühen Bedingungen in Hellas darstellt. Es ist deshalb nötig, sie etwas genauer zu untersuchen.

Was den Ansatz betrifft, nach dem Thukydides im allgemeinen die antike Geschichte untersucht, so habe ich schon hervorgehoben, daß er zwar zugibt, daß »jeder Dichter dazu neigt, zu übertreiben, und jeder Chronist den Leser fesseln will – sogar um den Verlust von Wahrheit willen«, jedoch auf stark euphemeristische Weise davon ausgeht, daß unter dem Schleier von Mythos und Legende eine rationale Grundlage von Tatsachen verhüllt ist, die durch das Verwerfen jeglichen übernatürlichen Einflusses sowie jeglicher außergewöhnlicher Motive, die sich auf die Handlung der Betroffenen auswirken könnten, aufgedeckt werden kann. Im Zuge dieses Ansatzes beruft er sich beispielsweise auf die von Homer geprägte Bezeichnung *ἀφνειός*[16], die sich auf Korinth bezog, als Beweis für die frühe wirtschaftliche Blüte dieser Stadt. Des weiteren wird der generische Name *Hellenes* nicht in der *Iliad* erwähnt, womit er die Zwietracht unter den primitiven griechischen Stämmen verdeutlichen will. Er belegte mit der Zeile »Über viele Inseln und Argos regiert«, was sich auf Agamemnon bezog, daß er teilweise eine Flotte befehligen mußte, »denn Agamemnons Macht ruhte auf dem Festland, und er konnte nicht Herr der angrenzenden Inseln sein, hätte er nicht über eine Flotte verfügt«.

Er antizipiert in gewissem Maß die vergleichende Forschungsmethode und argumentiert, ausgehend von den barbarischeren griechischen Stämmen, z. B. den Ätoliern und Akarniern, die heute noch Waffen tragen, daß dieser Brauch ursprünglich im ganzen Land verbreitet war. »Die Tatsache, daß das Volk in diesen Teilen von Hellas immer noch wie in der Vergangenheit lebt, weist darauf hin, daß einstmals das ganze Land von dieser Lebensweise geprägt war.« In einer anderen Passage zeigt er auf, wie seine Theorie des ehrbaren Charakters des Piratentums in der Vergangenheit von der Tatsache untermauert wird, daß »einige der Bewohner des Festlands einen erfolgreichen Plünderer immer noch mit Respekt behandeln«. Darüber hinaus führt er als Beweis den Punkt an, daß die Frage »Seid ihr Pirat?« in der primitiven Gesellschaft, so bei den Dichtern zu erkennen, üblich war. Schließlich stellt er fest, daß die alte griechische Sitte, bei athletischen Wettkämpfen Gürtel zu tragen, unter den eher unzivilisierten asiatischen Völkern immer noch besteht, und bemerkt, daß »es noch andere Aspekte gibt, die eine Ähnlichkeit zwischen dem Leben der alten Hellenen und denen der Barbaren von heute belegen«.

Obwohl er die Beweise der antiken Überreste als Hinweis darauf anführt, daß die frühe grie-

14 Goldenes Zeitalter.

15 Platos Gesetze.

16 Gedeihend.

chische Gesellschaft von Unsicherheit geprägt war, da ihre Städte[17] in einiger Entfernung vom Meer errichtet wurden, so warnt er uns doch, und diese Warnung sollten alle Archäologen berücksichtigen, daß wir aus den Überresten einer Stadt nicht automatisch darauf schließen, daß ihre legendäre Größe zu alten Zeiten reine Übertreibung war. »Wir sind nicht berechtigt«, so sagt er, »die Tradition der Herrlichkeit der trojanischen Streitmacht zu verwerfen, nur weil Mykene und die anderen Städte dieses Zeitalters uns so klein und unbedeutend erscheinen. Denn wenn Lakonien zerstört werden sollte, so müßte jeder Altertumsforscher aus den Ruinen darauf schließen, daß die Geschichte von der Hegemonie Spartas ein reiner Mythos ist. Denn die Stadt ist nach der alten Tradition in Hellas eine Ansammlung von Dörfern und verfügt nicht über die großartigen öffentlichen Gebäude und Tempel, die so charakteristisch für Athen sind. Die Überreste von Athen dagegen würden so herrlich erscheinen, daß jeder oberflächliche Beobachter die Macht Athens eindeutig überschätzen müßte.« Nichts ist wissenschaftlicher als die archäologischen Regeln, deren Wahrheit so offensichtlich sind, wenn man die weiten Felder der Eurotas-Ebene mit den Monumenten der Akropolis von Athen vergleicht.[18]

Andererseits ist Thukydides sich des Wertes der positiven Beweise bewußt, die durch archäologische Funde geliefert werden. Er führt beispielsweise die Art von Rüstung, die in den Gräbern Delis gefunden wurde, sowie die merkwürdigen Totenbestattungen als Beweis dafür an, daß das karische Element bei den primitiven Inselbewohnern vorherrschte. Außerdem führt er die Ansammlung von Tempeln entweder in der Akropolis oder in unmittelbarer Umgebung davon, den Namen ἄογυ[19], der dafür verwendet wurde, und die außergewöhnliche Heiligkeit des Wassers in dieser Stadt an, um zu belegen, daß die alte Stadt sich ursprünglich auf die Zitadelle und den Bereich unmittelbar darunter beschränkte (II. 16). Zu guter Letzt antizipiert er eine der wissenschaftlichsten modernen Methoden und bemerkt zu Beginn, wie in den frühen Phasen der Zivilisation die Fruchtbarkeit des Bodens sich positiv auf den persönlichen Aufstieg von Individuen auswirkte und so die normale Entwicklung des Landes durch »die Entstehung von Gruppen, diese unendliche Quelle von Ruin«, behinderte. Darüber hinaus bietet diese Gegebenheit einen Anreiz für Invasionen, so daß aufeinanderfolgende Immigrationen eine kontinuierliche Veränderung der Bevölkerung nach sich zogen. Er erläutert seine Theorie, indem er auf die endlosen politischen Revolutionen hinweist, die für Arkadien, Thessalien und Böotien, die drei reichsten Gebiete Griechenlands, charakteristisch waren. Ein weiteres Argument für seine Theorie ist das negative Beispiel des ungestörten Staates in den frühen Zeiten Attikas, das über bemerkenswert trockenen und kargen Boden verfügt.

Obwohl diese Passagen unzweifelhaft die erste Antizipation von vielen modernen Forschungsprinzipien erkennen lassen, müssen wir doch beachten, wie begrenzt die Reichweite der *Archaeologia* ist und daß keine Theorie für die umfassenderen Fragen der allgemeinen Bedingungen des Aufstiegs und Fortschritts der Menschheit angeführt werden können. Dieses Problem wird in Platos *Republik* zum ersten Mal wissenschaftlich abgehandelt.

Zunächst einmal muß festgestellt werden, daß die Untersuchung der frühen Menschen eine im Grunde induktive Wissenschaft ist, die auf der Ansammlung von Beweisen und nicht auf Spekulationen beruht. Die Griechen jedoch gingen von deduktiven Prinzipien aus. Thukydides stützte sich auf die Gelegenheiten, die ihm die ungleiche Entwicklung der Zivilisation seiner Zeit in Griechenland bot, und scheint in den von mir angeführten Passagen die komparative Methode anzuwenden. Wir finden jedoch keine späteren Autoren, die sich auf die wunderbar genauen und bildhaften Berichte von Herodot zu den Bräuchen der wilden Stämme stützen. Als Beispiel finden wir in den Werken dieses großen Reisenden die graduelle und schrittweise Entwicklung des Familienlebens, die im rein geselligen Zusammenhalt der Agathyrsoi, ihrer primi-

17 In gewisser Hinsicht dieselbe Haltung wie bei Plato, der sich auf den Standort von Ilion zwischen den Flüssen der Ebene als Beweis dafür beruft, daß die Stadt nicht lange nach der Sintflut gebaut wurde.

18 Plutarch merkt an, daß der *einzige* Beweis, den Griechenland für die legendäre Macht Athens hat, keine ›Romanze oder eitle Geschichte‹ ist, sondern die öffentlichen und heiligen Bauten. Dies ist genau der Fall, vor dem uns Thukydides warnt, nämlich daß Ruinen eine übertriebene Bedeutung zugeordnet wird

19 Stadt.

tiven Verwandtschaftsbeziehung durch gemeinsame Frauen und das Entstehen eines Gefühls von Vaterschaft aus der Vielmännerei deutlich wird. Dieser Stamm befand sich in genau dem Grenzbereich zwischen Verwandtschaft und Familie, den moderne Anthropologen so schwer ausmachen können.

Die antiken Autoren stimmten jedoch alle darin überein, daß die Familie die elementare Einheit der Gesellschaft ist. Doch, wie schon gesagt, zeigt eine induktive Untersuchung der frühen Völker oder der Berichte über sie von Herodot, daß das *νεοϒϒιά ἴδια*[20] eines persönlichen Haushalts, um Platos Ausdruck zu verwenden, ein sehr komplexer Begriff ist, der immer in den späten Phasen der Zivilisation zusammen mit der Entwicklung von Privateigentum und den Rechten des Individualismus entsteht.

Auch die Philosophie, die sich für die modernen Forscher als ein großartiges Instrument erwies, wurde in der Antike auf Grundlage von zu unwissenschaftlichen Prinzipien betrachtet, als daß sie von Nutzen wäre. Herodot unterstreicht, daß das Wort Eridanos im Grunde griechisch ist, daß folglich der Fluß, der sich um die ganze Welt winden soll, eine rein griechische Erfindung ist. Seine Bemerkungen zur Sprache im allgemeinen, z. B. im Fall von *Piromis*, und zur Endung von persischen Namen zeigen, auf welch unwissenschaftlichen Grundlagen seine Sprachkenntnisse beruhten.

In den *Bacchae* von Euripides findet man eine sehr interessante Passage, in der die unmoralischen Geschichten der griechischen Mythologie mit Hilfe des Mißverständnisses von Worten und Metaphern erklärt werden, die die moderne Gesellschaft als Krankheit der Sprache bezeichnet.

Als Reaktion auf den unheiligen Rationalismus von Pentheus – eine Art moderner Philister – hebt Teiresias, der als Max Müller des Kreises von Theben bezeichnet werden kann, hervor, daß die Geschichte des Dionysos, der im Schenkel von Zeus eingeschlossen gewesen sein soll, in Wirklichkeit auf eine linguistische Verwechslung von *μηϱός*[21] und *ὅμηϱος*[22] zurückgeht.

Insgesamt kann man jedoch sagen – ich habe diese beiden Beispiele nur angeführt, um das unwissenschaftliche Wesen der frühen Philosophie zu veranschaulichen – daß dieses wichtige Instrument zum Nachvollziehen vergangener Geschichte von den antiken Autoren nicht als Mittel zum historischen Kritizismus gesehen wurde. Sie wandten auch nicht die andere Methode an, die zur heutigen Zeit so oft verwendet wird, wonach in Symbolismus und Formeln einer fortschrittlichen Zivilisation das unbewußte Überleben von alten Bräuchen zu erkennen ist: Denn obwohl wir in der Brautentführung, die bis vor kurzem noch in Wales weit verbreitet war, die Überbleibsel eines barbarischen Brauchs der Exogamie erkennen, sahen die Autoren des Altertums darin nichts als das Begehen eines historischen Ereignisses.

Aristoteles berichtet nicht, wie er herausfand, daß die Griechen in der Vorzeit ihre Frauen käuflich erstanden, doch wenn man seine allgemeinen Prinzipien voraussetzt, so liegt dieser Erkenntnis wohl eine Legende oder ein Mythos zugrunde, der bis in seine Zeit überliefert war, und nicht die Tatsache, daß die Braut und ihre Verwandten Hochzeitsgeschenke erhielten, auf deren Grundlage wir wohl argumentieren würden.[23]

Der Ursprung des gebräuchlichen Sprichworts »so viele Rinder wert«, in dem wir das unbewußte Überleben der bäuerlichen Gesellschaft vor dem Aufkommen von Metallwerkzeugen erkennen, wird von Plutarch der Tatsache zugeschrieben, daß Theseus Münzen geprägt hatte, die mit einem Bullenschädel versehen waren. Ebenso betrachtet er das amathusische Fest, bei dem ein junger Mann die Wehen einer Frau nachahmt, als einen zu Ehren Ariadnes eingeführten Ritus und die karische Verehrung von Spargel als ein pures Andenken an das Abenteuer der Nymphe Perigune. Im ersten dieser Beispiele sehen *wir* den Beginn der Agnatio und Verwandtschaft über den Vater, während das zweite Beispiel ein Relikt aus den Zeiten der Toten- und Fetischverehrung von Pflanzen ist.

Der Philosoph Plato steht im genauen Gegensatz zu diesem modernen induktiven Ansatz,

---

20 Private Nest.

21 Schenkel.

22 Homer.

23 Der fiktive Handel, der bei römischen Hochzeiten *per coemptionem* erfolgte, war ursprünglich ein wirklicher Verkauf.

denn er berichtet vom vorzeitlichen Menschen in einer vollkommen theoretischen und deduktiven Weise.

Er schreibt das Entstehen der Gesellschaft der Notwendigkeit zu und nimmt an, daß der einzelne gewollt die Menge suchte, um die Vorteile der Arbeitsteilung und der gemeinsamen Bedürfnisse zu genießen.

Man darf jedoch nicht außer acht lassen, daß Platos Ziel in dieser Passage der *Republik* nicht so sehr die Analyse der Bedingungen der frühen Gesellschaft war als vielmehr die Veranschaulichung der Bedeutung von Arbeitsteilung, indem er belegte, wie einflußreich dieser Aspekt selbst in den frühesten wie auch in den fortschrittlichsten Stadien der Gesellschaft war. In den *Gesetzen* schreibt er die Geschichte der Peloponnes völlig neu, um die Notwendigkeit der Gewaltenteilung zu unterstreichen. Meiner Meinung nach muß er sehr wohl erkannt haben, wie unvollständig seine Theorie war, da der Ursprung von Familienleben, Position und Einfluß der Frauen und andere soziale Fragen überhaupt nicht berücksichtigt wurden. Darüber hinaus vernachlässigte er die tieferen Motive von Religion, die in der frühen Zivilisation eine so bedeutende Rolle spielen und deren Einfluß Aristoteles klar zu begriffen haben scheint. Denn er sagt, daß das Ziel der vorzeitlichen Gesellschaft nicht einfach Leben, sondern höherentwickeltes Leben war und daß das Entstehen der modernen Gesellschaft nicht nur auf Notwendigkeit beruht, sondern auch auf einem geistigen Motiv, wenn man damit zumindest den komplexen Ausdruck des *τὸκαλόν*[24] benennen will. Anderenfalls wird die Abhandlung der frühen Menschheit in der *Republik* immer ein warnendes Beispiel für das Vordringen von Spekulationen *a priori* in das Reich des induktiven Ansatzes sein.

Die Theorie des Aristoteles zum Ursprung der Gesellschaft beruht ebenso wie seine Philosophie der Ethik auf dem Prinzip der finalen Kausalität, nicht im theologischen Sinn, sondern im wissenschaftlichen Sinne von Instrumenten entsprechenden Funktionen. »Die Natur wirkt nichts umsonst«, sagt Aristoteles in dieser wie auch in anderen Betrachtungen. Der Mensch ist das einzige Wesen, das vernunftbegabt Sprache einsetzen kann, von der Natur dazu bestimmt, eine stärkere Gesellschaft zu bilden als Bienen oder jegliche Herdentiere.

Er ist *φΰσει πολιτικὄς*[25], und die nationale Neigung zu höheren Formen der Perfektion bringt den »bewaffneten Wilden, der seine Frau verkaufte«, in die freie Unabhängigkeit eines freien Staates und in die *ἰσότησ του ἄϱχειν κάι τοῦαϱχεσθαι*[26], was die Bewährungsprobe für die wahre Bürgerschaft war. Die Phasen, die seit Anbeginn der Menschheit durchlaufen wurden, begannen mit der Familie als erster elementaren Einheit.

Die Konglomeration von Familien entwickelte sich zum Dorf, das vom Patriarchen geleitet wurde, der ältesten Regierungsform der Welt. Dies wird an der Tatsache deutlich, daß dies als eine himmlische Einrichtung angesehen wurde. Das Dorf entwickelte sich schließlich zum Staat, in dem der Fortschritt gipfelte.

Für Aristoteles wie für alle griechischen Denker liegt das Ideal innerhalb der Mauern des *πόλις*[27]. Doch in seiner Bemerkung, daß ein geeintes Griechenland die Welt regieren könnte, erkennen wir die Antizipation dieser »föderalen Union von freien Staaten in einem konsolidierten Reich«, die in unseren Augen eher als der *πόλις* die perfekte Regierungsform darstellt.

Wie weit Aristoteles mit seiner Ansicht Recht hatte, die auf der griechischen Literatur gründete, daß die Familie als elementare Einheit anzusehen ist, habe ich schon bemerkt. Darüber hinaus möchte ich anmerken, daß Aristoteles kaum die Universalität der Verwandtschaft durch die Frauen und das späte Entstehen der Einehe hätte übersehen können, wenn er die Bedeutung des Gesetzes untersucht hätte, nach dem die Ehe mit einer Halbschwester verboten, jedoch mit der leiblichen Schwester gestattet war, oder die Tradition in Athen berücksichtigt hätte, nach der vor der Zeit des Kekrops die Kinder den Namen ihrer Mutter trugen, oder wenn er einige der Regeln Spartas untersucht hätte. Doch obwohl er diese Punkte vernachlässigte, muß man vielen modernen Autoren wie Sir Henry Maine zustimmen, daß er hinsichtlich Plato in bezug auf induktive Ansätze einen Fortschritt erzielte. Die Abhandlung *πεϱὶ*

24 Guten und Schönen.

25 Von der Natur dazu bestimmt, in einer Gemeinschaftsordnung zu leben.

26 Gleichheit zwischen Regierendem und Regierten.

27 Stadtstaates.

πολιτείων[28] wäre einer der bedeutendsten Meilensteine in der Entwicklung des historischen Kritizismus sowie die erste wissenschaftliche Abhandlung in bezug auf die Wissenschaft der komparativen Politik gewesen, wenn sie uns vollständig erhalten wäre.

Einige Bruchstücke davon sind uns geblieben. In einem davon beruft sich Aristoteles auf eine antike Inschrift auf dem »Diskus des Iphitus«, eines der berühmtesten griechischen Altertümer, um seine Theorie der Lykurgischen Wiederbelebung der Olympischen Spiele zu belegen. Seine umfassende Forschung beruht auf der ausführlichen Erklärung, die er für die geschichtlichen Ursprünge von Sprichwörtern wie οὐδεῖς μέγας κακὸς ἰχθῦς[29] oder von religiösen Liedern der Botticeischen Jungfern wie ἴωμενὲς Αθήνας[30] oder die Loblieder auf Krieg und Frieden gibt.

Schließlich kann man erkennen, wieviel umfassender seine Theorie vom Ursprung der Gesellschaft im Vergleich zu Aristoteles ist. Beide gründen sich auf eine psychologische Grundlage, doch Aristoteles' Erkenntnis der Möglichkeit von Fortschritt und des Strebens nach einem höheren Leben zeigt, wieviel tiefer seine Kenntnis von der menschlichen Natur ist.

Polybios eifert diesen beiden Philosophen nach, indem er zu Beginn seiner Geschichtsphilosophie vom Ursprung der Gesellschaft berichtet. In gewisser Weise ist hier der Geist Platos zu erkennen, wenn er bemerkt, daß nach regelmäßigen Sintfluten, die die Menschheit regelmäßig dahinschwemmen und alle bestehende Zivilisation auslöschen, die wenigen Überlebenden sich mit dem Ziel von gegenseitigem Schutz zusammenschließen und, wie bei den Tieren, das körperlich stärkste Mitglied dieser Gemeinschaft zum König auserkoren wird. Schon nach kurzer Zeit zeigen aufgrund des Einflusses von Sympathie und dem Wunsch nach Anerkennung moralische Eigenschaften ihre Wirkung, und anstelle von körperlicher Stärke wird der Intellekt ausschlaggebend für Souveränität.

Andere Aspekte, wie das Entstehen von Gesetzen und so weiter, werden auf moderne Weise angegangen. Obwohl Polybios in dieser Hinsicht nicht die induktive Methode der Forschung oder, sollte ich eher sagen, der hierarchischen Ordnung des rationalen Fortschritts der Vorstellungen im Leben angewandt zu haben scheint, ist er nicht weit von dem entfernt, was gründliche Forschungen von modernen Reisenden ergeben haben.

Was die Rolle der Spekulation in der Schaffung von Geschichte angeht, so ist es erstaunlich, daß die wirklichsten Berichte vom Übergang zwischen Barbarismus und moderner Zivilisation in der Literatur des Altertums in den Werken der Dichter zu finden sind. Die ausführlichen Berichte von Taylor und Sir John Lubbock konnten nichts mehr als die Theorien bestätigen, die in *De Natura Rerum* vorgebracht wurden. Doch weder Aischylos noch Lukrez haben den modernen Ansatz verfolgt. Sie gelangen über eine bestimmte mystische, kreative Vorstellungskraft zur Wahrheit. Eben diese Kraft suchen wir nun aufgrund der darin liegenden Gefahren aus der Wissenschaft zu bannen, obwohl ihr die Wissenschaft doch viele der bemerkenswertesten Allgemeinheiten verdankt.[31]

Bleibt nun die Frage nach dem Ursprung der Gesellschaft und wie sie von den Philosophen des Altertums behandelt wird. Ich werde mich nun einer anderen, weit wichtigeren Frage zuwenden, nämlich der, inwieweit man davon ausgehen kann, daß sie die Geschichtsphilosophie erlangt haben.

Zunächst einmal muß angemerkt werden, daß obwohl das Konzept von Recht und Ordnung allgemein als Grundprinzip des Phänomens der Natur im Bereich der Naturwissenschaft anerkannt wird, das Vordringen dieses Konzepts in den Bereich der Geschichte und das Leben der Menschen immer auf Widerstand stieß. Vor allem aufgrund der Unberechenbarkeit von zwei wichtigen Kräften, die das Verhalten des Menschen beeinflussen, einer gewissen unbegründeten Spontaneität, vom Menschen auch als freier Wille bezeichnet, und die übernatürlichen Einflüsse, die Gott zugeordnet werden.

Die Tatsache, daß es nun eine Wissenschaft von offensichtlich veränderlichen Phänomenen der Geschichte gibt, haben wir vielleicht erst seit kurzem gebührend anerkannt. Doch wie alle

28 In bezug auf Regierungsformen.

29 Große Fische sind nicht schlecht.

30 Laßt uns nach Athen gehen.

31 Vor allem was die Wärme und die entsprechenden Gesetze angeht.

anderen großen Gedanken scheint auch dieser spontan dem griechischen Geist entsprungen zu sein, entstanden aus einer gewissen Vorstellungskraft im Morgengrauen der griechischen Zivilisation, ehe die induktive Wissenschaft sie mit dem Instrument der Verifikation ausgestattet hatte. Meiner Meinung nach kann man in einigen der mystischen Vermutungen der frühen griechischen Denker ihren Wunsch erkennen, herauszufinden, was diese »unveränderliche Existenz ist, die aus veränderlichen Stadien besteht«, und sie in einem Gesetz zu fassen, das dann der Erklärung verschiedener Erscheinungen der organischen Körper dienen kann, *einschließlich der Menschheit*. Dies ist der Keim der historischen Philosophie, der Keim eines Gedankens, auf dem, das kann man unbestritten feststellen, jegliche Art von historischem Kritizismus ruht.

Denn die erste Voraussetzung aller wissenschaftlichen Konzepte von Geschichte ist die Doktrin der uniformen Folge. Mit anderen Worten: gewisse Ereignisse sind geschehen, andere dementsprechende Geschehnisse werden folgen. Das heißt, die Vergangenheit ist der Schlüssel zur Zukunft.

Dieses Konzept beruht zunächst auf der Wissenschaft, doch die Religion prägte es und machte es dem Menschen vertraut, indem an die Herzen und dann an den Intellekt appelliert wurde. Dies geschah in dem Wissen, daß zu Anfang große Dinge über die moralische Natur und nicht über den Intellekt verbreitet werden.

Herodot also, der als Vertreter des orthodoxen Gedankens angesehen werden kann, führt das Konzept der uniformen Folge von Ursache und Wirkung unter dem theologischen Aspekt von Vergeltung und Vorsehung an. Dies stellt das wissenschaftliche Konzept des Gesetzes dar, doch es wird von einem *ethischen* Standpunkt aus untersucht.

Bei Thukydides beruht die Geschichtsphilosophie auf der Wahrscheinlichkeit, die die Uniformität der menschlichen Natur uns bietet, nach der die Zukunft der Vergangenheit ähneln, wenn nicht gar sie reproduzieren wird. Er scheint anzunehmen, daß eine Wiederholung von Phänomenen der Geschichte ebenso gewiß ist wie eine Wiederkehr der Pestepidemie.

Ungeachtet dessen, was deutsche Kritiker zu diesem Thema geschrieben haben, dürfen wir dieses Konzept nicht einfach als reine Reproduktion der Zyklustheorie ansehen, nach der die Welt nichts als ein Teufelskreis von Strophe und Antistrophe im ewigen Chor von Leben und Tod ist.

Thukydides gründet in seinen Bemerkungen zum Ausmaß der kerkyräischen Revolution seine Theorie von der Wiederholung der Geschichte auf der psychologischen Grundlage der allgemeinen Ähnlichkeit der Menschheit

»Das Leid«, so bemerkt er, »das die Revolution den Städten auferlegte, war groß und schrecklich, wie schon in der Vergangenheit geschehen und wie es auch, solange die menschliche Natur sich nicht ändert, wieder geschehen wird in noch härterer oder weniger tragischer Form. Auch die Symptome werden jeweils entsprechend der unterschiedlichen Fälle variieren.

»In Frieden und Wohlstand zeichnen sich Staaten und Menschen durch eine edlere Gesinnung aus, da sie nicht mit den bloßen Notwendigkeiten konfrontiert werden. Der Krieg jedoch erschwert die Erfüllung der Bedürfnisse der Menschen und erweist sich als harter Lehrmeister, der den Charakter der meisten Menschen auf die gleiche Stufe bringt wie ihre Schicksale.«

4

Thukydides ist ganz eindeutig willens zuzugeben, daß externe Ursachen sich auf verschiedene Weise auf den Charakter der menschlichen Natur auswirken. Doch nach allen Ausführungen mögen dies sehr allgemeine Feststellungen sein: Zwar werden die gewöhnlichen Auswirkungen von Krieg und Frieden behandelt, doch wird keine wirkliche Analyse der unmittelbaren Ursachen und allgemeinen Gesetze der Phänomene des Lebens unternommen. Thukydides scheint außerdem nicht die Wahrheit zu erkennen, daß die Kreise, in denen sich die Menschheit bewegen mag, immer weiter werden.

Wir können vielleicht sagen, daß sich mit ihm die Geschichtsphilosophie teilweise in der metaphysischen Phase befindet. In der Entwicklung dieses Gedankens von Herodot bis Polybios erkennen wir außerdem die Veranschaulichung des Comti-Gesetzes der drei Geistesstufen: die theologische, die metaphysische und die wissenschaftliche Stufe. Denn aus der Unklarheit des theologischen Mystizismus wurde dieses Konzept, das wir als Geschichtsphilosophie bezeichnen, zu einem wissenschaftlichen Prinzip erhoben, auf Grundlage dessen in Bezugnahme auf allgemeine Gesetze die Vergangenheit erklärt und die Zukunft vorhergesehen wurde.

Wie auch schon die frühesten Berichte zum Fortschritt der Menschheit bei Plato zu finden sind, so erkennen wir bei ihm auch die ersten expliziten Versuche, eine universelle Geschichtsphilosophie auf rationalen Grundlagen zu errichten. Nachdem er den idealen Staat geschaffen hatte, führt der Philosoph nun ausführlich seine Theorie der komplexen Ursachen aus, die hinter Revolutionen stehen, der moralischen Effekte von verschiedenen Formen von Regierung und Bildung, des Aufstiegs des Verbrechens und dessen Verbindung zur Verarmung; in einem Wort, er schreitet zur Schaffung von Geschichte über deduktive Methoden und entdeckt auf der Grundlage von psychologischen Prinzipien *a priori* die Gesetze, die das offensichtliche Chaos des politischen Lebens bestimmen.

Seit Plato gab es viele Versuche, ausgehend von einem einzigen philosophischen Prinzip alle Phänomene zu erschließen, die uns in der Folge die Erfahrung verifiziert. Fichte dachte, er könnte den Weltplan vom Gedanken der universellen Zeit vorhersagen. Hegel träumte, er habe den Schlüssel zu den Mysterien des Lebens in der Entwicklung der Freiheit gefunden, und Krause dachte, er hätte die Kategorien des Seins enthüllt. Doch die eine wissenschaftliche Grundlage, auf der die wahre Geschichtsphilosophie beruht, muß auf dem völligen Wissen der Gesetze der menschlichen Natur gegründet sein, in allen Wünschen, Bestrebungen, allen Kräften und Neigungen. Und diese große Wahrheit, die Thukydides in gewissem Maß begriffen hat, wurde uns als erstes von Plato nahegebracht.

Nun kann von diesem Philosophen nicht gesagt werden, daß seine Philosophie oder Geschichte vollkommen und einfach *a priori* ist. *On est de son siècle même quand on y proteste*[32] – so finden wir bei ihm ständig Bezüge zum Leben der Spartaner, dem System des Pythagoras, den allgemeinen Kennzeichen der griechischen Tyrannei und Demokratie. Denn in seiner Abhandlung zur Methode, wie ein idealer Staat gebildet wird, merkt er an, daß der politische Künstler seinen Blick auf die abstrakte Wahrheit am Himmel der reinen Vernunft konzentrieren sollte, doch manchmal auch die Ideale auf der Erde erkennen muß. Denn die Methode des Plato ist schließlich deduktiv und *a priori*. Er selbst beginnt beim Aufbau seiner Nephelokokkygia mit einem *καθαρὸς πίναξ*[33], indem er alle Geschichte und Erfahrung beiseite schiebt. Er wird von Aristoteles vor allem in seiner Eigenschaft als *A-priori*-Theoretiker kritisiert.

Um das tatsächliche Schema der Gesetze der politischen Revolutionen nach Plato genauer zu betrachten, müssen wir zunächst anmerken, daß die primäre Ursache für den Verfall des idealen Staates das allgemeine Prinzip ist, nach dem alle Wesen dem Verfall bestimmt sind. Dieses Prinzip gilt für Flora und Fauna wie auch für die Welt der Geschichte. Obwohl es in rein metaphysischer Abstraktion ausgedrückt wird, ist dieses Prinzip im Grunde wissenschaftlicher Eigenschaft. Denn wir müssen auch anerkennen, daß eine ständige Umverteilung von Materie und Bewegung das unweigerliche Ergebnis der normalen Fortdauer von Kraft ist und daß das perfekte Gleichgewicht in Politik wie auch in der Physik einfach unmöglich ist.

Die sekundären Ursachen, die die Perfektion der »Stadt der Sonne« von Plato beeinträchtigen, findet man im intellektuellen Verfall der Völker, der auf unüberlegten Eheschließungen und der Erhebung von physikalischen Errungenschaften über die geistige Kultur beruht; während die hierarchische Folge von Timokratie und Oligarchie, Demokratie und Tyrannei ausführlich behandelt wird und die Ursachen auf sehr dramatische und psychologische Weise analysiert werden, wenn nicht gar von der tatsächlichen geschichtlichen Ordnung gestützt.

Es ist in der Tat auf den ersten Blick offensichtlich, daß die Folge von Staaten nach Plato eher eine Folge von philosophischen Gedanken denn eine historische Zeitenfolge darstellt.

Aristoteles bezieht sich dabei ausschließlich auf die Tatsachen. Er argumentiert folgendermaßen: Wenn der periodische Verfall aller geschaffenen Dinge wissenschaftlich sein soll, muß dieser Verfall universell sein und deshalb auf alle Staaten zutreffen – auch auf den idealen Staat. Darüber hinaus verändert sich ein Staat normalerweise in sein genaues Gegenteil und nicht in eine naheliegende Form. Das heißt, der ideale Staat würde nicht eine Timokratie, während die

32 Man gehört zu seinem Zeitalter, selbst wenn man dagegen ankämpft.

33 Leeres Blatt.

Oligarchie, nicht Tyrannei, auf die Demokratie folgt. Plato sagt allerdings nicht, wie eine Tyrannei sich verändern würde. Nach seiner Zyklustheorie müßte sie sich wieder in den idealen Staat wandeln. Doch in der Realität verändert sich eine Tyrannei in eine andere wie in Sikyon oder eine Demokratie wie im Fall von Syrakus oder in eine Aristokratie wie in Karthago. Das Beispiel Sizilien zeigt auch, daß eine Oligarchie oft von einer Tyrannei gefolgt wird, wie in Leontini und Gela. Es ist denn auch absurd, Gier als Hauptmotiv für den Verfall anzuführen oder von Habsucht als der Wurzel der Oligarchie zu sprechen, wenn in fast allen wahren Oligarchien das Geldverdienen gesetzlich verboten ist. Letztendlich vernachlässigt die Theorie Platos die unterschiedlichen Arten von Demokratien und Tyranneien.

Nichts kann wichtiger sein als diese Passage in Aristoteles' *Politik* (V. 12), die einen Meilenstein in der Entwicklung des historischen Kritizismus darstellt. Aristoteles besteht darauf, daß die Verallgemeinerung von Tatsachen den Daten der *A-priori*-Methode hinzugefügt werden sollte – einem Prinzip, das bekanntlich nicht nur auf deduktiven Spekulationen der Geschichte, sondern auch der Physik beruht. Denn sind nicht die Phänomene der Chemie eine wertvolle Quelle der Verbesserung der Theorie?

Seine eigene Methode ist überwiegend historischer Natur, jedoch keinesfalls empirisch begründet. Im Gegenteil, dieser weitsichtige Denker, *il maestro di color che sanno*[34], hat klar erkannt, daß die wahre Methode nicht ausschließlich empirischer noch theoretischer Natur sein kann, doch vielmehr eine Kombination von beiden in einem Prozeß, den wir Analyse oder Interpretation von Tatsachen nennen. Dieser Prozeß wurde als die Anerkennung von Tatsachen solch allgemeiner Konzepte definiert, die die wichtigen Kennzeichen dieser Phänomene begründen und sie in ihren wahren Beziehungen darstellen können. Er war auch der erste, der unterstrich, daß die Natur einschließlich der Entwicklung des Menschen nicht voller inkohärenter Episoden ist wie eine schlechte Tragödie, daß Unbeständigkeit und Anomalie in bezug auf Moral genauso unmöglich sind wie in der physikalischen Welt, und wo der oberflächliche Beobachter denkt, er sehe die Revolution, der philosophische Kritiker nur eine schrittweise und rationale Entwicklung der unweigerlichen Ergebnisse von bestimmten Vorbedingungen erkennt. Diese Erkenntnis ist selbst heute noch nicht genügend verbreitet.

Obwohl er die Notwendigkeit von psychologischen Grundlagen für die Geschichtsphilosophie anerkennt, fügt er ihr die wichtige Wahrheit hinzu, daß der Mensch in seiner Stellung innerhalb des Universums sowie in seiner natürlichen Kraft begriffen werden muß und von einer niedrigen Stufe in der hierarchischen Entwicklung von höheren Funktionen betrachtet werden muß. Wichtige Maxime dabei ist es, eine klare Erkenntnis all dessen zu erlangen, was wir »in seiner ureigenen Form vom ersten Anfang an« untersuchen müssen. Sie ist in der Einleitung zu *Politik* dargelegt, wo wir die anderen charakteristischen Eigenschaften der modernen Evolutionstheorie ausmachen können, wie die »Differenzierung von Funktion« oder die »natürliche Auslese«.

Es ist wohl kaum nötig zu unterstreichen, welch wertvollen Schritt dies in bezug auf die Verbesserung der Methode des historischen Kritizismus darstellte. Durch diesen Ansatz erhalten wir den wahren Faden, der unsere Schritte durch das verwirrende Labyrinth von Tatsachen führt. Denn Geschichte (um Begriffe zu verwenden, die uns durch Aristoteles vertraut wurden) kann von zwei sehr verschiedenen Standpunkten betrachtet werden. Entweder als ein Kunstwerk, dessen *τέλος*[35] oder finale Ursache von außen auferlegt wird, oder als ein Organismus, der das Gesetz seiner Entwicklung in sich selbst birgt und der seine Perfektion allein aus der Tatsache seines Wesens erschließt. Wenn wir erstere Sicht wählen, die wir als theologische Sicht bezeichnen können, laufen wir ständig Gefahr, eine *A-priori*-Schlußfolgerung zu ziehen. Eine Gefahr, die endgültig und unwiderruflich ist.

Letztere Sicht ist die einzige wissenschaftliche Theorie und wurde in ihrer Gesamtheit von Aristoteles erfaßt, dessen Anwendung der induktiven Methode in bezug auf Geschichte und die Evolutionstheorie hinsichtlich der Menschheit zeigt, daß er sich bewußt war, daß die Geschichtsphilosophie nicht getrennt von den Fakten der Geschichte, sondern in ihnen enthalten ist und daß das rationale Gesetz der komplexen Phänomene des Lebens, wie das Ideal in der

34 Der Meister aller Wissenden.

35 Ende oder Ziel.

Welt des Denkens, durch die Tatsachen erreicht und nicht ihnen auferlegt werden kann – *κατα πολλῶν* nicht *πολλά*[36].

Und schließlich dürfen wir beim Beurteilen dessen, was die Wissenschaft des historischen Kritizismus Aristoteles verdankt, nicht seine Haltung gegenüber diesen beiden Schwierigkeiten in der Definition einer Geschichtsphilosophie vergessen, die ich oben erwähnt habe. Ich spreche von der Anführung der übernatürlichen Einflüsse in bezug auf die normale Entwicklung der Welt und von den unweigerlichen Einflüssen, die auf die Ausübung des freien Willens ausgehen.

Was erstere angeht, so hat er sich hier einer völligen Vernachlässigung schuldig gemacht. Die besonderen Akte der Vorsehung, die auf Gottes unmittelbarer Herrschaft über die Erde beruhen, wären ihm nur störende Elemente in der universellen Welt des Gesetzes gewesen, dessen unbegrenztes Ausmaß er als erster der großen Denker der Antike im vollen Umfang erkannte.

Er hielt sich abseits von der verbreiteten Religion und von den tiefer gehenden Konzepten des Herodot und der tragischen Schule und hielt Gott weder für ein Wesen mit Gliedmaßen und Gesicht, das in Wäldern und Lichtungen anzutreffen ist, noch sah er in ihm den strengen Richter, der ständig in den Lauf der Weltgeschichte eingreift, um das Böse zu bestrafen und die Stolzen zu Fall zu bringen. Für ihn war Gott der Inbegriff des reinen Intellekts, ein Wesen, dessen Zweck die Betrachtung seiner eigenen Perfektion war. Ein Wesen, das die Philosophie zwar imitieren, Gebete jedoch nicht bewegen können. Was waren für ihn in seiner großartigen Gleichgültigkeit der leidenschaftlichen Weisheit die Söhne der Menschheit, ihre Wünsche und Sünden? In bezug auf die andere Schwierigkeit und die Prägung einer Geschichtsphilosophie dagegen erscheint der Konflikt des freien Willens mit den allgemeinen Gesetzen im griechischen Gedanken in der gewöhnlichen theologischen Form, in der alle großen Gedanken ihren Ursprung zu haben scheinen.

Legenden wie die des Ödipus und Adrastos veranschaulichen die Kämpfe der Menschheit gegen die allzu starken Mächte von Umstand und Notwendigkeit, die den frühen Griechen dieselbe Lehre waren wie uns in der heutigen Zeit das Studium der Statistik und der Gesetze der Physiologie.

Bei Aristoteles ist natürlich keine Spur von übernatürlichen Einflüssen zu finden. Die Furien, die ihre Opfer zunächst in die Sünde und dann zur Bestrafung treiben, sind nicht länger »Göttinnen mit Glühen in Augen und Mund«, sondern die bösen Gedanken, die in der unreinen Seele ruhen. In dieser wie auch in anderer Hinsicht gelangt man über Aristoteles zur Reinheit von wissenschaftlichen und modernen Gedanken.

Doch obwohl er den reinen Determinismus in seiner Urform als im Grunde *reductio ad absurdum* des Lebens ablehnte, war er sich vollends der Tatsache bewußt, daß der Wille nicht eine mysteriöse und endgültige Kraft ist, die wir nicht überwinden können und die sich durch Unbeständigkeit auszeichnet, sondern eine schöpferische Geisteshaltung, die von Anbeginn von Gewohnheiten, Bildung und Umstand beeinflußt wird. Mit einem Wort, sie ist so veränderbar, daß gute wie schlechte Menschen die Fähigkeit des freien Willens zu verlieren scheinen. Denn die einen sind in moralischer Hinsicht der Sünde nicht fähig, während die anderen vom Wesen her nicht zur Besserung imstande sind.

Aristoteles ist sich des Einflusses von Klima und Temperatur in bezug auf die Natur des Menschen völlig unbewußt (ein Konzept, das heutzutage vielleicht etwas zu weit getrieben wird, wenn die Völkertheorie als ausreichende Erklärung für das Volk der Hindus und Längen- und Breitengrad als Richtlinie für ihre Moral angeführt werden[37]). Ich führe diese Punkte nicht als oligarchische Tendenzen eines Landes von Pferdezüchtern und den demokratischen Einfluß der Nähe des Meeres an (obwohl dies wichtig für die Betrachtung der griechischen Geschichte ist), sondern um einen umfassenderen Einblick in das siebte Buch der *Politik* zu erlangen, in dem er die glückliche Einheit von intellektuellen Errungenschaften und dem Fortschrittsgeist des grie-

36 Argumentieren, ausgehend von der Vielfalt der Erfahrung.

37 In dieser Hinsicht irrt Cousin erheblich. Es ist einfach eine Übertreibung, wenn er sagt: »Gebt mir Längen- und Breitengrad eines Landes, die Flüsse und Berge, und ich werde daraus auf das Volk schließen.«

chischen Charakters dem milden Klima in der Region zuschreibt. Er hebt hervor, daß die extreme Kälte des Nordens die geistigen Fähigkeiten der Bewohner abstumpft und es ihnen so unmöglich macht, sich gesellschaftlich zu organisieren oder ihr Reich auszuweiten. Die brütende Hitze des Ostens dagegen war verantwortlich für diesen Geist und Mut, der die Bevölkerung in diesem Teil der Erde auszeichnete.

Thukydides zeigte die lockere Verbindung von politischer Revolution mit der Fruchtbarkeit des Bodens auf, geht aber noch einen Schritt weiter und hebt die psychologischen Einflüsse auf den Charakter eines Volkes hervor, die auf die verschiedenen Extreme des Klimas zurückgehen – in beiden Fällen das erste Anzeichen einer sehr wertvollen Form von historischem Kritizismus.

Zeitintervalle spielen hinsichtlich der Entwicklung der Dialektik und für Gott keine Rolle. Von Plato und Aristoteles gehen wir direkt zu Polybios.

Der Fortschritt des Gedankens vom Philosophen der Akademie zum arkadischen Historiker kann am besten veranschaulicht werden, indem man die Methode vergleicht, nach der die drei von mir als beste Beispiele für den Rationalismus ihres Zeitalters gewählten Schriftsteller diesen Idealzustand erreichen. Denn letzteres Konzept kann gewissermaßen als Beispiel für das höchstgeistige Prinzip dienen, das sie in der Geschichte erkannten.

Plato schuf seines auf der Grundlage von *A-priori*-Prinzipien, Aristoteles bildete seines anhand einer Analyse der bestehenden Verfassung, Polybios fand seines in den tatsächlichen Tatsachen. Aristoteles kritisierte die deduktiven Spekulationen Platos anhand von induktiven negativen Beispielen, Polybios will jedoch das »Wolkenkuckucksheim« der *Republik* in keiner Weise in Betracht ziehen. Er vergleicht sie mit einem Athleten, der nie auf den »Hügel der Verfassung« gerannt ist, mit einer Statue, die so schön ist, daß sie von den normalen Bedingungen der Menschheit und schließlich aus den Regeln des Kritizismus entfernt wird.

Der römische Staat hatte in seinen Augen über die Gegenwirkung von drei entgegengesetzten Kräften[38] dieses stabile Gleichgewicht der Politik erreicht, das von allen theoretischen Schriftstellern der Antike als Ideal angesehen wird. In Verbindung mit diesem Aspekt muß man anmerken, wieviel Wahrheit in der so oft vorgebrachten Beschuldigung dieser Autoren liegt, daß sie nichts vom Fortschrittsgedanken wußten, denn die Bedeutung vieler ihrer Mutmaßungen bleibt uns verborgen, wenn wir nicht zuerst versuchen, ihr Ziel zu verstehen und dann den Beweggrund dahinter analysieren.

Wie alle Verallgemeinerungen ist diese Feststellung zumindest ungenau. Das Ersuchen von Platos idealer Stadt – *ἐξ ἀγαθῶν ἀμείνους, καὶ ἐξ ὠφελιμῶν ὠφελιμωτέρους ἀεὶ τοὺς ἐκγόνους γίγνεσθαι*[39] – könnte als Text über dem Eingang zum Tempel der Menschheit stehen, der von den Schülern Fouries und des heiligen Simon errichtet wurde. Doch es trifft zu, daß ihr ideales Prinzip Ordnung und Beständigkeit war, nicht unendlicher Fortschritt. Wenn wir die künstlerischen Vorurteile außer acht lassen, die die Griechen zur Ablehnung der unbeschränkten Verbesserung veranlaßt haben könnten, müssen wir anmerken, daß der moderne Gedanke von Fortschritt zum Teil auf der neuen Begeisterung und Verehrung der Menschheit beruht, zum Teil auch auf den großartigen Hoffnungen auf materielle Verbesserungen in der Zivilisation, die die angewandte Wissenschaft uns liefert, zwei Einflüsse, die den Gedanken der alten Griechen völlig fern lagen. Denn die Griechen verunstalteten den perfekten Humanismus der großen Menschen, die sie verehrten, indem sie ihnen Göttlichkeit und übernatürliche Kräfte verliehen; doch ihre Wissenschaft war rein theoretisch und oft nahezu mystisch, da sie nach Kultur und nicht Nutzen strebte, nach höherem Intellekt und der Verbeugung vor dem Recht und nicht nach verbesserten Bewegungsmöglichkeiten und der billigen Herstellung von gewöhnlichen Dingen, wovon unsere moderne wissenschaftliche Schule prahlt. Und schließlich und endlich müssen wir beachten, daß der »dunkle Fleck aller griechischen Staaten«, wie es von einem ihrer eigenen Schriftsteller ausgedrückt wurde, die Unsicherheit des Lebens und Eigentums war, der aus den Gruppen und Revolutionen resultierte, die Griechenland beutelten und so einen Geist des Fanatismus verursachten – so wie die Religion im mittelalterlichen Europa.

38 Gemeint sind monarchisches, aristokratisches und demokratisches Element der römischen Verfassung.

39 Daß die Söhne von guten Männern immer besser als ihre Väter sein sollten, und die Söhne von brauchbaren Bürgern immer brauchbarer als ihre Väter.

Diese Erwägungen ermöglichen uns, zunächst zu verstehen, daß keine modernen Konservativen gegen die geringste Neuerung protestierten, waren die griechischen politischen Theoretiker doch radikale und skrupellose Reformer. Selbst Verbesserungen in solchen Bereichen wie Kinderspielen oder der Art der Musik wurden von ihnen mit erheblicher Vorsicht als Boten der *drapeau rouge*[40] der Reform angesehen. Und zweitens werden sie uns zeigen, wie Polybios sein Ideal in der römischen Republik fand und Aristoteles wie Bright in der Mittelklasse. Polybios jedoch begnügte sich nicht damit, seinen idealen Staat vorzuführen, sondern befaßte sich ausführlich mit der Frage der allgemeinen Gesetze, deren Berücksichtigung die Hauptgrundlage der Geschichtsphilosophie bildet.

Er beginnt mit dem allgemeinen Prinzip, daß alle Dinge dem Verfall bestimmt sind (was ich schon im Fall von Plato bemerkt habe), und »wie Eisen Rost produziert und der Wald die Tiere hervorbringt, die ihn zerstören, so hat jeder Staat in sich den Keim zur Korruption«. Er begnügt sich damit jedoch noch nicht, sondern fährt fort mit den unmittelbaren Ursachen von Revolution, die vom Wesen her zwei Gesichter haben, sie können von außen kommen oder von innen. Ersteres ist völlig unberechenbar, abhängig von der synchronen Verbindung mit anderen Ereignissen außerhalb des Bereichs der wissenschaftlichen Meinung. Letzteres nimmt zwar mannigfache Gestalt an, resultiert jedoch immer aus dem übermäßigen Gewicht jedes einzelnen Elements zum Nachteil aller anderen, wobei das rationale Gesetz, das Grundlage aller Arten von politischen Veränderungen ist, besagt, daß Stabilität nur aus dem statischen Gleichgewicht entstehen kann, das aus der Wirkung von entgegensetzten Teilen aufeinander resultiert. Denn je einfacher eine Verfassung, desto unsicherer. Plato hob schon hervor, daß die extreme Freiheit einer Demokratie zum Despotismus führt, doch Polybios analysiert das Gesetz und zeigt die wissenschaftlichen Prinzipien auf, auf denen es beruht.

Die Doktrin der Instabilität reiner Verfassungen bildet einen wichtigen Bereich in der Geschichtsphilosophie. Die Anwendbarkeit auf die Politik der heutigen Zeit wurde im Aufstieg des großen Napoleon verdeutlicht, als der französische Staat die Bereiche von Kasten und Vorurteil, von Aristokratie und finanziellen Interessen verlor; Institutionen, in denen der Gewöhnliche nur Hindernisse für die Freiheit sieht, die jedoch die einzig mögliche Verteidigung gegen diesen periodischen Sirius der Politik ist, den *τύραννος ἐκ προστατικῆς ῥί ξης*[41].

Es gibt ein Prinzip, das Tocqueville ausführlich erläutert und das von Herbert Spencer unter dem allgemeinen Gesetz subsumiert wird, das allen organischen Körpern zugrundeliegt, das wir Instabilität des Homogenen nennen. Die verschiedenen Auswüchse dieses Gesetzes, wie sie in normalen, regulären Revolutionen und Evolutionen verschiedener Regierungsformen erscheinen[42], werden in deutlicher Klarheit von Polybios ausgeführt, der für seine Theorie im Geiste des Thukydides beansprucht, daß es ein *κτῆμα ἐσ ἀεὶ*[43] ist, nicht ein reiner *ἀγώνισμα ἐς τὸ παραχρῆμα*[44], und daß das Wissen davon den neutralen Beobachter befähigt, jederzeit zu entdekken, welche Periode der konstitutionellen Evolution ein beliebiger Staat erreicht hat und in welche Form er sich als nächstes entwickeln wird. Allerdings bleibt der exakte Zeitpunkt der Veränderungen mehr oder weniger ungenau.

Zu dieser unvollständigen Abhandlung der Gesetze der politischen Revolutionen, wie sie von Polybios dargestellt werden, ist schon genug gesagt worden, um seine wahre Position in der rationalen Entwicklung der »Idee« auszumachen, wie ich die Geschichtsphilosophie bezeichne, da es die Einigung der Geschichte ist. Bei Herodot wurde sie auf Grundlage der Religion betrachtet, von Thukydides wurde ein metaphysischer Ansatz anstelle des wissenschaftlichen gewählt, Plato strebte danach, sie durch Spekulationen zu erklären, Aristoteles strebte danach, sie mit Hilfe von sicheren induktiven Methoden zu erfassen. Er zeigte in seiner Kritik an seinem Meister, daß der induktive Ansatz brillanter wäre als jegliche vage Theorie, wenn der Beweis von Brillanz die Wahrheit ist.

Welche Position nimmt also Polybios ein? Akzeptiert er eine der neuen Methoden? Polybios

40 Roten Flagge.

41 Adeligen aus einer aristokratischen Familie.

42 Polybios, VI. 9.

43 Ewiger Besitz.

44 Preis der unmittelbaren Gegenwart.

war einer der vielen Männer, die zu spät geboren waren, um originär zu sein. Thukydides war der erste in der Geschichte der Griechen, der die großartige Ruhe von Recht und Ordnung erkannte, die den Stürmen des Lebens zugrunde liegt. Plato und Aristoteles sind jeweils Vertreter eines großen neuen Prinzips. Polybios obliegt die Aufgabe, in seinen Schriften ist zu erkennen, wie großartig er sie ausführte, die Gedanken explizit zu machen, die von seinen Vorgängern implizit vertreten wurden. Er sollte zeigen, daß ihre Anwendung umfassender war und von tieferer Bedeutung, als es vorher der Fall zu sein schien. Er untersuchte äußerst genau die Gesetze, die seine Vorgänger erkannt hatten, und stellte schließlich genauer als alle anderen heraus, wie groß die Reichweite von Wissenschaft war und wie bedeutend in bezug auf die Untersuchung von Gegenwart und Vergangenheit. Seine Aufgabe war es, zu sammeln, was sie zurückgelassen hatten, um ihren Prinzipien durch eine umfassendere Anwendung neues Leben zu verleihen.

Mit Polybios endet dieser große Bereich des griechischen Gedankens. Als die Geschichtsphilosophie das nächste Mal in Plutarchs Traktat zur Frage »Warum Gottes Zorn verzögert ist« aufkam, war das Pendel des Gedankens wieder an seinen Anfang zurückgeschwungen. Seine Theorie wurde den Römern unter Cicero nahegebracht und wurde von ihnen als philosophische Lobrede ihres Staates angesehen. In Lateinisch ist sie das letzte Mal bei Tacitus zu finden, der von der stabilen Politik, die aus diesen Elementen entstand, als einer Verfassung sprach, die leichter zu empfehlen als zu erreichen, jedoch auf keinen Fall beständig sein kann. Doch Polybios hatte die Zukunft klar erkannt und den Aufstieg des Imperiums aus der ungleichen Macht der Ochlokratie über 50 Jahre vor der Geburt des Jungen im Hause Julius' vorhergesagt, der zum Herrscher eines Volkes bestimmt war und in der purpurnen Farbe eines Königs starb.

Kein Aspekt des historischen Kritizismus ist bedeutender als die Mittel, über die das Altertum zur Geschichtsphilosophie gelangte. Das Prinzip der Heredität kann in der Literatur ebenso wie im organischen Leben veranschaulicht werden: Aristoteles, Plato und Polybios sind die Ahnen von Fichte, Hegel, Vico und Cousin, Montesquieu und Tocqueville.

Mein Ziel ist nicht, diese Historiker zu beschreiben, sondern diese großen Denker hervorzuheben, deren Methoden den Fortschritt dieses Geistes des historischen Kritizismus gefördert haben. Ich werde die Chronisten übergehen, die zwischen Thukydides und Polybios wirkten. Doch vielleicht ist es nützlich, die wahre Natur dieses Geistes und seiner engen Verbindung mit allen anderen Formen von fortschrittlichen Gedanken zu beleuchten, indem ich das Wesen und Aufkommen der vielen Einflüsse untersuche, die für die wissenschaftliche Untersuchung der Geschichte so schädlich sind und eine so große Kluft zwischen den beiden Historikern hervorrufen.

Am bedeutendsten in dieser Hinsicht ist der wachsende Einfluß der Rhetorik und der Schule des Isokrates, die Geschichte als eine Arena für Pathos und Paradoxon ansah und nicht als wissenschaftliche Untersuchung von Gesetzen.

Das neue Zeitalter ist das Zeitalter des Stils. Der gleiche Geist, der sich ausschließlich auf die Form konzentrierte, aufgrund dessen Euripides oft wie Swinburne die Musik der Bedeutung und die Melodie der Moral vorzog und der den späten griechischen Statuen ihre Weichlichkeit verlieh, war auch im Bereich der Geschichte zu spüren. Die Regeln für die historischen Schriften bezogen sich auf den ästhetischen Wert von Abschweifungen, die Zulässigkeit, mehr als eine Metapher in einem Satz zu verwenden, usw. Historiker werden außerdem nicht danach bewertet, wie sie Beweise analysieren, sondern nach der Qualität ihres Griechisch.

Ich will außerdem anmerken, daß Alexander der Große bedeutenden Einfluß auf die Literatur hatte. Denn seine Reisen förderten intensivere geographische Untersuchungen, und seine immensen Errungenschaften scheinen die Geschichte wieder dem Bereich der Abenteuer nahegebracht zu haben. Alle großen Männer der Erde verursachen das Aufkommen von mythenschaffendem Geist und das Streben nach allem Großartigen, was für den wahren historischen Kritizismus verhängnisvoll ist. Ein Alexander, ein Napoleon, ein Franz von Assisi und ein Mahomet werden als außerhalb der Einschränkungen von rationalen Gesetzen stehend angesehen, wie Kometen vor nicht allzu langer Zeit. Während der Gründung der Stadt Alexandria, in der westliches und östliches Gedankengut aufeinandertrafen und so merkwürdige Ergebnisse erzielten, gingen die kritischen Tendenzen des griechischen Geistes in Richtung der Fragen von Grammatik, Philologie und Ähnlichem. Die begrenzte künstliche Atmosphäre dieser Universitätsstadt (wie man sie nennen kann) war für die Entwicklung dieses unabhängigen Forschungsgeistes verhängnisvoll, der neue Untersuchungsmethoden hervorbringt, wovon eine der historische Kritizismus ist.

Die Bewohner Alexandrias verbanden eine große Liebe zum Lernen von Dingen mit einer Ignoranz der wahren Forschungsprinzipien, einen Enthusiasmus für die Ansammlung von Materialien mit einer wundersamen Unfähigkeit, sie zu verwenden. Das Genie, dessen Einfluß auf die Evolution der Geschichtsphilosophie ich kürzlich erwähnt habe, entstand nicht im heißen Sand Ägyptens oder unter den Sophisten von Athen. Er entstand im Herzen Griechenlands. Polybios, der in der milden und reinen Luft des Hochlands Arkadiens geboren war, gibt in seiner Arbeit das Wesen seines Geburtsorts wieder. Denn von allen Historikern, und ich meine nicht die der Antike, sondern aller Zeiten, ist er der rationalistische, er ist so frei von jeglichem Glauben an die »Visionen und Omen, die gewaltigen Legenden, den Aberglauben und das unmenschliche Streben nach dem Übernatürlichen« *(δεισιδαιμονίας ἀγεννοῦς καὶ τερατείας γυναικώδους*[45]*)*[46], allem, was er in seinen Vorgängern erkennen muß. Er war nicht nur in bezug auf seinen Geburtsort vom Schicksal wohlwollend bedacht, sondern auch hinsichtlich des Zeitpunkts seiner Geburt. Denn er, Vertreter der geistigen Überlegenheit des griechischen Intellekts und freundschaftlich mit dem Eroberer seiner Zeit verbunden, scheint von der Hand des Schicksals »stärker zum Verständnis der historischen Stellung von Rom als die Römer selbst« geführt. Er erkennt mit tieferem Einblick als alle anderen diese beiden großen Ergebnisse der altertümlichen Zivilisation, das materielle Imperium der Stadt auf sieben Hügeln und die intellektuelle Überlegenheit von Hellas.

Laut ihm[47] waren die Geschehnisse der Welt vor seiner Zeit getrennt zu sehen, und die Geschichte war eng mit den verschiedenen Ländern verbunden. Zum ersten Mal scheint nun das universelle Römische Reich eine universelle Geschichte möglich zu machen.[48] Dies ist dann der Beweggrund seines Werks: den allmählichen Aufstieg dieser italienischen Stadt von dem Tag, an dem die erste Legion die enge Straße von Messina überquerte und in die fruchtbaren Felder Siziliens vordrang, bis zu der Zeit nachzuvollziehen, als im Osten Korinth und im Westen Karthago der unerbittlichen Welle des Reiches erlag und die Adler Roms auf den Schwingen des Sieges von Kalpe und den Säulen des Herkules nach Syrien und zum Nil zogen. Zugleich erkannte er, daß das Schema des Römischen Reiches unter der Ägide von Gottes Willen[49] entstanden war. Denn wie einer der Gelehrten feststellt, ist das *γυχη*[50] des Polybios diese Macht, die die Christen Gott nennen. Das zweite Ziel seiner Geschichte, wie man es wohl nennen mag, ist es, die rationalen, menschlichen und natürlichen Ursachen herauszustellen, die die Unterscheidung zwischen Gottes mittelbarer und unmittelbarer Herrschaft über die Welt hervorbrachten.

Er will nichts mit dem direkten Eingreifen Gottes in die normale Entwicklung der Menschen zu tun haben, und noch weniger mit dem Gedanken, daß Zufall eine Rolle in den Phänomenen des Lebens spielt. Zufall und Wunder, so sagt er, sind bloß ein Zeichen für unsere Unkenntnis der rationalen Ursachen. Der Geist des Rationalismus, den wir in Herodot als eine vage, unsichere Haltung erkennen und der bei Thukydides als eine beständige Geisteshaltung deutlich wird, die nie diskutiert oder erklärt wird, wird bei Polybios analysiert und als das große Instrument der Geschichtsforschung dargestellt.

Herodot glaubt zwar an das Prinzip des Übernatürlichen, war jedoch manchmal auch skeptisch. Thukydides ignorierte dieses Phänomen schlechthin. Er diskutierte es nicht, er eliminierte es, indem er die Geschichte erklärte, ohne auf dieses Prinzip überhaupt einzugehen. Polybios geht umfassend auf diese Frage ein und erklärt Ursprung und Methode. Herodot hätte an Scipios Traum geglaubt. Thukydides hätte ihn völlig ignoriert. Polybios erklärt ihn. Er ist der Höhepunkt der rationalen Entwicklung der Dialektik. »Nichts«, so sagt er, »nichts macht einen dummen Geist deutlicher als der Versuch, etwas auf der Grundlage von Zufall und übernatür-

---

45 Polybios, XII. 24.

46 Niederer Aberglaube und dieses Interesse am Herrlichen, das im Wesen der Frauen liegt.

47 Polybios, I. 4, VIII. 4; und wirklich *passim*.

48 Er macht eine Ausnahme.

49 Polybios, VIII. 4.

50 Zufall.

lichen Einflüssen zu erklären. Geschichte bedeutet die Suche nach rationalen Ursachen, und es gibt nichts auf Erden, nicht einmal diese Phänomene, die so weit von Gesetz und Wahrscheinlichkeit entfernt scheinen, was nicht logisch und das unweigerliche Ergebnis von rationalen Ursachen ist.«

Einige Dinge werden allerdings auch *a priori* abgelehnt, ohne daß darauf eingegangen wird: »Was solche Wunder betrifft«, merkt er an[51], »wie zum Beispiel das von der Statue von Artemis, auf die nie Regen oder Schnee fällt, obwohl sie im Freien steht, oder daß man bei Betreten des Schreins Gottes in Arkadien seine natürlichen Schatten verliert, so kann man nicht von mir erwarten, daß ich darauf näher eingehe. Denn diese Dinge sind nicht einfach nur unwahrscheinlich, sondern absolut unmöglich.

Für uns ist die vernünftige Diskussion von klar Absurdem eine so sinnlose Aufgabe, wie wenn man versucht, in einem Sieb Wasser zu sammeln. Es würde bedeuten, die Möglichkeit von Übernatürlichem zuzugeben, was ja eben der umstrittene Punkt ist.«

Laut Polybios war das Eingestehen von möglichen Wundern gleichbedeutend mit der Vernachlässigung der Möglichkeit von Geschichte. Denn genauso wie wissenschaftliche und chemische Versuche entweder unmöglich oder sinnlos wären, wenn man sie dem Zufall von Einflüssen von außen aussetzen würde, genauso bleiben die Gesetze und Prinzipien, die die Geschichte bestimmen, die Ursachen von Erscheinungen, der Fortschritt, die gesamte Wissenschaft, mit einem Wort der Umgang des Menschen mit der Menschheit und der Natur demjenigen ein Rätsel, der die Möglichkeit von übernatürlichen Einflüssen einräumt.

Die Berichte von Wundern sind deswegen auf der Grundlage des Rationalen *a priori* abzulehnen, doch wenn es um Ereignisse geht, die sich nach unserem Wissen mit Sicherheit zugetragen haben, so darf der Geschichtsforscher nicht ruhen, bis er die natürlichen Ursachen herausgefunden hat, die beispielsweise in bezug auf den Aufstieg des Römischen Reichs – laut Polybios das Wunderbarste, das Gott jemals geschaffen hat[52] – in der einzigartigen Verfassung zu finden sind *(τῇ ἰδιὄτητι τῆς πολιτεΐας)*[53], der Weisheit ihrer Berater, ihren hervorragenden Militärstrategien und ihrem Aberglauben *(τῆδεισιδαιμοὔᾳ)*. Denn obwohl Polybios die Religion als objektive Realität der Wahrheit betrachtete[54], legte er großen Wert auf den subjektiven moralischen Einfluß und ging in einem Abschnitt zu diesem Thema sogar so weit, die Einführung des Übernatürlichen in geringem Maße in der Geschichte zu entschuldigen, da dies auf gläubige Menschen eine positive Wirkung hätte.

Doch in der ganzen antiken und modernen Geschichte gibt es keine Passage, die so viel menschlichen und glänzenden Geist von Rationalismus verbreitet, wie die, die im Vatikan zu finden ist – einem merkwürdigen Aufbewahrungsort. In diesem Abschnitt betrachtet er den schrecklichen Verfall der Bevölkerung, der zu seiner Zeit in seiner Heimat zu beobachten war und der von der orthodoxen Allgemeinheit als Strafe Gottes angesehen wurde, der die Sünden des Volkes damit bestrafte, daß er die Frauen zu Kinderlosigkeit verdammte. Denn hierbei handelte es sich um eine einmalige Entwicklung, die sonst nirgends in der Geschichte dieses Landes zu beobachten war und die von den wirtschaftspolitischen Autoren nicht vorausgesagt worden war; im Gegenteil, sie hatten immer davon gesprochen, wie gefährlich es wäre, wenn aufgrund von Übervölkerung das Land nicht mehr zu erhalten wäre. Polybios will jedoch in dieser Hinsicht nicht von Priestern und Wunderwirkern sprechen. Er will sich nicht einmal mit Delphi, dem »heiligen Herzen Griechenlands« befassen, Apollons Schrein, dessen Inspiration sogar Thukydides eingestand und vor dessen Weisheit Sokrates Ehrfurcht zeigte. Er sagt, es wäre dumm, in dieser Angelegenheit zu Gott zu beten. Wir müssen die rationalen Ursachen finden, sie müssen ebenso wie abhelfende Maßnahmen klar gesehen werden. Er fährt dann damit fort, zu erläutern, wie dieser Verfall auf die zurückgehenden Eheschließungen zurückzuführen ist, da viele Menschen aufgrund ihrer Sorglosigkeit und ihres Geizes die Ausgaben für den Erhalt einer großen Familie nicht mehr auf sich nehmen wollten. Er erklärt diese anscheinend so übernatürliche Strafe Gottes allein auf der Grundlage von rationalen Prinzipien.

51 Polybios, XVI. 12.
52 Polybios, VIII. 4.
53 Dem einmaligen Wesen der Regierungsform.
54 In vieler Hinsicht ähnelte Polybios Gibbon.

Nun muß man allerdings beachten, daß er zwar diese Wunder *a priori* als Verstoß gegen unverletzliche Gesetze ablehnt – denn die Diskussion solcher Angelegenheiten ist für rationale Denker unmöglich –, diese Ablehnung jedoch völlig auf den wissenschaftlichen Grundlagen der Notwendigkeit ruht, nach den natürlichen Ursachen zu forschen. Er geht überdies in der Berufung auf diese Prinzipien sehr logisch vor. Da es entweder schwierig oder unmöglich ist, diesen Erscheinungen natürliche Ursachen zuzuweisen oder ihre Gesetzmäßigkeiten zu ergründen, gibt er widerwillig einige übernatürliche Einflüsse zu, die sich ihm durch seine im Grunde wissenschaftliche Methode in bezug auf diesen Aspekt nach dem Prinzip der Logik aufdrängen. Beispielsweise läßt er Gebete um Regen mit dem Argument zu, daß die Gesetze der Meteorologie noch nicht erforscht waren. Er hätte natürlich als erster unsere modernen Entdeckungen in dieser Angelegenheit begrüßt. Der fragliche Abschnitt ist in jeder Hinsicht einer der interessantesten in seinem gesamten Werk. Nicht weil er in bezug auf das Übernatürliche einlenkt, sondern weil hier klar wird, wie logisch und rational seine Argumentation und wie ehrlich und gerecht seine Geisteshaltung war.

Nachdem wir nun die Haltung von Polybios in bezug auf das Übernatürliche und die allgemeinen Gedanken hinter seiner Forschung untersucht haben, werde ich nun die Methode betrachten, die er in bezug auf die wissenschaftliche Erforschung der komplexen Phänomene des Lebens anwandte. Wie schon erwähnt, ist bei allen großen Schriftstellern nicht das Ergebnis wichtig, zu dem sie gelangen, sondern die Methoden, die sie verfolgen. Die vermehrten Kenntnisse von Tatsachen können in der Geschichte wie auch der Naturwissenschaft jegliche Schlußfolgerung beeinflussen, und die Prinzipien der theoretischen Glaubwürdigkeit der Geschichte beziehen sich auf diese subjektive Geisteshaltung und nicht auf die festgelegten objektiven Regeln. Ein wissenschaftlicher Ansatz ist ein beständiger Gewinn. Der wahre, wenn nicht gar einzige Fortschritt der Geschichtsphilosophie besteht in der Verbesserung in bezug auf die Forschungsinstrumente.

Was nun seine Haltung hinsichtlich der Geschichte angeht, so habe ich schon erwähnt, daß es sich für ihn um die Erforschung von Ursachen handelte, die Lösung eines Problems, nicht um das Malen eines Bildes, um eine wissenschaftliche Erforschung der Gesetze und Tendenzen, nicht um einen Bericht von wundersamen Vorfällen und Abenteuern. Thukydides bezog sich zu Beginn seines großen Werkes als erster auf die wissenschaftliche Auffassung von Geschichte. »Das Fehlen von phantastischen Geschichten«, so sagt er, »wird wohl den Wert meines Werkes mindern, doch mein Werk soll für alle Zeit beständig sein.«[55] Polybios schließt sich dem mit ähnlichen Worten an. Er sagt, wenn wir in der Geschichte nicht Ursache, Methoden und Motive berücksichtigen *(τὸ διὰ αaὶ πῶς, καὶ τίνος χάριν)* und nicht erkennen wollen, wie weit das Ergebnis einer Sache seine rationale Konsequenz ist, bleibt nur eine *ἀγώνισμα*[56], nicht ein *μάθημα*[57]. Eine Abhandlung, die vielleicht für den Moment zufriedenstellt, doch die ohne jeglichen wissenschaftlichen Wert für die Erklärung der Zukunft ist. An anderer Stelle sagt er, daß »Geschichte, die ihrer Ursachen und Gesetze beraubt wird, ein leeres Ding ist, das einen Narren anziehen mag«. Er führt immer wieder denselben Aspekt an und erklärt ihn auf viele Weise.

Soviel zur Auffassung von Geschichte. Nun zu den Grundlagen. Was das Wesen von Phänomenen betrifft, die von einem wissenschaftlichen Forscher gewählt werden, so hat Aristoteles die allgemeine Regel aufgestellt, daß die Natur in ihrer normalen Erscheinung untersucht werden sollte. Polybios bleibt seiner Methode treu, explizit die Prinzipien anzuwenden, die in den Werken anderer implizit sind, und folgt der Doktrin Aristoteles'. Er legt dabei besonderen Wert auf das rationale unverdorbene Wesen der Entwicklung der römischen Verfassung, was die Entdeckung der Gesetze ihres Fortschritts ermöglichte. Politische Revolutionen ergeben sich entweder aus externen oder internen Ursachen. Erstere sind rein störende Kräfte, die außerhalb des Bereiches der wissenschaftlichen Berechenbarkeit liegen. Letztere dagegen sind wichtig für die Aufstellung von Prinzipien und die Erleuchtung der Folgen der rationalen Evolution.

Er hat so eine der wichtigsten Wahrheiten der modernen Forschungsmethoden antizipiert:

55 Cf. Polybios, XII. 25.

56 Öde Übung.

57 Ein bedeutendes geistiges Werk.

Ich spreche vom Prinzip, das besagt, daß, so wie das Studium der Physiologie dem Studium der Pathologie vorausgehen sollte, die Gesetzmäßigkeiten von Krankheiten am besten erforscht werden, indem man die Erscheinung der Gesundheit zugrunde legt. So gelangt man zu allen großen gesellschaftlichen und politischen Wahrheiten, indem man die Fälle betrachtet, deren Entwicklung normal, rational und ungestört verlaufen ist.

Die kritische Regel, daß je mehr ein Volk beeinflußt wurde, desto schwieriger ist es, die Gesetze seiner Entwicklung zu verallgemeinern und die getrennten Kräfte seiner Zivilisation zu analysieren, wird nun allgemein von all denen anerkannt, die eine wissenschaftliche Untersuchung der Geschichte vorgeben. Und obwohl Aristoteles diese Regel in einer allgemeinen Formel antizipiert hatte, so war es doch Polybios, der sie als erster im Bereich der Geschichte angewandt hat.

Ich habe ausgeführt, wie wichtig die Suche nach Ursachen in der Arbeit dieses großen Historikers war. Entsprechend seinem analytischen Geist untersucht er vorsichtig das Wesen von Ursachen und wo sie in den Voraussetzungen von Resultaten zu finden sind. Hier ein Beispiel: Was den Grund für den Krieg mit Perseus angeht, so führten einige als Ursache die Vertreibung des Perseus aus Abrupolis an, seine Verbannung nach Delphi, die Intrige gegen Eumenes und die Gefangennahme der Botschafter in Böotien. Die ersten beiden dieser Ereignisse waren laut Polybios nur ein Vorwand, die letzten beiden die Gelegenheit für den Krieg. In Wirklichkeit war es ein Vermächtnis, das Perseus von seinem Vater hinterlassen wurde, da dieser entschlossen war, gegen Rom zu kämpfen.[58]

Er führt hier keinen neuen Gedanken an. Thukydides hatte den Unterschied zwischen wirklichen und angeblichen Ursachen herausgestrichen, die Abhandlung des Aristoteles zu Revolutionen, *ὀυ περὶ μικρῶν, ἄλλ᾽ ἒμ μικρῶν*[59], unterscheidet klar zwischen Ursache und Gelegenheit. Doch die explizite und rationale Erforschung des Unterschiedes zwischen *ἄιτία, ἀρχή*[60] und *πρόφασις*[61] blieb Polybios vorbehalten. Keine Regel der Geschichtsphilosophie ist von wirklicherem Wert als diejenige, die in dieser Unterscheidung liegt, und aufgrund ihrer Vernachlässigung ist unsere Geschichte gefüllt mit den verachtenswerten Berichten von Intrigen durch Höflinge und Könige sowie Manipulationen – was vor allem für diejenigen von Bedeutung ist, die die Reformation dem hübschen Gesicht von Anne Boleyn zuschreiben, den persischen Krieg dem Einfluß eines Arztes oder einer Gardinenpredigt von Atossa oder die Französische Revolution der Madame de Maintenon, jedoch ohne Wert für alle, deren Ziel die wissenschaftliche Untersuchung der Geschichte ist.

Doch die Frage nach der Methode, auf die ich immer wieder zurückkommen muß, ist noch nicht erschöpfend behandelt. Sie kann auch noch von einem anderen Standpunkt aus betrachtet werden, mit dem ich mich jetzt befassen werde.

Eine der größten Schwierigkeiten, mit denen sich der moderne Historiker befassen muß, ist die enorme Komplexität der Tatsachen, die ihm begegnen: D'Alemberts Vorschlag, daß am Ende jeden Jahrhunderts eine Auswahl von Tatsachen getroffen und der Rest verbrannt werden sollte (wenn dies denn ernst gemeint war), konnte selbstverständlich keinen Augenblick lang aufrechterhalten werden. Ein Problem verliert all seinen Wert, wenn es vereinfacht wird. Und die Welt wäre um einiges ärmer, wenn die Sibylle der Geschichte ihre Bände verbrennen würde. Darüber hinaus wird laut Gibbon »ein Montesquieu in den unbedeutendsten Tatsachen Verbindungen erkennen, die dem einfachen Geist verborgen bleiben«.

Der Geschichtswissenschaftler kann außerdem nicht die besonderen Elemente, die er untersuchen will, von störenden und äußeren Ursachen isolieren, wie es bei chemischen Versuchen möglich ist (manchmal jedoch kann er Erscheinungen in gewissermaßen isolierter Umgebung betrachten, wie im Fall von Nervenheilanstalten und Gefängnissen). Deshalb ist er gezwungen, entweder entsprechend der deduktiven Methode mit allgemeinen Gesetzen zu argumentieren oder aber die Methode der Abstraktion anzuwenden, die ihm eine fiktive Isolation von Erscheinungen ermöglicht, die in Wirklichkeit nicht erfolgen kann. Und genau das haben Polybios und

58 Polybios, XXII. 22.

59 Nicht über triviale Angelegenheiten, sondern sich aus trivialen Ursachen ergebend.

60 Ursache, Ursprung.

61 Angeblicher Ursache.

Thukydides getan. Denn wie schon bemerkt, ist in den Werken dieser beiden Schriftsteller eine gewisse Einheit von Art und Motiv zu erkennen. Ihre Abhandlungen zeichnen sich durch eine besondere Qualität aus, eine Einzigartigkeit und Konzentration des Zwecks, die im Gegensatz zur umfassenderen Haltung des modernen Geistes und sogar Herodots stehen. Thukydides sieht die Gesellschaft unter dem Einfluß politischer Motive und berücksichtigt nicht andere Kräfte. Seine Ergebnisse müssen deshalb wie die der meisten anderen Wirtschaftswissenschaftler umfassend modifiziert werden[62], bevor sie dem entsprechen, was wir als tatsächliche Fakten kennen. Auch Polybios befaßt sich nur mit den Kräften, die die zivilisierte Welt unter den Einfluß Roms brachten (IX.), und hebt im Sinne des Geistes von Thukydides in seinem Werk den Wunsch nach dem Malerischen und Romantischen hervor, das Ergebnis der abstrakten Methode *(τὸ μονοειδὲς τῆς δυνταξεως)*[63]. Außerdem bemerkt er, daß seine Ablehnung aller anderen Kräfte bestimmt und das Ergebnis einer Theorie ist, nicht unüberlegt erfolgt.

Hier ist nicht der geeignete Anlaß zur Diskussion des allgemeinen Werts der abstrakten Methode und der Zulässigkeit ihrer Anwendung in bezug auf die Geschichte. Es lohnt sich aber zu bemerken, daß Polybios sich nicht nur der Tatsache bewußt ist, die normalerweise als stärkstes Argument gegen die abstrakte Methode angesehen wird, sondern sich auch eingehend damit befaßt. Ich spreche von dem Gedanken, nach dem die Gesellschaft eine Art menschlicher Organismus ist, dessen Teile unlösbar miteinander verbunden und voneinander beeinflußt werden. Dieser Ansatz des organischen Wesens der Gesellschaft kommt zuerst bei Plato und Aristoteles auf, die ihn auf Städte anwenden. Polybios dehnt ihn noch weiter aus und sieht ihn als allgemeines Merkmal der Geschichte. Vor allem für Polybios ist dieser Gedanke von höchster Bedeutung, denn seine Gedanken konzentrieren sich ständig auf die grundlegende Einheit von Geschichte und die Unmöglichkeit der Isolation.

Darüber hinaus wendet er in bezug auf die besondere Forschungsmethode, nach der diese Erscheinungen betrachtet werden, weder einen rein deduktiven noch einen rein induktiven Ansatz an, sondern eine Kombination aus beiden. Mit anderen Worten, er bezieht sich auf die Analysemethode, deren Bedeutung ich schon erwähnt habe.

Obwohl die enorme Einfachheit der Elemente, die wir betrachten, zweifellos das Ergebnis der Anwendung der abstrakten Methode ist, muß sogar innerhalb der so entstehenden Grenzen eine gewisse Auswahl getroffen werden, was eine Theorie involviert. Denn die Fakten des Lebens können nicht so leicht kategorisiert werden wie die Farben von Vögeln und Insekten. Polybios hebt nun hervor, daß diese Phänomene besonders eingehend betrachtet werden müssen, die als *παράδειγμα*[64] oder Probe dienen und so das Wesen der Tendenzen einer Epoche so klar zeigen können, wie »ein einzelner Tropfen aus einem vollen Faß Aufschluß über den gesamten Inhalt« gibt. Dieses Erkennen der Bedeutung einzelner Tatsachen nicht im Hinblick auf sie selbst, sondern hinsichtlich des Geistes, für den sie stehen, ist extrem wissenschaftlich. Denn wir wissen, daß der Anatom anhand eines einzelnen Knochen oder Zahns ein ganzes Skelett eines urzeitlichen Pferds nachstellen und der Botaniker das Wesen von Flora und Fauna eines Bereichs aus einer einzigen Spezies erschließen kann.

Polybios betrachtete Wahrheit als »das Göttlichste in der Natur«, als »Auge und Licht der Geschichte, ohne das sie blind ist« und bemühte sich, geschichtliches Material zu sammeln und die Wissenschaft von Politik und Krieg zu erforschen, da er sie als Voraussetzung für die Ausbildung von Geschichtswissenschaftlern ansah. Seine Anstrengungen werden in den vielen verschiedenen Weisen deutlich, in denen er andere Autoritäten kritisiert.

Hinsichtlich des Kritizismus der Antike gibt es eine Schwachstelle. Der moderne Gedanke, nach dem der Kritiker als Mittler, als Erklärer der Schönheit und Brillanz des von ihm gewählten Werkes angesehen wird, scheint völlig unbekannt. Nichts kann ungerechter sein als bei-

---

62 Ich spreche vor allem von seiner Anprangerung des kompletten moralischen Verfalls der griechischen Gesellschaft während des Peloponnesischen Kriegs, die, soweit wir aus der verbliebenen Literatur Athens schließen können, übertrieben war. Er sieht den Menschen nur in seinem politischen Verhalten; und in der Politik wird der Mensch, der eigentlich ehrbar ist, skrupellos alles für seine Partei tun.

63 Einheit der Struktur.

64 Beispiel.

spielsweise die Methode, nach der Aristoteles in seinen ethischen Werken den idealen Staat von Plato kritisierte. Und die von Polybios zitierten Abschnitte aus Timaios' Werken zeigen, daß letzterer den Namen verdiente, den man ihm gegeben hatte. Meiner Meinung nach ist bei Polybios eine Bitterkeit und Kleinlichkeit zu spüren, die die meisten anderen Schriftsteller auszeichnet. Eine zufällige Begebenheit, die er von seinen Beziehungen zu einem der Historiker berichtet, den er kritisiert, zeigt, daß er ein Mann von großer Liebenswürdigkeit und Kultiviertheit war – wie es sich für jemanden geziemt, der immer in der Gesellschaft von großen und edlen Menschen gelebt hatte.

Was das Wesen der Regeln angeht, nach denen er das Werk anderer kritisiert, so wendet er mehrheitlich sein eigenes geographisches und militärisches Wissen an. So zeigt er zum Beispiel allein aufgrund seines Wissens des betreffenden Gebietes auf, daß die Erzählungen vom Marsch des Nabis von Sparta einfach unmöglich sein müssen, oder er beweist die Inkonsistenz der Berichte vom Kampf von Issos bzw. die Erzählungen des Ephoros über die Schlachten von Leuktra und Mantinea. Im letzten Fall sagt er, daß jeder, der sich die Mühe macht, das Schlachtfeld auszumessen und dann die beschriebenen Manöver nachzustellen, herausfinden wird, wie ungenau die Berichte sein müssen.

In anderen Fällen beruft er sich auf öffentliche Dokumente, deren Bedeutung er schon immer klar erkannte. So zeigt er beispielsweise anhand eines Dokuments im Archiv von Rhodos, wie ungenau die Berichte des Zeno und Antisthenes von der Schlacht von Lade waren. Oder aber er bezieht sich auf die psychologische Wahrscheinlichkeit und weist die skandalösen Geschichten von Philip von Makedonien einfach wegen des großartigen Charakters des Königs von sich und argumentiert, daß ein so gut erzogener Junge, der so ehrenhaft mit Demochares verbunden war (XII. 14), niemals dessen schuldig sein könnte, dessen üble Nachrede ihn bezichtigte.

Doch Hauptziel seiner literarischen Zensur ist Timaios, der so ungnädig mit anderen umging. Der allgemeine Kritikpunkt, den er gegen ihn vorbringt, ist seine Ungenauigkeit als Historiker und daß er sein Wissen der Geschichte nicht infolge der Gefahren eines bewegten Lebens erlangte, sondern in der sicheren Untätigkeit des beengten Leben eines Gelehrten. In der Tat ist er in dieser Hinsicht unnachgiebig. »Eine Geschichte«, so sagt er, »die in der Bibliothek geschrieben wird, ist so leblos und ungenau wie ein Gemälde, das von einem ausgestopften Tier gemacht wird anstatt eines lebenden.«

An anderer Stelle sagt er, daß mehr Unterschied zwischen der Geschichte eines Augenzeugen und der einer Person besteht, die ihr Wissen aus Büchern bezieht, als zwischen den Szenen des wirklichen Lebens und der fiktiven Landschaft einer Theaterkulisse besteht. Außerdem kritisiert er einige Passagen äußerst ausführlich, in denen Timaios seiner Ansicht nach eine falsche Methode verfolgte und die Wahrheit verfälschte, Passagen, die man sicher genauer untersuchen sollte.

Timaios ging von der Tatsache aus, daß nach römischem Brauch Kriegspferde an einem bestimmten Tag erschossen wurden, und argumentierte, daß dies auf den trojanischen Ursprung dieses Volkes zurückging. Polybios andererseits unterstreicht, daß diese Folgerung nicht haltbar ist, weil Pferdeopfer Brauch bei allen barbarischen Stämmen sind. Timaios geht hier wie so viele griechische Schriftsteller von einer Sitte der Gegenwart aus, um Verbindungen zu einem historischen Ereignis der Vergangenheit herzustellen. Polybios wendet die komparative Methode an, indem er aufzeigt, wie der Brauch ein gewöhnlicher Schritt in der Zivilisation jedes frühen Volkes war.

An anderer Stelle hebt er hervor, wie unlogisch der Skeptizismus des Timaios in bezug auf die Existenz des Bullen von Phalaris war, indem er sich einfach auf die Statue des Bullen bezieht. Er betonte, daß dieser Bulle Phalaris gehören mußte, allein deshalb, weil eben dieser besondere Bulle mit einer Tür zwischen den Schultern in Karthago zu finden ist. Doch einen der großen Aspekte, die er gegen die sizilianischen Historiker anführt, ist die Frage nach dem Ursprung der lokrischen Kolonie. In Übereinstimmung mit der Tradition in dieser Hinsicht stellte Aristoteles die Kolonie als Gründung der Partheniden oder Sklavenabkömmlinge dar, eine Behauptung, die von Timaios zu widerlegen versucht wurde. Er verwirft sie anhand folgender Argumente:

Zunächst einmal unterstreicht er, daß die Griechen der Antike keine Sklaven hatten. Deshalb kann ihre Erwähnung in dieser Angelegenheit als Anachronismus bezeichnet werden. Dann erklärt er, daß er in der griechischen Stadt Lokris gewisse antike Inschriften gesehen hatte, in denen die Beziehung zur italienischen Stadt als Beziehung zwischen Eltern und Kind beschrieben wurde, das heißt, jede Stadt verfügte über gemeinsame Bürgerrechte. Darüber hinaus beruft er sich auf verschiedene Aspekte der Unwahrscheinlichkeit in bezug auf ihre internationale Beziehung, während Polybios genau die entgegengesetzte Meinung vertritt, die wohl kaum diskutiert werden kann. Er bringt zwei weitere Argumente für seinen Standpunkt vor: Da die Lakedaimonier Urlaub bekamen, um ihre Frauen zu Hause zu besuchen, wäre es unwahrscheinlich, daß die Lokrier nicht dasselbe Recht genossen haben sollten. Und zweitens führte er an, daß die italienischen Lokrier nichts von der Version des Aristoteles wußten und im Gegenteil sehr strenge Gesetze gegen Ehebruch, entflohene Sklaven usw. hatten. Die meisten dieser Aspekte beruhen allein auf Vermutungen, was immer sehr subjektiv ist und deshalb nicht zu Schlußfolgerungen verleiten sollte. Ich möchte jedoch bemerken, daß in bezug auf die Inschriften, die, wenn sie wirklich existieren, die Angelegenheit geregelt hätten, Polybios von einer reinen Erfindung von Timaios ausgeht, der, so bemerkt er, keine genauen Angaben dazu macht, obwohl er doch immer übergenau Kapitel und Vers für alles angibt. Ein noch interessanterer Punkt ist die Tatsache, daß Polybios in seinen Angriffen gegen Timaios wegen dessen Einfügung von fiktiven Reden in seinen Berichten eine Meinung vertritt, die so viel fortschrittlicher ist als die anderer Literaten seiner Zeit und der Jahrhunderte danach.

Herodot hatte dramatische und fiktive Reden eingeführt. Thukydides stellt klar fest, daß er in Fällen, in denen er nicht herausfinden konnte, was wirklich gesagt worden war, niedergeschrieben hatte, was sie gehabt sagen sollen. Sallust deutet die Tatsache an, daß die Rede, die er dem Tribun Memmius in den Mund gelegt hat, im Grunde wahr ist, daß jedoch die Reden, die anläßlich der Verschwörung des Catilina im Senat gehalten wurden, stark von denen abweichen, die bei Cicero erscheinen. Livius läßt seine alten Römer mit der Feinheit eines Hortensius oder Scaevola diskutieren und logisch argumentieren. Und selbst in späterer Zeit, als die Debatten im Senat mitnotiert und in einer Zeitung in Rom veröffentlicht wurden, stellen wir fest, daß eine der berühmtesten Reden bei Tacitus (als Kaiser Claudius den Galliern ihre Freiheit schenkt) anhand von kürzlich in Lugdunum entdeckten Inschriften als reine Erfindung enthüllt werden muß.

Andererseits darf man nicht vergessen, daß diese Reden nicht als Täuschung gedacht waren. Sie wurden einzig als dramatisches Element gesehen, das der Erzählung mehr Leben und Realität verleihen sollte, und sollten nicht kritisiert werden, indem man anführte, wie in einem Zeitalter vor Entstehen der Kurzschrift ein solcher Bericht möglich sein konnte oder wie aufgrund des Mangels von schriftlichen Dokumenten die Tradition eine solch genaue wörtliche Aussage möglich machte, sondern man sollte anhand der psychologischen Wahrscheinlichkeit hinsichtlich der Personen argumentieren, denen die Worte in den Mund gelegt werden. Als Antwort auf den modernen Kritizismus würde ein Historiker der Antike wahrscheinlich bemerken, daß diese fiktiven Reden in Wirklichkeit wahrer waren als die tatsächlichen, ebenso wie Aristoteles für die Poesie einen höheren Wahrheitsgehalt in Anspruch nahm als für die Geschichte. Dieser Aspekt zeigt auf interessante Weise, wie fortschrittlich Polybios im Vergleich zu seinen Zeitgenossen war.

Man kann bei ihm als letztem Geschichtswissenschaftler aus seinen Schriften darauf schließen, was er als Kennzeichen des idealen Geschichtsschreibers ansah. Wenn wir die bei Polybios mehr oder weniger verstreuten Ausdrücke sammeln und analysieren, erkennen wir klar den Fortschritt in bezug auf den historischen Kritizismus. Der ideale Historiker muß Zeitgenosse der von ihm beschriebenen Ereignisse oder höchstens eine Generation davon entfernt sein. Soweit möglich, sollte er Augenzeuge des von ihm Beschriebenen sein. Ist das nicht möglich, muß er alle Traditionen und Geschichten sorgfältig überprüfen und nicht einfach Plausibles anstelle des Wahren akzeptieren. Er sollte kein Bücherwurm sein, der fern jeglicher Erfahrungen der Welt in der künstlichen Isolation einer Universitätsstadt lebt, sondern Politiker, Soldat oder Reisender, nicht nur ein denkender, sondern auch ein handelnder Mann sein, eine Person, die große Dinge auch bewirken und nicht nur davon schreiben kann, jemand, der im Bereich der Geschichte die Rolle eines Byron oder Aischylos in der Poesie übernehmen kann, zugleich *le chantre et le héros* ist.[65]

---

65 Barde und Held.

Er soll seinen Blick auf die Tatsache lenken, daß Zufall nichts als ein Synonym für unser Unwissen ist, daß die Herrschaft des Gesetzes auch in den Bereich der Geschichte vordringt wie auch in die Politikwissenschaft. Er muß lernen, bei allen Fällen nach rationalen und natürlichen Ursachen zu suchen. Und obwohl er aus Gründen der Bildung den praktischen Nutzen des Übernatürlichen erkennen muß, darf er sich nicht so weit gehen lassen, die Möglichkeit der Verletzung der unverletzlichen Gesetze zuzulassen oder in einem Bereich zu argumentieren, wo das Argument *a priori* verworfen wird. Er muß sich von aller Befangenheit gegenüber Freund und Land befreien und soll in seiner Kritik höflich und milde bleiben. Er darf Geschichte weder bloß als Gelegenheit für brillantes und tragisches Schreiben ansehen, noch darf er die Wahrheit zugunsten eines Paradoxon oder Epigramms verfälschen.

Während die Bedeutung von bestimmten Tatsachen als Beispiele für höhere Wahrheiten erkannt wird, muß er die Menschheit von einem breiteren und allgemeineren Standpunkt aus sehen. Er soll sich mit dem ganzen Volk und der Welt befassen, nicht mit bestimmten Stämmen in einzelnen Ländern. Er muß immer bedenken, daß die Welt in Wirklichkeit ein Organismus ist, dessen Teile miteinander verbunden sind und sich gegenseitig beeinflussen. Er muß zwischen Ursache und Anlaß unterscheiden, zwischen dem Einfluß von allgemeinen Gesetzen und Einbildungen und darf nie vergessen, daß die besten Lektionen der Welt aus der Geschichte gelernt werden können und daß es die Pflicht des Historikers ist, sie so darzustellen, daß Nationen davor bewahrt werden, eine unkluge Politik zu verfolgen, die zu Unehre und Verderben führt, und dem Einzelnen diese Wahrheiten anhand der intellektuellen Kultur der Geschichte nahezubringen, anstatt sie in der bitteren Schule der Erfahrung lernen zu lassen.

Was die Theorie betrifft, nach der der Historiker Zeitgenosse der von ihm beschriebenen Ereignisse sein soll, so ist sie wohl zulässig, solange er nur die Rolle eines Erzählers innehat. Doch um die Harmonie und rationale Stellung von Fakten einer großen Epoche schätzen zu können, um die zugrundeliegenden Gesetze und Ursachen zu entdecken und die Wirkung zu erkennen, die sie hatten, muß das Ganze aus einer bestimmten Distanz betrachtet werden, um voll verstehen zu können. Ein zeitgenössischer Historiker wie Lord Clarendon oder Thukydides ist in Wirklichkeit Teil der Geschichte, die er kritisiert. Und im Fall solcher zeitgenössischer Historiker wie Fabius oder Philistus sieht sich Polybios gezwungen zuzugeben, daß sie von patriotischen und anderen Erwägungen irregeleitet wurden. Gegen Polybios selbst kann man eine solche Anschuldigung nicht vorbringen. Er ist von allen fähig, wie von einem hohen Turm aus die gesamte Tendenz der antiken Welt zu erkennen, die Überlegenheit der römischen Einrichtungen und des griechischen Gedankens, den man als letzte Nachricht der antiken Welt ansehen und der in einem eher spirituellen Sinn als Evangelium der neuen Welt bezeichnet werden kann.

Eine Tatsache allerdings übersah er, oder falls er sie sah, hielt er sie nicht für bedeutend genug – die Tatsache, daß sich vom Osten her wie eine Welle neue Religionen von der Zeit an ausbreiteten, zu der die Mutter der Götter von Pessinus, eine formlose Steinmasse, von den heiligsten Bürgern in die Ewige Stadt gebracht wurde, bis zu dem Tag, an dem das Schiff *Castor und Pollux* bei Puteoli lag und der heilige Paulus in Rom sich Märtyrertum und Sieg zuwandte. Polybios war zwar in der Lage, anhand seines Wissens über Revolutionen und die Tendenzen verschiedener Regierungsformen das Entstehen dieses demokratischen Gedankens vorherzusagen, der, nachdem mit der Ermordung der Gracchi und dem Exil des Marius der Samen verbreitet war, wie alle demokratischen Bewegungen in der Überlegenheit eines Mannes gipfelte, der Herrschaft des Herrn Cajus Julius Cäsar über die gesamte Welt. Dies sah er klar vorher. Doch wie sich die Herzen aller dem Osten zuwandten, dem ersten Aufleuchten dieses glänzenden Lichts, das über die Hügel Galiläas hereinbrach und die Erde wie Wein überflutete, war seinen Augen verborgen.

In der Beschreibung des idealen Historikers gibt es einige Punkte, die man mit dem Bild vergleichen kann, das Plato uns vom idealen Philosophen gezeichnet hat. Sie sind beide »Zuschauer aller Zeit und allen Lebens«. Nichts ist in ihren Augen vernachlässigbar, denn alles hat eine bestimmte Bedeutung. Beide führen die Menschheit in erhabener Vernunft. Sie sind sich des Werkens Gottes bewußt, doch frei von den Zwängen des bettelnden Priesters oder Wunderwirkenden. Hier allerdings enden die Parallelen. Denn der eine steht abseits des Sturms des Lebens und konzentriert sich auf entfernte, sonnenerleuchtete Anhöhen, liebt das Wissen um des Wissens willen und die Weisheit um den Genuß der Weisheit willen, während der andere ein eifriger Mitwirkender in der Welt ist, der sein Wissen auf nützliche Dinge anwenden will. Beide suchen die Wahrheit, doch der eine wegen ihrer Nützlichkeit und der andere wegen ihrer Schönheit. Der Historiker betrachtet sie als das rationale Prinzip aller wahren Geschichte und nichts weiter. Dem anderen ist sie alles durchdringender, geheimnisvoller Enthusiasmus, »wie das Verlangen nach starkem Wein, das ehrgeizige Streben, die leidenschaftliche Liebe alles Schönen«.

Doch obwohl wir beim Historiker diese höheren und praktischeren Qualitäten vermissen, durch die allein der Philosoph der Akademie sich auszeichnete, dürfen wir die Verdienste dieses großen Rationalisten nicht verkennen, der die Worte der modernen Wissenschaft antizipiert zu haben scheint. Er darf auch nicht nur in dem begrenzten Licht gesehen werden, in dem die meisten modernen Kritiker ihn beleuchten, als expliziter Verfechter des Rationalismus und nichts weiter. Denn er ist auch mit einem anderen Gedanken verknüpft, dessen Entwicklung dem Verlauf des großen Flusses in seinem Ursprungsgebiet Arkadien ähnelt, der einem trockenen Felsen entspringt, immer stärker und schöner wird, bis er die blumigen Wiesen von Olympia erreicht und das Licht und Rauschen der Gewässer Ioniens.

Denn in ihm erkennen wir die ersten Anzeichen dieses großen Kults der Stadt auf den sieben Hügeln, der Virgil zu seinem Epos veranlaßte und Livius zu seiner Geschichte, der in Dante gipfelte und von einem Reich träumte, in dem der Kaiser für seine Untertanen sorgen und der Papst sich der Seelen der Menschen annehmen würde, und so zu der Vorstellung von einem geistigen Reich Gottes und der allgemeinen Bruderschaft der Menschen gelangte und sich in den großen Ozean des universalen Gedankens ausweitet.

Polybios ist der letzte Geschichtswissenschaftler Griechenlands. Der Schriftsteller, der den Gedankengang zu vollenden scheint, ist auf Biographien beschränkt. Ich will hier nicht auf Plutarchs Anwendung der induktiven Methode eingehen, die in seinem ständigen Bezug auf Inschriften und Statuen, von öffentlichen Dokumenten und Gebäuden uns so weiter deutlich wird, da es sich dabei um keine neue Methode handelt. Ich möchte mich mit seiner Haltung hinsichtlich Wundern befassen.

Plutarch ist philosophisch genug, zu erkennen, daß Wunder unmöglich sind, wenn man nicht gegen die Gesetze der Natur verstoßen will. Er sagt, es wäre absurd, davon auszugehen, daß Heiligenstatuen sprechen können, daß ein unbelebtes Objekt, das keine Stimmorgane hat, sich artikulieren kann. Andererseits protestiert er, wenn die Wissenschaft die natürlichen Ursachen von Dingen erklärt, und argumentiert, daß damit ihre transzendentale Bedeutung verlorengeht. »Wenn die Tränen auf der Wange einer heiligen Statue als Feuchtigkeit analysiert wurden, die bei bestimmten Temperaturen auf Holz und Marmor entsteht, folgt daraus nicht, daß sie vielleicht nicht Zeichen von Gram und Kummer Gottes selbst sein sollen.« Als Lampon im Wunder des einhörnigen Widders das Omen der Vorherrschaft des Perikles sah und Anaxagoras zeigte, daß diese anomale Entwicklung das rationale Ergebnis von besonderen Schädelformen war, hatten beide recht – Träumer wie Wissenschaftler. Es oblag letzterem zu bedenken, wie dieses Wunder entstehen konnte, und ersterem, herauszufinden, warum diese Verformung möglich war. Die Entwicklung des Gedankens wird in allen Einzelheiten erläutert. Herodot hatte die Unmöglichkeit der Verletzung von Naturgesetzen erkannt. Thukydides ignorierte das Übernatürliche. Polybios rationalisierte es. Plutarch erhob es wieder zu seinen mystischen Höhen, obwohl er es auf Gesetze gründet. Mit einem Wort, Plutarch fühlte, daß alles Natürliche wirklich übernatürlich ist, obwohl die Wissenschaft das Übernatürliche auf das Natürliche reduziert. Für ihn wie für viele andere unserer Zeit war Religion die transzendentale Geisteshaltung, die zwar die Welt auf unverletzlichen Gesetzen ruhen sieht, jedoch nicht durch die Verletzung, sondern der Erfüllung der Natur Trost bei Gott sucht.

Es scheint paradox, im Zusammenhang mit dem Priester von Chaironeia einen solchen Rationalisten wie Herbert Spencer zu zitieren. Doch wenn wir als letzte Botschaft der modernen Wissenschaft lesen, daß »wenn Leben auf den kleinsten Nenner reduziert wurde, Symbole immer noch Symbole sind«, reine Zeichen der unbekannten Wirklichkeit sind, die aller Materie und allem Geist zugrunde liegt, erkennen wir, wie über Jahrhunderte hinweg der Gedanke sich auf Gedanken beruft, daß Plutarch eine höhere Stellung innehat, als ihm normalerweise in bezug auf den griechischen Intellekt zugestanden wird.

Es scheint, als ob die Bedeutung nicht nur von Plutarch, sondern auch die seines Geburtslandes in der Evolution der griechischen Zivilisation von der modernen Kritik vernachlässigt wurde. Für uns ist der öde Felsen, auf dem der Parthenon thront und der zwischen den Hügeln von Kolonos und Attika liegt, der heiligste Ort Griechenlands. Danach kommt Delphi und dann die Wiesen von Eurotas, wo dieses edle Volk lebte, das im hellenischen Gedanken die Reaktion des Gesetzes der Pflicht auf das Gesetz der Schönheit darstellt, den Gegensatz zwischen Betragen und Kultur. Wenn man jedoch an der *σχιστὴ ὁδός*[66] des Kithairon steht und auf die weite Ebene von Böotien blickt, drängt sich einem unweigerlich die enorme Bedeutung der Teilung von Hellas auf. Im Norden liegt Orchomenus und der Sitz der Handelsfürsten Phöniziens, die Griechenland Bildung und die Kunst der Goldverarbeitung brachten. Zu unseren Füßen liegt Theben, voller schrecklicher Legenden der griechischen Tragödie, der Geburtsort von Pindar, Nährmutter von Epaminondas und des Heiligen Bundes.

Und draußen in der Ebene, wo »Mars zu tanzen pflegte«, erstreckt sich der Helikon, an dessen Silberstrom Corinna und Hesiod sangen. In der Ferne liegt unter den schneebedeckten Bergen Chaironeia und die Löwenebene, wo die Griechen zunächst Mazedonien und dann Rom in Schach zu halten suchten. Chaironeia, wo Plutarch sich aus den Tiefen einer sterbenden Religion erhob, wie sich noch einmal Widerstand erhebt, wenn man schon glaubte, ihn besiegt zu haben.

Die griechische Philosophie beginnt und endet mit dem Skeptizismus: das erste wie auch letzte Wort der griechischen Geschichte war Glaube.

Selbst im Tode noch glänzte die griechische Religion wie ein Sonnenuntergang, bevor sie in den Schrecken der Nacht versank. Denn das kimmerische Dunkel war nahe; und als die Schulen von Athen nicht mehr waren und die Statue der Athena in Trümmern lag, ging der griechische Geist von den Göttern und der Geschichte des eigenen Landes über zu den Feinheiten der Definition einer Doktrin der Dreieinigkeit und den mystischen Versuchen, Plato mit Christus zu vergleichen und Gethsemane und die Bergpredigt mit dem Athener Gefängnis und der Diskussion in den Wäldern von Kolonos gleichzusetzen. Der griechische Gedanke ruhte tausend Jahre lang. Als er wieder erwachte, hatte er wie Antaios Kraft bezogen aus der Erde, in der er lag, wie Apollon hatte er nichts an Göttlichkeit eingebüßt.

In der Geschichte des römischen Gedankens finden wir nirgends Merkmale, die denen der griechischen Erleuchtung gleichen und die, wie ich erläutert habe, die nötigen Begleiterscheinungen des historischen Kritizismus sind. Das konservative Festhalten an Traditionen, das die Römer in ihren Ritualen und Gesetzen erkennen lassen und das in ihrer Politik und Religion deutlich wird, war dem Entstehen eines aufrührerischen Geistes, der gegen die Autorität rebellierte, hinderlich. Doch dieser Geist ist, wie wir gesehen haben, ein bedeutender Faktor in bezug auf den intellektuellen Fortschritt.

Zwar wurden fein säuberlich atmosphärische Phänomene festgehalten, und auch das Verifizieren von Daten war den Römern schon frühzeitig bekannt, doch die Naturwissenschaft zieht nicht spontan aufgrund der Analogien von Recht und Ordnung eine neue Forschungsmethode nach sich, noch ist der skeptische Geist der Philosophie mit seiner Einigung aller Phänomene und Weisheit zu erkennen. Zu der Zeit, als die Welle des östlichen Aberglaubens das Herz des Kapitols überschwemmte, verbannte der Senat die griechischen Philosophen aus Rom. Und von allen drei Systemen, die in der Stadt Fuß faßten, diente das von Zeno und Epikur nur als Regel für die Ordnung des Lebens, während der dogmatische Skeptizismus des Karneades die Möglichkeit der Beweisführung ausschloß und eine völlige Gleichgültigkeit der Forschung propagierte.

Auch hatten die Römer nie das Glück der Griechen, sich mit dogmatischen Systemen von Legenden und Mythen auseinandersetzen zu müssen, deren Unmoral und Absurdität das Entstehen eines skeptischen Kritizismus förderte. Denn die römische Religion nahm schon früh eine feste Form an und wurde von jedem Fortschritt isoliert. Ihre Götter blieben reine Abstraktionen von Tugenden oder uninteressante Personifizierungen der nützlichen Dinge des Lebens. Der alte primitive Glaube wurde als staatliche Institution aufrechterhalten, da er enorme Möglichkeiten für politische Manipulationen bot. Als geistiges Glaubenssystem wurde er jedoch schon früh vom einfachen wie vom gebildeten Volk einmütig abgelehnt, aus dem einfachen Grund, weil er so langweilig war. Das gemeine Volk flüchtete sich in die Verehrung von Isis, das gebildete in die Regeln der Stoiker. Die Römer klassifizierten ihre Götter nach ihren Vorlie-

66 Verzweigung.

ben, analysierten ihre Abstammung im Sinne moderner Ahnenforschung und umgaben sie mit einem Ritual, das so verstrickt war wie ihre Gesetze. Sie waren ihnen aber nie bedeutend genug, als daß sie an sie glauben konnten. So war es für sie nicht wichtig, als Philosophen verkündeten, daß Minerva der Vergangenheit angehörte. Sie war nie mehr gewesen. Noch protestierten sie, als Lukrez es wagte, Ceres und Liber als Korn des Feldes und die Frucht der Rebe zu bezeichnen. Denn nie hatten sie in den Wiesen von Sizilien um die Tochter der Demeter getrauert, nie hatten sie die Lichtung des Kithairon mit einem Speer durchquert.

Dieser kurze Abriß hinsichtlich des römischen Gedankens soll uns als Vorbereitung auf den extremen Wunsch nach wissenschaftlichem historischen Kritizismus dienen, den wir in der Literatur erkennen, und erhärtet außerdem die Bedingungen, die für das Entstehen dieses Geistes Voraussetzung sind, sowie die Denkweisen, die er widerspiegelt und in denen er immer gefunden werden kann. Die geschichtlichen Abhandlungen der Römer hatten ihren Ursprung im Kollegium der Kirchenrechtler und bewahrten bis zum Schluß den unkritischen Geist, der seine Quelle kennzeichnete. Von Beginn an stand eine umfangreiche Sammlung an Geschichtsmaterial zur Verfügung, was jedoch nur zur Entstehung von Antiquaren und nicht von Historikern führte. Tatsachen anzusammeln ist einfach, ihre Anwendung jedoch schwierig.

Cato war der Monotonie der Kirchenannalen müde, die sich meist auf nicht viel mehr als die Sonnenfinsternis konzentrierte. Deshalb schrieb er eigenhändig für sein Kind eine Geschichte nieder. Schon vor seiner Zeit hatten Adelsfamilien Geschichten auf griechisch geschrieben, ähnlich wie die Deutschen im 18. Jahrhundert Französisch als Sprache ihrer Literatur benutzten. Doch der erste wirkliche römische Historiker ist Sallust. Zwischen den außergewöhnlichen Eulogien, die diesem Autor von den Franzosen (wie De Closset) zugeschrieben werden, und Mommsens Sicht von ihm als Verfasser von politischen Schriften ist es vielleicht schwierig, den *via media*[67] der unvoreingenommenen Einschätzung zu finden. Man muß ihm auf jeden Fall zugestehen, daß er ein rein rationalistischer Historiker war, vielleicht der einzige in der römischen Literatur. Cicero verfügte über viele der Eigenschaften eines Geschichtswissenschaftlers und hielt (wie gewöhnlich) viel von seinen eigenen Fähigkeiten. In Abhandlungen zur Legende des Altertums läßt er allerdings einiges offen. Er ist zu vernünftig, daran zu glauben, und doch zu patriotisch, sie zu verwerfen. Und das ist die Haltung von Livius, der die frühe römische Legende als unkritische Hommage ansieht. Der Standpunkt seiner Geschichte ist der, daß sich die Untersuchung des Wahrheitsgehalts dieser Erzählungen nicht lohnt.

In seinen Händen rollt sich vor unseren Augen die Geschichte Roms aus wie ein wunderbarer Teppich, wo Sieg auf Sieg folgt, Triumph auf Triumph und die Reihe der Helden unendlich scheint. Erst wenn wir genauer hinsehen, erkennen wir die Mittel, mit denen diese Wirkung erzielt wird, und begreifen, daß Livius ein gleichgültiger Kritiker war. Was seine Haltung gegenüber der Glaubwürdigkeit der frühen römischen Geschichte angeht, so ist er sich genau wie wir ihres mystischen und ungesunden Wesens bewußt. Er entscheidet nicht, ob die Horatier auf der Seite Alba Longas oder Roms waren, wer der erste Dikator war, wie viele Tribunen es gab und so weiter. Seine Methode ist es, alle Berichte aufzuführen und sich dann manchmal für den wahrscheinlichsten zu entscheiden bzw. normalerweise gar keine Entscheidung zu treffen. Keine Regel des historischen Kritizismus kann jemals erkennen, ob die römischen Frauen die Mutter des Coriolanus aus eigenem Antrieb oder auf Vorschlag des Senats hin befragten. Ob Remus getötet wurde, weil er über die Mauer seines Bruders sprang oder weil sie um Vögel stritten. Ob die Botschafter Cincinnatus beim Pflügen antrafen oder ob er an einer Hecke arbeitete. Livius schiebt sein Urteil zu diesen wichtigen Fakten und Geschichten auf und äußert sich nicht zu ihrem Wahrheitsgehalt. Wenn er zwischen zwei Historikern wählt, entscheidet er sich für denjenigen, der den von ihm beschriebenen Tatsachen näher steht. Er ist kein Kritiker, nur pflichtbewußter Schriftsteller. Es wäre Zeitverschwendung, sich mit seinen kritischen Möglichkeiten zu befassen, da diese nicht existieren.

Im Fall von Tacitus hat die Vorstellungskraft die Stelle der Geschichte eingenommen. Die Vergangenheit ersteht in seinen Werken wieder vom Toten, doch nicht aufgrund seines Kritizismus, sondern vielmehr durch ein dramatisches und psychologisches Können, das ihm zu eigen war.

Er glaubt nicht an die Geschichtsphilosophie. Er kann sich nie entscheiden, was er in bezug

67 Mittelweg.

auf die Herrschaft Gottes über die Welt glauben soll. Bei ihm ist ebensowenig eine Methode zu erkennen wie in anderer römischer Literatur.

Nationen haben keine Mission zu erfüllen, sondern Funktionen. Und die Funktion bzw. Aufgabe des alten Italien war es nicht nur, uns das zu geben, was in unseren an Beständigem Institutionen und in unseren Gesetzen an Rationalem besteht, sondern die geistigen Bestrebungen der Arier und Semiten zu einem elementaren Glauben zu verschmelzen. Italien war nicht Vorreiter in bezug auf intellektuellen Fortschritt oder bewegende Kraft hinter der Evolution des Gedankens. Die Eule der Göttin der Weisheit durchquerte das gesamte Land und fand keinen Platz, an dem sie bleiben konnte. Die Taube, der Vogel Christi flog direkt zur Stadt Rom, worauf eine neue Herrschaft begann. Die frühen italienischen Maler stellten normalerweise die Soldaten, die am Grabe Christi wachten, in mittelalterlichem Gewand dar. Dies war das Ergebnis des offenen Anachronismus aller Kunst und kann uns als Allegorie dienen. Denn das Mittelalter strebte vergebens danach, den begrabenen Geist des Fortschritts zu bewachen. Als der griechische Geist aufdämmerte, war das Grabmal leer, das Totenhemd lag verlassen da. Die Menschheit war auferstanden.

Das Studium des Griechischen impliziert die Geburt von Kritizismus, Vergleich und Forschung. Zu Beginn dieser Bildung des modernen Geistes durch den altertümlichen Gedanken, was wir als Renaissance bezeichnen, waren es die Worte des Aristoteles, die Kolumbus dazu veranlaßten, in die Neue Welt aufzubrechen. Ein Bruchstück der Astronomie des Pythagoras brachte Kopernikus dazu, in der Weise zu denken, die die Stellung unseres Planeten innerhalb des Universums revolutionierte. Damals erkannte man, daß die Rückkehr zu den griechischen Denkweisen Fortschritt bedeutete. Die Lobpreisungen der Mönche, die die Seiten der griechischen Schriften verdunkelten, wurden vernachlässigt, der Glanz einer neuen Methode wurde der Welt deutlich, und aus dem melancholischen Meer des Mittelaltertums erhob sich ein freier Geist vom Glanz der Jugend, deren körperliche Fähigkeiten von neuer Frische erfüllt sind, deren Auge klar sieht und deren Geist erkennt, was ihm zuvor noch verhüllt war. Zu Beginn des 16. Jahrhunderts brachte die venezianische Presse die großen Autoren der Antike heraus, wobei auf den Titelseiten jeweils folgendes zu lesen war: *"Αλδος ὁ Μανόυτιος ‘Ρωμαιοσςκαὶ Φιλέλλην*[68], was uns wohl daran erinnert, mit welchem Wissen Polybios das Schicksal der Welt erkannte, als er die materielle Überlegenheit der römischen Einrichtungen vorhersagte und bei sich das intellektuelle Imperium Griechenlands veranschaulichte.

Das Studium des Geistes des historischen Kritizismus war keine sinnlose Untersuchung der Weisen und Formen von Gedanken, die nun veraltet und ohne Wirkung sind. Der einzige Geist, der uns völlig vorenthalten wird, ist der des Mittelalters. Der griechische Geist dagegen ist überwiegend modern. Die Einführung der komparativen Forschungsmethode, die die Geschichte dazu zwang, ihre Geheimnisse zu enthüllen, gehört in gewissem Maße zu uns. Auch unser Wissen von Philologie der Kunst des Überlebens ist wissenschaftlicher Natur. Im Altertum dagegen wußte man nichts von der Doktrin des Durchschnitts oder der entscheidenden Beispiele, die sich beide als so bedeutend in bezug auf den modernen Kritizismus erwiesen. Die eine liefert einen äußerst wichtigen Beweis für die statischen Elemente der Geschichte und veranschaulicht die Einflüsse der physikalischen Umstände auf das Leben der Menschen, während die andere, wie im Beispiel des Schädels von Moulin Quignon, uns dazu dient, eine völlig neue Wissenschaft der vorgeschichtlichen Archäologie zu begründen, und uns in die Zeit des Steinzeitmenschen und der Mammuts versetzt. Doch außer diesen haben wir dem historischen Kritizismus keine neuen Methoden oder Regeln hinzugefügt. Über ein Jahrtausend hinweg reichen Griechen und der moderne Geist sich die Hand.

Im Fackellauf, den die griechischen Jungen vom Feld des Todes des Kerameikos zum Sitz der Göttin der Weisheit unternahmen, gewann nicht nur der Schnellste einen Preis, sondern auch derjenige, der seine Fackel als erstes entzünden konnte. In der Lampadedromia der Zivilisation und des freien Denkens sollten wir nicht vergessen, denjenigen ausreichend Respekt zu erweisen, die als erstes diese heilige Flamme entzündeten, deren immer heller werdendes Licht uns den Weg weist zu einem entfernten heiligen Ziel, zum Erlangen der vollkommenen Wahrheit.

---

68 Aldo Menuzio, Römer und Liebhaber Griechenlands.

Das Bildnis des Herrn W. H.

1

Ich hatte mit Erskine in seinem hübschen kleinen Haus in Birdcage Walk diniert, und wir saßen über Kaffee und Zigaretten in der Bibliothek, als das Thema literarischer Fälschungen sich plötzlich in unsere Unterhaltung einschlich. Ich weiß nicht mehr, wie wir gerade auf so etwas Sonderbares zu sprechen kamen, wie es dieses Thema damals noch war, doch ich entsinne mich, daß wir ausführlich über Macpherson, Irland und Chatterton redeten und daß ich zu letzterem beharrlich die Ansicht vertrat, seine sogenannten Fälschungen seien in Wahrheit lediglich das Ergebnis seines künstlerischen Strebens nach vollkommener Vorspiegelung, wir hätten kein Recht, einen Künstler für die Umstände, unter denen er sein Werk darbietet, zur Rechenschaft zu ziehen; Kunst sei letztendlich immer zu einem gewissen Grad auch eine Art Schauspielerei, die versuchte Verwirklichung der eigenen Persönlichkeit auf einer Ebene der Vorstellungskraft, die von den Zufällen und Einschränkungen des richtigen Lebens nicht berührt werden kann; die Zensur eines Künstlers als Fälscher sei die Verwirrung einer ethischen mit einer ästhetischen Problematik.

Erskine, der etliche Jahre älter als ich war und mir mit der amüsierten Höflichkeit eines Vierzigjährigen zugehört hatte, legte mir plötzlich die Hand auf die Schulter und sagte: »Was wäre denn mit einem Mann, der eine merkwürdige Theorie über ein bestimmtes Kunstwerk hat und den sein Glaube an diese Theorie veranlaßt, sie durch eine Fälschung zu beweisen?«

»Ah! Das ist etwas ganz anderes«, entgegnete ich.

Erskine schwieg einen Moment und blickte in die dünnen, grauen Rauchkräusel seiner Zigarette. »Ja«, sagte er nach einer Pause, »ganz anders.«

Etwas in seiner Stimme, ein Hauch von Bitterkeit vielleicht, weckte meine Neugier. »Wissen Sie von jemandem, der das getan hat?« fragte ich.

»Ja«, antwortete er und warf seine Zigarette ins Kaminfeuer, »ein guter Freund von mir, Cyril Graham. Er war äußerst faszinierend, äußerst leichtsinnig und äußerst herzlos. Doch er hinterließ mir das einzige Erbstück meines Lebens.«

»Was war das?« fragte ich lachend. Erskine stand auf, ging zu einem großen, intarsiengeschmückten Schrank, der zwischen den beiden Fenstern stand, öffnete ihn und kehrte zu meinen Sessel zurück. In seiner Hand hielt er ein kleines Bild in einem alten und etwas mitgenommenen elisabethanischen Rahmen.

Es war das Bildnis eines jungen Manns in der Kleidung des späten 16. Jahrhunderts, der neben einem Tisch stand. Seine rechte Hand ruhte auf einem offenen Buch. Er schien etwa 17 Jahre alt und war von ausnehmender, geradezu weiblicher Schönheit. Wären da nicht die Kleidung und das kurzgeschorene Haar, so hätte ich das Gesicht mit den verträumten Augen und den sanften roten Lippen sicherlich für das eines Mädchens gehalten. Der Stil, insbesondere die Gestaltung der Hände, erinnerte mich an das Alterswerk von François Clouet. Die schwarze Samtweste mit den phantastischen vergoldeten Kanten und der pfauenblaue Hintergrund, von dem er sich so angenehm abhob und der ihm so leuchtende Farben verlieh, waren ganz im Stil Clouets, und die beiden Masken der Komödie und Tragödie, die mit großer Formalität an einer Marmorsäule hingen, hatten die unerschütterliche Strenge – so anders als die übertriebene Anmut der Italiener –, die der große flämische Meister selbst am französischen Hof nie ablegte und die schon immer ein typischer Charakterzug des nordischen Temperaments war.

»Es ist entzückend«, rief ich aus, »– aber wer ist dieser wunderbare junge Mann, dessen Schönheit die Kunst für uns bewahrt hat?«

»Dies ist das Bildnis des Herrn W. H.«, sagte Erskine mit einem melancholischen Lächeln. Vielleicht lag es nur am Licht, doch mir schien, als stünden Tränen in seinen Augen.

»Herr W. H.!« wiederholte ich. »Wer war Herr W. H.?«

»Sie erinnern sich nicht?« antwortete er. »Sehen Sie sich das Buch an, auf dem seine Hand ruht.«

»Ich kann die Schrift sehen, aber nicht entziffern«, antwortete ich.

»Versuchen Sie es mit dieser Lupe«, sagte Erskine, noch immer mit dem melancholischen Lächeln auf den Lippen.

Ich nahm die Lupe, rückte die Lampe ein wenig näher und begann, die krakelige Handschrift des 16. Jahrhunderts zu entschlüsseln. »Dem wahren Schöpfer der nachfolgenden Sonette.« … »Guter Himmel!« rief ich, »ist dies Shakespeares W. H.?«

»Cyril Graham sagte es«, murmelte Erskine.

»Aber es sieht überhaupt nicht wie Lord Pembroke aus«, entgegnete ich. »Ich kenne die Porträts von Wilton recht gut. Ich war vor ein paar Wochen dort.«

»Glauben Sie wirklich, daß die Sonette an Lord Pembroke gerichtet sind?«

»Ich weiß es genau«, antwortete ich. »Pembroke, Shakespeare und Mrs. Mary Fitton sind die drei Persönlichkeiten der Sonette, da gibt es keinen Zweifel.«

»Nun, ich bin Ihrer Ansicht«, sagte Erskine, »aber das war nicht immer der Fall. Ich glaubte – nun, ich denke, ich glaubte an Cyril Graham und seine Theorie.«

»Und was war seine Theorie?« fragte ich, mein Blick noch immer auf dem Bild, das eine sonderbare Faszination auf mich ausübte.

»Es ist eine lange Geschichte«, murmelte er und nahm mir das Bild aus den Händen – etwas plötzlich, dachte ich – »eine sehr lange Geschichte, doch wenn Sie interessiert sind, erzähle ich sie Ihnen.«

»Ich liebe Theorien über die Sonette«, rief ich, »doch ich glaube nicht, daß ich mich von neuen Ideen überzeugen lasse. Die Sache ist längst kein Rätsel mehr. Erstaunlich ist eigentlich nur, daß es überhaupt je eines war.«

»Ich glaube nicht an diese Theorie und werde Sie daher kaum dazu bekehren können«, lachte Erskine, »doch vielleicht finden Sie sie ja interessant.«

»Aber natürlich möchte ich sie hören«, antwortete ich. »Wenn sie auch nur halb so erfreulich ist wie dieses Bild, so ist das mehr als genug.«

»Also gut«, sagte Erskine und zündete eine Zigarette an, »zunächst muß ich Ihnen von Cyril Graham selbst erzählen. Wir waren im selben Haus in Eton. Er war ein oder zwei Jahre älter als ich, doch wir waren beste Freunde und bei Arbeit und Spiel unzertrennlich. Es gab natürlich viel mehr Spiel als Arbeit, doch ich kann nicht behaupten, daß ich das bedauere. Es ist immer von Vorteil, keine fundierte kommerzielle Erziehung genossen zu haben, und mein auf den Sportplätzen von Eton erworbenes Wissen ist ebenso nützlich wie alles, was ich in Cambridge gelernt habe. Cyrils Vater und Mutter waren beide tot. Sie verloren ihr Leben bei einem furchtbaren Segelunfall vor der Isle of Wight. Sein Vater war Diplomat und hatte eine Tochter, die einzige Tochter, des alten Lord Crediton geheiratet, der nach dem Tod der Eltern Cyrils Vormund wurde. Ich glaube nicht, daß Lord Crediton Cyril besonders mochte. Er hatte seiner Tochter nie verziehen, daß sie einen Mann ohne Titel geheiratet hatte. Er war ein außergewöhnlicher alter Aristokrat, der fluchte wie ein Seemann und sich benahm wie ein Bauer. Ich sah ihn einmal bei einer Veranstaltung der Schule. Er grunze mich an, gab mir einen Sovereign und warnte mich, nicht so ›ein verfluchter Radikaler‹ wie mein Vater zu werden. Cyril hatte wenig für ihn übrig und zog es vor, den Großteil seiner Ferien bei uns in Schottland zu verbringen. Die beiden verstanden sich nie besonders. Cyril hielt ihn für einen ungehobelten Klotz, und er hielt Cyril für verweichlicht. In mancher Hinsicht stimmte das sicherlich, doch Cyril war ein ausgezeichneter Fechter und Reiter. Er gewann mehrere Fechtturniere, während er noch in Eton war. Doch sein Verhalten war äußerst lethargisch. Er war sehr eitel und verabscheute Fußball, das er als ein Spiel ausschließlich für die Söhne der Mittelklasse bezeichnete. Am meisten Freude machten ihm Poesie und Schauspielerei. In Eton verkleidete er sich häufig und rezitierte Shakespeare, und als wir beide zu Trinity gingen, wurde er vor dem Ablauf des ersten Trimesters Mitglied des Dramaturgievereins. Ich erinnere mich noch genau, wie eifersüchtig ich auf seine Fähigkeiten als Schauspieler war. Meine Ergebenheit ihm gegenüber grenzte ans Absurde, denn wir waren in vielen Dingen so völlig verschieden. Ich war ein unbeholfener, schwächlicher Junge mit großen Füßen und furchtbaren Sommersprossen. Sommersprossen sind ein Erbübel schottischer Familien, wie Gicht in englischen. Cyril sagte immer, daß er lieber Gicht als Sommersprossen hätte, aber er legte eben einen übersteigerten Wert auf seine Erscheinung und legte dem Diskussionsverein sogar in einem Vortrag dar, warum gutes Aussehen besser als ein guter Charakter sei. Er war wirklich auffallend attraktiv. Menschen, die ihn nicht mochten, Philister, Tutoren und junge Männer, die sich der Theologie widmeten, sagten, er sei nur hübsch, doch sein Gesicht war mehr als nur hübsch. Ich halte ihn für das großartigste Wesen, das ich je gesehen habe. Die Eleganz seiner Bewegungen und sein Charme sind unübertroffen. Er faszinierte alle, die zu faszinieren sich lohnt, und viele, bei denen das nicht der Fall war. Er war oft verträumt oder schmollte, und ich hielt ihn oft für sehr unaufrichtig. Doch das lag wohl vor allem an seinem großen Bedürfnis zu gefallen. Armer Cyril! Ich beschuldigte ihn einmal, sich mit ganz billigen Triumphen zufriedenzugeben, doch er schüttelte nur den Kopf und lächelte. Er war sehr verwöhnt. Alle charmanten Menschen, glaube ich, sind verwöhnt. Das ist das Geheimnis ihres Charmes.

Aber ich muß Ihnen mehr von Cyrils Schauspielerei erzählen. Sie wissen, daß Frauen nicht im Dramaturgieverein auftreten dürfen. So war es zumindest zu meiner Zeit. Ich weiß nicht, wie man es dort jetzt hält. Nun, Cyril erhielt natürlich immer die weiblichen Rollen, und in *Wie es Euch gefällt* spielte er Rosalind. Es war eine fabelhafte Vorstellung. Sie werden mich auslachen, aber ich versichere Ihnen: Cyril Graham war die einzige perfekte Rosalind, die ich je gesehen habe. Die Schönheit, die Empfindsamkeit, die Perfektion des Ganzen läßt sich einfach nicht in Worte fassen. Die Inszenierung war ein sensationeller Erfolg, und das furchtbare kleine Theater, das es damals war, war jede Nacht völlig überfüllt. Selbst heute denke ich unweigerlich an Cyril, wenn ich dieses Stück lese. Die Rolle war ihm auf den Leib geschrieben, und er spielte sie mit außergewöhnlicher Eleganz und Klarheit. Im folgenden Trimester erlangte er seinen Abschluß und kam nach London, um sich auf eine Laufbahn im diplomatischen Dienst vorzubereiten. Doch er vernachlässigte seine Studien und verbrachte seine Tage mit der Lektüre Shakespeares und seine Abende im Theater. Er war natürlich versessen auf eine Bühnenlaufbahn. Selbst mit vereinten Kräften konnten Lord Crediton und ich ihn nur mühsam davon abbringen. Vielleicht lebte er heute noch, wenn wir ihn gelassen hätten. Es ist immer albern, Rat zu geben, doch das Erteilen von gutem Rat ist völlig fatal. Ich hoffe, dieser Fehler wird Ihnen nie unterlaufen. Falls doch, wird es Ihnen leid tun.

Aber zurück zu meiner Geschichte. Eines Nachmittags erhielt ich einen Brief von Cyril, in dem er mich bat, ihn am selben Abend zu besuchen. Seine Zimmer in Piccadilly waren entzükkend, mit Ausblick auf den Park, und ich besuchte ihn fast jeden Tag, daher war ich überrascht, daß er sich die Mühe einer Einladung gemacht hatte. Natürlich ging ich zu ihm, und ich fand ihn in großer Erregung vor. Er erzählte mir, er habe endlich das wahre Geheimnis der Sonette von Shakespeare entdeckt; alle Forscher und Kritiker seien auf dem Holzpfad, und er allein habe ausschließlich anhand interner Beweise die wahre Identität des Mr. W. H. entdeckt. Er war ganz wild vor Freude und wollte mir seine Theorie lange Zeit nicht verraten. Doch schließlich zog er ein Bündel Notizen hervor, nahm sein Exemplar der Sonette vom Kaminsims, setzte sich und hielt mir einen langen Vortrag.

Zunächst wies er darauf hin, daß der junge Mann, an den Shakespeare diese außerordentlich gefühlvollen Gedichte richtete, von großer Bedeutung bei der Entwicklung seiner dramatischen Kunst gewesen sein muß, was weder auf Lord Pembroke noch auf Lord Southampton zutrifft. Außerdem konnte er, wer auch immer er war, kein Aristokrat gewesen sein, wie schlüssig in Shakespeares Sonett XXV dargelegt, in dem Shakespeare sich mit Männern vergleicht, die ›Favoriten großer Prinzen‹ sind, und freimütig zugesteht –

›Let those who are in favour with their stars
Of public honour and proud titles boast,
Whilst I, whom fortune of such triumphs bars,
Unlooked for joy in that I honour most‹,

(Laß jene, die in der Gunst ihrer Sterne stehen,
Sich öffentlich in Ehre und Titel ergehen,
Während ich, vom Schicksal von solchem Triumph getrennt,
Mich unbeobachtet erfreue an dem, was ich am meisten schätze)

und das Sonett damit beendet, sich zum geringen Status des Angebeteten zu gratulieren:

›Then happy I, that love and am beloved
Where I may not remove nor be removed‹.

(Ich Glücklicher, der liebe und geliebt bin,
Wo ich nicht kommen noch gehen kann)

Dieses Sonett, erklärte Cyril, wäre völlig unverständlich, wenn man annähme, es sei an den Earl of Pembroke oder den Earl of Southampton gerichtet, beide in führender Stellung in der englischen Gesellschaft und durchaus berechtigt, als ›Prinzen‹ bezeichnet zu werden, und zur weiteren Untermauerung las er mir die Sonette CXXIV und CXXV vor, in denen Shakespeare uns mitteilt, daß seine Liebe nicht ›the child of state‹ (dem Kind des Wohlstands) gehört, daß der Angebetete ›suffers not in smiling pomp‹ (nicht in lächelndem Brimborium leidet), sondern ›builded far from accident‹ (nicht von nobler Abstammung ist). Ich hörte mit großem Interesse zu, denn mir schien, daß noch niemand diese Ungereimtheiten so klar dargelegt hatte, aber was folgte, war noch bemerkenswerter und schien mir damals ein schlagendes Argument gegen Pembroke zu sein. Wir wissen von Meres, daß Shakespeares Sonette vor 1598 geschrieben wurden, und Sonett CIV läßt uns wissen, daß Shakespeares Freundschaft mit Mr. W. H. bereits seit drei Jahren bestand. Lord Pembroke, geboren 1580. Kam erst im Alter von 18 Jahren nach London, also im Jahr 1598, während Shakespeares Freundschaft mit Mr. W. H. 1594 oder spätestens 1595 begonnen haben mußte. Shakespeare konnte daher erst die Bekanntschaft Lord Pembrokes gemacht haben, nachdem die Sonette bereits geschrieben waren.

Cyril verwies mich auch auf die Tatsache, daß Pembrokes Vater erst 1601 starb, während wir aus der Zeile

›You had a father, let your son say so‹,

(Du hattest einen Vater, laß es deinen Sohn sagen)

entnehmen können, daß der Vater des Mr. W. H. 1598 bereits tot war, und wies nachdrücklich auf das Beweismaterial der Wilton-Porträts hin, die Lord Pembroke als dunkelhäutigen und dunkelhaarigen Mann zeigen, während Mr. W. H. Haar wie gesponnenes Gold hatte und in dessen Gesicht sich das ›Weiß der Lilie‹ und das ›tiefe Rot der Rose‹ begegneten, der ›fair‹ (hellhäutig/blond) und wunderbar anzusehen war. Außerdem ist es einfach lächerlich, zu glauben, daß ein Verleger der Zeit, und das Vorwort stammt aus der Feder des Verlegers, sich erträumt hätte, William Herbert, Earl of Pembroke, als Mr. H. W. anzureden. Der Vergleich mit Lord Bockhurst, von dem man gelegentlich als Mr. Sackville sprach, sei nicht zutreffend, da Lord Bockhurst, erster Inhaber dieses Titels, wirklich nur Mr. Sackville war, als er seine Beiträge im ›Mirror for Magistrates‹ veröffentlichte, während Pembroke zu Lebzeiten seines Vaters immer als Lord Herbert bekannt war. Und damit hatte Cyril Lord Pembroke erledigt, während ich voller Erstaunen zusah. Lord Southampton war überhaupt kein Problem für Cyril. Southampton wurde bereits in jungen Jahren Geliebter von Elizabeth Vernon und brauchte daher nicht zur Heirat aufgefordert zu werden; er war nicht schön; er sah seiner Mutter nicht ähnlich, Mr. W. H. aber wohl –

›Thou art thy mother's glass, and she in thee
Calls back the lovely April of her prime‹;

(Du bist der Spiegel deiner Mutter, und sie
sieht in dir den lieblichen April ihrer Jugend)

und außerdem war sein Vorname Henry, während die Sprachwitz-Sonette (CXXXV und CXLIII) zeigen, daß der Vorname von Shakespeares Freund auch sein eigener war – *Will*.

Die ganzen anderen Vorschläge der unglücklichen Kommentatoren – Mr. W. H. sei ein Druckfehler für Mr. W. S., also Mr. William Shakespeare, Mr. W. H. all sei eigentlich Mr. W. Hall, Mr. W. H. sei Mr. William Hathaway, Mr. W. H. sei Mr. Henry Willobie, der junge Dichter aus Oxford, mit umgekehrten Anfangsbuchstaben, oder ein Punkt fehle hinter ›wisheth‹, so daß

Mr. W. H. der Verfasser und nicht der Empfänger der Widmung sei – wurden von Cyril in kürzester Zeit erledigt, und es lohnt sich nicht, die einzelnen Begründungen aufzuführen, obwohl ich mich erinnere, daß ich furchtbar lachen mußte, als er mir einige Auszüge (glücklicherweise in einer Übersetzung) aus dem Werk eines deutschen Kommentators namens Barnstorff vorlas, der behauptete, Mr. W. H. bedeute lediglich ›Mr. William Himself‹. Auch die These, die Sonette seien eine reine Persiflage auf das Werk von Drayton und John Davies of Hereford, war seiner Überzeugungskraft nicht gewachsen. Er, und auch ich, spürten in diesen Gedichten ernste und tragische Bedeutung, die ganze Bitternis im Herzen Shakespeares versüßt durch den Honig seiner Lippen. Völlig unzulässig fand Cyril daher auch die Interpretation der Sonette als philosophische Allegorie, in der Shakespeare sein idealisiertes Selbst, sein Ideal des Mannes, den Geist der Schönheit, den Verstand, den göttlichen Logos oder die katholische Kirche anspricht. Er fühlte, was wir wohl alle fühlen: Diese Sonette wurden an ein Individuum geschrieben – an einen bestimmten jungen Mann, dessen Persönlichkeit Shakespeares Seele aus irgendeinem Grund mit furchtbarer Freude und ebenso schrecklicher Verzweiflung füllt.

Nachdem er so den Weg freigeräumt hatte, forderte Cyril mich auf, alle meine vorgefaßten Ideen zu diesem Thema zu vergessen und seine eigene Theorie ganz unvoreingenommen zu empfangen. Das Problem, erklärte er, sei folgendes: Wer war der junge Mann, Shakespeares Zeitgenosse, der ohne noble Abstammung oder auch nur eine noble Natur derart ungezügelte Bewunderung in Shakespeare auslöste, daß wir nur staunen können und uns fast fürchten, den Schlüssel zu drehen, der uns das Rätsel im Herzen des Dichters öffnet? Wer war es, dessen Schönheit das Fundament für Shakespeares Kunst wurde, die Quelle von Shakespeares Inspiration, die Verkörperung von Shakespeares Träumen? Ihn einfach als Objekt von Liebesgedichten anzusehen hieße, den ganzen Sinn der Sonette mißzuverstehen, denn die Kunst, von der Shakespeare in seinen Sonetten spricht, ist nicht die der Sonette selbst, die ihm nichts mehr als ein geheimer Zeitvertreib waren, sondern die Kunst des Dramaturgen, und er, dem Shakespeare schrieb –

›Thou art all my art, and dost advance
As high as learning my rude ignorance‹ –

(Du bist meine ganze Kunst und machst
zur höchsten Bildung meine Ignoranz)

er, dem er Unsterblichkeit versprach,

›Where breath most breathes, even in the mouth of men‹ –

(Inmitten allen Atems, in aller Munde)

er, der ihm die zehnte ›Muse‹ war und

›Ten times in worth
Than those old nine which other rhymers invocate‹,

(Zehnmal mehr wert
als die alten neun, die andere Dichter anrufen)

war sicherlich kein anderer als der junge Schauspieler, für den er Viola und Imogen, Julie und Rosalind, Portia und Desdemona und selbst Cleopatra erschuf.«

»Der junge Schauspieler in Shakespeares Dramen?« rief ich aus.

»Ja«, sagte Erskine. »Das war Cyril Grahams Theorie, entwickelt, wie Sie sehen, ausschließlich auf Grundlage der Sonette selbst. Diese These stützt sich weniger auf klare Beweise als auf eine Art spirituellen und künstlerischen Sinn, der seiner Ansicht nach der einzige Weg zum Erkennen der wahren Bedeutung der Sonette war. Ich erinnere mich genau, wie er mir das schöne Sonett vorlas –

›How can my Muse want subject to invent,
While thou dost breathe, that pour'st into my verse
Thine own sweet argument, too excellent
For every vulgar paper to rehearse
O give thyself the thanks, if aught in me
Worthy perusal stand against thy sight;
For who's so dumb that cannot write to thee,
When thou thyself dost give invitation light?‹

– und darlegte, wie genau dies seine Ansicht belegte, und sorgfältig durch alle Sonette ging und aufzeigte, oder aufzuzeigen meinte, daß, mit seiner neuen Erklärung der Bedeutung, bislang unklar, bösartig oder übertrieben Erscheinendes plötzlich nicht nur klar und logisch wurde, sondern auch die Vorstellung Shakespeares vom wahren Verhältnis zwischen der Kunst des Schauspielers und der Kunst des Dramaturgen illustrierte.

Es liegt natürlich auf der Hand, daß es in Shakespeares Truppe einen wunderbaren und wunderschönen jungen Schauspieler gegeben haben muß, der die Heldinnen gab, denn Shakespeare war nicht nur ein Poet, sondern auch ein erfolgreicher Intendant. Cyril Graham hatte tatsächlich den Namen dieses Jünglings ergründet: Er hieß Will, oder wie Cyril es vorzog, Willie Hughes. Den Vornamen fand er natürlich in den Wortwitz-Sonetten CXXXV und CXLIII; den Nachnamen meinte er in der siebten Zeile des Sonetts XX zu finden, wo Mr. W. H. folgendermaßen beschrieben ist:

›A man in hew, all *Hews* in his controwling.‹

In der Originalausgabe der Sonette ist ›Hews‹ kursiv und in Großbuchstaben gedruckt, ein klarer Beweis, meinte Cyril, daß ein Wortspiel beabsichtigt war. Weitere Belege für seine These fand er in den Sonetten, in denen merkwürdige Wortspiele mit den Begriffen ›use‹ und ›usury‹ erfolgen, und in Zeilen wie –

›Thou art as fair in knowledge as in hew‹.

Natürlich war ich bald überzeugt, und Willie Hughes war für mich ebenso eine echte Person wie Shakespeare selbst. Mein einziger Einwand war, daß der Name Willie Hughes nicht in der Liste der Schauspieler Shakespeares erscheint, die im ersten Folio abgedruckt ist. Cyril leitete aus der Abwesenheit des Namens jedoch einen weiteren Beweis für seine Theorie ab, denn Sonett LXXXVI besagt, daß er Shakespeares Truppe verlassen und zu einer anderen Truppe gewechselt hatte, wahrscheinlich Chapmans. Darauf bezieht Shakespeare sich in seinem großartigen Sonett über Chapman, wenn er zu Willie Hughes sagt –

›But when your countenance filled up his line,
Then lacked I matter: that enfeebled mine‹ –

wobei die Worte ›when your countenance filled up his line‹ offensichtlich bedeuten, daß die Schönheit des jungen Schauspielers nun den Versen Chapmans Leben einhaucht. Diesen Gedanken finden wir auch in Sonett LXXIX:

›Whilst I alone did call upon thy aid,
My verse alone had all thy gentle grace,
But now my gracious numbers are decayed,
And my sick Muse doth give another place‹

sowie im vorhergehenden Sonett, wo Shakespeare klagt:

›Every alien pen hath got my *use*
And under thee their poesy disperse‹.

Das Wortspiel (use = Hughes) ist offensichtlich, und die Formulierung ›under thee their poesy disperse‹ bedeutet natürlich ›mit deiner Hilfe als Schauspieler ihre Stücke vor das Publikum bringen‹.

Es war ein wunderbarer Abend, und wir saßen fast bis zur Morgendämmerung beisammen und lasen die Sonette immer wieder. Nach einiger Zeit kam mir jedoch die Erkenntnis, daß diese These der Welt erst in vollständige Form vorgestellt werden konnte, wenn wir einen unabhängigen Beweis für die Existenz des jungen Schauspielers Willie Hughes vorlegen konnten. Wäre dies der Fall, so könnte niemand an seiner Identität als Mr. W. H. zweifeln, doch ansonsten würde niemand der These Glauben schenken. Ich legte Cyril dies in klaren Worten dar, und er war sehr verärgert über mein ›Philistertum‹, wie er es nannte, und äußerte sich auch anderweitig in bitteren Worten. In seinem eigenen Interesse rang ich ihm jedoch das Versprechen ab, daß er seine Entdeckung erst veröffentlichen würde, wenn alle Zweifel ausgeräumt waren; und wir verbrachten Wochen und Wochen mit dem Wälzen der Gemeinderegister, historischer Aufzeichnungen, den Büchern des Lord Chamberlain – einfach allem, von dem wir uns die Möglichkeit einer Erwähnung des Willie Hughes versprachen. Cyril war in einem besorgniserregenden Zustand und ging immer wieder durch seine Beweiskette, flehte mich geradezu an, ihm Glauben zu schenken, aber ich sah den schweren Fehler in seiner These und wollte mich nicht überzeugen lassen, ohne einen eindeutigen Beweis für die Existenz des Willie Hughes, jugendlicher Schauspieler der elisabethanischen Ära.

Eines Tages verließ Cyril London. Ich nahm an, daß er seinen Großvater besuchte, doch später hörte ich von Lord Crediton, daß dies nicht der Fall war. Etwa zwei Wochen später erhielt ich ein Telegramm von ihm, in Warwick aufgegeben, in dem er mich für acht Uhr desselben Abends in sein Zimmer bestellte. Dort begrüßte er mich mit den Worten: ›Der einzige Apostel, der keinen Beweis verdiente, war Thomas, und Thomas war der einzige, der einen Beweis erhielt.‹ Ich fragte ihn, was er meinte. Er entgegnete, daß es ihm nicht nur gelungen sei, die Existenz eines jungen Schauspielers namens Willie Hughes im 16. Jahrhundert zu beweisen, sondern daß er nun einen eindeutigen Beweis dafür vorlegen könne, daß Willie Hughes Mr. W. H. der Sonette Shakespeares sei. Mehr verriet er nicht, doch nach dem Dinner holte er mit großem Ernst das Bild hervor, daß ich Ihnen gezeigt habe, und erzählte mir, daß er es an die Innenseite einer Truhe aus einem Bauernhaus in Warwickshire genagelt gefunden habe. Die Truhe selbst, ein feines Stück der elisabethanischen Zeit und zweifelsohne authentisch, hatte er ebenfalls mitgebracht, und in die Mitte der Vorderseite waren die Initialen W. H. geschnitzt. Dieses Monogramm hatte seine Aufmerksamkeit erregt, und erst einige Tage, nachdem er die Truhe erworben hatte, untersuchte er ihr Inneres. Eines Morgens fiel ihm jedoch auf, daß die rechte Seite der Truhe dicker als die andere war, und bei genauerem Hinsehen stellte sich heraus, daß ein gerahmtes Bild gegen die Truhenwand genagelt war. Er löste es aus seinem Gefängnis und fand das Bild, daß nun auf dem Sofa liegt. Es war sehr schmutzig und von Schimmel befallen, doch es gelang ihm, es zu säubern, und zu seiner großen Freude sah er, daß ihm durch reinen Zufall genau das in die Hände gefallen war, was er gesucht hatte. Hier war ein authentisches Bild des Mr. W. H. mit seiner Hand auf der Widmungsseite der Sonette, und in der Ecke des Bildes war der Name des jungen Mannes selbst zu sehen, geschrieben in verschlungenen goldenen Buchstaben auf dem verblichenen blauen Hintergrund, ›Master Will Hughes‹.

Nun, was konnte ich sagen? Aus dem Sonett XLVII wissen wir, daß Shakespeare ein Bild von Mr. W. H. besaß, und es schien mir mehr als wahrscheinlich, daß wir nun eben jenen ›gemalten Strauß‹ vor uns hatten, an dem er seine Augen weidete, das Bild, das ihm ›Freude in Herz und Auge‹ war. Nicht einen Moment kam mir der Gedanke, daß Cyril mich hereinlegen wollte oder seine Theorie mittels einer Fälschung zu beweisen versuchte.«

»Aber ist es denn eine Fälschung?« fragte ich.

»Natürlich ist es eine Fälschung«, antwortete Erskine. »Eine ausgesprochen überzeugende zwar, aber dennoch eine Fälschung. Mir schien damals, daß Cyril angesichts dieser Entdeckung erstaunlich beherrscht war, doch ich entsinne mich, daß er immer wieder betonte, daß seine These auch ohne Beweise vollständig war und er keine Beweise brauchte. Ich lachte ihn aus und wies ihn darauf hin, daß seine ganze These ohne den Beweis zusammenbräche, und ich beglückwünschte ihn aus tiefstem Herzen zu seiner fabelhaften Entdeckung. Wir beschlossen, daß das Bild als Kupferstich oder Kopie das Deckblatt von Cyrils Ausgabe der Sonette zieren sollte, und verbrachten die nächsten drei Monate damit, Zeile für Zeile durch jedes Gedicht zu gehen, bis wir alle Nuancen des Texts und seiner Bedeutung geklärt hatten. Eines unglücklichen Tags sah ich in einem Laden in Holborn einige wunderbare Zeichnungen in Silberstich. Sie gefielen mir so sehr, daß ich sie kaufte, und der Inhaber des Ladens, ein Mann namens Rawlings, erzählte mir, daß sie das Werk eines äußerst talentierten jungen Malers namens Edward Merton waren, der arm wie eine Kirchenmaus sei. Einige Tage später suchte ich Merton auf, nachdem ich seine Adresse von Rawlings erhalten hatte, und fand einen blassen, interessanten jungen Mann vor, mit einer recht gewöhnlich aussehenden Ehefrau – seinem Modell, wie ich später erfuhr. Ich berichtete ihm von meiner Bewunderung seiner Zeichnungen, was ihn sehr zu erfreuen schien, und bat ihn, mir andere seiner Arbeiten zu zeigen. Als wir durch sein Portfolio voller wunderbarer Werke gingen – Merton war wirklich ein außergewöhnlich sensibler und eleganter Künstler –, fiel mein Blick plötzlich auf eine Zeichnung des Bildes des Mr. W. H. Es war kein Zweifel möglich. Die Zeichnung war fast eine Kopie – der einzige Unterschied war die Plazierung der beiden Masken der Tragödie und Komödie, die nicht, wie auf dem Bild, von der Marmorsäule hingen, sondern zu Füßen des jungen Manns auf dem Boden lagen. ›Wo, um alles in der Welt, haben Sie das her?‹ fragte ich. Er schien recht verwirrt, und sagte – ›Oh, das ist nichts. Ich wußte nicht, daß es in diesem Portfolio ist. Es ist völlig wertlos.‹ ›Das ist das Bild, daß du für Mr. Cyril Graham gemacht hast‹, rief seine Frau aus, ›und wenn dieser Herr es kaufen möchte, soll er es haben.‹ ›Für Mr. Cyril Graham?‹ wiederholte ich. ›Haben Sie das Bild des Mr. W. H. gemalt?‹ ›Ich weiß nicht, was Sie meinen.‹ entgegnete er mit rotem Gesicht. Nun, die ganze Situation war einfach furchtbar. Die Frau hatte alles verraten. Ich gab ihr fünf Pfund, als ich ging. Heute schäme ich mich dafür, doch damals kochte ich vor Wut. Ich ging direkt zu Cyrils Zimmern und wartete dort drei Stunden lang auf ihn, drei Stunden, in denen mir die gräßliche Lüge ins Gesicht starrte, und als er hereinkam, teilte ich ihm mit, daß ich seine Fälschung enttarnt hatte. Er wurde bleich und sagte – ›Ich tat es nur für dich. Du wolltest dich nicht anders überzeugen lassen. Es hat keinen Einfluß auf die Wahrheit der These.‹ ›Die Wahrheit der These!‹ rief ich aus, ›davon sprechen wir am besten gar nicht. Du hat ja nicht einmal selbst daran geglaubt. Sonst hättest du es nicht nötig gehabt, eine Fälschung zu begehen, um sie zu beweisen.‹ Der Wortwechsel wurde schnell zum bitteren Streit. Wahrscheinlich war ich ungerecht, und am nächsten Morgen war er tot.«

»Tot!« entfuhr es mir.

»Ja, er erschoß sich mit einem Revolver. Als ich eintraf – sein Diener hatte sofort nach mir geschickt –, war die Polizei bereits dort. Er hinterließ einen Brief für mich, der beredtes Zeugnis seiner Aufregung und Verwirrung ablegte.«

»Was stand darin?« fragte ich.

»Ach, daß er völlig an Willie Hughes glaubte, daß die Fälschung des Bildes lediglich ein Zugeständnis an mich gewesen sei und nicht im geringsten die Wahrheit der Theorie beeinflußte, und daß er als Beweis für seinen unerschütterlichen Glauben an die ganze Angelegenheit sein Leben als Opfer für das Rätsel der Sonette niederlege. Es war ein alberner und verrückter Brief. Er endete damit, daß er mir die Theorie zu Willie Hughes anvertraute und mir auftrug, sie der Welt vorzustellen und das Rätsel im Herzen Shakespeares aufzudecken.«

»Das ist eine tragische Geschichte«, rief ich aus. »Warum haben Sie seinen Wunsch nicht erfüllt?«

Erskine zuckte mit den Schultern. »Weil die ganze Theorie von Anfang bis Ende voller Löcher ist«, antwortete er.

»Mein lieber Erskine«, entgegnete ich und stand auf, »Sie irren ganz gewaltig in dieser Angelegenheit. Es ist der einzig richtige Ansatz zum Verständnis der Sonette Shakespeares. Es ist rundum vollständig. Ich glaube an Willie Hughes.«

»Sagen Sie das nicht«, antwortete Erskine ernsthaft, »ich halte die ganze Idee für fatal, und sie ist intellektuell unhaltbar. Ich habe mich intensiv damit befaßt und kann Ihnen versichern, daß die ganze Theorie auf Sand gebaut ist. Bis zu einem gewissen Punkt scheint sie ganz plausibel. Doch dann ist Schluß. Um Himmels willen, mein lieber Junge, lassen Sie die Hände vom Thema Willie Hughes. Es wird Ihnen nur das Herz brechen.«

»Erskine«, antwortete ich, »es ist Ihre Pflicht, diese Theorie an die Öffentlichkeit zu bringen. Wenn Sie es nicht tun, werde ich es übernehmen. Durch Ihr Verschweigen schaden Sie dem

Angedenken des Cyril Graham, des jüngsten und großartigsten Märtyrers der Literatur. Ich bitte Sie, Gerechtigkeit walten zu lassen. Er hat sein Leben für diese Sache gegeben – lassen Sie ihn nicht umsonst gestorben sein.«

Erskine schaute mich mit großem Erstaunen an. »Sie haben sich von den Emotionen der Geschichte mitreißen lassen«, sagte er. »Sie vergessen, daß etwas nicht zwangsläufig wahr ist, weil ein Mann dafür gestorben ist. Ich hing sehr an Cyril Graham. Sein Tod war ein schwerer Schlag für mich. Es hat Jahre gedauert, bis ich mich davon erholte. Ich glaube, ich bin nie ganz darüber hinweggekommen. Aber Willie Hughes! An der Idee von Willie Hughes ist nichts dran. Es gab nie eine solche Person. Und das Ganze an die Öffentlichkeit zu bringen – die Leute glauben, daß Cyril Grahams Tod ein Unfall war. Der einzige Beweis für seinen Selbstmord war sein Brief an mich, und dieser Brief drang nie an die Öffentlichkeit. Lord Crediton weiß bis heute nicht, daß es kein Unfall war.«

»Cyril Graham gab sein Leben für eine großartige Idee«, entgegnete ich. »Wenn Sie schon sein Märtyrertum verschweigen, sollten Sie das zumindest nicht mit seinem Glauben tun.«

»Sein Glaube«, sagte Erskine, »galt etwas, das falsch war, etwas, das einfach nicht stimmt. Etwas, das kein Shakespeare-Forscher auch nur einen Moment lang hinnehmen würde. Die Theorie würde in Grund und Boden gelacht. Machen Sie sich nicht lächerlich, und folgen Sie keiner Sackgasse. Sie beginnen mit der Annahme der Existenz einer Person, deren Existenz selbst das ist, was bewiesen werden muß. Außerdem weiß doch jeder, daß die Sonette an Lord Pembroke gerichtet sind. Die Angelegenheit ist ein für allemal erledigt.«

»Die Angelegenheit ist nicht erledigt!« rief ich. »Ich werde dort weitermachen, wo Cyril Graham aufhörte, und der Welt beweisen, daß er Recht hatte.«

»Alberner Junge!« sagte Erskine. »Gehen Sie heim. Es ist schon nach drei. Und denken Sie nicht mehr an Willie Hughes. Es tut mir sehr leid, daß ich Ihnen davon erzählt habe, besonders falls ich Sie zu etwas bekehrt haben sollte, an daß ich selbst nicht glaube.«

»Sie haben mir den Schlüssel zum größten Rätsel der Literatur gegeben«, entgegnete ich, »und ich werde nicht ruhen, bis ich Ihnen, bis ich allen klargemacht habe, daß Cyril Graham der genialste Kritiker Shakespeares war.«

Ich hatte den Raum fast verlassen, als Erskine mich zurückrief. »Mein Guter«, sagte er, »ich rate Ihnen, Ihre Zeit nicht mit den Sonetten zu vergeuden. Es ist mir ernst. Was sagen sie uns schon über Shakespeare? Nur, daß er ein Sklave der Schönheit war!«

»Nun, das ist nun einmal die Voraussetzung für jeden Künstler«, entgegnete ich.

Für einen Moment herrschte absolute Stille. Dann stand Erskine auf, sah mich durch halb geschlossene Augen an und sagte: »Ach! Wie Sie mich an Cyril erinnern! Er hätte genau dasselbe gesagt.« Er versuchte ein Lächeln, doch in seiner Stimme schwang eine solche Wehmut, daß ich sie bis heute hören kann, wie den Klang einer Geige, die einen besonders beeindruckte, oder die Berührung der Hand einer bestimmten Frau. Die großen Ereignisse im Leben lassen uns unberührt; wir verlieren sie aus dem Bewußtsein, und wenn wir an sie denken, verlieren sie ihre Realität. Selbst die tiefroten Blüten der Passion scheinen in derselben Wiese zu wachsen wie der Mohn der Vergänglichkeit. Wir bedauern die Last der Erinnerung und ersetzen sie durch das Vergessen. Doch die kleinen Dinge, die unbedeutenden Dinge, bleiben uns erhalten. In irgendwelchen kleinen, elfenbeinernen Zellen verwahrt das Gehirn die zartesten und vergänglichsten Eindrücke.

Als ich durch St. James's Park heimging, kam über London gerade die Morgendämmerung auf. Die Schwäne schliefen auf der glatten Oberfläche des glänzenden Sees wie weiße Federn auf einem Spiegel aus schwarzem Stahl. Der hohlwangige Palast schien purpur vor dem blaßgrünen Himmel, und im Garten von Stafford House sangen die ersten Vögel. Ich dachte an Cyril Graham, und Tränen füllten meine Augen.

2

Es war nach zwölf, als ich aufwachte, und das Sonnenlicht strömte durch die Gardinen wie lange, staubige Strahlen zitternden Goldes. Ich teilte meinem Diener mit, daß ich für niemanden zu sprechen sei, und nach einer Tasse Kakao und einem *petit pain* holte ich aus meiner

Bibliothek mein Exemplar der Sonette Shakespeares und Mr. Tylers Faksimile des Quarto und begann meine Arbeit. Jedes Gedicht schien Cyril Grahams These zu bestätigen. Mir schien, als läge meine Hand auf dem Herzen Shakespeares und zählte jeden einzelnen Schlag und Puls der Passion. Ich dachte an den wunderbaren jungen Schauspieler, und ich sah sein Gesicht in jeder Zeile.

Zuvor, in meiner Lord Pembroke-Phase, wenn ich es so nennen kann, schien es mir immer schwer verständlich, wie der Schöpfer von Hamlet, Lear und Othello dermaßen extravagantes Lob und solche Passion auf einen gewöhnlichen jungen Aristokraten der Zeit häufen konnte. Wie die meisten Shakespeare-Forscher sah ich mich gezwungen, die Sonette als völlig getrennt von Shakespeares Entwicklung als Dramaturg zu betrachten, möglicherweise gar als seines Intellekts unwürdig. Doch nun, als ich die Wahrheit der These Cyril Grahams erkannte, sah ich, wie die Stimmungen und Passionen dieser Sonette ein getreuer Spiegel Shakespeares Perfektion als Künstler, als Autor für die elisabethanische Bühne, waren, in denen die Gedichte selbst ihren Ursprung finden. Ich erinnere mich, mit welcher Freude ich fühlte, daß diese wunderbaren Sonette,

»Subtle as Spinx; as sweet and musical
As bright Apollo's lute, strung with his hair«,

nicht länger isoliert von den großen ästhetischen Energien im Leben Shakespeares waren, sondern vielmehr einen wesentlichen Bestandteil seiner dramaturgischen Aktivität ausmachten und uns einen Einblick in das Geheimnis seiner Methode geben. Den wahren Namen des Mr. W. H. entdeckt zu haben, war fast nichts: auch anderen hätte das gelingen können; aber seinen Beruf zu erkennen, bedeutete eine Revolution der Kritik.

Zwei Sonette erschienen mir besonders bedeutend. Im ersten (LIII) gratuliert Shakespeare Willie Hughes zur Vielseitigkeit seiner Schauspielkunst, zur Vielzahl seiner Rollen, ein Repertoire, das, wie wir wissen, Rosalind und Juliet, Beatrice und Ophelia umfaßte, und sagt zu ihm:

»What is your substance, whereof are you made,
That millions of strange shadows on you tend?
Since everyone hath, every one, one shade,
And you, but one, can every shadow lend« –

Zeilen, die völlig unverständlich wären, wenn sie nicht an einen Schauspieler gerichtet sind, denn das Wort »Schatten« hatte zur Zeit Shakespeares eine bühnentechnische Bedeutung. »The best in this kind are but shadows«, sagt Theseus über Schauspieler im *Sommernachtstraum*;

»Life's but a walking shadow, a poor player
That struts and frets his hour upon the stage«,

ruft Macbeth in seiner Verzweiflung, und es gibt unzählige ähnliche Anspielungen in der zeitgenössischen Literatur. Dieses Sonett gehört also offensichtlich zu Shakespeares Kanon von Kommentaren zur Natur der Schauspielkunst und dem sonderbaren und seltenen Temperament, das den perfekten Bühnendarsteller ausmacht. »Wie kann es sein«, fragt Shakespeare Willie Hughes, »daß du so viele Persönlichkeiten hast?«, und dann legt er dar, daß seine Schönheit solcher Art ist, daß sich in ihr jegliche Träume und Teile der Phantasie erfüllen, daß sie jeden Traum der kreativen Vorstellungskraft verkörpert – eine Idee, die im folgenden Sonett weiter ausgeführt wird, das Shakespeare mit dem noblen Gedanken beginnt:

»O, how much more doth beauty beauteous seem
By that sweet ornament which *truth* doth give!«

Shakespeare fordert uns auf, zu erkennen, wie die Wahrheit des Schauspielens, die Wahrheit der sichtbaren Vorführungen auf der Bühne, das Wunder der Poesie ergänzt, ihrer Schönheit Leben und ihrer idealen Form körperliche Realität verleiht. Dennoch rät Shakespeare Willie

Hughes im Sonett LXVII, die künstliche Atmosphäre der Bühne hinter sich zu lassen, sein unwirkliches Leben des geschminkten Gesichts und der Kostüme aufzugeben, sich von den unmoralischen Einflüssen und Anträgen fernzuhalten und die Kluft zur wahren Welt nobler Handlungen und ehrlicher Äußerungen zu erkennen.

»Ah! Wherefore with infection should he live,
And with his presence grace impiety,
That sin by him advantage should receive,
And lace itself with his society?
Why should false painting imitate his cheek
And steal dead seeing of his living hue?
Why should poor beauty indirectly seek
Roses of shadow, since his rose is true?«

Es mag erstaunlich scheinen, daß ein so großartiger Dramaturg wie Shakespeare, der seine eigene Perfektion als Künstler und seine volle Kraft als Mann auf der idealen Ebene des Schreibens und Spielens für die Bühne erreichte, so über das Theater schreiben sollte, doch wir sollten bedenken, daß Shakespeare uns in den Sonetten CX und CXI bereits zeigte, wie müde er der Welt der Marionetten war und wie es ihn beschämte, sich ständig zur Schau zur stellen – »a motley to the view«. Sonett CXI ist besonders bitter:

»O, for my sake do you with Fortune chide,
The guilty goddess of my harmful deeds,
That did not better for my life provide
Than public means which public manners breeds.
Thence it comes it that my name receives a brand,
And almost thence my nature is subdued
To what it works in, like the dyer's hand:
Pity me, then, and wish I were renewed« –

und auch an anderen Stellen stoßen wir auf Beweise dieser Verbitterung, wie sie allen wahren Shakespeare-Forschern ausreichend bekannt sind.

Bei meiner Lektüre der Sonette verursachte ein Punkt mir große Verwirrung, und erst nach einigen Tagen kam ich auf die richtige Interpretation, die selbst Cyril Graham nicht erkannt zu haben schien. Ich verstand nicht, warum Shakespeare so nachdrücklich auf der Heirat seines jungen Freundes beharrte. Er selbst hatte jung geheiratet und kein Glück in der Ehe gefunden, und es schien mir unwahrscheinlich, daß er Willie Hughes zum selben Fehler verleiten wollte. Dem jugendlichen Darsteller der Rosalind konnten die Ehe und die Leidenschaften des Alltags keine Vorteile bringen. Die frühen Sonette mit ihren unverständlichen Aufforderungen, Kinder in die Welt zu setzen, schienen nur störend.

Die Erklärung dieses Rätsels kam mir aus heiterem Himmel, und ich fand sie in der sonderbaren Widmung. Rufen wir uns deren genauen Wortlaut noch einmal in Erinnerung:

TO. THE. ONLIE. BEGETTER. OF.
THESE. INSUING. SONNETS.
MR. W. H. ALL. HAPPINESSE.
AND. THAT. ETERNITIE.
PROMISED. BY.
OUR. EVER-LIVING. POET.
WISHETH.
THE. WELL-WISHING.
ADVENTURER. IN.
SETTING.
FORTH

Manche Forscher verstanden das Wort »begetter« einfach als Käufer der Sonette für den Verleger Thomas Thorpe, doch diese Ansicht ist inzwischen hinfällig, denn die führenden Koryphäen sind sich inzwischen in dem Punkt einig, daß man das Wort im Sinne der Inspiration verstehen muß und daß hier eine aus der Analogie des körperlichen Lebens gezogene Metapher vorliegt. Ich verstand nun, daß Shakespeare dieselbe Metapher auch in den Gedichten verwendete, und so kam ich auf die richtige Spur. Und schließlich gelang mir die große Entdeckung. Die Ehe, die Shakespeare Willie Hughes nahelegt, ist die »Hochzeit mit seiner Muse«, ein Konzept, das wir im Sonett LXXXII finden. Voller Bitterkeit über das Abwandern des jugendlichen Schauspielers, für den er seine besten Rollen geschrieben hatte, ja, dessen Schönheit ihn überhaupt erst zu diesen inspiriert hatte, beginnt er:

»I grant thou wert not married to my Muse.«

Die Kinder, die zu zeugen er ihn bittet, sind nicht Kinder aus Fleisch und Blut, sondern die unsterblichen Sprößlinge unendlichen Ruhms. Der gesamte Zyklus der ersten Sonette ist nicht mehr als Shakespeares Einladung an Willie Hughes, ein Schauspieler zu werden. Wie steril und nutzlos, sagt er, ist diese Schönheit, wenn du sie nicht nutzt:

»When forty winters shall besiege thy brow,
And dig deep trenches in thy beauty's field,
Thy youth's proud livery, so gazed on now,
Will be a tattered weed, of small worth held:
Then being asked where all thy beauty lies,
Where all the treasure of thy lusty days,
To say, within thine own deep-sunken eyes,
Were an all-eating shame and thriftless praise.«

Man muß etwas erschaffen in der Kunst: meine Verse sind »thine and *born* of thee«; höre nur auf mich, dann werde ich

»*bring forth* eternal numbers to outlive long date«,

und du wirst die Phantasiewelt der Bühne deine eigene Gestalt annehmen lassen und ihr Leben geben. Die Kinder, die du zeugst, fährt er fort, werden nicht welken wie sterbliche Kinder, sondern du wirst in ihnen und in meinen Dramen leben; alles, was du tun mußt, ist –

»Make thee another self, for love of me,
That beauty still may live in thine or thee!«

Gib deine Persönlichkeit ohne Furcht auf, gib deine Züge etwas anderem:

»To give away yourself keeps yourself still,
And you must live, drawn by your own sweet skill.«

Ich mag nicht viel über Astrologie wissen, doch in den »unveränderlichen Sternen« deiner Augen

»I read such art
As truth an beauty shall together thrive,
If from thyself to store thou wouldst convert«.

Was spielen die anderen schon für eine Rolle?

»Leth them whom Nature hath not made for store,
Harsh, featureless, and rude, barrenly perish«:

Du bist anders, denn die Schöpfung –

»carv'd thee for her seal, and meant thereby
Thou shouldst print more, nor let that copy die«.

Vergiß nicht, wie schnell Schönheit vergeht. Ihre Wirkung ist nicht mehr als die einer Blume, und wie eine Blume lebt und stirbt sie. Denke an die »Sturmböen eines Wintertags«, den »unfruchtbaren Rand zur ewigen Kälte des Todes«, und –

»ere thou be distilled,
Make sweet some vial; treasure thou some place
With beauty' treasure, ere it be self-killed«.

Denn selbst Blumen vergehen nicht spurlos. Wenn Rosen welken,

»Of their sweet deaths are sweetest odours made«:

Du bist »meine Rose« und sollst nicht vergehen, ohne dich in der Kunst verewigt zu haben. Denn Kunst ist der wahre Kern der Freude.

»Ten times thyself were happier than thou art,
If ten of thine ten times refigur'd thee.«

Du brauchst sie nicht, die »Bastard signs of fair«, das geschminkte Gesicht, die aufwendigen Verkleidungen anderer Schauspieler:

»... the golden tresses of the dead,
The right of sepulchres«

müssen für dich nicht fallen. In dir –

»... those holy antique hours are seen,
Without all ornament, itself and true,
Making no summer of another's green«.

Alles, was getan werden muß, ist, »zu kopieren, was in dir geschrieben ist«, dich so auf die Bühne zu bringen, wie du in Wirklichkeit bist. Alle Dichter, die von »toten Damen und tapferen Rittern« geschrieben haben, träumten dabei von jemandem wir dir, und:

»All their praises are but prophecies
Of this our time, all you prefiguring.«

Denn deine Schönheit scheint in alle Zeiten und alle Länder zu gehören. Dein Schatten besucht mich des Nachts, doch ich will deinen »Schatten« auch bei Tage sehen; ich will dich auf der Bühne sehen. Bloße Beschreibungen deiner Schönheit reichen nicht:

»If I could but write the beauty of your eyes,
And in fresh numbers number all your graces,
The age to come would say, ›This poet lies;
Such heavenly touches ne'er touched earthly faces.«

Es muß einfach sein, daß »some child of yours«, eine künstlerische Schöpfung, die dich verkörpert und der deine Phantasie leben verleiht, den staunenden Augen der Welt vorgestellt wird. Deine eigenen Gedanken sind deine Kinder, Sprößlinge der Sinne und des Geistes; verleihe ihnen Ausdruck, und du findest –

»Those children nursed, delivered from thy brain«.

Auch meine Gedanken sind meine »Kinder«. Sie werden von dir gezeugt, und mein Gehirn ist:

»the womb wherein they grew«.

Somit ist unsere wunderbare Freundschaft wahrhaftig eine Ehe, sie ist »the marriage of true minds«.

Ich stellte alle Zitate zusammen, die mir diese Auffassung zu belegen schienen, und der große Eindruck, den sie auf mich machten, zeigte mir, wie vollständig Cyril Grahams These wirklich war. Ich erkannte auch, wie einfach die Zeilen, in denen Shakespeare von den Sonetten selbst spricht, von denen zu unterscheiden waren, in denen er von seinen großen Dramen spricht. Dieser Punkt war vor Cyril Graham von allen Forschern übersehen worden. Dabei war er eine der wesentlichen Voraussetzungen zum Verständnis der gesamten Sonette. Shakespeare stand den Sonetten mehr oder weniger gleichgültig gegenüber. Er gedachte nicht, sie zum Grundstein seines Ruhm zu machen. Sie waren ihm seine »leichte Muse«, wie er es nannte, und sollten, wie wir von Meres wissen, nur unter wenigen, sehr wenigen Freunden verteilt werden. Andererseits war es sich des hohen künstlerischen Wertes seiner Dramen vollends bewußt und beweist eine noble Zuversicht in sein dramatisches Genie. Wenn er zu Willie Hughes sagt:

»But thy eternal summer shall not fade,
Nor lose possession of that fair thou owest;
Nor shall Death brag thou wander'st in his shade,
When in *eternal lines* to time thou growest:
So long as men can breathe or eyes can see,
So long lives this and this gives life to thee« –

bezieht sich der Ausdruck »eternal lines« offensichtlich auf eins seiner Dramen, das er ihm gerade geschickt hatte, und das Couplet ist ein Ausdruck seiner Annahme, daß seine Dramen immer wieder zur Aufführung kommen würden. Wenn Shakespeare sich direkt an die Muse des Dramas wendet (Sonette C und CI), finden wir dasselbe Gefühl.

»Where art thou, Muse, that thou forget'st so long
To speak of that which gives thee all thy might?
Spend'st thou thy fury on some worthless song,
Darkening thy power to lend base subjects light?«

ruft er, und fährt dann fort, die Herrin der Tragödie und Komödie für ihre Vernachlässigung (»neglect of truth in beauty dyed«) zu tadeln:

»Because he needs no praise, wilt thou be dumb?
Excuse not silence so: for't lies in thee
To make him much outlive a gilded tomb,
And to be praised of ages yet to be.
  Then do thy office, Muse, I teach thee how,
  To make him seem long hence as he shows now.«

In vollendetem Ausdruck bringt Shakespeare diese Idee wohl erst im Sonett LV. Wer glaubt, die Worte »powerful rhyme« in der zweiten Zeile beziehen sich auf das Sonett selbst, mißversteht Shakespeare. Mir scheint, daß angesichts des Tenors des gesamten Sonetts ein bestimmtes Drama gemeint ist, und zwar kein anderes als *Romeo und Julia*.

»Not marble, nor the gilded monuments
Of prices shall outlive this powerful rhyme;
But you shall shine more bright in these contents
That unswept stone besmeared with sluttish time.

When wasteful wars shall statues overturn,
And broils root out the work of masonry,
Not Mars his sword nor war's quick fire shall burn
The living record of your memory
'Gainst death and all-oblivious enmity
Shall you pace forth; your praise shall still find room
Even in the eyes of posterity
That wears this world out to the ending doom.
So, till the judgment that yourself arise,
You live in this, and dwell in lovers' eyes.«

Es ist bemerkenswert zu sehen, daß Shakespeare hier wie auch anderwärts sein Versprechen der Unsterblichkeit an Willie Hughes in einer Form darbietet, die das Auge der Menschheit anspricht – also in einer spektakulären Form, in einem Drama, das immer ein Publikum finden wird.

Zwei Wochen lang arbeitete ich an den Sonetten, ging selten aus und lehnte alle Einladungen ab. Jeder Tag schien mir neue Entdeckungen zu bringen, und Willie Hughes wurde zu einer spirituellen Präsenz in meinem Leben, einer alles überschattenden Persönlichkeit. Ich meinte fast, ihn im Schatten meines Zimmers stehen zu spüren, so genau hatte Shakespeare ihn gezeichnet, mit seinem goldenen Haar, seiner sanften Eleganz einer Blume, seinen verträumten, unergründlichen Augen, seinen zierlichen Gliedmaßen und seinen lilienweißen Händen. Sein Name faszinierte mich. Willie Hughes! Willie Hughes! Das klang wie Musik! Ja, wer sonst hätte Master-Mistress[1] der Leidenschaft Shakespeares sein können; Herr seiner Lieben, dem er als Lehnsmann angehörte[2], zierlicher Handlanger des Genusses[3], die Rose der ganzen Welt[4], der Bote des Frühlings[5] im stolzen Schmuck seiner Jugend[6], der liebliche Junge, der wie süße Musik anzuhören war[7] und dessen Schönheit der Mantel des Herzens Shakespeares[8] und das Fundament seiner Kunst als Dramaturg war? Wie bitter schien die Tragödie seines Verrates und seiner Schande! – Schande, die er durch den reinen Zauber seiner Persönlichkeit süß und lieblich[9] machte, aber Schande nichtsdestotrotz. Doch Shakespeare vergab ihm, und müssen wir das nicht auch tun? Ich wollte nicht zu weit in das Rätsel seiner Sünde vordringen, noch in das der Sünde, wenn es denn eine war, des großen Dichters, der ihn so sehr geliebt hatte. »Ich bin, der ich bin«, sagt Shakespeare in einem Sonett voller nobler Verachtung –

»I am that I am, and they that level
At my abuses reckon up their own:
I may be straight, though they themselves be bevel;
By their rank thoughts my deeds must not be shown.«

Willie Hughes' Abkehr von Shakespeares Theater war eine andere Sache, und hier forschte ich mit großem Eifer. Schließlich kam ich zu dem Schluß, daß Cyril Graham irrte, als er im Rivalen in Sonett LXXX Chapman zu erkennen meinte. Offensichtlich war hier Marlowe gemeint. Zur Zeit des Ursprungs der Sonette, zwischen 1590 und 1595, konnten Worte wie »the proud full sail of his great verse« sich unmöglich auf Chapmans Werk beziehen, auch wenn es vielleicht auf den Stil seiner späteren Werke zutreffen mag. Nein: Marlowe war eindeutig der Rivale, den Shakespeare so lobte; die Hymne, die er zu Ehren des Willie Hughes verfaßte, war das unvollendete Werk »Hero und Leander«, und

1 Sonett XX 2.
2 Sonett XXVI 1.
3 Sonett CXXVI 9.
4 Sonett CIX 14.
5 Sonett I 10.
6 Sonett II 3.
7 Sonett VIII 1.
8 Sonett II 6.
9 Sonett XVC 1.

»Affable familiar ghost
which nightly gulls him with intelligence«

muß Mephistopheles in seinem Doctor Faustus meinen. Zweifelsohne war Marlowe von der Schönheit und Eleganz des jugendlichen Schauspielers fasziniert und lockte ihn fort vom Blackfriars Theatre, um ihn als Gaveston in seinem *Edward II* auftreten zu lassen. Daß Shakespeare einen vertraglichen Anspruch auf das Verbleiben des Willie Hughes in seiner eigenen Truppe hatte, scheint eindeutig, wenn wir die folgenden Zeilen im Sonett LXXXVII lesen:

»Farewell! Thou art too dear for my possessing,
And like enough thou know'st thy estimate:
The *charter of thy worth* gives thee releasing;
My *bonds* in thee are all but determinate.
For how do I hold thee but in thy granting?
And for that riches where is my deserving?
The cause of this fair gift in me is wanting,
And so my patent back again is swerving,
Thyself thou gav'st, thy own worth then not knowing,
Or me, to whom thou gav'st it, else mistaking;
So thy great gift, upon misprision gorwing,
Comes home again, on better judgment making.
Thus have I had thee, as a dream doth flatter.
In sleep a king, but waking no such matter.«

Aber wenn er ihn nicht mit seiner Liebe halten konnte, wollte er es auch nicht durch Zwang tun. Willie Hughes wurde ein Mitglied der Schauspieltruppe Lord Pembrokes und spielte, wahrscheinlich im offenen Hof der Red Bull Tavern, die Rolle des zierlichen Vertrauten King Edwards. Nach Marlowes Tod scheint er zu Shakespeare zurückgekehrt zu sein, der, was auch immer die anderen Schauspieler davon gehalten haben mögen, die Eigenwilligkeit und den Verrat des jungen Mannes schnell vergeben zu haben schien.

Und wie klar zeigt Shakespeare uns den Charakter des Schauspielers! Willie Hughes war einer derjenigen,

»That do not do the thing they themselves most show,
Who, moving others, are themselves as stone«.

Er konnte Liebe spielen, doch er konnte sie nicht fühlen, er täuschte Leidenschaft vor, ohne sie je zu erkennen.

»In many's looks the false heart's history
Is writ in moods and frowns and wrinkles strange«,

doch nicht in Willie Hughes. »Heaven«, sagt Shakespeare, in einem Sonett irrsinniger Anbetung,

»Heaven in thy creation did decree
That in thy face sweet love should ever dwell;
Whate'er thy thoughts or thy heart's workings be,
Thy looks should nothing thence but sweetness tell«.

In seinem »inconstant mind« und seinem »false heart« spiegeln sich die Unaufrichtigkeit und der Verrat, die anscheinend untrennbar mit der Natur des Künstlers verbunden sind, wie in seiner Liebe des Lobs, dem Bedürfnis nach unmittelbarer Anerkennung, die ein Charakterzug aller Schauspieler sind. Dennoch, und hier war Willie Hughes gewährt, was anderen Schauspielern versagt bleibt, sollte Willie Hughes in den Genuß der Unsterblichkeit kommen. Dank seiner Verbindung mit Shakespeares Dramen sollte er in ihnen und in ihrer Aufführung leben.

»Your name from hence on immortal life shall have,
Though I, once gone, to all the world must die:
The earth can yield me but a common grave,
When you entombed in men's eye shall lie.
Your monument shall be my gentle verse,
Which eyes not yet created shall o'er-read,
And tongues to be your being shall rehearse,
When all the breathers of this world are dead.«

Nash wetterte in spitzen Worten gegen Shakespeare, denn »reposing eternity in the mouth of a player« bezieht sich offensichtlich auf die Sonette.

Aber Shakespeare betrachtete den Schauspieler als willigen und selbstbewußten Mitarbeiter, der dem Phantasiegespinst des Dichters Gestalt und Substanz verleiht und in das Drama die Elemente eines noblen Realismus einbringt. Sein Schweigen konnte ebenso beredt wie Worte sein, seine Gesten ebenso ausdrucksvoll, und in den furchtbaren Momenten titanischen Schmerzes, wenn die Seele krank ist vom Übermaß des Schmerzes und stottert oder sprachlos wird, wenn Gedanken sich nicht mehr in Worte fassen lassen, wenn das Gewand der Sprache vom Sturm der Leidenschaft in Fetzen gerissen ist, wird der Schauspieler, und sei es nur für einen Moment, zum kreativen Künstler und berührt durch seine bloße Präsenz und Persönlichkeit die Nerven der Furcht und des Mitleids, an die sich die Tragödie richtet. Diese Anerkennung der Schauspielkunst und der Macht des Schauspielers war einer der wesentlichen Wendepunkte von klassischen zum romantischen Drama und folglich ein weiteres Erbe Shakespeares, der, in vielen Dingen vom Glück bedacht, auch das Glück hatte, Richard Burbage zu finden und Willie Hughes zu erschaffen.

Mit welcher Freude er den Einfluß Willie Hughes auf sein Publikum beobachten – die »gazers«, wie er sie nannte; mit welch phantasievoller Eleganz er die ganze Kunst analysierte! Selbst im »Lover's Complaint« spricht er von seiner Schauspielerei und beschreibt, wie seine Persönlichkeit so von der Qualität dramatischer Situationen beeinflußt wurde, daß er »alle sonderbaren Formen« annahm –

»Of burning blushes, or of weeping water,
Or swooning paleness«.

Er erklärt später deutlicher, was er meint, wenn er uns berichtet, wie Willie Hughes andere zu täuschen vermochte, denn er besaß die wunderbare Fähigkeit, zu –

»Blush at speeches rank, to weep at woes,
Or to turn white and swoon at tragic shows«.

Bisher hatte noch niemand dargelegt, daß der Schäfer dieser wunderbaren Pastorale, dessen »Jugend in Kunst und Kunst in Jugend« mit so subtilen Worten und solcher Leidenschaft beschrieben werden, kein anderer als der Mr. W. H. der Sonette ist. Doch es konnte keinen Zweifel daran geben. Die beiden Jünglinge entsprechen einander nicht nur im Äußeren, sondern auch in Charakter und Temperament. Wenn der falsche Schäfer der unsteten Maid zuraunt –

»All my offences that abroad you see
Are errors of the blood, none of the mind;
Love made them not«,

wenn er von seinen Geliebten sagt,

»Harm have I done to them, but ne'er was harmed;
Kept hearts in liveries, but mine own was free,
And reigned, commanding in his monarchy«,

wenn er von den »tiefsinnigen Sonetten« spricht, die ihm Liebhaber schicken, und voll jugendlichem Stolz ausruft –

»The broken bosoms that to me belong
Have emptied all their fountains in my well«,

dann ist es unmöglich, nicht zu spüren, daß hier Willie Hughes zu uns spricht. Wahrhaft »tiefsinnige« Sonette hatte Shakespeare ihm dargebracht, »Juwelen«, die seinen sorglosen Augen nichts als »Kleinigkeiten« schienen, obgleich

»Each several stone,
With wit blazoned, smiled or made some moan«;

und in den Brunnen der Schönheit hatte er die liebliche Fontäne seines Lieds geleert. Daß an beiden Stellen von einem Schauspieler die Rede ist, liegt ebenfalls auf der Hand. Die verlassene Nymphe spricht vom »falschen Feuer« in den Wangen des Geliebten, vom »vorgetäuschten Donner« seiner Seufzer und von seinen »geborgten Gesten« – von wem anders als einem Schauspieler läßt sich sagen, für ihn seien »Gedanken, Charakter und Worte« nur »bloße Kunst«, oder

»To make the weeper laugh, the laugher weep,
He had the dialect and different skill,
Catching all passions in his craft of will«?

Das Wortspiel in der letzten Zeile kennen wir bereits aus den Wortspiel-Sonetten, und wir finden es auch in der folgenden Strophe des Gedichts, wenn wir von einem Jugendlichen hören, der

»did in the general bosom reign
Of young, of old, and sexes both enchanted«,

und manche

»… dialogued for him,what he would say,
Asked their own wills, and made their Wills obey«.

Ja: der »rosenwangige Adonis« des Venus-Gedichtes, der falsche Schäfer des »Lover's Complaint«, der »tender churl« und »beauteous niggard« der Sonette war kein anderer als ein junger Schauspieler, und als ich all diese Beschreibungen von ihm las, erkannte ich, daß die Liebe, die Shakespeare für ihn empfand, die Liebe eines Musikers zu einem besonders guten, erfreulich zu spielenden Instrument ist, die Liebe eines Bildhauers zu einem neuen und raren Material, das zu einer neuen Form plastischer Schönheit, einem neuen plastischen Ausdruck anregt. Denn jede Kunst braucht ihr Medium, ihr Material, sei es der Rhythmus der Worte, die Farbe oder der süße und vielfältige Klang, und, wie einer der faszinierendsten Kritiker unserer Zeit dargelegt hat, es sind diese Eigenschaften und Besonderheiten des Materials, denen wir das Sinneselement der Kunst verdanken und somit alles, was die Kunst zur Kunst macht. Was sagen wir dann zum Material, das Drama zur perfekten Darbietung erfordert? Was ist mit dem Schauspieler, dem Medium, durch das allein Drama sich uns zeigen kann? Es ist doch diese sonderbare Nachahmung des Lebens durch die Lebenden, das die Kunst des Theaters ausmacht, diese sinnlichen Elemente der Schönheit, die es in keiner anderen Kunst gibt. So betrachtet, werden die gewöhnlichen Schauspieler auf der strohbestreuten Bühne die vollständigsten und befriedigendsten Instrumente. Es gibt keine Leidenschaft in Bronze und keine Bewegung in Marmor. Der Bildhauer opfert die Farbe, der Maler die dritte Dimension. Das Epos macht Handlung zu Worten, die Musik Worte zu Klängen. Nur im Drama werden, im Sinne des Gervinus, alle Mittel auf einmal eingesetzt: Es spricht Auge und Ohr gleichzeitig an, und ihm zu Diensten stehen Form und Farbe, Ton, Blick und Wort, die Geschwindigkeit der Bewegung, der intensive Realismus der sichtbaren Handlung.

Möglicherweise liegt in dieser Vollständigkeit des Instruments eine rätselhafte Schwäche der Kunst. Am leichtesten haben es doch die Künste, die Materialien fern der Realität verwenden, und es liegt eine Gefahr verborgen in der absoluten Identität des Mediums und der Materie, die Gefahr des unedlen Realismus und der phantasielosen Imitation. Doch Shakespeare selbst war Schauspieler und schrieb für Schauspieler. Er sah die Möglichkeiten einer Kunst, die bisher nur als Pomp oder Alberei Ausdruck fand. Er hinterließ uns die besten erdenklichen Regeln für Schauspieler. Er schuf Rollen, die sich uns nur auf der Bühne wirklich entfalten können, schrieb Dramen, die nur im Theater zur Erfüllung kommen, und es kann uns nicht erstaunen, daß er solche Anbetung für jemanden empfand, der seine Vision umsetzte, denn dieser Mensch war die Verkörperung seiner Freunde.

Doch diese Freundschaft war mehr als nur die Freude des Dramaturgen an dem, der ihm beim Erreichen seiner Ziele half. Natürlich war das ein Element des Genusses, wenn nicht gar der Leidenschaft, und eine noble Grundlage für Kameradschaft unter Künstlern. Doch das ist nicht alles, was die Sonette uns enthüllen. Es war mehr. Dies war die Seele und die Sprache des Neoplatonismus.

»Die Furcht vor Gott ist der Beginn der Weisheit«, sagte der strenge hebräische Prophet. »Der Beginn der Weisheit ist Liebe«, war die großzügige Botschaft des Griechen. Und der Geist der Renaissance, der bereits in so vielen Punkten den Hellenismus berührte, erfaßte die innere Bedeutung dieser Formel und erkannte ihr Geheimnis; so entstand das Bestreben, der Freundschaft erneut die große Bedeutung des antiken Ideals zu verleihen, sie zum wesentlichen Faktor der neuen Kultur und zum Mittel selbstbewußter intellektueller Entwicklung zu machen. 1492 erschient Marsilio Ficinos Übersetzung des »Symposium« von Plato, und sein wunderbarer Dialog, vielleicht von allen platonischen Dialogen der vollkommenste, übte einen sonderbaren Einfluß auf die Menschen aus und äußerte sich in ihren Worten und Gedanken und in ihrem Leben. Die Andeutungen des Verkehrs der Seelen, die sonderbaren Analogien zwischen intellektueller Begeisterung und körperlicher Leidenschaft der Liebe, der Traum von der Verkörperung einer Idee in schöner und lebendiger Form und von einer echter spirituellen Empfängnis mit einer folgenden Geburt – hier waren faszinierende Themen für die Dichter und Denker des 16. Jahrhunderts. Shakespeare war einer der Gebannten und las den Dialog, wenn nicht in Ficinos Übersetzung, von der etliche Exemplare nach England gelangten, dann vielleicht in der französischen Übersetzung von Leroy, zu der Joachim du Bellay so viele elegante Verse beitrug. Wenn Shakespeare zu Willie Hughes sagt:

»he that calls on thee, let him bring forth
Eternal numbers to outlive long date«,

so denkt er an Diotimas These, der zufolge Schönheit die Göttin ist, die über die Geburt wacht und die trüben Keime der Seele ins helle Licht bringt; wenn er von der »marriage of true minds« spricht und seinen Freund zur Zeugung unsterblicher Kinder auffordert, wiederholt er nur die Worte, in denen die Prophetin uns sagt, daß »Freunde eine engere Beziehung haben als jene, denen sterbliche Kinder entspringen, denn schönere und unvergänglichere Kinder sind ihre Sprößlinge«. Auch Edward Blount spricht in seiner Widmung in »Hero und Leander« von Marlowes Werk als seinen »wahren Kindern«, und wenn Bacon behauptet, die »besten Werke, von größtem Nutzen für die Allgemeinheit, stammen von unverheirateten und kinderlosen Männern, die ihre ganze Zuneigung und all ihre Mittel der Allgemeinheit widmen«, so ist diese lediglich die Paraphrase eines Abschnitts im »Symposium«.

Freundschaft kann wahrhaftig keine bessere Empfehlung für ihre Dauerhaftigkeit oder Intensität finden als die Theorie Platos oder gar den Glauben, wenn wir es so nennen wollen, daß die wahre Welt die Welt der Ideen ist, und daß diese Ideen in Männern sichtbar werden und verkörpert sind, und nur, wenn wir den Einfluß des Neoplatonismus auf die Renaissance verstehen, verstehen wir auch die wahre Bedeutung der liebevollen Worte, die Freunde in dieser Zeit aneinander richteten. Es gab eine Art mystische Übertragung der Ausdrücke der körperlichen Welt auf eine spirituelle Ebene, die nichts mit nackten körperlichen Gelüsten zu tun hatte und in der allein die Seele herrscht. Liebe hatte Einlaß in den Olivenhain der neuen Akademie gefunden, doch sie trug dieselben flammenfarbigen Gewänder, und auf ihren Lippen waren dieselben Worte der Leidenschaft.

Michelangelo, der »hochmütigste Geist Italiens«, wie er genannt wurde, wendet sich in dermaßen flammenden und leidenschaftlichen Worten an Tommaso Cavalieri, daß manche meinten, die fraglichen Sonette seien an die noble Dame, die Witwe des Marchese de Pescare, gerichtet gewesen, deren weiße Hand die Lippen des Bildhauers berührte, als sie starb. Doch Cavalieri war der Empfänger dieser Sonette, und die wörtliche Auslegung ist die richtige, und wir wissen diese nicht nur aufgrund der Wortspiele, die Michelangelo mit seinem Namen treibt – wie Shakespeare es mit dem Namen des Willie Hughes tat –, sondern auch aus dem direkten Beweis Varchis, der den jungen Mann gut kannte und uns mitteilt, daß er »außer seiner unvergleichlichen Schönheit auch so viel natürlichen Charme, solch ausgezeichnete Fähigkeiten und so elegante Manieren hatte, daß er es verdiente und noch immer verdient, immer mehr geliebt zu werden, je näher man ihn kennenlernt«. So sonderbar uns diese Sonette heute anmuten mögen, dienen sie in ihrer richtigen Interpretation schlicht und einfach als Beispiel dafür, mit welch intensivem und religiösem Eifer Michelangelo sich der Anbetung intellektueller Schönheit widmete und wie, um eine gelungene Formulierung von Mr. Symonds zu borgen, er durch den Schleier des Fleisches drang und die göttliche Idee suchte, die darin gefangen war. Im Sonett für Luigi del Riccio anläßlich des Todes seines Freundes Cecchino Bracci erkennen wir ebenfalls, wie Mr. Symonds ausführt, das Konzept der platonischen Liebe als rein spirituell und der Schönheit als eine Form, die in der Seele des Geliebten Unsterblichkeit erlangt. Cecchino starb als Jüngling von siebzehn Jahren, und als Luigi Michelangelo bat, ein Portrait des Verstorbenen zu malen, entgegnete Michelangelo: »Das geht nur, wenn ich dich male, in dem er fortlebt.«

»If the beloved in the lover shine,
Since Art without him cannot work alone,
Thee must I carve, to tell the world of him.«

Diesem Gedanken begegnen wir auch in Montaignes noblem Essay über Freundschaft, eine Leidenschaft, die er höher schätzt als brüderliche Liebe oder die Liebe zwischen Mann und Frau. Er sagt uns – und ich beziehe mich auf Florios Übersetzung, ein Werk, mit dem Shakespeare vertraut war –, daß »vollkommene Freundschaft« unteilbar ist, wie sie »von der Seele Besitz ergreift und sie in völliger Souveränität regiert« und wie »durch die geistige Schönheit das Verlangen nach einer geistigen Empfängnis im Geliebten entsteht«. Er schreibt von einer ›inneren Schönheit‹, die schwer zu sehen und zu finden ist und sich ausschließlich und alleine Freunden enthüllt. Er trauert um den verstorbenen Etienne de la Boetie in wildem Schmerz und untröstlicher Liebe. Der belesene Hubert Languet, Freund von Melanchthon und einer der Anführer der reformierten Kirche, erzählt dem jungen Philip Sidney, daß er sein Portrait bei sich trägt, um gelegentlich seine Augen daran zu weiden, und wie sein Verlangen durch den Anblick mehr gesteigert denn gestillt wird, und Sidney schreibt ihm zurück: »Die größte Hoffnung meines Lebens, neben der ewigen Seligkeit des Himmels, ist es, immer den Genuß wahrer Freundschaft zu kennen, in der Du den bedeutendsten Platz einnimmst.« Sidneys Haus in London wurde vom später in Rom für die Sünde, Gott in allen Dingen zu sehen, verbrannten Giordano Bruno besucht, der gerade Triumphe an der Universität von Paris gefeiert hatte. »A filosofia et necessario amore« waren die Worte, die er immer wieder verwendete, und seine eigenartige, eifrige Persönlichkeit ließ Menschen glauben, daß er das neue Geheimnis des Lebens entdeckt hatte. Ben Jonson unterzeichnet einen Brief an einen Freund als »your true lover« und widmet seinen Nachruf auf Shakespeare »To the memory of my beloved«. Richard Barnfield verarbeitet in seinem »Affectionate Shepherd« Ideen des Virgil in der Erzählung von seiner Zuneigung zu einem jungen Zeitgenossen. Von allen Eclogues wählt Abraham Fraunce den zweiten zur Übersetzung, und Fletchers Zeilen an Master W. C. zeigen, welche Faszination allein im Namen Alexis verborgen liegt.

Es ist daher kaum erstaunlich, daß auch Shakespeare vom Geist erfaßt wurde, der seine Zeit prägte. Es gibt Kritiker wie Hallam, die die bloße Existenz der Sonette bedauern und sie als gefährlich, ja geradezu kriminell ansehen. Die beste Antwort für diese Menschen sind Chapmans noble Worte:

»There is no danger to a man that knows
What Life and Death is: there's not any law
Exceeds his knowledge: neither is it lawful
That he should stoop to any other law.«

Aber es ist eindeutig, daß die Sonette keiner solchen Verteidigung bedürfen, und daß jene, die von der »Narretei übertriebener und fehlplazierter Zuneigung« sprechen, weder die Sprache noch den Geist dieser großartigen Gedichte erkannt haben, die so direkt mit der Philosophie und der Kunst der Zeit verbunden sind. Zweifellos bedeutet die Erfüllung mit solch allumfassender Leidenschaft, daß die Sicherheit des bisherigen Lebens aufgegeben wird, doch dieses Opfer kann aus einem Verlust einen Gewinn machen, wie es für Shakespeare sicherlich der Fall war. Als Picco della Mirandola die Schwelle der Villa Careggi überquerte und Marsilio Ficino in all der Anmut und Schönheit einer wunderbaren Jugend gegenüberstand, schien der ältliche Gelehrte in ihm die Erfüllung des griechischen Ideals zu sehen und beschloß, seine letzten Jahre auf die Übersetzung des Plotinus zu verwenden, des neuen Plato, in dem, wie Mr. Pater uns erinnert, »die mystischen Elemente der Platonischen Philosophie bis an die Grenzen der Vision und Ekstase getrieben wurden«. Eine romantische Freundschaft mit einem jungen Römer initiierte Winckelmann in das Geheimnis der griechischen Kunst und lehrte ihn das Rätsel seiner Schönheit und die Bedeutung seiner Gestalt. In Willie Hughes fand Shakespeare nicht nur das bestmögliche Instrument für die Darbietung seiner Kunst, sondern auch die sichtbare Verkörperung seiner Vorstellung von Schönheit, und es ist wohl keine Übertreibung, daß dieser junge Schauspieler, dessen Namen selbst die unwissenden Schreiber seiner Zeit aufzuzeichnen vergaßen, der romantischen Bewegung der englischen Literatur unschätzbare Dienste erwies.

3

Eines Abends meinte ich, Willie Hughes in der elisabethanischen Literatur gefunden zu haben. In einer wunderbaren bildlichen Darstellung der letzten Tage des großartigen Earl of Essex erzählt uns sein Kaplan Thomas Knell, wie am Abend vor dem Tod des Earls dieser seinen Musiker »William Hews« zu sich rief. »Spiele«, sagte er, »mein Lied, Will Hewes, und ich will dazu singen.« Und er sang voller Freude, nicht wie der Schwan, der sein Ende mit gesenktem Haupt beklagt, sondern lieblich wie das Lied der Lerche. Der junge Musiker, der hier dem sterbenden Vater von Sidneys Stella aufspielte, war kein anderer als der Will Hews, dem Shakespeare seine Sonette widmete und von dem er sagte, er sei selbst liebliche »music to hear«. Doch Lord Essex starb 1576, als Shakespeare selbst erst zwölf Jahre alt war. Der Musiker konnte somit unmöglich der Mr. W. H. der Sonette sein. Vielleicht war Shakespeares junger Freund der Sohn dieses Mannes? Immerhin konnte ich nun belegen, daß Will Hews ein gebräuchlicher Name der elisabethanischen Zeit war. Der Name Hews scheint überhaupt eng mit Musik und der Bühne verbunden zu sein. Die erste englische Schauspielerin war die liebliche Magaret Hews, die Prinz Rupert so verehrte. War wäre wahrscheinlicher, als daß zwischen ihr und dem Musikanten des Lord Essex der jugendliche Schauspieler der Dramen Shakespeares lebte? 1587 veröffentlichte ein gewisser Thomas Hews in Gray's Inn eine euripidische Tragödie mit dem Titel »The Misfortunes of Arthur« und erhielt große Unterstützung von einem gewissen Francis Bacon, damals ein Student der Rechtswissenschaft. Sicherlich war er ein naher Verwandter des Jungen, zu dem Shakespeare sprach –

»Take all my loves, my love, yea, take them all«,

des »profitless usurer« von »unused beauty«, wie er ihn beschreibt. Aber die Beweise, die Zusammenhänge – wo sind sie? Ach! Ich konnte sie nicht finden. Mir schien, als stünde ich ständig am Rande der absoluten Bestätigung, die ich jedoch nie wirklich erreichen könnte. Es schien mir sonderbar, daß niemand je eine Geschichte der englischen jugendlichen Schauspieler des 16. und 17. Jahrhunderts geschrieben hatte, und ich beschloß, mir diese Arbeit zu eigen zu machen und die wahre Bedeutung dieser Jungen für die Entwicklung des Dramas zu ergründen. Das Thema selbst war von großem künstlerischen Interesse. Diese Jungen waren die zarten Instrumente, auf denen unsere Dichter ihre schönsten Lieder spielten, die zierlichen Ehrenkelche, in die sie den purpurnen Wein ihrer Sprache füllten. Der bedeutendste unter ihnen war der Junge, dem Shakespeare die Umsetzung seiner besten Schöpfungen anvertraute. Er war von einer Schönheit, wie wir sie in unserer Zeit niemals oder nur äußerst selten sehen werden, eine Schönheit, in der sich der Charme beider Geschlechter vereint, eine Hochzeit, wie die Sonette uns sagen, der Anmut des Adonis und der Schönheit Helenas. Er war schlagfertig und eloquent, und aus den fein geformten Lippen, über die sich der Satiriker lustig machte, kamen die leidenschaftlichen Worte der Julia, das helle Lachen der Beatrice, Perditas blumenleichte Worte und Ophelias ausschweifende Lieder. Shakespeare selbst war wie ein Gott unter Giganten, und Willie Hughes war nur einer der vielen wunderbaren Jungen, dem unsere englische Renaissance das Geheimnis ihrer Freude verdankt, und mir schien, daß sie Studien und Aufzeichnung verdienten.

In einem kleinen Notizbuch mit einem Einband aus Seidendamast – eine meiner Affektionen in jener affektierten Phase – sammelte ich nun alle Informationen, die ich zu diesen Jungen fand, und selbst heute ist etwas in den unvollständigen Aufzeichnungen ihrer Leben, selbst in der bloßen Erwähnung ihrer Namen, das mich anzieht. Ich schien sie alle zu kennen: Robin Armin, Sohn eines Goldschmieds, der von Tarlton auf die Bühne gelockt wurde; Sandford, dessen Darbietung als Kurtisane Flamantia in Gray's Inn das Gefallen des Lord Burleigh fand; Cooke, der Agrippina in der Tragödie des »Sejanus« verkörperte; Nat. Field, dessen junges und bartloses Portrait uns in Dulwich erhalten bleibt und der in »Cynthia's Revels« die züchtige und schöne Königin und Jägerin gab; Gil Carie, der im Gewand einer Bergnymphe das Trauerlied des Echos auf Narzissus sang; Parsons, der Salmacis des bemerkenswerten »Tambourlaine«; Will. Ostler, der als eins der »Children of the Queen's Chapel« mit King James nach Schottland reiste; George Vernon, dem der König einen purpurnen Mantel und einen roten Umhang schickte; Alick Gough, der die Konkubine Vespasians, Caenis, in Massingers »Roman Actor« spielte und drei Jahre später als Athene im »Picture« desselben Verfassers auftrat; Barrett, die Heldin in Richards Tragödie »Messalina«; Dicky Robinson, ein »besonders hübscher Junge«, wie Ben Jonson sagte, der ein Mitglied in der Truppe Shakespeares war und sich sowohl durch seinen unfehlbaren Geschmack in Kostümierungsfragen als auch seine Vorliebe für Frauenkleidung auszeichnete; Salathiel Pevy, dessen frühen und tragischen Tod Jonson in einer der süßesten Threnodien unserer Literatur beweinte; Arthur Savile, einer der »players of Prince Charles« und Darsteller eines Mädchens in einer Komödie von Marmion; Stephen Hammerton, »a most noted and beautiful woman actor«, dessen blasses, ovales Gesicht mit den schweren Augenlidern und dem sinnlichen Mund wir aus einer Miniatur der Zeit kennen; Hart, dessen erster Erfolg die Verkörperung der Herzogin in der Tragödie »The Cardinal« war und der in einem Gedicht, das klar dem Vorbild der Sonette Shakespeares folgt, als »beauty to the eye and music to the ear« beschrieben wurde; und Kynaston, von dem Betterton sagte, »it has been disputed among the judicious, whether any woman could have more sensibly touched the passions«, und dessen weiße Hände und bernsteinfarbene Augen den Einzug der Schauspielerinnen auf unsere Bühnen wohl um einige Jahre verzögerten.

Die Puritaner, deren unedler Geist überall Unmoral zu wittern meinte, wetterten natürlich gegen diese Jungen und die Unzüchtigkeit, mit der sie sich als Frauen verkleideten und lernten, die Gesten und Leidenschaften des weiblichen Geschlechts anzunehmen. Gosson, mit seiner schrillen Stimme, und Prynne, der bald seine Ohren über seine schamlosen Verleumdungen verlor, und andere, denen der feine und subtile Sinn für abstrakte Schönheit fehlte, hatten sich von der Kanzel oder in ihren Schriften mit widerlichen oder albernen Kommentaren blamiert. Francis Lenton schreibt 1629 von

»loose action, mimic gesture
By a poor boy clad in a princely vesture«,

nur einer von unzähligen

»tempting baits of hell
Which draws more youth unto the damned cell
Of furious lust, than all the devil could do
Since he obtained his first overthrow«.

Die Bibel wurde zitiert und das halbverdaute Wissen der Zeit als Beweis herangezogen. Selbst in unserer Zeit haben wir die künstlerischen Umstände des elisabethanischen und Jakobiner-Dramas nicht zu erfassen gewußt. Eine der besten und klügsten Schauspielerinnen dieses Jahrhunderts lachte offen angesichts der Vorstellung, ein Junge von siebzehn oder achtzehn Jahres sollte Imogen oder Miranda oder Rosalind verkörpern. »Wie kann ein Junge, und sei er noch so begabt und geschult, einem Publikum auch nur ansatzweise diese schönen und noblen Frauen vortäuschen? ... Shakespeare tut mir leid, der mit ansehen mußte, wie seine schönsten Schöpfungen verstümmelt, mißverstanden und verdorben wurden.« In seinem Buch über »Shakespeare's Predecessors« spricht auch Mr. John Affington von »hobbledehoys«, die versuchen, das Pathos Desdemonas oder die Leidenschaft Julias darzustellen. Hatten sie recht? Haben sie recht? Damals dachte ich das nicht. Heute denke ich das nicht. Wer sich an die Oxforder Aufführung von »Agamemnon« erinnert, an die feine Stimme und marmorne Würde der Clytemnestra, die romantische und einfühlsame Darstellung des prophetischen Wahnsinns Kassandras, wird Lady Martin und Mr. Symonds Einwänden bezüglich der Bedingungen der elisabethanischen Bühne nicht zustimmen können.

Unter den dramatischen Themen unserer größten Bühnenautoren ist keines so subtil und fesselnd wie die Zweideutigkeit der Geschlechter. Diese Idee, erfunden, sofern eine künstlerische Idee überhaupt erfunden werden kann, von Lyly, perfektioniert und verfeinert von Shakespeare, scheint ihren Ursprung ebenso wie die Möglichkeit ihrer lebensnahen Darstellung in eben dem Umstand zu haben, daß die elisabethanische, wie schon die griechische, Bühne keine weiblichen Darsteller zuließ. Weil Lyly für die jungen Schauspieler St. Paulis schrieb, haben wir die verwirrten Geschlechter und komplizierten Lieben Phillidas und Gallatheas; weil Shakespeare für Willie Hughes schrieb, legt Rosalind die Männerkleidung an und nennt sich Ganymede, verkleiden Viola und Julia sich als Pagen, entkommt Imogen als Mann verkleidet. Wer sagt, daß nur eine Frau eine Frau spielen kann, weshalb kein Junge Rosalind darstellen könnte, raubt der Schauspielkunst jeglichen Anspruch auf Objektivität und weist dem Zufall des Geschlechts zu, was eigentlich der Vorstellungskraft und kreativen Energie gehört. Wenn das Geschlecht denn von Bedeutung für die künstlerische Schöpfung sein soll, läßt sich umgekehrt argumentieren, daß die wunderbare Kombination aus Geist und Romantik, die so viele der Heldinnen Shakespeares aufweisen, durch die Tatsache, daß die Darsteller dieser Rollen junge Männer waren, zumindest unterstützt und wahrscheinlich sogar erst ermöglicht wurde. Ihre leidenschaftliche Reinheit, schnelle, wandlungsfähige Phantasie und gesunde Freiheit von Sentimentalität mußten zwangsläufig zur Vorstellung eines neuen und erfreulichen Typs von Frau oder Mädchen anregen. Die Differenz zwischen dem Geschlecht des Darstellers und dem der von ihm dargestellten Gestalt war schließlich auch, wie Professor Ward darlegte, eine weitere Anforderung an die Vorstellungskraft des Zuschauers und verhinderte somit eine überrealistische Identifikation des Schauspielers mit seiner Rolle, was einer der Schwachpunkte der modernen Theaterkritik ist.

Wir müssen auch zugeben, daß wir diesen jungen Schauspielern die Einführung der Lieder verdanken, die in den Werken Shakespeares, Dekkers und einer ganzen Reihe anderer Bühnenautoren der Zeit erfreuen, diese »Stücke vogelartigen oder gottesgleichen Gesangs«, wie Mr. Swinburne sie nennt. Denn die meisten der jungen Schauspieler kamen aus den Chören der Kathedralen und königlichen Kapellen und waren von frühester Kindheit an im Singen von Hymnen und Madrigalen sowie den sonstigen musikalischen Künsten geschult. Sie wurden zunächst für die Schönheit ihrer Stimmen sowie ein angenehmes Äußeres ausgewählt und dann in Gestik, Tanz und Sprache unterwiesen. Sie lernten, sowohl Tragödien als auch Komödien auf Englisch und Lateinisch aufzuführen. Die Schauspielerei scheint ohnehin Teil der Schulbildung der Zeit gewesen zu sein und mit großem Eifer nicht nur in Eton und Westminster, sondern auch an den Universitäten von Oxford und Cambridge praktiziert worden zu sein. Manche dieser Studenten begannen anschließend eine professionelle Bühnenlaufbahn, wie es ja auch heute immer häufiger geschieht. Auch die führenden Schauspieler hatten ihre Schüler und Lehrlinge, die ihnen vertraglich gebunden waren, von ihnen in die Geheimnisse ihrer Kunst eingeweiht wurden und so sehr geschätzt wurden, daß wir von Henslowe, einem der Leiter des Rose Theatre, wissen, daß er einen ausgebildeten Jungen namens James Bristowe für acht Goldstükke erwarb. Die Beziehungen zwischen Meister und Lehrling scheinen äußerst herzlich und freundschaftlich gewesen zu sein. Robin Armin wurde von Tarlton als sein adoptierter Sohn betrachtet, und in seinem Testament vom »fourth daie of Maie, anno Domini 1605« hinterläßt Shakespeares guter Freund und Schauspielkollege Augustine Phillips einem seiner Lehrlinge sein »purple cloke, sword, and dagger« sowie sein »base viall« und viele kostbare Gewänder, einem anderen eine Geldsumme und viele wunderbare Musikinstrumente »to be delivered to him at the expiration of his terme of yeres in his indenture of apprenticehood«. Gelegentlich, wenn ein wagemutiger Schauspieler einen Jungen für die Bühne entführte, gab es öffentliche Empörung oder eine Untersuchung. Im Jahr 1600 nahm ein gewisser Henry Clifton aus Norfolk seinen Wohnsitz in London, damit sein Sohn, etwa 13 Jahre alt, die Bluecoat School besuchen konnte. Aus einer Klage vor der Star Chamber, die vor kurzer Zeit von Mr. Greenstreet entdeckt wurde, wissen wir, daß der Junge eines Wintermorgens arglos zur Christ Church ging, als er von James Robinson, Henry Evans und Nathaniel Giles ergriffen und zum Blackfriars Theatre verschleppt wurde, »amongste a companie of lewde and dissolute mercenarie players«, wie sein Vater sie nannte, wo er eine Ausbildung in »acting of parts in base playes and enterludes« erfahren sollte. Als er hörte, was seinem Sohn widerfahren war, ging der Vater sofort zum Theater und verlangte sein Kind zurück, doch »the sayd Nathaniel Giles, James Robinson and Henry Evans most arrogantlie then and there answwered that they had authoritie sufficient soe to take any noble man's sonne in this land«, gaben dem Schuljungen »a scrolle of paper, conteyning parte of one of their said playes and enterludes« und befahlen ihm, es auswendig zu lernen. Durch einen Befehl des Sir John Fortescue wurde der Junge jedoch am folgenden Tag seinem Vater zurückgegeben, und anscheinend setzte die Star Chamber die Privilegien Evans' daraufhin aus.

Es ist eine Tatsache, daß Elizabeth, aufgrund eines Präzendenzurteils von Richard III., den Auftrag und die Genehmigung erteilt hatte, alle Jungen mit schönen Stimmen in ihre Dienste zu stellen, damit sie im Chor der königlichen Kapelle singen konnten. Nathaniel Giles, ihr Beauftragter, betrieb einen gewinnbringenden Handel mit den Leitern des Globe Theatre, die er unter dem Deckmantel des königlichen Auftrages mit hübschen und anmutigen Jungen als Darsteller der weiblichen Rollen belieferte. Die Schauspieler hatten so ein gewisses Recht auf ihrer Seite, und es ist interessant zu verfolgen, wie viele der aus ihren Heimen oder Schulen verschleppten Jungen, beispielsweise Salathiel Pavy, Nat. Field und Alvery Trussel, so in den Bann der neuen Kunst gezogen wurden, daß sie sich ganz dem Theater verschrieben und sich weigerten, die Bühne aufzugeben.

Einmal schien, es, als würden Mädchen die Jungen auf der Bühne ersetzen, und im Taufregister von St. Giles, Cripplegate, finden wir den folgenden denkwürdigen Eintrag: »Comedia, base-born, daughter of Alice Bowker and William Johnson, one of the Queen's plaiers, 10 Feb. 1589«. Doch das Kind, in das solche Hoffnungen gesetzt wurden, starb im Alter von sechs Jahren, und als später französische Schauspielerinnen in Blackfriars auftraten, nahm ihre Darbietung ein vorzeitiges Ende – »hissed, hooted and pippin-pelted from the stage«. In Anbetracht meiner bisherigen Ausführungen halte ich das nicht für besonders bedauernswert. Die grundsätzlich maskuline Kultur der englischen Renaissance fand ihren vollkommenen und besten Ausdruck durch ihre eigenen Methoden und auf ihre eigene Weise.

Ich entsinne mich der Frage, die damals in mir aufkam, welchen gesellschaftlichen Status und welche Vorbildung Willie Hughes besaß, bevor Shakespeare ihm begegnete. Meine Untersuchungen in die Geschichte der jungen Schauspieler ließen jede Einzelheit faszinierend erscheinen. Hatte er in einem geschnitzten Stuhl eines vergoldeten Chors gestanden und aus einem großen Buch voller quadratischer, roter Noten und langer, schwarzer Notenstriche gelesen? Wir wissen aus den Sonetten, wie klar und rein seine Stimme und wie groß seine musikalische Begabung war. Noble Herren wie der Earl of Leicester und Lord Oxford hatten Truppen junger Schauspieler als Teil ihres Haushalts in ihren Diensten. Als Leicester 1585 in die Niederlande fuhr, nahm er einen gewissen »Will« mit, der als »plaier« geführt wurde. War dies

Willie Hughes? Hatte er für Leicester in Kenilworth gespielt, und hatte Shakespeare in dort kennengelernt? Oder war er, wie Robert Armin, einfach ein Junge unbedeutender Abstammung, den die Natur mit sonderbarer Schönheit und wunderbarer Ausstrahlung gesegnet hatte? Die ersten Sonette belegen, daß er nichts mit der Bühne zu tun hatte, als Shakespeare ihm zum ersten Mal begegnete, und daß er nicht von nobler Abstammung war, wurde bereits zur Genüge belegt. Ich stellte mir ihn bald nicht als den zierlichen Chorknaben der königlichen Kapelle oder verwöhnten Untergebenen, Sänger und Tänzer in Leicesters Hofstaat vor, sondern als blonden englischen Jungen, den Shakespeare in den geschäftigen Straßen Londons oder den stillen grünen Wiesen Windsors erblickt und verfolgt hatte, weil er das künstlerische Potential einer solch schönen und eleganten Gestalt erkannte und mit sicherem und schnellen Instinkt ahnte, was für einen Schauspieler der Junge abgeben würde, wenn man ihn zum Theater locken könnte. Willie Hughes Vater war zu diesem Zeitpunkt bereits tot, wie wir aus Sonett XIII wissen, und seine Mutter, deren auffallende Schönheit er geerbt haben soll, wurde vielleicht durch die Höhe des Lohns überzeugt, den die jungen Darsteller der weiblichen Rollen verdienten – für einen Lohn, der über dem Einkommen der erwachsenen Schauspieler lag, ließ sie ihren Sohn Shakespeares Lehrling werden. Jedenfalls wissen wir, daß er Shakespeares Lehrling wurde und eine wesentliche Rolle in Shakespeares künstlerischer Entfaltung spielte. In der Regel konnten die Jungen nur wenige Jahre lang Mädchen spielen. Rollen wie Lady Macbeth, Königin Constance und Volumina blieben natürlich immer im Repertoire jener, de über wahren dramatischen Genius und echte Präsenz verfügten. Jugend war hier weder erforderlich noch erwünscht. Aber mit Imogen, Perdita und Julia war es anders. »Your beard has begung to grow, and I pray God your voice be not cracked«, sagt Hamlet spöttisch zum jungen Schauspieler der in Elsinore gastierenden Truppe; denn wenn Kinn und Stimme rauh werden, verfliegen Charme und Eleganz der Darbietung. Hier liegt also Shakespeares leidenschaftliche Konzentration auf die Jugend des Willie Hughes begründet, seine Furcht vor dem Alter und dem Altern, sein wildes Anflehen an die Zeit selbst, die Schönheit seines Freundes zu verschonen:

»Make glad and sorry seasons as thou flee'st,
And do whate'er thou willst, swift-footed time,
To the wide world and all her fading sweets;
But I forbid thee one most heinous crime:
O carve not with the hours my Love's fair brow
Nor draw no lines there with thine antique pen;
Him in thy course untainted do allow
For beauty's pattern to succeeding men.«

Vielleicht erhörte die Zeit Shakespeares Flehen, oder vielleicht kannte Willie Hughes das Geheimins der ewigen Jugend, denn nach drei Jahren ist er völlig unverändert:

»To me, fair friend, you never can be old,
For as you were when first your eye I eyed,
Such seems to be your beauty still. Three winters' cold
Have from the forests shook three summer's pride,
Three beauteous springs to yellow autumn turned,
In process of the seasons I have seen,
Three April perfumes in three hot Junes burned,
Since first I saw you fresh which yet are green.«

Mehr Jahre vergehen, doch noch immer scheint die Frische seiner Jugend in voller Blüte. Als Shakespeare im »Tempest« durch die Lippen Prosperos das Zepter seiner Vorstellungskraft von sich schleuderte und seine poetische Souveränität in die schwachen, anmutigen Hände Fletchers legte, mag es sein, daß die Miranda, die gebannt zusah, kein anderer als Willie Hughes war. Im letzten Sonett, das sein Freund an ihn richtet, ist der gefürchtete Feind nicht die Zeit, sondern der Tod.

»O thou, my loveley boy, who in thy power
Dost hold time's fickle glass, his sickle hour;
Who hast by waning grown, and therein show'st
Thy lovers witherin as thy sweet self grow'st;
If Nature, sovereign mistress over wrack,
As thou goest onwards, she will pluck thee back,
She keeps thee to this purpose, that her skill
May Time disfrace and wretched minutes kill.
Yet fer her, O thou minion of her pleasure!
She may detain, but not still keep, her treasure.
Her audit, thou delay'd, answer'd must be,
And her quietus is to render thee.«

4

Erst einige Wochen, nachdem ich meine Arbeit an diesem Thema begonnen hatte, wandte ich mich schließlich der sonderbaren Gruppe von Sonetten (CXXVII–CLII) zu, die von der dunklen Frau handelten, die wie ein Schatten oder ein schlechtes Omen Shakespeares große Liebe überschattete und eine Zeitlang zwischen ihm und Willie Hughes stand. Diese Gedichte waren offensichtlich in der falschen Reihenfolge gedruckt worden und gehören eigentlich zwischen die Sonette XXXIII und XL. Diese Änderung ist aus psychologischen wie aus künstlerischen Gründen erforderlich und wird hoffentlich in allen künftigen Ausgaben befolgt werden, da ansonsten ein völlig falscher Eindruck von der Art und Thematik dieser noblen Freundschaft entsteht.

Wer war die dunkelhaarige und olivenhäutige Frau, mit ihrem sinnlichen Mund, »that Love's own hand did make«, ihrem »cruel eye« und »fals pride«, ihrer musikalischen Begabung und ihrer falschen, fesselnden Natur? Ein übereifriger Forscher unserer Zeit verstand sie als Symbol der katholischen Kirche, als Braut Christi, die »black but comely« ist. Professor Minto folgte Henry Brown in der Ansicht, diese Gruppe an Sonetten seien nicht mehr als Geschicklichkeitsübungen des Dichters, »exercises of skill undertaken in wanton defiance and derision of the commonplace«. Mr. Gerald Massey, ohne jegliche Rücksicht auf Beweise oder Wahrscheinlichkeit, bestand darauf, daß diese Gedichte an die vielgerühmte Lady Rich gerichtet waren, die Stella der Sonette Philip Sidneys, die Philoclea seines »Arcadia«, und keine Einsicht in Leben und Lieben Shakespeares bieten, der sie ausschließlich auf Wunsch und im Namen Lord Pembrokes verfaßt habe. Mr. Tyler nahm an, daß sie sich auf eine Hofdame Elizabeths namens Mary Fitton bezogen. Doch keine dieser Erklärungen genügt allen Umständen. Die Frau, die zwischen Shakespeare und Willie Hughes kam, war eine echte Frau, schwarzhaarig und verheiratet und von üblem Ruf. Lady Rich stand zwar durchaus in einem angemessen schlechten Leumund, doch ihr Haar war –

»fine threads of finest gold,
In curled knots man's thought to hold«,

ihre Schultern wie »white doves perching«. Sie war, wie König James zu ihrem Liebhaber, Lord Mountjoy, sagte, »a fair woman with a black soul«. Von Mary Fitton wissen wir, daß sie 1601 unverheiratet war, und jegliche Thesen, die Lord Pembroke mit den Sonetten in Verbindung bringen, sind durch die bereits von Cyril Graham aufgezeigte Tatsache widerlegt, daß Lord Pembroke erst nach London kam, nachdem Shakespeare diese Sonette geschrieben und seinen Freunden vorgetragen hatte.

Ihr Name interessierte mich nicht. Ich hielt es wie Professor Dowden, der sagte: »To the eyes of no diver among the wrecks of time will that curious talisman gleam.« Ich wollte vielmehr entdecken, worin ihr Einfluß auf Shakespeare bestand und was die Züge ihrer Persönlichkeit waren. Zwei Dinge wissen wir bestimmt: Sie war älter als der Dichter, und ihre Faszination war zunächst rein intellektuell. Er spürte zunächst keine körperliches Verlangen nach ihr. »I do not love thee with mine eyes«, sagt er:

»Nor are mine ears with thy tongue's tunes delightet;
Nor tender feeling to bases touches prone,
Nor taste, nor smell, esire to be invited
To any sensual feast with thee alone.«

Er fand sie nicht einmal schön:

»My mistress' eyes are nothing like the sun;
Coral is far more red that her lips' red;
If snow be white, why then her breasts are dun:
If hairs be wires, black wires grow on her head.«

Er hatte Momente des Hasses, denn sie schien nicht zufrieden mit dem Bannen der Seele Shakespeares, sondern wollte auch die Sinne des Willie Hughes verwirren. Doch da ruft Shakespeare aus:

»Two loves I have of comfort and despair,
Which like two spirits do suggest me still:
The better angle is a man right fair,
The worser spirit a woman colour'd ill.
To win me soon to hell, my female evil
Tempteth my better angel from my side,
And would corrupt my saint to be a devil,
Wooing his purity with her foul pride.«

Dann sieht er sie in ihrem wahren Licht, als »bay where all men ride«, der »wide world's common place«, die Frau, die im »very refuse« ihrer üblen Taten steht und »as black as hell, as dark as night« ist. Dann schreibt er sein großartiges Sonett an die Lust (»The expense of spirit in a waste of shame«), das Mr. Theodore Watts zu Recht als bestes Sonnet aller Zeiten bezeichnet. Und dann bietet er sein Leben und seinen Genius im Tausch gegen die Rückkehr seines »sweetest friend« an, den sie ihm geraubt hat.

Zu diesem Zweck gibt er sich ihr hin, täuscht ihr die allumfassende, sinnliche Leidenschaft eines besessenen Mannes vor, schmiedet falsche Worte der Liebe, lügt sie an und warnt sie, daß er lügt.

»My thoughts and discourses as madmen's are,
At random from the truth vainly express'd;
For I have sworn thee fair, and thought thee bright,
Who art as black as hell, as dark as night.«

Anstatt den Verrat des Freundes hinzunehmen, wird er selbst den Freund verraten. Um seine Reinheit zu beschützen, wird er selbst sich beschmutzen. Er kennt die Schwäche im Charakter des jungen Schauspielers, seine Empfänglichkeit für Lob, seine maßlose Liebe der Bewunderung, und machte es sich zur Aufgabe, die Frau zu faszinieren, die zwischen sie gekommen war.

Doch niemand spricht die Litanei der Liebe ungestraft aus. Worte haben eine unerklärliche Macht über die Seele, und Formen können die Gefühle auslösen, denen sie eigentlich entspringen sollten. Die Aufrichtigkeit, die eindringliche, unmittelbare Aufrichtigkeit des Künstlers ist oft das unbewußte Ergebnis des Stils, und im Fall jener seltenen Naturen, die extrem stark von der Sprache beeinflußt werden, lösen bestimmte Worte und Ausdrücke den Puls der Leidenschaft selbst aus, lassen das rote Blut durch die Adern fließen und verwandeln in sonderbare sinnliche Energie, was seinen Ursprung in einem bloßen ästhetischen Impuls und dem Verlangen der Kunst hatte. So scheint es zumindest Shakespeare ergangen zu sein. Er beginnt mit einer Vorspiegelung der Liebe, trägt die Gewänder des Liebhabers am Leibe und die Worte des Liebhabers auf den Lippen. Was spielt es schon für eine Rolle? Es ist doch bloß Schauspielerei, nur eine Komödie im wirklichen Leben. Doch plötzlich spürt er, daß die Seele den Lippen gelauscht hat und daß die Verkleidung sich wie eine Plage und ein Gift in ihn frißt, so daß er sie nicht ablegen kann. Dann kommt das Verlangen mit all seinen Übeln und die Lust, die ihn lieben läßt, was er haßt, und Scham mit ihrem aschenen Gesicht und geheimen Lächeln. Er ist im Bann dieser dunklen Frau, ist für eine Saison von seinem Freund getrennt und wird zum »vassal-wretch« einer, die ihm als bösartig, pervers und seiner Liebe ebenso wie der des Willie Hughes unwürdig bekannt ist. »O, from that power«, fragt er,

»hast thou this powerful might,
With insufficieny my heart ti sway?
To make me lie to my true sight,
And sewar that brightness does not grace the day?
Whence has thou this becoming of things ill,
That in the very refuse of thy deeds
There is such strength and warrantise of skill
That, in my mind, thy worst all best exceeds?«

Er ist sich seiner Entwürdigung völlig bewußt, und als er schließlich erkennt, daß sein Genius ihr nichts bedeutet angesichts der Schönheit des jungen Schauspielers, durchtrennt er entschlossen die Fesseln, die ihn an sie binden, und nimmt in diesem bitteren Sonett seinen Abschied von ihr:

»In loving thee thou know'st I am forsworn,
But thou art twice forsworn, to me love sewaring:
In act thy bed-vow broke, and new faith torn,
In vowing new hate after new love bearing.
But why of two oaths' breech do I accuse thee,
When I break twenty? I am perjur'd most;
For all my vows are oaths but to misuse thee,
And all my honest faith in thee is lost:
For ai Have sworn deep oaths of thy deep kindness,
And, to enlighten thee, gave eyes to blindness,
Or made them swear against the thing they see;
For I have sworn thee fair; more perjur'd I;
To swear against truth so foul a lie!«

Seine Einstellung zu Willie Hughes in dieser Angelegenheit beweist in gleichem Maße den Eifer und die Selbstverneinung der großen Liebe, die er für ihn empfand. So endet sein Sonett mit schmerzlichem Pathos:

»Thos pretty wrongs that liberty commits,
When I am sometime absent from thy heart,
Thy beauty and thy years full well befits,
For still temptation follows where thou art.
Gentle thou art, and therefore to be won,
Beateous thou art, therefore to be assailed;
And when a woman woos, what woman's son
Will sourly leave her till she have revailed?
Ay me! But yyet thou mights my seat forbear,
And chide thy beauty and thy straying youth,
Who lead thee in their riot even there,
Where thou art forc'd to break a two-fold truth. –
Hers, by thy beauty tempting her to thee,
Thine, by thy beauty being false to me.«

Doch hier stellt er klar, daß er ihm restlos und ohne Vorbehalte vergab:

»No more be griev'd at that which thou hast done:
Roses have thorns, and silver fountains mud;
Clouds and eclipses stain both moon and sun,
And loathsome canker lives in sweetest bud.
All men make faults, and even I in this,
Authorising the trespass with compare,
Myself corrupting, salving thy amiss,
Excusing sins more than thy sins are;
For to thy sensual fault I bring in selnse, –
The adverse party is thy advocate, –
And ›gainst myself a powerful plea commence:
Such civil war is in my love and hate,
That I an accessory needs must be
To that sweet thief which sourly robs from me.«

Kurz darauf verließ Shakespeare London und ging nach Stratford (Sonette XLIII–LII), und nach seiner Rückkehr schien Willie Hughes der Frau müde geworden zu sein, die ihn für kurze Zeit fasziniert hatte. Ihr Name wird nie wieder in den Sonetten erwähnt, noch gibt es irgendwelche Anspielungen auf sie. Sie war aus ihren Leben geschieden.

Aber wer war sie? Und selbst wenn wir ihren Namen nicht wissen, warum gibt es keine Hinweise auf sie in der zeitgenössischen Literatur? Ich denke, sie hatte zwar eine bessere Bildung genossen als die meisten Frauen der Zeit, war jedoch nicht von nobler Geburt, sondern wahrscheinlich die talentierte Gattin eines alten und reichen Bürgers. Wir wissen, daß die Frauen dieser Klasse, die damals erstmals gesellschaftliche Bedeutung erlangte, von der neuen Kunst der Schauspielerei gebannt waren. Sie verbrachten fast jeden Nachmittag im Theater, wo Aufführungen gegeben wurden, und »The Actor's Remonstrance« gibt ausreichend Aufschluß über ihre Liebschaften mit jungen Schauspielern.

Crabley erzählt in »Amanda« von einer, die ständig die Kostümierung der Schauspieler nachahmte und abwechselnd »embroidered, laced, perfumed, in glittering show … as brave as any Countess«, »all in mourning, black and sad», im grauen Umhang eines Mädchens vom Lande oder »in the neat habit of a citizen« erschient. Diese sonderbare Frau war »more changeable and wavering than the moon«, und ihre Lektüre war Shakespeares »Venus and Adonis«, Beaumonts »Salmacis and Hermaphoditus« und Liebesgedichte, »songs of love and sonnets exquisite«. Diese Sonette, ihre »Bibel«, waren sicherlich die Shakespeares, denn diese Beschreibung ist sicherlich das Porträt der Frau, die sich in Willie Hughes verliebte. Falls wir noch Zweifel hegen sollten, beschreibt Cranley sie mit demselben Wortspiel wie Shakespeare Willie Hughes als jemanden, der –

»Changes hews with the chameleon«.

Auch Manninghams Tafelbuch enthält einen klaren Hinweis auf dieselbe Geschichte. Manningham war ein Student im Middle Temple bei Sir Thomas Overbury und Edmund Curle, deren Räume er geteilt zu haben scheint. Sein Tagebuch ist in einer Manuskriptsammlung des Britischen Museums erhalten, ein kleiner Band in schöner und vergleichsweise leserlicher Schrift voller unveröffentlichter Anekdoten über Shakespeare, Sir Walter Raleigh und andere. Die Daten, die sorgfältig eingefügt wurden, reichen von Januar 1600–1 bis April 1603, und unter der Überschrift »March 13, 1601« schreibt Manningham, wie er von einem Mitglied der Truppe Shakespeares erfahren hat, daß die Frau eines gewissen Bürgers sich eines Nachmittags bei einem Besuch im Globe Theatre Hals über Kopf in einen der Darsteller verliebte und »grew so farre in liking with him, that before shee went from the play shee appointed him to come that night unto hir«, doch daß Sheakespeare, »overhearing their conclusion«, seinem Freund vorauskam und zuerst im Haus der Dame eintraf, wo er »went before and was entertained«, wie Manningham es nennt, wobei seine detaillierteren Ausführungen zu diesem Punkt hier nicht zitiert zu werden brauchen.

Dies scheint mir eine Verzerrung der Geschichte zu sein, die sich uns in den Sonetten enthüllt, die Geschichte der Liebe der dunklen Frau zu Willie Hughes und Shakespeares wahnsinniger Versuch, sie anstelle des Freundes ihn lieben zu lassen. Wir müssen sie natürlich nicht in allen Einzelheiten akzeptieren. So nennt Manninghams Quelle beispielsweise den fraglichen Schauspieler nicht als Willie Hughes, sondern als Richard Burbage. Tavernenklatsch ist jedoch bekannt für seine Unzuverlässigkeit, und Burbage wurde zweifellos in die Angelegenheit gebracht, um einen albernen Witz über Wilhelm den Eroberer und Richard III. zu ermöglichen, mit dem der Tagebucheintrag endet. Burbage war unser erster großer Tragödiendarsteller, doch er brauchte sein enormes Talent als Gegengewicht zu seiner kleinen, korpulenten Gestalt und war somit kaum der Typ, der die rätselhafte dunkle Frau der Sonette angezogen oder sich von ihr hinreißen lassen hätte. Es war also zweifellos Willie Hughes gemeint, und so belegt das Tagebuch eines Jurastudenten der Zeit die instinktive Lösung, die Cyril Graham für das Rätsel der großen Liebe Shakespeares gefunden hatte. Gemeinsam mit »Amanda« scheint Manninghams Tafelbuch mir ein besonders starkes Glied in der Beweiskette und gibt der neuen Deutung der Sonette eine Grundlage aus historischen Fakten. Die Tatsache, daß Cranleys Gedichte erst nach dem Tod Shakespeares veröffentlicht wurden, unterstützt diese Auslegung noch, denn es ist unwahrscheinlich, daß er es zu Lebzeiten des großen Dramaturgen gewagt hätte, die schmerzlichen Erinnerungen an diese tragische Geschichte zu wecken.

Die Leidenschaft für die dunkle Dame ermöglicht es mir auch, den Sonetten ein noch genaueres Datum zuzuweisen. Interne Beweise, die Merkmale der Sprache, des Stils und so weiter, lassen die Sonette eindeutig in die frühe Schaffensphase Shakespeares einordnen, also die Zeit von »Love's Labour's Lost« und »Venus and Adonis«. Mit diesem Werk sind sie sogar direkt verbunden. Sie weisen dieselben zierlichen Spielereien, dieselbe Freude an phantastischen Phrasen und sonderbaren Ausdrücken, die künstlerische Eigenwilligkeit und die bewußte Anmut auf wie »fair tongue, conceit's expositor« – Rosalind –

»whitely wanton with a velvet brow,
With two pitch-balls stuck in her face for eyes«,

geboren »to make black fair« und deren »favour turns the fashion of the days«, ist die dunkle Dame der Sonette, die aus Schwarz »beauty's successive heir« macht. In der Komödie ebenso wie in den Gedichten sehen wir die halb-sinnliche Philosophie, die das Urteil der Sinne »above all slower, more toilsome means of knowledge« schätzt. Berowne ist vielleicht, wie Walter Pater meint, ein Spiegelbild Shakespeares »when he has just become able to stand aside from and estimate the first period of his poetry«.

Obwohl »Love's Labour's Lost« erst 1598 »newlie corrected and augmented« von Cuthbert Burby veröffentlicht wurde, war es bestimmt früheren Datums und wurde längst aufgeführt, wahrscheinlich, wie Professor Dowden darlegt, 1588–9. In diesem Fall muß Shakespeare Willie Hughes 1585 zum ersten Mal begegnet sein, und somit wäre es möglich, daß der junge Schauspieler in seiner frühesten Jugend wirklich der Musikant des Lord Essex war.

Wie dem auch immer gewesen sein mag – Shakespeares Liebe zur dunklen Dame muß vor 1594 geendet haben. In jenem Jahr erschien, herausgegeben von Hadrian Dorell, die faszinierende Gedichtsammlung »Willobie his Avisa«, das von Mr. Swinburne als das einzige zeitgenössische Werk genannt wird, das Licht auf die Ungereimtheiten der Sonette werfen kann. In diesen Gedichten erfahren wir, wie ein junger Herr am St. John's College, Oxford, namens Henry Willobie sich in eine Frau »so fair and chaste« verliebt, daß er sie Avisa nennt, weil er noch nie eine solche Schönheit gesehen hatte oder weil sie wie ein Vogel vor der Schlinge seiner Leidenschaft floh und ihre Flügel der Sonne zuwendete, sobald er auch nur versuchte, ihre Hand zu berühren. In seinem Bestreben, sie für sich zu gewinnen, zieht er seinen Freund W. S. zu Rate, »who not long before had tried the curtesy of the like passion, and who was now newly recovered of the like infection«. Shakespeare ermutigte ihn zu seiner Belangerung der Burg der Schönheit und sagte ihm, daß jede Frau geschaffen ist, umworben und gewonnen zu werden, sah sich diese »liebliche Komödie« aus der Ferne an, um herauszufinden, »whether it would sort to a happier end for this new actor than it did for the old player« und »enlargeth the wound with the sharpe razor of a willing conceit« im Sinne des rein ästhetischen Interesses des Kunstlers an den Launen und Gefühlen anderer. Es ist allerdings nicht nötig, weiter auf diese sonderbare Episode in Shakespeares Leben einzugehen, denn ich wollte nur aufzeigen, daß er 1594 von seiner Leidenschaft für die dunkle Dame geheilt war und Willie Hughes bereits seit mindestens drei Jahren kannte.

Meine Arbeit an den Sonetten war nun beendet, und durch die korrekte Einordnung der Gedichte bezüglich der dunklen Dame sah ich die vollkommene Einheit des Ganzen. Das Drama – denn es war ein Drama der Tragödie der Seele, der feurigen Leidenschaft und der noblen Gedanken – hat vier Szenen oder Akte. Im ersten (Sonette I bis XXXII) lädt Shakespeare Willie Hughes ein, eine Laufbahn als Schauspieler zu verfolgen und seine wunderbare Schönheit und die Anmut seiner Jugend in den Dienst der Kunst zu stellen, bevor Leidenschaft ihm das eine und der Lauf der Zeit ihm das andere raubt. Willie Hughes stimmt nach einiger Zeit zu, Mitglied in Shakespeares Truppe zu werden, und wird bald zum Mittelpunkt und Grundstein seiner Inspiration. Plötzlich, eines Sommers (Sonette XXXIII–LII, LXI und CXXVII–CLII) kommt eine dunkle Frau mit wunderbaren Augen ins Globe Theatre und verliebt sich in Willie Hughes. Shakespeare, krank vor Eifersucht und verrückt vor Zweifeln und Ängsten, versucht, die Frau zu binden, die zwischen ihn und seinen Freund gekommen ist. Die Liebe, zunächst vorgetäuscht, wird bald echt, und er findet sich im Bann und unter dem Daumen einer Frau, die ihm als bösartig und unwürdig bekannt ist. Ihr bedeutet der Genius des Mannes nichts im Vergleich zur Schönheit des Jungen. Willie Hughes verfällt ihr für eine Weile und wird ihr Spielzeug, und der zweite Akt endet mit Shakespeares Abreise aus London. Im dritten Akt ist ihr Einfluß beendet. Shakespeare kehrt nach London zurück und erneuert seine Freundschaft mit Willie Hughes, dem er Unsterblichkeit in seinen Werken verspricht. Marlowe hört von der Begabung und Anmut des jungen Schauspielers und lockt ihn fort vom Globe Theatre, um ihm die Rolle des Gaveston in seiner Tragödie »Edward II« zu übertragen, und Shakespeare ist zum zweiten Mal von seinem Freund getrennt. Im letzten Akt (Sonette C–CXXVI) kehrt Hughes zu Shakespeares Truppe zurück. Böse Gerüchte haben nun die Reinheit seines Rufes befleckt, doch Shakespeares Liebe bleibt ungetrübt. Das Geheimnis dieser Liebe und Rätsel der Leidenschaft wird uns in sonderbaren und wunderbaren Worten geschildert, und die Sonette enden mit einer zwölfzeiligen Botschaft: Schönheit triumphiert über Vergänglichkeit, Tod über Schönheit.

Und wie endete er, den Shakespeare so liebte und der durch seine Präsenz und Leidenschaft Shakespeares Kunst zur Realität machte? Im Bürgerkrieg stellten sich die englischen Schauspieler auf die Seite ihres Königs, und viele von ihnen, wie Robinson, der von Major Harrison bei der Eroberung von Basing House hinterrücks erschlagen wurde, gaben ihr Leben im Dienst des Königs. Vielleicht auf der zertrampelten Heide von Marston, vielleicht in den melancholischen Hügeln von Naseby wurde der Leichnam des Willie Hughes von einem der rauhen Bauern der Gegend gefunden, sein goldenes Haar »dabbled with blood« und seine Brust durchlöchert von Wunden. Oder vielleicht war es die Pest, die zu Beginn des 17. Jahrhunderts in London häufig auftrat und vielen Christen als göttliches Urteil für eine Stadt voller »vaine plaies and idolatrous shewes« galt, die den Jungen auf der Bühne befiel, und er schlich heim, um dort alleine zu sterben, denn Shakespeare war weit weg in Stratford, und diejenigen, die scharenweise geströmt kamen, um ihn auf der Bühne zu sehen, die »gazers«, die er, wie die Sonette uns sagen, vom rechten Weg abgebracht hatte, hatten zuviel Angst, sich anzustecken, wenn sie ihm nahekämen. Eine solche Geschichte ging damals über einen jungen Schauspieler um und wurde von den Puritanern in ihren Versuchen zur Unterdrückung der freien Entwicklung der englischen Renaissance verwendet. Doch wenn dieser Schauspieler Willie Hughes gewesen wäre, wäre die Botschaft von seinem tragischen Tod sicherlich schnell Shakespeare überbracht worden, als er unter seinem Maulbeerbaum im Garten des New Place träumte, und er hätte ein Werk so rührend wie das Miltons auf Edward King verfaßt, in dem er um den Jungen trauerte, der so viel Freude und Schmerz in sein Leben gebracht hatte und dessen Verbindung mit seiner Kunst von so entscheidender Bedeutung war. Irgendwie wußte ich, daß Willie Hughes Shakespeare überlebt und in gewissem Maß die in ihn gesetzten Erwartungen erfüllt haben mußte, und eines Abends kam mir plötzlich die Erleuchtung, das wahre Geheimnis seines Endes.

Er war einer der englischen Schauspieler, die 1611, als Shakespeare sich von der Bühne zurückzog, über das Meer nach Deutschland fuhren und dort vor dem großartigen Duke Henry Julius of Brunswick, selbst ein beachtlicher Bühnenautor, an Hof des sonderlichen Kurfürsten von Brandenburg spielten, der Schönheit so verehrte, daß man von ihm sagte, er habe einem fahrenden griechischen Händler seinen Sohn für dessen Gewicht in Bernstein abgekauft und Festspiele zu Ehren dieses Sklaven aufführen lassen, alles während der furchtbaren Mißernte von 1606–7, als die Leute in den Straßen derselben Stadt verhungerten und sieben Monate lang kein Regen fiel. Die Bücherei in Kassel besitzt noch heute eine Erstausgabe von Marlowes »Edward II«, laut Mr. Bullen das einzige erhaltene Exemplar. Wer konnte es in diese Stadt gebracht haben, wenn nicht derjenige, für den die Rolle des königlichen Freundes geschaffen und geschrieben wurde? Diese fleckigen und vergilbten Seiten berührten einst seine Hände. Wir wissen auch, daß »Romeo und Julia« ein eng mit Willie Hughes verbundenes Werk, 1613 seine Dresdner Uraufführung erlebte, ebenso wie »Hamlet«, »King Lear« und einige von Marlowes Werken, und es war sicherlich kein anderer als Willie Hughes selbst, dem 1617 die Totenmaske Shakespeares von einem Untergebenen des britischen Botschafters überbracht wurde, das blasse Zeichen vom Ende des großen Dichters, der ihn so geliebt hatte. Es scheint angemessen, daß der jugendliche Schauspieler, dessen Schönheit von so großer Bedeutung für den Realismus und die Romantik in Shakespeares Schaffen war, einer der ersten sein sollte, der die Saat der neuen Kultur nach Deutschland brachte und so eine Art Vorläufer der Aufklärung des 18. Jahrhunderts wurde, jener genialen Bewegung, die von Lessing und Herder begonnen wurde und ihren Höhepunkt in Goethe fand, aber in hohem Maße von einem jungen Schauspieler geprägt war – Friedrich Schroeder –, der das öffentliche Bewußtsein weckte und durch die falschen Leidenschaften und Gesten der Bühne den intimen, lebendigen Zusammenhang zwischen Leben und Literatur aufzeigte. Wenn dem so war – und es gibt sicherlich keine Beweise des Gegenteils –, war es nicht unwahrscheinlich, daß Willie Hughes einer der englischen Komödianten war (*mimi quidam ex Britannia,* wie die alten Bücher sie nannten), die in Nürnberg vom aufgebrachten Pöbel erschlagen wurden und ein geheimes Begräbnis auf einem Weinberg vor der Stadt durch einige junge Männer erhielten, die Gefallen an ihrer Darbietung gefunden und Einweisung in diese neue Kunst gesucht hatten. Konnte es ein angemesseneres Ende geben für einen, von dem Shakespeare sagte, »thou art all my art«, als auf diesem kleinen Weinberg vor den Toren der Stadt. Denn war nicht den Sorgen des Dionysos die Tragödie entsprungen? Wurde das fröhliche Gelächter der Komödie mit seinem sorglosen Vergnügen und seinen schnellen Antworten nicht zuerst von den sizilianischen Weinbauern vernommen? Gaben nicht die roten Flecken des Weinschaums auf Lippen und Gliedmaßen die ersten Anzeichen für den Charme und die Faszination der Verkleidung – den Wunsch, das Selbst zu verhüllen, den Sinn für den Wert der Objektivität, der sich so in den ungehobelten Ursprüngen der Kunst zeigte. Wo er auch begraben liegen mag – ob auf dem Weinberg vor den Toren der gotischen Stadt oder auf einem dunklen Londoner Friedhof inmitten des Lärms und der Hektik unserer großen Stadt – erinnert uns kein reichgeschmücktes Monument an sein Leben. Sein wahres Grabmal, wie Shakespeare voraussah, sind die Verse des Dichters, sein wahres Monument die Unvergänglichkeit der Dramen. So erging es auch anderen, deren Schönheit ihrem Zeitalter einen kreativen Impuls gab. Der elfenbeinerne Körper des bythinischen Sklaven modert im grunen Schleim des Nils, und auf den gelben Hügeln des Cerameicus ist der Staub des jungen Atheners verstreut, aber Antonous lebt in der Skulptur und Charmides in der Philosophie.

5

Ein junger Elisabethaner war in ein Mädchen mit so bleicher Haut verliebt, daß es sie Alba nannte. Er hinterließ seine Aufzeichnung des Eindrucks, den eine der ersten Aufführungen von »Love's Labour's Lost« auf ihn machte. Trotz der bewundernswerten Leistung der Schauspieler, und sie spielten »in cunning wise«, insbesondere in den Rollen der Liebhaber, war ihm ständig bewußt, daß alles »feigned« war, nichts von Herzen kam, daß die Schauspieler selbst in Trauerszenen »no care« empfanden und einfach »a show in jest« darboten. Dennoch wurde diese phantastische Komödie unrealistischer Romantik für ihn, der im Publikum saß, plötzlich die wahre Tragödie seines Lebens. Die Stimmungen seiner eigenen Seele schienen Gestalt angenommen zu haben und sich vor seinen Augen zu bewegen. Seine Trauer trug eine lächelnde Maske, seine Sorgen trugen fröhliche Gewänder. Hinter dem hellen und ständig wechselnden Freudenspiel der Bühne sah er sich selbst, wie man sein Bild in einem Zerrspiegel sieht. Die

Worte auf den Lippen der Schauspieler entsprangen seinem Schmerz. Ihre falschen Tränen hatte er geweint.

Wir haben wohl alle schon einmal ähnlich empfunden. Wir werden Liebende, wenn wir Romeo und Julia sehen, und Hamlet macht aus uns Forscher. Das Blut Duncans ist an unseren Händen, und wenn Lear hinaus auf das Moor geht, berührt uns der Wahnsinn. Wir sind so schuldlos wie Desdemona und so sündig wie Jago. Kunst, selbst die Kunst des größten Ausmaßes und der weitesten Vision, kann uns nie die externe Welt zeigen. Alles, was wir sehen, ist unsere eigene Seele, die einzige Welt, die wir wirklich kennen können. Und die Seele selbst, die Seele jedes einzelnen von uns, ist jedem von uns ein Rätsel. Sie versteckt sich im Dunkeln und grübelt, und das Bewußtsein kann uns nichts von ihr sagen. Bewußtsein ist völlig unzulänglich, um die Elemente der Persönlichkeit zu erfassen. Kunst, und nur Kunst, kann uns uns selbst zeigen.

Wir sitzen im Theater mit der Frau, die wir lieben, oder lauschen der Musik in einem Oxforder Garten oder gehen mit unserem Freund durch die kühlen Gänge des päpstlichen Palastes in Rom, und plötzlich wird uns bewußt, daß uns ganz ungeahnte Leidenschaften innewohnen, Gedanken, die uns Angst machen, Freuden, die uns versagt sind, Sorgen, die vor unseren Tränen verborgen waren. Der Schauspieler spürt unsere Anwesenheit nicht: der Musiker denkt an die Details der Fuge, an den Ton seines Instruments; die Marmorgötter, die uns so versonnen anlächeln, sind aus gefühllosem Stein. Aber sie ließen das Gestalt annehmen, was in uns verborgen war; sie befähigen uns, unsere Persönlichkeit zu realisieren; und ein Gefühl unsicherer Freude, oder eine Berührung oder ein Zucken vor Schmerz, oder das typische menschliche Selbstmitleid überkommen uns und ändern uns.

Shakespeares Sonette hatten mich sicherlich so berührt. Von Opaldämmerungen bis zum Sonnenuntergang verwelkter Rosen las ich sie wieder und wieder im Garten und in der Kammer, und mir schien, als entzifferte ich die Geschichte eines Lebens, das einmal meines war, verfolgte den Lauf einer Liebe, die mein Wissen, den Kern meines Wesens verändert und meinen Charakter mit sonderbaren und feinen Farben gefärbt hatte. Kunst, wie es so oft passiert, hatte den Platz eigener Erfahrungen eingenommen. Ich fühlte mich, als sei ich in die Geheimnisse der leidenschaftlichen Freundschaft eingeweiht worden, in die Liebe der Schönheit und die Schönheit der Liebe, von der Marsilio Ficino spricht und von der die Sonette in ihrer nobelsten und reinsten Bedeutung der perfekte Ausdruck sind.

Ja: Ich hatte es alles erlebt. Ich hatte im runden Theater mit dem offenen Dach und den wehenden Bannern gestanden, hatte die Bühne schwarz verhangen für eine Tragödie und voller bunten Girlanden für eine leichtere Darbietung gesehen. Die jungen Edelmänner kamen mit ihren Pagen und setzten sich vor den braunen Vorhängen, die von den satyrgeschmückten Säulen des Bühnenbilds hingen. In ihren phantastischen Gewändern waren sie arrogant und unberührbar. Einige trugen französische Locken und weiße Westen voller steifer italienischer Goldstickerei mit Beinkleidern aus blauer oder blaßgelber Seide. Andere waren ganz in Schwarz und trugen große, federgeschmückte Hüte. Diese hielten es mit dem spanischen Stil. Wenn sie Karten spielten und dünne Qualmringe aus den kleinen Pfeifen bliesen, die die Pagen ihnen anzündeten, machten die schwänzenden Lehrlingen und faulen Schuljungen im Hof sich über sie lustig. Doch sie lächelten einander nur an. In den Seitenlogen saßen maskierte Frauen. Eine von ihnen wartete mit hungrigen Augen und gebissenen Lippen auf das Heben des Vorhangs. Als die Trompete zum dritten Mal erklang, lehnte sie sich vorwärts, und ich sah ihre olivenbraune Haut und ihr rabenschwarzes Haar. Ich kannte sie. Sie hatte eine ganze Saison lang die größte Freundschaft meines Lebens gestört. Doch etwas an ihr faszinierte mich.

Das Stück wechselte je nach meiner Stimmung. Manchmal war es »Hamlet«. Taylor gab den Prinzen, und viele weinten, als Ophelia dem Wahnsinn verfiel. Manchmal war es »Romeo und Julia«. Burbage war Romeo. Er sah zwar nicht aus, wie man sich den jungen Italiener vorstellt, doch seine Stimme war wie Musik und seine Gestik voll leidenschaftlicher Schönheit. Ich sah »Wie es euch gefällt« und »Cymbeline« und »Twelth Night«, und in jedem Stück gab es einen, dessen Leben mit meinem verbunden war, der mir jeden Traum erfüllte und jede Phantasie Gestalt annehmen ließ. Wie anmutig er sich bewegte! Die Augen des Publikums hingen an ihm.

Und doch war es alles in diesem Jahrhundert passiert. Ich hatte meinen Freund nie gesehen, doch er hatte mich schon seit so vielen Jahren begleitet, und seinem Einfluß verdankte ich meine Passion für griechisches Gedankengut und Kunst, ja, meine ganze Einsicht in den hellenischen Geist. Wie hatte mich das in meiner Zeit in Oxford berührt! Ich verstand damals nicht, warum. Aber nun wußte ich es. Es hatte immer eine Präsenz neben mir gegeben. Ihre silbernen Füße waren über die schattigen Wiesen der Nacht gegangen, und die weißen Hände hatten die zitternden Vorhänge der Dämmerung beiseite geschoben. Sie war mit mir durch die grauen Säulengänge gewandelt, und saß ich lesend in meinem Zimmer, so war sie ebenfalls dort. Und was machte es, daß ich mir dessen nicht bewußt war? Die Seele hat ihr eigenes Leben, das Gehirn sein eigenes Wirkungsfeld. Es gab etwas in uns, das nichts von Folge oder Erweiterung verstand und dennoch, wie der Philosoph der idealen Stadt, ein Beobachter aller Zeiten und Existenzen war. Seine Sinne witterten, seine Leidenschaften trugen Frucht, spirituelle Ekstase der Kontemplation, Eifer der feurigen Liebe. Wir waren die Unwirklichen, und unser bewußtes Leben war der unwichtigste Teil unserer Entwicklung. Die Seele, die geheime Seele, war die einzige Realität.

Auf welch merkwürdige Weise mir all dies enthüllt worden war! Ein Buch voller Sonette, herausgegeben vor fast dreihundert Jahren, geschrieben von der Hand eines Toten und zu Ehren eines toten Jünglings, hatte mir plötzlich die ganze Geschichte der Romantik meiner Seele erklärt. Ich erinnerte mich, wie ich einst in Ägypten der Öffnung eines mit Fresken geschmückten Sargs beigewohnt hatte, der in einem der Basaltgräber von Theben gefunden wurde. Er enthielt den Leichnam eines jungen Mädchens, in dichte Leinenbandagen eingewickelt und mit einer goldenen Maske über ihrem Gesicht. Als ich mich vorbeugte, um sie näher anzusehen, sah ich in einer der kleinen, verschrumpelten Hände eine Rolle gelben Papyrus voller kleiner Schriftzeichen. Wie ich nun wünschte, daß ich sie mir hätte vorlesen lassen! Ich hätte mehr über die in mir verborgene Seele erfahren können und über die Rätsel der Leidenschaft, von denen ich nichts wußte. Es ist doch sonderbar, daß wir so wenig über uns selbst wissen und daß unsere innerste Persönlichkeit vor uns verborgen ist! Mußten wir in den Gräbern nach unserem Leben und in der Kunst für die Legende unserer Tage suchen?

Woche auf Woche brütete ich über den Gedichten, und jede neue Form des Wissens schien mir eine Form der Erinnerung. Schließlich, nachdem zwei Monate vergangen waren, beschloß ich, Erskine eindringlich aufzufordern, der Erinnerung Cyril Grahams Gerechtigkeit widerfahren zu lassen und seine wunderbare Deutung der Sonette an die Öffentlichkeit zu bringen – die einzige Deutung, die das Problem völlig erklärte. Ich bedaure, daß ich keine Kopie meines Briefes habe und nicht in der Lage bin, das Original zu erhalten, doch ich erinnere mich, daß ich das ganze Thema noch einmal durchging und Seiten damit füllte, die Argumente und Beweise aufzuführen, die ich in meinen Studien entdeckt hatte.

Mir schien, daß ich nicht nur Cyril Graham den gebührenden Platz in der Geschichte der Literatur zukommen ließ, sondern auch die Ehre Shakespeares aus der unwürdigen Erinnerung einer gewöhnlichen Affäre rettete. All mein Enthusiasmus floß in den Brief. All mein Glaube floß in den Brief.

Ich hatte ihn kaum abgeschickt, als mich eine merkwürdige Reaktion überfiel. Mir schien, als hätte ich meine Kapazität des Glaubens an die Willie-Hughes-These der Sonette verschenkt, als hätte etwas mich verlassen, sozusagen, so daß mir das ganze Thema herzlich egal war. Was war geschehen? Es ist schwer zu sagen. Vielleicht hatte ich durch den Ausdruck meiner Leidenschaft die Leidenschaft selbst erschöpft. Emotionale Kräfte haben wie körperliche Kräfte ihre Grenzen. Vielleicht bedeutet die Anstrengung der Überzeugung eines anderen von einer Theorie zu einem gewissen Grad ein Aufgeben der Glaubenskraft. Einfluß ist einfach die Übertragung der Persönlichkeit, eine Art des Verschenkens dessen, was an uns am kostbarsten ist, und seine Ausübung erzeugt einen Sinn oder vielleicht auch eine Realität des Verlustes. Jeder Schüler nimmt seinem Meister etwas. Oder vielleicht war ich der ganzen Sache einfach müde geworden, hatte die Faszination erschöpft, und nach dem Ausbrennen meines Enthusiasmus konnte mein Verstand ungestört sein eigenes Urteil bilden. Wie auch immer, und ich kann es nicht erklären, aber es gab keinen Zweifel daran, daß Willie Hughes für mich plötzlich ein reiner Mythos wurde, ein sinnloser Traum, das knabenhafte Hirngespinst eines jungen Manns, der, wie alle eifrigen Geister, mehr bemüht war, andere zu überzeugen als sich selbst.

Ich muß gestehen, daß es eine herbe Enttäuschung für mich war. Ich hatte jede Phase dieser großen Liebe durchgemacht. Ich hatte damit gelebt, und es war Teil meiner Natur geworden.

Wie konnte es mich verlassen haben? Hatte ich nicht ein Geheimnis berührt, das meine Seele verbergen wollte? Oder gab es keine Dauerhaftigkeit in der Persönlichkeit? Konnten Dinge durch das Gehirn kommen und gehen, schnell, still und spurlos, wie Schatten durch einen Spiegel? Waren wir den Eindrücken der Kunst oder des Lebens hilflos ausgeliefert? So schien es mir zu sein.

Es war Abend, als mich dieses Gefühl erstmals überkam. Ich hatte meinen Diener mit dem Brief an Erskine ausgeschickt, saß am Fenster und blickte in den blaugoldenen Himmel. Der Mond war noch nicht aufgegangen, und nur ein Stern stand am Himmel, doch die Straßen waren voller schneller und blinkender Lichter, und die Fenster des Devonshire Haus waren für ein Festessen für einige der ausländischen Prinzen erleuchtet, die London damals besuchten. Ich sah die pupurfarbenen königlichen Kutschen und die Menschenmenge an den strengen Toren des Hofes.

Plötzlich sagte ich zu mir: »Es war ein Traum, und mein ganzes Leben in den letzten zwei Monaten war nicht wahr. Es hat nie einen Willie Hughes gegeben.« Ein stiller Schmerzensschrei fiel von meinen Lippen, und ich begann zu erkennen, wie ich mich getäuscht hatte. Ich schlug die Hände vors Gesicht und fühlte eine tiefere Trauer als je zuvor. Nach einigen Momenten stand ich auf und ging in meine Bibliothek, nahm die Sonette auf und begann, sie zu lesen. Doch es war nutzlos. Sie gaben mir nicht von dem Gefühl zurück, daß ich ihnen gegeben hatte; sie enthüllten mir nichts, das ich zwischen ihren Zeilen versteckt gewähnt hatte. Hatte ich einfach unter dem Einfluß des gefälschten Porträts gestanden; hatte mich das Gesicht wie das Shelleys zu Glauben und Glaubseligkeit verführt? Oder war es, wie Erskine mich gewarnt hatte, der tragische Tod Cyril Grahams, der mich so tief berührt hatte? Ich konnte es nicht sagen. Bis heute ist mir dieses sonderbare Kapitel meines Lebens von Anfang bis Ende ein Rätsel.

Aber ich hatte Erskine in meinem Brief einige ungerechte und bittere Dinge geschrieben und beschloß daher, ihn so bald wie möglich aufzusuchen und mich für mein Benehmen zu entschuldigen. Also fuhr ich am nächsten Morgen zum Birdcage Walk und fand ihn in seiner Bibliothek vor, wo er das Porträt des Willie Hughes studierte.

»Mein lieber Erskine!« rief ich aus. »Ich bin gekommen, um Sie um Verzeihung zu bitten.«

»Verzeihung?« fragte er. »Wofür?«

»Für meinen Brief«, entgegnete ich.

»In Ihrem Brief steht nichts, für daß Sie sich entschuldigen müssen«, sagte er. »Im Gegenteil. Sie haben mir den bestmöglichen Dienst erwiesen. Sie haben mir gezeigt, daß die These Cyril Grahams völlig richtig ist.«

Ich starrte ihn in blanker Verblüffung an.

»Sie wollen doch nicht sagen, daß Sie an Willie Hughes glauben?« rief ich.

»Warum nicht?« erwiderte er. »Sie haben mir die Sache bewiesen. Glauben Sie, ich könnte keine Beweise anerkennen?«

»Aber es gibt keine Beweise«, stöhnte ich und sank in einen Stuhl. »Als ich Ihnen schrieb, stand ich unter dem Einfluß eines völlig albernen Enthusiasmus. Die Geschichte vom Tod Cyril Grahams hatte mich tief berührt, seine These faszinierte mich, und die Neuheit der ganzen Idee war unwiderstehlich. Ich weiß nun, daß die Theorie auf einer Illusion beruht. Der einzige Beweis für die Existenz des Willie Hughes ist das Bild vor Ihnen, und das Bild ist eine Fälschung. Lassen Sie sich in dieser Angelegenheit nicht vom Gefühl täuschen. Was auch immer die Romantik über die These von Willie Hughes sagen mag, kann dem Verstand nicht standhalten.«

»Ich verstehe Sie nicht«, Erskine blickte mich erstaunt an. »Ihr Brief hat mich überzeugt, daß Willie Hughes eine Realität ist. Warum haben Sie Ihre Ansicht geändert? Oder ist das Ganze ein Witz?«

»Ich kann es nicht erklären. Ich weiß nur, daß es keine Grundlage für Cyril Grahams Deutung gibt. Vielleicht sind die Sonette nicht an Lord Pembroke gerichtet. Wahrscheinlich nicht. Aber verschwenden Sie um Himmels willen keine Zeit auf den unsinnigen Versuch, einen jungen elisabethanischen Schauspieler zu entdecken, den es nie gab, und ein Phantom in die Mitte des großen Kreises der Sonette Shakespeares zu stellen.«

»Ich sehe, daß Sie die These nicht verstanden haben«, entgegnete er.

»Mein lieber Erskine«, rief ich. »Was heißt ›nicht verstanden‹? Ich fühle mich, als hätte ich sie erfunden. Mein Brief beweist Ihnen doch, daß ich mich nicht nur mit der Angelegenheit befaßt, sondern auch Beweismaterial aller erdenklichen Art beigesteuert habe. Der einzige Fehler der Theorie ist, daß wir die Annahme der Existenz der Person voraussetzen, deren Existenz das Thema des Disputs ist. Wenn wir davon ausgehen, daß es in der Truppe Shakespeares einen jungen Schauspieler namens Willie Hughes gab, ist es nicht schwer, ihn zum Objekt der Sonette zu machen. Doch da wir wissen, daß es am Globe Theatre keinen Schauspieler dieses Namens gab, ist es sinnlos, die Sache weiter zu verfolgen.«

»Aber das ist doch genau das, was wir nicht wissen«, meinte Erskine. »Es stimmt zwar, daß sein Name nicht in der Liste im ersten Folio erscheint, doch, wie Cyril bereits darlegte, ist das eher ein Beweis für denn wider die Existenz des Willie Hughes, wenn wir seinen verräterischen Wechsel zu einem anderen Theater berücksichtigen. Außerdem«, und hier muß ich zugeben, daß das folgende Argument Erskines mir heute recht gut erscheint, obwohl ich damals darüber lachte, »ist es durchaus möglich, daß Willie Hughes nicht unter seinem eigenen Namen beim Theater war. Es ist sogar sehr wahrscheinlich. Wir wissen, daß es zu seiner Zeit viele Vorbehalte gegen das Theater gab, und nichts wäre natürlicher, als daß seine Familie auf einem falschen Namen bestanden hätte. Die Herausgeber des ersten Folios würden ihn selbstverständlich unter seinem Künstlernamen führen, denn unter diesem Namen kannte ihn das Publikum, aber die Sonette waren eine völlig andere Sache, und in der Widmung verwendet der Verleger völlig richtig seine wahren Initialen. Wenn dem so ist, und ich halte das für die einfachste und vernünftigste Erklärung, ist die These Cyril Grahams hinreichend bewiesen.«

»Aber was für Beweise haben Sie?« fragte ich und legte meine Hand auf seine. »Es gibt keine Beweise. Es ist eine reine Hypothese. Und welcher der Schauspieler Shakespeares war Ihrer Meinung nach Willie Hughes? Der ›hübsche Junge‹, von dem Ben Jonson spricht, der so gerne Mädchenkleider trug?«

»Ich weiß es nicht«, entgegnete er recht ungehalten, »ich hatte noch keine Zeit, mich damit zu befassen. Aber ich bin sicher, daß meine Theorie der Wahrheit entspricht. Natürlich ist es eine Hypothese, doch diese Hypothese erklärt alles, und wenn Sie in Cambridge Wissenschaften studiert hätten, anstatt in Oxford ihre Zeit mit der Literatur zu vertrödeln, wüßten Sie, daß eine Hypothese, die alles erklärt, die Wahrheit ist.«

»Ja, ich habe gehört, daß es in Cambridge eine Bildungsanstalt geben soll«, murmelte ich, »und ich bin froh, daß ich noch nie dort war.«

»Mein lieber Junge«, sprach Erskine und richtete plötzlich seine grünen Augen auf mich, »Sie glauben an Cyril Grahams These, Sie glauben an Willie Hughes, Sie wissen, daß die Sonette an einen Schauspieler geschrieben wurden, aber aus irgendeinem Grund wollen Sie es nicht zugeben.«

»Ich wünschte, ich könnte es glauben. Ich gäbe alles, um es zu können. Aber ich kann nicht. Es ist eine Theorie wie Mondlicht – schön, fesselnd, aber unfaßbar. Sobald man meint, es gepackt zu haben, entkommt es einem. Nein: Das Herz Shakespeares ist für uns immer noch ›a closet never pierc'd with crystal eyes‹, wie er es in einem der Sonette nennt. Wir werden die wahre Leidenschaft seines Lebens nie kennen.«

Erskine sprang von Sofa auf und ging im Zimmer auf und ab. »Wir wissen es aber bereits – und eines Tages soll es auch die Welt wissen.«

Ich hatte ihn noch nie so erregt gesehen. Er ließ mich keinen Abschied nehmen und bestand darauf, daß ich den Rest des Tages blieb.

Wir debattierten stundenlang über die Angelegenheit, doch ich konnte ihn nicht überzeugen, seinen Glauben an die Deutung Cyril Grahams aufzugeben. Er teilte mir mit, daß er den Rest seines Lebens auf den Beweis der Theorie verwenden wolle und entschlossen sei, dem Andenken Cyril Grahams Gerechtigkeit widerfahren zu lassen. Ich flehte ihn an, ich lachte ihn aus, ich bettelte, doch es war zwecklos. Schließlich nahm ich meinen Abschied, nicht im Streit, aber sicherlich mit einem Schatten zwischen uns. Er hielt mich für oberflächlich, ich hielt ihn für albern. Als ich ihn wieder aufsuchen wollte, teilte sein Diener mir mit, daß er nach Deutschland gefahren war. Meine Briefe an ihn blieben unbeantwortet.

Als ich zwei Jahre später meinen Club betrat, reichte der Portier mir einen Brief mit einer ausländischen Marke. Er kam von Erskine, geschrieben im Hotel d'Angleterre, Cannes. Als ich ihn gelesen hatte, war ich steif vor Schreck, obwohl ich nicht glauben konnte, daß er verrückt genug war, seinen Entschluß in die Tat umzusetzen. Im Brief stand sinngemäß, daß all seine

Versuche, die Willie-Hughes-Theorie zu beweisen, gescheitert waren und daß er Cyril Grahams Beispiel folgen werde, sein Leben dieser Sache zu widmen. Der Brief schloß mit den Worten: »Ich glaube noch immer an Willie Hughes, und wenn Sie diesen Brief erhalten, werde ich bereits durch meine eigene Hand für Willie Hughes gestorben sein. Für ihn und für Cyril Graham, den ich durch meine oberflächliche Skepsis und ignoranten Mangel an Glauben in den Tod trieb. Sie erkannten einst die Wahrheit und lehnten sie ab. Sie kehrt nun zu Ihnen zurück, befleckt mit dem Blut zweier Leben – kehren Sie ihr nicht den Rücken.«

Es war ein schrecklicher Moment. Ich war krank vor Unglück; dennoch konnte ich nicht glauben, daß er seinen Plan durchführen würde. Für seine theologischen Überzeugungen zu sterben ist der denkbar schlechteste Nutzen, den ein Mann aus seinem Leben machen kann, doch für eine Literaturtheorie zu sterben! Es schien mir einfach unmöglich.

Ich blickte auf das Datum. Der Brief war eine Woche alt. Ein unglücklicher Zufall hatte mich einige Tage lang vom Club ferngehalten, sonst hätte ich ihn vielleicht retten können. Vielleicht war es noch nicht zu spät. Ich fuhr zu meinen Zimmern, packte meine Sachen und nahm den Nachtzug von Charing Cross. Die Reise war unerträglich. Ich dachte, ich würde nie ankommen.

Sobald wir in Cannes eintrafen, fuhr ich zum Hotel d'Angleterre. Es war wahr. Erskine war tot. Man sagte mir, daß er zwei Tage zuvor auf dem englischen Friedhof bestattet worden war. Die ganze Tragödie war grotesk. Ich redete wirres Zeug, und die Leute im Foyer blickten mich neugierig an,

Plötzlich kam Lady Erskine in tiefer Trauer in das Foyer. Als sie mich sah, kam sie auf mich zu, murmelte etwas von ihrem Sohn und brach in Tränen aus. Ich begleitete sie zu ihrem Zimmer. Ein älterer Herr saß bereits dort und las eine Zeitung. Es war der englische Arzt.

Wir redeten eine Weile von Erskine, doch ich sagte nichts über den Grund seines Selbstmords. Es war offensichtlich, daß seine Mutter nicht wußte, was ihn zu dieser verzweifelten und verrückten Tat getrieben hatte. Schließlich sagte Lady Erskine: »George hat Ihnen etwas zum Andenken hinterlassen. Es war etwas, daß er sehr schätzte. Ich werde es für Sie holen.«

Als sie das Zimmer verlassen hatte, wandte ich mich an den Arzt und sagte: »Was für ein fürchterlicher Schock es für Lady Erskine gewesen sein muß! Bewundernswert, mit welcher Fassung sie es trägt.«

»Oh, sie wußte schon seit Monaten, daß es so kommen würde«, entgegnete er.

»Seit Monaten? Warum hat sie es nicht verhindert? Warum hat sie ihn nicht bewachen lassen? Er muß verrückt gewesen sein!«

Der Arzt starrte mich an. »Ich verstehe nicht, was Sie meinen«, sagte er.

»Aber wenn eine Mutter weiß, daß ihr Sohn Selbstmord begehen wird –«

»Selbstmord? Erskine beging keinen Selbstmord. Er starb an Schwindsucht. Er beschloß, seine letzten Tage hier zu verbringen. Als ich ihn sah, wußte ich, daß er keine Chance hatte. Eine Lunge war völlig zerstört, die andere größtenteils. Drei Tage, bevor er starb, fragte er mich nach seinen Aussichten. Ich verheimlichte ihm nicht, daß er nur noch wenige Tage zu leben hatte. Er schrieb einige Briefe und war völlig gefaßt und bis ans Ende bei klarem Verstand.«

Ich stand auf und ging zum offenen Fenster. Ich blickte auf die geschäftige Promenade. Ich erinnere mich, wie die bunten Sonnenschirme mich an riesige und phantastische Schmetterlinge erinnerten, die vor dem metallblauen Meer flatterten, und wie der schwere Duft der Veilchen aus dem Garten das wunderbare Sonett ins Gedächtnis rief, in dem Shakespeare uns erzählt, daß der Duft dieser Blüten ihn immer an seinen Freund erinnert. Was hatte es alles zu bedeuten? Warum hatte Erskine mir diesen außergewöhnlichen Brief geschrieben? Warum hatte er mir im Angesicht des Todes etwas gesagt, was nicht wahr war? Hatte Hugo recht? Ist Affektation alles, was einem Mann auf den Stufen zum Schafott bleibt? Wollte Erskine einfach eine dramatische Wirkung? Das war nicht seine Art. Nein: sein Beweggrund war einzig und allein der Wunsch, mich erneut zur These Cyril Grahams zu bekehren, denn er dachte, wenn ich glaubte, auch er hätte sein Leben dafür gegeben, würde ich mich von der Sinnlosigkeit seines Märtyrertums täuschen lassen. Armer Erskine! Ich war weiser geworden, seit er mich kannte. Märtyrertum erschien mir lediglich eine tragische Form der Skepsis, der Versuch, durch Feuer zu erreichen, was durch Glauben nicht zu schaffen war. Kein Mann stirbt für etwas, das er wirklich als wahr erkannt hat. Männer sterben für etwas, das sie sich als Wahrheit wünschen, aber was sie in ihren schmerzenden Herzen als nicht wahr erkannt haben. Die Nutzlosigkeit des Briefes verdoppelte mein Mitleid mit Erskine. Ich sah die Leute, die durch die Cafés wandelten, und fragte mich, ob irgendwelche von ihnen ihn gekannt hatten. Weißer Staub wehte durch die sonnige Straße, und die Palmwedel bewegten sich unruhig in der unsteten Luft.

In diesem Moment kam Lady Erskine zurück, mit dem fatalen Porträt des Willie Hughes. »Als George starb, bat er mich, Ihnen dies zu geben«, sagte sie. Als ich es entgegennahm, fielen ihre Tränen auf meine Hand.

Dieses sonderbare Kunstwerk hängt nun in meiner Bibliothek, wo meine künstlerischen Freunde es sehr bewundern. Einer hat es für mich graviert. Man hat beschlossen, daß es kein Clouet, sondern ein Ouvry ist. Ich habe niemals verraten, daß es wahre Geschichte ist, doch manchmal, wenn ich es anschaue, denke ich, daß es wirklich überzeugende Argumente für die Willie-Hughes-Deutung der Sonette Shakespeares gibt.

Einige Maximen für die Unterrichtung der Über-Gebildeten

(Saturday Review)

Erziehung ist ein bewunderungswürdiges Ding. Doch man tut wohl daran, sich von Zeit zu Zeit zu erinnern, das nichts, was des Wissens wert ist, gelehrt werden kann.

Die öffentliche Meinung existiert nur dort, wo es keine Ideen gibt.

Die Engländer degradieren die Wahrheit immer zum Fakt. Wird eine Wahrheit zum Fakt, verliert sie all ihren intellektuellen Wert.

Es ist so traurig, daß es heute so wenig nutzlose Informationen gibt.

Die einzige Verbindung zwischen Literatur und Drama, die uns augenblicklich in England geblieben ist, ist das Theaterprogramm.

In den alten Tagen wurden Bücher von gelehrten Männern geschrieben und vom Publikum gelesen. Heute werden Bücher vom Publikum geschrieben und von niemandem gelesen.

Die meisten Frauen sind so künstlich, daß sie keinen Sinn für Kunst haben. Die meisten Männer sind so natürlich, daß sie keinen Sinn für Schönheit haben.

Freundschaft ist bei weitem tragischer als Liebe. Sie hält länger.

Was im Leben abnorm ist, steht im normalen Verhältnis zur Kunst. Das ist das einzige im Leben, was im normalen Verhältnis zur Kunst steht.

Ein Motiv, das an sich schön ist, gibt dem Künstler keine Inspiration. Es ermangelt der Unvollkommenheit.

Das einzige, was der Künstler nicht sehen kann, ist das Offensichtliche. Das einzige, was das Publikum sehen kann, ist das Offensichtliche. Das Ergebnis ist die Kritik des Journalisten.

Kunst ist die einzige ernsthafte Sache auf der Welt. Und der Künstler ist die einzige Person, die nie ernsthaft ist.

Um so recht mittelalterlich zu sein, dürfte man keinen Körper haben. Um so recht modern zu sein, dürfte man keine Seele haben. Um so recht griechisch zu sein, dürfte man keine Kleider haben.

Das Dandytum ist die Behauptung der absoluten Moderne der Schönheit.

Das einzige, was einen trösten kann, wenn man arm ist, ist die Extravaganz. Das einzige, was einen trösten kann, wenn man reich ist, ist die Sparsamkeit.

Man sollte nie zuhören. Das Zuhören ist ein Zeichen der Gleichgültigkeit gegenüber seinen Hörern.

Selbst der Schüler hat seinen Nutzen. Er steht hinter unserem Thron und flüstert uns im Moment unseres Triumphs ins Ohr, daß wir trotz allem unsterblich sind.

Die kriminellen Schichten sind uns so nahe, daß selbst der Polizist sie sehen kann. Sie sind von uns so weit entfernt, daß nur der Dichter sie verstehen kann.

Wen die Götter lieben, wird jung.

Sätze und Philosophien für die Jungen

(*Chamäleon,* Dezember 1894)

Die erste Pflicht im Leben ist es, so künstlich wie möglich zu sein. Was die zweite Pflicht ist, hat bisher noch niemand entdeckt.

Bosheit ist ein Mythos, der von guten Menschen erfunden wurde, um die seltsame Anziehungskraft anderer zu erklären.

Wenn die Armen nur Profil hätten, gäbe es keine Schwierigkeit, das Problem der Armut zu lösen.

Diejenigen, die einen Unterschied zwischen Körper und Seele sehen, haben keines von beiden.

Ein wirklich gut gearbeitetes Knopfloch ist die einzige Verbindung zwischen Kunst und Natur.

Religionen sterben, wenn der Beweis für ihre Wahrheit erbracht wird. Wissenschaft ist ein Verzeichnis toter Religionen.

Die Gebildeten widersprechen anderen Leuten. Die Weisen widersprechen sich selbst.

Nichts, was tatsächlich geschieht, hat die geringste Bedeutung.

Langweiligkeit ist das Mündigwerden der Ernsthaftigkeit.

In allen unwichtigen Dingen ist Stil, nicht Aufrichtigkeit das Wesentliche. In allen wichtigen Dingen ist Stil, nicht Aufrichtigkeit das Wesentliche.

Wenn man die Wahrheit sagt, kann man sicher sein, daß man früher oder später ertappt wird.

Vergnügen ist das einzige, wofür man leben sollte. Nichts altert so wie Glück.

Nur dadurch, daß man seine Rechnungen nicht bezahlt, kann man darauf hoffen, im Gedächtnis der kommerziellen Klasse weiterzuleben.

Kein Verbrechen ist vulgär, doch die ganze Vulgarität ist ein Verbrechen. Vulgarität ist das Verhalten anderer.

Nur die Oberflächlichen kennen sich selbst.

Zeit ist Geldverschwendung.

Man sollte immer etwas unmöglich sein.

Es gibt eine gewisse Schicksalhaftigkeit bei allen guten Vorsätzen. Sie werden unausweichlich zu früh gefaßt.

Die einzige Art, dafür zu entschädigen, daß man gelegentlich über die Maßen vornehm gekleidet ist, ist es, immer absolut über die Maßen gebildet zu sein.

Voreilig zu sein heißt perfekt zu sein.

Jede Konzentration auf Gedanken darüber, was richtig oder falsch ist im Verhalten, ist ein Zeichen einer stehengebliebenen intellektuellen Entwicklung.

Ehrgeiz ist die letzte Zuflucht des Versagens.

Eine Wahrheit hört auf, wahr zu sein, wenn mehr als eine Person an sie glauben.

Bei Prüfungen stellen die Törichten Fragen, die die Weisen nicht beantworten können.

Die griechische Kleidung war im wesentlichen unkünstlerisch. Nichts sollte den Körper betonen außer der Körper.

Man sollte entweder ein Kunstwerk sein oder ein Kunstwerk tragen.

Nur die oberflächlichen Eigenschaften dauern an. Die innere Natur des Menschen ist bald entdeckt.

Fleiß ist die Wurzel aller Häßlichkeit.

Die Zeitalter leben in der Geschichte durch ihre Anachronismen.

Es sind nur die Götter, die den Tod kosten. Apoll ist dahingegangen, doch Hyazinth, von dem die Menschen sagen, daß er ihn erschlug, lebt weiter. Nero und Narzissus sind immer bei uns.

Die Alten glauben alles – diejenigen mittleren Alters vermuten alles – die Jungen wissen alles.

Der Zustand der Perfektion ist Müßiggang – das Ziel der Perfektion ist Jugend.

Nur die großen Meister des Stils hatten jemals Erfolg dabei, obskur zu sein.

Es liegt eine gewisse Tragik in der großen Zahl junger Männer im England von heute, die ihr Leben mit perfekten Profilen beginnen und dann damit enden, einen nützlichen Beruf zu ergreifen.

Sich selbst zu lieben ist der Beginn einer lebenslangen Romanze.

Der Niedergang der Lüge

EINE BEOBACHTUNG

EIN DIALOG

PERSONEN: Cyril und Vivian: ORT DER HANDLUNG: die Bibliothek eines Landhauses in Nottinghamshire.

CYRIL *(durch die Terrassentür eintretend):* Mein lieber Vivian, sperre dich nicht den ganzen Tag lang in der Bibliothek ein. Es ist ein absolut herrlicher Nachmittag. Die Luft ist exquisit. Auf den Wäldern liegt ein Dunst wie der violette Flaum einer Pflaume. Laß uns gehen und auf der Wiese liegen und Zigaretten rauchen und die *Natur* genießen.

VIVIAN: Die Natur genießen! Ich bin froh, sagen zu können, daß ich diese Fähigkeit vollständig verloren habe. Die Leute erzählen uns, daß die Kunst uns lehrt, die Natur mehr zu lieben, als wir es zuvor taten, daß sie uns die Geheimnisse der Natur offenbart, und daß wir nach einem gewissenhaften Studium von Corot und Constable Dinge in der Natur sehen, die unserer Beobachtung zuvor entgangen waren. Nach meiner Erfahrung empfinden wir jedoch immer weniger für die Natur je mehr wir uns mit der Kunst beschäftigen. Was die Kunst uns wirklich offenbart, ist die fehlende Planmäßigkeit in der Natur – ihre merkwürdige Grobheit, ihre außerordentliche Monotonie, ihren Zustand absoluter Unvollkommenheit. Natürlich hat die Natur gute Absichten aber, wie Aristoteles einst sagte, kann sie diese nicht in die Tat umsetzen. Wenn ich eine Landschaft betrachte, kann ich nicht umhin, all die Fehler in ihr zu sehen. Dennoch ist es zu unserem Glück, daß die Natur so fehlerhaft ist, denn sonst hätten wir wohl gar keine Kunst. Die Kunst ist unser entschlossener Protest, unser galanter Versuch die Natur in ihre Schranken zu weisen. Was die unendliche Vielfalt der Natur betrifft – sie ist nichts als ein Mythos. Die Vielfalt findet man nirgends in der Natur selbst, sie liegt in der Phantasie, in der Vorstellung oder in der kultivierten Blindheit des Betrachters.

CYRIL: Nun, du brauchst dir die Landschaft ja nicht anzusehen. Du kannst auf der Wiese liegen und rauchen und reden.

VIVIAN: Aber die Natur ist so ungemütlich. Wiesen sind hart und klumpig und feucht und voller schrecklicher, schwarzer Insekten. Selbst der schlechteste Arbeiter von Morris könnte dir einen komfortableren Sitz fertigen, als die gesamte Natur es könnte. Die Natur verblaßt in Anbetracht der Möbel der »Straße, die ihren Namen von Oxford entliehen«, wie der Dichter, den du so sehr magst, es einst unflätig formulierte. Ich beschwere mich nicht. Wenn die Natur angenehm gewesen wäre, hätte die Menschheit nie die Architektur erfunden, und ich ziehe Häuser dem freien Himmel vor. In einem Haus empfinden alle, daß wir richtig proportioniert sind. Alles ist uns untergeordnet, zu unserem Nutzen und unserer Freude gestaltet. Im Freien wird man zu etwas Abstraktem und Unpersönlichem. Man verliert seine Individualität. Und außerdem ist die Natur so gleichgültig, so undankbar. Immer wenn ich hier im Park spazierengehe, habe ich das Gefühl, als bedeutete ich der Natur nicht mehr als das Vieh, welches am Hang weidet oder die Klette, die im Graben blüht. Nichts ist offensichtlicher als daß die Natur den Geist haßt. Das Denken ist die ungesündeste Sache der Welt, und Menschen sterben daran wie an jeder anderen Krankheit. Zum Glück faßt, zumindest in England, das Denken nicht Fuß. Der Grund für die hervorragende Physis unserer Volkes liegt einzig und allein in unserer nationalen Dummheit. Ich hoffe nur, daß wir in der Lage sein werden, dieses großartige historische Bollwerk unseres Glücks noch lange Jahre zu erhalten; aber ich fürchte, daß wir anfangen, uns über das normale Maß hinaus zu bilden; zumindest haben all diejenigen, die unfähig sind zu lernen, sich dem Unterrichten verschrieben – dazu hat also unser Enthusiasmus für die Bildung letztendlich geführt. In der Zwischenzeit solltest du lieber zu deiner ermüdenden, ungemütlichen Natur zurückkehren und mich Korrektur lesen.

CYRIL: Einen Artikel schreiben! Das ist nicht sehr konsequent nach dem, was du gerade gesagt hast.

VIVIAN: Wer will den konsequent sein? Der Dummkopf und der Doktrinär. Die langweiligen Leute, die ihre Prinzipien bis zum bitteren Ende in die Tat umsetzen, bis sie das Praktische ad absurdum führen. Ich nicht! Wie Emerson, schreibe ich über die Tür meiner Bibliothek das Wort »Laune«. Davon abgesehen ist mein Artikel in Wahrheit eine heilsame und wertvolle Warnung. Wenn diese befolgt wird, könnte es eine neue Renaissance der Kunst geben.

CYRIL: Wie lautet das Thema?

VIVIAN: Ich beabsichtige den Artikel »Der Niedergang der Lüge: Eine Protestnote« zu nennen.

CYRIL: Lüge! Ich hätte gedacht, daß unsere Politiker diese Gewohnheit aufrechterhalten.

VIVIAN: Ich versichere dir, daß sie dies nicht tun. Sie kommen zu keiner Zeit über das Niveau der einfachen Fehldarstellung hinaus, und sie lassen sich tatsächlich dazu herab, Beweise zu führen, zu diskutieren und zu argumentieren. Wie unterscheidet sich dies alles doch von dem Temperament des wahren Lügners, mit seinen offenen, furchtlosen Aussagen, seiner herausragenden Unverantwortlichkeit, seiner gesunden, natürlichen Abscheu für jegliche Art von Beweisführung. Was ist denn überhaupt eine gute Lüge? Wenn ein Mensch phantasielos genug ist, Beweise für die Gültigkeit einer Lüge anzuführen, so könnte er genauso gut gleich die Wahrheit sagen. Nein, die Politiker eignen sich dafür nicht. Man könnte vielleicht etwas zugunsten der Anwaltschaft vorbringen. Über ihre Mitglieder ist der Mantel des Sophisten gefallen. Ihre vorgetäuschte Leidenschaftlichkeit und ihre unglaubliche Rhetorik sind wirklich erfreulich. Anwälte sind fähig, das schlechtere als das bessere Anliegen erscheinen zu lassen, so als ob sie gerade frisch aus den leontinischen Schulen kämen. Sie sind dafür bekannt, unwilligen Geschworenen triumphale Freisprüche für ihre Mandanten abzuringen, selbst wenn diese Klienten, wie so oft, eindeutig und zweifelsfrei unschuldig sind. Aber die Anwälte werden von der Nüchternheit selbst unterwiesen, und sie schämen sich nicht, Präzendenzfälle anzuführen. Trotz ihrer Bemühungen wird die Wahrheit ans Licht kommen. Sogar die Zeitungen sind degeneriert. Man kann sich mittlerweile absolut auf sie verlassen. Man kann es fühlen, wenn man durch den Morast ihrer Spalten watet. Es geschieht immer nur das Unlesbare. Ich fürchte, es gibt nicht viel zugunsten weder des Rechtsanwaltes noch des Journalisten zu sagen. Im übrigen plädiere ich eher für die Lüge in der Kunst. Soll ich dir vorlesen, was ich geschrieben habe? Es könnte dir sehr nützlich sein.

CYRIL: Gewiß – wenn du mir eine Zigarette gibst. Danke. Übrigens – für welches Magazin soll er denn sein?

VIVIAN: Für die »Zurückblickende Revue«. Ich glaube, ich habe dir erzählt, daß die Auserwählten diese Zeitschrift wiederbelebt haben.

CYRIL: Wen meinst du denn mit den »Auserwählten«?

VIVIAN: Oh, die Müden Hedonisten natürlich. Ich gehöre ihrem Club an. Wir sollen welke Rose in unseren Knopflöchern tragen, wenn wir uns treffen, und eine Art Ehrerbietung an Domitian praktizieren. Ich fürchte, du bist nicht beitrittsberechtigt. Du bist zu sehr von den einfachen Genüssen angetan.

CYRIL: Ich würde wahrscheinlich wegen meiner animalischen Sprunghaftigkeit abgewiesen werden.

VIVIAN: Wahrscheinlich. Außerdem bist schon ein bißchen zu alt. Wir lassen niemanden zu, der das typische Alter hat.

CYRIL: Tja, ich schätze, ihr langweilt euch ziemlich miteinander.

VIVIAN: Das tun wir. Es ist eine der Zielsetzungen unseres Clubs. Nun denn, wenn du mir versprichst, mich nicht zu häufig zu unterbrechen, werde ich dir meinen Artikel vorlesen.

CYRIL: Ich werde ganz aufmerksam sein.

VIVIAN: *(liest mit sehr klarer Stimme):* »Der Niedergang der Lüge: Eine Protestnote. Einer der Hauptgründe für die merkwürdige Banalität eines Großteils der zeitgenössischen Literatur ist zweifelsohne der Niedergang der Lüge als Kunstform, als Wissenschaft und als gesellschaftliche Vergnügung. Die alten Historiker haben uns herrliche Fiktionen in Form von Fakten gegeben; der moderne Romanautor präsentiert uns stumpfe Fakten in fiktionaler Form. Das Klausurheft wird immer mehr zu seinem Ideal, sowohl was die Form betrifft, als auch was den Stil betrifft. Er hat seinen öden *document humain,* seinen armseligen kleinen *coin de la création*[1], in den er mit seinem Mikroskop späht. Man kann ihn in der Librairie Nationale oder im Britischen Museum zu Gesicht bekommen, wo er sich schamlos sein Thema anliest. Er hat noch nicht einmal den Mut, sich die Vorstellungen anderer Leute zu eigen zu machen, sondern er besteht darauf, alles aus dem Leben selbst zu beziehen, und letztendlich kommt er – zwischen Enzyklopädien und persönlicher Erfahrung – auf den Boden der Tatsachen. Er hat nun schon nach dem Kreis der Familie das Bild seiner Stereotypen gezeichnet – oder nach der Waschfrau, die jede Woche kommt. Nun hat er schon eine Menge wichtiger Informationen gesammelt, von denen er sich niemals – noch nicht einmal in seinen tiefsten Momenten der Meditation – völlig lösen kann.

»Der Verlust, den unsere Kunst im allgemeinen durch dieses falsche Ideal erleidet, ist kaum zu überschätzen. Die Menschen haben eine geradezu nachlässige Art, über den »geborenen Lügner« zu reden, genauso wie sie über einen zum Dichter Geborenen zu reden pflegen. Doch liegen sie in beiden Fällen falsch. Das Lügen und die Poesie sind Künste – Künste, die, wie Platon es erkannte, durchaus miteinander in Zusammenhang stehen. Und sie bedürfen des sorgfältigsten Studiums, der unvoreingenommensten Hingabe. Tatsächlich gibt es in ihnen spezielle Techniken, genau wie es in den materielleren Künsten der Malerei und der Bildhauerei subtile Geheimnisse in bezug auf Form und Farbe, handwerkliche Mysterien und bewußt gewählte künstlerische Methoden gibt. So wie man den Dichter an der lieblichen Musik seiner Worte erkennt, erkennt man den Lügner an der rhythmischen Form seines Ausdrucks, und in keinem der beiden Fälle reicht die zufällige, flüchtige Inspiration. Hier wie anderswo muß die Übung den Meister machen (practice precedes perfection – Übung macht den Meister). Während jedoch in der modernen Zeit die Mode des Poesieschreibens viel zu verbreitet geworden ist und von der, wenn möglich, abgeraten werden sollte, ist die Mode des Lügens fast in Mißkredit geraten. So mancher junge Mann beginnt sein Leben mit einer natürlichen Gabe zur Übertreibung, welche, wenn sie in ansprechender und verständnisvoller Umgebung oder durch die Nachahmung der besten Vorbilder genährt wird, zu etwas Großartigem und Wunderbarem heranwachsen könnte. Aber in der Regel wird nichts aus dem jungen Mann. Er verfällt entweder der fahrlässigen Gewohnheit, nach Genauigkeit zu streben …

CYRIL: Lieber Freund!

VIVIAN: Unterbrich mich bitte nicht mitten im Satz. »Er verfällt entweder der nachlässigen Gewohnheit, nach Genauigkeit zu streben, oder er beginnt, die Gesellschaft der gut informierten Älteren zu suchen. Beides ist in gleicher Weise tödlich für seine Phantasie, so wie es in der Tat tödlich für die Phantasie eines jeden wäre; und nach kurzer Zeit wird er von einer morbiden und ungesunden Fähigkeit befallen, die Wahrheit zu sagen. Er fängt an, alle Äußerungen, die in seiner Gegenwart gemacht werden auf ihren Wahrheitsgehalt zu prüfen; er zögert nicht, Leuten zu widersprechen, die viel jünger sind als er, und am Ende schreibt er noch Romane, die so lebensecht sind, daß niemand auch nur im entferntesten von ihrer Plausibilität überzeugt sein könnte. Wir schildern hier keinen Einzelfall. Dies ist ganz einfach ein Beispiel unter vielen und, wenn es keine Möglichkeit gibt, unserer abscheulichen Anbetung der Fakten Einhalt zu gebieten oder sie zumindest abzuwandeln, so wird die Kunst steril werden und die Schönheit wird aus unserem Land verschwinden.

»Sogar Herr Robert Louis Stevenson, jener erfrischende Meister der delikaten und phantasievollen Prosa, ist befleckt von diesem modernen Laster, für welches wir ganz sicher keinen anderen Namen haben. Es ist möglich, eine Geschichte ihrer Plausibilität zu berauben, indem man versucht, sie zu wahr zu machen. Die Geschichte »Der Schwarze Pfeil« ist hier ein so unkünstlerisches Beispiel, daß sie noch nicht einmal einen einzigen nennenswerten Anachronismus enthielte, während die Verwandlung von Dr. Jekyll sich auf gefährliche Weise so liest wie ein im *Lancet* geschildertes Experiment. Was Herrn Rider Higgard betrifft, der wirklich die Voraussetzungen zum absolut herausragenden Lügner hat oder einst hatte, so hat dieser nun so viel Angst davor, im Verdacht zu stehen, ein Genie zu sein, daß er sich verpflichtet fühlt, persönliche Erinnerungen zu erfinden, mit denen er die wenigen erstaunlichen Dinge, über die er schreibt, in feiger Weise mit Fußnoten zu untermauert. Unsere anderen Romanautoren sind auch nicht viel besser. Herr Henry James schreibt Fiktionen, so als ob dies eine schmerzvolle Tätigkeit wäre,

1 Winkel des Universums.

und er verschwendet seinen sauberen literarischen Stil, seine glücklich gewählten Formulierungen, und seine flinke, bissige Satire an niedere Motive und ›Erzählperspektiven‹. Es ist wahr, daß Herr Hall Caine auf das Grandiose hinauswill, aber dann schreibt er [wie] aus vollem Halse. Er ist so laut, daß man nicht hören kann, was er sagt. Herr James Payn ist ein Meister der Kunst, etwas zu verbergen, was es nicht wert ist, gefunden zu werden. Er stellt dem Offensichtlichen nach, wie ein kurzsichtiger Detektiv. Beim Umblättern der Seiten wird die von diesem Autor erzeugte Spannung fast unerträglich. Die Pferde in Herrn William Blakes *Phaeiton* schwirren nicht der Sonne entgegen. Sie erschrecken lediglich am Abend den Himmel, um ihm gewaltige farblithographische Effekte zu entlocken. Wenn der arme Bauer diese kommen sieht, sucht er Zuflucht im Dialekt. Frau Oliphant plappert angenehm über Kuratoren, Partys mit Rasentennis, Häuslichkeit und andere ermüdende Dinge. Herr Marion Crawford hat sich selbst auf dem Altar der lokalen Couleur zum Gott geweiht. Er ist wie die Dame in der französischen Komödie, die ständig über *le beau ciel d'Italie*[2] redet. Außerdem hat er sich die schlechte Gewohnheit angeeignet, moralische Platitüden von sich zu geben. Er sagt uns fortwährend, daß ›brav sein‹ ›brav sein‹ bedeutet, und daß ›ungehörig sein‹ ›böse sein‹ bedeutet. Manchmal sind seine Worte fast erbaulich. *Robert Elsmere* ist selbstverständlich ein Meisterwerk – ein Meisterwerk des *genre ennuyeux*[3], die einzige Form der Literatur, die das englische Volk zutiefst zu genießen scheint. Einer unserer nachdenklichen jungen Freunde hat ihm einmal erzählt, daß diese [Literatur] ihn an eine Art von Unterhaltung erinnere, wie sie beim Abendtee einer ernsten nonkonformistischen Familie stattfindet, und wir können dies gut nachvollziehen. Es ist in der Tat so, daß solch ein Buch nur in England aufgelegt werden konnte. England ist die Heimat der verlorenen Ideen. Was die große und täglich wachsende Schule jener Autoren betrifft, für die die Sonne immer im East-End aufgeht, so kann man nur eine Sache über sie sagen, nämlich, daß sie das Leben für zu roh halten und es dementspechend roh belassen.

»Obwohl in Frankreich nichts so gewollt Langweiliges wie *Robert Elsmere* veröffentlicht worden ist, stehen auch dort die Dinge nicht viel besser. Monsieur Guy de Maupassant reißt mit seiner scharfen, bissigen Ironie und seinem harten, lebhaften Stil dem Leben die letzten Streifen fort, die es noch bedecken. Und er zeigt uns die faule und eiternde Wunde. Er schreibt blutrünstige kleine Tragödien, in denen alle Figuren lächerlich wirken; auch bittere Komödien, über die man selbst um der Tränen willen nicht lachen kann. Monsieur Zola – dem hohen Prinzip ergeben, daß L'homme de genie n'a jamais d'esprit[4], wie er in seinen Äußerungen über die Literatur niederlegt, ist entschlossen zu zeigen, daß er wenigstens stumpfsinnig sein kann, wenn er schon keine Genialität besitzt. Und wie gut ihm dies gelingt! Er hat doch eine gewisse Überzeugungskraft. Tatsächlich ist da manchmal, so wie in *Germinal*, etwas nahezu Episches in seinem Werk. Aber sein Werk ist völlig falsch vom Anfang bis zum Ende, und falsch nicht aus moralischen Gründen, sondern aus künstlerischen Gründen. Von jedwedem ethischen Standpunkt her ist es genau das, was es sein sollte. Der Autor hält sich völlig an die Wahrheit und beschreibt die Dinge genau wie sie sich ereignen. Was könnte sich ein Moralist anderes wünschen? Wir haben keinerlei Mitgefühl für die moralische Entrüstung von Tartuffe, nachdem er entlarvt wurde. Was könnte man jedoch vom künstlerischen Standpunkt aus zugunsten des Autors von L'Assommoir, Nana und Pot-Bouille sagen. Nichts. Mr. Ruskin hat einst die Charaktere in George Eliots Romanen als Dreckhaufen hinter dem Omnibus von Pentonville beschrieben, aber die Charaktere von Monsieur Zola sind noch viel schlimmer. Sie haben ihre dunklen Laster und ihre noch dunkleren Tugenden. Die Schilderung ihres Lebens ist absolut nicht von Interesse. Wen interessiert es [schon], was mit ihnen geschieht. In der Literatur brauchen wir Vornehmheit, Zauber, Schönheit und Vorstellungskraft. Wir möchten nicht belästigt und angeekelt werden von der Schilderung der Tätigkeiten der unteren Gesellschaftsschichten. Monsieur Daudet ist da besser. Er hat Schlagfertigkeit, eine leichte Feder und einen amüsanten Stil. Aber er hat vor kurzem literarischen Selbstmord begangen. Es ist unmöglich, daß sich jemand für Delobelle mit seinem Il faut lutter pour l'art[5], oder für Valma-

2 Der schöne italienische Himmel.

3 Langweiliges Genre.

4 Das Genie ist niemals schlau.

5 Man muß sich die Kunst erkämpfen.

jour mit seinem endlosen Refrain über die Nachtigal, oder für den Dichter in *Jack* mit seinen *mots cruel*[6] interessiert – nun da wir aus *Vingt Ans de ma Vie littéraire*[7] erfahren haben, daß diese Charaktere direkt aus dem Leben gegriffen sind. Es erscheint uns, als hätten sie plötzlich ihre gesamte Lebenskraft verloren sowie alle wenigen Qualitäten, die sie jemals besessen haben. Die einzig wirklichen Leute sind diejenigen, die nie existiert haben, und wenn ein Autor schon seine Charaktere aus dem Leben greifen muß, dann sollte er zumindest so tun, als seien sie kreative Schöpfungen, und er sollte nicht damit prahlen, daß sie Kopien sind. Eine Romanfigur rechtfertigt sich nicht daraus, daß andere Personen das sind, was sie sind, sondern daraus, daß der Autor das ist, was er ist.

Andernfalls ist der Roman kein Kunstwerk. Was Monsieur Bourget, den Meister des psychologischen Romans, betrifft, so begeht er den Fehler, sich einzubilden, daß die Männer und Frauen des Modernen Lebens unendlich lang, in einer endlosen Serie von Kapiteln analysiert werden könnten. Tatsächlich liegt das Interessante an den Leuten der guten Gesellschaft – und Monsieur Bourget verläßt nur selten Faubourg St. Germain, außer wenn er nach London kommt, in den Masken, die jeder einzelne von ihnen trägt und nicht die dahinter liegende Realität. Dies ist ein demütigendes Eingeständnis, aber wir sind alle aus demselben Stoff gemacht. In dem Werk von Falstaff ist etwas vom Hamlet enthalten, im Hamlet ist jedoch keine bißchen von Falstaff enthalten. Der fette Ritter hat seine melancholischen Gefühlsanwandlungen, und der junge Prinz hat seine humorvollen Momente der gröberen Art. Wir unterscheiden uns nur durch Äußerlichkeiten voneinander: durch unsere Kleidung, unsere Verhaltensweisen, unsere Stimmlage, unsere religiösen Überzeugungen, unser persönliches Erscheinungsbild, unsre Gewohnheiten, unsre Eigenheiten und dergleichen. Je mehr man Leute analysiert, desto mehr verschwinden all die Gründe für die Analyse. Früher oder später dringt man zu jener schrecklichen, universellen Sache, die sich menschlichen Natur nennt. Wie jeder nur allzugut weiß, der schon einmal unter den Armen gearbeitet hat, ist die Brüderlichkeit unter Menschen nicht nur der Traum eines Dichters, sondern eine zutiefst traurige und demütigende Realität; und wenn ein Schriftsteller darauf besteht, die oberen Schichten zu analysieren, so kann er genauso gut sofort anfangen, über Straßenhändler und Streichholzverkäuferinnen zu schreiben.« Dennoch, mein lieber Cyril, möchte ich dich nun nicht länger aufhalten. Ich gebe auch zu, daß moderne Romane viele gute Eigenschaften haben. Ich bestehe lediglich darauf zu sagen, daß sie als Klasse ziemlich ›unlesbar‹ sind.

CYRIL: Das ist sicherlich eine sehr schwerwiegende Einschätzung, aber ich muß sagen, ich meine, deine Kritik ist ziemlich unfair. Ich mag *The Deemster* und *The Daughter of Heth*, und *Le Disciple*, und *Mr. Isaacs*, und was *Robert Elsmere* betrifft, so bin davon sehr angetan. Wenn ich es auch nicht als ernsthaftes Werk bezeichnen würde. Als Statement über die Probleme, welchen sich der ehrliche Christenmensch gegenüber sieht, ist das Werk lächerlich und antiquiert. Es ist ganz einfach Arnolds *Literature and Dogma*, nur ohne die Literatur. Es hinkt genauso hinter unserer Zeit her, wie Payley's *Evidences*, oder Colensos Methode der biblischen Exegese. Außerdem könnte nichts weniger eindrucksvoll sein als die Szene, in welcher der glücklose Held schweren Gemüts einen Sonnenaufgang begrüßt, der schon lange vorher stattgefunden hat. Dabei übersieht er die wahre Bedeutung in solcher Weise, daß er vorschlägt, daß Geschäft der alten Firma unter neuem Namen weiterzuführen. Andererseits enthält das Buch einige clevere Karikaturen und einen Haufen von erfrischenden Zitaten, und Greens Philosophie versüßt die etwas bittere Pille der Fiktionen des Autors. Ich kann auch nicht umhin, mein Erstaunen darüber zu bekunden, daß du nichts über die beiden Autoren gesagt hast, die du ständig liest: Balzac und George Meredith. Du wirst doch nicht leugnen wollen, daß beide Realisten sind?

VIVIAN: Ah! Meredith! Wer kann ihn definieren? Sein Stil ist das von Blitzen erleuchtete Chaos. Als Schriftsteller beherrscht er alles außer die Sprache; als Romanautor kann er alles außer Geschichten erzählen; als Künstler ist er alles außer sprachgewandt. Irgendeine Figur bei Shakespeare – Touchstone, glaube ich – spricht über einen Mann, der immer durch seine eigene Klugheit auf die Nase fällt, und mir scheint, dies könnte als Grundlage einer Kritik über Merediths Methode dienen. Aber was auch immer er sein mag, er ist kein Realist. Oder ich würde eher

6 Grausame Worte
7 Zwanzig Jahre meines literarischen Lebens.

sagen, daß er ein Kind des Realismus ist, das nicht mehr mit seinem Vater spricht. Er hat sich aus eigenem Willen zum Romantiker gewandelt. Er hat sich geweigert, vor Baal zu knien, und letztendlich würde sein Stil an sich durchaus genügen, um das Leben auf respektvolle Distanz zu halten – selbst wenn der wunderbare Geist dieses Mannes nicht gegen die laute Behauptung des Realismus revoltiert hätte. Mit Hilfe dieses Stils hat er um seinen Garten eine Hecke voller Dornen und voller herrlicher roter Rosen gepflanzt. Was Balzac betrifft, so war er eine sehr bemerkenswerte Kombination aus künstlerischem Temperament und wissenschaftlichem Geist. Letzteren hat er seinen Jüngern vererbt. Ersteres war ganz und gar in seinem Besitz. Der Unterschied zwischen Monsieur Zolas *L'Assommoir* und Balzacs *Illusions Perdues* besteht in dem Unterschied zwischen phantasielosem Realismus und phantasievoller Realität. »Alle Figuren Balzacs,« sagte Baudelaire »besitzen denselben Lebensdrang, welcher auch ihn selbst belebte. Alle seine Fiktionen sind so farbenreich wie Träume. Der Verstand jeder einzelnen Figur ist eine Waffe, die bis in den Lauf hinein mit Willenskraft geladen ist. Selbst die Küchenbediensteten sind Genies.« Der gerade Kurs, den Balzac steuert, reduziert unsere lebenden Freunde zu Schatten und unsere Bekannten zu Schatten von Schatten. Seine Charaktere haben eine Art glühendes Dasein aus feurigen Farben. Sie dominieren uns und trotzen der Skepsis. Eine der großen Tragödien meines Lebens ist der Tod von Lucien de Rubempré. Von dieser Trauer habe ich mich nie ganz befreien können. Sie verfolgt mich in meinen Momenten der Freude. Ich erinnere mich daran, wenn ich lache. Aber Balzac war kein größerer Realist, als es Holbein war. Er hat Leben erschaffen, er hat es nicht kopiert. Dennoch gebe ich zu, daß er viel zu viel Wert auf die Modernität der Form legte, und daß es folglich von ihm kein Buch gibt, welches als künstlerisches Meisterwerk auf einer Stufe mit *Salammbo* oder *Esmond, The Cloister and the Hearth* oder dem *Vicomte de Bragelonne* stehen könnte.

CYRIL: Bist du dann also gegen die Modernität der Form?

VIVIAN: Ja. Sie ist ein sehr hoher Preis für ein sehr mageres Ergebnis. Reine Modernität der Form hat immer etwas, was die Dinge vulgär macht. Sie kann gar nicht anders. Die Öffentlichkeit bildet sich ein, daß die Kunst sich auch für sie interessieren sollte und sie als Thema aufgreifen sollte, da die Öffentlichkeit sich für ihre unmittelbare Umgebung interessiert. Aber allein aufgrund der Tatsache, daß die Öffentlichkeit sich für diese Dinge interessiert, wird sie zu einem ungeeigneten Thema für die Kunst. Die einzig schönen Dinge, wie jemand einst sagte, sind die Dinge, die uns nicht betreffen. Solange ein Sache für uns nützlich oder notwendig ist, oder uns in irgendeiner Weise beeinflußt, sei es zu unserem Leid oder zu unserer Freude, oder stark an unser Mitgefühl appelliert, oder ein wichtiger Teil der Umwelt ist, in der wir leben, solange ist diese [Sache] außerhalb der wirklichen Sphäre der Kunst. Wir sollten den Themen der Kunst mehr oder weniger gleichgültig gegenüberstehen. Wir sollten jedenfalls keine Vorlieben, keine Vorurteile, keine Voreingenommenheit jeglicher Art haben. Genau deswegen weil Hecuba uns nichts bedeutet, ist ihr Kummer eine so bewundernswerte Anregung für eine Tragödie. In der gesamten Kunstgeschichte kenne ich nichts Traurigeres als die künstlerische Karriere von Charles Reade. Es hat ein schönes Buch geschrieben: *The Cloister and the Hearth* – ein Buch, welches so weit über Romola steht wie Romola über Daniel Deronda – und er hat den Rest seines Lebens mit dem unsinnigen Versuch verschwendet, modern zu sein und die öffentliche Aufmerksamkeit auf die Bedingungen in unseren Strafgefängnissen und das Management unser privaten Irrenhäuser zu lenken. Charles Dickens war allen Ernstes schon deprimierend genug, als er versuchte, unser Mitgefühl zu erwecken für die Opfer der Regierung, welche die Armengesetze erlassen hatte. Aber wie Charles Reade, ein Künstler, ein Gelehrter, ein Mann mit wahrem Sinn für Schönheit, über die Mißstände des zeitgenössisches Lebens geschimpft und gezetert hat wie ein einfacher Pamphletenschreiber und ein Sensationsjournalist, das ist wirklich ein Anblick, bei dem die Engel weinen sollten. Glaube mir, mein lieber Cyril, die Modernität der Form und die Modernität der Themen ist völlig und absolut falsch. Wir haben die gemeine Kleidung unseres Zeitalters mit den Gewändern der Musen verwechselt, und wir verbringen unsere Tage in den verkommenen Straßen und gräßlichen Vororten unserer abscheulichen Städte, während wir eigentlich draußen mit Apollo auf dem Hügel weilen sollten. Wir sind gewiß ein verkommenes Volk, und wir haben unser Geburtsrecht für ein Haufen Fakten verkauft.

CYRIL: An dem, was du sagst, ist etwas Wahres, und es besteht kein Zweifel, daß wir kaum einen künstlerischen Genuß beim wiederholten Lesen eines reinen Modellromans empfinden – ungeachtet der Freude, die wir beim ersten Lesen empfunden haben mögen. Und das ist der beste Härtetest dafür, was Literatur ist und was nicht. Wenn man ein Buch nicht wieder und wieder genießen kann, dann macht es keinen Sinn, es überhaupt zu lesen. Aber wie denkst du über die Rückkehr zum Leben und zur Natur? Das ist das Allheilmittel, welches uns doch ständig empfohlen wird.

VIVIAN: Ich werde dir vorlesen, was ich zu diesem Thema sage. Der Abschnitt kommt weiter hinten in dem Artikel, aber ich kann ihn dir genauso gut jetzt vortragen:

»Der populäre Schrei unserer Zeit ist ›Laßt uns zum Leben und zur Natur zurückkehren; diese werden für uns die Kunst neu erschaffen und das rote Blut wieder durch ihre Venen fließen lassen; sie werden ihre Füße mit Schnelligkeit besohlen und sie stark machen.‹ Aber leider liegen wir mit unseren liebenswürdigen und wohlgemeinten Anstrengungen falsch. Die Natur hinkt immer hinter dem jeweiligen Zeitalter her. Und was das Leben betrifft, so ist es das Lösungsmittel, das die Kunst zersetzt, der Feind der ihr Haus in Trümmer legt.«

CYRIL: Was willst du damit sagen, daß die Natur immer hinter dem Zeitalter her hinkt?

VIVIAN: Nun, vielleicht ist meine Ausdrucksweise ein wenig verschlüsselt. Was ich meine, ist das folgende: Wenn wir mit Natur den natürlichen, einfachen Instinkt im Gegensatz zu der befangenen Kultur meinen, dann ist das Werk, welches unter diesem Einfluß entsteht, immer altmodisch, antiquiert und veraltet. Eine Berührung der Natur kann die ganze Welt einen, aber zwei Berührungen der Natur zerstören hingegen jegliches Kunstwerk. Wenn wir die Natur andererseits als eine Ansammlung von Phänomenen außerhalb des Menschlichen betrachten, dann finden die Leute nur das in ihr, was sie in sie hineinbringen. Sie hat keine eigenen Vorschläge [zu machen]. Wordsworth ist zu den Seen gegangen, aber er war nie ein Poet der Seen. Er fand in den Steinen die Predigten, welche er selbst dort versteckt hatte. Er moralisierte über den Distrikt, aber er schuf seine guten Werke, als er nicht zur Natur, sondern zur Poesie zurückkehrte. Die Poesie gab ihm »Ladodamia« und die schönen Sonette und die großartige Ode, so wie sie ist. Die Natur gab ihm »Martha Ray« und »Peter Bell« und die Rede vor Mr. Wilkinsons Spaten.

CYRIL: Ich meine diese Ansicht ist anfechtbar. Ich neige eher dazu, an eine »Anregung aus einem Frühlingswald« zu glauben, obwohl der künstlerischen Wert einer solchen Anregung natürlich vollständig von dem Temperament desjenigen abhängt, der sie erhält, so daß die Rückkehr zur Natur letztlich nur das Vorankommen einer großartigen Persönlichkeit bedeuten würde. Ich vermute, du teilst diese Meinung. Trotzdem, lies weiter aus deinem Artikel.

VIVIAN *(liest)*: »Die Kunst fängt bei der abstrakten Dekoration an, bei reiner, angenehmer Phantasterei, die sich mit dem Irrealen und Nichtexistenten befaßt. Das ist die erste Phase. Dann wird das Leben von diesem neuen Wunder fasziniert und bittet darum, in den magischen Kreis eintreten zu dürfen. Die Kunst hält es für einen Teil seines Rohmaterials, erschafft es von neuem und erneuert es in frischen Formen. Die Kunst ist nun völlig gleichgültig gegenüber den Fakten: Sie erfindet, sie stellt sich etwas vor, sie träumt und sie erhält zwischen sich und der Realität die unüberwindbare Barriere des schönen Stils, der dekorativen oder idealen Darstellung. In der dritten Phase fängt das Leben an, die Oberhand zu gewinnen und treibt die Kunst in die Wildnis hinaus. Dies ist die wahre Dekadenz, und an eben dieser leiden wir nun.

»Nimm nur den Fall des englischen Dramas. Als es anfangs noch in den Händen von Mönchen war, war die Schauspielkunst abstrakt und mythologisch. Dann stellte sie das Leben in ihre Dienste und mit Hilfe von einigen äußeren Erscheinungsformen des Lebens erschuf sie eine völlig neuartige Rasse von Geschöpfen, deren Kummer schrecklicher war, als der Mensch ihn je zuvor empfunden hatte, deren Freuden größer waren als die Freuden des Liebenden. Sie hatte einen grimmigeren Zorn, als die Titanen ihn hatten, und eine Ruhe tiefer als die der Götter. Sie war voller monströser und wundersamer Sünden – voller monströser und wundersamer Tugenden. Ihnen gab sie eine Sprache, die sich vom tatsächlichen Sprachgebrauch unterschied – eine Sprache voll von klingender Musik, voller schönem Rhythmus, stattlich gemacht durch ehrliche Kadenz, oder delikat gemacht durch verzierten Reim, mit den Juwelen wundervoller Worte versehen und bereichert von erhabener Wortwahl. Sie kleidete ihre Kinder in absonderlichem Gewande und gab ihnen Masken; und auf ihren Wunsch erhob sich die antike Welt aus ihrer Marmorgruft. Ein neuer Caesar schritt durch die Straßen des neu erschaffenen Roms, und unter purpurnem Segel und mit vom Flötenspiel angetriebenen Rudern fuhr eine neue Kleopatra flußaufwärts nach Antiochia. Die alten Mythen und Legenden und Träume nahmen Gestalt und Substanz an. Die Geschichte wurde vollständig neu geschrieben, und es gab kaum einen unter den Dramaturgen, der nicht die Tatsache akzeptierte, daß das Ziel der Kunst nicht die einfache Wahrheit, sondern die komplexe Schönheit war. Damit hatten sie völlig recht. Die Kunst an sich ist eine Form der Übertreibung und die Auswahl, welche der eigentliche Geist der Kunst ist, ist nichts mehr als ein intensivierter Modus der Überbetonung.

»Aber das Leben zerschmetterte bald die Perfektion der Form. Selbst bei Shakespeare können wir den Anfang vom Ende sehen. Er zeigt sich in dem schrittweisen Zerfall des Blankverses in den späteren Stücken, durch die Vorherrschaft der Prosa und durch die übermäßige Wichtigkeit, welche der Charakterisierung beigemessen wird. Die Passagen bei Shakespeare – und es gibt viele – in denen die Sprache unflätig, vulgär, übertrieben, phantastisch, sogar obszön ist, resultieren ausschließlich daraus, daß das Leben nach einem Echo seiner eigenen Stimme verlangt und die Intervention des schönen Stils zurückweist, durch die allein es dem Leben gestattet werden sollte, sich Ausdruck zu verschaffen. Shakespeare ist in keiner Weise ein fehlerlosen Künstler. Er ist zu besessen davon, auf das Leben selbst zurückzugreifen und den natürlichen Ausdruck des Lebens nachzuahmen. Er vergißt, daß die Kunst alles aufgibt, wenn sie ihr Medium der Phantasie aufgibt. Goethe sagt an irgendeiner Stelle:

›In der Beschränkung zeigt sich erst der Meister.‹

In gewissen Grenzen funktioniert es, daß der Meister sich zeigt; und die Beschränkung, die wirkliche Bedingung für jegliche Kunst, ist der Stil. Dennoch brauchen wir nicht länger bei Shakespeares Realismus zu verweilen. *Der Sturm* ist die perfekteste aller Palinoden. Alles, was wir ausdrücken wollten, ist, daß der hervorragende Korpus der elisabethanischen und jakobinischen Künstler die Keime seiner eigenen Auflösung in sich trug; und wenn er einige Kraft daraus zog, daß er das Leben als Rohmaterial benutzte, so zog er seine gesamte Schwäche daraus, daß er das Leben als künstlerische Methode benutzte. Als unausweichliche Folge dieser Substitution eines imaginativen durch ein kreatives Medium, diese Aufgabe einer phantasievollen Form, haben wir das moderne englische Melodrama. Die Charaktere in diesen Stücken sprechen auf der Bühne genau, wie sie es außerhalb der Bühne tun würden. Sie haben weder Aspirationen noch Aspiranten, sie sind direkt aus dem Leben gegriffen und reproduzieren seine Vulgarität bis ins kleinste Detail. Sie zeigen den Gang, die Verhaltensweise, die Bekleidung und den Akzent realer Leute. Sie würden in einem Dritte-Klasse-Abteil eines Zuges unbemerkt bleiben. Und wie ermüdend doch die Stücke sind! Es gelingt ihnen noch nicht einmal, den Eindruck von Realität zu vermitteln, auf den sie hinauswollen und welcher der alleinige Grund für ihre Existenz ist. Als Methode ist der Realismus ein kompletter Mißerfolg.

»Was für das Schauspiel und für den Roman gilt, ist nicht weniger gültig in Bezug auf diejenigen Künste, die wir die schönen Künste nennen. Die gesamte Geschichte dieser Künste in Europa ist eine Aufzeichnung des Konflikts zwischen dem orientalischen Einfluß mit seiner offenen Ablehnung gegenüber der Imitation, seiner Liebe für die künstlerische Konvention, seiner Abscheu vor der tatsächlichen Darstellung jeglichen Objektes der Natur und unserem eigenen phantasievollen Geist. Wo auch immer letzteres von großer Wichtigkeit war, wie in Byzanz, Sizilien und Spanien durch tatsächlichen kulturellen Kontakt oder wie im übrigen Europa durch den Einfluß der Kreuzzüge, haben wir schöne und phantasievolle Werke gesehen, in denen die sichtbaren Dinge des Lebens in künstlerische Konventionen umgewandelt werden und die Dinge, die das Leben nicht bietet, erfunden und zu seiner Freude entworfen werden. Aber dort, wo wir zum Leben und der Natur zurückgekehrt sind, sind unsere Werke vulgär, alltäglich und uninteressant geworden. Der moderne Bildteppich mit seinen luftigen, atmosphärischen Effekten, seiner ausgefeilten Perspektive, seinen weiten Ebenen unter wüstenleerem Himmel, seinem naturgetreuen und beflissenen Realismus, besitzt keinerlei Schönheit. Das bemalte Glas aus Deutschland ist absolut verabscheuenswert. Wir beginnen damit in England mögliche Teppiche zu weben, aber nur weil wir zu der Methode und dem Geist des Ostens zurückgekehrt sind. Unsere Bodenläufer und Teppiche von vor zwanzig Jahren, mit ihren ernsten, deprimierenden Wahrheiten, mit ihrer hirnverbrannten Anbetung der Natur und mit ihrer abscheulichen Reproduktion sichtbarer Objekte, sind sogar für die Philister zur Quelle der Erheiterung geworden. Ein kultivierter Mohammedaner hat uns einmal folgenden Hinweis gegeben: ›Ihr Christen seid so sehr damit beschäftigt, das vierte Gebot falsch zu interpretieren, daß ihr nie daran gedacht habt, eine künstlerische Anwendung für das zweite zu schaffen.‹ Er hatte vollkommen recht. Der Kern der Sache ist folgender: Die richtige Schule zum Erlernen der Kunst ist nicht das Leben sondern die Kunst.«

Und nun will ich dir einen Abschnitt vorlesen, der die Frage ziemlich vollständig aufklärt.

»Es war nicht immer so. Wir brauchen kein Wort über die Dichter zu verlieren, denn sie sind, mit der bedauernswerten Ausnahme von Mr. Wordsworth, ihrer Mission wirklich treu gewesen, und es wird allgemein anerkannt, daß sie absolut unzuverlässig sind. Aber in den Werken von Herodot, der trotz der oberflächlichen und kleinlichen Versuche der modernen Halbgelehrten, seine Historien zu überprüfen, ehrlich als der ›Vater der Lüge‹ bezeichnet werden darf, in den veröffentlichten Reden des Cicero und in den Biographien des Suetonius, in den besseren Werken des Tacitus, in der Naturgeschichte des Plinius, in Hannos *Periplus,* in allen frühen Chroniken, im Leben der Heiligen, bei Froissart und Sir Thomas Malory, in dem Reisebericht des Marco Polo, bei Olaus Magnus und Aldrovandus und Conrad Lycosthenes mit seinem großartigen *Prodigiorum et Ostentorum Chronicon,* in der Autobiographie von Benvenuto Cellini, in den Memoiren von Casanova, in Defoes Geschichte der Pest, in Boswells *Das Leben von Johnson,* in Napoleons Nachrichten von der Front und in den Werken unseres Carlyle, dessen *Französische Revolution* einer der faszinierendsten historischen Romane ist, der jemals geschrieben wurde – in all diesen Werken werden die Fakten entweder in der ihnen angemessenen, niederen Stellung gehalten, oder sie werden aus Gründen ihrer allgemeinen Langweiligkeit vollständig weggelassen. Heutzutage ist alles anders. Die Tatsachen finden nicht nur einfach Fuß in der Geschichtsschreibung, sondern sie bemächtigen sich des Reiches der Phantasie, und sie sind in das Königreich der Romantik eingefallen. Ihre eiskalte Berührung liegt über allem. Sie verderben die Menschheit. Die grobe Kommerzialität Amerikas, sein materialistischer Geist, seine Gleichgültigkeit gegenüber der poetischen Seite der Dinge und sein Mangel an Einbildungskraft und an hohen, unerreichbaren Idealen, begründen sich vollständig daraus, daß jenes Land einen Mann zu seinem Nationalhelden gemacht hat, der, wie er selbst zugegeben hat, des Lügens unfähig war. Es ist wohl nicht übertrieben zu sagen, daß die Geschichte von George Washington und dem Kirschbaum in kürzerer Zeit mehr Schaden angerichtet hat als jede andere Moralgeschichte in der Literatur.

CYRIL: Mein lieber Mann!

VIVIAN: Ich versichere dir, daß dies so ist; und der erheiternde Teil der ganzen Sache ist, daß die Geschichte mit dem Kirschbaum ein absoluter Mythos ist. Trotzdem sollst du nicht denken, ich sei übermäßig pessimistisch in bezug auf die Zukunft der Kunst – sei es in Amerika oder in unserem eigenen Land. Hör zu.

»Es besteht keinerlei Zweifel, daß irgendeine Art von Veränderung stattfinden wird, noch bevor das Jahrhundert sich seinem Ende nähert. Gelangweilt von dem ermüdenden und belehrenden Gespräch derer, die weder den nötigen Witz für die Übertreibung noch das Talent für die Romantik besitzen, gelangweilt von jenen intelligenten Personen, deren Träume über die Vergangenheit immer auf der Erinnerung aufbauen, deren Äußerungen ausnahmslos von der Wahrscheinlichkeit beschränkt sind und die wahrscheinlich jederzeit von dem geringsten, zufällig anwesenden Philister bestätigt werden können, muß die Gesellschaft sich früher oder später wieder ihrem wahren Führer, dem kultivierten und faszinierenden Lügner, zuwenden. Wir wissen nicht, wer derjenige war, der, ohne auch nur einmal auf die rüde Jagd gegangen zu sein, den wandernden Höhlenmenschen bei Sonnenuntergang erzählte, wie er ein Megatherium aus der violetten Dunkelheit seiner Japsishöhle gezerrt habe, oder im Alleingang das Mammut getötet habe und seine güldenen Stoßzähne geraubt habe. Noch hat irgendeiner unserer modernen Anthropologen trotz aller protzerischen Wissenschaft schlicht den Mut aufgebracht, es uns zu sagen. Wie immer sein Name auch gelautet haben mag oder welcher Rasse unser Mann auch angehört haben mag, er war gewiß der wahre Begründer des gesellschaftlichen Verkehrs. Denn der Lügner hat das Ziel, zu verzaubern, zu erfreuen, Genuß zu erzeugen. Er ist die wahre Grundlage der zivilisierten Gesellschaft, und ohne ihn ist ein Abenddiner selbst im Herrenhaus der Großen wie ein stumpfsinniger Vortrag vor der Königlichen Gesellschaft [der Wissenschaften], wie eine Debatte in der Autorenvereinigung oder wie eine von Mr. Burnands Farcen.

»Noch wird er von der Gesellschaft allein willkommen geheißen werden. Die aus dem Zuchthaus des Realismus ausbrechende Kunst wird ihm zu Gruß entgegeneilen und wird seine schönen, lügnerischen Lippen küssen und wissen, daß nur er im Besitz des großen Geheimnisses all ihrer Darreichungsformen ist. Nur er kennt das Geheimnis, daß die Wahrheit völlig und absolut eine Frage des Stils ist, während das Leben – das armselige, wahrscheinliche, uninteressante menschliche Leben – welches es satt ist, sich ständig zugunsten von Mr. Herbert Spencer, von wissenschaftlichen Historikern und Verfassern von Statistiken im allgemeinen zu wiederholen, wird ihm geduldig folgen. Es wird in seiner eigenen, einfachen und ungebildeten Art versuchen, einige der Wunder zu reproduzieren, von denen er erzählt.

»Sicher wird es immer Kritiker geben, die wie ein bestimmter Schreiber des *Saturday Review*, den Märchenerzähler stark wegen seines lückenhaften Wissens zensieren werden, die phantasievolle Werke an ihrem eigenen Mangel an Phantasie messen werden. Sie werden ihre mit Tinte befleckten Finger in Abscheu erheben, wenn irgendein ehrlicher Mann, der niemals über die Eibenbäume seines Gartens hinausgekommen ist, einen wunderbaren Reisebericht wie den von Sir John Mandeville schreibt oder, wie der große Raleigh, eine ganze Geschichte der Welt schreibt, ohne die geringste Kenntnis über die Vergangenheit. Um sich zu entschuldigen, werden sie unter dem Schild desjenigen Schutz suchen, der Prospero zum Magier machte und ihm Ariel und Kaliban zu Dienern gab, der hörte, wie die Tritonen an den Korallenriffen der Verwunschen Insel in ihre Hörner stießen, und wie die Feen einander in einem Gehölz bei Athen vorsangen, der die Herrscher der Phantome in finsterer Prozession durch das neblige schottische Moor führte und Hekate in der Höhle der verrückten Schwestern versteckte. Sie werden Shakespeare anrufen – das tun sie immer – sie werden jenen abgedroschenen Abschnitt zitieren und dabei vergessen, daß dieser unglückliche Aphorismus, daß die Kunst der Natur den Spiegel vorhalte, bewußt von Hamlet gesprochen wird, um die Umstehenden von seinen absoluten Wahnsinn in Bezug auf alle Fragen der Kunst zu überzeugen.«

CYRIL: Räusper. Noch eine Zigarette bitte.

VIVIAN: Mein guter Freud, was du auch sagen willst, es ist nur eine dramaturgische Ausdrucksform, und Shakespeare repräsentiert genauso wenig Shakespeares wahre Ansichten über die Kunst wie die Reden des Jago seine wahren Ansichten über die Moral repräsentieren:

»Die Kunst findet ihre eigene Perfektion nicht außerhalb ihrer selbst, sondern in sich selbst. Sie darf nicht an irgendeinem äußeren Standard der Ähnlichkeiten gemessen werden. Sie ist viel mehr ein Schleier als ein Spiegel. Sie trägt Blüten, die kein Wald kennt, sie hat Vögel, die in keinem Wald beheimatet sind. Sie erschafft und zerstört viele Welten und kann den Mond an einem scharlachroten Faden vom Himmel ziehen. Ihre Formen sind jene Formen, die ›realer sind als der lebende Mensch‹, und ihr gehören die großartigen Archetypen, von denen die materiellen Dinge nichts als unvollständig Kopien sind. Die Natur hat in den Augen der Kunst keine Gesetze, keine Einheitlichkeit. Sie kann aus eigenem Willen Wunder vollbringen, und wenn sie Monster aus der Tiefe ruft, so kommen sie. Sie kann den Mandelbaum bitten, im Winter zu blühen, und sie kann den Schnee auf das reife Kornfeld fallen lassen. Auf ihren Befehl legt der Frost seinen silbernen Finger auf den heißen Mund des Junis, und die geflügelten Löwen kriechen aus ihren Höhlen in den lydischen Hügeln. Die Dryaden blicken aus ihrem Gebüsch, wenn sie vorbeigeht, und braune Faune lächeln sie seltsam an, wenn sie sich ihnen nähert. Sie verfügt über adlerköpfige Götter, die sie anbeten, und Zentauren galoppieren an ihrer Seite.«

CYRIL: Das gefällt mir. Das kann ich mir vorstellen. Ist das das Ende des Artikels?

VIVIAN: Nein. Es gibt noch einen weiteren Abschnitt, der aber nur von praktischer Bedeutung ist. Darin werden Methoden vorgeschlagen, mit denen wir jene verlorene Kunst des Lügens wiederbeleben könnten.

CYRIL: Nun, bevor du ihn mir vorliest, würde ich dir gern eine Frage stellen. Was meinst du damit, wenn du sagst, das Leben, das armselige, wahrscheinliche, uninteressante menschliche Leben werde versuchen, die Wunder der Kunst zu reproduzieren. Ich kann deinen Einwand dagegen, daß die Kunst als ein Spiegel zu benutzen sei, gut verstehen. Du meinst also, daß dies das Genie auf die Stufe eines gesprungen Spiegels herabsetzen würde. Aber du willst doch nicht etwa sagen, daß du wirklich glaubst, das Leben ahme die Kunst nach, das Leben sei also in Wahrheit der Spiegel und die Kunst die Realität?

VIVIAN: Natürlich glaube ich das. So paradox es auch scheinen mag – und Paradoxe sind immer gefährlich –, es ist trotzdem wahr, daß das Leben die Kunst viel mehr nachahmt, als die Kunst das Leben nachahmt. Wir wissen aus eigener Erfahrung, wie in England eine gewisse kuriose und faszinierende Art der Schönheit, die von zwei phantasievollen Malern erfunden und betont wurde, das Leben so beeinflußt hat, daß man immer, wenn man in eine Privatausstellung einer Kunstgalerie geht, bald hier die mystischen Augen aus Rossettis Traum, den langen Hals aus Elfenbein, den merkwürdig geformten Unterkiefer, das herabgelassene, dichte und so innig geliebte Haar sieht, und dort die süße Jungfräulichkeit aus »Die Golden Treppe«, den blütenförmige Mund und die zarte Lieblichkeit aus »Laus Amoris« oder das vor Leidenschaft bleiche Gesicht der Vivian in »Merlins Traum«. Und es ist schon immer so gewesen. Ein großer Künstler erfindet einen Archetypen, und das Leben versucht diesen zu kopieren, ihn in populärer Form nachzuahmen, wie ein geschäftstüchtiger Verleger. Weder Holbein noch Vandyck haben in England das gefunden, was sie uns gegeben haben. Sie haben uns ihre Archetypen mitgebracht, und das Leben hat sich mit seiner ausgeprägten Vorstellungskraft daran gemacht, die Meister mit Modellen zu versorgen. Die Griechen mit ihrem wachen künstlerischen Instinkt, haben dies verstanden; sie stellten in das Brautgemach die Statur des Hermes oder des Apollo, damit sie Kinder gebären sollte, die wundervoll waren, wie die Kunstwerke, auf welche die Frau mit Entzücken und mit Schmerz blickte. Sie wußten, daß das Leben aus der Kunst nicht nur Spiritualität, tiefe Gedanken oder Gefühle, Seelenschmerz oder Seelenheil gewinnen kann, sondern daß es sich selbst aus den tatsächlichen Linien und Farben der Kunst bilden kann, und daß es sowohl die Würde eines Pheidias als auch die Grazie eines Praxiteles reproduzieren kann. Daher kommt die griechische Abneigung gegen den Realismus. Sie verabscheuten ihn aus rein gesellschaftlichen Gründen. Sie spürten, daß er die Menschen unweigerlich häßlich macht, und sie hatte völlig recht. Wir versuchen die Lebensqualität unseres Volkes mittels frischer Luft, freiem Sonnenlicht und gesundem Wasser und gräßlichen, kahlen Häusern zwecks der besseren Unterbringung der niederen Klassen zu verbessern. Doch diese Dinge bringen lediglich Gesundheit hervor und keine Schönheit. Dafür bedarf es der Kunst, und die wahren Jünger des großen Künstlers sind nicht die Imitatoren in seiner Künstlerwerkstatt, sondern diejenigen, die wie seine Kunstwerke werden, seien es nun plastische Werke wie zur Zeit der Griechen oder graphische wie in moderner Zeit. Mit einem Wort: Das Leben ist der beste, der einzige, Schüler der Kunst.

Wie es sich mit der visuellen Kunst verhält, so ist es auch in der Literatur. Die offensichtlichste und vulgärste Form, in der sich dieser Zusammenhang zeigt, ist das Beispiel der dummen Jungen, die nach der Lektüre der Abenteuer von Jack Sheppard oder Dick Turpin die Stände von glücklosen Apfelverkäuferinnen plündern, nachts in Süßwarenläden einbrechen und auf Vorstadtstraßen aus der Innenstadt heimkehrende alte Männer erschrecken, indem sie vor ihnen mit schwarzen Masken und nicht geladenen Revolvern aus dem Versteck hervorspringen. Dieses interessante Phänomen, welches stets nach dem Erscheinen einer neuen Ausgabe eines der beiden Bücher, auf die ich hingedeutet habe, auftritt, wird normalerweise dem Einfluß der Literatur auf die Phantasie zugeschrieben. Dies ist jedoch eine falsche Einschätzung. Die Phantasie ist im Grunde schöpferisch und sucht ständig eine neue Ausdrucksform. Der Einbrecherjunge ist ganz einfach das unausweichliche Ergebnis des imaginativen Instinkts des Lebens. Er ist eine Tatsache und, wie es Tatsachen üblicherweise tun, ist er damit beschäftigt, die Fiktion nachzuahmen. Und was wir in ihm sehen, wiederholt sich in größerem Maßstab während des gesamten Lebens. Schopenhauer hat den Pessimismus analysiert, der das moderne Denken kennzeichnet, aber Hamlet hat ihn erfunden. Die Welt ist traurig geworden, weil eine Marionette einst melancholisch war. Der Nihilist, jener absonderliche Märtyrer ohne Glauben, der ohne Enthusiasmus zum Richtpfahl geht und für etwas stirbt, an das er nicht glaubt, ist ein rein literarisches Produkt. Er wurde von Turgeuniew erfunden und von Dostojewski vervollkommnet. Robespierre entstammte genauso sicher den Seiten von Rousseau, wie der Volkspalast aus den Trümmern eines Romans hervorging. Die Literatur eilt immer dem Leben voraus. Sie kopiert es nicht, sondern formt es gemäß ihrer Zwecke. Das neunzehnte Jahrhundert, wie wir es kennen, ist in weiten Teilen eine Erfindung von Balzac. Unser Lucien de Rubempré, unser Rastignacs und unser De Marsays hatten ihren ersten Auftritt in der Bühnendarstellung der *Comedíe Humaine*. Wir erfüllen lediglich den Willen oder die Phantasievorstellungen oder die schöpferische Vision eines Romanautoren – mit Fußnoten und unnötigen Zusätzen. Ich habe einmal eine Dame gefragt, die Thackeray auf Anhieb wiedererkannte, ob er jemals ein Vorbild für Becky Sharp hatte. Sie sagte mir, daß Becky eine Erfindung sei, aber daß die Idee für die Figur zum Teil auf einer Gouvernante basiere, die in der Nähe von Kensington Square gelebt habe und die Begleiterin einer sehr selbstsüchtigen und reichen, alten Dame war. Ich fragte, was aus der Gouvernante geworden sei, und sie antwortete, daß diese merkwürdigerweise einige Jahre nach der ersten Auflage von *Vanity Fair* zusammen mit dem Neffen, der auch im Haus gelebt hatte, durchgebrannt sei, und für kurze Zeit großes Aufsehen in der Gesellschaft erregt habe, so ziemlich nach Art und Weise von Mrs. Rawdon Crawley. Letztlich ist sie gescheitert und ist auf den Kontinent gegangen, wo sie gelegentlich in Monte Carlo oder anderen Orten des Glücksspiels gesehen wurde. Der noble Herr, der demselben großen Gefühlsmenschen als Vorlage für seinen Colonel Newcome diente, starb ein paar Monate, nachdem *The Newcomes* in der vierten Auflage erschienen war mit den Worten »Adsum« auf den Lippen. Kurz nachdem Mr. Stevenson seine kuriose psychologische Geschichte über Verwandlungen veröffentlicht hatte, befand sich einer meiner Freunde namens Mr. Hyde im Norden Londons und schlug eine vermutete Abkürzung ein, weil er dringend zu einer Bahnstation wollte. Er verirrte sich und fand sich in einem Labyrinth von abweisenden, bösartig aussehenden Straßen wieder. Nun wurde er ziemlich nervös und begann, extrem schnell zu gehen, als ihm plötzlich aus einem Torbogen ein Kind genau zwischen die Beine lief. Es fiel auf den Gehsteig, er stolperte darüber und trampelte auf das Kind. Da es natürlich sehr verängstigt war und Schmerzen hatte, fing es an zu schreien, und in kürzester Zeit war die Straße gefüllt mit rauhbeinigen Leuten, die wie Ameisen aus den Häusern krabbelten. Sie umzingelten ihn und fragten ihn nach seinem Namen. Er war kurz davor, diesen zu nennen, als er sich plötzlich an die Anfangsszene von Mr. Stevensons Geschichte erinnerte. Er war später so darüber entsetzt, daß er in seiner eigenen Person jene grausame und gut geschriebene Szene wiedererkannt hatte, und daß er aus Zufall in der Realität das getan hatte, was der Mr. Hyde des Romans bewußt und willentlich getan hatte: er war nämlich so schnell er konnte davongelaufen. Seine Verfolger saßen ihm jedoch dicht auf den Fersen, und so suchte er schließlich Schutz in einer Chirurgenpraxis, deren Tür zufällig offen stand. Dort erklärte er einem jungen, zufällig anwesenden Assistenten, genau, was passiert war. Die Menschenmenge wurde mit einer kleinen Geldsumme da zum Fortgehen bewogen, und als die Luft rein war, ging er fort. Als er aus dem Haus kam, erregte der Name auf dem Messingschild an der Tür der Chirurgenpraxis seine Aufmerksamkeit. Er lautete »Jekyll«. So hätte es zumindest sein sollen.

In diesem Fall war die Imitation, soweit sie auch ging, selbstverständlich rein zufällig. Im folgendem Fall geschah die Nachahmung bewußt. Im Jahr 1879, kurz nachdem ich Oxford verlassen hatte, traf ich auf einem Empfang im Hause des Außenministers eine Dame von überaus erstaunlicher, exotischer Schönheit. Wir wurden gute Freunde und waren permanent zusammen. Und doch interessierte ich mich am meisten nicht für ihre Schönheit, sondern für ihren Charakter, für ihren völlig vagen Charakter. Sie schien überhaupt keine Persönlichkeit zu haben, sondern nur die Möglichkeiten der verschiedensten Arten von Charakterzügen. Manchmal gab sie sich völlig der Kunst hin, verwandelte ihr Malzimmer in ein Studio und verbrachte zwei oder drei Tage in der Woche in Kunstgalerien oder Museen. Danach fing sie oft an, zu Pferderennen zu gehen. Sie trug dann die typische Kleidung und redete über nichts anderes mehr als über Pferdewetten. Sie wandte sich von der Religion ab zugunsten des Mesmerismus, vom Mesmerismus hin zur Politik, von der Politik hin zu den melodramatischen Erregung der Menschenliebe. Tatsächlich war sie eine Art Proteus, und sie versagte in all ihren Verwandlungen, wie jener wundersame Meeresgott es tat, als Odysseus ihn zwischen die Finger bekam. Eines Tages begann eine Serie in einem der französischen Magazine. Zu jener Zeit pflegte ich Serienromane zu lesen, und ich erinnere mich gut an die schockartige Überraschung, die ich empfand, als ich zu der Beschreibung der Heldin kam. Sie war meiner Freundin so ähnlich, daß ich meiner Bekannten das Heft mitbrachte. Sie erkannte sich selbst sofort wieder und schien von der Ähnlichkeit fasziniert zu sein. Ich sollte vielleicht erwähnen, daß es sich um die Übersetzung eines Textes von einem verstorbenen russischen Schriftstellers handelte, so daß die Figur des Autors nicht auf meiner Bekannten basieren konnte. Tja, um die Sache kurz zu machen, einige Monate später war ich in Venedig und fand das Magazin im Leseraum meines Hotels. Ich las es oberflächlich, um zu sehen, was aus der Heldin geworden war. Es war eine absolut scheußliche Geschichte, denn das Mädchen war schließlich mit einem Mann fortgelaufen, der in jeglicher Hinsicht unter ihr stand – nicht nur in bezug auf seine gesellschaftlichen Status, sondern auch, was seinen Charakter und sein Intellekt betraf. Ich schrieb meiner Bekannten an jenem Abend über meine Ansichten über John Bellini und die bewundernswerten Eissorten im Florian's und den künstlerischen Wert der Gondeln aber ich fügte im Postskriptum hinzu, wie dumm sich ihr Double aus der Geschichte verhalten hatte. Ich weiß nicht, warum ich dies tat, aber ich erinnere mich daran, daß ich die Befürchtung hatte, sie würde dasselbe tun. Bevor mein Brief sie erreicht hatte, war sie mit einem Mann davongelaufen, der sie sechs Monate später verließ. 1884 sah ich sie in Paris, wo sie zusammen mit ihrer Mutter lebte, und ich fragte sie, ob die Geschichte etwas mit ihrer Handlungsweise zu tun haben könnte. Sie erzählte mir, daß sie einen absolut unwiderstehlichen Drang empfunden hatte, der Heldin Schritt für Schritt auf ihrem fatalen Weg zu folgen; und sie hatte mit wirklicher Angst auf die letzten paar Kapitel der Geschichte gewartet. Als sie erschienen, stand sie unter einem Art Zwang sie im wirklichen Leben nachzuahmen, und sie tat dies auch. Dies ist ein sehr deutliches und extrem tragisches Beispiel für diesen imaginativen Instinkt, von dem ich spreche.

Dennoch möchte ich nicht länger über Einzelfälle reden. Die persönliche Erfahrung ist ein sehr begrenztes Feld. Worauf ich hinweisen möchte, ist das allgemeine Prinzip, daß das Leben die Kunst sehr viel stärker nachahmt, als die Kunst das Leben nachahmt; und ich bin sicher, daß du zu derselben Ansicht gelangen wirst, wenn du ernsthaft darüber nachdenkst. Das Leben hält der Kunst den Spiegel vor und erzeugt entweder merkwürdige Figuren aus der Vorstellung des Malers oder Bildhauers oder realisiert in der Realität, was in der Fiktion erträumt wurde. Wissenschaftlich betrachtet, ist die Grundlage des Lebens, die Energie des Lebens wie Aristoteles sagen würde, ganz einfach der Wunsch sich auszudrücken; und die Kunst stellt immer viele Formen bereit, durch welche man sich ausdrücken kann. Das Leben ergreift sie und benutzt sie, selbst wenn sie zu ihrem Schaden sind. Junge Männer haben [schon] Selbstmord begangen, weil Rolla es tat, sind durch ihre eigene Hand gestorben, weil Werther dies tat. Denke nur, was wir der Nachahmung von Jesus zu verdanken haben oder der Nachahmung von Caesar.

CYRIL: Diese Theorie ist in der Tat sehr kurios, aber um sie zu vervollständigen, mußt du zeigen, daß die Natur, nicht weniger als das Leben, eine Imitation der Kunst ist. Bist du bereit, diesen Beweis zu führen?

VIVIAN: Mein Lieber, ich bin bereit, alles zu beweisen.

CYRIL: Die Natur eifert also dem Landschaftsmaler nach und leiht sich seine Effekte?

VIVIAN: Gewiß. Wo, wenn nicht bei den Impressionisten, bekommen wir jenen wundervollen braunen Nebel, der unsere Straßen herunterkriecht, das Licht der Gaslampen verwischt und die Häuser in monströse Schatten verwandelt? Wem, wenn nicht ihm und seinem Meister, verdanken wir den schönen silbernen Dunst, der über dem Fluß schwebt und den Bogen der Brücke und den sich wiegenden Frachtkahn in dünne Formen von schwindender Grazie verwandelt? Die außergewöhnliche Klimaveränderung, die während der letzten zehn Jahre in London stattgefunden hat, ist allein auf eine bestimmte künstlerische Schule zurückzuführen. Du lächelst. Betrachte die Angelegenheit einmal von einem wissenschaftlichen oder metaphysischen Standpunkt her, und du wirst merken, daß ich Recht habe. Was ist denn die Natur? Die Natur ist keine große Mutter, die uns geboren hat. Sie ist unsere Schöpfung. In unserem Hirn wird sie zum Leben erweckt. Die Dinge sind, weil wir sie sehen, und was wir sehen und wie wir es sehen, hängt von den Künsten ab, die auf uns eingewirkt haben. Einen Gegenstand anzuschauen ist etwas anderes, als einen Gegenstand zu sehen. Man sieht keine Sache, bis man nicht ihre Schönheit sieht. Dann, und nur dann, fängt sie an zu existieren. Derzeit sehen die Leute den Nebel, nicht weil es sich um Nebel handelt, sondern weil Dichter und Maler ihnen die mysteriöse Schönheit solcher Effekte gezeigt haben. Es mag den Nebel in London schon seit Jahrhunderten gegeben haben. Ich wage zu sagen, daß es ihn gegeben hat. Aber niemand sah ihn, und von daher wissen wir nichts über den damaligen Nebel. Er existierte nicht, bis die Kunst ihn erfand. Man muß wohl zugeben, daß die Sache mit dem Nebel bis zum Exzeß getrieben wurde.

Sie sind zu Angewohnheiten einer Clique verkommen, deren übertrieben realistische Methodik bei langweiligen Menschen Bronchitis erzeugt. Da wo die kultivierten Menschen einen Effekt sehen, bekommen die unkultivierten eine Erkältung. Laß uns deswegen human sein und es der Kunst gestatten, ihre wundervollen Augen auf etwas anderes zu richten. Sie hat dies in der Tat schon getan. Jenes weiße, zittrige Sonnenlicht mit seinen merkwürdigen malvenfarbenen Klecksen und seinen unruhigen violetten Schatten, welches man heutzutage in Frankreich sieht, ist die neue Liebe der Kunst, und im großen und ganzen gibt die Natur dieses Licht ziemlich gut wieder. Anstelle von Corots und Daubignys, gibt die Natur uns heute exquisite Monets und bezaubernde Pissaros. Es gibt in der Tat Augenblicke, die wahrlich selten, aber doch von Zeit zu Zeit zu beobachten sind, in denen die Natur absolut modern wird. Natürlich kann man sich nicht immer auf die Natur verlassen. Tatsächlich befindet sie sich in einer unglücklichen Lage. Die Kunst schafft einen unvergleichlichen und einzigartigen Effekt, und danach geht sie und befaßt sich mit anderen Dingen. Da die Natur andererseits vergißt, daß die Nachahmung eine sehr ernste Form der Beleidigung werden kann, wiederholt sie diesen Effekt, bis wir seiner absolut überdrüssig sind. Kein wirklich kultivierter Mensch redet heute zum Beispiel über die Schönheit eines Sonnenuntergangs. Sonnenuntergänge sind ziemlich altmodisch. Sie gehören in eine Zeit, als Turner der letzte Schrei in der Kunst war. Sonnenuntergänge zu schätzen ist ein charakteristisches Zeichen für das provinzlerische Temperament. Andererseits gibt es sie weiterhin. Gestern abend bestand Mrs. Arundel darauf, daß ich zum Fenster gehen sollte, um den glorreichen Himmel zu betrachten, wie sie es nannte. Natürlich mußte ich ihn mir ansehen. Sie ist eine der absolut hübschen Philisterinnen, denen man nichts abschlagen kann. Und was war es schon? Ein einfach ziemlich zweitklassiger Turner, ein Turner aus einer schlechten Schaffensperiode mit allen schlimmen Fehlern des Künstlers in übertriebener und überbetonter Form. Ich gebe natürlich zu, daß das Leben oft denselben Fehler macht. Es erzeugt seine falschen Renés und schlechten gefälschten Vautrins, genau wie die Natur sie uns gibt – an einem Tag einen zweifelhaften Cuyp und einem anderen Tag einen mehr als fragwürdigen Rousseau. Dennoch wird man von der Natur stärker irritiert, wenn sie derartige Dinge tut. Es scheint so dumm, so offensichtlich, so unnötig. Ein falscher Vautrin könnte wunderbar sein. Ein zweifelhafter Cuyp ist unerträglich. Trotzdem möchte ich nicht zu hart mit der Natur ins Gericht gehen. Ich wünschte, der englische Kanal sähe insbesondere in der Nähe von Hastings nicht ganz so oft wie ein Henry Moore aus: graue Perlenfarbe in gelbem Licht, aber auf der anderen Seite wird zweifelsohne in Zeiten der Vielfältigkeit in der Kunst auch die Natur vielfältiger sein. Daß sie der Kunst nacheifert, könnte noch nicht einmal ihr ärgster Feind noch verneinen. Diese Tatsache erhält den Kontakt zwischen ihr und dem zivilisierten Menschen aufrecht. Aber habe ich meine Theorie zu deiner Zufriedenheit bewiesen?

CYRIL: Du hast sie zu meiner Unzufriedenheit bewiesen, was besser ist. Aber wenn ich auch zugebe, daß dieser merkwürdige imitative Instinkt des Lebens und der Natur existiert, so wirst du doch zugeben müssen, daß die Kunst das Temperament ihres Zeitalters, den Geist ihrer Zeit, die moralischen und gesellschaftlichen Bedingungen, die sie umgeben und unter deren Einfluß sie geschaffen wird, ausdrückt.

VIVIAN: Natürlich nicht! Kunst drückt nie etwas anderes aus als sich selbst. Dies ist Prinzip meiner Ästhetik, und es ist dieses, mehr noch als die lebenswichtige Verbindung zwischen Form und Substanz, über die Mr. Pater sich ständig äußert, die alle Kunstarten zu etwas Grundsätzlichem macht. Selbstverständlich haben Nation und Individuen mit ihrer gesunden Eitelkeit, welche das Geheimnis der Existenz ist, immer den Eindruck, als redeten die Musen ausgerechnet von ihnen. Sie versuchen dabei stets in der ruhigen Würde der phantasievollen Kunst irgendeinen Spiegel ihrer eigenen verworrenen Leidenschaften zu entdecken, wobei sie immer wieder vergessen, daß der Sänger des Lebens nicht Apollo, sondern Marsyas ist. Fern der Realität, mit von den Schatten der Höhle abgewandten Augen zeigt die Kunst ihre eigene Perfektion, und die staunende Menge, die dem Öffnen der mehrblättrigen Rose zuschaut, glaubt, es sei ihre eigene Geschichte, die ihr da erzählt wird, und daß es ihr eigener Geist sei, der in einer neuen Form zum Ausdruck kommt. Aber dies ist nicht der Fall. Die höchste Kunst weist die Last des menschlichen Geistes von sich und gewinnt mehr durch ein neues Medium oder neuartiges Material als durch irgendeine Art von Enthusiasmus, aus irgendeiner starken Leidenschaft oder aus irgendeinem großen Erwachen des menschlichen Bewußtseins. Sie entwickelt sich einzig und allein nach ihren eigenen Bedingungen. Sie ist kein Symbol für irgendein Zeitalter. Statt dessen sind die Zeitalter Symbole für sie.

Selbst diejenigen, die meinen, die Kunst sei repräsentativ für die Zeit und den Ort, und das Volk könne nicht umhin zuzugeben, daß eine Kunst um so weniger ihr Zeitalter repräsentiert, je phantasievoller sie ist. Die bösen Gesichter der römischen Imperatoren schauen uns aus ihrem faulen Porphyr und ihrem fleckigen Jaspis an. Ein realistischer Künstler jener Tage empfand Freude daran, an ihnen zu arbeiten, und wir vermuten, daß wir in jenen grausamen Lippen und kräftigen, sinnlichen Unterkiefern das Geheimnis des Untergangs des Imperiums entdecken können. Es verhielt sich aber anders. Die Laster des Tiberius konnten diese mächtige Zivilisation nicht mehr zerstören, als die Tugenden der Antoninen sie hätten retten können. Sie zerfiel aus anderen, weniger interessanten Gründen. Die Priesterinnen des Apollo und die Propheten des Sistinischen Ordens mögen tatsächlich dazu dienen, die Wiedergeburt des emanzipierten Geistes zu interpretieren, den wir die Rennaissance nennen. Aber was haben uns die betrunkenen Rüpel und die grölenden Bauern der holländischen Kunst über die große Seele Hollands zu sagen? Je abstrakter, je idealer eine Kunst ist, desto stärker zeigt sie uns das Wesen des Zeitalters. Wenn wir eine Volk mittels seiner Kunst verstehen wollen, dann laß uns seine Architektur und seine Musik betrachten.

CYRIL: In dem Punkt stimme ich ziemlich mit dir überein. Der Geist eines Zeitalters kann am besten in den abstrakten, idealen Künsten ausgedrückt werden, denn der Geist selbst ist abstrakt und ideal. Andererseits müssen wir uns natürlich den mimetischen Künsten zuwenden, um den visuellen Aspekt eines Zeitalters, um, wie man sagt, dessen Aussehen zu erfassen.

VIVIAN: Ich glaube nicht. Schließlich geben uns die mimetischen Künste lediglich die verschiedenen Stile von bestimmten Künstlern oder von gewissen künstlerischen Schulen. Du glaubst doch sicher nicht, daß die Menschen im Mittelalter irgendeine Art von Ähnlichkeit mit den Figuren der mittelalterlichen Glasmalerei, oder der mittelalterlichen Bildhauerei und Holzschnitzerei, der mittelalterlichen Schmiedekunst oder der Weberei von Bildteppichen oder der illuminierten Manuskripte hatten. Sie waren wahrscheinlich ganz normal aussehende Leute ohne jedweden grotesken, bemerkenswerten oder phantastischen Aspekt in ihrem Aussehen. Das Mittelalter, wie wir es aus der Kunst kennen, ist einfach ein bestimmte Stilrichtung, und es gibt überhaupt keinen Grund, weshalb ein Künstler aus dieser Stilrichtung nicht vom neunzehnten Jahrhundert hervorgebracht werden könnte. Kein großer Künstler sieht die Dinge so, wie sie wirklich sind. Wenn er es täte, würde er aufhören, ein Künstler zu sein. Nehmen wir doch mal ein Beispiel aus unseren Tagen. Ich weiß, daß du japanische Gegenstände magst. Stellst du dir deswegen wirklich vor, daß es die Japaner, so wie sie uns in der Kunst gezeigt werden, wirklich gib? Wenn du dies tust, dann hast du die japanische Kunst überhaupt nicht verstanden. Das japanische Volk ist eine willentliche, bewußte Schöpfung gewisser einzelner Künstler. Wenn du ein Bild von Hokusai oder Hokkei oder irgendeinem der großen einheimischen Künstler neben einen echten japanischen Herren oder eine echte japanische Dame stellst, dann wirst du sehen, daß es dazwischen nicht die geringste Ähnlichkeit gibt. Die tatsächlichen Menschen, die in Japan leben, sind nicht viel anders als die große Masse der Menschen in England. Das soll heißen, sie sind absolut alltäglich und haben nichts Kurioses oder Außergewöhnliches an sich. Tatsächlich ist ganz Japan ein einziges Phantasieprodukt. Es gibt kein solches Land und kein solches Volk. Einer unserer charmantesten Maler bereiste vor kurzem das Land der Chrysantheme mit der unsinnigen Hoffnung, die Japaner zu Gesicht zu bekommen. Alles was er sah, alles was er malen konnte, waren ein paar Laternen und ein paar Fächer. Er war nicht in der Lage, die Einheimischen zu entdecken, wie seine herrliche Ausstellung in der Galerie der Herren Dowdeswell nur zu gut zeigte. Er wußte nicht, daß das japanische Volk nichts als eine Stilart, ein exquisites Phantasieprodukt der Kunst ist. Und daher, wirst du dich nicht wie ein Tourist verhalten und nach Tokio fahren, wenn du einen japanischen Effekt sehen möchtest. Statt dessen wirst du zu Hause bleiben und dich in die Arbeiten gewisser japanischer Künstler vertiefen und, wenn du dann den Geist ihres Stils in dich aufgesogen hast und ihre phantasievolle Art des Sehens, wirst du eines Tages im Park sitzen oder den Piccadilly hinunterlaufen, und wenn du dort keinen absolut japanische Effekt siehst, dann wirst du ihn nirgendwo sehen. Oder um auf die Vergangenheit zurückzukommen, nehmen wir mal als Beispiel die alten Griechen. Meinst du, daß die griechische Kunst uns wirklich erzählt, wie das griechische

Volk war? Glaubst du, die athenischen Frauen waren wie die stattlich definierten Figuren auf dem Fries des Parthenon oder wie jene erstaunlichen Göttinnen, die in den dreieckigen Giebeln desselben Gebäudes saßen? Wenn du vom Standpunkt der Kunst her urteilst, dann waren sie sicher so. Aber lies doch einmal bei einer Autorität wie Aristophanes nach. Du wirst erfahren, daß die athenischen Frauen eng geschnürte Kleidung und Schuhe mit hohen Absätzen trugen, sich die Haare gelb färbten, ihre Gesichter aufrauhten und bemalten und auch ansonsten genauso wie irgendeine der albernen modebewußten oder abgetakelten Kreaturen unserer heutigen Zeit waren. Tatsächlich schauen wir ausschließlich durch das Medium der Kunst auf vergangene Zeitalter zurück, und die Kunst hat uns glücklicherweise noch nie die Wahrheit gesagt.

CYRIL: Aber die modernen Portraits der englischen Maler, wie ist es denn damit? Die sehen doch sicher so aus, wie die Leute, die sie darstellen.

VIVIAN: Ganz richtig. Sie sind ihnen so ähnlich, daß in hundert Jahren niemand mehr an sie glauben wird. Die einzig glaubhaften Portraits sind jene, in denen wenig vom Modell und eine ganze Menge vom Künstler steckt. Holbeins Zeichnungen von Männern und Frauen seiner Zeit versetzen uns mit ihrem Eindruck absoluter Realität in Erstaunen. Aber dies ist nur der Fall, weil Holbein das Leben zwang, seine Bedingungen zu akzeptieren, sich in seine Beschränkungen zu fügen, seinen Charakter zu reproduzieren, und so auszusehen, wie er es wünschte. Es ist der Stil, der uns an eine Sache glauben läßt – nichts als der Stil. Die meisten unserer modernen Portraitmaler sind dazu verurteilt, in absolute Vergessenheit zu geraten. Sie malen nie, was sie wirklich sehen. Sie malen, was das Publikum sieht, und das Publikum sieht nie etwas.

CYRIL: Nun gut, jetzt möchte ich, glaube ich, das Ende deines Artikels hören.

VIVIAN: Mit Vergnügen. Ob es etwas nützen wird, kann ich wirklich nicht sagen. Unser Jahrhundert ist sicherlich das stumpfsinnigste und nüchternste Jahrhundert, das es jemals gegeben hat. Denn sogar der Schlaf hat uns betrogen. Er hat die Tore aus Elfenbein geschlossen und die Tore aus Horn geöffnet. Die Träume der großen Mittelklasse dieses Landes, wie sie in Mr. Myers' zwei dicken Bänden über das Thema und in den Sitzungsberichten der Gesellschaft für Übersinnliche Phänomene festgehalten wurden, sind das Deprimierendste, was ich je gelesen habe. Es gibt keinen einzigen richtigen Alptraum darin. Sie sind alltäglich, abscheulich und langweilig. Was die Kirche betrifft, so kann ich mir nichts Besseres für die Kultur eines Landes vorstellen als die Anwesenheit einer Gemeinschaft von Männern, die an das Übersinnliche glauben, die täglich Wunder tun, und jene mythenbildende Fähigkeit am Leben halten, die so lebenswichtig für die Phantasie ist. Aber in der englischen Kirche hat ein Mann Erfolg, nicht durch seine Fähigkeit zu glauben, sondern durch seine Fähigkeit, nicht zu glauben. Die unsrige ist die einzige Kirche, in welcher der Skeptiker am Altar steht und in welcher der Heilige Thomas als der ideale Apostel angesehen wird. So mancher verdiente Kleriker, der sein Leben mit bewundernswerten Taten der freundlichen Nächstenliebe verbringt, lebt und stirbt unbeachtet und unbekannt; aber es genügt, wenn irgendein ungebildeter Absolvent einer der beiden Universitäten sich auf seine Kanzel stellt, um seine Zweifel über die Arche Noah oder Balaams Esel oder Jonah und den Wal zu äußern, und ganz London kommt in Scharen, um ihn zu anzuhören, und mit offenem Mund dazusitzen – ergriffen von Bewunderung für seinen hervorragenden Intellekt. Der wachsende gesunde Menschenverstand in der englischen Kirche ist etwas sehr Bedauernswertes. Er ist wirklich ein entwürdigendes Zugeständnis gegenüber einer niederen Form des Realismus. Er ist ebenso töricht. Er entspringt dem Quell der vollständigen Unkenntnis gegenüber der Psychologie. Man kann das Unmögliche glauben, aber man kann niemals das Unwahrscheinliche glauben. Dennoch muß ich dir das Ende meines Artikels vorlesen:

»Was wir tun müssen, was zu tun jedenfalls unsere Pflicht ist, ist die Wiederbelebung dieser alten Kunst des Lügens anzustreben. Es kann schon viel durch die Erziehung der Öffentlichkeit getan werden – von Amateuren im häuslichen Kreis, bei literarischen Mittagstreffs und beim Nachmittagstee. Aber dies ist lediglich die leichte und gefällige Seite der Lüge, wie sie wahrscheinlich bei kretanischen Abendessen zu hören war. Es gibt noch viele weitere Formen. Die Lüge mit dem Zweck, einen unmittelbaren persönlichen Vorteil zu erlangen zum Beispiel – die Lüge mit moralischer Zielsetzung, wie sie normalerweise genannt wird – war in der antiken Welt extrem beliebt, obwohl sie in letzter Zeit sehr abschätzig bewertet wurde. Athene lacht, als Odysseus ihr seine ›Worte des schlauen Truges‹ sagt, wie Mr. William Morris es formuliert, und die ruhmreiche Verlogenheit erhellt die bleiche Stirn des strahlenden Helden in der Tragödie des Euripides und stellt die junge Braut aus einer der exquisitesten Oden von Horaz neben die edlen Frauen der Vergangenheit. Was zunächst lediglich als natürlicher Instinkt begonnen hatte, wurde zu einer bewußten Wissenschaft erhoben. Detaillierte Regeln wurden festgelegt, um die Menschheit anzuleiten, und um dieses Thema entwickelte sich eine wichtige Schule der Literatur. Wenn man sich an die hervorragende philosophische Abhandlung von Sanchez über diese ganze Frage erinnert, so kann man in der Tat nicht umhin zu bedauern, daß noch nie jemand die Idee hatte, eine billige Zusammenfassung der Arbeiten jenes großen Kasuisten zu veröffentlichen. Als kurze Einführung in das Thema würde ›Wann und wie man lügen sollte‹, wenn man es denn in eine kostengünstige und attraktive Form bringen könnte, sich zweifelsohne als praktische Hilfe für viele ernsthafte und tief nachdenkende Menschen erweisen. Die Lüge mit dem Zweck der Aufklärung der Jugend, welche die Basis des häuslichen Unterrichts darstellt, gibt es immer noch; und ihre Vorteile werden in den ersten Büchern von Platos *Der Staat* auf so bewundernswerte Weise dargelegt, daß wir uns an dieser Stelle nicht länger mit ihnen befassen müssen. Diese Art der Lüge, die alle guten Mütter erstaunlich gut beherrschen, bietet dennoch Spielraum für Verbesserungen und ist traurigerweise von der Schulbehörde übersehen worden. Die Lüge mit dem Zweck, ein monatliches Einkommen zu erwerben ist natürlich in der Fleet Street sehr bekannt, und der Beruf des politischen Führers und Schreibers in Personalunion hat gewisse Vorteile. Es wird jedoch gesagt, dies sei eine ziemlich stumpfsinnige Beschäftigung, und sie führt gewiß nicht weiter als zu einer Art aufdringlichen stilistischen Verworrenheit. Die einzige Art des Lügens, die jenseits jeglicher Kritik ist, ist die Lüge als Selbstzweck, und ihre höchste Entwicklungsstufe ist, wie wir schon sagten, die Lüge in der Kunst. Genauso wie diejenigen, die Platon nicht mehr lieben als die Wahrheit, nie die Schwelle der Akademie überschreiten können, so kann auch derjenige, der die Schönheit nicht mehr liebt als die Wahrheit, jemals in das Allerheiligste der Kunst vordringen. Der solide, sture, britische Intellekt liegt im Wüstensand, so wie die Sphinx in Flauberts wunderbarer Geschichte, und die Phantasie, La Chimère, tanzt im Kreis um ihn herum und ruft ihm mit ihrer falschen, flötenartigen Stimme zu. Er mag sie derzeit nicht hören, doch eines Tages, wenn die eintönige Art der modernen Schriftstellerei uns alle zu Tode langweilt, wird er sie anhören und versuchen, ihr Flügel zu leihen.

»Und wenn jener Tag anbricht oder die rote Sonne untergeht, wie werden wir uns dann alle freuen! Man wird Tatsachen als etwas Rufschädigendes ansehen; wir werden die Wahrheit um die gerissenen Fußfesseln der Phantasie trauern sehen, und die Romantik wird mit ihrem wundersamen Wesen in das Land zurückkehren. Der einfache Anblick der Welt wird unsere staunenden Augen verändern. Aus dem Meer werden Behemoth und Leviathan aufsteigen, und um die hochmastigen Galeeren herumstreifen, so wie sie es auf den Karten aus jenen Zeitaltern taten, als man geographische Bücher tatsächlich lesen konnte. Drachen werden an den trostlosen Orten umherwandern, und der Phoenix wird sich von seinem Nest aus Feuer in die Lüfte erheben. Wir werden den Basilisken zu fassen bekommen, und das Juwel im Kopf der Krote sehen. Geräuschvoll seinen goldenen Hafer kauend, wird der Hippogriff auf unseren Ställen sitzen, und über unseren Köpfen wird der Blaue Vogel schweben und wird von schönen und unmöglichen Dingen singen, von wunderbaren Dingen, die nie geschehen, von Dingen die nicht sind und doch sein sollten. Aber bevor dies geschieht, müssen wir die verlorengegangene Kunst des Lügens kultivieren«.

CYRIL: Dann müssen wir sie sofort kultivieren. Aber damit dabei kein Fehler passiert, möchte ich, daß du mir kurz die Doktrinen der neuen Ästhetik nennst.

VIVIAN: Sie sind, kurz gesagt, wie folgt: Die Kunst darf nichts anderes ausdrücken als sich selbst. Sie hat genau wie das Denken ein unabhängiges Dasein und entwickelt sich nur nach ihren eigenen Bedingungen. Sie ist in einem Zeitalter des Realismus nicht unbedingt realistisch, noch ist sie spirituell in einem religiösen Zeitalter. Da sie so weit davon entfernt ist, eine Schöpfung ihrer Zeit zu sein, steht sie normalerweise in direktem Gegensatz zu ihrer Zeit, und die einzige Geschichtsschreibung, die sie für uns macht, ist die Aufzeichnung ihrer eigenen Entwicklung. Manchmal folgt sie ihren eigenen Fußstapfen und erweckt eine antike Form zu neuem Leben, wie geschehen in der archaistischen Bewegung der späten griechischen Kunst und in der vorraphaelitischen Bewegung unserer Tage. In wieder anderen Perioden greift sie ihrer Zeit vor und bringt in einem Jahrhundert Werke hervor, für die es eines weiteren Jahrhunderts bedarf, um diese verstehen, schätzen und genießen zu lernen. In keinem Fall gibt sie ihr Zeitalter wieder. Von der Kunst eines Zeitalters auf das Zeitalter selbst zu schließen ist ein großer Fehler, den alle Historiker machen.

Die zweite Doktrin lautet wie folgt: Jegliche schlechte Kunst entsteht, wenn man zum Leben und zur Natur zurückkehrt und diese zu Idealen erhebt. Das Leben und die Natur können manchmal als ein Teil des Rohmaterials für die Kunst genutzt werden, aber bevor sie der Kunst wirklich dienen können, müssen sie in künstlerische Konventionen umgewandelt werden. Sobald die Kunst ihr imaginatives Medium aufgibt, gibt sie alles auf. Als Methode ist der Realismus ein kompletter Mißerfolg und die zwei Dinge, die jeder Künstler meiden sollte, sind die Modernität der Form und die Modernität in bezug auf das Thema. Für uns, die wir im neunzehnten Jahrhundert leben, ist jedes Jahrhundert außer unserem eigenen ein angemessenes Thema für die Kunst. Die einzig schönen Dinge sind jene, die uns nicht betreffen. Um mich selbst zu zitieren, ist der Kummer von Hecuba eben deswegen eine so passende Motivation für die Tragödie, weil Hecuba uns nichts bedeutet. Außerdem veraltet nur das Moderne. Monsieur Zola setzt sich hin, um uns ein Bild des Zweiten Reiches zu geben. Wen interessiert denn heutzutage noch das Zweite Reich? Es ist nicht mehr aktuell. Das Leben ist schneller als der Realismus, aber die Romantik eilt stets dem Leben voraus.

Die dritte Doktrin besagt, daß das Leben die Kunst mehr nachahmt, als die Kunst das Leben nachahmt. Dies ergibt sich nicht nur aus dem imaginativen Instinkt des Lebens, sondern vor allem aus der Tatsache, daß es das bewußte Ziel des Lebens ist, sich Ausdruck zu verschaffen, und daß die Kunst ihm bestimmte schöne Formen anbietet, durch die es diese Energien umsetzen kann. Eine solche Theorie ist noch nie zuvor aufgestellt worden, aber sie ist außerordentlich fruchtbar und wirft ein völlig neues Licht auf die gesamte Kunstgeschichte.

Es folgt, als Korollar dieser Theorie, das die uns umgebende Natur auch die Kunst nachahmt. Die einzigen Effekte, die sie uns nicht zeigen kann, sind jene die wir schon in der Dichtkunst oder in Gemälden gesehen haben. Dies ist das Geheimnis hinter dem Zauber der Natur und zugleich die Erklärung für ihre Fehlerhaftigkeit.

Die letztendliche Erkenntnis aus all dem ist, daß das Erzählen von unwahren Dingen das angemessene Ziel der Kunst ist. Doch darüber habe ich nun ausführlich genug gesprochen. Und nun laß uns auf die Terrasse gehen, wo »der schneeweiße Pfau wie ein Geist die Flügel herabhängen läßt«. Im Dämmerlicht wird die Natur zu einem wunderbar suggestiven Effekt, und sie ist dann ziemlich schön, auch wenn ihr hauptsächlicher Nutzen darin besteht, Zitate von Dichtern zu illustrieren. Komm! Wir haben lange genug geredet.

Die Wahrheit der Masken

GEDANKEN ZUR ILLUSION

In vielen der zuweilen brutalen Angriffe gegen die opulenten Inszenierungen, welche die Shakespeare-Neuaufführungen in England heute charakterisieren, scheint es, als hätten die Kritiker stillschweigend angenommen, Shakespeare selbst sei bezüglich der Kostüme seiner Schauspieler mehr oder weniger gleichgültig gewesen und daß er, könnte er Mrs. Langtrys Produktion von Antonius und Cleopatra sehen, wahrscheinlich sagen würde, daß es um das Stück – und nur um das Stück – gehe, und alles andere sei eitler Tand. Was den geschichtlich akkuraten Bezug der Kostüme angeht, so hat Lord Lytton in einem Artikel in *»Nineteenth Century«* das künstlerische Dogma aufgestellt, daß die Archäologie in der Präsentation der Stücke Shakespeares völlig fehl am Platz, und der Versuch, dieselbe zu integrieren, eine der dümmsten Pedanterien eines Zeitalters der Musterknaben sei.

Lord Lyttons Position werde ich mich später widmen; was aber die Theorie angeht, daß Shakespeare sich bei seiner Theaterarbeit nicht um die Kostümausstattung kümmerte, so wird jeder, der sich ein wenig mit Shakespeares Methode beschäftigt, unschwer erkennen, daß es in der französischen, englischen und selbst der griechischen Bühnenkunst keinen einzigen anderen Dramaturgen gibt, der sich so stark auf die illusionistischen Effekte der Bekleidung seiner Schauspieler verläßt.

Im Bewußtsein der Tatsache, daß das künstlerische Temperament immer von der Schönheit des Kostüms fasziniert ist, flicht er in seine Stücke stets Maskenspiel und Tänze ein, die lediglich dem Genuß gewidmet sind, den das Auge ihnen entnimmt; wir sind im Besitz seiner Regieanweisungen für die drei großen Prozessionen in *»Heinrich der VIII.«*, Anweisungen, die von außergewöhnlicher Detailliertheit (bis hin zu der Form des Kragens von S.S. und der Perlen in Anne Boleyns Haar) geprägt sind. Es wäre für den modernen Regisseur sogar recht einfach, diese historischen Aufführungen genau so zu reproduzieren, wie Shakespeare sie geplant hatte; ja, sie waren von solcher Genauigkeit, daß einer der Hofbediensteten, der damals einem Freund einen Bericht über die letzte Aufführung im Globe Theatre schrieb, sich gar über deren überaus realistischen Charakter beschwerte, insbesondere der Bühnendarstellung der Ritter des Hosenbandordens, da er der Meinung war, die Verwendung der Original-Roben und -Insignien sei ein kalkulierter Versuch, die wirklichen Zeremonien ins Lächerliche zu ziehen; ähnlich wie die französische Regierung es dem hervorragenden Schauspieler M. Christian vor nicht allzu langer Zeit untersagte, in Uniform aufzutreten, da man es als dem Ruhme der Armee abträglich empfand, daß ein Oberst karikiert werden sollte. Und auch andernorts wurde die prachtvolle Ausstattung, welche die englische Bühne unter Shakespeares Einfluß auszeichnete, von zeitgenössischen Kritikern attackiert, wobei dies im allgemeinen nicht auf der Basis der demokratischen Tendenzen des Realismus' geschah, sondern mit jener Moralkrämerei begründet wurde, die stets jenen als letzte Zuflucht dient, die keinen Sinn für die Schönheit haben.

Der Punkt, den ich betonen möchte, ist jedoch nicht, daß Shakespeare den Wert schöner Bühnenkostüme im Hinzufügen eines pittoresken Elements zu seiner unvergleichlichen Poesie sah, sondern daß er die Bedeutung des Kostüms als Mittel zur Kreation bestimmter dramatischer Effekte erkannte. Viele seiner Stücke, wie z. B. *Maß für Maß, Die zwölfte Nacht, Die beiden Veroneser, Ende gut, alles gut, Cymbeline,* und andere mehr, beziehen ihr illusorisches Element aus der Natur der verschiedenen Kleider, die der Held oder die Heldin trägt. Die entzückende Szene in *König Heinrich der VI.*, die sich mit den modernen Wundern der Heilung durch die Kraft des Glaubens beschäftigt, verliert ihre Wirkung vollkommen, wenn Gloster nicht in Schwarz und Rot gekleidet ist; und die Auflösungsszene der *Lustigen Weiber von Windsor* gründet auf der Farbe des Kleides von Anne Page. Die Beispiele für Shakespeares Verwendung der Maskierung sind beinahe nicht zu zählen. Posthumous verbirgt seine Leidenschaft unter den Kleidern eines Bauern; Portia trägt die Robe eines Advokaten, und Rosalinds Bekleidung entspricht »in allen Punkten der eines Mannes«. Die Tasche des Pisanio verwandelt Imogen in einen jungen Fidel; Jessica entflieht dem Hause ihres Vaters in den Kleidern eines Knaben, und Julia flicht ihr goldenes Haar in phantastische Gebilde und trägt Hose und Wams. Henry der VIII. umwirbt seine Angebetete als Schafhirte, Romeo die seine als Pilger; Prinz Hal und Poins erscheinen zuerst in Buckram-Anzügen, dann in weißen Schürzen und Lederwesten als Kellner in der Taverne. Und was Falstaff angeht, erscheint er nicht als Wegelagerer, als Greisin, als Herne der Jäger und als die Kleider, die in die Wäsche wandern?

Auch der Beispiele für den Einsatz von Kostümen als Mittel zur Intensivierung dramatischer Situationen gibt es viele. Nach dem Mord an Duncan erscheint Macbeth in seinem Nachtgewand, als sei er gerade aus dem Schlaf aufgeschreckt worden. Timon beendet das Stück, das er in feinstem Gewande begann, in Fetzen; Richard begegnet den Bürgern Londons in schäbiger Rüstung, doch sobald er durch Ströme von Blut den Thron bestiegen hat, marschiert er in Krone und mit Georgskreuz und Hosenbandorden durch die Straßen; der Höhepunkt in *Der Sturm* ist erreicht, als Prospero die Kleider des Magiers abwirft, Ariel nach Hut und Rapier schickt und sich als großer italienischer Herzog zu erkennen gibt; selbst der Geist in *Hamlet* ändert seine mystische Erscheinung, um verschiedene Effekte hervorzurufen; und was Julia angeht – ein moderner Autor hätte sie wahrscheinlich in ein Leichentuch gehüllt und die Szene als reines Schreckbild dargestellt, aber Shakespeare drapiert reiche und üppige Stoffe um sie, deren Schönheit das dunkle Gewölbe »in einen Festsaal voller Licht« verwandelt, das aus der Gruft eine Brautkammer macht und das Motiv für Romeos Rede vom Triumph der Schönheit über den Tod bildet.

Selbst kleine Details wie die Farbe der Strümpfe eines Major-Domo, das Muster des Taschentuchs einer Gemahlin, der Ärmel eines jungen Soldaten und die Haube einer eleganten Frau erhalten durch Shakespeares Hand eine dramatische Bedeutung, und in manchen Fällen bestimmen sie gar die Handlung des fraglichen Stücks. Viele andere Dramaturgen haben Kostüme als Methode genutzt, um dem Publikum den Charakter einer Person bereits bei ihrem ersten Auftritt auf direkte Art zu vermitteln, wenige jedoch auf so brillante Weise wie Shakespeare im Falle des Dandy Parolle, dessen Bekleidung übrigens nur ein Archäologe verstehen kann; das spaßige Element, das dadurch entsteht, daß Herr und Diener in Gegenwart des Publikums ihre Kleider tauschen, daß schiffbrüchige Seeleute sich ob der Verteilung einer Ladung feiner Stoffe zanken, und daß ein Kesselflicker sich in trunkenem Zustand wie ein Herzog kleidet, darf als Teil der wichtigen Rolle verstanden werden, welche Kostüme im Bereich der Komödie stets gespielt haben – von den Zeiten des Aristophanes bis hin zu Mr. Gilbert; doch keiner hat aus den bloßen Einzelheiten der Bekleidung und des Schmucks je solch kontrastreiche Ironie geschöpft, solch direkten und tragischen Effekt, solches Mitleid und solchen Pathos wie Shakespeare selbst. Bis an die Zähne bewaffnet, stapft der König über das Schlachtfeld von Elsimore, denn es ist was faul im Staate Dänemark; Shylocks jüdische Gaberdine ist Teil des Stigmas, das die verwundete und verbitterte Natur quält; Arthur, um sein Leben flehend, kann kein besseres Argument vorbringen als jenes Taschentuch, das er einst Hubert gab –

»Have you the heart! When your head did but ache,
I knit my handkerchief about your brows,
(The best I had, a princess wrought it me)
And I did never ask it you again;«[1]

Und Orlandos blutbeflecktes Tuch legt den ersten traurigen Schatten über jenes wunderbare Waldidyll und weist uns die Tiefe des Gefühls, das Rosalinds phantasievollem Witz und ihren reizenden Späßen zugrundeliegt.

---

1 Habt Ihr kein Herz! Als Euer Kopf auch nur schmerzte,
band ich mein bestes Taschentuch um Euer Haupt,
(Das Beste, das ich hatte, eine Prinzessin wob es einst für mich)
Und niemals verlangte ich es zurück.

»Last night 'twas on my arm; I kissed it;
I hope it be not gone to tell my lord
That I kiss aught but he«,[2]

So spricht Imogen, und scherzt ob des Verlustes ihres Armbands, das sich bereits auf dem Weg nach Rom befindet, um ihr das Vertrauen ihres Gatten zu rauben; der kleine Prinz auf seinem Weg zum Turm spielt mit dem Dolch im Gürtel seines Onkels; Duncan sendet in der Nacht seiner eigenen Ermordung einen Ring an Lady Macbeth, und der Ring der Portia verwandelt die Tragödie des Kaufmanns in eine Komödie der Gemahlin. Der große Rebell York stirbt mit einer Papierkrone auf dem Kopf; Hamlets schwarzer Anzug dient als eine Art Farbmotiv, ganz wie die Trauer von Chimène in *Cid:* und der Höhepunkt der Ansprache des Antonius ist Cäsars Umhang:

»I remember
The first time Ceasar ever put it on.
'Twas on a summer's evening, in his tent,
The day he overcame the Nervii;
Look, in this place ran Cassius' dagger through!
See what a rent the envious Casca made:
Through this the well-beloved Brutus stabbed …
Kind souls, what, weep you when you but behold
Our Caesar's vesture wounded?«[3]

Die Blumen, die Ophelia in ihrem Wahnsinn mit sich trägt, sind so mitleiderregend wie die Veilchen auf einem Grabe; die Wirkung von Lears Wanderung in der Heide wird durch seine phantastische Bekleidung unbeschreiblich verstärkt; und als Cloten – verletzt vom Hohn des Gleichnisses, das seine Schwester um das Gewand ihres Gatten spinnt, sich selbst in eben jenes Gewand hüllt, um ihr die Schandtat zuzufügen, kann man sich des Gefühls nicht erwehren, daß kein Werk des französischen Realismus, noch nicht einmal *Thérèse Raquin,* dieses Meisterwerk des Schreckens, dieser grausamen Szene aus *Cymbeline* gleichkommt.

Auch im eigentlichen Dialog sind einige der eindrücklichsten Passagen von den Kostümen untermalt. Rosalind:

»Dost thou think, though I am caparisoned like a man, I
have a doublet and hose in my disposition?«[4]

Constance:

»Grief fills the place of my absent child,
Stuffs out this vacant garments with his form;«[5]

---

2 Gestern nacht noch war es an meinem Arm; ich küßte es;
Ich hoffe nur, es ist nicht fort, zu zeigen meinem Herrn
Daß niemand ich küsse außer ihm.

3 Ich erinnere mich
And das erste Mal, da Cäsar ihn trug.
Es war an einem Sommerabend, in seinem Zelt,
Am Tage, als die Nervii er bezwang;
Seht, hier durchstach ihn Cassius' Dolch!
Seht, welchen Riß Cascas Neid hier schlug:
Hier stach der wohlgeliebte Brutus durch …
Gute Seelen, weint Ihr nicht, wenn Ihr nur
Cäsars Wunden seht?

4 Denkt Ihr denn, obschon ich angetan wie ein Mann,
meine Seele wär' von Wams und Hose auch geprägt?

5 Trauer füllt den Platz meines verlorenen Kindes,
Füllt seine leeren Kleider mit seiner Form.

Und der kurze, scharfe Aufschrei Elisabeths:

»Ah! I cut my lace asunder!«[6]

Dies sind nur einige wenige Beispiele. Einer der schönsten Effekte, die ich je auf der Bühne zu sehen das Vergnügen hatte, war Salvini zu verdanken, im letzten Akt von *Lear,* als er die Feder von Kents Kappe reißt, damit über Cordelias Lippen streicht und ausruft:

»This feather stirs; she lives!«[7]

Mr. Booth, dessen Lear viele noble Qualitäten hatte, rupfte, wie ich mich erinnere, zum selben Zwecke einige Haare aus seinem geschichtlich inkorrekten Hermelinpelz; aber Salvinis Methode war sowohl wirkungsvoller als auch glaubhafter. Und wer Mr. Irving im letzten Akt von *Richard III.* gesehen hat, hat sicher nicht vergessen, wie sehr die Qualen und Schrecken seines Traumes durch den Kontrast der Ruhe und des Friedens intensiviert wurden, die ihm vorausgingen, und durch Zeilen wie die folgende:

»What, is my beaver easier than it was?
And all my armour laid into my tent?
Look that my staves be sound and not too heavy«[8]

Zeilen, die für das damalige Publikum eine Doppelbedeutung hatten; man erinnere sich an die letzten Worte, die Richards Mutter ihm nachrief, als er gen Bosworth marschierte:

»Therefore take with thee my most grievous curse,
Which in the day of battle tire thee more
Than all the complete armour that thou wear'st.«[9]

Was die Mittel angeht, die Shakespeare zur Verfügung standen, so muß angemerkt werden, daß er, klagte er auch wiederholt über die kleine Bühne, auf der er große historische Stücke produzieren mußte, und über das Fehlen jeglicher Szenerie, aufgrund dessen er auf viele dramaturgisch effektive Ereignisse unter freiem Himmel verzichten mußte, doch stets als ein Dramaturg schreibt, der die kunstvollste Theatergarderobe zu nutzen wußte, und der sich auf den Eifer der Schauspieler verlassen konnte, was ihre Maske anging. Auch heute noch ist es nicht einfach, ein so komplexes Stück wie die *Komödie der Irrungen* aufzuführen; und dem pittoresken Zufall der Familienähnlichkeit zwischen Miss Ellen Terry und ihrem Bruder verdanken wir die Tatsache, daß der *Zwölften Nacht* künstlerisch Genüge getan wird. Um ein beliebiges Stück Shakespeares adäquat in Szene setzen zu können, d.h. genau so, wie er es gewünscht hätte, sind die Dienste eines ausgezeichneten Requisiteurs, eines guten Perückenmachers, eines Kostümbildners mit hervorragendem Farbsinn und einem Gefühl für Strukturen, eines Meisters der Kunst der Maskerade, eines Fechtlehrers, eines Choreographen und eines Künstlers, der die gesamte Produktion übersieht, absolut unabdingbar. Denn es liegt ihm offenbar viel daran, uns die Kleidung und das Erscheinungsbild einer jeden Figur genau zu beschreiben. »Racine abhorre la réalité«, wie Auguste Vacquerie einmal sagte; »il ne daigne pas s'occuper de son costume. Si l'on s'en rapportait aux indication du poète, Agamemnon serait vetû d'un sceptre et Achille

6 Ah! Ich reiße meine Spitzen entzwei!

7 Die Feder rührt sich; sie lebt!

8 Was, ist mein Mantel leichter, als er war?
Und meine Rüstung liegt in meinem Zelt?
Sieh zu, daß meine Stütze gut sei und nicht zu schwer.

9 So nimm nun meinen schlimmsten Fluch mit dir,
Der am Tage der Schlacht dich ermüden soll
Mehr als die schwere Rüstung, die du trägst.

d'une épée.«[10] Aber auf Shakespeare trifft dies nicht zu. Er gibt Anweisungen bezüglich der Kostüme von Perdita, Florizel, Autolycus, der Hexen in *Macbeth* und des Apothekers in *Romeo und Julia,* verschiedene detaillierte Beschreibungen seines wohlbeleibten Ritters und des außergewöhnlichen Gewandes, das Petrucchio bei seiner Vermählung tragen soll. Rosaline, so erklärt er uns, ist groß und soll einen Speer und einen kleinen Dolch tragen; Celia ist kleiner, und ihr Gesicht soll mit brauner Schminke versehen werden, so daß sie sonnenverbrannt aussieht. Die Kinder, welche die Elfen im Wald zu Windsor spielen sollen, sollen in Weiß und Grün gekleidet sein – dies ist übrigens ein Kompliment an Königin Elizabeth, da dies ihre Lieblingsfarben waren –, und die Engel, die Katherine in Kimbolton erscheinen, tragen weiße Gewänder mit grünen Girlanden und goldenem Augenschutz. Bottom tritt in handgesponnenen Kleidern auf, Lysander unterscheidet sich von Oberon durch seine athenische Toga, und Launce hat Löcher in den Stiefeln. Die Herzogin von Gloucester ist von einem weißen Tuch umhüllt, als ihr Gemahl trauernd neben ihr steht. Das Kostüm des Narren, das scharlachrote Gewand des Kardinals und die mit französischen Lilien bestickten englischen Mäntel sind allesamt spöttische oder höhnische Spitzen im Dialog. Wir kennen das Muster von Dauphins Panzer und Pucelles Schwert, das Wappen an Warwicks Helm und die Farbe von Bardolphs Nase. Portia hat goldenes Haar, Phöbe schwarzes, Orlandos Locken sind kastanienbraun, und Sir Andrew Aguecheeks Haar hängt ihm vom Kopf wie Flachs vom Spinnrocken, ganz ohne Locken. Einige der Figuren sind beleibt, andere schlank, einige von gerader Körperhaltung, andere tragen einen Buckel, einige sind hell, andere dunkel, und manche müssen ihre Gesichter schwärzen. Lear trägt einen weißen Bart, Hamlets Vater einen grauen, und Bennedick rasiert den seinen im Verlauf des Stücks. Shakespeare ist in der Tat recht spitzfindig, was die Bärte seiner Charaktere angeht, er weist auf die verschiedenen Farben hin und rät seinen Schauspielern, stets sicherzustellen, daß die Bärte gut befestigt sind. Er spricht von einem Tanz mit Strohhüten angetaner Schnitter, von Bauern in groben Haarmänteln wie Satyre; von einem Maskenspiel der Amazonen, einem anderen mit Russen sowie einem klassischen Maskenspiel; weiter wären zu vermerken: einige unvergängliche Szenen mit einem Weber in Eselsmaske, ein Zank um die Farbe eines Mantels, der nur mit Hilfe des Bürgermeisters von London beschwichtigt werden kann, und eine Streitszene zwischen einem wutentbrannten Gatten und dem Putzmacher seiner Frau, in der es um den Riß in einem Ärmel geht.

Die Metaphern, die Shakespeare aus der Wahl der Kostüme bezieht, und die Aphorismen, welche er um sie flicht, seine Anmerkungen zur Mode seiner Zeit, besonders, was die lächerliche Größe der Hauben der Damen angeht, und die vielen Beschreibungen der *mundus muliebris*[11] – vom Lied des Autolycus im *Wintermärchen* bis hin zu dem Bericht über die Robe der Herzogin in *Viel Lärm um Nichts,* sind zu zahlreich, um sie alle aufzuführen; daher sei nur gesagt, daß die gesamte Philosophie der Bekleidung in Lears Szene mit Edgar zu finden ist – eine Passage, die sich durch Kürze und Stil von der grotesken und manchmal etwas wortgewaltigen Weisheit und Metaphysik von *Sator Resartus* abhebt. Doch ich denke, daß aus dem, was ich bereits gesagt habe, klar hervorgeht, daß sich Shakespeare sehr wohl für Kostüme interessierte. Ich meine das nicht in dem seichten Sinn, mit dem aufgrund seiner Kenntnisse um »Taten und Tulpen« geschlossen wird, daß er der »Blackstone und Paxton« des elisabethanischen Zeitalters war; er erkannte, daß Kostüme einerseits eine bestimmte Wirkung auf das Publikum ausüben können und gleichzeitig als probates Mittel dienen, um bestimmte Charaktertypen auszuweisen – und somit eine der effektivsten Methoden darstellen, die einem wahren Illusionisten zur Verfügung stehen. Tatsächlich hatte die deformierte Erscheinung Richards genausoviel künstlerischen Wert wie die Schönheit der Julia; er stellt die Serge des Radikalen der Seide des Lords gegenüber und sorgt dafür, das beide den gewünschten dramaturgischen Effekt bewirken; er erfreut sich an Caliban so sehr wie an Ariel, an Fetzen wie an goldbestickten Roben, und erkennt die künstlerische Schönheit der Häßlichkeit.

Die Schwierigkeit, die Ducis bei der Übersetzung des *Othello* aufgrund der Tatsache empfin-

10 Racine haßt die Realität. Er verachtet es, sich um seine Bekleidung zu kümmern. Verließe man sich auf die Angaben des Poeten, so trüge Agamemnon nichts als ein Zepter, und Achilles wäre in ein Schwert gekleidet.

11 Welt der Frau.

det, daß einem vulgären Gegenstand wie einem Taschentuch so viel Bedeutung zugemessen wird, und sein Versuch, diese Absurdität zu schmälern, indem er den Mohren von »Le bandeau«[12] sprechen läßt, kann als Beispiel für den Unterschied *zwischen la tragédie philosophique* und dem Drama des wirklichen Lebens genommen werden; und die erstmalige Einführung des Wortes *mouchoir*[13] im Théatre Francais war eine Ära in jener romantisch-realistischen Bewegung, deren Vater Hugo, dessen *enfant terrible* jedoch Zola ist, gerade so, wie der Klassizismus Anfang des Jahrhunderts von Talmas Weigerung geprägt war, seine griechischen Helden mit gepuderter Perücke zu geben – übrigens eines von vielen Beispielen für die Betonung archäologischer Genauigkeit im Bereich der Kostüme, welche die großen Schauspieler unserer Zeit auszeichnet. Théophile Gautier kritisiert das besondere Augenmerk, das dem Mammon in *La Comédie Humaine* geschenkt wird, und führt weiter aus, daß Balzac mit Fug und Recht behaupten kann, der Literatur einen neuen Helden geschenkt zu haben, *le héros métallique*. Von Shakespeare kann man folglich sagen, daß er der erste war, der die dramatische Wirkung von Dubletten erkannte, und darüber hinaus wußte, daß ein dramaturgischer Höhepunkt von einer Krinoline abhängen kann.

Der Brand im Globe Theatre – ein Ereignis, das übrigens der Leidenschaft für die Illusion zuzuschreiben ist, welche Shakespeares Bühnenmethoden auszeichnete – hat uns unglücklicherweise vieler wichtiger Dokumente beraubt; aber im Inventar des Kostümfundus eines Londoner Theaters zu Shakespeares Zeiten sind besondere Kostüme für Kardinäle, Schafhirten, Könige, Clowns, Ordensbrüder und Hofnarren aufgelistet; grüne Überwürfe für Robin Hoods Leute, und ein grünes Gewand für Maid Marian; ein weiß-goldener Wams für Heinrich den V., eine Robe für die Longshanks; daneben Chorhemden, Damastgewänder, Kleider aus Gold- und Silberstoffen, Taft- und Kattunkleider, Samt- und Satinmäntel, Prachtornate, Jacken aus gelbem und schwarzem Leder, rote Anzüge, graue Anzüge, Pierrotanzüge, eine »Unsichtbarkeits«-Robe, deren damaliger Preis durchaus angemessen scheint, und vier unvergleichliche Fardingales – all diese Gegenstände legen ein beredtes Zeugnis davon ab, daß jeder Figur die angemessene Bekleidung zukommen sollte. Des weiteren finden sich dort Einträge zu spanischen, maurischen und dänischen Kostümen, zu Helmen, Lanzen, bemalten Schilden, Königskronen und päpstlichen Kopfbedeckungen sowie zu den Gewändern türkischer Diplomaten, römischer Senatoren und sämtlichen Göttern und Göttinnen des Olymps, die belegen, daß der Leiter des Theaters umfangreiche archäologische Recherchen betrieben haben muß. Es wird sogar ein Mieder für Eva angeführt, doch es ist anzunehmen, daß das fragliche Stück nach dem Sündenfall spielt.

Jeder, der sich die Mühe macht, Shakespeares Zeitalter einer näheren Untersuchung zu unterziehen, wird feststellen, daß die Archäologie eine ihrer besonderen Charakteristika war. Die Wiederbelebung der klassischen Formen der Architektur in der Renaissance und in den in Venedig und andernorts gedruckten Neuauflagen der Meisterwerke griechischer und lateinischer Literatur hatte ein natürliches Interesse an den Ornamenten und der Bekleidung der antiken Welt nach sich gezogen. Dabei ging es den Künstlern, die sich mit diesen Dingen befaßten, nicht unbedingt um das Wissen, das sie sich aneignen konnten, sondern um das Entzücken, das sie beim Publikum hervorrufen konnten. Die seltsamen Objekte, die bei Ausgrabungen ständig zum Vorschein kamen, verschimmelten nicht in den Museen, wurden nicht den Betrachtungen des neugierigen Kustos überlassen, noch dienten sie der Kurzweil des Polizisten, der durch das Ausbleiben von Verbrechen in lähmender Langeweile versunken war. Statt dessen wurden sie als Motive für die Produktion neuer Kunstwerke genutzt, die sich nicht nur durch Schönheit, sondern auch durch Merkwürdigkeit auszeichneten.

Infessura erzählt, daß im Jahr 1485 einige Arbeiter, die an der Appischen Straße gruben, auf einen alten Sarkophag stießen, auf dem die Worte »Julia, Tochter des Claudius« standen. Als sie den Sarg öffneten, fanden sie in seinem marmornen Inneren die Leiche eines schönen jungen Mädchens von etwa 15 Jahren, die durch die geschickte Hand des Balsamierers vor den Zeichen der Zeit und dem Verfall geschützt worden war. Ihre Augen waren halb offen, ihr goldenes Haar umhüllte sie, und von ihren Lippen und Wangen war die Blüte der Jugend noch im-

12 Der Schleier.

13 Das Taschentuch.

mer nicht verschwunden. Man brachte sie zurück in die Hauptstadt, wo sie unverzüglich zum Mittelpunkt eines neuen Kults wurde, und aus allen Teilen der Stadt eilten Pilger daher, um an dem herrlichen Schrein ihre Andacht abzuhalten, bis der Papst, der befürchtete, daß jene, welche das Geheimnis der Schönheit in einer heidnischen Grabstätte gefunden zu haben glaubten, vergessen mochten, welche Geheimnisse Judäas rauhe und felsbedeckte Grabstätte enthielt, die Leiche eines Nachts entfernen und heimlich begraben ließ. Nun mag es sich zwar um reine Legende handeln, doch die Geschichte ist dadurch nicht weniger dazu angetan, uns die Haltung der Renaissance gegenüber der antiken Welt zu verdeutlichen. Die Archäologie wurde nicht lediglich als antiquierte Wissenschaft betrachtet; sie war vielmehr das Mittel, mit welchem dem trockenen Staub des Altertums der Odem und die Schönheit des Lebens eingehaucht werden konnte, um ihn mit dem neuen Wein der romantizistischen Formen zu füllen, die bis dahin alt und abgetragen waren. Diese Spuren können von der Kanzel des Nicola Pisano bis hin zu Mantegnas »Triumph des Cäsar« und der Dienste, die Cellini König Francis erwies, zurückverfolgt werden; auch war das Phänomen keineswegs auf die unbeweglichen Künste – die Kunst der fixierten Bewegung – beschränkt, sein Einfluß war vielmehr auch in den großartigen griechisch-römischen Maskenspielen festzustellen, die zu den liebsten Zeitvertreiben des fröhlichen Hoflebens jener Zeit gehörten, und im öffentlichen Gepränge und den Prozessionen, mit denen die Bürger der großen Handelsstädte die Prinzen zu begrüßen pflegten, die sich zu Besuchen einfanden. Historische Aufführungen, welchen übrigens so viel Bedeutung zugemessen wurde, daß große Drucke angefertigt und veröffentlicht wurden – eine Tatsache, die das allgemeine Interesse an jenen Dingen zu jener Zeit aufs schönste beweist.

Und diese Anwendung der Archäologie in Bühnenaufführungen ist nicht etwa hochnäsige Pedanterie, sondern in jeder Weise legitim und schön. Denn die Bühne ist nicht nur der Treffpunkt aller Künste, sie ist auch die Rückkehr der Kunst in das Leben. Manchmal scheint die Verwendung seltsamer und altertümlicher Wendungen in archäologischen Romanen die Realität hinter dem Lernprozeß zu verbergen, und ich wage zu sagen, daß viele Leser von *Notre Dame de Paris* wahrscheinlich recht verwirrt waren ob der Bedeutung solcher Ausdrücke wie *la casaque à mahoitres, les voulgiers, le gallimard taché d'encre, les caraquiniers*[14], usw. Aber wie anders stellt sich die Sache doch auf der Bühne dar! Die Welt des Altertums erwacht zu neuem Leben, und die Geschichte zieht wie eine Prozession vor unseren Augen vorbei, ohne daß wir ein Wörterbuch oder eine Enzyklopädie zu Hilfe ziehen müßten, um in den vollen Genuß des Spektakels zu kommen. Tatsächlich gibt es nicht den geringsten Grund, weshalb das Publikum die Autoritäten hinter einem Stück kennen müßten. Von solchen Materialien wie z. B. der Scheibe des Theodosius, die der Mehrheit der Menschen wahrscheinlich unbekannt sind, schuf Mr. E. W. Godwin, einer der größten Kunstgeister dieses Jahrhunderts in England, die herrliche Schönheit des ersten Aktes von *Claudian,* und zeigte uns das Leben im Byzanz des vierten Jahrhunderts, nicht etwa als langweilige Lektion oder als undeutliche Abbildung, auch nicht durch einen Roman, der nur mit Hilfe des Glossars verstanden werden kann, sondern durch die sichtbare Präsentation der ganzen Pracht jener großartigen Stadt. Und während die Kostüme bis hin zum kleinsten Detail von Farbe und Gestaltung realistisch waren, wurde jenen Einzelheiten doch nicht die übertriebene Bedeutung zugemessen, die sie notwendigerweise in einer akribischen Vorlesung erführen; vielmehr wurden sie hinter die Komposition und Einheitlichkeit des künstlerischen Effekts gerückt. Mr. Symonds sagt von dem wunderbaren Gemälde Mantegnas, das sich heute in Hampton Court befindet, daß der Künstler ein antikes Motiv in das Thema für eine Melodie der Linienführung verwandelt hat. Dasselbe könnte man mit gleichem Recht von Mr. Godwins Kulisse sagen. Nur die Toren nannten sie Pedanterie, nur diejenigen, die weder hinschauten noch zuhörten, sprachen davon, daß die Leidenschaft des Schauspiels von der Farbe erdrückt würde. Es war tatsächlich eine Kulisse, die nicht nur in ihrer Bildhaftigkeit vollkommen war, sondern außerdem auch dramatisch, indem sie langweilige Beschreibungen überflüssig machte und uns, durch Farbe und Art der Kleidung von Claudian und seiner Diener, die ganze Natur und das Leben des Mannes vor Augen brachte, von der Art der Philosophenschule, die er bevorzugte, bis zu den Pferden, auf die er beim Rennen wettete.

---

14 Kasack mit gepolsterten Ärmeln, Männer mit Hellebarden, tintenbeflecktes Füllhalteretui, die Karakiner.

Und so ist die Archäologie auch nur dann wirklich herrlich, wenn sie in eine Art Kunst eingeflößt wird. Ich habe nicht das Verlangen, die Dienste emsiger Gelehrter herabzusetzen, doch ich fühle, daß der Gebrauch, den Keats von Lemprières Wörterbuch gemacht hat, weit größeren Wert für uns hat als die Behandlung derselben Mythologie als eine Krankheit der Sprache durch Professor Max Müller. Lieber Endymion als irgendeine Theorie, wie gut sie auch immer sein mag – oder, wie im vorliegenden Fall, wie schlecht sie auch sein mag –, über eine Epidemie bei den Adjektiven! Und wer hat nicht das Gefühl, daß der Hauptruhm von Piranesis Buch über Vasen darin besteht, daß es Keats die Inspiration zu seiner »Ode an eine Vase« gab? Kunst, und Kunst allein, kann Archäologie Schönheit verleihen; und die Theaterkunst kann sie am direktesten und lebendigsten nutzen, denn sie kann in einer exquisiten Präsentation die Illusion des tatsächlichen Lebens mit dem Wunder der unwirklichen Welt verbinden. Doch das 16. Jahrhundert war nicht nur das Zeitalter des Vitruv; es war auch das Zeitalter des Vecellio. Jede Nation scheint sich plötzlich für die Kleidung ihrer Nachbarn zu interessieren. Europa hat begonnen, seine eigenen Kleider zu untersuchen, und die Anzahl der veröffentlichten Bücher über Nationaltrachten ist außergewöhnlich. Zu Beginn des Jahrhunderts erreichte das *Nuremberg Chronicle* mit seinen zweitausend Illustrationen seine fünfte Auflage, und bevor das Jahrhundert um war, waren über siebzehn Auflagen von Munsters *Cosmography* erschienen. Außer diesen beiden Büchern gab es natürlich auch die Werke von Michael Colyns, von Hans Weigel, von Amman und von Vecellio selbst, alle gut bebildert, wobei einige der Abbildungen bei Vecellio wahrscheinlich aus der Hand Tizians stammen.

Und sie erhielten ihr Wissen nicht allein aus Büchern und Abhandlungen. Die Entwicklung der Gewohnheit von Auslandsreisen, der wachsende Handelsverkehr zwischen Ländern und die Häufigkeit diplomatischer Gesandtschaften gaben jeder Nation viel Gelegenheit, die verschiedenen Formen zeitgenössischer Kleidung zu studieren. Nach der Rückkehr beispielsweise der Botschafter des Zaren, des Sultans und des Prinzen von Marokko, aus England veranstalteten Heinrich VIII. und seine Freunde mehrere Maskenspiele in den fremden Kostümen ihrer Besucher. Später sah man in London – vielleicht zu häufig – die ernste Pracht des spanischen Hofes, und Elisabeth empfing Gesandte aus aller Welt, deren Kleidung, wie uns Shakespeare mitteilt, einen bedeutenden Einfluß auf die englische Kleidung ausübte.

Das Interesse galt jedoch nicht allein der klassischen Kleidung oder der Kleidung ausländischer Nationen; es wurden auch verschiedene Studien, besonders unter dem Theater verbundenen Leuten, über die alten Trachten Englands unternommen. Und wenn Shakespeare im Prolog zu einem seiner Stücke seinem Bedauern Ausdruck verleiht, daß er keine Helme der entsprechenden Periode zeigen kann, dann spricht er als ein elisabethanischer Theaterintendant, nicht nur als elisabethanischer Dichter. Zu seiner Zeit wurde zum Beispiel in Cambridge *Richard III.* aufgeführt, und die Schauspieler waren in den korrekten Kostümen der Zeit gekleidet, die aus der großartigen Sammlung historischer Kostüme im Tower stammten, die immer für Theaterintendanten zur Informationssammlung offen stand und ihnen mitunter auch zur Verfügung gestellt wurde. Und ich kann mir nicht helfen, ich denke, daß diese Aufführung in Hinblick auf die Kostüme wesentlich künstlerischer gewesen sein muß als Garricks Aufführung von Shakespeares Schauspiel zu diesem Thema, in dem er selbst in einem Phantasiekostüm auftrat und alle anderen in Kostümen aus der Zeit Georg III., wobei besonders Richmond in der Uniform eines jungen Gardisten Bewunderung erhielt.

Denn was ist der Nutzen der Archäologie für die Bühne, der die Kritiker so erschreckt hat, als daß sie, und sie allein, uns die Architektur und die Kleidung verraten kann, die zu der Zeit paßt, in der die Handlung des Schauspiels abläuft? Durch sie können wir einen Griechen in griechischer Kleidung und einen Italiener in italienischer sehen, können wir die Arkaden von Venedig genießen und die Balkone von Verona, und wenn das Stück sich mit einem der großen Zeitalter in der Geschichte unseres eigenen Landes befaßt, können wir das Zeitalter in seinen korrekten Kostümen betrachten und den König, wie er an seinem Hofe lebte. Und ich frage mich, was Lord Lytton wohl vor einiger Zeit gesagt hätte, wenn sich im Princess's Theatre der Vorhang hob und er seinen Vater als Brutus gesehen hätte, wie er sich in einem Queen-Anne-Sessel zurücklehnt und eine fließende Perücke sowie einen geblümten Morgenmantel trägt – ein Kostüm, das im letzten Jahrhundert als besonders geeignet für einen antiken Römer angesehen wurde! Denn in jenen halkyonischen Tagen des Dramas hat noch keine Archäologie die

Bühne gestört oder die Kritiker beunruhigt, und unsere unkünstlerischen Großväter saßen friedlich in einer bedrückenden Atmosphäre der Anachronismen und betrachteten mit der ruhigen Selbstzufriedenheit des Zeitalters der Prosa einen Iachimo mit Puder und Schönheitspflästerchen, einen Lear in Spitzenrüschen und eine Lady Macbeth mit einem großen Reifrock. Ich kann verstehen, wenn die Archäologie angegriffen wird auf der Basis ihres übermäßigen Realismus, doch sie als pedantisch anzugreifen, erscheint völlig fehl am Platz. Sie allerdings überhaupt anzugreifen ist töricht; man könnte genauso gut respektlos vom Äquator sprechen. Denn die Archäologie, da sie eine Wissenschaft ist, ist weder gut noch schlecht, sondern schlicht eine Tatsache. Ihr Wert ist abhängig davon, wie sie genutzt wird, und nur ein Künstler kann sie nutzen. Wir wenden uns an den Archäologen wegen des Materials und an den Künstler wegen der Methode.

Im Entwurf von Kulisse und Kostümen für irgendein Shakespeare-Stück muß der Künstler zunächst die Frage nach dem besten Datum für das Stück beantworten. Dieses sollte aus dem allgemeinen Geist des Stückes hervorgehen, mehr als aus tatsächlichen historischen Hinweisen, die sich in ihm finden. Die meisten *Hamlets*, die ich gesehen habe, wurden viel zu früh angesiedelt. Hamlet ist im wesentlichen ein Schüler des Humanismus; und wenn auch die Erwähnung der kürzlichen Invasion Englands durch die Dänen es ins 9. Jahrhundert zurückversetzt, macht die Verwendung von Floretts es viel jünger. Sobald man sich aber einmal für ein Datum entschieden hat, muß der Archäologe uns mit den Falten versorgen, die der Künstler dann in Wirkung verwandeln soll.

Es wurde gesagt, daß die Anachronismen in den Stücken selbst uns zeigten, daß Shakespeare gleichgültig gegenüber der historischen Genauigkeit war, und man schlug großes Kapital aus Hektors leichtsinnigem Zitat von Aristoteles. Auf der anderen Seite sind die Anachronismen nicht zahlreich und nicht sehr bedeutend und wären, hätte ein verwandter Künstlergeist Shakespeare auf sie aufmerksam gemacht, wahrscheinlich berichtigt worden. Denn obwohl man sie kaum als Makel bezeichnen kann, gehören sie sicher nicht zu den Schönheiten seines Werks; oder, wenn sie das doch tun, kann ihr anachronistischer Charme nicht betont werden, außer das Stück ist präzise in seiner korrekten Zeit angesiedelt. Schaut man sich Shakespeares Schauspiele jedoch im Ganzen an, fällt am meisten auf, wie außergewöhnlich treu er mit seinen Personen und seinen Handlungen verfährt. Viele seiner *dramatis personae* sind Menschen, die tatsächlich gelebt haben, und seine Zuschauer mochten sogar einige davon zu ihrer Lebenszeit gekannt haben. Ja, der heftigste Angriff auf Shakespeare zu seiner Lebenszeit galt seiner angeblichen Karikatur von Lord Cobham. Was seine Handlungen angeht, Shakespeare entnimmt sie beständig der wahren Historie oder den alten Balladen und mündlichen Überlieferungen, die dem elisabethanischen Publikum als Geschichte dienten und die selbst jetzt noch kein Historiker als völlig unwahr abtun würde. Und er wählte nicht nur Fakt vor Fiktion als Grundlage eines Großteils seines phantasievollen Werks, er gab auch jedem Stück den allgemeinen Charakter, die soziale Atmosphäre kurz gesagt, der jeweiligen Zeit. Die Dummheit erkennt er als eines der dauerhaften Charakteristika aller europäischen Zivilisationen; und so sieht er keinen Unterschied zwischen einem Londoner Mob seiner eigenen Zeit und einem römischen Mob aus heidnischer Zeit, zwischen einem törichten Wachmann in Messina und einem törichten Friedensrichter in Windsor. Doch wenn er sich mit höheren Personen befaßt, mit jenen Ausnahmen jedes Zeitalters, die so fein sind, daß sie zum Typus werden, setzt er ihnen völlig den Stempel ihrer eigenen Zeit auf. Virgilia ist eine jener römischen Ehefrauen, auf deren Grabstein *Domi mansit lanam fecit*[15] stand, so wie Julia das romantische Mädchen der Renaissance ist. Er bleibt selbst den Merkmalen der Völker treu. Hamlet besitzt all die Phantasie und Unentschlossenheit der nordischen Nationen, und Prinzessin Katharina ist so französisch wie die Heldin von *Divorçons*. Heinrich V. ist der typische Engländer und Othello ein wahrer Mohr.

Wenn Shakespeare wiederum die Geschichte Englands vom 14. bis zum 16. Jahrhundert behandelt, ist es wundervoll zu sehen, welche Sorgfalt er dabei walten läßt, seine Fakten absolut richtig darzustellen – ja, er folgt Holinshed mit seltsamer Treue. Die ununterbrochenen Kriege zwischen Frankreich und England sind mit außergewöhnlicher Präzision beschrieben,

15 Sie blieb zu Hause und spann die Wolle.

bis zu den Namen der belagerten Städte, der Landungs- und Einschiffungshäfen, den Orten und Daten der Schlachten, die Titel der Kommandanten auf beiden Seiten und die Listen der Verwundeten und Gefallenen. Und was den englischen Bürgerkrieg, den Rosenkrieg, angeht, so haben wir ausführliche Genealogien der sieben Söhne Edward III.; die Ansprüche der rivalisierenden Häuser von York und Lancaster auf den Thron werden breit diskutiert; und wenn die englische Aristokratie Shakespeare nicht Dichter lesen will, sollte sie ihn mit Sicherheit als eine Art frühen Adelskalenders lesen. Es gibt kaum einen einzigen Titel im Oberhaus, mit Ausnahme natürlich der uninteressanten Titel, die von den Law Lords[16] angenommen wurden, der nicht bei Shakespeare auftaucht, mit vielen Einzelheiten der Familiengeschichte, rühmlichen und unrühmlichen. Wenn es tatsächlich notwendig ist, daß die Schulkinder über den Rosenkrieg Bescheid wissen, dann könnten sie ihre Fakten ebenso gut aus Shakespeares Stücken lernen als aus billigen Fibeln, und das – möchte ich sagen – auf viel unterhaltsamere Weise. Selbst zu Shakespeares eigener Zeit war dieser Nutzen seiner Stücke bekannt. »Die historischen Stücke lehren diejenigen Geschichte, die sie nicht in den Chroniken lesen können«, sagt Heywood in einer Abhandlung über das Theater, und dennoch bin ich sicher, daß Chroniken aus dem 16. Jahrhundert wesentlich angenehmer zu lesen waren als Fibeln aus dem 19. Jahrhundert.

Natürlich hängt der ästhetische Wert von Shakespeares Schauspielen in keinster Weise von ihren Fakten ab, sondern von ihrer Wahrheit, und die Wahrheit ist immer unabhängig von Fakten und erfindet oder wählt sie nach Wunsch. Doch Shakespeares Benutzung von Fakten ist immer noch ein höchst interessanter Teil seiner Arbeitsmethode und zeigt uns seine Einstellung zur Bühne und seine Beziehung zur großen Kunst der Illusion. Er wäre in der Tat höchst erstaunt, wenn jemand seine Stücke in eine Kategorie mit »Märchen« gestellt hätte, wie Lord Lytton dies tat. Denn eins seiner Ziele war es, ein nationales historisches Drama für England zu schaffen, das sich mit Ereignissen befaßte, die dem Publikum wohl bekannt waren, und mit Helden, die in der Erinnerung des Volkes lebten. Patriotismus, das muß ich wohl nicht sonderlich betonen, ist nicht notwendigerweise eine Eigenschaft der Kunst, doch er bedeutet für den Künstler den Ersatz eines universellen mit einem individuellen Gefühl und für das Publikum die Präsentation eines Kunstwerks in einer höchst attraktiven und populären Form. Es ist beachtenswert, daß Shakespeares erste und letzte Erfolge beides historische Stükke waren.

Nun kann man die Frage stellen, was hat das mit Shakespeares Einstellung zu Kostümen zu tun? Darauf möchte ich antworten, daß ein Dramatiker, der solchen Wert auf historische Genauigkeit bei Fakten legte, eine historische Genauigkeit bei Kostümen als eine höchst willkommene Zutat zu seiner illusionären Methode begrüßt hätte. Und ich zögere auch nicht zu sagen, daß er dies tat. Die Anmerkung zu den Helmen der Zeit im Prolog zu *Heinrich V.* mag als phantasievoll abgetan werden, obwohl Shakespeare häufig

»The very casque
That did affright the air at Agincourt«[17]

gesehen haben muß, der immer noch in der düsteren Finsternis der Westminster Abbey hängt, neben dem Sattel jenes »imp of fame«[18] und dem zerbeulten Schild mit seinem zerrissenen blauen Samtfutter und seinen angelaufenen goldenen Lilien. Doch die militärischen Wappenröcke in *Heinrich VI.* sind reine Archäologie, da sie im 16. Jahrhundert nicht getragen wurden und der Wappenrock des Königs zu Shakespeares Zeit noch – wie ich bemerken darf – über seinem Grab in der St. George's Chapel in Windsor aufgehängt war. Denn bis zum Zeitpunkt des unglückseligen Triumphs der Philister im Jahre 1645 waren die Kapellen und Kathedralen Englands die großen nationalen Museen der Archäologie, in denen die Rüstungen und Kleider der Helden der englischen Geschichte aufbewahrt wurden. Ein Großteil wurde natürlich im Tower aufbewahrt, und selbst in elisabethanischer Zeit kamen Touristen dorthin, um so kuriose Relik-

16 Mitglied des britischen Oberhauses mit richterlicher Funktion.
17 Eben den Helm, der die Luft von Agincourt erschreckte.
18 Kobold des Ruhms.

te der Vergangenheit zu sehen, wie Charles Brandons riesige Lanze, die immer noch von Besuchern unseres Landes Bewunderung erfährt. Doch die Kapellen und Kathedralen wurden in der Regel als die geeignetsten Schreine für historische Antiquitäten gewählt. Canterbury zeigt uns immer noch den Helm des Schwarzen Ritters, Westminster die Roben der Könige und das alte St. Paul's das Banner, das historisch auf dem Schlachtfeld von Bosworth wehte und von Richmond selbst aufgehängt worden war.

Tatsächlich sah Shakespeare überall, wo er sich in London hinwandte, die Kleidung und das Zubehör vergangener Zeiten, und man kann kaum daran zweifeln, daß er von diesen Gelegenheiten Gebrauch machte. Die Verwendung von Lanze und Schild beispielsweise in der realen Kriegführung, die in seinen Stücken so häufig vorkommt, stammt aus der Archäologie und nicht aus der militärischen Ausrüstung seiner Zeit. Und sein allgemeiner Einsatz von Rüstungen bei Schlachten war nicht charakteristisch für sein Zeitalter, ein Zeitalter, in dem sie rasch unter dem Einfluß von Schußwaffen verschwanden. Wiederum ist der Helmbusch auf Warwicks Helm, von dem in *Heinrich VI.* so viel Aufhebens gemacht wird, absolut korrekt in einem Schauspiel aus dem 15. Jahrhundert, als diese Helmbüsche allgemein getragen wurden. Dies wäre er in einem Stück aus Shakespeares eigener Zeit nicht mehr, als Federn und Federbüsche seinen Platz eingenommen hatten – eine Mode, die aus Frankreich kam, wie er uns in *Heinrich VIII.* mitteilt. Bei den historischen Stücken können wir also sicher sein, daß er die Archäologie herangezogen hat, und auch bei den anderen meine ich, daß dies zutrifft. Das Erscheinen Jupiters auf seinem Adler, mit dem Blitz in der Hand, Junos mit ihren Pfauen und Iris' mit ihrem vielfarbigen Bogen, das Amazonen-Maskenspiel und das Maskenspiel der Fünf Wackeren – sie alle können als archäologisch angesehen werden; und die Vision, die Posthumous im Gefängnis von Sicilius Leonatus hat – »ein alter Mann, gekleidet wie ein Krieger, der eine alte Matrone führt« – ist ganz deutlich archäologisch. Ich habe bereits von der »athenischen Kleidung« gesprochen, durch die sich Lysander von Oberon unterscheidet; doch einer der eindeutigsten Fälle ist die Kleidung des Coriolan, für die Shakespeare sich direkt bei Plutarch umschaut. Jener Historiker erzählt uns in seinem Werk »Biographien der großen Römer« von dem Eichenkranz, mit dem Caius Marcius gekrönt wurde und von der seltsamen Art der Kleidung, in der er nach alter Tradition um Stimmen werben mußte, und in beiden Fällen beginnt er lange Abhandlungen, in denen er Ursprung und Bedeutung der alten Bräuche untersucht. Shakespeare, im Geist des wahren Künstlers, akzeptiert die Fakten des Altertumsforschers und verwandelt sie in dramatische und bildhafte Wirkungen; tatsächlich ist die Robe der Demut, die »Wolfsrobe« – wie Shakespeare sie nennt –, der zentrale Punkt der Geschichte. Ich könnte noch weitere Beispiele anführen, doch dieses eine reicht durchaus für meinen Zweck. Und aus ihm wird jedenfalls deutlich, daß wir, wenn wir ein Stück im korrekten Kostüm der jeweiligen Zeit aufführen, Shakespeares eigene Wünsche und Methode erfüllen.

Selbst wenn dem nicht so wäre, gibt es nicht mehr Grund, warum wir irgendwelche Unvollkommenheiten fortsetzen sollten, die Shakespeares Bühnenaufführungen charakterisiert haben sollen, als Julia von einem jungen Mann spielen zu lassen oder den Vorteil einer auswechselbaren Kulisse aufzugeben. Ein großes dramatisches Kunstwerk sollte nicht nur durch die Schauspieler moderne Leidenschaften ausdrücken, sondern uns in der Form präsentiert werden, die für den modernen Geist am besten geeignet ist. Racine inszenierte seine römischen Schauspiele in Kostümen der Zeit Ludwig XIV. auf einer Bühne, die von Zuschauern gefüllt war; doch wir verlangen andere Bedingungen bei dem Genuß seiner Kunst. Für uns ist vollkommene Genauigkeit des Details um der perfekten Illusion willen nötig. Worauf wir achten müssen, ist, daß die Details nicht die Hauptrolle übernehmen. Sie müssen sich immer dem allgemeinen Motiv des Stücks unterordnen. Doch Unterordnung in der Kunst bedeutet nicht Nichtbeachtung der Wahrheit; sie bedeutet die Verwandlung von Fakt in Wirkung und teilt jedem Detail seinen rechten relativen Wert zu.

> »Les petits détails d'histoire et de vie domestique (sagt Hugo) doivent être scrupuleusement étudiés et reproduits par le poète, mais uniquement comme des moyens d'accroître la réalité de l'ensemble, et de faire pénétrer jusque dans les coins les plus obscurs de l'oeuvre cette vie générale et puissante au milieu de laquelle les personnages sont plus

vrais, et les catastrophes, par conséquent, plus poignantes. Tout doit être subordonné a ce but. L'Homme sur le premier plan, le reste au fond.«[19]

Dieser Absatz ist interessant, da er vom ersten großen französischen Dramatiker stammt, der Archäologie auf der Bühne benutzte und dessen Stücke, obwohl sie im Detail absolut korrekt sind, berühmt sind für ihre Leidenschaft, nicht für ihre Pedanterie – für ihr Leben, nicht ihr Leben. Es ist wahr, daß er bestimmte Konzessionen machte im Fall der Verwendung seltsamer oder merkwürdiger Ausdrücke. Ruy Blas spricht von M. de Priego als »sujet du roi« statt »noble du roi«, und Angelo Malipieri spricht von »la croix rouge« statt »la croix de gueules«. Doch dies sind Konzessionen an das Publikum oder eher an einen Teil des Publikums. »J'en offre ici toute mes excuses aux spectateurs intelligents«, sagt er in einer Anmerkung zu einem seiner Stücke. »Espérons qu'un jour un seigneur vénitien pourra dire tout bonnement sans péril son blason sur le théâtre. C'est un progrès qui viendra.«[20] Und obwohl die Beschreibung des Helmbuschs nicht in akkurater Sprache formuliert war, war doch der Helmbusch selbst völlig korrekt. Man kann natürlich sagen, daß das Publikum diese Dinge nicht bemerkt; auf der anderen Seite sollte man daran denken, daß Kunst kein anderes Ziel als die eigene Vervollkommnung hat und schlicht nach ihren eigenen Gesetzen vorgeht und daß das Stück, das Hamlet als Kaviar für das Volk beschreibt, ein Stück ist, das er hoch lobt. Außerdem hat das Publikum – zumindest in England – eine Verwandlung durchgemacht; Schönheit wird heute viel mehr geschätzt als vor einigen Jahren; und wenn die Zuschauer auch nicht mit den Zeugnissen und der Archäologie für die Dinge vertraut sind, die ihnen gezeigt werden, so erfreuen sie sich dennoch an allem Schönen, das sie sehen. Und das ist das Wichtigste. Es ist besser, Vergnügen an einer Rose zu haben, als ihre Wurzeln unter ein Mikroskop zu legen. Archäologische Genauigkeit ist nur eine Kondition der illusionären Bühnenwirkung, sie ist nicht ihre Eigenschaft. Und Lord Lyttons Vorschlag, die Kleider sollten nur schön sein, ohne korrekt zu sein, beruht auf einem Mißverständnis des Wesens des Kostüms und seines Werts für die Bühne. Dieser Wert ist ein zweifacher, bildlich und dramatisch; ersterer hängt von der Farbe der Kleidung, letzterer von Entwurf und Art ab. Doch die beiden sind so eng miteinander verbunden, daß, wann immer heutzutage historische Genauigkeit mißachtet und die Kostüme eines Stücks aus verschiedenen Zeiten gemischt wurden, die Bühne als Ergebnis in jenes Chaos der Kostüme, jene Karikatur der Jahrhunderte verwandelt wurde, den Maskenball, und daß jegliche bildhafte oder dramatische Wirkung ruiniert wurde. Denn die Kleidung eines Zeitalters harmonisiert künstlerisch nicht mit der eines anderen; und was die dramatische Wirkung angeht, die Kostüme durcheinanderzubringen bedeutet das Stück durcheinanderzubringen. Kostüme sind ein Auswuchs, eine Entwicklung und – was am wichtigsten ist – ein Zeichen der Sitten, Gebräuche und Lebensart eines jeden Jahrhunderts. Der puritanische Mißfallen an Farbe, Schmuck und Anmut in der Kleidung war Teil der großen Revolution der Mittelklassen gegen die Schönheit im 17. Jahrhundert. Ein Historiker, der ihn außer acht ließe, gäbe uns ein höchst ungenaues Bild der Zeit, und ein Dramatiker, der ihn nicht berücksichtigte, würde ein höchst wichtiges Element bei der Schaffung einer illusionären Wirkung verlieren. Die Verweichlichung der Kleidung, die die Herrschaft Richard II. charakterisierte, war ein beständiges Thema zeitgenössischer Autoren. Shakespeare, der zweihundert Jahre später schreibt, nimmt die Vorliebe des Königs für farbenfrohe Kleidung und ausländische Moden in sein Stück auf, von den Tadeln John of Gaunts bis zu Richards Rede im dritten Akt zur Absetzung vom Thron. Und daß Shakespeare Richards Grab in Westminster studiert hat, scheint mir deutlich aus Yorks Rede hervorzugehen:

---

19 Die kleinen Einzelheiten der Geschichte und des häuslichen Lebens müssen sorgfältigst studiert und vom Dichter reproduziert werden, doch nur als ein Mittel, das zum Ganzen beiträgt und den dunkelsten Ecken des Werkes dieses allgemeine und mächtige Leben verleiht, in dessen Mitte die Charaktere realer und die Katastrophen folglich prägnanter sind. Alles muß diesem Zweck untergeordnet werden. Der Mensch im Vordergrund – der Rest im Hintergrund.

20 Ich entschuldige mich hiermit vielmals bei intelligenten Zuschauern; hoffen wir, daß eines Tages ein edler Venezianer in der Lage sein wird, ganz schlicht und furchtlos sein Wappen auf der Bühne zu erwähnen. Dieser Fortschritt wird kommen.

»See, see, King Richard doth himself appear
as doth the blushing discontented sun
from out the fiery portal of the east,
when he perceives the envious clouds are bent
to dim his glory.«[21]

Denn man kann noch immer an der Robe des Königs sein Lieblingsabzeichen erkennen – die Sonne, die hinter Wolken hervorkommt. Tatsächlich finden sich in jedem Zeitalter die sozialen Bedingungen so in der Kleidung repräsentiert, daß die Produktion eines Schauspiels des 16. Jahrhunderts in Kostümen des 14. Jahrhunderts – oder umgekehrt – die Aufführung unrealistisch machen würde, weil sie nicht wahrheitsgetreu wäre. Und so wertvoll die Schönheit der Wirkung auf der Bühne ist, die größte Schönheit ist nicht nur vergleichbar mit der höchsten Detailgenauigkeit, sie ist von ihr abhängig. Es ist fast unmöglich, ein völlig neues Kostüm zu erfinden, außer für die Burleske oder ein Phantasiestück, und was das Kombinieren von Kostümen aus verschiedenen Jahrhunderten in einem Stück angeht, so ist dies gefährlich. Man kann Shakespeares Ansichten zum künstlerischen Wert eines solchen Medleys aus seinen beständigen satirischen Bemerkungen über die elisabethanischen Dandys ersehen, die sich für gut gekleidet halten, weil sie ein Wams aus Italien, einen Hut aus Deutschland und eine Hose aus Frankreich tragen. Und es sollte auch angemerkt werden, daß die schönsten Kulissen, die auf unseren Bühnen erschienen, diejenigen waren, die sich durch vollkommene Detailgenauigkeit auszeichneten, wie die Wiederaufnahmen des 18. Jahrhunderts von Mr. und Mrs. Bancroft im Haymarket, Mr. Irvings ausgezeichnete Produktion von *Viel Lärm um nichts* oder Mr. Barretts *Claudian*. Außerdem, und dies ist vielleicht die umfassendste Antwort auf Lord Lyttons Theorie, muß man daran denken, daß weder bei Kostümen noch im Dialog Schönheit das Hauptziel des Dramatikers ist. Der wahre Dramatiker setzt sich zunächst das Charakteristische zum Ziel und hat ebenso wenig den Wunsch, daß all seine Personen wunderschön gekleidet sind, wie daß sie alle einen engelhaften Charakter haben oder gutes Englisch sprechen. Tatsächlich zeigt uns der wahre Dramatiker das Leben unter den Bedingungen der Kunst, nicht Kunst in Form des Lebens. Die griechische Kleidung war die schönste, die man je sah, und die englische Kleidung des letzten Jahrhunderts die fürchterlichste; und dennoch können wir ein Stück von Sheridan nicht in Kostümen des Sophokles aufführen. Denn wie schon Polonius in seinem Vortrag sagt, einem Vortrag, dem ich froh bin meine Dankbarkeit aussprechen zu können, eine der wichtigsten Eigenschaften der Kleidung ist ihre Ausdruckskraft. Und der affektierte Kleidungsstil des vergangenen Jahrhunderts war das natürliche Merkmal eine Gesellschaft mit affektierten Manieren und affektierter Konversation – ein Merkmal, das der realistische Dramatiker bis in das kleinste Detail hoch schätzen wird, und dessen Materialien er nur durch die Archäologie erhält.

Doch es reicht nicht, daß die Kleidung korrekt ist; sie muß auch zur Gestalt und zum Aussehen des Schauspielers passen und zu seiner Rolle sowie seinen Handlungen im Stück. In Mr. Hares Produktion von *Wie es euch gefällt* im St. James's-Theater beispielsweise wurde der gesamte Wirkung von Orlandos Beschwerde, daß er wie ein Bauer heranwachse und nicht wie ein Gentleman, durch die Pracht seines Kostüms zunichte gemacht, und die großartigen Kostüme, die vom verbannten Herzog und seinen Freunden getragen wurden, waren nicht besonders angemessen. Mr. Lewis Wingfields Erklärung, daß die Luxusgesetze der Periode dies nötig machten, kann – fürchte ich – nicht ausreichen. Räuber, die im Wald lauern und auf der Flucht leben, werden sich höchstwahrscheinlich nicht um Kleiderordnung kümmern. Sie waren höchstwahrscheinlich wie die Mannen Robin Hoods gekleidet, mit denen sie sogar im Verlauf des Stücks verglichen werden. Und daß ihre Kleidung nicht die von reichen Edelmännern war, geht aus Orlandos Worten hervor, als er zu ihnen stößt. Er hält sich irrtümlich für Räuber und

21 Sieh, sieh, König Richard selbst erscheint,
wie die errötende, unzufriedene Sonne
aus dem feurigen Portal des Ostens,
wenn sie wahrnimmt, daß die neidischen Wolken darauf aus sind,
ihre Pracht zu dämpfen.

erstaunt, als er feststellt, daß sie ihm höflich und gepflegt antworten. Lady Archibald Campbells Produktion desselben Stücks in Coombe Wood unter der Regie von Mr. E.W. Godwin war, was die Inszenierung angeht, wesentlich künstlerischer. Wenigstens ist das meine Meinung. Der Herzog und seine Gefährten trugen Serge-Hemden, Lederwesten, hohe Stiefel und lange Handschuhe sowie Hüte mit Federn und Kapuzen. Und da sie das Stück in einem richtigen Wald aufführten, müssen sie ihre Kleidung sehr angenehm gefunden haben. Jede Figur des Stücks hatte die vollkommen angemessene Kleidung, und das Braun und Grün ihrer Kostüme harmonisierte ausgezeichnet mit den Farnen, durch die sie wanderten, den Bäumen, unter denen sie lagerten, und der lieblichen englischen Landschaft, die die Schauspieler umgab. Die völlige Natürlichkeit der Szene ergab sich aus der absoluten Genauigkeit und Angemessenheit der getragenen Kleidung. Die Archäologie hätte keinem härteren Test unterzogen werden können, und sie hätte nicht triumphierender daraus hervorgehen können. Die gesamte Produktion zeigte ein für alle Mal, daß ein Kostüm, das nicht archäologisch korrekt und künstlerisch angemessen ist, immer unrealistisch, unnatürlich und theatralisch im Sinne von künstlich aussieht.

Es reicht auch nicht, wenn es nur korrekte und angemessene Kostüme in attraktiven Farben gibt. Es muß sich auch attraktive Farbe auf der Bühne als Ganzes finden, und solange der Hintergrund von einem Künstler geschaffen wird und der Vordergrund unabhängig von einem anderen, besteht die Gefahr eines Mangels an Harmonie bei der Kulisse. Für jede Szene sollte man das Farbschema so genau planen wie bei der Einrichtung eines Zimmers, und die Strukturen, die man verwenden will, sollten immer wieder in allen nur möglichen Kombinationen gemischt werden, und alles Störende sollte entfernt werden. Weiterhin ist die Bühne, was die Farben angeht, häufig zu grell, teilweise durch die übermäßige Verwendung von zu heißen, heftigen Rottönen und teilweise dadurch, daß die Kostüme zu neu aussehen. Schäbigkeit, die im modernen Leben nur die Tendenz der niederen Stände zum Stil darstellt, ist nicht ohne künstlerischen Wert, und moderne Farben können häufig dadurch verbessert werden, daß sie etwas verblassen. Auch Blau wird zu oft verwendet: es ist nicht nur eine gefährliche Farbe bei Gaslicht, sondern es ist in England außerdem wirklich schwierig, ein wirklich gutes Blau zu bekommen. Das schöne Chinesischblau, das wir alle so bewundern, braucht zwei Jahre des Färbens, und so lange wird das englische Publikum nicht auf eine Farbe warten. Pfauenblau ist natürlich mit großem Erfolg auf der Bühne eingesetzt worden, besonders im Lyceum-Theater; doch alle Bemühungen um ein gutes Hellblau oder gutes Dunkelblau, die ich gesehen habe, sind gescheitert. Der Wert von Schwarz ist kaum anerkannt. Und das ist seltsam, wenn man die allgemeine Farbe der Kleidung eines Jahrhunderts betrachtet, in dem – wie Baudelaire sagt – »Nous célébrons tous quelque enterrement.«[22] Künftige Archäologen werden vielleicht dieses Jahrhundert als die Zeit ansehen, in der die Schönheit von Schwarz Anerkennung fand; ich aber glaube kaum, daß dies der Fall ist, wenn man Bühneninszenierungen und Inneneinrichtung betrachtet. Sein künstlerischer Wert ist natürliche der gleiche wie der von Weiß oder Gold; es kann Farben trennen oder harmonisieren. In modernen Schauspielen erhält der schwarze Rock des Helden einen eigenen Wert und sollte auch einen passenden Hintergrund bekommen. Doch das ist nur selten der Fall. Tatsächlich war der einzige gute Hintergrund in einem Stück mit modernen Kostümen, den ich gesehen habe, die dunkelgraue und cremeweiße Kulisse des ersten Aktes von *Princesse Georges* in Mrs. Langtrys Produktion. In der Regel wird der Held von Nippes und Palmen erdrückt, verliert sich im goldenen Abgrund von Möbeln im Stil Ludwig XIV. oder wird inmitten von Intarsien auf die Größe einer Mücke reduziert. Der Hintergrund sollte immer Hintergrund bleiben, und Farbe sollte der Wirkung unterworfen sein. Das kann natürlich nur erreicht werden, wenn die gesamte Produktion einem einzigen lenkenden Geist untersteht. Die Fakten der Kunst sind vielfältig; doch das Wesen der künstlerischen Wirkung ist Einheit. Monarchie, Anarchie oder Republikaner können sich um die Regierung von Nationen streiten; das Theater jedoch sollte in der Hand eines kultivierten Despoten sein. Es mag eine Teilung der Arbeit geben, doch es darf keine Teilung des Geistes geben. Wer immer etwas von den Kostümen eines Jahrhunderts versteht, versteht auch seine Architektur und seine Umgebungen, und man erkennt schnell an den Stühlen eines Jahrhunderts, ob es sich um ein Jahrhundert der Reifröcke handelte oder nicht. Es gibt in der Kunst keine Spezialisierung, und eine wirklich

22 Wir sind alle für eine Beerdigung angezogen.

künstlerische Produktion sollte den Stempel eines Herrn, und nur eines einzigen Herrn tragen, der nicht nur alles entwerfen und anordnen, sondern auch vollständige Kontrolle darüber haben sollte, wie jedes Kostüm getragen werden sollte.

Mademoiselle Mars weigerte sich in der ersten Produktion von Hernani absolut, ihren Geliebten »*Mon Lion!*« zu nennen, bis ihr erlaubt wurde, eine kleine, modische Toque zu tragen, die damals auf den Boulevards in Mode war; und viele junge Damen auf unseren eigenen Bühnen bestehen bis heute darauf, steif gestärkte Petticoats unter griechischen Kostümen zu tragen und so alle Zartheit von Linien und Falten vollständig zu ruinieren. Diese furchtbaren Dinge sollten nicht gestattet werden. Es sollte auch wesentlich mehr Kostümproben geben, als es sie heute gibt. Schauspieler wie Mr. Forbes-Robertson, Mr. Conway, Mr. George Alexander und andere – von älteren Schauspielern gar nicht zu reden – können sich leicht und elegant in Kleidern jedes Jahrhunderts bewegen; doch es gibt nicht wenige, die furchtbar verlegen wegen ihrer Hände zu werden scheinen, wenn sie keine Taschen in ihren Kostümen haben und die ihre Kostüme immer so tragen, als wären sie eine Verkleidung. Es sind natürlich Kostüme für den Designer, doch für die, die sie tragen, sollten sie Kleider sein. Und es ist an der Zeit, der Vorstellung ein Ende zu machen, die im Theater vorherrscht, daß Griechen und Römer immer barhäuptig im Freien herumliefen – ein Fehler, den elisabethanische Intendanten nicht machten, denn sie gaben ihren römischen Senatoren Kapuzen und Umhänge.

Außerdem könnten zusätzliche Kostümproben dazu beitragen, den Schauspielern zu erklären, daß es eine Form von Gestik und Bewegung gibt, die nicht nur den verschiedenen Kleiderstilen angemessen, sondern von ihnen abhängig ist. Der extravagante Einsatz der Arme im 18. Jahrhundert beispielsweise war das logische Ergebnis der riesigen Reifröcke, und die feierliche Würde Burleighs verdankte seiner Halskrause ebenso viel wie seinem Verstand. Außerdem – solange ein Schauspieler nicht in seinem Kostüm heimisch ist, ist er in seiner Rolle nicht heimisch.

Ich will hier nicht über den Wert wunderschöner Kostüme bei der Schaffung einer künstlerischen Stimmung beim Publikum und der Freude an Schönheit um der Schönheit willen sprechen, ohne die man die großen Meisterwerke der Kunst gar nicht verstehen kann, auch wenn es erwähnenswert ist, daß Shakespeare diesen Aspekt bei der Produktion seiner Tragödien berücksichtigte, indem er sie immer bei künstlichem Licht und in einem schwarz verhängten Theater aufführte. Was ich jedoch versucht habe herauszustellen, ist, daß die Archäologie nicht eine pedantische Methode, sondern eine Methode der künstlerischen Illusion ist und daß Kostüme ein Mittel sind, einen Charakter ohne Beschreibung darzustellen und dramatische Situationen sowie dramatische Wirkungen zu schaffen. Und ich halte es für schade, daß so viele Kritiker sich dazu berufen fühlen, eine der wichtigsten Bewegungen im modernen Theater anzugreifen, bevor diese Bewegung überhaupt voll ausgereift ist. Ich bin jedoch ebenso sicher, daß sie dies tun wird, wie ich davon überzeugt bin, daß wir in Zukunft von unseren Kritikern höhere Qualifikationen erwarten, als daß sie sich nur an Macready erinnern oder Benjamin Webster gesehen haben. In Zukunft werden wir von ihnen verlangen, daß sie einen Sinn für Schönheit entwickeln. *Pour être plus difficile, la tâche n'en est que plus glorieuse.*[23] Und wenn sie sie schon nicht ermutigen, dann dürfen sie sich wenigstens nicht einer Bewegung widersetzen, die Shakespeare von allen Dramatikern besonders gebilligt hätte, denn ihre Methode ist die Illusion der Wahrheit und ihr Ergebnis ist die Illusion der Schönheit. Nicht, daß ich mit allem übereinstimme, was ich in diesem Essay gesagt habe. Es gibt vieles, mit dem ich überhaupt nicht einverstanden bin. Der Essay repräsentiert schlicht einen künstlerischen Standpunkt, und in ästhetischen Kritik ist Standpunkt alles. Denn in der Kunst gibt es keine universelle Wahrheit. Eine Wahrheit in der Kunst ist etwas, dessen Gegensatz ebenso wahr ist. Und so wie wir nur in der Kunstkritik – und durch sie – die platonische Theorie der Ideen begreifen, so ist es auch nur in der Kunstkritik – und durch sie –, daß wir Hegels System der Gegensätze erkennen. Die Wahrheit der Metaphysik ist die Wahrheit der Masken.

---

23 Weil sie schwieriger ist, ist die Aufgabe nur noch rühmlicher.

Füller, Bleistift und Gift

EINE STUDIE IN GRÜN

Seit jeher hat man den Künstlern und den Schriftstellern vorgeworfen, ihrem Naturell mangele es an Ganzheit und Geschlossenheit. Zwingenderweise ist dies jedoch ein Naturgesetz. Die für das künstlerische Gemüt charakteristische Verdichtung von Vision und Entschlossenheit ist in sich eine Form der Beschränkung. Jenen, die ihr Hauptaugenmerk auf die Schönheit des Ausdrucks gerichtet haben, erscheint nichts anderes von großer Bedeutung zu sein. Dennoch gibt es viele Ausnahmen zu dieser Regel. Rubens wirkte als Botschafter, Goethe als Geheimrat und Milton als Cromwells Lateinsekretär. Sophokles hatte die Verwaltung seiner eigenen Stadt inne; die Humoristen, Essayisten und Romanschriftsteller im heutigen Amerika scheinen nichts eifriger anzustreben, als diplomatische Vertreter ihres Landes zu werden; und Thomas Griffiths Wainewright, Freund von Charles Lamb und Gegenstand dieser Kurzbiographie, hatte, obzwar von außergewöhnlich künstlerischer Veranlagung, neben der Muse noch andere Geliebte, er war nicht nur Poet und Maler, Kunstkritiker, Antiquar und Prosaschriftsteller, ein Amateur des Schönen und ein Dilettant des Wunderbaren, sondern auch ein Fälscher von überdurchschnittlicher Begabung, und als geheimer und raffinierter Giftmörder in unserer oder jeder anderen Zeit nahezu unübertroffen.

Dieser bemerkenswerte Mann, so machtvoll mit »Füller, Bleistift und Gift«, wie ein großer Dichter unserer Zeit ihn treffend schilderte, wurde 1794 in Chiswick geboren. Sein Vater war der Sohn eines vornehmen Anwalts in Gray's Inn und Hatton Garden. Seine Mutter war die Tochter des gefeierten Dr. Griffiths, Herausgeber und Gründer des *Monthly Review,* Partner in einem weiteren literarischen Projekt von Thomas Davis, dem berühmten Buchhändler, von dem Johnson sagte, er sei »kein Buchhändler, sondern ein Gentleman, der mit Büchern handle«, der Freund von Goldsmith und Wedgwood, und einer der bekanntesten Männer seiner Zeit. Mrs. Wainewright starb bei seiner Geburt im frühen Alter von einundzwanzig Jahren, und eine Todesanzeige im »Gentleman's Magazine« berichtet uns von ihrer »liebenswerten Wesensart und ihren zahlreichen Fertigkeiten«, und fügt auf eine schnurrige Art hinzu, »sie hat die Schriften von Mr. Locke so gut verstanden wie nur irgendein Zeitgenosse, sei es ihres oder des anderen Geschlechts.« Sein Vater überlebte seine junge Frau nicht um lange Zeit, das kleine Kind scheint von seinem Großvater und, nach dessen Tod, von seinem Onkel, Sir Edward Griffiths, aufgezogen worden zu sein, den er anschließend vergiftete. Er wuchs heran in Linden House, Turnham Green, einer jener schönen georgianischen Villen, die unglücklicherweise dem Einsetzen der kleinbürgerlichen Bauwut weichen mußten. Hier, in den herrlichen Gärten und Parks mit ihren prächtigen Baumbeständen, entwickelte sich seine einfache und leidenschaftliche Liebe zur Natur, die ihn sein ganzes Leben lang nicht verlassen sollte, und die ihn so außergewöhnlich empfänglich machte für die geistigen Einflüsse von Wordsworths Poesie. Er besuchte die Charles-Burney-Akademie in Hammersmith. Mr. Burney war der Sohn eines Musikhistorikers und ein naher Verwandter des musischen Knaben, der sein bemerkenswertester Schüler werden sollte. Er scheint ein sehr kultivierter Mann gewesen zu sein, und in späteren Jahren sprach Mr. Wainewright voller Zuneigung von ihm. Er nannte ihn einen Philosophen, einen Archäologen und einen bewundernswerten Lehrer, der, obgleich er Wert legte auf den geistigen Aspekt der Erziehung, doch niemals um die Bedeutung einer frühen moralischen Schulung vergaß. Unter Mr. Burney entwickelten sich seine frühen künstlerischen Fertigkeiten, und von Mr. Hazlitt wissen wir, daß ein von ihm in der Schule benutztes Skizzenbuch immer noch vorhanden ist. Es zeugt von großem Talent und natürlichem Kunstsinn. Tatsächlich war die Malerei die erste Kunst, die ihn faszinierte. Erst viel später suchte er mit Füller oder Gift neue Ausdrucksmöglichkeiten.

Zuvor jedoch scheint er sich in kindliche Träume von Romantik und Galanterie des Soldatenlebens hineingesteigert zu haben und wollte Gardist werden. Allein, das riskante, ausschweifende Leben seiner Kumpanen konnte seinem zarten, musischen Wesen nicht Genüge tun, er war für andere Dinge geschaffen. Nach kurzer Zeit wurde er des Dienstes überdrüssig. »Die Kunst«, sagt er uns in Worten, die durch ihren feierlichen Ernst und ihre merkwürdige Inbrunst immer noch berühren, »die Kunst holte ihren Abtrünnigen ein; ihr reiner und edler Einfluß ließ die trüben Nebel sich lichten; meine Gefühle, verdorrt, fieberheiß und trübe, wurden erweckt zu neuer, frischer Blüte, schlicht, schön für ein schlichtes Herz.« Aber die Kunst war nicht der einzige Grund für diese Umkehr. »Die Werke Wordsworths«, so fährt er fort, »haben viel dazu beigetragen, den Aufruhr zu besänftigen, der notwendigerweise mit plötzlichen Veränderungen einhergeht. Über ihnen vergoß ich Tränen des Glücks und der Dankbarkeit.« So verließ er die Armee mit ihrem rauhen Barrackenleben und derben Casinopalaver, und kehrte zurück nach Linden House, voller neu erweckter Begeisterung für die Kultur. Eine ernsthafte Krankheit, in deren Verlauf er, nach eigenen Worten, »zerbrochen wie ein Tonkrug« war, streckte ihn für einige Zeit nieder. Sein zartes Wesen, wie unbeteiligt es auch gewesen sein mag, wenn es darum ging, anderen Schmerz zuzufügen, war selbst höchst empfindlich. Er welkte dahin im Leiden, jenem Ding, das menschliches Leben verdirbt und zerstört, und scheint das schreckliche Tal der Melancholie durchwandert zu haben, aus dem so viele großartige, vielleicht großartigere Geister niemals mehr herausgekommen sind. Aber er war jung – erst fünfundzwanzig – und schon bald stieg er aus den »toten dunklen Wassern«, wie er sie nannte, in die lichten Höhen der humanistischen Kultur empor. Von der Krankheit genesend, die ihn beinahe das Leben gekostet hatte, kam er auf die Idee, das Schreiben als Kunstform aufzunehmen. »Ich sagte es mit John Woodwills Worten«, ruft er, »es wäre ein Leben für die Götter, in solchem Element zu weilen«, prächtige Dinge zu sehen, zu hören und zu schreiben: –

> »Diese hehren und stürmischen Reize des Lebens
> Sind weit entfernt von Sterblichkeit.«

Es ist unmöglich, nicht wahrzunehmen, daß wir in diesem Satz die Äußerung eines Mannes haben, der eine wahre Leidenschaft für das geschriebene Wort hegt. »Prächtige Dinge zu sehen, zu hören und zu schreiben«, dies war sein Ziel.

Scott, Herausgeber des *London Magazine,* beeindruckt von dem Genie des jungen Mannes, oder unter dem Einfluß der seltsamen Faszination, die er auf all jene ausübte, die ihn kannten, bot ihm an, eine Reihe von Artikeln über künstlerische Themen zu schreiben, und unter einer Anzahl phantasievoller Pseudonyme begann er, seinen Beitrag zur zeitgenössischen Literatur zu leisten. *Janus Weathercock, Egomet Bonmot* und *Van Vinkvooms* waren einige der grotesken Masken, hinter denen er seine Ernsthaftigkeit verbarg oder seine Leichtfertigkeit enthüllte. Eine Maske sagt uns mehr als ein Gesicht. Diese Verkleidungen intensivierten seine Persönlichkeit. In unglaublich kurzer Zeit scheint er Zeichen gesetzt zu haben. Charles Lamb spricht von einem »freundlichen, leichtherzigen Wainewright«, dessen Prosa »prächtig« ist. Wir hören davon, wie er Macready, John Forster, Maginn, Talfourd, Sir Wentworth Dilke den Dichter, John Clare, und andere bei einem *petit-dîner* unterhält. Wie Disraeli war er entschlossen, die Stadt als Stutzer in Erstaunen versetzen, und seine schönen Ringe, seine antike Kamee und seine hellen, zitronengelben Ziegenlederhandschuhe, waren wohlbekannt und wurden von Hazlitt tatsächlich als Zeichen einer neuen Zeit in der Literatur betrachtet, während sein volles lockiges Haar, seine scharfen Augen und seine makellos weißen Hände ihm die gefährliche und köstliche Auszeichnung des Andersseins gaben. Er hatte etwas von Balzacs Lucien de Rubempré. Bisweilen erinnert er uns an Julien Sorel. Einst sah ihn De Quincey. Es war bei einem Abendessen bei Charles Lamb. »In der Gesellschaft lauter Literaturkenner saß ein Mörder«, erzählt er uns, und er fährt fort zu beschreiben, wie krank er an jenem Tag gewesen sei, wie er den Anblick von Männern und Frauen gehaßt habe, und sich dennoch dabei ertappt habe, wie er den ihm gegenüber sitzenden jungen Schriftsteller interessiert musterte, hinter dessen affektiertem Benehmen ihm so viel echte Sensibilität zu liegen schien, und darüber nachsinnt, »welches plötzliche Erwachen völlig anderen Interesses« seine Stimmung geändert haben würde, hätte er gewußt, welch fürchterliche Sünde der Gast, dem Lamb so viel Aufmerksamkeit entgegenbrachte, bereits zu diesem Zeitpunkt begangen hatte.

Sein Lebenswerk fällt unter die drei Rubriken, die Mr. Swinburne beigebracht hat, und es kann teilweise eingeräumt werden, daß, wenn wir seine Errungenschaften im Bereich der Giftmischerei außer acht lassen, seine Hinterlassenschaft an uns kaum seinen Ruf rechtfertigt.

Andererseits sucht nur der Banause, eine Persönlichkeit nach der schieren Menge ihrer Produkte zu beurteilen. Der junge Dandy trachtete mehr danach, jemand zu sein, denn etwas zu tun. Er erkannte, daß das Leben selbst eine Kunst ist, und nicht weniger als die Künste, die es ausdrücken wollen, über verschiedene Stile verfügt. Obendrein ist seine Arbeit nicht uninteressant. Wir hören, daß William Blake in der Royal Academy vor einem seiner Bilder stehen blieb und es als »sehr gelungen« bezeichnete. Vieles in seinen Aufsätzen war seiner Zeit voraus. Er scheint einige der Zufälle der modernen Kultur vorausberechnet zu haben, die von vielen als ihr wahrer Unterbau betrachtet werden. Er schreibt über La Gioconda, die französischen Dichter und die italienische Renaissance. Er liebt griechische Edelsteine, persische Teppiche, die elisabethanische Übersetzung von *Amor und Psyche* und die *Hypnerotomachia,* Buchbinderei, frühe Editionen, und Korrekturfahnen mit breitem Rand. Er weiß genau um die Bedeutung von harmonischer Umgebung und wird es nie müde, uns die Räume zu beschreiben, in denen er lebte, oder gerne gelebt hätte. Er hatte diese eigenartige Vorliebe für alles Grüne, die beim Menschen immer ein Hinweis auf musisches Wesen ist, und die, bei Völkern angetroffen, von Laxheit, wenn nicht vom Verfall der Sitten kündet. Wie Baudelaire war er den Katzen sehr zugetan, und mit Gautier teilte er die Faszination von dem »süßen Marmormonstrum« zweierlei Geschlechts, das wir noch immer in Florenz und im Louvre sehen können. Selbstverständlich weist vieles in seinen Beschreibungen und in seinen Dekorationsvorschlägen darauf hin, daß er sich nicht gänzlich von dem falschen Geschmack seiner Zeit freimachen konnte. Aber es ist deutlich, daß er als einer der ersten erkannte, was tatsächlich den Leitgedanken des ästhetischen Eklektizismus ausmacht. Ich meine die wahre Harmonie aller wirklich schönen Dinge, ungeachtet ihres Alters, ihres Standortes, ihrer Herkunft oder ihrer Art. Er erkannte, daß wir beim Dekorieren eines Raumes, der ein Raum sein soll, darin zu leben und nicht, ihn vorzuführen, niemals danach streben sollten, die Vergangenheit archäologisch zu rekonstruieren, noch uns mit der vermeintlichen Notwendigkeit von historischer Akkuratesse belasten dürfen. Seine künstlerische Wahrnehmung war vollkommen richtig. Alle schönen Dinge gehören zu demselben Zeitalter.

Und so finden wir in seiner eigenen Bibliothek, wie er sie beschreibt, die feine, fiktile Vase der Griechen, mit ihren wunderbar gemalten Figuren, und hinter ihr hängt ein Stich der »Delphischen Sybille« von Michelangelo, oder der »Pastorale« von Giorgione. Hier ist ein bißchen florentinische Majolika und hier eine einfache Lampe aus einem römischen Grab. Auf dem Tisch liegt ein Stundenbuch »in einer Hülle von purem Silber, verziert mit kuriosen Devisen und übersät mit kleinen Brillanten und Rubinen«, und dicht neben ihm »kauert ein häßliches kleines Monstrum, ein *Lar* vielleicht, ausgegraben in den sonnigen Feldern des korntragenden Sizilien«. Einige dunkle Bronzen bilden den Kontrast zu dem »bleichen Schimmer von zwei edlen *Christi Cruzifixi,* der eine geschnitzt aus Elfenbein, der andere aus Wachs geformt. Er hat sein Kästchen mit Tassies Edelsteinen, seine winzige Louis-Quartorze-*bonbonnière* mit einer Miniatur von Pettitot, seine teuer bezahlten »*brown-bisquit*«-Teekannen, seine zitronenfarbene marokkanische Briefschachtel und seinen »pomonagrünen« Stuhl.

Man sieht ihn direkt vor sich, wie er daliegt zwischen Büchern, Schnitzereien und Drucken, ein wahrer Virtuose, ein feinsinniger Kenner, seine großartige Sammlung von Antonius Marcus und seinen »Liber Studiorum« von Turner durchblätternd, dessen großer Bewunderer er war, oder, wie er einige seiner antiken Edelsteine und Kameen »der Kopf des Alexander auf einem zweischichtigen Onyx«, oder das herrliche *altissimo relievo* auf Cornelian, Jupiter Aegiochus, durch die Lupe betrachtet. Er ist immer ein versierter Kenner der Bildhauerei gewesen und macht einige sehr nützliche Vorschläge zur besten Herangehensweise an die Erstellung einer Sammlung. In der Tat, obwohl ein großer Verehrer der modernen Kunst, vergaß er doch niemals, wie wichtig es ist, große Meisterwerke der Vergangenheit zu reproduzieren, und alles, was er über den Wert des Gipsabdruckes zu sagen hat, verdient Beachtung. Als Kunstkritiker beschäftigte er sich hauptsächlich mit den vielfältigen Eindrücken, die ein Kunstwerk hervorruft, und sich der Wirkung eines Kunstwerkes auf sich selbst bewußt zu werden, ist ganz gewiß der erste Schritt zur Kunstkritik. Er legte wenig Wert auf die abstrakten Diskussionen über das Wesen der Schönheit, und die historische Methode, bis zum heutigen Tage eine sehr fruchtbare, wurde zu seiner Zeit noch nicht angewendet, aber er nie verlor er die Tatsache aus den Augen, daß die Kunst zunächst weder an unseren Intellekt, noch an unser Gefühl, sondern ausschließlich an unser ästhetisches Empfinden appelliert. Und mehr als einmal betont er, daß dieses Empfinden, dieser »Geschmack«, wie er es nennt, durch häufigen Kontakt zum erlesenen Kunstwerk zunächst geschult, schließlich zu einer Art Urteilskraft wird. Natürlich gibt es in der Kunst eben solche Zeiterscheinungen wie in der Mode und vielleicht kann sich keiner von uns freimachen vom Einfluß der Wertmaßstäbe und Neuheiten. Ihm gelang dies sicher nicht, und er gestand freimütig, wie schwer es ihm falle, die zeitgenössischen Arbeiten gerecht zu beurteilen. Aber insgesamt war sein Geschmack gut und sicher. Er bewunderte Turner und Constable zu einer Zeit, als sie noch nicht annähernd so viel Beachtung fanden wie heute, und er wußte, daß die hohe Kunst der Landschaftsmalerei mehr erfordert als »reinen Fleiß und akkurate Übertragung.« Über Cromes »Heidelandschaft nahe Norwich« bemerkt er, daß sie zeigt, »wie sehr die feinsinnige Beobachtung der Elemente in ihren wilden Stimmungen einer mehr als uninteressanten Fläche zugute kommt, und was die zu seiner Zeit populäre Landschaftsmalerei angeht, behauptet er, sie sei »einfach eine Aufzählung von Hügeln und Tälern, Baumstümpfen, Büschen, Wasser, Weiden, Hütten und Häusern; nicht viel mehr als Topographie, eine Art von bebilderter Landkarte; in der Regenbogen, Schauer, Nebel, Halos, gewaltige Sonnenstrahlen, die durch einen Wolkenspalt schießen, Stürme, Sternenlicht, all die äußerst wertvollen Materialien des wahren Künstlers, nicht vorkommen«.

Was in der Kunst offensichtlich oder alltäglich ist, verursachte ihm heftiges Unbehagen, und während es ihn entzückte, mit Wilkie zu Abend zu essen, legte er so wenig Wert auf Sir Davids Bilder wie auf Mr. Crabbes Gedichte. Er hatte kein Verständnis für die zu seiner Zeit übliche Neigung zu Imitation und Realismus, und er bekundet offen, seine Bewunderung für Fusili rühre zum großen Teil von der Tatsache her, daß Fusili es nicht für nötig hielt, daß ein Künstler nur malen solle, was er sieht. Die Werte, die er in einem Gemälde suchte, waren Komposition, Schönheit und Anmut des Pinselstrichs, Farbenreichtum und Vorstellungskraft. Andererseits war er kein Doktrinär. »Ich bleibe dabei, daß ein Bild nur nach seinen eigenen Maßstäben beurteilt werden kann: die Frage ist, ob es sich mit sich selbst in Einklang befindet.« Dies ist einer seiner exzellenten Aphorismen. Es zeigt sich bei seiner kritischen Betrachtung von so unterschiedlichen Malern wie Landseer und Martin, Stothard und Etty, daß er versucht – um es mit einem mittlerweile klassischen Satz zu sagen –, »das Bild zu sehen, wie es in sich selbst wirklich ist.«

Jedenfalls, wie zuvor bereits erwähnt, ist er mit seiner Kritik an zeitgenössischen Werken niemals ganz zufrieden. »Die Gegenwart«, sagt er, »birgt für mich ungefähr so viel Verwirrung wie die Lektüre von Ariosto beim ersten Anlauf. Moderne Dinge blenden mich. Ich muß sie durch das Teleskop der Zeit betrachten.« Elia beschwert sich, daß für ihn die Vorzüge eines Gedichts in Manuskriptform zweifelhaft sind; ›das Drucken‹, wie er ganz richtig sagt, ›läßt es reifen.‹ Fünfzig Jahre der Tönung haben die gleiche Wirkung auf ein Bild.« Er ist glücklicher, wenn er über Watteau und Lancret, über Rubens und Giorgione, über Rembrandt, Correggio und Michelangelo schreibt. Am liebsten berichtet über griechische Dinge. Das Gotische berührte ihn sehr wenig, aber er liebte die klassische Kunst und die Kunst der Renaissance. Er erkannte, wie sehr unsere englische Schule vom Studium der griechischen Modelle würde profitieren können, und wird es nie müde, dem jungen Studenten die künstlerischen Möglichkeiten nahezulegen, die in hellenischen Marmor oder hellenischen Arbeitsmethoden verborgen sind. De Quincey sagt, daß in seinen Urteilen über die großen italienischen Meister »der Ton von Ernsthaftigkeit und naiver Vernunft dessen zu liegen schien, der für sich selbst sprach und nicht einfach sein Bücherwissen anbrachte«. Das höchste Lob, das wir ihm zollen können, gebührt der Tatsache, daß er versuchte, den Stil als bewußte Tradition zu neuem Leben zu erwecken. Aber er sah ein, daß keine noch so hohe Zahl von Kunstvorlesungen oder Kunstkongresse oder »Pläne zur Förderung der schönen Künste« dies jemals zum Ergebnis haben würden. Sehr klug und im Geiste von Toynbee Hall sagt er: »Die Menschen müssen immer die besten Vorbilder unablässig vor Augen haben.«

Wie von einem ehemaligen Maler erwartet werden kann, ist seine Beurteilung oft sehr technisch. Über Tintorettos Gemälde »St. Georg befreit die ägyptische Prinzessin vom Drachen«, merkt er an: –

»Das Gewand der Sabra, mit warmem Schimmer von Preußischblau, hebt sich von dem blaßgrünen Hintergrund durch einen zinnoberroten Schal ab; und die satten Farben beider werden in einer dunkleren Schattierung zurückgeworfen vom violetten Gewand und der bläulichen eisernen Rüstung des Heiligen, obendrein ein hinreichender Ausgleich zu dem lebhaften azurblauen Tuch im Vordergrund der indigofarbenen wilden Wälder um das Schloß.«

An anderer Stelle spricht er gelehrt über einen »delikaten Schiavone, so facettenreich wie ein Tulpenbeet, mit reichen, gebrochenen Tönen«, von »der *morbidezza*[1] eines glühenden Portraits des raren Moroni«, und von einem weiteren Bild, dessen »Nelken breiig« seien.

Prinzipiell jedoch richtet er sein Augenmerk auf das Werk als künstlerisches Ganzes und versucht, seine Eindrücke in Worte zu kleiden, das literarische Äquivalent zum imaginativen und mentalen Effekt zu bieten. Als einer der ersten entwickelte er die Kunstliteratur des neunzehnten Jahrhunderts, die Form von Literatur, die in Mr. Ruskin und Mr. Browning ihre beiden besten Vertreter fand. Seine Beschreibung von Lancrets *Repas Italien,* auf welchem ein »in den Schalk verliebtes dunkelhaariges Mädchen im gänseblümchengepuderten Gras« liegt, ist in mancher Hinsicht hinreißend. Hier ist ein Auszug aus »Die Kreuzigung«, von Rembrandt. Er ist ein sehr bezeichnendes Beispiel für seinen Stil: –

»Dunkelheit – rußige, unheilschwangere Dunkelheit – umhüllt die ganze Szene; nur oberhalb des verwünschten Waldes, gleich einer schrecklichen Sintflut durch die düstere Wolkenhöhe, strömt hastig »graupelgetrübtes mißfarbenes Wasser« herab, ein häßliches Spektrallicht verbreitend, welches noch schrecklicher ist als diese mit Händen zu greifende Nacht. Schon keucht die Erde schwer und schnell! das verdunkelte Kreuz zittert! die Winde schlafen ein – die Luft steht still – ein Grollen knurrt unter ihren Füßen, und einige aus der elenden Menge beginnen, den Hügel hinabzustürzen. Die Pferde wittern den herannahenden Schrecken und sind nicht zu bändigen vor Angst. Immer näher rückt der Moment, da, beinahe von Seinem eigenen Gewicht in Stücke gerissen, halb ohnmächtig vom Verlust des Blutes, welches nun in kleinen Rinnsalen Seinen geschlitzten Adern entströmt, Schläfe und Brust schweißüberströmt, seine schwarze Zunge verdorrt vom brennenden Todesfieber, Jesus aufschreit: ›Mich dürstet.‹ Der tödliche Essig wird zu Ihm emporgehoben.

»Sein Kopf sinkt, und der heilige Leichnam ›schaukelt leblos am Kreuz‹. Ein zinnoberrotes Flammenmeer schießt jäh durch die Luft und verlischt, die Felsen von Carmel und Libanon zerbersten, hoch über dem Sand rollt die See ihre schwarzen, tobenden Wogen heran. Die Erde gähnt, und die Gräber geben ihre Bewohner frei. Lebende und Tote werden in einem abartigen Reigen vermischt und eilen durch die heilige Stadt. Neue Ungeheuerlichkeiten erwarten sie da. Der Vorhang des Tempels – der unzerstörbare Vorhang – ist zerrissen von oben bis unten, und dieser gefürchtete Winkel, die hebräischen Geheimnisse bergend – die tödliche Bundeslade mit dem siebenarmigen Leuchter –, wird im Licht unirdischer Flammen den gottverlassenen Scharen enthüllt.

»Rembrandt hat diese Skizze niemals *gemalt,* und er hat gut daran getan. Sie hätte nahezu ihren ganzen Zauber verloren ohne diesen verwirrenden Schleier der Verschwommenheit, der unserer zweifelnden Imagination solch großen Raum zur Spekulation bietet. Im Moment ist sie wie ein Ding aus einer anderen Welt. Eine dunkle Kluft ist zwischen uns. Sie ist körperlich nicht greifbar. Wir können sie nur mit dem Geist erfassen.«

In dieser Passage, schreibt der Autor »in Ehrfurcht und Verehrung«, liegt viel Schreckliches, und sehr vieles, das ziemlich furchtbar ist, aber sicherlich ist sie nicht ohne eine gewisse rohe Art von Kraft, oder auf jeden Fall, eine gewisse derbe Wortgewalt, eine Eigenschaft, die dieses Zeitalter sehr zu schätzen wissen sollte, da es ihm daran am meisten mangelt. Dennoch, es ist angenehmer, sich nun dieser Beschreibung von Giulio Romanos »Cephalus und Procris« zuzuwenden: –

---

1 Vergänglichkeit

»Wir sollten von der Wehklage des Moschus um Bion, den edlen Schäfer lesen, bevor wir dieses Bild betrachten, oder das Bild als Einstimmung auf die Wehklage studieren. Wir finden in beiden fast die gleichen Bilder. Für jedes Opfer rauschen die hohen Haine und tiefen Wälder; die Blumen atmen trauriges Parfüm aus ihren Kelchen; die Nachtigall trauert über zerklüfteten Landen und die Schwalbe in langen gewundenen Tälern; ›auch Satyre und Faune mit dunklen Schleiern ächzen‹, im Wald zerfließen die Wassernymphen zu Tränenströmen. Schafe und Ziegen verlassen ihre Weidegründe; und Felsgeister, die es lieben, die unbezwingbarsten Spitzen aller steilsten Felsen zu erklimmen, eilen herab vom Gesang ihrer windumwerbenden Kiefern; während die Baumnymphen sich von den Zweigen der sich berührenden Bäume herabneigen, und die Flüsse ›mit seufzenden Strömen‹ um den weißen Procris trauern.

›Den weiten Ozean mit einer Stimme füllend.‹

Auf dem thymianbewachsenen Hymettus schweigen die goldenen Bienen; und das schallende Horn der Liebe Auroras verscheucht nicht länger das kalte Zwielicht auf der Spitze des Berges. Der Vordergrund unseres Werkes ist eine grasbewachsene, sonnenverbrannte Böschung, wellengleich gewölbt und gehöhlt (eine Art Land-Brecher), noch unebener gemacht durch viele verschlungene Wurzeln und Baumstümpfe die, zu früh niedergestreckt durch die Axt, von neuem hellgrüne Schößlinge hervorbringen. Rechts erhebt sich der Damm recht unvermittelt zu einer Schar von sich zusammendrängenden Bäumen, für keinen Stern zu durchdringen, an deren Eingang der fassungslose König sitzt, zwischen seinen Knien den elfenbeinhellen Körper, der eben noch die Äste mit glatter Stirn geteilt hat und mit eifersüchtigem Fuß über Dornen wie Blumen geschritten war. Jetzt ist sie hilflos, schwer, bar jeder Bewegung, sei es denn, die Brise hebt ihr dickes Haar wie zum Spott.
»Zwischen den Baumstämmen nahbei drängen sich erstaunte Nymphen mit lauten Rufen hervor –

›Und hirschhautgekleidete Satyre, gekrönt mit Kränzen aus Efeu, nahen heran;
Ihre gehörnten Antlitze sprechen seltsam von Mitleid.‹

»Laelaps liegt darunter, und kündet mit seinem Keuchen vom schnellen Schritt des Todes. Auf der anderen Seite bietet die Tugendreiche Liebe mit niedergeschlagener Vorhut einer herbeiströmenden Gruppe von Waldwesen den Pfeil; Faune, Widder, Ziegen, Satyre, und Mütter der Satyre, ihre Kinder mit ängstlichen Händen näher an sich drückend, die von links auf einem versunkenen Pfad zwischen dem Vordergrund und einer felsigen Wand herankommen, von deren niedrigstem Grat eine Bachfrau aus ihrer Urne das von Trauer erzählende Naß gießt. Darüber und etwas weiter entfernt als die Ephidryade, erscheint ein anderes weibliches Wesen, ihre Fesseln zerreißend zwischen den weinumsponnenen Säulen eines Urwäldchens. Die Mitte des Bildes ist von schattigen Weiden besetzt, die sich zu einer Flußmündung herabziehen, jenseits ist die ›gewaltige Macht des Ozeans‹, von dessen Grund die Verlöscherin der Sterne, Aurora, wütend ihre salzwassergewaschenen Feuerstrahlen heraufreibt, um dem verzehrenden Hunger ihres Widersachers zu begegnen.«

Diese Beschreibung, sorgfältig überarbeitet, wäre wahrhaft bewundernswert. Die Idee, ein Prosagedicht aus einem Bild herauszuarbeiten, ist exzellent. Gerade in der besten Literatur entspringt vieles demselben Ziel. In häßlichen und nüchternen Zeiten machen die Künste Anleihen, nicht beim Leben, aber untereinander.

Auch seine Vorlieben waren herrlich breitgefächert. Zum Beispiel zeigte er ein lebhaftes Interesse an allem, was mit der Bühne zu tun hatte, und sprach sich stets vehement für archäologische Akkuratesse bei Kostüm- und Bühnenbild aus. »In der Kunst«, so sagt er in einem seiner Aufsätze, »ist alles, was wert ist, getan zu werden, auch wert, gut getan zu werden;« und er betont, daß es schwer wird, eine Grenze zu ziehen, sobald wir es dem Anachronismus erlauben, sich einzuschleichen. In der Literatur war er, wie Lord Beaconsfield »auf der Seite der Engel.« Als einer der ersten verehrte er Keats und Shelley – »den zaghaft-sensiblen und poetischen Shelley«, wie er ihn nennt. Seine Bewunderung für Wordsworth war aufrichtig und tief. Er schätzte William Blake sehr. Eine der besten Abschriften der »Lieder von Unschuld und Erfahrung«, die gegenwärtig existieren, wurde speziell für ihn gedruckt. Er liebte Alain Chartier, und Rosand, und die elisabethanischen Dramatiker, und Chaucer und Chapman, und Petrarch.

Und alle Künste waren eins für ihn. »Unsere Kritiker«, so bemerkt er weise, »scheinen sich kaum bewußt zu sein, daß die frühe Saat von Malerei und Poesie identisch ist, und daß jeder wahre Fortschritt beim ernsthaften Studium der einen Kunst eine proportionale Verbesserung der anderen mitbewirkt.« An anderer Stelle sagt er, daß ein Mann, der Michelangelo nicht schätzt und von seiner Liebe zu Milton spricht, entweder sich selbst oder seine Zuhörer betrügt. Seinen Mitarbeitern am *London Magazine* gegenüber war er immer äußerst großzügig, und er lobt Barry Cornwall, Allan Cunningham, Hazlitt Elton und Leigh Hunt ohne jeden Anflug von freundschaftlicher Boshaftigkeit. Einige der Entwürfe von Charles Lamb sind auf ihre Art bewundernswert, als wahrer Komödiant borgt er sich ihren Stil bei ihrem Thema: –

> »Was kann ich mehr über Euch sagen, als alle wissen? Daß Ihr innehattet das heitre Herz des Knaben und des Mannes Weisheit: Kein sanfteres Herz hat jemals zu Tränen gerührt.
> »Wie geistreich er dich falsch verstand und rechtzeitig zur falschen Zeit ein Bonmot von sich gab. Seine unaffektierte Rede war, seinen geliebten Elisabethanern gleich, bis zur Unkenntlichkeit komprimiert. Wie Goldkörner wurden seine Sätze zu ganzen Blättern getrieben. Er hatte geringes Erbarmen mit dem unbegründeten Ruhm, und seine sarkastische Beurteilung der *Mode für Männer mit Geist* war köstlich. Sir Thomas Browne war sein Busenfreund, ebenso Burton und der alte Fuller. Seine amouröse Ader ließ ihn mit der unvergleichlichen Herzogin der tausend Düfte schäkern; und mit den Komödien der Blütezeit von Beaumont und Fletcher führte er leichte Träume herbei. Als Inspirierter schlug er auch ihnen gegenüber kritische Töne an, aber man tat gut daran, ihm dies zu überlassen. Zielte jemand anders auf die erklärten Lieblinge ab, so konnte man sicher sein, daß er unterbrechen, oder, eher noch, Anmerkungen machen würde – mißbilligend oder schalkhaft, das war schwer einzuschätzen. Eines abends im C--'s waren die obengenannten Partner kurz Gegenstand eines Schwatzes. Mr. X lobte die Leidenschaft und den hochtrabenden Stil einer Tragödie (ich weiß nicht, welcher), sofort schaltete Waineswright sich ein, der ihm sagte ›Das war gar nichts; die Texte waren erhaben – die Texte!‹«

Einer Seite seiner literarischen Karriere gebührt spezielle Beachtung. Vom modernen Journalismus behauptet man, er verdanke Wainewright so viel wie nur irgendeinem anderen Menschen Anfang dieses Jahrhunderts. Er war Pionier der asiatischen Prosa, und liebte bildhafte Beinamen und pompöse Übertreibung. Einen Stil zu haben, der so großartig ist, daß hinter ihm das Thema verborgen bleibt, ist eine der größten Errungenschaften einer wichtigen und hochgeschätzten Schule von Fleet-Street-Leitartiklern, und diese Schule könnte Janus Weathercock erfunden haben. Er erkannte auch, daß es ziemlich einfach war, vermittels beständiger Wiederholung das Publikum für seine eigene Person zu interessieren, und in seinen rein journalistischen Artikeln berichtet dieser außergewöhnliche junge Mann der Welt, was er zum Abendessen hatte, wo er seine Kleider bekommt, welche Weine er mag, in welchem Zustand sich seine Gesundheit befindet, gerade so, als ob er für eine populäre Zeitschrift seine wöchentlichen Notizen schriebe. Wenn auch dies die am wenigsten wertvolle Seite seiner Arbeit ist, so hat sie jedoch den meisten offensichtlichen Einfluß genommen. Heutzutage ist ein Publizist jemand, der die Leserschaft mit den Einzelheiten seines Privatlebens langweilt.

Wie die meisten künstlerischen Menschen hegte auch er eine große Liebe zur Natur. »Drei Dinge sind es, die ich wirklich schätze«, sagt er irgendwo: »Müßig auf einer Erhebung zu sitzen, die mir reiche Aussicht bietet; von dicken Bäumen beschattet zu sein, während um mich herum die Sonne scheint; und die Einsamkeit mit dem Bewußtsein zu genießen, daß ich nicht alleine bin. Dies alles gibt mir das Land.« Er beschreibt seine Wanderung über duftenden Stechginster und Heide, Collins »Ode an den Abend« zitierend, einfach, um die Schönheit des Augenblickes einzufangen; er berichtet über »ein Kissen von Schlüsselblumen, naß vom Maientau«, in das er sein Gesicht taucht, und über den Genuß, die frischeatmenden Kühe »langsam durch das Zwielicht heimwärts ziehen« zu sehen und »das entfernte Glockenläuten der Schafe« zu hören. Einer seiner Sätze »die Primel glomm in ihrem kalten Erdenbett wie ein einsames Bild von Giorgione auf dunklem Eichenholz«, ist merkwürdig charakteristisch für sein Wesen, und diese Passage ist auf ihre Art recht hübsch: –

> »Das kurze zarte Gras war mit Margeriten bedeckt – ›jene, die in unserer Stadt *Gänseblümchen* genannt werden‹ – so üppig wie Sterne in einer Sommernacht. Das rauhe Krächzen der emsigen Saatkrähen kam aus einiger Entfernung angenehm gedämpft von einem hohen dunstigen Ulmenwäldchen, und von Zeit zu Zeit hörte man die Stimme eines Jungen, der die Vögel von den frisch gesäten Körnen vertrieb. Die blauen Tiefen waren von dunkelstem Ultramarin; nicht eine Wolke teilte den ruhigen Äther; nur um den Rand des Horizonts strömte ein leichter, warmer Schleier von nebligem Dunst, gegen den sich das nahe Dorf mit seiner alten Steinkirche in blendendem Weiß scharf abzeichnete. Ich dachte an die ›Zeilen geschrieben im März‹ von Wordsworth.«

Dennoch dürfen wir nicht vergessen, daß der Verfasser dieser Zeilen, so empfänglich für Wordsworths Einflüsse, auch, wie ich bereits zu Beginn dieser Kurzbiographie erwähnte, einer der raffiniertesten und geheimnisvollsten Giftmörder war, die es je gab. Er sagt uns nicht, worin seine Faszination für diese seltsame Sünde begründet liegt, und unglücklicherweise ist sein Tagebuch, in dem er die Ergebnisse seiner schrecklichen Experimente und die Methoden, die er sich zu eigen machte, sorgfältig niederschrieb, verloren gegangen. Auch später behandelte er dieses Thema mit Zurückhaltung und zog es vor, über »Die Exkursion« oder »Gedichte begründet auf Zuneigung« zu sprechen. Es besteht jedenfalls kein Zweifel daran, daß es sich bei dem von ihm verwendeten Gift um Strychnin gehandelt hat. In einem der schönen Ringe, auf die er so stolz war, und die dazu dienten, die herrliche Form seiner zarten Elfenbeinhände zu betonen, pflegte er Kristalle aufzubewahren, die aus dem indischen *Rux Vomica* bestanden, einem Gift, daß, wie uns einer seiner Biographen mitteilt, »nahezu geschmacklos, schwer auszumachen und beinahe unendlich verdünnbar« ist. Seine Morde, sagt De Quincey, sind zahlreicher als jemals gerichtlich bekannt wurde. Dies stimmt zweifelsohne, und einige von ihnen sind es wert, erwähnt zu werden. Sein erstes Opfer war sein Onkel, Mr. Thomas Griffiths. Er vergiftete ihn 1829, um in den Besitz von Linden House zu gelangen, ein Ort, mit dem ihn immer sehr vieles verbunden hatte.

Im August des darauffolgenden Jahres vergiftete er Mrs. Abercrombie, die Mutter seiner Frau, und im Dezember darauf vergiftete er die zauberhafte Helen Abercrombie, seine Schwägerin. Warum er Mrs. Abercrombie umbrachte, ist nicht gewiß. Es mag eine Laune gewesen sein, vielleicht wollte er auch eine Art grauenvoller Machtgier stillen, die in ihm war, vielleicht hatte sie etwas geahnt, vielleicht gab es auch keinen besonderen Grund. Aber der Mord an Helen Abercrombie wurde von ihm und seiner Frau ausgeführt. Die Summe, die hier im Spiel war, betrug 18 000 Pfund, mit denen sie ihr Leben in verschiedenen Agenturen versichert hatte. Die Umstände waren folgende: Am 12. Dezember kamen er und seine Frau von Linden House nach London, nahmen Wohnung in No 12, Conduit Street/Regent Street. Zwei Schwestern, Helen und Madelaine Abercrombie, waren bei ihnen. Am Abend des 14. gingen sie alle ins Theater, und beim Abendessen erkrankte Helen. Am nächsten Tag ging es ihr sehr schlecht, und Dr. Locock, vom Hanover Square, wurde zu ihr gerufen. Sie lebte bis Montag, dem 20. als Mr. und Mrs. Wainewright ihr nach dem morgendlichen Besuch des Doktors eine Schale vergiftetes Gelee brachten und anschließend einen Spaziergang machten. Bei ihrer Rückkehr war Helen Abercrombie tot. Sie war ungefähr zwanzig Jahre alt, ein hochgewachsenes, anmutiges Mädchen mit hellen Haaren. Es existiert immer noch eine sehr zauberhafte Rötelzeichnung, die ihr Schwager von ihr angefertigt hatte, und zeigt, wie sehr sein künstlerischer Stil von Sir Thomas Laurence beeinflußt worden war, einem Maler, für dessen Arbeit er immer eine große Verehrung gehegt hatte. De Quincey sagt, daß Mrs. Wainewright nicht wirklich in den Mordfall eingeweiht war. Wollen wir es hoffen. Die Sünde sollte für sich sein und keine Komplizen haben.

Die Versicherungsgesellschaften, etwas vom wahren Sachverhalt der Umstände ahnend, verweigerten die Zahlung aus dem verfahrenstechnischen Grund der falschen Darstellung und mangelndem Interesse, und mit seltsam anmutender Courage brachte der Giftmörder dies im Court of Chancery zur Anklage, man einigte sich darauf, das eine Entscheidung alle Fälle bestimmen sollte. Der Prozeß jedoch kam fünf Jahre lang nicht zur Verhandlung, als, nach einer Unstimmigkeit, die Gesellschaft schließlich freigesprochen wurde. Lord Abinger war der Richter. *Egomet Bonmot* wurde vertreten durch Mr. Erle und Sir William Follet, der Justizminister und Sir Frederic Pollock vertraten die andere Seite. Unglücklicherweise war es dem Kläger nicht möglich, bei einer der Verhandlungen anwesend zu sein. Die Weigerung der Versicherung, die 18 000 Pfund zu bezahlen, hatte ihn in eine äußerst peinliche finanzielle Lage gebracht. Tatsächlich war er wenige Monate nach dem Mord an Helen Abercrombie aufgrund seiner Schulden in den Straßen von London verhaftet worden, als er gerade dabei war, der hübschen Tochter eines seiner Freunde ein Ständchen zu bringen. Dieses Problem war mittlerweile überwunden, aber kurz darauf dachte er sich, daß es besser sei, ins Ausland zu gehen, bis er sich mit seinen Gläubigern würde einigen können. Also ging er nach Boulogne, um den Vater der fraglichen jungen Dame zu besuchen, und während seines Aufenthaltes überredete er ihn, sein Leben bei der Pelican-Gesellschaft mit 3000 l. zu versichern. Sobald die nötigen Formalitäten erledigt und die Policen bearbeitet worden waren, ließ er einige Strychninkristalle in die Kaffeetasse seines Freundes fallen, als sie eines Abends nach dem Essen zusammensaßen. Aus dieser Tat erwuchsen ihm persönlich keine Vorteile. Sein Ziel war lediglich, sich an der ersten Versicherungsgesellschaft zu rächen, die sich geweigert hatte, ihm den Preis für sein Verbrechen zu zahlen. In seiner Gegenwart starb sein Freund am darauffolgenden Tag, und er verließ Boulogne, um in den malerischsten Gegenden der Bretagne Skizzen anzufertigen. Einige Zeit war er der Gast eines alten französischen Gentleman, der ein wunderschönes Landhaus in St. Olmer besaß. Von dort aus ging er nach Paris, wo er einige Jahre verblieb. Manche sagen, er habe ein Luxusleben geführt, andere reden davon, wie er »herumschlich mit Gift in seiner Tasche, von allen gefürchtet, die ihn kannten.« 1837 kehrte er in aller Stille nach England zurück. Ein absonderlicher, verrückter Drang trieb ihn dazu. Er folgte einer Frau, die er liebte. Es war im Monat Juni, er wohnte in einem der Hotels in Covent Garden. Sein Wohnzimmer war im Erdgeschoß, und er achtete peinlichst darauf, daß die Jalousien immer geschlossen waren, aus Angst, gesehen zu werden. Dreizehn Jahre zuvor, als er seine hervorragende Sammlung von Majolikas und Marc Antonios anlegte, hatte er die Namen seiner Vermögensverwalter auf einer Vollmacht gefälscht, die ihm gestattete, in den Besitz von einem Teil des Geldes zu gelangen, daß ihm seine Mutter vererbt und er mit in die Ehe gebracht hatte. Er wußte, daß der Betrug aufgedeckt worden war, und daß er durch die Rückkehr nach England sein Leben in Gefahr brachte. Dennoch ging er zurück. Ist dies verwunderlich? Es wurde gesagt, daß die Frau sehr schön war. Außerdem liebte sie ihn nicht.

Rein zufällig wurde er entdeckt. Ein Geräusch auf der Straße erregte seine Aufmerksamkeit, und sein künstlerisches Interesse am modernen Leben veranlaßte ihn, die Jalousie einen Moment lang beiseite zu schieben. Draußen rief jemand, »das ist Wainewright, der Urkundenfälscher.« Es war Forrester, der Wachtmeister.

Am 5. Juli wurde er im Old Baily vor Gericht gestellt. Der folgende Bericht über das Verfahren erschien in der *Times:* –

»Vor Richter Vaughan und Baron Alderson wurde Thomas Griffiths Wainewright, Alter zweiundvierzig, ein Mann von vornehmer Erscheinung mit Schnauzbart, der Fälscherei angeklagt. Er hat eine Vollmacht über 2259 Pfund ausgestellt und damit wissentlich Direktor und Gesellschaft der Bank von England betrogen.

»Gegen den Gefangenen lagen fünf Klagen vor, zu denen er sich vor Mr. Sergeant Arabin im Laufe des Vormittages für unschuldig erklärte. Als er jedoch den Richtern vorgeführt wurde, bat er darum, das vorherige Gesuch zurückziehen zu dürfen, und bekannte sich schuldig im Sinne von zwei Anklagen, die kleinere Vergehen zum Inhalt hatten.

»Nachdem der Rechtsbeistand der Bank erklärt hatte, es gäbe zwar noch drei weitere Klagen, aber die Bank wünsche kein Blutvergießen, wurde der Schuldspruch über die zwei kleineren Vergehen gefällt und der Angeklagte bei Verhandlungsschluß vom Richter zur lebenslangen Deportation verurteilt.«

Im Vorfeld seiner Verschickung in die Kolonien brachte man ihn zurück nach Newgate. In einer phantasievollen Passage eines seiner frühen Essays hatte er sich vorgestellt, wie er »im Horsemonger-Gefängnis liegt und auf seine Todesstrafe wartet«, weil er der Versuchung nicht hatte widerstehen können, im Britischen Museum einige Marc Antonios zu stehlen, um seine Sammlung zu vervollständigen«. Die Strafe, die er nun zu verbüßen hatte, war für einen Mann seines kulturellen Hintergrundes das Todesurteil. Er beschwerte sich bitterlich bei seinen Freunden und verwies, nicht ganz unberechtigt, wie einige sich wohl denken mögen, darauf, daß das Geld, von seiner Mutter kommend, ja praktisch sein eigenes war, und daß die Fälschung bereits vor dreizehn Jahren begangen worden war, nach eigenen Worten zumindestens ein *circonstante attenuante.* Die Beständigkeit des Charakters ist ein sehr kompliziertes metaphysisches Problem, und es steht fest, daß die englische Rechtsprechung in dieser Frage recht stümperhaft vorgeht. Jedenfalls liegt etwas sehr Dramatisches in dem Umstand, daß ihm diese schwere Strafe aufgebürdet wurde für etwas, das, wenn wir uns an seinen Einfluß auf die Prosa des modernen Journalismus erinnern, sicherlich nicht zu seinen schlimmsten Verbrechen zählte.

Während seines Aufenthaltes im Gefängnis stießen zufällig Dickens, Macready und Hablot Browne auf ihn. In den Gefängnissen von London nach künstlerischen Anregungen suchend, erspähten sie Wainewright plötzlich in Newgate. Er begegnete ihnen mit einem herausfordernden Blick, erzählt uns Forster, aber Macready war »entsetzt, einen Mann zu erkennen, der einst ein guter Bekannter gewesen war, an dessen Tisch er gespeist hatte«.

Andere waren da schon neugieriger und eine gewisse Zeitlang galt seine Zelle als eine Art moderner Salon. Viele Schriftsteller fanden sich dort ein, um ihren alten Mitstreiter zu treffen. Aber er war nicht mehr der Janus, den Charles Lamb bewundert hatte. Er scheint sehr zynisch geworden zu sein.

Als eines Nachmittages ein Vertreter der Versicherungsgesellschaft zu ihm kam und die Gelegenheit beim Schopfe nahm, ihm zu sagen, das Verbrechen sei ein schlechtes Spekulationsobjekt, antwortete Wainewright: »Sir, ihr Finanzstrategen beschäftigt euch mit der Spekulation, und nehmt ihre Chancen wahr. Manchmal habt ihr damit Erfolg, manchmal nicht. Meine Spekulation ist zufällig fehlgeschlagen, so wie die eure zufällig gewinnbringend war. Dies ist der einzige Unterschied, Sir, zwischen meinem Besucher und mir. Aber, Sir, ich will euch noch von einer Sache berichten, in der ich schließlich erfolgreich war. Ich war entschlossen, mein ganzes Leben hindurch die Haltung eines Gentleman innezuhaben. Dabei ist es geblieben. Bis zum heutigen Tage. An diesem Ort ist es Sitte, daß jeden Morgen ein anderer Zelleninsasse an der Reihe ist, sie auszukehren. Ich teile meine Zelle mit einem Maurer und einem Straßenkehrer, aber keiner von ihnen hält mir den Besen hin!« Auf die Vorwürfe eines Freundes wegen dem Mord an Helen Abercrombie zuckte er mit den Schultern und sagte, »Ja, es war fürchterlich, so etwas zu tun, aber sie hatte sehr dicke Fesseln.«

Er wurde von Newgate nach Portsmouth gebracht. Von da aus trug ihn die *Susan* zusammen mit dreihundert anderen Straftätern nach Van Diemen's Land. Die Reise scheint für ihn äußerst unangenehm gewesen zu sein, in Briefen an einen Freund spricht er verbittert von der Schmach, die er als »der Gefährte von Dichtern und Künstlern« gezwungenermaßen in der Gesellschaft von »Bauerntölpeln« erleiden mußte. Der Ausdruck, den er für seine Mitgefangenen verwendet, erstaunt uns nicht. Die Ursache der Verbrechen in England ist nicht die Sünde, sondern beinahe immer der Hunger. Wahrscheinlich war niemand an Bord, in dem er einen anteilnehmenden Zuhörer oder wenigstens psychologisch interessante Wesensart gefunden haben könnte.

Jedoch seine Liebe zur Kunst verließ ihn nie. In Hobart Town eröffnete er ein Atelier und nahm das Skizzieren und Portraitmalen wieder auf. Seine Konversation und seine Manieren scheinen nichts an Zauber eingebüßt zu haben. Ebensowenig gab er seine Gewohnheit auf, mit Gift zu morden, und es wurden zwei Fälle bekannt, in denen er versuchte, Leute, die ihn beleidigt hatten, umzubringen. Aber seine Hand hatte wohl ihr Geschick verloren. Beide Versuche waren vollkommene Fehlschläge, und 1844, der Tasmanischen Gesellschaft durch und durch überdrüssig, reichte er beim Gouverneur der Siedlung, Sir John Eardley Wilmot ein Gnadengesuch ein. Hier beschreibt er sich als Mensch, »gefoltert von Ideen, die danach schreien, Gestalt anzunehmen und verwirklicht zu werden, ohne geistige Anregung, und beraubt jeder fruchtbaren, selbst der angemessenen Unterhaltung«. Seine Bitte jedoch wurde abgelehnt, und der Kollege von Coleridge suchte Trost in der Herstellung jener phantastischen *Paradis Artificiels,* deren Geheimnis sich nur den Essern von Opium offenbart. 1852 erlag er einem Schlaganfall, sein einziger lebender Gefährte eine Katze, zu der er außergewöhnlich große Zuneigung gehegt hatte.

Auf die Kunst scheinen seine Verbrechen eine wichtige Wirkung gehabt zu haben. Sie verliehen seinem Stil eine bemerkenswerte Individualität, eine Eigenschaft, die seine früheren Werke sicherlich vermissen ließen. In einer Notiz zu dem *Leben von Dickens* erwähnt Forster, daß Lady Blessington 1847 von ihrem Bruder, Major Powell, der in Hobart Town dienstlich tätig war, das Ölportrait einer jungen Dame, gemalt von Wainesworths schlauem Pinsel, erhalten hatte; man sagt, »er habe einen Weg gefunden, etwas von seiner eigenen Verschlagenheit in die Züge eines netten, gutherzigen Mädchens zu legen«. In einem seiner Romane berichtet uns M. Zola von einem jungen Mann, der sich, nachdem er einen Mord begangen hat, der Kunst zuwendet, und grünliche, impressionistische Portraits von vollkommen respektablen Leuten anfertigt. All diese Bilder weisen eine sonderbare Ähnlichkeit mit seinem Opfer auf. Mir scheint die Entwicklung von Mr. Waineswrights Stil viel subtiler und suggestiver zu sein. Man kann sich vorstellen, daß die Sünde eine erschöpfende Persönlichkeit erschafft.

Diese seltsame und faszinierende Figur, die ein paar Jahre lang das literarische London verwirrte und solch ein brillantes *début* im Leben wie im Büchern machte, ist zweifelsohne ein äußerst interessantes Studienobjekt. Mr. W. Carew Hazlitt, sein letzter Biograph, dem ich vieles von dem verdanke, was sich in dieser Kurzbiographie findet, und dessen Büchlein in der Tat von unschätzbarem Wert ist, vertritt die Meinung, daß seine Liebe zur Kunst und zur Natur schlicht geheuchelt und unterstellt war, und andere sprechen ihm jedes schriftstellerische Talent ab. Dies scheint mir eine oberflächliche, oder wenigstens eine irrige Annahme zu sein. Die Tatsache, daß ein Mann ein Giftmörder ist, tut der Qualität seiner Prosa keinen Abbruch. Innere Werte sind nicht die wahre Voraussetzung für Kunst, obwohl sie zweitrangigen Künstlern als exzellente Reklame dienen mögen. Es ist möglich, daß De Quincey seine Urteilskraft übertrieb, und ich muß erneut zugeben, daß man in seinen Veröffentlichungen vieles allzu Bekannte, allzu allgemein Gültige, allzu Journalistisches im schlechten Sinne des schlechten Wortes antrifft. Hie und da ist seine Ausdrucksweise ein wenig vulgär, und immer fehlt ihm die Selbstbeherrschung des wahren Künstlers. Aber für einige seiner Fehler müssen wir die Zeit verantwortlich machen, in der er gelebt hat, und schließlich ist die von Charles Lamb als »prächtig« bezeichnete Prosa von nicht geringem historischen Interesse. Es scheint mir sehr wahrscheinlich, daß seine Liebe zu Kunst und Natur echt war. Es besteht kein zwingendes Mißverhältnis zwischen Verbrechen und Kultur. Wir können die Geschichte nicht umschreiben, nur um unserem moralischen Gespür für das, was sein sollte, Genüge zu tun.

Natürlich steht er uns zeitlich gesehen noch viel zu nahe, als das wir ein rein künstlerisches Urteil über ihn fällen könnten. Es ist unmöglich, einem Mann vorurteilsfrei entgegenzutreten, der Lord Tennyson, oder Mr. Gladstone, oder den Master of Balliol umgebracht haben könnte. Aber hätte er ein Kostüm angehabt und eine andere Sprache gesprochen als wir, hätte er im alten Rom oder im Zeitalter der italienischen Renaissance gelebt, im Spanien des siebzehnten Jahrhunderts, oder in jedem Land oder in jedem Jahrhundert außer in diesem Jahrhundert und diesem Land, würde es uns nicht schwerfallen, seine Position und seine Werte gänzlich unvoreingenommen einzuschätzen. Ich weiß, es gibt viele Historiker, oder jedenfalls Verfasser historischer Abhandlungen, die es immer noch als notwendig erachten, die Geschichte anhand von moralischen Maßstäben zu beurteilen, und Lob oder Rüge mit der feierlichen Selbstgerechtigkeit eines erfolgreichen Schulmeisters aussprechen. Dies jedenfalls ist eine törichte Angewohnheit und zeigt lediglich, daß der moralische Instinkt einen solch hohen Grad der Perfektion erreichen kann, daß er sich meldet, wo auch immer er nicht benötigt wird. Kein wahrer Historiker würde auch nur davon träumen, Nero anzuklagen, oder Tiberius zu schelten, oder Cäsar Borgia zu tadeln. Diese Persönlichkeiten sind zu den Marionetten in einem Theaterstück geworden. Mögen sie uns in Angst, oder Schrecken, oder Erstaunen versetzen, sie tun uns nichts zuleide. Sie stehen zu uns in keiner unmittelbaren Beziehung. Wir haben von ihnen nichts zu befürchten. Sie sind in die Sphären von Kunst und Wissenschaft aufgestiegen, und weder Kunst noch Wissenschaft wissen um moralische Zustimmung oder Ablehnung. Und so wird es eines Tages vielleicht auch mit Charles Lambs Freund werden. Was die Gegenwart betrifft, so habe ich das

Gefühl, das er noch ein klein wenig zu modern ist, um diese reizvolle Haltung desinteressierter Neugierde anzutreffen, der wir so viele berückende Studien großer Verbrecher der italienischen Renaissance aus der Feder von Mr. John Addington Symonds, Miss A. Mary F. Robinson, Miss Vernon Lee und anderer hochrangiger Schriftsteller verdanken. Wie dem auch sei, die Kunst hat ihn nicht vergessen. Er ist der Held von Dickens' *Zur Strecke gebracht,* der Varney in Bulvers *Lucretia,* und es ist erfreulich, daß die Prosaliteratur dem ein wenig Tribut zollt, der so machtvoll war mit »Füller, Bleistift und Gift«. Stoff für die Prosa zu bieten, heißt wichtiger zu sein als eine Tatsache.

Der Kritiker als Künstler

Mit einigen Betrachtungen über die Bedeutung des Nichtstuns

Ein Dialog

Personen: Gilbert und Ernest. Schauplatz: Die Bibliothek eines Hauses in Piccadilly, mit Blick auf den Green Park.

Gilbert *(am Klavier)*: Mein lieber Ernest, worüber lachst du?

Ernest *(sieht auf)*: Über eine herrliche Geschichte, auf die ich soeben in diesen Memoiren gestoßen bin. Ich fand sie auf deinem Tisch.

Gilbert: Welches Buch? Ah! Ich weiß. Ich habe es noch nicht gelesen. Taugt es etwas?

Ernest: Nun, während du spieltest, überflog ich es mit einigem Vergnügen, obwohl mir, und dies aus Prinzip, moderne Memoiren mißfallen. Allgemeinhin werden sie von Leuten geschrieben, die entweder keinerlei Erinnerungsvermögen besitzen, oder niemals etwas getan haben, dessen man sich unbedingt erinnern müßte; und hierin liegt zweifelsohne der wahre Grund ihrer Beliebtheit, denn das englische Publikum fühlt sich immer sehr wohl, wenn ein kleines Licht zu ihm spricht.

Gilbert: Ja, das Publikum ist wunderbar tolerant. Es vergibt alles außer Genie. Doch ich muß zugeben, daß ich alle Memoiren mag. Ich mag an ihnen ihre Form nicht weniger als ihren Stoff. In der Literatur ist die schiere Selbstbespiegelung wahrhaft ergötzlich. Sie ist, was uns in Briefen von so unterschiedlichen Persönlichkeiten wie Cicero und Balzac, Flaubert und Berlioz, Byron und Madame de Sévigné fasziniert. Wann immer wir ihr begegnen, und, seltsam genug geschieht dies nicht allzu oft, bleibt uns nur, sie willkommen zu heißen und nicht mehr zu vergessen. Die Menschheit liebt Rousseau dafür, daß er seine Sünden gebeichtet hat, und zwar nicht einem Priester, sondern der Welt, und die schlummernde Nymphe, von Cellini in Bronze gehüllt für das Schloß des Königs Franz, selbst der Perseus in Grün und Gold, der dem Mond in der offenen Loggia zu Florenz das tödliche Grauen offenbart, welches einst Leben in Stein verwandelte, boten ihr nicht mehr Plaisir als jene Autobiographie, in welcher der größte Schurke der Renaissance seine Geschichte von Ruhm und Schmach erzählt. Die Ansichten, das Wesen, die Errungenschaften des Mannes spielen eine kleine Rolle. Er mag ein Skeptiker sein, wie der sanfte Sieur de Montaigne, oder ein Heiliger wie der bittere Sohn der Monika, aber jederzeit vermag er es, unsere Ohren zum Lauschen zu verführen und unseren Lippen die Stille gebieten, wenn er seine Geheimnisse enthüllt. Die von Kardinal Newman praktizierte Denkungsart – insofern etwas, das die Lösung zu geistigen Problemen im Leugnen der Überlegenheit des Intellekts sucht, überhaupt als Denkungsart bezeichnet werden sollte, wird nicht, kann, meiner Meinung nach, nicht fortbestehen. Aber niemals wird die Welt müde, der unruhigen Seele auf ihrem Weg von Finsternis zu Finsternis zuzusehen. Die kleine Kirche von Littlemore, wo »der Odem des Morgens klamm ist und die Betenden klein an der Zahl«, wird ihr stets teuer sein, und wann immer Menschen das gelbe Löwenmäulchen an der Wand von Trinity blühen sehen, werden sie an den anmutigen Studenten denken, der daran festhielt, die Wiederkehr der Blume als Prophezeiung dafür zu nehmen, daß er auf ewig mit der Gnadenmutter seiner Tage vereint bleiben würde, eine Weissagung, die das Schicksal klug oder töricht genug war, nicht zu erfüllen.

Ja, die Autobiographie ist unwiderstehlich. Der arme, törichte, anmaßende Mr. Samuel Pepys hatte sich in den Kreis der Unsterblichen geplappert, und, im Bewußtsein, daß die Indiskretion der bessere Teil des Heldenmutes sei, eilt er geschäftig zwischen ihnen hin und her in seinem »groben violetten Morgenrock mit goldenen Knöpfen und Tressen«, den er nicht müde wird, uns voller Wohlbehagen zu beschreiben, und schwafelt zu seinem und unserem grenzenlosen Vergnügen von dem tintenblauen Unterrock, den er für seine Frau gekauft hat, von dem guten Schweinehaschee und dem köstlichen französischem Kalbsfricassee, daß er so gerne aß, von seinem Kegelspiel mit Will Joyce, seiner »Pirsch auf Schönheiten«, seinem sonntäglichen Zitieren aus Hamlet, seinem Violaspiel an Wochentagen, und von anderen hanebüchenen oder trivialen Dingen. Der Egoismus ist selbst im Alltag nicht ohne Reiz. Wenn die Leute uns von anderen erzählen, so tun sie dies im allgemeinen lustlos. Sprechen sie dagegen über sich selbst, dann sind sie nahezu immer interessant, und könnte man sie nur auch noch zuklappen wie ein Buch, wenn sie lästig werden – sie wären vollkommen.

ERNEST: Es steckt viel Kraft in diesem Wenn, wie Touchstone sagen würde. Aber willst du ernsthaft vorschlagen, daß jeder sein eigener Boswell werden sollte? Was würde in diesem Falle aus den emsigen Verfassern von Lebensbeschreibungen und Erinnerungsbüchern?

GILBERT: Was ist denn bis jetzt aus ihnen geworden? Sie sind die Plage unseres Zeitalters, nicht mehr und nicht weniger. Heutzutage hat jeder große Mann seine Jünger, und es ist immer Judas, der die Biographie schreibt.

ERNEST: Mein lieber Freund!

GILBERT: Ich fürchte, dies ist die Wahrheit. Früher pflegten wir unsere Helden heilig zu sprechen. Die moderne Methode ist, sie zu vulgarisieren. Billige Ausgaben von großen Büchern mögen etwas Wunderbares sein, aber billige Ausgaben großer Männer sind absolut verachtenswert.

ERNEST: Darf ich fragen, Gilbert, auf wen du anspielst?

GILBERT: Oh! Auf all unsere zweitklassigen *littérateurs*. Wir werden von einer Flut von Leuten überschwemmt, die kaum, daß ein Poet oder Maler dahinscheidet, zusammen mit dem Bestatter am Trauerhaus erscheinen und vergessen, daß ihre einzige Pflicht der Klagegesang ist. Aber wir wollen nicht über sie sprechen. Sie sind schlicht die Leichenräuber der Literatur. Der eine bekommt die Asche, der andere den Staub, und die Seele ist für sie unerreichbar. Und nun laß mich dir Chopin vorspielen, oder Dvorác? Vielleicht eine Phantasie von Dvorác? Er schreibt leidenschaftliche, merkwürdig gefärbte Stücke.

ERNEST: Nein; Ich möchte jetzt keine Musik. Sie ist viel zu unbestimmt. Übrigens speiste ich gestern abend mit der Baronesse Bernstein, und, obwohl sie in jeder anderen Hinsicht bezaubernd war, bestand sie darauf, über die Musik in einer Art und Weise zu diskutieren, als sei sie in deutscher Sprache geschrieben, einer Sprache, mit der sie gottlob wenig gemein hat. Es gibt Formen des Patriotismus, die tatsächlich ziemlich degradierend sind. Nein; Gilbert, spiele mir nichts mehr vor. Wende dich um und sprich zu mir. Sprich zu mir, bis der weißgehörnte Tag ins Zimmer kommt. Da ist etwas Wunderbares in deiner Stimme.

GILBERT *(erhebt sich vom Klavier):* Mir ist heute nacht nicht nach reden zumute. Wie schrecklich von dir, zu lächeln! Es ist wahrhaftig so! Wo sind die Zigaretten? Danke. Wie herrlich diese Narzissen sind! Sie scheinen ganz aus Bernstein und kühlem Elfenbein zu sein. Sie gleichen den Kunstwerken aus der Blütezeit der griechischen Kultur. Wie lautete die Geschichte in den Bekenntnissen des reuigen Akademikers, die dich so belustigte? Erzähl sie mir. Wenn ich Chopin gespielt habe, fühle ich mich immer, als hätte ich geweint über Sünden, die ich niemals begangen habe, und getrauert über Tragödien, die nicht meine eigenen sind. Musik scheint nun einmal diese Wirkung auf mich zu haben. Sie weckt in uns die Erinnerung an eine Vergangenheit, die wir bis dahin nicht beachtet hatten, und umgibt uns mit einem Gefühl von Traurigkeit, das zuvor unseren Tränen verborgen geblieben war. Ich kann mir vorstellen, daß jemand, der ein vollkommen alltägliches Leben geführt hat und zufällig ein gelungenes Musikstück hört, plötzlich entdeckt, daß seine Seele unbewußt schlimmste Erfahrungen durchlebt hat, und von erschröcklichen Genüssen, wilder, romantischer Liebe oder großen Entsagungen weiß. Jetzt erzähle mir diese Geschichte, Ernest. Ich möchte amüsiert werden.

ERNEST: Oh! Ich wüßte nicht, daß sie von irgendeiner Bedeutung wäre. Aber ich sah sie als hervorragende Illustration des wahren Wertes gewöhnlicher Kunstkritik. Scheinbar soll einst eine Dame allen Ernstes den reuigen Akademiker, wie du ihn nennst, gefragt haben, ob sein berühmtes Bild von einem »Frühlingstag in Whiteleys« oder »Warten auf den letzten Omnibus« oder irgend etwas in dieser Art, alles von Hand gemalt sei?

GILBERT: Und? War es?

ERNEST: Du bist einfach unverbesserlich. Aber, Spaß beiseite, was für einen Sinn hat die Kunstkritik? Warum läßt man den Künstler nicht zufrieden, damit er, wenn es ihm beliebt, eine neue Welt erschaffen, oder wenn nicht, die uns bekannte Welt widerspiegeln kann, derer wir alle, so meine Meinung, überdrüssig wären, wenn die Kunst mit ihrem feinen Gespür für Wahl und Auslese, sie uns nicht reinigte und perfekt machte für den Augenblick. Es scheint mir, daß die Vorstellungskraft sich in Einsamkeit kleidet, oder kleiden sollte, und sich am besten in Stille und Abgeschiedenheit entfaltet. Warum muß der Künstler gestört werden durch das schrille Lärmen der Kritik? Warum sollen jene, die nicht erschaffen können, sich anmaßen, den Wert der schöpferischen Arbeit zu ermessen? Was wissen sie schon davon? Wenn das Werk eines Mannes leicht zu verstehen ist, dann ist eine Erklärung nicht notwendig ...

GILBERT: Und wenn sein Werk unverständlich ist, dann ist eine Erklärung hanebüchen.

ERNEST: Das habe ich nicht gesagt.

GILBERT: Das solltest du aber! Heutzutage haben wir so wenige Mysterien um uns, daß wir es uns nicht leisten können, eines davon zu verlieren. Die Mitglieder der Browning Society, die Theologen der Broad Church Partei oder die Autoren von Mr. Walter Scotts »Serie Großer Schriftsteller«, scheinen mir ihre Zeit damit zu verbringen, deren Göttlichkeit wegzuerklären. Gab etwas in seinen Werken Anlaß zu der Hoffnung, Browning sei ein Mystiker, so war es ihr Bestreben, aufzuzeigen, daß er sich nicht ausdrücken konnte. War man der Ansicht, er habe einiges zu verbergen, mühten sie sich, zu beweisen, daß er in Wirklichkeit nur sehr wenig zu eröffnen habe. Aber ich spreche lediglich von seinem schwerverständlichen Werk. Insgesamt betrachtet, war der Mann großartig. Er gehörte nicht zu den Olympiern, sein war die ganze Unvollkommenheit des Titanen. Ihm fehlte der Ausblick, und nur selten gelang ihm ein Wohllaut. Seine Arbeit ist überschattet von Kampf, Gewalt und Anstrengung, und er gelangte nicht vom Gefühl zur Form, sondern vom Gedanken zum Chaos. Dennoch war er großartig. Man nannte ihn einen Denker, und sicherlich war er ein Mann, der immer dachte, immer laut dachte; aber es war nicht der Gedanke, der ihn faszinierte, sondern vielmehr die Prozesse, die den Gedanken antreiben. Er liebte die Maschine selbst, nicht das, was sie produziert. Der Mechanismus, durch den der Narr zum Narren wird, war ihm so teuer wie die höchste Weisheit der Weisen. Tatsächlich fesselte ihn das subtile Räderwerk des Geistes so sehr, daß er die Sprache verabscheute, oder sie jedenfalls als unzureichendes Ausdrucksmittel betrachtete. Der Reim, dieses wunderbare Echo, das in der Musen hohlem Hügel seine eigene Stimme schafft und ihr antwortet, das in den Händen des wahren Künstlers nicht nur zum Baustein der metrischen Schönheit, sondern auch zum geistigen Element von Gedanken und Leidenschaft wird, kann eine neue Stimmung erwecken oder einen frischen Quell der Ideen zum Sprudeln bringen, oder durch die schiere Süße des verlokkenden Klanges jene goldene Tür öffnen, an welche selbst die Phantasie bis dahin vergeblich gepocht hatte; der Reim, der das Stammeln des Menschen zur Sprache der Götter machen kann; der Reim, die eine Saite, die wir der griechischen Lyra hinzufügten, er wurde in Robert Brownings Händen zu einem grotesken, mißgestalteten Ding, die ihm beim Dichten bisweilen die Maske des Schmierenkomödianten aufsetzte und ihn allzu oft bewog, den Pegasus mit einem Grinsen auf dem Gesicht zu reiten. Manches Mal verletzt er uns mit monströser Dissonanz. Nein, wenn er seine Laute nur zum Klingen bringen kann, indem er sie zerbricht, so zerbricht er sie eben, und die Saiten bersten im Mißklang, und keine attische Zikade, die ihren Flügeln zitternde Melodien entlockt, läßt sich auf dem Elfenbeinhorn nieder, um den Takt zu vollenden, oder dem Intervall die Schärfe zu nehmen. Aber er war großartig, und obwohl er die Sprache in nichtswürdigen Lehm verwandelte, schuf er aus ihm lebendige Männer und Frauen. Er ist die shakespearehaftigste Kreatur seit Shakespeare. Wenn Shakespeare singen konnte mit unzähligen Lippen, so konnte Browning stammeln aus unzähligen Mündern. Selbst in diesem Moment, da ich spreche, nicht gegen, sondern für ihn spreche, zieht die Schar seiner Charaktere durch den Raum. Hier schleicht Fra Lippo Lippi, seine Wangen glühen noch vom heißen Kuß eines Mädchens. Dort steht der gefürchtete Saul, die herrschaftlichen Saphire schimmern in seinem Turban. Mildred Tresham ist hier und der spanische Mönch, gelb vor Haß, Blougram und Ben Ezra, und der Bischof von St. Praxed. Die Brut des Setebo kauert in der Ecke, und Sebald, der Pippas Schritt vernimmt, blickt auf Ottimas verhärmtes Gesicht, verflucht sie, seine eigene Sünde und sich selbst. Bleich wie der weiße Satin seines Wamses, beobachtet der melancholische König träumenden, verräterischen Auges den allzu getreuen Strafford, der seinem Verderben entgegengeht, und Andrea schaudert, als er die Vettern im Garten pfeifen hört und seine edle Frau heißt, hinabzugehen. Ja, Browning war großartig. Und als was wird er uns im Gedächtnis bleiben? Als ein Poet? Ah, nicht als ein Poet! Von ihm wird gesprochen werden als Prosaschriftsteller, als dem besten Prosaschriftsteller, den wir vielleicht jemals hatten.

Sein Gespür für dramatische Situationen suchte seinesgleichen, und wenn er keine Antwort zu seinen eigenen Fragen finden konnte, so konnte er doch wenigstens neue Fragen stellen, was kann man von einem Künstler mehr verlangen? Als Schöpfer von Charakteren findet er seinen Platz nahe jenem, der Hamlet schuf. Wäre seine Sprache klarer gewesen, er säße wohl neben ihm. Der einzige, der ihm annähernd das Wasser reichen kann, ist George Meredith. Meredith ist der Browning der Prosa. Er benutzte wie Browning die Poesie als ein Medium der Prosa.

Ernest: Es ist etwas Wahres an dem, was du sagst, aber es ist nicht die endgültige Wahrheit. Du bist in vielen Punkten ungerecht.

Gilbert: Es ist schwierig, nicht ungerecht zu sein gegen etwas, das man liebt. Aber laß uns zum Thema zurückkehren. Was hattest du gesagt?

Ernest: Nur soviel: In der Blütezeit der Kunst gab es keine Kunstkritiker.

Gilbert: Ich meine, mich an diesen Ausspruch erinnern zu können, Ernest. Er ist so lebendig wie der Irrtum selbst und so öde wie ein alter Freund.

Ernest: Er ist die Wahrheit. Ja: Du brauchst deinen Kopf gar nicht so pikiert zurückzuwerfen. Er ist wohl wahr. In der Blütezeit der Kunst gab es keine Kunstkritiker. Aus dem Marmorstein hob der Bildhauer den herrlichen weißgliedrigen Hermes, der darin schlief. Die Wächser und Vergolder schenkten der Statue Farbe und Struktur, und die Welt, ihrer ansichtig, verharrte in stummer Anbetung. Er gab die glühende Bronze in die Gußform aus Sand, und der Fluß von rotem Metall erstarrte in edlen Linien, wurde zum Körper eines Gottes. Mit Emaille oder geschliffenen Edelsteinen gab er den leeren Höhlen das Augenlicht. Wie Hyazinthen erblühten die Locken unter seinem Werkzeug. Und wenn in einem schummrigen, freskengeschmückten Tempel oder einen säulenumstandenen Portikus der Sohn der Leto auf seinem Podest stand, wurden sich die Vorübergehenden *διὰ λαμπροτάτου βαίνοντες ἁβρῶς αἰθέρος* bewußt, daß ein neuer Einfluß in ihr Leben getreten war, und gingen träumerisch, von sonderbarer und wachsender Freude erfüllt, nach Hause oder an die Stätte ihres täglichen Wirkens, oder sie wanderten vielleicht durch die Tore der Stadt zur Nymphenwiese, wo der junge Phaedrus seine Füße benetzte, und, wie sie so lagen im weichen Grase, unter den hohen, im Winde flüsternden Platanen und blühenden *agnus castus,* begannen sie, nachzusinnen über das Wunder der Schönheit und verstummten in ungekannter Ehrfurcht. Der Künstler war frei in jenen Tagen. Er nahm den feinen Ton des Flußtales zwischen seine Finger, schuf aus ihm mit Hilfe eines kleinen Werkzeuges aus Holz oder aus Knochen Figuren, die so ergötzlich waren, daß die Menschen sie den Toten als Spielzeug mit auf den Weg gaben, und in den staubigen Gräbern, im gelben Hügelland von Tanagra finden wir dergleichen noch heute, ein Hauch von Gold und verblassendem Purpur schimmert noch auf Haar und Lippen und Gewand. Auf eine frischgetünchte Wand, durchzogen von strahlendem Sandyx oder getönt mit Milch und Safran, malte er eine Gestalt, die trat müden Fußes über violette, weißgestirnte Lilienfelder, Polyxena, die Tochter des Priamos, jene, »Auf deren Augenlidern der ganze Trojanische Krieg ruhte«, oder er bildete Odysseus ab, den Weisen und Listenreichen, mit festem Strick an den Mast gebunden, auf daß er ohne Schaden dem Gesang der Sirenen lauschen könne, oder, wie er am Fluß Acheron entlangschritt, dort, wo die Geister der Fische über das Kiesbett huschen, oder er zeigte die Perser in ihrer Tracht, mit Beinkleid und Mütze, bei Marathon vor den Griechen flüchtend, oder die Galeeren, wie sie ihre Messingschnäbel in die kleine Bucht von Salamis tauchen. Er zog Silberspitze und Holzkohle über Pergament und bearbeitetes Zedernholz. Auf Elfenbein und rosenfarbener Terrakotta malte er mit Wachs, machte es flüssig mit erhitzten Eisen, und fest mit dem Saft der Olive. Unter seinem Pinselstrich erblühten Täfer, Marmor und Leinwand; das Leben, seines eigenen Bildes ansichtig, hielt inne und wagte nicht zu sprechen. Alles Leben, wahrhaftig, war sein, von den Krämern, die am Marktplatz saßen, bis zum Schäfer, der auf dem Hügel ruhte; von der Nymphe, versteckt im Lorbeerhain, und dem Faun, der des mittags flötet, zum König, den, in grünverhangener Sänfte, die Sklaven auf ölglänzenden Schultern trugen, und ihm zufächelten mit Pfauenfedern. Männer und Frauen, die Gesichter glücklich oder sorgenvoll, zogen an ihm vorüber. Er erblickte sie, und ihr Geheimnis wurde sein. Mit Form und Farbe erschuf er die Welt neu. Auch die kleinen Künste gehörten ihm. Er hielt den Edelstein an die sich drehende Scheibe, und der Amethyst wurde zum Lager des Adonis, über den geäderten Sardonyx jagte Artemis mit ihren Hunden. Er bosselte das Gold zu Rosen, und wand aus ihnen Halskette oder Armband. Er bosselte das Gold zu Kränzen für den Helm des Eroberers, oder zu Palmblättern für das tyrische Gewand, oder zu königlichen Totenmasken. In die Rückseite eines silbernen Spiegels gravierte er Thetis, geführt von ihren Nereiden, oder die liebeskranke Phädra mit ihrer Amme, und Persephone die sich, der Erinnerungen müde, den Mohn ins Haar flicht. Der Töpfer saß in seinem Schuppen und, einer Blume gleich, wuchs die Vase aus der stillen Scheibe in seinen Händen empor. Er schmückte den Boden, den Hals und die Henkel mit zierlichem Olivenblattmuster, mit dem Laubwerk des Akanthus, oder mit geschwungenen und verzierten Wellen. Dann, in Rot oder Schwarz, malte er Jünglinge beim Ringkampf oder beim Wettlauf: Ritter in voller Rüstung, mit seltsamen, wappengeschmückten Schilden und sonderlichen Visieren, wie sie sich auf dem muschelförmigen Wagen über aufgebäumte Rosse neigen: die Götter beim Fest, oder ihre Wunder vollbringend: Helden im Siegestaumel oder im Schmerz. Manchmal ätzte er aus zinnoberroten Linien auf weißem Grund den sehnsüchtigen Bräutigam und seine Braut – Eros umschwebte sie – Eros, einem von Donatellos Engeln gleich, ein kleines lachendes Ding mit vergoldeten oder azurblauen Flügeln. Auf die Rückseite schrieb er vielleicht den Namen seines Freundes. »Der edle Alcibiades« oder »der edle Charmides«, solche Namen verkünden uns die Geschichten seiner Tage. Dann wiederum zeichnete er den äsenden Hirsch oder den ruhenden Löwen auf den Rand eines großen, flachen Pokals, so, wie es seine Laune ihm gebot. Aphrodite lachte von dem winzigen Parfümfläschchen aus ihrem Bade und, mit den nackten Mänaden in seinem Gefolge, tanzte Dionysos auf bloßen, mostbenetzten Füßen um den Weinkrug herum, während, satyrgleich, der alte Silenus sich hinstreckte auf die üppigen Felle oder den magischen Speer schwang, der, umwunden mit dunklem Efeu, von einen Pinienzapfen gekrönt wurde. Und niemand kam und belästigte den Künstler bei der Arbeit. Kein unbedarftes Geschwätz störte ihn. Fremde Meinungen bekümmerten ihn nicht. Am Ilyssus, sagte Arnold irgendwo, gab es Higginbotham nicht. Am Ilyssus, lieber Gilbert, fanden keine dummen Kunstkongresse statt, die den Provinzialismus in die Provinzen tragen und die Mittelmäßigkeit lehren, sich zu äußern. Am Ilyssus gab es keine faden Kunstzeitschriften, in denen sich die Eiferer über Dinge auslassen, von denen sie nichts verstehen. An den schilfbestandenen Ufern dieses kleinen Stromes stolzierte kein lächerlicher Journalismus einher, der sich auf dem Platz des Richters breitmacht, wo er doch auf der Anklagebank Reue üben sollte. Die Griechen hatten keine Kunstkritiker.

GILBERT: Ernest, du bist köstlich, aber deine Ansichten sind gänzlich anfechtbar. Ich fürchte, du hast jemandem zugehört, der älter ist als du. Dergleichen zu tun, ist immer gefährlich, und wenn du es zur Gewohnheit werden läßt, wirst du feststellen, daß es für jede intellektuelle Weiterentwicklung absolut verhängnisvoll ist. Was den modernen Journalismus angeht; es ist nicht an mir, ihn zu verteidigen. Er rechtfertigt seine Existenz mit dem großartigen Darwin'schen Prinzip vom Überleben des Vulgärsten. Ich muß mich mit der Literatur begnügen.

ERNEST: Aber was ist der Unterschied zwischen Literatur und Journalismus?

GILBERT: Oh! Bücher werden nicht gelesen, und Zeitungen kann man nicht lesen. Das ist alles. Aber was deine Behauptung anbelangt, die Griechen hätten keine Kunstkritiker besessen, so kann ich dir versichern, sie ist ziemlich absurd. Es entspräche eher der Wahrheit zu sagen, die Griechen seien ein Volk von Kunstkritikern gewesen.

ERNEST: Wirklich?

GILBERT: Ja, ein Volk von Kunstkritikern. Aber ich will dein herrlich unrealistisches Bild gar nicht zerstören, das du von dem Verhältnis des hellenischen Künstlers zu dem intellektuellen Geist seiner Zeit entworfen hast. Von etwas, daß sich niemals zugetragen hat, eine genaue Beschreibung abzugeben, ist nicht nur die angemessene Beschäftigung eines Historikers, sondern auch das unveräußerliche Recht eines jeden Menschen mit Kinderstube. Dennoch mißfällt es mir immer mehr, gelehrt zu reden. Die gelehrte Unterhaltung ist entweder die Anmaßung der Ignoranten oder aber die Beschäftigung der geistig Arbeitslosen. Und das, was man Veredelung der Konversation nennt, ist schließlich nur eine närrische Methode, mit welcher der noch närrischere Philantrop halbherzig versucht, den Zorn der kriminellen Klassen zu entschärfen. Nein; laß mich dir ein verrücktes, scharlachrotes Stück von Dvorák vorspielen. Die fahlen Figuren auf dem Wandteppich lächeln uns an, und die schweren Lider meines bronzenen Narziß sind im Schlummer herabgesunken. Wir wollen nicht feierlich diskutieren. Ich bin mir der Tatsache wohl bewußt, daß wir in eine Zeit hereingeboren wurden, die nur den Stumpfsinnigen ernst nimmt, und daß ich in der panischen Furcht lebe, nicht mißverstanden zu werden. Würdige mich nicht herab in die Position dessen, der dir nützliche Informationen liefert. Die Bildung ist ein bewundernswertes Ding, aber es ist gut, sich von Zeit zu Zeit daran zu erinnern, daß nichts von Wert gelehrt werden kann. Ich sehe den Mond wie ein angeschnittenens Silberstück zwischen den geöffneten Vorhängen. Wie goldene Bienen scharen sich die Sterne um ihn. Der Himmel ist ein harter, hohler Saphir. Laß uns in die Nacht hinausgehen. Wunderbar ist das Denken, doch das Abenteuer ist wunderbarer. Wer weiß, vielleicht treffen wir den Prinzen Florizel von Böhmen, und hören die schöne Kubanerin uns verraten, sie sei nicht, was sie scheint?

ERNEST: Du bist furchtbar eigensinnig. Ich bestehe darauf, daß du diese Angelegenheit mit mir erörterst. Du sagtest, die Griechen seien ein Volk von Kunstkritikern gewesen. Welche Art von Kunstkritik haben sie uns hinterlassen?

GILBERT: Mein lieber Ernest, selbst wenn nicht ein einziges Fragment der Kunstkritik aus hellenischen oder hellenistischen Zeiten zu uns herabgekommen sein sollte, so träfe es trotzdem zu, daß die Griechen ein Volk der Kunstkritik waren und daß sie die Kunstkritik ersonnen haben, geradeso wie die Kritik an allem anderen. Denn schließlich, was verdanken wir ihnen in erster Linie? Eben den kritischen Geist! Und dieser Geist, geübt an religiösen und wissenschaftlichen, an ethischen und metaphysischen, an politischen und pädagogischen Fragen, beschäftigte sich auch mit Fragen der Kunst, ja, er hinterließ uns das fehlerloseste Kritiksystem, das die Welt jemals gesehen hat, erprobt an zwei der erhabensten und größten Künste.

ERNEST: Aber was sind die beiden erhabensten und größten Künste?

GILBERT: Das Leben und die Literatur, das Leben und der vollendete Ausdruck des Lebens. Die Prinzipien des ersteren, wie sie von den Griechen zugrunde gelegt wurden, werden wir wohl nicht verwirklichen können, verschleiert von falschen Idealen, wie unsere Zeit nun einmal ist. Die Grundsätze der Literatur, wie sie von den Griechen aufgestellt worden waren, sind in mannigfaltiger Hinsicht so subtil, daß wir sie kaum zu verstehen vermögen. Sie erkannten, daß die vollkommenste Kunst den Menschen in seiner unendlichen Vielheit widerspiegelt, und so entwickelten sie die Kritik der Sprache – mit Augenmerk auf dem bloßen Material dieser Kunst – bis hin zu einer Perfektion, die wir schwerlich, wenn überhaupt, erlangen können, indem wir zum Beispiel die metrischen Gesetze einer Prosa gerade so wissenschaftlich studieren, wie ein moderner Musiker die Harmonielehre und den Kontrapunkt, und, wie ich wohl kaum zu erwähnen brauche, mit viel ausgeprägterem Sinn für die Ästhetik. Hier hatten sie recht, so wie sie überall recht hatten. Seit der Erfindung der Buchdruckerkunst, und seitdem die unteren und mittleren Schichten dieses Landes verhängnisvollerweise mit dem Lesen begonnen haben, kann beobachtet werden, daß die Literatur mehr und mehr dazu neigt, dem Auge, nicht dem Ohr zu schmeicheln, was doch aber, aus rein künstlerischer Sicht, ihr Bestreben sein sollte, jetzt und für alle Zeiten. Selbst das Werk Mr. Paters, dem Meister zeitgenössischer englischer Prosa schlechthin, ist oft einem Mosaikstück weitaus ähnlicher denn einem musikalischen Gebilde und scheint hie und da die wahre rhythmische Lebendigkeit der Worte, und die hierdurch hervorgebrachte Freiheit oder vielgestalte Wirkung vermissen zu lassen.

Tatsächlich haben wir das Schreiben zu einer Art Komposition erhoben, die ausgefeiltes Gestalten erfordert. Den Griechen wiederum galt das Schreiben einfach als Methode des chronikalischen Aufzeichnens. Beurteilt wurde sie nach dem gesprochenen Wort in seinem musikalischen und metrischen Gebinde. Die Stimme war das Medium, und das Ohr war der Kritiker. Ich dachte manches Mal, die Geschichte von der Blindheit Homers sei in Wirklichkeit ein künstlerischer Mythos aus kritischer Zeit, der dazu dient, uns daran zu erinnern, daß der Poet nicht immer nur ein Prophet ist, freilich mit den Augen weniger sehend als mit der Seele, sondern auch ein echter Sänger, der sein Lied aus Musik baut und sich Zeile für Zeile beständig wiederholt, bis er seiner Melodie ihr Geheimnis entlockt hat und Worte mit leuchtenden Schwingen in die Dunkelheit hinaussingt. Sei es, wie es wolle, ganz sicher war die Blindheit der Anlaß, wenn nicht sogar die Ursache, welcher Englands größter Poet viel von der majestätischen Bewegung und dem wohlklingenden Glanz seiner späteren Dichtung verdankte. Als Milton nicht mehr schreiben konnte, begann er zu singen. Wer wollte das Versmaß von »Comus« mit dem von »Simsons Todeskampf«, oder »das Verlorene« oder »wiedergewonnenes Paradies« vergleichen? Als Milton erblindete, begann er zu dichten, wie jeder dichten sollte, mit seiner bloßen Stimme, und so wurde die Flöte oder Schalmei früherer Tage zu dem mächtigen, vielfältigen Organ, dessen reiche, nachhallende Musik alle Gemessenheit der homerischen Verse innehat, wenn sie nicht danach trachtet, sich deren Flinkheit zu eigen zu machen. Seine Dichtkunst ist das eine unvergängliche Erbe der englischen Literatur und durchdringt alle Zeitalter, weil sie über ihnen steht, untrennbar mit uns verbunden, unsterblich in ihrer Form. Ja, das Schreiben hat bei den Schriftstellern viel Schaden angerichtet. Wir müssen zur Stimme zurückkehren. Sie soll unser Prüfstein sein, dann wird es uns vielleicht gelingen, einige der Feinheiten griechischer Kunstkritik zu erkennen. So, wie die Dinge gegenwärtig liegen, können wir dies nicht. Mitunter, nachdem ich ein Stück Prosa niedergeschrieben habe, welches ich bescheiden genug war, als absolut fehlerlos zu bezeichnen, beschleicht mich der grauenvolle Gedanke, daß ich mich der unmoralischen Effemination schuldig gemacht habe, trochäische oder tribrachyscher Elemente verwendet zu haben, eine Untat, für die ein geschulter Kritiker des augusteischen Zeitalters den brillianten, wenn auch widersprüchlichen Hegesias auf das schärfste rügte. Mich schaudert bei dem Gedanken, und ich frage mich, ob der bewundernswerte ethische Effekt der Prosa dieses bezaubernden Schriftstellers, der einst, in einem Anflug kühner Offenheit dem unkultivierten Teil unserer Gesellschaft gegenüber, die monströse Doktrin verkündete, gutes Benehmen bedeute drei Viertel des Lebens, nicht eines Tages durch die Entdeckung zunichte gemacht wird, daß seine Päone an der falschen Stelle stehen.

Ernest: Ah! Jetzt bist du schnodderig!

Gilbert: Wer wäre das nicht, wenn ihm allen Ernstes gesagt würde, daß die Griechen keine Kunstkritiker hatten. Ich kann den Ausspruch verstehen, viel des konstruktiven griechischen Geistes habe sich in der Krittelei verloren, aber nicht, daß jenes Volk, dem wir den kritischen Geist zu verdanken haben, nicht kritisiert hätte. Du wirst mich nicht um eine Kurzfassung der griechischen Kunstkritik von Platon bis Plotinus bitten. Dafür ist die Nacht viel zu schön, und der Mond würde sich, wenn er uns hören könnte, noch mehr Asche auf sein Haupt streuen, als bereits dort ist. Aber denke einfach an ein vollendetes kleines Stück ästhetischer Kritik, Aristoteles' »Traktat der Dichtkunst«. Formal ist es keineswegs perfekt, weil es schlecht geschrieben wurde, vielleicht handelt es sich um Notizen aus einer Lesung über die Kunst, oder um isolierte Fragmente, für ein umfangreicheres Buch bestimmt, aber Stimmung und Herangehensweise an dieses Thema sind vollkommen, wahrhaftig. Die ethische Wirkung der Kunst, ihre Bedeutung für die Kultur und ihr Platz bei der Entstehung von Charakteren, dies wurde von Platon ein für alle Mal behandelt. Hier wird die Kunst aus ästhetischer, nicht aus moralischer Sicht gewertet. Natürlich hatte sich Platon mit vielen definitiv künstlerischen Themen beschäftigt, mit der Bedeutung von Einheitlichkeit, der Notwendigkeit von Farbton und Harmonie, dem ästhetischen Wert von Erscheinungsformen, der Beziehung der sichtbaren Kunst zur Außenwelt, oder der Beziehung zwischen Fiktion und Realität. Vielleicht erweckte erst er in der Seele des Menschen jenes Verlangen, das wir bis jetzt nicht stillen konnten; den Wunsch danach, den Zusammenhang zwischen Schönheit und Wahrheit zu kennen, und den Platz der Schönheit in der sittlichen und geistigen Ordnung des Kosmos. Die Probleme um Idealismus und Realismus, so wie er sie stellt, mögen vielen in der methaphysischen Ebene des abstrakten Seins, in die er sie verweist, unproduktiv erscheinen, aber übertrage sie in den Bereich der Kunst, und du wirst sehen, sie sind lebendig und bedeutungsvoll. Vielleicht ist es Platons Bestimmung, als Kritiker der Schönheit zu leben, und wenn wir der Sphäre seiner Spekulation einen anderen Namen gäben, vielleicht fänden wir eine neue Philosophie. Aber wie Goethe arbeitet auch Aristoteles vorzugsweise mit den konkreten Erscheinungen der Kunst, indem er beispielsweise in der Tragödie nach dem Material forscht, dessen sie sich bedient, also nach der Sprache, nach ihrem Inhalt, dem Leben, die Methode, nach der sie funktioniert, also der Handlung, nach den Bedingungen, unter welchen sie sich vollzieht, also den Umständen der schauspielerischen Präsentation, nach ihrer logischen Struktur, ihren Verwicklungen, und ihrem schlußendlichen ästhetischen Reiz, an den Schönheitssinn gerichtet und wahrgenommen von Leidenschaften namens Mitleid und Ehrfurcht. Diese Reinigung und Vergeistigung der Natur, die er *ηάθαρσις*[1] nennt, ist, so Goethe, ursächlich ästhetisch, und nicht moralisch, wie meinte. Dadurch, daß er sich hauptsächlich mit dem Gefühl beschäftigt, das die Kunst hervorruft, macht Aristoteles es sich zur Aufgabe, dieses Gefühl zu analysieren, seine Quelle zu erforschen, zu sehen, was es her-

1 Initiation.

vorruft. Als Physiologe und Psychologe weiß er, daß die Gesundheit einer Funktion in ihrer Energie liegt. Die Fähigkeit zur Leidenschaft zu besitzen, und ihrer nicht gerecht zu werden, heißt, sich selbst Fesseln anzulegen. Das Schauspiel der Tragödie reinigt unser Gemüt von manch »gefährlichem Stoff« und erbaut und vergeistigt uns, indem es uns für diese Gefühlsübung hohe und wertvolle Inhalte zur Seite stellt, nein, es vergeistigt uns nicht nur, sondern gibt uns edle Gefühle ein, von denen wir sonst vielleicht gar nicht gewußt hätten – das Wort »Reinigung« ist ja, so schien es mir manchmal, eine deutliche Anspielung auf den Ritus der Initiation, wenn diese nicht sogar, wie es mich manchmal drängt zu glauben, hier die einzig wahre Bedeutung ist. Natürlich habe ich hiermit das Buch nur grob umrissen. Aber du siehst, welch ein perfektes Exemplar ästhetischer Kritik es ist. Freilich, wer, außer einem Griechen, könnte die Kunst so trefflich analysiert haben? Nach der Lektüre wundert man sich nicht länger darüber, daß Alexandria sich so ausschließlich der Kunstkritik hingab, daß die künstlerischen Gemüter jener Zeit jede Frage von Stil und Technik erörterten, und daß man über der großen Kunsthochschulen, wie zum Beispiel die Schule Sikions, die danach strebte, die Traditionen der antiken Form zu würdigen, nicht weniger heftig diskutierte als über die realistische oder impressionistische Kunst, deren Ziel es war, das wirkliche Leben darzustellen, oder über den idealen Weg in der Portraitmalerei, den künstlerischen Wert der epischen Form in einem Zeitalter, so modern wie ihrem, oder über das dem Künstler angemessene Material. In der Tat fürchte ich, daß die unkünstlerischen Gemüter dieser Zeit sich auch in literarische und künstlerische Gefilde begaben, weil die Vorwürfe der Nachahmung kein Ende fanden und solche Anklagen stets entweder über die dünnen farblosen Lippen des Unvermögens kommen, oder von den grotesken Mündern jener, die zwar nichts besitzen, sich aber einbilden, in den Ruf des Reichtums zu kommen, indem sie herausschreien, daß sie beraubt worden seien. Und ich versichere dir, mein lieber Ernest, daß die Griechen genauso viel über Maler geplappert haben, wie es die Leute heutzutage tun, daß sie ihre eigenen Ansichten hatten, billige Ausstellungen, Kunstgewerbegilden, präraffaelitische und realistische Bewegungen, daß sie Vorträge über die Kunst hielten, Aufsätze über die Kunst schrieben, daß sie ihre Kunsthistoriker, ihre Archäologen und den ganzen Rest hervorbrachten. Sogar die Betreiber von Wandertheatern nahmen ihre eigenen Theaterkritiker mit auf Tournee und zahlten hübsche Löhne für deren Lobeshymnen. Was auch immer modern ist in unserem Leben – wir verdanken es den Griechen. Jeder Anachronismus dagegen kommt aus dem Mittelalter. Es sind die Griechen, die uns die Lehre der Kunstkritik hinterlassen haben, und wie fein ihr Gespür für Kritik war, läßt sich an der Tatsache erkennen, daß es, wie gesagt, die Sprache war, bei deren Kritik sie die meiste Sorgfalt walten ließen. Denn das Material, das Maler und Bildhauer benutzen, ist mager im Vergleich zu dem der Worte. Nicht nur klingt die Musik der Worte süßer als Viola und Flöte, nicht nur sind ihre Farben so reich und lebendig wie jede, die uns die Leinwand des Venezianers oder Spaniers verschönern, und nicht nur ist ihre plastische Form nicht weniger fest und sicher als das, was sich aus Marmor oder Bronze schält; auch Gedanke, Leidenschaft und Geistigkeit sind ihrer, ihrer allein. Hätten die Griechen nichts als die Sprache kritisiert, wären sie dennoch die größten Kunstkritiker der Welt gewesen. Das Prinzip der größten Kunst zu kennen heißt die Prinzipien aller Künste zu kennen. Aber ich sehe, daß der Mond sich hinter einer schwefelfarbenen Wolke versteckt. Aus ihrer goldbraunen Mähne glimmt er hervor wie das Auge eines Löwen. Er fürchtet, daß ich zu dir von Lukian und Longinus, von Quinctilian und Dionysos, von Plinius, von Fronto, und Pausanias sprechen werde, von all den Männern der Antike, die über die Kunst geschrieben oder gesprochen haben. Er braucht keine Angst zu haben. Meine Expedition in den trüben, öden Abgrund der Tatsachen hat mich müde gemacht. Mir bleibt jetzt nichts mehr als der göttliche *μονόχρονος*[2] einer weiteren Zigarette. Wenigstens haben Zigaretten den Zauber, einen unbefriedigt zu lassen.

ERNEST: Versuche eine von meinen. Sie sind ziemlich gut. Ich bekomme sie direkt aus Kairo. Das einzig gute an unseren *attachés* ist, daß sie ihre Freunde mit exzellentem Tabak versorgen. Und weil der Mond sich verhüllt, laß uns noch ein wenig weiterreden. Ich bin schon fast bereit, zuzugeben, daß ich mich irrte, bei dem, was ich über die Griechen gesagt habe. Sie waren, wie du schon betont hast, ein Volk von Kunstkritikern. Ich nehme es zur Kenntnis und bedaure sie

2 Ungeteilter Genuß.

ein wenig. Denn das schöpferische Vermögen ist edler als das kritische. Sie sind wirklich nicht zu vergleichen.

GILBERT: der Gegensatz zwischen ihnen ist absolut willkürlich. Ohne das kritische Vermögen gäbe es kein künstlerisches Werk, das seinen Namen verdiente. Vor einer kleinen Weile sprachst du von dem erlesenen Sinn für Geschmack und der Treffsicherheit bei der Auslese, mit denen der Künstler uns das Leben veranschaulicht, und ihm für einen Moment Vollendung gewährt. Nun, dieses Gespür, dieses Verständnis ist tatsächlich das kritische Vermögen selbst, in seiner charakteristischsten Ausformung, und niemand, der nicht dieses kritische Vermögen innehat, kann in der Kunst überhaupt etwas erschaffen. Arnolds Definition der Literatur als einer Kritik des Lebens war nicht sehr glücklich formuliert, aber sie zeigt, wie sehr er sich der Bedeutung des kritischen Elements innerhalb jeder künstlerischen Arbeit bewußt war.

ERNEST: Ich hätte meinen mögen, daß die großen Künstler unbewußt arbeiten, daß sie »weiser seien, als sie wüßten«, wie Emerson, glaube ich, irgendwo bemerkt.

GILBERT: Dem ist wirklich nicht so, Ernest. Jede schöpferische Arbeit von Wert wird bewußt und wohlüberlegt getan. Kein Poet singt, weil er singen muß. Wenigstens kein großer. So ist es und so war es immer. Manchmal sind wir versucht, zu denken, daß die Stimmen, die in der Morgendämmerung der Dichtung erklangen, einfacher waren, frischer und natürlicher als unsere, und daß die Welt, wie sie die früheren Poeten betrachteten und erwanderten, eine Art eigener Poesie hatte, die sich beinahe unverändert in ein Lied verwandeln ließ. Jetzt liegt tiefer Schnee auf dem Olymp, und seine steilen Flanken sind trostlos und leer, aber einst, so stellen wir uns vor, streiften die weißen Füße der Musen morgens den Tau von den Anemonen, und abends kam Apoll und sang für die Schäfer im Tal. Aber auf diese Weise borgen wir uns nur von anderen Zeiten, was wir für unsere Zeit wünschen, oder glauben, uns zu wünschen. Unser Geschichtssinn trügt. Bis jetzt war noch jedes Jahrhundert, soweit es Poesie hervorbrachte, ein unnatürliches Jahrhundert, und die Arbeit, die uns als das natürlichste und einfachste Produkt ihrer Zeit erscheint, ist immer das Ergebnis der allerbewußtesten Anstrengung. Glaube mir, Ernest, ohne Bewußtsein gibt es keine hochrangige Kunst, und das Bewußtsein und der kritische Geist sind eins.

ERNEST: Ich weiß, was du meinst, und es ist viel Wahres daran. Aber du würdest sicher nicht leugnen, daß die großen Gedichte früherer Zeit, die primitiven, anonymen kollektiven Gedichte das Ergebnis der Phantasie von Völkern ist, und nicht von Individuen?

GILBERT: Nicht, als sie zu Dichtung wurden. Nicht, als sie eine schöne Form erhielten. Weil es ohne Kunst keinen Stil gibt, und ohne Stil ohne Einheitlichkeit, und die Einheitlichkeit gehört zum einzelnen. Ohne Zweifel arbeitete Homer mit alten Balladen und Geschichten, wie auch Shakespeare Chroniken, Theaterstücke und Romane hatte, aus denen er schöpfte, aber sie waren lediglich sein grobes Material. Er nahm sie, und formte aus ihnen ein Lied. Sie wurden sein, weil er sie zu etwas Schönem machte. Sie wurden aus Musik erbaut,

Und so niemals gebaut
Und drum für immer.

Je länger man das Leben und die Literatur studiert, um so stärker spürt man, daß hinter allem Wundervollen ein Individuum steht, und nicht der Moment den Menschen, sondern der Mensch eine Epoche erschafft. Tatsächlich neige ich dazu, zu denken, daß jeder Mythos und jede Legende, die für uns dem Wunder, dem Schrecken, oder der Vorstellungswelt von Stamm oder Volk entspringt, in ihrem Ursprung die Erfindung eines einzigen Kopfes ist. Die erstaunlich kleine Zahl der Mythen scheint mir auf diese Schlußfolgerung hinzuweisen. Verlieren wir uns aber nicht in Fragen der vergleichenden Mythologie. Wir müssen bei der Kritik bleiben. Und ich möchte auf Folgendes hinaus. Ein Zeitalter, das keine Kritik kennt, ist entweder ein Zeitalter, in dem die Kunst unbeweglich, hieratisch und darauf beschränkt ist, herkömmliche Äußerlichkeiten zu reproduzieren, oder ein Zeitalter, das überhaupt keine Kunst besitzt. Es hat wohl kritische Zeiten gegeben, die im landläufigen Sinne nicht als kreativ galten, Zeiten, in denen der Geist des Menschen bestrebt war, die Kostbarkeiten in seiner Schatzkammer zu ordnen, das Gold vom Silber zu scheiden, und das Silber vom Blei, die Juwelen durchzuzählen und die Perlen zu benennen. Aber es hat noch niemals ein kreatives Zeitalter gegeben, das nicht auch kritisch gewesen wäre. Denn es ist das Kritikvermögen, welches frische Formen hervorbringt. Das Schaffen tendiert dazu, sich zu wiederholen. Dem kritischen Instinkt verdanken wir die Entstehung jeder neuen Schule, jeder neuen Gußform, die die Kunst zur Hand hat. Es gibt wahrhaftig keine einzige gängige Kunstform, die nicht dem kritischen Geist von Alexandria entsprang, wo diese Formen entweder stereotypiert oder erfunden oder vervollkommnet wurden. Ich sage Alexandria, nicht nur, weil sich der griechische Geist dort die höchste Bewußtheit gewann, und schließlich in der Theologie und dem Skeptizismus sein Leben aushauchte, sondern weil es diese Stadt war, und nicht Athen, die Rom sich zu ihrem Vorbild machte, und es am Überleben der lateinischen Sprache liegt, daß uns diese Kultur erhalten blieb. In der Renaissance, als die griechische Literatur über Europa heraufdämmerte, war ihr der Boden in mancher Hinsicht schon bereitet worden. Aber, um die Details der Geschichte abzustreifen, die immer ermüdend und meist ungenau sind, laß uns generell davon ausgehen, daß der griechische kritische Geist unseren Kunstformen zugrunde liegt. Wir verdanken ihm die Epik, die Lyrik, das Drama in jeder seiner Erscheinungen, die Burleske, das Idyll, den Liebesroman, den Abenteuerroman, den Essay, den Dialog, die Ansprache, den Vortrag, den wir ihnen vielleicht ohne weiteres verzeihen sollten, und das Epigramm, im ganzen umfassenden Sinn des Wortes. Tatsächlich danken wir ihm alles, außer dem Sonett, zu dem aber in der Anthologie einige interessante gedankliche Parallelitäten aufgespürt werden können, außer dem amerikanischen Journalismus, zu dem gar keine Parallelitäten existieren, und außer der Ballade im nachgemachten schottischen Dialekt, der von einem unserer eifrigsten Schreiber kürzlich als Grundlage für den letzten einmütigen Versuch unserer zweitklassigen Dichter, sich ein wirklich romantisches Gepräge zu geben, vorgeschlagen wurde. Jede neue Schule scheint über die Kritik zu klagen, dabei verdankt sie ihre Entstehung der Kritikfähigkeit des Menschen. Der rein schöpferische Instinkt erfindet nicht, er reproduziert lediglich.

Ernest: Du hast die Kritik einen wesentlichen Teil des schöpferischen Geistes genannt, und ich akzeptiere deine Theorie jetzt vollkommen. Aber was ist mit der Kritik jenseits des Schaffens? Ich habe die dumme Angewohnheit, Zeitschriften zu lesen, und es scheint mir, als ob der Großteil moderner Kritik schlichtweg wertlos sei.

Gilbert: Genau wie die meisten schöpferischen Werke unserer Zeit. Die Mittelmäßigkeit hält der Mittelmäßigkeit die Balance, die Inkompetenz applaudiert ihrer Schwester – dieses Spektakel gewähren uns die künstlerischen Aktivitäten Englands von Zeit zu Zeit. Und dennoch habe ich das Gefühl, als sei ich in dieser Angelegenheit ein wenig ungerecht. Generell sind die Kritiker – ich spreche hier selbstredend von denen oberen Ranges, von denen, die für die Käseblätter schreiben – weitaus kultivierter als diejenigen, deren Arbeit sie rezensieren müssen. Tatsächlich ist dies nicht mehr, als man erwarten möchte, da das Urteil weitaus mehr Kultur verlangt als die Kreation.

Ernest: Wirklich?

Gilbert: Gewiß. Jeder kann einen dreibändigen Roman schreiben. Er benötigt dazu lediglich völlige Unkenntnis des Lebens und der Literatur. Ich stelle mir vor, die Schwierigkeit des Kritiker besteht darin, irgendeinen Standard aufrechtzuerhalten. Wo es keinen Stil gibt, erscheint ein Standard unmöglich. Somit werden die armen Kritiker augenscheinlich auf den Status von Polizeiberichterstattern der Literatur herabgewürdigt, von Chronisten des Treibens der Gewohnheitsverbrecher in der Kunst. Bisweilen behauptet man von ihnen, daß sie die ihnen angetragenen Werke gar nicht durchläsen. Das tun sie auch nicht. Oder sie sollten es wenigstens nicht tun. Wenn sie es täten, wären sie wahrscheinlich bald überzeugte Misanthropen, oder, wenn ich den Ausdruck einer der hübschen Newnham-Absolventinnen verwenden darf, überzeugte Frauenthropen für den Rest ihres Lebens. Es ist auch nicht nötig. Um der Jahrgang und die Güte eines Weines einzuschätzen, braucht man auch nicht das ganze Faß zu leeren. Man kann durchaus innerhalb einer halben Stunde feststellen, ob ein Buch wertvoll oder wertlos ist. Wenn man ein Gespür für die Form hat, reichen auch schon zehn Minuten. Wer möchte durch einen öden Band waten? Man kostet ihn, und das ist genug – mehr als genug, könnte ich mir vorstellen. Ich weiß sehr wohl, daß es in der Literatur wie auch in der Malerei viele redliche Handwerker gibt, die jegliche Kritik ablehnen. Sie haben ganz recht. Ihre Arbeit steht in keinem intellektuellen Zusammenhang mit ihrer Zeit. Sie bringt uns keinen neuen Grund zur Freude. Sie regt keinen Aufbruch zu neuen Gedanken, Leidenschaften oder neuer Schönheit an. Man sollte nicht darüber reden. Sie sollte in die Vergessenheit geraten, die sie verdient.

ERNEST: Aber mein lieber Freund – verzeihe mir, daß ich dich unterbreche – du scheinst dich von deiner Leidenschaft für die Kritik viel zu weit hinreißen zu lassen. Denn schließlich mußt selbst du zugeben, daß es weitaus schwieriger ist, eine Sache zu tun, als darüber zu sprechen.

GILBERT: Es ist schwieriger, eine Sache zu tun, als darüber zu sprechen? Nicht im geringsten. Dies ist ein grober, allseits beliebter Fehler. Es ist sehr viel schwieriger, über etwas zu reden, als es zu tun. In der Sphäre des tatsächlichen Lebens liegt das selbstverständlich auf der Hand. Jeder kann Geschichte machen. Nur ein großer Mann kann sie schreiben. Es gibt keine Art, zu handeln, keine Form der Gefühlsregung, die wir nicht mit den niederen Tieren teilen. Nur durch die Sprache erheben wir uns über sie, oder über einander – durch die Sprache, die Mutter, und nicht das Kind, des Denkens. Das Agieren, fürwahr, ist immer einfach, und wird, wenn es uns in seiner schlimmsten, weil beständigsten Form präsentiert wird, für die ich den wahren Fleiß halte, lediglich zu einem Refugium für Leute, die sonst nichts anderes zu tun haben. Nein Ernest, sprich nicht über die Tat. Sie ist ein blindes Ding, abhängig von äußeren Einflüssen, und wird von einem Impuls gesteuert, dessen Natur ihr verborgen bleibt. Sie ist schon in ihren Grundzügen unvollständig, da sie, eingeschränkt durch den Zufall und in Unkenntnis ihres Weges, immer von ihrem Vorhaben abweicht. Ihre Basis ist die mangelnde Vorstellungskraft. Sie ist der letzte Ausweg für jene, die nicht träumen können.

ERNEST: Gilbert, du behandelst die Welt, als sei sie eine Glaskugel. Du hältst sie in deiner Hand und drehst sie, wie es dir gefällt. Du tust nichts, als die Geschichte neu zu schreiben.

GILBERT: Die einzige Verpflichtung, die wir der Geschichte gegenüber haben, ist, sie neu zu schreiben. Dies ist nicht die geringste aller Aufgaben, die auf den kritischen Geist warten. Wenn eines Tages die Naturgesetze, die das Leben bestimmen, vollständig erforscht sind, werden wir feststellen, daß der Mann der Tat die einzige Person ist, die mehr Illusionen hat als der Träumer. Tatsächlich weiß er weder um die Herkunft seiner Taten, noch kennt er ihre Ergebnisse. Von dem Feld, in das er glaube, Dornen gesät zu haben, holen wir unseren Wein, und der Feigenbaum, den er zu unserer Labung pflanzte, ist so dürr wie die Distel, und bitterer. Niemals wußte die Menschheit, wohin sie geht, sonst hätte sie auch den Weg nicht gefunden.

GILBERT: Dann denkst du, daß in der Sphäre des Handelns das konkrete Ziel eine Illusion ist?

GILBERT: Es ist schlimmer als eine Illusion. Wenn wir lange genug lebten, um die Konsequenzen unserer Taten zu sehen, dann fänden sich diejenigen unter uns, die sich gut nennen, vielleicht von einer dumpfen Reue geplagt, und die, welche die Welt als schlecht bezeichnet, würden bewegt von stolzer Freude. All unsere kleinen Taten kommen in die große Maschine des Lebens, welche unsere Tugenden vielleicht zu Staub zermahlt und sie wertlos macht, oder unsere Sünden in Bausteine einer neuen Zivilisation verwandelt, glanzvoller und großartiger als jede, die vor ihr kam. Aber die Menschen sind die Sklaven des Wortes. Sie zürnen dem Materialismus, wie sie es nennen, vergessend, daß es keine materielle Verbesserung gab, welche die Welt nicht geistig vorangetrieben hat, und daß es, wenn überhaupt, nur wenige geistige Erleuchtungen waren, die die Segnungen der Welt an fruchtlose Hoffnungen und unbefriedigte Erwartungen, an leere oder hinderliche Aberglauben verschwendet haben. Was gemeinhin als Sünde bezeichnet wird, ist ein wichtiger Bestandteil des Fortschrittes. Ohne sie würde die Welt stagnieren, altern, oder verblassen. Ihre Neugierde erweitert den Erfahrungsschatz der menschlichen Rasse. Intensiv huldigt sie dem Individualismus, und erspart uns so die Monotonie der Stereotype. In ihrer Ablehnung der gängigen Moralvorstellungen hat sie die höhere Ethik inne. Und erst die Tugenden! Was sind die Tugenden? M. Renan sagt uns, daß die Natur auf Keuschheit wenig gibt, und vielleicht verdanken die Lukrezien der heutigen Zeit ihre Unbeflecktheit nicht der eigenen Tugend sondern der Schande der Magdalenen. Die Barmherzigkeit, wie selbst jene gezwungen waren festzustellen, deren Religion auf ihr begründet liegt, bringt eine ganze Schar von Übeln hervor. Allein die Existenz des Gewissens, dieses Vermögens, von dem die Leute heutzutage so unermüdlich schwafeln, und auf das sie so unbedarft stolz sind, ist ein Zeichen unserer unvollkommenen Entwicklung. Es muß mit dem Instinkt verschmelzen, bevor wir edel werden können. Die Selbstverleugnung ist lediglich eine Methode, mit welcher der Mensch seinem Fortschreiten Fußfesseln anlegt, und die Selbstaufopferung ist ein Relikt aus barbarischen Zeiten, ein Rest der alten Schmerzanbetung, der als schrecklichem Bestandteil der

Weltgeschichte auch heute noch Tag für Tag auf den Altären dieses Landes geopfert wird. Tugenden! Wer weiß, was die Tugenden sind? Du nicht. Ich nicht. Niemand. Es ist gut für unsre Eitelkeit, daß wir den Verbrecher morden, denn wenn wir ihn lebend ertrügen, würde er uns vielleicht zeigen, welchen Gewinn wir aus seinem Verbrechen gezogen hatten. Es ist gut für seinen Frieden, daß der Heilige seinen Märtyrertod stirbt. Ihm wird der Anblick seiner schrecklichen Ernte erspart.

ERNEST: Gilbert, du klingst eine Spur zu harsch. Laß uns zu den kultivierteren Feldern der Literatur zurückkehren. Was war es, das du gesagt hattest? Daß es schwieriger sei, über etwas zu sprechen, als es zu tun?

GILBERT *(nach einer Pause):* Ja; ich wagte mich an diese einfache Tatsache heran. Sicherlich siehst du jetzt ein, daß ich recht hatte? Wenn ein Mann handelt, dann ist er eine Marionette. Wenn er schildert, ist er ein Dichter. Hierin liegt das ganze Geheimnis. Es war einfach genug auf den sandigen Schlachtfeldern bei Ilion, den gekerbten Pfeil von bunten Bogen zu schicken oder den langen Eschenspeer gegen den Schild aus Leder und flammengleichem Messing zu schleudern. Der ehebrecherischen Königin war es ein leichtes, die tyrischen Teppiche vor ihren Gebieter auszubreiten, ihm dann, als er im marmornen Bade lag, das violette Netz über seinen Kopf zu werfen und ihrem jungen Liebhaber zuzurufen, er solle durch die Maschen das Herz durchbohren, welches schon in Aulis hätte gebrochen werden sollen. Selbst für Antigone, deren Bräutigam der Tod war, war es leicht, des Mittags durch die verpestete Luft zu schreiten, den Hügel emporzusteigen und den elenden nackten Leichnam, der kein Grab hatte, mit gütiger Erde zu bedecken. Doch was ist mit jenen, die über diese Dinge geschrieben haben? Was ist mit denen, die sie zum Leben erweckten und unsterblich machten? Sind sie nicht größer als die Männer und Frauen, von denen sie singen? »Hector, der edle Ritter ist tot«, und Lukian erzählt uns, wie Menippus in der düsteren Unterwelt auf den bleichenden Schädel der Helena stieß und staunte, daß um eines solch grimmigen Gebildes willen all jene gehörnten Schiffe fortgesandt wurden, all diese prächtig gepanzerten Männer dahingesunken, all diese turmbewehrten Städte in Staub verwandelt. Dennoch erscheint jeden Tag die schwanengleiche Tochter der Leda an den Zinnen und sieht herab auf das Kriegsgetümmel. Die Graubärte staunen über ihre Schönheit, und sie steht an der Seite des Königs. In seinem Gemach aus gemustertem Elfenbein liegt ihr Buhle. Er poliert seine schmucke Rüstung und streicht über den purpurnen Helmbusch. Gefolgt von Knappe und Page, zieht ihr Ehemann von Zelt zu Zelt. Sie erblickt sein helles Haar und hört, oder glaubt zu hören, wie er mit klarer, kalter Stimme spricht. Unten im Hof legt der Sohn des Priamos seinen ehernen Küraß an. Die bleichen Arme der Andromache sind um seinen Hals geschlungen. Er legt seinen Helm auf den Boden, damit ihr Kind sich nicht fürchte. Hinter den bestickten Vorhängen seines Pavillons sitzt Achilles in seinem wohlduftenden Gewand, während sein Seelenfreund, in einer Rüstung aus Silber und Gold, sich anschickt, in den Kampf zu ziehen. Dem merkwürdig geschnitzten Kästchen, das seine Mutter Thetis auf sein Schiff gebracht hatte, entnimmt der Herr der Myrmidonen jenen mystischen Kelch, den noch niemals eines Menschen Lippen je berührt haben; reinigt ihn mit Schwefel und kühlt ihn mit frischem Wasser, um ihn dann, nachdem er seine Hände gewaschen hat, mit schwarzem Wein zu füllen, und das dicke Rebenblut auf den Boden zu schütten, dem zu Ehren, den in Dodona die barfüßigen Propheten anbeteten, und fleht Ihn an, nicht wissend, daß er vergebens fleht und daß durch die Hände zweier trojanischer Helden, des Pantous' Sohn, Euphorbus, dessen Locken golden schimmerten, und des Priamiden, des löwenherzigen, Patroklus, Gefährte der Gefährten, sein Schicksal erfüllt werden muß. Sind sie Phantome? Helden der Nebel und Berge? Schatten in einem Lied? Nein, sie sind echt. Die Tat! Was ist die Tat? Sie stirbt im Moment des Vollbringens. Sie ist ein niedriges Zugeständnis an die Wirklichkeit. Die Welt wird vom Sänger für den Träumer erschaffen.

ERNEST: Während du mit mir sprichst, scheint mir das auch so.

GILBERT: Es ist die Wahrheit. Auf der verwitternden Zitadelle von Troja liegt die Eidechse wie ein Stück grüner Bronze. Die Eule hat ihr Nest in dem Palast des Priamos gebaut. Über die leere Ebene wandern Schäfer und Ziegenhirte mit ihren Herden, und wo auf der weinfarbenen öligen See – wie Homer sie nennt – mit kupfernem Bug und zinnoberroten Glanz, die großen Galeeren der Danaer einem glühenden Halbmond gleich herankamen, sitzt der einsame Thunfischfänger in seinem kleinen Boot und beobachtet die hüpfenden Korken seines Netzes. Dennoch werden jeden Morgen die Tore der Stadt weit aufgetan, und zu Fuß oder in Pferdewagen ziehen die Krieger in den Kampf und machen sich hinter ihren eisernen Masken über ihre Feinde lustig. Den ganzen Tag tobt der Kampf, und wenn die Nacht kommt, glimmen die Fackeln bei den Zelten, und in der Halle raucht der Dreifuß. Jene, die in Marmor oder auf bemaltem Täfer leben, kennen vom Dasein nur einen einzigen erhabenen Moment, zwar unsterblich in seiner Schönheit, aber beschränkt auf eine Regung der Leidenschaft, oder ein Gefühl der Ruhe. Jene, die der Dichter erschafft, kennen eine Vielzahl von Gefühlen der Freude und des Schreckens, des Mutes und der Verzweiflung, der Zufriedenheit und des Leids. In glücklichem oder traurigem Gepräge ziehen die Jahreszeiten vorbei, und auf Schwingen oder bleiernem Fuße vergehen die Jahre. Sie haben ihre Jugend und ihr Mannesalter, sie sind Kinder, und sie werden alt. Stets erwacht um die heilige Helene, so wie der Veronese sie am Fenster sah, die Morgendämmerung. Durch die stille Morgenluft bringen ihr die Engel das Symbol des Leidens Gottes. Die kühle Morgenbrise hebt die Goldfäden von ihrer Braue. Auf dem kleinen Hügel nahe der Stadt Florenz, wo die Liebenden des Giorgione lagern, herrscht immer die Sonnenglut des Mittags, jenes Mittags, den die Sommersonne so träge macht, daß das schlanke, nackte Mädchen kaum das klare, runde Glas in den Marmorbrunnen zu tauchen vermag und die langen Finger des Lautenspielers müßig auf den Saiten ruhen. Für die tanzenden Nymphen, die Corot zwischen den silbernen Pappeln Frankreichs entweichen ließ, herrscht immer Zwielicht. Sie gleiten durch die endlose Dämmerung, diese fragilen, durchscheinenden Geschöpfe, deren bebende weiße Füße das taugetränkte Gras, über das sie schreiten, nicht zu berühren scheinen. Aber jene, die im Epos, Drama oder Roman wandeln, sehen im Reigen der Monate die jungen Monde wachsen und schwinden, sie können vom Abend bis zum Morgenstern die Nacht beobachten und von Sonnenaufgang bis Sonnenuntergang den vorbeiziehenden Tag mit all seinem Gold und seinen Schatten betrachten. Wie für uns, blühen und welken die Blumen auch für sie, und die Erde, die grüngelockte Göttin, wie Coleridge sie nennt, wechselt ihnen zur Freude ihr Gewand. Die Statue ist konzentriert auf eine Moment der Perfektion. Das Bild, auf die Leinwand gebannt, besitzt kein geistiges Element des Wachstums oder der Veränderung. Wenn diese Gestalten vom Tod nichts ahnen, so liegt dies daran, daß sie wenig Ahnung vom Leben haben, denn die Geheimnisse um Leben und Tod werden nur denen offenbar, die die Zeitenfolge berührt, denen nicht nur die Gegenwart, sondern auch die Zukunft innewohnt, und die auch stehen oder fallen, je nachdem, ob die Vergangenheit glorreich oder schmachvoll war. Die Bewegung, das Problem der bildenden Künste, kann nur von der Literatur zufriedenstellend gelöst werden. Es ist die Literatur, die uns den flinken Körper und die rastlose Seele zeigt.

ERNEST: Ja; jetzt verstehe ich, was du meinst. Aber sicherlich mußt du den Kritiker um so niederer einstufen, je höher du den Künstler emporhebst.

GILBERT: Warum das?

ERNEST: Weil das beste, was er uns geben kann, nur ein Widerhall von reicher Musik oder der trübe Schatten einer klar umrissenen Form sein wird. Es mag angehen, daß das Leben tatsächlich Chaos ist, wie du mir sagst; daß seine Martyrien erbärmlich und seine Heldentaten unehrenhaft sind, vielleicht ist die Bestimmung der Literatur, von dem groben Material der Wirklichkeit eine neue Welt zu weben, die wunderbarer, dauerhafter und wirklicher ist als die Welt, wie sie von gewöhnlichen Augen betrachtet wird, und durch welche die gewöhnlichen Gemüter ihre Vollkommenheit zu erreichen trachten. Aber gewiß wäre diese Welt, erschaffen von Geist und Hand eines großen Künstlers, etwas so Vollständiges und Perfektes, daß dem Kritiker nichts mehr zu tun bliebe. Ich verstehe sehr wohl und bin in der Tat bereit, zuzugeben, daß es weitaus schwieriger ist, über etwas zu sprechen, als es zu tun. Aber es erscheint mir, als ob diese begründete und vernünftige Maxime, die das Gemüt wirklich sehr beruhigt, und zum Motto einer jeden Literaturakademie auf der ganzen Welt werden sollte, nur auf die Zusammenhänge zwischen Kunst und Leben angewandt werden kann, und nicht auf die Beziehungen, die zwischen Kunst und Kritik bestehen mögen.

GILBERT: Aber wahrhaftig, die Kritik selbst ist eine Kunst. Und genau, wie das künstlerische Schaffen die Arbeit am Kritikvermögen impliziert, und tatsächlich ohne es gar nicht existieren könnte, so ist die Kritik im höchsten Maße wirklich schöpferisch. Faktisch ist die Kritik sowohl schöpferisch als auch unabhängig.

ERNEST: Unabhängig?

GILBERT: Ja; unabhängig. Die Kritik darf ebenso wenig von dem niederen Standpunkt der Imitation oder Ähnlichkeit beurteilt werden wie das Werk eines Dichters oder Bildhauers. Der Kritiker hat zu dem Gegenstand seiner Kritik die gleiche Beziehung wie der Künstler zur sichtbaren Welt von Form und Farbe oder zur unsichtbaren von Leidenschaft und Denken. Er erhebt für die Vervollkommnung seiner Kunst noch nicht einmal Ansprüche auf die erlesensten Materialien. Alles erfüllt seinen Zweck. Und so, wie Gustave Flaubert in der Lage war, aus den erbärmlichen Liebesgeschichten der dummen Frau eines Landarztes im elenden Dorf Yonville l'Abbaye, in der Nähe von Rouen, einen Klassiker zuwege zu bringen, so kann der wahre Kritiker, wenn es ihm beliebt, hierauf seine Beobachtungsgabe zu konzentrieren oder zu verschwenden, aus Gegenständen geringer oder gar keiner Bedeutung, wie beispielsweise den diesjährigen Bildern der Royal Academy oder welchen Jahrgangs auch immer, aus Mr. Lewis Morris' Gedichten, Mr. Ohnets Romanen, oder den Theaterstücken von Mr. Henry Arthur Jones, Werke von makelloser Schönheit und feinsinnigem Geist erschaffen. Warum nicht? Die Stumpfheit zieht den Glanz magisch an, und die Dummheit ist die immerwährende *Bestia Trionfans,*[3] die die Weisheit aus ihrer Höhle lockt. Was sollte der Inhalt einem so kreativen Künstler wie dem Kritiker bedeuten? Nicht mehr und nicht weniger als dem Romanautoren und dem Maler. Wie sie, kann er seine Motive überall finden. Die Frage ist, wie er damit umgeht. Es gibt nichts, das keine Anregungen oder Herausforderungen böte.

ERNEST: Aber ist die Kritik wirklich eine kreative Kunst?

GILBERT: Warum sollte sie das nicht sein? Sie arbeitet mit Materialien und gestaltet sie in einer Art und Weise, die gleichzeitig neu und erfreulich ist. Was kann man über die Dichtung mehr sagen? In der Tat möchte ich die Kritik eine Schöpfung innerhalb der Schöpfung nennen. Denn gerade wie die großen Künstler, von Homer und Äschylos bis herab zu Shakespeare und Keats, nicht direkt im Leben nach Stoffen für ihre Kunst gesucht haben, sondern in Mythen, Legenden, und alten Märchen, so bearbeitet auch der Kritiker das Material, welches andere gleichsam für ihn gefiltert haben, und dem bereits die Formen und Farben der Phantasie hinzugefügt worden sind. Nein, ich möchte sogar so weit gehen, zu behaupten, daß die höchste Kritik, als reinste Form der persönlichen Empfindung, auf ihre Art kreativer ist als die Schöpfung selbst, weil sie am wenigsten Bezug zu jeglichem Maßstab außerhalb ihrer selbst hat, in der Tat ihre Existenz aus sich selbst heraus rechtfertigt, und, wie die Griechen es ausdrücken würden, in sich und für sich ein Zweck ist. Gewiß wird sie niemals von den Fußangeln der Plausibilität behindert, keine unwürdige Rücksichtnahme auf die Wahrscheinlichkeit, dieses feige Zugeständnis an die langweiligen Wiederholungen des privaten oder öffentlichen Lebens, beeinflußt sie jemals. Die Dichtung mag ein Appell an die Wirklichkeit sein, die Seele appelliert nicht

ERNEST: Die Seele?

GILBERT: Ja, die Seele. Das ist die wahre Kritik. Die Darstellung der eigenen Seele. Sie ist faszinierender als die Geschichte, weil sie sich ausschließlich mit sich selbst beschäftigt. Sie sind wunderbarer als die Philosophie, denn ihr Gegenstand ist konkret statt abstrakt, wirklich statt vage. Sie ist die einzig zivilisierte Form der Autobiographie, weil sie nicht die Ereignisse, sondern die Gedanken eines Lebens zum Gegenstand haben; nicht die greifbaren Zufälligkeiten von Handlungsweisen oder Umständen, sondern die spirituellen und imaginativen Leidenschaften von Geist und Seele. Die alberne Eitelkeit jener zeitgenössischen Schriftsteller und Künstler, die sich vorzustellen scheinen, daß die wichtigste Aufgabe der Kritik darin bestünde, über ihre zweitklassigen Werke zu plaudern, amüsiert mich immer wieder. Über den Großteil moderner künstlerischer Arbeit läßt sich bestenfalls sagen, daß sie ein bißchen weniger gewöhnlich ist, als die Wirklichkeit, und deshalb wird es der Künstler, mit seinem feinen Gespür für Zwischentöne und sicherem Instinkt für fragile Veredelung, vorziehen, in den silbernen Spiegel oder durch den gewobenen Schleier zu blicken, und seinen Blick von dem Chaos und dem Lärmen des wirklichen Lebens abwenden, auch wenn der Spiegel stumpf sein mag und der Schleier zerrissen. Sein einziges Ziel ist, seine Eindrücke aufzuzeichnen. Für ihn werden Bilder gemalt, Bücher geschrieben und Marmor geformt.

ERNEST: Ich scheine eine andere Theorie der Kritik gehört zu haben.

GILBERT: Ja; von einem, dessen segensreiches Gedächtnis wir alle hochachten, und dessen

3 Triumphierende Bestie.

Flöte einst Proserpina von ihren sizilianischen Gefilden lockte, so daß ihre weißen Füße nicht umsonst die Primeln von Cumnor bewegten. Er sagte, das wahre Ziel der Kritik sei, die Dinge so zu sehen, wie sie in sich selbst wirklich sind. Dies ist jedoch ein sehr schwerwiegender Fehler und zeugt nicht vom Wissen um die vollkommene Form von Kritik, die in ihrer Quintessenz rein subjektiv ist, und danach trachtet, ihr eigenes Geheimnis zu enthüllen, und nicht das Geheimnis eines anderen. Denn die wahre Kritik beurteilt nicht den Ausdruck, sondern den Eindruck der Kunst.

ERNEST: Aber ist das wirklich so?

GILBERT: Natürlich. Wer kümmert sich darum, ob Mr. Ruskins Ansichten über Turner fundiert sind oder nicht? Was macht das aus? Seine mächtige und majestätische Prosa, so glühend und so feurig in ihrer edlen Beredsamkeit, so reich an ausgefeilter sinfonischer Musikalität, so sicher und fest, treffender konnte sie nicht sein, in ihrer raffinierten Wahl von Wort und Epitheton, ist von mindestens ebenso großem künstlerischen Wert wie einer dieser wundervollen Sonnenuntergänge, die auf ihren Leinwänden in den Galerien Englands vermodern oder bleichen, wertvoller noch, so möchte man manchmal denken, nicht nur weil ihre durchaus ebenbürtige Schönheit beständiger ist, sondern auch aufgrund ihrer vielfältigeren Reize, in diesen nachhallenden Kadenzen spricht Seele mit Seele, nicht durch Form und Farbe allein, obwohl auch durch diese, und das ohne Einschränkung, sondern auch durch intellektuelle und emotionale Äußerungen, mit vornehmer Leidenschaft, und noch vornehmeren Gedanken, mit phantasiebegabter Einsicht und mit poetischem Bestreben; größer, so denke ich bisweilen, weil die Literatur die größere Kunst ist. Nochmals, wen interessiert es, ob Mr. Pater in das Portrait der Mona Lisa etwas hineingelesen hat, von dem Leonardo noch nicht einmal träumte? Vielleicht war der Maler nichts anderes als der Sklave eines archaischen Lächelns, wie manche meinen, aber wann immer ich in die kühlen Galerien des Louvre trete und vor jener sonderbaren Gestalt stehe, die »auf ihrem marmornen Stuhl sitzt, in einem Kreis unwirklicher Felsen, wie im trüben Licht der Meerestiefe«, dann murmele ich zu mir selbst, »sie ist älter, als die Felsen, zwischen denen sie sitzt; wie der Vampir ist sie schon viele Male gestorben und hat die Geheimnisse des Grabes begriffen, sie tauchte hinab in die tiefen Meere, deren Zwielicht umschwebt sie noch, mit den Kaufleuten des Orients feilschte sie um sonderbare Gewebe, als Leda war sie die Mutter der Helena von Troja, und, als heilige Anna, Marias Mutter; und all dies war ihr nichts als der Klang von Leiern und Flöten; und lebte nur in der Behutsamkeit, mit der es die sich verändernden Gesichtszüge geformt und Augenlider und Hände getönt hat. Und zu meinem Freund sage ich, »Was sich da so sonderbar über die Wasser erhoben hat ist der Ausdruck dessen, was der Mensch nach einer tausendjährigen Wanderschaft herbeisehnt, »und er antwortet mir: »Dies sind die Augen, die zu oft schon das Ende der Welt sehen mußten; die Lider sind ein wenig müde.«

Und so wird das Bild für uns wunderbarer, als es wirklich ist, und enthüllt uns ein Geheimnis, von dem es in Wirklichkeit gar nichts weiß, und die Musik der mystischen Prosa klingt so süß in unseren Ohren wie die Musik des Flötenspielers, die den Lippen von La Giaconda diesen feinen, verderblichen Schwung gaben. Du fragst mich, was Leonardo geantwortet haben würde, wenn ihm jemand über dieses Bild erzählt hätte: »Alle Gedanken und Erfahrungen der Welt haben hier mit ihrer ganzen Kraft gewirkt und geformt, um ihren Ausdruck zu verfeinern, zu beseelen, der griechische Sensualismus, die Lüsternheit Roms, die Träumereien des Mittelalters mit seinem spirituellen Streben und seiner vergeistigten Liebe, die Wiederkehr des Heidentums, und die Sünden der Borgias?« Er würde wahrscheinlich geantwortet haben, daß er über keines dieser Dingen nachgesonnen, sondern sich einfach dem Zusammenspiel von bestimmten Linien und Flächen, und neuen, interessanten blaugrünen Farbharmonien gewidmet habe. Und genau aus diesem Grunde ist die Kritik, von der ich spreche, die höchste Form der Kritik. Sie behandelt den Kunstgegenstand einfach als Ausgangspunkt für ein neues Werk. Sie beschränkt sich nicht darauf – laß uns dies wenigstens für den Moment annehmen – die wahre Intention des Künstlers zu entdecken und diese als endgültig hinzunehmen. Und in diesem Punkt hat sie recht, denn der Sinn jeder schönen Schöpfung liegt in der Seele dessen, der sie ansieht, mindestens ebenso, wie sie in der Seele dessen lag, der sie schuf. Nein, es ist eher der Betrachter, der ihr ihre Vielzahl von Bedeutungen verleiht, und sie für uns großartig macht, und sie mit dem Zeitalter in eine neue Beziehung setzt, so daß sie zu einem äußerst wichtigen Teil unseres Lebens wird, und ein Symbol dessen, wofür wir beten, oder vielleicht gebetet haben, und was wir jetzt fürchten, zu erhalten. Je länger ich studiere; Ernest, um so klarer sehe ich, daß die Schönheit der bildenden Künste wie die Schönheit der Musik in erster Linie in ihrem Eindruck liegt, und daß sie durch die übertrieben intellektuelle Aussageabsicht des Künstlers verunstaltet werden kann und auch oft verunstaltet wird. Denn wenn ein Werk vollbracht ist, hat es gleichsam ein unabhängiges, eigenes Leben, und mag eine Botschaft überbringen, die gänzlich anders ist als jene, die ihr auf die Lippen gelegt wurde. Manchmal, wenn ich der Ouvertüre zu Tannhäuser lausche, ist es mir, als sähe ich tatsächlich den wohlgestalteten Ritter vorsichtig auf das blumenübersäte Gras treten und von dem Hügel, wo die Höhlen sind, höre ich die Stimme der Venus, die ihn ruft. Dann wiederum höre ich von tausend anderen Dingen, von mir selbst, vielleicht, und von meinem eigenen Leben, oder von dem Leben anderer, die von jemandem geliebt worden waren und der Liebe überdrüssig wurden, von den Leidenschaften, die der Mensch gekannt hat, oder von den Leidenschaften, die der Mensch nicht gekannt hat, und nach denen er suchte. In einer Nacht wie dieser erfüllt sie einen mit *ΕΡΟΣ ΤΟΝ ΑΛΥΝΑΤΟΝ*[4], dieser *Amour de l'Impossible,* die wie ein Wahn viele befällt, die glauben, daß sie sicher lebten, außerhalb der Reichweite der Gefahr, so daß sie plötzlich ein schrankenloses Verlangen vergiftet, und beständig auf der Suche nach dem, was sie vielleicht nie erreichen, werden sie schwach, sinken zu Boden oder stolpern. Morgen wird sie vielleicht, wie die Musik, von der Aristoteles und Platon uns erzählen – diese edle dorische Musik der Griechen –, als Doktor fungieren, und uns ein Mittel gegen unsere Schmerzen verabreichen, und den verwundeten Geist heilen, und »die Seele mit allen rechten Dingen in Einklang bringen.« Und was für die Musik gilt, gilt auch für die anderen Künste. Die Schönheit hat so viele Spielarten, wie der Mensch Stimmungen. Die Schönheit ist das Sinnbild der Sinnbilder. Die Schönheit enthüllt alles, weil sie nichts ausdrückt. Wenn sie sich uns zeigt, dann zeigt sie uns die ganz feuerfarbene Welt.

ERNEST: Aber ist eine Arbeit wie die, von der du sprachst, wirkliche Kritik?

GILBERT: Sie ist die höchste Form der Kritik, weil sie nicht nur das jeweilige Kunstobjekt kritisiert, sondern die Schönheit selbst, sie füllt eine Form, die der Künstler vielleicht leer gelassen oder nicht verstanden oder vollkommen verstanden hat, mit Unerklärlichem.

ERNEST: Dann ist die höchste Form der Kritik also kreativer als der Vorgang des Schaffens, und das oberste Ziel des Kritikers ist, das Kunstwerk als etwas zu betrachten, das es gar nicht ist; so lautet deine Theorie, nehme ich an?

GILBERT: Ja, dies ist meine Theorie. Das Kunstwerk ist für den Kritiker lediglich Quelle der Inspiration zu einer neuen, eigenen Arbeit, die mit dem Gegenstand ihrer Kritik nicht notwendigerweise eine offensichtliche Ähnlichkeit aufweisen muß. Eine Eigenschaft der schönen Form ist, daß wir sie in sie hineindeuten können, was auch immer wir wollen, und darin sehen, was immer wir zu sehen wünschen; und die Schönheit, die dem Werk sein universelles und ästhetisches Element gibt, macht wiederum den Kritiker zum Erschaffer und flüstert von tausend verschiedenen Dingen, die nicht gegenwärtig waren im Kopf dessen, der die Statue schuf, den Täfer bemalte oder den Edelstein gravierte.

Manchmal sagen jene, die weder das Wesen wahrer Kritik, noch den Zauber wahrer Kunst verstehen, daß die Bilder, die zu beurteilen der Kritiker am meisten liebt, zur Anekdotage der Malerei gehören, und daß sie Szenen widerspiegeln, die sie in der Literatur oder der Geschichte entliehen haben. Aber dem ist nicht so. Tatsächlich sind Bilder dieser Art viel zu verständlich. Sie sind den Illustrationen ebenbürtig, und selbst von dieser Warte aus betrachtet, sind sie Fehlschläge, weil sie die Vorstellungskraft nicht beflügeln, sondern ihr feste Grenzen setzen. Denn die Domäne des Malers ist, wie bereits erwähnt, eine ganz andere als die des Dichters. Letzterem gehört das Leben in seiner vollen und absoluten Unendlichkeit; nicht nur die Schönheit, die der Mensch betrachtet, sondern auch die Schönheit, der er zuhört; nicht nur der kurze Blick auf eine Form, oder das flüchtige Glück des Farbenspiels, sondern der ganze Wirkungsbereich des Gefühls, der vollkommene Zyklus des Denkens. Der Maler ist in seinen Möglichkeiten so sehr eingeschränkt, daß er uns nur durch die Maske des Körpers das Geheimnis der Seele zeigen kann; Ideen kann er nur mit konventionellen Bildern verwirklichen; der Psychologie wird er nur durch ihre physischen Gegenstücke gerecht. Und wie inadäquat er dies dann tut, uns

4 Liebe des Unmöglichen.

bittend, den zerrissenen Turban als Sinnbild für Othellos edlem Zorn zu akzeptieren, oder einen Senilen im Sturm als Illustration für den wilden Wahn des Lear hinzunehmen! Dennoch scheint es, als ob nichts ihn aufhalten könnte. Die meisten unserer älteren Maler verbringen ihr elendes und vergeudetes Leben mit dem Wildern im Revier der Dichter, ihre Motive durch ungeschickte Behandlung verderbend, und danach trachtend, das Wunder des Unsichtbaren, die Pracht des dem Auge Verborgenen, in sichtbare Form oder Farbe zu übertragen. Als logische Konsequenz sind ihre Bilder unerträglich langweilig. Sie haben die sichtbaren Künste zu offensichtlichen Künsten herabgewürdigt, und es gibt wohl kaum etwas Wertloseres, als das Offensichtliche zu betrachten. Ich behaupte nicht, daß Dichter und Maler nicht die gleichen Themen behandeln dürften. Das haben sie schon immer, und so wird es auch bleiben. Aber während der Dichter nach eigenem Gutdünken bildhaft sein *kann*, so *muß* der Maler bildhaft sein. Denn ein Maler ist eingeschränkt; nicht auf das, was er in der Natur sieht, sondern auf das, was man auf der Leinwand sehen kann.

Und deshalb, mein lieber Ernest, werden Bilder dieser Art den Kritiker nicht unbedingt faszinieren. Er wird sich von ihnen abwenden zugunsten der Werke, die ihn grübeln lassen und träumen und sinnen, zu Werken, welche ihn auf unaufdringliche Weise anregen, und ihm zu sagen scheinen, daß es, auch vor ihnen, Fluchtmöglichkeiten in eine weitere Welt gibt. Manchmal hört man, das Tragische am Leben eines Künstlers sei, daß er sein Ideal nicht verwirklichen könne. Aber die wahre Tragödie, die die Entfaltung der meisten Künstler beeinträchtigt, ist, daß sie ihr Ideal nur allzu gründlich verwirklichen. Denn ein verwirklichtes Ideal ist seiner Wunder und Geheimnisse beraubt, und wird bloß zu einem neuen Ausgangspunkt für ein Ideal, daß ein anderes ist. Dies ist der Grund dafür, daß die Musik die vollkommenste Kunst ist. Sie kann niemals ihr letztes Geheimnis offenbaren. Dies ist auch die Erklärung für den Wert von Beschränkungen in der Kunst. Der Bildhauer verzichtet gerne auf naturgetreue Farben wie der Maler auf die tatsächlichen Dimensionen der Form, weil sie durch solcherlei Entsagung vermeiden können, die Wirklichkeit allzu festumrissen darzustellen, was der Nachahmung entspräche, und, das Ideal allzu deutlich zu präsentieren, was ein zu intellektueller Vorgang wäre. Gerade durch ihre Unvollständigkeit gerät die Kunst zur vollkommenen Schönheit und wendet sich so nicht an das Wiedererkennungsvermögen oder die Vernunft, sondern einzig und allein an den Sinn für Ästhetik, welcher, während er sowohl die Vernunft als auch das Wiedererkennen als Stufen auf dem Weg zur Erkenntnis betrachtet, sie beide einem rein synthetischen Eindruck des Gesamtkunstwerkes unterordnet, und, indem er die fremden emotionalen Bestandteile nimmt, die ein Werk auch immer haben mag, gerade ihre Komplexität als ein Mittel benutzt, mit welchem dem schlußendlichen Eindruck des Kunstwerkes eine vielfältigere Einheit hinzugefügt werden kann. Du siehst also, wie es kommt, daß der Kritiker diese offensichtlichen Formen der Kunst ablehnt, die lediglich eine Botschaft haben, und sodann dumpf und steril werden, und eher nach Werken Ausschau hält, die Träume und Stimmungen heraufbeschwören, und durch ihre verborgene Schönheit alle Interpretationen wahr werden lassen, aber nicht zu endgültigen Schlußfolgerungen erheben. Es wird zweifelsohne eine gewisse Ähnlichkeit zwischen der Arbeit des Kritikers und jenem geben, was ihn zu dieser Arbeit anregte, aber sie wird der Ähnlichkeit gleichkommen, die zwischen der Natur und der Dekorationskunst besteht, und nicht jener, welche die Natur und die Landschaftsmalerei verbindet. So, wie auf den blumenlosen persischen Teppichen tatsächlich Tulpen und Rosen blühen und wundervoll anzusehen sind, obwohl sie nicht in sichtbarer Form oder Linie wiedergegeben wurden, so, wie das Perlgrau und Purpur der Muschel sich in der St. Markuskirche in Venedig widerspiegelt, so, wie die gewölbte Decke der herrlichen Kapelle von Ravenna vom Gold, Grün und Saphirblau der Pfauenfeder widerschimmert, obwohl die Vögel der Juno nicht darüber hin fliegen; so reproduziert der Kritiker das Werk, das er kritisiert, auf eine Art und Weise, die niemals nachahmerisch ist, ja, deren Zauber zum Teil mit dem Verzicht auf Ähnlichkeit begründet werden kann, und zeigt uns auf diesem Wege nicht nur die Bedeutung, sondern auch das Geheimnis der Schönheit und löst dadurch, daß er jede Kunst in Literatur verwandelt, ein für alle Male das Problem von der Einheit der Kunst.

Aber ich sehe, daß es Zeit für das Abendessen ist. Nachdem wir einen Chambertin und einige Ortolanen diskutiert haben, werden wir uns dem Problem des Kritikers im Licht des Interpretierenden zuwenden.

ERNEST: Ah! Du gibst also zu, daß dem Kritiker von Zeit zu Zeit gestattet werden kann, den Gegenstand so zu sehen, wie er wirklich ist.

GILBERT: Ich bin mir nicht sicher. Möglicherweise gebe ich es nach dem Essen zu. Das Nachtmahl hat eine schwer zu erklärende Wirkung.

TEIL ZWEI

Mit einigen Bemerkungen über die Notwendigkeit, alles zu diskutieren

ERNEST: Die Ortolane waren köstlich, der Chambertin perfekt, jetzt laß uns zu unserem Thema zurückkehren.

GILBERT: Ah! Lieber nicht. Die Unterhaltung darf jedes Thema anschneiden, aber sie sollte keines vertiefen. Laß uns über »Die moralische Entrüstung, Ursachen und Heilung« sprechen, ein Thema, über das ich zu schreiben gedenke; oder über »Das Fortleben des Thersites«, wie es in den englischen Witzblättern seinen Lauf nimmt; oder über was auch immer sich ergeben mag.

ERNEST: Nein; ich möchte über den Kritiker und die Kritik diskutieren. Du hast mir gesagt, daß die beste Kritik das Kunstwerk nur auf ihren Eindruck, und nicht ihren Ausdruck, hin untersucht, und demzufolge sowohl kreativ als auch unabhängig ist und schließlich selbst zur Kunst wird, weil sie dieselbe Beziehung zur schöpferischen Arbeit innehat, welche die schöpferische Arbeit mit der sichtbaren Welt von Form und Farbe oder mit der unsichtbaren Welt der Leidenschaft und des Gedankens verbindet. Also, jetzt sage mir, ist der Kritiker nicht auch bisweilen ein richtiger Deuter?

GILBERT: Ja, der Kritiker wird auch deuten, wenn es sein Wunsch ist. Er kann von dem synthetischen Gesamteindruck eines Werkes zu einer Analyse oder Erläuterung des Werkes selbst übergehen, und in dieser eher niederen Sphäre gibt es viel Erfreuliches zu tun und zu sagen. Dennoch wird seine Aufgabe nicht immer sein, das Kunstwerk zu erklären. Er mag vielmehr versuchen, das Mystische daran zu vertiefen, den Schleier des Wundersamen, der den Göttern und den Anbetenden gleichsam teuer ist, um Kunstwerk und Schöpfer zu hüllen. Gewöhnliche Leute »fühlen sich in Zion schrecklich wohl«. Sie gehen mit den Dichtern Arm in Arm und sagen auf ihre zungenfertige, ignorante Art, »Warum sollten wir lesen, was über Shakespeare und Milton geschrieben wurde? Wir können die Stücke und Gedichte lesen. Das ist genug.« Aber, wie der verstorbene Rektor von Lincoln einmal sagte, ist das Verständnis Miltons der Lohn für ausgemachte Gelehrsamkeit. Und jeder, der das Verlangen hat, Shakespeare wahrhaftig zu verstehen, muß Shakespeares Bezug zur Renaissance, der Reformation, zum Zeitalter Elisabeths und Jakobs verstehen. Er muß bewandert sein in der Geschichte des Machtkampfes der alten, klassischen Formen und dem neuen Geist der Romantik, zwischen der Schule von Sidney, und Daniel, und Johnson, und der Schule von Marlowe und Marlowes größerem Sohn, er muß um das Material wissen, welches Shakespeare zur Verfügung stand, und die Manier kennen, in der er es verwendete, er muß die Bedingungen der Aufführungen von Theaterstücken im sechzehnten und siebzehnten Jahrhundert, ihre Restriktionen und ihre Chancen zur Freiheit kennen, desgleichen die literarischen Kritik zu Shakespeares Zeiten, ihre Absichten, Ausformungen und Grundsätze; er muß den Wandel der englischen Sprache, und die Blankverse oder Reime in ihren verschiedenen Entwicklungsphasen studieren, er muß das griechische Drama erforschen und den Zusammenhang zwischen der Kunst des Verfassers von Agamemnon und der Kunst des Verfassers von Macbeth; kurz gesagt, er muß in der Lage sein, das Elisabethanische London mit dem Athen des Perikles zu verknüpfen und Shakespeares wahre Stellung in der Geschichte des europäischen und außereuropäischen Dramas zu erkennen. Ein Kritiker wird ganz gewiß auch interpretieren, aber er wird die Kunst nicht als eine rätselhaften Sphinx betrachten, deren dumpfes Geheimnis erraten und enthüllt werden kann von einem namenlosen Wanderer, dessen Füße wund sind. Viel eher wird er die Kunst als eine Göttin bestaunen, deren Mysterium er vertiefen und deren Erhabenheit er privilegiert ist, in den Augen der Menschen noch gewaltiger erscheinen zu lassen. Und hier, Ernest, geschieht etwas Seltsames. Der Kritiker wird in der Tat ein Interpretierer sein, aber nicht in dem Sinne, daß er eine Botschaft, die ihm eingegeben wurde, lediglich in anderen Worten wiedergibt. Denn genau wie die Kunst eines Landes nur durch den Kontakt mit der Kunst anderer Völker jene von uns als Nationalität bezeichnete individuelle und separate Lebensform erhält, so, als kurioser Umkehrschluß, kann der Kritiker nur dann die Persönlichkeiten und Werke anderer beurteilen, indem er seine eigene Persönlichkeit intensiviert, und je stärker seine Persönlichkeit in die Interpretation mit hineinspielt, um so echter wird diese, um so befriedigender, um so überzeugender, und um so wahrer.

ERNEST: Ich wäre der Meinung gewesen, daß die Persönlichkeit ein Störfaktor hätte sein können.

GILBERT: Nein. Sie ist ein zu offenbarendes Element. Wenn du andere verstehen möchtest, mußt du deinen eigenen Individualismus vorantreiben.

ERNEST: Und was ist dann das Ergebnis?

GILBERT: Ich will es dir sagen und das vielleicht am besten anhand eines konkreten Beispiels. Es scheint mir, daß selbst wenn die Literaturkritik natürlich an erster Stelle steht, weil sie über einen größeren Handlungsspielraum, einen weiteren Horizont und edleres Material verfügt, so doch jede andere Kunst eine eigene Kritik besitzt, die ihr verschrieben ist. Der Schauspieler ist der Kritiker des Dramas. Er zeigt die Arbeit des Dichters unter neuen Bedingungen, und auf eine ihm eigene Weise. Er ergreift das geschriebene Wort, und Handlung, Gestik und Stimme werden zum Medium seiner Darbietung. Der Sänger, Lauten- oder Violaspieler ist der Kritiker der Musik. Der Kupferstecher raubt dem Bild die leuchtenden Farben, aber zeigt uns, anhand der Verwendung eines neuen Materials dessen wahre Farbqualität, Licht und Schatten, das Verhältnis der Flächen und ist so gleichsam sein Kritiker, denn der Kritiker ist jener, welcher uns ein Kunstwerk in einer Form vorführt, die sich von der des Werkes selber unterscheidet, und die Verwendung eines neuen Materials ist ein kritisches als auch kreatives Element. Auch die Bildhauerei hat ihren Kritiker. Das mag der Edelsteinschleifer sein, so wie zur Zeit der alten Griechen, oder ein Maler wie Mantegna, dessen Bestreben es war, die Schönheit der plastischen Linie oder die sinfonische Würde des gemessenen Basreliefs auf der Leinwand wiederzugeben. Und im Falle all dieser schöpferischen Kunstkritiker liegt auf der Hand, daß Persönlichkeit für jede echte Interpretation absolut unabdingbar ist. Wenn Rubinstein für uns Beethovens *Sonata Appassionata* spielt, gibt er uns nicht nur Beethoven, sondern auch sich selbst, und somit den absoluten Beethoven – reinterpretiert von einem innigen, kreativen Naturell, uns lebendig und wunderbar dargebracht von einer neuen und starken Persönlichkeit. Wenn ein großer Schauspieler Shakespeare spielt, machen wir die gleiche Erfahrung. Seine eigene Individualität wird zum wichtigen Bestandteil der Interpretation. Man hört zuweilen, daß die Schauspieler uns ihre eigenen Hamlets darbieten, nicht Shakespeares; und dieser Trugschluß – denn das ist es – wird, wie ich bedauerlicherweise sagen muß, selbst von diesem bezaubernden und anmutigen Schriftsteller verbreitet, der kürzlich den Dschungel der Literatur gegen den Frieden des Unterhauses eingetauscht hat; ich meine den Autor von *Obiter Dicta*. Eigentlich gibt es keinen Shakespeareschen Hamlet. Wenn Hamlet etwas von der Bestimmtheit eines Kunstwerkes hat, dann hat er auch die ganze Ungewißheit, die dem Leben anhaftet. In jedem Melancholiker steckt ein Hamlet.

ERNEST: In jedem Melancholiker steckt ein Hamlet?

GILBERT: Ja; und weil die Kunst der Persönlichkeit entspringt, kann sie auch nur der Persönlichkeit offenbart werden, und aus dem Zusammentreffen beider entsteht die wahre interpretative Kritik.

ERNEST: Dann gibt der Kritiker, als Interpretierender betrachtet, nicht weniger, als er empfängt, und borgt soviel, wie er verleiht?

GILBERT: Er wird uns immer das Kunstwerk in einem neuen Bezug zu unserer Gegenwart zeigen. Er wird uns immer daran erinnern, daß Kunstwerke lebendige Dinge sind, die einzigen wirklich lebendigen Dinge. Er wird dies in der Tat so sehr spüren, daß ich mir sicher bin, daß mit dem Fortschreiten der Zivilisation und der Verbesserung unserer Organisation, die erwählten Geister eines jeden Zeitalters, nämlich die kritischen und kultivierten, sich immer weniger für das wirkliche Leben interessieren und danach streben werden, *ihre Eindrücke beinahe ausschließlich in dem zu suchen,* was die Kunst berührt hat. Denn das Leben ist entsetzlich unzulässig. Seine Katastrophen ereilen die falschen Leute auf die falsche Art und Weise. Es finden sich groteske Greuel in seinen Komödien, und seine Tragödien enden in der Farce. Die Begegnung mit ihm schlägt immer Wunden. Die Dinge währen entweder zu lange oder nicht lang genug.

ERNEST: Armes Leben! Armes Menschenleben! Berühren dich die Tränen noch nicht einmal, von denen der römische Dichter sagt, daß sie die der Essenz des Lebens ausmachen?

GILBERT: Zu schnell berühren sie mich, fürchte ich. Denn wenn man zurückblickt auf das Leben, das so beseelt war in seinem Gefühlsüberschwange, und erfüllt von solch glühenden Momenten der Ekstase oder der Freude, scheint alles ein Traum oder eine Illusion zu sein. Was sind die unwirklichen Dinge anderes, als Leidenschaften, die einst wie Feuer in uns brannten? Was sind die Unvorstellbarkeiten anderes, als die Dinge, an die man einst treulich glaubte? Was ist das Unwahrscheinliche? Das, was man selbst getan hat. Nein Ernest; das Leben betrügt uns mit Schatten, wie ein Puppenspieler. Wir bitten es um Freude. Es gibt sie uns, mit Bitterkeit und Enttäuschungen in ihrem Gefolge. Es ereilt uns ein edle Trauer, von der wir glauben, daß sie die purpurne Würde der Tragödie in unser Dasein bringt, aber sie zieht von dannen, und weniger edle Dinge nehmen ihren Platz ein. In einer grauen, windigen Dämmerstunde oder an einem duftenden Abend voll silbernen Schweigens finden wir uns wieder, mit gefühllosem Staunen oder einem dumpfen Herzen aus Stein die goldgesprenkelte Haarsträhne betrachtend, die wir einst so leidenschaftlich verehrt und mit ungestümen Küssen bedeckt haben.

ERNEST: Dann ist das Leben ein Fehlschlag?

GILBERT: Aus künstlerischer Sichtweise wohl schon. Und was in erster Linie das Leben aus künstlerischer Sicht zu einem Fehlschlag werden läßt, was ihm diese elende Sicherheit verschafft, ist die Tatsache, daß man niemals genau die gleiche Gefühlsregung wiederholen kann. Wie anders ist da die Welt der Kunst! Auf einem Brett in dem Bücherregal hinter dir steht die Göttliche Komödie, und ich weiß, daß ich, wenn ich sie an einer bestimmten Stelle öffne, erfüllt werde von einem grimmigen Haß auf jemanden, der mir niemals Böses wollte, oder bewegt von einer großen Liebe zu jemandem, den ich niemals sehen werde. Es gibt keine Nuance der Leidenschaft, welche die Kunst uns nicht fühlen lassen könnte, und jene von uns, die ihr Geheimnis entdeckt haben, können von vornherein bestimmen, welcher Art ihre Erfahrungen sein werden. Wir können unseren Tag wählen und unsere Stunde aussuchen. Wir können uns sagen, »Morgen, bei Tagesanbruch, werden wir mit dem feierlichen Virgil durch das Tal der Todesschatten wandern«, und siehe!, die Dämmerung findet uns in dem finsteren Wald, und der Mantuaner steht an unserer Seite. Wir schreiten durch das Tor mit der Inschrift, die jede Hoffnung zerstört, und mitleidig oder voller Freude werden wir der Schrecken einer anderen Welt ansichtig. Die Heuchler gehen vorbei, mit ihren bemalten Gesichtern und ihren Kappen aus vergoldetem Blei. Aus den rastlosen Stürmen, die sie treiben, blicken die Lüsternen uns entgegen, und wir beobachten den Ketzer, der sein Fleisch kasteit und den Masochisten, der vom Regen gegeißelt wird. Im Hain der Harpyen brechen wir verdorrte Zweig vom Baum. Jeder ausgeblichene, giftige Zweig vergießt vor unseren Augen rotes Blut und schreit auf mit bitterem Wehruf. Durch eine Horn aus Feuer spricht Odysseus zu uns, und wenn sich der große Gibeline aus seinem Flammengrab erhebt, wird einen Moment lang der Stolz, der über die Martern dieser Gruft triumphiert, unser. Durch die düstere, violette Luft fliegen jene, die die Erde mit der Schönheit ihrer Sünden befleckt haben, und in der Grube der ekligen Krankheit, den wassersüchtigen Körper derart aufgetrieben, daß er uns an eine monströse Laute erinnert, liegt Adamo di Brescia, der Falschmünzer. Er fleht uns an, seiner Klage zu lauschen, wir verharren und mit trockenen und klaffenden Lippen erzählt er uns, wie er Tag und Nacht von den klaren Bächen träumt, die in kühlen tauigen Strömen die grünen Hügel von Casentine herabstürzen. Sinon, der falsche Grieche aus Troja, verspottet ihn. Er schlägt ihm ins Gesicht, und sie ringen miteinander. Wir verweilen, fasziniert von dem Ungemach, bis Virgil uns schilt und uns wegführt zu der Stadt der Giganten, wo der gewaltige Nimrod in sein Horn stößt. Schreckliche Dinge harren unser, und wir werden sie in Dantes Gewand und mit Dantes Herzen antreffen. Wir überqueren die Sümpfe des Styx und Argenti schwimmt durch die schlammigen Wellen an das Boot heran. Er ruft uns, und wir stoßen ihn zurück. Wir freuen uns am verzweifelten Klang seiner Stimme, und Virgil lobt uns ob der Bitterkeit unseres Hohnes. Wir überschreiten den kalten Kristallstrom von Cocytus, darin die Verräter stecken wie Strohhalme im Glas. Unser Fuß stößt gegen den Kopf des Bocca. Er will uns seinen Namen nicht nennen, und wir reißen das Haar büschelweise von seinem schreienden Schädel. Alberigo fleht uns an, das Eis auf seinem Gesicht zu brechen, auf daß er ein wenig weine. Wir versprechen es ihm, und als er seine schmerzensreiche Geschichte erzählt hat, brechen wir unser Wort und verlassen ihn; solche Grausamkeit ist Pflicht, denn gibt es unpassenderes als Mitleid mit den Verdammten Gottes? In den Fängen Luzifers erblicken wir den Mann, der Jesus verriet, und in den Fängen Luzifers sehen wir den Mann, der Cäsar erschlug. Wir zittern und gehen weiter, um wieder die Sterne zu schauen.

In dem Land der Buße ist die Luft freier, und der heilige Berg erhebt sich in das klare Tageslicht. Es ist Frieden für uns, und all jenen, die hier hausen, ist auch ein wenig Frieden beschert. Bleich vom Gift der Maremma ziehen Madonna Pia und Ismene an uns vorüber, auf ihrem Antlitz verweilt noch weltliche Trübsal. Seele für Seele teilt mit uns Reue oder Freude. Er, den die Trauer seiner Witwe gelehrt hat, den süßen Wermut des Schmerzes zu trinken, erzählt uns von Nella, wie sie in ihrem einsamen Lager betet, und wir vernehmen vom Mund des Buonconte, wie eine einzige Träne einen sterbenden Sünder vor dem Leibhaftigen bewahren kann. Sordello, der edle und hochmütige Lombarde, beäugt uns aus der Ferne mit dem Blick eines ruhenden Löwen. Als er hört, daß Virgil ein Bürger Mantuas ist, fällt er ihm um den Hals, und als er hört, daß er der Sänger von Rom ist, legt er sich ihm zu Füßen. In diesem Tal, dessen Gras und Blumen grüner sind als gespaltener Smaragd und indisches Holz und leuchtender als Purpur und Silber, singen die, welche einst auf Erden Könige waren, allein die Lippen des Rudolph von Habsburg bewegen sich nicht zur Musik der anderen, Philip von Frankreich schlägt sich an die Brust, und Heinrich von England sitzt allein. Weiter und weiter gehen wir, die wundersame Treppe erklimmend, und die Sterne werden größer als zuvor, das Lied der Könige verstummt, und schließlich gelangen wir zu den sieben goldenen Bäumen in den Garten des Irdischen Paradieses. In einem Wagen, von Greifen gezogen, erscheint die eine, um deren Stirn ein olivenes Band gewunden ist, gehüllt in einen weißen Schleier, umhüllt von einem grünen Mantel und gekleidet in ein Gewand, das die Farbe von lebendigem Feuer hat. Die alte Flamme lodert in uns auf. Unser Blut fließt schneller, angetrieben durch heftige Schläge. Wir erkennen sie. Es ist Beatrice, die Frau, die wir verehrten. Das Eis, erstarrt um unsere Herzen, schmilzt. Wilde Tränen der Qual brechen aus uns hervor, und wir neigen unsere Stirn zu Boden, denn wir wissen, daß wir gesündigt haben. Als wir Buße getan haben und geläutert sind, vom Quell der Lethe getrunken und im Brunnen der Eunoe gebadet haben, nimmt uns die Gebieterin unseres Herzens mit empor ins himmlische Paradies. Aus dieser ewigen Perle, dem Mond, heraus, wendet sich das Antlitz der Piccarda Donati zu uns herab. Ihre Schönheit verwirrt uns einen Moment lang, und als sie verschwindet wie ein Stein, der durchs Wasser gleitet, starren wir ihr mit wehmütigen Augen nach. Der süße Planet der Venus ist voller Liebenden, Cunizza, die Schwester der Ezzelin, Sordellos Herzensdame, ist hier, und Folco, der leidenschaftliche Sänger der Provence, der die Welt aufgab in Trauer um Azalais, und die Kanaanäische Hure, deren Seele die erste war, die Christus erlöste. Joachim von Flora steht in der Sonne, und in der Sonne erzählt Thomas von Aquin die Geschichte des heiligen Franziskus, und Bonaventura berichtet von heiligen Dominikus. Durch die brennenden Rubine des Mars kommt Caccidaguida heran. Er berichtet uns von dem Pfeil, der vom Bogen der Verbannung schnellte, wie bitter das fremde Brot schmeckt, und wie steil die Stufen im Hause eines Fremden sind. Auf dem Saturn singt die Seele nicht, und selbst jene, die uns führt, wagt nicht zu lächeln. Auf einer goldenen Leiter lodern die Flammen empor und verlöschen wieder. Schließlich sehen wir die Pracht der Mystischen Rose. Beatrice heftet den Blick auf das Angesicht Gottes, um ihn nicht wieder abzuwenden. Die himmlische Erscheinung erschließt sich unseren Augen. Wir erkennen die Liebe, welche die Sonne bewegt und alle Sterne.

Ja, wir können die Erde sechshundertmal zurückdrehen und eins werden mit dem großen Florentiner, mit ihm am selben Altar knien, sein Glück und seinen Hohn teilen. Und wenn wir der vergangenen Tage müde werden und uns entschließen, von dem Überdruß und den Sünden unserer Zeit erfahren zu wollen – gibt es denn keine Bücher, die uns in einer einzigen Stunde mehr erleben lassen als das Leben selbst in einer Reihe von schändlichen Jahren? Nahe bei deiner Hand liegt ein kleines Büchlein in nilgrünem Leder, verziert mit goldenen Wasserlilien, geglättet mit hartem Elfenbein.

Es ist das Buch, das Gautier geliebt hat, es ist Baudelaires Meisterwerk. Schlag das traurige Madrigal auf, es beginnt mit diesen Worten:

Que m'importe que tu sois sage?
Sois belle! et sois triste![5]

und du wirst das Leid verehren, wie du die Freude noch niemals verehrt hast. Fahre fort zu dem Gedicht des Mannes, der sich selbst marterte, laß seine subtile Musik sich in dein Gehirn schleichen und deine Gedanken in Farbe tauchen, und du wirst für einen Moment zu dem werden, was der war, der es schrieb; nein, nicht nur für einen Moment, sondern viele stille Monscheinnächte lang, und an sonnenlosen, tristen Tagen wird eine Verzweiflung, die nicht deine ist, sich bei dir einnisten, und das Elend eines anderen dein Herz zerfressen. Lies das ganze Buch, laß deine Seele auch nur eines seiner Geheimnisse ertragen, und sie wird begierig werden, mehr zu erfahren, sie wird giftigen Honig eingeträufelt bekommen und danach trachten, seltsame Verbrechen zu bereuen, derer sie nicht schuldig ist, und Sühneopfer darzubringen, für Laster, die sie niemals gekannt hat. Und dann, wenn du der bösen Blumen überdrüssig bist, wende dich den Blumen des Gartens von Perdita zu, und kühle deine brennende Braue in ihren taugetränkten Kelchen, laß ihren Liebreiz dich heilen und deine Seele aufrichten; oder erwecke den edlen Syrer, Meleager und bitte den Liebhaber Heliodors, für dich Musik zu machen, denn auch in seinem Lied blühen die Blumen, rote Granatapfelblüten, die nach Myrrhe duften, Gänseblümchen, dunkelblaue Hyazinthen, Majoran, und beringte Narzissen. Lieb war ihm der Wohlgeruch des Bohnenfeldes am Abend und teuer auch die duftenden Narden, die auf den Syrischen Hügeln wuchsen, und der frische grüne Thymian, des Weinbechers Zier. Die Füße seiner Liebsten, wenn sie durch den Garten, waren wie Lilien, die auf Lilien wandeln. Weicher als schlafbeladene Mohnblüten waren ihre Lippen, weicher als Veilchen und ebenso süß. Der flammengleiche Krokus sprang aus dem Gras hervor, um sie zu sehen. Für sie sammelten die schlanken Narzissen den kühlen Regen, und um ihretwillen vergaßen die Anemonen die sizilianischen Winde, die sie umwarben. Und weder Krokus noch Anemone noch Narzisse war so schön wie sie.

Es ist ein seltsames Ding, diese Übertragung von Gefühlen. Wir erkranken an denselben Leiden wie die Poeten, der Sänger leiht uns seinen Schmerz. Tote Lippen richten ihre Botschaft an uns, und Herzen, die zu Staub zerfallen sind, können ihrer Freude Ausdruck verleihen. Wir eilen, den blutenden Mund der Fantine zu küssen, und wir folgen Manon Lescaut um die ganze Welt. Unser ist der Liebeswahn des Tyrers, gleichwie das Grauen des Orestes. Es gibt keine Leidenschaft, die wir nicht fühlen können, keine Freude, die wir nicht erleben, und wir dürfen die Stunde unserer Einweihung ebenso bestimmen wie die Zeit unserer Freiheit. Leben! Leben! Laßt uns nicht im Leben nach unserer Erfüllung oder unseren Erfahrungen suchen. Das Leben wird von Umständen geschmälert, unklar in seinen Äußerungen und ohne das feine Zusammenspiel von Form und Geist, dem einzigen, was das künstlerische oder kritische Gemüt befriedigen kann. Das Leben läßt uns zu viel für seine Waren zahlen, und wir erwerben das gemeinste seiner Geheimnisse zu einem wahrhaft monströsen und unermeßlichen Preis.

ERNEST: Sollen wir denn alles in der Kunst suchen?

GILBERT: Alles. Weil die Kunst uns nicht verletzt. Die Tränen, die wir in einem Theater vergießen, kommen aus einer Art köstlich zweckfreier Gefühle, die zu erwecken Aufgabe der Kunst ist. Wir weinen, aber wir sind nicht verwundet. Wir trauern, aber die Trauer ist nicht bitter. Spinoza sagt irgendwo, im wahren Menschenleben sei Kümmernis der Weg zu einer geringeren Vollkommenheit. Aber jene Kümmernis, mit der die Kunst uns erfüllt, reinigt uns und weiht uns, wenn ich den großen Kunstkritiker der Griechen erneut zitieren darf. Durch die Kunst, und nur durch die Kunst, können wir unsere Perfektion erlangen; mit der Kunst, und nur mit der Kunst, können wir uns von den niedrigen Gefahren des echten Daseins abschirmen. Dies liegt nicht allein in der Tatsache begründet, daß nichts, was man sich vorstellen kann, es wert ist, getan zu werden, und daß alles vorstellbar ist, sondern auch daran, daß der Wirkungsbereich und die Energie der emotionalen Kräfte wie auch die Kräfte aus dem Bereich der Physik ihre Grenzen haben. Man kann bis zu einer gewissen Grenze fühlen, weiter nicht. Und wieso sollte es von Bedeutung sein, mit welchem Vergnügen das Leben versucht, einen zu verführen, oder

5 Was kümmert es mich, daß du weise bist?
Sei schön! Und sei traurig!

mit welchem Schmerz es versucht, die Seele zu verderben und zu vernichten, wenn das Schauspiel der Leben derer, die niemals existiert haben, einem das wahre Geheimnis der Freude enthüllen, und man seine Tränen fortweinen kann über das Dahingehen derer, die, wie Cordelia und die Tochter des Brabantio, doch niemals sterben können?

ERNEST: Halt ein. Es scheint mir, als ob in allem, was du gesagt hast, etwas durchaus Amoralisches wäre.

GILBERT: Jede Kunst ist amoralisch.

ERNEST: Jede Kunst?

GILBERT: Ja. Denn die Erregung um ihrer selbst willen ist das Ziel der Kunst; und Erregung als Handlungsantrieb ist das Ziel des Lebens und der praktischen Organisation des Lebens, die wir Gesellschaft nennen. Die Gesellschaft, welche der Anfang und der Grundstein der Moral ist, existiert lediglich zur Verdichtung menschlicher Energien, und um ihren eigenen Fortbestand und den stabilen Zustand zu sichern, verlangt sie ohne Zweifel zu Recht von jedem ihrer Mitglieder, daß es mit produktiver Arbeit irgendeiner Art zum Gemeinwohl beiträgt und sich plagt und müht und sein Tagwerk tut. Oft vergibt die Gesellschaft dem Verbrecher; dem Träumer vergibt sie nie. In ihren Augen sind die schönen zweckfreien Gefühle der Kunst, die uns erregen, abscheulich, und die Leute werden so vollkommen beherrscht von diesem schlimmen gesellschaftlichen Leitbild, daß sie einen auf das schamloseste in Privatzirkeln oder an anderen, der Öffentlichkeit zugänglichen Orten mit einem lauten stentorischen »Was tust du?« ansprechen, wo doch »Was denkst du zur Zeit?« die einzige Frage ist, die jemals einem zivilisierten menschlichen Wesen zu wispern erlaubt werden dürfte. Kein Zweifel, sie meinen es gut, diese ehrlichen, gescheiten Leute. Vielleicht ist dies der Grund dafür, daß sie so grenzenlos fade sind. Aber jemand sollte ihnen beibringen, daß das Nachsinnen zwar die schlimmste Sünde ist, der ein Bürger sich überhaupt schuldig machen kann, es aber andererseits, von der höchsten kulturellen Warte aus betrachtet, als angemessene Beschäftigung des Menschen gilt.

ERNEST: Das Nachsinnen?

GILBERT: Das Nachsinnen. Vor einer Weile sagte ich dir, daß es weitaus schwieriger sei, über etwas zu sprechen, als es zu tun. Laß mich dir jetzt berichten, daß es am allerschwierigsten ist, nichts zu tun, am allerschwierigsten und am intellektuellsten. Platon, mit seiner Leidenschaft für die Weisheit, hielt dies für die edelste Form von Lebenskraft. Aristoteles, mit seiner Leidenschaft für das Wissen, war derselben Meinung. Die leidenschaftliche Heiligkeit der Heiligen und die Mystiker des Mittelalters verfolgten kein anderes Ziel.

ERNEST: Dann existieren wir, um nichts zu tun?

GILBERT: Die Auserwählten existieren zum Nichtstun. Alles Tun ist eingeschränkt und relativ. Schrankenlos und absolut dagegen ist die Vision dessen, der ruht und beobachtet, der in Einsamkeit und Träumen wandelt. Aber wir, die wir am Ende dieser wunderbaren Epoche geboren wurden, sind zu kultiviert und zu kritisch, intellektuell zu feinsinnig und zu neugierig auf erlesene Freuden, um jedwede Spekulationen über das Leben gegen das Leben selbst einzutauschen. Für uns ist die *città divina*[6] farblos, und der *fruitio Dei*[7] bedeutungslos. Die Metaphysik befriedigt nicht unser Temperament, und die religiöse Ekstase ist unmodern. Die Welt, durch die der Akademische Philosoph zum »Betrachter der Zeit und jeder möglichen Existenz« wird, ist nicht wirklich eine ideale Welt, sondern einfach eine Welt der abstrakten Ideen. Wenn wir sie betreten, verhungern wir unter der frostigen Mathematik des Denkens. Das Innere der Stadt Gottes ist uns jetzt nicht zugänglich. Seine Pforten werden von der Ignoranz bewacht, und um hindurch zu gelangen, müssen wir alles aufgeben, was am göttlichsten ist in unserer Natur. Es reicht, daß unsere Väter glaubten. Sie haben die Glaubensfähigkeit der Spezies verbraucht. Ihre Hinterlassenschaft an uns ist der Skeptizismus, vor dem wir uns fürchten. Wenn sie ihn in Worte gekleidet hätten, würde er vielleicht nicht als Gedanke in uns leben. Nein, Ernest, nein. Wir können nicht zum Heiligen zurückkehren. Es gibt beim Sünder viel mehr zu lernen. Wir können nicht zum Philosophen zurückkehren, und der Mystiker bringt uns vom Weg ab. Wer, wie Mr. Pater irgendwo anregt, wer würde die Wölbung eines einzigen Rosenblattes gegen das konturlose, unbestimmbare Wesen eintauschen, das Platon so hoch schätzt? Was bedeutet uns Phi-

6 Himmlische Stadt.
7 Genuß von.

los Erleuchtung, Eckharts Abgrund, Böhmes Vision, selbst der gewaltige Himmel, der sich vor Swedenborgs geblendeten Augen auftat? Solche Dinge sind geringer als die Narzisse auf dem Feld, weitaus geringer als die gemeinste der sichtbaren Künste, denn ebenso, wie die Natur Materie ist, die darum ringt, Geist zu werden, ist die Kunst Geist, der sich zu den Bedingungen der Materie ausdrückt, und auf diese Weise, selbst in ihren niedersten Erscheinung, den Sinn und die Seele gleichermaßen anspricht. Stets widerstrebt das Abstruse dem ästhetischen Gemüt. Die Griechen waren ein Volk der Künstler, weil ihnen der Sinn für das Unbestimmte fehlte. Wie Aristoteles, wie Goethe, nachdem er Kant gelesen hatte, sehnen wir uns nach dem Konkreten, und nur das Konkrete kann uns zufriedenstellen.

ERNEST: Was schlägst du also vor?

GILBERT: Mir scheint, daß es uns durch die Entwicklung des kritischen Geistes möglich sein wird, unser Leben wie auch das Leben unserer gesamten Art bewußt zu erkennen, und daß wir somit absolut modern werden können, im wahren Sinn des Wortes Modernität. Denn jener, der die Gegenwart als das einzig Gegenwärtige betrachtet, weiß nichts von der Zeit, in der er lebt. Um das neunzehnte Jahrhundert zu erfassen, muß man jedes ihm vorangegangene Jahrhundert erfassen, das zu seiner Entstehung beigetragen hat. Um etwas über sich selbst zu wissen, muß man alles über andere wissen. Es darf keine Stimmung geben, in die man sich nicht einfühlen kann, keine tote Form der Existenz, die nicht wiederzuerwecken ist. Ist dies unmöglich? Ich denke nicht. Dadurch, daß es uns den absoluten Mechanismus jeder Handlung offenbart, und uns so von der selbst auferlegten und hinderlichen Last der moralischen Verantwortlichkeit befreit, ist das wissenschaftliche Prinzip der Vererbung gleichsam die Rechtfertigung des kontemplativen Lebens. Es hat uns gezeigt, daß wir niemals weniger frei sind, als wenn wir versuchen zu handeln. Es hat uns das Netz des Jägers übergeworfen und die Prophezeiung unseres Verhängnisses an die Wand geschrieben. Wir können es nicht beobachten, weil es in uns ist. Wir können es nicht sehen, es sei denn, wir blickten in einen Spiegel, der die Seele zeigte. Es ist die Nemesis ohne ihre Maske. Es ist die Letzte der Parzen, und die Schrecklichste. Es ist von allen Göttern der einzige, dessen wahren Namen wir kennen. Und dennoch, auch wenn es in dem Bereich des praktischen und äußerlichen Lebens, dessen Freiheit die Lebenskraft und dessen Tun die Entscheidungsgewalt geraubt hat, kommt es in der persönlichen Welt, dort, wo die Seele am Werk ist, zu uns, dieses schreckliche Gespenst mit vielen Gaben in seinen Händen, Gaben von merkwürdiger Wesensart und subtiler Feinfühligkeit, Gaben von wilder Begeisterung und kühler Gleichmut, komplizierte vielfältige Gaben von Gedanken, die sich widersprechen, und Leidenschaften, die gegeneinander Krieg führen. Und so ist es nicht unser eigenes Leben, das wir führen, sondern das Leben der Toten, und die Seele, die in uns wohnt, ist kein einheitliches geistiges Wesen, das uns zur Persönlichkeit, zum Individuum macht, uns zu Diensten ist, zuständig für unsere Freude. Sie ist etwas, das an schreckensreichen Orten wohnte und gehaust hat in alten Gräbern. Sie ist von vielen Krankheiten befallen, und hegt Erinnerungen an sonderbare Sünden. Sie ist weiser als wir, und ihre Weisheit ist bitter. Sie füllt uns mit unstillbaren Begierden, und läßt uns dem folgen, von dem wir wissen, daß es unerreichbar ist. *Etwas* jedoch, Ernest, kann sie für uns tun. Sie kann uns fortführen von jener Umgebung, deren Schönheit uns die Nebel der Vertrautheit trüben, oder deren nichtswürdige Häßlichkeit und erbärmlichen Ansprüche die Vervollkommnung unserer Entwicklung ruinieren. Sie kann uns helfen, das Zeitalter, in das wir hineingeboren wurden, zu verlassen, und in andere Zeiten zu entschlüpfen, aus deren Äther uns niemand vertreibt. Sie kann uns beibringen, vor unserer Erfahrung zu entfliehen, und die Erfahrungen jener, die größer sind als wir, nachzuvollziehen. Der Schmerz des Leopardi, der das Leben anschreit, wird unser Schmerz. Theokrit bläst auf seiner Flöte, und wir lachen mit den Lippen von Nymphe und Hirte. In der Wolfshaut von Pierre Vidal fliehen wir vor den Hunden, und in der Rüstung des Lanzelot reiten wir fort von der Laube der Königin. Wir haben das Geheimnis unserer Liebe in die Kutte des Abälard geflüstert und, in dem befleckten Gewand des Villon, unsere Schmach in ein Lied gehüllt. Wir können die Morgendämmerung durch Shelleys Augen sehen, und wenn wir mit Endymion wandern, verliebt sich der Mond in unsere Jugend. Die Verzweiflung von Atys ist unsere, und unser der schwächliche Zorn und die edle Trauer des Dänenprinzen. Denkst du, es ist die Vorstellungskraft, die uns diese zahllosen Leben leben läßt? Ja; es ist die Vorstellungskraft; und die Vorstellungskraft ist ein Ergebnis der Vererbung. Sie ist einfach die konzentrierte Erfahrung der Art.

ERNEST: Aber wo ist hier die Funktion des kritischen Geistes?

GILBERT: Die Kultur, die diese Übertragung von kollektiven Erfahrungen möglich macht, kann nur vom kritischen Geist perfektioniert werden, und darf tatsächlich als eins mit ihm bezeichnet werden. Denn wer ist der wahre Kritiker anderes als er, der in sich die Träume, die Ideen und Gefühle von tausend Generationen trägt, und dem keine Art zu denken fremd ist, keine Gefühlsregung verschleiert? Und wer ist der wahre Mann von Kultur, wenn nicht jener, welcher durch rechte Gelehrsamkeit und heikle Auswahl seinen Instinkt selbst-bewußt und intelligent hat werden lassen, und der unterscheiden kann zwischen dem besonderen und dem anderen Werk, und sich so anhand von Kontakt und Vergleich zum Herren der Geheimnisse von Stil und Schule macht, ihre Bedeutungen versteht, ihren Stimmen lauscht und jene Haltung der desinteressierten Neugierde entwickelt, die die wahre Wurzel, weil auch die wahre Blume, des intellektuellen Lebens ist, und auf diese Weise intellektuelle Klarheit gewinnt, und, da er »das Beste, das in dieser Welt gewußt und gekannt wird«, gelernt hat, jetzt mit jenen lebt, die – es ist nicht bizarr, dies zu sagen – unsterblich sind.

Ja, Ernest: Das kontemplative Leben, das Leben, in dem es nicht um *Handeln* geht, sondern um Sein, und nicht nur um *Sein*, sondern um *Werden*, das ist es, was der kritische Geist uns geben kann. Die Götter leben folgendermaßen: Entweder sie grübeln über ihre eigene Vollkommenheit nach, wie Aristoteles uns erzählt, oder sie, wie Epikur sich vorstellte, verfolgen mit den ruhigen Augen des Unbeteiligten die Tragikomödie der Welt, die sie erschaffen haben.

Auch wir könnten leben wie sie und uns anschicken, die verschiedenen Schauspiele, die Mensch und Natur uns bieten, mit angemessenen Gefühlen zu verfolgen. Wir können uns ganz auf eine geistige Ebene begeben, indem wir uns von der Handlung lossagen, und durch den Verzicht auf die Tatkraft vollkommen werden. Mir ist es oft so vorgekommen, als hätte Browning etwas davon gespürt. Shakespeare schleudert seinen Hamlet in das tätige Leben, und läßt ihn unter Anstrengungen seine Mission erfüllen. Browning würde uns vielleicht einen Hamlet beschert haben, der seine Mission denkend erfüllt. Begebenheit oder Ereignis waren ihm unwirklich oder unbedeutend. Er machte die Seele zum Protagonisten für die Tragödie des Lebens und betrachtete die Handlung als undramatisches Element eines Theaterstückes. Wie dem auch sei, das wahre Ideal für uns ist das *ΒΙΟΣ ΘΕΟΡΗΤΙΚΟΣ*[8]. Vom hohen Turm der Gedanken können wir in die Welt hinaussehen. Ruhig, in sich selbst eingesponnen und als Ganzes, betrachtet der Kunstkritiker das Leben, und kein zufälliger Pfeil, kann zwischen die Fugen seiner Rüstung dringen. Er wenigstens ist sicher. Er hat herausgefunden, wie man leben sollte.

Ist solche Lebensweise amoralisch? Ja, alle Künste sind amoralisch, außer den niederen Formen der sinnlichen oder didaktischen Kunst, die zu guten oder schlechten Taten anregen wollen. Denn jegliche Form der Tat gehört in den Bereich der Ethik. Das Ziel der Kunst besteht darin, eine Stimmung hervorzurufen. Ist solch eine Art zu leben unpraktisch? Ah! Es ist nicht so einfach, unpraktisch zu sein, wie der ignorante Banause vermutet. Es stünde gut um England, wenn es so wäre. Es gibt kein Land, das unpraktische Leute nötiger hätte als unseres. Bei uns wird der Gedanke durch die permanente Verknüpfung mit der Praxis degradiert. Jener, der die Belastungen und den Aufruhr des wirklichen Lebens erfährt, der lärmende Politiker, der prügelnde Sozialreformer oder der arme, engstirniger Mann des Glaubens, geblendet von dem Leiden des unwichtigen Teils der Gemeinde, aus der seine Schäfchen sind, kann er wirklich ernsthaft behaupten, er wäre in der Lage, über irgend einen Sachverhalt ein unparteiisches, intellektuelles Urteil fällen? Jeder dieser Berufe ist in sich ein Vorurteil. Die Notwendigkeit einer Karriere zwingt jeden dazu, Stellung zu beziehen. Wir leben im Zeitalter der Überarbeiteten und der ungenügend Ausgebildeten, dem Zeitalter, in dem die Leute so fleißig sind, daß sie vollständig verdummen, und, so hart das auch klingen mag, ich komme nicht umhin, zu behaupten, daß diese Leute ihr Schicksal verdienen. Das Bestreben, sich nützlich zu machen, ist der sicherste Weg, nichts über das Leben zu erfahren.

ERNEST: Eine bezaubernde Doktrin, Gilbert.

GILBERT: Dessen bin ich mir nicht so sicher, aber sie hat wenigstens den kleinen Vorzug, wahr zu sein. Daß der Drang danach, anderen Gutes zu tun, eine reiche Ernte an Tugendbolden hervorbringt, ist sein kleinstes Übel. Der Tugendbold ist ein sehr interessantes psychologisches

---

8 Kontemplatives Leben.

Studienobjekt, und obwohl von allen Haltungen die moralische am herausforderndsten ist, ist es immerhin etwas, überhaupt eine Haltung zu haben. Sie ist die formale Anerkennung dafür, daß es wichtig ist, das Leben von einem bestimmten und vernünftigen Standpunkt aus anzugehen. Daß die menschliche Barmherzigkeit Krieg gegen die Natur führt, indem sie das Überleben der Schwächeren sichert, mag den Haß des Wissenschaftlers auf ihre einfachen Tugenden schüren. Der Volkswirtschaftler mag entsetzt sein, weil sie die Sorglosen und die Vorausschauenden auf ein gemeinsames Niveau hebt, und so dem Leben den stärksten, weil niedersten Ansporn zum Fleißigsein raubt. Aber in den Augen des Denkers ist das wahre Übel des Mitfühlens, daß es unser Wissen eindämmt, und uns so daran hindert, auch nur ein einziges soziales Problem zu lösen. Im Moment versuchen wir, die kommende Krise, die kommende Revolution, wie meine Freunde, die Fabier es nennen, mit Hilfe von milden Gaben und Almosen hinauszuzögern. Nun, wenn die Revolution der Krise beginnt, werden wir machtlos sein, weil wir nichts wissen werden. Und deshalb Ernest, laß uns nicht darauf hereinfallen. England wird niemals zivilisiert sein, bis Utopia eine seiner Kolonien ist. Es könnte mehr als eine seiner Besitzungen guten Gewissens gegen solch edle Gefilde eintauschen. Was wir brauchen, sind unpraktische Leute, die über den Augenblick hinauszusehen und über den Tag hinauszudenken vermögen. Jene, die versuchen, die Menschen anzuführen, können dies nur tun, indem sie dem Pöbel folgen. Die Stimme eines Rufers in der Wüste muß den Göttern den Weg bereiten.

Du bist aber vielleicht der Meinung, daß etwas Egoistisches im Betrachten um des Betrachtens willen, im Nachsinnen um des Nachsinnens willen liegt. Wenn du dergleichen denkst, so sag es bitte nicht. Nur vollkommen selbstsüchtige Zeiten wie die unseren können die Selbstaufopferung vergöttern. Nur ein vollkommen habgieriges Zeitalter die wie jenes, in dem wir leben, stellt die seichten und emotionalen Tugenden, die von sofortigem praktischen Nutzen sind, über die edlen, geistigen Tugenden. Auch die Philanthropen und Gefühlsmenschen unserer Zeit, die immerzu von der Pflicht am Nächsten plappern, verfehlen ihr Ziel. Denn die Weiterentwicklung des Volkes hängt von der Weiterentwicklung des Individuums ab, und wo die persönliche Kultur nicht länger ein Ideal ist, wird das intellektuelle Niveau unverzüglich herabgeschraubt und geht schließlich allzuoft verloren. Wenn du einen Mann beim Dinner triffst, der sein Leben damit zugebracht hat, sich zu bilden – eine seltene Spezies in unserer Zeit, wie ich zugeben muß, aber immerhin eine, auf die man bisweilen noch stößt – erhebst du dich von der Tafel und bist reicher, und überzeugt, daß einen Moment lang ein hohes Ideal dein Leben berührt und gesegnet hat. Aber oh! mein lieber Ernest, versuche einmal neben einem Mann zu sitzen, der sein Leben damit zugebracht hat, für die Bildung anderer zu sorgen! Was für eine grauenvolle Erfahrung das ist! Wie entsetzlich ist diese Ignoranz als unvermeidliches Ergebnis der verhängnisvollen Angewohnheit, Meinungen preiszugeben. Es zeigt sich, welch engen Horizont der Geist dieser Kreatur haben muß! Wie er uns ermüdet, und sich selbst auch ermüden muß mit seinem endlosen Wiederholen und ekelhaftem Wiederkäuen! Wie sehr fehlt hier jegliches Element geistigen Wachstums! In welchem Teufelskreis er sich ständig bewegt!

ERNEST: Du sprichst so sonderbar bewegt, Gilbert. Kann es sein, daß du diese grauenvolle Erfahrung, wie du es nennst, vor gar nicht langer Zeit gemacht hast?

GILBERT: Nur wenige von uns kommen darum herum. Die Leute sagen, der Schulmeister sei im Aussterben begriffen. Ich wünschte bei Gott, dem wäre so. Aber seine Art, derer er nur ein einziger Vertreter ist, und gewiß der Unwichtigste, scheint mir unser Leben wirklich zu beherrschen; und gerade so, wie der Philanthrop die Plage des ethischen Wirkungskreises ist, so ist die Plage des Intellektuellen jener, der so damit beschäftigt ist, andere zu erziehen, daß er niemals die Zeit hatte, dies bei sich zu tun. Nein, Ernest, die individuelle Kultur ist das wahre Ideal der Menschheit. Goethe sah es, und Goethe verdanken wir mehr als irgendeinem anderen Menschen seit der Zeit der Griechen. Die Griechen sahen es und haben uns, als ihren Beitrag zum modernen Denken, das Konzept des kontemplativen Lebens hinterlassen, wie auch die kritische Methode, die einzige, mit der das Leben wirklich erkannt werden kann. Nur ihr verdankte die Renaissance ihre Größe, uns gab sie den Humanismus. Sie ist das, was unsere Zeit zu einer großen werden lassen könnte; denn Englands Schwäche beruht nicht auf unvollständigen Waffenarsenalen oder unbefestigten Küsten oder auf der Armut, die sich durch die sonnenlosen Gassen schleicht, oder der Trunksucht, die in abscheulichen Hinterhöfen um sich schlägt, sondern schlicht und einfach auf der Tatsache, daß die Ideale dieses Landes nicht intellektueller, sondern emotionaler Natur sind.

Ich bestreite nicht, daß das intellektuelle Ideal schwierig zu erlangen ist, und noch weniger, daß es beim Volk immer noch auf Unwillen stößt. Wahrscheinlich wird sich dieser Tatbestand innerhalb der nächsten Jahre nicht ändern. Für den Menschen ist es so einfach, mit den Leidenden zu fühlen. Es ist hingegen so schwierig für ihn, Teilnahme mit dem Denkenden zu bekunden. Vielmehr wissen die gewöhnlichen Leute kaum, was es mit dem Denken wirklich auf sich hat, sie glauben, wenn sie behaupten, eine Theorie sei gefährlich, hätten sie diese Theorie verdammt, wobei sie ihr doch auf diese Weise den wahren intellektuellen Wert zugestehen. Eine ungefährliche Idee verdient es nicht, Idee genannt zu werden.

Ernest: Gilbert, du verblüffst mich. Du hast mir gesagt, daß das Wesen einer jeden Kunst unmoralisch sei. Wird du mir als nächstes sagen, das Wesen eines jeden Gedankens sei gefährlich?

Gilbert: Ja, in der praktischen Anwendung ist das so. Die Sicherheit einer Gesellschaft gründet sich auf Sitten und unbewußten Instinkt, und die Basis der Stabilität einer Gesellschaft als gesundem Organismus ist die völlige Abwesenheit jeglicher Intelligenz bei ihren Mitgliedern. Als sei sie sich dieser Tatsache bewußt, reiht sich die große Mehrzahl der Menschen ganz selbstverständlich auf jener Seite dieses prächtigen Systems ein, die ihnen die Würde von Maschinen verleiht, und so stoßen sie derart wilde Flüche aus gegen die Einmischung der intellektuellen Fähigkeiten in Lebensfragen, daß man versucht ist, den Menschen als ein rationales Tier zu definieren, welches stets seine Beherrschung verliert, wenn es angehalten ist, nach den Vorgaben der Vernunft zu handeln. Aber jetzt wollen wir uns von der Praxis abwenden, und nichts mehr über die hanebüchenen Philanthropen sagen, die am besten der mandeläugigen Klugheit des Weisen vom Gelben Fluß, Chuang Tsu überantwortet werden sollten, welcher bewiesen hat, daß das gutgemeinte und abstoßende Sich-Einmischen dieser Leute die einfache und spontane Tugend zerstört hat, die der Mensch besitzt. Sie sind ein fades Gesprächsthema, und ich kann es nicht erwarten, wieder zu jener Sphäre zurückzukehren, in der die Kritik frei ist.

Ernest: Die Sphäre des Intellektes?

Gilbert: Ja. Du erinnerst dich, daß ich den Kritiker als ebenso kreativ wie den Künstler bezeichnet habe, dessen Arbeit in der Tat nur insofern wertvoll sein kann, als sie dem Kritiker eine Anregung hinsichtlich einer anderen Spielart des Denkens und des Fühlens bietet, die er mit ebenbürtigem, oder vielleicht gar besserem Gespür für Form und Gestalt ins Leben rufen kann, und der er durch die Verwendung eines unverbrauchten Ausdrucksmittels zu neuer Schönheit und größerer Vollkommenheit verhelfen kann. Nun, du schienst hinsichtlich der Theorie ein wenig skeptisch zu sein. Aber vielleicht habe ich dir Unrecht getan?

Ernest: Ich bin nicht skeptisch, aber ich muß zugeben, ich glaube fest daran, daß solche Arbeit, wie du sie den Kritiker hervorbringen läßt – und sie muß zweifelsohne als kreativ bezeichnet werden –, zwangsläufig rein subjektiv sein muß, während das großartigste Werk immer objektiv ist, objektiv und unpersönlich.

Gilbert: Der Unterschied zwischen objektiver und subjektiver Arbeit ist rein äußerlicher Natur. Er ist zufällig, nicht zwingend. Jede künstlerische Schöpfung ist vollkommen subjektiv. Eben jene Landschaft, die Corot betrachtete, hatte es wie er selbst sagte, nur als Laune in seinem Kopf gegeben; und jene großen Charaktere des griechischen oder englischen Dramas, die uns scheinen, als besäßen sie ein eigenes echtes Leben, unabhängig von den Dichtern, die sie formten und ihnen Ausdruck verliehen, sind – bis ins kleinste analysiert – niemand anderes die Dichter selbst, nicht so, wie sie zu sein glaubten, sondern so, wie sie nicht zu sein glaubten; und die auf eine merkwürdige Weise durch solches Denken, wenn auch nur für einen Moment, tatsächlich dergestalt wurden. Denn wir können nicht aus unserer Haut heraus, noch kann in der Schöpfung sein, was nicht im Schöpfer war. Nein. Ich würde sagen, daß das Werk um so objektiver erscheint, je subjektiver es in Wirklichkeit ist. Shakespeare mag Rosencrantz und Guildenstern in den weißen Straßen Londons getroffen haben, oder beobachtet haben, wie die Bediensteten rivalisierender Häuser sich auf offener Straße einen Faustkampf liefern; aber Hamlet entsprang seiner Seele, und Romeo seiner Leidenschaft. Sie waren Bestandteile seines Wesens, denen er eine greifbare Gestalt gab, Impulse, die ihn so sehr bewegten, daß er sie notgedrungen ertragen mußte, um ihrer Kraft Ausdruck zu verleihen, nicht auf der niedrigeren Ebene des wirklichen Lebens, wo sie, gebunden und gezügelt, unvollkommen geworden wären, sondern auf der phantasiereichen Ebene der Kunst, wo die Liebe ihre ganze Erfüllung tatsächlich im Tod finden kann, wo man den Lauscher hinter dem Vorhang erdolchen und in einem frischen Grabe ringen kann, wo man einen schuldbeladenen König seinen eigenen Tod trinken lassen kann und den Geist seines Vaters schaut, wie er unter den Blicken des Mondes in voller Rüstung von einer nebligen Wand zur anderen schreitet. Ein eingeschränkter Handlungsspielraum hätte Shakespeare nicht befriedigt, er hätte sich nicht ausdrücken können; und so, wie es ist, konnte er alles erreichen, weil er nichts getan hat, und weil er in seinen Stücken niemals mit uns über sich selbst spricht, geben seine Stücke ihn uns zur Gänze preis, kunden von seinem wahren Wesen, und seinem Temperament sogar viel gründlicher als jene sonderbaren und erlesenen Sonette, in denen er dem hellen Blick den geheimsten Winkel seines Herzens darbietet. Ja, vergegenständlicht ist die objektive Form die subjektivste. Der Mensch ist am wenigsten er selbst, wenn er in eigener Person spricht. Gib ihm eine Maske, und er wird dir die Wahrheit sagen.

ERNEST: Dann wird der Kritiker, beschränkt auf die subjektive Form, notwendigerweise weniger als der Künstler in der Lage sein, alles auszudrücken, denn der hat immer Zugriff auf die unpersönlichen und objektiven Stilmittel.

GILBERT: Nicht notwendigerweise, und gewiß gar nicht, wenn er erkennt, daß jede Form der Kritik auf ihrer höchsten Entwicklungsstufe, schlicht eine Laune ist, und daß wir uns selbst gegenüber niemals ehrlicher sind, als wenn wir uns widersprechen. Der Kunstkritiker, beständig nur im Grundsatz der Schönheit in allen Dingen, wird nach immer neuen Eindrücken suchen, den verschiedenen Schulen das Geheimnis ihres Zaubers abringen, sich vielleicht vor fremden Altären verneigen, oder, wenn es ihm beliebt, unbekannten neuen Göttern zulächeln. Was andere Leute unsere Vergangenheit nennen, hat allem Anschein nach ausschließlich mit ihnen zu tun, und absolut nichts mit dir. Der Mann, der seine Vergangenheit betrachtet, verdient keine Zukunft, auf die er sich freuen kann. Wenn man es geschafft hat, einer Stimmung Ausdruck zu verleihen, so ist es vollbracht. Du lachst; aber glaube mir, es ist so. Gestern war es der Realismus, der uns bezauberte. Er gab uns diesen *nouveau frisson*[9], den hervorzubringen sein Ziel war. Man analysierte ihn und wurde seiner überdrüssig. Bei Sonnenuntergang malte der *Luministe,* und der *Symboliste* dichtete, und der Geist des Mittelalterlichen, jener Geist, der nicht einer bestimmten Zeit angehört, sondern einer bestimmten Einstellung, erwachte plötzlich im verwundeten Rußland, und auch uns ergriff einen Moment lang die schreckliche Faszination des Schmerzes. Heute schreit man nach der Romantik, und schon zittern die Blätter im Tale, und über violette Hügelkuppen wandelt die Schönheit auf schmalen goldenen Füßen. Die alten Arbeitsmethoden bestehen fort. Die Künstler reproduzieren entweder sich selbst oder einander, ermüdende Iterationen scheuen sie nicht. Jedoch die Kritik schreitet fort, und der Kritiker entwickelt sich weiter.

Der Kritiker ist auch nicht wirklich auf die subjektive Form des Ausdrucks beschränkt. Die Methode des Dramas ist sein, wie auch die Methode des Epos. Er kann den Dialog verwenden, so wie jener, der Milton mit Marvel über das Wesen von Komödie und Tragödie reden, und Sidney mit Lord Brooke unter den Eichen von Penshurst über literarische Gegenstände diskutieren ließ; oder sich auch der Erzählung zuwenden, wie es Mr. Pater gerne tut, denn jedes seiner »Imaginären Portraits« – ist das nicht der Titel des Buches? – bietet uns hinter der phantasievollen Maske der Fiktion ein großartiges und edles Stück kritischer Betrachtung von Watteau, dem Maler, der Philosophie Spinozas, der heidnischen Elemente in der frühen Renaissance, und als letztes, und vielleicht anregendstes, von der Quelle der Aufklärung, jener Erleuchtung, die im letzten Jahrhundert über Deutschland heraufzog, und welcher unsere eigene Kultur so vieles verdankt. Den Dialog, diese wundervolle Art von Literatur, von Platon zu Luzian, von Luzian zu Giordano Bruno, und von Bruno zu dem großen alten Heiden, der Carlyle so viel Freude gemacht hat, haben die kreativen Kritiker der Welt stets verwendet, und sicherlich kann er für den Denker als Ausdrucksmittel niemals an Anziehungskraft verlieren. Er kann sich mit ihm sowohl enthüllen als auch verbergen, jeder Phantasie Gestalt geben, und jede Stimmung wahr werden lassen. Mit ihm kann er uns das Objekt von jedem Standpunkt aus

9 Reiz des Neuen.

darstellen, es einem Bildhauer gleich von allen Seiten präsentieren, um auf diese Art die reichhaltigen und authentischen Wirkungen zu erzielen, die jene Nebenthemen mit sich bringen, welche im Verlaufe der Entwicklung des Hauptgedankens unvermittelt auftauchen können und ihn erhellen, oder jene nachträglichen glücklichen Einfälle auszunutzen, die den zentralen Gedankengang ergänzen und dennoch den zarten Zauber des Zufälligen innehaben.

ERNEST: So erhält er auch die Möglichkeit, einen Gegner zu fingieren und diesen anhand irgend eines absurden sophistischen Argumentes zu bekehren, wenn es ihm denn beliebt.

GILBERT: Ah! Es ist nicht so einfach, andere zu bekehren. Es ist schwierig genug, sich selbst zu bekehren. Um zu erfahren, was man selbst wirklich glaubt, muß man mit fremden Lippen reden. Um die Wahrheit zu erkennen, muß man sich Tausende von Lügen ausdenken. Denn was ist die Wahrheit? In Religionsfragen ist es einfach jene Auffassung, die den längsten Atem hat. In der Wissenschaft ist es die neueste Entdeckung. In der Kunst ist es die jeweils letzte Stimmung. Nun siehst du wohl ein, Ernest, daß dem Kritiker ebenso viele objektive Ausdrucksformen zur Verfügung stehen, wie dem Künstler. Ruskin hat seine Kritik in dichterische Prosa gekleidet und glänzt mit Wandel und Widerspruch; Browning benutzte hierzu den Blankvers und ließ Dichter und Maler uns ihre Geheimnisse enthüllen; M. Renan verwendet den Dialog, Mr. Pater die Erzählung, und Rosetti hat Giorgiones Farben, Ingres Linien und seine eigenen Farben und Linien in die Musik seiner Sonette gelegt, denn mit dem Gespür eines Menschen, der sich auf vielfältige Arten zu äußern weiß, ahnte er, daß die höchste Kunst die Literatur, und das edelste und umfassendste Medium das Wort ist.

ERNEST: Gut, nachdem du jetzt belegt hast, daß der Kritiker alle objektiven Formen zur Verfügung stehen, bitte ich dich, mir zu sagen, welche Wesenszüge den wahren Kritiker ausmachen.

GILBERT: Welche sind es denn deiner Meinung nach?

ERNEST: Vor allem sollte der Kritiker gerecht sein, würde ich sagen.

GILBERT: Ah! Nicht gerecht. Ein Kritiker kann nicht gerecht im allgemeinen Sinne des Wortes sein. Eine unvoreingenommene Meinung kann man nur über Dinge äußern, die einen nicht interessieren, aus diesem Grunde ist eine solche Meinung auch völlig wertlos. Ein Mann, der die beiden Seiten einer Frage sieht, ist ein Mann, der überhaupt nichts sieht. Die Kunst ist eine Leidenschaft, in Kunstfragen ist der Gedanke zwingenderweise durch das Gefühl beeinflußt und darum eher fließend als fixiert, und weil er bestimmt wird von subtilen Stimmungen und speziellen Augenblicken, kann man ihn nicht in die Enge einer wissenschaftlichen Formel oder eines theologischen Dogmas zwängen. Zur Seele spricht die Kunst, und sowohl Geist als auch Körper können die Seele zu ihrem Gefangenen machen. Natürlich sollte man frei von Vorurteilen sein, aber wie ein großer Franzose bereits vor hundert Jahren bemerkte, ist es an uns, im Reich der Kunst Vorlieben zu hegen, und wenn wir dies tun, hören wir auf, gerecht zu sein. Nur der Auktionator kann alle Stilrichtungen gleichermaßen unbefangen bewundern. Nein; die Gerechtigkeit gehört nicht zu den Eigenschaften des wahren Kunstkritikers. Sie ist noch nicht einmal maßgeblich für die Kritik. Jede Kunstform, mit der wir in Berührung kommen, beherrscht uns für den Augenblick derartig, daß sie jede andere ausschließt. Wir müssen uns dem betreffenden Werk, was auch immer es sei, völlig hingeben, wenn wir sein Geheimnis ergründen wollen. Solange wir damit beschäftigt sind, dürfen, und in der Tat, können wir nichts anderes denken.

ERNEST: Der wahre Kritiker wird auf jeden Fall vernünftig sein, nicht wahr?

GILBERT: Vernünftig? Man kann der Kunst auf zweierlei Arten abhold sein, Ernest. Die eine ist, sie nicht zu mögen, die andere, sie auf eine vernünftige Art zu mögen. Denn, wie Platon nicht ohne Bedauern erkannte, erweckt die Kunst im Zuhörer oder Zuschauer einen gewissen göttlichen Irrsinn. Sie entspringt nicht der Inspiration, aber sie inspiriert andere. Es ist nicht die Vernunft, die sie anspricht. Wenn man die Kunst überhaupt liebt, so muß man sie mehr lieben als alles auf der Welt, und gegen eine solche Liebe würde die Vernunft aufbegehren, wenn man ihr Gehör schenkte. Es ist nicht gesund, die Schönheit anzubeten. Es ist zu himmlisch, als daß es gesund sein könnte. Diejenigen, deren Leben in dieser Tonart spielt, werden der Welt stets schlicht als Schwärmer erscheinen.

ERNEST: Nun, wenigstens wird der Kritiker aufrichtig sein.

GILBERT: Aufrichtigkeit in geringen Dosen ist gefährlich, in größeren Mengen hat sie eine geradezu verheerende Wirkung. Natürlich wird der wahre Kritiker dem Gesetz der Schönheit stets aufrichtig ergeben sein, doch wird er die Schönheit in jedem Jahrhundert und in jeder Schule suchen, und sich niemals von einer bestimmten Denkungsart oder einer stereotypen Weltanschauung Zügel auferlegen lassen. Er wird sich in vielen Gestalten und auf mannigfaltige Weise verwirklichen und ständig Ausschau halten nach neuen Reizen und neuen Perspektiven. Durch den steten Wechsel, allein durch den steten Wechsel wird er mit sich selbst im Einklang sein. Nie wird er sich bereit erklären, ein Sklave der eigenen Meinung zu werden. Denn was ist der Geist anderes als die Bewegung in intellektuellen Sphären? Das Wachstum ist die Essenz des Gedankens, die Essenz des Lebens. Laß die Worte dich nicht schrecken, Ernest. Was man Unaufrichtigkeit nennt, ist schlichtweg ein Mittel, das unsere Persönlichkeiten vervielfältigt.

ERNEST: Ich habe mit meinen Anregungen wenig Glück gehabt, fürchte ich.

GILBERT: Zwei der drei Eigenschaften, die du nanntest, nämlich Aufrichtigkeit und Gerechtigkeit, sind nicht eigentlich moralisch, vielmehr liegen sie an der Grenze zur Moral; doch die eigentliche Voraussetzung der Kritik ist die Fähigkeit des Kritikers, zu erkennen, daß Kunst und Kritik zwei völlig unterschiedliche und getrennte Bereiche sind. Werden sie verwechselt, kehrt das Chaos zurück. Im heutigen England verwechselt man sie nur allzu oft, und obwohl unsere modernen Puritaner das Schöne nicht zerstören können, so gelingt es ihnen und ihrer außerordentlichen Gier doch mitunter beinahe, es einen Moment lang zu besudeln. Zu meinem Bedauern muß ich sagen, daß der Journalismus diesen Leuten als Sprachrohr dient. Ich bedaure es deshalb, weil man dem modernen Journalismus sehr vieles zugute halten muß. Indem er uns die Meinungen der Ungebildeten anvertraut, bleiben wir mit der Ignoranz der Allgemeinheit auf Tuchfühlung. Sorgsam zeichnet er die Ereignisse unserer Zeit auf und führt uns so vor Augen, wie bedeutungslos diese tatsächlich sind. Er wird es nicht müde, Belanglosigkeiten zu besprechen und verdeutlicht uns auf diese Weise, welche Dinge wesentlich für unsere Kultur sind, und welche nicht. Aber er sollte dem armen Tartuffe nicht gestatten, über die moderne Kunst zu schreiben. Er schneidet sich damit ins eigene Fleisch. Und doch haben Tartuffes Artikel und Chadbands Aufzeichnungen etwas Gutes: Sie liefern den Beweis für die Begrenztheit jenes Bereiches, den die Ethik und die ethischen Betrachtungen beanspruchen dürfen, zu beeinflussen. Die Wissenschaft ist außer Reichweite der Moral, ihr Blick gilt den ewigen Wahrheiten. Die Kunst ist außer Reichweite der Moral, denn ihr Auge ruht auf dem Schönen, dem Unsterblichen, dem ewigen Wandel. Der Moral gehören nur die niederen, weniger intellektuellen Sphären. Doch lassen wir diese maulenden Puritaner in Frieden ziehen; auf ihre Art sind sie amüsant. Wer kann sich schon angesichts des ernsthaften Vorschlages eines ganz gewöhnlichen Journalisten, man solle den Themenkreis des Künstlers einschränken, das Lachen verbeißen? Was sicherlich und hoffentlich bald eingeschränkt wird, ist das Unwesen einiger unserer Zeitungen und Zeitungsschreiber. Denn sie präsentieren uns die nackten, schmutzigen und abstoßenden Tatsachen des Lebens. Mit schamloser Begeisterung führen sie Buch über die Sünden der Unbedeutenden, und mit dem Selbstverständnis der Unwissenden liefern sie uns genaue und nüchterne Details über das Treiben absolut uninteressanter Menschen. Aber der Künstler, der die Tatsachen des Lebens hinnimmt, und ihnen trotzdem schöne Formen verleiht, und sie zu Botschaftern des Mitleids oder der Ehrfurcht macht, ihre Buntheit und ihre Mirakel zeigt, und auch ihre wahre ethische Aussage, der aus alledem eine Welt erbaut, wirklicher als die Wirklichkeit selbst, und von vornehmerer Art – wer sollte ihm Grenzen setzen? Keinesfalls die Apostel eines neuen Journalismus, dessen Aufgabe darin besteht, die alte Vulgarität im »größeren Stil« zu betreiben. Keinesfalls die Apostel dieses neuen Puritanismus, der nichts ist als die Klagen des Heuchlers, schlecht geschrieben und schlecht artikuliert. Allein der Gedanke daran ist lächerlich. Lassen wir diese Banausen und wenden wir uns wieder der Diskussion jener künstlerischen Eigenschaften zu, die der Kritiker haben muß.

ERNEST: Welche Eigenschaften sind das? Sag es mir selbst.

GILBERT: Temperament ist das oberste Gebot für den Kritiker – ein Temperament von besonderer Empfänglichkeit für das Schöne und für die zahlreichen Eindrücke, die das Schöne in uns hinterläßt. Wir wollen jetzt nicht erörtern, unter welchen Bedingungen und mit welchen Mitteln dieses Temperament im allgemeinen oder im besonderen erweckt wird. Es reicht völlig, wenn wir zur Kenntnis nehmen, daß es existiert, und daß ein Sinn für Schönheit in uns steckt, von den anderen Sinnen geschieden, über sie erhaben, geschieden von der Vernunft und über sie erhaben, geschieden von der Seele und ihr ebenbürtig – Ein Sinn, der einige zum Schaffen treibt und andere – wie ich meine die edleren Gemüter – zur Kontemplation. Nun bedarf dieser

Sinn aber eines bestimmten erlesenen Umfeldes, um Reinheit und Vollendung zu erlangen. Ohne diese verkümmert er oder wird stumpf. Sicherlich erinnerst du dich an jene bezaubernde Stelle, in der uns Platon berichtet, wie ein junger Grieche erzogen werden sollte, und mit welchem Nachdruck er die Bedeutung der Umgebung betont, wenn er behauptet, der junge Mensch müsse inmitten herrlicher Dinge und Klänge heranwachsen, damit die Schönheit des Greifbaren seine Seele für die Aufnahme geistiger Schönheit schule. Unbewußt, und ohne den Grund hierfür zu kennen, soll er jene echte Liebe zur Schönheit entwickeln, die, wie Platon nicht müde wird, uns zu versichern, das wahre Ziel der Erziehung ist. Schritt für Schritt soll in ihm das Temperament erweckt werden, welches ihn ganz natürlich und einfach dazu bringen wird, das Gute dem Bösen vorzuziehen, das Gewöhnliche und Disharmonische von sich zu weisen und mit feinem, instinktiven Gespür allem Heiteren, Anmutigen, Lieblichen zu folgen. Schließlich wird sich dieses Gespür zur kritischen und bewußten Haltung entwickeln, zunächst jedoch muß es lediglich als kultivierter Instinkt zugrunde liegen, und »wer diese innerliche Kultivierung erfuhr, wird mit ungetrübten und sicheren Blick die Schwächen und Fehler in Kunst und Natur ausmachen, mit unbestechlichem Geschmack wird er das Gute loben und daran seine Freude finden, er wird es in seiner Seele bewahren und gleichsam selbst gut und edel werden, bereits in seiner Jugend wird er das Böse zu Recht verurteilen und hassen, noch bevor er den Grund für diesen Haß zu erkennen vermag.« Später dann, wenn der kritische und wissende Geist in ihm herangereift ist, wird er ihn »als einen Freund, der ihm durch seine Erziehung schon lange vertraut war, wiedererkennen und begrüßen«. Ernest, ich brauche wohl kaum zu erwähnen, wie wenig wir in England diesem Ideal gerecht werden, und ich sehe das Grinsen schon vor mir, das im glänzenden Gesicht des Banausen erscheinen würde, wenn einer sich überwinden würde, ihm zu sagen, daß das wahre Ziel der Erziehung die Liebe zur Schönheit sei, und die Mittel hierzu seien Entwicklung des Temperaments, Kultivierung des Geschmacks und Bildung eines kritischen Geistes.

Doch hat man auch uns noch ein wenig von der lieblichen Umgebung gelassen, und der Stumpfsinn von Erziehern und Professoren kann uns in den grauen Kreuzgängen des Magdalen-Colleges nichts anhaben, er stört uns nicht beim Lauschen des flötengleichen Gesanges in der Kapelle von Waynfleete, beim Ruhen im grünen Gras inmitten der sonderbar schlangengemusterten Blüten der Schachbrettblume, beim Betrachten der goldenen Wetterfahnen, die in der Mittagsglut aufglänzen, beim Dahinwandeln unter der fächerartig gewölbten, schattigen Decke der Christ Church, beim Betreten des St. John's College durch das geschnitzte Tor des Laud-Traktes. Es ist auch nicht so, daß der Sinn für Schönheit ausschließlich in Oxford oder Cambridge gebildet, geschult und vervollkommnet wird. Die Renaissance der dekorativen Künste vollzieht sich in ganz England. Die häßlichen Zeiten sind vorbei. Selbst in den Häusern der Reichen herrscht der Geschmack, und die Häuser derer, die über weniger Mittel verfügen, werden gefällig, freundlich und wohnlich gestaltet. Caliban, der arme, lärmende Caliban meint, ein Ding höre auf zu existieren, sobald er sich nicht mehr darüber lustig mache. Aber wenn er nicht mehr spottet, so liegt das daran, daß er mit einem Gegner konfrontiert wurde, dessen Zunge flinker und schärfer ist als die seine, und so wurde er mit rauhem Griff zum Schweigen gebracht, zu einem Schweigen, daß sein unflätiges Schandmaul für alle Zeiten schließen sollte. Was bisher getan wurde, hat hauptsächlich den Weg bereitet. Es ist immer schwieriger, zu zerstören, als zu erschaffen, und wenn es gilt, das Gewöhnliche und das Dumme zu vernichten, dann erfordert diese Arbeit nicht nur Mut, sondern auch Geringschätzung. Dennoch ist, so meine ich, das Werk bis zu einem gewissen Grade vollbracht. Wir haben uns des Schlechten entledigt. Nun müssen wir das Schöne hervorbringen. Die Mission der ästhetischen Bewegung ist es zwar, den Menschen zur Kontemplation und nicht zum Schaffen anzuregen, aber da der Kelte über ein hohes Maß an schöpferischem Instinkt verfügt, und der Kelte in der Kunst federführend ist, besteht kein Grund dafür, daß diese sonderbare Renaissance auf ihre Art nicht beinahe ebenso mächtig werden könnte, wie die jener Kunst, welche vor vielen Jahrhunderten ihre Wiege in den Städten Italiens hatte.

Um dieses Temperament zu kultivieren, müssen wir uns natürlich den dekorativen Künsten zuwenden: Es sind die Künste, die uns berühren, anstatt uns zu belehren. Ohne Zweifel ist es sehr ergötzlich, sich moderne Gemälde anzusehen. Wenigstens gilt das für manche von ihnen. Jedoch ist es ziemlich unmöglich, mit ihnen zu leben; sie sind zu schlau, zu bestimmt, zu intellektuell. Ihre Aussage ist zu offenkundig, ihre Technik zu klar umrissen. Was sie ausdrücken wollen, ist schnell gesagt, und dann werden sie so fade wie unsere Verwandten. Ich bin den Arbeiten vieler Impressionisten aus Paris und London sehr zugetan. Ihre Schule besticht immer noch durch Zartheit und Feinsinn. Manche ihrer Arrangements und Farbharmonien erinnern fast an die unerreichbare Schönheit von Gautiers *Symphonie en Blanc Majeur*, dieses makellose Meisterwerk der Farben und Klänge, die scheinbar für Typus und Titel vieler ihrer besten Gemälde richtungsweisend war. Für eine Gesellschaft, die das Inkompetente mit eifrigen Mitgefühl begrüßt, das Bizarre mit dem Schönen, und das Vulgäre mit der Wahrheit verwechselt, sind sie von äußerster Vollendung. Sie fertigen Radierungen an, die schillern wie Epigramme, Pastelle, die ebenso faszinieren wie Paradoxe, und was ihre Portraits angeht, so sind sie, entgegen der Meinung des Durchschnittsbürgers doch unleugbar von jenem einzigartigen und wundersamen Zauber, den sonst die Werke der Erzählkunst innehaben. Aber selbst die Impressionisten, so ernsthaft und emsig sie auch sein mögen, können uns nicht Genüge tun. Ich mag sie. Ihr weißer Grundton, mit seinen violetten Spielarten, hat ein neues Zeitalter der Farben heraufbeschworen. Zwar erschafft nicht der Augenblick den Menschen, aber zweifelsohne den Impressionisten, und was spräche nicht für das Einfangen des Augenblickes durch die Kunst, für das »Monument des Moments«, wie Rossetti es nannte? Außerdem sind sie von großer Überzeugungskraft. Wenn sie auch nicht gerade dem Blinden die Augen öffneten, so haben sie doch wenigstens die Kurzsichtigen sehr ermutigt, und wenn auch die ganze Unerfahrenheit des Alters ihren Führern zukommt, sind doch die jungen unter ihnen viel zu weise, um jemals vernünftig zu werden. Sie bleiben dabei, die Malerei als eine Art der Selbstbiographie für Analphabeten zu betrachten, und auf ihrer derben, grobkörnigen Leinwand schwatzen sie gleichsam über ihre doch eher unbedeutenden Persönlichkeiten und ihre unmaßgeblichen Ansichten. Durch ihre vulgären Übertreibungen verderben sie, was doch das Beste und einzig Bescheidene an ihnen ist: Ihre subtile Geringschätzung der Natur. Schlußendlich wird man dieser Arbeit von Individualisten, deren Individualismus stets lärmend und im allgemeinen uninteressant ist, überdrüssig. Weitaus mehr Gutes ließe sich sagen über die jüngere Pariser Schule der *Archaizisten*, wie sie sich nennen, die sich weigern, den Künstler der Barmherzigkeit des Wettergottes zu überlassen, und ihr Heil nicht kurzerhand in bloßen atmosphärischen Effekten suchen, sondern vielmehr nach der spielerischen Schönheit der Gestaltung und Lieblichkeit der Farben trachten, und den langweiligen Realismus jener ablehnen, die nur malen, was sie sehen, die versuchen, zu sehen, was wert ist, gesehen zu werden, und zwar nicht nur mit dem Auge, sondern – edler noch – als Vision der Seele, deren geistiger Horizont viel weiter und deren künstlerisches Gespür viel tiefer ist. Jedenfalls arbeiten sie, was das dekorative Element anbelangt, unter jenen Voraussetzungen, die eine jede Kunst zu ihrer Vollendung bedarf, und besitzen genügend Schönheitssinn, um diese elende und törichte Beschränkung auf die absolute Modernität der Form zu verurteilen. Immer noch lebt es sich am besten mit jener Kunst, die sich offen als dekorativ bekennt. Unter all unseren bildenden Künsten ist sie es, die in uns sowohl Stimmungen, als auch Launen erweckt. Die Farbe allein, unbelastet von Inhalten, losgelöst von festumrissenen Formen, vermag es, die Seele auf mannigfaltige Weise zu berühren. Die Harmonie, die den zarten Proportionen von Linien und Flächen innewohnt, spiegelt sich im Geist wieder. Wiederkehrende Muster erfüllen uns mit Ruhe. Die Wunder der Zeichnung geben unserer Phantasie Nahrung. Die Lieblichkeit der verwendeten Materialien birgt ganze Grundstoffe der Kultur. Doch das ist nicht alles. Durch die bewußte Ablehnung der Natur als Schönheitsideal und der Nachahmungskunst der landläufigen Malerei, öffnet die dekorative Kunst nicht nur unsere Seele nicht nur für die wahrhaft phantasiereichen Werke, sondern sie erweckt auch in ihr jenes Formgefühl, auf dem schöpferische nicht weniger als die kreative Leistung beruht. Denn der wahre Künstler ist der, der voranschreitet, nicht vom Gefühl zur Form, aber von der Form zum Denken und zur Leidenschaft. Er greift nicht zunächst eine Idee auf, um sich dann zu sagen »Ich werde ein komplexes metrisches Gebilde von vierzehn Zeilen aus meiner Idee formen, nein, die Erkenntnis der Schönheit des Sonetts führt ihm gewisse Spielarten von Klang und Reim vor Augen, und die Form als solche legt ihm die Substanz nahe, mit der sie zu füllen sei, die Substanz, die sie vollständig macht sowohl für Geist als auch für Gefühl. Bisweilen richtet sich der Volkszorn gegen einen einnehmend musischen Künstler, weil jener – um diese abgedroschene und dumme Phrase zu wiederhole, »nichts zu sagen hat«. Aber wenn er etwas zu sagen hätte, so würde er dies wahrscheinlich tun, und das Ergebnis wäre langweilig. Er ist in der Lage, etwas Schönes zu schaffen, gerade weil er keine neue Botschaft zu verkünden hat. Seine Inspiration schöpft er aus der Form, nur aus der Form, wie es sich für einen Künstler geziemt. Die wahre Leidenschaft würde ihn zugrunde richten. Was auch immer tatsächlich geschieht, für die Kunst ist es ungenießbar. Jede minderwertige Dichtung entspringt dem echten Gefühl. Natürlich zu sein bedeutet offensichtlich zu sein, und offensichtlich zu sein heißt unkünstlerisch zu sein.

ERNEST: Ich frage mich, ob du wirklich glaubst, was du da sagst.

GILBERT: Warum solltest du das tun? Nicht nur in der Kunst ist der Körper die Seele. Die Form ist in jedem Lebensbereich für alles der Ausgangspunkt. Die rhythmischen, harmonischen Gebärden des Tanzes vermitteln unserem Geist sowohl Rhythmus als auch Harmonie, wie wir von Platon wissen. Die Form ist die Nahrung des Glaubens, so rief Newman in einer jener Sternstunden der Wahrheit aus, an denen wir diesen Mann erkennen und für die wir ihn bewundern. Er hatte recht, obwohl er vielleicht nicht wüßte, wie sehr. Glaubensbekenntnisse nimmt man ernst, nicht weil sie vernünftig sind, sondern weil sie wiederholt werden. Ja. Die Form ist alles. Sie ist das Geheimnis des Lebens. Finde des Ausdruck für ein Leid, und es wird dir teuer werden. Finde den Ausdruck für eine Freude, und du steigerst ihren Genuß. Willst du lieben? Bete die Litanei der Lieben herunter, und die Worte werden jene Sehnsucht wachrufen, von der die Welt meint, sie sei es, der sie entspringen. Nagt ein Kummer an deinem Herzen? Neige dich zur Sprache der Trauer herab, lerne sie von Prinz Hamlet oder Königin Konstanza, äußere deinen Kummer, und du wirst deinen Trost bereits gefunden haben. Du wirst sehen, die Form, Schoß der Leidenschaft, ist zugleich der Tod des Schmerzes. Um in das Reich der Kunst zurückzukehren: Die Form weckt nicht nur kritisches Temperament, sondern auch den ästhetischen Instinkt, jenen untrüglichen Spürsinn, der uns die in allen Dingen ruhende Schönheit unter ihren Bedingungen offenbart. Beginne damit, die Form zu ehren, und dir wird kein Geheimnis der Kunst verborgen bleiben, und vergiß nie, daß in der Kritik wie im Wirken das Temperament alles ist, und daß man sie nicht ihrer Entstehungszeit, sondern den Temperamenten, die sie ansprechen, historisch unterordnen sollte.

ERNEST: Deine Theorie zur Erziehung ist ergötzlich. Doch welchen Einfluß wird der Kritiker in solch auserlesener Umgebung ausüben? Meinst du wirklich, daß jemals ein Künstler von der Kritik beeinflußt wurde?

GILBERT: Der Einfluß des Kritikers liegt in seiner Existenz an sich begründet. Er repräsentiert den Fehllosen. In ihm wird sich die Kultur des Jahrhunderts verwirklicht sehen. Du darfst von ihm nicht verlangen, daß er ein anderes Ziel habe, als sich zu vollenden. Wie man richtig erkannte, begehrt der Intellekt nur eines: Sich lebendig zu fühlen. Der Kritiker mag in der Tat bestrebt sein, Einfluß auszuüben, doch dann wird er sich nicht mit dem Individuum, sondern mit dem Zeitalter befassen, welchem er ein Bewußtsein zu geben trachtet, und es heranbildet, neue Wünsche und Liebhabereien in sich zu erwecken, und ihm seinen eigenen Weitblick, seine edleren Empfindungen verleiht. Die gegenwärtige Kunst wird ihn weniger beschäftigen als die morgige, weit weniger als die gestrige, und wenn sich auch heutzutage der eine oder andere abmüht, was bewirken schon die Emsigen? Ohne Zweifel leisten sie ihr Bestes, deshalb erhalten wir von ihnen auch das Schlechteste. Immer sind es die schlechtesten Werke, die mit den besten Absichten vollbracht werden. Und außerdem, mein lieber Ernest, wenn ein Mann die Vierzig erreicht hat oder Mitglied der Royal Academy geworden ist oder in den Athenaeum Club gewählt wurde oder als populärer Romanschriftsteller gilt, dessen Bücher auf Vorstadtbahnhöfen reißenden Absatz finden, dann mag es einen amüsieren, ihn bloßzustellen, aber das Vergnügen, ihn zu bekehren, bleibt einem versagt. Ich wage zu behaupten, daß dies sein Glück ist; denn ich zweifle nicht daran, daß die Bekehrung weitaus schmerzhafter ist als die Bestrafung, ja sie ist die Strafe in ihrer schlimmsten und tugendhaftesten Form – ein Tatbestand, der erklärt, warum alle Bestrebungen der Gesellschaft, dem interessanten Phänomen des Gewohnheitsverbrechers Abhilfe zu schaffen, fehlgeschlagen sind.

ERNEST: Aber kann es nicht sein, daß der Dichter die Dichtung am besten zu beurteilen vermag, so wie der Maler die Malerei? Jede Kunst muß zunächst den ansprechen, der in ihr wirkt. Gewiß wird doch sein Urteil das klarste sein?

GILBERT: Alle Künste sprechen nichts als das künstlerische Temperament an. Die Kunst wendet sich nicht an Spezialisten. Sie will allumfassend und in jeder Erscheinungsform eins sein mit sich. Tatsächlich ist der Künstler so weit davon entfernt, der beste Kunstkritiker zu sein, daß ein wirklich großer Künstler wahrhaftig niemandes Werk beurteilen kann, er ist kaum imstande, über sein eigenes zu befinden. Es ist ja eben dieser versunkene Blick, der ihn zum Künstler macht, und ihn durch seine bloße Intensität daran hindert, ein treffliches Urteil abzugeben. Die Schaffenskraft treibt ihn blind seinem eigenen Ziele zu. Die Räder seines Wagens wirbeln den Staub auf, der ihn wie eine Wolke umgibt. Die Götter bleiben einander verborgen. Sie können ihre Bewunderer erkennen. Das ist alles.

ERNEST: Du behauptest, ein Künstler könne nicht die Schönheit eines Werkes erkennen, das sich von seinem unterscheidet.

GILBERT: Es ist ihm unmöglich. Wordsworth sah im *Endymion* lediglich ein hübsches Stück Heidentum, und Shelley, mit seiner Abneigung gegen die Tätigkeit schlechthin, verschloß die Ohren vor Wordsworths Botschaft, denn ihre Form stieß ihn ab, und Byron, dieses großartige, leidenschaftliche, menschliche, unvollkommene Wesen, wußte weder den Dichter der Wolke noch den Dichter des Sees zu würdigen, ihm blieb das Wunderbare an Keats verborgen. Der Realismus des Euripides war Sophokles verhaßt. Das Tropfen dieser heißen Tränen war für ihn keine Musik. Milton, mit seinem Sinn für großartigen Stil, konnte die Arbeitsweise Shakespeares so wenig verstehen wie Sir Joshua die von Gainsborough. Immer bewundern schlechte Künstler gegenseitig ihre Werke. So etwas nennen sie großmütig und unvoreingenommen. Doch ein wahrhaft großer Künstler vermag es nicht, sich das Leben oder die Schönheit anders als auf seine Art und Weise dargestellt, auszumalen. Das Schaffen nimmt all sein kritisches Vermögen für sich in Anspruch. Es kann in keiner Sphäre walten, die anderen gehört. Es ist eben der Umstand, daß ein Mensch ein Ding nicht zu schaffen vermag, der ihn zu dessen angemessenem Beurteiler macht.

ERNEST: Meinst du das wirklich ernst?

GILBERT: Ja, denn das Schaffen trübt den Blick, während die Betrachtung ihn schärft.

ERNEST: Wie ist es dann um technische Fragen bestellt? Zweifellos hat doch jede Kunst ihre eigene Technik?

GILBERT: Gewiß; jede Kunst hat ihre Grammatik und ihre Werkstoffe. Keins von beiden birgt ein Geheimnis, und der Inkompetente kann immer korrekt sein. Doch obwohl die Gesetze der Kunst festgelegt und klar umrissen sein können, muß die Phantasie sie zu solcher Schönheit beflügeln, daß sie uns allesamt wie einzigartige Ausnahmen erscheinen. In Wahrheit ist die Technik Persönlichkeit. Dies ist der Grund, weshalb der Künstler sie nicht zu lehren, der Schüler sie nicht zu lernen, und der Kunstkritiker sie zu verstehen vermag. Für den großen Dichter existiert nur eine Form von Musik – seine eigene. Für den großen Maler gibt es nur eine Art zu malen – seine eigene. Der Kunstkritiker, und nur er, weiß alle Erscheinungsformen und Arbeitsmethoden zu würdigen. An ihn wendet sich die Kunst.

ERNEST: Nun, ich denke, ich habe dir alle meine Fragen gestellt. Und jetzt muß ich zugeben –

GILBERT: Ah! Stimme mir ja nicht zu! Wenn Leute mir zustimmen, habe ich immer das Gefühl, ich müsse im Irrtum sein.

ERNEST: In diesem Falle werde ich dir natürlich nicht sagen, ob ich dir zustimme oder nicht. Statt dessen will ich eine weitere Frage an dich richten. Du hast mir veranschaulicht, daß die Kritik eine schöpferische Kunst ist. Was hält die Zukunft für sie bereit?

GILBERT: Sie gehört der Kritik. Die Mittel, die dem schöpferischen Künstler zur Verfügung stehen, verlieren mit jedem Tag an Umfang und Vielfalt. Die Vorsehung und Mr. Walter Besant haben das Offensichtliche ausgeschöpft. Wenn das Schöpferische überhaupt Bestand haben soll, dann nur unter der Bedingung, daß es um einiges kritischer wird, als es gegenwärtig ist. Allzu oft sind die alten Pfade und staubigen Straßen betreten worden. Derbe Füße sind auf ihrer Lieblichkeit herumgetrampelt, und sie haben das Neue und Überraschende verloren, das für die Dichtung so wichtig ist. Wer uns jetzt mit seiner Wortkunst anrühren möchte, muß uns entweder einen völlig neuen Hintergrund bieten, oder uns die Menschenseele bis in ihre äußersten Winkel erhellen. Ersteres wird für uns gegenwärtig von Mr. Rudyard Kipling besorgt. Blättert man in seinen *Plain Tales from the Hills,* so fühlt man sich, als säße man unter einer Palme und läse das Leben selbst, in dem bisweilen die Vulgarität ganz köstlich aufblitzt. Die grellen Farben der Basare blenden unsere Augen. Die verwahrlosten, ärmlichen Anglo-Inder bilden einen reizvollen Kontrast zu ihrer Umgebung. Eben weil es diesem Erzähler an Stil mangelt, hat seine Geschichte eine eigenartige, journalistische Authentizität. Vom literarischen Standpunkt aus betrachtet, ist Kipling ein Genie mit nicht ganz salonfähiger Aussprache. Vom Standpunkt des Lebens aus betrachtet, ist er ein Berichterstatter, der das Ruchlose kennt wie kein anderer. Dickens kannte seine Kleidung und seine Possenspiel. Mr. Kipling weiß um sein Wesen und seine Bedeutung. Er ist unsere erste Kapazität für das Erbärmliche, er hat wundersame Dinge durchs Schlüsselloch erspäht, und seine Schauplätze sind wahre Meisterwerke. Was die zweite Forderung anbelangt, so hatten wir ja Browning, und Meredith haben wir immer noch. Aber im Reich der Introspektion bleibt vieles zu tun. Bisweilen wird gesagt, unsere Dichtung würde zu morbide. Aus psychologischer Sicht war sie niemals morbide genug. Wir haben nur die Oberfläche der Seele gestreift, sonst nichts. In einer einzigen Gehirnzelle schlummern mehr wunderbare und schreckliche Dinge, als sich jene träumen lassen, die sich, gleich dem Verfasser von *Le Rouge et Le Noir*, mühten, die Seele bis in ihre geheimsten Gemächer zu verfolgen, und dem Leben das Geständnis seiner geheimsten Sünden abzuringen. Dennoch ist selbst die Zahl der unerprobten Schauplätze gering, und möglicherweise gebietet ein weiteres Voranschreiten der Introspektion gerade jenem schöpferischen Talent, das sie mit neuer Nahrung versorgen will, Einhalt. Ich persönlich neige zu der Annahme, daß das Schöpferische dem Untergang geweiht ist. Es entspringt einem zu primitiven, zu natürlichen Impuls. Wie dem auch sei, der Vorrat an Werkstoffen, die dem Schaffenden zur Verfügung stehen, schwindet zusehends, während jener der Kritik beständig zunimmt. Es entstehen immer neue Geisteshaltungen und neue Gesichtspunkte. Die Pflicht, dem Chaos Gestalt zu geben, verliert im Laufe der Welt nicht an Dringlichkeit. Niemals war die Kritik so wichtig wie heute. Nur durch sie kann sich die Menschheit bewußt werden, an welchem Punkt sie angekommen ist.

Vor Stunden, Ernest, befragtest du mich nach dem Nutzen der Kritik. Du hättest genau so gut nach dem Nutzen des Denkens fragen können. Die Kritik, wie Arnold darlegt, ist für die geistige Grundstimmung eines Zeitalters verantwortlich. Die Kritik, wie ich eines Tages darzulegen hoffe, ist es, was den Geist zu einem feinen Instrument macht. Wir sind dazu erzogen worden, das Gedächtnis mit einer Fülle zusammenhangloser Fakten zu belasten, und kämpften hart darum, unser hart erkämpftes Wissen zu vermitteln. Wir lehren die Menschen, sich zu erinnern, nie jedoch, zu wachsen. Niemals sind wir auf den Gedanken gekommen, in unserem Geist eine subtilere Art des Verstehens und Urteilens zu entwickeln.. Dies taten die Griechen, und wenn wir uns dem griechischen Intellekt gegenübersehen, können wir uns der Erkenntnis nicht verschließen, daß die Inhalte unserer künstlerischen Möglichkeiten zwar in jeder Hinsicht zahlreicher und bunter sind als ihre, daß aber sie allein den Schlüssel zu deren Interpretation haben. England hat eines getan; es hat die Öffentliche Meinung erfunden und etabliert, was als Versuch betrachtet werden kann, die Ignoranz der Gesellschaft zu organisieren, und ihr die Würde der physischen Kraft zuteil werden zu lassen. Doch die Weisheit blieb ihr immer verborgen. Als Denkwerkzeug betrachtet, erscheint der englische Intellekt derb und unterentwickelt. Nur die Entfaltung der kritischen Instinktes kann ihn läutern. Der kritische Geist ist es auch, dessen geballte Kraft die Kultur ermöglicht. Er greift nach den holzigen Früchten schöpferischer Werke und destilliert sie zu einer edlen Essenz. Wie sollte sich jemand, den es nach Konturen verlangt, durch den ungeheuren Bücherwust hindurchkämpfen, den die Welt hervorgebracht hat, wo hier das Denken stammelt, und dort die Ignoranz krakeelt? Den Weg durch dieses ermüdende Labyrinth, kennt allein die Kritik. Weiter noch; wo die Überlieferung fehlt und es keine Geschichtsschreibung gibt, vermag der kritische Geist uns die Vergangenheit anhand des kleinsten Bruchstückes von Sprache oder Kunst zu rekonstruieren, gerade so, wie der Wissenschaftler aus einem winzigen Knochen oder dem bloßen Fußabdruck auf einem Felsen für uns die geflügelten Drachen oder Riesenechsen, unter deren Schritt die Erde erbebte, entstehen läßt, kann er Behemoth aus seiner Höhle locken und den Leviathan noch einmal das aufgewühlte Meer durchqueren lassen. Die prähistorische Geschichte gehört dem philologischen und archäologischen Kritiker. Ihm offenbart sich der Ursprung der Dinge. Was man in einer Epoche bewußt beiseite geschafft hat, führt meistens in die Irre. Allein durch die philologische Kritik erfahren wir über Jahrhunderte, deren Zeitzeugen nicht erhalten wurden, weit mehr, als uns die Schriftrollen jener Völker, die uns die hinterließen, sagen können. Die Kritik gibt uns, was weder die Physik noch die Metaphysik uns zu geben vermögen. Sie kann uns den gesamten Entstehungsprozeß der Wissenschaft des Denkens wiedergeben. Ihr verdanken wir, was uns die Geschichte nicht zu geben vermag. Sie kann uns erzählen, was der Mensch dachte, bevor er lernte zu schreiben. Du hast mich nach dem Einfluß der Kritik gefragt. Ich denke, ich habe diese Frage bereits beantwortet, aber Folgendes muß noch gesagt werden: Der kritische Geist macht uns zu Weltbürgern. Die Manchester-Schule versuchte, den Traum von der Gemeinschaft des Menschen dadurch zu verwirklichen, daß sie auf die wirtschaftlichen Vorteile des Friedens hinwies. Sie wollte die wundervolle Welt zu einem gemeinen Marktplatz für Käufer und Verkäufer herabwürdigen. Sie wandte sich an die niedrigsten Instinkt und schlug fehl. Krieg folgte auf Krieg, und die Glaubenssätze der Kaufleute hinderten Frankreich und Deutschland nicht daran, in blutigen Schlachten aufeinanderzuprallen. Heutzutage gibt es andere, die danach trachten, das, was in uns barmherzig ist, oder die seichten Ideale irgendeines verschwommenen Gedankengebäudes abstrakter Ethiken, anzusprechen. Sie haben ihre Friedensbewegungen, die den Gemütvollen so kostbar sind, und sie schlagen das unbewaffnete internationale Schiedsgericht vor, sehr beliebt im Kreise jener, die niemals Geschichte studiert haben. Aber Mitgefühl allein genügt nicht. Es ist zu unbeständig und zu eng mit Gefühlsaufwallungen verbunden; und ein Kollegium von Schiedsrichtern, dem, zum Wohle der Menschheit, die Entscheidungsgewalt genommen wurde, wird schwerlich von Nutzen sein. Nur eines ist schlimmer als die Ungerechtigkeit: Justitia ohne das Schwert in ihrer Hand. Recht ohne Macht ist ein Übel.

Nein: Es ist nicht das Gefühl, das uns zu Weltbürgern macht, noch die Gewinnsucht. Nur wenn wir der Gewohnheit, geistige Kritik zu üben, die nötige Pflege angedeihen lassen, werden wir in der Lage sein, uns über Rassenvorurteile zu erheben. Goethe - ich hoffe, du verstehst mich jetzt nicht falsch - war ein Deutscher der Deutschen. Er liebte sein Land - niemand liebte es mehr. Sein Volk war ihm teuer - und er führte es an. Dennoch schwiegen seine Lippen, als der eherne Huf von Napoleons Roß über Weinberge und Kornfelder stampfte. »Wie kann man Lieder des Zorns schreiben, ohne zu hassen«, fragte er Eckermann, »und wie könnte ich, dem nur Kultur und Barbarei etwas gelten, eine Nation hassen, die zu den kultiviertesten der Erde zählt, und der meine eigene Kultur so vieles verdankt?« Dieser Ton, in der modernen Welt zunächst von Goethe angestimmt, wird, wie ich glaube, zum Ausgangspunkt des zukünftigen Weltbürgertums werden. Der kritische Geist wird Rassenvorurteile aufheben, indem er beständig die Einheit des menschlichen Denkens innerhalb der Vielfalt seiner Erscheinungsformen hervorhebt. Werden wir zum Krieg gegen ein anderes Volk gereizt, wollen wir uns daran erinnern, daß wir einen, vielleicht den wichtigsten, Bestandteil unserer eigenen Kultur zu zerstören trachten. Solange man den Krieg als etwas Schändliches betrachtet, wird er nie seine Faszination verlieren. Hält man ihn dagegen für vulgär, ist seine Popularität bald dahin. Natürlich wird sich der Wandel langsam vollziehen, die Menschen werden ihn gar nicht wahrnehmen. Sie werden nicht sagen »Wir wollen gegen Frankreich nicht zu Felde ziehen, weil die Dichtkunst dieses Landes vollkommen ist«, doch um der vollendeten französischen Prosa willen wird man dieses Land nicht hassen. Die intellektuelle Kritik wird Europa viel stärker einen, als die heuchlerischen Bande des Kaufmannes oder des seelenvollen Schwärmers es vermochten. Sie wird uns den Frieden geben, der im Verstehen wurzelt.

Doch das ist nicht alles. Die Kritik, der kein Standpunkt unwiderruflich erscheint, die es ablehnt, sich durch die abgegriffenen Rituale einer Glaubensgemeinschaft oder einer Schule binden zu lassen, ruft jene heitere philosophische Stimmung hervor, welche die Wahrheit um ihrer selbst willen liebt, und dies nicht weniger, weil sie ihre Unzähmbarkeit kennt. Wie sehr entbehren wir diese Gesinnung hier in England, und wie sehr bedürfen wir ihrer! Der englische Geist ist stets in Aufruhr. Der Intellekt dieses Volkes wird in den nichtswürdigen und dummen Streitereien zwischen zweitklassigen Politikern und drittklassigen Theologen vertan. Einem Mann der Wissenschaft blieb es vorbehalten, uns das erhabene Beispiel dieser »süßen Vernunft« aufzuzeigen, von der Arnold so weise und ach! mit so wenig Erfolg sprach. Der Verfasser vom *Ursprung der Arten* jedenfalls hatte dieses philosophische Wesen. Bei eingehenderer Betrachtung von Englands Kanzeln und Rednerpulten kann man nicht anders als Julians Verachtung oder Montaignes Gleichgültigkeit zu empfinden. Wir werden von Fanatikern beherrscht, und ihr ärgstes Laster ist die Aufrichtigkeit. Was immer dem freien Spiel des Gedankens auch nur nahekäme - es ist uns sozusagen unbekannt. Die Leute empören sich über den Sünder, doch es sind nicht die Sünder, sondern die Holzköpfe, die uns zur Schande gereichen. Es gibt keine Sünde außer der Dummheit.

Ernest: Ah! Was bist du nur für ein Antinomist!

Gilbert: Genau wie der Mystiker ist der musische Kritiker stets ein Antinomist. Im herkömmlichen Sinne gut zu sein ist offensichtlich ein leichtes. Dazu bedarf es lediglich einer gewissen Portion erbärmlicher Furchtsamkeit, eines gewissen Mangels an Vorstellungsvermögen und einer gewissen unedlen Neigung zur bürgerlichen Ehrbarkeit. Die Ästhetik steht über der Ethik. Sie gehört in spirituellere Gefilde. Die Schönheit eines Objektes wahrzunehmen ist das höchste Ziel, das wir erreichen können. Selbst der Farbensinn ist für die Entwicklung eines Individuums wichtiger als das Empfinden für Gut und Böse. Im Bereich der bewußten Kultivierung verhält sich die Ästhetik zur Ethik wie die sexuelle Zuchtwahl sich im Bereich der Außenwelt zur natürlichen Zuchtwahl verhält. Wie die natürliche Zuchtwahl, ermöglicht die Ethik die menschliche Existenz. Die Ästhetik dagegen, wie die sexuelle Zuchtwahl, gibt dem Dasein die Schönheit und das Wunder, reichert es mit neuen Formen an und bietet ihm Fortschritt, Vielfalt und Wechsel. Und wenn wir die wahre Kultur erringen, wie es unser Ziel ist, dann gelangen wir zu jener Vollkommenheit, von der die Heiligen träumen, der Vollkommenheit jener, denen es unmöglich ist zu sündigen, nicht weil sie asketische Enthaltsamkeit üben, sondern weil sie tun können, was ihnen beliebt, ohne ihrer Seele Schaden zuzufügen, denn schließlich ist die Seele ein derart göttliches Wesen, daß es jene Handlungen und Leidenschaften in Bestandteile eines reicheren Erfahrungsschatzes, einer vornehmeren Feinsinnigkeit oder eines neuen Denkens umzuwandeln vermag, die beim Gewöhnlichen stillos, beim Unerzogenen frech und beim Schmachvollen schändlich wären. Ist dies gefährlich? Jawohl; es ist gefährlich, das ist, wie gesagt, jede Idee. Doch die Nacht wird müde, und das Licht zittert in der Lampe. Dennoch muß ich dir noch eines sagen: Du hast von der Kritik behauptet, sie sei unfruchtbar. Das neunzehnte Jahrhundert ist ein Wendepunkt in der Geschichte. Zwei Männern haben wir dies zu verdanken; Darwin als Kritiker des Buches der Natur und Renan als Kritiker der Bücher Gottes. Wer dies nicht erfaßt, verkennt eine der wichtigsten Epochen in der Geschichte des Fortschritts der Welt. Das Wirken bleibt hinter dem Zeitalter zurück. Die Kritik geht uns voran. Der kritische Geist und der Weltgeist sind eins.

Ernest: Und wer im Besitz dieses Geistes oder von diesem Geist besessen ist, wird, vermute ich, nichts tun?

Gilbert: Wie Persephone, von der Landor uns erzählt, jene süße, sinnende Persephone, zu deren weißen Füßen Asphodelus und Amarant blühen, wird er zufrieden lagern »in der tiefen, regungslosen Ruhe, mit der die Sterblichen Mitleid haben und an der sich die Götter erfreuen.« Er wird seinen Blick über die Welt schweifen lassen und ihr Geheimnis kennen. Er wird Göttliches berühren und so selbst zur Gottheit werden. Das vollkommene Leben wird allein seines sein.

Ernest: Du hast mir in dieser Nacht viel Sonderbares erzählt, Gilbert. Du hast mir gesagt, daß es schwerer sei, über etwas zu reden, als es zu tun, und daß das Nichtstun am allerschwierigsten sei; du hast mir gesagt, daß alle Kunst unmoralisch und alles Denken gefährlich sei; daß die Kritik schöpferischer sei als das Schaffen, und daß die höchste Kritik jene sei, die in einem Kunstwerk erspäht, was der Künstler gar nicht hineingelegt hat; daß gerade jener, der nicht imstande ist, ein Werk zu vollbringen, dessen angemessener Richter sei; und daß der wahre Kritiker ungerecht, unaufrichtig und unvernünftig sei. Mein Freund, du bist ein Träumer!

Gilbert: Ja, ich bin ein Träumer. Denn ein Träumer ist, wer nur im Mondlicht seinen Weg findet, und seine Strafe ist, daß er die Morgendämmerung eher sieht als die übrige Welt.

Ernest: Seine Strafe?

Gilbert: Und seine Belohnung. Doch sieh, es dämmert bereits. Ziehe die Vorhänge zurück und mache die Fenster weit auf. Wie kühl die Morgenluft ist! Piccadilly liegt uns zu Füßen wie ein langes silbernes Band. Der zarte Schleier über dem Park ist purpurn, und die Schatten der weißen Häuser sind es auch. Es ist zu spät zum Schlafen. Laß uns nach Covent Garden gehen und die Rosen betrachten. Komm! Ich bin des Denkens müde.